闽都别记

校注本

【上】

[清] 里人何求 纂

陈泽平 校注

海峡出版发行集团
THE STRAITS PUBLISHING & DISTRIBUTING GROUP
福建人民出版社

校注版序

《闽都别记》是在福州以及整个闽东地区久负盛名的长篇白话小说，凡四百零一回，一百四十余万字。跟《西游记》《水浒传》等古代白话小说一样，《闽都别记》也是无名氏“世代累积”的作品。明清以来，在福州的说书人和记录传抄者之间交互辗转，陆续增益。其中见于史传的故事内容在说到施琅收复台湾（康熙二十二年）后截止。一般认为最后成书在乾嘉年间。清末福州乡绅董执谊（号藕根斋居士）搜罗旧抄本，稍加整理，于宣统辛亥年（1911 年）油印出版，又于 1927 年出版了石印本，印行 600 部（线装 20 册一函）。后来所出的各版本都是这个石印本的校点翻印本。1986 年台湾罗星塔月刊社出版一种点校本，1988 年福建人民出版社也组织点校，分上中下三册出版，2008 年又推出珍藏版。

董执谊（藕根斋居士）的简短序言是关于这部小说的背景与来历的最可靠的文献。值得细细推敲。董氏毕竟是前清的举人，仅约 300 字的序言，也是起承转合，把该说的都说得清清楚楚。起句“《闽都别记》四百回，约百二十余万言，署里人何求纂，其人不可跋。”介绍该书的规模和作者情况。“四百回”中第二百回重出，实际上应该是四百零一回。“百二十万言”是按没有标点符号、且不分自然段的旧版面算出来的字数。加上标点后约为 140 多万字。这个篇幅在目前已知的明清小说中算是首屈一指。作者署名“里人何求”，这是传统的籍贯加姓名的格式，相当于“福州本地无名氏”。董先生说“其人不可跋”，意思很清楚：不知道作者是谁，也无所谓作者是谁，无从说起。

明清社会中小说家不入流，著书者通常不署真名，就连“四大名著”的作者究竟是谁也都一直在研讨中，至今莫衷一是。有些学者也做了《闽都别记》作者的考证，但论据经不起推敲。由于至今还没有发现比宣统三年更早的任何刊本或抄本，甚至《闽都别记》的书名也从来没有在更早的文献中出现过，有人认为《闽都别记》的作者或最后改写编撰者就是董执谊本人。煌煌“百二十万言”的巨著就在董氏操持下横空出世，这样的猜测似乎有一定的合理性。但只要具体看看书中各部分雅俗不一的驳杂文体，就知道这也是不可能的。董氏甚至没有认真地为《闽都别记》做过编辑工作，否则，应该不至于有“自二百四十一回后若别出一手”① 之类的评语，更不会有书中第200回重出的情况。这显然是两种、或更多种略有差异的原抄本对接整编留下的痕迹。书中章回本来就“修短不一”，将第200回的前后几回略加调整，很容易抹平这个明显的皱褶，但董氏居然听任其继续存在书中。所以我认为，董氏对《闽都别记》的贡献，他本人已在序言中做了恰如其分的说明：“闲居浏览，信手点正，倩墨史清缮一通藏之。”这才是一个有闲、有钱，而且有心的乡绅所做的事情。印刷出版是后来的一个举措。

董氏在序言中言简意赅地概括全书内容、语言特点及其文献价值。“其书合于正史及别史载记者各十之三，野说居其四焉。”这是说全书的内容构成。《闽都别记》的内容很杂，按年代顺序讲福州的历史是一条比较明确的线索，基本上贯穿全书。从第一回唐末黄巢军入闽，福州百姓纷纷逃离家园避难开始，引出吴家小姐青娘与周家公子周启文避难偶入榴花洞，私定终身，终成伉俪的“双峰梦”故事线索。然后是王潮、王审知兄弟据闽建国，定都福州，70多年的先治后乱的宫廷政治，以及在这个历史背景下的民间故事，包括福州地区香火最盛的保赤女神陈靖姑的事迹传说。从225回入宋，第253回入元，元代只讲述了王法助和尚筹集资金建造万寿桥的事迹。258回入明，直至第343回入清，其间的历史故事有郑和下西洋，永乐帝遣使封中山，闽人十八姓移居琉球，戚继光抗倭，于谦、严嵩、魏忠贤等的忠臣奸臣故事，郑芝龙、郑成功、郑经的台海王国，李闯、张献忠造反杀人，吴三桂造反，耿精忠造反等。历史故事在349回讲到施琅收复台湾后（1683年）为止，再没有时代更晚的历史事件或历史人物。全书基本脉络与正史相符，历史人物的轶事则多是民间传闻，属于野史，总篇幅占过半。才子佳人、神仙鬼怪、市井诙谐、男女爱恨情仇等“野说”大体上按故事的年代背景穿插其间，占总篇幅的四成。篇幅较长的故事有“榴花洞传奇”（或称“双峰梦”）及其续编和临水夫人陈靖姑传奇；形成系列故事的有林安人断案故事、诙谐文人郑堂故事、罗隐故事等；还有众多类似《今古奇观》《拍案惊奇》的单篇话本故事。

从《闽都别记》各部分驳杂的内容以及语体风格来看，它不是一部个人创作的、故事线索一贯的长篇小说，而是一批长、中、短篇话本或拟话本小说，按故事背景的年代顺序连缀而成的。借连续的回目编号和风格相似的对偶式回

① 《闽都》第241回一开头就说“前文结双峰梦全篇。现在乌石山中，有双峰合拱，上勒“双峰梦”三字。兹再说麻姑带夫云程至东海，又有许多之波澜曲折……”这显然是续书的开头语，所以董氏由此说。

目标题、以及上下回之间的首尾勾连，造成表面上的统一。由于搜罗丰富，编辑手法高明，既以统一的章回形式形成一个整体，又基本上保存了各种抄本的原始面貌。所以藕根斋刊刻出版后，满足了社会需求，导致民间抄本亡佚殆尽。

如果以上的判断是符合事实的，我们不妨将《闽都别记》看作是“福州方言区明清小说抄本大全”，其中包含明清两代福州的底层文人和说书人先后创作、并在福州地区传抄流传的各类关于“闽人闽事”话本小说作品，也属于“世代累积型”的作品。

关于《闽都别记》的语言，董执谊先生在序言中说：“（该书）以福州方言叙闽中佚事”。所以有很长一段时间，《闽都别记》被认为是“方言小说”。但实际上，董氏所言“福州方言”，内涵跟现代语言学所定义的福州方言不是一回事。当然，福州籍的作者“叙闽中佚事”，故事的场景在福州，故事人物是福州人，福州方言的成分渗入其间也是必然的。文本中的方言渗入程度与大致同时代的《金瓶梅》约略相当。从总体上看，属于明清时期白话文学语言的范畴。

福建人民出版社在1988年推出了《闽都别记》排印标点本，2008年又出了改版的“珍藏本”。这两个版本采用横排，加上现代标点符号，以简体规范汉字处理了书中的错别字和异体字，使之符合当代人的阅读习惯，广受社会欢迎。据出版社的统计，这两版历年来共售出约2万部，从根本上改变了过去一书难求的局面。

但由于作为底本的藕根斋版本比较粗糙，方言俗字、俗写异体字以及传抄讹误处较多；再加上书中内容多样，语体驳杂，有些表达方式隔着年代和方言，容易造成误读。语言文字上的特殊性使得校正、标点工作很难毕其功于一役，还存在一些值得继续推敲之处。这项工作笔者接着做。在福建人民出版社的支持下，以1988年版本为基础，对照作为母本的藕根斋石印本重新核校一遍，纠正了一些漏校、误校和误点之处；同时改变了原来版本的文不分段的旧版式，根据内容分出自然段，以方便阅读。

《闽都别记》作为明清时期南方方言区的有代表性的白话小说作品，特色鲜明，内容宏富，篇幅巨大。但一直以来，却鲜有人进行仔细研究，在明清白话小说史中给予充分的描述和恰当的评价；《汉语大词典》以及几部明清白话的专门词典都没有将其纳入语料采集范围，殊为可惜；这部书中含有明清两朝南方社会民俗的丰富内容，但也很少见到非闽籍学者加以引徵利用。究其原因，可能主要是《闽都别记》的语言中包含了一些福州方言成分，造成外地读者某种程度上的阅读障碍。隔着年代，即使能说福州话的读者也不见得都能顺利解读。大略地了解故事梗概可能不妨，细节处却可能误会。要做某些具体研究，仔细推敲文句还是不无困难。

笔者做的另一项工作是在一些字面上不好理解的地方加了注解说明。标注的重点是由于福州方言或福州特殊民俗的因素、可能造成阅读理解障碍的词语，也有少数是现在看来比较生僻的文言典故或字词用法。笔者自己觉得，现在这个版本，庶几可供具有一定语言文字修养的读者逐句细读。

这项工作也得到福建师范大学海峡两岸文化发展协同创新中心的立项支持。国家哲学社会科学基金项目（14BYY035）以及福建省教育厅古籍整理项目基金立项资助。林勤先生参与了部分前期工作，多有指教。中国社会科学院语言研究所的董琨研究员，福建师范大学文学院的王汉民教授、林志强教授阅读过部分样稿，并提供了很好的修改建议。特此致谢。

本版仍存在的校对不精、注释不确、处置不妥等问题，当由笔者负责。望博学君子不吝赐教。

陈泽平

2014年10月于福州守耕堂

校注体例说明

1. 该校注本以1927年的藕根斋石印本（以下称“原版”）为依据，并参照福建人民出版社1988年排印标点本。对用字的校改限于原版失校的讹误字。与语言表达无关的繁体字、俗体字、异体字改成相应的规范简化字，但原书中使用一贯的方言用字（包括方言俗字、方言同音字、训读字）都尽量保持原样，必要时加注说明。

2. 注释都放在本页的页底。注释以疏通阅读障碍为目的，尽量用对应翻译的方法，不做研究性的考证说明。需要联系民俗文化背景解释词义的，也尽量简洁。

3. 同一词语，夹在特定上下文中容易误解的就加注，大致不会引起误解的就不注。同一词语在邻近的下文中再次出现时不再注。在同一回、以及紧接的下一回开头复述中再次出现的一般不再注。

4. 原版的一回之内一般不分自然段，我们认为分段有助于理清叙事的条理和层次，缓解阅读疲劳，所以根据内容为之分了自然段。

5. 原版中将夹入故事的诗、联、酒令等都一一用专行予以突出，这是没有标点符号的旧小说体式；我们在很多地方改用加引号的方式夹入行中，以保持文本叙事的连贯性。

6. 原版中有一些用缩行方式表示的夹注，大约是后来的编书者从《福州府志》《闽都记》等书中引来的关于地名、人名的注释文字。本版改用楷体字表示。

7. 原版中在少数地方用小字夹注字音、字义等，本版改用加括号的方式表示。

8. 原版在书末附录了林光天“榕腔白话文”“榕腔白话诗”，本版也予以保留，但注释工作不及这一部分。

原　　序

《闽都别记》四百回，约百二十余万言，署里人何求纂，其人不可跋。其书合于正史及别史载记者各十之三，野说居其四焉。以福州方言叙闽中佚事，且多引里谚俗腔，复详于名胜古迹。文辞典故多沿袭小说家言。虽属稗官，未始非吾闽考献之卮助。博弈犹贤，不可废也。

书中章回修短不一，自二百四十一回后若别出一手。殆编以讲演，陆续成帙者。第向无刊本，辗转沿抄，讹脱殊甚。闲居浏览，信手点正，倩墨史清缮一通藏之。后之阅者庶可得此书之真面目尔。

装竟适革命事起，闽都又困兵燹者三日，不知有好事者续为记否。感慨系之，爰志其缘起如此。

清宣统三年九月二十日，藕根斋居士识于冶城之屈蠖斋。

丁卯嘉平重印附识

书中摘叙古迹题咏，多附有拂如氏五七言诗，当即纂者之作。其诗殊不足存，以全书皆仍其旧，故仍留存之。

又附识

林光天，字水如，道光间副贡。喜为白话诗文，传抄颇多。访其家亦无完帙。以与是书体相近，且惜其日久失传，爰就所见附录于后，庸有未尽收也。

目　录

第一回 周太朴幻入双峰梦 僧懒安预知三世缘

盖闽都东南滨海，西北联山，重关内阻，群溪交流。三峰鼎峙于域中，二绝高标于城外。襟江带湖，沃野千里。南连江广，北跨温台，东通吴越。万里重山环绕，地沃山强，诚天下之胜也。三峰乃越山、九仙山、乌石山。早年城门窄小，三山在本城外，及五代至明，经六次修理愈广，三山始围于城里。兹先说早年乌石山地僻人稀。山麓有一处士，姓周名朴，字太朴，原籍江淮。当时唐僖宗在位，阉宦专权，擅行废立，小人在朝，君子在野。周朴不仕，隐于闽省。原配郑氏早亡，只遗一子，名启文，字玉章。年方二九，气宇不凡。依父读书，不离左右。周处士一生原嫌佛老，惟乌石山上有双峰寺之住持僧懒安相好，为方外交，时常往来。所谈皆三坟、五典，如陶靖节之于远公，韩昌黎之于鲁颠。懒安虽无降伏之法，诚有觉悟之明。时暮春晴霁，周处士带子启文闲游。先至天王崎南涧寺即今上殿，和尚迎入。递茶毕，步至后山，见岩壁上有安文头陀诗句，即随口吟云：

客至不点茶，相看淡如水。
白云深谷中，稳坐浮生里。

周处士吟罢问和尚："此头陀何代人?"和尚曰："安文头陀系六朝宋时人，常游于榛莽中，得岩石而入，燕坐其中。"周处士听了，诗兴发作，从和尚处借出笔砚，向粉墙上挥七言律诗一首。其诗云：

万里重山绕福州，南横一道见溪流。
天边飞鸟东西没，尘里行人早晚休。
晓日春山当大海，连云老树堑高楼。
那堪望断他乡目，只此萧骚自白头。

南涧寺，在乌石山之东。梁大通六年，居士苏清舍宅为之。唐乾宁二年，建天王殿，三年号南涧寺。天宝八载五月六日，风雨雷电涌出佛像，欧阳詹作记。宋大观中赐额，建普明庵。至明嘉靖间，寺为沙门所蚀，仅存屋数椽。万历初，知县周裔光从里人请，始复为寺，视旧址不及半。寺之西，旧祀瘟神，祈祷踵接，里人增构亭台其上。

唐欧阳詹《南涧寺》诗云：

春寺无人乱鸟啼，藤罗阴磴野僧迷。
云藏古壁遗龙象，草长香台抱鹿麑。
松籁泠泠疑梵呗，柳烟历历见招提。
为耽寂乐亲禅侣，莫怪闲行费马蹄。

周处士题毕，向和尚曰："污了白壁，勿怪！"和尚答曰："周老先生之佳作肯题，敝寺倍增光彩。"随出寺门，又游至神光寺，启文问曰："寺名神光，是何出处？"处士曰："此地乃本朝大中三年监军使孟彪之亭池，号南庄，舍为大云寺。请赐额于朝，宣宗夜梦神人发光，适览奏异之，即赐额，因名神光寺。"说毕，随进寺内游玩。登神光塔顶，诗兴又起，令启文向寺内借出笔砚，在尾层①塔门上又题八句云：

良匠用材为塔了，神光寺建得高名。
风云会处千寻出，日月中时八面明。
海水旋流倭国野，天文方载福州城。
相轮顶上望浮世，尘里人心应总平。

此塔在神光寺旁，报恩塔院内。唐大中中，观察使杨发以隙游亭地，命僧鉴空修寺及塔七层，为南报恩院。咸通九年敕号神光之塔。乾符五年巢寇入闽，焚殄无存。

明徐𤊹《过神光寺》诗云：

宝刹推残蔓草湮，居民争占古诸天。
不看繁盛看消歇，恨我迟生二百年。

又曰：

破寺不堪游，新庵尚可投。
攀松还倚竹，寻壑更经邱。
地僻门休掩，岩倾字半留。
晚风花落尽，吹上老僧头。

又明陈亮《登神光塔》诗云：

宝塔层层见，天灯面面红；
玉毫光不夜，火树迥当空。
七级高标壮，千门属望同；

---

① 尾层：最高一层。

朱栏清映月，金铎远鸣风。
弛禁逢元夕，焚修溢梵官；
游观多士庶，登陟有文雄。
共喜超群品，应知仰六通；
迷津如可照，于此息微躬。

却说周处士题了塔上诗，即同子下塔，送还笔砚，信步登上岩，上山游玩。过凌霄台、天台桥、坐禅石、落景坪、浴鸦池、华严石、般若台、不危亭、石天、蟠桃坞、向阳峰、天章台、霹雳岩、薛老峰诸胜，住步对启文曰："早几年登山游遍，不见半点疲倦。于今三十六景未半，竟走不动了，就停下歇片刻。"于是父子同坐于薛老峰亭下。启文问曰："爷爷①，此薛老峰是何出处?"周处士曰："是咸通中，侯官令薛逢与神光寺僧灵观游玩，创此亭，书'薛老峰'三字于石。你去寺里借笔砚，我诗再题一首②，到寺中歇息。"启文奉命来到寺中，见了懒安和尚，曰："特来向大师借笔砚。"懒安曰："想是令大人诗脾③发作，现在何处吟哦?"启文答曰："在薛老峰亭下。"懒安即令沙弥取出笔砚，嘱曰："你将此笔砚同大相公送到薛老峰亭，我随后就到。"小沙弥捧了笔砚，同启文来到薛老峰亭下。周处士接过笔砚，于壁上题了绝句一首。正写毕，恰懒安走到，在后面叫曰："周先生，若得句，当浮大白。"周处士回首答曰："俚句，勿笑勿笑，专等上人斧削。"懒安曰："老先生之句无人敢改。"遂看而念曰：

薛老峰头三个字，须知此与石齐生。
直教截断苍苔色，浮世人齐看始明。

此峰至宋开运元年，雷雨大作，"薛老峰"三字倒立。是年闽遂亡。

懒安和尚念处士之诗，极称妙绝，随问："今日题了几次?"周处士便将题过南涧寺、神光塔之诗念过，懒安听了，曰："胜迹再经周老先生一题，倍增佳胜。请到敝刹坐坐吃茶。"周处士曰："不请亦要自到。"遂同缓步至双峰寺内，在方丈吃了茶。周处士因疲倦，向小沙弥借出藤枕，就在长凳上便睡。启文前后玩看各处名胜。忽懒安走进方丈，见周处士熟睡，谓曰："周老先生，斋堂午膳排便④，贫僧来破邯郸。"连叫数声，周处士方开眼而醒，大叫曰："好奇梦!"懒安便问："有甚奇梦，请起来到斋堂慢慢说来详解。"

---

① 爷爷：称呼父亲。
② 我诗再题一首：我再题一首诗。
③ 诗脾：写诗的癖好。脾：通"癖"。
④ 排便：（饭菜已）摆放上桌。

周处士起来洗手面[1]，吃了茶，启文亦回，同到斋堂，父子坐下，懒安旁陪。食了素菜饭完，周处士曰："今日如何作此奇梦。"懒安便问："何梦？"周处士曰："梦在海外游玩，至一处似是岛屿。花卉丛秀，石壁间写有'周氏后屿[2]'四大字，心中欢喜，以为自己之别业[3]。赏玩不已，乐而忘返。突有数恶少至，拗折花枝。弟呵之曰：'物各有主，岂容人乱折耶？'恶少曰：'不但来折花枝，还要砍你头首！'弟即被众恶少绑缚住，随将兰桂拗折，分贮三布袋，又去打别花。忽有三女子骑羊突出，抢去三袋之兰桂，各怀抱羊背上，由海上面奔驰而去。恶少追之不及，恚甚，竟将花卉砍坏无遗，随来杀弟。弟问：'何事故？'答曰：'专来杀你，如肯说从今再不牢骚，则不杀你。'弟曰：'牢骚是我生平所好，要杀便杀，要我改癖性不能。'恶少闻言，一刀砍下。弟知被砍，追寻恶少偿命。只见五条大龙争斗海上，恶少并无踪迹。看空中风云蔽野，波浪掀天。弟欲前进，却见一妖魔，状甚凶恶，突来拦阻，手持一铜锤打下，弟大喊而醒。此梦奇乎不奇？祈代为详解，未知后来吉凶？"懒安曰："庄周梦蝴蝶，虽幻是真。贫僧详老先生之梦境，大关先生之家世，愚解石壁中字，明明是先生身后之事。兰桂即子孙也，三袋即子孙妇也。后来子孙遇难，必有奇缘之夫妇前来搭救，可保全也。五龙争斗，谅来必天下大乱。至恶少要先生改过癖性，诚是要先生避影存形[4]，无管[5]外事，转祸为福之谶也。贫僧依梦直言，祈先生谅之。"周处士大笑曰："前邯郸一梦，只觉一世。今双峰一梦，竟知三世，诚仙法不如佛法高也。"懒安欠躬答曰："言重、言重。"周处士曰："言也不重，梦也不信，聊作一部传奇可也。"

时饭已罢，各散坐庭前，见有五彩之大蝶在花丛中飞舞，皆羡而玩之。倏至一黄雀，将蝴蝶啄去。周处士正在捧杯饮茶，忙掷杯喊一声曰："被你啄去，再梦不成矣。"即取笔于粉壁上题云：

夜宿花阴日舞晴，寻芳作队体轻盈。
可怜黄雀啄将去，从此庄周梦不成。

周处士题此诗句并不在意，而懒安怵惕愈甚，不敢明言，即曰："先前贫僧所详之梦谶，虽属荒谬，至于天下反乱，必先筹安身之所。现在黄巢作乱，必延至此，莫待临渴掘井，先生何不同公子早去远避？"周处士视和尚笑曰："怯

---

① 洗手面：洗脸洗手。面：脸。
② 后屿：福州方言谐音"后事"，所以下文懒安说"明明是先生身后之事"。
③ 别业：在别处另置的房产。
④ 避影存形：避免张扬，隐藏自己。存：通"藏"。
⑤ 无管：莫管。

之甚耶，太平属奸宄当道之秋，反乱乃忠梗出头之日。黄巢乌合之众，安敢至此。纵使至此，亦何足惧，走之何为耶？”懒安曰：“人无远虑，必有近忧。贫僧之意已决，祈老先生须早计之。”周处士变色曰：“和尚贪生怕死，不敢出头，即效乌龟去躲，莫管他人之事！”懒安又曰：“只恐缩头容易出头难。”周处士愈怒，便拂袖带子不辞而去。懒安送出门外，陪着笑脸曰：“老先生休怒贫僧多言之罪。贫僧即日自去托钵云游，后会有期，勿得记恨。”周处士曰：“由你去，谁来恨你？”言讫，匆匆而去。

懒安回至寺中，众徒弟问曰：“周先生既不肯去，何劝之甚？”懒安曰：“只因前见兆于梦，后又谶于诗，再三劝之不悟，诚至天数难于挽回，其奈之何？我今日去云游，如贼将至，你们各须早避。”随将衣钵付于大徒弟掌领。众僧又曰：“师父此去，何时归来？”懒安曰：“似鹤如云，哪有定期耶？”次日遂行。

且说启文同父在双峰寺，岂不知父之梦与诗之不详耶？因和尚劝避不从，反抢白之，何敢再言。及到家，伺父喜悦之际，曰：“爷爷，孩儿闻得山东黄巢反贼几十万，到处杀戮甚惨。现在将近此地，已有人挈家走避。昨日和尚劝我们避，亦甚好意，爷爷如何当面抢白，致相好隔躲？”处士曰：“我平素最嫌人贪生怕死，他偏如是，如何不当面抢白也。惟念相好多年，与他说个得罪便了。”至次日早饭后，又带启文复至双峰寺，问懒安，众僧答曰：“五更时已云游去。”问：“去何处？”答曰：“不知。”周处士呵呵大笑曰：“仙法不如佛法高，人未走贼[①]他先逃。怕死凭你去怕死，牢骚还我仍牢骚。”言讫出寺，又在山游玩，至晚方回。

正是：非惊[②]贼寇何须避，不尽家山总要游。再看下文如何分说。

---

① 走贼：逃避贼寇。走：逃避。贼：此处指唐末黄巢农民军。

② 惊：害怕。

第二回　刺史无谋吴勗挈眷　孺子有托周朴待巢

却说彼时乃唐僖宗乾符二年，郑镒为福州刺史，懦弱无能。闻山东曹州人黄巢聚众几十万，绰号冲天将军，抢掠州郡，已至广东，将至闽省，势如破竹，各州将无一能御，杀戮甚惨。镒并无完城筑堑、练将操兵守战之策，只是日夜修斋，建醮拜忏；念经祈禳。虔召道士四十众，在于本衙内三官堂①拜“斗皇忏”②，召和尚四十众在于军衙外面千佛楼念《千佛经》。所有僧道乃派定，城厢内外各寺观轮流来拜，每三昼夜接替。时福州僧道最多，轮流只轮一次。该刺史逐日在二经坛拈香祈祷，贼寇忽至。此且不表。

先说圣泉寺僧来接念。该寺在离城二十里之东山地，住持和尚名慧觉，僧八十余众。内有一头陀，名法济，不知何许人；原是游食丐儿，慧觉唤来使用，予以袈裟经管。诸凡皆可，惟酒屡戒不悛。醉则行凶，被众僧逐出几次，皆慧觉挽回收进。

当日轮流念经，先一日各要齐至城内伺候③。已派念经四十名僧众。先将经卷、法器等物另派三个行者押带去排设经坛。此帮④拨去后，再拨挑袈裟出门。⑤ 因呼法济不在，开起库房取袈裟，则无有矣。四处寻讨⑥法济，并无踪迹。四十众和尚因无袈裟，不得往去。通众⑦皆说：定被法济偷去当酒食⑧，无银赎回，人亦逃走去了。即拨十余人分路追寻。寻了一日一夜，至次日将午，尚无踪迹。

---

① 三官堂：道教供奉天、地、水三官的庙。

② 拜斗皇忏：一种道教的祈福消灾的礼忏仪式。

③ 伺候：等候。

④ 此帮：这批。

⑤ 已派念经……挑袈裟出门：已经派了40名僧众去念经。在这之前，先另派三个行者押送经卷、法器等物去布置经坛，然后再另派法助把袈裟挑去。

⑥ 寻讨：寻找。

⑦ 通众：所有在场的人。通：全部。

⑧ 当酒食：抵押给酒店赊酒喝。

城内刺史令经坛催行者来二次，众僧着急。寻至山边草窠内，见有人脚露出。近前一看，原来法济食得烂醉，卧于草堆内，便将他扛抬回寺。僧众环问袈裟何处去了，连问数十次，醉眼朦胧答曰："挑在大坑里。"众又问曰："挑在那里？莫当酒食去[①]？"法济闭眼答曰："有当酒食，醉到于今。"众又问曰："汝实说袈裟在何处耶？"他又不答。众又推撼而问之，法济喝曰："说了在大坑里，去取就是，何问了又问！"众亦大喝道："汝不说当酒食了，如何不问耶！"法济曰："当酒是我当酒，与汝们何干？汝肯把银借我还酒债，我代赎回便清楚了，多问无益。"法济说完，睁开眼讶曰："汝们还在这里，犹未去念经，该杀！"众欲再与盘驳[②]，而法济便合眼睡去，再叫再摇不醒。

慧觉从容对众曰："此时便将他剁作肉酱亦是无益。既有着落，赶紧去取，念了经回来再说。"众忿然曰："师父，他说大坑里，在何处耶？在于大坑岭里，或北岭坑里？今日已晚了，再一往一回，天大光[③]矣。"慧觉曰："没奈何了，务要赶去赶回[④]。今日既误，明日不可再误。"众徒皆忿，共言不应将此野花子收留，弄得一寺乱纷纷。

众人正谈论之际，城内看经坛行者又赶来催。对慧觉曰："师父是何意见不去？大老爷捻香等了一天，无人念经，大怒，令弟子赶来，说：'如再不到，作玩寇殃民军法去治，通寺都无头。'"[⑤] 众人曰："法济把四十领[⑥]袈裟尽偷去当酒吃。因无袈裟，如何去得？"行者讶曰："那四十领袈裟早在经坛里，谁说当去耶？"众人曰："汝在经坛里睡才醒，怎晓得未当去，莫不是作梦耶？"行者曰："我倒不是作梦，汝们不去，才是在此作梦！"慧觉喝曰："什么汝梦我梦，汝晓得袈裟不曾当，现在何处，快说来。"

行者即曰："昨日弟子们三个押经担到城内尚早，楼上别寺经尚未念完，随将经卷等物于边房安顿，伺他念完搬出来排。那二个师兄卧板凳上，弟子下楼去闲玩。法济兄坐在榕樹[⑦]下，倚着包囊边打睡[⑧]。唤伊醒，问伊包囊是何物，伊说是袈裟；太早，因在此等候[⑨]。弟子因此与他同坐许久。对面迦蓝堂前排

① 莫当酒食去：莫不是把袈裟抵押给酒店赊酒喝了吧。

② 盘驳：双方一来一往地争辩。

③ 天大光：天大亮。

④ 赶去赶回：赶路去，赶路回。

⑤ 作玩寇殃民……通寺都无头：以"玩寇殃民"的军法罪名治罪，全寺的人都要掉脑袋。

⑥ 领：件。

⑦ 樹：“树”的福州方言用字。

⑧ 打睡：打瞌睡。

⑨ 太早，因在此等候：时间还太早，因此在这里等候。

卖酒桌之酒气冲过来，法济兄口中流涎，实忍不住，将袈裟存迦蓝大龛里，脱身面之衣衫[1]，向卖酒[2]当酒吃，要弟子陪伊同饮。弟子不会饮酒，坐在陪伴，至下午犹未见师兄一个来。不知法济兄吃多少，乃尽衣当押，一壶了又一壶，把酒桌一大坛酒吃得空空如也。知其醉甚，欲扶伊楼上去睡，他说未醉，要回去迎各师兄同来。伊竟歪歪跛跛去。弟子因派有执事，不得同去。自思袈裟现在大龛里了，由他何处去睡亦不妨。看楼上都念完了，去了，遂将行头[3]来排设。等了一时辰不见师兄来，督坛官令一人去赶[4]。有一时辰，又着一人来催，又不到。大老爷怒甚，传令再着人去催，如再违误，以军法从事。督坛拨去二人，只有弟子一个，再去，无人看守。其督坛官上楼代看，令赶紧去。赶来，弟子夜无合眼，请问汝是做梦不是做梦？”

众人闻说，始知袈裟在迦蓝大龛里，错听大坑里。众口谈论纷纷，多说法济言不明白之误。众人不愿[5]，欲同去问[6]法济。谁知他醒来爬起，众人指骂曰：“汝先前曾说挑在大坑里当酒吃了来骗人，误了大事，害得满寺乱纷纷，是何道理？”法济笑曰：“两截话汝作一截说。[7]‘挑在大龛里’，去取便是汝们的袈裟。后说‘有当酒食了[8]，代我赎回’，是我自己的衣服。今有师弟见过袈裟有在大龛里，是否？”慧觉曰：“不告先去，亦难辞咎。一则酒醉，说话不明；二则众人听不了然。大坑乃是佛龛，误作山坑[9]。他自己衣服当酒，误做袈裟当酒。今闲辩无益，赶紧进城去。大老爷发怒，再着人来，一寺都不得生。”于是慧觉率带众僧出门。

行有六七里，遇着看经坛行者。路上对面喊曰：“不用去了。”慧觉骇而问故，行者曰：“弟子赶回头去城内，黄昏了。刚至佛前，谁知那楼下是纸札房[10]，火星落在房内，霎时从楼门烧起，一座大佛楼烧毁。大老爷出查有无烧人，惟此日晚空无人念经，只有弟子等三个在内看坛，又查前后皆差去催赶。

---

① 身面之衣衫：外衣。

② 卖酒：指卖酒的人。

③ 行头：指和尚外出做佛事所携带的经卷、法器等物。

④ 赶：催促。此处“赶”字是“逐”的训读字。福州话“逐”既有“追赶”义，也有“催促”义。

⑤ 不愿：（心里）气愤不平。

⑥ 问：质问，责难。

⑦ 两截话汝作一截说：（我说了）两件事，你理解成是一件事。截：段。

⑧ 有当酒食了：“有”是副词，表示存在这样的事实。下文“有在大龛里”是同样的用法。

⑨ 山坑：山谷。福州地区多以“坑”作地名。

⑩ 纸札房：制作、存放烧祭焚化用品的房间。

因无人看坛，其督坛官人去代看，火封楼门走不出来，惟他一人烧死在内。我们所排设经忏等物一总烧去，惟袈裟未上楼，放在迦蓝大龛内未烧，已雇人挑回，随后就来。”慧觉闻之，口呆目睁，立住不能动。过半时辰，叹口气曰：“此乃不幸之幸也！天灾即免，不知官灾能免否，听诸造化罢了。”遂乃带众僧回转圣泉寺。袈裟挑至，慧觉点之无差，仍要交法济收管。法济曰：“不管不管，将来又赖当酒吃，那里淘气[1]得。”慧觉曰：“他们赖汝，我何曾有说什么？”法济曰：“野花子不敢当此大经管。”一面说，一面走开去了。慧觉见伊不管，也就罢了。此且慢说。

再说福州刺史郑镒，正欲严究圣泉寺僧人如何抗延不到，忽报黄巢贼兵顷刻来到，郑镒计无所出，因无内眷，同家丁各怀财宝，至夜悄悄从后门逃走去了。刺史既先走了，百姓无主，各自奔窜。

有一黄甲进士，姓吴名勗，字仲勔，世居九仙山。元配林氏。一男名大受，年方六岁。一女名青娘，字小荷，年十七岁。一个家奴名吴义。家道颇裕。吴进士为人端方洁己。林安人德貌兼全。大受幼稚聪敏。吴义忠义诚实。青娘生得体态轻盈，眼如秋水，眉似春山；更兼性格聪明，自幼喜弄笔墨诗书，尤精易数，又好谈笑；父母爱之如珠，人尽羡其才貌佳人。吴进士见乡邻走贼[2]，亦将家中细软物件存于地窖内，预备干粮，将衣服卷一布包，带着妻子并家奴望东而走。此且不表。

却说周太朴处士在家，不是吟诗，便是作赋饮酒。如思得好句，不论半夜三更，辄高声狂叫，惊动四邻，拥问何故？他答曰：“喜得佳句。”如“万事不如杯在手，一年几见月当头”之类也。或出游，遇有触景生情，则扬声大叫，如“子孙何处闲为客，松柏被人伐作薪”之类也。状类颠狂，人知其迂，多戏弄之。与之笑谑，不怒，又呼为书獃。启文怒甚，欲往斥之，朴则止之曰：“獃岂犬，狡交犬，[3] 但愿常獃勿常狡，有何不美耶！”时外面纷纷挈妻邀子[4]走贼，他竟不理会。

启文见父并无动静，问曰：“爷爷，贼寇将至，乡邻尽走。我们作何区处哩？”处士曰：“伊不过乌合之众，来由他来。待他来时，以顺逆大义讽之，怕伊不退？”启文曰：“狂贼凶恶，毫无仁义。朝廷以百万之众不能御敌，以致横行天下，岂听我们一言之理？何异螳臂当辕、飞蛾投火？爷爷务早熟思，速避。

---

① 淘气：自找受气。

② 走贼：逃避（黄巢）贼乱。

③ 獃岂犬，狡交犬：“獃”字的异体偏旁写“岂”。这里周太朴拆字自我解嘲。

④ 挈妻邀子：携带妻儿。邀：携带。

勿批其逆鳞，自取祸殃。”周处士因子再三言劝，暗思：“且将他寄往别处，再作道理。”答曰：“汝欲避之，家中无甚物件，只有几本破书，收存停妥，将门锁了，带汝去罢。”启文即收拾锁了斋门，父子二人望东而行。当时贼兵由南而来，西北两途皆大路，贼所必由，故城内走贼多走东方。

先说周处士有一友，姓虞名少溪，家住离城三十里东山虞公庵地方。年过古稀，为人古道清介。妻早丧，一子外商，自在东禅寺内教几个乡村间子弟读书。周处士带子顺途进寺，其学生、寺僧早已走散，惟少溪一人在内。少溪忽见他父子进来，讶曰：“贤弟，外面走贼纷纷，还有心事带子游玩耶?”周处士曰：“就是乞食婆走贼，跟人哄①哩。”少溪曰：“既是走贼，不须忙，且在此等，明日一同齐回东山。愚兄家中还有一坛老酒，槛②中亦有米，不至饿肚子。他们走贼，我们回家，岂不快哉!”周处士曰：“弟想不用远去，只可在此。待黄巢到时前去见伊，只用数言要他速退，如何哩?”少溪曰：“贤弟真迂也！闻黄巢少与王仙芝皆贩私盐为业，读书不第，与仙芝为盗，遂至结党横行天下。蕲州刺史裴渥与仙芝约收兵不战，延请进城，表为神策将军。仙芝深喜，黄巢不从，殴击仙芝，伤首流血。仙芝不敢受命，遂大掠蕲州，杀戮无数，贼势愈大。哪肯听我们寒儒一言而退，断无此理!”周处士仰天叹曰：“平生所读何书，所学何事。贼寇入境，无敢一言，枉立人世矣！此话休提，听其所之，且拿酒来吃。”虞少溪与其交久，知其性格放荡，即时取出酒来，三人坐下大啜③。周处士擎杯在手，把要讽贼之事即化于肚外去了。

许夜④，周处士父子同少溪隔了一宵⑤。次日，吃了早饭，少溪收起物件，包一布袱，锁了斋门⑥，三人望东而行。行未里许，田塍对面有一牛被人赶逐⑦跑过来，将周处士撞跌于田中，二人躲得快，几乎亦被撞跌。彼时是七月初秋，晚禾始插。周处士跌下便爬起来，满身都污泥粘满，笑曰：“未飞在天，先见在田。且慢论，还要回东禅寺洗换。”启文曰：“孩儿同爷爷回去东禅寺，洗净了再来。”少溪亦要同回，周处士曰：“我自回寺洗净就到，汝二人不必同回。”少溪曰：“务必就来，免贤侄悬望。”周处士曰：“兄家之旧老酒⑧，弟亦欲与共消

① 乞食婆走贼，跟人哄：歇后语，乞丐婆子逃贼乱，瞎凑热闹。哄：起劲，凑热闹。

② 槛：一种四方形木仓，用于贮谷米。

③ 啜：饮。

④ 许夜：那夜。许：指示代词，那。

⑤ 隔了一宵：（借宿）过了一夜。

⑥ 斋门：书斋（书塾）的门。

⑦ 赶逐：驱赶。

⑧ 旧老酒：贮存了数年的老酒。

遣。”少溪即将包袱解开，取出衫裤并锁匙交与处士带回，即望东去了。

周处士折回，带水拖泥回到东禅寺。开进书斋，烧了热水，将身洗净。换了衣服，将泥水洗净，挂在天井中晒干。那日天阴，未得快干。独自无聊，知有藏酒余粮，取出一人独酌。不觉天晚，便住一夜。天未晓即起，蓦见西北有一道紫气冲霄，忙出寺望之，起自金鸡山中。随锁了门，寻气至山，登攀玩遍，羡曰：“穴是金鸡，将来必有王者兴。可惜脊背有伤，虽兴不久矣。”

金鸡山在郡城之东，秦时望气者谓金鸡之祥，遂掘其脊背，今为丛冢。山之北名青娥山，猎岭，西连箭山。

周处士原不走贼，因子所迫，勉强同行。今将子寄托有所，正欲托故回头，恰好被牛冲跌田中，遂得意回寺。当时看了金鸡山王气，遂进城。见家家柴门锁闭，大街并无一人，独自拍手笑曰：“世间都是巾帼之妇人，何无一人是男子耶?”随步至开元寺，寺大开，并不见一人，前后游遍，遂上浮屠一望，正与五虎山①相对面。视塔壁上可写字，遂拾一瓦片，划七字对，云：“塔级无灯留月照，寺门不锁倩云封。”题完，弃了瓦片，步出寺，到乌石山家中等讽黄巢。

开元寺在芝山之南，其地旧隶怀安，今属闽县。闽王审知运铁三万斤铸弥陀像于芝山之麓。下有古井，深不可测。明王恭《题冶城开元寺》诗云：

城里青山闻梵音，灵源高阁影沉沉。
鸟边古树人烟近，象外云花野照深。
苔色满廊行履迹，月明空界印禅心。
自怜世上多氛垢，未得焚香礼佛林。

再说周启文随虞少溪到了东山虞公庵。少溪儿子外出，家中无人，故将内室关锁，外屋借与族人居住照看。今回来开了内室，存有粮米，拂拭床榻椅桌。少溪在内收拾，启文出外游玩。看那叠嶂层峦，环住门前苍松翠竹，真是清幽所在。

虞公庵在东山之麓，虞寄隐处。寄，会稽人，梁时避侯景之乱走入闽省。陈文帝天嘉四年，闽刺史陈宝应谋叛拒命，苦谏不听，遁迹东山。宝应使人烧其屋，虞寄安卧不动，亲近者将扶之出。寄曰：“吾将何往?”不出。纵火者自救灭之。至宝应败，宾客皆伏诛。文帝见虞寄，礼貌之，辟为掌书记。闽人重之，名其地为虞公庵。寄无子，以兄之子世南嗣之。少溪乃其后裔也。

---

① 五虎山：位于福州南郊，因形如五虎而得名，又称方山。

启文避贼在虞公庵，倒十分稳当。惟父未至，时刻怅望不了。

正是：寄迹孤身游不倦，思亲双眼望将穿。欲知启文望父如何，且听下文分说。

第三回　佛寺喊贼走人众　山岩开洞藏娇娘

且说启文望了二日，父犹未到，心甚不安，欲回去寻讨。因少溪曰：“令大人知有旧老酒在此，今日不来，明日亦跑来，何用去寻。”启文于是不回。此且慢表。

且说吴勗进士带妻子走到东山下，先到伊佃户家中。他佃户名李灵，见了佃主到了，即殷勤接进。过了一日，灵曰：“非是推辞相公，此处乃是总路①，不是躲贼之所，小人一家亦要走避别处。今有一处极边僻清净，请相公们到那里安住。”吴进士答：“好。”随带妻子跟李佃户缓步至山窝里，见一座大丛林，即圣泉寺也。同进山门。地场广阔，殿宇宏敞。邀②至西厢罗汉殿，李佃户指曰：“此处清洁，可以住得。”遂入安顿。李灵随搬进柴米等物停妥，辞别而去。

过了一夜，吴进士次早出山前山后一看，四面皆是削壁，树木阴翳。因想：“假使贼兵至此，前后无处奔走，岂不作笼中之鸟耶?”遂与妻子说知，即使家人吴义去唤李灵来，再觅居处。谁知李佃户举家亦走③去了，无处寻讨④。惟望他再来相商，将包袱包好等候。

此寺起先只吴进士一家居住，犹属清净。不过二日，携男扶女簇拥而来，把一座大寺住满，嗷嗷哄哄，无片⑤清静。吴进士不能耐烦，望佃户不来⑥，心急如火。当家和尚仁慈，亦无言说⑦。惟头陀法济心中以为男女混杂，触秽三宝，口里喃喃，走出骂之不休。慧觉闻之，叫骂曰：“出家慈悲为本，方便为门。人避难至此，与汝何干？如再多言，我先将汝逐出。”

---

① 总路：大路。
② 邀：引导。
③ 走：逃避。
④ 寻讨：寻找。
⑤ 无片：没有片刻。疑脱一“刻”字。
⑥ 望佃户不来：望佃户来，佃户却一直没来。
⑦ 亦无言说：意为“也不责备”。

法济被师责骂，不敢回言，退入自己房中，自饮自酌。到了次日，食得大醉。因师父骂伊多话，都不作声，悄悄走出山门口，高声喊曰：“贼从后山来了，还不快走耶？”寺内走贼[①]之人心本是虚的，以为真是贼至，蜂拥跑出，惟恐迟步。吓得吴进士魂不附体，吴义背了包袱，一家夺门走出。可怜林氏母女二人鞋弓袜小，本来不出闺房，如此崎岖之山如何行得？只得咬着牙根，勉强而行。走未里许，后面有数十人叫喊：“贼来，快跑些！”一阵飞跑冲过，将吴进士妻女冲散。但一路乡村闻知贼至，俱以为真，各乡尽挈男带女逃走，路上不绝飞跑。吴进士喘息不定，坐在路旁，又冲散妻女。俟人将跑尽，望后面静悄悄不见一人，自想：“是贼至，岂无旌旗号炮，莫是扬言[②]，一摇百动？”遂不走，回头寻讨妻女。

幸喜吴义会跑走[③]，抱着大受先走。因路险径窄，亦有相争先跑者跌落坑下，跌死者无数。吴义忙退入岩边歇息，望后面似无贼影响[④]，知贼未至人先惊走之误。遂回旧路寻讨主人，恰遇吴进士，又去寻主母与小姐。

且说林安人被一阵飞跑冲散，行又不能，站又不能，只倚树缝中，俟人跑尽，方坐于路旁啼哭。吴义幸亦寻着，惟青娘并无踪迹。吴义曰：“小姐不知走散何处，如之奈何？先须寻安身之地，再寻小姐。奴婢[⑤]有一胞侄，在大乘寺出家为监寺。今隔十几年，未知在否，请主人同主母、公子且到白马庙暂歇，俟奴婢去大乘寺讨[⑥]胞侄。伊如在寺内，不愁我们无安身之所，再不至如圣泉寺误事。”吴进士应诺曰：“汝赶紧去，即速回来相商。”吴义即将大受放下便跑。吴进士携着妻子，到白马庙内坐等。

再说吴义来到大乘寺，静悄悄无人。直至东廊，有一小行者出来，问曰：“汝是何人？来讨何人？”吴义答曰：“借问一声，宝刹有一清师父在内否？”行者曰：“一清师父即是做当家[⑦]。”吴义听说侄儿做了当家，心中大喜，曰：“劳为通报，说九仙山吴义来了。”行者进去，少顷出来，曰：“家师[⑧]请进。”

吴义进内，见了一清，各谈旧事。吴义就将主人走贼之事述了一遍。一清曰：“叔父何不早到此？别人不管，既是叔父之人，须当保护。”吴义便问：“有

---

① 走贼：逃避贼乱。

② 扬言：故意张扬的虚假信息。

③ 会跑走：善于奔走。

④ 影响：身影及响动，即动静。

⑤ 奴婢：家仆自称。

⑥ 讨：找，寻。

⑦ 当家：寺庙里的负责僧人。

⑧ 家师：本寺师父，这里指本寺主持。

好所在否?”一清便带吴义至内室。揭开地板，下有木梯，同下去。曲曲小径，直透[1]山窝，有大窖甚敞，可容得二三十人，家私[2]什物俱备，乃和尚存私之所。吴义大喜，出来赶到白马庙内，与主人说了详细。吴进士叹曰：“早知有此好去处，不致失去娇女。”随带妻子、吴义到大乘寺。进方丈，会了一清，各叙寒温，称谢。遂入地窖安身，得了极稳当所在。只是林安人啼哭娇女，好不凄凉。吴进士同吴义各处寻讨，杳无踪迹。那圣泉寺僧众不知何处去了，只遗空寺矣。

再说吴青娘被人冲散，硬跑[3]许多路，实在不能行[4]了，心中想：“再行，到底行何处安身?不免寻个所在歇息。”便将身闪进山缝。恰好有一石岩，二块开一谷[5]，只容一人侧身。入去数尺曲曲，望中间似是洞门。大着胆再塞[6]入内，一看别有天地。只见亭榭俱全，花木参差，又有房舍。曲径中多是榴花，风来摇动，花片乱落，胜似桃源。

青娘玩了一回，至洞门口。有一片大石，似可摇动，心想将来掩住洞门甚好，可惜力不能举。以手推之，不意即动。尽力推之，将洞口掩闭。骇甚，以为无门可出，又反推之，即开如故。心中觉悟，此乃天然机关，救奴性命。凭他贼有千兵万马，亦难进此。只是肚中饥了，奈何?仰头一望，榴花中有实下垂可摘，即折下一颗在手，觉芳香无比。即去其皮，入口甜如糖蜜。青娘大喜，以此充饥。只恨双亲、弟、仆冲散何方，不知性命如何，不能共在此处避难，泪涕不止。今且慢表。

且说黄巢尚在南海未至，其贼将先至。各带兵马几万，自漳、泉、兴化[7]一路下来掳掠。七月十三至闽省[8]，分散四方。内有一将名郝豹，由东路下营。

先说周启文在虞公庵望父，一日过一日[9]，犹不至，心中十分焦躁。欲回去寻，少溪不放。直望五日不至，谅来讽贼命必休矣。又闻贼将临城，急甚，欲奔回拼命扯来，又怕少溪拦阻。心生一计，谓少溪曰：“久闻此山佳胜，小侄去游览何如?”少溪曰：“玩水游山乃吾侪之乐事，如何不可。惟此山高险，须

---

① 直透：直达，直抵。

② 家私：家具。

③ 硬跑：勉强地跑。

④ 行：行走。

⑤ 二块开一谷：两块岩石中间有个口子。

⑥ 塞：挤。

⑦ 漳、泉、兴化：福州以南的三个“府”，旧称“下三府”，今漳州、泉州、莆田三市。

⑧ 闽省：此处指闽省城，福州。

⑨ 一日过一日：过了一天又一天。

小心，只在近处看看即回来吃午饭。”启文答曰：“领命。”便出庵悄悄转过山边，寻旧路回。不意被贼遇见拿去。

俄有黄巢手下郝豹带一枝人马潮涌而来，在郡城东山下安营。面溪背山，周围张起帐篷，戈戟如林。有一小贼兵禀曰：“奉中统军令，请将军今日齐到城中会事，明日再归本部。”传报进营，郝豹吩咐头目看守营寨，便骑一匹乌马，带几百健卒向城内去了。贼将去后，各贼俱分散掳掠财物，杀人放火。还有看守营寨的草寇，亦结队去抢劫。只余一座大贼营，空无一人。

正是：渠魁入郡闾阎惨，草寇临乡士子危。且听下文分说。

第四回　榴花洞佳人救才子　乌石山隐士藐贼军

却说贼将郝豹在东山下寨，连营二三里路，那中军帐就搭在吴青娘存身石洞前。青娘在洞已二日了，吃了几颗石榴，觉脚酸痛，入于亭内睡了一日。醒起来，见满庭月明如昼，独坐赏玩。因思不知贼兵如何，悄悄出去探望一番。随推开石门，曲曲塞出①。探头一望，见那帐房围绕，光明如昼，灯月相映，看得清楚。知贼已至，心惊胆寒。方欲转身，忽闻那边树旁有人叫唤之声。回首见树上缚有一人，离洞甚近。心中想："必是被贼拿来糟跶②。"见静悄悄无一贼人，遂走近前低声问曰："何人？因何缚此？"那人以青娘为贼之妃妾，答曰："被拿，要劈取脑浆，求娘娘救命！"青娘曰："贼人何处去了？"那人曰："皆抢劫去了，快来救命！他回来即来取头脑冲酒③吃。"说罢大哭。青娘见缚得牢紧，解不能开，心中着急，惟恐贼至。瞥见树下有遗刀一把，即持起将绳割断，那人得放下来。

青娘曰："快走！快走！"自己要回身进洞。那人将青娘衣襟扯住，跪在地下泣曰："救人救到底，走何处去？"青娘曰："贼人不在，怎的走不脱？"那人答曰："贼有几千将至，四方八面皆有，何处可走？"

青娘被扯住不放，自思："我寡女携带孤男同隐一处，实属不便。若不带他入洞，依旧被贼所拿，如何是好？莫若带他入洞，指他别住一处，俟贼去后凭他去罢。"想定主意，曰："莫高声，今带汝去。"那人遂起，手仍不放，跟随青娘入洞，蓦见有一世界，手方放下。青娘引至亭外曲榭，谓之曰："此处可以存身，俟贼退去，须出去。"青娘说罢，便去推开洞门，回身进内亭去睡矣。那人独倚栏杆，不敢动步。初以青娘为贼之妻妾，今又疑其为仙妃。若非兰桥，便是天台，不胜欣幸得入此福地，只在亭边过了一夜。

---

① 曲曲塞出：曲着身子挤出去。

② 糟跶：糟蹋，折磨。

③ 取头脑冲酒：挖出脑髓，加入酒调和。

青娘睡至次日午时方醒，思：“昨夜之人不知是何等人，虽不与之亲近，但问之几句亦无妨碍。”遂出亭外曲栏边，见其乃白面书生也。那人忙迎，跪下曰：“敢问仙姑何号？此洞何名？乞即赐知，以图报效。”青娘曰：“不必如此，请起来说。奴家非是仙姑。今先问汝，居住何处？贵姓尊名？因何被贼拿住？”那人曰：“家住乌石山下，姓周名启文，年十八岁。家严字太朴，先母早逝，并无兄弟。逃贼至虞公庵，因家严未至，回去寻讨。途中遇贼，被他拿住。见小生年轻之头脑堪冲酒吃。因贼将未回，绑缚于树，待其归，劈取头脑。幸遇娘娘搭救，没世不忘此恩!”

言讫，青娘讶曰：“原来是乌石山周隐士之公子。闻家父言及称羡，故知之。奴家乃九仙山吴进士仲勔之女，亦随父母走贼。猝被人众冲散失路，投入此处存躲①。并不知此洞是何名胜，无人看守，疑是仙人洞府。至夜出访贼兵有否至此，谁知贼营即搭此洞外，方遇公子，能解救之带入同躲。可不是过江泥菩萨，自身难保，还保别人?”启文讶曰：“原来是九仙山吴会伯②之千金，妄疑作仙妃娘娘，多多得罪。但小生得蒙再造，还不知家严有无见贼③，吉凶难测矣!”青娘曰：“奴家亦愁挂双亲弟仆，曾默占一卦，幸吉而无凶，才可放心。今奴家亦与公子代占一卦，占看令大人吉凶如何。”启文曰：“此处哪讨有④龟壳古钱?”青娘曰：“不须此物，惟随意指物便占断。”

当下启文遍望无物，就指青娘身上曰：“即以小姐为卜。”青娘曰：“以奴家卜令大人，就大恭喜了，必乐而忘忧。”启文以是嘲己，低头不答。青娘曰：“此乃据理直断，并非戏言。奴家乃吴女也，‘吴’‘女’乃娱字，即乐字也。将吴女卜令大人，怎不娱乐也！请熟思之。”启文闻解有理，遂欠身曰：“断果明公，拜谢金言。”

盖青娘出来，本拟问了即退。闻知乃名士之子，遂忘避，便与坐谈不倦。因思：“乃名士之子，不知亦是书呆否，今试哄弄之便知。”随问：“公子，随身带有干粮否?”启文答曰：“未曾带有。”又问曰：“无带干粮，以何为食?”答曰：“先曾存死⑤，哪里知饥，今才觉之。小姐必有，可分些少⑥?”青娘曰：

---

① 存躲：躲藏。“存”为“藏”的别字。

② 会伯：福州人尊称同辈的父亲为“会伯”。

③ 有无见贼：是否真去见了贼首。

④ 哪讨有：哪里能找到。

⑤ 存死：作死的心理准备。

⑥ 些少：少许。

“奴家亦未带，这样说来，不齐饿死了？”启文曰：“不遭贼人之手，便效夷齐亦甘心。”青娘曰：“十恶之亡，不过一时吃亏[1]，独饿死难过，比劈脑还吃亏十倍。今且商量，莫等齐饿死。或将奴家之头脑劈与公子度命，抑或公子之头脑劈与奴家度命。效古人羊角哀、左伯桃，可活其一，以免齐死。何如？”启文曰：“极是。但小姐之脑不可取，如取又出一中山狼了。可将小生之脑劈与小姐度命，一报小姐救命之恩，二当未曾遇救被贼劈取一般。只是要将小生之尸首埋在荆柯墓边，免使将来小姐相从于地下。”青娘曰：“公子自愿，似亦可行。不知贼寇几时方去？一脑能度几时？还要将公子之尸留着慢慢来剐割度日，怎舍得埋耶？”启文曰：“不埋肉，骨总要埋。”青娘曰：“骨亦不埋，带回去还市五百金。”启文曰：“想不到小生之贱肉能中小姐之口腹，贱骨能添小姐之私囊，两有裨益，小姐怎的不留？快拿刀来，先取肚肠去答答口[2]，脑待王孙来再议取。”青娘思：“好厉害，道他是晋惠帝，谁知还是东方朔。我只比他作马，他将我比作李亚仙，又比作庄子妻，反上他的当。”

盖青娘平素诙笑，才此孟浪[3]；而启文乃志诚公子，何亦如是。因见深闺小姐都如谑谈，不得不如是酬答之。青娘既知其黠，便不再说。便笑曰：“公子肯杀身以成仁，奴家定不求生以害人也。不可，不可。”启文曰：“若不可，焉能免作夷齐！”青娘曰：“待奴家去寻来，虽无灵芝，亦有仙果可以度饥。”青娘随去摘一颗石榴放于石桌上。谓曰：“何如？果是天公垂怜，赐榴与我两人度饥。”启文正饥甚，随取过，笑曰：“天恩不可负，须当领受。”入口作几口，连壳带核吞落肚去。青娘笑曰：“先前曾杀身以成仁，此则见物而忘义了。”启文曰：“该死该死！若赐桃不让而死，今赐榴独食亦要自杀耳。”青娘曰：“昔二桃杀三士，今一榴扼万军，何须死？”启文曰：“似此忘义，不死亦要逃。”青娘曰：“亦不须逃，今就此作一对句与公子对，如对得，再去摘榴同食，如对不来，汝去死去逃由汝[4]。”启文曰：“敢不如命。”

青娘随口出对曰：“既有石（实）榴（留）何须桃（逃）。”启文连声对曰：“若无橄（敢）榄（揽）焉得藕（偶）。”

青娘怒曰：“谁与汝偶，连榴不成了。”启文辩曰：“此偶乃偶遇之偶，并非佳偶之偶，休得错怪。”青娘曰：“不是那偶，犹可与榴。”又去摘三颗石榴，递

---

① 吃亏：难受。

② 答答口：解解馋。“答”：福州话“压”的同音字。

③ 才此孟浪：才这么孟浪。

④ 由汝：任凭你。

与曰："奴家已用过了，公子再用添饱。"启文先谢而接过，食完，觉精神清爽。

言答之间，不觉日已沉西，明月当空。青娘便辞入房去睡。启文曰："这早[①]去睡？"青娘曰："一睡解千愁。"启文曰："是醉非睡。"青娘曰："有醉何须睡，无醉睡代醉。"青娘念此二句便步出亭，直入房中，闭户好睡。果然太早睡不着，一合眼又觉，直待到天明。一见东方发白，便起身出户。见石榴下有列[②]瓮、锅、灶等物，启文蹲着吹风炉吹火，讶此物何来。答曰："是酒。"青娘不信，前看果是美酒。又问："何来？"答曰："小生前日被贼缚在此洞外，见贼众扛抬大坛小瓮存于山窝里，又有一众捧碗拿炉进于山窝，停一会出来，个个脸带红色，始知是抢来的酒存在那里偷饮。昨夜因小姐说以睡代醉，方才思及。等小姐睡了，小生即偷出去窥之，见山窝里众贼正在聚饮。突有人至，喊曰：'大众都去乡间打劫，汝们还在此饮酒！点名不到，腿都要烂。'众贼闻喊即刻散去。内有一个说：'此去等天亮才得回来。'又一曰：'昨夜那人缚此树上，怎被他走去[③]？幸得又拿几个来抵数，若拿无人[④]，大家都不得安静[⑤]。'一时，贼众皆散尽。小生便去看，只见酒瓮无数，遂拣了小的，陆续抱进，又将锅、炉、瓶、盏并火种一起搬来，将酒温热，等小姐出来把盏。"

青娘笑曰："公子亦为盗也。"启文亦笑曰："小生不过效毕吏部盗酒之小窃，怎及小姐学昆仑之奴盗人之大盗也！"青娘曰："不管大盗小盗，且拿来略解愁结。今有酒无肴，怎饮？"启文答曰："天公早赐佳肴，小姐因何不解？头上即是仙味，摘来正好下酒。"青娘曰："既知石榴堪下酒，何不早取来安排？"启文曰："此乃上天特赐小姐的，小生何敢先摘！"青娘默思："此子果然志诚，可放心矣。"即摘下三个石榴劈碎，排于石桌上。启文连忙斟酒三杯，把盏安好，鞠躬曰："蒙救性命，无以报答，惟此三杯淡酒，聊申诚敬，待回日再图衔结。"。青娘曰："言重。但奴家量浅，不能尽次，将此转敬公子可也。"启文曰："小姐若见弃，小生就跪于地，小姐饮毕方起。"青娘曰："不可如此，岂不折福[⑥]杀奴。"即饮了半杯，启文要跪下方饮尽。青娘亦斟三杯敬启文，启文再三

① 这早：这么早。
② 有列：列有，排列着。
③ 走去：逃掉。
④ 若拿无人：如果没捉到人。
⑤ 安静：安生，平安无事。
⑥ 折福：客气话，民俗认为身份卑微者接受高贵者行礼，会折损福寿。

让之不过，饮干三杯。

青娘曰："只此干饮无味，且讲一令来饮，何如？"启文曰："小姐之才胜小生十倍，请先讲令式，待小生学样[①]。"青娘曰："此令要两个字，或边旁[②]或脚下，拆来合成一字，又将彼此调换，乃配成字，贯串成文。公子可先讲，奴再接令。"启文再推让，青娘不许，遂先饮一杯。一会说曰："铢瑱两旁金玉，拆散暂会成钰，若将彼此许挪移，喜遂珠镇芳名。"

青娘闻此令分明是碍[③]奴，今就此回他一令，与看看明白，俾免得疑惑。即曰："公子果是捷才，奴家亦照此式，无笑！[④]"亦饮酒一杯，说曰："季安两下子女，拆散暂会成好，待归门第许交通，方遂委字依靠。"启文闻此令，亦暗喜不胜。

青娘说毕，觉令太露。启文请再起令，青娘随换一典故言之，谓曰："奴家今起此令，不须拆字，只要两个古人名，一现一隐便是。"亦先饮了酒一杯，遂说曰："周亚夫爱士卒，柳下惠泽匪浅。"

启文闻此令，不胜羡其伶俐：因许回去委字偕偶，又恐苟且，故令我学柳下惠。随亦想一典故曰："李老子过函关，云长气紫为奇。"

启文将酒饮干缴令。青娘因说曰："既两无避嫌，还称什么小姐、公子，就暂拜结为兄妹，却不愈加脱俗。"启文喜甚，遂当天结拜，启文年长为兄，青娘年少为妹。自此二人得以酒解闷，夜则分宿，在洞里逍遥。此且慢言。

却说周处士回到乌石山家中，其乡邻有数十个正在会齐[⑤]同走，见太朴回来，问曰："周先生既去了，怎的又回来？"周处士答曰："汝们看贼兵如虎一般，我看他蝼蚁一件[⑥]。待他来时，只用一口唾[⑦]，淹死他几百个。"众人曰："这书呆又癫[⑧]了，在此说天话[⑨]，跟我快快同去逃生。那蝼蚁厉害，会叮死人的。"众人俱来拖之同去。周处士变色曰："汝们都是怕死的，要走凭汝[⑩]走，

① 学样：模仿。
② 边旁：旁边（偏旁）。
③ 碍：话中有话地揶揄对方。
④ 无笑：莫笑，别笑话。
⑤ 会齐：会合。
⑥ 一件：一样。福州话"件""样"同音。
⑦ 唾：唾沫。
⑧ 癫：发疯。
⑨ 说天话：说不着边际的话。
⑩ 凭汝：随你。

没来由拖我去作甚？”众人答曰：“汝真不怕死？”周处士曰：“死岂不怕，要死重于泰山，不死轻于鸿毛耳！”众怒曰：“莫管他，这老书呆，好意带他同去，反骂我们贪生怕死。”众人自去了。周处士一人在家，专等黄巢进城讽谏。

谁知黄巢未至，只是偏将带数千兵先至。七月十三会齐入城，将仓库搜劫了，便分寨四方去掳掠。周处士探知不是黄巢，仍回在家再等。且不表。

再说贼将郝豹等在福州抢劫七日。足意[①]了，会齐，十九日分途由西而去。贼既去尽，远近逃走之人带妻携子陆续回来。其屋或拆或烧或糟跶，家私或原锁不动。吴进士仲勛躲在大乘寺地窖，一清和尚报知贼去，即拜谢和尚，带同妻、子、奴仆回家。且喜房屋依旧，想起娇女不知存亡，悲伤不已。

再说周启文同吴青娘在洞里，终日惟酒，对酌解愁。那日将杜工部诗中改换数字，顺口吟曰：

舍南舍北皆秋水，但见群鸥日日来。
花径未曾缘妹扫，洞门今始为兄开。
盘飧数去无兼味，樽酒携来只解怀。
青在花前相对饮，再行斟取尽余杯。

青娘闻之，谓曰：“兄要兼味，待小妹去取。”随步至溪边，拔一把野菜洗净，放在小锅内，折带叶之生柴煮熟，连锅持来，放于石上，曰：“今有兼味，兄快来尝。”启文便折小竹为箸，先食几箸，谓之曰：“千里莼羹未下盐豉，真吴中之味也。”又曰：“只道秀色能疗饥，不意无盐亦可口。”青娘听了想：好作怪，将奴比隋之绛仙，借齐之无盐来陪衬；今且恕之，俟后日再来盘本[②]。便答曰：“既晓得秀色可疗饥，喜食无盐之野菜，何无忌淡之甚也。既无忌惮，将来必请兄食痛快。”启文曰：“意美亦甜，淡焉敢忌。”

二人谈说，不觉月上，已是半夜。青娘叹气曰：“‘水底有天春寂寂，人间无路日茫茫。’父母何在，于心怎安，趁此月色，同兄出去窥探贼兵退否。”即同启文开门出洞口一望，四山寂悄，明月当天。

启文走到路口，听一帮行人说曰：“有胆大的，昨夜都回去了。”或答曰：“我们胆小，等贼去了干净，今夜摇摆回来，多少放心。”启文闻此喜甚，忙回洞对青娘曰：“汝我落于尘界外，不知贼已去多时了。此时人都走归，惟我们二人还在此处躲，快进去收拾，明早亦回去罢。”二人复进洞里，青娘思亲泪下，

---

① 足意：满足。

② 盘本：翻本。本指生意亏损后把本金再赚回来，引申为报复。

亦改换杜工部诗云：

野外传闻贼遁北，初听啼泪满衣裳。

却看父母愁何在，漫别溪山喜欲狂。

尽意被兵须纵酒，知心作伴好还乡。

即从后屿穿前屿，便下上洋向半洋。

当时九仙山在城外半洋墩，其后屿、前屿、上洋、半洋皆东关外之墩①名。

启文曰："妹妹不须放歌，余有半瓮酒，今夜把它消完，明日好作伴还乡也。"遂拨火添柴，热起酒来，尽意饮了一回，后将瓮、锅、灶都搬出安在山坑，去内外扫了洁净，天已大明。二人朝内拜了四拜，谢了仙灵，携手出洞。其石门倒推闭了，认明山势，以便后日再来。由旧路而行。

青娘当时走贼心慌，顾不得脚痛，今回来心定，便知脚痛，未行成里路②，便走不动了。将手搭在启文肩上缓缓而行，遇着人便以兄携妹。一里一坐，二里一歇。青娘从容谓启文曰："兄今日送小妹回家，如见着双亲，必须如此如此言之，切勿实说。"启文曰："怎敢忘恩，愚兄断不敢如命。"青娘曰："从不从在兄，若依此而言，日后还有再会之期。如不依此说，今日到家一别，休想再会之日矣。"启文被其拨醒③，方悟："我乃寒酸苦儒，若还不颠倒言之，未必便能再会。"即点头应允，青娘暗喜。二人缓缓望九仙山而来。

正是：迟逢纯孝兄无脑，岂料多情妹有心。欲知到家如何，且看下文分说。

---

① 墩：村。

② 成里路：一里路。

③ 拨醒：得到点拨而醒悟。

第五回　情慕情救郎言救女　讹传讹寻父转寻儿

却说启文沿途扶着青娘缓缓而行。至日沉西，到了九仙山吴家门首。恰遇吴义在门口，一见飞跑进报。吴进士夫妻正在悲伤女子不知在否，忽闻吴义报说小姐回来，二人不要命的跑出，将青娘抱住大哭曰："以汝一定无命[①]了。汝落[②]在哪里，今日能得回来？"青娘带泪曰："外面有一个书生，乃救女儿性命的恩人，今日送女儿回家。先请他进坐，再来慢慢说知。"

吴进士忙叫吴义请进启文到厅，自己趋迎。林安人见乃后生，亦不退避，同青娘皆在厅上。询问根由，青娘含泪曰："当时冲散不识路径，躲在山缝二日二夜。被贼搜得，捆绑在贼营后山树上，等贼将来，送向为妾。那时要生无门，要死无路。至半夜，幸遇此周公子，将儿解放。带进一处山洞，别有天地，内遍是榴花，不知何洞。当时问起阀阅，都是斯文名裔，遂结拜为兄妹。在内十日，胜过同胞。昨夜探贼已去，今早又蒙他相送回来，得与双亲弟们相会，实乃得公子再造矣。"

林安人便问曰："与公子在内十日，食甚么哩？"青娘答曰："洞内有几十树石榴花，一面开花，一面结实，大如碗，甜如蜜。这十日，皆此为粮，始有命[③]回来也。"吴进士讶曰："榴花洞被汝们寻着哪！"便问启文曰："敢问公子贵居何处，高姓大名？家有何人，曾否婚娶？因何得入榴花洞里救小女性命？请道其详。"启文照青娘路上所教之语，遂答曰："晚生姓周名启文，表字玉章，年十八岁，住在乌石山下。家严名朴，字太朴。先母早逝，并无兄弟，未曾婚娶。亦是走贼[④]，至虞公庵住了一日。因家严未至，私回寻讨[⑤]。路遇贼至，走入东山，见岩谷里一洞。因走进，见洞中大好胜景，台榭花木俱全，榴实可以

---

① 无命：死。

② 落：流落在。

③ 有命：性命还在，活着。

④ 走贼：逃避贼乱。

⑤ 寻讨：寻找。

充饥。躲了一日，次夜出探贼情。讵知贼之大营正扎在洞门口，千金缚在树上。一时不忍，即将千金救进洞内。动问情由，拜为兄妹。今因贼人去尽，特送回府。但大人一家皆已团聚，不知晚生之家严曾否躲避？未知凶吉如何？不胜挂虑耳!"

吴进士同安人听了，皆不胜感佩，随曰："原来是乌石山名士周先生之世兄，失敬失敬！贤契可知此洞之来由否?"启文答曰："不知。"吴进士曰："此乃榴花洞。本朝永泰年间，有樵者蓝超逐鹿进洞，遇一老翁，与榴花一枝而返，复往遂失所在。其榴花经年不谢。后人多往寻之，弟亦常同诸友往寻，皆不得见。贤契与小女何幸，不寻而遇。此乃仙翁之仁慈，来救二命也。另日同贤契赴谢仙慈可矣。"启文答曰："晚生自当带路。"言讫，便起身告辞回家探父。

林安人慌忙叫道："公子慢些，去了十余日未沾米粥，此刻饭已煮便，请来用了再去。"启文要去探了再来。吴进士曰："贤契孝道，且慢留饭，先奉点心。令吴义随至府，若令尊已回，即请同来会饮。如未回，贤契可即再来至寒舍，还有话说。"随令吴义先捧出点心，各食了。启文便同吴义到乌石山自家门口。见门仍锁着，随问近邻。诸邻曰："不要说起汝大人，说起真令人肚都气裂去[①]。那日人都走尽，惟独我们十余人煞尾[②]走，见汝尊大人还在家中。念是儒者，好意带伊同去，谁想不去也罢，反骂我众人皆是贪生怕死的。伊不怕死，在此等贼进城，只用一口沫淹死众贼。我众人再三拖之不去，反被抢白一场。我们无奈，由他自己去了。至贼过回来，听见人说，有人冲进贼营，被杀无数。今人人已都回了，独伊一人不见，一定是飞蛾投火了。"

启文一闻此语，放声大哭。随将锁劈开，进内查看，一切如故。将在此不去，吴义强扯之，始锁了门。复至九仙山进见吴进士，将近邻之言述过。吴进士曰："还未十分的实[③]，且勿悲伤，看几日再访。"启文曰："此实至十一分了。起初在双峰寺，后至东禅寺，皆言待贼来往讽之。经懒安和尚、少溪盟伯拦阻不听，反骂伊'缩头龟'畏事，枉读书。后被牛冲跌田中，回去换衣服便不来矣，盖主意定也。今又闻众人说一定遇害，但不知尸抛何处，早不去寻，恐朽腐难认。"言罢掩面大哭。

吴进士曰："且慢着急。天已黑了，哪里看见。俟明日遣小仆同贤契去寻访。如令尊尚在，弟便不敢相留。今惟贤契一人，无以相依，不若即在此处住

---

① 肚都气裂去：肚子都要气炸了。裂去：裂掉。

② 煞尾：最后。

③ 十分的实：十分确实。

止。明日若寻着令尊之尸，所有丧葬弟代为办理。若寻不着，则吉凶未定，望有回来之日。贤契尊意如何？”启文曰：“敢不如命，惟不当先受重恩耳。”吴进士曰：“言重，难称救小女之万一也。”时内厅早已排便酒席，遂邀进内会饭①。是夜开设书房，请启文在内寝宿。

次早用了早膳，吴义随启文去城厢内外寻匝②，俱认不是。连寻数日。吴进士谓曰：“寻之既无，必未成凶耳。”启文仍查寻不怠。

那夜晚膳后，吴进士与林安人商曰：“今周郎既孤身无倚，又有救女之德未报。欲赘为婿，以德报德，如何？”林安人曰：“妾心已思及。女儿与伊十日十夜同处，纵冰清玉洁，那‘犯疑’二字难免。相公若肯与他配合，殊属相当。昔柳毅过泾阳带一信，而洞庭既酬之以珍宝，复配之以爱女。今周郎之德比寄书之惠更重，岂有不报之理，惟不知他二人心意如何。明早相公先告知周郎，看他口意③若何；然后妾对青娘说，也看他是何口意，便可猜度他二人在榴花洞之行为矣。”二人商定。

次早吴进士至书房见启文。先谈别事讫，遂曰：“弟昨与拙荆相议，贤契有救小女之大德，无以为报；又值令尊公不在，孤身无倚。意欲招赘贤契为门楣，彼此相当，万望贤契金诺。”启文闻言，满面通红，答曰：“此事断不敢从命，内有三件不可。”吴进士问：“那三件不可？”启文曰：“一，家严寻讨无着，必被贼所害，不共戴天之仇恨在身；二，有罔极之重孝；三则与令千金当时结拜为兄妹，即同手足一般。有此三件，怎敢从命。惟求大人俯察愚衷，不胜幸甚矣。”

吴进士答曰：“贤契所言之三不可，皆合于正理。但要开解而论：一，反贼扰江山，杀戮甚多，天下同仇，奚止贤契一人？二，令尊之凶信，只是耳闻，并非目击，凶服未便遽成。三，贤契与小女结为兄妹，乃当时表明孤男寡女之意。今从父母之命，谁敢疑议？有错弟皆承当，祈勿再辞。假使日后令尊公有的确凶信，丧堂多一孝妇，岂不更好风光耶？”启文曰：“老先生之论岂有不合于理，晚生不敢再辞。只求从容一步，俟寻讨家严有着落，再行可矣。”吴进士曰：“既蒙金诺，成礼迟早有何不可。”便辞出书房，进内述与林安人知道。

林安人遂进青娘绣阁，谓青娘曰：“周郎之父寻无尸首，必未曾死。汝父与

① 会饭：一起吃饭。
② 寻匝：找遍。
③ 口意：话中意思。

我相商，汝配与周郎为妻，以酬其德。吉期不远，汝可赶紧刺绣妆奁，早备作新人[①]也。此意若何？”青娘答曰：“母亲说哪里话来。女儿与周生当天结拜为兄妹了，今又为夫妻，雷公击之[②]。母亲快与爷爷[③]说，此事有关风化，不可乱为，女儿断不敢从命。”林安人笑曰：“莫须有，齐文姜岂不是兄妹？杨太真岂不是儿媳？”林安人话未说完，青娘变色厉声曰：“母亲别人都不来比，单单比此灭伦败常之人，把女儿一点清白坠于污泥，要留此命何用？”两眼流泪，起身望墙便撞。林安人慌忙扯住，陪笑曰：“勿恼勿恼！是我失言，切莫见怪。汝且坐下，待为娘与汝说明白。”青娘因母陪笑，脸已稍回，复坐下不语。

林安人曰：“汝父与我思维[④]，怕汝不依，叫我来分说。据为娘看来，有三可从：一则效龙女配柳生，以德报德。二则招卫玠为门楣，不啻冰清玉洁。三则父母之命，不负三从四德。汝父先到书房与周郎说之，周郎亦说有三不可，不肯从命。汝父开解之曰：‘在洞中盟拜为手足者，乃一时孤男寡女，无苟且之意。今已回家，有父母作主，谁言不可？’周郎方肯，惟说再缓一步合卺。周郎既已顺从，娇儿亦要从命。如有错处，皆父母承担也。”青娘因母如此温语，惟低头含羞不答。林安人会意，便出与吴进士述了一遍，皆称赞在榴花洞果然清洁[⑤]。结为兄妹，不为夫妻，因劝之再四，始勉强顺从，可善之甚。谁知他二人早埋伏瞒天过海之策也。

启文每日仍出访父着落，逢人则涕泣查问，见者皆怜之。谁知当日周处士回家，邻人要带伊同走，伊反将邻人大骂。众人皆走，他独住不走，一人在家。俟贼至，探知不是黄巢亲来，伊去虞公庵寻子矣。

先说启文在虞公庵，托言游山，偷回寻父。虞少溪等了一日，不见回归，将往寻之。因贼临近扎营，便不敢出来，躲在屋后岩谷。至贼退，方敢出来寻讨[⑥]。见有人死在深坑，尸首被野兽扯碎不全，衣服色相似启文。少溪以为启文必是游山跌死，遂将余尸请人掩埋。那日周处士到来寻子，虞少溪不敢隐瞒，只得实说了。周处士乃洒脱之人，惟自己哀伤流泪，并无怨及他人。少溪遂留周处士在庵中消解烦恼。

---

① 新人：新娘。

② 雷公击之：（乱伦）要遭雷击。

③ 爷爷：称父亲。

④ 思维：想。

⑤ 清洁：（品行）清白无辜。

⑥ 寻讨：寻找。

约有半个月，因同少溪来城内玩塔①，顺回②乌石山自己家中。邻人见之，惊问曰："周先生，汝在何处？可怜令郎天天各处啼哭寻汝。"周处士与少溪问曰："是何人?"邻人曰："启文不是令郎耶？现在九仙山吴进士家中，闻说要招他为女婿。周先生快去寻伊，免伊日夜啼哭。"二人听了，大喜，忙锁了门，飞至吴家通报。启文赶出，父子相抱而哭。吴进士随至，大为欢悦。携进内厅，分宾主坐下。

周处士问启文曰："汝在大伯处，缘何到此?"启文仍将在榴花洞之根由，前对吴进士说的，照样说了一遍，又将寻尸之事情亦说了。周处士与虞少溪闻了，又惊又喜。周处士亦将贼去、虞公庵寻子、错认子死的来由亦说了。吴进士曰："彼此都是作一恶梦，今日皆被金钟撞破，可喜可贺。弟今日得见老先生，乃天所赐。一事正候领教：小女蒙公子搭救，一家感佩不已，同拙荆相商，欲将小女配执箕帚。令郎以未奉父命，不敢遽允。今亲聆教，不知尊意如何?"

周处士曰："乔木肯附丝萝，不胜荣幸。惟是寒儒，六礼不周，奈何?"虞少溪曰："不妨，待弟执柯。但弟有一言奉告，周老弟房屋浅窄，一时修整不来，而且诸凡不备。莫若就在府上完成花烛，然后再搬回家，可好否?"吴进士曰："好极，好极！"周处士曰："好倒好，只是难为东家③。既感盛情，就将小儿交与老先生去造就一切事情，弟散荡外游，何如?"少溪曰："女婿属半子，怎么造就不得？今也不用别礼，也不用婚书。吴千金既与周贤侄结为兄妹，一家可都见得。只须请千金出来参拜公公，贤侄参拜岳父、岳母，名为磕总头，然后再择吉日合卺。诸凡都交与老先生料理，周老弟不用管，任汝散荡外游，做现成的公公，还不好耶?"各呵呵大笑。

吴义酒席排便，随请至客厅。少溪曰："且慢些食。先请老夫人同千金出来，行了礼，再食喜酒，席中亦好称呼。"吴进士遂进内邀④青娘出来。少溪引启文参拜了岳父，又引青娘参拜了公公。着吴义引启文进内，拜了岳母。拜毕，随取日历，选择吉期，在十月初二日拜堂合卺。一切事完，遂登席饮酒。首位虞少溪，次位周处士，三位启文，吴进士主位。饮酒中间，只见姻翁姻伯、岳丈贤婿称个不了。席中各述儿女失而复得悲欢情事。少溪叹曰："吴姻翁同周老弟之骨肉离而复合，悲变为欢。而弟之小儿杳无信耗，真存亡莫测也。"言而泪

---

① 玩塔：游塔。

② 顺回：顺路拐回。

③ 难为东家：客气话，麻烦了东道主。

④ 邀：引导。

下。周处士曰："兄长勿悲！来日待弟陪兄去寻访，如何?"少溪喜甚。

四人酒量皆豪，饮至半夜方撤①。留宿一晚，约会同游榴花洞。启文带路，引至东方寻觅，竟失所在，败兴而回。周处士遂同少溪至虞公庵收拾行囊，同去浙江寻子。吴进士与启文送行后回家。

正是：奇缘即遂成双去，异景那堪复再来。欲知虞、周二人有无往浙寻虞少郎，且听下文分说。

榴花洞在东山遂胜里狮子峰，山之东为古岭，下有铁鼎潭，龙居之。蔡襄《榴花洞》诗云：

洞里花开无定期，落红曾见逐泉飞。
仙人应向青山口，管却春风不与归。

徐熥《寻榴花洞》诗云：

洞门无处见榴花，麦秀渐渐古路斜。
应是游人寻不到，山深元自有仙家。

后人诗云：

谁识仙翁亦爱才，肯将清洞借裙钗。
周郎不用题红叶，满树榴花尽是媒。

① 撤：通"煞"，结束。

第六回 吴青娘遂奇缘考辨夫字 骂黄巢喷白血保全福城

却说周处士太朴以黄巢未至，伴虞少溪远游寻子。在虞公庵住了两日，备行囊起身①，顺途至九仙山吴姻翁家辞行。随留饯行，赠赆金②。启文送至洪山桥而回。周、虞登舟由水口上岸，至黄田驿，而虞少溪陡沾病症，不能前进。即在旅店住歇，就处延医调治，候愈再行。此且不表。

黄田驿在古田县，上距沧峡二十里，至茶洋驿六十里，下通水口驿五十里，又有嵩溪公馆，以达于县。

再说周启文在吴家等候。吉期既至，延请亲眷，鼓乐喧腾，花烛烂漫。启文、青娘双双出厅拜堂，饮了合卺。至暮客散，盖招上门③无闹房④。初更，伴房妈⑤便辞出，洞房门关。

启文开声曰："贤妹妹，既蒙救命之殊恩，复叨倒说之深情，此恩此情似海如山，今夜受愚兄拜谢昔日恩情二字，方敢成就花烛。"青娘答曰："小妹亦要拜谢十昼夜陪伴之德。"二人对拜毕，启文曰："有一对句贴切妹妹身，请对之。"即云："感青娘，有心即为情。"青娘思了一晌，便对之曰："羡玉章，无点不如玉。"青娘既对就了，谓曰："小妹亦有一对句，亦来请教，何如?"启文答："愿闻。"青娘看房中桌上排⑥古铜炉一座，炉中插点安息香十余条，上面悬挂大琉光⑦一个，光亮⑧。触景出此对云："琉光之下数条香，众星捧月。"启文听此对句，搜索枯肠，竟对不出，只是房前走到房后。

哪知青娘之弟大受，时已六岁，在房门板缝偷瞧，忙进内与父母曰："姐同

---

① 起身：动身，启程。

② 赆金：临别时赠送的路费。

③ 招上门：男子入赘女家。

④ 闹房：闹洞房。

⑤ 伴房妈：职业性伴娘，在婚礼上照顾新娘，应酬宾客。

⑥ 排：摆放。

⑦ 琉光：长明灯。

⑧ 光亮：闪闪发光。

姐夫在厅上拜堂，进房后门紧闭，又拜，竟不去睡。姐不言不语坐椅桌上①，姐夫在房中车车转跑来跑去②。”林安人闻之，遂至房门前，从门缝张看，果然。即将门敲开，问之曰：“汝两个何事不去睡耶？”青娘立起答曰：“因触景来作诗对，未曾对完，故未睡。”林安人笑曰：“好笑话！今日何夕，做甚么对？有何对未曾对完，念与娘听，亦来做对。”青娘遂念出。林安人问：“曾对否？”青娘答：“周郎尚未对就。”林安人笑曰：“这颠婆③出此双关对来考新婿。此对即曹子建再世，亦不能就对。姑爷勿理伊，已四更了，快去安歇，明日再论。”青娘亦转语曰：“其实难对。有物无景，有景无物；景物都有，又不浑成。”此乃青娘出个龙船鼻与启文转弯④之意，谁知启文不服输，答曰：“岳母大人先请安歇。此对小婿总要对就才罢。”林安人曰：“转瞬天明，若不完卷怎处？”启文曰：“房考不比院考，继之以旦无妨。”林安人因女婿要对就，亦坐在妆台桌前椅上默思对句。

三人好似哑子一般，林安人想了无聊，将大镜面上镜帕揭起，脸对镜里照。忽然触景得句，不敢言出，惟双目瞥看女婿，口向镜里呵气。启文觉悟，叫曰：“有了，有了。”林安人曰：“姑爷必有佳句，请念出来领教。”启文念云：“宝镜之中一口气，寸雾障天。”林安人称之曰：“好奇才，真妙绝！房考既毕，监试出闱矣。”遂出房而去。

青娘闻此对句，腹里细想：“果妙绝，惟非吉兆矣。天被雾障，此对明是母亲触景，暗援周郎，而灵窍即觉，终非吉祥之兆也。”心中有些不快。

启文便关了门，放了帐曰：“贤妹痴不痴，几乎误佳期。”随来扯青娘上床。青娘曰：“何事？”启文曰：“今夜勿怪兄粗莽哩。”青娘曰：“既称兄，怎得在床？”启文笑曰：“是了，如今把兄字丢开，称夫是么？”青娘曰：“夫有几等，是何等夫耶？”启文曰：“是愚夫。”青娘曰：“愚者卤也，卤夫应在夫头店⑤听候抬轿上岭，敢在人家内室么？”启文曰：“怎么比那等抬轿之小夫耶？”青娘曰：“不是小夫，是大夫耶？便是大夫，亦该在朝堂伺主，半夜在人闺房何事？”启文气曰：“今夜真真⑥有些颠⑦了，夫妻之夫都不识，拿来讲东话西⑧不了。”

---

① 椅桌：床头边的矮桌，也可以当凳子用。

② 车车转跑来跑去：不停地打转走动。车：转圈。

③ 颠婆：疯女子。

④ 出个龙船鼻转弯：俗语，意思是退让一步，给对方一个台阶下。龙船鼻：指龙舟的船头。

⑤ 夫头店：承接抬轿、搬运等粗杂人力服务的店。

⑥ 真真：真正是。形容词重叠，表强调语气。

⑦ 颠：通“癫”，神经错乱。

⑧ 讲东话西：说话不着边际，东拉西扯。

青娘曰："半点不癫。郎君乃文学世裔，请问大夫之夫，抬夫之夫，夫妻之夫，三个夫字在何处辨别哩？若辨得清楚，今夜即是夫妻之夫，可上床同枕；若辨不清楚，不是夫妻，或大夫，或抬夫，赶赶[①]请出，待逐不雅。"

启文听了，好气又好笑。自思："诸家字典都看过，三个夫字，音同义异，横画并无异样，竟将此来考难于人。"又思："这女极作怪，必另有讲究；是我学问不及，不可强辨。"便曰："这房考官好厉害也，知之为知之，不知真不知也，不敢混辨，求宗师大人恕之。"青娘笑曰："真不知，就不是奴夫，快些请出。"那时启文急了，无奈长跪曰："望娘子饶恕，学生才疏学浅，窥豹未周。从今以后，愿拜门墙。"青娘含笑牵之曰："肯愿为门徒便罢，自此勿再无礼。"于是解带宽衣，同入牙床作鸳鸯之梦矣。春宵一刻千金，不觉金鸡三唱。

天既明矣，同下牙床，启文再问三夫字辨。青娘曰："欲问一个字，先持七天斋。"启文曰："只闻载酒问字，未闻持斋问字。"青娘曰："还不知耶？持斋了再来说。"启文曰："作新郎一天就持斋，未免不吉。"青娘曰："迎娶过门者无，招上门者必须持斋。"启文曰："何也？"青娘曰："招婿上门，有碍岳家风水，令新婿持斋七日而化解。持不持由婿之心，亦不敢不持也。"启文曰："有此缘故，何敢不持，惟不知怎样？"青娘曰："口不茹生物，目不视美色，耳不闻音乐，便是也。"启文曰："只如是，莫说七天，即七十天亦易。"随令婢媪吩咐厨房，不要生物荤味[②]，惟用素菜淡饭。家人只道新姑爷许愿食七日素，亦不以为异。

已经持了三日。是日，九仙山白云寺演戏，吴进士欲同启文去看。启文说："以斋戒不敢看。"吴进士因问曰："此斋是祖上流奉[③]，是近时许愿的？"启文答："皆不是，是贵门中有此例而奉之。"吴进士讶曰："愚丈家中并无奉什么教，使贤婿来遵奉耶。"启文曰："非遵奉甚教，因至此有人教，当持之。"吴进士曰："真可疑，我们哪有持斋之愿？被何人作弄，快说来。"

启文被吴进士问得紧，瞒不得过，只得说出是青娘。吴进士即带启文进女子房中，适林安人亦在，便问青娘曰："汝有教姑爷持斋么？"青娘答："有。"又问："因甚教之？"青娘曰："因一字不识，故教之七日持斋。"吴进士回首问启文曰："贤婿真一字不识耶？"启文随机答曰："惟不识一夫字。"又问："什么夫字？"答曰："乃夫妻之夫。"又问："夫妻之夫，乃天字出头，何不识耶？"启

① 赶赶：赶快。

② 生物荤味：鱼肉等荤菜。

③ 流奉：祖宗传下来的惯例。

文曰："愚婿亦说是天字出头，令爱把士大夫之夫，抬脚夫之夫字来问，愚婿说与夫妻之夫相同。令爱说三夫有三件写[①]，愚婿实不知，愿拜令爱为一字师，求指教。令爱曰，欲问一个字，先持七日斋，愚婿心切求师，遂持之。今就请教于泰山大人，俾免迷闷。"吴进士听了又气又好笑，谓青娘曰："为父虽不才，博览诗书始登黄甲，从未闻大夫、脚夫、夫妻三个'夫'字有辨别。汝因何捏说？今说之，果有辨别，为父亦同拜为一字师；若混捏无义[②]，将吾女脸上涂墨，拉出街去走一遭回来。"

青娘曰："若无分别，即请涂墨游街；说有义奥[③]，虽孔子亦自回车矣。那大夫乃士人也，其夫字上画长下画短。那脚夫乃土人也，其夫字上画短下画长。那夫妻乃二人也，其夫字上下画一样长。三个'夫'字，岂无异乎？如此辨别。当回车，当涂脸，请定夺之。"吴进士闻了，呵呵大笑，曰："谁知道我家中出一女仓颉耶，快回车。"启文曰："仓颉作字，天亦为雨金，鬼为夜哭。小婿怎不能持斋耶？"林安人曰："教人持斋犹可，如何连盐都不吃？持了三日，再持三日都持黄肿[④]了。"青娘曰："别人忌食淡，惟独女婿无忌淡也。"林氏问："怎知？"青娘曰："前同在榴花洞内，曾闻他说，秀色能疗饥，无盐亦可飧，故知其'无忌惮'也。"林氏犹不甚解，启文便觉，遂答之曰："罚前之无忌惮，则不错。"

吴进士讶而问故。启文曰："实不相瞒，前同令爱在榴花洞计十日，并无半句妄语。一向都是树上石榴为粮，至尾日[⑤]，令爱采野菜白煮[⑥]吃。想古语有饥者易为食，渴者易为饮，食之甚有滋味，因触景而言之曰：'只道秀色可疗饥，谁知无盐亦可飧。'秀色乃指树上榴，无盐乃指白煮菜。见令爱脸色一变，必定是会错其意，以愚婿借秀色、无盐二典来嘲谑，怀记至今，才以无忌报之也。"吴进士闻此，又笑曰："幸愚丈未为天子，如为天子，今日必报复不止。"林氏问青娘曰："可是因此耶？"青娘曰："岂敢如是，此乃自慊而拟也。"吴进士曰："余事不管，字已问了，可开得斋，且同贤婿出去饮酒看戏，好不快哉！"同笑拉手而出房中。

林氏谓青娘曰："吾女七伶八俐，怎么一时懵懂起来？做新娘合卺夜与新郎

① 三件写：三样写法。福州话"件""样"同音。
② 混捏无义：胡说八道，没有意义。
③ 说有义奥：解说出深刻的道理。说：解说。义奥：奥义。
④ 黄肿：因饥饿营养不良呈现的面黄浮肿。
⑤ 至尾日：到最后一天。
⑥ 白煮：只用清水煮，不加调味品。

吟诗答对，已属不该，又将夫婿作弄，教他持斋受饿？幸喜无亲属在此，如有一二在此，传将出去，岂不作笑话。从今须改过，不可再如是。”青娘被母所责，默默无语，惟垂头听受。

林安人出来，述责女之言与吴进士说。吴进士曰：“伊有何答？”林氏曰：“伊亦自愧，有何答耶？”吴进士曰：“汝知伊暗中多少得意处。”林氏曰：“这都是相公自幼纵容，今日才有此放荡，还说其得意，何也？”吴进士曰：“汝实不知他的要处：花烛夜不寝而论文者，表他轻色重才也；弄婿持斋说无忌惮也，显伊当日同在榴花洞内无苟且之行径也。看起来他两个诚是玉洁冰清，无疑矣。”林氏曰：“原来小妮子有伎俩，妾身实不知也。”

再说青娘被母责后，非言不出，尽改前样；启文挑之，惟一笑而已。吴家得此佳婿，内外无不称羡。过了月余，忽外面纷纷说贼又至，依旧争先逃走。吴义探听回来曰：“前次不过黄巢之将，还好。今黄巢本身来了，杀人不留种，鸡犬亦过刀，十分厉害。外面人都走避，我们趁早收拾，赶紧再去大乘寺躲避去。”吴进士同林安人照前收拾，带了众人，望东而去。且按下不表。

却说黄巢统领几十万雄兵，由广经漳、泉至闽[①]，杀戮甚惨。所到处尸横遍山，血流如海。先说周处士太朴同虞少溪至黄田驿，因少溪卧病，即在旅店延医调治。稍好又病，缠绵在旅店三四月不能动身，只得回至虞公庵静养，俟痊愈再去。周处士仍送至虞公庵，依然伺候作伴。少溪几次叫周处士去会儿子、新媳，不要在此；伊执意要俟少溪病愈同往。少溪病未痊，而黄巢之兵已至矣。人人皆走，独周处士喜甚，骗少溪采取药草，一径回到乌石山家中。那时人皆走尽，贼尚未来，将家中存粮度了一夜。次日上乌石山顶时，望见旌旗蔽空，战鼓振地，大兵接续数十里之远。周处士探是黄巢自已来了，便即进了城，摇摇摆摆来到军前，扬声特来谒见将军，被贼兵拿进中军。

黄巢曰：“汝是何许人？见孤何事？”处士曰：“我本郡儒士周朴，特来参谒将军，有言相告。将军亦曾读书，应知大义。朝廷有何亏负将军，而将军妄动干戈，扰乱山河，鬼哭神号，天愁人怨。今劝将军及早回头，改邪归正，卸甲投诚，保全首领，仍不失封茅裂土。自古道‘顺天者昌，逆天者亡’，望将军熟思之。”黄巢怒曰：“汝胆有多大，敢来讽孤家？念是儒士，投孤帐下自有重用。不然，汝道孤家之剑不利耶？”处士亦厉声曰：“听吾言，化祸为福，不听吾言，头可断，志难降。”巢大怒，令左右推出斩之。周处士受绑，骂不绝口，曰：“逆贼！我死，流芳百世！汝死，遗臭万年！我生不能啖汝肉，死必做厉鬼杀汝

---

① 闽：此处指闽省城，即福州。

之头！”

贼卒将其押出帐前，一刀砍去，头首落地，并无点血，停了一会，喉管中突出一道白膏喷黄巢帐内。贼众惊异。黄巢失色，暗思：“孤自兴兵以来杀人无算，哪有此倔强血白之士，无非忠烈激成。闽中有此奇异烈士，军马不可久驻，早些去罢。”令将尸首留下与伊亲人认收，下令前军即行，后军明日相继退去。因此黄巢至福州只二日，全军由北而去了。

走避之人依旧携带妻子，陆续回归。周启文同吴进士一家，在大乘寺地窖中，亦回来了。有被贼拿去之人回来，称说周处士讽骂黄巢被杀，喷出白血，黄巢惊走不敢久驻，保全福州无数生灵。尸首抛在军衙府前。一时传遍，远近皆闻。启文得信，飞跑进城，寻着父尸，抱住大哭。随缝首级，备办衣棺收敛，抬寄丁厝①，同青娘回转乌石山旧屋，开丧设灵。远近之士夫绅衿无不至吊。虞少溪因病不能亲至，遣族人持香纸来吊。始知至黄田驿又回虞公庵之由。不觉七满②，葬于乌石山之麓。因周处士骂贼不屈，喷白血惊走贼兵，救却无数生灵，乡人德之，遂建庙祀之，名曰“刚显庙”。

拂如氏挽诗云：

心存忠义岂能更，视死如归总要行。
骂贼捐躯自古有，满腔白血独先生。

又吟黄巢作乱诗云：

昔日黄巢乱四维，杀人百万不胜悲。
青锋长说神仙赠，白血应惊处士稀。
朱李石刘郭起比，梁唐晋汉周来时。
直教一担两天子，笑跌华山始定夷。

“刚显庙”建在乌石山凌霄台侧，起先只祀唐处士周朴，后并祀双峰寺僧懒安、观察李瓒。懒安与朴为方外交，瓒尝立双峰寺额。至宋绍兴，丞相张浚谪宦福州，将游双峰寺，梦一僧与一金紫人及白袍士来谒。翌日登山，见三像如梦中，异之，叹息朴死事三百年，未有庙额。乃疏于朝，号“刚显庙”。郡人郑昂为记。至今祀废，祠亦无有矣。

正是：美族有客摩岩壁，刚显无人觅庙基。欲知巢兵被处士白血惊走至何处，且看下文分解。

---

① 丁厝：暂时停放灵柩的棚子。

② 七满：旧时丧礼，人死后七天一祭，七七丧礼结束，曰“七满”。

第七回　龙泉一拜英雄皆服
学校初开文献大兴

却说黄巢领兵自福州掣回浙西，渡江攻破潼关。宦者田令孜奉帝避驾成都。黄巢遂僭居长安宫殿，自号大齐皇帝，改元金统，杀唐家宗室在长安者无遗类也。僭号三年，河东节度使李克用，号独眼龙，进军渭桥，与巢兵大战。贼众大败，克用赶杀，黄巢焚宫室走遁。至山东瑕邱，又败之。巢甥林言斩巢首以降。唐帝车驾还长安，降将朱全忠专权柄国，田令孜挟制天子，朝廷号令不行矣。

再说福州刺史郑镒懦弱无能，贼兵临境先已遁去，贼退方回。自觉惭愧，不敢恋栈。闻建州陈岩前在本州招集千余人，操练武艺，号为九龙军，保护本州。至巢兵过，各山寇乘机抢劫，而建州安堵[1]如故。郑镒表奏朝廷，以陈岩可为福州观察，自愿退任。即遣使至建州迎之。陈岩至，镒将政务交代。陈岩整肃，治民有法，闽地始定。此且慢言。

先说河南寿州屠者王绪与妹夫刘行全聚众为盗。据本州复陷光州，有众万余，巢降将蔡宗权表绪为光州刺史。县佐王潮及从弟审知皆以才著名，绪以王潮为军正，审知副之。迨蔡宗权责赋于光州，刺史王绪不能给，宗权怒，发兵击之。王绪惧，尽举光寿二州兵五千人渡江掳掠，江汉、虔州并陷，汀、漳皆不能守。

至漳州，以道险粮少，令军中无以老弱随，犯者即斩。惟王潮兄弟扶其母以从。王绪知之责曰："军皆有法，未有无法之军。汝违吾令而不知，是无法也。"王潮等曰："人各有母，未有无母之人。将军奈何使人弃其母乎？"王绪怒，命斩其母。潮曰："将军杀母，焉用其子？请先母死。"王绪不从，众将士为之请保，亦不从。众将集金请赎，又不从。时审知有白马，王绪甚爱之，议将此马进献，绪受而赦之，遂不斩其母。诸将大不忿，共曰："何贱人贵畜？王绪本寿州一匹夫，无我等焉能至此，吾等还不及一马耶！"

---

① 安堵：居民生活安定。

行至南安县界，众将伏壮士于篁林中，拴王绪囚之。众军遂驻，议：今举主将，或拜得剑跃起，即奉为主将。遂插剑于台下。

时王潮兄弟至者多衣冠之族，最著者王、郑、何、林、陈、胡、邱、詹等十九姓，俱拜不能起。至审知一拜，剑即跃起。众推审知登台受大拜，审知让与兄潮，潮遂主之。令释王绪，而绪已自杀矣。

王潮重整军旅，掣回光州，所过秋毫无犯。泉州刺史廖彦若贪暴，州人张延鲁等奉羊、酒至沙县[①]，拦马迎请王将军为州将。王潮返旆直抵泉州，彦若不能抵御，将城门闭。城内百姓争杀廖彦若，开城迎进王潮。潮入，查点仓库，抚恤百姓。闻福州观察陈岩有盛名，不敢犯福州境，遣使降之。陈岩即表王潮为泉州刺史。

潮勇有智略，招怀离散，均赋缮兵，吏民悦服。陈岩为福州观察七年，因病重，遣使召泉州刺史王潮，欲授以军政。潮未至，而陈岩先卒。岩有婿范晖，发兵拒潮，潮至与战，范晖兵败走，潮兵追而杀之。

王潮进城接授军政，进表朝廷。乾宁三年九月，降诏以王潮为福州节度使，福州为威武军，王审知为泉州刺史。审知有过，潮尤加捶挞，审知无怨色。越年十二月，潮寝疾，舍其子，表弟审知知军政事。潮卒。光化元年九月，诏以王审知为威武军节度使。时有“潮水出，岩头没，潮水落，矢口出”之谶。又有望气者以金鸡山有王气，文武劝审知割据称王。审知曰：“吾宁做开门节度使，不作闭门天子也！”审知尤知文学，欲效前观察常衮设乡校。

常衮京兆人，唐德宗时，以前宰相出为福建观察使。闽人未知文学，衮设乡校，亲临讲课。闽人一字不识，难以开导，作俗谣云“月光光，照池塘，骑竹马，过洪塘。洪塘水深难得过，侬仔[②]撑船来接郎”数句，以土音教之，歌既能唱，随写“月光光”等字教之识。如识一字，即以一金钱与之。由是闽人渐渐识字知学。又延名士欧阳詹教之。衮素以文章得名，闽人更以观感，及衮卒，闽人思之，为建祠于府学宫，春秋祀享。

吴勗进士，陈岩观察使时，选举为别驾，因重武不重文，数载不升。至审知为节度使，招纳文士，论才擢用，文风大振，读书者皆行铨选。以周启文为管城丞，吴大受为尤溪县佐。（尤溪原名沈溪，彼时避讳，审与沈同音，故去三点水为尤，名为尤溪。）又立四门学校，招四方之子弟读书。于九仙山鳌顶峰麓设一大书院，以吴勗为大教授，王节度按期亲临，阅文艺，论才授职。

---

① 沙县：福建属县，在今三明市。

② 侬仔：小女子，姑娘。

九仙山初名于山，高一百十五步，周围三百一十步，与乌石山对峙，为一郡之胜。相传何氏兄弟九人修炼于此，因名九仙山。闽越王无诸九日宴集于此，有大石尊尚存。又名九日山。其中有炼丹井、平远台、浴鸦池、仙人床、金积园、龙舌泉、石龟池、狮子岩、鳌顶峰、仙羊石、九仙观、棋盘石等胜迹。山顶旧为明离殿，万历初更名玉皇阁，明离殿今建于北方。又报功祠在山之北，祀户部尚书马森。嘉靖四十一年倭夷入寇，卫卒郭天养等乘衅鼓乱，尚书马森与陈参政元珂再出抚谕，乃定。万历初父老请建祠，有司春秋二祭。法海寺在九仙山之阴，旧名罗山，本孟司空宅，初寺在城南，徙于城西。晋开运二年李仁达时，唐兵压境，遂迁于此。寺有罗汉堂、金积园、万缘堂等。又金粟台在寺北，宋程孟师以塔中所塑金粟如来像，故名。石上刻“金粟台”，元少卿篆书，今废。

文昌祠在定光塔后，万历间祀梓帝君也。仙迹坊通九仙山，俗呼观巷，里社中有双石寺奇迹。鳌峰坊旧名九仙坊，通水部门，有宋状元陈诚之祠堂，今废。

王逵《游鳌峰》诗云：

眼看沧海近，身与白云高。

回影连三岛，盘根压六鳌。

蔡襄《九日登九仙山》诗云：

偶尔寻幽上翠微，游人啼鸟似前期。

花间行印露沾纸，山下放衙云满旂。

艳艳舞衣朝日近，飘飘商橹落潮时。

传杯且与乘春醉，身世悠悠两自遗。

刘淮《登平远台》诗云：

海天漠漠水云宽，开到梨花正自寒。

却拥重裘上平远，愁心千叠倚栏干。

辛弃疾《西江月·九日登九仙山》词云：

贪数明朝重九，不知过了中秋，人生能得几多愁，只有黄花依旧。万象亭中殢酒，九仙阁上扶头，城鸦唤我醉归休，细雨斜风时候。

朱子《寄题九日山廓然亭》诗云：

昨游九日山，散发岩上石。

仰看天宇近，俯叹尘境窄。

归来今几时，梦想挂苍壁。

闻公结茅地，恍复记畴昔。

年随流水远，事与浮云失。
了知廓然处，初不从外得。
遥怜植杖翁，鹤骨双眼碧。
永啸月明中，秋风桂花白。

郑善夫《游鳌峰》诗云：

鳌峰天畔登临去，云木新开平远台。
落日山城生海气，中原风物送秋哀。
一时贤士俱倾盖，满目萍踪笑举杯。
梁国邹枚吾岂事，竹林嵇阮是仙才。

张时彻《游九仙山》诗云：

高台临紫极，面面出烟霞。
寺古松生甲，林深石绣花。
朱栏悬海蜃，玉笛动云霞。
自是神仙宅，蓬瀛未足夸。

林恕《秋登平远台》诗云：

元是蓬瀛海上峰，六鳌移向粤城东。
天连螺渚风涛壮，月照龙江岛屿空。
万国梯航归禹贡，九仙楼阁倚崆峒。
凭栏纵目孤鸿外，遥见扶桑海日红。

屠隆《八月十六夜平远台看月》诗：

孤城睥睨倚崔嵬，四望山河爽气开。
同社高人频载酒，异乡佳节且登台。
风含古木秋声起，云散中天月色来。
如是百年能有几，不妨凉露下深杯。

曾仕鉴《游平远台》诗：

平远台前日欲曛，东南形胜望中分。
玉蝉近缀鳌峰石，金粟遥连雨渍云。
王会自来通禹贡，霸基犹忆抗秦军。
仙山羽鹤今何处，城上千年一度闻。

游士豪《饮平连台》诗：

群峰面面削芙蓉，翠压层台树万重。
落日影涵孤塞雁，微风声断远山钟。
一尊对客呼明月，独鹤吟人下古松。

海招隐空回王子棹，剡溪兴尽不相从。

郑琰《平远台怀古》诗：

海门夜半六鳌斗，突出高台万山走。
怪禽白昼学鬼啼，老树号风作龙吼。
台南台北几人家，春去春来阅岁华。
不见越王歌舞地，年年秋雨长蒹葭。

郭子章《平远台》诗：

百尺层台拥巨灵，千寻杰阁架高冥。
窗间海色澄空翠，郭外岚光送远青。
真境东连祇园树，雄风南接越王亭。
何人墨迹留苔石，苍藓含烟若为扃。

袁敬烈《夏日集平远台》诗：

虚亭曲磴树阴稠，满径清风暑气收。
出水莲花香乍散，隔林荔子火初流。
日斜碧汉霞千片，云掩青山月一钩。
入定僧庐礼钟磬，琉璃灯焰寺门幽。

拂如氏《九仙山》诗：

吾宗伯仲九神仙，修炼斯山汉代年。
拣药夜归青嶂月，骖鸾朝入碧霞天。
廓然亭上埙篪乐，平远台中花萼联。
一日丹成跨鲤去，空遗丹灶锁寒烟。

又题九日台、炼丹井、仙人床、仙羊石绝句四首：

越王九日宴高台，仙子称觞跨鲤回。
大石尊中连夜饮，群蛮齐献菊花杯。

丹灶丹炉久冷烟，惟余丹井尚粼粼。
炼丹道士去无返，付与白云作主人。

六尺仙床白玉光，重茵叠褥藓花芳。
欲眠漫向道士借，先到华山作睡乡。

初平曾叱未全空，叱剩留标昔日功。
一十九年霜雪里，同心共苦伴苏公。

却说那日乃课期，王节度亲临九仙山书院。考试各生文艺毕，步上鳌顶峰。见那万峰一碧，周围环绕数道长江，屈曲潆旋，将福州城池包裹当心①，乃天下之第一江山。惟惜城垣卑狭，主不胜宾，遂欲改造州城。阅过，览了名胜回衙。

正是：三山城郭留心内，七郡人烟在眼中。欲知后事如何，且听下文分解。

① 当心：中心，正当中。福州话“当”和“中”同音。

第八回　周启文献开闽图谶
王节度发造城库银

却说王节度登鳌顶峰，观福州形胜后回衙，随令管城丞，将福州原建置根由，并现在城池形胜，绘图填说献进。启文遵令总叙。

闽百粤之疆也。黄虞以前，其详不可得闻矣。《周礼》：七闽荒服，掌于职方。战国时，越王勾践七世孙无疆与楚战不利，徙族居闽，遂为君长。秦始皇二十六年，置闽中郡，守丞尉监领之。二世时，闽粤王无诸及摇者，姓驺氏，禹之苗裔也，以兵属番君吴芮，从诸侯入关，有成劳，项羽命为王闽越。又佐汉剪楚。汉高帝五年，封无诸为闽越王，都冶（今布政司北冶山）。孝惠三年，举高帝时功，立摇为东海王，都东瓯（今温州府）。后闽粤、东瓯治兵相攻，东瓯告急于汉，武帝遣庄助发兵浮海救东瓯。建元六年，闽越又击南粤，汉遣王恢、韩安国等大发兵讨之。闽粤王郢弟余善，杀郢以降。汉封繇君丑为王，余善自王，汉乃封余善为东越王，与繇王并处。元鼎五年，汉遣东越王与繇王夹攻南粤，不从，遂叛汉，刻玉玺自立，号驺力为吞汉将军。汉遣韩说、杨仆、王温舒将兵讨之。繇君居股复杀余善以降。汉封居股为东成万户侯，徙民于江淮间，遂墟闽地。昭帝始元一年，闽越遗民自立冶县，属会稽南部都尉。光武建武二年，改冶县为侯官都尉，仍隶会稽。献帝建安八年，王朗来奔，侯官长商升助朗起兵，孙策永宁长贺齐领南部都尉进兵建安讨平之。立都尉府，领谪徒造船于侯官。吴永安三年，以建安为郡，领九县，侯官其首也。晋太康三年，升侯官县为晋安郡，以严高为刺史，领原丰、新罗、宛平、同安、侯官、罗江、晋安、温麻八县。时土宇偏安，中原避地，从晋安王入闽多衣冠之族。刘宋泰始四年，改为晋平郡，领县五，寻复故。梁天监中，析晋安县为南安郡。昭泰三年，封郡人陈宝应为侯官县侯，领闽州刺史。陈天嘉二年，陈宝应据州以叛兵溃伏诛，改闽州为丰州。隋改丰州为泉州。大业初，复为闽州，寻改为建安郡，治闽县，领闽、建安、南安、龙溪四县。唐高祖武德初改为建州。六年为泉州，领侯官、长乐、连江、长溪五县。太宗贞观十九年，置泉州府兵。嗣圣十六年，领县六，增置南安。景云二年，改为闽州。开元十三年，改为福州。二十七年，领县七，增置尤溪。天宝元年，改为长乐郡。大历贞元间，李琦、常衮后先观察，兴学劝士，文儒汇征。永泰中，领县九，析侯官、尤溪，增置永泰。其分野牛女之间，其形胜环山沃野，派江吻海，为东南大都会云。

晋太康三年，太守严高图越王山南乏形势，以咨郭朴。朴指屏山之下毛应桥之上，用笔画圈，照圈造城，随迁州。作记云："桑田为海，人事更改。六旬甲子，当有其害。更重着衣，周回重载。郑国归朝，重关为待。乌出木空，千载不昧。前有双眉，重施粉黛。溪涧水来，尽归于海。主揖其客，客住子在。稳首东日，高山镇寨。木自添金，因城右兑。但见蛇影，莫知坐亥。事过方知，知而未会。龙山高山，光照其代。巧妇能裁，得令人爱。若解修心，得其终倍。市笼放火，聚集磊磊。有一老翁，子持竹筒。重添新宰，在言不在。"

铭曰："泰康之载，迁插瓯基，四色牢城，层峦三径，洪许南流，瑞龙地应。其主螺女，现对花峰，千载不杂，世代兴隆。诸邦万古，繁盛仁风，其城形状，如鸾似凤。势气盘拿，遇兵不饥，遇荒不掠，逢灾不染，其甲子满，废而复兴。"

又曰："方山秀挺于前，三山环峙于后，八百年后大盛。"

王恭《冶城歌》云：

七闽山水多奇胜，秦汉封疆古来盛。无诸建国何英雄，赤土分茅于此中。荒城野水行人度，细柳青榕旧宫树。浮世空高逐鹿时，断砚不辨屠龙处。忽从图画见三山，正在无诸旧垒间。丽谯官署人烟静，塔庙琳宫野照间。琳宫塔庙相辉映，平远清冷海天迥。落叶霜传乌外钟，垂萝月隐烟中磬。东城西郭骑纷纷，旌节朝朝候使君。谁拂尘衣访仙迹，独凌三岛望孤云。

林鸿《赋得无诸城送浦舍人归晋陵》古风云：

君不见昔时无诸城，荒丘断陇今人耕。陵谷烟沉知几代，古人精灵竟何在？忆昔无诸全盛时，都城百雉何逶迤，连营国步分秦土，绘衮王章入汉仪。河山巍巍那可恃，跃马屠龙今已矣。列国犹传赤帝封，曲台尚对沧江水。沧江水流去不还，故宫落日不堪看。宝衣夜化空陵火，弓剑秋悬古殿寒。故人西归从此去，策马秋芜城下路。欲将尘迹问行人，落叶纷纷不知处。

袁表《东城楼歌》云：

君不见百川尽东走，茫茫万里苍龙吼。鳌足崩奔镇海门，化为石鼓扼其口。海水东流不复回，越王豪华安在哉！欧冶池头青草满，无诸城上白云堆。白云青草无终极，古往今来空叹息。奇峰出云云半阴，赤日行天忽西匿。此时朱夏倏惊寒，风送微凉睥睨间。天际烟生白鹤岭，松梢月出金鸡山。举杯属君君莫辞，翻云覆雨难相知。嗟哉百年能几时，寻常黑发变成丝。夔龙旦奭俱支离，但吸海水添金卮。

拂如氏《冶城怀古》诗云：

七闽荒服古峦方，入汉无诸建国强。

铁马金戈兴霸业，襟江带海壮封疆。

钓龙台上生苔绿，射鳝溪头落叶黄。

若问坎城何处是，冶山烟树自苍茫。

却说管城丞周启文将图说呈进威武军衙内。王节度阅了郭朴图谶，在屏山前，九仙、乌石山间朱笔写一圈①，批云："照此建城。"即令确估工料细数，发银兴工。启文奉命，即传官匠首林保来估木石砖灰工料，约共需银二十万零，造成册数呈阅。王节度依数先发出库银五万交领，购料兴工，另日再行发凑。

启文领银回，与吴氏安人说明。青娘曰："老爷之经济有余，惟'直中直，仁不仁'二句时语②不能深悉。"启文答曰："经济却无，惟目颇识人，再不致被人哄骗。"随于工所租一座墙屋③作公馆。有弟周拱，字星垣者，江淮人。年方二十四岁，前流落福州，启文认为族弟，收留家中伴读。此人貌如处女，半步不出户外。启文亲爱胜过同胞，带去公馆同理公政。所有工作④人等交匠首林保弹压约束；其稽核工料，分发工价，系周拱执事；启文镇守公馆内房，经理大小数目，防护银桶，刻不敢离。分办极是周密。择于天复元年二月二日兴工，自东南起造。土木石大小工匠共八百余名。

而土木大兴过有两旬，许日⑤早晨，威武将军又传令承造，进库领银。启文叫周拱拨小工三百名，带赴抬银。自将公馆内房封锁，穿戴了官服，骑马来到威武军衙门伺候。有一人似跟官的家人模样，自内出来，问启文曰："周老爷，家爷命小的来对老爷说：今日拨银十五帮⑥，每帮十桶，先发十四帮，叫

① 在屏山前……：屏山、九仙山（于山）和乌石山即福州别名"三山"的由来。

② "直中直，仁不仁"二句时语：指《增广贤文》中的"不信直中直，须防仁不仁"二句。

③ 墙屋：四围有高墙的大房子。

④ 工作：工匠。

⑤ 许日：那天。

⑥ 帮：批次。

老爷即便抬到厂①里。尾后一帮②十桶，叫老爷暂停一会，等家爷出来，有话对老爷说，方可抬去。此是奉本主王大老爷吩咐的话，切不可违。”启文曰：“汝家爷是哪一位？”答曰：“姓洪名燧，是内卫库丞。”那人说了仍向内回。

少刻，传带启文进库，周拱率领挑夫随入。发支库银十五帮，陆续抬出辕门前外。十四帮皆抬进公馆，惟停住尾帮十桶未抬，伺候库官出来吩咐甚话。

少顷，有一官员出来，后跟一家人，即先前出来吩咐话之人。那官员见了启文，便施礼曰：“先前遣小价③出来对年兄的话说明了，此乃本主的钧谕，才敢暂屈年兄的大驾在此等候。但此处不是说话的所在，怎处哩？也罢，弟的敝寓离此不远，可带银同到敝寓，慢慢对年兄说。”

那时周拱押完了十四帮银桶又来，启文又令押银先走。那官员同启文齐不骑马，同步行有里余，那家人已先引导，并银带进弄里。有一大墙屋，叫启文进内。一进头门，天井上正厅，天井下两边厢房。邀启文进左厢房坐下，那官员因抬头见对面厢房门含缝④未锁，便大声叫：“阿兴。”内面随声答应：“来了。”一个青年的家人来到面前。那官员一巴掌打过去，骂曰：“这王八蛋，对面房门谁敢不锁？”启文因问：“里边甚么场所？”那官员即令将门推开，见一房皆是银桶，俱有官封字号。那官员指之曰：“此都是各州县解来的地丁税课，俟到缴齐进大库。叫那王八蛋留心看守，竟敢如此散漫，倘有疏虞，怎了得？”向阿兴曰：“今把门且锁了，待客去才与汝算账。”

看锁了门，随谓启文曰：“周年兄少会了，认不得弟么？内库丞洪燧就是小弟。屈年兄大驾到敝寓，非为别事，清早因本主王大老爷曾吩咐弟说，今日所发造城银，尾帮十桶，乃预备进唐天子的贡银，因无银，将此暂发出凑。叫年兄此银暂留住，慢些用，待不日各处丁税解到，即行拨换。”启文答曰：“本主钧谕敢不凛遵！”洪燧又曰：“那十四帮的银，都是弟经手人桶装封，此十桶是内衙装封出来的，可抬进来，打开同看贡银是何等样式？”启文便叫把银抬进。

那时银歇在门口等候，闻唤，周拱押抬进东房。洪燧令阿兴四个家人将十

---

① 厂：工场。

② 尾后一帮：最后一批。

③ 小价：对人谦称自己的仆人。

④ 含缝：留着（门）缝。

桶俱打开，见每桶装二十锭，洪燧笑曰：“我道贡银是怎样雕龙刻凤，原来亦与时银[1]一般，惟是白洁端正。”那家人阿兴接口曰：“不在洁白端正，其内成色不同。”洪燧随骂曰：“蛤蟆来讲子曰[2]，晓得甚么成色!”又曰：“都看过了，汝们依旧来盖了拴紧，无封条，还要去周老爷公馆里请。”想一会，随曰：“可不用，阿兴，可把银桶盖拴好，进去将我内库内剩下的大封条十张，同一包的铁钉一起拿出来。”那二个家人即进去，将封条、铁钉一起拿出来。

洪燧叫周围都把铁钉钉紧，封条送与周老爷标判。启文见十张大封条都是威武军衔头，俱盖有节度使的印篆，随拿起朱笔俱标押毕，两个家人刷上了封条。顷刻钉封完固，十桶排列房内。洪燧见一桶封条刷破一大孔，便骂曰：“哪个王八蛋粗心刷破?”启文曰：“今天就要抬去，刷破些须不妨。”便令周拱带抬夫进来抬出，随起位与洪燧告辞。

洪燧留曰：“弟自黎明至今过午，一颗饭未食，年兄亦是空腹。阿兴，快排饭[3]来同吃。”启文抽身就跑，被洪燧拦住不放。周拱将启文拖出曰：“怎敢打扰，断无此理。”洪燧问曰：“此位何人?”启文答曰：“是舍弟。”洪燧曰：“原来是二老爷，多多失敬。”叫家人将大门关着，快把二老爷一同请上用饭。

启文见其十分有意[4]，不敢却之，即同周拱齐上厅堂。席早排便，兄弟东西对坐，洪燧下位居东，令家人东厢房门倒关锁住，不许一人进来。二个家人端菜，二人伺酒，其肴馔皆极丰美。启文曰：“老年兄代弟办事，弟无故反来打扰，令人颜汗。”洪燧曰：“都是与本主办国事，说甚么代兄代弟打扰。另日稍空去看新城，那才打扰哩。”又问曰：“二十名抬夫在哪里，莫去了。”周拱曰：“此都是厂内作工之人，等到晚亦不敢去。”洪燧曰：“不敢去好极，免另去再雇。二老爷回去，可多发点心钱与他。”启文曰：“烦年兄费心。”洪燧曰：“不是费心，凡为官务，要体贴下情，切不可骄慢。”因周拱眼观东厢，洪燧笑曰：“二老爷可放心宽饮，如有不然，西厢房之内亦足奉偿。”兄弟俱答：“言重。”又领数巡，启文兄弟起身，开了大门，让二十抬夫进来，又开了东厢房，将十桶银抬出。

洪燧指那桶封条刷破的，又骂曰：“不中用的王八蛋，好好的官封亦刷破。”

---

① 时银：一般市面流通的银锭。

② 蛤蟆来讲子曰：俗语，意为“轮不到你开口”。

③ 排饭：把饭菜摆放上桌。

④ 有意：诚恳热情。

又对启文曰："周年兄怠慢了，衙内若有信换银，弟再差人去请。"启文曰："此银原封都拆去，怎缴得?"洪燧曰："不妨，不拆看，晓得银不是银，惟银面字号为凭。但大老爷话尾[1]又说，'现在天子受制于权奸，朝难保暮。'大约此银不须换去。弟意且看一两月内若无传换，年兄即行拆用不妨。"启文答："领命。"随道了谢。洪燧送出头门外，拱手相让回步。周拱押银先行，启文骑马在后回去了。

正是：慢道酒中无恶意，岂知袖里有机关。欲知此银如何抽换，再看下文分解。

① 话尾：最后所说的话。

第九回　周丞造念旧提匠作　醉头陀插树保罗城

却说管城丞周启文承造福州新城，领二十万银。招募大小工匠八百余名，每日三餐，大工八分，小工五分。那日启文查看小工名册内有小工虞胄，东山人，因思莫是虞公庵虞家之人，使唤出查问虞少溪在否，原来即是少溪之子。问其在浙几时回来，令尊康泰否。虞胄曰："小人在杭州小可生意[①]，被贼兵作乱，人人逃走，把资本一起乌有，只走[②]一人回家。父病在床，奉伺汤药，月余不痊，终于家中。只有些微薄产，收埋外，坐食数年，并无生计。一贫如洗，几至饿殍。近日各乡招募工作，小人事出无奈，来充一名小工度日。老爷怎识得小人父亲?"启文讶曰："原来虞大伯弃世去了，不知，多有失礼。"遂将前情说了，并曰："乃是世兄弟，从今不必称呼什么老爷、小工，就在此帮同愚兄管理事务，与二弟一处办事。"虞胄大喜，感谢不胜。

启文又至厂所[③]看打牌界[④]。见一小工蓬头臭脚，破衣破裤，肮脏无比。未搬几块砖，就拿起酒罐来啜，未挑几筐泥，便拿起酒碗来筛，满脸都是酒气冲冲。随向林保曰："此等人亦混招来作工?"林保答曰："老爷不知，伊膂力倒不输人，只是贪酒。"内有一个工匠曰："老爷不识此人耶？此人号做[⑤]酒鬼，原是做过大愆，他乃东山圣泉寺头陀，名法济。许年[⑥]无数男女走贼[⑦]，躲他寺中。贼尚未来，伊醉狂，在门口大喊贼至，可怜那寺内男女以及乡邻拼命乱奔，跌死的跌死，遗失的遗失。后来通乡[⑧]不依，将通寺一起逐去[⑨]。伊遂流落做花

---

① 小可生意：小本生意。

② 走：逃。

③ 厂所：工地。

④ 打牌界：打界桩。

⑤ 号做：叫做。

⑥ 许年：那年。

⑦ 走贼：逃避贼乱。

⑧ 通乡：全乡，指全乡人。下文"通寺"指全寺庙的僧众。

⑨ 逐去：赶走。

子，今来充作小工，惯会吃酒骂人，各人[1]也要逐他去。”

启文听了细想：“却原来还是我大媒人。当日圣泉寺若无他去诈传，吴千金焉能遗失，落在榴花洞内。我若非吴千金落洞内，哪得有性命，侥幸得此佳偶。这一段好姻缘多亏伊勾引来的，此恩当报。”便开口曰：“这孽障前事已过，罢了。只是现今欲食酒不作事，在这里瞎混何用，且跟我到公馆与我看看门。勿做事，自有酒与汝吃，好么?”法济听有酒吃，就把锄头畚箕丢下，走到启文面前张开口笑曰：“老爷当真有酒与我食，我当真跟老爷去公馆看门?”众人耻笑曰：“好样子[2]！去看门，一定被门神摄死[3]。老爷笑他都不晓得。”谁知启文真带伊去，众共愕然，皆笑启文瞎眼。

启文带法济到公馆，与伊一两银子，曰：“这银子先拿去买衣帽鞋袜穿戴，日夜不许汝过位[4]，只在头门口坐，有客进来通报，饭在厨房里吃，一天与汝五分银买酒，月间另有工资与汝添补衣帽。城工若完，仍带到我家中看门。”法济接过银子出去，别样都不买，单单只买黄酒、白酒、牛肉、马肉，搬进厨房先吃个痛快。吃了便睡，醒来又吃，吃了又睡，天天如是，并无片刻在头门看门。有时将公馆内供差、厨子等拿来作酒菜[5]骂个不休。或告启文，竟置不问。

周拱、虞胄二人气得要死，齐来问启文曰：“大哥缘何把此等人带来，将一所办事大公馆扰得混乱，日夜不获安静，与他即是亲故，也难容留，请即逐之。”启文曰：“二位贤弟，你且耐烦些儿。人既带进，如何便即斥逐。但因是酒醉骂人，并无别故，叫他们不要听他，伊必自骂自歇，有甚大事耶?”二人因启文如此容纵，不敢得罪于他，心甚疑惑不解。

适一泥水匠李来成，与厨子乃是兄弟，入厨房与之说话，误将法济酒罐踏破。法济即将手上酒杯掷去，把李来成头血掷出。往报启文，问其姓名住处，乃东山佃户李灵之子，亦念引进榴花洞之根源，亦以醉汉莫与理较，待醒来办；遂赏放为副匠首，工资与众倍之。后来完工，李来成亦多得银钱回家置产受用不题。

再说城工自二月起，直至来春，周城七座门，二座内门，并谯楼、雉堞、女墙等项，俱已完竣。惟城墙之西北角些须碎工[6]未完。是日乃三月三上巳节

---

① 各人：大家。

② 好样子：此处是反语，意思是“瞧你自己这副摸样”。

③ 摄死：掐死。摄：通“捏”。

④ 过位：离开，外出。

⑤ 作酒菜：当作下酒菜一样。指法济边喝酒边骂人。

⑥ 些须碎工：一些零碎活儿。

歇工，公馆内办酒①十余桌，与正副首匠犒工。启文出位②谓之曰："此番列位师务③必用心出力，即日告成，库银尚剩一万。今日可开怀畅饮，齐作欢喜④。"林保乃官匠总头，坐在第一桌第一位，答之曰："这还是老爷调度有方，众匠乃帮老爷之福⑤也！"

启文在里面席，与周拱、虞胄在内同饮。外面大众嘈嘈，甚是闹热⑥。谁知法济在厨房内已饮得烂醉醺醺，又拣二碗鸡、羊来吃。厨子曰："此是外面诸工匠食的碗菜⑦，不可乱食。汝要吃，待我另买去拿来。"法济骂曰："我倒不如这一起臭作⑧，我偏要吃他。"厨子晓的他癖性不知过，不至乞小子倒打。小子叫救，众来打。那法济被众人打得遍体重伤。本来生得丑头丑脑，再打得青肿，与猪八戒无二。扑倒在地，曰："到底有什么过，率性今日说个清楚。"

启文尚未开口，众匠不服，齐喝曰："狂癫，你还无过？现今且慢论。前在圣泉寺作头陀时，贼未来，你诈传贼至，惊得众人跌死无算，这是过不是过？"法济呵呵笑曰："此只可与智者说，不可与愚者言。你都是酒囊饭袋，与你说什么，惟有老爷知我乃代天行道，体好生之德。一喊，连做三宗好事，你晓得什么。"众曰："老爷，不要听他放屁话，可将他先枷起来，俟伊酒醒，再请发落。"启文曰："且慢！"谓法济曰："人说你是恶事，你说是善事。到底是什么好事，且说来，我自有分晓。"

法济曰："一定要我说，我就说。第一宗，当时走贼之人不知贼将郝豹扎寨在东山，故此个个都躲到圣泉寺内及诸庙观。我不预先一喊人早跑散，若贼至扎了营寨，个个都作网内之鱼，奔走不及矣。圣泉一寺八十余众被逐出去，有一个损折否？在地⑨之人能走出几个乎？第二宗，跌死之人该是应遭劫数内，先令跌死得了全尸，免致于身首异处。第三宗，冲散遗失之男女皆有前缘，其中不是合佳偶者，便是故旧奇逢，并无一人落空。此三宗是功是过，请老爷默思之。"

启文闻此三宗，浑身悚栗，口不敢言，心中了然，把头乱点。众曰："好油

---

① 办酒：设宴。
② 出位：离座。
③ 师务：工匠师傅。
④ 作欢喜：使众人一起高兴。
⑤ 帮老爷之福：托老爷之福，沾了老爷的福气。
⑥ 闹热：热闹。
⑦ 碗菜：菜肴。
⑧ 这一起臭作：这一帮臭工匠。作：工匠。
⑨ 在地：当地。

嘴！当日只闻跌死多人，未听有一人奇逢。吃老爷的酒，反杀老爷酒风[①]，还有脸见人！”法济睁眼曰：“我在此一年，虽有酒与我吃，并无一回吃得爽快。本拟明后日也要自去，谁知被汝一起强梁[②]凌辱，等不得明日，此刻就要去了。”众匠曰：“我们一起都是强梁，惟独汝是善类？”法济曰：“我还非善类，还有一善类明日会来，汝们不要吓走。”说完便爬起来与启文作谢，往外便走。

启文曰：“慢去，这里站不得，可到我家里去，有酒与你吃。”答曰：“去，去，去！”启文曰：“汝既执意要去，也不强留汝，可带些银子去买酒吃。”法济曰：“老爷的银子不济事，不够我买一天酒吃。今去打[③]个财主借一万银去，尝干天下之酒库[④]。”林保笑曰：“哪里有此大财主，可带我同借，好么？”法济曰：“只在此东郊，汝日后亦要向伊借，亦有银借汝。”林保曰：“今日可再住一夜，明日与汝同去借，何如？”法济曰：“做不得[⑤]，我今夜先去与老爷办点事，以偿一年之酒数[⑥]，完了再去。”众皆唾骂曰：“花子讲大话，不要理他！”

林保见之异，曰：“银既不要，酒带些去好么？”答曰：“好，好，好。”林保进入厨房，挑一个有绳子缚的大瓮，满满一瓮持出递与。法济笑曰：“知性者可以同居。”接过酒，依旧来时模样，赤脚蓬头，并不四顾，飘然而去。

彼时人众中一百个嫌法济，不嫌的惟启文，想此人必有奇异。林保亦稍知有异。启文随叫被法济打的厨子人等来验受伤轻重。七个厨子、一个童儿俱验，并无半点伤痕。启文曰：“都是你们打伊，伊何曾有打你们？”厨子曰：“其实有打，只是不会痛。”启文曰：“不痛就好了。”进厨房查看，有几个盘碟在地未曾打破。锅灶只歪了，又无破坏。一坛酒歪半边，酒去些须[⑦]。启文曰：“分明你枉赖[⑧]，伊何曾有此事？快重整酒菜，请再吃。”

厨子又办起，众匠又齐食起，猜拳讲令，食了一夜，至天明方止，亦不去睡，一齐去厂里起工。一出门，只望见新城上遍插树枝，绿绿阴阴的。齐到厂里查问何人所插？看守小工柳阿三曰：“昨夜公馆里看门的酒鬼来插的，吩咐不可拔去，插了一夜，至天明方才去。那工匠骂曰：“这酒鬼面前不敢作怪，背后来糟跶我们。”即叫小工上去拔下。

---

① 杀老爷酒风：对老爷撒酒疯。杀：通“撒”。

② 汝一起强梁：你们这一伙强盗。

③ 打：从。

④ 酒库：酒坊。

⑤ 做不得：不行。

⑥ 酒数：酒账。

⑦ 酒去些须：酒损失了些许。

⑧ 枉赖：诬陷。

两个正在拔，林保随至。众告以法济昨日被公众打了，心中不愿[①]，连夜把干净的城坎[②]将树枝插得吓死人，故意来糟跶我们，才叫小工去拔。林保听了，赶向前面城上大喊曰："树枝是我叫他来插，一枝不可拔。"林保一面喊，小工一面拔。林保跑上城一巴掌，骂曰："耳不聋，喊汝不要动，你偏偏要动，是何道理？"小工曰："这就难了，伊叫我拔，你又叫不要拔，叫我听谁是？"林保曰："三月三，谁家不插青，此新城不该插耶？"看时已拔去十上坎[③]，约有二丈余长，问："拔去的树枝？"答曰："丢城下去了。"林保曰："既拔去了，便罢，余不可再拔，如再拔一丫[④]，拔汝之头发。"随押伊下城，调度各匠作工。

刚至小午[⑤]，西北城外河里忽然水涌上岸，顷刻涨满丈余，波浪滔天。人走不及，被淹无数。水中有一物，翻腾如龙舞爪，似蛇摆尾，过处掀波滚浪，狂风骤雨，树木怒号，迅雷闪电，如天翻地覆。数声霹雳，风雨渐晴，波浪渐退。其地被冲裂一条坑弄[⑥]。今北门鳝鱼弄改名善余弄，即古迹也。

当时西湖水面浮出大鳝鱼，大三四围，长十余丈，被雷击死。民间火墙大屋[⑦]皆被冲倒。树木连根拔起不计其数。惟新造之城有经过法济插了树丫[⑧]的，片瓦块砖不动。只是西向一处，原亦插过，因被小工拔去，崩塌二丈余。其旧子城未插，今不用人功，自行崩倒。启文在公馆，霎时风雨大作，水浪涌起，只闻崩塌之声，吓得魂不附体。雨稍住，即冒雨到城边，周围看过。至西门厂，见匠头林保，大家欢喜曰："皇天保佑，惟此处倒些，也算天幸极矣！"

林保曰："若不是林保来的快，全城恐亦不能保也！"启文问："何故？"林保曰："老爷不知耶？法济昨日临行时，曾说今夜先去与老爷办一事，以还一年之酒债。只道此乃无稽之言，谁知言之不虚。昨夜果来城上遍插树丫。天明众匠先到，以为糟跶他们，叫小工尽行拔去。正拔些小[⑨]，方才小人来到，问知乃法济插的。因想此人既有大言，必有大来历[⑩]，不可拔去。喊阻他，已被拔去十余坎。说拔去便罢，余不许再拔。他们个个皆笑小人与酒鬼一流。小人由

---

① 不愿：不甘愿。

② 城坎：城墙上的女墙垛口。

③ 十上坎：十多坎。

④ 丫：树枝。或写作"椏"。

⑤ 小午：工匠上午工间吃点心的休息时间。

⑥ 坑弄：狭长的深沟。坑：涧。

⑦ 墙屋：围着高大封火墙的大宅。

⑧ 树丫：树枝。

⑨ 些小：一些。

⑩ 大来历：大来头。

他去笑，总不许拔。适妖鳝出来，崩坏无数墙屋，独此新城拔去树丫的尽行倒去，未拔去的，灰泥未落一片。此不是小人来的快，如来的慢，尽行倒去。真是天幸。”

启文听了，以手加额，大叫曰：“如何？人不可貌相。我老早晓得伊是异人，今日果显出奇异，不负我另眼待他一年也。汝众人不肯涵容，养他不得，昨日迫去。如未去，不但此城一角不倒，连妖鳝亦不敢动作，保护了民灾，岂不更好！”林保曰：“他昨日已对众人说了：我不是善类，有一善类明日会出来。汝们不要吓走，早已与你说了。”

启文随唤阿三查问。阿三曰：“昨夜三更，小人在西楼上望见一人在城边，不知何故。向前查看，原来是公馆里头陀。不知在何处折一把树丫，插在城坎上。小人见他插了一枝，口里念一声什么佛。问他总不答。插过西楼，将树丫插完，便周围礼拜，拜了才说话。小人问他插此何故，只插此处，还插别处？伊答周围都插过了，此乃镇城菩萨树，三日内不可拔动。如拔去，城难保全。小人知是做和尚骗人的科套，哪里肯信，谁知是真有法术。”

启文又问曰：“插完就去否？”阿三曰：“谁知那酒鬼带有半瓮酒在于墙角，一插完就去拿来。进小人守宵窝里，坐在床上，将酒瓮嘴对口，仰起头便嗗[①]几嘴。顷刻将半瓮酒吸得无剩一滴，将空瓮丢落城下。因桌上有笔砚，遂在墙上写有许多字。天已明了，起胶[②]便走去了。小人再问，竟不答应。小人道是回转公馆，不十分查问。”

启文曰：“还题有字在城上？快去看！”遂同林保到城上，进阿三守宵窝[③]里，见墙写云：“去去去，此处不是留侬[④]处。侬去北山杨家借盘钱[⑤]，要尝[⑥]干天下之酒库。”

启文笑曰：“怎得我们的酒会够他吃快[⑦]耶？他要吃干通天下[⑧]之酒库哩。”周拱、虞胄亦赶到，谓曰：“公馆火墙上亦插有树丫，想是酒鬼插的。故此邻近的墙屋都倒去，惟独我们公馆无倒[⑨]，此皆佛法无边也。”启文曰：“当初你们

---

① 嗗：大口下咽发出的声音，相当于“骨嘟”，此处作动词。
② 胶：脚，本字“骹”。
③ 守宵窝：守夜值班的简易棚屋。
④ 侬：我。
⑤ 盘钱：盘缠，路费。
⑥ 尝：吃。或作“噇”。
⑦ 怎得我们的酒会够他吃快：我们的酒怎够他吃个痛快。
⑧ 通天下：全天下。
⑨ 无倒：没有倒塌。

都怪我不该收留此人，若无此人，今日都为鱼鳖。可见我的眼颇识人么!”启文这说[1]，不但周、虞二人惭愧，亦把昨日在公馆内打骂过法济的众匠，一个个吓得目睁口呆。启文亦说，前已在于圣泉寺存住袈裟，救免众僧火厄，今日愈加敬信。

时王节度早差官出来各处查勘，有被灾人民报上，发银赈恤。启文以城损无几不报，督同众匠赶紧砌补，不过四五日，一起完竣。启文随进威武军衙门报竣。王节度亲临关验，心中大喜，随颁出新名号，其城总名曰“罗城”，北门曰“永安”，南门曰“利涉”，东门曰“海晏”，西门曰“丰乐”，又东南曰“通津门”，西南曰“清远门”，又内门曰“金斗”，又曰“安善”，门共九座，水门四座，周围四十里之远。

拂如氏《唐罗城》诗云：

罗城百雉接云衢，拜剑贤侯启瑞图。
定作开门节度府，不为闭户帝王都。
千家灯火读书夜，万里桑麻商旅途。
王气虽湮佳气在，通津楼上晓烟舒。

唐罗城至今诸门皆湮，惟通津门尚巍然不毁也。

正是：昔日曾为闽砥柱，今时尚有唐罗城。欲知城竣之后更有何作，且听下文分说。

---

① 这说：这样说。

第十回　周工正领白银变化　吴安人辨局骗机关

却说罗城既造完竣，承造官报上各册，共用银一十九万，尚剩银一万两。王节度传进启文询之曰：“此次水灾，新城未免崩倒而复砌，银该不敷，焉得有剩耶?”启文不敢隐瞒，遂将法济插树保全之缘故禀上。节度大人大悦，曰：“非承造官之贤能，焉得佛力保护耶?”即升启文为大工正，令将所剩之银择地建造佛刹浮屠，以报佛恩。仍饬西门城楼塑供头陀法济形象。周工正启文奉命，同匠首林保于九仙山麓建寺造塔。

盖乌石山麓已有一座石塔，是唐贞元年间建的，故择此处做塔与之相对，为郡城之龙角①，随画图呈进。王节度见之悦，令即兴工，择八月十五日安座开光。

周工正随即发银购料，同林保、周拱在公馆内拆开银桶，一连拆开十桶，并无半点白银，全是铁屎铁渣②，吓得三人面面相觑。林保曰：“此乃库中官吏作弊抽换，赶赶抬去缴报。”启文曰：“别桶皆集领出，并无打验；惟独此十桶领出时，经我亲眼打开看过，俱是十两锭雪白的贡银。封条是我亲手标的，亲身封钉。有一条封条刷破一孔，今如故。还是桶内有变，并不是内库作弊。”周拱亦曰：“我亦同在见过，果不是抽换。”林保曰：“若不是抽换，是自己变化的，林保不敢信。”启文曰：“岂不闻‘时来铁变金，运退金成铁’？是我之命运当终。”

林保曰：“银已变铁，今老爷作何区处?”启文曰：“依旧封盖，俟我时来还要变金，理之必然。”林保曰：“老爷讲天话③，即日就要兴工，等他变，岂不误了日期？还不知伊会变不会变否。”启文曰：“凡物变必有复原，惟不能等用，如何是好?”林保曰：“可往别处先挪一万来，俟他变了，拿去抵还，岂不两

---

① 龙角：乌石山之塔与新造九仙山之塔分别矗立在南门左右，势如龙头上的双角。

② 铁屎铁渣：冶铁废弃的渣滓。

③ 讲天话：说不着边际的话。

美。”启文曰：“哪里去借？我又寡交，又无别亲。只一岳家，早年颇称可有；今做了冷官，俸薄费大；就肯挪借，不过一杯之水，安能救一车之火？”周拱、林保二人计无所出，只得辞出。

启文因此忧得似病非病，一点茶饭不食，一食便吐，五天如是。周拱愁苦，向林保曰：“老爷此病是银病，有银其病自愈。林司务①若不赶紧筹议，倘老爷有不美之处，你乃官匠总头，亦难辞其咎耳。”林保曰：“巧媳妇做不得无米之饭。若有些须，亦应尽行拿出相帮，岂有坐视之理耶？”周拱曰：“谁要汝相帮，就有一千八百也济得甚事。只去探听哪里有财主，代老爷去借来，且救眼前之急，再作主意。”林保曰：“二老爷还不晓得，福州城当今要寻一万钱的财主都毛②，哪有去借一万钱的财主？”周拱曰：“林司务不肯用心，那酒鬼头陀都有处借一万银买酒吃，我们干正经事，难道倒无处借？”林保被周拱提醒，答曰：“是呀，法济曾说过，但不知此财主现在何处。”沉思一会，曰：“记得了，乃是到北山杨家。快去对老爷说，叫他不必苦③了，明天约同去借来救急。”

二人遂进内，将法济去借银之话告了。启文曰：“法济乃化外之人，其话虚虚实实。以我们嫌伊大吃酒④，他只算吃得少，有了一万银才够伊吃的快意。乃是借言，哪有实事。汝二人不要妄想画饼充饥。”林保曰：“老爷若不信，可写便文约，小人同二老爷先去问他。若应允，再来请老爷同去；若不肯，就不用。”周拱曰：“有理。”即取一张纸，写下文约。内写“立文约威武军周大工正周启文，承造佛寺浮屠。因官银变化，兴工无项。向北山杨家借得银一万两前来，俟造竣日即送还”等语，后又写“官匠林保作中保⑤，周拱作在见⑥”。写完，周启文勉强押上花押，林、周亦写了花押收存。

同出公馆，由海晏门桥边至东郊，访问有杨家财主否。但北山所有姓杨皆是小户，并无财主。直至虞公庵，顺便至虞胄家中。那时虞胄被启文扶持，城竣后分了数百金，娶了妻小，赎回旧业。周、林二人突至，遂殷勤款待。二人遂说知银变铁来寻财主之情由。虞胄闻之亦骇甚，因说此处哪有这大财主。林保曰：“大约财主没处寻，但此事老爷家中尚不知道。今烦虞二爷先去乌石山老爷家中，将此情报与安人知之。我们二人再去细访。若实无财主，亦是

① 司务：即“师傅”。

② 毛：没有。也写作“无”。

③ 苦：发愁。

④ 以我们嫌伊大吃酒：由于我们嫌他酒喝得太多。

⑤ 中保：合约的担保人。

⑥ 在见：合约的见证人。

无法。”

随吃过午膳，林、周二人先行，在路慢慢查探，并无影响[①]。再行数里，二人行得骨疏筋疲，坐在大树根上歇息。林保仰面见对面一庙，门额上立“北山杨大人庙”六个字，连声叫曰：“二老爷快来看，对面是什么人家。”周拱一看，喜曰：“踏破铁鞋无处觅，得来全不费工夫。”林保曰：“且慢喜，还是庙，不是屋。”二人忙进看，当殿供一神像，头戴金盔，身穿银甲，极其威严。周拱曰：“北山杨家倒访着了，只是土塑木雕，不是真正财主，如何是好？”林保曰：“不管是神是人，此乃法济预泄天机指点寻着。快去请老爷亲自来祷，定有显应。”二人遂赶回。路上林保曰：“若见老爷，只可含混些说。若说是庙，必不肯来。”

遂到公馆见了启文，林保曰：“问着了，这杨家财主只在桑溪口，害我遍处寻。今见了财主，亦已肯借；只等老爷亲身去交文约，银才肯拨。”启文曰：“真有这事？”周拱曰：“若无实事，二人亦不敢回来了。”启文曰：“几时去见伊？”林保曰：“那财主要今夜就去，他在那里专等；至明日伊要往别处去，数日始能回来。”启文听二人说得只实[②]，只得在床中勉强起来，穿戴官服。不要衙役跟随，只乘小轿，带了林、周二人望东而行。

林保暗与周拱相量[③]曰：“俟老爷祷告完，须把老爷抬到家中，交与令嫂服伺。神明之事乃属渺茫，若无灵应，到家中自有一番酌裁，免得你我二人担忧。”二人一路商定了，到桑溪口即今之打炮山，二人先至庙前等候。轿至，忙扶住周启文同入庙内坐下。

是时天已昏黑，月初出山。二人带香烛冥银，向神前先点烛照起来。启文问曰：“财主还离此多少路？”林保曰：“此就是大财主了。”启文怫然曰：“什么，这里就是财主之家？谅这庙祝哪有许多银来借人？”林保曰：“财主不是庙祝，是这尊神。”启文曰：“土木偶人会作财主，银从何来？”林保曰：“不知银从何来，是前日要尝天下之酒库朋友在此借过一万银来。”启文曰：“法济在此借过银？我再[④]不信。”林保曰：“小人之言老爷不信，请看一看就信了。”遂扶启文行出头门外，指牌额曰：“此是什么字？是何人所说的？”启文看是“北山

---

① 影响：结果。

② 只实：这么确实。只：这，这么。

③ 相量：商量。

④ 再：更加。

杨大人庙”六字，始觉法济去北山借盘钱之句，将信将疑。心思既被二人骗至，将错就错，由他造作[①]罢了。便问：“怎样的?”林保曰：“老爷捻香，祷告借贷的缘由。二爷读了文约，小人们作个中见[②]。拜祷焚化文约、冥银毕，先同回去，明日拨人夫来挑银就是了。”

周启文又气又好笑：他二个人把我作小儿一般。无可奈何，只得向神前捻香跪拜。祷告毕，周拱读了文约，同冥银入炉焚化，周、林随亦捻香拜祷毕。林保出门外喊曰：“抬轿来，抬老爷回去。”随扶启文上了轿，二人随后，一直抬回。

再说那虞胄送二人出门了，随后也到乌石山周家。进见吴安人，便将公馆银变、启文病重逐一报知。吴安人闻之吓甚，曰：“何不请老爷回来，一同相商耶?”虞胄曰：“亦经三番五次劝，请大哥回家商议；不知是何心意，不肯回来，又不肯服药。”吴安人曰：“今烦叔叔去公馆里，说是奴家来请老爷回家，自有酌裁。若再不回，奴家即自赶到公馆，顾不得出头露面不便也。”

虞胄奉命，即到公馆门首，周启文不在，查问家人、人役，共说是周、林二人回来邀之同去，不知去何所在。随即回至乌石山报知等候，久不见回来；又往各处查探，并无信息。是夜，就在周家住宿，拟至天明，再到公馆寻讨[③]。

将至二鼓，周启文轿也抬到家下，见是自家门首，骂道：“为何将我抬回这里来？还不再抬去公馆。”林保在后赶至，答曰：“想是轿夫听错了，叫他抬回，他只道抬回家里。今既抬到家了，夜已深了，请老爷就在家里安歇一夜，小人同二老爷亦在此伺候。要去公馆，一同再去未迟。”启文只得走进，见虞胄亦在，随吩咐里面备办晚膳。吴安人闻之，忙赶去扶丈夫进内，带泪曰：“老爷有事，何不回来相商？因甚不回，愁病到此光景？今日不是虞叔叔来说，妾身哪里得知?”随令丫环菊英往厨中办饭与外面林司务同食。先将清粥烫一碗[④]来与老爷食。

须臾，菊英粥捧进房内，吴安人接与丈夫食之。一食便吐，再食连肚底苦水都吐出来，竟是膈食之症[⑤]。吴安人看之，忧愁欲绝，随扶上床睡息。吩发外面饭食吃完，复至床前问曰：“怎么，银变化铁？不是领银时被光棍[⑥]抽换

---

① 造作：操持。

② 中见：“中保”和“在见”的合称，指契约的担保人和见证人。

③ 寻讨：寻找。

④ 先将清粥烫一碗：先热一碗稀粥。烫：指重新加热。

⑤ 膈食之症：传统医学称肠梗阻之类的病症。

⑥ 光棍：骗子。

去，便是公馆内被人盗换。老爷可将领银底根来历，从头说与妾身知之，看在哪里破绽。”启文曰：“下官气喘，说不能周到，可叫二叔进来后厅，与伊慢慢说罢。”

即遣菊英至外书房请三人同进后厅。启文爬起出来，吴安人在后厅帘内。启文曰：“二弟，原早领银与你同去领的，始末根由你都晓得。你嫂说此十桶银，不是光棍抽换，便是公馆内被人盗换。你可将前后情形，一一细说与你嫂知之。”周拱曰：“大嫂，为叔至戆，亦不致被人局骗；而况大哥乃七伶八俐之人，哪会被光棍局骗之理？

“去岁春间，愚叔跟随大哥到大衙口伺候领银，见辕门内有一人出来，对大哥说：他主人是库官，名燧姓洪，叫他出来吩咐。今日发银十五帮[①]，每帮十桶。先拨十四帮即便抬去，惟煞尾[②]十桶须停辕门外，等他主人出来有话说了再抬去。此乃本主王大老爷的谕令，不可有违。那人说讫，仍进辕内。有一会，内面传领银。同至库门口，陆续发出银十五帮；抬回十四帮，惟留尾帮十桶再放在辕门外等候。

“随后洪燧库官出来见了大哥，曰，此处不是说话之所，他的寓所离此不远，叫大哥带银，齐到他寓所慢慢来说。大哥即带银同库官行有里许路，进一弄。弄里一座墙屋，中间正厅，两廊厢房，请大哥左厢房坐。库官便打骂家人，因何不锁闭右厢房门。大哥问内何所在，库官便把门推开，内乃重叠百余桶，桶面有官封；说是州县解来丁税银桶，候解齐缴库。说完方说，清早衙内奉王大老爷吩咐他，嘱大哥说：今日发造城银十五帮，每帮十桶；先出十四帮，即便抬去使用；惟尾帮十桶，是备进唐天子的贡银。因库内无银，将此暂行拨凑，候各处丁粮银解到拨换。他又说十四帮的银都经伊手看过，独此十桶乃内府装钉现成发出，不知内面贡银是何等样式，可抬来打开看。随招进厢房共拆开，每桶都二十锭。他还说曰，疑是雕龙画凤之异，却原来同时银[③]一般，不过面净端正些。有一家人犹曰：不在此论，其中成色不同。

“看了，即时库官欲着人去公馆请大哥封条。往返不及，即令家人进内取出铁钉、封条十张，皆威武军的衔头，还盖有节度使印篆，送与大哥用朱笔标个‘封’字，俱当面对刷完固。有一桶封节度使印边刷破，库官要穷究是哪个家人

① 帮：批。

② 煞尾：最后。

③ 时银：市场上流通的银。

刷破的不小心，还是大哥说情不究。

“钉封明白，大哥告辞，库官便留住同食便饭。大哥被拦住，不得过位[1]。愚叔一向都在身边，以不当多谢他，将大哥拖出。那库官问知愚叔是大哥之弟，忙叫家人把头门关了，却被同拉上厅去。酒席已排便现成，见伊十分有意[2]，只得坐下。那库官倒也谨慎，便令家人将左厢房门倒关锁着[3]，头门勿开，不许外人半个进来。想房内并无别门，外面门又关紧，十分放心。

“那筵席极丰美，劝酬又殷勤。不敢坐久，食了便起位。随开了头门，放抬夫进来，又开了左厢房，把十桶银抬出。库官见那封条刷破，尤说那个不小心要究。愚叔押银先行，那库官送出门外，又曰‘王大老爷至后[4]又吩咐道，此银一时着备[5]，将来必不用进，如一两月内不传换，即行拆用’之语。大哥至公馆，此话亦对林司务说了。林司务曰：‘库官共四个，有一个姓洪的，乃浙江人，才补授，未曾见识。’又曰：‘既多谢他，须当还敬。’

“数日大哥遣人去请他来会叙。他随差人来辞谢，说伊奉大老爷令，往各州县催解丁税，即日在衙内起行，另日再领。那时工务甚多，得少缓，不知伊几时回来，大哥亦未开用，他银也不传换。此十桶另放房内，出入只有林司务、虞三弟并愚叔，以外鸟雀不能入，原封无半点少异。昨日打开，一起变铁，奇也不奇？请大嫂高明剖察，其中有无弊病之处。”

吴安人帘内听了详细，曰：“光棍果然做得干净，不知伊用了多少心机做成圈套。兄弟二人眼睁睁将一万银子换一顿饭食了，复何怨？”启文答曰：“安人这等说，那库官是假的？就是假的，难道还有避眼法不成？”

吴安人曰：“不用避眼法。据二叔此说，内有无数破绽奸诈，缘何一点都不知耶？”周拱曰：“内中有何破绽诈处，祈大嫂指示。”吴安人曰：“老爷承造官，大老爷有话吩咐，何不传进面谕，岂有叫库官转言之理？库官出来，大老爷有何语即当面说了，又不是说私话，何用去伊家中说话？既到他家中，何用连银带到？既是贡银将来要缴进，敢打去原封，重新再封起来？封了银，即便先抬回来，如何放在房内，将门反锁了？既留食饭，就该把银桶排在当面，何用关

① 过位：离开。

② 有意：诚意。

③ 倒关锁着：反锁着。

④ 至后：后来。

⑤ 一时着备：暂时要备在那里。着：要。

门闭户？王节度镇斯邦，国富民强，库岂无银？既银不敷，即少拨二三十桶亦可。俟解到再拨有何不可，何必以贡银凑发，再行转换，多此一事？各州县之丁税，皆随到随缴进库，从来未有先缴与库官家内。再，领银者奉承库官，哪有库官反奉承领银者？此下饵之诈可知矣。

“但此大光棍不止一二人，必有十多人。早择住寓，预行在内布设十桶铁渣，暗存在厢房隔堵[①]。再假空桶、假官印封条，候银局至家，骗我们去食酒，将门关紧，由他慢慢去做。或壁内，或地窖，暗设机关。无痕无迹将十桶银运出换假银，或揭起原封重刷，或照样标押，刷破妆点一样，或照旧排放。伊事做完，老爷兄弟酒席未吃一半。此大光棍本地亦不能作，都是外省之人才有此大狡狯。今既坠其局中，学一回见识也罢了。不须气，慢慢再来设法。”

林保等三人听了皆服，曰：“安人真剖得分明，破此大光棍机关；如当时在场，不致局去。”启文叹口气曰：“枉戴头巾，不及妇人万一！”因此病又加症，顷刻吐血成碗[②]，遂议天明延医。安人随扶进房安卧，便涕泪曰：“既局去了便罢。且宽心打算，先将家中所有首饰、杂物、房屋尽行变卖，再向妾身父亲家中借凑购料兴工，再来商量。何用思苦伤身耶？”启文曰：“银要用一万，卖并借不及千余，济得甚事。此命总休矣！”

安人不尽悲伤，正哀劝间，突有一丸火从后门缝里滚至床前。吴安人大喝一声，火即退去。启文曰：“此不是鬼火耶？要死自死，何用汝来引路？”吴安人曰：“此非青磷火，乃是宝火。莫非天怜赐宝，救老爷性命？”启文曰：“何以知是宝光？”安人曰：“神光红，鬼光青，宝光赤，此是赤光，必宝也。再来以宝物镇之，自有分晓。”将一把宝剑拔起，放在床头，俟之再来。启文曰：“休妄想，被鬼揶揄耳。”话犹未完，那光又滚至床前，吴安人即将剑掷去。那火即将剑绕住，光亮[③]，仍由窗槛中穿出去了。

正是：若无剑逐光中去，哪得银从暗里来。要知是宝非宝，且听下文分明。

---

① 隔堵：隔间。

② 成碗：将近一碗。

③ 光亮：闪闪发光。

第十一回　北山神送银借工正　七女鬼孟浪戏后生

却说那一团火绕着宝剑向窗槛中飞出，吴安人即大喊救：“叔叔快些进来！”时已五更，外面三人哪里有睡，正愁闷间，忽闻叫声，俱大惊，以为启文气绝。三人飞跑至房门口问故，吴安人迎出曰：“适有一团火，在后面滚至床前，被奴家一剑掷去，那火绕住剑，向后窗槛一起飞出，极怪异。烦三位去寻此剑落在何处，看是何妖怪。”三人即忙点起火把，从后门各处寻讨，并无形影。

林保曰：“方才安人说是一团火光飞出，落在何处，一定亦是光的①；我们点三把火把，光对光，哪里会看见？”林保随将三火把打灭，惟点一盏风灯照路，前后寻讨。望见后楼上发光，曰：“在这里了！”三人同登楼一看，雪白银锭铺满楼板，一把剑插在当中。三人惊而喜，连跑下楼，至房门口报喜。

周启文以为又来骗伊，哪里肯信。三人俱说不妄。吴安人曰：“如果实事，可先拿一锭来看。”林保忙曰：“说得是。”三人飞跑上楼，齐取三锭进房。启文看了果真，见面上錾有“北山杨记”字号，惊喜曰：“此不是北山杨大人连夜送银来借我们耶？真好财主！”林保三人等喜之欲狂，曰：“可见小人同二老爷想法何如？是骗老爷不是那？”

时启文病好一半，即叫三人扶了上楼。那楼是朝东的，上面无门，只有栏杆，银果排满楼板。遂点定二千锭，计一万两，锭锭有北山杨记字号。启文感激不胜，便同三人望东方拜谢。菊英跟上楼看了，即回报进房，吴安人只道是皇天赐赠。至林保等下楼，皆言感激头陀，不但保固罗城，先知失银，指点借银之处，救了老爷之命。敬服老爷眼内有珠，众人有眼不识泰山。安人问之，始知来因，亦不胜感激。

天将明，林保至公馆挑十个空桶来，将楼上银装入，随排出②早膳。启文病鬼被银鬼惊走去了③，胸中无有忧虑，略能饮食。众人皆喜不胜言，议将旧

---

① 光的：亮的。

② 排出：摆放出。

③ 病鬼被银鬼惊走去了：病鬼被银鬼吓跑了。惊走：吓跑。

公馆退还屋主，另寻兴建所。租一公馆，兴工办事。即日寻便，将银抬进。速手分发，买料兴工，大小工匠共二百余人。建寺主都①及建塔主都杨捷、黄泰遂将佛刹基地方向重划清楚。

黄泰随在寺左择一塔基环围，挖明塔座地位②，令众匠起工③。那人众看甚多④。突有一孩童，只有八九岁，头挽小纽⑤，身披合符褡⑥，向前曰："司务，择错了位处⑦。快开过上丈余亦可，下丈余亦可，独此不可。"黄泰答曰："小孩子晓得什么！此塔与乌石山之黑塔相对，为都城龙角，上下些须⑧皆不正。你是个孩子，在此胡说!"那孩子曰："上下都不歪，比比⑨这里能歪。"随起随说曰："黄泰假称乖，把塔来作歪；虚实全不晓，岂是主都才"黄泰听了，喝道："这小杂种，拿来摄⑩死。"众人叫曰："还不快走⑪，被他拿着摄死。"那孩子回头向众人曰："我何用走，后来你们看他走。"此时大家都道："小孩子之话，听他作甚?"黄泰亦有些疑惑，同林保再三相度⑫，并无歪处。随即定期安磉⑬，而土木又兴矣。

此时不比造城烦多，各事人工亦少，虞胄告辞，回家料理田园去了。惟周拱在公馆帮办，亦无甚事，多在外面闲玩。那夕是六月十六夜，月明更静时候独步后山，风过处听有笑语之声。站住静听，声在对面矮墙之内。步至墙畔，翘首瞧进，有六七女郎在内，月下斗草⑭嬉戏。内一女曰："你这小猴儿，贪玩无忌，墙外有人来瞧，你皆不知耶?"又一女曰："是哪个？好大胆，敢来瞧老娘们？我出去拿来做点心吃。"周拱闻之便走。那女郎出赶的快，将周拱揪住，对面一睨⑮，曰："我道是谁，原来是一位郎君。若不嫌弃，请进奉茶。"周拱见是十五六岁美丽佳人，神魂便荡；不问端详，诺而随之。

---

① 主都：（工程项目）负责人。
② 地位：地基位置。
③ 起工：动工。
④ 那人众看甚多：来观看的民众很多。
⑤ 小纽：小辫子。
⑥ 合符褡：由两块方形的布简单缝合成的无袖上衣。
⑦ 位处：地方，处所。
⑧ 些须：些许。
⑨ 比比：恰恰。
⑩ 摄：通"捏"。
⑪ 走：逃跑。
⑫ 相度：观察、测量。
⑬ 安磉：奠基，安置梁柱的基础。磉：柱础。
⑭ 斗草：古时候女孩子玩的一种游戏。
⑮ 对面一睨：脸对着脸仔细一瞧。

那女带进，便扬声曰："免诸姐妹闷闷，我今带一位出类之郎君与汝们解闷，如何?"众女睹之，乃美书生，皆喜之。迎至凉亭，分宾主共坐。饮了茶，周拱上下一瞥，皆有闭月羞花之貌，都不上十七八岁，魂早被勾了去。一女曰："郎君贵居何处，尊姓大名，排行第几，可曾婚娶否?"周拱曰："小生姓周名拱。父母早逝，未曾婚娶。随族兄周启文在此山麓督造佛刹浮屠。今夜因闷，步月至此。有敢冒犯，望乞赐宥。"诸女答曰："贵人光顾敝庐，三生有幸，岂敢言怪也!"

周拱随问阀阅。一女曰："奴们姓王，乃梁州人王霸之后，与王节度同宗。家无别丁，只奴家姐妹七人，皆称为千金，带郎君进来乃第六之舍妹耳。"周拱曰："原来六千金，多有得罪了!"六妹曰："彼此皆偶尔奇逢，何罪之有。今夕月明，幸有佳宾，寻些酒果来与周郎谈谈，方不负此奇逢也。"六女即入内，顷刻捧出酒果排在月下桌上，照序而坐。

七女执壶，饮了数巡。大女曰："闷饮无趣，奴家先讲一令佐酒。其令一人只说一个字，先讲的要一横一直，二讲要二横二直，三讲要三横三直，照位[1]讲至八横八直止。周郎首位，留至尾讲[2]。奴家作令官，先讲起：一横一直乃十字。"二女接之曰："奴家讲：二横二直乃井字。"三女曰："奴家三横三直乃田字。"四女曰："奴家四横四直乃回字。"五女曰："奴家五横五直乃固字。"六女曰："奴家六横六直乃品字。"七女接曰："奴家七横七直乃留字。"至周拱，即接之曰："小生八横八直乃福字也。"大女曰："八人讲令，惟周郎得福。各姐妹齐来，一人酒贺一杯。"周拱连饮了七大杯。

周拱曰："小生亦来还敬一令，一人亦要一个字，那字放在别字上下左右中心都成一字。亦照位轮去。小生先讲：木字放在子之上，乃是李字；放于西之下，乃是栗字；放于圭字左是桂字，放于人字右是休字，存于口字中是困字。"

大姐曰："奴家乃子字，放于皿字上是孟字，放于禾字下是季字，放于女字左是好字，放于亥字右是孩字，存于口字中是团字。"二姐曰："奴家说口字，放于王字上乃呈字，放于木字下乃杏字，放于女字左是如字，放于今字右是吟字，存于口中是回字。"说毕又曰："行令须用眼前字，周郎何得用僻字?"周拱曰："小生用僻字？令姐子字放在口中，非僻字耶?"七女曰："该罚十杯酒。"大女曰："先罚令官，奴家再罚三杯。"诸女俱说有理，一连斟十杯酒，要周拱先吃。

周拱曰："今未轮完，俟说完吃未迟。"诸女曰："吃了再讲。"周拱半推半

---

① 照位：按席位次序。

② 尾讲：最后说。

就，一气饮了十杯酒，大女亦饮了三杯。那时周拱入于迷魂阵，借醉意，胆就大了，双眼观定七女，不断微吟云："眉黛夺将萱草色，红裙妒杀石榴花。"七女因被观得厉害，手便搭在大女的肩上，曰："那儿郎眼灼灼似贼，今夜大家务要谨慎些。"周拱答曰："此贼不偷别的，专会偷营劫寨。"七女曰："奴家的营寨难劫，俱是金斗铜关。"周拱曰："铜关虽固，怎当一炮直攻！"大女便忙曰："小猴儿与周郎捣什么鬼令，可叫五妹笑话讲一截[①]佐酒。"

五妹因闻周拱与七妹相谑，欲讥之，曰："不说令，先说一截新文[②]。有吉家兄弟三人，拆散各自投奔。吉大投在茄树顶上，称'嘉宾'。吉二投在黑峰山旁，称'黠客'。惟吉三没处投，欲借丝家半爿[③]为'结居'。丝家曰：'我兄弟正在混乱，未曾解清，你再来帮住[④]，越凑乱[⑤]。今教你，同家偌大房屋，三面围墙，只有一口，极是孤栖。你有十一口，投入同房，以多补少，岂不两美?'

"吉家随到同家告借。同氏曰：'我老大只一人，正要我一口去上下相帮。今堂屋借你十一口儿去住，不可糟跶[⑥]。'吉三喜甚，同氏遂将一口搬到老大家，上下帮扶有二人口，称'吞氏豪族'。吉三遂将十一口搬进同家空屋，谓'岐州世裔'。

"那老大得了一口儿，欲吞并，乡邻俱向一口谮之曰：'堪笑一口未同心，有屋不住乞[⑦]别人，口荐人之跨脚下[⑧]，说话放屁声相连。'一口闻此，即与吉氏要屋自住。吉三曰：'你被人取笑犹可，我更难堪。他闻曰：姓周你莫夸，借住别人家，口压屁股下，只晓傍肌巴。这个取笑更狼狈。而今只要住口安稳，管伊不去取笑。'

"一口被说开，亦不理会，屋仍借与周氏，竟然得意。造细缉来佐绸衣，只遗空田；偷凤鸟来作雕翎，惟剩鸡笼。遂周游天下，却被'细'之空'田'、'凤'之'几'笼寻还，适遇时来鸟夺回。因无饰不得再游，屈之难堪，竟将屋脊凿破，将头伸出周玩，以代周游。原屋主一口儿闻脊被凿破，将'吉'氏逐出，自搬进住，仍是还'同'。吉氏十一口，依旧无处倚傍。适有'买皮十'寻人相帮，遂约吉氏将'士'安'买'字头上。'口'安'十'字脚下，却是姓周

---

① 笑话讲一截：讲一段笑话。

② 一截新文：一段新鲜的故事。

③ 半爿：房子的一半。

④ 帮住：在别人的住宅里依附居住。

⑤ 凑乱：添乱。

⑥ 糟跶：糟蹋。

⑦ 乞：送给。

⑧ 口荐人之跨脚下：嘴巴凑在别人胯下。

之子弟卖皮古[1]哩。”讲完，诸女笑作一团。

周拱曰：“慢些笑，待小生亦说一截新文来凑笑[2]。”诸女共答：“愿闻。”周拱曰：“有太原王氏七姐妹，遭逢兵灾，拆散各处。或为妻妾，或为奴婢，皆从其姓氏。至刀兵宁静，俱回家望母，惟五妹后至。系五妹分散之时，投于草野，与犬交合，被犬牳[3]一叫变狂，见人便咬。其犬被打离，五妹送官，长坐牢内。五妹有故旧，号‘蛤蟆六’[4]，进牢探视。五妹告以凄楚，六闻哀甚，愿代坐牢，与[5]五妹回家。五妹曰：‘六哥上下关绊[6]，焉得代妹坐牢？’六哥曰：‘兄将上下割赠与妹带回，便坐得牢也。’五妹曰：‘哥废去上下，只剩一条凶杆子，进牢干得甚事？’六曰：‘讲子曰也。’随将上下三点脱与五妹，进牢去讲子曰。

“五妹将蛤蟆六所赠一点安在头上，成个主字；下两点扯长，合上成个人字，便是主人。摇摇摆摆一程回转。见诸姐妹，自夸体面作家主人。便盘问曰：‘你们分散，把王字本姓都改异了？’问大姐：‘你为何人所压？’大姐曰：‘投在一人之下，全家，姐丈是个人王。’五妹曰：‘不是人王，乃是人童[7]，日夜被人压住不放也。’又问二姐曰：‘你身傍然拌湿？’二姐曰：‘愚姐投在汪家，姐丈水王。’‘三姐你身子什么夹住？’三姐答曰：‘愚姐投在相府，姐丈是个宠臣，得赐一对御棍。’五妹曰：‘恐不是大臣之御棍，乃是罪人之夹棍也。’又问四姐曰：‘你存[8]在那里？’四姐曰：‘愚姐投在二十一都田下之第八房，姐丈是中央之主。’五妹曰：‘原来嫁与黄八[9]。’问六妹曰：‘你在何处？’六妹曰：‘愚妹投在财主毛家，倒有几成家当，故此[10]头才歪歪，尾巴跷跷。’五妹曰：‘不是头歪尾跷，是垂头丧气，摇尾乞怜。’又问七妹曰：‘你既然头上有角，屁股何故插尾？’七妹曰：‘小妹投在羊家。’如是六个姐妹皆被五妹品评。

“大姐曰：‘我们都改异了本姓，请问五妹之本姓何在？缘何亦添头赘尾？’五妹曰：‘愚妹之添减乃增体面也，你们乃是献丑。妹当初遇着娄金星照顾，遂

① 卖皮古：卖屁股。“皮古”谐音“屁股”。

② 凑笑：增加笑料。

③ 犬牳：母狗。“牳”或作“母”“姆”。

④ 有故旧，号“蛤蟆六”：有个老熟人名叫蛤蟆六。号：名叫。

⑤ 与：给，让。

⑥ 关绊：关碍，拖累。

⑦ 人童：指“僮”，家奴。

⑧ 存：藏，躲藏。福州话“存”“藏”同音。

⑨ 黄八：谐音“王八”。福州话“黄”和“王”同音。

⑩ 故此：所以。

威烈勇猛，人皆畏惧，公举为藤国之尊。国既治，因思乡土，将空国交与六军掌管，六军留一中军代之曰权，余护之为仪从。妹朱衣头上点，青云足下生，送主人还乡，比你们可荣耀些么？’六姐妹闻此，共嚷曰：‘小贱人，此话只可骗别人，敢来骗我？我们早晓得了，你一出门被犬拉去，称什么遇娄金星照顾。被人拿进牢中，称什么公举为藤国之尊。后蛤蟆六替你坐牢受罪，说什么六军掌管？’七妹曰：‘蛤蟆头安头上，蛤蟆脚安身上，称什么朱衣头上点，青云足下生。我今要你主人做不成！’随取出一木棍，将五妹头上一敲，一点缩进不见，脚下一扫，两撇分离，现出王八二字。六姐妹拍掌大笑曰：‘主人竟是一个王八了。’”

周拱还未说完，诸女哄然嚷曰：“这小犬好大胆！敢将我姐妹毁骂，这恶客不打煞①了，等待何时？”五妹先向前把周拱揪下，齐上前按倒在地。大女把两跨将周拱头坐压住，七妹把周拱两脚弯②翻出，将周拱翻仆于地，三女拿出金藤鞭一条，照腿上便打。

正是：口给伤人贪好色，便将打煞亦甘心。欲知有无打煞，且听下文分说。

① 打煞：打杀。

② 脚弯：腿后侧关节弯处。

第十二回 恋空色书生遭鬼厄 正浮屠仙道召雷轰

却说周拱被诸女压住，三女举起金藤鞭正欲打下，四女阻之曰：“且慢打，慢慢来排布①。”适六女进内解手，出来见之，便骂曰：“你这几个焚琴煮鹤的小猴儿，竟将一个俏书生如此糟蹋，其实都是狗的心肠。”骂了，将金鞭夺过。五妹曰：“他嚼蛆，讲我与犬交。”六妹曰：“你讲他卖屁股都讲得，你任谁要买去?”

六妹曰：“你们都是杀风景，不识货。”拿起金藤鞭，将姐妹扫开，把周拱扶起，谓曰：“郎君毛怪②！他们都是不识货的蠢物。且进奴家房里安歇，待明日送郎君回去。”便同周拱携手进房。诸姐妹眼见不悦，欲进抢出。大女阻之曰：“何用争，且让这猴儿没水去扒船③。我们各去睡，明日再来议论。”六女各自归房去了。

周拱被六妹带进房，又惊又喜，谓曰：“今夜若无六千金搭救些，几乎被凌辱尽矣。”六妹答曰：“那几个不过也是玩笑，哪敢伤害贵体。只是不十分怜香惜玉，可恨矣!”周拱遂将六妹搂抱求欢。六妹笑曰：“奴家因见周郎品格超凡，不避嫌疑。爱东墙之处子，并非携云之意。奴家里世代贞洁，恐儿女牵情，致污清白，使诸姐妹不通人道，以杜觊觎之源。今夜有负浓情，祈谅之。”

周拱不信，遂携手上床，效鸾凤之和鸣。六妹笑曰：“何不云雨而上阳台。”周拱笑曰：“醉翁之意不在酒，聊效于飞之乐。”二人正在言笑，而金鸡早唱矣。六妹曰：“情长夜短，郎君早步，恐天明遇撞不雅。倘君不弃，今夜早些再来，奴家倚门而待。”周拱遂起来穿了衣服，六妹送出门外。

周拱回去公馆，等得金乌西坠，玉兔东升，仍寻旧径到了后门山口，而六千金已托腮在门前矣。二人相携手入内，关了门，依然上床。正笑语间，俄闻

---

① 排布：摆布。

② 毛怪：别见怪。毛：不要。

③ 没水去划船：俗语，比喻没有基本条件，只是徒然。

门外脚声杂沓。周拱曰："门外何人?"六妹曰："莫是那几个贱婢来打耶?"周拱问："什么?"六妹曰："不要说起，必是那六个贱婢妒心，说奴家破了祖宗清戒，早时被伊抢白一场。今夜莫是被他知了，又来寻事?"周拱惊怕，赶紧站起，穿了衣服，躲于床后。六女下床，房门已被踏开，六女子各执金藤鞭拥进，骂曰："不遵祖训，下贱人败坏家风，不打死留着作甚?"六女子遂将六女围住，鞭打不歇。

周拱在床后胆战心惊，拼命走出[①]，望外就跑。到路口有人追至，将周拱揪住。周拱回头一看，是二个狰狞恶鬼。其一鬼曰："既是嫖客，受我一角。"遂将头角触来。一鬼曰："不要与伊快死，太便宜伊了。可拿泥来，将他七窃堵塞不能通气，与之慢慢死，问他爱风流好否?"一鬼揪住，一鬼取至泥丸，遂将周拱耳鼻目嘴塞满，放倒路旁，二鬼跳去了。

至天明，有一伙匠人赶厂作工，由此经过。见有人倒在路上，认得是承造官之兄弟，到厂报知。周启文同林保赶至，见周拱七孔被泥塞满，浑身皆冷，惟心窝尚热。即将泥丸先刮出，抬回公馆，用姜汤灌之，渐渐回苏，过午精神始复。

启文问曰："弟往何处?被何人所算，几乎坏命?慢慢说来，待兄与汝报仇。"周拱慢答曰："弟昨夜去到王六……"只讲七字，还有"千金家"三字未说，心悟此话不可讲，即住口。启文曰："什么王六?"周拱将错就错，捏[②]曰："弟昨夜二更出去山边如厕，遇六个黄鬼[③]，弟惊甚便跑，鬼追至，将弟围住按倒，即时昏迷。"周启文骇曰："鬼有黄的?是什么鬼?"林保在行曰："鬼多乌黑，少黄的。鬼黄色乃金所变，白色乃银所变。有运气的遇之得财，无运气的遇之反害。可是二老爷时运来了，必得大财。"启文曰："一次遇之如是，可再遇之乎?"随请医调治，建醮退禳。不数日，身体如旧，惟不敢再行旧径矣。

却说兴建佛刹浮屠，自四月初旬起工，至六月末旬将次完竣。华表三座，中大雄宝殿、大士殿、罗汉堂、钟鼓楼、三山阁、一华亭及客堂僧舍碎房间[④]，皆宏敞。浮屠七层，耸插云汉，叠以巨石，内架以树木，十竣八九。

适夏将尽，秋雨缠绵，工程多歇。俄而新造塔渐见南欹[⑤]，层层用巨木顶竿[⑥]，不能正之分毫，未旬日歪斜愈甚。主都黄泰早已惊走[⑦]。启文同林保忿不

---

① 走出：逃出去。

② 捏：谎言。

③ 六个黄鬼：福州话"黄"与"王"同音。

④ 碎房间：杂用的房间。

⑤ 南欹：向南倾斜。

⑥ 顶竿：用斜撑柱对倾斜的建筑进行矫正。

⑦ 惊走：因害怕而逃离。

胜言，欲拆去再造，限期已迫；如不拆去，无法可施。眼见倾颓，进退两难，日夜对坐叹气。周拱曰：“大嫂之易卜如神，今弟回去求占一卦，看是如何?”启文然之。

周拱回到乌石山家中，见了吴安人，曰：“新造塔将竣，突然歪斜将倒，特来求大嫂一卦，可能化凶为吉否?”吴安人曰：“愚嫂早知之，亦不胜愁闷。清晨预占一卦，幸卦兆贞吉，正要将此卦纸差人送至公馆。今二叔来，可带去同看。”随取出卦纸交与周拱看了，曰：“批评不如口说[①]，祈大嫂再说一遍，便十分理会矣。”吴安人曰：“此卦占得‘谦之益’。山存地下为谦，塔基下必有岩石矣。谦者亏也，亏甚则攲。惟此卦六爻皆吉，初六，谦谦君子利涉大川，吉也。大川虽大险，利涉人不危。况变为风雷，谦而受益，先虚而后实。初九，利用大作，原来无咎，必得异人来大施作之象也。二叔到公馆对老爷说，可写招帖贴于四城，上写有人修得塔正，酬之千金。重赏之下必有勇夫，无庸再议。”周拱听了详细，回公馆将卦纸所说之话述了一遍。周启文曰：“你嫂诚是山中宰相。”即写招帖贴于东西南北四郊外。

三日过，有一道人，头戴荷叶冠，身穿大袖道袍，三绺薄须，手执棕拂，来到公馆。看门人通报进内。启文便出，迎进中堂坐下。递茶毕，启文曰：“敢问仙乡何处，宝号尊讳，光降敝所有何教示?”道人曰：“贫道乃方丈山人，在北关外昇山。慕道云游瓯粤，回来已三日。适闻小徒说新建浮屠即行攲斜的来由，又说贴有招帖，贫道特来请借一观。”启文曰：“贵道肯下顾，定有高见，乃三生有幸也。”随引道人至塔傍观看。

方丈道人四向上下看了一遭，曰：“此塔病在先天胎息之内，不在后天筋骨之间。人力调剂虽精，须仗天力方能成全功矣。”启文曰：“贵道既识了病源，定能医治。万望高展秘奥，拯救倾危。不忘再造之恩，使人人焚祝矣。”方丈道人答曰：“古言大厦将倾，一木难支，况七级浮屠如泰山将倒？纵使女皇再世，斩截鳌足，只可撑之不倒，安能搬之以正？今日幸喜天公垂意，贫道与老爷有缘，得效微劳，以成人之美矣!”周启文便倒身拜谢。林保在旁曰：“用多少工料？何时起手?”方丈道人曰：“木料一些不用，人工亦不用多。即于厂内抽二十名，十人开掘，十人挑土；又拨十六人打石，八人上下轮换[②]。今即动手。”

林保依言到厂派拨，各执家私[③]带至。方丈道人指划北向塔基下，令土倒开[④]。

---

① 批评不如口说：书面批语不如口头解释（容易理解）。

② 八人上下轮：八人抡锤，八人扶钎，互相轮换。

③ 家私：工具。

④ 令土倒开：下令将塔下的土挖掘出来。开：挖（土）。

半边先开，皆原填之地基；左右起尽，还是本山黄土。再起三尺余，现出半边大岩石来。方丈道人笑曰：“病源寻着了。七级若山之势，半边坐岩，半边坐土。土虚石实，怎不偏之症耶？”随令土工去安歇，着十六个打石匠轮替直打。至夜，上下燃炬，随打随起出石块。那岩周围有二丈余，至次日辰刻方打尽。其塔只有一半坐地，大半悬空，又敧又斜，人人心惊，个个胆寒。方丈道人自下去细看了一遭，随令将石块运下，逐层叠砌至塔座平。天又暮了，令将顶垈之木架尽行拆去。方丈道人调度清楚，对启文曰：“病本既清，病末未愈。贫道去请垈师[①]来，尽今夜全功。”启文曰：“用了晚膳遣人同去。”方丈道人曰：“去即就来。”遂不敢再留。

道人去了。那时乃七月念三[②]日，等至更静，道人犹未见来，备了晚膳等候。正猜度间，忽闻一声迅雷，风雨骤至。风如箭急，雨若倾盆，山摇地动，地覆天翻，乃飓风之回南[③]也。吓得启文魂魄俱无，撞足哭曰：“屋漏又遭连夜雨，行船又遇对头风。方丈道人只识地骨，哪知天心。如知天心，今夜有此狂猛风雨，该再加顶架，先保其末，后理其本。缘何顾本不顾末，将顶架尽除，恐倾之不速耶？”林保亦惊得冷汗淋漓。周拱见二人吓得狼狈，便谓之曰：“谋事在人，成事在天，方丈道人亦是人也。天数既定，诸凡都不能挽回，何况一道人乎？听天由命，徒惊无益。”是夜，三人拥坐一床。屋瓦尽翻，无处不漏，频频崩墙倒屋之声，震得三人心胆碎裂，至天明始渐收息。

那厂内诸工匠，厂瓦都被狂风刮漏，一夜俱不得睡，皆疑歪塔必倒。或曰：“既知今夜塔必倒，我们还不趁早走开，在此等压死耶？”众答曰：“厂在塔北。塔歪在南向，就倒怎压得我们，你呆子晓得什么？”那个回言：“我呆你乖，请问你们乖，今夜什么风？”众闻问什么风，皆吓一跳曰：“不好了，是南风。真真[④]要快走！”内有一个号[⑤]“十不怕”，曰：“这样风雨，头伸不出[⑥]，走往哪里去哩？我今出去看，若被风刮歪过这边来，便要倒了，大家就要冒着风雨走去[⑦]；若仍歪在那边，空走何用？”众答曰：“有理。”

“十不怕”便穿棕衣[⑧]，戴了斗笠，开门冒着风雨看了，进来喜曰：“塔还

---

① 垈师：矫正倾斜建筑的工匠。

② 念三：二十三。“念”是“二十”的合音。

③ 飓风之回南：台风中心过后，气旋后锋带来大雷雨，此时风向东南，福州话说台风“回南”。

④ 真真：真的。形容词重叠表强调语气。

⑤ 号：叫做。

⑥ 头伸不出：连头都探不出去，形容风雨大。

⑦ 走去：逃命去。

⑧ 棕衣：蓑衣。

未歪过来，可不用走了。”风雨接连不息，众人叫“十不怕”再出去看了，仍说未歪过来。

天明风雨渐息，惟余霹雳。天色渐明，诸匠开门出看，便开声骂曰：“这个塔子好不可恶。你要倒那一边，便倒那一边。我等了一夜，并无动静，只直直站住①来吓人耶？”有一老成的匠人讶曰：“这岂不是道人去召风雷来施鬼斧神工，把这座塔炼正了。快去报与公馆内知之。”

大家齐至公馆敲门，适林保出来开门，问：“来此何故？”众答曰：“来报喜。”林保曰：“何喜？”众曰：“昨宵风雨送喜来。”林保乃伶俐之人，闻“风雨”二字，忙步出数步，仰头望塔。一望见塔，翻身飞跑进内，只叫“老爷”一句，余言不出，只是手往外指。启文以是塔倒坏，同周拱慌忙走出一看，塔如玉笋空中现，直耸云霄不倚斜。将手加额大叫曰：“奇哉道人，妙哉道人，遣五丁未有此疾迅也。”即登七级观看，并无一些损坏。林保随打坠绳②，正直如原建，毫无偏歪，喜之欲狂。

下塔，众工匠拥索报喜赏封。周启文令周拱取出银十两，与众买酒吃作欢喜③。随回公馆，整肃衣冠，候方丈道人来致谢。林保曰：“看这道人应是神仙，既显了神功，必不再来。我们赶用早膳，亲上昇山与他拜谢了，同来酬敬。如待之自来，不亵慢耶？”

于是赶食过早饭，启文同周拱各骑马带两个随从先走，林保坐一顶轿后行，此轿乃带去接方丈道人来的。便由利涉门出永安门，望北行有十余里，至了昇山脚下。林保下轿向乡邻问之曰：“上昇山还有几多路？有一道者名方丈，在何处住址？”那乡人答曰：“由此曲径上去，即是昇山。那山上要活的道人没有，只有泥塑的一个在岩下。”又问：“此山之前后左右还有别个道者么？”又答：“都没有道人，要和尚甚多。”启文曰：“是有是无，我们总要上去访之。岂可半途而废！”诸乡人曰：“客官不信，上去看看才信，只是不可骑马。”周拱曰：“何故？”乡人遂指山巅曰：“这个猫王爷，会使鬼怪的。”共仰首望之，那昇山之峰峦十分奇怪，天然现一兽形，似猫犹虎，势甚狰狞，视之令人胆寒，方知乃猫头山也。随将马匹留在山下，交随从看守，三人便缓步而上。

正是：昨夜施功龙角塔，今朝思谢猫头山。不知后文如何，且听下回分解。

---

① 直直站住：直挺挺地立着。

② 坠绳：铅垂，木工测量垂直度的工具。

③ 作欢喜：（花钱）让众人高兴。

第十三回　谢仙功工正访长老　泄锢恨情妖献本真

却说周工正启文同周拱、林保三人缓步寻径，登上昇山。只见层峦挺秀，曲涧潆洄；翠竹苍松，竞争节操；奇峰怪石，共斗巉岩。遂攀登扪萝，上至山巅，有一石台。台畔岩旁有一小茅庵，并无人居。内惟一尊泥塑的道者，荷叶巾，阔袖袍，傍一仙童，头梳丫髻，身背褡，叉手赤脚。三人一见，便大惊异，那泥塑道者，即是昨日正塔之方丈道人。又看座前之神主牌，上书“大仙任讳放之神位”。始悟“方丈山人”合着乃“放仙”二字，必此仙下降无疑矣。

三人便倾身下拜。工正曰：“周启文有何幸，得大仙下降，拔陷扶倾。启文生衔死结，亦难报万一。今日先来叩谢仙阶，容日另图酬答，以表微忱。”三人拜罢，林保仔细再看那旁立的仙童，又骇然曰：“此仙童岂不是当日定塔基时与黄泰争论的孩童耶?”二人看真①，半点不差。周启文叹曰：“在在②有仙人不识，徒劳海外访蓬瀛。”

二人随步出茅庵，下了岩磴，至一座丛林，山门外竖着“敕赐灵山寺”金字大牌头。粉壁上有游人题咏甚多，内佳拙不等，看至旧墨迹，因吟之：

昇山自古道飞来，此是神功莫浪猜。
气色虽然离禹穴，峰峦犹自接天台。
岩边古树泉冲落，顶上浮云日照开。
南望闽城尘世界，千秋万古卷浮埃。

乌石山处士周朴题

周启文吟罢此诗，向林保曰：“先严一生洒脱，遍玩胜境，无处不留题吟。今日观诗伤情，有风木之感。”随拭泪同步入灵山寺内玩游。

灵山寺在昇山麓。陈天嘉三年建，寺在于两岩石间，时闻鼓磬声，故称灵山寺。唐天宝中，任放飞昇于此山，乃号昇山。晋太康中任放居此，于王

① 看真：看得真切。
② 在在：到处。

霸之宅得金丹，仙成上昇。其洗药池尚存，寺后又有仙昇岩、龟池，今废。

宋钱昱《紫云台》诗云：

杉松迎寺堂，栏槛倚高冈。
郡国晓云灿，禅阶春草长。
涧深连水色，山静带花香。
更有名僧在，茅庵住上方。

程师孟《游昇山》诗云：

行处松萝深似幄，望中城郭细如旗。
清泉可惜藏岩下，不作先生洗药池。

陈铸《昇山》诗云：

任公昔日此升仙，万仞仙岩倚翠巅。
石径层层封绿藓，松萝步步拂青烟。
海中岛屿分诸国，野外云霞萃一川。
贤守乘春纵登赏，不妨吟到夕阳前。

徐𤊹《游昇山》诗云：

云端石磴万峰回，松竹阴中觉路开。
江汇都从闽海去，山飞曾自会稽来。
青灯供佛销初地，丹药升仙没古台。
独有昔贤遗迹在，年年秋雨长苍苔。

石赓诗云：

衰年脚力倦跻攀，今日凭高一解颜。
驱得江山来目下，化将楼阁出云间。
真人炼药仙都近，释子焚香佛界闲。
尘事数年宁易得，高歌须尽夕阳还。

那灵山寺中僧徒早报进内，住持老和尚六合走出方丈，合掌迎接。三人至客堂坐下，递茶，通了姓名，说及拜访方丈仙人之情由。六合曰："敝山一派无道家，惟昔年有一道老，姓任名放，曾在修炼。后丹成，白日飞升，因此而名。今山巅任放昇仙台、洗药池尚存，道像在台侧岩畔，以外并无别个道人至此也。"

周启文曰："适才曾见仙像，疑即此真人。实不相瞒，下官曾受过恩来。今欲重建宫宇，整塑宝相，特来相求长老指教。"六合曰："老爷不问，末衲不敢言。今蒙垂问，须当直告。但此仙人好寂静、恶华丽，不可动作[1]。"周拱曰：

[1] 动作：动工兴建。

“长老何以知之?”六合曰：“末衲在此住了六十余年，怎的不知?此真人多与人间救困扶危，受恩之家必来酬谢。如运木建宫，其料至半岭不能运动。若塑像，延匠上半山非跌即病。即酒菜金帛，概不受纳。因此本来之面目不改，故当日之宫宇依然。”周启文曰：“真人有此等清廉，使受恩之人何以为报耶?”六合曰：“就是真人施恩不望报。若报之，反激其怒。惟是铭感于心而已。”

周启文曰：“蒙长老垂教，不敢违逆仙意。惟送些香油来，烦师兄们代为晨昏敬点神前，略表寸衷，可使得么?”六合曰：“惟如是烧烧香，点点烛，倒不妨也。末衲可以代劳，其余不敢承命。”

说话之间，小沙弥端出午斋，随请三人吃了斋筵。吃罢，三人谢过长老，辞出山门，下山仍乘马轿，一程回转公馆。即将好香、清油，另包银十两，次日遣人拿书帖送去。那银乃与和尚，为代点香烛之资。差人押带送至昇山，六合老和尚收讫。启文时常上去行香礼拜，不题。

先说林保督令众匠，赶紧工作，不用到中秋早已完竣，佛寺亦已告竣。惟后山数处岩壁尚未凿洗，石匠凡有数人。不觉到了八月十四日，早将新寺新塔悬灯结彩，遍处铺设，以待来日请王节度行香安座。

启文同林保日夜在内监督，惟周拱一人看守公馆。自被鬼塞泥后，不敢复往。于日间往探，寻认旧径，并无人居住。荒僻山野，骇甚。虽然甚骇，而六千金之深情系于肺腑，何曾少释。是夜，一人独处，更深添愁闷，至公馆门外望月。正在徘徊，遥望对面树阴里有人存存露露①，心动而疑，便问：“何人?”那人飘然而至；审视之，乃六千金也。见其玉容憔悴，花貌消沉，愁如西子捧心，悲似太真泪血。二人相见，悲喜交加。因无人，携手邀②进公馆，关了门，直进卧房，并坐床前。

周拱曰：“六千金今夜焉得至此?”千金含泪答曰：“奴家因为郎君，遭几个妒婢百折千磨，谅无再会之期。今夜幸得重视颜色，死而无恨。先问郎君，那夜怎得脱身?”周拱曰：“那夜众姐妹都困③打奴千金，小生脱逃出门，被两个恶鬼追拿住，那个鬼便要将角来触④小生，那一鬼说：‘不要快死，要慢慢死。’持泥来塞小生七孔，丢在路旁。幸命未当绝，到天明匠人看见，去公馆通知，即抬回急救方苏。于今调治痊愈，欲往探视千金，日夜挂心，坐卧不安。今夜幸得相逢，如获珍宝。不知千金为小生怎样受其磨折之处，亦说与小生知之。”

---

① 存存露露：时隐时现。存：通“藏”。

② 邀：携手引带。

③ 困：围着。

④ 触：顶、刺。

六千金泪曰："因奴家亦几至丧生，令人肠碎。今夜幸得无人，把真情与郎君说明，以表诚意。奴家其实非人也，七姐妹乃七块黄金，共有千两，故称为千金也。王姓者，乃前梁仙人王霸所点化，因姓焉。王仙人埋砖七块于山，云：'待五百年后，我家子孙兴时出现。'遂化黄金。金是至宝，精英上升，感受日月之精华，化为七女，从无惑人。谁知奴家与郎君有缘，邂逅相逢，同郎胶漆。谁知妒婢不念手足之情，顿生狼虎之心，凤鸾折杀。即夜将奴家吊打至次早，遍体鳞伤，伤痕尚在。后将锢禁地窝，提防甚严，不能少脱。今夜六个妒婢被西湖水晶女请去赏月，始得遁出。特来与郎君诀别，以后莫能再会矣。"

周拱听了，不胜骇异。见六千金娇啼无主，其实难堪①，谓曰："既逃出，怎的还回去，仍受其制也。即在此地，岂能知之?"六千金曰："一时虽不知，后必知之。又加一私奔之罪，那时节奴家不过再被锢囚，而郎君不止只塞泥丸，能再活耶?"周拱曰："小生宁拼一命以报深恩，怎肯与千金回去再受凌辱。但被其胁制，千金都无法制治得他?如有法制他，小生不避汤火为之，以泄此恨。"

六千金曰："怎么无法制之，因是手足，不忍。"周拱曰："是他不仁，非卿不义，还顾得什么手足耶?"六千金因此暗思："五百年之期已尽，王氏正盛。今不先将他出现，后来难免为他人所得，一齐玉石俱焚。"随答曰："即要制之何难。后山有排连两株大榕树，那榕樳是有穴，百余年之物，奴家诸姐妹之宅舍即在其间。奴家所忌者'火'也，惟丙丁日②不敢移动。余日任吾去留，难以物求。须择丙丁日，先将山上左右周围，堆草焚烧，把面上泥土焚焦，以伏金气，并制木精。复设一炉烈火，即向两树中开到深四五尺，便是六个妒婢的窝巢。奴家被其磨折，囚于地窝，又深二三尺余。若投红炉一炼，精气即灭，不能再变为人。但奴家在内，谓之请君入瓮，自作自受。惟求郎君勿以非类见弃，并入炉中。求垂引救一点之精灵不朽，愿为女婢，以报再生之德!"言罢双膝跪下，哀啼不止。

周拱忙扶之，曰："多蒙千金钟情，正思无以报答。若使蹈水火冒锋刃，亦不敢辞，而况易为之事不为也。能得千金常共作侣，终身誓不再娶，还教小生怎样独保千金之处哩?"六千金闻此，哀感殊甚，乃曰："欲保奴家者，须用绫帕一幅，上画一坎卦，并写制火之甲子，盖一颗现任职官之印篆，先与奴家带回护体，以避其威。开掘时，浮上③六个妒婢，由郎君处置。惟沈下④穴一区，

---

① 其实难堪：真的叫人受不了。

② 丙丁日：按五行学说，丙丁日属火日。

③ 浮上：浅表层。

④ 沈下：深层。

乃奴家之贱体，勿投烈焰。密怀回来，便能与郎君长久相聚矣。至奴们乃王霸仙人所点化造就，不可相负。王仙宫只在西禅山傍，虽仙不在，香火犹存。如不告而举，后来恐遭怒谴。须先告明而后发，方保无虞。此后可称别名，不可再称奴为千金，以转一劫之造化也。惟望谨记之。”

周拱听明，便曰：“谨遵教来改名，卿乃受月之精英，即名王月英，何如?”答曰：“谢赠美名。”周拱曰：“绫帕官印现成，书写极快，且先办些酒肴，与卿作点心。”月英曰：“奴家不吃东西，如遇女伴作乐，略食些微，常多不食，今遭此景况，更吞不下。惟祈早些行为，日后慢慢来谈。”周拱即取看黄历，三日后即丙丁日，开箱取出白绫帕一条，浓墨中写一“坎卦”，坎卦上书“壬癸”，左书“甲子”，右书“亥子丑”，下书“壬戌癸”，印了“钦命大工正”之银篆，将帕书写停妥，即交与月英收存，至期防护。俄而鸡鸣，月英遂告别，周拱送出门外。

正是：情深知怪不为怪，义重非亲即是亲。欲知制服金精之事，且看下文分解。

第十四回　塔寺落成王节度拜塔　公私两济周启文还金

却说周拱送了王月英，回进公馆，独自筹思："哪里有此等期遇，得了绝色佳人，又有黄金千镒？只恐我周拱福薄，难以消受。既得佳人足甚，再得黄金，过于满盈不祥。我周拱若无周启文提拔，焉有今日。王月英之情不可断，周启文之义更不可负。来日将此六块黄金与兄长，代还北山杨大人借项，岂不公私两济。只是不可实告，到那时随机应变。"心腹商之已定[①]，始上床去睡。此且不表。

却说梵刹浮屠早已告竣，王节度先来验阅，大称得意。寺名万岁，塔号定光，分派僧众供奉香灯。至八月十五日，文武百官早来万岁寺前站班。王节度驾临，钟鼓齐鸣，音乐接奏，幢幡宝盖，影动龙蛇，宝桐金花，光摇日月。王节度亲诣梵王宫殿，各躬身顶礼，捻香安座。随上定光塔中七层，莲座立住塔顶。面前之石塔相对，宛如龙角，甚羡佳胜。随赴石塔寺行香，亦上石塔观看一回，即回威武衙门，不表。

万岁寺，唐天祐元年闽王审知建。又创定光塔，明代重建，外表粉白，即名白塔。又有三山阁、一华亭诸胜。后梁贞明元年，春夏不雨，僧义收者积薪自焚，炬举而雨。后游洪州，众遮留[②]之，截左臂曰："吾去不雨，出此以祷必应。"众塑其像，以臂附之，宋时犹存。至明嘉靖十三年二月十九日，雷震万岁寺，浮屠火起，如巨烛照城中外数十里，有铁鼎覆其巅，大书"屠人握闽，雨衣三拜"。未火前一月，四明屠侨为藩左伯，从南门入。众以为城当回禄，至是乃应。屠诣寺拜祷，皇遽不及铺毡，只用雨衣。拜不及四，其鼎坠地，遂已。

明王恭《游万岁寺》诗云：

绝顶层标出半天，千山宫宇翠微连。

---

① 心腹商之已定：思考后拿定主意。

② 遮留：拦阻挽留。

云飞百粤沧波外，鸟度千峰夕照边。
平远台空秋珮冷，毗庐阁静夜灯悬。
屠龙射鳝今何在，蔓草荒陵几度烟。

林垠《登云定光塔》诗云：

宝塔与云齐，跻攀望欲迷。
城围万户小，天尽众山低。
独鹤飞烟外，残虹挂岭西。
海门戈未息，极目思凄凄。

拂如氏《白塔》诗云：

定光塔白灿玲珑，月照空明八面通。
玉笋凌云龙角现，兔毫出汉雁排空。
清高有节擎天共，直净无瑕多宝同。
乃是前王遗胜迹，万年不改镇闽中。

洪士英《登石塔》诗云：

寺废塔犹存，经年不启门。
怜佛闲指上，石蹬始能扪。
鸡犬烟中市，桑麻雨外村。
残碑虽剥蚀，仿佛辨贞元。

且说周工正启文在万岁寺伺候王节度，捻香安奠宝座毕，回至公馆，同周拱、林保将数目核算。寺塔共用银八千八百零，开了数册，呈进威武军衙门。王节度阅讫，随批示云："周工正承办城垣佛宇，调度有节，甚属可嘉，俟另行议叙外，先将所剩之银赏给，以示鼓励。"

周启文接受批文，随起谢赏毕，仍回公馆。时金乌已坠，玉兔初升，周拱办有酒席，同林保三人在庭前赏月。饮酒中间，启文曰："今日蒙邀上官奖励，一乃林司务提调有法，二系贤弟辅佐得宜，有福应同享受。一千二百两之金将来匀分：林司务三百，二弟三百，留三百通分各主副都并在工[①]之人众。那黄泰无能惊走[②]，亦要匀分，交伊妻子。虞胄三弟及诸亲友另再分送，使大家欢喜，齐沾恩惠，如何？"

林保便答曰："我的老爷，烧水杀鲎鱼，想错了[③]。现今负了大债，一厘未

① 在工：参加建筑的（工匠）。

② 惊走：胆怯跑掉了。

③ 烧水杀鲎鱼，想错了：歇后语。宰杀禽畜要烧热水褪毛，鲎为节肢动物，处理不须热水。

还起，将此银来开销？愚意且把此一千二百银搁着，到底[1]大家来商量哪里挪，凑数送还财主[2]，可完一宗大事。老爷道他不会来取讨，若来索讨时，就大大不妙了。”

启文曰：“此项未还，我岂不知，日夜挂怀。另日我自去神前求恳宽缓，将来遇有机会，即便送还。今只此一点济得甚事？不来大家分分，还待何时？”林保笑曰：“老爷此说，还等机会才有银子还财主。若论小机会，将来无定[3]；若论此巨万机会，将来未必。除非去黄鹤楼请吕纯阳来，把乌石山点成赤金才够。”启文被林保说，低头无语。

周拱因之答曰：“也不须请吕纯阳来点化成金，天大机会倒有现成一个在此。说出，只恐不信。若信，还财主还有余哩！”启文曰：“贤弟汝亦来取笑为兄。”周拱曰：“何如，未说出，就先不信了。”林保曰：“二老爷，汝有甚大机会，尽管说来。老爷不信，我信。”

周拱曰：“昨夜三更，我一人在公馆门首望月，只见六个黄兔浑身放光，走到阶下。我潜身追至山那边，黄兔忽变黄鬼，极狰狞凶恶，即是前番拿我塞泥之鬼。我一见惊[4]得难跑，那鬼说：‘前塞未死，今再拿来塞。’忽闻林中有人喊曰：‘这妖精，贵人都不识耶，敢大胆放肆！’六鬼闻言，仍变六兔跑走。那老人从树中行出，是一个白发老公公。我向前致谢。那老人曰：‘此间有财宝，指与汝得之。方才非六鬼，乃是六块黄金之精，五百年前王神仙所埋，交与老汉看管，俟王家子孙兴发时发现，与人得之。今王氏兴发，此精因将出现，故屡屡来惊人[5]。老汉也管不住。看官人乃有福之人，指点汝去得之，免我日夜防他不暇。’

“我即跪下求教，他曰：‘要先到王神宫告以开挖，丙丁日起发。即于此山上两株大榕中间，上面先用青草烧焦后开挖。下面有黄金六块，将近千两，折银万余。起出即须入火炼过，终不能再变。当紧记勿忘，老汉去也。’我还要问，那老人忽然不见，想必是土地公了。我随至榕树中间，认明了住处[6]回来。今早即要说出，因事匆忙未说。今夜说了，其中虚实诚未可知，惟大哥、林司务详度之。”

---

① 到底：最后。

② 财主：财产的原主。

③ 无定：说不定（还有）。

④ 惊：害怕。

⑤ 惊人：吓唬人。

⑥ 住处：应为“位处”之讹，指地点。

启文笑曰："吾弟奇想天开，被鬼戏弄。"林保曰："逢黄白鬼，即是金银精，不错不错，有此机遇不可错过。明日照此行为，有则可贺，无则罢了，并无什么折本①也。"启文曰："虽无折本，被人知之，有无都不便的。"林保曰："哪里与人知得，莫若先求安人卜一卦，如吉兆，现在石工未竣，托言搭厂起炉，烧钢②铁錾。炉火现成，至夜间石头去尽，我们慢慢开挖，有谁知觉？如卦兆不吉，便不开。"周拱曰："妥极。今日乙巳，明日即是丙午。明日我先去求卦，再来相议。"时已四鼓，各自进房安歇。

次早，周拱起来洗了手脸，直至乌石山家里。见过嫂嫂，照昨夜席间之语述了一遍。吴安人即排香案，请出龟盒三叩，遂占一兑为泽卦，随批断曰："兑者悦也。兑为少女，有女爱悦，无不贞利，似得金又得美妇。兑下纯金，秋正当旺，必有盈千。兑在九宫，其色赤，其数七，赤金必有七块。但内外爻有变动之异，幸今日丙午之火可克制，不能变动。宜速开为妙。"吴安人断毕，将卦纸交与周拱，谓曰："此卦象不但得金，似得有佳人之象。"周拱接看了，暗想真好灵卦。即忙回到公馆，将卦送与启文、林保同看，各大喜。

三人同至后山，周拱指明双榕榠处所，林保即吩咐石匠曰："寺中已经打扫洁净，可将烧錾炉厂搬在外面，依山搭盖。"匠工众人即刻将寺内旧厂拆开，林保先令将茅草扒堆于榕榠中间，放火烧之，至土赤方止。或问："烧之何故？"曰："此处有鬼怪，不把他烧走，留此吓人耶？"众闻说有鬼怪，烧了又烧。遂在榕榠下搭架一大炉厂，将铁炉铁砧抬进。林保叫各匠都来，起炉烧钢石凿③。

林保在山调度搭厂，周拱同兄早到西宫点了香烛，同跪王霸仙人座前，默告曰："弟子周启文同弟周拱，本处乌石山人氏。昭告王大神仙座前：闻有存金在九仙山麓，业经五百年，大仙之后裔已兴，祈赐与弟子启文得之，则感体仙慈恩德不朽。"告毕化了冥帛，回转公馆。

西宫在西禅山之东。梁时王霸父赠，自齐朝渡江入闽，喜黄老之术。霸幼习之，每登怡山，经宿乃返。年三十，游武夷，积十六年始还。归居山南，凿井有白龟吐泉。炼药既成，点瓦砾为金。是岁闽中斗米千文，乃鬻金运米以食贫者。后以余药服之，旬日如醉，忽于所居皂荚下蝉蜕。贞元中，观察使李若初登搂，望有五色云当其宅，遂以为冲虚宫，并祀徐登、董奉、任放为四仙祠。又《十国春秋》云：萧有王霸者，王氏远祖也，居

① 折本：做生意蚀本，这里指吃亏受损。

② 烧钢：用残的铁钎重新回炉烧红，锤打后淬火成钢。

③ 石凿：石匠用的钢钎。

怡山为道士。常云：“吾子孙当王于此。”乃为谶，存坛下。光启中，烂柯道士挖地，得其词曰：“树枯不用伐，坛坏不须结。不满一千年，自有子孙列。”又曰：“后来是三王，潮水荡祸殃。岩逢二乍间，未免有销亡。子孙依吾道，代代封闽疆。”解者以“潮水荡祸殃”谓王潮除祸患。“岩逢二乍间”谓陈岩未几而亡也。“代代封闽疆”，谓潮与审知也。

唐神童林杰《王仙君坛》诗云：

羽客已登仙路去，丹炉草木尽凋残。

不知千载归何日，空使时人扫旧坛。

周启文同弟回至公馆，山后炉厂尚在烧錾。日将沉西，林保曰：“石主[1]都合工尾[2]了，不须赶紧。可早些歇工散回，明日早些来。”工匠遂收拾家私[3]，各散回去了。

正是：欲降土内千年怪，须设人间一劫炉。欲知有无得金，且听下文分说。

① 石主：石匠。

② 合工尾：结清工钱。

③ 家私：工具。

第十五回　明制精情怀红粉女　原借银今还紫黄金

却说林保早将众石匠打发散回，搬取板料，把炉厂前后遮了周密。到三更时候，三人悄悄至厂，烧起火炉。林保执锄头，向双樖①中间便划②。划四五尺深，果现出穴道一圹，内排七圹，各存金砖一方，惟一圹空其无物。林保曰："安人之卦果灵，预晓得有七块。今开有七个圹，金只六块，还有一块落在何处耶？"周拱曰："前夜土地公说只六块，并无说七块。"林保曰："圹现有七个，怎么有圹无金？"

启文曰："讲什么，得陇还要望蜀？有了六块就喜不胜言，犹来闲讲③。被人知觉，一厘都无④。"林保便拿火钳，夹一块投入炉中，那块金见火迸跳起来，被林保铁钳压住犹争跳⑤。周拱将风柜尽力拉扯，烧至通红，才不能动。六块入炉都一般迸跳，都是用铁钳压住，皆烧至通红，夹入水中淬冷。林保欲将圹来复平，周拱曰："天将明，恐人遇着。二位先将此物掣回，待弟慢慢填圹。"林保便脱身面衣衫⑥，将六块金砖包裹扎紧，负在背上，同启文先回公馆。

周拱望二人已去远了，即把厂门关紧，把锄头向圹里掘。周拱不比林保会使锄头，尽力乱掘。又掘二尺余，又有一圹。再掘几锄，现出一白绫帕。即忙抱起解开，内仍是金砖，裹帕乃自己画坎卦之印帕。忙存入怀内，倒关厂门，潜回公馆。先回进自房，把金包密存箱内，方才放心。趋入上房，喘息谓曰："汝们惊不惊⑦，我牙关都惊破了，到这里才略定些。"启文曰："惊倒罢了，只

---

① 双樖两棵树。樖："树"的福州方言用字。

② 划：挖。

③ 犹来闲讲：还要说三道四。

④ 一厘都无：一厘都得不到。厘：重量单位，一钱等于十厘。

⑤ 争跳：不规则地乱跳。

⑥ 身面衣衫：外衣。

⑦ 惊不惊：怕不怕。

恐是梦耶！”林保曰：“是梦不是梦，且休说。惟恐是金不是金，才笑话。”即拿一块自向砚底磨磨，一看大喜曰：“正[①]大赤金。”盖林保祖代会铸销金银也。周拱便拿出天秤对[②]之，各重百两零二三钱不等，统计共值白银一万有零。

周拱曰：“明早即搬进公馆，存箱中扛[③]回，送还财主，本利都有。”启文曰：“此阿堵物，应该是二弟得的，拿来代兄还债，是何道理？”周拱曰：“古人一饭千金，兄之德如山，怎敢言报？况见者有份，以公办公，缘何无理？”林保曰：“二老爷乃孝悌之人，岂有偏受。以公办公，甚属有理。可将千二银赏项来，送与二老爷作聘金罢。”周拱曰：“亦不可，只照旧将来匀分，留三百分赏众匠。九百作三股分，汝我三人各得三百便足了。那六块共六百两零，照时价算，应值银一万八百两零。若去市中兑换，难免不无风声了。寸土属王。可不必兑换，即将此情由声明疏上，送还北山杨大人。敬而又简，神喜人安，无一点错处。即照此行之。”启文犹不决，林保又言，始允。

时东方现白，林保先赶后山炉厂内，将地再行堆筑平整，灭了痕迹。回来公馆，把内外一起收拾，装贮五杠[④]，拨夫抬回乌石山家中。公馆交屋主。启文到家，将昨夜之事与吴安人说知。吴安人曰：“二叔让多得少，古之鲍叔也。林司务异姓同心，世所罕有。”林保、周拱同抬进房内，青娘即与二人称谢劳[⑤]，二位赞吴安人卦验如神。

启文早年房屋惟一排二间，至为官后，又建二间。后进一间小楼，数间披榭[⑥]，四面围墙。中间属内室，外二间一厅堂、一书房。房设二床铺，作周拱、林保寝所，各人衣箱放在自己床下。工正待林保如同兄弟，十分欢喜[⑦]。惟周拱挂念箱中，时刻不安。奈林保在房，又不敢开视，心急如火。无计可施，只得催林保叫倾银匠[⑧]来熔金，好送还财主。林保荐一族兄，名叫林候，住在螺洲[⑨]，乃熔销官匠。与他兄弟[⑩]，不至漏泄。启文闻之，令林保自去请来。今日去，明日即带同来。林保食了早饭遂去。

---

① 正：真正是。

② 对：复核。

③ 扛：双人合抬的担子。

④ 装贮五杠：双人抬的货物称为“杠”。本处指需十人方可抬走的货物量。

⑤ 称谢劳：得了别人的服务后表感谢。

⑥ 披榭：厢房。也作“僻榭”。

⑦ 欢喜：喜欢（他）。

⑧ 倾银匠：熔铸银锭的工匠。

⑨ 螺州：今福州仓山区辖镇。

⑩ 与他兄弟：跟他是兄弟关系。

周拱俟夜静无人，忙将房门紧闭，想："箱中之人如何，幸今夜无人，可请出来一会。"开门进房，点上灯，扯出床下箱，自言："蔽杀[1]，蔽杀，快请出来。"正在开箱，床帐中钻出人来，把周拱惊得一跳，看真[2]原来即是箱中之娇娘。又惊又喜，急问曰："小生只恐把卿蔽坏，谁知红杏早出墙来。"月英答曰："蒙郎再造之恩，未得出来申谢。今夜幸郎之俦侣不在，奴家遂得出来相会，以安郎心。"

周拱遂牵手同坐床上，谓曰："彼此之情皆深，暨不言谢。惟闻卿言再造者，莫非至此遭一劫乎？"答曰："奴姐妹们属蓬瀛三岛，五百年均遭一劫。奴今独蒙救护，劫运既过，又得五百年矣。"又问曰："卿又得五百年之优悠快活，恨小生臭皮囊，再无满百，长久陪奉，岂不可叹？"答曰："仙人总要意气相投，衷心和惬，天必不负。柳毅岂不是凡人，焉能长游海岛乎？"

周拱慌忙起立，长揖曰："谢神女金言。"又问曰："卿前言最忌是火，丙丁日不敢移动。今凡遇丙丁日，必现出本来面目否？"答曰："前未过劫运，如六庚未入秋令，忌火所制，各要潜伏隐避。今过劫转一轮回，庚当秋令见，何忌之乎。前只能土遁，今木火金水皆能遁也。"又曰："你身上首饰衣服是何处来的？今另装新的，穿不穿？"月英曰："现身上首饰衣服俱是变化的。还要避人，穿新衣遁匿有碍，俟将来不避人时穿之。"又问曰："今卿与小生长处，即如世人，其山珍海味羊羔美酒饭食必同也？"答曰："要吃便吃，只是吃不得多。"

又问曰："卿晓文理，必经过师傅耶？"答曰："凡物之精英感受天地化者，必先潜听儒士讲究文艺。一年只识得一字，识至三百字，便能变化人形；五百字，变化无穷，即妖狐亦然。潜听文艺者上也，道行难成；拜北斗者次也，道行易著采补，惟雷霆不肯恕矣。"又问曰："卿有出头之日否？"答曰："出头容易缩头难，郎君俟令兄有公出之日，便是奴家出头日子。"又问："卿之姐妹原体现存在内，欲相见乎？"答曰："精灵已毁，惟是骷骸，见之令人伤心，切不可见。"

又问曰："卿知北山杨大人是何神明？哪里有许多银子借与人耶？"答曰："乃陈宝应之门客。宝应兵败伏诛，将所有金银尽存北山生死司，有银借人者不知也。"（北山即今大坑山是也。有谶云："前三山，后三山，倒卸粗芦第一坑。有人猜得着，金银九骡十八担。"）周拱因之曰："实不相瞒，家兄工料官银被盗，曾向他借过银一万来。今欲将所开之六块金代兄送还，可乎？"答曰："神

---

① 蔽：通"憋"。下文"蔽坏"同此。

② 看真：看清楚。

之借，仁也；郎之代还，义也。仁义之事，有何不可。”又问曰：“如此番不遇卿，安得横财。必负神之重债，怎处？”答曰：“既仁何论，惟是神明之债，借与之人必不至负。似此锱铢，何足算也。”

周拱问罢，月英谓曰：“今奴家为郎君执箕帚，惟郎君前言誓不再娶。奴亦有言在先，只是无弦琴，能玩不能调，奈君之后事何？”周拱曰：“便得琴中趣，何劳弦上声。夏侯之子，承得曹氏之裔。周拱尚有兄，何无后耶？”月英感之曰：“皇天不负有心人耶！”二人问答，天已大亮，遂下床。月英忽然不见。

周拱仍将房门锁闭，先去用了早饭。后林保带同林候并家私杂物，雇人挑至。直进后山楼下，把前后门关紧。先用过酒饭，周拱将六块金取出，问林候曰：“此金如何？”林候接过看了，讶曰：“此不是时金，是古老金。元紫的，较今之大赤更好三成，天下罕有，惟西京①金银库有之。周老爷在哪里得来？”启文曰：“乃王大老爷发来倾销②缴库的。”林候曰：“王大老爷亦无此宝，莫非在哪里开古圹得来？”随开起木箱，搬出家伙③，扇起红红炉④，将六块烧红錾碎，十两倾⑤作一锭。将倾六十锭，尚剩一块，重一两六钱。每锭面上用铣錾，都錾“北山杨记”字号。自午倾至夜半方完，留林候过了一夜。

次日备办酒席款待，四人共坐。席间林候笑曰：“此金一定不是王大老爷的。若是王大老爷的，即传工匠进内熔销。哪里肯拿出外边，不怕人抽换耶？必是周老爷开圹得来，莫瞒小人。”启文笑而不答。林是个直人，答曰：“哥即晓得，切不可外扬。因哥是弟手足，以亲及亲，才敢请来。”林候曰：“岂有此理。莫说周老爷是吾弟的恩官，就不是，亦不敢多言。将来要将家眷搬来，在此邻近居住，还藉大老爷抬举照顾矣。”席罢，周拱进内，包出白银二两送为工资，林候称谢回去，其家私⑥随后着人挑回。

林保将所倾六十锭排列桌上，还余一小锭，曰：“这零数小锭，不与别人，送卜卦先生作卦资。”遂交周拱送进吴安人收了。周启文写一张红疏云：“蒙神显应，赐借白银一万。兹备黄金六十锭，每锭十两，共六百两，折银一万两。奉还原借之项外，余略奉利息。仍呈在原处楼上，祈遣将运回。虔诚叩谢仁慈”等字样。备了五牲、果品、香烛，将六十锭用红毡铺排后楼，把前后门封锁毕，

① 西京：指古都长安。

② 倾销：重新熔化浇铸。

③ 家伙：工具。

④ 红红炉：炭火烧得通红的炉子。红红：通红。

⑤ 倾：浇铸。

⑥ 家私：工具。

令人挑去礼仪先行。启文乘轿，不要跟随，林、周二人步行。来到东郊外杨大人庙中。排上礼仪祭完，三人出庙。一程回至家中，将物礼①烹调，三人坐饮谈谈，吃至更深安寝。

至次日，同至楼上。开门登楼，那六十锭黄金去了②五十七锭，只余三锭压着一张字。取看，却是前在庙中焚化之借字③犹在，乃收金还字。以五十七锭计值银一万收去，其三锭乃作息，不要，收本不收息也。三人不胜惊畏感激，同议重修庙宇报答。即至庙中，唤庙祝，交银二百两，代为备料，兴工修理不表。

北山杨大人庙在桑溪里，即今打炮山边。相传唐宋时，一乡人梦一金甲金盔神人至山麓，自称曰："吾乃北山杨大人也。"次早，溪中有神像，在大坑里，流水旋绕不去。乡人异之，抬上建庙，祈祷必应。闻有银借人，远近皆向告贷。实因急迫者，写明文约到庙祷祝，将文约压于香炉下而去，来日搬起香炉，果有银如数。至期照数送还，将银仍压香炉下，次日来取文约。非正用者，神亦不借。至明末属清之民，不论缓急拥挤，而告借者无还，不肯借者则亵慢。神怒，一概不借。其神宇至今不知存否？

启文还了借债，答谢神不收三锭之恩。亦不独受，仍议匀分。林保向启文曰："今日公私已完全美，小人之匠首求为转详退去，明日便要作别回家。"启文曰："要退官匠容易，来日即代详退。只是一旦分离，却舍不得耳！"林保曰："小人亦舍不得，奈妻子在家中，不得不归。"启文曰："如此，不敢强留。有时还要往来，莫作外人，只当亲人一般也。"是夜办席作饯，三人同饮，交谈至天明，又食了早膳，吴安人同菊英送出三百两白银、一锭黄金，林保先辞后受。前手④所得工资，陆续运回。今将此金银并衣服点心包好，背于肩上。吴安人亦出相送，道有难舍之情。林保次日回去螺洲了。

正是：谩言土木粗工匠，还是经纶侠丈夫。欲知林保回家如何，且看下文分解。

---

① 物礼：指祭祀用过的食品。

② 去了：消失了。

③ 借字：借据。

④ 前手：前番，前一段。

第十六回　改王府第一楼启胜　祭名山六千金暗随

却说林保前只说螺江①人，未知家有何人。原来家中有妻伍氏，十分贤淑，一男一女，男名秀参，女名玉莲，皆伶俐端庄。为匠之家，原属清淡，惟此时协佐启文造城建寺，得工资归来。遂与妻计议改图别业，帮搭②乡人行商船往苏州作客③，此且慢表。

再说周拱乃淮安人，父大枫，为涿州司马，因忤当道罢职，郁气而亡。母孙氏相继而卒，只遗周拱一人，倚傍堂兄周挺家中读书。时年十六岁，值黄巢作乱天下，淮南贼盗并起，民不聊生，老幼逃走。周拱有姑丈蒋靖在福州观察使陈岩部下为副帅，周挺因带周拱来闽探投，至福州时，蒋靖已投范辉，持兵拒王潮，兵败被戮。周挺兄弟二人途穷粮绝，将为乞丐，无奈把周拱卖在梨园为戏子，周挺得身价二十两而去。

周拱为梨园子弟，诸凡歌舞学习尽皆通晓，惟不肯包头女妆上台。被打，坚不顺从。那日戏师④将周拱绑吊在戏馆门首人众中鞭扑辱之。适启文经过，观见乃是不凡子弟遭人凌辱，问知其详，十分悯恻，随口念曰："槛车之困实堪怜。"周拱闻之，回首喊曰："既蒙怜困，孙阳何不一顾耶？"启文大为诧异，便向前询问，始知乃本宗兄弟，要将赎回。戏头⑤不肯与赎，因众人说他乃周朴处士之子吴进士之婿，才不敢留。众乡人即将周拱放下，先交启文带回。至家对青娘说明，皆喜，遂取银二十两向戏头赎回身契，留在书房伴读，如同胞一般。此一截乃补明前之未言。

再说是日兄弟送林保出门，回身进内，吴安人曰："林司务之份下⑥已分去

---

① 螺江：即螺洲。

② 帮搭：在别人的大宗生意上搭股。

③ 作客：做客商。

④ 戏师：在戏班教戏的师傅。

⑤ 戏头：戏班主。

⑥ 份下：名下的份额。

了，尚有二叔之份下，愚嫂代暂收存。现遣月下老与二叔赶紧说亲，候叔婶过门交还。”周拱曰：“拱受大哥嫂之深恩，天高地厚，粉身碎骨难报于万一，还敢分什么金银，可留与侄儿为书本①。再者小叔自幼在淮安定有结发，不敢再聘。”启文忙问：“数年未闻此言，今何忽有此言耶?”周拱曰：“蒙人提拔，自愧不暇，敢言及此!”吴安人曰：“即有原聘，快遣人去迎娶来合卺。”周拱曰：“且慢，要自去亲迎，才娶得来。但此时世，居止弗定，俟探得的实，再去未迟。”吴安人随问其阀阅，周拱含糊答应，其议亲之事遂止。

是日，周拱等不得天晚走进房内，而月英早出来矣，仍上床盘坐。月英问曰：“郎君向日②作何事?”周拱将熔金之事说知，月英听了此语，便掩面悲啼。周拱慰问，月英曰：“同源姐妹遭此横劫，闻之心如刀刺，虽是天数，究竟是奴家弃旧迎新、损人利己之过。应分郎之一锭早早辞却，如再与奴见之，无有独生之理也。”周拱曰：“早经辞却不受了，惟祈勿悲!”再三劝解，代其拭泪，灭灯同枕而睡，至天明依旧隐去了。

吴安人生有一子，名辉冰，常在九仙山外祖家读书。时值长安梁王朱全忠挟天子以号令诸侯，将移唐祚，各镇皆封为王：李茂贞为岐王陕西，杨行密为吴王江南，王建为蜀王四川，马殷为楚王湖南，钱镠为吴越王浙江，刘隐为南汉王广东，高季昌为荆南王湖北，王审知为闽王福建。威武军衙门为第一楼。威武军衙即今之布司署，军门即今之鼓楼。五代时割据十二国，后又有后蜀孟知祥、南唐徐知诰、湖南周行逢、北汉刘旻。

按汉闽越王姓驺，讳无诸，禹之苗裔，佐汉高祖诛秦项。五年，以功封本爵。元鼎以后，叛服不常，徙民江淮间，遗民自立冶县，隶会稽南郡。晋曰晋安，唐曰闽州。开元十三年改为福州。僖宗时，黄巢再陷，杀戮甚惨。光州固始王潮偕弟审知，从刺史王绪，绪因暴自杀，潮之兄弟以列校为众所推，乃植剑卜，审知拜剑，剑跃起，让潮，己副之。审知约礼军士，开四门学校，军中号白马三郎。潮卒，唐授审知节度使，后梁封闽王。或劝窃据，答曰：“吾宁为开门节度使，不为闭户天子。”后唐谥为忠懿。时建谯楼门，名威武，下即预备仓谷。宋嘉定火，重建。元泰定又火，复建。至正二十三年，鸱尾吐气如雾。明宣德二年，为飓风所圮。旧制，楼高百尺，广二百八十尺，石柱四十四，议者以数不可极，盖海内第一巨观也。上层匾“第一楼”，北匾“拱宸”，内联对云：“春到屏山，满地榕铺千顷

---

① 书本：读书的费用。

② 向日：这几日。向：一向。

碧。烟笼海屿，上楼人踏一梯云。”外联：“北拱京华，万里舆图雄海表；南来道统，千年文献集闽中。”五虎为案，画狮子屏以压之。中层匾写“海天鳌柱”四字。栏外时辰牌，旁刻两宫监，左捧四时节候，右捧值日甲子。旧有铜壶滴漏，时刻极准。方伯郭公改造易之，运回三日被毁，乃大悔，后从无扬厉之者。

高冠夫入闽有诗云：

凭虚一眺小烟寰，鹤背真仙日往还。

剑气郁葱笼八部，层栏缥渺压三山。

海中惊涌鼋鳌柱，云际雄撑虎豹关。

今古游踪如逝水，几人作赋念时艰。

闽王审知既封列王，以福建霍童山为东岳，遣使致祭，以大工正周启文为主祭，并祭太姥。启文奉命，回家束装，来日启行。

周拱至夜进房，告知伊兄奉命祭霍童、太姥二山之事，月英喜曰：“奴家出头之日期至矣，惟不知往祭之处所可与江淮通途否?”周拱曰：“霍童山在温麻西北二百余里，太姥山在温麻东北二十余里，正在江浙之通途。”月英曰：“妙极！碎银与奴家数两，明日随大伯同去温麻。即着大伯带回，明婚正娶，俾免郎君狐行鼠步。”周拱曰：“卿明天或与大伯同舆，或另乘车马，好早备办?”月英曰：“轻薄郎，奴家哪用与人同车共驾。惟不识道路，如识，一刻即到，何须附随。郎君只在家中等候做光明的新郎便是了，并无别嘱也。”周拱曰：“若得玉出珠还，莫言数两碎银，即倾囊亦是无妨。”月英曰：“带多无用，只取一包二两、一包五钱。”收存怀内，笑曰：“今夜再瞒人偷睡一宵，明日便行，图个不瞒人的回来，慢慢再睡。”说罢，遂同枕睡至天明起来，月英向周拱曰：“奴家去也。”便不见了。

周拱即出外边料理行装夫马，送兄上道。回来守候，不表。且说那王月英一点精英暗附舆马而去。五日到了温麻，地方官迎接主祭官正使下公馆，住宿一夜，来早又发前途。月英只附温麻，遂止不去。见馆驿旁有一小茅店，里面无男子，惟两个老妇。探访明白，遂现出形进店。

老妪问曰：“女客官，敢是要吃饭么?”月英曰：“奴不是吃饭便行的。因一个同行作伴老人家未到，要在婆婆店中住歇；等伴行之人到时，齐往福州寻亲。今有银五钱，先送做房租。奴家自带有干粮，不食婆婆的饭，不知肯容留否?”那老妪曰：“好极！别人店中不便，老身只有孀居婆媳二人在店，做此卖饭的生意，夜不招客投宿，正孀居不便之处。今女客官只歇数天便去，就歇一二年也是无妨。”月英曰：“极久不过五六日，还求婆婆内面有清静的房间，只须一堵[①]，与奴家安住便好。”老妪答曰：“有清静一堵恰好。”即打扫净了，与之住歇。月英日夜只闭门在内，半步不移。老妪不时送进茶汤[②]，亦接受之些须，惟饭食皆不受。二妪以为失群凄况，甚怜惜之。

正是：欲遂光明莲并蒂，先妆流落雁离群。欲知后事如何，且听下文分说。

① 堵：房间。

② 茶汤：茶水和洗浴用的热水。

第十七回　周启文祭毕霍童太姥
王月英计遂正娶明婚

却说主祭正使周启文舆马仪从往温麻，三日到了霍童。地方官早在迎接启文，其祭品亦已预备齐全。在彼听候赞礼官引导行礼，宣读祭文，献帛毕，迎进公馆安歇。（按：温麻即福宁，今霞浦也。）

霍童山在福宁宁德县十二都，神仙霍童所居，谓之霍林洞。山下有三十六洞，唐司马承侦修炼于此山，跨鹤飞升。天宝间改名仙游，闽王封为东岳。山中幽岩深壑，人迹罕到。其中有卓笔峰、石仙坛，生龙须草及柽树。旁生竹一枝，遇风能自动扫坛。上有石室盈丈，有捣药石臼、石盆、石盂、玉镜、香炉，皆天成也。

宋余复诗云：

霍童山峰凡六六，不知仙子在何方？
秋风万里一黄鹤，返照半林双白鹇。
长剑气横霄汉外，飞泉影落画图间。
自怜懒作朝端客，访道寻真自往还。

赵迪《游霍童山》诗云：

万仞峰峦翠作堆，谁知有路接蓬莱。
苍颜童子对双立，白首使君游一回。
石上残棋风扫竹，洞门飞鸟雨生苔。
欲留信宿迟迟去，应待茅君跨鹤来。

周启文祭了霍童山毕，随至太姥山。

太姥山在福宁东北百一十里，旧名才山，容成先生尝栖之。峰下石坪、石臼尚存。尧时，有老母种蓝，既而仙化，因名太母。汉武帝命东方朔授天下名山文，乃改“母”为“姥”。

薛令之有诗云：

杨灵穷海岛，选胜访神山。
鬼斧巧开凿，仙踪常往还。

东瓯冥漠外，南越渺茫间。

为问容成子，刀圭乞驻颜。

启文祭毕太姥，舆马掣回。到了温麻，仍下在公馆住宿。王月英探知既回，便问店老妪曰："奴家在婆婆店中已六七日了。那同行的人并不见到，莫非年迈跌死坑下，亦未可定。奴今实对二位婆婆说出真情：是去福州寻讨[①]原配之夫婿的。今奴身无伴，在此空等到几时耶？闻得前日去祭霍童山之主祭老爷是福州人，今日回来，又住歇在隔壁公馆内。相烦婆婆去问那老爷，可晓得奴家的原配夫婿下落否。如知其下落，求伊带奴家同去福州寻讨。奴身剩有碎银二两，都送与婆婆作谢劳。倘他不知，再来商量。"

两个店妪闻有银二两送他，喜甚，连声答曰："却原来女客官乃是孟姜女，莫言隔壁，倘再远，亦要为女客官走一遭。惟不知怎样问他，还要教老身问他的话，才好去。"月英遂细细教之。又说："只管骂王魁薄幸，那老爷自会认得他。"

二妪听了明白，拿来拐杖，来到公馆，叫人进报："有邻妇求见，要借问福州事情。"看门进内禀知，启文令带进。见是一个白发之老妇，问曰："汝这老人家要问福州何事，可说来。"店妇立于阶下曰："不问别的，因福州有个姓周名拱，是江淮人。六年前来福州寻亲，竟不回转。敢问老爷，可识得此人否？"启文曰："周拱我认得他，汝问他为甚？"

店妪曰："老爷认得好极。他是没良心薄幸负义的短命仔[②]。"启文呵之曰："那人最停当[③]，并没有甚么不好之处，汝怎么开口便骂？"店妪曰："老爷只是认得他，还不知他的没良心负义之处。那薄幸自幼与江淮县尉王钦老爷之女月英结姻，后两家父母俱已亡过[④]，随遭反贼扰害。那薄幸六年前来福州寻讨姑丈蒋靖，是福州大官，说一到福州，便来迎接原配结发。谁知那薄幸去享荣华，迎新弃旧，杳无音信。

"那原配王月英年已十七，他的兄嫂将讨配别门[⑤]。月英坚志不从，被兄嫂多少磨折难受，连夜走出投水。幸遇邻翁搭救，私带他来福州寻讨那薄幸。大路不敢行，带由温、台州至了此处，歇在老妇店中。那邻翁偶得重病死了，只剩月英一人。弱质女郎，又无盘费，无家可归，日夜啼哭寻死。是老身婆媳二

① 寻讨：寻找。

② 短命仔：骂人语。

③ 停当：稳当，可靠。

④ 亡过：亡故。

⑤ 讨配别门：另寻他人嫁配。讨：寻找。

人时刻防备劝解，应许带他去福州，才略略少哭。奈老身婆媳俱是年迈，又无次丁，不能带他前去，近日又要寻死。今幸老爷认识那薄幸周拱，相烦寄信[1]叫他赶赶来接，若再迟不来，其命必休。别个老婆死去无妨，惟此极齐整标致的死去，遍天下去寻，也没有的。”

启文听了，冷汗惊出，问曰：“此女现在何处?”妪答曰：“在老妇店中二个月矣!”启文曰：“凑巧的极。周拱是我兄弟，那女即是我弟妇。快去请来，明日带他回去。”

店妇大喜，忙回店中与月英说了一遍，即带同进公馆内。启文见了，暗羡盖世无双之美，谓曰：“周拱乃舍弟，未曾迎新弃旧。虽得贤弟妇玉洁冰清，万水千山到此，世间罕有。明日带同回去福州。”月英含羞不敢回言。启文向店妇曰：“老人家，我二爷娘[2]此番在汝店中，倒也十分多谢难为汝。停会我着人送银子五两与汝酬谢。今仍带二爷娘到汝店中再住一夜，明日雇轿回去福州。”店妇仍带回月英。启文即差人送银五两交与老妇，月英又将身上二两碎银，送与那店妇。二人得银七两，不胜欢喜。

过了一夜，次早公馆拨伕马，备一顶幔轿来店中抬月英，同帮而行。凡歇站必寻有女眷之馆投宿。晓行夜歇，不觉到了福州。启文先赶王府复命，回至家中，见周拱曰：“愚兄此番差事，是代弟出的，带一位弟妇归来。”周拱闻言，佯惊问曰：“小弟已有原配，哪里有什么弟妇?”启文曰：“江淮王钦县尉之女，名月英，现年十七岁，随后就到。是不是?”周拱即答曰：“此是弟之原配，大哥在哪里见着，得带来省[3]。”

启文将温麻老妇所说之言，对周拱、吴安人述了一遍。话刚说完，报“二爷娘同行李到了。”吴安人出厅，请月英下轿，迎进内房。姆婶[4]齐行了礼，坐定。吴安人一见月英之花容，自愿退避三舍，曰：“难得郎才女貌，又兼玉洁冰清。男不重婚，女亦不肯再嫁，几至捐躯。不意原定之丝罗，千里跋涉来寻原配，真是古今罕有。”称赞不已。月英只低头含羞不语。

吴安人十分爱惜，将自己卧房让与花烛，周拱不肯。随议将后楼修整。择吉，内外铺毡结彩，开筵请客，鼓乐箫笙，真正热闹。是夜洞房，周拱笑曰：“同衾了多时，又来拜堂作新郎。”月英亦笑曰：“郎君时常称令嫂乃小诸葛，大小事瞒不得。今日却被奴家小周瑜瞒过不知耶!”周拱曰：“家嫂虽智，犹是凡

① 寄信：寄口讯。

② 二爷娘：二弟的妻子，指月英。

③ 省：省城福州。

④ 姆婶：妯娌。

人，怎及卿之天仙也!”月英曰：“不在此论。人为万物之灵，一时不知，将来必晓。纵使知之，有何妨碍，惟恐招非难于长聚矣。”是夜叙谈。至次日，仍行庙见之礼。

正所谓：若不瞒天过海，怎能正娶明婚。不知后事可能长聚否，且看下文分说。

第十八回　月英显仙术弄邻子　周拱随妻遁遇故人

却说周启文自奉祭名山回来，无意功名，托言途中染病，向王府告病辞官。闽王批准："带职归家养病，俟愈日复任供职。"启文自此在家吟诗饮酒安乐。王月英即与世人无异，吴青娘爱惜之至，惟嫌他不吃东西，终日另外增餐。月英因其溺爱，无奈勉强多食。青娘迫食甚于迫债，一日加上一日，渐觉如常人一般。

先说后园隔墙邻子，乃林保之堂兄林候在周家熔金之时先说过，要将家眷搬来邻居，后果搬来，租在山边居住。林候之子名秀青，年二十四岁，性本轻佻，贪花游荡。闻月英貌美无双，不时在墙顶窥瞧。月英在楼上，由他瞧饱，都不理会。那日同青娘姆婶二人在园中石几上弈棋，林秀青又在瞧望。月英知之，青娘背脸不知。棋残，青娘先进内，月英收了残棋亦进。月英在石几上收棋子，那秀青张开嘴对月英痴笑，月英不避，与之对笑。秀青以为有意，将手向招，月英亦伸手招之。秀青大喜，忙下去又拿一梯放过墙来，将身越下。向前将月英搂抱在石几上，将身压上。月英将身一跳，林秀青抱着石几翻覆压在地上，如挟老鼠①一般，挣起不动，只得连声喊叫。

伊母与妻隔墙闻声，由梯上墙，看伊儿子被石几压住，同媳过墙欲将石几抬起。那石几长二尺余，宽一尺余，有千斤之重，婆媳二人哪里抬得动。心急了，亦高声喊救。

那王月英弄石将秀青压了，不动声色，早在大嫂房内。闻喊声，启文将同周拱趋出查看，月英阻之曰："后园叫喊，大伯且慢出去。俟有人进来说话，奴二人早回祖家。凭他搜寻，不必惊怕，自然无事。"说讫，牵着周拱走出厅外。启文夫妻听此没头没脑的话，大不理会，不敢出去。

那园内喊救，外人俱至。敲开园门，多人进内，方把石几放下。秀青压得筋折骨断，不能爬起，惟口能言。其母妻坚诘："如何被石压住？"犹不敢言。

---

① 挟老鼠：（被捕鼠夹）夹住的老鼠。

问之再四，始说是月英招之过墙，不好说下半语，惟说："被他骗将石儿来压，快寻伊来报恨！"那母、妻骂曰："原来是淫妇引人家子弟过墙，还敢将石压住，几乎坏命，快赶进去拿来报恨。"二人即赶进去，那乡邻皆好事，欲看月英，都拥进，如蜂一般。

启文迎出查问。那母、妻曰："汝好一个弟妇王月英，白日青天招引我儿子过墙作弄，把石压住，几乎坏命。今来擒去这贱人见官究治。"启文曰："阿嫂不可混闹，我的兄弟与弟妇半年前都搬回祖家江南去了，哪有形迹在此。如不信，由汝来搜，凭汝拿去何如？"那婆媳同乡邻人众，内外搜遍，果然无有，犹图赖兄嫂存匿。启文曰："既搜了，且出园中查看实在，再来理论。"

便同众人齐到后园，查看明白，便曰："此是汝儿由外用梯爬进，要偷此石儿，反被压住。汝今把奸情来诬人，搜又无人。当时有人，何不就拿？如被拿，亦是汝儿青天白日偷入此园中强奸良家妇女，被石压了。莫道将死，就死何妨？趁早将汝儿抬回医治。念与林保至好，我亦不与汝计较罢了。"众邻内有晓得秀青平素为人不正，共曰："还说什么，叫他自己抬回，我们散去。"

适林候回来闻知，进来查问。听乡邻众口一词，并说伊儿子越墙偷入人家屋里，已属不是，还说被王月英作弄，更属呆子一般。林候知是伊子无理，弹压妻媳，将子抬回自行调治。人皆散去。

启文关了园门进内，与妻曰："安人，此事十分跷蹊，并不知他夫妇躲在哪里，被许多人搜寻不着，实在奇怪！"青娘曰："老爷还不知二婶之形迹乎？独妾身早知之。隐隐现现，如浮云变化，疑非仙即狐。今日又显出借石替身，隐形不见，非凡人可知。"启文曰："安人不说下官不知。我弟妇今日有此叱石之术，乃初平之令妹[①]，非狐也。"

话犹未说完，而月英同周拱早现出，立于面前。启文一见，掩口走出。青娘笑曰："二婶听见否？汝大伯说汝是初平妹，是不是？"月英曰："非奴叱石成羊，是他指鹿为马耳。"青娘又问曰："与叔叔存躲[②]何处？"月英曰："奴二人都在人丛中，随出随进。见他婆媳怎样进来，怎样进去理论，他们自知理短抬回，人众散去。也有疑奴是仙是狐。奴二人只在面前，何曾躲避耶？"

青娘听了失色曰："疑仙疑狐，是奴疑汝。如此看起来，是疑之不差也。"月英曰："大姆[③]把奴高比，人还作不像，何敢为仙狐。不过趋吉避凶之小术，

① 初平之令妹：即仙女。晋葛洪《神仙传》载：丹溪人皇初平，十五岁时牧羊山中，被道士引进金华山石室，后得道登仙，能起石为羊。

② 存躲：躲藏。存：藏。

③ 大姆：对丈夫的大哥之妻的称呼。

何足为奇矣。”自此青娘倍加溺爱，半步不离。

忽有人来暗报：“秀青叫人去通强盗，来抢劫月英。”青娘吓甚，将月英搬前后房[1]，寝食不安。月英背地谓周拱曰：“久聚不得，反害令哥嫂受惊，怎了？奴和汝来去[2]罢。”周拱问：“去何处？”月英曰：“天地间都是奴家，何处安身不得。”周拱曰：“伯姆[3]二人肯容汝我去耶？”月英曰：“不可告知。如告知，被情系住。只可暗暗去。今且慢，无宝随身，去不得。”周拱曰：“待寻得宝来，要几时才走。”月英曰：“已寻三夜，尚未得来。今夜再去，必定取回，明早遂行。”周拱曰：“荒唐！哪一夜有半刻相离，从何去？”月英曰：“郎如不信，看今夜有宝取回便信。”

至夜，二人睡至谯楼二鼓，月英推醒低声曰：“宝已取回，好起来收拾起行。”周拱被推醒，不信。月英先起下床，点了灯，指桌上曰：“看此何物！”周拱翻身爬起，见桌上一双光耀耀的宝剑，讶之曰：“卿不但会五遁，还有分身之术。此宝何处取来？”月英曰：“数夜前在楼上，望见紫气冲空，知是宝气在于本处城内欧冶池地方。度其来由，乃古之越王令欧冶子在斯铸剑，龙泉、太阿之外，另有雌雄二龙剑未出炉，先跃潜伏池底，无人知。宝难久没，气冲天汉，奴家一连三夜，搜之不起。今夜入大姆房中，偷借出一颗珍珠引之，才起。送还了珠，天还未晓。郎君背雄，奴家背雌，周游三岛九洲，岂不好哉！”

欧冶池在城隍山后，即剑池，越王铸剑处。唐元和十四年，置院，名剑池院。周围数里，或大风雨，波涛晦冥。僧惟鉴浚池，得刀环诸物，送往武库。冶灶并院，今俱废。池亦填没，所存无几。

宋黄裳《欧冶池》诗云：

人随梦电几回见，剑逐云雷何处寻。

惟有越山池尚在，夜来明月古犹今。

当时周拱曰：“今起行已决，惟不告而行，情理奚堪？”月英曰：“焉有不告之理。不明告，亦当写简告之。”随开箱取出护身画坎卦之绫帕，自己书写一章长短句。周拱看了曰：“有此可以塞责。”仍将绫帕收存箱内，并不带锱铢物件，惟随身衣服。各背一剑，携手将行。周拱曰：“先往何处？”月英答曰：“奴家久慕螺女，先至螺江谒了，再定去处。”

天将晓，亦不开门，借土遁而去。转瞬到了螺江，天始大亮。遂入螺女庙

---

① 前后房：传统宅院前后相连的房间，前房门开在前厅，后房门开在后厅，前后房另有门相通。本句意思是青娘让月英搬到隔壁的房间。

② 来去：离去。

③ 伯姆：（月英）对丈夫的哥、嫂的称呼。

内，只见画栋雕甍，宝帐中间奉一婵娟端坐，旁立两青衣，手捧珠宝。月英参谒一回，遂向庙祝借出笔砚，在粉壁间题云："昔渠脱九渊，今我超三昧。恨不一谈心，生迟五百载。"后写"于山王氏月英谒题"。

螺女江在侯官县十三都，石岊对面。水上接囷溪，下入闽江，朝宗于海。相传谢端，福州侯官人，少丧父母，勤谨自守，于海边得一螺，大如石瓮。以水养之，每耕作还，汤火如有人代之操作，端疑之。早归，偷窥之，见一少女，从螺中出。端突入问之，女仓皇欲避不得，答曰："吾乃汉中白水素女也。天帝哀君少孤，勤谨自守，故使我为汝具膳。"言讫不见。端以壳贮食，食之不尽，遂传数代，故江以螺女名。

螺江今在闽县螺洲，面临大江也。旧记：在侯官十三都，石岊对面。唐大中间，侍御李郢诗云："谢氏海边逢素女，越王潭上见青牛。"曰"海边"，可知在南，不在北矣。螺洲在虎头山北，周回一江，环洲吴、陈、林三族居之数千家。洲浒有螺女庙，又有显应庙。神刘姓，兄弟三人，御寇有功，未获封赏而卒，闽人立庙祀之。相传，唐刘德威之后，名行全、德全、侍全。宋淳佑十一年，旱，乡人祷雨立应，进士陈应角以闻，赐额"灵显"。

明徐𤊹《过螺女江》诗云：

螺女千年去不还，浦边何处觅红颜。
寒潮远沐春山色，染出波斯黛子鬟。

拂如氏亦有诗云：

独羡烟波却有情，访寻芳迹绕江行。
不知螺女归何处，隔岸依稀尚月明。

月英在庙题诗，就有人进庙观看。题完将出，有一人喊曰："二爷怎么到此，这一位姑娘是何亲眷？"周拱抬头一看，却是林保。谁知林保住屋在螺江左边，往苏州贩货才回数日，是早闻邻人说："有一对青年男女在螺女庙内题诗。"随入庙内，认是周拱，便叫。周拱答曰："此是拙荆，顺途来看螺女庙。"林保曰："既是二爷娘，寒舍在隔壁，快进去！"月英低声问是何人，周拱曰："就是造城的官匠林伯伯。既遇着，来请难却，务要到他家看看。"随同出庙，引至林保家中。

正是：因题五个字，又起一波澜。欲知林保迎周拱夫妻到家中如何，且听下文分解。

第十九回　素女庙题诗妯和娌　乌龙江被浪难救灾

林保迎周拱、月英至厅堂，唤妻伍氏、男秀参、女玉莲出来拜见了。又请入内厅，分宾主坐了。茶毕，林保便问曰："因何出游?"周拱曰："与邻人雀角，恐将来累及兄嫂，特来远避。"林保曰："有此缘故，即在此避之，俟至事冷，再送回去。"周拱曰："不避便罢，既避必远远去。"林保曰："远远去哪所在?"周拱曰："似云随风飘荡，自不知所在耳!"林保又问："此安人、老爷知不知耶?"周拱曰："不敢告知，告必不放。惟留有绫帕一幅，内书写数语，存在箱内，为辞柬而已。"林保心中暗想："他乃瞒兄嫂而行，既到我家，须报他知，叫他兄嫂来劝回才是。"

思之已定，令妻女陪坐，忙写一信，遣秀参赶去通知，并带他兄嫂同来。打发儿子出门去了。办下酒席二桌，一桌在厅堂，惟周拱、林保对吃；一桌设于后厅，只隔一帘，月英正坐，伍氏、玉莲旁坐，内外说话都听得。饮酒中间，伍氏曰："二爷因何不告而行?"月英答曰："奴家并非无知之物，肯昧恩人。此番不告而行，只因大姆溺爱之甚，若面告，怎肯放行？凡人被情牵缠，钢刀难割，无奈只得硬着心肠。料伯姆必追至，烦姆转言，说：'王月英极是忘恩负义之人，背亲逃走。从今以后，当此人死去罢了，切莫挂念。'"又面向外边曰："如奴家大伯来时，亦烦林伯伯代言，说：'王月英蒙大伯带往温麻，又带回家，大恩未报。所有奴家存贮之银物，并无携带。奴今乃世外之人，一点用不着，尽交伯姆收入。'但林伯伯之恩德，尚未酬及也。"林保答："保有何德?"月英曰："奴家若无伯伯开辟，焉能出世。"林保听了，暗思："我何曾有做过稳婆，二爷娘何曾有会过耶?"

至席残，周拱、月英就要辞别。林保笑曰："既到此，不留一年，亦须半载，哪有就去之理？如就去，或水或陆，必要雇夫雇船。难道二爷娘鞋弓袜小能远行乎?"月英曰："伯伯姆姆勿留，奴二人意已决，不能从命。"伍氏曰："奴单留二爷娘。"遂将月英拖进自己卧房，对坐守住。月英曰："既如此，奴今不去。姆姆请便，奴去床上借寐片时。"伍氏曰："好极。"随即退出门外，反扃着。林保将周拱拖入书房，曰："床现成在此，无人陪奉，去困[①]些时，养好神好走路。"亦把门倒锁，俟伊兄嫂到此。

却说那林秀参送信赶至乌石山，直进周家里面，见了启文。而启文夫妻天亮起来，见各处门关如故，周拱夫妇都不见了，正在那里猜度。忽见秀参送信来，拆看，内写云："自违慈范，往姑苏贸易，前日方旋。拟即造府请安，因逢二爷同二爷娘背剑长往，在螺女庙题诗，询其何故？他云：'因邻人雀角，恐累家长，遁而不归。'小人挽留，他执意坚决要去，似此青春流落他乡，诚不雅观。现留在舍下，恐难久停。特遣小子持函报闻，祈即大驾同安人飞渡俯临，劝他回转。他云：'有绫帕存于箱，内有言词，取看便知。'特书奉闻。匠首林保顿首拜。"

启文看了，即付青娘，骂曰："两个禽兽好生大胆，不告而走，拿来各咬一口。"青娘曰："既有字写在绫帕，且取来看。"随即同入后房，箱俱不锁。小箱内果有一绫帕，上画封条甲子，不知何故。又有官印，旁有小字数行：

"金有七，弟拱怀其一。一即王月英，犹恐未现形。暗度温麻作裙钗，蒙带回来免乱猜。原期晨昏聚乐长，谁知灾祸起萧墙。仓卒远避不敢告，只为深恩未曾报。帕为辞简勿抛弃，遇难焚之随烟到。言尽情难已。"

二人共看此一章长短句，各口呆目睁半晌。青娘曰："早已晓得非人，疑以为狐仙，不知乃金精也。今幸留在螺江，快同老爷赶去，拼命一人扯一个回来。如扯不回，即跟他同去，虽不能做全仙，得做个半仙亦好。"随留秀参赶食了饭，将门关锁，交与老苍头看守。安人乘肩舆，三人齐至江边，附搭便船。恰好顺风，至了螺江道头[②]登岸，即林保门首。

秀参先进通报，林保带同妻女出迎。启文青娘同进厅，顾不得见礼，遽问："二人在何处？"林保曰："都在，关得密密，做鸟[③]也飞不去。"伍氏引青娘到房内，见月英不在床上。林保在外叫奇，吴氏在内叫怪，各处寻遍，并无踪迹。吴安人曰："空寻无有，他两个已到了九霄云外耳！"林保曰："岂不是神仙变化去了？"启文曰："难怪汝不知，我一家人都不知之。家中前后房只隔一重壁[④]，昨夜四更，还闻他二个说话，至天明叫不应，撬开门无矣[⑤]。正在疑异间，幸汝写信来报说他有绫帕，取看便知。看了方知他非人，不然万古[⑥]都不知也。"

---

① 困：睡觉。俗写作"睏"。

② 道头：渡口。

③ 做鸟：变成鸟。

④ 一重壁：一层墙板。

⑤ 无矣：不见了。

⑥ 万古：永远。

林保曰："绫帕上写什么字，可曾带来未曾？"启文曰："现带来了。"于怀中取出，林保接过，读不成句。启文便照句开解，念过与听。林保大叫曰："三人共见开七块，被二爷偷怀一块。怪道二爷娘在席间曾说，感小人有开辟之恩，正没处猜度，原来做土工[①]亦有功劳。"

伍氏遂将月英寄语述与青娘得知，林保亦将寄语述与启文听。吴安人泪盈盈曰："月英，我的心爱贤妹。聚乐五年，汝舍我，我怎舍得汝。再听此等语，怎不叫人肠断耶！我今亦无意人世矣。"言讫，悲伤不已。

启文将长短句细读一遍，对安人曰："安人卦断不谬，早已批定。金有七块，一即弟妇，早与吾弟结为夫妇。献六怀一，公私两济，情义兼全。金精不敢现形，暗至温麻，诈言弟之原聘，带回已明婚正娶。不告而行，兹出于无奈。不得实，非心所能忍。遗帕上数语表明来历，又订[②]遇难时候即焚帕，还能来救。情深意重，难怪吾安人如此思想，即吾之肝肠亦暗断矣。"

林保问："因何事，如此急避。"启文怎便说出其话，只言："不过与邻人雀角小事，恐酿出大事，故远避之。"林保曰："既非大事，暂避至事冷了，自会回来。二位不必如此悲伤。"因查问题诗所在，遂同至螺女庙壁间诗句。青娘叹曰："娌作神仙，妯作枯骨，命也何如！"亦借笔砚题上，与月英之诗并排。诗云："素女当年超海滨，金姑此日脱凡尘。后先得偶皆仙去，羞杀榴花洞里人。"后写"闽中九仙山青娘和"。启文见了伊妻[③]诗句，改容曰："卿本仙骨，恨非遇裴航。羞在此，不在彼也。"

伍氏家中筵席办便[④]，秀参来请，林保引带回家，恭敬款待，言之不尽。

隔了一宿，即要辞回。林保曰："小人一家蒙老爷安人之恩，原涓埃未报。今既到此，与小人一家大小晨昏供奉，孝敬一二年，方送回府。"启文笑曰："后客要留一二年，前客因何半日也留不住？"林保曰："有缩地土遁之术也罢，如无法术，小人一家男女亦要跪恳留，实不放耳。"

启文笑曰："苏州客[⑤]一定要留！"盖林保一行苏州，说话比前大不相同。青娘曰："林伯伯切不可如此尊称。当时在官，同二叔三人共事两载，饮食起居便如兄弟一般。今不幸二叔先脱，只有林伯伯与拙夫二人，并无兄弟，虽异姓而当同胞。奴家与林姆姆即是妯娌，何必犹此谦虚，亲反变疏，切不可如此。"

---

① 做土工：当泥水匠。

② 订：约定。

③ 伊妻：他的妻子。

④ 办便：（酒席）安排好。

⑤ 苏州客：往苏州做生意的商人。

林保辞不敢当。启文即令齐来改口，自此以大哥、大弟、大嫂，大弟妇、大姆、大婶①相称。

启文曰："大哥大嫂要留，今即从命。只是昨日来得仓卒，一家中俱未收拾。二侄儿在舅家中读书，未曾通知。容弟回去，把些东西收存，与侄儿说了，片刻即来。任留二三年，不回去亦无妨。何如?"吴安人亦言："务要回去，再来才可放心。"林保要遣子秀参代去报知，不依，必要自己去报。再不是②，与之同去同来。启文曰："不必如此多心，今既同胞一般，还说假话、去而不来之理？哥在家料理，弟去安顿了即来。"

林保不敢再说，食了早膳，带启文出门口就是道头。恰有曲蹄③卞尾尾荡船在江边，雇他至台江④上岸。启文下了船，即开撑⑤而去。刚行数里，倏然乌云黑暗，白浪滔天，狂风翻浪，江中各船只尽皆覆没。曲蹄卞尾尾夫妻吓得只是喊叫，启文惊甚，悔不该回。忽思帕中之语，忙于怀中取出，欲烧无处寻火，只拿在手中。奇甚，满江船尽覆，独尾尾之船如寻常安定在中流，只收不得抵岸，任风飘至西峡，即乌龙江。此江寻常无风亦起巨浪，遇此飓风，此小舟岂能安稳？

西峡江即乌龙江，在永福里。受永福印溪之水，流十四里，与东峡江合。东跨归仁、高洋二里，两山夹峡，上纳汀、建、延、邵之水，下吞兴化、漳、泉潮汐。阔有数里，其深叵测。中流有石如砥柱，名浮礁。下有潭，龙潜其中。岁旱，有祷则应。

拂如氏有诗云：

漫言闽海三千岛，休论延津百二滩。
怎及乌龙江咫尺，行人未渡胆先寒。

又有诗云：

近来舟楫稳波澜，登岸争先不转看。
昔日有人过此渡，寄言回去报平安。

那启文有绫帕在手，会助些胆，犹四面观看。见水中有一人，沉了又浮，脚手能动，将氽⑥至船边，忙叫卞尾尾快来搭救。尾尾在船后答曰："这个光

① 大姆、大婶：福州方言妯娌互称姆、婶。
② 再不是：再不然。
③ 曲蹄：疍民，以舟为家，旧时属于贱民。
④ 台江：闽江流经福州南台的分支，也称东峡江、白龙江。
⑤ 开撑：撑船离岸。
⑥ 氽：顺水漂浮。字形从人从水。

景，少一个来救我们，焉能救得别人?”启文急了，将帕存入怀中，拿一条竹篙撑入江中。尾尾前来扯抢，启文一脚蹬跌舱内；恰好竹篙一撑，那水中人的手即拔着，拼力拉上船来。

幸喜是方才落水也，会些水性，只吃数口水，救上船把水吐尽，人仍精灵①。启文曰：“且伏着定一定②，有话再来讲。”那人便倒卧船头不动。尾尾夫妻在船后叽哩咕嘟骂：“不该救伊，我们船又小，再添个大汉③压住，此刻④就沉了，有谁来救我们?”启文喝曰：“狗奴才说甚么？有我‘定风仙’在此，再加十个也不妨！汝再多说，先将汝两个弄水中。”尾尾不敢再喃哪了。

时暴风渐息，慢慢将船抵岸，心才放下。那救起的人多早⑤爬起，坐在船头，身上衣服也被风吹干了。至风定，遂向启文拜谢救命之恩。因问姓名住址，原来乃福州南台⑥之大洋客⑦，姓吴名光。有百万家财，生六个儿子。十只海船，惯走天津、淮、扬等处装货。不日内一齐运货出洋⑧，昨日被兰铺⑨友请去饯行。今搭船回至西峡，被风翻覆，同船之人都淹死，独他遇救得生。

启文亦将自己姓名履历说了，两家都是闻名未曾会面，今遇着倾盖如故。吴光以江中无数巨舟皆覆，独此小舟无虞，疑曰：“周老爷在哪座名山修炼过来?”启文笑曰：“弟先前与船家戏言，兄信为实耶?”吴光曰：“不是定风仙，亦有定风珠矣。”启文曰：“惟定风珠有之，兄台欲看，待弟取出看看，勿笑耶!”

正是：若无怀带定风宝，安得相交被浪人。欲知后事如何，且看下文分说。

---

① 精灵：精神，指清醒。
② 伏着定一定：趴着定定神。
③ 大汉：大个子。
④ 此刻：马上，眼看着。
⑤ 多早：老早。
⑥ 南台：地名，今福州台江区。
⑦ 洋客：从事远海贸易的商人。
⑧ 出洋：出海。
⑨ 兰铺：地名，今闽侯县青口镇兰圃村，古代曾设驿站。

第二十回　启文得交信报无到　青娘爱夫卦占有灵

却说所言“定风珠”，即是白绫帕。欲再取出与看，忽觉帕中之事不可与知，随转板[①]曰：“船家，可叫你老婆取出定风珠来，与吴相公一看。”那船婆[②]曰：“船内哪有此物耶?”启文答曰：“独汝出来便有。”船婆令尾尾在后舱，钻出来。启文指船婆之头曰：“此不是定风珠耶?”吴光一见船婆之头，大笑不止。盖船婆乃光光之头如和尚，一茎头发亦无，惟光溜溜就像珠一般，暴见之如何不笑。启文亦笑曰：“此不是‘定风珠’，再寻亦罕见矣。”此乃启文随机应变。

吴光笑止，指着尾尾骂曰：“好个曲蹄瘟[③]，你不救我也罢，周老爷救我，汝还咕哩咕哩，是何道理?”卞尾尾答曰：“小人不知是吴相公；若知，亦拼命救起。其实不知，勿怪!”吴光曰：“便非我，就不该救么?”尾尾曰：“都想出来救，却被老遭瘟说‘无人来救我们，我们哪里救得别人?’”吴光曰：“我今有人救了就是好，我也不怪你。罚你把我二人赶紧撑到台江船上去，将功折罪。不然我把你的船拉上岸放火烧去，连两人也一起烧死。”尾尾答：“晓得。”忙撑篙荡桨，把船开行，顺流如飞一般。

启文问曰：“兄宝船在何处？弟不能陪随，要赶回舍下去。”吴光曰：“敝船都在台江，到贵府亦要在那里经过，恰好顺途送仁兄回府。”因此二人船中谈叙，意气相投，遂结为金兰。吴光为兄，启文为弟。盖吴光乃建州[④]豪族，迁于南台。有母颜氏，妻孟氏，子六个，长子名鸿经，五子鸿谋，同父管押十只洋船[⑤]往来。一年至交趾、日本、吕宋等国，一年至天津、山东、淮扬各处。次子鸿济、三子鸿韬、四子鸿略，在淮安[⑥]坐庄[⑦]，料理十六间行务。六子鸿猷

---

① 转板：交谈过程中突然改变想法，顺势转一个弯。

② 船婆：船家妇女。

③ 曲蹄瘟：福州话称疍民为“曲蹄”，男性或称“曲蹄公”，谐音为“曲蹄瘟”。

④ 建州：古行政区域，州治在今福建省建瓯市。

⑤ 洋船：海船。

⑥ 淮安：古县名，县治在今福州西郊。

⑦ 坐庄：管理商行。

尚幼，在家奉伺祖母，管理家事。一谊子姓沃名新，号“小康回[1]”，有膂力，独掌南台十六间大行。

那小康回预早[2]当水手。福州闽安镇口原有二块巨石在山麓，跨于江中，如人两足，名“金刚腿”。其左腿缩傍山边，与舟楫无碍，其右腿直舒江中，有碍行舟。当时他舟泊右腿旁俟潮退，因看知其将崩，随与诸船伙夸口说独能除此腿，竟被触崩江中，将所崩之石一人移于山边，舟楫便利，自此号为“小康回”。吴光奇之，收为谊子，凡事信任如亲子无异。外面若问“小康回”，无人不识也。

今闽安镇口惟有金刚之左腿，其右腿触崩移倚山旁。至元大德七年，头陀王法助建万寿桥[3]，运作附桥梁。万寿桥即大桥，郡人常云：“大桥多一石，鼓楼少一斗。”多一石者，即小康回所触之岩石也。江面看之，桥下多一桥梁。至国朝乾隆三十四年五月间，被洪水冲崩水内。鼓楼少一斗者，原建鼓楼时，匠人造斗积至如山。一工人以无数算，匿其一。至竖梁立柱，所造之斗用尽，仅少其一。匠人无措，将一斗劈之为两，各以半斗叠之始周，人皆见之，少一斗矣。今更建不同古之造也。

那日忽然间飓风大起，各处传闻江中之船皆覆尽。小康回在兰铺，想谊父之船在江中，遇此飓风，一定性命难保。等不得风定，自撑舢舨，冒风浪赶至江口，恰相遇，喜甚。闻知死里得生情由，随向启文磕头拜谢救父之恩。不及再问，便驾起船先行赶去报信。启文见其人身长八尺，头大如斗，英气烈烈，异甚。问是何人，吴光遂将号“小康回”的根由、为谊子之情节说知了。启文闻之，不胜骇异。

不觉到了台江海船旁，令尾尾喊曰，“吴相公回来了，船上快把梯子来接相公上去。”水手随放下小梯，吴光扶启文同上海船。吴鸿经兄弟同出，并各伙人众正在那里惊恐；今见回来，皆喜之不胜。同问遇风情由，吴光蹙然曰：“今日我若无此位恩人搭救，这时候身尸[4]已出五虎门[5]去了。”便述遇救情形，并启文名望。众皆感激不了。

吴光遂令：“赶排酒饭来吃，肚饿极矣，再办好酒菜供奉恩公。”启文曰：“既忝兰谊，不可如此。弟家中亦是惊吓，容弟回去便可放心，另日再会。”吴光曰：“既为兄弟，哪有就去之理？如恐家中悬望，可先遣下尾尾到吾弟家报

① 康回：传说上古的大力士，即共工氏，怒触不周山，致天柱折，天倾西北，地陷东南。
② 预早：早先。
③ 万寿桥：福州台江与仓山江南桥连接的大桥，几经重修，今名解放大桥。
④ 身尸：尸体。
⑤ 五虎门：闽江入海口五块礁石，因状如五虎把守江门而得名。

知，使一齐放心。”启文曰：“家中还不须，惟弟妇在螺江林家，料必惊恐。”吴光曰：“亦容易，即叫尾尾船赶撑回螺江，报与贤弟妇知之。”随唤尾尾即去，说：“另日回来，自不难为你。”

尾尾不敢推辞，即下船仔①，撑去几篙。适遇小康回、吴鸿猷撑驾小舢来至，见尾尾船撑出，便问曰：“这船仔不是在乌龙江救我家相公的，缘何就去耶？”尾尾答曰：“已送二位上大船，怎的不去！”小康回曰：“无你的船，怎能救得人，哪有不留谢之理？可跟舢舨来至尾号②海船内。”吩咐伙长③：“好生接待他夫妻两口数日，再把银物送他回去。”那曲蹄两个，闻有食，还有银钱，还顾什么螺江报知不报知。随至尾号海船，小船系于大船边，夫妻忽然大受用起来。此且不表。

再说启文见尾尾船回去报知，十分宽心，任他留在船上盘桓。此亦慢说。

却说螺江林保送启文至道头，看开了船回来，未有半时忽起暴风。安人青娘惊得魂不附体，忙将年月日时暗占一卦，得水火既济，吉而不凶。心想：“小舟遇此大风，吉从何来？莫非韩湘子出现蓝关乎？”卦象虽吉，心总难安。

林保吓得无路可寻，冒风到江边探望，见江中波浪滔天，远远船覆无数，风犹未定。密雇小船，自螺江查起，直至台江，并无尾尾，人船皆无。随上岸，赶至乌石山周家，人又无回来。天黑了，即在周家等了一夜，还不见回来。次早又到江中，搭船至螺江。查无形影。秀参亦往各湾查寻无踪。可怜青娘惊得啼哭不止，伍氏亦催夫与子再去细查，林保同子又去查问。

谁知下尾尾夫妇二人在海船内醉而不醒，醒而又醉。其船系在大船边，至夜绳断流出，被行舟冲翻。次早，被螺洲渡船家拉着，认是尾尾之船，拖回至螺江。林保过问：“有见尾尾之船？”船家答曰：“尾尾去见海龙王了。惟船留与我们带回。”林保看了，果是尾尾之船，惊问：“在何处拖回？”船家曰：“我船至台江，有一小船半覆水中，翻看，认得乃尾尾的船流回，有船无人。”青娘听此消息，哭曰：“可知他夫妇两个禽兽断送我夫主性命，怨之怎的！”即要回家治丧。林保不敢再留，雇船同子亲自送回乌石山家中。

苍头早报九仙山吴家得知。林老恭人带辉冰回来，正遣人去螺洲查问实信。适青娘至，下轿进见，放声大哭，即欲挂孝。林老恭人曰：“且慢且慢，还望有遇救之侥幸。吾儿何不占一卦断之？”青娘曰：“昨日风起，即默占一卦。水火

---

① 船仔：小船。

② 尾号：最后一号。

③ 伙长：伙夫头。

既济，指望将凶化吉。今得有实迹，何须再卜！”

谁知辉冰随母亲身旁，看排卦亦学会八九，老恭人令之排出。辉冰即取纸笔，将既济卦爻排定，加评断云：“既济者合也。水火相遇，合之又动旺，在初二两爻。初九曳其轮，需其尾，无咎。六二妇丧其茀，勿逐。七日得，不但无咎，犹曳济他人，相遇会合，七日回也。”吴老恭人看辉冰详断无差，谓曰：“卦兆非凶，何必如此张皇。且待七日无信再议。”青娘哭曰：“只恐时衰卦不灵。”林保闻卦不凶，七日内有信，遂遣秀参先回家，自己在此等候信息。不表。

却说吴光十号船都在台江，将近开驾出洋，日日祭祀神明。启文被每号船接待一日，款留至七日。至第七号船，心中焦闷，与之告辞，方肯放行。仍留宴饮，至过午，父子送之登岸而别。那乌石山家中望了七日，并无音耗，皆以卦之无灵。至饭后，苍头来报，称“有一人，扛一杠礼物[①]来送老爷”。青娘叫辉冰同林保出去辞曰：“周某退避数年，并无交际。现又不在家中，不敢收。”林保同辉冰将此话辞之，那二个抬杠的人答曰：“周老爷现在吴相公处，今日会回来。说是吴相公送来，便知。”林保要问明详细，那两个怕不收，连杠[②]丢下，拿起脚就跑去了。林保赶之不上。

辉冰早进报知，青娘令出来再问，人已去了。吴老恭人曰：“不必慌忙，报信之人既至，贤婿后必亦回，卦果灵极。”令将杠抬入。掀开杠盖，内只四色[③]：二匹羽毛缎、二匹哆罗呢、二匣燕窝、二匣人参。青娘讶曰：“我们与吴姓有甚关接，送此重礼耶?”林保曰：“弟妇且收起，等大弟回来便知。”家中得此信息，转悲为喜。

正在疑问，林秀参突至，报曰：“周大叔在台江吴家大洋船内，平安无事矣!”林保笑曰：“汝此二报[④]从何而来?”秀参曰：“昨晚回家，闻说曲蹄卞尾尾前日未曾淹死，孩儿即赶查问。据那老婆说：那日船下，周大叔遇风，漂至乌龙江。有洋客吴光丢落水中，周大叔将他搭救上船，送至台江第一号海船内。硬将大叔留住不放，令他回船到螺江林家报知，使大婶同我们安心。他船到江中，遇着行主[⑤]小康回，以救他谊父之恩未谢，不肯就放，亦留在尾号船内，好酒好饭看待。

“谁知尾尾福薄，食荤食多了，得酒伤风[⑥]病重，报知小康回。原来他的船

---

① 扛一杠礼物：（两人）抬一担礼物。“杠”读去声。

② 连杠丢下：将礼品担子丢下，连扁担也不要了。

③ 四色：福州习俗，送礼一般用四种礼物，称四色。

④ 二报：第二个来报喜的。

⑤ 行主：商行主人。

⑥ 酒伤风：酒后着凉。

缚在大船旁，不知何时绳断，流去无踪。小康回与他二十两银，另雇小船，扶尾尾下船，昨晚送回螺洲。因闻他的小船被本处人拉得，即与赎回，刚刚将尾尾扶过船，一放下气就绝了，等情。孩儿报与母亲知道。母亲十分欢喜，即令孩儿今日黑早①起身来报。”

吴恭人、青娘俱听了明白，愈加欣喜。林保向辉冰曰：“曲蹄贪食，不来报知，害我们惊得七死八活，他死得不错。若不能死，亦被我摄②死。”青娘曰：“怪道是③，因救了吴家性命，才有此重礼送来。闻尾尾之船是接木④的，遇此大风不覆，反能搭救他人，其实是不解也。”

大家俱在堂中，等至午后，林保忽喊曰：“三报又来，吾大弟即刻回家了。”辉冰曰：“三报在何处？”林保指檐前，言曰：“这两喜鹊叫之不歇，岂不是三报耶！”话犹未歇，启文到家。说遇风的情由。青娘曰：“韩湘子之庇护不谬也。”家中说尾尾贪食匿报、致家中惊惶半死的缘由。启文曰：“不但有匿报之过，我在船中叫他搭救吴光兄，他不肯救。我去救，他还来夺竹篙。救上船，还来骂我不该救。无功受人报答，怎么有不死之理也！”随看吴光送来四色礼，因曰：“君子施恩岂望报，敬待来日驳去⑤还他。”

忽苍头报：“一人称是吴光，特来拜谢。”启文趋出，迎进大厅，各施礼。启文将尾尾贪食失报、致家中惊惶情形告知，吴光大怒。启文曰：“既结拜过，何必送此物礼？”吴光曰：“兄弟中果然不必，贤弟妇亦当请见。”随请青娘出来，敛衽见礼。林保、秀参、辉冰各通名拜会。启文曰：“盟兄先前送此盛礼何为耶？”吴光曰：“什么盛礼，不过些微敬送，与贤弟为贽敬礼而已。”启文就理会了，曰：“谨受命。”要留住便饭，吴光以要回望母，船将开洋，不得少停，即辞回去。

启文进曰：“人都来送贽敬，拜弟妇，我都无登堂拜母之寿敬耶？”青娘曰：“投之以木桃，报之以琼瑶，谁说不报？”启文曰：“他已报了琼瑶，叫我们何物报之？”青娘曰：“妾身主意⑥将他四色收下，羽毛呢二色换别的二色送他便了。”启文曰：“换甚物二色会比他贵的。”青娘曰：“箱内有闽王所赐之锦缎二联⑦，这不当得一色？再者镑剩⑧之金制金凤钗二股，当日戴在头上，月英婶婶

① 黑早：清晨天未亮。
② 摄：通“捏”。
③ 怪道是：难怪。
④ 接木：用拼接的木料制作龙骨（的船）。
⑤ 驳去：退回。
⑥ 主意：作主。
⑦ 联：幅，布的单位量词。
⑧ 镑剩：熔金时称量剩下的。

见之即坠泪，闻说是与此物有感，见之则悲伤，因此不戴。今睹物伤情，更不忍戴，可将此物凑成四色，送与吴母上寿。”

启文大喜，将四色装好，仍用原杠①，雇人抬至南台吴家。自己改换衣衫而往。吴光出迎，进拜了老母，亦见盟嫂，叙礼周密。吴家亦推却，不敢受此重礼，答曰：“此钗乃盟弟妇奉与婆婆上寿。”吴母以未会吴安人面，坚辞不受。遣人回报，青娘即乘舆而至吴家参见，谊婆婆始收了启文礼物。吴光妻孟氏同诸儿媳都当至亲款待，不放就回。林保回去螺江，亦往苏州。启文在家，自行教子攻书。

正是：饶他得意通商艇，还我回头课子书。欲知下文接叙何人，须看下卷分晓。

---

① 原杠：送礼来的原担子。

第二十一回　洛阳造桥观音显应　鬓发化蛇临水降生

却说大唐僖宗年间，福州闽王审知改造罗城，并造万寿寺（即今白塔寺），俱已完竣并定光塔（即白塔）。初，审知任泉州刺史时，洛阳渡船屡覆，行旅艰难。欲创造石桥，将兴工，王潮卒，回福州为观察使，工程遂止。后以次子延钧为泉州刺史，行檄令接造石桥，以便行旅。库币用完，再行题捐。

谁知延钧耽于酒色，民艰不闻。又接父令催之造桥。库币未动，只委巡检宋忠为承造官，令在民间科派题捐。只题有一千，犹抽加二①入于内府。况该处乃冲横海港，狂澜汹涌，潮汐奔腾，开造三百六十余丈，跨水之石梁工程浩大。钱粮无缺，方能接济。今一基未下，便诸凡告匮，遂停止矣。王延钧犹谓承造官玩延不力，将宋忠先斩后奏。诸官僚知其冤，力保，容之再行各处劝捐。延钧始准其保，勒限克期赶造，如再停止，处斩不恕。

诸官僚先代措办起工，余再赴各大户劝捐题助。原来该州有林、方、李、陈、徐、郑、唐、高八大户，各有数百万，其中小户犹乐题捐，惟此八大户屡向劝捐，分毫不题。工程又急，限期又迫，承造官忧愁无计，惟夙夜念救苦救难观音菩萨，一个人苦②得形容枯槁，如痴一般，饮食不进，于是感动观音大士。正值二月十九菩萨寿诞，诸佛皆至，四海龙王齐集于南海庆贺。大士即问龙王敖钦曰："吾闻下界泉州刺史王延钧遣承造官宋忠起造洛阳桥，现在如何？"龙王启曰："王延钧遣承造官起造③，硬着④于承造官身上。现在各处题捐些须之银，有各富家不肯题捐。宋忠诚实尽心，惟无银接济，不能了其善愿，此人诚信可嘉，实属可悯。"

大士听罢，口称："善哉，善哉！凡间有诚信之人，如何不显应助之恐至中途而废，负此诚信之心。吾有一法。"吩咐龙王各退，唤出本山土地，吩咐曰：

---

① 加二：二成。

② 苦：愁。

③ 起造：兴建。

④ 硬着：强行分派。

“今凡间起造洛阳桥，承造官缺少工银。汝可随吾同去，显化助他成功。”土地领旨。大士遂摘下一片莲花，几枝竹丫[①]，同土地驾云至洛阳江上。将莲花化作彩船，竹丫变作竹篙船舵。大士化为绝色美女，胜于西子王嫱，容貌动人。土地变一个老翁，头戴竹笠，身穿渔衣，立在船后把舵。大士立于船头。

那日宋忠无银接济，如痴，只在岸上筹思，走来走去，口中只念“救苦救难观音菩萨”。忽抬头见半空中彩云盘旋，心中惊异。突见江心现出彩船，立绝色美女，心知有异，遣家人泛船查问。家人去了一刻回来云：“小的去问那彩船上美人，他说是：‘闻爷造桥无银，特至江心舍身相助。叫往来王孙公子，不论贤愚，任其金银抛掷。有掷着他身上者，情愿配他为妻为妾。所有掷空之银，以助老爷造桥’等语。”

宋忠听了，自思：“此事出人意外，莫不是真是观音化身，来救吾之苦楚？今莫管他，现在无法可施，将他以有当无[②]。”遂大张告示，仰四方军民人等知悉。大意说：银有掷中者，与之娶去为妻妾。其掷空之银入于造桥之费。令十余小空船将美人彩船围绕当中，令家人、官役弹压，一面拾落空之银。又吩咐来掷之人，或驾小船，或舢板，要离彩船成丈[③]之远，对面洒掷。这事一传十，十传百，处处皆闻，以为奇事。即有王孙公子、贪花好色之徒，各带零碎金银，半属游戏，呼群结队而来，皆争先对船洒掷。

那一日，抬举撑船人得价[④]，远近之船亦赶逐[⑤]而来，将洛阳江皆塞满。人人把银洒掷如飞雪随风，梨花乱舞；将近美人，即坠于围船之内，或落水中，不计其数。爱色之子弟，望美人之颜色真可倾城倾国，魂魄皆迷；平日爱财如命，当此时不知不觉将银拼命掷去如尘土，只望得中美人。即前之宋忠劝捐不题之八大姓子弟亦不爱惜，乱掷如雨似雹。看之人无不惊恐掷伤美人，谁知美人稳坐船头不动。所掷之银，皆由左右或头边飞过，而衣襟亦未曾沾着一下。

讵知近邻村有一王小二，卖菜回来经过。见人众掷银如雨，争夺美人，十分热闹，亦跟人豪兴来掷。因银少不敢向前，携数分于掌，从人缝伸出手掷去，恰好落于美人头上。众眼共见，齐声喝问：“何人掷中？”王小二逞身出认，或信或不信。众观者曰：“此些微碎银，不是他是谁？”

大家见其掷中，怏怏住手而散，江中惟一彩船。王小二大喜，正去报知宋

---

① 竹丫：竹枝。丫：也作“椏”。

② 以有当无：俗语，意为姑且试试看。

③ 成丈：接近一丈。

④ 抬举撑船人得价：帮衬撑船人赚了钱。

⑤ 赶逐：追逐。

忠承造官，去领此美人；忽起一阵大风，将彩船打翻，沉去水底，人皆怜惜。王小二眼见人船俱无，恨不能言，自思："碎银已掷尽，幸而能中美人。现已到手，岂知被狂风所害，人连银皆空，要命何用?"自思自恨："莫若与他同死，魂魄追随之而去。"气极无所发泄，亦投江而死。那宋忠在于岸上观众掷银，忽见彩船被风卷投水中，惊讶不知所以。忽半空中飘飘落下纸条，拾看乃诗四句云：

聚众掷来百万金，造桥资助感诚心。

凡人不识吾谁氏，南海慈悲观世音。

宋忠看了，始知是观音大士化身来助造工费，不胜感激佛恩，即向空礼拜。此时有家丁在旁亦看见此字，扬传各处皆知。当日官役拾银至百万，接续运回，工程大振。有落水者，大士暗遣江神拾于船上。又驱退潮汐，稳定基址，不日遂成三百六十余丈之长虹矣。

彼时王延钧亦觊觎美人，阴①使人出去洒掷许多，反去抽入之数更多一倍②。闻说美人沉没，亦深怜惜。后又闻是观音化身助宋忠成功，自知悔过。

但大士佛法无边，任人掷之不中，因何被王小二洒掷中之？或曰"有缘"，殊不知并非有缘。当时大士端坐船中，任人抛掷，多多益善。慧眼遥见九霄之外吕洞宾来了，怎便相见？知此仙好胜，必化银来洒；遂与王小二掷中，俾众愿而散③，亦借风隐遁。吕纯阳化为少年，指石为金，袖至江边。只见烟波渺渺，江水滔滔，自知仙法输于佛法。屈指一算，知其隐处，便吟曰：

南海慈航化本真，尘缘未断戏凡人。

洛阳江上花如锦，等我来时不遇春。

念毕，将所化之银尽取出，向空而洒。被大士手中尘拂一拂，起一阵清风，将所洒之银化为白尘，倒吹回头。吕纯阳举袖抵拂，皆扑于身上，将袖皆拂落。惟头上左鬓半茎青发却被银尘粘住，脱巾再拂不去，青变为白。映水将此半茎变白之发拔下，撷在手中，笑而吟曰：

仙法不如佛法高，倏然白却鬓边毛。

须知人世风波险，我亦红尘过一遭。

念罢，将此白发丢入水中，杳然而去。其发一入水中，变一白蛇，由西北而逝。大士在空中慧眼遥观，尽知彻底，大数④不能就收⑤；咬破指头，将血向

① 阴：暗地里。

② 反去抽入之数更多一倍：损失的银子比抽成收入还多一倍。去：损失。

③ 众愿而散：众人甘愿了，散走。

④ 大数：指命运劫数。

⑤ 收：结束。

西北弹，送人家投胎为女，以收此蛇，又拨金甲神去防护。卖菜王小二投水既死，魂魄不散，并令金甲神引去转世，与弹指化身之女配为夫妇，以了掷中之缘。大士分发已妥，回于南海落迦山。盖化之遗发落水即变白蛇，更有银粉拂落、观音之拂尘，变赤化为鲤鱼并潭虱鱼[1]，后卷表明。

于是传入福州，闽王审知闻宋忠造桥感动观音佛下凡，方能成功。其功德匪浅，即行调升。讵知宋忠承造此桥，几乎性命不保；若非观音显应，哪得桥成人在？故看破红尘名利，亦削发挂冠出家，不知所止矣。至桥成，曾立有庙祀之。后来桥圮重修，改为夏得海之庙。此乃前唐哀帝天祐年间，王审知为闽王，次子王延钧为泉州刺史，宋忠诚心感动观音化身，临水夫人出世之初，造洛阳桥也。至百四十年后，宋仁宗庆历年间，桥圮，蔡状元襄后行修造。乃后又隔三百余年，至明宣宗宣德年间，泉州太守蔡锡因桥又圮，再行修造。桥圮时，有石刻露出，云："石头若开，蔡公再来。"

鄞人蔡锡，（鄞县乃浙江宁波府属）中明永乐癸卯乡试，授兵部给事中，升泉州太守。锡至，欲修桥，水涨难施，以文檄海神，忽一醉皂趋接檄，醒而悔之。无奈弃一死，饮得大醉，自投于海。如有神人扶之，酒醒乃卧于岸上，看檄文中多一"醋"字。锡解以二十一日酉时，即以是日兴工下基，果旬余潮水不至，工遂成，乃实事也。洛阳桥经唐、宋、明三度修建，非只一度也。

却说吕纯阳之半茎白发丢入江中，化作白蛇，至古田县东三十里，有临水洞，在内潜藏。观音弹指之血云与王小二之魂由金甲神同送去福州南台下渡地方。血云送陈家投胎，王小二送刘家投胎。刘家，候选儒官，单名字勋。妻朱氏，未育男女，曾到鼓山喝水岩观音座前祈祷。朱氏梦白莲一朵，遂得孕生男，取名杞莲。未半周，刘勋蒙闽王选补古田县儒学，随即挈眷抵任。

其陈家长者名昌。妻葛氏，未曾生育，亦祈祷于喝水岩观音前，梦吞红云怀孕。于大唐天祐元年正月十五日，产下一女孩。临盆之时异香满室，取名靖姑。气质不凡，三岁能念观音经咒。父母爱之如珠，即设观音图像与之朝夕礼拜。常言终身不嫁，奉养双亲。至七岁，陈昌长者延妻弟葛如川，乃明经贡士，在家设馆教读诗书。以堂侄陈二郎名守元伴读。靖姑天性聪明，一授便精，兄二郎万不及他。

正是：原是行尸走肉辈，怎如弹指化身人。欲知其后如何，且听下文分晓。

① 潭虱鱼：鲇鱼。

第二十二回 杞莲能言书堂结缡 靖姑避婚闾山学法

却说王小二投胎与古田教官刘勋为子，名杞莲。品格极秀，只是哑口不语，至七岁仍如是。无药堪医，父母怀恨，无法可施。惟于房中设奉观音图像，持斋念经祈祷。一夜，刘勋梦哑子被金甲神引去，刘勋叫不出声，惟紧随之。至一教馆学堂，有一学女在座攻书，杞莲一睹面，便笑曰："寻着了，恨消矣。"与女并坐问答。刘勋遍视，馆中一师，只教一男一女，师亦认得，乃是同师之友，余皆不识。忽醒觉，不胜疑异。

未几，因公抵福州。闻故友葛如川在下渡陈家教读，疑之，径往探访。入见一男一女，师徒与梦中所见无异。亦不言破，即回公馆，令家人赶回古田带子来调治。不数日，家人带刘杞莲到，哑子如前，即携往下渡陈家学堂。讵知杞莲一见靖姑便欢喜，忽开声曰："爷爷[①]，这好所在，何不早带来耶？"刘勋暗喜不胜，答曰："既知好处，就送汝在此读书好么？"杞莲答应："甚好。"遂安顿杞莲帮学[②]发蒙，留一老家人服侍。

杞莲天性聪明，教即理会，遇年节即带回古田。母朱氏问之："见靖姑如何始能言语？"杞莲答曰："自亦不知何因，见之如梦醒觉也。"父母因此属意与结婚姻，遂托葛如川先生为媒面说。陈家父母皆喜诺允，惟靖姑闻之不愿，遂止，待长成再议。男女仍同随师共学，至十三岁。而靖姑之意要终身奉佛养亲，并非憎弃刘杞莲也。常与刘杞莲言诗论文，并无半点避嫌。

一日，先生出一对云："井田耕九区。"刘杞莲对之曰："吾日晤三省。"二郎守元对曰："食包[③]饱一顿。"靖姑对曰："林火焚千魅。"三人方对毕，刘勋忽至，共评之曰："吾日晤三省，诚力行。食包饱一顿，饥难忍。林火焚千魅，灭妖怪。"三对三样之品行，后皆应之。刘勋又催作媒，说其女本身未许，再俟

---

① 爷爷：称父亲。

② 帮学：到别人家的私塾里附读。

③ 食包：吃馒头。

将来再议。

忽报闽王檄令葛如川为宁德巡检，令即赴任，皆喜甚。陈昌以父作过该缺，称其风土之美不已。如川以宁德不及古田，刘勋以古田怎比宁德，两相推赞。如川曰："且不相论，此间三个学生皆广识多闻，与之品题。宁德乃贤馆东，令先君曾为过父母之属，宁德可与刘杞莲品题之。古田乃刘兄现任文宗之属，古田可与靖姑品题之。专与陈守元总评之，其善恶便明。"此乃葛如川借辞，试靖姑却婚之心意真伪。

刘杞莲遂题之曰："寧德上四心，下四心，寧德之心总存。"靖姑即题古田曰："古田外十口，内十口，古田之口空开。"

陈守元写不出一字，求妹教之。靖姑暗递稿与总评曰："宁德二心既异，古田一口空开。"

靖姑递伊兄二郎，抽身入内室去了。如川等三人取过同看，皆羡捷。惟刘勋失色，频频阅之不歇。如川停思，便生一计，叫守元过来，喝骂曰："汝怎知道'心既异'、'口空开'？此一段亲事全是汝挑唆，拆散人之姻缘，实有大罪。今先打汝四十板，再起柴塔[1]烧死汝方休。"即向前拖打。

刘勋拦住曰："请先生息怒，容再商量，挽转可也。"如川曰："看刘爷讲情，容汝前去劝靖姑从命。如再违阻，将汝活活烧死。"守元吓得面如土色，泣曰："学生何曾有挑唆，他自己不从，此总评也是他教学生。虽去解劝，其如他不听何？"如川曰："我教汝如此如此，无再不从。"

守元入内，见靖姑曰："妹子，你不从亲事，先生以我挑唆拆散，欲先打了，后起柴塔烧死。蒙刘爷说情，容我来劝。汝如再不从，他将为兄活活烧死。"靖姑笑曰："哪有妹不从亲事烧死哥哥之理？"守元泣曰："别人不敢，惟君亲师，烧死犹嫌太少[2]。"靖姑曰："莫管烧死，总不能从。"守元哭曰："妹明理之人，惟祈汝眼前一诺，且救兄命，后来嫁与不嫁，还由汝也。"言讫跪下，靖姑扶之曰："好呆子，被吓，信以为真。既如此不再言，任之，他日要我肯上轿才好。"守元听讲此言，出来述了一遍。如川曰："他今幼稚，任之混说。至年纪上丁[3]，自会钻进轿去。"遂嘱刘家行聘，与陈家结为姻亲。

刘勋结姻事毕，仍带子回古田。如川到任宁德。靖姑惟朝夕自在兰房拜佛念经。越三年，刘杞莲十六岁，考拔贡元，以巡检候补，择日迎娶靖姑。刘勋

---

① 起柴塔：将木柴搭架成塔状，使之容易燃烧。

② 犹嫌太少：毫不过分。

③ 上丁：指满 16 岁成年。

带子来亲迎，花轿到陈家，亲眷盈庭，鼓乐喧嗷。靖姑总不理会，仍在佛前念经。父母以温语再三劝谕，并无半点顺从。

日至中午，接亲人等众口嗷嗷催逐。陈昌急得半死，以女借佛为名，怒将观音像扯落在地，脚踏毁之。靖姑夺之不及，却被父母强抱出厅。靖姑啼喊，宁死不去。至厅，将放在轿，忽然空中飞一杖来，打伤陈昌脊背，撞伤了葛手臂，皆跌在地。人众闻声，不见有人，扶起二老，靖姑杳无形迹。诸亲以为跑出外边，各赶出寻讨，四处皆无。共议曰："他既不嫁，强之无益。即硬抬过门，怎能安生？不如送还财礼①，与其另择贤淑可也。"

时刘勋亦至，正在踌躇，刘杞莲答曰："无收回财礼之理，亦不须再去寻讨。如有回来，终要讨②之，鼓吵③由他。"亲族又问曰："如终身不回呢？"杞莲又答曰："终身不娶矣！"言讫，随父回转古田。诸亲属散回。陈昌夫妇脊背、手臂痛得不止，惟二郎守元伺候，此且不表。

再说空中所飞一杖，原来是观音拨来金甲神随护。金甲神见陈昌踏毁大士宝像，大怒，打下金杵，拽出靖姑。至野外，靖姑昏迷，一时醒来，惊问："何人？如何拖我至此？"金甲神曰："吾乃大士护法神，汝不愿嫁，去闾山学法可好么？"靖姑早慕闾山，无路可寻，今闻之喜甚，答曰："正合弟子之意，不知闾山在于何处？"金甲神曰："至前山，自有门可入，吾在空中引护。"言讫不见。

靖姑便向前山而行。至石岩边，有二人突出拦问曰："小娇娇，何处人氏，今欲何往？"靖姑曰："吾乃下渡陈靖姑，去闾山学法。"那二人曰："闾山门在水底，凡人安能得入？要学法何独闾山，我二人法术强过万倍，今带汝同去。"靖姑被迷，任之拖走。金甲神在空中见之大怒，将杵掷下，化为飞龙逐下。二人遂放手，变为狰狞二鬼，拔起大树抵④龙，逃避走⑤去。

金甲神收回宝杵，靖姑迷扑于地，除去妖气方苏。问："是何妖？"神曰："此乃长坑山⑥之长坑鬼，挨拔山⑦之挨拔鬼，此二鬼时常出来迷人。"靖姑听说，即拔下金簪插上，立誓："他日法成，收此二鬼，免害人。"至闾山境界。盖闾山原在龙潭、番船浦一带，长江⑧环住⑨，与天宁寺对峙。

---

① 财礼：彩礼。

② 讨：娶。

③ 鼓吵：吵闹。

④ 抵：抵挡。

⑤ 走：逃。

⑥ 长坑山：在福州市仓山区，今谐音雅化为长安山。

⑦ 挨拔山：山名，即今洪山桥附近的金牛山。

⑧ 长江：指闽江。

⑨ 环住：环绕。

龙潭壑、番船浦在于台江南台，天宁寺亦在南台地方，即白龙江。

那江在闾山麓下，潮汐通舟，并无大桥。法门在于都市，来学法者接踵。许真人非诚不纳，非缘不收；往来无停，将移稳避。有早来学法之门徒张大、柳二者，俱福清人。自投法门三年，无授一法，惟令在边山舂米。既届期，应出法门，真人谓曰："汝二人在此三年，未授一法，只舂米倒也勤劳。无物赠汝，将所执之舂杵与之可也。"张、柳二人莫敢违逆，将杵臼各携，拜辞真人，同出法门。

柳二谓张大曰："有缘能入法门，三年虽未得一法，能得师父欣喜而回，便大幸了。带此粗重之物到家，成何体面？"张大曰："弃之可也。"二人遂将木杵、石臼一同弃掷山下。

谁知那杵臼一掷落，则发亮光，鸣吼如雷。一起一落，捣山山崩，磕岩岩碎。二人方知是师父赐的法宝，忙去抢在手里，又被翻跳而去。二人便不顾命随之，高岩底壑，滚跌追捉，捉了又走，走了又捉。二人遍身跌破，裂开了几十处，便变几十只眼睛，各头面[①]添出几十眼睛。杵臼仍绕旋不休跳跃，一座大闾山竟被杵臼捣沉水底，变为长江，那长江变为陆地。二人抱住杵臼，惊异复回闾山。

真人曰："因厌烦，特命汝为之。今命汝二人为左右二沙王，把守法门。杵臼赐汝，为捣山破洞之法器。额标三十年一开，至开时，察是诚正之人，即开门与入，毋得混闻。"二沙王领命把守。二人遍身皆眼，上察天文，下察地狱，中见人之肺腑，故使之把门，知人之善恶也。此乃讲"沉闾山浮南台"之古迹，并非妄言。

南台钓龙台原在江心，若非江心，那闽越王余善怎得垂竿钓起白龙耶？今水路虽变陆地，地名仍是不改。自越王山下，东北环东南之铺[②]名，曰霞浦、曰后浦、曰龙江、曰留饭。龙江即白龙江，留饭乃宿客之道头[③]。曰河泊、曰锦江、曰泗洲、曰后洲、曰达道、曰龙津、曰河口，一带地名。至今水部[④]开池[⑤]，尚开出海船大碇[⑥]来。

闲话不表。且说二沙王见岸上一端庄诚正女子来学法，空中有金甲神护

---

① 头面：头和脸。

② 铺：古代驿道上的驿站，十里设一铺。也作为里程单位。

③ 道头：渡口。

④ 水部：福州地名，在今鼓楼区蒙古营一带。

⑤ 开池：开凿鱼塘。

⑥ 碇：船锚。

送，忙报知真人。令开门引进。靖姑见江畔一岩洞，额有字，勒“闾山大法院”五大字，遂入。讵知后面有一人亦来学法，见靖姑入法门内，亦赶来要同入法门。

正是：有缘自会开门待，无分何须赶路来。欲知此人是谁，且听下文分晓。

第二十三回　鬼改法门虎婆游食　妖占商妇元君别师

却说那赶来之人，乃是闽清袁广智也。探知闾山，前来学法，数月无门可入。逐日[①]只在沿江岸上寻访，夜投旅店，天明又至。是日，望见石岸有门开了，有一女投入，忙跑至，门已闭了。额上五大字显然，看之无缝，推之无轮。一转眼，字又无，惟山岩削壁。忿极，不再寻访，奔江南学茅山法[②]去了。

再说长坑鬼与挨拔鬼各走一方。长坑鬼能入水，至闾山门口变为童儿，欲混入法门。二沙王知是非人，拒不与入。鬼怒甚，变复原形，于门外勒有"法门三十年一开"之字，使头顶角尖向十字划添一撇，改作"千"字，以"法门三千年一开"。被内面二沙王得知，取宝杵掷出，逃去了。报知真人，真人曰："启闭由我。改之，俾绝凡俗期望，任之可也。"

再说靖姑入闾山法院，真人悦而收之为徒，遂授以正法。靖姑天性觉悟，闻一知十，真人遂将正法尽数传之。说那长坑鬼乃长坑山之山精（长坑山乃高盖山之支），今人皆认为无常鬼，以头带高冠，故称为长冠鬼，不知乃山之灵气结而成精，乃鬼中最黠也。一乃"挨拔鬼"，今人称"矮八鬼"，不知挨拔山在乌龙江边（乌龙江即西峡江），又名金牛山，山形如牛，上挨磨[③]，下拔犁[④]。山中产白土[⑤]，远观一行似牛挨磨糁下面粉一样[⑥]。山下脚牵引水浒之浮礁，如牛拔犁一般，故名曰挨拔山。此鬼乃感山之盛气成精，亦能变化，在野能挨山[⑦]拔树，在人家能挨墙入房，拔人[⑧]出户。与长坑鬼高大狰狞[⑨]，两角如牛。

---

① 逐日：每天。

② 茅山法：道教的一个门派。茅山：在江苏西南部，有蓬壶、玉柱、华阳三洞，为道教第八洞天。

③ 挨磨：推磨。挨：推。

④ 拔犁：拉犁。拔：拉。

⑤ 白土：白垩。

⑥ 远观一行似牛挨磨糁下面粉一样：远远看去一痕白土如牛拉磨泻下的面粉。

⑦ 挨山：推山。

⑧ 拔人：拉人，掠人。

⑨ 与长坑鬼高大狰狞：与长坑鬼一样高大狰狞。

再说长坑鬼被二沙王掷杵惊走，遇着挨拔鬼，言之曰："陈靖姑去学法回来，必与汝我为难。"挨拔鬼曰："任他去学法，其奈我何?"长坑鬼曰："我们虽是奇能，终不能胜正法，不如避之为上。"挨拔鬼听从，即同齐走去了①。

先说旗山内有一白面虎姆②，在旗山（旗山在郡城西，与鼓山对峙）。未曾与牡虎交合，因感西方太白之精气而成胎，十个月生出女婴孩。虎姆以不同类，不乳哺，亦不伤害，遂弃而去。

有西河（西河即在郡城西方）樵者姓江名业，至山讨柴③。闻呱呱声，见一孩子在草中，脐带犹连胞衣，疑是山下妇女来此偷生的，即将草包裹抱回西河。因无妻，托寄嫂氏代为抚养为女，取名"山育"。以生在山中，故名之也。遂抚养成人，貌极美。一身都无异，惟渐渐长出尾来。代哺之乳母早殁。至十五岁，江业亦亡。江氏无别亲，自以纺织度日。二十岁上便在外游荡，或留便止。若女留之，数日将女咬食走④去。如男人留睡，上床即在，咬食就遁去。

那日由一家门前经过。有三姐妹，因父母不在，倚门盼望，江氏假作娘姨投入⑤。三女盘问无异，信是真姨，款留之。因坐瓮不坐椅，问之，以生板疔⑥答之。至夜四人同榻，江氏与最少女共枕。至半夜，脚尾⑦共枕的两姐妹睡醒，闻江氏口中咯咯之声，问："姨吃何物?"江氏答："瓜子。"姐伸手曰："取几粒同啮。"江氏随递与之，姐接去，觉是人之手指骨节，始知虎精，妹被咬食。两姐妹佯作不知，同起床，假去煮点心与姨食。熬一碗滚油，潜步来泼，而江氏已杳矣，惟床上剩小妹零碎骨肉。此且不表。

再说江南扬州江都县地方，有一家姓杨名世昌。往来湖广，贩卖湖丝。妻沈氏，年十八岁，生的如花似玉。才新婚三个月，便为行商，半载未归。沈氏因在花园楼上倚栏盼望郎回，却被一妖看见。探知其夫名姓，至湖广寻见世昌，看其形容，即变作世昌回来。沈氏不知是假，遂与同衾，那妖无日不对酒作乐。

未数日，其夫回来，进房见妻与人乐顽，怒而问之。那妖反将真世昌打几

① 即同齐走去了：就跟长坑鬼一起逃掉了。走去：逃掉。
② 白面虎姆：白面的雌虎。
③ 至山讨柴：到山上打柴。
④ 走：逃。
⑤ 投入：上门入内。
⑥ 生板疔：臀部生疔疮。
⑦ 脚尾：睡在床的另一头。

掌，拿缚送官究治。诸亲邻察知，俱以先回是假的，后回是真的，同赴县衙辨明。县主穆顺即提两造质讯，两世昌俱上堂，口供皆同，竟讯不出。穆县主无法[1]，且将两世昌收监，发回沈氏，另日再讯。是夜，假世昌遁回，骗沈氏曰："穆县主又讯问了，那后回来的是假，即将他拘禁治罪。放我回来无事。"沈氏亦信为真，是夜仍安乐。

次早，禁子查监，门紧闭，无去[2]一个世昌。大惊，随访问左右邻，皆曰："一个世昌于半夜回家了。"禁子即报与穆县主知之。县主以能遁回，乃是妖怪，不讯自明，令赶拿来治罪。县主一面差人拿捉，一面升堂坐等问究。差役去了一晌，空手回来。

穆县主以差役卖放[3]，怒甚，拍案大骂。拍案一声变作二声，口骂一声变作二句。堂上现出两个县主并坐，差役愕甚，县主犹不知，还在指骂。原差曰："老爷请息怒，自己来先辨真假，再办此案。"县主回看，见一县令如己一般。大惊，忙吩咐退堂。杨世昌暂收班房候审。

遂入后堂。其母见两个儿子进来，拦住门口曰："汝两个都不得进来。我且问汝：我祖贯何处？汝父何名？中进士第几名？说无差者是真的。"那妖知得杨世昌拘留，又不知县令事底，乃又变世昌赶回杨家。

且说县令不见了假的，忙吩咐将真世昌带进。县主谓之曰："那妖人逃去，又是在汝家。汝且不可回去，只恐伤汝性命。本县赏汝白银五两，汝可往别处另求有法术之人捉拿此妖，方能保汝性命。"杨世昌接银拜谢堂前，曰："叫小的何处去寻有法术之人？"只得拜谢县主而去，不敢回家，只在旅店、寺观栖身，随处探访。闻得福州闾山传授正法，若能学得一二，便能收除此妖。

于是赶至福州台江，查问闾山所在。或曰："无踪无迹，空访无益。"或曰："沉在水底，跳入便是。"或曰："未抵山谷，先入鱼腹。"或曰："鱼腹之间即是闾山。"访了三日，查无门路，思："争妻夺田，视死如归。拼此条性命探访，至死方休。"那日到一灵官庙，就在神案前哭诉一遍，至夜宿于神案脚下。至诚感神，那夜，灵官着桃、柳二将托梦谓世昌曰："汝家妖人作祟，占去妻室，汝不必愁苦。某日，下渡陈靖姑初出闾山法门，汝只在岸上等候。求他驱除，保汝一家团圆。切记，切记！"世昌惊醒，只在岸上等候。不表。

却说靖姑在闾山学法，真人爱之，尽将诸法传授。召雷驱电、唤雨呼风、

① 无法：没办法。

② 无去：失去。

③ 卖放：受贿放走人犯。

缩地腾云、移山倒海、斩妖捉鬼、退病除瘟诸法皆学精熟，惟不学扶胎救产、保赤佑童。真人问："何不学？"靖姑曰："不出嫁之室女怎便入人秽室，故不学也。"真人曰："父母命，违之乎？"靖姑曰："有兄弟留养，怎为不孝耶？"真人亦不强之。那日拜师父回家，真人赠宝剑与符，并遣王、杨二太保半空中随护。亲送至法门口，令直遁而去。

靖姑出户，行二十四步，因师父犹在门首，回头顾之曰："师父请进。"真人以手招之曰："且慢，且慢，再学了扶胎救产回去。"靖姑曰："不学。"真人又曰："既决意不学，至二十四岁不可动法器。切记勿忘！"靖姑领命而别。

再说杨世昌日在岸上盼望，并无形迹。一转眼间见一女子，玉肌花貌，仙风道骨，斜背一把宝剑，缓步而来。料是陈靖姑，连忙赶至，向前跪下，泣曰："请大法师留步，代难人去除妖怪。"陈靖姑问曰："汝家在何处？有何妖怪害人？如果是妖怪，不与驱除救难，所学何为？"杨世昌将住址名姓、并妖怪情节诉说详细。靖姑自思：料是长坑、挨拔二鬼在那里害人，未可定得，要去收之。即答曰："吾乃下渡陈靖姑，今闾山才回，未到家见父母，不得同汝就去。今先与汝三张朱符拿回去，至本境焚化一张，本家门前化一张，自带护身一张。奴家回望了父母就到。"即脱下背上小包，解开，取三张朱符交与世昌。吩咐："赶速回扬州，吾随后就来。"世昌接了符，心中大喜而去。靖姑遂回到家中。

正是：妖魔害物终须斩，父母关心[1]要速回。欲知后事如何，且看下文分说。

---

① 关心：挂念在心。

第二十四回　靖姑割肉补父痈母疽　元君救难收猴怪虎婆

却说靖姑学法三年回到家中，见过父母。讵料父陈长者背生痈疮，卧床不起，母葛氏手生疽毒，两人瘦瘠难堪。靖姑跪在床前问安请罪。陈长者一见，怒曰："吾以汝死矣！回家为甚耶？"靖姑泣曰："以金甲神带去闾山学法。既入，无门可出，直待三年始得回来，乞恕不孝之罪！"葛氏曰："吾儿无踪无迹没去三年，今日回来，怎的不喜，而反怒之乎？奈吾儿不从父母之命，拒嫁逃走，体面何存？当日抱汝上轿时，汝父不知被何人背上打一铁杖，把我手肘亦打肿。肿了便溃脓，一个变成背痈，一个变化手疽。延医服药无效，祈神祷佛无灵，银钱用去不少，直至三年。痛苦难堪，二命将丧。吾儿若迟回数日，难见双亲矣，叫汝父焉得不气而骂耶？"靖姑曰："此都是不孝所致。双亲现在所犯之痈疽，不孝自能医治，但祈宽心勿忧！"

陈长者曰："汝不回倒无忧，汝回来忧之更甚，怎说宽心勿忧？"靖姑闻言惊愕，不知所以。长者曰："汝以为我反说[①]耶？再说详细，汝才分晓。那日汝走杳无踪迹，还财礼刘家不肯收回，候着。如汝永不回来便罢，有回来[②]总要娶去。"时常有人来探听，今闻汝回来了，不日又来迎接。那时汝又不上轿，他哪肯将空轿抬回？必定干戈构讼，岂不忧之甚耶？除非汝再去，汝莫管我二个人，凭我[③]死活，也免得担惊受怕。"靖姑闻此语，匍匐在地，冷汗淋漓，泣曰："今不孝改过从命，愿嫁与刘家，不敢执拗，望爹娘恕却前罪！"

葛氏曰："既肯顺从，还有何说？"将女拉起。靖姑曰："不孝原是决意不嫁人的，闾山师父劝之亦不从。今因爹娘说出此话，如再若是，禽兽也。惟求宽容数月，待几处之妖怪收了，再行可乎？"陈长者曰："既过三年了，如肯从，再迟一年半载怎的不可。"

---

① 反说：说反话。

② 有回来：（如果）回来了。有：副词，表肯定语气。

③ 凭我：任我。

靖姑曰："自从不孝去后，双亲卧病，何人料理家务?"葛氏曰："使唤跑走[1]乃安童，当家料理乃二郎守元。他近日亦做道士。"

适二郎至，见靖姑，愕曰："妹一向在何处?访遍无踪，今日哪里回家?"靖姑亦答："以金甲神带去闾山学法，今始回来。多承二哥代妹奉伺双亲，感德不浅。"二郎曰："自家兄妹，感什么德?只是愚兄才学道士，妹在闾山学有妙法，来教愚兄，便了不得矣。"靖姑应承[2]教之。

靖姑遂将父母溃烂之处先用符水洗净，割下自己肩背肉一片贴补父背痈处，又割手肚肉一块补母手疽上，念动真言，摄诀书符，顷刻间两个痈疽痊愈，平复如故，并无痛楚。不待刘家来探，先遣守元往古田报知："靖姑回来了，吉期择迟半年来娶。"刘勋父子，喜而依之。

靖姑因父母既痊，安顿刘家停妥。先往长坑、挨拔二山山洞搜捕无迹，以为走[3]在杨世昌家，遂缩地至扬州江都地方。杨世昌先到二日，已化了朱符，众神只持防接应。靖姑执剑入房，妖不能遁，变一赤毛猴持棒与敌。邪不胜正，奔出房外不见。靖姑放一道神光照之，却是变一大犬，奔不出；令神将捉之，不见。又变一麻雀，飞不能上；又往捉之，却变蛤蟆，伏于地板下，遂获之。仍现出原形，乃一赤毛猴。缚而吊之问讯，乃是千年猴精，名丹霞。穆县主差人来查，要捉去验看。靖姑以不得离开别处，便遁去。穆县主即同母至，各挞责赤毛猴数百消恨。欲延靖姑至衙款待，靖姑不去，遂回衙。

靖姑将杀丹霞，丹霞哀求曰："愿归正，乞饶性命。"靖姑曰："念汝有千年道行，死罪即赐，活罪难饶。"命神将他阉去淫根，以为淫人妻女之报。猴精要命愿阉，改过自新。神将奉令阉去淫根，放之归山修炼。

那沈氏前皆以假为真，今获了现出原形，方知被其冒污。无面见夫，缢死房中。世昌抱尸哀哭曰："不为汝，焉至跋涉长途。今夺回，喜之未了，又自去死。汝即无面见人，我何独存见人耶?"哭罢，亦去上吊。被人知觉救活，又要寻死。着人看守，不得出来相送。

靖姑闻之，问："沈氏死几日了?"答："已死三日，尚未收殓入棺。"靖姑曰："可叫世昌不必死，奴家能活其妻。"随入内房，将沈氏身尸用符水炼度一昼夜，活了，大喊曰："谁把我抬在这里，汝等是何人耶?"众皆以为才醒，其心混乱。靖姑曰："非乱也，夺来的不是本魂。"便问曰："这不是汝家，汝家在

① 使唤跑走：听使唤跑腿。

② 应承：答应，许诺。

③ 走：逃避。

何处?”沈氏答曰：“我乃县宰之女，久病在床，此是阴间耶?”靖姑即令人去查，果本县有一女，病痨年余，不生不死，昨夜气绝。

县主闻知，即遣婢媪去看。沈氏一见便认得，叫其名字，要随回衙，婢媪愕异。靖姑曰：“此乃沈氏死去三天，其魂已杳。将汝小姐之魂夺来投其身，此乃借尸还魂也。如肯仍还杨家为妻，便可先接回相认，再送还杨家作翁婿。如接去不还，我即将汝小姐之魂退归阴司，另夺别魂来附，便与汝无干。”婢媪述其语于县，知县以世昌乃儒裔，亦可为婿，遂许之。即将沈氏接去。见父母及诸大小，称呼不误，识己之房舍并所存物件无差。惟声音是，身体不是，貌比病女更美十倍，父母喜之不胜。

盖穆县官之女病痨卧床已久，不生不死，父母厌之。那猴精得放身，因思县官同母来挞打数百，心中不愿[①]，趁靖姑炼度沈氏身尸时偷入官衙，意将县官及其母摄死[②]，以报此恨。既思：“改邪归正了，不可如此。”遂退出，由病女门前经过，闻内喊曰：“情愿早死，拖拔[③]难受。”丹霞思：“他既爱死[④]，即将他结果，也算消恨。”遂入房摄[⑤]绝其气。魂一离体，即被靖姑夺去附在沈氏之尸。其父母以痨病之女换一整齐之女，如何不喜?仍配世昌为妻，改姓为穆氏。

于是两家均感靖姑恩，再三款留不住。靖姑带丹霞还福州，将猴安放宿猴洞，以听调遣。又去访长坑、挨拔二鬼。

再说那山育江氏假冒人之亲戚，把人吃了一个遁去，远近皆知。无处可往吃人，便落在于山僻处，诱人入深谷啖之。

那日在旗山下，伺有孤客过路，即装作心痛模样。有张、李二少年书生来都城考试。张生先行，看见问之。江氏云：“因去外家[⑥]回来，忽然心痛。惟望君子见怜，念奴家舍在山腰，扶奴家到家，感恩不浅。”张生曰：“男女授受不亲，怎便搀扶?”正说间，李生亦至。问故，生将其情告之。李生一见江氏美丽，魂便迷去了，曰：“救人之危，避什么嫌疑?兄假至诚[⑦]，待弟扶之。古言：救人一命，胜造七级浮屠。”遂将江氏扶上山去，张生只得随行。

李生一面扶行，一面问曰：“小娘子姓甚名谁，家有何人?青春多少，曾否

---

① 不愿：不甘愿。

② 摄死：掐死。

③ 拖拔：拖延。

④ 爱死：要死，想死。

⑤ 摄：通“捏”。

⑥ 外家：娘家。

⑦ 假至诚：假正经。

定聘?”江氏答曰：“姓江名山育，并无父母兄弟，独自一个。年二十二岁，未曾定聘。”李生又问曰：“家住山僻处，只小娘子一人，夜来何人伴睡?”江氏曰：“只要会做人①，怕没人来伴睡耶?”李生闻言，被色所迷，曰：“小娘子果会做人，小生今夜留在伴睡，可使的?”张生在后喝曰：“胡说!”江氏曰：“陪睡怎的不可，还要请入奴家肚里。”李生以为荡妇声口②，接嘴曰：“肚子里肯与小生睡入，就死也愿。”张生大喝曰：“放屁！放屁!”

当时问答几次，不觉行至山谷口。江氏曰：“后随那一人放他自去，汝爱风流，即请入我肚里去。”言讫，变出一只猛虎，踞山谷口立着，张生吓倒。李生跑走，跑至十几步，虎便抓到原处放下；李生又跑去十余步，虎又衔回原处。李生又跑，跑又不能，只满地爬；爬到二三十步，又被拖至原处；又不咬，拿来戏弄，故意被他爬去，又衔回原处来糟跶③。

却说靖姑因访长坑、挨拔二鬼，在空中了望。见旗山谷口有虎精衔人，在那里糟跶，即忙赶至，拔剑斩之。那虎张牙舞爪，咆哮来扑。靖姑将捆妖绳飞去，绊在那虎，仍变为女。令护法神捉前来，问：“是何方妖怪?”江氏跪在地上，泣曰：“奴乃旗山虎生的，于西河江氏抚养。因未遇正人教训，来此伤人。今愿皈依门下，不敢再害生人，乞饶性命。”靖姑曰：“既愿归正，可对天立誓，方可信汝。”江氏遂誓曰：“如再有残害生灵，永坠地狱不起。”靖姑遂解其缚，令作姐妹行，为护法。江氏喜甚。

那李生死里重生，张生惊怕始定。靖姑问曰：“此两位何人，回去罢了。”张生无语，谢了救命之恩，举步将行。李生曰：“小生乃是邻村人氏，与咬与食都愿④，惟七纵七擒不愿。”江氏曰：“不愿怎的?”李生曰：“不愿⑤回去到威武衙门控告，以邪术幻变害人。”靖姑问江氏：“缘何如是?”江氏曰：“因他贪爱风流，将他来戏弄。”靖姑笑曰：“还是妹不该幻术戏人，又将他糟跶。来日把一样东西送他，压压惊，买此心愿⑥。若去告，愚姐亦有不便。”江氏曰：“没有什么东西堪送。”继问：“汝家有何人?”李生答：“有母、妻。”江氏曰：“有母、妻便好，我有孩童将周岁，骨格⑦极贵。明日到西河江家，孩子可与汝抱

① 会做人：善解人意，博取别人好感。
② 荡妇声口：荡妇所说的淫秽隐语。
③ 糟跶：即糟蹋，此处指折磨。
④ 与咬与食都愿：被咬被吃都认了。愿：甘愿。
⑤ 不愿：心有不甘。
⑥ 买此心愿：换取他满意。
⑦ 骨格：相面术语，指与人命运有关的脸骨特征。

回，或作弟，或作子由汝，可好么?”李生因其子才惊风死了，闻言甚喜，遂同张生回去。靖姑令江氏归西河江家修行，有事再调。靖姑别去。

次日，李生果寻至西河江家。江氏果手抱婴儿，生得十分肥白，递与李生。接抱回来，母见之大喜，遂交与媳接乳抚养为孙。至一月后，一夜，其母闻啼声异甚，持灯照看，媳睡未醒，不见孩子，惟一蛇盘绕怀中吃乳。惊甚，呼其媳妇醒来，蛇忽不见。李生忿甚，次日又去西河寻问，惟空屋无人。邻右皆曰:“此女原是山中拾回的虎精，今已得道归正果，凡人哪里寻着?”李生闻此，便不敢与较。

正是:[①] 空想虎婆奶[②]手里有好儿子抱与人。且看下文再说。

---

① 按全书体例，此处应有一个对偶句概括本回内容，原刊脱漏。

② 虎婆奶：民俗信仰的一位专门保佑婴幼儿的女神，其神像的坐骑是一只虎。也就是本章所述虎女江氏山育。婆奶：俗称接生婆。

第二十五回　丹霞棒打夹石精　靖姑法收蜘蛛怪

却说靖姑既收了虎婆江氏，又去访缉长坑、挨拔二鬼。见乌石山有妖气，遂去山下查问过山下人："山上有甚奇异之事?"有人答曰："奇事多矣。有时山缝流出脓血，有时岩隙糁落[1]骨粉，有时闻嬉笑之声，有时听呼号之惨，有时人夹死于岩石，有时气如烟雾，不知是何妖怪。"

靖姑遂寄宿山下人家，改妆作男子，夜来于山前山后闲步歌咏。那夜，月白风清，正在岩畔徘徊，忽闻笑语之声，遂上前。见二青衣女子携手而来，靖姑问曰："二位小娘子，何事至此幽僻夜游耶?"那女子答曰："此乃奴家之山，姐妹二人因'春色恼人眠不得'，故出步月散怀，郎君亦何事至此?"靖姑答曰："良宵美景不可辜负，来游玩。能到贵府一观光否?"女曰："奴家石姓，寒舍即在山上。若不嫌陋室，延至谈叙，则蓬荜生辉矣。"靖姑曰："不知府中还有何人？黑夜进扰，恐有不便。"女曰："一家人皆有事出外，惟留奴二姐妹在家。便留住数日，亦无不便之处。"靖姑自思："是妖无疑。"即曰："如此却好，只是搅扰不当。"

即随二女上山，至凌霄台畔。见其门窦甚狭而扁，须低头入之。二女让靖姑先入，靖姑令先入引导，二女遂入，伸手来牵靖姑。靖姑见内面黑洞洞，谓之曰："初至门户未谙，可赐一火，照我入内。"女曰："有奴姐妹邀带[2]，进入便有火了。"靖姑曰："内既有火，何不取出一照?"一女遂入内取火，一女独守住不去。靖姑曰："小生进内，须几日回去。娘子不须守着，即进去多取灯火来照。"那女亦进内去。

靖姑即密施秘术，先把洞门撑住，使之阖不下。盖此洞别人来看，内皆华屋，惟靖姑见是石窦。二女各持一灯至，靖姑令同伸手来扶。各伸一手，却被靖姑把手同拿住，使拔山之法力施出。二女见来势不好，便喝："合门!"门不

---

① 糁落：（粉末）洒落。

② 邀带：牵手领路。

得合。脱身遁入，靖姑两手只拿二块石头。即拔剑发起神光，随入追之。谁知洞内犹有洞，弯弯曲曲透出[1]城外豹头山，知是石头成精。于宿猿洞调出丹霞，令变为石匠，左手持铁錾，右手捋铁锤，有岩怪异者，便凿打之。

至薛老峰前，有双石并连，似有人形，凿之有血出。遂令尽力再凿。忽双石化为两女，各执短斧。丹霞现出本相，持棒对战。靖姑将剑一指，二女跌倒，仍化为两石，丹震照势打下，火星迸出。靖姑令加草柴，举火来焚，两石复变为女，跪在面前乞饶。愿改邪归正，收为奴婢差遣。

靖姑曰："你受何术，石能化人？实说来，便不斩汝。"二女曰："奴姐妹原属一体，被雷震作两片。遂感两仪之气，钟三山之灵，受日月精华，化为二女。诱人以色，夹[2]食其血。亦思弃邪归正，无门堪投。今遇仙师，情愿作为奴婢。"靖姑曰："吾乃下渡陈靖姑，非是男子。曾受闾山正法，除妖救民。你今既愿归正，可对天立誓方可。"二女遂向天誓曰："皇天在上，念乌石山石夹[3]二女从今改过投诚，如再害人，愿雷火焚粉碎。"靖姑曰："既誓无疑，不必作婢。即为姐妹行，仍在此山修真。惟原洞要毁除填塞，另寻住址可也。"同至凌霄台下，见洞内有几十人干如扁鸭。靖姑问之曰："既化为人，即是同类。将活跳跳的人拿来作榨脯，于心何忍耶？"二女垂头曰："知罪，知罪。"靖姑调遣五丁，将洞门尽行填塞。收退撑门之法，洞门即合，不能再开。今乌石山石天之西，有"石夹庙"；内奉石氏二夫人，乡人称作"石夹奶"。即昔之二姐妹修真处也。

靖姑打发丹霞归隐，自去探访长坑、挨拔二鬼。却闻水口岩角地方有蜘蛛精变化害人，遂至岩角，路遇数人，喊曰："好妖怪。"靖姑疑之，即尾追查问。后行一苍叟曰："老汉张姓。邻翁由岩角地方经过，见山岩上铺匝金丝绣毯，树木间挂满银线珠帘，半空中笙歌嘹亮，深谷宝贝塞满。邻翁以是神仙境界，便回来与儿子说知，欲去山上作神仙，超脱凡尘。只有一子在家，说了便去。子知系妖怪所变，阻不与去，拉之不回。今四子约同去追赶之。"

靖姑一面同行，一面问曰："有此奇异好景，伊子怎知是妖怪？"苍叟答曰："亦有说那岩角出有蜘蛛精。从来未见有甚妖精，其实是仙境，化来度凡人。老汉年过七旬，儿子饭不可食[4]，今跟去看。如果是仙境，亦跟去。"又问曰："此仙境曾见有人入之，亦有人回来否？"又答曰："一入即为仙去了，哪有回

---

① 透出：通到。

② 夹：挤榨。

③ 石夹：也作"石硖"。

④ 儿子饭不能食：俗语，指老人依靠儿子供养，经常要受气。

来?”又问曰：“离此多少路?”答曰：“只在此二三里路。”靖姑查问明白，曰：“奴家先赶那里，候送公公登仙。”

言讫，即缩地到岩角地方。果见对山银丝绕树，金绣铺途，光天耀日，仙境不差。所说那张翁才到，其子犹未赶到。只见那邻翁一步一步缓登山磴，至铺金绣之处即跌了倒，却被金绣将身包住一团如球。靖姑赶近前，用剑斩断金绣，刮破地线，抛离无丝之处。其子方赶至，遥见乃父被丝缠跌，有人持剑解脱之。即奔上山，见乃父遍体皮肤腐烂，如被火烧烫伤一样，呼之不能答应，惟余一气。抱住哀哭。靖姑曰：“不用哭，幸得快一步，毒只伤皮面，尚未攻心。快抬至有水处，待奴家救活方好。”其子将其父扛至溪边，靖姑遂含水一口，喷净毒气，追回元神，邻翁即能言语起坐。其子向前拜谢靖姑，随问名姓，靖姑将名姓乡贯说明。

那后行之苍叟早至，在旁观看。靖姑问曰：“公公曾说要跟去作仙，何以不去，还在此看耶?”那苍叟蹙眉即答曰：“只道是神仙度人，原来是妖怪害命。若非被小姑娘识破，不只老汉一人欲去。还有无数被其骗去死命。今愿请小姑娘到家，让他父子谢谢恩德也。”靖姑曰：“奴家从来不要人谢，今还要去除此妖怪。公公各人快些回去，莫与妖毒冲着，无人再救耶!”其子再三相请不去，只得再行拜谢救命之恩回去了。

靖姑仍往山上访之。至邻翁所跌之处，并无金绣之痕，乃一片荒山，前后都无人烟。再进数步，岩侧忽出一青衣女，疑是妖怪。正欲拔剑化绳捉之，讵料那女更快，手持一球，对面掷来，散开为网，将靖姑网住当中。那时靖姑有法不能施，有剑不能舞。网虽稀如窗棂，其坚过于铁壁，惟口中密念咒语避毒。那妖在旁笑曰：“你是何方人氏，敢来破老娘之法?今收在网内，何不再破之也?”靖姑亦笑曰：“汝网虽厉害，犹不密，手指尤能伸出，破非难也。”遂将指咬破出血，向网孔弹出，化一道血云冲霄而起。

原来闾山拨王、杨二太保带天兵驻扎半空听调。见血云腾空，知靖姑有难，即率领天兵赶至血云之处。见靖姑困于网内。攻破毒网，夺出靖姑。那妖见天兵潮涌而来，寡不敌众，惟满天乱丝缠绊天兵。靖姑飞剑化出三昧真火，乱丝顷刻烧尽。那妖败走，靖姑追赶。那妖又化万万小蜘蛛，漫天盖地乱咬各天兵。靖姑呼一阵旋风，将小蜘蛛万万卷作一团。妖原以一化万，今被旋风卷作一堆，变出一个大蜘蛛。身如斗箩，脚似铁铗，口吐毒气，如飞烟云雾冲来伤人。若是凡人，被毒气一冲，即昏迷倒地。幸众天兵非是凡胎肉体，一时乱刃斫杀。

靖姑剖其胸中，取出一大珠。二太保问：“有何用处?”靖姑曰：“专治诸飞虫，悬于室，蚊蝇绝迹矣。”蜘蛛既灭，随焚其巢，毁灭其迹。令二太保收兵退去，靖姑缩地回家。

收了猴精、虎婆、石夹，除去蜘蛛妖怪，各处皆知。凡有请去退病驱邪，捉鬼夺魂，无不即行。惟妇女胎产，小儿惊风，秽房不去。所行皆起死回生，化悲为喜。堂兄陈守元本是做道士的，他将急救病身之夺魂转竹、过火埕、上刀梯[①]等诀教之，代以应酬各处，亦无不灵验。

适古田刘家遣人送迎娶之日单[②]，吉期即在十日内。靖姑无以再推，父母允许依期迎送。正要打发来人去古田回信，忽有一人撞门而入，跪伏于地哀哭，求请大法姑娘赶去收除一大妖怪，迟则一家性命休矣，号咷不休。靖姑因此情形，不忍置之不去，只得略缓嫁期，俟收除回来，再说过门。

正是：慢抹胭脂来嫁婿，且持宝剑去收妖。且听下文分说。

① 夺魂转竹、过火埕、上刀梯：福州民间常见的巫师治病驱魔法术。

② 日单：男家写在红纸上的结婚日期，送往女家。

第二十六回　忿邪迷求救陈靖姑　施双计石夹挨拔鬼

却说靖姑回来，刘家遣人送日单来迎娶过门，父母依期还亲[①]。忽一人踵门入，请靖姑去除妖怪。靖姑问住何处，名姓情由，那人曰："长乐吴姓，名善。贱内李氏，小儿三都。媳潘氏被妖鬼迷拽不堪，并小儿魇厌将毙，殃及一家。特来求恳大法姑娘前去急救危难，感恩不浅"等情。陈长者同葛氏共出，谓之曰："代人除妖救难，怎敢推辞不去？其奈此女即日要做新娘，出嫁与古田刘家。刘巡检送日单来，人现在未去。不得如命前去，另请别人收除可也。"吴善闻将出阁、不得去，随跪地下哀啼不起，口中吐出鲜血。

靖姑悯之，对双亲曰："见死不救，非仁也。嫁期迟些何妨，救难迟则殆矣。婚期可略缓数日，俟赶去收了妖，回来未迟。"父母曰："已至一至二，今再至三，我不敢说；来人在此，你自去说了。"靖姑遂对刘家来人曰："适遇有人来哀求，往长乐急救灾难，已共见之。今烦汝回去说，往返不过十数天便回。如今到家，不须另择日子，明日就自行到古田。无用来接，决不再延。"那刘家来人怎敢不依，只得回去古田报信。

靖姑又细问吴家所患妖怪来由。吴善遂告曰："儿媳潘氏，现年十九岁，颇有三分容貌。因小儿出外经纪，媳回娘家。那日同三个弟妹在后山园[②]看花，诸弟妹瞥见篱外有一怪鬼，两角赤发，青面獠牙，在篱笆孔里偷看。小弟妹惊死[③]跑走，媳问何事，弟妹指说：'篱外有鬼。'媳回头，见是二十余岁白面少年，自篱笆孔里攒进，便来调戏儿媳。儿媳将跑，脚软不动；将喊，口塞叫不出声，任伊迷弄而去。人众赶至，以姜汤灌醒，抬回夫家。在内房，夜来贱内伴睡。是夜，命媳先上床，贱内关门灭灯。登床不见儿媳，内外寻讨无踪。至次早，脱得赤条条卧在后房草仓内，衣服挂于后园树顶。姜汤灌醒，问之，曰：

---

① 还亲：将已订婚的女儿依双方约定的婚期出嫁。

② 山园：旱作耕地或果园。

③ 惊死：吓坏了。

‘一登床，床里有人等候，被挟去。口仍喊不出声，不知挟至何处，任其糟跶。至天明又挟至一处，心仍明白，惟脚手不能动。’又问：‘是鬼是人?’他答是白面书生。

“至第三夜，房中添八个老妇人，将儿媳围住当中。多点灯火，户添紧加锁，一夜不睡，看再能拽去否。方至定更时候，有一恶鬼由壁缝突入，挨跌[1]诸人，将媳妇由壁缝拔[2]出去。八老妇跌迷不醒。外有数亲戚防护，闻内久无声，疑而敲门，无应。遂撬门入，查媳妇不见。叫醒诸妇，看门壁无缝，不知从何而出，又寻讨无迹。至次早，仰见一人光溜溜仰卧于大房屋脊顶。拿长梯爬上看，乃是媳妇。惊甚，叫老妇设法抱下。数老妇接连扛下，后园寻着衣服，姜汤灌醒。问之，媳应曰：‘昨夜又被挟至后花园，天明挟至屋脊顶。他云：汝防愈密，我放在越暗的所在。’

“自此贱内、各老妇被妖气所侵，皆卧床不起，无人敢护之。备办礼仪祭禳，亦不去。又延道士、和尚驱逐，不但不去，反被其戏弄，奔逃而去。月余，小儿回家得知，忿甚。备刀床头，逞身与媳同卧。谁知此鬼早躲在床里，等二人一登床，即被迷倒，同拽而去。房外亲属敲门无应，知必有异。撬门入视，二人俱无。去寻讨，只见小儿卧在粪池边，头面被扭倒转，面朝后背，脚弯手屈；媳妇赤身露体，挂在后山树上。俱抬回。小儿无药堪治。小儿的头反在背后，惟人尚苏醒。

“无奈与他求和，只得将媳让与安乐，不至再拽往别处。从此渐至亲爱。家中各人教媳套其来历，他遂说出真情。伊说乃是福州挨拔山大王，法力无边。三年前与友长坑王同迷弄一个去闾山学法之女子，却被金甲神护卫，打败逃走。又同长坑王争色，被伊杀走去[3]了等情。因此套出来历出处，托人去福州密查，果有挨拔、长坑二山名。又访得三年前闾山学法惟贵府之大姑娘。学法回来，收了无数妖怪，救了无数性命。因此连夜赶来祷求法力，救难除妖，感大德于生生世世矣。”

陈长者闻此厉害，谓之曰：“今既与伊和了，何又去捉伊?”吴善泣曰：“何曾甘愿与伊和好。因小儿被伊糟蹋至此地步，不得已而权许之，终不两立。今幸访知此怪惟大姑娘收伏得伊。若不怜救，即跳入水，死便休矣!”靖姑曰：“不必如此，所言非妖，乃鬼也。奴家三年前已插簪誓除之，正在各处寻访。若

① 挨跌：推挤倒。

② 拔：拉拽。

③ 杀走去：打跑了。

尊台不来，闻知亦要赶去除之，以报被拦辱之恨。今不可被伊知觉。如被知得，把令媳一同拽去，无处可寻矣。今与汝三张朱符，先回去如此如此，不可漏泄。奴家连步①就到。”吴善喜甚，带了朱符回去。

靖姑召乌石山石夹二女，先授与正术，带剑一把，同到长乐县，先寓别所。吴善到家，将朱符吩咐妻子②，密教如此如此骗之。

那时鬼以和好，日夜在房中与潘氏同饭食。惟潘氏见得，人皆不见。是日潘氏与鬼曰：“妾身有个表妹，生得齐整。闻大王有法力，欲来与大王为妾。不知大王肯收纳否？如肯收纳，今日来此，彼此相见，便入房服侍大王。如不收纳，妾要回话与知。”鬼曰：“伊既有意，怎的不要，快去叫来相见。”

潘氏随出，唤靖姑入内。靖姑假作表妹，石夹二女为婢，跟潘氏入房。报曰：“表妹来了，请大王出相见。”鬼随出来，众共看之乃白面书生。潘氏指靖姑曰：“此即妾之表妹也。既相见了，可请入房饮宴。”靖姑曰：“且慢。还有一个长坑鬼，与挨拔鬼同侣，哪里去了？”那鬼愕曰：“因他无道，被我逐走，不知去向。娇娇怎么认得他？”靖姑曰：“怎的不认得？三年前在福州天宁山，你同长坑鬼欲迷去闾山学法之女，却被金甲神打走，记得否？”

鬼闻言愈愕，把靖姑细看，便认得。知是来除他，便入房内来拽潘氏。那潘氏早被石夹二女携去别处。鬼不见潘氏，怒甚，出来搜索。靖姑犹在那里等之，笑曰：“不见那心爱之人，只在这里，奴家带汝去寻。”靖姑退出门外。鬼知其弄诡存匿，遂现原形，拔庭中柳树连枝为兵器，追打靖姑。靖姑拔剑，一面退走山后，一面用剑指曰：“不须怒，汝心爱之人在岩谷里，可是么？”

鬼回头一看，果见潘氏在岩谷里，又有二美女分立两旁，认得是随从二侍婢。即弃树钻入，欲将三人一同拽去。谁知刚钻入谷口，即被两旁之岩石夹住，不能脱走。原来那座岩石乃靖姑预先变化。令二女将潘氏面向外，坐着作媒③，二女把住两旁。伺鬼半进，化石将伊夹住。

二女之石本来厉害，再加靖姑传授正法，更了不得矣。鬼头露出，浑身夹之将扁，叫喊鬼声不绝。靖姑早将潘氏掣回，笑曰：“挨拔鬼，今日亦遇石夹奶④了。有法术，何不显出走去？”鬼曰：“求快些放松，斫剥都由汝，独此夹罪难受。”靖姑遂呼曰：“二位贤妹，他试我们之刑法了，可放开与他出来再讲。”

---

① 连步：马上。

② 吩咐妻子：交待给妻子。

③ 作媒：当诱饵。

④ 石夹奶：即石夹二女。“奶”是福州话对妇女的尊称。

那石岩即刻分开，将鬼落地，伊手脚共[1]身已扁，一些起动不得，令吴家拨人抬回。男女皆来看，见那鬼样难堪，怎变那样俊俏郎君。鞠问之，曰："你之罪，说亦不尽，惟污人之妇女，比别罪更大。"鬼曰："并无。与长坑鬼名为好色，皆有名无实。"又问："怎说有名无实?"曰："慕其色，亲其体，为将来欲幻为女也。"靖姑暗想："此鬼非半雌，必天阉矣。"又骂曰："虽无淫事，而有淫心。清白妇人被汝迷弄，不玷自玷。我当日若无金甲神之卫，能保清白耶?还将潘氏赤身露体拽于屋上，触秽天地，是谁之咎？亦将鬼体剥皮磔肉，悬于树上，以偿其罪。"遂将挨拔鬼之头斫下，将鬼尸斫粉碎，放火焚化。众观果是天阉。

恶鬼既除，将吴善之子三都，用符焚化于茶汤内，连饮三口，再用净水喷去其妖气。三都即时痊愈如常。所有一家老幼受过妖气侵病者，将符水吞喷，皆应手而愈。惟潘氏被妖挟去各处，如在梦中；后翁姑密教哄鬼，亦照说之，不知可耻；今被符水喷去，妖气全净，如梦大醒。思数次被鬼弄得赤身露体，人众皆看；再看此鬼丑恶，心中悔恨抱愧，无地可容。遂成心病，卧床不起，又求靖姑再行退净。

靖姑入房观之："此乃心病，非邪气所侵也。只须亲人劝解，其病自瘥[2]。"遂由其生母与姑至床前劝之曰："此乃无可奈何。被鬼迷魅，非是汝自己不洁被人所弃，不必如此愧恨。"再三劝解，潘氏仍如是不消。其夫三都至床前骂曰："汝要死，何不死于鬼之前？今鬼既除，人皆知鬼亦半女身。虽拽弄，无遭其污，何必死！汝死，辜负法师姑娘除此鬼之恩，你公公跪门吐血之请，我为汝面目反背之惨，你自细思可负不可负，可死不可死?"潘氏被夫说透，愧恨消去一半，人便精灵[3]，思食起床。

靖姑曰："他已卧床绝食五日，只可慢慢以稀粥灌进，至七日才可复元。"吴家遂将靖姑留住，七日过放回。靖姑遂答应同石氏二女并留七日，连床[4]传授秘诀。才三日，忽有一人赶来，请靖姑急救倒悬之难。

正是：为收挨拔未回去，急救倒悬又赶来。且看下文分解。

---

① 共：和。

② 瘥：（病情）好转。

③ 精灵：有精神。

④ 连床：睡在同一房间内。

第二十七回　蛇精好美色鬼代掳　杞莲因才貌脑几亡

却说靖姑同石氏二女在长乐吴善家才三日，便有一人来，请去急救倒悬之难。靖姑问是何处何难，来人曰："古田刘教谕之子刘杞莲，却被本处临水洞内之蛇精拿去，倒吊洞中取脑食。特来请姑娘赶去急救，迟则不及。"靖姑以为来催回去行嫁，捏出此情。便笑而答曰："救人要全功，再等三四日自回去，何必又赶来七哄八骗？"来人曰："乃是实事，非妄言来骗也。"靖姑曰："即非捏作①，若倒吊，叫你来赶，来往须七八日，亦是吊不活了，赶去何用？只报仇，迟早都可，再过数日再议。"来人再三言之，不肯去。无奈，亦留待之。次早，又有人赶至催之，靖姑仍不去。又有一人飞跑来催。

至第三早②，陈长者同刘教谕亲身赶到，吴善迎入内厅。陈长者进后厅便骂曰："你真糊涂！别人有难来请，你立刻就去。今自己亲夫婿有倒悬之难，来往人来赶还不去。以致我同汝公公亲来，是何道理？"靖姑应曰："女儿以为催赶回去，应日期行嫁；恐女儿不回，捏此话来作弄。今爷爷③自来，果是实事，怎敢不回。不知何处妖怪，因何被拿去倒吊？说明才有头绪。"

当时靖姑同父在后厅讲话，刘教谕在前厅俱已听了，便曰："因那日小儿去书院，同会友作文。回来由临水洞经过，被妖鬼拽入，倒吊洞内，等坠下血脉取脑食。因此急了，无门求救，闻贤媳收除了无数妖鬼，凡有请者必去，故此方敢遣人来惊动。"

靖姑在内问曰："从何而知拿在洞内倒吊取脑？"刘教谕应曰："鬼怪在洞内，外人怎得知之？那日，小儿自早晨去作会文，至次日不见回来。遣小价去书院里查问，道：'于昨夜皆散回去。'随到各亲友家，皆无踪迹。半夜由临水洞回来，有一老翁手持拐杖，似有所候。见小价便问曰：'你可是寻讨汝刘杞莲

---

① 即非捏作：就算你没有胡编乱说。

② 第三早：第三天早晨。

③ 爷爷：称呼父亲。

小相公么?’小价应：‘正是。’老翁曰：‘不用寻了，昨夜由此经过，被鬼拽入洞内，献与蛇精。现在倒吊树上，坠血取脑食。快回去叫人来救，迟恐不及。’小价还要再问，那老翁忽然不见。方知乃土地公来指示。小价回来说知，即去临水洞查探，洞门无甚大，内面黑洞洞，往常洞内喷出气来，人若触着，便发疫疠而死。人皆知内有妖怪，没人敢入。思并无人敢破，惟贤媳有正法能除妖救难。现有长行快轿，祈早登程，赶紧去救为祷也!”

靖姑听了，即转入内对石氏二女曰：“吾妹在此照应潘氏心病，痊愈了回来本山。愚姐即赶去古田急救，外面有问，代应之。”靖姑遂去。

外厅刘教谕俟靖姑，尚未出来，将呼之。吴善曰：“早饭已便[1]，请用了同起程。”便用过早饭，陈长者望内呼之曰：“靖姑快出来，一同赶路。”石氏二女在内应曰：“爷爷，姐姐多早[2]去了。”教谕愣曰：“未见出来，哪里去？由后门去?”二女在内答曰：“此时伊早到了。”刘教谕忙问其故，二女曰：“他能蹴地脉。”又问：“何谓蹴地脉?”答曰：“即遁法也。”教谕大喜，即与吴善辞谢，同陈长者回去了。三四日过，潘氏精神复原，石氏二女遂杳然不见矣。吴家皆以为神，备办礼物，亲至下渡陈家登门拜谢。此且不表。

且说白蛇乃是半茎仙发所变，隐在古田临水洞内。修炼二十年，遂能变化，识字作文。惟变作女，将洞化为屋宇，蛇精化作佳人，引诱男子来迷恋要乐。起先，有男子便引入绸缪，至再有俊秀者进来，便将前之男子食去。再后来者，再将前者又食去了。嗣后，又有才连[3]有貌者，日夜与之饮酒吟诗，以为佳人配才子，如文君之遇相如，永不加害。惟久精血一竭，即被伊食入腹内。再引诱别人，并无一个合式。

再说那长坑鬼同挨拔鬼，因恐靖姑学法回来，必与之为难，走至长乐为祟。后争迷一家女子，遂自相矛盾。长坑鬼与挨拔鬼相争不休，将那女子结果了，走[4]至古田。知临水洞内白蛇精法术高强，投入为之奴隶。蛇精遂留之，令去拽少年美男子。拽来一个，数夜不如意，遂咬食之。数日，长坑鬼又拽一个，又不如意，又食之。责长坑鬼无能，将斥逐出去，长坑鬼便钻头穿缝去寻访。

有一班京戏去福州，过古田演戏。内有一小旦极美。鬼探知其如厕，即迷拽入洞。蛇精合意，令醒。自伪以千金招赘，小旦喜而成就。鬼以有大功索赏，

---

① 已便：已经准备好了。

② 多早：老早。

③ 连：并且，又。

④ 走：跑，逃跑。

蛇精曰："何功耶？"鬼曰："招一宋玉来，不是功耶？"蛇精曰："外是宋玉内不是，勉强纳之，算得甚功？"令再去寻访："要内外俱全一个进来，自有重赏。"

长坑鬼又去寻访，知刘教谕之子刘杞莲才貌双全，常在书房攻书；因奉有文章魁星像，不敢进拽。探侦那日至朋友家作会文[①]，鬼在洞内等候。至定更后，刘杞莲作完会文，带自作的文章散回。至路上，鬼变一苍头，迎曰："刘少相公，家爷命奴婢在此等候少相公进去，借文章一观，还有话说。"杞莲曰："汝家爷何名？"鬼曰："进见便知。"杞莲见门面华丽，遂入之。

鬼带至内厅，灯烛辉煌，鬼曰："少相公在此请坐。文章先借进乞[②]家爷看之，再出来说话。"杞莲即将文章交他。鬼入，见蛇精曰："今引一个来，合娘娘意了。才貌双全，请娘娘先看其内才，再去看其外表。如再不中意，天下亦无处可寻矣。"蛇精接过文章一看，有子建之才。又出去看其人品，真有宋玉之貌。喜之不胜，令鬼出去先说。鬼出曰："家爷看了相公之文章，称羡不已。因小恙不能奉陪，命奴婢[③]对相公说家爷无公子，只有一千金，才貌双全，愿招相公为姑爷。今夜先成就花烛，另日同送回府。即请进内与小姐相会。"杞莲骇曰："你快进去说我有原配，不敢从命。小姐可另择高门，我去矣。"杞莲便走出，鬼拉住曰："来得，去不得。从不从，可进去与小姐当面说。"

杞莲哪里肯入，却被鬼拖入，指蛇精曰："此即小姐，你见了，自去对讲。"杞莲因见其服色，以为真是宦门之千金，向前施礼曰："念刘某已有元配，不敢从命，恕罪，恕罪。"蛇精曰："你要命，便从；不要命，便不从。自思可也。"杞莲曰："不从亲事，怎的便死？"蛇精曰："不从，叫苍头把你倒吊树上，坠下血脉于脑中，取来冲酒食。"鬼问曰："从之好。不从，即动手来吊。"杞莲曰："从是不能。"鬼曰："如此才貌，死亦可惜。"即取出绳，将杞莲头向地、脚朝天倒吊于树。

蛇精思此人才貌难得，不忍舍之。令移岩石，将杞莲之头垫着，半吊半睡[④]，慢慢劝解，仍与饮食。那时杞莲仰卧在岩石上，即置之死地不从，今有些自在，如何肯从。惟缚住不能动，实为难过。连劝三日，仍是不从。蛇精遂带前日迷来戏子，故来调情，使杞莲见之动心，杞莲仍不从。又令鬼拽一男子，

---

① 作会文：准备科考的士子自行组织，定期聚会，同题作八股文，作为一种练习。

② 乞：给。

③ 奴婢：家奴自称。

④ 半吊半睡：下半身吊起，上半身卧地。

故意于面前割肉取脑惊之[1]，杞莲仍不惊，又不从。竟无奈其何，鬼思曰："连此数日，好呆言语不听[2]。不杀食之，还留何用?"蛇精在内应曰："再容伊一天，再如是，先取脑，后杀之。"不觉过了一日，那鬼取斧向前，曰："此一刻再不从，没救耳!"杞莲曰："杀便杀，何必多言，缚住犹难过。"鬼取斧劈脑，忽闻外面天崩地塌之声，鬼丢斧跑进内去。

正是：人脑未破洞先破，鬼怪虽凶天不容。且看下文分解。

① 惊之：吓唬他。

② 好呆言语不听：好说歹说他都听不进。呆：坏。

第二十八回　走蛇男遗应谶后患　救夫婿了洒泡前缘

却说长坑鬼变作苍头，执斧正欲杀害刘杞莲之际，忽闻外面有天崩地塌之声攻入。原来陈靖姑在吴家土遁法到福州，抵宿猿洞，令丹霞同至古田同攻临水洞。调黄、杨二太保带领天兵在外接应，遂攻破洞门。长坑鬼见是靖姑与一红毛猴破洞杀至，忙走入报知，自己由洞后流泉里走去。

蛇精变作三头六臂，手各执刀剑杀出。靖姑令丹霞抵战，引出洞外。自入洞内寻访，见一人倒吊于树下，仰卧石上。迎审之，乃夫婿刘杞莲也。两眼能看人，口能喊叫："贤妹快来救我!"盖杞莲前曾共师同学，一见故识之。靖姑喜曰："还有命。"即将解下，问："能行否?"杞莲应曰："浑身已缚得麻木，焉能行动?"靖姑遂将其扶起，负于背上，将绳连腰缚住，令其手搂紧肩上，不可放松，举剑杀出。

蛇精又变几百蛇兵，将靖姑、丹霞围困当中。黄、杨二太保率天兵至，内外夹攻，把蛇兵杀尽。惟存一三头六臂之蛇精，仍不服输，喷出毒气，黑气迷天障地。靖姑化一道雄黄阵，而黄烟之气冲满天地，蛇之毒气即刻消化。雄黄气冲入蛇精脑，蛇精大败，现出原形，乃一大白蛇，望南逃走。靖姑紧追，蛇化一小丝入水而没。

靖姑仍背夫婿回入临水洞，查看白骨铺地。看此地山明水秀，将来堪为栖隐。谁知尚有一人躲在洞后岩谷内，擒出视之，乃一少年男子，瘦瘠不堪。诘问之，答曰："某姓盛名韬，苏州人，为戏子。来福州做戏，被招引到此内府为婿。不知因何事官兵杀人，家破人亡。小子惊怕，躲在洞后。"

靖姑问曰："你知此家中有几人?"伊应曰："只有小姐、一苍头。"又问曰："此二人今在何处?"答曰："小子在后屋，一闻外面喊叫杀人，便惊去躲，并不知今在何处。"又问曰："你与他为婿多久?"答曰："才月余。"靖姑笑曰："才月余便瘦瘠如此，再月余成枯骨矣，愚哉！此人幸洞破得早，还留三分余气。你今先出外等，我带你同去。"遂放起火焚烧了洞，令黄、杨二太保收回天兵，丹霞仍归本位。分拨停当，仍背着夫婿，带盛韬至刘教谕家。

刘教谕尚未到家，惟朱氏安人出迎。令盛韬在外，靖姑背夫到内厅房，放在长凳上。讵料缚至三日三夜，血凝筋疛[1]麻木，半步不能动。再缚于背上破阵血战，浑身都死[2]，惟存一息。朱氏抱着哭曰：“娇儿被妖迷去，今幸贤媳救回家，命亦将休，把吾贤媳功劳丢在水里[3]。”靖姑劝曰：“婆婆不须惊怕[4]啼哭，还有些气，便无气亦能救活。惟媳妇初来，门路未熟，敢请清水取一碗来，退去妖气便甦。”朱氏忙取一碗清水，靖姑接过。拔剑，脚踏罡斗，口念真言，喷水退消邪气，摄诀夺回元神。杞莲顷刻筋舒骨活，神定眼开，即能落地行动[5]。朱氏大喜，以媳妇真活神仙也。

靖姑以夫婿救回，交还伊母，即欲辞回福州。朱氏拦住曰：“贤哉[6]，你不是刘家之媳妇，乃再造之恩人也。未至便罢，既至，哪有半句话未说就回去之情理也。莫因未过门之媳妇便留不得耶？贤哉前日有言在先：‘自行过来，不用再去迎接。’可有其话否？如无，亦不敢留。若有，总要屈留。”靖姑自思：前乃谈笑，说自行过门，不用来接。岂有刘家不来接自行过门之理？谁知说笑变为真话。既说了，怎收得回，不得不从之矣。

靖姑既留，便不躲避，同朱氏问杞莲在洞内受亏[7]之情形。杞莲犹不知是蛇精，遂将诱进勒赘，宁死不从，倒吊劈脑，遇救等情说了一遍。靖姑闻其中间任诱、任吓、任磨，宁死不从：“果是至诚君子，奴配之不错。”又问曰：“可知是精怪变否？”答曰：“不知。”靖姑笑之。

朱氏曰：“吾儿还不知耶？那屋宇乃临水洞化的，那小姐是白蛇精变的，那苍头亦是鬼变的。吾儿在洞里受苦，家中如何得知？因来福去寻讨，蒙土地公化作老人指点在洞内被其倒吊劈脑情由，故赶去福州请贤媳来救。你爹去请，尚未回来。幸吾儿至诚不从，土地公怜而指点。若好色从之，土地公不指点，被妖鬼怪迷尽，想有命耶？”

杞莲闻此，骇曰：“前以为是人，故死皆不怕。如早知是妖怪变化，先惊[8]死了，虽救亦迟矣。”靖姑笑曰：“与他为婿，死亦未有此等快，只是佳婿变为瘦细。他先招一个旧婿，于洞内搜出，现带在外面。可出去会会，把盘钱赠之，由他自去。”

---

① 筋疛：筋肉痉挛。疛：或作“痀”。

② 死：无知觉。

③ 功劳丢在水里：俗语，功劳付诸东流。

④ 惊怕：害怕。

⑤ 落地行动：下地行走。

⑥ 贤哉：贤媳。应该是“贤钗”的音讹。

⑦ 受亏：受折磨。

⑧ 惊：害怕。

杞莲即出，见一少年甚枯瘠不堪。问之，名盛韬。杞莲将被妖所迷，洞迟破数日皆葬蛇腹等情说知，盛韬闻之亦惊讶不已。杞莲取银赠之，令寻侣自去。盛韬哀求曰："人生路不熟，身力俱无，步不能前。借投几时，体稍壮便去，不敢再扰。"杞莲怜而留之。靖姑得知，谓曰："此人不可留之，留之何耶？"杞莲曰："待其身体稍壮，便叫他去福州搭班①去。"靖姑曰："若此方可。"

三日过，刘勋、陈长者齐到，见子婿已回无恙。问知情由，又惊又喜。遂议："不择日，即明日完成花烛。"家中备办周全。次早，男女冠带出厅拜堂。是夜遂成鸾凤，甚属绸缪亲爱。

靖姑因蛇精、长坑鬼走遁未收，甚属挂心。不料盛韬至刘家调养数日，身体复元，品貌如初，人皆羡其年少丰神。陈长者将纳为螟蛉，靖姑曰："此人外虽秀，内实凶险邪行，将来必不得其死。此处亦不可长留，爹如回去，可带去福州交还戏班，切不可留为弟也，切记。"长者听之，遂不纳。

再数日，长者与姻翁、女婿辞回，带同盛韬至福州。查问当日戏班，因在古田失去小旦，此戏不成班，遂不在福州，回苏州去了。陈长者查知其由，将盛韬带回下渡家中暂住，嘱守元查哪一戏班缺小旦的，可将盛韬搭入。陈二郎因其美，欲诱来学作神公②，同掌道教。盛韬遂入愿学，一学便理会，诸诀皆精。

陈守元竖立道士招牌，自得盛韬，名遂大出。遂与鸡奸，寝食不离。谁知盛韬与蛇交合，其毒收于五内，发于陈守元，通身生出烂疮。此且不表。

再说，长坑鬼由洞后逃走，在水里遇着蛇精。鬼问："胜败如何？"蛇精曰："果厉害，若不是走得快，身分两截矣！今有何处可躲？"鬼曰："且暂躲之，去探故穴有破无破，陈靖姑去否，再来相议③。"鬼去密探明白，回报曰："快走，此处住不得了，洞已焚去。原来那相貌双全者，乃是陈靖姑夫婿，特来救伊夫。就在刘家完亲，不回去了。今同娘娘去福州，长坑山故洞可栖。"蛇精从之，至长坑山，仍变化迷拽害人。此且不表。

再说古田刘杞莲已经中试，以巡检司补用，候了三年，有巡检司缺出④在于罗源。闽王王审知颁给文凭补授，立即赴任。刘杞莲领了文凭，其母随父在古田教谕任内，惟妻随之。供职甚属廉正，只是过于仁慈，案情难于立决。幸靖姑安人在内为师，断皆如神仙。不但代人除鬼怪，尤能佐婿断民情。欲知后事如何，且听下文分晓。

---

① 搭班：加入戏班。

② 神公：跳神的巫师。

③ 相议：商议。

④ 缺出：职位空缺。

第二十九回　刘尚杰检契听书　众乡邻代地添骨

却说刘杞莲为罗源巡检，全藉靖姑陈安人在内为幕宾，诸事听之指点，决断民情，远近无不称为神明察判。

再讲连江[①]有一户姓刘名海福。先在洋船上作水手，后帮梢搭货[②]，遂至自行载货通番[③]。娶妻俞氏，未几年，发至数十万家财。晚年只生一子，知足，不复漂洋。将银尽置田产，皆本乡地场[④]，周围一眼望之不尽，都是刘家田园。海福坐享数年病死。其子名尚杰，生来稳重，惟性至悭吝。父存时犹颇看顾亲友，待至父死，只恐不能守成，口中常念："造城容易守城难，创业容易守业难。"其悭吝愈甚，凡亲友人来，不过一饭而已。或是借贷，一饭皆无[⑤]。乡中人情[⑥]境份[⑦]一概不通，由人背后鄙论，惟一钱是命[⑧]。

那日去田间巡洋[⑨]，有人在田基[⑩]树下讲小说[⑪]，尚杰常来乘凉，亦坐下听。人来串钱[⑫]，尚杰问："要几个钱?"答："只要一文。"又问曰："在我田埂头讲，我未要汝租钱，还来要我听钱[⑬]耶?"众笑曰："听钱且先串来，租钱等会再算去。"内有一人曰："买田未买基，基乃公众的，怎的要租钱耶?"尚杰

---

① 连江：县名，在福州东面。

② 帮梢：附在别人货船上搭乘少量货物。

③ 通番：与国外贸易。

④ 地场：地界。

⑤ 一饭皆无：一顿饭都不给吃。

⑥ 人情：亲友家有红白喜事时送的惯例礼金。

⑦ 境份：为社区公益事务出份子钱。境：里社，以一个民俗信仰的神庙为中心的村落或社区。

⑧ 钱是命：把钱看得像命一样重要。

⑨ 巡洋：巡视稻田灌溉情况。洋：大片的水田。

⑩ 田基：田埂，此处指田埂头。

⑪ 讲小说：说书。

⑫ 串钱：说书人或发起者在演艺中间暂停，向听众收取小费。

⑬ 听钱：说书人向听众收取的小钱。

曰："买田都是连基，哪有买田无基？我今去取契来看。"那人曰："快去取契来看，方不串汝钱。不看契，定要汝一文钱。"尚杰即跑回家中，检出此田契券一大包来，开念与众听。众曰："契既有载[①]连基，所有听钱与租钱对抵，田契不必拿来拿去，请坐下听讲。"尚杰仍将契券拿回家中收存，又赶来听，来回有二里多路，众人笑得腹痛。一钱如命，至此极矣。

值讲书[②]之人所讲，乃梁武帝使第七子绎武为楚王，不恤百姓，惟遍求嬉戏等事。一日游至街中，见有挑卖鳝鱼，内中有一火鳝[③]，说欲买他，叫挑来看。楚王看了说道："人言火鳝鱼入肚不死仍活，今来试之。"令随役数人把卖鳝鱼者拿住，不与动身，伸手向担中将那条火鳝鱼摅[④]来，鱼头向卖鱼人口中塞入，鱼由咽喉入肚中，可怜那卖鱼之人滚跋[⑤]喊痛。须臾，鱼仍由肚内钻出，却活如故，惟卖鱼之人死矣。楚王拍手大笑曰："耳闻不如目见，果有趣之至。"遂笑而去。

如此等类残虐，臣僚无可奈何，遂写本密奏朝廷。帝怒甚，即行飞召回来，严加责斥。不与外藩之任，收禁在内宫。谁知哪里拘得住他，仍偷从后宰门出去嬉游。那日见一人卖豆腐老民，颇像梁武帝，问随从道："此老可像孤之父王么？"随从皆曰："像极。"他喜之曰："既像，恨可消矣。"即令将卖豆腐悄悄带入。

那老者以为唤入买豆腐，跟进后宰门，随入内殿。时武帝在同泰寺念经，后殿空寂。即取出冲天冠、黄龙袍、玉带、皂靴与之穿戴，卖豆腐之人哪敢接穿。从者曰："王爷们因闷，叫汝演戏解闷，自有重赏，不强似沿街叫卖豆腐么？"那老民答："不知曲文套数[⑥]，焉能混演[⑦]耶？"从者曰："令汝妆做皇帝，只定定坐着。王爷妆做臣子，跪着奏事。奏完，汝即答：'孤一时昏昧，听信谗言；过后亦悔，皇儿莫怪。'只须答此四句，就完了一出。下出拍打[⑧]，无言可答，即送汝出去。"

卖豆腐记会此四句熟，遂穿戴冠服，端坐殿上。绎武穿朝衣，执牙笏，趋跪座前，奏曰："启奏父王，臣儿在藩邸谨守法度，并无非礼乱为。父王因何听

---

① 有载：载有，写明。

② 讲书：说书。

③ 火鳝：一种腹部呈紫红色的鳝鱼。

④ 摅：捞取。

⑤ 滚跋：满地打滚。

⑥ 曲文套数：指戏文内容、唱腔和表演动作。

⑦ 混演：乱演。

⑧ 下出拍打：下一场是武打戏。

信谗言，将臣儿召回责骂，不与再为外藩，收禁内苑，是何道理?”卖豆腐答曰：“孤一时昏昧，听信谗言；过后亦悔，皇儿莫怪。”绎武怒曰：“既昏而听谗言，便为不得君父。不打个饱，总难消恨。”即爬起来，将座上卖豆腐老民摄下①，剥去冠袍靴带，便拳踢交加。可怜卖豆腐的打得遍体鳞伤，无孔可钻。打至够了，起又问曰：“下次还听谗言不听?”卖豆腐已不能答应，众随从一齐跪下代答道：“万岁今日受此重伤，下次必不敢再听谗言，求殿下恕之。”绎武曰：“幸诸内侍说情，不然立打死昏君，孤来接位坐朝。今且去罢。”众随从者将卖豆腐的连担拖出，可怜负痛踉跄而去。

绎武将卖豆腐拿来做郎罢②，打个扁饱③，拖出去了。随与众内侍曰：“孤自召回，其怀恨今日方消矣!”无何，梁武帝被侯景所迫，饿死台城。绎武不赴父难，包存祸心，就接父位。不图保国之计，卒被魏兵所杀，江山为陈霸先所有矣。讲书之人只讲此一截，便歇半场。众人听了，骂曰：“此不孝之子能执掌江山？只把数亩田园交与，亦保不住也。”尚杰叹曰：“所怕者，创业容易守业难。”

停一会又讲起，再讲是“沉东京浮福建④”（《石崇传》），中间大意乃石崇早年落魄时，不在山上射雁，便在海中射蚱⑤。那日既射了雁，趁潮涨又落船⑥去射蚱。遂出外洋⑦，霎时怒涛波滚，狂浪拍天，射蚱之舟几遭翻覆。忽见二龙斗于波面，负者奔逃，胜者追之。石崇心忿甚，发一箭射中胜者咽喉，负者转胜，回头将中箭的抓住而下，即刻风恬浪静，石崇遂收船拢岸。次日，又至外岛射蚱，有海卒来邀请石崇至龙宫，报答助箭灭孽之德。留款数日，运无数奇珍异宝回家，因此富致敌国，官至御史。

后与赵王伦斗宝，赵王伦张布幔四十里，珊瑚树高五尺，夜明珠径大三寸；石崇张锦幔四十里，珊瑚树高七尺，夜明珠径大五寸。王伦请客，赏妓女以欢饮，石崇请客杀妓女以侑酒。王伦皆不及，遂浓妆美妾与赛，石崇以绿珠淡妆出见，又不及之。王伦思欲夺绿珠，以“石崇私通外番，欲为不轨”奏至内庭。皇上遂抄没家产，诛戮石崇，绿珠坠楼而死。东海龙王闻报怒甚，令群龙摆尾

① 摄下：抓下来。

② 郎罢：福州方言，指父亲。

③ 打个扁饱：揍扁揍够。

④ 沉东京，浮福建：“东京”指西晋时的洛阳。

⑤ 蚱：海蜇。本字“蛇”。

⑥ 落船：下船。

⑦ 外洋：外海。

翻沉东京，取回宝贝。谁知东京偌大土地，霎时尽变大海。人走得快的，走出界外有命，走迟的，尽为鱼鳖。王伦亦被沉没，惟朝庭遇救，所有库藏尽行归于龙宫。东京一沉，便浮福建。东京、福建互相浮沉，至五百年后，彼此依旧还原矣。讲至此已完，又念尾结四句诗云：龙王一怒鬼神惊，沉却东京浮八闽。待至五百余年后，仍沉福建浮东京。

众人听书歇了，问曰："前讲的梁武帝知是实事。今讲此'沉东京浮福建'，可是实的么？"讲书之人答曰："此都是出经入史的，怎么不真也！"众人又曰："既实无虚，石崇是晋朝人，至此已过五百年数，今年不沉，明年必沉。劝汝们有钱的趁早买好美味食，若不食，至沉时银钱带不去见海龙王了。"内有答曰："我这几家都无现银，只有数亩田园，寻个买主赶卖[1]，去买鸡、鱼、肉、好酒，日夜不断口，食得肥肥胖胖，去见海龙王也体面些。"

众笑曰："知他将沉，谁来买田？就有不知道的人来买，待卖得田来，霎时一沉，依旧食不成。我们无田地的，趁此时即搬家去福州都城住，多少放心。"有几个问曰："福州不是福建耶？"众人道："沉必从海边先沉起，闻已沉了此处，再搬去延、建[2]。福州又沉，再搬去浙江，便稳如泰山矣。"那几个又曰："说得是，几亩田值得几何！性命要紧，赶去搬家，不可'晴时不努力，须待雨临头'。"众人哄然散去。

尚杰闻书中所讲，又闻众人议论，吓得魂不附体，不能爬起。人都散去了，方踉跄回家，日夜忧得饭不入口，睡不合眼。闻路上略有响动，便惊喊曰："沉了，沉了！"随哭曰："我的田园呀！"一面哭，一面跑出望之。一日都有三四次喊哭，夜间有响动亦如是。家中只有母、妻，初不知其故，问只不言。查问耕田长工，始知忧地沉塌至此地步。或向解说："永无是事。"尚杰忧总不解。

诸乡邻闻知，遂聚议道："刘尚杰那日在田基听书，说'沉东京，浮福建'，以为实事。再加人众议论走避，信以为真，现在忧愁欲死。他既悭吝，不近人情，率性去骗他，局得银来分。"众道有理。遂同至刘家，见了尚杰，故意问他："地已将塌，有无料理安顿？"尚杰述以母、妻说"并无是事"之言。诸乡邻曰："昨闻自漳州起，已沉至泉州，将及兴化、福清。他们乃女流之辈，躲在内室，哪里知道？本乡无田地者都已走尽，惟有田地者舍不得走，特来商议设法制度[3]。大郎如舍得产业，亦快快走避。若舍不得，也来一同商议保守，

---

① 赶卖：赶快卖。

② 延、建：延平、建州，即今南平、建瓯，地处闽江上游山区。

③ 制度：应对办法。

如何?”

尚杰答曰：“父亲产业交子守成，要没全没，岂有走避之理?诸位伯叔有何高见，可保万全，望祈指示，晚辈唯命是从。”众曰：“要预备便好极，今来公议。想崩塌必由水边先崩起，可用大高洋木①为椿②，密打入沿海水际作地骨。地有骨了，就坚固紧实，可保不至崩沉。各家之田园，亦来环打密椿，内外皆筋骨，可保万古无失。各家之田地木椿自己料理用度，惟沿海水际须用大高洋，并人工估价须用三千余银，照各家田土科派。通图田土③三分，杂姓仅只一分，其余二分俱系刘大郎的。需银三千，大郎应出二千，只因足下股分最大，并无稍畸轻重④。如肯先交现银二千两，我等再往各家凑交足数，赶去上府⑤买�POS⑥，即速运回，以便兴工。如不甘愿，未敢押勒⑦也。若崩塌性命难保，悔之无及。求大郎筹思。”

尚杰听了，便答曰：“地添骨，极妙方法。列位即管⑧照此行事，小子焉敢不遵！即刻兑出纹银二千两，下午可请人工挑去应用。”众答曰：“‘顺风吹火，用力不多’，怎的不可?只是刻下⑨木料贵极，被下府⑩先买尽。往时一条价值一千钱，今要三千。海边只打一行，田中要打环围，大郎亩数过多，计银亦有几千。但田椿不须太大，每条三四百文便使得，尽一千银为工，以此去买亦够了。”尚杰曰：“要用物件，虽贵何妨。今再兑纹银一千两，相烦列位代劳，人工催便等候。以速为妙，稍或迟延，一经崩塌，人力难施，枉劳心机。”众曰：“银便货来，赶紧兴工料理，十数日必然成功矣。”

众人告辞出门，旋邀⑪人工挑银。声称：“零星小户派捐项下已交足数，大郎银两即交来挑去办理，幸勿自误。”尚杰进内搬银，其母同妻，见历年所积银两一旦视如粪土，竟被恶邻谗言哄骗，谅必局取均分，心中十分痛惜，上前拦阻道：“切不可被人所诈。”尚杰即抓银锭掷中妻额，血流不止。婆、媳二人不

---

① 高洋木：杉木。

② 椿：木桩。

③ 通图田土：整个地图上的耕地。

④ 稍畸轻重：稍微的不公平之处。

⑤ 上府：指地处闽北、闽西山区的延平府、建州府、邵武府和汀州府。

⑥ 樖：“树”的福州方言用字，此处指原木。

⑦ 押勒：强索。

⑧ 即管：只管。

⑨ 刻下：眼下。

⑩ 下府：指福州以南沿海的漳州府、泉州府和兴化府。

⑪ 邀：引领。

复争论，任其所为。银共搬三千交诸乡邻，命人挑去。

过了数日，诸乡邻又说："木料昂贵，无处购买。硬向坐户①求售，惟价贵数倍，海边已起工打桩，派有妥当老者长在督理，不须我们再去弹压。我们在本田中自行料理打桩，代买大郎之木桩已搬运在田间，可着人同去敲打，便万无一失矣。"尚杰听罢，向之言谢不尽。遂日夜在田中赶打木桩，见别人不打桩，问之，人皆哄之曰："海边既固，大丘田②又固，那零星的附着大丘帮固③，何须再打也！"遂信以为实。却原来诸乡邻局出三千银，只买数十条桶把④，不过三四十金，余作大小股分肥矣。

正是：前日一文就是命，今朝百镒不如砖。欲知后事如何，且听下文分解。

---

① 坐户：囤积货物的商家。坐：囤积。
② 大丘：大块的田地。
③ 帮固：随之固定。
④ 桶把：细小木料扎在一起，形成木桶粗细的捆儿。

第三十回　买保地符尚杰重遭哄骗　上天曹银百均暗里挽回

却说众乡邻局骗尚杰三千银，只买数十条桶把柴，尚杰并无疑异，犹称谢不已。但乡邻多人皆知之，人人将尚杰譬如“棕蓑拔一条叽叽叫，全领提去无声”①。惟诸亲友闻之忿甚，会有②几个同至刘家查明因何被人局骗去三千两。多少家财，一回搬去三四千，经得几回搬也？

尚杰曰：“父死时并无存积，至后十余年，自行省吃俭用，始积万余。别事花去便不该，因地将沉，拿出保固父业，便尽亦无怨恨！亲友大小多知地将沉，并无一个来说议设法保全免灾，幸有诸乡邻来商议打椿保护，始得无虞，否则此处多早③变为大海矣。”亲戚笑答曰：“各人住隔远，皆不知有此缘故。若知，多早都来劝阻，何至被人哄骗去许多。今福建乃开天辟地自古有的，上古属七闽荒服，至战国为越王无诸所居，称为闽越，迨汉、晋、唐至今，名虽异，地无增减，哪有‘沉东京，浮福建’之事。被人弄得信信的④，骗了亦罢，不可被人再骗也。”尚杰变色，喝曰：“汝们所说都是宽司马牛之忧⑤，要我父业全行覆没，汝们便欢喜哩。汝说沉不得，那外面响动不是地塌也？”便喝曰：“沉了，沉了！”随号咷大哭曰：“我的田地吓⑥！”一面哭，一面跑出，田中环视不休。

诸亲友始知忧地心魅⑦，将至于癫⑧，难以解劝，遂同入见其母、妻。其母、妻哭曰：“因在外听讲书，被人弄骗地塌，忧愁至此狼狈。再劝解不听，至

---

① 棕蓑拔一条叽叽叫，全领提去无声：俗语，在他的棕蓑上拔一根毛就叽叽叫，整件棕蓑被人提去一声不吭；意为只知斤斤计较，大损失却浑然不觉。领：件。

② 会有：会集。

③ 多早：老早。

④ 信信的：深信不疑。

⑤ 宽司马牛之忧：劝人不必担心忧虑，典出《论语·颜渊》。

⑥ 吓：语气词，通“啊”。

⑦ 心魅：走火入魔。此句说众亲友知道尚杰由于担忧地塌，已经走火入魔了。

⑧ 癫：发疯。

银搬出始来拦阻，便将一大锭银掷来，媳妇之脑浆几被掷出，头血犹肿未消[①]哩！”诸亲曰：“心既魅了，其奈之何！我们且退去，另日再来看罢。”

其母留亲友吃饭，皆不吃而出。齐集粉楼顶[②]吃点心，共十二人。议论道：“人患疯症，正言不听，哄骗便信。众乡邻局骗有味[③]了，又会去骗。我们是至亲，想借厘毫不能够，眼见雪白的银三千被外人骗去，心实不愿。他既开口便骂诸亲友中无一个出头代他设计保护，明日就去捏骗之，亦局数千来分分[④]。肥水不流别人田，无甚罪过。”

众人议定。三日过了，同至刘家，见尚杰曰：“诸亲无一个知地将沉，前日来此方知。回去再查，果然下路[⑤]已沉去数县，众人实在替汝担忧。适遇张天师法官[⑥]至福州，一同去见他，问他：‘会沉至连江么？’他说：‘就沉及。’又问：‘沿海水边并田间俱打有木椿作地骨，可保不沉么？’法官笑曰：‘地深原至万万丈犹不及底，任甚地椿，打及不过一层皮肤。沉由底起，纸岂能包火耶？’由他说得有理，恳求指点，作何方法能保不沉，便多金不惜也。他答：‘肯出五千金，可保一家之田地。’又问：‘肯出。此家之田土极多，有何制度能并保之也？’他答：‘在龙虎山[⑦]带有保地符三张，包管[⑧]不沉。至漳州卖出二张，今只剩一张，快买去贴在门楣，田土虽有万顷，皆保汝不沉。买迟无矣。’问：‘漳州已沉，买有何益？’他答：‘过处皆沉，惟两家买符的田土独如海屿不沉。’

“经访问在漳州来的人，皆说果有是事。即将法官留住福州，会同诸亲友赶来说知。欲买，银兑五千去买来，保全父业。如迟，必被人先买去。”尚杰闻之，喜曰：“此才是亲戚大细[⑨]，肯如此出力访问，保地不沉，刘氏祖宗亦在暗中感激。果有人先买去有应验了，慢说五千，就要一万，亦须向买[⑩]。”

尚杰一面搬银出来，一面吩咐办酒食款待诸亲。母同妻掷怕了，不再行拦阻，惟暗忿心中不讲。酒食撤[⑪]，银亦装便。正要扛抬出门，忽又来一人，背

① 头血犹肿未消：头上血肿还没消。
② 粉楼顶：米粉店的楼上。指亲友出门到饮食店吃点心议事。
③ 有味：指哄骗得手，尝到了甜头，想继续骗。
④ 分分：分一分。
⑤ 下路：指闽南一带。
⑥ 法官：施行请神驱鬼法术的道士。
⑦ 龙虎山：江西道教名山。
⑧ 包管：保证。
⑨ 亲戚大细：亲戚，族人。
⑩ 亦须向买：也要向他买来。
⑪ 酒食撤：酒喝完了。撤：结束。

包袱，汗泻浑身[①]，进门便喊曰：“银且慢去，还有话说。”众共抬头认看，原来乃刘尚杰之母舅俞百均也，众皆败兴手软。盖此人做走乡郎中，惯[②]在江湖。早不来迟不来，刚刚银局过手冲来打叫[③]，兴败手软。内有一人会说话的，曰：“舅，这一向在何处？地孔[④]都寻不见。还不知汝外甥忧地塌几至丧生，诸亲戚不忍旁观，齐来代他商议，设法买张天师符篆来保令甥之田土。银已装便，舅来好极，可同去福州向法官买回，与令甥放心免忧。”百均笑曰：“若不知地沉，因何去龙虎山日夜赶回，气已跑绝。汝们向法官买符，用几多银？”众共答曰：“五千。”百均又笑曰：“怪的是[⑤]，许般贱才到汝等买来[⑥]。”众笑曰：“五千银只买一张，还说贱也。”

众人知他说生冷话[⑦]，将百均扯住边旁，告诉道：“已被外人先局去三千，前一天同来谏之，不听，反骂没一个亲戚出头代为设法。恐被外人再局去，故议论亦来局之。‘肥水不流别人田’。今将银掣出[⑧]，分与舅双股”等情。百均答道：“局此银正该。他是悭吝，亦不错。只是既局，何不多局耶？”众曰：“五千已多，怎敢再多!”百均曰：“汝们都是‘小庙鬼未见大猪头’[⑨]，我去再局出五千，凑成一万，拿出来分，一人才有许多。只是银不可即分，且存留外墙空房，俟一月半月再分可也。”众曰：“不可贪多，‘贪多嚼不烂’，有五千即够了。‘千赊不如一现’[⑩]，今掣出就分，存留必定生变。”百均笑曰：“慢行有步，快着会跌[⑪]。汝们勿急，我自有分寸。今出去都勿言，待我局他。”

盖诸亲惟舅最尊，众人不得不听从之也。尚杰亦至，问曰：“汝们银不抬去买符，在此议甚么？”又谓百均曰：“好个娘舅，外甥苦[⑫]地沉，至无孔钻不来[⑬]。看看今日寻着头路[⑭]，还来则甚？”百均答曰：“吾甥怪舅不来看看，还不

---

① 汗泻浑身：满身大汗。泻：大量出汗。

② 惯：一向。

③ 打叫：喊停。

④ 地孔：地窟窿。

⑤ 怪的是：怪不得。

⑥ 许般贱才到汝等买来：价格那么贱你们才会去买来。许般：那么。

⑦ 生冷话：风凉话。

⑧ 掣出：抽取出去。

⑨ 小庙鬼未见大猪头：俗语，意为没见过大世面。福州习俗用猪头祭鬼神。

⑩ 千赊不如一现：俗语，意思是赊账不可靠。现：现钱。

⑪ 慢行有步，快着会跌：俗语，指稳当才能成事。有步：有步法。快着：（如果）快了。

⑫ 苦：担忧。

⑬ 至无孔钻不来：比喻什么办法都愿意尝试。

⑭ 头路：办法。

知代吾甥跑多少路，干了事来!”尚杰问：“代外甥干何事来?”百均曰：“在建州便知地将沉，独替吾甥忧极。想无别法可施，惟龙虎山张天师可能挽回天意。如来告知吾甥，往返恐来不及，遂径赴江西求天师挽回，保全吾甥之田土勿沉。天师曰：‘此乃天意，难以挽回。’因再三哀恳，始讲曰：‘快运银一万来，转进上天曹使费[①]，先将符板[②]带回，悬挂门首，永保不沉。’因又问曰：‘一万能减少得么?’天师曰：‘如我得之，再少不妨，惟天曹毫厘不能少。’又问曰：‘闻得法官至福建，一张保地符只卖银五千两，何少得对半[③]耶?’天师曰：‘始查知不肖之法官盗去镇地符三张，不通知天曹。人虽买去，惟保一时不沉，过后亦所难免，买却无益。’因说得有理，我就在各乡亲行铺[④]处挪借一万，赶送给天师转进天曹。随交出符板，又吩咐曰：‘去令亲刘家，教他日日以枇杷叶作扇搧，夜以枇杷叶作席睡，口渴以枇杷叶煎汤吃，田间亦以枇杷叶布种。’或问：‘何故如此?’天师答：‘以作标记，至地沉时，诸天将都在云头指挥，独不沉布插枇杷叶之家田土。’我即带符板先赶回，所有挪借各乡亲之银主，着人随后跟来取银。银可兑便一万，待来取去。此符板先叫人拿去悬挂，便稳如泰山矣。”

随在包袱内取出一木牌，大七寸、长尺余，上敕一道朱砂符，写“山海镇”三字，即令人悬挂门楣间。尚杰闻之，喜曰：“一层高过一层，先以打地骨，法官说‘纸包不得火’。以买法官符箓镇保的好，天师又说‘未曾安顿天曹’，更为有理。今银不论，总要妥当，难为舅舅跋涉挪借，安顿妥当，乃万幸之至。今赶紧兑一万与舅，去还乡亲勿迟。”

随进内兑足五千抱出，又欲去抱。百均曰：“已足一万，不须再抱。”尚杰曰：“只五千，哪有一万?”百均曰：“先兑五千抬去凑着，不是一万?”尚杰曰：“此桶内是石头，不是银。”百均讶曰：“怎么是石头?”尚杰即打开曰：“同来看，是石不是石?”将银摅[⑤]出，作石头来乱掷，人幸躲避得快，几被掷出头血。五桶银都摅出半桶，丢满天井，还掷二锭出墙外，被人拾去。百均向拦曰：“果然是石，不是银，勿掷勿掷！恐拌人胶[⑥]。”遂将尚杰扯开，与众人笑曰：“快同去把石头拾起，仍装桶内，待停会抬出倒河里。不拾起，拌人胶，个个必碰跌死。”

---

① 转进上天曹使费：（这钱）转呈上天曹。

② 符板：画了符的板。

③ 对半：一半。

④ 行铺：商行店铺。

⑤ 摅：捞取，此处指从桶内抓出。

⑥ 拌人胶：把人绊倒。胶：脚，本字“骹”。

诸亲即同去抬，装入桶遮盖，扛放房边。尚杰又入内抱出五千。家中哪有许多银桶，连水桶粪桶并取出装尽，都是干草遮蔽，俟江西乡亲着人来取。

尚杰站着看十五桶都扛去，又嘱曰："那五桶是石，可扛倒[①]，不可拌乱[②]。"百均曰："都即扛去，吾甥紧记，不可离枇杷叶也。"尚杰答曰："今就着人去摘，有敢不遵[③]?"尚杰自此以枇杷叶食睡皆然，再插田间，各处枇杷树皆无叶矣。

诸亲留之不住，即辞去。百均不入见姐，亦去。明说都去，暗仍在外面住。只银十五桶寄贮在墙外空房，把门关锁，诸亲画封，百均收锁匙，一日轮派一人看守，待一月后来分。

三日外着人进报："江西有人来，银都取去了。"尚杰闻报喜曰："财去心安乐[④]。"谁知三日内尚杰心犹未定，三日外渐渐开窍。前食不知味，睡不安枕；今食了便睡，睡起便食，无声无气[⑤]。至十四日，忽见书房壁上有字云："杞人忧天忘寝食，尚杰愁地倾家财。"尚杰一看此字，惊喊曰："我刘尚杰怎的霎时间似杞人也?"即跑入内室搬开银柜看，空空底[⑥]。出问母、妻："银哪里去了?"母泣曰："都是汝自搬乞[⑦]乡邻三千，搬乞亲戚五千，搬乞汝舅一万。家中只有这多银，俱已搬空也。"又问曰："缘何不拦阻?"母曰："汝媳妇头血曾被掷出，现今痕犹未消。"又问："谁教枇杷叶作茶食，作扇，作席？书房字何人写?"母曰："不知。独枇杷叶同门楣顶符板是舅舅教的。"

尚杰闻母之说，坐着静思一会，前事都记得。即去将枇杷叶尽行扯碎，符牌劘[⑧]下破毁。捶胸顿足哭曰："别人来局骗就不该了，哪有诸亲戚自家人也来局骗？柜内白银一万是凑田价与人，未来交割的。今银去，田亦去，还要命在世上何用?"即滚天跋地[⑨]而哭。母、妻同工人来抱，劝曰："这是汝一时心混，不听人谏阻。今财虽破，心复精灵，亦大造化[⑩]。如心再混，银再多亦无用矣。"尚杰哪里听劝，仍翻跋不休。

---

① 扛倒：抬去倒。
② 拌乱：搞混乱了。
③ 有敢不遵：哪里敢不遵。
④ 财去心安乐：俗语，谓破财消灾。
⑤ 无声无气：无声无息，指不再疯癫吵闹。
⑥ 空空底：空无一物，一望见底。底：柜底。
⑦ 搬乞：搬给。
⑧ 劘下：捅下来。
⑨ 滚天跋地：呼天抢地，满地打滚。跋：跌。
⑩ 造化：幸运。

诸亲在外守银，闻工人出说："癫愈了，看银失去，翻跋哭银，将欲丧生。"众怒银不早分，欲将银拿去别处。俞百均笑曰："且停一会，待我进去看了出来再说。"百均遂入内问故，母哭曰："家财被没天理的来局骗去，因看银柜空，气了，欲撞死，扯之不住，而今怎处？"尚杰见俞百均，加倍痛哭。

百均笑曰："我道是何事，原来是落水要命，上山要钱[①]。别人骗去不知，我只得汝一万，皆有着落：五千医癫，五千保地沉。"母曰："地沉无是事，癫是他自愈，汝何曾下药来医癫？更有何法能保地？"百均曰："无药愈癫，无法保地，那枇杷叶与牌是谁教耶？"母曰："保地沉不用说，癫就算汝医愈，只教一枇杷叶，银就值一万？"百均曰："就不值一万？依汝说值多少哩？"母曰："只教单方，别人谢礼不过一两八钱，是至亲一厘都不用。"百均笑曰："我早晓得会打覆碗[②]，故银一万未动一厘。"母曰："'财落公子手，米落乞食袋[③]。'不早分散去，还肯拿回头来？"百均笑曰："不一定还都在里面！"

尚杰闻舅说银一万未分散犹在，即停哭问曰："前日进报江西已有人取去了。"百均曰："吾甥且慢哭，同出去看在不在便知也。"尚杰遂不哭，同母妻随舅出看。至墙外边房，百均开锁推门进看，后装之桶银放在门口。尚杰忙揭起草盖，果原银都在。又将照锭点数，并无短少。哭遂转笑。

母见庭边摆五桶，就问曰："此桶内不亦是银也？"百均笑曰："此五桶都是石头，未曾抬去倒。"尚杰又将开看了，便曰："此就是取去买法官符箓之五千原银。"母笑问曰："亦都是银，怎说是石头？"百均答曰："我何曾说，是汝仔[④]说此五桶都是石头，搬丢四处。我恐碰绊人脚跋倒[⑤]，叫人拾起暂贮桶内，停会抬去丢，今日汝怎看是银？"尚杰叹曰："彼时怎的戆忧[⑥]至心混如此地步，把银都作石头一般看，故任人搬去才不心疼。"又将五千照锭点数，少去三锭。百均曰："怎的会少三锭，是汝掷过墙外被人拾去二锭，一锭是取出诸亲戚日夜在此代汝守银房之口粮勤费，可无亏空么？"

尚杰同母与妻喜之甚，曰："银仍归回万五，就无三千亦罢矣，三锭可不计也。"将银仍归原柜。查问局骗缘故，百均曰："若不细说与汝知之，无不以好

---

① 落水要命，上山要钱：俗语，字面意思是落水时为救命不怕花钱，救上岸后又反悔要把钱讨回来。

② 打覆碗：反悔。

③ 财落公子手，米落乞食袋：俗语，钱到纨绔子弟手里，米进乞丐袋子，一去不返。

④ 汝仔：你儿子。

⑤ 跋倒：跌倒。

⑥ 戆忧：愚蠢地担忧。

意为歹意也。我在罗源，忽闻吾甥悭吝，被人哄骗地沉，忧至心混，先被乡邻局去银三千，今又被亲戚局去五千，正言劝之不听，哄骗信以为真，我思若来正言相劝，必亦不听，莫若以骗就骗，把所有家财尽局出寄顿别处，免被外人再局。俟心混医愈，交还原银。

“枇杷叶名无忧扇，作扇扇之，忘忧去虑，煎汤食之，清心顺气，惟此单方可治心混之病。若明言以此治病，吾甥亦不肯信，只得如此设词方信。遂自画符牌赶来，幸至时诸亲戚所局之五千银尚未出屋，即又哄诸亲戚再局多些，匀分才有许多。惟银不许即分，存留后房俟一月后来分。缘此枇杷叶治心混，不过二证[①]便愈。存至一月，吾甥心混必早愈。知悔，定必痛银大哭，便将原物给还，岂不全美！此乃将诈就诈，愈病保财之策，何如？

“惟诸亲戚怨恨我作为，弄[②]他们空想。吾甥前言被乡邻先局三千亦罢，怎肯便罢？来日，做呈状代吾甥官里去告，叫他们乖乖的照数送还，少一厘都不依他。”

母、子、媳闻此缘故，三人皆感其德，即向前跪拜谢之，并问曰：“不知那书房壁上二句诗谁题的？”百均曰：“就是我题的。”尚杰曰：“此二句好极！若不把杞人忧天来对，犹未醒。实舅有回天转地之功，欲报深恩，如同昊天罔极。其诸亲戚也不敢言怪[③]，可同请来，明谢前日来劝解不听之罪。”百均曰：“他们多早跑走，怎敢再来？但吾甥不可再如前之悭吝。闻说众乡人取听书一钱不出，言抱田契来检看，有是事么？[④]”尚杰答曰：“有。”百均曰：“就是不出此一钱，几罄数万家财空。从今可看松[⑤]些，便能保守父之遗业。如再一钱如命，愚舅不能再求做呆侬[⑥]，得罪亲戚大细[⑦]。”尚杰曰：“从今放松，不敢以钱为命。”百均笑曰：“又不可太过，过犹不及，惟中庸可矣。”

随查问头次来局骗银之姓名，做呈状，以谣言吓诈为词，去福州王府控告。却原来诸乡邻之局骗，乃“家神通外鬼”[⑧]，都是众长工出去拔线[⑨]勾通，分银有份。见做呈词欲告，即出去通知。诸乡邻吓甚，即刻会议[⑩]：以闽王威严正

---

① 二证：两剂药服完。
② 弄：作弄。
③ 言怪：责怪。
④ 有是事么：有这事吗。
⑤ 看松：看开，指不可太吝啬。
⑥ 做呆侬：当坏人，指做得罪人的事。
⑦ 亲戚大细：所有老少亲戚。
⑧ 家神通外鬼：俗语，喻内外勾结。
⑨ 拔线：搞鬼，内外勾结。
⑩ 会议：会集在一起商议。

直，明察秋毫，这一告，不但追银，还有重责，顷刻弄家破人亡。遂自己催紧，各吐[1]原分之银还他，免其去告。先使能事的[2]来说，除先代买桶把打田桩外，余下一并缴还。百均令尚杰答以“一概不依，总有三千足银来便罢”。众人无法，只得照股匀赔。有力者犹可，无力者亦要卖子女赔凑归还，方免告发。那诸亲戚皆怨恨百均来打岔，银不得过手；到此时间，众乡邻吞了又吐，还卖子女来赔凑，无不叹羡百均有先见之明。不做呆侬，今日我们亦狐狸尾拖出矣[3]。

正是：“贪”字与“贫”原相似，呆侬方得保周全。欲知后文，且看下文分解。

---

① 吐：退赃。

② 先使能事的：先派会办事的（来说情）。

③ 不做……狐狸尾拖出矣：（即使百均）不做这个坏人，众亲戚局骗的事情终究也要暴露出来。

第三十一回　代娶亲为报保全业产　因搬屋致成错乱姻缘

却说俞百均在连江刘家代外甥治颠[①]保财，事皆全美了，欲辞回罗源，姐同甥再三留之不住。因尚未娶妻，随议代其定聘，百均允之。遂聘定尚杰之族姑刘氏交娘，年二十岁。财礼已过，预择吉日，取三百现银与百均先回罗源置买住屋家私；俟日期至，迎送新人去完毕花烛。

原来百均仍孑然一身，连住屋皆无，尚系寄住人家。许日遂回罗源，正欲买屋置家私[②]，适有一莫姓之旧相好来寻访，约同去建州开药店。他出大本钱，只要百均帮贴[③]三百金便成大店。俞百均喜之，即留住莫姓，待娶了亲同去。所有甥赠之银三百不敢动，另有姐私赠九十金挪来使用。便在溪东地方租一间小屋，约略买些家私。吉期至时，连江送新人交娘刘氏完成花烛。尚未满月，嘱托邻妇照应，即同莫姓伙计起身去建州了。

盖俞百均以娶亲未足一月离开，恐外家不肯，皆秘而不言而去，故连江送亲之人亦不知也。过有月余，尚杰出，见田间尚插有枇杷叶，便想起母舅，即来罗源看视。借问[④]至溪东，只见舅母，不见其舅。问之，始知完亲未满月，即去建州开店，所赠之银都带去做本。屋乃租的，略置数件家私而已。以银拿去开店生活[⑤]，亦是正事；只是屋住临街，混杂不便，欲寻买僻处之屋。随寻溪西地方有极清静一间房屋要卖，价亦不多，遂兑价与之买。

其屋系已租与人居住，其人亦是租此屋来娶亲，娶了亲亦即去做生理[⑥]。今屋中亦只一少妇，要即搬离与买主来住。惟一时无法另租搬往，男人又不在家，无人料理。因查俞百均是租溪东讨亲[⑦]，那屋主亦是今买溪西之原屋主。即与屋主

---

① 颠：通“癫”，指精神错乱。
② 家私：家用器物。
③ 帮贴：附加上。
④ 借问：沿途问路。
⑤ 生活：谋生。
⑥ 做生理：做生意。
⑦ 讨亲：娶亲。

商之，令两家换住，既免别租[①]。彼此只一个妇人，抬来抬去还易，惟家私重物搬来搬去不易。溪东搬至溪西，有外甥代为不难，惟溪西搬至溪东，无男人极难。

随同屋主至溪西屋内，令少妇退避。进看前堵[②]，二张桌，四张椅，一架床，一张几桌，一架衣橱，二张椅头[③]；后堵一小锅灶，一粗桌[④]，一短椅，一碗橱而已。与溪东俞家之家私不多不少，亦都是新作的，彼此借用，何必搬来搬去与脚夫趁钱[⑤]，俟二家男人回来再行搬换。只有被帐、衣服、皮箱、子孙箱[⑥]搭轿抬去。更有祖先[⑦]，两家俱无木主[⑧]，只纸写的，揭之起，不揭亦不妨，俟他夫主回家另写亦可。只人过屋，即明日上吉，彼此进屋罢。少妇答有理。此乃刘尚杰出轿钱，次早东西二妇同时上轿，同时进屋俱未见面。

尚杰代买安静之屋与舅母住，又嘱托邻妇照应，便放心回转连江矣。又月余，俞百均之莫姓伙计自建州来福州置货。俞百均寄有银物与妻，其莫姓不知搬往别处，只认溪东临街之屋。进厅叫："弟妇，俞百均弟有东西寄来，可出来亲交。"那溪西搬来之少妇出接纹银三十两，布被一床，藤枕一个。少妇一面接，一面说："有劳伯伯。奴良人得兴先生在建州可安泰么?"莫姓答："都平安！弟妇家中亦好么?"答曰："都好。"莫姓曰："既都平安，银、物亲见交清，不必托人写回信，我亦要赶开船回去。"茶亦不食，赶下船去了。

那少妇见丈夫许多银寄来，喜甚。原来此少妇亦是连江人，刘氏，名九娘，年二十一岁。所嫁之丈夫姓徐，名得兴，亦孤身一人在邵武建宁县药材店兼作郎中。自幼与连江刘家结姻。因女家屡次催讨[⑨]，竟不回来。此番又寄信[⑩]："不要财礼，情愿奉还；再不回娶，另嫁勿怨"，才肯回来。亦是赶紧草率租屋，买些家私，娶之过门，未满月即去。与百均前后[⑪]，亦寄伙计银三十两，被面一床。其伙计娶亲时曾与之同会同去，今又回来，亦不知换住房屋，只认娶亲时溪西之屋。亦说建宁徐得兴先生寄来，要亲交刘氏先生母[⑫]收接。交娘因名

---

① 既免别租：这样就免得另外去租屋。

② 前堵：前面房间。堵：房间。

③ 椅头：板凳。

④ 粗桌：摆放在厨房里的木桌，通常比较粗陋。

⑤ 趁钱：赚钱。

⑥ 子孙箱：妇女的梳妆镜匣子，本为"镜妆箱"，谐音"子孙箱"以图吉利。

⑦ 更有祖先：再就是祖宗牌位。

⑧ 木主：木质的祖宗神主牌位。

⑨ 催讨：催促成亲。讨：娶。

⑩ 寄信：托人捎话。

⑪ 指徐得兴正巧也在这个时间给妻子捎来钱物。

⑫ 先生母："先生"的配偶。

字、地方不错，遂出接收。亦彼此只问平安，亦未言及换屋之事。交娘即回寄自作绣花瓶口袋一个，伙计要取回信，因地僻无处请人代写。伙计要赶路，亦说亲见亲收，无回信亦可，即去了。彼此两家银物都寄错，皆不知矣。

直至半年，俞百均自建州回来，至罗源溪东已昏暮。认定敲门。内问是谁，答曰："俞百均先生在建州店中回来。"九娘大喜，开了门，进房时已点灯。俞百均相①妇之面颇异，将退出。九娘笑曰："已做一月夫妻，怎的还不认得？人不认得，这被面枕头可是先生买的？"俞百均看了家私②，亦认得手置③，便不疑。随问："还有寄三十两银收否？"九娘答："已收到。"俞百均遂放下包袱，九娘即开看，银有一大包，还有许多绸缎、首饰，喜之不胜。遂并坐床上，九娘笑曰："此枕头一人睡太长，须二人同睡。"于是灭烛登床，效于飞之乐。次早九娘先起，倩④邻人买酒菜煮便，呼俞百均同食，同卧，遂两相亲相爱矣。

那建宁之徐得兴亦不前不后回来，亦只认溪西住屋，便敲门，内问："是谁？"外答："徐得兴在建宁回家。"交娘亦喜，出开门。是时点火⑤时候，得兴牵交娘手进房，交娘看有可疑，便退走。得兴拉住手曰："亲丈夫都不认得，你可是连江刘九娘么？"交娘答："是。"又问曰："既是，便是徐得兴之妻。去年寄银三十两并被面有无收到，绣花瓶口是汝寄去不是？"交娘因见瓶口是亲手作的，始不敢再疑。遂解包袱，亦有许多银两衣服，亦甚喜之。盖九娘、交娘，徐得兴、俞百均，音叫快些相同也。⑥ 于是重行夫妇之礼，两相亲爱。至次日，即有旧友来探望，或来看症⑦，或送猪、羊蹄，连日接得不绝，至将晚才安静。

在房中同交娘饮酒，有隔壁老婆婆看见，便认是徐得兴，但伊妻九娘已搬去溪东，然何又来此冒认新搬来作妻⑧。正要查问，被得兴看见，先问曰："何人？"交娘曰："隔壁婆婆，多承他照应买东西。"得兴立起身曰："难为婆婆，另日再报⑨。今此碗烂羊蹄先捧⑩去食。"随将桌上一大碗羊蹄捧送与接。老婆

① 相：端详。读去声。

② 家私：屋内的家具。九娘问的是床上用品，俞百均误为问家具，因此产生误会。

③ 手置：亲手购置。

④ 倩：雇请。

⑤ 点火：点灯。

⑥ 盖九娘……相同也："九娘"与"交娘"，"徐得兴"和"俞百均"，福州话说得快了，发音很相似。

⑦ 看症：看病。

⑧ 冒认新搬来作妻：冒认这个新搬来的女人为自己的妻子。

⑨ 报：客气话，报答。

⑩ 捧：端（碗）。

婆心中想，若查问，出破诈人妻子，此碗大荤味毛食[①]，不如装作不知；遂将羊蹄接过，道谢捧去了。自此无过二日，非羊蹄即猪蹄，食的好快乐，不来讲破。

那俞百均亦会行医，亦有故友来候，病人来看脉[②]，至夜入房食了便睡。此诸娘[③]本贪懒[④]，彼此换屋并换家私及外甥代之置屋，以为丈夫都知道了，竟不言及。故张三帽戴李四头，钟山妇配萧七夫，皆不知觉也。溪西已被邻人识破，溪东何以无一人知？只因邻妇卧病在床，托买东西的乃邻家之子，年方十余岁，故一时并无人知之。谁知有人见枇杷叶，思想着母舅之恩来了。正是：设使枇杷叶不看，怎令琴瑟弦归原。且看下文如何，再听便晓。

此刘九娘认错婿，与鲁秋胡戏妻相似矣。秋胡娶妻亦未足月去陈国为官，至五年回来。将到家，见一美妇在路旁采桑，秋胡喜谓曰："力田不如见少年，采桑不如见贵郎，我有黄金，若肯与我耍，尽送如何?"妇不受，即由后路而去。秋胡遂至家。见母，取金奉母。母喜，呼妇出见。妇出，秋胡见即桑间所戏之妇也。妇遂责之曰："君见色，弃金忘母，大不孝也。今任君别处再聘名门，妾无面相见。"即去投环死矣。有诗云：

休讶九娘认错使[⑤]，尚有秋胡戏自妻。
秋胡亦已成亲后，何笑九娘事莫稽。

---

① 若查问……：如果去查问，说破他是诈人妻子，这碗好肉就吃不成了。毛食：没得吃。
② 看脉：看病。中医看病需先诊脉。
③ 诸娘：女人。
④ 贪懒：懒散。
⑤ 使：夫婿。福州话"使""婿"同音。

第三十二回　刘巡检判刘九娘第一案　陈安人赠徐得兴四句诗

却说连江之枇杷至隔年再发新叶。刘尚杰那日见孩童摘枇杷叶一枝来戏，又想起母舅，即起身来罗源看视去建宁回来之舅父。遂至罗源溪西俞家，见厅上有郎中看病开方，闪入内房。交娘见是外甥，喜甚。尚杰便问："舅回来否?"交娘答："已回十日矣。"又问："哪里去?"又答曰："进来不看见在厅中与人看病耶?"尚杰曰："已看了，舅不在厅上。"交娘即伸头看了，笑曰："那坐开方的，不是舅是谁?"尚杰看真，那个哪里是舅?

得兴闻声，即放笔进问何人?交娘笑曰："怎的外甥娘舅都不认得?"尚杰讶曰："哪里是我舅?差的多。"得兴亦讶曰："我哪里有外甥?"尚杰问曰："舅母与此人同睡过十夜了?"交娘把头点点。尚杰大喝曰："岂有此理!何处光棍来此诈冒，奸污良家妇女，不扭去报官，岂还了得!"即扯住得兴而去。近邻闻说此是重情，又是新搬来的，不知何故，怎敢拦阻?徐得兴被擒不放，亦曰："好极，同去投官①，看谁假冒!"遂同往巡检司衙门击鼓喊报。

刘巡检令押带东廊候讯。谁知冤家路头窄，又似订约会齐一般。那得兴有堂姑徐氏，出嫁宁德，惯作媒人，数日前到溪东为媒。问知得兴堂侄外出，侄妇搬在此住；至见九娘，留饭食了，说得待侄得兴回来再来看望。此日到溪东，闻得兴已回，遂进徐家寻讨②得兴。九娘指俞百均曰："此个不是汝侄儿耶?"徐氏曰："不是。"九娘便骂曰："认不得侄儿，必是来冒姑诈食③的。"徐氏怒曰："去年在溪西娶汝，过门时汝曾请食酒④，我诈冒谁?为何汝把我侄儿谋死，将奸夫作老公?我外家⑤只有这根苗，被害绝空⑥，肯与汝干休!"

---

① 投官：投案。
② 寻讨：寻找。
③ 冒姑诈食：冒充姑母骗饭吃。
④ 请食酒：请喝喜酒。
⑤ 外家：娘家。
⑥ 绝空：绝嗣。

外面俞百均闻闹入问，九娘答曰：“是汝姑娘[1]，可认[2]否?”徐氏便曰：“汝是何方光棍，敢来诈冒我侄儿?”俞百均被问惊甚，答曰：“我初回时亦有些可疑，将退出，是汝侄妇说不错，留住。问汝侄妇便知。”徐氏喊曰：“此说[3]谋害亲夫、兜留[4]奸夫是实，不去告官[5]，何以伸冤?”徐氏拖不住两个，只拖九娘出街，至巡检衙门喊报。巡检令差押东廊候讯。

那溪西交娘先已疑之，今被外甥识破，悔不该收纳，闭户欲自尽。诸乡邻地保[6]恐伊走脱，有干系乡邻之咎，即踏户[7]进内，将交娘带送至巡检衙门候质。溪东之俞百均思妇既去投官，我不去恐有罪，不若自去投到，随步亦至衙门。刘巡检俱命押东廊。

却说刘巡检闻报此二案重情，不敢即出来坐堂，待靖姑讯之方出坐堂。二案原被告男女共六个，俱押在一堆[8]，一见面都认得。彼此问话，方知外甥代买屋换住，错在男不知情，女不言及。更奇者是交娘与九娘乃本族之姐妹，俞百均与徐得兴乃鼓楼前拾柴配[9]总角之交。一会面时，即何等亲热叙旧。其差役都在听候坐堂，见二案原被告之男女都是至亲故旧，遂谓之曰：“此二案即是一案。既各人自会[10]，中间是何诈冒之处，自行质出分明。上堂即直供，始免动刑。”得兴曰：“此乃异样之奇事，一会着，不审自明。两家乃是认错[11]，都非诈冒。彼此皆新婚，未足一月就分别，面貌都未看真[12]。至隔年回来，不知彼此换屋居住，只认屋，不认人，始至两误。今日若还不被两家亲人来识破了，错到一世亦不知也。”

承差问故，徐得兴遂将前情细告一遍。承差听了，皆笑曰：“哪里有此男女姓名音皆相同，人又颇相似。屋换住不说与男人得知，若无人识破，怎不错至一世也?此乃错误，并非有意，照此供诉亦无甚罪，可放心待讯矣。但那二女

---

① 姑娘：姑母。
② 认：认识。
③ 此说：这么说来。
④ 兜留：主动招留。
⑤ 告官：向官府告发。
⑥ 地保：地方保长。
⑦ 踏户：踹门。
⑧ 一堆：一起。
⑨ 鼓楼前拾柴配：小时一起在福州鼓楼前捡柴火。柴配：刨花、木屑。“配”本字“柿”。
⑩ 自会：自相核对原由。
⑪ 认错：认错了人。
⑫ 看真：看得清楚。

认着族间姐妹，亦无甚异；惟汝二个男人，认着当初福州起①鼓楼时拾柴配之相好。人常言‘鼓楼莫推’②，哪里柴配拾也？”

得兴曰：“实不相瞒，我二人，与他都是十五六岁时，并在福州鼓楼前药材店学艺，日夜无比相爱。遇闽王新建鼓楼，柴配任人拾去，店主亦命我二人日日去拾来炒药起火③。他被木料压死④，抬回店中。我誓他死我亦死，幸渐渐复活。我遂废寝食，日夜服侍。医治过月余始愈，二人加倍亲爱。至三年艺满，各去一方，便寻不得，惟梦想而已。谁知今日不幸之有幸也，得以故旧重逢，虽忧亦喜。

众闻之皆笑曰：“汝二人如此誓同生死，加倍亲爱；今把老婆也来对换，又加一倍亲爱矣。”众皆大笑。又曰：“鼓楼怎的无推？”又曰：“逢柱⑤皆有推，惟鼓楼柱推了，又加斧头撇⑥出水波浪纹以制火。人看凸凸凹凹，就像无推的一样，故人皆言鼓楼柱无推也。”

言讫，老爷坐堂。刘巡检先问两造原告之口供，随问两造被告。男妇将前情据实诉上，细加研讯各无异词，可知实情。刘巡检笑曰：“此乃两家屋搬换住之时不寄信⑦与夫知，故此⑧错误。既是实供，可押在一旁批发。”

刘巡检即退堂进内。须臾，又出坐堂问之曰：“两造皆错误，并非诈冒。若肯自甘和息，免究治罪，就此判断。”徐得兴、俞百均同答曰：“俱已甘愿和息，求免解究。”刘巡检曰：“即俱愿可也。”又问二妇曰：“今准和息，就不究了。惟你二人愿从前夫，愿从后夫？各自说明判回。”

刘九娘忙答曰：“小妇人前夫后夫都要。”巡检笑曰：“夫只有一，哪有二也？”九娘又曰：“前夫乃结发难弃，后夫乃同枕十天，一夜夫妻百夜恩情，故都要也。”刘巡检喝曰：“才说只许一，不许二。”九娘因官发怒，不敢再说，即曰：“要前的罢了。”巡检曰：“认归原配可矣。”又问交娘要哪个，交娘泣曰：“后乃错合，算不得夫，应归原配。本身被污十夜，节既污了，有何面目再见原配，惟一死愿矣。”巡检曰：“此乃一同错认，皆非有意，你夫亦错别人之妻，哪敢独怪汝？”交娘曰：“夫虽不怪，自己羞愧无地，怎敢留在人世耶？”巡检

① 起：建造。

② 鼓楼莫推：俗语，指建鼓楼所用木料没有经过刨光。莫：没有。推：刨。

③ 起火：引火，生火。

④ 压死：被压倒昏迷。

⑤ 逢柱：所有柱子。逢：无管什么，全部。

⑥ 撇：即“劈”字。

⑦ 不寄信：没有托人捎话。

⑧ 故此：因此。

曰："你既知错污，本司之妻能敕净污浊，可送入内衙去敕净。"交娘不肯，巡检令差役押带，交娘遂被押入。刘巡检遂进内衙。

陈安人在屏后皆听明白，退入。见交娘至，又令亦带九娘来一同敕净。二妇共立一排，安人相[1]之，惟笑不言，即取法水以剑诀书符，先喷交娘。欲喷九娘，九娘闪开问曰："小犯妇无污，不须净。"安人遂不与净。即令俱带出堂上候判。

二妇既出，巡检亦出，坐堂问交娘曰："既敕净了，可有面见原配么？"交娘以头点点。巡检曰："既复原配，案可结，免究矣。"即判之曰："刘九娘错认夫，徐得兴错认妻，均是错误，皆非有意，与淫人妻子、妻子淫人者有间。既皆愿息，姑准免究。惟既错不可再错，二妇听归元配领回偕老。二原告能识情由，始得复元，应当奖赏。令俞、徐两家各以金酬谢其甥与姑可也。"

判语既出，各带原妻而散去。刘巡检退堂进内，问妻曰："一妇受敕净，一妇不受敕净，何也？"安人曰："一薰一莸，刘交娘知廉耻说死，诚正愈甚，愧恨难消。敕除却恨心才不言死，肯归原配偕老，无他心也。惟刘九娘不知廉耻，体污自言无污，任他自作自受，惟通知其夫远离可也。观其心性，将来有不毒杀亲夫耶？"陈安人说了，即写四句于花笺内，密封，遣家人交与徐得兴收看。家人遂交与得兴曰："此乃刘爷陈安人密札，看了勿泄。"得兴接入无人处拆看，内云：

"既污不认污，污至交异类。夫若不远离，尸贮箱坛内。"

得兴看了此四句谶，惊甚。暗思：此分明指我妻刘九娘既污犹不认污，其性至淫，必至与异类相交；言我不早避，必至被其谋害。原来九娘有此不堪之处，将来能至于此地步耶！惟安人之遗谶不可不遵防之也。遂将诗密存不泄。

时两家既当堂领回原配，官令酬谢二原告，刘尚杰不肯受酬金，惟两家共送十金与徐氏为酬劳矣。刘尚杰谓俞百均道："舅何必去建州许远[2]地方作生意，今外甥拨一千银与舅，就在近便地方开店，何如？"俞百均喜甚，即与故友徐得兴作伙计，在福州鼓楼前开张药材店。二人各写信与上游[3]，通知旧伙友[4]知之。惟俞百均令算还原本[5]，速寄来凑用。

正是：不因错认糟糠妇，安得重逢肝胆朋？且听下文再说。

---

① 相：端详。读去声。

② 许远：那么远。许：指示代词，那。

③ 上游：指闽江上游。建州（建瓯）、建宁都在闽江上游。

④ 伙友：合伙做生意的同伴。

⑤ 原本：原来投入的本钱。

第三十三回　涧芝痛骂妹承僧唾　靖姑早知妇被狗淫

却说俞百均得外甥拨一千银，在福州鼓楼前开药材店。徐得兴自幼乃肝胆之交，不论有本无本，同未分爨之手足，钱财使用无算①。欲将二家小妇同搬店后居住，得兴遵遗谶，不与九娘搬来。百均遂在罗源寻一所三堵直透②房屋，连家私③器物并买，与九娘搬住，雇一老苍头看门买菜。自即在溪西买二间邻屋，凑成三间，修理添置家私，与交娘住，亦雇妇人煮食看门买菜。有银钱一般分寄。此二家之屋隔离有七里路。百均常有回家，惟得兴一年未回一二次，有到家时，或隔夜④或不隔夜，亦即就去。

初，百均有回家时，必去徐家看望。因九娘一见面便扯入房中不放，百均跑走犹逐⑤，因此不敢再去。九娘久旷，怎不慌似饿鬼？再加无人管束，就至天翻地覆亦莫须有⑥也。

列位，你道九娘是何等人家之女，有此歪邪？不为表出，怎能得知。乃连江儒生刘涧芝之妹，自幼与得兴结姻。父母随亡。年至十八九岁，并无一日在家，惟往各处嬉游。哥嫂不能管束，无奈之何。

刘涧芝常有朋友来往盘桓。那日，朋友买一张画来，看乃一美人搂抱和尚亲嘴调情。上题诗二句："色即是空空是色，卿须怜我我怜卿。"涧芝看了，问何出处。友曰："人皆说鼓山神晏和尚有道行，惟本府⑦不信，令画此和尚与美人调戏狎亵之图，送与题赞甚句，便知有无道行。神晏按图拜题此二句送回，太守看之恂栗，遂不敢再慢⑧。因此传奇，人照样描画来卖。今日遇着，一钱

① 无算：不计较。

② 三堵直透：三间前后相连的房子。堵：隔间。

③ 家私：家具。

④ 隔夜：过夜。

⑤ 百均跑走犹逐：百均脱身跑掉她还要追赶。逐：追赶。

⑥ 亦莫须有：也是可能的。

⑦ 本府：指福州府太守。

⑧ 慢：怠慢。

银买来。”涧芝同友皆羡画之巧，题之妙，赏之不休。

适遇午饭已便，涧芝邀友进后厅饮酒。此图放在桌上未曾收存，被九娘出来展开一会，仍放桌上，进去后厅问曰：“书房桌上那张画图，美人抱着和尚，嘴对嘴作何勾当?”涧芝不答，即出将画收存，又进来。九娘问了又问，涧芝喝骂不去。其友骗之曰：“那女子有病，求和尚甘露。”九娘又问曰：“露在天上，口中哪里来的甘露?”友又骗之曰：“惟和尚修炼过来，不比凡人，口水就是甘露。”九娘曰：“不知和尚口水做得药，小妹一身都是病，快去玉泉寺与和尚讨些来顺顺气。”涧芝喝曰：“敢去不敢去? 如去，活活摄①死。”九娘睨之曰：“敢摄死人，人都不敢嘴对嘴了，独妹对不得?”一面说，一面去了。涧芝叹曰：“只大②犹不知世事③，怎么了局④?”

又一日，涧芝与几个朋友玩笑，将眉抹抹，被九娘遇着。即问：“抹眉是何讲究?”涧芝喝之又不去，九娘总要说了才去。友又骗之曰：“抹嘴是赌博，抹眉毛是食茶，抹鼻是饮酒。”九娘笑曰：“今日又学个乖，抹眉毛是食茶。”

数日过，涧芝不在，书桌柜未锁，被九娘将柜内画图偷出，存囥⑤怀内。出街就是和尚寺⑥，径入后堂。惟一僧徒在内，问：“刘姑娘来这里何事?”九娘曰：“特来求汝和尚一件东西，不知肯不肯?”僧问：“是何东西?”曰：“是甘露。”僧曰：“露是处处有的。”答曰：“名为甘露，实是和尚口水。”其僧曰：“要口水何用?”九娘乃向怀中取图与看。其僧原是色中饿鬼，见此图乃了然。知他自送上门，遂与之玩笑成事。九娘欢喜，自此无日不来就之。和尚嘱曰：“人若问来何事，只说来食茶。”

过数日，九娘来。僧人不在，惟当家在寺。九娘问那一个何在，当家答曰：“出寺去了，小姑娘寻他何事了?”九娘手向眉毛抹抹曰：“讨他此事。”九娘以抹眉为食茶，大错矣。僧笑曰：“眉毛路人人都有，何必寻他?”遂引九娘入于房中狎亵。九娘方知不是食茶，干此之暗号。自此在家早过迟回⑦，处处游荡，人人皆知，号为“上门货”。

其兄刘涧芝闻知，唤至，大加痛骂。九娘曰：“妹哪里知得此，都是哥哥朋

---

① 摄：通“捏”。

② 只大：这么大。只：指示代词，这么，这样。

③ 不知世事：不懂事。

④ 了局：结局，得了。

⑤ 存囥：藏起来。存：通“藏”。囥：本字“园”，《集韵》口浪切，“藏也”。

⑥ 和尚寺：佛寺。

⑦ 早过迟回：早出晚归。过：指外出。

友教导讨甘露、抹眉毛，怎的还骂？”洞芝几乎气死，即将九娘锁禁房内。只关一日夜，脱板栵走去[①]。遍寻无迹，至文昌祠降乩，有诗云：

久旱逢甘雨，他乡遇故知，

洞房花烛夜，金榜题名时。

只此四句，与朋友齐来详解。友曰：“句句皆喜事。人脱走乃是恼事，降乩得此四句，喜事何以详解[②]？”内一友曰：“你们难详，我能详之。”众人问：“怎详？”答曰：“四宗皆喜事，为之四喜，必存四喜之家。只去盘问有人名‘四喜’者，就有着落矣。”众曰：“解的极妙。”即分散去查问。

内有一友，上下人等都交结，乞[③]他查出：四喜乃是犯案之贼，住无定所；新得一妻，在于矮岭内住址栖身，必是九娘。洞芝即同诸友探访。

矮岭隔刘家一十里，即同至岭内，山谷里果有数间小茅屋。时皆少人来往，无从查问。至欲回步，忽一女开门钻出头来，洞芝讶曰：“你不是九娘，怎么走躲在此？”九娘见兄同友寻至，犹不惊愧，徐徐答曰：“被汝关得难受，至夜拔开板栵走出。遇着四喜，跟来玩耍，厌了自然回家，何必寻访。”

原来九娘当夜走出，适四喜在外行窃，遇着问曰：“小娘子，黑夜孤身何往？”九娘答：“被兄嫂磨折[④]难受，欲投人家避难。君是何人，问之什么？”四喜曰：“我是四喜，家中正苦无人作伴，带你去家中作长久聚乐，可好么？”九娘喜甚，即跟四喜进矮岭内茅屋里安顿。作贼之钱容易，饮食俱系丰美，不比儒者居家淡泊。九娘贱淫好食，怎不欢从。

洞芝怒曰：“玩要就跟人走的？”将九娘拖住，带下山来。因无邻居，没人查问。四喜行窃回来，不见九娘，以为奔投别处，无奈之何。正是：贼偷贼，无明白[⑤]也。

洞芝押九娘至家，将伊吊打，总不开声。陈氏曰：“怎不答从今更变？”九娘曰：“更变还早，除非有了老公与我，才变；无老公，打死总不变。”洞芝见说此语，即时锁链[⑥]，遂写书遣人去建宁，书中说不要分毫财礼，叫徐得兴回来赶娶去。此月内再不来娶，另嫁勿怪等语。于是得兴赶回，草率娶之，未足月又去。

那荡妇岂不外交[⑦]，奈无其人。那日，有一挑卖粉担[⑧]放在对门。一孩童递

① 脱板栵走去：卸下墙板逃走了。福州传统木屋以木板为墙。板栵：墙板。走去：逃掉。

② 详解：对求神卜卦所得的签语、梦境等进行的推测解释。

③ 乞：被。

④ 磨折：折磨。

⑤ 贼偷贼，无明白：俗语，意为窃贼相偷，说不清楚。

⑥ 锁链：用铁链锁着。

⑦ 外交：在外找姘夫。

⑧ 卖粉担：挑卖熟粉面的担摊。粉：米粉、粉干等米制面条。

三个钱与之买粉食，那粉担遂泡一碗点粉①，孩童接了举箸将食。那九娘在门口观看，见热粉，遂喝曰："此热②粉敢食，烫死莫可怜。"原来那孩子在家偷钱出来买点心食，正在心虚；忽闻九娘一喝，以是家中人赶来喝骂，粉未食一箸，碗即惊掷落地，人惊跑走去了。卖粉之人不知被九娘喝惊所致，只道打破；以钱既交，碗失手打破，孩子已跑走去亦罢。

时邻妇亦在门观看，不忿，忍而不言。适有卖鸡仔担③经过，邻妇叫放下门前买鸡仔。九娘亦买二头小鸡仔，一手拿一头回家去拿钱。行至自家门口，看见许头街④两狗相对⑤，九娘便立住凝盼不休，至两狗被人赶去看不见了，才移步进内。欲放鸡仔落地，开掌看，鸡仔都是死的，忙拿还鸡担，便骂曰："死鸡仔有敢挑来卖人钱⑥?"卖鸡仔的看了，怒曰："活跳跳⑦拿进去，不知怎样，二头屎都摄出⑧，死了拿来还我。"九娘答曰："并未摄，一拿过手就死，放下地才知。"一个说是摄死，一个说是自死，争之不休。

邻妇算还了鸡仔钱停当，便喝曰："九娘，我亦看见，你立在自己门前，许头街⑨看甚么许好看⑩，把手中鸡仔摄死犹不觉。果是你摄死，快拿钱还人，无瞎闹得去⑪。"九娘被邻妇点着六脉⑫，无敢再争，遂取钱还。鸡担遂去。邻妇谓九娘曰："你青年妇女，行不露裙，笑不露齿才是。怎的别人食粉，使你⑬叫热，致碗打破。街狗相对，使汝用力⑭，把鸡仔摄死。世间有此无定诸娘⑮，失了教训所致。今汝既无亲人，若听我约束，便与你长作邻右不妨。若不听教训，仍前没定，趁早搬去别处，再容你不得也。"

九娘被此等话说，无言可答，只得应曰："听从婆婆教训，不敢再如是耳。"

---

① 泡一碗点粉：盛了一碗米粉。泡：将捞起的米粉泡上汤汁。

② 此热：这么烫。

③ 卖鸡仔担：挑担卖小鸡的贩子。

④ 许头街：街的那一头。许头：那一头。

⑤ 相对：指交合。

⑥ 死鸡仔有敢挑来卖人钱：死的鸡仔敢挑来卖钱。有敢：敢。

⑦ 活跳跳：活奔乱跳。

⑧ 两头屎都摄出：两只小鸡的屎都捏出来。摄：通"捏"。

⑨ 许头街：街的那一头。

⑩ 许好看：那么好看。

⑪ 无瞎闹得去：不是瞎闹就可以蒙混得过去。

⑫ 点着六脉：说中要害。

⑬ 使你：何须你。

⑭ 使汝用力：何须你来用力。

⑮ 无定诸娘：风骚女人。无定：不安分，此处指不守妇道。诸娘：妇女。

邻妇曰："听我教训，我亦无别件教汝，只将三从四德说与汝知，便能定着[①]。"九娘问："何谓三从四德?"邻妇曰："三从者，在家从父，出嫁从夫，夫死从子是也。如上古本国之闽越王，因被南粤王围困，出示曰：谁能杀退南粤王救解重围者，以亲女招之为婿。随有一犬半夜走去咬死南粤王，将头衔回，重围遂解。闽越王不肯失信，即将亲女配犬为妻。那王女才貌俱美，听从父命，纳犬为夫，与犬生子传孙，开枝发叶。现今北岭三姓[②]即是当年之犬种也。此乃在家从父之道也。

"如和氏嫁与鲍宣，父母送妆奁不计其数，和氏随夫挽鹿车归里，悉去服饰，粗布短衣，日间持瓮至园，同夫汲水栽种蔬菜，此乃出嫁从夫之道也。如陶侃之母家贫，因子有朋友来，无以接待，遂剪发卖钱，买酒肴款之，此乃夫死从子之道也。更有四德：妇言、妇工、妇容、妇行。言要稳重，工要勤谨，容要沉肃，行要谨慎。记之勿忘，便为贤妇矣。"

九娘问了，笑曰："多谢婆婆教训，怎敢便忘。"九娘遂进自己家中，夜未黑即闭门去睡了。谁知他听古人之行为，好不学[③]，惟学与犬之王女。以为古人亦与犬交合，即以自家之犬当人，夜夜同床。此妇人之淫荡，不早死何为?大抵人之心也生成[④]，被陈安人靖姑之慧眼一见，就知此妇之无良，故云交及异类也。此一截讲明九娘乃淫奔之女细底[⑤]。

今搬来住屋，丈夫不回来，百均不再至，又无人约束，任此荡妇所为。因屋后临河，聚泊粪船[⑥]，遂选了一个瘌哥[⑦]，一个胡子[⑧]，都是代人撑船的水手，一人过一夜，不断酒肉，皆是倒贴猪哥钱[⑨]。荒淫无忌，人人皆知，直传到千里外。

正是：好事不出门，呆事[⑩]传千里。欲知以后如何，且听下文分解。

---

① 定着：不好动，此处指谨守妇道。

② 北岭三姓：指畲族蓝、钟、雷三姓。北岭：地名，位于福州晋安区北峰一带。

③ 好不学：好的方面不学。

④ 人之心也生成：人的品质是天生的。

⑤ 细底：底细。

⑥ 粪船：入福州城运粪的船。

⑦ 瘌哥：秃头汉子的绰号。

⑧ 胡子：络腮胡须汉子的绰号。

⑨ 倒贴猪哥钱：俗语，指妇女贴钱养情夫。猪哥：奸夫。

⑩ 呆事：坏事。

第三十四回　徐得兴潜杀二奸夫　刘九娘出脱两尸首

却说刘九娘在家中倒贴猪哥钱①，早被西溪刘交娘得知，待俞百均回来，告诉与知。百均不信，出去查访，果有是事。随回福州店中与得兴说：同赶回去，将九娘搬来店后，亦好照管。得兴曰："此淫妇在本乡出丑已甚，再搬至此丢丑，你我连店都开不成。今回自有分寸。"

得兴遂回至罗源，不动声色。至暮潜入邻家，便闻邻人告诉不堪②。因邻家内楼与自己之房楼相连，只隔一板栵③。俟至更静，得兴带刀上楼，将板栵撬开一块，钻入自己房楼上俯瞧之。见九娘与一瘌子在房中对酌，狎亵戏谑，无所不至。饮毕上床，瘌子叫口渴要茶，九娘即去后面厨房泡茶。瘌子辛苦，在床上睡了，鼾声如雷鸣。得兴随带刀溜下来，看定瘌子咽喉横斩一刀，丢在床上，仍赶紧爬上楼俯瞧。有一会，九娘捧茶进房，唤之不醒。持灯照看，咽喉已断，血流满床，惊甚。遍看门又无开，被何人所杀？见刀在手边，想不出因何自刭死，惟尸无处出脱。停思一会，随携二个大皮箱，把衣服倒空，取灶中火灰④来铺底，拿起刀，将床上身尸砍碎，分贮两箱，取铜锁俱锁紧。开后门，把二箱携出，放在路旁。即开门进内慢慢来洗床铺地板。

得兴过楼，仍将板栵闭好。出后门，瞧那二箱放在何处。只见有过江船人解缆，视之甚喜，以贼在人家偷出，遇着人丢下的。一人携一箱上船。邻船闻知，欲来开看何物，其船即刻开离而去。未出港犹不敢开，恐有人来追，至大海始放心，同来把锁开看，二箱都是砍碎人尸首，众皆大惊。幸无人知的，把箱丢落大海去了。

得兴探至船开去，便知必抛去大海灭迹。暗笑此淫妇倒有临时之诡计，惟惜不端之甚。

---

① 倒贴猪哥钱：俗语，指妇女贴钱养奸夫。猪哥：奸夫。

② 不堪：令人丢脸的事。

③ 板栵：木板墙。

④ 火灰：灶中的草木灰。

原来邻人乃单身汉，前后租人叠木料，惟中间楼房自住。亦多在外作工夫①，门常关锁。得兴向借房间，只言夜至侦探隔房作何事动静，并不与知撬板过楼杀奸情事。得兴天明便去别处，至夜带刀又来，才初更便上楼，仍撬开板栵上楼。以奸夫既除，今夜必无。俯瞧，谁知一鸡死，一鸡鸣②，又一个胡子在房中对酌。侧耳听之，胡子曰："瘌子昨夜来，几时去?"九娘曰："昨夜无来。"胡子曰："昨夜应轮他的，怎不来?"九娘曰："昨日有人雇伊撑船去了。"胡子曰："日日都有人叫我撑船，工钱肯出合倍，我不舍汝，等汝丈夫来再去。"九娘答曰："那毛好死③，在外包无数契家妈④，一年未回，一转回亦就去了。我有丈夫就如无丈夫一般，幸得有你来往，若再无些，多早⑤闷死。今有你们，要他何用？等伊回来即杀死，出脱了尸首，跟你去作长久夫妻。好吓⑥?"那胡子喜曰："妙、妙，今先来食个定酒⑦。"二人各饮三杯酒。

九娘问曰："外面人家说什么新文⑧?"胡子曰："山东有一家，因丈夫出外，其妻年少，抱家犬作老公。那日丈夫回来睡在床上，那犬上床，将伊夫咬死。乡邻报官，官来验尸，问及乃家犬咬死。二人同床睡，咬夫不咬妻，必有缘故。以其妻因夫不在，必与犬有暧昧。看那犬肥极，与妇有依依不舍之形。官心中了然，坚讯其妻，用刑始招。即将妇凌迟，犬亦斫颈。所说即此新文也。"胡子说了，即出去小解。九娘闻说，不觉自语曰："我在溪东亦抱犬同睡，造化⑨犬被人杀食去。若在，亦会争风。"胡子进问，九娘转板⑩答曰："问汝再食酒好么?"胡子曰："睡好。"二人遂上床，灯犹未灭。

得兴在楼上听了，心思陈安人果是神女，早知此淫妇交及异类，将来必杀亲夫，色胆果大。昨夜杀却一人不知何人所杀，今夜还敢招淫，并无一点畏心，此妇呆⑪极矣。听见床上无鼻息响声，仍溜下。拔出刀欲并杀之，思不可，只望胡子咽喉尽力一刀。丢了，乃照旧爬上楼。

九娘睡中被胡子破醒⑫，血流满身，忙爬起来，不知何故。携灯一看大惊，

---

① 作工夫：做工，干活。

② 一鸡死，一鸡鸣：俗语：指死一个又来一个。

③ 毛好死：詈语，不得好死。毛：没有，本字"无"。

④ 契家妈：姘妇。

⑤ 多早：老早。

⑥ 好吓：好吗。"吓"是语气词。

⑦ 定酒：定约之酒。

⑧ 新文：新闻。

⑨ 造化：幸好。

⑩ 转板：交谈过程中突然改变想法。

⑪ 呆：坏。

⑫ 破醒：惊醒。

见胡子头落枕下，项骨去半片。思昨夜瘌子一样，不知何人所杀。亦上楼查看，并无动静，竟不可解。又停思一会，取出一空酒坛，仍将尸分解装入坛内。头塞不进，拿棍来敲几下，方塞入。连五脏部装入，一坛满满。取原纸盖坛口，麻索①扎紧，将火灰拌水堆封②坛头，假作一坛老酒。时鸡已鸣，先进洗去血迹，出去前门叫老苍头。

其看门已经换过九个，皆恶其荡秽，惟此老头儿半憨不憨，在此看门买菜。即叫他进来，九娘曰："有一坛老酒，掀起看翻臭不堪③，同汝抬后门被人拾去代倒。"苍头曰："连坛丢去，亦见可惜。"九娘曰："呆坛④要之无用，快来抬去，勿多话。"遂同抬出后门路旁放下，二人即忙走进。苍头又去睡了，九娘始慢慢洗除血迹。

昨夜二个大皮箱甚重，被粪船拾去。溪船⑤二人以为无财气⑥，不能拾得。欲开船时看见此酒坛，即叫船伙计扛拾上船。亦恐被邻船看见，将船开到海中开看，惊甚，亦不敢风动⑦，丢落海中灭迹而去。

得兴又探明，叹曰："果诡计多端！若无陈夫人早赠四句诗，那箱、酒坛是贮我之尸，今幸两个替代去了。可见陈夫人慧眼一看便知。彼时若肯敕净，想必能改邪归正。因不与净，故至如此。今我连杀二人，便够去了心中之气，再杀必不祥，由他去乱作罢了，我且回店再作道理。"

得兴遂至福州，百均问之，遂将所为之事尽情告之。百均讶曰："既闻有杀夫之谋，何又不齐杀之也？"得兴曰："岂不想并杀之也，若并杀，无此安静，将来令其自死可矣。"百均曰："幸黠甚能甚，两次脱却无痕无迹；倘不能出脱，亦不能安静也。"得兴曰："故此杀了奸夫，还去看他如何处置，如不能处置惊走，即再杀伊而后报官。两次既能出脱，且留命与之全尸可也。吾弟常骂吾兄都不回去，有回去不隔夜就来，若不如是远离，那皮箱、酒坛便不是贮二奸夫，乃是贮愚兄之尸也。"百均即问其故，得兴遂取陈安人之锦囊与看。百均看了，问："几时与汝的？"得兴将那九娘不肯与安人敕净，赠此诗之缘由说知。但得兴凡事都说，惟此诗不说，百均至此方知，同感再生之德不已。

正是：不遇异人遗谶语，怎逃淫妇杀亲夫？欲知此九娘如何结果，且看下文分说。

---

① 麻索：麻绳。
② 堆封：用灰泥厚厚地封闭。
③ 翻臭不堪：臭味翻腾不可闻。
④ 呆坛：酿酒至于腐败的坏酒坛。
⑤ 溪船：内河航运的船。
⑥ 财气：发财的福气。
⑦ 风动：张扬开来。

第三十五回 听原由九娘羞死 逢浪子刘氏几亡

却说徐得兴既杀了二奸夫，不杀荡妇；回至店不动声色，仍寄去银物如故，所以九娘不疑是亲夫所杀。此且不表。

先说连江刘涧芝之妻陈氏，因小姑败坏家门，已不胜忿怒；又因九娘出嫁时吵索嫁妆，将椅桌家私打尽方上轿去，故自嫁后，无人去看。陈氏愈加气触①，怒成一病不起。刘涧芝孤身至十几年，因赴都②考试文学得隽，有郑学官以女配之续弦。不取财礼，犹赔妆奁，俟吉日迎娶。

得兴前在外县生理③，与外家④各无来往。后去福州与百均开药铺，涧芝至都考试，尝留歇店中，饯行甚殷，而且皆不言及九娘之事。今因续弦，得兴与百均贺礼比别人加倍。请帖早发，百均守店，交娘不得去，惟得兴、九娘去连江道喜。九娘至此才请回门⑤。新人到门，涧芝与之拜堂合欢成礼，半夜不肯进房，自去别宿。次日得兴问故，涧芝曰："丑女有之，未有此女之异丑也，怎敢拢身。既成礼无敢别说，惟别宿可矣。"得兴笑曰："原来此故，还不知丑妇乃家中之宝。此新人何丑？更有丑者兄未见耶！越丑越是宝，方得同谐到老。弟要寻丑妇，没处讨⑥哩。"

是日请女客，新人出房朝见。席散，新人同新郎入房，诸亲将房门倒扣住，涧芝不得出去，惟与新人对坐。坐至更静，新人郑氏开口问曰："君何嫌弃？"涧芝亦问曰："妇有四德，卿有几德？"郑氏答曰："妇之四德者，妇工、妇容、妇言、妇行。妾之所缺者容也。敢问士有百行，君有几行？"涧芝答曰："皆备。"郑氏曰："百行以德为先，君好色不好德，何谓皆备也？"涧芝语塞，因闻

---

① 气触：心情抑郁成病。

② 都：指闽都福州。

③ 生理：做生意。

④ 外家：岳家。

⑤ 请回门：女子出嫁后第二天，与夫婿同回娘家，娘家设宴请客，称请回门。

⑥ 讨：找。

答此，自己渐知惭恨，不敢再论，遂偕伉俪相敬。

次早，得兴见涧芝喜悦，问其故，涧芝将所问之言告之。得兴答曰："何如？取德不取色，兴邦丧邦在一言之中。"

第三夜，涧芝陪妹夫同妹在内厅夜膳，谈饮至更静。涧芝去料理事，惟九娘陪夫饮。闻说要宰猪，明日还要请客，得兴喊曰："再宰猪，可将头、蹄、大小肠留与我带回罗源去食。"九娘笑骂曰："罗源怕没有，何用此远远带回，要雇人挑也。"得兴答曰："何用雇人挑，带有皮箱来，装入皮箱内，搭放轿后，同汝齐抬回去，岂不便哉？"九娘又骂曰："汝近时怎的这样糊涂，猪肉猪肠都装在皮箱里耶？"得兴睨之曰："人肉人肠都装得皮箱，何独猪肉猪肠便装不得？莫若先将火灰铺底，就不怕血水流出。"九娘闻答此语，面遂失色，一时不能答。

得兴不理，频令斟酒，斟不停歇。因瓶中酒空，再取无酒。得兴取一大缸[①]递与九娘，令去酒坛中舀一碗来凑吃。九娘又骂曰："还说不糊涂，此大碗缸，坛口许多大[②]，怎入得坛中舀酒耶？"得兴又睨之曰："人头许大[③]都装得进坛内，碗怎的入不得耶？来敲炸[④]便塞得进矣！"九娘又闻此言，吓得魂不附体，忙走入内房不出矣。得兴因前后无人，才说此二句敲欺语[⑤]。既点着六脉，失色走躲，酒便不饮，亦出去睡矣。

次早报九娘自吊死房中，皆曰犯鬼[⑥]。亲兄与亲夫无点泪丝，惟诸姐妹哭之曰："不是犯鬼，必是昨夜与丈夫口角才死，可去徐家拍人命[⑦]，与我妹伸冤。"涧芝骂曰："慢道无口舌，即有口舌，吊死刘家，徐家不来刘家拍人命，刘家还敢去徐家拍人命？要拍自拍，拍不得别家也。"

得兴欲备办棺衾，涧芝曰："死在外家[⑧]，应该外家收拾。收拾了，听夫家早晚运回埋葬可也。"遂备棺衾，亦只是草草收贮交还，依夫运回。得兴令且寄顿权屋[⑨]，另日再来运回。遂抬后山岩屋之中寄住。

三日过，诸亲会办酒礼、金银钱纸[⑩]去祭。至权屋，见棺破尸无，吓甚，

---

① 大缸：大碗。也称"碗缸"。

② 许多大：（只有）那么大。

③ 许大：那么大。许：那，那么。

④ 敲炸：敲碎。

⑤ 敲欺语：旁敲侧击的话。

⑥ 犯鬼：出了鬼。

⑦ 拍人命：旧时乡间民俗，因有人不正常死亡，亲友聚集去闹事、讨说法。

⑧ 外家：岳家，女人的娘家。

⑨ 权屋：即丁厝，临时放置棺柩的棚屋。

⑩ 金银钱纸：用作烧化金箔银箔纸钱。

只寻其残尸残肠零星丢去四野。始知夜来被野兽攻破棺木，拖尸擘衾，只遗肠骨也。亲家回来报知，得兴已回去罗源。涧芝以已交还徐家，与刘家无涉，管它乞[1]犬拖去狼擘耶。其零星之残肉，又被鸦啄犬拖尽净矣。

得兴回至罗源家中，辞去苍头，将屋托邻人看管，仍回至店中，将情告知。百均服其胆智无双。欲与再娶，得兴曰："不孝有三，无后为大。总要慢慢来筹选，不要再如是也。"此且不表。

却说永福县[2]北山有一古庙，看庙之人姓吴名长生，妻柯氏。一女名瑚玑，自小生得头尖腹大，肌肤黑如火炭，人见之皆笑曰："不是瑚玑，倒似牛虮。"因此人人皆呼牛虮，盖牛虮者，牛虱也。

牛虮既大，丑得不堪：大腹凸头，深目露齿，仰鼻大口、少发，皮肤黑漆如墨，人望之皆惊而走，多把银钱倒贴，亦无人要。今年三十岁了，其父常骂："既无人要，长留家中何用？再待做大水[3]时推入水中，与流去便干净。"牛虮答曰："怎的无所用，现在庙脊顶他那[4]被风吹去，通乡尚未补做。今与女儿上去坐脊顶，代做他那便有用了，何必待水来流去耶？"长生曰："你面孔与他那无异，要压厝屋脊，由汝去压。不与水流去，与风吹去也是一样。"

牛虮遂取梯爬上脊顶坐下。人本黑甚，身穿黑衣裤，远望之与土烧之他那无异。凡庙屋脊之上他那，乃夏禹时人也。牛虮上去，自说曝[5]要曝干了，才有人要；有金鼓花轿[6]到门，方下来上轿去；无金鼓花轿永不下来。众闻大笑。

果然牛虮风雨日都受得，惟大风雨略避。自此朝食早饭上去，直坐至黑下来食夜饭而睡，以后日日皆如此。邻近乡人知是自愿上去代做他那，无人勒令他的。其远处不知，皆以牛虮生得异丑，至三十岁无人要之为妻。父母欲将推入水中，牛虮走躲屋顶，父母将梯拿去不得下来。坐在屋脊顶既无饭吃，被日晒雨淋，死变他那，长压屋脊。此话一传，遂传至遍郡县矣。

有一青年之光棍，男假女妆[7]，持筐卖花。遇有单居之妇女，便说住处隔远，不敢投宿有男子之家；自取出银钱，买夜膳酒菜，帮宿[8]其家。妇人不知那谋，纳之。至夜膳食中间便说出："永福有女名牛虮，因丑，行年三十岁无人

---

① 乞：被，给。
② 永福县：旧县名，今永泰县。
③ 做大水：发洪水。
④ 他那：庙脊上安装的镇邪陶兽雕饰。
⑤ 曝：晒。
⑥ 金鼓花轿：带鼓吹乐队的新娘轿。金鼓：唢呐。
⑦ 男假女妆：男扮女装。
⑧ 帮宿：在别人家投宿过夜。

要娶，被父母缚在屋脊顶曝干为人干了，还不收，放在屋脊上作他那。想为女在世要生得美好①，切勿生丑②，生美者男子欲求之不得，生丑者求与男子者而不能就，似牛虮一样。但生美者又多不知情趣，辜负其貌，又可惜也。”那妇问曰：“怎见可惜?”光棍曰：“人生易老，花开易谢。有夫在身边亦可，如夫在外，惟空房独守。错过光阴，转眼白发盈头，依旧与曝干之牛虮一般，岂不可惜?”妇女答曰：“此等说来，或夫不在，都要偷汉子才不可惜？被人知着，岂不愧死?”光棍答曰：“怎至人知？若有心想，自有天赐之奇缘，神鬼皆不知也。”妇女被他诱惑，遂启其淫欲。多少节妇，一时都被他勾搭上了。

此光棍一路无忌，游至罗源溪西交娘家中卖花，亦照前自买酒菜同饮。因光棍装束整洁，人皆喜而不疑。至夜饮中间，亦将此言挑之，交娘不答，任之自说完了。那光棍以为如勾搭过妇人一样，不知交娘冰霜自守，诸妇天渊地隔。搂抱上床，交娘以为他酒醉；至现出那话儿，便大喊叫。光棍以手掩住交娘之口，犹能喊叫，急把咽喉摄③得紧紧，始无声息。

有一浣妇在隔房未睡，知留卖花妇在房饮酒。忽闻叫喊声，惊甚。一会无声，知事不好，踏门④进房，那光棍走脱。交娘在床上口沫长流，气才一线。浣妇不知其故，大惊。至前门喊至邻里，以姜汤灌救之，渐回。始知卖花妇是男假女妆，骗人家之妇女。惟交娘不肯从顺喊叫，因被摄，浣妇救迟则一命休矣。就去福州赶回俞百均不及，乡保各人随先至巡检司衙门报告。

正是：浪荡能收免询讯，贞淫始见别薰莸。且听下文分说。

---

① 生得美好：长得漂亮。

② 生丑：长得丑。

③ 摄：通“捏”，掐。

④ 踏门：踹门。

第三十六回　究妖人陈基纳男妾　出罟获得兴娶贤妻

却说刘交娘不从光棍奸诱，被摄几死，乡保赴巡检司衙门报告。刘巡检与陈安人看报单上写：溪西俞百均之妻刘氏交娘，被不知姓名之光棍男假女装，入室强奸；不从喊叫，致将咽喉扼摄，幸浣妇闻喊声踏门进救；光棍走脱，刘氏只存一息等情由。陈安人便记得是认错使[①]案内之交娘，与刘九娘一薰一莸，今日可见矣。只差唤浣妇来问讯，不必带刘氏上堂。

随带浣妇上堂问讯。陈安人撷指点算，此光棍躲在东邻缙绅家。密差浣、役切勿风动[②]，带人悄悄在前后门侦探；有出来，如此如此获之；不可入拿之，恐坏缙绅家风，不雅。浣、差奉命，侦至数日不出来。遂设计诈以刘盐商家之姑娘寄信[③]，叫卖花姑今夜从后门进去买花。托煮饭婆[④]进说。至夜果出，破获到案。

刘巡检坐堂，带上犯人，便骂浣、差曰："本司令你访缉男犯，然何把女来抵塞也？"干役曰："是男不是女。"又问曰："现是女身，怎说男子？"干差曰："外是女，内实是男。"问曰："何由得知？"干役曰："小役拿时已抄过下身，才敢拿到。"刘巡检问此犯人曰："你果是男，非是女？"此时光棍真形已被差役拿出破绽，难以隐瞒，不得不认，答："是男非女。"刘巡检曰："既自认了，可唤俞家浣妇来认，看是卖花投宿之人否？"遂唤浣妇讯之，曰："正是此人。"

那光棍直招曰："名周流，年二十四岁，福清人。假作卖花妇人去生理[⑤]人家，见刘氏美貌，是夜借宿房内求奸。上床喊叫，恐人知闻，摄住咽喉止喊，因人至跑走"等情，共录上口供。刘巡检曰："今只办你此一案，更有以前诱奸过别处妇女不究，惟再问你有几个同伙，从实供来。"周流供曰："只有个表弟，

---

① 认错使：错认夫婿。福州话"使""婿"同音，指丈夫。

② 风动：张扬惊动。

③ 寄信：托带口讯。

④ 煮饭婆：被大户人家雇佣做饭的妇人。

⑤ 生理：做生意。

名叫刘洛，自幼跟随身边，生得清洁[①]，与之缠足、钉耳，年十八岁了，去长乐唤卖珍珠首饰，已隔年余未见，今在长乐否并不知情，余无别个同伙。”

刘巡检便不再讯，退堂入内矣。与陈安人商议此案。若再穷究出许多妇女家，不但妇女无脸，即诸父兄亦沾辱无地[②]。不做男假女装之人详办，只作卖花男子强奸刘氏不遂，摄咽喉止喊痛之切结[③]。由此办理：与该犯通知，以重作轻，复回男装；即同口供浣妇详办。以刘氏交娘伤喉未愈，不得并送。惟二人解送至福建王府，闽王照依详办理。即将强奸行凶之犯周流一名斩首示众，余发回释放。

刘巡检即办结此案，来查拿伙党。陈安人撷指点算，还有妖人刘洛犹在长乐县中一松三桂二水井乡绅家。即修书与长乐县访拿净除，又令简切办理，勿究牵连，不雅。该县接有书信，差役查访。城内有一株松、三株桂、双水井，惟独姓陈名基监生家中才有，余无之。察访并无卖珍珠首饰之人，只有新纳一个小妾，名洛霞。该差役与一干媪[④]有瓜葛之亲，访之，始知始末情由。知此妖人刘洛，十八岁，生得极美，常持首饰入陈监生家卖。该监生陈基妻故，只有一妾，名巧霞，亦美。刘洛数欲借宿房内，巧霞以夫在家不敢留住，俟夫不在留之同宿。

讵陈基已见刘洛，早慕之。遂与巧霞相议留之同宿，须如此如此抽换，必能到手。巧霞遂留之同宿，刘洛甚喜。至夜膳毕，同入房中，巧霞令刘洛先上床，巧霞乃灭灯，忽曰：“后房门未关。”即出去，陈基换进上床。刘洛以是巧霞，暗中彼此摸索。陈基喊曰：“有如此胆大，还了得?”巧霞在外听喊，以是刘洛不从，持灯进问。陈基下床，叹曰：“原来以男假女，今日天不容奸盗，被我知破，明日送官究治斫头。”

刘洛即下床哀求饶命，若不送官，愿作犬马报答再生之德。陈基因其哀恳，又怜惜之，问曰：“汝何名姓，居住何处？同伙几人，做有[⑤]几次？且实说了再议。”刘洛曰：“福清人，姓刘名洛。自幼失父母，并无别亲，依傍表兄周流过日。因表兄假女卖花得钱容易，亦将小人改妆。先以卖花，后遇一小姐利赠本钱，才卖首饰。十六岁出门，无家可归，都在外飘荡。从今不敢再入人家为非作歹，愿投门下做奴才。”陈基闻了笑曰：“收汝作奴才使得，但汝是男子不便，

① 清洁：白净。
② 无地：无地自容。
③ 切结：审理结论。
④ 干媪：照料婴幼儿的保姆。
⑤ 做有：做了。

我亦不放心。除非你阉了，便不说破送官。留在家中亦不作奴才，就如此妆束，与我做男妾，与巧霞同室。你如不阉，断难饶恕，你可自思!”刘洛因要命，不得不阉。遂留为男妾，改名洛霞。此事外人都不知，惟瞒不得家中干媪。

差役将此始末情由禀复本官，以既阉而从良，又未破案，此事可息矣。即将此情由修书回复刘巡检。陈安人看了回书：既阉了，清肃闺门，惟太便宜伊了。刘洛以此保全了头首。却说俞百均已回罗源，交娘喉伤已愈。待至结案了，将交娘搬到福州，已置有大墙屋[①]进住。以刘巡检、陈安人能神算，拿获匪犯，又免交娘出头露脸，加倍感激。遂设长生禄位于后厅，晨昏烧香礼拜祝之。

百均以屋大人单，劝得兴赶娶作伴。得兴对曰：“访有中意[②]，娶之。”百均曰：“都是上等之人，才貌也不中意的；除非月里嫦娥下凡来，才会中意。”得兴曰：“就是等嫦娥下来娶之矣。”百均曰：“只恐‘拣拣拣，拣个毛尾犬[③]’，才好笑哩。”此且不表。

再说永福古庙那牛虮，长坐屋脊顶。那父母又常骂曰：“坐到几时？事都不做，饭食从何以来也?”牛虮闻骂，心不自安，乃思一事。叫父母买麻苎竹竿，日日去屋脊顶搓线，夜在房中削竹做罟获[④]卖人。便有人来买，遂有银钱贴父母作伙食，不至坐食矣。

盖罟获即四书中“推而纳诸罟获陷阱之中”[⑤] 捕鸟兽之罟获也。乃牛虮自出意制造，无经师传授，与时俗之罟获不同；故人倍买之，日造皆不敷卖。牛虮压屋脊，远处皆不知；今有罟获出卖，远处人皆来买。一望牛虮在屋脊，真惊人，[⑥] 望见皆惊恐而走。先时数处近乡出鬼，或白日现形，或暮夜迷人；自牛虮上屋顶，各处鬼怪尽行退避无踪。因此有人画牛虮之形像，贴家中避邪退鬼。

适有一黄姓水客[⑦]，永福人。至得兴店中盘货[⑧]，身边带有牛虮之画像。因取数单[⑨]出，店伙看之，以是鬼怪，问：“带此乌碌鬼姆[⑩]图何用?”答曰：“你

---

① 大墙屋：四周有高墙的大宅。

② 中意：合意。

③ 拣拣拣，拣个毛尾犬：俗语，字面意思是反复挑选，最后挑个没尾巴的狗。毛：没有。

④ 做罟获：编捕猎竹器。

⑤ “推而纳诸罟获陷阱之中”：语出《中庸》。

⑥ 真惊人：很是丑陋。

⑦ 水客：做水运贸易的生意人。

⑧ 盘货：趸买货物，成批采购货物（准备出售）。

⑨ 数单：购货清单。

⑩ 乌碌鬼姆：黑不溜秋的女鬼。

们说是鬼姆，还不知是未出嫁之闺女。”众店伙曰：“何处闺女，生得至丑，画之何用?”客曰：“说起话长，今日要汇货[①]，另日再说。”众店伙曰：“不说货不汇，说了来汇。”水客不得已，遂把牛虮始末说了一遍。众店伙闻了，笑曰：“世间有此丑女，鬼都惊走去[②]，哪里有人要?”所以有人传说“牛虮出詈获”，今日误说“牛屎出古话”也。

众人问：“以为日晒干了，还在屋脊顶?”水客曰：“有乡人说他有人来聘娶才罢。”众伙笑曰：“鬼都惊走，谁敢娶之?”得兴曰：“人人皆肉眼无珠，才嫌之。若遇格物的，还求之不得也。”百均笑曰：“莫是中吾兄之意，就托此客为媒，去聘之好否?”得兴答曰：“果中吾之意，欲托贵客去说聘。只恐财礼菲薄，聘之不来。可备二百金去聘，只要人聘得，妆奁一毫不要。”

百均笑曰：“烦此位贵客为媒，谢金多少?”得兴答曰：“二十金可少否?”客笑答曰：“厚极，怎的嫌少。只是一时不暇，俟下次再来汇货时去说。”得兴曰：“要做，明日带银去说。待至下次来，必被人聘去。汝少二十金，不可致我终身无妻。”便将水客拖至后边大屋内，把包袱收去。客不得去，笑曰：“莫玩笑，要赶水程起身[③]。”得兴曰：“托人作事，有敢玩笑?”客笑曰：“不是玩笑，真要那丑女耶?”得兴曰：“真要!”客曰：“果真要，即去说亲。”遂留住，备办酒饭接待。

诸店伙先以是说笑话，至留客，大异之。百均将得兴叫出，问曰：“你真要娶那丑女?”得兴曰：“是真，不是假。”百均呵呵大笑曰：“果‘拣拣拣，拣个没尾犬’。非愚则颠[④]。何用许多谢礼财金，颠之至也。”得兴叹曰：“若要上等，多早[⑤]娶来，何待至今。前车可鉴。愚兄娶美的，若无陈夫人之诗，身尸已贮于箱坛内去了。贤弟妇因美，被光棍觊觎。若不冰清玉洁，已从之，谁能得知。兄因此命亦去半条。女之美亦不过外貌可观，见其德亦难。此丑女丑极，亦算才德兼全。比别个女子才貌双全者，故好[⑥]百倍。”

百均曰：“伊有何德?”得兴曰：“先前客所说，听不理会耶？今说了便知其德也。伊在屋上不怕风雨，勇也。日夜造作而养父母，孝也。代作他那[⑦]不怠，

① 汇货：即“盘货”。

② 惊走去：吓跑了。

③ 赶水程起身：赶潮水开船。起身：动身出发。

④ 癫：发疯。

⑤ 多早：老早。

⑥ 故好：更好。

⑦ 他那：置于屋脊顶上的陶制镇邪兽。

信也。未曾经师传授，自出心裁作罟获，智也。能代人家驱邪退鬼，仁也。有此五德，虽生得丑貌，便不丑矣。古之齐宣王纳丑女为后，惟取以德。即今之帝王闻之，亦当聘为后妃，何况庶民家，不赶娶之也？吾弟想着愚不愚、颠不颠耶?”

百均闻说，心中醒悟，拍额曰：“一经品题，便成佳士，娶之不错。明日小弟带银同客去聘他。果迟不得。”次日，百均同水客带银去永福，远处便望见牛虮在庙脊顶上搓线，暴见果怕人，因思有德，转喜而不畏。至古庙见吴长生，长生识得黄水客。会面即说来聘，与牛虮为媒，说明门户人家，而未说及财礼。长生同妻柯氏甚喜。至暮，牛虮下来，父母皆告之。牛虮曰：“有二百金财礼许之。还要本人来对看[①]，如貌不佳亦不成。”长生同妻笑曰：“自己什么材料，能值许多财礼。他不来看汝，你还敢看他?”牛虮曰：“屋虽陋，怎肯贱卖？看看才无后悔，成不成罢了。”

牛虮言讫，进房闭户做工夫矣。长生无奈，将此言述与二人听了。水客笑曰：“人不嫌汝，汝还要嫌人。”百均曰：“都依从命。今即烦媒人连夜赶去，带本人来对看了送财礼，妥之至也。”水客即赶回。次日带本人，唤牛虮下屋来，两人对看了许久。牛虮进房谓父母曰：“六礼[②]要全，三财可免，只须要塑一他那形像来补缺，始得娶去。”

百均同得兴闻之甚喜。住在媒人家中，即在邻近瓦窑中定烧土他那，一面备办六礼，陆续送去。乡人讶甚：此等丑女，有都城大药铺户来娶为正妻，奇之至也。又见造有他那补缺制煞，谁敢有阻，通乡皆至贺喜。是日吉期，金鼓花轿同接新人，甚是闹热。牛虮妆束上轿，迎至福州城内药铺后大屋中，与得兴完毕花烛。果然贤慧，夫妻相敬，妯娌和好。自此家大兴发。牛虮连生数子，皆人品端庄，交娘亦生数子，后皆发科发甲，两姓之瓜瓞不断矣。

正是：不为婆娘错认使[③]，焉得子孙世联姻。且看下文分说。

---

① 对看：男女双方当面看。

② 六礼：指由求婚至完婚的整个结婚过程，六礼即纳采、问名、纳吉、纳征、请期、亲迎等六个程序。

③ 使：夫婿。

第三十七回 狠黄甫见财忘义 俏辛喜奸女通风

却说罗源辖内有一家姓危名而亨，娶妻黄氏，名罕，生有一男一女，尚幼。而亨在浙江宁波与人合伙开杉木行。因带三千余银来福州盘贩①杉木。现银只有一千，余皆会兑银票。至码头搭船，经过福州，两月无回。伙计疑甚，使人来赶②。先至罗源家探问，未至。又到福州各木行查之，皆无。又去各会兑银主③查，无来支银④。因遍查无踪，只得回去宁波告知。伙计惊甚，即自至码头查问。船户曰，某日来搭船，至某处地方盘搭⑤别船去。又问可知盘搭何船，答只说是乡亲之船。伙计以被贼劫实矣⑥。欲穷究船户，奈船至江中，盘船无数，又无赃证，咎之不得。又至罗源，查到福州，向银主订明⑦：若有人拿汇兑银票支银，将人拘留，飞报通知，贼可获矣。

可怜罗源黄罕得知丈夫无踪，想被劫连命都无，哭得惨不胜言。列位看官知危而亨被何人劫去？原来却是危而亨之岳丈黄甫。妻死无男，只一女嫁与危而亨。驶猫艭船⑧往来浙江温台州等处，代人运载货物，空驶回至温州洋面⑨。遇着而亨，问知回福州来置货。令其盘搭自船稳便。将行李携进船舱，对原船户只说乡亲之船，不说亲戚姓名，船便开去。

讵知黄甫见财忘义，遂起不良之心，顾不得半子⑩之情。船驶二日，湾泊⑪

---

① 盘贩：成批进货倒卖。

② 赶：催促。“赶”是训读字，本字“逐”。

③ 银主：指钱庄主。

④ 无来支银：没有来兑现银票。

⑤ 盘搭：转乘（船）。

⑥ 实矣：确定无疑了。

⑦ 订明：明确约定。

⑧ 猫艭船：一种航行于海上的运输船，是古代“福船”的一种，或作“锚缆船”。

⑨ 洋面：海面。

⑩ 半子：女婿。福州谚语“伲婿半爿团”（女婿算半个儿子）。

⑪ 湾泊：船泊进港湾。

僻处大榕树下，令水手去内山砍柴。伺而亨至船旁小解，推其落水。但而亨识水性，能泅水至山边，黄甫取竹篙劄离[①]之。又泅拢，又劄离之，如是数次，遂流不见矣。

黄甫四望无人，只一大榕树，谓之曰："榕树哥，此事惟独汝知，切莫露之。"树随答曰："我不说，你自会说出。"黄甫大惊，四看无人，知是树神能说话，不胜惊异。至水手讨柴[②]回来，就开船。水手问："客哪里去?"哄之曰："他要到宁德，就此上岸，由小路而去。"水手都是临时雇的，将至罗源，陆续而去。

船驶进坞，见一人脚手缚住，在水中流至船旁。黄甫把竹篙劄开，因头犹能动，知气未断。暗想昨害一命，今救一命，功可补过，即捞起放在船上，犹有气息。待水吐尽，解开缚索，赶煎姜汤灌下，须臾眼开了，问能答应，乃青年之子弟[③]。问其何故如此？应曰："姓辛名喜，年十八岁了，因好玩游，不肯随父兄行船经纪，被父兄逐出，不许入家。至无食，在外偷窃小可财物度饥，被人侦获，送还父兄。父怒，将胶手[④]捆缚，交兄带落船去，丢入水中。幸遇搭救，感恩不浅。"黄甫曰："是你自己不正，难怪父兄，今既救活了，可回去不敢?"辛喜曰："如回去，不再丢落水，一定立刻打死。"又问曰："不回去，何往?"答曰："只求救人救到底，收留船中，愿作犬马报答。"曰："收留容易，恐癖性不改，又同家中行为，怎处?"答曰："自今改过自新，再如是，愿仍丢入水中，死而无怨。"

黄甫遂收纳在船，为取衣服与之，又变一人样[⑤]。黄甫甚喜，寝食不离，宛如夫妇。欲再行船，因辛喜一上船便头昏目眩，呕吐不止，黄甫方知不肯行船即此之故也。遂改业开店，在市头[⑥]开杂货一大行屋[⑦]，将所谋之银作本。所有会兑银票不敢去支，早已烧去。

随至婿家视女，其店离危家有三十里。黄罕见父至，哭问："有见[⑧]女婿否?"黄甫答曰："未遇见。"又问："何事啼哭?"黄罕即将在宁波带银回来，置货无归，伙计赶来查寻无踪，谅必被盗贼劫杀之情由哭告一遍。黄甫曰："不知

---

① 劄离：捅开。劄：戳，捅。

② 讨柴：砍柴。

③ 子弟：良家子弟。

④ 胶手：手脚。胶：脚，本字"骹"。

⑤ 变一人样：变了个模样。

⑥ 市头：商业繁华的地方。

⑦ 行屋：贸易商行。

⑧ 有见：见到。有：副词，表肯定。

有此横事。近时海洋中劫杀正多，我此番几次遇劫，幸船走得快，若迟一刻，人财俱空，哪有命回来？女婿命运遇着，难逃此数，乃是天数，哭亦无益。今吾女或守或嫁？”黄罕哭曰：“怎肯再嫁？惟男女孙①幼小，钱财无入，坐食山崩，将来母子必同饿死矣。”

黄甫曰：“婿死，还有父在，何至饿死？我在洋面往来十余年，积有数百金。今因海贼不定②，再行，命不能保。各处挪借凑集开一杂货店。外有辛喜料理店务，惟内无人掌管。吾女守节不嫁，可将屋租与别人，把细软杂物收拾，带男女仔③同父过店④，主管内政。至孙儿长大，店即交与料理，吾女何忧也？”黄罕曰：“爹既回家开店，现无弟妹，何不再娶母？”黄甫曰：“我年已五旬，还娶作甚？外孙即同内孙，将来还怕无人送老？”

于是黄罕收拾杂物，屋托邻人代租人住⑤，坐轿同父至店，主管内政。黄甫店务自此交与辛喜，家务交与黄罕，其钱财亦尽交与二人出入。黄罕与辛喜即与姐弟一般。黄甫只在外置货、发货、收数⑥，内外倒也和谐，生意遂大兴旺，在罗源亦算大行也。未及一年，财发至双倍。

五六月久雨，水涨至天井中，有一大蛤蟆被浸，浮泅欲上阶来，被孙儿将竹竿�之。

五六月久雨，水涨至天井中，有一大蛤蟆被浸，浮泅欲上阶来，被孙儿将竹竿劖之。又泅至阶，又劖⑦之，数次作玩。惟黄罕夺去竹篙骂曰：“只⑧狠，心只毒，不去捞救，又糟跶之，将来哪有好处？”蛤蟆遂泅上阶跳去。黄甫同辛喜亦在，看见，黄甫曰：“我昔亦如此行为过来，今见其情形，不胜惭愧。”辛喜问故，因有朋友来，不答走开。

其人至店，道是看戏行来⑨。问作何戏？答：“是做《董永槐阴会》，槐树会说话，认做媒约，奇不奇耶？”辛喜曰：“果其自古只有此树会说话，再寻亦无。”黄甫就接口曰：“休言独此能言，数年前有事亦问过榕树，榕树亦能答。亦是常事，不是奇也。”辛喜欲再问之，有人在，不便坚诘。至夜，辛喜同黄甫在旁中⑩夜膳，饮酒间谈问及蛤蟆、榕树之缘故。黄甫把手遮面，说都不便言，

① 男女孙：孙子和孙女。
② 不定：不安宁。
③ 男女仔：男孩和女孩。
④ 过店：到店里。
⑤ 租人住：出租给他人居住。
⑥ 收数：收货款。
⑦ 劖：捅。
⑧ 只：这，这么。
⑨ 看戏行来：来看戏。行：走。
⑩ 旁中：耳房中。

言之作不得人。辛喜便不敢问。

至上床时，辛喜曰：“既经同身，生死共之。若不便言，不是生死之交也。”黄甫叹口气曰：“你系同身贴肉交，言之不妨。”遂将见财忘义，推女婿落水，泅至山旁，以竹篙劀离之，随嘱榕树无言，榕树答我不言，你会自言之奇异说了一遍。又嘱曰：“此话勿泄，与吾弟生死共之，故敢言也。非是，怎敢言之?”辛喜随秘而不敢泄。

次夜，黄甫被客请去食戏酒[①]，辛喜睡之半夜，闻内宅有响动，以是有贼进房内，提灯查看。推入黄罕房中，时炎夏，见黄罕仰卧如死，心动难支，遂偷狎之。黄罕便醒，欲喊，辛喜以手掩其口，向耳边细语曰：“非别人，是我。”黄罕喊曰：“是汝该死了。我爷爷[②]何等看待汝，你有敢来强奸寡女，天明去投乡邻[③]，看汝有命无命?”辛喜闻此语，惊甚，急了，遂答曰：“有机密事，不得不如此。”黄罕答曰：“有机密事，日不来报，至半夜犹来偷奸，且说来再论。吾若喊叫，你就活不成了。”辛喜恐他喊叫，惧自己难以见人，不得已告以昨夜黄甫谋财害婿之情事。

黄罕闻说夫被害死，惨不可言。推起辛喜下床，问：“怎得知道?”辛喜将因见蛤蟆，并说戏文动情，至夜自说出前日之事。尽说，又曰：“说与汝知，不可闹破。父女属至亲，做不得仇也。他不再娶，将来家财亦是汝母子的。”黄罕曰：“知道了。天将明，可出去罢。”辛喜欲再搂抱，被黄罕推出户外，把门拴住，辛喜逐出。

次早，黄罕蓬头散发，垢面赤胶[④]，手执木棍来，睁开两眼喊曰：“我被推落海时，被竹篙劀之致命，变为蛤蟆回来，犹把竹竿劀凑[⑤]。若无人夺竹篙喝骂，又淹死了，岂肯甘休!”黄甫食戏酒才回不知，进内，被打无处走。自此见父面便把父打，走出街坊，亦追出打之。人不知其故，只道诸娘仔[⑥]打父，有此不孝之女，不逐回夫家，留此则甚？惟黄甫、辛喜知之，亦不敢言，背地许愿作功果超度之。以黄罕假夫魂投身，在厅喊叫，说了一次，并不再说，故此外人不知，人人惟道伊不孝。

正是：人只知黄罕打郎罢，不识而亨作水鸡[⑦]。且看下文分说。

---

① 食戏酒：境社举行祭神活动，通常由全体居民出份子钱请戏班演戏，并聚餐，称“食戏酒”。

② 爷爷：称呼父亲。

③ 投乡邻：把委屈告诉乡邻，并请乡邻主持公道。

④ 赤胶：赤足。胶：方言俗字，本字“骹”。

⑤ 劀凑：再捅。

⑥ 诸娘仔：女孩。“仔”本字“囝”。

⑦ 水鸡：田蛙。上文中“蛤蟆”的一类。

第三十八回　黄罕控父假魂投　蛤蟆作夫因梦见

却说黄罕无日不赶打[1]其父，乡邻不知其故，皆以不孝之女；会齐[2]令送还夫家，以免终日吵闹乡邻不安。讵知黄罕拿木棍赶出，众乡邻不觉，有一个被打出头血，各人惊的跑走。适巡检排道[3]经过，见人众纷纷争跑出街，即驻轿问故。乡邻遂将黄罕打父等情禀知巡检。令带父女回衙讯究。黄罕仍蓬头赤脚，同押至衙门。

刘巡检坐堂，先问黄甫："可是亲生女么?"黄甫答曰："是亲生。因女婿死，女孙[4]幼小无依，接来代掌家法[5]。往常亦孝，忽得疯癫之症，见着即打，因他是颠[6]，故只走避"等供。刘巡检又问黄罕曰："你是黄罕么？你父好意接你母子回来养活，不加倍孝敬报之，还敢灭伦，日日打父，是何理？说!"

黄罕答曰："我不是伊女儿。"刘巡检便问曰："黄罕是汝何人?"答曰："我是女婿危而亨，在宁波开杉木行，带三千余银回来福州贩杉木。搭船至温州，遇着妻父黄甫空船回来，盘搭[7]他船回来稳当。行二日湾泊[8]僻处，起不良之心推落海中。我颇能泅水，泅至山边，被他以竹篙劀离。又泅至近岸，又被他劀离数次，至无由[9]沉浸坏命。他谋银之处无人，惟水边一株大榕樹[10]，伊嘱之勿言，其樹能答曰：'我不言你，你会自言。'遂将银诓去，与一秀色男子为知己，开一杂货店行。我死不甘休，魂变一蛤蟆回来看妻子。谁知妻子被他搬来店后

---

① 赶打：追打。
② 会齐：约好一起来。
③ 排道：古代官员出行的仪仗。
④ 女孙：女儿的子女，即外孙。
⑤ 代掌家法：代为主持家政。
⑥ 颠：通"癫"，指发疯。
⑦ 盘搭：换乘（船）。
⑧ 湾泊：靠岸停泊。
⑨ 无由：此处意为无辜。
⑩ 樹："树"的福州方言用字。

居住。寻至天井水中出现，泅将上阶，被童儿以竹竿劖开，不与上阶。幸妻看见，夺去竹竿，喝退童儿，我始得入内相会妻子。兹投在妻身，痛打之，以消我恨是实，惟求伸冤”等语。

刘巡检亦知是危而亨魂投伊妻身来讨报仇[1]，遂问黄甫曰：“你可听了，不是你女子打父，因汝谋财害命，魂来讨报仇。可有实事么?”时黄甫跪在地下，闻女诉说实有是事，浑身魂不附体，怎敢说无。只得直认，供出不讳。俱上供[2]。刘巡检令且押拘，待明日再讯。随即退堂，将各供词与陈安人看。

原来大堂后屏全是竹帘隔着，内看的外，外不能看的内。有审事时，陈安人皆在帘内观看。见了问答情形，又见口供，谓夫曰：“翁害婿命是真，魂投妻身是假。黄罕因知风[3]，不便女讨父仇，假装夫魂附体。黄甫既招认了，可知人惊[4]鬼，鬼不惊人。今以假就假，说是来讨报仇。若将此供情详至王府，必照谋财害命律斩首示众。若论害命偿命，亦正当然。惟点算他婿危而亨遇救未死，将来必回。但黄甫既接女并孙来主店，便是知悔，杀却不忍，可将收禁牢内。待而亨回来，肯愿放出黄甫，即放回掌店[5]。这通风[6]与黄罕，必是店中黄甫知己之人。如究出通风之情，又多一奸情拖累。只可唤来密问，便知详细，不须明治。只令入监陪伴老友，同收禁可也。如此办理，始得彼此心安意愿，保全安静，何如?”刘巡检称有理。

至次日复讯，父女之口供同前无异。刘巡检曰：“招供既实，毋庸再问。先将黄甫收禁。俟行文至各海口，照彼时之月日查明，有无见危而亨之尸首漂流何处，再行详报。黄罕即危而亨，可释放回家照顾妻子，执掌店业；必须安静，不可再吵。”

刘巡检将二人发了，遣差去店中唤掌柜的来后堂密讯，人皆不许进。问曰：“你何名？多少岁？何时与黄甫交为知己?”辛喜答曰：“十九岁。因去年跌落水中，被黄甫搭救，收留在店，料理数目。”又问曰：“黄甫供出与汝有私情，推婿落水之事，惟有你知。你何又私其女，通风与知，致其女怀恨假颠，始究出其父谋财害命之重情？今案既结，作鬼来讨冤，不拖及你，你可知恩么?”又答：“并无此情。”又问：“黄甫身边并无别人，惟你一人。你今实说不录口供，

① 讨报仇：被害者的鬼魂寻仇家进行报复。
② 上供：将庭审供词记录存档。
③ 知风：知道内情。
④ 惊：害怕。
⑤ 掌店：经营店铺。
⑥ 通风：透露消息。

又无别人，惟我知之，纵有奸情亦与汝隐。你若不说，带大堂用严刑。再招认时，便隐不得，罪亦不轻也。”

辛喜听说得如眼见一样，料瞒不得，遂将黄甫有誓同生死之情由，至夜自说出，方知其故；因夜偷淫伊女，不从，欲喊投乡邻；一时情急，将此密事报知，欲买不闹破之情，实说一遍。刘巡检曰：“乃因奸通风，非人为，乃神早知有此。你既不讳，我亦代瞒。只是不可回去与他女亲近，被人疑之未便。你与黄甫有誓同生死之愿，他独坐牢，你必不自安。你若多带银钱进去陪伴他数时，俟案结与汝出来，岂不公私两济也。”辛喜不得不依，遂将辛喜亦收牢中，令黄罕多送银钱使用。

黄甫虽坐牢中，辛喜相伴，亦乐如故。黄罕回去，虽能掌管行店[1]，约束伙计，惟觉不该置父死地，悔之无及。遂不蓬头赤脚，复原如旧。以为投魂已返，作呈词进衙门，保父回家。刘巡检不准。又求进牢看视，又不准。黄罕只得哭曰：“人皆以为夫魂投体，不知父子之义，今而亨魂退，才知父女之情，并不知其假也。”

盖彼时黄罕闻辛喜所说丈夫落水之情形，遂假以魂投来讨冤。至审问后，回家梦有蛤蟆跳在身旁，想那日水中之蛤蟆真个是夫魂未可定，遂去各处石缝中寻讨[2]。寻出有一个癞蛤蟆，拿进房中，放于桌上，谓之曰：“你是我夫危而亨，可跳三跳。”那蛤蟆跳三下，黄罕遂大哭不止。以美味饲之，夜来亦跳上床，随身不离。店中生意愈旺，人工愈多，房中只用一小孩使唤。那二个男女[3]亦请一先生教读书，有几个邻子帮学[4]。

蛤蟆常跳桌上听读。先生说子曰，蛤蟆亦会说子曰，先生说南宫适，蛤蟆也说南宫适。各人听之笑曰：“蛤蟆亦会子曰，不是人变的无此精灵。”黄罕闻之，以是夫魂所变，加倍护爱。因恐外人取笑以虫类认作丈夫，随问学堂先生曰：“自古至今，有人死变蛤蟆否？”

先生答曰：“有之。刘海之父为官甚贪财，凡告案有进金钱者，无理断作有理，无金钱，即有理亦变无理。无数冤魂哭诉阎罗王，王怒，将刘海之父令变为蟾蜍，发逐秽海，不许超升。其子刘海知父死必受罪，即去黎山老母学法，救父超度。法已施尽，父不能超起。去黎山问师，其师曰：‘你父平素爱财，要用宝物能超他出秽海。’刘海于是铸一金钱，系以长绳，抛于秽海。其父沉于海

---

① 行店：商行店铺。

② 寻讨：寻找。

③ 男女：子女。

④ 帮学：（在他人私塾里）附读。

底，见金钱，辄向抢抱，遂被刘海超离秽海，负于肩上。蟾蜍即是蛤蟆也。此不是人变的耶？”

黄罕闻有人变过，喜曰：“古仙人都认蛤蟆为父，奴认蛤蟆为夫，亦无人敢笑。”先生顺口意[1]答曰：“谁敢笑耶？”自此黄罕呼蛤蟆为良人，令子女呼以父，店伙计人众皆称呼为行主人。有诗记之曰：

刘海当年蟾作父，此时黄罕蛙为夫。蛤蟆亦有遇侥幸，怎的人无侥幸乎？

店中各人皆信之其夫魂作蛤蟆，惟子危得振不信，谓母曰：“不可如是，恐被人笑。”母曰：“先生亦说有的。”其子终不信。

正是：少子亦知无是理，先生何说有斯情！欲知后事，且看下文如何分晓。

① 顺口意：顺着对方话语的意思。

第三十九回 遇贵人而亨身坎坷 会亲夫黄罕灭蛤蟆

却说当日危而亨被推落水时，几次泅将上岸，皆被黄甫竹篙劘离[①]。遂氽[②]水底，离有许远，伸头望见黄甫被大榠遮住，看之不见，遂泅至小浮礁躲伏歇气。伏至黄甫船开去后，适有一巨船迎风而至，而亨便喊救，巨船便搬舵丢板[③]，救了上船。见船上皆是太监，出舱来问故。而亨将被妻父谋财害命之情由告之。

原来此船乃京都朝廷钦差太监出广州公干之官座。彼时信用阉官，此船中阉宦熊姓，差往广州收取税银回来。闻而亨所告之情由，谓曰："丈人谋劫女婿，应行拿获，交地方官重究。奈船已离远，回头不及，且俟将来。你既是行户[④]，必精算法；咱家有一条数目核算不清，可能代算么?"而亨答曰："颇知算法，且试算算。"

小太监随捧出数册与算。而亨开看，乃在广州取全年税银之细数[⑤]，遂逐条算过，有错无错，笺贴清楚。熊太监异甚，称赞不已。谓曰："你说银被谋去三千两，还有二千两是兑票，吾料伊必不敢去支。你既有命了，且随咱家[⑥]至京为书算[⑦]，自不须一二年，工食[⑧]还不止一二千两。那时要回，再与汝回去，何如?"

而亨闻说，自思家中妻子是没良心的亲女，既谋去千金，必能照应，不致再害。既有贵人收留，且避一时，回去亦无处可住。即答曰："从命。"

---

① 劘离：（用竹篙）戳开。

② 氽：潜水。

③ 搬舵丢板：转舵靠近，扔下木板（做救生工具）。

④ 行户：商户。

⑤ 细数：详细账目。

⑥ 咱家：太监自称。

⑦ 书算：会计。

⑧ 工食：工资。

同至京都，补内殿书算，十分厚待。却被旧书算妒忌，遂设计陷害之。而亨孤身无侣，此事害之不倒，便再诬谤那事，未及二年，遂被斥革出来。所得工食钱剩有六百余金，即结束而回。先至宁波旧店，谁知店被火焚，伙计不知去向。由杭州抵建宁，搭船而下。至黯淡滩①，俗称鸭蛋，舵工不及躲避，船打粉碎，人皆淹死，惟而亨能泅水上山。只剩一人，叹曰："命如此也，何怨？"因无盘钱，投上船作帮水手②。

回至罗源，旧乡邻见而亨，讶曰："是人，是鬼？"

而亨愕问，众曰："你被丈人推落水浸死否？"而亨答曰："遇救未死，你们怎知？"

众答曰："丈人将你银谋回，来开一杂货店，把你妻子搬去照管家法③，将近一年。你妻得知谋害事情，前去告官，与你报仇。官将你丈人收禁，候详正法。你妻又招蛤蟆为夫矣。"

而亨讶曰："我妻又招哪个夏麻④？"众又曰："他隔这里三四十里，只闻人来说'黄罕抱夏麻'，并不知是哪个夏麻？"而亨又查问其地方住处，即去寻讨⑤。

至黄家店前，适有两孩儿，一男一女，在店门外看街。见而亨认得，喊叫："郎罢⑥未曾死，今日在何处回来？"而亨即将子女抱着哭，曰："我未死回来，有你两个在亦罢了。闻你奶⑦又招夏麻与汝做郎罢，有此事么？"

共答曰："有叫蛤蟆作郎罢。"而亨曰："你奶又有了老公，不要管她，我今带你兄妹回去。"其男曰："依奶今日去李家食出房酒⑧，且等回来说了再去。"

而亨曰："等她为甚的，于今即去。"遂抱一女，邀⑨一男而去。

店中伙计停耳听之，知是行主母之夫未死回来，要带二子去，即去前拦住。而亨即大喊曰："我是危而亨，极没良心之丈人黄甫谋财未死。回来老妈⑩已招夏麻为夫。讨回子女，谁敢留耶？"那伙计闻此话不敢拦阻。而亨遂带子女

---

① 黯淡滩：闽江上游建溪中的著名险滩，暗礁密布。

② 帮水手：船工。

③ 家法：家庭生活，家务。

④ 夏麻：福州话"蛤蟆"音同"夏麻"，而亨以为是人名。

⑤ 寻讨：寻找。

⑥ 郎罢：福州人称父亲为"郎罢"。

⑦ 奶：母亲。或称"依奶"。

⑧ 出房酒：婚礼次日的宴客酒席，主要招待女宾。

⑨ 邀：牵着。

⑩ 老妈：老婆。"妈"音"马"。

而去。

伙计遣人飞报与黄罕得知，黄罕顾不得食，赶回店。问了人众，果是亲夫未死，喜之欲狂，遂连轿[①]赶去旧屋见之。

时而亨带子女至旧屋，正在与诸邻问答，黄罕轿至。一见便哭曰："梦想夫君不到，夫君今有命回来，何不等一会？"而亨曰："你招有人了[②]，来此作甚？子女是我的，难道讨不得耶？"

黄罕惊曰："奴何曾招人？"而亨曰："听人说'夏麻作郎罢'，无有[③]？"黄罕曰："就是蛤蟆，何曾是人？"而亨曰："姓夏名麻，怎的不是人，是鬼耶？"

黄罕又气又好笑，曰："君不知耶，乃是地下的蛤蟆，虫蚊之类，并不是人姓夏名麻也。"

答曰："若是蛤蟆婆[④]，更不该招来作老公。将来蛤蟆子、蛤蟆孙生一屋，变作蛤蟆族，罪不容诛。快走快走，不必再言。"

乡邻来听二人对说，都不理会，共曰："二位莫争，问而亨嫂[⑤]，所说蛤蟆不是人，招之为夫必有缘故，可细说来与吾等得知，自有分晓。"

黄罕曰："起先不知夫被何人所害，至后下雨，天井水满，现出蛤蟆。是夜托梦，乃奴夫所变，魂魄投身。次日将情呈官，父即承认。还问蛤蟆：如是夫魂，跳三跳。伊即三跳，以真是夫魂所变，故作亲夫看待"等情，说了一遍。盖辛喜通风，捏作[⑥]蛤蟆托梦矣。又说："因此远近传扬，以蛤蟆为老公，如夫君未回，不敢轻此蛤蟆。幸今日回来，始知是何处野鬼所变来冒。那蛤蟆虽养，不过如拳大，何能交合，怎能生蛤蟆子、蛤蟆孙？请到店中去看，便洗明奴家之清白了。"

众人闻之，笑曰："原来是此缘故，不说明白，安能得知？那夏麻误作之咎，若不知情节，而亨嫂不明之冤永洗不清。如今而亨嫂同而亨哥前去递愿呈[⑦]，将令岳保回。那蛤蟆虽野鬼所变，必是当时在彼处见丈人谋害。不忿，故冒作女婿代报冤仇，意亦不恶，不可藐视之。"

而亨闻妻说，又闻诸邻评论，转怒为喜，亦自说别后之事，自黄昏说到半

---

① 连轿：（暂停后）继续乘原来的轿子。

② 招：指招了上门夫婿。

③ 无有：有或没有。

④ 蛤蟆婆：蟾蜍。

⑤ 而亨嫂：而亨老婆。嫂：用在人名后指某人老婆。

⑥ 捏作：编谎话。

⑦ 递愿呈：向官府投送甘愿息讼的状纸。

夜。其旧屋已租别人，其人备酒接待，至说明白，始请去用饭。夫妇许夜说到天明。

次早，同至行店，黄罕讨出蛤蟆与看，果只拳大，翻肚来看是姆[1]，而亨谓之曰："你若野鬼所变代我报仇，我今未死，感佩不已，办酒看谢[2]汝，送你回原处，可好么？如肯去，可跳三下。"蛤蟆即跳三下，而亨随办猪鹅荤礼，冥银祭之。是夜听之自去，讵知那夜在门口叫不绝声。次日，而亨笑曰："此是凡蛤蟆，何曾是鬼？如是鬼，见本人回来必自去了。不然门虽闭，亦能化入门来，伊不能，可知非鬼。"又谓曰："你不是鬼，是凡蛤蟆可跳三下。"蛤蟆又跳三下，而亨笑曰："可知前日说跳三下，何足为信也。"

黄罕恐捏不像[3]，曰："不是鬼变，怎知郎君被人谋害？"而亨不知其诈，答曰："起先梦见必是鬼变，附娘子之身，告之官便去了。后娘子将如常之蛤蟆拿作前梦之蛤蟆也。"黄罕讶曰："原来把野物这般奉养。"拿过曰："你福到此止矣。"遂欲摔死，而亨拦曰："爱之欲其生，恶之欲其死。既欲其生，又欲其死，是惑也。留在[4]畜养，有何不可。"遂驱之去。"

而亨既遭坎坷，无厘毫回来。妻子无恙，又掌兴隆行店，喜之不胜。今辨明蛤蟆，忿恨尽消。随赴巡检衙门递愿呈。巡检唤入，问之，而亨将情由说明。巡检准息，即令黄甫同辛喜交而亨带回。黄甫惭赧无地。而亨问："辛喜何人？"黄罕答："乃父知己，自愿入监陪伴。"而亨不敢怠慢。黄罕将店业仍还掌管，黄甫不受，同辛喜出家，而亨不肯。二人决意要去，而亨曰："尊意既决，不敢强留，且待小婿访好林泉所在，送二位去安乐。且在店中帮助几日。"黄甫无脸不敢见人，同辛喜避在屋后。

其蛤蟆绝食，叫不断声，黄罕忿甚，欲摔死。那日买天鹅煮熟，并猪羊荤礼排于桌上叩谢天地，被蛤蟆跳上，将鹅肉食去半腿。黄罕赶至，将蛤蟆立地摔死。而亨笑曰："想食天鹅肉，摔死不足惜。"令子挑出埋之。

得振将死蛤蟆挑至空地，将埋之，有人曰："诸物惟蛤蟆最贱[5]，肚虽破去[6]，在土堆过夜复活，不将头斫下，过夜即跳去。"得振即取一刀子，叫人代杀。有同学友在侧谓曰："你不自杀，何人敢代杀？"得振曰："我不敢杀。"同

---

① 姆：通"母"，雌性。

② 看谢：款待感谢。

③ 恐捏不像：怕编造的谎言不像真的。

④ 留在：留着。

⑤ 贱：指生命力顽强。

⑥ 破去：破了。

学友曰："谅你不敢杀，如敢杀，贴汝三分钱作花彩①。"得振曰："银先拿来，我杀与汝看。"那友遂取三分钱交与之。谁知得振本恨之，见摔死，喜甚；便将头砍下，剐开土埋之。友笑曰："快来看，危得振杀郎罢，亦要三分银花彩。"

正是：非儿杀父要花彩，乃母打爷讨劫财。且听下文分解。

① 花彩：小费、赏钱。

第四十回　辨错墓而亨分店　失祭祖都茂破家

却说危而亨既酬神谢愿，并祭坟墓。还有祖坟在福州黄山地方，一二十年未去祭扫，时值清明，至福州备办几件礼仪，雇人挑去黄山致祭祖坟。思及宁波本行旧伙计李都茂祖坟亦在黄山，只在本祖坟之前山，早年同致祭过来①。人既不知去向，祖坟必亦多年失祭，可顺便与代压纸②。遂至前山李家坟，谁知已有人在墓上拜祭。

而亨异之，近前看认，不知何人，便问曰："此墓是贵祖坟么?"那祭之人答曰："是。"又问："贵居在何处?"又答："在此山下。"而亨自思，未闻此处有李都茂之族。又问："宁波开木行③李都茂叫作什么④?"答曰："不知。"而亨疑自己认错，再认此山，只一李姓，并无别姓，不是认错。又问曰："不认李都茂，便是祭错。"那祭墓的问曰："尊驾贵姓尊名？住居何处？怎知墓错也?"而亨答曰："姓危，住罗源。"其人笑曰："隔此只远⑤，能知墓祭错，只是尊驾认错了。"

盖早年无墓佃⑥，墓牌⑦无写名字，只写某氏之墓而已。正在盘问，忽一人手携钱纸⑧至墓上。视之，却是李都茂，喜甚。都茂见而亨，讶曰："你不是而亨弟？被人打劫死了，怎还在此耶?"而亨曰："银被劫去，弟落水被救，流落二年。亦至宁波寻兄查问，不知去向，此月内才回至罗源。今日来祭祖坟，顺便与兄压纸。说起话长，停会慢慢来说。先问此坟是兄的祖坟不是?"都茂答

---

① 同致祭过来：一同来祭祀过。

② 压纸：扫墓。福州风俗，清明节扫墓致祭后，在墓碑等处用石子压上钱纸。

③ 开木行：经营木材商行。

④ 叫作什么：怎么称呼，也就是问什么样的亲属关系。

⑤ 只远：这么远。只：这，这么。

⑥ 墓佃：负责看坟的佃户。

⑦ 墓牌：墓碑。

⑧ 钱纸：冥钱。

曰："怎的不是?"而亨曰："弟认是兄的祖坟，此位说是他的祖坟，前来排祭①。弟与争之不清，今兄自去争之。"

都茂遂向盘问来历，那人笑曰："此等说，我不认错②？年年把别人祖宗来祭，此回被人认去。下回乞汝巡一下③。"那人一面说，一面令人挑回去。时清明压纸人多，皆来看争论祭错墓。有一白须老者笑问那祭之人曰："李九，你自墓在对面山不祭，缘何年年把别人墓来祭。"始知那人名李九。李九答曰："我眼花了，都是儿孙带上来，才祭错此墓。"白须者笑曰："都不祭错我墓④?"李九含糊答应，即下山去了。

须臾人都散去，惟老者未去，问之。曰："此坟失祭一二十年，才被人冒认。"都茂答曰："皆因迁居远郡，才至失祭。请问那李九何自墓认不得，年年祭错人墓?"老者曰："李九乃诈戆⑤，怎的会错？他就在此山下，逢事爱钻谋⑥。十年前衣食难周，因外来一地理⑦，各处看风水，寻遍无真穴，道：'惟看贵坟好极'。人问：'何好极?'师曰：'龙自豹头山由北门外二凤发祖以来⑧，前以五虎山为案，左以狮头墓、即濂浦山为龙砂，右以象山即高盖山为虎砂，四围虎豹狮象凤齐，全穴点又真⑨。先生贵，后出富不断。惜乎失祭，寻不着子孙，占不得风水，坟至凋零。若有同姓来祭，风水即被接夺，便兴旺矣。'或问：'虽有虎豹狮象之异，惟豹头山隔远不全，地师⑩莫附会拿来凑⑪。'师答曰：'要近，亦有五虎生一豹，五虎之中还无豹耶。'言讫便去。

李九闻之，以同姓认祖宗，有年节都来扫祭，自此渐渐兴发。不知者见之无言，知之者便问曰：'李九，祭错墓!'他故作不知模样，前后认看了，笑曰：'真错了。'赶紧收牲礼⑫挑去了。现今财发至数万，儿孙满眼，在黄山为一户⑬。"

---

① 排祭：排放供品祭祀。

② 此等说，我不认错：这么说来，岂不是我认错了。

③ 乞汝巡一下：替你巡看一下。委婉语，意为不再排祭了。

④ 都不祭错我墓：怎么就不会错祭了我家的墓。

⑤ 诈憨：装傻。

⑥ 逢事爱钻谋：遇到什么事都想钻空子谋利益。逢事：任何事。

⑦ 地理：风水师。

⑧ 发祖以来：发源延伸过来。

⑨ 真：准确。

⑩ 地师：风水师。

⑪ 凑：凑数。

⑫ 牲礼：用家禽、家畜作祭祀供品。

⑬ 一户：第一富户。

都茂叹曰："怪道[1]即此缘故。十余年前敝族旺甚，科甲不断，至少家财亦有数万。迁居外郡失祭之后，财丁零落，晚生屡遭横祸，财破及人亡。今日蒙老丈说知风水被人谋夺之详细，今虽穷，亦当来祭矣。"

老者曰："人说无风水，此等说风水应之如响。今再祭起，丁贵[2]仍旧还在也。"而亨欲问老者作何生理，是何姓名，忽有人来，拖[3]去食上墓酒[4]去了。

都茂在墓化了冥银、钱纸，拜毕，即同而亨至栈房[5]食祭余[6]。而亨将丈人谋害情由说了一遍。都茂亦说出："福州查无信息，以被劫是实。将兑银贩木至宁波，未几被贼扳赃[7]，银破千余，又被[8]欠户服毒死，又破千余。又遭水灾，又被火烧，货物罄空。无何，妻、子皆染时症[9]死，只剩一身。无路可行，投在南台相好木行管栈[10]。昨日思往祖坟压纸，幸遇吾弟。今吾弟有家兴旺，惟兄家破人亡，将至饿殍也。"言讫泪如雨下。

而亨闻之感叹，谓曰："弟今有命回来，怎致吾兄失所？明日先办礼仪[11]，与兄祭了祖坟，回去罗源商议再作生理[12]。弟一千余银尚可拮据[13]得来，何忧之有？"都茂喜甚。遂同至南台，又去祭了李家祖坟，即同至罗源店中。而亨将店中算起[14]共有四千余银，拨二千同都茂去福州南台开木行，把妻子一同搬去。罗源之旧店仍交丈人黄甫掌管。欲与黄甫买妾、辛喜娶妻，讵料二人决意出家，劝之不听。无奈遂写一呈，诉明情由，赴巡检衙门投递，恳乞批示遵行。刘巡检判曰：

"岳婿情何轻，朋友义奚重。惟守立誓无二之心，忘却不孝有三之大。彼不念旧恶，你不改前非。老再辜恩，仍行收禁。少仍昧理，递解回籍。特此批示。"

---

① 怪道：难怪。
② 丁贵：指人丁旺、富贵。
③ 拖：拉。
④ 食上墓酒：吃祭墓酒。祭祀者将祭祀过的供品重煮后请朋友一起享用。
⑤ 栈房：客栈房。
⑥ 食祭余：吃祭后的上供菜肴。
⑦ 扳赃：栽赃诬陷。
⑧ 被：因为。
⑨ 时症：瘟疫。
⑩ 管栈：管理货仓。
⑪ 办礼仪：指购办祭祀用的供品。
⑫ 生理：生意。
⑬ 拮据：竭力拼借挪凑。
⑭ 算起：盘点汇总货账财产。

黄甫同辛喜见此批断，不敢再拒。而亨代二人娶了妻妾，交代了店务，带妻子同都茂去南台开张木行，遂大兴旺。又代都茂续娶，与妻同管内政。罗源之行大旺，黄甫又拨一千赔偿前劫之项，店中只留货物生活。但罗源乃弹丸之地，自黄罕接掌，多添货物，并添上下人等，自五谷及绸缎布匹无物不有。自黄甫接掌，不过如常之杂货也。

再都茂有一胞弟都他，迁居建州，开布店亦旺。因学赌博皆赢，以赌钱胜过生理，遂常去赌。母、妻常骂之曰："人之倾家荡产皆因赌，哪有长赌无输之理？若人人都赢，那人钱从何来？若不回头，悔就迟矣。"都他曰："勿骂勿骂，吉凶未定。此处城隍最灵，今夜去求梦，或都赢无输，必梦吉兆，去赌可也。或是输无赢，必梦凶兆，便不再赌，何如？"

是夜至庙祷告乞梦，随梦见一班鼓手，正打金鼓①，甚是闹热②。与母、妻说打金鼓甚吉，可赌得。母妻问："何见是吉？"答曰："家有喜庆才打金鼓。城隍既赐吉梦，哪有不赢之理？"自此母、妻再劝不听，遂放胆去赌。先输钱，后乃输银。至输热，想盘越深③。未二三年把家产数千，并一间大布店输得精光。起先不知赌钱，赌至精了，银钱已空，骰子竟能擒幺坐六④，百赌百胜，无本去赌。人皆知是长鼻⑤，无人与赌。遂至衣不遮体，食常断顿。母被婿接，妻回父家，自行无路，将欲丧生。遇一故人，见其褴褛，讶曰："未见二年余，怎如是光景也？"

即带至寓所，询问之。都他将祈梦、定赌钱之输赢，因梦是打金鼓吉兆，尽力去赌，讵知梦竟无灵，以致家财尽空，十顿无食七顿⑥，一条命去半条⑦，恨梦之咎也。故友曰："怎见不灵，何见打金鼓是吉兆？"都他曰："家有吉庆才打金鼓。"

故人笑曰："梦见吹打金鼓，诸事皆吉，惟赌不吉。"都他问故，答曰："打金鼓之声音可知。'知都礁，十顿七顿空⑧'，可是此声音否？学赌至'知赌'时，家财已'干'⑨ 了，十顿饭七顿空而无食，不是凶兆还算作吉兆？反怪梦

---

① 打金鼓：以唢呐为主的喜庆乐队演奏。

② 闹热：热闹。

③ 至输热，想盘越深：到输多了失去理性，想赢回来，结果陷得更深。盘：赢回损失。

④ 擒幺坐六：指赌术高明，掷骰能控制点数。幺：数字"一"的别称。

⑤ 长鼻：诈赌的无赖。

⑥ 十顿无食七顿：十顿饭有七顿吃不上。

⑦ 一条命去半条：几乎丧命。

⑧ 知都礁：藕根斋本"礁"字下以小字注"打平声，乾也"。此三字拟唢呐声，福州方言这三字的声音相当于"嘀嘟哒"，谐音"知赌干"。以下"十顿九顿空"拟锣鼓声。

⑨ 家财已干：家财已输光。

之不灵也。”

都他闻此等详解，打额[1]曰：“城隍爷分明以‘赌必输，家财干，饭顿空’戒之莫赌。因不知此详解去赌，我还怨梦之不灵。今无翻梢[2]之日，不趁早去死，何时去死？”

故人笑曰：“且慢死，还有翻梢之吉兆。”都他讶问其故，答曰：“财既干空，犹能致富。且鼓吹必有号头、大筒[3]。‘知都礁、食顿空’了，号头接吹“破锣”，大筒接“务富[4]、务富”。以既‘破了’，犹言‘务富’，还不是还有翻梢之后吉兆也？”

都他闻了，随口学吹打曰：“知都礁，食顿空，破锣务富。”念完便跳起，大笑曰：“吾兄详梦，真详得通彻有理。果有翻梢之吉兆，今不死。只是无赌本，无人来赌。”故人曰：“此处难以翻梢，兄且在此暂住数日，俟弟料理事完，同兄去福州。闻令兄都茂在南台开木行大旺，往投之，自有‘务富’之日也。”

都他喜甚。未数日至福州，都茂同而亨见之喜甚，留在行中帮手。

正是：不遭李九夺风水，怎致都他知都礁？且听下文分解。

---

① 打额：拍击自己的额头。

② 翻梢：翻本。

③ 号头、大筒：均为“金鼓”乐队的吹奏乐器名。

④ 务富：拟大筒声，谐音“有富”。务：福州话“有”的俗写同音字。

第四十一回　都他反赢成家立业　李九赌败破产倾财

却说都他在堂兄都茂行，查落败[①]缘故，都他即将实情告之。都茂同而亨笑曰："吾弟名已早定，都他即'知赌礁[②]'也。既破了便罢，那翻梢可不必想。"彼此俱说了遭困之苦情，留在行中帮理事务。

前几日，有黄山作客来行中贩杉木，盘[③]往江南。银交关[④]有千余两，应办酒席接待。而亨与二兄弟皆在座，饮酒中间，都茂便问来客："贵处有新发家李九，可认得?"客答曰："认得。"又问："做甚生理，发至数万?"客曰："因赌而起。"都茂曰："舍弟因赌破家，他怎的会起家?"客曰："凡赌皆有败无兴，惟他能夺别人之风水，始能起家。令弟不能夺人风水，安得不败?"而亨急问曰："他夺何人风水而起，祈示始知，将来亦学样[⑤]去夺人风水。"客便笑曰："就有好风水，你我亦不能夺，惟他厚脸不怕人笑，故夺之。"

但来客不知李九所夺即是本行李都茂之风水。遂说曰："敝乡李九乃孑然一身的赌棍，邻居嫌之。因闻地理先生[⑥]说黄山上有李家墓，风水极好，可惜失祭；如有同姓之人去祭，风水即夺得来，眼前兴发。李九遂去祭之，是夜即在墓上睡卧，祝曰：

姓同都是子孙支，风水惟从祭者施；
只愿富来不愿贵，夜求一梦去行为。

"是夜李九便梦飞来一鸟，浑身五彩，名曰'凤凰不如我'。惟一教学先生[⑦]知之，遂代猜详[⑧]曰：毛生五彩，是曰'凤凰不如我'，乃赌蠹虫也。李九

---

① 落败：衰落败家。
② 都他即知都礁："都他"之名，与唢呐声"知都礁"发音相似。参见前页注。
③ 盘：采购货物。
④ 交关：交易，交割。
⑤ 学样：模仿。
⑥ 地理先生：风水师。
⑦ 教学先生：教书先生，塾师。
⑧ 猜详：猜测详梦。

问曰：‘可有出处？’先生曰：‘因他无毛，被金鸡所笑，即与之打赌，至来春毛长更胜过凤凰。此鸟更胜金鸡，令金鸡为奴，供给饭食。到秋冬仍无毛，至春毛生五彩，遂鸣‘凤凰不如我’。金鸡输之。因此赌而赢，改名赌蠹虫也。’

“言半爿[①]，李九闻之甚喜。此鸟无毛，因赌能赢，凤凰不如我了，不去赌等待何时？李九遂终日以赌为业，百赌百胜。各处富户无不被李九搬去杂物。讨二婚[②]掌家，才十余年财发数万，自称‘凤凰不如我’，在黄山算为一户。闻所夺坟墓，如有子孙来祭扫讨回风水，则不能常称‘凤凰不如我’矣。”

而亨等始知李九发财因由，亦不说破即李都茂之墓。席散客去。至晚，三人无事，谈说李九之事。而亨笑对都他说，今墓有祭扫了，风水可以夺回头[③]，去引诱李九来赌，必能得胜。都他言：“恐未必。”而亨又曰：“李九所梦之鸟，与鸡赌输[④]，亦不过春夏毛羽赢于金鸡，至秋冬则毛羽零落；至霜雪严寒浑身依旧如前，更属狼狈，躲避于密林中，只鸣‘依旧光立诘[⑤]’。李九梦此鸟合于再输之兆。今墓已祭了，必定赌能如意。”都他答说：“且看寻有赌友去引诱伊来，试赌一二次，如果能赢，则与大赌。”都茂称是。

至次日，都他觅有赌友带路，先去李九家中聚赌。起先小赌，果能如意。原来李九家财从赌中发来，后有赌友多人皆被赢，遂无人敢再与赌。李九要赌，各处寻无赌友，每以为恨。今忽有人引带都他与赌，怎不欢喜？惟此次赌不比从前顺手，被都他赢至盈千。李九不愿[⑥]，越盘越输，不过赌至一月之中，[⑦] 输至几千。都他此时赢了足意，归行中[⑧]不去其家。李九输了不肯歇，带现银来行中与都他对赌，大输罄空，方愿[⑨]回去。

都茂与而亨见都他已赢有几千银，共喜而言曰：“可见坟墓之厉害风水，吾弟已赢充足了，今任他去赌亦可，不赌亦好。”而亨曰：“他岂肯自止，料其必输至无银方休。而况其梦已有输至精光之兆。”都茂问之，而亨曰：“起先那鸟与金鸡赌赛，春间毛生五彩，比金鸡更胜，金鸡服输，那毛不过数个月之间，至严冬零落尽瘌[⑩]，再被经霜傲雪，浑身瘌至无有一毛，只伏于密巢中哀鸣

---

① 言半爿：说了一半。半爿：一半。

② 讨二婚：娶个再嫁的女人为妻。

③ 夺回头：截夺转回。

④ 赌输：打赌。

⑤ 光立诘：光溜溜。

⑥ 不愿：不甘愿。

⑦ 不过赌至一月之中：赌了不到一个月。

⑧ 归行中：回到商行。

⑨ 愿：甘愿。

⑩ 尽瘌：毛掉光。瘌：掉毛。

‘依旧光立诘’。今李九输至几千，现他卖了田屋，岂愿不再来想盘，必输至寸草俱无，如鸟无一毛方能住手。”都茂闻此，笑曰：“果有此梦兆，不错。”

再说李九回去，不甘愿，连卖田屋，又来与都他对赌，现银输尽，连田屋又输去。心想不愿，随将女婢、家伙[①]俱卖，积有千余银，又有本翻梢[②]。李都茂见此情由，始信奇梦不谬，便曰：“那李九输了许多，恐怕会来阄向打仆碗[③]。”

而亨笑曰：“别人就怕，他李九却不至如此。他的业产[④]从何而来，俱是赌里来的。今输如敢出相[⑤]，都不怕别人反覆[⑥]？谅来断不至如此，吾兄请放心。”都茂又曰：“他若再来须辞之。”而亨笑曰：“何用辞他，这是二弟之财，他还足了，不辞自歇矣。”

正议间，佣工说又来进贡[⑦]了。而亨仰面便见李九，随起身接见，备酒款待。至夜李九请排骰盆再赌，将现银排出。都他亦是现银对拨。李九犹不能赢一盆，掷至天明，所带现银却又输尽全无，起身就行。而亨留之食早饭，李九辞曰：“牙关硬[⑧]矣。”不食而去。

都茂喜曰：“果是而亨兄所料，现银尽入行中充公。”而亨曰：“这是二弟之财，岂可尽数入行中，先待娶过弟妇回乡，听他自行重整家业才是。”都茂不允，随起出一千归行，其余尽交都他另买业产。兄弟二人重整家业，生男育女，与危姓世世交好不绝。

且说李九，一败精光，妻子另嫁，依旧孑然一身。思之不愿，复去查问先生详梦不准。原来先生打讥笑，曰：“当时待我不好，你来问解，只说前半截，是‘凤凰不如我’，后来半截你未听完即跑去，难怪至此光景。”李九道：“下半截怎说？”先生将下半截说出与听，与而亨对都茂兄弟解说相同。李九听了明白，始知又有之出处，乃是我性急而未听完即跑去，还有何说？无怨，无怨。步出山头打掌大笑曰：“依旧光立诘，依旧光立诘！”自此一身漂荡，各处散游，不知所终。

正是：得时如潮涌，退去亦无忧。不知下文再说何事，且看了方晓明白。

---

① 家伙：家产。也作“家赀”。

② 有本翻梢：有输后再赌的赌本。

③ 阄向打仆碗：寻衅滋事。

④ 业产：指田园、房屋、商铺等财产。

⑤ 出相：暴露出真相。

⑥ 反覆：输了反悔。

⑦ 进贡：此处喻指李九送钱上门。

⑧ 牙关硬：形容欲哭无泪的状态。

第四十二回　受重赃监生和父子　代赔银闽王得龙驹

却说闽王差遣一武弁豆馨，给千金去贵州买马；回至半途被盗劫去，空手回闽。闽王大怒，将以玩误军政正法。以从宽，只令赔出马价，立限归缴，饬委购买；如过期无缴，仍以军法从事。豆馨乃罗源人，发交刘巡检依限追缴。奈豆家尽属清淡，变卖住屋及子女不及二三百千文，再凑便无。一家寻死无门，限期已满，首领[①]难保。妻子到刘巡检衙门哭求转请宽限。巡检悯之，已代请过。宽限之期又届，实难措备。欲代之赔垫，官囊如水[②]，正在代之筹思。

忽有人来击鼓喊告儿子不孝，令收入呈词，乃童奎告子监生童大章忤逆不孝，殴父打落门牙两个等情。刘巡检同陈安人疑甚，哪里有如此不孝之人子。令原告且去候拘讯究，密遣干役出去暗访实在情形。

干役遂访知：童家有十数万家财，父在外乱为，无所不至。家产付子掌管，所有财银听其[③]使用，稍不如意便将告不孝。二次都与数十两，伊将银夹碎，分贮鸭蛋壳中。每日取二个装一绸袋内，挂在腰间两旁，出至赌场去赌。一入赌场中，便头眩目暗，做猪任人去宰[④]。至二蛋壳之银空了，方出赌场，将空壳抛去与风吹去，共笑曰："风吹鸭蛋壳，财破心安乐。"日日如是，银用光了，又向鼓吵银用[⑤]。那日侦子完钱粮对银[⑥]，夺一百便走，子拦之曰："此是赶去完粮的银，迟之不得。俟数日有碎[⑦]，拿数十两去。"其父哪里肯，抱住不放。其子与抢，推来扯去，不觉头磕父唇。父之牙本来摇动的，遂磕落门牙两个，父即丢银拿齿来告等情。具禀回复。

---

① 首领：脑袋。

② 官囊如水：指官薪不高，仅够日常开销，一如清水。

③ 其：指童奎。

④ 做猪任人去宰：俗语，如傻瓜一样被人骗去钱财。

⑤ 又向鼓吵银用：又跟儿子纠缠，要银子用。

⑥ 对银：兑银。

⑦ 有碎：有了碎银两，有零钱。

陈夫人看了，曰：赔马价之项有人代出，豆馨有命矣！密令干役去童家，背地与童监生如此如此说，包他无事，必喜出千金，再如此如此行为。

干役遂至，与童大章背语曰："君知子殴父至落门牙，庶民罪不容诛，今怎处？"大章泣答曰："父欲子死，子何怨？只是以不孝之名难堪耳。并无此情，实在赃成。若能代为剖明，自当重报。"役曰："太爷知是冤屈，其奈有门牙证据，有口难辩，不能作主。惟有一计能以挽回。因赈济欠缺，可先缴银一千送入，再来教君口供，必一点罪俱无。"大章喜曰："银即措备，只是还求将我父责打几板以成，将来始安。"役曰："且将银送入，再商量。"大章遂取出一千两银票交役亲收。

役去须臾又至，谓曰："进去商量，要打令尊做得，上堂去只说有孝无忤逆。还有话，须耳向前来听。"大章遂侧耳，干役大口将他耳用力咬裂，耳血流出满腮。大章喊曰："将银来买咬耳耶？"役笑曰："耳不咬裂，君头难保。今血迹勿洗，明日上堂如此如此供诉，万无一失。"役遂去。大章随入内室，妻妾见耳裂半爿流血，惊甚。问之，大章密告以千金买此计。

其妻曰："计虽奇，监生缺耳不破相耳？"大章曰："性命要紧，还顾甚么监生？"取帕包了。

次日差来唤带父子上堂质讯。刘巡检先问原告，童奎曰："长子大章，素常不孝，因衣食不周取讨些须①银钱使用，皆不肯与。那日见银无数排在桌上，向取几两添补衣服，讵料一毫不与，即自拿一锭是实。不孝子不肯，即挥拳打来，躲之不及，门牙打落两个，银仍夺去。无处可诉，方来投告，现有门牙证据，求太爷依律处治"等词。

随问被告大章："你是监生，如何不顾父母之养？父因要些须银钱使用，你不与就算忤逆，犹敢挥拳打父，其罪不容诛了。或从中另有别情，可从实诉来。"

大章诉曰："犯生知礼守法，怎敢不孝？奉养父亲衣食尽皆周到，无少欠缺，邻里皆知。往常有取银钱，莫不奉命，惟此因催完粮紧急，赶紧兑银去完。父不言急迫，将银夺去百两。犯生说：要银待一会再取，此银乃是粮银，迟之不得。父不听，将银取抱胸前不舍放。犯生一时催粮急迫，遂要取回是实。父不肯，将口把犯生耳朵咬住不放。犯生耳痛难忍，挣脱；将头一摆，磕落父亲门牙，不是挥拳打落。现在耳被咬裂了，求察验剖明。"大章诉完，解开头帕将耳验看。

---

① 些须：些许，一点儿。

刘巡检看过裂耳，又看过落齿，谓童奎曰："你子平素亦无不孝，都是你以大压小拗虐[①]。要用银，等一会便作不得，就去抢夺。钱粮乃朝廷国课，岂容迟缓？你子要拿回，你不容，便咬他耳。咬至痛疼，怎不挣脱？你老齿摇动，被头磕落，便诬你子挥拳打落，意欲以此为证，置你子于死地。自古虎强恶犹不食子，讵知你比虎更恶。你子奉养衣食无缺，还要银钱何用？从实说来。"童奎曰："银钱实是取去作衣，并无别用。牙齿果是被他打落，并无咬他耳朵。那耳是他自己咬的，妆束[②]卸罪，不打他怎肯实说？"

刘巡检回："别处可咬的，耳可自咬的？谁敢咬之？如耳他自咬，牙亦是你自落。况他耳有齿痕，头亦有磕痕，你嘴无痕迹。如拳打落齿，嘴无不青肿。你齿因扯带磕而落，不辨自明矣。本司早已访知你平素不端，把儿子银钱拿去胡作胡为，先善讨[③]后抢夺。你子银虽叠如山，亦不够你日日去'风吹鸭蛋壳，财破心安乐'之挥洒也。今既辨明齿因咬耳致落，皆不究外，惟究治你情太不仁，今陷子性命不遂，后必倾破家财。若不惩责，难以儆戒将来。"将签丢下四条，令责四十板。

时童奎被官察出实情，无言再辩，只求曰："从今改变，不敢再吵。亦不敢取子银去做'风吹鸭蛋壳，财破身安乐'。若不改过，再拿来打死无怨。"刘巡检曰："不打不能变。"又喝令皂班打之。众皂隶遂将童奎按扑在地，将小板打之。

巡检谓大章曰："你父该打不该打？"大章答："该打。"又问曰："闻你孝，可真么？"答曰："真。"又问曰："既真孝，你可肯代父责打否？"大章不得不答："肯。"刘巡检曰："肯代你父受官刑，真孝矣。"即令皂隶放起童奎，按打大章。

此时大章怎敢推辞，不肯代替？只得仆下，不脱裤打了二十板，亦不敢喊叫。刘巡检又谓童奎曰："他乃监生，谁敢打之？因孝代父，不算监生，只算是你替身。打是打你，不算打他，可知么？"章奎答："知之。"

又曰："既知，回去改变便罢。如若仍前吵银，出去嫖赌破荡[④]，本司有人在外查访，刻即拿到；不容你子再替，重责四十板了，又将活活关死。"又谓童大章曰："你回去亦要行孝到底，不可异心。倘你父不能改，仍前作吵，即来密告，本司自有别法治之。"父与子二人俱凛遵[⑤]而去，随即退堂矣。

---

① 拗虐：执拗暴虐。
② 妆束：此处指伪装。
③ 善讨：好言相要。
④ 破荡：胡乱花费，败家。
⑤ 凛遵：诚惶诚恐地接受训诫。

童奎回去思而知悔，自此改却前非，脚不再踏出门户矣。童大章回去思之：破一千金，内去[1]三百三十三贯咬耳朵，换头；三百三十三贯打屁股，换孝；三百三十三贯致父能改变。暗喜不胜。童家自此父慈子孝，长久安乐矣。

刘巡检所得一千金代赔马价之项，即亲自押革弁豆馨并银，至福州王府报缴矣。

盖此案要被告银一千两，先虽无人知，惟干役经手，笑其前贪后廉；贪后能设计救之亦可，怎么还应承责其父？悖逆之至也。至审时人众拥看，见前所办判，至明至公。迨欲打其父，无不愕异。究竟仍打子不打父，众始称奇。过后能知贿受千金，非入己囊，仍代罪人完赃，救活一家性命，德莫忘矣。人尽知刘巡检无此经济[2]，都是伊妻陈安人——下渡靖姑在内幕指教之也。

刘巡检遂带豆馨至王府，禀缴此追马价银两。闽王遂传旨出曰："豆馨赔偿千金不易，如有人保，再委去买马，无再疏虞，官还原职。"刘巡检遂立保之。又领出银，仍回罗源。靖姑陈安人借与铃子两个，一铜铃，一铁铃。嘱之曰："至买马时摇动铜铃。有马闻铃自来者，买之足足。赶回路上待夜歇时，亦摇动铁铃，可保无虞矣。"豆馨遂去贵州、广东等处购买。遵照所嘱，摇动二铃子，行有数月过，遂买足良马四百匹。

闽王等验皆膘壮，喜甚。内挑出四匹，皆良骏，令马夫拉去河池洗刷、饮水。河即南门外洗马桥，池即南门城边饮马池，两处之古迹是也。

洗刷有数日，内有一匹乌骓，四蹄间现出五彩形模，头顶现出一对角笋，始知龙驹。骑上，蹄不沾地，腾空而行，疾如飞鸟，诚千里驹也。闽王审知大悦，遂升豆馨为龙骧骑尉，赏还原赔之千金。银送巡检衙门，刘巡检不收，豆馨亦不收，曰："既受重生之德，又逢复官升爵，便高厚之至。今若再受千金，天地必不容"等语。刘巡检令还童家，豆馨将千金送还童家，童大章不敢收，又送还豆家。彼此送来送去，数处皆不敢收。遂议童大章有女，配与豆馨之子为妻，将此千金为聘仪，童家便可收受矣。因此豆章两家遂结为姻亲，可是一富一贵，门当户对，皆感刘巡检、陈安人之恩德，言报之难矣。

却原来所借豆馨去买马之二铃，铜铃乃马三郎之号令，铁铃乃马五郎之号令。至买马时摇动铜铃，令铜马三郎选逐良马前来，故所买皆骏无驽也。至路住歇野外时摇动铁铃，铁马五郎即来防守护卫，故无以损失也。此匹乌骓至闽王审知薨后，被次子延钧所得，时为泉州刺史。骑过峡门江，化乌龙入水而去。

---

① 去：耗用。

② 经济：经世济民，指行政能力。

峡门江即乌龙江是也。此乃刘巡检判“风吹鸭蛋壳，财去心安乐”之第四案。也有诗赞之曰：

罗源民讼乱如麻，刘杞治之锦上花。
风不再吹空鸭壳，铃能选买化龙骅。
送还贿赂富交贵，扶整纲常耳抵牙。
可信阳春皆有脚，行来无处不荣华。

正是：风吹蛋壳父身乐，口咬耳皮子罪消。欲知后文，且听下回分解。

第四十三回　批互投控停两尸首　问半天仙灭奇楠精

再说罗源县辖有桑家，新娶媳妇头次归宁，父母离夫家三十里之地。那日自母家回转夫家，至半路万古山地方，新妇轿内叫住轿。轿夫知是尿急，即住歇山麓丛林内小解，许久未见出。去接之人皆男无女，未便去看，惟在外视之。将半时方出，无言就入轿内。人皆以为破肚①才俟许久，亦不便问，又抬而行。至家已昏黑，新妇不食夜膳，即邀②新婿闭门而睡。家中人以“新娶不如久归”，饭都顾不得食，二人便去睡，笑之。

至次早，日出半壁，门犹紧闭。家中人笑之曰：“日上三竿犹是梦，雪深三尺不知寒。”因敲门无应，异甚；即撬开槛门③，突有一大白鹰由房中飞去，众唬甚。进看无新人④，只有新婿，浑身雪白，僵死床中。不知所以，问去接之人。据说自家上轿无异，惟抬至万古山，因言尿急，放轿与之自入林内小解；不便伴入，有许久方出，亦疑；因见无异，又无言；遂直抬至家中，并无再歇别处。

其父兄即带人众去万古山石林内查寻，遂寻着新妇亦死在林下。女之父兄亦赶至，见女尸，大哭一场；以女抬至半路被夫家使人杀死，尸丢林内，去巡检衙门控告。男之父兄以子被媳妇杀死床上，媳妇逃回夫家，至万古山不知被何人所杀，亦投告巡检衙门。

刘巡检即坐堂讯问，男女之父兄皆不断喊谋杀。因唤问去接主人并轿夫，查其中途情形，又去验看二尸，遂批曰：“两家子女非人谋杀，乃遭鬼怪之死。万古山之中必有妖怪。一人进去小解，即被妖迷死，遂变作女，抬入夫家。夜来先吮食男之精血致命，次早变鸟飞去再吮食女之精血，故二尸雪白如是。若是人杀死，何无伤痕？彼此皆是妄控，不准。”

---

① 破肚：腹泻。

② 邀：牵着。

③ 槛门：窗户。

④ 新人：新娘子。

众人同看此批语，都说批之不错。或曰："为民父母，就是妖怪杀人，便不管之耶?"又人答曰："人杀人，官便有法处之；妖杀人，官奈之何也?"又有人答曰："官无奈之何，官之幕师乃治妖之祖宗，亦无如之何也。快叫男女之父母，还不赶来哀求衙内安人灭妖雪恨，犹待何时?"

二家之父母遂至哀号，恳请陈安人灭妖雪恨。衙内家人出谕曰："我家安人早已去收妖救民，待你们来请，迟矣。"众人皆愕然曰："未见出来，何曾有去耶?"家人笑曰："我家安人出去，都被你看得见? 惟临行吩咐将女尸抬回，排放男尸床上，三日内无肠风出，收停之。有肠风出，且慢收停。"家人言了即入。

二家之父兄即去抬回女尸，与男尸排放一床，皆哭曰："二个已死一日二夜，真臭味皆出也，哪讨[1]死人还有屁放，此返魂乃枉然。既有吩咐，且慢收之。"

又待至三日，尸共停至五日。时尚炎暑，那臭味至数间屋皆臭，此时不得不收。正在抬扛入棺，二尸忽放起屁来，如吹号头[2]；扛抬之人冲倒，尸仍丢在床，众人皆跑走出户，共讶曰："果死人有放屁，奇甚!"停有一会人又进屋，便不臭味[3]，更异甚。却原来二尸之臭气皆收内腑，化为屁放，始无臭矣。诸亲皆喜有望，又停放之。

且说陈安人在衙内察访明白：本辖万古山有妖怪，连害二命。即带法宝，使用地脉法顷刻遁至万古山，扮装作新人模样，竟入丛林。却原来那妖奇异甚，常隐在林中。瞥见美少女至，便变为美少男迷之；有美男至，便变女迷之；非少非美者反退避之。彼处乃山林僻处，那讨有过[4]少美之男女? 十年无迷其一，故无人知此有妖怪也。惟前日之新妇遂意，新郎亦美，始变幻并害之也。今见陈安人浓妆，喜甚，即变为美少男来拢之。

将近身，被陈安人化一捆妖绳丢来缚之。妖忽不见，突出一蓬鬼，手执钢叉杀至。安人拔剑与战，妖将却，又丢绳去缚，妖又不见。又突出一黑豹咆哮扑来，又将化绳捆之，又不见。又突出一八臂哪吒，手执利器，大过庙里金刚，掩杀来。安人脚踏腾空轮滚杀过去，他纵火。安人虽小而捷，妖笨不能捷，复变为美少男败逃。有一株空身大榕树，逃钻入树腹里，化道青气，由树梢冲云霄。安人又腾空追之。至半天[5]气渺，遍寻无踪。

有二叟坐在云端打双鹿[6]，安人以为妖变，将绳缚之。近前觑之非妖，乃

① 哪讨：哪里找，哪来。

② 号头：喇叭。

③ 不臭味：不再发臭。

④ 有过：有……经过。

⑤ 半天：半空中。

⑥ 双鹿：即"双陆"，古代一种游戏，以局如棋盘左右各有六路，故叫双陆。

仙，向前动问曰："二位大仙，有一道妖气逃走何方？"二位笑曰："此乃僻静所在，亦有人来吵也。"随问曰："你甚术能追至此？"安人答："闾山之门徒陈靖姑也。"叟曰："怪道[1]，乃许道友之门徒，才有此法术追妖至此。方才化气冲上之妖无人知，惟吾二个知之。既是吾道侄，可说与知之。但此妖在地不在天，身欲逃遁入地，恐吾道侄追之，遂化上升，使不下寻。惟上追乃妖之鬼黠也。惟落地寻之必获。"又问曰："实是何妖，再求师伯指示。"答之曰："千年之松出茯苓，千年之榕出奇楠[2]。乃万古山大榕树根所化奇楠之精。善食少美男女之精血，补己之丰采。即由空身树根底寻以除之，可保人命也。"安人称谢，又问曰："二仙尊号？"又答之曰："只称化外，二仙无号！"又问曰："因何在半天打双鹿？"又答曰："半天打双鹿，万古毁奇楠。毁子勿毁母，并毁必循环。"

二仙言了，丢下双鹿，化为二鹤各飞而去。陈安人遂回至万古山，看那精遂入化气之树，干如蛟龙，叶如云雾，高半天[3]，荫数里，身空数丈，恰如深洞。惟不知奇楠结于何处，遍山崙[4]蹴地脉寻无。思之根荄万缕，分布甚远，难以遽寻，必须放火，由根头一攻，万根俱动。又想并伤其树，树者母，奇楠者子，二仙曾嘱灭子勿灭母。今且焚至伤其树，再施法复活犹可。

遂发三昧真火由空心树根攻入。总根一发，遂延诸荄，如放烟火线，千丝万缕分烧于野。遂知中有一根，始分派极小，延至数丈，转为极大；大了小，小了大，一截蜂腰鹤膝，均延至三里余旋过数重山崙，方结奇楠。怎堪三昧火，顷刻延及，由地爆出，震声如雷。靖姑闻响驰看，地裂，爆出奇楠，非寻常，乃人身，即初遇美少年，僵而不动。安人笑指曰："这孽畜既结至人体，何不行正道，致有今日？"

但此精既能千变万化，又隔离根头甚远，有火攻之，何不预遁耶？原来那精以为安稳，谁知神火不比凡火，延至迅速，迅雷不及掩耳，忽然烧至，逃岂能及。

人来看不敢近前，皆在四山头[5]远望。见安人与精对杀数次，精变形皆杀不过安人，至入树腹化气冲天，安人遂腾空追上云霄，有许久不见。安人落地，又见放火烧树，根头曝出人来，安人赶去指骂。知是妖形出现。众便赶至拥看，问："何妖怪？"安人曰："乃千年榕根所结，名奇楠。"众曰："奇楠岂不至贵？"安人曰："是。"又问："奇楠香只有拳头大，就像犬屎一般，哪似人形？"安人

---

① 怪道：难怪。

② 奇楠：沉香的一种，十分珍贵。也写作"伽南"。

③ 高半天：形容非常高。

④ 山崙：山峦。

⑤ 四山头：四周山头。

曰："原似犬屎，因变精，惯食人精血，才转人形。"众又曰："犬屎大已极贵，变作人形必无价至宝。今烧焦至些须[①]，被安人得来，以报除妖灭怪之大德。"安人笑曰："此虽无价之宝，乃无义之财，不变精亦不取，况已变精，反有取之理？不尽灭之犹遗后患。"

安人又放三味火焚之。其异香闻至数里皆嗅见，人始信果是奇楠香之精不谬。既毁了精怪，回至本山，见榕树已历千年，至此应当遭劫，任甚炼度，不能复活。安人思而叹曰："炼人皆活，炼树不活，莫非生子为祟，殃及乃母？炼其不活，天也。我乃代民灭精，不得不出力，若循环及身，亦命也。人岂能奈天命何!"

陈安人至万古山收精并炼度树，头尾三日不回衙。即至停尸家中，先将二尸喷净，遂踏罡步斗，施法炼度，须臾夫妻并活。两姓之父母不胜感激再造重生大德，诸男女跪拜于地。却原来陈安人暗拨神将来护尸，莫与入棺，故死人才有屁放也。安人又炼活一男一女，茶水不沾，亦蹴地脉回衙矣。此乃刘巡检批判死人有放屁之第五案也。

正是：此时榕树死因子，他日靖姑化为胎。欲知后文，且听下回分解。

① 些须：些许，一点儿。

第四十四回 闽王遇仙募梁入月 靖姑献策剿妖讨金

却说巡检衙门又有人来喊投①，家中失盗，擒②贼来求追赃。刘巡检即刻坐堂问讯，据原告忙忙走③口称："在宁德白鹤岭居住。昨日家中失去金耳坠一双，有人见是穿山甲偷去，今日拴来追究情由。"又据穿山甲供称："家住罗源，挑卖杂货，前日因由忙忙走门前经过，见他家里猪㛨④戴一双金耳坠，就问忙忙走：'你好发财，猪㛨都务⑤金耳坠戴，此一双有几多重?'他答：'只有三两重，值几多钱，将来还要打金猪槽⑥与他食料哩!'小人答曰：'更大发，该当⑦与我撮食⑧才是。'不过说此几句话，就去别处做生意，哪有偷他金耳坠?"

忙忙走遂质曰："你先到⑨有说此便去，谁知你侦我去⑩，又来偷脱金耳坠。因猪㛨叫，儿子出看，喊'穿山甲偷脱猪㛨金耳坠'，你一面将金耳坠脱跑，怎言无也?"穿山甲答曰："你子才三岁就会此等喊叫？你妻亦是平胶⑪，甚么不出来追拿耶?"忙忙走曰："到我妻出来时，你已跑下岭去矣。"

刘巡检问忙忙走曰："汝平素做甚么生理⑫？家中还有何人?"答曰："无作生理，只种山园⑬，兼养猪㛨，家中只一妻一子。"又问曰："只种园养猪，哪里来的金耳坠与猪㛨戴耶?"又答曰："种园够食，猪㛨生仔卖钱剩的留积打金

---

① 喊投：喊衙投诉。

② 擒：拉扯。

③ 忙忙走：原告的诨号。以下"穿山甲"是被告的诨号。

④ 猪㛨：母猪。㛨：也写作"姆"。

⑤ 务："有"的俗写同音字。

⑥ 打金猪槽：定制金质的猪食槽。

⑦ 该当：理当。

⑧ 与我撮食：出钱请我吃喝。

⑨ 先到：先前，也作"前到"。

⑩ 侦我去：窥探到我离开了。

⑪ 平胶：平脚，指妇女未裹足。胶：脚，方言俗字，本字"骹"。

⑫ 生理：生意。

⑬ 山园：山上的旱地。

耳坠与戴，其金总在，不至花去，再打金猪槽是说玩笑。”

刘巡检又问穿山甲曰：“你家中亦有何人？”答曰：“有父母妻子共九口。因父母老，子女少，只靠小人作把揽鼓[1]供养一家。虽贫亦极守分，从无赖人一根草[2]。他赖小人偷金耳坠，实是冤枉。”

刘杞莲又问曰：“你晓他住屋多大？还有作别的生理么？”又答曰：“他住屋不过小茅舍，未见作别的生理，亦少的在园[3]，多见忙忙走，故此叫‘忙忙走’。”忙忙走又质曰：“他常在山里穿，故此名穿山甲。平素胶手不停当[4]。金耳坠是他偷去，不可听他强辩饰非。”刘巡检曰：“知道了，你二个且出去候讯。”遂退了堂。

须臾内衙掏[5]出牌来悬挂，批忙忙走投告穿山甲偷猪牳金耳坠一案，曰：“人住小茅屋，猪牳饰黄金。财既露人眼，何不自小心。拿贼无赃据，诬良罪非轻。从宽免穷究，究来海样深。”

此牌挂出，人皆看念。忙忙走闻念了，曰：“此等批，金耳坠白白毛去[6]。”众曰：“不穷究还[7]大造化，还想要金耳坠？”忙忙走又问：“怎的穷究？”众曰：“人住小茅屋，猪戴金耳坠。不是大盗，便是窝家。还敢诬良为盗，若穷究起，事比天更大。得有安静[8]回去？”忙忙走一听说即走去，各差役亦听之去。惟穿山甲取保方放之矣。

再说福州闽王王审知于八月十五夜独坐中庭。因月圆如镜，明如水，举首赏玩，至半夜不舍去睡。正在定睛仰视之间，只见月轮裂开，坠下一物，轮仍复合。那物初落小如麻，渐渐见大，将落在地，乃人也，即落在闽王面前。板檐巾，阔袖服，五绺长须，佩剑抱册，向王长揖。王讶曰：“仙人也？怪也？”答曰：“非人非怪，乃仙。”问曰：“何仙？”又答曰：“吕岩[9]。”王遽起坐曰：“原来是纯阳大仙下降，失迎，多有得罪！”

分宾主坐，问曰：“不在月宫长游，因何下降敝庭？未曾洁坐恭迎，望乞涵恕。”答曰：“贤王威著闽疆，德敷海表，敝道未至趋贺，惟冀宥罪！”王曰：

---

① 把揽鼓：即拨浪鼓，指挑担摇鼓卖货。

② 从无赖人一根草：从来不去占人一点东西。一根草：喻一点点东西。

③ 少的在园：很少下地劳动。

④ 胶手不停当：手脚不干净。停当：本分，老实。胶：脚，本字“骹”。

⑤ 掏：拿。

⑥ 毛去：失去了。毛：没有。去：语气词，了。

⑦ 还：还算是。

⑧ 安静：平安无事。

⑨ 吕岩：即“八仙”中的吕洞宾。

“言重!”又答曰：“因月府广寒宫稍坏，奉天帝敕命督理重修建造。百物俱备，惟缺一条金梁，特来与贤王求募，以全广寒宫之美。万古名传天府不朽，福荫人间无穷矣。”

王曰：“天帝有命，敢不遵奉？但不知长大几何，求指示之。”又曰：“长六丈六尺，径大三尺六寸。”又问之曰：“有此长大，不只千斤，怎的运的上去?”又答曰：“贤王即管制造便，九月十五夜自拨有仙使来，运上月府不难。题上缘簿，预列金榜。”随开簿献上。王遂自写上御名，题金梁之尺寸。洞宾遂揖谢。留之不住，遂即辞去，仍腾空而渺矣。

闽王遂罄库存，兑换十足黄金，赶造为梁，上刻“中界后梁乾化四年仲秋，福建节镇王审知捐题黄金中梁一条，重千斤”等字样，高架中庭。候至九月十五夜，月色如水，王命人抬至大庭放之。仰望至半夜，月窟又坠二物。小而渐大，乃二头白鹤，头向王点数下，一鹤嘴衔梁头，一鹤嘴衔梁尾，二鹤抬千斤之物如抬灯草，遂飞抬上天汉。月忽裂开，二鹤衔钻入月窟，月仍复合。王同人众无不称奇，非吕洞宾不能如是也。

闽王先以名动天府，后遂疑之。夜来思之，愈疑悔之不胜。那日至九仙山大书院听大教授吴勗讲书毕，屏退左右，问曰：“月中何物?”吴勗大教授答曰：“清虚无物，惟水之精。”又问之曰：“世传广寒宫何也?”又答之曰：“此乃唐明皇梦游广寒宫，听霓裳羽衣之曲。何曾真游?”王就呵呵大笑曰：“聪明一世，懵懂一时。”遂将仲秋夜望月、月中坠落吕洞宾、题金梁之情形告之。

吴教授曰：“以目击由月中来月中去，又似真实。若以理度之，又无广寒宫，犹不敢擅拟。惟吕纯阳点石化金，岂用乞贷于人间？况人不求仙，仙反求人，其谬可知之。千岁被之蒙混，即如郑子产放生鱼、被校人懵懂[①]一般。惟此邪术奇甚，须慢慢密访，可获灭之。”王曰：“然。”随通行密札，与各州县巡检地方官查访，又拨弁兵，分散四处密缉。

罗源接着密札，陈安人笑曰：“猪牳戴金耳坠有了出处矣。”刘巡检问其故，又曰：“妾身看此札之事实了，遂撷指点算：那妖人落宁德之方向深山之中。宁德深山惟白鹤岭，思那忙忙走就在此山住。不做生理，有金耳坠与猪戴，必是与妖同伙可知矣。但宁德不是我管辖地方，不便拿究，惟唤穿山甲来，只须如此如此询问便知矣。”

刘巡检遂令差唤穿山甲来到后堂，问之曰：“你常在白鹤岭做生意，那内山可有异样之大屋宇么?”穿山甲答：“彼处一派皆深山大岩，惟山之深处有一家

---

① 懵懂：糊涂，此处用作动词，指被人认为糊涂。

十分华丽，如大神庙。小人挑卖杂货走过几次，门闭定，无人出入。因问忙忙走，他说是白鹤仙府，里面千变万化，无物不备，你把揽鼓[①]东西岂上他目。下次不可再来探望，有白鹤飞出啄你目睛，莫看故好[②]。因闻此说，便不敢再去。只有此异样人家，别处无矣。”又问曰：“见有鹤飞出么?”曰：“先无见，至后远远望见，有一二白鹤出入。”

刘巡检曰：“此乃白鹤妖人之窝巢无错矣。我实对你说，福州千岁王爷有一条黄金梁被二白鹤偷抬去，行文缉访。有人访知妖巢者，赏银三百。你所言白鹤仙府，即是偷金梁之窝主。那地方不是我掌管。今将你送于宁德巡检司葛太爷衙门，有书荐你能干。即将所见白鹤之情形告之，自能拿出大盗，与你赏银，回来作大本钱，可好么?”穿山甲喜甚。刘巡检遂遣人送穿山甲至宁德。

巡检葛如川乃靖姑陈安人之母舅，又从学[③]过来。葛巡检已接过闽王密札，又接荐书，说此人知盗之窝巢，甚喜。遂问之，穿山甲将前情又说了一遍。葛巡检即招集访缉之差役，亲自督带，令穿山甲引导，径抵白鹤岭。内山遍寻，并无半间人家居住。诸兵役骂穿山甲以做梦之事来戏弄官府。穿山甲答曰：“有敢做梦来乱言？数日前犹望见有鹤飞进飞出，怎么今日寻无耶?”众又骂之。葛巡检曰：“非梦想，妖人有瞒天掩地之法术也。必定有奸细先来通报，施法隐去。”穿山甲曰：“是，没错！奸细非别人，即是忙忙走。上岭时见他在前面跑入内山，必是去通报。”葛巡检问：“忙忙走何人?”穿山甲即将猪牳戴金耳坠之情事告之。葛巡检曰：“正正是[④]同伙之奸细！今且退回，待拿了奸细再为。”即带兵役而回。

次日以数个兵役装做樵子，上山砍柴。穿山甲仍挑把揽鼓担同入内山。忙忙走在家中不防备，并妻子一起拿来。葛巡检坐堂讯问，忙忙走并不招认，打四十又不认，取夹棍连夹三次，始肯承招。供曰：“八年前，那白鹤岭都是荒野，并无人居，未见兴木动作，忽然间辟出大墙屋[⑤]一座。并无女眷，只有一半老道人[⑥]，四只[⑦]大徒弟，二十上只[⑧]小徒弟。穿皆美衣，食皆美味，金银堆积如山，

① 把揽鼓：拨浪鼓。此处指货郎担。

② 莫看故好：不去看更好。故：更。

③ 从学过来：一同读书过。

④ 正正是：确实是。

⑤ 大墙屋：四周有高大围墙的房子。

⑥ 半老道人：中年的道人。福州话称中年为“半老宿”。

⑦ 四只：四个（人）。

⑧ 二十上只：二十多个。

百物俱有。未见有人出入，不知从何而来？那地僻极，少有人到，惟小人有至讨柴[1]。因问之，答乃白鹤教主，喜静恶繁。叫小人在山路口守望，有人进山，即先通报，人、屋一并隐避，便不敢[2]吵扰矣。要用银钱，即管来取。

“小人盖茅屋在岭边住止[3]，将银来娶妻，以种山园为名，实只养猪牳。昨见官兵，前去报知，是实。”

葛巡检笑曰：“怪的是[4]，得此美缺，猪牳怕没有金耳坠戴？”又问曰：“闻畜有白鹤，此月前，二鹤扛抬一条黄金梁进去，现架在何处？”又答之曰：“白鹤是四只大徒弟变的，无再畜。近时见一条直透[5]黄金梁，问小徒弟怎的木梁换金梁，何事？他答将此堂为金銮殿。再问之，便走去不答。”

巡检查问明白了，令带去收监。将此供由连夜遣人飞报罗源并闽王。闽王亲督官兵来剿，葛巡检带同穿山甲，迎入内山。此时无人报信，兵士偃旗息鼓，突至妖巢。隐避不及，又被犬血喷洒，遂将屋宇围绕。将攻之，忽墙内飞出刀剑如雨雹，伤死军士无数；外面乱箭射不过墙，闽王麾令众军暂退。墙内飞出四只白鹤，向四向墙角啄衔，遂将一座大墙屋扛抬浮起，腾空上天而渺，却原来屋如船有底。

闽王见鹤抬屋遁去，自又损伤军士，正在恼恨之间，忽见有一红衣女举剑，在半空与一道人同四只白鹤交战。甚异之，同众官军皆停驻仰望。战有一会，道人被红衣女斩为两断[6]，身尸坠落。四只白鹤散遁，又被红衣女斩之，一一落地，四鹤即变为人尸。王同众仰看杀了五妖人，回首再看，那座大屋巍然仍在目前。

红衣女随至见，闽王愕问之。葛巡检奏曰：“乃臣之甥女、罗源巡检刘杞莲之妻陈靖姑，曾在闾山学过法来。因闻官军至，特来助战灭妖也。”

闽王喜曰：“孤道是九天玄女下凡来助正灭邪，却原来乃人也。有此奇术，实古今罕有也!”又问之曰：“此屋既扛上天去，因何仍在?”

安人答：“此妖人诡计多端，无奸细，屋隐不及。四墙顶设有刀剑，使动机轨，忽然刀剑齐发，杀退围兵。明去暗来，乃避眼法：人见屋抬上天，不见又抬落地。被臣妾杀出现形，五只[7]妖道已除。今进去搜寻，看再除之。”言讫，

---

① 有至讨柴：到过（那里）打柴。

② 不敢：不会。

③ 住止：居住。

④ 怪的是：难怪。

⑤ 直透：贯通的（大梁）。

⑥ 两断：两截。

⑦ 只：个（人）。

飞入墙内，须臾开门而出，又曰："妖已除尽。"

引官军入搜，获男童二十二只，各有十五六岁。原金梁架于中堂，令众军拆落，又抄出金银无数。王询诸男童，皆各乡良家子弟，路上遇此道人，将手一拍，见左右是水，后是大虎在追，只望前跑，自跑上门，收入为奴，诸事皆不知。王交地方官带去，查交各亲眷领回。数十军士被飞刀伤亡，王欲令收去，陈靖姑前来施法炼度，须臾复活如故，王更喜不胜。陈安人将妖尸首烧毁去矣。

闽王调度，将所抄之财物，惟金梁收回；遂取五万银归库，二千赏陈安人，二千赏葛如川，又银三百赏穿山甲，其余金银赏各官军兵役。所拆物料及诸物皆赏宁德巡检衙添用。刘巡检升为知州。忙忙走无别情，只作奸细，从宽减免死罪，割耳刖足，同妻子并放。

王分发欲回，安人跪禀：金银领受，惟臣妾之夫才拙，不胜知州之任，只愿本职。闽王遂加知州衔，管理罗源巡检事，食知州俸，妻封恭人。王即起马，带众军而回矣。

却原来靖姑在罗源，闻闽王亲自督兵来剿妖，恐邪术难测，官军必落局中，即借土遁而至。果坠邪术之中，救之。闽王赏之金银分诸亲戚同沾恩德。此乃刘巡检判猪㹀戴金耳坠之第六案也。

正是：不因猪㹀戴耳坠，怎识鹤岭有妖人？欲知后事，且听下回分解。

白鹤岭在宁德西五里，其中有悬岩空洞，可坐几十人。南连飞鸾，北抵莲花峰，有路可通罗源，高耸接天，崎岖千丈，俯视大海在履舄下。

第四十五回　张杉帽戴李试头上　远飏犯投捕官网中

却说刘杞莲虽加知州衔，凡移文俱称巡检，不称知州。闽王审知屡闻罗源巡检刘杞莲判案如神，欲将疑难之案发与审断。

适漳州详解一命案。凶犯张杉，经坐大堂复讯，皆照原供招认无异。案情既实，即绑押出斩。张杉将斩，被押出辕门，仰首向天叹曰："苍天，苍天，汝的两眼安在也?"时天晴霁，忽然云腾雷震，顷刻雨电交加。闽王异甚，以此案必有冤枉，即令犯吊[①]回头，松绑。张杉一解绑，刻即雷收雨歇，太阳当空矣。闽王不再问讯，将犯张杉并原详案由，令发解去罗源，委刘巡检细加研讯有无冤枉，详报察办。

刘杞莲遂接到此案人犯，同靖姑陈恭人阅看案情：乃去年吴贯园中偷蔗奔出，被吴贯遇着，向夺其蔗；张杉起一脚踢中吴贯肚尾[②]，刻即致命，以盗拒捕殴死事主立决等申。刘巡检遂坐堂，诘问原因，张杉将原供供之。

刘巡检曰："照你所供，与详案无异，并无冤枉也。"张杉曰："案无冤屈，张杉帽戴李试头上，张杉打死人，李试偿命，冤枉之至也。"

巡检曰："怎么有张杉打死人李试偿命之理也？细细说来，本司自能与汝辨冤伸屈。"

张杉曰："现跪台前之犯人，实是龙溪县[③]之解差李试也，奉解此案凶犯张杉至都[④]审决。犯人吃长斋[⑤]心软，不忍正犯张杉披枷戴锁沿途吃苦，尽将刑具解脱与松动，惟头上犯帽不脱，为之标记。行离泉州三日，路上皆驯，无一点疑异。投宿泉州饭店，谁知半夜侦犯人酣睡，张杉将标名之犯帽脱带犯人头上，将犯李试帽自戴他张杉头上，并包囊尽被盗去。惟将详文塞存犯人怀内，他遂

---

① 吊：押解。
② 肚尾：下腹部，此处指阴囊。
③ 龙溪县：今漳州龙海市。
④ 都：指闽都福州。
⑤ 犯人吃长斋：李试自称犯人。"吃长斋"指虔诚信佛，长年吃素。

走脱。

“犯人睡至天明起来，不见张杉，出喊凶犯脱逃，欲叫店主人等同去追捕。店主同乡保俱至查明哪个犯人逃走。答：‘正犯逃走去。’众曰：‘正犯现在，逃走乃解差，没要紧，不须追。’犯人答：‘解差是我李试，何曾走？现张杉不见，不是正犯走也？’众曰：‘汝不是正犯张杉，汝自脱帽看。’犯人即自脱帽看，不是差帽，乃标写‘龙溪县命犯张杉’之犯帽。始知帽被换戴，即向辩说睡着、帽被偷换；帽是张杉，人不是张杉，连公文包囊都被拐去。众又指曰：‘汝说都被拐去，怀中所存何物？’犯人向怀中摸之，始知详文留塞怀中。众又曰：‘公文并犯俱在，逃走岂不是解差，还说是犯人？明明罪欲脱与差人身上也。’

“犯人再三辩说，帽是人不是。众又曰：‘即是凶犯张杉逃走，汝解差身上代之斩绞，不能半点减轻。’众又问：‘张杉是什么犯？’犯人答是一脚踢死人命。众又曰：‘一脚致命，乃误伤不至抵偿，不过充军别处吃饭，遇赦依旧回家，何必着惊？’犯人亦自细思：罪亦难逃，再辩无益，听诸乡保店主去报官，说‘龙溪县解差李试逃走，请另拨差来接解’。

“至都，遇有讯问，皆照张杉之口供供之。前日在都城绑去代张杉斩首，亦是应得之罪，有敢怨？只思凶恶者无事，良善者砍头。张杉帽戴李试头上，不能脱冤，无处告诉[①]，仰首呼天无眼也。蒙恩缓决，发问有无冤屈，故将实情供上，怎敢翻招？惟求明断”等供情。俱录上口供了。

刘巡检谓曰：“自古只有慈悲的解差，哪有慈悲的犯人？若照此口供，张杉帽可脱得去矣。”李试忙连叩头。刘巡检曰：“汝若有命，莫谢我；亦莫谢王爷，可谢天地也。”将代张杉之李试暂寄监中，遂退堂进内。

陈恭人在内瞧听明白，谓曰：“此供之情由皆实无虚。只是张杉一时难以就获，亦不须拨人去缉，将来必会自至投到。先将此口供录报王府，待访获了正犯再行究讯解报结案。”刘巡检即行具报。不表。

回说脱逃之正犯张杉，将带去李试包囊之盘费大吃大用，数日俱空。欲行偷窃，夜去巡游。适一家门未关闭，略拨便开，竟入内室。灯火未灭，只一妇女在灯前做针黹，困倦仆[②]于桌上睡之。张杉遂入房，将服物偷出户外，又进去偷凑[③]。因睨妇女少美，欲行强奸。恐喊叫，见桌上有棉花，随搓一丸[④]，把妇口塞住，便挟抱行强。妇即警醒，身被压不能走脱，口被塞不能喊叫，只在

---

① 告诉：告状诉说。

② 仆：俯身。

③ 偷凑：嫌少而再偷。

④ 随搓一丸：就搓了一团（棉花）。

挣扎滚跋，口中颇出呵罗之声①。却被隔房之邻人闻知，疑，喊问无答，由壁缝瞧入，见妇被人抱压行强。想必恶贼，忙喊众乡邻同去拿强贼。张杉闻喊便放妇出，抱赃物走去。

幸妇人能拒，下衣未剥，惟软倒长椅上面。众乡邻同入房时，贼已去。问妇无答，持灯照之，始知口被棉压塞。将棉拔出，只存一息。待有许久方能说话，始说出被贼欲污之情形。诸邻人持灯遍照，在房门口拾一帽一包囊。帽乃公差之帽，包囊解开，只有龙溪县给与长解犯人张杉之差人李试批回照一张。众方知贼是龙溪公差李试，因喊拿跑走失落的。

正在议论之间，妇之丈夫回来矣。此家妇之夫名陈能，是夜去朋友家饮酒，妇在房中做针黹等之，故里外门才未闩。妇因贪睡被强，陈能闻知忿甚，次日将差帽、路照径带去龙溪县衙门投告。该县主即差人去查拿长解李试。差人去拿无人，回报李试至泉州逃去，该处地方官另拨人接解犯人至都。县主即将李试之家眷尽擒收监，仍派拨兵役严拿李试究办。

其事主陈能等有许久，无获李试到案，以为疏纵，遂奔至都，赴王府具控：龙溪县纵役李试在外强奸横窃，闻喊走脱，遗落差帽为据等情由。闽王审知准收呈词，连原告并发罗源，与刘巡检审拿办理。

谁知张杉盗出陈家服物变卖银钱，有得吃用，径回至漳州。遇一个旧贼伙名塔仔，讶问之曰："汝不打死人、解都抵偿，怎的回得来也？"张杉把半路走脱之情由密告之。遂问塔仔："现落在何处？"答曰："我现在落海内②，入伙做大盗。大哥令我上来探息。汝可走脱，可随我去，亦荐入伙，好么？"

张杉曰："好的极，只是无拜见礼，可同入大家③偷些金珠④同去进献，齐好说话⑤。"塔仔问欲偷哪一大人家才有金珠。张杉答曰："在地惟吴家一主⑥才有金银，再寻无矣。"

塔仔曰："汝拔吴家几条蔗，弄出人命；今幸走脱，还敢再去偷之？若被拿获，不是飞蛾投火也。"张杉曰："怎到他拿去？知他财多人少，所有皆老与少；可带绳索利刀去，怕不尽意盗之也。"塔仔又问曰："你才打死他一命，无抵偿，怎忍再去劫之也？"又答曰："正恨极吴贯，既有万贯家财，只拔几条蔗值什么

---

① 呵罗之声：喉中发出的模糊声音。

② 落海内：流落海盗伙内。落：在。

③ 大家：大户人家。

④ 金珠：金银珠宝。

⑤ 齐好说话：你我都好说话。

⑥ 一主：一个人家。

钱，就来抢去，才弄出人命。致我关监坐狱，几至杀头，正要去偷之雪恨也。”

塔仔曰：“他不恨汝，汝反恨他，要偷奔去偷，不可说出此无理之话。”

盖两个都是贼，一个颇知理，一个理法全无。是夜各带刀、绳，二个同越墙入吴家。吴家之内只有数个老少男女，被二贼拿缚，拔刀指之曰：“如喊叫，头就落地。”皆不敢开声，齐张着二眼看之明火横刀，先搜刮箱内金玉珠宝，随撬取柜内金银，贮二大包。大足意了，张杉执刀向所缚之男女，指之曰：“你可认得我二人么？我明人不作暗事，实对汝说，免害别人。我即前回拔汝园蔗之张杉。只拔几条蔗，便不肯与，致我犯罪，性命几乎不存。今我能走脱，特会塔仔同来大偷汝的财宝，落海[1]去作海皇帝[2]之主帅，看汝们还能奈我何!”

所有各房舍皆搜尽。将去，张杉因见有二个及笄之女，欲与塔仔分淫之。塔仔骂曰：“既打死他家无偿命，又大偷他财宝不敢言；再淫他妇女，恶不满盈也？虽同落海去，一时人无奈之何，将来天岂容之也？不可不可！快去快去!”张杉答曰：“假至诚[3]！前未落海，都为过几次，今落海还不为，是憨也。汝不为先出，待我为之同去。”

塔仔曰：“汝若为之，带刀不便，刀交与我带出去。”张杉将刀递与之带出。塔仔接过刀，两手擒两把刀，睁目视之曰：“汝去就去，如不去便杀汝，代吴家报仇，此二包我独得。”张杉因刀在塔仔手，不敢不出去。塔仔将一老人绳索割断，遂同抱包囊而遁矣。

吴家披缚之男女先已割放一个，遂自能尽解之。是夜里外燃亮灯烛，二贼所言所为，众男女观听了然；至贼去缚解，出去喊救。乡保同入查问，皆知是张杉脱走，同塔仔又来；明火劫拿，非塔仔持刀拦阻，二女难免受污。

吴家只一壮丁，已被踢死。今老的名吴典，去有司衙门投控，有司惟以照常饬捕。又去州官衙门控告，时泉州刺史乃王延钧，亦只具文通饬缉捕已也。遂又至都[4]，赴威武军王府呈控。闽王亦将呈词连人发往罗源巡检衙门，归案严缉究办矣。人皆背议，此案连叠[5]三次，都是天大之民情，闽王不自行严饬该处地方官，勒限缉获逃凶，办理伸冤；怎么一连三案皆委隔远[6]罗源巡检司末员承办，岂不泛滥之至也？

---

① 落海：下海，指入伙当海盗。

② 海皇帝：海盗头。

③ 假至诚：伪君子。

④ 都：指闽都，即福州。

⑤ 叠：堆叠。指上级官府发来的同一案的催办文书成叠。

⑥ 隔远：隔得很远的。

讵刘巡检前后承接委办三案，并不具行通文缉捕，亦不自拨差访缉，只把顶名之张杉收于监内。叠案之陈、吴两原告，皆令在外听候获犯究追治罪。皆候至三个上月①，并无动静。二原告又至王府催之。王府之吏目②请以违玩委办重案之巡检刘杞莲究革，另委接办。闽王批之不准，曰："该巡检必有所待，岂是违玩。不须另究，又不须另委，静听筹办可也。"诸吏目遂不敢再请矣。人又疑以刘巡检不动阳兵，必拨阴兵去缉逃凶，尚未获到。讵陈恭人亦未动阴兵，自有一番神机妙算，人岂能拟度得出也？

说那张杉、塔仔二贼劫了吴家财宝走去③。二个都无眷属，惟张杉有一谊妈④，住极边僻⑤。同至其家，开囊点看，白银有二十斤，黄金有许多，珠玉杂宝共有数斤。取一大包碎银来用，余仍留进与海大哥⑥。遂买鸡鱼肉、红白酒，日夜来开怀畅饮。随买衣帽鞋袜，共住歇十数日，各背包袱落海入伙。

寻讨⑦贼船不见，塔仔便查问某字号大舢板船开泊何处⑧，随有人答说，早已上北去了。二贼即雇船由北⑨去赶，寻至四五日，无处寻之。又查问，又有人说在福州洋面。二贼复换别船又去寻之。却原来此贼才才⑩合伙落海，船只一只，贼只二十余，惟劫小商，大商尚不敢劫。实因闻有官兵来拿，走躲僻澳⑪。人不知是贼，问之，皆以别船错认为此船也。二贼又寻至福州洋面，又无。又问有来往船⑫之人，说昨见一南船⑬进罗源港内。二贼又令船驶入内港寻之。是商船，不是那字号。此船遂泊道头⑭，二贼同带钱上岸，去罗源街市买食。

谁知靖姑陈恭人在衙内多早⑮点算：今日有逃犯张杉、塔仔会自来投到。

---

① 三个上月：三个多月。
② 吏目：吏员的头目。
③ 走去：逃掉。
④ 谊妈：结拜的奶奶。福州人呼奶奶为"妈"，音"马"。
⑤ 边僻：偏僻。
⑥ 进与海大哥：献给海盗头。
⑦ 寻讨：寻找。
⑧ 开泊何处：行驶出去，停泊在哪里。
⑨ 由北：向北。
⑩ 才才：刚刚。
⑪ 僻澳：偏僻的港湾。
⑫ 有来往船：曾来往的船。
⑬ 南船：指闽南来的船。
⑭ 道头：码头。
⑮ 多早：老早。

预放出李试，唤至陈能、吴典二原告，令闪在堂侧候认。张杉、塔仔若是，勿言；若不是，即言不是。又令众差役在衙门等候：午时有下府人[①]拿贼仔[②]来投，便是二大案犯人，即带入，勿致走脱。

恭人排布既定。二贼遂游至街衢，欲进店吃点心，俱站在店前买鲜鱼。塔仔肩上搭有半串钱，被扒手撮去[③]二百，贼即赶去拿，欲挥打之。众指之曰："此衰瘦[④]，怎经得汝二大汉打，打死带累[⑤]我街坊，对面就是地方官衙门，送去即枷出来，还不好？"

二人将放与去，不送官；其奈人看甚多[⑥]，一同拥挤至巡检衙门口。差役问："何事？"二贼未言，众即代曰："此二个下府人，肩上钱被此扒手仔扒去，今送来求老爷枷示。"差役问："哪二个是下府人？"众人指曰："即此二人。"众差役看日影正当午，共细语曰："前道[⑦]来矣。"遂将二贼并扒手拉进去。那时二贼要走不得走，只得遂入之。

刘巡检不待报，已坐在堂上矣。令将闲人退去，把头门关住，叫带三人来问。众差押带三人，俱令跪下。已被李试瞥见是张杉，暗喜不言。二原告惟吴典认得二人，俱是原明火劫贼，亦喜而不言。陈能认不得，亦不言。刘巡检知是正犯，先问撮钱情由，遂将扒手打二十板，钱交退失主。放去了扒手，才问二犯之姓名来历，二犯以假姓名来历答应。刘爷答曰："不须假，本司等汝二人久矣。"遂指张杉曰："汝不是脱帽与李试戴之犯人，又至泉州陈家盗窃强奸、又去漳州吴家明火劫夺之张杉也？"又指塔仔曰："汝不是同他劫掠吴家，欲同落海作洋盗之塔仔么？"二犯被指，唬甚，又供答不是。

刘爷曰："是不是，自有人来质之。"唤至三人。李试指张杉骂之曰："汝毛[⑧]良心，帽脱戴我头上，替汝受罪勾了[⑨]，又诈冒我名字去奸盗陈家。我一家被汝害尽，天理良心安在？"吴典亦指骂之曰："那夜连我老头儿都缚，横劫犹不足意，还要奸淫我二孙女；若无他持刀拦阻，被污命亦休矣。"陈能亦骂曰："那夜既偷我服物，又强奸我妻，乡邻若不喊拿，妻命亦休矣。"二犯被三人认

---

① 下府人：指福州南面沿海的人，一般指闽南人。也称"下南人"。

② 贼仔：小偷。

③ 撮去：抢夺而去。

④ 此衰瘦：这么瘦弱。衰：瘦，本字"瘎"。"衰瘦"是个文白结合的词。

⑤ 带累：连累。

⑥ 人看甚多：看的人很多。

⑦ 前道：家伙，混蛋。

⑧ 毛：没有。

⑨ 勾了：也就罢了。

质之，无言再辩。

刘爷又问："汝先偷陈家之赃物，不上十两银，务必花去。更劫吴家之金玉珠宝哩？"二犯亦答："变卖花费。"

刘爷笑曰："汝讲毛，多早起来了[①]。"原来恭人着役往船中搜了，起出二包原赃。令取来解开，与吴典认看是不是，吴典头点点，金玉杂宝俱在，惟银少去七八十两。刘爷曰："将近三四个月，怎的不花用去许多？"又曰："今赃现在[②]，好好从实供出三案情形。"

二奸犯不得不招认实供之，与原供无异。刘爷即录口供，办文拟张杉凌迟，塔仔有阻奸之功，减等充军。将三案人犯、赃物一起解送。

先以讯问扒手，何用关头门，共笑之。[③] 后方知二大盗不待缉，自来投到，无不悯慄。

闽王接看详报二犯供由，吊[④]犯问讯无异，即照所拟：张杉凌迟，头首解至原处号令。塔仔发建州充军。赃乞吴典领回。李试当堂释放，令放还眷属。原告俱令回籍。所有失察疏纵之地方官专管，尽黜降矣。此案乃刘爷拟办张杉帽戴李试头上之第七案也。

正是：张杉帽撮李试戴，恢恢天网总难逃。欲知后事，且听下文分解。

---

① 多早起来了：（赃物）早就查获。起：起赃，查获赃物。

② 今赃现在：现在赃物摆在眼前。

③ 先以……共笑之：此句意思是，看热闹的百姓原先不明白，审讯扒手何必要将衙门的大门关闭起来，都觉得小题大作很可笑。

④ 吊：提取人犯。

第四十六回　兄愿代烹难中得偶　弟甘替死险里获安

却说罗源刘巡检既详判了第七案。再说本地有一姓燕名知时，在江南为戏班掌鼓板[①]。家有妻子，数年无归，衣食难周。适妻死，只二子，长紫袖十九岁，次紫袂十五岁。拮据[②]盘费，兄弟同去寻父。

路由紫狼山经过，二兄弟被喽罗劫掠上山。问名姓来历，贼头见紫袂幼嫩，堪以适口，遂放袖去，留袂烹食之。众喽罗放紫袖下山，将紫袂绑上杀人台，紫袖哭谓贼曰："小人情愿代弟杀烹，放弟去。"谁知贼不肯，不准代换。紫袖曰："既不肯弟死，兄岂能独生，乞大王并杀之。"贼又不要。紫袖大哭曰："大王再不肯，先撞死罢了。"言讫欲向石岩上撞。贼见其情感动，遂曰："既有此孝友，我今都不要了，齐放下山去罢。"其包囊付还，兄弟二人遂拜谢不杀之恩下山。

寻至苏州，见父诉说得生情由。知时笑曰："无孝友之兄，安得有弟。"令二子入班为旦，色艺俱佳，其戏大行时[③]。在京汴梁有大财主欲起女戏[④]，来请燕知时掌鼓板连[⑤]教之。知时带子同去。谁知新起女戏亦无好旦，知时将次子假为旦，遂成大班之女戏。知时掌鼓板，紫袖掌箫笛，日夜都在九卿四相五府六部内庭演唱，庶民想唱一本[⑥]万难。

时梁唐天下，太监专权，诸王骄傲。皆看过此班女戏。起脾[⑦]，传穿宫内监、诸宫娥来调选，亦起一班女戏。至教会，上台演唱，不及外边之女戏，真如天壤之隔也。欲调外之小旦、小生、掌鼓板、吹箫笛进去凑班[⑧]，而燕知时

---

① 掌鼓板：掌鼓板的乐师，实际上也就是戏班乐队指挥。

② 拮据：筹措。

③ 大行时：当时非常红火的。

④ 女戏：以女子扮演所有角色的戏班。

⑤ 连：并。

⑥ 唱一本：请（女戏班）表演一场戏。

⑦ 起脾：动了念头。

⑧ 凑班：组合成班。

已探知存匿矣。

原来燕知时预早闻知，太监会来撮调数脚①。因思一被撮入②，有食无钱③犹可已，惟小旦男假女，若一出破④，父子三命俱休矣。如逃走出境，必被追获；莫若在人家几时，再行逃归故土。父子三人议定，因有钱寄在梁才酒库，即将二子存⑤匿。梁家有钱寄在叶家碗店⑥，知时自存躲在叶家，人皆不知。传穿宫撮的要三脚被外匿存，怒甚，又拨内监，协同地方官内外追缉，挨门搜获。

二兄弟存在梁家，房屋颇深，无甚惊惶。惟叶家屋甚浅窄，闻来此户搜捉，叶家先惊⑦。正有碗船⑧搬空，欲回江西，令知时妆作脚夫，交还所寄之钱，随众下船开去。此时知时不得不去，只留书信与二子知之，随即南回。二兄弟得父之信，喜甚。随有太监同官兵来搜匿逃戏子，梁才将二兄弟存在女子房内地板下。因女美甚，官同太监故在房内加倍搜之。问女："何人?"答："梁才之女。"又问："何名？受聘否?"答："名紫燕，十六岁，未曾受聘。"太监曰："梁家之燕乃家燕，不比那野小燕，一飞去无处寻。此家有紫燕，必不肯再存野燕，快去别家搜罢。"官兵随去。

却原来太监乃内宫之掌班，已看过外之女戏，认得燕家三父子，故来认搜。以知时为老燕，紫袂为小燕，并不知小燕以雄作雌，即梁才一家亦不知。因内宫戏班欲好小旦，又不成班，掌班才自出来搜。一半⑨访着哪家有女美者，聘为小旦。自见紫燕貌似小燕，堪聘之，故查问名。又访遍无一女似紫燕，令内官送银二百两去聘之。梁家已说未受聘，不敢异言，惟父母抱女大哭。紫燕亦以愿死家中，不入内宫。父以已收了银，罪又及父兄。梁才无计可施，只是劝女勿死；如女死，父亦死。讵紫燕总叫死不断，一家俱哭，惨不胜言。

燕家二兄弟只在房后，闻得一家男女哭得惨切，甚悯之。紫袂与兄商之曰："见死不救非人，今哥与弟既出不得头，躲到几时？久居令人贱，后难得不出破。梁家哭说悔女不早嫁人，今日亦死。莫若弟去代替紫燕，入宫作戏，梁家收聘之二百金应哥得。即将此金转送与他，聘娶紫燕为嫂，就在此成亲。那时

---

① 撮调数脚：抽调几个艺人。撮：抽取。脚：角色。

② 撮入：抽入，征入。

③ 有食无钱：有饭吃却没钱赚。

④ 出破：露出破绽。

⑤ 存：藏。福州话"存""藏"同音。

⑥ 碗店：卖陶瓷器皿的店。

⑦ 惊：害怕。

⑧ 碗船：载陶瓷器皿的运输船。

⑨ 一半：一半是为了搜捕燕家父子，一半是为了……。

弟代替入宫，更有了小旦，必不致再搜。哥带嫂归籍，岂不一举而两得也。”

紫袖答曰：“此为虽一举两得，惟吾弟终身作女犹可已，若露出马脚，性命顷刻休矣。兄得美妻归宗，弟落虎口待死，岂可为之也？”紫袂曰：“古之羊角哀、左伯桃乃异姓朋友都为之，今同胞兄弟怎为之不得也？即算弟被山贼所烹，未蒙哥救出。今进去，焉知必死无生？倘能侥幸，祸变为福，亦未可定。”

紫袂即自去与梁才说之。梁才闻小燕肯出代替，不但梁家父母兄弟喜之，即紫燕更喜之甚也。恐三日过有人来抬紫燕进宫，梁才赶紧将就备设酒礼香烛，就在女之卧房，邀紫袖与紫燕草率拜堂合卺，是夜即成伉俪矣。

紫袂遂扮紫燕，待至有人来，即与扛抬入宫，人见无不称羡之。掌班太监见之喜曰：“前日见之已美，今再妆束，果美之甚也。果合适为小旦，不知曲调好教否？”紫袂曰：“奴哥学过儒家[1]，奴尝代抄曲本[2]，颇知科套，今师父再教便会。”戏师[3]随试教，果一教皆精。不几日上台演唱，拔乎其萃，人皆说比小燕更强。掌班内监喜甚，遂无搜拿三燕矣。

紫袂遂寄信与梁家说，趁此时无搜拿，早与哥嫂归籍，恐将来还有更变。梁才接信，即因大女嫁，将此女并婿说是大女同婿来看亲[4]，今要回去，雇便[5]船只。并算还所寄之银，可够盘费。后门是江，紫袖带同紫燕下船南回，父母不得不忍泪而别。

再说宫中之御戏得此小旦，戏多几十出，常在内殿演唱。梁王宋全忠看到入脾[6]，命另选小旦，可将紫燕送内苑为贵妃。太监怎敢违命，即将紫袂送入内殿。时有一道者，在内殿与梁王坐谈，见太监送一女至，认得是女戏小旦，问：“送来何事？”梁王见问，笑曰：“将纳为妃。”道者曰：“汝之妃妾无数，还要什么，可与我为谊女[7]。”梁王不敢与之争，命紫袂即向前参拜，称道者为父王。

列位，此道者何人，敢夺皇帝之所爱？原来乃全忠胞兄全昱，先名存冕。少时孤贫，与弟朱温、即全忠，在箫县刘崇家为佣工，兄弟常被刘崇笞辱之。惟崇之母识之，曰：“朱三非常人，当善待之。”全忠第三，故呼朱三。崇不再

---

① 儒家：闽剧戏班的一种。据说源于仕绅自娱性质的演艺活动，演唱风格和剧目有自己的特点。

② 曲本：剧本。

③ 戏师：教戏师傅。

④ 看亲：探望父母。

⑤ 雇便：雇妥。

⑥ 入脾：入迷。

⑦ 谊女：干女儿。

辱之。至全忠称帝，封兄全昱为广王，二侄皆封王。讵全昱不爱繁华，只爱道妆；亦不乐在京，常居砀山，在江西徐州故里。全忠屡次去请不来，此回才至。因看女戏，甚爱惜小旦。今与弟让为谊女，全忠不敢不俯顺。若亦为妾不便，只为谊女，始无言也。

全昱在京怎住得久，不几日，带紫袂仍回砀山家矣。但全昱自有女，怎的还要小旦为女？却因全忠欲纳为妃，不说为女，怎的便夺之也。既说为女，又怎便不要[1]；既要，又怎便乱之？此时紫袂才脱离了虎口。若紫袂落在皇宫，乃第一之美，怎无人觊觎而破绽之也？原来此班女戏全是阉宦主掌，谁敢觊觎，惟有皇帝能煎炒[2]。此时紫袂被全忠煎炒，命悬一线；若不遇全昱再来转煎炒，马脚一露，不但一人命休，必及梁才一家绝灭矣。此乃万万之天幸也。

正是：死生全是命，侥幸莫非天。欲知后事如何，且看下回分解。

① 要：讨要过来。

② 煎炒：(无偿) 获取。

第四十七回　兄遇寇诉根源会弟　王重义赐妻财还乡

却说广王朱全昱在京都与梁帝让一女戏旦燕紫袂，回砀山家中为谊女。内外人皆称为谊郡主，不敢轻慢，紫袂倒得其所哉。

那日有一人来谒见广王，全昱遂留之款待，又同去乘舟游江玩景。道此人是谁？原来乃紫狼山之贼头也。此贼头名毕胜，是全昱贫贱时故友。前为黄巢党羽，至黄巢败后，在紫狼山为草寇，专劫往来客商。前紫袖、紫袂二兄弟被劫上山，悯而不杀，即此贼头也。因闻全忠为帝，来托全昱荐之，投诚归正。全昱诺之，令且留之盘桓叙旧；数日后修书遣人带送至京，怕无大官做也？于是随全昱游山玩水。即日船游至大江，泊住玩景。江间先泊一船，亦有一人立在船头观望。毕胜觉顾①其人，便认得。其人不觉顾毕胜，只在船头观望不休。

道那人是谁？原是紫袖，在汴梁带妻梁氏紫燕回籍。船不敢由外海行，只由内海江南而渡。是时船亦泊徐州江间，紫袖出船观望，即被毕胜瞥见，便指与全昱看之曰："此人天下第一孝友也。"

全昱问故，毕胜将从前经劫上山，舍命救弟之情由细说告之。全昱闻了，讶曰："古今只有汉之倪萌兄弟被赤眉所获，欲杀食，其兄倪俊求代弟杀食，谁知又有兄代弟杀食之人。可唤来问之，把物褒奖之可也。"即令人出唤之。紫袖问："所唤是何等人？"来人曰："不须怕，是当今皇帝之胞兄，不爱繁华，乐道游玩山水，见之有好无歹②。"

随令船撑旁一处。紫袖过船拜见之。全昱令之坐，问之曰："汝可是闽人燕姓么？"紫袖答："是。"又指问曰："既是，汝认得此人否？"紫袖细看毕胜，认得是紫狼山贼头，便答之曰："认得，是紫狼山饶恕小人兄弟二条命之大恩王。"

全昱笑曰："不错，因此位大王遇见汝，便认得，说汝有舍命救弟之孝友，

---

① 觉顾：发觉，觉察。

② 有好无歹：只有好处，没有坏处。

古今罕有，方叫汝来问问。今汝弟在何处？若亦在船里可叫来见我。”紫袖答曰：“留在京都未回。”全昱又问曰：“汝与弟有许友爱①，怎忍另置一处，不追随之耶？”

紫袖含泪答曰：“先小民愿代弟杀烹，蒙此位大王施恩并饶不杀，始有命同至苏州会父。后因获罪于中贵，同弟逃匿。思难脱身，弟愿一人入宫去等死，与小民卸罪独还乡。小人有命至此，不知弟还有命无命，多蒙再问，以实情诉之。”紫袖说了，便掩面而泣。

全昱闻了，叹曰：“果兄弟皆孝友之至，先兄代弟杀烹，后弟代兄等死，天下再寻无双。因为何事得罪于太监，可细说来，吾能与汝赦弟的罪出来。”紫袖答曰：“此事有关抽假之弊，说出恐千岁爷加罪。”全昱曰：“我既乐道，岂肯加人之罪？尽管放心说之，自有酌裁。”紫袖遂将紫袂假女做女戏说起，至内监亦起女戏，撮调外脚②凑班，父子三人逃匿两方。因梁女被聘为戏女，梁女宁死不为，舍弟悯之，代替入宫为小旦，梁女愿配小民为妻。内监看了小旦，遂不补，小民始得带妻还乡。弟现在内宫做戏，难免不出破以男假女之弊，性命朝不保暮”等情由，细诉了一遍。

全昱听了，曰：“原来有此缘故，但汝弟所假，乃假之做戏，与假为别情不同，何罪之有？况入于内宫，乃仗义救梁女之命代之；即就出破，亦无甚罪。再问汝弟何名？代替那女何名，作何脚色？”紫袖答曰：“弟名紫袂，代替梁紫燕入宫做小旦。”

全昱讶之曰：“宫中之女戏我曾看过来，小旦梁紫燕认得，明是窈窕之女，怎说是汝弟以男作女代替的，谁人肯信？今凑巧的极，有内宫之人来在我家，离此不远，即带汝同去问之，便知汝弟之消息矣。”

毕胜问曰：“内宫有甚人？”全昱曰：“此人亦与吾弟见之，谅必认得，今且慢些说，见了便知。”即带紫袖回船，进港上岸，同到朱全昱处。全昱即令人去邀谊郡主出来，与他认看识不识。紫袂遂出，一看便呼兄，紫袖便呼弟，两兄弟即抱着哭曰：“莫是梦里重逢？”毕胜一见紫袂，便指之曰：“此不是紫狼山将杀烹之紫袂？”全昱笑曰：“既都认得，将先前所说之情事，皆实无虚。”

毕胜讶之曰：“他只说入在皇宫，代梁家之女做女戏小旦，怎么会在大哥家里耶？”全昱笑曰：“我未卜先知，他哥必会趁此经过，特去京师讨来，与他兄弟重逢也。”毕胜曰：“大哥有此未卜先知，非凡人，乃是仙也！”

---

① 有许友爱：是那么友爱。

② 撮调外脚：抽调宫外的艺人。脚：能做事的人，此处指艺人。

全昱笑曰："此乃说笑话，其实自三弟为帝起，此回才去京城走一遭。因见后宫妃妾既多，三弟又欲收纳此女为妾，我不忍其终身埋没深宫，特向让带为谊女，谁知还是假货。既认着亲兄，可与带回。此乃天使，非人所能为。"

毕胜与全昱曰："其间真假犹未见得，可验看是否，何如？"全昱曰："怎便验看？只看其神色，被我说假货二字，面便改易，其假可知。如再剥看致之愈赧，怎堪也。"毕胜答曰："大哥果至慈至明极矣。"

全昱谓紫袂曰："我怎舍得与汝即去，其奈既会着至友爱之手足，无有不与全归之理。只是兄有了妻，弟犹无妻，路上必独孤冷，可亦另娶一女与汝为妻，方全美也。"遂令侍女，问哪个愿配与谊郡主为妻，即跟随下船。众女皆不答。

盖所有之侍女都是皇宫挑选送来的，皆美。内一个服侍王夫人，姓槐，名金莺，十六岁，美而黠，出答曰："女婢愿随之。"全昱笑问不答之众侍女曰："汝们怎的不愿随之？"众共答曰："谊郡主亦是女，随去又为婢，故不敢答也。"又问那独答的曰："汝怎么独愿也？"金莺曰："女婢早知谊郡主是男非女，欲愿随之。"

又笑问曰："惟汝何从而知也？"又答曰："因闻小梅所说，方知。"

全昱随唤至小梅，其小梅只八九岁之小婢，问："汝怎知谊郡主是男非女？"小梅曰："谊郡主初来时，把房门关紧，不知作何事。小婢由壁孔瞧之，原来在洗汤[①]，乃男体，方知之。"又问："既知，有对谁言来？"又答曰："都不敢与人说，惟与金莺偷言之。"

全昱笑曰："汝不早言，是谊郡主没福；若早言是男，便早为谊子，还不亦封王也？今金莺愿配之，乃天定之缘。即在此完毕花烛，三日过同送下船。"又谓紫袖曰："可去带汝妻来聚会，待弟完了事，同回去可也。"

紫袖即带紫燕入内，拜谢诸夫人。次日，紫袂改复男妆，与金莺成亲了。全昱另赠五百金为妆奁，二百金为盘费，二百金赏二兄弟之孝友。诸夫人及郡主各赠金珠宝玉、钗环首饰，共十余箱。过了三日，兄弟带同二妇，内外拜谢辞别，遂登舟而去矣。

全昱遂修荐书，遣人带送毕胜至京都见驾。梁帝以毕胜为河北观察使，余党皆封官爵。遂毁去紫狼山贼寨，后不再言。

今说燕紫、袖二兄弟带梁紫燕、槐金莺二姆婶[②]，逢水乘舟，遇陆乘车，不觉到了福州罗源故里。其父燕知时早已到家，将存带二百余银赎回旧之产业，

---

① 洗汤：洗浴。汤：热水。

② 姆婶：妯娌。

堪度暮年。谁知到家未几，忽然间浑身发癞，竟得麻风之症。乡邻不容，遂归入麻风院住止[①]。闻二子带二媳回来，喜之不胜，只回家团聚月余，再留不住，仍归院中自爨。所有赎回田租尽与带去，衣食使用，甚为充足。二兄弟又时常供进酒肉，雇人代之炊煮浣洗，逢年节仍接回聚乐，二媳亦尽行孝道。

二兄弟到家时，将广王所赏赠妆奁、盘费等项共九百银，另有诸夫人及郡主所赠金珠宝玉、钗环首饰，除留起二妯娌够妆戴外，余者变卖，价共值有千余金。总共有二千余银，尽行置买田产基业，建造屋宇。二兄弟可谓坐享之田舍翁矣。

正是：当时不作酒家女，今日怎为田舍翁。欲知后文，且看下文分解。

① 住止：居住。

第四十八回　听妻谗手足争不逊　判子给麻风遂让辞

却说燕紫袖、紫袂二兄弟可称得坐享之田舍翁矣。父虽癞，依然时常定省，供给不止，人皆称孝子。家中兄恭弟敬，姆和婶睦。梁氏紫燕生二子，长名保，次名合，余皆生女。槐氏金莺亦生二子，长名太，次名和，余皆亦生女。十余年共爨同居，内外无言。

那日因紫袖之次子，名合，三岁，在门口拾一个铜钱进来，紫燕笑曰："拾个铜钱四两福，我仔有福才拾着，快拿存起。"紫袂之长子名太，五岁，向夺之，曰："是我失落的，拿还我。"合不与，太即推跌，把钱夺去，合啼哭。紫燕骂曰："太太哪有此强梁，钱明明是合合门前拾来的，便冒认抢去，又推跌半死，将来必短命。"

金莺闻此等骂，出答曰："此钱是太太打吊[1]的，因问讨不还才推之。是合合自己赖地[2]。若是推跌，现伤在哪里？即骂太短命，要短命一齐都短命。"紫燕亦答曰："即是汝们打吊的，黄金落地，拾着便是[3]，也该来好讲，岂容打抢之也？"金莺答曰："因好讲不还，抢之平常。"

因此一人一句，盘[4]之不休。紫袖走出来，将太太手中之钱夺掷屋瓦顶上，骂曰："不管汝的我的，掷去，大家都没争。"太太因钱被丢，啼哭不歇。太太之父紫袂取钱赔之，不要，要原钱。紫袂即取梯爬上屋顶，将所掷之钱交与太太，啼[5]始歇。

紫袖忿骂曰："人有容纵，哪有此等容纵，若要汝头亦与之耶[6]？"紫袂答曰："若要，亦说不得也要自砍与之也！"紫袖愈忿甚，又将太太手中钱夺丢水

---

① 打吊：遗失。

② 赖地：倒在地上耍赖。

③ 黄金落地，拾着便是：熟语，意思是失落之物，拾到者可以不还。

④ 盘：一来一往地斗嘴。

⑤ 啼：啼哭。

⑥ 若要汝头亦与之耶：他如果要你的脑袋，你也给他吗？

井里，骂曰："且慢取汝头，先叫汝下井去摸钱。"

紫袂先还未忿，至将钱丢落井，始忿骂曰："明是汝容纵仔，把我仔手中钱夺丢去，果然是他钱才哭不歇。我去拾取还汝，汝又把抢丢井去。还骂我纵仔。姊笑就是笑，妹笑就是侯[①]？"紫袖骂曰："何以见此钱是汝仔的也？"紫袂又答之曰："此钱都被他拈弄至光赤[②]，怎的不是他？"紫袖又答曰："凡钱有光赤者都是汝仔的，人莫敢与争？"

此时姆婶盘歇，换兄弟来盘，至兄弟盘歇，姆婶又来盘。只因一铜钱，至兄弟、姆婶大不和睦，无日不使声使话碍之[③]。

那日，紫燕骂了："头娼[④]有此侯没定[⑤]，将来必学样，自己要认老公[⑥]。"金莺接声亦骂曰："丫头侯娼胆只大[⑦]，将来必把男子存困[⑧]地板下，先奸后娶。"紫燕忙答曰："不先奸后娶，怎晓得谊郡主是男不是女？"金莺忙出答曰："你此等说，当日不是汝垫腰，怎晓得我先奸后娶？"紫燕亦向前问曰："当时是汝牵头？怎晓得先奸后娶？"

二妇遂拎扭打做一堆。自此停炊三日，内外皆闹分居，总难安静。父知，回来弹压，取和不听，骂又不听，无可奈何，只得听之分拆。将田产对擘[⑨]均分，各居另爨，始无闹动。兄弟姆婶始有言说，心中总不和谐。

过年余，其父知时病死，吩咐所有自赎留养二十余担之田租，死后留为蒸尝[⑩]，与汝兄弟轮收。今父死即将此业来变[⑪]，办理棺衾、开丧、埋葬一切动用外，只剩租谷八担[⑫]，时价值三十余两。弟紫袂留为轮年祭扫，兄紫袖为长子长孙份下[⑬]。紫袂曰："祖业只有些微，应留为祭扫，况父还有遗嘱。"紫袖曰："前日分产未有长子长孙份下，此些微父业应归长房掌管。"

---

① 侯：风骚卖俏。本字"姣"。
② 拈弄至光赤：抚玩得光溜溜的。
③ 使声使话碍之：指桑骂槐地讥刺对方。
④ 头娼：骂女人的詈词，是下一句金莺骂的"丫头侯娼"的压缩。
⑤ 侯没定：淫荡不安分。
⑥ 自己要认老公：古代无媒不婚，自己嫁夫属"淫奔"。
⑦ 胆只大：胆子这么大。
⑧ 存困：藏匿。"存"同"藏"。"困"本字"囥"，藏也。
⑨ 对擘：分成两半，平分。
⑩ 蒸尝：祭祀。
⑪ 变：变卖成现钱。
⑫ 租谷八担：每年收租谷八担的田产。
⑬ 弟紫袂……份下：此句意思是弟弟主张这些田产留作轮流祭祀用，哥哥认为应归他所有。哥哥一家认为吃了亏。

兄弟在外争不开交，内之金莺曰："前日所分之业产，尽吐来还我①。"紫燕答曰："汝老公毛②我老公在紫狼山舍命救活，那讨务命③取得妆奁？"金莺亦答曰："汝者儒④毛我老公舍命入深宫作小旦，汝者儒求不得出头，汝多早乞人轮死⑤，哪讨还有命来争长子长孙份下？"

二妇又盘不休。诸亲戚来调处，讵两家铁铁硬⑥，俱不受劝，内外男女持刀相拼。诸亲戚曰："世间哪有此等样不近人情之兄弟，如同仇人一般，须要到官才清楚。"二兄弟遂俱投控巡检衙门。

刘巡检坐堂讯问，兄紫袖诉祖业应归长房，弟紫袂诉遵父遗嘱应为轮年，两造矢口不移。刘巡检曰："归长房乃尽天伦，为轮年乃遵父命，两皆有理。惟乏辞让之心，乱之端也。但手足乃至亲，更须辞让，便没相争。各不辞让，各执一词，岂不自伤手足？"二兄弟同答曰："今还认什么手足，乃是仇人，谁肯让之也。"

刘巡检又问曰："手足怎的不认？"二兄弟又俱答曰："今已无手足，从何而认之？"

刘巡检因皆不认手足，亦无奈之何，便无以再问。停有许久，内衙捧茶出。刘巡检食了茶便有话，问曰："据汝二兄弟所讲，都不认手足才不相让，若是手足何如？"二人答曰："若是和谐，再多亦相让，何况八担？"刘爷曰："此等说知道了。"将二人一人一脚同放夹棍内。二人喊曰："若是人命，就动夹棍，乃兄弟争家财，怎用大刑？"

刘爷曰："岂不知动不得此刑，因汝不认手足才动之。且夹了再讲。"二人曰："求讲了再夹。"刘爷曰："两个一同夹看，哪个叫痛的是手足，不叫痛的不是手足。此租断不叫痛的⑦。"二人又答之曰："受此大刑，焉有不痛之理？"刘爷曰："不认手足，自然不痛。试夹来！"

那夹棍隻⑧上，索未收，二人便喊疼连天。刘爷曰："既都是知疼痛，怎的不知手足也？且放起来说。"二人遂爬起，俱曰："各有皮肉，怎得不痛？漫道

---

① 尽吐来还我：按福州习俗，长子长孙的一房在分家产时可得双份。燕家当时在父亲主持下分家，财产均分，所以金莺要求对方退换其中应归长房的份额。吐：退还。

② 毛：（如果）没有。

③ 那讨有命：哪能活命。讨：找。有：副词。

④ 汝者儒：你这混蛋。者：指示代词，这。儒：骂人语。

⑤ 多早乞人轮死：老早被人轮奸致死。

⑥ 铁铁硬：丝毫不让步。

⑦ 此租断不叫痛的：这份田租就判给不叫痛的那个。

⑧ 隻：才，刚刚。或作"乍"。

是夹，就杀死亦不肯让。”

刘爷因二人俱此答应，亦无如何矣。内又递茶吃之。又问曰：“汝二兄弟因一时忿气，才不相让。可唤带两造之妻子来同劝之，必会回心。”令差：“可将二家之妻子带来。”须臾俱带至。刘爷点名：紫袖妻梁氏，长子保，次子合；紫袂妻槐氏，长子太，次子和。其女不点。

刘爷问梁氏曰：“汝夫二兄弟因一时之气不和，以致争控，你二姆婶必和睦，可齐劝汝夫相让息讼，何如?”

梁氏曰：“小妇人之小叔颇肯此租归长房，都是那贱人把持，挑唆不肯。求爷判与小妇人之夫，理正。”槐氏忙答曰：“老爷莫听他讲，他老公肯将此租为轮年，都是伊不肯，求爷判断作蒸尝，才公平。”

梁氏曰：“小娼口能舌辩。”槐氏骂曰：“野婊子，吵家精[①]，潭虱姆[②]!”

彼骂一句“丫头娼”，此骂一句“侯人走婊子”[③]，二妇堂上骂之不休，众差役喝不住。刘爷叹曰：“一家男女皆如是，要想和让是万难。可来配与一家罢，还要唤一人来才妥当。”令差人赶叫麻风头[④]来。

须臾唤至。刘爷谓之曰：“叫汝来非别事，因燕家二兄弟父遗有余业，长要独得，次要轮年，争控至此。今将祖业断与长的，长有二子，至后分爨，势必效尤，又要与长控争，本司又被吵闹。闻听伊父在汝院中养老，前多承汝照顾，今将次子过继与汝为螟蛉，以报汝德。他只一子，家财独得，不至又生争端，先将此子抱去了再行断结。”即命班役将紫袖次子合合抱交与之。梁氏紫燕将次子抱紧，啼哭不与，紫袖亦向前遮拦，被众班役硬夺抱交与之。麻风头即搂抱叩谢而去。梁氏遂就滚跋啼哭不止，只要子，不要田租。

刘爷问紫袖曰：“汝可愿么?”紫袖答：“亦要子，不要田租。”刘爷笑曰：“前只要田租，不认手足；今又要子，不要田租，可见手足不如子。或田租都不要，抑或还要一半?”

紫袖同梁氏答：“依之作轮年。”

刘爷又曰：“作轮年又有多子，将来亦会相争，长多轮，次少轮，此子还之不得。”紫袖同梁氏答曰：“一半亦不要，情愿都与弟。”

---

① 吵家精：詈语，吵得一家不安宁的妖精。

② 潭虱母：大鲇鱼。鲇鱼往往被认为是搅得满池不安宁的罪魁祸首。方言中作为詈语，骂挑拨生事的女人。

③ 侯人走婊子：詈语。走：此处意为私奔。

④ 麻风头：清制，麻风病人需隔离住在麻风院，指定“麻风头”作为麻风院的管理者。“麻风头”本身也是麻风病人。

刘爷即刻令人去叫麻风头抱子回头来。又问紫袂曰："兄既都不要，全让与弟，可好么？"紫袂同槐氏共答曰："他前手不当分之田产都分与之，已足意了；些微之田租再争，是他无理。归还二房是应当。"刘爷曰："是果应当得。"

麻风头已抱子至，令将子交还梁氏了。又谓麻风头曰："特来叫汝领子去为螟蛉，今又要回来，怎便与汝空回？"遂令差役将紫袂之长子太太抱与他抚养。役即抱交与麻风头。槐氏仍遮拦不与抱，紫袂唬，问曰："哥嫂都自愿不要，全与二房，怎么把小人之长子又抱与麻风头也？"

刘爷曰："汝不亦有多子，将来还不亦如是相争？今去了长子，只留次子，后来更不至于相争也。"紫袂曰："小人预早均分现成，怎至相争也？"

刘爷曰："汝父亦是预早吩咐，汝兄都不遵奉。今长的不去，将来还要效尤也。与别人便不合①，汝父曾受过院中之惠，将孙过继与头人为螟蛉，无有不是之处也。"

时槐氏心定，不哭，只从容曰："刘爷怕日后又借长争夺②，果亦难保。莫若将此八担租不要，从此再没得争，子抱得来还小妇人么？"

刘爷又问紫袂曰："你怎说？"紫袂答曰："亦不要田租，求抱子。"

刘爷又问曰："汝二人都不要，此八担租与何人？"二兄弟俱答曰："施与和尚作了香灯。"

刘爷曰："剥头皮与之则甚。汝两家既愿都不要，可留本司衙门为公费好么？"二兄弟答"好"。又问二妇曰："汝姆婶亦甘愿么？"二妇俱答曰"愿"。刘爷曰："汝二个在此说愿，回家必不愿，又会闲言争之不定，怎处？"二妇又答曰："既甘愿，回家去必不敢再生枝节。"刘爷曰："如不再争，和好如初，本司收汝田租，抱还汝子。可写愿字③，将所控田租充官公费，领回二子。以后兄弟、姆婶和好如初。如再不让，愿将二子听官令抱与麻风为螟蛉之遵依。"

二兄弟写便遵依，当堂各画花押，缴上存案。子抱来交还槐氏。刘爷捐出二两银赏麻风头，令俱散回，遂退堂矣。

此案足足审了一日夜。陈靖姑在帘内瞧听，刘爷被驳无答时即捧茶来，茶船④底写有字，教之说如此如此再问之。有案截截⑤教。

谁知燕家二兄弟、姆婶回至家，各自静思。官先以夹棍手足知痛喻之，竟

---

① 不合：不适合。

② 借长争夺：凭着自己是长房来争夺财产。借：凭借。

③ 愿字：表明意愿的书面证据。

④ 茶船：长形的茶盘。

⑤ 截截：一节节。

不解其意，犹答就杀亦不肯让。至夺子与麻风才肯让，此是爱子而不爱手足，伦常倒置，至如是也。又想当初何等难兄难弟，不卫命而卫护[①]。只因一文钱，至相残如是，把前情都付之流水，焉敢立于人世也？彼此各一回思，兄弟便抱着大哭请罪。姆婶亦相抱哭曰："汝我皆七八千里而来，并无外家[②]，不加倍亲爱，犹自相矛盾，还不如禽兽。"自此兄弟、姆婶友爱和睦如初。

刘爷闻之，皆知他兄弟退悔[③]，相恭敬如初。唤兄弟至，曰："闻汝一家改却前非，和好如初，本司喜甚。可将汝二人所愿之租谷、契券发还与汝，收回为轮年之需。"二兄弟不敢收接。刘爷笑曰："本司岂肯要百姓之财？只因汝二家不和，如断与一家，一家必不甘愿，依旧相残了，故假为充公项，暂留在此。待两家和好，仍还为蒸尝祭扫，才不致再争也。"二兄弟便叩头谢罪，遂收回为轮年。此乃刘巡检判断听妇言而乖骨肉之第八案也。

正是：怎把燕儿调离母，遂教荆树再开花。欲知后事如何，且看下文分解。

① 不卫命而卫护：不顾自己性命而卫护对方。
② 外家：娘家，娘家人。
③ 退悔：后悔。

第四十九回 生瑞草牛脚变人脚 讯妖徒假情诱真情

前文说刘巡检判讫第八案。再说连江有一姓麻，初冬，忽然间天井[1]石缝新发出三茎灵芝，各大如盆，色分红、紫、黄，异香出户，人皆以为祥瑞。主人麻姓名庚，将之名为瑞草，于天井中彩结铺设[2]。人闻之，来看不绝。中间有亲友来看，务必留待[3]。适遇过街挑卖牛肉，麻庚向买牛肉、牛脚。将肉先炒请客吃了，两蹄落[4]锅中慢慢去蒸。

落锅未久，有爱偷食之丫头，视无人，掀起锅盖一看，唬跑外面喊曰："今日怎么杀人请客?"众问："哪里有杀人?"丫头指曰："不杀，哪有的一双人脚在厨房锅里煮?"众拥至厨房去看，果有二个小儿脚掌排在锅中。众皆唬甚，面面相觑。麻庚随至，见而骇曰："明是两个牛仔[5]蹄落锅煮，怎的变为人脚也?"即将捞起放桌上，外面看瑞草之人皆进看，无不称异。

有一人看了喊曰："此不是我仔的脚耶?原来被此处的人透[6]来杀煮吃，岂肯干休已也?"众问："何以见是汝仔之脚耶?"那人曰："我仔左脚大指、右脚尾指有痣，此脚两痣，分明是我仔之脚。我仔名来禄，今年十六岁，十日前不知去向，遍处寻无，谁知被此割碎煮吃，今日不来看瑞草亦认不着。"那人说了，即将二只脚掌撮去[7]，竟至福州闽王府投控。人众因闻说此情，谁敢拦阻?

原来此人姓宋，名世发，至王府喊投[8]：子被麻家透去杀烹煮吃，现搜出有记认[9]之两脚掌为据。闽王即饬拿麻庚，发郡守衙门勘问。麻庚供：因天井

---

① 天井：宅院内的庭前露天空地。

② 彩结铺设：张灯结彩地布置起来。

③ 留待：挽留款待。

④ 落：下到。

⑤ 牛仔：小牛。

⑥ 透：诱骗。

⑦ 撮去：抢夺去。

⑧ 喊投：喊冤投诉。

⑨ 记认：特殊标记。

生瑞草，买牛肉、牛蹄煮来请客，牛脚在锅中变为人脚，并无透[1]人煮杀之情事。连问三堂，皆动严刑，麻庚矢口不移，宁死不肯妄招。问牛肉向何人所买？又供系挑担过街[2]，不识其人。太守将此供由回复。闽王叹曰："此正没头公案[3]，非刘巡检永久讯不出。"遂将人犯又发去罗源讯究拟办矣。

苦主之眷属早到麻家打人命[4]，把厝屋家私尽行打坏。那三茎瑞草不待人来打之，于牛脚变人脚时自残萎矣。麻家人走避，财物被人抢尽，远近之人闻知，共叹之曰："霎时庭前生瑞草，忽然牛脚变人脚，顷刻家破人亡。可不是'庭前生瑞草，好事不如无'也。"

刘巡检又接此案人犯并双人脚，先问宋世发："子何名？几多岁？在何处失落？"世发答曰："名来禄，十六岁，在宝华岩徐广儒家为学生。"又问："学何艺之学生？"又答曰："此人九流三教皆精通，不拘学哪一流都好。"

又问："徐广儒原乃何处人，家中人众有多少，汝子在他家多久了？"又答曰："徐广儒乃江西迁来，家有二十余人，皆江西随来的。儿子来禄在他家有年余了。十日前有人来说回家三日，因何不去；小人答未回，同往遍处寻无；却原来被麻家透去杀吃矣。"又问曰："汝家与麻家各离宝华岩有多少路？"又答曰："离小人家五里余，离麻家亦有五里余。"

刘巡检问了原告，又问被告麻庚曰："汝怎的不识卖牛肉之人耶？"

麻庚曰："彼时忙忙赶买请客，老与少尚未觑真[5]也。"刘巡检既问了两造，遂遣干役去连江，协同该处之公差查访挑卖牛肉之人。干役同公差遂至该处之牛场，查问何人某月某日来挑牛仔[6]肉去卖。牛场中人答某月某日无宰牛仔，无人来分卖。差役又去各处查问卖牛肉之人，某日何人挑卖牛仔肉。遂有人路遇，说惟陈五挑卖牛仔肉。即去寻讨[7]陈五查问，果某日有挑卖牛仔肉，即将陈五带去罗源。

刘巡检问曰："汝某日挑卖之牛仔肉，是何处宰分的？"陈五答曰："某日系宝华岩徐家有牛要卖，着人来叫小人去买。见是黄牛豚[8]，问此牛正好耕田挨磨[9]，怎舍得卖宰？他应[10]因不堪用才卖。小人出六千钱他就卖，遂将牛豚牵

① 透：诱拐。

② 挑担过街：肩挑小贩。

③ 没头公案：找不到线索头绪的凶案。

④ 打人命：因出了人命，受害者亲属聚集前往凶主家打砸报复。

⑤ 老与少尚未觑真：年龄大小都没有看清楚。

⑥ 牛仔：小牛。

⑦ 寻讨：寻找。

⑧ 黄牛豚：半大的黄牛。豚：半大的禽畜。

⑨ 挨磨：推磨。

⑩ 应：应答。

回。那几日有场中牛肉卖，未曾就宰。至某日场中无牛，独小人宰卖牛仔肉。”

刘爷又曰：“那日有卖与生瑞草的麻家么?”陈五答曰：“未卖与麻家。”刘爷又问曰：“那日牛场无牛卖，独汝宰牛仔肉，麻家不是向汝买，还有何人卖也?”陈五又答曰：“不是。”

盖陈五早闻知那日麻家买去牛蹄变人脚，故不敢认也。刘巡检因不认有卖，即令人带出麻庚与之认看是不是。麻庚一看便认得，质之曰：“那日我与汝买若干斤，并牛蹄，交与钱若干，怎说无卖①也?”陈五因被质，始答：“有卖与汝，无卖与麻家。”

刘巡检笑曰：“麻家即是他。汝可知他买汝牛蹄、放锅中煮变为人脚之异事么?”陈五答：“有闻过②。”刘爷又曰：“有闻过，怕不怕也?”又答曰：“一头牛均卖尽，别人买者煮吃都不会变，晓得什么缘故惟他会变。况且牛有卖字③买的，何怕之有!”刘巡检曰：“既是不怕，且在此候数日，再查明了，放你回去。”随将陈五交差押带去。又密遣干役去连江，如此如此行为。

干役又至连江，协同该处有司之差役妆扮作媒之人④，至宝华岩，只在左右等候。适有一人出来，干役迎之曰：“我二个乃媒人，某处某人家有一男一女，生得极美，要都城去卖⑤。我二人欲带来，卖与徐先生为奴婢，他不肯来。今请你大爷去看，如中意，即将定买来⑥。如不中意，任他邀去⑦别处卖。”那人问价若干，又答曰：“美而又廉，才来唤大爷去买，如中意买了，媒钱要多些。”

那人欲说了再去看，差役曰：“进去说得来再去不及，必已带去福州矣。此去又不远，不买便罢，欲买宜速不宜迟，买不着可惜也。”那人被此等说，问现在何处？二人指即对面山。那人即随二个去，行至对面山后，遇一人来。二个问某家欲买之一男一女，还在家中么？来人答：“才带那边墩⑧媒人家，汝二个媒人公⑨要买快快赶去买，迟则落船⑩去矣。”三个即赶到那边墩，离宝华岩已

---

① 无卖：没有卖。

② 有闻过：听说过。“有”表示肯定。

③ 卖字：买卖合约。

④ 作媒之人：文中指买卖人口的中介人。

⑤ 要都城去卖：要带到福州去卖。“都城”指闽都福州。

⑥ 即将定买来：就把这桩买卖定下来。

⑦ 邀去：引带去。

⑧ 那边墩：那边的村子。墩：村子。

⑨ 媒人公：男姓的职业媒人。

⑩ 落船：上船。

远。同进一家，十数个公差早集在内候之。干役实说曰："其实罗源刘巡检老爷请你去商量事，恐汝不去，故此哄为买人。既到此，去罗源不远，即连夜去见了刘老爷，明日即送汝回去，可放心，不须怕。"那徐家之人因见人众甚多，欲走没处走，不得不跟随同至罗源巡检衙门。

次早送入内衙。刘巡检问曰："汝是江西徐先生之高徒么？"那人答："是徐家学生。"又问："名什么？"答："名双美。"又问："多少岁？是第几位高徒？"答："十八岁，徐先生大徒弟二个，中徒弟四个，余皆小徒，小子乃是使唤之小徒也。"

刘巡检曰："虽不列等，总是先生之门徒。"遂令旁坐，谓之曰："请汝来非为别事，因本司在江西时，与令师徐先生最好；后隔离，不知迁居在此。连江有人在闽王府控告令师施邪术，将牛变人。闽王密令本司带兵围拿徐氏一家，本司不忍即行去拿，特请一位高徒来查问施何术、害何人？说知了，从中作法弥缝[1]救之，免致一门诛戮。惟来实说勿隐，是幸也。"

双美答曰："并无施甚法术害人，无从而说。"刘巡检因再三问不肯说，遂怒曰："小子不知好歹，还顾得什么故友，先杀了汝，再去剿灭白莲教。"即令人将双美捆缚，押出去斩首。差役将双美拖下剥衣绑住，拔出令箭，将雪白利刀架于项上协出[2]。双美唬得魂飞魄散，连喊曰："果有行术害人，愿说出，求饶命勿杀。"刘爷曰："虽肯说，且慢解缚，待说了放之。如说半存半隐，仍杀不饶。"

此时双美不敢不实说。原来刘巡检早接有通行公文，说江西有白莲教施邪术害人，伙党甚众。江西现在捕剿，恐有余党逃匿邻疆，各宜一体防剿，勿致漏网各缘由。兹因有牛脚变人脚之奇异，穷究出牛在徐家买的。查徐广儒又是江西迁来，无田地经纪，养活许多人，又收纳许多门徒，其白莲教之党可知矣。

双美乃供曰："徐广儒果是白莲教之党伙，率领众徒走至连江是实。有一美妾，那日在房中洗汤[3]，被来禄钻入看，笑之。妾与之对笑。广儒走过，闻房内笑声；由门缝看入，见一赤体在汤盆[4]，一人立在旁，其妾与之对笑。广儒不言退去，是夜以药弹妾，其妾即变为猪，又以药弹来禄，其来禄即变为牛。次日皆卖去与人宰杀。遂令众徒弟寻访何处有美男美女，再去透[5]来为妾、徒。

① 作法弥缝：设法帮忙遮掩，以减轻罪责。
② 协出：架出去。
③ 洗汤：洗澡。
④ 汤盆：澡盆。
⑤ 透：用药物迷昏。加以诱拐。

小人三年在江西，亦是被药透来为徒的；并无教甚法术，惟日夜跟随他身旁，时刻不离。至有了来禄，始得稍离。今无来禄，又时刻跟定。昨命出看大徒弟有无再透美女美男来，才得少离。一去便遇二人来说其处有美男女欲卖，正合广儒之意。谁知被骗来究问变猪牛情事，今已实告，求饶命。”

又问：“洗澡对笑，弹变猪牛，汝怎晓的？”答曰：“彼时小子去叫人来买，方知。”

又问曰：“他无田地经纪，银从何来也？”又答曰：“他有妙药，点铁成金，弹人变畜。”

又问曰：“什么妙药有此奇异，汝必知用什么制炼的？”又答曰：“只知取人的眼睛，还用别件[①]和制不知。”

又问曰：“一料用多少，岂容多取之耶？”又答曰：“多少不知，只知做泥老鼠，嘴各衔龙眼核二粒，夜来驱去，至天明俱衔人之眼睛回来。”

又问曰：“两眼睛被鼠剜去，有许[②]平静？怎能又把龙眼核补入，更能许合缝，不落不痛也？”又答曰：“他自有法术。都是人睡在床上，泥鼠半夜去，抽换不痛不觉。至天明，其人两眼瞳子无去[③]，视不见物，皆以霎时光瞎[④]之症。数日过方坠落，始知是龙眼核，亦不知是何人换去也。”

刘巡检笑曰：“果厉害，能令泥鼠嘴衔龙眼核换人目睭子[⑤]，人竟不知，法甚奇异。但人全藉两个目睭，换了一个去便了不得，犹两个并换去，惨毒之甚也。原来此白莲教千变万化，都是人眼所制之药致之也。”又问曰：“汝虽不能制药，有现成药与汝施为，可能么？”又答曰：“有药亦不能为，惟大徒弟能为之。”刘巡检听明白了，曰：“你既实说，便饶不杀。只是徐广儒造恶滔天，难以弥缝，务要拿来定罪。待拿了徐广儒，再放汝去。”将双美解绑，交与差役看管。即录双美之口供，驰报闽王矣。

正是：地下忽生真瑞草，天教认得亲儿脚。欲知后事，且听下文分解。

---

① 别件：别样，别的东西。福州话“件”“样”同音。

② 许：那，那么。

③ 无去：没有了。

④ 光瞎：睁眼瞎。旧指因青光眼、白内障等导致的失明。

⑤ 目睭子：眼珠子。“睭”是方言俗字，本字“珠”。

第五十回 白莲教诡邪难逃正法 罗隐母悍恶致子贱身

却说刘巡检问明了双美口供，即录供具报王府，并请赶拨官兵去连江围拿白莲教徐广儒一家人等。随当亲解原告、各犯人前去质讯。闽王接着文报，不胜称异，即拨官兵，亲自督带，连夜赶至连江宝华岩，围拿徐广儒及徒众共二十四人，将家抄封，个个捆缚，众兵协拥而行，闽王随后弹押。

解至降虎岭，忽见一人面之大鹏鸟①，两翅展开如展山，一口张开如深洞，立着前面截路。官兵唬甚，驻不敢进，闽王亦骇异，令众兵挥刀枪呐喊攻杀之。讵先进前之兵，刀枪未及其身，个个皆被巨鸟伸长爪扒进口中，吞入肚内。后进见前进皆被扒吞，不敢再进；欲走②，因闽王押后，又不敢走，惟站住。闽王亦计无所出。徐广儒笑曰："众官兵不杀大鹏作点心，可退回，待我徒弟去灭之。"众兵遂略退数步，那六个妖徒身中捆缚不待解，各一摆，绳自脱，各举双拳飞跃同攻击之。一拢身，亦尽被抓入口中吞下。

徐广儒见六徒被吞，忿骂曰："怪鸟有敢吞吃我们人，岂肯早休。"身一摆，捆绳亦尽脱，喜跃进前，举拳挥舞数步，又被抓吞之矣。闽王因见有法术之人皆被吃尽。众官兵无法术，其奈之何，不快走尽被吃矣，即命快退军走离。众官兵退走有数百步内，有回头望之者，见不是大鹏鸟，乃三崙③之大山：中崙像鸟身，左右崙像鸟翼。中崙顶有一岩洞，像张开之口，山麓有二株大松柏像两脚。众共看似山非鸟，便停不再走。闽王亦回头看了，笑曰："邪术果厉害，竟能以山变鸟，施脱身之法，必皆存躲岩洞里。"即令众官兵搜获，众皆拥去搜，

却原来此洞通出外山，有路径，皆由此遁矣。闽王查点正犯，走去七名，只剩小徒杂人共十七名。本兵被抓入洞十二名，必皆寻径走回，亦罢。妖人既

① 人面之大鹏鸟：人面鸟身的大鹏。
② 走：逃跑。
③ 崙：座（山）。

遁，难以就擒，且回军再行捕缉，闽王遂带兵进城回军衙矣。

未一时，报罗源刘巡检获解犯人中途脱逃妖党徐广儒等七犯，同原告、被告人等来禀报。闽王闻报，讶而又喜，即唤入问："七犯既遁，从何而获?"刘巡检曰："巡检押带差役，送原被告人犯由小路来。适遇七妖犯由前山越出洞来，无人知识，惟所透①妖之小徒双美望便认得，只说是宝华岩教头徐广儒，大中徒弟等，因甚在此山中。巡检知是拿至半路被其逃遁，即带同众差役尽将擒获，解送前来。"闽王闻之，喜甚。

盖徐广儒有此奇异邪术，官兵至拿时何不变化走遁，却被尽行获拿，驯驯就缚，一术莫展？既已拿获，解至中途，又何能以山变鸟走之耶？既能走，又何被拿获到案？此不前后荒唐之甚，不辨明，安知中间之曲折？

原来官兵去拿之时，靖姑陈安人预拨阴兵，在宝华岩防护协拿，不致走脱。尽拿起解，阴兵即回罗源复命。恭人见而怪之，不护解，中途必被走脱。知必又遁，饬令阴兵赶同巡检护送，原被告由后山而行，可堵获逢途中走脱之犯人，一同防护至王府，不可被之再走。至中间有无阴兵防护，人皆不知，惟徐广儒知之。故途中无阴兵防护，方能施术走之，余皆阴兵防护，术施不行，生翅难飞也。

那十二个被抓入洞之兵，随后亦回。闽王亦恐再遁，即坐大堂，赐巡检旁坐。只讯问徐广儒以妾变猪，以徒变牛情事。广儒以既发觉，又被阴兵围困，有法难施，有口难捏，只得据实招认。所认之供由与双美前供无异。主犯既招，六妖徒亦俱认招不讳。闽王遂将徐广儒并六徒不分首从，俱行凌迟处决。十七个小徒、杂人作为徒弟，充军边疆。双美能指获逃犯，免罪解回原籍。所抄徐家财物及屋宇变价卖给酌分变牛之父兄及变猪之眷属，余银尽赏军士差役。两脚交原告领回葬埋。麻庚当堂释放。又升刘巡检官职，巡检再三辞不受，惟赏赐绸缎、纱罗无数矣。此乃奉委究办之第九案也。

再说前唐末，有望气者②至浙江杭州，遥望有两道王气在西北并发，遂寻至临安，一在罗家起，一在钱家发。望气者曰："将来两家必有王者兴。"或问曰："兴王只有一，哪有二?"望气者答曰："国无二王，至其时不在此，便在彼。"后又有一善观气色之相士，见钱家子名镠，讶曰："此子颜容迥异，骨格非凡，必作两浙之王者。"遂又见罗家之子名隐，又讶之曰："此子颜容骨格更迥异非凡，又是开浙之王者。"问王有二么，又答不此即彼。二术士皆言如是，

① 透：诱拐。

② 望气者：风水师的一种。

钱家听之不以为意，惟罗家闻之喜不胜言。盖罗隐出世时万火齐明，已有祥瑞之兆，再闻二术士之言，怎不信之甚也？

罗隐字昭谏，乃闽籍，父为吏目，同母暴氏随任浙江。至父死，囊橐空空，无力运柩回籍，遂迁临安住焉。其母暴氏，本悍恶，再闻二术士说其子将来为王，悍之愈甚。那日骂乡邻曰："因暂时贫穷，不在汝们眼上，都来欺负。待我子做皇帝，先把通乡尽行屠戮，乡人无遗类。"谁知所骂之语却被三尸神奏报天曹：暴氏待子为王，欲屠戮乡人无遗类。暴氏一日又骂乡人曰："待我仔做皇帝，将石舂臼凿底做枷，枷死汝。"此语又被三尸神奏报天曹：暴氏待子为王，欲将石臼为枷，非刑枷死乡人。又一日，暴氏在厨房，才摅[①]一副箸将洗，因骂邻妇，将箸向灶上敲三下骂曰："待我仔做皇帝，把你来风吹磨撴[②]。"即被灶君直奏天曹："暴氏之子尚未为王，先将本灶神责打三十红棍[③]。"

天帝连闻奏报罗隐之母皆横逆之甚，怒，令三尸神将罗隐之贵骨换为贱骨。三尸神即把乞食之身去换帝王之体。是日罗隐在家中，霎时叫浑身疼痛。暴氏曰："必是我仔贪凉冒风，致身疼痛。可将牙关紧闭，忍之莫出声；待我去煎姜汤与汝吃，把风寒表出，便不痛矣。"罗隐遂咬定牙关，忍痛不出声，等吃姜汤。谁知暴氏在厨房与邻妇盘嘴，无闲去煎汤。罗隐牙咬紧忍痛，等吃姜汤，不敢开口问讨。至暗了[④]才捧出姜汤，浑身退松不疼痛，方敢开牙关吃之。

却原来罗隐浑身疼痛时，乃三尸神来换身，体贵皆换贱，惟口因牙关咬紧，不致与换。身虽乞丐，口犹帝王之口也。世传罗隐乞丐身皇帝嘴，即此云尔。不但只换身，顷刻把那龙凤之姿容尽换为花子之形模[⑤]矣。

无何，暴氏患马牙疮之症，浑口溃烂，齿牙落，舌断，痛楚磨灭[⑥]，年余方死。罗隐入于乞丐伙中矣。至唐僖宗年间，黄巢大乱天下，钱镠集众保固本州，讨黄巢有功，先为镇海节度使，后封为吴王，又封越王、梁王，封为吴越王，威镇浙江。以当时望气相师二术士之言，即查访罗隐何在，始知落于乞丐。又以罗隐不致此，即彼之言无谬，即令人寻，带入为幕友，以故旧之礼待之。

其奈罗隐浪荡既惯，拘束之不住，未久逃去。钱镠王又令人寻，带至不数日又去。连逃数次，皆被寻讨，入之又遁，遂遁出浙界矣。钱镠因再寻无，亦

---

① 摅：从水中捞取。

② 磨撴：用磨盘压。

③ 红棍：官府大堂上责打罪犯的棍子。此处将红漆筷子譬成红棍。

④ 暗了：天黑了。

⑤ 形模：形状模样。

⑥ 磨灭：折磨。

无奈之何，听之已也。

罗隐因逃出王府，恐人再来寻，遂遁出浙界，流至福州。沿途皆执杖捧碗乞食，初至之时，人犹不知其来历，皆以外方之游丐。那日有越王之差官至闽公干，路遇罗隐，忙跳下马，施礼问曰：“二王爷怎么来此处？千岁爷遣人四处寻尽。今见着好的，亟先请去公馆，待事完后同回去。”罗隐笑曰：“肯再去，不必走避在此处也。”

差官又问曰：“哪个得罪二王爷，回去告明千岁爷，将他责罚与二爷看。”罗隐又答曰：“谁敢藐视我，是我不爱在衙闷坐，喜在外游玩也。”又笑问曰：“为别件[①]游玩犹则可，怎么做乞丐勾当，有何体面也？”又答曰：“汝说不体面，我说王侯还不及此也。”

又问：“怎的不及此？”又答曰：“日游时，两脚踏翻尘世界，一身历尽海天荒；夜歇时，饭囊布地邀明月，檀板临风唱哩啰[②]。坐憩时，科头[③]箕踞长松下，白眼看他世上人；或振衣千仞岗，或濯足万里流，任吾所好。慢道王侯，即当今天子还不与换也。”

差官笑曰：“此等逍遥洒乐，总不如在幕府繁华，望听末职解劝，同回去何如？”罗隐答：“不去，不去，汝快去！”差官又曰：“既不去，今有些须银钱，可先收去使用。遇有便差，再多寄些来好么？”又答曰：“不要，不要。若要银钱，在幕府便存带出，谁敢不与？今还肯要汝分毫也！”

又问曰：“此银拿去，可买些须柴米度日，免再去人家求乞残羹剩饭也。”又答曰：“讨吃倍有味有趣。自买柴米，又费周章，吃又没味又没趣。都说完了，汝当汝差，我行我路，勿再多言，去！去！”罗隐便去。差官又喊问曰：“住歇何处？”又答曰：“脚跟无线系，到处是吾家。”

二人在街中问答，便有数人住着，有人背问跟随差官的人曰：“此花子是何等人，怎的呼为二王爷？”跟差官的人遂将“罗隐自幼与浙江钱王同乡，望气相士说后来与钱王同贵为王者。罗隐因母悍恶，干犯天条，贵体变为贱体，现为乞丐。今钱王封疆全浙，怜悯之，延入为幕友，称为二王爷。奈留之不住，屡次外逃，屡寻不着，谁知逃出界外”等情由皆告之。人始知其来历，皆称异甚。差官因再三劝之不回，亦无奈之何，遂自去矣。罗隐自去游丐，不愿跟随差官同去。

正是：宁做游街大御史，不为入幕二王爷。欲知后文如何，且听下回分解。

---

① 别件：别的（行当）。件：通“样”。

② 唱哩啰：唱小曲，“哩啰”尤指佛教的悟道歌。

③ 科头：光着头，不戴帽子。

第五十一回 龙船鼻没转弯弄匠 六月蚊咬稍撒唬农

却说罗隐至福州，因与浙江差官问答，人始知其厌贵喜贱、却富乐贫；故到处讨食，人皆乐与之。那日至一乡村，见众工匠在新造龙船，有已祭三牲酒醴排列桌上，待上了龙船鼻①。龙船鼻皆是用一片长木板，用火熨弯为卷螺②。彼时作鼻之长板已斅③在龙船上，欲举火熨。适罗隐至，谓之曰："今日熨龙船鼻，有现成的酒肉，可请我酒吃数杯好么?"诸工匠答曰："汝不是乡长、甲长，有请到汝④?"罗隐又曰："不坐久，只吃二三杯便去好么?"众工匠又曰："亦不合⑤。"罗隐又曰："便不坐位，只要一碗酒，半碗羹底，可合么?"众工匠又答曰："一滴都无，快去快去!"

罗隐笑曰："此等说不是没转弯⑥耶?"众工匠又曰："管你有转弯没转弯。"罗隐又笑曰："真没转弯? 我去你莫怪。再去寻，我不来矣。"罗隐说了便去。众笑曰："管你莫怪不莫怪，我十恶的东西都□粘□，谁还去寻汝来作质贝?⑦"众同大笑之。遂同去举火熨龙船鼻。讵熨来熨去不得弯，如重拗之，便折为两断。又另做木板换上，再来弯，又不能弯，又断为两截。众工匠又做三昼夜不歇，板折断，换了七八次，不得成功。众讶之曰："往常一熨就弯，此回一熨就断!"个个皆称奇异。

看的人笑曰："此奇怪惟我知之。前日罗隐说个'没转弯，去莫怪'，你们无个与他吃，他没转弯自去耶? 还差得多。此是他说莫怪之龙船鼻没转弯，你们纷纷乱不能成功之莫怪也。今还不去赶寻罗隐来，把酒与他吃，龙船鼻才得

---

① 龙船鼻：龙舟船体前端凸出部。

② 用火熨弯为卷螺：用火烤的办法将木料拧为螺旋状。熨：拧转。卷螺：螺旋状。

③ 斅：拼接安装。

④ 有请到汝：能请到你。此处为反问语气，意思是"轮不到请你"。

⑤ 不合：不行。

⑥ 没转弯：没有回旋通融的余地，此处双关指"龙船鼻"不能扭转。

⑦ 我十恶的……：此句字迹不清，意思不解。

转弯。酒不与他吃，要想龙船鼻转弯，万万艰难也！”

诸工匠闻此说，始觉之，皆曰：“果是他‘乞食身、皇帝嘴’作怪。无错，快去请他来转弯。”遂着人去寻讨。谁知罗隐去无定向，哪里寻之得着。不但只此一处龙船鼻没转弯，犹延及远近各处现在修造之鼻，都熨不得转弯。端阳在即，龙船皆不得落水，急甚。因无处寻罗隐，无奈，处处都把柴头①来雕刻，妆画作卷螺鼻形，戮上龙头，落水划斗②矣。福州自此做龙船鼻都是柴头雕的也。

因此“龙船鼻没转弯”再一扬传，罗隐去到一处，人皆与之饭食，买说好话。但罗隐之好话亦不是轻易能买之，由之爱说就说，要买实难。惟至粪船③说曰：“请我酒三碍④，船中吃睡不嗅臭。”至麻风院喝曰：“麻风历碌碌⑤，有入而无出。”其打铁与做竹的无与食，俱以坏话喝之，亦只以赚钱微薄，并无呆话⑥也。

今有人家盖屋上梁，买之说好话，罗隐遂大喝曰：“竖扇⑦连上梁，丁口甚旺强。从大死至细⑧，父不见子亡。”屋主以为呆话，父、子、孙同举掌打之，抱头跑去。罗隐一面走，一面回头喝曰：“就大亦见小亡，乱死便是矣！”屋主过后思之，原是好话，因打之后又说，才是呆话，悔之无及。后果由少先死，老后死，壮丁皆无，只遗老迈鳏寡，致于绝嗣矣！

罗隐遂游至罗源，夜宿古庙。时值炎夏，有人乘凉聚谈，皆认得罗隐。因个个被蚊虫钻刺难堪，同问之曰：“闻汝凡喝骂皆有验，今同去买酒、饼请汝吃，能把蚊虫驱逐去么？”罗隐随答曰：“酒、饼且买来，我能收蚊虫驱逐出境不咬人。”众问：“在几月？”又答：“在六月。”众又问曰：“要驱逐务尽，何以只一月也？”罗隐曰：“人心不足。蚊虫惟六月正当旺，至七月秋至渐退。能驱逐去此一月便了不得，不敢尽除之。天地所生之物，怎敢灭之也？”众曰：“说甚有理，能除此六月，亦好的极矣。”遂齐鸠钱⑨买酒、饼，与之同吃毕，罗隐

---

① 柴头：木疙瘩。

② 落水划斗：（龙舟）下水，划龙舟竞赛。

③ 粪船：载粪的船。旧时城里的粪由船载到乡下做肥料。船工就生活在船上。

④ 碍：指酒舀子。

⑤ 历碌碌：钻来钻去。

⑥ 呆话：坏话，不吉利的话。

⑦ 竖扇：盖新房墙体已成，接着上房梁，此时新屋轮廓已成，民俗通常要举行祭神上梁仪式。也作“徛扇”。

⑧ 细：年纪小的。

⑨ 鸠钱：集钱。鸠：纠集，凑。

遂叱曰："蚊虫蚊虫，六月尽去咬稍撒[①]，七月回来咬主侬[②]。"

时正夏六月，惟闻此一喝，只见那蚊虫结队由[③]户外飞去，庙中无剩半个。不但只庙中无蚊虫，犹及城厢内外、大街小巷之人家皆无矣。远近之人皆感罗隐叱逐蚊虫出街，家家得安枕长眠矣，无人不买酒、饼与罗隐吃。谁知各处蚊虫何曾有人驱，惟喝数声自行飞去，尽聚各乡村田野之间矣。其乡农闻知罗隐受贿，嫁祸蚊虫尽驱来叮乡间稍客[④]，个个欲去寻之。其奈是化子，若打死，好人偿命不值。即会各乡村老农去巡检衙门控告。

刘巡检遂拘至罗隐讯问："有何法术，能驱蚊虫出境?"罗隐曰："乃戏言。那古人驱蝗出境有是法矣。"众农便质之曰："由汝说是戏言，不叫蚊虫去咬别家，但叫来咬稍客。街中人[⑤]就是人，便不该咬。乡间客就不是人，应该咬之?但街中人若无乡间之客，就会饿死矣。"

罗隐笑答曰："我何曾叫蚊虫去咬你们也，你们话不听真[⑥]，便来混告，惊动官长也。"众农曰："你在庙里可有对蚊虫说'蚊虫蚊虫，六月尽去咬稍客，七月回头咬主侬'，有之么?"

罗隐又答之曰："汝们皮肤幼嫩[⑦]好吃，众蚊爱去咬之?我是说六月去咬稍撒，谁说是咬稍客[⑧]。稍撒者，田中新割之挥撒稿稻头，其味香甚，蚊虫堪吃之，使令众蚊咬稍撒。你们以稍撒听错作稍客，众蚊虫因有稍撒吃，才不回来。至七月，田中稍撒翻犁平，晚冬[⑨]没得吃，始回来咬主侬。若是令咬你们稍客，一见皮肉粗厚，钻之不入，还有不飞回头也?今不须官断，同你们一起去看，是集田中，是集人家?若集人家我当罪，若集田中，汝妄告何如?"

刘巡检先只不言，任听两造自辩，至此因听罗隐说得有理，便曰："或咬稍客，或咬稍撒，去看便明。"令经承差役带之同去看了稿[⑩]，即回来判断。

随同至田野看之，果处处蚊虫无数咬吃稍。仍带田塍路上，有人走过皆撞头撞面[⑪]。时已薄暮，再至各乡间人家看之，寻一头蚊虫皆无，差承随带众回来禀

---

① 稍撒：稻茬儿。稍：水稻，本字"籼"。

② 主侬：主人。

③ 由：向。

④ 稍客：佃农，农民。或称"田客"。

⑤ 街中人：城里人。

⑥ 听真：听清楚。

⑦ 幼嫩：细嫩。

⑧ "撒"与"客"福州话音相似。

⑨ 晚冬：晚稻。此处指晚稻的秧苗。

⑩ 稿：稻株。

⑪ 有人走过皆撞头撞面：描写蚊虫密集。

复：“蚊虫是去咬稍撒，不是咬稍客。”刘巡检笑谓诸农民曰：“把蚊虫驱逐的便不言，惟那稍撒极无所用东西，代人与蚊虫吃，还不好么？不但街市之人家一月不受蚊咬，犹及诸僻乡之人家皆得安寝，岂不共受有益，怎得还来反告之也？”

众乡农无敢再辩，惟认话未听真，以“稍撒”作“稍客”，求老爷开恩。

刘巡检曰：“既知罪，愿责愿罚？”众问：“何责，何罚？”刘巡检曰：“告事不实，责大板四十，枷三个月。若愿罚，一乡罚银三两，十乡共三十两，遂与被告，以赎诬告之罪。”众皆愿罚不愿责。

罗隐忙趋上堂曰：“小人花子，随日讨随日吃都足意了，还要银何用！有银亦无处安顿收存，分毫不要他们的。”刘巡检笑曰：“被告既不要你们罚银，务必同来枷责也。”

罗隐又曰：“此是小人花子自愿不要，算他们已罚了，求老爷亦免枷责，一同都感仁慈矣。”刘巡检笑谓乡人曰：“他被你们诬告了，不要你们罚银，又代你们求饶免枷责，可见其人何如？”众农答曰：“小农们果有眼不识好歹，今才知之。不要罚银，待后来慢慢报之也。”刘巡检曰：“既知情，便可恕之，但现蚊虫都去咬稍撒，至七月有无回头咬主人，各乡都要会齐同来报知。今可散回去罢。”众皆叩头而出。

遂共出头门外，众乡邻皆向罗隐称谢。适有一个十四五岁的小子，手指罗隐曰：“罗隐，汝奶骂尽侬，折仔执仗挂竹筒①。”旁有人便喝曰：“文箫，胡言什么！”罗隐始知此个名文箫，随答之曰：“文箫文箫，六月咬稍撒，七月咬主侬。”小子便拾石头掷罗隐，罗稳走避，犹赶掷不休。

众农同看的人不忿②甚，共哄然喊骂小子。哄声闻至内衙，刘巡检令人出查，逐拿文箫进问因由。即供曰：“名文箫，十五岁，是田杲之家童。因与花子玩笑，花子开口便骂，故拾石头掷之。”又问：“汝说什么与他玩笑，他以甚话骂汝？”又供曰：“小奴只说：‘罗隐，汝奶骂尽侬，折仔执仗挂竹筒.’此话因此处都有人说，才与他玩笑，他便骂之曰‘文箫，文箫，六月咬稍撒，七月咬主人.’小奴几时有咬稍撒、咬主人？故忿，才掷之也！”

刘巡检笑曰：“此话你以说玩笑，还不知是伤骂父母，报折他本身。他犹不动气，只把本日被人所告之蚊虫咬稍撒、咬主人之事答之。文箫便认作自己之名，便拾石头掷之，才致众忿也。本该罪及家主③，今从宽不究你主，只将你

① 汝奶……挂竹筒：你的母亲把人都骂尽了，报应儿子当乞丐。折：报折，报应。“执杖挂竹筒”指行乞。

② 不忿：忿忿不平。

③ 家主：奴仆的主人。

嘴巴打十下，以儆将来罢。”遂令将文箫打了十下嘴巴，放之。

刘巡检退入内衙，问陈恭人：“花子怎有此奇能清介?”陈恭人曰：“老爷还不知此花子之根源也！应大唐之天子，因母犯天条，以子贵体换为贱体。身虽花子，口犹皇帝，喝骂什么便是什么。今日骂文箫之言可记着，将来必照语应验之也。”刘巡检答曰：“怪道，才有许般奇异也!”

正是：预遗谶为下案判，恶奴自有奇人知。此乃刘巡检判断蚊虫六月咬稍撒之第十案也。欲知后事，且听下回分解。

第五十二回　恶家奴偷簪鞋泄恨　贤巡检代男女洗冤

却说那拾石头掷罗隐被刘巡检打嘴巴之文箫，是谁家之童仆也？却原来乃南街田杲之仆。田杲家产充足，妻楮氏，未有男女。一丫头名秋飒，十六岁。一童仆即文箫。交一朋友，姓归名玉，自各十五六岁同窗交纳①起，今俱三十一二岁，犹不相离，人皆称之重生管鲍，再世左羊。因归玉家极清淡，都在田家后园书房读书。文箫在供使。那日使出街买纸笔，便在巡检司衙门滋事，家中闻知，忿甚。

至文箫掌了嘴巴回来，田杲犹未言，归玉便骂曰："家奴有罪，罪及家主。幸遇仁慈刘爷，不究家主，只把汝轻责数下而放。倘在别官，究及汝主，不但汝主辱身，家财还去②一半。此若不打至半死，将来必弄出大事。"骂了，即将文箫缚吊梁上，与田杲打之。田杲取一小棰③，只打数十棰便断截去④，再寻无棰，就不打。讵丫头在内寻一条大藤鞭出来，归玉因田杲有事在内不再打，便将藤鞭接过，一连打有数百，文箫啼喊⑤至无声。楮氏因打得多，出来叫秋飒劝归玉莫再打，将藤鞭夺来。谁知秋飒不说不夺鞭子，犹在旁指骂曰："不打死，必会害死主人，倾家荡产。"又打数十，浑身皮肉绽出血。楮氏心甚不忍，进去拉夫田杲出来夺鞭解劝。

原来文箫人丑心毒，外以归玉贫甚，吃穿都出田家，不愿⑥，常侮慢之；内以秋飒主母爱惜之，又甚嫉妒，挑唆之；故内外二人，嫌之极也。文箫今日受此鞭挞，还有不与二人结衅⑦？其奈内爱之甚，外交之厚，皆扳之不倒。

---

① 交纳：结交。
② 去：失去，损失。
③ 小棰：竹木小棍，箠条。
④ 断截去：折断了。
⑤ 啼喊：哭叫。
⑥ 不愿：心存不满。
⑦ 结衅：结下怨恨。

列公道田杲与归玉交厚，是怎么样之交厚也？有一日归玉回家，家中有美画眉一笼，携至书房，挂在门前赏玩。归玉又回家去取书，适田杲出来，见画眉，问是谁的。文箫曰："二官[1]家中携来的。"田杲以画眉被尾坠住，跳不能捷，即将抓出，把尾尽行撮去，仍挂门前。但画眉无尾，只剩一榣槌[2]，还看得么。至归玉又至，见画眉无尾，唬甚，问："哪一个敢将尾撮去[3]，还了得？"文箫答："不是一官[4]，还谁敢撮也？"归玉因闻是田杲撮，怒遂转喜曰："画眉撮尾，加倍便式[5]。"须臾田杲出来，问曰："尾撮去何如？"归玉笑曰："才说不知画眉撮去尾务此[6]便式，今日与兄撮了方知，可交与文箫小心看管，莫被人偷去也。"

二人睡俱在楼上，一人一张床铺，吃饭俱在楼下。那日，二人上桌吃至中间，归玉忽放箸上楼去，忽然楼板缝有水流落桌上，田杲忙取空碗承接半碗。至归玉下来，问曰："楼上什么水流落下来？"归玉笑曰："弟尿急，赶上去撒尿，不觉顾[7]把尿壶打倒，尿撒满楼板，流下也。"田杲曰："原来是弟尿流下来，造化都承接在碗。愚兄近时得肺燥之病，人说吃回龙水[8]始愈。幸喜今日天赐弟之回龙，不吃还吃谁的？"田杲将半碗尿饭[9]吃矣。一个画眉撮尾便式，一个尿调得饭吃，可见二人异样交厚。

那晚，秋飒送晚膳至书房楼下。时有微微月色，因忽下几点雨，忙把酒菜排列桌上，即翻身[10]便去。归玉在楼上，忙赶下楼，急步尾随秋飒出户，不觉把桌上一瓶酒磕倒，并不回顾。田杲在边房钻出来瞥见，不知归玉因何事许急[11]去赶秋飒，酒磕倒都顾不得。

田杲即将酒瓶扶起，拭了桌。文箫又送热菜至，随问曰："你来时有见二官跟秋飒去做何事，去有许慌张也？"文箫答曰："有遇着。奴婢看见他，他看不见奴婢。只见二官邀[12]秋飒进草房内，把门关住，不知做甚事。"田杲闻而不言。

---

① 二官：家中奴仆对归玉的尊称，相当于"二爷"。

② 榣槌：捣杵。此处指无尾之鸟状似捣杵。

③ 撮去：拔掉。

④ 一官：对家中男主人的尊称。

⑤ 便式：利索敏捷。

⑥ 务此：有这么。务："有"字的俗写。

⑦ 觉顾：发觉，觉察。

⑧ 回龙水：人尿作为药材的雅称。

⑨ 尿饭：指将尿拌饭吃下。

⑩ 翻身：转身。

⑪ 许急：那么急。许：那么。

⑫ 邀：牵着。

有许久归玉方回，田杲笑问曰：“吾弟因何事许慌忙，赶出去把桌上酒瓶磕倒都不回顾也？”归玉答曰：“有一部《礼记》排在花台顶曝①，忘记收得。忽闻有雨点，方记得，赶紧去收，迟则淋湿矣，因此忙极。有把酒瓶磕倒②？真不知也。”又问曰：“只收书怎么许久也？”又曰：“收了书存外房，便出恭。”田杲笑曰：“吾弟好癖性，屎尿都要至吃饭来屙也。”田杲虽疑，亦不在意。

过有几日，适田杲去乡间收租，几日未回，楼上只归玉独睡。那日早晨回来，归玉在外，田杲因见归玉床中被席翻乱，与之舒好③，床头拾一条银扁簪，将簪带进去查问是谁的。其妻楮氏看曰：“是秋飒押髻的，何处拾来？”田杲曰：“在门口拾得。”遂将簪递还秋飒，回书房亦不言之。过一日，田杲又出外，楼中又惟归玉独睡。那日田杲又回来，又在归玉床中拾一只眠鞋④，认是乃妻所穿，忿甚。

即进内问曰：“你夜来穿眠鞋取来我看。”楮氏曰：“一胶⑤被鼠拖去，寻不着，昨夜借秋飒旧鞋穿睡。”田杲将鞋交还与看，曰：“此是你原鞋不是？”楮氏接看，曰：“正是，何处拾来？”田杲便怒曰：“既是真赃，你们上门寻契⑥便实⑦矣。一月前秋飒去就之，获着扁簪，以丫头下辈不与计较，寝之⑧。谁知使他作红娘去递简，后你亦上门就之。天不容奸盗，眠鞋又被我获着。本应持刀三个尽杀之，一念与禽兽十数年朋友之交，二念与你十数年夫妻之恩，三念秋飒自幼主婢之义，因有此之情恩义，不忍杀之。今惟与那禽兽绝交，把你贱人休回娘家，任你改嫁。将贱婢发卖远处已也。”

楮氏闻此，唬甚，哭问曰：“此眠鞋实是被鼠衔去，妾身并无偷作不节之事。今之眠鞋与前之扁簪实在何处获来，说明了，慢道去之，即杀之亦愿矣！”

田杲曰：“簪是六月中在书房楼上归玉床头拾得，此鞋是七月半亦在归玉床中所拾，上下才一月，即被我搜获两赃，还有何辩？”楮氏又哭曰：“此乃弥天之冤。秋飒时刻都在妾身旁，何曾有半刻离步？妾虽女流，亦知廉耻，怎敢淫奔？鞋实是鼠拖去，冤屈妾身，不过一死，冤屈归二叔怎好也？”

---

① 排在花台顶曝：摆放在花坛上晾晒。曝：晒。

② 有把酒瓶磕倒：确实把酒瓶碰倒了吗。磕：碰磕。

③ 舒好：铺好。舒：铺开。

④ 眠鞋：旧时裹足女人睡觉时穿的软底鞋。

⑤ 一胶：一只鞋。“胶”指“脚”，本字“骹”。

⑥ 上门寻契：（女性）主动找姘夫。契：结谊。福州旧俗，男女私情多以结谊形式掩人耳目。

⑦ 实：证实。

⑧ 寝之：隐忍了。

田杲又曰："鞋鼠能衔之，那簪鼠亦能衔之么？鼠即能衔鞋，有能衔出墙外书房楼中？即能衔至楼，都不落我床头中，偏偏同簪都落那禽兽床内？任有百口，亦难辩清。今亦不打汝，只写一休书与你去，便念情之至矣。"遂写休书，雇便小轿，押令回转娘家。楮氏哭曰："宁请死君前，不回娘家。"田杲曰："要死，娘家去死，此处不许死。"

田家无别亲，只有寡嫂，再三来劝之，田杲不依，楮氏宁死不回娘家。其嫂问楮氏曰："你实有是事么？若有，应当死之。若无，何必死？将来必有辨明之处。如死去，无亦为有，千古抱不白之冤。今且带休书回去娘家，你不能辩，与归二叔去辩。汝若死，致归二叔有口难辩也。"楮氏因此解劝，遂勉强回至娘家，亦声声言死。父母兄嫂亦俱劝不须死，将来自有分明之日，空死无益，楮氏遂忍耐之矣。

田杲既休了妻，又叫了媒人，将秋飒交与带出去，卖人做妾。秋飒便翻跋哭而不去，其寡嫂亦劝且去数日，待一官气过，同去带汝回来。又背地叮嘱媒人曰："不可即卖去，如即卖去，万金赔之不依。"

田杲因又去了秋飒，即写一封字①，内云："十数年之交好，一旦尽付之东流。先奸友婢可寝，再淫友妻奚堪，因念前情，免动杀机，惟休妻、弃婢、绝友已也。多言无用，草此布知。"封交文箭送与归玉。

归玉妻死，惟母、弟。接看书中所云，唬甚，不知其因。问文箭是何缘故。文箭将搜着簪鞋为据，先休了妻，又卖了婢，终绝了友，才令送书来，内外等情由细说与知。归玉仰天号哭曰："冤惨弥天！"欲即去当面辩冤。

适归玉之娘舅至，问故，归玉将文箭所说之情由告之，又把来字与看。其舅闻了详细，又看了来字，谓曰："我知彼平素志诚，岂行此失德之事？但现在汝床中现获二赃为据，怎到汝得辩白？妻都休，婢都去，友还不绝交乎？他此时气正盛，火正发，如去冲之，杀机不动而动。且退一步，待过后怒消气退，再慢慢来辩冤未迟也。"归玉哭曰："不即辩白，怎的有脸见人，必死乃休。"其舅乃曰："妻都不死，汝还说死，无有是事，虚反为实。此事必是人见与汝亲热得异样，心生嫉妒，把此二物来赃诬，致之拆离。那所为之人天岂容恕，将来怕不出破②，洗汝三个之冤也？他既不闹破，只休妻绝友，犹且大喜；倘被出破，吾甥百口难辩，欲死还不得死。若家中站立不住，且去舅家避避气③，至

① 字：信函。

② 出破：（被）揭穿。

③ 避避气：避一避对方的气头。

事冷了，回来查访所害者是何人，自会水落石出。”时母、弟都在劝解，归玉乃去舅家矣。

田杲既已休绝了，静里暗思，亦恐两家男女毛脸[①]去死，官司必打回头，怎处？即写存案诉呈[②]，中间说：“有妻楮氏、女婢秋飒，同为不节。于六月昏夜私奔，至后花园与归玉奸宿，次日搜出银扁簪为据。七月间，妻楮氏亦夜奔归玉，亦与奸宿，次日亦搜出眠鞋为据。因念至情，不忍遽动杀机，惟休妻、卖婢、绝友而息事。恐有人别生事端，合再诉呈存案，以杜后来枝节。诉呈人田杲，抱呈家人[③]文箫。”写便[④]，与文箫赴巡检衙门投递存案。

刘巡检正收入此张诉呈间，有各乡农会齐来报：“蚊虫六月去咬田稿[⑤]，七月又回头入人家咬主人矣。”此乃前审蚊虫案时，有吩咐至七月是否又回头咬主人之处，各乡会齐来报也。

巡检与陈恭人同看了田杲之呈，陈恭人笑问之曰：“老爷可知此通奸是实是虚？”刘巡检曰：“不实，肯出妻绝友？”陈恭人又曰：“非也。若实，会偷吃不会拭嘴[⑥]，犹留簪鞋与之搜出作证？此乃家中人偷出妆涂[⑦]之。若不来递呈存案，此一男二女万难以辩白。既有呈来，务要代之洗清，方不忝为民之父母。”刘巡检笑答曰：“还要我恭人来指点，算看是何人暗害，去拿来究治。”

陈恭人曰：“别案要点算。此案一月前便有人来报，暗害者何人？今日呈一收入，又有人来报，此案酿祸之人老爷都不觉也？”

刘巡检笑曰：“何曾见有人来报也？”

陈恭人又曰：“彼时妾身有说须记着，怎么忘记也？此抱呈之文箫，就是月前在衙前骂罗隐，罗隐回骂‘蚊虫六月咬稽撒[⑧]，七月咬主人’。此骂乃双关两意，‘蚊虫’即文箫，‘撒’即秋飒[⑨]，‘主人’即楮氏主母。明是指骂文箫六月必会害秋飒，七月必害楮氏主人，所骂之言与此呈内姓名半点无差。罗隐骂人无有不应也。今日收此呈时，恰遇众乡农来说：‘六月蚊虫咬田稿下头稽撒，七月回头入人家咬主人。’可不是报知文箫六月暗害田丫头之秋飒，七月暗害楮氏

---

① 毛脸：无颜，丢脸。毛：无。

② 存案诉呈：作为备案诉状投递官府。

③ 抱呈家人：抱呈诉状的家仆。家人：家仆。

④ 写便：写好。

⑤ 田稿：田中稻杆。

⑥ 会偷吃不会拭嘴：熟语，意思是蠢人做了坏事不知掩盖，被人发现。

⑦ 妆涂：做出假象抹黑。

⑧ 稽撒：割稻后留下的稻茬儿。

⑨ “蚊虫”即文箫，“撒”即秋飒：“蚊虫”与“文箫”，“稽撒”与“秋飒”福州话音相似。

主人？前后两现簪、鞋，即文箫偷出，存①在归玉床中，与田杲获出，使之夫妻、朋友、主婢作离，从中必有衅隙，只唤至文箫研究一堂②，便尽行吐③出，可洗三人之冤。”

刘巡检闻而笑曰：“不说真不觉。”即令留住抱告不与去。巡检出堂，带文箫问曰：“汝是抱告文箫么？”答：“是。”又问曰：“汝缘何先偷秋飒扁簪，妆诬归玉，后复偷主母眠鞋，致主人出妻、弃婢、绝友，是何缘故？”

文箫哪肯即认，因把拶子一含④手上，便言愿招。遂招曰：“月前以石头掷罗隐，被老爷打嘴巴。回家去，主人犹无说，惟归玉指骂了，犹把小奴缚吊叫打。主人只取小捶打几下便歇，可恶秋飒取大藤鞭乞归玉，打得肉痄⑤血流。主母叫夺鞭不与再打，讵秋飒不夺鞭，犹叫打死。幸主母叫主人来解劝，才未打死。因思被主人打死无怨，怀恨此二个，欲暗害报仇之。有一夜，秋飒送夜膳到书房，即回头去。归玉在楼上，忙下楼随之出户，不觉桌上酒瓶磕倒，不回顾。主人看见，问小奴：‘有见归玉赶出何事？’他实因雨照⑥赶去收书，顺便屙屎，小奴说扯秋飒入草房。主人虽信之，并不理较。因害之不倒，侦主人出外未回，偷秋飒之簪存⑦入归玉房内床头，与主人拾出，必逐男女。谁知主人将簪带入，交还主母，又不与较。又等主人几夜不在家，又偷眠鞋赃之。始怒，才并绝之，方消前恨。”

刘巡检又曰：“既报前恨，何不偷秋飒之鞋，将主母的偷去害主母？汝主母好意与汝讲情不打，不报以德，反以仇报之，何也？”

又答曰：“此鞋是秋飒床下拾得的，拿去赃害之。谁想不是他的，乃主母之眠鞋，被鼠衔拖在他床下，怎知偷错？事至出破方知，怎敢言之？非是有心害主母。”书吏将口供录上。刘巡检笑曰：“主母不怪汝怪老鼠，不错。惟汝此蚊虫比老鼠更恶十倍，六月咬稍撒嘬食⑧不饱，七月又去咬主人，吞龟肉，比封神传之蚊虫咬龟灵圣母更厉害也！”

令差役唤田杲来问曰：“汝乃读书之人，事不三思，便绝交胶漆之朋。拾一只眠鞋，即去糟糠之妇，把奸情涂之，致人廉节何存？本司因看汝呈，情理有

---

① 存：藏。福州话“存”“藏”同音。

② 研究一堂：过堂讯问一次。

③ 吐出：坦白事实。

④ 含：夹。

⑤ 肉痄：皮开肉绽。

⑥ 雨照：雨骤。福州话“照”“骤”同音。

⑦ 存：藏。福州话“存”“藏”同音。

⑧ 嘬食：咬食。

乖，唤抱告问供，讯出被害实情。全供在此，慢慢看来，便知冤枉汝妻、友、婢。”田杲当堂接看，唬甚，问文篇曰：“此口供是汝所认的么?”文篇曰：“是。”田杲骂曰：“不存意小蠢虫能设此陷阱害人，不但只害三人，连我都被陷入诬良罪戾。”遂磕头认不细查，擅行绝友、去妻、弃婢之罪。

刘爷曰：“既知罪，要免究亦不难，只须去两家请罪，妻肯回头，友复旧好，婢能讨还，便罢。再者归玉失妻，可将秋飒配与。即明日汝妻不须来，带归玉、秋飒来，当堂交拜，就成伉俪了。再治逆奴陷主之罪。”

田杲叩头领命。遂至两家请罪，接回妻，讨回婢，带婢次日至巡检衙门。刘爷问二人：“愿配么?”二人俱喜曰：“愿!”令当堂交拜，成就夫妇，将秋飒与归玉带回。文篇以家奴诬陷主母，拟斩，将解至王府，文篇被雷打死监中，只得戮尸详报结案。田杲仍同归玉交好如初，夫妻仍相敬如宾，秋飒来往如亲女。此判乃人名文篇，六月咬秋飒，七月咬主人之第十一案也。

罗隐又游至泉州，入一乡宦家乞饭。站立既久，家人盛出半碗碎饭[1]，喝与之。罗隐不接而去。座上有客忽指曰：“此人吴越之二王爷不做，宁做花子，肯要此半碗残饭耶?”主人闻之讶曰：“此个即是‘乞食身皇帝嘴’之罗隐么?”客曰：“没错。”主人忙令人贮一大碗白米饭赶与之，莫致出恶语。家人即捧饭赶至山边，递与之。罗隐曰：“无人食汝嗟来食，洒作山中作土沙[2]!”说了，将饭洒山上而去。旁人看之曰：“可惜雪白饭洒山!”或曰：“停会自有雀啄去。”

谁知此饭数十日铺在山上如故，人上去拾看，非饭乃沙也！却原来被罗隐说土沙，落地即化作沙，通洁明白之形仍旧不改，即饭无异。今泉州各山皆产此沙。

后罗隐流落几十年，有七十余岁。一日至山旁坐在一株新砍松根上，许久立起，衣衫被松油染污，骂曰：“绝松。”忽有人曰：“树绝有人作[3]，汝绝填沟壑。”罗隐闻而讶甚，看前后无人，必是山神土地讽之，以树绝还有人开掘，惟我绝无人料理。因一回思，仍回杭州地方，投入王府。武肃王（即钱镠王）令人诓入王府，罗隐便不再逃，遂终身倚之矣。今之树有去根，皆发新枝，惟松不能再发，即当时骂“绝”之也。

正是：乞丐贱身早已殁，帝王遗语至今传。欲知后事如何，且听下文分解。

---

① 碎饭：不成碗的剩饭。

② 土沙：沙子。

③ 作：开掘。

第五十三回　林九娘因难传正法　陈恭人得妹斩妖僧

却说刘巡检判了十一案。再说罗源有一乡绅，姓林名忱，为东都州刺史。妻许氏，有二男一女，婢仆几个。因朝野多事，辞职归乡。其女子名九娘，年十七。内慧外秀，好读《周易》，手不释卷。欲参识大衍之数，恨无人指点，怅怅于怀。因随父归乡，途中住歇旅店，遇雨未行。有一老妇，神采非凡，来谒。袖出一册，乃《河洛神数》，授九娘，指点秘奥，不受酬谢而去。连问其姓氏，杳而不对。皆以神降授，均感不胜。

九娘因得奥妙，遂能变动排布。回至罗源家中，时常演布。那夜初更时候，在香房列桌，以豆排八卦九宫大衍之数，从中调动飞合，变化无穷。正在神注间，俄有一旋风入房内，九娘讶喝之，其旋风辄坠入卦局中。风息，现出一物，非别，乃纸之犬头也。九娘异甚，将纸犬头夹在易经内。须臾又一个飞至，又坠在局中，乃纸剪之人也。随接连飞至五个，皆纸剪之人也，俱由窗棂而入，皆自坠入八卦局中，总夹在易经内。天既明，始无再至。

九娘思之：必是妖人施展邪术，使来捉拽我们也。犹幸未睡，在此排卦，被我反捉之。如睡，万命皆休矣。诚乃古圣仙贤之造就也。

随报于双亲。父母异甚。九娘欲将纸人并纸犬头烧毁，林忱曰："慢致其性命。待查出是何处妖人所使，有来善求，放还之矣。"随着人访查，竟查之不出。谁知此妖人借有邪术，才敢在闾山法门前播弄。陈靖姑恭人不知觉也。

道是何等妖人，有此放肆？却原来即在罗源附近之白塔寺，有一僧首，名铁头和尚。徒众甚多，有奇异之邪术。闻哪家有妇女美者，即施法去拽之。凡妇女被其拽者，皆喜而顺从之。不但只被拽之女喜从，即女之亲人见女无去①，亦不心痛查寻之也。怎的能致有此平静②耶？谁知他自有能致人顺头顺意③之术

---

① 无去：不见了。

② 平静：没有风波动静。

③ 顺头顺意：驯服。

也。如探听谁家之女美，至夜，先发犬头旋、牛头旋至其家中；一绕旋，家中男女皆感受风邪，任其强恶，须刻变为驯愚。次日或妻或女不见，无甚要紧，既无便罢。其女被拽去，无不顺从，并无一个抗拒，故不至出破[1]也。那妖僧不独只拽妇女，犹常拽人家之财宝，无一出破者，皆借犬头、牛头旋之弥缝[2]也。今人以“旋”作“愿”[3]，非也。

靖姑初至罗源官衙时，铁头和尚探其美，将去拽之。闻乃闾山之门徒，未敢造次；又闻能灭妖怪如探囊取物，遂惧而避，不敢妄为，故陈恭人才不知觉也。

此回林九娘随父回籍，同上船下船，人见之，皆羡美甚。该和尚闻知，赶去潜瞧，果今古无双。遂先拨犬、牛二旋去愚之，续遣一徒去捉拽。因不见拽至，随又遣徒弟挪拽，连遣五徒去，并无回一个，唬甚。至天明自去查访，始知五徒并犬、牛二头俱坠入八卦局中，收夹易经内，方知九娘亦有此神诀。遂回寺中，至夜，于后庭设五个盆，上加盆覆之。拨五个小行者，一个看守一盆，不许人擅开。自即出去山门外，盘坐岩石之上，仰首张口，吐出五头飞虎、五个夜叉。五虎去破局，夜叉去拿人，皆腾空而去。

其九娘防备邪术，又日夜守定卦局，不敢稍离。至次夜，忽有五飞虎揭椽瓦而入，翻破卦局，五夜叉随至，将九娘并父母兄弟五人捉获，望空拽至白塔寺。铁头和尚令夜叉将林家五男女押入寺内后庭，分贮五瓦盆内。再令夜叉去林家带回被收夹之牛、犬头并五徒。夜叉又去带五个徒弟并牛犬二头。

时天将明，铁头和尚始下岩石，入寺查看。五盆内只四盆有人收贮，惟一盆空而无人。究诘五个行者，方讯出半夜偷开一盆观之，被他走去[4]也。和尚怒甚，即将五个小行者剥衣吊打数百，命皆几休。却原来单放走九娘，才这般忿怒也。铁头和尚因天既明，不得施为，待至夜再行捉拽之也。

那九娘却被拽去，关紧于盆内，十死无一生；谁知天幸被小和尚偷开看，放走回来。查看局被破，纸人、牛犬头皆没，父母、兄弟不见，知是反被妖人使怪来拽去，并无处去寻。知妖人施此邪术，无门可投，即奔至巡检司衙门击鼓喊投[5]：“妖术拽人，急救四命。”

刘巡检闻妖术害人，同带与陈恭人相见。陈恭人见林九娘骨格非凡，颜容

---

① 出破：败露。
② 弥缝：掩盖（罪行）。
③ 今人以“旋”作“愿”：今之民间有传说为“牛头愿”“犬头愿”的巫术。
④ 走去：逃走。
⑤ 叫冤投诉。

迥异，便属意惜之。随问因由，九娘将跪，陈恭人令立而言之。九娘先将父之阀阅、姓名同眷属言了，遂将“前夜在房中排布卦局，突有小旋风、大旋风同旋入房，俱坠八卦局中，风息现出纸制之牛头、犬头；又现突至五强人，皆自坠入局，亦现出纸人，俱收夹入易经内，将烧毁之；父言且留勿毁。至次夜，有五虎拆屋瓦突至，翻破卦局；又至恶鬼，将一家五人尽捉去，并取去易经所夹纸人、牛犬头，幸自身走脱回来投控”等缘由，说告一遍。

陈恭人先见其神采，今又闻因此缘故，便喜之甚。遂不呼名，只呼妹，谓曰：“原来吾妹能参周易大衍之卦数，因演试排布；不知何方之妖人先遣牛头、犬头二下邪之旋风，把人先旋愚了，便遣妖徒来捉拽。必因闻知吾妹之美，才觊觎之也。谁知吾妹能排八卦，反落妹局，不烧毁，留其性命，乃仁之至。那妖人谋夺人，自人反被夺去，怎肯便罢？次夜又施别法来破局，局既破，人怎不被其尽掠之也？但吾妹被拽时可知拽在何处，关于何所？怎能脱走回来耶？”

九娘曰：“小女子彼时被鬼捉拽，便迷迷懵懵。至放落地时，似入坛瓮之内。未一时，有人把盖掀开，自即钻出。始知入于瓦盆之内，被几个小和尚掀开看。讵小女子看见他，他看不见小女子，方能走脱。人仍迷蒙，便飘飘荡荡，忽然至家，如梦初醒。不见父母兄弟，知是被之弄捉去也。”九娘说了便泣，求急救双亲二兄，迟则四命皆休矣。

陈恭人曰：“令尊、令兄明日自会到家，何须惊怕也！”

九娘泣曰：“尚不知何处之妖人，父母兄弟皆被其捉去，生死不知，怎能够许快便回也？”

陈恭人又曰：“自有法力能送四位回来。所说情形，乃是邻境之妖僧弄术害人，何用再访？吾妹既被拽去了，因徒偷开放走，妖僧哪肯罢休？今夜又必施法来拽，吾妹晚来仍在家排布卦局，又将他所遣之怪类捉缚住，还怕那妖僧不来换之也？惟不知吾妹所布之局，头夜既能收捉其牛、犬、妖徒，至次夜怎的辄被破局拽人？中间必有排不周全之处。今即在此，可排布来看。倘有不周，再加添补，今夜方可制胜也。”

九娘取豆排布，恭人曰：“早膳排便，同去吃了来排。”九娘辞不吃，恭人笑曰：“以是告状人，当避嫌疑，不敢如是。今既谊为姐妹，便不须避之也。”九娘又答：“不敢高攀。”恭人又笑曰：“吾妹还不是千金小姐，怎为高攀也？”遂将九娘拖入内室，同吃了早饭。

九娘即在内排布出九宫八卦全局，恭人观之，有不尽之奥妙，倍加爱敬之。看了谓曰：“此等包罗万象之神机，慢道只收妖，即天仙亦不敢近之也！惟吾妹只知局中之变动，尚不能知局外之变化，故昨被妖破之也。今愚姐拔一条丝发，与吾妹添补布设局中，将八门环旋绊住，有大怪来破，化大绳缚之；有小怪来破，化小绳缚之。多则化多，少则化少，任有千万皆缚之，难逃一个。今夜回去，将此布置，收缚了怪类，吾妹即将此怪押带至此。吩咐贵管家：有人来求怪类，说已送在此，令自来说换不妨。”恭人说毕，遂教之添布丝发处所，九娘便理会。撤了卦局，收存丝发。遂辞回家，即在香房排布矣。

那铁头和尚又访知九娘走回，仍在排卦。至夜，又盘坐岩石上，张口吐出五飞虎、一夜叉去捉破之。讵五虎一鬼入房，临局即被丝发化为绳，总绕匡绊作一堆[1]。其虎初至，各大如鹿，辄变小如鼠，鬼亦变小指头大；再被发绳缠绕，六个总归变做一个；有汤丸大，色红，形似猿猴；绳亦变小，缚住不能动矣。九娘思此妖果能千变万化，无姐之丝发赠助，其奈之何？九娘既将怪类收定了，即撤卦局。吩咐女奴不敢少停，透夜[2]至巡检衙门与陈恭人说明详细，随献所收之怪类。恭人看之曰：“此一粒非别，乃妖僧之心怪，吐出来变化害人。他不取回，怎能还活，怕不将令尊、令兄来换回也？”九娘问：“怎知是妖人之心？”恭人曰：“人之心属猿，意属马。君子能系住心猿意马，小人则不能系住之，故常跳骤出外，胡为乱作，无所不至也。此粒形似猿猴，是妖僧之心所变无疑矣。”遂将九娘留住，待来求换矣。

那铁头和尚在岩石上等候拽至九娘，待至天明无至，唬甚。即去查探，方知又被收缚，解送去巡检司衙门。不敢求官，只入林家，见看门之苍头，说之曰：“昨夜有一人、五兽来，被小姐收缚，今将原拽去之四人送来换回。”苍头曰：“已解去巡检司衙门。要换，去衙中说换。”铁头和尚曰：“官府怎敢去求，不准反罪之也！”苍头又曰：“小姐说刘爷仁慈，有四人去换，便喜而不罪也。”和尚闻此，不得已，便去衙门前跪求之。

刘巡检坐堂，令带进和尚跪于堂前。巡检问曰：“汝是何处僧人？来求何事？”和尚曰：“白塔寺住持僧，名法普。因前日五个小徒至林忱缙绅家中抄化[3]被留，问讨不还，小僧将林缙绅同夫人、林公子亦引留之。昨夜林小姐将小僧法宝盗去，问道存在老爷衙内，特来求恳仁慈，愿将林小姐双亲并二兄四位送还，换回法宝，感恩不浅矣！”巡检司笑曰：“好个口，能舌辩饰非。明是施邪术将林缙绅一家五人俱拽，幸是走回一个来具控。正欲拿汝来定罪，还敢来讨什么法宝也？”和尚便磕头哀恳：“从今改邪归正，如不改过，甘愿重罪。”

---

① 总绕匡绊作一堆：统统捆绑在一起。

② 透夜：连夜。

③ 抄化：僧人上门化缘。

刘巡检着人进内，问林小姐肯愿和换还否。谁知恭人同林小姐早在竹帘内认看铁头和尚，将来好收除之，遂答："愿和换。"巡检曰："小姐既愿和换，便宜之甚，可送四人来换。"随拨四个差役，随和尚至白塔寺，遂带回林忱同妻子四人。和尚亦随至，一同上堂。

刘巡检迎林家四人至内衙。九娘见双亲二兄，悲喜交加。四人见女、妹，如睡初醒。刘巡检取出猴丹交还和尚，令之改过；若不改过，法网难逃。铁头和尚遂叩谢而去。林忱同妻及二子被留在衙内款待三日，方回自己家中。九娘既与陈恭人谊为姐妹，长留在衙，传授闾山正法，待将来同收铁头和尚。

说那铁头和尚回去，怀恨放走九娘之五个小行者，即将拿关在一空房内。和尚张开口，呵出一气喷去，五个小行者即变五个犬豚仔[1]，一日拿出宰食一只。五个中四个在远处诱来的，并无亲眷；惟一个乃本处之子弟，有父母兄弟。讵此个与一头陀有私情，该头陀眼见变犬宰食，暗中通风与其父母兄弟知之，父兄即来向和尚讨子计较。和尚许以千金为调息，且暂回，明日来取。其父兄喜而回去。是夜，和尚连拨十数个牛犬头旋，将其父母兄弟俱旋死床中，次日无人开门矣。和尚查知通风之人，令头陀马厩饲马，即变为马，宰卖与行家。寺中诸僧众皆知其因由，不敢再有通风消息，以变畜难堪；惟背议将来必殃及身，将同散之矣。

和尚知九娘全恃陈恭人法力，又长在衙内，无奈之何。随遣一能飞墙扑壁[2]之行者，入衙即被恭人知觉，捉缚问之，始知是和尚遣来密探九娘之奸细。恭人曰："我不杀你，仍放之。可将寺内之事情说来我知，才放。"行者遂告之曰："本寺僧众有一百零[3]，当家和尚名法普，又号铁头和尚。德行皆无，全藉技术，常拽人家子女财宝。寺中若有得罪之者，皆施法，令之变猪犬牛马，再不饶恕；个个胆寒，现在同议欲一齐散去。今夜叫来探小姐、恭人消息，不得已而来。若蒙恕不杀放去，亦不回寺，随遁他方也。"

恭人又问曰："他因甚又名铁头？"行者又曰："他头坚极，刀砍之不入，反损刀锋；任甚铜墙铁壁关之不住，头向一撞，无不崩颓，故又名之也。"又问曰："他头虽坚，其项未必坚也？"又答："只头异之，余皆与人同。"恭人笑曰："我知他脰骨[4]仍脆也。"又谓曰："我今放你，不须远遁他方。即回去对他说，我同林小姐俱患病在床不起，叫他今夜不须别施法术，只自来，趁无防备，撮

---

① 犬豚仔：半大的狗。

② 飞墙扑壁：飞檐走壁（的武功）。

③ 一百零：一百多一些。

④ 脰骨：颈，颈骨。

我二人去，如撮婴儿一样。他必喜而来，侦捉之。至收了他，将汝举做和尚头好么？”那行者喜甚。次日遂放回。至寺，照恭人所说之话说之。和尚喜之曰：“今夜拽得此二女来我寺，拨一美女分汝受用。今汝先去他门口接应，我待四更才去拽之。”行者佯喜，即飞跑入衙门报知。

恭人同九娘各执剑至白塔庙脚，伏于岩侧。待至四更，铁头和尚出寺下山。至岭脚，恭人于岩侧跃出，一剑撇[①]去，铁头即坠落地。九娘连剑砍下，头辄飞上山，九娘将岭石砍去一角。恭人见头落地时有一粒丹丸在喉内钻出，由东南角飞渺；欲追捉之，恐身亦飞遁，遂将身尸先戮分五段了，便同九娘去获捉其头。讵那一颗铁头遍山腾滚如轮，难以就捉。恭人以既斩之，头亦不能作怪，任留在此为古迹，惟虑喉中飞遁一妖丹变化难测。随撅指点算，并点不出妖丹坠落在何处。因叹而与九娘曰：“这孽诚作怪至极，此回若不设诈作局，断难除之。其妖丹飞坠何处，竟点之不出，惟点知一时尚不为害，延至六百年后始能变化害人。不待人歼除之，天雷先不容恕。始于白塔，终必亦白塔，可遗谶于福州白塔寺，以为后代始知妖孽之出处也。”

恭人随取一砖，题写数行，遣王、杨二太保送至福州万岁寺即白塔寺内，密封存于厢房屋脊中矣。陈恭人既除了铁头和尚，又布谶停妥，遂乃同九娘入该僧寺安顿调拨。将作奸细之行者充为该寺僧首，令弃邪归正，如再效尤，仍杀之。谕令将前僧妖所拽存之妇女尽放出来发落。新僧首遂搜出女、妇数十，问明住址姓名，令僧徒逐个带送，交还亲眷。分拨安顿妥当了，遂同九娘回衙。即将此杀铁头和尚情由曲节[②]，具文书申报知闽王矣。各处民人绅宦闻知陈恭人与林九娘除得铁头和尚大患，无不感激颂德。二人之大功，遍处皆沾恩泽矣。现今福宁与罗源交界之白石司地方，白塔岭脚有一大石，是当时被林九娘砍去一角，至今剑痕血迹尚遗。其头首犹在山上，如遇天时阴翳，人皆见其形影如昔时。

正是：剑痕血迹犹遗在，头影颀形尚在山。此乃收除白塔寺铁头和尚法普僧首之第十二案也。欲知后事如何，且听下文分解。

---

① 撇：劈。

② 曲节：具体过程。

第五十四回　僧祷甘霖覆塔留臂　雷震妖猫现谶知源

既说罗源刘巡检判办了十二案，尾案[①]乃林九娘斩铁头和尚，系后梁末帝贞明元年二月也。讵杀却此妖僧，是年自春及夏，天时亢旱不雨矣。田中禾苗枯槁，望霖若渴。各州县守官无日不延僧道祈祷，愈祷愈无。惟罗源辖内，经陈恭人不动声色，默在本衙内施法祈祷，甘霖时沛；出辖界外半点皆无，福州尤甚，不但土焦禾槁，犹江枯井竭，民皆停炊。闽王审知忧之欲绝。

忽有一游僧名义收，至白塔寺，言能祈祷甘霖；若三日无应，自愿烧死。众问："坛设何处？"义收曰："即就此寺内，不铺设，只须干柴数十担。"众从之，遂搬出厨内之火柴，在佛殿前大埕[②]架一座柴塔，高二丈，塔腹实以起火[③]之松油[④]、竹片。义收吃饱了午饭，嘱该寺僧众："至第三日午时，若无雨，即行放火。"嘱毕，不披袈裟，不执法器，自爬上柴塔顶，向西合掌匍匐念经。下面周围看的人挤之不开。

义收在柴塔顶直祷至三昼夜，并无一些影响[⑤]。可怜一连三日之曝晒，并未进半滴水谷，口念无声，膝跪不敢挪动。看的人，有君子，甚悯其真心实意为万民祈祷，受此艰苦；小人者只笑其假慈悲，贱皮肉经曝[⑥]，烧死谁怜？

至了午时，四山头并无一点云丝，义收在塔顶连叫："放火！放火！"诸僧众不敢下手。那看的人内，有一半同声喊曰："他自叫放火，怎的不放？他在那里活罪实难再受，趁早放把火，送他上天去，与我们早些散去也！"众僧尚不敢动手。内有一名钟三，一名萧七，突出曰："汝们都是一伙假慈悲，汝不敢动手，等我来动手。"

---

① 尾案：最后一案。

② 大埕：大场地。

③ 起火：引火。

④ 松油：此处指富集油脂的松柴片。

⑤ 影响：变化动静。

⑥ 贱皮肉经曝：皮肉贱而耐暴晒。

遂点着一团纸丸，塞在柴塔内，那松竹油片一见火即燃起，倾刻上焚。义收仍在塔顶如故，不动。火延将至巅，忽然平空一声霹雳，风逐云生，雨随云至，倾盆倒下，火遂息。看的人跑躲不及，无一个不被湿如鸭仔①模样。人众躲至两廊下，回首瞥见义收站立于塔顶，合掌朝西拜谢，随即飞跑下来，仍跪伏殿前，待雨下至六七匝②，渐止了方起。那两廊走躲人众个个满身淋漓，惟义收身无半点露③，干爽如故，众始恂栗甚。闲人早散去，钟三、萧七两个屁都唬出，先冒雨走去渺无踪迹矣。

闽王闻报义收祈祷情形，怜感不胜。即备带素席，亲至白塔寺，先与义收和尚拜谢舍身救民之德，随排素宴，延之上坐酬叙。义收不敢上坐，再三让之，便东西宾主而坐。席中谈叙，闽王因问来历，义收答：“在霍童出家，云游四方。”闽王欲扳留④之，义收不肯住，决意去游洪州。闽王因再三留之不住，随同在寺奉陪。至第三日，义收欲辞别往洪州，闽王令人送至金银衣服，义收概不受，只收白银二锭，各十两。闽王问故，义收曰：“非末衲让多取少。前日因祷雨，至过期无雨不应，无人敢举火，若不烦劳那两个代举火，未必感动天心，降沛甘霖。此二锭可转送与二人也。”

闽王即令查带前放火之二人来问话。乡保即去唤带钟三、萧七。那二个以为来拿去杀头，唬甚。进见闽王，交与义收赏银，各十两，忧变为喜。众百姓疑二个命必休，谁知不计较外反加重赏，皆以真是慈悲下降。闻其欲去，众至遮留。义收笑曰：“王爷留之不住，汝们还能留之？”众曰：“王留是为百姓求慈悲，不看王面看百姓之诚恳。”义收又笑曰：“去是终须去，留实终难留。就不看王面，看汝们之面亦做得，只是留不得久。且再代办一宗事了去，汝们切不必多言。”众留不即去，便不敢再言而退。

待至人退尽了，闽王笑曰：“今不留亦要留之也。还有何事，敢再劳代为之？请道其详。”义收曰：“近来此城内外尚有常患火灾么？”闽主蹙眉答曰：“正此数年内火患不断，难以禁止。求大慈悲再施法力止之，更佩大德于没世矣！”义收答曰：“既知，止之不难。皆由此本寺新造之白塔所致。可用一物制压，便略止之。”闽王讶之曰：“原因畏火，故妆以白色制之，何又因之所致耶？”义收曰：“一杯水怎救得一车薪之火？殊不知贵治莲花峰既耸于北，石塔⑤又耸于西南，凡尖者皆属火星，二处之火星已旺，再添东南一尖峰，三尖

---

① 鸭仔：鸭子。

② 六七匝：雨势大而转小为一匝。

③ 露：露珠，此处指水滴。

④ 扳留：挽留。

⑤ 石塔：今称“乌塔”。

鼎峙，其火岂不愈炽？怎怪得回禄[1]之频见也。今欲制之无他，只须铸一大铁鼎[2]，覆压东南生旺火之塔尖，其患不禁而自止。”

闽王素识五行，闻说此理，以手拍额叹曰：“扬汤止沸，不如釜底抽薪！既晓以白制赤，还不知火之旺位加火。和尚诚理中见法，并非法中离理者流，恨遇之晚矣！但白塔既建不可毁，惟照所指，赶紧施为，乃万民之幸也！”义收又曰：“就此施为了，还有一节：从此之后，凡有来守闽之藩伯，切不可由南门入城莅任。由此而入，必破其制度。”闽王遂谨记之。

即刻召匠铸鼎。鼎铸成，车上[3]架间。义收书经咒三十二字于鼎内，遂用天车吊上，覆压[4]塔巅，外面仍加料度妆饰，望之如故。塔事既竣，义收又告辞出寺，去游洪州。众百姓又拥至遮留。义收曰：“贫僧已经代办过了水、火二事；既停妥了，还来留之则甚？”众曰：“火制可已，惟怕水；下季再旱，还求何人舍命祈祷？”义收曰：“如再无雨，贫僧仍又再来代祈可矣。”众又曰：“若旱，待去寻访得汝大法师来祈祷时，人死无遗类矣！”义收漫答曰：“此等说，汝们一定要留贫僧？其实留之不得，怎处哩？今务要思一个两不相违方法。也罢，可留一臂在此，代为祈祷；一臂去洪州云游，岂不两妥？”众以说言笑，未敢答。讵云游之和尚随身皆带有戒刀，义收说讫，即取刀出，将左臂截下，带血递交白塔寺僧首，谓曰：“将来如再无雨，可将此臂捧出，向天祷之必应。”义收交了臂，并嘱毕，其左臂上轮[5]血仍流滴，惟拖下手袖[6]，遂行。

众百姓因其截臂，皆恂栗甚，便不敢再留，惟跟随拥送之。闽王审知亦步行送出，作饯而回，将臂用龛存贮白塔寺内。至后来遇有缺雨时，将臂捧出祷之，无不显应，奉之如同活佛。

迨至闽王审知薨后，乡人妆塑义收和尚形象，以此内臂附之，供奉佛堂，再遇旱请出祈祷，便渐不灵应矣。人皆以不该附像妆塑，失其本真，故不灵应。或欲拆脱下原臂，毁去形像，必还会灵。又答曰：“本真既失，神必杳之，再脱下亦是不灵。况神像既塑，辄毁却，咎谁当之？”像遂不敢动矣。此像至宋朝犹存，入元始没。其白塔顶自覆鼎[7]之后，果城厢内外火灾随少，该寺之僧众，

---

① 回禄：火神名，代指火灾。

② 铁鼎：铸铁锅。

③ 车：用滑轮吊装。

④ 覆压：倒扣。

⑤ 上轮：肘关节以上部分。

⑥ 手袖：衣袖。

⑦ 覆鼎：佛塔的顶端构件状如倒扣的铁锅叫“覆鼎”，此处做动词，表示建塔完成。

便代代兴隆，常出经济立功之人。

福州城南关外一大横江，名白龙江。原无桥有渡，去上游者，由上渡头登岸，往下游者，由下渡头登岸。至宋朝元祐间，以船排连江面为浮桥。因屡修屡坏，人多遭溺。郡守王祖道置鸭姆洲[①]田一十一顷七十二亩，为备修浮桥耗费，人亦失坠无数。至元朝成宗大德年间，白塔寺头陀王法助递呈，愿募造石桥，以济行人。行省中书为之奏达朝廷，成宗准奏，遂将鸭姆洲之田亩统归动费[②]，收成之田稻屯贮白塔寺内，为造桥人工粮食。该寺厢房修改作仓廒。因拆屋脊添搭通气之小楼仔[③]，脊间拆出一砖，题写有字。匠人不识字，取与法助头陀看，乃临水夫人存遗谶语，中间预知谶时未至，先被桥师王法助拆视重封字样。法助栗甚，不敢言，骗诸匠："乃前建寺之铭记，不可毁。"遂向添写数字于砖旁，令仍封存屋脊内矣，并无人知也。

陈夫人前在白塔岭斩铁头和尚，喉中有飞渺妖丹者，点算尚有余孽之遗谶，惟王头陀拆看知之；然亦只知其头，犹不知其尾矣。谁知大桥竟造至十九年始完竣，因动费浩大，题助之银不敷，并将鸭姆洲之田亩变卖凑之，始够。既无谷收，白塔寺之仓廒空闲，上面通气小楼仔为野猫之巢穴矣。

回说白塔，铁头和尚当时被陈夫人剑斩落地，喉内钻出一粒妖丹飞渺者，道是何丹？却原来乃那僧心血所结，采吸童男女之精液，和炼成丹，附存心内。欲施术时，不是剪纸变幻，便是丹丸吐含口舌中，随意千变万化。吐出飞去，行为了，仍收回，归存肚内。如在面前施术，只衔口内吐气呵之，欲其人变则变，死则死。前吐变飞虎夜叉去破林九娘卦局，被陈靖姑恭人拔头发变捆绳收缚住。看之，说是妖僧心怪变化，言之不错也。

彼时飞出，直飞至福州北关外，潜坠猫头山顶岩缝里。再感受日月山川之精气，至百年遂夺本山之怪形，变一苍猫。吃鼠后渐于胁间生两肉翅，便飞捕鸟雀之脑而食。历至年深，以城内白塔如福宁之白塔故窟，遂飞巢白塔寺中空仓廒屋顶通气之小楼内为巢。便入人家抓食鸡鸭之脑浆，任人设甚机械，永难捕获。

又至明朝嘉靖年间，历六百余年，便变化无穷。单吃人之精液，选择有未婚嫁少壮之男女，夜入交合，迷泄其精。与男交者，本男见是绝色佳人，来就交媾；惟外人由壁孔瞧之，乃同一大猫抱弄。其猫尾朝上，环搭男项，猫头朝

① 鸭姆洲：闽江中的洲地，今属仓山区，北邻光明港。

② 动费：工程动工所需费用。

③ 通气之小楼仔：阁楼状的通风窗。

下，口衔男之阳物吮吸。与女交者，本女见是美少年来压弄，喊不出声；亦惟外人瞧之，一猫将女倒压住，尾环女项，舌入女之阴户舐吮之。或不去鼓吵①之，人之精液任之吮食，快意了便去再迷别个，并不至再重迷。所被迷之男女，不过病怯一时，医必能愈。若有人众执械入捉，致其精未吮尽，忿之，是男辄将阳物咬下，或女亦将阴户啮落，衔带去吃之矣。拿又不着，反致残毁毒疡。人家如有子女被其遗泄者，听之自来自去，不敢声言。邻右皆不知，惟有去请郎中医治，少壮男女病者，便疑之也。

时乃嘉靖十五年新正月，适有新任福建布政司屠侨，浙江人，由南门入城进衙莅任，人皆曰："城内当回禄②。"未几，乃二月十九日午时，忽然天降滂沱，一声霹雳，震毁白塔寺内空仓屋顶通气之小楼，那有翅妖猫亦被震死，并砖瓦僵坠在地。雷雨收灭，俄而白塔火自燃，焚如巨烛，照彻城中内外数十里。屠藩宪闻报，骑一匹快马赴白塔寺，向塔拜祝。惶遽不及铺毡，即用雨衣为拜垫。拜不及四，只三拜，其塔鼎覆落地；未拜凑③，火遂自熄矣。所坠之铁鼎有字云："诸天及人，无由见鼎。地摇三日，天雨四花。土田三变，今古同时。屠人握闽，雨衣三拜。"屠藩宪看了鼎中字，随问知前代覆鼎制火、禁止由南莅任之来由，又去验看死猫。因有两肉翅，皆说："若是迷泄人精、咬残人体之妖怪，人莫奈之何，天不容之，惟不知是何出处。"随于妖尸旁拾一坠砖，刻有字云：

铁头邪术活如龙，首断丹飞遗孽踪。
六百年来犹有翼，吃人津液绝人宗。
此间都塔非仙塔，不待再收雷岂容。
留谶布知妖出处，桥师法助拆重封。

梁贞明元年二月江南下渡陈靖姑题记

后又有字题曰："元大德七年十月，承造大桥万寿寺末衲王法助，因修仓屋拆视，谨遵重封添记之。"

屠藩宪看了不知其由。问众，始知：于五代时福宁白塔岭有铁头和尚，经临水陈夫人斩头落地，喉中有妖丹飞遁至此，历过六百年后变为妖猫，害人不浅。陈夫人不能再来收灭，自有雷霆不恕，留谶布知；中间预知日期未到，有造桥头陀王法助拆视重封，该头陀添记重封之。朝代年月照年挨算④，计自五

---

① 鼓吵：搅扰。
② 回禄：火神名，代指火灾。
③ 拜凑：接着再拜（凑足四拜）。
④ 挨算：推算。

代梁至明嘉靖，足历六百二十余年矣。众皆叹服陈靖姑不亚汉之孔明，鲁之孔子，预知六七百年后之事，怎不处处立庙，家家供奉之也？

那妖尸坚如铁，入火炼焚，至六七昼夜方毁。是时众百姓一喜一忧，喜的是除灭妖猫，免人家子女担惊受怕；忧的是塔顶焚坠，致处处之火患频见。屠藩宪知百姓之怨已不合[①]由南门入城之故，遂谕众曰："义收和尚同临水夫人俱知六百年后之事，俱属前代之贤哲。塔焚鼎坠，虽由本司由南入城莅任所致，究竟犹属定数，人焉能拗免之也？既致破之，须当复整之，所焚毁之寺塔待本藩修理之可也。"

屠藩宪即召匠修理旧塔完好，旧复变新，未数时皆竣。惟塔顶之覆鼎，仍用天车车上[②]，仅车上半塔，即行磕破坠落。又再铸，再车上，不磕破，便索断，皆掷粉碎。一连铸、车几十次，皆如是。只有一个已车覆塔顶了，至夜，遭狂风吹刮坠碎矣。众皆言天数已定，不可为之，若再强为之，必有天殃。屠藩宪因众言有理，遂不再铸鼎，只修理塔尾[③]可也。盖此截乃后代（隔本传六百余年）之事，并先言之，何也？究因前文所有铁头和尚之妖丹飞遁，及义收和尚之制鼎覆塔，俱未结全局，不得不彻底说明，俾免有叫无应也。

正是：不连后隔多年事，怎显前遗两谶机？欲知再接何文，且听下回分晓。

---

① 不合：不该。

② 用天车车上：用滑轮吊装上去。

③ 塔尾：塔尖，塔顶。

第五十五回　忠懿薨赐祠陵嘉励　延翰立建宫殿骄淫

前文说结妖丹、鼎覆塔顶二遗谶毕。今回说王审知为闽王，俭约爱民，常蹑麻履；府库卑陋，未尝营葺；宽刑薄赋，公私富足，境内安恬。至后唐庄宗同光三年十二月，得病薨于王府，内外悲哀，如丧考妣。有五子、二养子：长子延翰参赞军政，次子延钧泉州刺史，三子延武、四子延望协佐军机，五子延义年尚幼稚，养子延禀建州刺史、延政都教练使。故将程赟拱宸都指挥、孟威控鹤都指挥。至闽王薨，长子延翰自称留后①。远近新旧大小官吏皆奔丧至，家家缟素，处处哀号。王府排堂设宴，寺刹礼忏念经。七终②后，择葬于闽县灵岫乡凤池山。出殡日，送葬之人涌海涌山③，纸钱香幡插遍山野。

按：闽忠懿王及夫人任氏，初葬于灵岫乡凤池山。越七年，后唐长兴三年，改葬永福山，今莲花峰是也。唐赐神道碑，张宝撰文。近冢有岗，土色清红，其光烨然，俗呼胭脂山，闽王有女葬此，洗脂粉注积。至明宣德四年，有屯军三十人盗发王冢。圹门甚坚，凿上角一孔，以巨绳腰系一人先下；忽中绝，呼之不应。乃以松脂燃火照圹中，用长梯鱼贯而入，见先入圹中者死矣。圹制广如屋，前祀王像，凡列五供，垆瓶烛台，皆以金玉为之。后寝红棺二，王与夫人也。遂将器物、珍宝盗出。死者之妻梦其夫泣告：发冢时先入，被大白蛇咬死，欲分盗物一半。其妻以梦告，群盗不肯。控于屯官百户王杰，杰受贿不查问。又控于怀安县，典史得其金钿玉带，又不问。复控于宪司副使李素、佥事邹穆，穷治其事，捕盗系狱。典史朱玉大怖，以为匿存帝王器物，欲自缢；或教以自首，乃以金钿玉带呈官。郡诸生王琨称是闽王后裔，当领回所盗之物。有司未之信，阅其家中族谱，悉载焉。按谱追物出，见堂上悬王像，方面大耳，巨口长髯，俨然可畏。有水碗莹如金色，不识何宝。召回回④辨之，曰："此玻璃碗也。"

---

① 留后：代理节度使。

② 七终：丧礼结束。福州民俗，丧礼七日一祭，七祭终了。

③ 涌山涌海：人山人海。

④ 回回：来华贸易的阿拉伯人，信仰伊斯兰教。

圹中盗物存库，以十之一并画像与王琨领回。王墓官为修治，圹中悬棺推之即动，棺盖为盗所开，随封固，坟前石人、石兽制极工巧。

明林谨夫《记发冢》诗：

莲花之峰高入云，巍峨下有前王坟。
松围翁仲如相语，草暗麒麟似出群。
当时卜筑嗟埋玉，春色开残红踯躅。
晓雨初晴叫鹧鸪，寒烟欲敛游麋鹿。
忆昔朱连两构恼，层城如昨霸图空。
故宫总付苍茫外，古道都归寂寞中。
寝园秘器期千古，宣德年间发行伍。
金炉漆碗落人间，玉带真容归御府。
吾闻发者三十人，一人坠死其妻嗔。
互相告首殒囹圄，无人得脱王憾伸。
所幸官司即修缮，旧时茔域皆安奠。
富沙派出来中州，苹藻时思致明荐。
惟王秀挺英雄姿，保障东西建鼓旗。
军中王气诚非偶，五百年来德政碑。
古松老树多遗爱，濯濯英灵宛如在。
后来勿学屯田军，踏破苔花慎毋再。

郑善夫《过琅琊王墓下》诗：

田文全盛日，泪下雍门弹。
王氏千秋后，劳歌玉树残。
寝园生兔穴，疑冢奠龙蟠。
万仞莲花色，关河望已难。

林垠《过闽王冢》诗：

满地胭脂一派分，樵人空自识王坟。
金鱼玉碗无寻处，隐隐青山锁白云。

徐熥《过闽越王墓下》诗：

玉辇何年去不回，霸图千古总成灰！
秋深兔穴依寒陇，岁久渔灯出夜台。
故国关河瓯越在，英雄结局此安排。
莲花峰下黄昏月，九子三郎白马来。

徐𤊹《过琅琊王墓下》诗：

八郡封疆一望遥，秋山松柏冷萧萧。
宫车去国成千古，剑玺传家历五朝。
石马嘶风金碗出，野狐穿冢玉衣销。
丰碑敕赐唐年月，春雨花苔字半凋！

陈椿《秋日吊闽王审知墓》诗：

荒冢垒垒总可疑，周存夜壑竟谁知？
千年王气随流水，异代行人指断碑。
陶灶草生烟冷处，古城猿啸日斜时。
伤心况复常摇落，不待雍门涕已垂。

骑马经过古墓旁，悄然停足吊闽王。
寒鸦绕树烟初敛，野兔为巢寝已荒。
遗庙尚闻供伏腊，空山谁复荐馨香。
不堪薤露歌残夜，归路萧条指北邙。

袁敬烈《秋日过王审知墓》诗：

经过下马荐江篱，百代销沉予岂知。
足踏孤坟崩败坏，手披荒莽见残碑。
筑城尤说陶砖日，挂帅空传拜剑时。
已自逢秋悲宋玉，更看兴废泪双垂。

拂如氏《题闽越王坟》诗：

闽越王坟何处存，莲花峰下拱朝墩。
胭脂渍久泉犹在，松柏年深影愈扬。
宅废尚遗忠懿庙，城更不毁通津门。
寝园一自重封后，却有白云昼夜屯。

莲花峰在桃枝岭上，一名永福山，形圆尖若菡萏然，郡之主山也。唐大顺二年建寺，铸铜闽王像一具，今并废。

傅汝舟《雪晴登莲花峰》诗：

凌晨发苍莽，日午及清峣。
渴饮池中雪，卧听天外遥。
举头云出谷，虹路何迢迢？
他时倘再至，鸾背夹吹箫！

忠懿庙在城内庆城寺北，本闽王审知故宅。有唐侍郎于兢撰琅琊王德政碑、宋钱昱祠碑。宋时钱氏纳土，诏祠故宅，塑都押衙程赟、孟威等配享。唐代以来，每岁有司必牲、醪，取碑下土为春牛。明万历二十九年，有诏修理先代帝王祠墓，王裔孙王一腾请之两台捐公帑重建。时转运副使临海王亮亦王裔孙，力襄厥成，春秋二祭，如汉闽越王例。

明叶向高《题忠懿王赞》：

有貌紫光，有髯戟张，惟忠懿王。
王来莅闽，闽壤荆榛，孰开其闽。
王乘白马，大旂蔽野，闽山之下。
父老东来，壶浆纵横，我父我兄。
凶除秽辟，绥我衽席，施及蛮貊。
大贝南金，臣节弗淫，帝鉴乃心。
丰碑突兀，作镇闽越，甘棠勿伐。
王子王孙，椒聊衍蕃，代高其阀。
王泽悠悠，王貌兹留，赍于千秋。

徐熥《元夕》诗：

庆城灯烛夜辉煌，照见丰碑字几行；
此是先朝汤沐邑，年年歌舞祭闽王。

明曹学佺《谒忠懿王庙》诗：

翔鹍祠貌古，磔兽石文班。
作镇犹兹土，招魂自故山。
文章窥逸韵，戎马得愁颜。
一代兴王地，惟存梵宇间。

祠西皆王故宅，晋天福七年王延羲舍为永隆金身罗汉院，即今庆城寺是也。宋祥和三年赐额，并高丽铜佛像，又二石笋、小木塔俱高丽所献，今废。

闽王审知长子延翰表奏唐王，请王袭爵。后唐庄宗以王延翰为威武军节度使。延翰大怒，不奉诏，自称大闽国主，宫苑百官仿天子制。设六部，升吴勗为翰林院侍读，吴勗告病不起。以王府中卑陋，拆占民居，中建彻烛明威殿、大明宫，左长春宫、东华宫，右紫薇宫、跃龙宫，内文辞殿、大酺殿，外崇宸门、启圣门、应天门。城改筑出九仙、乌石二山外，名夹城，而土木大兴作矣。

闽王宫殿在于城中，晋严高初建为刺史衙，唐为都督府，又为观察衙，又为威武军衙。闽王审知建衙于此，后王延翰僭位，改作逾制，有文德、长春诸宫殿。至钱氏纳土，悉废撤，独明威殿仅存。守臣避不敢居，以为设厅，有飞燕集于此，即其旁建大厅视事。宋末端宗即位，以设厅为垂拱厅。元为中书行省，又为宣慰司。至元十九年又改。明洪武初，改福建承宣布政使司，正堂曰“宣政”，后堂曰“退思”，后改为“紫薇”。后堂北有小阜，乔木数株，明代建“后乐亭”，即严高卜迁处，宋代为春野亭。

罗城之外，增筑南北夹城。南有宁越门、美化门、海晏门、井楼门一带，北有严胜门、遗爱门、迎仙门一带。城形规如月，俱砖砌。罗城拆毁，独存通津一门。

却说那王延翰改建宫殿，逾制之外，更为骄淫残暴。学采阴补阳之术，遍采民女。十五岁以上、二十岁以下，俱要充送内庭。如一家存匿，十家连罪。淫风流行，怨声载道。所进之女，顺者丑秽难言，逆者鞭鞑不堪，烈者死于非命。

九仙山吴大受曾娶洪氏，生一女名瑶琴，现年十五岁；一男名白鹤，仍在襁褓。恐采及家，早寄存外祖家乌石山周家。吴安人青娘头胎生男，名辉冰，娶妻金氏；停十二年又生一男，名祥光，书名艳冰。因临盆时金光灿烂，遍照内外，故名艳冰，与瑶琴同年月日，惟大一时，以中表指腹为婚。辉冰曾娶金翰林之女为媳。

青娘吴安人有事必问于卦。无事年逢四季，预卜一卦，以为趋避。时四月朔，卜一归妹卦，文爻无子孙，其子孙绝气，制伏于旺火。唬甚，令大子勿出户，幼子无离家，每日不近厨灶，夜不设灯火。适金翰林寿辰，辉冰乃半子，敢不往拜？惟即去即回，至其家登堂，讵案上烛台爆起，飞落辉冰头上。谁知辉冰额上生一粒如疬子①，两三日不痛不痒，忽被烛花爆炙，手擦破，头面俱肿。延医至视，乃大疔疮，见火无治。即雇肩舆扛回，至家气绝，可知数定难逃。父母哀痛不须言，青娘自此誓不再卜。

幸金氏有遗腹，生下一男，乳名红玉，书名新月。因左臂上有一块朱砂痣如偃月，故名之。谁知新月命蹇，未出世先丧其父，三岁又丧母，皆依祖母吴安人抚养成人。时闽王延翰添设九卿、四相、五府、六部，召大工正周启文为工部员外郎，启文称疾告辞，屡召不起。正是：一片冰心壶已贮，九重丹诏凤林衔。

慢说周家丁罕②，吴家丁亦罕。仲勋只生一女；大受先生一女，后生一子，名白鹤。妻洪氏多病，便不再育。惟白鹤生时奇异，不知何处飞来一鹤，身高七尺，翎白如雪，顶红如火，立于九仙山玉蝉峰上悲鸣，昼夜不去。人皆疑仙

---

① 疬子：淋巴结。

② 丁罕：男丁少。

化还乡，无敢言捕；被闽王延翰亲临，射伤左腿，飞逃，又射中咽喉，坠死于吴家后山园内。时洪氏昼寝，朦胧见鹤入室投怀，即刻生产。人皆知鹤魂投胎，故名白鹤。未周岁便能跑走言语，长大非常。吴仲勗托病在家中，只弄小孙耍乐。

正是[①]：正是赤心报国，才有白鹤投胎。欲知后事如何，且看下文分解。

① 本回再次出现篇末的“正是”对偶句，显然是传抄改编留下的痕迹。

第五十六回　冷女掷果为父伸冤　艾生设诈代妻报仇

慢说闽王薨，子延翰自称闽王，九仙山吴家存寄女孙，乌石山周家召不复职。再说福州安泰桥下利涉坊内，有一家姓艾名敬郎，青年品格端方，才貌秀美。只有慈母舒氏。日自在家写画丹青，供奉菽水。住屋前门临巷，后门迫河，朝夕都在后楼上笔墨丹青用工。

缘隔河对面楼上有一女郎，面似桃花含笑，体如杨柳生春，彼此对瞧有意。忽有一物掷过楼上，拾看之，乃荔枝也。正疑之间，又连掷二颗来。仰见对楼上女郎含笑，始知渠之所掷。将此数颗荔枝双手捧看，嗅味把玩，如获异宝。回思无以为报，随赶出街买五个大绛桃，每颗用朱笔写“身无彩凤双飞翼”七字，回掷过去。五颗尽掷之，只有三颗至楼，二颗落于河。见女笑而拾之，连手又有物掷过来，乃纸包，面题云“心有灵犀一点通”七字，拆开仍荔枝也。艾生得此七个字，神魂飘荡，如醉如痴；朝不思食，夜不思寝，问卜无灵，医药无效。

母甚忧愁，因再三究诘，无奈只得实告。舒氏曰：“痴儿何不早言？他既有心，求配何难？但不知是何等人家。吾儿且宽怀，待为娘即去探问，便知端的。”舒氏遂改换衣裳，出门前，由街过桥，转至后巷。照间挨数[1]，是自家对河之前门，向前敲门进内。一中年之妇迎问，舒氏答曰：“老身乃后户对邻[2]，特来问候起居。”中年妇闻是邻妇，又迎至后厅见礼。只有一女郎，果实美丽。屋舍清洁。

舒氏坐下，不待问，便直言之曰：“老身就是后河对楼，夫家姓艾，母氏姓舒。只生一子，名敬郎。年方二十，尚未婚聘，日夜都在对河楼上水墨丹青，人都称为艾先生。数日前，天上吊[3]有什么‘心有灵犀一点通’之字下来，被

---

① 挨数：逐一数。

② 后户对邻：房屋的后门临河，河对岸的邻居。

③ 吊：掉下。

痴儿拾得，遂触成病，医药罔效。因求卦，先生说有对楼人能却病，故此特来求恳解灾化厄，并动问婶婶贵姓？这位姊姊尊名，贵庚多少，有无受聘？”

那中年妇笑曰：“原来有此缘故。妾身夫家姓冷，母家姓容。只生此女，名霜蝉，十八岁，尚未许人。祖籍延平剑浦[1]，夫已亡过，并无别丁。春间寄居在此，只有母女两人，伶仃殊甚。哪里会与人救什么病，解什么厄，必是姆姆听错了。”舒氏因闻尚未许人，喜甚。即欲回去另遣人来议亲，便转语曰：“错不错，待老身回去问明，命人来相求。”

舒氏起身欲行，被霜蝉拦阻曰：“莲驾光降敝庐，岂有便去之理？有现成便饭，屈留叙叙再回。”舒氏因霜蝉遮留，又坐下曰：“只是初会，不合便搅扰，既叨雅爱，不得不从命。另日来请婶婶到舍下还敬，将来作姊妹何如？”容氏答曰：“正孤零无亲，若不弃嫌，就今日起作姊妹之行，好么？”二人皆喜，遂以姊妹相称。须臾，霜蝉在厨下撮办便[2]，家中现成的肴馔酒菜，排在楼上。请舒氏上楼，三人对饮。

两楼相对甚近，只隔一水难越。霜蝉执壶，奉劝殷勤，舒氏既醉，心思：“今日所来何故，不与面言之，还待何时？”借醉谓曰：“阿妹可晓得愚姊来意否？”容氏答：“不知。”舒氏曰：“是特来求汝淑女也！”容氏曰：“这个淑女不到愚妹主意[3]。若主得意，不至[4]十八岁还在这里，多早被人求去了。阿姊要求，自向述之，愚妹无所不是也。”舒氏转身笑曰：“远亲不如近邻，彼此深知；只求一诺，胜造七级浮屠！”

霜蝉低头含羞答曰：“不嫌卑陋，怎敢有违？许是许了，只是愚甥女有一不共戴天之仇未报，不敢便过人门。俯俟将来恨雪怨消，方可从命。”言讫，泪盈香腮。

舒氏回问容氏曰：“有何怨恨，可说与愚姊知之。待回转述与敬郎密议，万一能代为消雪未可定。”容氏含泪曰：“愚妹母子之怨恨更深于海，见者伤心，闻者坠泪。既是姊妹，说亦无妨。愚妹一时也说不周全，霜蝉还说得明白，可叫汝甥女说与姊听。”舒氏便侧耳听之。

霜蝉一面斟酒，一面含泪而言曰：“奴母女世居延平剑浦，祖父生父、叔二人。先父冷辉，家叔冷光，祖遗八万家业。叔生二子，长巩，次固。父未有男女，嫡母亡过，收奴生母为妾，只生奴一人。叔要独占家业，以生母并无告庙

---

① 剑浦：延平的别称。也称剑津。

② 撮办便：烹煮好。

③ 不到愚妹主意：由不得我来做主。主意：做主，做决定。

④ 若主得意，不至……：如果由我来决定，就不至于……。

私纳，将奴不算冷家之女。先父闻之，欲再娶妾。叔顿起不良之心，将先父用酒劝醉，邀看龙舟，推落剑溪淹死。众见不平，将代出头，或曰彼自己手足相残，何干我们之事，遂止。

"自此，将奴母女二人打为贱婢，牧羊采薪，汲水挨磨，万苦千辛，几乎丧命。无奈哀求婶娘同冷巩哥哥在叔跟前讲情，放奴母女外出，不敢言分厘毫家业。二人再三挽说，肯放了，要立愿字[①]。因不知作何写法，叔遂写一稿抄之，母女列名花押，收了字，即时逐出。感冷巩哥哥私赠一百两银，指点母女搭船到福州栖泊。至了都城，人生路不熟，无奈始歇饭店，随托店主代租此处房屋，亦属僻静。至日用物件，皆母亲出买。

"近日，外探得叔逐奴母女出外，今同冷巩哥哥贩木头在南台行中。奴想欲控告上官，奈财势不敌；欲行刺雪恨，奈鞋弓袜小；日夜思维[②]，甚于卧薪尝胆。因见对楼姨之表兄不俗，更有一股英侠之气，掷赠荔枝是实，惟不能遽奉巾栉。寄语耐烦数时，雪了怨恨，再偕未晚。有一纸亲笔写的愿字稿纸一张，看了便知之矣。"

舒氏听了，殊为哀怜叹息。吃过了饭，接过愿字稿，谢了，辞出回家。遂将此情节照述与子敬郎听之。艾生听明详细，叹口气曰："此不是伍明辅奔吴耶？事倒遂，只是无处聘专诸矣[③]！"艾生自此病渐愈，便不在楼弄笔墨，日夜在外访探冷光信息。密探月余，知冷光同冷巩现在南台木行发卖柴货[④]。光有表外甥归守明，与管工使李可殷相好；所有建造宫殿、城阙的木料，皆冷光行中发运。过一旬，冷光到王府与李可殷算数[⑤]领银一遭。又访知此人为富不仁，诸凡悭吝殊甚，惟男色可移，一挥千金如粪土也。

艾生访更是确实，人又认明。那日探冷光又至王府算数，家中备好酒肴，嘱母邀冷家母女至楼，潜瞧是他仇人不是。自出巷口候至午后冷光回，艾生向迎之，说道："寒舍即此巷内，请二官人进坐，有事相量。"冷光一见艾生，便属意然，遂进屋坐下。

艾生曰："小弟童名乾，与守明令甥之父亦属中表，只有家母在堂。久慕二官人重于情义，因与家母相商，有余囊五百银，意欲寄搭宝行生理[⑥]，小弟常

① 立愿字：写下表明同意的文书。

② 日夜思维：昼思夜想。

③ 此不是伍明辅……无处聘专诸矣：此处以春秋时吴公子聘专诸刺杀王镣的故事作比喻。

④ 柴货：木料。

⑤ 算数：结账。

⑥ 寄搭宝行生理：在你的商行里搭上一股做生意。宝行：称对方的商行。

在帮工，不知肯容纳否？”冷光见其人美甚，又有银入，怎不乐意，便答之曰：“既属瓜葛，敢不如命，另日来请到行。”艾生曰：“既蒙许诺，另日小弟随带银去领教。今备有便饭，请进去一叙。”

冷光既好，不留自留，遂至后楼下。屋狭而幽雅，中设一床，床上设一儿，肴馔早排便。宾主遂登床，盘膝对酌，一上桌即以巨觥相劝。冷光连饮数杯，有了酒，定睛觑看①艾生，笑曰：“弟名乾，莫即前汉之董贤再世么？”艾生亦笑曰：“若肯断袖，小弟即为董贤何妨？”冷光曰：“如不戏言，慢道袖肯断，便连臂并断亦何妨！”艾生曰：“士为知己用，女为悦己容，蒙兄怜惜，敢有戏言？倘不信，兄请换杯为定。”艾生即将酒觥对换，筛酒互饮。

冷光酒量中等，不及艾生之三，每人又各互饮了三杯。艾生曰：“佳期在夕，天色尚早，求兄出一雅令，以聆教益。”那时冷光魂先被艾生勾入袖中去了，怎不依从？思有一会，默撰一令曰：“此令要一语两意，前一句合后一句。”就说曰：“鸡鱼肉祀神②，三生有幸！”艾生一思即有，曰：“二人共履至白头，同偕到老。”

冷光曰：“谢弟金言，不但同偕到老，还要生生世世为弟兄矣。先只道弟有宋玉貌，谁知还有子建才，恨遇之晚。来日同老母随兄到行，带回延平，家财一股匀分弟，同乐终身。何如？”艾生欣甚，向谢。又劝酬了三杯，冷光辞不能饮。艾生曰：“兄之雅令弟已领教了，弟今亦有俚令，亦要来请教兄了，方撤食去睡，好么？”冷光答：“弟若有奇令，快出来领教，好早点睡。”

艾生曰：“此令只要一字拆凑成句，结句要二句古诗。其令曰：人一丁心念，念是心上人。”冷光便问曰：“弟所念何人耶？”艾生又曰：“天下易寻无价宝，世间难得有心人。”

冷光便拍几曰：“兄的生命在弟手里，死亦愿矣。但此令甚新，兄难唱和。”思有一刻，喊曰：“有了有了，不知可酬答情意否？”便曰：“爱云同成叆，友爱胜如云。”艾生便问曰：“兄所爱何云耶？”冷光又曰：“惯看沧海难为水，除却巫山不是云。”

艾生随曰：“意甚清雅，情极热切。只是效张君瑞、崔莺莺，将来必弃置，有始无终，令人大为失望。”

冷光答曰：“岂有此理。愚兄有言在先，分弟一股家财，敢有虚谬之言也？”艾生曰：“兄家有嫂、侄儿，肯将家财分与外人乎？”冷光曰：“愚兄家财之外，

① 觑看：看。

② 原刊本此处有“白果”二字，文法不通。疑为衍文，删去。

另埋存银一千两在西楼下，无人知之。弟至之时，只说西楼屋借弟居住，那埋存之银慢慢任弟去开取①，还有不稳当之处?”

艾生曰：“所埋何银？怎么家中人还会不知耶?”冷光酒醉出真言，曰：“与弟既同了心，说亦无妨。是私瞒先兄份内之银。今先兄已故，无后，将来与弟为长久享受之计，有何疑哉?”

艾生喜之曰：“如此，可得同偕到老。只恐口说无凭，求兄先交一物为据，以取信将来，好么?”冷光脱手上斑指②，腰间解下一条丝带，连系一个小绣荷包，交付艾生为记。

艾生收接，暂进内，问冷家母女：“可是你的仇人否?”舒氏听了，说：“正是，恨不得下去咬他一块肉。”艾生曰：“且不必。既是了，孩儿自有分寸。先将此斑指等物交与他收下，停会③自有定着④。”

舒氏将等物拿上楼去。艾生出来，冷光曰：“夜已深了，与弟何处同榻耶?”艾生曰：“阳台设在前面，请解了手赴会。”冷光已入醉乡，答曰：“妙极！知性者可与同居。”艾生即开门，门外即是河，水正涨满；又是月晦夜半，伸手不见掌，扶冷光至门外。冷光正在解手，被艾生搭后尽力一推，只听得扑咚一声，门即关闭。便进了楼边，叫母下楼，谓之曰：“仇已代报了。”舒氏问故，答曰：“请他入水晶宫会他哥哥去了。”舒氏忙上楼去报，那母女闻之感服不已，即欲辞回。艾生对母曰：“有现成的酒饭，可搬上去，一同食了点心，有话商量。”艾生随写一张字，仿冷光笔迹，其字云：

“遗嘱付男巩、固：因尔伯在森罗殿控告阎王，命无常来拽我对案⑤。予知大限难逃，万事皆空，以恐冤冤相报，悔之无及。尔可查寻霜蝉母女同回，西楼下有埋银一千两，先与他收，余产照股匀分。后要尽力忏荐⑥。尔曹勉行善道，庶几少赎前愆。即此数语，余难尽述。”

艾生写完，交母送楼上与容氏母女同看。容氏问：“似冷光的笔迹不似?”霜蝉看曰：“似之无二矣！”艾生既闻笔迹相似，叫母悄悄送母女回去。

正是：计成已代父仇报，事遂还分祖业回。欲知所假遗嘱作何处置，且看下文分晓。

---

① 开取：开掘取出。

② 斑指：玉石指环。或作“扳指”。

③ 停会：等一会儿。

④ 定着：解决问题的办法。

⑤ 对案：到案当面讯问。

⑥ 忏荐：经忏荐亡，指念经做道场超度亡魂。

第五十七回 冷霜蝉不从残暴王 陈金凤初会风流郎

却说艾生看冷家母女回去了，将所写假遗嘱来封固，面上又写："剑浦冷光遗嘱付男巩、固亲拆"字样，装入带袋[1]中。候天将大明，出安泰桥上，将带并袋挂在石栏上，拾一块大石头，望有人来，把石掷入河中，大喊曰："有人投水，快来救他!"

一扬声，人皆至，里长亦来。共见桥栏有带袋，内存有遗嘱字样，不敢开看，留与人来。至辰后无人认得，扬传各处。归守明看袋内函面字样，飞跑至南台报知冷巩。巩会乡伙数人到，认明丝带、绣袋，拆开函看，不胜哀痛。即雇人寻觉尸首。查随身衣服，只失去金钿一只，不知去向。收殓入棺，抬往寄顿大钟寺。

遂查寻着霜蝉母女所在，冷巩即向请罪。容氏母女前亏冷巩之恩，方离火坑，今见之亦不怨恨。冷巩曰："承父遗嘱，迎接阿姨[2]同妹子回宗分受产业。"容氏曰："妹子在此处与艾生已结了亲事，不日遂要来迎娶，一时还回不得。"冷巩曰："妹子既做了亲，待妹子过门，同妹夫一齐接回掌业。明日先送二百银来与妹子办妆奁。"冷巩说讫，即辞回行中。次日遣人送银二百，与母女收用。随于大钟寺修斋，设水陆七昼夜大道场，超荐父与伯亡魂，带同容氏、霜蝉拈香，极尽诚意。

大钟寺在狮子楼西，内有山，名钟山。梁太守袁士俊居第，时闻有钟声，遂舍宅为寺。闽王审知建定慧塔七级，有八百罗汉像，观音便殿在寺西偏后房。

大钟寺功果完毕，容氏将二百银交艾生去办婚嫁之事。吉期在迩。

情过于深溺、事过于遂意者，多见不祥。艾敬郎与霜蝉二人虎画已成，惟睛未点；谁知闽王延翰突出遍采民女告示，派官差查各处逐户搜寻；那霜蝉却

---

① 带袋：悬挂在腰带上的口袋。

② 阿姨：霜蝉之母的身份是"妾"，冷巩称之"阿姨"，不称伯母。

被搜出，送进王府。艾生闻知，沿途啼哭，直闯入府门。门者拦阻不住，连声喊曰："青天白日强拿民妻，岂肯罢休！"将至东华宫，被司阍拿住。容氏不知何事女被抢去，哭跌查问乡邻，始知送去王府，亦闻知艾生追去内廷被拿。使人报知冷巩，冷巩即赶与归郎计议。

那归郎即是归守明也，乃冷巩之表弟。有母阙氏，乃王延翰兄弟之乳母，常在内宫，可说得情面放回。归郎即进王府对母说知，阙氏进宫见闽王，曰："今日采进之民女，内一名冷霜蝉，是乳母表弟之女，并无兄弟，已结亲了。可看乳母之情面，放他回去。"初延翰应许，后见霜蝉美貌无双，遂不肯。阙氏再三婉说，不依。阙氏进言曰："为人君，爱民如子，民有为不法者即诛治之，安有为人君反有不法之事？强夺民之子女，夺民之妻，离人之母，可乎？"延翰大怒，押逐阙氏出宫，刻不容缓。

阙氏在内收拾箱囊搬出，有一女在房哭曰："今义母去，无依，命必休矣！"阙氏视之，乃干女孩陈金凤也，是王审知之婢妾，年十九岁，最黠，拜阙氏为母。彼时延翰荒淫无道，陈金凤知祸不远，故欲随逃出。阙氏将金凤改为男妆，至黄昏悄悄带出宫门，说是儿子守明带母回家，并无人知，随后箱囊亦至。其子守明早在那里等候，接带同去。此且慢表。

再说延翰逐去乳母，无人敢言，单唤霜蝉入宫，改换宫妆。霜蝉不肯，曰："奴家是有夫之女，肯放回便放，如不肯，惟有一死，要顺从万难。"众女共劝曰："惟进此不得不从。从之，享不尽荣华富贵，何用说死！"霜蝉厉声曰："独你一起①都是要富贵的，不顾名节，与狗彘何异？"

延翰闻，怒，令缚而打之，从顺便罢。打至一日夜，并无半句言从。次日，延翰问："从不从？"霜蝉曰："要从不难，将我原配艾敬郎进见一面，便从。"延翰令人出寻，而艾生早被拿住，随进回报。延翰与霜蝉约："墙外先设二火堆，后带你原配艾敬郎进来，与你见面、你如从，即放伊回去，再赏伊银去另娶；如再不从，把你二人放入火堆活活烧死。"霜蝉点头应之。即令带进艾敬郎，不许亲近，着人押开丈余地相见，先将约令说与艾生知之。

可怜二人见面泪如雨下，霜蝉哭曰："生不能和谐，死必魂魄相随。"敬郎曰："娇妻，死必一处，同往投生，一刻不离，补此生之愿也！"

延翰随问曰："今依你相见了，可愿从么？"霜蝉瞪目大骂曰："痴心妄想！这贼子夺谋民人女，谁肯从之？除非你先入火，把身烧净了起来，我便从你。"延翰怒甚，令将二人押入火堆。可怜冰心玉貌投于烈焰之中，顷刻玉碎珠消，

---

① 一起：一帮人。

只化作黑烟滚滚，须臾现出白骨。青天上忽起乌云，突起一阵鬼旋风，将二火堆中白骨吹作一团，车转[①]如轮，渐成白灰，就地滚琏[②]。延翰令将棍来打散，打之不开，如烟直上，由西南而没。内外见者，不知其事者人人惊异，知其事者个个伤心。此且慢表。

再说那归郎带同母亲与陈金凤，回至东牙巷家中，恐地近发洩[③]。陈金凤有叔陈匡胜在高盖山居住，家中只有一老母，匡胜只在祖家长乐作工。因该处僻静好存匿，议往投之。

归郎假作代李可殷办差，雇船带他母女、箱囊下船，由毛应桥直[④]载至高盖山上，到匡胜家中。陈金凤同阙氏见了李氏称婶婆，只说散宫出来，寄居数月。李氏喜诺。

归郎备办柴米诸物停当，仍回在南台行中，向冷巩说知闽王逐母的缘由。冷巩以已之事累他，身甚不安。归郎遂又进城，闻人众纷纷传冷艾二男女死甚惨异之语，赶进王府，到李可殷寓所探听情节，报与二家知之。可怜舒氏与容氏哭得死去活来，冷巩闻知，前来劝慰。至父七满[⑤]，运回灵柩。将容氏同舒氏并接至剑浦，分授厝屋业产[⑥]，并开西楼下千金，一起交付执掌。此且按下。

再说归守明自幼随母在内宫抚养成人，长大不便在内，在于东牙巷住止[⑦]。有时视母，只在宫门口，从未与陈金凤见面。此番才见面，以姊弟相称。归郎年十六岁，脸白唇红，彼此皆有相慕之心。

那一日，李氏同阙氏游玩山景，只金凤一人在后院闲游。见架上几盆金凤花，墙角一丛长春，破墙外乃人家之花园，兰桂都已开花。金凤触景，取出笔砚，写一句于纸上。不知归守明至，后顾问曰："阿弟来了？"归守明问："母在何处？"答曰："与婶婆出游山。"又问："姊写何字？"金凤要将收起，被伊夺去手中，念曰："金凤孰堪亲"。

归守明念了，曰："原来阿姊笔墨最好，不知所吟何题？"金凤曰："偶见墙内金凤长春开放，墙外兰桂齐开，混写一句歪诗，被阿弟取笑。"守明曰："弟为狗尾续一句。"遂写曰："桂兰可爱怜"。其实桂兰可爱，与堪亲无差。守明

---

① 车转：旋转。

② 滚琏：滚动。

③ 地近发洩：因离得太近而走漏风声被发现。

④ 直：径直。

⑤ 七满：旧时有钱人家丧葬惯例，尸体收殓入棺，以七天为期，加一道磁漆，停放七七四十九天后下葬。

⑥ 厝屋业产：房屋和田产。

⑦ 住止：居住。

曰："桂兰还输金凤之娇艳堪怜。"盖'桂兰'与'归郎'同音，'金凤'即金凤之兆也。

金凤又接写第三句云："隔墙影自动"。金凤写完，将笔递于弟结句。守明即写云："飞落会长春。"金凤曰："'飞'字不妥，'飞落'乃残花也，可改'不落'字。"守明曰："若不飞落，怎能相会?"遂相戏，金凤笑而不拒，携手入房，枕边发下同生同死之誓。二人相亲相爱，云雨欢乐已毕。金凤曰："恐母回见疑。"守明曰："弟出去撞着母，亦言出去游山，一刻同回，有何疑哉?"

守明便去山上游玩。至半山，阙氏问："几时来?"答曰："方到门首，望见母亲同婶婆在山上游玩，便未进屋。"阙氏信之，同回家中。金凤亦故意问："阿弟几时来?"守明亦照前答之。同吃了早饭，仍回去。

自此时常往来，被乡邻之恶少疑议："陈家新来一幼女，有少年常至，非奸即拐。结伙去捉，如有重贿则罢，无有，送官。"侦至归守明又至，十余个恶少围聚拦门，喊捉窝娼。阙氏惊曰："并无此情，而实有诱拐宫娥，其罪难辞。而今怎处?"守明大惊，问："后墙是谁家?"李氏答曰："是洪司徒家。"守明曰："不知他为人何如。将阿姊由墙孔爬进，暂躲一时，俟他去了再议。"李氏曰："那太老共夫人极好，快进去!"陈金凤见事急无奈，钻进墙孔去了，守明将门板遮掩。随李氏开门，谓曰："你们来此何事?"那恶少不答，一拥而进。前后搜查，并无少女，只有老妇。遂便答曰："有人报你家存匿民女，搜出献官；无，便罢了。"遂出去散了。

先说那墙后人家，原来是九仙山吴大受之岳家洪雍，曾在前唐官授司徒，早归林下。原配夫人纪氏。一子洪承谟，在京都为兵部主事。一女嫁于吴大受为妻。家中只有老苍头使唤，别无次丁。因闽王选民女将及到官家，将外孙女吴瑶琴存匿在家，无人知觉。金凤由后墙孔突入内室，两老问之，金凤曰："随母来叔家看视婶婆，被邻乡恶少欺负，围门喊拿；事急，至此躲避，望公公婆婆救护。"洪司徒知来避匿，被人吓诈，便曰："既是邻居之亲眷，今勿回去，就老夫家与小孙女作伴，谁人敢欺?"遂叫瑶琴出见，邀进绣房，各问名姓，意气相投，谊为姊妹。

阙氏同李氏俟恶少散去，亦钻后墙与两老致谢，欲带陈金凤回去。司徒曰："老夫家中人口稀少，就留同住在此与孙女作伴，免被人欺负，何如?"阙氏同李氏甚喜，称谢同回。守明闻知，外喜内恨，无可如何。金凤岂不想及，被瑶琴留住不离，亦无如之何矣。

姊妹多在司徒面前教说书。那日说至汉书，洪司徒说至项羽困于垓下，问二女曰："项羽肯归犹有楚?"二女以为出对与对，金凤便对曰："文姬既还岂无家。”瑶琴亦对曰：“伯夷虽死不从周。”洪司徒异之，知将来一薰一莸。金凤因瑶琴之对句，悲已之作句不贞，自觉惭赧。瑶琴思金凤将来必无名节，心中退悔不该与之结谊。以此虽鄙之，其金凤善于柔媚，亦置于度外，亲爱如故。

正是：不知善恶形于色，只为贞淫现在诗。此且不表。先说闽王延翰无道，遍于各州郡皆知，下文分解。

第五十八回　手足自残闽王信道　姐弟进宠归郎避妖

却说闽王无道，采遍福州民女，犹颁诏令泉、建二州刺史选进。泉州刺史王延钧乃延翰之胞弟，不奉诏命。建州刺史王延禀乃先王养子、延翰之兄。性猛烈，怒甚，遣使赍书责之。是时都指挥程赟、孟威极谏，皆系于狱。建州使者张任赍书至，书中多是兄责弟之语，王延翰阅之大怒，将杀其使者，命国子祭酒湛温往西郊饯送之，用药酒欲酖之。湛祭酒奉命，先至西郊高安岭候之，自思："若酖杀其使者，建与闽结衅；若不酖之，难以复命。自酖之，庶免兄弟结衅。"遂自酖死于高安山岭上。湛温，光州人。

高安山，凤凰山之支也。湛祭酒即葬此岭旁，闽人哀之，遂名此地为祭酒岭。今西门外将军山祭酒岭是也。

迨使者张任至，湛祭酒先自酖死，闻之大恐，赶驰回建州，见延禀告以十分无道。延禀拣兵选将，会泉州王延钧讨延翰。兵抵闽[1]，延翰拨二都兵御之。缘程赟、孟威系狱，人心离散，各无斗志，败回关城。延禀同军士梯城鼓噪入宫，延翰惊匿重墙，被众军搜获，反绑出宫门外。王延禀播以十恶大罪：违祖父之教训，一也；自称大闽国王，二也；占民居，建宫殿，三也；仿天子制度，四也；重赋税，五也；采民女，六也；火烧冷、艾男女，七也；逐乳母，八也；不听正言，九也；酖使者，十也。将此十罪大书挂于市曹，遂斩延翰。泉州刺史延钧领兵至。延禀推延钧为威武军节度使，谓曰："务行正道，不然，老兄还再下。"延禀遂回建州。延钧既袭位，放出系狱各官，然后遣使表奏朝廷。此且按下。

却说阙氏亦王延钧之乳母也，闻延钧为闽王，喜甚。待守明至，议往朝贺。那陈金凤被洪家留伴吴瑶琴，惟守明寝食俱废。至高盖，必先至洪家后墙望了一回，才入陈家见母。一连望了无数，不见金凤形影，被长坑鬼遇见。

原来白蛇自临水洞杀败，现出原形逃走，与长坑鬼同至长坑山故洞存身。

---

① 闽：指福州。

那长坑山即与高盖山邻近。长坑鬼仍为奴隶，时出拽人供奉白蛇。那日遇归守明，是美少年，大喜，用邪法拽入洞内，便将洞变作华屋。守明朦朦惚惚，跟那鬼入洞，见屋宇华好，有一美女，以是遇着月里嫦娥。

那美女便问曰：“你是何处人？来此窥探，莫非是大盗？”叫苍头拿缚呈官。守明闻言，不知何以至此，讶甚，便答曰：“小生乃归守明，来高盖山洪司徒家探亲，误入此间，不是贼盗，祈小姐察情。”白蛇曰：“原来奴家表兄，多有得罪！”守明便问姓氏。白蛇答曰：“姓白，父兄外商，家中只用一苍头。与亲属少往来，因此不认得。今属表亲，暂留数日，后即便于往来。”守明甚喜。

令鬼去排酒肴，设于内室，二人对饮。至半醉谈笑，白蛇装出妖娇，秋波送情，守明系不住心猿意马。白蛇忽谓鬼曰：“每饭食鱼，可将笼中火鸡烹一个来兼味。”随闻鬼在内磨刀声。守明即曰：“不可不可！无故杀生罪重。”起而视之，乃见一笼活鸡，鬼正捉鸡。守明将刀夺出，对白蛇曰：“昔杨宝救黄雀，为三公。劝妹妹勿贪口腹，可拿去放生，自有报应。”那白蛇摇手，口中吟曰：“漫夸杨宝救黄雀。”守明酒已醉了，持刀在桌上一拍，大喊曰：“我学亭长斩白蛇！”那蛇精惊，现出原形，奔入洞后，而屋舍变出岩洞。

归守明大惊，便跑出洞外，直奔到高盖山。至陈家门口，心方稍定。觉是妖精鬼怪，被他迷进。天幸讲出斩白蛇之对，他惊出原形，故得逃出。不然过了一夜，要骨头亦无矣！越想越怕，遂敲门进内。闻李氏说：“朝中换新主，你母等你三日无来，自乘舆进城去探听，金凤仍在洪家”等语。

守明听罢，赶进李可殷家中。查母已进宫见延钧，留于内宫，随举荐陈金凤同子守明。延钧大喜，即召守明。守明至，遣往接金凤，不言入宫，只言回归家中。金凤拜谢二老，与瑶琴作别，实有难舍之意。盖金凤初会瑶琴，常戏无忌，至对出“伯夷虽死不从周”之句，便栗然，自此畏之若师。瑶琴不知金凤之事，实未轻慢。金凤去后，瑶琴亦回九仙山家中。

金凤又谢过李氏，乘轿一直进城入宫。阙氏带一男一女朝见延钧，延钧喜而纳之，俱大宠幸。此二人哪里有宋玉、西子之美？一进见延钧即宠幸，一为男皇后，一为女皇后，可笑之极。

原来那归守明乃阙氏乞养子①，先与百工局李可殷不洁。适延钧有公务至闽，李可殷留饭，令守明陪饭，席上与延钧戏谑，无所不至，可殷妒之。延钧知之，侦可殷不在，守明如厕，即往厕中立誓：“若有富贵，生死共之！”遂行苟且。故一见即宠之。此乃归守明已预定为男皇后也。

---

① 乞养子：抱养的儿子。

即陈金凤，当王审知得病时，爱静厌烦；所有家人远避身边，只有陈金凤使唤。盖金凤灵便知机，善承人意，故审知悦之。常奉衾枕，许纳为妾，有事皆委之传宣。适有泉州佥章、乡耆会名控告：王延钧夺民妻女，横杀无辜，抄没富产，并抽匿造桥题金等款，共有十余条。皆有赃证，公忿列名。各自投告到都，倘虚控，愿自坐罪等情由。闽王闻之大怒，拔令箭令金凤持出，差人赶召延钧，曰："来杀之。"

金凤到门口，遇着延钧自泉州来视父病；将入，被金凤拦住曰："入则无头。"延钧不知，金凤遂告之。故仍将令箭交家将，传中军官往召之。教延钧躲在密室，算往返之路程日期，再出来应召。延钧感佩不已。那王审知被此一怒，症添日重，至于不起。延钧得免，暗佩金凤之恩，誓必报之，故一见即大宠之。

延钧接位，其本章奏达东京时，乃后唐明宗天成四年。随降诏以延钧为闽王，以延禀为奉国节度使，王季雄为泉州刺史。延钧以守明兼理前后军务，金凤兼丞相。延钧之原配生子继鹏、继韬，至金凤入宫，遂失宠矣。金凤善音乐，选内庭宫女教之歌舞，遂日夜宴乐。城内自到任桥、杨桥、双抛桥至定远桥，后曹至水关，开鏨至西湖，建屋宇百余间，名水晶宫。延钧时携陈金凤同诸妃子从子城复道出游。以陈金凤族叔陈匡胜、族兄守恩为内殿使。时延钧多病，诸事皆属金凤。

扬传至建州，王延禀闻之怒，率建州刺史继雄，领水军袭福州。延钧闻之，遣指挥使王仁达拒之。仁达伪降，继雄不知其诈，登舟抚慰，被伏兵所杀。延禀兵溃，仁达追擒延禀。延钧见之曰："果烦老兄再下!"延禀大怒，骂不绝口，遂被害。闽人哀之。延钧遣弟延政知建州，抚慰吏民。

自此延钧骄横益甚，敬信佛老，前后度僧二万余人，由是闽中多僧。宋谢泌知福州，有即景诗云：

湖田播种重收谷，道路逢人半是僧。

城里三山千簇寺，夜间七塔万枝灯。

寺僧之多，可以想见矣。七塔者，开元寺一，大中寺一，神光寺一，安福寺一，今仙塔街与塔屿顶乃旧迹也。阿育王塔、塔巷、石塔、万岁塔。今独存此万岁塔，即白塔也。延钧以道士陈守元、即陈二郎也，为道官。陈守元令神公巫者盛韬、即作戏小旦，列名上表，说福州有天子气，请建宝皇殿于九仙山，以启祥瑞。

延钧遂召见守元等，询其何知。守元答曰："遇天师言之。"又问："天师何人，何名？有何道术，能知天帝将驻跸此处？"守元等曰："张天师乃汉留侯张良之八世孙张道陵，生于天台山，学长生之术，退隐于广信之龙虎山。汉明帝、和帝两朝皆召不至。后遍游名山，修至六十岁，容貌益少。后将诸符箓、斩邪剑、玉印授其长子张衡，乃与妻雍氏登云台峰，白日升天，年一百二十三岁。其四代孙张盛复居此山，历代重元。今子孙世袭真人，与天地同休。臣等奉其道术，故常遇之。”

延钧又问曰：“何不报与孤知，迎至求传秘术也?”守元曰：“遇于山野，言毕即杳。前之帝王皆召不至；有寄语者，幸之至矣!”于是延钧大悦，遂于九仙山顶建一座宝皇宫，前三清殿，后森罗殿。

宝皇宫在九仙山顶。至宋建为天宁万寿观，元改为九仙观，又名玉皇阁。相传汉时何氏兄弟至此修炼，尸解于九鲤湖。明代居民淘井得有石碑，后半段云：“太和二年，又五年乙丑，金园一片寄在山前左臂。不归庚申，须归乙未。流传子孙，衣锦次第。时人见碑，吾今出世。”按太和乃晋帝年号，碑不可解，字类晋人笔法。

宋王孜《游九仙观》诗云：

汉唐兴废犹昨日，沧海茫茫天一碧。
西风杯酒须尽欢，当年九鲤成陈迹。

沈德琛《九仙台怀古》诗云：

秋树迎霜节序开，扶筇周陟九仙台。
欲挥写景登高赋，且醉当筵萸菊杯。
醉余乘兴登山麓，芒鞋踏破苔痕绿。
烧丹人去迹俱陈，废井千年水犹粼。
忆昨山门全盛时，嵯峨金碧绝称奇。
晴曛鸱尾天花散，云护龙头日月迟。
而今果物属谁主，荒殿凄凉总非故。
岩花空埋金积园，名山半入平洋路。
神仙家宅无定期，百年兴废会有时。
鹧鸪啼罢伯劳语，华屋芳园竟是谁?

闽王延钧既建了宝皇宫，随有祥瑞，而生僭据之心。正是：王府将更天子殿，仙山先起宝皇宫。且看下文如何分晓。

第五十九回　井龙现王氏建国号　狱囚放周家起祸殃

却说王延钧好神仙，为陈守元所惑，在九仙山建造宝皇宫，香火极盛。适有太史姓真名封，家中井内有龙飞腾上升。陈守元上言："井中蛰龙上升，天启祥瑞，吾王当正帝位。"延钧大悦，遂以真封家为跃龙宫，自更名璘。择长兴四年癸巳正月初一，诣宝皇宫，排仪仗升殿即帝位，受百官朝贺，国号大闽。龙启元年，郊祭天地，备礼于钓龙台。

钓龙台在惠泽山之南，汉越王余善钓白龙处，一名越王台。汉、唐册封闽藩俱在此宣诏。今统名为南台。

明林鸿《钓龙台》诗云：

逐鹿屠龙事渺茫，空台依旧枕山冈。
衣冠神禹传苗裔，封建宗周列职方。
南粤云来螺渚白，东瓯天接虎门苍。
登临送别兼怀古，不惜狂吟倒玉觞。

拂如氏《越岭樵歌》云：

曾闻越岭有樵歌，此后樵前熟听过。
忆昔樵歌歌不俗，皆歌第一美山河。

又《三桥逐火》云：

三桥夜景渺波澜，渔火连珠映水丹。
不听烟中歌欸乃，却疑星斗落江寒。

延钧改名璘，即帝位。以陈金凤为正宫皇后，归守明为内殿使。先，璘妻刘因失宠郁气而死。王继鹏为福王，延政为建州刺史，吴勗为枢密院，吴大受为翰林院修撰，薛文杰为国计使，余皆升擢。惟薛文杰奸佞专为，犹呆于[1]海洋大盗。王璘亲信之，任其苛求滥刑刻剥人财，弄得富者家破人亡。又畜爪牙，在暗中探访。

---

① 呆于：比……还坏。

助纣为虐者何人？乃癞蛤蟆想食天鹅肉林秀青也。被石压几乎丧生，仍不知畏惧改变，调治至年余方愈，仍在墙头日日窥探月英，欲报仇恨，不见形迹。那吴青娘安人之侄女吴瑶琴来姑娘[1]家，到后楼观玩，被林秀青看见，以是月英又在楼上。俟至四更，腰插钢刀，越墙撬门登楼，四处寻讨[2]无人。打开楼槛[3]，斜月照人，却是空楼。因倚栏俯视，俄而栏干崩倒，连人跌下。奇甚：林秀青跌下不落地，被檐下一撑挂幔蓬之大铁钩钩住腰间带子，悬挂半空；背朝天，脚手在下，上下不得。吊至天明，后山邻人看见，至周家头门[4]查问。周启文同各乡邻进看，乃林秀青也。短衣抄扎，腰带一刀，知是行刺，又惊又异。

邻人毕至，问其何故，林秀青犹说是月英邪术作弄。众乡邻皆知月英同周拱早已远避去了，明系捏饰，行刺是实。候他父、母、妻来求放，启文、吴安人将恕之。诸邻忿甚，恐累及同乡，投告有司。拿去衙门勘讯，承认行刺不讳。行刺未伤人，囚禁之。至王璘即位，赦放回家。出时父母已故，妻亦嫁去，屋被厝主[5]取回。无处依泊，投于薛文杰门下，为熔销征收银匠。

时薛文杰为国计使，专为聚敛，查探有富豪者，以事诬，关狱勒索。林秀青欲报前恨，呈告："周工正启文其年督造寺塔，开圹得紫黄金，经他父手熔销，共倾若干锭，计有千两，还已收存。寸土属王，先抄他家财，要他全数缴出。他如不认，即当堂质之。"薛文杰闻之喜，一面密奏，一面带健卒问抄家产，再拿周启文眷属。

周启文同吴安人不知何事，被其拿至国计使衙。薛文杰坐于堂上，讯问前情，始知来由，哪里肯认。遂唤出林秀青与之对质，启文指以挟仇妄害。薛文杰再三鞠之，不肯招认，即令拿出熨斗。周启文闻动此刑，魂已惊散。原来文杰用此滥刑，有不肯认者，辄令熨斗盛火炭烧得红热，向其通身熨之，顷刻皮焦肉烂，无不屈招。

正在令动熨斗，突有二人走进堂，与文杰耳边细语一会，文杰将头点点，即令带去收监，明日再问。如不招来，活活熨你作黑炭。军班即收起熨斗，押周启文、吴安人、艳冰三人去收监。

启文还有一孙，名新月，抚养至七岁，因元宵出去看戏"五鬼闹判"，混乱

---

① 姑娘：姑妈。
② 寻讨：寻找。
③ 楼槛：楼上的窗户。
④ 头门：大门，宅院的第一道门。
⑤ 厝主：房东。

之中失去，寻讨各处无踪，故家眷只有三人。薛文杰退堂，衙中人等以是有人来与启文说情，才得死里回生，不知非也。

正是：吉人自有仙人护，贼手空施酷滥刑。且看下文分晓。

第六十回　小康回夺父弟海船　王月英救伯母投吴

却说周启文不认，正欲用刑，突有人上堂与文杰耳语，即刻退堂。何故？原来文杰各处使有爪牙探访，探得吴光十只大船载有百万洋货，现在进港。报知文杰，须赶紧去拦验，诬他私通外国，将十船货物尽行抄封，迟则货起上行[①]难抄。因此文杰顾不得问讯启文，即退堂奏过王璘，带禁军二百名赶至台江，驾船前赴拦验。

吴光之十船正收泊江干，军卒喝曰："国计使薛老爷奉旨来查验洋船[②]。"吴光出迎。薛文杰登头号船内，令献出货物数簿[③]。吴光将十条船总数送上文杰检阅。内载：奇楠香五百斤，人参六百斤，燕窝一千斤，珍珠大小三斛，珊瑚长短二十四，其余珍奇异宝无数，看之不尽。只看四五号止，文杰便骂曰："好个大盗，即古之吕不韦亦无此货，这不是私通外国、盗劫而来么？"即令将十条船尽数抄封。不容分说，将吴光并子鸿猷、鸿谋锁拿。

分拨抄封毕，每船拨军士十名看守。随带吴光父子下小船登岸，押解进城。那吴光之谊子小康回[④]方新到闽安镇外接了谊父，便回在行料理收货。忽闻货物皆被官封，父弟俱被拿解进城，骇甚。飞赶至半途，见父弟被解押至前面。即撞入铁店，夺一把长柄刀追至，如入无人之境，先将押解之人杀倒数个；将父、弟拦在后面，把刀乱劈。那军卒手无寸铁，见来得凶恶，不敢押犯人，跑走四散。不知死[⑤]林秀青假能干，同数个军卒恐犯人走脱，向前拦阻，被小康回一刀打倒于地下，再照头二三刀，砍得数块。余皆走散，无剩一人。便将父、弟锁链扭断，同赶回行中计议。

吴光曰："君不正，臣奔外国，惟反出江南为上策。恐怕顷刻城中兵到，何

---

① 货起上行：货物由船搬运至商行。

② 洋船：远洋运输的船只。

③ 数簿：账本。

④ 小康回：方新的绰号。康回即传说中的古代大力士共工氏。

⑤ 不知死：死到临头还不自知的。

以御之？”小康回曰：“爹尽管同弟料理宝眷、货物等项下船，开至镇[1]外，孩儿在此堵御。他倾城兵至，管叫他片甲无回。”议尚未定，谁知薛文杰重征赋税，商民怨恨；至闻吴光十船被其抄封，众皆不平。台江上下数千号商船来会齐，助吴光反出。吴光以此意决，留五百人在江畔助小康回抵敌都兵[2]，余俱驾舟拥护眷船并十船出港。

却说薛文杰彼时见势来得不好，先已弃轿步行，跑的命都无去[3]，惊的半死[4]。奔进城内，喘息不定。令先将城紧闭，入见王璘，请再拨都兵。时已昏暮，点到千余都兵。陈守恩协同文杰，漏夜出城至江边，与吴光五百丁燃炬对杀。小康回手执一把五十余斤的铁叉，不待都兵追前，先冲入阵，飞叉轮舞。只见遇着叉，即刻身尸倒地，如冰消瓦解。又有五百壮丁助杀，如风卷残云一样。那都兵挡不住，退后自相践踏，死去一大半，血水成河。幸有陈匡胜带二百余兵来接应进城。仍把城关闭，查点残兵，各带重伤，死去成千。王璘大怒，亲领两都兵往剿。点得齐来，而小康回早已会同五百壮兵，下船开出镇外去了，台江一空。欲遣王仁达拨水军追之，因报吴光已出虎门[5]去远了，王璘遂收兵而回。

文杰查那看守十船之军卒一百名，因见满台江商船，反惊[6]得屎尿直流，抱头鼠窜而回，文杰此际贼心方退悔[7]自气。此且不表。

先说周启文同妻、子分禁在三处，禁了一日夜，困苦不胜。因想前之卦帕内有云“遇难而焚，随烟至”之语。幸得吴青娘因林秀青出监，又恐他又来行刺，将月英所遗之帕缝于丈夫衣襟内，随身防护，故在身边。即将衣襟咬破，扯出绫帕，向灯火焚烧。好奇怪！其烟如一匹练，白色，直由门缝穿出而去。

再说那月英带周拱只在于临近之旗山勾漏洞内安居。早知家中必有灾难，故不远出，只在近处俟之。月英之法术无穷，要食即食，要衣即衣，与周拱无愁碍，随处逍遥。那夜，王月英同周拱至勾漏洞口看月，蓦见一道白光如白虹，自东北而至。月英惊曰：“不好了，伯家有难，焚帕之烟至矣，快赶去救之!”遂牵周拱手，寻烟起处，土遁入监。

---

① 镇：指闽安镇，靠近闽江口的一个江防检查站。

② 都兵：官兵。

③ 跑的命都无去：不要命地跑。

④ 惊的半死：吓坏了。惊：害怕。

⑤ 虎门：闽江口的五虎礁，如五虎守门，也称五虎门。

⑥ 惊：害怕。

⑦ 退悔：后悔。

周启文正在焚帕，余烟未歇，忽见二位立于面前，惊喜曰："神仙快来救命！"月英将手向启文背上一拍，道声："出去！"三人同遁走出野外。周拱问还有嫂侄，亦在于监内。月英遂将大伯交于丈夫陪伴，自又遁进监门。少顷，青娘同艳冰从空而至，刑具已俱脱去。五人月下相逢，悲喜交加。启文将被林秀青挟仇陷害缘由草草说了，月英曰："此祸乃奴家累及，又救援来迟，望乞恕罪！"

吴青娘曰："此非说话之处，寻至安稳所在慢慢来说。"月英向竹林中折一枝带叶根竹樭[①]："请伯姆同侄齐跨此竹，去边僻地方安身。勿得惊怕，奴二人随后就到。"三人遂跨上竹樭，月英喝声："去！"那竹樭变成大龙，载三人往南飞去。三人坐上亦安稳，未至半时，落在一座大山绝顶，仍还为竹，三人立于岸侧等二人。有一时辰，见周拱同月英驱六匹骡，背驮有物，踏云而至。近前看视，却是六只椅条[②]，上面缚定箱囊、衣包等物。

吴安人问："自何来？"月英曰："因闻大伯说家产尽被抄没，我家岂与抄没？故先送三位至此处等候，奴二人又去乌石山，将所有财宝软物、衣箱一起运来，那粗重之物不要。"启文异之曰："弟妇真仙法无边！不知此何处？"月英曰："此处乃福州城正南之案[③]，名五虎山，望得见外海，又山水清秀，可以寄隐。"月英将箱囊尽存于岩谷。须臾，月英将手向山一招，即有山猿献酒，山鸟衔肴，排满山岩。

那时兄弟姆婶方抱头而哭。启文曰："你二人何等铁打心肠，不言而去亦罢了，待我二人赶螺洲，不容见面同去了，于心何忍耶？"周拱同月英长跪曰："当时实出于无可奈何，告之便不许，见之必难舍，遂硬着心肠而去。曾寄语林家夫妇，说饶恕忘恩负义之罪，遗帕中数语，以作今日之重会也！"吴青娘哭曰："你二人为神仙，弃我二人为骷骸，忍之乎？今既会着，拼命也要跟你同去。"

月英曰："奴们早不为食为衣，乃化外之客。伯与姆侄乃富贵中人，只要安顿稳当，将来二人福禄享满，再来同遨海外未迟。"启文曰："何处稳当？"月英遥指远处，曰："那巨船乃吴光率众往投江南，兵雄粮足，与他同去投吴复仇，岂不稳当耶！"因问："哪个吴光？"答曰："乃台江之大洋客[④]。被薛文杰诬以为盗抢劫，将洋船抄封，拿解他父子，被谊子小康回夺回，率众去投吴，现在

① 带叶根竹樭：带叶和根的整株竹子。樭："树"字的福州方言用字。

② 椅条：长条凳。

③ 正南之案：五虎山在福州城正南方。风水学将遥对的山称为"案"。

④ 洋客：做海外通商生意的商人。

招集贤士。”又问：“何由得知？”月英曰：“鼙鼓之声，因此知之。”

启文曰：“有此大造化，不期而遇。”遂将与吴光交好之因由说了一遍。周拱同月英喜甚，又计议将艳冰存于外祖家，俟到了江南平静[①]后，再定去留。吴安人问二人：“隐于何处？何时再会？”月英曰：“奴二人隐无定处，有白云皆庐舍，待一家散而复聚，那时自有会期。”五人在岩下，诉不尽心中事，流不干眼中泪，至一昼夜难舍。因吴光船将行去，没奈何辞别。艳冰难舍于父母，悲不胜言。

周拱留山中伴艳冰。月英仍以椅载衣箱，化竹为舟，渡到外海，近吴光之船，大喊曰：“报吴相公，有福州乌石山周启文老爷挈眷来投。”吴光闻知，喜甚，忙迎夫妻并箱物同入海船。孟氏出接吴安人入内舱，皆如至亲，各诉因由。众闻有智谋之士来协佐，皆向相贺，船即开去。月英送二人登舟，仍回至原处，将艳冰度去九仙山安顿停当，与周拱仍隐去了。

那吴光扬帆顺风，不数旬到了江南扬州，同周启文见了吴王。吴王杨渥悦而纳之，以吴光为嘉远侯，督领淮扬水军，周启文为学士。虽文武不同朝，而家同聚一处，共请讨王璘、薛文杰。吴王以来春兴兵讨之。此且不表。

却说那夜狱中不见周家三犯，遍寻无迹，再至周家抄产，惟有粗重家私，而衣服细软之物皆无矣！文杰诸贼，气了又加气，令各处访拿不表。再说九仙山吴枢密家，后楼倏然火发，一家惊惶无措。

正是：婿家遇难愁无了，自屋闻灾惊又来！欲知是火否，且看下文便晓。

旗山，一名翠旗山，其山如旗，与鼓山东西对峙。郭朴《迁州记》云：“右旗左鼓，全闽二绝！”山欹斜数里，高百仞，上有勾漏洞、仙人石诸胜。

五虎山在清廉里，一名方山，远望端方如几，故名。中有五峰，巉岩状如虎形，又名五虎。悬岩间有朱子大书“方山艮石，神仙所居”八字勒石。

宋王逵游方山有诗云：

众状皆穷险，兹形独擅方。
坦夷中砥砺，端正外青苍。
上帝为棋局，炎君避暑床。
回看太行路，更近利名场。

---

① 平静：战乱平定。

第六十一回　牢笼谋薛浪子鹿为马　脱壳计吴佳人凤变鸾

却说九仙山吴枢密家，初更时候，后楼中忽红光焰发。吴义看见，以是火发，赶来汲水大喊，一家大小皆惊，齐到楼上，只见一人在凳上睡着，审视乃周艳冰也，异甚。艳冰忽醒，问之，遂将叔、婶救出情由告之一遍，皆喜之不胜。

盖艳冰被王月英挟住，使土遁法至此楼中，一时恍惚，精神困倦，在凳上睡着，元神发现①如火。当时周家被薛文杰拿去追金，吴枢密知有是事，不敢出头，惟代为忧愁，无可如何。至闻其在狱逃去，甚疑异之。闻吴义喊声，以为失火，及视乃艳冰，闻知此事，何喜如之。自此时，将艳冰藏匿楼内攻书。

年余，瑶琴之母洪氏病死，俟三年服满，再行完婚，日夜在后楼读书。那先生乃吴翰林大受之妻堂兄洪恺，在前唐曾为司铎，现年近古稀，瑶琴呼之为舅，年年在吴家教读，自大受至今。瑶琴年已长成，未便与艳冰共读，只在自己闺中自读。惟课期作些会文②，送与先生评正。此事按下。

且说薛文杰之子薛锦荣，倚父之势，横行欺人，号为薛浪子。闻吴家有女孙瑶琴才貌无双，托媒求婚；探知瑶琴与艳冰指腹为婚，才丢了想念。至吴光反出江南，探报周工正逃狱，同投去江南为学士，闽主甚怒。薛锦荣因此重贿三姑六婆那三姑者，乃尼姑、道姑、卦姑；六婆者，乃牙婆、媒婆、师婆、虔婆、稳婆、神婆。至吴家探瑶琴如何，欲谋娶之。吴家虽不容此等人出入，其奈此等人能神出鬼没，哪里关防周密；竟能入室，被其探知艳冰在后楼读书，先生乃宿儒洪恺。

薛浪子得此信息，与父密商："至吴枢密家围门搜拿艳冰，照律治罪，怕他孙女不到我家来为婢妾耶？"薛文杰曰："三朝元老之家，未可也。如被走脱，

① 发现：显现。

② 会文：即旧时的练习作文。旧时学子自行结社，定期相聚以同题做八股文，作为科考的练习。

投鼠忌器。须诓他出来捉拿方可。”薛浪子遂与窗友李印、林阜、宋麟等商议：假托送会文进内与洪司铎评点，方得上楼；连入数次，使之无疑，那时将艳冰局诱出来不难。

商议已定，次日薛浪子率同三友并带家童、会文，径至九仙山吴家门首。家人进报，大受曰：“此乃一伙奸党，须当防备。与先生说知，可出去，不可容他进来。”洪先生便下楼，出至外书房相见。遂即将会文评点而去。连至几次皆如是，那薛浪子心不肯死。

那日逢课期，值腊节。吴枢密带外孙同瑶琴上楼，与先生见了礼，入在边间楼上房[①]等出题目，艳冰在楼堂旁坐。先生出了题目，艳冰与瑶琴二人即在楼房作文字。忽吴义上报朝堂赐宴，请老爷早赴。吴枢密即下楼，整肃衣冠，带子同去了。是日乃节辰，所有家丁门客皆放节假，内外只有吴义一人，而吴义又别出。谁知薛浪子同李印、林阜、宋麟数人，又带家童来会文。

至门口，因寂静无人，林阜曰：“此屋后楼我亦曾上过，今既无人拦阻，可齐闯上楼去。遇着人，只说讨[②]先生看文，无甚不是。”各人遂进上楼。艳冰闻有多人脚步声杂踏上楼，心中疑畏，慌忙抽身躲入瑶琴楼房内。薛浪子突见有人躲进房内，疑定是艳冰，即喊曰：“周公子不要走，都看见了，快出来相见。”瑶琴见来势不善，赶将房门关紧。薛浪子赶至敲门，瑶琴代答曰：“列位且请坐，待小弟换衣服出来奉陪领教。”李印即答曰：“吾侪都是世谊，不必拘礼，就便衣出来何妨?”把洪先生吓得口呆目睁，连声叫：“来坐坐，他自出来。”

薛浪子遂坐在艳冰书桌。会文尚未作起，只是题纸。再翻看案头，抄写古文词赋，一切皮面[③]俱写艳冰抄录字样。各人看完齐曰：“周公子字如跳龙飞凤，快请入社作会友。”那艳冰惊慌，躲入瑶琴边房之后房去。瑶琴答应了，即进内寻之不见，低头一看，原来钻在床下。瑶琴把手招他出来，艳冰头向内，如龟伏地，动也不动。瑶琴看此情状，好气又好笑，无奈，下手将他拖出，低语曰：“呆子，有奴家在此，何须惊怕！表兄即管放胆，听奴家调度，叫这狗子来有路，去无门。”教之须如此如此。忙将自己头上簪环、身上衣裙脱下，把艳冰衣巾自穿，又将靴以纸塞满穿妥。两个换妆停妥，又向耳边吩咐一回。

外面喊得不绝，瑶琴冒作艳冰，摇摆开门出来。薛浪子同各人初见，共赞好人品，即曰：“久仰高名，请入文社。”言讫，推的推，抱的抱。瑶琴不慌不

① 边间楼上房：楼上的旁边房间。

② 讨：找。

③ 皮面：封面和里页。

忙，答曰："岂有此理？荷蒙不弃，实乃三生之幸！既到敝斋，总要屈留片时，奉茶请教，告知家祖母，而后同去未迟，何必着急耶？"

四人闻之有理，同坐定，通了姓名。瑶琴向内呼曰："春花，出来捧茶。"帘房走出了一丫头，递了茶杯。林阜笑曰："周公子哪得此齐整丫头伴睡耶？"瑶琴答曰："乃家祖母才叫他送点心上来，休得取笑！"随向艳冰曰："春花，汝赶紧去厨房送便饭，请列位公子同食，我要同去作会。"假春花下楼去了。林阜曰："不当多谢，快些去！快些去！"又来拉。瑶琴曰："此乃抛砖引玉，今设一饭，将来入会，慢慢食列位之珍馐美酒耳！"

洪先生谓瑶琴曰："尔从来未出门，尔公婆①未必与汝去。"盖先生先前见浪子几个人闯上楼来，明系捉拿艳冰，惊②得魂不附体。及瑶琴既假冒出来，换艳冰，又惊被他识破，话半句亦惊说不出。时心略定，说此话，明拨瑶琴不要去之意。瑶琴忙答曰："先生忘记耶？外祖父前曾说：'似此埋头苦读，孤陋寡闻，须访几个朋友在外边游学，方得广识多闻。'今日这几位公子来召入会，告之无不欢喜。"

洪先生乃老实之人，不会诡计，闻瑶琴此语，全不会意，又不能再问。那四个闻有请食③，暗自交头接耳，计议先遣家童回去，如此如此，家童即回去依计而行。须臾捧上酒饭，请先生正坐，四人分坐左右，瑶琴陪坐。瑶琴一面劝饮，一面曰："此去路远，宜雇小轿子好否？"薛浪子巴不得他坐轿好拿，即答曰："已早遣小价去雇五顶小轿了。"

正言间，那家童已至，上楼说："轿已讨便④了。"又对浪子耳边细语一会，浪子便不食饭，催瑶琴起身。瑶琴对艳冰曰："春花，尔与老夫人说，我同薛公子们去作会，明日才回来。"洪先生阻之曰："如要去，须等汝公⑤回来告知，着人跟你同去，哪有一人自去耶？"瑶琴曰："学生已与春花讲明白了，一人自去，怕什么？"言讫，同四人下楼，至门口上轿。薛浪子假让瑶琴前行，四人轿在后。各起肩，行有十余步，奶母⑥赶出，手抱包袱，叫曰："周甥爷慢些！太夫人说去与众公子作会，必有数日；怕天时寒冷，将衣服带去添穿。"瑶琴即叫住轿，奶母即将衣包递进轿。瑶琴接了，随答应曰："奶母且慢去，衣服不要许

---

① 公婆：外公与外婆。

② 惊：害怕。

③ 请食：餐饮招待。

④ 讨便：找来了。

⑤ 汝公：你的外公。

⑥ 奶母：乳母。

多，只须一二件，其余带回去交还老夫人。”

瑶琴在轿内换衣服，有许久未行。那浪子时刻防紧，恐被走脱，亦叫住轿曰：“我家中怕没衣裳与汝甥爷穿？快拿回去，不用。”瑶琴将衣包仍交奶母接了回去，五顶轿一同抬去。不知那浪子将假的艳冰抬去何处？原来那四个在楼已暗暗议定，遣家童回去报知薛文杰，叫在朝房等候；将艳冰直抬至闽王殿内，奏知拿住反叛之子，必致吴家有罪；再谋夺其孙女，又有获犯之大功，设此计策。

谁知天生瑜，又生亮。先前是吴家失防，被他闯进内楼，后又遣其家童往来，岂无人拦阻，任其走出走进？原来瑶琴见其闯进内楼，艳冰躲避，伊就喊叫，已知其不善；故以计就计，正好假冒；伊未曾会过，哪里晓得。对艳冰细语已调度周密，遂令依计而行。吩咐人俱退避，任其家童出入。预遣吴义去朝房与主人说明：或抬至薛家，或抬至朝门，即行拉薛文杰面奏他抢夺宦门闺女。一家皆知，惟洪先生惊得无路可寻。

早年轿是有门。薛浪子暗嘱家童，在半路将伊轿门下锁住，直抬至朝门。时宴已罢，浪子见伊父文杰，说知拿到周艳冰关在轿内。薛文杰先进内殿，奏说：“枢密吴大受存匿反叛周启文之子艳冰，现被臣儿子访拿，解到朝门外，请旨定夺。”奏未毕，吴枢密哭入，将薛文杰扭住，奏曰：“薛文杰纵子薛锦荣，青天白日率浪子李印、林阜、宋麟等闯进臣家，将臣及笄之女孙瑶琴抢抬至中途，被臣仆吴义赶至拦住朝门外，请旨究办。”

闽王璘闻二臣所奏，大为骇异，曰：“薛卿家奏拿住反叛之子，吴卿家奏抢夺闺女，皆有证据?”薛文杰向前言：“现解有周艳冰可据。”吴枢密答曰：“臣之女孙，现拦至朝门外可证。”王璘又问曰：“外面有一男一女?”皆答曰：“只有一顶小轿，关着一个人，并无两人。”闽王璘曰：“只有一个，何用争辩？将轿抬来殿上开看，如男子，即叛逆之子；如女子，即枢密之女孙，不断自明矣。”随令抬进。薛锦荣以为得计，遂同李印、林阜、宋麟等四人护轿即抬进内殿。浪子跪下奏曰：“此叛逆周艳冰，存于吴枢密之家，是臣用计获出，今解来请赏。”闽王璘令开轿验看是男是女再讲。

正是：只知竹轿抬甚稳，不识金蝉脱壳奇。且看下文分晓。

第六十二回　薛浪子害人伤己命　陈靖姑斩蛇度宫娥

却说王璘令开轿门，内面走出一女子，端肃跪在阶下，薛文杰父子惊得口呆目晕。王璘问："轿中还有人么？"侍从把轿门挂开同看，空空如也，并无一物。王璘曰："今无别个，薛锦荣有何可辩？"浪子答曰："臣在吴家，分明拿住男子周艳冰。今变为女，必是在轿内改换服式，求千岁爷讯究！"王璘笑曰："男假女妆，在轿内都是易换。这一双金莲，可能易换也？"浪子曰："如臣一人拿错，还有臣友三人在场同拿，岂眼都瞎了不成？"王璘曰："不瞎眼，现已拿错！"

遂问："汝是谁家女子，因何被拿至此？"瑶琴开言曰："臣女乃吴枢密院之孙女，翰林院吴大受之女吴瑶琴。清早在闺房女工，被此伙浪子闯门突入，抢抬出街。幸家奴吴义赶至，拼命救拉至此叩阍。求皇爷照律究治，以正国法。"王璘闻奏，欲将从重处治薛锦荣，因宠文杰，反为解轻，遂判曰："吴枢密岂肯存匿叛儿，薛国计子亦不成[1]抢夺闺女，系访不实拿错。指鹿为马，以女作男，大属不合。将薛锦荣交廷尉议拟定罪发落，吴瑶琴交伊祖父领回，叛属仍行访拿。"判毕各退。

瑶琴乘原轿，吴义随着，故意敞轿门，人人称赞品貌端庄，个个唾骂浪子横行。原来奶母待上轿时抱一包袱赶出，递与轿内者，乃瑶琴时常穿戴之衣服、首饰。换下巾衫皂靴，仍包着，诡言不带许多，付与奶母收回。锁在轿内，任她慢慢穿戴。只把洪先生吓得魂不附体，问明，始知情由。不表。

却说廷尉议拟：薛锦荣杖一百，李印等各杖四十。王璘依拟准奏。谁知薛浪子常在外乱作，人人怨恨，杖一百乃药棍[2]，更甚于一千棍，匝月腿胀而死。其母柳氏淫而恶，率带男女家人赴吴家打人命，薛文杰押令不住。将出，遇一人查问知之，遂喝曰："不可不可，快回去！"柳氏遂令各家人且退去，随那人

① 不成：不会。

② 药棍：浸染毒药的棍棒，毒药从伤口进入体内，轻则疮口溃烂，重则致命。

同进内房。你道何人？他亲夫压不肯住，被此人一喝即止，卸甲收兵。原来是神公盛韬，乃薛文杰之干儿。闻知干弟腿胀而死，特来看视；刚遇柳氏带人欲去吴家打人命，遂喝止之。

进内谓曰："此乃朝廷发落，部议定的，打甚么人命？岂不罪上加罪。要报此恨，只可暗算，不可明图。交与孩儿慢慢来行为，管叫伊一家大小都要过刀①与干爷②与干娘来看。今总要奉承吴大受，使他不防备，方可行得。"

柳氏泣曰："梦你弟披枷戴锁，浑身血流，叫娘救他。醒来心如刀割，因此欲去吴家将瑶琴那贱人拿来咬他一口，问伊还变形不会？"盛韬曰："笑话！此是阿弟痴心要去图谋他，并非他来惹我。今阿弟在阴司受苦，孩儿会超度他早登天界。"

柳氏问："怎能超度他？"答曰："待孩儿择一清净之所，修七夜大功果，阿弟超升极乐上界。醮坛排便③，即来请干娘去捻香。"文杰、柳氏听从。盛韬择边僻之处东郊外凤邱山鹤林宫内，铺设坛，延众道士礼拜，水陆无遮，梁皇宝忏。文杰至行香毕，便回理事。惟柳氏在醮坛，明为超度儿子，暗与盛韬偷欢，亵秽真好清洁之场，多作恶孽之罪的功果，岂不可笑？

鹤林宫在凤邱山，去城东五里，梁时建，有朱文公大字"鹤林"二字。

宋白玉蟾有《鹤林宫》诗云：

王邓诸公焉在哉，云屏烟嶂锁苍苔；
大千国士无双客，第一洞天游两回。
太极光阴忘甲子，九霄云气接蓬莱；
桑田沧海今如许，唯有朝猿暮鹤哀。

原来盛韬作神公之时，薛文杰之妻柳氏，因在母家作过道场时瞥见盛韬面貌，回来诈作鬼病，请来退病。盛韬在床前作套文④，麻蛇⑤只打几下，柳氏便坐起，言病都好。盛韬一去，便言病又至，以此留盛韬拜为母子，掩人耳目。至于三人同床，与禽兽何异耶？且放下不表。

再说那白蛇被归守明拍刀说斩白蛇，被说出原形，惊走⑥洞后；守明亦惊跑回，至入于宫内，遂不至此处。那长坑鬼依旧拽人，不中意者即吞食。只想归守明半途惊走，不知去向，令长坑鬼细访之。适遇守明扶母柩出殡南郊，即

---

① 过刀：挨刀。
② 干爷：干爹。
③ 排便：布置好了。
④ 作套文：装模作样。
⑤ 麻蛇：道士施法术驱鬼所用的麻鞭。
⑥ 惊走：吓跑。

随入宫探知情形，回来报知。白蛇喜甚，带长坑鬼潜入宫中，将陈金凤迷倒拽出；白蛇遂变为金凤，在长春宫内朝夕不是陪王璘宴，便是与守明欢会，皆不知其假也。

那夜白蛇问守明，曰："可想念长坑山之情人乎?"盖守明遇着白蛇精，曾与金凤说过，即答曰："无花，草亦可爱；今有花，谁去想草，而况妖乎?"白蛇精曰："既有花，又去想草；姐伴君王时节，郎君何去耶?"守明曰："那时姐独处乐，小弟亦与众乐乐，何论花草?"白蛇妒甚。次日，将三十六宫娥收禁于冷宫，不许出入。守明知其妒己，无奈其何。时王璘多病，白蛇在内专行外政矣。

再说刘巡检，前因王审知为闽王时政善，为外官好作；今延翰、廷钧接位，法度更变，科律繁苛，刘巡检日夜惊惶难堪。恭人劝告病归林下，上奏王璘，准去，以刘巡检升知州衔带职还乡。九娘不嫁，以姐妹相随，父母听之，同刘巡检家眷回古田矣。

时海口地方有一孽蛟出没食人，李儒生一幼子被噬。其女三娘，年十六岁，欲投陈恭人门下学法收蛟，父母允之，命兄送妹至古田。陈恭人喜而纳之，遂留为三姐妹。先教其斩蛟之术，收了孽蛟，再来学别法。未几，李三娘斩蛟之法学已精到，即去海口入水擒蛟斩之；分其肉，送与被害之家烹啖，以消其恨。恐余孽未尽，设一沉沙法网；海口有余孽出，便网而死之。布置妥当，又回至古田，仍不嫁人，终身倚靠陈恭人。遂将临水洞修整，法堂中清静，后梳妆楼，三姐妹在内朝夕谈心学法。

因陈长者得病，遣安童至古田，叫陈恭人归家退病保安。随问家中事情，方知盛韬被堂兄二郎收留为徒，得闽王宠幸，同在宝皇宫掌教。陈夫人叹二孽未除，又放一孽害人，悔之无及矣。遂同安童回至下渡家中，便望有妖气，俟父病愈，去访除之。

那长坑鬼闻知，潜入宫中报知："陈靖姑回来母家，日内来收我们，快走!"蛇精闻了大惊，欲走又舍不得，思想一计，如此如此。遂假作心痛之病，在床呻吟。守明为之祷神，服药无效，甚属危险之间。王璘亲问之，蛇精应曰："臣妾昨夜梦至宝皇宫，求神乞命。神曰：'尔之心已痛腐，须用他人之心补之即愈。否则，三日不治矣!'"闽王曰："此不难。查监中有应死之囚犯，拿出剖心来可也。"蛇精曰："臣妾亦作以此答之，神曰：'你之心乃上智之心，别人俱用不得，男子的心又用不得，最难寻讨①。惟本都江南②下渡有一陈靖姑，那心堪

① 寻讨：寻找。

② 江南：闽江南岸。

以补换，快取来勿迟，迟则不及。’惟求主君救命，赶紧查有此人，召来救治，不忘再造之恩也！”王璘曰：“卿有此梦，明早孤再请宝皇宫降神。神话如同，即行召取。卿且宽心，自行保重勿急。”

王璘出宫。蛇精恐明早去降神，言辞不对，即遣心腹内侍先往宝皇宫与陈守元密话：“陈娘娘患心痛甚危，梦神示明下渡陈靖姑之心食之可愈。明日主君亲到此降神，务求大法师降与娘娘所梦神语相对①；娘娘病愈后决不忘情。以此拜托。”陈守元领命，内侍回宫。

谁知陈守元乃是陈靖姑之堂兄也。守元闻之忧甚，密遣心腹人通知，令早逃匿。靖姑得信，笑曰：“早望妖人气在都城内宫苑，我未去除他，他先来寻我。”遂以计就计，作成言语，修书回复：令守元依此，自有作用。

次早，王璘到宝皇宫求神降指示，陈守元金冠绛服，执笏俯伏，王璘捻香祷祝。须臾，神降语于守元口中，念曰：“下渡陈靖姑，其心与众殊，可除后宫患，赐剑令自诛。”

闽王璘喜与梦相同，回宫即去令地方官请靖姑。靖姑不避，随入内殿。王璘见之曰：“召卿非别事，因正宫陈娘娘得心痛之病，求神降言，惟卿之心可救治之。今赐剑与卿自剖，娘娘之病愈，自当厚恤。”此乃昏庸之主，岂不知人无心能活乎？或是神被妖迷昏，故此无道？那靖姑不惊，即笑曰：“臣妾之心可医得娘娘贵体，幸极矣，怎敢违命？只求一杯清水，到床前取心，连血热食，始见功效。”王璘从之，即赐剑与水。

靖姑左手捧水，右手执剑，随王璘至宫；突入床前，念动真言，喷去法水，蛇精以被蒙头，要走不及，现出原形，一斗大白蛇在床上翻滚了。王璘惊甚。靖姑曰：“留乎，斩乎？”答曰：“快斩之！”靖姑挥剑将白蛇斩作三段。忽望空飞去，靖姑仗剑从空追之，俱不见。王璘惊定，命查寻陈娘娘何在。内侍遍寻不见，惟见后冷宫白骨堆积如山。不知此妖因何而来，或疑陈金凤必定被咬，皆不敢言。

共在疑议之间，而陈靖姑由空中而下。王璘问故，靖姑曰：“此妖乃临水洞之白蛇，随处害人，臣妾将除之，被逃至此。他将陈娘娘拽去，变作正宫迷惑主君，伤害宫女。闻臣妾归家除之，惧，先设计诈病，欲害臣妾。若再迟数日，宫中无遗类矣！”王璘问：“在何处得来此正法？”答云：“闾山。”又问：“可知陈后拽在何处？蛇身逃走何处？”并引看冷宫中白骨。

靖姑遂说：“追拿之蛇首锁在龙潭壑，蛇身在开元寺古井，蛇尾锁在七穿

① 相对：相同，对得上。

井。那三十六宫娥之骨勿动，臣妾去访陈娘娘下落，回来再行炼度，皆能复活。”言讫，又望空飞去。至长坑山，望见在洞内。盖当日金凤被鬼迷拽至长坑，如在梦中，任鬼所之。鬼仍饲饭食，故不致命。靖姑回复。王璘令守明往长坑山抬回。金凤只奄奄一息，靖姑将法水喷净，如梦初醒。守明言之，金凤大惊，忙与靖姑称谢，入宫调治。靖姑将白骨炼度，吹鸣鼓角，步罡踏斗，喷洒法水，那骷髅即复活为宫女三十六人。复活后问，皆不知因何而死，只知：“被娘娘一齐幽入冷宫，不见天日。突有白蛇，身如斗大，一日来食一个，欲喊不出声，被食尽矣!”王璘大惊，甚忧己之被惑多时，恐有毒入脏腑，久必害命。未便言之，只问曰：“凡蛇有毒，即斩之关于井，必有遗毒，害于民人可乎?”靖姑即答曰：“在前有毒，被臣妾用雄黄阵攻之，入水浸之，其毒则已消矣！如有，岂肯贻害于人耶?”闽王璘遂不再问。

宫中既炼度清楚，闽王璘遂封靖姑为临水夫人。以三十六宫娥既死而复生，总恐之，赐与夫人为侍从。令地方官于临水洞建做宫阁妆台，并赏赐母家及夫家。以陈守元降神灵应，若不令赐剑自割，焉能除后宫之患，亦厚赐之。陈夫人带宫娥先回母家，父病痊愈，又回古田。地方官即将临水洞大兴土木，改宫阁，安顿三十六宫娥，颁赐诰命。

正是：斩妖昔日事，遗迹至今传！且看下文如何。

第六十三回　王璘信谗自诛宗族
广智媚妖邪化纸人

却说王璘僭为帝，改元龙启，信用薛文杰，剥民钱财，欺压宗室。有外谣曰："闽王宫内自残毁，蛇做正宫妻共鬼[①]。"薛文杰谮以由内扬出，璘严究诸宗室，遂及延翰之子继图，将族诛之。继图探闻得知，早挈妻子避走，惟诛弟侄辈数十人。严饬各属捕缉。此且按下不表。

先说闽清袁广智，前要往闾山学法寻访。至陈夫人进闾山门，即赶跟进，门忽合，忿甚，不学闾山，去茅山学法。至金陵勾容县，上勾曲山，投入华阳洞，与茅山真人为徒。传授三年期满，辞出茅山门回闽。至江西南昌地方，沿街贴有赏榜，看之，乃"汪家之子于娶亲之日失去。有人报信者，谢金四百两、银若干"。

广智随至汪家查问因甚失去。汪某泪曰："夫妻年已半百，只有此子，年十八岁。是日娶媳过门，拜了堂，即无去[②]。不知是妖拽去，是人拐去？已月余了，寻无影响[③]。"又问曰："此处近山有甚妖怪出没否？"答曰："惟后山有时人见有一女郎采花，近之就不见，共拟是妖，余未听见。"

广智问了路程，悄悄到后山周围侦之。倏见一小女采花一篮，回步随之至一谷口，那女钻入谷里。广智遂隐形跟入，外虽狭，内甚宽敞。只见一男一女在内咀嚼鲜花，疑是汪某之子。听那男与女说曰："起先食此极其难食，今食香甜无比。只是此长安虽乐，不是久居之地，明日回去何如？"那女妖作出娇姿万状，媚态千般，答曰："郎君再住几时送你回去，免得你挂心。"袁广智隐在侧，见其妖容实是动人，暗想此难怪男子被他迷住难舍。

遂走出回汪家，汪某问："可有去后山探访么？"广智曰："寻着了。"汪某急问："在于何处？甚妖？"广智哄之曰："是千年之狐狸，迷他在洞，不肯放他回来。吾惟看有一男子，不知是否你子？"那汪某即说出其子面貌样式[④]，与广

---

① 蛇做正宫妻共鬼：蛇当了正宫娘娘，妻子与鬼成奸。共：和、与（私通）。

② 无去：消失了。

③ 影响：踪影声息。

④ 样式：模样。

智所见相同。即留住广智，办酒席接待，说若寻得着回，必厚谢大德。

袁广智因无心饮酒，对汪某曰："今再去带你子回来。"汪某曰："莫被那妖拽别处去！"广智曰："吾自有法术制之。"汪某即叫同乡邻数个跟广智到后山。广智令众在外等候，自己先封山了入去。见两个相抱而睡，笑吟曰："庄生晓梦迷蝴蝶，望帝春心托杜鹃！"女惊醒，喝问曰："你是何人，有敢擅入也？"广智曰："好，好，好，人子之新婚，占来此处迷恋，我不伤你命，放还人子便罢。"那妖闻此言，欲遁无门可出，遂隐而不见。广智知他隐处，早设一法网罩住不与走脱。便带出汪某之子。

汪某同乡人喜甚，同回至家。问："那妖何在？"广智曰："逃去了。"即欲辞去。汪某再留不住，惟厚酬之而去。广智因想那妖，刻不留停，走到谷里拖出法网。那妖原来是一五色彩蝴蝶成精。想那妖容可爱，谓之曰："你乃采花之仙妃，与别妖不同，可再变为女，不害你命，有话共你相商。"

那蝴蝶即变为十七八岁之美女，跪在地下，口叫乞命。广智问曰："你实说己之根源，再议。"妖曰："实是滕王阁花蝶所化，名梦余。"广智曰："又属名家之丹青，加倍雅致。我乃茅山华阳洞之副法师袁广智也，将为王侯国师，你如从我，则为正妻，同享富贵，如不从我，剑不容情，由你自择之。"梦余答曰："愿从之。"广智大喜，遂在洞欢会。带至道头①觅舟，雇一大船回籍。

二人在舱内朝夕绸缪。梦余不食饭，只食百花，因寻无有，是夜广智遂施邪法，次早一大堆鲜花于船堵②中。广智奉献之，梦余接食数朵，余不食了。广智曰："何故不食？"答曰："野花无香。"广智曰："请宽③一夜，明早即有好的。"次早有一堆兰花，梦余遂畅而食之无余。此兰花是富豪之家，有数夜被他采尽无遗。广智问曰："卿平素有好何味？即说出，纵天涯海角，亦能致之。"梦余曰："实有所好，不敢言出，言出必见责。"广智曰："卿之好，甚恨不能剖心割肚，待卿言有所好，哪里有谴责之理耶？"梦余曰："既蒙惠爱，方敢言之。实不相瞒，妾早年未变人形之时，常食及笄女子之发垢，并小孩子之肾蒂④。连食数年，遂得变为人身，故好之。"

袁广智仗有邪术，临夜遂剪数十个纸人仔⑤，各配手执纸刀，分存于两木匣，书符念咒，摄诀喷水毕，开盖存于船堵底。二人同枕至天明，开看，内有

---

① 道头：渡口，码头。

② 船堵：船舱。

③ 宽：宽缓，等待。

④ 肾蒂：男孩的阴茎。

⑤ 纸人仔：小纸人。

连头垢剃下闺女子头发成堆，一匣内乃小孩子之肾蒂带血十余个，纸人仔仍在。梦余喜而谢之。由此夜夜遣纸人仔去劫割。所经过之乡村，门关如故，至半夜，女子之头发鬓剃去半边，孩子之肾断去一节。个个言奇，人人称怪。其诸乡未割之孩子、女子各以红布包头、红肚兜遮肚尾，妆为已割去的，出血染红，不再割之也。自江西南昌延至汀州、漳州、泉州、兴化、长乐、福清，有割女子之头发、肾蒂异事，官兵查访无迹。被割之家，延僧道建醮，保安祈祷。广智在船中只顾媚妖喜欢，广行邪法，致百姓不宁，罪不容诛，犹不觉也。船到福清，有族派堂伯袁信，曾在忠懿王之日为官，今告老林下，遂泊船抵岸，往其家探望一遭。

正是：不为探亲船抵岸，怎能漂杵血成渠。欲知下文如何，再看分晓。

第六十四回　袁广智显邪术助叛　王继图将登位骄淫

却说袁广智带同梦余泊舟入袁信家探望。袁信曰："何来?"答曰："去江南茅山学法三年，逢真人另眼看待，传授法术，又将爱女妻吾。今挈眷回籍，顺至问安。"信喜之，即令去接侄妇来相见。遂将梦余接至，参见了伯公同诸戚姆婶。一家大小因闻是茅山真人之爱女，又生得绝色，皆敬爱之，留住数日，不与即去。时梦余亦进饮食矣。

既留三日，将辞下船，忽有一侄回来报曰："不好了，那事被其察知，官兵已出城来此搜拿，而今怎处?"一家大小闻言皆惊恐哭泣，皆怨曰："明知此人收留不得，无故留之，今齐死一堆!"有一弟曰："事既出破，顾不得他。赶将他拿解献出，便无干我们事了。"众曰："今献出迟了，自家身命难保，把前情又废矣!"

广智闻之，以是沿途之事发露，官兵追来拿捉，便逞身谓之曰："广智有罪自当，肯连累你们么?"袁信曰："不是你之事，我实对你说，当今国主王璘无道，听信薛文杰谗言，屠戮宗室。有先王之长孙王继图将族诛之，幸内臣怜之，教其挈眷走遁，至此相投。因念先王嫡派，悯而匿之。谁知泄漏风声，官兵前来围拿，怎免?我老何惜，惟一家皆死于非命不值矣!"广智曰："今坐着等他来拿，都不计议?"信曰："能造反便能脱此难，余无计策走脱。"广智曰："似此无道之君，不谋反，还待何时?快请王孙出来，帮他杀进都城，擒拿王璘、薛文杰，夺回朝位。抬举王孙作皇帝，吾家兄弟、子侄无不封侯拜相，哪里有此大机会耶?"信闻此言，意不能决。其诸子侄以广智夫妇必有法术，谅能有济，即带出继图，将此事情说知，继图变忧为喜。

广智不待官兵至，即剪纸为马，撒豆为兵，抢县城，杀却都司，劫掠仓库，聚集千余人。谁知那子弟侄听错，拨兵出城拿别案，以为来福清搜拿继图，赶回报知。王璘闻报继图有兵攻陷福清，即召都指挥使郑凯为元帅，领兵一千五百人讨之。一出阵，即被阴兵杀死，片甲无回，又失许多粮草军器。广智遂入长乐，军声大盛，有富豪助饷，英雄投到。王继图自称为大闽皇帝，袁广智为开国军师，梦余为开国夫人，弟侄皆为列侯战将，直攻至都①。

王璘闻报郑凯全军覆没，又拨都指挥使刘允富领兵五千讨之。至黄山，两军对阵，允富勒马横枪待战。只见继图阵内闪出一员女将，顶戴凤冠雉尾，身穿金甲，日月两镜护身，八幅罗裙飘带，手执画戟，脚穿三寸莲尖的战靴，骑一匹五花骏马，腰横三尺龙泉，面如桃花，身似杨柳，好似昭君出塞，原来乃蝴蝶精梦余也。允富见之，暗暗称奇，催兵杀来。梦余抡戟对敌，杀有二十余合，梦余回马而走。允富以是弱质无能，要活擒进去。将近，梦余将身一抖，飞出金粉，允富双眼不明，被梦余一戟挑于马下，兵遂大溃而逃。广智催兵追杀，直抵南关，城已紧闭。广智同士卒叫战。

王璘亲督大军，以朱文进、连重遇二指挥为护驾，皇城使陈达、殿前使李信为二先锋，领都兵开城出战。梦余出阵，引二将愈退愈远。王璘在城上以为敌败，尽遣都兵杀上追逐。袁广智于都兵背后，撒豆变出无数兵马，截住归路掩杀，都兵大败。贼兵将攻入城，王璘大惊，急令闭城。而城外之都兵大败，无路可通，望东关而逃之兵，尽杀之，弃尸桥下。二先锋皆死于阵上，都兵杀死无数，朱、陈二指挥早保王璘回宫。广智将兵安营，查点并无将兵折损，都兵十亡八九。

所战败之地，即南门外败阵洋；杀死之桥，即金墩杀人桥是也。败阵洋后改为万郑洋。当时兵败，丢刀弃械无数，折戟沉沙，断刀埋土，皆化为泥。地中开鏊出泉，犹有铁腥之气味，人食不得，故至今水部三墩并无一井。杀人桥今改为砂仁桥矣。

广智又攻城，朝夕叫骂叫战。王璘胆丧，怎敢再出？惟紧守城门。连围半月，内无粮草，外无救兵，百姓将死，危在旦夕。王璘遣使者出城，说退兵平分疆土。王继图不许。又说情愿让他，自出为外镇。继图定要献出王璘、薛文杰二首领来，方入登位。王璘计穷，几度将自缢，被金凤、归守明时刻劝解：如城破时同死未迟。又延十几日。

那王继图起先谦让，并无一点王孙之气；今想作闽王骄傲，人皆不合意，即广智亦有不听。前王璘遣使来说愿让位自为外镇时，广智诸人以是可从之，继图不听。见梦余妖容，将谋夺之。那夜将广智以酒灌醉，与梦余苟合。那梦余乃是妖精，何知廉耻。自此侦广智不在，即与继图狎抱。

广智因见二人眉来眼去，形色正属可疑。至夜，把话来套梦余曰："我看你乃是为皇后之相，等来日将你送与新皇帝为正宫，不知他要不要呢。"那梦余乃是妖怪，不知其诈，答曰："多早②他先上门了，何怕他不要。"广智闻此，无

---

① 都：指闽都福州。

② 多早：老早。

名火起，拔剑欲斩之，转思："那贱人原是虫类，哪知廉耻；惟继图这狗子可恶，敢大胆，礼义俱无，谋人妻子。不想救你性命，打天下与你坐位，还敢如此胡行。且俟闽王迎他接位时，将他刺死，我自坐位为一国主，方不负平生所为。"

梦余言讫，知他拔剑斩己，惊躲于床下。广智思决了，便语之曰："今不斩你，快出来。"梦余即爬出立着。广智曰："你貌虽变的好，心内仍是不明，全不知'女慕贞洁'四字。今饶你，再与狗子[1]碾身者，一同杀却。"梦余脸羞而退。广智惟紧防之。

继图见城内并无动静，催广智攻城。广智曰："穷寇莫追，追之迫虎伤人。再停数日，百姓绝食，怕不争杀二贼首，开城来迎我们进去登位安民?"那王继图便不再催，因此城尚未破，又延时日。那王璘城内食粮已尽，百姓绝食，军无斗志，若广智合心，则城必攻破矣。只因继图无良，故致他灰心，不肯尽力。这边薛文杰恐被人杀之献头，装病闭门躲避。各官各保自己身家不出。惟枢密院吴勖首倡发家中之存谷先行赈济饥民，随后自己步行到各官乡绅劝捐，囤积尽行搜出赈济，城才得安堵[2]不乱。遣使去各路取救，都被广智贼兵杀死，并无回复，再无人敢去。延至十余日，粮又无处接济，城中将乱，百姓将变，献关迎接继图，忽有一军驰报入皇宫。

正是：喜遇鹊鸣均说吉，忧逢鸦噪恐为凶。欲知所报何事，且看下文分晓。

---

① 狗子：好色的歹徒。

② 安堵：（居民）安定。

第六十五回　陈夫人带女兵救困 袁军师为蝶精丧生

却说那探马飞报进宫，众皆以为是城哪一门被攻破之凶信。安知是报：北门有一支女兵赶到，将围城之兵杀散，至城下叫开城，特来请旨定夺。王璘即令内殿使归守明、皇城使李放去查问明白开关。归守明一见便认得，喜甚，令开放入，遂引带入内宫。

原来乃是陈夫人靖姑在临水宫同李三娘、林九娘及三十六娥朝夕谈经说法，除妖收怪，惟一长坑鬼未获，仍时常查访。探得袁广智与王继图造反，施茅山邪术，杀尽都兵，围都城，王璘让位不肯，要取首领①方肯坐位。已围一月有余，城中绝粮，危在旦夕。夫人闻此光景，为叹曰："救困扶危乃吾侪之本分。眼见本国危困，岂有不救之理！"遂带同林、李二姐妹、三十六娥，不用甲马，惟各持一剑，作长蛇阵，径抵都城。暗拨王、杨二太保之阴兵杀退困城士卒，叫开城，入宫谒见。

王璘见是斩蛇之陈靖姑，甚喜，其法术必高，堪能救此大危。泣曰："卿若迟到一刻，孤之命已休矣！今作何调遣？只是兵空粮尽，将何以处？"夫人答曰："将在谋不在勇，兵在整②不在多。丁壮已无，可选闺女五百来作女兵，宫中选凑，将宫女册照名点选。"

东宫乃陈金凤夫人不点。西宫乃邹氏贤妃，其体貌不凡，点为女兵之首。再将宫娥挑选，凑足五百名之数。又密召丹霞大圣、西河江氏、石夹二女。交林九娘蜘蛛珠一颗，以邹氏为兵长，先教以剑法、隐现之秘法。诸女兵不用执刀，只用一桶犬血、一把棕拂，交锋时洒拂犬血，破他邪术。令王、杨二太保驻扎阴兵，备而听用。夫人自为头队，带领丹霞等女兵至南城，开城出战。

袁广智率兵拥至，同梦余诱战。靖姑一见，便知是妖，即与交锋。杀几合，被夫人用捆妖绳缚住，众宫娥扛抬而回。广智见宠妻被擒，忿甚，变出阴兵，

---

① 首领：首级，脑袋。

② 整：精整。

潮涌而至。丹霞突出，变为顶大天马，前冲后撞，冲得阴兵东零西落，尽皆倒地，现出马豆。其阴兵已破，广智便败而走，丹霞追赶。阴兵已化乌有，夫人即鸣金收兵，所擒女将收禁军营，俟获叛王、袁军师一同处决。

时兵围已解，粮食得进，夫人先请王璘赈济安民。今城内安民巷，即当时赈济安民之处所也。广智自出以来，皆胜无败，今忽大败，宠妻被擒，兵折无数，遂访知这队女兵是当年去闾山学法之陈靖姑也。广智不信闾山法胜于茅山，来日再战，必以别法杀之。此日大败，退二十余里黄山地方。继图怨广智不攻城，以致其救兵至，方有此败。广智怨继图如听从让位，早已登位了，何至损兵折将？彼此皆怨于心。

至次日，广智驱一群恶虎毒狼，张牙舞爪而至。夫人同江氏出阵，江氏变出一黄毛真虎，大吼一声，那虎狼现出原形，原来是虎豆、狼草变的。广智又放出成群恶鸟，飞来抓吃。夫人令石夹二女出阵，二女即飞弹石蛋，如流星乱打，将恶鸟打落满地，现出原形，乃蛤壳、蚬壳之类。广智又化恶蛟、毒蛇而至。夫人同李三娘出阵，李三娘展斩蛟之神术，挥剑如飞，那蛟、蛇皆现原形，乃龙须草、蛇头草，落地无用。广智又变飞虫、牛头蜂之类，遮天而至，乱咬乱叮众女兵。夫人同林九娘举起蜘蛛珠，那飞虫都化作谷壳。广智只此数样大邪法，都被破了，再行别法，又被众女兵用犬血乱洒，邪法不灵，计穷法尽，收兵败走，被丹霞追杀无算。

广智再此一败，折兵无遗。继图欲回福清再议，广智以讨不回梦余誓不回兵，遂退于乌龙江边扎营。城中安堵①如常。王璘大感陈夫人之功，赏赐无数金银。夫人自己不受，分赏与众女兵，照册点名赏给。点至一名高雪海，品貌非凡，问其住处，答曰："上渡墩人氏，家有父母与弟，农田为生，因来投效劳。"夫人喜甚，留在内间为姐妹。欲高氏立功，背后授他一计，如此如此。

即带入梦余，询问来历。梦余亦谓为茅山真人之女，配与门徒袁广智为妻。夫人曰："原来是茅山真君公主，不可慢怠；交高氏陪伴，将来送还茅山。"高氏邀出外室，同食同卧，密问："欲回茅山否？"梦余答："不回茅山，得会故夫幸矣！"高氏曰："何难，赶写一信，密遣水火夫②送去，叫姐夫今夜来邀③回去，谁敢阻留？只是姐夫来时会见一面，后日好相会也。"

梦余喜甚，即写一书，内说"蒙众姐妹看待，并无拘束，明日要送回茅山。

---

① 安堵：（居民）安定。

② 水火夫：负责挑水烧火等粗活的佣人。

③ 邀：带领。

今夜在外营某处某间房舍门前等候，祈即赶来带回，迟恐生变”等语。高氏即密遣一水火夫飞送至乌龙江边营中。广智接看，唤入来人盘问，根由不虚，重赏遣回，遂信不疑。

盖广智早欲用隐身法偷入盗回，因探禁锢甚密，又有神将守住，无如之何。今得此信，如何不喜。思今夜去带出心爱，投奔去别国，怕没官作？再不与无义之人一处。那夜使隐身法走进，照信内寻访房舍。梦余果倚门而望，伸手便招之。梦余惊问：“是谁?”答曰：“我特来带你去!”梦余曰：“且现出同去!”广智遂现出，梦余邀进。谢高氏、林九娘随入，将广智拦腰抱住，用自己头发化为铁链绑住，难用隐身之法。李三娘亦将梦余绑了，同解至军营。须臾，丹霞亦拿到继图。

一同遇见，广智问继图：“怎么亦被拿来?”继图曰：“孤对烛独坐，正愁闷，被此红毛猴突入，将孤挟住，飞空至此。军师因何亦被拿住?”广智叹气曰：“莫提起，不因你与妖精之事，城早破了，你皇帝早做了。悔我当时不杀此妖精，以致今日被获，亦被其局骗至此，说起真死有余愧也!”继图闻此语，始知与梦余之私事早知，故此按兵不动，悔愧之无及也。

至天明，将三人解至与王璘问讯。袁广智供：“助王继图要夺回王位，是实。”王继图供称：“被迫逃走在外，无处逃生，故此不得不造反。是实情不讳。”王璘亦自觉有惭，不敢再问，只穷究从反之人。陈夫人当殿言：“万岁体上天好生之德，首罪惟此二人，余可开恩免究，不胜幸甚!”王璘遂将二人押出朝门枭首示众。

又吊①梦余问供。梦余供：“是茅山教主之女。”王璘将信之，夫人曰：“他乃妖精所变。”璘问：“何妖?”夫人曰：“主上不信，等臣妾叫他现出原形来。”遂含法水喷之，现出一画轴，开了那一幅彩画大蝴蝶，旁有字写：“大唐龙翔元年春滕王写于江西藩邸”。王璘看毕，笑曰：“前人之墨笔入神，不知复回原质否?”夫人曰：“恐留有后患。”发出三昧神火焚之，其味腥臭异常。

闽王璘大行封赏，加封夫人为崇福临水夫人。其林九娘、李三娘、高雪海、江氏、石氏二女，皆封为夫人。惟邹氏乃兵部侍郎邹淮之女，名铁鸾，才貌俱全，闽王璘闻而喜之，册封为南宫妃子。邹淮因内宫秽乱，抗而不遵。璘将罪之，适兵兴城危遂止。讵人未进，名已上册，兹以点兵指名调之，不得不遵。陈夫人知其贤淑，带于阃内；同众姐妹朝夕盘桓，不愿为皇后。今功成，与王璘说：“至南宫另行选之。邹氏同高氏带回临水授法，护国治邪。”璘准之，邹

---

① 吊：提审。

氏封为灵应夫人。又封诰刘巡检、陈昌夫妇。丹霞为大圣。三十六娥、五百女兵皆有封赏。于是夫人顺回下渡，拜了父母，林、李、邹、高拜了谊父母，同回临水宫去了。虎婆回西河，石夹二女归乌石山。其猴精仍归宿猿洞，后在人间显应，处处皆奉之。今福州猴王庙，即是丹霞大圣，并非齐天大圣也。著有奇异，另说在后。此说临水夫人经二次之封也。

正是：同为临水殿，授法灭妖邪。且听下文如何分说。

第六十六回　收水银精为救死子　访孩童溪因卖假儿

却说陈夫人姐妹同归临水宫，日夜传授四女法术。四女皆天生聪明，学皆未久，诸法皆精。陈夫人因本闾山师父吩咐：到二十四岁，切不可动法器。到二十三岁年尾，以众姐妹学法皆精，令散回家探亲，各拨神将与之调度，待至后年春再来聚会。四人即同拜辞而别，林九娘归罗源，高雪海归福州，李三娘归福清。

时邹兵部告归林下，迁于福清，邹铁鸾遂归福清，离李三娘之家不远，遂常往来盘桓。李三娘有姑娘[1]住在渔溪地方，闻侄女在临水宫学法回来，即迎接去会叙。

适有一吕姓，外乡新搬在渔溪山边墙屋内居住。早传此屋后进[2]出鬼，吕家因贪价廉，买之住居。果后山时常闻喷水声，乃家主吕翁胆大，遂至壁缝侦看。见有一女子，赤身无衣，体白如雪，腹大如瓜，向地喷水。其喷出之水如银成珠，满地有光，喷至腹大至小，旋转还舞一回，入地不见。所喷之珠，在地会动，旋合一盘旋，万粒合为一处，忽变女子，仍从前舞一会，入地亦没。吕翁胆壮不恐，惟觉冷气浸入难耐。

将所见告知妻子。其子年十九岁，胆亦大，随父往看。因开门，在门口偷出头来，被那女照面一喷，即扑地无声。其父在壁缝看见其子开门被喷跌倒，大喊不住。其妻奔至，将子抬出外厅，其气已绝。可怜两老只有此子，哀痛惨甚，追悔不应买此住屋。乡邻闻知，皆笑贪贱买出祸[3]。

李三娘之姑夫亦在邻近，亦闻知。李三娘问明，异之曰："是什么妖？如此行形。今去查问，收除之。"姑夫同姑不肯。三娘曰："有法术治之，不致被害。"遂同至吕家，看其子肢体尚温，七窍似有塞不通，令勿移动，曰："奴家

---

① 姑娘：姑母。

② 后进：传统建筑前后院房的后一层次。

③ 贪贱卖出祸：俗语，贪便宜买回祸事。

除了妖，自能复活。”

至暮，仗剑伏于门后侦之。是夜，妖又出来，如前赤体喷水。三娘突入，挥剑斩了，头落地其身不倒，复合一女。再砍去，再合如故，冷气侵入，吹入毛发。三娘运三昧神火烧之，那妖遂入地下而没。三娘以法封之，怕走[1]别处。即叫吕家人众齐进来开掘。

吕家同众人在外望，齐来执锄，尽力掘下。原来此处乃妖出入之土，极松，一刻即开七八尺。现出一瓦棺，盖含缝[2]，开看满棺雪白。众人以是银，用物拨之随动，乃水银也。中有一女尸，赤身，如前出现之女相同。李三娘曰：“现乃怪之原形也。惟不知何代之人，看此瓦棺之样式，年代久极，必是上古王者之妃妾，殓以水银浸之，故其尸万古不坏。衣衾被水银咬化，故身无寸缕，容仍如生。成精是得水银之气，水银又得其尸之形容，合之为一，故斩之头，断复合，其实皆水银之精也。”众又问曰：“现是[3]人尸，何说都是水银?”三娘曰：“若不信叫他现出。”取法水喷那女尸，即刻化为水银，一棺满之，纯是水银。

吕翁骇曰：“水银即妖，妖即水银，恐又为妖，何以处治?”三娘曰：“不难。以火炼之，再不能为妖。只是天赐之财，此一棺水银千斤，亦值银数千，卖与丹珠户制银珠[4]，可好么?”言讫发出神火，烧炼通红方止，依然无异，惟愈洁白。令盘[5]贮水缸存之待卖。吕家再求救活其子，三娘出，见其七窍全为水银所塞，令倒吊一会，作法喷水，那水银从七窍中流出，其子通气回生。吕翁感佩不已，拜谢三娘之大恩。三娘遂回去矣。

吕翁幸遇三娘，救活其子，又得千斤水银，卖又得价，至一千七百余两。无以谢，将此银尽送与李三娘。李三娘不受，驳回数次，又送来。遂匀三股，一股作本地修桥铺路，一股送与吕家压惊，一股自收。哪知三娘自收之银又匀于姑娘上寿，自收一半，带回奉于双亲，远近闻之，莫不称美三娘。

忽然福清该处之人家孩童不知何故，无病无痛，牙咬眼翻而死，不计其数。未尽一月，无处不如是。过半年，有老妇人驾船载孩童来卖，一船载有数百个，皆六七岁的。时炎夏，皆赤体无衣。问：“何来？价银若干?”答曰：“因山东青、齐等处饥荒，买贩来此处发卖”等语。该处儿子皆死尽，价只卖一两银，

---

① 走：逃。

② 盖含缝：棺盖没有盖严，留有缝隙。

③ 现是：分明是。

④ 银珠：即银朱，硫化汞，是一种中药材。

⑤ 盘：舀出。

无家不赶去争买。一船数百，先来买的必拣选，后来将卖尽，不拘丑者、瘦者亦皆买去。那老妇驾空船回去。

各家买有儿回，喜甚。惟不说话，不食饭，只食菜。多少人皆以言语不通，饥荒无食五谷①，皆不会食饭，将来总会食饭讲话。谁知过有数日，又有一船孩子载去别处发卖，人亦争买。一连闻说有十余处船载孩子发卖。

后有一船，都卖尽，只余一个瘦丑不堪，无人要，被远处一人认得是己子，以未曾死，被拐来卖。即赶上船，将此孩子夺抱上岸，大喊诉说。该处之人众尽知，闻是拐人家之子来卖，将去拿他送官究治。那船与妇人开去离岸已远，只一刻杳而不见。因处处传说，死子之父母在各买之家承认，百中有之一二认出己子。但己子实是掩埋了，再往其埋处查看，其尸骸如故，无不疑异。再至月余，所有买去之孩子夜睡床上，忽化为一团黄泥水浡②。先买先化，后买后化，续皆化去无遗，不知是何邪术？自上府延、建，下府漳、泉，皆是买来水浡。

正是：不遇妖邪出怪异，怎知邹李法精通。且看下文如何分解。

---

① 无食五谷：没有吃五谷。

② 水浡：泡沫。

第六十七回　邹李到孩溪访怪　天狗在酒店说因

却说人家之孩子无病皆死，随有人载船卖孩子，买来之孩子化为水浡。一连出此奇异，皆不可解。那时邹、李二夫人常在一处，皆知此事，但不知何妖作祟，暗遣神将各处查问。山神土地说是兜率山孩溪起底①而来。回报二夫人，遂议同去查访除之。

因兜率山属上界与中界交界，各背剑驾云，令神将引导至孩溪岸畔。见一水澄清侵碧落，万山积翠近红尘；树木参差，惟有烟云飘渺少行人，诚半仙半凡之景界。二人遂坐于悬岩石上，遥望山里有一茅舍，同去寻看，见门牌写一“酒”字，同笑曰：“无人家，有酒店！是山神预知姐妹来到此，与他买止渴也。”

店中只一老妇人，入询，讵那妇人耳聋，问之十句只答一句。再问之，便答：“只知卖酒，不知外事。”又问：“前后无人家，哪有人来买？”答曰：“自有远处之人来买，或有来游玩者沽饮。”又问：“还有另物么？”答：“有糕饼。”二人带有碎银，并借酒杯，提在大岩石上对酌玩景。正在饮谈间，忽有人撞至，笑曰：“二位仙姑来此游玩，敬去文奉陪来迟，恕罪！”一面说，一面拿起酒瓶便酌。并自带有酒杯，取出亦斟满，自饮自斟，一连食十余杯，又曰：“未曾远迎，罚十杯。”自饮干。二夫人好笑，想：看此人目赤嘴尖，必非善类，且盘问他便知。

那人因酒将饮完，方才住手。邹夫人问曰：“君住居何处，贵姓大名？”那人答曰：“世居天汉，姓敬名去文，常在此接奉游客。敢问二仙姑何人？”李夫人答曰：“奴邹、李二姐妹，云游名胜，来到此处，不知是何胜地也？”去文答曰：“此处乃孩溪山，凡人罕到。”又问曰：“兜率在何处？”答曰：“对山便是。”

又问曰：“孩溪山有出孩子乎？”答曰：“不出孩子，不叫作孩溪山矣。”又问曰：“孩子在何处？多久不见一个。”答曰：“停会不出，明日必出。”又问曰：

① 起底：最初，缘起。

"既出孩子，有人贩去卖否?"答曰："无人来贩，惟此间有人自载去出卖。"又问曰："卖之人有几个?"答曰："共有十余个，都是妇人。"又问："此妇在何处? 可寻得着?"答曰："住无定，无处讨[①]，须待他自出来。"又问："几时出来?"答曰："今日不出，明日必出。若二位总在饮酒，等他出来，指与你看。"

邹夫人见此人说话耳鼻都会动[②]，言必不实。随答之曰："我二人总在此坐饮等之。只是酒已空了，怎处?"又答曰："对面有酒店，即管拿银来，代你去沽，何愁无酒耶?"邹夫人曰："我们银带无几，今来齐出[③]罢。只是饮闷酒无趣!"又答曰："酒沽来，或作诗，或讲令，就不闷矣。"

李夫人曰："你原来会作诗。今酒慢沽，先来作诗，一人一句，句中一字出银一分，凑上就有银沽酒了。"敬去文答有趣，即请二人起句。邹夫人便念曰："凌霄殿上撞金钟"。邹夫人念完，曰："奴家句中七字，出银七分。"随取银一块，有七分重，放在石上。李夫人接吟曰："风送清音下九重"，李夫人亦念七字，亦取出银一块。第三句应是敬去文接念，去文随口念一"轰"字便止。邹夫人曰："何不念凑[④]?"去文曰："已接承上句了。"二夫人笑曰："七字只念一字，如何承得?"答曰："只此一字，能通上文二句，不尽之妙!"问其何说，答曰："天上撞金钟，声被风飘下，闻天下之人不是'轰'一声耶? 你念七字，出银七分，我只念一字，出银一分。若说不贯串，罚酒无辞。"李夫人总吟[⑤]曰："凌霄殿上撞金钟，风送清音下九重，轰!"

邹夫人闻其念了，笑曰："此一字贯接去上二句，果妙，不须罚，银一分可取出，凑去沽酒。"去文曰："有银寄在酒店，待去文去沽取来凑。"二夫人笑曰："是酒店之财主也。"去文将二人之银去买酒并糕饼，自己何曾有银去凑也。遂排在石上，便斟饮七八杯。邹夫人曰："且慢。今再来作诗，一人一句，一字饮一杯。"去文答曰："更妙极!"邹夫人吟曰："山店夕阳斜"，念完五字，酒饮五杯。李夫人接吟曰："群鸦噪晚霞"，念完亦饮五杯。去文接吟曰："群鸦齐噪，恰似孩溪崩。小儿拾石块，闹喳喳!"

去文以十八九字经一句，拿起酒瓶饮十八九杯。邹夫人带笑拦之曰："怎的讨便宜?"去文答曰："此诗总要承上文，故必要多字接上文。"邹夫人又将前句总念，曰："山店夕阳斜，群鸦噪晚霞。群鸦齐噪，恰似孩溪崩，小孩拾石块。

---

① 讨：寻找。

② 说话耳鼻都会动：说话的时候耳朵鼻子不停地抽动。

③ 齐出：一起出钱。

④ 念凑：继续念。

⑤ 总吟：连在一起吟诵。

是何出处？先说来再饮。”答曰：“出处甚长，先饮一半。”李夫人曰：“一面说，一面饮，可好么？”去文答：“亦可。今对你说，此孩溪上接天根，下接人间，世人之胎息都由此溪之水所结。形质流至百花桥①，分男女出世，自古至今无异。谁知近时何处来个猪姆龙②，潜此溪中，食人胎息，犹将两岸滚崩，水流散野。沿溪有五嫪、七娼，皆至变去人间勾摄孩儿来拾石块，砌崩溪岸，共摄死几万孩童，遂把岸补，水仍归港。时群儿争拾石块相闹，声如群鸦投林一样也。”

二夫人同问曰：“所摄孩儿是肉身，是魂魄？”答曰：“皆是魂魄，与之投附水浡③，变人体与肉身无异。”又问：“至岸修好，此几万孩童归于何处？”又答曰：“皆经五嫪、七娼船载去人间去卖尽了。”夫人知孩儿灾，又买孩儿化水浡出处也。又问：“那五嫪、七娼居住何处？”答曰：“此回卖孩童有银钱，长在山洞里日夜聚饮要乐。”又问曰：“那猪姆龙还在否？”又答曰：“怎的不在？岸一时修好，将来必又被滚崩也！再滚崩，人间之孩童又遭殃，那婆娘又发财矣！”二夫人又问：“你何以知之？”

那去文酒饮空方离位，又即答曰：“在于天汉，故知之。”邹夫人又问曰：“在于天汉做何事？又何能知之？”去文被盘问至此，即闭口不答。方欲抽身，李夫人接口曰：“问你在天汉何事，你即闭口。你不是天狐，即是天狗！”敬去文被说破本相，即变天犬，腾空而遁。李夫人正欲化捆妖绳去缚之，忽有一人在岩侧闪出，发出一弹，正中其腹，犬拖肠即奔天汉而杳。

正是：既现原形，又遭飞弹。再看下文分晓。

---

① 百花桥：传说小孩由此投胎人间。“花”代表胎息。

② 猪姆龙：鳄鱼。

③ 水浡：水的泡沫。

第六十八回　孩溪山剿嫪娼歼孽　百花桥轮贵贱送儿

却说敬去文说出本相，腾空走去。李夫人欲丢绑妖绳拿之，忽有一人头带云蕊巾，身穿天青袍，脚踏皂靴，五绺长须，手执弹弓，在山侧内发出一飞弹，正中其腹，犬拖肠滴血奔天汉而杳。

二夫人见之甚异，向前迎问之。那人见二女不凡，亦不敢轻慢，答曰："某乃张仙。二位何来？因何与那孽畜饮谈？"二夫人共答曰："是张老天官，不知，多有得罪！小女道乃闾山许真君门徒闽陈靖姑之邹、李徒妹也。奉命访除妖孽，因人间孩童霎时死尽，又有妇人贩卖孩童，人间买了化为水浡，不知何妖作祟，故来查访。遂访知出在孩溪，亦不知邪怪存于何处，故于石上饮酒。

"突有犬精来撞食[1]，问其姓名，居住何处。伊说在天汉，名敬去文。天汉即天也，敬去文即'苟'也。后有酒食，始实说。原来此孩溪被猪姆龙滚崩，五嫪、七娼摄人间数万孩童来拾石块填补孩溪。所以孩童暴死无遗，孩童魂摄来，附以水浡。既说完，又问伊自己在天汉，如何能知之也？那犬即欲遁去，被问你在天汉何事，伊就闭口。又曰'你不是天狐，即是天狗'。那精被说破，即抽身现出原形。要捆妖绳拿他，是天官发弹中腹拖肠滴血，奔走他方也！"

张仙曰："不知是闾山女法师之门徒，多多得罪！怪道[2]那孽被酒醉，不能走快，弹始能中其腹。"李夫人曰："此精有几个？"曰："只有一个，惯在孩溪食初结之胎息，致人间孕妇胎坠息化，故此时常寻打之。但此狗乃星宿之精英，不比凡狗，虽打死，神归天汉本位，一时不敢为祟，怕后来复来伤胎息。今日伤入拖肠，必然惊恐，不敢复至。惟孽龙在，请贵道姑先除去孽龙、五嫪、七娼。今天已将暮，且请去百花桥暂宿一夜，明日来施为也。"

邹夫人曰："待明日必知信逃去。"遂约李三娘曰："屠龙斩蛟，乃吾妹所能，孽龙交与贤妹除灭。愚姐发一道三昧神火，如太阳当空，明如白昼。"自持

---

① 撞食：不请自来吃白食。
② 怪道：难怪。

剑上山而去。

李夫人脚踏水火轮，跳入水中。张仙把弹弓立在岸上，等候孽龙出现，发弹打之。等候许久，不见人龙出来。忽波腾水滚，一个时辰，波浪已定，李夫人手持一龙头出水。随浮起一物，大如水牛，长有丈余，即猪姆龙尸也。随拖上岸。张仙见之暗羡，果然法力高强！再一会，神将缚十二个嫪娼。邹夫人至，见猪姆龙之尸已拖在岸上，笑谓曰："奴妹早成功，可知法力高过愚姐！"李夫人答曰："愚妹只杀一猪姆龙，有甚奇异。奴姐俘虏十二个妖人，如探囊取物！"张仙笑曰："法皆无边，果闾山之传授，不缪也。"

因问歼俘情形。李夫人曰："入水时，孽龙在水里游食胎息，挥剑杀之，猪龙即张牙舞爪来迎。斗有半时，讵皮如坚铁，剑砍难入。发二掌心雷，弹打中双目盲，不能逃走，始刺其喉斩之。"邹夫人亦曰："未至妖巢他已知，各持刀斧来迎。遂度寡不敌众，发神火烧之。又飞剑刺之，妖始惧各散。遂化漫天网网之，个个自投于网内，得而缚之。"张仙闻而喜曰："此二处妖孽，不是二位贵道姑，永难除之也！"

随讯问五嫪、七娼："有敢糟蹋人间孩童，绝人子嗣，是何情理？"共答曰："孩溪崩，不得不摄来拾石块修理，而保天下人之胎息。并非私情，怎无情理也？"张仙喝曰："孩溪崩，报上天曹，自有五丁力士来修整。何用你假公济私，杀数万既成人之活子，来护未成人之胎息？罪已不容诛了，犹敢以死魂魄去人间发卖，局银自肥，罪上加罪。将你十二人拿来剥肉剐首，犹不得偿其万一也！若碎割之，污吾剑，可齐吊树上，慢慢弹之肉酱罢了。"即将十二个嫪娼吊于树上，执弹弓弹之，倾刻都打为肉泥矣。

二夫人问曰："此溪无人看管？"张仙答曰："再招又是效尤。即令在山之山神、土地代管可也。"遂召出土地，孩溪交与看管，有事奏上天曹，诸山神土地奉命而退。众嫪娼之尸首仍挂在树上号令，将猪姆龙尸首焚毁。

时天已将明，张仙遂引二夫人至百花桥。只见花间烂漫，惟红白二色[①]，五色云缭绕。上有亭台，共登亭台上，各司事之首领有男有女，都来恭谒。原来彼时人间之子嗣皆属张仙主政，没归临水[②]。张仙先将人间之童被嫪娼尽摄堪怜之情由告众司官一遍："从今人间来领子息，查明以子被摄者，送贵子补还；无子被摄者，常子与之可也。"众司官奉命而退。

---

① 惟红白二色：民间传说女人在神界都有自己的花树，上只结二色花，红花代表女孩，白花代表男孩。

② 临水：指临水夫人陈靖姑。

邹夫人问曰："往常抱送人间子嗣，作何分饬与领？"张仙答曰："富贵贫贱，分别于盆，行善者领授金盆，行恶者领授瓦盆。"又问曰："善恶何从而知？"张仙又曰："交与司盆婆官，查给善恶人家，甚等来领？"邹夫人笑曰："富贵不代代富贵，贫贱不代代贫贱也，何故？"答曰："何公无私？何水无鱼？物久生蠹，事久生弊！"夫人曰："富贵之辈，先亦富贵；贫贱之辈，先亦贫贱。贿多者富而善，贿少者贱而恶，善恶无不从贿赂中消长，老先生统辖，焉能察此私弊？勿罪小女道之饶舌也。"

张仙闻之，停思一会，谓曰："果富贵子子孙孙富贵，即有世代者，有善无恶。贫贱者子子孙孙皆贫贱，哪有世代都恶无善？贵道姑所说善恶皆由贿赂中消长，不错也。似有清官难逃滑吏，怎处？还祈指教！"邹夫人曰："既蒙下问，斗胆言之。善不善准祈酌裁！但四时寒暑都有往来，世人贫贱岂无轮回？富贵即易贫贱，无乃太速，必须渐渐环转，方无怨恨。其花盆须设金、铜、瓷、瓦、银五等。富贵之子贮金盆，坐享之子贮铜盆，初败之子贮瓷盆，贫贱之子贮瓦盆，勤俭之子贮银盆。头代贮金盆，二代领铜，三代领瓷，四代领瓦，五代领银，六代领金盆，周而复始。有善恶者，待灶神奏报，量给一代金盆、瓦盆分于善恶。亦恐日后弊生，凡来领盆，务令带上代之空盆，以定给领何等之盆，便无弊病矣。是否安妥之处，老先生察夺！"

张仙曰："至公无私，将此议奏达天帝，一面分别五等之花盆可也。"遂留二夫人宴款，张仙方知临水夫人与邹、高、林、李五姐妹已授闽王封夫人。夫人亦始知张仙乃玉封张大帝之孙，织女之兄。不爱尊荣，惟游荡称仙，天帝令管人间子嗣。张仙欲荐邹夫人掌管百花桥，邹夫人曰："小女道乃草茅凡体，怎堪此重任？况师姐尚在临水，未沐天恩，小道徒有敢邀幸也？"张仙曰："今先照所教行为了，候夫人归临水后，再来表荐令师姐主管人间禋祀可矣。"

二夫人告辞回至家中，计去十四日，二夫人以是第二日①。因思在百花桥所为皆似梦非梦。欲知后事，且看下文分晓。

---

① 计去……第二日：算起来去了十四天，但二夫人以为第二天就回来了。

第六十九回　高雪海充兵避迫嫁　杨柳月渔色藉多金

前文说邹、李二夫人收除妖孽。今再说高雪海夫人试展神通。盖高雪海之父名居，慈母单氏，年俱过半百；有一弟，方十岁；住在望北台岭下上渡地方。

雪海自幼许配本乡廖氏为媳，后因廖氏迁居外郡，其子外商无归，雪海延至十八岁，未来迎娶。随接廖家寄信，儿子已死，听女另行出嫁。外姨之子杨柳月重贿二老，要娶之为同室[①]。二老允之，惟雪海不肯再嫁，二老再三劝之不从，柳月遂欲起人[②]来夺。雪海闻欲来抢，心中惊怕，因想一计，对两老说：“待为儿去乌石山观音堂求签，看与表兄结姻好否，再议。”父母应允，即讨轿[③]令弟同去。姐弟遂至城内乌石山下，因其舅家住于山边巷，遂入见舅与妗，告以迫嫁不从，闻来强夺，欲行自尽，故来拜别等语，哭诉之。舅与妗皆怒曰：“何用去死，今莫回去，只在此[④]，他敢来抢夺么?”遂留住舅家。忽王继图反乱，临水夫人招募女兵，即自去报名，被陈夫人纳为姐妹，此乃表高夫人之根源也。

且说谋娶之人乃夫人母单氏妹之子，姓杨名柳月，年二十四岁。父母早逝，兄弟皆无，惟妻牧氏甚贤德，亦住上渡。开四间当店[⑤]，家道富足，性亦谦和，惟好渔色，不惜财费。其妻母侯氏孀居，二子，二女。长女配柳月，次女名二妹，年方十八，容貌不亚其姐。长子名牧锦，十四岁；次子名牧绣，十三岁，皆秀美如子都。柳月初娶妻过门，即欲谋妻弟为龙阳君，先赂以珠宝金银，二兄弟不动心，又诱以古董玩物，亦不要。日日都在他书房玩耍。那日，同杨柳月在书房，忽有当店中人送信来，中间写云：“红猫、红犬买不买?”兄弟看了曰：“天地间哪有红猫犬?”柳月曰：“此红猫犬乃外洋番国来的，已出他八百两

---

① 同室：与正妻地位相等的妾。

② 起人：聚集人。

③ 讨轿：雇轿子。

④ 只在此：就留这里。

⑤ 当店：当铺。

银了，他要卖一千银。据此番仔[①]说：‘红猫放在房门外，夜叫数声，随近之鼠都赶来他嘴边与食；犬只放房门外，如有贼来，只叫数声，其贼即自发瘟倒地，价才值千金也！’其毛大红色，如羽毛呢[②]发亮的。”二兄弟毕竟孩子气，闻有此异，心便好之。柳月将字尾[③]把笔写二句道：

“红猫红犬真奇物，买来相送要留情。”

递与二兄弟看了，因心甚爱值[④]，亦持笔接二句曰：

“猫有大红当承受，犬果奇红怎敢推？”

柳月看了喜曰：“都肯应承[⑤]，即当买来奉送。你即写回字，叫他牵来验看。”那人去了一会，便牵猫、犬来，果然大红色如呢羽，可爱之极。二兄弟喜之不胜。柳月曰：“且关于内房，明日送与。”二兄弟不忍放手，至夜与柳月同床，不知鸟之雌雄矣。

原来此红猫犬哪里是番国来的，乃柳月使人以白毛猫、犬，日日以茜草染之，染之又染，则红色如缨可爱。二兄弟日日抱住，以手摸来牵去，不及一个月，那毛渐渐退去，露出白来。再过几时，依旧变出白猫、白犬。二兄弟夜夜将猫系在房内，验其叫，来看有鼠赶来否。谁知并不见一鼠到他嘴边，仍是满房皆有鼠，作吵如故。那犬无贼不能试验。今猫、犬都变白了，与寻常无异，二兄弟气得凸嘴凹鼻[⑥]。问于柳月，柳月哄之曰：“番仔说不可荤味与食，你日日以鱼饲之，故都变了。”二兄弟知被其骗，将白猫、犬丢还，流泪欲告母亲。柳月拉住笑曰：“莫气！再赔你一千金，讨[⑦]美妻来作伴，岂不胜于猫犬耶?”即于荷包内取出千金之钞票，递存于锦绣怀内，于是二兄弟始不生气。即此可见杨柳月渔色之处。因此男风，以宝玉金珠局之不动，乃妆作红猫犬，骗之顺意，用尽心机。若是有美色之女，更可知也。

自此，柳月代二人寻媒，拣选美色之女，要亲自过眼。遂寻至城内通姓、容姓，二家之室女皆美。定亲未匝月，即与之迎娶，二兄弟遂有妻室。柳月待他完娶了，又拨去当店管事，则牧家只有四妇女，其外看门一老头儿。

谁知那侯氏年才四十一岁，甚好风情。前事不必尽述，至子女长大，颇敛迹，惟与一胡子[⑧]交好。那日被大媳通氏撞见，微吟曰：“春色恼人眠不得，月

---

① 番仔：称呼外族人。

② 羽毛呢：羊毛呢。

③ 字尾：书信末尾。

④ 爱值：想要。值：要，也写作“揎”。

⑤ 应承：答应，许诺。

⑥ 凸嘴凹鼻：形容暴怒时脸扭曲的样子。

⑦ 讨：娶。

⑧ 胡子：代指络腮胡子的男人。

移花影上栏杆。”侯氏闻之甚惭，欲害之同调。等女婿来至，侯氏假意说：“你细妗[①]要换金钿、金手只[②]，可带来与看。”至次日，柳月便带金钿、金手只来至，侯氏令其自送通氏房中。此乃侯氏之计，引其二人见面，知柳月乃是色中饿鬼，入于邪径。自此二人见面，言语戏谑，逐至于乱。侯氏已知了，自此与胡子放胆无忌。

那夜，柳月到通氏房中，正携手上床，看门报说通家亲家爷[③]与舅爷[④]齐来。通氏惊甚，欲放柳月出房，其父、兄已到房门口敲门。通氏急了，令柳月躲其床下，方开房门与父、兄入来。其父、兄因去永福[⑤]讨数[⑥]，搭船回来，天晚不得进城，遂至婿家隔夜[⑦]。通氏欲去讨饭[⑧]，其父阻之曰：“饭已食过，不要。只要茶泡些来，在此算数，坐到天明好进城。”通氏曰：“要算数外面尽有笔砚，亦有算盘，到那里好么？”其兄曰：“算盘、笔、砚皆有，随带至此。”恰好其父、兄二个即坐在床前算数，通氏惊得坐立不安。偏偏其兄解钱复数[⑨]，将钱吊[⑩]落，散满床下。其兄要搓纸点火照拾[⑪]，通氏惊得魂不附体，欲接去代拾，其兄要自拾，随拾至床下，通氏即走出[⑫]房去了。

正是：计诱通奸婆算媳，险些妹命丧于兄。搜得着否，下文分说。

---

① 细妗：内弟媳，妻子兄弟的妻子。

② 金手只：金戒指。

③ 亲家爷：对儿女亲家的尊称。

④ 舅爷：对妻族兄弟的尊称。

⑤ 永福：地名，今永泰县。

⑥ 讨数：讨账。

⑦ 隔夜：借宿过夜。

⑧ 讨饭：准备餐饮。

⑨ 解钱复数：打开钱串子重新再数。

⑩ 吊：掉。

⑪ 搓纸：将纸张搓成棒状，作为火把照明。

⑫ 走出：逃出。

第七十回 侯氏不正诱媳奸淫 胡子贪财纵妻偷汉

却说通氏惊得屎尿直流，走出门外，想内面有喊叫，即跑走投江而死。听了许久无声，偷进看了，见其兄钱已拾完入串，即进问曰：“钱拾完了?”其兄答曰：“少了几个也罢。”通氏亦搓纸，向床下点看。兄曰：“不用再寻，我已寻尽，必是落于地板下矣。”通氏又去照看，不见柳月，暗想：“只此一门，如何走去？保全了二人性命，算是杨郎有法术，遁去无迹也。”此刻方才安心不惧。其父、兄算数完了，已五更，又去泡茶食了，同谈说一会，天大明了。通氏欲去备早饭，其父、兄不要，留亦留不住，出门进城去了。通氏便关了房门，再点火床下一照，柳月忽钻出，通氏吓得一跳，曰：“杨郎躲在何处？实在有何法术？如何寻讨[①]不见?”柳月答曰：“只在床下，我看见伊，伊不能看见我。”通氏信之。柳月重订今夜再来会，悄悄而去。

原来容氏只隔通氏一板栿[②]。床下之板栿因前日容氏侦知柳月常在通氏房内，付与金钿、金手只，欲偷盗他金钿，先将板栿下半截撬开二块，可钻得一人过。因通氏常在房内，偷他不得。那日柳月又至，忽通家父子齐来，柳月躲于床下。亦因其财可通神，贪财还顾甚么廉节，容氏喜甚，将板栿开起，伸手牵之过房。那柳月正在床下惊得无措，忽有妇人手牵之过房，如胜登仙。见面始知容氏，遂同欢好。柳月喜甚，谢之曰：“明夜多带金珠首饰来酬谢恩情。”容氏嘱不要与说破。忽闻隔房散钱声，柳月在壁孔窥之，见其兄点火在床下拾钱，惊得舌吐半口将头摇，对容氏密语曰：“大造化，今夜非汝相救，则弄出事来。明夜多带首饰，报答汝恩!”至天晓，其父子回去，容氏又撬开板栿，柳月钻过来。通氏以为其有法术，此乃侥幸也。

那侯氏时刻偷侦二媳，已知同道，便胆大了，冒认胡子[③]作外甥。那胡子乃是邻居，姓万名洛；妻于氏，名兰姐；做走街摇盘铃取牙[④]、医疮疥等症。

---

① 寻讨：寻找。

② 板栿：木结构房子的墙板。

③ 胡子：代指留络腮胡子的男人。

④ 走街摇盘铃取牙：沿街摇铃的游医，为人拔牙。

自妻①年才二十余岁，不喜，来与侯氏通情，夜夜都来。那妻于氏查问夜来何往，胡子捏②“以教徒弟，在徒弟家宿。于氏疑之，至晚在门前侦之，见其夫至暮时入牧家去，叫骂吵闹不休，便日夜防之。

胡子不能再过来，侯氏不胜愤怒，无奈其何。遂想一诱奸计，待杨柳月来，留食饭。洗面③时，将手中金钿脱放桌上，头扑下④面盆⑤洗面。那于氏在于门边窥看，侯氏将桌上金钿拿来，行到于氏面前，悄悄言曰：“快拿去存⑥了再来，他若问，说未见，包汝稳当无事。”于氏喜甚，便接过存于袋内走回去。侯氏随与柳月曰：“桌上金钿被隔壁表大妗⑦拿去，存于肚爿⑧内回家去，汝快赶讨⑨，迟则恐存别处。”那柳月闻是于氏，早已想他⑩，闻此说，即刻放下手巾⑪，追至于氏房中，拉住于氏之手，问讨金钿。于氏笑说未拿，柳月将手乱摸乱拼戏耍，随成奸好。

盖柳月之富豪于氏已心想，恨不早遇之，今被诱引，岂有不从？成了事，柳月遂以金钿与之。回来，侯氏笑曰：“金钿讨回了？”柳月曰：“再三与讨，竟不认，今就送与他去。”侯氏曰：“吾杨一官⑫真正洒脱，不错也！”原来侯氏悄悄跟柳月背后侦得明白，暗喜设此诱引之计绝奇，要他迎新送旧，我夜里有人伴宿。

那于氏自此要胡子仍去教徒弟，夜来与柳月奸宿。胡子以为妻之贤会⑬，乃不知“淫人之妻、妻被人淫”之报应也。

一日，侯氏有弟邀⑭一子来留在隔宿⑮，食了夜膳，出书房⑯去睡。那小子年才七岁，点纸条⑰来姑房内屙尿。适侯氏在外，小子一进房，见胡子，以是

---

① 自妻：自己的妻子。
② 捏：编造谎言。
③ 洗面：洗脸。
④ 扑下：俯下。“扑”本字“覆”。
⑤ 面盆：脸盆。
⑥ 存：藏。
⑦ 表大妗：表舅的配偶。福州习俗常以亲属称谓称呼邻居。
⑧ 肚爿：贴身的肚兜。
⑨ 赶讨：赶过去讨回来。
⑩ 想他：觊觎她的美色。
⑪ 手巾：洗脸用的毛巾。
⑫ 杨一官：称杨柳月，相当于“杨大少爷”。
⑬ 贤会：贤惠。
⑭ 邀：牵，带。
⑮ 留在隔宿：留在侯氏家过夜。
⑯ 出书房：出去到书房。
⑰ 点纸条：点燃纸卷（照明）。

贼，大喊。那胡子每以草缚三十文钱，带来与侯氏买果子[①]食，因小子喊贼惊甚，即将钱塞孩子嘴内，再喊不能出声，胡子遂走[②]出。那小子衔钱跑出外房，其父见之，抠出钱来。小子遂说道贼塞钱之事，一家惊讶。侯氏进看，并无偷去东西，知是胡子，便不再言。

那胡子被喊，塞了钱，悄悄走回家。见妻于氏在后园关门，自进房内，欲上床睡。岂知有人在床上跳下，被胡子摸着，开声喊贼，嘴却被物塞住不能再喊，手放松，人被走脱。于氏点灯进房，抠下口中之物，乃一锭白银。胡子笑曰："此贼异常！带银来塞失主嘴，叫他夜夜来偷不妨。"于氏知是柳月带银来，被他撞着，故将银来塞嘴，便答曰："贼有此大锭银不来做贼，必是冤鬼来讨命！今夜银，明夜来勾你魂，切不可回来。"胡子讶曰："我与鬼有何冤仇？"于氏曰："作医生冤鬼最多，都是说真方卖假药，害死人无算。每夜都有冤鬼叫声，你不知耶？"胡子曰："真是冤鬼来讨命，从今不敢在家中过夜，远远去避。惟日间回来食饭可矣。"此乃于氏以鬼吓胡子，胡子知其奸，便就之矣。

次日，侯氏留弟食早饭，叫女婿与其表外甥来陪。便说昨夜贼入妗房，东西不偷，带钱来塞孩子嘴之异。侯氏之弟接口曰："那贼东西又无偷，失了本钱，就是大便宜。如拿住，不打出屎来，亦是半死。自古说得好，天不容奸盗，此一刻被他走脱，到后来必有报应。"那在座胡子与柳月，听了此言，亦有些畏怕之心。柳月自此以为多金功可抵过，殊不知渔色不改，终致遇妖伤其肾囊[③]之报也。

无何，柳月又将小姨保嫁[④]于当店中掌盘[⑤]之好友林金枝为妻。柳月藉有多金，谋无不遂，谁知惟有一女，用尽千般势力、万种心机，不能过手。

正是：能怀白璧非凡俗，不上金钩岂等闲！欲谋何人，且看下文说知。

---

① 果子：水果。

② 走：逃。

③ 肾囊：指男性阴囊。肾：睾丸。

④ 保嫁：作为女方的婚姻介绍人。

⑤ 掌盘：主管，经理。

第七十一回　人幻荆棘惩好色子　鬼穿人皮变曲蹄婆

却说杨柳月与高雪海乃两姨表兄妹，自幼已见过，故知表妹绝色，用尽心机财物不能遂意，欲想强夺。因此，高雪海风闻走去伊娘舅家躲避，后遇袁广智围城，投临水夫人为女兵，纳为姊妹，得胜封夫人。此日回家省亲，柳月闻知，喜甚，先送礼物接风洗尘，又求娘姨、姨夫劝合。二老再三劝之，雪海曰："可叫表兄当面说，女儿自有方法却之，令他绝此痴心妄想。"乃父遣人通知。柳月想一计，备了酒席送去同饮；又造鸳鸯瓶，内贮药酒，抬来高家。

表兄妹见了礼，即开席，二老同席。饮食中间，柳月问出征得胜情节。雪海述了一遍，柳月称赞不已。雪海一面饮酒，一面看柳月之相，曰："表兄满脸晦纹，不吉，当谨慎。贪花好色，祸之根也。以妖怪为美人，若不早离，祸至，叫愚妹去救不及矣。"柳月笑曰："几见有才貌佳人都是妖怪，却会过不少，未致祸也，惟此处之妖怪心狠至极，必能致命。"雪海笑曰："此处之妖心虽狠，命不过去半条[①]，彼处纳妖为妾，命便去全条。"柳月曰："半条、全条，都在表妹身上。"

二老曰："话亦说多了，勿再说，来饮酒。"柳月曰："姨夫言之不错，酒又要饮，荆州亦要取。"又斟酒劝饮。雪海不避嫌，有斟便饮。雪海未醉，二老先醉倒。雪海见双亲醉，亦不理会，须臾亦醉。原来柳月饮以药酒，三人皆醉倒。喜甚，以为得计。时夜半，伺酒人东倒西歪去睡，内外寂静门已闭。柳月摇二老不醒，遂将雪海扶进房春凳上，又出看二老未醒，再进去。

时天气炎热，将上下衣脱尽，爬上春凳抱女体跨上。谁知女浑身有刺，如刀尖排满，一跨上磕着，满身被刺，血出痛甚，赶紧爬下。持灯一照，不是人，却是一大把杂竹，遍布荆棘，刺向上排满。造化[②]刺伤不深，肚腹上刺如针孔。

---

① 命不过去半条：不过是丢了半条命。

② 造化：幸亏。

忿甚，出去看二老未醒，灯照犹是人，前后门紧闭，雪海竟不知去向。细想："把竹来替，反被计张①，原来在临水夫人学有法术，下次不可藐之。"柳月自思惭愧，不敢叫醒二老，悄悄开门回去。

雪海原来先知柳月之药酒弄诡，先捆一把杂竹，以刺排满，先存于房。假醉被扶入房，侦再出来②，即取竹来替，自已隐形不见。俟柳月去了，即以水喷醒二老，问表兄何在，答："醉回去了，留他不住。"二老言："他既去便罢。"遂共入房去睡矣。

再说柳月回去，身上刺几十孔，以药抹好，不敢与妻说，在家不他去六七日。原来伊纳一奔女③，暗存书房内，备水菜④自行炊煮，并无人知。那日在席被雪海识破，犹不在意；许夜又被作弄竹刺替身，始知果有神通，亦半信半疑。在家六七日，刺伤已愈，遂潜由园外入书院内隔窗窥之。见那女盘汤⑤洗澡，一面脱衣，一面骂："薄情不学好，一去再不到，且待他一来，拿他取头脑。"言讫，身上纱衣脱下，露出白雪肌肤，落汤盆⑥洗了一会，拭干，又将身上皮肤脱起一层如壳，又换出发白皮皱老妪形状，又把汤洗了一会，又剥去皮壳，便变出绿面獠牙、赤发狰狞恶鬼形状。又洗一会，拭干，将老妪皮壳先穿上，那恶鬼便化为老妪；又穿一重皮壳，便是美女形状，如往日亲爱佳人。

柳月在外偷窥清楚，吓得魂不附体，走出⑦，寻思无处可逃，方信雪海之言不谬。妖说欲取我头脑，就走亦无人救，惟表妹有法术可救，直奔高家。谁知雪海昨日被诸姐妹拖去游鼓山喝水岩，须四五日回来。柳月寻雪海不在，急得无门可入，连叫："今夜死定矣！"

二老讶问之。柳月曰："愚甥果有私纳奔女，存⑧在书院。因那夜表妹说'贪花好色，不早离妖怪，命必休'。前以为戏言，不信。今日偷去看，果是恶鬼变作美人。闻妖言今夜取甥头脑，惊⑨得半死，特来求表妹保护。适表妹不在，天已昏暮，无处可躲，如何是好？"言罢大哭。二老曰："不意吾女有先见

---

① 计张：设套。张：张设。

② 侦再出来：伺柳月返身出去（查看二老）。

③ 奔女：私奔之女。古代女子婚姻由父母作主，非媒不嫁，私自与男人出走被视为忤逆和淫荡，为法律、社会所不容。

④ 水菜：指日常炊煮所需。

⑤ 盘汤：舀热水。汤：热水。

⑥ 落汤盆：入澡盆。

⑦ 走出：逃出去。

⑧ 存：藏。

⑨ 惊：吓。

之明，今吾甥不须怕，汝表妹昨日临行时交有一道朱符，吩咐明日表兄必来寻讨他去除妖，叫表兄先将纳妖之情节谈明，令只在自己房内避之；将此符拿回去，贴在房中门楣上，妖必惊走，不敢入室。待他鼓山回来，再除此妖。”

二老说罢，取出一张黄纸朱符交与柳月。柳月喜甚，接之，即将遇妖收纳之情节说明。

正是：不窥奔女三更状，岂说纳妖一段情。纳妖情节，下回详述。

第七十二回　树精毁焚伤贪花胥　高奶除妖识乞丐仙

却说高雪海夫人去鼓山游玩，因知柳月之事，故留符避妖，又嘱父母，要他说明纳妖情节。那柳月接符，将纳妖之情告之曰："实不相瞒，那日出门回来，见人众[①]在天宁寺拿奸，获一少妇曲蹄婆[②]，以和尚窝娼，众人把和尚殴打，寺中财物、法器抢夺一空，被人众胁拥曲蹄婆而去。众和尚忿甚，告诸乡邻曰：'乃曲蹄婆自投入内，正在斥逐间，人众随拥至抢掠。明以曲蹄作局，人随至拿，若真捉奸，必不带去奸妇，留为证据。人众只抢物不获双，其作局可知矣。今财物已抢空还怕甚？即去寻那作局人并曲蹄婆来活活打死，以消其恨。'

"众乡邻曰：'和尚打死曲蹄婆，尔毛我亦毛[③]，免得做有份[④]之二使[⑤]。常常作局，令曲蹄婆上门去证赖无做二使之和尚，来抢打。未食牛肉染得满身膻[⑥]。今同去寻，遇有少年之曲蹄婆，一并打死再论！'遂有无数之人随去。愚甥并未去看，回至花园书院晒书。

"那日傍晚，突有少年曲蹄婆入园来。讶问之，他说和尚要'打死曲蹄婆，你毛我也毛'，故去躲避。问他不走[⑦]别处，来此何因。他答情愿为妾。愚甥见其温柔，怜之，一时被其蒙混，收纳在书院，今有月余。昨夜被表妹说破，以为戏言，后见表妹之隐形，自有法术。至六七日过，今日去偷看他，原来是鬼变的。他自言欲取愚甥头脑等语，惊[⑧]得半死。自揣无门可救，惟表妹有法术，故来求她。幸表妹预留符，乃万幸也！"

二老闻之，言曰："此是甥贪便宜所致也。"

---

① 人众：一群人。
② 曲蹄婆：疍民妇女。旧时福州疍船或兼营卖淫。
③ 尔毛我亦毛：你没有我也没有。毛：没有；本字"无"。
④ 有份：指参与其中。
⑤ 二使：指奸夫。使：婿，夫婿。
⑥ 未食牛肉染得满身膻：俗语，意思同"没吃羊肉惹得一身膻"。
⑦ 走：逃。
⑧ 惊：吓。

柳月遂回家，将符贴于门楣上。将此情告与妻知，其妻惊恐，即把丈夫存[①]于床内，自在板栵[②]缝窥之妖有来否。是夜，月明如昼，侦至三更，见一女自外来，头挽苏州髻[③]，身穿纱衫，下穿红纱裤、三镶鞋，面如桃花，身如杨柳。将至房门，惊而却退，把手指头摇摇，又退数步。只见他将身一摇，又变一老妇，头挽田螺髻，白发皱面，指房口之符倒退。又将身一摇，又变出狰狞恶鬼，青面獠牙，赤发蓝睛，抢至房门前，手指符曰："尔以符拦我，我但取肾[④]不取脑。"遂将符扯破，一脚踏进房门，至床将柳月两肾子[⑤]连筋抠下持去。牧氏惊倒，那鬼已去，惊回魂魄，持灯照见丈夫僵死在床，裤扯粉碎，血流满地，肾核已破，气已断了，痛哭不已。

至天明，各亲属闻知，皆至问故，得知此事，同人众去书院寻，那曲蹄婆已杳去。众说："此乃自作自受，好色贪花，肾乃人之命根，今被妖去，岂不至死？死了不能复生，天时炎热，赶备衣棺。"牧氏哭曰："且慢，可等高家表姑回来问之，或救得活。"众人曰："肾子已没了，岂能再活？况符都被扯破，其法不灵可知。等回来时，已生虫爬出户外矣。"众人一词。

两老闻报，都赶来喊曰："不可就收，鼓山不远，遣人去赶[⑥]。"

适半路遇着雪海与诸伴回来，告知其事，雪海怒甚，即奔至杨家，看柳月肾子被妖取去，笑指曰："都是风流郎之罪，才被妖取去。"遂问明纳妖之情，吩咐："不可移动，待讨肾子再议。"即执剑登高处望之，妖逃在白马桥船中，去收不难。

原来那妖取了柳月肾子，仍回花园书房，将肾子入罐煎汤作茶食。至天明变为老妇，带罐而去。路遇一没鼻花子[⑦]，拦问："罐中何物？"妖曰："杏子茶。"花子曰："杏子茶必好食，我要食。"妖便跑走，花子赶去抢来，把二粒肾子一口吞了，把罐丢入江中。妖向抢不及，被花子摄腰亲口，不堪糟跶，妖竟无奈之何。行人看不过，喝骂，花子始放手走去。

行人问妖人曰："何物被抢？"妖答曰："单身无靠，投入人家作工，罐中只二粒杏子，带去烹茶止嗽[⑧]，被抢去食，亦罢。只望有人收留，诸事都会作，

---

① 存：藏匿。福州话"存""藏"同音。

② 板栵：墙板。

③ 苏州髻：苏州式的发髻。当时的一种时髦装扮。

④ 肾：指阴囊。

⑤ 肾子：睾丸。

⑥ 赶：催促（早回）。

⑦ 没鼻花子：没鼻子的乞丐。指患麻风毁容的乞丐。

⑧ 止嗽：止咳。

不用工资，只换饭食。”

内看之人[①]有一人名卞五，乃盐埠船户。见妖虽老，人亦超洁[②]，遂带回船中。甚喜，亦留之。高雪海赶至路旁，见一没鼻花子，满身腌臜，顶上有一道毫光，知是地仙，不敢打动[③]。径趋至白马桥边，入于盐埠船上，指之曰：“原来走在[④]此处。何方妖怪，敢扯我符，据实说来！”那老妇曰：“我是人，何曾是妖怪？不可错认。”雪海曰：“汝不现形，总不肯认。”随取水念咒喷之，那老妪脱下重皮，现出一鬼形状，将逃走，却被捆妖绳缚之。随看之人大惊而走。

雪海牵伊上岸鞠问之，不肯说。挞之始供，即此江边之水榕樹[⑤]。起先根下埋有老渔妇之尸，得其尸气，遂能变老妪。后又埋一少妇，又夺其尸气，亦能变为少妇。至年久，遂分老少二皮壳，欲少则少，欲老则老，迷人不计。迷至衰瘦，便食其脑等情供出。雪海又问：“昨夜杨生怎不取其脑，取肾子何也？”答曰：“因他好色贪淫，故取之。”又问曰：“此肾子既是你取去，可取还他再论。”

妖怪曰：“取食之肾子煎汤贮于罐内，被没鼻花子抢去食了。”又问曰：“汝乃千年之妖精，怕一花子何也？”又供曰：“自古好汉怕懒汉，懒汉怕烈汉，其奈臭不堪闻。又因望人收纳，故不与计较也。”

雪海问船主卞五：“去问花子，有无抢食肾子？”卞五将彼时因行路遇着花子，与伊夺去什么二粒杏子食去之由说了一遍。雪海问曰：“即是倒路[⑥]之花子否？”卞五曰：“是也。”

雪海自思：“伊实是树妖不是？”随问众人曰：“此江边有久年之水榕樹否？”答曰：“有之。”随指转弯处，“水边有一株榕樹，闻说有八九百年，不时起烟雾，罩至数里，路人皆疑成精无差。”雪海即往望，见盘根曲干，茂叶繁华，始能成精，害人不少。高夫人怒甚，遂挥剑将树妖斩讫。煞时间天崩地裂，千年榕樹自行倒下。夫人炼出三昧真火，将妖尸并树，连老少二妇之尸一并焚为飞灰，烟臭闻于数里，其怪始灭。

正是：不因贪食人肾子，何致今日化为灰？不知雪海回杨家能讨回肾子、救活柳月否？欲知其详，且看下文分解。

---

① 内看之人：围观者当中。

② 超洁：俏丽。

③ 打动：惊动。

④ 走在：逃到。

⑤ 水榕樹：水边的榕树。樹：“树”的福州方言用字。

⑥ 倒路：躺在路边。

第七十三回 牧氏苦哀求仙人起死 花子施法术柳月回生

却说雪海夫人在白马桥边除了树精并榕树，遂回杨家，谓杨家诸亲曰："妖精已灭了，惟二肾子[①]被没鼻花子抢去。人而无肾，焉能得生？惟去求花子拿回肾子，求他起死下药可活。"诸亲内有心灵者[②]便问："此花子是何等人，他如何晓得妖罐内是人之肾耶？"雪海答曰："那花子乃是不露相之地仙，知妖怪害人，故变化腌臜之花子，抢去其罐料是存[③]了，世人不知其真，以为被食去。凡眼之人哪知仙家之妙。若时常之乞丐，那千年之妖精岂被抢去，无奈之何？此可见之花子非凡人。为仙了，岂吞秽浊之肾子？此不想可知，此肾被抢而存之，必有妙法回生之术。不赶去求之，此时炎夏，恐尸易坏，快去求之。表兄现无父母，必须妻子去苦求伊，才肯代汝[④]起死回生，若妻子不肯去代求，备衣衾棺殓可也。"牧氏哭曰："夫人指奴去求，救夫之命，哪有不去。惟不知怎样求之才可，全藉姑娘[⑤]教导。"雪海曰："但真心诚意，不怕腌臜臭味求之，他必能悯恻。肯来作法[⑥]，便能救表兄回生也。"

牧氏依言，带几个亲属同去寻那花子，至大街便寻着。那花子卧于路侧，满身臭气难近，没鼻烂腿，身边只有竹杖草包。牧氏近前，泣跪地下曰："仙人救命！"那花子曰："我求乞之人，不是什么仙人，认差了。"牧氏曰："现在那树妖害奴家亲夫之命，取去肾子煮食，路过仙人抢而存之，今特来拜求仙人救夫回生，则世世生生感仙人之大德。况杨家惟奴夫一人，并无兄弟子侄，救一人则杨家世世祖宗不致绝嗣，则仙人之功德无量矣。"

那丐仙曰："万恶淫为首，汝夫藉财渔色，淫人妻女，故被妖伤去淫根，此

---

① 肾子：睾丸。

② 有心灵者：有见识、有心机的人。

③ 存：藏。

④ 代汝：为你。

⑤ 姑娘：指雪梅。牧氏从子称雪梅为姑娘。

⑥ 作法：施行法术。

乃汝夫自取之祸，以应损寿绝嗣之报。今人已死，安能复生?”牧氏哀求不已。诸亲属听花子言，都知柳月之根源，以是有仙之样式①，都替牧氏帮言②求救。花子大骂众人妄言，“人已死了，安得救活?”将身旁之竹杖照众人乱打。两旁亦有行人住看，亦有好事者争先。看一女跪在地与乞丐对说，以为奇事，拥塞不开，被竹杖乱打，一同避开。

那牧氏仍跪在地泣求，诸亲属都走开，单单剩她一个跪着。那花子把身旁之草包掷于牧氏面前，曰：“拿去救汝夫。”说完，执竹杖对走避之人赶打追之。那走避之人又好事又怕事，见花子来打得凶，一溜烟走去，诸亲属亦远离。那花子赶人去远了，忽一阵旋风不见了。

那牧氏见花子掷草包与他，内有存物，立起身解开。见内一纸包，有物二个，料是人肾。那时诸亲属忽见花子化风而去，莫不惊异。同来，见牧氏拿一草包瞧着，同拿开看，内有字云：“吾乃地行之仙，察人间之善恶，故幻凡体。因游戏，遇树妖害人命，欲除之，知其伤杨柳月之肾，欲绝其命，此亦是柳月淫人妻女之报。惟念其妻牧氏贤哲，行完人夫妇、完人婚姻、存人宗祀、施人棺等事。完人夫妇婚姻、存人宗祀，岂有自身反孀居绝祀?故救其夫回生，以偿他行善之报。特赐灵符一道，灵丹一粒，先用开水化开灌于口内，其肾子放于胯下，其符烧化，照尸遍喷，以安魂魄归元，其灰涂于阴囊，自得回生”云云。

诸亲属看毕惊喜，同牧氏赶转家中，见了雪海，曰：“表姑果眼有珠，那化子果是仙人化身。”即将求恳情形言之，并送上草包、符、丹物件与看。雪海看过，叫牧氏依此行之。

如果③灵验。其肾子如鸟投林，涂了符灰，见鼻子有气，渐渐回生。即收拾床上积血。柳月回生，开眼见诸亲俱在，欲下床。牧氏以始回生，须安卧静养，不可下床。柳月曰：“如梦初醒，惟下部麻木。”亲属亦言：“须安卧，不必下床。”问那夜遇怪之情形，柳月曰：“那夜实惊④得不能合眼，突见恶鬼上床，即被他惊死，惟觉下部痛如刀割，如在梦间，不知今日回生缘故?”诸亲属告以雪海指出花子抢去肾子之故，并牧氏哀求花子仙丹灵符。字还在，拿来与看。柳月方知其妻平日暗行阴功，故得今日回生。“皆吾妻行善所致，今须改过方好。”

---

① 有仙之样式：是真神仙的样子。

② 帮言：帮忙说好话。

③ 如果：果然。

④ 惊：吓。

原来牧氏见其夫渔色无厌，谋人妻女，屡次劝之不听，无奈之何；惟暗行善事，作了阴功抵夫之过。不惜钱财，惟善是务，今日感动仙人怜之。柳月调养半月，人已照常，于是感激丐仙并雪海。酬神谢愿，书房内立一丐仙牌位，日夜供祀香火。又办酒席，请诸亲女眷，另办一席请雪海并二老，酬谢指示救命灭妖之德，并请药酒胡行之罪。

正是：漫道邪淫无显报，请看柳月便知因。欲知后事，且看下文如何分解。

第七十四回　柳月知淫报遂改过
雪海明坐谈暗变形

却说杨柳月设席，请高家姨夫、娘姨、表妹。其二老不至，惟表妹雪海来。妻牧氏奉陪。雪海笑曰：“一席酒只一主一客，太冷淡无趣，何不再请来凑?”时诸亲眷皆去，只有柳月之小姨并通氏、容氏二小妗在家看守，惟侯氏未回。雪海命进内，呼出二弟妇来饮酒，遂合一席。牧氏执壶。通席谈笑，惟牧氏无甚喜欢，面带忧容，一言不答。

牧氏二姐妹曰：“姐平素好乐谈笑话古典，今日不言不笑，有甚不乐之处，须明说之。”雪海曰：“表嫂心事，外人不知，惟奴知之。表嫂素性欲静，好善恶恶。都是表兄贪色无厌，污玷无数闺女、人家子弟，表嫂刻刻忧虑。此回被妖割肾，幸是表嫂先知，暗行阴功抵罪一着。仙人化丐，抢回肾子，并赐符丹救活。那字中表兄已看得明白，虽至愚人，亦当回头向善，痛改前非。表嫂仍是忧心表兄不悟，遇着美色便忘记也，复蹈前辄，恐再报应，不能再救也。表嫂冰清玉洁，恶恶好善，配表兄，时刻以为终身之玷，挂在心中，虽锦衣玉食，哪得其欢乐，表嫂是否此心事也?”

牧氏答曰：“起先不知此化子是仙人所化，出头露面，跪他身边，大街众人围看，个个口中俱称‘好看’、‘奇事’，奴亦见惭愧。寻思夫已死了，还靠什么，如救不活，亦自尽于泉下。幸得真仙怜悯，赐仙丹灵符救活，可为万幸之至。今日须把酒尽欢，惟恐表兄之为人，往常见色不顾礼义，即赴汤蹈火，死命谋之，到手方休。今现报了，犹恐不改，将来之报应比此犹甚也。”

柳月先闻雪海所言，又闻牧氏所答，如梦初醒，以手指额曰：“我柳月怎知此，此番若无表妹前后指点，贤妻舍身求救，则命休嗣绝矣。今若不改，还有脸见表妹并贤妻耶?!”雪海答曰：“苦海无边，回头是岸。须改过未迟。”牧氏眉开眼笑，其通氏、容氏垂头无语，席未终便言醉，归去了。皆因点着六脉，羞愧无地而退矣。雪海笑曰：“竹竿打水鱼头痛[①]。既知羞耻，肯改过亦不难

① 竹竿打水鱼头痛：比喻不指名的批评，被批评者自会被触痛。

也。”席中谈饮至夜半才撤[1]，遂留雪海与牧氏同寝。

柳月即出外书房。时已三更，童仆尽睡，查了门户，又入书房，把门关了到床，讵床上已有人睡，不知何人，持灯一照，乃绝色佳人，和衣熟睡，呼之不答，不解。不知谁家之女，私奔至此，心遂动，将来并枕；忽回思改过，不敢再蹈，再细看上下服色，笑曰：“我道是谁，原来是表妹，随步赶来占铺。”又连声呼之，双手摇之，惟见他酒气冲出，大醉不知。柳月又思，别人都要回避，是他更快躲，即向开门。不知门外倒扣，任开不起，自思：“此来试我。彼乃未出闺门之女，如此胆量，我乃男子汉大丈夫，还不及他？且与同榻作柳下惠，明日再来评论。”

柳月扯被，将他遮住，自己和衣而睡。至天明方醒，赶下床开门看，一拉便开。那女子犹睡，笑曰：“未饮多少酒，怎醉的如此？”把被扯开一看，原来是一头家养大狗牳[2]睡在床上。惊甚，又好笑曰：“那妮娜[3]又作怪[4]，我昨夜心按住，几乎被他试成事，岂不羞哉！”那狗牳打亦不醒，拖下床打之方醒，摇尾走去。

随入内房，见表姑嫂二人在房内不知谈论什么，共笑不休。问之，雪海笑曰：“昨夜自表兄出房，因睡不着，与表嫂说笑话。”柳月诘问：“是何笑话，可说一截？”雪海曰：“所说皆粗鲁，不便再说。”柳月曰：“名士天真，英雄本色，松树根深，不怕风摇，白璧坚白，何物可污，有怎的不便也？”雪海因说“有人与狗交合，丝发必断”之语，柳月觉是说昨夜与狗同卧，有无苟且，系评论于己，随答曰：“我早知道了，特来辩白。”即口占一诗，请验头发，遂念曰：

昨宵独寝小窗前，一任琵琶在枕边；
报与仙姑高护法，未曾弹动半丝弦。

柳月念罢，脱帽现出青丝发，问曰：“再请验头发有脱落一茎否，可知有无苟且。”雪海笑曰：“竹竿打水鱼头痛，表兄自认了。”亦念答曰：

心诚何必避嫌疑，既避嫌疑任所之；
谁管琵琶弄不弄，真心改过在斯时。

柳月闻念此四句，谓之曰：“真假之改过，怎瞒得夫人之慧眼也。”雪海笑曰：“奴身昨夜至今何曾有出门户。”柳月曰：“未出户外，是谁教他卧床？那门是谁扣得？今既改过，岂能再坠于恶业之中耶！”

正是：色不动人即是佛，财难移意便为仙。欲知后事如何，且看下文分解。

---

① 撤：通“煞”，结束。
② 狗牳：母狗。
③ 妮娜：指年轻女子。
④ 作怪：恶作剧。

第七十五回　女婿伤寒炙丈母脚　雪海戏惩化男女淫

却说柳月、雪海表兄妹以诗问答，未曾弹动琵琶，惟二人知之。牧氏大不理会，问甚缘故？雪海笑曰："奴答乃照来诗之意，其中间甚缘故亦不知也。"柳月笑曰："是真不知也，假不知也?"遂将昨夜之美女睡在床上，门又倒扣，至天明变为犬㹀说了一遍。牧氏闻之讶曰："原来奴表姑夫人千变万化，犹能有分身之奇术。昨夜在此房内与奴闲谈至天明，何曾有半步出房，竟能去外面变试官人真假改过，无风无迹可寻，即神仙亦不过如是也。"

雪海答曰："无是事，乃表兄作梦，并非实在。"柳月叹口气曰："昔贤人年登五十，方知四十九年之非，吾柳月年未三十，便有不尽之非。果都在梦里，被吾表妹晓钟一撞警醒，始悟前非，还不痛改前非，不但天地不容，先无脸见表妹矣。"遂留雪海，三人日夜饮酒不避，无人敢疑之。

惟侯氏妒甚，问牧氏曰："女婿欲为同室，亦要明婚正娶，怎的行上门①?"牧氏曰："他二人并无苟且，不可冤枉他。"侯氏曰："他难道通知汝?"牧氏曰："无多言，被他闻知，不是好惹。"谁知被雪海闻了，自笑曰："偷食婆②疑别人与汝一样如狗彘，待将来把他淫筋烧断始能亦归正果。"

未数日，侯氏第二女婿林金枝病重在当店中，抬回家中。侯氏闻知，即赶至请医看脉。连请几个医生，都晓是伤寒已四日了。或曰："七日必死。"或曰："五日必死。"皆不肯开方下药。二妹惊哭无措，侯氏亦无主意③。

适柳月来看病，侯氏告知："此症医不下药，奈何?"柳月曰："雪海夫人现在未去，快去请来，求他必有神术可救。"因杨家临近，侯氏自去请来，邀④入房内。看了神色，出来曰："亲母⑤，亲家姨夫乃要紧之症，过五日无救，今已

---

① 行上门：主动上门（找男人）。
② 偷食婆：偷吃的女人。隐喻不规矩的女人。
③ 无主意：想不出办法。
④ 邀：引领。
⑤ 亲母：亲家母。

四日了，过明日怎能救之？”侯氏同二妹哀求拯救。雪海笑曰：“此亦色欲过度，无法可救，惟单方教汝。”侯氏曰：“是何单方？快说来，赶紧救活！”雪海曰：“此法不是外有[1]，只把病人之丈母脚后跟各灸三寸，可能回生。”侯氏曰：“如灸了不能回生？”又答曰：“再灸两边，至十八寸，再无不回生。”雪海说了即去。柳月问：“何去？”答曰：“回家去，明日再来。”遂去了。

时日已暮，侯氏带艾入房中，坐于病人床前，脱去鞋带，把艾火向脚跟灸之。诸女眷讶问之曰：“怎么女婿伤寒，灸丈母脚筋也？”侯氏答曰：“奴亲家表姑乃异人，所教之事，无不应验，前救大女婿肾子被妖精割去，亦是他指示，除妖救回。”侯氏忍痛将两边脚跟灸了三寸，许久，见床上病仍旧。又灸各三寸，病人又无起色。又再灸三寸，共成十八寸，艾加至汤丸大，把牙根咬紧，忍痛受之。惟将脚跟烧焦肿大，病人毫无起色，双脚已不踏地[2]。那火气直透下部，不胜痛楚。抬卧床上，口里不住骂：“此妖精，必是那日说他不正经，被他听见怀恨，故来拔线[3]。快叫他来问，病人症不见愈，又将好人[4]烧病。”

诸亲眷背地笑之：自已皮肉贱，爱烧。至次日，雪海夫人来看，病人仍如是。问：“丈母骨有灸否[5]？”二妹哭曰：“灸了一夜犹未好。把好人烧半死。”雪海问看，其脚跟已焦烂肿。问：“怎的不灸病人而叫亲母来灸？”侯氏怒曰：“就是汝拔线教的，还敢问也？”雪海曰：“何故？”侯氏答曰：“你教把病人之丈母脚后跟连灸十八寸，病人可起死回生，病人之丈母不是我，还是谁？既灸了，病人不见好，我脚已烧烂肿，今病人且慢管，先赔我脚再讲。”

雪海笑曰：“此乃亲母肉爱烧，话不听明白，奴所说丈母者，乃人身体中有一处丈母骨，即脚后跟凸出之骨是也。人患伤寒病，将此丈母骨各灸三次便愈。灸法书中有载‘紧症伤寒，灸丈母脚后跟’，此之谓也。昨日亲母不听真[6]，把那丈母认作此丈母。造化[7]奴今来，婿故有救[8]。再叫别人来灸，又恐弄错，自己下手罢。”

随取艾，把金枝脚跟各灸三寸。艾火未灭，金枝之病已好八分，知饥讨食，家中人皆喜。此时侯氏见婿一灸即愈，不敢再言怨恨，惟求雪海施医法治己痛

① 不是外有：外面没有，外人不知道。

② 不踏地：不能踏地。

③ 拔线：搞鬼害人。

④ 好人：健康的人。

⑤ 有灸否：正反问句，相当于“灸了吗”。

⑥ 听真：听清。

⑦ 造化：幸亏。

⑧ 故有救：还有救。

不能忍之脚。雪海曰："须俟三日过，火气自退，不必下药。"言讫辞去。原来雪海故以"丈母脚"双关话教之，今其自烧脚跟之淫筋，烧断了，便不会淫。过了三日，火气渐退，便能踏地。侯氏自此淫心顷灭，自觉有愧，不敢偷人矣。其容氏、通氏在席中闻雪海说破，亦自觉羞面见人，各自立誓禁戒改过。柳月自此脚迹不去外家[1]。遂敬牧氏如宾，生有子女，接代宗支。高雪海之原配廖氏子果已死于外，即有信来报，夫人遂改妆缟素矣。

正是：只为不忘此缟素，始知无限之波澜。欲知如何，再看下文分晓。

① 外家：妻子的娘家。

第七十六回 渔郎相思心结成石 九娘识破水浸现形

慢说高雪海夫人之事。再说王璘之国计使薛文杰有二女，长名品玉，次名品媚，俱有色。惟品玉美而有慧，知父助纣为虐，怨声载道，将来必至灭门之祸，屡谏不听。品玉年已十八岁，欲将配与奸党之子，祸更难逃。于是日夜忧愁，退避后楼。无人相伴，惟一老妪温氏，亦知薛家横祸将至，几度欲去，无家可归，亦在后楼相伴。

其楼后进跨浦[1]，少人往来，惟二渔人入浦打鱼。至那日开窗，见一渔郎，在浦边打古罅[2]，品玉同温妪倚槛[3]看之。妪羡之曰："任其王孙公子，怎似渔郎长久安乐？"品玉曰："果然官家不如渔家好，早去捕鱼晚归家。"妪笑问曰："设使渔郎配与大小姐为夫，嫌不嫌？"品玉亦笑曰："宁嫁箬笠渔子，不嫁纨袴小儿。"妪笑曰："嘴像鬼子[4]，亦不嫌耶？"品玉答曰："是缘分自应不嫌。"

原来那渔郎嘴唇缺裂两边。品玉自此常常倚楼看观，温妪有时亦在同看。那渔郎见楼上美女，魂便飘荡。自此不管打有鱼无鱼，日日都在楼下打古罅。总不敢仰面对看，在下面身亦爽畅。那日温妪亦在同看，细语之曰："嘴缺如是，如食茶汤，必流。"品玉亦笑曰："茶送一杯与食，看会流不会流。"妪即取茶一杯，以花筐系绳坠下，谓之曰："打鱼郎，薛千金送茶与你食。"那渔郎仰面，双手接捧饮之，称谢不已。楼上二人见嘴缺茶饮亦不流，暗暗称异。

那渔郎饮了此茶，那魂魄投于茶杯中，随筐跟上楼去矣。是夜回家，便淹淹病倒。不能勉强再来打鱼，人总病卧在床，而心与神犹似在楼上。原来此渔郎姓黄名耈，年二十岁，只有母何氏，奉母至孝。卧病床中，自思："那楼上美人乃大官宦之千金小姐，分明看我打鱼有趣，那茶亦是试我缺嘴怎样而饮，皆不是有心于我。我自顾何等之人，何等之貌，有敢亲近之？总然如'癞蛤蟆想

---

① 其楼后进跨浦：后楼架在小河上。浦：小河。

② 打古罅：在河道中架设升降网（捕鱼）。

③ 槛：窗。

④ 鬼子：小鬼。

天鹅肉’。其奈情已入心，抠不能去，敢望冰肌玉骨一傍，亦心愿也。”

于是越想越结于心越坚①。七日水米不沾。先不敢言，将死，对母说出实情。将思慕之因由说之，亦不敢说住处姓氏，只约略言之。又哭曰：“养子不能奉母百年，不孝之至。不孝死后，老母必至饿，将不孝之心取出，勿说是人心，只说是相思石，任敲任烧不毁。或有人买，不可贱卖，可延老母之暮年矣。”言讫气绝。

何氏哭泣曰：“世间命呆②，惟我至极。小时失亲，中年失夫，老年失子。老而无子，终身倚靠何人？势必饿死。吾儿临死所说心能养母暮年，死子之心岂能养得活母？叫为娘怎忍心取刀剖之？宁饿死也。”一面哭，一面手向子心摩着。忽然有一物从黄耇心中吐出，视之，乃有鸭蛋大的，形色与猪心无异，坚甚。何氏不胜惊异，自思：“此乃我儿已死犹孝，不忍取出，吐出来养母暮年。且试坚不坚也。”遂试之，果敲不裂，烧不毁，即存之。将小屋发卖，收拾了尸，棺寄古庙，只得将子之心名为“相思石”，插草③沿街捧卖，定价五千金。

有好事者，以相思石呼为“尚书席④”。坚不能毁，有人戏曰：“尚书席难破，惟夫人脚可破之。”盖以为尚书所卧之席，惟同夫人睡之，夜夜脚搓磨，方能致破。此乃戏言，谁知是个预忏之物。有好奇者试敲看，亦有钱与他，何氏遂不至枵腹⑤矣。日间沿街唤卖，夜间歇店⑥，遂至罗源。

时林夫人九娘在临水才回来，闻说有一老妇持卖相思石，坚甚，任敲任烧不毁，林九娘笑曰：“莫不是如唐贞观年间，一僧以金刚石冒作佛牙，任打不破，至长安惑人，被傅奕识破，以羚羊角一叩而破？”即令家人去唤来看。

家人遂带何氏至，林夫人取看，不是金刚石。笑曰：“此不是犬心即是羊心，从何来也？”何氏答曰：“乃子在广东红毛船⑦中得来，实名相思石。”夫人曰：“相思乃人心，非畜心。”又取向鼻嗅之，曰：“系慕人不遂，心结如石而死。可叫汝子来问便知。”何氏曰：“子已死了。”夫人曰：“汝子既死，就是汝子之心矣。”何氏答曰：“不是。”夫人曰：“若是，乃无价之宝。不是，不值半文钱。可实说，我又不谋害你，犹能致你富也。”何氏又答：“不是。”夫人曰：

① 越结于心越坚：越是郁结在心上，结得越硬。
② 命呆：命运不好。
③ 插草：在市中插草标求售。
④ 尚书席：福州话“相思石”与“尚书席”谐音。
⑤ 枵腹：饿肚子。
⑥ 歇店：住旅舍。
⑦ 红毛船：荷兰人船上。荷兰人毛发呈棕红色，也称“红夷”。

“是不是自有辨别。”

随取一盆水，将此物投于水中，无有见异。停思一会，又取一杯酒浇入水中，即刻浮出景致来，即如海中蜃楼。那物有气涌上水面，结作河浦、楼阁、树木。浦中有渔郎打古辘，仰面望楼上。楼上有一美女，倚槛望浦中。宛然薛家后楼临浦，薛品玉看黄耇打鱼之情景也。林九娘笑曰：“果然现出真形。”又笑指打鱼的曰：“望思慕那楼上美人，不能遂心，惟将那美人凝结于心，任若水火烧打，总不能毁，如此之坚，那渔郎必是你子。倚看之美女必是宦门之女，因日日在此打鱼，彼此观看，惹出你子思慕之心，结为此石，遗与母作奇货卖钱，可是么?”

何氏闻此言，哭曰：“为母还不知如此精细，被此位夫人知至根底，今识破，无人敢买，老命必饿死。求夫人再说楼上花娘是何处官家之女，姓甚名谁，待老身去咬他几口，偿子之命。”夫人笑曰：“都是汝渔子相慕千金女，再无千金女相慕汝渔子，你敢去咬他?况你不知他姓名住处，反来问我!”何氏答曰：“奴子[1]只是嘴缺，怎的生不好[2]?此事前都不知，至将死时吩咐留心卖银，养母暮年，始把相思因由约略说之，并未言之姓名住处，言讫气断。此心乃是他自口中吐出来，并非剖取，随卖屋收殓，棺寄古庙，将此心来卖。”说完，哭不停声。

夫人笑曰：“任你生得上好[3]，嘴缺便大破相，与他作奴才他还不要，还不是你子痴心妄想，死有何怨?今日幸遇我，便大造化了，不须啼哭。被我识破，怎肯断送你老命?还要将死子致活起来，何如?你先说姓名住处，再教你行为。”

何氏遂先说了姓名住处，又讶而问曰：“人既死，焉能复活?现尸已一月了，恐朽烂，安得复活?”夫人曰：“要活不难，只是你子心变其异在此，棺内之尸，无心安能复活?要此心灰化方可。不知此意中人在何处?先要查出所在，再行之。卜一卦便能分晓。”便持起相思石交何氏，令人带何氏食饭。遂取文房四宝，排出先天八卦，配出六神六亲生旺爻推究，判已周详。何氏食了饭出来，谓之曰：“我卜卦包你子重生，还得美妇，今照我教，不可错误。”何氏喜甚。

正是：彼望不嫌缺嘴子，如何肯负结心人。后事如何，下文详说。

---

① 奴子：我的儿子。奴：谦称自己。

② 生不好：长得不好看。

③ 生得上好：长得非常好看。

第七十七回　卖意中楼九娘定策
泪滴心灰薛女投环

却说林九娘教何氏："将此相思石改名意中楼，拿去都城中东南，向官府衙门内去变卖，开价一千银，能访出意中人来。或有男子、妇人，不可与说，只说是西洋来的。倘有深闺女子睹之不舍，再三盘问，可将实情告之。若此物被他毁化，不可动气，听凭他随意多寡相赠便去，待三日后讨便船①去看汝子之棺柩，自然重得子，又得媳妇。本处②不可久停，即带落船③来我这里，我自有好所在与汝三人安身。此乃卦爻推算，毫厘差之不得，须当谨记勿忘也。"何氏曰："若此心被人毁去，子无心，安能复活耶?"夫人曰："不毁却此心，不能生出那心，毁此生彼，变出造化④也。"

时将暮，留何氏宿一夜，又细细再教之。次早，何氏遂去，至福州城内东南向卖"意中楼"。盖彼时文官衙门都在东牙巷，武官衙门俱在西牙巷，系是东南向。遂有人带入衙门试看，投入水中，洒浇之，顷刻结楼浦、人物，无不称奇，多爱买，只嫌价昂。外面官看了，便令带与女眷同看，经过数衙门皆如是。后唤入国计使衙门，亦令家人带去家中与妻女看。

原来国计使薛文杰办事在东牙巷，住家在西门后曹。前门临街，后门坐西湖，盖内西湖在城内，闽王所开，通城外西湖也。时文杰之妻柳氏同次女品媚正在浓妆，欲去契子⑤盛韬家拜玉皇忏⑥。适家人带至卖意中楼来，遂先说其奇，即取出面盆⑦水与酒投入，即现出景致。柳氏称奇，问价若干，何氏答以千金。柳氏把舌伸出，曰："千钱可也，千金难买，快去快去，我要出门。"品媚曰："姐未看，可送与看。"柳氏曰："那花娘不出来看，谁送之?"品媚即令

---

① 讨便船：雇好船只。

② 本处：指原处。

③ 带落船：带他们登船。

④ 造化：幸运之事。

⑤ 契子：干儿子。

⑥ 拜玉皇忏：一种由道士主持祈求福寿的道场。

⑦ 面盆：脸盆。

小丫头："带至内楼与大小姐看，汝即出来跟轿去。"

何氏即跟丫头至内，进后楼。时温妪卧病在楼下，数日未到楼上，只有品玉一人，见丫头引带至何氏，说："此西洋景[1]，夫人同二小姐看过了，叫送来与大小姐看。"丫头言了便出去，品玉问曰："汝赶去何处？"丫头答曰："要跟二小姐、夫人去盛家玩耍。"

品玉遂取一盆水，如法行之，即现出景来。觉是自家楼阁，细看倚楼之人，女即是自己对镜之形容。再睨打鱼之人嘴缺，即是前日常见之渔郎。疑甚，问他出处、价银，何氏曰："来自西番[2]，名意中楼，要卖千金。"品玉令且捞起，再投入看。何氏即捞起，是一块紫石，景致随灭，投入水即如前。品玉曰："有此奇异，千金不为贵，今看过，可收起来。"何氏又捞起，品玉接过，把玩一回，放于桌，谓之曰："看此石形状，不过像猪心，怎的有此变化？其实是何出处，说之不妨。"何氏答："出于西洋。"品玉曰："必不是西洋，亦曾看过西洋画、西洋景，所有男女人物、山水都是番仔[3]形状妆束，亭屋树木尽是番界[4]样式，今此景楼上之女，与浦下之渔郎、楼阁、树木，尽是本地之样式，可知出处在近不在远也。"

何氏被盘驳不能答，只垂头流泪。品玉疑之，问之不休。何氏因思林夫人曾有吩咐，若遇有深闺女子盘问者，即告以实事，曰："先请问千金贵姓尊名了，再告明此出处。"品玉曰："家父姓薛名文杰，在朝为国计使。家母柳氏，舍妹品媚，奴名品玉。"何氏带泪曰："此物之出处、因由怎敢说出，蒙千金再三盘问，不得不说出，但说了祈勿罪！实非西洋之物，乃是老妪死子之心也。"品玉讶曰："快说来，汝子之心怎的剖得出来与汝作奇货卖也？"何氏遂将子之姓名，并在浦中打鱼，望见楼上美女，痴心妄想结成此石，死子自吐出来之实情诉说一遍。

品玉一面听何氏说，一面觑桌上那块心，一面思："此渔郎不是性命因我断送了？"不觉情动于中，珠泪并出，滴在那心上。谁知奇甚，那心甚坚，经无数人把玩，并无一点改异，惟一经品玉之手，已软去一半，因放在桌上，何氏尚不知。今又滴沾品玉之珠泪，忽然全化为灰矣。何氏见心已毁去，形色不变，而品玉见了大惊，曰："怎的奴泪滴汝心灰[5]，千金叫奴怎赔得起耶？"人便吓

---

① 西洋景：旧时街头民间文娱活动的一种装置，观众从透镜中看放大的画面，因图片多西洋画而得名。

② 西番：西方国家，指欧洲。番：外国。

③ 番仔：外国人的通称。

④ 番界；国外地方。

⑤ 心灰：心化为灰。

软去。何氏从容答曰："怎的赔不起奴。小姐即是千金，来偿之价足矣。"品玉泪曰："势必不免将身偿之，只是现在叫婆婆空手回去不忍，且去搜寻有多少，祈海涵收之，余待来生再报耶！"品玉即入母房，偷出白银一百两、黄金二条，递与之曰："求谅情勿怪！"

何氏因林夫人有言多寡即管[①]收之，勿讲，遂接之曰："老婢说笑玩要，千金赔偿，有敢如是。今有此金银，可度暮年，谢之不尽，还敢怪之理?!"何氏将金银缚于腰间去了。品玉闭户静思："那渔郎，彼时不与一杯茶，必无妄想，因此茶惹动他心猿意马，断送性命。今命既休，还将奴家之形凝结于心，坚牢不毁，沾奴一泪，顷刻意愿心灰。他既有此钟情于奴，奴以等闲视之，便是草木，岂同人类！今生既误，却不能与之遂偶，惟死魂可相随于地下也。"思之既定，是夜悬梁自尽。次日，丫头叫洗面，门敲不开，即撬入看，始知吊死。

母柳氏在盛韬家，乐而忘忧，闻报亦不啼哭，犹骂："这小娼，不早死，留之何用?"盛韬问故，柳氏曰："父母都不合他意，每日在面前闲言闲语。无数王孙公子托媒说亲，总不点头。我是他母，犹拿我短处。老公肯容纵，女儿反而不肯。一家大小，惟他清洁[②]，故推他后楼居住，三顿饭送与食，免见面毛话也讲三句[③]。这几日温妪病倒，无人肯送饭，亦不出来食。他自饿，无人可怜，惟妹心痛，送去与食。昨日妹还叫送西洋意中楼与看，是夜怎的去死？既死也罢，我亦不回去，吩咐家里办事之人，买一部棺木装贮，就扛去烧[④]，便干净矣。"

盛韬曰："怪道是[⑤]，二妹见我眉开眼笑来近，大妹见我即目睆嘴凸[⑥]走开。既不喜欢我，死去也好。且慢些就烧，且抬寄古庙中，待他爹回来，或烧或埋未迟。妹不可回去，恐是患鬼[⑦]，黄花闺女被吊鬼拴上身[⑧]，怎了得？干娘要回去，叫人料理了再来；不回去，对人不住[⑨]。"于是柳氏回来，买了一部棺木，把品玉身面绸衣绸裙脱去，换丫头穿的破补粗布衣裙与穿，装于棺内，令抬去

① 即管：只管。

② 清洁：清高自洁。

③ 免见面毛话也讲三句：省得见面又要听她啰嗦。毛：没有。

④ 烧：焚化。

⑤ 怪道是：难怪。

⑥ 目睆嘴凸：斜眼看，嘴撅起。

⑦ 患鬼：犯鬼，遭鬼魅。

⑧ 被吊鬼拴上身：被吊死鬼抓了做替身。民间认为吊死者变成吊鬼，需找到替身才能转世投胎。

⑨ 对人不住：对不住人，道理上说不过去。

古庙安放。柳氏不隔夜，连步又去盛韬家中要乐矣。薛文杰在衙中闻报长女吊死，亦不心痛，就欲烧之，至回家已抬寄古庙。既出丁①，且缓烧之，连轿亦去盛韬家看拜仟要乐矣。

正是：不悲女死虎何异，容纵妻淫狗不如。究竟如何，下回接说。

① 出丁：指棺柩抬出家门，暂且寄顿专门的停放处，福州话叫“丁厝”。

第七十八回　盗贼劈棺无服饰　男女还魂共遁逃

却说那日薛家抬品玉棺柩安放于古庙内。此庙乃是南关外山边之孙魂坛庙，间数极大，只是破坏①，无人看管。品玉之棺却被三个贼子看见，闻知是国计使千金小姐死了，棺寄在此，共议：他乃宠幸权臣之女，必有金珠首饰、绸缎衣服入棺，夜来同去撬开，脱来均分。

俟至半夜，三贼至庙，明火开棺，将品玉身尸抬出。首饰俱无，惟脱几件破补布衣裙，见贴身之褦裤②犹新，将脱之，因见又一部新棺亦在旁边，有一贼曰："此褦裤且留与之遮体，再开那部，脱来补此。"众再撬那棺，亦将尸抬放地上，看衣服更破烂不堪，三贼气甚。将再去脱品玉之褦裤，忽起一阵冷风，把火吹灭。三贼浑身发战，顾不得二尸在地，抱起数件旧衣裙便跑去。

原来那部棺木乃缺嘴渔郎黄耆棺柩，同寄在一处，被贼一同撬开。二尸同放在地，其女尸才死一日，夜能还魂，其男尸已死月余亦能同时还魂。至天明，皆翻身坐起。品玉看乃破庙，空棺在旁，知是已吊死复活，不知何人来开挟出。又见一男子，亦坐在地，亦有空棺在旁，疑亦是出棺还魂的，欲问不敢问。那黄耆死久，虽还魂，体甚怯软，思："死在家里，怎的在此出棺复活?"见一女坐在地，亦不敢问。再一会，二人精神渐定，品玉吊死，形容如故，黄耆病死形容虽改，惟嘴缺无异。品玉见其面貌，思："莫不就是楼下浦中打鱼之人耶?"又不敢问。黄耆见其面貌甚善③，恰似所慕楼上小姐，亦不敢问，只是两人对看。

彼此正在疑异间，何氏忽至，一见子出棺坐地，便抱哭曰："我子是人是鬼?"黄耆见母来，喜甚，答曰："不孝幸还魂，是人，不是鬼。惟不知何人开棺救出?"何氏曰："果是死而复活，且莫管是何人来开棺，今快随为娘去。"黄

---

① 破坏：破败。

② 褦裤：内衣内裤。褦：方言俗字，音同"朗"，指内衣。

③ 善：熟悉。

耉曰："且慢，还有此位小娘子亦还魂。"

何氏因一至见子出棺，便抱住痛哭，竟不觉更有一女在旁，今因闻子说，回头一看，便认得，讶曰："此一位可不是前日在后曹薛府中会过之千金小姐，怎的在此还魂？"品玉先问曰："此位即是婆婆前日所说吐心遗母之孝子黄耉哥么？"何氏答："是。"品玉曰："既是，还不快先带奴同去，待说得清楚，被人撞着便走不脱矣。"黄耉问母："怎识得，实是何人？"何氏又喜又异，答曰："就是吾儿所思慕、凝结在心至死不化的薛国计使大老爷之千金品玉小姐也。"黄耉喜曰："小姐既肯共去，快些带去，恐遇着人。"

何氏见子衣服俱全，惟品玉只单褯裤，即脱自己身上衫裙与穿。遂左手牵品玉，右手牵黄耉，同出庙门。船已雇便，至江边下船，即令开船。行有许久，何氏入后舱，捧出两碗粥，曰："汝二人先食点心，停会再食饭。"二人遂食了粥，精神愈定。何氏将舵门[1]关了，便轻声问品玉曰："前日老身到小姐府中卖意中楼，小姐还好好，一点病都毛[2]，怎的会死？是自开棺出来，或是有人开的？如何身上只穿单褯裤，外面衣裙都无？棺木何入此庙？可说与老身得知。老身亦将奇人指点之由说知。"

品玉亦轻声答曰："今日彼此奇逢至如是，务要将实情说知。奴因父亲为官不清，常助纣为虐，恐祸至灭门。屡谏不听，又欲将奴配权臣之子，祸更不免。惟隐后楼，对山水以遣忧愁。见令郎常在浦中打鱼，优游自得，因思，虽王孙公子，纵眼前富贵荣华，怎及无荣无辱、安常乐得？故令温妪送杯茶与食，谁知令郎却被奴之杯茶牵情，断送性命。前日婆婆不至卖意中楼，奴何由而知也？因听说致命之情由，奴眼中流泪，滴此心上，即刻化灰，缘千金赔之不起，无奈盗父母金银以偿，幸婆婆仁慈不计。婆婆去后，自思人既有心属我，泪滴一点死心即成灰，我岂无心，空泪而莫报？今生不能遂偶，死可相随地下。是夜自尽死了，寄此破庙内。不知棺是何人所开，至还魂见令郎，亦坐空棺之旁，欲问不敢问之间，婆婆适至，带同脱身，又转一人世也。"

何氏闻了，带笑曰："痴儿虽慕小姐，自顾貌丑人贱，不敢启齿，空结于心，死有何怨？小姐乃宦门千金，怕无才貌相当之佳偶？怎反慕下贱缺嘴之渔子而轻生，何也？"品玉曰："取人在心，岂在外貌。古人丑如兽，心有大圣之德，今人美如玉，兽心不可测，此之谓也。"黄耉闻此言，暗喜甚，精神倍长。何氏喜曰："原来取心不取貌，此等说愿与老身作媳妇矣？"品玉把头点点。

---

① 舵门：船舱前后有拉门，舵门指朝向船尾的后仓门。

② 毛：没有。

何氏又问子："可知怎样还魂？"黄耉答："不知怎样复活，如睡初醒。见小姐亦在庙内，便认得楼上之人，欲问不便问之间，幸遇母至。不是神差鬼遣，彼此再世遂愿也？"何氏曰："若不是神差鬼遣，怎能两部棺木放在一处耶？想必是人皆以小姐穿戴金珠绸缎入棺，至贼来开劫。见汝之棺亦新，顺便开劫之。二尸皆抬在地，汝身上衣服破烂不要，把小姐首饰衣服尽脱去，才剩裲裤。必是首饰衣服都是金珠绸缎，脱取遂意了，才留裲裤不要。若不是贼来开劫，在棺内还魂亦憋死。细想之，不是贼来开，有谁敢开之？"

品玉曰："婆婆之拟度不差。但婆婆怎知今日奴二人会还魂，船讨现成[①]来带。今去何处也？"何氏曰："汝二人又转一世，合再世之姻缘，乃奇人指示也，乃罗源林九娘夫人也。"遂将九娘教的从头至尾述了一遍，"今同去罗源报他，他自能安顿妥处。"二人闻之，皆感激不胜。

无何，船到罗源，登岸同到林缙绅家。何氏带同二人拜谢林夫人，九娘随问所行之情节，何氏将曲节[②]告明，其中无不合于神机妙算。得了子又得媳妇，皆夫人之大德也。夫人曰："此再世之缘非我所能为，乃天所定，勿谢我，谢天可也。今且躲几时，免不测余波。"林夫人双亲称羡品玉："能辞富归贫，由命不由人，千古奇女子。"品玉曰："如不弃，投拜膝下。"林公同夫人喜之，纳为谊女，居于内室，黄耉随母在外院安顿，等事平静后再行成礼也。

正是：奇人自有奇人遇，横恶多逢横恶磨。究竟如何，下回分解。

---

① 船讨现成：雇船准备好。

② 曲节：具体过程。

第七十九回 借盗诬良抄括民产 真贼仗义投首原赃

却说罗源林缙绅收纳薛品玉为谊女子，待事平静再行招赘礼，随遣人去福州密探有无余波。

盖林九娘夫人所说再世之缘，由天所定，不由于我，虽然由天，若无人从中引带，亦不能遽遂也。原来林九娘见其坚心，便知黄耇之魂随附，其魂未散，尚可作为。再加排卦推算，二人应有再世之缘，遣二神将暗随何氏去福州，迨其坚心化灰，魂便离去。一神将引男魂至古庙候之，一神将守住品玉。悬梁之后，将女魂拘住不与散，随棺亦引至古庙，专等三贼来开棺，二神将仍助之揭开棺盖。二尸一现，魂即投附原体。女尸才死，魂一归附便活。男尸已死多日，不能腐烂，亦有缘故。原来体随心变，心未灰，体故无异，至心化灰，魂随投入，故能复活。此乃林九娘体上天不负有心人，故代天引带之成功也。

却说薛文杰家，三日后，家人至古庙烧香纸①，见小姐之棺并别人棺一部盖尽撬开，内无尸首，只剩空棺。大惊，赶回报知薛文杰。文杰亲自来看，见连尸无去②，大怒，便列开棺中无数金珠首饰、绸缎衣服之赃单，严敕地方官缉获正盗追赃。

地方官即勒限众快役，分头寻缉。无踪，三日一比③。诸快役遂在小窃白狗家起出一床棺底褥送验是否正赃。薛家验是真赃，文杰亲提至国计使衙门究问，坐堂严讯白狗："同伙几个？更有赃物存何处？尸首丢于何方？从实供来，免受刑法！"白狗供曰："小人并无开棺窃物。"薛文杰又问曰："汝说无窃，此褥何来？"又供曰："因那日游玩进庙，见空棺里有一小布褥，顺手拾来是实，撬棺窃物无份④。"薛文杰将白狗打四十大板，又上一夹棍，不认，遂收监。连日又讯四五次，受尽严刑，总不招认。

---

① 烧香纸：烧香并焚化纸钱祭奠。

② 无去：丢失了。

③ 比：古代官府对追捕犯人或交纳税赋的期限，到期追责。

④ 无份：没有参与。

谁知白狗劫棺实是无份，果然[1]那日闲游庙内拾的。彼时品玉入棺，只旧破衣裙，哪里有棺底褥，原来却是温妪因品玉收敛之时，带病勉强出来看之，见品玉换此等衣服入棺，心中暗怒。素知柳氏悍恶，言之无益，反遭斥骂，赶进取出自睡之蓝布褥铺于棺底。柳氏还叱令揭起，因妪说："既铺入棺，不可再取出来。"柳氏始听之。至那撬棺之贼，只剥身上之衣，不觉棺底有褥，所以才留与白狗拾去。可怜白狗拾了棺褥，受了无数大刑，正所谓"黄狗窃玉，白狗当罪"。今人常言曰"黄狗食肉，白狗受罪"，即此之原因。

那日文杰又审白狗，白狗连日受刑，身无完肤，总不承认劫棺正盗。又问曰："既不是汝劫，可晓得是何人劫去，说出免汝罪。"白狗曰："犯人只是小窃，无敢大偷，现有张三等十数个乃开棺劫墓大盗，屡招犯人入伙，犯人怕罪不敢。此番各在浙江回来，个个发有大财，莫是他们所为，未可定。"薛文杰又问明名姓住址，令健役分头搜拿之。遂拿到四个，并搜无数金银珠宝、各项器皿宝物。

随带至堂讯问，一名张三，一名李四，一名郑六，一名王七，更有林五瘌子走脱。其张三等四名皆承认有劫过别墓别棺，惟此二棺不是他劫。又问所劫何墓何棺，张三等又供，某年间，在某州，劫某处之墓几座，某处之棺几部，所得服物若干，皆随时变卖无存。

文杰又问："既变卖无存，现在各家搜出金珠宝玉从何而来？"又供曰："去年会同九个去浙江、江南等处偷劫王墓得的，始带回来，尚未变卖。"又问："在浙江共劫过几座王墓？"又供曰："半年共劫五座，不知何王之墓，皆得有宝物。后又劫一座，圹中出怪异，无所得，犹伤死三个，因吓了，不敢再劫，只剩六个走回。"

又问："那座何王之墓，圹中出何怪异？"又供："亦不知何王之陵。半夜同去撬开墓门，谁知门内又有门，其门全是铁铸，用大锁锁住，举火断了锁，打开铁门，内忽有武士数个，刀枪杀出，遂先杀死先入一个，八个退走得快始免。因又寂而无声，缓步入看之，原来杀出非人，乃铁铸四个门神，各执刀枪，暗张机轨，门一打开，便拨动暗机，杀出便不能再动矣。即将刀枪拔出，铁人推倒一旁。进去，又有一层内门，再打开内门，忽有乱箭密如雨雹射出，又被射死一个，七个走脱。待箭射尽，又进去看，圹中二棺大极，案上排列皆金玉器皿。正看宝物间，忽然圹后拥出流沙，如涌潮赶浪，走快跑出户外，只剩六个。回头看之，满圹皆被沙填，一个又活埋在圹内。并不知何代帝王，预存不测之

---

① 果然：确实是。

机轨，保全棺不致被劫。九个去，只剩六个回来，遂不敢再开而回矣。开王墓之罪不小，小人等都已招认，若有开古庙之二棺，怎的反不敢承认也?”

文杰闻说开此王墓之奇异，笑曰：“平王之墓，在水内设一刀车，已为奇异，谁知此墓连设三机械，更奇之至，故平王之墓被毁，此墓终不致毁也。”又问四盗曰：“此等说，那二棺不是汝等开是实。惟将早年所劫过别墓别棺之服物卖与何人，逐细开数交上，以凭抄起治罪。”张三等答曰：“多年久远，物又零碎，变买之人又不知姓名，从何而开也?”文杰怒曰：“不开，取熨斗[①]来烧!”即命人押带至边房。

却原来诸爪牙已开有一本城厢内外之富户姓名清单，与之，诬报买赃。四盗犯怕熨斗烧肉，不得不凭之开列扳害[②]，遂捏[③]写上某年月日，卖去某墓某棺中某物件几件，银钱若干，一连扳列数十主[④]。文杰一面奏明闽王璘，随拨军卒去各家抄产拿人。可怜无一主不倾家荡产，所有抄赃之家产，一半归朝廷，一半归文杰。又出告示，开列被盗去古庙之内女棺中金银珠玉、首饰、绸缎、锦绣、衣服，有百余件，价数万之赃，谁人买去，限十日内自行献出减罪，若不自献缴，即拨军士挨门照户抄搜矣。因出此告示，莫道有家财之人害怕，即寻常人家亦怕搜括，地皮必被卷去一重[⑤]也。

汝道那开棺真贼却是何人，四处访拿不出？谁知都在邻近居住，共三个：一个没尾跳蚤，一名没脚肚龍[⑥]，一名没主野猫。来无踪，去无迹，万古[⑦]访之不出，拿之不着。因开出此告示，赃开数万，忿之不胜。三贼遂自议论曰：“哪有此等贪官，以女来做奇货，少来引多，只数件破衣裙，却捏开数万之赃，到来挨门挨户搜抄。为人终有一死，定将此破衣拿去自首，破其虚捏，拼三命以救万家，虽死名传于后世矣。”却原来三贼久已访知薛家礼义廉耻俱无，故欲破之。

三人议定，遂取原赃同至国计使公衙投首。但此案应归刑部衙门讯办，何至他自办理？因一，属自家之案情；二，从中可图利故；三，闽王委任之，故而把持而殃民也。

---

① 熨斗：烙铁，作为刑具。

② 扳害：（罪犯做伪供）将无辜者牵扯进去。

③ 捏：编谎言。

④ 数十主：数十家。主：户，家。

⑤ 一重：一层。

⑥ 肚龍：一种野外常见的黄绿色小蜥蜴。或作“杜垫”。

⑦ 万古：永远。

文杰闻有正贼送原赃自行投首，即坐堂讯明，见只数件破衣，笑问曰："把何处花子衣服拿来搪塞，我小姐穿此等衣服落棺[①]耶？所有金银珠玉、绸缎锦绣，或存或卖，照实说来，免受刑法。"三贼皆答曰："小姐之棺是小贼犯三个亲手开的，首饰半件都无，身上只穿此旧衣，褓裤稍好些，不再脱，留之蔽体，只脱此数件，再寻无矣。"文杰又曰："不动刑法，总不实招。"三贼又答曰："既愿自来投首，怎的还不实言？实不相瞒，因闻是薛府千金小姐，必有金珠绸缎落棺。去开劫，哪知只脱此数件破烂，无处当卖。早知如此，便贴我们银钱，亦不去开也。"

三贼将此言面质文杰，适内殿遣人来，令文杰去陪酒。即令且将三贼收监，明日复讯，再不实认，定动大刑。文杰遂进内殿去了。但文杰并非刑官，哪有监狱监贼？因王璘常委大案民情，故设之也。

正是：人存正直天何负，官至贪污贼也欺。欲知后事，请看下回分解。

---

① 落棺：下棺入殓。

第八十回　质奸臣侠盗供踪迹　补缺嘴示梦止搜赃

却说那夜三贼在监内，又议破他家政之口供。至次日，薛文杰又坐堂，提出三犯，又照原供[①]。文杰冷笑曰："我家小姐岂有都无首饰衣服，只此数件破旧衣裙落棺之理？"三贼又曰："小贼犯就是因此不愿[②]，随去密探薛府千金小姐只如是落棺之理，始知此位小姐因苦谏大老爷同夫人被责，忿恨吊死。欲即烧化，因盛神公说'且寄顿古庙，慢些烧化'。孰知夫人将小姐身上原穿之绸衣脱去，换此丫头所穿旧布衣。何曾有褥。那被白狗所拾之褥，还是温老妪不过意，将自睡之褥赠之，才有致'黄狗食肉、白狗当罪'。要想访拿我三人是难，实因大老爷把女来抛砖引玉，以不值百文钱之旧布衣，开出万金之绸缎珠玉，欲行挨户搜括。不忍殃及万家，故拼死自献原赃投首，免累万民。大老爷犹说不是原物，莫是[③]彼时小姐落棺，适大老爷在朝堂，未曾见过，被夫人以少报多瞒之，可将此衣服拿去问贵府老妪、侍女人等，是小姐穿落棺之衣服不是。为人须存天理良心。若是，将我三人杀却，不可殃及万家。若不是，再来把我们割舌刳肝，慢慢来磨灭[④]，我们亦不敢怨矣。"

文杰因被说肝胆[⑤]，自觉赧愧无言，惟骂："好大胆贼奴，有敢[⑥]当面毁谤大臣，罪不容诛也。"三贼曰："什么大胆小胆，有敢来出[⑦]者，便存[⑧]刮骨粉身。果有是事，怎的不实说之也！"文杰曰："且慢刮肉碎骨，还要再问。今据汝说，原赃只此数件，余皆无也罢，把我小姐之尸丢在何处？还有不知姓名之棺亦是汝开，盗有何物？或男或女，亦丢在何处也？"

---

① 又照原供：（三贼）供词仍与前日一样。

② 不愿：不甘愿。

③ 莫是：莫不是。表示揣测。

④ 磨灭：折磨。

⑤ 被说肝胆：被揭出内心隐秘。

⑥ 有敢：胆敢，敢于。"有"表示肯定。

⑦ 有敢来出：敢于来自首。

⑧ 存：心里准备好。

三贼曰："怎知道二棺之尸因祸得福。我三人因闻这部是官府之女，必有金宝，开出尸来，其尸犹软而热，异之。看身面[①]乃旧布衣，想外坏内必有好，谁知越剥越坏，个个败兴，惟裲裤未剥。又见有新棺在旁，又开亦无物。谁知这二棺极好开，未撬几下便起。抬出尸，其尸亦软热，众异之。举火照看，乃男尸，缺嘴，身中衣服更破不堪，又不中剥，因更败兴。回想欲剥女尸之裲裤，忽起一阵风，将火吹灭，我三人身中抖颤，便抱已脱之衣走去[②]。因二尸尚放在地，未曾抬还棺内，各食了早饭，来抬贮合盖。刚至庙门口，一老妇人手扶一男一女出来。极好认，所扶之男缺嘴，即后开之男尸。所扶之女亦认得，即先开之女尸。我三人即避树下，待其过后，遂入庙看，二尸无矣。尾即追去访探，老妇带二人至江边下船开去。再查去何处，却是去罗源。再问去罗源何所，无人知矣。此不是天遣我三人去开棺，与二人还魂去也！"

薛文杰闻之，笑曰："更胡说之至，人死数日，岂有还魂之理？如真还魂，不回家，肯跟穿破衣之缺子同走，无是理也。"三人又曰："物件瞒存还卖得钱，惟死尸或丢或埋，不实说，还瞒之何用？只须差人去罗源查拿二十余岁之缺子来勘问，便知小姐之下落矣。"文杰曰："今就汝供去查看有无我小姐下落再办。"遂令将三犯收监退堂矣。

但文杰异样之残忍，三贼如此当面卸[③]彼短处，都不动刑，白白收监而罢耶？殊不知文杰之短甚多，若一动刑，三贼更卸之不堪，因惧其再卸，故忍怒而将就之也。古语云，"舍得一身剐，哪怕官人不下马"，此之谓也。

于是文杰遂不再言挨户搜赃，惟遣人去拿缺嘴矣。起先人不知情，凡有缺嘴皆被拿去，不管是不是，总要受一夹棍才放之。至后人皆知，嘴有缺者无不存[④]躲之矣。

有一张姓缺子，躲数日，因卖鱼，再躲无米落鑹[⑤]，欲去做生意。妻阻之曰："宁饿死，不可出，被官拿去怎得了？"张缺笑曰："不要怕。"遂去卖鱼。遇着街上卖肉之痢子，张缺即将痢子擒住，曰："汝肉切几斤与我食[⑥]便罢，不然擒汝见官去，命必休矣！"

李痢笑曰："我痢子不食汝缺子，缺子还食我痢子？汝鱼快拿几头与我便

① 身面：表面的外衣。
② 走去：逃走。
③ 卸：揭露，指责。
④ 存：藏。福州话"存""藏"同音。
⑤ 无米落鑹：无米下锅。"鑹"是铸铁锅。
⑥ 汝肉切几斤与我食：你要切几斤肉给我吃。

罢，如无，我把汝拿去送官，头不在肩上矣！”

张缺曰：“现在有告示访拿六个开劫王墓贼，走去[1]一名是癞子。将汝拿送去，先受三夹棍，命还不休也！”

癞子言：“缺子，汝乃拐带薛小姐为妻之案内人犯，拿去有无便宜？”

缺子言：“官如拿我，即将我老婆送去验看是薛小姐不是。官见我老婆，嘴都惊裂去[2]，还有敢难为我也？”时便有人围看，闻言无不大笑。或问：“怎么官见汝老婆嘴会惊裂？”内一个是张缺邻居，笑曰：“生得丑。”又问：“丑妇人无数，何曾惊裂人嘴？”又答曰：“惟他丑得各样[3]。”又问：“怎生异样？”又答：“脚跛，手折，鼻凹，嘴歪，土螺目，鲎壳背[4]，更加头发癞无一条[5]。”众笑曰：“如此十全，真会惊裂人嘴。此等说缺子该食癞子肉，快与之！”

张缺持回家，妻问：“肉何来？”张缺答曰：“若无汝惊裂人嘴，还要把鱼与别人食，哪讨有肉回来也？”妻问故，张缺将前情告之，妻笑曰：“汝常骂我煞倒退、鬼关门[6]，若无肉食，还要受夹棍哩！”张缺答曰：“丑妇家中宝，真没错。”

谁知此张缺食肉之事，有罗源林缙绅遣来打听之人在场观看，并访知自首开棺之正贼没尾跳蚤等三人，当堂卸出薛文杰破衣装女落棺，以少开多，又供眼看二棺之尸还魂，被人拐带在罗源，现拨人来罗源搜拿缺子等情由，回去报知。品玉始知落棺之情形，并无恨意。惟林缙绅吓甚，思必围门来搜，怎了？九娘曰：“不须怕，要灭缺子嘴形迹不难。”随令何氏带黄耈至，九娘将两指头向缺唇上钳摄数下，顷刻两瓣复合，无痕无迹，与上唇相配无异。黄耈一破相之人忽变为五官端正，换一颜容，人皆认之不得。品玉看见，不胜欢喜。

九娘谓何氏曰：“此补缺之法传授婆婆，若有人来请，即管去补，免带累人担惊受怕。”遂将此诀法教之。何氏得诀，随令家人前去通知有缺子之家，说：“我家有异人，能补缺嘴，快去补之，顷刻变无缺，不收谢礼，迟则去矣。”即有人来密请何氏，何氏遂去，如法补之，应手成功。一日都有数主[7]来请。不数日，通[8]罗源及连江、宁德等处缺嘴断迹[9]矣。补缺嘴之法自此始。惟九娘传

---

① 走去：逃掉。

② 嘴都惊裂去：吓得张嘴，以至嘴角裂开。夸张形容其妻长得难看。

③ 各样：特别，特殊。

④ 土螺目，鲎壳背：目似泥螺细小黯淡，背驼如鲎壳。

⑤ 头发癞无一条：头发脱光一根也不留。

⑥ 煞倒退，鬼关门：鬼煞也会被吓退、闭门不敢见。夸张形容人长得极为丑陋。

⑦ 数主：数家。

⑧ 通：全，整个。

⑨ 断迹：绝迹。

授何氏不用刀削针缝，惟两指钳摄之，至后人皆用刀、针、药也。

文杰之军卒至罗源，遍处搜拿，无一缺子。九娘恐再累他人，即遣神将至福州入文杰家中托梦言曰："薛文杰听着，汝女品玉因汝助暴殃民，恐祸至灭门，故悬梁自尽。阎王悯之，令没尾跳蚤等开棺，同缺嘴郎还魂，往投南唐避灾。汝不可再行抄搜，枉害良民，若不收敛，祸在目前。此后务要猛省改过，犹可化祸为福。若不回头，难免大祸矣。"文杰是夜梦中见金甲神来说，吓甚。次日，罗源查拿缺子之军卒回报，遍拿并无一个缺子，无从获解。文杰遂不敢搜求矣。

正是：已被三强点着脉①，更添一梦刺于心。究竟如何，看下文分晓。

① 着脉：点中要害。

第八十一回　抱别腿逐白鼠现报　代婚嫁遂黄耇前缘

却说薛文杰被林夫人以金甲神示梦，便不敢再行搜拿缺子，即密令放去三贼没尾跳蚤等三名及小窃白狗，惟张三等四名惯开[1]王墓民坟，备详文解送与闽王定夺。

王璘看了供词，怒甚，令腰斩，留半尸与其妻子领去。校尉遂将四盗腰斩于朝门外。其四尸上半截先令拖去万人坑，惟留下半截胶腿[2]，唤四盗之妻同来各认领去。其妻至，怎认哪个是亲夫，只得各抱两腿而去。别人皆未知，惟行刑之人知之，张三之妻抱李四之胶腿，王七之妻抱郑六胶腿，众皆以为笑谈不休。旁有一老人责之曰：“不可笑，为人不行正道，能保将来老婆不抱别人胶腿耶?”众皆失色，不敢再笑。

薛文杰只正法了劫墓四大盗，其余皆不究，遂将此案完结矣。

柳氏至闲时始查知白银失去一百两，黄金失去二十两。料无人敢偷，惟两个家人婆[3]胆大，以是同伙偷去[4]。一个即温妪，病已愈；一乃陈氏。因搜无出[5]，以竹管来夹二妪手指，要令招出寄在何处，被夹一日一夜，指皆夹扁，惨不胜言。随将二妪上下衣裙皆剥去，只留一裤，俱赶出去。陈妪还有表侄可投，温妪无处堪投，只得向人家求讨破衣遮体。日为乞丐，夜宿古庙。

原来陈妪之表侄即是开棺三贼之没主野猫也，时才放出。忽见表姑赤体至，讶问之，陈妪将此情告之。野猫曰：“能离此火坑，非祸是福，要报此淫妇何难！姑在此，侄本处亦住不得，将来去投南唐，待替表姑仇报后带姑同去江南，怕没安身所在耶!”

原来三个知薛文杰之家事，皆陈妪说之。薛文杰只道陈妪无亲，并不知还

---

① 惯开：经常开掘。

② 胶腿：即腿。“胶”是“骹”字的俗写，指脚。

③ 家人婆：女仆。

④ 以是同伙偷去：认为是她们合伙偷去。

⑤ 搜无出：没有搜出（赃物）。

有表侄作贼。因作贼，陈妪故不敢说有表侄也。三贼中，飞檐走壁惟野猫顶捷，故号野猫。遂日夜打听，知柳氏又去盛家，三贼暗随在后侦之。

那日，柳氏与盛韬在后园亭赏梅，是夜二个在外厢房同睡。三贼早已暗伏后房，待二人睡熟，野猫入房先偷男女之衣裳，二人在后房放火。一燃，野猫即将棉被揭抱去。二人惊醒，见火在后房烧至，赤体爬起，寻无衣裳，同走出户。欲入内宅，门却被三贼塞住，拥不能入，只得由后园门跑出街去。三贼在后面追，叫喊："各人快来看，薛文杰国计使之命妇与谊子盛神公在园亭奸宿，即本房中起火，二个赤体走出，人家不可收留，若收留之，即是与他同类也！"人闻此语，不去看火，都跟他后面逐看①，亦同帮喊之。

盖文杰造恶多端，民不聊生，无一个不恨他，谁肯收留？盛韬闻此喊声，亦不敢投入人家，只得紧带柳氏，跑上九仙山，投入宝皇宫矣。而盛家与九仙山只隔半里路，后面之人百余，逐至宝皇宫，便不敢再跟入，即散下山去。遇不知之人后面拥至，问："看什么回头来？"众曰："逐二头白老鼠②，上山无了。"众又问："白老鼠多少大？"又答曰："没天理的大③。"又问曰："白老鼠会没天理大？"答曰："雄的常与玉皇对面坐，雌的常在长春宫陪宴，人之生死，皆出此二人口中。"众笑曰："是人，不是白老鼠。"众笑答曰："是一对男女，脱得赤条条，连一丝都毛④，像白老鼠不像？"遂将实事告之。众讶曰："原来是奸夫淫妇。造化，若遇着我们，将此二人拿去粪窖里，哪有此好机会，与千万人报恨⑤之时也！"

众又赶回头去看，那火已延入内室，屋俱烧尽，又延及乡邻十余间。人皆以二人奸宿未灭灯致发火，无人知三贼代陈妪报恨。是夜，人众⑥皆知白老鼠之事，遍街传说，惟文杰不知。柳氏怎敢言之，惟令盛韬密访放火及沿途喊叫之人，竟访之不出。

谁知三贼次日即带陈妪去投南唐军营中为校，看待陈妪如亲母矣。盛韬仍归宝皇宫住止⑦，柳氏亦常去就之。后有人去江南作生理⑧，回来说遇着没主野

---

① 逐看：追赶着看热闹。逐：追赶。

② 白老鼠：无毛的老鼠。此处比喻光身子的人。

③ 没天理的大：异常之大。

④ 毛：没有。本字"无"。

⑤ 报恨：报仇。

⑥ 人众：众人。

⑦ 住止：居住。

⑧ 作生理：做生意。

猫等三人，都作了官，被请去款待数日，十分厚意①。谈及替表姑盘本②、逐柳氏赤体出街之事，自此始知二头白老鼠是没主野猫所逐。有孩子唱童谣歌云：

最难寻的白老鼠，常在园亭奶③抱子。

遇着没主野猫来，赤体跑走山中去。

后面逐看几百人，为骂灭伦狗男女。

因脱伊姑赤条条，故此也来盘本汝。④

此童谣歌，薛家不知，盛韬知之，亦无奈之何。

罗源林家闻案已结，事皆平静，择好日招婿上门，完却黄耇、薛品玉宿世姻缘。择于傍山临水地场⑤居住。黄耇不改旧业，仍把钓江干，兼种园蔬，以清淡奉母度日。薛品玉事姑⑥至孝，半日作针线，半日持桶至园浇灌蔬菜，极和顺自得。只忧亲父母盛满倾覆，几度欲归宁，苦劝急流勇退，以免横灾，被谊父阻之曰："才离火坑，何又投之？令尊公已上虎背，倾覆亦是无法，人奈何之？"

黄耇因妻忧闷，心不自安，叫妻勿忧，且去福州打听近时行为如何，回来再商。黄耇遂至福州，便闻薛文杰声名狼藉，又闻童谣歌"白老鼠"之事。一日，遇一丐婆，执杖捧碗，便认得是西湖浦楼上赠茶薛府之温妪。即问之，丐婆答："是。"转问："怎认得？"黄耇曰："在薛府曾见过来，怎的落此地步？"温妪泪曰："被夫人逐出无依，故至行乞。"黄耇曰："我家罗源，妻子年轻，正要寻人作伴，汝即随我搭船去，好么？"温妪甚喜，同至道头⑦搭船回罗源。

带温妪至家，问妻："可认得此人？"品玉一见是温妪，温妪一见是品玉，各大惊喜，恰如梦里重逢。两相查问，品玉先说还魂带遁之情由，温妪始知路遇带来之人即后楼下打鱼之渔郎，缺嘴已补，奇缘已遂，喜之不胜。即将因夫人内房失去金银，疑与陈妪二人伙窃寄外，各夹打了，剥去衣服逐出等情亦诉一遍。品玉讶曰："此金银是我偷去，害汝二人受刑。"妪问："偷之何用？"品玉又将泪滴心灰之情说了，温妪又异甚。

品玉又问："欲归宁看亲，何如？"温妪曰："切不可回去，老爷先因梦金甲

---

① 厚意：有情义。

② 盘本：报仇。

③ 奶抱子：指柳氏与谊子通奸。奶：母亲。

④ 因脱……盘本汝：你曾经把他的表姑剥衣逐出，因此来报复你。

⑤ 地场：地方。

⑥ 姑：婆婆。

⑦ 道头：码头。

神儆戒不可，始放去正贼，不再搜拿。过后悔之，以梦不足信，说小姐诈死，跟人逃走，叫人去四处访拿小姐并拐带[①]，拿到剥皮开腹，又要拿那三贼。现在外面不但老爷臭名，再加夫人'白老鼠'之童谣更臭，劝小姐快把归宁之脾花[②]看破[③]，勿作飞蛾投火也。"品玉闻此，遂不再想归宁，与温妪起先本是相得，今相得益甚，何氏遂作亲姆婶[④]看待矣。由此，一家皆喜。

正是：但得有情皆遂偶，愿教无耻作轮回。再看下文如何分说。

---

① 拐带：拐带之人。

② 脾花：念头。

③ 看破：看淡，不再拘于俗礼。

④ 姆婶：妯娌。

第八十二回　陈夫人祈雨捉蛇首　长坑鬼抱恨害妇胎

再先说靖姑陈夫人在临水宫真心传授，林、李、邹、高四姊妹正法俱已精通。夫人将至二十四岁，便辞诸姊妹回家省亲，遇有妖怪，即行收灭，后年齐来聚会。诸姊妹遂散归母家，皆在本处收妖救民，犹探访有妖害人即除之，此且按下。

再言陈夫人在临水宫内，至二十四岁便停止法器经咒，足不踏外户。夫人当时在闾山，诸法皆传授，惟不学扶胎救产之法，至出法门行了二十四步回顾师父，其师父即知之，嘱其再学救产扶胎保赤之法，夫人又不肯学，师父无奈其何，惟嘱其二十四岁须隐迹，不可动法器。今值二十四岁了，谁知天数难逃。

时闽王永和二年四五月间，天旱，田苗焦槁。道官陈守元等求雨，愈祈愈无。闽王怒甚，令："五日内再祈无雨，设柴塔[1]焚死诸道士。"陈守元为道首，忧甚，潜奔至临水宫求妹陈夫人前去代祷，救众道士之命。夫人以师命本年戒动法器念经辞之，守元以"别人不管可也，有亲堂手足，见活活置于柴塔烧死忍之乎"，因再三哀恳，情实难却，无奈从之。随至福州，令众道士仍集宝皇宫祷之，夫人独至大桥白龙江布洋坪作法[2]。缘身怀三月胎孕，将胎存于母家桶楻[3]下，方落洋坪。左手执龙角，右手执宝剑，渡片席于江中[4]；舞剑吹角，步斗行罡，念真言召动功曹。表达天庭[5]，立时浓云密布，大降甘霖。夫人不避风雨，犹在江中舞蹈不辍。

谁知那长坑鬼弃陈金凤逃匿，闻夫人回临水，仍归龙潭壑，将夫人所镇之蛇首解放，同逃作祟。惟蛇体不全，不能再变妇女。是日，鬼闻夫人来祈雨，有胎寄母家楻下，又在江中做法，遂同蛇首潜入下渡陈家，盗胎与蛇食之，仍

---

① 柴塔：柴堆搭成塔状。

② 作法：施展道法。

③ 桶楻：大木桶。

④ 渡片席于江中：乘一片草席漂在江中。

⑤ 表达天庭：奏请达于天庭。

至江中伏于水底侦[1]害夫人。

夫人祈降甘霖已足，忽腹中胎毁血崩，不胜疼痛。洋坪将沉。看见蛇首在水底拖坠，夫人知被暗算，奈神散体软，听之拖坠。忽天上降鸭三个，衔洋坪席浮起，夫人已坠在水复浮[2]。因洗清净，复整精神。那鬼与蛇头见夫人仍能施法，即同逃走。夫人追之，鬼走无踪，惟拿住白蛇首坐于胯下，骑回临水宫。因坠胎落水，风寒侵入脏腹，未学救产之术，不能自救。割骨还父，割肉还母，只将指血咬出，弹送归还南海[3]，遂坐蛇头而化，三十六个宫娥亦一同魂杳矣。

夫人虽化，灵魂不昧如生，先去闾山见师。真人讶曰："自取耶，不学救产，二十四岁又不能禁避，悔之迟矣。"夫人始悟前出山门行二十四步回头顾师，不学救产，二十四岁必有此危，不能自救，今悔已迟了。因又痛初胎一子难保成人，怅怅殊甚，即求师再学救产扶胎之法。真人又传授精熟，仍辞归于临水，凡有人间胎产，远近呼之必到拯救。那四姊妹在母家闻夫人祈雨被蛇鬼伤胎而化，皆悲痛成疾，先后俱卒，魂俱归临水。

张仙知五姊妹脱凡，即奉请天帝，以陈靖姑为临水夫人，邹铁鸾为百花桥夫人，俱掌人间禋祀；三十六宫娥为婆官，抱送人间子女。夫人将毁胎之精气炼度成人，名曰刘聪即灵通三舍人也。可怜刘杞连哭死几次，翁姑肠断，父母亦至哀痛几绝。闽王闻知因祈雨致命，加封"崇福昭惠临水夫人"，翁姑俱加封及，陈昌夫妇加赠三品。古田临水宫乃夫人肉身坐压白蛇之祖殿，赐额"龙源庙"。更于母家之下渡及乌石山均建行宫。陈金凤于宫中奉夫人像，称为大奶，舍身生死皈依为侍。从今祭大奶，诸物皆用，惟鸭不用，因鸭有衔席之德故也。

明徐㶿过龙源庙有诗云：

临江遗庙祀婵娟，少女宣灵五代年。
蝌蚪纵横阶下出，妖蛇降伏井中眠。
春秋野老更罗袖，伏腊村童送纸钱。
苔满古碑行客吊，妆楼无主锁寒烟。
庙在古田东三十里洞内，梳妆楼犹存。

夫人虽化，英灵不昧，恨长坑鬼逃走，仍同五姊妹分头访缉，务获雪恨。

那鬼走[4]在西城外凤岗杨家，迷其室女，那女便昏迷如梦。后迷至久，白日现形，见其貌不丑，遂与耍乐，声闻于外。此女无父母，只有兄嫂，百般祈

---

① 侦：伺机。

② 复浮：又浮上水面。

③ 南海：指南海观音。

④ 走：逃。

禳不灵。闻钟馗能治鬼，即借一幅图像挂于妹房中，次早视之，其钟馗头断手折矣，即脱下补好还人。又请一幅天师像挂之，是夜被鬼烧去半截。无法，又画关公骑马持刀挂之，次日见连人带马都烧去了，其兄无如之何。

其嫂笑曰："官人把年代久远、地土[1]不同拿来吓他，今都不必；教官人画临水夫人左手持角、右手执剑、斩鬼捉妖之状挂之，看他还敢焚否？"其兄如言，画陈大奶像挂之，那夜果然安静，其鬼不敢入房。听见房外有声，不闻房内笑声，其嫂对夫曰："何如？鬼见此像便吓走去。不是妾身想此治鬼之活神来，他安得惊[2]避去？"

长坑鬼在外闻其嫂言此，恨甚，始知是他教的。现其嫂怀孕七个月，思报其恨，害他坠胎，把其嫂之胎连肠拖出。其夫大惊，唤至稳婆[3]，束手无计。持一把香，当天[4]哀呼："临水夫人快来搭救产难！"连呼不休。

原来夫人拨有功曹，五方巡察，闻呼即报。夫人即刻飞至其家。共见一女登床，即见收进肠肚，母子即刻保全平安，其女忽然不见，知是大奶来救。自此之后，生子者肠肚先出，名为"田螺生"；胎孕七个月而生者，谓之"七成例"，故能保全无虞也。人皆知鬼怒其嫂教挂大奶之像，致鬼惊避，故坠其胎泄恨。幸哀呼大奶，即至救全母子二命，诚保产救赤之功，恩遍处矣。于是，临水夫人之声名更见显应。

再说夫人救了杨家产难，便查何鬼为祟，房内查之皆无。原来长坑鬼闻呼夫人，已先惊避，走去无踪矣。

正是：救生保产恩难计，斩鬼拿蛇死岂休。查得着否，下回接说。

---

① 地土：地理环境。

② 惊：害怕。

③ 唤至稳婆：唤接生婆至。

④ 当天：对天。

第八十三回　林九娘设计缚长坑
陈夫人数罪磔妖鬼

却说陈夫人查鬼走何处去，即召至门、灶、井各神问之。井神说："鬼躲井中。"夫人至井边，慧眼一看，井底一独角赤发之鬼，认是长坑鬼，便骂之曰："孽畜，我寻汝不着，原来此处害人。"即拔自己头发一茎，化链掷井中，再看鬼无矣。问井神："此井有路通何处？"井神曰："无路，只有数点泉脉，小神不知通于何处。"夫人即土遁进之，土中泉脉甚多，不知由哪一条去，遂归于临水。那林、李、邹、高四个夫人分途访拿，上、中、下三界寻遍无踪。

林九娘访至一处，只见百花齐放，堆红拥白，金河碧水，飞跨虹桥，原来是百花桥。那水源与人间相通，惟一线泉脉可通杨家井里。长坑却从此泉脉处逃至百花桥，躲在水里。适林九娘游览桥边，忽见水里一鬼，形状甚异，暗思："莫是长坑鬼？可引他上来查究。"即解开头发，倚栏梳妆，发垂桥墩。

那鬼在水里，见美女在桥边梳头，即变孩童，蹲在桥墩上把钓竿钓蟛蜞①，伸手向九娘要头发缚蟛蜞。九娘问："汝何不带线来？"那鬼说："被蟹钳断了。"九娘将残发与之。孩童曰："要直的。"九娘暗思："此鬼好局②，要捉我头发。"即应曰："我发长垂下，汝自拔一条去。"孩童喜为得计，伸手把九娘头发拿住，尽力拖之落桥。谁知九娘将发化铁链，缚住孩童，吊于桥上。鬼知落局，转笑曰："我是与汝玩笑，快放我去。"九娘将鬼缚住，慢慢来梳头，笑曰："我亦与汝玩笑，待我头梳好放汝。"

九娘梳完，问曰："汝实说是何妖怪，好放汝。"鬼曰："我是人家之子，来钓蟛蜞，什么鬼怪？"九娘曰："我已看汝乃赤发独角，躲在水中，因我在此梳头，才变孩子上来。汝不实说，将链缚紧缚死。汝实说，我与汝无仇，不放汝为甚？"

那鬼思："与他无仇，又被他看见，瞒不得。"便答曰："我是福州长坑山精

---

① 蟛蜞：一种铜钱大小的蟹，生活在河沟水田中。

② 局：设陷阱。

灵所结成人，只爱玩游，在此钓蟛蜞。今说了，可放去?”九娘暗喜，曰：“若是山灵所化，亦天地之正气，只恐未必是。如果是，可现原形，还有话问汝。”鬼无法，要求脱，遂变独角青面赤发之状。九娘曰：“实矣，汝既是长坑鬼，可认得下渡陈靖姑么?”鬼闻，吓曰：“莫是汝与他有亲，叫汝来捉我?”九娘曰：“我与他无亲，只有仇。闻他在各处拿你，你因甚与他结仇，说与我知，即帮汝拿他来雪恨，何如?”鬼喜甚，曰：“汝真与他有仇，好极，放我来说。”九娘曰：“放汝就走去，说完放之未迟。”

鬼只得自陈夫人去闾山学法起，说至迷陈金凤，逃走到下渡，“闻陈靖姑脱胎祈雨，又去放了蛇头去食胎，去江中拖他落水，被鸭拖起，蛇头被他赶及拿住。我又逃走杨家，被其女子之嫂以像吓我；我不愿[1]，拖其子胎，又被来拿我，走至此。我恨他屡次来拿我，幸喜与汝有仇，同去拿来泄恨。我愿为汝奴才，诸事都会干，好么?”九娘听了，想：“原来害大姐之性命全是他!”即答曰：“好极，我姐姐正在寻访能干办事之人，今同去见他，必有大用。”

九娘即召神将鬼解至临水宫，九娘随至。夫人便认得，问：“何处拿来?”那鬼见是临水夫人，软倒在地。九娘将在百花桥诱获之情告知。夫人亦将凤岗杨家为害之情说了。便指骂曰：“孽障，我与汝何仇，每来暗害，莫说别人被害不少，惟我亦被害了性命。从实供来，免受刑法。”陈夫人令神将以杖打之，声如猪叫。求饶曰：“从今改过，投门下为奴仆赎罪。”

陈夫人曰：“我又不是蛇精，要汝助纣为虐，今报汝一身可矣!”令力士执刀，遂指之曰：“汝同挨拔鬼拦途迷我，可抠去双目报之。诱我刘老爷至洞与蛇迷，可打去牙齿。将我刘老爷脚朝天倒吊，可割去双耳。要劈我刘老爷头脑，将他头脑取下。教白蛇要剖我心，将他心剖出。带蛇头食我存胎，可割下舌头。又在江中拖我席，将他手砍下。又去抽杨家产妇之腹肠，亦将他腹肠抽出。汝又走至[2]百花桥，再将他双脚斫下。”力士奉令，将鬼碎割碎剐完了，将长坑鬼尸烧灭为灰。妖鬼俱收了，夫人怨恨亦消矣。自此，各姐妹无日不与人间扶危救难，保赤扶产。

正是：五位金身处处奉，一炉香火家家传。下文说甚，请看便知。

---

① 不愿：怀忿。

② 走至：逃到。

第八十四回　天狗投怀素娘生子　闭楼读书如虎教儿

却说闽清有半耕半读之清白户，姓白名琏，妻廖氏。只生一女，名素娘，十六岁，尚未受聘。为人甚端正、沉静，孝奉双亲。父母因此爱惜之甚，母行一处，相随不离。谁知素娘无故忽然肚腹渐大，过有半年，产一男子①。

以时刻不离，胎从何来？父母虽异之，并无别疑。其素娘自愧无地，有口难辩，将寻自尽。父母不究，还劝之曰："吾女不知，史传有不嫁而孕者，名曰感生。华胥履巨人迹而有孕伏羲。修己见流星贯月而生大禹。简狄吞元鸟卵而生契。老子无父，其母吞李而成胎是也。"素娘闻此古典，方觉以前同母在后山园看捕兔、野鼠，半夜倦甚，卧于岩上，见天狗星坠，心感动而成胎。遂不嫁，奉亲养子，取名感生。

抚养至十岁，极聪明，只是不爱读书，好在外与小孩戏。还有一件奇异，寒暑不穿衣，任你好歹说之总不穿。热天犹可，冬天一身赤条条，似猴无二，并不知冷，把祖父母及母气之将死，竟无奈之何。

白琏一堂侄名如虎，为闽王翰林院修撰，因丁忧在家，琏延之食新春酒②。叔侄二人对叙间，那感生在外跑至，一身赤条条，在席前打一个倒树③。如虎愕然，问："何人？"琏叹曰："不幸无男，以此女孙为接裔，谁知不堪寒暑，俱不穿衣，任打骂都不怕。极聪明，书又不肯读，只在外与小孩混闹。难管，亦任之。屡次有客，或说话，或饮酒，即跑来打倒树献丑，气不气耶？"

时感生犹倒树，如虎笑曰："这企赤④打得好，又直又久。只好⑤已久了，快起来有话问汝。"感生便翻身站着。如虎问曰："汝名什么，几岁了？"答曰："名感生，十岁。"又问曰："闻汝最聪明，能答对否？"答曰："能。"又曰："既

---

① 男子：男婴。

② 食新春酒：福州传统习俗，在正月初设家宴会亲，或亲朋好友相聚饮宴。

③ 倒树：倒立。

④ 企赤：倒立。

⑤ 只好：这么好。

能对，出一对汝对[①]。”如虎随口念曰：“脚朝天，头钻地，感生倒树”，感生应声答曰：“力拔山，气贯海，霸王举鼎”。

如虎笑曰：“这是汝素常欲打企赤，预早蓄的[②]来对，且平仄不协。今另出一对，再能对才是临时对，可能否？”感生又答：“能对。”时上元下雨，如虎即景念曰：“元宵无月，点几盏灯，与乾坤作色”。感生即跑进内厅，有迎年[③]之大鼓，拿起槌擂几下，跑出立着。如虎曰：“怎的不对？”感生曰：“已对了。”又问：“怎说？”答曰：“擂鼓已对。”遂曰：“惊蛰未雷，擂数声鼓，代天地行威”。

如虎闻之，异甚，笑曰：“此亦是古对，汝将来[④]对，无甚佳处。汝在家终日有人打骂，到我家无人敢打骂，又有好所在与汝玩耍，汝去不去？”感生答：“去。”如虎轻声对白琏曰：“叔将此子交与侄带去，能令之穿衣读书。”琏入问，妻女皆喜，遂被如虎带回。

如虎之家离白琏家里许，墙屋高敞，内有大楼，名“集书楼”，书有五架。将感生放于楼上，把门封锁，只开一孔进饭与食。感生初上，便去玩游，不觉楼门闭锁，将下无门。喊曰：“把我关在此处为甚？”如虎在楼下答曰：“无别事关汝，有现成书在那里，汝去读读，能背几本，才能放下来。”

感生岂肯即读，喊开门，门总不开，只得在楼上自玩。不是打拳头[⑤]，便是打魁跌[⑥]，打滚斗[⑦]，打企赤，有饭由孔递进就食了。又往搜楼角，有几捆棕索[⑧]被其寻着，携出来缚于檐沿，穿为一网，自己爬在中心作蜘蛛。家中人在楼下仰见，笑之。孩子将果子掷上便接吃，一面吃，一面说：“好大蚊子！”众笑声闻于外，如虎知之，至喝曰：“任他自作自厌，不许人看。”遂各散去。感生又寻板来，缚于梁上打秋千。

都作厌了，便至书架上抽书。如虎在楼孔偷窥，见其书架上抽一本，只见翻，未见读；翻完了又抽一本，如前丢过，再丢了又抽，将架上书抽得纷乱无次。那感生一直翻，便不别耍。一日三餐，就楼孔边食饭，即在架上翻书，夜来犹在灯前翻看，至月余才歇。便喊曰：“今不放下，又待何时？”

---

① 出一对汝对：我出一个上联给你来对。
② 预早蓄的：预先准备好的。
③ 迎年：福州传统辞旧迎新、娱神游行活动，多在农历正月初十以后举行。
④ 将来：拿来，引用。
⑤ 打拳头：打拳。福州口语说“摊拳头”。
⑥ 打魁跌：手不着地翻筋斗。
⑦ 打滚斗：翻跟斗。
⑧ 棕索：棕绳。

如虎答曰："书未读，怎么就放？"感生曰："书都读完了。"如虎曰："未曾闻读一句。"感生曰："我读书都有人知之耶？今由汝撮[1]，如不能背，再关到死不怨。如能背，可放么？"如虎答："可。"遂开锁上楼。见架上书抄[2]得纷纷乱，无一本归彙[3]，问："此书都有读过了？"感生答："已读过了，今撮一本来背。"

如虎随取一本，乃旧年宪书，头尾俱无，只剩十二个月的，问："亦读过了？"感生曰："已读过。"即令背诵。感生自正月起，背至十二月止，其中甲子节气时刻及忌辰祭祀等事，并无一字差错。如虎思："此子非凡人，只恐孽骨难改矣。"遂笑放之下楼。

出外戏玩，要结小孩之帮[4]。如虎暗遣家童送果子至诸孩童家里，教拒感生，不与玩耍；他如肯穿衣，仍分送果子来谢。次日，感生又寻求众孩子玩耍，那孩子拒之曰："我们不与汝玩耍。"感生问故，众曰："我们有衣服穿，是人；汝无衣服穿，是禽兽，我不与禽兽同群也。"感生曰："我怎的没衣穿？是我不穿，若穿出，比汝七补八纳好十倍！"众孩童骂曰："汝七补八纳没有，在此讲排场[5]么？"诸孩童一面骂，一面皆跑散去。

感生忿甚，回家索衣服，如虎早已备了，即与穿戴。又跑出寻诸孩童，寻着曰："今像个人，可叫我作哥。"盖因往时要众称他为哥故也。那时众孩童与之亲热嬉戏。感生等不得到家，路上把衣服尽剥去。次日又穿出，到晚回来又尽脱去。起先穿如针刺，实贪戏要不得已任之。一连穿了三日，即见如故，脱之不下，一脱即觉浑身寒冷抖战，感生从此才穿衣服。

虽书已读过，衣已穿了，只是那顽狠如旧，如虎无奈之何。又因服满至都，将感生送还白琏。感生已十二岁，在如虎家还怕他，今回来仍是天不怕地不怕，寻故倡愈顽。岁数大于伊，亦要伊呼之为哥，若不呼便打。众被欺凌，何以与之玩？盖在家中时常偷出银钱分与之。内有大的，被打不服，骂曰："感生感生，且慢横行，有母无父，即是畜生。"感生打之跑走。

遂回家问母："我们姓也？"素娘答曰："姓白。"又问曰："白乃母家姓，父家何姓？"又答："汝无父，哪里有姓？"又问曰："无父将何而生耶？"又答曰："汝若有父，便无此顽骨矣。"又问："此等说，便是何人偷生的？"素娘怒曰：

---

① 撮：抽取。

② 抄：无序地抽取翻动。

③ 归彙：整理放回原处。

④ 要结小孩之帮：要跟其他小孩一起玩。结帮：结成团伙。

⑤ 讲排场：说大话装阔。

“我与人偷生，父母肯容乎，汝何敢说及！”感生曰：“惟被人扬传，没脸。”又问：“谁扬传？”感生遂述小孩之言。素娘曰：“外人不知，怎怪之？似汝这般顽狠，本不言之，今被人评论，不得不言。我当时即去寻死，父母不忍，反劝说：‘未出嫁生子，自古之羲皇、禹帝、李老子皆无父所生，今之人岂无耶？’我因闻此古典，方觉前同父母在后山园看捕兔半夜倦甚，卧于岩石上，恍惚见天上坠一狗星来，一贴身，仍腾上天去。因此感而有孕，生下汝来，故名感生。我便抚养不嫁，今看汝顽头顽脑，便是天狗星之精英坠而感生不差也。”

感生闻已是天星降生，不是羲皇，便是禹帝。那作皇帝之脾花开起①，遂偷家中银钱米谷，买兵器，招集三十六个皆十一二岁之孩童为侯伯，散给粮草，竖起“天星感生一统大皇帝”之旗号，先去夺闽王，再去打天下。却被乡邻知之，告白琏。白琏即同妻女去喝骂，不回。随有孩童之父兄同来喝骂，各童子方丢刀枪跑散。感生以临阵脱逃追去，杀死三个孩子。其父兄追拿，即杳无踪矣。

三个孩子之父兄将去告发，众乡邻曰：“若去告发，大家都不安生。他子谋反，及汝子不是同谋，即领受过粮草，以临阵逃走都有抵偿耶？其实都是十余岁未及丁之孩子嬉戏，取些收埋钱与汝三主②罢了。若去告，作叛逆治，一子谋反，九族当诛，汝子皆受侯伯之爵，那不累及父母耶？”三主因闻此，不去告，惟索取收埋钱。

可怜白琏只是中人之田产，自生出顽感生便被荡去③一半，再加此三主收埋钱及买赂诸乡邻，其业产④已空了。二老暗触⑤在心，不半月相继而死，只有一间住屋亦卖去为棺衾之用。丧事犹未毕，素娘亦吐血而亡，族人代他收殓，三棺一同埋葬。

那感生连杀死三孩，逃去外乡，身边存有余银跟随处买食，躲至月余，探听事了，走回至家，门首有人拦住不与入，问之，始知公婆并母皆死了，屋卖去他人。乡邻见是感生，谓之曰：“汝敢回来，通族⑥要拿汝活活打死，免累人，还不快走⑦耶？”感生闻此，便又飞身走去矣。

正是：宗族不言活打死，乡邻安得共安生？欲知后事，且看下文接说便知。

---

① 脾花开起：想法萌生。

② 三主：三家。

③ 荡去：挥霍掉。

④ 业产：田产。

⑤ 暗触：抑郁，或作“暗歜”。

⑥ 通族：整个家族。

⑦ 走：逃。

第八十五回　银舍践豆苗会金哥　虎婆收毒气保赤子

却说感生回去，闻通族要拿他打死，惊走①至荒山野庙存躲②。那日身中所有之银已尽，无食，遇有祭扫者、酬愿者，便抢其牲礼。数日无人祭祀，便抢行人之钱物，其走甚捷，人逐皆不能及。不表。

再说有一道士，名刘遵礼。其妹被蟒蛇拽去，遵礼法术颇高，即刻破其洞穴，蟒蛇王已先拽其妹走去，寻访无踪。后至龙虎山学法回来，先作法③封山，就杀入洞，斩王之八子。其妹抱三子出来，跪求饶恕无杀。遵礼问："所抱何人?"刘氏答："是被蛇精拽为夫妇，甚是恩爱，共生十一子，已被杀去八个多，今只遗此九使、十使、十一使，看妹份上，同妹夫一并恕之，令其弃邪归正。"

遵礼见其妹哀求，遂恕之。请于天师，奏达玉帝，准其归正，以遵礼为殿前辅弼，妹刘氏为人间种痘夫人。年年十二月十三日上天领痘，三十夜除夕至兜率山洒种，其种萌芽生发之时不被践踏，则是年出痘必顺症；倘有践踏翻起，则是年必险症。因此，刘夫人下了痘种，常在山上防范。

却说感生在各山头抢掠食物。那日有一家来山祭墓，方排三牲，其鸡即被感生抢去。一面跑走，一面拿于嘴边便咬；被祭主追及，已吃去半爿。夺回来，打两巴掌。谁知感生慌极④，那鸡随口咬食，连首吞下，卡住咽喉，气塞难通，就山滚跌落于山凹里而死。那山凹里乃金山，全崙⑤之气脉聚此穴。感生之尸适葬此穴，虽死如生。尸解得道，魂魄不散，依旧在山之前后抢掠。

流荡至兜率山，刘夫人见而诘之。感生将已乃天狗星感生，因妄想而致亲亡家破，流落饥急，抢人之鸡止饥，被鸡首卡死，魂魄不散，来此游食等情实诉一遍。

刘夫人曰："你乃属上天之星宿，何流落至此地步？我非别人，乃玉封保珠

---

① 惊走：害怕逃跑。

② 存躲：躲藏。

③ 作法：施法。

④ 慌极：饿极了。慌：因饥饿难忍而急于进食，或作"荒"。

⑤ 全崙：整座（山）。

刘夫人，年年在兜率山播种人间孩童之痘，常在此防范。今将此豆圃交与你看管，毋与人来糟蹋。如有人来酬谢礼仪，令先备一盘送来与食，以免去外抢夺，被人打骂，可好么?”

感生喜而从之。夫人随将山园之地界、豆苗之亩数点交与看管，又吩咐曰：“倘被人糟跶，惟你是问。”刘夫人嘱了，使感生即在其处日夜看守。遂有另外礼送至不绝。感生自得之甚，并无人来践踏。

一日，有一孩童，身披银甲银盔，执弓骑马，游山打猎至此山，践踏不去，竟把豆苗践得狼藉。你道是谁，原来乃是古田临水宫龙源庙之灵通三舍人刘聪也，带两个从童出来打猎。逐一白兔儿，从童落后，故在此山等候不去。感生喊骂不退，怒甚，即折树枝为棍向前打之。三舍人即拔剑对杀数十合。感生虽勇，怎及得刘聪之神通，又有从童助杀战。感生便喊曰：“且住，有话说。”于是一齐歇战。

感生乃曰：“你全身盔甲，骑马，手执利器，又有二人助战，我独自一个，手无寸铁，你虽胜我，何足为奇?”三舍曰：“今日天黑了，且回去；明日我只一人，亦不执械，与你对打，好么?”感生答曰：“如此才显本事，明日要早到，勿怕不敢来。”三舍曰：“我哪怕不来，惟恐你先走躲去。”

三舍遂带二从童不回临水宫，顺便至西河江夫人行宫投谒，只说前来打猎游玩，并不言在兜率山战杀。江夫人喜，遂款留之。次日，告江姨以出外游玩，惟一人便衣步行，又寻至兜率山。感生早在等候，便曰：“来了，果然是好汉，不惧来斗么?”舍人曰：“我就来，何惧之有？由你来战!”

感生曰：“今先来吼山，山能应者算赢。”三舍曰：“便依你来吼，今我先吼。”感生曰：“你可先吼。”三舍便大声来吼，那山倒朝如应，三舍就张开大口来吼不住[①]。谁知感生阴把痘苗在手，待三舍张开口，洒入口内。三舍不知何物，忙合口，那痘苗即入腹内，立刻浑身发热，气急头痛；便顾不得，拼命跑回西河。

江夫人见三舍病重，赶回问其因，三舍遂将兜率山之事告：“不知被他何物洒入喉内，即刻生出此病。”言讫，满面红点现出，遍身皆是。江夫人惊曰：“此乃被暗算，将痘苗洒入喉间发出。此毒甚深，在凡间人，不过三日；在神童，不过七日即死。幸在吾姨处，亦造化也。”江夫人将三舍抱着，伸出虎舌，自头至身上下舐舔，遂把痘毒收净，逆症变为顺症，自然痂脱，并无半点麻迹[②]。

---

① 吼不住：不停地吼。

② 麻迹：麻点的痕迹。长水痘后在皮肤上留下的疤痕。

江夫人令三舍："去引他来见我。"三舍又持枪骑马来寻感生。感生见而骇然，以不死犹活。提棍对杀，三舍诈败，感生追之。江夫人至，见是感生，笑曰："原来乃是你看管此座山场，亦是正务，算来两个都不该。吾今与你交和，带你去临水宫皈依正法，并保人间痘疹何如?"

感生曰："我种此痘，被他践坏，现在人间孩童被害，咎属在我，怎的交和耶?"江夫人曰："不妨，孩童之痘毒我能收之。"感生曰："未必。"江夫人曰："未必，此外甥被你喑洒，怎的不死?"感生曰："你只救一个，那人间千万孩童，怎能遍救耶?"夫人曰："怎不能，今就作与你看。　"随将自己鬓发扯下数十条，纳入口中嚼碎断，喷去，化作千万之小虎腾空而去。

是时，人间挨门按户之孩童俱出火痘毒，症烂真不堪，无不坐而待毙。此症不独一方，即外郡皆然。同日皆见有猫儿大之老虎子[①]，舌向孩童身上舐舔，立刻痘毒尽消，皆成顺症。有人知者说："此乃虎婆遣小虎收痘毒救童。"江夫人已将头发变千千万万之小虎去收毒，要感生去见临水夫人。感生见许多小虎去收毒，谅能挽救，可免我之罪戾，去无妨了，遂曰："要我去便去罢，要人都叫我作哥，若不肯叫，我依旧回来。"江夫人曰："你管痘，即叫做豆哥，有何不可?"感生曰："须告知种痘之刘夫人。"江夫人曰："到临水宫，自然遣使通知之也。"

遂同至临水宫，参见了陈夫人，将来历说明。陈夫人喜甚，以感生为谊子，称为金舍人，与刘聪银舍人为兄弟，同保人间孩童矣。

正是：不因兜率山中斗，怎谊龙源庙内亲？下文如何，且看分晓。

---

① 老虎子：小老虎。

第八十六回　两度除怪太守蒙恩　四次加封元君显圣

却说临水夫人收感生为谊子，救护人间之痘疹，香火不断。镇蛇头于座下，谨防之。蛇头问何时放伊，夫人说："待香炉灰满放你去。"那庙中两香炉，下之香炉，乃蛇之香炉，并无插香，灰从何来也？直坐至南宋淳祐年间，计已三百二十余年，其蛇头之形色黯黑。大奶见之，知其精魂逃去投生，遂各处寻访之。

先说建宁有一黄甲进士，姓陈名清叟，新娶一媳李氏。那日，其夫小酌，携酒入房。其夫斟一满杯酒，要李氏饮干，李氏推不能饮，其夫将肩揽住硬灌之。忽见有寸许白丝飞落杯中，排之不及，并酒吞之。李氏惊甚，呕之不出。其夫笑曰："一点之微，即作砒霜，亦食不死，何怕之甚也？"李氏闻了，遂不怕，又陪饮。

自此腹渐大，一家喜甚，以有孕。一月大过一月，带至十七个月，腹大如水牛，坐亦不能，惟仰卧于床。一家大惊，以怀鬼胎，延医求神皆无灵效。被陈夫人寻着，扣门而入，曰："闻贵府夫人腹中怀孕妖怪，奴家乃古田陈氏，闻知前来调治。"陈进士大喜，令婢媪同带入房内。陈夫人至床前，指骂曰："孽障，难为寻，亦被我寻着！"随问有楼否，婢媪答有。夫人至楼，先将楼之四面遮密，楼板下开一孔斗大，楼下并令密蔽，令壮丁几个，各执梃杖待之，有怪由楼孔钻下即行攻打，勿与走脱。

布置既备，令将孕妇抬上楼来，设床即与仰卧，将雄黄涂于身上，书符一道，焚化碗中，冲雄黄汤与孕妇服之。李氏吞了，顷刻，腹中搅动，用四妇将李氏按住，忽产出一蛇，大如碗，无门可走，由楼孔钻落楼下，被壮丁乱棍打死。细看其蛇，鳞甲皆备，惟眼未全开。大奶曰："再延二个月，眼再大开，必由胁下钻出，破屋而逃，未易取也。"李氏将死，仅存一息。大奶将符水退除邪气，追回元神，始复苏，至三日，仍还原体。一家感德之甚。

大奶将辞去，陈进士款留不住，谢以财帛不受。陈进士曰："不受，何以表微意耶？"大奶曰："盛意不敢领，或以手帕书字，作将来证见可也。"陈进士取出一幅白绫，亲手写“陈清叟谢救产陈氏”，大奶即收了。陈进士又问住居，答以古田临水地方，出门便不见矣。一家皆不知此怪从何而来投胎，李氏与夫心知乃当时饮酒之白丝也。

后陈清叟为福州太守，搬眷来署上任。有随任家丁王振，娶妻南台林姓之女为室，迎娶花轿进门。父母扶女上轿，其女忽记得所奉临水夫人画像未带，与父母说知，带去。众亲眷皆笑之，以为画图作女孩之玩物，上轿犹不舍，要带去。那轿抬至郡守署边房，拜堂合卺，林女将袖内画像放于检妆屉[①]内。

至三更，新郎入房，各卸衣服上床。那时人声已寂，房门前忽然起一阵风吹入，似有物奔入房门口，又听检妆屉有吊[②]声，又闻房门口噗通一声，新人[③]惊得不敢作声，疑是有贼。新郎亦停听之，久乃无声。即下床持灯照视，大喊，惊得众人都来。林女方才开声，急问何故。新郎说：“有一头大白鸡，头断死了，署中并无此鸡。”正言间，婢媪、众人齐赶来看，甚以为怪，共说：“谁杀之?”

新郎见检妆屉抽出半截，画像扯出，同视，乃临水大奶作法之像，那宝剑上有染淋漓血迹。共问：“此像何来?”林女答：“自幼奉祀，上轿带来。”众方知。曰：“初到署，外边衙役有云，此边房人住，多见头凿眼穿而亡，多见不吉，似有妖怪居此。众人不为虑，又因此房清洁，故作新房，何知果是此鸡精作怪。幸得新娘带有此像，不然，你夫妇几乎被此妖伤害。”于是皆感陈大奶除妖之恩，赶挂起画像，香烛奉祀。

且不知此妖何来，乃问知郡署老役。皆疑是数任前有一郡侯，随带一白鸡公[④]，云：“二十年了，其羽白如雪，冠如绛缨，因郡侯爱之，不宰。一日忽不见，寻亦无迹，诸役皆受谴责，原来成精。”众以为是。

陈清叟知，亦来看。那白鸡大如鹅，叹之曰：“此乃前郡守之过。不能弭盗，反养虎贻患也。殊不知白鸡养三年便神通，故神像开光、亡人招魂皆用之。至十年，便能隐形神变。至二十年，有不成精乎?”令碎割烧毁。因看小像，因思：“不过街市上画卖与小孩子玩游之物，有此灵显，惟剑上之血迹可证而不谬矣。”因问何神，言乃古田临水陈氏夫人也。陈清叟方记得在家时，救子妇之产怪亦是临水陈氏，即本郡地方，随遣家人查访。

至其处，问其居，邻曰：“此间只有陈夫人庙，常化身除妖救产，并无活

---

① 检妆屉：梳妆匣里的抽屉。也作“镜妆屉”。

② 吊：掉。

③ 新人：新娘。

④ 鸡公：公鸡。

的。”家人闻此，即进龙源庙谛视那夫人之神像，与前至建宁除产怪之陈氏无异，见手上有白绫帕，写“陈清叟谢救产陈氏”八字，即将手帕带回禀复。陈清叟始知前救子妇之难即画中之陈夫人也，今又除本署之妖，其显灵救人，恩莫大焉。须当表奏朝廷，请加封号。

盖前朝之郡守州牧皆可专表。遂查出在于五代时已封三次。遂叙救己之媳妇，并除久年之白鸡精，总叙一疏，遣使奏达临安。时帝都在于浙江杭州府，宋帝阅疏大悦。以前已封三次，今再加封“崇福昭惠慈济临水夫人”，敕赐庙额曰“顺懿春秋”，命有司致祭。敕命至闽大新宫庙矣。此说已封三次，至南宋淳祐年间又封一次，凑[①]四次，并言之也。

更有后而后者。当时大奶降伏三节妖蛇，皆是头上自己头发化为千条铁链锁之，中尾[②]链之塔井，首节链于龙潭，被长坑鬼解放为害矣，大奶又收之坐压于古田龙源庙内。蛇问：“压到何时？”大奶曰：“待你香炉灰满之日。”

盖案有两炉，一乃蛇之炉，从不插香。或不知者插之，庙内人必拔去。至年深事久，遇有插，或拔或不拔。至明正统五年五月，庙人昼寝，仿佛见蛇首带锁与大奶战于其中，骇之，出报诸乡邻。乡长毕集，视大奶之金身，颜赤汗流。座下之蛇首睛横舌舞，众乃鸣锣，擂鼓，呐喊，助大奶之威。剜其睛，断其舌，刺其喉，磔其体。须臾，大奶颜开汗息，妖蛇之眼凹头垂，始停其锣鼓。因察其由，才觉蛇之香炉灰满之故也。

又同时，福州井楼门内七穿井，因旱将涸，井底现出大铁链。乡人钩拉上数十丈犹不尽。井内有声如雷鸣，乡老喝骂之曰：“有妖蛇降伏在内，敢惹耶？”将铁链复投入，遂声息。

又开元寺古井内忽动波浪，涌动声如海潮之声，远近皆闻。僧众乡人惊恐，移古佛镇压井面，其声渐息。寺因此名铁佛殿，属开元寺芝山堂也。

大奶灵迹多，难以尽述，鸭姆洲亦其遗迹。南台大桥下，一统大江至鼓山边无浮洲。因当时陈大奶一领芦席浮渡江心祈雨，蛇鬼衔席坠沉，天降三鸭衔起三角。一角因蛇鬼扯坠，仍沉不起。大奶遂反捉拿鬼蛇不返，遗席于江中，洪流不能动，化为一小浮洲，如席一角沉水之形。因鸭衔化而为洲，故名鸭姆[③]洲。后渐渐壅涨，今长至数里，人居错杂，禾黍连畴，为浮洲一大村落矣。

拂如氏《鸭姆洲》诗曰：

---

① 凑：合成。

② 中尾：（蛇身）中段和尾段。

③ 鸭姆：母鸭。

昔年祷雨席还留，化作台江鸭姆洲；
妖鬼皆降难再出，甘霖时沛不当求。
利名多种千畴黍，护法长贻几点鸥；
浪静风恬舟楫便，特存遗迹镇中流。

此一截言古之加封、今之遗迹，下再绕后之无限波澜也。正是：已降蛇鬼归前传，悔纵人妖挠后文。

再说此卷之后文。乃当日大奶救夫破临水洞，搜出戏旦盛韬，退悔不该带出交父送还戏班。谁知戏班已去，被陈守元兜留。大奶便悔曰："此孽障将来为害于人!"果然助薛文杰，冒作大奶谊子，诬吴勖一家，诛戮，女落深宫。南唐兴兵，王仁达赤族致出，后裔吴云程、铁麻姑报仇雪恨迭出，后文一百六十余回之无限波澜者，皆盛韬一人激之也。

此之谓：虽然鬼蛇为殃甚，未及人妖遗害深。后文说甚，请看便知。

第八十七回　痘哥洒痘救直谏士
神公借神诬老元臣

却说闽王之正宫陈金凤妆塑陈大奶金身，供奉内宫，召宝皇宫道士盛韬入宫开光安座。盛韬冒陈大奶之谊子，妄称："陈大奶于己前十六岁未嫁时，破白蛇精之洞府，救夫并带臣至家留作螟蛉，传授正法，胜过亲生。今睡梦中犹常见之。"陈金凤喜以真有此事，曰："既大奶之谊子，即吾之师弟也。"盛韬曰："怎敢与娘娘作弟，亦为子便了不得矣。"遂拜金凤为谊母。王璘以陈大奶之谊子，又是陈后之谊子，即以韬为道正使兼翰林院侍读职衔，自此常在内苑。

翰林院大学士白如虎上表，以盛韬曾为戏子，不堪列于翰林，有玷文风。王璘便怒骂之曰："当今大唐之天子时自粉墨上台作戏，称为李天下；盛韬入翰苑，便有玷辱文风，未有此狂吠之甚也！"即令锁拿白如虎收监候斩。

皆以白翰林多嘴，十死无一生矣。讵临水之痘哥感生回闽清看坟墓，知白翰林系狱，便带痘苗至福州入监看视。如虎见是感生，骂曰："畜生，正去拿汝打死，怎敢进来见我耶？"痘哥曰："且慢打死外甥，先问舅因何罹此重罪？"白如虎曰："汝问作甚？"痘哥曰："问明好救回去。"如虎骂曰："少一个来救汝！"痘哥曰："舅舅休得看轻。今外甥归于正果，为痘哥。救实不难。"如虎骂曰："汝想作皇帝，作痘哥有甚奇。在此闲言，去叫人来拿汝！"痘哥曰："自去莫拿，五日过能出监回籍，便信也。"言讫便出狱。

即入闽王宫内，将痘苗遍洒之，顷刻幼童皆发痘，至十六七岁，以及中年亦发浑身。未三日，便死去十余人，服药罔效，太医皆系狱。

盛韬在宫中跳神降圣，痘哥附其身中，言曰："我是痘哥，死生在我手中，欲解宫内痘厄，赶紧放出白如虎；汝若不放，管叫汝王氏遍宫尽死。白如虎之妹是吾亲生母也。"

王璘闻之骇甚，至盛韬退神，问："所说何语？"韬茫然不知。王璘乃述之，韬始觉，言曰："一上神，便有一个孩童来，将臣擒扭。臣问何人，他曰：'吾乃痘哥，好好把吾舅白翰林监中放出去，不放，要汝与闽王都一齐死！'"王璘又闻此说，惊甚，即赦出白如虎回籍。

如虎忽然放出，不知其故。随有人在内宫传出痘哥投于盛韬身上说出之语，王璘方赦出白翰林。如虎信感生入监所说之语不谬，果不出五日过。因思："既作了痘哥，必归阴间，非在人世矣。此乃不忘当日诱之读书、穿衣，故来报也。"

痘哥见舅已放出回籍，即去西河向江夫人要几个虎子①，带放宫中，尽收其毒，变逆为顺，数日症脱痊愈，痘哥遂回临水去了。王璘因盛韬降神有应，愈信之。

适报李昇篡吴之位，号为南唐。王璘惧本国亦有谋篡之臣，因与盛韬议，欲问于神。盛韬潜至薛家，问吴枢密近来有行甚事，文杰答曰："侦之无甚事，只托病在家。"盛韬曰："这老奴才死期至矣，阿弟之仇可雪矣！"要阿爷如此如此，先去行之。

薛文杰遂至九仙山见翰林吴大受，曰："适才君王以令尊大人久病，欲去其枢密，是弟代奏'不过偶患头风之症，并无别病，日内可愈'，才不罢黜。如有遣人来查问，须照此病答之，不致互异。"大受称谢，文杰遂去。吴枢密闻知，曰："我欲罢不能，何劳汝来奉承。"盖枢密以闽王无道，几次乞休不遂，至晚年多见头痛之症，因此托病不上朝堂。如文杰不来，亦是如此答对。

次早，王璘亲诣宝皇宫。盛韬披发戴金冠，手中执龙角，一手执宝剑跳舞。俄而神附其身，王璘便拈香祝："请察朝中有无谋篡之臣。"盛韬便妆作去查，片时，降语曰："已查察了，皆是忠良。惟吴勖蓄意谋篡，被祖庙崇顺王阴谴，以三寸铁丁②钉之头上，犹不悛改。须早提防，余无之，吾神退也。"

王璘回宫，遣内臣去枢密家查察何病，立刻复命。使臣至吴家，枢密以实病告之。复命于王璘，以钉脑之神语不谬，命指挥使王仁达围拿吴枢密一家勘问。仁达原枢密之门生，暗遣人赶赴吴家，枢密一闻，魂不附体，毫无计策。惟瑶琴心定，曰："主君听信谗言，以我家谋篡，有口难辩，性命难保。把白鹤弟交与吴义抱去逃生；有不然③，得存吴氏一脉。家产顾不得，惟金银珠宝彙④一包与艳冰表兄逃走，勿累周家后嗣。先把此二事赶出门⑤，再来主意。"

林老安人即将白鹤交与吴义。瑶琴取银一百两交与吴义，泪曰："此孤儿赖汝保护。"瑶琴将白鹤左臂咬一口出血，交吴义由后门抱去。瑶琴同祖母将珠宝金银又彙一包，搭艳冰肩上，含泪曰："表兄谨慎，快逃生！"艳冰洒泪拜别，

---

① 虎子：小老虎。

② 铁丁：铁钉。

③ 有不然：如有不测。

④ 彙：收拾整理。

⑤ 赶出门：赶快办好，让他们离开。

由后门出去。顷刻，王仁达带兵把前后门，将吴枢密父子并老夫人与瑶琴四人锁拿，并家人使女，将家产抄封。

四人至朝门，有旨，发三法司勘问。枢密父子哪里肯认，且法司多是门生，明知冤屈，怎肯加刑，只将原情复奏。王璘大怒，降旨黜司官，亲诣文德殿讯问，不招。薛文杰献上熨斗刑，将烙吴枢密父子。吴勖思："若认亦是死，不认受此炮烙，死更惨。"遂屈招谋篡，画了供，收监。

那长春宫陈金凤闻之，骇甚。知吴勖乃瑶琴之祖父，因看见招状难以挽回，惟瑶琴可救。向王璘曰："吴勖谋篡，其女孙系在深闺，并无干预。内宫现在缺宫女，可将瑶琴召入宫作宫女。"王璘允之，即召瑶琴入宫。数日，经庭议：凡男女谋逆，一家拟斩决，将吴勖并妻子斩首；家人、使女发卖，家产抄没；更知有男系白鹤并家人吴义脱走未获，候获到再议。王璘将吴勖父子、妻林氏绑于西门外，一齐斩首。顷刻，天昏地黑，风雨骤至，远近之人无不冤之。三个尸首竟无人敢收。

却说吴义抱白鹤至一处。原来前娶有妻，生一女。妻死，女嫁下渡泛船浦船户为妻。船户姓石名贵，在白龙江代客下货①为生。吴义将白鹤抱寄船内，交银五两与女，嘱小心看守，不可与外人知。又上岸去探听，至大街，便闻人说："官兵围拿吴枢密一家至朝门，还要拿走去②之小孙白鹤、家人吴义。"吴义便不敢前进，悄悄至西禅寺，与侄一清和尚说明情事。

一清即遣斋工③进城探听。二日便知瑶琴作宫女，三人斩首西门外，尸还无人敢收。吴义痛哭甚惨，计议收葬三尸，求一清和尚以慈悲到朝门递呈代收暴尸。呈进二日方批准，吴义交银并买棺，择地西山，竖立碑记，收埋妥当。吴义欲去下渡看小主白鹤，斋工阻之曰："外面挂赏榜，有人出首吴大叔并白鹤小公子，各赏银五百两，存匿者一体同罪。今大叔不可出头，待吾代大叔去一看。"言讫出寺去了，不表。

却说周艳冰背着小包袱，拼命奔至白龙江边，无主意④去何处安身。直至江边，身疲力尽，放下包袱哀痛。正在没头绪间，忽听有人在背后言曰："那个不是周艳冰？快去看来。"遂有一人跑至近前，把艳冰惊得魂飞魄散。

正是：被蛇惊⑤破胆，遇索亦飞魂。未知此人是谁，且看下文分解。

---

① 下货：运货。下：运载。

② 走去：逃跑。

③ 斋工：庙中杂役。

④ 无主意：拿不定主意。

⑤ 惊：吓。

第八十八回　艳冰穷途逢谊伯　林保饮酒救孤儿

再说周艳冰惊了一跳，急视之，原来乃是林保同子秀参。在江边遇见，先叫秀参来看，林保后至。问曰："怎的一个人在此，何事？"艳冰见是林保父子，把头摇摇，喘息不定，曰："不能说了，快带小侄去逃生。"林保知事不好，便不再问，叫秀参代背包袱，拉艳冰手逃去江边下船。三人进堵里①，即令船家开船。连叫数声，船犹不动。秀参到船尾大喊才开，艳冰心才定了。

林保诘问，还不敢言，秀参言："即管说，无妨，那船家都是耳聋，听不见。"艳冰遂说："闽王听信谗言，诬外祖暗要谋篡，官兵来围拿抄家。因有人前来通信，吴义抱走白鹤表弟，祖母彙②此包袱金银与小侄逃走。因不识路，至江边无主意，闻叫，疑是有人来追，谁知遇大伯同大哥来救小侄性命。"林保闻之，骇甚。艳冰又将前次被秀青陷害，父母投吴光反出江南，本身寄存③外祖家，险被薛浪子拿去，亦说一遍。

林保曰："愚伯在苏州只闻得闽王无道，迫反吴光投江南，未闻汝爷娘亦往投也。至回来始知，汝一家被林秀青陷害，倾家荡产，越狱逃走，不胜惊讶。这都是我当初举荐非人之罪，痛恨不了。幸这狗子已过刀了，如未，先拿来碎剐犹不足抵罪。此番因玉莲出阁，未出苏州，在家料理。今在南台买妆奁，已载在船。再买几件杂物，故上岸遇着吾侄，此乃天遣来接应也。今同回螺江，管保无虞矣。"艳冰曰："小侄得所，不知外祖如何耶？"林保曰："来日愚伯进城去打听便知。"因持包袱，骇曰："不意有这般重，如何会背得④？"艳冰曰："心慌了，不觉重，如今遍体酸痛。"即将包袱打开看，金多银少，珠宝各半。

不觉船至螺洲道头⑤上岸。货物先起，带艳冰至家。见伍氏，又愁又喜。

---

① 堵里：舱内。

② 彙：收拾。

③ 存：藏。

④ 如何会背的：怎么背得动。

⑤ 道头：码头。

住宿一夜。次早食了早饭，林保便搭船去探吴家事体。至南台进城内，听见人人叫惨，个个呼冤。林保问，其人曰："汝不知耶？可怜九仙山吴枢密，正是阁老元臣。闽王听信谗言，说他谋簒，并无半点形迹。拿熨斗来炮烙，要他招认。今早同妻子三人斩首，其女孙瑶琴发去内宫作宫女，家产抄没，还出赏格拿走去之男孙白鹤、老奴吴义。报信有赏，存匿同罪，拿着两个还要杀的。汝听冤不冤，可怜不可怜？清早那天昏地暗，风雨交加，就是杀伊时候。天亦抱不平。"

林保听明白，回至江边搭船，才开几篙，闻有人叫曰："林老大快来！"林保回头看，曰："汝两个白日游赤壁，好不快乐，我有事不能奉陪。"那两个再三招之，难却，将船拢住那边船。

林保过船来，被两个扯下同饮。那两个一乃同帮客伙[1]，泉州人牛星。因押货上行[2]停当[3]，在船独酌。适行家[4]万顺来讨数[5]，留住共饮。今又遇林保，拉来凑饮[6]。林保原是无意，被两个拉住，哪里肯放，一面饮一面叫船家添酒菜。牛星谓曰："今有了酒，来讲个酒令。"

林保年长，让与先讲。林保即将白龙江三字为令，一人认一字，上下要二个古人名。林保首字"白"字，即念曰："李白、白起。"

万顺是"龙"字，曰："卧龙、龙逢。"

牛星是"江"字，曰："敖江、江淹。"

三个令都念了，各饮了酒。次该万顺出令，万顺要一个字四方的，圜内推上去成字，照字面饮酒。即出令曰："我乃'田'字：田字四方方，十字在中央，中央推上去，十口一杯干。"把酒作十口饮干，又曰："变作'古'字。"

林保令曰："我乃是'回'字：回字四方方，口字在中央，中央推上去，两口一杯干。"把酒作二口饮干，曰："变作'吕'字看"。

牛星接令曰："我乃是'曰'字：曰字四方方，一字在中央。"万顺笑曰："一字推上去成何字？该罚。"牛星把酒一口饮干，曰："一口一杯干，岂不爽快！"

讲完应是牛星先出令，牛星曰："我下南人[7]不会讲令，出个对句与汝们对

---

① 同帮客伙：一起做长途贩卖生意的伙伴。

② 行：商行。

③ 停当：完成。

④ 行家：商行的商人。

⑤ 讨数：要账。

⑥ 凑饮：凑合一起喝酒。

⑦ 下南人：闽南人。

看。”随口念曰：“山前杨柳绿”。下南腔音不合，林保听了以是“三千羊搂虎”，便对曰：“八百犬吠猴。”牛星笑曰：“差得多，快来罚酒。”

因叫再念，牛星又念了。万顺只听“山前”二字，遂对曰：“岭后虎驮猪。”牛星大笑曰：“都作不得，快罚！”二人争以“一字对一字，怎会对不得？”把牛星气得要死，向后舱取出笔砚，写出五字，二人看了大笑。

牛星斟满酒杯，要罚二人。万顺假①撒尿跑上岸去了。林保也要走，被牛星揪住，扯进内舱，曰：“酒还剩一大壶，若不饮，倒汝衣裳②。”林保被扯进，见后舱门开，内面一个船户妇人，年纪三四十岁。又有二个孩子皆幼，一个生得白净，衣服洁好，一个生得黑丑，衣服补破③。心中疑之，便谓牛星曰：“不要扯，我今不去了，再食无妨；只难为船家伺候一天未食，不过意。可将余酒菜捧与他④，酒倒一壶，先与食，我们再慢慢饮酒好么？”

牛星即取酒菜。那船户妇人曰：“不须拿，奴男人进城去未回，等男人回来同食。”林保曰：“船主妈⑤，汝先拿去作点心，汝男人若回来，就与我们同食。”船妇便拿去，说：“谢了。”去食。

二人将席捧进中堵⑥，猜拳对饮。林保拳赢，牛星饮得大醉。林保又将酒倒一壶递与船妇，开了后舱门，妇人谢：“已醉了，不敢再领。”林保因他不接，自送进内堵，那两小孩在旁，随于腰间抓两把钱与买饼食。便问：“这个孩子是船家何人？”船妇答曰：“都是奴的儿子。”林保笑曰：“好体面，船下⑦有此清秀的儿子。若是多，早拿去当来食了⑧，还在耶？”

那船妇先前犹仔细⑨，不出一言。今食了酒，有些醉意，却隐不住，自会说出。即答曰：“客官，这一个不是奴儿子，怎的在奴船里？”林保曰：“必是行家之子，带来玩耍未回去。”妇人曰：“客官好不欺负人，船下就无小孩有此清秀耶？实不相瞒，果不是奴儿子，是奴亲弟郎，可算得船下的。”林保曰：“又胡说，妇人家许多年岁，有此幼少弟郎？”笑曰：“不许奴父娶妾耶？”

又问曰：“汝父姓甚？”又答曰：“莫看轻，奴父姓吴，现在枢密。相府门下

---

① 假：假装。

② 倒汝衣裳：（把酒）倒在你的衣服上。

③ 补破：缝着补丁。

④ 捧与他：端去给他吃。

⑤ 船主妈：船主妻。福州话“妈”音“马”，指老婆。

⑥ 将席捧进中堵：把酒菜端进中舱。堵：舱。

⑦ 船下：水上人家，即疍民。

⑧ 当来食了：典当了换钱吃饭。

⑨ 仔细：小心谨慎。福州话“细腻”有“仔细”和“谨慎”两种意思。

七品官，可算得体面么?”林保了然，又问：“闻枢密府事，汝不知?”又答曰：“知之，男人昨日不得闲，今日方进城去。”林保还要再问，被牛星拖去食酒。船妇便闭了门。

时牛星已醉，不知林保与船妇问答什么，惟扯伊食酒。又被林保灌几杯凑醉，坐不定，倒舱内不知天日了。林保正要再去问，适船家回来，由后船旁进后堵，与妇轻声细语。林保乃心灵①之人，便知其事，装作假睡，侧了偷听。二人细语都不分明，只听船家说“保全性命，又得大财”二句，又听得“汝父谅先拿去了”。又听船妇答“由汝主意②”一句，那船家仍由后堵门旁上岸去。

林保料是吴义将白鹤寄在此，船家进城知有赏格，回来与妻相量，去出首领赏，似此吴家孤儿难保矣！无计可施，急得酒气③都无，浑身出汗。正在无主意④，闻有人叫爷爷⑤，回头看，乃秀参坐船亦来。船拢近，林保过船，轻声与子说知。秀参惊甚，曰：“那白鹤来过周家，孩儿认得，去看是否。”

林保带秀参过船，轻声到舱门缝偷看，恰好那船妇亦因多饮几杯酒亦醉倒，两个孩子睡在一边，秀参认得一个正是白鹤。林保急了，放胆推开舱门，将白鹤带睡抱出，交与秀参赶抱过船，撑回家去。仍将舱门闭却，随出船头，看秀参已开去。仍进舱，船妇犹未醒。即上岸拾一块大石，向船尾掷下，便喊曰：“船后小孩吊落⑥水，快救来!”

那船妇被喊，矇昽开醉眼，不见白鹤，亦叫救连天，把牛星亦惊醒。问故，曰：“是船家儿子跌下水去。”牛星曰：“是他不小心，与我们无干。”林保故意说：“老牛再来饮酒。”牛星曰：“不可，船家儿子落水，另日再来。”遂登岸去。却说那船家看赏格，顾不得丈人托孤，一直去城内衙门出首。有公差十几个跟石贵至台江船中。船妇泣曰：“白鹤跌落水淹死，尸被流去，人人共知。”公差曰：“出首无人到案。”即将石贵同妻子一起到衙门问讯，以夫出首、妻卖放收监，俟吴义拿到，一同讯断。石贵一家三人进监，陆续皆发监瘴⑦，死于监内，不表。

再说林保同牛星上岸，另搭别船回去。林保先在江边行户⑧内闲谈，见公

---

① 心灵：机灵。
② 由汝主意：由你做主。
③ 酒气：醉意。
④ 无主意：不知怎么办才好。
⑤ 爷爷：称呼父亲。
⑥ 吊落：掉下。
⑦ 发监瘴：在监狱中得瘟疫。
⑧ 行户：商行。

差来拿无人，反将石贵一家拿去，才讨船回家，至螺洲已更静了。秀参早抱白鹤到家，问艳冰："是汝表弟不是？"艳冰答："是。"便问："外祖家怎样？"林保将遭刑惨情告知。可怜艳冰一闻此言，失去[1]半时，伍氏与玉莲煎姜汤灌醒，林保慰之曰："且喜吴氏一脉在虎口夺回，此乃不幸之幸也。待玉莲出阁后，同送至江南，与汝爷娘相议借兵报仇，不须哀痛。"

那时白鹤天生自然，由抱来抱去，竟不啼哭，日夜在艳冰身边存躲[2]，并无人知。林保一面办嫁资[3]，一面装货，过月余，将玉莲送嫁与福清客伙邓家为媳。货已装便，家事付与秀参料理，即密带二人下船，至江南而去，按下不表。

且讲斋工在南台打听明白，回西禅见吴义，告之石贵出首，白鹤跌于水中淹死，公差拿无人，即将出首之人全家拿去，抵代关监等情。吴义闻了，变色无语，半晌叹一口大气，遂与斋工谢劳[4]。斋工与吴义说了，入方丈见当家，亦照此语说知。一清和尚便问："吴大叔闻此语神色怎样？"斋工曰："闻了无声，许久叹一口大气。"一清曰："汝去叫吴大叔出来，我有话说，快去！"斋工即到吴义住所，门已闭了，敲打无应。疑之，即报。一清令把门撬开，至房内，而吴义已悬梁自尽矣。

正是：三尺孤儿难付托，一条吊带正当然。未知救得活否，且看下回分解。

南台大桥有元学士马祖常记刻"万寿桥"三字于石，俗呼大桥。南接江南桥，俗呼仓前桥。北接沙合桥，俗呼小桥。南台之大桥、小桥、仓前桥为三大名胜。

王恭《台江》诗云：

无诸古城外，潮满合沙洲。
宾客留骢马，壶觞泛采舟。
山苍明月夜，水净海云秋。
寂寞屠龙事，台江空自流。

---

① 失去：昏迷过去。去：语气助词，表示行为已发生。

② 存躲：躲藏。

③ 办嫁资：置办嫁妆。

④ 谢劳：道谢，谢谢对方的服务。

第八十九回　西禅存仆暗建功果　南唐兴兵代雪冤仇

却说吴义自吊于房，被一清和尚撬门进救，同斋工解下。幸初吊，气未断，灌之以姜汤渐回。和尚以温语解劝曰："大叔空死无益，小公子落水，乃神差鬼使，生死未定。若被官拿去，已身首异处矣。今吴氏虽死男，还有女，现在内宫，务要谋出。将来公子若有遇救还好，若无遇救，可效蔡文姬续中郎之裔，其功仍在。切不可短见，自误大事也。"

吴义曰："非吾行此短见。因主人把孤儿寄托于我，不能保全，何颜立于人世?"一清再三慰解，吴义曰："乞借从容一处，设主人、主母灵位，不知肯否?"一清从之，遂择极僻静室与之安灵。吴义日夜焚香哀哭，又礼拜经忏，果并无一人知之。盖那时西禅寺乃侯官县第一大禅林，周围有九百丈，居僧三千人，极其宽敞，外人故不知也。

西禅寺在西关外永钦里，号怡山，寺在其上，即王霸所居也。至王延钧，更名长庆。周垣九百丈，居僧三千众。

一清和尚闻外面查拿甚紧，欲将他拨去安稳所在。适福清黄蘗寺因僧少不敷供事，进表闽王，请拨别寺僧众来凑。王璘查西禅寺僧多，饬拨三百众分住黄蘗。一清随拨本寺三百众，以吴义改名张三充作斋工，修书一封与吴义带去，为当家拨好执事。吴义便改斋工模样，混于三百名内，到了黄蘗寺。当家收管，派执事于安逸之所在。

黄蘗寺在福清西南清远里。唐德宗贞元五年，沙门正干建院，名般若堂。德宗赐"建福禅寺"额。明嘉靖间，倭变被毁。山多蘗木，故名。有大瀑泉流岩石间，有龙居之，大旱祷雨辄应。

唐宣帝与黄蘗僧观瀑布题诗。唐宣宗微时，以武宗忌之，逃去为僧，后登大位。诗云：

穿岩越壑不辞劳，到底方知出处高。

溪涧岂能留得住，终归大海作波涛。

明徐𤊹《宿黄蘗寺》诗云：

青峰十二削芙蓉，黄蘖开山第一宗。
阴洞有灵蟠巨蟒，古潭无际蛰神龙。
门通数亩林间竹，路指千年涧底松。
觅得云房聊借宿，半天明月上方钟。

不说吴义在黄蘗寺作斋工，十分安稳。再说林保至扬州，先遣人至学士府通报。艳冰、白鹤进府，周启文同吴青娘重会子侄，如身见血。闻及父、母、弟遭刑，侄女入官，老奴不知生死，家产抄没，如虎中枪。复感林保救侄儿之德，欲留同议借兵报仇。林保因重货在船，不敢久停，即辞去。启文亦不敢留。林保即别，下船赴苏州。

吴光奏闽王宠用国计使薛文杰，陷害商贾，残虐忠良，请兴兵伐闽。那时淮南王乃徐知诰，是徐温养子，原名李昇，封齐王，篡吴国位改南唐。时知诰准奏，命弟江王知证、饶王知谔率淮兵，以吴光为前军响导，用启文为参谋。兵至浦城，围建州。刺史王延政告急于闽王。即遣都指挥王仁达领兵救建州。士卒至延平，不进，喊曰："此番南唐兵至为谁?"答："因国计使薛文杰、神公盛韬陷害忠良而来，致我们抛妻别子，荷戈往战，血染沙场，存亡莫定。昔马嵬六军不发而宠妃相国难免殉于军前，何况区区小国之奸佞乎？不先杀之，国人震怒!"

王仁达表奏，闽王欲杀仁达及诸军士。太后同福王谓璘曰："文杰盗弄国柄，残害无辜，上下怨怒。南兵深入，士卒不进，社稷一旦倾覆，留文杰何用?"那时文杰在侧，犹不知罪，还在饰辩。王璘曰："内外皆恶，吾亦无如何，卿自计议。"文杰退出，福王先出门外伺之，以牙笏击之。文杰扑地，即拿禁于囚，遣送军前。初文杰以囚车太宽敞，欲绝囚之自在，改造过。形如木槛，内边排钉铁尖，要转动即触着。既成，未囚别人而自入之。随族诛薛家，并囚盛韬，一同送至军前。众兵争杀之，枭其两首悬于高竿，肉众脔之。士卒遂行至建州。

王仁达败回，闽王以同叛收之，并一家十八口共斩之，惟走[①]一子、一女孙。

南唐兵抵福州，王璘不敢迎敌，闭关困守。遣使召吴越延徽，即引兵来救。徐知证闻之，谓吴光、启文曰："奸佞既除，卿仇已雪，可罢兵矣。"遂领兵由南路回。及吴越兵至，南唐兵已去，亦引兵回浙矣。福州百姓感徐知证兄弟之德，立祠于金鳌峰山下，至今犹存，名"灵济宫"。

---

① 走：逃去。

灵济宫，在鳌峰山下，即青浦也，五代时徐真人入闽屯兵处。左龙湫潭，水通竹溪，至林埒。浦前有金墩石。山中土如金色，中有试剑石。（盖二王好仁乐道，皆称之为二真人。）

南唐兵回扬州复命，各加升赏。吴光将荐艳冰入仕，启文曰："长安虽乐，非是久居，今仇已雪，须回故土。"那艳冰品貌如宋玉潘安，诸朝士争以女妻之，俱辞却。闽王知证欲赘之，吓甚。

正是：大仇才初报，招赘又临惊。欲知后事，且看下回分解。

第九十回　俏书生避赘又遇赘　痴佳人要招遂难招

却说周艳冰在扬州，闻王欲招之为婿，惊甚。谓父母曰："亲王之命，从之，有负结发，不义；如不从别之，为不忠。不忠不义，皆行不得。趁此时命未下，孩儿赶紧走[1]回福州。一则避王命，二则探听结发如何。"启文曰："如此甚好，但尔年轻，长途独行不便，可命家人陈起为伴。"艳冰领命，次早拜别父母，同陈起往福州而去。

不意一路遇雨，而陈起有年纪，经此风霜，半途渐渐得病。行至浙江金华府兰溪县地方，病势十分沉重。艳冰无奈，暂歇城中王孤夷旅店，请医调治。谁知服药无效，过了数日，竟一病而亡。艳冰不胜伤怀，买棺收埋。此且按下不表。

先说兰溪内有一位乡绅，姓真名显，在吴越官拜御史大夫。娶夫人苏氏，生一女，名赛仙。才貌双全，又善丹青传神，年方十九。其居宅与王孤夷旅店后厢近，其楼临街，可看店中出入客人以及过往游人，在外于楼上皆可看及。赛仙常在楼中与画丹青，每窥镜顾影，自怜而叹曰："天生汝绝色佳人，不知有谁才子匹配耶?"把自己真容画一小幅，挂在楼上，暗嘱曰："有能相对者，即招之为婿。"数年来并无一个当意[2]。

不期那日在楼看艳冰品貌行动举止，不觉心旷。暗使人打探，知是随行之仆死，不得即去。赛仙十分欢喜，将此情禀知母亲。暗将艳冰形容亦画一幅，并挂楼上。时艳冰收埋了陈起，次日打点起行。忽店主王孤夷报说："隔壁遣人来请，真府苏夫人请当面请教一事。"艳冰不知来由，欲细询来历，那人再三催促，无奈，随之至真府。

苏夫人出堂相见，各施礼坐下，递茶，便问姓名籍贯。艳冰不敢真说，答曰："小生姓秋名坚冰，祖居福州。家严南唐为宦，奉亲命回籍完娶原配。路由

① 走：逃。
② 当意：中意。

贵处经过，不意伴随得病，殁于旅店。棺木料理已妥，明日即欲起行。蒙相召到府，有何见谕?”苏氏答曰：“原来是秋公子，多有得罪。老身苏氏，夫君真姓名显，现在吴越为御史。单生一女，名赛仙，年十九岁，数年择婿皆不相当。今观公子仪容，足为门楣，以效东床之选，冀公子俯从之也。”

艳冰闻言暗想：“喜神动，走之不脱[①]，又跟来浙江。”便答曰：“小生有言在先，有原配在福州，今奉亲命特回完娶。不敢从命，望夫人另选乘龙。”夫人曰：“富易交，贵易妻，人之常情。何必推辞?”艳冰曰：“夫人之言差矣，岂不闻‘贫贱之交不可忘，糟糠之妻不下堂’乎?”苏夫人被此一驳，无言可对，暗嘱家人留之，便进内与赛仙说知。赛仙闻此，神色忽变，无语。苏夫人恐女气触[②]，便谓曰：“当今男子都是假至诚[③]，可将他留住后花园书房，慢慢看待他，怕伊不从也?”吩咐家人出言：“家院君请公子后书房安歇，去饭店取行李。”

此时艳冰入于网内，被数个家人推推扯扯至后花园书房居住。又到客店，说那客官乃夫人内亲，在府中，行李取回。店主即交行李，家人即送进内书房。见里外笔墨古玩、琴棋书画皆备，三餐皆丰盛，供送皆美婢。苏夫人时常偷窥，见他只得看书，夜即闭门。如遇老妪，即托言放他回去，至三个月如是。

赛仙无奈其何，令乳母作说客，至书房谓艳冰曰：“老身乃小姐之乳母，特来以心腹之言相告。愿公子允偕伉俪，勿把小姐一片真心置于度外。若恐其貌不佳，其自画真容在此。若恐其才不如，著有窗稿在此。请公子熟思之，早就良缘，勿以福作祸也。”艳冰看了小像、窗稿，曰：“惜玉怜香，谁能无之？小生非草木，岂无心！惟曾受原配恩义，断不能忘。如千金大家，岂无君子好逑?若小生之辈车载斗量，何足算也，请婆婆早回。”乳媪曰：“公子你执礼而不通，只顾己之恩义，不管人之性命。”艳冰曰：“人之性命轻如鸿毛，自己之恩义重于泰山。死是你自死，与小生何干？只算莫须有矣。”乳媪怒曰：“小姐若死，你能独活耶?”艳冰曰：“宁死不从，亦莫须有也。”乳媪再三说之不遂，只得进去。

艳冰虽然坚志，依然把赛仙之真容、窗稿日夜检阅。是晚，一婢送饭至。看窗稿出神，以婢已去了，闭门对酌。见窗稿羡之不绝。卷面题有“痴仙窗稿”，方知赛仙自号痴仙。因思：“不痴，将我留住不放?”

正在思想间，忽有人众擂门捉奸。艳冰开门问之，有老妪五六人赶进，骂

---

① 喜神动，走之不脱：命定的婚期临近，逃也逃不掉。

② 气触：心情抑郁成病。

③ 假至诚：伪君子，假正经。

曰："你这小畜生，俺家夫人何等看待你，把小姐招你不要，宁愿要丫头于房内奸宿，是何道理?"艳冰曰："哪有此事?"老妪即房内搜拿，果有丫头在艳冰床内睡卧。众指曰："无是事，此是何人?"艳冰曰："是他送饭进来撞我[1]，我实不知。"众曰："管汝知不知，拿去送官究治!"将艳冰同丫头一齐捆缚，解出门口。

突有一人赶至，喝曰："你这一起好大胆狗才。公子乃俺家姑爷，所有丫头都是他的婢妾，欲纳丫头则纳，谁敢不从？今姑爷留一个伺候床铺，连夜去送官诬以为奸，还不解开，我有话与姑爷说。"众被喝住不行，那人向艳冰曰："姑爷大量，如今不要理他，等与小姐完亲了，慢慢排布这一起忘八乌龟。"艳冰睁眼曰："哪个是汝姑爷？我正[2]千金小姐都不要，岂要此等丫头！这不是你等作来圈套挟制我，要送官我还有口，看谁体面?"那人见艳冰此说，无言可答，便走开。

又有一老家人自内出来曰："夫人说'丑事不可外扬'，不必送官，可带去后花园打死埋芭蕉树下。丫头带里面与夫人发落。"即将艳冰带至后园。有一人跑来耳边说曰："快些应许情愿作门楣，我赶进与夫人挽回，化祸为福，将来务要谢我。"艳冰从容答曰："头可断，志难移!"那个又走开。众人将艳冰按倒，两个举起木棍将打："无情之人，不如禽兽。"又有人来说："不必如是，将他来磨灭[3]，慢慢打。放伊在花园作园丁，汲水灌花，如有躲避，着家人鞭打。叫他求生不得，求死不能，问他还倔强否?"众曰："有理。"将艳冰衣服剥下，推去园中。以艳冰乃儒弱书生，怎能任此粗作[4]。

艳冰知其刁难之，并无难色。早起汲水灌花，夜与园丁同宿，没一点懒惰，直至几月如是。园丁劝之："若从不得，定无生计，有思回否，能代达内阃。"艳冰遂写一函与园丁交乳媪，递与赛仙拆看之，内云：

涅不缁兮磨不磷，诸人何事苦相凌。

任他漫设千炉火，难得区区一片冰。

赛仙看此四句，心已灰矣。沉思半晌，亦题四句，以自押韵，因来诗以名押韵。仍交乳媪递与，吩咐："如有物交来，便带回。如无物，亦不可讨。"乳媪至花园递与艳冰拆看。诗云：

与君何以只[5]无缘，肝胆披来不见怜。

---

① 进来撞我：擅自闯入我这里。

② 正：正经的，正牌的。

③ 磨灭：折磨致死。

④ 粗作：粗重的劳作。

⑤ 只：这么。

泪滴心灰求已矣，乞留一枕度痴仙。

艳冰思之，世间有此钟情，再不与枕，我真土木人也。遂以枕交乳媪，曰："你家小姐有犯癫倒[①]，单要小生枕头，若不嫌汗污，即管来拿去。"乳媪即拿进去。艳冰退悔[②]："该与换一个来，今夜怎睡？"俄而乳媪又至，手挟一双凤朝牡丹绣枕，谓曰："此乃小姐亲手做的自睡，来对换，无嫌汗污，日内与[③]公子回去。"艳冰曰："肯放小生回去？此枕是宝贝，何嫌耶？"

原来赛仙之父遣人来接家眷到杭州，其母亦议放他。次日，赛仙将前日所画艳冰真容，遣乳媪送至花园与艳冰，曰："小姐说，'公子坚心不就，今亦不敢再强，明日送公子回去。'惟小姐心不灰，此乃小姐亲笔画公子真容，特来求题数句，留为终身瞻依。"艳冰展看，迫肖己貌，坐在太湖石上观白牡丹。即描笔写于旁边，落了款。自向书箱内取出前送来赛仙之真容，交与乳媪，曰："此轴是千金之小照相，烦带去代言，求千金亦题数句与小生带回永宝。"乳媪携进求之，赛仙先展看艳冰小照，看上面题四句诗云："仙品在人间，冰姿比玉般。今生不敢折，留待来生攀。"下写："闽中秋坚冰自题。"

赛仙读毕，流泪叹曰："他生未卜此生休。"将自己之小照展开，乃焚香默祝，端写四句，交乳媪去与看。诗云："独坐叹韶光，寸衷已断肠。奈何天不念，空热一炉香。"后写："古越真赛仙自题。"

艳冰接看，吟之亦伤感不已。至五更，乳媪来请进内，艳冰哪肯便入。乳媪曰："今日放公子回去，因夫人不能送出，小姐要与公子面陈一语而别，无别事也。"艳冰即同乳媪遂入，赛仙已候于庭。见之，含泪言曰："枉屈公子年余，乃奴家之过。公子果坚心不二，今生不能成就，死必追随。今日送公子回去，惟其念奴痴情，切莫怀恨。"艳冰至此情亦不自禁，泪下答曰："小生土木，岂不知情？惟因原配之恩义难忘，不敢背负，致有负千金之情。自愧不暇，敢怀恨于心？"即下拜告辞而别。赛仙答拜，各流泪而分。

赛仙令取出行李，另送白金一百两，当面装入箱中，送至花园，束装停妥。令家人挑送出门，代雇舆车起行。晓行夜宿，渡水登山，不觉到了福州西关外。忽闻有人在后面喊曰："前面可是周家甥爷否？"把艳冰吓得一跳。

正是：不忘原配辞新室，岂意故乡遇旧人。欲知后事如何，下文分解。

---

① 犯颠倒：头脑不清楚。

② 退悔：后悔。

③ 与：给，让。

第九十一回　周艳冰改妆说诡话　薛品媚报应吐真言

却说叫艳冰者何人？乃吴义也。吴义改名张三，躲在黄蘖寺内作斋工，将次二年。闻知南唐兴兵，仇人薛文杰已诛，朝廷知吴家冤枉，无拿[①]，便大胆走回，仍在西禅寺住居。那日在山脚游玩，遇艳冰下轿步行，由岭上而来，便叫一声。又见后随有一女，恰似瑶琴，不敢就叫。艳冰听叫下视，见是吴义，喜甚。谓曰："汝何处来，住在何处？"吴义答曰："即在此转弯进去西禅住止[②]。"艳冰曰："好极，可先带路。"

吴义即引带有半里路，先进西禅寺内东廊，开了房门，出来接了艳冰。一顶过山轿、一挑行李都进了，还在寺门口门边观望一会，无了[③]。问曰："甥爷，还有一位女眷，何不见来？"艳冰答："没有女眷。"吴义曰："初遇甥爷时，分明有一女郎跟甥爷身旁，路上犹看见，如何说没有耶？"那三个轿脚夫亦曰："路上船中，亦见有一位女子与官人同处，忽见忽不见，甚属可疑。"艳冰笑曰："汝们活见鬼，造化[④]我的胆大，若小，怎不被汝们吓破。"即理了夫价清楚[⑤]，脚夫等出寺去。

艳冰坐下，先问吴义一向之行为。吴义便泣曰："奴婢[⑥]有弥天大罪，今无脸敢见甥爷。当时主母将小主白鹤公子托交奴婢逃生。因想至亲莫如父子，抱至台江，寄存女婿石贵船中，送有银子作粮，再三嘱女儿勿泄，算是万分稳当。奴婢回来探听，可怜一家被拿，家产抄封。老主人难受熨斗刑，屈认谋篡，次早，将老主人、夫人并小主押出斩首，单留小姐进宫作宫女。可怜三位主人尸首无人敢收，放在暴露。奴婢设计求寺内一清和尚以佛门慈悲，递呈请收。暴

---

① 无拿：不再缉拿。

② 住止：居住。

③ 无了：没有（别人跟随）了。

④ 造化：幸亏。

⑤ 理了夫价清楚：付清轿夫的工钱。

⑥ 奴婢：仆人自称。

尸三日，始批准葬于西山，立有碑记。

“收埋妥当，正要去台江看小主，闻斋工报知薛奸贼出赏榜遍拿小主同奴婢，因此和尚不肯放奴婢出去，遣斋工去台江探听。谁想没良心女婿贪赏银去官出首，带公差来拿小主，不知小主如何跌落水死。公差拿没人，将石贵夫妇并子拿去。薛奸贼说，一个出首，一个卖放，且禁放监。那时，奴婢闻信，即去自尽，被和尚解救，说小主生死未定，还有小姐在宫，将来能谋出来，犹可接吴家后嗣，何用去死？被再三苦劝，因此苟延残生，设主人灵位作功果。因外面访拿甚紧，和尚将奴婢假作斋工，改名张三，送福清黄蘗寺管理斋筵，将近三年。闻仇人已杀，不拿，故敢回来。历有半年，打听小姐并无信息。今遇着甥爷，失去小主，有何脸面相见耶！”言罢大哭。

艳冰听了，曰：“休哭，汝小主白鹤现在活着未死，造化汝未自尽，若自尽，犹不值。”吴义忙问曰：“真未死？何人搭救？现在何处？”艳冰将自己遇着林保，并林保偷抱白鹤，今去扬州借兵报仇，述了一遍。又将半途被人勒赘拘留的事情亦略说了。吴义大喜，曰：“吴氏香烟[①]还在，吴义死于地下可见主人矣。”带艳冰进方丈，拜谢一清和尚恩德，留食斋饭出来。

吴义将自己房舍打扫，开铺与艳冰，自己在边房择一所为厨房。吴义早晚出街买菜，或进城探听内宫消息。艳冰只埋头读书，半步不出门。将赛仙之小像挂在壁间细审之，自诉曰：“若不是临行时得见芳容，还疑未必有此画图之美。真是才貌双全。千金莫怪小生不允，实因受过原配恩义，不敢有负。倘情缘未断，待于来生了愿可也。”言讫，叹一口气。忽见那画会动，秋波欲活，似起身离坐。艳冰拍桌喝曰：“这婆娘不识道理，小生以正言相告，敢无礼就来魅人，若不念前情，必付之丙丁[②]！”即将画收起，写八卦封了收存，从此不敢开看。

过了几时，见外厢东西廊众僧尼陆续而来，问吴义何事。吴义曰：“明日乃端午节，皇爷同娘娘到西湖看龙船。扒龙船[③]都是内苑宫娥，要派六十众女尼到水晶宫念‘延寿经’，另派二十个少尼姑管理香茶，伺候宫女。应此寺和尚头派拨，今夜在此会齐，明早同到西湖供事。奴婢正要与甥爷商量，那宫女明日都出来扒龙船，瑶琴小姐必定也出来。明早早些食饭，同甥爷去寻访小姐么？”

艳冰沉思一会，答曰：“海里摸针。我们去看，不过只在湖边望着。对天远[④]，哪里看得见？即看见，亦属空看。我想一计，求和尚把我充入尼姑帮内，

---

① 香烟：祭祖之香火，代指后代。

② 付之丙丁：烧掉。

③ 扒龙船：划龙舟。

④ 对天远：形容相隔遥远。

拨去西湖伺候茶汤，得近诸宫女。如汝小姐未来便罢，若来，一定会见着。汝想此计何如?”吴义想了，点头道是，又曰：“须先对和尚说，他肯便好。”

即赶进方丈。有一会便出来，喜曰：“奴婢进去对长老一言就肯。惟请甥爷亲身进去，有话对面说。”艳冰即入方丈，一清长老迎坐递茶，谓曰：“适才吴大叔来说甥爷要假作道姑，随众去西湖供事，寻讨千金。此乃成人之美，敢不如命？惟祈谨慎，若露出，均属未便。”艳冰答曰：“谨遵训诲，更求赐借道姑服饰一套，愈感深恩。”长老随遣行者至外厢与尼姑借一套道姑行头，交吴义携出。

艳冰入自己房中梳头，带禅巾，换穿道服鞋袜，挂了香珠，执拂，妆扮停妥。问吴义：“像不像道姑样式?”吴义笑曰：“与戏文《下山尼姑》一样，惟有头发，恰似内边观音相同。”艳冰曰：“呆仔，观音大士就是今之道姑，有头发的；无头发的为尼姑和尚，有头发的为头陀道姑，今统叫尼姑和尚。汝不看西廊下，那三四个有头发的便是道姑。”吴义曰：“不错，果系西廊下那三四个样式。”

于是至西廊，见尼首报名，说是：“初出家，未谙科套，惟会烹茶汤，伺候宫女容易。”尼首依派列于名单。众尼见艳冰年少，都围住观看，不肯离去。天晚了，东西廊房间排有酒席，有七个少尼颇娇媚，将艳冰拉进凑八个一桌，恰好让艳冰首位。那七个各聚钱再添酒，为长夜饮。席间，各通名姓，艳冰假名嘉贺，在北山里出家。随问知一名品媚，一名菊紫，一名长春，一名玉屏，一名明觉，一名清琏，一名晓露，都是白云庵师兄弟。这七个都浮荡，席间戏谑无所不至，惟艳冰低头蹙眉。

品媚曰：“入门休问荣枯事，观看容颜使得知。汝看嘉贺师兄面带忧容，必有心绪，汝们可猜得着否?”菊紫答曰：“惟我猜得着，是今夜曾与情人有约，不得去会，才闷闷不乐。”长春曰：“不是不是，早晓得今夜有差事，岂与情人定约的。是身怀六甲，脚手酸软，饮食无味，眉才不展。汝不信，齐来摸摸着不着?”品媚同菊紫去摸，艳冰忙躲开。长春笑曰：“何用怕羞，我们作尼姑都常有之事，怕之作甚?”东一句，西一句，把艳冰气得腹胀，暗想：“今夜总睡不得，索性把这伙小猴精来作弄。”便曰：“奴的忧愁诸师兄都猜不着，若是有情人期约，有六甲在怀，都是好光景，何用忧愁？奴的忧处讲不完。”

品媚将酒壶接过，把各人面前杯斟满，谓曰：“奴们的愁算多了，哪里师兄的愁比奴们更多。大家把此酒饮干，师兄慢慢讲出与我们听。我们亦将不尽的愁怀亦讲与师兄听，看谁狼狈。”

艳冰曰：“列位师兄莫见笑，待奴说来：奴家十五岁出嫁，头一个姓余的，未半年就死了。第二嫁姓封的，未及三月也死了。第三姓颠的，第四姓苟，第五姓戚，第六姓昌，第七姓扈，过门都只三个月就死去。到十八岁，拜七个堂都没老公过端阳节，故此愁恨在心。诸师兄未必有奴只苦命吓①！”

品媚曰：“这是七煞，已都见过，今再嫁必能到底。”艳冰曰：“再嫁虽好，但前夫七个待奴恩情不忍忘之。”菊紫曰：“既念恩情，何不作功果念经超度七个，并保佑再嫁的长久？”艳冰曰：“早已作过，现今或遇人家拜忏布功德，将七个老公姓再添七字暗接经句拜念。”品媚曰：“怎念？”答曰：“余封颠苟戚昌扈②，早托轮回归正路。”

那七个信以为真，俱各说其命带七煞，代其叹息。又各饮酒，那七个都是酒鬼，连饮十数杯不休。艳冰挑之曰：“列位师兄亦各有苦情，未必比奴只般③狼狈，定有好施主倚靠。”品媚曰：“奴的施主、夫主都靠不得，要贴钱与他。如不顺意，非打即骂，受多少气。”品媚未说完，菊紫忙接曰：“是汝小猴娼自作自受，还怨谁耶？”品媚曰：“小娼，我怎的自作自受？”菊紫曰：“还不是自作自受。人招二使④，惟靠有身家，以为终身衣食计。汝这小猴娼比人不同，单要少壮，不管野仙闯将⑤一概都要。今日被他拿住，再招一个，不得要银使用，好不好⑥就打，这不是汝自作自受耶？”

品媚曰：“汝不爱后生，何以与我哥相好？”菊紫带怒曰：“我与汝哥相好没要紧，汝母还是国计使之命妇，同干儿神公盛韬相好，才弄出事来，汝爹拿去军前碎剐。”品媚曰：“我家弄出事，汝家怎的哥吊死，妹作尼姑？”

谁知品媚这句话把长春、玉屏两个激怒起，共骂曰：“小猴娼，汝与菊紫相盘⑦，缘何绊⑧我二人身上来？”品媚曰：“汝两个敢与菊紫出色⑨？”两个就答：“与出色何妨？”四人便扭作一堆。

艳冰同三个向前拦住扯开，曰：“都是出家人，忍耐为本，起胶动手⑩被人耻笑。”

---

① 只苦命吓：这么命苦啊。只：这么。吓：语气词。

② 余封颠苟戚昌扈：这七字谐音“如疯癫狗七娼妇”。

③ 只般：这样。

④ 招二使：找相好男人。“二使”也作“二婿”，指野男人。

⑤ 野仙闯将：流氓无赖。

⑥ 好不好：动不动。

⑦ 相盘：一来一往地斗嘴。

⑧ 绊：牵扯。

⑨ 出色：出头撑腰。

⑩ 起胶动手：动手动脚。胶：本字“骹”。

品媚曰："不瞒师兄，奴四个都是世谊相好姐妹，齐来出家，有何相争？奈此小娼将奴家之丑事，当面在人前尽卸出①，才气。今嘉贺师兄既劝，便一齐罢了。再讲起七世为娼!"八人依旧坐下，晓露斟酒，又饮几杯。艳冰暗想："好古怪，品媚乃薛文杰之女无疑，那三个一定也是宦门之女，再挑拨他说出便知。"挑之曰："那两个长春、玉屏师兄都帮助菊紫师兄，这二位师兄都不来帮助耶？"明觉答曰："那四个自以是官家千金小姐，屡次把门牌②来讲。奴们三个乃是村女，无门牌，不敢交插③。"

艳冰笑曰："乡下人不惹官事，怕樖叶掷着头④，有理无理都不管。"此句把品媚挑动了，便笑曰："嘉贺师兄，甚乡下人家女？其实奴四人皆官家女，如今都变作丧家之狗，不及乡下人矣。"艳冰便问："何事不及乡下人，请道其详。"品媚曰："说起来比师兄十倍忧愁。奴先父名薛文杰，官拜国计使，受主恩宠，与众不同。吴光同周启文反出江南，与南唐借兵来征，主人惊怕，将奴先父同盛神公送军前去斩首，母亦被杀。奴被菊紫之兄李印存匿未杀。

"菊紫之父为过尚书。长春乃林准之妹，伊父亦为县令。玉屏乃宋璘之妹，伊父为翰林。他三个兄长与奴先兄锦荣自幼同窗，交结最好，前曾同到吴枢密家访拿周启文之子艳冰。后来因周启文借兵到闽，说寻前仇，那三家兄弟会齐吊死，家产都被人抢尽。奴们四人皆无父母倚靠，无奈同来出家。以为作尼姑者不过惟拜佛念经，谁知犹迎张接李，松舍竟是巫峡阳台，斋堂翻作秦楼楚馆。既入其门，欲罢不能，实是败坏先人之门风。深夜自思，不堪羞愧，今虽在此欢乐，都是勉强。"言讫，四人皆珠泪淋漓。

艳冰听了，始知此四人即是当日拿我之女眷，可见为父兄之奸恶，犹报应其眷属。正要问他曾否结姻受聘，忽有二个老尼姑敲门撞进，骂曰："汝几个小妖精好不受用，瞒我在此偷食，快分与我食些，才不说汝。"自拿起酒瓶，一连食四五杯。

原来此尼乃别庵的，一个叫做三三，一个叫做碧海，极贪食酒。品媚不忿，将酒瓶拖过，曰："这酒是我们自出钱买的，不是那个二使的。"三三曰："我们钱是自己的，汝这几个小妖精的钱不是二使与的，难道天上掉下来不成？"

菊紫曰："老娼，又要食酒，又要骂人，我今都不与食，大家讲一令来食，不能讲不与食。"碧海曰："讲别事我就输，若讲令，自后生⑤即学起，今半百

---

① 卸出：抖露出来。

② 门牌：指家门背景。

③ 交插：插嘴，参与。

④ 怕樖叶掷着头：怕树叶落下砸了头。"樖"是"树"的福州方言用字。

⑤ 后生：年轻，年轻时。

了，岂输汝一起乳臭小妖精？汝们先起是何样式，我照样亦讲。”众共推艳冰在首位，应先起。艳冰曰：“起要花名，下凑成句。”即念云：“老来红，老来红，五旬经水才流通，才流通是老来红。”

三三接念云：“金银花，金银花，二八妖尼破人家，破人家是金银花。”

碧海亦接念云：“并蒂莲，并蒂莲，俏尼同入共枕眠，共枕眠是并蒂莲。”

品媚曰：“汝两个老娼都无与人共枕破人家？”三三、碧海曰：“今无[①]就好，汝快讲来，好食酒。”菊紫正要接令，品媚曰：“我先讲，还敬两个老娼。”遂念曰：

“野菖蒲，野菖蒲，呢开花[②]，老尼姑，老尼姑是野菖蒲。”

三三怒曰：“汝是野娼妇!”品媚曰：“汝是野老娼!”两个盘之不休。外面有人喊曰：“天大明了，请各师父快出来，去西湖接驾!”众闻叫，皆起身出来。日已东出，陆续而出，点了名，艳冰亦起身而去。

正是：不谈一席荒唐话，怎悉诸尼现报因？此去如何，下回分解。

---

① 今无：现在没有（做这样的事）。

② 呢开花：勉强地开花。

第九十二回　充茶役艳冰会淑女　游湖景金凤观夺标

却说众僧尼于五月五日黎明俱到西湖水晶宫里拜延寿经忏。那七个幼尼同艳冰在二十个之内，集荷亭供伺宫女，静候茶汤。其时诸朝臣早在站班接驾，游人士女如云。俄而驾至，肃静，闽王同陈金凤并福王继鹏同下行宫，文武百官随驾，分班叩贺。遂诣水晶宫捻香，随上大龙舟，看各龙舟竞渡，赐锦争夺毕，各归本班。

只见那龙头凤尾、桂樟兰桨十二只彩船，每只配宫女二十四个，均是二八娇娃。穿短衣窄袖，五色绣花采莲腰，衣系五彩凤绫帕锦裙，露出大红纱裤，两脚金莲。个个皆翠鬟金钿，淡扫蛾眉。一个船头执旗，一个船尾摇舵，二个鸣锣鼓，二十个分左右鼓棹扒动①，徐徐而渡。陈金凤制有“乐游曲”，各宫女在十二彩船同歌唱和云：

龙舟摇曳东复东，采莲湖上红更红。波淡淡，水溶溶，侬隔荷花路不通。

西湖南湖斗彩舟，青蒲紫蓼满汀洲。波渺渺，水悠悠，长奉君王万岁游。

彩船中众女皆同声唱和，轻敲锣鼓，娇声袅娜，彻于云衢。唱罢，遂锣鼓齐鸣，大龙船上悬出金扇彩缎锦标，十二彩船一齐麾②旗，锣鼓齐鸣争先，捷者先得。夹岸士女同声喝彩。

王璘同金凤大悦，又悬锦标，诸宫女勉强复夺。身疲力竭，香汗淋漓，如桃花之着雨，杨柳之随风，亦有水溅遍身如鸭，个个喘息不定。王璘并金凤怜惜之，即令罢棹。各彩船遂偃旗息鼓，一齐拢船傍岸，齐上亭来，俱进两廊厢房。

却说艳冰在那里供事。先前众宫女都在湖中竞斗，无人食茶，闲甚。睁着

① 扒动：划动。

② 麾：挥舞，摇动。

两眼盼望，哪里认得？至罢斗，众女皆上来，逐个飞迎，俱不是瑶琴。心中十分懊恼，想："莫[1]卧病未来？"正在思忖间，忽闻尼姑喊叫"假货"不休。"嘉贺"叫快，同音如叫"假货"[2]。"快捧茶汤！"两廊三十六间厢房皆垂竹帘，众宫女在内，或整理云鬓，自匀脂粉，或重裹金莲，或更换衣裙等事。

那湖中大龙船，闽王同娘娘饮宴，各官皆赐宴，诸宫女亦设席坐饮。迨至箕尾星光，蛾眉月上。湖中波光荡漾，香雾漫濛，笙箫鼓乐大作，烟火大放。花鸟故事皆用竹篾平排水面，点放烟光火树，如同白昼。诸宫女皆拥去观看，众尼姑亦拥挤亭前去看。惟艳冰愁闷不看，步至三十六间房门，帘缝中看进去，皆灯火房中照出，俱空空如也。看至尾间，惟剩一女，托腮独坐。思此女与我一般，不去看放花[3]，可捧茶进帘去问，必知吾妻下落。忙捧一杯浓茶进帘内，叫曰："皇娘何不去看放花，在此独坐，茶请一杯。"

那女立起接茶，对面一相[4]，曰："此位师父好面善，在哪里会过？"艳冰真一看便认得，又听声音，惊问曰："皇娘莫不是吴千金么？"答曰："正是吴瑶琴，师父怎认得？"艳冰曰："愚兄艳冰。"瑶琴讶曰："表兄缘何作此道姑耶？"艳冰笑曰："就是来寻表妹，妆作道姑，在此幸寻着矣。"

瑶琴不胜悲感，曰："难得表兄情重谋深，至此见面，略诉衷肠，虽死无恨。小妹自入宫应当即死，因三宗大事未了，苟留残喘：一乃不共戴天之仇莫报，二乃幼弟不知存亡，三原聘之情难舍。犹幸陈娘娘曾在洪家与他谊为姐妹，动念旧情，十分青睐。将小妹存于别宫代理翰墨，仍是姐妹相称，得保安宁，奴故未死。闻姑爹同吴光起兵，来此族诛薛文杰、盛韬，深仇已报，不知表兄同吴义、白鹤落在何处。吉凶未定，存亡莫卜，日夜忧愁。前夜因梦奴母亲说道，'端阳日可随众去西湖，得会亲人'，故向娘娘讨来扒龙船[5]，今幸遇表兄，实如梦里。"言讫流泪。

艳冰曰："幸天从人愿，得遇表妹，惟祈表妹再耐数时。愚兄来日即效王仙客去访古押衙……"正要讲下句，而湖中烟火放完，诸宫女散回自己房中。艳冰忙捧茶杯走出，瑶琴仆在桌假睡。女伴进房，笑曰："这个蠢东西，好烟火不去看，在此瞌睡。"即唤起收拾，各乘肩舆回宫，各僧尼陆续而散。正是：龙凤乃收归内苑，孤鸾独自转西禅。且看如何，下文分解。

---

① 莫：莫非。

② "嘉贺""假货"：福州话音相近。

③ 放花：放焰火。

④ 对面一相：面对面一端详。

⑤ 讨来扒龙船：要求来划龙舟。

朱文公有《西湖》诗云：

百年地辟有奇功，创见犹惊鹤发翁。
共喜安车迎国老，更传佳句走邮童。
闲来且看潮头入，乐事宁忧酒盏空。
会见众星连夜月，祥光齐照广寒宫。

又诗云：

越王城下水融融，此乐从今与众同。
满眼芰荷方照水，转头禾黍便西风。
湖光尽处天容阔，潮信来时海气通。
酬唱不夸风物好，一心忧国愿年丰。

第九十三回　紫薇岩黄叟指仙迹　青琅峰周生咬丐虫

却说西湖供事完毕，僧尼四散回。艳冰随众行至路口，吴义持灯邀着[1]同回西禅寺。吴义路上不敢乱问。谁知艳冰至西禅自己房中，便放声大哭。吴义问之，不答。哭住了，便换衣服，方说见着小姐，说过衷肠，令人不忍离别，故痛哭不止。便将寻着见面情由说了，明学王仙客之故事。

吴义曰："什么《无双传》[2]，奴婢不知。"艳冰又把《无双传》说之。吴义曰："古押衙已死，如今哪里还有？"艳冰曰："义士侠客何代无之，有心去访必有。"吴义曰："想当初二爷娘能救姑爷一家之人出监，独不能救小姐一人出宫，不去求自家人，去学什么王仙客无影形之人耶？"艳冰曰："我早已思及。当初有符帕，遇难时，帕一烧，叔与婶随烟而至。因前番心慌，一起烧去无遗。今无帕，焉能再至？曾闻叔婶说从此去游九洲三岛，不在内地，因此无望。我今亦去寻访，默卜一卦，乃离卦，应在南方访求。要先到方山。如得遇叔婶亦好，不然再去别访矣。"吴义曰："奴婢想二爷、二爷娘还在方山未曾去，专心求之必遇。"艳冰曰："今到那里哀求告祷，会见着亦未可定。"

时天大亮，随收拾一小包，只带数两碎银、随身衣服，先进方丈拜辞长老，送还尼衣，食了早饭便行。

吴义送至台江，嘱："盘费无几，早遇必须早回。如未遇，务必回来再去。"艳冰即登舟，吴义仍回西禅。船至下渡道头[3]上岸，艳冰背包袱，执雨伞，望方山而去。又渡了乌龙江，至横屿[4]地方，在饭店宿了一夜。次早，遂扳蹬扪萝，登方山绝顶，寻认当年骑竹化龙飞腾所在。

至，便对岩石拜呼曰："二叔、二婶，你侄儿艳冰来寻讨，去救侄妇瑶琴出

---

① 邀着：牵手引导。

② 《无双传》：唐传奇小说，讲尚书千金刘无双被皇帝看中，掳入宫中。幸有押衙古洪怜其遭遇，行侠仗义，设计救出。

③ 道头：码头。

④ 横屿：今作宏屿，在闽侯县青口镇。

宫！”遍呼岩谷，并无风影[1]。望见一峰，上写着“紫薇岩”三字，又一峰勒“五仙岩”三字。思：“曾闻有紫薇岩五仙人皆隐此，如遇有一仙出来，问叔、婶迹踪必知。”便向两峰默祝。谁知岩下有人上来，查问：“何故拜石？”艳冰见是少年，举止端方，即答曰：“拜访神仙。”少年曰：“神仙早去，便拜到腰折亦是无的。”艳冰曰：“请问尊姓贵名，何知神仙早去了？”那少年曰：“我口说无凭，寒舍在此岩下，请到那里看有东西便晓。”

艳冰遂背包袱、雨伞，跟他下山。转入山凹，进一座茅舍，虽是黄土筑墙，别有一番清雅，花木盈庭，涧泉绕屋。那少年先行进内，有老翁出迎，分宾主而坐。问故，艳冰曰：“晚生三山[2]秋姓，生来好道，因闻贵处有仙，特来拜求，乞恳指示。”老翁曰：“仙家天下遨游，哪有定处。此山原有神仙早去，不信，请看对墙上诗句，便知分晓。”艳冰即仰首一看，见壁上有诗二句，随口念曰：

“碧落已骑丹凤去，红尘空望紫薇岩。”旁写：“乌山周朴题句”。

艳冰看毕，讶问：“此诗何时题此？此人与老丈何交？”叟曰：“系三十年前有儒者独游此山，老拙迎入待茶，仰首望见紫薇岩，持笔题此二句。再留不住，飘然而去，因诗字俱好，嘱儿孙郑重勿毁，留示后人，请看仙人已去可知矣！”艳冰思：“原来祖父亦来此处游过。”亦不言出，对曰：“既蒙指教，仙人已去，求亦无益，再求指示何处深山有神仙，再去访寻。”老翁曰：“我亦是凡人，哪里能知仙家踪迹所在？老拙愚见，今神仙多不在深山，多在人间混杂，或者托迹市尘，或度有缘之人，惟诚心者始能遇着。”艳冰闻此，下拜曰：“多蒙指示，茅塞顿开。”老翁扯住曰：“此乃老拙一时之愚言，并非实在，勿以此误大事也！”艳冰曰：“实而不谬，晚生今就去乡市寻访，容日后再来恭谢。”言讫便起身。

老翁曰：“且住数日，遣小孙探访，再去未迟。”艳冰曰：“自求仙人，敢烦代步，即真仙也不容见。”一少年曰：“心切记勿误，曾闻大义山[3]有三琅峰下一花子，睡卧十余日不去，亦不食，口中对言‘泣璘悲风实堪怜’，殊属奇甚，且先去那里访之，是真仙也未定。”艳冰闻之甚喜，请问姓氏，为将铭佩。老翁曰：“老拙姓黄，名迪斋，世居虎岫，这五个皆小孙辈也。”并指明大义路径。艳冰拜谢趋出，望官道而行。

至日暮便投客店，即问：“三琅峰何处？”店主指：“即后山。”又问：“山中有异人否？”店主曰：“客官问他则甚？”艳冰曰：“特来寻访。”店主曰：“无甚

---

① 风影：踪迹。

② 三山：福州的别名。

③ 大义：在闽侯县青口镇。

异人，惟一臭恶花子，倒在那里十余天了，人不敢近前，客官来访他么?”

原来大义溪即今之坊口，是个大站头，艳冰进店时，人见其白面书生来访问甚异人，故人人都围住听看。有刻薄的答曰：“莫听店家的话，正正是[1]真仙下降，快去求他带去作徒弟，迟则去矣。”艳冰又曰：“那花子卧十余日，都无说话?”众答曰：“无别话，只是说他的疼痛。”又问：“怎说?”答曰：“他说急淋背痛十三年。”艳冰愕然曰：“此有何病耶?”众曰：“急淋是尿屙不出，背痛乃背生痈疽，十三年不能愈也，这宗不是病处耶?”艳冰停思：我若不在方山黄家，先闻之“泣璘悲凤”，这里听作“急淋背痛”了。

拂如氏有口占俚诗附之：

泣璘悲凤实堪怜，谁识仙公布锦笺。
不是紫薇传秘奥，急淋背痛十三年。

艳冰心中了然，亦不回答，将头点点。店家是老实人，谓曰：“小客官不要听他这话。那花子通身皆是痛，何止此两宗，不能自医，不是异人可知矣。”随将闲人逐散。艳冰进店歇过一宵。次早，那一伙刻薄[2]又拥至店前，曰：“小客官要访异人，我们带汝同去。”店主阻之不住。

艳冰随跟众人上后山，至三琅峰岩边。果有一蓬头狮发[3]大汉，只穿破裤，满身生疮，仰天而卧。口中连声叫喊，听之果似“急淋背痛十三年”不谬。刻薄的离丈余地，指之曰：“此是异人，快去拜求作徒弟。”艳冰不管是非，近前跪曰：“大仙救难!”那花子闭目，口中仍说“泣璘悲凤实堪怜”。艳冰曰：“大仙既念弟子悲泣堪怜，何不垂手救耶?”

那花子遽开眼谓曰：“这个人不癫[4]耶？小花子病倒这里，挣起不得，正没人来救，还会去救人耶?”艳冰曰：“大仙若肯遣用，弟子水火不辞。”花子曰：“如不惊怕，烦把花子身上虫子拿下，免钻骨疼痛，便是阴功了。”艳冰看遍身疮烂，内皆有一虫，半截在外，半截在内蠕动，脓血流出。顾不得臭秽，下手便拿，用两指将虫拔出，装于花子竹筒内。拔一个，花子叫痛一声，浑身皆拔尽，贮于竹筒满满，如豆芽菜一样。

跟看的人摄鼻臭吐唾，骂曰：“怎的与花子拿虫，这手还不砍去耶?”花子虫已拿尽，便起身立起，曰：“一身不痛了，只是肚饥。”把竹筒拿起，抓一把按于口内大嚼，一面嚼，一面说：“难为你，没有东西谢你。”就虫拿一把塞于

---

① 正正是：真正是。
② 刻薄：恶作剧者。
③ 蓬头狮发：长发蓬乱似雄狮鬣毛。
④ 癫：发疯。

艳冰口中。那看的人哄然大笑，“好个雅味作谢礼，先前砍去手，今须连口都要割去!”艳冰并不理会，由他评论。

那花子便起身上山要去，艳冰扯住曰：“大仙未曾救宫中悲泣之人，怎肯放之?”花子不答，直到山上幽崖石壁，将手拍开跑去。艳冰追之不及，喘息，坐于岩上。细想：“不知是仙否？看其亦有异处，疮生狼狈，立刻能跑，一转弯即不见了，非仙而何能此？我或是无缘，故不能遂愿。”想起被他疮虫塞口，此刻见欲呕吐，即朝地吐出一物，拟是所吞之虫，拨看不是，乃一小青叶，卷着四寸长白纸，内开有字曰：

“艳冰汝莫泣，石竹有仙迹。若要救瑶琴，西山出红日。”

艳冰看此四句，惊甚：“那花子果是异人，先前之虫乃此化的，叫我去石竹山①再访。惟尾句不解，日皆东出，如何西生，是不能救耶?”又思：“此谶语一时难猜，须再去石竹访求便知，若是实不能救，何必讲石竹有仙迹耶?”于是信步下山。那看之人见艳冰下来，共围住问曰：“不跟神仙去作徒弟，怎回来尘世?”艳冰曰：“求了天书回来。”众问：“天书何在?”答曰：“存在秘处，来日去取。”众笑曰：“天书是无，食了一肚臭虫回来是有的。”又答：“那虫实有雅味。”一面说，一面走回来，至店寻店主。

那看的人又涌至店前。店家喝骂，遂散。艳冰食过饭，又问店主：“石竹山在何处?”店主曰：“小客官被刻薄子作弄，犹问怎的?”艳冰曰：“小生是真求访仙人，不致被他作弄。”店主曰：“今日访的是仙否?”艳冰曰：“怎不是仙?就是他指点石竹有大仙，叫小生去那里，才问。”

店主曰：“原来如此，问别处不知，问石竹，其实有仙人，不知小客官缘份如何。这石竹乃名山，在福清界内，多蛇蝎狼豹伤人，有缘的去自然无虞，无缘的多被其害，劝小客官不要去罢!”艳冰谢曰：“多蒙指教，小生自有分寸。”又过一夜，天明去了。到了三琅峰，其山形如笔架。

这义溪即大义，今之坊口也，嘉靖间才建公馆，有三峰，色如青琅玕，故名。

艳冰行至暮时，又投旅店歇息。天明借问，依旧直至石竹山中。到半山，危峰削壁，古樖②野草，杳无人居。

正是：佳人已属沙陀利，义士今无古押衙。欲知周艳冰求仙如何，且看下文分解。

---

① 石竹山：位于福清市境内，有佛道合一的千年古刹石竹寺。

② 樖：“树”的福州方言用字。

第九十四回 得锦囊周艳冰遇仙 封贵妃吴瑶琴烈节

却说艳冰到半山中，并无人居，即再上山顶，四面观望，毫无形迹。忽丛里起一阵狂风卷起，跳出一头如牛大猛虎，盘坐路中，仰头看着艳冰。艳冰吓甚，放胆谓曰："山公虎王，念周艳冰诚心求仙，乞借途而过，若不怜念，便请充腹无恨。"那虎如会人言，即起身向山后去。艳冰遂仗胆而行。又过一重山，行得胶①软手酸，坐于石上。突见深涧中走出一大蟒蛇，望见艳冰，盘踞于路口，长有三四丈，身如大木柱。艳冰又谓之曰："蟒将军，山公都见怜周艳冰，蟒将军亦要怜悯。"那蛇亦望于树丛中走去。

艳冰又行过一山，云雾连天，巨岩插汉，有一人身骑猛虎从云雾里走出。艳冰仰看那面貌，认得是三琅峰之花子，忙跪草中，呼："神仙救难!"那人曰："且起来说，我看汝小子乃有此诚心。我非别人，乃此山道人林汝光也。念汝重义堪怜，故在三琅峰指引汝来此，其驱邪收妖是我所能，古押衙非我所能，今带汝去求九真人，或能救之。"艳冰称谢。林道人乃骑虎先行，艳冰随后，穿几层深林幽谷，至一洞，门口上勒"深云洞"三字。林道人下虎，虎即跑去。吩咐艳冰："在此等候，有人出唤即入。"言罢自进洞去。

须臾，一道童出来带艳冰进洞。只见台阁清幽，花草香茂，奇异人间。内有九个道人，形容皆异不凡，两个下棋，两个旁坐，两个在丹炉边，两个把箫击磬，一个抱膝盘坐，林道人站立阶下。艳冰至阶前叩拜，那下棋者谓林道人曰："此即泣璘悲凤者乎?"道人答："是。"遂对艳冰曰："林道人念汝堪怜，转求于我，今赠汝锦囊一封，随存在身，至急迫时开看，自然夫妇相逢。"即于棋盘下取出锦囊一封，有二指大②，递于艳冰。艳冰接受曰："感沐鸿恩，没世不忘，敢问大仙宝号，以为生生世世顶祝。"道士曰："吾与你乃故乡邻，锦囊中已有名号，日后开看便知，且去罢。"艳冰不敢复问，再拜而出。未行数步回首

---

① 胶：脚。本字"骹"。

② 二指大：两根手指头并拢的宽度。

看，洞门无矣，乃一削壁巨岩，再寻并无缝隙，又喜又异。方记得进洞之时雨伞、包袱放在路旁，未知存否，料此山杳无人迹，应该还在，即紧下山。腹中又饥，至路旁，包、伞果在，便拿起望北而行。

石竹山在福清县永寿里，山形峭拔插汉，相传何氏九仙多在此地。又有林汝光修炼此山，丹成，骑虎得道。今虎溪岩上有井，虽旱不涸。

却说艳冰回程，仍至紫薇岩下，与老翁作谢。至旧路寻讨，并无人居，异甚，以紫薇仙翁指示，感之不已，遂望其地拜谢。由乌龙江边搭船，至台江上岸，回到西禅。

吴义接问，艳冰遂将寻仙之情由说知。吴义答曰："难得甥爷诚心，乃小姐之厚幸也。既仙人嘱咐等候，不可别往，奴婢[1]进城打听小姐消息。"艳冰曰："他说至急迫开看，我实在心不明白何事急迫也？"吴义曰："敢是小姐自行走[2]出？不然仙人之语，岂有妄哉？"艳冰猜度不出，只闷闷不悦。吴义自此日日进城，此且不表。

且说闽王璘自端午在西湖看龙舟回宫，至五月中旬，同陈金凤至东华宫，颁赐宫女纱衣香扇，照前十条龙船之宫娥，按册点名照给。王璘亲笔点名，至吴瑶琴，因名得佳，随唤至座前，讶曰："此女何时进宫？是谁家的女？"

陈金凤奏曰："乃吴勖之女孙，前年既免死，送来进宫的。"王璘曰："好御妻，把一个花中魁、鸟中王存匿何处？几乎老杀西子。"陈金凤曰："臣妾怎敢存匿？缘当初躲避前王，在高盖山时相遇，曾谊为姐妹。进来时随留在内宫司翰墨，并无别情。"

王璘曰："好极，既与御妻姐妹行，即立为西宫贵妃，效昔英皇，愈属亲爱。"随命取日历，即择于明日吉旦送去西宫成礼。吓得吴瑶琴汗流透衣，跪奏曰："念奴婢已有原配，不敢从命。"陈金凤代奏："但此女自幼曾与周家结姻定聘，不敢重婚，求万岁另选别女。"

王璘曰："胡说，入了宫还想出去？不必推故，看他此等怕热，汗流如雨，朕有'雪骨钗'可息汗，为聘定。"将自己鬓边拔下小骨钗，亲手插瑶琴髻中，曰："卿插此宝即清爽。"盖此钗乃北地积雪至数百年不消，土人开凿，内有物如猪豚[3]，浑身骨，惟头骨两片制为钗，炎天戴之生凉无暑，乃宝也。

王璘既亲身插钗定聘，陈金凤不敢再言，带瑶琴回宫。

---

① 奴婢：仆人自称。

② 走：逃。

③ 猪豚：半大的猪。

瑶琴悲泣不胜。金凤曰：“妹既不能出宫，就作西宫娘娘，亦不玷辱，何用过伤?”瑶琴答曰：“姐以不辱，妹以玷辱甚。既不能力救，即请还宫，管之作甚?”金凤怒曰：“是汝自取。与汝存匿[1]，汝要扒甚龙船，名始上册，今主上要汝怎的?”言讫，回长春宫去了。瑶琴至自己房中，思之：“因自讨去西湖，得见表兄，谁知惹此横祸，作甚贵妃，岂肯与这贼子为夫妇！不知表兄去何处寻访异人，寻得来时，汝妻子已为枯骨矣!”

宫人送进服饰等物，那归守明亦有送礼进宫。当时瑶琴躲在深宫，无人看得，今有西宫之命，归郎亦看见了，心甚羡其美。

此时心如刀割，至夜静时，谓众宫人曰：“汝们去安寝，待五更起来未迟。”那宫人喜得早去安歇，闻言都散去。瑶琴暗哭一会，解下罗带，挂于梁间气绝矣。时陈金凤同归郎排宴在宫，与闽王朝贺。至五更，正驾辇去迎接，恰好宫人来报：“新娘娘缢死。”王璘同金凤骇甚。赴验时，已解下，浑身皆冷，惟貌若生。王璘连称：“可惜!”金凤坠泪。

王璘问：“何故寻死?”金凤答：“因有原配，不肯重婚，并无别故。”王怜其烈节，既死不能生，可将殡殓，择葬高山，所有服饰尽行穿戴。归郎领命，传堂官办棺。堂官传丁役买棺叫匠。

丁役至市，或问宫中谁死，丁役说：“可怜吴枢密一家尽杀，只留一女瑶琴进作宫女。皇上见他美，立作西宫娘娘。哪晓他自幼与周家作亲[2]，不肯再嫁。昨夜吊死，今买棺殡殓。”众闻，皆称“可怜!”此一传，各处皆知。吴义进城闻知，胆颤心惊，欲回寺报知，闻棺欲抬出，不知抬去何处安葬，遂跑至后宰门，身中有三四钱碎银，取出与把门军卒，曰：“在下有数钱薄意，送爷买茶食，烦带进见管门公公说话。”

那管栅小卒见有银子，即带吴义至宫门口见太监。泣告曰：“宫中死的吴瑶琴，是小人之甥女，小人是她娘舅，有银子五十两送公公买茶食，求方便。吩咐做棺的，盖慢敲钉[3]，抬出山上容甥舅见一面再行敲钉埋葬，则感恩不浅。”太监把头点点，曰：“银元拿来，我进去与汝打办。”吴义曰：“公公若肯，我去取来。”太监曰：“快去取，迟则自误。”吴义飞跑至西街银铺里，先取银二锭五十两，又十两，跑至宫门，将银交太监。

太监得了银，谓曰：“老丈不可过位[4]，只在此等候，咱家进去作法[5]送棺

① 与汝存匿：让你藏身。

② 作亲：定亲。

③ 慢敲钉：先不要敲入铁钉。

④ 过位：离开。

⑤ 作法：设法。

出来。”吴义曰：“不别求，只要盖慢下钉。”答：“自然是，不敲钉才敢收汝银。还有一宗，山上有送葬的、抬棺的，是汝自去料理，出了门与我无干。”吴义曰：“便求不要公公送去亦可。”那太监停思一会，头点点，进宫内对诸内监曰：“今日犯重丧连七煞①，人进得棺，敲不得钉，咱在后宫门外煞不着，汝们还要躲避防备。”

福州人讲“煞”最怕，常言“不信菩萨，单怕七煞”。内监惊曰：“我们怎么躲避？”门监曰：“自有制度：人贮进棺，只把盖先插四钉，抬上山去敲就无煞，须过第二日钉棺盖。”此内门监素知五行推算，众信之。此话一说，内外皆知。

时棺已殡殓完了，陈金凤出来排祭，哭诉前情后义之事，甚属悲伤。祭毕将暮，送之进棺，抬上山去，令二内监押送上山，从后宫抬出。两个内监在那里踌躇不行。吴义曰：“若进不得城门，等小人代去。”内监问是何人，门监曰：“就是死的亲娘舅，多早在此等送甥女上山，是他至亲，可当得我们替身。交他送去，二位今夜莫进宫，只在此饮酒谈叙，明早进去回话，有何不可？”

那二个正怕煞不敢去，听门监说此，正合其意，曰：“既是他亲人，就托他送上山，看钉盖埋葬妥当。”又吩咐抬棺的曰：“汝们务要小心，埋葬坚固，咱家三天去看，如有不周，汝们是问。”那抬棺的连声应诺，抬出西门，至大梦山②放下，即欲敲钉。吴义曰：“有话与列位相商，天已黑了，再开圹竖碑，进城不得，不如到五更来埋了回话。”抬棺共八人，同曰：“我们作了一天，肚饥了，还不赶作去食，一天要一天工钱，那有两截工夫，五更再来？”

吴义曰：“实不相瞒，在下要棺慢钉，等他娘妗来见一面，故在此等，他还未至。今有碎银与列位，今夜作东道，请等五更再来封钉。”抬棺的听讲有银，同曰：“有十两银，我等就五更来，候伊娘妗见面后封棺亦可。银快拿来，与我们买酒饭食。汝要在此看守，棺内穿戴有首饰衣服，被人剥去，是谁干系？”吴义曰：“自然是我看守。”即把银十两付与抬棺。

那抬棺看有许多银，皆喜，将棺嘱吴义看守，又将锄斧家私③亦托照管，同伙计赶去食酒饭去了。吴义看他已去，将打便④石碑并锄斧家私，存于山穴草丛中，即飞身舍命跑回西禅，报与艳冰得知。

正是：留盖漫言逢煞日，买尸还是属仙机。未知如何，下文分解。

---

① 七煞：阴阳家所谓凶煞的一种，也作“七杀”。

② 大梦山：山名，在福州西湖边。

③ 家私：工具。

④ 打便：打制现成的。

第九十五回　应仙谶佳人返香魂　报主恩义仆归地府

却说吴义赶回西禅，见艳冰，放声大哭。艳冰大惊，问故。吴义说："不好了，小姐死去了！"问："怎的？"吴义曰："闽王要立为西宫娘娘，他守节不从，昨夜活活吊死。"艳冰一闻此说，哭倒于地。吴义忙叫："且慢哭，如要生的见面不能，今已死，赶去能见得一面；等见面了，回来慢慢再哭。"艳冰曰："死在宫里，怎见得？"吴义急曰："话长，说不及了，快跟奴婢[①]奔去，自然见着就是。"即拉艳冰同出，锁了门，同赶路至大梦山。

那时五月中旬，月明如昼，山野无人，惟见一部新棺在于山前。吴义指曰："棺内就是小姐。"同举起棺盖，见颜色如生，艳冰大哭，泪如泉涌。吴义看了，将手在鼻下摸着，曰："惟少些气息，面貌如活的一样，若能回魂就好。"艳冰哭不停声，吴义忽曰："甥爷慢些哭，恐被人听见，前日仙人锦囊，说急迫时开看，今何不开来看，或有方法？"

艳冰被吴义拨醒，犹含泪曰："人既死了，有何方法，此锦囊亦无所用，今且拆开，不知其中何物。"即于瓶口袋内取出，于月下拆开看，只见内一张写字白纸，又一封黄纸小包，写"返魂丹"三字，惊喜之甚，急将白纸对月映看，读之曰："不入西宫命自伤，此身方得出宫墙。返魂赠汝灵丹药，遂却和鸣凤与凰。"后写："仇山可人题。"

艳冰读罢，惊喜如狂，忙将黄纸小包拆看，内有一粒如豆大红的丹药，忙将瑶琴牙关撬开，放于口内，手向喉间并胸前揉下。那时艳冰有三分指望，心已定了，问吴义曰："小姐死在深宫，怎得此棺留在这里？"吴义将情由述了一遍。艳冰曰："我遍寻古押衙，谁知就是汝。小姐若得回阳，岂不是汝再造耶！"

吴义曰："彼时原想见一面，未望其返魂，这都是仙机定数，老奴何功？"艳冰曰："虽是定数，亦借汝义气而成。"艳冰一面说，一面将手换揉，渐觉其肌

---

① 奴婢：仆人自称。

肤回温，谓吴义曰："神仙谶语今才知。在三琅峰吐出之诗尾句[1]云'西山出红日'，是应今夜在此西山相逢也。"又云："仙人说吾与汝是乡邻。今拆看锦囊末写'仇山可人'，拆凑乃'九仙何'三字。九仙山与乌石山相对，果是乡邻不错。"

正在谈论间，而瑶琴四肢已动，鼻孔里有气。吴义叫："小姐还魂么?"那瑶琴秋波微启，目能视人，少顷魂定，即能起坐。又看二人，惊问："莫是阴间?"艳冰曰："是表兄与吴义在此，不是阴间。"瑶琴曰："如何在此?"艳冰将情节说一遍，瑶琴始知仙丹返魂，忽觉浑身抖起怕冷，即曰："髻中有骨钗否?"吴义看曰："有一小骨钗插着。"瑶琴即叫拔去，转插艳冰鬓边。艳冰问故，瑶琴曰："此是阎王定聘，亲手插妹头上，故无人敢拔去。"

三人悲痛不胜，各诉衷肠。吴义催曰："话长夜短，现已五鼓，抬棺的将来。今甥爷快扶小姐先离此地，赶去台江搭船，去扬州逃生，有话慢慢讲未迟。"艳冰曰："他来看棺中无尸，怎处?"瑶琴曰："将土石填满盖上，将钉钉紧，谁疑无尸在内?"艳冰便去搬石。

吴义曰："不须别物，即将奴婢贮补之[2]可也。"瑶琴曰："老人家不可乱说，同下手同做齐走。"吴义曰："怎敢乱说，奴婢受主厚恩，本应于主人一家遇难时就该死；只因白鹤小主存亡未定、小姐人入深宫、甥爷不知下落，为此三事才缓。今甥爷重会，白鹤小主无恙，小姐又返魂会合。三事已完，老奴之愿足矣，今即代小姐赴地府，报与老爷夫人得知。甥爷同小姐即速前往扬州，幸勿耽搁。前途慎重，勿以老奴为急也。"

瑶琴曰："不要说癫话[3]，同去搬石。"艳冰来拖，谁想吴义随身带有小刀，早拔在手，喉间一刺，身即仆地。艳冰慌忙抢抱，已喉断血流死了。二人对尸哀痛不已。艳冰曰："今怎处?"瑶琴曰："他一生忠义，今既如此，将他抬入空棺。"艳冰将尸抱起，瑶琴勉力帮助进棺，将自己身面衣服[4]盖复。有现成斧头，艳冰持起，尽力敲钉，把四条[5]都钉了。用锄头扒去血迹，收存小刀，二人又哭拜了杀身报主之义。

瑶琴曰："我二人赶紧回去，俟后来回乡再来造坟谢答。"言罢，艳冰扶瑶琴回去穿戴，改作男装，并小包碎银、夏衣数件，那铺盖杂物都顾不得收拾，将门锁了，同出寺门。幸喜山头上都无有[6]人，尽力扶至江边，天始明。

---

① 尾句：最后一句。
② 将奴婢贮补之：把我盛在里面填补。贮：盛。
③ 癫话：疯话。
④ 身面衣服：外衣。
⑤ 四条：四根（棺材钉）。
⑥ 无有：没有。

瑶琴喘息不定，艳冰心急如火。忽有一船顺流而下，瑶琴曰：“快呼他来!”艳冰遂呼问：“此船去何处?”曲蹄[1]曰：“到台江载货。”艳冰曰：“我二人正欲到台江转搭海船至江南。”问：“多少钱?”曲蹄曰：“五钱银子。”艳冰即依他。

船拢傍岸，二人下船进舱坐下，心略定，船即撑开中流。问：“此江何名?”曲蹄曰：“此乃西禅浦。”艳冰曰：“有米汤先拿来解渴。”曲蹄应“有”。即捧米汤付与。艳冰接进，与瑶琴润喉。船早离了西禅浦，驶出大江，顺流而下到台江，日已过辰，托曲蹄寻海船。恰遇一南京船正欲出港开船，肯搭二人到扬州。即上大船，先交了船价，引二人在后舱安顿。艳冰扶瑶琴进舱。遂倩[2]水手煮食，二人便盘坐其中，出港开去，此且按下。

再说那抬棺的那夜有银入手，共买鸡鱼肉酒，大嚼不休，亦有醉倒。至五更天欲发白，始带酒气共至大梦山。只见棺柩不见有人，众骂曰：“这个老忘八混账，竟不看守，我去他亦去，棺中衣服首饰被人剥去怎好？就是家私也怕人拿去。”一人近前看了，曰：“老忘八，他见了面即不等我们来钉，自钉了即放心走去。幸我们家私还在，如失去，寻他来赔。”

众人醉未醒，共曰：“快开土[3]，莫多话，赶作完回去领工银。”即同动手。不一时，即进棺入土掩好。又将昨日带来石牌[4]插好，上镌“吴官人之墓”五字。便收拾家私，一同回去回话。

那内监昨夜被门监留住饮酒都醉了，还睡未起。抬棺回来复话，便起来叫进。抬棺的说：“已埋清楚，到二更后不得进城，到饭店住宿。谁知辛苦，都睡到天明始醒。今来迟，望公公莫怪。”内监曰：“迟到不妨，只要埋在妥当处。”抬棺的曰：“埋在西湖头大梦山极高处，极妥。”内监听了，即进宫与陈后回话。那陈金凤犹未梳妆，内监照抬棺话回之。陈后曰：“埋在何处?”内监曰：“埋在大梦山。”陈后叹曰：“人归大梦，万事都空矣。”即吩咐俟三天过，备牲往祭。

正是：义仆醒中倏归梦，佳人梦里忽回醒。接说甚事，且看下文便知。

---

① 曲蹄：船家。福州话称疍民为“曲蹄”。

② 倩：请，雇用。

③ 开土：挖土。

④ 石牌：石碑，墓碑。

第九十六回　遂佳偶夫妻陈往事　弄野僧长老送离魂

却说艳冰、瑶琴海船内认为兄妹，寝食俱在一小舱内，竟似同胞，并无半点苟且妄动。各诉衷肠，艳冰将真家勒赘情由细说。瑶琴曰："表兄好不狠心！真赛仙有此溺情，应该依从，竟却之，岂不送人性命？恨此番由水路，不由陆路，若由陆路，顺至伊家，带回为姊妹，以遂其愿。"艳冰曰："表妹讲笑话，为兄肯要才好。"瑶琴曰："兄不怜他，我恰怜之，恨不得即刻见面，将来总要团聚矣！"

时值东南风顺，直到扬州。登岸至学士府，直抵内衙，与合家亲弟相见，悲喜交集。问起由来，皆感仙恩，惟可怜吴义不已。随择吉日，设花烛完婚。是日合卺交杯，同入洞房。至夜，二人对坐，良久不语。艳冰忽然曰："今夜莫又是梦里也？"瑶琴含泪曰："梦亦疑得来，想人之夫妇配偶何易，惟奴二人合卺何难。想自幼即遇难磨折，至今日死里回生，疑是作梦不差也！"艳冰亦含笑答曰："表妹自幼受难，愚兄亦自幼历险，至今受了多少风波。若无表妹金蝉脱壳之计，早已作无头之鬼矣！所以今夜犹疑是梦。"二人各诉受难之险，至五鼓才上床安睡。

次日庙见，皆宦门命妇。吴光将军当作至亲，设席聚会。中间，青娘吴夫人对瑶琴曰："贤哉，与夫婿自福州同船至此，犹说未尽，至花烛之夜还对说至鸡鸣，何也？"瑶琴曰："奴与夫婿同船，虽共寝食，然为兄妹，无他说。至昨夜花烛，因触景伤情。想人之得偶何易，奴乃历过千辛万苦，死里回生。夫婿亦诉历难，才得配偶。犹疑是梦，说不尽愁肠，不觉鸡鸣矣！"

诸女宾问其详细，瑶琴曰："奴①乃新妇，不应多言。但此新妇与人殊异，承命细说，幸勿见哂！"众曰："谁敢哂？"瑶琴遂将前后之情节细述，众女眷听了皆惊讶甚，曰："原来历过险难，令人闻之心寒。"吴将军母颜太夫人曰："都料汝二人船中已谐鱼水，谁知并无苟且，实乃稀罕。"诸女眷无不代其悯恻。

---

① 奴：（瑶琴）谦称自己。福州话男女都谦称自己为"奴"。

席罢，此话一传，淮扬遍悉，闻及朝堂。南唐王闻知，即召见艳冰、瑶琴。奏对称旨，遂封吴瑶琴为奇贞夫人，以周艳冰为五经博士，各赐簪挂回家。自此，艳冰在朝伺主，瑶琴家中孝奉翁姑、抚弟不表。

再说福州西禅寺一清和尚闻瑶琴宫中自尽，内廊吴义房并边房锁闭不开，疑甚。带数个行者出来，打开锁进看，铺盖箱笼如故，疑王仙客得了刘无双逃去。同行者将两处箱打开，并床铺被帐等物各上数簿①，交库收存，俟将来有吴、周家人来交还。行者打开箱笼上数②，见有一幅小轴，即扯去封皮，展看乃一幅美人画，即私匿袖内。被长老瞥见，喝曰："一草不许动，还不拿出上数！"行者即不能隐，献出，俱上了数，仍存箱内，交库收存。

长老进方丈。库头和尚名西来，是真出家的正僧，将箱笼另存后楼上。许夜，西来静坐，闻西后楼有人吟曰：

"后羿不知何处去，嫦娥空在广寒宫。"

西来异之，即掌灯上楼后，有一丽人独倚楼栏望月。西来问曰："汝是仙，是怪？"丽人裣衽曰："非仙非怪，人也！驰逐夫婿，夫婿不知去何处，因掷于此，惊动禅师，惟求方便。"西来明知是怪，因心正不以为怪，曰："方便乃禅师之本。若不为祟，焉敢不容？"言讫，持灯下楼。自此楼上时闻叹声，西来不以为意，亦不外说。

适监寺护法和尚圆寂，以西来补授，其库头以净尘接授。净尘进库房，至夜闻声疑甚，持灯潜步上楼，丽人在焉。喜甚，曰："西来师兄真是好人，私存娇娘，亦交代与我。"双手去搂抱，被丽人一推，跌下楼来。幸楼不甚高，只跌在地板上，跌得头面肿痛，不敢作声，悄悄归房而睡。次日，与师弟说知。其师弟名玉峦，常与净尘往来，曰："善化不能，须强挟之。"

二人遂约定。至夜静悄悄上楼，趋上前把丽人抱住。玉峦把两脚抱起，扛至窗前。丽人将身浮起，向楼窗飞出，连二人带出窗门口。二人跌坠窗下。适窗下是大粪窖，二人满身皆是粪虫，满头满面，臭不可忍，爬又爬不出，急得无法，大喊叫。寺中斋工、众僧闻喊，俱持灯赶至。救起，臭气熏天，众不敢近。长老闻知骇甚，问故，二人说："楼上出鬼。"同去洗净臭气，犹在心中不愿。

二人暗议，那楼上女郎分明是妖怪，寻些犬血，今夜上楼去泼他，可除此怪矣！遂至夜侦楼上有声，即潜步带犬血上楼。见丽人正在悲吟，将犬血远泼

---

① 上数簿：登记入账。数簿：账本。

② 上数：记账。

之。见丽人翻身钻入皮箱内不见，净尘曰："妖怪躲入箱内，来打开，看是何怪？"随将锁扭开，见箱内皆衣服，一小轴画，展开乃美人图也，形状与所见无异。共疑是此画作怪，拿下楼去，慢慢来盘本①。

遂同下楼，将画带下，挂于壁间。持一竹片，连打数下，骂曰："汝害我坠粪窖，今雪恨。"二人轮打五更至始歇，二人同榻而卧。因夏天，脱得赤条条上床。那玉峦尚醒，见壁间丽人走下，将床一推，床上之葡萄架②塌下。架上叠有板料，一起压下，二人身不能动。玉峦大喊，众僧闻，皆拥至，撬门入看，报与长老得知。

长老出来，先令将板料搬起，两个赤条条，好不羞愧！已被压得四肢麻木，爬不起。长老命头陀拿竹枝打之，曰："都是汝为非作歹。"那二人忙急③爬起，穿了衣裤。众僧见此状，皆忍笑。长老命先打净尘，后打玉峦，曰："汝二人作何勾当？出家人如此行为！"

玉峦跪长老面前，曰："是壁间妖怪下来，把床架推倒。"长老仰看，是一幅美人图，便认得楼上之物，骂曰："此乃存库房内，何故偷来挂在这里？出家人挂得此画耶？"净尘曰："瞒不得师父，此画却有怪异。"长老问："有何怪异？可实说来，免打。"净尘只得实说。

长老听了，即唤进西来，问："前日有无此异？"西来答曰："有之，弟子以不为祟，亦听之。"长老曰："见怪不怪，其怪自败，此之谓也！因两个孽障起邪心去惹他，才致被糟蹋，何怨？犹胆敢偷取存物，赤体同卧，犯盗淫戒，难恕。二人发监寺，各责四十板，充当苦差赎罪。库头另选别个。"

长老分发了，将画放下，带进方丈，亦挂于壁上，对面端坐。问曰："汝是何怪？在此魅人，实说来，免遭三昧。"倏一丽人立在面前，敛衽曰："弟子非妖怪，乃金华真御史之女，名赛仙。去年周郎经过，慕其才貌，欲招为婿。他因有原配，执意不从，无奈赠画与金而别。弟子因痴心爱，随至宝刹，被禁箱中。前日蒙长老开箱展看，方能外出。那两个无礼，才敢辱之，望乞鉴原。周郎现在不知何处，惟哀恳慈悲，俯念痴心，带弟子寻讨④周郎，鼎力作合，没世不忘。倘不见怜，则孤魂无依，长作他乡野鬼矣！"言讫，不胜悲泣。

长老曰："善哉！善哉！红尘中溺情有至于斯者耶！男贞女洁，古今罕有。千金且归原处，来日老衲携带同去寻访，以了姻缘。"赛仙拜谢，已不见。长老

---

① 盘本：捞回损失。这里指报复。

② 葡萄架：指支在床上挂蚊帐的架子。

③ 忙急：急忙。

④ 寻讨：寻找。

即收起画，唤至监寺西来，吩咐曰："我明日去云游，不久便归。汝可小心监督禅政。"至次日，将画轴密存袖内，策杖托钵，望东而去。逢乡化斋，遇寺投宿，抵于扬州。问至周学士衙署，即报福州西禅一住持僧一清参谒。艳冰即出，迎进内衙，拜谢："感沐慈悲，恩惠未报。因回来仓卒，未曾面辞，罪莫大焉，望乞饶恕！"长老回礼曰："言重。甥爷遂偶回府，老衲拜贺来迟，惟冀渊涵。"

艳冰被说破，失色迟疑。长老笑曰："而今已脱离火坑，超出尘外，还怕何为？此乃老衲忖度而言，并非实知。如果遂无双之愿，乞即一说，以作佳话。"艳冰将求仙赐丹还魂，吴义刎死述了一遍。长老曰："老衲亦疑吴大叔必死，所有两房之行李俱代收存。甥爷会一位夫人，犹未出奇。命老衲又送二夫人来与甥爷成双，更奇！"艳冰愕然曰："恩师，休取笑！"长老曰："怎敢取笑？特为此事不远千里而来，代请太老爷、太夫人同少夫人出来面陈，便知。"

艳冰正欲进内，而启文同吴青娘、瑶琴出来，拜谢长老。婆媳退进屏风后，启文父子同陪一清。启文曰："恩师不远千里而来，有何见谕？"长老曰："令公子去岁曾许金华真御史家为乘龙，可知否？"启文曰："曾闻小儿说被真府勒赘，定死不从，被拘年余，家中皆知此事。恩师因何言此？"

长老曰："此来特为此事。请问甥爷，既不从，缘何收真千金之定记[1]耶？"艳冰答曰："弟子并未收他什么定记。"长老曰："那一幅真容并临行的白金，是何处来耶？"艳冰曰："此不是，乃真千金赆礼，不是定记。"长老曰："是不是老衲亦不知。现有真千金之美女至闽来讨周郎到敝刹，谁知甥爷得偶还乡，致彼穷途欲绝。老衲悯之，亲自送来，甥爷可自忖之。"艳冰曰："弟子不敢遵命。去年在他家几被迫死，今乃私奔，岂肯收纳！"吴夫人问："真千金现在何处？"长老曰："后行将至。"瑶琴曰："此事媳妇早已知之。当日回来，恨由水不由陆，不然定迎回为同室姊妹。今蒙恩师送至，不胜欣幸，叫人去迎之。"

艳冰不肯，吴夫人曰："事勿执一而不通，今原配已偕，父母有命，引带有媒，哪有私奔之说？待为娘将真千金送回金华，交还伊父母，送纳财礼，迎娶回来，便是明婚正娶了！"启文曰："以此行为，最为两得。"艳冰犹自不肯。

长老亦劝之，惟正坐从容作偈念曰："卿怜我我不怜卿，心如铁铁却如心。全不念魂逐神驰，忍教之玉碎珠沉。"

起先父母妻子再三劝之，艳冰全不动念。惟闻此偈语，心忽感动，不觉泣下。遂恭身言曰："谨遵恩师劝训、双亲严命。惟是要送回去了，再行聘礼，方可。"长老曰："公子既允，待老衲去阻他，不必遣人接他，恐其生愧。老衲先

---

① 定记：定物，此处指定聘之物。

送去金华府，还其尊堂，而老夫人可备财礼随后亦往订定。某日须夫人先进真府说明详细，老衲随送千金亦至，方有次序。”言讫即告辞。启文要留之，备夫驾护送，坚辞不要，仍一人飘然而去。

启文即备财礼、花轿、仆从，吴夫人带去，定期至金华。入真府，苏夫人出迎入内室，分宾主，吴夫人曰：“妾身吴氏，夫家周启文，在南唐授为学士。只有一男艳冰，参列五经博士。去岁回闽，由贵处经过，假秋姓，叨蒙错爱欲招为婿，小儿以有原配坚辞，留就年余放还福州。令千金赛仙小姐坚志不二，至闽寻访。因小儿得还原配，由海返扬，致令千金穷途不遇。西禅长老悯之，送至扬州与小儿合卺。长老先至通知，因未遵严命主婚，不敢擅纳进门，仍与长老谨送回府。妾身随带财礼来迎，以正名义，兹先到说详细。长老约定送千金随后就来。惟祈渊涵俯纳。”

真御史在屏风后潜听，大骇愕。苏夫人讶曰：“留赘令公子实有之，惟小女赛仙现在家中，何曾有随至闽耶?”吴夫人亦愕曰：“令千金未进舍下，不曾会面。惟据长老说，俟长老送至，便有分晓。”苏夫人曰：“并非隐瞒，今将实情告知。自放令公子回去后，小女便染患中风之症。伊父先欲搬眷至杭州任所，闻女得此病，便忧甚！即告老归籍，将女百般医治，并无功效。至今半年，仍不知人事，只是奄奄一息，幸饮食有人饲之，犹能进口，惟水火不知。所以妾身自叹命薄，无男，只有此女。爱之如珠，任伊行为，谁知得此奇症，眼见不久矣!”苏夫人说此，泣如雨下。

随邀吴夫人进房看之。果见女仰卧床上，神气将化，呼之不答，摇之不动。仰见壁挂一幅画图，乃一生坐石观花，其形象逼肖儿子艳冰。因觑了又觑，苏夫人指曰：“此即令公子行乐画，可认否?”吴夫人曰：“谁将小儿之形画挂在此?”苏夫人曰：“前日痴女在楼栏中，一遇公子，便入于心。未言赘，便亲笔将令公子之形象描写，连自己亦画一幅，共二幅，挂于楼上以志喜。后因留赘不遂，将己之真容赠与令公子带去，将公子之行乐图留在此间。”吴夫人骇曰：“原来令千金于针线文章之外犹善传神，今古无双，却将小儿之形模质当在此。”

苏夫人问曰：“夫人可曾见小女之画图否?”吴夫人曰：“闻小儿说寄在福州西禅寺厢房皮箱中。看此情形，那长老送来乃画，不辨自明矣！惟是令千金乃系心病，有人面桃花之感，要愈不难。待妾身去唤崔护来，管教起死回生矣!”

苏夫人亦恍然会意，不觉大喜。正请吴夫人出后堂来，忽门上进来报说：“今有福州西禅寺住持僧在外，自称法名一清，欲见老爷夫人送还赛仙小姐。”

正是：只道碱砆冒碧玉，谁知人面即桃花？欲知后事，下文分解。

第九十七回　完宿愿赛仙诉三恨
因微嫌春燕食六亲

却说一清长老至真府门首，将袖下垂，拂之曰："真千金快出来见亲了愿。"那画像遂化为赛仙，立在身侧，长老带入宅门。那看门苍头见和尚送小姐到家，忙入通报。一家男女骇甚，皆以怪，拥至观看。只见与真赛仙无异，惟行路如风，直入内房。真御史惊疑不定，顾不得长老，即说声"请坐"。尾之入内。苏夫人只见其如风，行不贴地，飘然直入床前，覆于病人身上，忽然不见，惟一幅画像在于被面。

床上病赛仙翻身爬起坐着，把眼睁开曰："怎的睡到这时候才醒?"即神定一会，如梦初觉，见双亲同人众围绕床前，自觉羞愧，下床走入母房，众人不知所以。真御史曰："噫！又出一张倩耶!"众问故，御史曰："魂逐周郎至闽，体无魂，安知人事？蒙长老送回，魂魄返原，即昔之倩女离魂之故事。"父母喜之不胜。御史出，要问长老情由，而长老已去矣！盖众人围看赛仙入房附体时，那长老无人陪伴，已自回福州矣。

因寻不见，疑是活佛。吴夫人曰："是西禅寺长老，知是令千金附魂于画，故将图送来，千金之魂始能合体也!"御史同苏夫人感甚，问女之住址，赛仙惟答以："似梦非梦，醒皆忘之，不敢实言。"赛仙原神既定，举止如常，仍含羞不欲见人。真御史欲备妆奁，择吉日，苏夫人亲送女出门。吴夫人将财礼定聘了，先回去。定某日自行，遂即回扬州，与启文说知情由，各以为异。

那一清长老回至西禅，将存库之箱笼拨派斋工由水路送还周家。至扬州，照数交还。问及："长老怎知送魂合体?"斋工将长老至厢房查点物件，被小沙弥将美人图存匿，长老看见献出展看，仍存箱内，放于库楼；出现，视库僧看见挟之，因被推入粪窖，又翻床压之；他不愿[①]，将图偷出糟跶；被长老看见收去，查询现形之因由；始知魂附于画，悯之，袖图送去，情节细述一遍。举家方知其因，并诵长老恩德。

---

① 不愿：不甘心。

至吉日，真家送女至扬州周署，艳冰与赛仙拜堂合卺。至夜洞房花烛，艳冰将解赛仙衣纽，赛仙拒之曰："前何弃之甚，今何求之急？且俟报了三恨三德，再行同衾。"艳冰曰："何也？"赛仙曰："西禅寺长老、太夫人并姐姐夫人，此三德也。三恨都在无情郎身上，有才可恨，有貌可恨，谁知乃是无情心肠更可恨，恨此三者，不相称也。"

艳冰曰："前之拒婚，乃受原配之恩义难忘，望贤妻海涵饶恕。如不饶恕，听谴责以消前恨。"言讫，便跪于地。赛仙扶起曰："敢有怨恨，特说明妾因郎受此艰辛也。"遂携手登床，了却怨慕。

次日仍行庙见，诸宦妇亦至参见，问其情节，远近传闻称奇。南唐王徐知诰亦召见之，封为奇遂夫人，周艳冰进翰林院庶吉士。此且不表。

再说福州闽王璘，将立吴瑶琴为西宫，而瑶琴缢死，再立无一个相似，因此惆怅不乐。陈金凤嘱归郎寻奇异之物进献解闷，乃归郎转嘱李可殷。可殷乃百工院使也，与归郎心腹，知归郎与陈后私通，欲夤缘进宫为欢。适嘱寻奇物，喜甚。不惜多资，精制一架缕金五彩九龙帐。只织八龙于帐外，内以闽王为一龙也。极其华丽，与归郎献进。

陈后喜甚，询问："何人所进？"归郎答："乃百工院使李可殷，是弟之中表。此帐贡与皇帝，另有别贡与皇后，欲面陈，现在宫门候旨。"陈后曰："既属吾弟之表亲，与姐何异，可召进相见。"归郎遂引李可殷进，朝见陈后，随献上绸缎珠玉之服饰，陈后喜纳之曰："卿乃归郎表亲，即朕中表之姊弟，以后进宫往来，勿行君臣礼，只作姊弟之礼。"可殷喜甚。命宫中设宴，命归郎代陪，宴罢退出。

闽王璘见帐奇美，因问："何来？"陈后曰："臣妾之表弟、百工院使李可殷贡进。"闽王大悦，加封可殷内院使。自此可殷亦出入无忌矣。其龙帐惟归郎常寝，不伴闽王便伴陈后，中外皆知。国人歌曰："谁知九龙帐，惟贮一龟郎。"

未几，金凤又与李可殷私通。值中秋令节，大铺殿赐宴，有皇城使李放以李可殷拔登首位，不忿，斥之曰："百工院使，职有何尊？敢僭此座！"可殷曰："椒房之亲，何不尊也？"李放怒曰："尔乃狐鼠之辈，诈冒国戚，人惧，独我不惧。"可殷曰："尔敢打我？"李放曰："要打就打！"即揪下可殷，一拳照脸打来，众官拦住。

可殷抱头进宫泣奏。随降旨李放敢辱椒房之亲，即是欺君。本应依律治罪，姑念著有劳绩，从宽发放，杖一百，削职为民。

李放受杖罢职，抱恨归家。妻杨氏查问可殷为国戚之来由，李放答曰："只进一九龙帐，遂宠幸。与归守明朋党弄权，我不杀这昏君、淫后、贼子，誓不为人！”杨氏曰：“此乃空话。但他都能宠用，我何不能耶？”李放曰：“他的帐贮龙罗凤，汝有此物否？”杨氏曰：“我怎没有！他有贮龙罗凤之帐不奇，我有拿龙攫凤之鹰才异，何不放进去？”

李放会意，把头点点曰：“我故知九头鹰比九龙帐厉害，我肯放之，不知他肯去否。”杨氏曰：“他生平所慕貂蝉，妾今去说，必肯去。”李放曰：“若肯去，大事济矣！今快去说。”杨氏进房。

盖李放有一妹，名春燕，年二十，黠而媚，颇知《汉书》。常言：“世间女子，凡有才貌者，不论邪正，总要名流后世，岂空没无传。”素慕昭君、飞燕、貂蝉。有口占诗云：

貂蝉一叹破奸邪，出塞昭君为国家。
飞燕汉宫谁得似，世人皆恶我偏夸。

其母怀孕时，梦一九头鹰飞入房中，至分娩时，有一鹰在房前逐拿群雀，产下此女。父母将弃之，因哥嫂劝留，随名擢缨。至长成，因慕飞燕，改名春燕。兄嫂以之为异，不敢轻议婚姻。那日在房，见嫂蹙眉而至，问：“为何事？”杨氏曰：“今日汝哥被朝廷打一百杖，革去官职回来，汝不知耶？”春燕惊问：“何事获罪？”杨氏将前情说了一遍，又曰：“汝哥誓杀此昏君淫后贼子，才肯罢休！”春燕曰：“还去访聂政？”杨氏曰：“汝哥说不使别人，只自怀剑而刺。”

春燕曰：“恐刺不能，反遭其害也。”杨氏曰：“此说不能雪恨矣。”春燕曰：“何曾不能报，自有一番妙策。”杨氏问：“何策？”春燕不言。再三求之，乃言曰：“现在陈金凤专宠长春宫，并无分爱。只须献一连环计进去，使其嫉妒，怕他不自相矛盾耶！”杨氏曰：“愚嫂与哥早想及此，因无貂蝉，才想自行刺之。”春燕曰：“若有心求访，怎没有？”杨氏曰：“有是有才貌俱全者，还要他肯；如不肯，亦是枉然。”春燕曰：“要他作人家小妾，自然不肯，要他与皇帝作贵妃，怎的不肯？凡有才貌者心必好之，叫哥即管去访。如果有才貌双全者不肯，待奴去说他，自然会喜能允。”

杨氏曰：“倒访有一个，怎敢劳动姑娘大驾！”春燕曰：“岂不笑话！哥哥有用人之处，莫说有现成的妹子不去代说，如无人时急用妹子，亦不敢推辞。”杨氏曰：“姑娘亲口说过的，必有是心。实不瞒，现无其人，惟有姑娘能行。不敢明言，今求姑娘自许，乃哥哥之大幸也，愚嫂先代哥拜谢。”言讫跪下。春燕答拜之，笑曰：“奴之身子被嫂片言圈套去了。既为哥报仇雪恨，怎敢有悔！只恐不得入宫，如得入宫，管教他姑苏台游麋鹿矣！”

杨氏大喜，告知李放，遂议效凤仪亭故事。因家在越王山，候至重九日，侦福王继鹏出游登高，延至家中，早已铺设周备，妆饰其妹伺酒。继鹏见，遂属意，问："是何人?"李放曰："臣之胞妹，名春燕。若不嫌丑陋，送与殿下服侍。"继鹏大喜，乃脱玉镯亲套春燕臂上，曰："明日遣人来迎。"李放曰："这数天日子未佳。至十五日乃上吉之日，臣亲送进宫。"继鹏喜谢之，便呼为大舅，令春燕同坐共饮。李放下席相陪，春燕曲尽娇媚，殷勤劝酒，继鹏饮得大醉方归。

越王山，周围数里，半在城外，汉闽越王建都于山之东南，故名。一名屏山，又名平山。明洪武间筑城，起[1]样楼山顶上，祀真武。今更名镇海楼。宋李觏《游越王山》七言诗曰：

腊后梅花破碎香，望中情地转凄凉。
游山只道寻高处，高处何曾见故乡？

曾仕鉴《登样楼诗》曰：

无诸城北样楼开，万井烟花拂槛廻。
化鲤代遥仙观在，钓龙人去霸图灰。
海通南越天边尽，山引东瓯树杪来。
日暮思乡更怀古，水云迢递独登楼。

却说李放将妹先许福王继鹏，暗暗托素相好之太监陆敬代奏进妹赎罪，如允，十五日送入。陆敬进奏，王璘准之。至十五日，李放送妹进宫，扬言送与福王，而太监陆敬，早候在宫门，便迎春燕入内宫。王璘见之大悦，即册立为贵妃，李放官复原职。福王继鹏闻李放送妹至，甚喜，遣人去接，已被伊父接去立为贵妃，忿甚。欲使人召李放，而李放自至，泣诉被陆敬拦夺，故作痛恨之状，将去杀陆敬。继鹏反慰之曰："且缓，勿急!"

王璘得了春燕遂宠，不复至长春宫矣。诸臣以主君立宠妃，俱进贺。惟鸿胪寺丞林仁翰曰："燕入皇宫，国家可知矣，何贺之有？吾侪若不远退，祸将及矣。"即回家同一女而逃。陈金凤因失宠，以千金馈前翰林院学士韩渥，代作长门赋，韩渥却金许之。适元夕，王璘大铺殿观灯赐宴，各官作诗酬和，金凤把韩渥寓意赋诗献出云：

泪滴珠难尽，容残玉易消。
倘随明月去，莫道梦魂遥。

王璘见此诗，心忽感动，命驾至长春宫。那李春燕入宫，朝夕与闽王宴乐，未接会福王。俟闽王至长春宫，密遣侍女引福王进内，见而泣曰："兄长原将臣妾送来服侍殿下，谁知皇爷占为妃，有负殿下赐镯之恩。今幸皇爷驾往长春宫，故特请殿下进来诉说，死亦瞑目。"言讫，娇啼不胜，如梨花带雨。继鹏魂迷，

① 起：建筑。

抱于膝上，代拭珠泪曰："娇娇无悲，将来必杀此无道泄恨！"是夜，即同枕席。自此，王璘若去长春宫，而春燕便属福王矣。

那日被王璘次子继韬遇见继鹏于卧内突出，疑而察之，春燕掩泣曰："大殿下无礼，调戏臣妾，正在危急间，幸得二殿下至，方去。"继韬怒，径往长春宫告陈后，俟退朝奏之。王璘大怒，命内殿使陈守恩拿获。春燕见继韬怒入内殿，知去告王，即飞信通知继鹏，使其速走其兄家躲避。继鹏逃至李放家中，陈守恩来拿，已逃去。遂回奏，再令李可殷同内殿使陈匡胜、陈守恩分路搜捕。

李放谓继鹏曰："李可殷等狐假虎威，遍处搜捕殿下，极恶矣。将搜至此，待他来此，先行杀之，再来商议。"继鹏从之。忽报李可殷带殿兵至，李放暗布自兵停当，于山旁边接可殷下马。丛林有一人持枪突出，刺死可殷，殿兵皆走，驰报进宫。

时王璘患风病卧，金凤同归郎泣奏，请驾出鞠李放，便知行刺之人。闽王璘带病视朝，召李放至诘。李放言刺客已获在外，臣当解送，趋出引步兵鼓噪而入。王璘大惊，躲匿欲走，被乱兵砍死。继鹏随至，李放入宫，杀金凤、继韬并归守明、陈守恩、陈匡胜，推继鹏即位，迎春燕进大明宫。

继鹏即闽王位，更名昶，自称权知福建节度使事，遣使奉表于唐。时乃后唐潞王清泰二年冬十月也。纳父妾李春燕为贵妃，以李放总领内都禁兵。李放自谓功高，遂专朝政。

李春燕归家，妆饰殊甚，臂上玉镯被嫂脱取。春燕以金珠首饰与换，杨氏匿不肯还，因此相争变脸。适李放归，闻之，谓春燕曰；"汝嫂既欲之，便与他何妨？"春燕曰："哥何袒护之？岂不知妹无此镯，焉有今日！就死亦不与之。"

李放勃然怒曰："无此镯就无今日之荣耀？全不记出世将溺，何人留之？三岁无母，何人抚之？今何轻人重物，忘恩负义至此极耶？"春燕曰："莫须有！都不闻死生有命，富贵在天，并非人力所能致也。再不让情，不要在妹面前挟制，现在还要挟制别人。"李放闻此语，向杨氏索出玉镯，当面掷碎曰："由汝去挟制，如何？"春燕见镯已碎，反转笑容曰："碎了便罢，不必再言！将来自有厚报。"即回皇宫去矣。

杨氏惧有不测，李放曰："何惧之有？王璘那等威酷，亦只如是，何况区区王昶小子耶！"谁知李放阴养死士，早有异志，不日动作。被春燕暗知，遂回宫密告王昶。王昶大怒，即与拱宸使林延皓等密议，于十一月望，召李放入宫赴宴，延皓伏兵擒之绑出。诏暴弑君后及杀继韬等罪，并妻子及三族尽诛之，枭其首于朝门外。闽王昶自杀李放后，更骄纵暴虐矣。

正是：只因一镯诛三族，须识九鹰食六亲。下文说甚，请看便知。

第九十八回　志切报仇孝子祈梦　病成思慕淫女贪欢

却说王昶暴虐。有六宫判官叶翘为内传使。翘博学刚正，王璘擢为福王师，以宾礼待之，国人谓之国翁。昶嗣位以来，不与翘议国事。一日，昶方视事，翘道服辞朝，昶慰之曰："军事烦多，久不接晤，孤之过也！"翘顿首曰："老臣辅国无状，致陛下即位以来无一善可称，愿乞骸骨回籍。"昶曰："孤初嗣位，卿何退归？"厚赐金帛复位。迨昶待原配甚薄，叶翘谏之，王昶不悦，放归后以寿终。清泰三年春正月，王昶贬原配李氏别室，立父妾李春燕为后，改元"元通"。不效祖贤行道德，惟学父恶乱纲常。此且按下。

先说福州通津门，有一少男姓查名确，年十六岁，父亡母存。因家贫，在中亭街[1]戏班抄写曲本养母。

戏馆对门一大鱼货行，其行主甚横恶，人来买货，秤价一文半两皆不敢争。那日有一市人与之争秤，被其一秤尾刺透心胸，立刻气绝。他不用抵偿，只给些烧埋钱了事。查确心甚不平，因问诸乡邻曰："怎的打死人无偿命耶？"邻人答曰："只知杀死此一个无偿命，还不知他在前已打死二命，今又打死，共成打死三命，当玩笑一般，谁敢出头？"

查确讶问其故，邻人先不言，因再三问之，始邀入内言曰："吾弟年轻，怎知此人之霸恶？此人名恒盛，父强子恶，人背地呼为恶报。财势俱强，鲜咸鱼货惟他一行，别人无敢再开。如遇人命官司，上下衙门皆有关通。十二年前秤锤掷死一人，他才六十岁，冒作七旬，免罪，只给十两收埋了事。后数年又打死一人，以前例十两银又了事。今又刺死一人，不过如是免罪了事，谁敢不依之？"

查确又问："藉上下衙门何人之势？"那人曰："他有三个外甥，麻姓。长名公都，在刑部衙门；次名公邦，在首州[2]衙门；三名公郁，在首县[3]衙门。俱掌

---

① 中亭街：位于福州城外台江，一条繁华的商业街道。

② 首州：指福州，闽国首府所在地。

③ 首县：指闽县，其县治在福州城内。

内外刑名钱谷案牍。此时国王自顾篡夺不暇，怎及下情！有司都是买官受禄，哪知律法，不管民情之曲直，惟三麻所拟是听，冤屈无数良民，何在[①]此三命之无伸也！”查确又问：“被打死三命何处人氏？有无子弟？不共戴天之仇白白肯休之？”那邻人曰：“我不暇，要去作事。”不答而去。

次日，查确回家视母，将恒盛打死三命无抵偿之缘由告知其母，又带怒骂曰：“三苦主之子弟无用，不能报父兄之仇，枉生为人！”其母张氏无语，惟垂头坠泪。查确见母闻此悲伤，以是因三命死无伸冤，代之坠泪。随曰：“母亲不须代之悲哀，今孩儿去查寻三苦主之子弟，如不能报仇，孩儿代之伸报可也。”其母闻子说此，便喝曰：“好大胆畜生，自父之仇不能报，敢说代报别人之仇耶！”张氏骂了，又大哭不已。

查确惊甚，急问曰：“父有何仇未报，从来不知，求母亲说知。”其母仍哭不说，便双跪膝地哀求。张氏住哭曰：“且起来说。为娘因儿幼，又无势力，故一向不言。今闻汝说，忿恨之极，故不得不说也。汝父十二年前，吾儿才四岁，因读书不就，拮据本钱开店。至恒盛行盘买[②]鱼货，与争价，被一铁秤锤掷出脑浆，立刻丧生。我亦去各衙门告，奈他已买嘱[③]官吏，批断凶手年纪已登七十免罪，给与十两收埋银案结。奈彼时家无别丁，我又鞋弓袜小，无处再伸，只得屈从。埋银十两，实只五两。可怜孤寡无依，惟日夜辛勤针黹女工，半饥半寒，抚养你成人。莫奈衣食总不周，焉能言及报仇，故隐而不言也。”张氏言罢，泪如雨下，大哭不休。

查确咬牙切齿，望外指骂曰：“原来我父亦是此强盗打死！因我年幼不知，才横行又打死二命。如我再不知，必任之打死万万矣！今幸我得知，恒盛命亦不久矣！”张氏闻说此，停哭问曰：“今你知之，其奈之何？”查确曰：“怎的无奈之何！先明告之，如不准，便暗行刺之方休。”

张氏喝曰：“胡思妄想！此案人命控告，如不准了，反有妄渎之罪，命半休矣！如去行刺，若此幼少，未拢身先被拿获，父仇犹未报，子命先休矣！母无依靠，何能得活，可不是一家同死尽耶？”查确曰：“父仇不共戴天，生死无论，惟忧母亲无人奉养。”张氏曰：“亲仇有不报之理？只是慢慢去请法家[④]，遇有机会，再行来报，方妥也。”

查确从命，去请教法家。那状师曰：“案既结了，若翻控反罹其罪。惟邻国

---

① 何在：何止。

② 盘买：成批买进（准备卖出）。

③ 买嘱：贿赂收买。也作“买足”。

④ 法家：讼师，专门替人写呈状打官司的人。

广东南汉王刘氏系本国闽王王昶之母舅，去他理刑衙门投控，转达汉王，能代之锄强雪恨也。”查确闻教喜甚。欲行，其奈路远日长，乏缺盘费。沿途求乞犹可，惟家中老母薪水谁奉？父仇未报，母先饿莩矣。夙夜寻思，计无所出，夜至城隍庙后殿祈梦。梦神示诗四句：“善报大孝子，天岂辜负你。欲报父亲仇，还藉恶报之妻子。”

原来查确年少至诚，虽一贫如洗，但不苟且。常拾路上遗银等物，即寻失主还之；买布多二尺，亦送至店还之。因此，人呼之为善报。恶报者，乃恒盛也，早已人人呼之矣。

查确是夜得梦惊醒，将四句梦语写出，带回自解：善报乃人呼我之混号，恶报乃人呼恒盛之混号。称我为大孝子，已属不解；欲报父仇，藉他妻子助力，更属难解。遂默而不言，仍去戏班抄写。

却说此戏班名双珠，有一小生，姓祁，名珍珠，品貌为通班[①]之首。那日，此戏班在恒盛家内宅演唱，诸女眷俱在隔帘观看。恒盛有一少女，看珍珠作杨贵妃醉酒之神采风流，遂归房日夜思慕，遂得桃花之病[②]，卧床不起。恒盛妻已死，有二妾年甚轻。二子，二女，长子呆戆，次子驼背，娶二媳皆少艾，二女及笄。三父子常在行中调度，夜有使唤渔婆陪伴，少入内室。

此回家中作戏，不独一少女爱慕珍珠病倒，而诸女无不思慕废寝忘餐，遂密议令浣妇王妈去引珍珠来疗病。至夜，随引诱珍珠由后门潜入内楼，先疗桃花之重病，再与相思之妇女轮流。珍珠自此身入温柔乡、迷魂阵之中。弄至一月余，一个白面书生，变作枯槁之饿鬼一般。珍珠到此欲罢不能，诸女日夜轮流。

那日，恒盛令一曲蹄婆[③]进来内楼取物，诸女闻知，令浣妇引珍珠躲避。讵浣妇未进，曲蹄婆已上楼去，遇见珍珠面如饿鬼，惊走下楼。浣妇比至，曲蹄婆问：“楼上何人？是人是鬼？”浣妇骗之曰：“有此冤鬼，躲在楼上日夜喊叫索命，外面还不知耶？”曲蹄婆信以为真，即跑出告知父子。珍珠不过面黄衰瘦，曲蹄婆惊甚，说得十分恶状。恒盛父子三人，自入内问之，诸女照浣妇所说告之，曰：“昨夜楼上冤鬼啼叫名字，要报仇讨命，众人惊甚，到楼下跪求，许以奉祀楼上，饶恕性命，始无声。今早正欲出去说知，岂意渔妇上楼冲撞，即出现来。赶紧快去备祭礼，再求他饶恕。”那父子三人闻说惊甚，不敢入于内室，惟在外建普度[④]超升冤鬼。自此，诸女在内恣淫无忌，而珍珠被色险些

① 通班：整个戏班。通：全部。

② 桃花之病：男女因单相思而成之疾。

③ 曲蹄婆：疍家妇女。即上下文所说的“渔婆”“渔妇”。

④ 普度：一种法会道场，用于超拔鬼魂脱离苦难。

亡身。

即双珠戏班，忽然小生无去①，遍寻无踪，便不成班。一时无处寻凑，通班②停歇，各去珍珠家中讨人。家中父母以子生死不明，欲去控告。那珍珠何人之子？原来是通津门内状师祁宽，妻高氏，只生一男二女。男即珍珠，自幼学戏，与查确相好，引在戏馆抄写曲本。查确欲去广东控告，乃祁宽所教。一女名荷珠，才貌亦佳。自幼择婿至二十四岁，尚未相当，因荷珠要自己中意。月前在通津门楼神前抽一签，尾句云："善报便是好姻缘。"父母说："善报岂不是查确！若不嫌家贫，即与之结姻，好么？"荷珠喜之，把头点点。

祁宽即到查确家，见其母说知。张氏闻之喜甚，惟查确固辞。祁宽曰："时常见过，有甚不相当，莫嫌大八岁。"查确曰："怎敢有嫌！惟自思家徒四壁，一母犹养不周，怎敢娶妻！更父仇未报，犹非人类。断难从命，尚祈原谅。"祁宽即刻退回，告知其妻。荷珠背地与母亲说："聘可先定，何妨待其家仇报后过门。"高氏正欲自去再言，忽报珍珠昨夜不知去向，遍寻无迹，一家忧愁不止。

查确与珍珠同食同睡，交之最厚，一旦失去无踪，怎不怨痛？且查确之品貌、身材与珍珠无二，常在戏班盘桓，所有小生曲文、介数③无不通晓。戏主几度欲聘入班作脚④，查确以戏子不贵，不为。此次因缺小生，戏难出班，再三讲说："暂凑一场，戏份⑤分三股，寻有小生了，任之去留，不敢再言。"查确回思："无处赚钱，抄曲本供母，只得半饱，况戏歇无抄曲本，连半饱亦无，不如且暂为之，再看将来。"遂许之凑脚上台。通班甚喜，戏又重兴。查确妆扮小生，演唱胜过珍珠三倍，更大行时⑥。

那日，恒盛家中普度作完，又定此班戏家中谢城隍⑦唱戏。诸妇女仍在帘内观看，以凑脚之小生查确皆指是小生珍珠。以前所引诱在内楼是作冒名色⑧，真的又在戏班作戏，何曾有来。共恨浣妇弄错，将去问之。

那浣妇先往戏房，已认得凑脚作小生之人。盖那戏馆乃恒盛之屋，租与之，其租钱与众妇女月间买花粉⑨，都是浣妇去收，人皆认得。因诸女都去看戏，

① 无去：不见了，失踪了。

② 通班：整个戏班。

③ 介数：指艺人的舞台表情动作等。本字应为"解数"。

④ 脚：角儿。

⑤ 戏份：戏班演戏所得报酬。

⑥ 大行时：大受欢迎。

⑦ 谢城隍：设祭答谢城隍神，并请戏班演戏娱神。

⑧ 作冒名色：冒名顶替。名色：名号。

⑨ 买花粉：指妇女的零花钱，通常多用于买化妆品。

至内楼想抽丰[1]，侦空偷走上楼。珍珠问："是何班?"浣妇答："双珠班。"又问："何人作小生?"答："是抄写曲本的。"浣妇问："小郎在此好不受用，便忘却引进之人?"珍珠叹曰："人在此欲罢不能，还说什么受用。求阿母早些放出，迟则命休矣!"

正是：容颜改却人惊异，骨髓枯时自乞饶。究竟如何，下文说明。

① 抽丰：沾分好处费。

第九十九回　借淫女银同友赴广　教苦肉计诱官准呈

却说珍珠入于迷魂阵中，欲罢不能，求浣妇王妈放出。王妈笑曰：“如放出，何物为谢?”珍珠答：“有银即对分。”王妈随与议，吩咐：“有问汝是否是真的珍珠，汝只说假的。”嘱毕下楼。

戏歇，诸女见王妈曰：“此老货[1]亦敢来打抽丰?”王妈曰：“汝们食鱼就忘网。”其妾曰：“抽丰正该，还有别话问汝。”众将王妈扯至后楼，问曰：“所引这个来是真珠、假珠?”王妈曰：“珠是珠，惟真假不知，汝们自去问之。如是假，要真的，换何难。”诸女随笑问：“郎君真珠、假珠?”真珠已经会意，即答曰：“实是假珠。今日在台作戏方是真的。求放小生出去，再引真的进来。”

众共问王妈曰：“这假的放去，汝还能再引真的，今日上台作小生那个来么?”王妈曰：“有银去，便就引来。”众问：“前不要，今要银，何也?”答曰：“假的不值钱，真的要身价赎回。无银去赎身，半步班主不许离。”又问：“身价要若干?”答曰：“三百两银。”众曰：“各鸠出[2]三百亦易，要当面带来亲交与他，要他亲说才有分晓。”王妈曰：“自然须亲见面。还有一宗，放此假的回去，亦要银相赠。”众又问：“怎既去还要银?”又答曰：“来时何等人样，今弄至这样，无银带回调养，其父母不来此吵闹？事闹破，岂不是大家死在一堆矣!”众女皆迟疑，一同共答曰：“须银去塞嘴，不错不错，还不知要若干?”王妈曰：“塞不满，仍要露出。必须二百，少之不得。”诸人遂依之。

仍办酒席送行，先交银二包。至夜静，王妈仍带由后户而出。在路上，各分银一包存怀，王妈细语嘱之曰：“即回去，先对那抄写曲本的言，叫他明夜等老身带至恒家。银先得三百两，去快活受用。其银要与引进之人对分，此话务先说明。”珍珠曰：“他何等至诚，肯行此没德行之事?”王妈曰：“有银请他去嫖，任甚至诚君子，还恐无份呢！等老身明夜去说，只嘱他无别处去。”珍珠即

---

① 老货：老东西。

② 鸠出：按份凑集。

应诺，遂分路而回。

珍珠仍在戏馆，人皆认不出，惟查确认得。见其形状，骇问："吾弟何往?"珍珠假说："被迷魂小娘迷拽至金鸡山洞，今夜脱空走回。"众皆信之。盖金鸡山在于东关外，有迷魂洞，常迷人入洞，至今犹然。因隔城，珍珠不得回家。是夜，仍同查确联床。至人睡静，将被恒盛家透去实情，又将来透吾兄，有银相赠等细说一遍。查确闻了，讶曰："吾弟既误，为兄怎肯再误！为兄平生肯为此万恶之首罪？弟既回来，便幸甚，余不必多言。"

珍珠曰："有敢叫兄去行淫？惟将银局过手便走开，有何不可?"查确曰："亦做不来。局取无义之财，不玷亦玷，岂得称善报耶?"珍珠曰："此等事正合善恶报之梦。识他尾句说'欲报父仇，还藉恶报之妻女'。今恒盛妻子好淫，挥金如土，招男子奸宿，可不是恶报致之耶！吾兄藉其妻女赠银，能去广东控告，得报父仇，岂不是神梦示以昭彰之报应耶！如错过，神岂不怒乎?"查确会悟曰："果是。只作明局暗借，将来必要还之。"

至天初明，珍珠回家。祁宽见珍珠回来，喜如天降，问故，告以实情，并交银收存。祁家喜甚，便将养精神。查确那日无戏。至夜，王妈来说，查确曰："银三百不分便去，欲分一厘煞开[①]。"王妈再三说至加一加二[②]，查确亦不与再言，便走开。王妈亦退出，回思今夜无人，何以取信，只得说曰："今夜不分，下次再有，必要作引进谢礼。"查确点头。

遂跟至恒家后门。唤诸妇女出来，持灯照看，果是昨日上台之小生。众甚喜，查确曰："快拿银出来，赶去赎身，迟则班主去矣！半步走离不得，趁此赶为之，明夜便来，长长奉陪。"诸妇女要他进内，查确曰："片刻难缓。如银未便，等几日再来。"回身欲去。诸妇女信以为实，共曰："既迟不得，待取银带去。"原来银已鸠[③]足，包三包，取出交与。查确接过，诸妇又将灯再照看，笑约明夜早来。查确答晓得而去。

仍至戏馆，把银遮存。天始明，即抱回。在家不敢瞒母，将情由告知。张氏骇曰："此乃无义之臭银，岂可苟得！"查确将珍珠解详之梦谶细说，张氏始喜曰："暂借亦可。"查确至祁家商议。因珍珠学戏年限未满，祁宽取银三十两前去赎约字[④]。恐王妈来吵，查、祁两家同暗搬于九仙山下白塔旁同居。祁家欲与女定聘，查确辞以待报了父仇再议。珍珠调养健原，欲随查确同去广东告

---

① 煞开：事情到此为止。

② 再三说至加一加二：一再让步，把份额降至一两成。加一：一成。

③ 鸠：凑集。

④ 约字：（入戏班学艺的）契约。按旧例，在契约年限内，班主拥有学徒的人身权。

状，父母阻留不住。祁宽已代做便呈词。二人在恒家共得四百，半作盘费，余留安家。荷珠虽未定聘，以张氏即是婆婆，晨昏供奉。查确共珍珠已安顿了，即同起程而去。

却说那恒家妇女等至数夜，令王妈去催带。王妈寻讨无踪，问戏班，亦不知何往，知是局银逃匿。亦生一计，与诸淫妇曰："他为甚不即来，因恐日后如前，难免半途而弃。不妨要再送银一百与之，先制壮药带来，随时吞服，永保精神。无药定不敢来，一来必匡住，命休矣！"诸妇女闻说亦有理，再鸠一百两，付王妈快去买药带来。那王妈凑前共二百两银，所遗在恒家几件衣服、破的铺盖不要，同父母走去外乡安享。王妈既逃，戏亦散班，诸妇女无望矣！

再说查确同珍珠各背包袱，携带琴箫，妆作走江湖弹唱，望南而走。到了广东潮州界内，夜宿饭店。路上有贼随入投宿，侦二人睡熟，偷取包袱，只取银去，包袱放还原处。二人至天明，持包袱轻了始觉，向店主索赔。店主说："包袱现在，有银无银怎知？"二人理屈，幸带有琴箫，便真作走江湖弹唱矣。夜间宿于三清道院边廊房内。

随去理刑衙门投呈，官吏看呈，以他国之人不敢收准，掷还。又去各大宪上司辕门投递，亦以非本国之人不准，皆斥逐之。二人无法，只得回来饭店。查确不食，只是大哭，珍珠陪哭，至一日一夜不休。谁知那道院都是熟走江湖之人住歇，廊屋相连，隔房有瞎子看命，亦租歇宿。因闻二人哭至一日一夜，次日，摸过来问。二人哭得无人可告，见瞎子来问，将实情讲出，告诉一遍出气。

瞎子听之，又叫："将呈词念与我听。"查确将所带之呈词念与瞎子听。瞎子听了曰："这呈作不好，就准亦是批坏。去再作过。"查确曰："此呈乃敝乡有名之状师作的，至此人地生疏，何处再请人作耶？使有人作，递总不收，亦无用也！"瞎子曰："有好呈词，要他收准何难！我自有妙计，教汝去递，无不收准。"珍珠曰："先生既知此呈不好，必通晓法家之理，就求先生代作一张，并求去递之妙法，自当厚谢。"

瞎子曰："大凡作状词，只用要紧数句，简简洁洁，何须此长篇累牍，看之岂能清楚！汝既无人，我就代汝作，我念汝写可也。"珍珠即去携纸笔。瞎子念出，珍珠照写上纸，果然简洁异常。瞎子又曰："只须数句，胜过千言万语。官一看，便知其横恶之处，必带回衙，即将前情口诉一遍，便妥矣。"

二人又问："作何投递之法？"瞎子曰："别官递之无益。惟有师国舅兼理三法司，府在西街，待他上朝回来，只须如此，须打四十大板，递之不敢不收。但汝查兄为父报仇，打之应当；惟祁兄受亏不合，递时不可同去。"珍珠即答曰："既与之同来，彼事即己事，兄仇即弟仇，受责亦分之。"瞎子笑曰："嫩皮肉怎受得四十大竹板！打烂了难起来。"珍珠曰："求仁而得仁，虽粉骨碎身而心甘意愿矣。"瞎子连声赞曰："有此重义，必有重报。"言讫，起身欲去。二人随问姓名、里居，瞎子曰："说起话长。今迟了要去看命，待来日再来谈说。"遂自执朴[①]持杖摸去。

查确写清呈词。至次日欲自行，不与珍珠同去。珍珠先行而去，查确再三阻之不住，只得与之同至西街，候之许久。原来，此国舅姓师名南，朝罢排道回来。查确同珍珠盘坐街边，皂役至，喝："起来!"并不理之。及大轿至，任喝骂不动。国舅令拿来问，皂役即将二人拿至面前。国舅住轿问："汝两个何处人氏，有此大胆，见官不起耶?"查确、珍珠齐声答曰："我两个是外国人，汝管不得，何须立起?"国舅大怒曰："天下官管天下百姓，外国人便管之不得?今试看管得否!"即喝令拿打。

皂役先将查确按于地下，扯剥下裤，当街重责四十大板，两腿流血，打讫拖过。又将珍珠按仆，亦剥下裤，现出两腿，举板将打。那国舅见珍珠股坐间有一块红记，异之，遂喝住："此个慢打，带回衙去开发[②]。"皂役收板放起，将珍珠押带轿后。正欲起轿，查确于怀中取出呈词，趋至轿前喊曰："既管得天下百姓，今邻国百姓有不共戴天之仇，本国无处可伸，特来大国投控。乞为除恶伸冤，俾天下之百姓共有父母也!"国舅因闻此语，不得不收，取看之，上写曰："具投呈邻国民人查确告为：乌骸烧成白骨，黄金贿足青天，七旬尚且无罪，八旬任汝乱行。十两买得一命，万金杀尽千人。三麻朋奸不灭，九泉冤鬼潦盈。哀哀上控。"国舅看状中之语，简而壮，非寻常可比，收其呈词，合并带回问讯。

正是：查确受刑欢计遂，珍珠不责使人疑。究竟何故，下文分解。

---

① 执朴：手拿竹梆子。算命瞎子沿街敲打梆子，这种梆子为一截竹筒，福州话叫做"噗噗管"。此处"噗"写作"朴"。

② 开发：处置。

第一百回 验红记戏子招驸马 合莲瓣公主开瞎瞳

却说师国舅回归，即坐堂，先问查确。查确将恒盛连打死三命，皆以七十免罪，只给十两收埋，交通三麻蠹吏，枉害无数良民，朝官被混难控，来求大国超伸等情，口诉一遍。国舅又问："同坐者是汝何人？"查确曰："姓祁，名珍珠，乃相好朋友，同来作伴，并无他故。"师国舅笑曰："好个苦肉计！昔黄盖因忠为之，今查确因孝为之，还有珍珠因义为之，更属可嘉。既出此孝义，有不代为伸报之理乎！今且退下调治板疮，代转达朝廷。"

即带珍珠来问。上堂跪下，师国舅问曰："汝名珍珠有无缘故？年纪几何？何月日时生的？股间之红记是生成[①]否？家中有无父母、兄弟、妻室？作何生理？实说来！"珍珠供曰："小人曾闻母亲说，怀孕时，梦红莲盛一珠，自天降下，投入母怀，即生下小人，故名珍珠。现年十六岁，正月十五日亥时生，出世便有红记如莲瓣。有父、母、姐。未娶。家贫，学梨园。与查确总角之交，自愿同行同伴。设此苦肉计，查确原欲自受，不与同来，是小人以生死同分痛。今既责了，小人心甚不安！"

国舅笑曰："既愿同责，不须人揪按，可自脱裤自仆下，好责。"珍珠将裤脱下半截，自仆在地请责。国舅立起，看真，乃见其坐位[②]间红记有三指大，如莲瓣一般。随曰："果实情，有义气，本院且与汝同去见王爷。汝照此言讫请责，即与汝义友伸冤。"珍珠曰："多谢教训！"即爬起，穿了裤，立在面前。

国舅不待升朝，即带珍珠至金銮殿，奏明详细。南汉王刘升殿，珍珠如国舅所吩咐诉说。汉王亦令自脱裤仆下，珍珠仍如前样。汉王见股间之红记称奇。谁知王后师氏在屏风帘内伸头出看，喜之不胜。汉王曰："果不错！"令即起来。珍珠遂穿裤爬起，跪谢。汉王曰："念卿年轻义重，与孤作驸马，何如？"珍珠曰："小人乃下等之人，怎堪攀龙附凤！"汉王曰："英雄何论出身低！实对卿

① 生成：生来就有的。

② 坐位：屁股的雅称。

说，孤只生一女，亦名珍珠，亦十六岁，与卿同月日时出世，面貌不丑，惟双目闭而不开。孤不嫌卿戏子，卿莫嫌孤瞎女，匹之可也。”

珍珠答曰：“天恩所赐，不胜忻幸，怎敢言嫌！”师国舅在旁答曰：“既知恩赐，何不拜谢？”珍珠遂谢恩，立于旁边。师国舅又将查确所控之案情奏上，汉王怒骂曰：“王昶小畜生！自顾篡夺不暇，怎察民之冤苦！俟公主与驸马完亲后，卿即同驸马带原告查确至闽，代之除奸伸冤。事毕，即带驸马之双亲回来，同享荣华。今交国舅带回府去，俟吉期至，送入宫合欢。”

师国舅奉命，即带珍珠回府，亦唤查确一同款待于内苑，皆荣幸之至，日夜有人来服侍寝食。二人思不出是何缘故，两相猜度，多谢瞎子所示，方得此侥幸。至次日，令服侍之人去三清院取回琴箫，并访瞎子看命先生还在否。如在，嘱他要送礼去谢伊。其人遂去取物，回来说那瞎先生只住一夜，次日即去了。二人闻此，方知乃异人特来指示也，皆感之不已。

迨至吉日，珍珠穿戴驸马之冠服，迎入宫中，与公主拜堂。先行君臣参礼，再行夫妇交杯，同入洞房花烛。祁珍珠见其貌美甚，惟眼双瞽。是夜，同入牙床。珍珠交合，公主双眼齐开。天明，刘珍珠开眼，清如秋水。祁珍珠喜之欲狂，竟不知其故，问之惟笑不言。侍女入报，汉王同师后来看，喜不胜言。朝臣闻之，皆至称贺，遂大宴群臣。

国舅回府，至花厅与查确坐谈，问：“新驸马是友，是亲？”查确答：“乃驸马未过门之姐夫细舅[①]也。”国舅曰：“原来是姻姑爷，多有得罪。前所行之苦肉计，是何人所教？”查确不隐，将遇瞎先生指教等情说知。师国舅又问：“瞎子还在否？”答曰：“令人去寻，已不知去何处矣！”国舅曰：“怪道是![②] 异人指示，分明来作合之神仙也！”

查确问故。曰：“姻姑爷可知新驸马与公主成亲一夜，眼开之奇事否？”查确答曰：“愿闻之，正要请教大人，但敝峦似此侥幸，梦想不到，祈大人示知，以解疑抱。”

国舅笑曰：“难怪可疑，说起此事甚奇。缘舍妹怀孕此舍甥女公主时，梦红莲花瓣托一大珍珠自天降下，投入怀中，腹遂痛。生下此女，眼闭不开，股间有一红记，形如红莲瓣。忽然照身镜现出红字，看乃：“珍童珠女，共托凡胎，分坐莲瓣，莲合眼开。”共十六字，擦之又现。以上界珍童珠女下凡托生，女降在此，尚不知男生何处耶！想是合月日时同生，股中间亦有红莲瓣，方可合配，

---

① 姐夫细舅：姐夫和小舅子（的关系）。

② 怪道是：难怪。感叹词，表示恍然大悟。

不知俟到何时？惟此红记生于下体，如何得知？谁意女生广东，男生福建，隔于千里。天使姻姑爷到此告状，又使驸马作伴来此，又使瞎子指点，在于椒房之亲，现出下体红记，故得此荐进于国王。验看时，娘娘亦偷看，与公主之红记一样，面貌相近，喜而纳之。果无虚妄之仙机，一交合即开眼。”言讫，呵呵大笑。

查确方知其中缘故，亦称奇不已。次日，珍珠来拜谢国舅，查确一同饮宴，至夜与查确谈说。查确与珍珠言及与国舅说出世之异，并问一夜佳期开眼之故。祁珍珠亦不知其故，惟说自己出身低微，无一可取，乃蒙国王招之为驸马，以瞎女匹配，已属万幸，不意双眼能开，不知弟何修至此。查确以是重义之报。祁珍珠谈至半夜，始辞入宫。

自此二人俟至满月。国舅奉汉王之命，带同新驸马并原告查确、仆从、兵役等人，同坐一船。查确与祁珍珠此番好不安逸。二人早夜谈心，有人服侍，不比前作走江湖弹唱的人半饱半饥，行得脚酸手软。

正是：舅翁甥婿帝王戚，原告钦差瓜葛亲。毕竟如何，下回分说。

第一〇一回　道徒易试带看三宝　权恶难化只度一鸡

先说福清石竹山之仙人林汝光，原籍福州越王山，在石竹山修炼，骑虎上升。好度凡人，前曾在三琅峰下变乞丐，引周艳冰求何九仙救活瑶琴，前卷已说明。该仙便游于天下，无人堪度。至浙江宁波三清观住止。

观中道首名束川，与众道士，以是游食者流，并不顾他。惟斋工余心发待他好，自己床铺让与安寝，另办茶饭供奉，十分恭敬。奉至十余日，并不敢问来历。汝光见果诚意，遂自言曰："林汝光云游至此，承汝之情。吾乃闽人，未知汝姓名，可说与吾得知。"心发曰："弟子楚人，名余心发。父母早亡，有兄为官，附于奸党为非。惧其有灭族之祸，于是出家。因一邻人引荐在此，始不知其诈，后方知被其诱卖在此为奴，背地得身价而逃。弟子为奴亦不恨，所恨非遇真有道德之师，仍在俗尘中趋炎度日。自十六岁至今已四十矣，无日不送道迎僧，二十余年，并无一个超凡色相。惟贤师一至，神气迥异，众皆不识，惟弟子知是正派，恨不能随之为徒，在此何为耶！"

汝光曰："既诚心慕道，带去为徒不难。只恐受不得跋涉，守不住清淡，必半途而废也！"心发曰："弟子如怕清淡跋涉，亦不想来出家。师父若肯与弟子跟随，还恐观主不肯。"汝光曰："我带去，谁能拦阻?"同睡至天明，便带同去。至众道人得知，追之，已杳矣！汝光带出心发，谓曰："久未回望家山，与汝同至福州，再去别处。"

于是至温麻，过北岭。讵汝光忽然跌落山坑，心发忙扶之，脚骨已跌出轮①。遂背至岭上，放卧岩边，心发不胜惊泣。汝光曰："骨未断，只脱轮，不须惊怕。惟口干难过，可先去汲一瓢水来止渴，再背下岭歇息。"心发随身带有木瓢，正下岭去寻水，回头见猛虎窜下来，心发顾不得取水，忙回头喊曰："老虎定食我，莫伤我师父！"将身遮住汝光，喊之不休。那虎至二人身旁，鼻向心发嗅之，舌向背上舐之。心发仍喊："食我，莫食师父！"虎环一匝跳去。

---

① 出轮：脱臼。

心发看虎已去，问曰："此虎如何不食人?"汝光答曰："虎都食人，因汝舍命为师，怜之自去。快背我下岭，恐又有虎来。"心发即忙背下岭，投歇旅店，去请医生。汝光阻曰："不须，只用手搓合轮[1]便好。"心发便日夜在床摩搓，至三日，轮骨复合。谁知心发随带盘费无几，已用完了，又去村墩[2]求乞。汝光脚已好了，同至福州，盘费空无一文，欲再去求乞。汝光笑曰："已到家山，银钱怕没有?"心发问："何来?"汝光曰："就邀汝去看金银，堆积如山田，千万人搬之不尽，方知我家山之异处。"

遂带至北门屏山下，有一池塘，汝光指之曰："汝看，水里甚物?"心发向前一看，原来满塘都是银钱，水清铜光照耀，问："甚地场? 可取得来?"汝光曰："地名钱塘巷。要取便取，看有一钱在水岸边，可去取来。"心发下至水边，拾至一面无字的钱上来。汝光曰："此一池塘之钱有雌、有雄，生生不绝。这个无字乃是雌的，可引得雄的，雄又引雌的。今将此钱试引与汝看。"汝光将此钱放于地面，顷刻池中之钱先飞至一文，又陆续飞来寻队[3]，汝光将钱尽拿去离，池塘内钱遂不飞。

汝光将钱点数，有字与无字共有一百，曰："够用了!"付与心发曰："有字是雄钱，无字是雌钱。如用先用雄的，至夜自能回来，汝收存须小心谨记。"心发收入囊内，同至饭店食饭，又去游玩城内胜迹，暮则投宿客店，皆拣有字之雄钱用去，至夜钱仍满百，心中暗喜。又问："还有金银在何处?"汝光答曰："出城便是。"

又同至南门外数里，池浦之堤岸皆是白银，光映波澄，皎然一色。心发异甚，问："何地方?"汝光曰："地名银镶浦。"又问："可取得些须?"答曰："有钱够用，何必再取?"又问："更有金在何处?"汝光随向北边指之曰："对面不是?"心发抬头一望，皆黄金重重叠叠满洋中[4]，宝光映野，赤彩曜日，异甚，又问地名，汝光曰："名为金堆洋。"心发不敢言取。一面行，一面想，若得此金银钱三宝，无事不如意，何须另求！莫若问师求取，带回故乡，潜隐安乐。遂跟至越王山，同上钓龙台。望了一回，汝光叹息吟曰：

"江山如故昔人非，乡井难寻前代碑。罔极深思恩莫报，白云空望泪双垂。"

汝光吟罢，拭泪，正欲下台，心发抱头痛哭。汝光问故，答曰："因闻师父感叹思乡，不禁亦触起故乡之念，悲伤矣!"汝光曰："人皆有木本水源，情所

---

① 合轮：脱臼复位。

② 村墩：村庄。墩：自然村。古代福州地区多闽江冲积洲地，围垦挖掘渠塘，堆土成墩，墩上渐聚人家，形成自然村落。

③ 寻队：找伴成群。

④ 洋中：田野中。福州话称大片平畴为"洋"。

不免。既有思乡之念，岂不遂还乡之愿。今即与汝回乡，有何不可?”心发喜曰：“放弟子回去，何日再寻师父?”汝光曰：“不须寻，有缘自能重会。汝的盘钱可够么?”心发曰：“钱已够，惟求师父再赐些金银，带回故土为至宝，更感奇遇不忘也。”汝光答：“可。”

即再去银镶浦地方，沿岸之银块皆重叠不能取，惟有一块如斗大在浦，遂取起曰：“此块可好么?”心发喜甚，伸手来接，谁知重有千斤，力不能支，坠于浦边，再抱之不动。汝光笑曰：“此块至小，尚拿不动，再寻无矣！莫若敲下一块何如?”遂把此块向别块①对敲，断下一尖角，有两余重②，拾起递与心发曰：“只好把这小块带回去，要用时，剪下一小半，隔夜仍能还原。若用去一大半，则不能回，须记定。”

心发收存囊内，又求再去取金。汝光曰：“既有了银钱，用之不竭，便十分充足。再去取金，太满必不祥。汝今由前路回去，我在此再游，犹未就去。”心发遂拜谢师父，回头由北岭而去。

汝光在城内游访数日，所有之人，善恶皆知了。变作一身虫生疮③之乞丐，蓬头赤体，至中亭街恒盛鱼货行内叫化。店伙取钱与之不要。恒盛喝问：“不要钱，要甚?”汝光曰：“化汝莫倚木床④。”众问：“何说?”汝光随口念曰：

“木床倚靠胆如天，不识南来霹雳严。食我一虫消一劫，食完度汝作神仙。”

恒盛以是患疯癫，胡言乱语，仍念此四句，令人逐打之。汝光曰：“莫打，莫打，事到现时⑤才知我。”店伙摄鼻⑥骂曰：“此样，少人度汝，汝还要度人?”汝光直至定远桥下麻家。值公都、公邦、公郁俱在家，汝光闯入室内念曰：

“劝公劝公又劝公，定食我虫莫食铜。食虫可度登仙去，食铜难逃法网中。”

三麻在内闻此四句，忿甚，见是生虫乞丐，令人逐之外出。汝光被逐，只在麻家门前走来走去，口中念曰：

“木床不觉点欹偏，怎解师南执法严。食我一虫消一劫，食完度上碧霞天。”

三麻又闻念此，又令人驱逐，遂倒于街边，再拖之不去。满身之虫愈生愈多，三昼夜不食不动。人皆掩鼻而过，以是死了，见其目睭⑦会动，地保不能

① 别块：另外一块。
② 两余重：一两多重。
③ 一身虫生疮：浑身生疮长蛆虫。
④ 化汝莫倚木床：乞求你莫要倚靠木床。
⑤ 事到现时：事情真相显露出来的时候。
⑥ 摄鼻：捏着鼻子。
⑦ 目睭：眼珠子。睭：本字“珠”。

逐，亦无奈之何！行人个个皆摄鼻吐唾。汝光又念曰：

“权奸白眼正相宜，个个缘何却效之。不识虫中滋味好，度他人去悔来迟。”

邻近人众闻其念此，俱骂曰：“真好滋味，见之即吐！若有食，即化为脓水矣！”正在骂间，忽走出一大鸡公[1]来，就身上啄虫。人众聚看，皆曰：“谁的鸡公？他主闻知，必拿去立地摔死。”那鸡食完了虫，顷刻身变大，浑身之尾变出五色如凤，汝光便爬起跨上鸡背，吟曰：

“林汝光是旧乡邻，莫笑回来度一禽。众牲好度人难度，定度众牲不度人。”

吟罢，鸡即飞腾上天，人云杳矣。围看之人，面面相觑，痴呆半晌，皆不胜称异，犹不知林汝光何人。中有博者[2]闻而讶曰：“原来是汝光林仙人，乃南台得道，在石竹山骑虎升天。来此化为乞丐，我才至此不觉。今他自念出名字，始知度鸡不度人而去。”众闻之，始知真仙化身，凡眼不识，皆暗悔不胜。又查谁之鸡被度，原来是麻家鸡，由后墙走出街，方食虫度去。

讵麻家有一子侄，名八舍，因厌繁华，长在乌石山读书。此日家人去言之，即赶回食虫。比至，汝光已度鸡去了。看的人犹未散，还在谈论仙家不露真形。八舍悔恨欲死，遂撞死在地，其魄不散，时常出现。乡人遂建一座舍人楼，甚显应。其地名度鸡口，今呼快为“土街口”。舍人楼已被回禄[3]毁去。

那三麻闻知乞丐是仙下降，三兄弟亦悔无及，将所念之语写出，拿来详解。那言食虫莫食铜之句，以是指名切谏，言食虫无祸，食铜钱有祸之意。又写出后念四句，木床无点欹偏，以是床中无脚，乃“状”字。第二句乃“南师执法严”，合上“状”字，乃“状师”二字。“执法严”此句无别解。似有南来状师执法，必代仇家翻控。三四句同前能食臭虫便是为仙之意，其明指有状师从中舞弄仇家，控告我们，何不早访拿之？遂各入衙门，行文严拿讼师。

谁知那林汝光之诗句三麻详解已错了。其首句乃“木床不觉点欹偏”，是言“床”加“木”乃指麻姓，并不觉一点之心欺人，有南汉之师国舅，执法如山，将至治其罪。他以“床”作“状”，以“觉”作脚，以姓作“状师”之“师”。同音不同字，殃及诸状师。遂访拿状师，以唆讼为把柄，因之，共陆续拿有十数个，祁宽亦在内。并抄出代人作呈之稿，一并解送到案。

在于祁宽家中抄出一张皇城使李放的空头无名官诰，以祁宽从李放谋反，独提研讯。祁宽不知何人与之有隙，前来嫁祸，塞于书架缝中，被搜去来勘问。

---

① 鸡公：公鸡。

② 博者：有学问的人。

③ 回禄：火神之名。此处指火灾。

那官不容分辩，责打四十板收监，作身从叛逆，依律斩首，并拿家属。可怜祁宽不知此诰何来，有口难辩。原来此空名官诰，写上名字，即是现官。当时珍珠为戏时在李放家演唱，李放以此与之。珍珠以是谎骗戏玩，即接存于怀内，并不在意。至戏完回家，只当作旧纸塞于书架，即去戏馆，未与父母说知，过后忘了。今因搜出，差役不管何字，但有字迹，便拿去缴上，故此官诰亦搜出。

人皆以祁宽十死无生，讵知有女荷珠，自幼在父母身边，尽知文理。惟珍珠自幼学戏，文字故不及。荷珠知有口难辩，要效缇萦上书救父，写便冤呈，带刀赴御史衙门击鼓诉冤。

正是：只道养男为耀祖，谁知生女亦孝亲。欲知后事，下文分解。

第一〇二回　孝女剖心除恶报恨　道徒还宝知悔犹仙

却说荷珠赶去御史衙门击鼓，御史中丞周判即传进讯问。看了呈词，问曰："汝词中言剖心代父伸冤，即剖看汝心，怎辨汝父冤与不冤耶？"荷珠答曰："女心即父心，如偏则从叛，正则冤之。"周御史曰："是理。今汝自剖取看，如正即免汝父可也。"荷珠即解襟露胸，手执尖刀，向心窝正刺间，周御史悯其孝，急令人夺刀，勿与之剖。往取之时，而刀尖已刺入肉一寸，血流遍身，幸未致命。急令先取枪刀药敷住。御史谓曰："汝心不必取看，既孝必正，且回去调治，免拿家属。汝父再行另议，不至于死。"荷珠叩谢而去。

虽御史怜之，行令减轻。奈掌案之麻公郁，严令家属访出放诰之人来，方免其死罪；如访无人，仍收监处决。可怜祁家母女二人从未出户，何处去访？此大祸谁敢出头帮助？惟有公差时来吓诈，有钱即被勒索罄空。自珍珠同查确出门后，未数日，即罹此祸。今经半年，值将斩决之时，二子去广又无信息，存亡莫测。一门三妇女无日不抱头啼哭。荷珠欲再去剖心救父，二母拦之曰："已剖救之，至今奈是三麻定案难移，再去空死无益。二兄弟生死不知，如父死，惟汝是依，汝再死，则我二人命亦休矣！"荷珠亦无法可施，日日三人哀哭。

那日正在啼哭，忽门外有人喊曰："内面不用哭！汝子去广东告状，招珍珠作驸马，奉南汉王圣旨，同师国舅带查确齐回来报父仇。一见闽王，即行锁拿三麻，并恒盛家抄封，祁宽有救了！"又闻外有人问之曰："广东汉王怎管的闽王之案情耶？"又闻有应之曰："汝不知，此闽王乃是广东汉王之胞甥，怎不管得？"又有曰："那横恶[1]天仓该满[2]！"三人同听，即开门出问。乡邻皆来道喜，将前言述了，三人喜从天降。

须臾，查确同珍珠坐轿回来。问故，张氏将罹罪之情事告知。查确问："此

① 横恶：蛮横凶恶之人。

② 天仓该满：指一个人的阳寿已尽，一辈子该吃的饭都吃完了，该死了。

官诰何来?”众皆不知。珍珠骇曰：“此一张纸能招此大祸？此官诰乃是弟塞的，因当年在李放家唱戏，那贼癞蛤蟆要食天鹅肉，背地把此纸与弟，说拿去即有官。为弟以是戏弄，顺手接存怀内。至家脱衣服掉落在地，以无用之字纸，随手塞在书架破书堆中，过后亦忘记了。今始记出，原来因此罹祸。”查确曰：“好个忘记！此回若无孝女，到此日汝回来，父亲早作无头之鬼耳!”珍珠曰：“若至如是，即撞死，还做得人耶!”查确曰：“虽死亦迟矣，快与令姐磕头拜谢!”珍珠先向二母磕头请罪，再向姊拜谢。荷珠走避，被二母拉住，将衣解开看剖心之刀痕，弟同夫皆怜感之。

查确遂将去广东前后之情由告知，二母喜甚，因问：“珍珠父在监内，怎处?”珍珠答曰：“起先不知家中遭难如此，若知，即先讨回来。”言讫，即先出去。原来闽王王昶闻报南汉王钦差国舅、驸马来闽公干，差官在于途中迎接。至内地，王昶亦出迎内殿接叙。汉王来书，始知有人去广东告状，命来审案。师国舅将因由呈词呈送。王昶看了惊愧，即令廷尉先行拿获候讯。

国舅令带出原告入见。查确入，国舅指之曰：“原告乃驸马之胞姊夫。”王昶即起位让坐。国舅笑曰：“且慢！现是原告，未便行礼，恐被外议，且退出，俟结案后再行亲戚之礼可也。”查确遂退出，随来侍从兵役安顿于公馆。内殿即排宴接待。宴罢，珍珠辞谢出殿，同查确回家省亲。二人回至家中，说知事情。珍珠仍进内殿，将家中遭此横祸密告国舅知之，求国舅说[①]放父出监。国舅笑曰：“原来姻翁亦落于三麻陷阱，何须说，怕不放回去耶?”果然，刑部一闻祁驸马乃祁宽之子，令人赶紧送出，又备礼物送来。珍珠即日回家，便会面。

王昶把犯人俱拿齐，令枢密院陪审。师国舅同驸马坐公政堂，严讯各犯，承认不讳。遂公同判拟：以恒盛打死三命应三命抵偿，将二子一同斩首示众。将恒盛家产抄封，赏与能报父仇出头之查确承领，以表其孝。以麻家兄弟朋奸舞弊，纵恶陷害良民，拟斩，家产抄没归库。承问官被其蒙混不能查察，分别降革。将此案议妥，录供奏达。闽王昶即照议，令刑部监斩六犯。又命将三麻所有结定大小之案犯尽行减等释放。

全案已结，唤至查确领受恒盛家财业产，估计共有五万余金。查确亦不要许多，自行条陈曰：“留一半修理桥梁道路，留一半匀分与二苦主同沾恩惠可也。”师国舅不以为然，曰：“五万余起一万修理桥梁铺道之用，二苦主各与之三百。余令领回，勿容再议!”查确只得领受。更有三麻家所抄业产，一切估值二十余万金，尽归国库。时值暮岁，未得就回，惟留国舅在内盘桓，祁驸马回

---

① 说：说情。

家团聚，俟新正月一同起驾。

珍珠至家，与父母商议，欲查家一并搬眷去广州聚处。查确同母皆不肯去。又欲向闽王说讨一官职与查确。查确又不愿为官。珍珠曰："既不同去，又不为官，所应得之抄产何辞多取少?"查确曰："暴富不祥，大满必覆。路上盘费多，被盗至于乞丐，家中口粮充足，遂罹横祸，可见非义之财不能久享。今既匀分外，尚有三万余金，犹不敢独受，分些与亲戚乡邻。劝吾弟搬双亲至广，只宜淡薄，不宜过奢。值此乱世，保身为要，得急流勇退之处快退。若贪富贵纵淫欲，恋而不舍，至悬岩勒马江心补漏迟矣!"

祁宽曰："贤婿之言诚是。此去，看其景况，有道则进，无道则隐，故土总不忘也。"珍珠曰："弟至广尽了半子之情，看时势，若不平静，不归故土，同双亲挈眷乘桴浮海，去十州三岛[1]避世矣。"荷珠曰："贤弟岂可不归故土，反带父母、弟妇去海外浮荡耶?"高氏曰："勿听他说，父母自有分寸。"

于是议定先将荷珠与查确完亲，查确不敢推辞。数日吉期，师国舅办来贺喜，王昶亦送礼物，文武各官皆有贺礼。查确一并避远，惟闽王恩赐不敢却，受了。

过了新春，有司官备办夫马，王昶将三麻所抄家财取一半送与国舅、驸马作赆敬[2]，其余尽装人杠箱[3]，送与汉王舅氏上寿，遣使押送。荷珠与父母、弟送别，悲不可言。珍珠与查确难舍，各洒泪而别。王昶亦送国舅至朝门外，百官送至十里长亭。众百姓指珍珠言曰："此个乃双珠班之戏子，立时作广东驸马，衣锦还乡，接父母同享荣华，古今罕有。"人人无不称赞之也。各官送至长亭俱回。独查确又送珍珠一程，无奈分手而回。师国舅带同珍珠父母回广复命矣。此且不表。

且说心发得了银钱，回至三楚故里。其兄因从逆遭诛，无家可归，只得仍回至三清观中。众道士查问："何往?"心发将林汝光带去福州，因逐虎舍身护之，遂喜，带去看钱塘巷、银镶浦、金堆洋三处，宝如粪土；只赠百文钱、一块银，用去复还，千年仍在；因舍不得师众辞回等情说知。将银钱试用，果至夜复还。观主与大众喜甚，同议去盗取多多回来与大众分享，免去求募。余心发起先不肯，因众道求之再三，主师举他为首徒，将来传授衣钵，始依从之。即遣三人有力者，带锄荷耒，仍带用不尽之银钱作盘费。心发悄悄带其来闽，

① 十州三岛：道教认为海外极远处神仙居住的地方。

② 赆敬：馈赠的旅费。

③ 杠箱：礼品箱子。

至福州投宿城外客店。

次早黎明，寻认路径，抵城内钱塘巷。池塘如故，惟钱沉不见，望看一会，有数钱在池心，起而复沉。余心发先取随带之钱置放池边引之，引之不起，加上引之。心发加至百钱，那十余个池心之钱飞来寻阵①，心发喜甚。忽然岸上百钱反被池心钱引起，尽飞入池而没。三道徒即脱衣下池去捞，惟捞着蚶蚬之壳，并无一钱。心发大惊，无法②。因池主来，遇见喝骂，四人怏怏而去。皆以钱去③，还有金银可望，遂又寻至银镶浦，岸皆石非银，又望对面之金堆洋，亦非金皆石，惊甚！三道徒以心发认错④，心发指之曰："此块石缺一角，岂不是前日敲下赠我的？缺痕犹在，如何变作石头？"三道徒不信。心发曰："若不信比看。"遂取出原敲之银，向那块石头粘之，正合原痕，曰："有错无错？"话未说完，那块银亦变作石，合缝如故，掰之不下，四人掰不动。心发怒甚，叫三个把锤来打。忽见石下露出一纸，有字迹，随手拔出，乃八句云：

金洋银浦与钱塘，三处吾闽聚宝场。
无意遇着光灿烂，有心寻取寂荒凉。
青蚨赠报供茶饭，白镪相酬拒虎狼。
既得不须再觊觎，送还切莫泪凄惶。

心发看完此八句诗，四人面面相觑，痴呆半晌。知贪心不足，特送来还之，弄巧成拙，还有何怨？心发自捶心胸，悔之无及。又无处告借盘费，无奈四人沿途为乞而回。

盖银镶浦、金堆洋两处之地名因此而起。人不知其因，或以银名者，浦上荷花白色如银镶满浦也；以金名者，稻黄似金，堆遍田洋也，亦似有理。

再说四人为乞至三清观，与众说知，众犹未信，因看有诗八句方信。主师束川亦自退悔⑤，因许之为首徒。事虽不遂，害之失宝，心亦怜之，将其名列诸徒之首。心发任他，都不管事，惟自洁一净室潜隐不出。有饭送入即食，无送亦不食，惟将八句诗时刻来念，自悔自思："仙家最嫌世人惜财爱命，先吓之以虎，看惜命不惜命，又试以宝，看爱财不爱财。我如不爱财，便度去为仙。既被试出爱财，亦不说破，赠宝而回。若能守分，亦终身受用不尽，何听信人言，又去再取，致被收回，悔之无及。"

---

① 寻阵：寻伴。
② 无法：没办法。
③ 去：失去。
④ 以心发认错：认为心发认错了地方。
⑤ 退悔：后悔。

心发想此悔恨愈深，立刻吐血一碗，水米不沾，奄奄一息，五日如是。其束川主师见心发悔恨将死，自觉惭愧，害他至此，心亦不过[①]，亦闭户不出五日矣。

那日来一游方道人，衣服不堪褴褛，入观投宿。众推以当家不在，不敢擅留。那游道持笔向心发门前写数句，又回束川门上写数句。众阻之不住，喝骂乱写门上，令其洗清。游道便掷笔走出，众又喝骂。束川在房内问故，众答以："有游道乱写门上。"束川疑甚，乃开门出看，所写四句云：

未能戒一贪，枉列道流班。

大厦栋先侧，覆平顷刻间。

束川看此四句诗，魂飞魄散，又问："还写何处?"众又答曰："在心发房门。"束川又去看之，乃写四句：

天下周游数百年，难逢情重意诚全。

半途而废余心发，知悔来时犹未仙。

束川再看此诗，以林汝光仙人又来写此无疑，先令众徒去追请，随口叫曰："心发，汝师父林仙人又来了，无人接待，题门而去，快出来看字!"心发闻叫，即开门出。看所写之诗，信是师父，欲去追赶，而众徒回来说："已杳，难追!"共说："仙去，怎追得?"心发遂不去追，将所写之门脱于房内，排在当中，日夜焚香礼拜认罪。

束川见心发如此行为，亦效之，脱门礼拜。以己名束川，中间皆无点目，不识仙人，遂改名东川，便有目矣[②]。余心发以己名余乃半途，发乃废心，亦改为余周。自此，日夜礼拜不怠，饮食虽少，而体渐复原。拜有月余见诗之尾句末字脚下两撇变作两点，在头上两边，分明未字变作半。原来"知悔来时犹未仙"，今乃"知悔来时犹半仙"。余周暗喜，还有半仙之分，遂不再拜。忽飞至一彩凤，余周坐跨其背，升天去矣。众皆扳[③]之不及。原来飞凤即前在福州所度之鸡，林汝光遣来度之也。

东川见心发已得度去，日夜礼拜愈虔。那尾句之诗"平"字，中间一直[④]渐渐缩作一点，点在头上，"平"字化作"立"字。原是"覆平顷刻间"，以大厦将覆，侧作平字。因能悔过，复重立而不倾也。东川亦喜甚，以虽无半仙之分，亦能长久在堂，主掌道教。遇乱而不危者也。

正是：过如知改仙犹度，恶不能更天岂容！且看下文如何分说。

---

① 心亦不过：心里也难过。

② 遂改名东川……："东"字繁体"東"，比"束"字多中间一横。

③ 扳：挽留。

④ 一直：一竖笔。

第一〇三回　云程盗梨仇除恩报　林保充匠家破人亡

前文说罢钱塘巷、银镶浦、金堆洋之古迹。再说吴枢密之孙白鹤被林保在虎口夺回，同周艳冰送至扬州。周启文将其养至二十岁，看有三十余岁之轩昂。白鹤乃乳名，入学堂攻书，取名云程，读书极聪明，数年之间，诸书无不通晓。厌文喜武，自幼尚侠，鞭平王六百犹少，报漂母千金不多。又时吟诗云：

生时骨格称头颅，未出须眉大丈夫。

四海五湖知己遇，相逢先问有仇无。

拜小康回沃新为师，学习拳棒诸武艺，一学便精。不独猛勇出众，更有一奇，人皆不知。原来白鹤乃仙禽投胎，所以长成身轻似燕，胜过邺侯李泌屏风上行。欲越万仞之墙，只一魁踢[①]便过，无痕无迹，自号为小昆仑。而小康回沃新反拜为师，学其飞越，万不及他天生自然。尽知当年之恩怨，不得去报，时恨在心。

时周启文学士御加谏议大夫，爱惜云程，令时常跟随身旁勿离。遣家人至福州赶运荔枝，进贡南唐王外，余的至夜请诸同僚尝新。座中一给事李基，乃隔墙邻居，院内有一树，梨果甘脆，称江南第一，不肯与人分尝。如有重价买之，必钻去心核卖之，恐人得其核传种。周启文素知其吝，故意问之曰："闻李年兄贵圃中有佳梨，可赐一二来尝否？"李给事答曰："敝园中年产不过数颗，还未熟，难食。"云程在旁曰："李年伯就无，我们家运有福州荔枝，又运有梅埔梨，拿出来与列位年伯再尝，何如？"启文不知所以，未答。众先答曰："还有梨便好，快拿来大家尝之！"云程转身进去。

客欲散去，闻又有梨食，仍在饮酒待梨。俄见二个家人抬一木盘出来，上有梨四十余粒，大如碗。启文疑甚，不知所来。云程曰："列位年伯请尝看，有李年伯的佳否？"座中客各尝之，或曰："同李年兄一般。"或曰："还佳！"李给

---

① 魁踢：即"魁星踢斗"的武功招式，双腿叉开凌空跃起。

事曰："佳虽佳，食了嘴尾①不甚清甜。"每人食了二颗，又各分送二颗。周启文疑甚，托故入内问家人，始知李家物，云程越墙去偷来，忍不住好笑，仍出。

众客曰："只知贵处荔枝佳品，并不知还有佳梨。"周启文曰："此乃敝处梅埔梨，号②气死犬，甚佳。还有一种号六月雪，更佳。"众问："何谓气死犬？"启文曰："此梨甜脆，咬之无渣，犬仰首空望吐渣吃，故名气死犬。又有一种坠地粉碎，熟于炎天，吃之清冻③如冷雪，故名六月雪。"众听了，谓李给事曰："此二颗拿回去试看，会气死犬不会？"一同大笑。

时夜已深，客俱散归。李给事回家睡至天明，家人报后园一樖④雪梨昨夜被贼摘尽。李给事忙去查看，一大樖约有一二百颗，摘无一颗⑤，气得胸塞腹胀，说话不出，究家人以是盗卖。忽想及昨夜周家之梨带有二颗回来，叫家人进房取出来看。家人取出，细看一遍，问家人："此梨似我们的不似？"众认之曰："此紫蒂薄皮，不是我家，哪里还有？"李给事骂曰："好个入娘贼！胆敢纵盗偷我佳果，还拿出卖弄说气死犬，明嘲我回来知梨无去，必会气死，似此强恶，岂肯干休！"令家人去周家理论。

众拥至周家索梨。云程谓曰："我家荔枝昨夜亦被人盗去，查盗在你家，正要到你家查搜。"众家人曰："汝盗我梨，昨夜我在你家，现获两颗真赃。你说我盗你荔枝，有何赃证？"云程曰："不用说，且到你后园查看便知。"随两手拉两个，如拖婴儿一般，直进李给事家里。众人拦之不住，赶进报知。

李给事愈气，喊曰："容他去查！若无怎处？"云程拉两个，众共随之。至后园在于石桌下寻有一堆荔枝壳核，约有百余粒，喊曰："此不是赃据耶？雪梨处处皆有，何以见是你的！我的荔枝惟我独有，你家在哪里来的？可见是你偷我，何以我偷汝！如再不认，同到朝堂去审，那时自会自认。"众家人见此壳核，不知何来，共哑口无言。李给事亦跟至园，一见此物便抽身避进。云程仍高声喊曰："但念我姑爷⑥与汝家爷都是相好，只说偷果子吃不为盗，不计较便罢，还把什么梨来诬我！昨夜汝家爷在我家，曾说园中之梨年产不过数颗，早已无了，众耳共闻，还有什么梨被人偷摘？出乎尔反乎尔，还有脸来见人！"

云程一面说，一面走出，回进家中。众人问事办如何，云程将搜出他现赃

① 嘴尾：口中余味。

② 号：叫做。

③ 清冻：冰凉。

④ 樖："树"字的福州方言字，音读若"粿"。

⑤ 摘无一颗：摘得不剩一颗。

⑥ 姑爷：姑爹。

才不敢言之情节说知，众俱笑不休。艳冰曰：“吾表弟真乃赛昆仑也。”盖云程过墙不止一次，头一次摘数十颗，与众客尝之，二次带荔枝核壳堆于石桌下，又上尽摘回来，神鬼皆不知。可怜那家人被李给事鞭挞殊甚，声闻过墙。吴夫人骂云程：“刻薄子害人，于心何忍？”云程曰：“刻薄别人不应，刻薄此再世小气鬼，不为过也。”

谁知那十余个家人被主打了不愿[1]，同至园中细看，惟傍周家墙头有脚迹。又访知吴云程有飞檐走壁之能，欲往搜赃，惧云程之猛，不敢入室。惟在外扬言周谏议家存有飞毛贼，盗窃人家甚多，通乡[2]要佥控朝廷拨兵围拿除害。周家闻之恐甚。云程欲持刀过墙杀他，被姑姊[3]喝骂始止，令自此不许出门。

忽闻报王璘被臣子弑杀，朝堂大乱。吴夫人率吴家男女在吴氏祖先前供设香烛，拜告父母弟：奸王被臣子弑杀，天理报应。续又报陈后金凤并杀。吴夫人曰：“杀此淫妇不错。”合家皆喜，惟独瑶琴不禁下泪。吴夫人愕然曰：“贤媳独忘仇乎？”瑶琴拭泪曰：“媳妇怎敢，诚如蔡中郎之悲董卓也。”

周启文曰：“情出于衷，焉能忍之？但吴、周两家仇人在彼而不在此。”云程曰：“姑爷之言诚是。凡为人恩怨须要分明，小侄之恩仇未报，现在寝食弗安，难怪姊姊不悲感坠泪。今小侄关禁在内，不得出头，实亦难过。求姑爷、姑娘放小侄回转福州，一视祭两家坟墓，并探王璘、陈后有无被杀；二螺江林保恩伯这几年无来，生死不知，可到那里探望，以表寸衷；三远去避外面扬言，惟求应允，明日即行。”一家皆以为然，惟吴夫人不依。云程思一计，至夜带斧与笔越墙而过，将园内大模[4]砍倒，于模头去皮，题写数句。园丁闻声出看，树倒无人，入内报知。李基出视，树头有云：

“与汝本无仇，被谤不自由。先来砍汝树，再去取汝头。”

李基看了大惊，想必是隔壁偷梨之人，因扬言，他故来泄恨。他有飞墙走壁之能，刺我何难。性命为重，今事至此，不可再与结怨。遂嘱众家人不可外扬。次早上朝，顺邀启文至家食茶，悄悄带至看树并字，故作不知所砍之人。启文知是云程，怎敢言认，惟说须查访拿获。李基答曰：“恕之可也。”启文回家告知夫人，同唤至云程问之。云程曰：“不放侄儿去，还要杀之。”

吴夫人因其倔强，难以再留，恐惹出事来反为不美，只得由之。曰：“因恐吾侄少年，未历风霜之苦；今既决意要去，任汝去罢。须要自行小心，早去早

---

① 不愿：不甘愿。

② 通乡：全乡，全乡的人。

③ 姑姊：姑母。

④ 大模：大树。

归，勿使为姑挂心。”云程答曰：“领命。”即日收拾行李、夫马，拨张任、李禹两个家丁伴随。吴夫人又嘱咐了两个家丁一顿，又寄[1]沉香素珠一挂，瑶琴同赛仙寄预作袈裟、僧袍、昆卢帽酬送西禅一清长老，于黎明之时即起身而去。此且按下慢言。

先讲王昶以九仙山宝皇宫道士陈守元赐号天师，信重之，亦将国政皆与之相议。于是受贿请托者无不从其门，出入如市。天福二年六月，守元奏：“有白龙夜现于蔗洲。昔越王余善钓白龙而霸，今白龙不钓自升，乃吾王霸图之兆。请建白龙寺于洲滨，永镇皇基。又请禁中建大清殿，又请建大洋寺于怀安四都。”王昶大悦，以殿使渠耿为总管钦工使。

时百役烦多，用度不足，有司官皆纳贿，又以空名堂牒卖官于民，果菜鸡豚皆重征之。甘蔗洲在侯官县十五都，与白龙寺相连。当时连建三座寺殿，土木大兴，总管渠耿贪婪苛虐，诸匠死亡无数，再招无敢当者。遂查有原官匠林保承造罗城白塔寺始终妥当，即传令接三处工程。爪牙到螺江，勒迫甚于虎狼。

原来林保往来江苏贸易十余年，因几番失利，又晚年多病，遂收资本归农，在家与儿孙欢乐暮年。忽祸从天降，被渠耿勒令承当匠首，推辞不得，无奈林秀参出来当办。所建之白龙、三清、林洋三处，皆造十分之八，尚有二分未完。渠耿以林秀参为殷实户，工料一概令之先备赶竣。垫及万计，犹分毫不给，催比辱身。欲再催垫，而产业已空，父母因此怨恨，相继而卒，渠耿犹不许告假治丧。

至三处寺殿既竣，惟禁庵内三清殿，以黄金铸一尊宝皇相、三尊老君像，各重几百斤，先拨千余斤黄金，仍令办妥，一并给领。那秀参家资不过万余，已赔垫去了。今再要先垫几百斤之黄金，从何而来，催死总不能办。渠耿诬之吞价误工，收禁监内，将螺江屋产抄没。可怜林家产业七分赔垫，三分抄封，妻李氏惊[2]缢而死。子天鹗十五岁，邻人怜而匿之。顷刻之间家破人亡。家家哀叹，个个悲怜，螺江遍处皆知，并无一个敢进监看视。

适吴云程同张、李二家人到了福州，先进西禅参谒长老，献上素珠、袈裟、袍、帽并书。长老拆看书中所托，令斋工同带至西山认看祖父母及父之坟墓，又大梦山吴恭人之石牌冢，并寻母家洪氏并上代之祖坟，吴家之坟墓皆在如故。又至乌石山看周家之坟墓，皆备牲礼香烛，拜祭挂纸，一切周全。又到处查问朝堂弑杀并陈金凤之确事根由。明日拜辞长老，至螺州，始知林保一家颠沛流

① 寄：托付。
② 惊：害怕。

离，人亡家破。先到林保坟前拜祭。乡邻向问，云程说出世谊根源，方现出天鹗。云程遂将送林家礼物来转送诸邻，以报保孤之功德，即密带天鹗回至西禅寺。先遣张、李二家丁将天鹗送回扬州。

打发停妥，方进监看视林秀参。先赂监卒银钱带见，遂见着林秀参。那林秀参与隔十余年未会，哪里认得？云程说明来历、姓名方知，二人相对而哭。又交银一两与禁卒代办酒肴，七分请诸禁卒，三分二人对饮。遂向问因由，秀参将被渠耿陷害，以致家破，父母相继而亡，妻惊以缢死，子天鹗不知所往之始末情由说知。

云程曰："还有别仇？"秀参曰："只此一仇已当不住，哪里还当得别仇！"云程曰："只此一仇报之容易。弟如来迟，大哥性命不保。今日小弟在此，何须烦恼！不日自会脱离罗网矣。"林秀参曰："且慢言。现在豺狼当道，英雄豪杰屈死无数，岂独愚兄区区一草菅乎？况贤弟孤身年轻，干得甚事！只求慢些回去，待愚兄死后代收尸首，免被鸦啄犬食，便是大幸了。"

云程因有人在旁不言，谁知禁卒有银使用，无甚关防，还在帮嘴曰："怎救不得？若还有人与渠老爷说挽回，就出监了。"云程便曰："正思想此人。"问："他夜来可在衙内否？"禁卒共曰："他同家眷俱在衙内。"云程又问路径，禁卒说明，又对秀参曰："弟去干事，五日内自有分晓。"又交银一锭为口粮，便起身。周围看了一遭，叫声去了，便不回顾，飘然而去。秀参尚欲问子天鹗下落，讵云程已去，再问不及。心内思以云程年纪尚轻，哪里想他营谋救出，亦任自去，不叫回头。

却说王昶次日闻报钦工使渠耿家昨夜有人越墙，盗杀渠耿并妻、子、弟、侄、女眷共十六口，无失一物。第二日早，又报昨夜白云庵尼姑、斋妈[1]共十二口，不知被何人尽行杀死。至第三日，又报石岊山前闽王璘墓被人掘毁一角。

石岊山在怀安县治江边。其山秀拔，其石高广，山顶坦平，上有越王亭。岊石岁觉增长，亭今倾，圮石亦不知其处。

第六早，[2]又报监内总匠首林秀参越逃。闽王昶连日闻报惊异，急严令查访获，查无一获。所司之地方官尽行参革，勒限带罪访拿各凶手。却说云程既杀了渠家并尼庵，欲效吴子胥鞭尸之故事，至王璘墓动手，因思君叫臣死臣不死不忠，不可效，只掘三锄而去。是夜五更越进监门，入房挟秀参出来，飞过高墙。秀参一时瞑眩间认不出云程，任之所为，挟至城外大山岭间方放手歇下。

① 斋妈：尼庵里做杂活的妇人。

② 第六早：第六天早晨。

秀参被拖得骨散神乱，仆于岩侧。

须臾天明了，云程在旁，见其精神稍定，笑曰：“大哥，小弟前日进监所言之不谬么?”秀参闻此，方知是云程，讶曰：“为何吾弟有此奇能?”云程曰：“至此可放心。请看前面何物?”秀参看墓桌上一个人头，骇问之。云程笑曰：“乃哥之仇人，一家被弟尽杀之，拣一个肥大的，必是渠耿贼子，将头存在城上草中，今顺便带来与大哥看，可消恨矣!”秀参又问：“如何得杀之?”云程曰：“实不相瞒，前在监内问禁卒，言其在家有女眷，又问明路径，故夜越墙进，共杀之。杀后又往掘王墓，并杀尼姑十余个。”秀参曰：“尼姑杀之何为?”云程曰：“大哥犹不知耶？庵之尼姑乃薛文杰之女，三个皆仇家之党羽姊妹，因不识得，故并杀之矣。”

言讫，取渠耿之首挂于古墓之间。随取下包袱，二套道衣，各穿上，假作游方道人。将行，秀参下泪曰：“愚兄既蒙弟救出，惟不知孩子天鹗存亡?”云程答曰：“大哥放心，十日前先送至扬州，今去会就会着。”秀参心始安。云程不知此地何名，向四面山头一认，方知是北岭。再看古墓牌，却是汉越王余善之墓，即指曰：“原来是汝叛逆，此冢不早毁之，为王氏效尤。”将毁其碑，被秀参拖住，上岭北行。

正是：救拔恩家报大德，带回仇首显奇能。且看下文如何分说。

第一〇四回　吴云程仗侠杀虎寇　周新月被拐遇亲人

却说吴云程、林秀参二人扮作游方道人，过北岭，由温麻赶站①不停。抵温州浙江界，心始安稳，改复旧妆。云程忽喊曰："徙宅亡妻②，所来何故独忘了一宗要事未干，还回去不得！"谓秀参曰："大哥今已过了闽界，不须惊恐。明早可先去扬州，见姑爷、姑娘、姊夫，同说③小弟来福州，诸事都干妥了，惟忘高盖山母族未去探望，至此方记得。今须回头去探望，不须挂虑！"秀参曰："幸离虎口，吾弟还敢作飞蛾投火?"云程曰："如是，不是'赛昆仑'矣！"秀参哪里拦阻得住。将一个包袱分作两个，盘费又各分一半，令秀参望北而去，自望南而来。

至闽界侧闻纷纷扬说闽王遣官兵四处访拿刺客，在于北岭寻着钦工使首级，诸官兵皆赶至罗、连、温、麻等处捕获。逢生面之人便拿，不管是不是，要解至都城审问，已拿去若干。如有去福州，快回头去别路过山④。云程自思："拿我不易，总难免狐听雀顾，不如由浦城而去。"遂回身赶程。此且不表。

再说林秀参离了福州界，一人自行到了扬州。进官署与启文一家相见，不尽悲伤。又会儿子天鹗。启文问："云程何不同回?"秀参将云程去福州所行之事细说，吴夫人曰："此子本横骨⑤，又藉其能，无所不至⑥。此番本不与去，因在此惹事，无奈与行，又害了许多性命。那尼庵之尼子，因听伊表兄之言，即到处杀之。但仇恨只有四个，余有何辜？一并杀之，残忍之极也！今不回来，又去弄事，想有命回来实难矣。"言讫，掩面而泣。二媳妇向前宽慰，扶之进内。

---

① 赶站：一站接一站地赶路。

② 徙宅亡妻：搬家的时候把妻子给忘了带上。比喻忙乱中忘了最重要的事情。

③ 同说：跟他们说。

④ 去别路过山：转由别的路径过山。

⑤ 横骨：凶横。当为"横恶"的同音误写。

⑥ 无所不至：什么事都干得出来。

秀参在衙内住月余，周启文拨银三千两，修书一封，与秀参同天鹦，令其去淮安见吴光之子吴鸿韬，行中去帮搭①开行。秀参喜甚，接书同子而去。吴鸿韬见书，喜而纳之，秀参于是得安身之处矣。

且说吴云程由杭州过仙霞岭，抵建宁，至延平。次早在旅店将行，见遍山人众纷纷，问店家何事。店主曰："近时山中出一猛虎，伤人无数。今各乡会集人众围打，打围了五夜，虎又打不着，反被伤数个。"云程闻此，挤入人丛中，问："虎在何处？"指在对面山谷中草堆里。云程便扎袖拔鞋，向人众中持一柄刀，飞跑而去。登岩越岭如行平地，抵对山堆草山穴中穿寻，并无影响②。又向各处搜寻，亦无。忽然山后风起，一虎突出，见人便罩③。云程让过，顺势一刀，正中腰间，那虎便滚落山坑。人众追至。

云程持刀下山，回至店中交还店东，携出包袱将行。众乡人留住，问住居名姓。云程曰："吞姓，名程，吴人，来闽访亲，在此经过，帮除恶虎，即欲赶路。"众乡老曰："难得壮士盖世英雄，代通乡除害，万人感佩。哪肯就去，只要暂留酬谢，少尽人心。"

众人将虎扛至，白面黄毛，形大如牛，腰中一刀方倒，故众易打。有二青年谓众曰："列位伯叔兄弟在此看虎开剥，壮士由小侄代请至家中，先食早饭，再来议论。"众共邀云程至一大墙屋④，延坐客厅。那青年自言："冷姓，单名巩。此位乃舍弟，名固。半农半商也，世居剑浦。敝处无甚恭敬，壮士休怪。"云程答曰："打扰不当。"早饭上座时，二兄弟陪奉。一少年进菜，因卷起手袖，现出臂上一块朱砂红记，云程疑之，随问："此位何亲？"冷巩曰："乃舍甥，艾姓，名绍武，因无父母，故收留之。"云程闻乃伊之甥，便不再问。

至早饭完，二兄弟出去议分虎肉，惟绍武在炉边烹茶。云程谓曰："甥爷臂上之红记甚奇，将来必发。"对曰："命至此，发达何来？"云程问故，绍武曰："有亲不能探问。壮士到福州访亲，烦代探可否？"云程问："何处？何名？"答曰："乌石山下周工正，不知可在否？"适冷巩兄弟进来，绍武便住口不言。云程闻之，心愈疑。

盖周新月当年失去时，云程尚在襁褓，焉得知识？因在伊姑娘家，常闻说：有长孙七岁出街看迎故事⑤，被人拐去。生得极清秀，读书极聪明，左臂上有一块朱砂红记，形如新月，故乳名红玉，书名⑥新月，犹托人四处查访，云程

---

① 行中去帮搭开行：依附他的商行，开设自己的商行。

② 影响：（老虎的）动静。

③ 罩：飞扑而下。

④ 大墙屋：有高大围墙的房子。

⑤ 迎故事：旧时迎年活动踩街表演中，所扮演的传说或戏剧故事人物。

⑥ 书名：学名，正式的名字。

始知之。因见绍武之品貌，又见其红记如新月，疑之。至无人处问之，绍武便说出乌石山之周工正，要再问，被二兄弟冲进，难问。想一计，谓："今已多谢了！可与弟去?"冷巩曰："此不过便饭。来日通乡酬神，要请兄长去会叙，公众又要轮请，哪肯与兄就去!"云程曰："怎好搅扰！今日饭了罢，明日即行。因闻贵处剑津之名胜，烦令甥带弟去游玩一回，可乎?"冷巩曰："可遣舍弟同去奉陪。"云程曰："不敢劳动二弟，只烦令甥带路游玩便回。"

冷巩即令绍武引导同去。云程曰："不须去远，只在山上一望，都在眼中了。"绍武遂邀云程上山，到无人处便对坐于石岩上。云程先问曰："汝可是周工正之长孙新月乎?"绍武答曰："然。壮士莫是与周家有甚么瓜葛之亲么?"云程曰："没有安知姓名。一见便疑。可怜尔公婆①自失尔之后，日夜思念，啼哭至今。尔快说知如何至此?"

绍武即答曰："奴七岁时，跟二叔出来看迎故事，那妆故事的便是拐子②。因此处有一个冷容氏，乃冷巩胞伯冷辉之妾，只生一女，名霜蝉。冷辉落水浸死，冷巩之父冷光欲谋占家财，将容氏母女逐出，迁居福州。霜蝉与艾舒氏之子敬郎结婚。正要迎娶霜蝉，突被王延钧选夺入宫为妃，霜蝉不从，并敬郎一同烧死，只遗容、舒二寡妇无依。冷光亦落水浸死。冷巩亦将二氏接回此地，分拨家财万余与二老妇容、舒养赡暮年。在冷巩心意③，二老日将落西山，分与督掌数年，亦归原主。

"谁知二老妇痛一子一女俱有贞烈，死同可惨，欲螟蛉接代宗枝。唤媒邀买孩子④。看了无数，皆不中意。只要品貌不俗，肯出千金。媒遍寻无之，遂串拐子来福州择访，有人家生的好⑤小孩子有否。小生被拐子看见，因侦不出街⑥，故扮作五鬼闹判故事，引诱出看，辄被拥挤冲散失途。小生惊哭，光棍假冒亲属，被诱下船，卖与二老妇。二老妇一见便中意，被拐子索去千金。随蒙二老妇怜爱过于亲生，延师教读。冷巩兄弟明不言，暗急在心。

"承嗣计十二年，至前春二老妇先后病故，俱为他披麻执杖服孝，以尽其道。那冷巩兄弟以二老妇已死，竟将所分家产卷收去，一毛不与，将小生当仆从使用。冷固犹存些须顾念，冷巩全然不怜。早欲逃回本宗，因探吴、周二家被奸佞残害逃走，依旧无家可归，惟日夜暗自伤心。今日幸遇壮士，与小生有

① 公婆：祖父、祖母。

② 那妆故事的便是拐子：那些妆扮表演的人就是拐卖人口的歹徒。

③ 在冷巩心意：冷巩的想法。

④ 唤媒邀买孩子：叫中介带孩子来想买。邀：牵引。

⑤ 生的好：长得漂亮的。

⑥ 因侦不出街：由于窥探到（我）通常不外出。

瓜葛，不知吴、周两家因何被人陷害，祈说知为祷。”

云程听了叹曰：“原来有此一番盘根错节！那周工正乃愚之姑爷，吴白鹤可认得？”绍武曰：“却是吴表叔。才见小小的，不几年有此英豪，亦认不得。”云程将两家遭难之情由，自己来之缘故，大略说知。又曰：“贤表侄，再耐数日，待我去福州看望了母族，便来偷带扬州，相会亲人，要这里家财作甚！”绍武喜之，二人正讲得好处，山下有人来唤绍武带吞壮士去登席饮酒。绍武遂引云程至设席处，仍回家中。众父老延云程首坐，敬奉劝酬，至夜方罢。是夜，仍在冷家安寝。

次早将行，立时间天降滂沱大雨，缠绵不绝，不留亦自留矣。众乡人轮流相请，欲行，谁知一连下至旬余不晴。时值五月，那七溪之洪水骤发，顷刻冲涨人居，家家搬移山上避水搭篷。

有一伙贼人乘机驾船执械抢劫，男奔女逃，呼天号地，听其搬运，无敢抵御。但各处人居皆低，惟冷家墙高，尚未淹及。云程犹在饮酒，忽闻喊贼，取把长刀突出溪边，夺一木排架至中流，跳过贼船，连杀无数。贼众俱围至，只见云程抡刀如飞，贼头如瓜落水，血如水喷。贼众被杀十存二三，皆匍匐乞命。云程令所夺之物件献上，赐之命。贼众将所掠之物总归一船，连船共献。云程方饶之不杀，各自驾船奔走而去。云程撑船拢岸，令各家来认赃物。

贼船杀退，水依旧涨不退，渐渐淹至冷家。云程结便[1]木排，帮同作工人等将箱笼、人口陆续渡上高山。溪流愈急，低处之房屋皆冲倒去无遗。云程既将冷家安顿妥当，遂邀同艾绍武上木排，解开绳索入于波心，排小水急，如弩箭离弦，直泻而下，惊得绍武魂不附体，问曰：“表叔似此作甚?”云程曰：“一半玩江景，一半顺至福州。”绍武曰：“快点回头，要去待水退再去！性命要紧，不是玩耍的所在。”云程笑曰：“水程已行数十里了，去得回不得。只定定[2]坐，不要摇动。”

谁知云程所带之包袱弃去，惟银子存于腰间，又有干粮，存心拐绍武。那时雨晴云开，溪月当空，艾绍武抱排梢心惊胆战，那吴云程横抱竹篙，口唱横槊赋诗破浪。俄有群鸦于山林飞出，鸣噪飞空于云程头上。云程曰：“好个毛虫！我不是真曹操，作此故事作甚?”将竹篙望头上轮扫，遂打落一个水中，鸦浮水面将飞起，又将竹篙压之，鸦被压不能起，不意压空，自己失脚落水。正是：不怕山中虎，须防江上鸦。曹军八十万，几人转回家。云程落水，几乎把绍武一起翻落，幸抱排梢未坠，可怜喊叫无人，任其冲流。

正是：文章本来皆自重，雄身难免共轻浮。且看下文如何分说。

---

① 结便：结好。

② 定定：一动不动地。

第一〇五回 少侠破浪救儒剿贼 奇缘借波渡月会云

慢说艾绍武，即周新月，抱住木排，被水漂流不表。先说前鸿胪寺丞林仁翰，祖居凤冈，妻汪氏早逝，便不再娶。只生一女，名庆云，左臂间有朵红记。外秀内慧，自幼失母，以父作母。不缠足，不钉耳，听其自然。因前王璘立李春燕为贵妃，仁翰知祸之将至，弃职带女而隐于双髻峰下。至王璘被杀，长春宫遭变，人服其智，乡耆遂延为子弟师，设馆于小箬溪口。

按：双髻峰在侯官县二十四都，小箬溪水出焉。山顶有鳌峰岭，下有汤院。石在土中，闽人多掘取供玩，麓下有汤泉。有僧名可遵，尝作偈曰："直待众生尘垢净，我方清冷混常流。"

峰下多人烟，时庆云随父读书，已十九岁了，人莫知其雌也。在仁翰之意，待择有东床，再行改妆。经数年不得合意，惟日在塾同友论文，夜即归房伴父寝宿。值久雨不晴，处处皆水，生徒不至，惟父女二人在馆。突然洪水滔天而至，无处奔避，携女登楼，水涨至楼，复破椽瓦，爬于屋脊上。屋随水浮起，父女二人惊甚，屋忽被水漂散，而仁翰落水流去。庆云乃跨半截梁椽，幸得不沉，呼天而哭。水如急箭，近都城回旋至山旁，挂于树杪①，留住不动。

其周新月在木排，亦绕于山旁，与庆云一处，共绊树杪。二人相遇，过排各诉失父失叔衷情。周新月谓曰："天降灾殃，叫人怎躲！令尊同家表叔既溺死，皆天数，奈何今你我留住，亦属天幸，可望有人来救。议定改姓不改名，以周字腹中吉字合林字半边为桔字。庆云大一月为兄，新月为弟。二人萍水相逢，即属亲爱。正谈叙间，只见山上有人来看，便扬声喊援。

原来此处乃梅亭，山上有一丛林，名玉泉寺，二人之木排即绊于山麓荔枝丛中。此人乃宝皇宫陈守元，在玉泉寺内与皇后李春燕念延寿经谶未完，洪水骤至。是日，守元在山前看水，闻山下有人喊声，遣众撑小船去援。

二人即带上见守元。见二人品貌不俗，问其来历。庆云看守元之衣冠妆束，

---

① 树杪：树梢。

知是道官，答曰："桔姓，名庆云，弟名新月，剑浦人。遭此洪水，父、叔淹没。兄弟二人抱木漂流，被树枝绊住，荷蒙引救，没世不忘。"守元曰："你二兄弟既无家可归，即投我门下为徒。我非别人，乃当今皇帝赐号天师，掌教宝皇宫之天师也。"庆云与新月相议，且从之，皆曰："不改道妆，仍许穿儒服，同掌簿书则可。若要易妆，则不敢从命矣。"守元只因少有笔墨之人，闻其能文墨，喜甚，遂许其不改妆，收留进寺。

新月暗与庆云曰："弟看此人鼻仰目尖，貌凶心险，岂可与之同群耶?"庆云曰："明知不是伴，事急且相随。暂借栖止，自有机变。"在玉泉寺住了三日，延寿经场完毕，水亦退去，随守元至九仙山宝皇宫，管理表文诸文书。此且慢表。

再说吴云程，人知其飞檐走壁，劫人、杀虎之异，谁知亦有入水之能。其落水之时随落随起，惟有银在腰，不能浮起。急将银不要，露出半身，践水沿溪寻。不见木排，惟见有人抱木在前漂流。以是新月，忙随水近身，将此人举起上水。脚放下，视之有须，不是新月，亦不相问，放卧于山坡。又向溪中望了一匝，无迹。思："我落水时，木排必翻，或是亦跌下水，沉了人，排岂亦沉了?"思了一回，叹口气，起步上山。

忽闻山乡里人声叫喊不绝，赶进山里，见山下有一群人奔上山来。云程查问，始知此处名唐举山，近闽清县界。有一大名山，中有草寇，号白面虎。啸聚数百人在此处打劫。因水灾，乘机在山乡抢掠财物、妇女，今夜至唐举山乡村，人皆扶老携幼奔逃。

云程一闻，遂拔一根青木为棍，突进乡中，如虎入羊群，把那一伙毛贼打得个个奔逃，对抵不住，带伤奔走[①]，走慢的都被打死。乡邻皆迎接云程拜谢，随问姓名，那时云程乃是蓬头赤脚，只余一裤子，答曰："扬州人，名吞呈。在延平遇水灾，被水漂至此山上，衣服盘费皆失。曾救一人，放在山脚，不知能活否?因闻贵乡被贼打劫，路见不平，前来代为除害。"众乡人引云程至公所，即送衣裤鞋袜，赶办酒席，一面将打死的贼尸抬去掩埋，又拨人去看所救之人生死。

将登席，乡人带到所救之人，问其姓氏，却是小箬溪口村学究林仁翰也。盖仁翰落水不该死，抱住一屋椽漂于水面，遇云程救起，因才坠落，水入腹无多，自卧山坡仆着[②]，即吐尽，人遂复原。正要起身上山，乡人适至，带回乡中。诸人多有会过者，又闻其名，皆拥至问候。仁翰将同儿子走水[③]，在屋顶

---

① 走：逃。

② 仆着：趴着。仆：本字"覆"。

③ 走水：避洪水。

落水漂流，不知何人搭救之情由说了。乡人共指曰："救先生者，即此人也。不但救先生，还救彼乡数百人口矣。"亦将云程杀走贼众抢掠之事说知。仁翰即向云程拜谢救命之德。乡人亦送衣服来换。一同登席会叙。

云程曰："贼之所在？"乡人曰："贼首白面虎，在此不远之钟南山结寨，聚众二百上人，只在近邻打劫。"云程曰："何不告于官军来剿除耶？"乡人曰："现今国王即是大盗，自顾劫掠不暇，曾敢除灭别寇也？"云程怒曰："想官兵亦不能除，待弟斩草除根。"言罢，即起欲去。众拦阻不得，遂议于乡内挑有勇力的五六十人，各执器械助之。乡中有一把铁钢叉，重五十斤，与云程持用，引导而去。

说那白面虎带二三百贼众，在唐举山被云程打死二十余人，余带伤逃回钟南山，个个胆破，皆说："又出一李元霸，该处以后切不可再去。"或曰："那李元霸追来，怎处？"内有相议者，多言以逃走为要。正议间，云程率众至矣。云程执叉逞身先入贼寨，众贼多惊逃，不敢抵敌。而白面虎执斧来迎，被云程一叉挑一丈远地，腹已穿死。杀死余党，放火烧寨。贼众已四散逃走去远。仍带五六十人回来。那钟南山下各乡墩[①]乡老会齐，沿途迎接挽留。云程皆谦逊还礼曰："诸长者不可行此重礼，令人折福也。"仍回唐举山，乡老亦至半路迎接。

议欲报官。云程曰："不可。"只留五日，洪水已退，各乡人鸠集[②]盘费送赠云程。林仁翰亦回双髻峰收拾余囊，亦送赆敬[③]，云程不受。同至福州，仁翰分路回凤冈祖家，云程直往高盖山。此且慢言。

回说剑浦众乡人，感云程除虎、退贼保护通乡，至水退，寻之无踪，不知去向。随议建一小座报功祠，内塑云程形像，又供一木牌，上写"壮士吞讳呈之神位"，年节祭祀，如同祖先。其冷家不知艾绍武被云程带去，以为被水淹没，家资无人觊觎，暗喜不胜。而唐举山与钟南山乡中亦建生祠以报。

正是：慢羡遇奇脱死路，却夸年幼立生祠。且看下文分说。

唐举山在侯官县十八都。钟南山在闽清县，离城里许。

① 乡墩：乡村。墩：村子。

② 鸠集：凑集。

③ 赆敬：馈赠的旅费。

第一〇六回　王昶信巫囚亲叔　庆云悟道救潜龙

却说吴云程抵高盖山，问至洪司徒家。谁知洪承谟早遣家人搬运父母到京都奉养，将屋与堂兄承训居住。其承训田产颇足，无子，惟一妻、一仆、一婢。云程进内，说出根由，乃甥舅也。因遇水灾，未办礼物，惟奉白金二锭为寿。承训夫妇大喜，遂留之不放。才留三日，而云程发病卧床。盖此番至延平落水受寒，又杀贼劳力，久积并发。承训延医调治，未得就痊。此且按下。

先说王昶禁中建三清殿华丽，与巫者林与昼夜作乐焚香，政事等皆与商议，凭宝皇命决之。闽王昶思渠耿监造有功，不知被何人刺死一家，及杀尼姑、开王墓访拿无迹，随诣三清殿，同林与传宝皇命示决。林与遂降神传语曰：

"吴家后旺武仇报。"

按此七字，明说吴枢密家之后裔来杀仇报也。讵林与将吴作吾，将旺作望，详解吾家后宫望武二人恩作仇报，其数次之行为皆他所使也。望武乃皇叔延望、延武也，林与藉此欲报旧衅，故害之。王昶亦素忌诸叔父，并不察虚实，即将二人及子弟并杀之。闽王审知有五子，长延翰为养子延禀所杀；次子延钧为李放所弑；三子延武，四子延望，今又被林与诬弑；惟存延羲尚幼，亦不自安。

时乃天福四年四月，王昶好为长夜饮，强群臣酒醉，则令左右伺其过失。那日宴大铺殿，其从弟继隆失礼，斩之。延羲恐甚，假为狂愚以避之，王昶遂赐以道士服，幽于宝皇宫，交陈守元看守。守元锢禁于深室，饮食只由窦而进。

那新月、庆云二人被守元带回为掌书记，同寓内室。因王昶观守元所奏表函牒文墨大异于前，时常称扬奖赏。自此守元信重二人，令众称之大少爷、二少爷，衣食使用听其所为，并无拘束。因此新月与庆云议欲逃出。庆云默思："我家中并无亲人，皆是伯叔兄弟，尽知我是女子，如回去岂不送作鱼肉？若同新月去江南，他公婆把我放何位处？若不露本真，终身自误，稍见色相，则鹑鹊堪讥。"遂生一计，答新月曰："愚兄早思及此，其奈干戈四起，阻塞道路，商旅尚难行走，而况汝我乃瘦怯之书生，何异委肉饲虎，弄巧反拙！须耐守数时，俟道路平定再图可也。"自此二人私逃之谋暂停，日夜惟以诗酒解愁。

新月有口占四句，写出与庆云改正，其诗乃七言四句：

愁处共添桑落醉，悲来莫写断肠诗。

桂栽月窟终须采，雀在樊笼总要辞。

庆云吟了数遍，口中亦念写出：

何以解愁惟有酒，真愁弗解复看诗。

愧看代戍木兰传，羞读曹娥绝妙辞。

新月接过，亦吟数遍，笑曰："阿哥莫是母的么？"庆云失色曰："弟何以见得？"新月答曰："不是母的，缘何来比木兰、曹娥耶？"庆云曰："吾弟执而不通，诗以比兴而起。木兰代父从征，一纪而反，曹娥寻父尸，三日而浮，愚兄羞愧而不能效，可谓孝乎？因感而比之，何必以男女分别？如分别，凤毛、麟趾、螽斯、荇菜，都是把人作禽兽草木耶！"新月笑曰："弟乃戏言，阿哥那样怕作女子，弟爱作之不能也。"庆云曰："自古贵男贱女，何言爱作？"新月曰："弟若是女，则长守深闺，何至被拐子偷卖他乡，受此折磨也。"庆云曰："不在此论，命当受折磨，虽女亦没处走避耳。"

二人夜夜谈议，至鸡鸣方睡。孰知早有人想觊觎之也。有一道人名鱼源，乃宝皇宫护法首领，见二人之品貌，早已有意，时侦之，未得近身。那日傍晚，二人送表函与天师守元，由鱼源房门口经过。鱼源见之，赶办酒肴，预设楼上，出候二人。便迎入吃茶，二人以本宫护法之当家，焉敢不入。

遂跟入房内楼上，见桌上杯盘，二人急转身下楼，被鱼源拦住不放。庆云曰："无故多谢，不敢承命。"鱼源曰："乃一家人，说甚多谢。闻二位少爷年少多才，早欲交往矣。今幸遇顺便，聊表敬意，安可就去？"二人只得坐位①。

鱼源乃燃灯斟酒劝饮，新月心急，屡推量浅不饮，庆云虽胆大，亦不敢多饮。盖鱼源以为鱼入网，将灌之醉而得计。二人略领一二，便欲辞归，鱼源又拦而不放。庆云便起一酒令来考他，能答再区处，即曰："如此饮酒无味。须起酒令，合适饮三杯，不合适罚十杯，只要花鸟药名贯串成文，'请上亭看'为柱。"鱼源即请先起令，庆云即念云：

"虞美人请醉杨妃，同上牡丹亭，看杜鹃啼血满山红。"

鱼源思尚未就，新月思了，即应曰："有了。"亦念出：

"使君子请威灵仙，同上沉香亭，看甘菊落英遍地黄。"

鱼源亦思一会，亦有，即念出：

"白头翁邀绿鹦哥，同睡鸳鸯枕，效飞燕娇声唱鹧鸪。"

---

① 坐位：就坐。

庆云曰："题乃'请上亭看'四字为柱，当家乃'邀睡枕效'四字，不合适，罚十杯再讲。"鱼源曰："令官不公了，虞美人只使君子一人枕上独乐，便不许白头翁共枕同乐？请问独乐之与众乐之孰乐耶？一人先罚十杯再说。"遂把酒斟满杯，一手搂住新月，一手执杯硬灌，那庆云忙拉开，鱼源便拿住庆云来灌。

正在对扭间，闻楼下有人喊曰："鱼源道兄，楼脊顶火发，还不开门?"鱼源惊甚，急开门出看。门边有一人冲进，笑曰："不要怕，我特来与你陪客。"鱼源见此人撞入，脚手皆软。新月二人即欲抽身下楼，那一个拉住一个曰："特来奉陪。"二人见老头皮[1]，便又坐下。鱼源便添杯箸，四人重饮。

那老头皮乃是陈守元之叔，名遇，无妻房，傍其侄作老道士过活。一生最贪酒，惯撞食[2]。是夜无聊思饮，一宫中巡逻，无人饮酒。听此楼上有说酒话，便喊火骗其开门钻入。若别人撞入，鱼源便斥之，惟此老无奈之何，敢怒不敢言。与之食，惟望其早去。陈遇一坐席，便自饮十几杯，二兄弟先前不饮，今亦饮之。陈遇纵有醉意，亦不言出。鱼源思："他不识字，来起令，伊必自走。"随曰："饮又无趣，大家可起一令来饮。"庆云不辞曰："起一令只须四句，要上下粘压上下句，酒须随量饮。"其令云：

"天地一团气，气秉正为人，人为万物首，首重是明伦。"

庆云曰："照位轮去，是伦字。"次乃新月接曰：

"伦常人所本，本固根树深，深固难摇动，动来山岳崩。"

新月念完曰："今应轮叔爷，是崩字起。"鱼源谅陈遇亦不能答而跑走，谁知陈遇能随口接云：

"崩山不崩酒，酒好饮不醉，醉了还会饮，饮到春不老。"

陈遇念完曰："今轮鱼源兄，老字起。"鱼源以他不识字，必跑走，谁知亦会意，气得腹胀，随口答曰："老奴才才说，说话不投机，肌巴与汝咬。"陈遇曰："汝咬肌巴，我食酒。"鱼源曰："食我酒，即要咬我肌巴。"陈遇曰："你食我侄饭，亦要咬我肌巴。"将鱼源揪住，把头按下，曰："叫汝咬肌巴。"陈遇酒已醉甚，鱼源亦醉，相扭不休，两个同滚倒在楼上，抱住不放。庆云、新月亦不来劝，任他去滚，二人悄悄下楼，回到已房，关门去睡。

那两个扭得辛苦，各放即倒，都睡了。鱼源醉浅易醒，一会酒醒，把眼一看，自想好笑，不见二人，知已下楼去。看陈遇犹睡未醒，自将盘碗收起。天

---

① 老头皮：老头。

② 撞食：蹭吃喝。

犹未明，亦去睡了。日已三竿，陈遇方醒，爬起见无人，自己亦下楼去。至鱼源醒时，陈遇已去，只把二兄弟思慕在心不了，夜夜都在门口守候。

庆云谓新月曰："事不好了，愚兄所恨见色招灾，今后须提防，不可再由他门口经过。"新月曰："若无人处被他用强，怎处？"庆云曰："宁玉碎不可瓦全。各用小刀一把随身，遇强时便刺，再作主意。"二人防备甚紧，那鱼源犹痴心妄想。那日，宫中建无遮普度，召守元主坐，并随众道士进去供事。余火工、斋工各自散去游玩，或有回家探亲，人皆散尽。鱼源亦被斋工、道伙拖去游玩，只剩新月、庆云并一个斋头[①]。

庆云与斋头曰："他们都去玩耍，你独不去？"斋头曰："他们都去得，惟我去不得，如再去，会饿死皇叔爷。"庆云问："什么皇叔爷？"斋头将内室囚禁王延羲，日进三餐稀粥的来历因由说知。庆云曰："这个无甚难处。我乃异乡人，无亲可探；你是本处人，有亲眷。今都去探亲，独留你一人不去，心实不过。今与你五两，三两去买些水菜，我二人自会烹煮，那皇叔的所在，带我去看，亦照样送与食。更有二两银子，你拿去买东西去看亲眷，至天师回来，你便进来。斋工仍交你作，我不谋占。你想好不好？若是好，我即拿银与你去办，不好便罢。"

斋头曰："少爷肯如此施恩，哪有不好之处！只是二位少爷同皇叔，是天师交鱼当家看待。鱼当家因贪玩耍，转交斋头。今斋头转托少爷，不可与天师当家知道。"庆云曰："我自然代汝遮瞒，万不至他知。"即取银五两交与。斋头喜甚，赶办荤素鱼肉等物，带看关禁皇叔之深室，教以日间只三餐稀粥，由门窦而入，不可多与。安顿停当，欢然而去。庆云把前后门关闭。

新月曰："既调禁子，囚犯亦去，还买许多食物作甚？"庆云曰："特买来请客。"新月曰："人都去尽，何客可请？"庆云曰："那关的不是贵客？请他食个醉饱，开后门放出。"新月惊曰："是他叔侄自己相残，管他！我们自顾不暇，还来无事作事？"庆云曰："见死不救，非仁人也！"新月便不言语，跟同庆云到深室，打开锁进看，只见皇叔延羲破袍遮体，乱发蓬头，瘦似地狱之鬼，两目睒睒。

二个遂扶出外厢。延羲问："何故放出？"庆云曰："生童林姓庆云，这一个周姓新月，同在上游遇水灾，亲人淹没，二人抱木漂水面，结拜为异姓兄弟，投在此当书记。今逢天师带众道士进内宫去拜谶，余斋工各散去玩游，惟生童二人。因怜皇叔爷囚于此处，特意放龙归海，不知出去有处投奔收留否？"延羲

---

① 斋头：庙中厨房管理人。

曰："若承情肯放出，自有投奔处所。天师若回，二卿之咎何堪?"庆云曰："勿虑，亦逃矣。"延羲喜甚，即欲逃去。庆云曰："且慢！先沐浴，改换衣服，食饱好走。"随即备汤水与之洗了头面，取一套衣服与穿，换了一个人样。庆云要他饮食一日后逃走。新月曰："即与他去，不要迟延。只恐晴干不肯去，须待雨临头，悔之迟矣。"庆云曰："且把酒饭排来，食饱好走，不怕迟缓。他众人此去亦须三天回来，怕甚么!"

正是：不为再留道士观，安能两入闽王宫。且看延羲能否逃走，下文分解便知。

第一〇七回　联诗句皇叔带金遁　代隐瞒道人被色迷

却说庆云同新月相议[1]，今夜先放延羲，二人亦逃江南。将所贺酒肴尽行烹煮，设一盛席在自己房中，引延羲正坐，曰：“今日来奉陪，至夜开后门送皇叔爷出去。”延羲大喜席谢。三人共食齐饮，新月斟酒，庆云进菜，往来烹煮。

饮至午后，已共醉饱，延羲停杯相问：“卿庆云、新月名字是自幼名的，是结拜后名的？”庆云曰：“皆自幼父母之命名。”又问：“如何有此恰对？”新月将自己左臂上袖卷起，露出红记，曰：“因此记如偃月，故名之。寻臂上亦有红记如云，亦因此名之也。”延羲讶曰：“哪里有此奇事？”亦令庆云扯起手袖，看了笑曰：“卿两个不该都是男，应该一男、一女，生一对夫妻才是。今妙极，将来有遂志之日，寻卿报答，皆有记认[2]。既有奇相，必有奇才。今取联句律诗一首，以作他日记忆。”取至纸笔，延羲先题二句曰：

“月出庆云边，戴盆忽见天。”

庆云亦接写二句曰：

“酿王曲部美，押不芦花鲜。”

新月亦接二句曰：

“且看咸阳火，休论伊霍篇。”

延羲仍结二句曰：

“三坐非偶尔，一饮有奇缘。”

按：押不芦花乃回回国所产，极毒，似人形，如人参之类，名曰“押不芦”。在土中，人或误触其叶，即中毒死。取之之法：以皮条系犬，将根缚于皮条，用杖打犬，犬奔而拔出根，犬感受毒气而死，埋于土中。经岁取出，火晒干。以少许沥酒，人饮之，麻痹而死，加以刀斧亦不知也。至二日，别药投之则活。盖古华陀能刳肠洗胃以治疾，即此药也。原来何榼

① 相议：商议。

② 记认：辨识的标记。

诗中有“押不芦”多色。陵注：乃起死回生草也。

吟罢，延羲收于身内，曰：“为他日铭记。”时已二鼓，二人又偷开守元内库，盗出黄金三十条，同布包与延羲捆于腰间，开后门送至山下，延羲自去。二人回转，新月曰：“我们亦收拾同逃。”庆云曰：“城门未开，走哪里去？”彼时三山皆属城内。新月曰：“至五更方去。”庆云然之，乃同收拾，两个包袱皆金银、衣服，议定由台江搭船。刚至五更，扪萝踏磴由后门而走。谁知不迟不早，比比[①]转过山也，对面遇着鱼源同一人转弯相撞着。

盖二个乃伶俐之人，岂不防此人？殊不知庆云何尝不虑。因前日鱼源被邀去，斋头问：“何往？”众答：“同去长乐。”斋头以为往长乐县作几日道场，此乃是去乌石山作长乐会也。鱼源想挂二子，原不去，却被七个道侣挟二个歌妓，择于乌石山千福院长乐台耍乐，硬拖他同去。鱼源情不可却，无奈从之。至长乐台，八个道士并院主是夜欢聚妓女，或歌舞，或劝酒，不尽之乐。惟鱼源想二人要先走回，被最好之道友丁炳紧随不离，难以脱身。无奈只得与丁炳实说，议定趁今夜五更人皆不在，潜回放胆下手，一人来分一个。丁炳喜甚，遂托如厕下台。

二人奔回，转弯山路迎面碰庆云、新月二人，皆背包袱。鱼源急问：“何往？”庆云答曰：“因人人都去游玩，我二人亦出来走走。”丁炳曰：“日间不出，半夜三更出玩，身背包袱，非逃走而何？幸遇我二人，汝大造化，快回去说话！”一人拉一个，仍由后门拖进宝皇宫。火犹未息，将包袱打开，皆金银衣服。查看内无一人，其深室门开，不见皇叔，又不见斋头。问究，庆云、新月惊得无法[②]。庆云心定，恐累斋头，即答曰：“斋头是我叫他出去视亲，皇叔乃我放出，不干汝事。天师回来，我承当。”

鱼源惊得魂不附体，把两脚乱跳曰：“我死了！此乃钦犯，天师都当不起，连我性命都休矣！”计无所出，只是乱跳。丁炳想有一会，曰：“道兄不要怕。今以错就错，只得如此如此，两妥。先办公事了，再来办私事，宜速不宜迟，妥不妥耶？”鱼源依计而行。随将月、云两人关锁内房，叫丁炳看守。自跑到禁内三清殿，见守元曰：“皇叔三更身死在内室，天气炎热，奏明皇上，赶去收埋。”守元即进内殿，须臾出，曰：“主上吩咐不可外扬，即收埋本山旁，勿立牌字。快去料理！”

鱼源奔回宝皇宫，见丁炳说知，喜曰：“公事妥了，可释私事。先拔阄拈定[③]，免来相争。”于是丁炳拈着庆云，鱼源拈着新月，即开锁进房，见二人正

---

① 比比：恰好。

② 惊得无法：吓得手足无措。惊：吓，害怕。

③ 拔阄拈定：抓阄确定。拈：拿。

在坠泪，鱼源曰："汝两个后生家胆算来真大，盗天师财宝逃去，事犹小，敢放锢禁之钦犯，两个头此刻[1]滚下。是我二人因怜好品貌，一对拿去杀头，实舍不得，代汝设瞒天之计，去三清殿里见天师，捏报[2]皇叔三更死了。天师进去报皇帝，皇帝信以为实，即令就处收埋勿扬。把天大事化作微尘，连盗财宝逃出都遮瞒过不说，可知我二人之情义。今不要汝别件谢我，只须庆云弟与丁兄为情友，新月弟与我为情友，相好到老，可好么？"

庆云骂曰："汝两个休妄想！我二人不是此等狗类，就死不依。"一面说骂，一面走[3]出外房。丁炳即跟出房，将庆云抱住。谁知二人已议定，小刀先存袖内，庆云急了，将小刀刺入丁炳小肚，丁炳随即仆地。其内房新月亦被鱼源紧抱，亦刺鱼源一小刀，其臂膀血如泉涌，鱼源急放手往外便走，见丁炳倒地，大惊奔出。恐二人走出，忙将层门关锁，仍把月、云关住。自倒于床，叫痛不绝，血流不止。

那庆云刺倒丁炳不走，还进去帮新月刺杀鱼源，讵知鱼源刺不死，被走出。新月埋怨曰："早不走去，延至一日。救人，今自己命谁救耶？快来同去自尽，免受官刑。"庆云笑曰："我们迟早不走，刚刚遇此二头鱼丁。所恨弟手不准，刺之不死，能再刺之，更为痛快。依旧汝我手牵手，摇摆走去。今虽刺之不死，亦不妨，待天师回来，讲他二个放走皇叔，诈报病死。若真死，查无尸首收埋，其捏诈可知矣。欺瞒天师，回来得意，他与丁炳会同来强奸我二幼男，因喊无救，事急将他刺死，情有可原，不至抵偿。但天师被他瞒过，遂转瞒朝廷。若将两人送官，亦怕我二人直诉欺诈。恐被朝廷得知，必不敢出破，亦不敢难为我们。何用去死？"新月闻此，略略安心。

天大明，渐渐有人回来。鱼源便骂曰："汝们好大胆，敢去这时候回来！昨日桔姓两兄弟酒醉持刀杀了丁炳，我去查问，连我都杀。幸走快一步，只伤臂上一刀，若走得迟，亦被杀死。天师回来，汝们都会死的！"其斋头也回来，闻此事大惊，便走去。众问："杀在何处？"鱼源答："在房内。"遂交锁匙，嘱勿被二兄弟走出。众道人同斋工进房，看丁炳血流满地，死于非命。随问月、云："因何酒醉杀人？"庆云曰："可恨鱼源、丁炳两贼，夜间私将皇叔放去争夺朝位，诈报病死。若是真死，尸在何处？二贼以为得计，又会齐来强奸我二人，我喊救无人，急时刺杀是实，求列位将此情节代诉与天师得知。"观内诸人皆爱月、云，将月、云所说之情节报与守元得知。守元嘱勿外扬，待明日回来定夺。

① 此刻：马上。

② 捏：捏造事实。

③ 走：逃。

第二日，守元回来。先查，并无收埋皇叔之尸。诘问鱼源因由，答以“桔家兄弟先放皇叔，盗出金银逃走；遇着弟子，恳求遮瞒，与同饮酒；食醉持刀，刺杀丁炳，弟子救援，亦被刺伤”等情。守元曰：“并无是理。代他隐瞒天大的事，还不贪情，还来杀汝？放走皇叔都是有分，盗我财宝亦是齐作[①]，实因奸贼自相残杀。我先被汝欺瞒，本当送有司严究，奈已报明朝廷，那欺瞒先戴我头上。今且姑宽。已死之丁炳赶抬去收埋，只说病死。受伤之鱼源自去医治，革去当家。庆云、新月皆年少，被其引诱行强，事急刺杀，情可原宥。惟凶神未退，且关在深室四十九日，退了凶神，放出办事。饭食着人递进，余各人从宽免议。”

盖守元所办理，不出庆云所料矣。判已，各即发落。新月、庆云二人押入深室之内，新月叹曰：“关至四十九日，不活活闷死耶?”庆云笑曰：“人被杀死一个，刺伤一个，若无抵偿，关几十日就受不得耶？今何曾能关许久，不几天便请我们出去矣。”新月问：“何以知?”庆云曰：“那天师无人料理文墨。有叫我们动笔墨时，推这里黑暗，一字写不得，怕他不放我们出来。”新月因庆云前所料皆准，故信之，在内室仍乐如故。

时值晋天福四年七月。那延羲放出下山，直到西衙巷，时才四鼓。遇着巡夜役卒，延羲说：“连将军亲眷特来投谒。”逻卒即报入内衙。连重遇传进，见是延羲皇叔，问：“被幽宝皇宫，焉得至此?”延羲曰：“因天师带众道士进三清殿拜谶念经，人皆去尽，被孤乘空逃出，带有黄金三十条送卿，望看先王情面，救孤性命，自当感佩不忘。”重遇匿之。

正是：不放孽龙归大海，焉能来日有奇缘。且看下文如何分说。

---

① 齐作：一起干的。

第一〇八回　对言互异兄弟离观　谶语难逃雌雄入宫

却说五代晋天福四年七月七日，值斗皇圣诞①，闽王昶排仪仗到宝皇宫拈香。守元迎入引至内殿，各拈香，便退出随侍，只同守元二人步出后山游玩。至山间密问："皇叔掩埋何处？"守元指丁炳之新土堆曰："即是。"昶嘱："来日建功果超度。"共登鳌顶峰，望了一遭，曰："叹人生之几何，羡江山之常美。难怪牛山不泪沾衣②也。"不觉泪下，守元亦坠泪。

时已午后，忽东南一声雷震，浓云大雨而至。守元忙扶王昶下山，仪从来迎，而滂沱大雨不停。守元设宴于御圣堂，留请王昶。笑曰："不意今日孤与天师留请。"守元曰："微臣敢擅留圣驾！此乃天赐甘霖，代臣挽留也。"昶曰："诚是人不留人雨留人也。俗语云：雨无门户能留客。近来天师学问大进，即此雨无门户能留客七字，试对之，必有佳句。"随取笔墨写上花笺，递与守元。守元接过，故作心思，即遣随侍之方道人，背地抄写，赶入深室，令月、云代对。

方道人赶入深室请对。庆云曰："这暗暗怎写得字？"方道人将去燃灯，新月曰："便有火照，我二人的手都被鱼源打伤，亦不得持笔。"方道人急曰："七字写有何难！你念来，我代你写。"庆云曰："亦好。"随口念出。方道人依口写完，慌忙跑回交与守元，守元看了，仍作思有之形，当面写续于花笺呈上。王昶接过念曰：

"雨无门户能留客，恐有萧墙不顺情。"

王昶念了，大惊曰："卿要劫驾？"守元答曰："不敢。"昶怒曰："如不敢，怎说萧墙之祸不肯顺情？"令随驾之侍从、阉官将陈守元拿住，将前后门搜索，并无埋伏刺客，才放守元。因问："所对之句是何心意？"守元跪于地曰："并无此心意。实不相瞒，臣因一时慌乱不能对，背地拿令小徒代对。谁知对此等不

---

① 斗皇圣诞：北斗神诞辰。道教以北斗神为最高神。

② 难怪牛山不泪沾衣：春秋时，齐景公登牛山北望齐国。想到自己终归要死去，感伤不已，落泪沾衣。唐杜牧《九日齐安登高》："古往今来只如此，牛山何必泪沾衣。"

法之语，臣未斟酌便写呈上，罪该万死。求提孽徒勘问便知。”昶即令方道人传庆云到。

却说庆云在深室念出七字，方道人依口写纸拿去。新月骇曰：“阿哥不与对便罢，怎作此等语？”庆云曰：“呆子！若写出真句，又被人夺去，我们求无出头之日。今故作险语，去惹他穷究，只须愚兄一人出对答，才是显出白袍将。”话犹未了，方道人跑进，开锁骂曰：“该死小畜生，敢对出谋反之句，一观之性命几乎被汝害了。是哪一个对的，快出勘问！”庆云曰：“何用大惊小怪，是我对的，便出去看。”便摇摆跟方道人至御金堂，跪于阶下。

昶曰：“是哪个？原来是汝，祸怎不起，等待何时？”庆云曰：“生童并无什么不法处。”昶曰：“先前七字对句可是汝对的？”庆云曰：“是生童代对，皆正语，并无不法。”昶将花笺掷下曰：“是不法不是，拿去自看。”庆云接看曰：“生童所对不是这般语，难怪千岁大怒也。”昶曰：“自对自写，怎的不是耶？”庆云曰：“生童因手痛不能秉笔，只口中念出七字，与道人去写。谁知方道人欠通，仓猝写上，皆音同字不同，都属写错，拿起便跑，致怒龙颜。”

昶使唤至道人，问：“有无代写？”方道人答曰：“小人乃体念其口而写，怎有写错？”昶曰：“依汝说不是此语，是甚对语？”适晡时雨[1]歇，虹霓一抹现于东方。庆云仰首遥指曰：“乃触景对之也。”昶便出阶看了曰：“既将此虹来对，汝念孤写，看是念错，写错？”即持笔，命庆云念出。念曰：“虹有桥梁不度人。”

昶写完，彼此互念数次，大笑曰：“孤亦即景出句，汝亦对之，今再对出一即景，可能再对否？如能再对，自有重用。”指檐前一蛛网曰：“檐水无鱼，何劳蜘蛛结网！”

庆云思有片刻，对曰：“天河有渡，休教乌鹊填桥！”

昶曰：“天河哪里有渡？”庆云曰：“《天文志》载：天汉中，天船星、天汉星岂不是渡津？”昶随录出曰：“看不出小小年纪有此天才，前对乃是写的欲劫驾，可将方道人押出斫头。”仪从将押之，庆云代之求免曰：“道人哪有此胆，其实欠通，求开天恩赦之。”昶因庆云答对敏捷，又睹其貌美，爱之，曰：“卿代求饶，即赦。”庆云谢恩。

询问姓名，庆云曰：“桔姓，名庆云；弟名新月，剑浦人。遭水灾父母俱溺，兄弟抱木漂流，蒙天师搭救，收为书记。因被人凌虐不忿，行凶是实，被天师收囚于土牢。幸代作对，得瞻天颜，惟求恩并放弟新月出来，则感无既

---

① 晡时雨：雷阵雨。

矣。”昶曰：“既有弟，召来见孤。”守元即令方道人引至新月，跪于阶下。昶见之，喜曰：“天生一对之美玉，不知有兄之才学否？”庆云曰：“更胜。”昶曰：“既好于兄，且慢考别件，前日御园开池起土，孤出一对与汝对。”随口念曰：“地中起土，加点水即成池。”

新月跪在阶下，亦随口答曰：“囚内出人，进一王以为国。”

昶亦写上纸，大加称赏曰：“诚大小陆也，可随孤进宫授职。”二人共谢恩起立。昶谓守元曰：“天师有此美徒，与孤带回，将前之罪，一概赦免。”守元拜谢了恩，赐坐。彼时昶欢悦之甚。殊不知月、云二对何等讥刺，还为之称赏。昶见二兄弟聪敏，谓曰：“孤昨夜在三清殿降圣，有二句谶语，可能详否？”即写上纸，曰：

“一雄一雌入北宫，连珠火炮落梧桐。”

守元茫然不知。庆云曰：“一雌一雄乃一男一女也。连珠或人之姓名，火炮乃兵火也，落梧桐乃是秋时也。此谶乃有一男一女潜入北宫纵火动兵之谶，正在此秋时候也，宜早防之。”昶曰：“详得清楚。今即授二卿为北宫黄门吏，把守宫门，稽查奸细，如有一男一女即行获拿。其连珠之人，孤亦疑之，自有制度。”言讫，即起驾回宫，带云、月进宫去了。

盖庆云所详解之谶语，后应乃是一男一女本身与新月，不用潜入，天使昶自带入宫起祸。连珠乃连重遇、朱文进二将也。初王璘以太祖旧从，为拱宸控鹤管二都兵。王昶更募壮士为心腹，号宸卫，禄赐甚厚。其二将遂悔而怨，将至纵火动兵也。惟落梧桐，乃昶死于梧桐岭也。

彼时二人进宫，更换冠带。昶在于大辅殿宴众臣，赏七夕。月、云守北宫门侍候回宫。新月叹曰：“才离火坑，又入虎口，死总难免矣。”云曰：“怎的又要死？”新月曰：“阿哥，此奸王乃好色之徒，岂肯饶汝我！岂不是死耶！”云曰：“那无名贼盗，痴心妄想，谁肯依从？今乃大闽皇帝，只恐他不好色，如好，亦不玷辱我们。”新月闻此言大惊曰：“阿哥此时又翻了心也，只图眼前富贵，不顾后来臭名。汝去，弟先去冥司告汝。”云曰：“阿弟若怕作男皇后，让愚兄一人独作，抬举阿弟作国舅好么？”新月气曰：“从来未闻男皇后有国舅。”庆云曰：“愚兄作，便有。”新月睁眼骂曰：“早知你有此心意，不该与汝结义！今男皇后由你去作，那臭国舅我断断宁死不为！”言讫，即欲走出。

庆云将其衣襟扯住曰：“不要走，且坐下。方才之言乃试阿弟心绪是真。前言不听，果心坚。今实说阿弟怕污，愚兄比弟怕十倍。弟要死，愚兄更更须死。古者绿珠有坠楼之灾，昭君有出塞之怨，皆因貌而取祸。等来年元旦，弟当天祷告，愿世世生生只生丑，不生妍。妍乃丑之婢。再待七夕，亦同弟当天问织女，乞拙不乞巧，巧乃拙之奴。”

庆云未说完，新月便截之曰：“一口惯说江湖话。今夜七夕还不去，待明年七夕。满嘴讲空话，被汝作弄。”新月气得目红面赤。庆云竟宽心从容，笑曰：“弟要去死，今不拦阻，愚兄是不要死的，只道原结义誓同生死，今弟去死，兄岂得独生？自然亦是去死。但人生最怕是死，今劝弟勿死，何如？”新月怒曰：“谁要你死？”庆云曰：“今有一策，不死又能洁身，何如？”新月曰：“无遁土法术。”庆云曰：“不用法术能保双全。弟所拟肉落犬嘴，鸠收鹊巢，兄所拟如鸟入丛林，獭至沟浦。今夜便翻天覆地做出来看看。”

新月冷笑曰：“又来说大话。汝我二人手无缚鸡之力，敢在此铁桶之皇宫内院造作，何异鸿毛投火也？”庆云曰：“吾弟恰似小蝇虫。前日刺死丁炳，怕受官刑要去自尽，愚兄说不用死，自会无事，后来果然无事，可见兄之拟度料事，一点不差。今怕污身又要去死，再三劝之，心惊胆战，岂不似小蝇虫耶？”新月曰：“说甚男皇后，令人会气死，何用再说！”庆云曰：“那话是试吾弟有苟图富贵之心否，并非实言，不说完被吾弟截断，再说别话。今且息怒，听愚兄说正经话，看今夜能不能翻天覆地，只是害他太狠，不忍为之也。”新月问曰：“有甚不忍为之？他还杀弟之祖父，并杀外大公[①]一家，正无处报仇。阿哥有甚妙策，说与弟得知。”

正是：雄捷虽无雌敏捷，云光还借月华光。欲知后事如何，且看下文分解。

---

① 外大公：外曾祖。

第一〇九回　纵火脱身月云分散
迎囚袭位连朱解危

却说新月闻庆云说有妙策，忙问："何策?"庆云曰："不用甚妙策，只凭他二句谶语，又凭吾弟联句中诗谶来行事便是。"新月又问，庆云曰："且看咸阳火，不是弟之诗句？火炮落梧桐，不是他的谶语?"庆云曰："可借此混乱，叫他君臣疑恐不相顾，汝我二人由后门走出。"新月听了，曰："恐今夜谶应不全，不可行。"庆云问："何不全?"新月曰："何曾有一雌一雄到此耶?"庆云不好说自己是女，即答之曰："先前有一对燕子飞入宫内，梁间呢喃，此不是雌雄么?"新月曰："要行须早行，勿似在宝皇宫迟缓，以致有此波澜也。"

此北宫乃内司监守，今换二人。以内监、侍从皆出外作七夕节，内外无人，二人冠带即卸，放几处火种，顷刻火焰大起上屋。二人乃奔出外苑，躲于蔷薇架下。时至，王昶与群臣在大铺殿饮宴乞巧节，俄报北宫火起，顷刻红焰冲天，王昶正在迟疑，而座中连重遇、朱文进二将便不告而走去。王昶思此两人奔出，知是放火之人，赶去作乱，此是正合"连珠火炮落梧桐"之谶。即密令心腹军校拿连、朱，却被内阁大学士陈郯知之，驰报与二人知之。连、朱二将正救火扑灭余烬，即奉王延羲令，两都兵先攻进宫。昶与李春燕调心腹军不及，遂奔内宫，宸卫都兵出抵战。至天明，宸卫大败，奉昶及春燕母子逃去。陈金凤出现，阻住前途，不能再遁，即驻扎于梧桐岭下，兵渐溃散。延羲令兄子继业率兵追之。昶至村舍，醉缢之，李春燕诸子皆死于梧桐岭。

梧桐岭在侯官县十五都，旧有书刻石：五代晋天福四年，王昶出奔于此。

那月、云二人伏在蔷薇架下，俟至官兵拥至救火，挤不得出，至稍定逃出。突被二都兵冲散，各落一方。庆云寻不见新月，望南直走。新月躲至火兵散了方敢趋出，由西而逃。

王延羲既缢杀王昶，遂袭位自称闽王，遣人奉表称藩于晋，号永隆元年，遣使到宝皇宫召庆云、新月二人，并拿陈守元。守元拿至，查云、月二人，乃知前王选进内宫为黄门吏，寻访无踪，以殁于兵火，延羲不胜叹惜，并拿三清殿神公林与，押出市曹，与守元一同斩首。前后两朝，信宠三个道士、神公，共遭刑戮。其守元、盛韬前已说明来历根源，惟此林与未曾说其出处。

盖林与乃宁德县人，小家子弟。貌如妇人，又不是妇人，乃是半男半女之身，俗呼快叫做“半褴褛”①。至十四五岁时，父母俱亡，依傍于邻居寡妇。那寡妇将伊装作妇人，易入于闺阁、大宦乡绅家行走，又交结奴婢辈，以“后庭花”交宿，故人人皆知其半男女之身。后因至一绅士家，遇一好色公子、贪淫之子弟迷恋，被其父兄知，凌辱逐出，不许进门。因此改作男装，流落至福州，投入宝皇宫为道徒。陈守元以是奇货可居，遂遇王昶饬取道童入宫，司掌内庭神前香火。守元遂将林与送入，作胶手②照应。

林与善趋承，言媚动人，爱弈，与延武、延望二兄弟相得，未几专宠，被正宫李春燕宠爱，为替道③。至三清殿建竣，升林与为承宣真人。王昶大小政事皆决问于神，俱由林与口中传宣。其延武二兄弟因林与专宠于王昶，屡次唤续旧好不至，妒甚。侦林与在别宫奸宿，令人拿获送至，削木杵塞其肛门放④之，肛裂血流，不敢声言，恨甚。适王昶问神，查杀渠耿、开王墓者何人，林与遂害延武、延望二人诛灭，报其旧恨也。此日亦遭戮。此且不表。

回说周新月由西关直出，过洪山桥。闻背后说兵来追拿，城中人众惊甚奔逃，新月即跟他而走。至午后，人众皆投别庄，新月自思：“没有亲属可投，何处安身?”便住脚不行。入一乡村，只见藕花似雪，荔树如烟，柴门环竹，草阁跨流。一家门前有一块坐石，遂坐于石上，愁思无处投宿。草门忽开，走出一人，儒服草履，面白须长，年约五十上下。见新月品貌不凡，便行礼曰：“请进奉茶!”新月正无枝可依，见是儒者气概，遂进内面。见满架琅函，盈庭花木，蕉窗纸屏，殊属幽雅。并无次丁⑤，自行拂几烹茶。

随问新月乡贯、姓氏。新月仍隐之，答曰：“桔姓，名月，祖贯剑浦，早失父母，同兄云在城内学宫读书。昨夜闽王宫失火大乱，家兄拆散，学生随城内人众奔逃。学生无亲可投，山穷水尽，不知所之，幸逢顾问，感而实告。敢问贵姓大名，贵乡何地?”此人答曰：“敝乡名凤冈，林姓名退岩，世代儒业。妻早亡，只生一女，不幸遇灾而没。独自一人，不爱繁华，退隐于此。若不嫌陋，屈留在此作伴，待访着令兄，去留再定，何如?”新月曰：“肯蒙收留，实属万幸。即与学生为谊父，以为终身倚靠，不知尊意允否?”退岩喜曰：“恐福薄生

① 半褴褛：谐音“半男女”。
② 胶手：手脚，指帮手。胶：足，本字“骹”。
③ 替道：道士被指定为帝王或其后妃的替身，代为执行宗教仪式。
④ 放：楔入撑大。本字“楦”。
⑤ 次丁：家中男主人以外的男性。

受不起。”新月遂拜了四拜，呼为父。却原来就是林仁翰也，乃逃官偷回，隐名号退岩。新月拜之为谊父，在凤冈栖身，望庆云拆散重逢，还思回扬州去会祖父、叔、弟也。

凤冈在西关外，又曰凤凰冈，水势回环。有三十六宅。树多荔枝、龙眼。有二桥，一名陈桥，一名周宅。

再说庆云随百姓望南城而逃，直抵白龙江边，寻思新月失散，只可在此寻个暂住，好寻访，如过江则难寻。即沿江四顾无人，惟有一个渔船泊在岸边，思暂可安身，便跳下船去。

那船内有老曲蹄[1]并老渔妇。二人见庆云品貌非常，随问：“少客官，要搭船么?”庆云答曰：“我是城内避难出来。”曲蹄便问：“昨夜城内何事喊杀不歇?”庆云曰：“昨夜内宫自乱，放火兴兵杀出。我乃延平人，姓枯，同弟在第一楼前开人参铺。半夜人众皆走，我同弟走出，吾弟不知与兵冲散何处。我在此要寻处所暂歇，俟城内平静，寻着弟郎，即重开人参铺。不知你船中何人，可与我暂借安身数时？俟至开店，自有酬谢。”

曲蹄见其人样[2]非常，又闻是人参客[3]，欢喜答曰：“我姓夏名七，老妇人姓林，都六十六岁。只有一子，与人下船，少有回来。我常在马江[4]与人下货[5]度日。少客官若不嫌船狭，只管在此，漫道数时，就一年半载亦可做得，劳你记些小数[6]。只是一宗不便，叫客官要认作亲人，才不怕人盘查。”庆云曰：“不妨！我即与你作子，何如?”夏七曰：“折福！折福！敢将人参客作子，只可借叫，不实在。”庆云曰：“便实在何妨？只要时常代访弟郎的要紧。”夏七夫妇欢喜，即上岸去买些酒肴来接待，遂撑船回马江矣。

正是：爱稳当时难稳当，不风流处自风流。且看下文如何分说。

马江在台江六十里远，西峡之水皆汇于此。江心有巨石如马头，潮平则没，潮退则现。江心有塔，名罗星塔，立于江中，俗呼磨心塔，以为在江心也。

---

① 曲蹄：福州话旧称疍民。

② 人样：外表。

③ 人参客：做人参生意的商人。

④ 马江：闽江下游的一段，在马尾附近，江上有巨石如马，潮退则现。

⑤ 下货：运载货物。

⑥ 小数：小账目。

第一一〇回　客爱才代买身存艳　仙赠谶答寻侣见僧

却说林庆云投在夏七船中安身作渔家之子。船回马江，船帮之人见之，皆曰："看不出夏七有此摇钱樭①，快来与我们贺喜食酒②。"庆云虽不惧，闻此等语乃悟，此船乃勾引风流之处所，身甚悔之。遂谓夏七曰："船切不可泊此！一者离城甚远，安能访得弟郎；二来此处人皆不好，闲讲闲说。可将船撑开，另泊近城之处则可，若不依，我就不在此，另去寻安身之处。"谁知这船都爱有后生子女为门面，夏七哪肯与去，只得从之。开至台江，至道头③待装货。有二客下船，夏七曰："二位客官，此等青年就会作客④。请问贵姓大名?"答曰："姓张，一位姓梁，家在吴屿。"夏七便问："客官可买酒饭来食?"客曰："我自有现成酒肴。"便拿来，二客对酌。

庆云躲于后堵⑤，因船篷被竹篙穿破一孔，仰头自行削竹来补，被二客看见，问船家，曰乃其子。二客曰："看不出曲蹄有此儿子，快叫出来陪我们食酒。"庆云将舱门关闭，二客见闭门不出，便骂曰："不识抬举的东西！凡渔家子女，不待呼唤，该来接客才是，今叫反关门耶?"

庆云在后听明，便应曰："小生不是渔家之子，客官错认。"姓梁答曰："是你船内人自说的，曲蹄仔自称小生，奇甚。"张姓曰："小生乃是读书人之所称，今来考此小生。"庆云应曰："小生实是儒家子弟，因落魄借住渔家，要考便请考。"张姓曰："既不怕考，出甚题考他?"姓梁的曰："将即景补天篷为题，我们张、梁二姓为韵，要绝诗一首，看他能不能。"张姓曰："亦可。"庆云在内应曰："来试作一首，看中意不中意。"梁姓即取纸笔，写出题目曰："作诗可请出来面考，才是真才。"

---

① 摇钱樭：摇钱树。樭：即"树"的福州方言用字。

② 贺喜食酒：家有喜事者拿出钱来请朋友吃一餐，以示同喜。

③ 道头：码头。

④ 此等青年就会作客：这么年轻就会做生意。客：行商。

⑤ 后堵：后舱。堵：船舱的隔间。

庆云便开舱出来，二客见之，果生得儒家气概。看了题目，拿笔便写四句，笑曰："莫笑俚句。"二客便取来看着，念云：

"补天手段且施张，不许微尘掺笔床。

寄语篷间双燕子，好飞别处觅雕梁。"

二客称异曰："果是真才，有寓意恰合，真有眼不识泰山，多有得罪，勿怪。"因问因由，庆云曰："小生桔姓，名庆云，剑浦籍，同弟在皇学读书。昨因宫内兵火走避，舍弟冲散，小弟暂投此船栖身，谁知在此惹是招非。"

梁姓的笑曰："会台[①]不知耶？福州之渔船即是秦楼楚馆，勾引人家之子女落局。会台此品貌不凡，必坠其局，须早离此，另寻安逸之处。"庆云曰："小生命运多舛，至一处则招一处之灾，故此犹豫未决也。"姓梁者曰："会台且慢别往，且耐守数时。此船去僻澳泊[②]，勿与人再下货，勿见人。待至八月来，弟两个去漳州货发明白[③]回来，送会台至一安静之所读书，求功名如拾艾，再不至惹是招非矣。"

即唤渔家夏七出来问曰："你下货一月得多少钱？"夏七曰："一月有五六千文，或七八千无定。"张姓曰："我与你二十两银，不下货二个月。自今日起，将船泊在僻澳，不许与人下货。待我二人八月回来接此位公子去读书，再与你去下货。今只泊定，先拿银与你，好否？"夏七夫妇甚喜，连应甚好。梁姓即取银二十两与之，议约船泊鼓山下浦等候。

庆云正在去住两难，思两客比我年还轻，我何惧！今且暂躲，再来主意。任之所为，只得与之称谢而已。船搭货到枕峰[④]起陆[⑤]，挑夫先行，庆云送张、梁二客上道，作别而回。夏七夫妇货起完，在头道[⑥]洗船。忽有一老叟在道头叫卖"灯前数"。庆云问："卖甚东西？"老叟曰："不是东西，乃是昨夜在枕峰山中灯前推算十个先天灵数，今天来卖。有人要问终身命运及流离失所、拆而望合者，只要十个铜钱买一数，内有判断分明。"庆云即与夏七讨十个铜钱，送与老叟。取一小封函交与夏七，老叟自去。庆云拆开一看，内写：

"遇遇在水，拆拆在火。逢道须防，逢僧莫躲，合在其中矣。"

---

① 会台：对同辈人的客气称谓。

② 去僻澳泊：去偏僻的河湾处停泊。

③ 货发明白：把货发清楚了。

④ 枕峰：福州地名，位于乌龙江峡南渡头，今属闽侯县祥谦镇。

⑤ 起陆：靠岸登陆。

⑥ 头道：渡口临水台阶。

庆云看此四句，与自己之事相对，惊异，思："此是仙人下降来指示。"叫夏七去寻，叫老叟要再买一数。夏七上岸寻讨[①]，已不知去向矣。夏七回船说知，亦罢。船便开离枕峰，至鼓山下僻浦泊住不出。此且慢言。

枕峰在都城东南归义里，峰形如枕，故名枕峰。

却说前王昶重道不重僧，今王羲信僧不信道，以乾元寺僧大觉和尚代己修持，名之曰替僧[②]，内外称为佛爷，还有祭祀典礼，皆命代之。又前后度僧万余人。那时征繁赋重，民不聊生，惟僧可避，故人多为僧。乾元寺制造如宫宇，闽王羲常往来，问决政务。

乾元寺本无诸旧城，晋太康迁城以为绍因寺，唐乾元三年改名左司营。其地有饮马池，亦越王旧迹。福州佛寺最多，惟此一寺最古，明为卫卒姚姓侵没其址为园池。明王聪有诗云：屠龙人去山河改，衰草寒鸦起暮愁。

闽王羲命大觉和尚八月十五诣鼓山涌泉寺进香。由台江下船。有司遍封船只，而夏七之船大且新，为大觉驾坐，早将封条刷封。夏七谓庆云曰："船存躲[③]此处极僻，月余人皆不知，怎被船差寻着，封去载佛爷？上鼓山进香，此是推辞不得，今将你暂寄别船存躲两日，另雇水手，当了差回来，与你再泊原处，好否？"庆云思及枕峰道头老叟买来灵数中有"逢僧莫躲，合在其中"，明是指点若要相逢新月弟，切莫躲避僧人。今去载和尚，正合先天神数，岂可避之，失却期会。即答曰："别人须避之，和尚乃慈悲之人，何须避之。闻乃闽王的替僧，正要看他是何样式[④]。不用再雇水手代，儿自去帮扶船舵，才看得他。"那渔妇乃小气妇人，喜曰："不用请水手，将以工钱来买糕饼食亦可。"夫妇二人将船撑去台江伺候。至八月十四，大觉身穿黄龙袍，头带地藏冠，坐九龙辇，沙弥执香，幡行者掌宝盖，仪仗如王者。抵台江，仪从行次序，各配船。大觉在夏七之船，命鼓棹挂帆，驶至鼓山脚下登岸，仍排道直上涌泉院。僧众捻香出迎，伺至三更，乃合十五日，在大雄殿进御香，钟鼓一齐响亮。随往喝水岩诸处同进御香，只见香雾与岚烟并绕，灯光与月色争辉，笙箫齐奏，梵语同宣。

鼓山距城东十五里，高入云表，山顶有巨石如鼓，峰峦岩洞不可指数。或云风雨大作，有声如鼓，故名鼓山。涌泉院，唐建中四年有龙现于灵源洞，因建此寺镇之。灵源洞在涌泉寺之石岩，其中高广，朱子勒有大"寿"

---

① 寻讨：寻找。

② 替僧：替帝王入寺出家的人，作为帝王在宗教事务中的代表。

③ 存躲：躲藏。

④ 样式：样子，模样。

字于洞中。喝水岩有东西二涧。相传僧神晏诵经于此，恶水声喧轰，喝之，西涧乃涸，逆流于左洞，故名喝水岩。大顶峰又名峰，石上刻有朱子“天风海涛”四大字，下有赵汝愚《登鼓山》诗云：

几年奔走厌尘埃，此日登临亦快哉。
江月不随流水去，天风直送海涛来。
故人契阔情何厚，禅客飘零事已灰。
堪叹浮生只如此，危栏独倚更徘徊。

徐锡之《喝水岩》诗云：

重峦叠嶂锜松关，只欠泉声入座间。
我若当年侍师侧，不教喝水过他山。

徐熥宿鼓山诗云：

孤峰天畔削芙蓉，入夜遥看紫翠重。
一片禅心千涧水，五更残梦数声钟。
云生净土龙归钵，露冷空坛鹤唳松。
借宿僧寮经几载，苍苔埋却旧时踪。

明徐𤓰《涌泉废寺》诗云：

寺经樵火久销亡，古道秋风蔓草荒。
废殿有基崩夜雨，断碑无字卧斜阳。
游人借宿茅莎里，田父来耕瓦砾旁。
试问前朝金布地，老僧垂泪说南唐。

大觉在鼓山进香至辰刻回銮，仪从下船，沿江皆幡影香烟，好不热闹。

此正是：俗僧得宠历来有，少女忘机自古无。且看下文庆云撞和尚起甚波澜方晓。

第一一一回　杀淫僧云程除民害　会皇叔庆云现本真

却说大觉和尚来时已看见庆云，便生爱慕。至回，船开到江心，随问护舵：“何人?”夏七答曰：“小人之子。”大觉曰：“不想船家有此样儿子，我大丛林数十个沙弥见皆退避，可与我带回作徒弟，自不难为你。”夏七忙答曰：“不敢瞒佛爷，实非小人之子，乃拜认的。又受人所托，不日交还，主意不得①送佛爷。”大觉便骂曰：“大胆曲蹄瘟！莫说要汝一个曲蹄仔，即要十余个公子、王孙，谁敢不依！快叫他出来，待我当面言之。”

庆云随出见。大觉曰：“看汝十分好品貌，可随我到乾元寺作亲随行者，喜欢不喜欢耶?”庆云只自然应曰：“我宁作渔家子，不作僧寺徒，不去。”大觉曰：“僧寺怎及？大和尚即是皇帝替身，与我为徒，衣食丰足，不强作渔家子半饥半饱?”庆云曰：“我自愿淡泊，不爱繁华。”大觉曰：“当今皇帝都度万余人为僧，我便不得度一人为徒？我是硬要你为徒，将你现拿去，叫你谊父去告御状。”即令侍从将庆云拘住，到上岸讨轿②抬回。那时夏七夫妇不敢再言，庆云听其拘留。

到了台江上岸，见一小轿，众行者将庆云拖入轿内，拥护抬起先行，大觉排道后至。庆云被拘在轿中，口中只喊曰：“不法和尚，青天白日强夺良家子弟，街坊快来拦救!”盖诸百姓平日见替僧强夺人家子弟为常事，谁敢出来。谁知数乃预定，天遣有一个报不平之人在路相候。

道是何人？原来乃吴云程，得病在高盖山洪承训家，卧床将次三个月始愈。几次欲辞归，承训再三留住，方未就行。时值中秋节，欲去城内看塔③。齐氏嘱：“早去早回，今夜专候作节④。”云程食了早饭，一人来至城内各处玩游一

---

① 主意不得：不能作主。

② 讨轿：找轿子，雇轿子。

③ 看塔：福州风俗，从农历八月十一到十五日，人家、商铺将花果古玩神偶等层累罗列于堂，称“排塔”。门前设置鳌山彩灯等，一如上元灯市，引来游人观看赏玩。

④ 作节：过节。

遍。至安泰桥，看和尚进香回来，好闹热①，立于人众中观看。

执事未至，庆云轿先行，便闻喊救，人皆听闻，无人拦阻。云程因问旁人，无敢言之，有胆大者答曰："问他作甚，你敢出头？就是进香和尚，一年强夺三五个良家子女，亦是常事。"云程闻此无名火起，赶出向前拦问，随从哪肯答应，只催轿夫前进。云程拦之不住，将轿夫肩上一拍，轿夫当不住②，将轿翻扑落地。侍从便喝曰："你是何人？来惹我！""佛爷敢夺良家子弟，待他来说个道理，看谁不要头！"先前云程未动手，无一人敢出声，至云程拦问有理，个个便助声闹起，前执事皆拥挤不得过。大觉后到，驻问。云程挺身出，喊曰："哪个佛爷敢夺子弟？讲明道理放去。"

大觉那淫僧目中无人，恃王羲之势大怒，喝骂："何人敢此放肆？拿送有司定罪。"随从、行者、头陀前进拴拿。云程两手一抵，跌去数人，抢进将大觉扯下龙辇，如持孩子，照心一拳，掷于地下，去了西天矣。众人又围拿，随手打死一个头陀，脚踢死一个行者，众始惊奔。看的人共助斗打，见打死人，一溜烟走的精光，只余云程一人。

庆云轿里自走出来，对云程曰："难得英雄救善除恶，壮士只管逃去，有事是弟承当。"那时云程欲即飞遁，因庆云不去，不忍独走，谓曰："既不走，待人拿去像样？莫若同去朝门自行投到么？"庆云从之，同赴朝门外。

有司官闻报淫僧大觉被人打死，即带公差拿获凶犯，将二人链住，报进内殿。王羲令刑部验尸，回来带凶犯大明殿亲问，各有司奉命施行去了。那夏七因得张、梁二客之银托他照顾庆云，今被淫僧抢去，随之上岸，打听信息。至半路，闻有人拦住，将淫僧打死三命，恐攀及己，便回头跑回船中，紧将船开去闽安镇外逃遁。

刑部验了尸，即行收殓，回至朝门，带犯候讯。二人浑身锁链，吴云程无半点忧惧，庆云愁之不堪，暗思若不听老叟"灯前数"，焉能惹此灾难。又闻现今闽王乃前王之叔，不知是否因于宝皇宫之皇叔爷，是就好，若不是，命休。云程见其忧愁，谓曰："愁甚事？打手是我。打死我都不怕，你还怕什么？"

少顷，王羲升殿，先传进淫僧之行者、头陀问讯，那十余只③之狗类，已串了假口供，皆称大和尚在船中见一个渔家之子，好人貌，可惜作曲蹄仔无出息，将他带回，要进献千岁作小黄门。带至路中，突有恶棍拦阻，先打死大和

---

① 好闹热：很热闹。

② 当不住：承受不了。

③ 十余只：十多个。只：个。

尚，又连打死二个，随被官兵拿住等供。令先吊渔家子进问。

庆云上殿，认是宝皇宫所救之囚皇叔，心喜而安，跪于阶下曰：“犯人林庆云同盟弟周新月，因水漂流后投宝皇宫为书记，被前王选带北宫授职。适逢兵火奔散，新月不知去向，犯人暂投台江夏七船内安身。今日船下大和尚进香回来，见犯人容貌，心起不端，强夺去作司寝行者。犯人不愿，在轿中喊叫，得遇壮士路见不平拦问。大和尚要行拿送有司，因此打死和尚。事由犯人而起，应归罪犯人一人承受，求恩赦宥除害救危之义士，犯人感戴圣恩万载矣。”

王羲讶曰：“如真林庆云，可将前联句之诗念来听。”庆云即念“月出庆云边”一句，再念“戴盆”。王羲止曰：“不须念了，将袖卷起来看。”庆云又将臂上红记献出看，王羲笑曰：“踏破铁鞋无觅处，得来全不费工夫。情已明白了，与卿无干。”即令内侍带进内宫。庆云不起，谢恩。庆云曰：“犯人乃事之根源，安得无干？无干乃那个侠士，恳求明察。”王羲曰：“孤知矣。卿且起去。”庆云遂入内宫。

又吊云程进讯，王羲拍案骂曰：“你何许人？有此不法，好好招来！”云程曰：“犯人吴人，名吞呈。来闽访亲，路遇轿中喊救，和尚强夺子弟，因起不平。亲手打死三命是实，应当抵命，惟察情判理。”王羲怒曰：“该死强盗！那轿中乃孤之故旧，佛爷遇着送来与孤，你敢打死三命，且打死孤之替身，应即凌迟抵偿。因孤之故旧当殿再三代你求恳，可先打百棒，收监候拟定罪。”不容分辩，打了一百，押交刑部收监。

王羲退入内宫，谓庆云曰：“孤袭位便寻卿兄弟，无踪无迹，一向在何处？可说与孤得知。”庆云将下山逃去遇着道人起，至入北宫，放火逃走，兄弟分散，投作渔家儿子情节细说一遍。王羲闻了曰：“当日送孤下山并得位，皆卿兄弟之功也。封卿兄弟累代三公，卿先就位，弟寻着再行晋爵。”庆云暗思不安：“自古哪有女子作三公？此时可现出本真，再作主意。”遂辞曰：“臣怎堪受此重爵！不敢，谢恩。”王羲曰：“卿之才能，怎不堪受此？”庆云思：“吾乃身材不及也。”随低声曰：“臣乃女子，非男身也。”

王羲讶甚，曰：“卿是女，不是男，孤断不信。”庆云曰：“臣无兄弟，母早逝，自幼随父读书，无裹足、钉耳，便作男装。至父被水淹没，一人漂流外方，仍假不改。今蒙赐爵，不得不说出，求千岁恕之。”王羲曰：“卿以雌作雄，别人不知，谅惟盟弟同食同寝，必定知之。”庆云答：“亦不知。”王羲曰：“此等说，卿犹处子耶？”庆云红着脸点头。王羲笑曰：“孤不信。”随令内监引进，将情节说明，与后妃验其真假。

时王羲立御史李真之女为后，立尚氏为妃。尚妃有美色，王羲爱之。内监带进见后妃，验明回复。王羲进内，令改装作女，惟两足未裹。王羲将前受其恩德对后妃说了，因问："宫中有何美位可封?"尚妃恐其收纳，答曰："此女须作骨肉至亲看待，不可胡乱背德也。"王羲曰："与孤作嫡亲之兄妹，可好?"庆云曰："不敢作御妹，与千岁作女儿便好。"尚妃曰："极妥。父女为天伦至亲，谁敢拟议!"王羲大悦，遂册立庆云为淑惠公主，在深宫内苑，与尚妃朝夕不离，胜过亲生。代为缠足、钉耳，宛然母子。尚妃亦能笔墨，尤善音律，庆云一学便会，而且无所不精，愈加亲爱。不表。

回说吴云程打一百棒，收禁三法司，拟定截抢朝廷之故人，连杀三命，律应凌迟，呈进内宫，被尚妃拦阻未批。第三日，报凶犯越狱逃走。王羲闻报大怒，以是打死自己替身之佛爷，无伸冤怎了得，令将狱官禁卒拿去斫头。庆云闻之，一喜一不忍，代为狱官等说情求赦，宽限免死。王羲遂赦之，又令访拿逃犯，出赏格，获得者赏银一千两，存匿者同罪，不表。

且说云程一进监，便骗禁卒曰："我有百万家财，明日劳你各人寄信去，我嘱解银来赎罪，各人无一千，亦有八百。念我两腿疼痛，可放松些，自不难为你。"那禁卒听其有许多银，又见其两腿打破，无甚严束。至夜静人睡，扭断铁链，越飞监墙而出。因腿痛下不十分灵便，趋奔高盖山，时已三更。

推门进内，洪承训曰："贤甥，缘何这时候回来？方才说你一定失路去[①]了，大家不敢睡，等你回来，快进去吃。"云程曰："舅父舅母何不先作节?"齐氏曰："都吃了点心，今同去饮酒。"随引云程至后厅，酒席早已排等。三人同坐下，饮至中间，承训谓曰："闻说今日城内第一大和尚被人打死，因为何事？何人敢打死？贤甥可看见么?"云程曰："看见了那个恶僧强夺良家子弟，有个人报不平，打死两三个，当玩要一般。"齐氏曰："打死别人，只是抵偿。今打死这个皇帝替身之佛爷，拿去斫头还不算，要将魂魄解至酆都下油锅，抱火柱。"云程曰："谁知拿他不住，一进监就出来逍遥了。"齐氏曰："吾甥替他讲排场[②]。这时候关在监牢，命已去半条了[③]，不如一头犬，还会逍遥!"云程乃侠气之人，被齐氏一激，便忍不住曰："舅母说不如一头犬，愚甥说他更活一条龙[④]。那打死了三个和尚的好汉，早早已飞到舅母身边，还不知耶?"齐氏曰："在我身边不是你舅，便是吾甥。你舅那蠢东西，被人大声喝便啼惊死[⑤]，哪有

---

① 失路去：迷路。

② 讲排场：虚夸炫耀。

③ 命已去半条了：已经丢了半条命。

④ 更活一条龙：比龙还要活跃。

⑤ 便啼惊死：就哭，吓死了。

此本事！难道吾甥有此本领？我亦不信也。”

云程曰：“莫相欺，就是愚甥。今日作玩要，为那被抢之子弟不走，自投报昏王，被打一百收禁。至夜即走出，因腿疼痛，十分不灵便，故回来不速。”言讫，自把脚腿现看[①]，皮裂血注。承训夫妻看之，面面相视，失色无语。云程便笑曰：“今日不过打死三人，舅与舅母便此等惊怕。前次连杀两家二三十人，掘毁皇陵，那个更吓杀。”承训带醉欲睡，目睭[②]半开半合，无甚理会。齐氏诡黠，便骇曰：“原来前杀钦工与尼姑、掘墓，都是吾甥所为耶！真好胆略。今夜快说，因何事而起？甥舅之至亲，说之无妨。”云程胆大，酒后毫不在意，尽行说出毁王墓为祖父报仇，杀尼子为姊夫报仇，杀梁家为林氏雪恨，从头至尾，细说一遍。

承训醉眼朦胧，未听几句便扑桌上睡去。齐氏听完曰：“吾甥有此本领，真异人也。从今不可出去。此处乃边僻，无人知道，躲至事冷了回去。”云程笑曰：“不用躲，不是愚甥夸口，让他千军万马，要拿愚甥一人亦是艰难。就为之拿住，关锁于铜墙铁壁亦能出来。”齐氏曰：“有此本事，便放心矣。只是等腿调治好了，才与你回去。”时云程尽行说出，承训已睡在桌上，惟齐氏一人听讲，不觉金鸡初唱。讲完了，收拾碗箸，唤醒承训，各各归房安寝。那一席话却被后面一仆一婢听得明明白白，在肚里又起无限之风波。

正是：正人闻此无他说，邪行听兹祸有由。且看下文仆婢二人是何姓名，慢慢分说。

---

① 把脚腿现看：把腿露出来看。脚腿：大腿。

② 目睭：眼睛。

第一一二回　吴云程因病得侠女　铁麻姑代主杀奸夫

却说一仆一婢在后已听了然。婢年十八岁，粗眉大眼，面黑而艳，名铁麻姑。一仆年二十余，名遇喜，与主母齐氏有通，因欺承训老实无能，常在房中偷情。铁麻姑撞着，自行退避。承训遇之数次，遂忿言杀之方休。齐氏始惧，与遇喜谋将毒死。

时值重阳裹粽[①]，另裹三只较大，另锅煮之。麻姑问故，齐氏曰："那老遭瘟，另裹三只大的与他食才足意。"麻姑心疑："裹大可以，何必另煮!"偷取一只背地解看，米中有物搀拌，知是砒霜，骇甚，遂背地照样裹了三只换去。至煮熟，齐氏将此三只解开洒糖，与承训食，承训便一气食尽，又食了酒饭。令其去睡，将其门倒扣，伺其发作。睡至半日，并无动静，起来举止如故。

齐氏问遇喜曰："叫汝买那东西与伊食，不见动静，莫是买错?"遇喜曰："是那龟子[②]肚皮厚，三钱食无影[③]。来日再进城去买六钱来，怕那龟肠不断耶!"

谁知被麻姑背后听了，叹口气曰："世间有此毒心婆娘，天理何存!"麻姑自此时刻为之提防，恐防有不周，奈何？生一计：假一封北岭内不写姓名的密信，内说本冬[④]歉熟，叫承训赶紧先来听候[⑤]收成，当场分收租谷；如迟来，田中割后，众佃户会齐一颗不纳等语。承训乃老实人，往年岭内收租都等十一月半才去，今接此信，时九月未半，便收拾起身去了。麻姑将主人调离虎口，且放心再作主意。

谁知遇喜多早要麻姑，至于行强反被打跌，不敢惹她。惟善软求，麻姑一举手，遇喜便惧而走。那吴云程被打一百，疮未收口，十五夜多饮些酒，引风[⑥]入筋骨，卧床不起。承训未去岭里时，无日不代他祈祷求医，皆属罔效。

---

① 裹粽：包粽子。

② 龟子：福州人谑称老婆与人通奸者为乌龟。

③ 无影：无动静，此处指无效。

④ 本冬：当季水稻。

⑤ 听候：看着，等待。

⑥ 引风：身体虚弱而受凉。

日重一日，竟如鹤膝风，脚手不能动移，饮食要人进饲，下床大小便须人持扶。其承训未去，皆遇喜服侍。此番厌烦，有叫便进去，不叫更妙。迨承训一去，便不管他，与齐氏迷恋，十叫九不顾矣。幸云程犹有余囊使用，惟无人服侍扶持下床，不能坐卧，在床如半死半活。要茶汤，喊至声断，遇喜亦不至，日夜呻吟。

麻姑闻有叫遇喜，即代传声；至遇喜不来，心甚悯恻，无奈逞身至前服侍，操作诸事，夜扶起倒，遂被遇喜疑之。问曰："麻姑妹，我再三恳求不肯玷身，那病鬼不求自就去，是何心意？"麻姑笑曰："遇喜，你求我作甚事？我实不知也。"遇喜曰："怎的你不知！我与安人在房中所干之事，你曾撞见，即求你与安人一样呢！"麻姑笑曰："有无撞见忘记了，与安人再行时叫我去看，便依你。"遇喜以为麻姑有意，便将他抱住曰："不用等看，同妹现行便知。"麻姑竟不推辞，趁他去扯裤时，只将头向遇喜鼻心一撞，那鼻血滚出[①]。遇喜放手，用手掩住鼻子，麻姑笑曰："谁叫汝只[②]慌忙，才碰出鼻血。待看了样式再来商量。"

遇喜顾不得，即跑出。齐氏看见浑身上下血滴红红，惊问之。遇喜忙取纸塞鼻，血止。将调戏麻姑，他要看作样才从，先去抱他成事，不意脸对脸撞出鼻血说之。齐氏笑曰："天有眼，未风流，先流血。死呆子，被人作弄都不知耶？下手只管下手，有作样与他看之情理？能弄过手，大家来塞嘴也好。"遇喜又将犯疑麻姑与云程亲近，必有私情说知。齐氏曰："疑错了。病到这地步，还会作怪！因汝不去侍候，还有谁去？惟他自愿，只是病人不能如是也。"不表。

那云程起先无人服伺，心急添病；今遇麻姑小心伺候，进食不断，虽脚手俯仰不便，而精神比前好些。

家内蓄有一合[③]雌雄犬子[④]，那日交合，齐氏命遇喜曰："叫那小妖精来看，今有现成作样。"遇喜即叫出麻姑，指而笑曰："你前日说无样与你看，今请看此样就是。"麻姑见了曰："这样早都看见了，乃不识廉耻之犬牳[⑤]，谁来学它！"齐氏知是讥她，带怒答曰："哪只不知耻，今妖精与孤男日夜偎抱，还不如犬牳耶。"麻姑即答曰："安人所言不错，此犬牳不识耻，在人前亦不怕，与以一件东西赏他。"即转身进自己房中，持二只大粽出来，解开掷于地下，那犬

① 滚出：涌出。

② 只：这么。

③ 一合：一对。

④ 犬子：狗。

⑤ 犬姆：母狗。

抢食了，顷刻在地滚叫齐死。

齐氏惊甚，问麻姑："此粽哪里来？把二犬毒死。"麻姑笑曰："这粽是安人亲手包三只，拌砒霜要毒死乌龟，谁知安人拿错，别只与乌龟食，故不曾死。今犬代乌龟死了，安人可自思之。"齐氏同遇喜闻之，面如土色，半时不能答应。停一会问曰："你怎知我毒乌龟？"麻姑曰："怎的不知？因乌龟食之无动静，安人还骂遇喜买错，不是砒霜，遇喜犹答不是买错，是那乌龟肚皮厚，三钱无验，来日进城去买六钱来，怕他肚子不断耶！可有此话？"二人愈惊。

齐氏思："原来此事都被小妖精得知，将粽抽换，今日拿出卖弄，留一只作证据，若出破①毒杀亲夫之罪，不便。"便生一计，曰："妹，你听错了。家中无有乌龟，因被老鼠搅扰不得安生，故作此三粽来毒鼠，被鼠拖在我妹房中，与犬食死。犬要风流，贪食，死就死了，遇喜可拖在后山掩埋。还有一只，快去拿来烧毁，恐失误把人食死。"麻姑曰："那一只粽女婢存甚密，万不致误事，不用安人过虑。"齐氏曰："我妹还把毒东西留在何用？"麻姑曰："自有大大用处，留着单治那犬公②、犬姆。"

齐氏急甚，带着遇喜同进麻姑房中搜寻，无有，不知早被麻姑去试毒老鼠矣。齐氏搜无，回房与遇喜相议，须如此如此，方保无事。遇喜又去唤至麻姑，齐氏叫曰："妹且坐下，有事与你相商。你同遇喜在我家中，如儿子一般看待，无一点苛责。我今未有子息，将来总要螟蛉过继，今与你商量，遇喜过继与我作儿子，你与我作媳妇，所有家产即交你两人掌管，即择明日过继，并成就花烛，何如？"麻姑曰："有此美意，怎的不好！只是员外不在家，惟安人一人主不得意③。二则甥爷未好，放心不下，要服伺好些，能回转江南，那时再来相议。安人不必再讲！"言讫，转身出去。

齐氏又叫曰："妹，慢些去！我再问你一句。"麻姑便回身曰："话已说明，还问作甚？"齐氏曰："你要伺候甥爷病好，设或不能好，死了，或有亲人招之，怎处？"麻姑曰："死去眼不见便罢。现在见病如此，怎忍弃之！"说讫又去，再叫不出。齐氏无法，对遇喜曰："他说死了便罢。"遇喜曰："可将他毒死，岂不了当！"齐氏摇头曰："行不得，那小妖精好厉害，怎瞒得他？你我有几个头来杀？想一妙计，把病人掣开④，把他毛猴去弄⑤，方好。"

---

① 出破：告发。

② 犬公：公狗。

③ 主不得意：作不得主。

④ 掣开：分拆开。

⑤ 把他毛猴去弄：使她没有把戏可玩。毛：没有，本字"无"。弄猴：玩把戏。

遇喜曰："要将他掣开极快。前日进城去买砒霜，见有出赏格：有人献出打死大和尚之犯人，赏银一千两。有人拿获开王墓之人者，赏银二千两。获杀钦工一家并尼姑十二人者，赏银一千两。几大事乃是他年中秋月夜自己说出，都是他一人下手。明日去倩[1]二人假作公差，引他踏门[2]进房，说搜拿重犯，将病人背出，进城去献官出首，奴婢去揭榜文领赏。此一举三得：一调虎离山，使小妖精眼不见了；二得横财四千银，添我们富足；三保全身家，不致藏匿钦犯。只是太狠，害他凌迟细割。"齐氏曰："既有榜文，恰好以公济私，快拿去出首领赏，此是他应得之罪，说甚太狠。"遇喜曰："既可，明早便行。须先将小妖精离开。被他拦阻，则不能出脱。将他先遣离，待回来，安人故作惊状，说被官访获去，遣奴婢跟去探信。那中秋所说之事他同听，乃天大的事，敢与出头耶[3]？再者，银取五十两，与奴婢带去上下衙门使用，四千两银就可领得快。"齐氏依之，主仆二人商定，以为得计。

是夜睡至五更，齐氏先起床，出至云程房中，谓麻姑曰："妹，厨房内草柴已烧完，今早无柴煮饭。可将甥爷暂交与遇喜照顾。妹赶早去内山，柴讨一担[4]来烧。"麻姑即出去讨家私[5]。齐氏随问云程曰："贤甥，这几日病症可好么？"云程曰："脾胃略开，吃物有味，只是风气[6]犹在，胶手[7]仍是不便，多谢舅母遣麻姑姊来，日夜服伺，才延一线之息。天高地厚之愿，何日得报？"齐氏曰："那只[8]妖精比贼更恶，舅母有敢叫他来服侍？不知他怎的与贤甥有缘，自己情愿来伺候，日夜不离。今叫他去砍柴，勉强而去。"

齐氏话未说完，麻姑拿了枪担[9]镰刀绳索，包带冷饭，进于房内，谓曰："药已煎好，粥已熟，甥爷欲食，叫遇喜来伺候，女婢去讨柴便回。"说毕，直趋而去。齐氏曰："贤甥便看，临去还进来吩咐。若汝舅与舅母病，亦无只小心[10]。"云程方知麻姑不是主人遣他来的，乃自己来服侍，真心不辞劳苦，惟感激于怀。

---

① 倩：雇用。
② 踏门：踹开门。
③ 敢与出头耶：（她）敢出头帮他吗？
④ 柴讨一担：砍一担柴火。
⑤ 讨家私：寻（砍柴）工具。家私：工具。
⑥ 风气：风邪。
⑦ 胶手：手脚。胶：足，本字"骹"。
⑧ 那只：那个。只：个。
⑨ 枪担：一种两头尖的木扁担。或作"枪杖"。
⑩ 只小心：这么小心。只：这么。

时天已大明，齐氏回自己房中，叫遇喜去行为。遇喜出门至路口，恰遇两位脚夫。遇喜曰："有一病人，雇你两个轮背至城内。一个与你五钱银子，去不去？"那两个乃下南兄①，答："好。"遇喜又曰："要听我教导，到城内另有点心与你吃。要你假作公差模样，带汝们进房。病人必问何事，你说是城内公差，来拿逃凶去治罪。即将他背去，我与你同去城内王府。将他放下，即了事。你自回去，何如？"二个曰："凭你调度，先要交银子，先拿来再讲。"

遇喜即带二人到家，先交了银。自己带五十两银，又带碎银，引二人进房。云程惊问："何人？"二人曰："公差来拿凶犯进城治罪。"云程一惊，即昏迷，由他抬背，一齐出门，飞奔而去。行有二里路，至望北台②岭顶，寂静无人，将云程放下歇息。

那时云程迷醒开眼，见遇喜，问曰："何事叫人拿我？到哪里去？"遇喜曰："我未曾拿你，是城内公差来拿你，我跟去探信。"云程看两个不似公差样式，问曰："我犯何罪来拿我？"那二人不能答。遇喜代应曰："无犯罪？那腿上伤痕，中秋夜扒墙遁去，自思便知了。"云程知是遇喜弄鬼，叹曰："可惜我盖世英雄死于狗奴之手，罢，罢，罢！"遇喜曰："肯罢就是了。随雇二人背起快走！"二人又将背起便行，突然后面有人赶至如飞，高声喊曰："你这三个该死的奴才，把我甥爷背往何处去？快放下还我！如迟，将汝三狗才顷刻割成肉酱。"

那脚夫回头看，乃一粗眉大眼的健女子，持镰刀，一手抡枪杖③，如飞赶至。二人观来势甚凶，将云程放下。银已先前掏④了，不管是非，先跑下山去了。遇喜见是麻姑，魂已去了一半，要想走走不脱，只得迎之曰："妹，是我在此，你怎的也来？"麻姑曰："我早知你今将甥爷背到何处去？"遇喜曰："实不相瞒，城内出有赏格榜文拿获甥爷，有人献出者领赏，如匿者同罪，因此安人惊恐，叫我雇人背去出首，免累。今与妹子同送进城领赏，免得你日夜服伺劳苦。"麻姑曰："你怎知甥爷犯罪？敢拿出献官。如不是，献错怎处？"遇喜曰："中秋夜他亲口说出，你我都听明白清楚，怎的会错！"

麻姑曰："原来却被你听到肚里，一计未去，一计又来。我若不来，甥爷却被你害了。你受用也足意了，我正要代主人杀奸。"遂将遇喜揪着，拿起镰刀将杀下。遇喜跪倒，哀求说："情愿背甥爷回去，下次不敢。"麻姑曰："赐你全尸

① 下南兄：俗呼闽南人。

② 望北台：在福州闽江南岸山岩上。

③ 枪杖：即"枪担"。

④ 掏：拿。

罢!”放下刀，只将枪杖向心窝一格，遇喜即气断倒地。将身中青衫剥下，扪腰间有银，取来自存身上。恐其复活，将刀割断咽喉，尸首拖落山坑丛草里。将遇喜结果清楚，始回顾云程。

那云程被脚夫放在石上，惟心定，手脚不能动，耳闻目见，皆已了然。麻姑治服遇喜如猫治鼠一般，思此女如此凶狠。麻姑随问曰：“甥爷受惊了。奴家救援来迟，幸未被恶奴害命。”云程曰：“受惊不妨，务要救人救到底，再回去不可，要商量把小生背哪里去逃生耶?”麻姑笑曰：“今祸根已收拾干净，还怕谁来！自然与甥爷同逃，寻安身所在。”随将镰刀、索子缚于腰间，把遇喜青衫遮云程头上，背起，枪杖作拐杖，缓缓下岭。离了望北台岭，由西北后山而逃。

正是：前面螳螂休得意，后头黄雀不容情。欲知将云程背往何处，且看下回分说。

第一一三回　自认作妻使女劈鲫　天报谋夫淫妇自戕

却说麻姑背云程下望北台岭，转即往白龙江等渡。恰遇一洪塘渡载客泊在道[①]，将开。麻姑赶搭，遂登船，将云程放卧堵板[②]，船随撑开。同渡人众因见一村女背一病羸之少男，皆拥进观看，或问："何人?"麻姑曰："乃奴家之良人，患此奇症，背来求名医调治，因治无效，仍背回来，搭船回家。"或问曰："家在何处？何不托亲戚往来？何必青年妇女抛头露脸，自行背负耶?"麻姑曰："家住旗山下，贫而少亲。要救丈夫，无奈自己勉力，顾不得出头露脸。"内有悯者，或称村女贤惠难得，或近看病症，问其病源，或曰鹤膝风失血，或言风半入骨难医，或言是色欲过度，或指为恶煞风，鬼风入骨，一人一口，闲评不休。

内有一老人曰："尔们所论都不是。此症因用力伤筋，风半入骨缝，血住不行，以致血枯筋肿，四肢败废。内腑无病，只须风消，血亦即通筋，便能走动矣。"众曰："前辈既晓得此人之病根，须用何药治之?"那老者曰："此病药不能医，惟有一单方，擦之风即出，应手而消，只是此单方难寻。"众问曰："何物难寻?"老者曰："大鲫鱼油。"众曰："前辈乃是说真方，卖假药。鲫鱼遍处皆有，何说难寻?"老者曰："这鲫鱼一尾要三四斤重，只须一片脊肉，放锅中熬，自有油出，将油擦了，其风便消。如街上买的不上斤，哪里有油!"

众人共曰："大鲫鱼从未见过。"渡工在船后撑船，答曰："尔们都只是没见过。鲫毛上斤，漫道三四斤，若要七八斤亦有。"众曰："莫非是海鲫才有只大[③]?"渡工曰："不是海鲫，即在此邻近潭中就有。"众问："在何处?"渡工指曰："即在前面山下龙潭里，鲫鱼大有四五十斤，小鲫鱼亦有七八斤。那里山神最灵感，无人敢去捕取。如有捕鱼，非淹死即跌伤。连人迹都罕到，故此少人

---

① 道：道头，渡口。

② 放卧堵板：放下躺在舱板上。

③ 只大：这么大。只：这么。

知。”渡工一说，众人皆说曰：“不错，惟那里有。但有神明看守，不许人取也。”有一儒者曰：“此亦不难。昔孝子有王祥者，孝亲得鲤。今贤妻为夫，岂不得鲫鱼乎！既家在旗山下，去龙潭不远，只要心诚意虔，求必得之。”船上尔言我语，铁麻姑皆默听存肚内。

不觉船到洪塘道头，众将登岸，老者曰：“且慢！可怜此位小娘子背丈夫回旗山甚远，此病人脚手不能动，至路上岂不跌坏，可取带来绳子，先代其缚紧背上，方稳当行走。”众遂将麻姑腰间绳子解下缚好，麻姑谢了众人，徐步登岸，众人亦散去。麻姑路中有买糕饼为云程作点心，问曰：“甥爷身上如何？”云程曰：“浑身麻木，并不知痛。今姊姊把小生负往何处去？”麻姑曰：“路上行人口似碑，不闻渡船中众人评论，对面山下龙潭里有大鲫堪为单方。今就去那里搭寮存隐，求取神鲫，岂不两得其便。”

云程又问曰：“姊姊五更已被遣去讨柴，怎知赶来救小生耶？”麻姑曰：“奴家早已料定他与遇喜又干甚勾当，怕奴在家不得行为，故遣出门。因此不去远山，只在对山丛林里斫削枯枝，着意即刻回来。只斫有几枯枝，便见遇喜出门，即带两人进室，须臾，背甥爷出去。奴家知事不好，即由小路追赶，恰在望北台岭代主人杀去奸夫。”云程又问：“何谓杀奸？”麻姑一面行，一面说，将齐氏通遇喜，欲毒死承训，被奴家解救始末情由尽行说出。云程听了讶甚，曰：“不意姊姊有此等重义！小生愿拜下风。”

一路问答，直到十四门桥地方，一连三间排①村店，招牌上“魏家酒店”，油烛、京果、杂货皆有。麻姑随问店中：“去龙潭还有多远？”那店家四十余岁，便答曰：“龙潭在此内山，小娘子由何处来？所背何人？去龙潭何事？”麻姑曰：“奴家住鼓山边，所背者乃吾良人。因得风瘫之症，诸药无效，有人指点贵处龙潭，内有神鲫，求取一片熬油，擦之即愈。因此特来龙潭结寮求神赐鲫，救夫危症。不知果有神鱼否，求为指示。”店家曰：“有之，只是难求。小娘子既来取药，带枪担、镰刀何用？”麻姑曰：“夫病家贫，惟斫柴供夫药饵。”店家羡曰：“此等贤妻，古今罕有。夜已昏暮，那龙潭甚属荒秽，有野兽伤人，今夜暂留在此对面空房里住歇。明早遣人同小娘子去那里斩草，才好结寮。今夜切不可去！”麻姑依言。

那家店主即令工人打扫空房。麻姑解放云程睡卧在床，送至夜膳饭食，是夜同睡至天明。店家拨三个做工，各持刀、斧、山锄，带同至内山里许，有大深潭。旁择平地，傍岩架一座小茅寮。麻姑去寻采干茅草，如裀褥，而众人搬

① 三间排：三个开间的房屋。

进椅、桌、床铺、锅灶等物。店家因留食了早膳，始令工人代背云程至茅寮中。

一转眼天晚了，云程曰："不意此极幽静，好安养。不知潭中鱼怎能取得来?"麻姑曰："不闻此处山神最灵感耶？怎敢去妄取获咎！待夜静，奴家向泽祷告，准取不准取，求神今夜乞灵梦示，何如?"云程称："有理。"至夜既静，麻姑至祷告一回，进来仍同云程睡到鸡鸣，同醒，问："甥爷有梦否?"云程曰："梦倒有，只是不知意。姊姊有梦否?"说来同详。麻姑曰："吾梦岩壁上写'难难耳'三字。"云程曰："小生也是梦见此三字，想难而又难耳，是神明不准，切莫去取，取必有殃。"麻姑曰："怎敢违之!"云程又曰："山高寒甚，姊姊短衣跣足难堪，可去置长衣、鞋、袜，御了寒，再论别的。"麻姑笑曰："奴家不妨，先去打办甥爷病体要紧。"随将寮门遮蔽，带银至十四门桥店中，不表。

却说那店主是甚等人？乃是魏晃，在地称为一户[1]之田舍翁，日时雇工二桌人。自家只三个人，一个妻林氏，一子名吉士，才十岁零，亦为帮工。麻姑进内，林氏问及姓名。麻姑把母家王氏，夫婿吴郎，内外皆无父母，夫好，又得此危症，诸药无效，惟鲫鱼油堪治，因人指点，昨日由鼓山边直背至此求神等语说了一遍。林氏称羡不已，欲要之为谊女，麻姑遂拜契两亲。

令其去穿衣鞋，麻姑献出银，代为备买。林氏将簪、珥、衣服，先令其穿戴。问及曾否求神取鱼，麻姑答："神不准取。"桌上排有笔砚，随手写"难难耳"三字。魏晃曰："只道谊女是乡女不识字，原来字写极佳。"吉士笑曰："神亦简写，难字下字只两点，为神亦要小写，难怪人草率耶!"共笑之。

麻姑随抱衣服而回龙潭。路上思："神省笔，必有讲究。试来拆开解，将难旁挪移放耳左边，下两点移补佳字右边，岂不是'准取'二字耶。"麻姑猜着，喜不胜。忙回寮中见云程，未说与魏家拜谊，只说送衣服与己穿戴，又言猜出神之隐语，三字乃"准取"二字。云程觉悟曰："真是准取！姊姊去借鱼网。"麻姑曰："不用鱼网，只用钩钓，愿者上钩。"麻姑遂以铁为钩，垂于泽中。只见无数巨鲫穿波逐浪，突有一鱼抢钩跃起，麻姑将竿挑起岸畔，弃竿急捉之，巨鲫也。十来斤，鳞黑似漆，尾大如蒲。

肩带有刀，按于草坡上，照脊旁削了一片。鱼仍放于潭中，游水如故，惟去一片，半边红，半边黑。半片鱼[2]至今犹在，人常见之。麻姑遂将鱼一片拿入寮中，与云程说知，皆感德神恩。即入锅中熬油，贮入碗内凉冷，擦云程有肿处。便炊饭同食，又擦，日夜涂擦不离，擦三日，其肿即收，四肢复原，始

---

① 在地称为一户：本地首户。

② 半片鱼：鳊鱼。即福州话"半爿鱼"。

知痛痒，犹不能动。日日擦之。此且不表。

回说高盖山齐氏至午后不见麻姑回来，时值近山有虎为害，谅是被虎咬去，无甚心痛。惟望遇喜领赏回来，日夜盼了四五日无迹，疑是得了四千两银，拿回自己家娶妻置产，不胜忿怒！自雇轿，门户托邻妇照应，一程扛至阳崎江遇喜家中。

阳崎江在高盖山之西，有山临江，接上郡[1]及永福山溪之水，与马江合入归海。遇喜乃阳崎董家子，父董大，母秦氏。因贫，遇喜十八岁被卖在承训为奴，生颇俊秀，遂通齐氏，常有东西偷与父母。高盖山、阳崎两墩[2]皆知主仆暧昧情事。遇喜又于数日前才盗米回家与父母。

突闻齐氏轿到，董大妻迎入，问："安人何往？"齐氏开口便骂曰："尔子好大胆！强盗我银回娶妻置产，叫他出来，再讲道理！"董大夫妻讶曰："哪有此事！遇喜前八九日回来一次便去，以后并无再回。如不信，可问邻居。"男女皆在，俱说无回。齐氏直撞进内，查看仍无。四壁玲珑，冷灶无烟，信之未回，并不再问，即上轿扛回家中。暗想："他必定将银子拿去别处勾搭情娘，亦不回家。"又雇数人去城内查访，不敢说出实话，乃说遣去支银不回。

数日，亦查无迹。齐氏忧忿成病，七情所感，日重一日。家无别丁，茶饭勉强自顾，至数日不能起床，即请邻人去赶[3]承训回来。及承训回来，见其妻自把刀仔[4]割喉而亡。问邻人其婢仆何处去了，邻人云是婢去内山讨柴被虎咬去，遇喜不知何故逃走，查无踪迹。又问其甥，邻人俱皆不知。承训只得收敛齐氏入棺，抬去埋葬。但那齐氏与遇喜私通，近邻皆知，看承训如愚，全不瞅睬，连族人亦不来往。今孑然一身，族人怜之，随择族间一男一女承嗣，亦得安乐。

那遇喜之父母因子不知存亡，四处无访。闻有人说望北台岭坑下有一死尸将腐，喉间一刀痕，想是被贼抢劫杀死。董大赶去，认是己儿子，不知被何人杀死于山坑。亦前听闻齐氏骂说偷银逃走，想是有银在身，被贼谋财杀死，无处伸冤。想欲去洪家吵闹，齐氏已死，两处人皆知其子与齐氏私情，被贼谋劫去之银，亦是拐齐氏逃走之银。承训已回来了，去吵闹，恐究出窃银而逃被贼杀死，反为无理。况前已立字卖身与他作奴，吵闹无益，惟恳托平素与承训相好的邻人，求多少银掩埋了事。承训早知此二人行为，思欲弃之。今闻遇喜被

---

① 上郡：指闽江上游地区。

② 墩：村子。

③ 赶：催。

④ 刀仔：小刀。

人杀死，齐氏又亡，亦甚清楚。邻人恳说再三，即与他十余两银。那董大有些银过手，亦别往作生理，将此银作本，完了事矣。

正是：愚直终须还自得，奸淫报应自分明。且看下文分说。

第一一四回 云程病瘳忿为假婿 魏晃义重代整真婚

却说铁麻姑求得鲫鱼油擦云程遍身，肿皆清尽，惟脚手不能转动，不知再用何药得以全功。麻姑向潭中祷，再乞灵示一梦。是夜梦见青蛙跳至。次早，问云程何解。云程曰："莫是即以蛙为药?"麻姑曰："非也，凡梦皆隐而无现。以奴家解之，蛙者乃俗呼水鸡，鸡乃属酉，加水为酒，神示以酒烫成功。酒能舒筋活血，试将酒试便知。"麻姑去十四门桥沽老酒，借汤桶[①]，与吴云程半洗半浸，连洗三日，脚手便能活动，遂能爬起举步矣。麻姑大喜，尽买肥美味调养，未半月，体将复元。

麻姑日间同飧共饮，夜来将茅屋分作两间，各自寐宿。云程体壮如初。麻姑谓曰："今幸甥爷病恙全愈，贵体还原，不用奴家服伺。此处荒僻，非长聚之所。奴家明日要与甥爷作别，不知甥爷何日回转江南，恕不能奉陪。"云程闻之，骇曰："姐姐今日何出此言？蒙姐姐扶危救病之大恩，又叨不弃许配为偶之盛情，或就此择吉草成花烛，不然同回江南合卺，与小生酬报于万一，何突言作别，令人心灰耶?"铁麻姑曰："甥爷亦何出此言？是何人把奴家许配甥爷为妻?"云程曰："乃姐姐亲口逢人都称小生为良人夫郎，还有不成?"

铁麻姑曰："怪道是[②]甥爷一向认错章旨。奴家因一孤男、一寡女同在一处，外面不假冒作夫妻，必生疑议，一疑议即生是非，灾祸必至，甥爷命休。因此千思万想，含羞忍耻，假作夫妻，始自免是非灾祸，才得保全至今安静无虞。今已同患难，不可再同欢乐也。"云程再三问之，麻姑不肯说明。云程涕泣曰："原来姐姐是这等议论，小生不知，以为实事。但姐姐既嫌弃小生，怎强之？惟今受恩之人忽然分别，岂不肠断？今无敢别求，惟姐姐所信者此处之神，今夜再乞灵梦来详，如神示之不可，只得听凭姐姐而去；如神示可，再为道议。"麻姑曰："奴之所言皆合于正道，何必再问于神?"

① 汤桶：浴盆。

② 怪道是：难怪。

云程再三求恳，勉强同出。云程向潭祝曰："弟子与信女铁麻姑，应否配为夫妻？如可如不可，祈各示梦，倍感神恩"等语，祝讫各归茅舍睡寝。天晓俱起，云程问："姐姐昨夜其梦何如？"麻姑曰："甥爷不知何梦？可先说，奴再说。"云程曰："小生之梦好极，见柯木长新枝。"麻姑曰："好极何见？"云程曰："此乃枯木逢春重发枝，男婚女嫁，能开枝叶接代宗祧之兆。又柯木乃冰人所执，神明代执柯，媒约许之，极好矣。姐姐何梦，乞即说知。"麻姑曰："奴夜梦一男十八女，不知何解？"云程曰："又佳也。一男子乃一人，为大字；十八女乃十八口，是杏字。幸与杏同音，大幸之奇缘矣！快去择日，完了花烛，同回江南，勿迟也。"

麻姑被云程详解俱可，无以回答，随进自己茅屋中寻思，慢慢详解。突然爬起问曰："甥爷梦柯木长新枝么？"云程曰："正是。"麻姑曰："乃是未可也。"云程曰："何说未可？"麻姑曰："柯旁之木，加一横木乃未字，分明排着未可二字，神明何曾有许可？"云程曰："小生之梦，被姐姐反解作未可，姐姐之梦再不能改变作未可耳。"麻姑曰："更是未可。女为口，男为丁。一男，十八女乃十八口，一凑十八，亦成未字。丁配口亦成可字，未可两字更属分明。明日不用择日子。"云程因此二梦，被麻姑解更属有理，心中一触[①]，从椅上翻跌于地，人已昏迷。麻姑即忙扶起，摄住人中，至半时方苏。

麻姑曰："甥爷何用如此。君子谋道不谋食，醉翁之意不在酒。局量似此偏浅，再触成病，把奴家前功尽废矣！若奴家慢些去，再陪伴几时好么？"彼时云程神气既回，停坐良久，叹口气，自扪进寮闭门而睡。饭叫不食，直卧至暮，何曾有睡，惟有长吁短叹。

俄闻外面有人与麻姑说话，由远而近，侧耳静听所说何言。那人说："明日打轿来接去，务必长在那里耍乐，何必在此受清风？"麻姑曰："长留在高梁大厦耍乐，怎的不好？只恐久住令人生厌。"那人又说："是他亲爱之人，永久不至厌气。"麻姑笑曰："不厌气，一世都在那里耍乐。"说至寮门口，麻姑便敲门，连声叫："甥爷，甥爷。"云程闻此语忿甚，故作睡状不答，遂寂然无声。麻姑亦不言。

盖起初二人同在茅寮中睡，今云程已愈，麻姑遂另搭一寮屋于岩后，离一曲地[②]，三面悬岩削壁，更属寂寞。是夜麻姑独寝，至半夜睡甚浓。有人潜入，揭去被窝，将麻姑拦肩抱住，全身压在肚上，惊醒要发拳不能发，硬挣扎，将一手撑上，一手插下，遂即将那人喉咙蒂卵根[③]抓撷住。那人却被抓撷难堪，

① 触：郁愤气堵。也作"歜"。

② 一曲地：一段路。"曲"似应为"橛"之误写。

③ 喉咙蒂卵根：喉结和下阴。

亦插下右手，将麻姑跨夹裆抓住，左手亦将麻姑喉咙擨摄，恰似鹬蚌相持。两个扭拢一团，俱不出声，只在床上翻滚。俄而滚落床下，四手才放。麻姑起一脚，那人躲过，亦还一脚，麻姑闪开，将那人拦腰夹住，却被挣脱飞奔出户。麻姑追出无踪，惊而思之。“哪里来有如此强盗，暗中能招架？还会再来，快去叫吴郎来帮捉。”

至旧寮，门一推即开，讶甚，唤之无应，至床前扪之，空床无人矣。暗笑：“原来就是这冤家心不死，潜来行强，亦好，今夜来试老娘手段。”知还会再来，仍回自己屋里。谁知那人已先躲在门后，麻姑进去，黑暗里被那人双手将臂膀箍住。麻姑欲起一脚倒踢，回思不可，只挣开一手，将那人嘴巴抠住。那人亦伸手向戳麻姑鼻子，却被麻姑闪开，回一羊头[1]，那人辄用双手刀[2]剁来，两躲不及，麻姑太阳角[3]被手刀碍着一痕，那人眼尾被羊头损伤一块。麻姑反身将那人脚抱住，那人突望空拔脱，飞逃而去，又追之杳而不见。

天既明，至旧寮探之，蓬门推之不开，从缝窥入，而云程在然。因思：“来无踪去无迹，果是奇能。这冤家夜来行强，欲变假成真，奴若无此奇能，岂不被强，今愿意同去江南？”自想自好笑，遂不睡，自来梳洗，将一张红帖取出，至旧寮门敲叫：“甥爷。”云程问：“何事？”麻姑曰：“快起来说话。”云程曰：“如今还有何话堪说？要说去高梁大厦里说！”麻姑曰：“正是来说。”云程方起开门。

麻姑将红帖递与，曰：“今日有人请甥爷吃酒。”一面讲，一面看云程眼角红肿数块，笑几失声。云程因闻其笑，仰头见麻姑额角亦红肿几处，自觉无趣，接帖看之，面写“吴姑爷”，内写：“归宁好日，洁觞恭请台驾暨小女回车宠贲，不胜荣幸之至。愚谊丈魏晃顿首拜。”云程看了，讶曰：“此帖请哪个吴姑爷回门[4]耶？”

麻姑曰：“惟独此宗事未曾与甥爷说明。当日自北台岭背甥爷，先至十四门桥留宿一夜，店主姓魏名晃，妻林氏，惟一子吉士，无女，一心要奴家为谊女。访知清白人家，遂拜之，因此极承爱惜，如同亲生。因甥爷卧病，未请回门，奴家虽时常往来，未曾来隔宿。今闻甥爷病痊，昨日遣人执此帖来请尔我今日回门。今早去梳洗更换衣服，待他来接轿，同去他家耍乐。食个自在饭，将养至贵体大壮，回去江南未迟耶。”

---

① 回羊头：武打招式之一，扭头撞击。

② 双手刀：武打招式之一，双掌侧如刀相向夹击对方头部。

③ 太阳角：太阳穴。

④ 请……回门：福州婚俗，迎娶日之后，岳家遣人去接女儿携新婿归宁，同日宴请宾客。

云程讶甚，曰："姐姐此事先不言犹可以，昨日有人执帖来请回门，亦何不言，至今日才讲耶？"麻姑曰："那人一来便带同去见甥爷，谁知甥爷连唤不醒，来人等不得回去了，奴家亦去睡矣。"云程曰："昨日甚时候有来叫？"麻姑曰："黄昏时候。因等不得，叫奴家代言耳。"云程讶曰："是否昨夜那人说明日接姐姐去，留在此耍乐，不与回去。姐姐答与长留，只恐被人厌贱。那人说姐姐是他心爱之人，永不厌气。姐姐又答一世都不回来，就是么？"麻姑笑曰："原来所说之话都被尔听了，假睡反来怪人。"

云程曰："既放帖[1]请客，日间不来，至夜才来，是何缘故？"麻姑又答曰："亦有查问。那帖清早交与长工，叫他先来此请，再去城内干事。谁知那长工将帖存于怀中，先去城内干了事，回来才至，故至天暗，亦是无妨。甥爷因何假睡不答？"云程叹一口气曰："怎怪得曹孟德不错杀吕伯奢一家。那时小生听姐姐在外与人之言，以为姐姐改变，辞却小生，另投朱门长久安乐，恐小生在寮内听知，故连声喊叫，探其是睡是醒。谁知乃错会其意，以是接回娘家，乃作改节私奔，致行胡为。辜负深恩，言之羞愧。"麻姑亦知其意，便笑曰："奴家自有制度，能保全其身。今莫讲，快去换衣作新女婿回门，将有人来催。"

云程曰："罢罢，魏家父母与小生半点无干，有人来请，姐姐自去长留在那里亲爱耍乐。小生有名无实，何须亦往耶？"麻姑曰："不去魏家，必回江南？"云程曰："亦不回江南，剃头发去作和尚。"麻姑曰："怎想去作和尚？"云程曰："以姐姐之重恩莫报，惟有终身吃菜拜佛念经，保佑姐姐另招个姐夫就好。"麻姑冷笑曰："果然，如今之人只可同患难，不可同安乐，有一的不足，把前情尽付于东流耶。勾践杀文种，汉高杀韩彭，今古皆如是也。"云程向前揖之曰："此乃姐姐不要小生为婿，小生敢不要魏家为岳家耶？要小生到他家，怎样答应？"麻姑遂将问答之言教之，随即梳洗换衣。

须臾轿至，各乘至魏家，拜毕祖先、岳父母。席设前后厅堂，丈人同小舅陪谊婿，魏晃有表姐杨氏，同林氏陪谊女，席虽分内外，门亦不闭，彼此皆看见说话。佣工同邻人来看新婿，皆羡天生一对，强绰齐整。魏晃先说曰："贤婿，今身体已复原，来日一起搬回，备礼谢神。"

云程曰："愚婿本郡人，幼失父母，蒙姑娘[2]抚养。姑丈在南唐伺主，随任江南。今春承姑命回故土省墓，住在鼓山边王婆之家。那王婆有夫侄女，即此谊令爱，幼失双亲，又无弟妹，蒙招赘愚婿上门。谁知成亲三日后，姆婆亡过，

① 放帖：送出请帖。

② 姑娘：姑母。

丧事犹未毕，愚婿即得病，手脚不能活动，医药罔效。因闻贵处龙潭有神鲫专治此病，要亲来求神乞赐。因家中并无次丁，又无外戚，难为令爱贤德，自行背负至此求神。因病久囊空，令爱随带刀担采樵作口粮，幸蒙岳父母不弃，随纳为女，诸凡皆周给，不至为樵，乃二位大人之造就也！今愚婿久病已痊，一乃龙潭神明之恩，二乃岳父之德，三乃令爱之贤，非此则早为枯骨矣。今恐姑娘在扬州悬望，要即回去再来。令爱不肯相随，不往亦可，惟是单身无家可归，在于深山中独居奈何？”

魏晃曰：“今即搬来舍下作伴，待贤婿回来。只是久病初愈，路上风霜堪虞，可再俟月余言之未迟。但此番坎坷，不知是贤婿之时运，还是小女之命运，一成亲就遭此恙。”麻姑曰：“是女儿命蹇，倒不是姑爷命乖。”林氏曰：“莫是择呆日[1]完亲，以致迍邅[2]？”魏晃曰：“今怎处？”杨氏曰：“有个方法，须另择上吉日子，从新再来拜堂合卺，把前的不算。如迟，添了男女[3]，就解不得矣。”林氏曰：“大姑说得有理。自今日起，吾女只在娘房中，不要与贤婿见面，待另择日，再作新人方可相见。”魏晃答是。

麻姑曰：“凡婚嫁日子，乃极好择的，哪有择错。此乃命运，怎怨日子？祈勿再行此作笑话。”魏晃曰：“吾女若不信，可将前何年何月何日何时完亲日子说来，对历数自然晓得。”麻姑自想：“何曾有作新娘拜堂。”遂以春间云程来省之日五月十九日骗之。魏晃对历数，恰是十恶破败兼犯“死符”“五死”，拍案曰：“哪个择日有此混账！这个日子敢择娶害人？造化知得快，还另改过，如不知，终身怎了？”麻姑坚持待婿回江南，再慢慢来行未迟。魏晃决意先行。

至席罢，林氏硬带麻姑进房，不许走出。魏晃亦带云程外房安顿，随自尽心择一上吉之日，一面修理空房，一面备办妆奁，即如招新婿上门。至吉期日，厅堂亦铺排华丽，鼓乐喧腾，洞房内锦帐牙床，亲戚盈庭，同来贺喜。铁麻姑浓妆艳服，如织女临凡，吴云程峨冠博带，却似牛郎下降。同拜了天地，又拜祖先、岳父母，再行交拜，引进洞房坐床合卺。是夜花烛辉煌，一个扬眉吐气，一个带恨含愁。

正是：茅寮苟合难成就，草屋成婚有不偕。欲知如何，且看下回分解。

---

① 呆日：坏日子，即迷信者所谓凶日。呆：坏。

② 迍邅：坎坷。

③ 男女：子女。

第一一五回　空花烛麻姑表先世　别溪桥云程毁生祠

却说十四门桥魏家以铁麻姑当作亲女，重新来行婚礼，招赘云程上门，与麻姑合卺花烛。至洞房人静更深，惟新娘新郎两个，麻姑笑谓云程曰："那二个老头皮[①]有些癫[②]了，好端端叫我们作生旦，作戏与他们看，不知银钱破费多少。"云程接答曰："似此盛情，将来总要图报。"麻姑曰："把你我来作戏，何情可担耶?"云程曰："姐姐所虑者，因无媒妁主婚，不敢苟合。今有谊父母主婚，礼已周到，以遂明婚正娶。"麻姑突变色，喝曰："甥爷汝讲甚话。早已剖明，汝又弗许，怎的心犹不死，还在妄想！此乃两老疼爱尔我好意，怎敢违之，只得任其所为，我心总不移。谁知甥爷以假为真，还说此话。总是奴家在眼前，才有此唠唠叨叨，从今远离开，则无想矣。"言讫，望外便走出。

云程拉住曰："不必如此。真假夫妻，惟汝我心知，今夜姐姐自走，岂不自相矛盾，被魏家看破，负了盛情也。且请息怒，容小生说明，去留听之，姐姐既如此执意，谁敢放肆!"麻姑住步，仍同坐定。云程又问曰："姐姐之心殊属不解，起初病至甚，姐姐时刻不离，今已痊愈，而姐姐又欲远离。今已遵照神示未可二字，姐姐假借外是小生之妻房，内是小生再世之父母也，不敢再有他想。惟有一宗，求乞示知。姐姐与小生乃系萍水相逢，因甚无人遣命，自逞身伺候不避嫌疑，即贤妻亦不及矣。又赶去岭上杀死遇喜，窃负而逃.认作亲夫，并舍命求药，尽力扶持.姐姐之心意令人猜度不出，祈为说知，以解怀疑。"

麻姑叹气答曰："甥爷不问亦不敢言，甥爷知奴家乃何人？奴家祖父王仁达，在前朝为大都督指挥使，立有功绩，言事不避，前王璘恶之。因南唐攻建州，延平兵变，诬以反叛族诛。先父单名淳，武勇过人，越墙而逃。奴家自幼

---

① 老头皮：老人。

② 癫：发疯。

失母，常在舅家学文习武。至换新王，先父改名姓，在南台开木行，代客发货。钦工使渠耿督造寺院，用行木勒给半价[①]，威迫难堪。行客[②]索取木价，变业产[③]尚不够抵，无奈将奴暂卖与洪家为婢，凑还客数[④]。先父抑郁而死，只遗奴一人，落于人家为婢，日夜悲伤。祖与父仇不共戴天，欲自去行刺雪恨，其奈门路未熟，日夜肝肠寸断。至中秋夜，在屏后潜听甥爷杀了渠耿一家，毁了王璘坟墓，代奴报了亲仇，便死无憾。因此佩感大德，欲图报答无门，适遇甥爷危症，正是奴家报答。今幸灾消病痊，可表寸心，怎敢言报！”

云程闻之讶甚，曰：“怎知我吴云程先再造于乃祖，复重生于乃孙。当初诛吴枢密一门，若无令祖通信，先抱走小生，早作刀下之鬼；今日若无姐姐之舍身护卫，已变为土矣。此恩德何日得报。今既说明，小生明日即行，无疑矣。待姐姐择有姐夫，小生再来效犬马之劳，图报于万一也。”麻姑曰：“甥爷说甚，谁人不知奴有了夫，还肯重夫再嫁。甥爷今回去另择高门贤淑，接代宗枝，莫把看样妻子为念。奴家既有了谊父母投傍，再不他往。以后甥爷有来时，若不忘旧情，到此溪桥一盼足矣，并无别望也。”

云程含泪曰：“姐姐说甚，汝既不再嫁，男岂肯重婚，顾得什么宗枝。今既忍别，泪滴心灰，再来何为耶？”麻姑曰：“心不能灰不来可也，心若能灰来有何妨耶？”云程曰：“谁不欲灰心，讵心凝为铁，泪愈滴愈紧，奈何？”麻姑曰：“不行终不能灰，一登程不泪而自灰矣。”云程曰：“明日决行，灰不灰由他，可留诗以为将来记忆。”随取妆台画眉之笔墨，向房壁上题曰：

心不能灰坚似铁，泪凝成血陨如麻。
老天不肯容姑息，怅别溪桥夕照斜。

盖云程诗中暗存铁麻姑三字，麻姑看会其意，和曰：

闽海吴江咫尺间，云山无阻去何难。
登程不管他人事，十四门桥水自潺。

云程吟麻姑和诗，亦有己名，愈加敬爱。暗叹：“此怎教人心之能灰也。”二人诗题已毕，天已大亮，云程仰天叹曰：“雪隐鹭惊飞始现，柳藏鹦鹉语难知。姐姐若不说真情，致小生终身不能见解。便起行，还要到高盖山探访一遭方可。”麻姑曰：“既离火坑，岂可再入，无人往救矣。”云程曰：“今可放心，

---

① 强行以半价收购了木行的木料。
② 行客：木行的供货商。
③ 变业产：变卖田产。
④ 数：账，欠账。

不劳再救。”

正谈论间，丫环送上点心茶汤，敲门进房，麻姑接过，丫环出去。顷刻，魏晃同林氏、杨氏进房，皆曰：“来道喜。”麻姑曰：“罪重。女儿与女婿未到三位大人膝下磕头，先来道喜，岂不反背耶?”魏晃曰：“非独来道喜，因丫环说吾儿与婿有作诗，题于壁上，兼来请教。”云程闻是来看诗，恐其识破，脸上失色。麻姑笑曰：“昨夜与婿偶占俚句，正要呈送父亲斧削。”

魏晃不甚知文义，讶而读之，曰：“吾女与婿乃重整小登科，该作喜庆欢乐之语才是。因何此诗似有离别怅恨之语?”云程知其不能破，遂曰：“为今小婿因病，恐姑娘在扬州悬想，欲暂离别，故发于诗，心甚着急，即今日起行可也。”林氏曰：“不可。今即新婚，亦须俟满月，哪有一夜即离之理。”魏晃亦曰：“再住几日去未迟。”

杨氏老妪曰：“如孙婿十分要紧欲去，由之亦不妨。老身有外甥在高盖山洪家隔壁居住，亦择日不好，新人轿[1]适被抬出与洪家新死妇人棺柩相冲，后亦得病甚危，夫妇坎坷。后有人教另择日子，重新拜堂，第二日外甥亦即起身去外方作生理，发有大财回来。孙婿昨日拜堂，今日回去亦无妨。”魏晃闻说有人做过，如意回来，亦听从之。

麻姑随问杨氏曰：“表姑所说新人轿被洪家何人棺柩冲煞[2]?”杨氏答：“那洪家名承训，乃高盖山第一户。其妻齐氏，与他使用之仆遇喜有私。那日齐氏使遇喜不知往何处支银，他拿银逃去，几日寻讨无踪。有人路过北台岭下，见有尸被贼杀死。遇喜之父母亦各处寻讨[3]，认是伊子尸首。那起先齐氏以为遇喜支银逃回，自家坐轿向遇喜之父母讨银，其母亦以其子不知将银拐去何处。比比[4]认着尸首，要往洪家吵闹。那齐氏因遇喜支银逃走，一触[5]即得重病，赶其夫回来，自把刀割死。因此遇喜之父母托人去求。承训念着旧用家人，不念旧恶，施舍十余两收埋其子尸首了事。其家有一婢，去内山讨柴，亦被虎咬去。承训惟孑然一身。后又闻其族人继以子女，今亦安闲自在。老身外甥亦是晦气，适着[6]齐氏割死之棺冲煞，比比许日，故此[7]重行婚礼。后倒顺事[8]。今孙婿即

---

① 新人轿：新娘乘坐的花轿。

② 冲煞：迷信指犯忌讳遭遇不吉。

③ 寻讨：寻找。

④ 比比：恰恰。

⑤ 触：焦虑。

⑥ 适着：正好遇着。

⑦ 故此：因此。

⑧ 后倒顺事：后来倒还顺利。

起身亦可。”

麻姑又问：“那承训何处才回？”杨氏答曰：“亦闻人说去做生理，或曰不是做生理，是去岭里收租。又闻外甥不知姓名，卧病在他家，后承训回来，问诸乡邻，亦说不知，或有人说他家中有人赶来，接回去了。”云程听知因由，自想我先是不知，今闻此信息，可不必去了。那杨氏随口答应讫，同魏晃夫妇同出备酒饯行。麻姑谓云程曰：“方才闻洪家之事，天不容奸淫，使其自戕。今可保无虞，奴家才放心了。”云程曰：“姐姐乃天上人，小生百不及一，愿拜下风定矣。”麻姑笑曰：“愿拜下风心宜灰矣。”云程曰：“雨被北风吹作雪，结之愈坚也。”

少顷席便，同出登席。作饯讫，魏晃备赠盘费包囊，先至龙潭叩谢神明，见那半边鱼同群鱼游于水面，愈异。随拜别岳父母、小舅、表姑，与麻姑拭泪而别。

正是：意却情难却，思深怨更深。

十四门桥在昭贤里，叠石为桥，水道十四，故名。龙潭山在十二都，下有山坑，有龙居焉。岁旱祷之则应，潭中群鱼游泳，无敢捕之者。铁麻姑所削半边巨鲫犹在。又有石四，状如龟、蛇、剑、印。

却说吴云程离了十四门桥，至洪塘，搭渡直抵白沙。登岸买酒菜，被唐举人看见，遮迎进庄，诸乡老款留不放。因称颂其功，引看报功生祠，云程见己之牌位形象，骇问之。乡人曰：“逢岁时年节，通乡皆来焚香礼拜，以报恩公之功德也。”云程不答，将形象打翻落地，践踏粉碎，随骂曰：“尔们不是报恩，明是报仇，把我一个雄壮之人拜得颠沛流离，命几乎被汝们拜休。快些拆毁，不然将放火通乡[1]一起烧去！”众乡人曰：“不可放火，拆毁便了。不独敝乡一处将恩公拜倒运，不知那钟南山、剑浦两处拜之犹甚。”

云程闻此，只在双髻峰隔一夜，再留不住，次早即往。仍至钟南山，见生祠，亦如是拆毁。被通乡款留一夜，次早又至剑浦，先访至祠内，见雕梁画栋，比双髻山、钟南山更甚十分，遂向前打翻，并龛座尽行拆毁。那看祠之人抱头鼠窜走去[2]，任其拆毁，无人敢进查问。

云程随步出门口，只见家家闭户，个个逃奔，欲问并无一人。适有一人跑得气喘，跌在路中，云程将那人扶起问故。那人曰：“汝不知也，强盗又来了。”云程曰：“哪里有？”答曰：“现在看祠之人来报强盗入祠打拆，乡人快去躲避。”

① 通乡：全乡（房屋）。

② 走去：逃掉。

云程曰："呆子，打拆报功祠是我自毁，说甚强盗。"那人定睛认明曰："原来是恩公本身到此拆毁，是何缘故?"云程曰："且去祠内说知。"那人大喜，引云程入祠，随出外喊曰："来的是我们恩人吴相公，不是强盗，不用走，快去迎接。"

通乡闻知，陆续皆至。乡老看云程皆大喜，各施礼查问："不是强盗，是何人敢将恩公禄位拆毁?"云程曰："弟去岁自此别后，则遭官符[①]病厄，几乎丧生，皆由三处建生祠礼拜祈福所致。至今始得回转，至白沙方知，已毁了两处，至此处并拆毁，不要建此。但不知有甚贼盗，如此害怕，说来再与你们除之，有何难事!"此乃吴云程生来之性情。

正是：四海五湖知己遇，相逢先问有仇无。欲知后事如何，且看下文分解。

① 官符：旧时阴阳家所谓凶神之一。

第一一六回　侠士保乡教练大鹏子弟
妖猫冒妇难逃临水香灰

却说众乡老闻云程言除贼甚易，不胜喜甚，遂答曰："去岁蒙救，谁知反害恩公不利，获罪靡轻，望乞渊涵。若问敝乡有甚强盗，说出来由恩公亦认得。事因他人命而起，就是冷巩之外甥艾绍武，因去岁水灾失去，生死不知。突有人来，冒认作福州艾绍武之伯叔，诬冷家谋占财产，率众强抢。通乡不忿，合往抵拒，退去。勾串诸恶少匪徒数百人，昨夜明火执械，劫掠通乡。适才恩主在此自毁神像，看祠之人疑是又至，出去报信，家家闭户逃走，有慢恩公，祈勿见罪。"云程曰："贵乡此等懦弱，又被这一起光棍欺凌，弟若不来，连人都要与他吃尽也。"诸乡老遂行重礼，跪请留之。

云程乃尚侠之人，见此苦留，不得不为之耽搁。便曰："暂留在此，勿须行此重礼也。"诸乡老喜甚，便问作何防备处之。云程曰："那毛贼若闻弟在此，必不敢再来。那冷家之昆仲何在?"言未了，冷巩、冷固突至，把云程抱着，泣曰："恩星何不早降，使人望眼成穿，请至舍下，告诉苦情。"诸乡老谓冷巩曰："你我独留不得，乡中一家来轮供五日，今即与你轮起，周而复始可也。"

云程遂至冷家，二兄弟各各告诉遭际苦情。原来那贼分了所掠财物，退入内山，以云程必不久留，俟其去了，再来劫掠。剑浦之人亦探知退避之由，愈加敬重。云程在冷家供膳五日。至夜间，冷巩曰："恩公若迟至数日，则家产荡矣。冷氏一门感再造之恩，无以为报，有舍妹及笄，颇不丑，愿奉箕帚，以报高厚于万一，勿嫌弃为幸。"云程曰："兄台美意，怎敢有违。惟弟有结发，不敢忘而复娶，望乞谅之。"冷固曰："不妨，或作偏房，或作小妾皆可。"云程坚辞，二兄弟遂不敢强迫。轮至李家，要妻之以爱女，张家要赘之以娇娘，云程一概坚辞。厌烦，要寻一幽僻之处自炊自食。

访至后山，有座关锁空室，欲进独居，查问恰好乃冷家之旧业，将搬入。冷巩曰："恩公若要清净，另择别处可也，此屋住不得。"云程问故。答曰："内躲有妖怪，有进无出来，连没了六七个人，才长封锁。"云程曰："弟之癖最拗，若说有妖怪，偏要进住，与兄再除妖怪何妨。"冷家只得打开封锁，自进去扫净。乡老闻知，又至阻止，皆不听。遣人作伴不要。无奈何，只得搬应用家伙、水菜等类送进，仍照派供给。拨人代炊，亦皆辞去。

其屋乃三进大围墙，后有园。云程宿过一夜，无动静，至第二夜更静，俄有一女持灯由园入房，谓曰："奉夫人命，请公子过宅说话。"云程愕然，答曰："异哉。此乃空室，久无人居，哪里有甚夫人，莫非怪乎？"丫环曰："非也，乃墙外另宅，不是此屋之内，公子去便知之。"云程虽疑不惧，即随灯至后园。

出小门踏阶而下，见四面墙高耸，屋宇宏敞，画栋雕梁，灯光闪灼。引入内庭，有一中年妇人，服饰整洁，旁一小女，姿容美丽，恭迎而去。递茶毕，云程问曰："夫人见召，有何教谕？"妇人答曰："妾苗氏，先夫黄某，官历冢宰。无男，只有此女，名唤九娘，年方二八，择婚未就。闻公子盖世英雄，两次保全敝乡，恩泽靡浅。妾乃女流，无以酬报，特请公子俯临，将此弱女九娘许配公子，为百年伉俪。家产尽付掌管，托妾终身，不知尊意如何？"

云程曰："夫人台命，岂敢不从！奈小生已有结发妻在，怎敢重婚而忘旧好，苟图富贵？皆因求姻厌烦，故择此幽静避烦。望夫人谅之。"妇人曰："妾家非比别人，乃一品夫人，小女乃千金小姐。他家纵有子女，未有才貌，未必敢与小女争赛也。祈公子金诺，不必推辞。"云程急起立曰："小生言无二句，望夫人海涵，勿再言之。小生性子不好，恐有冲撞不雅。"言讫行出。那妇人见云程变色，即曰："请勿动气，既嫌，怎敢强之。"仍令丫环持灯送公子回家，另日再议。

女郎仍掌灯，送云程至房而回。云程独坐，自思曰："此屋后不知有此一家官宦。"正在自想，又闻后户剥啄声，开门视之，乃女郎持灯引九娘至矣。云程讶曰："已与令堂夫人当面辞定了，小姐何用又来？快些回去，恐人闻之不便。"九娘曰："公子请从容，莫怪奴家又来。因闻公子说有原配不肯重婚，恐中间乃借词推卸，特地自来问个虚实，心才甘愿。敢问结发住在何处？令岳高姓尊名？曾否洞房花烛？祈说明便去。"

云程自思："哪有此等厚皮之千金小姐，不顾廉耻，黉夜自来说亲，索性与他说明，使其无想。"遂答曰："小生原配结发名铁麻姑，现在福州十四门桥地方，魏晃员外收为螟蛉，蒙招小生为婿，本年正月十六拜堂合枕，男誓不重婚，女不改嫁。不信可遣人到那里问之便知。今已说明，且请回步，勿再多言，恐小生性急不好。"九娘见声势不好，不敢再缠，便曰："公子既说明，奴家亦不敢再言，望公子海涵容恕，勿外扬是幸。"言罢，即同丫环转身而去。云程亦不出送，急闭门就寝。

至天明，云程回思昨夜之事，思后门哪有此家，一向不知。随起至后园探知，惟四面围墙，中一小门，窥之惟蛛网尘封，似久锁无启者，外无别户。惊异曰："昨夜分明妖怪，悔不下手捉之，料必还来，捉之未迟，勿与外人言之。"遂行出外厅，有人扣门，开看乃冷巩同十余个乡人，进内便问："夜来可安静否?"云程笑曰："笑话，哪里有甚妖怪。"巩曰："恩公诚天罡之祖煞，千军万马都不怕，何况这鬼怪耶?"众乡老曰："那强盗犹未散，惟望恩公长驻在此，那强盗粮尽，怕他不散!"

云程曰："诸乡老有命，怎敢不依?惟弟不能长留。今思有一法，当年建州集本处子弟为联甲，教练武艺，名为九龙，保护本乡，黄巢数十万贼不敢正视，诸郡皆陷，惟建州安堵[1]如故。今教之联甲，号为大鹏军，武艺练熟了，以保一乡，何怕几个草寇?那时弟可回去，列位请思之如何?"众闻皆喜。遂知会各村墩父老，挑选壮丁二百余人，就于冷家屋后大埕中教练，尽力教之。二个月余，个个有些武艺，通乡大喜，日日设宴欢饮。

那日云程回寓，立在门首望景，瞥见有一女郎飘然而至。视之，乃麻姑也。喜甚，忙携手进内，问曰："姐姐焉得至此?"麻姑曰："双亲闻官人在此与人保标，留必不放，遣妾身来催同行，庶免归返无期。"云程曰："姐姐肯来就好了，待数日谋而同归。"众生徒闻师娘至，各奉酒肴接风。是夜，二人房中共酌，云程曰："蒙姐姐跋涉至此，令人心愧。不知姐姐此番怎样回心，不弃小生吓[2]?"麻姑曰："是官人弃妾，非妾弃官人。自成亲起，何曾有离衿枕。魏家回门，才离数日，至拜堂合卺，只同枕一宵，官人执意即行，妾身再三苦留不住，还不是官人弃妾身耶?"

云程闻此语愕然，暗思："此语从何而来，莫非诈乎?"就此而答曰："小生知罪，望乞海涵。姐姐跋涉风霜，无以为报，惟酒多劝数杯以表寸心。"云程连斛一大杯，麻姑不辞饮干，云程异之，又斟又干。佯失箸持灯照拾，看其足穿男子镶花鞋，亦少异；称呼亦不同前，疑甚，假曰："外户未闭，出去再来奉陪。"随出外厅，有几个生徒亦在饮酒，向之密嘱：如此如此而行。嘱毕进房。

麻姑曰："妾身醉不能饮了，早安寝好么?"云程曰："夫妻离而复合，须择良辰，惟今夜不吉，未可也。"麻姑亦笑曰："官人说笑话。常言道，新娶不如久归，从来未闻归妇而复择日。"云程又试曰："因小生昨梦柯木长新枝，觉而复梦一男十八女，得此两梦，烦姐姐代解，是未可不是。"麻姑曰："妾乃女流，焉能详解。官人何解是未可也?"

---

① 安堵：（居民）安定。

② 吓：句末语气词，即"啊"。

云程曰："小生亦不能解，求名士代解，名士解曰：'柯木长新枝者，乃柯木旁添一画，是未字，排着未可二字。男为丁，女为口，一丁十八口，一十八亦未字，丁口亦可字，又是未可二字。此梦数日内百事皆不可行。'详得有理，故守此戒也。"麻姑曰："哪个草包名士此般解梦？凡枯木重发新枝，皆由根生发一画，应加在木根之下，是个本字。即一男十八女的，要一十八作未字！十八一作本字，便使不得？明明俱是本可。这数日内百事皆可，才得夫妻重逢，花谢复开之兆，却被糊涂草包之名士解作未可，误人不浅。"

云程暗想："亦属有理，我一个雄赳赳男子，倒被油头粉面[①]将梦解来解去，弄得七颠八倒。前本可，被他解作未可；今欲未可，反解作本可。他倒有天生聪明之才。惟亲近多时，深知他行径，此比前行径大不相同，其伪可知矣。"正停思间，见麻姑倚床托腮微吟曰："心不能灰坚似铁，泪凝成血陨如麻。老天不肯容姑息，怅别溪桥夕照斜。"云程闻又惊疑，思："既知诗，又似非伪。"

那麻姑吟讫，辄来搂抱就之。云程愈疑，口急作大咳嗽之声，俄闻外厢有人喊曰："师父且慢睡，强盗来了，快请师父出来调停抵御。"随即敲门不歇。麻姑骇问，云程曰："姐姐已知小生在此保标，今强盗又来抢掠，调拨抵御，须出去就来。姐姐请先安寝，小生就来陪伴。"言讫开门走出，有数个徒弟把云程拥至冷家。

诸乡老闻知，皆问曰："新娶不如旧归，师娘才到，今夜何等欢会，因甚嘱诸徒诈称贼至，把恩公调离，是何缘故？"云程曰："那个不是真的拙荆，仍诈冒而来，故脱身离出，明早再辨。"众笑曰："别的会诈冒，惟夫妻诈冒不得，由他去假，那容貌声音再无相似。"云程曰："起先容貌无异，看真，[②]拙荆肌肤无此过白，笑有笑凹[③]，又称呼与前不同。拙荆点酒不饮，他豪饮不厌，处处犯疑。"

内有一乡老曰："恩公差矣。岂不知桃花岁岁皆相似，人貌年年大不同。酒量加减，皆常有之。旧事亦有记错，切不可少异弃之，有关大义。明早请到舍下，与贱内小女会叙。"云程曰："长者之言金石，敢不如命。欲辨其真假亦易，拙荆之武艺比弟高十倍。明早挑几个徒弟，半拜见半请教。他的倒蹬腿最厉害，须防备，勿立背后。如举手站步有势[④]，切不可与斗，可走避，其真可知矣。

---

① 油头粉面：指女人。

② 看真：看真切，看清楚。

③ 笑凹：酒窝。

④ 有势：有武功架势。

如不能立步还手，其假无疑。趁其跑走，即将围住，众拳攻之，要他说出假冒情由方罢。”众乡老曰：“只可比试，不可相打。”

云程遂挑几个勇猛之徒，次早至寓所，见麻姑参拜，谓之曰：“久闻师娘武艺高强，学生同来请教。”麻姑曰：“武勇非女流所长，一点不识。”四徒曰：“师娘不必过谦，务要请教。”那个伸手，这个举拳，单打左边一脚，右边一双脚蹬过来，皆由师娘来教。麻姑半步不能招架，东躲西避。四徒知其无能，四面攻之。麻姑迫甚，忽变一黄猫，由胯下走出，追之无踪。

谁知被红衣小女踏尾于阶下，众往拿之。红衣女曰：“且慢，可先将耳鼻尾爪割去，令其破相，不能变遁。”众随取刀割完，女脚始放，与之拿去，而红衣女忽不见，众惊异。时外人入看甚多，有一个孩童，手执三炷香线点着，疑而问故。那孩童曰：“乃邻墩[1]人，由家中兄长患邪病，随父由水口进古田，请陈大奶香火回来，由船登岸，在此门口经过。内有围打假老婆，乃是奇事，随众进看。”众问：“香火在何处？”答：“在帽上。”众看果然有一小纸包香灰顶在帽上。众始知乃临水夫人之香火显应捉妖怪也。云程闻之惊异，将妖猫缚吊梁上，慢慢拷打，讯问是何方妖猫，怎敢变我结发形容诈冒。

正是：却是妖猫邪不正，岂关形貌变来差。欲知后事如何，且看下文再说。

---

① 邻墩：邻村。

第一一七回　云程鞠妖遣徒探妇　新月呼邻拒色却金

却说那妖猫缚吊被打难受，始作人言曰："勿打勿打，愿说。"云程停手曰："说便不打。"猫曰："我姐妹共三人，长七姑，少十一妹，我九娘也。各修炼过五百余年，共在冷家空室里小门内为穴。诱有男子三人，共迷至精液尽而无用，共食之。前日官人进内独居，喜从天降。知官人英气烈烈，不敢就迷，遂将七姑假为夫人，我为小姐，十一妹为小婢，引诱官人进穴，以为得计易就。谁知官人属意结发，坚心不动，无可奈何。七姑随至卧房盘问原配，并望动情。官人意不能动，遂将原配姓氏说出。七姑令我变作老妇，至十四门桥访之。遂投魏家为浣妇，殷勤奉承官人之原配，日夜追随不离。探知官人结姻根由，日日留心，效其形容、声音、举动、服色，竭尽精神，三日始似，前来冒诈。拟以原配结发无疑，必然欢会。不知是何破绽被官人看出，命生徒来打。现出真形逃走，被官人拿住。今四体不全，五官缺损，不能再变人形，求官人容恕。"

云程闻了，讶曰："莫不是我结发被你啖去，脱他形容来冒诈么？可直说来，免再拷打。"九娘曰："事到如今，还瞒何用。官人之结发现在无恙，若不信，可遣人查探便知。"云程曰："等查了再来理论。随做铁笼，将猫关锁，内外涂犬血。即带众徒携犬血，执械执锄至后园。小门外有一穴，随泼犬血，开出大洞。内人之骷髅叠架，一座屋宇相似，其中空而无物。即令填毁，以土筑平。

回问猫曰："穴内因何无有。"猫曰："七姑时遣十一妹变为小猫原形，来屋顶探访，必知而遁矣。"云程又诘："去何处？"答曰："三姐妹起先在福州大帽山天乙岩洞，因近都城不便，随择至此，谅两个必遁故处矣。"又问："可能追捕么？"答曰："要捉须带我指点，不然难降。"云程曰："你能教捉二猫，将功赎罪，饶命放汝归山。今且慢，待大鹏军操练精纯，再带汝同去收降可也。"拨人看管，给以鱼腥。

即写一信，遣四徒带去查看麻姑安否。四徒领命，至延津搭船。下水[1]快，

---

① 下水：顺流而下。

二日遂到十四门桥魏家，要见师娘当面亲交书信。魏晃先不知师娘是哪个，看信面有写名，方知云程寄自延平。报知麻姑，麻姑出来，四徒见而愕甚，看与被打变猫之女相似。麻姑接书开看，只四句，并无别话，诗云："碔砆冒碧玉，鱼目混明珠。皎洁清溪水，浮云有蔽无。"

麻姑看了，没头没绪，大不理会。随问四徒曰："奴家夫主现在何处？寄书与四位来，因何称为师娘？"四徒将云程在延津教练徒弟之缘故，并妖猫变冒之情由说知。麻姑听之，不胜骇异曰："怪道[1]前日突有一老妇自投，操作小心殊甚，常盘问奴家根由，幸未曾尽吐，谁知妖怪来访，一家皆不知也。"又问曰："后来怎被官人识破？"四徒曰："起先师父不知真假，喜从天降。至夜在房饮酒，言及旧事不对，故识破。即托故出。次早遣学生四人并去请安，随与比势[2]，因不能招架，现出原形。师父恐师娘被害，特遣学生来探望问安耳。"麻姑笑曰："原来如此，请进书房，与吉士弟奉陪。"

次日，四徒要回，麻姑令吉士邀[3]去玩游。适魏家二水牛触[4]斗不休，十余人拦之不开，斗至眼狂，连人都触，盘旋相顶，跌落大粪窖中。牛不能上，人不敢近，魏晃无法可施。或曰搭架，以绳用车[5]拔上。或曰将地开去[6]与粪窖平，他自会走上。铁麻姑闻之至，蹲于窖旁，突伸手把着一角，用力一拉，那牛顺势跃上，与工人牵去。又如前，一牛仍拉上，付与工人关于圈内。麻姑面不改色，衣无半点沾污，惟向河畔洗手。众乡邻无不喝彩。四徒见了，各伸舌三寸，相谓曰："这是我们真的师娘，所言武艺高强，果不谬也。"遂向麻姑讨回书，拜辞而回。至剑浦与云程说明已面见师娘无恙，并述拉牛之情由。云程喜而放心，拆书看之，亦只四句云："义重人胜怪，情浓怪过人。请怜属意切，何论假和真。"

云程看诗中之意，自思："造化识破，未曾被局，倘若成就，将来有何颜见之。"诸徒闻麻姑有此奇异，皆欲请接师娘来领教。云程曰："不必，他哪里肯来？"众疑其惧内，不敢强之，仍日夜操练，不表。

且说仁翰在凤岗将新月为谊子，爱如亲生。将往苏州，至南台托故友搭船，至则船已开，附搭不着，却被故友留住，数日未回。独新月一人在凤岗闭户读

---

① 怪道：难怪。

② 比势：比试，比武。

③ 邀：引导。

④ 触：（牛角）顶。

⑤ 车：滑轮。

⑥ 开去：挖开。

书。再说那三个妖猫，惟九娘最黠，能变化；其十一妹年轻，只供给使；七姑苍而悍，九娘犹惧之。那日九娘假冒麻姑，打现出原形，十一妹在屋顶窥探，见九娘捉去，飞报七姑，同逃大帽山天乙洞去。

那日七姑自行访诱，至凤岗，见周新月一人读书，便往扣门。新月开门，见一少妇入，问故。答曰："奴家乃邻居黄七姑，闻郎君独处冷淡，前来作伴。"新月骇曰："男女授受不亲，哪有暮夜收纳之理！娘子快请回，人知不便。"七姑曰："暮夜无知，祈勿见弃，来日有薄赠。"新月曰："娘子莫说无知，暗中神目如电，不纳，速去。"七姑哪里肯去，正欲下手搂抱，忽隔壁有人呼曰："公子有劳开后门，火煤[①]送老汉一个。"新月答："来了。"七姑即避出去。新月关前门，再开后门。邻翁入室，点了火煤，问："先前谁说话？"新月曰："说出笑杀人，适有一女娘扣门来投，辞之不去，幸喜伯来取火才去。"邻翁曰："有此等事。如再来时喊之，老汉即至，看是谁家女子。"

邻翁去。方就寝，七姑又至，轻弹外门，新月不理，七姑亦自去。次日黄昏就来，路由江边经过，见有一少年在厕出恭，好之。窃其挂在厕墙之蓝布包，解视皆白镪。掣至凤冈，适新月门半掩，闪入。新月出买油，入见，讶曰："娘子何时又至？小生乃读书守礼之人，岂肯胡为？切莫想错了。"七姑曰："奴家又来，并非别意，因见郎君读书清淡，特赠膏伙[②]之需，望祈笑纳。"

随将包囊解开，乃二十锭白银。新月曰："娘子勿以此物来赂小生，小生乃清白儒者，不是那等俗子，宁可清饥，不可浊饱，快带去，小生便饿死也不要。"七姑笑曰："郎君莫假至诚，此等景况，银有不要之理？先结同心，自然会要。"便把新月搂抱。

新月急喊："邻伯快来！"那邻翁闻喊，与三叟从后户踏门入。七姑因众人至，始放手。四老人共斥曰："何方娘子，不知廉耻，三番两次来缠良家子弟，拿送到官，看汝体面何存？"七姑敛容答曰："列位老丈，且请息怒，容奴说之。羞恶之心人皆有之，怜悯之心人皆有之。今奴怜书生有才而清淡，故奉白金相赠，欲来伺候公子，或为媵妾亦愿。尊丈若能撮合，自当厚报。"四老闻之，相谓曰："原来怜才馈赠书本，甚属可佳，错怪小娘子。"便谓新月曰："公子命好，有美人来赠书本，又情愿作煮饭婆伺候，何不允纳耶？"周新月睁眼曰："尊伯何出此言？即将小侄杀却，亦不收纳。快打发他去，不然一起亦并斥之。"

七姑曰："奴家与郎君这无缘分，既嫌弃便罢，金即留赠，奴且去。"言讫

① 火煤：火种，引火柴。
② 膏伙：生活日用品。膏：蜡烛。伙：伙食。

便行。新月曰：“银亦不要，快拿去!”七姑答曰：“是奴家自愿的，不须怕来讨。”新月再呼，他不顾而去。新月连喊不休。四老听了，无一不爱财。共曰：“公子真不要，且俟令谊父回来交与他好么?”新月答曰：“家谊父更明大义，哪肯受此。列位尽管拿去分用，并无别议。”四老曰：“公子与老汉们，便多谢了。只恐口说无凭，令谊父回来得知，来讨怎处?”新月曰：“决不要。”四老曰：“有写字据，老汉等方敢收用。”新月曰：“何妨。即写一字与汝。”即写曰：“某日夜静读书，有女投入，拒之乃去；次夜又至，拿来重金，却之不去，呼邻翁他乃去。其金仍在，乃无义之财，不可苟取，听邻翁取去分用，各无反悔。”写讫，又写天福某年某月某夜，艾绍武名姓画押。四老喜甚，携银而去。

正是：贫不要财自古罕，少能拒色至今无。后事如何，下回分说。

第一一八回　巧会合三世完缘分　溺风情二妻偿宿债

却说四邻翁乃郑、林、二张也。郑居隔壁，喜冲冲将二百银抱回屋，先备酒菜饭食了再分。前约以四股平分，至酒后，郑老以为首引，分双股，林老以本族应得双倍，二张不依，致争执闹动，林氏通族皆知之，会集来争曰："此金乃人赠我谊族孙膏伙之资，今谊族孙不要，应当入祠堂归公祭扫，你们外姓敢受耶！"四老以立字应得，不肯，彼此争之不休。

林族控于有司，追缴四老，连银并字皆缴官，乃匿银事寝①。族众又控锦衣卫，又寝。遂不愿②，叩阍③。闽王拨御吏中丞刘赞勘问。遂讯，四老将原根由直诉，又追出银、字，唤至艾绍武质说。新月将拒色却金之情由直说，刘中丞便骂有司曰："民间有此善良之人，敢匿不报耶？录实事供由复奏。"王羲闻之大悦，曰："今之杨太保、狄梁公也。"即批：艾绍武拒色却金，秉心廉洁，品行端方，甚属可嘉。着学院考试文艺，连人呈送，带见授爵，奖励风化。原金归库，沉匿之有司严行参革。刘中丞接批，转发考试。州师考了艾绍武文字，带送进殿陛见。

时闽王羲病久，未能视朝，在内宫阅文章，甚佳，察其人才又美，大悦，敕命钦赐状元及第，引进九龙宫，与李皇后尚妃簪花赐酒。后妃因见绍武少年美貌，奏请招为驸马，遂敕礼部遵办事宜，并饬知艾状元。那新月之谊父仁翰，被南台旧友留住，邀往鼓山涌泉寺游玩，旬余始回。新月请人往寻无踪，那时心乱，不知所以，族人又难与议。俟仁翰回来，先将原由述了，又问："怎处，或辞官，或辞婚？"仁翰曰："诏命已下，辞不得了。事已到此，违之反罹罪戾，且从之，将来再议可也。"新月无奈，从之。

仁翰在城内赁住华屋，置办诸事。吉期至，车马填门，官僚载道，妆奁从

---

① 事寝：案子被压下。

② 不愿：不甘心。

③ 叩阍：叩击宫门告御状。

嫁，簇拥凤辇而至。状元执笏，恭迎公主下辇，先行君臣礼，后入洞房合卺。新娘凤冠珠穗蔽面。状元含羞，不敢仰视。是夜鸾凤和鸣。次日宫娥扶公主行庙见之礼。公主认状元貌熟，愕甚。请谊父受参，仁翰不敢当，只受半礼。公主又视之，更讶甚。

庙见毕，进房。屏退左右侍从，谓新月曰："状元艾非本姓，可是姓周么?"状元答："是"。公主曰："谊公公是林姓仁翰么?"状元又答："是，公主怎知?"公主曰："状元可认得奴否?"状元曰："公主乃金枝玉叶，深居内苑，下官怎会认得。惟声音面貌有些熟识，怎敢混认。"公主曰："既认得，奴是林庆云。"状元讶曰："笑话，庆云哥哥乃男，公主是女，又闻他被乱军践踏而死。"公主叹气曰："贤弟果至诚，亦曾闻被乱军踏死，幸喜还在。只可惜把数年之清白结契一旦翻为夫妇，令人羞愧矣。"状元闻此，脸变通红，曰："原来阿哥乃女假男，弟实不知。昨夜疏忽，今有何颜相见也。"公主曰："只是天作，却非人为。"

新月便问拆散之情。公主曰："且慢言，先请兄之父亲来见。"新月曰："现在何处?"公主曰："那个弟之谊父，即愚兄之亲父也。"状元愕异。请至仁翰，公主呼父而泣拜，仁翰不敢认。公主曰："孩儿就是庆云，臂上红记尚在，父亲为甚认不得也?"仁翰看真，方认得。泣曰："为父道吾儿被水淹死，如何能在龙皇宫做公主也?"新月遂将作水灾遇见庆云，结为兄弟，至放火烧北宫，走出失散，说了一遍。庆云亦将为男妆与新月结拜后，同入皇宫，放火拆散，至换新主前往，才知即宝皇宫所放之。皇叔接位，认为谊女，从头至尾说知。仁翰听之了然，亦将落水遇救，及还乡会遇新月之情节，亦述与二人知之。三人悲喜交集。仁翰曰："你二人乃天定良缘，明早可进宫谢恩，实情奏达。"

三人一夜言之难尽。次日五更，公主同驸马进宫谢恩。闽王羲见新月喜甚。曰："后妃之眼力不差，选此驸马，配合一对佳匹。惟驸马面貌好熟，哪里会过?"庆云即跪奏曰："今臣女来谢恩，并来认罪。父皇招此驸马，非别人，乃宝皇宫之周新月也。先皆不知，至出房始认得，恕儿早不辨明之罪也。"闽王羲讶曰："是真的? 快伸手来验看。"新月将手臂现出红记，王羲看了果是。

看过遂问改名姓之故，新月跪奏曰："臣婿艾绍武即周新月，因出继艾姓为嗣，故有两姓名，并非冒诈。前于北宫放火，拆散，投在凤冈林家，拜仁翰为父，竟不知皇叔爷登大宝，一心想回江南。只道庆云已被乱军踏死，谁知公主即是庆云。前日叨恩招为驸马，因含羞不敢细视，出房日方才认出。更有奇者，臣婿之谊父林仁翰，乃公主之亲父也，一时俱会，此皆皇恩所赐，一并来谢恩。"

王羲闻奏大笑，曰："此非孤赐，皆天造地就之奇缘。昔之各散一方，今乃聚会一处，诚君臣父子兄弟夫妇之奇逢。命礼部制匾额，孤亲题为‘三纲奇遇堂’五字，送至驸马府中，以谊父林仁翰为翰林。”谕令毕，即设宴九龙宫。宴罢，公主驸马回府。仁翰随上表辞职，不准。不表。

回说庆云在台江遇二少年客商，一名张音，一名梁韵，其父母俱在忠懿王驾前随班。至王延翰改国号法制，谏主，削职为民。二姓遂迁西城外吴屿地方一屋内居住，有断金之交。那张音、梁韵同年同月同日同时出世，品貌皆美，总角时寝食不离。其父母早为其同日婚娶，张音娶梁氏，梁韵娶张氏，归房只三夜，出仍同榻，其父母亦无奈之何。二人将出外经商，父母恐其年轻未识，谁知更胜老客，大得利。而父母前后皆以寿终，二姓竟同合爨。

二人之品行虽好，惟好男风。前在台江遇见庆云，已被和尚抢去，酿出三条人命，惊了方罢。此番回来演戏，有个戏子姓易名如愿，眉目风流，喜之。遂捐金代其赎身，日则伺候，夜则三人共枕。那音、韵二人“贪骑别人马，失却自己牛”，其妻张、梁二氏与如愿私通，犹不知也。至买货欲带如愿同行，如愿诈以有病，俟愈后再赶去。二人以行期迫，遂先去了。如愿见二人已去，便畅胆[①]胡为，在家赌博嫖荡，将二家之业产败尽。其使女皆卖去，家中之雇工妇人，设计逐去。二家之余囊已尽，而二妇之腹膨胀矣。

忽有人报曰：“梁、张二位官人货船三日内进港，二人寄口信与我，吩咐二位官人娘先备便银六百两，等官人回来即要赶用。”那人言讫即去。张、梁二妇闻此，魂不附体。如愿笑曰：“此等小事就惊[②]，如遇大事，便惊死了！”二妇曰：“好冤家，这不是大事？”如愿曰：“依你说哪一宗大事？”二妇曰：“肚子被你弄大，怎敢见之？银子被你花尽，哪有银六百两，叫我们惊不惊？”

如愿曰：“我早算定，你说迟了。既有信回，快拿现银二百两与我漏夜城里去，打算叫两个龟子不能到家与你们作长久夫妻，何如？”二淫妇问：“有何法？”答曰：“现拿有海盗十余名，关在监内。狱官是我相好，托他买扳[③]，只要银二百两送与众贼，明日当堂咬扳二龟子通赃，官司[④]去拦江阻拿，用刑，怕他不招认？不过三五日，两个龟头落地，此计好不好？”

梁氏曰：“好倒好，只不忍害他。”张氏曰：“如今你我三人骑在虎背上，不得不如此，说甚不忍。都是他自己引鬼入门，勾搭这冤家，才有此一场风流孽债。家中现银只存二百两，快拿去料理。明早回信与我放心。”即取出银，用蓝

① 畅胆：放胆。
② 惊：害怕。
③ 买扳：买通囚犯做伪供，把其他人牵扯进去。扳：牵连。
④ 官司：官府有司。

布搭袋搭在如愿肩上，推他出门。

去有一里路，要出恭，适江边厕所，进去将银包挂在短墙，两眼守定。一回顾，银包已不见了，屎根惊断去[1]，顾不得穿裤即走起来，寻讨无有[2]，又不见有人，不知所以，惟东望西跑，并无影响[3]。

正是：天心有恨亏心狠，银子方教转眼空。欲知后事，且看下文分解。

---

① 屎根惊断去：夸张形容吓得连屎都拉不出了。

② 寻讨无有：寻找也找不到。

③ 影响：踪迹。

第一一九回　昧天良害节又害命　好男风逢恶亦逢良

却说易如愿在吴屿背银去城内买盗扳诬，至江边如厕，银包搭在矮墙，一回顾即不见，惊甚。四处寻讨无踪，急得东跑西望，无一人影。思再回去诈说还要二百两，他无现银，惟二人有首饰变换，只是不及进城去寻宿处。忽见有一娇女对面来，原来他所失之银即是黄七姑顺带去赠周新月，不纳，败兴而回。而如厕之人随路寻来，适遇喜甚。便问："郎君何往？"如愿见是美妇人，便问："贵姓尊名？家住何处？如何独行？"

七姑笑曰："奴家与郎君萍水相逢，便是良缘。先问郎君何处人氏？"如愿答曰："小生家在吴屿，姓易贱名如愿。娘子实欲何往？"七姑曰："奴名七姑，姓黄，家在大帽山，兄弟出外为商，惟一妹作伴。今日往对面山家视病，行至三叉路，有孩子手抱一搭袋蓝包跑来，疑是小窃，开声喝阻，那童即将搭袋丢下，人由后山走去，奴解开看乃一包银子。先遣十一妹将银抱回家去，存好再来，奴家在此等候。"如愿闻之大喜，忙拜曰："原来是小生救命菩萨。实不相瞒，银子是小生所失。"七姑曰："不要冒认。"如愿曰："娘子如不信，邀[①]小生到贵府，先说银多少锭对不对，如对，即还小生；不对，罚小生。何如？"七姑曰："可以。"遂携手同行。

到了大帽山，早将天乙洞化为屋宇，拨门进去。如愿见厅屋华丽。七姑入内，须臾同十一妹出来，各见礼了。十一妹曰："闻姐说银是郎君的，请先说来对不对。"如愿答曰："小生之银乃足色，共二十锭，计重二百两，用蓝布包裹红带缚扎，可是不是？"十一妹听讫进内。七姑遂邀如愿进房共寝，绸缪至天明。十一妹即办酒菜，唤起二人同席而饮。自此三人夜夜元宵[②]。

如愿至此得鱼忘筌，竟不言归，被二妖所迷。正是："色如花片飘无定，情似蛛丝粘即留。"那梁、张二氏在家等如愿回话，三日无信，急得无孔攒。忽有

---

① 邀：带领。

② 夜夜元宵：夜夜厮混在一起。元宵为团圆之夜的意思。

人挑行李铺盖入，曰："二位官人随后便到，先拨银去报税。"二氏闻言，计无所出，共去自缢而死。乡邻闻知，解救不及，即报其父母得知。

其二氏之外家①乃破落户无赖之徒，同来打人命。适张音、梁韵到家，被其揪住，骂曰："你二人缘何朋谋迫死妻命?"二人初初到家，不知何故自缢，急得不能言。须臾，言曰："我二人才回家取银报税，直待半月音信全无，我二人心疑。今日到家，如何说我朋迫妻命?"两姓之父母曰："胡说！你二人专好外交②，与老小③甚冷淡，近日必然在外作甚歹事，恐妻小闻知泄你机密。"二三十人，众口纷纷，不容二人分辩，遂把两家细软以及粗重尽意搬取，或打碎、或取去空空方住手，又把二人擒赴县堂鸣冤。

当时怀安知县姓侯名立国，为人最贪又暴。两家妻族人等将音韵扭住叫喊，那侯知县叫两家即去补呈，将音韵押住。先带刑房仵作④至其家验看尸首，暂命寄棺用封。台前各开供单，两家原告具呈以通番贩私，迫妻缢死为控。次日早堂，原告等同跪堂前，先问被告，音、韵将前情供了一遍。知县喝曰："你说适才回家，不知来由，被他们揪住诬告，何以你妻迟早不缢，恰恰汝二人进门时才去死？汝既说是诬告，能说出你妻缘何死的因由?"音、韵二人不能供。遂将二人寄外监，即时退堂。

那县官乃贪财之人，瞧二人乃大客商，意欲索贿，故作此问。音、韵二人不知，过数日寂然无托人来言，侯立国大怒，复提讯，各责四十大板。那二人怎经重刑，即招认免打，遂抄家产，以通番贩私、朋迫妻命定案系狱。此是二人因好男色，才至于此。

谁知有坏亦有好的。二人在漳州接如愿回信，说不肯去，便在兴化又买一童，十五岁，名陈进宝，品貌亦看得过，留在船中照看货物。至音、韵被拿到官，有司来抄封船货，进宝见势不好，潜入内舱取珍珠一包，存入怀内，走上岸去。所有货物尽被抄封去。进宝投在南台同郡林姓杂货行内，将珍珠估价，值四百余金。闻音、韵在监铐械严酷，凄楚难堪，进宝随斡旋进监看视，使银始得松动。因探知二人拟定死罪，代主鸣冤诉呈，击鼓叩阍。

时朝例有击鼓鸣冤者，先打一百棍候讯，如虚即斩。进宝舍命先受一百棍。王羲将状批发驸马同枢密院复讯，进宝收禁。原审之案件供由，呈进驸马查阅。庆云公主翻看船中数簿，内夹一小纸片，有诗四句，念之乃"补天手段再施张"

---

① 外家：岳家，娘家。

② 外交：指结交不正当性关系。

③ 老小：妻子。

④ 杵作：验尸官。

等句。骇曰："此诗乃奴亲笔歌咏，因何在此？"新月问故，庆云将前在夏七船中，载二客至枕峰，因其藐视渔子，题此诗。他以是真才，承其买船泊躲，订约俟其回来，带去安稳所在读书，奴因入宫，不知此二客何时回来。莫是此二客即当日之二客也？今夜可先带至后堂与奴家看之，连问根由，明日与驸马会讯可乎？新月答曰："妙极。正要与公主先问，明日再审才有头绪矣。"

至夜令提二犯到后堂。先问原供，不必差役多人。庆云将新月冠服穿戴，出坐公堂上，盖二人面相似，故无人知也。差役押二犯上堂，庆云先问通番犯科情弊，二犯同诉曰："巨细货物无违禁，出入口岸有投税，求青天面察分辨。惟朋迫妻命，不知何故，俱已缢死房内。二妻族早已打人命，犯人入门即被拴扭，不容分说，直扯至县堂。官又不容分辩，屈打成招，实无罪而就死也，惟求驸马明镜照剖。"

又问曰："你二人出外年余，家中还有何人出入？"二人又诉曰："犯人虽二姓，乃共住一家同爨，即如胞兄弟。只有二妻，未育男女①，外苍头老妇，内丫环家童。此番因家童易如愿患病，未得随往，故留在家中。至犯人回来不见了，及至监内，托人查访，始知家童破荡，家中余囊多偷去卖，丫头亦被卖，苍头老妇早被逐去。二妻未死之前，他已不知去向。"又问："此家童有多少岁？"二人诉："有十八岁，原乃戏子，代他赎回作伴。"

庆云闻了然，只将数簿内之诗与二犯看，问："此诗是你们所作否？"二犯曰："非犯人作，乃前在台江雇船，有一儒生落魄投作渔家子，是他题咏。"庆云又问："既是渔家子所作，留在何用？"张、梁又诉曰："因爱其才貌双全，惜其投非处所，故将诗随带，如见其人也。"庆云又问曰："如渔家子在此，可认得？"又答："能认得。"庆云又曰："你可看真②，堂上可认得？"音、韵即举首看公座上，即前之渔家子，惊甚，连声曰："犯人该死。"

庆云曰："既认得，不须怕。今再问陈进宝是你何人？"张、梁答曰："是带回家童。"庆云又问："家童代你叩阍鸣冤可知么？"张、梁答不知。又曰："陈进宝代主击鼓，奉旨发来复讯，今夜草问根由，明日再会大臣会讯，你二人照此供诉，自有活命。"音、韵便磕头带出，自相语曰："怎知那首诗是汝我救命之菩萨也！"庆云进内曰："果是前所遇之二客，询其实事，必在那家童如愿身上，拿来一讯便明。现如愿逃走，可先拿其苍头、老妇、使女，有一到案，严审即水落石出矣。驸马明日照此行。"新月然之。

---

① 男女：子女。

② 看真：看清楚。

次日枢密院同来会讯，新月正坐，诸大臣旁坐。先带张、梁二犯问讯，二犯照前供诉。即刻令地方官拿到二名，即其家中久使苍头、老妇上堂，驸马便骂曰：“你两个好大胆！将家主财产卖尽逃走，以致主母丧生，今案访已明，可从实招来，免受刑法！”二人先不肯招，动大刑始招曰：“乃家童如愿与主母二氏有私情，家财、使女任其荡卖。小人、犯妇二人，因其买足[1]出去另住，任之所为。二主母因腹大，闻主人将回，无面见之，才去吊死。主人未回三日前，闻说易如愿进城干甚事，就不见回来，他父母亦各处寻访无踪，想亦是怕，先走躲。”遂录口供退堂。饬令开棺验二尸，皆有怀九月之身孕。

驸马同大臣会同复奏，王羲大悦。批曰：“卿等能讯冤枉之事，甚属可嘉，仍拟议发落。”新月先将张音、梁韵并陈进宝一齐开放回家，追还货物；二氏之妻父坐诬收监候议；苍头老妇枷责；原问之县官削职；仍饬拿易如愿，皆分发明白矣。此案不三日剖结停当，内外皆悦艾驸马判案如神。

张音、梁韵、陈进宝监中释放，暂寓在杂货行内，众行友皆向道喜，并称进宝小小年纪，有此忠肝义胆，诚盖世无双。张音谓曰：“我们只见他进监一次，并无再至，以是回籍去了，谁知在外舍身救我二人性命。若驸马不说，怎知？今乃我们重生之父母也。无以为报，惟将身契送还，薄赠金银，待棍疮医愈，听其归宗，以报万一也。”行伙皆称有理。而进宝厉声曰：“小人肯要银归宗，前怀珠宝时，有人都教快去，都不去。今二位有命回家，生死共之，岂肯相离耶！”音、韵愈感之甚，延医调治棍疮。

音、韵遂查抄封发还货物，收进去发卖。行主将进宝前怀之珍珠使费外，尚剩一百余银，交付音、韵。音、韵谢了行家，随带进宝回吴屿家中，重整家政，以进宝为兄弟辈，寝食共之。驸马之恩不能报，惟写一神牌，上书驸马艾绍武长生禄位，供奉堂前，朝夕礼拜，以报恩德。

先说如愿被妖迷了三日，思欲回去干事再来。妖诘何事，如愿告之。七姑曰：“怪的是[2]已有双情，且慢去，待吾去查之。”七姑回来，如愿问之。七姑曰：“吾已深知情状。”将二氏吊死告知。如愿曰：“都是你局银留住，才至两个吊死，今回去作甚。”令七姑再探听。

适二人生日，家中排设酬神请客，七姑钻入，见音、韵同进宝礼拜艾驸马牌位，七姑因而思之，遂知其前生，暗笑父母拜子。伺其祭毕，将牌位盗出。又探知剖结情由，报知如愿。又得知拿他甚严，更不敢出。随问：“盗此牌作

① 买足：用钱买通。

② 怪的是：难怪。

甚?”七姑笑曰：“因他父母拜子，故盗回与汝看，以博一笑。”如愿曰：“那两个都是男子，各不上二十岁，年纪与驸马相似，怎是其父母?”七姑曰：“他前生乃是夫妻，今托生结为朋友。”

正是：前作夫妻缘未了，今为朋友恨方消。且看下文分说。

第一二〇回　新月认前生嗣父母　郭僧惑内宫帝后妃

却说大帽山天乙洞妖猫七姑，说张音、梁韵乃是前生夫妻。如愿问其根由，七姑遂曰："张音乃前世城内艾家子，名敬郎；梁韵乃剑浦冷家女，名霜蝉。两相爱慕，遂结姻，将迎娶合卺，突被前王延翰选霜蝉进宫为妃，不从，又拿其夫敬郎，并入火烧死。两个之精气不散，结作一团，飞至吴屿张、梁家分股投胎，出世皆男。长来即结作朋友，寝食不离，以了前恨。艾、冷之二母氏痛其烈节，无嗣，随买周氏子为螟蛉，即艾绍武也。岂不是两个前生之嗣男也。"

如愿又问："何以知之?"七姑曰："彼时奴家三姐妹在吴山玩游，见一团白气自城内殿廷里飞来，投入张、梁同居家中，随闻呱呱之声，探知二氏同时各生一男。又闻二尸化结飞腾情事，方知即此投胎。今日那两个生辰即前生焚烧之日时也。"十一妹亦曰："实有其事，亲眼见得。"如愿曰："怪得是[①]驸马是两个之子，才用力救他。"

七姑因如愿不去，又知其晓得变幻，便不妆饰屋宇，仍为石洞如旧矣。再说剑浦吴云程教练众徒技艺，忽又得病。四首徒将妖猫九娘携带来福州，至大帽山攻破天乙洞，七姑带十一妹又逃去。谁知如愿在洞，被四徒拿出，以为是妖怪，拿来拷打。

有樵者经过，见而认得，骇曰："汝不是易如愿，现在奉旨各处拿汝，不知连累多少人，却原来存躲在此，快拿去献官。"四徒闻是逃走之重犯，不再问，即交与樵者，将如愿绑住。乡人闻知皆至，再入洞搜看，并无别物，惟艾绍武牌位，并携去投首矣。

樵者解如愿进城，谁知如愿之父母并左右邻已被拿关牢内，今拿到正犯，尽行放出。有司报达王羲，仍批发驸马府问讯。驸马即升堂，带上如愿，便骂曰："毛良心狗子[②]，你所作之事人皆共知，可实供出，免受重刑!"如愿思：

---

① 怪得是：难怪。

② 毛良心狗子：没良心的混蛋。毛：本字"无"。福州话称好色的歹徒为狗子。

“事已破了，可直言，免受刑。”将通奸破荡，卖去使女，并买足苍头老妇另住，取银去买盗扳诬，遂至江边如厕被妖摄去，诱至石洞迷恋不出，今洞不知被何人所破，二妖逃去，却被樵人拿住解来情由供出，惟录口供。驸马曰：“此是实情，并无虚捏。惟木牌何处来的?”如愿曰：“此乃七姑去吴屿张音、梁韵家探息，见一家礼拜此牌，随将盗出。”新月曰：“是他报恩人之恩惠，与你何干，盗之作甚?”如愿曰：“妖说笑他父母拜子，携回以博一笑。”新月觉话有因，便喝曰：“此小事不必穷究，前事已供认了，且慢收监，暂押外厢房，候来日奏明发落!”

即退堂，与庆云说知所供情由。庆云曰：“若非驸马之至诚，早入妖局去。惟不解父母拜子之缘由，今夜可悄悄带至后衙细问，便知。”夜静，密令家人将如愿带进，屏退左右，惟新月一人对问。如愿先不敢言，驸马盘问之，乃将七姑所言述之，并说某年月日化为白气投胎，即同时出世，与被烧之时日相符。今惟查张音、梁韵之生辰便知矣。驸马骇异，即令带如愿出去，又说与庆云知之。

适仁翰至，闻此，亦说奇异，可请他二人相问便知。随命差人到吴屿，带张音、梁韵至驸马府。二人以为拿到如愿不认，又拿他对质，惊得面如土色。仁翰出迎，音、韵即欲下跪，仁翰拖住曰：“今至乃客，不必如此。”随邀入内书房分宾主而坐。仁翰曰：“弟乃驸马之谊父，请二位兄台到此，一来会叙，二来报知拿到如愿，可喜可贺。”音、韵即答曰：“此是驸马之大恩，故能伸此覆盆①，可请出驸马，当面再拜，以表微忱。”言讫，新月出来，仁翰曰：“二位可认得驸马否?”张音曰：“去岁在台江船中念诗句，那夜又会过，如何不认得?”仁翰曰：“驸马有两个，这一个亦是驸马，那所识之驸马在内理事，待停会出来。”音、韵趋向新月行礼，仍坐下。

新月遂问哪位年长，皆言同年同月同日同时，无少长也。新月闻之，又问何年月日时，二人答与如愿相同，遂信之。令家人取出那木牌，仁翰指而笑曰：“二位兄台可知此物也?”二人见而骇曰：“此乃无以报德，写此奉在家中朝夕礼拜，以表诚心。忽一日不见，将欲另制，怎得在此也?”仁翰曰：“被妖盗在洞中，拿如愿便搜出。今请毁之，勿再如是，恐折杀人也。”音、韵共答遵命。

须臾排席，四人同登席饮酒谈叙。仁翰问曰：“闻兄台友爱殊甚，寝食不离，有之乎?”张、梁脸红，答曰：“自亦不知缘何二体一身。曾闻先慈说，一出世，二人日夜便要一室，同乳同卧，离之便啼哭不止，真不可解也。”仁翰笑

---

① 覆盆：比喻难见天日的冤案。

曰："惟弟知之，乃前世之夫妻，未遂其愿，气结一团来投胎，如胶似漆，以遂宿愿也。"二人俱面红不敢答。仁翰曰："以弟度之，都是当真，并非刻薄。事有因由，特请二位来会，可能知乎？"二人答愿闻。仁翰将妖猫七姑所说之因由，并驸马之承嗣，照前细述。音、韵听了，不胜骇异。

仁翰曰："今已说明，皆属一家，可请补天手段出来相见。"少刻，庆云出，仁翰指曰："此个驸马可是二位会过？"二人一见，面是身非，讶甚，不敢答应。仁翰笑曰："莫是男变女不敢认么？"音、韵惟点头。仁翰曰："实不相瞒，此乃弟之亲女，今闽王之谊女，自幼女假男妆，投作渔家子。因验看前案中有诗，要认是否二位兄台，故扮为驸马上堂，先问因由，次日坐堂乃是此位真驸马艾绍武，即二兄前生之嗣子也。今嗣媳妇参见嗣父母也。"音、韵哪肯受礼，跑走，仁翰拖住，同拜了礼，告辞而回。自此往来加倍亲热。

新月将如愿供由奏达王羲，即批将如愿斩首示众，将案归结。音、韵二人亦不知前世哪个是雌是雄，随欲访艾冷之祖坟，因在剑浦，待将来再访之。亦不出外，惟在吴屿与进宝三人自得矣。此且不表。

再说有一青年游僧，名金碧园。头戴僧冠，身披袈裟，项挂素珠，脚踏僧鞋，左手持钵盆，右执锡杖，仿佛目连尊者。自称须弥山来，能呼风唤雨，知过去未来之事。人皆以活佛下降，争迎至家，男女拜奉，求问休咎。闽王闻之，迎至内殿，试呼风唤雨。那金碧园即念咒语，辄有一阵风雨。闽王羲又问："既知未来，可知孤之寿算、国祚几何？"碧园曰："我主寿到期颐①，国祚绵长。"又问过去之事："可知孤之替身僧大觉和尚被何人打死？凶手逃去，无处伸冤。"僧又答曰："大觉无甚道行，因我主不当尊而尊之太甚，故佛祖遣吞尘犼来收去，另遣道深者来护佑也。"

王羲曰："怪道②原来乃吞尘犼所化，并非凡人，才监禁之不住，几乎枉杀司狱若干人等。此位禅师莫是佛祖命来代孤护国保民乎？"碧园答："然。"王喜之不胜。

遂留于内殿清幽之所。设一间般若堂，外帐幔三层禅帐，金碧园坐食皆在禅床上。后帐设厕，二小宫女二小太监供伺香灯饮食，余人不许擅入。安顿既毕，王羲随带尚氏贤妃，入帐礼拜安坐，屏退侍从，恭问二人前生何缘，后世何因。碧园合掌作偈曰："贵有贵之缘，贱有贱之骨，今世与来生，随带不能脱。王乃唐明皇之后身，尚氏乃杨贵妃之再世，因前世未得偕老到头，今生以

---

① 期颐：百岁。

② 怪道：难怪。

遂长生殿生生世世之誓愿也。”王同尚氏喜甚，再拜退出，竟作活佛敬奉。

谁知那两个宫女，一名许飞琼，乃尚娘婢，一名小雪花，乃正宫李氏之婢，皆十三四岁，听见尚氏问前后世因由，小雪花报与李后知之。李后乃相国李真之女，名红，有一心腹宫妃，名池莲。李红因失宠，与之寝食不离。次日侦早朝时候，李红带池莲入般若堂，屏退侍从，各报名参拜了金碧园。李红先问前世何因。乃合掌念偈曰：“正宫李女弟子，前生乃江采苹，与唐明皇亦不到头之夫妻，前偏今正，后世亦不失后妃之贵也。”又问曰：“但前生遭彼妒夺，忧郁而死，今生被其妒夺犹甚，不知前世与彼结甚冤仇，有此深重，来世亦如此。虽为帝王之妃，实不如民间之夫妇安乐，再求活佛指示。”金碧园曰：“非冤非仇，惟女弟子浑身骨节皆贵，只有一节贱，以致失宠，故世世皆被人夺去。”李红曰：“吾佛大法无边，可能换之否？”碧园曰：“若换，夜深来此，换之不难。”李红知其意，恐帐外有人，不敢再问，代池莲问之。碧园将池莲遍相一匝，曰：“浑身筋骨皆贱，惟肌肤颇贵，终不免世世落于仆婢队中矣。”李红又代问：“能换否？”碧园把头点点，二女遂再拜而去。

正是：贱骨岂能更一片，邪心早已动三分。且看下文如何分说。

第一二一回　庆云谏纳僧修现谶　云程带黠徒破洞妖

却说李红同池莲再拜和尚而出，谁知许飞琼乃尚妃之婢，已听明白，潜报与尚妃知之。尚妃半信半疑，不敢告知王羲，惟等谊女庆云来问之。其朝中文武官员，无不深信活佛，皆恨不能一瞻和尚。惟翰林院林仁翰与驸马周新月皆恶之。随效昌黎谏迎佛骨表，翁婿联名切谏。表入宫，寝而不发。庆云面谏亦不听。

庆云背问尚妃，尚妃将己同皇上向和尚问答前后世原因，又将飞琼所告李红、池莲问答之言，实说与知。庆云闻之，叹口气曰："迎妖人入宫蛊惑，国事可知矣！母后亦信之乎?"尚妃答曰："将信将疑，待吾女来问之。惟吾女未亲见，可自去盘驳，便明白矣。"庆云曰："女儿肯去与秃驴七言八语？只可着舅舅去问之，真假便知之，再来谏逐之。"

原来尚妃有一弟，名鹿韭，常在宫中，其年纪品貌与庆云相似。王羲令作女儿妆束，为庆云双胎姐妹，人皆辨之不出。随令鹿韭假作宫人婢女去问之。鹿韭进帐，问前后因由。金碧园遍相，对曰："外貌虽贵，其内体贱甚，若不急换，今生为婢女犹可，后世为娼家女难堪矣。"鹿韭曰："佛爷肯施造化与贱婢，幸矣。只是待有人来换，方敢再来求换也。"金碧园把头点点，招他近前，附耳细语曰："俟至夜深，勿与人知，悄悄来此。前夜曾与正宫李皇后、宫妃池莲同换过骨来，你来亦代你换过，贱转为贵，不待来世，日下即见之也。"鹿韭佯谢而去。

原来李红并池莲前夜被诱奸宿，今那秃驴以为鹿韭亦可诱之。鹿韭回述。尚妃与庆云共骂："这秃驴，眼前男身女身皆不知，安知过去未来之事乎！但知而不斥逐之，果唐明皇再世，安禄山复出也。"

三人正在商议谏逐间，忽报王羲退朝入宫。待坐定，庆云又再面谏。王羲曰："和尚之伪处，虚实未定，惟呼风唤雨，还有假的?"庆云曰："怎敢说无真假，其中全藉手中碎盂，能致呼风唤雨。如无盂则不能致，假自明矣。"王羲讶曰："盂中何物能致风雨，吾女能知之否?"庆云曰："臣女闻西番国番僧能呼风雨者，全藉牛马之宝，浸于水盂中。欲致，将盂摇摇，念几遍咒，风雨随至，惟至无多，不过些须。那日令进殿演戏时，臣女曾查问过盂中有水，水中有物不错。”王羲曰：“牛马有甚宝，能感动上天下雨耶？”庆云曰：“凡牛马生有此宝，即癫狂羸瘦不堪，惟眼赤如金，剖取其宝。”王羲笑曰：“吾女乃秀才不出门，能知天下事。既知其宝，还能知其咒否？”庆云答：“惟咒不知。”王羲笑曰：“知半犹不全，即有此宝，亦无用矣。他说我乃唐明皇再世，你母乃杨贵妃重生，现今吾与你母相得，必其言不谬。”庆云笑曰：“父王既悟明皇之再世，那安胡儿不早离，还待赐洗儿钱耶？”

王羲闻此色稍变。尚妃忙接答曰：“公主比喻不错。臣妾纵涅而不缁，亦须防其外诱。和尚虽正而不邪，岂可久居深宫？祈吾主熟思之。”王羲因尚妃再说此言，遂令出金碧园为石塔寺住持，为太上大和尚，不许人再迎至家，亦不许妇女入寺。王羲虽调离和尚，其敬信尊崇仍是如故。

尚妃待羲出宫，笑问庆云曰：“好大胆，敢说那洗儿钱故事激之，此时为母不认过来，怎处耶？”庆云曰：“不以此丑事激之变色，奴母何时肯出一言耶？敢问，自然有靠山矣。”尚妃笑骂曰：“好一张利口！”共笑而罢。

石塔寺因安奉太上大和尚，便修整梵刹浮屠。修塔开出一石，刻有“塔再新坻尚甿”六字。经诸大臣详解：坻乃水中之高地，氓乃耕种之农民，坻尚甿，系水中废地尚有农民耕垦，明言塔再一更新，便民蕃谷丰，可期为吉兆。众臣僚遂列衔名进表庆贺。王羲大悦，以活佛降临所致。随问活佛金碧园作何酬答佛恩。金碧园令将石尽行拆修一新，原名贞元无垢净光塔，改名崇妙保圣坚牢塔。逐层勒王号，同宫中后妃、王子、驸马诸亲属御名，并佛号经咒以酬佛恩，永保千秋万岁。王羲遵奉施行，遂于塔上每层各以端石雕刻内宫男女及外戚大臣诸名，镀金嵌入。有名列其间，异常荣耀，无不欢喜。惟林庆云以有名忧之不胜。

待至父回，问曰：“爷爷①，前李春燕入宫而退，今日之事，犹附和以凶作吉，随众表贺，更列父、子、婿之名于塔上，恐赤族②不速耶？”仁翰笑答曰：“吾儿何以知将凶作吉耶？”庆云曰：“坻尚甿三字，将坻下之一画移于土上，一字作两字，非王氏耶？甿傍之田字放于尚字下，非变作当亡耶？明排着③塔再修，王氏当亡之凶谶也，何反解作民蕃谷丰之吉兆也？”仁翰又笑曰：“吾女不

---

① 爷爷：称父亲。

② 赤族：灭族。

③ 明排着：明摆着。

亚于杨德祖之猜绝妙好词四字也。为父岂不知王氏当亡之凶兆，其奈人皆言吉，独我言凶，祸岂不先及也？列名其间，乃主君把我们父子女婿三人当作嫡亲看待，名才肯列勒之，如言不列，犯疑之祸犹甚也。不得不顺从列之，再来图解，且避退眼前灾祸，吾女试想妥乎不妥？"

庆云答曰："到底龙头属老成，儿女浅见不及也。"仁翰曰："既不错，吾女作何解化？"庆云曰："无甚化解，只可敛祭可也。"即备香烛酒果，盛一箩筐，仁翰同婿新月二人至夜自携至塔上。把门关紧，祭了，将酒果对酌，至半夜而回。连祭三夜，人皆以丈人、女婿好游玩，亦不在意。

按石塔原乃唐贞观二年德宗诞节，观察使柳冕以石建塔，庾承宣为记，赐名贞元无垢净光塔。五代晋天福四年，王羲永隆二年重建，改名崇妙保圣坚牢塔。

欲知翁婿祭塔怎能化解，后文说明。

再说剑浦云程之首徒至大帽山攻洞，又被二妖走[①]脱，回来与云程说。笼内之猫曰："未封山先破洞，怕不走？"众责何不早说，九娘曰："此乃常理，何用言及。"四徒问："走何处？"九娘令带高处望之。四徒将笼抬到山上，再问，答曰："走在白云洞，待七日外，如此诱之必获，求勿伤命。"述与云程得知，云程病初起，气骂曰："皆不中用，今我不去，必又被走。"即选八徒，自带猫笼，过七日，择两青年妆作书生，先在白云洞前后徘徊吟读诗句。

七姑、十一妹两个妖猫在天乙洞迷易如愿，被攻破，自走躲白云洞。至七日，把洞为穴，复寻男子。闻洞外有人吟诗，出洞窥探，乃两个书生，仍变二女出迎进洞。问来历名姓，二徒均对，故意调情，一人搂抱一个，便高声叫娇娇。云程见二女引他进，带犬血遍洒之，各执器械守住前后洞，闻声抢入。见二妖被拦腰抱住，不能脱身，共举械击之，现出原形黄猫，乱棍打死。云程带死猫与众徒回至寓所，将二死猫与九娘看，问："是你姐妹否？"那猫一见，哭曰："我诚何心，教杀手足。起先以为留得，求公子放姐妹，共改邪归正，今姐妹既死，岂可独生！"言讫，撞死于笼中，众皆感叹。遂将三死猫同埋于鼓山麓矣。

云程将去望麻姑，忽报强盗合各路流贼将来此抢劫，闻师父去福州，故敢前来。云程已探十四门桥无事，先慢去，且等他来。

正是：藕虽拆断丝难断，月纵亏残魄不残。且看下文如何分解。

---

① 走：逃。

第一二二回　仁翰进谏被削麻姑入伍　尚妃因诗致祸池莲唆殃

却说吴云程将去十四门桥望麻姑，闻报贼盗将至，遂回延平。调拨众徒守御各隘口，令严加防备，他如敢来，管叫他一人无回。此且不表。

再说王羲听妖僧金碧园蛊惑寿长国久，遂侈志纵性无忌。朝臣有谏者，即杖之于朝堂。以御史刘赞之尊，亦将杖之。大夫郑元弼曰："古者刑不上大夫，中丞仪型百僚，岂可加之棰楚？"王羲变色曰："卿欲效魏徵也？"元弼曰："臣以陛下为唐太宗，故敢效魏徵也。"王羲怒稍释，命释刘赞，刘赞竟以忧卒。

王羲又以书召见兄子泉州刺史王继业，迟赴赐死，并杀其子于泉州。司徒杨沂丰与之亲善，下狱族诛。自是宗族勋旧相继被诛殆尽。

又淫侈无度，资用不足，谋于国计使陈匡范。请日进万金，王羲悦。范增税商贾数倍，未几不能足，借贷诸省以足之，忧恐事觉以卒。王羲祭赠甚厚，诸省务各以借帖闻，王羲剖棺断其尸，弃火中。以黄绍颇代之。请欲仕之人输钱，以资高下及户口多寡定其率，自书于纸。王羲从之。

又搜寻旧怨。其建州刺史延政以书谏之，王羲回书骂之，遣其亲史叶翘、杜汉崇监其军。二人争摭延政，议事不协，事告王羲，由是兄弟积相猜恨。一日，翘与延政议事，呵之曰："公反耶？"延政怒，欲杀之，翘奔南镇。延政发兵攻，败之。王羲遣统军使潘师达率兵击延政。延政募死士入师达营垒，顺风纵火，杀师达，众皆溃，弃营走。南唐王遣使如闽为和，延政遣牙将及女奴持誓书及香炉至福州，与王羲盟于宣陵，然猜恨如故。

延政请于闽王羲，欲以建州为"威武军"，自领节度使。王羲允，以建州为"镇安军"，延政为节度使，封富沙王。延政改"镇安"曰"镇武"，时晋天福六年秋七月也。王羲自称为大闽王，冬十月复称帝。延政亦称帝于建州，国号"殷"。闽王羲复与延政治兵相攻，互有胜负。王羲遣使，赶近村人民为兵守御都城，如不能当兵者助饷。纵能当兵者，被棰楚，多死亡。走去罪归家主，勒索重资赎之。远近愁怨。

十四门桥魏晃家佣工人闻之，俱皆散去，无壮丁当兵，忧甚。铁麻姑改男妆，代之。因武艺高强，升为副教练，上下无敢侮之。其余被虐者破产者无算。

王羲无道，新月同庆云公主谏之不听。翰林院林仁翰上书谏十事不宜：兄弟相攻，伤天理，一也；诛戮宗族勋旧，自残根本，二也；赋敛繁重，力役无节，三也；拨民为兵，商旅愁怨，四也；黄绍颇夺人衣食，使归怨于上，五也；兄弟兴兵，不忧南唐东粤来袭，六也；看财分上，奸者补官，良者黜退，七也；重征果菜鱼米微薄之生意，八也；唐汉近邻，即位以来未曾通使，九也；宫殿台榭修饰无度，十也。王羲怒曰："宠于过甚，敢狂吠也！"即削仁翰官职，连贬新月、庆云为庶人，共斥逐出境。

有校书郎陈光逸上书，谏王羲作大恶五十余事，怒杀之。

仁翰并子婿不回凤冈，同卷囊潜至虞公庵虞胄家中暂栖止。

彼时闽务治兵，招募壮丁，山贼皆投为兵，剑浦无患弛备，方肯放云程回归。云程因延、建干戈阻道，由福州航海欲往江南。因前未曾到十四门桥，顺往魏家见了两老、吉士，独不见麻姑，疑而问之。林氏曰："实不相瞒，两月前闽王抽丁当兵，家中工人皆俱散去，丈人年老，小舅又少，家资不敷捐赎，官司迫如星火，一家忧愁将死。难为孝义之女情愿改扮男妆，认名魏海市，代谊父出戍。幸喜武艺高强，即升为副教练之职，因此上下不敢轻慢，至今安静。可怜也，别人当役者，被棰楚难受逃走，累及家属破家荡产，不可胜数。贤婿此番是由江南，或由剑浦来也？"

云程曰："愚婿被剑浦通乡留住不放，今始回来，顺便来此请安。今始知令爱代岳父出戍，诚古之木兰也，令人敬服。今小婿即去看他。"魏晃曰："贤婿既来，且等遣童儿赶去，叫他告假赶回看视父病，午后便到矣。"魏晃即遣一村童飞跑而去。随排早饭，魏晃陪叙，连口称奇女子，保全一家之功不浅。云程曰："既为人之子女，应为父母出力报效，何功之有也？"

谈说之间，云程问："在剑浦闻都城钦赐状元姓艾名绍武，可知何处人？"魏晃曰："说是延平人，又说是本处人。前因强谏闽王被逐出境，不知去向。"云程曰："恨来迟些，不知是哪个否？"魏晃问故，云程将周新月被拐卖为艾绍武之根由说知。两人叙谈毕，不觉日暮。

云程不见麻姑至，步出门前观望。见一人头戴得胜将巾，身穿奏凯褂，脚踏战靴，腰悬宝剑，跨马而来，俨然一员少年虎将。云程定睛一看，知是麻姑。至门前下马，同进内室。林氏曰："娇儿，你朝夕想念夫婿，今喜来了，假父病，遣人叫你回来相会。早备有夜膳，在儿房中，今夜你夫妻二人重逢会叙也。"随引二人进房，席已排便，令之对酌。

两老退出，惟二人灯前谈说。先言别后情事，言至中间，云程叹曰："姐姐能与皇家出力，转瞬封侯，诚是雌变雄，可敬可贺。小生埋名隐姓，遁迹江湖，反为雄变雌，堪羞耳。”麻姑愕然曰：“甥爷何出此言？以奴真心枕戈待旦者，非也，实乃卧薪尝胆矣。不说，甥爷何以得知。现在王羲无道，内外思乱，不日祸必起萧墙。奴家此一行，一保全谊父家产，以报恩德；二乃侦王家内变。虽不持戈杀人，效赵氏孤儿而报祖父之仇，亦可观其无道之败国，而快人心。切莫把奴家定身盘[1]错认也。”

云程曰：“诚如是则可。倘王羲见姐姐魁伟，选入内宫补授，如昔日归守明之职，怎处？”麻姑曰：“正要与之亲近，赵孤之志遂矣。”云程曰：“防范严甚，恐难完璧也。”麻姑曰：“到那时候，人玉俱殒而已。”云程曰：“岂不知一死而已，但徒死无益。姐姐虽骁勇，终是女流，难免狐行鼠步。要遂其志，以小生为随护而行，可保河梁返棹，不至易水悲歌，可乎？”

麻姑曰：“甥爷肯如是，万无一失，只恐有人认得前次越狱之重犯耳。”云程曰：“不须怕，临时自有隐飏之术，再不至被获。”麻姑曰：“如此才好。现有乡兵一名钱达逃走，必害其家属，今将甥爷顶冒其名，以为首尾相顾，何如？”云程应允。

二人话到天明，遂出洗面，吃了早膳，告辞两老，牵马俱步行。将至城关下，麻姑始跨马，云程随后面为跟卒。遂冒钱达之名，随众操演。自此二人日夜不离，不表。

却说朝中都指挥使朱文进、閤门使连重遇、控鹤使魏从郎，三人连党，为王羲所忌。而王羲因醉杀魏从郎，二人俱称病不朝。正宫李红因妖僧捏言尚妃是杨贵妃再世，己乃梅妃复生，愈妒之。其奈王羲宠之，恶不能发，借海棠为题，作诗一首，讥刺之，令小雪花送去。尚妃接吟曰：

沉香亭恰媚东风，快乐温泉一点红。
醉醒范阳鼙鼓振，落英残踏马嵬中。

尚妃吟罢，笑曰：“我未去惹他，他先来惹我。他徒听和尚妄言，以我是杨贵妃再世，何以见是实事？可还报他目前之丑事，令其愧死矣。”亦写诗一首送去，正宫李红接看此诗，吟曰：

金碧园师万法通，最奇换骨夺天工。
炼成丹露菩提水，倾入红莲两瓣中。

李红吟了此四句，惊得晕去，半时方醒。思：“却原来此事被他知了，今日去惹他来讥刺，他既知了，还有面对他见人！”寻思坠泪，解带欲去投环自尽。被池莲入来，见其悲伤流泪，惊而问故。李红曰：“换骨之丑事被他知了，有何

① 定身盘：指为人的基本原则。

面目见人?”池莲忙问：“何人得知?”李氏将作诗去讥刺尚氏，被回诗说破与和尚情节告之。又曰：“我今无面见人，惟死而已。”

池莲曰：“奴婢看来，未曾与彼看见，便发觉与万岁爷得知，何凭何据，怕他怎的!”李红曰：“我职掌昭阳，被那偏宫小贱人所辱，死真不值也。”池莲曰：“莫须有。上代赵飞燕、武则天、杨太真慢讲①，只讲眼前之陈金凤通归守明、李可殷、盛韬。又李春燕私通王继鹏，这两个还是得宠之正宫，皇帝明知都不怪；何况奴娘娘有名无实，帐冷衾寒，分明②包一和尚惊③何人?惟恨尚娘自己食了饱，不容人背地啜一口粥汤，必结果此贱人，方不负和尚换骨夺宠之应验也。”只几句话把李红之死心抛于九霄云外去了，便不讲死，即答曰：“投鼠忌器，那小贱猫朝夕泊④在昏君身边，焉得结果他命也?”池莲曰：“何难?要除笋先砍竹，先结果昏君，那小贱猫由我拿来，慢慢排布⑤泄恨。”

李红讶曰：“结果昏君，把我应名的皇后都无⑥，却不是自害也?”池莲曰：“怎的会自害也。结果昏君，不是小殿下即位，还有何人敢僭?那时节，娘娘虚名之正宫，作专权之太后，以主上年幼，效武则天垂帘听政，白日放和尚进来耍乐，谁敢言说。只是奴娘娘换骨得贵，惟奴女婢之贱骨仍贱不贵，还要主裁。”李红曰：“能如是，以你为媳妇，亦是万民之主母，不亦贵乎。只怕画虎不成反类犬耳。”池莲听许他为正宫，喜甚。答曰：“断不至此。那夜已问法师，骨既换了，宠贵何时?见他曾说不数时。今日天遣那贱猫送诗来激我们行为，赶紧命心腹人去行刺，万无一失。”

李红停思一会，拍手曰：“恨小非君子，无毒不丈夫，是他弃妻宠妾，怪不得谋夫立子。如此行为有三得：一得离有名无实，虚守孤灯；二得亲子亚澄坐位，权归于己，长与和尚耍乐不惧；三得将贱猫拿来，效戚夫人斫去手足，丢在茅坑旁作犬爬。只是遣何人去行为?”池莲曰：“怎的无人敢行，闻昏君疑忌朱、连二将军，先前杀魏从郎，二将军俱假病不朝。只须乘此机会，修书一封，遣朱儿去叫其刺杀昏君，保全二命，立小殿下坐位。”

李红甚喜。池莲即取纸笔密写停妥，即叫小太监朱儿，叫他存在怀中，不可失落，密递连、朱二将军。朱儿领书密存⑦即去投送矣。此叫作“一言丧家

① 慢讲：姑且不说。

② 分明：公开地。

③ 惊：怕。

④ 泊：依附。

⑤ 排布：摆布。

⑥ 把我应名的皇后都无：把我名义上的皇后身份都丢了。

⑦ 密存：密藏。福州话“存”与“藏”同音。

邦，杀人不顾已”。原来那朱儿生得矮小而黠，寻常在外穿通，无事不知。王羲将杀朱、连二将，池莲焉能得知，因常与朱儿谈论故知之，所谓家神通外鬼。

那池莲本是尚妃之宫婢，屡次调戏鹿韭，谁知鹿韭乃柳下惠再世，不遂其愿。庆云在宫时，去报于尚妃得知，尚妃欲发去，先挞一百，枷死终身不放。鹿韭与庆云再三代救出来，投附正宫，今为祸之根也。那朱儿奉正宫密遣到朱、连府中亲交，谁知二将去枢密府中饮酒，未得亲递，只在外边等候。

正是：此乃家神通外鬼，却将刀柄付他人。欲知下文，再看分晓。

第一二三回　王羲忿诗出宫云程逐刺　朱连篡灭因国仁翰议诛

却说朱儿怀密书在外闲游，入魏海市教练公馆内，见魏海市，向前道喜。海市问："何喜?"朱儿答曰："前日主上阅看都兵，见兄台年轻技优，有言升兄台为内宫使，不日降命，连升六七级，岂不是大喜也?"海市闻知失色。海市即麻姑也，麻姑曰："小官有何能，得叨膺此职，又荷中贵亲降，敬当不起。"朱儿曰："咱家并非特地来报，因奉正宫李娘娘之命，去与朱、连二将说话。二将军被人请去饮酒不遇，顺来报喜，吃一杯喜酒。"说了，便哈哈大笑。海市曰："请不得到，就在此吃杯酒谈谈，等二将军回，再去见伊。"即留住朱儿，令钱达赶办酒菜。

钱达即云程也。钱达即刻办便排出，二人登席，钱达伺酒，朱儿畅饮，海市殷勤劝酒。朱儿只以别事谈说，不觉一直饮到半醉，手舞足蹈。腰间带松，怀中密书落地，被钱达在背后拾进内。私拆看之，照式抄一纸，仍封好，遂放背后椅上。至席终朱儿起位，见了才拾。探朱、连二将既回，辞出，去朱、连府中。

钱达将所抄之书递与海市看，内有云："主上殊忌二公，若不早图，如魏将军奈何"等语。海市看了骂曰："王羲这贼，死在目前，犹想老娘为嬖。幸被甥爷所料不差，可比作螳螂捕蝉，不知黄雀在后。"钱达曰："姐姐料之不错，祸果起于萧墙，岂能久乎?"二人评论同之。

夜有人来唤副教练魏海市进都指挥衙门谕话，海市带同钱达齐往。至宅门，海市一人入内，见朱、连二将。朱文进问曰："该教练队内有胆量之人没有? 若有，可密送一人进来，自有重用。"海市会其意，答曰："有一名钱达，胆量过人，乃小官亲随，现在宅门外。"二将令带进。海市出来，将钱达送进入宅内，自却退出。二将屏退左右，曰："外面闻汝有胆略，使你行刺一人，可能么?"答曰："能!"文进曰："是刺当今皇帝，你敢不敢?"又答曰："敢!"朱、连二将遂升调使署钱达为马步使，授以宝刀，赏银二百。又吩嘱勿泄漏，令悄悄回去，见机行为。成功日，加官升爵。

钱达辞出，宅门外遇海市等候，遂同回。至公馆说知，以为天赐之愿。侦王羲出来刺杀之。

时俟至月余不出，朱、连亦恐泄漏，暗暗调度。那日王羲在尚妃妆台内取笔效张敞画眉，见一诗笺，讶问："何来此诗？"尚氏答曰："是正宫送来海棠诗。"王羲念了，认是李后笔迹，笑曰："借名海棠诗为题，全指杨贵妃身上。他闻和尚所言，卿乃杨贵妃再世，故作此诗来讥刺，可见嫉妒之极。卿有诗答之乎？"尚氏言语支吾，说："没有。"王羲又在妆台搜出一纸诗，又念，讶问曰："那和尚与何人换骨，快说来！"尚氏失色，只推闲嘲和尚，始作此为戏。王羲曰："现在写有小字'复正宫诗'，怎说作此为戏？"尚氏料瞒不过，始实说李红与池莲曾夜潜去，与和尚私通换骨，红莲乃李红池莲名，故作此诗还刺之。王羲又问："何以知之？"尚氏遂答曰："此前乃许飞琼听见告知，后乃尚鹿韭假作宫女说出，方知其曾与和尚换骨。"

说了，王羲大怒，骂尚氏代为隐瞒。即欲拿李红、池莲，并和尚杀之。尚氏急阻曰："他丑事已作了，一告吾主，必动杀机，不得不隐之。今无证据杀正宫，外间罪必归妾一人身上，他父岂不谋动干戈，来讨臣妾？臣妾死有何惜，惟惜社稷倾矣。求吾主息怒，从容一步，而安家国。"王羲怒曰："杀一淫妇，要甚证据？召至李真，告而杀之，便不至变乱。"随召李国丈，回报患病不能至。王羲耐不住，去其家问病，并告之。

尚妃泣拉其衣襟，抱住不与去。王羲扯开，出宫骑马便行，那队仪仗只有一半拥去。却被钱达侦遇于委巷，飞出刀来，将王羲刺于马下，如风一般不见。仪仗拿之不及，报入内宫。尚妃知祸不免，忙把金宝取赠弟鹿韭、侍女飞琼，令赶往后宰门逃去，自闭门投环自尽。

正宫闻报，李红带同池莲诸奴婢，去拿尚氏来断手足。一面说[①]朱、连二将，立其子亚澄坐位，富贵共之。讵内侍来报尚妃气已绝了，只将尸解下，再将发落。朱儿至说，朱文进应许立其子亚澄。朱儿回报去后，连重遇谓朱文进曰："前车可鉴，你我二人立此无道，几至赤族，岂可再也？"遂召众官，告以天厌王氏，宜择有德者立之，众莫敢言。重遇即推朱文进升殿，服衮冕，群臣北面而朝。

钱达既刺了王羲，乃遁回。要再杀进宫，海市曰："且慢！不可先受擅杀之咎。朱、连这贼，破巢之时，岂能完卵。候其命尽杀之未迟。"果有使至，令斩王族。海市同钱达率带健卒，鼓噪入宫，收杀亚澄、李红、池莲、朱儿等男女五十余人，内更杀一和尚。但令只收杀王氏宗族，池莲、朱儿亦并杀之，此二

① 说：（派人去）游说。

人乃李红之心腹，故杀之。更有和尚乃金碧园也。朱儿投书后，池莲又使其引进和尚，改换衣服，带从后门入宫。拿红、莲反拿及和尚，不问，并杀之。此乃天不容奸盗。故此[①]福建福州王姓无遗类矣。

重遇请尽杀王氏外戚，以绝萌芽，朱文进听之，即命照石塔上所勒外戚之名，收之杀之。有逃匿者拨兵严行访缉，务尽杀除。惟国戚翁林仁翰、驸马周新月、淑惠公主林庆云、国舅尚鹿韭脱而无名。前修塔时，四人名字一同刻其上，今何以变无名？原来皆由仁翰、新月翁婿二人，连数夜去祭塔，暗带刀凿，将名凿去父、女、婿三名，悄去把泥填平，再雕原名，妆金作色，仿佛同前作之一色。将尚氏、鹿韭一并凿了，盖鹿韭与庆云相得，故代除后患也。因土补怎比石之坚固，被风雨飘洒几时，即自脱落无迹，故四人得免横祸。至今石塔上，王羲诸后宫并诸外戚名犹显然无异，所有残缺无名者，乃当时除去四名，免灾之古迹也。

海市既奉命屠宫毕，谓钱达曰："王氏既灭，深仇尽泄，荆棘不可再栖，若不速离，玉石俱焚。且同潜归十四门桥，再商去止。"钱达遂同走回。却说朱文进篡了位，以连重遇总六军，各官加爵，惟礼部尚书郑元弼不屈之。又召署马步使钱达、副教练使魏海市，皆不知去向。此且不表。

再说林仁翰同女婿隐在虞家，闻朱、连篡位，诛灭王氏宗族，不胜哀悼。庆云即换素服，誓杀贼报仇。同回至吴屿张、梁家，议论倡义讨贼。林仁翰密札与诸友，共举大义，无一回报，忿甚，亲往说之。

适钱达至魏家，住了七日，辞回江南，路遇仁翰。两相识认，各言别后数语。云程将别，仁翰知其义勇过人，曰："敝寓不远，请暂屈诉说衷由。"遂邀云程至吴屿张音、梁韵家中。新月在内看见，趋出相认，忻幸之声，闻入内室。庆云出视，亦认得，皆喜甚，不避，一齐相见。父子皆感谢其恩。因各问述别后情，始知仁翰是亲家，云程乃表叔公，庆云乃表侄妇，皆属至亲，喜出望外。

又各诉衷情，仁翰闻借名报仇，问曰："姻表叔公遂了吴子胥之志，弟今效申包胥，不知许否？如许则效之，不许则不敢效，即祈明说。"云程曰："以吾愚见，单马独征。"仁翰曰："倡义会举。"新月曰："向邻国借兵。"庆云曰："皆不可。"

正是：知谋不在男和女，韬略何论少与苍？欲知后事如何，且听下文分说。

凤池山在郡北昇山之西，相传有五色文鸟浴此，故名。山下有池，广有三四亩，有泉曰水帘。有前唐闽王潮墓，后梁王延翰坟，被张音、梁韵所毁。

---

① 故此：因此。

第一二四回　林仁翰馘篡孽归隐　周启文返故园失孙

却说筹议讨逆，三人三样心意。庆云曰：“邻国借兵，往返必需时；倡议会举，场中无有忠良；单与独征，单拳难抵四手。事宜速不宜迟，将在谋不在勇。以奴家愚见，先颁檄文，诈言邻国助讨篡逆，诈报数十万精兵将至，人心必摇。按定日期，密遣数人扮作探马，由四城数十里外，扬旗驰报邻国兵至，朝野自乱。我们只须数百奇兵攻进，一鼓而杀二贼！此谋大家想定如何?”各人皆称好。

仁翰即做檄文，遣人密贴城厢内外，大旨说：朱、连二贼，篡国弑君，族灭王氏，天人共忿。借吴越、南唐、南汉精兵数十万，代天征讨。若是王氏臣庶，世受国恩，俟大兵到日，挺身共诛叛贼，犹不失为忠良；倘从逆抗拒者赤族尚有余辜等语。云程暗遣人带书去剑浦，调大鹏军二百来操练。

又写书去十四门桥，请铁麻姑来商议，连招勇二百名。麻姑忿甚，以云程不归扬州，又干预人事，出乎尔反乎尔，回书责之。云程亲往十四门桥，告以为亲之故，情不可却，再三恳之始至。仍同见各不相避，各施礼告以讨逆之策。麻姑听了曰：“公主此计甚奇！只恐寡不敌众，弱不敌强。”庆云答曰：“现刻此贼篡位未久，人心不一，易于离散。两都兵虽强，各有身家。亦料此贼天人共忿，故先贴檄文，使其民兵之心离散。虚张声势，借邻国之威名、兵马之繁多以惊之，料其必散难聚。吾们只用数百勇士兵丁直入，他敢抵御乎？不愁彼众我寡，彼强我弱！且遣人出去探息。城内兵民此二日是何情形便知矣。”

麻姑等听得有理，即令随来之心腹壮勇几人进城探访。半日回报说：“城厢内外之军民人等见檄文，各说我们各有身家性命，被无道昏君糟踏去了，今又有此无道来篡位，现今邻国大兵将至，那篡位岂能安坐！吾等若助之抵御，定送性命。如得胜亦无甚奖赏，倘杀败，徒送性命。我都兵亦不能御邻国之大兵，料此朝位不能成事，我们大家不散自散矣。”各语述完。仁翰各人喜甚，又令再去打听。

却说朱文进闻知此檄文，大惊不小，随同连重遇议退兵之策。那连重遇统领六军，前日即听檄文说有大兵将至，即召各都兵操练防御。谁知令不能行，几千都兵各自散去，紧追头目，亦不知去向。急得无法，欲杀一人作样示威，连刀斧手亦召不动。遂赶往朝中见朱文进，说知此情，大惊。仁翰访知都兵已散，令云程整备人马。遣人分东西南北，离城十里，会定日期，扮作探马，系铃背旗，沿途扬报邻国各率大兵十万，水陆并进，陆续飞报进城。人心早已摇动，再闻报纷纷逃走，守城官兵各自顾性命走开。

云程同麻姑带二百大鹏军先去。仁翰、新月、庆云各骑马带二百壮士押后。云程、麻姑因无都兵迎抵，率兵直入连重遇府内，杀死重遇全家。复入宫立斩朱文进，并杀朱、连二族。仁翰馘二首领布告中外，以用诈讨逆，并无邻国兵至，不须惊恐。先安民了，随入正宫，庆云流泪不止，在跃龙殿设王羲、李尚后神位，集群臣祭奠。林庆云披麻执杖，将朱、连二首供献。林仁翰主祭，群臣陪祭，林庆云啼哭哀甚，闻之无不坠泪。而诸大臣自惭殊甚，皆站立无地。

祭毕，仁翰即将二首遣人送至建州，请王延政归闽为王。仍具文访缉钱达无迹。麻姑既诛朱、连，余不干预，即辞归十四门桥，庆云等再留不住。

将行，麻姑背问云程曰："甥爷今还何往耶?"云程曰："今会着新月表侄，要同去扬州。"府姑又问："还来不来?"又答曰："今无了对头，去劝姑丈表兄辞官，搬回故土守份。敢问姐姐在魏家寄居到几时?"麻姑曰："人岂可无托终身之处耶!"云程闻此，叹口气，低头无语。麻姑度其意，谓曰："好不笑话，不知自己无立锥之地，犹管别人寄居到于何时。今甥爷莫管奴，以后勿再管别人，趁早去扬州搬同姑娘回来，依傍作主，才有家可归。切不可如前东羁西留，终为无主之魂。如听吾言，久后犹可望有再会之期，倘不听，难想再相逢。"

云程闻此言，若梦初醒，谢曰："姐姐金石之言，顿开茅塞，从今即遵不忘。即去接家姑夫回来作主，以图后会，再不如前羁留矣。"麻姑遂别回魏家去。云程分发大鹏军回籍。遂议带新月去扬州见公婆叔婶，劝回故土。因问仁翰何归，仁翰答曰："俟建州驾归，仍退隐凤冈，姻太翁搬眷回闽，仍来团聚。"云程同新月由海船去江南矣。

建州殷王延政，防有唐兵，不能徙都，只将国号殷改曰闽。大德元年，以从子继昌镇福州，以指挥使黄仁讽将兵卫之。赏仁翰甚薄，仁翰亦自不居功。继昌既至，仁翰告辞，仍带庆云归凤冈祖家去矣。张音、梁韵曾经将资财助饷，仁翰以建州延政所赐之项交还。欲同隐聚，二人不去，仍在吴屿。此且不表。

再说周启文同艳冰在南唐为官，瑶琴夫人生有一子，名新春，已十岁，延师教读，心地品格均有乃祖乃父之风。启文升尚书，艳冰升御史。吴云程来闽无回，青娘老夫人日夜挂念。启文父子为官清正，与群僚少合，思归乡土。闻福州王氏已灭，无了对头，遂同子乞休归籍，唐王准之。辞别吴光将军，挈眷起程，顺至浙江金华。时赛仙之父母已亡，只有嗣子，惟拜坟墓。随抵杭州，下浦城，过建州，直落古田水口坐船。一个月就可到福州。

因无便船，在旅馆停住。一夜婆媳孙共宿一房，次早门未开，其十岁孙新春无矣。店主惊恐，遍寻无踪。随传闻奇事，近日人家有十岁余男子，同父母在床睡，门未开失去，自福州至延平，男女没去五六百个。现在福州派官遍处访拿，并无一获。疑又生一麻叔谋也。或说乃天上孩溪崩，勾摄人间小孩去拾石块修砌，家家惊甚。有子女大小不论手足，皆以红朱抹之，妆成出血模样，以不能拾石无用，并不摄去。自此妆制，果稍少停摄。被摄之家，啼哭甚惨。忽又传又有信息了，遍处贴有字曰：

“人有失子，不可远去。静候无惊，终还原处。”

随又相传，乃曹操当时八十三万人马下江南，无一半回，其鬼都在酆都枉死城，不能转世。适曹操押去朝审经过，被众围绕，讨命不放。操无奈，求郭嘉周全。嘉为轮回主簿史，向十殿阎君婉言作二年，尽发轮回托生。至十一年弥衡修地下史，回见枉死城寂然一空，知曹操贿郭嘉卖放，奏天帝尽勾八十三万已托生之男女，俱十岁零，同至冥司，与曹操、郭嘉质讯有无受贿卖放情弊，讯明仍发还阳间。因此通知该父母亲属，日夜须在原处静候，若一离开，送子回来无人收认，又带回去，误事也。此话一传，遍处皆然。周家前已失去一孙一侄，今又失此孙，怎不悲伤。至闻此传说静候勿离原处，不得不听，便且缓至福州，只在水口饭店住下。

水口即囦关，在古田县一都。下通白沙，百三十里而遥；上接黄田，四十里而近，递运所在。其溪自县南流与嵩溪会，故名水口。盖水势至此稍缓，溪滨地稍宽，剑溪水至此渐平，无滩石。上下船航辐辏，人居繁盛。宋朱熹有《水口行舟》诗曰：

昨夜扁舟雨一蓑，满江风浪夜如何。
今朝试揭孤篷看，依旧青山绿树多。

拂如氏《囦关》诗曰：

囦关雄镇古闽州，山峻溪深景物幽。
控引粤瓯分锁钥，带襟江海总咽喉。
倚岩旁涧鱼盐市，上水下滩商贾舟。
采笋女郎逐队返，野花无不插盈头。

周家父子婆媳住留水口，望孙回来，不表。且说云程同新月由水路去扬州，云程暂不管他人之事，嘱新月曰：“我倘有尚气，即管喝曰：‘忘了海市之言耶?’就理会了。”二人附搭海船，遇好风信，较快于陆行。不日到了扬州，一登岸至城，便闻知周尚书月前辞官搬家回福州去了。二人悔恨不遇，将进谒吴将军，路遇五六人挟一少妇，啼哭而过。云程问故，路人曰：“走路即管走，管他闲事，要拣火烧饼食[①]么?”云程愈疑，偏要查问，遂知系权贵公子强抢民家妇女，人无敢言。云程火从心上起，即忙赶去。新月知觉，喊曰：“忘了海市之言也?”云程便回答曰：“不敢忘，不敢忘。”随即息怒，径至吴将军衙门。

正是：欲退云程三丈火，须传海市一声言。欲知其见吴光有无就回，且看下文分解。

---

① 拣火烧饼食：俗语，谓自讨苦吃。

第一二五回　吴周寻亲反陷倭国　神僧摄孩留在闽君

却说吴云程带着周新月至扬州寻亲，适周尚书启文已罢官回闽，不遇，随进吴光将军内衙。盖云程自小在衙门常熟，无人不识。见吴将军，先说知新月乃周尚书长孙，失去，遇带回认祖，皆喜之。因问云程，何一去不回，致尔姑娘悲念情事。云程惟答以因病阻留，余事不敢说知。

吴光谓云程曰："既来，且慢去，同侄孙在此玩耍，尔帮沃新教授四十名家将武艺，可乎?"云程同新月即要辞回。吴光曰："令祖一家已释肩，安乐无恙，荣归故里，享无穷之安乐，何须挂虑?老愚骑在虎背，欲罢不能，将来不知何处是家。尔二人既来，无就去之理，且盘桓月余，遣人送回福州。"二人不敢再辞，只得住下，同小康回教家将。

将次一月，忽报辕门处有人击鼓喊救。委中军查问，回复：乃贵公子李龙抢夺民之妻女，其夫来告状。吴光传令赴有司衙门控告，吾乃武军，不预民讼。中军出谕，又进来回复曰："彼说权势甚大，有司无奈其何，不但只抢陈中之妻，连共抢十二个妇女。现有十二家之亲属都在辕门外签呈叠控，赶逐不去。"吴光闻之，怒甚，命尽收其呈，令其回去候批。吴光阅了各呈词，至夜遣云程潜至李龙家查访虚实。

云程遂越墙入李龙内室，伏暗处。闻一媪曰："俺家公子共选进十二个娇娘，从顺了八个，列了妃妾，现在教之歌舞，何等繁华快乐。惟尔四人执拗不从，才被公子拷打，今趁早顺从罢，免受捶楚。"那四女答曰："宁打死，妄想从尔狗子[①]。"云程访听明白，仍越墙出，回至军衙说明。吴光不语，即写书信封固，次早命新月送至苏州，照书行事。新月不敢辞，领书而去。

时吴光之母已终，子皆不仕，同眷属俱在苏州贸易也。吴光发新月去后，遣人执帖，请李龙说话。李龙知有人告他，连请不来。吴光大怒，令小康回同云程带数十名家将闯入李家，搜出被抢十二个妇女，连拿李龙到军衙。

---

① 狗子：指好色的歹徒。

吴光讯问诸妇女住处姓名，曾否从顺，录口供与各呈俱对。唤至各亲属，皆相认无差。始带上李龙，问："可知罪么?"李龙仍不服，骂曰："尔乃闽之叛贼，是俺父荐尔为将，不知恩义。又敢抢掠俺之妻妾财宝，反来问我知什么罪。今同尔去奏主上，尔要头不要头?"吴光喝曰："我知尔势头大，无人敢惹你，惟我敢惹你!"先令各家将十二个妇女当堂领回。令众家将将李龙乱棍打死，将尸拖出辕门外，丢于池中。即写表文，遣使赍至金陵，认罪谢恩。外令人诈报盗船到来，吴光带小康回、吴云程、诸家将分配各船出捕。

李家家人将李龙尸首抬回，飞报至金陵。李家宰奉诏书来斩吴光，而吴光之船已出扬子江大洋去矣。起先吴光留心避祸，故家眷等皆寄寓苏州，六子亦不与在朝，仍为商贾。惟带小康回一人在身旁不离。时诸子十只船货皆装满往东洋，有书来禀。故吴光先遣新月驰书，令速将家眷尽搬下船，开出外洋等候。至吴光同小康回及诸人出洋遇着，一同驶至日本倭国。

吴光之子鸿经、鸿济、鸿韬、鸿略、鸿猷共掌十只洋船在苏州，素常来往倭国贸易。其林秀参同子天鹗，早在该国坐庄接货。天鹗长成轩昂，被日本国丞相招为女婿，秀参十分荣耀。闻吴光挈眷来投，同子赴接。随引参见相国，便奏达国主来投情由，并进献贡品。国王悦，收纳之，以吴光为护国大将军，驻定海口，货物归行，眷属入衙，俱各相安。惟云程、新月又羁海外，暗自悲怆。吴光怜之，因无便船，不得即送回闽，时加宽慰，逐日着人带玩番邦风景，以解愁怀。

谁知一游玩，却惹出祸来。国王有一女名姐姐，年二十岁，新寡。再赘无一合意。适登百花楼，见新月同云程有人引入御花园游玩，便合心意。遣内待查知是吴光亲属，即奏倭国王要之为婿。倭王命吴光带新月朝见，倭王一见大喜，面谕招为驸马。新月跪奏："已娶有妻，不敢重婚。"倭王曰："公主已亲眼见了，不得推辞。如有前妻，可接来同享荣华。"新月仍辞不从。倭王怒甚，令收禁，从了方放出。值殿倭将将新月带去收牢。吴光不敢保奏，忧闷而回，一家惊甚。

云程曰："何须惊怕，今夜进牢挟出来潜匿之。"吴光曰："知吾侄有此等奇能，但外番不比内地，须要小心。"云程曰："此事小侄已作过几次，再不至误失。"随先访知路径，至夜飞越进监。果然番邦制度不同，号房如猫笼，一堵[①]只囚一人，上下四间皆用铁条为窗栏。又如鸽笼，前后毗连百余堵，不知新月在何堵。遍行探访，谁知路口有机轨，云程践着机轨，陷落坑内，上盖自关。

---

① 堵：隔间。

如笼捕鸟一般，在内不能出。

天明被逻卒拿住去见有司，供是水手，进看新月，误跌坑内。有司以黑夜入监，非劫即盗，加之以刑。云程忍痛不认盗劫，两腿打烂犹不认。申报倭王，王以属新月同侣，亦令囚禁。如新月肯从了，并放了。新月尚未受刑，只是拘禁，云程两腿打烂囚于铁牢，怎得过日子？吴光同林秀参等忧闷，计无所出。惟托人监内使用，以资衣食药饵。

却说该国朝中之相国，名阮靖，原闽人，因随父为商至此，现拜为相国。有女名挪挪，招林秀参之子天鹗为婿。新月、云程二人系狱，曾极力代之挽回。奈姐姐要之为夫，难移。与女婿谈议，被女儿挪挪听了，与夫议祷神何如。天鹗问："本地何神最灵？"女曰："乡亲王。"又问："何谓乡亲王？"答曰："亦是闽人，姓何名峋，为前晋使者，至此催贡，国王留之，欲招以为驸马。何峋乡亲不从，死了。国王怜之，葬于高山，后灵异出现，祐民最灵。今国中是闽人入籍者，家堂中必供奉香火，故称乡亲王。有病厄灾难，祷之必应。今夜妾与郎君去神前祈祷之，必应。"

是夜神前祈祷托梦救援，祷毕，入房安寝。天鹗梦神召至亲说此事，告其前夫知之，使其谴责此改节之妇；又须遣人寄信去福建，伊家中自有人来取回等语。醒来见已天明。将梦中神说之语，说与阮靖得知。阮靖曰："神示此语切当，至晚密到前驸马之坟墓前祷告，定有显应。"俟到夜静，翁婿二人悄悄备了香纸，走到坟前，烧了香纸。阮靖祝曰："敢申告大驸马之灵，驸马身死未冷，而公主即欲改节，不顾自己失节再嫁，还迫他人亏行重婚。驸马生前之英雄何在？死后料必义气犹存，宜谴责此不仁之妇，以超生有义之男，正人间之风化，驸马虽死犹生。谅之。上告。"祝毕而回。

却说那姐姐公主思慕新月，急欲成就。那日昼寝，梦与新月拜堂合卺，正搂抱上床，蓦见其前夫立于床前，手执金骨朵，照背一击，姐姐自床上翻滚落地，口吐鲜血。侍女报知，其父母俱至查问。姐姐不隐，直告之。抬上床，七孔流血死了。倭王悲而忿甚，欲开驸马之棺，戮其尸首，并斩新月。阮靖谏曰："此乃前驸马不愿，阴魂显现，恨公主之改节，与周新月何干？若再剖棺戮尸，其鬼厉更甚。今宜致祭，以慰阴魂。周新月抱禁无用，宜放出，以柔远邦之人。望我主鉴照施行。"倭王曰："不剖棺戮尸，恩已极矣，何必致祭。周新月亦不即放，俟再行议发可也。"阮靖不敢再奏，退出。

是时秀参闻姐姐公主死去，报与吴光得知，喜甚。适天鹗至，说明缘故，始知乡亲王指示之灵。即通知与云程、新月，嘱二人密写一信，贿赂牢卒寄出。吴光即遣心腹之家将去福州报信矣。此且慢说。

且说福州有座名山，曰“雪峰山”，乃南方福建第一丛林。有一异僧，名卓岩明，乃闽人，少游海外，遇妖人传授奇术，能呼风唤雨，役鬼调神，剪纸为兵马。有二徒弟，一名飞天夜叉，一名倒海罗刹，潜越水陆，顷刻千里，勾摄人物，任存[①]至密之处，亦能拽之。欲为中国之主，因中华人心难测，反复无常，不为之。

访至东海，有一和神国，其地人民善良，五谷生如草木，不种自熟；山泉和美，酿酒多饮亦醉；气候四时皆如深春，树叶皆是丝茧，可为衣服。本地之民不耕而食，不织而衣，诚仙境也。惟国王懦弱，素被邻国欺凌，或窃取树中叶、成熟之五谷，或汲泉酒而竭之。本国之民不堪其扰，惟饮恨含愁而已。岩明怜之，遣调神兵，施法术代之剿除，诸番皆恐而退，不敢再来。惟有小人国，如蚁附膻，如虫之百足，驱之不尽，杀之复活，藉小而众，五谷酒泉将窃尽，无法可除。须炼气飞刀、神剑，须用孩童男女五百人，执此刀剑杀之，则不能复生。

岩明退回闽中，栖于雪峰山。因有神异法术，人皆见之，为众所敬重。共迎入雪峰寺作大法师，与民间收妖灭怪，除暴安良。密炼飞刀神剑，令二徒访拿五官端正、洁白之孩童五百，男女各半，拽存深洞，先带去和神国，听候剿灭小人番众。因恐各孩童之父母哀痛，故写人有失子，不可远去了之告白遍贴之。

二徒既将所拽孩童渡海而去，岩明便将飞刀神剑、剪各纸马存带将行。忽报本国李、陈二大将军来求见大法师。

看官道是什么李、陈二将军，原来乃李仁达、陈继珣也。仁达光州人，初为福州裨将，因吴光借兵南唐，兵至失机应斩，内殿使归守明力保救之。至李放弑王璘、陈金凤、归守明等，仁达及其党将及之，遂存匿。守明之子南征奔投建州，后又获罪于建州王延政。朱文进乱，复叛奔福州矣。陈继珣，浦城人，仕建州，亦叛延政奔福州。兹林仁翰讨杀连、朱，函二首至建州，请殷王延政归福州。延政防南唐兵至，不暇徙都，以从子王继昌镇福州，使黄仁讽将兵卫之。因福建统归延政，恐穷究及原之叛逆，故二人心不自安。

值王继昌暗弱嗜酒，随带一妓女秦云，日夜纵乐，不恤将士，将士多怒。李仁达同陈继珣说[②]黄仁讽刺杀继昌。仁达欲自立，恐众心不服，以雪峰寺僧岩明有异术，素为众敬重，因来迎为帝也。岩明闻报，命行者迎入二将，岩明

① 存：藏。

② 说：游说。

却之不为。须臾文武百官俱至，拥进方丈，扶岩明南面正坐，加之衮冕。仁达率将吏等北面拜之，皆呼万岁。岩明笑曰："吾肯为中国之主，早已为之，何至数载奔驰外岛也。今既承列公盛意，且应个名儿罢。"李仁达等排仪仗，迎至福州，入闽王殿登位，尊为大闽皇帝矣。

正是：孩子作兵已罕有，山僧为帝再寻无。欲知卓和尚作福州城帝王，后事如何，且看下文分说。

第一二六回　仁达立僧僧遁自篡　音韵纵乐乐极变更

却说王继昌暗弱嗜酒，不恤将士，将士多怨。李仁达同陈继珣说黄仁讽刺杀继昌，议迎雪峰寺僧卓岩明为帝。岩明被挟，勉强而至，遂以仁达掌六军，黄仁讽屯兵驻北门，陈继珣屯兵驻西门，以备建州兵。闽王延政闻黄仁讽刺杀继昌，立和尚做皇帝，怒甚，族诛仁讽一家，命统军使张汉直率水军五千，会漳泉讨贼，三路进兵。仁讽闻知一家被诛，请为先行，开门力战，仁达、继珣领兵继之。岩明在殿施诸法术，杀死建州兵无数。三路兵溃，执张汉直斩之，福州兵大胜。

岩明命仁达论功，奖赏将士。黄仁讽从容谓继珣曰："今之所以为人，以有忠信仁义也。吾常有功于富沙王，中间叛之，非忠也；人以从子托我而与人杀之，非信也；今与建兵战，所杀皆同乡故人，非仁也；弃妻子使人鱼肉之，非义也。此身十沉九浮，死有余愧矣！"仰天痛哭。继珣劝曰："大丈夫立功名，何顾妻子，宜置之，勿以此致祸！"

仁达闻之，使人杀仁讽。岩明知之怒，将访杀仁讽之人斩之，又访谗谮之人。军校李庚惧，向仁达谮之曰："和尚将尽去将军权耳，若不早图，悔之无及！"仁达遂使李庚行刺。侦岩明在后苑昼寝，李庚率四人执戈，伪为守卫潜入。听岩明鼾声如雷，刀枪刺入其腹，腹裂开无血，不见五脏，惟见白刃灵锋，骇异，再刺之，白刃飞出，先中李庚咽喉，续中三人，皆毙。其一人大惊，急报仁达。仁达骇甚，趋入视，其四尸在地，而岩明杳矣。正在惊疑间，有人在空中曰："谢卿盛情，朕今效虬髯公去矣！此位留与李公。"仁达仰视，见卓岩明立于云端，望东南而逝。

诸将军共推仁达登位。仁达自称威武军，奉表称藩于唐，亦遣使入贡于晋。南唐亦以仁达为节度使，赐名恒义。此且不表。

先说卓岩明不回雪峰，一刻至和神国海岛。飞天夜叉、倒海罗刹二徒弟至此已久。将孩童各与之飞刀神剑，各跨纸马，念动咒语，以小孩杀小人，一杀死即不能复活，如风卷残花，汤浇积雪，顷刻杀除尽净矣。人民共感衣食不至被众小人窃尽，国王愿将国位让之，卓岩明和尚便作和神国王矣。即令二徒弟赶紧将五百个孩童各送还原处，讵二徒各存匿一男一女为徒，只送还四百九十六个归还原位。

那所拽去之男女童皆十一二岁，皆痴痴迷迷，如睡初醒，问之不知，各家无不延医谢愿。或言天上孩溪工竣，或言地下案情，并无一人知此实事也。周启文挈眷住于水口，候新春回来，竟候至月余杳然。启文一人随至福州，查西禅一清长老，早已圆叙，寺毁于火。至高盖山洪家查问云程，说有来此，病愈即回去江南。两家坟墓如故。谅新春已无了[①]，欲同回故居，忽闻福建延政怒仁达杀王继昌，又拒杀建兵，自立为王，欲会汀漳泉之兵剿洗福州，现在男奔女窜。

启文又来水口，乃谓妻子媳曰："依旧难归，徒失一孙。今人皆远避，惟我独归？快些亦去罢！"共商议再避几时，候平静再回来，如孙有还，托店主通信。议定，适有便船，附搭之。瑶琴、赛仙顾不得儿子，忍泪随翁姑夫婿下船。驶至浦城起岸，清湖过山，抵杭州，寓故人指挥使余安家。吴越闻其贤，乃召之。启文谢以老病，艳冰难却，授以经筵讲官。一家又羁钱塘矣。此且按下不表。

且说吴屿张音、梁韵欲去访前生父母舒、容氏坟墓，遂将家庭托进宝照看，又带前云程、新月所写书信，送交与冷家兄弟。那日二人搭船，至剑浦冷家，拜会冷巩、冷固，通了姓名乡贯，即交出书信。巩、固拆看新月信，内说：遇水灾漂流至郡，侥幸奇逢，与舅氏请安等语。又看云程书，内说：张音、梁韵乃令妹、妹丈转世，去认坟墓会叙等语。皆异甚。随问再世缘因，二人将妖猫之言述之。冷固又问："哪位前生是妹，哪位是妹夫？"皆答不知。一家女眷闻之，异甚，皆出屏后窥视，俱指其容貌仿佛与霜蝉相似。其敬郎未见过，冷巩会过，说各半相似。

音、韵因见屋宇，谓曰："内有楼乎？"答有，随引入楼观看。梁韵曰："记得此壁间一对联板，对句乃'玉韫春山寂'。"将念下句，张音接口曰："亦记得，是'剑沉秋水寒'。"共问："此联何在？"巩、固答："不知。"有一老媪在旁答曰："此独老婢知之，乃当时霜蝉姑娘十一二岁时，在此楼中读书，题挂此联，被二叔说此句不吉利，方脱去。现在草房内叠草，即是也。"共往草房检看，果对句无差，又说内室物色皆对，一家信以为霜蝉再世无疑矣，十分怜惜。盖一念其前生贞烈，二因见二人品貌清秀，三因云程有书来，怎敢轻慢。只是

---

① 无了：没有了，已去世。

一个乃霜蝉，能知家中之事；一个乃敬郎再世，未曾到此亦能知之，甚属不明。

随带上山，指认了舒、容二氏并冷家二墓。又问老媪："可知福州艾家旧屋还存何物?"媪曰："曾问舒大娘，说旧屋租邻人居住，内中无物，惟楼角一竹箱，内贮艾姑爷手著书画底稿，俟绍武甥爷长成，取来为手尾①。余无别物矣。"音、韵二人住了三日，事皆问明，便辞回。冷、巩兄弟留之不住。将行，巩曰："妹子前生尚有一分家财在此，或即着人来取，或待外甥来取亦可。"音、韵道了谢。

回福州，顺至城内安泰桥河边，查艾家旧屋现乃李姓居住。进入动问，内有老妇，属梁韵之表姑娘，十分亲热。闻说亦无别物，惟竹箱在楼角，无人敢开，不知何物，请同开看。音、韵进内室亦熟，登楼见隔河对面之楼，不觉各自伤心，相顾泣泪。于楼角取出竹箱看过，果皆残纸破书，内有一小本，面皮题"遂缘日记"四字，共异之。梁韵存于袖内，仍将竹箱关放原处，便辞回归吴屿家中，与进宝说知冷家款接情由。进宝笑曰："此番不是去认墓，乃去分财产也。"

梁韵取出小本，同来阅看。却原来乃敬郎自与霜蝉对楼掷果起，至霜蝉被叔逐出，中间告诉舒氏伊叔②占产之苦情，并敬郎设计，推伊叔落水之情节皆记得明白，一目了然。音、韵同看完，皆叹曰："原来如此，艾郎用多少心机代妻报仇，不能如愿。幸的此本未与冷家看见，如被他看见，此番怎敢见耶?"

音、韵得此本，遂知前生行为。因思此回遭际，若无进宝舍身击鼓，早为断头之鬼，焉得还知前世之因由。随问进宝曰："宝与弟前生亦有何缘，肯如此舍身鸣冤耶?"进宝答曰："弟子早知了，只是今生，并非前生。"张音讶曰："今生在哪里结缘?"进宝曰："二兄前在兴化，曾有赠银与人否?"梁韵曰："有之。偶尔薄赠，算是甚事。"进宝曰："且先说知，便分晓矣。"张音曰："那日贩货，至兴化时，由一人家门首经过。见内面被公差吵闹，翻打椅桌，又闻妇女号泣之声，因进询③。知逾欠官银六十两，实无力难完。公差迫追，一时悯之，即代他完结。此一次，余无矣。"

进宝曰："不错，报恩即此也。二公只六十金，救了五条性命，还不知耶?小弟家父曾为盐运使吏目，因船失水盐消，将家资尽变赔垫，尚短六十两。家只一妹，已经卖去，无力再续凑。刺史追逼，家母俱要寻死，家父同母商定，

① 手尾：亡者遗存之物，遗产。

② 伊叔：她的叔叔。

③ 因进询：因此进去询问。

预买砒霜，待公差再来追迫，将砒霜一同食死便休。时公差又到，在外追呼，将同食之，突闻外有出银代完，才未食。至官项还清，欲将一子与二公为童仆报答，二公不肯，即不敢强。至前年，二公又至，闻寻买伴童，家父不敢出面，托人将小弟邀卖①，故不言价。父母吩咐尽心供使，以报恩德，怎敢少忘。前之击鼓鸣冤乃份内之事，可稍尽一点诚心而已。”

音、韵闻此，倍加爱惜。自此二人纵乐，议将旧屋拆去，另建花亭舞馆以乐终身。进宝曰：“哪有许多银使用？”音、韵曰：“已囊用完，还有剑浦一股家财。”进宝难以阻止，来日同去召匠兴工，是夜三人畅饮。

张音谓梁韵曰：“吾和你前生之仇已报，今生之愿已遂，不乐何待？”梁韵曰：“实不差。”各贺酒三杯。进宝曰：“二兄皆称不差，只是前世夫妻，还不知谁雌谁雄，阴阳难辨。再能辨明更乐矣。”张音曰：“缘何不明？我名音，其立日二字是阳可知矣。”梁韵曰：“你只立日，我立日员，其阳甚矣！”进宝曰：“不须相争。前敬郎日记簿内与冷兄讲的酒令甚佳，今亦来讲。讲得佳，便是敬郎再生为夫；讲不来，便是霜蝉再世为妻。让弟出题，照样讲之如何？”二人皆答有理。进宝即说曰：“门中两耀争长短，截长补短自分明。”

盖此令乃进宝嘲之，以门为母，截长补短，现出明字也。梁韵曰：“此令分明乃笑我们阴阳不分。”张音曰：“此令不要。今我说一个，也是字中加添，能有‘夫’字，便是他夫了。”即念曰：“不怕天字第一大，总要出头做你夫。”盖天字第一大，出头是‘夫’字。

梁韵曰：“且慢，还有人压住。”接念曰：“一人且慢自称大，横压你看是丈夫。”盖一人乃‘大’字，肩上一横是‘夫’字。两个盘说不休。进宝曰：“不须争，其中自有夫在。”亦讲一令，能和之曰：“三人共日春常在，一日无夫不是春。”盖三人日者，乃‘春’字；一夫日者，亦是‘春’字，有双关意。因恐二人盘至口舌，故以此和之。音、韵便知其寓意，便拍案叫妙，同各饮三大杯，同上床安寝。

睡至次早辰时方起，俱下床开窗门，进宝忽叫曰：“二兄如何变了相耶？”二人不信，取镜照之，各面面相觑，惊杀。谁知头上青云变作白雪矣。各心灰手软，神气如迷。内外只有二苍头炊饭看门，闻说亦异甚，曰：“又出一对伍子胥矣！”

正是：只道愁中发变白，谁知乐里鬓仍斑。且看下文如何分说。

---

① 邀卖：带去卖。邀：牵引。

第一二七回　法济度和合二仙子　进宝承张梁两宗支

却说张音、梁韵同进宝饮酒纵乐，至天明睡起，青丝变为白雪，二人遂意冷心灰，觉悟前生今世皆非作妄为，悔恨无及矣。不敢出户见人，思欲远遁。进宝慰曰："今正好起①花园亭榭，共欢娱白首矣。"音、韵蹙眉曰："尔休提起！我二人已悟前非，今议将家产付尔，我二人自去远遁潜修，以脱红尘。"进宝泪曰："何出此言，今要去同去，谁肯独留耶？"

进宝出去复入，而音、韵二人将顶上之白发自行剪去。进宝惊甚，曰："尔二人为僧，我亦为之。"亦拿起剪刀，却被二人拦住，曰："我二人之本主坟墓乏人祭祀，祈念旧情留之，代延梁、张二裔，是为万幸。"二人言讫跪下，进宝亦跪下，同哭流泪，同扶起立。

闻门外苍头与人争闹，进宝出看，乃一头陀蓬头跣足直撞②进，苍头拦阻不住，竟至内厅。进宝喝曰："你这肮脏东西，撞进来何故？"头陀曰："肚饥，特来化斋。"进宝又问："化食该在外，缘何撞至内室？"头陀答曰："内必多食，外必无多。"进宝又问曰："清净亦可进来，如此肮脏，有敢撞进讨食？"头陀又答曰："世人外皆清气③，内实肮脏。我外肮脏，内实清气。"进宝以为碍④己，怒甚，将斥逐之。

音、韵闻之，呼进宝人，即令苍头捧饭茶与食，就内厅与之食饱。头陀见是素菜，笑曰："我食尔此等饭菜？快拿进去。"苍头曰："要食何等饭菜？"头陀曰："内有现成酒肉拿出，食饱便去。"苍头笑曰："和尚哪有食酒肉耶？"头陀曰："是真和尚才敢食酒肉，是假和尚则不敢食。"苍头笑曰："反面说耶。"

进宝闻之，欲逐出⑤臭骂，被二人压住不许出。唤苍头进，谓曰："他既晓得

---

① 起：建造。

② 撞：闯。

③ 清气：清洁干净。

④ 碍：话中有话地揶揄对方。

⑤ 逐出：冲出去。

有现成酒肉，即管拿与他，食饱了即去，与他论甚真假和尚!”苍头入厨房，拿猪羊肉并老酒排在桌上，头陀便坐下大嚼。酒饭空，又要酒，猪羊食完又要添。

进宝在内忍不住，出问曰：“尔在别处都讨有这般食耶?”头陀曰：“怎的没有，比尔还丰盛犹不食他，食便有缘矣。”进宝曰：“与尔有缘作甚?”头陀曰：“与我有缘便大造化了。”进宝问：“什么造化，只是牛肠马肚塞漏去①呢!”

厨房内有一煮饭的苍头，名老九，出看，一见便指笑曰：“原来就是尔!”进宝便问：“汝认得他是谁?”老九曰：“名姓不知，只晓得是一个滥酒②的野和尚。前年刘家酒库之母生辰，内厅排席请客，我亦在彼处。此和尚撞进酒房，将一瓮的酒偷食空空，大醉倒地，把老酒跌破两坛，因闻声响才知。众人将他抬出墙外，醉倒不知人事，火从口中出，焰如放烟筒，众恐烧死，去取粪清③来灌压火。将灌，幸得内屋霎时塌下，人皆进看。谁知他酒醒，爬起来了，查讨④无踪。今日还敢来此讨食，若被刘家得知，岂不拿去灌粪赔酒耶!”

头陀答曰：“尔既晓得当时刘家连塌下五间大屋，倏然塌倒，连我在内三十余人无恙，其有缘造化可知矣!”老九曰：“尔若预晓得那屋今日会塌，何不明言，叫人走避，岂怕无酒与尔食?何必去偷食，被拿去要灌粪清，体面何存?只是尔自己大造化，遇屋倒才免受亏耶!”头陀曰：“尔说是，便不与尔争。”老九曰：“就依尔说有缘，何不仍在那里与他报德，何必东乞西讨?”头陀曰：“尔那⑤知此一宗，还有解别人无数灾难。”老九曰：“此等说尔是活酒鬼?”头陀曰：“活酒鬼能度人亦是佛。”进宝曰：“我们都是浊不堪度，今食饱好去度清气的!”头陀曰：“不在清浊。苦海无边，回头是岸。”

那张音、梁韵在屏后静听，闻此忽会悟。突出，同跪于桌前曰：“弟子正要出家，求师父带去作徒弟!”头陀仍嚼酒不顾，几乎把进宝气死。二人说了又说，头陀始将二人遍相⑥一会，冷笑曰：“尔二人怎样出得家?不能不能!快去快去!”音、韵曰：“师父曾说，能悟觉知非便可度也，弟子已觉前非，万事皆空，求察之。”

头陀曰：“话长，请起来说。”即被进宝拖起。头陀一面食，一面说曰：“尔二人犯了二大戒，可知么?”二人同答：“不知。”又问曰：“怎不知耶!前生犯杀

---

① 牛肠马肚塞漏去：（食物）都填了牛肠马肚，意为浪费了许多食物。

② 滥酒：贪喝酒。

③ 粪清：粪液。

④ 查讨：查找。

⑤ 那：仅仅。

⑥ 相：端详。

戒，今生犯色戒。而况尔二人情丝未了，刻不能离，孽根难断，何以为空耶？今且问尔二人能隔离否？”二人同答：“惟此不能。”又曰：“可知孽根仍在，出家不得！”

二人又问曰：“弟子有甚么孽根情丝，乞求明示。”头陀曰：“尔二人前世应偕老之夫妻，因暗算一人之性命，不得和谐，今生转世为友，以补前缘也。”二人又问曰：“师父所说弟子前世暗算他人，但他人曾暗算别人，弟子代之讨偿命，一报还一报，何为过也？”头陀曰：“殊不知那人所害之人，前生亦有因果。今结抱分投两胎，精气各半，无分别也。”

又问：“弟子们隔一夜青发变白，何也？”答曰：“只为心志太满，欢喜太过，为造物所忌，转瞬红颜为白发，此理之自然也。既能知退，元神仍在耳。”言讫，放下杯箸，立起将行。音、韵曰：“再食，勿去。”头陀曰：“不食！”说完了去。又问：“几时再会？”对曰：“无再会。”二人又问曰：“既无会，且留下姓名。”答曰：“来无踪，去无迹，要留名何用！”音、韵曰：“与弟子铭佩。”又答曰：“要留便留，可取笔砚来。”进宝捧出笔砚，头陀接笔，只向壁扫二行，放下笔，歪跛而去。三人同送到户外而遂。

那看门煮饭两苍头不知中间之情由，以为江湖游食之和尚，主人敬信下跪，皆厌之退走。及头陀去，闻题有诗，同进看，闻进宝念曰：

“咱咱咱，早年圣泉寺管袈裟，单名法济无住址，遇着酒肉便是家。”

煮饭苍头老九听了无甚主意，惟看门老苍头听了异甚，连曰：“该死该死！谁知他还在。”一面说，一面跑出去赶。赶不着，回来喘息不定。

众人同问其故。苍头曰：“只道是游食野和尚，谁知果是济世之活佛。四十年前曾与之共事过，怎一时认不出，今看其字始知，去追之已无及矣。”又问：“早年在何处同事？”苍头遂将“造罗城为小工，惟以酒为事，被管工官看见，奇之，带回公馆看门。我在公馆为买办，因酒席犒赏众工完竣，此头陀酒醉行凶，众共忿，指其曾在圣泉寺妄喊黄巢贼至，男女夺逃，遗失无算之罪责之。头陀答以一喊连行三宗善事。众皆不信，惟管工官与总匠头信之，是夜走去新城，插椇[①]题诗。次早妖鳝鱼出沟，崩倒城墙，惟有经他插椇者无恙，方知他法力无边。后闽王遍访无踪。今罗城西楼所供奉法济禅师便是他之像。才又闻前在圣泉寺管袈裟时，救免四十余人之火厄”等节，说了一遍。

音、韵与进宝曰：“何如？不是我二人先知其异，几乎被汝得罪！”老九惊甚，曰：“前年真是他救我屋塌之厄，今日见着还辱，怎好处？”老苍头曰：“无妨。当时我在公馆见他酒醉行凶，见面即骂，巴掌经过数次。我那夜去别处食

---

① 椇：“树”字的福州方言用字。

酒大醉，心乱跌落路旁井。乡里无人知，惟他在公馆等门独酌，点算知之，暗施法力，救上井边。俺昏迷中仿佛见是他拖上。及醒，卧于井旁，遍身水湿，又寻鞋帽，在于井内，始知昨夜是他救起。他亦不说。方知是真佛慈悲，好歹都不计较。”老九闻了，其心方安。

音、韵自此照方制造，稍能绝粒，惟照方服之。发既剪，因不许为僧，留一鬟如刘海之样，白渐转青。进宝挽留不依，即要远隐，无法，报知凤冈。仁翰父女随至，骇而问之，音、韵答曰：“小弟们早脱红尘，俾免生生世世积成冤债。”仁翰曰：“二位兄台才日东升，有何冤债耳？”

音、韵叹曰：“冤债已积二世矣，再积怎了！但事无不可对人，言亦无妨也。”遂将发白知悔，遇头陀指示之因说了一遍。庆云曰：“游僧江湖之言，何足为信耶？”音曰：“小弟们平素亦不信僧道，因有大凭据在此，对之不谬，始知其实矣。”遂取出日记之簿与看。仁翰同庆云仔细看了，皆大骇异，问：“此记何来？”音、韵将得处之由又告。仁翰叹曰：“二位只为前生用了多少机关不能遂偶，今生既遂，又恐情长世短，怎的不去作天地同休、和合二神仙耶？”

仁翰既看完交还，音、韵即取火焚了。问：“何不留？”对曰：“焚之以了一生之孽债也！”仁翰又叹曰：“人皆知进而不知退，知存而不知亡。二兄青年①，能参透天机，退隐烟霞，诚难得。既决意退隐，不知家事付与何人？”音曰：“此事正欲重托耳。这个陈进宝乃买来为随伴，因得其挺身鸣冤，遂为兄弟。今将家财尽交与他，或去或留，听他自便。惟年幼无知，祈为照应是托。”仁翰随问进宝去留，进宝泣曰：“其奈挽留不住，同去又不许，只得在此守户，永久奉二姓之香烟坟墓，怎敢背义抛却归宗耶！”仁翰曰：“既不忍去，弟自当代为婚娶，以延二姓宗支。”

因此将仁翰、庆云留住。过二日而音、韵二人寻之不见，方知其去了。仁翰便代之主意②，庆云先归凤冈，聘有端庄室女，与进宝为百年佳偶，招老成男妇作内管家。仁翰代其料理清楚，亦自回家。进宝将所有家财尽置田园，雇工耕种，竟成田舍翁矣。后生二子，先分为张、梁嗣，又生一子，方及己嗣。那张音、梁韵一去不知去向，后来亦无踪迹。惟有樵子至深山大岩间讨柴③，见两人以手搂肩，出游于悬崖削壁上，就近视之，则没矣。

正是：前生未遂唱随侣，今世终成和合仙。且看下文分晓。

---

① 青年：年轻。
② 主意：做决定。
③ 讨柴：打柴。

第一二八回　六娘法网收镇野鬼　玉真梦魂夺救疹童

却说前年[1]临水夫人代堂兄九江祈雨，被蛇鬼暗算。赶除蛇鬼，被逃去，惟捉得蛇头，跨至古田临水洞内，身将蛇头坐压，立刻将化。因思不能割肉还母，割骨还父，曾闻师父说知，体乃南海慈悲大士指血所化，惟将指血弹送归还南海即可，自咬左手中指，将血望空弹送，即化一道红云飘腾而去，夫人遂坐化矣。

彼时观音大士至南海，见此血云而来，知是陈靖姑命终，送还指血，亦不收回，将尘拂一挥，乃发回福州，附物还体，收净余孽。血云飘至福州丛林中，投附一大荔枝樖[2]，遂化一女，形容体态与陈大奶[3]无二，仍回临水宫中。陈大奶复至闾山，学救产之法回来，见而喜之曰："南海大慈悲怜念人间多苦难，仍将指血送还回，代身以救困扶危。今你即我，荔枝名六娘，尔即名之。凡闻有呼六娘急救厄难者，声呼声应[4]，不可辜负慈悲之至意！"六娘领命，遂投闽清一陈姓寡妇为女。一传闻，人皆知之。凡有来请六娘驱邪救病者，不论远近，随呼而至。并不多取人财，惟敷供一母足矣。

前文所说妖猫冒作麻姑，被吴云程遣四徒打出原形逃走，适遇请夫人香火，孩童在内观看，香火显应，现出金身捉住。人家皆亲眼看见，自此一传，临水夫人香火如此显应。各处之人家或患邪或得病，皆去临水宫请香火。即无事之家，亦去请香灰装人小袋内供奉，以保平安。路上来往不绝，龙源庙内日夜喧腾，拥挤不开。恃强先请，至于口角打架，无日不争，致打一二案人命，累及地方。通乡会议[5]禁止，外作栅门拦截，不许人进请香火，庙遂寂静矣。

---

① 前年：前些年。

② 樖："树"字的福州方言用字。

③ 陈大奶：民间对陈靖姑的尊称。

④ 声呼声应：听到呼叫马上就应答。

⑤ 通乡会议：全乡人共同商议。

庙祝无了出息[①]，暗恨乡人。遂生一计，把陈大奶之木像小身[②]的供龛中，送上门来，与人请香火，并求签问圣[③]。请香灰五分银子，求一条签三分银子。一日只进一乡，犹不能去远，各处之人望之如渴，因此又加三四担，仍不能走遍远方。此且不表。

再说内山有一人家佣工，因黑而丑，皆呼为乌碌鬼。主人令上屋拣漏，跌下气绝魂过[④]，鬼卒勾到森罗殿。判官对册，命未当终，尚有二十年在世，满了再勾，令鬼押带还阳。鬼卒押至半途，乌碌鬼想：人皆说死去作鬼吃亏[⑤]，今看起来比作人更快活十倍。若回阳去，与人拾稻、舂米、挑水、砍柴，何等费事，不如只在阴间，俟至二十年，来带去到案亦好。遂与鬼卒商之，鬼卒不依，因再三恳求方允，鬼卒便自去。

乌碌鬼以劳转逸，喜之不胜，随处游玩，却被一阵大风飘荡至福州。因见都市热闹，只向小巷边寻吃饭气[⑥]，夜至破庙存身。未数时，胆渐大，至城市赏玩。再几时入官宦人家，吃丰盛酒席恋美女矣。

其乡绅家一女被其迷压，百般驱之不去。闻闽清六娘即陈大奶分身，能收除妖怪，即去请至。在厅上铺设坛场，六娘即行布罡踏斗。那乌碌鬼经道士师公[⑦]法都作尽，其奈他何。以六娘乃一女子，并不惊避，犹在坛前看之，如是真法师，逃走未迟，若是虚的作套文[⑧]，揶揄可也。

六娘开坛，便旁坐画符，焚香炉中，随画随烧。烧至十余张，炉中符烟绕香烟，扯作一线，渺渺冲腾屋瓦，顷刻迷漫，散布天罗地网，将屋宇环绕笼罩。惟隔眼疏而不密，每孔大于箸。乌碌鬼仍在观看，说门缝那般小都关我不住，许大[⑨]之孔还怕走不出耶！故犹不惧。忽见网疏渐变密，始惧，便想钻出。谁知网虽疏，竟钻不出，遍逃无门，穷甚，躲在地下。六娘网既布周，饬神将搜捉鬼怪。遂提出乌碌鬼，押跪坛前。

六娘询之曰："尔是何方野鬼，在此作祟害人，招来！"乌碌鬼将实情供出。六娘曰："尔本山乡之佣工，为贱辈，天日未知，有敢来此横行妄作！应当发坠

---

① 出息：收入。
② 小身：小尊（的木像）。身：量词，用以称土木人像。
③ 问圣：祈神谕。
④ 魂过：晕过去。
⑤ 吃亏：受苦。
⑥ 吃饭气：民间认为鬼魂只吃食物之气味。
⑦ 师公：巫师。
⑧ 作套文：作形式，走过场。
⑨ 许大：那么大。

地狱，惟未伤人之命，姑且从宽，只重禁锢可也。”令神将将乌碌鬼贮于瓮内，瓮口以红布挽封，麻绵缚扎，埋于十字街头地方。鬼既收毕，六娘不要谢，撤[1]坛回去闽清矣。

是乡绅家男女皆在门缝里偷看，惟见香火化为罗网，神将捉出乌碌鬼，问诉口供之形迹，皆听见之了然，始知鬼之出处，又恨又喜。其捉鬼禁于瓮内，挽布扎口，皆神将所为，惟携至十字街头，埋于土中，乃令生人为之。罐虽小，其重如铁锤也。其女于是病好，不表。

再说虞少溪之子虞胄，是周启文看顾他，帮同督造罗城，得以重振家声，以寿终。子孙皆继书香，并不废读，共三子孙，皆俊雅。季子名所化，为潘墩潘令翁家中为弟子师，带二少子，大名之安，二名之康，年十三四，从塾读书。潘令翁二子皆幼，才得师开业，有二女，长名玉清，次名玉真，玉真亦从塾，在房中隔堵[2]帘内攻读，余无外人帮学[3]。逢课期作文章，送与先生批取，不是潘玉真第一，便是虞之康第一，并不落诸人之后。诸亲友皆称赞天生一对才子佳人。因此潘令翁与议朱陈[4]，所化悦，惟以兄未结婚，弟不敢先兄之为辞。令翁曰：“不难，再将玉清配兄，便无疑矣。”两家皆喜，遂同日诹吉下定，兄弟作联襟，姐妹作妯娌矣。

盖潘令翁结发只生二女而卒，续妻李氏连生二男便歇。二女至孝，生母病笃，玉清曾割手肚[5]入药救母，玉真曾尝过母粪。可怜如此孝女，母病亦不痊。命运亦蹇甚，结姻未一年，虞所化得病而亡。潘令翁与交最久而愈敬，闻讣即赴虞公庵行吊，对灵前大哭数声，便仆在地，扛抬回来，未几亦逝矣。继娶李氏以二女命坏极，一结姻即克死翁父，遂厌恨之，以贱婢看待。家中所有粗重事，日夜无停造作，二女不敢有怨言，惟从顺而已。

虞家闻知其磨折难堪，奈服未阕，不能娶之过门，惟遣老媪前去看，犹屡被李氏恶语相侵，媪皆忍之不较。背地问二女：“有何言？”二女答曰：“天下无不是[6]父母，有何言敢说也。”因媪再三问之，玉真遂写数字与之。媪回至虞公庵，述二女所答之言：“因问之，惟写一张字寄来。”虞家兄弟接同看，曰：“生寄死归，在人世少不得要吃许多般亏。有日里，到阎罗殿前讨一个永不超生自

① 撤：结束。

② 隔堵：分隔房间的屏风墙或帘子。

③ 帮学：（在他人私塾里）附读。

④ 朱陈：两家结亲。

⑤ 手肚：小臂内侧的肌肉。

⑥ 无不是：没有不对的。

在鬼，免落轮回。”

诸兄弟伯侄看念了，不胜惜而怜之。那潘家李氏二子忽然出疹，一姐抱一弟，十分小心服侍。讵疹极危险，二女无医不延，无神不祷，竟废寝食，李氏犹骂之曰：“二弟如错差，剥你二贱人之皮！”至五日，二子之疹收入腹。瞥见二老婆[①]在房，各抱一子出户不见。二子气绝。玉真放下弟脚，跳啼几下，亦仆地气杳。李氏见玉真亦死，不哭二子，惟指玉清曰：“那小贱人怕剥皮，自死去了，你怎不死，还等我来剥皮耶？”玉清泣曰：“妹死，儿怎敢独活？必亦死！”玉清答了，抱着玉真痛哭，又向二弟哀哭。李氏并无半滴泪痕哀子，惟口中骂人不绝。

忽玉真死复活，翻爬起喊曰：“勿哭！我二弟被我抢回来了。”玉清哭曰：“我正要去寻尔，怎又回来？”玉真曰：“弟既夺回，怎的不回来！”玉清曰：“弟何曾有回？”再观之，二弟果活矣！因再问之，玉真曰：“有二个老婆姐突入，将二弟抢抱去，妹便追赶出户。那婆姐走如飞鸟，才赶至山脚，她已上山顶，瞥见将二弟存于岩洞内，婆姐仍去。妹伏于草内，待他去远，潜至山顶岩石洞内，见有数十个子女[②]。先将二弟抱起，变轻而小，并带诸孩子下山查问，皆近邻人家子弟，本日才抱来，都是七八岁的，他之家皆认得。谁知有五个童子抱来多日，家又遥远，即将近便之子女带至各家门首，令之自入。惟此五个男童无家可归，弃之不忍，带回不得。

“适有一女子经过，查问缘由，妹遂告之，她说五童交寄与他。妹问其姓名住处，他说住欧冶山欧民，因访缉妖怪至此，五童交与他，要时可到冶山邀带[③]，不至落空。妹察其诚而不诈，遂交付带去。妹遂抱二弟回来矣。”玉清曰：“那野婆姐回看男女无去[④]，还来否？”玉真曰：“似亦不敢再来。”李氏只听几句走开，以妄捏掩饰[⑤]，骂不停歇。

那二子既重生，疹复发出，转为顺症[⑥]，回谢脱体[⑦]如故。邻墩诸子皆遭疹厄，死去半日，忽皆活回。随闻乃玉真去夺弟还并顺带，各家皆感不胜，惟继母犹以妄诞忿之。时儿童出疹，大不平安，十死八九。继母之舅家，三个表弟

---

① 老婆：老妇人。
② 子女：男女儿童。
③ 邀带：牵引带回。
④ 无去：不见了。
⑤ 以妄捏掩饰：认为是玉真捏造谎言，掩盖真情。
⑥ 顺症：病程处于好转阶段。
⑦ 回谢脱体：“回谢”指痘疹逐渐消退，“脱体”指病愈。

妹同出逆疹，奄奄一息，闻玉真有夺回二弟之能，随来接去保卫表弟妹。李氏以无是事不许去，因诸伯叔兄弟共来责备之，无奈方许。

玉真至李家，看见症同二弟，症不见好，遍身肿胀，惟鼻尾[1]有些气息。玉真思，魂已离舍，知何处去夺？沉思神倦，仆于椅背上睡。即梦至野外寻讨[2]，想都在山岩，又去岩洞探访，俱无。至一山缝间，有芭蕉叶掩蔽，揭起来看，三孩童在焉。皆认得三表弟妹面貌，只是变小如木雕童子，遂拿去搂抱下山。遇着一野婆看见，持棍赶来。玉真将二孩子塞于怀内，只存一妹，再塞难进，急了，开口将女童拦腰之衣带咬住，如猫衔鼠一般，打折一茎枝干为棍，近抵战有数合，那野婆将败。

玉真酣斗出声，睡在椅上，气喘如牛。李家诸舅母以是梦魇，向耳边连声呼之。玉真闻喊，开口一答，女童即掉落在地，被野婆抢去。玉真睁开眼谓曰："慢些叫，再战数合，杀走那野婆以除害。彼此一喊，害口一松，妹又被夺去。"众问故，玉真遂将夺回二表弟存在怀中，一妹衔在口内，与野婆战斗，却被舅母喊；一应，妹掉落地，被野婆抢去等情说知。诸舅母骇曰："我们只道尔是野梦眠狂[3]，怎知此情！"追悔无及。看那二男童果顷刻肿消，人见精灵，而女童鼻尾无风[4]矣。

李家虽然去[5]一女，犹幸夺回二男，亦感玉真，不与回去。李氏闻知，以生死有命，怎夺得回来？以合伙附和骗人，留在那里安闲，不回家作事，立刻着人催追押回。因李氏悍恶，诸兄弟亦无奈，只得将玉真送回。

玉真后有别家来请，任尔有大势帮[6]，想见玉真一面亦难耳。玉真同姐忍气吞声，以顺继母，不敢一点违拗。不觉磨难三年，虞家服满，送至日单[7]，同日迎娶姐妹过门。其吉期将至，而弟虞之康忽然得病，卧床不起，百般调治，难以就痊。日子到，只得之安先娶姐玉清过门，妹待弟稍愈再娶。

玉清到虞家已成花烛月余，虞之康尚未离床，而母又病倒矣。医药无效，潘玉清衣不解带，夜不能寝，尽心伺候，而病转重，几日而卒。之康因母死，哀痛过伤，风又入脾，随母而去矣。讣至潘家，玉真谓继母曰："与女穿白，过

---

① 鼻尾：鼻孔处。

② 寻讨：寻找。

③ 野梦眠狂：作不稽之梦说梦话。

④ 无风：没有气息。

⑤ 去：失去。

⑥ 大势帮：指有势力的人介绍。

⑦ 日单：确定迎娶日期的帖子。

门守节可乎？”李氏不许。玉真曰：“既不容过门守节，在家立节可乎？”李氏曰：“在家中死不死由尔！过门去无人管，知怎样行为耶？”玉真便不再问，入房改换衣服矣。

正是：不许过门迎白攸[1]，却教闭户赴黄泉。欲知后事，且看下文分说。

① 迎白攸：旧时陋俗，订婚后男方死亡，女方自愿仍嫁到男家守节，一切结婚礼仪照办，嫁妆贴白纸，包白布，新娘到夫家后以寡妇身份生活。

第一二九回　森罗殿明放贤孝妇　自在鬼暗救学道娘

却说潘玉真闻夫虞之康死，欲过门守节，李氏不从，玉真便入房，换衣服悬梁尽节。那李氏异常之恶，家中仆妇甚恶之，皆散回，惟剩一驮背老头儿没处去，还自看门走动。那老头儿访知不容过门守节，听之悬梁自尽，并不声言，即行先报与潘家本族得知，再报与李家得知。潘族赶至，玉真已闭门上吊，遂踏门进救，幸气未断。

李家族人亦同骂李氏不贤，公议即日举行。一面通知虞家，一面送玉真过门。随后鼓吹素轿，二族人赠送素旗，将玉真扶上轿，二姓共有二三十人护送而去。李氏许时[①]纵悍恶，怎经得众口唾骂，只得垂头丧气。那玉真离了火坑到虞家，甚是相得，伯姆皆贤慧，若姐妹亲爱。一侄承继为嗣，尚幼，仍交生母代抚之。虞家二女和顺，李氏亦不遣弟来看姐。

讵知善人无现报。那虞之安又得书痨，卧床将死，谓其妻玉清曰："妹既误，姐不可再误，我死汝可嫁。"玉清哭曰："诚何言哉？妹未曾偕伉俪，尚过门守节。妾已同衾枕，况又有七个月怀孕在身，焉有改节之理？将来生下是男，伴妹一同在世抚守孤儿；如是女，即相从泉下。如将来口是心非，今可取信于夫君之前，以表无二。"言讫，即将青丝发剪下。之安泪如雨下，叹曰："知汝二姐妹心坚如铁，志凛冰霜，皆被我兄弟误你二人终身，望报于来生罢了！"言讫气断。玉清哭失几次[②]，即收敛开丧。

弟乃承继男，兄乃遗腹孤。过了三个月，玉清产下一男，众皆喜之，姐妹同在一房，同抚孤儿。未周岁，二姐妹忽染时疫，同卧一床。玉真先死，那玉真灵魂被鬼勾至森罗殿，带见阎君，问其名姓住址，以册簿对之皆同。惟名岁稍异，应勾至十八岁潘玉清，非十七岁之潘玉真也。潘玉清阳寿当终，潘玉真还有十二年才应勾到，令原鬼赶送玉真还阳，作速再勾潘玉清到案。

---

① 许时：那时。

② 哭失几次：哭得昏过去几次。失：昏迷。

玉真在阶下闻其情节，欲将己换姐，即告曰："小犯妇潘玉真只身归无虑，潘玉清乃犯妇之姐，有子尚在乳哺，一旦归阴，母殁子亡。小犯妇既勾到殿，情愿顶名替姐入地狱受苦，不再勾犯妇之姐，母子二命得生，不胜幸甚！"阎君曰："世人皆恶死贪生，惟汝不贪生，求代姐死，甚属可嘉！只是阴间之法难以殉情，且俟勾到潘玉清，再行奖赏可也。"即令作速去勾潘玉清到案。

玉真欲再恳求，却已被鬼卒拉出，将送至家还魂。玉真曰："且慢去，奴在此等尔，勾到奴姐，乞奴见面。"鬼差曰："你同归去就是，何必在此等！倘我去你逃去，罪归在我怎处？"玉真曰："家中不好说话。我乃女子，路亦未识，只在此殿外立等，何用惊恐？"鬼卒不许，再三言之方许，重嘱不可到别处，只可在此，嘱毕自去勾魂。

玉真不敢离步，立住等候。抬头见殿门一对联大字：

胎生卵生化生湿生感生种生生生不息

天道地道人道神道鬼道畜道道道无穷

惟不知何为"种生"，随思及，乃"骨种羊"之等类是也。俄顷玉清押到，姐妹一见，便抱头大哭。其妹哭告以既勾错，情愿代替，奈阎君不准等情。其姐吩咐，妹还阳代抚遗孤，言讫又抱紧哭，勾差扯之不开。

内传阎君要召犯妇，牛头马面硬扯开，将玉清拿进。玉真潜随入探消息，见阎君判鬼差误事勾错，令重责，发去充军，十二年满赦回。后讯潘玉清，实属正身。因查在阳间有无作恶，玉清诉曰："并无行恶。惟命甚坎坷，在父母家中受苦，出嫁即翁姑继亡，夫主又夭亡。遗下一孤儿，尚在襁褓，今又离怀，想难成人，求阎君怜而察之。"

阎君令判官查检善恶二簿。判官查恶簿，玉清无名，又查行善簿内，载玉清曾割手肚尽孝，夫死又守节，受继母凌虐无怨言诸善事。阎君大悦曰："世间有此贤孝人，岂可无现报其身耶！"一面命鬼卒送魂还阳，受子荣封，寿至期颐，以报其善。一面录其事，奏达天庭。玉清当殿谢恩，随鬼卒去还魂矣。

玉真知得此事详细，喜之不胜，走出。因思："既归阴间，何必去还阳？拘差既发去，无人来管，且作无拘无束之自在鬼，岂不是好！玩游至十二年，再见阎君亦可。"思想既定，遂飘荡至人间玩游，肚饥即向卖食物之处，吸其气则饱，顺便即回家看姐。

却说虞家众姆婶①皆贤慧和睦，爱敬二姐妹，明知时症②，并不惊怕③，自

① 姆婶：妯娌。

② 时症：瘟疫。

③ 惊怕：害怕。

病起皆在房伺候。至姐妹气绝，一同啼哭甚哀。正在备办衣棺，而姐还阳，睁开眼曰：“勿哭勿哭。奴妹回来有多久了?”众曰：“她气先断，现未回。”玉清骇曰：“同到森罗殿，妹先放回，奴家审问了才放，怎的奴已到家，她还未到耶?”众疑而问之。玉清将情节说之，众闻之又惊又喜，静待玉真还魂。尸已停三日，臭腐犹不敢收。

忽户内掷一纸，查看无人，异之。众拾开看，第二大伯讶曰：“此是弟妇未过门时写寄来，是我夹在后楼房书架中，怎的落在此处?”玉清曰：“必是奴妹愿为鬼不为人，因奴家既回，他便无虑，悠悠不返，惟回来看视。因尸停不敢收，寻此原诗掷出，示他不还阳也。”诸伯叔皆言有理，遂将尸入棺封盖。

当时玉真一死，家中大小同诸戚属莫不哀痛怜悯，闻讣皆来，惟他二胞弟胶迹[1]不到。玉真魂到家中，见姐已愈，孤儿无恙；又至自家，见继母仍健，二弟安乐，皆可放心，遂去外游。至于城厢内外大小人家，皆进去，看见富者重楼叠阁，贫者瓮牖绳窗，相隔天渊，不胜感慨。

又至一家，屋甚高敞，人口繁多。有一女美甚，住在后进楼上，日间作针指[2]，夜来看书史。玉真便不去别处，只在内伴读游玩。那女看《三国》至凤仪亭一节，便掩卷叹曰：“有补天之手，有功于世，无名于史，惜乎貂蝉有功无名。”随持笔题云：

功名两字要相传，功有名无其惜然。
若使当时身便死，谁人敢不敬貂蝉。

玉真在旁看题此诗，暗赞之，欲现出相和。时已三鼓，忽闻劈门声，有三人执刀抢入。向女曰：“今夜从我三人要乐，不从，汝命必休!”彼时玉真不得不现出救，将女遮蔽，代答曰：“只有三人耶?”那贼曰：“三个就是。”玉真呵出阴气，三贼即寒栗昏迷如睡伏下。玉真对女说：“我在此守贼，汝快去叫人来捉!”那女赶入内大喊，众人皆拥至。玉真曰：“此三贼快缚倒，恐醒来难以降伏。”众即缚三贼，拾起三把利刀，正欲问故，而玉真杳矣。

时女之父母兄弟俱至，问女：“何人?”女曰：“儿在灯下看书，此三贼执刀撞入，说从之则罢，不从则杀死，儿即惊倒。不知何处钻出一女，将儿遮住，吐气喷贼，贼即倒地；令儿出，叫众人来拿，他便不见。”

各处查寻无迹，见房壁间贴一红纸包，问女：“何物?”女答曰：“前有挑临水夫人担[3]在门前经过，弟郎用五分银请一包香灰来供奉。”众皆以是陈大奶显

---

① 胶迹：足迹。胶：脚，本字“骹”。

② 针指：针黹，针线活。

③ 临水夫人担：挑着临水夫人小神龛走村串巷叫卖香灰的担子。

圣，共喜曰："只用五分银，能拿三大盗，保小姐一条性命。"其父母曰："来日要到临水宫答谢鸿恩!"因查救神有了出处，便究问三贼，直供不讳，乃大盗，都有飞越之能，盗劫客商不计。惟半夜持刀，强奸人家闺女有数十次，从者活之，不从者杀之。今闻此女才貌双全，先来污之，若不从再行劫夺。不料此女有法术，只呵一口气，人即昏迷，才被拿住。直供出。程家问明白口供，即将贼解送有司，照律拟斩。众共感激临水夫人，那女亦以为是，日夜礼拜，香烛不断。此且不表。

再说玉真又游至一处，见对河有一女吊鬼往一人家，须臾捧出饭来，丢弃于河，一连数次，人皆不见，惟玉真见之。

正是：慢说多因鬼见鬼，依然都是人惊人。欲知后事，下文分说。

第一三〇回　潘玉真捉吊鬼救妇　许飞琼吓仇家养娘

却说玉真看见女吊鬼往人家拿饭出来弃于河中，不知何故，遂入其家探之。原来只有婆媳二人，其婆在里面唧咕唧咕，骂媳妇偷食饭。那媳辩无食，婆又骂："一甑饭，门关紧，至晚无去[①]半甑，日日如是，不是汝，是哪个食去？偷食别物犹可，偷食饭最下贱不堪，不去死，有脸留在此见人!"骂了又骂。可怜那媳有口难辩，有冤莫诉，一面抱子睡卧于床，一面悲泣。

俄而其夫回来，母告以偷食饭，并拿甑与看。其夫不再问，抢入房，将妻头发揪住，拳踢交加，打至半死。乡邻入劝，方知其偷食饭，皆言打之不错。时见天黑，母子自食了晚膳，夫不归房，同母寝宿，惟妻在房对儿啼哭曰："母遭冤枉死，留种何用！先将你掐死，我再去自尽。"那丢饭吊鬼早在房中代挂绳索，催令掐死其子。玉真在外侦之了然，大怒。突入，先将儿拽开，绳索扯断，把鬼扯住，拖出房前，告其母子曰："你家之饭，日日都是此鬼偷去，现在房中教你媳先掐死你孙，再去上吊。绳已挂，将去行为[②]，是我悯之，你孙拽在你房中，绳索被拖断。今你母子快去认不是，用好言宽慰你媳回心，看验饭粒遗迹，我扯此鬼去究问发落。"玉真嘱完，拖鬼而去。

那母子梦中惊醒，同扪床上，果呱呱在旁。彼此说知，所梦皆同，讲陈大奶之香火灵应，捉鬼辨冤。撬门入媳房中，媳在床上悲啼，断绳犹挂梁间。持灯往河中查看，果有饭粒，塞于河墙缝中间皆是，始知其冤。于是皆赔话，并告以陈大奶之香火灵应，托梦捉鬼辨冤等情。媳妇遂心愿[③]，和好如初，亦议到古田临水宫答谢鸿恩。

玉真将鬼拖出野外，骂曰："我作鬼犹救人，你作鬼反害人，欲害人欲害死他，有何益处？你自扪心，自想人被你害，亦不肯干休，何苦于是耶?"鬼蹙眉

---

① 无去：不见了。

② 行为：行动。

③ 心愿：满意了。

曰："明知害人，亦属不得已而行。"玉真曰："有甚不得已，可直说来，可恕则恕，不可恕再来理论！"鬼即告曰："我名许飞琼，罗源人，乃前闽王羲西宫之宫娥。蒙尚妃十分爱惜，视似亲生。至主君被人行刺，尚妃知祸不免，将头上犀角簪并珠宝拔存我怀内，令我由后门逃，我遂跟浣妇走脱。闻尚妃被李后遣人来拿，已自缢死。未几李后并王氏通族、诸宫妃，被朱文进、连重遇屠戮无遗，独我幸免。

"归家，惟母卜氏，随招一婿上门奉母暮年。夫婿单名凌，贩运米谷，往来河江，犀角簪与之存身，以防不虞。邻墩[1]有一势豪姜梁。那日我夫因在他家籴麦，被留食饭完，捧一铜盆汤[2]出来洗脸。还有一客，与夫彼此相让先洗，主人将欲呼童再捧一盆出。讵知夫婿酒后不知存隐，拦阻不必再捧。随取手中犀角丢入铜盆中，汤即分开两旁，一人分洗一旁，不至过界。遂各执脸布[3]分洗，果不混连，皆簪无价之宝。主人便生觊觎，常与夫婿往来甚密，又看奴家有三分容貌，便起谋心。那日留夫饮酒，至夜灌之大醉，先偷去犀角簪，送夫回至河边，将夫推落水中。

"那贼次早仍来看望，听说未回，故作惊愕之状，说昨夜三更已回，怎的不到家？随代为各处查问，至尸浮起来，报失足落水淹死。我闻之疑甚：既有离水宝随身，落水焉能致命，犹疑非夫尸；捞起来果是夫尸，查身上之宝无矣。即查问姜梁，该贼说送夫出门后，其路中如何落水，皆推不知，言语支吾。疑他谋宝害命，欲与之理较，一因其势力富豪，二因并无赃证，三因家无次丁，无奈之何，只得含冤隐恨而已。所有丧葬动费，皆贼捐措办，甫终七[4]，便托人来讲，要娶我为妾。

"我暗喜代夫报仇之志遂矣，令贼自来面说，那贼遂自来。我即见之曰：'肯娶愿去，惟待寻着故夫之遗簪，方得成就。如未寻着，不敢从命。'贼问：'与此簪有何干涉？'我谓之曰：'曾与簪立誓，存则俱存，亡则俱亡，今簪亡不敢独存。'贼信以为实，即应代去细访。几日又至，报曰：'寻着了。'我问：'在何处寻着？'贼答：'在路旁草缝中，被一看牛孩子拾去，不知是宝，今日拿去饼店换饼食，饼店不要。我恰遇，查问所拾之处，将十文钱买来，至家以水试之，果是原物。存在家中，俟娶过门交与收存。'我答：'未眼见，犹不敢信，可取来看方信，仍交还带回何如？'那贼即回去取至。我看果是原簪，忍恨含

① 邻墩：邻村。

② 汤：热水。

③ 脸布：洗脸巾。

④ 终七：古代葬仪，人亡后七天一祭，七七为终祭，也称终七。

悲，仍交回带去。贼喜不胜，即送财礼迎娶。不敢将实情告母，将所收银钱交姨家代为供母之衣食。

“至了姜家，那贼将此簪插我头上，是夜被我将酒劝醉，上床拿剃刀将他割死，把犀角簪存于瓦缝，写一简诉状自缢死。来此阴间，阎君念我贞烈，免入牢狱，三年后自讨交替①。三年既过，不忍致人死地，故至今犹在阴府。因思母不能亲近供奉，宝贝不知存亡，心急如火，不得已忍心害之，讨交替还阳，出世奉母取宝。在此行为，被汝打散。今来请教如何，乞即指示。”

玉真闻了，便问曰：“冤有头，债有主，怎的去讨无辜之人？”飞琼曰：“惟思母及宝贝，不然去别处讨。”玉真笑曰：“讨了交替就给汝出世？汝一出世就能行走知人事？还不知投胎在何处，还能记得前生之事、母与宝贝耶？”飞琼被他一驳，如梦初醒，笑曰：“今蒙说破，徒害人命，当时真是执迷也！”玉真曰：“母难割舍，可谓孝心，那犀角有甚奇处，亦难割舍耶？”

飞琼曰：“此宝不独我郑重，曾经前人郑重之也。”又问：“何以知之？”飞琼曰：“闻此簪乃金谷园绿珠之故物，后落于民间。前国计使以聚敛得来，求媚献于正宫陈金凤，后金凤感临水夫人救她，又二次解围，将此簪赠之。闽王璘轻功重宝，以金凤不合赐此宝，既赐，不便追回，即转借去看验，照式制一假簪，抽换还之，陈夫人知而不言。至王璘同金凤被李放所弑，此簪归在李春燕鬟上。至春燕同王昶缢杀于梧桐岭，此簪又至尚妃。尚妃将死，付我，前后皆正宫宠妃，为传国之宝，怎不郑重，而忍割舍耶！”

玉真曰：“噫！此不是传国宝；诚是催命鬼，落于民间，不知者无论，即绿珠、金凤、春燕、尚妃占此宝，皆不得其死。就汝，不因此怎至夫溺妻缢？不早毁之，犹思复得耶！”飞琼曰：“果因此夫死妻亡，母老无依，今亦置之矣！惟思母心切，更请指教。往时惟去望望，更觉难过。”玉真曰：“望不如看。”飞琼曰：“望与看何异？”玉真曰：“望远，看近。”飞琼曰：“不敢近，恐惊老母。”玉真曰：“不怕。今我先去望我继母与弟并姐姐了，同至汝家见汝母说明详细。汝长留伴慰老母，我去别游，待汝伺母百年后，再寻我同游可好么？”飞琼曰：“能如是，胜如再生万倍矣！恨遇汝迟，即为从婢罢。”玉真曰：“言重，敢将为婢，作姐妹行便好。”

遂告知姓名来历，同去潘墩。望了继母两弟，虞公庵姐并孤儿无恙，遂至罗源，顺抵姜家看了。

---

① 讨交替：迷信说法，吊死之人要找到下一个吊死者才能超生。讨：找。民间也说“讨后替”。

先说那姜家，那夜洞房花烛，次早，门打不开，一家疑甚。撬窗而看，见男喉断于床上，女悬于前床边，惊甚，皆不知其故。看桌上有诉状，念云："姜梁谋宝害命，复夺其妻，横行已甚矣！许氏代夫报仇，身致其命，以二博一，不为过耶。"

姜家兄弟见此字，始知代前夫报仇，自缢死，还有何言。但谋宝的事情姜梁之妻妾尽知，劝阻不听，死后寻宝无矣。遂托言男作发痧[1]，女作烈妇，自缢了事。那房便无人敢住，常关锁至三年。恐讨交替，买一猪㹀[2]活活吊于原房床前，以为代交替[3]。

谁知许氏吊死并不为祟，猪㹀吊死即行出现。昼则咬人衣服，夜则魇男女，日夜作吵不安，百般祭禳不去。二女魂遂至其家，探访一匝，便有主意。同往许家，闻其母卜氏在内哭女甚惨，飞琼不胜感泣。玉真嘱飞琼在外，慢入，遂自现形，推门入内，见母曰："且慢悲伤，飞琼妹子回来了。"卜氏答曰："吾女死去数年。汝是何人？从何而入来？"玉真曰："今日汝女子回来了。"卜氏讶曰："此等说不是鬼回来耶？"玉真曰："是鬼，因念母老无依，相商回来奉伺暮年。恐母突见惊惧，故奴先入，她在外。如不惊惧，叫她进来；如惊惧，即叫她不要进来。"卜氏闻此泪下，曰："自她死后，无日不思她，正思回来见之，谁知至今连梦亦无，今回来何怕之有？快叫他进来相会，慰我思念。"

玉真即出，携飞琼进内，亦现原形，母女一见，相抱而哭。玉真曰："不可如此大声，与人得知，反惹出事。既见面了，须仍隐形，此处临街浅巷，实属不便，今夜同去一好所在住止，慢慢来哭。"飞琼问："何处去？"玉真曰："先前去看那姜家，又富足，屋宇又宽大，就去与他养赡，有何不可！只是今夜去不得。妹子同母在此将就二日，待愚姐去冶山带童子来作为，那姜家才怕，自愿奉养矣。"飞琼欲再问，玉真便去矣。

母女遂同说苦情，卜氏告曰："姜家报女婿发痧死，吾女作烈妇节死。吾女寄托姨家银钱被伊子[4]荡费尽，他自顾不暇，焉能顾我！我惟作些女工度命。吾儿既死了，怎得回来？那一个是谁？可说与吾知道。"飞琼将假意嫁他，真心报仇，因讨交替，遇着玉真，承其指引教导，谊作姐妹带回伴母等由说知，卜氏喜甚。过了一夜，次日便有邻右来问与何人说话？卜氏说无人说话，邻疑之，母女便不敢再言矣。

---

① 发痧：指患霍乱病。

② 猪㹀：母猪。

③ 代交替：传说吊死鬼要寻到替身后才能投胎转世，所以吊死母猪代做这个替身。

④ 伊子：她儿子。

至二日，玉真带五童回来，是夜将卜氏扶至姜家，遮掩由后墙而入。令五童子将原房之锁打开，同登于房楼上，将房门仍锁住。玉真将五童子身上疹痂撕下，遍扫[1]诸房内，姜家所有孩童立刻皆发出恶疹。延疹医看视，皆以逆疹不治，一家大惊，无处可求搭救，只是祷神求佛，设醮禳灾。玉真同飞琼卜氏在楼中探犀角簪仍在，遂作十二句诗，教五童子念熟，去前厅后房念曰：

你家愆孽做得深，何用念佛与看经。

谋宝害命犹不足，还要夺妻才称心。

刺死一命抵一命，尚有一命未偿清。

先捉孩童乃报信，再行尽捉不教零[2]。

烈妇带母在楼上，奉养甘旨到终身。

今生作恶今生报，迨至来生报不明。

一家男女闻之在后厅，至后厅又在前厅，只闻其声并不见人，惊甚。

家长四兄弟同往开房楼门，放胆入内查看，果有一老妇在楼。问："从何来?"卜氏答曰："前日小女阴间回来，不知何故，将老身背至此。"众共立楼口诉说间，而砖头瓦块自楼内掷出，众躲不及，亦伤头面。卜氏便喝曰："不可如是！待吾来说。"众皆惊走，卜氏呼曰："有老身在，不须怕!"众复立住跪求曰："望婆婆抬高手，向令爱说个情，愆孽是姜梁做的，与家中大小男女并无干涉。恳救免灾赦宥一家性命，情愿孝养婆婆百年，供奉令爱神位，同祖先供奉，不敢少怠。倘有不周，再将全家拿去无怨。"卜氏曰："且请回步，待老身劝解小女，明日来讨回话[3]。"

众遂退出，不待明日，即送至好衣服、美酒席，放楼口，人俱惊恐退去。玉真曰："何如？怕他不来孝敬耶!"卜氏曰："同来饮食。"二女曰："看玩亦饱矣。"至次日，众又来讨回话，卜氏曰："经老身再三婉言，始肯饶恕，只是此间楼房借与老身母女栖止，不许一人进来夹杂。水菜供便，老身自行炊爨，倘有怠慢，仍行捉拿无悔!"众曰："不敢怠慢，只是诸孩子出疹将危，怎处?"卜氏曰："既恕了，自然并放之。"众又曰："更求一件事，家中被猪牳作吵不安，求代驱除。"卜氏曰："这个容易。"众喜而出。

卜氏谓二女："杖头打死人，杖尾救人命。[4] 将出疹之孩子务要俱保平安，如一个不保，话说则不灵矣!"玉真曰："能种之自然能收之，如不能保全，敢

---

① 扫：撒。

② 零：剩余。

③ 讨回话：听回复。

④ 杖头打死人，杖尾救人命：俗语，意思是害人之后又自己来救人。

称为保疹夫人耶!”此乃玉真戏言，谁知后来果合其语矣。遂将各孩子之毒气收敛，顷刻化逆为顺。医生来看，皆言大造化，恶症变好症。不数日皆脱体平安。姜家大小男女皆大喜，敬奉卜氏犹胜于祖妈[1]，并不敢一点怠慢。玉真既安顿了母女，将猪牳鬼拴缚，交五童子带去，辞了飞琼母女，同回福州去矣。

正是：死仍不昧生何乐，鬼可自由仙岂如。后事如何，且看下回。

① 祖妈：老祖宗奶奶。

第一三一回　玉真暗保路上失物　姜梁现报妻妾偷情

却说潘玉真带五童子，牵猪牳鬼回至福州欧冶山。乃将五童寄交欧氏处，猪牳鬼系于山后岭旁（今北门名猪牳岭是也），令五童子看管，勿使逃走为祟。欧氏留住，盘桓数日，仍去玩游。

再说南门外城边有一半仓之人经过，因甚匆忙，不觉怀中坠落一包在地。人皆不见，惟城上有一人闲望，看见行人落一东西在地，急忙下城来拾。无有，以是被人拾去，忿极，复上城觑下，其物仍在。又下去拾又无，一连走上走下，上看则有，下拾则无。不愿[1]，只在城上对看是何人拾去。那来往之人或跨过或踢开，并无人拾。

足一时辰，有人蹙额愁眉，低头寻至，将包拾起解看，便喊曰："好灵签，连救数命也!"行人聚看，查问包物。城上之人赶下，令解包同看。那人解开，乃一张钞票，一锭白银，钞票载银一千两，银只五两。

众问故，那人又笑又悲曰："实不相瞒，家东人得罪上司，系狱将置死地。随踏有路线[2]，千两金能挽回免死。将产业尽变，尚不足，两个小姐自愿卖身救父，方凑足数。因银出入未便，兑换一张钞票一千两，另备五两作小包，又一包三十两，以为随封动费，应一大包，一小包，二包并存怀内，前去进献买命。谁知心急行快，腰带动松，小包坠失，竟然不觉。将至，扪之方知。若大包失去犹可再挪，那小包失去无处再措。既失，人必拾，寻之无益。计穷路绝，走去投河，却遇挑夫人奶担[3]前来。因见愁惨，问曰：'何事如此，何不求签指示?'答曰因银失落。他曰：'求签指示，或银还在亦未可知。'遂代吾抽一签看，乃十三签，开谱念曰：'事虽至险不为凶，物纵遗失不落空。暗里有人相保护，平安两字在其中。'

---

① 不愿：不甘愿。

② 踏有路线：找到行贿的路径。

③ 挑夫人奶担："夫人奶"是民间对陈靖姑的尊称。道人挑其神像至四处供信众抽签算卦"请香灰"等，类似一个流动的小庙。.

“他念了签，问银失多少？吾妄曰：‘数两。’他说：‘只数两怕不寻着？即千金亦不落空。’吾问怎说，他解曰：‘事险不凶，失物仍在，有人暗里保护，不致被人拾去。平安两字值千金，把千金暗存不现，仍在途中去寻便着，但该有千金才是。只数两更好，人必不觉，快去拾回。’吾先不信，因看签谱[①]尾句[②]大有意思，送还香钱来寻。如无，再死未迟。果原物不动在此。不知是哪位君子见财不取，代为看守，快来与在下拜谢救命之恩！”

彼时数十人围看，皆面面相觑，无人出认。忽一人在人丛中喊曰：“银包落地，是我代汝看守，快来谢我！”原来就是城上之人。正欲与之致谢，众便哄曰：“谁看是汝守？”那人曰：“我在城上看守，怎无人看见？”众诘之曰：“既看见何不下来拾还，在城上对相[③]何故？”那人实说曰：“我在城上亲见此包落地，不知是何东西，下城来拾即无。以为下城时被人先拾去，便上城再看，其包仍在。下城又无，上城看下又在，故即在城上代之看守，如有人来拾，便喝之，怕他不还耶！这是实情，可受得他谢礼么？”众共应曰：“差的多，此乃陈大奶使神在此看守，遮掩行人之眼。汝是回回思想孟姜女[④]，黄犬想食豆腐骨[⑤]，冒认看守，还敢讨谢礼！”

众谓那失物之人曰：“切不可被人冒诈局骗。将此谢礼办仪，去临水宫答谢鸿恩可也。今快去干事！”众遂散去。那城上看见之人，银包又拾不着，又被人众忿骂，含怒甚，便思跟去抢他。即尾[⑥]至空野无人之处，抢上几步，将近身边，似有人推之，仆跌路旁粪池中。迨爬起来去河边洗净，那失银之人已去远了，再追不及，恨恨自去矣。

人人都以是陈大奶显圣守护，却又是潘玉真。那人银包落地，恰遇玉真游至见之，正要叫那人来拾，因有人赶下来拾，遂不敢移步，将包掩住，守候至那人回来拾。又见那诈冒的来意不善，仍暗随在后，将下手抢夺时，推落粪池，又不害其命，玉真并不现形自去了。

再说许飞琼同母栖止在姜家楼上，那姜家兄弟五个名松、柏、栋、柱、梁，有万贯家财，皆有妻妾，子女婢仆共四五十人，未曾分灶。有一先生名余丰，

---

① 签谱：在神前祈祷抽签得到签号，然后按号查看“签谱”，得到一首“签诗”，再通过详解猜测神谕。

② 尾句：最后一句。

③ 对相：对着看；指仅是旁观，不作为。

④ 回回思想孟姜女：喻痴心妄想。回回：旧称西北塞外的族裔。

⑤ 黄犬想食豆腐骨：福州俗语，指痴心妄想。

⑥ 尾：尾随。

年二十四岁，乃秀士，是姜家族中表外甥，又是姜柱未过门女婿，生得俊俏，延在家中教子弟读书。姜梁妻丁氏，妾碧桃，一子尚幼。姜家有姊嫁曾门，与姊夫相继而亡，只遗一甥女名硕娘，年二十，曾许宁家为媳。其婿外商五年，音信不通，存亡莫卜。因无倚止，留在舅家，时同丁氏、碧桃作女工针黹，闲即翻书卷看。

那余丰书房与碧桃卧房毗连，至姜梁被杀后，碧桃遂与余丰私通。背约一暗号，碧桃半夜开书房，有鸡㚷[①]声，便开门潜步去相会。却原来畜一母鸡抱蛋，至夜半人静时拿来撮毛，鸡便叫咯一声，便脱衣息火上床待之，须臾碧桃便至矣。有一夜鸡撮三四次不至，许久随又撮叫。谁知有一老姑婆来家中，乃姜家之姑婆，是夜丁氏命碧桃去伴陪老姑婆。至半夜，丁氏来至碧桃房中睡，听书房鸡叫之声，初闻不觉，再闻以先生不在，猫来咬鸡。时盛暑，起来持灯开门去看，鸡无故，看至床前，一人赤体而卧，丁氏即退。

那余丰不见碧桃，乃是表舅母，装睡不动。丁氏立房口，淫心动起。思不知是谁，再进去看，认是表外甥。顾不得廉耻，自解带上床，兴云布雨。那丁氏问鸡叫之故，余丰将碧桃之私约暗号告知。丁氏骂曰："怪得是[②]那贱婢近时眉开眼笑，原来在此行乐。"自此余丰日在书房教读，夜在内房奸宿，有时进内调情，被硕娘遇着数次，舅母面上不敢言，只在碧桃面前念曰："相鼠有齿，人而无耻，人而无耻，胡不遄死。"有遇碧桃，将此数章《诗经》念之不休。

碧桃告与二人得知，丁氏便愧。余丰曰："且由他念，亦将勾搭来，便不敢念！"那日硕娘在丁氏房中作女工，丁氏脱步出，余丰来调戏搂之，硕娘挣脱，大骂曰："太岁头上来起土[③]，我比[④]汝那一起畜生不顾廉耻？再如此，要汝没体面，看汝敢见人么！"余丰又向前，硕娘跑回自己房中，把门紧闭。丁氏走出，便入问，余丰将骂之言语述之。丁氏老羞成怒，曰："我叫汝今夜去偷营劫寨，我同碧桃相帮，如从，我二人便退，如不从，强拿上台。"余丰喜曰："妙极！今夜即去。"随至碧桃房中说知，叫今夜去干事。碧桃曰："亦好，免被他在面前乱吠。"三人议定不表。

再说许飞琼在楼上，时常去各房穿游，人皆不见，姜家有大小之事，至密至隐皆知了，随告与母知之。卜氏曰："管他作甚。我们得安，任他作甚，与我何干？"飞琼曰："看一家之男女无一个端正，惟有一女，乃外甥女曾硕娘，心

---

① 鸡㚷：母鸡。或作"鸡母""鸡姆"。

② 怪得是：难怪。

③ 起土：动土，挖土。

④ 比：像……一样。

正气刚，内慧外秀，必有人陷害，恐不能生全，可许暗保之否?”卜氏曰：“如果品行端方，见死不救非仁也！可时常关照之。”飞琼遂时常到她房中来往看视。那日硕娘因见篱边栽一株白菊花，开得正盛，便闭门入房，自持笔题诗一首云：

冰为骨格玉为神，皎洁东篱不染尘。

三径就荒留晚节，浑同白眼看凡人。

飞琼在旁观之，诗中大有兴致，不俗，随即出现，谓曰：“吾妹好佳句!”硕娘讶曰：“此位何人？由何处来?”飞琼曰：“常在此伴读，不敢出现，今见诗精奇，特出领教。”硕娘曰：“何曾有见，莫是鬼么?”飞琼曰：“实是鬼，怕不怕耶?”硕娘曰：“人鬼何异，怕什么！如果是鬼，能文更可敬。先请问其详，再来领教。”飞琼曰：“实不相瞒，奴家即西楼上寄居奉母之飞琼也。因见此姜家男女无一个端正贤良，惟吾妹中立不昧，暗中照顾，不敢现形。因佳句惊人，忍之不住出现。如果不怕，时常相见领教可矣。”

硕娘喜曰：“原来就是西楼房之灵鬼。常言宁为灵鬼，不作顽仙。奴家正恨不能遇之，今幸不嫌来此教益，乃天从人愿，有敢说怕之理?”飞琼笑曰：“端人自有胆量，可见奴之眼力不差。今先来拜结姐妹，彼此好称。”硕娘曰：“乃属尊长，怎敢僭越。”飞琼曰：“汝说是姜梁之妻耶，他命许好[①]？乃借路来报恨，还说甚尊长，愧杀无地矣!”遂谊为姐妹行，自此日夜唱和诗辞。

硕娘欲告诉余丰调戏之情，飞琼未至。须臾飞琼至，曰：“去探听军情大事，飞报前来。”硕娘愕曰：“什么军情?”飞琼曰：“今夜有三路兵来偷劫吾妹之营寨，还不知耶?”硕娘曰：“莫是一支浪子军，二支婊子军乎?”飞琼问：“怎知之?”硕娘曰：“早已知之。”飞琼曰：“既知，今夜何以御之?”硕娘曰：“奴家自有制度，管叫他偷营自杀耳!”飞琼曰：“是何妙计使他自杀?”硕娘曰：“因姐未至，抽一书来看，却是《列国传·秋胡戏妻》，遂得计。将此故事来抵弄他。”飞琼问其故。硕娘曰：“叫他的妻出来便成事了。”飞琼曰：“他的真妻怎能叫他来此耶?”硕娘遂将情由慢慢说出。

正是：不把真妻来替劫，怎教假婿破机关。欲听情由，下回便晓。

---

① 他命许好：他有那么好的命（娶我）。许：那么。

第一三二回 巧抽换余丰淫原配 说私孕爱盈露奸情

却说硕娘对飞琼曰："姐不知四舅之女爱盈，今年二十二岁，乃是余丰之原配结发，因余家接连孝服，未曾娶去。今夜去叫他来伴睡，待他睡熟，妹便走开。至半夜那禽兽来扪，有人便是，由他戏弄，可不是秋胡戏妻自弄自耶？"飞琼曰："原来爱盈是他原配，如不说真不知，今将他来作代替，妙极！吾妹观书得计，不亚于观鱼得计之武侯也！"

硕娘俟至晚膳后，到姜柱房中，向其妻李氏曰："四舅母，愚甥女夜时心中害怕，祈呼爱盈表妹去伴睡一夜好么？"李氏依从，叫爱盈同去。爱盈遂同硕娘至房中，无甚言语，脱衣灭灯便上床，爱盈一刻即熟睡了。硕娘侦其睡浓，便下床将闩拔离，把枕头带入后房，侦之。

至半夜，三人至来，门一推即开。余丰爬上床，解衣与狎，那爱盈惊醒，问："何人？"二妇在门边见成事了，持灯照之，认是爱盈，骇曰："原来是汝在此，表姐哪里去？"余丰起来愕问："此是哪个？"碧桃曰："无妨，大水不流别人田，就是汝老婆爱盈，汝夫官未做，俸先支，还不喜欢耶？"那爱盈起坐，见床前一个家婶[1]，一个叔妾，又一男子。有些认得，不敢言，故意指曰："这个是谁？"丁氏笑曰："是汝亲老公余丰先生，因汝在那里睡，命我二人邀[2]来与汝相会，汝还不知？快把媒人钱来谢我！"爱盈答曰："是硕娘今晚叫来伴睡，不知什么时候走去，叫我来偷共人[3]。"

丁氏同碧桃方知其巧计来避，无言退出。余丰又上床狎亵，爱盈曰："汝来了就是，缘何叫他二人邀带？何从前都会自来，今反叫别人作引耶？"余丰听其言有因，即问曰："从前吾何曾有来？"爱盈把手向余丰背上扪之，笑曰："自己食屎赖狗食耶！造化有一粒大痣作记，险些白白被汝图赖不认。"余丰曰："既

---

① 家婶：对叔婶的称呼。

② 邀：带领。

③ 偷共人：偷情。

认了，再说起自何时？作有几次？”爱盈曰：“自前年夏间，我未关门睡，至半夜，汝偷来，说是夫主余丰，不可作声。我以是汝，便从之。自此都是半夜三更而来，至天将明方去。竟弄至腹大，生下一女，惟母知之，是汝亦不敢言，将此女溺死了事。今夜说明可对么？”

余丰便知是被人冒认，思之不出，勉强答曰：“不错。那两个是我情人，才敢同来，以后我只自来。”言讫下床出来，至门口遇着二妇，同笑曰：“汝老婆被何人冒认去了？”余丰曰：“背上有痣，惟陈阿定与我一样，被他局去无疑矣。”丁氏曰：“不错。此乃淫人妻女，妻女亦被人淫之报应也！”余丰不知其故，问之。丁氏曰：“陈阿定之母被姜柱淫之，今其子阿定来淫其女，一报也。我丈夫姜梁淫人妻女，我二人亦被汝淫，二报也。汝淫人妻，汝妻亦被人淫，乃三报也。此三报不爽分毫。”余丰曰：“既报了，无有再报，怕什么！”

盖姜柱与一邻妇奸宿，该妇有子名阿定，年才二十岁，留在家中出入使唤。诈冒余丰去淫爱盈，皆黑夜偷入，竟无人知。因热天，背上现出大痣，人皆见之，故疑是他也。那硕娘同飞琼潜在后房，知其已去始出来。爱盈又睡熟，走上床共睡矣。

至日高三丈，硕娘唤爱盈醒起，便骂曰：“硕妹，汝半夜去哪里，叫妹一人丢在此受惊，是何道理？”硕娘笑曰：“愚姐昨晚同上床，何曾有下地？”爱盈曰：“未下地，怎不见耶？”硕娘曰：“愚姐一夜并无合眼，至半夜扪床，忽不见了妹子，莫非妹子梦赴高唐，相会楚襄王？才回来朦胧颠倒，反疑姐不在耶！”爱盈闻此言，不敢再答，即回去自己房中梳洗矣。

飞琼遂现出，谓硕娘曰：“吾妹好口才，最后一句话正点着他之丑事，妙极！”硕娘曰：“姐言家中所为之事尽知，惟此二人早通情，必不知。”飞琼曰：“怎的不知？但爱盈所偷情者哪里是余丰！”硕娘问：“非余丰是谁？”飞琼曰：“是妹之四舅家中放荡之陈阿定也。”硕娘曰：“是他？又粗又丑，爱盈怎不嫌耶？”飞琼曰：“所偷情俱是半夜三更，黑暗中无火，哪晓得妍丑？”硕娘曰：“可惜一朵花插于牛屎之中。”

飞琼曰：“只恐那牛屎横恶，又有一番波浪。”硕娘曰：“那昨夜挪甲就乙，那禽兽何曾心死，不知将来如何是好？”飞琼曰：“吾妹还怕什么？若有疑难，有愚姐在暗里听用，万无一失矣！”硕娘曰：“言重，全藉作谋主将也。”飞琼亦曰：“言重。今再去打听，看还有何计。”说说又去了。

那爱盈与两个荡妇夜夜淫荒无忌，被姜柱二妾访知，告知李氏。那李氏乃戆妇，以为是伊女婿，夜夜只叫他进女房内住宿，免他在书房与别人放荡。二妾亦被余丰勾引去，有时被李氏遇见，亦不畏惧。李氏乃戆弱之妇，并不忌畏。

李氏因闻爱盈被陈阿定假冒偷奸情由，即将阿定逐出。那阿定访知窝奸余丰等情，待姜柱至，告以妾女窝存余丰，恐被看破，故将他逐出。姜柱半信半疑，与李氏说：阿定言汝们通奸未过门之女婿，恐被看破，故将他逐出等语说知。那二妾惊甚，嘱余丰不可再来，自此碧桃又重新相会矣。

飞琼访知，报于硕娘，硕娘曰："淫乱至此，可谓极矣!"飞琼曰："能代舅氏杀奸否?"硕娘曰："欲代之杀奸何难，只飞一纸白头字，四舅便杀之，惟不忍连害数命。但争奸必杀，势之自然。今若不调虎离山，至迟，阿定不杀，彼一群亦必自杀矣。"飞琼问："此虎怎得离开?"硕娘曰："随机应变，自能调离，方保一众身家性命。先怕他再起波澜，今他不起，去惹他起，方好从中取事，中间还是全藉姐之法力，暗助方能成事。"飞琼曰："无不听调度!"硕娘即去行为矣。

正是：欲行调离山中虎，先去掀翻海内波。且看下文如何分解。

第一三三回　硕娘将计就计以化善　余丰张罗自罗而悔逃

却说硕娘欲调虎离山，先去惹动波澜，从中取事，遂至碧桃房门口走来走去，念曰：

“南山有鸟，北山张罗。鸟自高飞，罗当奈何。”

适余丰同二妇在后房耍乐，闻硕娘在门口念来念去，谓二妇曰：“下口未塞，上口不收。前次被她走脱，今又来此卖俏，若不罗入网内，怎受其刺触你我？但此鸟黠甚，罗难入网，怎处？”丁氏曰：“再去劫寨何如？”碧桃曰：“前次机关识破，今再去必有防备，只是引他来饮酒，用计将他套住，便入网内。”丁氏笑曰：“此更空想，他如何肯来？”碧桃曰：“如别事不来，叫他饮酒赏月作诗，再无不来之理。今夜有月，叫他来，把药酒迷倒，便成事。”丁氏曰：“不必去，他未必肯来。”余丰曰：“定不得[①]。毕吏部好酒，入邻家盗。东方朔爱桃，至瑶池偷。因其所好，岂避嫌疑？他既好诗酒，叫他必来。”

碧桃遂去。硕娘见而问曰：“姐，今日甚风吹到此？”碧桃曰：“奉大娘之命，因今夜有月，请姑娘去赏月，饮酒吟诗。奴说姑娘不肯来，不必去请，大娘说一定来。今来请姑娘，敢去不敢去？”硕娘问曰：“余先生可在否？”碧桃曰：“午饭后回去了。”硕娘曰：“他不在，与谁作诗？”碧桃曰：“只自作。”硕娘曰：“没人和无趣。”碧桃闻之愈喜，即曰：“姑娘肯去，奴即去叫余先生来陪好否？”硕娘曰：“若有人唱和方好。”碧桃曰：“姑娘随口答应只怕是骗奴，如果肯去，可取一东西作凭据方放心，奴早去备办酒肴，叫余先生莫过位[②]等候。”顾娘曰：“可以。”随于髻上拔一条银簪，递与之，碧桃喜接而去。

飞琼至，问：“碧桃来此何事？”硕娘曰：“事谐矣。因去念古诗拨之，便遣碧桃来叫，今夜去作诗饮酒赏月。他料奴不敢去，谁知坠我调虎离山之计也！只是去时吾姐须相随，如赴临江之会，勿坠周瑜术中。谅他无甚妙计，不过藉

---

① 定不得：不一定。

② 过位：离开。

以药入酒，姐姐先去探访。料他必用鸳鸯瓶盛酒，一个有药，须暗里抽换，与伊自斟自食自醉自倒，那时来妆点作为矣。”飞琼曰：“有愚姐在暗护，可保无虞。吾妹肩上有愚姐按住，酒即管食，如手无按，乃入内查访，须提防也。”

二人议定，不觉天暗，碧桃来催请，遂去至丁氏房中。余丰在，便问：“表兄在此耶？”余丰曰：“因家中有事，刚回去，闻表妹相招作诗，顾不得有事，赶来相陪领教。”硕娘曰：“敢向雷门前打布鼓[①]耶？”余丰曰：“岂敢！”丁氏曰：“都是一家人，连时[②]讲套文话[③]？今先作诗先饮酒？”硕娘曰：“一进来便与表兄说话，未曾与舅母姐姐道谢。今同表兄先来作诗好么？”余丰曰：“亦可，就请表妹先作。”硕娘曰：“表兄至此作主人，须先作。”余丰曰：“不论主客，作诗以快为妙。”即以月为题，余丰写曰：

一枝丹桂月中开，漫道无人折得来。

纵使佛心坚似铁，亦能劝得上莲台。

硕娘看了暗思：“果色胆如天，直言无忌。”亦写四句还复之。余丰取看，乃吟曰：

广寒宫殿岂常开，燕雀安能入得来？

凡鸟去求凡鸟侣，不容飞上玉霄台。

余丰看了曰：“妹真捷才，一笔成文！那月殿燕雀不能入，惟表兄能入之。”硕娘曰：“由何路而入？”余丰曰：“自有云梯可入，能拔折其桂。”硕娘曰：“只是空想！”余丰曰：“今夜必折。”硕娘曰：“今夜恐跌折表兄之脚，妄想呢！”余丰曰：“不至，不至。”丁氏曰：“且慢相争，酒菜冷了，快来食之。”

碧桃捧进酒菜，四人坐四向桌上，斟了酒各饮。硕娘觉肩上有手按，放心饮了几杯。那余丰将两脚由桌下压于硕娘腿上，一半是硕娘手向脚底推，一半是飞琼把椅背拿倒，即刻仰面跌下。硕娘笑曰：“何如？脚跌断了。”碧桃同丁氏扶余丰笑答曰：“此乃风流跌，何妨？”丁氏詈曰：“何用只急[④]，酒再酌斟来食。”硕娘曰：“从便。”余丰曰：“出一令再食。”碧桃曰：“奴与大娘不能，休怪。”余丰曰：“可以。”随口用莲花二字念曰：

心里车轮动，花下喜相连。

只求甘露水，洒会并头莲。

余丰讲完，饮酒一杯。硕娘曰：“表妹乃先天二字。”念曰：

---

① 敢向雷门前打布鼓：义与“班门弄斧”略同。雷门前：雷神门前。

② 连时：接连。

③ 套文话：客套话。

④ 只急：这么急。

有水难濯洗，无物不得天。

万恶淫为首，百行孝为先。

硕娘亦饮一杯。余丰听硕娘之诗令多是讥刺他，心中思想许久，硕娘曰："表兄何不接令，思什么？"余丰曰："因思'惯看沧海难为水，除却巫山不是云'，思不了也。"硕娘不答。丁氏曰："菜冷了先食。酒亦冷了，叫碧桃去拿那二壶热的来换。"碧桃入内，拿出二瓶热酒，一瓶递与丁氏，丁氏即斟余丰与自己共碧桃杯中。那碧桃执瓶只斟硕娘杯中。

硕娘暗知此计，因有手按住肩上，亦放心饮了半杯，叫余丰先干。余丰干了半杯，亦请硕娘饮干。硕娘推量浅，将丁氏酒瓶夺过，斟满递余丰口内灌之。余丰曰："妹有意，兄怎敢不食？"即干一杯，连灌三杯，便软在椅上不动。碧桃欲灌硕娘，硕娘曰："不必灌。"自饮一杯，亦要丁氏、碧桃同干。二妇亦饮干，皆软仆于桌上，三个都醉倒了。飞琼随出现曰："可谓不辱君命。今同妹去他父母房前，姐由门缝入去，开门与妹入之，将他首饰偷来，借为驱虎之玄坛鞭。"

遂同入李氏房，将检妆[1]中金钿耳环等物尽偷出。将门直开至外，将李氏房中首饰各物包一包存余丰怀内，脸把墨涂乌。先将碧桃头上簪取回，同抬二妇上床，将余丰抬至头进门[2]边放下，进来灭去灯，门反扃。

时姜柱在外房同戏旦睡，硕娘至门口大喊："有贼，快起来拿！"喊了便同飞琼回至房内。飞琼遂说抽换药酒之情节："彼时进厨房，那大小娼正在约二瓶内有暗号，瓶底有字的是药酒，无字不是，放在鼎[3]中酿热[4]。姐待他都去食酒，便将空瓶将有字之药酒来对换过，那小娼进来拿出，惟认有字之暗号，怎知抽换？今已中计了，妹且去歇息，姐再去探听。"言讫去了。

却说姜柱在睡梦中闻喊贼，即爬起，叫众家人持灯照看，见内外门大开。至自己内房，见一人卧于头进，惊异。众人即将他拿住，先打几掌，见其面乌碌碌如鬼，不知何人？怀中有物，即扯出，见是首饰，酒气犹冲，知是酒醉，先把捆缚。姜柱看首饰乃妻妾之物，惊甚，认其面似墨涂，令各人将他洗净，认是余丰女婿，不知何故。即令将索解起，其首饰仍存其怀，命各人走开。嘱看门苍头无拘束他，俟其自醒时是何言说。

姜柱忿甚，思阿定之言不诬，其非奸即盗明矣。入问李氏，睡熟，说不知，

---

① 检妆：梳妆箱。

② 头进：宅院的第一进，此处指姜柱的住处。

③ 鼎：铁锅。

④ 酿热：温热。酿：本字"暖"。

惟不见检妆内之首饰。又验诸女无酒面[①]，厨灶无火烟。与内无干，惟暗度之。

至天明，余丰自醒，睁眼见自卧在门口，摸怀中有物，取出看，乃首饰，惊甚，不知昨夜因何卧此，物又何来？起来看皆无人，惟苍头在门房，向前问之。苍头曰："先生不知耶？昨夜醉卧在此，半夜有人喊贼，四爷出查，内外门大开，见先生卧于地上，以为是贼涂面来窃，将先生捆缚等天明送官。后洗去乌墨，认是先生酒醉，一家惊甚，即解捆缚，大家走开，皆说无脸见先生矣！"余丰闻此，自觉惭愧无地，曰："他无脸见我，我还有脸见他耶？"退几步立阶下，自思："杀人不顾己，谋佳人反中佳人之计。分明被硕娘暗算，哪晓她足智多谋，拨醒我纵欲无厌，将来难免不破，欲调离我以免其祸。我何尝不知觉悟，奈心不由己，戏之无忌，却被从中取事，不知何术，反被自迷涂脸藏赃作为窃贼，无颜相见，不离而自离矣！"思忖半时，意已暗决，将首饰交与苍头，曰："此包暂寄在此，我去就来。"言讫而去。

苍头知其去不来，将首饰送入交还姜柱，并说知应答之言。姜柱曰："去了便罢。"随问诸人，疑其中必有人嫉妒，将伊如此作弄，使他自离，并非自己行为。若无事情，怎肯如是断送之理耶！遂寝而不言矣。

那丁氏同碧桃睡至天明，亦醒，共疑昨夜之事，仿佛闻外面拿一贼，涂脸偷首饰，洗去乌墨方认是余丰，缚了即解去，今没脸走去，必不再来。二妇惊甚，遣碧桃偷问硕娘。硕娘曰："四人自食自醉，随后作贼被捉，从何而知？"碧桃与丁氏共度不出，以姜梁作鬼不愿[②]，暗中作弄。姜家自此淫风顿息。

硕娘谓飞琼曰："洗去秽浊，乃吾姐之功也！"飞琼曰："是妹之智，非姐之能。吾妹度那花脸贼走何处去？还敢来否？"硕娘曰："那余丰家中有二兄，皆读书儒士，哪敢回家，必走去他乡隐迹藏形，如何敢来？待高车驷马，才敢来矣。"飞琼曰："他将来有衣锦还乡，应感吾妹再造之恩也。"果后来余丰至宋朝，大振文风，此时先走去福清黄蘖寺为僧，后还俗中进士，为广东郡守，衣锦还乡，来娶爱盈，年已四十。到任船遇风，全眷覆没于海，此以彰淫报矣。

正是：硕娘不就计中计，余丰焉能人上人。欲知后事如何，且看下回分解。

---

① 酒面：指醉酒而呈现的脸上红潮。

② 不愿：不甘愿。

闽都别记

校注本

【下】

[清]里人何求 纂

陈泽平 校注

海峡出版发行集团
THE STRAITS PUBLISHING & DISTRIBUTING GROUP
福建人民出版社

目　录

第二六三回　麻喇国叛华人归籍　哈卜满卒明帝褒封

却说葱岭阿罕得儿因慕富贵思凡投胎于麻喇国为王女，独眉和尚知之，又遣白鸡亦去转世，依旧追随不离。白鸡被棕拂一刷、即化去，魂逐麻喇王船至国。适有牡鸡在窝中抱蛋，魂便投入，转生出世，仍为白雄鸡。

原来夫人阮氏，在葱岭产下一女，即阿罕得儿转世，因其面貌雪白，遂号白姬。那白鸡，女见之则笑，不见则哭，只将白鸡日夜留在房中作伴，与之不离。那白鸡亦相随不去，时刻伏于女之面前。有时乳母抱女走一步，鸡亦随之。宫中之人无不称异，将女呼为白鸡小姐。

哈卜满接位十余年，王太夫人寿过六旬病终，哈卜满同阮氏夫人哭泣尽哀，礼尽丧祭，惟暗将巴入内宫，母子婆媳始得会面。追录老婢之功甚厚，常留相父郝元在内，与巴相会。外而君臣，内实父子。郝元常说："不可如是行为！倘走漏风声，被前王本族知之，必会兵来讨伐，则灾祸不少矣！"哈卜满答曰："内宫所为之事，外怎知之？即被外知究，亦何妨之有？舜弃天下如敝屣，何况小小边隅！倘被闻知兵至，与父同回故土归宗乃福也！"郝元曰："恐走不及奈何？"郝元不敢常入，留心防之。

盖前国王王族常分守要地，皆有兵将。各岛皆野番，惟八国颇知礼义，亦常自操戈相夺。至郝元在麻喇国为国师，效桓公九合诸侯会议，八国歃血誓盟：有一国背盟者，七国共攻之；有野番来劫者，亦齐会同拿之，共奉麻喇国为盟主，郝元为八国之都国师。自此八国和好，义同兄弟，野番无不羡之至。几十年八国夜不闭户，路不拾遗，皆郝国师之力，无不佩其德化。

无何，郝元将死，谓国王曰："臣死后祸必至，无别可解，惟投邻国求之保护，送归中国可矣。"言讫气绝。哈卜满以父礼治丧，被麻执杖。或问其故，哈卜满曰："相父即父也，效中国成王之报周公也。"虽如此解说，中外亦疑之至。巴亦死，哈卜满仍以母礼治丧，中外加疑，暗暗查访始知以牛易马之事。时旧王之族皆领重兵，分镇海外，因闻此风声，各会齐商议曰："怪底是[①]今王不是

---

① 怪底是：难怪。

前王之亲生血脉，乃白面鬼所生，故形容异样。将来皆传白面鬼之种，我们黑面之正支，必屠灭无类。若不早兴兵讨之，根本深，不易除矣!”遂先立先王之弟为王，约定时日，一齐合兵去剿除白面鬼之种，讨回王位。

原来郝元在日，多发探子去打听各本族有无动静。兹探子回报，哈卜满闻之大惊，欲通知郝、阮、芮、朴、樊五姓之家属同逃。因各族之兵已至国中，不及通知，只身由后宫门逃出。走至邻国，将前王太夫人所谋巴之事，一一告诉，今愿退还王位，只求保护退回中国。邻国之王即知会各国，顷刻亦会同起兵解救。

那各镇之兵才至国中，无人拦阻，将五姓之家属尽行拿住。寻哈卜满不见，各处搜寻，待拿至一同诛灭。五姓皆传子袭父职，凡遇有白面即拿。正搜索间，七国兵亦至，问诸弟侄：“何事兴兵?”答曰：“本国位被白面鬼冒占，亲族会兵来讨。”众国王曰：“此事中外皆知，系前王之王夫人谋夺中国种为己子，接坐王位，并非中国人有心冒占。今领兵来讨正当。旧王哈卜满亦自愿退还朝位，同中国之族回归中国。今即送其回去，朝位仍还汝族，自立新王。倘欲害之，我七国不依，先来攻灭汝等，再奉哈卜满仍坐王位，汝等可自议之。”

诸弟侄因见七国为之保护，想难犯众怒，俱各依从。众王又曰：“既然依从，旧王哈卜满现在我国，可将拿之夫人、子女、家属，及五家男女放还同归。凡国中之钱粮仓库，应行一切交还新王。惟内宫之金珠、财物等件，均是旧王之私蓄，亦尽付他为盘费用度。如人少一个，物少一件，我各国亦不依。”诸弟侄不得不从，即令人带出之五家男女，又用车搬运财物，已备大海船装载，七国又各送财宝。其船大过红毛船，搬至三昼夜方尽。又拨识路之水手、舵工。七国之兵扎住，俟其开船。

因船不即开，问故，哈卜满等泣曰：“未别生前父母坟墓。”众王即拨卫护哈卜满男女前去，哭拜各墓讫，又拜各国王，始开舟而去。七国掣兵皆回，新王接位。皆不必言。

只说回船中国。先前五姓只五人往麻喇国，历有四五十年，男女共传六十四个。那白姬已十四岁，与白鸡时刻不离。前被收禁时，鸡与人相随，亦不放。船中所募舵工、水手共二十八个，皆在地人，形奇状怪，尽如夜叉。历过无数番国，隔中国尚远，船在洋面半年余，始至交趾国。问知中国在北，又请交趾国在地人帮舵，行数十日，始至中国广东洋面。又遇大风，被吹至五虎关外。

五虎即福建地界。哈卜满打听，知已到福建，即大喜，打算由此登山，船遂收入闽安镇。人见大番船至港，异之。该处地方官来查询，哈卜满同五家在船已商议定了，说是西海麻喇国王哈卜满，因位被族叔占夺，无处可投，率陪

臣各眷属，航海来归附天朝等情由。遂开列姓名，惟哈卜满不改，五姓改作哮、远、裔、飘、盆。地方官据情上报各上司，藩、臬各宪闻报，即令带送验讯。哈卜满同赴验，并献进珊瑚树、夜明珠、通天犀各宝。验讯无异，即具表奏并各宝，遣使赍奏朝廷，请旨定夺。一面将哈卜满眷属男女，安顿在通津门大公馆中，舵工、水手安顿在法海寺旁巷内；船泊在大桥下内港。

其哈卜满五家人等由街经过，人见之，无不称眉清目秀，不亚中华人物。及见众舵工、水手，以及番鬼，皆惊病。有孕之妇见之，皆惊[①]冲生下鬼子。地方官遂禁不许出街，把门封锁，水莱由窦中传进。今法海寺旁之番鬼巷，即早年安顿水手、舵工之古迹。后因“番鬼”字不雅，改为宦贵巷。其哈卜满所坐之番船，又大又异，远近之人皆赶拥看，今大桥下名番船浦，即当年泊番船之故处也。

时永乐帝十三年，福建差官赍表至北京。帝阅表甚悦，收纳贡宝，即批着哈卜满等入京引见封爵。表下到福州，不意哈卜满忽得病而卒。闽藩又进报卒之表，帝悯甚，赐谥为康王，葬于闽山，春秋致祭，按日给饩，诸陪臣皆食廪于官，以恤柔远勿缺等批。降诏到闽，藩司将哈卜满葬于西门外草市都茶园山，按年有司春秋致祭，五姓皆食廪于官，遂入漳州寻访本宗。因元明交际，人人避乱，无处可寻。其舵工、水手仍配原船装粮充裕，给照送出大洋，听之自归本国矣。

麻喇王子感天恩恤优厚，内院建一座望京台，逢朔望登台望北朝拜，又去法海寺拈香礼拜如来。时白姬已长成，白鸡大过白鹤，时刻不离，常至法海寺行香。人皆见之，无不称异，赞其端庄。因乃番女，虽显宦乡绅，无敢向之求婚。

正是：番女不思归故国，明珠永古投深渊。且看下回如何分说。

---

① 惊：害怕。

第二六四回　水鸡精取书生口液　刘鹤龄得水怪宝丹

慢说麻喇国归附福州，哈卜满卒，蒙皇恩优恤。先讲长乐县芝山地方，山下有二潭，一在山南，一在山北。乃昔有二龙，白者在于山南之潭，因名白龙潭，黑者在于山北之潭，因名祥云潭。常有人于潭边获蛋壳，大如斗，即龙之卵壳也。近乡有一家，半耕半读，姓刘名古梅，妻江氏，长子名鹤寿，料理田园。次子鹤龄，十四岁，生得甚美，人见之无不称为潘安再世。时送在隔墩[1]村学究林顺儒家读书，往来皆由祥云潭经过。潭边有桥，水不通大江。那日在桥上经过，有一个赤体小孩童趋至，揖曰："刘学士，会做人，行过赐我一口涎，年少登科中状元!"

鹤龄因见孩童生得伶俐，又说得好听，遂吐一口涎与之。那孩童即伸双手来接，将涎捧至桥下石墩边，自口吐出一粒汤丸，大红的，在双手翻弄。左手丢于右手，右手复丢左手，两手互接，弄有许久，仍将此丸含在口内。鹤龄倚栏看之，问曰："所弄是何物?"孩答："是土丸，因闲无事来玩要。"又曰："要我口涎何用?"又答曰："有口水光滑，去接便捷。"又问曰："口水汝自有，何须向我乞取?"又答曰："我口水少，要讨来凑。汝有行过[2]，即唾一口与我，我丢接与汝看。"鹤龄终是孩子家心性，被这孩童哄说有理，遂信之不疑。自此有行过，即唾一口与之。但彼处行人甚少，路径又僻，有时遇着人，孩童便走躲。问故，伊答："怕父母得知打骂，故不与别人看见也。"鹤龄亦信之，以近处之孩，亦不为意。

谁知鹤龄自上学起，一日瘦一日，至秋更憔悴。其父母疑是先生严责所致。先生闻之气甚，亦想："未及丁之子，忽然衰瘦至此，其中必有缘故。"那日鹤龄来学，因问其平日饮食如何，答事照常。又问："有病否?"鹤龄又答："无。"又问："或是在外玩要，被人打伤，或跌损否?"皆答："无。"停一会又问："或

---

① 隔墩：邻村。

② 有行过：凡是经过。

多唾涎亦能损伤，平日曾否多唾痰涎？”鹤龄沉吟半晌，答曰：“只走路唾与小孩童弄土丸玩耍，一日一次。”先生闻此，讶问：“孩童要涎何用？弄什么土丸？涎乃人之精血，怪道[①]有此缘故，乃至衰瘦如此地步！”言讫又究：“其孩童如何模样，系在何处玩耍？如何问汝要涎？逐细可对我说明，不得胡说！”

鹤龄乃将经过祥云潭，桥下有一赤体之孩童，讨口水接弄土丸戏耍，一日都唾一口等情，向先生说明。先生又问：“那孩童有多大？或有时脱衣，或常常皆赤体？”鹤龄答：“大才有四五岁，生得矮蹲，头仰、目圆、口阔、腰大、前白后青、肢长手短。从初见后，都未曾穿衣。他说姓田，家在洋尾[②]后，又说家在水里。遇有别人行过，便跳入水里不出。学生不敢立久，唾与之，便来学堂矣。”先生又闻此说，更惊讶曰：“此子非人家之孩子，乃精怪变的，幸我穷究汝，不然，再至月余，汝命休矣！”

鹤龄闻此，亦惊问：“怎的是妖怪所变？”曰：“哪里四五岁孩童时常赤体，不去别处，只在桥下，取人涎去弄土丸？夏天犹可，冷秋亦皆赤体，家又在水里，是精怪可知矣！彼处潭中有龙潜存，居人常拾斗大之卵壳，此精必龙蛋变出异种，化为孩童，取口水去炼丹，至他丹炼成时，汝命无矣！今汝去，他必在桥下等汝，且慢吐口水，先向借土丸来看，一接过手，赶跑回来与我看，便知是否妖怪。只要手脚捷，不要与他抢回。”

鹤龄如教遂去。那孩又在桥下，见鹤龄至，即伸掌向他取口水。鹤龄曰：“我今日头不能垂下，汝可上来承取。”那孩即上桥。鹤龄曰：“那土丸借我看。”那孩童口吐与看，鹤龄一接过手，便回头飞跑。那孩大惊，尾追来拉。鹤龄恐被抢去，亦含于口。孩子见丹入口，即啼跳[③]曰：“此物被汝抢去，我命休矣！”鹤龄曰：“我未吞，拿与先生看，再还汝！”言讫，飞奔至学堂敲门，先生内问：“是谁?”外答：“是学生。”谁知一答应，此丹即吞入腹内。先生开门便问：“丹可骗来得么?”答曰：“骗来了，恐被抢回，含于口中，至此答一声，不觉吞入腹内，今怎处?”先生闻之失色，答曰：“若是真丹，汝吞之便长生不老，若是土丸，人食之亦无害。汝今再去看他，如果是丹，被汝抢去，他必死。他若死，可将其尸埋于山中，不可暴露。若是人家孩子，必取土再作，汝不可再唾口水与他!”

鹤龄听先生如此吩咐，点首而去。到那祥云潭边，只见那个孩子蹲在桥上等候，见鹤龄来，匍匐在地，哀求还丹。鹤龄曰：“我含口中跑回去，谁知吞落

---

① 怪道：难怪。

② 洋尾：水田的尽处。

③ 啼跳：跺脚大哭。

肚内，今再取土来作，有何不可?”孩童闻说，抬头问是真假，鹤龄答真，不是假。那孩童便丧气立起曰：“可惜数百年之苦炼金丹，一旦被汝得去，我今生无奈之何，惟是求汝将我身尸把木匣装贮，四向用铁钉钉住，放入水中浸一夜捞起，取火焚烧，烧焦了，埋于土中。如此行为，不但我死有托，且犹致汝永远无虞!”说罢，跳于桥下石墩，跳数下，变一大水鸡①，死在石墩上。

鹤龄在桥上看孩童变水鸡而死，惊甚，想是精不错。又思：先生令我掩埋，他嘱我备匣贮之，又要钉钉，又要放在水里去浸，又要放在火里去烧，又须去埋，何等费事！叫我听谁说？今不管他，他是水中之物，推入水中便了，谁来管他？遂下桥将其尸掩入水中。谁知那水鸡入水，头便昂起，向鹤龄曰：“可惜汝不听我言!”念出四句云：

“叫汝所为通五遁，缘何独卸水中来？

水中如我必不怕，惟汝难逃金刃灾!”

说完便沉而不见。鹤龄又去食了饭，又来学堂对先生说：“那孩变了水鸡死去，推入水又能言此四句，殊属不解!”先生闻而骇曰：“我说是精不错，亦不知是水鸡精，亦是龙卵所生，凭他说何等费事，推入水中有何不可？惟他说汝难逃金刃，汝须行正道，何为灾？但此丹被吞入肚，不但寿长，犹能通变，将来切莫忘我先生教汝得此金丹之功也。但汝须当谨慎，勿与人言也!”鹤龄答曰：“如果能变通，不忘先生之功恩!”

原来此先生起先闻鹤龄所言不知是何精所炼之丹，欲令其去取来自服，谁知却被鹤龄自行吞入肚中，难以吐出，气得无法，故嘱其勿忘所教之功。盖水鸡精临死，教伊通五遁，鹤龄不知，而先生亦不知也。他说装以木匣，钉以铁钉，水浸火烧，然后再埋土中，此乃经过金、木、水、火、土之熔炼。精之魂，经过五行，亦能返本复原。其丹乃精之神气所结，若肯听其行为，鹤龄皆能五遁。今只推入水，惟能水遁，余四遁，因未经过，故皆不能，殊属可惜。

那鹤龄自此见水即能遁，欲去何方，心一想，即化去。先遁入富家库房内，盗出些金银投赠先生。从此先生留他在家，与其父古梅说：“鹤龄因来往回家食饭，被风吹日曝，始至衰瘦，不如留在学堂，不用回家，免日日往返受风日之苦，又能安心攻书，不一二年必能通达。”其父见说得有理，即帮贴口粮，搬铺盖与之。鹤龄遂安心读书，均在学堂。自得金丹入内肚，不数时精神复元，更加丰采。其父母见之甚喜，遂令其长在学堂勿回。

正是：师言生瘦为生捏，父见子瘳听子留。且看下文如何分说。

---

① 水鸡：田鸡，水蛙。

第二六五回　鹤龄考试因戏被黜　白妃慕色得鸡脱凡

却说刘鹤龄在林顺儒先生家读书，诚天然聪明，得金丹之力，凡作课题时艺，一笔成文，再不加点。何曾有长在苦读，不时遁去玩耍。或带有物回来，并不敢多取，惟在富豪银库中，取零碎数两，使之不觉。

那年因值岁考之期，赴县府试皆列案首。至赴省考，人犹未起稿，惟他早已完卷，闲坐等众一同缴卷。因闻人说，今日三月三，湖广武当山玄天上帝圣诞，天下人都赶去进香，戏有数十台，闹热①之至。鹤龄闻之，将已写之卷潜递至主司案上，便抽身由水道去武当山看戏。

时各省主文衡乃是学道。至众生童各缴自卷，司官先拾案上一卷，阅其文甚佳。有卷无人，拆看名字，乃刘鹤龄也。传唤遍处查之，又无其人。欲取进，无人来认，即时将原卷刷出②，以为假名空卷。迨诸生皆出封门后，鹤龄才回。仍至学道考棚内，见空寂，方遁出。其先生因在外见刷卷，异甚，正在各处寻讨。忽见鹤龄，讶问曰："何处去玩耍，致卷刷出？"鹤龄笑答："去看戏。"又问："哪里看戏？"答："武当山。"先生好气又好笑，曰："福州考试去湖广看戏，世间都有此等人！"又答："只看戏即回，亦来得及，因贪看上帝得道之古迹，才迟了。"又问曰："白白丢去一个秀才！"答曰："纸上功名轻似水，眼前美景重如山！一衿值什么？即黄甲进士，亦莫须有也！"遂同回长乐。

不觉又至科考之期，又入考。文章已完，因先生再三嘱不可再去玩耍，不敢离位。其题乃"四十不动心"，因无聊，将自己文章尾题写数句曰："若遇二八佳人在浴盆中洗澡，现出胸中跨下，问心动乎不动？曰：'动动动！'"写讫，将卷递上。试官阅卷甚奇其才，已经取进；谁知阅至尾幅，见此数句，大怒，将其名字刷出，先生又被气将死。

一日在书馆，适先生友至，带一幅番字来，番字旁注有汉字。其番字人皆

---

① 闹热：热闹。

② 刷卷：科举考场上的作弊卷被查出，张贴除名。

不识，因凭汉字读之，乃“五夜漏声催晓箭”之八句唐诗。先生问：“从何来?”其友曰：“乃省中麻喇王女写的。因舍弟为木匠头，在他公馆起盖，见贴在壁上，与他携来的。”又问：“有此笔墨，可知容貌如何?”又答：“闻舍弟说常见他，才十四五岁，甚美无双。能说中国话，逢人都见，番、汉字皆精，常在楼中弄笔墨。有白鸡随在身边，人都呼为白鸡小姐。”又问曰：“既有此才貌，必多人求之，可受过谁家之聘么?”又答曰：“异邦王女，未肯轻许与人，人亦不敢求他。”其友与先生谈论后带字辞去。

谁知鹤龄在旁听了，默取纸笔，照样写出八句番字。先生见之，讶曰：“番字被汝一看便能模写，果神童也!”鹤龄并不动声色，次日遁至通津门望京楼访之。适王女白姬独自在楼，排纸磨墨执笔，正欲挥写大字，忽见一俊俏书生立于桌前。白姬愕然，正欲喝问之，因见其品格不凡，不忍斥逐，放笔走离数步。鹤龄取笔写纸上“珠凤玉龙’四大番字。白姬见写，异甚，暗思：此处人怎知写我国之字体?又无踪，必是神仙降临！轻声问曰：“仙郎何来?”鹤龄不答，尚有余纸，连笔写汉书二句云：“有心求玉杵，特到访云英。”

白姬见汉字，人又佳，诗句又雅，因喜甚，不避嫌疑，另笔接写二句云：“若不嫌奴陋，护花铃莫惊。”

鹤龄笑问曰：“护花铃在何处?”白姬手指白鸡笑之。鹤龄又写云：“虎狼尚不惧，何怕此白鸡?”白姬亦接题云：“若果不惊惧，长随作字师。”

鹤龄笑曰：“欲学不难，可先来学运气，再学运笔，写才有筋骨。”白姬笑：“怎样谓之运气?”鹤龄笑答：“对抱桌上，便为运气。”白姬走开，笑答曰：“此可不必!”鹤龄即上前拉抱。谁知那白鸡伏在桌下假睡，偵其拢身，趋向鹤龄抓啄。幸鹤龄走得快，只啄手足，如迟些，双目啄瞎。鸡仍擒不放，鹤龄遂遁而不见。

时白姬色欲之心少萌，被鸡打破，暗怒恨鸡破我千载之奇逢，不即杀却，留他何用！正在忿恨，忽见一箭飞射至桌下，被鸡衔落。一连五箭，皆被鸡嘴接，鸡仍伏不动。白姬骇异，不知箭从何来。仰首见鹤龄手执弓，腰插箭，立在楼栏外，始知箭是他发。看鸡去矢，又闭目而睡，即趋栏前笑曰：“前说虎狼不惧，怎的便败北而逃?只不过家畜，杀之不用牛刀，何必长弓短剑、披甲而来?倘被母、兄得知，廉耻何存?”鹤龄答曰：“不意此畜更胜虎狼，不拿来煮糟食[①]，怎肯干休！汝说杀之不用牛刀，现今连发五箭，皆被衔落，可知其法力无边！若不见阵，岂能除灭之乎?”

---

① 煮糟：用酒糟爆炒；福州一种家常菜肴的烹调方法。

白姬笑曰：“别人难御，惟奴收之甚易。待奴去拿付郎杀之!”鹤龄喜甚，即催去拿。谁知两人在栏外问答，鸡已侦知，仍在桌下假睡。白姬遂于桌下将鸡拿住，以绳缚之，装入布袋中，又缚紧抱出付与。鹤龄心想必重，不意甚轻，未及一斤。遂遁抱出闽安镇外，不敢开看，系以巨石丢坠于海底；又回至望京楼，胆更大，忽见桌下白鸡仍伏在，不胜惊讶。白姬趋而问曰：“绑现成交与汝，犹不能除，又被走回，何也?”鹤龄答曰：“已将其沉海底，如何又能逃回?”

白姬曰：“今勿远置，即在此除之。”又将鸡绑缚装于布袋。鹤龄接来，放于栏前，取所带之双剑，尽力斫剁。须臾斫为粉碎，不见有血。以剑拨开看之，原来所斫非鸡，乃布袋装各破布绳索，白鸡无矣。回头看桌下鸡仍在。时白姬旁看鸡仍被走脱，忿怒骂曰：“汝能逃，以是我无奈之何?汝既忍杀我风景，我怎不忍杀汝性命!”自扎袖抄衣，将鹤龄之剑接过，至楼内将桌下白鸡捉出绑住。白鸡任之缚绑，俟其举剑将杀时，昂首开言曰：“阿罕得儿，可记得葱岭下之周旋乎?因何见色忘义耶?”白姬一闻此言，大觉悟于前生，即掷剑合掌作偈曰：

记得记得真记得，葱岭曾蒙救危厄；
齐出师前设过誓，始终依倚保贞白。
因慕富贵脱凡胎，谁知尔亦跟将来；
既被一言惊破梦，快同超脱了尘埃!

白鸡开翅，绳索自解，亦念偈曰：

既然记得许周全，不负相随十六年；
所慕繁华已尽享，怎容再堕色黄泉?
眼前美景如朝露，转瞬红颜为老妇；
若不及早出凡尘，至沉苦海谁来渡。

白鸡念完便展翼伏地，白姬即跨上鸡背，鸡遂升空飞起，由楼栏前飞出，望西而去。鹤龄伏在栏外潜听，始知其因。望至杳然，便说：“汝记得去作天吊婆，我没想回去担粪桶!”自笑自叹了一回，怏怏而遁。楼下人皆不知，至白鸡升空，由楼栏前飞出，家中人有见者，令人众赶上楼内，看白姬合掌坐于鸡背，眼闭气绝，观鸡亦化，始知乃解脱凡体归真而去。乡人因皆见其现形尸解，遂有兴建白鸡小姐庙宇。白鸡小姐即柏姬小姐，至今庙貌犹存。

正是：孙子饩供三百载，女儿血食千万秋。再看下文如何分说。

第二六六回　刘鹤龄捷取苏州月　猪婆龙祸嫁癞头鼋

却说白姬脱离凡体跨鸡升天而去，刘鹤龄遂意冷心灰，回学堂攻书。其先生因囊中不空，无日不买美味食。那日买数个老田蛙，鹤龄不食，惟自食之，不意骨卡于喉，立刻鲠死。鹤龄以先生既死，不得托名攻书，多取银钱安顿师母，自回家中。

一日，抱三岁幼侄出去玩耍，至午后独自回家。嫂氏问："小侄何在?"鹤龄笑答曰："抱去苏州，坐于戏台角看戏。因肚饥回来食午饭，忘记抱回。"嫂氏惊甚曰："怎的抱去许远丢下，汝自回来？今怎处?"鹤龄曰："怕什么，食了饭便去抱回未迟!"遂食了饭，便去抱回交与嫂氏。嫂以既抱回，任他妄言去苏州，不过只在邻舍。因子手中持有苏州糕，乃兄去过苏州，来认得是苏州所制，方信是抱去苏州不谬。家中至此时，始知得鹤龄有水遁之术也。

鹤龄有母舅名江若海，乃武举，值中秋夜来刘家饮酒赏月。鹤龄执壶，因捧出一盘肉饼，若海曰："好大饼!"鹤龄曰："此饼不大，苏州饼才大!"须臾月照席中，若海仰头望之曰："好大月！"鹤龄又答曰："不大，苏州月才大!"若海带笑伸出巴掌，问鹤龄曰："汝的嘴巴且向过来，与我打一巴掌，看此巴掌还有苏州大么?"鹤龄又答曰："舅此巴掌无苏州一角大，打一百下不及一下。"若海大笑曰："苏州之饼大、月大，其巴掌又大，更是不信！原来一口讲大话，汝何曾去过苏州，大话讲得太大!"鹤龄答曰："外甥有敢在娘舅面前乱说？如不信，就去苏州，取此三件来与舅看，便信矣。"言讫行出天井①，忽不见。

若海问乃父曰："姐夫汝哪里出此荒唐子弟？被我笑驳，便没趣走出。"刘古梅答曰："舅还不知耶？汝外甥含癫不癫②，书不读，事不管，日日都在家中说日日都去苏州看戏，有谁信之耶!"二人在席中未饮几杯，而鹤龄至席前。若海笑而问曰："汝去苏州回来?"鹤龄答曰："只到阊门便回，取三件物与舅看。"即于怀中取出一纸包。若海解开看乃一个大果馅饼，标题"阊门外连升号制中

---

① 天井：南方房屋结构中的露天部分。

② 含癫不癫：像疯子又不像疯子。俗语也说"半癫"。

秋月饼”。若海看了笑曰：“果然苏州饼真大过长乐饼！”又取一纸卷展开看，乃一张彩画月宫饼，有簸箕大，中间之嫦娥、素女、玉兔、丹桂、广寒宫俱全，标题“苏州大明月宫之图”。若海又笑曰：“果然苏州之月大过长乐县，更有巴掌？”鹤龄于怀中取出酒杯大泥塑描金手指头。若海看了笑曰：“此是手指，岂是巴掌？”鹤龄答：“有此大的指头，其巴掌可知矣！”若海问曰：“此指莫非是苏州开元寺金刚的被汝折来么？”鹤龄答：“没错。”若海曰：“我会试过苏州，看开元寺之金刚大过福州开元寺的，果然苏州件件都大，不错！吾甥真广见，舅今信矣！所取来月饼、画可留食、玩，此手指可赶送还，天明被人看见，怕出不祥！”鹤龄应：“是。”即将泥指怀带而去。

若海谓古梅曰：“不意此子有此异术，不知在何处传授来，将来必大有作为也！”古梅答曰：“先皆不知，至林先生死后回来始知。问知得水鸡之金丹，将来之事不知，只是轻浮不稳重，恐惹出祸。”若海曰：“何不警戒之？”古梅曰：“何尝不戒之？他答自有分寸。”若海曰：“若果知分寸，则无忧矣。”

二人话未说完，鹤龄又回，其手中持有物。若海问曰：“金刚手指有补还之么？”鹤龄曰：“已胶还了。”又问曰：“手中持何物？”答曰：“回来顺游玩至松江，见江中有鱼跳起来，捉之，取荷叶包带回，烹与舅配酒①。”若海接鱼看犹活。古梅笑曰：“此鱼必近处捉来，说谎松江。”若海曰：“果是松江非妄！”古梅曰：“何以见得非妄？”答曰：“天下之鲈鱼皆两腮，惟松江之鲈鱼四腮，巨口细鳞，味极美，即令烹来尝其味便知。”将已五更，须臾烹至共尝，果味极美。若海曰：“吾甥有此奇术，须当谨慎守分，不可逢场作戏。一弄出官事，以邪术详办，累及父兄。今不多嘱，惟写数句与吾甥谨记在怀！”取笔、墨、纸、砚即写曰：“吾甥学术甚稀奇，谨慎为先勿乱施。”若海欲再凑下句，笔放，被古梅接笔凑上，写一句：“从此不容再外荡”，古梅欲再写，鹤龄曰：“爹爹且慢写，尾句与儿凑。”亦接笔写一句云：“舅恩当报不教迟。”

古梅见子续此一句，笑曰：“惟此可为，余概禁止。”鹤龄答曰：“略报了大德，便闭门不出。”若海曰：“舅有何德堪报，大可不必，须早敛迹为要！”原来，数十年前刘古梅被海寇扳诬②，全家收禁，几至族诛。乃江若海拼命赶各上宪③代之辩白力保，始得无事，自误却会试之期，故鹤龄蓄意图报之。赏月至天明，若海遂回。未几，若海补授千户，发往浙江海塘捕剿猪婆龙④军中效

---

① 配酒：佐酒。

② 扳诬：诬供牵连。

③ 拼命赶各上宪：拼命奔走于各上级衙门。

④ 猪婆龙：鳄鱼。

力，有功之日，再行升赏。

盖浙江之海塘，自洪武年间有猪婆龙在水底为穴，常动攻崩堤岸。然不见形，无法捕之。堤岸常崩常修，动费无数钱粮。因帝查询缘故，地方官不敢以猪婆龙为害回复，捏以癞头鼋在于水底。盖猪与朱同音，当今皇上为龙，若据实报之，大有干碍未便，故报以癞头鼋为害。太祖闻报，是鼋扰害，即颁发黄诏，严加捕剿。如有人捕得癞头鼋者，每斤赏给银一两，不论大小头数，只照斤两给银。此诏一下，人各图利，到处江河之鼋，不拘大小，尽被捕得领赏，正恶猪婆龙无人去捕，惟官军百计无奈之何。

直至永乐年间，数十年堤岸难以修竣。猪婆龙如故，惟江河无癞头鼋，捕已净尽。只遗一个大鼋，在钱塘江中，数十年难遂渔人之利。其大方围成丈，或搭以铁钩，钩以绳索，其四脚插兜于泥，如船插碇[①]，任千人扯拔不起，至钩扯直，索断，竟无奈之何。人众愈多图利之。是日又勾搭住，拔之不起，多人相帮，难动分毫。中有人教之：“可取大水缸，底凿一孔，以绳串孔中，坠落江里，将鼋背复压。鼋因背有重物压，势必举起头顶缸，足若离土，将绳拉扯，何怕不浮随绳而上耶?”众渔人依其教，取缸贯绳，果鼋举足浮起拒缸，随拖出水中，拥看之，皆指笑曰：“猪婆龙为殃，癞头鼋顶缸！”共喊叫哄动。那鼋拖上岸，渔人将其打死，大秤称二百八十斤。众渔人抬去报官领赏，得银二百八十两。此大鼋既灭，浙江无遗类矣。

正是：黄犬食羹白狗惨，猪龙移祸癞鼋殃！且看下文如何分说。

---

① 碇：船锚。

第二六七回　刘鹤龄辨鼋答帝对　江若海升官生怪疮

却说猪婆龙所攻陷之堤塘如黄河之坝，将底下之地筑堵住海水，方有千余里之田土。若一崩颓，田园尽废。洪武初年议筑海塘，刘伯温欲制铁牛镇之为基，不至崩陷，朝廷以动费浩大，乃止。伯温笑曰："今不制铁牛，迨后来即以金牛犹不能用也！"后来屡修屡崩，动费至永乐帝之时，果不止金牛之费也。

彼时拖鼋上岸时，鹤龄已随舅至浙江，亦在观看。知非正恶，回与其舅曰："癞头鼋抱不白之冤，讨鱼人[1]得意外之财，钦命官以国帑为戏，猪婆龙陷海塘之恶！外面事体如此，舅知之乎？"江若海叹曰："我官卑职小，正恶其实难除，有敢多言也！"鹤龄曰："除正恶有何难？只是原奏癞头鼋，今剿获猪婆龙以为搪塞，不特有功，反遭其冤，今莫如与愚甥上京辩明正恶，再求助捕立功，好否？"若海曰："向谁辩？"鹤龄曰："不辩便罢，要辩即达于朝廷！舅可放心，愚甥至时自能随机应变，再不至弄出事也！"若海说："辩明可矣，切记'谨慎'二字为要。"鹤龄答是，遂水遁而去。

时际元宵，北京大放花灯。鹤龄探得永乐帝夜出观灯，俟驾过八方桥，鹤龄避于桥下。帝勒马立于桥上赏玩，偶念一对句，与侍从诸臣对之，其句曰："八方桥上望八方，八方八八方"；随驾之臣未能即对，那鹤龄在桥下随口对曰："万岁台前呼万岁，万岁万万岁"。

帝闻之妙，随问何人所对，侍从奏说："不知何人躲在桥下对之。"帝令带来，问其姓名居处。奏曰："天津人，姓游名仙。"又问："前对是汝对的？"答是。又曰："孤再去一对与汝对，好不好？"又念曰："月明，灯明，大明一统"；鹤龄随口即对曰："君乐，臣乐，永乐万年"。帝曰："对虽切妙，过于奉承。今不要奉承，再出一对，可能再对否？"又念曰："羊姆[2]乳度禽，捷足雁传书"；彼时因桥下有苏武牧羊灯，帝偶见之，故出此对。鹤龄见对"姆'凑巧，即答

---

① 讨鱼人：渔夫。

② 羊姆：母羊。

曰：“猪婆龙为殃，癞头鼋顶缸”。

帝闻此对，问曰：“孤出乃苏武牧羊，使匈奴故事，汝对是何典故?”鹤龄答曰：“臣对非故典，乃现时在浙江修海塘之新文①。”帝讶问曰：“修海塘有何新文？快奏来!”鹤龄故作指看方向样式，转身飞跑落桥下水中。帝令善水者赶护，查无踪迹，皆以为怪。帝因闻此，即遣内监密赴杭州察访，知猪婆龙为殃，癞头鼋顶缸之新文，回京奏闻。永乐大怒，降旨将在杭之大小诸文武，尽行降罚，所有给赏去捕鼋之库银，尽着众官赔补。仍令有能捕获猪婆龙者，官升三级，民赏千金。限一个月内不能除者，官员尽行参革、留捕等谕。

鹤龄已夜遁回杭州，将应对之情节，告与若海得知。若海羡其伶俐敏捷，俟诏到时再议。未数日，黄诏并部文俱至，大小官员皆惊，无一个能施剿除之策，惟听之参革而已。鹤龄与若海密议：“舅须如此，带弓箭手埋伏岸上，见有如猪姆②者，即发箭射之。甥先去引惹他出来，与舅成功。”

商议停当，遂入水，手执长枪，潜至猪婆龙洞口，将枪舞弄，或进或退诱之。龙见有人至，以为送肉与食，即揭须舞爪张牙，出来吞之。鹤龄遂奔走，龙赶追之。至追将及，鹤龄隐而不见。龙以追无，将返身，鹤龄又现出惹之。龙又追赶，引至若海埋伏所在，便浮起水面。那龙亦追出水，鹤龄便喊：“放箭!”若海见龙现出，闻喊，遂令开箭。龙被乱箭射中数枝，便沉下去。鹤龄早在龙之下，举枪照肚一刺，龙即沉堕江底而死。鹤龄登岸，悄悄叫舅去各上司报功。若海即走投报，以自引出猪婆龙出来，伏兵乱箭射死，又刺了二枪，毙于江底，特来报知，即请呈猪婆龙看验。

列宪③闻知大喜，随即要验看。鹤龄预先遁入水底，以绳缚四脚，带绳拖出水面，暗暗嘱若海拨人伕来拖。若海已投报了，赶回，拨齐人伕于水边，举绳用力拉上岸来。列宪亲自来看，见那龙长十丈，形状如猪丑恶，利爪长牙，惊之不胜，将龙以盐腌候旨，遂列衔奏报。永乐览奏大悦，批令江若海同孽龙来验。浙江藩司即送江若海并腌龙进京。帝看验讫，即升若海为杭州参军，诸官员均免参革。盖此次除孽乃鹤龄之功与舅，以报前德。

兹江若海除龙之名，大振天下，不用寸力，升至二品参军享福。忽然胸前生一怪疮，肿至碗口大，生出形状，似有眼睛鼻之形，又似鬼脸，又似蟹形，有口能张合，其痛不可忍。医生无数，皆不识此症，惟一老医知此症，名为天

---

① 新文：新闻。

② 猪姆：母猪。

③ 列宪：列位长官。清代称巡抚、藩司、臬司为三大宪。

胸蟹。须以肥肉之油涂之，痛稍差，若无肥肉油涂之，其痛不止。其肉油投其口即干，如被食去一般。老医惟知此症名，少见人有痊愈。若海得此症，只得告假回籍调治。鹤龄即代去各处寻医问症，共说无药可治。

遇一老叟曰：“闻有陈四生过，常有人传言云：‘我陈四死了，还怕天胸蟹未死’之语。若陈四无生此怪，怎有此言也?”又问：“陈四何处人?”答曰：“福州南禅山边人，不知还在否?”鹤龄即去查问，果有陈四，惟已老。问其有生过否，他曰：“少年时有生过天胸蟹，因日日买肥肉以油涂，至钱尽，无处再赊，缺肉入口，即作痛难受，忿极自执刀问曰：‘我陈四死，还怕你天胸蟹不死耶!’把怪面尽行割下，丢与犬吃。胸前肉割尽，映见五脏时，天胸蟹已死，陈四命亦将休。

至三日，适外甥在江中获一白獭宰食，有人曰：‘闻白獭髓能生人肌肉，依舅胸前肉割尽将死，可取髓涂之，能愈未可定。’依甥取髓来涂，果止。一抹痛止，人即回生，至于次日即长新肉，过七日，遂平复如故，至今年又活四十余年矣！今令舅欲学陈四剜割，必须先寻獭髓，不然无陈四造化也!”鹤龄问明，称谢而去。访寻獭髓，各省遍寻皆无，鹤龄为舅心切，无处不问。

适北京太监来福州公干，其人姓刘，籍闽县营前，顺回家中探亲。鹤龄认作本家，前来求问何处有獭髓，其人曰：“獭全白最罕。永乐帝北征时颈受矢伤，遣使寻白獭髓无有，惟广东布司寻有白獭，赶进至京。帝得此髓涂，伤遂平复。其白獭髓用了，尚余贮于水晶瓶，存在白香姬娘娘宫中博古架上，以备随带出征应用，以为至宝。惟此处始有，焉能求之?”鹤龄闻知有白獭髓，喜甚。又问曰：“香娘娘可是正宫么?”答曰：“虽非正宫，惟得宠比正宫尤甚。前岁北京得来进御苑，皇帝驻跸往来，带定身边，并不暂离。”鹤龄闻乃此言，再谈别事。半刻，便辞而去。不归长乐，即遁去北京，盗取白獭髓。因见有差官进贡荔枝到京，堆满贡船，顺便取数十粒于怀，慢慢而食。

正是：未偷獭髓治胸怪，先盗荔枝作口粮。且看下文如何分说。

第二六八回　除怪疾鹤龄报舅德　口无凭永乐杀蛙精

却说鹤龄遁入北京皇宫内里，入白香娘娘房中潜寻，果见架上有一水晶瓶，外标写“白獭髓”三字，喜甚。将取回去，见帷帐外一美女，赤体在浴盆中洗浴，洁白如雪，异香满室，知是白香娘娘。因见其颜色，忆及前在学里考棚自批“不动心”卷尾：若遇有二八佳人，在于浴盆中洗澡，问动心乎不动？曰“动、动、动！”之情，遂趋至浴盆前观之。

妃忽见一美男子立在面前，见门无开，又无风影，从何而至？异甚，即问：“何人有敢入此？”鹤龄笑答曰：“天津游水仙，来看动人心！”白香妃因其少艾，亦不恐，即问曰：“既看了，何不亦来洗澡？”鹤龄正欲解衣，忽闻门外喊声曰：“圣驾至，请白香娘娘接驾！”鹤龄惊恐，潜取水晶瓶遁去。香妃赶起穿衣，出来接驾进房。帝问：“出何迟？”香妃答：“洗澡未完。”又问：“在何处洗？”答曰：“在于帐外。”帝笑而入，看见地下有二粒荔枝，讶问曰：“此果福州尚未进至，卿何以有此耶？”

原来是鹤龄带食怀中，欲解衣时丢落地下不觉。此时香妃才觉是游水仙所遗，不意被帝看见，难以隐瞒，只得说曰：“此事正要奏知，适才臣妾在此洗浴，忽见一少年男子立在面前，惊问何人，他答：‘天津游水仙，来看动人心。’臣妾即斥骂，不去，就将脱衣来盆中同洗。臣妾正欲走避，幸圣驾至，他忽不见。门关如故，不知从何而来，此荔枝必是他脱衣时丢落的。”帝怒曰：“天津游水仙曾遇着，还记得上元夜在八方桥观灯，桥下之水怪，对句了即入水，去寻无踪。正要获此妖来穷究，他必再来，如再来时，卿可将秽裙裤罩之，必获。”香妃领命，即预备秽衣，埋伏侍女，侦其再来。那鹤龄正入天台，甚为得意，被帝回宫打岔，只得盗白獭髓而遁。帝只知其来调戏爱妃，犹不知其盗白獭髓也，连香妃亦不知也！

鹤龄回至长乐，若海问曰：“此数日何往？”鹤龄将遍访能治天胸蟹之方法，陈四忍痛割疮之诀，又觅使白獭髓前来等情告知。若海曰：“我被此疮磨灭[1]度

---

① 磨灭：折磨。

日如年！既访知有人如此行为能除之，取刀来割，还待何时？”鹤龄曰：“且慢！待去买麻药来再割，则不痛。”若海曰：“陈四乃常人，都不怕痛；我乃武将，还不如常人？快取刀来割，吾甥若不下手，我亦自割亦可！”鹤龄即持刀，将若海胸前之鬼脸尽行割下。若海牙关咬紧，不哼一声，遂割去一碗大之疮肉，即涂白獭髓。此药一抹，便不痛，只半日长出肌肉。再过七日，遂平复如常。再过七日，精神如旧，其病若失。一家欢喜不胜，皆感鹤龄再造之德。

若海已愈，鹤龄谓曰：“舅今可再去浙江候任。”若海曰：“迟早无妨。惟吾甥所取之白獭髓，乃皇宫之至宝，恐寻讨无有，殃及司管之人。今用了尚余半瓶，可赶去归还原处，彼此相因，不至利己损人。待甥送还了，回来同去浙江。”鹤龄遂怀水晶瓶，又遁至北京宫苑内，将瓶放于原处。又见其白香娘娘在盆中洗澡，默思前回他似有意，遂又现形立于盆前。香妃见其又至，早有埋伏各处侍女人众，不敢私遂其欲，只得哄其脱衣同洗。鹤龄即脱衣赤体，正入盆，香妃在旁取出秽裙，将头罩住，即喊：“快来拿妖！”侍女拥至。彼时恰好鹤龄被秽，不能水遁，乃被获绑出。

帝即坐内殿鞫问曰：“何方妖怪？有敢两次来戏皇后？”鹤龄供曰：“并非妖怪，乃姓游名水仙，天津人。前次误入皇宫，见娘娘洗浴欲避，见娘娘招呼，因此有意，欲脱衣同洗，遇圣驾回来不遂，臣即避去。今日方敢再来。”帝拍案骂曰：“胡说，孤娘娘有意引惹，便不喊叫捉拿！孤已认得汝，乃上元夜在八方桥下，神出鬼没，戏弄于孤。正无处拿获，今日自来送死，还强辩作甚？”

鹤龄答曰：“前在八方桥，代癞头鼋辩冤，除去孽龙，求得海塘无患，还不是功么？”帝曰：“未说明即入水走遁，其罪难逃，先打一百御棍，再来斩决！”众校尉即将鹤龄按地，举棍将打下，鹤龄忽变为水鸡，脱绳跳走。众围捉，遂跳上御案，入砚池水中没矣。那鹤龄因离去秽衣，始得遁走。帝方知是水鸡精，恨被走脱。忽闻案上瓶中有言曰：

“呵呵而笑大明君，不察戴盆察浴盆，
一信不传捷足雁，千秋冤杀癞头鼋。”

帝闻之，知在玉瓶中，问曰：“孤念卿在八方桥对句，答甚敏捷，致除孽龙之功，赦却前罪，可出来受官封爵！”瓶中又曰：“爱作官早作了！”帝因再三唤之不出，怒将瓶掷破，水流，不见形迹，不胜奇异，以为又遁去。忽又有声，侧耳听之，犹隐在瓶碎余水内，言曰：

“平民有敢戏君妻，皆是娘娘自献珪。
既喜缘何又喊拿，不逃肯作笼中鸡？”

帝闻此又言曰：“卿所言朕都知道了，既说过将功抵罪，永不再杀，怎作笼

中鸡？卿不爱为官，今且出来，钦赐状元及第，有此异术，即随孤去北征，立功不难!”碎瓶中言曰：“是骗是实?”帝曰：“将功抵罪，孤已应许，何须再问?出来受官，齐出北征立功!”鹤龄遂出来现形，仍穿原衣，跪在阶前。帝见现形，即抹朱笔，照面射下，正中鹤龄额上，喝令校尉取绳绑在腰间，架刀斧于肩上，勿致再遁。

盖田鸡别处缚之皆遁，惟腰缚住，再加刀压难脱。那鹤龄被朱笔点额，又以铁压制，有术难施，惟问曰：“万岁尽金口玉舌，既饶恕不杀，如何又绑欲杀之?”帝曰：“别人犯罪可恕，惟汝造罪难饶。当今后妃都要调戏，将来贻害不浅!”鹤龄当面答曰：

“娘娘月信有准，皇帝口旨无凭。

叔夺侄位跛扈臣，代报一枝血刃。”

言讫，舌自咬裂，将舌血唾出正射中帝面，如弹打一般。帝被打大怒，喝令斫头。校尉举刀将鹤龄头首斫下。其尸犹能立起，跑上案前。帝忙走避，又令乱刀斫剁其尸并骨为肉酱。

正是：前日借来白獭髓，今朝讨尔青蛙精！且看下文如何分说。

第二六九回　蛙化万排字配血食
帝杀奸疾愈封真人

却说永乐帝命将鹤龄头斫下，其尸犹能跑至案前。永乐帝惊走避，急命斫碎其尸为肉酱。帝始就坐，令将肉酱投于金水池与鱼食。诸校尉遵命，将肉酱一投入池，顷刻皆化作数万小青蛙，浮满水面。帝闻知往视，思乃水怪，不应投水，反被得所变化遗祟！即令举网尽行捞起。众校尉一举网，万蛙尽沉不见。又令架车将水车干，又架一二十架水车，须臾水尽，又不见蛙，又令掘起池土，原来万蛙俱伏于烂泥内。

又令取出铁箍大木楻[1]，先用铁板铺底，将蛙尽捉入楻。众校尉将数万之小蛙，皆带泥拖水，尽行搜捉贮入木楻。盛满一楻，又把铁板压住，再加木盖盖上，又把铁钉密密钉了。又令楻外环绕架柴，用火烧之。讵外之柴塔烧尽，木楻犹未烧入，再加柴烧之。忽起一阵大风，只见数万只小蛙如蜂腾空飞去，而楻如故，并无裂缝。即开盖视看，一蛙无遗，惟余半楻泥水。永乐帝大骇，不知所以。

盖其砍为肉酱，而又投水与鱼食，灭其迹；殊不知其投水即得水之造化，再盛于楻，火烧之，又得金、木、水、火、土五行俱全之造化，反助其为精。原鹤龄得丹时，田鸡嘱其将尸入水，贮木匣，钉铁钉，过五遁，亦同此五事，彼此皆能五遁。而鹤龄只推其入水，故只能水遁，难逃金刃之灾。永乐以是灭祟，反助其成功，为祟更甚。先时永乐帝被其舌血唾面，洗之不灭，渐至浮肿，转为一颗血瘤，百药无效。适亲征北塞，因瘤痛回军，卧床不起。

时有小蛙成群结阵，登床、贴门、泊壁[2]，打之不死，斫之忽没。民间无有，惟聚于皇宫。若任翻跳，自来自去，若扑击之，即钻体抓咬。内宫无处不有，白香妃宫中加多[3]。皆跳上床，若任之，只在身旁；若驱打之，便抓咬。

---

① 木楻：囤物的大桶。
② 泊壁：攀附在墙上。
③ 加多：特别多。

永乐帝瘤生不愈已忿恨，再加此为祟，更怒，即遣使去江西龙虎山，请张天师前来收除。

天师既至，即召本宫苑之土地查询何妖作祟？土地即将蛙精忿帝既言赦而不杀，后竟杀之缘故告知。天师遂于内殿设坛，自正坐摄诀念咒，法官①旁坐画符，连书数十张化火。其烟气环绕，遂化天罗地网，飘空散布。先将宫苑罩住，不与走遁，便将纸叠剪数千个凫鸭洒散空中，即变为活的，分飞各苑去啄食青蛙。谁知反被小蛙拥住，吐沫注之，皆复为纸，尽落于地无用矣。天师又剪数十个纸大铁鹰抓啄，亦被群蛙吐沫破了。天师又以铁叶作铁鸢数千头飞去，又被群蛙吐火破之。天师三法被破，大怒，自掣剑入内苑剿杀。一入宫，群蛙杳然，谁知已遁出坛中。天师回坛大怒，发神火烧焚之，群蛙吐沫如雨，火被灭去。天师挥剑，群蛙又皆不见一个。忽下裳有数蛙抓咬，急抖，用剑斫之，不见一个。忽头面有数个小蛙泊住乱咬，双手挥落，又来下体。拂了上身清楚，又泊下裳，又用不得剑斫，把天师弄得七颠八倒，在坛前抖衣拂袖，车转②不得少停。急得天师怒气冲天，然一时无法可施，即以手拍剑曰：

“小丑虽能拒捕，法网岂肯虚张。
来朝血表达天堂，看你何方再遁？
中间若有冤曲，何不诉说端详？
即行转奏达君王，个个请封配享。”

盖天师此时急说出此语，乃是金刚被小鬼侮弄，顷刻把数千年龙虎山之威名丧败于小丑之手。进，见不得大明永乐帝；退，何颜归回龙虎山？进退各难，不得不发此语解和之。果然天师自有天师之才，只将此语一宣，蛙遂离身尽泊于左右壁间，排出字来。天师举目视之，乃是：

既说将功折罪，何须再问端详？
古来官授不寻常，立功便至将相。
娘娘月信有准，皇帝口旨无凭。
叔夺侄位跛扈臣，代报一枝血刃。

天师先已闻土地之说，今再看蛙排之字，尽知其中因由，即笑曰：“原来如此缘故，怎不早投龙虎山告之？何必在此欺君罔上？今念汝有微劳，请封血食可也。勿再妄动，静候颁敕施行。”天师即写表奏帝，内云：经鞫讯群蛙小妖作祟，缘据称已蒙天子面许将功折罪不杀，赐以为官爵，后复杀之不恕，方忿为

① 法官：施展法术的道士。

② 车转：辗转。

祟等供。据此供，应将蛙发坠地狱，永不超生；姑念前情，将分配江浙各神庙，司香炉血食，不许越混潜逃，以清宫苑，而靖妖气，待旨发落等奏。时永乐帝亦知于理有缺，无奈其何，见天师所奏，只得依行，遂批“照此施行。”

天师遵旨，皆封为青蛙神，颁敕江浙等处。诸城隍土地大神庙附配青蛙神五个，中神庙配三个，小神庙配二个。遣诸功曹符使，赍敕并带众蛙分去配。敕一颁发，坛壁两旁之蛙忽然不见，诸宫苑安常如故。盖鹤龄当时化数万小蛙，经天师奏请永乐帝，分配江西、浙江等大小各神庙为守炉之神。常隐不见，至有祭祀之时始出，或现于香炉之旁或现于神龛之上。头向外者谓之悦而享，祭主遂喜；如头向内者谓之怒而不食，其祭主要另日再祭。或有现于人家，谓有旧愿未还，前来索取，必赶紧酬还。至今江浙之人，犹信此青蛙神也。

再说长乐江若海，俟鹤龄送还白獭髓回来，齐去浙江起复。俟久无回，令其父母惊恐，知有不测。至京中，有人来说新文，始知因调戏皇后被杀化蛙等事。幸不说出真名籍贯，不至殃及于家中。共说祸乃自取，亦无可奈何。若海自去起复原职矣，此不再言。

永乐帝既准分配了众蛙，宫闱清净，瘤亦将愈，惟未收口。前因血瘤爆时，白香妃在房服伺。有一少年医官，日日进药上敷，遇帝睡时，即在内候醒时方上药。日久与妃相见，遂至私通。初帝常卧不知，至瘤收口病愈，却被侦知，便自斩白妃，医官拿交廷尉正法。又因此怒，瘤又涨大，血流不止，发晕昏迷，水米不沾，数日如是。学士解缙欲请太子权政，尚未陈奏，忽报朝门外有二道人来医危症血瘤。太子即令带入，问其住处姓字。二道人答曰：“徐姓兄弟，兄名清朝，弟名高明，寓在福州青铺[①]金鳌峰下。”

太子令其调治。带至御床前，一书符咒，一施药上敷，顷刻瘤血止、肿收平复。永乐回苏，便能起坐，见二道者问：“汝何来?”太子即奏乃闽人徐姓兄弟，自来以灵符妙药，顷刻医愈圣体情由。帝悦，正欲再问，而二道人忽而不见，始知是神医降临。帝自此瘤愈。汉王高燧言：“解缙欲请太子监国!”帝闻大怒，即贬出解缙为广西布政。未几，又被汉王高燧谮之，即为交趾参政。

盖解缙有才而多忌，故诸王皆恶之。帝遂遣使至福州，访查神医二道人踪迹。使者即往福州，至青铺金鳌峰下查之，却见有徐氏二真人庙宇。查其出处来历，乃五代伪闽王璘深信国计使薛文杰除害富民，藉没其财。有商民吴光货船进港，文杰诬以重罪，将抄其货，吴光率众奔吴。文杰又诬大工正周启文匿存拾金，将治之罪；启文亦投吴王。王璘又宠巫者盛韬，借神诬陷枢密使吴勗

① 青铺：今闽侯县青口镇青圃村。

一家诛戮。吴光、周启文求南唐主兴兵除暴。南唐主徐知诰遣弟知诏、知谔领兵来征。伪闽王璘惧，即行斩薛文杰、盛韬二人首级。徐氏二兄弟即罢兵而回。

二兄弟即二真人也，因知道术，常服道装，率师入闽，秋毫无犯。闽人德之，即于原屯兵处金鳌峰下，立祠祀之。祈祷如响，香火不绝。因乐道好善，皆称为真人，常云游救病扶危等由。使者查明回京复奏，永乐帝颁诰敕封，号妙应、洪恩两真人，赐庙额曰“洪恩灵济宫”，并春秋二祭，岁易衣冠。有司地方官将宫庙修整勒碑，并书事实以垂不朽。命翰林院祭酒陈广同张天师前赴宣文致祭，酬谢神恩。京师亦建灵济宫，祀两真人。于是天师即同陈祭酒捧诏起程来闽，由山东、江南、浙江抵福州。入西门，出南门，到乌龙江将渡矣。

正是：水怪不偷白獭髓，天师怎渡乌龙江。渡江如何，且看下文分说。

第二七〇回　收石龟天师解丝条　击员皛蓝最奋铁锤

却说张天师同陈祭酒将渡江，舟人禀请钦差大人祭江，拈香行礼。陈祭酒问故，舟人曰："此江中有精怪，常兴波作浪，翻覆行舟。有舟经过者，皆备牲礼致祭，可保无虞。若不祭，通船性命莫保!"陈祭酒闻了，笑曰："太岁头上敢来动土!"随问天师："可祭否?"天师即问："是何精怪?"舟人答："有时现出一头白龟，其大如�[1]，任极大之船，只在下面一顶，船无不覆。人常言'东西洋易渡，乌龙江难渡'，有渡过者，皆寄信[2]回家报平安也。"

张天师即笑曰："我玄天上帝即治龟蛇。不须祭，今且过，待回来收之!"言讫即开船。刚至中流，波浪涌起，天师于腰间解一条丝条，抛于涌浪中，刻即浪静平稳。至南岸，陆行有半日，抵金鳌峰地方。有司早将真人庙修理完竣。二位钦差入庙致祭，挂袍宣读诰敕。已毕，是夜在庙中暂宿，闻庙前田间蛙声聒耳。天师暗忿，即取纸剪作枷，洒于田中，蛙遂寂然。至天明，见田中无数青蛙，个个被纸枷而死。此丘田中至今无蛙，后人有诗笑之，诗句云：

都是多言一样蛙，堪嗟逢遇有参差。
晋逢惠帝赐天禄，明遇天师死纸枷。

又诗曰：

帝因蛙扰报神功，堪叹天师甚不公。
彼处请封长血食，此间枷死满田中。

又诗曰：

天师降伏百妖魔，惟遇蛙精无奈何。
忍怒于心无处发，且将泄忿展余波。

天师同陈祭酒去灵济宫祭祀毕，起马回程，至乌龙江中流，伸手入水捞起丝条，遂拖出一白龟，大七八尺，头被丝条系住，牵上北岸。祭酒见而骇异，

---

① 笼：大竹筐。
② 寄信：托人捎带口信。

即问曰："龟只乌色，哪有白色?"天师曰："龟黑者为北方之正气，配龙、凤、麟，谓为四灵，性皆灵，怎至为非，害人之性命？且龟越老越轻，至千岁上荷叶不坠，哪有此等大而重耶？看其背纹，分明中有'寿同日月'四篆字，裙边有穿痕，首、尾、脚伸而不缩，必是玉石所化也。"陈祭酒又曰："是何玉石有此等之大耶?"天师曰："既成精，小便能化大。不是帝王之佩，即是卿相之珂，落在此江变化。既是水中之物精，离水必不能活。"

天师言讫，即画一符，化灭妖气焚之，其龟即僵死，转变为石，敲击有声，僵然一赑屃也。陈祭酒问曰："今既变为石，或留或毁?"天师曰："怎忍毁之？现有用处，灵济宫中碑记之赑屃甚小，可将此运去换托，岂不合适相当也！"祭酒又问曰："既成精了，将来又变成精贻害，怎处?"天师曰："不至，不至！现妖气已除，又有石碑背上，凿穿压住，又在真人宫，何妖敢出？永难为精。"即令有司遣人运去灵济宫更换。天师、祭酒同回京复命矣。

其石龟运至灵济宫，将已立之碑记卸下抬开，在此龟背上凿孔，安原位，将碑抬上龟背竖立，竟抬不上。搭天车，亦不能上。弄至二日不得成立，皆以龟大而高，又光滑，人不能立脚。正无主意间，忽闻神龛后有人言出诗曰：

若要石碑立，除非不见龟。

众闻之，揭起神帐看何人说此，惟有神像无人。皆以神来指示，众共猜详。一老者趋出曰："是了，可先挑运土块石头，将龟尽堆埋土中，只露脊上凿孔，四旁皆堆土，果不见高，又有立脚之地。待碑立了，再开除去土，龟便现出。神叫汝如此行为始能成功也。"众以为然，即行运土立碑，至今如故。

盖乌龙江出有二怪，前出白刀鱼精，后即此龟精。其白刀精，乃临水陈大奶之银扁簪所化；此龟精，天师说是帝王之玉佩。不错，乃宋太祖时，传有麟、凤、龟、龙四玉佩，与子孙为传国四宝。后来玉麟传至徽宗，佩服在汴京，被金北徙而没。玉凤传至恭宗，在杭州而没。玉龟传至端宗，在福州濂浦而没。玉龙传至帝昺，在广东南海而没。故郑唐诗曰：

汴梁麟徙削中原，凤在杭州日欲昏，
闽港龟逃牛角末，龙沉南海总归元。

那麟、凤、龙三宝没而不知有无变异，惟玉龟即张天师在乌龙江所收之白龟也。当时元军南下，陈宜中等奉帝航海，驻在濂浦平山点军。元兵忽至，张世杰急负帝登舟。帝之玉佩龟，被遗失落水底，百余年受沙泥涵养，地脉造化，逐渐大成精，如临水之扁簪变化出也。正是：

天最好生常造物，宝难湮没必成精。

今石碑人皆以为龟，实乃赑屃，似龟形状。盖龙生九子，俱不成龙形，

名字不同，各有所好，兹附将其种类分载明白：

一曰屃赑，形如龟，性好负重，即石碑下之龟也。

二曰螭吻，形如兽，性好望，今殿脊之兽头是也。

三曰蒲牢，形似龙，性好叫，今钟钮之兽是也。

四曰狴犴，形似虎，有威力，故立于狱门是也。

五曰饕餮，性好食，故立于鼎盖是也。

六曰蚣蝮，性好水，故立于桥柱是也。

七曰睚眦，性好杀，故雕于刀环是也。

八曰金猊，性似狮，性好烟火，故立于香炉盖是也。

九曰椒图，似螺蚌，性好闭，故立于门首。今官衙神庙头门一对圆楯是也。

十曰金吾，形似美人头，而尾似鱼，有双翅，性通灵不昧，故用于警巡。今以巡察之官，名为金吾，即取此义而名之也。

以前之九种，原系一母所生，后又生一金吾，凑成十种矣。此且不表。再说屃赑成精之事。

明末，福建泉州南门外，有一人姓蓝名最。青年[①]膂力甚大，终日不务生业，东游西荡，闲时只在家中。其妻骂曰："坐食山崩，家有钱一千，一日只用一文，亦不能终久不尽。还不快去谋生理，再过二三年，即空空如也！况家中都无毫厘出息，以小生理[②]不去作，要赚大银？世间无本要赚大银者，只有两途，必男为盗，女为娼，方容易赚得来。君请自思，如君不去为盗，不如为妻去为娼，便有大银进门矣。"

此话原其妻要激其夫去做生理之语，谁知蓝最听得以为真话，自想，宁可我为盗，不可妻为娼！是夜三更，腰插一柄大铁锤，悄至大路口伏在暗处，等有孤客过时，将他击夺。俟有许久，时至四更时分，并无一人走过。心下正在焦躁，忽见对面星光倒映，有一大汉越墙进去，思此必是贼。人能越此等高墙，必系大盗，其出来必有金珠好物！俟其出来出其不意，将他击死，把赃物夺来，比劫行客更稳当。遂去墙下俟之。至五更，其人仍从墙越出，蓝最举锤尽力照背击去。只听响一声，人即坠地，变作大龟，壳边击落一角。欲再击之，忽杳而不见。看击落之壳角，乃石龟之壳角，大骇。谅是石龟成精，入人家，不知作何勾当，俟天明去问便知。

---

① 青年：年轻。

② 小生理：小生意。

须臾天明，蓝最带石角敲门查之。原来乃黄姓大富豪之家，有一女。年方及笄，生得闭月羞花之貌，患妖迷压卧在床，不知何怪，惟女知是大龟，百般驱禳不去。闻昨夜蓝最击落石龟一角，始知乃石龟成精迷女。遂同去查寻，至古墓旁边，有一石碑，其碑已倒坏，只余碑座石龟，看旁缺一角乃新痕。蓝最取所击落之角，核之恰合，方知迷人之精即此石龟。有临近数十家富族之妇女，亦被迷压狼狈，一自得知，俱拥至持铁锄、铁锤掘起石龟，共击粉碎。又用草柴架火烧焚成粉方歇。所有被魅之家皆愈，无不感佩蓝最，鸠金[①]作谢。

蓝最忽然间得有千金，其妻笑曰："原来男为盗竟得千金。我今亦去作娼，必亦能得千金，凑成二千，与汝坐食得二十余年矣！"蓝最曰："今不用再激。我今有本钱，好寻头路[②]。"自此帮搭一股洋船[③]，遂大得利，后复从戎征讨海寇有功，官至大都督矣。当时人众毁石龟时，中有一人曰："龟性不淫，怎至迷魅妇女耶?"有格物者曰："龟果不淫，故与蛇交生子，此托碑者乃龙生九种屃赑也，君等皆指鹿为马矣！"

正是：宝龟位在四灵后，屃赑行居九种先。欲知下文接说何事，且看下回分解。

---

① 鸠金：集资。

② 头路：途径，出路。

③ 帮搭一股洋船：在海运贩卖生意中参股。洋船：海运船只。

第二七一回　除蛊毒白姬归临水　吞金蚕蔡蕤感元君

前卷说讫水蛙精刘鹤龄，今再说白鸡小姐之余波归结。却说那白姬在鸡背望西而去，问鸡何往，鸡曰：“自到中华从未外游，今且去游玩一番，看此中华风俗善恶如何。”遂在前后飞游。

那日游至一山溪，至夜，所有耕种、斫樵、捕鱼者皆属阴鬼，无一人是阳人。白姬同鸡异甚，相谓曰：“此间离都城不远，又不是鬼国，怎的人不作事，能使鬼操作？其中必有缘故，可去查访之。”遂飞下山麓查问，众鬼不答。再三询诘，众鬼手向树上指之，把头摇摇。白姬举目看，树上无人，只有数十个小黄虫。又问曰：“莫是汝们惊怕此小虫么？”鬼不敢开声，只把头点点。又谓之曰：“此小虫何怕之甚？要除之何难？”言讫，即令鸡去啄食之。白鸡遂飞上树，将数十个小虫食得干净。有飞去者亦追逐而啄之。白姬谓鬼曰：“今虫已除尽，可开声说明。”

众鬼停作，拥前泣曰：“鬼等都是上下府①人，因由此经过，都被此处人用药毒死，变鬼来与之作事，日夜不停，有冤莫诉！今夜幸得仙姑降临，才得告诉！”白姬又问曰：“先前因甚那②怕小虫，不敢说话？被毒死作鬼，怎不怨恨，犹与之作事耶？”众鬼答曰：“他因奉有金蚕姑，其金蚕原只一头，能化出数百个。若不顺从作事，令一二飞钻鼻孔内穿咬，因此刑法难受，不得不顺从之。在各处作事时，便分发数十虫来弹压，若说话停作，便飞入鼻孔内钻咬，故先前问而不答也。”白姬又问之曰：“树上所有恶虫被我除尽了，今还有否？”又答曰：“本主家中还有一个大的，供奉在神龛上，小的都是大的变化来。”白姬又问：“本主家住何处？”众鬼指曰：“那竹林内大墙里便是。”白姬既问明白了，又谓曰：“汝等只在此等候，我去本主家把大的再除去，便来超度汝们去托生！”众鬼喜而诺之。

白鸡即随白姬潜至本主之家，见无数鬼在那里拖磨、挨磨③、纺苎、织布，

---

① 上下府：指福州以外的闽西北和兴化、闽南各府。

② 那：那么。

③ 挨磨：推磨。

四散工作。白姬笑曰："果然有钱便得鬼推磨！"再看神龛上，果有一大虫似蚕，金色，长六七寸，尚有小虫泊在各处弹压众鬼作事。白姬看了笑曰："我只道惟狨能制猴，谁知此处还有虫能制鬼更奇甚！"盖麻喇国山中有狨，似猴而大，以猴为食，欲食之时，坐于石岩上，又吼叫一声，远近之猴皆至，排跪面前，狨乃拣肥者以石放其头上，其猴以双手捧住；狨又吼一声如发放，皆散去，惟顶石之猴不敢去，听其咬食。故白姬笑之虫比狨更甚也。白姬即令鸡把龛上之大虫先食，再食小虫。

白鸡将大小虫都啄尽了，白姬遂唤众鬼问之，其说与外之鬼所答无异。又问鬼曰："只此一家，别处有否？"众鬼答："处处皆有！"白姬笑谓鸡曰："一日食不完，作数日食，慢慢来享福可也！"又谓众鬼曰："今先除此一处，可先与汝们去托生，再去别处除之，好否？"众鬼称谢不已。白姬遂合掌念起超生咒，顷刻众鬼皆去投胎出世矣。白姬带鸡又至，先到山麓超度了众鬼，遂去别村。见有鬼在内工作者，皆如前先除去大虫、小虫，度去冤鬼。本主均不知情，至天明查看金虫，小、大俱无，不知所以。

看官，汝道是何地方有此无行之人？即在福建延平地场，名为蛊毒。其虫号金蚕娘，又名金蚕姑，所屙之屎最毒，与人食之，其人立死。其鬼会来工作，不用工资、食粮，易于致富，故人奉之。至富足不为，即以银五十两同金蚕先贮一匣，放在路口与人拾去。人得银，喜而接奉之。奉时，一年要放一人与金蚕食，令受毒之人死魂在家工作，金蚕遂化数千小虫钻食其尸。不知流传多少年代，无人能除之，至此天仓该满[1]，遇白姬来灭之。讵荒田无人耕，耕了来相争，千百年遗毒之蛊毒，只道是神女来除，谁知连步[2]又有一人来齐除之。

再说长乐儒士姓蔡名蕤，一生好抱不平，一场家私[3]，皆代人抱恨花消。一贫如洗，迁居于尤溪。那日行到三叉路口，见一匣在于路中，遂拾起看：内贮一大锭银，旁有一黄虫。异之，以是人遗失，等有人来讨，还之。俟有许久不见有人来，只得把银取出，存于怀内，虫与匣弃于山坑。来到街中，将银向钱店兑重五十两，即交与店家处，只取碎银五钱使用。店主问："何不俱换去？"答曰："此银不是我的，乃在三叉路口拾一木匣，贮此一锭银。又有一黄虫，其匣盖紧，不知虫从何入。俟有许久，无人来讨，银带回来，匣连虫丢在山坑。今银先借数钱零用，待失主来讨，送碎银来赎还之。"

---

① 天仓该满：俗语，指命定的死期到了。

② 连步：紧接着。

③ 一场家私：指所有家产。

店主闻之讶曰："此岂不是嫁姑耶？哪有人来讨？既留银不留姑，未必能平静之！"蔡蕤讶问："何谓嫁姑？"店主曰："君是福州人，初迁此，尚不知此处之弊病也！"遂将蛊毒遗害之因由，与掷银嫁姑之情节说知。蔡蕤闻之忿曰："世间哪有此横恶事！怎的不告官除之乎？"店主曰："控官无赃据，无形迹，官亦无奈之何，控者反诬罪。知兄台乃君子，哪肯接奉之？快去寻回原匣，将姑、银仍贮原处还之，便无事矣。"蔡蕤又闻此说，忿曰："人怕他，我不怕他！今来算，五十两全锭都换碎的与我，一起拿回去买确确糕①食，看他怎法奈我何！"店主又劝送还之不错。蔡蕤又喊曰："汝有碎银即管换我，因甚叫我把银送还？莫是汝亦是蛊毒一伙之人耶？"那店主被此抢白，不敢再劝，即兑与碎银。

蔡蕤回家，即交与妻收。妻问："银何来？"答："是路上拾得。"妻喜，排饭与食。蔡蕤举筷，忽见所丢山坑之金虫泊在胸前，笑曰："银店主说，不送还银不得安静，你果来作吵②！我先前拾时不知何因，放汝去，悔之不及，今汝自来送死耶！"说讫即将金虫把刀斫作七八截，丢入粪池。洗了手又来食，又见金虫泊在胸前，又笑曰："汝真恶，又能活耶！"即捉入风炉，烈火焚，顷刻成灰。又来食饭，又见金蚕在胸前，笑曰："真有五遁之术！以我无奈汝何？汝虽能五遁，必不能遁我五脏！"遂捉起，递入口内嚼之。其妻惊甚，拦之不及，问曰："此虫有敢食之！毒行怎处？"蔡蕤曰："唐太宗乃万众之君，为民除害敢吞蝗，我乃一介书生，犹怕死耶？不生嚼此恶虫与诸鬼出气，谁与之出气？"一面说，一面吞之，咬得碎烂，饭吃两碗压之。

其妻惊问其故，蕤将金蚕之情形说知，其妻大惊曰："刀切火烧都能复活，吞入腹内怎不再活？岂不是自毒耶？"蔡蕤曰："人怕毒，我不怕毒！"妻曰："复活不出，在肚中作吵怎处？"蔡蕤曰："别人肚中蚕敢作怪，惟我肚内一片忠心赤胆，小蠡虫有敢放肆耶？"蔡蕤坐有许久，腹内安静如故，并不再见现形，出街去银店，告之曰："君前所言不错，我一到家，虫即至，恶极！杀之复来，烧之又至，被我嚼食始灭。"店主问故，蔡蕤将虫之来由，并除灭之情节说知。

店主讶曰："真好胆略，此金蚕姑敢食入腹！"蔡蕤曰："今食了可除灭此恶么？"店主曰："君只道金蚕只此一个耶？通延平何止百十家？就算与君除去一个，尚有若干，犹不知此虫比压油鸟更难除之！"蔡蕤问："何谓压油鸟？"店主曰："君读书人，尚未看过此奇异？此鸟出在南海，形如水鸭，自呼其名：'鸭

① 确确糕：一种糕饼，质硬，也叫"炒米饼"，或作"搉搉糕"。
② 作吵：捣乱。

油，鸭油。’其身肉少油多，土人捕获入鼎炊熟取出，以重物压出油来，再炊再压，压至六七次无油，只余糟粕无用，便弃于山野。此鸟经天露，不数夜复活，又鸣。土人又捕来压油，压来又弃，总不能灭之。其油不可食，堪以点火。此金蚕姑任火烧刀砍，皆能复活，故来比此鸟也。”

蔡蕤曰：“南海果有此鸟！据汝说食之不能灭，吞在肚内无有动静，外又不见，何去耶？”店主曰：“自古邪不胜正，因公如此铜心铁胆，死都不怕，谅其必回故主家中。若再奉，便留之；若不奉，不过再费五十两之银，又嫁与别主[①]矣。”蔡蕤闻说周详，便不再问，惟叹气曰：“不灭妖虫便不为人！”拱手而去。回至家中，日夜筹思无策可除，想及临水陈夫人生前曾除蜘蛛等怪，死后又斩白鸡精，可撰词文去临水祈祷，请神来收除之。遂作一篇文，将蛊毒害命役鬼之惨，叙入文内，竟至古田临水庙，自行鸣钟擂鼓，拍神案，高声宣读。其文中间警句云：

“古之暴王率兽而食人，皆纵魂去七超八度；今之贼民奉虫而害命，犹捉鬼来百折千磨！不告遇鸡精，画像尚能发性；有文控蚕怪，肉身岂独无闻？寒儒尚有舍命吞毒之义，大奶岂无救民显圣之仁？延平之惨酷不灭，临水之香火空传！”等语。

一面宣读，一面拍案。读毕，化于炉中，刻见陈大奶金面汗出，诸夫人之金身挪动，有大鸟五彩在庙内飞出，忽杳而不见。蔡蕤疑是诸夫人感应，去收除之。因思：不撰此文激请，未必感应。遂回延平。盖人有心切意坚，便能动天神。兹蔡蕤入庙含不平痛恨之心，又宣读激切之文，遂致木偶汗流身动。所见飞鸟，乃凤奴万三石之原形也。

时延平七县之蛊毒已被白姬小姐除去二县。大奶至而笑曰：“莫道君行早，更有早行人。不识何方神女，早已先来收之。”遂寻遇白姬，彼此皆通知姓氏来历，得道归真因由。又询知乃前斩之鸡精转世皈依之事实。大奶喜甚，欲迎归临水同为姐妹，白姬辞以意欲西归。大奶曰：“合意拜谊姐妹，岂拘先后出世？有志除害救民，何论南北皈依？待除了蛊毒，带鸡同归临水聚乐，有何不可？”白姬与鸡商之，俱喜。白姬令鸡再飞去啄食。大奶阻之曰：“不须再去劳力，一家过一家，还有五县，必要数月才除得尽，今只须一刻便能除之。”言罢立于高山之巅，化一道绞丝，有数千万缕，向空洒去。手把住总根头，未及一时，将丝收回，所有各县金蚕，大小共数千，皆纠缠丝内，放落山坡，呼白鸡啄食，须臾食尽。

---

① 别主：别的人家。

大奶收回丝缕。白姬问曰："此一网可能罗之净尽?"陈大奶曰："一网打之，还怕不尽，即有逃走一二，必不敢再如是也。"白姬同白鸡见大奶有此神变之法，敬服之，遂愿皈依法门矣。大奶遂分发高、李、林、邹四姐妹去奉蛊毒之家超度众鬼托生出世，勿使一个飘泊无依，自带白姬先归临水为队尾①姐妹矣。

正是：黄虎江婆先首服，白姬小姐后归班。后事如何，且看下回分解。

① 队尾：队伍的最后一位。

第二七二回　三保下西洋局钟宝
猫雾救太监离台湾

却说延平地方，不知流传多少年代之蛊毒，先被白姬小姐收除，后又被陈大奶带诸姐妹又除之，一网打尽。大奶曾言："即被漏网一二，亦不至为害。"果然通延平之金蚕除尽，惟永安逃脱一二，至今犹存。惟机密之至，乡邻亦皆不知。彼时以网收蚕，无人得知；诸夫人散各处度鬼，有人仿佛见之。其奉蛊之主，因不见金蚕，又诸鬼散去，闻人传说：尤溪蔡蕤食金蚕，又去临水鸣鼓拍案，喊求陈大奶急除蛊毒；所见有神女在云头出没者，都是临水诸夫人来收蛊度鬼也。此言一扬，无人不感激蔡蕤之仁，惟奉蛊之家暗恨之。蔡蕤因此得了财，又得名誉，搬眷回长乐祖居矣。

且说张天师同陈祭酒回京复命，祭酒面奏：经过乌龙江收有白龟，乃古佩宝所化等情由。永乐帝问曰："福建既有此宝化龟，还有何宝?"陈广曰："不知，惟闻宝出于西洋。"帝问曰："西洋在何方?"陈广曰："西洋即在福州之长乐外海。"帝悦，即令太监郑和（又名三保）同太监王景宏、侯显三人，往福州东南诸番国赏赐，宣谕来取宝贝，令动拨各省库银，官军护送，由福州长乐登舟。

诏书既下，有司官先在长乐十洋地方造舟。工匠数千，该处便有人搭寮开店贸易，人如云集，竟成大市。先有古谶云："十洋成市状元来。"果未几年，马铎、李骐俱中状元，谶应不谬。至舟已赶造完竣，三保太监等皆至长乐，并随从驾官座海舟，其余赏赐之物并口粮、军兵、甲仗、诸色工匠，分配海船五百余号，俱在太平港，即吴航头登舟。将开驶，忽一水手病故，急再募补。讵蔡蕤有堂弟蔡茁，去领银补水手。

谁知蔡蕤在家写文禀，欲去见太监投递，谏止之勿去；忽闻弟去补水手，忿甚，查已领银入船，无奈之何，惟自去船头递禀。三保太监等接看，中间大意乃言：天朝不宝金玉，惟以善为宝，无用取外番之宝。且外番殊俗，禽兽哪知礼义，赏赐之何为？不但空费钱粮犹恐招灾祸。宜勿去，免得后悔无及等语。三保太监怒曰："看此腐儒乱吹，罪不容诛！今即杀之，恐出行不吉，且寄禁县

监，待回时带进京杀之。”即将蔡蕤交长乐县。

舟遂开驶出港。经过东南诸番，至一番邦，即将御赐各色之物颁赏。知礼义者，将土产进献；不知礼义者，受赐无报，犹嫌太少；更有将所赐之物，交与几个先行的领去，其余又来索取；又赐之，去复又来，索取不休。船赶开离，泊于外岛，查所献之物，不过土产，无一称为宝。过有半年，不料水手蔡茁浑身发癞，遍体起泡，将至溃烂。三保闻知，命丢落海。因船伙皆属同乡，不忍，适湾泊于大孤岛下，诸水手上去代之搭一茅寮，砌造炉灶，多备家伙杂物、五谷粮食并衣服各件，约算可度三四年之粮，将蔡茁扶上安顿，自行炊爨，待至船回时带回故土，官船便开去。蔡茁无奈，只得一人落在孤岛度日待死矣。

其太监船在海中，又历年经过四百余番，所有御物将尽，不得一宝。所进献之物，皆属番之鸡、鸭、牛、羊、诸果等件。以重赏赂之，始出皆珍珠、琥珀、珊瑚之类，此杂宝本朝廷御库中皆备。因访知打拉沙国有一自鸣钟，可为至宝。以重价索取不肯，要以宝换宝，亦要活动的方肯。太监遂令牵一食草屙金之龙马与换。该番见之不识，皆信为龙马，留试三日，果食草屙金，甚喜，遂以自鸣钟与换。

太监得了钟，赶即开船而去。原来此钟不是铜铁制造的，乃天然自鸣，故得为宝。但太监哪有此屙金之龙马？却是太监无中生有，带一驴马，该番不识，预以金屑调面，拌草与食。屙出粪，将来漂洗，便现出金屑；熔之，便是赤金。牵去试养时，拨人随去教之养法，身匿带有金屑，暗拌麦草中与食。只留三日，其人便回，随船而逃。其驴后无屙金，该番始知，追之已不及矣。太监若不设此局，无一宝如何回得？

太监又访美玉，诸番皆无，惟台湾有玉山可取，遂又至台湾。其权济长哆啰国已传五代，却被土番夺据，法度乱，礼义皆废，惟强是尚。闻中国遣使来颁赏，土番率众数百至海边承领，官军亦列数百于海，惟防护诸土番。该番因给赏之物无多，不喜，将散去。太监询问：“汝国出何宝？可搬出，自有重赏！”该番答：“无宝。”又问曰：“闻有玉山，必有美玉，怎说都无？”又答曰：“美玉却有，只是赏赐太薄，不喜与之。”又谓曰：“汝将美玉献出，自然有厚报。”众番答曰：“厚礼亦不献，有美玉亦不献，其奈我何？”一面答，一面散去。

太监见散去，即令军士赶他回头。军士去赶，不意被发数枝手箭射伤数个。太监即发兵攻之。其个个存有刀箭，遂来抵敌，却被官兵杀死数十人，余皆逃走。太监为既败不敢再来，议带兵去取玉。招本地捕鱼之土番引路，诸土番皆摇首不识。住顿二日，并无处招人引带取玉。

忽有三个土番来说，识得玉山地方，今来引带，要重赏。太监喜允之，遂

问：“前日杀败之众番，今在何处？”三番答曰：“他先不知中国之刀兵厉害，今试了，走躲无地，不敢再出。”

太监大喜，即带官兵一千，三番引路。行有十余里，皆山溪险陡，不见坦途。疑之，唤问引路之番人：“玉山还有多远？”该番手指曰：“进此内山东便是。”又行里许，山凹里忽走出一人拦住太监曰：“前此内山有玉山，今被野番烧毁，连石都无，请即回头。如再入，必片甲无回矣！”太监闻之讶甚，问曰：“汝是何人，怎知其情节？”其人曰：“某原籍中国，迁此三代，仍读书史，无如此土番礼义法皆无。前日被天兵杀败之番人，因闻要来取玉，他即勾连生番，分头埋伏内山各岩谷，先遣三人做奸细，引进内山即围困，虽有翼亦难飞出也！”太监大惊，又问其姓名。其人曰：“伏兵将起，快去！快去！”言讫，便闪入山峡不见。

三太监寻那引进之番人，已不知去向，方知其奸计，急令退回下船。未行半里，内山之伏兵拥出，如潮漫山，箭下如雨。军士即与之对敌，讵该番履险行如平地，官军挡不住，被杀死、跌死无数，尸倒满山。又来追赶。太监无路可走，惊得魂魄皆无。正危急间，忽岩石上跳出一猫，口中喷出浓雾，漫蔽满山。众追至，不知方向，皆向无雾处追寻，方被三保太监脱身，带领残兵，如丧家之狗，上船喘息不定。查点官军，只余三百余名，赶令开船而去。

盖太监有王命在身，又不应死于番地，故得此山神指点，又得神猫吐雾遮蔽，方有命奔回。今台湾有地名“猫儿雾”者，即当年下西洋三保太监侥幸之处也。

正是：风云接地猫儿雾，波浪迷天鹿耳门。且看下文如何分解。

第二七三回　取凤蛋黄绳枉害命　讨宝钟拉沙凿沉舟

却说太监幸得神猫吐雾救得脱身，回船开走。出了大洋，近闽只在咫尺。郑和与两个商议："只有一个自鸣钟，怎敢回朝复命？今东南各国已历过，既无宝可取，尚有西北再走一遭。"王景宏曰："恐粮草不敷！"即令管粮官查报，犹有一年之粮。侯显曰："粮总有，那御物业已将尽，奈何？"郑和曰："今再去不学如前之滥给，先取百国图来看何番出有何宝，有宝处去取，无出宝之国便不用去，便不至于欠缺也。"

看图中说有一南海凤凰山，出凤凰蛋，径大三寸，外有五彩，内坚如铁，日夜有华光。投于水，水裂开成路；投于火，火息无烟。三保太监看了，有些奇异，便问诸通事曰："东南已历将遍，如何凤凰山未到？可知有此奇异之蛋么？"那船水手并舵工，亦有通外番之语音，兼为通事，答曰："凤凰山凤凰蛋只是耳闻，俱未目击。此回去东南，未有历过。"三保太监曰："既未历过，再去一遭，若寻无，再议。"遂令船仍驶向东南行。又行了数十日，过番国并不进港，惟令通事去问凤凰山在于何处。

来至一番国，问于讨鱼之番儿，答曰："有，汝们问之何为？"通事曰："欲取凤凰蛋，可得乎？"番讶曰："莫非前取宝之中国船，去而又来乎？凤凰山在此山后，其处有番官防守，岂能明取？除能够飞去偷之则可。"通事曰："可曾有人去偷过？"番儿曰："惟有黄绳番至夜能飞去偷之。若肯出千金他便用心去偷，汝们便有宝回矣！"通事曰："不知黄绳番在于何处，怎能唤得他来？"番儿曰："有工钱与我，我代汝去寻来！"

通事大喜，将小番带上船中报知。太监遂问小番。小番将前所答之言说了一遍。三保问曰："汝可知凤凰蛋甚奇处？"小番答曰："无甚奇异，不过能避水火放光而已。"王景宏问曰："黄绳番必有翅，始能飞？"小番答曰："无翅，只是轻捷。"又问："凤凰蛋可是凤凰生的？"答曰："非凤所生，乃凤压巢之宝，似蛋，故称为凤凰蛋也。"又问曰："汝是何番？"答曰："亦是黄绳。"侯显问曰："他既能偷，汝何不能？"答曰："他乃大绳，惯能偷盗。我是小绳，无能，

只会打鱼！”太监笑曰：“他是大绳，汝是小绳？好极！汝去寻他，若偷得来，赏他千金，赏汝五百，我船在此专等。”

小番辞去，郑和等船泊至三日，小绳不来。令通事上山探查。那通事查了二日，无踪，忽见一番儿，通事问之。那番儿曰：“问大绳何事？”通事曰：“我叫他去取凤凰蛋。”那番人又问：“取得来有多少赏银？”通事答：“赏千金。”那番人曰：“有千金何必大绳去取？我去取比他更快！”通事大喜，即带回船见太监。郑和问曰：“不管甚人取得来，验看若是真的，即赏千金。汝名什么？”那番人答：“名小蠓。”太监曰：“汝快去，取得为先！”

小蠓便去。那夜至凤凰山冈，山上之犬甚恶，带了四个毒饼，那时犬不在山，放心行窃。原来遍山皆梧桐，俱直参天，中间有凤凰来巢，皆有宝在内放光。如凤在内，宝被伏蔽，便不发光。小蠓遂升越无凤栖宿之巢中，盗出宝蛋，存入怀中即溜坠下。不意有一人举棍照头打下，脑浆迸出，死于地下。那打死小蠓者就是小黄绳。来寻大黄绳，寻了二日，方寻着，说是中国船取凤蛋，叫我同汝去取，赏汝千金，赏我五百。大绳喜悦来取，带一短棍防犬。那夜同小绳至凤凰山树下，将升上，仰见树上已有人窃取，遂伏在树旁。那小蠓刚溜落地，即被一棍打死。大绳便向其怀中搜出凤蛋，又取出四块毒饼，带至山侧与小绳说知，小绳喜曰：“有福之人不用费力，天使他取现成与我！又晓得我们肚饥，且将饼来充饥，好走路回去。”遂将四个饼一人食两个，顷刻俱死在一堆。

至天明，看守之番兵并番官查知，报与番王曰：“有三个外番来盗凤宝，一个受伤，二个受毒，俱死在山，并搜出所盗之宝。”番王令将其宝归于原巢，三尸悬挂海边，以为来盗凤宝之榜样。此一传扬，各番皆知。原来追自鸣钟之打拉沙国，即在凤凰山之东，因闻此情，始知换宝之中国船去而又来，正无处追赶去讨宝，既闻自又来，喜甚。即遣百多个善水之番鬼，去其泊船之处，潜入水里，将各船底尽行凿破，使其不战自沉。国王自带兵众，驾船前来讨宝。

却说三保太监在船等至六七日，又无回信，正欲命通事去探，忽见番船赶至大喊曰：“中国好大胆，敢将假龙马局我自鸣钟去！今又来使人盗取凤凰蛋，天不容奸盗，被看守杀死，夺回凤宝，将三尸号令海边，我才知汝又来。今快将宝钟送还便罢，若不送还，叫汝满船一命难逃！”盖三保太监未曾查此国临近于凤凰山，忽闻其赶至，大惊。见其船无多，只有七八只，亦不甚恐，即令兵船前去抵敌，大船赶紧开走。正行间，回顾众兵船未战尽沉水底，知是船底被凿，急令人下堵底防护。三保太监紧保自鸣钟。众番船赶来，幸有顺风相送，如飞奔驰，番船追之不及。

那水鬼先在水底凿破兵船，要来凿大船，见船底有无数有脚之蛇拥护，不

敢近船，故不至被他凿沉。此皆天子诏命所庇，惟三保太监之船及载御物、粮食、文卷等船无恙，所有各工匠杂船皆沉，兵船三份去二份。此时郑和等狼狈至极，胆已惊破。凤蛋取不到，又失去若干兵船，回去只一自鸣钟，难以复命，并无主意。船至大洋，忽起暴风，将船飘荡倒吹原路，舵工、水手有难施之力，听之漂流。谁知天公有意，要带归残疾之人，三太监亦得藉此回朝复命矣。

正是：风神不使回原路，太监将何复旨归。如何复命，后回分说。

第二七四回　救白鹭蔡茁得奇报　凑三宝太监始回朝

却说天公有意，使大风吹转原路，要使其带一人回去，就是得麻疯症之蔡茁。因太监要丢他落海，被同乡安顿孤岛，俟回船再带他回去，同归故土。蔡茁独自在岛中，先看前后，不知是何地场。只见峰峦插霄汉，中间有一道溪洞，四围是海，仅望见别山，不见有船来往，人迹断绝，惟有鹭朝去夕回。自己又砍大竹编夹茅寮紧扎，又用大木为心，以大竹作篱笆，遮蔽为墙壁。恐夜间有山兽来，晚又以大石叠架坚固，即闭蓬门而睡。居之久，胆亦大了，山路亦熟，夜夜出寮观望。

是夜无月，见对面山峰发亮，看有大蛇由穴中出来，走上树去食白鹭。各白鹭惊飞散去，蛇犹在巢中穿梭，知其食小鹭与蛋。一会，蛇走下树，一溜烟下涧食水，回头入洞，光遂不见。蔡茁见而忿怒，心想：哪有此强欺弱之恶虫！想我兄长都能食灭无形无迹之蛊毒，我独不能除灭有形有迹、破巢伤卵之恶蛇？待天明去看他出没处，设法除之。入寮而睡，至天明煮食了饭，步至对面山峰。

时众白鹭去讨食[①]，便寻看树上、山里皆有蛇旋之迹，又看蛇下涧食水之处，惟一条路直里[②]，草偃痕迹甚现；遂思得计，即砍大竹削数十把竹尖刀，以火焙之，更利过铁刀，接连插于此涧食水偃草丛中，峰尖皆向上，插坚固，布设周密。俟至夜又出看，只见又发光，蛇又出来，又上树食小鹭与蛋。许久，又下来到涧食水，却被竹尖割破肚腹，肠出而死，光仍如故。蔡茁大喜计遂，即赶近前看之。其蛇头大如斗，身长有二丈余，指而骂曰："孽虫！不因我在此，那数百白鹭无遗类矣！"

彼时，一树之白鹭见蛇至，惊鸣飞散，各树之鹭亦闻声惊飞，夜夜如是。此时见蛇被人算计死了，即共飞回树上头，皆向蔡茁乱叫不休，意似鸣谢其除蛇。蔡茁即仰头谓曰："我除此恶蛇，今你可保后嗣，而长夜安靖矣！"众鹭似

---

① 讨食：寻找食物。

② 直里：直抵，直入。

知其意，又鸣叫一会，各有踊跃之状。天明，蔡茁取刀将蛇皮剥下，至涧边洗净，又把身碎十节，肠肚丢于山坑，皮挂树上，肉留一节煮食，其余切碎以盐腌浸，慢来作饭菜①。

又砍头首，讵其脑中只有一粒酒杯大圆骨，异之，将其洗净放于寮内桌上。煮其肉食，味胜于鸡鸭。天至昏暮，桌上圆骨发光如昼，始知蛇出入有光即此也。蔡茁知是夜明珠，寮中自此不用点火灯。次日，众白鹭陆续衔鱼飞至，丢入寮内。蔡茁知是鹭报除蛇之酬物，笑曰："君子施恩不望报，今日且收纳，下次不可再衔！"鹭遂不衔，只衔干柴枝，尽丢入寮内。蔡茁笑曰："我柴岂不能自讨②，何用费力？我去讨一刻，便有一担，与汝去衔一年，还不及一担。我已领情，不必再衔！"但仍陆续衔至。蔡茁又曰："甚好，将来起火③亦可。"

即煮饭将此枯枝点起，放于灶内，便觉有异香胜于兰麝。一会，其烟袅出灶外，结成九头白鹭在烟中翱翔，至枝烧尽烟没亦无。又取别枝来烧，亦如之，始知鹭衔宝来报，惟不知从何处衔来。出寮望之，众鹭即在本巢中衔出来丢与之，遂思度：必是鸟从别处衔来香木为巢，至年深，鹭之精气皆感于枯枝之中，至焚化时，形便现于烟中。其九数者，乃化于阳九之数也。原来那鸟将旧巢之香木，尽衔赠于蔡茁，又去寻衔别木补巢。那蔡茁无意之间得此夜明珠，九鹭香现宝，又得一暗宝。

原来此蛇能治麻风，名为马烟蛇。食其肉病遂渐愈，未月余，筋舒癞④退。又食盐腌其余肉，癞遂痊愈，复还原体。蔡茁亦知此蛇能治癞，喜出望外，只是孤身望至二年，不见取宝之船回来，疑必由别处回去。犹幸粮未尽，又有众鹭衔鱼来奉，不至饥饿，犹望船回，日日在于岛中盼望，不表。

却说郑和、王景宏、侯显破费钱粮数十万，累死军民数千人，惟取一自鸣钟，犹几乎被抢去，今只一宝，怎敢归见永乐帝？三人日夜愁肠百结，进退无门，闻将至闽界，更添愁闷。忽然起大风，吹转回头，人众皆忧，惟他三人反喜，率性被漂至风定，始能收泊山旁。不知此处何地，人迹皆无，惟见有成群白鹭往来。

那时蔡茁在于寮内昼寝，被众鹭或栖于门或栖于内，鸣叫如雷，把蔡茁惊醒，以为群鸟又衔何物，唤之起身。蔡茁便爬起寻讨⑤，无衔有物。那鹭见其

---

① 饭菜：日常下饭的菜肴。
② 讨：打（柴）。
③ 将来起火：拿来生火、引火。
④ 癞：麻风病。
⑤ 寻讨：寻找。

起来，对他面前摇头乱鸣飞起，如引之状。蔡茁便出寮，鹭便飞散。看山旁有众船泊住，便认得是取宝之原船，喜甚，知白鹭前来报信，即至海边招呼。船中之水手见是蔡茁犹在未死，皆上山询问，即报与太监得知，欲带他同回。三保太监怒曰："他有癞症，前要丢落海，汝众人违令要留此带回。今不与他上船，若再不遵，连汝等皆丢入海浸死！"

众不敢再说，将此情与蔡茁说知。蔡茁喊曰："癞已愈了，求公爷带回，自有异宝献上！"众水手又转达，太监便问："何宝？癞既能愈，可先带来看验！"蔡茁遂与众水手收拾茅寮中各物，又寻取竹篓，将枯枝装满二篓，挑下船中，怀了夜明珠，随众人见太监。三保太监见其麻风果以痊愈，人比初来时更肥白，异之。随问："有何宝？"蔡茁于怀中取出夜明珠，三太监看了笑曰："此乃白石丸，何以为宝？"蔡茁曰："非石丸，乃夜明珠！"三太监又问曰："是夜明珠，为何不会发光？"蔡茁答："至夜自然出光。"太监曰："且待夜来试验。"又问："惟此一件？"蔡茁又抬上二篓九鹭香，太监共说："乃枯枝，何用？"

蔡茁命取出香炉与火，取一枒[①]折成寸放于炉中，火点起，异香扑鼻，刻见烟起，中间现出九头白鹭翱翔。太监见了，喜出望外，曰："看不出此材料，焚之有此奇异，果宝也！"再取别枝再焚，亦照前，遂取秤称之，共有百余斤。取好箱来装贮停妥，天便昏暮，入舱看那珠发出光华如昼。

三太监喜之不胜，相耳语曰："踏破铁鞋无觅处，得来全不费工夫！"询蔡茁："此二宝从何而来？"蔡茁将救鹭除蛇之因由告知。太监又问："其蛇现在何处？"答："丢入海流去了。"太监又问："癞从何能愈？"蔡茁随答："白鹭衔药来食愈。"郑和曰："此乃天作，并非人为！汝侥幸得此二宝并得癞愈，又幸大风吹转船回原路泊此，汝回得故土献此二宝。不然，船不由此经过，汝纵有二宝，埋没此地，至死无用也！乃汝大侥幸也！待回闽时自有重赏！"

看官，汝道此太监说话中，便见其奸佞。明是他大侥幸，反说献宝之人侥幸。若无他之二宝来凑，如何回朝见得永乐帝？而钱粮费去数十万，兵民死去数千，复命只一自鸣钟，可见其奸佞之至也。蔡茁又同众水手上山去拆寮，又搬零碎之物下船。只见数千白鹭，皆拥至哀鸣不已，似是难舍远别之意，众共称异。蔡茁仰头亦向之拱手作谢，登船开去。

正是：救鸟古今皆有报，待人多少反为仇。且看后文如何分说。

---

① 一枒：一枝。

第二七五回　郑和释长乐县儒士　蔡茁为琉球国世臣

却说郑和太监等船泊在白鹭岛，得蔡茁献夜明珠、九鹭香二宝，凑自鸣钟，共成三宝，便敢回朝复命。得有好风，不一日到闽，仍由太平港登岸，进于大公馆。蔡茁回家，才知兄蔡蕤投禀谏阻，获罪拘禁，待太监船回时斩决。惊甚，即赶至大公馆恳求太监，愿将自己之功以赎兄之罪，三太监始知乃其兄，遂准其弟之功赎罪。人皆以蔡蕤食苦，谁知其在监还乐①。

原来，那长乐县主取看其禀稿，句句连环，将来必应其言。又闻其至临水求神除蛊，言词激烈感神，亦取其词稿来看，句句贴切雄壮。因此县主敬重之，令禁子好生看待，不可拘束。监理人皆曰："本县主总不难为，至公爷回来，恐头不在肩上。"蔡蕤笑曰："待他来放我，我还不出。要他亲来告罪，我始饶之。"众笑，以为健人说健话。至三太监回日，来人便说："公爷免蔡蕤之罪释放！"蔡蕤笑曰："有敢擅拿，哪有敢放？我写有呈词在此，等寄与大奴才看之再论。"即以呈词付与来人。那来人见蔡蕤出言不逊，只得将呈词带至公馆回话。三太监接在手一看，却是数句文词：

"不弃癞水手之命，哪有三宝进献。若听正儒士之言，哪有万鬼哀号。只一自鸣钟，敢报销数十万国帑？幸有九鹭香，方稍释九转之愁肠。既拘禁于囹圄，有擅拿而无擅出，必面圣于金殿，是者释而非者诛！"

三保太监看了，胆被点破，冷汗淋浃背，议曰："前事被他所料皆着，今又夺他弟之二宝，若藐视之，必至叩阍告诉，汝我殊属不便。此倔强之士，无奈其何，不得不屈礼和之，且保平静还朝报销再议。今须如此如此而行。"三太监议定，将此词收入不言。原来蔡茁回家先求太监免罪，至监视兄，先说过求太监免罪，又将下海始末情由说知。蔡蕤曰："我何罪安用求他？"故蔡蕤始知银费去数十万，人死去数千，即写便证之。

那太监至夜装一杠香果，令人抬去蔡蕤家赔不是。蔡蕤之妻接入开看，外

① 还乐：更高兴，更得意。

面是番果，内面皆银，计有千两，疑而暂收。寄信入监，问可收否。蔡蕤即寄信回家曰："犹嫌之太少，怎不收他。"其妻喜而收之。郑和等步行出游，由县前经过，进看长乐县署。县主即出迎，延入花厅。谈了一会，即令人进监，请蔡蕤先生出来讲话。其人进监言请，蔡蕤曰："无旨谁敢请我?"太监无奈，曰："取咱家之名帖，烦贵县主去请必来。"县主即带三太监之名帖，亲自进监，蔡蕤仍不肯出。

县主再三劝之曰："凡事只可五分中庸，不可至八九分，过甚必倾。况万人之上一人之下，肯施此礼，便是与君认错赔不是，不可再为!"蔡蕤因本县主再三说，遂随县主同出。三太监见了，齐施礼曰："前不知先生之高才妙算，枉屈二载，多有得罪。昨日已遣送有薄意番果到府中与令郎尝之，今请先生回府，亦尝番味，另日再请到公馆会叙领教。"蔡蕤因见其有礼，家中又得千金，亦还礼曰："既蒙鉴察前言不谬宽宥，怎当承赐佳果，何以报答?"

三太监因其如此回答，皆喜曰："先生欲报答不难，即随咱家进京，咱们在主面前保奏一官作，便同在一处，与咱家时常领教，可好么?"蔡蕤答："去亦好，不去亦好。"郑和问："何故?"蔡蕤曰："去即要面谏。"郑和曰："当今皇上极有道之明君，有何可谏?"蔡蕤答曰："怎无可谏? 迁母后于陵墓，锢要子于高墙，灭方景之十族，陷景铁之九死，可是有道明君之所为耶?"三太监闻了，各吐舌谓曰："不怕死得异样!"又问："怎的不去亦好?"蔡蕤曰："不去亦好者，去必谏，谏必罪及保荐之人，怎忍祸及之? 此乃不去亦好也。"三保太监笑曰："不去好了，好了! 先生若回府，烦与令弟说来日另有酬劳。"蔡蕤答曰："舍弟定不敢受，惟求公爷保去一处，更胜赏赐十倍。"郑和问："保去何处?"

蔡蕤曰："现今奉旨拨闽人十八姓，送去琉球国为大夫等官，钦命柴公爷讳名山，来闽选送。闻柴公爷已到福州，求三位公爷推荐，将舍弟蔡茁之名入册，送去为番官，便沾恩不朽矣。"郑和等应允曰："这容易，把先生舍弟作头名送去，必作大官矣。"蔡蕤即致谢。三太监便回公馆，蔡蕤即回家矣。原来蔡蕤在监里，外面之事无有不知，闻有柴太监到省选闽人去琉球国为官之事情，一出监得便将其弟荐去。

盖琉球在大海中，始名琉虬，明永乐中改为琉球。其国在福州正东一千七百里。其地东西广数十里，南北长四百四十里，有三十六岛。水程南北三千里，东西六百里，汉晋末通中国。隋大业中，遣羽骑尉朱宽往取贡，异俗语言不通，掠一人而还。后又率兵至其国，掳男女五千人而还。唐、宋时末曾朝贡。明洪武遣使至其国，国王蔡度不为礼，帝怒，欲征之，国王闻信，赍书遣使请和。洪武帝以既服免征，仅准其国主奉表称臣，入贡方物，是其通中国之始。先是

琉球分为三国，中曰中山，南曰山南，北曰山北，屡相争斗。洪武十五年，赐诏谕之，而山北亦相继遣使入贡。二十五年，始遣王子与陪臣子弟入太学，是其入监读书之始。自蔡度传至尚巴志，永乐年间嗣位，始并山南、山北之地，随遣使请封。永乐帝遣太监柴名山、副使阮良赍敕册封尚巴志为琉球国中山王，并赐尚姓。自是琉球有姓，请封册立之始。

前洪武年间，赐琉球国闽人十八姓，至永乐中，又赐闽人十八姓，二次共三十六人为大夫等官。夷官有姓，乃自此始。时永乐因国王尚巴志遣使赍表请封，遂遣太监正使柴名山、副使阮良。诏敕已到省城，选十八姓带去封王并赐之。下西洋之太监郑和，即带蔡茁到福州，拜会封王太监，荐于十八姓之首。柴太监应允。郑和等随带所得三宝，回京复命矣。

迨宪宗成化年间，亦欲遣太监下西洋取宝，着兵部衙门呈送旧案照行。兵部尚书项忠查验三保下西洋之原案无矣，以为无案可查，其事遂寝。兵部谓诸属吏曰："卷案如何失去？若主上穷究怎处？"有车驾司员外刘大受答曰："卷案怎致失去？乃我预先检而存之。"项兵部讶问："何事检存？"大受曰："前郑和下西洋，动用钱粮几十万，兵民死去数千，只取回三宝，乃一时之弊病，岂可再乎？所以检而存之。"项兵部闻此，忙立起指其座曰："君有此盛德，此座必君接坐也！"未几，刘大受果升为兵部尚书。

正是：前车可鉴郑三保，后代堪师刘尚书。后事如何，再看接续。

第二七六回 永乐帝遣使封中山 蔡姑婆回闽遇临水

却说当时朝堂皆中官用事。福州取宝之太监未回，封王之太监又来。选完了蔡苗等十八姓之人，由闽下船，开至琉球。封尚巴志为琉球国中山王，并赐蔡苗等十八姓为大夫等官，配以夷女，各姓传代，子孙世袭。

蔡苗传至十余代，至万历年间，耳目大夫蔡金城有一女，名红亨。年十六岁，不但美盖通国，还有一段奇异：其睡扑于桌，顷刻魂行千里。其睡或一时，或须臾即醒，或汗出许久方醒。往常侍女在旁，不敢呼之，那日乃姐进房，见妹扑睡汗流，便摇叫之醒。红亨一醒，谓曰："不好了，这一叫都送却数十人性命！"乃姐笑而问故，红亨曰："某处海船遭风欲覆，妹赶去杀退风神。战有数十合，风神败走，忽被姐将妹叫回，其风神岂肯饶恕诸船？"

乃姐闻而笑曰："把梦来作实事！因见吾妹汗流遍体，必是梦中着力，故呼醒，既醒犹在说梦话耶！"红亨曰："姐如不信，令人去查探，某处海中有船遭风覆没否？便知是说梦话不是。"乃姐遂与父言之。蔡金城即遣人去查，果是日某处海中有三只行船，遭风将覆，风忽稍退，须臾又至，三船皆覆，人尽淹死，惟余一二人抱板遇救。说之方知风既退又起之缘故。于是，家中父母兄弟等始信红亨所说之梦话乃真有是事，始知其日间常睡，魂在海上巡游，保护行舟，无风便回；如有风遂与之争战，风退始回，所以汗出，诚神人也。

乃姐入与妹曰："果有是事，是愚姐所害！但风神极猛恶，吾妹之身躯怎杀得他退？"红亨答曰："他虽猛恶，妹身自有形迹挥拒之，无不退去。"其姐又问曰："妹既能杀退猛风，还能收除鬼怪否？"红亨曰："只此一宗，使用无数身力，焉能再除妖怪？"乃姐曰："最好在哪一教门再学些法，便能收妖灭怪。"红亨答曰："正思无处可学。"于是，父母等遇其睡，不敢惊醒之，听其自睡自醒。

一日，红亨魂游至海外，见有中国船至。时值风浪滔天，有一蓝面男神，一红衣女神，分立在船头喝之，立刻浪平风退。其船进港，红亨观其情景，知是封王之船。不知何神，便去参拜，那女神喜而迎之。原来去琉球国封王之船，船中请有拿公香火，又钦命正使乃闽人，请有临水夫人之香火。

陈夫人喝退风浪，见红亨进谒，看其魂清朗，气概不凡，喜而问之。红亨曰："弟子蔡氏红亨，年十六岁。始祖名茁，系闽人，奉拨琉球国为世臣。父名金城，现为耳目大夫。因弟子志切除暴扶危，神魂常游海上护船杀风，奈风神凶猛，战至数百合始退。今日因见二位尊神，不须争战，只一喝便退去不敢再来，故敢斗胆来冒犯，求教退风之法术!"夫人喜曰："既有志扶危，欲学不难。吾乃闽中陈靖姑，传授闾山之正法，二十四岁同诸姐妹聚集临水，替天行道，救困扶危。今因封王，被请护驾至此。妹虽天生神骨，总未经师传授，焉能战退风神。既有意求学，惟此处未能久聚，若有得便去到闽界，邀至临水传授，不但只能退浪，犹能除妖灭怪。"

红亨闻之喜甚，答曰："荷蒙不弃，今年不至，明年必至。若使到闽界，怎的能抵临水？再祈指示。"靖姑曰："如一到闽界，择好岩谷，坐其中喊叫'临水陈靖姑何在？琉球国蔡氏红亨来了!'只此一叫，即有人来带往临水相会。"红亨遂记在怀，即先参拜为师尊毕。又问："那蓝面何神？"陈夫人曰："乃自舍一命、保全数千家死劫，请换一字、救得数十万生灵之拿公，请同护驾而来。今吾妹且回去，至闽再会。"红亨拜辞回家，醒转不言。

谁知此回封王，万历帝密令太监访选有美番女带四个为宫娥。太监至诸事都办完，欲回京，即行访探。知耳目大夫之女蔡红亨美色，且有神异，指名选之，又选其次三名。国王怎敢不送？惟女之父母悲伤难舍。红亨谓父母曰："王命怎违得？但女儿此去到闽界便回，不至远去，望勿过伤。"父母以为谎，道："既去安有回日？"

不数日，太监回船，带红亨等四女而去。至闽界长乐地方，船泊梅花道头[①]，红亨密托水手上查，永乐年间闽人十八姓内有姓蔡名茁之后代本族在此居住否。水手即代查访。蔡氏族中甚旺，现住宋家庄，遂有族人来引带。红亨面见太监曰："俯容拜祖即回。"太监命小太监带去带回，遂至蔡氏宗祠内拜了祖先，又与诸族人会叙昭穆。原来蔡茁乃尾房[②]，现之族长称红亨姑婆。

见礼毕，出至海边，见一岩谷天然，如南海普陀岩。即照大奶[③]所嘱，入坐岩中，开声叫曰："临水陈靖姑夫人在上，琉球国弟子蔡红亨来矣!"红亨只喊此二句，便眼闭不动。小太监见许久不下，近前看时，气已绝了。原来陈夫人同船渡回，暗随在旁。至红亨坐喊，即带生魂回于临水，红亨尸解而化。

---

① 梅花道头：梅花港码头。

② 尾房：家族中兄弟排行最小的一房，通常在同龄人中辈分最大。

③ 大奶：民间尊称陈靖姑为大奶。

小太监飞报上船，太监亲至验看，犹疑诈死。尸停三日，将以焚化。蔡氏通族并众乡人皆来求恳勿焚，留肉身为神。太监亦是闽人，因闻说其坐岩喊叫临水大奶即化去，亦知是临水奶威灵，必被带去为神，遂以不化，只带三女回京复命。众乡人即以红亭坐化岩石之处建庙矣。

那红亭被大奶带去临水，传授诸正法，同作姐妹。红亭又想父母，魂还琉球国出现，见父母说至闽界往临水宫学法，未曾进京之情由。父母闻之似信似疑，红亭忽然不见，后始知至闽界即化。一家哭泣，红亭又出现曰："女儿虽死如生，要见即见，何用悲伤?"果然时常出现，安慰父母之心。自此琉球国之邪魔鬼怪，皆被收除净尽。海边遇难者喊救如响。长乐之人如有事，呼琉球国蔡氏姑婆，无不显应。后肉身被琉球国盗回，此处只存手袖在本族家中。

正是：本族只遗花手袖，道家常请蔡姑婆。下接何事，请再续阅。

第二七七回　明县令读诗辩诬盗　敏红桥联句赘乘龙

却说福州永福县有一寒儒姓张名谨，后迁居在省城校场边之红桥左旁。妻高氏十五娘，年方二八，才貌俱佳。张谨在黄山郑家教读。将近端午节，家中十五娘望夫放节假回家，望至初四方回。十五娘笑问曰：“有若干束脩带回？”张谨曰：“莫讲起，奈东家一时掣肘，束脩说宽过节①，再三告穷不信，故挨②今日方回。”十五娘笑曰：“空手回来，明日怎处？”张谨曰：“正苦无钱作节③，如何是好？”言讫，叹气出门口，与邻人讲别话。须臾进来，见妻题一首诗于壁上，念曰：

蒙正当年水祭灶，性之画马送神行。

端阳节到无须苦，水酿葛蒲味自清。

张谨看此诗，心终不悦，又赶去黄山索束脩。谁知东家因讼案拖累，在外调处，不在家中，至三更无回。只得黑夜走回。至白湖洋中④，有人在后牵牛至身旁，将牛索递与之曰：“劳动代牵一刻，我去就来。”欲问何来何往，其人便飞跑而去。如别人必丢而去，张谨乃至诚君子，以既接了，便不敢丢，思站着等他，不知等到何时，且牵且行，他必会赶来讨牛。

遂牵至下渡三叉街，忽有数人在后追至。张谨被擒住，惊问何事，其人曰：“拿偷牛贼！”问曰：“我何曾偷牛？”答曰：“牛现牵在手。”张谨说：“乃路上之人交代牵。”其人曰：“代牵便是贼伙，且到县堂去辩！”其人遂将张谨并牛送至县堂。天明，县主讯问，张谨供非贼，路上遇人交与代牵。问曰：“可认得此人么？此人何名？”供：“黑暗中看不分明！”县主曰：“此说便是汝偷！”张谨曰：“斯文焉能为盗？”县主曰：“因甚半夜独行？”张谨将在乡教读，端阳空手回家，因妻题诗，又去索取束脩又无，回来路上遇牵牛之人接牵等情实说。

---

① 束脩说宽过节：（东家）说束脩要推迟到过了节再给。

② 挨：拖延。

③ 作节：过节。

④ 白湖洋中：白湖村一带的田野里。

县主曰："苦寒儒家无钱，被妻题诗，又赶去作贼。明是汝妻迫汝，可念出诗来?"张谨将诗念出，县主照录纸上看了，曰："汝妻诗中有古人穷极，水与画马都可祭灶，端阳何用苦[1]。此诗是汝妻作的?"答曰："是。"县主曰："果是，唤汝妻来问便知。"即令原差去带。十五娘闻信亦惊恐，只荆钗布衣，破纸扇遮面，随至县堂。问："何姓氏？几多岁?"高氏答："十六岁。"县主问曰："汝夫昨日在学堂空手回家，汝怎作诗迫之为贼，牵人牛?"十五娘答曰："因夫交无束脩回来，愁苦不胜，小妇人作解其愁，非是迫之。"县主问："不是迫，可念出原诗?"十五娘念出。县主听了与前同。又问曰："此是汝作的？我却不信。果是，可当堂再作一首?"十五娘即答曰："请出题目。"县主即以偷牵牛为题，五言律一首，限牛字为韵。十五娘即念云：

二八正风流，家贫不自由。
竹钗斜插鬓，纸扇破遮羞。
洗面盆为镜，梳头水作油。
妾身非织女，夫婿岂牵牛。

县主未录其半，十五娘八句已吟完。县主讶而赞曰："有此敏捷，出口便成章！此八句诗胜千言万语之洗冤，不须再讯自明矣！失主应坐诬良为盗之律处治。今且从宽免究，可将原牛赏张谨领回，在审人当堂释放！"

此事一扬，无处不称赞红桥高氏十五娘救夫之诗，胜过苏惠娘之回文锦也。此案失主不愿[2]牛被赏与张谨，遂自访知偷牛乃其族侄，因偷牛出栏，见后有人得知追来，遇着张谨，随手与牵，自走去僻路躲避。查得确实，问之亦认，只送祠堂拷打了事。此乃洪武年间之事。

高氏十五娘生一女，即以居屋前之桥作名。其女张红桥，自幼傍母学文。有其母必有其女，至十五六岁，才貌双全。有人说亲，皆不肯纳。或问之，家中人答："父母主意不得[3]，女要自择。"结有诗社，要求聘者本人亲到，当面出题，彼此对考。有相等者，不论贫富妍丑，即招为婿。

因此一扬，无日不有人请考。有来者，皆延入内，只隔一帘，彼此出题互相吟咏。皆不及，无不自愧而去。十六岁起至二十岁，无一个才能相近。当时有林鸿、王偁、陈郊、陈仲完、唐震、郑定、王褒、唐泰、高棅、王恭十人，谓之闽中才子。林鸿字子羽，福清庠生。闻张红桥之才杀倒闽中诸文士，因妻

① 苦：发愁。
② 不愿：不满，不甘愿。
③ 主意不得：做不了主。

已亡，遂与考。彼此对战至三日，皆无败，遂招为伉俪矣。

张谨自官赏牛后，作事如意。以为女赘有婿，将红桥之屋与婿居住，自同妻十五娘搬回永福。九年，林鸿乡榜举人，上京会试未第，补缮部员外。红桥在家中吟尾韵鸿字诗百首寄至京师，林鸿在京中亦吟尾韵桥字诗百首寄回，彼此常以诗歌相答。林鸿在京与王偁、解缙以诗酒交之最厚，日夜盘桓不倦。二人因见红桥所寄之诗歌，皆称羡不已。想红桥有此等笔墨，何得亲睹颜色，愿拜下风。

盖此二人亦大名望之才子。王偁，字孟扬，祖居福州永福，洪武庚午科举人，授翰林院检讨。解缙，江西吉安人，七岁能文，十八岁中举人连捷进士，明太祖亲选为翰林院庶吉士。上表密奏治乱千余言，太祖擢为监察御史。是时，有都御史来泰甚横，朝中无敢言其恶，独解缙具疏奏其奸状。太祖览奏虽喜，惟以解缙少涵养，将来必为众所倾，令召其老父面谕曰："凡材之生甚难，大器者必须晚成。今与汝子归家，益进其学可也。"又面谕解缙曰："且归去，十年后再来大用。"

是以解缙归江西吉安十年，建文接位，起复解缙为御史兼内阁学士。未几，燕王将渡江，解缙与同僚友周是修、胡广三人约同死难。至燕王起兵渡江，陷京袭位，建文逃走，三人应死。解缙使人去觇探胡广作何动静，有死无死。见胡广在家中查问家人猪有与食否[①]，解缙闻之曰："一猪尚不舍，性命肯舍耶？"于是，两个皆无意于死，惟一周是修死去。解缙同胡广皆为文渊阁学士。永乐一日谓曰："缙、广少同师学习，仕同朝学士，两家该结姻亲。"胡广曰："缙已有子，臣妻怀孕，不知是女是男。"帝曰："必生是女。"过数月，胡广妻果生女，订为婚姻。无何，解缙被赵王所谮，出为交趾国参政。因他负才而狂，故诸王皆恶之。王偁亦被谮，出为交趾国牧守。于是王、解二人在京同日起行矣。

正是：为赴安南千里地，先辞翼北五更天。欲知后事如何，且看下回分说。

---

① 猪有与食否：猪喂了没有。

第二七八回　除叛臣永乐取安南　宠权阉正统陷土木

却说交趾国即安南国，国王陈日焜。因有江西人黎季厘，幼时商贩其国，登岸见沙坡上画有字“广寒宫里一枝梅”，记念之，夤缘得一官职。那日，陈国王避暑于清暑殿之前，有桂千树，王出对曰：“清暑殿前千树桂”，群臣皆未对，季厘以沙上所见之句对之曰：“广寒宫里一枝梅。”王见此对句，惊讶问曰：“何以知我宫中事耶?”黎季厘将登岸见沙上字迹实告之。王曰：“我有女名一枝梅，建广寒宫与居，外人不知，今被汝对，乃天数也!”王遂以女配之。于是，季厘专权弑君篡位。

国王有孙陈平，走至京都告季厘夺位弑王，帝遣人去责季厘。季厘卑词进表，愿请退位还国。永乐命广西都督黄中以兵送王孙陈平还国。送至其国半途，季厘伏兵截杀。黄中回报，永乐大怒，命大将率师进讨其国。遂先擒黎季厘及其子，余众皆降。陈平遂平安尽得其土地十府五州四十一县，所以解缙、王偁为安南之参政、牧守也。

二人自北京由山东、江西、浙江、福建抵福州省城，不寓公馆。因林鸿有银、信寄回[1]，至南校场红桥头林鸿家送书信、银物，遂寓其家，与红桥嫂叔相称。那二人在京见其文墨，便钦慕之，至今再见其容貌，足称才貌双全。红桥亦早闻其文才，遂不避嫌疑，日夜诗文相和，留至月余，犹不舍去，将王命付于九霄云外矣。

是时，张谨在永福山乡教子弟读书，离家有八九里路。山皆烧炭地场，土名火谷，竹林遍野，古寺无僧，各内山常有山贼聚劫人家。各乡富贵之家，皆筑有寨防御。遂有一伙烧炭之匪类，聚在火谷竹林古寺为寇。贼首无名，因一个手掌有蒲扇大，就名大巴掌，众以为异，推为贼头。未数月，集有三四百人。内并无一个识字，名姓都不能写。将外乡教学先生张谨挟去，为贼之先生。张谨怎肯从之，因思此个个不久即灭，姑从之，再作脱身之计。贼众令先写威风

① 寄回：托付捎带回。

之榜文出去张挂，始有多人来入伙。张谨写云：

“竹寺戍火之山王，英雄独擅。两条脚腿，马赶不前；一部胡须，蛇钻不入。巴掌伸开，如龙凤之肩；声音喊出，有虎狼之威。竹林遥看，好似张翼德；火谷近视，如同尉迟恭。一应众兄弟下山掳掠，不许偷人鸡，撷人菜。须至榜者。”

张谨写完一张，贼问曰：“怎说？”张谨曰：“句句夸大王之天生奇异品貌，不但只作大王，将来还会作皇帝。此榜写多多，分挂山下各乡墩[1]与人看才怕。有去劫掠者，不敢抗拒，不久大事成矣！”贼喜曰：“先生果高才！”又令再写十余张，以竹屏粘贴，分挂各乡村路旁。此乃张谨卖弄，欲与人揭去报官，遂对贼曰：“我家中妻子绝粮，必饿死，求拨银来家，我方放心办事。”贼遂遣人送银去，张谨写信与送去交妻亲收。

彼时，十五娘闻夫被山贼拿去，大惊。无处探信息，存亡不知，欲自去内山查寻。乡人曰：“先生母[2]不可去，去即被其擗食[3]。”十五娘哭望八九日，并无消息，忽有人来问张谨先生家送信并银、米。十五娘接了问那人何来，那人知不错了，不答而去，任叫不回。十五娘将信开看，内说：“被贼拿去，只得卖弄，待官来拿。将榜文稿可送至福州布政司衙门报告，中有讥刺之言，不须说，只将起句‘等灭’二字指出，便洗得非从贼之实情。”十五娘看了暗喜，即雇船至南校场红桥女家相议[4]。

讵王、解二人尚未起行，闻说，取榜文稿观看，皆大笑不休，曰：“乃贼之行略，何须怕？被拿到官，将此稿献出，便无事矣！久仰会母[5]大人剖冤之牵牛诗名扬天下，今日得见，有不领教一二？”十五娘曰：“二位乃翰林学士，金马玉堂，大名之才子，天下知名之士莫不愿拜下风。如妾乃斗筲之人[6]，有敢在雷门打布鼓[7]耶？”解缙曰：“男子之才车载斗量，女才子古今罕有。”此时十五娘哪有心事作诗？因二人说不须怕，必会代之周旋，便亦放心联句唱和。

解、王二人正欲起行，又遇十五娘至，留连吟诗作赋，唱和不已。永福地方官有人揭报贼榜，转报至省城。各上司衙门即令官兵捕剿。那乌合之众无多，

---

① 乡墩：乡村。

② 先生母：尊称先生的妻子。

③ 擗食：掰食。形容被其（像吃饼一样）轻松地处置了。

④ 相议：商议。

⑤ 会母：福州人尊称友人之母为“会母”，父为“会伯”。

⑥ 斗筲之人：器量狭小、或目光短浅的人。此处作自谦之词。

⑦ 在雷门打布鼓：俗语，喻义同“班门弄斧”。

怎当官兵一至，已鼠走狼奔，被官兵围住，尽力拿献，一同解省。三司会审，五名内拟凌迟，余皆立决。头名大巴掌，二名就是张谨。解进省时，红桥母女惊得泪流不止。解缙、王偁始同去拜会李布司。家中母女望至半日，二人方回。问："济否?"答曰："怎的不济？因查取原揭报之榜文来查看，暗存'等灭'二字与知，又同看讥刺之句，皆笑不休。被留食便饭，并着人去府监放会伯，方辞回，今可放心!"

须臾，张谨到家认不得二人，十五娘说之方知，遂与拜谢。解、王二人算在此已将两月，谓曰："都领教了，明日要行。"至次日，二人告辞而去。红桥以夫未归，留住父母作伴。谁知林鸿在京七年，时有银、信到家，红桥已得病卧床，犹作思夫诗十首方卒。林鸿到家，已死去月余，悼亡悲痛不胜言矣。家无余物，惟诗赋文稿满箱。拾看无篇不是望夫早归之情切，更哀悼不已。林鸿便不再娶。张谨夫妇至山寇平静，亦回去永福矣。此且不表。

回说解缙、王偁至漳州、漳浦地方，有在京相好之友人告休在家，顺途拜会，仍留住不放。闻说惜乎江河与广东不接，如凿有江，则闽广往来甚为便当；那王偁同解缙写表奏请朝廷拨役夫数万，凿通漳州浦江通广东，俾益于行旅。遣人赍送进京，永乐阅表大怒，骂曰："为臣受事退避，还敢劳民如此!"即令校尉锁拿二人进京，下于刑部牢中，妻子俱发边疆。惟可怜两家妻子，他二人在牢中仍日夜诗酒耍乐。二人同坐牢至三年，解缙病死于狱内。

先是，胡广欲将女改嫁，其女闻知，遂入内房取刀割去鼻、耳。家中人知觉，赶入夺刀，血已两颊。家人问之，女泣曰："薄命之婚姻乃皇上主之，父母承之，终身有改之乎?"原来此女即永乐当年所命，许配解缙之子贞亮为室。至解缙死，贞亮充发边界无归，胡广意欲将女别婚，见其如此，遂不敢再议矣。

越数年，太子即位，国号洪熙，放王偁出狱，赦两家妻子还乡，补放解缙之子贞亮为中书舍人，遂娶胡广之女矣。明太祖洪武在位三十一年，传与孙惠帝建文，继位四年，叔永乐夺位，二十二年，传子仁宗，洪熙在位一年，传子宣宗，宣德在位十年，传子英宗。正统幼冲嗣位，生杀大权归于太监王振。王振山西大同人，初侍东宫。宣宗即位，命掌司礼监，宠信之，呼为先生。今正统接位，权总归之，遂擅威福。

是时，汉北瓦剌太师顺宁王脱欢并吞诸部，渐强。脱欢卒，子也先嗣位，屡犯边塞。至正统十四年，也先入贡，通事之官利其贿赂，告以中国虚实之密事。也先求与中国结婚姻，通事私许之，朝廷不知也。至是年贡马，曰："此乃为聘礼也。"朝廷愕讶，诏书答之："未曾许与婚姻，从何而说?"于是也先愧怒，谋进兵寇大同。秋七月，也先大举兵入寇，其势甚锐，大同官兵屡次失利。

塞外城堡陷没，边报日至，帝乃遣附马都尉井源等四将，率兵万人出御之。井源领命先行。

太监王振劝帝亲征，帝从之，命弟郕王祁钰居守。亲征命下，二日即行。事出仓卒，举朝震骇。太师英国公张辅、成国公朱勇率师以从；户部尚书王佐、兵部尚书广楚、学士曹鼐、张益随征。命太监金英辅郕王居守。帝同王振并官军五十万，出居庸关，过怀来城，才至宣府，未至大同，兵士已乏粮草，全军不进。诸兵士僵死满地。也先诈退，诱师深入。

车驾至大同，王振又欲进兵，粮草全然不顾。诸大臣阻之，王振不听。适连报至井源四将等大败。时天将暮，有黑云如伞罩在营中，忽雷大作，王振恶之，又报前军朱勇等军兵全没，王振始惧。次日回军，或曰车驾宜从紫荆关行，庶保无虞。王振不听，令从蔚州行。

原来王振乃蔚州人，因欲邀帝幸其家，以为荣耀，又恐人马践损田中禾稼，倒绕四十里方复转来而行。至狼山，追兵将至，王振遣将率兵三万骑御之。兵将进鸡鹞岭，与北兵对阵，被其夹攻，官兵伤死殆尽。帝驾至土木地方，日尚未暮，去怀来城只二十里，因王振自己带有服物之车数十辆未到，不行待之。兵部尚书广楚请驾快行，王振怒曰："腐儒安知兵事！"即驻扎土木地方。

谁知此地并无水泉，可怜军士饥渴，掘井二丈深不得点水。住一日，也先兵分数道自麻谷口入围之。都指挥郭懋拒战终夜，敌兵添多，也先遣使持书问肯和否。帝召曹鼐草敕与和，遣二通事与北使同去。王振急令移营而去，行未二三里，北兵分四面围攻。兵士已饥渴二日，力不能支，不战奔逃，又不能出脱。自相践踏，死者满野。其随驾之官虎贲，受箭射如猬。帝与亲兵骑马突围不能去，曹鼐、王佐文武诸大臣皆没于阵。

帝之亲兵失无一人，无奈，只得一人下马盘膝而坐于地。有一敌兵，见帝之甲鲜美，欲取之，帝不与，举刀砍杀之。众敌兵阻之曰："此人非常，不可杀！且带去见太师！"遂拥去雷家站见也先之弟塞荆王。诘问之，帝不答。他再三要问，帝转问之曰："汝是也先耶？或伯颜帖木耳耶？或是塞荆王耶？"塞荆王闻此惊疑，遂令人去报与也先得知。也先至，塞荆王将帝所转问之语述之。

也先召有去[①]中国之使者来问："认得是大明天子不是？"使者看了惊曰："正是中国皇帝也！"也先大喜曰："我常告天，求大元一统天下，今果有应！"众问曰："今被我拿来，将何以处之？"中一人名公大，喊曰："杀之矣！"伯颜帖木耳闻之大怒，乃呼也先曰："南军交战败者，人马必中刀箭，不中刀箭亦残

① 有去：去过。

伤死；今大明皇帝独不被践压中刀箭，还敢问我们等之名号，并无一点畏惧忿怒之颜色。我等久受大明皇帝厚恩赏赐，今虽被我们获来，要杀之，我等不反负其恩耶？宜遣使告于中国，令人来迎回去，万世之下，岂不称我们为好男子乎？”众皆答：“是理，我国犹中国也。”也先遂将帝交帖木耳营中，即令看护矣。

正是：重生正统大明帝，全在伯颜帖木耳。欲知下文如何，再看分说便晓。

第二七九回　于谦奋六军保社稷　姚铣借五云认英宗

却说明英宗正统帝被也先所获，送交帖木耳营中看守。报至京师，皇太后即遣使赍重宝八车，皇后亦尽收宫中财物凑之，赶至也先营中请还车驾。也先物收去人不还。皇太后因车驾未还，即立皇太子名见深，时才二岁，命郕王为辅，代理国政。遂抄王振家族诛之。起先，帝被拥去，有护卫将军樊忠，以所执之金瓜锤击死王振，曰："吾为天下诛此贼!"既击死王振，自亦突围，杀死北兵数十人，不得出而死。时朝中请族诛王振家，将其亲随马顺、王毛斩首，并其侄王三斩于市，族属不分小长，皆诛之。王振之家，京城内外有几处，皆重堂邃阁，仿佛皇宫，抄出器服绮丽、珠宝无数，金银六十库。

无何，也先将帝拥至城下，约曰："若城内索有金帛，即与帝归。"广定伯刘安等，括公私金银共万余两，出迎驾。既献与收，帝亦不放。都督郭登谓曰："此总哄我，莫若设计劫营夺驾入城，此上策也!"即选壮士几十人，各执刀斧将出。因有人说不可，挨延许久，被也先所侦知，立即拥帝而去。道由宣府而过，守城总兵杨洪不出，事闻于京，遂拿杨洪下狱。帝被拥出塞，过猫儿庄，历苏武庙、李陵碑，至黑松林，入也先大营中。也先屡欲谋害帝，忽大雷雨，也先所骑之马被雷震死，谋乃止。帝身旁惟有袁彬、俞铭随侍，又有护卫沙菰里亦随帝至漠北供薪水，劳苦备至。

时朝堂诸大臣，议以时方多故，人心危疑，思得长君以弭祸乱。于是，文武臣交章以皇太子冲幼，郕王宜早正大位，以安国家。郕王再三辞让。请遵皇太后命，郕王遂即位，尊帝为太上皇，改年为景泰元年。太上皇在漠北，伯颜帖木耳屡言送还。也先遣使赍书来言，欲送太上皇还京，赏赐来使金银百两。因来书词多悖慢，兵部尚书于谦见帝曰："寇贼非真意，心长驱而人，不可不预为设备!"即遣将守诸要隘。

也先寇大同时，有太监名喜宁降于也先，教他勿还上皇，可驱兵取北京。也先听之，以喜宁为引导，挟上皇入寇，攻败紫荆关。是时人无固志，朝臣多请幸南京避之。于谦抗言曰："京都乃天下根本，宗庙、社稷、陵寝、百官、帑

存、仓库皆在其间，若一动，大势尽去矣！”即宣言于众曰：“死则君臣同死，有以迁都为言者，上命必诛之！”遂出榜告谕。于是，固守之议始决。

也先既破了紫荆关，即长驱至京城。朝廷即命石亨等军于城北，于谦等共事。都督孙钟军于城西，刑部侍郎江渊参其军，皆背城而扎。都督杨通、御史王善守城。于谦身先士卒，躬环甲胄，出得胜门，以示必死，并以忠义谕三军。人人感奋，勇气百倍，与也先鏖战，也先大败北。喜宁说曰：“可遣使议和，索大臣迎驾。大臣至，杀之消恨！”也先遣使至京，诸大臣皆不敢出，惟以通政王复、中书舍人赵荣二人，往迎上皇。至也先营中，见上皇，进敕书。

也先问喜宁曰：“来二个是大臣否？”喜宁答：“不是。”也先喝曰：“汝皆小官，快回去！令王直、胡索、于谦、石亨来迎驾，勿迟！”上皇密谓王复曰：“彼无好意，不快去命休矣！”王复等辞去，相谓曰：“几乎命尽于番营，有再去者必无回矣！”未几，上皇亦有书至京，索取大臣迎驾。帝命公卿集议，廷臣禀请遣官去进冬衣，并迎上皇。群臣皆惧不敢去，事遂寝矣。

有新进士姚铣，福州侯官人，因闻满朝文武皆贪生怕死，无一个敢去迎驾，忿自上表请行。帝阅表，召问：“卿乃新进士，未见太上皇面，怎的敢去？”铣对曰：“臣平生有许国之丹心，至彼便识得龙颜，故敢请行！”帝以自请，许之，以姚铣为礼部给事中，赍表并冬衣迎驾。姚铣至也先营中，也先问曰：“给事中有许大前程，有敢来迎驾？”姚铣曰：“原未受职之进士，因朝廷官皆不敢来，故自请来进衣迎驾也。”也先笑曰：“胆果大！诸大臣皆不敢来，新进书生敢矣。今不须别说，如认得明帝，便与迎归，认不得即杀之。”姚铣答：“是！”也先曰：“你且出去候着，停会再带进来认！”姚铣退出外厢等之，寻思一死总难免，即写一信寄回家诀别，中有诗句云：“许国丹心今日尽，输忠白骨几时还。”

写毕托人寄回。须臾，有人叫姚铣进内间，见有七八人列坐堂上，皆一样面貌，一样衣服，也先令立阶下认。姚铣熟认一会，指曰：“此一位乃中国天子！”姚铣指是第四位。也先指以第三位曰：“此个是汝主君？”姚铣又曰：“此位不是，这位是也！”也先又指五位问之，姚铣又指：“此位不是，这位方是！”也先曰：“要认真进衣服，认错加罪不轻。这一个且上进了衣服！”

且说姚铣跪拜进衣，左右代接过，令退出。也先曰：“汝从未见天子面，怎知哪个是真的？”姚铣曰：“真命天子头上有五色云起，故认之不错。”也先曰：“果不错，应当送驾回朝，只是汝有大罪难恕！”姚铣问：“何罪？”也先曰：“当面指天子。一指难堪，岂容三指？不杀之，必欲后人效尤！”铣曰：“肯送天子回，吾即死有何怨耶！”也先令人将姚铣杀死。

伯颜帖木耳闻报赶至，而姚铣已杀死矣，谓也先曰：“大明帝天子气尚在未

退，不送还作甚？那中国使者既认得主君，怎的又杀之?”也先曰：“五色云别人看不出，惟他能看之，必非凡人，放去必为后患。他既天子气未退，送还之。”于是也先决意送还。那正统帝岂真头上有五色云？此乃姚铣之智。看他七人之中，貌皆有些相象，衣服一样，惟欢容与愁容分别。认定惟一双眉不展，面带锁闷之状，放胆认之，故不错。因被诘问何知，以五色云答之。

也先闻正统帝头上有五色云，决意送还。帝正欢喜，闻姚铣被杀，甚悯惜之。脱自身之蟒袍密令王彬去拾其骨殖包存带回。谁知也先要遣使送上皇，喜宁又入阻曰：“哪有白送之理！务要大官来迎，必须重礼，礼不重犹不还之！今如送还，他道我们怕之。”也先听之，又遣使索取大臣来迎。朝廷闻姚铣被害，诸臣更惊。于谦进曰：“他无真意。若肯送还，何必索大臣去迎，必有人从中唆弄。今社稷为重，上皇犹次之，须益兵保固城池，防备其再来为要！”帝听之，不遣使北去。

使还，喜宁又唆曰：“他以为我怯，愿送还。既不遣大臣来迎，可添兵攻击北京，他惊[①]服了才遣官来迎。”也先听之，添兵剿掠，攻打京城。

正是：雪中送炭嗟谗语，锦上添花怨佞言。究竟如何，后文详续。

---

① 惊：吓。

第二八〇回　阿徙剌劝夫除奸谗　杨御史善辩接圣驾

却说瓦剌也先决意送还太上皇，被太监喜宁谗谮，不即送人，添兵攻京城。适宣府总兵率兵将至，军声大振。也先见军盛而严，不敢轻犯。石亨出安定门，与其侄石彪持大斧突入敌坚垒中，所向尽披靡。石亨进杀，石彪率精兵千人，引寇王彰仪门。寇见兵少上前，被石亨率众夹攻，寇遂大败。有神机营都督范黄，以飞枪火箭杀伤敌兵无数。也先惊惧，先挟上皇于阵上。于谦探知上皇已移驾离远，至夜，举大火炮击其营，死伤万人。也先气大馁，挟上皇北遁。邻番脱脱不花来助战，闻也先杀败，亦遁去，京师围遂解。众将班师。朝廷封石亨武清侯，加于谦少保，总督军务。石彪众将等各有加封。

也先掣兵回，上皇随至小黄河苏武庙。伯颜帖木耳妻名阿徙剌，令侍女在庙中设帐迎驾，宰羊进膳，遂至漠北。上皇左右惟俞名、袁彬二人伺候，常在御寝旁。此地甚寒，常令袁彬以两肋温足。是夜上皇出帐，仰视天象，指与二人看曰："天意有我在，一时总被小人谮阻，终当回归！"遂使俞名悄悄去致意伯颜帖木耳，求送还朝。俞名求见其妻阿徙剌。阿徙剌曰："我妇人何能为？待我有得势之时，当进言劝之。"俞名复慰上皇勿忧，忧恐成疾。

至是，伯颜妻常劝伯颜送还上皇，伯颜向也先言之。奈也先听喜宁教待进财宝来赎，伯颜知而恶之。喜宁又忌袁彬卫护上皇，使人要侦杀之。上皇闻知，急令俞名去求伯颜妻救之。阿徙剌即与夫言，欲保全上皇，须召离喜宁。伯颜问故，阿徙剌告之喜宁阻送驾，又欲谋杀袁彬之情。于是，伯颜愈恶之，即与也先说："可使喜宁去中国催大臣来迎驾。"

也先遣喜宁使中国，喜宁暗悦：去必获重资。伯颜拨军士高盘同行，密令高盘去取上皇书信，带去中国除喜宁。上皇以密书缚高盘脚腿间，同至中国。宣府参将杨俊出迎，款宴于城下。高盘密致诏书于杨俊，杨俊使壮士将喜宁挟抱住，大呼："快来拿反贼！"杨俊即捆缚之送京，讯而杀之。也先闻喜宁被杀，又入寇。于谦总督军务，遣将分道败之。也先北遁。

于是，伯颜谓也先曰："今朝廷之边将战守甚牢，难以深入。既立有君，我

们空抱不义之名，不如送其回去，新旧必至相夺，我从中再图可也。”也先听从，遣其参政完者脱欢赍书来京请和。尚书胡荣禀白迎太上皇帝，景帝不允。群臣共请迎驾，帝不悦曰：“朕非贪此位，前皆卿等所为，今日复纷纷，何也？”众不知所对。于谦从容曰：“大位既定，谁敢他议？遣使去回答，可以舒缓边患，得为设备耳。”帝闻此始曰：“从汝，从汝。”言了，便退入宫中。众臣出。太监兴安传呼：“谁堪为使？”吏部王真厉声曰：“臣等惟皇上使，谁敢不行？”兴安以诸臣怕不敢去，被答此无言，入禀之。

时有礼科给事中李实，帝命兴安传旨欲遣之。李实对曰：“实不才，朝廷多事安敢辞？”兴安入复命，即以李实为正使，大理寺少卿为副使，指挥马显为通事，赍玺书而行。阁臣承景帝意，只言息兵讲和，不言迎回上皇之意。李实同完者脱欢北行，至也先营中，地名八秃儿。见了也先，读玺书，引见上皇。

上皇居在伯颜营中，所居乃毡帐，饮食皆羶酪。有牛车一乘，乃移营之具。左右惟俞名、袁彬二人。李实见上皇泣拜，上皇亦泣曰：“朕非游畋而出，所以陷者王振也！”随问太后及皇后，答曰：“俱无恙。”又问二三大臣等，答皆无恙。上皇曰：“也先欲归我，卿回朝善图之。”李实等皆称因宠王振所害。上皇曰：“朕不能烛奸。王振未败时，诸臣无肯言者，今日皆归罪于我也！”

至日暮，李实等归宿，也先酌酒相待。也先问曰：“皇帝在此无所用，每遣使至南朝，令来迎驾，竟不来迎，何也？今只遣汝来相问，并非迎驾，须回去赶大臣来迎可也。”李实在也先营中未回，其可汗脱脱不花亦遣其平章乌黑麻来京请和。帝问：“谁敢去？”有右都御史杨善慨然请行，中书舍人赵荣亦请往。二人同乌黑麻往北路，适李实等回京，路遇杨善，问所去之情况如何，李实答也先情意甚好，因敕书内无言迎驾，不与迎回之情由。杨善曰：“得，得！即敕书无言迎驾，可从权行之。”

李实等还至京，具述也先情节及上皇起居状，禀请遣使迎上皇。文武诸臣亦上疏恳请迎驾，景帝不许。又禀请，景帝又问李实曰：“也先讲和之意是实是虚？”李实对曰：“论其意似是实情！”帝曰：“请且待杨善回再议。”

其杨善等先至脱脱不花营中报了命，顺途至也先营中。也先见杨善对答如流，喜之。杨善遂言请上皇还京，也先未允。杨善又述过累朝遇之厚，不可反复。谈论数千言，也先悦服，应允。问曰：“今送上皇回去，还临朝御位么？”杨善答曰：“大位已定，不得再易。”也先又问古尧舜如何之事，答曰：“古尧让位于舜，今兄让弟同之。”也先服其言。旁有平章言曰：“今送圣驾，送何物来？”杨善曰：“若送贿赂来迎，后世以汝贪贿赂归上皇，今不送物归之，而后世史册皆称述矣。”也先然其言，引见上皇。

次日，也先设宴上皇于营中，杨善立于侧。也先令杨善坐，上皇亦曰："从太师言，坐之可也。"杨善曰："虽在草野，不敢失君臣礼也。"也先称曰："中国有礼!"宴罢，送上皇出。明日，宴使臣杨善等。又明日，伯颜帖木耳宴饯上皇。又明日，亦宴使臣。又二日，上皇始行。也先率众头目罗拜以别，伯颜送至孤岭哭别而返，仍命其部将率五百骑护送至京。

既入塞，报至朝廷，命礼部议迎复位。议尚未定，而上皇先遣使诏谕避位免迎。其百官迎至安定门而入，景帝迎拜，上皇答拜，各述受意逊让。良久，乃送上皇至南宫，诸臣就见而退矣。盖正统帝自己巳八月陷北，至庚午八月还，共一年矣。

正是：一年漠北蒙尘返，方载南宫缺月圆。后事如何，且看下回分解。

第二八一回　正统帝复位冤斩于少保　石亨论夺门激反建功臣

却说明正统帝北狩一年，还朝逊位不坐，退居南宫。至十二月，礼部奏请：明年正旦，百官朝上皇于延安门。许之，随命靖远伯王骥守南宫。未几，废正统皇太子见深，立已子见济为皇太子。至年余，皇太子见济对景帝言："城南多树木，宜防不测！"景帝即命伐木。上皇常倚树憩息，及树伐，知其故，大惧之。兵部尚书疏请复立见深为太子，皆不允。

于谦因病告假，帝遣太监兴安、舒良往视。二人至，见于谦自奉俭甚，相目叹息，回以告帝。帝遂计其家资及一切用度，皆上方给之，又赐以上膳之盐酱蔬菜。帝驾幸万岁山，伐竹为沥，自和制为丸药，与服之。时言官有言："于谦权柄过重。"太监兴安谓曰："于少保之别事不说，只说日夜与国家分忧，不要钱，不受爵，不问家财，朝廷正要用此等人，今可寻一个来换于谦，可有人么？"众闻兴安此论，默默然矣。

至景泰七年十二月，景帝不预。至次年正月，储位未定，中外忧惧，于谦与廷臣疏请立东宫，盖谓复立宪宗见深也。其大学士王文与太监王诚谋说太后，迎取襄王世子为东宫，众议纷纷。有武清侯石亨知景帝病不起，因思：复立东宫，不如请太上皇复位，可得功赏。遂与都督张軏、太监曹吉祥，同于都御史徐有贞家谋议，有数夜，人莫知之。有贞问曰："如君所谋，南城上皇知之乎？"石亨、张軏答曰："一日前已密达之。"有贞曰："俟再达之乃可。"至次日既暮，二人又会。有贞云："达知上皇了，今计将安划？"有贞随升屋顶，观乾象天文，忙下，谓之曰："事即在今夕不可失！"

适有边吏飞报瓦剌兵犯界，有贞曰："宜乘此报警，以备非常，纳兵入大内护卫，谁敢言不可也。"计议既定，皆仓惶而出。有贞遂焚香祝天，并与家人诀曰："事成社稷之利，不成门户之祸。归是人，不归是鬼矣！"遂与石亨、张軏去会太监曹吉祥及王骥、杨善。户部侍郎陈汝言，即收诸锁匙。是夜天色晦冥，石亨惶惑问有贞："事可济否？"有贞大言曰："时至矣，勿退！"即率众逼南宫，毁墙坏门而入。石亨、张軏等入见上皇，上皇于烛下独呼石亨、张軏曰："尔等

何为耶?”众跪伏同声曰：“请陛下登位!”遂共扶上皇登舆而行。

忽天色明霁，星月皎然。上皇屡问有贞等是谁，各自陈官职、姓名。同入大内，司门者喊止之，上皇曰：“吾乃太上皇也!”司门者不敢阻，遂同扶上皇升奉天殿御座，鸣钟鼓，开诸门。是日，百官入候景帝视朝，有贞号于众曰：“上皇复位矣!”令众入贺。百官骇异，乃就班拜贺。景帝闻钟鼓声，大惊，问知为上皇复位，连声曰：“好！好!”

明日，上皇临朝，诏改景泰八年为天顺元年，随诏收少保于谦、王文，学士陈绍、萧镃、商辂，尚书钱士悦、江渊，都督危广，太监王诚、舒良、王勒、陆玉下狱，命副都御史徐有贞，以春官兼翰林院学士内阁典礼务，寻进兵部尚书兼职如故。而徐有贞欲杀于谦。

先是，城下杀败也先之议出于谦，石亨功不如于谦而侯爵，常心自愧之，乃在帝前推于谦功。帝诏命于谦一子为千户，谦向帝固辞，且曰：“臣如欲为求官，自当乞恩于君，又何必假手于石亨也?”石亨闻之，忿甚。石亨侄石彪贪暴，于谦奏劾之，出之大同，石亨愈恨之。徐有贞托谦求为祭酒，谦向帝求之，帝屏退左右谓谦曰：“有贞虽有才器，然奸邪莫测，不可为祭酒!”于谦顿首而退。有贞不知其情，以不与求反诱之，亦恨甚。今帝之复位，有贞令言官以逆立外藩襄王之子世议，诬王文，且诬于谦下狱。法司、刑官同看于谦并无证据。有贞曰：“虽无证据，其心意有之。”其法司萧维贞以“意欲”二字下狱，奏上英宗。帝犹豫不忍，谓曰：“于谦曾有功也。”有贞进前曰：“不杀于谦，今日之事无名。”帝意乃决，遂将于谦与王文，太监舒良、王诚、陆玉、王勤斩于东市，妻子戍边。

可怜于谦有再造之功，帝陷北，廷臣或主和，于谦辄曰：“社稷为重，君为轻。”欲也先抱空质，英宗始能还也。然于谦祸基即萌于此矣。于谦死之日，阴霾蔽天，行人嗟叹。有都充广勇而知义，为于谦所任，石亨恶之，并杀之。

遂论迎复功：石亨为忠国公，陆轨太平侯，张轨文安侯，杨善与济伯，并世袭。又论随驾功，擢俞名、袁彬并为锦衣卫指挥给事。皇太后随书诏书，废景帝，仍为郡王，即薨矣。又晋封有贞为武功伯，兼华盖殿大学士，掌文渊阁事务。复立之子见深为皇太子。

无何，曹吉祥、石亨忌徐有贞，令诸内监排陷之。初帝不为之动，又排陷至再，遂降有贞为广东参政。吉祥、石亨又诬陷之，拿回下狱，穷治锻炼无所得，惟以所草诰词中有无人臣礼之语，当死；因雷震奉天门，宥为庶人，谪戍云南。

至有贞去，而曹吉祥、石亨更横行无忌矣。帝因与大学士李贤语及夺门功，

李贤对曰："迎驾则可，'夺门'字岂可传示后世？陛下顺天应人，以复大位，门何必夺？且内府门岂当夺耶？当时亦有此事邀臣者，臣不敢与焉！"帝惊问其故，李贤又对曰："景帝病不起，群臣自当表奏陛下复位，此名正言顺矣，无可疑义，何至夺门？假使事泄，此辈固不足惜，不审致陛下于何地？此辈藉陛下图富贵耳，岂为社稷之心哉？"帝始大悟：渐疏曹吉祥、石亨矣。

石亨见帝稍疏，不免怀怨望。因帝命往来山西大同间，顾紫荆关谓左右曰："若在此关据守大同，京师何由得至之也？"一日退朝回寓，语锦衣指挥使卢旺、彦敬曰："吾居此官，汝等喜之么？"二人同答曰："公至此地位，怎不喜耶？"石亨又曰："既喜便好耶，那陈桥不称其篡，汝能助吾，富贵共之。"二人闻之股栗，莫敢答。适有瞽人童先献曰："惟有石人不动"，劝石亨举事。石亨谓其党曰："大同之军士兵马甲于天下，吾抚之素厚，今吾侄石彪在彼为将，可恃也。即以石彪代李文佩领朝将军印，专制大同。北塞紫荆关，东据临清，决高邮之堤，以绝饷道，京都可不占而困矣。"

遂奏以卢旺守里河。会孛来寇延安府绥德州，帝命石亨往御之。瞽人童先又力劝石亨乘此时举事，石亨曰："为之不难，但调度未周，待周了为之未晚也。"童先又曰："时者难得易失。"石亨竟不听。童先私谓所亲曰："此人岂可与成大事耶？"亨会石彪与孛来战败，帝犹念石亨功，置之不问，惟罢其兵权，于是石亨谋始渐急。事泄，家人大惧，自上告变。朝廷拿石亨治之，即死狱中。斩石彪于市。其党童先等俱坐罪死。

于时法司奏石亨等冒功升官者俱令查究。帝召李贤曰："此事恐惊动人心。"李贤对曰："不若令其自首免罪。"帝曰："然。"遂行之。于是冒功升职者四千余人，皆自首改正矣。其太监曹吉祥念与石亨同功，见亨败，揣己不能独免，有降卒数百人，每日犒赏以金币，倚为腹心。诸降卒亦念因由吉祥冒功而进，若吉祥一旦不测，众命亦休，皆应曰："愿为死党！"

适有吉祥之客冯益至，吉祥之侄昭武伯曹钦问曰："自古有宦家子弟为天子者么？"冯益曰："有，君家三国曹孟德遂为魏武帝，岂非宦官曹腾之后耶？"曹钦闻之，遂蓄异志。时有锦衣卫曹来福因公至其家，钦虑泄漏风声，诬以他事箠楚之几死。帝闻之，使人问之曰："速改过！不悛，罪不赦！"钦以前石彪得罪，亦先以此语谕之，后杀之，钦乃大惧。帝又遣锦衣卫指挥逯杲访觇曹钦举动，恐其更甚。

忽报孛来寇陕西甘凉州，帝命都御史孙镗统军征之，以兵部尚书马昂监其军。尚未行，曹钦与诸兄弟并其党数十人谋曰："今既有人觇伺我甚急，若不早发，我必又一石彪矣。"遂议：分敕死士番汉军五百人，约以明日黎明，俟朝门

一开，即拥杀孙镗、马昂，夺门而入。此时，吉祥所部之禁兵可为内应。既定，是夜曹钦饮诸士卒酒。

方二更，孙镗与吴瑾待漏朝门，见番军秃亮在曹钦府中饮酒，偷走至朝门告变。吴瑾、孙镗吓甚，即同走匿他所，写奏报由门缝递进。帝见报即拿吉祥，令门勿开。曹钦不知，仍与曹宏等率番兵将伯颜、也先至东安门。门闭，钦知事泄，即召死士驰至逯杲门。逯杲出，辄杀之，恨觇伺己之举动也。都御史寇清素与曹钦相好，因与言官具疏劾曹钦，以此恨之，遂驰入西朝门寻寇清杀之。大学士李贤在东朝房，曹钦复驰索之。李贤惊出，被执。曹钦持逯杲头示之曰："今日因此人激变，乃不得已也，可为我草疏进与帝知。"时又执尚书王朔。李贤即就王朔处索纸为草疏，同朔报入长安门。惟内门坚不开，钦放火烧之。又往来呼啸，刀加李贤肩上数次，不杀，舍之驰去。又寻杀马昂，不得。

时已黎明，而西军稍集有二千余人。孙镗喊曰："长安门火起，曹钦谋反之兵必少，有能举杀者，赏以黄金！"皆答曰："诺！"工部尚书赵乐，披甲跨马夺门，奋呼市中曰："能杀贼者随我来！"遂有从者数百人。孙镗至东安门逐贼，军士锐甚，贼众披靡。吴瑾带五骑兵出觇，与贼相遇，力战死。孙镗子孙轨遇曹钦于路，奋力砍中曹钦肩膊，孙轨亦死之。曹钦始惧，夜窜。孙镗督兵与战，马昂以精兵殿后。会昌侯孙继宗兵亦至鏖战，兵士奋呼而入曹家，曹钦急迫投井而死，遂屠其家之亲党，一时尽死。下曹吉祥都察院狱。明日，戮于市矣。

时朝中都指挥门达有宠，因思满朝得进言于御前者，惟大学士李贤、锦衣指挥佥事袁彬二人而已，欲谋陷之，使褫职。袁彬因私之事数十劾上。帝正欲行其法，不以袁彬阻而废法，谕之曰："从尔问究，只要一个活袁彬还我。"门达遂拿袁彬下狱。将严鞫之，有彩漆军匠杨暄者，闻而愤然不平，即上疏救之，疏中言："昔者驾留北廷，独袁彬以一校尉保护圣躬，备尝甘苦，猝然付狱，乞御前审鞫，则死无憾，并陈门达不法二十余事。"

帝阅疏，即令门达拘问。门达逼杨暄，令供是李贤主使救袁彬。若不如是扳供，刻即打死。杨暄惧拷死狱中，无处伸冤，遂佯诺曰："果是李阁老教我也。但我在此言之无人证见，不若来朝到宫廷鞫之，我对众言之，彼乃无辞可辩。"门达信之，以奏上帝。帝命中宫令三法官问讯于午门，遂鞫问之。杨暄大言曰："死则我死，何敢妄指他人？鬼神昭鉴，此是门达指挥教我扳指李阁老也。"门达失色，计阻，袁彬始得从轻调南京。

未一年，言官劾门达欺罔，下狱，谪戍南丹卫，召袁彬还复职。适达遣戍南丹，袁彬饯送之出城如礼，人皆以为难也。时乃天顺八年。未几，驾崩。盖英宗帝于正统十四年北狩，景泰接七年，又还复位。天顺八年而崩，寿三十八。

先是，正统二年夏六月，京师旱时，御巷小儿为土龙祷雨，诗之曰：“雨帝雨帝，城隍土地。雨若再来，还我土地！”成群呼噪，不知所以。谁知预谶正统北狩，监国即位及复位之事也。谓雨帝者，曰“与弟”也；城隍者，郕王也；再来还土地者，复位也。

至宪宗成化元年，诏释戍边于谦之家，子冕、婿朱骥回籍给还家产。于冕遂讼父冤。成化追复于谦官，遣人往祭其墓，复于冕世袭千户。至弘治元年，加赠前少保于谦特进光禄大夫上柱国太傅，谥肃愍。万历中，改谥忠肃矣。盖忠烈现于诗，于少保早年有咏《石灰诗》云：

千锤万凿出深山，烈火焚烧若等闲！

粉骨碎身都不顾，只留清白在人间！

于少保早年作此诗，可知其抱负不凡，矢志忠烈，所谓诗以言志是也。

正是：何致刑加于少保，只因谶现《石灰诗》。欲知后如何，且听下回分说。

第二八二回　成化宠汪直阿丑进讽
正德旌刘瑾一清定谋

却说英宗复位，八年而崩。皇子即位，是为宪宗，号成化。又宠太监汪直，专制大权，选锦衣官校，善觇探事者百余人，置厂于灵济宫前，号西厂。因永乐中尽杀建文诸臣，怀疑不自安，始设东厂，命太监一人主之，觇探外之大小事情以报闻。今名西厂，以别东厂也。命汪直出入，分派诸官校，遍访大政小务、坊言巷语，尽行报闻。汪直任用锦衣百户韦瑛在外，纵肆贪暴，臣民悚怵。时商辂起复为大学士，疏劾汪直及韦瑛。虽一时罢西厂，未几，又复命汪直侦事，商辂遂被诽谤致仕归籍。诸大臣薛远等因商辂致仕，亦相自陈而去矣。

商辂字弘载，浙江严州府淳安县人。乡、会、殿试皆第一，奉敕修撰《资治纲目》，卒年七十三岁，谥文毅。至是汪直以诸正人去，更无所忌，以其党王越、陈钺皆为尚书，势倾内外，天下凛之。只畏西厂，不畏朝廷。

宫中有太监名阿丑，善诙谐，常在上前舞唱戏剧，帝不为怪，有谲谏之风。一日，阿丑装作醉汉酗酒形状，旁人戏曰："某学士来！"阿丑酗狂如故。又曰："圣驾至！"仍如故。又曰："汪太监来！"阿丑辄惊吓走避。又问曰："某学士、圣驾都不怕，只怕汪太监何也？"阿丑答曰："我只知有汪太监，不知什么大臣、天子也。"又一日，阿丑装作汪直模样，执斧趋跳。旁人问故，曰："我将行兵，惟仗此双钺！"又问："钺何名？"又答曰："王越，陈钺。"帝微哂之。

随有御史徐镛上疏劾汪直欺罔之罪，并言汪直与王越、陈钺结为腹心，天下之人只知有西厂，不知有朝廷；只知有汪直，不知有陛下等语。帝深纳其言，遂罢汪直于远州安置。时既罢汪直，帝又惑于异端，以僧录司继晓为左善世，惠昇为右善世，赐美女千余，金宝不胜记。又听其言，发内库银数十万两，于西义门外毁拆民房，并建造永昌寺。诸大臣谏官皆不言，惟刑部员外郎林俊言之，贬云南姚州判官。又府经历陆瓛谏之，贬云南归沛宗州。初林俊欲劾继晓，下狱，帝命太监传入杀之。太监怀恩叩头争谏曰："自古未闻有斩谏官者，臣不敢奉！"帝大怒曰："尔与林俊合谋讪我！"即举所用御砚掷下，怀恩免冠号泣不已曰："臣不能服事陛下矣！"帝命左右扶出，谓镇抚司曰："尔等合谋，顷林俊

已死，尔等不能复生矣！”未几，召林俊、陆勷官复原职。

成化帝在位二十三年，寿四十岁，传与子孝宗，号弘治。十一年六月，京师西直门有熊入城，兵部尚书马文升谓野兽入城，宜严武备，以防不虞。兵部郎中何孟春谓同僚曰：“熊之兆非别慎，宜慎火也！”未几，礼部衙门焚毁，禁中亦焚烧，乾清宫又火灾，果熊入城不兆兵灾只兆火灾。或问孟春曰：“此兆出自何书？”孟春曰：“予不晓占书，惟见《宋纪》绍兴中，浙江温州患火灾，前数日有熊至城，州守高世则谓其属官曰：‘熊乃能火二字，郡中宜慎火！’未几，果延烧官、民舍十之八九。予忆此事言之，不料亦验之也！”众服孟春博学。

孝宗在位十八年，寿三十一岁，传子武宗，号正德，十五岁登位，便宠用刘瑾太监。刘瑾，陕西兴平人，原姓谈，景泰时自阉为刘太监役使，遂冒其姓。因管领教坊，得幸。弘治中，斥遂出茂林司。后又谋斡入侍东宫，以俳优戏弄，为帝所悦。即位，朝夕与其党以狗马鹰兔歌舞娱帝，帝喜而狎焉。其党八人：马永城、高凤、罗祥、魏彬、邱聚、谷大用、张永。其中刘瑾犹狡而口捷，颇通古今曲，故常慕王振之为人。至是，渐大用。

大学士刘健、谢迁、李东阳闻帝与八人戏耍妄度，廷请诛八人，疏留内不报。又户部尚书韩文具疏，合九卿诸大臣上言。疏入，帝惊泣不食。诸太监大惧，自求安置南安。而阁臣议时，有内司礼监王岳，亦是东宫旧臣，素刚直，恶刘瑾等所为，与司礼范亨、徐智亦助韩文等密奏。帝阅疏允之，待明旦，发旨捕刘瑾等下狱，却被吏部尚书焦芳因与刘瑾相好，遂私告之。而瑾等亦知密奏之事，八人即夜趋帝前跪哭曰：“臣等既被朝廷臣奏劾，求将瑾等割肉喂犬愿矣！”

帝因其哭求甚惨，心遂动，乃问曰：“可有辩？”瑾等又共泣曰：“害瑾等者乃王岳也！所有狗、马、鹰、兔亦是王岳所献，何单罪瑾等，岳独无罪耶？”帝于是罣怒曰：“既是他所献，汝等莫哭，待明日收王岳治之！”刘瑾又曰：“今诸官无忌混渎，将来陛下所欲，谁敢言之？”帝益怒，即夜命刘瑾入掌司礼监兼提督，邱聚都督东厂，大用提督西厂，张永等同司营务，分据要地。

刘瑾即是夜命锁拿王岳、范亨、徐智押去南京安置。外皆不知，黎明出内旨方知。刘健等吓甚，知事不可为，各上疏求去。刘瑾遂诏劝大学士刘健、谢迁致仕矣。其王岳等三人，既押赴南京，刘瑾又矫诏追杀王岳、范亨二人。徐智只将足击折，未死。有言官吴翀、刘玉俱上疏，论刘瑾佞幸，弃逐顾命大臣，乞留刘健，而以瑾正典刑。帝阅疏大怒，斥逐吴翀、刘玉为民。刘瑾得志之甚矣。

至是刘瑾内揣合帝意，外觇陷诸臣，故诸臣自顾不暇，莫敢再言。帝遂喜，

以刘瑾可委任矣。南京兵部尚书林潮闻刘健等致仕，不胜叹息。于是南京六科给事中载铣等十三道御史簿颜徽上疏，请斥权阉，以慎国法，留保护臣，以安社稷。刘瑾矫诏执铣等二十八人，各廷杖除名为民。有兵部主事王守仁上疏，请诏回载铣等仍供旧职。刘瑾怒，矫诏将守仁杖五十，死而后苏，谪贬贵州龙场驿丞。既贬后，瑾使人至中途杀之。守仁知其谋，至浙江钱塘，乘夜假去投江，丢冠履于水中，遗诗在岸，有“百年臣子悲无极，夜夜江涛泣子胥”之句。浙江之布、按郡守皆信其投水死，致祭江边，随行家人披素。谁知守仁隐姓名，潜回建宁武夷山隐之。因乃父王华为南京吏部尚书，恐累及，隐未几，只得径去龙场驿任事。其父亦被刘瑾勒令致仕矣。

时刘瑾以戏玩之物杂陈与帝玩乐，伺帝正在耍乐，特捧数十章奏，请之省决。帝顾之曰：“我安用尔耶？不去代为，烦我费心也。”由是凡事章奏皆刘瑾决断矣。谨遂矫诏榜列奸党于朝堂，并颁示天下。是日朝罢，令廷臣跪金水桥南听诏。一日早朝，有遗书在丹墀边，帝见，命拾看，乃告刘瑾不法之状也。刘瑾大怒，即矫诏令百官三百余人，俱跪奉天门下，诸太监立门东察之。时盛暑，跪仆地者数人，令拖出，至暮尽送下狱。明日大学士李东阳疏救，始释放矣。

有总制三边都御史杨一清上疏陈战守策，请开屯田数百里，粮省内运。帝批“可”。一清遂兴筑边墙，克期完工。而刘瑾恨一清，遂矫诏罢之，亦停工。刘瑾又恨其筑边墙用费浩大，拿一清下狱。大学士王鏊、李东阳力救，始出，惟罢其职。

时正德五年，陕西、宁夏安化王寘鐇反。报至京师，诏都御史杨一清同太监张永讨之。清谓永曰：“藩宗外乱易除，内乱莫侧，奈何？”永问故，答曰：“今内有一人横甚，公岂不能除之？”又问：“是哪一个？”一清遂促席手画一“瑾”字于桌上。张永曰：“帝非刘瑾不乐，今其羽翼已成，耳目已广，其奈之何。”

一清又曰：“公亦天子信幸之臣，现今讨逆不付别人，而付公，上之心意可知矣。公至班师回京，上密言宁夏事书，必就公问之。公将寘鐇之檄进上，并言乱政之刘瑾凶狡不轨，海内愁怨，天下乱将起。上乃英武，闻之必悟，定怒诛瑾。瑾之权柄归公。则前之吕疆，东汉乐宫中之最贤者；张承业，唐乐官之忠者。今之公，千载只三人耳！”张永又问曰：“事若不济奈何？”一清又曰：“此事他人言济不济未可知，惟公言之必济。须有法术言之，倘上不信，公须顿首请死上前。退离此一步，必死瑾手，再涕泣顿首，请即行事。如迟缓，顷刻事泄，祸即旋踵而至矣。”张永闻此，遂攘臂而起曰：“我亦何惜余生报主耳！”

是夜，二人事商既定，遂率兵至宁夏，一鼓杀败反贼，反王寘鐇就擒。遂班师回京献俘，帝迎之东华门。是夜内宫赐宴张永，刘瑾先退。张永见帝，取怀中疏献上。疏中言乃刘瑾激变，宁夏寘鐇心不自安，始阴谋不轨之诉状。帝看了，张永又言："刘瑾乱政，将谋为不轨，海内愁怨，天下大乱将起。不早除之，待见大乱，除之不及耳！"时有张永太监之党太监张雄、张锐在旁，亦助言之。帝曰："罢，且饮酒勿多言。"张永遂泣曰："陛下不听臣言，离此一步不能复见天颜矣！"帝问曰："瑾将何为耶？"永曰："欲取天下！"帝曰："天下任他取之，何惜也。"张永曰："彼时置陛下于何地耶？"帝因闻此一语始觉悟，从其请，即命禁兵收刘瑾。张永等又劝帝亲至瑾处观变。

时刘瑾方睡，禁兵排闼入室，刘瑾披衣起，趋出被执，就下内狱。明日，降瑾闲住凤阳。此时，帝还无意杀瑾。瑾闻发凤阳之命，对众曰："我犹是当太监也。"张永请帝抄其家有蓄积否，帝命其抄看看。遂抄出黄金二十四万两，又五万八千八百余两；白银五万锭，又一百五十八万三千六百两；宝石二斗、金甲二领，金钩三千合，玉带四千一百六十二束，蟒衣四百七十袭，衮袍八爪金龙四袭，盔甲三千件，弓弩五百挂。

帝因见抄出此物，大怒曰："刘瑾果反也！"即拿刘瑾付狱。于是六科十三道共劾瑾罪三十余条，帝即令法司锦衣卫执瑾午门廷讯。瑾厉声曰："满朝公卿，皆出我门下，谁敢讯我？"众稍稍却退，惟驸马都尉蔡震向前曰："我国戚也，不出汝门下，可讯得？"即令人掌瑾嘴巴数十，骂之曰："公卿乃朝廷所用，何由出汝门下？但尔因何存此盔甲？"瑾曰："以卫皇上。"蔡震曰："既是护卫皇上，何存私室？"刘瑾语塞，无以再辩。

帝命不必复奏，即将刘瑾凌迟，三日后枭首，所有被害之家，争买其肉啖之。其亲属皆论斩。其党大学士刘健、焦芳等皆削职为民。封太监张永兄弟皆爵，升杨一清为吏部尚书兼大学士加太子太保。时既除了欺罔之太监，未几，又进上惑乱上政之权奸。

正是：其奈前门才拒虎，依然后户又进狼。欲知后事如何，且看下文分说。

第二八三回　正德微行鳌山拆卸　郑唐诙谐官豪賄徇

却说正德帝朝中既除了欺君不轨之太监刘瑾，中外始得安静。未几，又召大同游击江彬来惑上乱政。

彬乃山西宣化人，其为人骁勇狡险。因从宣府副总兵张俊征流贼于山东，惟杀掠良民以邀赏。班师回京，贿赂太监钱宁，引入豹房得见帝。讵彬机警，喜迎人意，帝遂喜之，便留侍左右，升为左都督，即冒国姓为帝义儿。时在帝前讲论兵事，遂请调辽东、宣府、大同、延绥四镇精兵入京操练。其四镇之兵纵横骄悍，人都被扰苦甚。帝常于西内练兵，令江彬率兵入内演习营阵，校练骑射。帝常穿盔甲临之，禁中铳炮之声不绝。有千户周麟常叱不可。如是江彬怒，竟陷周麟死，于是朝中人皆畏江彬。

又有宠幸之太监钱宁赐姓朱宁，并张锐、张雄等，日邀帝游猎微行，不可谏之。江彬等又引帝赴大同，北寇闻之，率数万骑来犯。帝命诸将御击，寇乃引去。于是帝始还京。未几又出南巡，不知所之，无处寻觅。时值元宵，京中大放花灯，午朝门外高结鳌山。都城内外，处处皆彩结奇异灯棚。诸朝中大臣知会是夜出观。

时有闽中秀才郑唐赴北场，在京来会众朋友，议订今夜同去看鳌山。郑唐曰："今夜鳌山及诸灯棚，必定行拆除，空想去看。"众友曰："今夜才放起，天又晴，怎的不放而拆除耶?"郑唐曰："有敢与我赌输赢么?"众友曰："怎的不敢与汝打赌？今夜如鳌山放得成，罚汝办酒席与我们食；如放不成，我办酒席与汝们食!"郑唐笑曰："哪里有此便宜事？我输汝观音请罗汉，尔人输我罗汉请观音，[1] 不干不干!"众以郑唐必输。又问曰："如尔赢就一人请汝一次好么?"郑唐遂与众打掌赌之。

至夜未黑，便有人山人海来看点放。将欲点放间，忽然鳌山并灯棚煞时尽

---

① 尔人输我罗汉请观音：你们输了是众人合请一人。（罗汉众多，观音只有一个。）

行拆卸，看的人皆败兴而回。于是郑唐赢了，众朋友请之。众皆不知因何中止。谁知郑唐侦至黄昏，潜去密贴一对联于鳌山柱，主人见之，念曰："鳌山北耸今宵乐，圣驾南巡何日还?"诸大臣既聚集，正欲出游，忽闻有人贴此对句于鳌山柱上，皆吓甚，立刻即令兵马司去押拆鳌山并灯棚，煞时间空空如也。盖无人知是滑稽之郑唐所为。

郑唐乃福州闽邑人。父郑珞曾为宁波太守，因年荒民饥，奏请开仓赈济，忤太监王振华，撤职了犹令赔补仓谷，将所有家产赔尽，归籍后不久而卒。只一子郑唐，幼童入泮，才学饱甚，惟滑稽无比。

滑稽者，即刻薄也。因路遇一道人，手执两竹管，因相连无痕踪，异之，心疑莫是吕纯阳下降。便问曰："吕先生缘何卖姓不卖名?"其道人仍行不答。郑唐便骂曰："千年不死龟!"道人便答曰："万载不标名。"郑唐将再骂之，而道人俄而不见。却原来真是吕洞宾，以双管为吕字，试人知不知。如郑唐既知，当拜求之，不全仙亦半仙也；因骂之，果终身名不标榜，因太聪明所致也。乡试屡科不第，赴北场亦不第。

但学既饱，何致屡科不中?盖因笔段极快，文章人未做起，他已完卷。因闷坐无聊，将卷尾空白之纸，或画人物花鸟，或题长诗短句，无科不如是。有一科，题目乃"割不正不食"。文章做完了，卷尾又写曰："恨吾生晚矣，无三椽之屋傍先圣之居，每日得食不尽三爿四角楞①之肉吃之，岂不快哉!"如同刘鹤龄一般，闲写闲题。每科卷入房，本皆拟取元，其奈自作贱，出不得房，皆刷之也。因父赔补仓谷一贫如洗，又好饮，只是在外白混②。三更穷四更富，③ 寻常之事。

时有福州太守夫人死而目不闭，越搓越睁④。太守不胜惊异，延僧道拜佛念经禳之，亦不瞑，不敢入棺。唐闻之，知不瞑之故，去说能祝夫人瞑目。太守随带入祝，郑唐写四句而祝之曰：

夫人一貌玉无瑕，四十年来鬓未华，
何事临终含眼泪，恐教儿子着芦花。

郑唐祝此四句，夫人两目遂闭。太守便嚎啕大哭曰："却原来为此故死不瞑目。我岂忘恩再娶而凌子耶?"太守遂誓终身不娶。闻知郑唐乃饱学之秀才，又是前太守之子，遂以白金二十两酬之。却原来夫人才四十岁，二子尚幼，死后

① 三爿四角楞：切成方块的五花肉。
② 白混：招摇撞骗。
③ 三更穷，四更富：指收入不稳定，但来钱容易，出手阔绰，常乍穷乍富。
④ 越搓越睁：死者眼未闭，一般只需轻揉眼皮，即能闭上。

恐被后母磨灭[①]，如闵子着芦花[②]之叹，故死不瞑目。被郑唐祝此四句警太守，以安亡人之心，两目始瞑矣。

但此回只写四句，得二十金，犹未奇处。更有前任太守秦某，在西湖结彩船，请坐省太监看龙舟竞渡。太监看了竞渡，上荷亭饮酒。有一人，浑身着素，执孝杖，跪荷亭前哀哭。道是谁？即郑唐也！因斥逐不去，皆以为癫。太守怒甚，令押至问供。郑唐只言："苦！苦！"任甚问，无别言，惟答"苦"字不断。太守以真癫，令将锁铐，交与有司衙门究治。郑唐待上了刑具，喊曰："我非癫，是来诉冤供的！"太守令将供呈献上，郑唐曰："供状途中遗失，今只口诉冤供的！"太守令诉。郑唐遂诉曰："苦！"值堂书吏即写上"苦"字。又诉曰："苦！"又写上"苦"；又诉曰："天"，又写上"天"。又诉曰："来"，又写上"来"。又诉曰："苦苦"，又写上"苦苦"。又诉曰："天"，又写上"天"。太守骂曰："已知尔苦在眼前，何须再说苦？供状不整句诉出，却以一字一字念写，是戏弄官长也。"即令人掌嘴巴。郑唐忙答曰："且慢打，今就并诉了再责！"郑唐逐将四句二十八字一气不停住念出，如布袋倒橄榄一般[③]。写口供之人，一字未写上，而四句已念完了。

太守又骂曰："先一字一字念，令人无理会；今一气念，令人听不明，还不是戏弄官长，不掌嘴巴还了得也！"郑唐道："此就难了，慢又嫌，快又嫌，今不慢不快供之，若再不好，掌嘴无怨！"遂念曰：

苦苦天来苦苦天，先皇崩驾未周年，
三山草木皆垂泪，太守西湖看斗船。

此时郑唐乃从容念之，字眼分明。太守闻之吓甚，忙问："你是何等人？"答曰："邑庠生郑唐。"太守闻是郑唐秀才，更吓甚。

盖明朝秀才与今不同，有不平事，上得奏章。郑唐回答后，便身朝外面伏地而哭曰："我的太上皇帝！"连声不绝。太守同太监俱失色，快退入内房，即令人解放郑唐锁铐。郑唐哪肯与脱，大声曰："有擅拿，无擅放，可同到京师万岁台前奏脱之。"却原来弘治上年五月末崩，至今端午，尚未周年。太守来看龙舟竞渡之款，被郑唐拿着，不肯解刑具，要同到朝堂面圣。彼时刘瑾正当道，外官有事犯之无救。不但太守吓，太监吓之犹甚也。不得不以重贿与之买息，密令家人与说，从百金起说至一千金始罢。郑唐未半日得此盈千横财，可不是

---

① 磨灭：折磨。

② 闵子着芦花：闵子骞是孔子的著名弟子之一，幼年即以贤德闻名乡里。小时候闵子骞受后母虐待，冬天穿的棉衣上以芦花为絮，而其弟穿的棉衣则是厚棉絮。

③ 如布袋倒橄榄一般：俗语，形容说话快。

三更穷，四更富也。

一日，郑唐同四个朋友去看院考发案，由东街经过。有一吴绅士之屋，修整既竣，厢门开与人观看，大厅正屏柱一联云：“子能承父职，臣必报君恩。”

郑唐举手将此对联脱下，交四个朋友，赶紧挟回。其家之人闻知赶至，将作贼拿获。郑唐曰：“秀才们哪会作贼耶?”其家人同曰：“不会做贼，然何偷脱联板耶?”郑唐曰：“你家主挂此不忠不孝之联，脱去报官定罪，快叫你主出来，同去见官!”家主翁闻知，忙出问曰：“‘子能承父职，臣必报君恩’不忠不孝，从何而说?”郑唐曰：“子跨父上，臣压君头，还不是不忠不孝也? 此处言之无益，请学台衙门辩之，才得分晓。”家主翁始觉臣子在上，君父在下，方吓甚。遂请郑唐进内，一面令人去赶回联板，便带笑问郑唐曰：“与先生都是通家世谊，有错处只管教训，何必如此着忙下手? 弟撰此二句，以为忠孝之至，不觉顾[①]及颠倒。且将联板追回，即求先生斧削更正，自当酬报。”郑唐曰：“岂不知与先生世谊通家? 贼是急人做。因此学台乃内监钱宁放来扒银[②]的。此回发考，不知弟之穷，令人来说‘有银六百送入，便列一二等；若无银，列于下等褫革衣衿’，因此无措，不得已将此大盘捧献与之，犹不止六百之数，惟祈谅之。”

郑唐言未说完，四个朋友回至。郑唐问：“联板哩?”共答曰：“放学台号房，待汝去呈送。”家主翁笑曰：“原来先生因此缘故，所说只需六百银亦小事，怎忍致弟倾家荡产。便菜饭先请用了，去取板来交银。”五人不辞，遂同上席。将撤[③]时，主翁入取银四百与之。郑唐曰：“要六百，分文少不得!”主翁曰：“弟实在锦被罩鸡笼[④]，此乃割肉医疮，将来全家都会饿死。”一面说一面泪淌衣衾。郑唐遂将银接收，令四个朋友去取联板。众回，答曰：“一字入公门，九牛拖不出，学台衙门人役，皆知投首不忠不孝之证据，既入，岂能擅出? 有百金去发，方能取回!”郑唐曰：“果有此情。却不须满百，可带四十两去，便可安稳取回。”家主翁闻此说，不得已又取出四十两之银，交与四位去取联板。

四人去后，郑唐对主翁曰：“闻正德帝心肠软，即弟之心肠亦软，适才因见老先生流泪，白银遂让去二百两，再的乞汝便宜也。”郑唐说了便自呵呵而笑。主翁曰：“郑先生果心慈软之甚。”郑唐以为反言嘲刺，即笑问曰：“平平地来吓诈银四百四十两，其心慈自何来?”家主翁曰：“此言并非奉承先生，中间有一

---

① 觉顾：发觉，觉察。

② 扒银：指官员弄权敛财。

③ 撤：(酒席) 结束。

④ 锦被罩鸡笼：比喻看上去富裕，实际上内里空虚，虚有其表。

段报应之由，今既蒙先生允诺，说之无妨。弟自幼随先伯在湖广知府任内，一日，先伯出府，见一人家门首贴一对春联云：“马嘶芳草地，人醉杏花天。”先伯回衙，令人去拘贴此联之家主至后堂，问之：‘知罪否?’其人答：‘无为不法之事，罪从何来?’又问曰：‘内之不法无庸说，只门前一对联便不法之甚，其内之不法可知矣?’其人又曰：‘联句有甚不法耶?’先伯曰：‘马乃贱畜，压之头顶，天乃至尊，踏之跨下，把天、地、人三才悖乱作地、人、天，此还不是悖逆?’

“先伯遂欲以六畜压上三才，颠倒之悖逆详办之。其人始吓甚，愿献千金赎罪。先伯要二千方罢。其人只中等人家，不知怎样典卖，至月余，始凑二千之数缴足，方放回无事。此事已隔多年，弟便忘记，竟自家之联对，亦来如此颠倒。今日被先生识出，始觉前之故事。但此联五伦倒置，比之三才草率悖逆之罪，更重十倍。若别人识破，便了不得，幸遇先生看出，略酬些须，事便消然，又肯代为更正，永无后患，怎有不喜？但弟先前滴泪者，因自思上代富贵，至弟此代便骄傲，如不骄傲，怎致挂此联酿祸？现在下代子侄皆懒惰，坐食无谋，再至下代孙、曾，必定贫贱，因此求先生饶让，不觉伤心泪下。今破此四百余银，不怨而喜者，上代得多，今下代偿少也。所言先生之心慈者，诚正言，非反说也。”

郑唐闻知笑曰：“人人都道郑唐没良心，惯局骗人银钱，无一个知弟替天行道，得人钱财，替人消灾之婆心，惟独先生知之，可不愧于天矣。”四人遂取回联板。四人说从中用多少心力，方得取回之功劳。主翁与之言谢不已，随求郑唐代改联句。郑唐曰：“半字不须改，一边只刁上刁下[①]二字，并无一失也!”即递笔与刁。郑唐接笔将尾二字刁放上二字，家主翁念之曰：“君恩臣必报，父职子能承。”

家主翁念了，以手加额曰：“原句一字不改，只刁上刁下，便全忠全孝矣。先生之捷才如是，酬谢四百两谁敢言怨也。”郑唐等五人辞归。却原来那四个亲友抱出联板，只寄在人家，空手被其追回，诈说已投在学台号房。局出银了，收入怀了，去人家取回联板，故说去之功劳。郑唐得一千八百是常事，无甚侥幸，惟此四个寒儒，随郑唐便得了饱食，又各得横财十两，乃侥幸之至也。

正是：傍正娘子学织綪，随猴妇女有生儿。下回再行详细分说。

---

① 刁上刁下：上下位置调换。刁：调。

第二八四回　施抱蛋计伏云中凤　设汤墨策饵李金蛟

却说郑唐吓诈吴绅士四百余两银，能令他喜而不怨，可见光棍做得奇异。但郑唐赚银有此容易[1]，毛[2]一千也有四百，家中带妻子三四人[3]，怎得会三更穷四更富？谁知各有所好，若遇油头粉面不想，若见俊俏子弟便尖钻谋摸。别事一毛不拔，惟男风挥金如土，所得之财因此花耗，所以易富易贫也。妻陈氏贤德，任其所为，并无一语。

时有一卖鸭蛋之青年子弟，生极俊俏，鞋袜帽[4]，肩担鸭蛋，人将呼为卖蛋弟，不知姓何名谁。人皆称羡其美，只是蛋价贵过别人。买的少，打价的多[5]。惟郑唐日日与买，价钱无论。常叫入食茶，皆不肯入。那日，吩咐明日要蛋二百粒，即令下午挑来，切莫迟误。其蛋弟下午挑蛋至，郑唐看了曰："个个都是番黄臭罔[6]，快挑去换好来。"蛋弟曰："奴的货无呆[7]，请了别人再看，若有番黄尽送与汝！"郑唐曰："人齐[8]货皆齐？我看都是番黄的，汝讲都是好，务要逐个照过。但此无桌可放，进内厅才有桌排放。"

此时蛋弟不得不挑进内与照。郑唐遂引入内书房，将蛋取出，以手遮向日影照看，令排叠桌上，讵桌是油漆的。八仙脚垫高低不平，蛋放上便滚下来。郑唐曰："尔不防护，打破算汝的！"蛋弟遂把两手遮住。排叠至二百个，蛋弟竟把身扑在桌墘[9]，两手围抱着蛋，只恐滚落。郑唐既照完，曰："果然人齐整货亦齐整！待我去取竹篮来贮。"又言曰："身不可动，一动便滚落地，吾弟之

---

① 有此容易：这么容易。

② 毛：没有。

③ 带妻子三四人：连妻带子一共只有三四口人。

④ 鞋袜帽：（肩挑贩卖时）鞋袜帽穿戴整齐。指其人注意服装打扮。

⑤ 买的少，打价的多：买的人少，但来讨价还价与之搭话的人多。

⑥ 番黄臭罔：散黄的臭蛋。

⑦ 无呆：没有坏。

⑧ 齐：漂亮。

⑨ 桌墘：桌边。

本利无归。”郑唐说了，进去取二十两锭银出来与看，笑曰：“今可与哥为朋友，此二十两银先为定聘礼。相好了，蛋不要，仍与挑回。另日要用若干，再来言之。”便拢附身。蛋弟欲喊救，郑唐以一锭银硬塞口内。此时蛋弟身若动，怕蛋滚下；口欲喊，又被银塞；即不顺从，亦须听他所为。方知郑唐设此抱蛋之计，令其排就身势，不用拖扯，与之行事。既完了，郑唐遂把二百个蛋捧还�[1]中，蛋弟两手始能收回，将口中银掷于地下，空手欲去。郑唐扯住曰：“弟莫嫌少!”蛋弟骂曰：“你做得好匡套[2]，叫人怎愿[3]？谁要你银!”郑唐曰：“今不要银，只重情义，且同进去饮酒数杯，与弟买了心愿再讲。”蛋弟不入，却被硬扯至后厅，酒肴已排便，酬上一杯酒劝之饮。

此时蛋弟落局，又见儒雅，心便回些，持杯饮酒。饮了几杯，郑唐问曰：“人人都识我弟为卖蛋弟，无人知弟之姓名，但吾弟曾否读书，年纪几何？家有何人？”蛋弟曰：“姓云名中凤，年十九岁，只有母、兄，无嫂。”唐曰：“怪道是[4]才有如此整雅，何不开店养家？”中凤答曰：“缺本。”唐曰：“弟若有本，会开何店？”中凤曰：“家兄曾开过米店，因父死才歇。”唐曰：“弟今回去，寻有市头，即管来取本，与令兄同开米店。”答曰：“蒙君美意，有不承情？只是君看哪部兵书，能施此抱蛋奇计？”唐笑曰：“不施抱蛋计，怎教飞凤伏？”中凤亦笑曰：“此计莫说飞凤伏，即飞豹亦伏!”二人同掩口而笑。饮饮谈谈，不觉上灯已久。凤欲辞回，唐笑曰：“城门已闭。就未闭，鸭蛋原担挑回，亦被家中犯疑。且宿一宵，明日挑去卖，卖完了回去，只说等此蛋钱至更静，在饭店歇宿，便无疑矣。”又欲留贴肤一夜。

次早便起，将银塞怀内，仍挑蛋去卖矣。未数日，便来取银开米店，郑家遂付五十两银与之。未数月来报母死，又付银五十两与其丧费。又过数日来说店本不敷，唐又付五十两与之凑本。又过数月来说米店亏本，欠米客百金不能还，被告在官，恐有县差拘拿，奔来存躲。唐曰：“此城内公差还会进来搜拿，可改作女妆为兄小妾，改名为一凤，谁敢来捕？此计何如？”中凤曰：“既出不得，由兄行为。”遂将中凤男假女妆。且本人娇媚，再加涂抹花粉，胜过西子、昭君。不与入内，只在外书房玩。唐之墙屋极深，前门朱紫坊，后坐花园街。其妻在尾落[5]，无出外书房，任之行为也。

---

① 篓：竹筐。

② 匡套：圈套。

③ 怎愿：怎么甘愿。

④ 怪道是：难怪。

⑤ 尾落：多进宅院的最后一进。

因朱紫坊尾有一学堂，日日早晚皆有官家子弟由门前经过去读书。郑唐日在门前，见几个学生皆美。时乃大暑，适有李绅之子行过，身穿缟白纱衫。郑唐捧一碗墨水，由背后泼出去，把纱衫污了半截。李生回看欲骂，郑唐赶至施礼赔笑曰："写大字用剩墨汁，不觉泼汝长衫，罪该万死！有敢不赔之理？且请进舍下食茶，即买衫照式赔还。"许时，李生身上纱衫被墨水染乌，怎得行回家？不得不进书房。郑唐即向解扣，把污衣脱下，叫出一凤谓曰："此位李相公纱衫被我墨水泼污，今我赶去绸缎店照样买赔，你可捧茶陪奉公子。"李生曰："有旧衫借一件穿回，连步①送还，此污衣带回自洗，何敢要会伯②赔还之理？"郑唐曰："污渍只大③，怎能洗得清净？即污数点，亦不能洗去。古诗云：

一点墨珠污白丝，斑斑驳驳使人疑，

纵饶洗过千江水，难似当初不污时。

此衫既污只大，岂能洗净？总要赔还！"又指一凤曰："此个是小妾，代为陪奉，弟赶去南街绸缎店就来。"言毕，把污衣将门倒搭④而去。此时李生只得静坐以待，一凤便笑盈盈捧茶来，递接了，随问曰："公子尊处？贵姓大名？因甚衣衫被相公泼污？"李生答曰："小生寒舍南街，姓李名金蛟，年十九，因行过，不觉泼污。"一凤笑曰："若被别人泼污，亦无许快⑤赔还。惟奴相公赔之甚易，刻去鼓楼前选买，尚未即行回，可请后房密谈心事么？"李生面红，答曰："小生无做⑥刻薄事。"一凤笑曰："读书哥无一个不是慌木虱，都做假至诚模样。"随口云：

有花堪折须当折，莫待无花空折枝。

相逢不折空回去，洞口桃花亦笑人。

一凤遂抱李生进房。李生心被摇动，便软软抱进房内。正欲闭门，谁知串成圈套，郑唐只在外厢取出二匹白纱，在门缝里瞧，二人进房，便门踏入。李生魂魄惊散，一凤跪哭曰："贱妾奉命捧茶伺候，奈公子见色忘义，先以言词调戏，因不顺从，遂抱进房行强。正无摆脱，幸相公救之，如迟，命亦休矣！"郑唐问李生曰："你怎说？"金蛟哭曰："晚生读圣贤之书，有敢如是？奈贵宠硬拖进房，有翅难飞，今既出破，又这等诬说，望祈明察是女强男、男强女，自有

---

① 连步：即刻。

② 会伯：称呼朋友的父亲，或作为对长辈男性的一般社会称谓。

③ 只大：这么大。

④ 倒搭：倒扣，从外面扣上门。

⑤ 许快：那么快。

⑥ 无做：不做。

分别定罪。”唐曰：“我无夹棍拶指，怎能察此奸情？可缚送县堂严刑鞫讯，始得实情！”

郑唐即取二条小绳，把金、凤二人缚住，欲叫人来帮送。一凤向金蛟曰：“你会风流，到堂前奴亦如前供诉，任有口难辩！况奴乃贱妾，沿街缚送不妨；你乃贵公子，不特官刑难受，况且一男一女缚送出街，人必争看。不独自己无脸，犹败父兄之门风，还早恳求奴相公饶恕免送，从中再议私休。若帮送之人至，万难挽转也！”金蛟闻说，便跪下哀求免送。郑唐曰：“免送不难，若认是男强女，便可私休；不愿认，送到官才得分明。”金蛟又求曰：“若不送官，便认是男强女，求要私休调处。”郑唐曰：“愿私休便罢，可晓得是什么私休？”答曰：“不知。”郑唐曰：“此私休不过风流讨得风流而已。”金蛟面红不答。一凤曰：“船过水无痕[①]之小事，买释还不为？必要为辱其身败及家门之大波浪也？”金蛟只得头点点。郑唐曰：“此头点点是强勉，不是愿意，还要对天誓了有始有终之愿方信。”金蛟恐帮送之人至，急了，只得出户对天跪地誓之曰：“李金蛟与郑唐为朋友，半途而废者，终身不第！”郑唐笑扶入内房，解绳而遂情矣。

同出至外书房，金蛟曰：“去解姐姐绳！”郑唐笑曰：“弟解了就好，莫管绑死小贱人。”谁知一凤早被自解矣。欲留金蛟饮酒压惊，金蛟曰：“另日留得长长食之。今要赶回，再迟恐家中必疑。”郑唐曰：“亦是。”即将二匹新纱带回，为索偿而来，旧污衣亦与带回为凭据，又塞银二锭于怀，以为贽礼。金蛟不肯收银，硬被郑唐推出户外。闭门而入，笑问一凤曰：“设此计妙不妙？”一凤答曰：“无陈子高[②]，虽妙亦难遂矣。”

正是：不教彩凤为媒妁，安得金蛟作友朋。欲知后事如何，且看下回分说。

---

① 船过水无痕：熟语，喻发生过的事情不留下痕迹，无人知道。

② 陈子高：南北朝时人物，陈文帝的男宠。

第二八五回　蜘蛛丝织衣因嘲塞嘴　束脩银投水被哄完情

却说郑唐泼墨汁饵上金蛟，被学友顾里兴疑之，遂访诸乡邻，始知那日衣被郑唐墨水泼污，遂被扯进内而背地受贿上饵，至暮挟二匹新纱出去，污衣犹与带回，还贿有银，自此往来不断等情。里兴即至学堂与众友曰：“李金蛟平素硬嘴，近日上郑唐之饵了。”众问其故，兴曰：“那郑唐是什么胶武[①]，都务九乞人凿[②]？前日金蛟行过，身穿纱衫，郑唐墨水泼污，将金蛟扯进内面，门关紧梅洗[③]。至晚遂抱出新纱二匹，旧衣犹与带回，密赠若干银两，自此常留住宿不回。你们想是上了饵不是？”众友曰：“真是上人饵不错。只几日[④]，穿新纱衣来摇摆排场，竟被尔访知，可慢慢来嘲刺，看他有脸无脸。”

时先生卧病在内未出。诸学生次日俱来，宋万里取出一张对句曰：“先生发出来与我们对。”对云：“箫音引玉凤”。众尚未对，理兴提笔便对云：“墨汁饵金蛟”。金蛟犹不觉理兴嘲己。众驳曰：“箫音引凤，出秦穆公女弄玉之故典。墨汁饵金蛟，出何代故典？”兴曰：“此典无人知，惟我知之。春秋时，桥下有美金蛟，郑伯设网获之，奈沉而不浮，投诸饵引皆不起，以墨汁拨水面，便抢入网，遂变为美少年。郑伯带回为幸童，宠甚，穿着皆奇异纱缎。”众曰：“纱缎只有好低，哪有奇异？”里兴曰：“人穿之纱罗绸缎不过蚕茧与蜘蛛二丝，有何异处耶？蚕丝条条从口中吐出，惟蜘蛛丝条条由古川[⑤]抽，故此为异。”众摄鼻而笑曰：“身上衣由古川抽，任甚华丽，大不清香也。”金蛟被其嘲，忿甚，便抽身走出。

兴笑谓众人曰：“如何？别人都不失色而走，惟他身上衣是屁股换来的，才

---

① 胶武：性格，脚色。

② 务九乞人凿：俗语，哪有便宜被人占去。务：“有”的同音字。九：“垢”的同音字，喻好处。乞：被。

③ 梅洗：用梅子汁液等混合成的洗涤剂清洗污渍。

④ 只几日：这几天。

⑤ 古川：福州话指屁股。也作“股川”。

没脸走躲也。”众笑曰：“也是你刻薄仔，做出故事来点六脉，怕他不走？此数日必不敢来学。”里兴笑曰：“他若不来，我会去郑家门首侦他。如在内，我便喊曰：‘李金蛟，蜘蛛丝纱衫穿出，人皆知了，何不脱还？’”众笑曰：“被你再加此一喊，入地无孔矣！”

谁知金蛟被嘲忿甚，直跑去告诉郑唐：如此被学友不堪言语，刺入心肝，去不得学堂，便路遇亦没脸见之。郑唐曰：“是哪学友作此怪，也要拿他来塞口，看他会作怪不会作怪！”金蛟曰：“不知怎样被顾里兴知之。”唐问：“他家事[①]如何？”答曰：“平常独他束脩未还，先生因病要用，一日挨过一日，云说要待典当才有。”郑唐曰：“此更易塞嘴，尔今只在此待他上饵，与尔盘出消恨。”

郑唐遂出门侦之，等至黄昏黑夜无过，遂入食晚饭。刚入门户，外便有人呼李金蛟。郑唐即出门前看之，原来即里兴，笑问曰：“叫哪个？”兴答曰：“叫金蛟。”唐曰：“金蛟未来。”里兴将去，唐便扯住，问曰：“只暗[②]去何处？”答：“送束脩与先生。”又问曰：“束脩日不送，至夜送，必定来讨[③]金蛟同去草鞋巷做二使[④]。”兴将束脩献出看，曰：“岂有说假[⑤]。”郑唐将束脩接过托托，笑曰：“只里[⑥]是砖头石头，假作银包去骗谊妹[⑦]的。”里兴答：“不是银，只是十二两白丝。”郑唐又把两手托托，笑曰：“只轻[⑧]，哪有十二两？犹说不是石块，不丢入江，必被鸨拿去插尾[⑨]。”郑唐辄取一包丢入江心。里兴吓甚，问曰：“束脩丢入水，无银送先生，怎处？”唐曰：“我所丢是石块，谁丢尔束脩？快去做二使，我要进去食夜饭。”一面说，一面走入内，把门关了。里兴紧追排闼入，扯之泣曰：“无故把十二两束脩银丢入水，不管人生死，闭门而入，天理何存也？”

郑唐一面行入，一面答曰：“谁见你什么银，今齐去见尔父，告诉尔昏夜来扣我门，寻讨金蛟同去草鞋巷做二使。我答无来，便跑去，路上怎样跑而怀中银跑坠落地被人拾去，回头来图赖我抢去丢落水。若真是银，我便抢来存用，

---

① 家事：指家庭经济状况。
② 只暗：天这么黑。
③ 讨：找。
④ 去草鞋巷做二使：俗语，指行苟且之事。
⑤ 说假：说假话。
⑥ 只里：这里面。
⑦ 谊妹：此处指情妇。
⑧ 只轻：这么轻。
⑨ 插尾：指同性恋性行为。

又平素与尔无仇，抢丢落水，有谁证见？惟尔来叫李金蛟同去做二使时，适本铺保长公行过作证。”里兴扯衣后随云：“此等说，吓死人，郑先生不是番仔说番话[①]耶？”唐答曰：“若好讲，便不是番仔；若硬打硬[②]，便是吕宋加溜巴[③]。”

时已同至内书房，灯已点亮，惟寂而无人。里兴因又听此等说，不得不以实情告之。曰：“俯念晚生家贫，先生束脩挨延至今，未能清送。因先生病泻[④]，讨取甚急，把首饰典当银两，漏夜送先生，却被郑先生戏丢落水。在尊处，数十两看不上眼，怎知晚生拮据。此银十二两不但落空，且再寻不得，如不见怜，都学先生前说之番话[⑤]，学生不去别死，就死在先生面前。”

唐笑曰：“怎样死在我面前，先做个样式来看。如是真可怜情形，慢说赔银，还有金条赠之。幸此时寂静无人，演看了赶送银子去学堂未迟。”里兴见郑唐笑，亦自笑，脱帽曰：“即撞死尔身上，看尔将收煞[⑥]？”即将头撞去，却被郑唐拦腰抱住曰：“真可怜之甚，不动情非人也。”遂抱坐膝上，手向头面扪起，扪至下体。里兴将挣却，郑唐笑曰：“既来则安，尔何必拔盆[⑦]，挨延自误。”里兴听其所为。遂挟入边房，塞了嘴，取银十二两赔作束脩，又以金条赠之为记。

二人刚出边房，却被金蛟在门外堵获，把巴领[⑧]扭住曰：“顾里兴，夤夜与我先生无火[⑨]在房内作暖昧勾当？”兴曰：“此处是尔快活窝，谁敢来？我因束脩被先生戏丢落水，才进索赔，既赔了便去，有夺你位处[⑩]？使尔[⑪]狐假虎威何事？”金蛟曰：“捉奸逢人[⑫]都捉得，怎的狐假虎威？索赔不在前厅明说，何暗处调停？两手之金银何来？”兴曰：“都是赔的。”金蛟曰：“银赔十二两足了，此金还赔什么？”里兴曰：“既被汝撞着了，凭你说话，赔什么便是赔什么。”金

---

① 番仔讲番话：俗语，字面意思是说话让人听不懂，引指说话没道理。番仔：称外邦人。

② 硬打硬：强硬，没有商量余地。

③ 吕宋加溜巴：俗语，与“番仔讲番话”意思相同。吕宋：菲律宾吕宋岛。加溜巴：指让人听不懂的外邦话。此一整句的意思是：你若好好商量，我也好好说；你若态度强硬，我也不跟你讲理。

④ 病泻：腹泻，此处指患痢疾。

⑤ 都学先生前说之番话：都像先生刚才那样不讲理。番话：没有道理的话。

⑥ 将收煞：怎么结局。将：怎么。

⑦ 拔盆：挣扎。

⑧ 巴领：脖子正面的领口处。

⑨ 无火：不点灯。

⑩ 有夺你位处：夺了你的位置吗？

⑪ 使尔：何须你。

⑫ 逢人：所有人。

蛟曰："银是赔束脩，金是补屁股的。"里兴答曰："是。"金蛟又曰："你早在学堂说我所穿纱衫是蜘蛛丝织的，无人见过。今夜你手中之金银，有人在门外瞧听，一条条都是古川门抽出，有冤枉你么?"答曰："果有，并无冤屈。"蛟又问曰："今还敢在外诽谤外人么?"里兴又答："自己有短，被人拿住，怎敢妄谤他人?"金蛟还要问，郑唐在旁笑曰："盘本[①]塞嘴，现都承认愿伏了。"便笑喝曰："军既降，杀之不祥。今问都认了，不放去赶送束脩，更待何时?"

金蛟遂将巴领放开。里兴便赶出门，时已二鼓，正行几步，后面有人喊曰："里兴，我二人四处讨尽[②]，却原来尔存做其事[③]。"兴回头看，却是邹化里、宋万里两个学友。因先生叫去顾家取讨束脩，家中云已送去矣。回至学堂，查之未见，又去各学友家寻讨，皆说无来。又回去学堂，由河墘[④]经过，忽见里兴由郑家钻出。二人见了便叫之，里兴答曰："闻金蛟在内玩耍，一撞进去便撞着。嘲了几句，将走出，不意被郑先生关住，硬拖食饭。已有数人在坐，既走不出，便随众饮了酒，即便跑出来。束脩我总会送出，何用尔来追也?"

万里答曰："先生指名叫我，我不得不寻讨[⑤]。我以尔嘴巴说别人，今夜必做金苍蝇贪食，被人拿去插尾，明日必被别人说。"兴曰："我都比别人贪食插尾?"化里曰："有许多人同食，又先走出，必不至误事。"万里又曰："还不知郑唐绰号香鼻猫，最能侦鼠。有此幼嫩之貌，既自投入口，怎不吃而纵之也?任挑大江之水，洗亦难清。"里兴被嘲，忿甚曰："无耳听犬吠[⑥]。且去送束脩，明日再看谁清谁浊。"里兴去送，宋、邹二人亦回去矣。

原来郑唐闻里兴欲送束脩，遂拾石包假束脩，预存怀中。候其经过，接包故来托看，时黑不见，将真插入换假投水。里兴被诱入网。金蛟左右侦瞧，待至事成擒拉[⑦]，俾免再谤。果香鼻猫入口，有入无出也。

次日，金蛟放胆来学，时众学生俱在。先生虽病，大学生自读，小学生以大学生教之。宋万里谓里兴曰："闻尔昨天说墨汁饵金蛟之故事，我听忘记[⑧]，可再说来。"里兴答："只有一次，无二次，傀儡重挑不好看[⑨]。"万里曰："不

---

① 盘本：挽回损失，此处指报复。

② 讨尽：找遍了。

③ 尔存做其事：你躲在这里做那勾当。

④ 河墘：河边。

⑤ 寻讨：寻找。

⑥ 无耳听犬吠：俗语，意为"没工夫听你胡说"。

⑦ 擒拉：拉扯纠缠。

⑧ 听忘记：听过忘了。

⑨ 傀儡重挑不好看：俗语，意思是重复再讲没意思。"挑傀儡"意为表演木偶戏。

是重挑不好看，只因昨夜也上了饵，不敢说。”里兴不答，只开口读文章。万里遂吟四句嘲之云：

欲为谊弟[①]心惊疑，未有那人此厚皮。

墨汁饵蛟谁得见，上门粜米我先知。

万里把四句吟之，又教小学生来同念。里兴走去。万里遂告金蛟曰：“他说昨夜在香鼻猫食酒[②]，可有是事么?”金蛟捏[③]曰：“我只几日[④]心中不爽，在家未出门，不知下渡米上门粜耶。”万里遂将昨夜得遇，由郑家出来情况说之。金蛟又问曰：“还晓他因甚投网之来由么?”众答不知。蛟曰：“我清早来学，遇郑家一孙童对我说，那人昨夜送束脩来，郑秀才在门口，他撩标[⑤]将束脩递与观看，却被丢入水。他遂索赔，见入不见出，势必上了饵，赔束脩出门遇你们也。”万里笑曰：“香鼻猫果厉害，不投会自投[⑥]，从今戒你们，不可再由他处经过，过必自投入网。”众问：“你怕不怕?”万里答曰：“我一者回家不由那路过，二者我镇盘心把得正[⑦]，三者财宝打我不动，任他香鼻猫，其奈我何?再不至墨汁染衣因色玷，束脩投水为财成。”金蛟曰：“嘴莫太高。不看顾里兴，昨日满口倒流三峡水，今朝一丸封塞五函关。”万里曰：“我口阔如天，何丸塞得满?”蛟曰：“且看塞得满不满。”二人盘[⑧]了，便俱归食午饭。

正是：大言须让无瑕璧，冷笑还防有靠山。欲知后事，且看下文分解。

---

① 谊弟：此处指变童，方言也称“契弟”。

② 在香鼻猫食酒：在香鼻猫家里喝酒。

③ 捏：说谎。

④ 只几日：这几天。

⑤ 撩标：调皮惹事。

⑥ 不投会自投：令人由不得自投罗网。

⑦ 镇盘心把得正：俗语，“镇盘心”原指杆秤上的准星，喻指良知准则。

⑧ 盘：一来一往的口舌交锋。

第二八六回　宋生夸口致人布毒　郑唐药烈令自伏降

却说李金蛟在学堂与宋万里盘了后，打算往郑唐家。谁知里兴已先至，告诉被万里调刺，何以处之。郑唐笑曰："怕之则甚，在此食了午饭再论。"二人正对饮间，金蛟又至，便坐同饮。亦说万里夸口，设饵钓来塞口，始得安静。唐笑曰："欲并钓之何难！"金蛟曰："惟他不易。他自说一者回家不由此行，二者镇盘心[①]把得定，三者任甚财宝打他不动，号君为香鼻猫，个个自投网内受污，惟他自得，慢慢作耍。"唐笑曰："一样鱼下一样钓饵，似此诡黠之鱼，必下毒饵方钓得来。有药粉带存身中，只用半茶匙暗洒他面巾[②]里，看自投不自投！"郑唐遂入，取一小包药末，只取半茶匙交与里兴收存去洗。

谁知郑唐秘得一方，寻拿地板下形如蠹鱼紫色之虫，和别药制为粉末，只些须沾人体，顷刻起泡肿烂，无药可治，惟自制之草药膏一涂便愈。里兴便带药粉至学堂，头仆下[③]读书，任万里热言冷语笑骂，侦他去小解，汗巾放在桌上，赶将药粉尽洒汗巾，并无人见得。时乃盛暑，万里小解入，即拭汗巾。立刻泡起满面，遂回家请外科医治。头肿如猪头一般，服药无效，祷神无应，至月余皆如是。父母惊甚，早有人言此症神仙不能治，惟朱紫坊郑唐专治此症，下药立刻见功。万里不肯与医。

其父乃举人，做过几任知县，告病回家。现在藩台衙门教书，曾回数次看视。因头面肿，饮食不进，闻说惟郑唐能治，奈子不肯与医，即令打二顶小轿，自押子至郑家求医。因问此疮何名？郑唐见万里脸肿如西瓜，答曰："此疮名入地串穴蛇，先发头面，延至胸前、下体、脚底，转症入肛门，串五脏，卢、扁难治。今令公子只发头面，犹易治。若已延至下体，治便不易。"遂令解开小衣看，谓曰："浑身雪白无沾，还不知伏在皮里，明后日都现出。"其父问："伏在何处?"郑唐以指甲向胸前腰背各扒数下，曰："此处血纹已现，发在眼前矣。"

---

① 镇盘心：原指杆秤上的准星，喻指良知准则。

② 面巾：洗脸毛巾。

③ 仆下：朝下。仆：本字"覆"。

又令脱下衣看，万里不肯，被父喝骂。父自下手，将裤脱一半截。唐又将指甲向各脚夹[①]抓数下，曰："此二处亦发在顷刻。"令穿上了裤，再脱鞋袜看，遂脱看两脚，曰："幸喜未延至下部，治亦不难。只是今日治头面，不用二三日立愈，身中与下体又必发，务要早下药，迟恐毒入内脏难治。"

其父头点点。唐即取出草药膏向头面涂之，曰："下次再来医下部，只令公子自至，老先生可不必来。"其父答曰："因小儿不肯来看，故亲带来。下次若不自来，把铁链锁项拖至，俟全身医愈才放回去。"唐笑曰："难怪不肯来，后生均是畏羞。"其父曰："别事畏羞嚟，看症还畏什么？亲母[②]痔疮都与亲家医之。"二人一同哈哈笑。其父言另谢，带子而归。

谁知郑唐在内，闻万里被父押来求医，即存药毒在指甲中，故令脱衣看下体，以指甲抓处，毒药即沾入肌肤矣。万里回家，只隔一夜，次早起来，头面稍好脱痞[③]，再过二三日复原，而胸背两脚夹而起泡发。因恐下体再发不肯去医，其父不去教学，在家留待之。至万里上愈了，下又复发，果然不肯去医。其父取出铁链，欲系送之，万里方不敢再拗。其父取银五两，交与老家人带去作口粮，带万里去郑家，即同留住，待医愈了方回。如被偷走[④]回家，先责家人，后责万里。

家人领命，雇轿扛万里来郑家，入见郑唐，将主人之言告之，随送伙食银五两。唐笑曰："我请你不来，怎敢收你伙食银。今我收了，转送与你，长在二门口看守，勿与你公子走去为要。门房有现成床铺，伙食送去与你吃，你公子我自会款待。"家人遂在二门口长守矣。

唐笑谓万里曰："愚兄之药果妙么？今日已换了前日容貌，身中可能看否再医？"万里遂解开上衣。唐说："我说此处将发，今果发，医此不难。再看下体，因万里不肯，果畏少礼[⑤]，便不看了。涂了上身罢。"遂取药膏，将胸背二处涂抹了。

遂排便酒肴饭，万里亦不肯坐食。唐笑曰："不敢同睡，怎不敢同食？今三餐即管放心，至夜自有另铺独睡，有谁敢沾玉体？"遂拖上位。酒又不入口，因再三劝，方饮些须。正饮间，金蛟、里兴二人自外撞入，笑曰："今日来得着[⑥]，有吃！有吃!"二人遂自坐上下横头[⑦]。唐笑曰："谁叫你来，下作，下

---

① 脚夹：胯裆部。

② 亲母：亲家母。

③ 脱痞：脱去疮痂。痞：本字"疕"。

④ 偷走：溜走。

⑤ 畏少礼：怕羞。少礼：羞耻。也作"小礼"。

⑥ 来得着：来得巧。

⑦ 上下横头：左右两侧的席位。

作。”二人曰：“你是香鼻猫，不叫会自来作陪客？”万里见二人来，便欲走开，被二人拦住曰：“既来则安，何必拮谷[①]？又不是生人，走之则甚？”万里被拦，不得走。

二人喊：“快斟酒来。”唐曰：“无许快食，[②] 一人四书讲二句才食。”二人曰：“酒先斟来。”时童子补杯箸，酒都斟满。金蛟曰：“君子坦荡荡，小人常戚戚。”里兴曰：“惟子之不欲，又入偃之室。”郑唐曰：“又要食，又要写。”万里实不敢饮，二人来劝饮之。因被二人劝了又劝，遂曰：“生疮不敢多饮。”曰：“有良医在此，还怕什么疮？”又硬劝了数杯，万里遂醉甚。唐曰：“酒饮够了，才好下药，不可多饮。”同食饭了毕，二人问：“在何处睡？”唐引至小书房，万里遂闭户而卧。李、顾二生私问：“既入网，已下钩否？”曰：“心犹未服，须七擒七纵，至愿服了方可。”二生遂去。

唐以至诚待之，三日竟不问内体愈否，惟同食饭便离。万里上体皆平复，惟两脚夹肿痛难堪。是日，同食午饭，万里曰：“上体都好了，惟下体未消，求先生赐药与晚生自涂。”唐答曰：“看症下药，未看何症，下之反害。”万里曰：“症与胸背相同。”郑唐又答：“软肉与硬肉，症虽同，药自用之不同。但上体人人共见，不可不愈，下体无人见，管他则甚？”郑唐言了便离。

又过二日，万里实肿痛难受，至同席时，又言取药自涂。因又不与药，无奈只得脱裤与看。唐曰：“吾弟畏少礼，延此多日，毒行入窍，且医二次再论。”遂将药膏涂两脚夹，笑曰：“后生不听话，至毒延入窍。”郑唐以指甲向阳物抓之，曰：“君将身广体胖矣。”言了又离。又至三日，两脚夹又愈，讵阳物肿大，痛实难堪，不得不又献与看。唐曰：“惟此处敷药无效。”万里问故，唐答曰：“此物有窍，毒已归窍。药敷外不能敷内，必须用药线透入方可。”万里又问：“此孔极小，怎得受药条？”唐又答曰：“由后窍透入，药气通到前窍。”万里会意，不敢再问，惟把头摇摇。郑唐亦不再言，又离。

又过二日，肿胀至将裂欲驳[③]，时刻难过。万里因静思，此疮分明是香鼻猫所使而愈。下部发，下部愈，此物发，此物愈，别处亦必发。风台无回南，永古无收煞[④]。彼以药条为题，欲破身体，若再抗拒不降，父母只生我一子，慢道大命，只烂断此物，不孝有三，无后为大。而况前后体都被扪了，受污一

---

① 拮谷：挣扎，动弹，此处指走开。

② 无许快食：不要那么急着吃。

③ 驳：爆开。

④ 风台无回南，永古无收煞：自古台风还未回南，就不能算结束；比喻事情还没到高潮，不能结束。回南：指台风在福州地区登陆之后，风向转向东南，并带来暴雨。

半，何妨一孔不与合凑？且装呆作戆，不管是非真假药条，眼闭紧，任他所为，我病愈矣。三思既定后，至晚夜膳，万里谓曰：“请先生来用药条。”唐笑答曰：“吾弟知是什么药条？”万里又曰：“会医前面肿消，任君用什么药条，总是咬牙而受。”

唐知其愿服，故闪之曰：“今夜无闲。”万里急扯住不去，即求行为。郑唐又闪去。因被哀求，带入内书房，装呆装戆，忍受药条。一个儿匹马单枪，攻破蛮洞，既透内窍，再敷外毒，尽行收煞矣。

正是：任他诡黠存身鼠，亦坠机关香鼻猫。欲知后事，下文分解。

第二八七回　医愈痊念情还赠宝　代赔玉得色并获金

却说宋万里既愿降服了，过三日，那玉簪儿又消瘦如故。郑唐曰："吾弟既体复原，可回府么？"万里笑曰："许没情，[①] 有就去之理？可先打发小价[②]回去，报知二大人，可安其心。"郑唐即叫老家人入，谓曰："你先回去，报知你公子浑身疮皆好，恐又复发，且再留数日，待无发了送回。前所贴伙食之银我许赏汝，或回去缴还，凭在你[③]。今又另赏五两，为我看门之酬劳。"其老家人在二门口，三顿酒肉食，至今又赏银五两，喜之不胜，回去报知矣。

金蛟、里兴二人侦至万里已降，遂日日俱至陪饮。一日饮时桌中吟句。金蛟起句曰："口大如天塞不满"，里兴接口曰："缘何亦坠沉毛江"，万里答之曰："严颜本是忠臣辈"。郑唐见答此句，笑曰："严颜果是断头将军，吾弟果是坚志公子。其奈严颜被张飞局降，吾弟因夸口至此。尾句须我来结，方和平无隙"，遂结句曰："却被张飞局始降。"

三生自此应答后，并无再相讥刺，遂同安乐无忌。郑唐因自思，前诱李、顾二生，犹无甚受亏，惟诱此生，受毒损身，大不过意。赠金银不在他眼上，闻他喜箫管，遂在安泰桥玉器古玩店以八十两银买一碧玉箫回来，说自己的，与万里试吹，大合其意，日夜称羡不已。身体既愈，又盘桓了一月，此时不得不归，频言归了再来。郑唐将箫赠之，喜道谢不尽，归矣。

郑唐那日无事，尚有玉箫钱尾[④]未找还店，称银送去。谁知学堂中邹化里、高冠里两学生，同年十六岁，放午回家时，因雨方晴，各穿雨鞋执雨伞同行至安泰桥。冠里撩标[⑤]，把化里古川[⑥]抠一下，化里将伞柄向打，冠里走躲玉器店

---

① 许没情：那么无情无义。
② 小价：对人谦称自己的仆人。
③ 凭在你：任你。也说"凭汝"或"在汝"。
④ 钱尾：指未结清的余额。
⑤ 撩标：调皮惹事。
⑥ 古川：屁股。

内。化里赶至，举起伞柄照头敲下，讵敲不着，即误把悬挂一玉磐敲破落地。冠里恐打，将身一闪，因雨鞋底滑，遂跌架旁，把一架玉瓷器碍倒掷碎满地，又兼一大瓷缸震破。店主把二生拘留令赔，人拥看无数。二生惊了，只是哭。旁人曰："打破此多件玉器，价不止千零，不知此二后生家事[1]如何？有家事赔银，无家事赔人。"或答曰："二个男童便值千金？"或又曰："二个有此好店面[2]，故[3]不止值千金。"又有人曰："即有家事，虽赔亦不能周全。若无家事，宁打死子，肯以子赔偿？总是店家毛时[4]破财也。"

店主人众正在评论间，郑唐送还钱尾忽至，克[5]入店内，见架倒物碎，讶问曰："何人来打店，如此狼狈？"店主曰："谁人敢打？今日被二个后生入店打此地步。今原样不动，待其父、兄来看处置。"唐曰："现在二后生在何处？"店主指曰："拘留在后进内厅。"唐入看，便认得是金蛟等学友。二生亦识。唐问故，化里泣答曰："都是冠里抠晚生古川，才拿伞柄打之。他走进店内，打他不着误破玉磬。晚生只破一玉磬，余皆冠里跌倒，将架翻动打坏的。"冠里亦泣答曰："晚生不过与他玩笑，他便恼，举伞柄赶打，既走躲店内，还来敲打，因急躲，被雨鞋滑跌，致碍架倒，打碎许多玉器。"二人遂同哭曰："而今怎处？必被父、兄打死矣。"郑唐曰："这般小事，何必惊怕？你仍在此坐，待我与你料理，管叫你无事回去。"遂代二人拭泪，又令其放心勿怕。二生被其安慰，心稍定。

唐出，问打破几件东西，店主曰："都在此未动。"唐遂下手拾起所打破之玉磬一，玉花瓶一，大小玉笔架，大小玉笔床、笔洗，大小玉砚、玉杯、玉盏、玉盘、玉碟，大小之玉器、瓷古瓶，大瓷金色缸，余柴头古董，金铜古器，共算数十件。郑唐把所有玉器碎配[6]，拾贮筐内。店家便列数照码子计[7]，共应价银一千八百六十四两。郑唐看了数，曰："照数赔银正理。"店主曰："已有人去叫两家父、兄来看。今把碎破的拾起，他父、兄来看不肯认数哩？"唐笑曰："我姓郑的就代赔不起千余银么？何用叫其父打子闹动耶！"店主曰："郑先生肯代赔，幸甚。"旁看之人皆语曰："郑唐食骨夭蛇[8]，肯代赔千银，中间必有缘

① 家事：家庭经济情况。
② 店面：喻指容颜。
③ 故：还。或作"固"。
④ 毛时：时运不济。
⑤ 克：挤。
⑥ 配：破裂的碎片。本字"柿"，《广韵》去声废韵，芳废切，"削木札也"。
⑦ 列数照码子计：按照零售标价计算。
⑧ 食骨夭蛇：比喻计算精到，不会被人占到便宜。

故。”唐曰：“对面街是我交加[①]之银店，银赔即现，现还要带数个进内核算，算定了再兑银。”

遂一同俱入内厅，郑唐令取出原货簿来对看。店主曰：“所开即是原数。”唐曰：“此乃打码子之价，人来买还要照折实价，卖人怎说无原数耶？”店家只得取出原数，唐对之，共计一千两零。店家曰：“今对着实数，何处交银？”唐曰：“还未实。但古董之货乃七八折，共成银七申，乃一七加七，一七扣，才七百两零。又八折，七八五十六，乃五百六十两零。再折六成，六五方三，六六三十六，共实银三百六十两零。”店主曰：“若郑先生如此赔，那油火店租[②]出于何地耶？”唐曰：“此乃二小子因玩笑打坏，照数码赔还，算是你时道[③]。若是被火烧，分毫俱无。今既折实数了，还要再退加一[④]，方交银。”店主讶问：“还有何退？”唐曰：“此一筐玉配[⑤]都不值银耶？内中大配改制别器，小配改制首饰。照加一除银三十六两，实赔银三百六十两零三分六厘六毫，除退回玉配，只须还银三百二十两，方同去交银。”

唐诸玉器不要，只取出大缸底，交与二生挟抱勿致损坏。遂至对面银店，借了银，照数交与店主代赔清楚，便唤二生挟抱缸底出来。又指之曰：“我姓郑的有与人代赔三百两之银？因见此缸底大才一尺，面[⑥]三尺，异之。原只磕破一角，我将一并打平至底，旁只厚三分，底四寸，始知是南宋迁闽之御物。只须此缸底赔偿所破之价，犹大赚银。”众人看着问曰：“只一缸底，有何异处，值得许多银也？”唐曰：“你们不信，待我敲出宝来方信。”取铁锤将缸底敲了数下，里面只一薄瓷皮敲碎，现出一饼紫黄金。

众讶问曰：“金存此缸底何为？”唐曰：“金乃至宝又至重，上大下小不致倾倒。有至宝坠底，盛水千年不干不臭，养鱼更有颜色。有此奇宝缸，经了数次古董店皆不知，只估银三两二钱。”众皆称郑唐果是才能博学。郑唐把此块金抱至金店，磨看成色，系十成足。天秤对一百两，时价十八元，兑银一千八百两，除前借代赔三百二十两零外，尚剩银一千四百八十两零。即取现银二百两，交与二生各一百两，与其带回收惊，免受父、兄之责。唐将一千二百八十两之银，仍寄银店。

---

① 交加：交往。或作“交家”。

② 油火店租：指开店经营的成本。

③ 时道：走运。

④ 加一：十分之一。

⑤ 玉配：玉碎片。配：本字“柿”。

⑥ 面：指缸口的直径。

二生各一百两不敢收，唐曰：“不因渔妇引，焉得见波浪。此回非因你二人打坏玉器，怎知缸底之黄金？我今得多已够。”众人看之曰：“郑相公说得有理，快把银两带回，与父母解愁。”那二生遂向郑唐称谢而归，郑唐亦归。

三人俱暗喜而去。惟玉器店家怒煞，三日不会食饭[1]。原来有人先去邹、高二家报知，二家父兄正要来看，闻人说有郑秀才代估赔，他乃九尖十三矗[2]，待估定了，再去议论带子回来。若就去，古董店的古董之价银开天开地，哪里会扪得着？二家父兄遂未去，又闻价近二千，各又愁吓不胜。至二子各抱百金归，问故，各说此回极难为郑唐代为照数赔银，后看此破缸底有黄金，将金敲出换银，抵还赔款外，尚剩千余两，各分一百两带回，唐自得一千二百八十两，欢喜一遍[3]。两家父兄转忧为喜，感恩郑唐不尽。于是二生感恩之深，无以为报，不待设饵，各自投网矣。

正是：时来易得金千两，运至自来璧一双。欲知后事，下文分解。

---

① 不会食饭：吃不下饭。

② 九尖十三矗：比喻绝顶聪明，算计精到之人。

③ 欢喜一遍：一场欢喜。

第二八八回　倒脱靴五里酬才色　题春宫一凤自抱银

却说郑唐好男色，图谋前之美少年，费不尽心机，花了若干银钱，才得成事；惟此邹、高二生，无些蓄意，忽然间得千金之横财，并得双绝之美色。盖朱紫坊学堂中，只有此五里，尽归郑唐家快活窝，日夜纵意玩乐。因一名高冠里，一名邹化里，一名宋万里，一名顾里兴，一名李金蛟，五个人中，不名里亦姓李。郑唐遂号为五里仙郎。并得一凤，号为一凤神女。

未几，学堂中先生病卒，诸父兄欲送去别学堂接读。五里议齐，与父兄说去郑家攻读，不取束脩了，犹捐赔伙食。其化里、冠里二父母，既感不尽赔物反得银惠。万里之父母，感其医疮消愈，亦不收谢，并蒙款待。金蛟、里兴二父母，以饱学秀才疏财仗义之士，皆喜听从，俱不知中间有暧昧之处。

自此，五里总归郑唐。唐日间乃令读书作课，文字佳者列等第赏银，其不堪者以墨涂面，宛若严师，惟至夜团饮一席，席中排一盘银，每块一两至四五两不等，亦先分韵作诗，好者赏银，呆者罚酒。诗毕遂教唱昆腔生旦风流曲。起初学演，无甚来趣。至演熟，便有那风花雪月，目采动人。惟郑唐掌板教唱，截截[①]赏银不断。五里初至时，非言不出，面皮薄如纸，却被郑唐酒后引诱，渐似梨园子弟，斗唱争妍，皮厚如瓦。究竟一者酒令人颠[②]，二者财动人心，三者以色慕色，任甚金玉公子，溺于酒色者，有不改移心志也？夜夜不至一盘银空不止，五更鸡唱不煞矣。各另有房间、床铺、书笼，如是才数月，各书笼内皆有银百两。

谁知却被一个人瞧见生妒，欲觊觎各笼内之银矣。原来郑唐用一童，年十八岁，亦是十分麻俐。内外买办煮食，银钱任之出入，倒也停当。夜膳后便睡，不瞧娱乐事。随有假妾卖蛋弟一凤在内房寂闷无聊，夜夜皆从暗处偷看五里酒乖卖笑演剧，亲近美色又连得赏银，便妒之不胜，遂蓄意谋色并谋银矣。一日，

① 截截：一段一段地（教演唱）。

② 颠：同“癫”，疯狂。

有学友来说，长乐某富家兄弟分家财，兄庶出，弟嫡出，争起长子长孙份下①不决。其弟托寻有能以理助嫡子者，愿送千金，俾免控告，被官食②更不止千金。郑唐曰："能。"即欲同去，嘱咐五里曰："日时读书爱来不来无妨，惟夜各归宿，待我回时再来。"唐遂去长乐。于是五里日间或来或未来。

那日，高冠里去亲戚家送新人轿出门③。食午饭回来，顺路入学堂中。因无人，遂仆④桌上睡。一凤出见，即把前后门关闭，来至冠里坐椅后，将左脚提跷起，把鞋连袜倒脱下一只，犹未醒，因抓其脚底始醒。低头看，靴无一只⑤，再回头看，一凤一手抱靴，一手招之。冠里因慕其娇媚，常系情，见招喜甚，遂一赤脚随入内房，便搂抱求欢。一凤推之曰："且慢，有话说了，再为未迟。"冠里问："何话？"一凤取诗与观看，诗曰：

郎君有意妾有心，千年难遇一知音。

惟求代解玉笼锁，后鼓和谐古瑟琴。

冠里看诗罢，问曰："何谓玉笼锁，怎处解求教？"一凤曰："此诗付君为据，另有哀情告之。念奴并非贱婢，乃云姓室女。因兄在此借银开米店，无何遭火灾，又来借凑重整，未几又被贼盗罄空。二次借银六百两零无还了，犹欠米客银四百余两。米客控县，出票拘比。兄走躲，奴奔投此地，郑相公欲纳为妾，奴以作妾贱终身，不愿依从。相公曰：'今且暂为，待有银六百两还清，听汝去嫁。'一时无银，不得已暂从之。至此年余，已陆续借备四百两，倘少二百两无处再借。因见郎君乃风流才子，惟祈见怜，赠凑赎身，始得解开金锁放出笼凤，随君以永谐琴瑟矣。如见怜祈交银，今夜即留此共枕何如？"冠里笑曰："原来有此缘故，只二百两亦易，现只有百四五两⑥，且收去，另日再凑足可好么？"一凤答曰："亦可。"时五里得银容易，并不心痛，不管久后如何，只图眼前遂得娇娇美色，便喜出望外。遂走至书房开笼取银，总共一百四十五两，抱进房交一凤收存了。

一凤欲捧饭来同食，冠里辞不食，欲闭户。一凤笑曰："不闻苏东坡曾言，大口嚼江油桂，见绝色美女抱而便睡，上干天条，下犯地谴。今事已言定，酒肴既便，叙谈后再寝未迟。"冠里遂与共坐并饮。原来一凤之伙食皆童儿供进，

---

① 长子长孙份下：福州风俗，分家产时，长子长孙的那一房分得双份。

② 被官食：打官司用于贿赂的花销。

③ 送新人轿出门：（迎娶日，女方亲友）送新娘上花轿。新人：新娘。

④ 仆：伏在（桌上）；本字"覆"。

⑤ 靴无一只：靴子少了一只。

⑥ 百四五两：一百四五十两。

自行烹煮不与外并。一凤执壶劝饮，冠里连饮数十杯，把酒壶夺起，挟抱一凤，同入罗帐，颠鸾倒凤，须臾复起，坐在床上笑吟曰："僧寻无径又逢僧，谁识牡凤化牝鹰。"一凤接曰："自古醉翁不在酒，前虽难达后堪登。"

冠里笑曰："前诗中有言之么？"一凤答曰："怎的无言，那尾句'后鼓和谐古瑟琴'，其'后股'二字还不明现耶？奴曾约留诗为据，可有么？"冠里云："预伏有隐语耶！"凤又吟："有情后更胜于前，哀帝江山让董贤。"吟了遂搂抱并枕卧。冠里亦吟曰："不得桃花流水渡，且骑凤背上青天。"因脉窍既通，欢若如故。讵一凤转身欲令重会，冠里又笑问曰："前诗亦有言之么？"凤答曰："那和谐鼓瑟琴，偕者同也，还不是和同股色耶？"冠里又笑曰："此诗胜过韩信十面埋伏之奇兵。"正是："酒不醉人人自醉，色不迷人人自迷。"

其奈一凤之媚态胜过真女，被其曲意绸缪，讲答敏捷，怎不听之所欲？两情并合，又起来重整杯盘，遂畅饮谈叙。因问何故以男假女？一凤以实情告之，冠里方知是卖蛋弟躲告案改妆情节。叙了又睡至天明，冠里遂去。

五里中既被一凤倒脱靴勾去一里，局银并局其色，还有四里，不数日亦皆被一凤如前勾去，并局银色。亦尽知下渡卖蛋弟，皆喜而不悔。日间五里来朝凤，只愁郑唐回来。盖一凤年最大，已二十岁，五个才十六七八岁，皆年幼，又是官家子弟，不比等闲，犹眷恋不舍，何也？殊不知一凤以男作女，如行时之小旦①，豪家子弟花去冤银无算，无有不做肝反被肺压②，皆得意之甚。遂同共议，如郑唐回时，必须如此如此，管教凤亦来陪里耍乐也。

次日，郑唐又得千金回来。原来长乐其家有百万家财，因分产，嫡庶相争长，郑唐以通族请去决断。唐谕之曰："商朝帝位，传末子受辛，不传微子，自古以来，立嫡无有异议也。"于是遂得嫡子之暗谢千金，又得公之明酬数百，共得千余，凑之挥洒作乐。家中忽听将回，五里皆走③回去，一凤仍归内室。郑唐至家，五个仍陆续来至，夜仍六人坐饮一席。饮酒中间，唐笑曰："究竟是鲤胜凤，凤胜鲤耶？"六人曰："鲤为诸鱼之长。"唐曰："凤乃百禽之尊。"遂以鲤凤联句。唐先起两句，五个续了八句，遂上纸云：

鲤鳞三十六阴数，颜色还须逊凤毛。

五鲤扬波犹胜虎，（里兴）抓鸾幽室费如猱。（化里）

---

① 行时之小旦：当红的戏班小旦。旧时戏班都是男小旦。

② 做肝反被肺压：俗语，"肝"谐音"甘"，"肺"谐音"费"，意思是心甘情愿，不怕花费。

③ 走：溜。

巧装下渡卖蛋弟，（万里）妒杀六朝陈子高。（冠里）

不放凤来同鲤乐，区区金谷岂能牢。（金蛟）

郑唐见此诗后，讶问曰：“尔怎知一凤是卖蛋弟耶？”里兴曰：“早知是男假女，惟不知其由，至前日方周知。”又问曰：“前日怎的周知？”里兴答曰：“初墨汁染蛟，以凤为媒时，马胶[1]已露，但疑不敢言。前万里去下渡亲戚家食娶亲酒，闻人说卖蛋弟因告钱债案，躲朱紫坊郑家；以借银开店无还，留住改妆为妾，伊兄不日备银来赎弟。冠里回来说，始知周详。今日不以鲤凤来联句，犹不言出。今已知了，可放出来齐乐，若仍匿不放，一同攻入金谷，能长保无恙耶？”唐笑曰：“我之金谷不比石崇，任他千军万马攻之不破。不知便罢，既知了，漫道是男，即是女即须献出同乐也。”

五里笑曰：“原来先生有此洒脱，欲请先生母[2]出来，必定亦肯。”唐曰：“他比我更爽快，一叫便出，再不畏缩也。”谁知一凤已在房门口，听说便出来，笑曰：“难怪汉哀帝不欲将天下让与董贤，此今朝公既允将妾放让众友，还要正妻再让之，绿帽要戴几顶？”此乃一凤故意带笑说之，便无疑也。众笑曰：“关老爷卖马，周仓不肯画号[3]。”

唐笑曰：“汉哀帝乃万乘之尊，都肯让天下。唐明皇亦万乘之君，宠安禄山，娇妻杨贵妃让与了，犹欲夺江山。我乃一书生，怎悭吝过天子？绿帽戴也无妨，但我老婆比我洒脱更甚，什么粗话都讲得出，文才比我更高，一出题恐你们都走无门矣！”五里共曰：“不知先生母有此高才，快请出领教。”唐曰：“今且慢叫他出来，只出一题目送进去，与之做诗赋，便知其才，何如？”金蛟曰：“出题考师母耶？不敢不敢。”唐又曰：“不出题，不拘有什么东西，寻一件与之题赞亦可。”

五里便向各处搜寻有可题赞之东西。化里遂于桌屉中搜出男春宫图，笑曰：“此图送与题赞好么？”金蛟等笑曰：“此件焉敢送进去，师母一见即把醋瓮打碎，必将此图批骂之。”唐曰：“此图送与题赞甚妙，始显他的奇才。即管送去，连骂都不会。”众曰：“若骂，罚什么？如批骂一人，银抱一百去。”里兴曰：“一抱便六百，心勿痛也。”唐又曰：“六百就六百，什么相干。”遂把男春宫加纸卷封，外写学友送诗题赞，叫童儿交与送进。

时已叫出一凤在座同饮酒，未饮数杯时，童子已拿出图来。众问：“送入怎

① 马胶：马脚。胶：脚；本字“骹”。

② 先生母：先生的配偶。

③ 画号：在契约上画押。

说？”童儿曰：“相公娘已睡，敲门方起，接入无言，只听动笔之声，未一会遂将此卷交出，令送还书房。”童儿说了，郑唐即令去睡。金蛟等笑曰：“批骂必难免也。”一同开看，中间乃二男交合形状，上截空白题云：

“男女居室，为夫妇之大伦。燥湿相通，乃阴阳之正窍。迎风待月，尚有荡检之讥。断袖分桃，难免掩鼻之愧。人必力士，鸟道方可口开。洞非桃源，渔篙宁容误入。今某从下流而忘反，舍正路而不游；云雨未兴，辄尔上下其手；阴阳反背，居然表里为奸。华池实无用之乡，谬说老僧入定；蛮洞乃不毛之地，遂使眇帅称戈。系赤兔于辕门，如将射戟；探大弓于国库，直欲斩关。或是监内黄鲤，访知交于时夜；分明王家朱李，索赞报于来生。彼黑松林戎马频来，固相安矣；设黄龙府潮水急至，何以御之？宜断其钻刺之根，兼塞其送迎之路矣。”①

金蛟等看了，笑曰：“何如？骂矣！”郑唐曰：“笔墨极佳，何骂之有？”金蛟等又曰：“固知甚佳，其奈无句不是讽刺；不但只骂，犹令断除其前，塞绝其后。割去前犹可活，塞其后蔽而不通，岂能活耶？”唐笑曰：“此骂乃风流，不是忿骂，犹可也。”金蛟等又曰：“风流骂、忿怒骂，皆是骂，六百总难免出柜。”六人同拥入书房，揭开银柜，各携一包归入箱内矣。唐曰：“只要田园大熟，鸟鹊能食几多？只是一凤大造化，初出便得百两压腰。”一凤笑答曰：“此不多谢奴相公，多谢大慈大悲阿弥陀佛观世音菩萨。不碎醋缸碎银缸，斥逐众妾，犹令个个得大财也。”郑唐笑曰：“我的银缸已满甚，不摔亦自涨破，无人敢拾，亦是尔们得之也。”

正是：忽有忽无大圣棒，易来易去郑唐银。且看下文分说。

---

① 此段“题赞”见于《聊斋·黄九郎》。

第二八九回　里凤见银空各离散　郑唐既囊罄仍诙谐

却说郑唐之银被此六人抱去六百，亦不心痛。只不知与妻题赞会骂不会骂，亦敢与人赌输，以致输去白银六百，并不见痛。自此，夜深添一凤来同五里演唱风流曲。谁知一凤曾学过儒家戏①，所有曲介②无不通晓，五里扎脚更见风流，赏银愈多。那郑唐虽然放荡，犹有可取之处，其师生之际，规矩乃循，令诸学生归位读书，无不尽心教训。自古严师不如益友，未几二里入泮，再一年三里亦入泮，随后各回家娶亲。一凤亦要回下渡娶亲，重整旧业，再开米店。

其童儿见其银两花尽，立意要去，再也不来。可怜郑唐头尾只五年，囊橐一空，人财俱去，郑家门前长青草，甑内生灰尘矣。前置有披榭③连排十数间，因纳五里一凤住内戏玩，外才不知。至财散，披榭亦陆续卖去，惟余二三进粗房。家中只有一妻二子，并自己共四人。其当家④比从前更省，尤常釜底游鱼。郑唐自常叹曰："酒残花谢黄金尽，花不留人酒不赊。"惟妻陈氏甚贤，总无一句怨言。

时值端阳节，厨中一物俱无，郑唐遂出街，见有剃头担，即令修容。既修毕，郑唐令将眉毛剃去，剃头的问故，答曰："叫你剃，问之则甚?"剃头遂将左眉剃去。郑唐以手摸之，骂曰："怎的把眉毛剃去?"剃头答曰："是相公叫剃，才敢剃也。"郑唐曰："我叫汝剃耳毛，何曾叫你剃眉毛哩? 无眉毛怎的见人，且同去见官，问残毁人五官，应得何罪?"即将剃头的擒扭见官。乡人见之，皆与代辩曰："郑相公又不癫⑤，剃去眉毛何事? 是你听错，以耳毛作眉毛，若送到官，必定枷责。今劝勿送，自来调处。自古道：去人一个齿，应罚

---

① 儒家戏：也称"儒林戏"，仕宦人家自娱自乐的戏剧表演。

② 曲介：唱曲和表演。

③ 披榭：厢房。

④ 当家：家庭生活开支。

⑤ 癫：发疯。

十担米；毁人一只眉，应罚十匹呢[①]。十匹罚不起，只罚一两银罢。若无现银，可将剃头担并身上衣服，暂押此米店，当银一两，先交了，再回去取银来赎。”

于是郑唐被劝，遂收银而罢。将此银买鸡、鱼、肉等物回家。陈氏见手摄一大拖东西回家，眉毛无去[②]半边，讶问东西从何而来，眉毛因何而没？郑唐笑曰：“见家家做节甚热闹，惟我家冰锅冷灶，急把眉毛去换此东西。”因又问故，只将实情告之。陈氏笑曰：“此正燃眉之急也！今既剃去半边，此半边留之怎看得也？”郑唐曰：“岂有再剃之理。今剃左边作端阳[③]，留右边作仲秋。”陈氏又笑曰：“世界哪有眉毛作佳节，当做田地耶？”郑唐又曰：“毛留售别事便不可，留售节亦可矣！”但郑唐在前所得数千银，皆被五里一凤分受去，现今六家都可以[④]，何不去讨些回盘，何用卖眉酬节耶？原来他癖性与人不同，既离了，便不再去亲近；或有来时，亦不向之告穷。宁可在外白混来当家[⑤]，喜而不怨也。

一日，无米落鼎[⑥]。抓数百个活飞蝇，每纸包二头，各写“哈哈笑”三字，排[⑦]在门前卖。人问：“何为哈哈笑？”答曰：“一包两个铜钱，买去不可重捏，至家中解看，自会哈哈笑。”人皆以郑唐所为之物，必有奇异，遂以钱买之。数百包顷刻卖完。人买回家解看，内只有两个飞蝇飞了，无不哈哈而笑。

至元宵，又冰锅冷灶。遂于自家门前屋檐点几盏灯，架一长梯，自立在下面打锣曰：“上面有奇异故事，欲上看者三个钱。”人又道是真奇异故事，交三文钱上梯去看。瓦顶上只纸糊乌龟一头，尾、脚、头皆会定动[⑧]，旁有字写云：“一个姆龟[⑨]碌碌乌，上来看者是伊夫；下去不言壳半脱，叫人来替壳全无。”看的人看了下来，皆不敢言。人问奇不奇，笑答曰：“奇甚，快上去看。”众闻奇甚，递钱上看。因梯窄只登一人，有上看者下来，皆诱人上看，弄之做替，龟牝[⑩]壳自全脱。皆不明言，惟腹中暗笑郑唐设此刻薄故事，又骗人钱三四百矣。

---

① 呢：呢子，一种羊毛织的布料。
② 无去：丢失了。
③ 作端阳：过端阳节。作：过（节）。
④ 可以：指经济状况不错。
⑤ 在外白混来当家：在社会上招摇撞骗来维持家计。
⑥ 落鼎：下锅。
⑦ 排：摆（摊）。
⑧ 定动：活动，动弹。
⑨ 姆龟：母龟。
⑩ 龟牝：雄龟。

一日，有乡老画喜容请题赞，遂题曰："精神耿耿，老貌堂堂；乌纱白发，龟鹤延年。"老人喜甚，请以酒饭，又有重礼。后被人横读，系"精老乌龟"也，老人忿而毁之。

有一本府班头建新屋，请郑唐写对联，郑唐遂左写英雄，右写豪杰，写完便去。府班头喜之，便贴上门板。有人曰："二字不成联，何不叫题凑。"郑唐故意只题此四字，待有笔资来题凑，因府班头系无笔资，只是白劳。又来请数次，郑唐遂去题凑曰："英雄手执麻竹片，豪杰头簪野鸡毛。"

又有一寺僧持行乐来与题赞，只送十六文钱与买酒食。郑唐只题十六字："和尚是和尚，上下都相像。睡到五更头，健。"僧喜携回挂寺内。人看之笑曰："怎的只题十六字？"僧曰："送与十六文，他照钱题字。"其人叫快拿钱四个与题凑。又将行乐并带钱四个去求之题凑。郑唐遂与凑四字"到天大亮"。僧携回挂壁上。其人来看尾句，僧问："凑此四字何如？"其人笑曰："所画你和尚形样还不像，被郑唐题之，像之至也！"僧喜而珍存之。盖此僧字颇识，皆不知故说，其人故弄之也。

又有少尼因佛堂鼓破，请郑唐写榜贴出募修，先备酒肴与食了，遂写一榜："尼姑之鼓，破去一穿。募十方之施主，补尼姑之鼓穿①。悬在佛堂，与众善士擂之擂之。"人看了无不笑倒，皆言又是刻薄仔郑唐所写也。

郑唐一日进一巷内寻友说话，适巷口有数十个少年妇女，聚集踢球，皆认得郑唐，故拦住不与去。郑唐笑问曰："此娘子军要反上梁山么？"诸妇女答曰："不反上梁山，只在此要人买路钱。无钱吟诗一首，要一至十，心莫思想②，连口一气念下，如不能一气念下，不放你去。"郑唐连口即念：

　　一妹不如二妹娇，三寸金莲四寸腰，
　　五六胭脂七钱粉，妆成八九十分超③。

诸女以果无思想，一气念下，便放与过。郑唐须臾又回头来，诸女迫再倒念一首，郑唐又连口念下：

　　十九皓月八分光，照见七妹共六郎。
　　五更四处鸡三叫，二人恩爱在一床。

原来诸女中有一名七妹，其婿名六郎，尚未过门。众女笑骂曰："郑秀才果刻薄，别个不嘲，单嘲七妹，今偏不与他过。"郑唐因众女拦阻，手入围肚抓一

---

① 鼓穿：谐音双关"屁股"；福州话称屁股为"股川"。

② 思想：思考。

③ 超：风骚俏丽。本字"骚"。

把钱洒去，众女拥去拾钱，却被走脱。

一日由田埂行过，有乡妇同子媳三人踏车[1]，拦不得过。郑唐曰："伊嫂[2]且慢踏，让我行。"村妇曰："你是诗伯，踏车诗吟一首。"郑唐吟曰：

媳妇子台家[3]，三人踏一车。

带子摇铃子，两边铿铿谢。

村妇骂曰："刻薄仔，快爬去。"

时有早年为人家奴仆，后发财建大屋，请郑唐写一板额立堂上，郑唐遂写"旦白"二大字。其人喜以启旦而清白也。谁知"旦白"乃戏旦上台之白，曰"奴家"，分明讥刺奴仆之家也。

又东门一土皮匠新发家，亦请郑唐题板额，遂书"蘭坡"二字。主人喜以芝兰之坡，谁知明排着"东门土草皮"[4] 也。

又一作鞋匠发财竖板，郑唐书"甲乙居"三字。盖甲字像锥，乙字像裁鞋刀。

又一美少年名王一，求写书房牌额，郑唐题"比玉居"三字。王一喜以比玉之清洁。后被人三字拆开，凑拢成四字，乃"王一屁古"也。王一忿而毁之。

时乌石山新建尼庵，公举郑唐题庵名。尼首求题清雅之名，郑唐曰："可名'恶臭庵'，好么?"曰："既恶又臭，好从何来?"郑唐曰："拆开看是西心自大，乃羡西传心法自高大，怎的不好耶?"尼曰："暗好明不好，快换快换。"郑唐曰："要明好，暗则不好。换以'妙香'二字，何如?"尼曰："妙而香，怎的会暗不好耶?"郑唐曰："明是妙而香，暗则少女千人日。"官音"日"与"入"同。尼首笑曰："庵中少女有千人，便大兴旺发财矣。"其庵遂名"妙香"，今犹存焉。

郑唐有一叔，眼斜，看物皆侧脸而视之。那日郑唐见其来，即念曰："雷惊池中鸭，鸡啄壁上虫。"盖群鸭闻雷皆欹头，一目观天。鸡啄壁上之虫，尽皆侧首，一目望啄之。其叔知是嘲己，笑骂曰："好大胆，胞叔也来嘲谑。"唐答曰："得罪，得罪，唐即须当行礼陪话。"即遂拜揖下，其叔亦即回礼还揖。唐又笑曰："郑唐陪叔话，叔又观别人。"却原来斜眼之人，凡身有动，脸必侧首视。因回礼，脸又斜侧，故又吟二句凑嘲之也。可见郑唐乃诙谐之甚，自己亲叔亦如是嘲谑矣。

正是：自叔亦来嘲作鸭，他人怎不信为龟。欲知后事，且听下文分说。

---

① 踏车：踏水车。

② 伊嫂：对中年妇女的社会称谓。

③ 台家：婆婆。

④ 东门土草皮："蘭坡"拆字。

第二九〇回　烧火爆除死无大灾　治恶妇充吏黜青衿

却说郑唐好诙谐，无人不被吵尽。时值年之除夕三十夜，郑唐家父子正在烧火爆①，忽然外面抬一部大棺、二部小棺进来。郑唐问："是谁叫汝抬来?"抬棺之人答，适有两人去店中，价已商定，交有定银，开有地方姓名，叫赶赶先抬去装贮。二人说去买钱纸等物，随后亦来等语。郑唐笑曰："我一家都平安，无人死，是哪两个去买的要用，你们抬错至此。我亦不与汝白去，有红包送你等，出门赶抬去寻讨②那说价交定之家便是。"此时抬棺的见其家无人死，不斥骂便万幸，复有红包得之，敢不抬回而去？郑唐父子各抓盐米共摔之，喝曰："新春斗柄回，进棺连进财，郑家烧火爆，除死无大灾。"

至今人尤常言"郑唐烧火爆，除死无大灾"，即此之谓也。谁知那叫抬棺之人，暗随在郑家门首探望。因喝之不倒，反被摔盐米喝彩"除死无大灾"，转凶为吉，心中不愿③。至夜深，写一对联云："黄病④打，五帝拿⑤"贴在郑家门前。其二子于元旦黎明见之，忙入曰："不知何人贴写不祥话在两栿⑥上，快取水洗。"郑唐出看，笑曰："何用自洗，怕没人来代洗之也?"即持笔左添二字，右添二字："黄病打对面，五帝拿隔壁。"郑唐添完，门乃闭入。至对面隔壁开门出看，皆不语，代之洗除也。至郑唐再开门出看，无去⑦，谓子曰："何如?自有乖乖的奴才来代洗。"盖郑唐起先前门临河，无对邻；后因前进卖去，以后户⑧作前门，才有对邻。

---

① 烧火爆：旧时过年的习俗，在家中空地上烧篝火，向火中撒盐粒，发出噼噼啪啪的爆响，以图吉利。

② 寻讨：寻找。

③ 不愿：不甘愿。

④ 黄病：因肝腹水等疾，呈皮肤黄肿之病症。

⑤ 五帝拿：俗语，咒人被"五帝"神抓去。

⑥ 两栿：门框的左右侧。

⑦ 无去：没有了，消失了。

⑧ 后户：后门。

又至年冬，郑唐手执扇由坐省太监门首经过。值临巷搭台演戏，人过皆由台下钻去，惟郑唐不钻，欲令拆台而过。因哄动太监出查，始知郑秀才不肯钻过。因明之秀才为正途，太监不敢藐视。惟出一对，若对得来，台即拆开与过，曰："穿冬衣执夏扇不知春秋"。以隐春夏秋冬难对。讵唐随对曰："朝北阙镇南邦没有东西"，亦隐东西南北四字为之难对。讵郑唐被讥冬天执扇，必不知春秋之礼。此讥太监以朝北阙镇南邦为尊贵，只得没有东西也。"东西"指阳物也，为讥刺太监之甚。对既敏捷贴切，不得不拆台与过，惟记恨在怀。

时山西一兵妇，子从军在福州为卫兵，因夫死带幼子来闽寻长子。谁知已死，无依，幸与坐省太监乃乡亲，去投见之。太监念情，命卫官日给口粮，安顿卫前街居住，俟幼子成丁顶补兵粮。谁知此兵妇悍恶极，再藉太监之势，胜如虎姆①。以乡邻之妇女皆有孤老②不洁净，惟他独清白，无日不东家骂过西家③。让之犹可，若不让，逐入把锅灶番查梨④，诸乡邻惟侧目，皆无奈之何。

因是处有一书院，时有书生在内做会文⑤。郑唐适至，闻众友评论此兵妇横恶不堪，各家都打尽，将入书院来，若有人钉治便好。唐曰："有何难？尔们东道办一桌与我食，待我钉治与汝们看看。"曰："如果能钉治，与通乡出气，便办一桌盛席请之。"唐与约定了，便去。遂改装行江湖之相士，至暮只在其门首行来行去。侦至兵妇出来，便笑谓曰："此位太太好贵相，三角目如虎，五菱鼻似狮，他日必做太夫人。"

兵妇问曰："你会看相么？"唐将手执"善观气色"招牌与看，曰："我就是相士先生。"妇喜曰："你会相，再看我子相貌如何？"遂唤出十一二岁之子，郑唐又相了，曰："此位小阿哥相更大贵，口阔如河，额高似豹，将来位至侯伯。"妇喜甚，曰："我日后果有好处，必重重谢汝先生。"郑唐遂入内，又谓曰："至阿哥大贵时，恐认不得我先生。"兵妇答曰："认得，怎敢不认得？"唐曰："肯认好极。今与太太商量，有银五钱与太太买果子食，即此厅后借与我晚来住宿一二夜便去外乡。可与相认熟悉，后来好与太太讨谢礼，可好么？"

但那兵妇既喜其褒奖，又有银租住，怎敢不容留，惟曰："无床铺锅灶怎住歇？"唐曰："惟见借炉灶、锅仔。天时热，椅条⑥便睡得。"兵妇遂收银，进取

---

① 虎姆：母老虎。

② 孤老：麻风病。

③ 东家骂过西家：骂过东家骂西家。

④ 番查梨：掀翻打烂。番：谐音"翻"。查梨：也作"渣梨"，形容糟烂。

⑤ 做会文：练习作文。

⑥ 椅条：长凳。

出炉灶、锅仔[1]。郑唐遂去，约定更时才来煮食，门只闭搭[2]不锁。

至初更，郑唐来拨门至厅后，内进已关，便叫“太太!”。兵妇开门出，问曰：“何事?”答曰：“‘两头通’见借一用。”又问：“什么两头通?”郑唐比[3]手势与看。兵妇笑曰：“此乃火管[4]，说什么两头通?”郑唐曰：“此处都叫两头通，说火管不知。”兵妇遂取与之。俟有许久，又叫曰：“太太!”兵妇又问曰：“何事?”答曰：“‘两脚开’再借一用。”又问：“什么两脚开?”又比手势与看，兵妇又笑曰：“此钳火之钳，说什么两脚开。”答曰：“此处系叫两脚开，言火钳无人识。”亦取与之。又俟有许久，又叫曰：“太太。”兵妇开门又问：“何事?”答曰：“‘同头睡’再见借一用。”又问：“什么同头睡?”又比手势与看，又笑曰：此睡觉之枕头，说什么同头睡?”又答曰：“此处都叫做同头睡，与之言枕头，并无人识。”遂又取与之。

时已三更，便不再叫。步入天井，见有一条裤晒晾于檐下，即将此裤扯破；又见一鸡伏在廊上，将鸡嘴摄紧，用手尽撮下毛。时已五鼓，门倒关而去。

至天明，兵妇起看，人已去。见廊下裤扯破，鸡无毛，再入取银看，是锡假[5]。大怒，立住门口，高声骂曰：“哪里来一个看相的，不得好死！昨晚把五钱银来赂老娘借宿厅后，一更要两头通，老娘就与之两头通，二更要两脚开，老娘就与之两脚开，三更要同头睡，老娘就与之同头睡。由他所要一概都与，还不足意，把老娘裤扯破，鸡毛撮精光，五钱银犹是假的！若被老娘寻着，皮剥他三层!”

此话骂至天光[6]，乡里[7]闻之，皆笑曰：“此恶妇亦上人当耶?他常骂人皆不洁净，惟自清白。如此骂，岂不是挑屎涂面耶?”书院诸生闻此等骂，皆知是郑唐所为，背地议论：郑唐有此本领，能诱淫此恶妇，但他虽诙谐刻薄，从无行此失德之事，从中必有诡诈之曲折。待他来时，问之便知。

须臾，郑唐至。众问：“前道[8]有无钉治?”答曰：“已钉治了，听他有骂无骂?”众曰：“有骂。”问曰：“骂什么?”答曰：“此骂甚风流，通乡听之皆痛快淋漓。但他既顺从，两头通、两脚开、同头睡了，何以把他裤扯破，鸡毛撮精

---

① 锅仔：小锅。

② 闭搭：虚掩（门窗）。

③ 比：比划。

④ 火管：吹火用的竹筒。

⑤ 是锡假：是锡，假冒为银。

⑥ 天光：天亮。

⑦ 乡里：街坊邻居。

⑧ 前道：詈词，指兵妇。

光也？”郑唐曰：“不扯裤，不撮毛，必不成骂。无人知，怎能食汝们东道耶？”众欲问诱之情形，郑唐曰：“食完再说。”

是夜，公办酒席，请之坐饮中间。众问：“老虎姆①怎敢入穴淫之？”郑唐曰：“我早数年好男色是有的，只后②亦看破不为。其女色一生不二，有敢行此不端之事者耶？”众曰：“我们正说君虽滑稽，从无行此失德之事。惟不知君无为是事，恶妇口中自骂出有是事，究竟是何曲折也。”郑唐遂将所为之实情告之。众闻之，又问曰：“不实说火管、火钳、枕头，亦照君借意之名色骂之何也？”郑唐曰：“是我预说此处都叫做两头通、两脚开、同头睡，若说火管、火钳、枕头，人皆不知是何物。他乃外省人才至此，信以为真，照在地③之名说骂之。”众服其奇异巧妙，能令遂合机锋，以无似有骂出，惜其大才小用矣。

那恶妇连数日不歇。若是别人，有人止之：不可此等骂，人皆笑自挑屎涂面。惟他众人嫌，无人阻之，任他去骂，皆背地笑至腹鸠④。谁知坐省太监拨有人在外查报街谈巷语之细里，遂入报兵妇所骂之奇异，以为被人强奸。即唤至兵妇查询，因知道众戏之，以致被用讥窍与众传笑；令回去务要改过，和睦里人，不可如前也。兵妇遂回改过，不敢再骂人。

太监又遣人密查，何人装相士掏泽⑤兵妇。查闻系秀才在书院会东道，便知是赌输掏泽兵妇之缘故。遂被太监访知乃郑唐所为。太监因前被讥刺没有东西之对句，怀恨未消，今又戏弄兵妇，将前情对本府⑥说，欲究治之。本府因无究治证据，难治其罪，惟以好诙谐，有玷斯文，黜去生员，充为书吏可也。郑唐即被革退秀才，充为本府书吏，押入衙办事。随更换衣巾，着为之值堂⑦。遂题诗于壁：

生员黜去充为吏，不怨他人自怨自。
丝条员领都一般，只是头巾添两翅。

谁知郑唐充为值堂吏，更大发财：原告要银三两三，被告要银三两三，若两告都要与之，审问时皆平静，纵无理亦不至受辱；若有一告不与者，至审时非话传互异，即增改口供，有理变无理，不枷便责，无不喜与之也。却被本府

① 老虎姆：母老虎。
② 只后：这以后。
③ 在地：本地。
④ 笑至腹鸠：笑到肚子抽筋。
⑤ 掏泽：糟蹋，捉弄。
⑥ 本府：指福州府。
⑦ 值堂：在衙门大堂服役。

察知，不许外出，亦不许入卷房，日夜令在大堂，派四个班役轮替看守，有越离者责看守之人。郑唐日间令子送饭来食，夜间开铺堂侧[①]寝睡。

看守之人三个，犹徇情从之走动。惟汪得严酷甚，日亦送饭来食，夜亦开铺同睡，半步不离，亦不与人来说话。郑唐暗怒之。盖大堂上乃堂官家人管理，早晚皆至巡看。那日黎明出看，公案桌上有人屎一堆。堂官怒曰："查看何人屙的，即令其人食。"汪得只见公案桌脚贴有字，拆看喊曰："此屙屎系郑唐所屙。"郑唐问曰："何以知是我屙的？"汪得曰："桌脚现贴有字，写是汝放的。"又问曰："此字何人写贴的？既知何不言？贴之都当实据耶？"汪得曰："必定是此人见你在桌上屙屎不便面说，惟贴字迹，免累别人也。"堂官喊曰："果是先生放的，说不得亦要食，始戒众也。"郑唐曰："既贴字作据，即不是我放亦要遵令。"遂将屎捧食了，笑说："未食着怕甚，既尝着味清甜无比。"众皆摄鼻笑至腹鸠，以郑唐平素掏泽别人，今亦有食屎之日。

至次日天明，又有一堆屎在案桌，堂官至见，又叫郑唐照样食之。郑唐指曰："何用闹，那桌脚亦贴有字，拆看便知何人屙的。"堂官拆看，写"此屎汪得屙的"。堂官曰："快叫汪得来食！"汪得辩曰："此屎实非小人放的，是他人与小人有隙写贴。"堂官怒曰："昨日有写'此屎是郑唐放的'亦是人与之有隙耶？郑先生因不认，你曾说人见不敢言，惟写贴证之，免累别人，郑先生被所质便愿食之。你今不食，何以服郑先生？若不食取鞭打之，看你食不食？"汪得不得已亦食。前郑唐食了如食糖膏，顷刻食完，犹说清甜无比；今汪得食之如食黄连，吞之不下，两眉捉紧，半日食不尽。众笑曰："凡事要让郑先生，轰轰烈烈，就屎亦食得爽快。"郑唐曰："果凡事要让我，知机者屎变糖，不知机者以真食屎也！"讵汪得只食一半，便呕吐，浑身发抖。堂官见此情形，即令罢了，不须再食。汪得因此得病告假，堂官令扶之回家。汪得才出，郑唐曰："何方小子敢与郑先生作怪也！"

正是：欲展其谋是我设，故言此语使人疑。欲知后事，下文分解。

---

① 开铺堂侧：在大堂侧设床铺。

第二九一回　演剧借太监衣预施暗毒　医疮假丹霞药得复青衿

却说班役汪得因食屎患病，告假回家。方去，郑唐冷笑曰："何方小子敢与郑唐作色?"堂官听而异之，先听食屎变食糖已疑了，今闻此语更疑之甚，便密令细查。郑唐所说不是屎，堂官遂访知，因汪得看守严酷，恨之，密令子送饭时存带梅糕来，半夜倾于公案桌上，其色与屎无异，故自写"郑唐放之"字贴在桌脚，拆看令食。是夜又放真屎于桌上，写贴汪得放，要令汪得食屎，以报看守严酷之恨，自己食梅糕好不畅意而自得，令他人食真屎，怎不冲脾而生病也。

此事郑唐亦欲与人知之，方洗自非食屎，故被一访便知也。堂官既访知以假致真之诡弊，遂思郑唐果厉害，所为之事皆神出鬼没，教人何处关防得周?遂将此事密告于本府知。本府欲斥革，堂官曰："此人文才甚饱，无大非为，惟好诙谐，如东方朔者流，既黜其生员，再革书吏，致之立身无地，更无所不为。可调入挂内号，不与干预外事，工食供家充足，日夜在内当差，任甚诙谐，无处再施矣。"本府依议，即将郑唐为挂号，比信堂书吏清高一层，工食一月有十数两，供家有余，只是过不得位，如笼中之鸟，其实关不住，欲罢不能，无奈只得屈为之。

因无消遣，惟闲时自唱曲自踏板[①]演戏。遂有诸年少家人来相帮腔，便教之亦能演唱数出什剧。那日本府请太监与司道各官在衙内饮宴，诸家人因无事同在郑唐处演剧，家人欲令做一出《陈琳救主》。郑唐曰："此出无行头不好看。"家人答："今日有此行头。"诸家人因与太监管衣箱之小太监相识。时天气炎热，诸官一上席都将大衣大帽脱收衣箱帽盒，另换纱衣巾，其跟随之人皆在内服侍，惟管衣箱的人在外看守。此时内已登席，诸家人遂向小太监借出太监衣帽与郑唐穿戴，遂演一出《陈琳救主》，比大班更有神色。郑唐既演毕，即脱下袍帽，恐汗湿帽边衣领，遂开自之箱取帕拭之，拭了交还小太监仍存箱盒，

---

① 踏板：用脚打拍子。

至席将撤[1]一同收歇之也。

谁知郑唐引诱诸家人演剧者乃明修栈道暗渡陈仓也，至偷借出太监袍帽，计便遂矣！开此手帕拭汗气者，下虫毒也。其太监头日在本府衙饮宴，只隔一夜，次早起来头额一环及肩项间发出白泡异疮，乃穿戴袍帽所致也。便请外科治之，其外科看了，曰："此疮名入地穿穴蛇，自头面上延至下部旋转入窍，诸医家皆不治，惟朱紫坊儒医郑唐能治之。"因不敢下药，遂复延请城内外科，皆众口一词推与郑唐医之。

太监因听众说，便问："哪个郑秀才能治此疮？"左右答曰："即好诙谐刻薄革去秀才、现充为本府书吏之郑唐也。"太监听说是他，恨之，不欲与治。其奈疮痛十数日，头戴不得帽，肩着不得衣，懊恼之甚，不得不着人去本府衙门借郑唐来医之。太守即送郑唐去医治。太监问曰："此疮何名？你能治否？"郑唐曰："名入地穿穴蛇。"又问："何为穿穴？"郑唐答曰："自头面发起，延至下身体，至脚底了，转旋入前后窍，透五脏无治矣！今只头面肩背，尚未延蔓，治之极易。药一敷上，眼见肿消而愈，只是无药与公爷效劳。"

太监曰："既能治，怎的无药？"郑唐曰："书吏哪有此仙丹。十年前酒醉误入宿猿洞，遇丹霞大圣。问何等人？答是秀才。他便出题目考诗赋，遂与作诗赋，喜之。书吏遂拜为师，时常往来，付与专治入地穿穴蛇异疮之仙丹救世。所付无多，医愈三四家便空了。后有人求治此症者，即去宿猿洞取药治之。今歇六七年未去，不知丹霞大圣在不在，肯与不肯与。故不敢即应许能治也。"太监曰："在不在亦要走一遭。如在，汝乃是他门徒，取必肯与。"郑唐答曰："去务必要去走一遭，只是还去不得。书吏原与他为门徒，乃穿着生员儒服，今穿着书吏服色，衣冠更异，必不相认也。况乃猴癖最嫌是公门中书吏，一见他面，不打即逐，怎能与之取药也？"

太监曰："要换穿儒服不难。"遂遣人去儒学借一套生员衣巾。郑唐即穿去。郑唐去后，太监问左右："丹霞是何等人？"左右有知的，答曰："乃千年之猴精，神庙处处有之。其本元神在乌石山宿猿洞。神通变化，不亚孙行者，在前曾与人换心换面之奇异。"将丹霞之行略说之，太监闻之曰："咱家见各处有圣王庙，以为齐天大圣，原来是此丹霞。既如是威赫，郑唐何敢进内取药？据他说曾与为徒，可有此事么？"左右答曰："有无与之为徒不知。"太监曰："且看取药来敷之，见效便是真矣，无效便是假，再以妖言究之。"郑唐去有许久方回，谓曰："幸丹霞在洞，因与取药。他问：'与贵医，与贱医？'生员答：'与

---

① 撤：结束。

贵医。’”左右喝曰：“书吏称什么生员？”郑唐答曰：“身穿书吏衣服，便称书吏。今穿生员衣巾，借称生员，有何错也？”太监曰：“且与你称，能医疮愈，还汝生员可也！”

郑唐又曰：“据丹霞言：‘此药医穷不医富，医贱不医贵。’生员问：‘何故？’丹霞曰：‘贫贱者，福未享过，应当救之。富贵者，福已享尽，救之则甚？’又问：‘是哪个贵人？’生员答：‘乃镇守本省之公爷，贵虽极品，福享未尽，特来求赐仙丹，自当感激。’丹霞闻此才肯与药，惟要吃公爷四粒桃，生员与公爷代许之，一愈即谢，方交出药。”太监曰：“桃只要四粒，若要四担亦有。”郑唐曰：“公爷以是木桃耶？他要一粒十两重之金桃。”太监曰：“药治能愈，就把金桃谢之。”郑唐遂袖中取出药，将太监头额并肩背尽敷了。时将暮，郑唐欲去，太监即留住不与去，遂隔宿一夜。

太监自生此疮起，夜不安寝，朝夕疼痛。一敷上药，其痛即止，直睡至天明。次早起来，取镜照之，肿消瘖[1]结，喜甚。仍留住不与去，至三日全然消退如故。郑唐曰：“大圣之仙丹可好么？”太监曰：“果是仙丹，应手而愈。”郑唐又问曰：“金桃可谢么？”太监曰：“怎敢不谢？昨日已制便黄金桃四粒，每粒重十两，共成四十两。”郑唐曰：“不可遣人同去，谢之便了，永不再生。”太监即取出四粒金桃，郑唐以盒贮之携去。至回来，欲将衣巾脱还，太监笑曰：“我有言在先，能医疮愈还汝秀才。今即管穿去，我即拿帖与学台说讨还青衿。”郑唐曰：“补还极好，只是除去挂号工食，何以供家？”太监曰：“你子多大年纪？”郑唐答：“长的十八岁。”太监曰：“即将此缺与你子顶补，此书吏衣巾带回与你子穿，我备帖再与本府言之。子补父缺，有何不可？”

郑唐曰：“如此便感之不忘。”复令取出原太监之袍帽，将余药毒气尽除，拜谢而去。但郑唐暗施毒药，致之生疮，借丹霞之名色，失一得二，得金四十两，折银七百余两，真有不尽之神出鬼没矣！

盖郑唐讨回青衿，所设诡诈有十计：演剧，一计也；遂演《陈琳救主》，二计也；偷借出衣服，取手帕明拭汗气，暗施毒药，三计也；唤去医疮，捏说向宿猿洞丹霞大圣取药，四计也；换生员衣服去取，五计也；太监面前自称生员，六计也；诈言要谢金桃，七计也；疮已医愈，故意脱还儒衣巾，八计也；既复青衿，又图子顶父缺，复得工食钱供家，九计也；临去，要取出太监原袍帽尽除毒气，十计也。

正是：诡谋十计侵阉官，刻薄千年说郑唐。欲知后事，下文分解。

---

① 瘖：痂，本字“疕”。

第二九二回　菜头桥灯联新奇绝倒
水瓜花饮酒气味深长

却说郑唐不知在何处得此独门奇异之药，只一点沾肤，便发出泡疮，惟肿痛不致伤生，任甚卢、扁，医不能愈，惟他有药，一敷立愈。既有此奇门之药，若时常行为，财必发无底止。讵他不肯损人利己，虽穷至甚，亦不妄为。惟前图宋万里之色一为，今向太监讨还青衿一为，亦不传授与子，可算不端中之端也。此次得横财七百余银，不若从前洒尽，将赎回旧典屋，其供家有子在内挂号工食，用度颇裕。谁知郑唐之命与拿宝相似，得财必花尽。忽然邻家失火燃及，将新旧屋尽烧平地，幸搬些物件出来，遂暂在水部门外板桥头租屋居住。长子名淮，在本府为内挂号。次子名济，在家读书。

时值元宵灯节，无处不灯火辉煌。郑唐遂于板桥头搭一灯棚，以菜头[①]削雕为木笔灯，周围悬挂。后之菜头灯自此始也。人皆以奇，都赶来看，无不称羡其清雅。郑唐遂教诸邻人，皆作菜头灯挂卖。因菜头用得多，各处菜头船都赶集来卖。迨元宵已过，无做灯卖，其菜头船亦常集此贩买，自此板桥遂名菜头桥矣。郑唐结此灯棚，每夜台上换挂一对联灯，以时人所为之新闻笑话，写成双关两意之灯联，与人观看来笑也。

因闻近时东门有一家双请新婿并女回门，留住未即回去。是夜女引婿入房，关门上床同枕，患上马风气闭，女吓即喊救。父母兄听之赶至，向壁缝瞧见婿鞋在床下，二人被罩紧在床上，不见头面，知是婿上马风。因门闭，欲取刀撬开。女在床喊曰："不须撬，乃厘戥匣做门闩，一重推便断。"父兄闻之，遂推断厘戥匣而进，令女仍抱住勿放，恐引风[②]，可口对口来接气。女答曰："已口对口，奈气接不回。"其父曰："若气不回，须灸尾豹蒂[③]。"即取剪刀，以手摸被面是股臀之所，将被剪破如碗大一孔，露出雪白股臀之尾豹蒂，用火艾丸点

---

① 菜头：萝卜。

② 引风：招风着凉。

③ 尾豹蒂：人体的尾椎骨凸起部位。

火灸之。艾火正燃，女喊曰："怎么与奴之股臀来烧耶?"父兄始知女浮在上，婿沉在下为垂莲插玉笋。把女股臀之艾火掩息，父子议欲划床下铺板，时见婿忽自回苏矣。

此新婿在女家上马风之新闻，犹无甚希奇，惟火攻倒垂莲之尾豹蒂奇之甚，被郑唐访知，是夜遂写一对联云：

"厘戥闩门成风流女婿，金刀剪被错灸月嫦娥。"

此灯点挂，人皆不知，后遂有二人知之，说出情形，无一个不笑至腹鸠[①]也。

彼时福州城墙上周城接连有瓦屋，游城不须擎伞，瓦价往常每百只五分银。至遇风台[②]，吹倒瓦屋，瓦窑被官封之，民家去买，每百起价一钱三分银。因本处乡邻有六个朋友，称一斤七两蛎[③]，同至下南兄家打东道。下南兄曰："瓦该死。"盖下南人称"瓦"乃"我"也。次夜郑唐遂换一灯云：

"风台南门楼，每百钱三瓦该死；雨打东道主，今晡斤七蛎[④]遭殃。"

原来那六个都是府县差役，皆会齐撮食[⑤]下南兄，故下南兄说每百钱无交，瓦该死也。六个府县伯[⑥]被挂出此灯，连钱三之份皆交，惟干食弟[⑦]皮厚无交。此灯联人众看之，又笑至腹鸠也。

时在处有数个假儒士，自夸能诗，所作之诗，不如签谱。又有数个后生，外虽秀雅，内皆滥至不堪之极。许夜郑唐又换一灯联云：

"蚶会匝丝[⑧]，到臭时虷脯[⑨]故好[⑩]；蛎[⑪]虽雅品，至滥处娼妇不如。"

又近时城内一家二兄弟俱娶有媳妇[⑫]。兄妻死，弟妻在，其兄写二句诗于媳妇房门口灰壁上："四十公公失了婆，不知媳妇意如何?"其媳妇见此添写二句："若还中得公公意，半作媳妇半作婆。"谁知壁上之诗，却被其弟瞧见，心动，亦向自己媳妇房门口灰壁上题二句云："伯母都依半作婆，不知叔婶意如

---

① 腹鸠：肚子抽筋。

② 风台：台风。

③ 蛎：牡蛎。

④ 蛎：俗音"弟"，此处与上半联"瓦"，都是谐音双关。

⑤ 撮食：强要他人请客。

⑥ 府县伯：百姓对府、县衙门的差役的尊称。

⑦ 干食弟：谑称白吃而不出份子钱的人。

⑧ 匝丝：贝类在水中张开贝壳伸出触足。此处"匝丝"谐音双关"作诗"。

⑨ 虷脯：一种盐渍的细小海虾，也说"虾鲜"。此处谐音双关指"签谱"。

⑩ 故好：更好。

⑪ 蛎：谐音双关"弟"，指子弟。

⑫ 媳妇：儿媳。

何？”其媳妇见题此诗，亦添写二句：“欲奴学样亦容易，先来摄死了婆婆。”其弟见媳妇题此二句乃敲难[1]之话，心遂没想。忽然二子俱回，二兄弟皆赶来以手扒壁上白灰，抠除字迹不及。虽兄弟同扒灰[2]未成，事已扬出外。郑唐以此灯联只有半爿，其半爿无凑。

随有人从半洋[3]来，笑曰：“今日见三亲家相让一抛屎[4]，笑至腹胀。”旁人问故，其人又曰：“洋中又有一抛屎，两个提赶来摄[5]，正抢摄间，一抬头看，原来两个是儿女亲家，俱不即摄，彼此皆言：‘亲家请，亲家请。’相让间，又一扒猪屎的来，笑问曰：‘此抛屎不摄去，还相让之则甚？’讵三人一见面，原来都是儿女亲家，先至之亲家欲将让与后至之亲家，后至的曰：‘先到为君，后到为臣，怎敢占夺？’先至的曰：‘见者有份。’因三人相让，不敢独得，遂将此屎匀作三份，始分摄之而去。可见乡下人一抛屎亦是宝，亲家门户亦不肯让，分之才愿，说来好笑。”郑唐即将此凑成对句，换挂灯联云：

“玉烛光残，三亲家相让摄屎。金炉香烬，二兄弟对手[6]扒灰。”

郑唐于木笔灯棚上，每夜都有换此等灯联，极远之人皆赶来看，虽看不知，亦听棚下之人众说其出处，便个个皆知，无不说妙；倒夜夜路皆塞满，行之不过。故菜头灯做卖不敷人买也！其菜头桥之灯联奇绝，扬传至今。或言旧米仓[7]，非也。

却说五里各自迁移，皆不在原处居住。高冠里迁居永福就业，其家事颇丰裕。惟邹化里因遭颠沛，父兄殁后，一贫如洗，四壁萧条。四里皆不与郑唐往来，惟冠里有进城时，都至郑家探望。那日因来城公干，住歇菜头桥郑家。时值中秋，同郑唐次子郑济，年十六岁，入城游玩。因入城隍庙看戏，至暮不得出城。

以旧友宋万里在剑池后居住，知他家中鸡鸭甚多，至他家隔宿[8]，无鸡亦有鸭食，遂同至宋家。万里问：“何来？”冠里答曰：“因去城隍庙看戏，关在城内，特来歇宿一夜。”万里曰：“隔宿不妨，只是有钱无处买物相请，奈何？”冠里曰：“君家鸡鸭甚多，不拘小鸡小鸭，杀一个便大足意矣！”万里曰：“鸡鸭倒

---

① 敲难：故意为难。

② 扒灰：谑指公公与媳妇私通。

③ 半洋：村名。

④ 一抛屎：一泡屎。

⑤ 摄：夹取。农民捡猪屎积肥，通常一手拿竹夹子，一手提长柄的小粪箕。

⑥ 对手：一起做，帮忙。

⑦ 旧米仓：福州地名，在今达明路一带。

⑧ 隔宿：过夜。

有，只是酉时不杀生，怎敢动刀?”冠里又曰：“既杀不得生，无一味下酒，在此作甚?”遂带郑济而去。万里不留，听之自去。

郑济问：“今去何处?”冠里曰：“顾里兴现在西门长池头居住，门前鱼池都是他的，今齐去他家，必有鱼食。”二人又至顾家。里兴亦问：“何来?”冠里亦答曰：“因看戏不及出城，特来此歇宿。”里兴亦曰：“有钱无处买物相待，奈何?”冠里曰：“君之鱼池即在门前，只须手网一捞，便有鲜鱼。”里兴曰：“黄昏不车池[1]，无奈君何?”冠里曰：“既动不得池，在此作甚?”遂去。里兴亦不留，听之自去。

郑济又问：“今再去何处?”冠里曰：“今不可去富家，只可去贫家。虽无食，亦甘心。惟邹化里就在文藻山居住，同往他家坐谈一夜可矣。惟不可说先至宋、顾二家之情由，恐见笑矣。”遂又同至邹家。时已更静，化里见二人至，喜甚。冠里不待问，先言曰：“因无事带济官[2]进城看戏，不意关在城内，遂在面店食了点心，特来与吾弟谈叙至天明便去。切不必费心再讨饭菜[3]。”化里曰：“岂有旧友至不接待之理？虽无甚物，必须一醉以酬旧情。”言讫进内，须臾见其弟手执一大酒壶，另挟一物而出。许久，其弟提酒并油烛回来。冠里向郑济轻声言曰：“汝可知此酒烛从何而来?”郑济答曰：“不知。”冠里曰：“他乃挟衣服去当的。”

少顷，化里遂出排盏筷及一大壶热酒，请二人同坐下，笑曰：“‘客至但知留一醉，盘中惟有水晶盐。’弟今夜来，盐都没有。”冠里答曰：“君子之交淡如水，醉翁之意不在酒。今夜只须水，不须酒也。”化里哈哈大笑曰：“何不早言，只水不必酒？今酒既沽，肴亦顾不得，须效《吕氏春秋》中，惟弟之肉可割烧炙作肴，与二君下酒可也。”冠里笑答曰：“吾弟如此情重，其肉必香，且割来与愚兄同贤侄尝尝。”郑济笑答曰：“如食邹叔之肉，必须割己肉还敬。高叔敢尝，小侄怕还敬不敢尝?”化里曰：“不须还敬，即管放心。”郑济又曰：“无还敬不成《吕氏春秋》矣。”化里又笑曰：“的要还敬便不割，只是寡酒难吞，怎处?”冠里曰：“怎至寡酒无肴之处？各人随带有虾，便得下酒矣。”化里曰：“既带有虾，可无停杯饮之!”冠里酒饮干了，张开口“呀”一声。化里笑曰：“此虾[4]配酒极妙。”酒亦饮一杯，亦“呀”一声。郑济亦饮干“呀”之，三人以“呀”下酒，各饮了四五杯。

---

① 车池：用水车将鱼塘水抽干捉鱼。

② 济官：即指郑济，犹言郑家少爷。

③ 讨饭菜：准备饭菜招待。

④ 虾：福州音读“虾”如“哈”，“呀”的叫声也如“哈”。所以谐趣说“以虾配酒”。

二人拟其必无别物配酒①，惟“呀”而已。忽然其弟捧出一大盘热肴出来，安排桌上。冠里曰：“这时候哪讨有此美肴馔耶?”化里曰：“实不相瞒，家中无养畜牲，又无糟盐五味，惟后园栽一棚金瓜②，瓜摘食尽，只剩其花。将花摘炒，亦可下酒，略尽一点心情。”冠里又问曰：“吾弟都在此，谁人去摘之?”又答曰：“愚弟妇无火可摸摘，才至始炒出。”冠里羡之曰：“昔陶侃母背地剪发延宾，今贤弟妇黑夜摘瓜花待客，古今皆贤之。”化里答曰：“言重!”遂将此盘瓜花，三人酒配十酵③，有不尽清香滋味。饮饮谈谈，不觉至天明，又捧出粥，各食了。二人将行，化里曰：“二位海涵，勿怪怠慢之至。”冠里曰：“瓜花饮酒心情厚，不敢言怪。”冠里遂同郑济辞谢而归。

正是：朋友薄情存肚里，瓜花美味在心头。欲知后事，下文分解。

---

① 配酒：佐酒。

② 金瓜：南瓜。

③ 酵：酒斟，从坛中取酒的直柄大勺。

第二九三回　郑唐评枭友乱卫卒　冠里重瓜花藐鸡鱼

却说高冠里同郑济回到菜头桥郑家，将酉时不杀鸡，黄昏不车池，黑夜摘瓜花三处之情形告与郑唐知之。郑唐曰："何不再至李金蛟家？他家开酒库，更酒肉之甚，并干味皆有，不用买也。"冠里曰："不要说起来，金蛟更悭吝之甚。他住在北门顶，三年前小弟未迁永福时，因往华林寺寻人说话不遇，至黑回来，天忽下微雨，欲去他家歇宿一宿。至时，问看门的，说金蚊在家，令进报旧友冠里来访。看门进报，许久出来说，才去城外，明日方回。因躲不见面无奈之何，又身未曾带钱，只得又令进说借钱买火把并借雨伞。讵看门的进去，只借出八个钱买火把，雨伞说无。令再进借斗笠，亦无。无奈冒雨赶至津门楼，浑身湿透至裤。

"过了数日，金蛟便来讨所借买火把八个钱。时至暮，小弟曰：'远来空嘴[①]，哪有就去之理？便具饭菜，且食一顿了，再送还借买火把之钱回去未迟。'他便坐定不去。随出买几味，沽酒吃之。对饮至二更，擒本[②]已醉甚，自言要留睡，明日方去。小弟曰：'我那夜至华林寺回遇雨，你家借伞无了，连雨都得回来，[③] 今夜无雨又有月，为什么回不去？'遂交还八个钱，点一条大火把与之去。他收钱，接火把便行。至次日，闻说他只行至鼓楼前，便醉卧在地，天亮方醒，身上衣服被人剥去，赤条条跑回北门，人皆知来讨八个钱，折去浑身衣服，因小失大。"

郑唐闻了笑曰："此都是我弟刻薄，还敢说也！"冠里曰："前至他家，不留也罢，连雨伞斗笠都不借，八个钱买火把还敢来讨。薄情鄙吝之人，不此等报之，更待何时？故昨夜与济官说：'去宋顾二家只如是，不必再去富家，可去贫家，即无食枵腹[④]言谈至天明，亦喜之也！'"郑唐叹曰："富而骄怠慢客，贫而

---

① 空嘴：指还没招待客人吃喝。

② 擒本：形容拼命吃喝，像赌徒急于捞回赌本一样。

③ 你家借伞无了，连雨都得回来：到你家借伞没有借到，冒雨也能回家。

④ 枵腹：饿肚子。

乐始敬友。你只五个[①]胶漆之友，才隔未十年，便如此不敬也！不似晏平仲善与人交，久而敬之，惟邹化里还有些晏子之风。”

冠里问曰：“隔久未见云中凤，现在何处？不知他有朋友情来此？”郑唐曰：“七八年脚迹无踏至此。说他情义亦已平常，有故友到家，皆不款待。”冠里曰：“米店还开么？”郑唐曰：“什么无开店？现在开布店在下渡。但不知本钱从何而来。况且开四五千银之布店，竟不可解。”冠里曰：“此本银都是君家所发，怎说不可解？”郑唐曰：“他在我家，不过得了二三百银，哪有许多？”冠里曰：“君与之二三百，我们与之各有三四百，统共二千余银，再加此数年生活，怎的无三四千耶？”郑唐讶曰：“你五个因甚与之？”冠里笑曰：“先不知他是男假女妆，皆被他倒脱靴，每个便局去银百余。至晓得是假，魂已被迷，所有各人箱内之银共局去干干净净。”

郑唐曰：“何谓倒脱靴？”冠里便将倒脱靴诱入局银，银局过手，以后抵前；迨迷恋至消魂，伊倒脱靴，各箱俱有存蓄，便局骗凑赎身，个个自会顺头顺意尽倾了之情节，细说一遍。郑唐曰：“但遇假女，便此等消魂，若遇真女，定必消命。”冠里曰：“是真女，又不会。如公子王孙，见绝色美女不消魂可已，见梨园子弟便消魂不休，因其能勾魂摄魄故也。”郑唐大笑曰：“怪的是，[②]他局迷汝们，汝们会齐来局我。放他出去，贪了别人马，还不知失却自家牛也！”冠里曰：“不敢相欺，魂既被勾，他砖抛犹多，玉被引更多，先皆喜而不悔之。”郑唐笑曰：“原来五个都是猪姆倒贴猪哥钱[③]，二三百银倒贴卖蛋弟无言，捞一鱼杀一鸡待旧友都不舍的，八个铜钱送友买火把远远路犹来讨。而况彼此前门透换帖之通家兄弟，有不念旧情至如是也！谁知三国全归司马懿，五个银贴卖蛋弟去娶美妻开大店，成家立业。至邹化里饭都没食，试叫他去借贷分毫，皆不借也。以倒脱靴之情节，今日不说，万古都不知也！”冠里曰：“他虽成家立业，有良心念故友情，便能长久，若枭心不念情，再无长久之理。明日且去他家，看是念情不念情。”郑唐曰：“不须去，去必受气回来。”冠里曰：“他枭心，气之则甚？”

次日，冠里遂去下渡访之。值云中凤抱子在布店前看街，远远瞥见冠里至，赶抱子进躲，嘱店中，人进来问，说不在。讵冠里已见了，遂进问：“中凤在么？”伙计答：“不在。”冠里曰：“才见抱子在门口，怎说不在？”伙计曰：“尊

---

① 你只五个：你们这五个。

② 怪的是：难怪。

③ 猪姆倒贴猪哥钱：俗语，指妇女倒贴钱给情夫。猪姆：母猪。猪哥：配种的公猪，引指情夫。

驾高姓大名，讨[1]他何事？说不在便不在，躲之则甚？”冠里曰：“故人高冠里特地寻访，既不在，且回去永福，另日再来访之。”言了便行。中凤以回去永福，又探头出来了望。

谁知冠里诈说回去永福，只站在许头街[2]回望之。见中凤又出来，忙又进店。中凤已又进躲了，伙计又说：“未回。”冠里笑曰：“又不是虎，不过念旧情来访会会，既三番两次走躲，再访之则甚？惟写几个字与看便了。”随向店取笔题于壁上曰：

不说当年倒脱靴，曾言后胜前情多。

特来寻问后情处，端午虾蟆躲洞窝。

冠里题完了，径回至水部菜头桥，将此情形说与郑唐知之。郑唐笑曰：“何如？他今有布店开，有娇妻恋，有幼子抱，哪记得故友，哪说得旧情？若言当年五个白白把银来不爱惜，不滥与之，并局我放他出去，分得股份，仍关在内，哪讨[3]有布店、娇妻、幼子？便认得汝们矣！”冠里曰：“都因见君不爱惜银，挥之如土，故个个效尤也。”郑唐曰：“尔们怎比我一得便千金，挥了又有，惟尔们骗得去，谁还能骗得分毫也。”郑唐笑曰：“我挥金如关公破壁为光，能会桃园旧兄弟。汝五个挥金如周瑜诈招亲，赔去夫人又折兵。”冠里把两手掩面笑曰：“莫说，莫说，纵有百舌，亦翘不得君过。”

盖两人前后问答，皆在夜谈。至二日过，冠里事干毕，遂回永福。明年乡试得中，上京会试，联捷二甲进士，名在翰林之下，分拨江南以知县即用，实授知县。三年征流寇有功，题署扬州知府。写书至福州请郑唐次子郑济来任管事，遂赘之为婿，其亲事在家时早经说定之也。福州诸亲友闻之中举头尾只五年[4]，官至太守，无不称羡。

是时，福州三卫卒共五千人，皆藉兵强恶甚。买物只给半价；与民间赌博，输理半，赢要全；奸淫民间妇女。带兵官管之不得，严便作乱。却有数个长鼻假白面[5]，夹伙[6]使药骰，把银与卫卒进贵等赌。先输现全理，至赢听之理半。进贵等输至多，无本，渐盗饷银来盘[7]，越盘越深，饷银盗至盈千。

---

① 讨：找。

② 许头街：街的那一头。

③ 哪讨：哪里找，怎么会。

④ 中举头尾只五年：从中举算起，至当上太守，一共只过了五年时间。

⑤ 长鼻假白面：诈赌的无赖假装为妓女。

⑥ 夹伙：合伙。“夹”本字“佮”。

⑦ 盘：（赌输）翻本。

因发饷之期将至，无银必破，进贵等密约至夜去街头巷尾放火，只以救火乘机抢夺。连夜焚掠数次。官因告发，亲去火场查拿，被杀死本管官，至于大乱，肆行杀掠。都宪林廷玉、副使高文达，急募义民，遂有从进贵等作乱之军卒，皆自投讨乱赎罪。林都宪、高副使率义民剿杀，进贵等败走。官兵南追至白湖、黄山等处，杀死进贵等千余人，余皆逃窜无踪，其乱遂平。都宪具疏飞报进京。

按：洪武初设五千六百人为一卫，一千一百二十人为一所，一百十二人为百户，设总旗两名，小旗二名，官领铃以指挥使统领之。

林都堂廷玉，高副使文达，因平寇有功，至嘉靖中，父老请建崇报祠，在白云寺西南，有司春秋祀典，至今犹存。

京都见报，命南赣巡抚王守仁来闽查处。守仁奉命行至丰城，闻知江西宁王谋反，即回头去江西讨宁王矣。福州被进贵等作乱，城内富家无不遭焚劫。惟李金蛟、顾里兴、宋万里三家，其遭劫更惨甚，厝屋家财既空，子女亦有烧死。城外最惨者一家，下渡卖蛋弟云中凤，店货家财已被掠尽，进贵见其妻少美，遂行强奸。中凤向夺，右臂被刀砍断，妻夺不回，幼子亦被践死。时兄与嫂已死，侄不肖流荡无踪，只遗无臂一残疾人讨饭过日矣。

谁知邹化里于卫卒进贵未作乱之前，拮据[1]盘费去扬州高冠里任内打抽丰[2]，得千余两。至乱定时回，到家随有亲友前来问候。其宋万里、顾里兴二人亦来探望打抽丰之情节。化里曰：“话长，待食了酒饭再言。”二人遂留。饭酒中间，化里曰：“弟因穷起见，闻冠里做扬州知府，乃天下一缺[3]，拮据盘费，肩挑雨伞，长行至扬州，报入府衙，冠里出见，问：‘来何事?’弟曰：‘因穷不聊生，特地来与吾弟打些抽丰救穷。’冠里答以莅任尚浅，且代前官赔项未完，又奉命征流寇亏空万余，自顾不暇，哪有丰抽？既来了，且住数日，再看如何。原来郑先生之次子郑济被招为婿，都是他陪伴，日夜不离。饮食、铺盖俱皆丰美，又送出新绸衣巾靴来换穿。冠里常来陪饮谈叙，意甚殷勤。

“住有四五日，冠里来说：‘昨日预防火患之告示，令城厢内外大街小巷屋檐锯去二尺，日内必有人来托情免锯，银有千余送来，兄便应承与说免锯，若无千上银，不可点头。’小弟问：‘屋檐免锯，怎值得许多银两?’冠里便道：‘扬州之街道甚窄，两边街之屋檐相对，只露一线天。如锯去二尺上檐，下屋必

---

① 拮据：筹措。

② 打抽丰：指依仗与权势有某种关系占便宜。也作“打秋风”。

③ 天下一缺：天下第一的肥缺。

须拆进二尺。若上无檐，下无拆退，怎蔽风雨？人家且不可，况店面更难拆退，怎不托乡绅来说情免锯？一间店屋只鸠银[①]一二两，城厢内外计千余家，除贫居僻巷外，其余银便鸠得千上有余。待银来时，令递公呈批准免锯，银赠兄回去可救得穷矣！'

"未几，果有乡绅来见弟，托求说情免锯，许谢千金；弟推不敢说，次日又来说加四百，弟始点头。便令递公呈遂批准免锯。冠里即将此银与弟，并备办行李，拨役沿途护送至闽。临行，嘱咐舍弟化京赴伊任所作官亲管事[②]，沿途之盘费动用交银与护送之人，都是他给拨，弟无用分毫。今平静至家，护送之人尚未起身，要等候舍弟化京同去。弟思去时只想一二百便喜，讵知伊念旧情，批派与众百姓，轻而不痛，聚毛成裘，遂得许多回来，实梦想不到也！"

万里曰："他位至诸侯，批派外路赠友，易而不难。"里兴曰："此回乃吾弟行好字运[③]，往回不早不迟。若迟去，则卫军作乱，保家口不暇，何敢远行？若早回，此银必遭乱军焚劫，欲留买点心食亦不够矣！"化里便问乱军情由。二人将卫卒作乱，殃及闾阎，焚掠甚惨，惟二家惨之愈甚之情节，含泪告之。化里始知去后之遭惨如是，感叹不已。

讵知顾里兴、宋万里二人特来探问化里去抽丰能遂否，至闻说有此重情，二人之脾花大开[④]，回去亦计议同去扬州打抽丰。不数日，亦同起行。但此两家虽被乱军焚掠，尚有余囊，不比化里艰辛出门、包袱雨伞长行。二人备足盘费，整肃衣冠，坐轿而行。

到扬州府衙，冠里出问何事？二人将乱军之情由备告，随言来抽丰，以延残喘。冠里曰："现今亏赔，前程难保，哪有抽丰与二兄？"二人齐声曰："化里都有！"冠里曰："他来亦是无奈之何。因扬州屋檐尽锯，屋主前来托说免锯，鸠千余银送他回去，弟何曾有分毫与他？"二人又曰："贤弟若无，再令锯檐，众百姓轻者不痛。"冠里笑曰："一之为甚，岂可再乎？"遂不再言，令郑济代陪，自入内去。郑济与二人至西厅安顿了，亦进去不再出。日间令家人送酒饭与食，夜间令其厅房安寝，无人陪伴，至四五日如是。那日，二人在房睡起，见壁上有诗，墨迹未干，同念曰：

酉时不杀鸡，黄昏不车池，

瓜花饮酒心头在，哪有扬州两锯檐？

---

① 鸠银：（众人）集资。

② 官亲管事：官员以自己的亲戚作为衙门事务的管事人。

③ 行好字运：走好运。字运：原指由一个人的生辰八字决定的一生命运，泛指运气。

④ 脾花大开：念头强烈。

二人看此诗，谓曰："快回去，快回去，不杀鸡、不车池事发矣！却原来化里之千余银报瓜花相待之情。早晓得他会做官，我会落魄，莫道鸡鱼，即宰牛马待之亦无妨。今不可在此，快打算回去。"二人遂不辞而去，沿途路费不敷，典卖衣服回去。那李金蛟、云中凤闻知，亦暗服郑唐之先见，共笑甚矣。

正是：若念旧情亲热友，至今不报鸡鱼情！再看下文，如何分说。

第二九四回　杖廷臣正德寒言路　擒宁王新建立大勋

却说北京正德皇帝南巡，回銮未久，复自称总督军务威武大将军朱寿，寻又颁诏再举南巡，登泰山，历南京，临浙东登武当山，遍观中原。时闻江西宁王宸濠将反，诸臣见颁此诏，人情汹汹。翰林院舒芬等约群臣上疏乞留车驾，俱会于阙下。吏部尚书曾完谓众曰："主上闻群臣直谏，皆恶之。"群臣不听，先后联疏入谏。正德帝大怒，收谏臣等下狱，共百有余人。再五日，又发工部侍郎林大辂等二十人下狱。有金吾卫指挥张英，脱衣挟土两袋，当御道留驾哭谏，帝不听，英拔刀自刎，血流满地，帝怒令缚之下狱。人问："挟土两袋何为?"英曰："恐血污帝廷，以土洒掩之。"亦死于狱。是日，正德出内旨，将舒芬等百余人各廷杖，或五十，或三十，或谪为外官，或死于杖下。驾亦不出。因彼时朝中多诤臣，江彬[①]稍畏之，故圣驾不就行也。

谏臣中有户部员外郎林春泽，被谪出守南安。系福建侯官县人，字德孚，正德甲戌进士，授户部主事迁员外郎。年四旬无子，只一女，亦不在意。一日，在婿家与亲家奕棋，有外孙出呼曰："公，进去食粿[②]。"春泽应曰："就来。"其外孙曰："我叫公[③]，非叫外公。"春泽因闻此语，大悟。即娶妾，生一子，年已五旬。越十数年，子又添孙，至孙又生曾孙，曾孙又生元孙，五代同堂。后致仕归家，重宴琼林，寿至百有四岁，妻亦百岁，建人瑞坊。子与孙至嘉靖年共中进士，寿亦至八十六岁。其庭前自题一联云："四十登科甲戌还登甲戌榜，五旬抱子长孙犹抱长孙儿。"春泽常自称："有我富者无我贵，有我贵者无我子孙贤，有我子孙贤者无我寿，有我寿者无我夫妻皆老，此全古今罕有"等语。真古今罕有应其自夸也。

再说江西宁王宸濠将谋反，尚未举事，正德十二年六月十三日乃其生日，

---

① 江彬：明朝正德皇帝的义子兼宠臣。

② 食粿：吃米糕。

③ 公：福州人称祖父。称外祖父为"外公"。

宴官员等。有探卒密报濠，朝廷得知谋反，遣官来拿进京。宸濠闻报，密召其党刘吉等谋之。共议：明早镇抚三司官入谢宴，可就擒之，杀其不从顺者举事。宸濠遂招鄱阳湖贼首吴十三等，是夜持械待旦；急召致仕侍郎李士实以谋反事告之，士实遂为主谋。

次日早时，各官俱入谢宴，见左右带甲露刃侍卫数百人，各官骇疑。宸濠立于露台，大声言曰："太后有密旨，令我起兵入朝监国，汝等知否?"都御史孙燧愕然曰："密旨安在?"宸濠曰："不必多言，我今往南京，汝们肯保驾么?"孙燧张目厉声曰："天无二日，臣无二君，太祖法制在，谁敢违耶?"宸濠大怒，令缚张燧。众皆骇愕，相顾失色。按司副使许逵大呼曰："孙御史朝廷大臣，反贼敢擅杀耶?"随谓燧曰，"我早欲发此反情，是汝不听，致有今日受制于人，尚何言也?"宸濠亦令缚之，问曰："今何言?"许逵曰："还有何言，惟赤心岂从反贼耶?"骂不绝口。宸濠喝令押于惠民门外杀之。遂杀不从顺王金与思聪、布政胡濂、指挥许清、太监王宏等十余人。又有系于狱者勒之，皆不食而死。宸濠遣逆党四出，所收鄱阳湖贼首吴十三等夺船，顺流先攻南康，知府逃走。又攻九江，陷夺二城。

时王守仁已黜，在于龙场驿，经召回复职。朝廷闻宸濠谋反，遣守仁为都察院，巡抚南赣、汀、漳各处。至福州三卫军卒作乱，即率兵往福州。至丰城地方，闻信不去福州，即易服潜至临江。知府戴得儒侦知守仁至，甚喜，迎入城调度。守仁曰："临江有大江隔阻，当道之冲，莫若抵吉安为宜。"守仁遂至吉安，遣人飞报宸濠谋反。至京，兵部尚书接报，言曰："有王伯安在，何患之？不久必有捷报也。"朝廷乃收交通宸濠之太监萧敬下狱，死狱中。守仁在吉安，集兵粮筹策，故作自守不出之形，诱宸濠他出，然后尾以图之。先取了省城，捣其巢穴，俟其还兵来救，后再夹攻之。

宸濠遂使人探守仁不出惟图守，率兵出攻安庆，知府文锦等尽力御之。宸濠留其党宜春王拱、内官万锐等守南昌，自与李士实等十余万人，战船数千，载妃媵世子等百余人出鄱阳湖，舳舻蔽江，直往南京。讵攻安康，即不能克。

而守仁率知府伍文定等起兵，会于临江樟树镇。调各府县兵并至南昌，令文定等各攻一门。先颁榜文入城，晓谕城中居民等，各只闭门自守，勿助乱，勿恐惧，勿逃匿等语。遂以梯索登城，城上虽有军卒，闻兵至皆倒戈投降，城门不攻自开。兵士俱人，守仁入城安抚百姓，即擒万锐、王拱等十余人，散其党羽，城中安堵①。时宸濠攻安康不能下，自率兵运土筑土城，期在必克，忽

① 安堵：（居民）安定。

闻报王守仁攻南昌，大恐。士实等劝勿还，舍去安庆，直取南京，即了位，则江西自服。宸濠不听，移兵于阮子江，先遣二万军还救南昌，宸濠自率大兵继之。

探马报至南昌，守仁遣诸将率兵迎之。令文定兵当其前，余恩继之，邢珣率兵绕出贼背，徐琏等分两翼击之。诸将各受命。而贼兵鼓噪而至，文定、余恩诈败，贼争前进，后不相顾。邢珣横截击之，贼遂大败。文定还攻之，徐琏兵抄背后夹攻，贼大溃，擒、斩者二千余，死于水者万计。贼气大沮。宸濠遂尽掣安庆之兵，驾船至九江。次日，又合战岸上之兵，被文定、余恩之兵斩杀成半，余皆遁逃。

建章知府曾玙率兵船水勇，从下流开炮打中宸濠之船。贼自大乱，水勇乘机攻击，落水者不计其数，斩伤数百，余皆驾小船而逃。宸濠见兵已败，与诸妃泣别，诸嫔妃皆投水而死。将士拥至，遂执宸濠及其世子，并伪官元帅等数百人。九江、南康二郡合兵剿灭余党。押宸濠至江西，宸濠见守仁，呼曰："愿尽削去护卫，请降为庶民，可乎?"守仁曰："有国法在，不敢自专。"

初宸濠谋反，有妃娄氏有才德，屡谏不听，投水而死。至是被擒于槛车，宸濠泣告诸人曰："昔桀纣听妇人之言而亡天下，今我不听妇人之言亡国，悔恨无及矣!"守仁令捞娄妃之尸而礼葬之，盖妃屡谏不听。

一日，宸濠持一图，中画有樵夫回首与妇对语之状，令娄妃题诗。妃乃题云：

妇语夫兮夫转听，采樵须要担头轻。
昨宵雨过苍苔滑，莫向苍苔险处行。

宸濠竟不会意。娄妃又有春游诗：

平明并马出东郭，带得诗来马上敲。
着意寻春春不见，东风吹上海棠梢。

盖宸濠之祖乃洪武子，初封为宁王，至弘治后从封江西南昌，仍号宁王，正德呼为叔祖。宸濠将反时，江西有猪生象之异。

正是：三司谢宴猪生象，一鼓擒王螂捕蝉。如何献俘，下文详说。

第二九五回　夺战功正德欲纵叛　怒议礼嘉靖杖群臣

却说王守仁既擒了宁王，遣人报捷。其捷书未到京时，朝中诸将献擒宸濠之策。正德借此亲征名色，以遂南游之乐。太监张永等因见萧敬事败，皆欲藉以邀功，一同附和请行。帝自称奉天征讨威武大将军，江彬、许泰太监等俱称将军，随车驾出师。是日，驻跸顺天良乡地方，而守仁报捷至。捷书言：现擒获反臣宸濠等，不敢即行解送，犹恐沿途窃发，乞准守仁亲自献俘阙下。帝即飞敕，止而勿献，留待车驾至时定夺。大学士等屡请回銮，帝不听。彬等奏："可将宸濠等释放在鄱阳湖，待驾至亲征，再行擒获，奏凯回朝论功可也。"帝听之，即遣人去止守仁勿解来，可放在鄱阳湖待朕亲征再擒。

讵守仁已解至中途，见使来至，无可奈何，只得取道回朝。值张永先到杭州，守仁见而言曰："反臣既获解送，怎么又要纵放与之再战？现在江西之民既遭大乱，复经以旱灾，又供军饷，困苦已极，皆群聚山谷，将欲为乱。反臣获而放归，势必投奔宸濠。再兵定乱，不亦难乎？"张永因闻此论，深然之，乃谓曰："吾之此行，因诸小人在君侧煽惑君心，某并非图功而来。但皇上之意且顺而行，从中犹可挽回万一。逆其意，激群小之怒，便难收煞。今将俘且寄此，待吾去缓劝之。"

守仁将宸濠等交寄杭州府狱，待张永调度。守仁乘夜渡江还江西。时帝至南京，张永回于南京，劝帝勿放宸濠再战，恐生不测，令别官解来南京，亦可以奏凯班师。帝听之，随擢吉安守伍文定为江西按察使，赣州牧为江西布政右参政。讵江彬等谋欲夺功，诬守仁先附宸濠，及知势败，乃擒宸濠献功。太监张永知其所谋，语家人曰："王御史忠心为国，今欲害之，他日朝廷有事，何以教臣子尽忠耶？"先见帝，备言守仁之忠，并言江彬等欲害之意，于是江彬等谋逆不行。

太监张忠上言："守仁既到杭州，竟不至南京，陛下试召之，彼必不来，无君之心可知矣。"帝听之，即命召守仁，守仁闻召，即奔至南京将见帝。张忠大失意，乃从中阻止，不与进见。守仁知其设陷，遂纶巾野服，入于九华山。张

永闻之，力言于帝曰："王守仁忠臣，闻欲争功，竟弃官入山为道去矣。"由是帝即命守仁为江西巡抚。见报别官将解宸濠等至，帝乃与诸太监戎服排队伍出数十里之外，列俘于前，作亲征凯旋之状。入城将宸濠等囚禁，令守仁重报捷书。守仁时知其意，添改前奏，入叙江彬、张忠等姓名于内。

因重上此捷书。诸太监有名列功，始议北旋。解宸濠等至直隶通州，赐宸濠死，焚其尸，余党押至京师，皆磔于市。回京叙诸太监、江彬等功，而守仁之功未叙，至是江彬益骄横无忌。

三月，帝寝疾豹房，至大渐，遂崩。在位十六年，寿三十一岁。太后召阁臣杨廷和等定议，遵祖训兄终弟及，乃为遗诏，遣太监迎兴献王世子厚熜入继正统。

兴献王名祐杬，宪宗成化第四子，正德十四年卒，谥兴献王。且说正德驾崩，江彬偶然不在左右，皇太后召杨廷和等说："恐江彬作乱，秘不发丧，诈以帝命召彬父子入宫嘱话。"江彬不知驾崩，即同子入宫，并收缚之。以太后下制暴江彬罪恶，论磔父子市朝，收其家七十柜黄金，二千二百余柜白银，至珠玉服饰不可胜计，隐匿奏疏有百余本。

夏四月，兴献王世子至京即位，请以明年为嘉靖元年。召王守仁为南京兵部尚书，封新建伯，总督两广及江西湖广军务，讨平叛蛮。于八年春卒于南安，谥文成。嘉靖命礼部与阁臣会议祟祀兴献王大典。礼部与阁臣会议照汉定陶王、宋濮王故事，以正德孝宗为皇考，兴献王与妃为皇叔父母。嘉靖帝曰："父母岂可互易耶?"令其再议。

有观政进士姓张名孚敬，浙江温州永嘉县人，上大礼疏，言："宜尊崇兴献王为皇考，则兴献王不失为其父，圣母不失为其母矣。"帝闻此疏，遣司礼监官付与内监，谕曰："此论实遵祖训，尔曹所以误朕也!"诸阁臣等曰："书生焉知国体?"于是诸廷臣陈奏不绝，皆言正德武宗无兄弟，王侄继统，即承其嗣，称为皇伯，则孝宗弘治之嗣绝，宜称武宗为皇考，兴献王为皇叔是也。帝以已无兄弟，不以继统而自绝其嗣，宜称兴献王为皇考，称武宗为皇伯。此礼至二年不定。

因南京刑部主事桂萼上正大礼疏，大略言陛下入继大统，代为人后，当考兴献王、母兴国太后。于是帝遂诏："奉兴献王为本生皇考恭穆皇帝，兴国太后为本生母章圣皇太后。"三日，书此诏，诸大臣各力争不宜"本生"二字。章疏入，俱不发。编修杨慎曰："国家养士百五十年，仗节死义正在今日!"给事中张翀等，遂留群臣于金水桥，曰："万世瞻仰，在此一举。今日有不力争者，共击之。"于是何孟春等复集二百二十人，俱赴左顺门跪伏，有大呼高皇帝、孝宗

皇帝者。

嘉靖帝闻，命司礼太监谕之退，群臣仍伏不起，自辰至午。帝怒，命录诸名，收系为首者八人于狱。杨慎等乃撼门大哭，一时群臣大哭，声震廷阙。帝怒，命拿一百十四人下狱，何孟春等八十六人姑令待罪拷讯，其余四品以上者夺俸之，五品以下者杖之。

有给事中陈洸，因言事忤旨，出为按司签事。上言曰："陛下察机致决，毅然有'本生'二字，有人心者咸谓始全父子之恩，无不感泣。"帝悦，即复陈洸旧职。于是遂定诏：上本生父之尊号曰"皇考恭穆宪皇帝"，本生母曰"圣母章圣皇太后"，以孝宗为皇伯，后为皇婶。又收系杨慎等下狱，拷打发戍边疆。何孟春调南京，工部尚书等罢职。自此无人力争之。盖永乐夺建文之天下以绝其嗣，其迹显；嘉靖夺弘治之天下以绝其嗣，其迹微。此乃前贤所论也。至嘉靖七年，复追夺议礼诸臣，尽行削职为民。

正是：但得有名传后代，何妨削职去前程？再看如何，下文分说。

第二九六回　填乡井张谪肆奸虐　逢铁笔许戆换五行

再说嘉靖七年追夺议礼诸臣官敕，因大学士杨廷和、尚书毛澄不能执经据礼，转相附和；乔宇为六卿之首，乃与各官附和；何孟春以吏部侍郎，同朝臣伏阙喧呼，俱罢职为民。遣礼部揭示承天门下，传在外者咸自警省。帝既追夺议礼诸臣官爵，遂以吏部尚书、文渊阁大学士张孚敬加太子太傅、谨身殿大学士。

孚敬原名张璁，字懋恭。原只进士，因诸大臣议礼，皆以弘治为皇考、兴献王为皇叔，独他上大礼疏，以兴献王为皇考，弘治为皇伯。帝悦，即升为翰林学士礼部尚书，数年之间，便至大学士宫傅，尊宠殊甚，权震朝堂。

其子张谪藉父权作恶无忌。其家在浙江温州府永嘉县地方，府第深广华丽，言之不尽。府前有两口半月池，府中苑囿里许。所有修理，俱系永嘉县拨俸动费。本县之俸禄，犹不敷其修理之用。张谪又将通乡之水井，不拘在于屋内屋外，尽行填塞，将相府后苑中开井与通乡汲水，只许女子来汲，不许男人汲挑，其女只许十六岁以上，至二十岁外不许入汲。张谪常在花苑楼上观看，如有美者，即令恶仆拖之上楼奸宿。乡间有娶新妇者，亦去拖来奸宿。不从者，置之死地，无法无天。或有呈控抚镇者，亦不敢收呈，要叩阍者，其父权震当朝，言官亦不敢惹，百姓更不敢控，故张谪无忌至此。

且先说福州有许姓兄弟三人，长名许能，次名许干，三的因老实之至，众以为戆[①]，号为许戆。父母早亡，祖业颇有些微，都被能、干两兄嫖赌罄空。至许戆二十岁，食不能饱，衣不能换，因二兄不顾，日夜只守户。亲友见其将为饿莩，怜之，共骂其兄不肖。父遗产业破尽，许戆幼而不知；今长成衣食无起，将为乞丐，天理良心安在？还不寻一事使之自行糊口，眼见饿死？其兄答：“此戆能作甚事？”亲邻曰：“他乃老实，何曾是戆？生意与作，虽能作亦无本与之。闻汝祖上有遗闽县捕厅衙门一名班役缺，现在与别人承当，得樸租[②]无几，

---

① 戆：傻瓜。

② 樸租：长期固定的出租租金。此处指许家有一个衙门差役的名额，自家不用，租给他人，定期收取租金。

可讨回来与汝弟自当，使有工食、班礼[①]可糊口，不至于饿死。”

许能、许干遂去捕厅衙内讨回役缺，换上许戆名字。许戆遂去当差。其奈一味老实，若别人当，无大财亦可供一人衣食有余。而许戆承当，衣食犹自难周。盖其人既老实，心又软，官有票差他拘人，到被告家，乞人说穷说苦，又说是冤屈，求缓容他做呈辩冤，自去投到；许戆心便软下，不但无分文钱到手，犹纵之躲避。如小案犹无要紧。大案拘无人到案，改差人，[②] 皆得钱又有饮食。凡有票与之拘人皆如是。至官坐堂，各役轮流执刑，别个行杖皆有板礼[③]使用，轻而且响；及轮到许戆，不特无一文，反倒板打[④]。只因他心软，未举板手先软，打至无声；官即换别人，犹打倒板，连打数次，难受，愿用钱倩人代替[⑤]。故当至十余年，仍是破衣乏食，通衙人皆呼为花子班头。

那日诸班役在堂上伺候本官坐堂，同在闲话。一个曰：“近时来一位看命先生，招牌名铁笔甫。在津门下排桌，看一命三个钱。果然铁笔无褒，直断说那人行某字运，该刑伤克破；某字运富贵发达。半句无差，如邻居一般。我昨日去看，被其批断终身不至狼狈，只是食不饱、饿不死而已，从今不用再看命了。”那一个答曰：“铁笔甫果真，我亦去看来，批‘一世劳碌’，真不错。”一人曰：“我亦去看，果真。”一个曰：“我亦看过，无错[⑥]。”中间十人九个说铁笔甫命看得真，惟许戆未去看，无言。

忽有人来喊报，乃花子院花子打死花子，已拘住凶手，求差人去协拿到案。往常到有喊报之案，众衙役皆向谋票为原差。此乃花子命案，无人去谋，反推与许戆为原差，发票协拿凶手到案。许戆只得接票。行至津门楼下，见铁笔甫看命招牌。此时看命人只数个，看完，许戆顺便亦念出八字，铁笔甫持笔照写：排癸丑年壬戌月辛未日戊戌时酉宫生，命九岁上运行，运行乃辛酉、庚申、己未、戊午、丁巳、丙辰、乙卯、甲寅，即曰：“此造八字，秋金既旺，怎堪厚土重重。设言土重埋金，书曰：‘金生秋月土重重，贫无寸铁。’此金重土为病，以木为去病之药，八字中无去病之药。运行至六十八岁，无半点木气，怎不苦楚至终身也!”

许戆曰：“既终身无好运，还有好流年月建么?”铁笔甫答曰：“大运既亏，

---

① 工食、班礼：工资和红包。

② 改差人：改派别的差役（去抓人）。

③ 板礼：受刑人送给执刑差役的贿赂，请求手下留情。

④ 倒板打：将板子倒过来打。竹板倒过来是曲面，打得伤重而声响小。

⑤ 倩人替代：（受刑人可以贿赂差役后）雇人代受责打。

⑥ 无错：没错，是这样的。

小运济得甚事？虽遇有好流年月建，一杯水怎救一车薪火耶？”铁笔甫说讫，即批于命纸上。许戆闻其说呆[1]至终身，便哭起来。一面哭，一面说：“穷苦至此地步，犹想后来有回春之日。今凭先生此等说，苦至终身，还留此命在世何用？趁早去自尽，免留在世丢丑。”靠在命桌[2]，哭得十分惨伤。

适一人来看命，笑曰：“别个先生看命皆用江湖诀，前运即理褒，后运即理褒。此位先生铁笔无褒，只[3]八字肝胆被先生看出，不想留命在世，此刻要想去死。是因看命送命，看命先生要赔命了。”铁笔甫答曰：“赔命不须列公说，此位哭而不去，明是要赔，岂有见死不救之理。且大厝赔之不起，此呆命赔之容易。尊驾不须啼哭，待我先生将汝命换厝，四柱来挪移好命。只须换去中末二柱，[4] 今只移去早一日二时，其八字便是癸丑年壬戌月庚午日甲申时。此乃火煅秋金，铸成剑锋之刃，必富便旺，财行一派贵人之地。至富贵发财，切莫忘却换命先生也！”

遂排批上命纸[5]，将起先命纸扯碎，将改换之命纸折了，递与许戆怀内，嘱曰：“从命作九月初八日申时生格，后不发财来打我铁笔甫之招牌。”看的人众皆曰：“汝命歹，先生既将好命赔了，汝还不去，犹在此耽搁做甚么？”

此等改换八字，别人必不肯信，以是作弄；惟许戆老实，信以为真，便喜而不哭，取出三文钱为笔资。先生不收，只说：“待汝发财后酬谢先生就是。”许戆遂称谢而去。

正是：不因老实伤心哭，怎得先生换命回。后事如何，下回分说。

---

① 呆：坏。

② 命桌：算命先生的桌子。

③ 只：这。

④ 传统的“四柱八字”算命方法，年、月、日、时各为一柱。四柱合为一“命厝”，即以八字决定的命运格局。改换八字称为“换厝”。厝：房子。

⑤ 命纸：算命先生将客人的八字及推测结果写在纸上，交客人收藏，日后核对。

第二九七回　遗八字许戆遇福星
断命运铁笔遭祸难

却说津门楼下看命之铁笔甫与许戆换命。或问曰："命果换得?"先生笑曰："因其痛哭不去，无奈其何，只得改换，骗之出门。如果换得，看命先生何不自换为王侯之命，坐享荣华?何用在街头巷角，如同叫化花子，得钱沽酒不醉，买饭不饱?"人众共说有理。那许戆行有里余路，即被本衙门差役等遇，锁之去。

原来花子头又去喊求快拨人去协押凶手到案，迟必被走脱。官又另遣别役前去，又遣差锁带玩延之原差许戆。许戆拿到，而凶手亦带到。问了口供，即带许戆上，堂官见之怒甚，不问即抓签丢地令打。众班役将许戆按地将打，讵许戆怀中命纸掉落在地，官见之，问："何字?"左右即拾取献看，乃命纸。便询之曰："此命纸何人的八字?"许戆答："是小役贱命，因经过津门楼，闻铁笔甫看命最精，顺便与看，致误公事，惟求开恩。"官又曰："汝八字可念来。"许戆即念出八字，与纸相同。官曰："念得相对，果是汝八字，今看此命纸份上免打，下次不可如是。"遂令放起退堂。

官将命纸带进后堂，对其母曰："看来人之五行八字无准。"其母曰："吾儿平素最信命理，今日何说无准?"答曰："孩儿所看人之八字及自己之命，断富贵贫贱分毫无差，惟今日看一人之命，便不准，故言之。"母问："看何人之命不准?"答曰："谁知本衙门衙役许戆，人皆呼为花子班头，其五行八字与儿同年同月同日同时。孩子虽不大富大贵，亦做一典史，衣食无缺。如命有准，许戆亦如是，缘何伊衣不遮体，食不充饱，即同花子一样?可知五行八字无准也!"

其母问："怎知他之八字与儿相同?"典史将情由告知。母问之曰："虽然八字铸定，还要借人力拖带，方能转身通运。譬如石磨定放着，便为无用之物，有人拖扯，便能转身为有用。吾儿当时若无白雪溪拖带发步，衣食亦难周。今那许戆，若有人拖带，亦能发步。为娘看许戆忠厚之极，不至忘恩背义，亦与儿同年月日时出世，诚为千载奇逢，可叫他进来照顾家庭内事，彼此皆有益处。何况白雪溪不问八字，都肯拖带我们发步，我岂不能拖带于他耶?"

典史答："母亲说得有理。昔王禹有吟磨诗云：'得人轻借力，便是转身时。'孩儿若无白雪溪拖带，终身不能转也！"母问："禹何代人？做甚磨诗？"典史曰："宋代王禹，因家贫，代人磨面为生。七岁能诗，有郡守毕士安见之，即以磨面之磨为题，令其赋诗一首，诗曰：'但存心里正，莫愁眼下迟。得人轻借力，便是转身时。'毕太守大奇之，留在府中，与子弟讲文，呼为小友。至太守升至相位，擢禹为翰林矣。"

母曰："何如，古人只一首诗，便蒙拖带，官至翰林。今许戆乃天遣与儿同庚，岂有不借力拖带之耶？"典史将许戆唤入内，作亲人看待，管理家事，遂改名许同人。由是衣食充足，便福至心灵。典史能孝，亲信用之。自此之后，人皆称为许大爷。未数月，典史加捐文凭主簿，即升浙江温州主簿。未几，温州永嘉县知县奉委公出，主簿署永嘉县事。内外大小事务，乃许同人一人管理案件。因本官信用，号为站身知县。财发若干，皆是欢喜银，若稍有涉于枉法者，分毛不敢取，故本官信之，人皆敬之也。

回说那铁笔甫，道是何许人也？乃兴化府莆田县人，姓吴，名一恭。幼失父母，依傍叔家，半耕半读。因屡试不能入泮，叔令之弃读就耕。一恭志不肯移，遂出流落江湖，以看命糊口。遇科考，仍回考试。其看命不用江湖诀褒人喜欢，乃凭命断批，好批好，呆批呆，直言不讳。一命只三文钱，甚贱，故多人与看。一处游至一处，直到浙江温州永嘉县。排命桌，夜宿饭店，便闻人说权相之子张蔼，如此横恶，暗忿之。那日，在街边排桌看命，适张蔼骑马经过，见多人拥住看命，问："何方来的先生？"众答："福建兴化，名铁笔甫。"张蔼曰："名铁笔，必直断无褒，与我试看何如？"其家人即喝人众曰："相府张少爷要看命，快走开！"

张蔼不下马，只停骖念八字，乃庚申年壬午月辛丑日丁酉时。一恭照写上命纸，既排了命厝，开口欲言。张蔼说："不须言，只批上命纸①便知。"一恭即批之曰："此命格②合身强假煞为权，势凌梓里，只愁三年后行运，交两伤官见官③。为祸庞涓马陵道，飞娥入火。若肯知过必改，通乡水井复还，淫字戒却无贪残，转祸为福便不难。"张蔼取看，批评此等语，怒甚，将命纸扯破，喝令随从诸爪牙去打一恭嘴巴。数个恶仆上前擒不住，反被打跌。奈寡不敌众，被扭住衣衿。嘴巴又打不着，反被其羊头④撞伤。张蔼冷笑曰："原来是铁头，

① 命纸：算命先生把算命结果写在纸上，交予顾客收藏。

② 命格：从生辰八字推算出来的命运格局。

③ 伤官见官：是八字测算的一种术语。指有诉讼、伤残、破财等不利事情。

④ 羊头撞：用头额部顶撞伤人的一种武功招式。

不是铁笔。且莫打，缚送去县监受用，看他还会狂吠么?”众恶仆遂执帖押送一恭到案，入见门上，说：“兴化来的看命，名铁笔甫，诽谤张相府少爷，送来收监熻死[①]。”

其门上即许同人，讶甚，将帖接过，即令带铁笔甫。许同人一见，便认得看命[②]。一恭认不得同人，盖前后衣服、品貌大异。同人将一恭收接入内，令人退出，带一恭至内室无人处，解开绑绳，问曰：“先生因甚得罪相府张少爷，送来收监?”一恭答曰：“因看命批断所致。”又问：“怎样批断?”答曰：“只批他三年过，交大运必死；若能知过必改，转祸为福不难等语。”同人笑曰：“他肯改过，便活至万年。先生只断他三年，今他未死，而先生先死矣。”一恭骇曰：“照理批断看命，都至死罪?”同人又曰：“此等算数？还有那妻子倒被其淫污，稍有言语冲撞，便拿送监，立地熻死无数。”一恭惊问：“此地父母官，怎么都听从之?”同人又答曰：“若不听从，纱帽戴不成，亦以他事致于死地。”一恭闻此等说，人便晕去矣。

正是：前不代为换命柱，今番惊晕有谁怜？且看下文接续分说。

---

① 熻死：无声无息地谋杀。“熻”的本义指憋闷。

② 看命：看命先生。

第二九八回　放一恭奋志为县宰
打三板除恶即挂冠

却说一恭闻同人说送来收监熗死，魂飞魄散，人便昏晕。同人扶坐椅上，附耳曰："不须惊怕，若害先生，不说出此话。"一恭人稍定，问曰："父母官都怕权恶，不敢违。汝大爷怎敢不从?"同人曰："自然。先生可认得小弟么?"一恭答："未会过。"

同人曰："小弟原名许戆，后改名同人。先在闽县捕厅衙门为差役，前由津门楼下经过，与先生看命，先生断终身无运，饥寒至老。小弟要去丧生，蒙先生怜悯，将八字皆换，说：'此命纸怀在身边，即能回春，后富贵无相忘。'小弟回至衙，本官怒弟误公，立令即打。谁知被扯命纸落地，本官拾看，问：'此八字谁的?'小弟答：'因去看命误公，求饶。'本官即看八字，与本官同年月日时，即免打，唤小弟入内管事。果然回春，始知先生所换之命有应。本官另眼看待。未几，本官升温州主簿，旋署永嘉县事。本官屡令小弟亦去捐纳巡检。因未去，本官寄银去京托人，文凭不日会到。此等造化，全是先生造就！时刻遣人去查访不出先生，不意今日得遇先生，大幸之至。只知先生招牌铁笔甫，不知先生尊姓大名，祈即说知，再行报答。"

一恭闻说，暗想，那时不过骗他不哭而去，谁知果换得。即答曰："原来就是换命之兄台，幸今日遇着。弟本姓吴，名一恭，兴化莆田县人。今兄台既富且贵，望设法周全。"同人曰："既遇着，怎不设法救护？本当留先生酬谢再造之德，奈张家耳目甚多，留之反害。今先生只宜速走回，须改妆始能出脱。不然，出去又被其爪牙认获怎处?"

一恭思一会。适有脚夫在外堂伺候，一恭问："脚夫是否挑运起程的行李?"同人答曰："本官荐一位丁师爷为福宁霞浦县幕友，今日起行，来挑行李。"一恭曰："好极，弟改作脚夫，顺途回籍。"同人曰："先生怎能挑?"一恭曰："弟在家半耕半读，执锄头、挑粪桶是本色。似此行李，有何难挑?"同人曰："能挑，妙极！"即备旧破斗笠、草鞋、扁担、绳索与之，改妆为脚夫，交二十两碎银与之，曰："银带不得多，多必生疑，且沿途有夫价足用。此银带回家去买笔

墨。今先生回去，或改业，或仍旧看命?”一恭曰：“日仍看命，夜来奋志读书。若得寸进，必代通乡除此横恶，愿归林下矣。但兄台放弟走脱，何以回答那恶人耶?”

同人曰：“放走被那恶人挟害无辜之犯，什么相干?前后官保守前程，不敢违他，送一人便熻死一人，不知害多少性命。至本官接任，张家有送来熻死之人，都是小弟经手，送一个放一个，皆令远遁，从未入监致命。宁可断送本官之前程，岂可害无辜之性命?近来狱中多病死犯人，混以他来顶代。那恶人因触一时之怒，未曾来查看。今先生即管放心回去，后会有期，再行报答。”一恭闻此，拜曰：“吾兄有此阴功，八字乃天换也，将来位必高过本官矣!”同人答：“言重。”随去调度行李，选一担极轻的与一恭挑。

一恭遂同众脚夫随丁师爷而去，并无人认得是看命先生。至福宁交卸了行李，回于福州，不返兴化。即寓在法海寺内，日仍出街看命，夜乃读书。未几，学宪考试，一恭取列批首入泮，是科乡试中举。次年进京会试，又中。挑选三甲以知县补用，即授温州永嘉县知县。

因赴任雇夫，有一大汉至公馆。将挑起行李，知是往永嘉，便辞而不去。一恭问：“怎的不去?”大汉答：“有仇人，不去。”问：“何人?”又答：“势大，不便说。”一恭又问曰：“势大，莫是张蔼那狗子[①]么?”大汉点点头。一恭遂手招大汉进内无人处，问曰：“汝若是与他有仇，他今天仓满[②]。我去作父母官。我一上任，即与通乡除害，正寻无人帮手。汝与他何仇?可说来，去除之何如?”大汉曰：“妙极。小人名胡海，永嘉县开木匠店。只生一子，多少[③]艰难娶一媳妇，佳期夜被张蔼率十余个恶仆来抢去。小人向前拦之，他将小人绑送知县收监。谁知县主门上许大爷仁慈，查乃无辜谋害，赐酒食偷放，令改妆作民壮，嘱远遁勿回，犹赏盘费。小人漏夜走至江南，投入夫头店[④]为脚夫，各处都去，惟本乡不去。今已三年，闻子现在，媳亦回来，怀恨不胜。又闻狗子要令媳妇逐日去他后园汲水，由他淫污，恨不得刺死此狗子!今大爷若带小人回去帮除死狗子，当尽力为之，方雪此恨。”

一恭曰：“我与汝同仇，三年前看他命，批断他三年后必死；若改过，复乡井，祸能转福。遂触其怒，将我亦送于县监，亦蒙许大爷放走，侥幸得中进士，做他父母官。今令汝作轿夫，抬我进衙，便留在内勿出。到任后，必有

---

① 狗子：为非作歹、好色成性的公子哥儿。

② 天仓满：俗语，意为死期到了。

③ 多少：多么。

④ 夫头店：提供脚夫服务的店。

人呈告此恶贼，即去请他来饮酒，便将他拿下，令汝执板抄阳，尽力打三下，要他立地丧生，汝可能么？”胡海答曰：“大麻竹抄阳一打，怎不丧生？不须三下，只一下便结果了。那时除了恶人，小人无对头，还乡；惟太爷怎处也？”一恭曰：“我自有脱身之计。”二人背地议定，胡海遂抬一恭，照站[1]至永嘉县上任。

一恭诸上司未参谒，先去参拜张蔼。张蔼及众仆怎认得？别官到任三日过放告，惟一恭十日过始放告。放告日收呈百张，呈数十张皆告张蔼作恶无所不至诸事，一恭随收之。亲自去请张蔼饮宴。先辞不去，一恭说：“未请别客，先请少爷降临，来教作何理治人民。”张蔼遂喜至署花厅内。惟二人对饮，家人安顿在后园亭，设席款待。一恭在花厅陪宴，中间先问诸政事，及问至放告之呈词可收准否，张蔼曰：“此地民风最刁悍，时常诬告官贵，内有告官贵者，皆是虚控，尽可掷斥还之，万无一失。”

一恭曰：“昨日放告，所收之呈，多是告少爷强奸妇女，熗杀夫男，填塞乡井，掘毁坟墓等事，怎处？”遂令人取出众呈与看。张蔼曰：“无用看，所言刁民捏控即此也。”一恭曰：“只一二张便是捏控，今呈至五六十张，哪有全捏？本县初下车，便有许多人来告少爷。若不作些须样式，消却众恨，必又来催控。越来越多，难以收煞。今与本县大胆，请同至堂上，屈受小箠三下，众忿即消。再请进来告罪，那时才得平静，长长领教，何如？”

张蔼变色曰：“岂有不究诬控，反先责无辜之理？”一恭曰：“本县未出京门时，便闻少爷藉势横为，今收众呈，所告皆实，不责三下，以消众忿，怎做得？”张蔼怒曰：“我便有此事，抚镇三司都无奈我何，汝乃小小知县，有敢辱我？”一恭笑曰：“三司乃公祖，王孙徇情可也。本县乃父母，不得不严此三箠，情实难徇！”遂呼：“胡海何在？”

一恭早已排布，一唤，胡海便带十数个健皂至，即将张蔼协押出大堂。一恭坐堂上，令将张蔼按扑于地，此时张蔼有翅难飞。又令将张蔼之头扶仰起，指而骂曰：“汝可认得我？即前年看命之铁笔甫，批断汝命运三年后伤官见官，字运必死。若能改过，戒淫为善，即转祸为福。汝在马上，令恶仆拿我送县监熗死。谁知我不应死于狗子之手，惟汝命运伤官，应死于官刑之下。今日遇我来作汝父母官，亦不责汝多，只责汝三下，以戒淫恶，可见我看命是真的。”

张蔼听了方知有仇来报，始惊，要挣扎，难动。一恭令打，胡海取浸尿大

① 照站：沿着驿站路线。

麻竹举起，尽力打于屁股上，一下命去半，二下命去全，三下已打死。一恭令放起，众皂放手，张蔼不动无声。一恭知其气断，即退入内衙，脱卸官服，并告张蔼众呈词等件挂于后堂中梁，穿着棚裤斗笠、草鞋，挑一担粪桶，由后门出去。

正是：愿遂宁为挑粪桶，恶除舍却坐琴堂。此去如何，下文接说。

第二九九回　宠仲文世宗崇道教　专朝政严嵩陷夏言

却说吴一恭挂冠，改作乡下人，挑粪桶从后门而去，无人知之。盖一恭只带一胡海上任，十日诸事不理，公项银不动分毫。向例新官到任礼有数百银，尽设法换金，存于身边。预备农夫衣服、粪桶。一打死张蔼，即挑粪桶而去。且其面貌生得乌黑，再改妆，真似村人，无人认得是新任知县。张蔼之家人，先拨于后园好酒席陪之，慢慢饮酒，何由而知？那日除恶时，衙门无审事放告，外人亦不知。

诸皂见张蔼三板已打死，本官入内不出，个个面面相觑，惊走去一半。惟几个有干系的不敢走，犹俟本官出堂。俟有几时辰，无动静，书吏头役进内请示，寂无一人，见冠带挂在梁上，始知本官脱身去了。原来一恭到任，未请师爷，家丁惟两个打发去陪张蔼之家人饮酒，余惟胡海一人。其胡海打了三下，知已死，即放板先跑去了。众书吏并班役即将本官挂冠并众呈词送去温州府禀报。

此时后园畅饮之家丁始知，赶出看，主人气断肉冷矣。同奔回报，便邀①人来抬尸，即遣人飞报至京。时有太守闻报，即传令：挂冠人尚未出城，赶把城门紧闭，拨兵役挨家搜拿必获等语。此乃太守故纵之法，揣知一恭早已离城，恐张家人众穷追，故闭城。连闭三日始开，而一恭已去九霄云外矣。

张家人日夜飞赶至京，入相府报知少爷被新任知县吴一恭三板打死。张孚敬闻之，欲与子报仇，外却不动声色。即刻行檄，以永嘉县知县吴一恭，初莅任便能除暴安良，甚属可嘉，即行取进京升擢。部文到永嘉县，行取无人，仇不能报，张孚敬亦无奈之何。吴一恭在京，已查许同人捐纳为湖广襄阳巡检，挑粪桶出了城门，即卸于僻处。行至湖广，始换儒服，抵襄阳巡检衙内。许同人接见，大喜，改名为幕友。温州永嘉县地方，除了横恶张蔼，换一清净世界。一县男女无不感德，乡中遂建吴一恭之生祠，岁时祭享，如同祖先。因一恭藉

---

① 邀：带领。

粪桶方能脱身，即将粪桶油红记之，至今粪桶皆红色也。

许同人存匿吴一恭，至张孚敬死后，同人已升为通判，遂代一恭捐复为知县，以报换命之德。凡人之命生成，哪里换得？因同人当差役，不索取被告分文，执刑不重，乃天使之然也。

那张孚敬在朝专权夺宠，至严嵩来，遂罢退矣。严嵩乃南京吏部尚书，召至北京为礼部尚书兼翰林院学士，贪污无忌。因命考选通晓番字之诸生受赂，被言官劾之，嵩乃具疏与辩。令嵩自修省，免黜。嘉靖十三年正月，夏言为武英殿大学士，帝因废皇后张氏，欲另立后，问夏言曰："立德妃方氏何如？"夏言即拜贺曰："天子为天体圆，皇后为地体方，立方氏为后，正合天圆地方之象。"于是遂立方氏为正宫皇后。随以严嵩为武英殿大学士，参预机务，乃掌部事。嵩入阁便窃弄威权。有御史陈绍等劾嵩并其子世蕃，同恶相济，关通苞苴，动以千万计。嵩上疏辩，乞休，嘉靖优慰留之。

至嘉靖二十二年，帝宠爱宸妃，常幸其宫。是夜与宸妃二人睡熟，有司寝之宫婢杨金英等五人，以帝威酷，同谋杀之，将绸帕系帝项上勒之。适发辫簪落颊下，众宫婢仓猝不知有簪挡住，任勒气不断，惊醒宸妃，急行解救。嘉靖奄奄一息，口不能言。方后闻知，即收杨金英等诛之，并杀宸妃。帝至三日后始苏能言，闻方后诛杨金英等，无言；闻并杀宸妃，怒甚，以方后妒而杀之，遂忿方后。未几，正宫火发，嘉靖不言救，方后遂烧死于内。嘉靖因宫婢谋杀不遂，以赖天地鸿恩，即建醮于天朝宫。七日，有白鹤四十余飞翔空中，群臣进表贺之，因此嘉靖敬信道教矣。

有湖广黄冈人仲文者，名陶典真。少为县书吏，喜神仙方术，嘉靖初，授辽东库大使。任满到京时，有致一真人邵元节已贵幸。缘皇宫忽有黑眚出没，邵元节禳之不退，遂举荐仲文入内，与仲文施法治之，妖气始灭，于是嘉靖喜之。那一日，驾去承天府视显陵，以仲文护驾。至河南卫辉府，白昼有一大旋风绕驾不散，嘉靖问仲文："何兆？"答曰："当有火灾之兆。"嘉靖命祭禳，仲文曰："难祭禳，久终不免，惟谨慎保护圣驾为要。"是夜，行宫被火，风狂火烈，人被火烧死无数，嘉靖被锦衣卫陈炳排闼负出，始免。嘉靖以仲文道术精通，谓为忠孝秉一真人，领道教事；寻加少保礼部尚书，又加少傅，食一品俸；不久又加仲文为少师。

时交城国王无后，有该国之护国将军表袖欲谋袭其位，遣校尉任得贵赍黄金三千两赂严嵩，又有银赂仪制司徐旭及王府科吏人等。嵩遂具疏保奏交城国位应与表袖接袭，嘉靖从之。谁知来行赂之人却被东厂逻卒侦获，送于司法究问，究出受赂众官。奏入，嘉靖即将徐旭并科吏皆发戍边，惟严嵩不究。

又有永寿先王之庶子惟熿与嫡孙争立世子。惟熿以白金三千赂严嵩，严嵩保奏立惟熿为世子，被王妃遣人击登闻鼓，奏诉严嵩受赂乱伦。御史叶经劾严嵩贪状，严嵩急见帝投诚请罪，嘉靖竟有令其安心办事，勿得介意之语。于是严嵩屡逢嘉靖袒护，愈弄威权。凡有奏事者，先付本章与严嵩先看，许奏者进之，不许奏者不得进。便寻隙叶经及翟銮、周怡等。

嘉靖又以嵩子世蕃为尚书少卿。自严嵩入相，夏言等皆退后，嘉靖颇闻其横压之，遂起夏言等复职。时嵩子世蕃为尚宝司少卿，通贿赂，又侵吞天下钱谷。夏言知之，欲奏闻朝廷，嵩闻而惧，乃带其子同至哀求勿奏。夏言称疾不出。嵩赂其管门之人，遂直入夏言卧榻下，同子长跪泣求饶恕。夏言怜之，遂宽而不奏，嵩父子暗恨之愈甚。

世蕃贪酷无厌，嵩惧夏言察觉，乃上疏遣世蕃归籍，嘉靖听之，世蕃遂去。都督张炳因盐法事坏，亦恐夏言，阴与嵩谋害夏言。值都御史曾铣议复河套，夏言主之。严嵩极言不可，语中颇侵夏言。会登城山崩裂，京师又大风，嘉靖疑夏言议复河套所致。因问严嵩，嵩遂诋言擅自专权。退出，又上劾疏曾铣开边启衅，夏言主之附和误国，并自求去位甚切。嘉靖又留之，责夏言附和。于是吏部闻渊、礼部费采、左都御史屠侨皆劾夏言误国。嘉靖命拿曾铣至京，夺夏言少师少傅衔，惟以尚书致仕。

曾铣既拿至，嵩又令仇鸾攻发其阴私。刑部詹瀚等又阿附严嵩意，谓曾铣行贿夏言，论斩。遂斩曾铣于西市。夏言既致仕归，舟至丹阳，又被拿进京。夏言具疏极陈为严嵩所陷，嘉靖竟不听。刑部尚书喻茂坚上疏救夏言，嘉靖反怒责其阿附夏言。时值居庸关报寇犯界，嵩以开边之故陷夏言，竟坐与曾铣交通，斩首于西市矣。夏言既死，大权总归严嵩，此乃嘉靖二十七年之事也。随有给事中厉汝进劾嵩及世蕃奸恶，即谪为典史，寻以大计削职为民。

适俺答寇犯宣府，由苏州入古北口，转掠怀柔、如顺二县，逼于京师。令人持书入朝求入贡，书中言多悖慢。嘉靖召严嵩并礼部徐阶问：“事势至此，奈何?”嵩答曰：“此乃穷寇来乞食而已，无足虑也。”嘉靖又问：“既有书来，何以答之?”嵩不能对。嘉靖乃命徐阶聚众臣相议，众亦无策，惟司业王贞吉言曰：“岂无足虑？当以兵御之。”嘉靖壮其言，发兵五万与贞吉招募战士。

贞吉即募齐战士，因诏中无令督战，贞吉不得统摄诸将，去见嵩请督战。讵嵩与贞吉有隙，辞而不见。贞吉怒，通政使赵文华至，谓曰：“天下事当缓图，岂容急之耶?”贞吉怒骂之曰：“汝乃权门犬，何知天下事?”又大骂守门之人。嵩闻之，恨甚。贞吉遂单骑出城，遍谕诸将士。将士皆感激奋击，寇遂披靡而走。

时仇鸾已重赂严世蕃为大同总兵，统军入援，纵兵肆掠京都财物。任俺答大掠诸郡县金帛子女而还，仇鸾惟率兵尾随，不追击，听之遁去。朝廷论功，进仇鸾为太保。严嵩论贞吉狂诞，谪戍岭南矣。起先俺答迫都城，严嵩授计与兵部丁汝夔曰："若丧师，其罪难掩，当令诸将勿出战，听其自掠自去。"汝夔因嵩所嘱，遂令诸将勿战。诸将本怯战，有此令更喜不出，听寇饱掠而去。由于京畿被其肆掠甚惨，民间归罪于诸守将，诸将推卸遵兵部军令不许出战。

嘉靖即收汝夔下狱勘问。嵩恐推究前之所嘱，归罪及己，便绐汝夔曰："勿虑，吾为汝弥缝无事。"汝夔信之，遂不辨卸于嵩。至廷议拟斩，始喊骂："严嵩陷我！"初俺答犯都城时，嵩欲听之饱掠自去，惟贞吉以为不可，有锦衣卫经历沈链助贞吉，言之不休。吏部夏邦汉以目睨曰："汝乃小吏，何得言之?"链答曰："大吏不敢言，故小吏言之。"又上疏请发兵护陵寝通州。又疏言严嵩受国重任，贪婪愚鄙，无一方略治国安边，惟与子世蕃为全家妻子计。历数其大罪，请戮严嵩以谢天下等语。嘉靖反以沈链诬诋大臣，廷杖，谪去保安州治耕屯田矣。此乃嘉靖三十年正月事。

至三月大计，京官被严嵩中伤，善类去者甚众。有刑部郎中徐学诗，以劾其父子被斥，至是削籍，并黜其兄中书舍人徐应丰。吏部奏上，嘉靖察其枉，留之；严嵩不肯，竟斥黜去矣。竟不知嘉靖昏庸之主，至于此地，犹袒护之。殊不可解。

正是：大计狭嫌既被黜，朝廷知枉亦难留。后事如何，下文接说。

第三〇〇回　启边衅仇鸾开马市　数奸恶椒山劾严嵩

却说仇鸾倚严嵩之势，密遣家丁时义结通俺答义子脱脱，使之贡马互市交易。俺答利其货，作书送苏佑。苏佑具表奏上，仇鸾与严嵩附和赞之，遂许开马市于大同。有兵部车驾司员外郎杨继盛，字椒山，上疏极言不可。嘉靖发内阁与严嵩等议，未决。仇鸾曰："竖子不知兵，敢如是?"遂上疏诋继盛阻挠边计。嘉靖怒，下继盛锦衣卫狱，贬陕西临洮府狄道县典史。讵头年三月开马市，次年正月俺答入寇大同，二月即罢马市，至七月俺答大寇苏州。

时仇鸾患疮疽卧床，闻俺答入寇，即奏请带疾乘舆督战。嘉靖方怒以马市通寇，命兵部赵锦收仇鸾大将军印绶，以总兵陈时去接代军务。仇鸾闻命下，大恚而死。大学士徐阶劾奏仇鸾通敌误国，嘉靖诏剖棺戮尸，全家斩于市，没其资产。有御史王宗茂上疏论严嵩负国八大罪，嘉靖犹谓其狂，谪贬为平阳县丞。至三十二年正月朔，日食。巡按御史赵锦上疏请罢严嵩，以应天变，嘉靖又收之下狱，久之削职为民。嘉靖既诛仇鸾，因思议马市时，惟杨继盛极言不可，遂起继盛，迁至兵部武选司员外郎。继盛于是感激，思报国恩，上疏论严嵩五奸十大罪，其略曰：

方今在外之贼为俺答，在内之贼惟严嵩。贼既有内外，攻宜有先后；未有内贼不去，而外贼可除者乎？故臣请诛严嵩，当在剿灭俺答之先。嵩之罪恶，当在徐学诗、沈链、王宗茂等论之已详，然皆只言其贪污之小，而未尝发其窃僭之大。去年春雷久不声，占云大臣专政。夫大臣专政孰有过于嵩者？又冬日下有赤色，占云下有叛臣，凡心背君者皆叛也。夫人臣背君，又孰有过于嵩者？如四方地震，与夫日月交食之变，其灾皆感应嵩贼之身。不意陛下聪明刚断，乃甘受嵩欺，人言不信，惟上天示警，亦不省悟，以至于此。臣敢以严嵩叛君专政十大罪，为陛下陈之：

我太祖高皇帝诏罢中书丞相，而立五府九卿，分理庶政。故载诸训曰："有廷言设立丞者，本人凌迟，全家处死。"及嵩为辅臣，俨然以丞相居。挟一人之

权，侵百司之事，只府部题复，先面奏而后敢起稿。嵩之直房，百官奔走如市；府部堂司，嵩之指使络绎不绝。一或少违，显祸立见；及至失事，又嫁罪于人。是嵩无丞相之名，而有丞相之权，有丞相之权而无丞相之责。坏祖宗之成法，一大罪也。

权者，人君所以统摄天下之具，不可一日下移。嵩以崇本自任，遂作威福。用一人，即先谓之曰："我荐之也。"罚一人，则又号于众曰："此得罪于我，故报之也。"群臣感嵩甚于感陛下，畏嵩甚于畏陛下。窃君上之大权，二大罪也。

人臣善则称君，过则归己。今陛下苟有一善，嵩必令子世蕃传于人曰："上故无意，我议而成也。"将圣谕所进折帖，刻板颁行，名曰"嘉靖疏议"，欲使天下后世谓陛下所行之善，尽出于彼而后已。掩君上之功，三大罪也。

陛下之令嵩票本，盖取君逸臣劳之义。嵩何所取？而令子世蕃代票，又何所取？而约诸谊子赵文华等会而拟稿。疏方上，满朝纷纷，既下，若合符契。如锦衣卫经历沈链劾嵩疏发大学士李本拟旨，本即叩之世蕃，乃同赵文华自拟以上，此人所共知也。嵩既以臣而弄君之权，世蕃复以子而弄父之柄，京师有大丞相、小丞相之谣。纵子之占窃，四大罪也。

边事废坏，皆源于功罪赏罚之不明。嵩为辅臣，欲令孙冒功于两广，故置其表侄欧阳必进为总督，朋奸比党。窜长孙严效忠冒征蛮功，奏捷，遂升镇抚。效忠告病，严鹄袭，加升锦衣千户。效忠与鹄皆世蕃豢养乳臭子，冒买朝廷之军功，五大罪也。

仇鸾总兵甘肃，以贪虐论革，世蕃乃受鸾贿，荐为大将军。后知陛下疑鸾，遂相诽谤，以掩初迹。是通寇者逆鸾，而受贿引用鸾者，嵩与世蕃也。进不肖蒙显戮，引悖逆之奸臣，六大罪也。

俺答犯内深入，兵法系其惰归。嵩乃曰："京边不同势，败于边可掩，败于京不可掩。且俺答饱，自退耳。"故丁汝夔传令不战。及汝夔临刑，始知为嵩所殆。误国家之军机，七大罪也。

刑部郎中徐学诗，以劾嵩与世蕃革职为民矣，又于考察京官之时，罢其兄中书舍人徐应丰。户部给事中厉汝进以劾嵩与世蕃，降为典史，又于考察外官之时，迫吏部削汝进籍。夫考察巨典也，陛下持之，以激天下之人心。贼嵩窃之，以中伤天下之善类。乱黜陟之大柄，八大罪也。

府部之权，皆挠于嵩。而吏、兵尤大利所在，将官既纳贿于嵩，不得不剥削军士；有司既纳贿于嵩，不得不滥取于百姓。陛下虽累加抚恤，岂足以当嵩残虐之害？臣恐天下之患，不在塞外，而在域中也。此失天下之人心，九大罪也。

先朝风俗淳厚，自逆瑾用事，始一少变。至嵩为辅臣，守法度者以为固执，尚巧滑者以为通才，励节介者以为矫激，善奔走者以为练事。风俗之坏，未有甚于此者。此坏天下之风俗，十大罪也。

嵩有十大罪，昭人耳目，以陛下之神圣而若不知者，盖有五奸以济之：

嵩知陛下之意向者，莫过于左右侍从，厚以贿结之。圣意所爱憎，嵩皆预知，以得遂其逢迎之巧。是陛下之左右，皆嵩之间谍，其奸一也。通政司，纳言之官，嵩令谊子赵文华为之。凡疏到，必有副本送世蕃先阅而后进，早为弥缝。是陛下之纳言官，乃嵩之鹰犬，其奸二也。嵩既内外周密，所畏者厂卫之缉防也。嵩则令世蕃宠络厂卫结姻亲，陛下试诘嵩所娶者谁氏女，立可见矣。是陛下之爪牙，乃嵩之瓜葛，其奸三也。卫既已亲矣，所畏者科道言之也。嵩于进士初选时，非亲知不得与中书行人之选，知县推官非贿通不得与给事御史之列。是陛下之耳目，皆嵩之奴隶，其奸四也。科道虽入其牢笼，而部臣如徐学诗之类，亦可惧也。嵩又令子世蕃，将各部之有理财者俱网罗门下。各官少有怨望者，嵩早为之斥逐。是陛下之臣工，多为嵩之心腹，其奸五也。

夫嵩之十大罪，赖此五奸以济之。五奸一破，则十罪立见。陛下何不忍割爱一贼臣，愿忍百万苍生之涂炭乎？陛下听臣之言，察嵩之奸，或召问二王，令其面陈嵩恶，或谕诸阁臣勿畏嵩威。重则置宪典以正国法，轻则谕令致仕以全国体。内贼去，而后外贼始可除也。

继盛将此疏上，孰知昏庸嘉靖，犹袒护奸贼。严嵩无可摘疵，以引用二王为用，即系于锦衣狱。诘讯何人主使，继盛曰：“尽忠而已，岂必有人主使乎？”又问引用二王之故，继盛大言曰：“奸臣误国，除二王外有谁不畏嵩者？故引用之。”那时即将继盛廷杖一百，送刑部究问。刑部何鳌受嵩嘱托，欲诈传亲王令旨重办之。有郎中史朝宾曰：“其疏中只言二王亦知嵩恶，并无言亲王令旨，三尺之法，岂可诬耶？”嵩闻之怒，即降其为高邮判官。

有侍郎王学益助嵩，诬以诈传亲王之令旨，竟坐继盛绞罪系狱矣。盖杨继盛自贬后复迁是职，常感激恩报，其妻张氏曰：“公休矣，一仇鸾，困几死；今嵩父子，百仇鸾也！公何以报为耶？”继盛不听，密具疏，斋戒五日乃上，遂得罪下狱。此乃嘉靖三十二年正月春事。

继盛出狱朝审时，诸内臣士庶夹道拥看，共指曰：“此乃天下义士也。”又指其三木叹曰：“此刑具何不套严嵩父子头上耶？”三木者，枷、锁、铐也。继盛闻众指说如此，遂高声吟曰：

风吹枷锁满城香，簇簇争看员外郎；

岂愿同声称义士，可怜长板见君王。

圣明德厚如天地，廷尉称平过汉唐。

性僻由来归视死，此身原不是随常。

人众又闻吟此语，然曰：“椒山死终不免，芳流千古；那恶虽横，臭遗万年。”有司业王晁闻之，见嵩谓曰：“外面人言纷纷，谓继盛死且不死。公不忧万世之声名乎?”嵩答：“吾行当救之。”于是嵩令其子世蕃免继盛死罪，放之。世蕃问其党：“可否?”郭懋卿曰：“如纵之，养虎自遗患也!”胡植亦言不可。至是继盛难免矣。

正是：虎落陷中怎肯放，鱼收筌内岂能生。究竟如何，下文分说。

第三〇一回　严军令戚参将斩子　灭倭寇张经略遭刑

慢说严嵩父子决意陷害杨继盛下狱，朝审三次，死总难免。先说与杨继盛同日典刑之张经，乃福州侯官县洪塘半州人。初冒蔡姓，后乃复张姓，字廷翼。正德十二年进士，嘉兴知县，召为吏科给事中，历户科给事中，推太仆寺少卿，历右副都御史协理院事，进两广总督。因公罣误，罢职归籍家居。因官历至都堂，乡人皆称为张都堂。

彼时有人来往日本国贸易，欠负倭王银万余无还，倭王将以法追之。其人说："皆被各行家欠去，难以讨还，求王拨兵同去索取，必惧而肯还也。"倭王许之，拨兵驾船，随与至江浙沿海索取，果各行家皆惧，负欠者无敢不照数理还。倭国之兵以取之甚觉容易，亦向无负欠之行索取，各行无欠，哪里肯出银还之？倭兵藉强，不由分说，共拥人抢掠一空，遂满载而归。自此倭寇常聚众驾船来明火劫夺，延及山东，江南浙江、福建、广东等处，海滨更劫掠不休。

时各府县无兵卒，惟省会有数千卫卒，余皆屯兵。屯兵者，乃城外各乡民，分给屯田与耕作，自为粮饷，春夏秋三农时听之归耕，惟至冬一季传来。各兵皆来讲武，同集郡城较场操练，至春时又听之归耕，皆是有名无实。而且被鬻卖，买者顶其姓名，一家皆顶十数名，至传练时倩①人前去，冒名答应故事而已。故倭寇蜂起，任之自掠而去，无兵御之。延及村墩②，不但倭寇来，且有内地土匪为之引导，入福州东北井楼门各关外，皆有倭寇之耳目脚手，引倭寇至各家搜劫。故远近有富家，都将银埋存僻处。至倭寇来搜无银，探是富家，即拿其家主问银存何处？答无，即将主翁缚住，两目用布包蔽，按于竹兜③，令人抬至海边斫头。

共拿有十数个主翁，皆如是蔽目缚抬去。日仍与食，日夜惟抬行不歇，眼

---

① 倩：雇佣。

② 村墩：村庄。

③ 竹兜：无盖的轻便小轿。

不见何地，惟耳闻之今日到某处，明日到某处。三四日，有人来问，肯说出银埋何处，即放汝回。先皆不说，又行二日，闻说明日到杀人场了。可惜埋银与别人，自己命又无。有数个闻说方惊，自肯看破，遂说出埋银之处。贼伙又盘问银数切实，即同去各家开掘，果得如数。未半日，即至原处解放众埋银之主翁。主翁便疑，问："有许快[①]都掘了，怎的来时这般远，回去掘银这般快?"众贼答："放汝回去，有命就是，莫管快不快!"解开蔽目之布，始见天日，贼已散去，原来就在此北岭[②]。

先因目蔽，日夜抬行，耳边闻说已到罗源、宁德，行了四五日，仍在此处。众因忖度，始悟勾引之贼皆是乡邻近处，晓得某家有银埋存，拿来将目包蔽，只在北岭环旋，故意说到某处，使之惊吓，始肯说出埋银之处，其实只离家一二十里。故各处皆贼之耳目，即衙门上下人等，无个不是贼之胶手[③]。

时戚继光为福州参将，作《八音字义》[④]，有话不言出，惟以手敲桌代言也。倭寇至北岭，继光参将即帅兵前往剿灭，以其子为先锋。出兵之时，传号令曰："直往破贼，回顾者斩。"兵至井楼门外，其子在马上回顾父至未，被参军看见有人回视，令即拿斩。众说是阿哥[⑤]，共代求免。参军以令既发，不正己，怎正他人？遂斩之。于是众军遵畏，无不奋勇争先，直前破敌。追至北岭，杀死倭寇无数，一鼓奏凯回。至斩子之处，思儿坠泪，此地即建一亭，名思儿亭，今其亭尚在也。

盖参将行兵，队伍中不埋锅造饭，惟带饼匠制饼。每名兵给饼若干，饼中有穿串，饼挂于腰，各配一椰瓢，饥时舀水配饼。饼乃火熬[⑥]成，以水配食，亦无害也。饼因继光造始，故名光饼也。参将号令严明，出兵屡捷。倭寇被此一杀大败，不敢正视福州，只在浙江各省掠虏劫夺。势甚猖狂，民不聊生。

时张经家居，虽属文官，而武艺则不离手，其箭百发百中。一日，叫一剃头匠来修容。那匠能使飞刀，其刀惟以手一弹，飞至半空坠落张都堂头上，直剃面上孔毛，伸手接住，又弹又剃，其快如风。张都堂暗思："有此等奇异，倒妙甚，只是令人惊吓。"至完了，张都堂曰："汝之飞刀果妙，我之飞箭亦使与汝看。"即令家人将此匠缚住作箭牌，将其挑担之扁担直插面前。张都堂遂连发

---

① 许快：那么快。

② 北岭：福州地名，在市区北郊，也称北峰。

③ 胶手：爪牙。胶：脚。本字"骹"。

④ 《八音字义》：福州方言韵书的一种，伪托戚继光所作。

⑤ 阿哥：少爷。

⑥ 熬：烧烤。

十矢，皆中在扁担上，射完，令解绳，笑问曰：“我之箭法可有汝之刀法妙否?”那时剃头匠惊甚，半晌不能答应。张都堂又曰：“此利器有敢在我头上显能，我不得不以箭来还敬汝，儆戒汝下次。”言讫，取银二两赏之。

一日，张都堂在郊外射鼓，其鼓中心有穿口，有酒杯大，箭皆中心穿过。看的人无个不称赞：“盖世之神箭，即赵子龙、吕布犹不及也!”旁有一卖油者，亦放担站看，因闻众之称赞不休，便接口曰：“汝们都道是神箭，我看是熟箭，无甚奇特。”众与之盘驳，张都堂放弓问曰：“汝既知是俗箭，必人人都会矣?”卖油即答曰：“是熟悉之熟，非时俗之俗。此不过时常弄惯，若歇数日不弄，便不如是矣。”张都堂笑曰：“言亦有理，熟能生巧，不错。”便不再问。

惟众看的不愿[1]，共问曰：“汝卖油有何熟悉处?”其人答曰：“怎无熟处，今亦演试与汝们看，便知是熟，非神也。”即于担中取出一空瓮，又取一双箸，横排于瓮口，又取一文铜钱放于瓮口两箸中间，遂左手舀一管[2]二三斤之油，右手执铜瓢，油倾于瓢内。瓢内之油转倾入钱孔，只有一线大溜落瓮中[3]，将一管之油倾完，其钱无一点油沾，四旁仍干如故。张都堂同人众皆摇头伸舌，羡其果熟之甚。卖油笑答曰：“亦无奇异，不过与张都堂之箭一般，惟熟而已。”张都堂大笑曰：“三年吃长斋，被臭虾米开荤。[4] 百步穿杨柳，遇卖油识破。”

正在谈笑间，家人忽来报：“圣旨到，快去接旨。”张都堂即赶回，接了圣旨，原来起复张经为户部尚书，遂进京任事。未几，钦命总督江南、江西、山东、浙江、福建、湖广、河南，为七省经略。召广西、广东省兵听用。至江南，又飞召各省官兵示期操练剿倭。时中国只两京十三省，因张经握九省之兵权，威甚显耀，嵩忌之，遣御史赵文华监察军情。文华经过之府县，大小文武官员无不馈赠金银财物，收受数百车，推至军前；张经一毫无送，文华暗忿之。

遂查各省兵已召到，即催行兵破敌，何以挨延。张经以广西桂林府兵尚未到齐，俟到齐时一鼓可尽剿灭之。讵文华挟忿，便以玩寇殃民备疏，暗遣差官进京劾奏张经。嘉靖阅疏，将本发内阁严嵩批票：“玩寇殃民，按兵不举，显系心存不轨。着内臣带校尉去锁拿来京勘问。”讵赵文华之密本头日出门，次日桂林之兵亦到，张都堂即率领各省之兵进剿，杀得倭寇无处奔逃。四围夹攻，半死于兵，半死于火，余皆自投于水淹死，无遗一个。官军大得胜仗，奏凯班师。

---

① 不愿：不满。

② 舀一管：舀一勺（油）。管：竹筒做的舀具。

③ 只有一线大溜落瓮中：（油）如一条线灌注入瓮中。溜：灌注。读去声。

④ 三年吃长斋，被臭虾米开荤：俗语，喻长年努力毁于一旦。此处指神奇箭技，被凡人识破诀窍。长斋：常年斋戒吃素。

谁知奏捷本方去，而太监带校尉忽至，宣读圣旨已毕，将张经拿锁进京。一至北京，严嵩即行矫旨斩决。刑部又吊出二官同斩，一乃失机总兵李天宠，一乃员外郎杨继盛，押出柴市一同斩首。

张经只押至蓬莱岛地方，有故人拦途致祭。张经饮了三杯酒，问："此处何地名?"答："名蓬莱岛。"张经即令开刀，不必往柴市。原来张经少年时往九鲤湖祈梦，问神前程几何？神令其摸嫂乳便知。适遇嫂，便摸其乳。盖其嫂素横恶，与之不睦，便骂曰："胆有此大，皇帝下来就是汝!"张经忙拜谢曰："谢嫂金言。"嫂又骂："斫头。"果官至天下都招讨，掌握兵权，威风赫赫，皇帝下来就是他，难免斫头也。又去祈问结果如何？梦神又示七字曰：

"三杯醉倒蓬莱岛。"

今日在此饮了三杯酒，又闻地名蓬莱岛，始悟斫头之谶已应，自知大数难逃，方令开刀。监斩官又押李天宠、杨继盛至柴市斩首，忽有圣旨赶到，单赦张经，已斩之。监斩官又斩李总兵、杨员外。员外临刑，吟诗四句曰：

浩气横太虚，丹心照千古。

平生未报恩，留作忠魂补。

原来严嵩矫诏出斩张经时，军中报捷之本已到，进入内庭，嘉靖看了甚喜。尚未发出，适严嵩入报："监中吊出失机总兵李天宠、假传亲王令旨之员外郎杨继盛并张经押去正法。"嘉靖始发出报捷本章，令赶去赦之。奈梦神已示谶语，大数难逃，故赦之不及。嘉靖到此方悔，令金头御葬高原，建坊表之。

再说杨继盛将刑，其妻具疏言："臣夫谏阻马市，圣旨薄责，旋因逆鸾祸败，前蒙湔雪，一岁四迁。臣夫衔恩图报，误闻市井之言，尚狃书生之习，妄有陈雪。荷陛下不即加戮，俾从吏议，杖后入狱，割肉二斤，断筋二条，日夜笼箍，备诸苦楚。年荒家贫，臣妾纺织供给。部臣两次请决，俱蒙特宥。臣妾枭首以代夫命。夫生一日，必能执戈矛御魑魅，为疆场效命之鬼，以报陛下"等语。张氏此奏入，为严嵩所匿，不得上达。盖杀谏臣自嘉靖昏庸始也。由是天下庶民莫不恨严嵩父子，而怨嘉靖昏庸矣。

正是：罪恶尽遭继盛发，形容惟有马伶传。后事如何，下文分说。

第三〇二回　结草像沈链射严嵩　说马画世蕃宠宝贝

却说严嵩既陷杨继盛死，更无忌惮。初倭寇江浙时，赵文华请祷海神杀贼，帝信之，遂遣祷海神，并默察张经军情。可恨文华至一处，即凌轹官吏，扰括财物，公私苦之。独张经无财物与之，故诬害之。兹自江南旋京，知吏部尚书不附严嵩，常与争论。此尚书姓李名默。文华即搜寻其考选进士策题中有“汉武征四夷而海内虚耗，唐宪复准蔡而晚业不终”等语，以为谤讪，上疏劾。嘉靖昏庸不察，即收系默下狱，竟死于狱中。严嵩喜其能代除不附之人，擢文华为工部尚书加太子太保。

却说锦衣卫经历沈链，因劾严嵩弄权误国，被嘉靖贬为保安州田氓。至直隶保安地方，该地诸长老闻系劾严嵩所贬，皆怜敬之，各遣子弟从之读书，田代为耕作。沈链常与众乡人申说忠义大节，乡人感愤，争骂严嵩不休。沈链大喜，遂作三个草人，妆束宰相衣服形状，一写李林甫，一写秦桧，一写严嵩，三个俱缚于后园。不用火，[①] 乱箭射三草人，不知有中否，射讫去睡。次日看严嵩中箭多，二者中箭少。夜夜射之。沈链笑曰：“李秦二奸，年代久远，恩怨与我无涉。惟此严贼，目下陷害忠良，故天使我乱箭报之！”谁知夜夜沈链射草人，而严嵩无夜不梦被人拿去，缚于树上，乱箭射之；惊醒，串骨疼痛，疑是被人使巫蛊暗算。令世蕃查访，竟查不出。嵩不敢睡，惟无梦，而串骨之痛渐加。

世蕃遂求秉一真人陶仲文降圣[②]拨光查之，仲文辞。世蕃诈传圣旨，仲文遂不敢违，宣疏降神，拨光示谶。光中出现一妇，项带金链。世蕃问：“何神?”仲文曰：“非神，乃君家亲人显魂示谶，可认是何亲，谶便在其中。”世蕃审视了，曰：“形容似先妣。”光中形遂没。世蕃问：“作何详解?”仲文曰：“只于‘沈带链’三字中解之。”世蕃遂谢之而归，告其父曰：“怪乃沈链所施。”嵩曰：

---

① 不用火：没有灯火照明。

② 降圣：降神。

“何知?”世蕃将拨光情形告知其父。嵩曰：“真人之光谶必不谬，遣人去搜拿之。”

正欲遣人，而直隶总督系其奸党，已闻沈链射草人之事，遣人驰报世蕃，以沈链结死士，击剑习射，并做严阁老形像，夜夜会众射之，言欲至京取若父子之首。世蕃答：“已知。”即驰密札与巡按李凤毛，令速搜拿解报。凤毛接札，通知沈链快散众灭迹。遂办文回复：“查搜无形迹赃据，未便拿解。”世蕃怒罢凤毛职，以其党御史路楷代为巡按。临行，世蕃饯之以酒，使与总督杨顺访除沈链。路楷至直隶，与杨顺合谋以访白莲教，将沈链名字入于谋叛籍中，拿解进京。严嵩竟杀之，抄其家并杀二子，一女发入教坊，惟长子沈襄囚而未杀，至严嵩败方脱归。于是嵩梦绝痛愈矣。

时嘉靖以长生可求，一意崇道教，无日不修斋建醮。或有进天桃天药者，皆喜而受之。赵文华既得眷宠，欲固结于嘉靖，不先禀严嵩，密进一药方，言此乃天所赐，饮之不死，独臣与嵩知，嘉靖喜纳之。次日见嵩，谓曰：“卿既有仙方，何不奏闻，乃文华进之，何也?”嵩答：“无有。”嘉靖取文华疏与看，嵩大惧而退回。立召华至，问：“闻汝何药献帝?”答：“无。”嵩取疏与看，文华大惭，遂顿首谢罪。嵩怒呼左右拖出，令守门勿得与之再入。于是文华忧惧，泣求世蕃转达婉言救解。世蕃亦恨之。因加爵时只进金丝幕帐一架，世蕃有妾二十七个，各献宝髻一顶，并无别物，世蕃嫌薄。今又擅进药方，即令文华且告病，归避一时，待丞相气稍消起复。文华从之，乃代作奏稿写奏。是时嘉靖方建醮祈祷长生，看文华疏中有患病之语，怒之，即削官职，发其子充边矣。无何，嘉靖所宠信秉一真人陶仲文病卒，赐财帛祭葬厚甚。

时严嵩又以其党吴鹏为吏部尚书，内外皆称嵩为阁老。嘉靖知之，一日，早朝将罢，笑谓诸臣曰：“朕偶有一对句，诸卿对之。”遂念曰：“阁老身高高似阁”。严嵩惊恐，跪伏于地。嘉靖又笑曰：“既为阁老，身应高，不宜太高。”因无人敢对，嘉靖又笑曰：“众卿无对，朕代对之。”遂对云：“天官胆大大如天”。吏部尚书亦惊跪伏地。嘉靖又笑曰：“吴鹏既为天官，胆应大，亦不宜太大。”令俱起而退。随有御史耿定向劾吴鹏六罪，遂罢其职。惟嵩无人敢言之。

世蕃之奢过于其父，所居之第宅，仿佛与皇宫相似。其间重楼邃阁，雪洞花亭，不可胜数。一正妻，二十七个妃妾，歌妃舞女无数。宅中皆排设古玩字画。闻大臣家有大好字画，即向之索取，不敢不与之。闻都御史王杼家有赵子昂八骏马，世蕃即修书向取；王杼不愿与之，因思不与之又不可，密令人照样临摹一轴送之。世蕃不知其假，挂于花厅。有客至看，皆羡为诸画之最。世蕃喜，遂擢为山西总督。后闻王杼之子世贞曾从杨继盛游，至杨继盛死，王杼愍

之，吊以诗，世贞又代杨继盛料理丧事。严嵩与世蕃恨之，然犹看八骏马情面置之不发。后有人说此乃临摹之物，非子昂之亲笔。令御史鄢懋卿搜寻事故，害之以报恨。值俺答兵犯大同，入潘家口，严嵩暗通山西御史方略，令劾王杼失机罪。方略从之，嵩即矫旨拿王杼进京下狱。刑部尚书郑晓只拟谪戍，嵩竟以边吏陷城律，立将王杼斩首。

盖王杼所送八骏马画被人识破，乃裱褙匠姓汤名宝贝。先在王杼家裱字画及房屋窗棂，常受恩惠。王杼取赵子昂八骏图与之裱，宝贝见此图说曰："子昂画此八骏时，先画七样款势了，更有一匹就地打滚尚未得势，自入床做马翻滚之势。因声出户外，其夫人讶而进看，见一匹马在床翻滚，惊出喊人来驱，再转身入看，非马，乃夫君在床。惊而问故，子昂答曰：'画翻滚之马，未得其势，故演之。今得其势矣！'夫人曰：'君在床做马，妾入看君即化马，知么?'子昂答不知。夫人又说：'劝君勿专心于马，将来若化畜，奈何?'子昂说：'但得笔墨入神，名流后世，便化为马何妨?'因此子昂凑上打滚之马。八匹皆入神之笔，即此幅也。后再画不及此。如不信，且挂壁上。至夜静时，闻食草打滚之声，乃无价之宝也。"王杼曰："果格物识宝，名汤宝贝不错也。"

谁知此语传出，被世蕃闻之，始修书来取。王杼思不与不可，将与之，宝贝阻曰："传家宝岂可与之，可摹一假的与之亦可。"杼问："谁能临描?"宝贝遂荐宋万里之子玉山。时万里年将六旬，未中举，只拔贡上京挑选，带一少子作伴，至京挑补教谕；将回，忽得中风之症，不数日病死于京。玉山不得还乡，年方十六，自幼聪明，天生能水墨丹青，尤善于字，又兼品貌俊俏，称为三绝。能临摹今古名家之字画，任人辨之不出，又号为小玉。因囊空不得运柩回籍，寄柩东山寺，自亦寄寓僧寺外舍，写卖字画糊口外，积为运柩之资。

因卖字画，遂与汤宝贝相识，知其能摹古画，荐入王家描假子昂之八骏图，进与世蕃，遂擢王杼为总督。杼将去山西莅位，欲带汤宝贝同去，宝贝不愿，求荐严府效力。杼遂修书与宝贝去亲投世蕃，世蕃留在府中，料理裱褙工务。因其能识古人字画，又善于谄媚趋奉，世蕃喜之，赏典史官衔冠带，月食俸银。

一日，世蕃邀宝贝品题通府中之画，皆名人王摩诘、郭忠恕、董源、米芾、倪雪林、唐六如、米友仁、赵子昂等各人物花鸟山水。世蕃问曰："人皆云惟赵子昂八骏图为最，以汝品题，以何者为最?"宝贝曰："大人看为最佳，小官看为最不佳。"世蕃问："何其不佳之处?"宝贝答："乃人临摹，非真迹也。"世蕃曰："何以辨真假?"答："是真子昂之画，至夜静之时，必闻有食草打滚之声。夜若无闻，便是假的。"又问："图画怎得此奇异?"

此时宝贝一要买好图荣，二要显己博识，顾不得荐引之恩，遂照对王杼所

说子昂画马，自化为马情形细说一遍。世蕃怒曰：“怪道是[1]王杼舍不得，假一幅来骗我，汝何由知之?”宝贝答曰：“彼时小官在他家裱褙房舍，亲眼见其呼人来临描，故知之。”又问：“其真的现存何处?”又答曰：“他以此为传家之宝，不舍，常交与其妾收存。”世蕃便怒说：“王杼有敢以假作真来骗我不识，欺人太甚!”故俺答寇大同，谋害之。加汤宝贝官衔为经历，加月俸，即遣其带二三十健丁去山西搜取八骏画图。

正是：未得眼前臭富贵，早留身后恶声名。取来与否，下回说知。

① 怪道是：难怪。

第三〇三回　贞雪萼刺汤毁画马　义玉山救危保西池

却说汤宝贝加经历衔，带人去山西搜画。时王杼只带一子一妾随任，其余眷属皆在贵州原籍。宝贝至其寓，世贞不在，惟妾雪萼闭户楼上。宝贝即在楼下高声谓曰："二夫人，小官乃汤宝贝，奉严丞相命来搜取八骏马画图，并非抄家，即将此图献出，便无事矣。"雪萼在楼内答曰："此图已献严府，哪里还有？"宝贝曰："前献乃假的，今来取真的。"雪萼曰："前送的便是真的，哪里有更真的？"宝贝笑曰："前所送乃小官叫人来描，真的何曾送去？"雪萼又曰："我亦不知真的存于何处？"宝贝曰："当日小官闻说王大人交二夫人收存，怎说不知？求二夫人早献出，便无事矣。如匿不献，王家鸡犬都不得安生也！"

雪萼闻此语，知这场祸果是汤裱褙酿出。盖王家难至时，只疑之未实，今闻此语便定。雪萼正要殉节，遂从中设计代主报仇，只在楼楹内问答，遂开窗伸出头来问："此位是前在府中管理裱褙之汤爷么？"宝贝答："是。"雪萼曰："八骏图果在妾处，惟有一事相告，听从者献。"宝贝曰："二夫人有话即管说来。"

雪萼曰："妾蒙王大人宠爱，被大夫人妒。今王大人已死，妾怎敢归家？正无处奔投，今遇故人可以相投，如肯带妾去，便带图同去，何如？"宝贝曰："二夫人肯跟小官进京，凭二夫人心意进大丞相，或小丞相，小官送入便是专宠。"雪萼曰："妾不喜人严府，愿作汤爷之妾。"宝贝闻之甚喜，答曰："如不弃嫌，小官敢不听从？惟不知真八骏图在二夫人处否？"雪萼见其喜悦之色，以计必遂，答曰："待妾先取画图看之，再开楼门请老爷上来。"言讫，即取画轴，仍在楼棂中展开与看。宝贝见是真的八骏图，大喜。雪萼仍存了画轴，始开楼门。

宝贝登楼，雪萼笑曰："前言既定，不必再言。请问老爷，或在此住数日而回，或即回去？"宝贝曰："怎敢在此挨延，即同回去。"雪萼曰："就去亦可，只是未饮合卺，不成夫妇，可赶备酒宴，各饮了交杯酒而去好么？"宝贝曰："待办酒恐迟，可待回京与二夫人慢慢畅饮未迟。今须先成连理，长途迢递，方可亲近，亦免彼此寂寞。"雪萼把头点点，答："是。"宝贝大喜，即分发从人退

出，闭上楼门，一心想入天台，神魂摇摇不定。

谁知雪萼心中早备有小刀，俟其拢身时，将刀拔出，尽力向其腹下刺去。宝贝全不防备，被刺，大叫一声倒地。雪萼抢近，连手再斫其喉，血喷满身，不动声色。布置停妥，将宝贝之头用刀割下，一手执刀，一手执头献出楼外，喊曰："汤宝贝跟随人等听着，此乃汤贼之头。此贼前在我王大人门下为裱褙之客，那时严相爷修书来取八骏马之图，我王大人即欲取图送去，因此贼来阻，真的莫与，可描一假与之。贼自去叫人来，照样临摹一假的送去。后我家大人到此赴任，此贼不随，求我家大人修书荐相府为裱褙客。谁知其忘恩负义，卖旧主求新主欢，对相爷说出假画之破绽，致相爷忿怒，陷杀王大人，犹遣其带同汝等前来搜取八骏马画图。今我为主报仇，用美人计诱此贼。今将此杀之头，交汝们进京述与相爷知之。"言讫，将头掷下，闭槛而进。忽然楼上四围火发。

时宝贝带来之家人健丁共二三十个，皆以画不须搜，自愿献出，本官又得美妾，回去个个必有重赏；听之上楼，遂各散去索取酒食，不知本官被诱杀死。至雪萼喊叫，丢头落地时，人聚了，正欲同攻上楼，忽然火发，适起大风，烈焰迫人，王家人众只得拆卸旁屋。那火卷上半空，黑烟中现出八匹马，后一匹马有一女跨坐其上，冲霄而杳。远近之人皆见之，拟此八匹马即八骏图中之马，女即王杼之妾雪萼是也，无不称其神异，轰烈捐躯，与夫报仇雪恨。原来雪萼将汤宝贝之头丢于地上，即向四围起火，自刎而亡。其汤宝贝之尸，并为灰烬矣。其带来人众，只将头赴地方官衙门投告，回京报知世蕃，并述雪萼之言。方知汤宝贝卖主求荣，真画既毁，只得罢了。

回说宋玉山卖字画，又假古人之笔迹，多得重价。将及三年，颇觉囊橐充满。其为人疏财重义，凡有乡亲落魄穷途者，莫不周济。虽非乡亲，有遇困厄难堪者，皆悯而救之。那时严嵩既杀沈链并二子，还将其女，名西池，年十七岁，发教坊为妓。因西池不肯学歌舞接客，任甚拷打，竟不顺从，总要寻死，鸨妈无奈之何，惟锁铐住。有闽人危能遂，随兄在京开南果行，常到教坊游玩，因知丝管音律，与诸妓女盘桓。至兄死，行务交与掌管，便无忌耍乐，日夜不归店。本钱一半自花，一半被伙计亏空，未及一年即闭。危能遂至财用尽，被鸨妈驱逐。无处栖身，依旧投在教坊中为捧茶汤、看门洒扫之小鸨儿。至沈链之女西池不愿为娼，被锁空房，鸨妈恐脱空寻死，遂令能遂看守并捧饭与食。

西池决以一死，矢志不食。令能遂劝之食，如其不食，即责备劝食之人。能遂到此进退不能，常受斥责之苦。适宋玉山至坊中取讨字画钱尾①，见鸨妈

① 钱尾：未付清的欠账。

又在斥责，便认得能遂乃开南果行之乡亲，讶甚。问坊中人，始知其投作鸨儿，劝沈女食饭，如不食即批责。玉山悯之，与头人算清字画价尾毕，笑问曰："沈小姐不食，决意一死，欲劝其勿死，必须君子向劝以温语解说，方可回心转意。如何命帮工下手人去劝，即责死于杖下，亦是枉然。都不想择可劳而劳之耶？"头人答曰："何尝无人去劝，皆不从不答，惟危能遂有言语往来，故此方令他劝之。"

玉山闻说，便去问能遂："沈小姐与汝何言？"遂沉思一会，无答。玉山曰："我非外人，乃同里乡亲。沈小姐与兄何语，或从中可能换回救兄，犹未可定。"能遂闻玉山此语，乃叹曰："生不能救他脱此牢笼，说亦枉然。弟因不长进，自悔无及，到此地步。因劝沈小姐食饭，屡次求之见怜，他只答：'怎的不怜汝，如能设法救我脱此火坑，终身随汝为妾为婢皆愿。若硬劝我食饭，留命为娼，任汝打死，要我接客万万不能。'弟因闻小姐此语，筹思安能救之出脱，死于此地者不逃矣。他又念曰：'勿啼勿泣勿伤悲，一死谁能救免之。生世不能为配偶，死魂亦可逐相随。'弟又闻此诗句，只得听之自然。今兄乃乡亲诘问，只得告知，祈勿哂之。"

玉山又问："现沈小姐绝食有几日？"答曰："有五日。"玉山令带去见之。遂同入房中，见西池铐锁倒在床中，见有人来便爬坐起。玉山近前曰："小生乃危能遂乡亲，姓宋名玉山。因在外闻小姐之贞烈，怜危兄之受责，特来看问。危兄所说'小姐有言，有能救我离火山者，随之同归闽中，偕百年佳偶。'此言可实否？若有此言，小生乃古押衙再世，能谋救小姐出脱。"

西池泣曰："奴乃名家闺女，应从父兄于泉下。因见令乡亲受责堪怜，有言'生虽难遂偶，死必魄相依'是实。"玉山曰："既有此心，谋之不难。只是严府深如海，从中斡旋非一朝一夕之事，祈日间进食，以免危兄受责，待数日外不能出脱，再绝食而死未迟。"西池点头依从。

玉山即出问头人曰："有人代沈小姐赎身，可乎？"头人答曰："此女之父沈链，严丞相恨之切齿，怎肯与人赎出。惟是姑与萼山严二爷商之，从中或可挽回，总要多银为上。"玉山问曰："萼山可是严年否？"答曰："不错。"又笑曰，"汝先生非富豪家，只卖字画，安能重价代之赎身耶？"玉山答曰："莫看轻我，古押衙有甚家财，都能代谋刘无双出宫。我怎不能代贞烈女脱此火坑耶？今口说无凭，汝且看我能代赎不能代赎再笑。"言讫，便去严府找那严年矣。

正是：只忧贞女身难赎，哪顾客囊银罄空？能够赎否，下文接说。

第三〇四回　倾囊银玉山拯沈女　批梦谶伯温引宋生

却说玉山竟至严府。那严年乃严嵩之家丁，号萼山，朝中皆称萼山先生。有事进府，必先纳一重礼，方得进见严嵩父子。欲见严年亦不易，无外包[①]亦难见之。惟玉山常唤入卖字画，听之出入。因美姿，人皆呼为小宋，严年常与笑谑。是日一至，严年笑问曰："小宋今日空手来何事？近日可寻有古字画么？"玉山答曰："寻有二轴极佳，只是价贵，恐不出此价，故先问二爷肯买否？"年曰："什么古字画？价要若干？"玉山曰："一轴乃王羲之行书，一乃王摩诘山水，每轴定价一百两，共二百两。"年曰："果是两家亲笔？可取来看。"玉山曰："如不是真，白送与二爷，分文不取。"严年曰："如不是真，白送与我亦不要，只留汝在此同榻一夜，当真的买了何如？"玉山曰："要同榻亦不难，将来面求一人情，不知肯否？"

年问："代何人求什么人情？"玉山曰："求二爷所掌管的。"即将欲代沈链之女西池赎身之情说知。严年讶曰："此沈链之女，乃大小相爷极恨之人，要凌辱其人，岂容易赎去？小宋还不知教坊之设？原有官教坊早已毁除，此乃小相爷所设，所赚之银，进与大夫人为花粉之费。沈链之女一发入坊，名即呈报内阃，未赚分文银钱进去，亦怎肯与去耶？万难，万难！"玉山曰："别人难，在吾二爷有移山倒海之力，必易。怎敢白说？代之措备四百两金为身价，进与大夫人；另有一轴古字画送与二爷。要玉山同榻，待事妥了，再来酬谢可好么？"年笑曰："同榻原是骗局，但此事实难挽转。"玉山再三求之，严年再三不就，因有朝官来拜会，玉山始回去。

次日，带二轴字画又来严府，值严年在花亭监督人工栽花。其严府之家僮皆喜玉山，引带入花亭，见严年在花亭调度花木。待有许久，稍空，便接展看，皆信是真迹，爱之，令且出去待候。至午出来，又开看与议价。玉山曰："价不须议，要所求之事成，便送与二爷。"严年又问："汝与女何亲何故？"玉山答：

① 外包：送给官员看门人的红包，请其通报转达。

“非亲非故，因见其贞烈，绝食已六七日，命在顷刻，怜而赎出。”年曰：“前有报此女不顺从，不食饭，其自饿死，亦甚可惜。今我代其措银赎出，必纳为妾么?”玉山曰：“如纳为妾，便不是行仁义也。”年曰：“不自纳，作何安顿?”玉山曰：“代为此事，不但只求得一命，还成一美事。却因劝食之危能遂，因受责，求沈女进食，沈女以能救出此火坑者，情愿配之为妻，不能救，即饿死不为娼。那危能遂乃下等之人，焉能救出？自亦不能保不作他乡之鬼，能顾他人?某因昨日取讨字画尾钱见此情形怜之，故愿倾囊，并非见色图谋。今惟求二爷成人之美，阴功莫大焉!”

严年讶曰：“看不能出尔小宋年纪轻轻，能行此大仁大义事，我不得不成全之。只是无千金难以婉转，看汝小宋情面，代之勉力周旋，可送五百金进去，设言之。”玉山曰：“能出力敢不听从?”即于身中取出二张钞票，一纸银四百，一纸银一百，交与之。严年接收进内，许久出曰：“我为汝做瞒天过海之计，入见夫人，设言沈链女西池暴病将死了，查无缘故，有沈链家族人以五百金来求买尸归葬。大夫人收银准还尸。今遣人与汝同去坊中与危能遂送西池归籍。二人一出坊，即刻离京远遁，我另报知小丞相除名。”

严年吩咐了，又笑曰：“小宋弟，与汝此等作法可担情么?”玉山曰：“似此施恩，不但那二人衔结，即玉山亦感佩不止也。”玉山又送二轴字画，谢毕，严年即遣人与玉山同至坊中。其人谓首领曰：“严二爷闻西池饿病将死，令危能遂押送回籍，不准死于坊内。”头人即令能遂自行收拾，雇长行驴车与西池同乘。玉山交银一百与之作路费，能遂与西池不胜感谢再造之恩。玉山送出阳关而回，二人遂回福州，偕百年伉俪矣。

原来玉山在京三年，卖假古字画，照除一人食用外积有千金，皆陆续周济乡亲已先去四百余金，此回再用六百，囊已空空。在玉山心思，再赚不过如是，若再积数百可运柩回籍。谁知假古字画被人识破，王摩诘、李太白、米元章、苏东坡、赵子昂等乃唐宋元之人，或隔六七百年，纸哪有不蛀不朽？安能留存至今？那小宋所卖的，其假可知矣。因此一传，玉山之字画无人买矣。

在京有一医生，姓祝名三多，亦福州人。年五十余，与玉山最为相好，时常往来。每劝玉山别人事休管，留银早运柩回籍，玉山皆不听。此回闻倾囊代沈女赎身，字画又被识破卖不得银，停柩难归，来责之曰：“贤弟不听兄言，立志要行仁义，有了仁义，父柩难归，其孝安在？独不思先亲亲而后仁人!”三多说了便去。玉山亦悔之无及，想父柩难归，自身亦丧，父子枯骸全抛异土，忧愁欲绝，无处可问休咎。

一日，因愁闷之甚，出去闲游，至暮，见一祠堂，匾额刘伯温国师祠。玉

山便入祠看伯温神像，心思伯温能知未来之事，今即在此神前祈一梦兆，将来父柩得运回籍否？遂跪祝曰：“大国师生前能知五百年后之事，遗谶于后代。俯念玉山不忍见死不救之，勉行仁义，不意囊金花尽，至父柩不能运回故土，不知将来能归否？祈示一梦，则感佩慈恩不朽矣。”玉山祷毕，即扑碑案上睡。梦一人持一朱字贴壁上，谓曰：“此乃国师批语，可看记回去。”玉山看乃：

休烦恼，休烦恼，勉行仁义天必报。

一杯琼浆到天宫，宫中美妹多金宝。

明中费去暗中还，去一能令十倍讨。

等雪来时运柩归，有心自有心中报。

玉山看记许久，贴字之人犹在，问曰：“可记熟么?”玉山答曰：“读记得，只是不知解说，烦引见国师，面求赐与开解。”其人曰：“汝等着，待我先进去禀了，再出来带汝去面见。”其人进去，玉山在外候之。忽有一人自外入，喝曰：“此处是什么所在，外方人有敢窥探擅入!”不容分说即拖出。玉山大叫一声，即惊而醒，方觉是梦，又将八句批语默念，都记得，遂出大堂欲回去。

时明月如昼，外门已关。寻无门可出，见右壁边墙缺一角可出，遂攀柳桠越崩墙过跳下，险跌沟下。一惊，在床上跳起，汗流遍体。原来是在床上睡，梦到刘伯温祠堂祈梦，乃梦中又梦，不胜骇异。又记得梦中梦之批语，天已明，赶起来记写纸上。乃详句中有“一杯琼浆到天宫，宫中美妹多金宝”，是饮一杯酒到天宫会佳人，赠金宝。又“明中费去暗中还，去一能令十倍讨”，是明用去一千，暗讨还一万，能遂运柩还乡，哪里有此好事？今不可与人言，恐被人笑奇想天开。又思曰：“我从未到刘伯温祠，未知其祠在于何处？怎的会梦到祠中祈梦？此八句诗亦说得有头有尾，今惟勿与人知，可看将来能否应验便知。”

正是：行仁得梦岂无应，仗义挥金终有还。且看下文，如何分解。

第三〇五回　入天宫会美得重宝　感美环救命得黄金

却说宋玉山梦中又梦刘伯温批示谶语，时刻念之。那日，一人独坐无聊，忽有一老妪推门入。玉山问是谁，妪答曰："天宫仙女与汝宋小官人有宿缘，特进一杯琼浆与饮，即至天宫与仙女相会。"说了，即于怀中取一小玉壶、一小玉杯，将壶中酒斟入杯中，只一杯放在桌上，谓曰："奇逢不可失！快饮此杯去会美姝、得宝贝，不可自误！"玉山欲问其因由，那老妪出户而去，寻之不见。

玉山思无来历之物，惟恰合刘伯温谶。遂将酒捧看，其香扑鼻，便饮干，觉甘洌直透五内，体绵患睡，倚枕而睡。忽醒，却卧在牙床锦帐中。揭帐，见灯烛辉煌，景物幽雅，不胜骇异。下床四望，忽有一驼背老妇携酒肴推门入来，排在桌上，只列两盏箸。玉山问："此何处？"答："天宫之月窟。"欲再问，其门仍闭无形迹。玉山随去摸其门位，并无一些隙缝。少顷，有一美环拥一丽人至，笑谓曰："才郎休得疑惧。妾非凡人，乃上界之天女，与郎有宿缘。遣人迎来相会，至缘满仍送回故寓。"玉山答曰："小生乃下界凡体，有何德行，敢入天宫？"女郎邀对坐东西，美环伺酒；杯盘皆金玉，酒肴非常美味，女貌才郎两相羡慕。席撤[①]，女环退，登床颠鸾倒凤矣。

二人共枕至鸡鸣，女便去。起先女来时异香扑鼻，及女去，香气渐消，玉山亦信是仙女。至女去后，惟万籁无声，孤灯有影。原来此室四向并无露天，白日如夜。女长日不在，惟一驼背老妇供进茶汤三餐。女一至，同寝至鸡鸣始去，始知女至时则夜也。一夜，与女对酌，玉山笑曰："何居此幽室，暗不知天日，令人闷坐无聊也。"女曰："妾与郎君乃私遂良缘，倘被外知，罪皆不浅，怎敢出外招摇？妾日间要督理天宫内政，惟夜得奉陪。如郎君要解闷，可取数件玩物来陈设，可以娱目解闷矣。"

次日，陆续捧奇珍异宝古玩各物排列床前，珊瑚高有二尺余，珠大如杯，皆能吐光。至夜女至，笑问曰："此数件玩物可解得幽闷么？"玉山答曰："幽闷

---

① 撤：结束。

可解，惟不知天之早晚何时?”女遂于手脱下金钿，搭在玉山臂上说：“此钿中有异宝，能知昼夜之时辰。”玉山曰：“看何处?”女指钿中镶一猫儿眼，其眼乌眝①按时变形，玉山看乃中间镶一颗如棋子大猫之眼睛，乃问：“怎么辨处?”女曰：“猫儿之眼，本圆而转长尖，长尖而舒一线，一线又转长尖，长尖又复于圆。十二时辰循环变形之，有歌诀四句为证：子午卯酉一条线，寅申巳亥圆如镜，辰戌丑未枣核形，十二时辰循环定。照此歌诀看形便知时辰之定位。”

玉山讶曰：“此是取猫之眼睛镶之么?”女曰：“若取生猫之眼睛，久则腐矣。此乃东洋之宝石，按时如猫眼之变态，故名猫儿眼，价值千金不止。今即赠为奇逢表记。”玉山意谢之。于是玉山又得此猫儿眼可解闷。

一住不觉两月有余。那女一连三夜无至，疑之，问供膳之老妪：“这几日何往?”老妪答曰：“明日五月十五，乃娘娘千秋华诞，数夜皆被诸姬留去祝寿饮宴，不暇来矣。”玉山始知女之生日即在明朝。须臾，美环来说：“娘娘以郎君每恨不见天日，今请出来见天宫之景界。”玉山曰：“闻此数日外面有事，怎敢出去?”美环曰：“娘娘说趁此数日男女混行之际，带郎君至西楼房帘内眺望，无人知觉。若有人问，说是娘娘亲外甥，万无一失。”

玉山遂跟丫环出后洞门，由七弯八折曲径，才见天日。回头看，不见出洞之门窦，只有绿杨垂地，花竹蔽天，始知洞在竹之内，任甚樵夫渔郎，不寻得着。再行数步，则见亭台错落，花木参差，曲径花丛，方池草满。宋玉山问：“此何处?”美环亦答：“天宫。”玉山暗思，我何幸得至天宫，诚刘国师指示之梦谶也。又随其引上小楼，观四面窗棂尽是八宝珠帘，楼中铺设美甚。美环安顿了玉山，便自下去。玉山寻视各处，仍无门路。

少顷，女独突出，笑问曰：“今得见天日，其景况何如?”玉山答曰：“天上神仙府，人间宰相家，此景别有天地，非人间也。”女曰：“此数日妾有事，不得奉陪，郎君且在此眺望，待妾事毕，仍带归原处盘桓。”言了转去。玉山答曰：“明日小生亦出去华堂上，随众叩寿，可乎?”女笑言：“不可，待归原处与郎君慢慢来补寿。”两人又欲再言，丫环忽至说：“夫人都到，快请娘娘前去陪奉。”女便慌忙而去。玉山在楼，惟前之老妪服伺供进酒肴，于珠帘内遥望各楼，日间皆凤冠霞帔之粉黛聚集如云，夜来铜华金檠之灯光灿烂似锦，十分闹热②。

至三昼夜，忽然灯灭香消。忽见男女抱头鼠窜，如走火③之情形，不胜惊

---

① 乌眝：瞳仁。眝：本字“仁”。

② 闹热：热闹。

③ 走火：逃离火灾现场。

异。望老妇无至，欲出无门，惊甚。至暮时，丫环忽至谓曰："郎君，灾祸至矣！上帝怒，将粪除天宫，屠灭通宫[①]男女，怎处？"玉山闻之，惊甚，问："娘娘安在？"丫环答曰："娘娘自身难保，交十锭黄金来赠郎君，送君子回去，却被一人谮谤，不与送回，犹要置郎君于死地。"玉山闻及此语，吓甚，晕绝于地下。丫环挟住，曰："不须怕，若置于死地，便不说明，既说了，便是有心来救郎君回去。"

玉山因闻有心来救，心便定，问曰："谗谮的是何人？汝娘娘怎肯听他？"丫环曰："此人乃娘娘之谊母，凡事皆他调度。取一包毒药交女婢下酒中来毒死公子。女婢佯领事，幸娘娘所交十锭金尚在身中，未曾缴还，即去偷备送公子回去之琼浆，来救活郎君有命回去。"言讫，于怀中取出一小玉壶放桌上，又取出十锭黄金交与之。玉山问曰："可知此壶中不是毒酒耶？"丫环答曰："此酒乃吾娘娘前返寓中引拽公子来之琼浆，并备制送公子回去取用，惟女婢知其存处，偷来与饮，即刻回故寓。所交之毒药现在未曾拌在酒内，亦取出看便知。"于怀中又取出一小包，解看是黑色之药粉，谓曰："此毒药亦与带回去，试与犬食，便知矣。若此酒来害性命，怎先说明，犹把黄金来赠，切莫疑好意为歹意也。"

玉山细看小玉壶，即前之原壶，思：如果歹意，必不通知。随曰："感姐姐救命之恩，敢问何名？以为铭佩。"丫环答："无名，即名有心可也。"玉山便拜谢曰："有心姊姊，小生不知何日得报大恩也。"丫环曰："不忍害命，有敢称什么恩望报。金快存身上，今奴婢去，酒公子快饮，迟恐生变。"丫环将去，玉山又问曰："今难至，有心姐何往也？"丫环曰："看娘娘何往，随之也。"言讫仍出去，不知所之。玉山又思："此女名有心，又恰合梦谶之尾句。"即将玉壶斟出酒，只一杯，饮干，将黄金并药与玉壶并存于怀内，人便昏昏欲睡，倒于床上。

正是：来去只凭小酒壶，死生全在丫环心。醒来到底如何，下回分解。

---

① 通宫：全宫。

第三〇六回　宋玉山说天宫奇遇　祝三多识严府窝奸

却说玉山在天宫西楼饮了琼浆而睡，有多久醒来，开眼见天已明，仍归自己寓所。摸腰间金锭玉壶皆在，始知昨夜薄暮饮琼浆，睡至天明不知什么时候。即撇下金锭玉壶排于桌上，喜之不胜。思此回之奇逢，得此金锭，是刘国师梦谶指示，二是有心扶持，得遂运柩还乡。惟不知天宫乃上界仙府，怎么亦有灾难？

忽闻有人在门外叫曰："贤弟在何处，今日回来么？"玉山闻是祝三多之声，即出开门，门却拉不开。三多曰："门倒锁住，怎拉得开？"玉山又去开后门与入。三多见桌上排金锭，并金钿、玉壶，笑而问："吾弟一向在何处得此金宝回来？"玉山笑答曰："所去之处，似梦非梦，似真又假。兄问弟，连弟也不知。"三多讶曰："现有宝物在此，怎说自亦不知？莫非窝大盗，不知其出处也？"玉山笑而答曰："非知心者，来便收拾起，怎敢出见？窝贼分赃亦有些似，别人面前一些不说，是老兄，正要请教。先问兄怎知昨夜回来，赶早便到此？"

三多曰："月前即来吾弟寓所，因敲门不开，惊异。同和尚撬开后门，入看无人，桌上只有一小玉杯，不知所以。惟门倒闩，暗鬼倒键样式而去，但不知在何处，即同和尚把门锁了。数日又来，看无回来；又过数日再来，看门锁如故。至二个月又不回，看铺盖各物仍在，惊疑以为失足坠水或被光棍拐去鱼肉，命必难保，惟早晚代汝愁苦。昨夜梦中，见吾弟压在高山岩下缝里。因山高极，愚兄不能上救，惟大声啼叫救命。忽有一少女，头带雪球花，飞越上山，把吾弟拖出岩下而去。愚兄喊叫忽醒，因此想有奇梦，等不得天明，赶来看有回来否。及门口，闻内有人声，故叫一声，果是弟回。此梦已应验，但不知吾弟说什么似梦非梦，不说来知？"

玉山笑曰："原来吾兄亦有异梦，可见同心合意之至。弟之似梦非梦，是那日被吾兄正言说明，追悔不胜。闷坐无聊，忽见一老妪说有琼浆饮之，能至天宫同会仙女。弟遂饮其酒，只一小杯，顷刻醉迷，醒来即在仙洞牙床内睡。忽有仙女至，言是处乃天宫，与弟有缘。其日间饮食皆精美，惟不许出外。日夜

点灯，只在洞中看玩古董珍宝，那金钿是他所赠。后因嫌暗不知天日，适许日五月十五乃其生日，有事请什么诸夫人，命丫环引弟上小楼游玩。有三四日他竟不至，忽前之丫环说天宫灾难至，那娘娘命他送黄金与弟回来，却被娘娘之谊母谗谮，要毒死小弟。那丫环因此偷琼浆与弟饮，救弟回来”等情说了一遍，又问曰：“既是天宫，有什么灾难？”

三多闻了，笑曰：“此等说，何曾是什么天宫，此不过托言以哄吾弟而已。凭吾弟所说仙洞，并台阁路径，必是严东楼之小相府也。”玉山始觉曰：“弟亦心疑，其人物行径不似仙女，且路径有些似严府。今兄说破了，真真[1]是小相府不差。那仙女是何妇女？”三多曰：“那淫妇即是世蕃正妻吴氏也。”玉山曰：“何以知之？”三多曰：“说五月十五生日，不是他是谁？那日世蕃正妻生日，好热闹。适愚兄在内与世蕃十六房妾看脉开方，被严年扯去外房食面，故知仙女是他假的。”

玉山曰：“果不差，但他有夫之命妇，怎敢如此行为耶？”三多曰：“严世蕃有二十七房美妾，外还有无数歌妃舞女，更有外搭之官民妇女，哪有暇顾及正妻？那世蕃之前妻已死了，此个乃权党之女，与之续弦，才及年轻，怎经得枕寒衾冷？怎不私存青年子弟于深处要乐？常言富贵生淫欲，贫穷起盗心，此之谓也。”玉山又问曰：“如何只饮一杯酒，至关门便至其处？”三多曰：“此不过邪术而已。”玉山曰：“起先弟以刘伯温之谶得遇仙女，故一毫不怕，放胆行为。若知乃奸臣之妻，谁肯与之苟合，行此失德之事？”

三多笑曰：“不须过虑，若别个之妇女，便为失德，若此大奸臣之妻，何愁失德？况刘伯温国师之梦谶，已预示得横财与归父柩。前吾弟代沈女赎身，进与淫妇数百金，今得黄金并金钿，果明去一倍，暗谢十倍！合梦谶分毫不错。今吾兄亦想着昨夜梦弟压在岩下缝里，山高不能救喊，带雪球花女救之。岩下者，严也。山高也，嵩也。分明排严嵩二字，乃弟囚于严嵩之家，几不得出，幸被有心女救出之也。如梦皆验甚，惟带雪球花莫解。吾弟之梦已验，亦惟尾句之待雪来时莫解。”

玉山又问曰：“可知严府近日有祸至么？”三多曰：“都是被御史邹应龙劾本，即拿其父子下狱，封其家产，看守眷属，以待拟罪。朝野之人，无不欢悦之至。”玉山曰：“有心女所言皆不谬，带回毒药不必试，掩埋之可也。惟不知刘国师之祠堂在何处？若在近处，当去酬谢应梦之恩。”三多愕问：“吾弟既不知其处，怎又梦至祈梦耶？”玉山曰：“正不解如何能梦至其处也。”三多曰：

---

① 真真：真的。

“其庙在浙江处州青田县，吾兄曾酬过，弟可说其庙中景概么?”玉山即述其梦历之景界，庙貌、门额、神像、牌位及前后树木细细说出。

三多讶曰：“果分毫不错，怪道[1]有此灵验。惟隔此有三四千里，即设牌当天酬谢[2]可矣。金银已便，可赶雇牲口人伕，即此起运灵柩，数日内起身。愚兄亦回去收拾行李同归，一伴照料伴行可好么?”玉山问曰：“大哥怎的不行医，亦要回乡?”三多曰：“愚兄抛妻弃子，流落在外二十余年，至今已老，如不归，骨头必抛弃异地。今有伴侣，不归去还在何时?”玉山亦喜曰：“同伴回去甚好!今且慢回去，再弄早膳同食。”三多笑曰：“那锅灶已上灰尘了，再洗净已弄到晚，如何待得。愚兄且回去，明日再来。”遂辞而回矣。

正是：且喜天宫无恙返，何妨枵腹喜欢归。后事如何，下回分说。

---

① 怪道：难怪。

② 设牌当天酬谢：设个牌位，对天祷祝言谢。当：对着。

第三〇七回　智雪球投身谈幻术　贤玉山得妻回家乡

却说宋玉山既得严府横财，得遂运柩还乡，即雇便牲口、车驾现成。祝三多至，问曰："愚兄之行装已收拾停妥，吾弟可备便否？"玉山亦雇备便了。三多曰："何日行？"玉山曰："百物俱备，且只待雪一来便行矣。"三多笑曰："还要等至十一二月耶？"玉山曰："八句之诗谶遵奉已验，惟此句敢有不遵之理？今严家既倾，永不怕出破绽，等孟冬行亦不妨。"三多笑曰："如一定要等，愚兄亦不敢强。"玉山曰："刘国师神机妙算，或不用冬至，不日内便有雪降，亦未可定。"三多答："不可知之事！"

自此三多日间仍去行医，至夜来与玉山小饮。又过数日，二人对酌至夜二更，有一少年排门而入。玉山愕问是谁，少年答曰："曾会过两月余，怎认不得？"玉山曰："有些面善，一时却记不出。"少年遂脱卸外衣并头巾，现出女态，问："此可认得么？"玉山曰："可是天宫之有心姊么？"答："是。"又问："何事漏夜来此？"又答曰："事出无奈，特来相告，女婢送琼浆至西楼，回来便官兵拥至拿人抄家。因寻夫人不在，急了，只躲僻处，待至无人始敢出来。思无处堪投，故漏夜至此相告。望公子见怜丧家之狗，收留安身，以免投官受辱。"

玉山尚未及答，三多问曰："此位是救吾弟出脱之有心姊么？"玉山答："是。"三多曰："此乃再造吾弟之恩人，有不收留之理？快请坐下，有话慢慢来说。肚必饥，可同来食再说。"遂去取盏箸。女问："此位是公子何人？"玉山曰："乃最知心之乡亲，来日同要还乡，有话都得说[①]。"三多取出酒盏箸，又添肴馔，推之上坐。女不肯坐，三多曰："一乃恩人，二乃新客，岂不敢坐？"玉山曰："姊姊既来，便是一家人，且随便坐了。"于是女坐末位，执壶饮了数杯。三多便问曰："今汝我既是一家人，可说得实话。此位宋公子所至之天宫，实是何官宦之府第？因何要放又要毒死？一杯酒能遣往来无迹，我妹怎识得此

---

① 得说：可以说。

处路径前来？祈细说以解疑抱。”

女便一面执壶，一面说：“公子所在之处是严阁老之相府。天宫即花亭，乃东楼小相之府第。假仙女乃小相爷之夫人，因小相爷长与二十七房之夫人耍乐，正夫人寂闷，每日只长吁短叹。有一老黠婆会作把戏，又会五鬼搬运之法，作与夫人解闷。出于外面空屋中备办全座酒席，烹煮完即进府内，于夫人房中设桌，以被罩之。他只用双手入被中，尽递出外面备办之酒席。实不见从何处运入，人皆不知，遂将所摄之肴馔同食。夫人不胜骇异，问其在何处传授？他答：‘其夫遇异人传授，老婢随学一二。因夫陷于白莲教党内正法，老婢逃走至此，因蒙爱惜，方敢实说，求为包容。’夫人说：‘有此奇法可解闷，怎不包容？’自此，夫人常留黠婆在房玩耍作把戏。

“那日作二纸人，画符念咒，忽变一生一旦，演《姑伴嫂眠》之戏，有不尽风花雪月。夫人之心被引动，妄想成病，卧床不起。黠婆笑谓转添愁闷。夫人骂曰：‘知我孤身，故意作此镜花水月来撩我，今变一活小生与我便罢，若不变，将汝以白莲教党，发汝到有司治罪杀头。’黠婆说：‘如要活的不难，只恐合意之情郎有了，便得鱼忘筌，又欲置老妪于死地，奈何？’夫人说：‘果能致合意之男子来，拜汝为谊母，便是母女，永不怕旧案发作，终身安乐。’黠婆要先拜谊了再为。夫人即刻拜谊为干嬷，令去拽人。

“黠婆说：‘子弟有三等，莫急要迟，如要上等的，亦须一月半月；如要中等，只此数日便有。’夫人说：‘不开荤便罢，既开荤，要食龙肝凤髓。若拖死猫死鼠来，亦抹开荤之名[①]。’黠婆说：‘以实在行千金玉体，非潘安必宋玉，岂肯一朵鲜花插在牛屎里也。必要汝自行合意，指与我看，查其姓名，去一拽便在。’夫人曰：‘叫我何处拣选？’他说只须在花亭楼内观看，日日皆有王孙公子来谒小相爷。看哪个合意，使人暗查其姓名住址拽来，存于密处不可泄漏。夫人说花亭之处有雪洞，久废无人，至此可趁修补，拽来存于内面，鬼神皆不知也。

“自此夫人日在楼上拣选才郎。适公子送二轴字画至花亭与严年，女婢因上楼，见公子品格超群，叫夫人来看。夫人见遂合意，即令女婢下去查问姓名住址。又知公子号小宋，回报夫人。夫人又令黠婆去复看。黠婆亦去访问的实，遂制拽来之琼浆，连制送回之琼液，送与夫人收存，待要乐厌了，与饮回去之琼液。那黠婆遂怀拽来之琼浆与公子饮，即拽入洞内与夫人相会。黠婆自此称为太夫人，诸事不敢与拗，诈称花亭为天宫。此事人皆不知，惟驮背老妇与女

---

① 抹开荤之名：沾了开荤之名。抹：沾染。

婢知之。

“至夫人寿诞，趁人众混什带公子出至花亭西楼看玩，待客散后仍带归洞要乐。谁知三日客还未散，忽有心腹人来报：严太师父子被邹御史劾奏，皇上大怒，遣人抄家。女客即散去，父子孙即拿去收监，前后使有官兵把守，鸟飞不出去。夫人问黠婆怎处？黠婆说：‘权大怒多，爬高跌重，不但只杀父子孙，且要诛族一家男女。今惟问汝要名节要性命？’夫人说：‘别人之夫品行端方，其妻应从之泉壤；此薄行弃妻宠妾，助父陷忠，此等行为，要名节何用？’黠婆乃说：‘是理，自古上梁不正下梁歪，随我去，怕无俊俏之老公朝夕追随，何必再行外招？既如是，快去收拾宝贝装二箱。我亦去收拾，带汝同遁。’

“彼时女婢在于隔房，二人所说之话听之了然。女婢停一会始出，见夫人在收拾东西，便取十锭黄金交与婢，说：‘大祸至了，一家皆没命，可同我逃生，此金汝可收，停会取琼浆并送与公子回去。’女婢接了。黠婆忽至，夫人问他宋生可与回去么？黠婆说：‘不可，势既倒，他出去必传说严太师妻窝存良家子弟，更加臭名。今可将毒药伴酒与食，骗是送他回去之琼浆，毒死便了。’夫人此刻自顾性命，遂听之调度。黠婆即抱一包毒药令女婢拿去，调酒待他食了，带汝同去。

“女婢接了药出来，自思怎敢害人性命？今生做丫头，还要存良心，后世免作丫头。知其放回去之琼浆之处，遂偷出连金付与公子。女婢随回，因思黠婆之邪术将来胡行乱作，必不得好死。惟夫人不正经，再被黠婆引诱，爱风花雪月，后必流落于娼妓之流，女婢若跟去，怎能跳出樊笼？难免不被其拖落坑内。再三自思，决意不跟他，只可自择栖止。即连步入内库，不知此时人都去何处，静悄悄，即偷此黄金十条，并参一包，又取一套男衣巾，去探夫人作何动静。此时夫人并黠婆二箱皆无矣，想其不俟女婢自去了。

“忽闻外面喧腾杂沓之声，知是官兵入拿。女婢躲入雪洞，俟至晚间，始寂无声。又探前后门，尚有人把守，惟洞旁墙缺，一条窄路通街。思出去无处堪投，惟公子可依。其住处前已查知，又闻黠婆所说，遂改男装由僻路出城，慢慢寻问至此。幸蒙不弃，无以为敬，惟金、参略表寸心。”遂于腰间解下金条、人参献之。玉山笑而接了，笑曰：“既蒙大恩，又受此重惠，更重之至。”

三多笑曰：“今恰合吾弟未娶，吾妹未有家，待兄为媒灼来配合，真天造之缘也。”玉山笑曰：“敢把恩人为妻？”女曰：“贱婢敢配公子？”三多曰：“不必过嫌，彼此相报恩，恰当之至。”玉山曰：“只恐弟福薄，消受不起。”女曰：“女婢本不合言主母之过失，罪不容诛。”三多曰：“正道之主母便不合言之，若此等之淫妇，言之何罪？吾妹言及那黠婆邪法不得其死，说那淫妇必流落于娼

妓。此等评论，不亚于大宿儒。与前抽换药酒，偷救吾弟之心思，实千古之奇女也!”女笑曰：“说救公子之事，无人见证，都不疑是女婢卖主求四、主恩作己恩耶?”

三多曰：“别人便疑不信，惟我信之。吾弟回来头一夜，梦我弟压在山岩之下欲死，因山高不能上喊叫，忽见一女，头带雪球花，飞上山救出。那女子面貌服色与我妹无异，只无带雪球花。如便带此花，即是一样，此岂不是见证耶?”女笑曰：“雪球乃婢女之名，何须带？应名便是。”玉山讶问：“姐前不说名有心，何又名雪球耶?”女曰：“前因夫人戒说真名，故见公子只捏以名有心。女婢原名雪，因入严府加一球字。”

三多悟而喊曰：“雪被吾弟等着了，明日得行。只道刘国师生前能神机妙算，谁知死后亦灵。今都应验了，造化吾弟信心！若是他日即行，妹来时已去，怎追得及？岂不负吾妹之恩？幸吾弟平素诚心实意，天遣吾妹来救。此有心非名，乃彼此皆是有心人之类，恰好此日投合，不迟不早也。”玉山曰：“大哥何如？若不是弟拦住不行，负姐姐之恩怎处也？今梦谶已全验，明日即行。”三多曰：“即在此先完了花烛再行，可好么?”玉山曰：“不可，有不告而娶之理？待回家告知老母了，方可。”三多曰：“是理。”

时已天明，多驾一辆驴车，一同扶柩而行。三多犹疑二人在严府有牵情过，在路上侦探二人，至夜另房别宿，始信无他，疑遂解。至福州，告母，母亦大喜，即择日完花烛矣。

正是：等雪果逢活雪至，疏财始得横财归。后事如何，下回分说。

第三〇八回　劾严嵩应龙符灵梦　谏嘉靖海瑞系天牢

前文说严世蕃正妻窝奸宋玉山，回文说严奸臣豪势将倒之时，朝中有一御史邹应龙，欲具疏劾严嵩，尚踌躇未决。一夜，梦出猎见一高山，恶而射之，不中；见东边有楼，旁有米田，覆以青草，一射便倒。至醒，悟此乃东楼倒运之兆也。盖高山乃嵩字，米田覆草，乃蕃字。东楼即世蕃也。诸司官有事请严嵩裁决，嵩曰："可与东楼议之。"应龙得有此梦，即仗胆上疏劾世蕃。言其通贿赂，行诸不法事，乞置于法；又言严嵩结党蔽贤，溺爱恶子；又言臣言不实，愿斩臣之首，悬挂高竿，以谢世蕃父子等语。此疏进，上不解。

那时嘉靖昏梦中被他喊醒，始悟，命收严嵩父子孙及家人等下狱，以待拟罪。又升应龙为尚书。司官有鄢懋卿，与严嵩同党，暗托法司从轻拟议。其法司只以世蕃受赃银八百两拟以上。嘉靖犹念严嵩，惟命致仕归籍，戍世蕃去广东雷州卫安置。世蕃之子严鹄鸿，及其爪牙罗龙文、牛信等，分戍边卫。惟将其家人严年锢禁。嘉靖又念严嵩老，宥其孙免戍。又谕阁臣徐阶曰："严嵩已退，伊子已服罪，有如邹应龙再言者，斩之。"于是朝中无人敢再言严府父子之恶。惟御史林润，劾严党鄢懋卿罢降。

谁知严世蕃未至雷州，只到南雄而返。罗龙文亦逃回，同世蕃潜至江南，存匿于亡命刺客之家，人皆知之。世蕃在彼，无日不纵酒。常言必杀应龙、徐阶报恨。便有人来告徐阶得知。因嘉靖先谕，有再言严家父子者斩，不敢再言之，惟谨慎以防。林润既劾罢鄢懋卿等，因恐其将来必报害，亦防之。

时世蕃、龙文俱走回[①]江西。世蕃在家建筑园亭，大兴土木，工匠千余人。有江西袁州州官郭谏臣，因公事由分宜县地方经过，见严家建屋人多，下马信步，箕踞坐在厂前观看。严家人连声喝问，不答亦不起，众工人戏拾瓦碎掷之。随从的人喝说："是官不可掷。"众问："什么官？"随从说："本州知府。"众曰："乃芝麻大之官，还不堪与我小丞相倒尿壶。"又乱掷之。谏臣不动气，无语便

---

① 走回：逃回。

去。将此情节写密禀，遣人星夜报与林润知之。润见此禀，喜曰："得之矣。"即上疏言曰：

"臣巡视上江，备防江洋，盗贼多入逃军罗龙文家。其筑室于深山，出入乘车衣蟒，有负险不臣之志，尊严世蕃为主事。其世蕃谪戍之后，愈肆凶顽，日夜与龙文诽谤朝政，摇动人心。近日假作建筑，聚人众三四千人，道路汹汹，皆谓其将为不轨。乞早正刑章以绝祸本。"

此疏入，嘉靖即降诏，以世蕃、龙文交林润捕获，锁拿到京治罪。林润即饬郭谏臣捕世蕃。先驱散其工匠人众，后拿世蕃及罗龙文。林润又谕袁州知府，详诉严氏诸恶状。又上疏，言世蕃父子之横恶。嘉靖方怒，诏下司法研诉。徐阶又奏以林润疏中所言之事皆实，其交通倭寇、潜谋叛匿，俱有显证，请即加典刑，以泄人神之忿。嘉靖从之，命斩世蕃、龙文于市。世蕃、龙文闻之，相抱而哭。其家人请写书别其家，二人不能写一字，遂斩于市。都人闻之大快，各相约携酒西市看行刑。遂抄籍其家，得银五万二千余万，其珍宝奇异者，过于天府。

盖前处在京，只查封家产，未曾没官，此回才抄没。在嵩房抄出一金尿壶，其底刻谊男赵文华敬献七个字。在世蕃诸房中，皆抄出四脚裤数条。一典史在床边拾白绫一方，存于袖作汗巾，后取人与看曰："我只匿此一微物拭汗不为过。"有知者笑曰："此极秽之物，有敢拿来拭面。"众问故，曰："严世蕃奸淫妇女不计其数，皆以一块白绫拭而记之，名淫筹。此以作汗巾拭面，好笑不好笑?"众共鼓掌大笑。

盖黜嵩谪戍世蕃，乃嘉靖四十一年夏五月之事。兹世蕃抄家，是嘉靖四十三年春正月也。严嵩无家可归，只寄食于故旧之家，不久而死。至四十五年，帝不豫，有方士王金等及陶仲文之子陶世恩，皆贵幸授爵。遂伪造诸仙品、仙方、丹丸，皆金石制炼，进之，帝服食不能愈，反加症。有户部主事海瑞上疏言曰：

"陛下即位初年，敬一箴心，天下忻之，谓焕然更治。无何而锐精未久，妄念牵之，谬谓长生可得，一意修元，土木兴工。二十余年不亲朝政，法纪弛矣。数行推广事例，名爵滥矣。二王不相见，人以为薄于父子；以猜疑诽谤戮辱臣下，人以为薄于君臣；驻西苑而不返大内，人以为薄于夫妇。今愚民有言曰：嘉者家也，靖者尽也。谓民穷财尽，靡有孑遗也。然而内外臣工，修斋建醮，进奉天药、仙桃，相率表贺。陛下误为之，群臣误顺之，臣愚为陛下之误多矣。夫端在修元。修元者，所以求长生也。尧、舜、禹、汤、文、武之为君，圣之至也，未能久世不终。下之方士，亦未见有历汉、唐、宋至今存者。陛下师事

陶仲文，仲文则既死矣。仲文不能长生，而陛下独异之？至谓仙桃天药，怪妄尤甚！桃必探乃得，药必捣乃成。兹无因而至，有径行耶？云天赐之，有手授耶？然则元修之无益可知矣。陛下元修多年，靡有一获。左右奸人，揣迎圣意，投桃投药，以谩长生，理之所无可见矣。陛下诚翻然悟悔，日旦视朝，与宰辅、九卿、侍从、言官，讲求天下厉害，洗数十年君道之误，置身尧、舜，禹、汤、文、武之域，使诸臣亦洗数十年阿君之耻，置身皋、夔、尹、傅、周、召之列，民熙物洽，薰为太和，陛下性中真药也。道与天通，命由我立，陛下性中真寿也。此理之所有，可旋立至。乃悬思服食不终之饵，凿想遥兴轻举之方，求之终身，安得可乎。”

疏上，嘉靖大怒，命收海瑞下镇抚狱中。至今十二月，嘉靖病重，自西苑还乾清宫，驾崩。大学士徐阶等，启请皇太子裕王主丧事。宣读诏曰：“朕奉宗庙四十五年，惟敬天勤民是务。祗缘过求长生，遂致奸臣诳惑。自今建言得罪诸臣，存者召用，亡者恤录，监者即释复原职。”于是皇子裕王载垕即位为穆宗，号隆庆。即杀方士王金、陶世忠等；释海瑞出狱，擢为通政使司；进赠先朝建言杨继盛、沈链等；以高拱为少傅、武英殿大学士；以张居正为礼部尚书、武英殿大学士；以高仪为文渊阁大学士；以海瑞为佥都御史、总理粮漕、巡抚应天等处。

隆庆在位六年而崩，虽有善政，然以忠言逆耳，杖黜锢禁科臣石星、尚书刘体乾、内监李芳、御史詹仰庇等，以致有陕西李良雨化为妇人之异也。

正是：妇面生须犹不异，男身化女始为奇。且看下文如何分说。

第三〇九回　刺万历王太攀继光　移供状居正陷高拱

却说隆庆帝不豫危笃，召阁臣高拱、张居正、高仪至乾清宫受顾命。帝倚坐御床，皇后及贵妃同侍卫榻前，太子立于左。帝因困甚不能语，命太监冯保代宣顾命曰：“朕嗣统方六年，今疾不起，负先帝付托。东宫幼冲，以嘱卿等：宜协辅，遵祖制、守社稷也。”高拱等泣拜而去。次日驾崩，太子翊钧嗣位，年方十岁，号万历，是为神宗。时太监冯保正在居中用事，遂矫大行遗诏云：“阁臣司礼监，同受顾命。”诸廷臣闻之皆惊。

一日，内监传旨至阁，高拱曰：“此旨何人所出？主上冲年①，皆汝辈所作，我将斥逐汝这一起②。”内监进说，冯保失色，遂与张居正谋，先逐高拱。盖居正与高拱俱负气有隙，正欲结冯保为靠。高拱虑冯保专恣，与居正、高仪谋逐冯保。讵居正遣人报与冯保得知，令先下手。冯保遂传帝后、贵妃，帝旨曰：“告汝内阁五府六部诸臣，大行皇帝宾天，先一日召内阁三臣御榻前，同我母子三人新受遗嘱。今大学士高拱，擅专威福，通不许皇帝主管，我母子日夕惊恐。可令高拱回籍，不许刻留。”高拱至此时，不得不行。即于是日，只乘一牛车出京门而去。未几高仪亦病卒，而居正俨然首辅矣。

一日早朝，帝出乾清宫，见无须男子假作太监，趋走仓忙。左右搜获袖中存一利刃。冯保鞫讯其人，供名王太，系总兵戚继光使来行刺。时继光在闽征倭有功，已升为江南总兵。冯保将此供情报与张居正，问作何办理？居正密复之曰：“戚公方握南北大军，不可妄指。可借之以除灭高氏。”冯保听之。原来王太是戚继光麾下之兵，因其犯法将杀，被逃至京。其人奸巧，与一内监有戚，装做行刺模样，要陷害戚继光。冯保默命移攀高拱。即令小卒，名辛仔，付与蟒裤与王太穿，并给与宝剑，将其系于厂中。冯保入奏供情，请穷究主使之人。居正亦上疏与冯保奏之。帝即令冯保鞫讯。

---

① 冲年：年幼。

② 汝这一起：你们这一伙人。

冯保先令辛仔去密语王太曰：“至问讯时，可言是致仕学士高拱使来行刺。照此供之，不但无罪，还有锦衣官与做，赏千金。如不依，必可打死。”于是提讯，王太便依所教之辞供之。冯保即拨五校尉去拿高拱之仆。只因中外众口纷纷，皆忿去拿高拱，怨声载道。居正闻之，密谋于吏部尚书杨博。杨博曰：“不可追之，恐起大狱闹事。今帝神圣英明，持公平察。高公虽粗暴，天日在上，安得有此耶？”居正不悦。

有御史葛守礼，闻杨博曾劝解居正，居正不悦，遂同杨博又去见居正言之。居正对曰：“东厂事已勘定，同谋之人已至，将何处之？”守礼曰：“愿以百口保高公。”居正不答。杨博曰：“愿相公持公义。”居正忿然入内，取出东厂揭帖，中改换四字曰：“历历有据。”守礼认得是居正字迹，笑问曰：“无干什么，改换四字耶？”守礼即将揭帖收存袖中。四字果是居正更换，一时忘却，却被守礼指出，无可对答。居正心中一清，厉声曰：“天意若此，可不畏乎！”

须臾天稍明，吊出王太会讯。太照前供，将拷打，王太曰：“曾许我富贵，何又打耶？”冯保问：“是谁主使之？”王太曰：“就是汝主使，何反问耶？”冯保大惭。又问曰：“汝先言是高公主使，何也？”王太曰：“皆汝教我说，我安识高公耶？”希孝乃问其蟒裤刀剑何来？王太供乃冯家仆辛仔所与。冯保大惭，遂罢审，密遣人以生漆酒与饮，王太遂即暗哑不能言矣。冯保乃作高公主使行刺，密奏上。

有内监者，年七十余，知之，面奏曰：“高拱乃忠臣，何曾有此事？”随向冯保曰：“高胡子乃正人，张居正怀恨之。我辈内官，何必助？”冯保大沮。又有太监亦力言不可，于是帝发刑部拟罪，斩王太于市，高拱遂无事矣。拱至万历六年卒于家，复其官，赐祭葬。

随有御史刘台，具奏劾大学士张居正专擅威福，如：逐大学士高拱，私赠成国公朱希忠王爵，引用张罗、张翰为党，斥言官俞懋学、溥应桢，罔上营私等情。居正怒，见帝正辞曰：“臣之所处危地也，言者以为专权；臣之所行正道也，言者以擅作威福。臣以顺下则负国，何以逃罪？”遂伏地不起。帝扶之曰：“先生起，朕当责刘台以谢先生。”即下诏：“刘台下狱，杖一百，戍远。”时外议不平，居正心不自安，具疏为之解免，惟夺职为民，后亦置之死地。

万历五年，居正以父丧欲去位，帝手诏留之，居正亦以吉服视事。有编修吴中行、检讨沈思孝等交章劾居正忘亲贪位，居正大怒。有大宗伯马自强曲为劝解，居正以手撚须曰：“公饶我，公饶我。”又有掌院学士王锡爵，亦为之和解。居正曰：“圣怒不可测。”锡爵曰：“即圣怒亦为君。”居正遽屈膝于地，举手索刀，作自刎之状曰：“尔杀我，尔杀我。”锡爵惊而去。朝廷将吴中行等四

人，各杖一百，即日驱吴中行、赵用贤出国门。人不敢来候，惟有日讲许文穆，以一玉杯赠吴中行，杯中镌有文曰：

班班者何不生泪，英英者何薾生气，追之琢之永成器。

又以犀杯一赠赵用贤，杯中亦镌有文曰：

文羊一角，其理沉黝；不惜剖心，宁辞碎首；黄流在中，为君子寿。

尚有艾穆、沈孝思入狱三日，始戍边。时邹元标观政大忿，上疏言之，亦被谪戍。盖居正褊中多忌，刚愎自用，初入政府，即以私恨废辽王。及其卒，万历十二年正月，有御史平可衡，追论张居正罪恶。帝遂降诏，抄其家产，不及严嵩十分之一。帝曰："居正诬蔑亲藩，钳制言官，蔽塞朕聪，专权乱政，罔上负恩，不忠之臣。本当剖棺戮尸，姑念效劳有年，免之。"其亲属张易、张欲修等俱发烟瘴地方充军。又发太监冯保南京闲住。复起吴中行官职。

后有刑部潘季驯奏：居正家产奉旨查抄，国法已正，众忿已平；但其有八旬老母，衣食不周，子孙死亡相继，求皇上开恩。帝即降旨，命有司保全之。

盖居正之母初嫁张家时，本乡后山有一人，遇虎走不及，爬上大树。虎蹲踞树下，仰首守待之。其人惊甚，见一妇人执伞至树下，此人以为必被虎咬。那妇至树下，虎便垂头伏地。妇将伞靠树头，身坐虎背。因鞋沾泥脱下，把底向虎头摔之，又向虎耳刮之，连脱两只皆如是，虎伏不动。至妇穿鞋执伞去，虎仍抬头望树上，展威如故。幸有一群人来，虎见人多，便跳过山去，其人始下树，随众人出山。访知此妇是前村张家妇，由娘家回来，即去其家问之怎敢坐虎背刮鞋之故。妇在内答曰："乃坐石非虎，若果是虎，一见魂先惊散，有敢坐耶?"其人异甚，以妇有佛骨，虎不敢伤，化石与坐。谁知其怀中有孕，即张居正，在娘胎已威服猛虎，至成人怎不威振人龙也!

却说海瑞前为应天巡抚致仕，至万历十三年，起复为南京吏部左侍郎。至十四年，为南京都察院右都御史。十五年卒，年寿七十三岁，赠吏部尚书，谥忠介侯，葬于广东琼山县汇山。海瑞卒时，都御史王用汲入视，葛帏敝衣，有寒士所不堪者，叹息泣下。开其箧，只十余金。士大夫为具敛，百姓哭之罢市。出葬之日，白衣冠而祭者，数百里不绝。

正是：百里白衣祭海瑞，千年青史贬严嵩。下文如何，再看接说。

第三一〇回　究妖书附会磔生光　诘梃击模棱慰臣子

却说万历帝正宫皇后王氏未有子，恭妃王氏生皇长子常洛。五岁，妃郑氏始生次子常洵。时宠郑氏，即封为贵妃。户科给事姜应麟等上言：“贵妃虽贤，所生为次子，而恭妃诞育为元子，主鬯承祧，反令居下。乞收回成命，首进恭妃，次进贵妃。”帝怒，贬应麟为典史。大学士申时中等屡请立长子为东宫，帝辘轳不决。至长子九岁，诸臣合辞请立太子。帝云：“朕昨读祖训：‘立嫡不立庶。’今皇后年尚少，倘有出，是二储也。且待数年后，皇后无出，再行册立。”王锡爵等具疏曰：

“昔汉明帝取宫人贾氏之子，令皇后养之；唐元宗取杨良媛子，命王皇后养之；宋真宗亦取李宸妃子，命刘皇后为己子。与其旷日持久，待将来于未定之天，孰若酌古准今，成目下两全之美。”

帝又不听。郑贵妃与郑国太亦上疏恳请立太子，帝亦不听。郑贵妃亦请定名分，以免疑议。帝曰：“朕前已谕卿等知之，今又来陈奏。朕不喜絮聒，且看此五六年内，未有一日不絮聒。此辈心怀无父，志欲求荣。欲此絮聒朕加疾，离间父子，以成已卖直图报之逆志乎？戚臣不应干预国事，郑国太出位妄奏，姑免其罪。”至万历二十九年，皇长子二十岁。有大学士沈一贯上疏言：

“陛下大婚及时，故早得圣子。今皇长子偕于伉俪，孝奉陛下，圣母得遂含饴弄曾孙之乐。子复生子，孙复生孙，坐见本支之极盛。今名集福亦云完矣。”

帝阅此疏心动，谕即日行礼，立皇长子常洛为太子，常洵为福王，诸子为瑞王、桂王、惠王，储位已定。越一年，妖书事起。妖书者，即匿名谤帖也。名为忧危竑议，凡三百余言。谓：“东宫太子不得已立之，而从官不悉，寓后日改易之意。其特用朱赓者，赓者更也。内外官府赓者，文则戎政尚书王世扬、巡抚孙伟、总督李沾；武则锦衣卫都督伍之贞、锦衣千户王承恩、指挥郑国贤；又有太监陈矩，朝夕在帝前以为之主，沈一贯右郑左王，规福避祸，他日必有勤王之事”等语。此书只一夕自宫门及于街巷。天明举朝失色，莫敢言。

朱赓得于私宅，以此奏闻。帝大怒，命厂卫搜获，务得造书之人。责令项

应祥、乔应申回奏。二人奏奸书谤人，无有出名。帝令召太子安慰，太子泣，帝亦泣。或曰“此妖书似出侍郎郭正域之口。”给事钱梦皋指之，并及尚书沈鲤。于是围捕正域仆隶乳媪凡十三人，又获正域舍人毛尚文、布衣王忠等下狱拷讯，并无实迹。

至后锦衣百户崔海，访缉顺天黠生皦生光鞫之。盖生光性险恶，善胁人，遣戍大同赦归，终不悛。廷讯，御史指生光坐众，恐株连多人，无所归狱。生光自诬服，亦不扳扯一人。刑部穷究同为之人，礼部李廷机告朱赓，谓即此可以具狱，只将皦生光磔斩于市，妻子戍边。原来妖书非生光造也，但其人险恶可死，故人不怜之。或谓妖书出中书舍人赵士祯。至后士祯病笃，口中自言其身上碎落如磔，是必阴遣。

万历十四年，大学士叶向高，以郑贵妃子福王久不就国，具疏请其就国。帝以明年举行。至明年，锦衣百户王日乾奏：“奸臣与皇贵妃宫中太监宠刘诸人，请妖人王子语诅咒太子，又刻圣母陛下木像，以铁钉钉其目；又约赵恩圣在东宫侍卫，带刀行刺。”其语多涉贵妃福王身上。叶向高知之，即具密疏，与日乾之奏同上。言“日乾乃京师无赖，往年妖书匿名难诘，今两造俱在法司，其情立见。陛下第静候勿动，动则滋扰”等语。帝看日乾疏方怒，及见向高疏怒解，遂不问矣。太子闻知，遣人取向高密疏看。向高曰：“皇上既不问，殿下勿庸更看矣。”太子深然之。未几御史以他事劾日乾下狱，逾年而梃击之狱兴矣。

万历四十二年福王就国，向高以福王就国，太子奠安，遂上疏乞休致仕回籍。四十三年五月，有不知姓名男子持木棍撞入慈庆宫，打伤守门太监，直入前殿檐下被拿。太子奏闻，帝令司法究问。御史刘廷元问讯，奏曰：“是人供名张差，顺天苏井儿峪民，语言颠倒，形似疯癫。臣再三拷问，本犯呶呶称吃斋讨封等语。话无实情，辞无伦次。按其迹若涉风魔，稽其貌系黠猾，情景不测，不可不详鞫定拟也。”

帝即命刑部胡士相、岳骏声复审。张差供：“被李自强、李万抢擒打气愤，赶来京欲赴朝伸冤。适遇有一人绐曰：‘汝无凭据，如何得进去？可拿条棍子便可当冤状’等语。差气愤癫狂，直入打伤守门被获”等情。刑部遂将张差拟依宫殿前射箭、放弹、投砖瓦不伤人律斩决复奏。适有刑部主事王寀以入狱散饭，因与盘诘之。张差又供：马三舅、李外父叫伊供不知姓名，老公入宫梃击等语。王寀上言：“张差与二内官相通，陛下务要首恶必得、邪谋永消，明肆凶人于朝市，以谢天下”等词。因疏中有奸戚二字，帝看怒之。

御史过廷训移文去苏州，查张差是真癫假癫。苏州知州戚延龄复文是真癫。

于是朝廷据以为实，以疯癫二字定为铁案矣。胡士相等再严鞫张差，供称因与马三舅、李外父住太监宠保处，送灰收瓦。宠保、刘成与我三舅外父相商，遣我来等语。胡士相即持与三舅，具疏请提出内官宠保、刘成，付法司对鞫。帝谕曰："朕自圣母升遐，奉勦大典，追思慈恩罔极，爱慕不胜，方在静扰中。突有疯狂奸徒张差持棍闯入青宫，震惊皇太子，致朕惊惧，心身不安。朕思太子乃国根本，岂不亲爱，已传内官添人守获。连日览卿等所奏，奸究叵测，行径隐秘。既有主使人，即着三法司会拟，速正典刑"等谕。

是时，无人不疑是戚臣郑国太所使，而国太遂具疏自辩。次日，帝幸慈宁宫，见百官内侍，引至圣母灵次行礼毕。帝倚左门柱，设低坐，太子侍右，三皇孙雁行立左阶下。帝宣谕曰："朕以昨有疯癫张差闯入东宫，汝等谁无父子，乃欲离间我耶？适见刑部赵祯所问招情，只将有名人犯张差、宠保、刘成即时处死，其余波及无辜，以伤天和，以惊圣母灵位。"帝谕了，随执太子手示诸臣曰："此儿极孝，朕极爱惜。"乃以手纳太子体曰："彼从七尺孤养至今，成大丈夫矣。使我有别意，何不于彼时更置，今又何疑？且福王既已至国，去此数千里，自非宣召，彼能飞至耶？"遂传呼三皇孙至右级上，令诸臣熟视了，谕曰："朕诸孙俱已长成，更有何说？"遂顾问太子曰："汝有何语？与诸臣悉言无隐。"太子曰："似此疯颠之人，决了便罢，不必枝连。"又与诸臣曰："我父子何等亲爱，外面有许多议论，尔辈为无君之臣，使我为不孝之子。"帝又问诸臣曰："汝等都听见么？"众臣俯伏谢罪。帝遂命诸臣于次日斩决张差于市，其马三舅等拟流，李自强、万仓拟笞，帝皆从之。斃宠保、刘成于内廷。梃击案遂结矣。

盖神宗宠幸郑贵妃，便有妖书、梃击等事。惟咒事起，叶向高若不密奏，则兴大狱。王氏虽生皇太子，因失宠，常闭内宫，母子不得相见，遂得目疾。病至危笃，太子始知。急至，宫门尚锁，取钥方入。妃手拉太子泣曰："儿长成如此，我死何憾？"太子痛哭不胜，左右皆泣，莫敢仰视。须臾妃薨。前日乾奏内监宠保、刘成等请妖人刻太子生母木像，钉其木像两目，似实而不虚矣。

正是：如无叶相疏安顿，却令宠刘祸早招。且看下文，如何分说。

第三一一回　天启帝始冠绍泰昌　魏忠贤弄权结客氏

却说万历帝在位四十八年，寿五十八岁而崩。太子常洛即位，为光宗，号泰昌。在位一月，不及改元，寿三十九而崩。熹宗即位，号天启。先是光宗将崩时，以皇长子生母薨后，奉先帝旨，委托选侍李氏抚养，视如亲子，遂封李选侍为皇贵妃。至光宗驾崩后，选侍用太监李进忠谋，阻皇太子于暖阁，不得出乾清宫。内监王安谋之，始出见群臣。因即位之吉尚在三日后，皇长子应暂行居乾清宫，讵被选侍占居。阁臣请之移宫，欲移与皇太子同居。

御史左光斗上言曰："内廷之乾清宫，犹外廷之有皇极殿也，惟皇上御天居之。如皇后配天得共居之，其余嫔妃虽以次进御，遇有大故，即当移置别宫。非但避嫌，亦以别尊卑也。今大行皇帝宾天，选侍既非嫡母，又非生母，俨然居正宫；而殿下反居慈庆宫，不得守几筵，行大礼，名分倒置。且殿下春秋十六龄矣，尚须乳哺襁负哉？倘不移宫，意欲何为？"而选侍尚无移宫意，被给事中杨琏迫移不容缓。选侍曰："独不念先帝旧宠乎？"杨琏厉声曰："国家大事，岂容姑息，尔辈何敢如是！"皇太子使人谕杨琏出，命诸太监李进忠等移选侍居仁寿宫。皇太子即位，仍奉养，选侍只一女名皇八妹，并爱惜之。未几，客氏并魏忠贤弄权矣。

魏忠贤初名进忠，河间府肃宁县人，因与嫂通奸，被兄捉获送官。忠贤哀求念手足情勿送。其兄曰："汝灭伦叫我怎念手足？况我多出少在，关防不得许多。若自割去阳物，可免汝一死。"取刀丢与自割，忠贤要命不得已自阉，其兄始免之。忠贤遂流落为乞丐。适有内监王安，公干途中见其青年[①]，问之何至为丐？忠贤捏[②]其天阉，求进无门。王安看验了，谓曰："遇我幸甚，内宫主缺阉官，今带汝入宫，必有好处，将来富贵勿忘我。"忠贤答："怎敢忘恩！"王安将进忠改名忠贤，带入内宫。有司礼监掌东厂孙暹见而喜之，即取为随从。讵

① 青年：年轻。

② 捏：谎称。

忠贤素黠，好酒，能驰马，右手执弓，左手扯箭，多奇中。虽不识丁，而极有胆力，故内宫人皆喜之。

无何，熹宗为皇太孙，忠贤谋事之；因诱之宴游，甚得皇太孙之欢。太和皇后乃太孙生母。忠贤谋入宫办膳，引进者乃太监魏朝，与太孙乳母客氏有私，忠贤遂拜客氏为干娘。至光宗即位，册立太孙为东宫太子。客氏荐忠贤为东宫典膳。光宗崩，东宫暂居慈庆宫，科臣疏参阻挠移宫太监李进忠等，词及忠贤。忠贤无措，泣求王安救之。时王安主管一宫事，素刚正，遂极力与之辩白。

熹宗即位，以乳母客氏保护圣躬，即封为奉圣夫人。客氏乃定兴民侯二之妻，年十八进宫。过二年其夫死，有子侯兴为锦衣卫指挥。一夜，忠贤与客氏、魏朝饮酒俱醉，因忠贤自夸帝多宠信，魏朝问："因谁引进而得宠?"忠贤答："惟多谢干娘一人。"魏朝又问曰："汝入事皇太孙，办膳太和宫，那时怎识得干娘?"忠贤怒曰："先头引进，此一次则是借我之名色也，汝岂能荐人?如荐人，何不自荐?亦是我本领自行作为，汝之情谁担之耶?"因此二人盘问不休，卒至擒扭至乾清宫暖阁，惊醒帝寐。遣人出问，忠贤扭魏朝至御床面圣，时已五鼓。帝命客氏问讯，待退朝来判；客氏奉命。因厌魏朝浮而轻薄，喜忠贤有识而果决，待天启退朝，客氏奏："因忠贤闲言旧事，魏朝醉而不逊，扭打忠贤出阁，致惊圣驾，当治魏朝罪。"帝以醉而不问。谁知忠贤竟矫诏，发魏朝至凤阳绞杀之。

忠贤遂主案东厂，荫弟侄一人锦衣百户。适奉旨以王安掌司礼监，王安辞未就职，有太监王体乾贿忠贤，害王安夺其职。忠贤遂矫诏革王安职，以王体乾掌司礼监。忠贤思必杀王安，又矫诏降王安为南安军，至则勒令自死。忠贤连杀二人，无所忌惮，遂于内廷操练军卫，钲鼓之声震于宫禁。王成进试铳，炸伤帝手几危。御史谏止之，忠贤矫旨切责。光宗选侍赵氏与客氏不协，矫旨赐死。赵氏出光宗所赐珍珠宝玉列于庭前，再拜投环而死。帝之裕妃张氏方有妊，客氏妒而谮之，致绝食，幽闭复道中饿死。又陷李成妃、冯贵人，同被斥为宫人。

皇后张氏素严明，客、魏同畏之。适后方有孕，腰痛。客氏布心腹宫人，前去揉摩，害其坠胎。有胡贵人，帝宠幸之。待帝郊天之日，掩杀之，以暴疾病报闻。但天启即位，因何内外由二人所为而不察?原来天启帝诸事都不管，惟弄刀锯、雕制奇异古玩，日夜不辍。忠贤、客氏凡有事奏请，俟天启正施绳墨、思想款式时，便向请旨遵行。天启曰："我无闲，汝等即管去办妥便好。"此乃小孩子贪嬉戏，不知世界，以致内外之权，皆操于二人之手也。

时叶向高已复起为大学士，连上数疏，斥劾客、魏，皆不报。又有杨御史

琏上疏，劾忠贤二十四大罪。疏入，忠贤亦惧祸，泣诉天启。客氏亦从中委曲调之，令大学士魏广徵为首，广徵固结忠贤，附为同姓。杨琏疏中有门生宰相语，广徵恨之。是时忠贤亦有疏辞厂事，遂先批辞厂之疏，备极温谕，不与辞。次日乃批杨琏疏，切责杨琏不少，诸臣见之，无不愤激，皆随杨琏后各上疏，劾忠贤及客氏者，不下百余疏，无不危悚激切。天启皆批责，自此无敢再言魏忠贤、客氏矣。

正是：阉官专政历来有，乳母弄权自古无。且看下回，如何分说。

第三一二回　林汝翥打死错太监　叶向高计救假丫环

却说魏忠贤被杨琏劾二十四罪，诸官接续又劾百余疏，竟劾之不倒，无敢再言。忠贤遂自尊称为九千岁。谁知无人明言，便有人暗算。暗算者何人？乃福建一童生福清哥也。姓林名汝翥，父乃贡举大名士，因子好玩不羁，懒究时艺诗书，以是逢科岁朝，乃父独不与赴试，恐文章不精，有玷家风也。诸子弟释褐，惟汝翥布衣也。在汝翥亦不为意，因朝中太监魏忠贤大作威福，灭尽忠良，欲去代朝廷剔除奸党，以清朝堂。适值科考之期，汝翥瞒父至省，报卷入试。学台阅其卷未佳，将弃之。因见其三代之名，始知名士之子，勉强进之案末。乃父闻之，欲去请退其名。谁知汝翥一入泮时，即奔上京投入叶向高府中。乃父以既去，亦无奈其何。

汝翥赶赴北场科考，遂连捷中式北闱举人。即探知有南城兵马司缺出，欲谋补此缺。但兵马司缺惟进士可补，若有势者举人亦补得。遂日日都在相府与叶向高下棋。原来叶向高性好棋，若有棋则不舍歇。汝翥日日与之奕棋，只下一二盘便去。叶相问："棋正下得高兴，因何事就去？"答："去干一要事了再来。"至一日又来，下二盘又要去。向高忍不住，问曰："到底去干何事？一连去数次，还不停妥，可说来知。"问之再三，始言："现出有南城兵马司缺，要谋补之。数次去托人周旋，尚无回信，今再去催之，迟恐被人谋去。"叶向高闻而笑曰："我道是去干何事，原来为此。如别缺则难保，若此兵马司谁人肯要，何用谋之。今汝只在此下棋，待我取帖遣人到兵部衙门，说此缺以汝补授，即刻给凭，何用往外七求八托也。"汝翥曰："相爷肯造就，便大放心，长在此下棋，不须再去矣。"向高笑曰："此缺做了必会退悔。"又答曰："能成就虽死亦甘心，何悔之有？"

于是兵部因叶相帖荐，即补授林汝翥南城兵马司。汝翥即赶到任供职，日夜带兵巡查南城一带地方，十分谨慎，百姓皆怕之。随有童谣曰："五府六尚书，都怕南城兵马司。"因任甚官家后裔，有犯者即拿责，并不徇情，故有此童谣也。

魏忠贤时常去各大臣府中宴饮，皆至半夜方回，总由南城而过。那日汝翥探知，忠贤又去吏部尚书府中宴饮，下午方去饮酒。汝翥至半夜带兵役各执短棍，在路上游巡。至三更，有持东厂灯笼，拥一大轿而至。汝翥便喊曰：“轿内何人?”众答：“九千岁，在吏部衙门饮宴而回。”汝翥又喝曰：“官不夜行。我职司夜巡，不管什么九千岁、十千岁，有犯夜者皆以法之。”即令诸兵役将轿中人拖下，按倒在地，举棍乱打之，顷刻打死在地。汝翥见已打死，笑指曰：“魏忠贤亦有今日遭我手耶!”随从小太监并抬轿人等，皆跑回吏部衙门报知九千岁回至路中被兵马司拉下轿乱棍打死。

吏部闻报，便曰：“造化所打死不是九千岁。”即遣人赶去查看，并请兵马司来吏部衙门说话。汝翥闻不是忠贤，持灯照看，果打死不是魏忠贤，乃一小太监。始惊问曰：“九千岁之轿何人敢坐?”答曰：“今夜九千岁大醉，在天官衙内寝宿，令随伺之人名小庆中贵压轿回去，明早九千岁只坐小轿回去，林老爷怎不知耶?”汝翥曰：“如知则不打之。”其人即带着汝翥至吏部衙门。

时魏忠贤闻报压轿之人小庆被兵马司打死，酒醉便醒，欲拿林汝翥来，即打死抵偿。吏部阻曰：“不须九千岁费神，自有理法处之。”天官出问因甚打死情由。汝翥曰：“末职兵马司，有稽查奸诡诈冒之责成。昔弥子敢矫驾君车，他幸臣不免干杀；今小庆乃奴仆，敢坐主人大轿，罪岂容恕?况黑夜张东厂之灯笼，狐假虎威，沿途吓诈，故以理法责之，不意而死，死亦当罪。”吏部即发刑部究办。那刑部乃兵部李廷机兼理，即兴化人李九我也。随讯之，汝翥亦照前之供由诉上。刑部以林汝翥职有所司，责打小庆奴仆擅驾主车，无有不合。惟不合责之致命，应拟廷杖一百，革职为民等情奏帝。帝批三司核拟。三法司照拟呈详，遂将汝翥押去朝门外廷杖矣。

先叶向高闻知此事，便撞足骂曰：“原来这畜生特谋此缺，其意有在，我被其局。率性能结果这贼，朝野无不欢悦，岂知这贼命不该死，把小庆来替。今既如此，有不救之理?”即密遣堂官毛世绩，去各衙门作法施为，故才拟杖革职。但只如此拟结，忠贤岂肯干休?却原来廷杖一百虽半死，至杖毕，众校尉举掷阶下，命亦全休。因其阶极高，把好人举掷亦死，而况此校尉都是忠贤之党，有轻过耶?

是时刑部在朝门外监杖，众校尉杖一百，共抬起，丢摔落阶下。众以为汝翥必死在地，校尉下阶寻之无矣。查问阶下站班之武士，皆答不知，遂遍处寻访俱无。忠贤闻知，以有人抢去存匿，即拨羽林军大索之矣。谁知魏忠贤遣无数爪牙布置，不及叶向高只遣一心腹毛世绩，先在各衙门通关节停妥，至廷杖时有数人挟布幔承接，将汝翥偎向人缝里潜出。所有站班之武士安搭暗令遮掩，

校尉查问，故答不知也。那两个执杖行刑之校尉，亦被毛世绩买嘱，伤亦不甚重。自古何公无私，何水无鱼也。

世绩遂救汝翥回相府，羽林军随至各衙搜索，别衙门进搜犹可，惟叶相府搜之狼狈，把夫人小姐之马桶都翻搜至尽，叶相以此无意再立朝堂矣。皇城内外大索十日，竟搜不出，原来林汝翥于马房前空地中，躲于篾篓内，外以马桶盖之。人看乃一堆马桶，皆搜远不搜近，故搜之不出也。汝翥乃叶相夫人之族侄，叫夫人为姑娘，遂假作丫头，存于内室。汝翥本生得貌如处女，故名汝翥，随定夫人身边，号为雪梅，即外面家人亦不知。

叶相正在筹思作何出脱之处？忽报福清林全舅爷至。叶相一见林全便怒。问曰："汝这模样，来此作甚?"林全答曰："福清饥荒，家中难度，爷娘命来问姐夫，打些微抽丰回去救穷。"叶相曰："福清饥荒，京城亦饥荒，我之宦囊如洗，一衙内人众衣食尚且不周。又被林汝翥拖累，连面皮都毛，此刻就要辞官归去。盘费犹拮据不上，哪里有抽丰与汝打？既来即在外面住歇二三日，寄搭便差回去可也。"遂令毛世绩带出去。林全欲进见姐，叶相不与入，喝令毛世绩带出。林全因啼哭不休，世绩曰："舅爷不须啼哭，此时相爷因被林汝翥表爷弄出事，带累至没体面，故发怒。舅爷且忍耐数日，俟相爷气过，自会叫人款待。但舅爷未曾来到京城，明日带去游玩帝都风景解闷好么?"林全被劝，便不哭泣，至次早，世绩遂带出游玩矣。

正是：不是此人来解闷，何能有主出抽丰。后事如何，下回分解。

第三一三回　叶向高妙计解妻弟　魏忠贤矫旨坑党人

却说毛世绩带林全去游玩帝都风景，带至城隍庙大殿内。世绩要去出恭，嘱林全只在此坐，如有人查问，切不可说是叶相爷舅爷，今去出恭就来。世绩嘱了便去。是日乃初一朔望日，各文武俱至行香。林全此时坐待于庙内，一见有官府至，便惊急钻于神桌下。时九卿四相、五府六部俱至行香，惟叶相以病未至。众官僚行礼毕，因林全伏在神桌下咳嗽，被获出。见其异，问之不答，答音语又不同，以作生面歹人，交刑部衙门勘问。

原来林全此番长途而来，盘费不敷，衣服卖尽，进府衣甚褴褛。且本来愚戆，不知羞愧，被获亦不言。那毛世绩在外侦察，知被获解刑部衙，遂走回报知。叶向高即令执名帖，到各衙门请罪，以妻弟林全原是不长进，忽然来京，正欲递解回籍，谁知偷走回去，躲在城隍庙，正在查缉。因闻已被众位大人拿获，作生面歹人究之不错，不妨将其处死狱中，免解回籍幸甚等语。

各衙门闻叶相差人来说此语，皆惊，有敢将东阁大学士之舅爷，正一品夫人之胞弟，拿作生面歹人问罪？即将林全更换衣服送回，各官俱亲至相府请罪。盖叶向高当神宗娶幸郑贵妃时，福王受封久不与至国；光宗居东宫，日在危疑。皆是向高挽曲调护，能使福王就藩，东宫奠定，功莫大焉，帝甚重之。盖光宗即泰昌，乃天启之父。如无向高保泰昌，天启安得为帝？怎不感佩而重之？满朝文武莫不畏敬，即魏忠贤亦畏之三分，故无官不来请罪也。

向高曰：“怎敢有怪列公，他那样与海贼无异，作生面歹人捉之，何错之有？今既蒙送回，可免一死，且拘系在班房。烦兵部大人，拨兵给火牌，沿途递解回籍，便是他大造化也。”即将林全拘禁班房，候兵部拨兵递解。兵部即拨兵，各官随送至下程水菜数十杠，面上是水菜，中间皆存赆仪银两、绸缎。向高俱验看过，回帖道谢了，尽交兵部，并烦拨兵先行，押送到福清林家。兵部送将各礼总装数单，拨兵先押起行，随后再解林全。向高已预制大铁链脚手铐，将林全锁下囚车，交与解去。

林氏夫人在内啼哭曰：“妾身只有一弟，七千余里奔波至此，不照顾亦罢，

他有何罪，用大刑具于心何忍？”叶相答曰：“经被外面拿作生面歹人，为官者执法如山，怎顾得亲戚？他既是汝胞弟，可去长亭一送，只在此啼哭何为也？”夫人闻言，即令打轿去送。叶相曰：“若怕汝弟沿途受苦，可带丫头雪梅去，令他伏伺回去，可放得心矣。”夫人遂坐大轿，雪梅坐一小轿，二轿一同出府，赶至长亭，姐弟始得相见，抱头而哭。说了一会，夫人遂交一包银与之带去。旁人皆道叶相果清廉无比，小舅来打抽丰，犹递解回籍。夫人即令雪梅路上好生陪伴。姐弟哭别，各登车而去。其雪梅即兵马司林汝翥，至此才得出脱也。

原来山东响马，早已得知叶相爷小舅去打抽丰，必有厚货回来，皆聚集在沿途听候打劫。先见有十数杠箱过，皆是兵部火牌，沿途有官兵护送，不敢行劫。待至林全舅爷，浑身锁铐，落在囚笼为犯人，众响马看此光景无想，各散去。汝翥离了皇城，便服男装充作解兵，到闽界先奔回福清，对林全父母说明中间设诈之情，二老大喜。即接到十数杠箱，皆兵部封条，拆看银物计值千金。

次日林全到家，见父母哭骂叶向高忘恩负义。二老笑曰：“他怎的忘恩负义？昨日已解到诸同僚赠送吾儿下程礼物，计值千金。”林全入看，果见银物无数，又骂曰：“这都是别人赠送，那无良心分毫俱无。”二老又笑曰：“汝不知随身亦有千金？”林全曰：“随身只铁链，何曾有分毫银钱？惟姐赶至长城，私赠数十两银而已。”二老又笑曰：“就是铁链值千金。汝还不知，此链非铁的，乃黄金外以漆漆之，如铁一般。今来交秤看值千金否？”遂将铁链夹剪断，皆是黄金。又秤之，共计六十余两，值银千金不止。林全始讶曰：“既如此，为何把儿作犯人解押回来？”二老又笑曰：“若不如是，怎逃得路上响马，安得到家？还怕吾儿性命难保。试想叶台山可是忘恩负义么？”

林全又问：“此行诈事情节，爷娘怎知？”答曰：“汝翥先赶来说知，才晓得。”林全停思一会，戆子一时变灵窍，喊曰：“姐夫此等行为，以本身清廉，开洒别人赠程仪，又保长途安稳，又出脱林汝翥，无人知觉。一举三得，真宰相之奇才！只是该背地说知，免人怨恨。汝翥亦刻薄，路上只说自己弄出事来，并不言姐夫设诈之由，此可恶之极。”二老曰：“姐夫必吩咐他勿言，他故不言也。”林家自此致富。林汝翥至怀宗即位，起复为御史。京中叶向高亦告老归家。

朝中向高再去，魏忠贤更无所忌。有御史崔呈秀为科臣所纠，应削职，乃微服夜至东厂献赂，叩见忠贤，愿为之谊子。忠贤大悦，遂矫旨免纠。呈秀官复原职，忠贤带进宫拜见客氏，进献重礼。客氏大喜，留饮宫中，遂与私通。升呈秀为工部司郎中。

先是，泰昌光宗帝方即位一月，便有疾；医官崔文昇下药，光宗一连昼夜

三十余次起来下痢。次日，鸿胪寺丞李可灼进红丸，光宗服之，浑身暖润舒畅，思进饮食。光宗喜甚，连声称可灼忠臣。可灼又进一丸，忽驾崩，众皆疑之。大学士方从哲请旨赏可灼银五十两，御史王安舜等诤之，曰："不以庸医杀人之罪究之，犹赏之耶?"方从哲遂改请罪李可灼一年俸。于是议者蜂起，皆以天启杀父谋位矣。时有给事中霍维华，疏论梃击、红丸、移宫三案，伏乞严谕纂修诸臣，立正以存信史等语。疏入，适遇《三朝要典》成，魏忠贤将此三案添列党人姓名，矫宸翰冠《三朝要典》之首，颁行天下。

时曹学佺在广西为布政司，见此书以逆党煽虐，恶其不直，著野史驳之。闻于朝，魏忠贤怒甚，将学佺黜为庶人，遂大兴党人之狱。

党人者，东林浙党也，起于神宗万历二十二年。有文选司郎中顾宪成，因请召大学士王家屏削籍，寻起为吏部文选郎，又以言被谪。给事卢明陬、遂中立先后具疏救之。神宗益怒，以宪成削籍，谪明陬、中立为案按司知事。礼部郎中何乔远又奏救宪成，亦贬为广西布政司经历。宪成既谪归浙江本籍，遂讲学于东林故杨时之书院。杨时号龟山，宋微宗朝大儒，福建延平府将乐县人。天下之文士趋从之，而受黜者名誉益高，遂指之曰为东林浙党。迨后执政吏相倾陷，以结缙绅，遥执朝政，角胜附和，竟蔓延五十年。至闯兵迫都，犹在煅炼东林也。

是时修整殿廷，大兴土木。工部侍郎崔呈秀在监工，魏忠贤借监工名色，无日不与呈秀在无人处编列党人姓名，如《天鉴等录》，忠贤奉与帝御笔书之。其《天鉴录》首列叶向高、翰旷等十六人，次列东林之党孙鼎相等六人，又列真心为国、不附东林顾秉谦、魏广微等十七人；《同志录》者，陈宗器等十八人；《点将录》者，首天罡星托塔天王李三才、及时雨叶向高、浪子钱谦益、圣手书生文震孟、白面郎君郑鄤、霹雳火杨琏、智多星谬昌期等三十六人；地煞星智多星神机军师顾大章等七十二人。以上各录，在于内廷发翰林所书。诸朝官看之异甚，皆知忠贤、呈秀为之。随命兵部发缇骑四出提拿党人矣。

正是：魏党毒发如蛇蝎，缇骑威震似虎狼。且看下回，如何分说。

第三一四回　激民变缇骑逮顺昌　伸公道崇祯戮客魏

却说兵部发缇骑四出提拿党人。缇骑即穿戴黄绫衣帽之校尉也。一至苏州，拿前吏部给事中魏大中。既锁拿，由吴县地方经过，有前吏部周顺昌出来截留大中至家设席作饯。二人在席间对话许久，泣涕难舍分别。顺昌遂以女许配大中孙允袖为妻。众缇骑在外屡催不行，便厉声曰："犯留不与出，莫欲截抢耶?"大中泣别而去，顺昌遂出，张目骂曰："汝辈还不知世间有不怕死男子耶? 汝辈回去对魏忠贤那狗子说，我即是前吏部周顺昌，要拿再来拿凑，断不惧避。"

于是缇骑忿怒，解大中至京收狱，缇骑将被顺昌截留大中结姻事，劾顺昌削职。又令内监李实复疏，参党人周顺昌、高攀龙、李应升、黄尊素、周宗建等五人，忠贤俱矫旨发缇骑去拿。其缇骑挟威横行，所过之地皆勒索。至苏州，先拿周宗建，又拿周顺昌。吴县中人沸然，因士民素德顺昌，皆怒愤。县令陈文瑞乃顺昌所拔之士，半夜至顺昌家，叩户求见，告之，并抚床大哭。顺昌曰："吾因知诏使必至，此乃意中之事，切勿效楚囚对泣也。"顺昌颜色不变，与文瑞语有许久。文瑞请顺昌入治行装，顺昌入内室，举家号哭。

顺昌遂改穿囚衣出门，士民送有千余人。顺昌赴公馆，来使开读圣旨。巡抚毛一鹭亦至公馆，诸生王节、杨廷枢、刘羽仪等共五六百人，遮巡道泣恳具疏救。一鹭汗流，不能出一语。众缇骑见许久不决，厉声曰："东厂拿人，鼠辈等敢呶呶也。"市中人颜佩韦等追前曰："此旨出自朝廷? 自东厂耶?"缇骑曰："圣旨非出东厂，还有谁出耶?"众怒，哄然而起，乱拳攻殴缇骑，立地打死一缇骑。顺昌即脱身走至府衙门，手书别亲友，自行至京报到，竟无人知，遂入狱。忠贤命锦衣卫理刑许显纯就狱拷比，惨酷体无完肤，因顺昌骂不绝口，许显纯令狱卒以灰袋覆殒之。顺昌临死遗有短章为尸谏，狱卒见而毁之。

苏州随获殴死缇骑正凶：颜佩韦、杨念如、马杰、沈扬、周文光五人杀之，五尸共瘗一墓，为五人墓。

时有奸党苏杭织造李实，奏请建魏忠贤生祠于杭州西湖，乞命杭州卫百户沈尚文永守祠宇。天启从之。祠建于西湖之麓，极壮丽，阁臣施凤来撰记，张

瑞图书册，赐额曰“普德”。若有人入言闲话者，则守祠之卒殴死无论。自是四方奸党效尤，各曲意献媚，穷工作之巧，夺人田墓，伐人树木，无敢作声。其像以沉香木为之，眉、目、鼻、口、手、足转动如生，腹中肺腑皆以金珠宝玉为之，人皆呼为九千岁，有呼其名者，看祠之小竖告于有司，定罪重罚。彼时魏忠贤生祠遍于天下，惟独福州无之。不知巡抚何人，想必不是奸党也。

时天启七年八月，帝不豫。忠贤张惶甚，中外危惧。天启遂召皇弟信王入，谕之曰：须当为尧舜之君，又以善待中宫为托等语，信王泣出，驾遂崩。忠贤出迎，信王疑之，袖中存带食物，不敢食大官厨之物。是时群臣不得见，信王秉烛心怀鬼胎。那时，忠贤意欲谋篡，而未敢决，商于呈秀，呈秀曰：“不可。”以时未可，阻之乃止。信王遂即位于中极殿，年号崇祯，受百官朝而勿贺。

百官正朝时，忽天明。月余忠贤辞位，不许，惟以客氏出居外宅。盖崇祯神明默操，因忠贤党羽林立，莫敢即发其奸。随有御史杨继垣，首纠呈秀，侵及忠贤。此时崔、魏之势渐衰。后又有工部主事陆登源、兵部主事钱元悫，直攻忠贤。贡生钱嘉徽上忠贤十大罪。忠贤闻之，不胜忿怒，哭诉于帝前。帝命内侍读钱嘉徽疏，使听之。忠贤惊恐丧魄而退。

前信王在藩邸时，所任太监徐应元，忠贤屈身事之，厚赂财宝，求代为告辞东厂印，以策后效。应元果代言之，帝遂谪忠贤于凤阳，司香祖陵。遂抄没客、魏二家，安置代言之太监徐应元于显陵司香，寻谪降戍于边矣。未几，崇祯帝旨部曰：逆恶魏忠贤，擅窃国柄，诬陷忠良，欺君矫旨，其罪难以发数。朕姑轻谪凤阳司香，尚不自惩，素蓄亡命之徒，环拥随护，势若叛然。令锦衣卫前往擒治其罪等谕。此时魏忠贤住宿阜城尤宿旅舍。锦衣卫犹未至，先有其党密报魏忠贤得知。忠贤思罪总难免，至半夜自缢而死。

崇祯帝命太监王文政，严行鞫讯客氏奸诡事情。客氏招出有孕之宫女八人。原来客氏出入掖廷，时常携带有孕之侍媵进宫，如吕不韦、李园之故事。王文政将招供奏闻。帝大怒，命押客氏赴浣衣局打死。其侯国兴并忠贤之子魏良卿俱斩首。追复太监王安官爵，赐祭葬立祠。户部员外郎王守复奏忠贤逆党：文臣崔呈秀、田喜、吴淳、李龙、倪文焕为五虎，武臣田尔耕、许显纯、孙天鹤、杨寰、崔应元为五彪。帝命磔忠贤尸于黄河间，斩崔呈秀于苏州；戮客氏，尽诛其党许显纯等，以快天下之心。彼时忠贤一除，有附忠贤者，莫不暗怀鬼胎，恐有祸及，立即更改。于是客、魏之党尽绝，内外庶可清净矣。

正是：朝内奸邪若得灭，田中稗不须扰。后事如何，下文分说。

第三一五回　存命犯和尚救英雄　除魈怪芝龙得龟宝

却说是时群盗四起，天启七年六月，海寇郑芝龙等乱闽中铜山等处。崇祯五年六月，兵部议招安芝龙，九月降于巡抚熊文杰。芝龙本福建泉州府石井司人。先泉州洛阳江，有一孽龙在江中兴波作浪，翻覆行舟。至唐末，闽王王审知创造石桥，观音大士化作美人，与人掷银舍助桥工费用。因见有孽龙在江作祟，遂将其收压洛阳桥石墩之下。至宋代桥圮复出，又扰害江船。

蔡瑞明公襄之母归宁，过洛阳桥江渡，孽龙扬拂浪翻，舟将覆。半空中有神喝曰："状元母在舟中，孽龙不得放肆!"即刻波平浪静。通船有数十人皆男，惟蔡公之母一女。时蔡公在母怀孕，始能庇及通船，人皆感之。

太夫人至母家，即到开元寺大士殿告许：育子果贵，愿作桥梁以济行人；求收孽龙以安商旅行舟。观音遂收孽龙，压于开元寺东塔座下。自此洛阳江安静。那龙锢禁在浮屠，至明末万历间，化作一气如丝，由塔缝钻出逃去。护塔神追其气，飞入人家投胎托生。塔神回报于观音。观音以既托生便罢。但静极作动，五百年后皆一动作，只是造孽又贪富贵，难免身首异处矣。

那孽龙遁至泉州府南安县石井司地方郑绍祖家托生。绍祖妻是夜梦一黄龙飞投入怀，遂生一男，异之，取名芝龙。后又生二男，名芝虎、芝豹。迨后绍祖同妻先后病终，芝龙三兄弟不事生业，惟赌博为务。在前之赌尚樗蒲，樗蒲者掷骰也。至明末始有叶子戏，叶子戏即今斗纸牌也，曰闯、曰满、曰清、曰顺，皆明运将来之谶也。

一日，芝龙三兄弟因赌打死三人，三兄弟皆自奔逃。其芝龙走至同安县，身无分文，饥甚，投一古寺求食。谁知那当家和尚原是泉州府书吏，因得赃卖法，逃出削发为僧，在此寺内主持。认得故友之子，问其来由。芝龙只说落魄无依，欲往外海谋生，遂留款三日。突有军差来搜芝龙三兄弟等逃犯，和尚始知其因。念当年卖法时，若无乃父郑绍祖在府为书吏知觉通信令逃，又从中弥缝沉压，不然命早休矣，遂将芝龙存匿地坪①下。

---

① 地坪：地板。也作"地棚"。

军差入寺搜讫，惟后一楼关锁，即令和尚开锁。军差同登楼，因灰尘障蔓，问故，和尚答："出鬼故长锁，人不敢住。"诸军差笑曰："鬼惟吓汝和尚，安敢吓我们。若出来，拿践作鬼酱。可来打扫洁净，今夜就此开铺。"于是打扫开铺，是夜只有四个胆大的在楼上睡，那四个胆小的，走去佛堂长椅上睡。

楼上四个，一个未睡，到更深，见楼后连遍滚出或圆、或扁、或大、或小，一齐滚上床来，压于四人身上。那未睡的，见怪欲叫喊，谁知怪未至，怪风先至，口喊不出声，脚手都持不起。被压，人即迷去。至天明，那外睡四人见楼上无声，喊叫："这时候还不起来？"任喊无答，即一齐上楼。见四个尚睡，摇之不动。共看个个痰塞喉鸣、身硬肉冷，如死一般。知是被鬼压迷，赶煮姜汤灌之，遂同渐渐回醒起来。那四个笑说："昨夜骂我惊鬼[①]，今何被鬼迷？"遂问被迷情形，三人答睡不知。一人眼见的，说：一见压便迷不知人。坐了许多，精神皆定，因同说："我以和尚说吓我们，谁知是真厉害。今尝过，楼门还他关锁，我们下去。"自此军差脚迹不敢践上楼。

可怜芝龙存[②]在地板下一昼夜，和尚俟至军差去了，捧饭揭起地板，叫出来食饭。那时芝龙一半饿，一半屈至麻木，哪里能动？和尚同斋工慢慢扶出，食了茶饭。和尚便将军差在此侦缉，并昨夜在楼上被鬼迷，今不敢上楼等情告知。芝龙曰："宁可与他拿去，今不躲于地板下受活罪，只求带我由后门出逃。"和尚曰："此寺无后门，如出去如鱼投网。"芝龙曰："走又走不得，躲又躲不得，莫若去楼上。昨宵军差已惊不敢上，我上去舒畅舒畅，没食亦快活。"和尚说："那鬼比军差厉害十倍。"芝龙曰："鬼倒不怕。"和尚阻之不得，遂付与一齐眉棍护身。

芝龙上楼，是夜秉烛不睡，执棒坐在床上。将更静，见一怪，圆而扁，满身是眼滚至床前。芝龙审视了，指曰："我知汝是米筛鬼。"那怪即倒地不动。芝龙进前看之，果然是米筛，即敲数棍，踢于楼边。须臾又跳出一怪，浑身捆扎，一脚跳至。芝龙又指曰："我知汝是扫帚鬼。"那怪即倒地，看之果然扫帚，亦打数棍。须臾又一怪至，形似冬瓜。芝龙喝曰："我已知汝是灯笼鬼。"那怪即形出灯笼倒地，亦将他打扁。须臾又出一怪，高而瘦，一脚能大能小。芝龙又指曰："汝是雨伞鬼。"那鬼被说破，亦倒地，连打数棒。许久又至一怪，高只三尺，头尖、鼻仰、目圆，浑身带绿，惟须眉皓白，实不知何怪。因其老极，混指曰："我亦知汝乃千年不死的老乌龟。"那怪忽跳下曰："既蒙识破，求侯爷

① 惊鬼：怕鬼。

② 存：藏。

勿打容说。”此乃芝龙混指之，谁知果是龟精。

芝龙见其求，饶之不打。问之：“汝乃何方乌龟，敢与诸魅鬼在此害人？从实说来。”那精曰：“小老乃古佛脏中小龟，在脏已五百余年。因古佛残毁，无所归依，遂潜潭中。又历五百年，潜修共计千年，始能变人。从无伤生，亦有救难扶危。因此有数个魅鬼害人，常来探救。昨夜四个被其压迷，小老若不来斥逐，任其压迷至天明，气血一枯竭，岂能复活也？求侯爷察情。”芝龙喝曰：“此乃捏饰之词，明是一伙妖精，在此害人，有不尽除之理？那四怪无肉，只可焚烧，惟汝有肉，拿来烹食。”说了欲打杀之。精又恳曰：“亦是无肉，如肯饶恕，有宝献酬。”

芝龙以恳求哀切，又问曰：“汝既有千年道行，怎不施法，如此恳求？其虚一也；既有宝，至此地步何不自来护身保命，反来倒戈求人？其虚二也；我乃逃罪之人，求为平民不得，汝称我为侯爷，其虚三也。可将此虚谬辨得清楚，我受宝饶汝性命。”那精曰：“倘收宝不饶命，奈何？”芝龙曰：“如受宝不饶汝命，必为无头之鬼。”那精便曰：“虽有道术，奈贵人之华光灿烂，施之不行，非谬一也；有宝能避水火，不能避贵人之威，非谬二也；不知贵人犯罪不犯罪，惟见神采迥异，将来位必极品，若再存忠恕，不止封侯，非谬三也。”芝龙闻此解，暗喜曰：“既如是，有甚宝可献出。”

那精即将一物递芝龙，一看，乃一钱大之龟仔。讶曰：“我道什么宝，原来乃汝同类乌龟仔，要用此何为？”说罢掷于地。其龟仔即爬上芝龙脚上，直钻入大腿。芝龙伸手掠之不落，任撮不离，亦变为腿肉相连，再撕即见痛。惊问之，那精曰：“此宝乃小老之孙枝，紧贴胁下。今移与侯爷腿间，入水如履平地，遇火烧不及身。侯爷至大贵时，勿忘赠宝之情也。”芝龙喜曰：“如能大贵，有敢忘之理。”那精亦喜曰：“若不相忘，必去观光观光。”

芝龙闻此语，因思将来贵显时，他必去投我。是人样犹可，三分不像人，七分就是鬼，接待之必被人讥笑，交于非类。若不认，斥逐之，他必在外扬说我当时逃难赠宝之事，更被人耻笑。不若将其结果，以绝后丑。思定，即骗之曰：“后如果大贵，自当厚赠；天将明，且退去罢。”那精即转身退去。芝龙棒即举向背后，照头尽力敲下，那精即现出原形，头碎壳裂死矣。

正是：今夜杖头不饶恕，他年刀下果难逃。欲知龟精死后如何，再看下回分说。

第三一六回　娶王女仙鲤投胎孕　秉节钺倭国还英儿

却说芝龙打死龟精，看之大如脸盆，轻如薄纸，重不及成两，异之。时天已大明，和尚恐芝龙亦被鬼迷，同斋工上楼探之。二人上梯至楼门，不敢上去。和尚站前，只伸出一光头望之，斋工是个胡子，立后低些，仰面张口往上望之。芝龙见之，以是怪，指那光头曰："我亦认汝是肌巴鬼。"指须嘴曰："我亦认汝是骚屄鬼。"举棒将打下。和尚急喊曰："是和尚，不是鬼。"斋工亦喊曰："皆不是鬼，勿打。"芝龙看真，丢棒笑曰："造化喊得快，如迟些，打光头胡嘴，脑出齿落。"

二人遂上楼，问有鬼否？芝龙指曰："无鬼，只有怪，一总收在此。"和尚看了乃破米筛、扫帚、灯笼、破伞，同在楼角。又见一大龟壳，愕而问曰："弃物亦同作怪？那乌龟亦能成精？"即问收怪之情形。芝龙即说知，惟不言与龟对话受宝之事。和尚拨看那残物，皆有血出，骂曰："不知拽多少人之气血，亦有今日，遇着钟馗也。"又拨龟壳，看其轻如纸，讶曰："此不是千岁龟？今日亦遭劫也。"芝龙问其怎知其有千岁，和尚曰："千岁之蛇断而复续，千岁之龟延上荷叶不攲[①]。今此大龟不及两，其千岁可知矣。"芝龙曰："既有千岁不死，然何受不得一棒？"和尚曰："凡妖精，至五百年应遭劫；如能免，再至一劫五百年。不免，亦是天数也。"芝龙服其论，即同斋工将五怪拖下楼去，悄悄焚灭。楼中自此安静。

谁知芝龙得龟宝之后，浑身发痒，欲去水中洗澡。寺外便有河，那日军差出去巡缉，便出去洗。在水里水不能入窍，呼吸如常，眼倍光明，能视千里，如鱼在水，即欲遁去。适和尚赶出，招喊曰："快进去，恐军差遇着。"芝龙伸头出曰："承情言之难尽，今即水里去。"和尚再喊，便沉而不见，以生死听之，亦自回寺。

芝龙得龟宝，行水更捷于行陆，竟逃至泉州厦门港。适有将往日本国便船，

---

① 攲：倾斜。

芝龙即投上船为水手。船至日本国，芝龙投于乡亲栈行中，托寻头路，因此从未出游。那日闻有王孙生得极好，出来游玩，芝龙即赶去看。讵该处港中出有鲤鱼，形似肚龊[①]，尾有倒钩，侦有人在江边经过，即抢上岸，以尾钩落水食之，地方官难以除灭。是日王孙游至江边，被鲤鱼钩落水中。适芝龙亦至跟前，忿怒，跳入水抢夺王孙出水。幸救得快，尚未致命。芝龙取双刀入水，杀死鲤鱼，拖上岸，重有数百斤。众共喝采。随去报王。

王见芝龙人品魁梧，又救王孙、除鲤之功，遂以女妻之，拜为驸马都尉，就于内宫与王女成亲。未及年余，王女便有孕。王夫人大喜，借与一面水晶太极八卦之项牌，挂胸前以避邪。盖此牌乃上代轮流相传正宫王夫人宝，即前王妃出猎，金鲤投此水晶牌内，相传六百余年。王女借挂此牌，孕至十四个月尚未分娩。

谁知芝龙不改旧性，依然嗜赌，常与王孙公子赌博，所有王女赔嫁之资，一切皆被赌输空空，便觊觎项牌。王女以此宝正宫相传，若无去[②]命亦休矣。芝龙闻此便怒曰："汝说是宝，我说是瓦，今就掷碎，看命会休不会休?"即脱下掷于地，响一声，牌分两片。忽见腹中之金鲤飞出，投入女怀。王女即刻腹痛，产下一男。芝龙拾着掷破之水晶牌，小金鲤无矣，知是投胎生此子，喜甚，将牌收存怀中。其子遂名郑森，号大木。芝龙将破牌与水晶器之匠修整完，中间作一小金鲤，并无痕迹。遂送还王夫人，并无一知真鲤鱼已去，假鲤还之。王夫人见外孙骨格非常，甚爱惜之。

惟芝龙在外滥赌，倭王察知女之服饰皆空，怒令内侍去赌坊唤之，不回，犹把内侍殴打重伤。王愈怒，命卫兵去拿赌伙究治。芝龙又拒捕，杀死卫兵几人，便遁入水里，潜出大海，伸头出望见一船，思搭之而去。望船上好似芝虎、芝豹，随至船边喊之，果是。上船问之，芝虎同芝豹说："走逃在乡人陈衷纪盗船内存匿。因闻大哥在倭国，来寻访。泊此数日，不敢进港。不知大哥何故狼狈至此?"芝龙遂将滥赌拒捕，杀死卫兵，由水逃走之事告知。芝虎曰："皆无家可归，同去入伙为盗，且看将来机会，再图别业。"芝龙依之。便驾船回闽。

那时有中国海澄人颜思齐为首盗，又有陈衷纪、杨一等盗，皆至思齐之门。芝龙兄弟遂投之。至首盗颜思齐死，再欲立首。众人以决，乃效王审知以剑插米中，各来拜，能拜动剑者，乃天所授也。即插剑，众皆拜不动。芝龙一拜，剑即跃落地，众遂服之为魁首。欲寻地场，遂寻至台湾。

---

① 肚龊：一种青黄色的小蜥蜴。也作“杜垫”。

② 无去：没有了，失去了。

时台湾虽荒，尚有遗番居住，惟愚而贪。芝龙以银五百两，向之租晒一担猪毛之地。该番贪银，听之。芝龙遂令挑一担猪毛上岸，将毛搓作线，自海边由南拉圆去数十里为界址，土番以许定不敢言。芝龙遂在猪毛线间，搭屋舍、安营下寨。台湾有内地人居，自芝龙始。至今小猪毛半线之地名犹在也。先只占南路，后又以贿赂，或向之再租再借。未年余，即延北路，台湾全为芝龙所有，诸番皆听之约束矣。

众盗首中，惟陈衷纪最桀骜，芝龙虽为魁首，大权乃归之。阳虽奉，阴欲图之。时党羽甚多，遍行掠劫。海上军官无奈其何。随有倭盗率众来降，芝龙令倭驻台湾，自又分据各海岛。因猖獗甚，朝廷遂议招安。以前泉州太守叶善继识芝龙，招安之。芝龙因感掷石伤额不究之德，率众归命。至归降日，叶太守至城门，令众跪伏投诚。芝龙同弟即屈意，方跪下，讵陈衷纪、刘香等大忿，同喧拥芝龙兄弟而去，复据海岛，劫闽广之商民。

天启六年，船聚漳浦白礁洋面，抚镇朱一凭遣官兵击之，不能胜。芝龙随攻厦门，督师俞咨皋与战而败。厦门人开门迎芝龙进城，遂据。泉州太守王取遣人招安，芝龙早有归顺意，惟陈衷纪、刘香不从。至崇祯元年九月，芝龙邀衷纪、刘香饮酒于厦门，伏兵俟之。刘香知风走逃，只杀衷纪。遂率众降于督师熊文灿。芝龙既投顺，将台湾委倭守，自此台湾属于倭矣。崇祯三年，芝龙奉命平广盗、征生黎，屡著劳绩。

未几，刘香勾引贺兰[1]来犯厦门，巡抚邹继琏拜芝龙为将剿之。芝龙招募龙溪人郭在功，率善水者十余人，半夜凫水潜至贺兰各船尾放火。众船大乱，芝龙率兵攻杀，生擒贺兰五十余人。刘香驾船逃走，芝虎追及，斩却刘香；芝虎亦自没于海矣。芝龙官至都督，威名大振。子郑森在倭已七岁，前已托使致书，谢罪于倭王，只求还子，倭王不还。兹为都督，又遣人赍金币并图画芝龙为都督，秉节钺，军威权赫之状，送至倭王。倭王亦稍惮之，遂受金币，送还其子。郑森既归，风仪整秀，有大志。每向东望母流涕。读书敏捷，先生王观光一见谓其父曰："此儿英相非常人所及也。"十五岁补子弟员，试金陵，有术士相之，惊而讶曰："此奇男子，骨相不凡，非科甲中人也。"

正是：初成气宇便王者，未出须眉已丈夫。请看下文，如何分说。

---

① 贺兰：荷兰人。

第三一七回　见华光曹封生贵子　捷对句麟官入书堂

却说洪塘地方，有一曹封家，门前开张酒米店。娶妻林氏，琴瑟和谐，未有男女[①]。那夜持灯出门讨账，夜半回至江边，灯火被风吹灭，黑暗难行。见河墘[②]船中有火，认是王五渔船，便喊王五借火。连叫数声无应，曹封拾起石块掷之。王五惊觉，问何人掷船，曹封在岸头上答："我乃酒米店曹某，因灯火被风吹灭，见汝船中有光，连叫数十声不应，故掷之。"王五闻知，即起灯火上岸，谓曰："实俱睡着，不知勿怪。"曹封遂有火归。

次日王五来店赊酒米，曹封责其昨夜分明见汝船中火光，喊汝借火，诈睡不答，是何道理？王五曰："船中哪里有火？实俱睡熟不知，勿罪、勿罪。"曹封曰："我明见汝船中有火，怎的强辩？"王五曰："难怪大官人疑奴船中有火，即邻船之人，亦讲昨夜奴船中有火发现。今早来问，说无，他们亦不信。"曹封曰："何如？可见我无枉汝。"

随问，"这早就来量米舀酒？"答："昨夜与火大官人去后，拙妻又生一子，所以早来。"曹封讶问曰："是男是女？"答："生是男。"曹封又问："共有几个？"答："共有四个。"曹封笑说："真好命！"答曰："落在别人家便好命，落在奴船中有什么好命？乞人[③]又无人要，留住又无饭养，将来都会饿死。"

曹封曰："乞人怎无人要？"答曰："曲蹄子[④]谁肯要。"曹封曰："我要，可抱来与我为子好么？"答曰："大官人若肯要，巴不得抱去，怎说不好？"曹封曰："既肯，好极。今老酒十碑[⑤]，白米八斗，同汝下船去看了，色布再送四匹做衣裳，待满月过来抱，请乳母抚养。汝上手[⑥]所欠许多账目，不要汝还，米再量八斗去，何如？"王五喜甚，即携酒米下船。对妻说，其妻亦喜。曹封看婴

---

① 男女：子女。

② 河墘：河岸边。

③ 乞人：送给人。

④ 曲蹄子：疍民（的孩子）。旧时社会歧视疍民。

⑤ 碑：酒舀子，量酒的器具。

⑥ 上手：以往。

孩亦生得品貌端方，十分中意，回家又送与布米。至满月过抱回，取乳名麟官，书名学佺，请乳母养之。

至周岁，是日家中结彩灯、烧纸请客。时正午，客尚未来至，曹封抱麟官在店门口观望。适有一游僧，手持禅杖、钵盂，立在店前，观麟官不断。曹封因问曰："师父来抄化么?"僧答曰："不是。"曹封曰："既非抄化，因甚不去?"答曰："因见此位小施主，人品骨格非凡，见贫僧至，两眼直觑不断，故才立住未去。敢问此位小施主，是檀樾甚人？今日因甚结彩燃灯?"曹封曰："即是发弟小儿，今抓周[①]故也。"僧曰："今日抓周，是去年今日出世么?"答："是。"僧闻了又相曰："原来今日是小施主初度诞辰，可喜可贺。"曹封曰："师父是何宝刹来的？若不嫌弃，办斋奉请。"答："自江西来，斋饭前街才食，不敢打扰，惟有茶可赐一杯解渴。"曹封答曰："有便椅请坐，待发弟进取。"便将孩放坐于柜上空笼盂内，自进内取茶。

僧见麟官坐笼盂中，两眼流泪，便合掌向笼盂拜了四拜，拭泪而去。至曹封取出茶来，不见和尚，即出街四望。忽有对面篦梳店之伙计，问曰："曹二伯，汝是望和尚么？正可疑那和尚，因甚缘故，见令郎坐在笼内，便悲伤流泪，向令郎拜了四拜，由江边而去。"曹封闻了讶甚，即追问之。遂追及，问："怎的不食茶？拜小儿何故?"僧先不肯说，因再三诘之不放，不得不实说曰："实不相瞒，此位小施主，是贫僧先师。不敢说出，惟一拜而已。"曹封曰："何以知之?"答曰："贫僧乃江西建昌开元寺之僧徒了悟是也。先师名月湖，将圆寂时，贫僧因泣说，永无再会之期。先师答曰：'还有机会。'贫僧问再会在何处，答曰：'明年此日午时，在盂中再会。'言讫即圆寂矣。未几寺被火，贫僧遂云游。不意今日到此遇见令郎，定睛相觑，奇而问之，乃知去年今日出世，却合先师圆寂之日，又逢子午之时，兼坐笼盂中，正与先师遗嘱会期处所相符。始悟令郎即先师之前身转世也，在此相会无错。故不敢明言，只一拜，以尽师徒之心而已。"言讫含泪而去。

因此人皆知麟官乃僧转世也。抚至六岁，曹封病卒。未周年邻火延及，所有店货家赀房屋一空，只遗寡妇孤儿，租居巷内小室，将就度日，学佺无力送学。那日洪塘张家起建张经祠堂兴工，学佺亦随群儿拾取柴沛[②]。适张家外戚送杠[③]来贺上梁，杠中有金蟳[④]、鲎鱼等物，诸小儿皆拥看。张家有教书先生亦

---

① 抓周：传统习俗，在婴儿周岁时举行的仪式：拿几样代表志趣的物件放在孩子面前，让其随意抓，认为可试其人生志趣和未来职业。也称"抓晬"。

② 柴沛：木屑，拾取用于引火。沛：本字"杮"。

③ 送杠：送贺礼的担子。

④ 金蟳：海螃蟹的一种，学名蝤蛑。

姓张，因见许多拾柴沛之儿童，各只六七岁，惟一个甚清秀，向前觑说："我出一对与汝们对，如何？如对得，叫人挑一担送汝家中，免得相争抢夺，何如?"众小儿不敢答，惟生得清秀者答曰："先生试出来对可能对否，对不来不要笑，对得来亦不要赏。"先生即指曰："就此杠中来出对。"即念曰："冗草缚蟳胶肘嘴[1]"；清秀的儿童笑曰："学生亦将鲎对之。"亦说曰："粗芦夹鲎尾傍头"。

先生与张家子弟闻此儿童对恰合，随问姓名、岁数、住处，小儿答曹姓，名学佺，年七岁，家住后巷。又问家有何人？答："无，只慈母在堂，因贫来拾柴沛。"又问随哪个先生读书？答曰："无力从师，惟旁母指点一二。"众皆称为神童。先生对曹学佺曰："今先令人挑柴沛与汝带回去，可对汝母说，此处张家有学堂，其先生不取束脩，东家不取伙食钱，留汝在此读书。汝母家中若缺柴米，月间自有柴米帮贴。今快回去说了，再来回话。"学佺闻此，即趋前拜谢。众笑曰："且慢谢，不知汝母肯不肯也?"学佺答曰："有此造就之美意，怎不肯?"众皆羡之，曰："非神童焉能答此语?"学佺即带挑柴沛之人同归。母讶问之，学佺以前情告知，母林氏甚喜，即托邻翁带学佺至张家称谢，择吉上学读书矣。

正是：七岁捷才蟳对鲎，半洲就学凤攀麟。就学如何，下回分说。

① 胶肘嘴：(用草绳缚起来的活蟳）螯足顶在嘴部。胶：脚；本字"骹"。

第三一八回　安报名贾氏陷淑女　认假婿曹生报馆东

却说曹学佺在洪塘半洲张家读书，其东家乃张都堂季子，名敬和。其教读先生系东家之族兄，原系老宿儒，所教乃张家之子侄，并敬和之女，书名冰心，乳名凤姐。余外帮学①惟有徐有应同曹学佺而已。学佺之伙食俱东家供给，读书一年，先生出五字对与诸学生对，其对句乃："雁足下传书"，诸学生学女惟有五六个能对，其对乃："鹿口中衔草"，一个对："蛇口中洒乂"，一个对："鸡头顶出血"，学女冰心对："凤口中衔诏"，曹学佺对："鱼腹中寄信"。

六个都对完了，惟一个帮学徐有应未对就。先生批：鱼寄信取元，凤衔诏取眼，鹿衔草取花。随问："蛇洒乂、鸡出血怎说?"一答："蛇伸出舌，不似洒乂耶?"一答："鸡髻红烈烈，不似出血耶?"先生答："皆不通之至，俱无用。"随放午饭，先生进去食饭出来，徐有应犹未回去。先生问何不回去？有应答："对未就。"先生曰："且回去食饭，再来作。"有应遂回。其母贾氏问故，有应答曰："对未作就。"贾氏又问先生出何对句？有应即念："即'雁足下传书'五字"。

贾氏自作聪明，骂其子曰："此对甚好对，如何不会作?"有应即曰："好对可对来看。"贾氏持笔写与之，乃："犬嘴中吐舌"。有应看了，不管三七二十一，有人代对即是，赶食了饭，即到学堂照写递上。先生看了亦好笑，问他怎说？徐有应不能答，再三问之，乃言其母代对的。先生亦不再问，却被冰心看了。俟先生不在，乃笑对有应说曰："汝母作媒人妈②，安知此文事？假本事代子作对。"笑之不休。

有应至回家，对贾氏说对得呆③，致在斋④被冰心所笑之话，告知贾氏，贾氏怀恨之。未及一年，其子亦不读矣。那时学堂中，外姓惟学佺一人，余皆张

---

① 帮学：（在他人私塾里）附读。

② 媒人妈：媒婆。

③ 呆：不好。

④ 在斋：在学塾里。

家子女。其冰心年岁与学佺同庚，外美内惠，出世时曾与本乡曹孝廉之子结姻。后孝廉出仕，带眷赴山东知县任所。冰心在学堂读至十余岁，便与学佺彼此爱惜，背后姐弟称呼。那日学堂无人，惟两个在写字。冰心伸出手腕，叫学佺写一字为记，学佺遂抹朱笔写一麟字于其手肚[①]间。学佺亦伸左手腕，亦叫写一字为记，冰心亦用朱笔写一凤字于其手腕。二人俱扯袖遮掩，至夜各以针醋刺，永不能褪，留作记念也。

自此二人抱恋不已。至十五岁时，稍知廉耻，不敢亲近。至长成，分隔内外，欲求晤面不易也。那日侦至无人，冰心潜出立于门边，学佺呼之不出，亦以廉耻为重，不敢造次。即写一句诗，递与之，冰心接看，乃："四灵惟有凤为尊"，即此七字。冰心即续下句曰："怎及麒麟独占元"。学佺又写上一句云："何幸凤麟重再会"，冰心又续尾句云："除非死却再还魂"。学佺再接看，闻有人脚声，冰心即闪入内，学佺将此诗存入袖中。

无何北京有太监来闽，选取绣女入宫为婢，通传各官媒，令去遍处查访，有美貌者亦报名注册。时贾氏已为官媒，知冰心美丽有配，将其报名入册，以报其当年鄙笑之恨。张敬和闻女被选有名，即去递呈诉说已配有婿，恳请除名。贾氏与太监说，并未受聘。太监即批曰："如果已配，可带婿来验看。"敬和欲诉说婿早外出，恐驳其为虚，莫若借一人代验，以解眼前之急。敬和遂往曹家，商借学佺代验肯否？林氏答曰："数年受恩蒙惠，正无以报答，借一验讯有敢不肯之理？"敬和遂备两家庚帖，带同学佺进城候验。太监见了，问知姓名，又问几时聘定？答五年前，九岁时因在张家读书，蒙先生张炳为媒，保与馆东张敬和为婿。又问可有庚帖？答有。即取两家庚帖呈验。太监验看了，谓曰："女已经受聘，准除冰心之名可也。"张敬和同学佺叩谢而归。学佺回家赶将庚帖送还，刻不敢留。张家感之，学佺自此脚迹不敢踏至学堂。

正是：在早已经虚变实，而今更怕假成真。后事如何，下文接明。

---

① 手肚：小臂上端内侧部位。

第三一九回　徐贾氏诬赃害弱生
林友兰设计毒恶妇

却说贾氏将害张家冰心为宫婢，被曹学佺为假婿救免，贾氏遂怀恨学佺，又欲图害之。自古凡三姑六婆之子，成器者少，不成器者多。其子有应年已十六，常交结匪类，引去嫖赌，常盗母之财物。贾氏独只一子，含忍之。谁知所交之友，内有一个为窃贼，偷坐省太监之财宝赃物，赠有应一粒金戒指，一玉扳指[①]，一玉钿。有应不知其窃来之物，将金戒指、玉扳指自带在手，其玉钿一只与其母。贾氏以子交结富友，有此金宝相赠，荣耀之至。

那太监内房失盗，岂得平静？即开赃单行文饬捕。地方官严比[②]马快兵役，限缉正贼实赃。那正贼被获到案严讯，供盗贼现缴数件，其余或卖或当俱有主；惟玉钿、玉扳指、金戒指再究，又供出赠与有应，即令马快去拿。适遇有应在路中摇摇摆摆，即拿到案，只缴随身现赃，问更有玉钿，供称无赠。官见三件已有二件，是日忌辰不动刑，今且收监，明日再来追究。有应方知所交皆是盗贼，悔之无及。在监中寄字回家问母玉钿如在，快取来缴官，免受重刑。

贾氏接字并问明，始知子所交皆是贼非富友，恨之不胜。次日起早进城入监，见子便哭曰："玉钿现在，只是我在外说尽无数夸话，今被汝坠入贼伙，犯案追赃。我今不去死，哪有面见人耶？"母子哭说一会，贾氏取一包碎银，交与有应监中使用。又曰："我今回去，明早带玉钿与汝缴赃。"言了便出去。贾氏出了西门，一面行，一面想，我仔好端端的被人攀扯，岂肯甘愿？莫若回去亦扯一个来盘本[③]。惟最可恶是曹学佺，我欲害张家女为婢，却被他假婿救免。今回去将此玉钿，诬其分赃与我子，一同犯案消恨。

思定了，回至家中，取出玉钿去曹家。一见林氏便骂曰："汝子也受贼赃，

---

① 玉扳指：扳指是套在拇指上拉弓射箭的器具。玉扳指也是一种装饰品。

② 比：限期（破案）。

③ 盘本：捞回本钱，此处指报复。

然何单拿我子追比[1]？”林氏惊问：“奴[2]子分何贼之赃？”贾氏曰：“有无搜之[3]。”便闯其房，撬开其箱笼，暗将玉钿卸入箱内，便喊曰：“此不是真赃耶？”将玉钿取出，奔至学堂，把学佺扭住出街。学佺惊问何事？贾氏骂曰：“汝亦分受贼赃，被我搜出，今拖进城投首。”学佺曰：“我几时有作贼，分什么赃？”贾氏拿出玉钿与看曰：“此玉钿我在汝家箱里搜出来的，还敢说无？”学佺见玉钿不知所以。人众以现有赃据，皆默无言。

学佺被拖，如猫治鼠一般，拖出门外。忽有一人赶至，喊曰：“徐母且慢拖去，有事不经地保，岂可自投？且回转地保家打报单，与汝同送至官方使得。”贾氏回看，乃地保之子侄，便住步。

原来此处之地保老病在床，皆子侄代为办事。此个敢来的，乃地保同居之族侄，名林友兰，字斯馨，素羡学佺贤孝，无缘得会。今忽有人说，贾氏带贼赃诬攀学佺，也去投首，因此赶来拦之。因此扯他到家中，学佺哭告曰：“冤惨弥天，小生家中哪有此赃物？”乡邻共曰：“是不是，到官才见是非，在此说亦无用。”又谓贾氏：“时已将暮，就去亦不得进城，且将赃物交与地保，徐母且回去安歇。明早来同地保报禀，一总进县，万无一失。”众人皆说：“凡事经地保手同送至官，哪有自去？若惹他不欢喜，报单报汝诬良为盗，必问反坐罪。”

贾氏因众言，只得将学佺并玉钿交与友兰看守，订明早一同送去。贾氏遂回。友兰见贾氏已去，亦令学佺回家安慰老母，不须惊怕，一些事都无。学佺答曰：“今回去，明早再来同进城去。”友兰喝曰：“我叫汝回去，汝怎么又要进城？”学佺曰：“不与他进城，徐母肯依么？”友兰笑曰：“老娼命哪等得明日？还怕什么不依？即管去，有事都是我担当。”学佺犹未敢即去，众曰：“有人与汝担当，何用怕他？”

学佺遂回。母正在床啼哭，见子回，讶问之。学佺将友兰担当情由说了一遍，母犹不放心。那贾氏回家，到点火之时，有人拿一纸包豆粿十块来徐家见贾氏，说是监中徐有应寄来与母食。说坐省公爷不要玉钿，只要母亲去见他说情，便放回无事。此粿乃监中人送来，转寄回与母，叫母放心，说讫其人即去。贾氏思我子虽无事，曹学佺已送交地保，明日总要扯去投首，又有玉钿送还，他岂不欢喜？就不要此玉钿有甚相干？贾氏想甚欢喜无事，将粿当顿[4]一气食

---

① 追比：追究。

② 奴：林氏自称。

③ 有无搜之：有还是没有，搜了才知道。

④ 当顿：当一顿饭（吃）。

完，关门去睡。

至次日早，门闭不开，诸邻疑之。他曾说起早去送学佺，怎的只迟[1]未起来？正在可疑[2]，而友兰亦至。邻里谓曰："日已到辰，他家门犹未开，不知什么缘故？"友兰遂敲门，敲半日并无出来开。众遂撬开进看，只见贾氏七孔流血，死于床上。友兰曰："不知何故服毒而死，莫非受了贼赃惧罪而死？我等不若查看他家可还有赃否？"众共说是。查看箱中尚有余赃。友兰曰："我今将玉钿亦凑此赃之内缴官，方保邻右无事。"众皆言是。徐家难有亲属，皆隔远，遂俱唤至，闻众口一词，只得听之报官。

友兰遂带余赃，同邻右前去报官。县主亲至看验，果是服药而死，取亲邻各结存案。有应在监中闻知母死，因前日自言去死之故，以母实是自死了，并无别疑，竟无一个知情。却说学佺闻知贾氏已死，母子二人心中始安。惟学佺时自忖度：贾氏之命必是友兰所致。他曾说老娼之命等不到天明之语，不是义侠致之，哪肯自死？

学佺度此果不错。盖友兰尚侠，人皆爱之，凡城中有些小事便知。原来他自己卖的肉排桌[3]，早晨洪塘去城内做生意，早已知贾氏进监视子，所说之话皆知。此回因甚爱惜学佺，制此毒药粿，托心腹之人假作监中遣送来。于黑夜人静时，去徐家说了几句话便走，料其贪食婆[4]必食。贾氏一死，不但张曹二家喜之，即洪塘之人众无不欢喜。因其常入权贵衙门，通线[5]害人故也。

学佺在家月余，未去学堂。先生又病归家，学堂空寂，却被婢仆在内偷煮食失火，至半夜发起，将司马府烧作平地。张敬和只带男女而走，所有财物尽烧罄空，一时未得就建，各房室皆迁于外墩[6]居住。而张炳先生有年纪，病至久变作老病[7]，未几去世。学佺自此不能再随先生读书矣，只在家自读。

正是：隔世欲称一管笔，归家再读几年书。后事如何，下回分解。

---

① 只迟：这么迟。

② 可疑：疑惑。

③ 他自己卖的肉排桌：他自己开肉铺卖肉。肉排桌：肉铺。

④ 贪食婆：贪吃的人，馋鬼。

⑤ 通线：告密。

⑥ 外墩：外村。

⑦ 老病：老人衰竭将死时的症状总称。

第三二〇回　挂猪心林友兰重义　题雁塔曹学佺成名

却说曹学佺自七岁起，在半洲张家读书，至十六岁，张家大小男女，皆爱惜如亲子弟。奈张家忽被火各散，先生又死，只得在家奉母自读。但学佺以天生聪敏，文已精通，怎不能入泮？彼时不重文章，只重势力，学佺难获一衿，缺势力也。因奉母无资，日间画数张水墨人物山水，持去各乡村，卖得数分银回来薄供薪水，夜间苦读至鸡鸣。适遇数日久雨缠绵，寸步难行，冷灶无烟，母子二人将为饿殍。

那日天明开门，见门搭上挂一猪心。原来所居之处乃秃头巷[1]，并无人来往，思此猪心从何而来？母子纵饥，不敢携入煮食，仍挂在门搭上，候人来取。至夜仍挂于门外，至次日开看旧猪心仍在，又添一新的，又不敢动。第三早开门又添一个，共三个猪心，便疑异不胜。母问曰："吾儿可想出其缘故么？"学佺曰："此又是贼赃，挂此侦有人收入便来搜查。前被徐家做怕了，敢取之耶？"其母曰："必不是人来陷害，若是贼赃，必物件，哪有食物？如是贼赃，被人食了亦无处搜获。为娘想必是天怜汝我绝粮，拽来救命，未可定得。"

学佺闻母此等开解，知母饥甚，遂取一个进来切煮度饥。一切开，内有一块银钱，又异之，便问母曰："食的不算赃，此银可是贼赃么？"其母曰："银钱家家有，辨别不出，亦不算贼赃，皆天所赐。若怕可剪碎用之，便无妨矣。"学佺曰："一之为甚，岂可再乎？"即将此块银取出，塞于门外猪心内还之，只将此猪心煮食。是夜闭门读书，壁挖一孔，一面读书，一面双眼向壁侦之。

那夜有月天晴，侦至二更，见有人持猪心挂门搭上，便坐门前廊上听读书。学佺急开门出来，那人走不及，立起，学佺向视，乃林友兰，忙揖之曰："此猪心先不知何人所挂，令人疑惑，原来是恩兄挂此，请问何故挂此不脱回去？"友兰笑而答曰："实不相瞒，因闻贤弟书声嘹亮，夜间兄讨数[2]回来，都在此静

---

① 秃头巷：死巷，有一头不通的巷子。

② 讨数：讨账。

听。此数天雨终不晴，恐吾弟不得出门卖画，柴火必缺，带一猪心来补吾弟读书之心窍，内存一块钱银，供奉老母薪水。明言恐弃嫌，故挂于门与收，谁知贤弟清介，连挂三夜仍在。今夜又送至，看只收一只，仍不收银。虽弃嫌不收，夜夜总要送来。不觉今夜被弟撞着，勿怪。”

学佺闻了，下礼拜谢。友兰急转身，含笑跑走。学佺思既去亦不追之，即述与其母知之。其母曰：“天下哪讨[①]有此好人，前日救攀诬之恩未报，今又来如此照顾。将来吾儿有好处，必重报之。今既知了来历，可收取之无妨。”学佺遂尽取入。

自此每夜都有猪心挂门，内皆塞银。学佺得此救济，便脚不出门，惟埋头苦读。过有年余，那友兰猪心与银共计不少。原来友兰年才二十四岁，惟有老母，未娶妻房，与族叔地保同居。并无田产，惟自己宰猪排肉桌生理[②]。慕学佺青年贤孝，舍命卫之。因思：“科考之期将届，欲与用度，始得进学。若进了学，从中再代之周旋中举、中进士方完全美，可不负我一生之义侠也。”又思：“此言须对他说明，可使他尽心苦读，免有家计夹杂，不得专心于书中。”遂待至夜静，又带猪心挂门，学佺开门出来遇见，即进入室。友兰先说嘱其专心读书考试，所有外事愚兄代汝周旋。学佺称谢不已，友兰遂辞去。自此不躲避，时常往来代料理。

未几，学佺进怀安县学，连捷中乡举。因欲上京会试，老母无人俸伺，友兰又代为娶一淑女为偶奉母。即治装进京，中万历乙未进士，由吏部主事钦命分巡广西监察御史。因征寇有功，即授广西参议副使。年方二十余岁，官至正一品，古今罕有。参议副使即今布政司也。其母与妻早接去随任矣。

正是：十年苦读志无坠，一举成名官骤高。下文如何，后回接说。

---

① 讨：寻找。

② 生理：生意，生计。

第三二一回　有应引翅虎夺张女　友兰杀二友救冰心

再说贾氏之子徐有应禁在侯官监。赃既追出，研究实是赠来，并非同偷。案结：正犯发遣充军，有应枷责至限满释放归家。因乡邻侧目视之，遂将住屋变卖，投在邻乡瓦埕乡一乡宦家为奴。

此乡宦姓陈名恭，在朝堂为大臣。其子名天炽，人皆呼为添翅虎。平时皆藉父势，横行无忌。又投拜坐省太监门下为谊子，如虎添翅，选人而食。兹又徐有应为牙，更作恶愈甚。因妻死欲再择娶，问有应可知何处有美的？有应答曰："美的多，总不如洪塘半州张敬和之女冰心，鸟中之凤也。"又问曰："已闻此女美甚，前欲选作宫娥，因已与曹家结姻，故不选，怎的犹在家未嫁耶？"有应将假借之情由告知。又问怎知是假借？又答曰："他之元配在山东，早有信来报死了。曹学佺自娶其妻带去上任。张冰心年已二十六岁了，因元配已死，假借又去，故尚在母家也。"又问曰："何不再嫁，择婿怕没有人耶？"又答曰："无数好人家来聘，冰心以元配已死不嫁，父母亦无奈其何。"又问曰："汝果知其美否？"又答："奴婢年幼时与此女同学读书，怎不知耶？不但貌美，文才更佳，可谓才貌双全，只不肯再嫁无法。"添翅虎曰："别人无法娶之，惟我有法娶之。"

于是添翅虎即备办彩礼、聘金、婚书及荤杠[①]等件，遣人押送去半州张家。时张家屋已重建，突见有人送礼杠至，敬和讶问。媒人答："瓦埕天炽陈公子命来聘娶令千金冰心为继室，某日迎娶，日单[②]并夹婚书内。"敬和再问时，媒人并抬杠人等将杠放下皆跑去了。张敬和即令人雇人将原杠抬去，自随后去辞他。

谁知添翅虎预拨有人埋伏在于洋[③]中等候，见其抬杠来，尽行截抢物件，只余空杠不要。敬和人寡不敌众，只抬回空杠。敬和见其奇异，揣其事情，颇

---

① 荤杠：装载鸡鸭鱼肉等荤食的礼物担子。

② 日单：订立婚期日程等项的礼帖。

③ 洋：大片稻田。

知添翅虎设此圈套，即使人去陈家辞婚。添翅虎答以既辞不结婚，其婚书、彩礼、聘金何不送还耶？敬和答以送至半途，被人尽抢去，必是公子使令设此圈套也。添翅虎答："我自送之礼，哪有自抢回来之理？明系聘礼又收去，捏言抢去要再图赖。今既不还婚书、聘礼，可预备，吉期一到，就要迎娶。"言讫令家人逐来人回去。

来人回话，张敬和知其横恶，亦惧。与妻女说知，欲将就以女嫁之。冰心宁死不肯嫁与奸豪，欲去自尽，家中人紧防不离。添翅虎送的日单，只写十日内来迎娶。谁知其即于本日选拨壮年家丁并匪类五十余人，俟夜便去抢夺冰心。

那陈家备办此事，早有人知此风声，有二三家良善的闻之大忿。有数人聚集一起，评论添翅虎横恶不堪。适遇林友兰挑肉担经过，数人遂停而不言。友兰笑问曰："汝数人评论甚事？见我来即不言，莫非要谋反么？"一人答曰："倒不是谋反，只有老虎要下山来食人，评论无能御之。汝可能御之乎？"友兰笑问曰："我怎不能御之？今就去捉来宰与汝们看。"众曰："虎是虎，这虎还有翅，汝来捉，先被他捉吞入腹去。"其友兰便知觉，低声问曰："莫又是添翅虎要抢人家子女否？"众曰："既晓得，不须言，快去。"友兰遂扯一人相好的，在背地问之，便知今夜去抢张冰心之情由。问明了不言，挑肉担便去。众笑曰："肉担要小心，莫被人挑去。"友兰答曰："要送肉与老虎食。"

原来友兰尽力代学佺斡旋，至中进士出缺作官，搬母妻上任时，欲请友兰同去，友兰要在家奉母不去。家中所有余囊尽代学佺动用空空，在外挪借的，经学佺陆续寄回还人。母已死了，只孑然一身。迨至学佺在广西再寄银，亦只敷还欠人外，所余无多。其人好公义济人，余有多则完。后无宰猪，只去别人分肉挑卖。又搬在山边，一人独居。

是日问了明白，回到自己家中，添翅虎是夜必起人去半州抢冰心。想那冰心，乃吾弟学佺逞力代验保全，免入深宫作婢，自已被贾氏挟怨诬报，我若不救之，命早休矣。今冰心又被狗子徐有应买好陈天炽，今夜起人去抢；若被抢去，岂肯顺从，势必自尽，把吾弟之前功尽没。我今既孑然一身无碍，何不救他？思了一会，将家中杂物收拾，身边存好碎银，把门锁紧。腰插二把猪刀，天暮时伏于江边空洋[①]等之。暗想天炽约有四五十人，吾一个安能抵之，徒费心力？必须如此如此方好。

先说添翅虎率领徐有应并恶仆等，二更时候到半洲张敬和家敲门。内问是谁？外答来会赎田亩。内门一开，即拥入。有应带人内房，把冰心扛抬入小轿

① 空洋：空野无人之处。

内。添翅虎把住轿门，有应护住轿旁，蜂拥而去。盖张家人丁无多，怎当得如狼似虎？眼睁睁听他抢去。四五十人护一顶小轿，如蚁扛蝇一般。至半路，闻有一人在旁曰：“张家亦起有人后追赶来，快将轿先抬去，众人留在后与之抵御，方不至又被抢回。”添翅虎闻了，不知是何人，即答是。令众人押后慢行抵挡，自与有应、扛轿二人先行。

冰心在轿内喊叫连天。至空洋友兰突出，先将添翅虎一刀劈死。有应将走，被赶上亦一刀了事。抬轿二人惊[①]得将轿放下欲走，友兰谓曰：“与汝二人无干，亦回走报与横恶陈家说，一虎一狗是洪塘林友兰报不平截杀，救回张家女，送还张家。是我一人，不可扳扯别人。”轿夫一面听，一面跑走。友兰揭起轿门，向冰心曰：“小姐不须怕，某乃曹学佺谊兄弟林友兰，来救小姐回去，今即下轿来负去。”冰心闻是学佺之谊兄弟，无奈亦与之背去，由小路飞奔而走。

到半州张家门首放下，敲门，二人进内。张敬和见是友兰送女回来，惊问缘故，友兰曰：“我友兰专报不平，闻那恶虎来抢令爱，持刀赶至，杀死陈天炽、助恶徐有应二贼子，将令爱夺回，有罪都是我一人承当。官府持问，可说令爱自奔回来，勿说是送来，其命案便与张家无干矣。”友兰说了转身而去。张家此时又惊又喜，将女收入内室。其父母还怨女假贞洁，不肯再嫁，留在家中致有此横祸。

原来张敬和已接山东信，报说元配已死，听女别配，遂有无数好人家来结姻。女以既再二，哪有再三之理？父母问何说再二？女答曰：“当官验过曹学佺，岂不是再二耶？”父母曰：“此乃假借，何曾是真？况学佺已娶了，与汝何干？”女答曰：“此再二乡邻皆知，彼再娶可以，再嫁则不可。”父母因女执意，亦无可奈何，遂作老女养到终身。今招出此祸，如何不怨恨？

冰心知父母忿恨不了，总思自不死，父母难免无事。若死了，则父母便推得干净，可无事。故思定之，暗写一张字，内说：自去投江，免累父母；官若问，自女被抢去，并不知路上何人截杀二命，女亦无回，闻身尸在于江中，可保无事等语，压在桌上。俟到天将亮，潜至江边，脱鞋丢于岸上，遂跳于水。是时岸上无人，惟江边渔船仔[②]有人，皆见一女子自投于江。张家天明寻女不见，见案上有字始知，即赶至江边查问。船中人皆说，五更时有一女自投于水，不知尸流何处。人即在岸上见着鞋在，即拾回去。其父母以女已死，亦想可推得不知杀人之情。

---

① 惊：吓。

② 渔船仔：小渔船。

却原来林友兰伏在路旁，侦其率众前去，便远远随在半途。待之抢回，即假作来报之人，在后喊说张家亦起人众赶来，快将轿先扛回，留人在后抵御。将人众调离，悄悄再伏于原路，出其不意先刺倒添翅虎与徐有应，负女由小路奔张家。至大众慢慢后至，二人已被杀死，不知何人所杀，即赶回陈家。至轿夫回报，始知系被林友兰截杀矣。

正是：去夺果如添翅虎，回来便作出栏猪。欲知陈、张两家后事如何，且看下回分说。

第三二二回　访恶迹友兰得脱罪　投契友学佺羡侠心

却说陈宦家闻报天炽去抢亲，路上被林友兰截杀，并家仆徐有应一齐杀死，女未夺回。陈家即指名控告张敬和主使林友兰拦途截杀二命，夺回受聘之女。本县主即至看验二尸，唤失报地保。该半州地保推属瓦埕街地界，各推分界。县主先将二保并责，令同拿凶手。谁知凶手林友兰门锁，人已无踪，左右并无邻居。乃拿张敬和问讯。张敬和俱诉女被抢去，不知路上何人截杀，女亦投江而死无回。县主人又唤至二墩[①]乡邻细查，皆说果是陈家强夺张家之女，被林友兰路见不平截杀，并非敬和主使。

官因众口一词，难办张家之罪，遂将实情详上上司及坐省太监。各衙门皆批：如详饬缉逃凶。惟太监不依，要办同谋主事之人。各乡皆忿，即同会议，前来坐省衙门叠呈控告添翅虎即天炽抢夺民家子女，或已致命，横恶极至；各衙门被威势吓制，皆不准控；今横恶已死，会同签控，泣恳断还子女以伸怨恨等情。太监收阅自语曰："咱的谊少爷敢为此不法之事？"即遣亲信家丁查察虚实。家丁密探回报说实而无虚，太监大怒，即将呈批府讯办。

太守唤至添翅虎家人严究，皆供招实有是事，各子女[②]或从顺家中为妾，或不从俱害致命，尸埋后山等口供。太守即委员押诸家人去认带十几个子女，并开验过致命人圹之骸回报。太守即具文回复太监，以正犯既被杀，可抵偿之罪，惟将从恶众恶仆分别枷责示众。现存之子女令其亲属领回，已死之尸亦着各属起回另葬；仍令陈家罚出各主[③]收埋之银。此案亦不奏朝廷，只外结。乃令地方官严缉逃凶，写一密书寄与乃父知之。陈恭见书大惊，即密送重礼与太监酬谢，并遣人将眷属尽搬上京。

其张家能得无事，惟悲女尸首被漂无着。那各乡之男女，无不感激林友兰

---

① 墩：村子。

② 子女：年轻女子。

③ 各主：各户。

义侠除害。且说是夜友兰将远遁，因用力过度，肚痛寸步难行，在于路旁歇息。肚痛不止，许久见对面是妙峰寺，内有和尚头素与相好，勉强上山敲门入寺。和尚头一见友兰浑身是血，笑问是宰猪的？友兰答以："杀人的，因肚痛来此暂歇，若好些即去。汝不要怕，吾怎肯累汝出家人？"和尚谓曰："如果杀人，平素相好就带累亦说不得。到底是真杀人么？"答："不真岂假？"又问："杀何人？因何缘故？"友兰将截杀添翅虎之事情说了一遍，和尚亦不怕，犹赞曰："此恶人官都无奈其何，吾兄能除之，不亚关公重生，智深再世。今不必远走，只在此存躲，永古搜不出。"友兰那时肚痛未愈，只得随和尚入于后山楼上，供给柴米与之自炊。

其处有公差查拿，诸邻里皆说，他不去远，只在近处与汝来拿？差人等只搜远不搜近。友兰在寺躲至三个月并无人知。苦主又上京，并无对头，官军皆知仗义除恶，人人皆喜，即遇着亦闭目与过，哪肯出力？久而冷之。即有数人得知，悄悄入寺内与友兰谈叙。友兰至此方知张家之女，既救送到家，又自去投江而死，以保乃父无事，不胜叹惜。

或又说略闻有人说遇救得生，去广西投故斋友，又转一世矣。友兰问哪个是她旧斋友？众说是曹学佺，作广西布政司。友兰闻学佺，接口曰："原来是他。"众问识之否？友兰说乃谊兄弟。众共曰："既是相好，今快去投之。"众议即去代他雇船，此一日内同送下船，并鸠盘钱①，使大家齐放心。友兰与众道谢，众约是夜同来送行。至二更时，共有七八人带友兰下船，各散去。友兰登舟，至五更即开船。

到了广西省城，访问布政司果是闽人曹学佺，兼署巡抚部院印篆，大喜。至头门报说有同乡人林斯馨来投。门官即报进，学佺闻报，即刻排列仪仗，穿带官服，传开大门接见。牵手进于花厅，礼毕即令设宴看待，自己执壶。友兰道了喜，便请先拜伯母再上席。其母闻是子之恩人到此，大喜，自己出来，命学佺先拜谢从前搭救提拔之恩。友兰辞不敢当，只得对拜。即请学佺脱了公服，与其母请了安，亦拜过。略谈寒暄，其母退进，对席惟二人。学佺先问一向事情，友兰将截杀之事，并母已故，前后事诉了一遍。学佺叹气曰："此等义侠，惟大哥能为之，再寻无第二个矣。"亦将自己别后为州官，及征流寇升为布政司，亦细说一遍矣。

正是：兄宁破产因仗义，弟说升官为出征。后事如何，且看下文分说。

---

① 鸠盘钱：（众人）凑集路费。

第三二三回　巧遇凤麟冰心遂愿 代兄捐娶学佺报恩

却说林友兰说了别后之事，曹学佺亦说别后之情，说明详细。又说今续娶一弟妇，大哥见了即认得。友兰曰："怎认得此处之人?"同进内厅，学佺说："福州大伯来，请夫人相见。"丫环进内，须臾请出，友兰一见讶曰："不是洪塘张家之千金么?"夫人亦讶曰："此是林友兰伯伯救奴之恩人么？伯伯可知奴父亲被累如何?"友兰答曰："经各乡保，无事矣。"学佺曰："现且请出饮酒，慢慢与大哥说知情由。"友兰曰："正要说明。"

遂同至书房同对饮。学佺曰："古语有云，有缘千里能相会，无缘对面不相逢，真不虚也。弟原配已过去①三年，昨有同年李某，浙江人，由知府升云南学道，带眷上任，由此经过。闻弟尚未续聘，他说自有一女，才貌双全，正要择配。若不弃，奉送续弦，弟即应承。谁知他次日即送来，他俟事妥即开船而走。是日揭盖合卺，见面貌与张家女冰心无异，不敢问。那女见弟睨不断，亦不敢问。是夜将寝，她先问弟曰：'老爷是洪塘曹麟官么?'弟闻其声亦熟，亦问小姐莫是半州张凤姐么？她答是。弟扯其右手肚，刺有麟字，她亦扯弟手肚看，亦有刺凤字，彼此便大喜。

"弟问她怎的与李家为女情由，她泣诉因遭恶抢，至半途遇大哥截杀二恶，护送回家。因苦主告父兄主使，自去寻死则无赃据，可免无事。自蒙天地造设，一投江即有破帆浮上，将她托起，流出大江，住于李学道船旁。船中人见未死，即救上船，姜汤灌之。灌醒问知情由，原来此学道乃张都堂之门生，欲送还张家。她言若回家则父兄有累，欲再投水死方休。李学道遂留为谊女。船往广西省，弟往拜，知弟失偶，把她许配。她原不再嫁，矢志不嫁，今在谊父处不敢说出，只问何等人氏。她谊父答福州人曹姓，现任布政司。她听错姓陶，无法，自暗存小刀，至夜欲自刎。讵一进衙揭盖，便认得是弟，始觉乃曹非陶也，便不思自尽。问明两相欢喜和谐，此一段奇缘，大哥想奇乎不奇?"

---

① 过去：亡故。

友兰听了，口不住称奇逢。再问弟妇矢志不嫁，何以又嫁与弟？学佺曰：“她以当堂承认原配即愿嫁之。”又问怎知弟妇手肚有字，两相验看辨真假耶？学佺笑曰：“此事与大哥言之，如别人怎敢说出。因早年十二三岁时，同在张家学堂读书，彼此相爱如亲姐弟，把乳名两相写出，以为后来铭记。至十四五岁后，各离不见。故昨日初见，齐验看此字在否？”友兰笑曰：“诚天注定良缘，若死亦难遂其愿也。”学佺曰：“她与弟诚再世奇逢也。”取出前日之七绝联句与友兰看，乃是：

四灵惟有凤为尊，（学佺）　怎及麒麟独占元。（冰心）

何日凤麟重再会，（学佺）　除非死却又还魂。（冰心）

友兰看了，不禁拍案称奇曰：“原来早年已作有死却再还魂之诗谶，天怎不怜悯也？”学佺曰：“此亦是大哥于虎口夺出，以成就此再世姻缘。弟若无大哥救拔扶持，哪有今日？弟之夫妇，皆大哥之造就也。”友兰曰：“彼时乃属手足，不敢居以为功。”言讫学佺欢饮三杯，至更深席散安歇。

友兰不觉在衙无事，日惟饮酒游玩，有三个月余。那日因有人去京回来，学佺与友兰曰：“今先与大哥先娶了嫂，可带眷浙江作官。”友兰讶曰：“今还娶什么妻？”学佺曰：“不孝有三，无后为大。哪有不娶之理？”学佺言讫，友兰又问曰：“弟又说作什么官？愚兄一字不识。”学佺曰：“文官不做，武官做得么？浙江宁波都司缺甚好，又在邻省。弟在此亦无久，将来都会得着。大哥前日始到此，弟即遣人去京报宁波都司缺出，遂领部札带回。今日哥倒是五品官也。昨日又聘定一女，因想要娶一才貌双全，又要本籍，实在太难。谁知天从人愿，有一外县来参见，名张敬中。弟问其乡籍，答侯官洪塘人。再细查乃弟旧馆东之胞兄，即留之叙饮。弟不言是他弟婿，只认同乡，问他随任属眷多少？他答带有女年二十二岁，才貌可以，惟择配难。弟问故，他答：‘非本籍不配，故留至今。’弟喜，便问：‘有故乡好友，名林斯馨，官名本杰，现任浙江都司，在此候札赴任，可作东床否？’他闻便喜。适大哥出外厅，指其人品与看，他便应许。弟即写庚帖并聘金，他收受回去本县。昨日有信来说，某日送女与大哥花烛吉期，后二日恰好都司札亦到，大哥戴得纱帽蟒服拜堂。”

友兰大笑曰：“原来吾弟都不言，背后作事，令人辞之不得。”学佺笑曰：“明告恐大哥罗嗦不受，所以事作妥了始通知。大哥可预备官服娶亲，何喜如之。”友兰笑曰：“此等说与弟可是同门连襟耶？”答曰：“妹作姆，姐作婶，亲上加亲。来日赴任，又会一门亲呢。”友兰问故，学佺曰：“我前日代大哥捐官，乃写书兵部衙门。又写一信与吏部，并代旧馆东又是新岳丈张敬和，由监生直捐知州，即补授宁波通判。文凭昨日与兄札同到，俟大哥到任，写信并文凭交

带去宁波，差人转送福州与张家接受，不久亦来任与之同城，岂不是又会着岳叔侄婿也。”

友兰讶曰：“捐此二门官，银花去若干?”答曰：“有银不是此处用，要向何处用?”友兰叹曰：“一饭酬千金，人只道惟有韩信，谁知又出吾弟，亦此重情。今要远别，可与弟言木本水源，但吾弟可知亲生父母是哪个?”学佺答曰：“弟早亦不知，至拾柴沛[1]时，有孩子骂弟曲蹄婆仔[2]便疑，因此背问别人孩子，方知渔船王家子为曹家螟蛉。彼时自不暇顾，哪顾得此事？后蒙大哥提拔中了举，潜去船中认之，背地有些微奉敬。至中进士授职回来，谁知二老早已去世，暗恨不胜，只得暗送些修坟之银而已。今因大哥问此，故敢言之。”

友兰曰：“原来弟亦早知了，今既死了便罢。弟可知自己何人转世么?”友兰遂将其抓周日，有江西建昌开元寺僧了悟至店，拜认乃其师月湖转世之情话告之。又曰：“吾弟在船中出世时华光灿烂，正是佛家转世。”学佺曰：“大哥不言，真不知。将来死还要归还佛家，快遣人去建昌开元寺，重修挂匾额勿迟。”至次日，张知县送女至，遂留在衙内。第三日友兰合卺，学佺始说出。带张敬中入见侄女冰心，又一番奇逢会叙。学佺与敬中说不可外扬，免得避嫌。敬中遂回去，未几升为同知，即转为知府，此后文不表。友兰即有家室，遂治伕马赴任矣。

正是：恩怨分明真君子，疏财仗义果丈夫。且看下回，如何分说。

---

① 柴沛：木屑。沛：本字“柿”。

② 曲蹄婆仔：疍民之子。曲蹄婆：疍妇。

第三二四回　威无度友兰去都闽　富重义康耀还参戎

再说林友兰改名本杰，自广西起程，水陆照站到浙江省抚台衙门禀到考验。友兰乃猛勇之人，弓马技勇，一习便精，考皆合适，遂赴宁波上都司任。事毕，即遣人交带文凭并书信，张冰心亦寄有信、财物，送去福州洪塘半州。张敬和家接来书信，始知女投水遇救，现在广西布政司为夫人。学佺念情，代捐为宁波通判，寄文凭来与之赴任，又得女书信并金珠等物，又知林友兰改名本杰，在宁波为都司等情，一家皆喜。敬和忽然间为现任知州，皆感学佺不忘旧义，厚待来人。给付回信，送盘费与之回浙，自收拾行装，不日内就到。

那本杰到任后，衙中书目禀说，在地有一乡绅，当去拜之。友兰问哪个乡绅，拜之作甚？书目答是贡生，名康耀，财有百万，交结甚广，各官都与相好，以为靠山。友兰怒曰："人要靠山，惟我不要，想我去拜他还早。"书目不敢再言。数日遇衙内酬神演戏，未上台，有十三四岁孩童在台上跳舞，友兰令逐之去，不去；即令人捉之，喝令班役执棍按地责打之。打了五棍将放，因孩童喝曰："可看家主情面!"友兰问是谁？孩童答东街康相公，班役回报即贡生也。友兰喝曰："汝主别人怕，惟我不怕。若说是他，再行打五棍放之。"

原来是康耀之小奴，啼哭而回。康耀见而问之，答去都司衙内看戏，被其责打。康耀曰："爱贱作，打得好，怎不说是我家人？如说便不至。"小奴答曰："说相公分上，他便骂人，怕我不怕，又打五棍。"康耀闻此大怒曰："此本杰武夫，不识泰山，怪道莫来拜①。汝说不怕，且试手段与汝看。"即写书遣人送至兵部，令搜寻事斥革新任宁波都司本杰。该兵部以本杰未来部投考引见即赴任，应行斥革。讵友兰到任未两月，部文行浙即革职为民。此时方知是康耀弄怪，始信一贡生威权过于卿相，悔之不及。

新任催促离任，出城归籍，盘费不敷，没奈何只得将自己衣服与妻首饰变卖，雇佚马出城。思归家不得，要再去广西，水远山遥，在路上计无所出。才

---

① 怪道莫来拜：难怪他没来拜见。莫：没有。

行一日，适遇张敬和带眷来上任，惊问怎的回籍缘故，友兰将得罪乡绅地头神情事诉说一遍。敬和曰："弟未到省，先闻知康贡生财能通神，无官不交结。今不必回去，可随弟同去知州任内，相帮事务。那轿内何人?"友兰说即是令侄女，又将敬中结亲之事说知，敬和大喜曰："原来救女之恩公，今又为张氏门中贵，哪讨有此凑巧？快歇店先来会叙，明日再行。"彼此女眷皆进旅店，会着皆喜。敬和曰："今既至亲，即在任长住可也。"

至次日同入宁波城内，友兰坐幔轿进衙，无人得知去而又来。敬和到太守衙内报到，即去上通判任。次日即去拜康耀，隔日康耀亦来回拜。未数日请酒，敬和赴席了，次日回请康耀至衙门。饮叙中间，彼此恨相见之晚，即日又留夜饮叙说。敬和曰："弟有一侄婿在此为都司，未两月奉部文斥革，所有家资尽出捐，囊空如洗，归籍无盘费，必为乞丐矣。"康耀闻了，讶曰："原来都司本杰是兄台令侄婿，如知是怎敢？可惜已回籍矣。如在此可代之挽回不难。"

敬和故意问之，因何事致革？康耀曰："实不相瞒，令亲在此为官，看弟不在眼上。小价因在他衙内作吵，应该责之，惟不应说出弟之名字，更倍打之，故弟亦忿，写信与部寻事革之。是实不知是兄之侄婿，祈勿见怪。"敬和曰："舍亲有眼不认泰山，革之不错，怎敢怪兄？只是穷困难归，可怜之矣。"康耀曰："去几天？可遣人去赶他回头。"敬和曰："他只行至半路，遇弟带回，现在衙内。"康耀曰："既在贵衙，好极，快请出来与弟告罪。"敬和进内与友兰说知，要同出去相见。友兰曰："他乃魏党，怎肯去见他？而况又是仇家，肯下气求他?"敬和曰："他说与姑爷请罪，并不是我去求他。他曾骂魏太监害人乱国，恨不得生啖其肉，可知不是魏党，去见何妨?"再三劝之，友兰始出。康耀一见面，即先行礼告罪。友兰还礼，同登席饮叙。次日家人执帖来请，经催数次，友兰与敬和同往。

是日请城中文武官共十六位，一进其屋，华丽如皇宫，数之不尽。客到齐，先上点心，以金匙挑之，其味甚美。宁波府笑曰："味极佳，只是不敷，可再赐一瓯?"康耀答有，即令家人再取。众官食了，不知何物。太守答曰："列公不知，此乃鸭脑，故食不敷意。"敬和笑曰："一轮鸭三百余头，哪有许快[1]来应付?"太守曰："别家艰难，康年兄应付有余。惟不可贪口腹，恣杀生命，我们之罪难当。"友兰思之，又出一石崇。

遂上正席，皆二人一席，共八桌。所出之馔，皆不知何物，味极美。至暮席散，众皆辞去，惟留敬和与友兰不与去。又引至花亭，百花烂漫，灯烛辉煌，

---

① 许快：那么快。

如阿房宫；侍女如云，依稀蓬莱仙岛。三人饮至许久，康耀曰："前日断送姑爷前程，因一时之忿，过后心不自安。今看乃天幸，可赠还官爵，以赎前愆。"即令家人去捧一小箱出，揭开盖看，内皆存空名文凭札付，约有百余张。康耀自抽出一张参将文凭，印篆俱全，惟名字地方未填。谓曰："弟看金华参将缺出，今即送姑爷大名写上前去赴任。"即问姑爷改何名？答可改林斯馨。康耀即写了住处，写毕立起，向友兰作揖，亲手送札付与之。友兰还礼称谢不敢接，敬和接之收存，并拜谢讫，乃归位饮酒。

敬和笑曰："兄台不理朝政，哪有许多吏、兵部文凭札付？"康耀答曰："不知者以弟勾结魏忠贤，哪知弟不但朝官爱惜，即当今亦蒙眷顾也，故魏贼无奈弟何。况弟不作官，亦无缝可钻，此文凭皆是黄河海塘堤坏，弟捐银修整，一回报竣，便赏给文凭札付。文武皆备，欲与亲友作官者，自写上地方名姓，一面写书各部注册，万无一失。以上赠去，皆因交好，并无卖银，惟弟之子侄皆不与作官。如出一人，恐落于魏贼之计。惟此回老悖得罪姑爷，致其失所，悔之无及。今既赎偿，可以少解前愆矣。"

友兰闻此，顿解前疑，向之再拜曰："原来老先生有此仁义忠信，晚生前不知，以为魏党，触犯获罪。今闻金石之言，顿开茅塞，愿拜下风，叨惠后必图报于万一也。"康耀答："言重，但金华离此不远，数日即去上任，时常往来，欲会不难也。"敬和笑曰："未到部先任事，又恐部驳。"答曰："执弟之文凭上任，谁敢驳之？况有书到部，何必为虑？"三人谈说三更，令家人打夜道回衙。谁知那友兰因祸得福，都司换参将，连升三级，数日即收拾行装，拜辞康耀。康耀又送盘费赆仪，至金华上接参将之印矣。

正是：昔日猪心慕孝友，今朝鸭脑识仁豪。再阅下文，如何分说。

第三二五回　名宦赋闲访交豪友
小民失业群起揭竿

慢说林友兰都司换参将，且先说曹学佺在广西为布政司，廉惠并济，万民爱之。时朝中魏忠贤逆党煽惑君上，作《三朝要典》，将叶向高等为东林党，颁行于天下。学佺恶之，著野史驳之。忠贤怒奏朝廷，黜学佺为庶民。学佺遂治装挈眷回籍。学佺在广西时，看京报内有林斯馨授金华参将，疑甚。随后接宁波通判、金华参将俱沿途递至公文，外官衔印封，内信开看始知情由，喜而放心。回籍后，归于洪塘故园，设文社石仓园，集故友文人以诗书娱乐，游名山胜地，别墅在城内西峰里。

一日坐小轿拜客，由仓前河墘[①]经过。有一家临河门上贴短联，乃："门喜无题午"，回轿再看其右边之句，乃："目惭不识丁"。

回寓与同社友述之，皆称妙绝。令人去访问屋内所居是何等人，遂访之，乃徐姓，名英，字振烈，行五，少豪健，因家贫与人挑米为业，喜读书击剑。日间与众挑仓米，夜间更换衣服，于金斗桥上，与乡中子弟言谈行兵布阵制胜之法，皆本于武侠兵法。若不言武略，便有前代忠孝之故典，说了即舞剑教授众子弟，每夜如是。其人访明详细，回报于学佺。学佺曰："此奇人也，不邀入社还邀何人？"即步行访至河墘，门已锁闭，问近邻，说挑米未回。

学佺将回步，而徐英适至，诸邻人喊曰："振烈，有乡绅曹大人访汝。"学佺见其穿衣草履，即牵其手曰："仰慕高风，特来拜望。"徐英曰："下贱之辈，叨沐垂青，何幸之至。"遂开了门，迎入内室。学佺入，见壁上对联云：

问如何过口，但即此是天。

又见边柱上云：

鼠因粮尽甘心去，犬为家贫放胆眠。

又有二联乃：

富贵如龙游尽五湖四海，贫穷似虎惊走九眷六亲。

---

① 仓前河墘：福州地名。

金必两千酬漂母，鞭须六百挞平王。

徐英拭草榻，奉之上座。学佺又见土灶、柴几、粗碗一、败笔二、《春秋左传》《史记》等书，残缺不全，每空白内则皆其所咏诗歌。学佺与论谈，应答如流，大喜，欲邀同至石仓入社。徐英曰："粗人怎敢入文人之社?"再三强之，始带诗稿而行，遂为布衣之交。学佺欲长留其在石仓园盘桓，不与去挑米。徐英以自食其力，不沾他惠，仍回旧居为挑夫。遇石仓课期有来请，诗文作毕，仍回挑米。随著有《鸿剑行》行世，兹惟录三首。

《登北岭诗》云：

斜阳返棹宿山巅，客况无聊转自怜。
仗策有才思李靖，知兵何事仿苻坚。
雄心滚滚思归日，血泪纷纷只问天。
处世不关君与父，黄金怀带已多年。

《夜静有感》云：

牢落风尘廿载零，灯前顾影叹伶仃。
头颅卖世谁酬赏，肝胆向人不避形。
垂钓江涛终抱赤，舞刀市井孰留青。
生涯独有龙精在，夜夜光摇北斗星。

《警怀》云：

吟罢袁公白泽图，中原依旧骨将枯。
忧时买骏人何在，匡世闻鸡事岂无。
半榻著书长啸傲，千年鸣剑寄屠沽。
静观鸿雁嗷嗷日，堪笑儒生者也乎。

是时天启驾崩，崇祯接位，魏党除尽。随召学佺进京，起用为御史，又历至礼部尚书，因丁母艰回籍。时流寇横行浙江等处，林斯馨常率兵征剿。所有富豪之家，无不颠沛流离，惟贡生康耀家，经林斯馨尽力护卫，保全如故，可见其恩怨报之不爽也。斯馨挥兵灭寇，此剿而彼又起，灭之不尽，知天下之乱不可为，所积有金币，先运家眷回籍。适学佺丁艰，便路至金华探望，顺便带回故土。此且慢言。

且说大明之乱，因民失业为寇。河南有方布司，乃齐人，其夫人甚妒，不与纳妾。方布司在任私纳一妾，被家中夫人知之，寄信来不许他纳妾，若纳妾，必亲至打逐之。方布司以途远必不来，如来必无许捷①，不以为意。谁知信至

① 许捷：那么快。

未一月，而夫人即至，被他吵打不堪，妾竟被逐去。布司查如何至此甚速？原来沿途皆设有驿夫，一站赶一站，故甚速也。

盖明季地方设有各驿站，各有驿夫，月给钱粮。凡有往来公差，逐站接续便捷。故此次夫人亦由提驿赶来，忽然至衙，并无信息。方布司忿甚，即写本具奏朝廷说，各省驿站所设之驿夫，每月给钱粮工食，原以备往来公差便送。兹查公差往来者少，官眷往来经过者多。年计动费钱粮数十万，惟供给外官运眷，空费无益。请将各省原设之驿夫尽行裁撤。遇有公差往来，随时雇请乡夫，以归省便等情由。朝廷可免费数十万钱粮，怎有不准？遂将各省之驿夫尽行裁除。谁知两京十三省各驿站驿夫，共数千人，一被裁撤，皆无事可为。至饿寒便聚集为寇，抢劫行客。被地方官捕逐，便流集别郡；劫夺一郡，又走一郡，所以名为流寇。

又四川等处，产有野蚕，茧结在山野，土人去采拾来抽丝，织为土茧绸。方围大只一尺，以作草纸，制不得衣服。民家用之不着，惟地方官采买充为贡物，内苑以作草纸拭秽物。至时各官闸分散，以备一年之用。天启年间，有一宫女以此物可惜，将缝作蚊帐挂床上。适天启帝游宫，见此帐非布非纸，问之，乃说是四川进来茧纸，作拭秽物甚可惜，故缝作蚊帐。帝曰：“以之拭秽物，果是暴殄天物。”即饬该处司官，嗣后免贡。谁知四川接到谕旨，不用再进，各处山野常产之土蚕，要寻一个皆无。此与福州古田县中天生龙凤竹一般，此竹制为龙凤箸进贡。至嘉靖间，一说不要，古田便不再产此竹矣。那四川采买土蚕之人，将此为生活的不计其数，一旦绝去，无事可为，亦聚集为流寇矣。

正是：南聚北屯皆作寇，东来西去尽为流。且看下回，如何分说。

第三二六回　祈嗣续十戈生闯贼　拘李岩民众杀昏官

却说是时天下大乱，山东陕西盗首李自成，绰号“闯王”，又有一起混名贼首老回回孙昆、翻江龙吕佐、一条棍张立、格子眼盛永正、八大王张献忠、冲天鹏方也仙、双珠豹史定、泼皮凤陆纲、扫地王闻人训、混天龙马元龙、穿山猬金范汉、满天星周清等有名的大盗，共推李自成为大元帅，称为闯王。纠合失业饥民数十万，抢劫财物，杀戮人民。

先说李自成，乃陕西延安府绥德州米脂县广义乡人。其父本乡民，名十戈，年五十，继娶石氏三十余岁。十戈念无后嗣，意欲买妾。石氏不欲，便说子息固是要紧，只恐命里无子，纵有妾亦徒然，何不向神祈祷，或者借神力庇佑，亦未可定。十戈闻石氏说此语，心知娶妾乃妇人所忌，只得商量来岁去湖广武当山进香求子。至次年二月初起身，前往均州太和宫，一路都是山原平陆，只用骡马车轿。将及一月，行抵武当山，即沐浴，虔诚去大殿神前焚香礼拜，默将求子之情祷告一会，化了冥银，磕了头退下，随步游玩各处。

那庙内住持道士叫梅三岛，陪十戈坐下，递了茶，又留吃斋。叙谈中，道士询问祈求何事，十戈实说特来求嗣的。梅道士即问今年高寿，十戈答年已五十二岁，正室已亡，继娶石氏已娶五年了。道士曰：“仗菩萨亦须人力。依小道论起，客官用些广嗣丹丸，大抵肾脏虚寒，命门真火衰微，焉能生育？小道虽居外方，这个道理颇知一二。”

十戈听言有理，欠身施礼曰：“仰仗高真，必有灵丹见惠。倘得如愿，不敢忘负大德。”梅道士即起身进内，取一个玻璃瓶来，倾出几粒狗肾[①]与阳种子丸，送与十戈。十戈接受收讫，取出白银一小锭，送与道士曰：“些须薄意，只当斋仪。若得神力庇佑，药方扶持，得有接续宗支，再来答谢，修葺宫观。”道士见其真情，亦受了。便安宿一夜，次日便辞别回家。

不一日到家，见石氏，说路中许多光景及道士赠种子之丸丹，石氏听了亦

---

① 狗肾：狗的睾丸。

甚喜。十戈至晚将丹丸服食，夫妇尽情。石氏自此得有胎孕。俟至十月满足，十戈梦见一马突入其门，惊醒。许夜石氏即腹痛，分娩一男。至三旦洗净穿上襁褓，十戈定睛见孩子面貌丑劣，亦无可如何，勉强欢喜。亦取名闯儿，以梦中马入门下，故以此为乳名。

石氏抚养成人，十五六岁，气质生成狠恶，辱骂父母，十戈只得请一个教读先生。先生与他取一个学名叫做李自成，读了几年书，亦能将就几句诗，只是口气不良。那一日夏天大雨，霎时又晴。先生即景出一对与自成对，其句乃：“雨过天晴顷刻顿分境界”，自成对云：“烟迷雾起须臾难辨河山”。又一日，值秋之时，先生出诗题。有供膳肥蟹一盘，先生即此蟹为题，令自成作七律一首，自成亦能作，云：

一身甲胄肆横行，满腹玄黄未许评。
惯向秋畦私窃谷，偏于夜静暗偷营。
双螯恰似钢叉举，八股浑如宝剑擎。
只怕钩鳌人设饵，捉将沸鼎丧残生。

先生评味他之诗意，句法又粗，意又不佳，晓其后来纵有好日，也是个乱臣贼子，不得令终之诗谶。

未有二年，先生辞馆回去。自此自成亦无意读书。生成狠性，父母俱不惊畏，时常拖刀弄剑，惹是招非，通乡邻并亲戚无人不说他顽头的。十戈夫妇忍气吞声，触怒皆成疾病，日重一日，先后相继死了。自成看父丧母亡，亦不甚哀痛。还亏亲邻，见十戈夫妇养此样不孝不仁的儿子，仗义同来殡葬完事。所遗下业产田产家私杂物，被自成不及年余游荡费尽，遂致一贫如洗，栖身无地。衣食艰难，只东流西荡，要寻安身所在，嘱托那三朋四友去寻机会。

今且先说米脂县东城有铁匠，姓周名清。年纪三十余岁，生得身材高胖，有些气力。娶妻赵氏，未生男女，只夫妇两口。开张打铁之店，生意甚旺，日夜打铁不歇。思想寻个帮手，外边就有那一班朋友知道，即将自成引荐。周清见其有臂力甚喜，日夜指点打造，不几时自成件件皆精，店中生意较前更觉兴旺。周清有些蓄积，竟成一小财主。自成衣食充足，两个合意，便拜为谊兄弟。再过二年，周清夫妇议代其娶亲，托对门一个惯做媒婆的王妈妈说亲事。那媒婆，地方上有人编她一诗云：

惯造媒婆王妈妈，妆娇自谓姿容冶。
簪钗插戴果娉婷，裙带亲拈真潇洒。
只顾银钱哪怕羞，惟图酒肉何愁骂。
不知赚了多少人，并无实话全然假。

王媒婆寻到东门外，有一郑员外，家道颇裕。生一男一女，男的亦不守本分的，混名“一斗粟”，女名燕娘。王媒婆把这亲事一说便成，即择日送礼行聘，再择吉期迎娶过门。自此周清与自成皆双过日。

谁知光景变迁，天心不顺，未一年非亢旱亦淫雨，水雹飞蝗，大损禾稼；米珠薪桂，饿莩遍野；无赖穷民，四处掠抢，官府虽然严禁，此风愈炽。又遇南番交趾国入寇边塞，武营召募壮勇。李自成向来嫌打铁生意淡薄，心想至营伍充当头目，可得粮饷。每常学射，趁此召募之时，投到两广都堂柳大人总兵标下，充作队长。总兵带领进兵，至半途行粮不及接济，兵士各出怨言。带兵官只催赶程，自成只一伙[1]竟逃走到山东地方，亦遇一起北来的逃兵多人，将自成迫住，索取财物。

自成曰：“我乃关中人，名著三秦，汝们买盐鱼放生——不知死活。也罢，吾若不显手段出来，汝们到底不信。”便把手中一枝杆子枪，倒插入土内，带将马夹一跑，离有四五十步勒转马头，开弓搭箭，看正了枪柄，一声响一箭正中着柄上，一队逃兵看自成这箭法，一齐下拜曰：“俺等不识，望乞恕罪。俺等想无安身处，久思落草，只患没有头目。今有缘遇此英雄，凑巧。”众正在谈论之间，见有几个客商，带有财物从北京回，被他截去劫取银物，饶了几条性命。将他银子买取猪羊，祀神烧纸，立自成为寨长。

那时山东饥荒，人民逃窜山谷凹中，四处遗下草房，即以为巢。未几时，聚于终南、太行等山幽僻之处，扎下人马，抢掠南来北去客商。又结十数寨响马，贼势愈大。即遣贼卒往接周清夫妇，并自己妻子与丈人妻舅来，住在一处。盖郑员外因女儿嫁了这个大盗，人众皆知，二来也为年荒赔粮破家，三来儿子混名“一斗粟”，不守本分。如今有这机会，无奈亦藉走此路。

李自成有此数十万人马，想要攻州夺县，谋图大事。即分拨贼将去劫民间财物、官府钱粮。孙世康同史定领兵二万前往山西，吕佐、林汉领兵三万前往陕西，闻人训同方也仙领兵三万前往山东，洪用光、郑日仁领兵二万前往南直、安庆，马元庆、王丙领兵二万前往滁和。又拨各路接应，忙得各省巡抚调兵征剿。

那时有个龙大韬，不过粗知武艺，却自夸将才，说得天花乱坠。兵部惑他虚名，推他做剿寇总督，受了敕书。却被贼头张献忠因与李闯伙内自相矛盾，背了李闯，径到龙总督军前投诚。大韬竟不防他是个狼子野心，引为腹心。又不散其党羽，反把军装大器、衣甲钱粮尽付与他掌管，他有此装物，依旧反叛

---

[1] 只一伙：这一伙。

去了。龙总督因此获罪下狱，拟成大辟。那献忠另为一队，杀戮更毒于李闯。此且不表。

再说河南开封府杞县，有个李尚书公子，单名岩，中过乡榜，平日疏财仗义。因连年荒旱，米粮昂贵，县官不知抚恤穷民，一味追比钱粮，把粮户打得血肉狼藉，差役反积得厚资致富。李公子看不过，投呈到县，第一款求他暂停征比，第二款要他设法济饥。知县见了公呈，即传言曰："若无钱粮，本县何以起解？上台催饷文书急如星火。至于济饥一事，县中何处设法？除非本地官家自舍己财，救邻桑梓才好。"李公子听此言语，好不恶恼，愤气起来，把自家仓廒除留自己日用的，其余尽给散与饥民。

此李公子虽有好心，只是有限之谷，哪里济得许多？就有无赖好事者，纠合数十人，向自家同里富室豪门吵闹。以李公子作样，要他发粟济贫。那大家富室怎肯如李公子慷慨济贫，反怒他市恩沽誉，启衅开端，去禀知县，求出示禁止。县官心里亦怪李公子多事，即传书手写牌挂出，被无数饥民把牌脱下，踏得粉碎。看守之皂隶惊得屎尿直流，恐被拿打，奔回本衙。众百民一齐拥至县前，七张八嘴[①]哄动。

知县在衙内闻知，不敢出堂，请李公子进内衙，埋怨曰："贵府既有散给赈济，何不入官派给？"李公子曰："若输在官仓，只好饱胥役之手，小民怎沾实惠？况一家之积，哪能周济各处？"知县曰："如今百姓聚而不散，如何是好？"李公子曰："老父台快写一个暂免比催告示安民，晚生出去劝谕他。"知县见人甚众，一时无法，写出告示。李公子捧出贴在照墙上，随劝众民暂退，不可在此闹事，获罪匪浅等语，再三劝谕。众民见是李公子出来相劝，遂渐渐各自散去。

谁知那知县，见众百姓围衙哄闹，无法遣退，甚觉忿急。又见李公子一言，人众便皆解散而去，羞变作怒。连夜备起文书，差人申达上司，内解举人李岩心怀叵测，私散家财，买给众心，围聚千人，打差辱官，使征比不前，阻挠政令。若不早为究治，必致贻害无穷等禀。上司见禀内事情重大，竟不察明，就批速拿李岩解究，一面谕解百姓，免致激变。知县即发签差来拿李公子，只说本官请李公子问话。李岩不知情由，整顿衣冠便行。十数个差役围拥，同到县衙，下于监牢。外面众百姓闻知，尽皆忿忿不平，一呼百应，顷刻集至千余人，约半夜杀入内衙，把昏官知县砍为两段，家眷尽被杀死。监内重犯一起都放出来。再到库里劫取钱粮仓谷，那县丞典史皆抱头逃去了。

---

① 七张八嘴：七嘴八舌。

李岩被众放出，对曰：“列位大众虽出公愤来救不才，如今弄出大事，倘若官兵到来，如何是好?’众民齐声曰：“如今闯王强盛，在本省邻府，我们去投他入伙罢。”李公于此时亦无法，只得收拾家小细软，同一伙去投奔李闯。那时李闯亦假尊贤礼士虚名，结纳人心。闻报举人李岩率人众前来，遂造出谦恭下士套文，出寨迎接。行了宾主之礼，李岩述了来意，自成将创业之本怀说了。二人说到情投意合，恨相见太晚。自成即刻吩咐手下贼卒，设席备宴。二人对面而坐，诸头目照次序陪饮，带来人众各个从厚犒赏。李岩亦遂安心入伙矣。

正是：未遂立朝安社稷，谁知从众造萑苻①。下回如何分说，再讲便知。

① 萑苻：芦苇丛生的水泽，代指强盗出没的地方。

第三二七回　添羽党献策投自成　虑身家田畹结三桂

再说有一人姓宋名献策，河南归德府永成县人。生得矮小，只有二尺六寸高，面似猿猴，绰号“宋猴仔”，又号“宋矮子”。甚有机谋，多在各省码头游行，或时起六壬课数，或言国运将终，煽惑人心。又说谶语二句云：“十八孩儿兑上生，自小生来好杀人。”闻李闯在那里图王霸之业，也来投贼。自成见了这样形象，知是有智谋之士，尊他上座。

原来李闯早闻此人精晓术数，当下遣退从人，悄问攻取应从何处而起？宋矮子又说出四句，念与自成听之：“流入顺河干，陷在十八滩。若要上云天，起自雁门关。将军始为马上之王，名闯者已验矣。起自雁门关者，将军起恰从此地始也。”闯贼因听其讲谶兆，便称他为宋军师，在寨内极其尊敬，合营都来称贺。小卒又报有数十员骁将来投，递上名帖，李闯拆看，内写：

牛金星（河南人）　唐启元（山西人）　马岳　李年　王漪清（俱河南人）　刘崇文（山西人）赵礼　吴风典　王年　容天成（俱四川人）　苗人凤（陕西人）　朱浦（山东人）　祖有先　管无昏（俱湖广人）　李承元　张泽长（俱北直人）

一日之间，许多贼将来投，各谒见。先说本身武艺，自成见几日内归者如市，只道自己乃真主，一发痴心妄想，便把人马来操演，逐日炮声不绝，刀枪若林。练了十多日，自成分派文武各贼伪职：宋献策为开国军师，牛金星为大学士，唐启元为提督四路兵马大元帅，李岩、刘崇文、冯岳、李年、苗人凤等各为将军，戈实、王年、张泽、赵礼、顾永龙、张之秀等各为监军。

当下李岩对自成曰：“吾主欲图大事，必先尊贤礼士，禁暴恤民为上。今虽朝廷失政，只是恩泽由先世施在百姓。因年荒饷重，官贪吏猾，所以百姓如在汤火中，故四处人心思乱。吾主欲收拾人心，须托仁义，言大兵到处，开门纳降者秋毫无犯，在任好官者仍用之，管事虐民者，勘实即行斩首。一应钱粮比原额只征一半，百姓自然乐从，且箪食壶浆，迎入马前。”自成从之，即令李岩为前队。李岩暗差心腹多人，扮作客商，四面传布说，李公子仁义之师，不杀

不掠。又编成口号，教小儿们歌云：

吃他娘，穿他娘，

开了大门迎闯王，闯王来时不纳粮。

朝求升，暮求合，

近来贫汉难存活。

早早开门拜闯王，管教大小都欢悦。

一来这百姓连遭荒歉，又加官府横暴，今听了这几句童谣，恨不得早到。但小民误认闯王为李公子，却不知是一正一副。至兵到河南，百姓投顺大半。李闯攻河南，张献忠攻湖广，两省告急表文雪片飞奏。崇祯帝召大臣商议，差汤同昌督带大兵征剿。帝亲自酌酒三杯，上方剑一把，旨曰："卿此去务须速靖妖气，救民水火。"哪知汤同昌心中畏葸不前，提兵二十万，未到半途，即上疏请添兵增饷。每到一处，只把精兵自卫。坐在湖广，尽调四川的兵马来卫，被张献忠乘虚入蜀，杀得锦州、剑州流血成河。到了四川又调河南兵，害得藩府福王无噍类矣。张献忠攻入襄阳，随处设有伏兵。汤同昌坠其诡计，三军被戮殆尽。百姓遭殃，藩府襄王合宫被杀。同昌丧师，自知罪大愧极，自尽而死。

李自成兵入开封府围城，藩府周王自出帑金百万，招兵对敌年余。谁知天数如此，忽一日黄河洪水为灾，涌滚上来，冲坏堤岸，把府城弄成一派汪洋大海。周王只得乘船逃走，百姓尽为鱼鳖。时乃崇祯十五年壬午岁的灾害，地方讹传乃贼决水攻城，四处官兵闻此，更怕其厉害。贼兵到处，官兵望而奔溃。李自成杀陕西，踞宫殿称孤，大肆猖狂。朝廷以徐应奎为陕西督抚，闻贼到胆已惊破，望风奔走。李自成据了陕西全省，要渡黄河来夺山西地方，在于山涡口打造大船，又分派贼众劫夺民船，预备过河，此且慢言。

再说宫禁中妖异。崇祯十六年秋八月，皇极殿内忽一声爆裂，地中流出血水，腥气蒸人。内监并宫妃朝官皆知妖异，惊甚。又看见一个少年妇人，浑身缟素，或当黎明，或遇昏暮，满宫奔走。宫人皆不知，疑是闲人撞入宫来，要捉之，忽隐不见，始知非妖即鬼，满宫皆怕。崇祯屡见此怪，无计可施，知国家危在旦夕，不胜愁苦。想宫中有秘宝，闻先王谕乃铁冠图谶，关于国运，何不开看何谶？即令太监随驾到秘宫门外，见代代加封，命揭起封条开锁。掌官太监叩头奏曰："此乃先天秘机，恐不可轻易泄漏，伏祈斟酌。"

崇祯帝决要开看，即令先揭去封皮，开起金锁。圣驾进内，见黑暗中有一朱柜，又命将柜打开。太监用斧将柜盖撬起，内只一画轴。帝命携出光处看，系画上、中、下三层，头层画文武百官，俱手执朝冠散发奔走之状；中画十八个孩子骑马背旗；下层画一山，山间有亭，有树木，有碑文，一人散发卧地，

一足朱履，一足跣。碑文字乃：

煤火大明三九秋，山河天地共悠悠。

归驾近塘不及送，去看万子万孙周。

帝看了勃然变色，问内臣曰："此谶何解？"内臣奏曰："此乃未来之事，祸福难分，非臣所能知也。今虽见不祥，皇爷仁爱治民，宜上天转祸为福。"帝看罢，命驾还宫，闷闷不乐。次早早朝，又据钦天监奏称，夜来东方有星名曰长庚，较昔大异光壬，闪嫌有四角，中有刀剑旗帜人马影子，且倏大倏小，忽隐忽见。又南京科道奏称凤阳地震，其声如吼，一日三震，人人惶恐。帝见许多灾异，即颁罪己诏，布告天下。又传谕内外诸臣，不许宴乐，衣服用朴素，不加华饰。

又连日接到告警，言贼已渡河，大同、真定官兵迎贼，德州、广平皆望风纳款。帝召集百官问曰："连日寇紧急，不意真定各处皆失守，诸卿有何良策？"百官相顾默然。帝叹曰："朕非亡国之君，诸卿皆亡国之臣也，奈何？"又谕百官曰："阁臣有疏，劝朕南迁，诸卿可知否？国君死社稷，朕何往？"群臣皆无言而退。帝终日忧愁，寝食皆废。田贵妃忧亦不能自安，与父田畹相商，有能解忧者，可进与帝消愁。田畹将陈圆圆送进解愁。

圆圆乃河南名妓，四处驰名。知音乐，色艺绝伦，声价高昂，非百金费用不能到其馆。后因河南饥荒，升米百文，山林树皮草根，饥者采食殆尽，饿死于道者不计其数。人饥至难受，偷割路旁死人之肉为粮，久而相习，以人肉为羊猪之肉售卖。遂有鬻子女于屠者，屠者买之，如刲猪羊发卖，官亦不能禁，变为常事。福建人有作客者，路经其处，不拘男女价极贱，囊有余钱，有买带回为婢使唤。其女亦喜有人买之，万幸得生，年纪有十四五岁知人事者。有说其邻一女，因在夫家无食，走回母家。其夫家翁姑饿至欲死，令其子催之回来，欲杀而食之。其母家之父母暗商：我女现在我家不食，反被他人食之。于是俟其女睡，杀而烹之。世变一至于此！

山东省亦妇女幼孩接鬻于市，谓之"菜人"。有周某者，自东昌贩市归，至店午餐。屠者曰肉已卖尽。俄见拽二女子入厨下，呼曰："客少待，可先取一蹄来。"急出止之，闻大号一声，一女已断右臂，宛转在地。一女战栗无人色，见周并哀呼，一呼杀命一求速死。周恻然心动，出资赎之。一无生理，急刺其心死。一携回，因无子，纳为妾。后生一男，右臂有红丝自腋下绕肩胛，宛然断臂女也。知者谓其善报所得。

两省之饥民，兄弟妻子离散，妓馆萧条，故田畹早已注意此妓，遣人出千金买回北京。适吴三桂亦遣人来买，先一日先被田畹买去。陈圆圆知之，以吴

三桂英名素著，不能以身事之，反遇此老耄之夫，每以为恨，时时悲恻发于声音。田畹不知其心绪，谓其音节悲凉，有他乡之感，令其为女乐之长，教诸妃音乐。当日将陈圆圆献进，哪知崇祯帝不好声色，任其歌唱一阙，即令送还。

未几，报李闯贼兵将近京城，帝急召吴三桂至，赐蟒袍玉带、上方宝剑，重托寄命。三桂亦以忠贞自许国家。闻闯贼将到，京畿无不惊惶，田畹亦不胜忧愁。圆圆见其蹙眉不展，问之。畹曰："帝召吴三桂保国，国有人保，吾家无人保，故忧之。"圆圆曰："当此乱世，家若无人保，祸必及之。且待吴将军暇时，太师可与交好，必能并保我家。"畹曰："此时何时，他安肯与我交好？"圆圆曰："吴三桂素慕太师家乐美色，太师可鉴石季伦美人绿珠，至玉石俱毁时，尚能贮之金谷园乎？今去请他来看家乐，无有不来，既来必交好矣。"田畹然之，即亲去拜请观乐。

三桂初辞不去，因再三请之，始觉陈美人圆圆在彼处，且去看能绝色否？三桂遂全身铠甲，从者亦皆新衣。至太师府临筵，俨有不可犯之色。田畹陈设极盛，重礼恭敬。劝酒三杯讫，三桂即欲告辞，田畹再三挽留入内宅，再整筵席。群姬前出奏乐，色皆秀。中有一淡妆者为首，带领众美，色尤娇艳。三桂见之，不觉神痴心荡，魂被勾留。遂解卸铠甲，换穿轻裘，问田畹曰："此个是陈圆圆么？"答曰："然。"三桂笑曰："果是倾城，太师犹不畏，敢拥此耶？"田畹不知答对。

圆圆在席前行酒，三桂悄问曰："卿乐甚？"圆圆轻声答曰："红拂尚不乐于杨越公，况不及杨越公，何乐之有？"三桂点头。正酣饮间，警报连至，三桂不舍，再饮一巡起身。田畹曰："使寇至弟之家，将奈何？"三桂答曰："若以陈圆圆相赠，吾当报君保家。"田畹曰："能保家，弟何吝一妓奉送？"三桂闻答大喜，即令陈圆圆拜辞田畹，以细马驮圆圆而去。田畹此时无可如何。帝乃令三桂守山海关。三桂之父吴骧督理御营兵马，因子欲带妓随行，恐帝闻知罪及，遂留圆圆在家，不与带去。三桂怏怏而去，出守山海关矣。

正是：未免有情怀碧玉，不能无恨阻红颜。欲知下文，再看分说。

第三二八回　台阁捐资皇都属寇
煤山合谶龙驭宾天

却说是时粮饷不继，崇祯帝遣太监徐高，谕勋戚嘉定伯周奎为倡首，捐资助饷，周奎推辞。徐高怫然曰："外戚如此，若国危，金银虽多，安能保守?"周奎被迫不得已，捐一万；帝以为少，始出二万。太监曹吉祥、曹元淳捐出二三万。吏部王之心最富，帝面谕再三，只捐一万。诸大臣门前多有贴标卖屋并标卖古董玩物，卖来助饷，以示实无银捐之故。殊不知国破身家能保全耶？此可见君非亡国之君，诸臣皆亡国之臣，崇祯言之不差。至闯贼入关归降，被照次拷掠金银，王之心追出银三四十万，又追出金玉宝器无数。魏藻德只捐百金，追出五十二万，珍宝无数。亦有被拷掠死者。

百官多不肯捐，惟太康伯张国纪自捐二万。又议近京富室各输银给军，且赡军之妻孥，使其无内顾之忧，巨室多不乐而止。帝命司礼监王承恩提督京城内外各镇。太监曹化淳守城南孝陵，即成祖墓也。民间每夜闻有啼哭之声。

是时闯贼自柳沟抵居庸关，柳沟乃紧要之处，只百人足守，竟无设备。贼至无阻，长驱而过。守关总兵唐通并太监杜之秩迎贼降之。彼时京都以西诸郡县，望风瓦解，将吏先逃。贼布檄文，定期于三月十八至幽州顺天府，于是京师大震。贼陷顺天府、平州，诸兵皆降。贼又陷昌平、通州，乘夜自沙河而进，直犯平则门，放火烧民居，火光烛天，喊声震地。京师内外城堞十五万四千有奇。是时京营中兵多疫病，稍精锐者又被太监选去，其守城皆老弱，只五六千不敷分守，并无煮食器具，皆去买饭来食。兵粮欠缺，每名兵只给百钱。

是日早朝，帝对诸臣以泣。俄报贼大至，方报至卢沟桥，又报攻平则门，三营皆溃散降贼，所有火车、大炮皆被贼得，反为所用。攻城炮声不绝，因饷粮五个月无给，一时传唤不至。时诸臣多侍班，有襄城伯李国祯匹马驰至阙下，汗浃沾衣，太监喝止之。国祯曰："此何时？君臣即求相见不能多得矣！"至帝前奏守城军卒不用命，皆卧不起，鞭起一人一人复卧，奈何？帝即令内太监俱出守城，共有数千人。帝又括内外库金二十万犒军。

丙午日，寇攻城炮声不绝，流矢如雨。贼仰首语城上兵："快开门，迟则尽

屠。”众兵惧，炮不下铅子，只火药，犹先挥手令退，炮始发。贼尽驱民负木石填城以攻。城上发万人敌大炮，误伤数兵，讹传城陷，通城号哭奔窜。贼驾云梯攻德化、平则门，势危甚。太常寺少卿吴麟徵单骑驰入西安门，吏部郎沈惟炳在守门曰：“内皆守有太监，我等不得入，奈何?”麟徵排门突入，太常王德化对麟徵曰：“守城人少怎处？可请添之。”遂至午门，遇大学士魏藻德止之曰：“兵部调度兵饷已足，公何必张皇?”麟徵思无法，流涕而出。

李闯正对彰化门，晋王代王席地坐，太监杜勋侍立其下。盖二王地方被夺，挟来太监迎贼三十里降之。今随贼而至，杜勋呼城上人曰：“箭莫发，吾乃杜勋。城上可缒下一人来说话。”城上守者曰：“拨一人下为质，请君上来说。”杜勋曰：“我无所畏，要上即上，何用人质?”提督太监王承恩遂绳以缒杜勋上城，与之同入见帝。杜勋蹙眉称贼势甚大，请皇上自为计。有守陵太监申芝芳，自昌平降贼，亦吊上城入见帝，备述闯王请帝避位。帝怒叱之，诸臣请留杜勋勿与去，勋曰：“有秦、晋二王在外为质，勋不返二王不免矣。”遂纵，仍缒城而下。

尚书缪彦奏曰：“臣屡至城围，密探城上守御如何，皆被太监阻住不与登。今闻杜勋与曹化淳、王成在城上，守御与之交头接耳，未知何意？恐有不测。”帝即手书遣缪彦上城察之。缪彦上城，太监仍阻之，因出帝手书与之看，方肯放行。查杜勋安在，化淳曰：“昨上来，此事帝已知，无容致语。尚有秦、晋二王在城下，公亦欲与之说语么?”缪彦曰：“二王已降贼，说话亦无用矣。”化淳拂袖而去。缪彦见城上守卒寥寥，问之，兵部侍郎王家彦哭曰：“贼势已如此，彦所守二垛只一卒。”

言犹未已，闻城下攻城声甚急，王承恩发炮连毙数贼，而化淳、王成二太监犹饮酒自若。缪彦驰至内阁欲奏，至宫门不得入。帝思无策，下诏亲征，召驸马都尉巩永固，谋以家丁护太子南行。永固奏曰：“臣安敢私蓄壮丁？即有之亦不足当敌。”乃止。召王承恩饬内员亲征。

申刻而彰义门被太监曹化淳迎贼入城杀掠，帝召阁臣曰：“卿等知外城破否?”众答不知。帝曰：“事危矣！今出何策?”皆曰：“托陛下之福无虞，如其不利，臣等死战，誓不负国。”帝命且退。是夜帝不能寝，一太监奔告内城亦陷，帝曰：“内城兵安在？李国祯何往?”答曰：“大营散矣，帝须急走。”帝同王承恩幸南营，登万岁楼，望烽火烛天，即回乾清宫，朱书命内阁谕“成国公朱纯臣提督内外诸事，夹辅东宫，此谕。”令内监持至阁。

命进酒，与皇后曰：“大事去矣。”各泣下，宫人环泣，帝挥之去，各自为计。后泣曰：“妾事陛下十有八载，不听一言，至有今日。”皇后抚太子、二王

哭泣，即送太子出，后自缢矣。

帝召公主至，年始十五岁，叹曰："汝何以生于吾家?"以袖掩面，左手挥剑砍断左臂，倒地犹未死，因手软不能再砍。又杀宠妃并其所幸妃嫔数人，靴换朱履出南宫。持枪内监数十人，皆骑马出东华门。守城内监疑是内变，发箭射之。时朱纯臣守齐化门，径至纯臣家，看门人辞而不纳，帝叹息而去。又走至安定门，门闭甚坚不可开，天已明矣。帝至前殿，随侍太监俱陆续散去。帝自鸣钟召集百官，无一至，仍回南宫，登万寿山之寿皇亭自缢死。

此处乃阅内操处，即煤山也。太监王承恩寻觅至此痛哭，即对缢而亡。帝披发穿蓝衣，赤左足，右朱履，盖仓猝出宫跌地，失去巾履而散发也。衣前写云："朕自登位以来十七年矣。逆贼直迫京师，虽由朕薄德上干天咎，然皆诸臣之误朕也。朕死无面目见祖宗于地下，去朕冠冕，以发复面，任贼分裂朕尸，勿伤百姓一人。"又书一行，云百官俱赴东宫行在等语。帝以为阁臣已接朱谕，谁知内侍持朱谕至阁，阁臣已走散无人。内侍将朱谕放于桌上，故无人知命辅太子也。正是：闯贼攻城辰土月，烈王殉国甲申年。

后人议崇祯在位十七年，忧勤并无失德，又不好声色，谁知身死国亡，其咎于前代所归。嘉靖中严嵩用事，天启魏忠贤专权，坏了多少忠臣义士。譬之人病，元气大亏，虽常服补剂不能复元。一乃国运当终，铁冠图三层上中下，首层文武百官披发执冠，乃官多法乱；二层十八孩子骑马背旗，乃李闯反叛也；下层乃崇祯煤山披发蓝袍，一足朱履，一足跣也。碑文存头上四字，乃"煤山归去"，言国运近唐之年数，不及宋之年数也。崇祯乃万历之孙，言大明气数至万历之子孙，气数已周满也。图谶已定，大明国运至此而止矣。且看下文，如何分说。

第三二九回　孩子越城闯军入苑　忠臣殉难宫女全贞

却说宋献策对李自成曰："某算大明国运于某日当终，必有凄风苦雨。吾们只用十五岁孩童，越城而进，内城必破。有谶云：

孩儿军师孩儿兵，孩儿出战心教赢。

只消出个孩儿阵，孩儿夺取北京城。

李闯听了大喜，选出十四五岁数百孩童，授以短刀操练，登高履险，捷速非常。是日昧旦，果有凄风苦雨。献策同李闯指挥孩儿兵爬城而上，守城军士本无坚守之志，风雨骤至，亦放不得枪炮，先惊而走。孩儿兵爬进，闯随后继进，先开了东门，贼兵大进，军民纷乱。贼杀守东门御史王章，贼众大呼："众民不敢抗拒，各归家闭门写'顺民'二字免死。"于是家家户户门前贴二字"顺民"。

太子走出至周奎家，讵周奎犹安卧未起，扣门不得入，遂走入内监外舍。崇祯帝仓猝未往达懿安宫。时宫中自乱号泣，懿安皇后青衣蓬头，走入成国公家矣。尚衣太监入宫，见公主断臂扑地，与宫人救之，公主苏而泣曰："父皇赐我死，我何敢偷生？"太监何升曰："贼寇将入，恐公主遭辱，见先往国丈府避之。"遂负而出。

少顷，李自成毡笠缥衣乘马，带伪丞相牛金星、李岩、宋献策等直进内城。将入宫，人人走出，遇见皆退入。魏氏宫人大呼曰："寇贼入内，我辈必遭所辱，有志者随我来。"即自跳入御河而死。顷刻从死者二百余人。李闯自长安门入，弯弓大笑，发一矢中坊之南。至承天门，李闯顾盼自得，便弯弓指门榜语诸贼曰："今我发一矢，能中天字必一统。"乃发矢中天字之下，李闯愕然。牛金星进前解曰："中其下者当得天下也。"李闯乃悦，投弓而笑。有司礼太监祝邱、王德化等，率内小监一百余人先迎贼于德胜门，贼令仍旧任。又各监局掌印即出迎贼，亦如是。

李闯入宫，问帝所在，大索宫中不得，遂下令：献出崇祯者，赏百金，封伯爵，存匿者灭族。李闯登皇极殿，令召百官，示期二十一日集于朝。李闯伪

官入大内，杜之秩等叩首曰：“识天命故至此。”李闯叱之曰：“去!”秩等惭愧而退。各贼首入宫大索宫女，全无队伍。外之贼卒三五成群，七八成队，奸淫妇女，劫掠财物，四方八面游荡，节妇贞女死者不计其数。全无约束法度，撞入民家害了多民人。

初，贼犯都城，大学士范景文知事不可为，叹曰：“身为大臣，不能从疆场破贼立功，虽死何益?”三月十八日帝召对，已废食三日矣，饮泣入宫，声不能续。十九日城陷，即望阙再拜自缢，其妻亦缢死。户部尚书倪元潞闻难曰：“国家至此，臣死有余责。”乃衣冠向北阙谢天子，向南谢父母，置酒召其二友为别，嘱家人曰：“我死勿即殓，俟大行皇帝殓后，方收吾尸。”遂缢而死。至三日贼入其家，见面色如生，贼惊走他去。一门共殉节三十六人。左都御史李邦华闻难，叹曰：“主辱臣死，分也，夫复何辞?但得为东宫导一去路，死无可憾，今势不可为矣。”乃题阁门云：“堂堂丈夫，圣贤为徒。忠孝大节，矢死靡他。”乃至文丞相祠，自缢于祠中。贼至，见冠带危坐于祠中，争执之，方知已死，惊走。

又副都御史施邦耀，闻变恸哭，题诗于几上云：“愧无半策匡时难，惟有微躯报主恩。”遂自缢。其仆急救之复苏，叱其仆曰：“若知大义，必不留我。”仍饮药而亡。

又大理寺卿凌文藻，闻难以头触柱，流血披面，尽焚其生平著述诸书，正衣冠望阙再拜，亦缢而死。兵部尚书王家彦，守得胜门。城陷自投城下，臂折不死，其仆背入民家，乃缢死。

刑部侍郎孟兆祥，守正阳门。贼至，死于门下，妻何氏亦尽节。其子乃进士，收葬父尸，赶归别其妻。其妻曰：“汝死吾亦死也。”其子乃择一婢侍侧，嘱曰：“吾二人死，可将门扇安吾两尸。”又书于壁曰：“有侮夫妇者，吾必为厉鬼杀之。”

又有侍郎马世奇，闻变曰：“是当死。”家人谓有太夫人在，世奇曰：“正恐辱太夫人耳。”遂作书别母。其妾盛服而出，世奇问曰：“尔欲拜辞我去么?”其妾曰：“主人尽节，奴亦尽节，来拜辞。”言讫入室而缢。世奇泣而叹曰：“若年少能立节耶!”亦引帛而死。

状元刘理顺，酌酒题壁曰：“成仁取义，孔孟所传。文信践之，吾何不然。”题讫而缢。其妻方氏、李氏及子并婢仆十八人合门皆缢。贼多河南人，至其居曰：“此吾杞县刘状元也，吾乡蒙其德，吾奉李将军令来卫护，公何即死耶?”数百人下拜流涕。时臣死君，妻死夫，子死父，仆死主，一家殉难，以刘状元一家为最也。

庶吉士周凤翔，时哭梓宫暴露东华门，赴哭归寓，遗书别其父曰："男今日幸不辱其父母，惟罔极之恩无以为报矣，矢之来生。"复作一首诗，内有一联云："碧血九泉依圣主，白头二老哭忠魂。"向北再拜而缢，二妾从之俱死。

检讨汪伟先，闻贼渐近城，遗书与友人曰："京师单弱，不惟不能战，亦不能守，一死外无他计也。"及贼犯阙，汪伟先累日不食，其妻耿氏从容语曰："苟事不测，请从君死。"城陷，汪伟先趋给事甘丰寓，约共殉难。回归，妻呼酒命酌，汪伟先大书于壁曰："志不可屈，身不可降。夫妇同死，忠节双全。"于是夫妇俱缢。

四川道御史赵娱，巡视城中，捕贼即杀。城陷，贼执之，睁目大骂，不屈而死。光禄寺于腾蛟，冠带同妻缢死。兵马司姚成，中书舍人秦所、阮文贵，经历张应选投于御河。新东侯刘文炳、驸马巩永固各率家丁二十余人，欲向崇文门突围，不得出仍回归。文炳骂曰："身为戚臣，义不受辱，不可不与国同难。"其女弟年未三十而寡，召其归。城破时，与弟左都督文耀，择一大井，子孙男女及其妹一十六人尽投井中。放火焚其第，火燃亦有投火死者。国太夫人即帝外祖母，年九十六，投井而死。巩永固自杀，其妾尽焚弓帑，大书于壁云："世受国恩，身不可辱。"

安乐公主将子女五人各缚于柱，举火自焚其家，自刎死。指挥李若珪守崇文门，城陷，作绝命词云："死矣即为今日事，悲哉何必后人知!"自缢死。锦衣卫高文采，城破，一家十七人皆自刎死，狼藉于道。还有长洲百户并生员，闻京师城陷，驾崩煤山，痛哭自尽者不计其数，难以尽述。

彼时贼兵充塞街巷，恣意劫掠。惟官民有殉难尽节者，贼见即惊走，不敢入其家打吵。李闯入宫，令搜崇祯帝，太监报驾崩煤山。又究太子，内监献出。李闯将太子留在西京。牛金星索宫女，与宋献策各分数人。

内有宫人费氏，年方十八，投于井，被贼勾起，见其甚美，贼众相争。费氏绐之曰："我长公主也，汝等不得无礼，须告汝主。"众贼拥送见李闯，闯令太监认是宫女非公主，遂赏与贼将罗某。罗某喜甚，携费氏归。费氏又绐之曰："我实长公主，义难苟合，将军可择吉成礼。"罗贼喜，置酒合欢。费氏偷怀利刃，劝其尽醉，刺杀其喉立死，费氏亦自刎死。李闯闻报大惊，令收葬费氏，众贼称其贞烈。

正是：忠贞刺贼费宫女，奸恶献城曹化淳。且看下文，如何分说。

第三三〇回　逆党相残三桂破贼　匪徒离散自成丧生

却说李闯令伪官示期，要百官于某日齐集，不来者查出族诛。及期点名，揣其官久者，勒迫金银拷掠。毁太庙，迁太祖神主于历代帝王庙中。询内监曰："上苑三千，何无一绝色?"内监曰："先帝不好声色，故无佳者。惟陈圆圆绝色，田畹进与帝，而帝却不纳，赠与吴三桂，未带去山海关，尚留在父吴骧处。"是时吴骧方降，李闯向吴骧索陈圆圆，并抄其家，又令写书，招其子三桂同降。吴骧献出陈圆圆，自成一见果绝色，甚喜，命歌唱。圆圆遂唱吴歙之音，诸贼蹙眉曰："何貌甚佳而声不娇也?"即命改唱西调，操琴筝自拍和之，音极合调，谓圆圆曰："此乐何如?"曰："此曲惟天上有，非南部之人能及。"于是自成娶之。

众贼奉闯贼正位，谁知李闯穿戴天子服饰登御坐，目眩头昏，如有人推之跌下。众贼自惊讶，扶起再坐亦如是，众贼皆败兴而退。铸永昌国号铜钱，总不成文。明之制度，任意更改五次，识者知其终于贼首。贼党牛金星等，因此知李闯不能成大事，各无合心。

宋献策背地谓李岩曰："吾先以十八孩儿之谶以是应于闯王，今日观其举动，未必能成大事。将无纪律，兵无法律，任其散漫奸淫掠劫，并非王者之师，即此可知。将军亦姓李，亦应十八孩儿之谶，将军之经济作为合于王道，何不自奋，反居于人下哉?"李岩被数语拨醒，遂起身揖曰："承教，容徐图之。此须秘密，闯王耳目众多，公无漏言。"宋献策自此与李岩亲厚，有事二人商量，却被牛金星忌之。

原来早日牛金星已蓄有异志，料李闯手下惟与他二人亲厚，大权必属此二人，故意背后在李闯面前，谗谮李岩暗同献策商量，要复明祚之语。李闯欲面讯之，牛金星又谗谮其手下多人，恐有激变，须徐图之。于是众贼各自疑忌。李岩探知之，亦谮牛金星许多异心之事。牛金星时使心腹之人，探知暗报，牛金星怀恨之极，俟李岩醉卧，率心腹兵卒图而杀之，持其首见李闯。李闯疑信相参，既杀了亦无如之何。宋献策闻报李岩被杀，惊惧，匹马乘夜逃去，不知

所终。

吴骧写书三桂，李闯遣贼将赍银四万犒师，拨兵二万代守山海关。那时吴三桂已闻北京陷，犹豫未决。接到父书并犒赏，欢然受命，掣兵回降。行至滦州，遇一探马至，三桂问："吾家无恙么？"探马曰："被闯王抄籍矣。"三桂曰："吾回自当送还。"须臾探马又至，三桂又问曰："吾父无恙么？"探马曰："一家尽被闯王拘禁。"三桂曰："吾回自当释放。"又一探马至，又问曰："吾之陈夫人无恙么？"探马曰："陈夫人被闯王得去了。"三桂闻陈圆圆被贼得，即大怒曰："果有是事，吾肯降之耶？"遂作书与其父曰：

"儿以父荫，待罪戍行，以为李贼猖狂，不久即灭。不意我国无人，望风而靡。侧听圣王驾崩，不胜哀痛裂心，意父奋椎一击，誓不惧生，否则刎首以殉国难。何以忍耻偷生，训子非义？先既无御冠之才，后又无平原骂贼之勇，父既不能为忠臣，儿安得为孝子乎？贼虽置父俎豆之旁以诱，三桂不顾也。"

三桂复讫父书，回兵出其不意，尽杀伪官贼卒，奔走大清，效申包胥秦庭之泣，乞王师以剿巨寇。四月，自成率贼兵数万，挟太子、二王并吴骧，东至永平。三桂率兵大战。贼方合围，大清兵至，李闯策马先惊走[1]，贼众奔逃。三桂追于永平又战，大破之。李闯走回京师，三桂匝营。李闯合十八寨又战，官军夹攻，贼死去二万余。李闯怒，杀吴骧一家三十八口，悬骧首于城上。

又欲杀圆圆，圆圆曰："闻吴将军已卷甲来降，闻妾被大王得之，不胜忿怒，又兴兵来讨。今大王杀妾，妾何足惜？惟恐吴将军闻妾被杀，必与大王死敌，大王必不利也。"李闯因闻此言，正恐三桂死敌，遂不杀，欲带同去。又曰："妾既事大王，岂不喜从之？但吴将军以妾故来讨，若大王带去，势必穷追不止。请大王熟思之。"李闯思不决，圆圆曰："妾为大王计，宜留在此。待吴将军至时，妾能阻之勿追。"李闯听其言，弃圆圆于宜宫中，带金银财宝九千车，令伪官先率万兵押送西去，自领后队。防有追兵，焚九门城楼，挟太子、二王出彰义门而走。大兵遂至，故明诸臣迎接。下令安民，以礼葬崇祯帝后，令臣兵服丧三日。

吴三桂急令陈圆圆相见，悲喜交集。不用陈圆圆说穷寇勿追，而三桂自说不可追穷寇。因奉命西追，缓缓而进。李闯驴车皆重，自卢沟至固安，内所带财物妇女，伪官陆续失散，贼众各自离散而去。至保定，官军击之，贼乃回兵而战，又死去万余人。李闯中流矢，拔营走山西。三桂不再追，回兵京师，纵贼远飏矣。三桂遂受封为平西王于云南，以圆圆为专房之宠。人不知者，以吴

---

① 惊走：吓逃。

三桂效申包胥，以复君父之仇，忠孝两全。殊不知其出师之故，在陈圆圆一妓，不在于君父也。彼时祭酒梅村有诗云“冲冠一怒为红颜”是也。

大清定鼎后，李自成复遣兵出潼关，攻掠河南。又遣将至四川，与官兵屡战，皆不利，遂走西安。又南奔辰州，将合张献忠至武昌，遇狂风暴雨，旗桅尽折，由金牛保定走延宁。在道恣杀，掠过通城，命其部下先发。通城罗公山上有玄帝庙，是日山居之民赛会，以盟捍卫闾井。李闯只以二十骑上山，令众止于山下，李闯单骑上玄帝庙，见帝像下拜，伏地祈祷，似有物击之不能起。村人疑为劫盗，以铁锄碎其首而死。贼侄李过呼众夺尸，灭一村而还。以草结首，殓以衮冕，葬于罗公山下。贼将奉李过为首，改名李绣，渡湖入险山中，后改名李赤心，群盗俱散亡殆尽矣。

正是：贼若无头何不散，蛇如没首岂能行。欲知后事，请看下回分解。

第三三一回　疑讥刺错详结深衅　观诗句添解愈病人

却说彼时群寇皆在山陕河南等省扰乱，闽浙各处安静如故。福州崇祯十七年上元依旧，无处不衢歌巷舞，迎赛纸札故事①。因干戈隔断南北之信息，官吏贪污如故。幸颇获丰稔，民始能乐。

一夜，北院迎赛一座纸札。先行五个道士，头上冠皆歪斜。后随三狮，口皆含钱，二个大烛斗②，空挑着一盒大烛，点的另挂竿上。连迎数夜，竟无人猜是何故事。即在场之人众亦皆不知，惟一个调度出意，不言出，与人慢慢去猜详③。便有人详讹刺乌石山道山观之道人。于是乌石山之乡人忿为报不平，不迎纸札，只闯神④去冲撞抢打。是夜北院不意被其冲撞，物毁人伤。次夜亦闯神与斗。自此乌石山与北院结大衅，彼此斗闯。

原来那乌石山道观内五个道人，二个是老道人，三个是闽清师⑤，皆年少，将此来详。以是五个道士，德都歪的；老没法，少没皮。三狮日夜钱塞嘴，大照⑥二合札子刣（音抬。札子与腊烛音相近。）人皆作此等解。

或去问出意人。那出意之人闻乌石山因此械斗，惟恐酿出人命，究及出意人，便远遁无迹。人皆以是此等说不错。谁知并不如是说，所详着的实皆不是。惟有一人见之便知，欲说与朋友知之，因已被人详错，斗打不休，如说破事更酿大，遂秘不言。讵乃二处结党，夜夜以闯神为名，遇着便打，至伤重自己抬回，或生或死，并不告发，因官严行禁止方休。来年又斗，因此结衅而起。至于国朝，犹如是。

遇后知之者，方与亲友解说，纸札五道人者，乃盐道、粮道、学道、兵备

---

① 迎赛纸札故事：即彩灯化妆巡游的民俗活动。

② 烛斗：烛台。

③ 即在场之人众……猜详：彩灯由一人创意设计，设计者不说出彩灯设计的寓意，由众人去猜。

④ 闯神：迎神赛会的活动形式之一，来自不同社区的巡游队伍互相冲撞。

⑤ 闽清师：祖籍闽清县的巫道。

⑥ 大照：大烛。

道、巡海道五门道宪；三狮者，左布政司、右布政司、按察司三门藩臬司也；两烛台者，巡抚、都察院，观风振俗二门抚台也；烛与祝同音，乃本州祝太守也。因诸官员皆不能廉洁，惟祝太守明白正气，乃四句云："五道官不正，三司只要钱。两台无可用，惟有祝光明。"众人闻此解，方知实事，皆不敢外扬，倘被官知，罪非轻。

原来此独知之人者，乃丑未子也。年已八十余，在南街开一店，牌写"丑未子随机卜医"，外贴一联云："架上有书皆二酉，座中无友不三辰。"店开年余，无人知其异，惟曹学佺行过，见其招牌名字联句，便知其有奥妙才学。

学佺与友说之，友问："怎知其异处？"答曰："联句中所读者皆二酉之秘书，所交者皆三辰之益友。"又问："何谓二酉三辰？"答曰："二酉山皆存秘书之所，三辰乃日、月、星三光不昧，自负之至。丑未乃地支之名，戌辰丑未谓之四库：水库在辰，火库于戌，金库在丑，木库在未。戌辰库中存天下之水火，居南北。丑未存天下之木金，居东西。南北之水火，在在皆有不用买，昏夜叩人门户，求水火无弗与也。惟东西之木金，一毫皆用钱去买。故有人言买东西，无人言买南北。大小物理皆属东西，彼自称为丑未子，可不是天下之物理皆存于腹中？怎不是自负耶？且看怎样随机卜医，可遣人去查其行径。"

便有学生来说："丑未子医道果异于俗医。有人延之医病，不诊脉只看神色，不用君臣汤药，只用一二件单方。有治者应手而愈，无治者无一能活。前月因有张姓表兄，人本肥胖，忽然渐转衰瘦，郎中皆言入五痨之门。家表以'痨蛊膈，神仙医不得'①，闻此即加症卧床，遂去请丑未子来看。丑未子看了神色曰：'惟未成痨，不是内病，只是外感。'家表问何谓内病外感？答曰：'色欲劳神，便是内病；狎匿邪鬼，谓之外感。外感不须药，离了魔鬼，其病自去。'家表曰：'都在家里，未曾外游，魔鬼从何而来？'丑未子曰：'且看房中。'见有一首诗，写贴壁上床前，念乃：

久旱逢甘雨，他乡遇故知。

洞房花烛夜，金榜挂名时。

问曰：'这诗何时写贴在此？'家表曰：'自己写贴，已有三四年矣。'又问：'他诗不写，独写此诗，贴此对相何为？'答曰：'因此四句乃人间大喜事，特写贴。进房一见便吟数遍，上床下床皆不离口，至梦中亦常出声吟之。现今卧病无聊，亦对此诗解闷也。'丑未子笑曰："君说无处游，殊不知把痨鬼召至卧房

---

① 痨蛊膈，神仙医不得：肺结核、肝腹水、食道癌之症，没治。痨：中医称肺结核。蛊：通"臌"，中医称单臌胀，肝腹水病。膈：膈食，中医称食道癌。

已三四年矣。魔鬼受感入脾，自身遂染五痨之症，虽不致命，瘦至终身怎堪耶?’

“家表曰：‘鬼在何处?’丑未子指曰：‘此四句是五痨鬼，还不知耶？今说出便知之。久旱逢甘雨：数年无雨谓之久旱，数月无雨亦谓之。他乡遇故知：隔数千里是他乡，数十里亦是。洞房花烛夜：人之常事。金榜挂名时：乡会试三年一度，亦无甚奇。此四句神气皆不满足，岂不是五痨之病鬼？被君日夜系念在怀，魔鬼感受入脾，体肥将来必瘦，其理之必然。’家表闻此说：‘有理，既是诗为祟，快拆去烧毁。’丑未子曰：‘诗魔已感诗命，君命随之。’又问：“非此怎除得?”丑未子曰：‘别鬼可除，惟诗魔酒鬼不可除，只可医肥了痨鬼，君家体亦自肥矣。’又问如何医法？他说用八味便肥。又问何谓八味？答即八字。丑未子即取笔，于每句上加二字，共加八字，乃：

三年久旱逢甘雨，万里他乡遇故知。

和尚洞房花烛夜，教官金榜挂名时。

家表念了称妙：‘旱至三年逢雨，遇故知于千里外，和尚还俗娶妻，教官忽登金榜，此四句真喜之至。’贱体顷刻舒畅，即令人去包笔资送先生。丑未子曰：‘病未见效，慢些。’表兄曰：‘先包些须压手[1]，病愈再谢。’丑未子曰：‘贵体七日过便大愈来领，今不必言。’言讫便去。

“过七日又来，表兄见已大愈，遂引入房中，取出现成红纸包与之曰：‘薄意祈收纳。’丑未子接问：‘内包几多?’答曰：‘三钱银，折钱二百四十文。’丑未子曰：‘果薄之至！宁可白劳不可亵慢。’内房忽有人出声问曰：‘三钱银笔资嫌薄?到底要几多?’丑未子答曰：‘此症应食人参补药，至数十两银，亦不能此快就愈。今谢礼不敢多取，只十两银可矣。’又问曰：‘一定要银十两，可以少些么?’

“丑未子问：‘内面何人?’表兄说：‘是家父，因两目失明，未便出陪。’曰：‘原来是尊大人，烦进去说要银掏[2]十两，数百钱不在丑未子眼上。’内答以未诊脉，未开方，未服药，只开讲，哪有工夫值十两？丑未子曰：‘添了诗，医令郎病愈，还不是工夫么?’内又应曰：‘今初春雨不断，有什么三年久旱？未出门有什么他乡？已娶妻有什么和尚花烛？未做学官有什么教官登榜？正正[3]一把米洒石壁上，半粒粘贴都无[4]。是自愈。看我屋高扇大[5]，捏出是什么

---

① 压手：送给来客的礼品红包，意思是不能让客人空手而归。

② 掏：拿。

③ 正正：真正是。

④ 一把米洒石壁上，半粒粘贴都无：歇后语，后半句意思是“毫不相干”。

⑤ 屋高扇大：房屋高大，意思是家道殷实。扇：门扇。

魔鬼来吓诈索谢讲胡说。趁早出去别处使，这里使不得。快些请出，我瞎子眼里无人①，得罪莫怪。’

“此瞎子乃门人母舅，手中做有数千家当，平素性急口快，至失明便无涵养，见人便骂。时舅母阻之，不住声不止劝。至无声时，表兄亦进来阻，复出来与之告罪，讵丑未子已自去了，一包钱还在桌下。以既骂，另日去店补送认罪。抬头见壁上，每句下又添二字：

三年久旱逢甘雨——虹尿，万里他乡遇故知——索债。

和尚洞房花烛夜——石女，教官金榜挂名时——副榜。

表兄看了自语曰：‘虹尿只数点仍旱，所遇故人来索债，娶妻无阴户之女，中副榜非正榜，喜仍变为忧。此不是丑未子不忿，添此来拨诗魔作怪？他才去未还，快去赶他回来告罪求解。’即忙赶出外厅，不意有犬在外相咬，人被冲跌在地。”门生刚说至此，家人忙忙入报，某乡绅来拜会，学佺即转入内房去换衣冠，其学生退步而去矣。

正是：不为忽报拜会客，怎教结歇此回书。后事如何，下文分说。

① 瞎子眼里无人：熟语，意思是“不管你是什么人”。“人”谐音“仁”。

第三三二回　增四喜句魔病脱体　改帐帷诗瞽目复明

却说学佺听学生说正听得高兴，被客来拜会冲断，十分恼闷。次日，即令人去叫来说凑。其学生至，接说：

“张家表兄被犬冲跌，人便昏迷倒地。母妻闻知，赶抬回，问不能答。彼时门人由门前经过，进去看舅，见此情形吓甚。灌了姜汤，半时方苏。问其故，说诗被改，忙去追赶，被犬冲跌迷去。母妻知其因由，门人不知其因，向问明始知诗魔亦能作祟。舅母泪曰：‘皆因汝表兄把四喜诗日夜不绝声而吟，遂被诗魔所魅。既改和了魔鬼，又因汝舅小气，舍不得十两银谢礼，把郎中得罪，致他使怪发动魔鬼，便跌得旧病复发，于今怎处?’

“门人曰：‘舍得银有甚难处？丑未子既能调诗魔为祸福，去请必来。惟包十两银同原诗送去，求他作法，涂抹去后再添，仍能如故。’舅母说：‘乌字上白纸，既添注了安能除之?’门人曰：‘老虎项上铃，其人能挂上，必能解换下来。’表嫂曰：‘何必去求他？即把诗除灭，魔则不能怪矣。’表兄说：‘此诗与我性命相关，诗除命亦除。’

“舅母骂舅父曰：‘汝这老贼，爱财又爱命。待我去偷银，烦门人送去店中，求他作法。’门人不得不送去，于是把诗并银送至丑未子店中，告罪求改。丑未子笑曰：‘伊父说过捏[1]魔鬼吓诈银钱，此诗何不付丙[2]？今无功不受禄，快带回去。’门人再三求恳，他将诗抹浓墨，每句盖写三字。前写二字，墨甚淡，后用浓写，不见痕迹。门人笑曰：‘果能收能放之才。’

“写完交与门人，银又不收。门人又再三请他收纳。遂将他改的取回，送与表兄。看云：

三年久旱逢甘雨——兼雨金，万里他乡遇故知——总角交。

和尚洞房花烛夜——做驸马，教官金榜挂名时——中状元。

---

① 捏：捏造，说谎言。

② 付丙：烧掉。

“表兄念完，自床上爬起笑曰：‘此老笔底有春秋，欲其荣则茂，欲其衰则枯，诚有回天之手段。’一面说，一面下床将诗仍贴壁上。舅母问：‘病好么?’表兄曰：‘诗接过手病便愈矣。’舅母曰：‘天雨金拾不着，招驸马，中状元是别人，与汝半点无干，怎如此欢喜?’曰：‘知是都无份，看了诗自会欢喜。’即口念云：‘花看初开不看残，诗宜富贵不宜寒。状元驸马都无份，念出口中心喜欢。’

“门人曰：‘诗之兆不错。宋寇准吟华山诗：只有天在上，更无山与齐。举头红日近，回首白云低。后为宋相。明解缙吟《何所爱诗》云：小儿何所爱，爱者芝兰室。更欲附龙飞，上天看红日。后为翰林学士。唐周朴吟《蝴蝶诗》云：可怜黄雀啄将去，从此庄周梦不成。不久为黄巢所杀。’

“又有周延儒幼时在学堂读书，性甚顽劣，先生以大石砚盛满水压其头上，令跪。适先生之友，名雷一声，至，说情放起。先生令其吟诗一首，延儒请题。一声曰：即以头顶砚为题。延儒即吟曰：‘一片石注一勺水，压住乌龙难摆尾。今朝幸遇一声雷，扶摇直上九万里。’雷一声赞曰：‘好大口气，他日必大贵!’先生曰：‘贵则贵，只是奸臣。’一声曰：‘何也?’先生曰：‘乌龙乃贼，何不言人龙?’后延儒中状元为宰相，弄权，事败赐死，谶先见于诗。’

“表兄闻了喜曰：‘此等说我将来亦中状元，招驸马?’舅母笑曰：‘诗不是汝作以为谶?’表兄又将壁上诗作纱帐罩住保之。先生说有诗魔没有?”

学佺听了大笑曰：“不是诗魔是诗颠[①]。惟丑未子有捷才，把来添改，弄他七颠八倒。”又曰：“教官中状元，已见有古人，和尚驸马古来可有么?”答曰：“和尚有中状元。无招驸马。”又问是谁? 曰：“唐贾岛屡试不第，削发为僧，因吟‘鸟宿池边树，僧敲月下门’。以手作推敲势，闯韩文公道。文公慕其名留幕中，劝还俗，遂中状元，无有招驸马也。但魔从心生，信者有，不信者无。汝表兄信之甚，故被此老打神戏。”学生曰：“心疑生暗鬼，乱眼见虚花，不错。”

过二日，其学生又来说曰：“先生说诗无鬼乃心疑，孰知真有鬼作祟。”问故，答曰：“门人之瞎舅不信，故面斥丑未子。后因诗被添注好，其子之病亦听其换体复原，略信诗果有魔，丑未子有调魔使鬼之术。欲请医瞎，叫门人去商。门人曰：‘前已面斥过，今恐请不来。’舅曰：‘先与之告罪，瞎若得明，谢礼先议定，不敢差少分文。’门人代请丑未子，带入内房，看了瞽目，乌眝[②]瞳子尚在，乃光瞎[③]的，谓曰：‘此瞎不关于内腑之症，情同令郎，即是魔鬼所魅。’舅曰：‘我房中甚清气[④]，还有什么魔鬼?’他便遍看一匝，笑曰：‘魔鬼寻着

① 诗颠：诗癫。癫：疯狂。

② 乌眝：瞳仁。眝：本字“仁”。

③ 光瞎：睁眼瞎。眼睛外观无异样，只是看不见。

④ 清气：干净。

了！先来约谢礼，若不先讲，再被逐不雅。’舅问要几多？答曰：‘白银二十两。’舅以太贵，还他十两。他说十两只医得半边。

“门人曰：‘舅自失明后，苏州不能去，生意丢去若干，何在十两？’舅许之。丑未子指魔鬼于帐帷上，其诗云：春眠不觉晓，处处闻啼鸟。夜来风雨声，花落知多少。

“门人问：‘此乃孟浩然之诗，怎指为魔？’丑未子曰：‘头句睡醒不知天明，二句只闻啼鸟，三句惟听风雨声，四句不知花落多少，都是无目看，只有耳听。这是瞎诗，人在内睡，却被瞎魔交感，故双目渐盲，谁人能知其祟？’舅曰：‘此帷乃苏州带来，挂虽有四五年，此诗未曾常念，能感入双目？’他曰：‘岂不闻与善人亲，如入芝兰之室；与恶人交，如入鲍鱼之肆，久之必染其气。’

“门人曰：‘既是此魔作祟，务要将其增字句，解祸为福。’他曰：‘不比身体重浊，当得加增丰厚。目睭须除翳拨明，半字添不得。’遂自下手，将帐帷来漂洗刷，除去中间数字，持笔写上四字，仍挂上。乃改：春眠未觉晓，处处观啼鸟。夜来风雨过，花落数多少。

“他解了曰：‘今将耳闻都改目击，诗魔开目，人目亦开，不医会自明。七日过来领谢，勿再言捏魔吓诈。’门人问之曰：‘此等改换，不是瞎子换聋子么？’他答曰：‘知鸟啼便不聋矣！’他遂回去。舅失明已三年矣，无药不服，并未见效，惟被他改了数字，目遂至二日渐明，至七日过，行大厅，笑曰：‘不意此老有再造之本领。今七日虽未全复清明，比前之盲差万倍，赶紧送银去致谢，迟恐他又使怪。’遂称二十两银送之。门人亦以此老捏作魔鬼，诈人财银，今看舅瞽目复明，果诗有魔不谬矣。”

正是：好诗既有诗魔绕，嗜酒怎无酒鬼缠？下文如何，再看分说。

第三三三回　李砍半孕子便出世　屋不祥孤独改乐长

却说曹学佺闻学生说完了，笑曰："诗文各家都有贴挂，从未闻有魔鬼。今日才闻张家父子作祟，丑未子能调，未敢亲信出此奇事。"适有石仓社友邓某，径入书厅，闻其语尾，问故。学佺将所说大略说之，邓某曰："君不信，吾信之。"问："何所见而信?"答曰："因同居侄妇分娩，五六日不下。舍侄去他店中卜卦，他说无别干碍，只将后门口一株李树砍去半截便出世。舍侄回家砍李，舍不得多砍，只去小半。家兄去看，谓曰：'此株李值几何？被堵塞门口关系母子二条性命，便全砍何惜！'将斧接过又砍去半截，内报子出世，不必再砍。进内看所生之子，额上有一斧痕。始知李字子存木下，去了木，子便出。已砍去上木，因再砍，故子之额有斧痕，幸只伤皮。再看卜有批曰：'后门李去半，子便见太阳。微伤不必骇，可效宋家香。'

"看此批语可知能保成人，惟不知尾句'宋家香'是何讲究？遂查知是蔡端明《荔枝谱》中，黄巢兵至兴化占住民居，宋家人都走避，惟一老妇走迟，被留代炊煮。庭中一大荔树，贼欲砍去作薪烧火，老妇将树抱住不与砍。贼怒曰：'如抱不放，先砍汝头，再砍汝树！'妇曰：'宁砍我头，勿砍树。'贼举斧便砍，砍不着妇头，又砍树上。欲拔起再砍妇，却被贼伙来劝，念她拼命可饶她，人树齐莫砍，贼受劝遂罢。此树被斧砍深寸许，至明年结实，核里有斜痕如斧痕，颗颗皆如是，味香且佳，故名宋家香。丑未子批时，预知子额有斧痕，如宋家香不须恐也。

"又有人得蔽结[①]之症，请丑未子来诊。丑未子将家中遍视一巡，见有暗沟蔽塞，即令开通之后，其人蔽结即愈。又有一人得脚臁[②]之症，亦请丑未子来看。丑未子看其家中柱下有一蚁窝，令将此蚁窝除去，其人脚臁亦愈。此二事亦算奇之至，砍李生子，更属奇甚。因弟俱系目击，但非耳闻，故云'君不信

---

① 蔽结：闭结，即便秘。

② 脚臁：脚腕，脚脖子。脚臁之症即现代医学所说的"糖尿病足"。

吾信之也’。”学佺曰：“此等说，方某言亦不错也。”

邓某又曰：“今日亦是去请治魔鬼，因不在店，顺便来坐。”学佺问治什么魔鬼？答曰：“家岳贪便宜，买一座墙屋住，大不利。此屋原主姓吴，初住则丁极旺，渐至人死财空，贱售与家岳。家岳人口亦旺，未数年，今只剩一公一婆，年皆七十余，一孙方十二岁。分明是屋宅不祥，致令丁损财破。欲搬去，又舍不得，不搬则死绝无人。因此叫弟去卜卦是何破病[①]。昨弟去其店卜卦，丑未子曰：‘此屋碍患绝气、灭门、孤鸾、独宿四魔鬼，致屋主孤独绝灭。’弟曰：‘患此四大病，怎不搬离？’答曰：‘不须搬，另日去看中间必有物干碍。’弟回话家岳，自查前后并无什么作怪。家岳令弟今日去请他来，他适不在店，明日又须去请。”学佺曰：“真奇异！明日看他什么破病，怎样作法？可来说知。”邓某答好。

次日，请丑未子到其岳家东街林姓，入屋周巡，看了一匝，果无甚病。惟厅堂挂一水墨淡画，细细看讫，即指曰：“原来干碍在此画。”众共看，乃唐伯虎画的《雪梅图》，有画无字，问其故。丑未子答曰：“名家诗画，画中有诗，诗中有画，此轴乃是：‘千山鸟飞绝，万径人踪灭。孤舟蓑笠翁，独钓寒江雪。’文人怎看不出四句排着‘绝灭孤独’四字？虽不明写，情景宛在目前，居家对此画，有不染其景况耶？”

林翁拍案曰：“不错！此画乃前屋主，因卖屋并卖与我，贪便宜连椅桌并买。殊不知他因挂此画，至于绝灭，我接来挂，亦至如是。再细看图内，烟迷雪罩，断绝人行鸟迹，惟一老渔翁，钓于江干，真凄凉之景，常挂怎不沾染？若再烧毁，连人并毁去方可。”说了自笑。邓某曰：“图毁不得，莫是将图更改么？”答：“不错。”又问曰：“若改，可将灭、绝、孤、独四字换好字么？”答曰：“自然。”邓某曰：“能换妙极，谢礼可先讲定。不先讲，甘雨化作虹尿，便不雅。”丑未子笑曰：“因张家陋恶对之，除张家外，皆由之随意相送。今日效劳，亦不要谢礼，待府上财丁兴旺时，有谢多少便是。”林翁曰：“果能化凶为吉，怎敢过桥丢拐？照张家医眼之笔资，会少么？”答曰：“极厚。”林翁要脱下与改，丑未子曰：“不必。”持笔向画添数个飞鸟行人，于空处半行草题四句：“千山鸟飞捷，万径人踪杰。乐舟蓑笠翁，长钓寒江雪。”

邓某看了曰：“先生犹工于山水字画，不亚于米家船。约略几点笔，便不凄凉，绝灭孤独四字，化为捷杰乐长，诚有回天之功！”林翁问曰：“乐舟有出处否？”丑未子曰：“白香山诗有云：长安长乐钓渔舟，即此出处。”邓某曰：“渔

---

① 破病：患病。

家不乐还是谁乐？”林翁甚喜，遂送番银[1]一元为开手[2]，丑未子去。

邓某次日至学佺处，细述与知。学佺曰：“既有善卜之人，现山陕流寇作乱，多年难平，恐危社稷。来日去问一卜，何时能平？”

至次日，学佺同郑、邓二友到其店中。丑未子见学佺等至，并不让坐，只与三个盘问。学佺等因椅已坐满，只得立着。

原来有陈、李、林三个县役，数日前同来问卜：欲各去乡催粮，能否如意。丑未子令指一物来占。适闻猪叫之声，陈姓即将猪声与占，去上墩催粮如何？丑未子曰：“银钱无，惟酒食充足。”林姓去中墩，亦以猪声为占，断曰：“汝无食，只有衣穿。”李姓去下墩，亦以猪声为占，丑未子又断曰：“惟汝无衣亦无食，只有相打。”李姓忿曰：“三个都是猪声为占，为什么他二个有食有衣，我独相打？”答曰：“以理推断，若不准，明日来脱我招牌。”

陈姓遂去上墩催粮，值主人翁生日，办酒请客，粮已寄人去完，仍留住，礼甚殷勤。住二日不敢索礼而回。林姓至中墩，本人已去完粮，家中惟妇女，说男子不在家，无人款客，有白布二匹相送，林姓亦喜而回。李姓至下墩粮户家，无人理之，叫喊半天，妇女答：“男子不在家，谁来接待。请回步，粮自会完。”言讫走入不理。李姓怒曰：“来往路四五十里，茶烟未见，钱粮晓得有去完么？哪有空腹回去之理？可先排酒饭菜来。”叫了又叫，内面并不答应。忿甚，将桌用力一拍。谁知其屋壁已将倒，以桌靠之；桌被拍倒，壁亦崩下，几乎把邻家小孩压死。众以拆屋伤人，妇女皆执棍杖，拥至攻打。李姓走快，被打数杖，负痛连夜走回。遇陈、林二差，三人聚言，皆称丑未子卜断如神。

是日同至店中问明：“我们三人都是占猪声，怎的三件断法？”丑未子曰：“方知我无妄言。因头次猪叫时，主人以猪肚饥舀料与食，任其食饱。须臾又闻猪声，主人又以窝中草少睡不暖，便取草铺与睡。第三次猪又叫，主人怒曰：‘食既饱，睡既暖，因甚又叫？必是作吵要钻出去。’遂拿棍去打。故先后猪声，断亦有异：先者断有酒食，次者断有衣穿，三乃棰打。请思此断理合否？”众皆称郭璞、邵康节再世。李姓笑曰：“一饮一啄，莫非前定。”

三差皆去。有数个挑夫入曰：“先生测字。”问测何事？答曰：“伙伴扁担不见，测在何处讨[3]？”丑未子曰：“指一字。”众指招牌上未字。丑未子曰：“此扁担被十人玩笑偷存[4]木架上，去寻便在。”失扁担喊曰：“测得着。”众问何

---

① 番银：银元。

② 开手：雇人办事的预付款，首付款。

③ 讨：找。

④ 偷存：藏匿。

知？答曰："一横就是扁担，木字是十人，二字为担，放在木顶。我扁担明是十个贼偷去，存于粿店①木架上，去寻应着。"言讫去粿店寻，果在木架顶。众跟去看，各大笑散去，即送三文钱为笔资。

进店便见学佺等。正欲相问，忽见丑未子起位，敬谨趋而迎之，敬重之。

正是：缙绅文士任旁立，徒步役夫倒屣迎。不是此君偏矫处，只缘巨眼认英雄。后事如何，下文接说。

① 粿店：卖米糕等的小吃店。

第三三四回　诗羡壮夫殊英烈　字测大明已灭亡

却说丑未子见大乡绅并不瞅睬，任学佺旁立；见了挑夫，便倒屣而迎。原来那挑夫即是徐英，同众夫挑了十五担仓米，至人家交卸了米，执扁担同入粿店食点心。众食完，独徐英未完，十人将其扁担偷存木架上。至徐英食完，寻不见扁担，众笑曰："一人管一把，今无去，谁与汝可怜？"徐英知其偷存，拦不与散。众便同去测字，遂照字寻着，十人笑而散去。徐英送测字钱至店，便遇着学佺三社友。正欲相问，而丑未子一见徐英，即离位相迎。辞去三县差，让位与坐，自入捧茶来献，十分恭敬。

徐英因学佺三人立着，不敢坐亦不敢啜茶。学佺问曰："先生与兄平素相好么？"徐英云："从未会过。"又问曰："从未会过，怎此等相待？"丑未子笑曰："人都要会过才敬重，未会过便不敬重耶？"学佺曰："我三人整衣冠特来求教，站住并不睬。彼戴笠穿草鞋便尊敬如此，何也？莫非江湖口诀'见君子则藐之，见小人则敬'耶？"丑未子曰："非也。君乃本处大乡绅，二位乃君社友，亦曾会过，怎认不得？因三县差缠问，失于招呼。待三人去后，亦要告罪。此位徐君久仰大名，幸今日忽降，怎不扫榻相待，以消渴想也？"

又问曰："慕徐兄哪宗？"答曰："宗宗皆异于人，诗才更妙。"又问曰："徐兄之诗，先生可有看过么？"答曰："无看过怎知其'雄心滚滚思归日，血泪纷纷只问天'之句？"徐英笑曰："此等俚句，怎甚称羡？曹兄之诗，先生有看过么？"答曰："《石仓集》有看过，再无君之壮烈。"学佺问曰："壮烈之诗亦有魔鬼么？"答曰："怎无魔？此魔不比别魔病厄捐躯，此魔实助壮烈之气成名。"学佺又问曰："既看过《石仓集》，亦有魔么？"又曰："魔虽有，不甚决烈，将来必藉徐君方能成名。"学佺笑曰："我先生果铁笔无褒，不特将来藉徐君成名，即今日非徐君亦安有此茶啜也？"共以为笑。

徐英问："三位到此何干？"学佺曰："流寇扰乱山陕，何日能平？特来问卜。"徐英曰："弟亦因此日夜忧甚，同来求卜一卦，看大明社稷无恙么？"丑未子曰："今日甲子，不可卜，只有测字，随意指一字来测。"众人即指对联"酉"

字与测。丑未子写“酉”字于纸上，断曰：“上草寇猖狂，下寸贼称尊，不能安定。”邓某曰：“不是此‘酉’，乃那‘友’。”丑未子又另写“友”字上纸曰：“更不佳，反已出头，加一撇，社稷连根而反。”郑某又改口曰：“是那‘有’字。”丑未子又写上纸曰：“更不佳，大明去半，日没月沉，社稷已无日矣！”学佺同徐英见连测三字，皆吓得魂不附体。

丑未子见其忧状难堪，谓曰：“大明将近三百年，乃吾等累代之君父，无个不是其臣庶，有敢忘君忧臣辱、君辱臣死之道？所连测之字，恐不才一时恍惚，测断不精，可再指一字复测。”学佺曰：“可复测么？”答曰：“卦有复卦，怎字无复测？”

学佺指对联[①]中“架”字与测。丑未子看了不言，只摇头。学佺曰：“既同是君父，怎不敢言？”答曰：“此字现排着驾无马，朱无人。再指一字来复测。”徐英指“上”字，丑未子又摇头曰：“上又是土裂山崩而止。”邓某又指“二”字，又摇头曰：“天下无人，士无直心也。”郑某指“辰”字，丑未子仍摇头曰：“奔出宸外，被寸侵辱，唇不见口。”邓某又指“書”字，又摇头曰：“尽头杳尾。”郑某又欲指字，邓曰：“此十四字对句，正是先生撰来，收煞大明天下，字字皆如是，不必再指。”

丑未子失色曰：“岂有此理！若有此心，天不容，地不载！此乃刘诚意伯之古句，非不才所撰。敝店中字还有若干，君独不指，独指此十四字，把不才作不忠不孝之人么？”

学佺曰：“刘伯温能知五百年后之事，算知国祚只延至此。遗句与挂此间，使先生推测隐谶，乃先贤之妙奥，休得错怪先生。若疑是后人撰来幸灾乐祸，那苏州高兵备道亦爱天下反，才将要离墓高出城，致反乱至今不歇。”众问故，又曰：“要离墓在吴县西四里阊门南城内。先时有童谣‘要离高出城，天下动刀兵’之谶，从此流贼起而反矣。”徐英曰：“天启间，南京亦有童谣云‘现出石人一只眼，天下从此反’，遂于山中开出一只眼之石人，遂合其谶。此等皆定数，并非人为。君辱臣死，终难得免。”丑未子曰：“使至地步，岂不应‘雄心滚滚思归日，血泪纷纷只问天’君之诗谶也？”

正议论间，十个挑夫挑十担米，至店前歇下，喝曰：“徐五，我们米又挑三四遍，你还在此不去？你的份下一担，顿在仓里。”徐英曰：“君将难保，挑什么米？与汝们去挑罢。”众曰：“谁敢挑？被你一搭掌，亦五劳十伤。因什么君父难保，舍得工钱与别人赚？”徐英曰：“适在此测字，本主崇祯江山已陷，还

---

① 对联：此处指店门口的对联“架上有书皆二酉，座中无友不三辰”。

赚什么钱?”众喝啐：“我们在仓里挑米，听本府王大爷说，李闯被吴三桂杀败，走至河南，被乡人杀死，余党散尽，天下已平。先生卜诸事都真，惟此不准。”众又骂曰：“你不做官不食钱粮，与我们一般挑夫，自食其力，何用与国担忧?’

学佺出问：“此信是有报么？或是传说?”众答曰：“或是府里有报，王太守才说出。”丑未子曰：“正要不才测不准便万幸之至，今夜可得长眠矣。”有人一群来卜，学佺等遂辞而去。丑未子却还测字钱曰：“君父大家有份，收钱便不是其子民。”学佺欲与徐英同至寓所，徐英不去，说要回洪塘家中，遂各散矣。

正是：字测皆凶离出店，贼传已灭喜回家。再看下文，如何分说。

第三三五回　觊拥戴马阮立宏光　全节义曹徐殉社稷

却说崇祯帝驾崩煤山，福州尚未有实信。先说李闯未犯阙之时，左良玉率兵三十万，驻扎湖广、荆襄、武昌等处，因贼突来犯阙，外镇皆不知情由；二因未奉旨，不敢擅行；三因缺乏粮草，兵腹空虚，军中无日不自行鼓噪，将帅压不能住。有兵无饷，良玉忧之，恐有变动，无奈安慰之曰："现去各郡借粮，日内必至。如再不至，可全军挈至南京就食。"众军闻之喜。又有一阵与良玉之子梦庚相议，欲直往南京，梦庚听之。

原来良玉字昆山，辽阳人，三十为将，屡立战功，历为总兵。因得罪当道，战略败即革职，降为昌平小卒。遇军门侯恂督师三楚，拔于行伍，命为战将，张、李二贼皆被杀败。不一年升为总兵，功加宁南侯，领人马三十万镇守武昌、荆襄等处。以前督师之大臣熊文灿、杨嗣昌既以偏私而败，丁启睿、吕大器又以玩怠无功，惟侯恂智勇被奸佞忌功，罢职回籍河南归德。良玉因座师去位，又以粮草不继，致军心离散，欲抢南京取北京。梦庚亦喜良玉不听，誓以报国。因借粮无至，惟安慰挨延。谁知就粮之信，传至南京，诸大臣吓甚。

时侯恂之子侯朝宗在南京科举不第未回，众知良玉蒙侯恂提拔，曾受过大恩，令与朝宗相好之罢职知县杨文聪（文聪字龙友）去求朝宗，作乃父之手书，遣使驰寄与良玉阻之。一面急上本至北京，奏朝廷发粮应付，并请加封其爵，以安其心。恳准速行，迟则生变。

且说良玉在武昌先接到恩师侯恂之书，移兵就粮之议，便不敢行。又闻朝廷准奏，即命御史王澍赍诏加封良玉为太傅，其子梦庚亦挂总兵之印。又命督抚袁继咸解运粮草至武接济。二位官员均到。那日良玉正在黄鹤楼设宴，款待二位钦差，忽接至塘报：三月十九日北京已陷，崇祯帝驾崩煤山。三人闻之不胜哀痛，即刻举哀成礼，此且按下。

先说南京得了北京失陷之信，诸大臣建议纷纷。凤阳督抚马士英建议欲立福王，且致书与兵部尚书兼漕抚史可法，以昭穆伦次立福王，亦无大差。史可法正欲回书定议，又接到礼部主事周镳、按察使雷祚之函，内说福王有三大罪，

必不可立：一乃福王母妃郑氏淫邪，当日谋害太子，觊觎大宝，若无良臣叶向高等调度其间，几将神器夺窃；二者骄奢无度，就国之日，把内府金银盈装满载偷竭，至寇迫河南，竟不舍一文助饷，以致国破财亡，徒饱贼囊；三乃世子德昌王父死贼手，暴尸未葬，忍心远避，还于乘乱之时，纳民妻女，君德全亏。三大罪之外，还有五不立，说得十分激切。史可法因见此缄，回札与马士英，说不可立福王。

时有阮大铖者，曾授光禄寺卿之职。曾为客氏、魏忠贤谊子，客、魏败后被他漏网，罢职在南京闲住。善音律俳优。立福王之议，亦是他劝马士英。诸大臣都无可否，惟史可法闻周、雷之说不肯。阮大铖只得自来说史可法，可法拒之不见。阮大铖遂去说杨通镇总兵高杰、淮徐镇总兵刘良佐、卢和镇总兵黄得功、凤泗镇总兵刘泽清，四镇皆允诺，便不畏史可法不从。

马士英自率四镇兵将，以阮大铖为赍表官，同去江浦迎福王至南京。遂于甲申年五月初一日谒孝陵，遂登大宝。南京府部各官一同拜贺。即以马士英为内阁大学士兼兵部尚书，原吏部高宏图、礼部姜曰广、兵部史可法亦皆大学士同入阁办理，惟史可法着督师江北。各官俱加三级，四镇兵靖南伯黄得功加封靖南侯，兴平伯高杰加兴平侯，东平伯刘泽清加东平侯，广昌伯刘良佐加广昌侯，各回汛地。又叙迎驾功，以杨文聪为礼部主事，阮大铖仍以光禄卿起用，其余马士英之同乡越其杰、田仰等，亦皆补官超升。改元宏光。于是权柄统归马士英一人。士英每事皆听阮大铖决谋，又将史可法调外督师，二人更无忌惮矣。

此时北京失陷，崇祯殉国，宏光新立于南京之信方到福州。时徐英正在仓前挑米，一闻此信，便沿途号哭归家，闭门痛哭三日。次早披麻执杖，手执冥银，竟至洪塘曹家。看门人讶问："徐五爷往何处吊孝，装束如是？"徐英答曰："就是来汝家作吊。"看门人又讶问曰："家主一家都安，作什么吊？"答曰："汝老爷犹未死？我以为已死了。"言讫叹了一口气而去。家人忙入报知学佺。学佺命家人尾之，侦去何处。那徐英至塔湖江边道头，焚了冥银，望北匍匐，连声痛哭崇祯皇帝。哭至泪枯，继之以血，自咋舌投江而没。

侦看之家人回说其情，学佺叹曰："愧迟一刻！"即令打轿去鼓山行香，至涌泉寺已暮。行香毕，夜宿客房，灯下作一篇绝命诗，中间有二句云："生前一管笔，死后一条绳。"遂自缢死。家人归报，一家皆哭，惟夫人张冰心不哭犹喜。众皆疑，须臾寻不见，已悬梁殉节矣。人以学佺何不死于家中，而死僧寺？殊不知学佺乃佛家弟子转世，故于佛寺归本还原，恰合以前诗谶二句云："生前管笔朝天子，死后条绳归释迦。"

参将林友兰，屡著战功，升为总兵，及罗汝才陷浙东殁于阵。信至福州，家中其妻亦自缢死。自时洪塘二节妇。丑未子闻学佺被徐英激死，笑曰："时穷节乃见，果应雄心二句之谶。"店遂不开。乡邻见店前门数日紧闭，疑而撬开，见丑未子挂死梁间，不知何时，人代为收敛。至绝灭孤独换捷杰乐长，送谢银时，已死矣。

那时郑芝龙为大都督，同堂弟鸿达赴南京朝见，加封芝龙安南伯，鸿达靖西伯。讵宏光朝政，听马士英调度，自己日夜惟以女色是娱。阮大铖进《燕子笺》等四种传奇，大悦，命妓女教演戏文。马士英早将礼部主事周镳、按察使雷祚拿入监内，作东林党斩决，人皆怜之。

因大兵将南下，督师史公召四镇商议防守黄河之策。是日同在帅府，杨通总兵高杰自据于首位，三镇皆忿问何自尊大？高杰曰："我挂帅最早，年又长，首位当是我坐。"泽清骂曰："汝乃本州地主，又乃反贼投诚，与坐末位便体面，有敢妄自尊大!"高杰曰："今且慢论投诚营伍，今且来比较武艺，杀得赢便尊。"即拔剑砍至，泽清等各拔剑对敌，竟杀出辕门。史公压不能住，叹曰："似此自相矛盾，怎成大事?"赶出再三理谕，方各收剑停止。

史公遂行檄谕，以兴平侯留作标下先锋，令靖南侯仍回卢汴，东平侯仍回淮徐，广昌侯仍回凤泗，各务以地方国家为要，不要再自相残。高杰傲不遵谕，出离军门，仍寻杀不休。因一难胜三，遂带本镇军士渡江，欲抢苏杭。被巡抚郑瑄造舟架炮，阻住江口不得去，又不得归。那三镇同来迎杀，进退两难，只得投辕求主帅开恩饶恕。史公令拜伏三镇，高杰宁死不拜，史公亦无奈其何，只得令其往河南，协同开洛总兵许定国防守河南。调了高杰，三镇方罢战，各回本镇。此且不表。

且说有闽人蔡益所，在南京开张书坊。自去苏州讨数①，路遇一人气宇不凡，同歇路亭豆棚下，彼此相问何来何往。益所说去苏州回金陵，那人说由北京来，亦要去南京。因同欲往南京，是夜共宿一店。各通姓名，故知那人乃北京锦衣卫堂官，名张薇。

益所问京城破后之事，张薇泪曰："三月十九日北京城破，帝缢死煤山，皇后亦自尽于内宫。时薇在城上闻知，走下城来领本营校尉，寻着帝后二尸抬到东华门外，买棺收敛。独薇一人欲往守灵，却被闯贼拿去，监禁挟打索银助饷，只得将家财与之，始放出监。可怜帝后二梓宫，丢在路旁，无人瞅睬。有翰苑词林、闽人杨明烺经过，骑马执鞭指曰：'此亡国之君，真狗彘不如。'

① 讨数：讨欠账。

“到四月初三，礼部奉伪旨，梓宫始送皇陵。薇送至昌平，幸有吏目赵一桂，因龚鼎孳在其家，赞成胜举。纠合义民，捐钱三百串，掘开田妃旧坟安葬当中。至五月初旬，大兵进关，杀退流贼，安了百姓，替我明复仇。命工部查宝泉局内铸的崇祯遗像，发买工料重新修造享殿、碑亭、门墙、桥道，与十二陵一般。薇等不待工竣，亲手题了神碑墓道，连夜走报与南京臣民得知。”

益所又问：“太子、二王何在？”又答：“闻太子渡海南来，定、永二王并无消息。”又问：“闻北京发书与南京阁部史可法等，责备亡国将相不去奔丧哭主，又不出兵报仇。史可法答了回书，随着左懋弟披麻执杖前去哭主，可晓得么？”薇曰：“先不晓得，来至半途遇着方知，执手哭说一场，才分路而去。”又问曰：“闻帝崩时，朝官中有忠烈殉主于九泉者，有背主求荣降顺于闯贼者，又有分毫不舍助饷、被贼非刑拷掠、银没命亡者，可晓得何官何名么？”答曰：“都晓得，说不能全，皆记有姓名官衔，存在包袱内，至南京来看。”益所曰：“好极，另日借来抄录，刻板流传后代。”

张薇又问曰：“不知南京新主大臣能协衷共济，有中兴气象么？路遇左公，匆忙说了几句便去，君在南京必尽知其情。”益所曰：“颇知一二，惟不敢说。”薇曰：“怎不敢说？弟年已耳顺，去看，如君圣臣贤，能振大明基业，便再做数年即可。若不如是，不趁早退隐，还待何时？祈直说无隐，感之不尽。”

益所曰：“命说方说。南京废弛之甚。先宁南侯左良玉杀贼大败，不敢南下，督兵三十万镇守武昌，前来请粮。漕抚马士英半粒不给，致兵无粮，军心大乱，欲来抢粮，左宁南弹压不住。史阁部闻知大惊，以无人能阻，惟侯军门有书至方能阻止，在河南往返求书不至。访军门之子朝宗在京，即令交好之杨文聪求代作乃父之书达之，一面上本朝廷，请拨粮加封宁南侯父子。于是宁南侯接座师阻书，便硬压住众军。无何，北京遣使运至粮草，加封官爵，军心始定。彼时马士英掯粮不发①，若无史阁廷赶紧设法，南京早被饥军抢散渣②矣。

“有魏忠贤谊子阮大铖，做过光禄卿，因忠贤败罢职闲住南京。帝崩，诸大臣尚未议立，他先去见福王，与马漕抚商议，修书与史阁部说福王可立。史可法将听之，因礼部周同按察使雷已议立潞王，闻史公听马阮语，欲立福王，即便修书与史公说福王有三大罪不可立，史公遂回书阻立福王。阮大铖因史公不从，即去说四镇总兵，四镇不知三罪，同许立之。马阮遂不怕史公不从，即迎福王登位，以士英为首相，以大铖为光禄。史公亦内阁，调外郡督师不预政事，

① 掯粮不发：扣押不发军粮。掯：盖住，扣住。

② 散渣：破碎不堪。

惟忠心不异。

“马遂独握权柄，害周、雷入监作东林党弃市。阮进传奇曲本，新主遂日夜在宫教演女戏，政务悉委士英。阮为士英白袍将，诸臣皆不敢言。又选民闺女入宫凑脚色。如此情状，君思是中兴之象否?”薇曰：“此卧薪尝胆之时，还有心绪作乐？国事可知，何须再想！薇若至南京报知事情，即行退隐，还想作什么官!”二人在豆棚下说至半夜，天明时同南行矣。

正是：不在豆棚谈一夜，怎逃缧绁命三条？且看下文，如何分说。

第三三六回　局杀暴虐定国归顺　陷害正人张薇挂冠

却说益所与张薇同行交好，在旅店豆棚下叙话。先说高杰至河南以奉命督师，妄自尊大。是日阅看操兵，以队伍不整作，废驰军法，欲斩总兵许定国，众将保求，把定国捆打四十。未几，游巡各口岸塘汛，以船只器械缺少，又欲斩定国，又经众将讨保不依，限一月补足战船军器再论。于是诸将领皆忿，背议曰："品级相同，藉奉命二字来挟制。船械何曾有缺？平地起风波，致众寒心。如屈杀旧帅，各自散去。"

定国闻众将士皆恶高杰。[①] 前后连委数官去看验，皆言命在旦夕。定国妻侯氏使人请杰自来交还印授，高杰遂至。侯氏出迎，跪而哭曰："夫命将绝，惟求恩恤妻孥。"杰见侯氏美，伸手拉抱之起。侯氏故作媚态引入内厅，见排有酒席，侯氏曰："如肯施恩，先饮淡酒三杯，再交印绶。不施恩，印绶慢交，先从夫于泉下。"高杰曰："夫人肯陪宴么？如肯陪宴，便施恩，如不陪，休想。"侯氏曰："如肯施恩，慢说陪奉饮宴，即铺褥叠被亦所甘心。"高杰闻之喜甚。侯氏曰："另有宴设在花厅，请随来众将爷亦各饮三杯。将军在此与妾陪奉。"于是高杰命随来家将出去饮酒，自留于内坐饮。

正劝饮间，外之伏兵起，先杀死家将，即拥入内喊杀连天。侯氏令杰爬躲梁上，定国走出捉下高杰，缚住骂曰："汝素横暴，人无奈汝何，今日亦落我局中！"高杰骂曰："尔使妻用美人计来局，何足为奇？"答曰："不如是，安能自投罗网。我被汝凌辱已甚，前以总兵杀总兵是虚，今总兵杀总兵是实。无以为报，汝名高杰，即以高磔报之！"即将高吊梁上，持刀碎磔其体，割下头来，遣人密献与北朝请降。此设计，定国之妻侯氏者，乃小妾也。

此事兴，南京尚未得知。可笑！

阮大铖常在内殿趋奉，见宏光愁闷，跪问何故？宏光曰："卿素灵窍，可知朕之不乐处么？"大铖曰："臣猜莫是恐流贼南犯？"宏光曰："非也，现有四镇

---

① 此处应有脱漏，言及许定国设计装病，高杰初不信，派人去验看。

猛将。”又曰：“莫是正宫未立？”又曰：“亦非也。”大铖曰：“圣虑高深不能窥测，伏望宣示，以便分忧。”宏光曰：“朕因思为天子，何求不遂？只为汝所献《燕子笺》戏文，乃中兴一代之乐，太平第一要事。今日脚色尚未选足，万一误了上元佳节，岂不可惜！汝看王铎写对联云：万事不如杯在手，一年几见月当头。一年有几个元宵？故此日夜忧愁耳。”

大铖顿首曰：“原来为此大事，臣不知圣怀，臣之罪也。不知内庭少何脚色？”宏光曰：“只有生、旦、小丑三脚色不合适。”大铖曰：“臣已挑选青梅歌妓，安于礼部，以备内廷选用。既蒙谕及，臣当自往带入与陛下拣酌。”须臾间，带进三个美奴。宏光看见大喜，各问其名，以寇白门为生，李香为旦，郑妥娘为丑，演成一部《燕子笺》戏文。当此时势，犹日夜君臣作乐，所为君不君，臣不臣，不亡何待？

再说，那蔡益所在南京三山街开张书坊，坊内十三经、二十一史、九流三教、诸子百家、新奇小说等书，无所不有。并无用伙计，只用一挣月资站柜头之人。时侯朝宗与陈定生、吴次尾三个秀才同寓在内，外写“复社侯陈吴同寓”贴在墙上。适新任兵部侍郎阮大铖排道经过，见此标条，始知三生在内著集诗文，正欲报祭丁[①]被辱之仇，即传坊官拿出三生，交与刑部。以复社乃东林后起之党，又改著文艺与书坊印卖，均干法纪，可照周、雷之律办理。刑部移交与锦衣卫严行勘问。

原来二年前，在圣庙祭丁，阮大铖亦来与祭。陈定生、吴次尾同监诸生以大铖为客魏谊儿，廉耻尽丧，故共攻斥之，今朝故报此恨。时大铖乃内廷唱女戏之幸臣，又是首相之谋主，刑部有敢违其心意？

那锦衣卫原来就是张薇。薇前与益所同行到南京，报知了崇祯安葬事情欲去，诸官硬留住仍官原职。兹奉勘问三人，即持入内宅问其有无起复东林后党、改著文艺等。侯朝宗等供曰：“并无是事，因与阮兵部有衅，妄拿无辜。”问有何衅？供曰：“阮兵部曾为客魏谊子，助虐害人，文士皆恶之。前岁文庙祭丁，彼入，与诸书生面斥逐，含恨至今。此回进传奇得幸，妄以东林党诬生等。即东林亦正人君子，前亦此贼在魏忠贤面前唆出，教正人君子葬身无地，赍恨千秋。求明镜超拔无辜。”张薇曰：“我早知阮胡子客魏谊儿，陷害无数正人君子，今岂听之？汝三人可放心，断不至被害。”

至五更，有贼至阮大铖寓所越墙而入，持刀明火劫去金银数万，马士英寓所亦被劫去十余万。时二个都在内阁，次日闻信，捕缉无踪。但大京城焉有明

① 祭丁：即丁祭。旧时每年仲春及仲秋上旬丁日祭祀孔子。

火劫抢？原来福建郑芝龙拨有大小战船在城内外巡防，管船官乃蔡益所族间兄弟。那日三生被拿去，益所即遣人去打听，阮大铖要作东林党处理，与开书坊大有碍。大惊，急遣站店伙计赶去船中报知，夜来运书。此族间兄弟闻报此节大怒，一面去店搬书，一面拨船，分作两船俟至五更，去劫阮、马二家财宝。此二处户皆临河，事作妥即开去。那阮、马二家，喊得人来船已去远。皆知捕盗为盗，至查拿时，船由海外回福州，其奈之何？

彼时无水兵，即有水兵，哪里当得闽漳兵强将猛、水务谙练。那时张薇与蔡益所至河边上船，闻拨船去劫马、阮两家，薇曰："别家不可，似此不仁不义之奸佞，还嫌太少。"二人遂渡回闽漳，官船与银一千两，张薇不要。官曰："带回去分与亲戚乡党亦好。"蔡益所仍开书坊，张薇遂不做官，归广东原籍修行乐道矣。

正是：不为英豪恶马阮，焉能安隐返回家。且看下文，如何分说。

第三三七回　良玉讨奸因子殒命　宏光被献得功尽忠

却说张薇不忍置侯朝宗于死地，弃官与蔡益所同逃，至三生不死，只坐于监。时杨文骢为礼部郎中，明不能救，暗遣苏昆生报知左良玉，可解之。昆生连夜赶至武昌，见左良玉，说侯朝宗被奸佞陷害事情，急宜搭救。良玉问："既有是情，侯公子何无书至?"昆生曰："侯公子被拘在监，安能作书?"良玉因有前递书之人还留，即唤出递书柳麻子，与认是真否。那柳麻子一见昆生，即问说其因，共说是实事。良玉曰："果有是事，总要救之。"便问二王、太子下落。昆生曰："二王尚无信息，惟太子已回南京，阁部马士英谓为诈冒，不容进宫。可怜七载储君，讲官大臣确有证据，今欲付之幽囚。更有新王之元配妃，前来寻讨[1]，马、阮不令收认，驱逐之。另存有私人，预备采选正宫，欲图椒房之乐。"

良玉闻之大怒，先上本诉马、阮七大罪，随发进讨奸佞之檄文，令柳麻子飞报至南京。马、阮接看檄文大惊，欲杀投檄文之人。杨文骢阻不可擅杀来使加罪，即将柳麻子收监。大铖欲调三镇兵来堵截，马士英又恐北兵至，无以迎敌。大铖曰："北兵至不须敌，迎降之而已。"士英曰："北兵来无此快[2]，左兵目下来矣。"大铖曰："调三镇只说左兵要立潞王监国，新主乃三镇主立，他自然阻之。"士英说有理，即飞召黄得功等来抵左兵。

时内阁高宏图、姜曰广等皆以袒护周、雷，早已罢职，今又分拿东林后起之党巡按黄澍、督抚袁继咸、锦衣卫张薇等三公子五秀才。中外人皆叹曰："此何时? 北兵将临城下，社稷倾在须臾，还拿什么东林党!"宁南以袁波为先锋，会巡抚何腾蛟等进兵，被卢和镇总兵黄得功截住，不得进。正与战间，忽然本标兵自乱，纷传城池何处被攻破，此时皆无斗志，被黄得功杀败。良玉查是子梦庚被众军所惑，借此讨奸题目，妄想进取南京。左良玉恨甚，骂曰："不肖陷我为反叛之臣，有何面目见江东父老?"抚胸撞足，拔剑自刎，袁波等救之不

---

① 寻讨：寻找。

② 无此快：没有这么快。

及，立断。马、阮闻良玉身死，大喜。

忽报大兵南下，如潮涌至。时阁部史可法督师在扬州，闻大兵至，众欲散去，史公哭留不能住，泪哭枯继以血。众兵无不怜感，为之死守不散。

南京各官走遁，宏光召臣无一至，只得带数个宫妃太监，卷怀珠玉，改衣驾小车走[①]出午门。时有无数恶少，在沿途堵夺妇女财物。宏光行未数里，宫妃并财宝尽被抢去。几个太监奈他不得，依旧回宫拒守。那宫中因帝走去，皆逃避而去。宏光入宫，见空空如也，又趋出午门，寻讨跟随亦无矣。路径不识，惟知魏国公徐宏基家甚近可投，遂至徐家门首。把门问是谁，宏光答曰："朕乃宏光，特来相投。"把门人进去许久，出来喝曰："宏光主君居在深宫内苑，外有羽林军守卫，怎至一人独来？必是光棍假冒者。快去，不去拿鞭来打死！"宏光曰："是真非假！"把门人持出木棍便打，宏光退走。又问至马、阮寓所，讵二家早被人抢掠，只余空屋。连问数大臣家，不是走避无人，便是佯为不识，或指为诈冒。自辰至午，口渴肚饥，讨食无门。

适遇一个戏子，口中吹喇叭，名阿万，亦是随在人众抢掠，一遇见便问何去？宏光将前情泣告之，阿万曰："这光景人人自保不暇，安能保驾？且去食点心，再想去投何处。有人问及，切不可说是皇帝。"时诸店皆闭，独有饭店还开。无好肴馔，惟粗饭菜。宏光肚饥，食亦有味。

店家认得阿万，问曰："久不曾见，这个是谁？"阿万曰："是我表弟。"又问曰："汝那里有此作佳[②]表弟？四处作乱，都不怕人抢去？"又答曰："抢去作什么？"答曰："抢去作伴睡。"又曰："我的人谁敢抢？此话都是汝这一起[③]造作谣言，致家家搬走，才得抢掠路上财物。北朝皇帝哪有此不仁不义之理？"店主答曰："我这里皇帝事都不管，只晓得日夜迷恋女戏。朝政任马士英、阮大铖两奸臣去行为，始至把正人君子指作东林党，横加搜杀，惨不胜言。今才有社稷倾颓，人民奔窜之日。"

店中有一伙计接口曰："此处皇帝，早有人作诗拟之：'福王自少风流惯，不爱江山爱美人'。北朝皇帝，人人传说光明正大，再不至如是。汝可知那无道宏光现落何处？"阿万曰："闻已投在大臣家，不知哪个大臣肯收他否？"店家曰："此皆君把满朝文武作东林党，罢职的罢职，躲的躲，所信用之马、阮，先走去无踪，有何处可投？只有卢和镇总兵现在西关外驻扎。宏光是他举立的，

---

① 走：逃。

② 作佳：英俊漂亮的。也作"卓佳"。

③ 汝这一起：你这一伙人。

若去投他，或肯保护。别家如去投，似丧家之犬，不赶逐去，肯留他耶?”宏光一面食饭，一面侧耳而听。因闻此说，方知任使非人，怨声载道，愧赧无地。

阿万理了饭钱，店主问：“邀[1]汝表弟去何处?”阿万曰：“带去投奔相好的。”遂出店，阿万曰：“路上行人口似碑，今带去投黄总兵军衙内妥极。”宏光叹曰：“能够邀投妥当之处，总被言语羞辱，亦可将功折罪。”阿万曰：“不识主君，才敢如此乱言，不知者无罪。”

宏光叹曰：“‘鱼游浅水遭虾戏，虎落平洋被犬欺’，此之谓也。”阿万遂带宏光至黄得功辕门，报宏光帝至。得功闻报，即出迎入内阃跪拜了，问何独至此。宏光将情由泣告，得功曰：“臣要去迎驾来保护，今既降临幸甚，敢不尽心卫君保国?”遂同副将田雄，日夜枕戈宿卫。

盖彼时左良玉已死，其子梦庚自行叛据，不顾南京防河。许定国已降北朝，黄得功等三镇被马、阮等调迎左兵，所以北兵无人阻挡，听之南下。其刘良佐、刘泽清二镇之兵，寡难敌众，乞降无门。闻宏光帝投在得功处，喜甚，遂同见得功。谓曰：“宝贝与汝独得，何不分我们同享?”得功问：“我何曾有甚宝贝?”二人曰：“宏光投在汝营中，岂不是宝?”得功曰：“主君来投，应该护卫，何以为宝?”二人曰：“将他献与北朝，便加我们大大官爵，怎不是宝?”得功大怒，骂曰：“原来汝二人来，欲卖主求荣，我岂肯容汝悖逆。”二人又曰：“识时务者为俊杰。现在大兵入境，烈如洪炉，安能保鸿毛?若不先行进献，被乱军抢去，功被别人得去，汝我降顺无有寸功，可熟思之。”

得功骂曰：“放狗屁！若再胡言不去，我即杀汝二人!”二人曰：“至好兄弟，与汝商量，不然进去抢之，其奈我何?”得功又骂曰：“汝二个休妄想，主君在我处，有被汝抢去之理?我先杀汝二狗头才休!”即拔剑砍去，二人亦拔剑对杀。正在格斗间，田雄在后面骂曰：“蠢东西！此光景还想做什么忠臣?”遂放一箭，射中得功左腿，得功即跌地。田雄手招二人入内，见宏光问曰：“主君此光景，还想作皇帝不想?”宏光答曰：“今还想作什么皇帝?有安乐的所在，即幸甚矣。”二人曰：“想得是。今同去降顺北朝，主君仍不失王侯之位，好么?”宏光点头，遂被二人拥出而去。

得功被箭伤倒，不能起步。见田雄亦跟去，即大喊唤其回头，问：“射我是谁?”田雄答不知。又问：“主君被抢去，何不与夺回?”答曰：“主君自愿降顺北朝跟去。今将军不须急，功岂肯与二人独得，末将赶去与之同献，将军之功总在。”一面说，一面赶去。得功至此无可如何。此线全是田雄所作[2]，早将衙

---

① 邀：带领。

② 作线：做内奸。

内人等调离。田雄乃中军副将，谁敢不听。至去后，人始集，查问始知田雄同谋，使暗箭伤得功不能斗。得功始知其情，咬牙恨之，又不能立，就地跪拜，痛哭一场，便拔剑自刎而死。

那宏光帝朝中，正是：百官只有二官佞，四镇惟余一镇忠。且看下文，如何分说。

第三三八回　显报应迅雷击士英　宿书房纱棺吓凤畹

却说卢和总兵黄得功尽忠而死，大兵遂直下扬州。督师阁部史可法渡过江宁，遇苏昆生自武昌回，认得是前递书与宁南府之人，问可知南京之景况。昆生曰："闻得宏光主君被二总兵挟降北朝，黄总兵刎死，满城官兵走尽，小人无家可归。"史阁部闻了大哭曰："我道主君在，犹可设法。今既无帝，回去作甚，惟死而已。"

盖彼时宏光国亡，三忠左良玉、史可法、黄得功尽忠皆死，狱门大开，被陷之侯朝宗、陈定生、吴次尾、柳麻子等，以及被马、阮指作东林党之诸朝臣公子秀才，皆脱网而出归籍矣。

南京既归顺大清，那马、阮乃奸臣，如何不想投降北朝？原来此二奸佞与在朝官民人等皆结恨，无人不恨杀，若降北朝，恐被众攻，惟走为上策。马士英思往浙东，阮大铖思往西粤，皆不带人。恐人得知，惟怀金宝各走。士英至台州，途中忽被迅雷震死，背现有字云：南朝奸臣马士英。人始知是宏光之朝阁，天不容其走遁。自此传闻，各处皆知。那阮大铖扮作江湖走乡的看命[1]，执杖挂一算命牌而行。有人叫之看命。凡奸佞之人，口能舌辩，讲话又活，反多人叫之看命。竟无人认得是南朝逃官，只识看命胡子。

原来阮大铖乃是戏子，起先福建浦城进士叶正芬中进士，收他为随丁，名圆海。见其有口才伶俐，代捐贡，出缺为官。正芬官至户部郎中。圆海能干，谋在东厂，拜魏忠贤为谊父，客氏为谊母，即升作光禄寺卿。圆海知正芬有一部音律，要借编，正芬答已寄回家。圆海知不借，暗恨之。时魏忠贤与崔呈秀编集东林党，圆海嘱呈秀添上叶正芬名字。尚未搜拿，先有人通信与叶正芬得知，正芬立即挂冠，夜遁还乡，全家搬入仙霞岭内匿躲。册上有名之人皆尽拿来，正芬长子在陕西作知县，通信与知不及，亦拿绞死。于是正芬恨圆海切齿，每言能咬阮大铖块肉，死亦愿。那阮大铖年四十岁，胡须满面，故无人能识他。

正芬只剩一子，名西峰，乃学秀才，业产丰裕。预做一部棺材，内外布油

---

① 看命：算命先生。

漆现成，安在书房。另造一盖，竹为骨，面以纱鞔[1]，色如木盖相似。正芬夜即以此为床。那日西峰有同学贡生方丹山，字凤畹，建宁人。去南京候选知州，因换朝无选回来。至仙霞岭日已暮，不投旅社。知有同学友叶西峰，家在岭内，去其家歇宿一夜，遂问至叶家。西峰接待夜膳，饮至二更间，有人来催西峰，要去干事，刻不容缓。西峰引丹山至花园书房曰："君且自睡一夜，明早回来再陪。"西峰遂去。

丹山入房，见有长明琉璃灯火，排设十分幽雅，旁有一大棺材，心颇忌之，遂上床放帐而睡。讵睡不合眼，两眼与琉璃灯相对。须臾间见有一老叟从棺中开盖而起，下至地下。徐行几步，坐椅上吸烟看书，许久又掀盖入棺。丹山在帐中观得了然，惊以为鬼，汗流遍体，欲起跑走。因黑夜寻不出门户，欲开声喊叫，内宅又隔远，只得伏于床。至天略明，即走出[2]园外。适遇西峰回来，喘气曰："惊杀！惊杀！"

西峰问何惊。曰："昨夜棺中钻出鬼来。"西峰已知，笑曰："汝常言不怕鬼，昨夜所见何曾是鬼？若是，便惊死去[3]。"丹山讶问："不是鬼，棺内是什么？"西峰笑曰："因我昨夜被迫赶匆忙，未及说知。此棺乃先造与家父增寿，家父常以为床，夜睡在内。必是半夜起来吸烟，致惊尊驾。"丹山闻了讶问："从来未见活人在棺材里睡，谁肯信之？"西峰即拖入房内看，时正芬已入内宅。丹山看果是空棺，盖是纱缦可通气，开合甚便，始笑曰："原来有如此作为，可避蚊子，十分受用。今夜待其睡，我去取木盖来换。"西峰笑曰："不蔽死么？"丹山笑曰："不蔽死此灰翁，留住惊人？"西峰举手打之。又有人来叫曰："西峰，事未干完便走回来，赶去[4]料理，各人都在等汝。"

丹山因西峰又欲去，即要辞回建宁，西峰再三留之不住。正芬闻客昨夜被惊欲去，只得出来告罪，一见面便识得方凤畹，拉手笑曰："我以为谁，原来是光棍卵。久未见，今又得重逢。"丹山亦笑曰："原来昨夜作鬼吓我就是汝灰翁，晓得是汝，起来摄死，假鬼变作真鬼。"西峰问曰："爷爷[5]怎认得？"正芬答曰："汝还不知？早年常与聚饮耍乐，至后各离一方，今又幸会，妙极。汝且去干事，光棍卵与我来谈叙旧情。"西峰觑父而笑，正芬答曰："汝还不知，此位号方凤畹，叫得快都作光棍卵，今拔贡了，真棍。"丹山亦笑答曰："莫听胡说，

---

① 面以纱鞔：面上蒙薄纱。鞔：蒙罩。

② 走出：逃出。

③ 惊死去：吓死了。

④ 赶去：赶紧去。

⑤ 爷爷：称父亲。

汝爹早年便胡说，今须生满嘴，更胡说之甚。本欲去，今日灰翁欲相商买灰，且留慢去，汝去干事，回来交灰钱。”西峰笑而去。

正芬带丹山至内厅，席已排便，遂对酌叙谈别后事情。正芬叹曰：“曾记当年骑竹马，于今都作白头人。”丹山问：“君寿几多?”正芬答曰：“八十有三，真如风前之烛，草上之霜，朝不保暮。”丹山曰：“心犹壮甚，何曾有老人样?”答曰：“看虽壮，惟齿牙都在，无缺一个，铁犹咬得断，以外皆枯竭。天不老人人自老，地不枯树树自枯。”丹山曰：“陈抟以八百岁为短命仔，未九十便为老?”正芬问出何典故，答曰：“陈抟一睡三千年，八百年谓之打睡[①]。正欲睡时，闻邻子啼[②]声。问谁啼，家人答：‘隔壁彭祖才出世之啼声。’陈抟骂曰：‘短命仔。’说了，只打一睡，却被隔壁啼声打醒，又问谁啼，家人曰：‘彭祖死。’陈抟曰：‘何如[③]？我说短命仔不错。’可不是彭祖八百岁为短命。今君未百岁便称老?”

正芬笑曰：“此典出在笑话上。”丹山又曰：“再说一截，不出笑话本。初春，家表伯寿辰，大媳妇去拜寿，说望公公寿命绵长，家表伯问命长至几多?答同彭祖，又问彭祖几多岁？答八百岁。又问今还在么？答不在，家表伯喝曰：‘亦会死，何长?’大媳妇没趣去。二媳妇亦来拜曰：‘愿公公寿命绵长。’又问：‘我寿几多?’答曰：‘同天皇氏!’又问：‘天皇氏寿几多?’又答曰：‘寿长共一万三千八百岁。’又问：‘现在么?’答曰：‘不在。’又喝曰：‘亦会死，何为长?去罢。’二媳妇亦无趣而退。三媳妇亦来拜曰：‘愿公公寿命绵长。’又问曰：‘汝大、二姆[④]把我比作总会死之人，我不喜欢，喝之。汝把我比作永不能死之人么?’三媳曰：‘会死之人，有敢来比公公寿年？小媳妇来比，比公公与小媳妇之两只脚一般，缠来缠去总不能死。不但不死，会一年愈肥大过一年。公公将来寿愈高，体愈肥，与媳妇之脚无异也。’三媳说罢，举脚与看，一只有尺五长，如大薯一般。家表伯大笑曰：‘我命果能如汝脚，不死而愈肥，喜之至矣。’身中取出番钱[⑤]赏之。此乃实在目前之事，非出笑话本。不知君之令媳脚长短，若亦长大，君寿当亦不死。”

正芬曰：“我只一媳，金莲极短，我命亦短；不似汝表弟妇脚长，致令表伯命亦长。”言讫同大笑曰：“酒先饮再说。”遂同斟同饮。

正是：酒逢知己饮无量，谈至滑稽谑不妨。再谈何事，下文分说。

---

① 打睡：打瞌睡。

② 啼：啼哭。

③ 何如：怎么样。

④ 姆：妇女称丈夫的兄嫂。福州话“妯娌”说“姆婶”。

⑤ 番钱：银元。

第三三九回　说新文相嘲两无忌　讲酒令对谑更诙谐

却说叶正芬与丹山相谑，连饮数杯，肴又重添。正芬曰："故旧重逢，不改当时洒脱，会嘲即管嘲，能有几时再会？吾亦说一截。远乡一乡农，来见孔子，求教耕种之事。沿途直问到杏坛学馆前。头门见一青年，问曰：'哪位是孔子？'青年指曰：'内有一胡子便是。'遂进二门，又问一雄伟之人：'哪位是孔子？'又答曰：'内面胡子便是。'又入至三门，又问头面红肿之人：'哪位是孔子？'亦答内面胡子就是。人至内庭，又问一后生：'哪位是孔子？'答：'胡子就是。'乡农拜见孔子，孔子问曰：'无人引带，直入见我，莫是已会过认得么？'乡农答：'从未会过。自头门起，连问至四人，皆指说内面胡子是，故才知得。'孔子即查所问何人。原来头门是颜子，二门是子路，三门是伯牛，内庭是伯鱼。孔子骂曰：'颜回短命仔①，叫我作胡子可矣；子路毛好死②，叫我作胡子也罢，伯牛乃麻疯孤老③，叫我作胡子尚可。惟孔鲤是我仔④，亦敢叫我作胡子，这还了得！雷何不打死？'"

丹山欲接口，西峰忽至，丹山笑曰："汝怎么叫汝爹胡子？"西峰不知，答曰："无之。"丹山笑曰："无叫？何汝爹叫雷打汝？"西峰始觉乃是笑话，惟笑不答。丹山起位，辞酒已醉了欲去。正芬曰："既至此了，何就去？若怕雷打，我有灰瓮乞汝躲⑤。"丹山曰："清早饮至下午，还不去？"西峰曰："饮未半日久，今且来讲酒令。"丹山曰："汝先起，我接尾。"西峰起曰："要一古人名，二卦名。"遂念曰："郑康成婢女，炭污朝冠，家人小过。"丹山接曰："牛僧儒父子犯罪，先斩大畜，后斩小畜。"

正芬笑曰："选不成，亦皆斩。"丹山笑应曰："斩牛僧儒，与汝何干？"同

---

① 短命仔：詈词，短命的人。

② 毛好死：不得好死。

③ 孤老：麻风病患者。

④ 我仔：我的儿子。

⑤ 乞汝躲：让你躲藏。

饮了酒。正芬曰："我令起要两药材名。"遂沉吟一会，念出曰："恶客慢欺主：生地南芎。"西峰亦念曰："焚发降如来：茯苓远志。"丹山尾接曰："婆媳入青楼：附子当归。"

念了又同饮了酒。正芬曰："我二个先起了，今应汝起。"丹山曰："我不要什么，今只说《三国志》。说那左慈被曹操追兵追拿，走至山中，入羊群内，亦变为羊。追兵认不得哪个是左慈变的，将众羊头尽砍下。追兵去后，牧羊子见羊俱被杀，哭泣不休。左慈现出，慰之曰："不须哭，我能赔活羊还汝。"即将落地之羊头，拾斀[①]羊项上，斀一个活一个，须臾群羊尽活如故，只是个个斀错。有胡的乃牝头，斀于牡的项上，致牡的亦有胡须。后来传种皆有胡，因《三国志》中左慈所致。有人牵二个羊过税口。官是瞎子，被税丁弄弊，两手把两角抱住，哄之作犬。盖羊则有税，犬过无税。瞎税官无目，只用手摸，一摸无胡须，信是犬。有摸一只[②]有胡须，留住。税丁问故，税官曰：'犬无须，羊有胡，留住这个是羊，非犬。'税丁曰：'左慈入羊群时，亦有数头犬在羊群内，头并杀落。至斀时皆斀错，羊头斀于犬身上，故犬亦有胡。今只看角勿看胡，盖有胡乃犬父，无胡乃犬子。此二只乃犬子。'瞎税官听讲过《三国志》，遂信，与俱去，税钱被税丁瞒匿若干。"

正芬笑曰："此就是讲《三国志》？我亦会讲。我便说刘备在新野县，张飞令买办买红羊。买办以羊只有白黑，哪有红羊？单开是红羊，必有红的，一时寻不出，买一只白来染色。因染不及，只将鼻涂红朱送入。张飞看而笑曰：'谁叫汝买红鼻畜生？'买办答曰：'浑身全红的无，即鼻红的亦罕。'张飞以买办糊涂，欲打之。关公笑曰：'汝买此物，此处不叫作红羊，怎不以红鼻畜生来应付？'张飞问曰：'此处怎不叫红羊？叫什么？'关公曰：'惟西方叫红羊，东方叫作苦瓜。'张飞始知各处名叫不同，便发出曰：'此极臭膻、近不得人之红鼻畜生用之不着，去换个清气苦瓜来。'买办遂买进苦瓜，将羊牵回。指之曰：'畜生畜生，我今早抱染汝鼻，被汝利牙连咬三四次，送进去官犹不喜欢，仍发出。'"

丹山连声答曰："羊不必说被汝父子还嘴，亦咬三四次。"都不言，同阿阿而笑。

西峰接口曰："国初刘伯温在朝房说《三国志》，左相胡维庸常笑骂曰：'奸人说奸书，哪有耳听？'便走别处。伯温背骂曰：'自己奸至十二分，反说别

---

① 斀：接续，安装。

② 有摸一只：摸到其中一只。

人。’以他不喜，偏偏无日不说曹操欺君等事，维庸皆离坐。因其鼻红如糟，那日伯温不说《三国志》，同坐一处问之曰：‘君乃大臣，鼻只红[①]不好看，何不医治？’维庸答：‘诸症皆有药，惟鼻红无药可医。’伯温曰：‘怎的无药？我有单方，贴上去不三天，红即转白。’维庸喜曰：‘君有此单方，快来教我。用什么药？如医得退，请君三天三夜食酒。’伯温曰：‘药不须别药，只须冰二片，生姜三片。五更初人仍睡床上，三片姜含口中，二片冰夹鼻两旁。至天明时揭冰吐姜上朝，只须连为三早，红即退。’维庸问何说，伯温曰：‘冰乃压火。当此严寒，夹鼻间恐寒侵入内脏。口含有姜，寒始不能侵。乃水火既济之奥妙。’

“维庸点头称是，回去照所教而为。时正严寒，五更愈冷，可怜他口含姜辣甚，鼻夹冰更难受之至。要退去红糟鼻，只得一连忍受三夜。取镜自照，依旧如故。是日朝房问伯温曰：‘汝所教治红鼻单方出何书？怎的我连为三夜无效？’伯温笑曰：‘出在《三国志》。因汝平素厌我说《三国志》，我试说汝必不听，谁知汝又侧耳来听。有见效无见效？问著《三国志》之人，问我何以知？’又问：‘《三国志》中哪里有姜含口、冰夹鼻之单方？’伯温又笑曰：‘三江夏口，赤壁鏖兵，不出于《三国志》，还出何书也？’诸朝官闻了，无个不笑至捧腹。维庸因此蓄意暗害伯温也。”

西峰言讫，正芬曰：“此红鼻贼暗算死伯温，后欲篡位事发，凌迟戚族犹株连其党无数。但刘伯温既知未来之事，然何不知胡党来下毒药，服其药而死？惟此不解。”丹山曰：“华陀乃仙，亦遭曹操之手，此皆论劫不论术。诸葛之本命灯，不致魏延践灭？郭璞之神机，何至被王敦所诛也？”

正是：死生论劫不论术，先后藉时岂藉能。再谈何事，下文接说。

---

① 只红：这么红。

第三四〇回　叹枭情说演中山狼
除奸佞咬杀阮胡子

却说丹山说完了，又欲再说，正芬曰："胡子极多，不在我一个，汝乱吠。"丹山曰："南京阮大铖在宏光时，权震中外。诸官僚当面叫他作裤子裆胡子，阮大铖不怒犹喜，在朝房常演《张有财背琵琶》与众看形介①。汝便这般怕人说？"正芬曰："那忘恩背义，面皮有尺二厚，谁人比他作得出？汝可知那贼降清，授何官职？"丹山曰："汝还不知其走②么？"答："不知。"又曰："大兵未至南朝，宏光帝未定，他与马士英先走。闻马士英被雷击死台州，背有书'南朝奸臣马士英'。那胡子阮大铖走至衢州，那日遇见，原来假作游江湖算命的，不日亦要过此处。"

正芬曰："他怎打扮？"丹山曰："执一铁杖，挂一招牌'胡子看命'的便是他。"又问："汝怎认得此贼？"曰："我有弟在南京开药材店，时常往来，见他串有燕子笺新戏文。至演唱时，他在台上掌鼓板，无人看见不认得。此回在街路上遇着我，我认得他，他认不得我。同在店中食点心，钱都是我理，约至建宁再会。他与汝何仇恨？句句骂他作贼。"正芬将阮大铖比作中山狼之情事说知，丹山闻之曰："有此负恩害主之人，比作中山狼分毫不错。但那阮胡子既串《中山狼》戏文，便不应自己亦为中山狼也。"正芬曰："这还算做什么？古语云：'恶贼骂强盗，荒鬼③说饿道'，自己撇清之故也。"

西峰曰："君有看过此截戏么？"答曰："已看过。"又曰："既看过，可说怎样唱演？"丹山曰："阮胡子所演，乃郑伯出猎至山中，射中一狼。狼带箭越山而走，走不能快，背后郑伯猎兵追至。危急间，有医者押驴负一书箱经过。狼走不得，跪求医者拔箭救命。医者悯之，将箭拔下。郑伯后追将至，又求救护。医者又怜之，因无所存匿，狼问箱中何物？答书籍，狼曰：'可将书搬出，将我贮存箱内，我鸠④住四脚，汝把带将我捆紧，便装得入。'医者如其言。

---

① 形介：舞台表演的表情动作。

② 走：逃跑。

③ 荒鬼：饿鬼，饿死鬼。

④ 鸠：收缩。本字"勼"。

“作为已毕，郑伯同猎兵逐至。见无狼，问医者：‘狼奔至此，因何不见？是你匿存，代其隐瞒。快说出，如不然，孤之剑先杀汝！’医者曰：‘别兽可救之，惟狼最恶。见美草便爬滚至狼藉，遇行人便抓食其脑浆。蛇口虽毒，莫如狼心。如有见岂不代拿，哪有代护之理？’郑伯又问：‘箱内何物？’答是书籍。其猎兵欲开箱搜看，郑伯曰：‘狼大如马，这样小小的箱，怎装得人？不必开看。’郑伯说讫，率猎兵过山而去。医者见其去远，开箱放带，狼出来，便舒腰伸动有一会，犹未去。对医者曰：‘我腹中饥甚，汝可与我充饥。’

“医者闻狼说出此言，大惊曰：‘我救汝命，汝反欲食我？岂有此理？’狼曰：‘汝有可食之罪者三，怎的无理？’医者问：‘何为可食之罪？’狼答曰：‘汝代我拔箭，箭不直拔出，箭头车琏①半晌方拔出，我被疼痛将绝，一可食之罪。浑身将我捆扎，塞于箱内，气几憋杀，二可食之罪。汝在郑伯面前说我至毒至恶，会食人脑浆，必须除去，三可食之罪。我不食汝，还待食谁？’狼说了做出咆哮之形，便欲上前咬食医者。

“医者求曰：‘汝说有可食之理，不知其中皆系有因。箭头皆大，直拔必不能出，故车琏半晌，一可食之罪可恕。汝四脚张开，不缚一团，怎存②箱内？二可食之罪可恕。郑伯率猎兵追至，见汝无去③，以我代汝遮瞒，拔剑竟欲杀我；不此等说，彼必生疑；若被搜出，我与汝两命皆休，三可食之罪，还可原谅。’狼曰：‘我说汝可食之理甚正，汝所辩可恕之理勉强。今可同去问人，谁的理正？’

“医者遂同行数里，无见一人。有一枯枣树在路旁，狼令医者问之。医者曰：‘此乃枯树，安能言语？’狼曰：‘便问，能答。’医者即告以救狼之情节，狼亦告以三可食之因由，医者又说其可恕之故，共问可食不可食。枯枣树答曰：‘莫提起此情理。我还是一粒枣核，发出成树，年生无数枣子，与主人采买，至数十年致富。其家因我既老，不能再生子，主人将我伐作薪烧火。照此论来，汝应与狼食。’狼曰：‘何如？今问明了，应与我食。’便张牙舞爪前来。

“医者再三恳曰：‘问此乃死木头，听之不得，去问活的方可。’狼又依之同行数里，仍无人，只有一老牛卧地食草。狼曰：‘此乃活的非死，可再问之。’医者同狼仍以问枣树之言辞问之，牛答曰：‘汝两个因此情节来问我？我有不尽之惨情，无处可诉。我为牛，不是耕田即是推磨，使尽心力吃亏，后致主人买

---

① 车琏：转动。

② 存：藏。

③ 无去：消失了。

田置产，纳监捐官。今老了，筋力衰了，不能再做，主人要将我卖与人宰割剥皮割肉。若照此说，汝亦应当与狼食。’狼曰：‘二处都如此说，可见我不亏汝。汝还有何辩？’便向前一把抓住。

“医者跪下求曰：‘再去问一老人，与汝食无怨。’狼又同行，遇一老叟，医者与狼又如前告说了一遍。那老者曰：‘我看小小之箱，怎装得只大[①]之狼？一虚百虚，都无实事。’狼曰：‘今请试装箱内，即是一实百实。’狼又鸠作一团，令老叟试装入箱。那老叟即解医者之带，将其扎紧入箱，即骂曰：‘汝这孽畜！救汝之恩人，即想食他，我先杀汝忘恩背义之孽畜再论。’那狼被缚箱内，答曰：‘原来落汝圈套。我实在因饥甚，才想食他。今被说破，便不敢食，可放我去。’

“老叟曰：‘汝乃狼子野心，救汝何用？不早杀却，留汝害人！’即拔剑令医者斩之。医者尚说不忍，老叟曰：‘被逼至此，尚何不忍？我代除之。’即将狼之头砍下。医者欲拜谢，老叟忽不见，方知仙人来除恶救善。戏演至此。”正芬曰：“此因近世人有负恩食德之人，故借中山狼来比，何曾是实事。那贼所行之事与中山狼无异，不待别人编出来比，他先串来自做，脸极厚。遇此贼咬下一块肉，死亦愿矣！”

丹山笑曰：“只咬一块肉，他不会死，汝先死了，何谓报仇？要立咬他丧生，方以为报。他日内必由岭上经过，汝要摸他一下亦不能，焉能拢身咬他？要除此狼，亦须寻此老叟来帮手方可，若无此叟，万不能报恨。”正芬曰：“他是自来，我何处寻？”答曰：“他亦在此，是汝不知。”正芬曰：“现在何处？”答曰：“远在天边，近在眼前。”正芬笑曰：“眼前即是汝。”丹山答曰：“有些似。”正芬把丹山相了一匝，笑曰：“汝不是老叟，倒是枯树老牛，不能助，反害之。”

丹山曰：“真真[②]代杀此奸佞，非说玩笑。”又问曰：“与汝无仇，怎肯亦动杀机？”答曰：“一代汝杀中山狼；二与众东林报恨；三，我去候选，亦被此贼把名添入东林后党。有此三宗，怎不肯也？”正芬喜曰：“有汝智多谋在此帮手，宿恨可消，不知怎样行为？”丹山曰：“汝先遣家人去岭下总路[③]等他，见有胡子看命经过，即是他。赶回报，我去诱至，须如此如此。神鬼不知，可消三恨。”正芬同西峰答：“妙计甚好！”即着心腹家人去岭下老等。果等至三日，胡子看命到了，飞跑回报。

时日已暮，丹山赶至，见阮大铖在人家门首看命，便上半岭[④]等之。阮大

① 只大：这么大。

② 真真：真的。

③ 总路：大路。

④ 半岭：半山腰。

铖命看完亦行至半岭，丹山遇见，问曰："先生可认得么?"阮大铖答曰："在于某处点心店会过，多谢代理点心钱。怎么今日才行至此?"丹山曰："因闻良玉之子左梦庚带一枝兵城南驻扎，以访拿南京逃官为名，实是掳掠行人包囊，故不敢过岭。欲去岭内故友家住数日，俟梦庚去了再行。"阮大铖闻此说，脚亦住不敢行。心中思：我与左家正正有衅[1]，我面貌又好认，被拿去万命万休[2]。丹山见其停吟良久，便问曰："先生亦是不敢去么?"答曰："左良玉犹公道，梦庚大糊涂，良玉被此子活活气死。现既是被截劫，惹之作甚？回头去看命。"

丹山曰："到此了，何必回头？同去敝友家住歇，并问明左兵是截劫不是。"阮曰："令友怎好打扰?"答曰："敝友最喜接待文人，见得便知。"阮大铖遂同去叶家，西峰十分殷勤款待。饮食间，丹山问曰："岭南左兵是劫掠不是?"西峰曰："说是梦庚袭父职，来截拿逃官，并不是截劫。"丹山谓大铖曰："若不是劫掠，明日可得行。"西峰曰："既到此了，哪有就去之理？还要领教先生命理。只是敝处无好饭菜，祈勿见怪。"大铖曰："不当打扰。"

西峰又曰："二位可知此番北兵南下、南京无人迎敌之事么?"大铖答不知。丹山曰："弟在南京回来，尽知其情。南京有马、阮调度，渐有中兴之气象，却被东林党这一伙狂生请左兵前来扰乱。三镇兵前去迎敌，国中自相矛盾，外镇无兵，致北兵如入无人之境，君逃臣窜，实由东林鼓祸。若听马、阮调度，湖广有湖兵三十万，江南有三镇兵数十万。把住咽喉，南京如铁桶相似，何至如是?"

大铖听了喜甚，问曰："此话君在何处闻之?"丹山曰："不但只南京传说，即江浙各处无人不指骂东林党，称羡马、阮。"阮大铖大喜曰："今夜闻君此说，如获异宝，即一死亦愿!"丹山问曰："马、阮与先生有亲么?"此时大铖已醉，闻无人怨有人赞，胆便大，笑曰："弟即阮。"只说三字，遂即不言。丹山讶曰："先生即是阮公么?"大铖答曰："弟即阮大铖之幕友，因南京破后，闻人怨阮侍郎，恐殃及池鱼，始作江湖之人。今闻此信，始放怀缓缓而行，不致被人指黄牛骂白马。"言之呵呵大笑。

西峰笑曰："怪道先生是恐人暗算，才以铁杖挂招牌，刀插腰二三把。"丹山曰："至福州界无东林党，何须怕？今夜与先生另间房独睡。"阮大铖笑曰："既骂东林，称赞马、阮，还怕什么?"一面饮酒。阮大铖得意，多饮已醉，要去安睡，遂扶出外园书房内。

---

① 正正有衅：真正是冤家对头。

② 万命万休：有一万条命都活不了；绝对命休。

时已三更，阮大铖虽醉，心犹定。进房见有棺材，问这棺材何人的。西峰答曰："家父的。"阮大铖即闭门，持刀向床下遍处寻看了，铁杖靠于床边，刀放床头。走路辛苦，又加酒醉，一倒床即鼻息如雷。正芬早已卧在棺中，侦其酣睡了，即掀盖起来。索[1]已备便，将阮大铖脚手缚住，挂起帐，开口向大铖喉管尽力咬断。那阮大铖睡梦，脚手被缚紧，转动不得，顷刻血流满席气断。正芬满嘴是血，连胡须皆是。开门出来，西峰与丹山知事已成，同进将阮大铖身尸抬起，朱笔写背上："天使蛇咬阮大铖，以偿陷害诸东林"十四字。

正芬去洗了嘴曰："此贼乃江西小旦，白日奸淫人家妇女，被人持刀逐杀，赤体投我家求救。因见其左腿有一颗黑痣，日后必大贵，遂匿之，谁知是中山狼也。"丹山即将其脱着，果有大痣，谓曰："相书云，痣居腿贵而阴险。此人前后二次官能二品，邪行终不能解。"仍照他原衣服穿好抬出，并包囊招牌刀杖等物，由小径出岭边，放于坑里。次早樵子报知地保，共验看喉断，非刀痕。脱衣再看，有无别伤，遂见背上红字，方知南朝奸臣阮大铖，假作看命先生走遁，被蛇咬死坑内，乃天所使。地方官赴验，闻载道欢腾，皆言皇天有眼，遂令掩埋了事。

是夜丹山同父子二人饮说，谓曰："做得干净么?"正芬曰："君即中山仙人，方能引诱此狼入局报应。"丹山又曰："此一举有三得：一还汝嘴咬之愿；二载道欢腾，消除东林之恨；三我之私恨亦消。此贼与马士英同谋不纳太子，雷既震死士英，独留他遂君口咬之愿也。"正芬答："不错。"

饮讫，正芬仍去棺材里卧，次日不起来。西峰掀盖一看，见其父含笑归天，知是愿遂而死。丹山直留至丧事毕，方回建宁去矣。

正是：不须做棺先入寝，安能咬肉死甘心。未识下文，接说何事。

---

① 索：绳子。

第三四一回 张献忠取蜀戮贤抚 八大王迎妻建天桥

却说顺治三年，福建闻江南宏光殁，郑鸿达与黄道周等同迎唐王即位于福州，改元隆武。封郑芝龙为平西侯，鸿达为定西侯，俱改太师。郑芝豹为澄济伯，时芝龙仍骁健。此且按下慢言。

且说诸流寇，李闯已灭，惟张献忠，乃陕西施南人。少时从军犯法，得总兵陈鸿范救免。后为贼，与罗汝才同起。身面瘦，面微黄，须有尺六长，军中称为黄虎，又号八大王。今李闯已死，惟他先破江西诸郡，后被左良玉败回。有人进策取浙江、福建，献忠以左良玉驻扎在武昌，畏之，议入四川，随即率兵犯夔州。

时四川巡抚乃陈士奇，漳浦人，天启进士，崇祯十四年巡抚四川。贼既入川，有人赞士奇性傲，无他筹，蜀王以缘劲侯督军务。献贼陷于夔州等郡，贼有几十万到府城下。陈士奇与诸军日夜守城，衣不解带，以火罐火炮毙贼无数。献贼于是开掘民墓，起出新旧棺木重叠城下，改火炮为火攻。二十日夜，黑云四布，贼于墙角放存火药数十桶，晨起以火箭射中火药桶，火发地裂城陷，瑞王、陈士奇等俱遇害。

瑞王名常浩，万历第五子。为汉中王，因国破奔蜀，有关南道与之俱奔。王来驻重庆府，今城破被拿杀时，天无云有雷响。献贼曰："雷若再响，不杀放之。"因雷不再响，遂杀之。王素好佛，不近女色，仁慈之甚。死之时，人皆见白云冉冉而没，皆信其尸解而化。盖陈士奇有缘劲侯接代军务时，将吏曰："公乃卸事之官员，可去矣。"士奇答曰："贼是在我任内入城，我怎敢去？如惜命而去，有何面以对君父？义应与封疆存亡也！"是日城破，同知府王行俭、知县王锡皆被擒不屈而死。同死者万有余人。天忽尽晦如夜，雷声大震。献忠仰天骂曰："我杀人与汝天雷何干？"令架火炮朝天打之。炮声一发，雷寂无声，云开日出，万人死矣。后丰都林明镌作《三忠传》行世，即陈士奇、王行俭、王锡三人也。

重庆之军士，尚有三万七千人，贼尽断其臂放之。献贼自重庆府起，趋成

都，一路州县望风瓦解，烽火数百里不绝。成都大震。蜀王至栈道，欲迁云南，巡抚刘勃力持不可，遂止。巡抚等官请王出财货招募死士，向东杀贼。王以祖制为辞，不出财货。巡抚与总兵刘佳应率兵入援，战败。成都城破，王率嫔妃投入宫中八角井，刘勃等皆死。献忠大杀成都民三日，所有诸乡宦、绅衿、贞妇、烈女死者无数，军民共杀死数十万。

献忠遂据藩府称帝，僭号大西，改元大顺。以成都为西京，封伪官，建王府。择故相国陈演之女为伪后，将迎娶。命自南门五里外架天桥，高十余丈，逾城直达王府。桥之左右，结彩栏杆，上结锦绸栏，尾挂小晶灯像日月，一望如长虹。献忠对众曰："天赐后也。"遂迎入正宫，并封其诸兄弟为国舅。未十日，陈皇后赐死，诸兄外戚皆杀之。

时既得全蜀，遂开科取士，是举人皆令来会试，不许一名不到。命伪丞相为主、副考。举子共至四百余名，取中进士一百六十名，献忠看题名榜语曰："好文章榜中才有几人，无名的文章必不好，便为不得举人，可与我收拾去！再来另取好的。"即令将未中之举人二三百名，即拿杀之。

殿试状元乃张大受，华阳人，年未三十，身长七尺，颇善弓马。群臣谄媚献忠，进表疏贺曰："皇上龙飞，首科得天下奇才为鼎元，此实天降贤才为陛下用，不日四海一统，即此可卜也。"献忠悦，召大受，见其人果仪表丰伟，兼之年少服饰华美，即曰："这一个好极，余皆不及。有此一个，胜过千个。那不及的留之无用，都与咱收拾了罢。"即将一百五十九名进士尽杀之。

左右见献忠欢悦大受，又在旁交口称誉，以为奇士，古今所未有。献忠即赏赐大受金币刀马至十余种。次日大受入朝谢恩，面见献忠。左右复在旁称誉其聪明学问及诗书文字，一切技艺皆佳。献忠愈喜，召入宫中赐宴，诸臣陪宴，欢乐竟日，以席间金银器皿尽赐之。次早大受入朝谢恩，叩首毕，诸臣复拜贺，又大宴尽欢，献忠又赏赐美女十人。次早坐朝又奏新科状元午朝门谢恩，献忠忽蹙眉曰："这驴养的！洎老子爱他，见不得他，老子有些怕看见。汝们快些与我收拾了，不可叫他再来见。"诸臣承命，刻将张大受绑去斩了。并传令，将大受全家并所赐美女十人尽皆斩戮，不留一人。

那时各州县设有外官，献忠命各伪官查检诸乡绅，凡有贡监青衿，严催上道，不来者便拿杀之，并坐比邻。待至齐集时，令之由东门入，西门出，尽杀之。献忠又诡计令考试文章，仍以军令严催上道，集于贡院。出一新制大旗，纵横各一丈，令写满幅一大帅字，要一笔挥成，能写者免死。惟夹江童生王志道，二十七岁，缚草为笔，以大缸贮墨，将草笔浸濡三日，持出直写一帅字，满幅不差厘毫。献忠看了讶曰："有才如此，他日图我者，必汝也。"立将王志

道拿杀了祭旗。

遂设一长绳，离地四尺，令生童按名排立，凡身高超过绳者，尽驱于西门外杀之。前后杀死万余人，笔砚堆积如山。留有二个高不及绳，留作书记。又以考试武生，各州县之武童，会集校场，出最狞恶之马数百匹与骑。都上了马，各营鼓噪，发大炮，震金鼓，群马惊奔，人皆坠地，被残蹈者为肉酱。献忠便抚掌大笑。

原来献忠为儿时，随父贩枣至四川内江地方。因驴系于缙绅石坊上，其驴散屎尿污坊柱，缙绅之仆见而喝骂其父，又以鞭打之，又令以手捧屎尿于他处。献忠在旁怒目不敢争，临去誓曰："我若再来，尽杀这一起[①]缙绅，方泄我恨!"后为流寇，败窜伏山谷饥甚，闻某寺饶钱谷。去劫时，有诸生数十个在寺中读书，闻贼至顾不得衣服，皆避去。那寺内僧众皆有武艺，恐贼杀退又来寻衅，莫若嫁祸他人。众僧将各诸生衣巾穿着，与之大战。献忠大败，死者甚众。因见皆书生非和尚，遂积怨于士子缙绅也。

献忠入蜀，便屠一县之人，惟梓橦县无屠。因攻陷城垣，夜梦一神，呵儆之。醒觉头眩，问之始知乃文昌帝君，亦张姓。致祭，令士人作祭文。不称意，杀之，另换文士再作，又不如意又杀之。连换五个，献忠喊曰："待老子自作念汝写!"念曰："老子姓张，你也姓张，因甚吓咱老子，咱与汝连了宗罢，尚飨。"士人凭口写了，献忠问众臣："我作好么?"左右皆答："老万岁乃天生奇才，他们怎及?"献忠遂得意甚，曰："叫咱怎不杀此文文绉绉一起么?"遂祭了帝君，至城破，不杀一人。破别州县，不屠尽不止。不但只杀头，或断男女手足，或剖验胎孕，或剥人皮。

那献忠天生暴虐，一日醉中无事，自杀其妻妾十余人，惟一子亦杀之。及醒，召诸妻妾，左右告之昨夜皆杀了，献忠又怒其不拦阻，又杀左右数十人。其旧友来投者，留住几日，欢饮不懈。及辞去，皆厚赠之金宝，预遣人伏于路截杀之。其头首皆装于木匣，载以相随。至行军时，独饮不乐，则令人取匣开盖曰："请咱好友出来。"遂取出头排之席间，持杯劝酌，如对生人，名为聚首欢乐也。其好杀残虐如是，真古来为贼之残忍惟张献忠矣。

正是：好友头排乐聚首，骷髅酒款畅谈心。再看下文，如何分说。

---

① 一起：一伙。

第三四二回　砍女脚剥人皮惨矣　箭贯胸肉细割快哉

却说张献忠天性酷虐好杀，自古至今，任甚残忍，无有再如是也。

一日，献忠忽疟病，因问左右："何以能愈？"左右曰："当天告许一善愿，必愈。"献忠遂祷告曰："病若愈，谢一对朝天烛。"未数日，病愈，即饬各州县伪官，令比户挨查：凡妇女十六岁以上，四十岁以下，皆着红鞋。限定日期，以军令，一同押送来照验；如不来者，立斩其夫男父兄。无何，万余之妇女俱至，集在校场听点。献忠即点名验看，发一声号炮，将万余妇女双脚尽行砍下。预截一对高洋木①，俱高四五丈，将女脚叠至尾，以高洋为骨，竟成一对朝天烛！因西蜀之女脚，原无甚小，鞋皆平头无尖鼻，皆不中为烛心。献忠以无烛尖心不成烛，因遍选皆无，惟一宠妾乃南人，脚甚小，献忠笑曰："有现成一对尖心在此不取，何用别寻？可借咱一用罢！"令人即砍下双脚，安于高洋木尾为烛心，合适之甚。献忠大悦，遂令举火燃烧。生人之骨有油，见火便着，光照里许。献忠拍案大笑，又曰："咱老子今日还我大愿！"盖左右之教许善愿者，欲以必许不杀人之愿，谁知反作此杀人之恶愿。那足烧至四五日才尽，其臭味闻于数里。是时爱妾之脚都砍不惜，众将之心暗怀离散。

时各州县设有伪官，因捕获百姓尚有遗民，拼命伐木揭竿，纠集杀贼。一时，伪官被遗民或刺杀于庭，或截杀于道，或生擒投于水火，将各州县伪官刺灭将尽。

有伪官孙可望，搜杀遗民，自汉中回。成都之众官列衔名具手本，俱出郊外迎接进城。可望不敢隐，告于献忠。献忠以习故朝接送之陋套，照列名手本，即日杖杀百余人。又一日，杀从官二百人。或曰："杀之太甚！"献忠曰："文官怕无人做耶？"次日早朝，众官伏阶，献忠呼獒犬数十下殿嗅众官，有犬嗅者，即斩之。

有尚书龚完敬，怒以道路不治，拿来剥皮。将全身剥下，气不与绝，如气

① 高洋木：杉木。

绝者，执行者抵死。将完敬皮剥下，填以草，针线缝密，仍以衣冠穿之，放立于市。一祭酒，因生辰日受诸生贺礼十余钱，亦拿来剥皮，亦填以草，着以衣冠，立于市，召诸生同来看。

那时四方之兵将渐至，献忠忿然曰："川人尚未灭尽！"于是令伪帅孙可望等分道出屠，穷乡僻壤，深崖峻谷，搜寻人杀。得男手足二百双者，兵卒授把总，得女手足倍之。可望等或日杀四五县，童子手足不算，只计壮年男女手足。寅时出，酉时还，登山峰遥望何处有烟火起者，即去洗杀。有一卒，日杀数百人，立擢至都督。自此贼营中，公、侯、伯皆屠川民所致也。

献忠前后与各贼卒共杀士民七十余万有奇。自成都百威山起，至相子园南门，七十余里，尸积如山。献忠仍攻川南州县，俱大败。以妇女财物系累众之心，不肯死战，于是营中有金银必弃，有妇女者必杀。合营不遵度者，即将众贼卒尽装大船，沉于江中。左右亲信之人各生畏惧之心，多有散走者。献忠欲北行入陕，恶其党太多，谓曰："咱初起时从者才五百人，所至无敌，今多反不利。"遂令人密侦诸营中，有赌博饮酒、嬉笑怒骂、偶语离越者，收斩之。是日，又杀几千人。又除成都居民，将成都十人为一缚杀之，又灭医生、僧道、各匠等，又杀民间之牛、犬。

随有参将杨展起兵来剿贼，献忠闻兵势强盛，大惧。率兵十余万，装金宝数千船，顺流东下，将与杨展大战。杨展闻之，率兵卒迎战于彭山之江口，大捷，烧沉贼船。献忠向北逃走，士卒锱重丧亡几尽。复走成都。杨展得其金宝，以益军储。献忠自江口战败回成都，兵势不振，又闻王祥、曾英亦率兵至，遂决意走川北，将蜀府所余之金银及宝玉等物，尽沉于江底。又尽毁宫殿，焚烧市肆而逃。杨展闻贼遁，引兵追之。至汉川，贼已远去，尽收暴露之骸骨，埋掩如山，竖碣书之曰"余奉命讨贼，持师过此，怜尔白骨之露，用加黄壤之封"云云。

适大清皇帝命肃王西征，领兵至汉宁。因保监朝天关有贼刘进忠把守，未得即进。缘进忠部下多蜀人，献忠恶之，欲谋尽杀其众。讵有人知之，密报与进忠，进忠大怒。献忠下伪诏，用秦人鄙语骂进忠。进忠忿怒，率其众迎降肃王，而献忠不知也。肃王问："献忠现在何处？"进忠答曰："在南京交界之金山铺，去此千余里，驰赶五昼夜可到。"肃王即命进忠为引导，率师疾行，遂至四冲之凤凰山，访知献忠在山上。

时值大雾迷濛，王潜率军登山。贼之探马报大兵至，那献忠平素骄傲，以进忠把守朝天关，鸟飞不过，大兵安能至此？以探兵混报杀之。少顷又报，又杀之。连杀三个，便不敢报。肃王挥铁骑入贼营，如入无人之境。时贼方食早

膳，因闻有马蹄之声，献忠始觉之，取蟒衣只穿半臂，口犹含饭，率牙将十余，仓皇出视。进忠指告肃王曰："那穿半臂蟒衣者，即张献忠也。"肃王发一矢中其胸，献忠犹拔矢视曰："果然大兵也！"即逃躲积薪下，被大兵寻获，拖出缚之。将临刑，犹喊曰："咱老子生在燕子岭，死在凤凰山！"还怒目视其部下之降者。

肃王自拔佩刀仰天祝曰："张献忠罪恶滔天，流毒百姓，予受天命，奉行天讨，为百姓复仇！"祝讫，亲加刃焉，置其尸于辕门，任士女砍杀之。见其心黑如墨，又偏不正，而无肝。顷刻骨肉糜烂殆尽，掩埋山旁。现今埋尸处，生草如棘，人误触之，辄成大痈难愈。又常有黑虎在其处，人皆远避。彼时献忠既灭，其侣孙可望、刘天秀、李定国等各散走。原来，献忠在成都时忽言曰："咱今已至厄运，三年莫可避。惟愿埋名入深山修数载，可过厄，仍横行天下。"伏诛时年四十一岁，乃大清顺治三年十二月。

起初，成都东门外沿江十里有桥，名锁江桥。下有一塔，名回澜塔。万历中，布政司余一龙修建。献忠登塔见内城宫殿，言曰："桥是弓箭，弯弓正射承天殿。"即命毁其塔，就其处修筑将台。穿穴取砖至四丈余，得石碑，上有篆字云：

修塔余一龙，折塔张献忠。
岁逢甲乙丙，此地血流红。
妖运终川北，毒气播山东。
吹箫不用竹，一箭贯当胸。

汉武侯诸葛亮勒石

后人知"吹箫不用竹"乃箫字去竹，即肃字也，肃王射中其胸诛之。盖献忠初为贼，只图脱祸，无意杀人。因至湖广，率同辈五六人夜盗武当山大庙金顶嘴，见王灵官喝曰："快去，快去！倘非上帝放汝收人，生生打汝死也！"献忠闻此，自负奉天杀人。

闻此事者乃献忠侄某。败后潜身削发于灌县三十六峰，号"疤和尚"。定后时出游，与人言之。其身被火药烧痕，故号"疤和尚"，问其名，终不言。康熙四十年尚在。那张献忠初至成都，驱人东门外洪顺桥杀之，举刀时迅雷奋击者三。献忠怒指天曰："放我下界杀人，今又以雷震我也。"用三炮连击之，雷退息，天始开霁，诚天意也。

万历年间，好叶子戏[1]，图宋时宋江等名姓于牌而斗之。至崇祯时大盛，

① 叶子戏：纸牌。

曰“闯”，曰“献”，曰“大顺”，其到后皆应也。至崇祯十七年正月，铜石东界掘出古碑，有字云：

东也流，西也流，流到天南有尽头。

张也败，李也败，败出一个好世界。

其云亦是武侯所遗之谶也。正是：江山有意归真主，张李先来作假王。后事如何，下文分说。

第三四三回　隆武陷没芝龙归顺　成功踞岛施琅投诚

再说福州迎立唐王，改元隆武。郑芝龙在番多年，群寇皆其担盟，行船若无郑氏旗号，不能在海来往。每条船插有郑氏旗号，纳银二十两，一年共计收银千万。于是芝龙极富，大小战船直通城内。所辖之地，凡有盗贼及罪人逃走于海者，官兵难捕，只发芝龙谕，即刻就获到案，故郑氏富贵甲于七闽。

那日，芝龙率其子陛见，隆武见而奇之，抚其背曰："惜无一女配卿，卿当尽忠于国。"遂赐朱姓，赐名成功，封御营中军都督，赐尚方宝剑，内外于是称为国姓。是年，日本国送归其母。

那芝龙知天意有在，一隅难困天兵，密有归顺心意。是时，招抚江南者洪承畴，招抚福建者黄熙允，俱晋江人，与芝龙皆乡里①，每有书札往来。隆武知其情，无奈之何，惟自忧愁不胜。一日，国姓见隆武愁闷之状，跪奏曰："陛下忧闷如是，莫非恐臣父不尽忠乎？倘臣父异心，臣受陛下厚恩，宁死以报。"隆武曰："卿若如是，朕有何忧？"

时两浙兵败，大兵将至闽。芝龙若不出兵，无以服人，遂假张声势，分军为二队，言万人，实不满三千。以郑鸿达为元帅，出浙江；郑彩为副帅，出江右。隆武出郊外筑台送之。芝龙兵才出，就称饷缺不行。隆武发诏催之，又行四五里，全军按住不动。隆武急甚，与国姓亲出征，芝龙始随之，驻扎建宁。因兵少，欲往江西招募。那芝龙请航海，只上表无实事，自即掣兵而回。大清兵至，惟国姓与战，寡不敌众，遂败南溃，隆武驾陷于汀洲。

芝龙回泉州，紧闭城门，大索乡绅富民助饷。有不应者，即将其缚吊一夜，勒出数万金始放，否则杀之。自己姻家富甚，以戚属不与及。固山兵至泉州，芝龙又走，惟国姓母不走，死之。国姓闻之，不胜痛愤。芝龙退守安平②，因未得洪承畴、黄熙允之信，未敢即降。思两广属我部下，若招以自效，闽粤总

---

① 乡里：乡亲。

② 安平：今晋江市安海镇。

制可得，犹南面而王也。贝勒令与芝龙相好之缙绅郭必昌往招之归顺。芝龙与说犹未毕，而固山兵迫安平。芝龙怒曰："既使人招我，何又相迫?"贝勒即令固山兵返扎三十里外，修书招之。书略曰：

"吾所以重将军者，以将军能立唐藩也。人臣事主，苟有可为，必竭其力。力不可为，则投明乘时，建不世之功，此其时也。若将军来迎，即以闽粤提督印以相待，且吾欲速将军来者，欲相议地方人才故也。"

芝龙得此书大喜，与成功议归顺。成功哭谏曰："父教子忠，未闻以二教子!"芝龙怒曰："丧乱天下，一此一彼，谁能常之? 汝少年安识大事?"叱之出，遂进降表。过泉州，大张告示，自夸投诚之功，并将贝勒之来书与众看。遂去见贝勒，拉手大喜，折箭为誓，设席对饮甚欢，至三昼夜。贝勒知国姓非凡，催芝龙往召。芝龙频遣人召之，竟不至。贝勒叹曰："成功不来，海疆必遗后患矣!"半夜撤营，挟芝龙而去。国姓知父挟去，叹曰："早知至此，其如谏之不听何?"

时国姓虽封官爵，其气概犹一儒生。至谏父不听，又痛母死，遂谋起兵兴复。穿入泮之儒巾蓝衫，赴文庙拜先师，即与所相好之甘辉、张进、施琅、施显、陈霸、洪旭等九十余人，祭旗告天，声泪俱下。驾二船而行，收南粤兵几千人，凡有檄文，皆称"忠孝伯大将军罪臣国姓"。至明年，闻桂王即位于广东肇庆府，改元永历，于是国姓亦奉永历正朔，督师归于南粤，旧众稍集。时国姓年才二十四。

因厦门、金门被定远侯郑彩同弟永胜伯郑联所踞，至厦门、金门皆属同官，谓之两岛。厦门有万石岩，离城东数里凿石成洞，奇异可爱，乃郑联所结构，常醉乐其间。国姓探其醉卧岩中，引兵突至，伪为借兵；郑联无备被杀，郑彩逃去，国姓遂得两岛。屡寇漳、泉等郡，或胜或败。至顺治八年，军士有六万余人。

左先锋施琅事国姓最久，品貌魁梧，知兵。自楼橹旗帜之外，皆琅计划，惟恃才而傲。国姓忌之，令一深信人为琅标下，暗察其情形。讵该兵藉势，干犯国纪，琅将杀之。兵奔投帅府求救，国姓驰谕令勿杀，施琅竟捕杀之。国姓大怒，令军士围拿其家。琅先得信，其弟施显曰："兄无子弟有子，兄速怀弟之子远遁，勿待并杀绝。"施琅遂怀抱三岁幼侄逃出。军士至，拿杀其父并施显，尽除其家。

施琅既逃出，四面环海，防兵甚严，不敢登舟过渡，又有兵士遍追，难以走脱，只得存躲[1]谷中。追兵至谷，将入谷搜寻，因见蛛丝网结蔽于谷口，遂不入搜而去。琅不敢出，至三日夜，同侄饿得将死。有佃兵[2]在山锄园，三日

① 存躲：躲藏。

② 佃兵：军屯的农民。

前追兵来搜时，亦看有蛛丝网蔽谷口。今日来锄园，望谷口无蛛丝。看谷中有花豹隐卧，惊而走。回头再看，乃人非豹。近前看，认得是左先锋施琅，问之。时琅惫甚，忖其意不恶，以实告。

佃兵怜之，先买糕饼与止饥。伯侄渐强健，即进酒饭。谷口以草遮蔽，并无人知。国姓拿施琅甚急，曰："此人不获，必贻后患。"出令曰："有人存匿者，族诛之！"佃兵与施琅曰："此非安稳之处，有知心者，可去投之。"琅曰："惟部下苏茂堪投。"至夜，琅随佃兵至茂门前叩门，佃兵自去。苏家开门见施琅，拒而不纳，琅拔剑连杀二人。入二门，又有拒之者，又杀二人。苏茂闻声出看，乃施琅，骇问："怎得如此？"琅曰："存山谷几日，因捕急来投，望念前情救我！"苏茂问曰："手执剑，血染浑身，杀死何人？"琅曰："因汝家人拦阻，不与我入，故杀之。"又问："杀死几个？我之二子有杀否？"答曰："不知，杀死四个了。"苏茂出查，杀死二子并二家人，谓曰："杀了亦罢，若不纳无义，纳了族灭。已杀了二子，保不族灭？"

即带之入内室，将侄交于老媪。追兵闻信，赶至搜拿。苏茂令琅存躲椅下，以妻坐椅上，将衣裙罩住。追兵入搜，闻说因拒不纳被杀二子，有不献出仍存[①]之理？见其妻坐椅上哭子，不再搜而去。天明，苏茂去军门请罪，国姓悯其二子被杀，即将施琅左先锋之职与苏茂补授。

苏茂存至二日，至夜假作巡查海涯，带施琅并侄过渡五通，施琅遂得脱，去福州投诚。至兴化驿坂，坐歇路旁，茅屋有老妇谓曰："客官何往？怀中小儿瘦至此地步，必是失乳，过十日便难成人矣！"琅答："乃怀侄逃难之人，怎能寻人调养？"老妇曰："奴有媳妇堪以抚养，可寄放在此，等客官再来，即交还。非贪图银钱也。因见此子骨格非凡，死去可惜。今分毫不要，待来取，随送多寡，何如？"琅遂问了姓氏，自亦通了姓名来历，将侄交付。施琅赴省城投诚，总督送琅至京补授京营参将矣。

正是：此时不做伍明甫，他日怎为靖海侯。后事如何，下回分说。

---

① 存：藏匿。

第三四四回　献海澄黄梧封公爵　寇金陵成功折将兵

却说施琅投诚。顺治九年，朝廷命下，郑、贾二御史来招抚成功，许封海澄公之爵。国姓不从，且以方议招安，乘时登岸借饷为名，劫掠漳、泉各县。十月，朝廷又遣叶阿御史来招安，国姓又不从。御史怒回报，朝廷闻之亦怒，囚郑芝龙并芝豹。国姓闻之不顾，以忠孝不能两全，遂入寇漳、泉各属。漳州镇偏将刘国轩等降，遂取漳、泉各州邑。时水陆兵已备，遂分为七十二镇，立储贤馆、察贤馆、宾客馆，设军器诸局，令六官分理庶事，以壬午科举人潘赓钟为吏部，丙戌科举人陈实为礼部世职，张光启为兵部，程应藩为刑部，丙戌科举人冯澄清为工部各官。改厦门为思明州。

顺治十三年五月，令先锋苏茂、黄梧寇揭阳，不克败回，遂斩苏茂。盖前已访知纵施琅，今又犯律，故斩之。国存所有财宝，皆存海澄城内，以黄梧守东南门，苏茂部将苏明守北门，其余武将等守于外。八月，国姓欲北寇，即日驾舟北去。

那日，黄梧同苏明在海澄城东楼饮酒，因言及杀苏茂事，梧曰："藩养将士如豕，肥则食之。"苏明叹息不言。黄梧曰："我等飘泊海外，未有定所。现在天眷大清，吾等何不弃暗投明?"苏明以为戏言，未答。梧脱冠与看曰："请看!"原来头发已剃，梧之左右皆持械环定。苏明惊惶无措，亦以苏茂之故怨成功，即言曰："兄既降，弟何不依?"于是同赴归顺。众亦有不愿去者。朝廷命以黄梧为海澄公守漳州，苏明仍为内大臣。梧又奏请开掘郑氏坟墓，诛其族党。从之。

时甘辉闻黄梧之降，攻之不胜，惟潜入土城，掠其积蓄，归报国姓。国姓即掣兵攻漳州，因有重兵在漳，战不能克。十四年三月，国姓遣甘辉等攻之。总兵何克襄率兵迎敌，被甘辉刺死。十五年，永历在云南，遣漳平伯周金锡，封国姓为延平郡王，甘辉为崇明伯，国姓遂入寇金陵。七月，以黄廷、洪旭、郑太留守厦门，以重甲三千人穿链，各执短刀，以破敌人，有曰"铁人"，望如神兵。与左护卫陈魁等四十万，水兵五万，"铁人"共八千，先航海三千，至潮

江，攻陷乐清等县。至大洋外遭风，飘没八千余人，国姓之幼子在军亦溺死。

十六年七月，国姓要先取瓜州，堵金陵门户，思先破之。授诸将机宜，令程应藩同提督马信进夺谭家洲大炮。又遣张亮督带能入水者，先割断拦江之滚江龙[①]，即进据瓜州，夺满洲之木城。大船由南港而上，国姓自督带甘辉、翁天佑，先锋杨祖，鼓噪直到瓜州。瓜州守将江朱衣、城守左云龙，率满、汉兵一万会战。两军对阵未久，而张亮已断滚江龙，国姓率兵大进。左云龙战死于桥下，江朱衣逃奔无踪，国姓驱兵随后掩杀。守谭家洲官兵及木城等众一时溃败，死者不计其数，遂得瓜州。国姓以刘猷守瓜州，以纪推官防守江口，以兵部侍郎张煌督理军政。又令阮振等进取芜湖，随渡扬子江，迫镇江。

大清提督管效忠率云南换班兵数万，分道驰至。国姓以金山近府城，为必争之地，是夜引兵夺金山而据之，列阵以待。官军至，箭如雨下。国姓令发其炮，声震动地，兵皆下马死战。自辰至午，国姓军益奋，官兵败北，管效忠逃奔。明日，镇江守将高谦及知府戴可进等官同降于国姓，于是国姓大飨士卒，令周全斌等守镇江。未几，属邑皆降，国姓遣张煌、杨朝栋招抚江南，又遣举人徐长春等招抚江北。于是，池州、滁和、太平、六合等州郡轻黠之徒多欲归附之。芜湖县官、守将皆走遁。甘辉进曰："瓜州为咽喉南北之处，坐镇瓜州，则山东之兵不得下。据北固，则两浙之路不得通，南郡可不劳而定矣！"国姓不听，率兵登舟进攻金陵。

八月，舟至观音门，以黄安总督水师，守三叉河口。过二日，由仪凤门登岸，驻于狮子山。召诸将同登江楼，望建业王气，调度营盘，将匝月不发。甘辉谓国姓曰："兵贵先声，彼众我寡，其势未定，可急进兵。若彼兵齐集，必难图也。"国姓不听，甘辉怏怏而退。官兵来战，被余新击败，于是余新轻敌无备，犹纵容城内人来捕鱼。国姓闻之，遣张英去斥责，仍疏纵如故。营中有军士负欠赌博钱数百，走逃大清营内，言前锋军士日卸甲洗澡、饮酒、赌博，侦其不备去击之必败，请为先行引导。

于是，大清兵将由仪凤门城下穴孔十余道拥入前营。余新不及披甲，仓皇便走，众遂溃散。国姓闻仪凤门有兵出战，遣天佑去救援，已无及矣。前锋大败，官军乘胜追击，陈魁力战不胜，铁人皆被拿去，魁与赓钟等皆阵亡。国姓挥兵急退，争舟而渡。独甘辉且战且走，至江边只有三十余人，犹力战杀伤无数，因马失蹄方被擒获。押至金水桥，见余新正在屈膝求生，大怒，以脚踢之，临刑犹骂不绝口。

---

① 滚江龙：古代的一种触发式水雷。

国姓既大败，议还旧岛，以马信、翰英堵守江口，防进兵，全军次第登舟而还。冬十月，国姓还厦门，遂建报忠祠，祀金陵阵亡诸将及诸军士，以甘辉为第一，哭之极哀，曰：“吾若听君言，不至此也。”

正是：不听正语皆天意，哭奠亡魂买士心。后事如何，下文接说。

第三四五回　国姓扰乱芝龙伏诛　荷兰退兵成功得地

却说国姓寇金陵大败而回。朝廷既复江南，乃命将军连素、总督李率泰取两岛。顺治十七年五月，部拨满汉官兵船出漳州，小船出同安，调广东投诚之苏利会剿国姓。国姓督诸将扼海门。是日黎明，漳州船顺风将至，国姓传令诸将船碇①海中，只扬威击鼓。漳船突至，国姓挥旗对阵。北人不谙水务，船被台风摇摆皆眩②，尽仆不能立。有满兵二百余人，走登孤屿，国姓诱之降，约不杀，至夜俱推于海。

是日，同安陈鹏因寡不敌众，约降官军。船未近岸，众兵皆涉水上岸。陈鹏之部将陈蟒不愿降，曰："事急矣，当决一死战！"麾所部之兵卒力战。官军不防，骤退，俱陷于污泥中，难行，十死八九。总兵哈喇土皇战死。又杀死满兵千余人。捷闻，国姓知其事，杀陈鹏，以陈蟒授其职。广东所调苏利兵，后二日方至，探知诸路官兵皆败，望太武而去，于是官兵无再来矣。

顺治十八年，国姓议取台湾，至鹿耳门水骤涨丈余，大小战船衔尾而渡。国姓以手加额曰："此天报孤臣，当有宁宇矣。"

先说彼时台湾荷兰有二王，一在台郡城，一在安平。安平乃全台咽喉之地。是夜，王梦一人面鱼身金盔金甲，执月斧鼓浪而至，喊曰："地是我家，特来讨！"一面言一面举斧砍下。王惊跌于床下，冷汗淋漓，连称怪事。时天已明，外面报有无数战船，自西北涌来夺地。王即登城楼，望看海中有一人面鱼身，执斧破浪先行，随后无数战船涌至。那先行的即梦中所见之人无异，即令紧闭城门，不敢与战。原来国姓在头号船，现出原形。

国姓至城下，即令攻城。其城甚小，皆砖砌。炮子打入，赤耀砖内。如是连攻三昼夜，皆如是。国姓异之，至夜驾小舟巡阅，始知其城形如龟，是有穴道。又探知有日月二井，任汲不竭，诚全台所结之气脉。龟壳厚，必须攻其头，

---

① 碇：下锚。

② 眩：头晕。

巡寻不见。以四望楼为四脚，既有脚谅必有头，一连巡视数夜不着。那夜月出，水光照耀里余一楼，其形接连，远望其形如龟头。国姓笑曰："诸番惟红毛最黠，果能存[1]头露尾，使人难测。今头既寻出，破之不难。"即登大船令以大炮照楼打去，那楼被炮打倒，龟头既伤，日月井之水遂涸。

原来此楼皆砖，玲珑叠就，名梳妆楼，在市仔头地方。在地[2]之人亦知番妇梳妆之所，并不知埋伏龟穴之道也。那城中诸番皆食日月两井之水，水既干，再开之水皆咸不堪食。王惊无措，难再抗拒，遂遣使登城喊曰："不用汝等再攻，愿以地相让，带众退回故国。再者，退三日外，交还土地。"国姓许之，遂退离里许。番人在城上以布为虹桥，跨接海中大船，无论巨细轻重之物，皆由布桥运去，三昼夜始尽。人众亦由布桥下船，开由后山而去。

国姓遂登岸。该城只有东、西两门，门仍闭不开。国姓令攻东门，讵埋有地雷，攻开了城，那地中埋有开花大炮，打死数十人，遂转西门入城。查看城虽小，围墙砌有三重，内皆空无遗物。查问土人曰："城只弹丸大，怎存得许多物件及许多人？"众土人答曰："下面有地窖极广大，旧王存积粮草，三年食不尽。"又问："地窖在何处？"答："外人只闻，实未眼见，不知其处。"国姓又看，地并无缝隙，想是被塞无迹。

国姓所得空城并无田园，土人皆捕鱼为生。离那之赤嵌城望在目前，水陆尚隔十余里。番兵几万，列阵海滨。国姓与战数阵不克。使人告之曰："此地乃先人故业，凡有物件听汝带去，惟还我土地。"那番王不肯。攻至数月，国姓兵老粮尽，进退不得。遂访知台阳只有七井，皆在城外，王府同番民俱食此水。遂生一计，遣七个捕鱼土番，以重赏赐之，带桐油数担，至黄昏时候，假作卖食物上去，将桐油倾七井内，那井中水面通是桐油。次早番民汲水，见水变色味臭，七井皆然，大惊。盖台湾无桐油，故皆不识也。

众番民乃聚议曰："必因郑氏来讨故地，王拒不还，天为之忿，致水泉变色，要渴死全台人众。可同去助郑氏讨地，天必息怒，齐免渴死。"中有老成的曰："天怒乃怒王，岂怒万民？此七井水不独民食，王府中亦是食此水，且看王府如何再议。"果王府亦来取水，将七井之水汲与王看。王大惊，令另掘新井，连掘十余次，水皆咸无淡。台阳无溪河，是日王府不煮饭，干粮当饭。番兵个个叫口干渴，不乱自乱。王亦以天助郑氏，难以再挽，使人告国姓愿还土地。只容三日收拾物件开船，后来交地。国姓依之。众番民闻三日后故主上山，必

---

① 存：藏。

② 在地：当地。

有水食，自相告戒，切勿再嚣嚣，遂安恬如故，惟各田园之甘蔗、番薯取食净尽矣。

该王以牛车装运财宝下船，物件、军卒皆带回，即令人请国姓，交还土地。国姓亦排列队伍，鸣锣放炮，送荷兰船由后山去尽，众百姓拥来接新主。国姓宣谕曰："待退出井中毒水，复回清泉，汝们有水食矣，三日后再安民。"国姓暗遣七将，去各井以棕取桐油，顷刻桐油收尽，水清如故。众百姓喜，皆称新主君能收毒，诸百姓从此免灾危疾病矣。国姓讨回地，诸土番皆受约束，改台湾为安平关，赤嵌城为承天府，总名曰"东都"。

是年十月，朝廷杀同安侯芝龙于柴市，郑氏子孙在京者皆杀之。所有各省沿海边界居民悉令迁徙于内地，以绝其接济。国姓闻迁界令下，笑曰："吾若听诸将，以险远为难取，不自决断前来得一块土地，致英雄无用武之地。"遂立法度，起学宫，养老幼，通商旅。台湾之人是以大集，郑氏遂安。

正是：不因报国忠心耿，怎得今朝辟版图。后事如何，下文接说。

第三四六回　现元神国姓归石竺　取厦金郑经遁台湾

康熙三年，永历在云南传言已陷缅甸被囚，或言已杀，国姓犹奉永历年号。

国姓治家甚严，长子郑经留守厦门，好声色，狎一乳媪与通生子。国姓闻之大怒，令黄星、洪有升至厦门，檄谕郑太杀郑经，并以其妻董氏教子不严，令并杀之。厦门诸将大惊，无计可救。洪旭曰："君命有敢不遵？只是现在主君患病，惟有一人可阻其令，能保全世子。"众问："何人能保之？"旭曰："世子乃子也，不可拒父；诸将乃臣也，不可拒公。惟郑太将军乃主君之兄，兄拒弟则可。"诸将皆说有理，于是不即杀，暗驰书至台，托亲信之人为救援。延至五月，国姓病遂不起，卒于台湾。

国姓自隆武元年生，至永历十六年卒，时年才三十九岁，至台湾仅二年，惜哉！未至之先，有鲤鱼大如山，顺潮入内港，潮退不去，人皆以神鱼，不敢造次，皆建醮鸣金祭之。至潮起，复游出外海。明年又入港，乡人照旧祭之。未三日，鲤鱼自死港内，乡人抬高处掩埋。国姓驻台只二年卒，人皆以国姓乃鲤鱼精，人未至精先至，前后亦只二年。国姓死之二日，澎湖之人皆见云端有一大金鲤，向西飞出，乃应："见鸟须伏，见龙再出。七百年后，重会石竺"之谶也。

国姓既卒，台湾诸将以国姓之弟郑袭护理国事。六月讣至厦门，郑经遂嗣位。众将请赴台奔丧，郑经与郑太以连年用兵，徒苦父老，今须先行禀请通好，于是未即奔丧。无何，总督李率泰以国姓死，遣人赍书诏谕郑经归顺。经同众将议，体照朝鲜国例，不投诚，惟称臣进贡，遣杨来加送本至京禀闻。朝廷不准，来加遂回，郑经始议赴台。

谁知台将黄昭、肖拱辰奉郑袭，持兵拒郑经，不与入。郑经至台，知有兵抗拒，驻扎于娄罗港。十一月，黄昭会众将驾驶攻娄罗港，俄而大雾漫天，不见路径。众将未至，惟黄昭先至破营，郑经船散，几为之困，幸周金斌率数十人力御救之。郑经复整军攻台，众将惊乱，或斗或不斗，各卸甲而退。郑经入台，只收杀黄昭、肖拱辰，余皆不问，待叔郑袭如初，人皆称其仁恕。

郑经后闻郑太暗结黄昭抗拒郑经不与人台之事，思欲除之。伪去海澄，过金门，置酒邀太饮，缢杀之。太之子郑缵、郑绪，弟郑鸣骏，同走降国朝，授伯爵。自此来降者，朝廷皆重爵受之。又遣人入海请红毛，令会攻金、厦两岛。又诏命靖南王耿继茂、总督李率泰并投诚之黄梧、施琅等，同红毛之夹板船，军兵数十万来讨郑经。郑经以周金斌为将迎战，寡不敌众败走，官遂取厦、金两岛，收其货宝。黄廷、周金斌等皆降，各受爵。自此之后，郑经亲族将士望风归顺，悉封大官。郑经走[①]回台湾，惟陈永华、冯锡范随归。经遂以大小政务悉委二人办理。

康熙四年，朝廷以施琅为水师总督，挂靖海将军印，攻台湾。至外洋，飓风突然大起，不克而还。朝廷调施琅及周金斌归京，其余投诚之将分驻各省。至康熙八年，上命李率泰总督遣兴化知府慕天颜赍诏去台湾，谕郑经归顺。郑经亦回书，遣人递与李率泰，书云：

“盖闻兵危事也，好兵不祥。是以祸福无常倚，强弱无常势，恃德者存，恃力者亡。昔岁思明之役，不佞深悯生民涂炭，兵革连年不休，故令全师而还。远隔大海，建国东宁于版图之外，别立乾坤，以为休兵息民，可相安于无事矣。不谓阁下犹驱我叛将，再启兵端，岂不闻陈轸蛇足之喻与养由基善射之说乎？夫苻坚寇晋，非不强也；隋唐远征，非不勇也，此二事阁下之所明知也。况今叛将遁卒为先生抚养者二十余年，今其归清者，非必尽忘恩而慕所荣也，不过惮海波，恋乡土，为偷安计耳。阁下所以驱之东征而不顾者，亦必非以才能为足恃，心迹为可信也。不过以若辈叵测，不甚爱惜之矣。今阁下待之之意，若辈而习知。况大洋之中，昼夜无期，风云变态，浪波不测。阁下两载以来，其劳费得失，当已自知矣。昔田横不过三齐一匹夫耳，犹守义不屈，而况不佞世受国恩，受先人之训者乎？倘以东宁不受，则日本、琉球、吕宋、广南近接浙粤，岂尽归顺？若以敝哨为虞，实缘贵哨临江，不得不遣舟师逻察。若夫息民休兵，以免生灵涂炭，仁人之言敢不佩服？至于高爵厚禄永世袭封，海外孤臣无心久矣。敬献芜言，仰祈垂鉴！”

使者带书回复总督将军，禀上朝廷。是时四海既定，天子厌兵，以郑氏远在海涯，置于意外。

正是：天子厌兵尧舜世，四方安泰禹汤朝。再看下文，如何分说。

---

① 走：逃。

第三四七回　据福建耿精忠背叛　殉泉州黄芳度尽忠

康熙十二年十一月，平南王吴三桂据云南、四川、贵州。十三年三月十五日，靖南王耿精忠据福建，执总督范承谟，杀建宁同知谕三畏，传檄七闽皆下，使黄舒入厦门说郑经来助。授提督王进为平北将军，以海澄公黄梧为平和公。时梧已病卒，以其子黄芳度权知军事。又授海澄总兵赵得胜为威武将军。四月，总兵刘进忠献潮州降精忠，授定粤将军。又遣人去台湾请郑经速来，从中取事。郑经喜，留陈永华在台湾制政事，带冯锡范、陈绳武等渡海而来。授赵得胜兴明伯，即遣人说精忠，借漳、泉二府地为召募兵士屯驻操练之所。

精忠见郑经船不满百，兵无几千，颇藐之，二府遂不与，于是耿、郑交恶。五月，郑经令冯锡范攻取同安，守将张学尧降经，表封为荡卤伯。精忠愈恨之，令王进与赖玉同守泉州。王进官都尉，号老虎，最雄猛，初为粤将。总督范承谟知其能，调入闽。耿王反，亦从之叛。六月，王进之子刺杀泉州城守赖玉，献城于郑经，郑经授以官。七月，官军围潮州，精忠不能救，无奈遣人求郑经代救。郑经令金汉臣率兵援潮。围既解，郑经以刘进忠为定西伯。是时兴化、泉州、潮州等郡皆被郑经所据。

康熙十四年正月，耿精忠遣张文韬与郑经议和，以兴化枫亭为界，以南属郑，以北属耿。二月，郑经令何佑寇广东饶平，破其城。五月，又遣刘国轩入潮州，与何佑、进忠等率兵数千，攻取广东诸郡邑，被平南王尚可喜率兵十余万来攻。国轩等受困粮尽，欲退潮州，平南王穷迫不已。何佑大怒，身先旗鼓，奋勇率骁骑回攻，国轩继之，平南兵大败。国轩追至四十余里，斩首二万余人，尸满山谷，被虏者不计其数。是时，何佑、刘国轩威名震于南粤。

六月，郑经授黄梧子芳度德化公。芳度念国厚恩，必无降贼之理，奈军少力薄，又当父丧，只阳奉阴违，以待大兵。郑经料知其意，率兵突至，把漳州城围住。芳度令兄芳太突围去广东乞师救援，日与众将分守四门。郑经四面环攻不能拔，围六个月，救兵犹未至，而芳度之部将吴淑开城降于郑经。经既入城，芳度在北门山下犹率军士巷战，力不能支，大败走开元寺，投入井中而死。

郑经授吴淑平西将军，收芳度之族，尽灭城中百姓，悬芳度之尸于城上，报黄梧昔日献海澄毁坟墓之宿怨。

未围城前三日，街中有一人卵脬[1]大如斗，踦行连城喊叫“大卵脬”不断。人皆不知异人来报：大乱将至，快跑走躲。盖以“大乱跑”同“大卵脬”音相近，并无一人知觉，共骂：“大卵脬是汝自己，大叫，谁人与汝可怜！”

又本日早晨，有一和尚入城，口叫“卖雷”。人问：“卖什么雷？”和尚答：“天上雷！”人便笑曰：“天上雷公被汝拿来卖？”一人便说：“谋天作鼎片，[2] 未曾见雷卖人钱。果真是天上雷，先看一看，卖多少钱？”和尚曰：“一个一万银，先交银后与看。”众共笑以是疯癫：“人要买此何用？”和尚曰：“能化通城灾难。”众又曰：“通城有什么灾难？一口胡说，快去，快去！”和尚又曰：“只卖雷声，一声一文钱便不贵么？”众曰：“一文钱还可，不知声从何处发？”和尚曰：“雷声交与汝去僻处所在，放开掌即有霹雳震上云霄。一文钱一声，二文钱二声，三文钱三声，由汝买多少。”众曰：“此可买试演看。”有人递与一文钱，就那人指头上画一“雷”字，又有人递与三文，和尚乃画三个“雷”字，令握住手掌，同去东岳庙前，放开掌自有声起。那时只有四五个买的，后跟二十余人看放雷。果然至庙前放掌，买二个放二声，买三个响三声，真如雷鸣。跟看之人皆曰：“果有趣，我买。”又拥至二三十人。

正谈论间，忽闻人喊马嘶，炮响鼓震，同登高处望，原来城被郑兵围住，城中人只走出买雷与跟看，余皆网内之鱼矣。

其事报至京都，皇上震悼，为之罢朝，封赠芳度王爵，谥忠勇，世袭十二代。

康熙十五年，吴三桂率兵数十万至广东肇庆府。竭石镇总兵留之秀同守张国勋不能御，降于郑经。平南王尚之信，战不胜，亦降于三桂。于是吴三桂传檄，将惠州让于郑经，郑经以刘国轩守之。是时广东三桂与郑经，亦划疆界而守。

九月，康亲王提师入闽，耿精忠不能御，遂降之。精忠将马成龙以兴化降郑经，郑经令左镇许耀守之。十月，康亲王官军至乌龙江，许耀胆怯，仓猝无备。至王师渡江，耀出战大败而逃，遂得兴化。邵武吴淑亦败。康王使反间计，扬说赵得胜亦降大清。何佑疑之，得胜拔剑指日自誓。佑不信，及战，佑引兵坐视不救，得胜遂力战而死。何佑之军亦散，漳、泉二郡遂复。刘国轩势孤，

---

① 卵脬：阴囊。或作“胗脬”。

② 谋天做鼎片：熟语，要取天来做锅盖。形容大话无边。鼎片：铁锅的盖子。

亦弃惠州遁归厦门，七府一时俱复。

郑经归厦门，复招逃亡将士。三月，康亲王令人入岛招抚，经又不从。然骤遭败丧，不知所为，以军事尽委刘国轩。国轩饶有将才，既受重任，事事整顿，经赖之。

康熙十七年，郑经又率兵入寇，至漳州三叉河，塞官军粮道，截断江东桥。官军适至，郑经分兵击败之，乘夜取石码，屡战皆捷。授刘国轩提督，遂扬帆取台湾腰树马州，与官军战于赤岭。提督等皆战于海澄城，郑经围海澄。六月，朝廷以吴兴祚按察司升为巡抚，布政司姚启圣为总督，领将军救援海澄。扎官兵于葛布山，与郑经隔带水，高垒不与战，只相望而已。海澄军民粮尽城破，提督段应举缢死，各官从死者甚多，满汉官军共死有三万余人。

郑经有众五万余人，甚炽，又攻取长泰、同安二县；乘势打泉州，不能破。刘国轩又分兵取南安、永春等县。八月，官军战复长泰、平和二县。无何，平南王率兵由安溪出同安，抚台吴兴祚由仙游出永春，提督杨捷由兴化下惠安，总兵林子威由闽安出定海，会齐克期救援泉州，水陆并进。郑经率二十镇驻扎溪西，与官军决胜负于龙虎山。

王师以耿精忠为左，赖将军为右，胡都统在后，姚启圣在前，挥兵二万人大战，王师不利。耿精忠拔剑砍地曰："吾与此贼战死不恨矣!"遂立斩退缩者，奋勇大呼，自立于矢石之下督战。连破十六座营，斩首几千，俘一千余人，杀溺死者无数。刘国轩骑马走遁，同郑经退还厦门。姚启圣遣人至厦门招抚不从，乃于泉州开修来馆，来降者皆收之，不受官爵，给予银币袍服，令降者华毂鲜服，炫耀于漳、泉之间。

后事如何，下文接说。

第三四八回 台湾经卒克塽嗣位 省城迎赛陆地行舟

却说康熙十九年三月，郑经败归台湾，于康熙二十年正月病卒。嗣位十九年，奉永历招讨大将军印，称世子。其长子克臧为监国。盖克臧乃郑氏螟蛉子，原姓李，郑经娶妾林氏养之。其事甚秘，即郑经亦不知。以陈永华之女配与为妻，及郑经委政事与陈永华，永华请克臧为监国。迨郑经还台湾，永华亦殁，兹克臧嗣位。无何，诸弟扬言曰："克臧非我骨肉，一旦得志，吾属无遗类矣！"郑经之母董氏，即命收监国印。

将入获，克臧谓妻陈氏曰："耳闻是非，恐不能相保。"其妻曰："夫在与夫在，亡必不相负。"克臧拿关于别室，命诸弟夜入杀之。董氏立次子克塽，年尚幼。授国轩武平侯，锡范忠诚伯。以陈永华为国之望，犹礼待陈氏，躬亲抚慰。陈氏泣曰："昔为箕帚妇，今作罪人妻。愿出别室，待夫亡百日后，即相从于地下。"许之。陈氏日夜抚灵悲泣，至百日悬于柩侧而死。六月，郑经母董氏卒。十月，姚启圣总督密召台湾为霖等，被后镇朱友破其事，为霖等皆诛。殃及沈瑞，屠其家，瑞妻礼官郑斌之女，守义亦自缢。盖台湾将复，出有二节妇也。

先说那姚启圣总督，那日在衙撚须思征台之策，不觉须撚落一茎，长有二尺余。适内茶房袁喜在傍，顺手递与。过有数日，照镜记起，与袁喜取前付之须。那袁喜将须丢弃矣，遂捏言[1]存在家中，回去取来。

原来双门前有下湖人监生开绸缎店，胡须与姚总督相似，名王辑。袁喜一直到店，因素有与他说玩笑，要取他一茎须抵塞。至店，店主王辑笑问："胡蝇[2]弟今日来何事？"袁喜又名瑚琼，与"胡蝇"同音，以此叫之。袁喜笑而答曰："公之面貌、胡须与总督相似，我下湖伯将来亦会作总督。"因王辑祖籍下湖，故下湖还嘲之。王辑曰："晓得我亦能作总督，怎的不肯与我相处？"袁喜曰："相处另日来，今先拔一茎须作定。"王辑笑曰："要作定，金钿脱一个，要须何用？"袁喜笑

---

① 捏言：说谎。

② 胡蝇：苍蝇。或作"蒲蝇"。

答曰："金银器冷水不相干，须通血脉才亲热。"王辑笑曰："我弟说得有理。"自拔一茎付之。又曰："既收了定，几时来成就？"袁喜得了须，一面走，一面答曰："俟汝作总督在衙内方能成就，未作总督，癞蛤蟆要想天鹅肉食。"王辑笑骂曰："原来是骗人精，从今起不要由此经过，由此经过，拿来插尾①。"

袁喜得须连忙进衙缴上。总督接看，初以为是自己的，再撚看，问曰："此须不是我。"袁喜答是。又问："我须圆，此须乃是三棱。"再令捧水试看。便即捧出一盆清水，将须丢入，浮于水面。自拔一茎，亦丢于水，即沉于水底，笑曰："何如？说此不是我的，有屈汝么？但人有此长须，不圆而轻，不大贵亦大富。此乃小事，不罪汝，可实说，此是何人之须？"袁喜跪下曰："因寻不见前须，恐获罪。向双门前绸缎店监生王辑取一茎抵塞，乞恕蒙混之罪。"总督曰："既说明不罪，但此人开绸缎店，其家可富有？不知品貌如何？"袁喜曰："品貌颇似大人。"又问："既似我，可唤来与我看。"

袁喜答是，即传大班三四个至其店。王辑在店后惊甚，因问何事，大班答："我们来押带，不是访案，亦不是海洋赃②，一时怎知？先说班礼③，至辕门再说。"王辑惊，被索去班礼番银④八元，才不挂链⑤。二个子⑥跟去。

大班将王辑交巡捕厅，候大人审问。诸班闻是绸缎店好字号，皆说班礼。二子答以："无票件，只押带，有什么班礼？"众答曰："此时候正在访拿海洋销赃窝主，哪有字样？拿一个坐堂问了口供，即缚出鼓楼前杀头。若不讲定班礼，上堂时哼喝⑦，不容分说，假会变真。有班礼，得人钱财，替人消灾，慢慢辩说，可自想用礼不用？"王辑与二子说："此项省不得。"讲定差承、口供、执刑诸班礼，共去⑧番银一百九十元。

巡捕闻大人出二堂，遂带王辑进内。时总督面对照屏风镜，见巡捕带进一人似已形容，知是王辑，令巡捕退去。王辑跪伏在此，总督令立起不用跪，问："汝是监生？"王辑答是。又问："是本朝纳的？"王辑答是。总督把头点点，令赏茶，内茶房捧与食。时天气热甚，汗流透衣，又令赐扇与搧，王辑接扇便搧。总督观其须被风搧散，己之须搧吹不散。王辑食了茶，叩谢赏茶、扇。总督笑

① 插尾：鸡奸。

② 海洋赃：（搜查）海洋走私或抢掠来的财物。

③ 班礼：衙门差役向事主收取的例行红包。

④ 番银：银元。

⑤ 挂链：锁上镣铐。

⑥ 子：儿子。

⑦ 哼喝：大声斥责、吓唬。

⑧ 去：花费掉。

曰："且回去。"王辑遂出。

二子问故，将赏茶赐扇情由告之，二子转忧为喜。众班役闻此情皆走尽。二子欲讨回班礼，王辑笑曰："财落此辈手，怎讨得回？小监生见总督大人，当面喜欢，赏茶赐扇，再破些须亦值得，快回与女眷放心。"遂同出辕门回去。盖王家甚富，破二百番[①]如牛拔去一毛，惟不知何故唤去赏茶赐扇，要同次子俟袁喜来问。袁喜都在衙内无回。

那诸内茶房[②]闻王辑在外被嚇[③]去一班许多礼，便叫袁喜同去亦讨茶扇礼。袁喜曰："我与伊有亲不便去，各人即管去，如问我，只说病在衙。"众遂去索茶扇喜礼。王辑曰："此二项喜银正该，但不知何故赏茶赐扇？"众曰："大人作事无人知之，但见面喜而不怒，又有赏赐，自有好处，将来必见。"又问袁喜何不来，众答在衙，病难下床。王辑又包二封，各番银二十元，众收而去。王辑入内庭大笑曰："去番二百[④]乃落空，今费四十元有着落，亦喜。"家中有一童，名匹匹，曰："先去二百怎至落空？将来难免不拿关在内，银讨不回，食亦讨得回来。"王辑笑而骂曰："号为开口戆不错[⑤]。"

那督署过数日，有一人坐小轿报入："绍兴幕友来拜。"令由边门进去下轿，总督视之乃施琅将军。施琅使眼色令勿言，携手入内书房，屏退左右。琅曰："在京陛见，奉命回闽，与公密议征台。由洪山桥上岸，假作幕友经此，无人知道。"总督存[⑥]在内室，并无一人知道是靖海将军也。因当时奸细甚多，内地有些事情，台湾便知了然，施琅故假作幕友。

时乃康熙二十二年五月，是日文武诸属官上衙门，皆宣入谕曰："数十年海寇纷扰不宁，今幸水陆清平，军民安乐，皆熙朝之福庆。应皆作乐，共贺升平。正月上元未放花灯，今届天贶令节，可来补迎故事[⑦]。本部堂若不先起，众军民亦不作乐。自六月初一起，凡有出入公文，以及大小事务，皆委布司代拆代行，考验放缺，算来可尽一月之乐。"

于是督辕做一架六轮之楼船，上下结彩燃灯。初一夜船中设席，姚启圣坐正面为苏东坡，二官亲[⑧]为二客陪坐两旁。袁喜妆渔婆，立于船尾摇舵。船前

---

① 破二百番：破费二百块银元。
② 内茶房：衙门内部伺候茶汤的仆役。
③ 嚇：吓唬。
④ 去番二百：损失二百银元。
⑤ 号为开口戆不错：被人叫做开口戆，叫得对。戆：傻。
⑥ 存：藏。
⑦ 迎故事：迎神赛会活动。
⑧ 官亲：官员家属。

用两人推拉船行，旁边立无数提灯的。头牌写“总督部堂”衔头，先行锣鼓及大小吹，名为“陆地行舟”。二更时，船由内衙推出，只迎三四铺[①]，鸡初鸣便回。挂有粉牌，每夜迎某处。上半月迎城外，下半月迎城内，所有各衙不得不从，亦作纸札[②]来迎，民间各店亦迎，亦有妆故事斗赛[③]者，从无打架闹事，因总督在船亲身，谁敢滋事？虽热闹亦安静[④]。

那王辑初一夜出街看迎，即无去[⑤]，四处寻讨无踪，一家忧虑。那日有走街看命的，名绍丑未，由店前经过。匹匹叫之入内厅问卜。绍丑未曰：“今日甲子不宜问卜，只可测字。”其子文光曰：“前闻有丑未子先生亦如是，故名绍丑未？”答曰：“不错。”文光又问：“测字如何测法？”绍丑未曰：“随写一字都可。”文光因见匹匹手持豆腐，遂写一“腐”字与测。绍丑未问：“测何事？”答曰：“家父因看迎不知去向，今八日，照字看来吉凶如何？”

绍丑未曰：“今写腐字，分明人存府内，不久便出，可保无虞，不必惊怕。”又曰：“人入内，必有肉食，且有人伴睡。”匹匹听了曰：“着了[⑥]，可不必再说。”文光曰：“有人伴睡？其人在上在下？”绍丑未曰：“失去之人年可老么？”文光曰：“年老。”绍丑未曰：“年老押别人，其人当在下。”二兄弟又问曰：“府内可知是何官府？”绍丑未曰：“府字若肉字在右旁，乃六腑之腑字。人身中之六腑，系膀胱、肠、胃、命门也。省城中六府者，督、抚、布、按、道、府也。此府跨于肌肉之上，以督制各府，必总督也，半隐半现在总督府内无疑矣。”又问：“何日得出？”答曰：“六腑五脏，五六方三，至三十日自会回来，未满月空寻无益。”

二兄弟皆称妙测，送了笔金，绍丑未出门而去。王家诸男女，拟度必是总督欲请作师爷，先带去看，人样称意，以茶扇为定。初一夜陆地行舟遇见，令人带去教阿哥[⑦]读书，一月放回一次，可放心矣。

正是：须入水中验有准，人存府内测无差。再看下回，如何分说。

---

① 只迎三四铺：只游行三四十里。迎：赛会游行。铺：一铺为十里。

② 纸札：以竹篾为骨架的彩纸人物、楼阁等，为民间迎神游行的用品。

③ 妆故事斗赛：（游行者）化妆成戏剧故事人物，互相争奇斗艳。

④ 安静：平安祥和。

⑤ 无去：失踪。无：或作“毛”。

⑥ 着了：说中了。

⑦ 阿哥：富贵人家的小少爷。

第三四九回 施琅破澎台民感服 郑氏投诚天下太平

却说那王辑初一夜出看故事①，遂往东辕门外等看。有一后生近前谓曰："王相公，头门内有诸乡绅批评②纸札故事，可同进去看。"拉其手同行。王辑好男色，被俊俏子牵手，便喜同进衙门。后生又曰："请诸乡绅尚未来，且同入茶房内食了茶，看批评刚好。"王辑以袁喜必在，且去与之玩耍，便问曰："内茶房怎便入?"答曰："今夜金吾不禁，况茶房伙都是熟的，怎的不便?"王辑曰："公莫不亦是内茶房么?"答："是。"又问："袁喜病好么?"答："那陆地行舟把舵之渔婆，就是袁喜妆的，怎看不出?"辑曰："这奴才貌本好，再加花粉妆扮，怎能辨出?"

二人一面行，一面问答，不觉入内庭。内排有酒席，后生即拖坐饮。辑愕然曰："此是何所，有敢坐饮?"后生曰："至此间可实说与知，此乃大人之内宅，晚生乃王姓家人也。大人与民同乐，扮陆地行舟出迎，但大人事繁怎能夜夜出巡？因闻君貌相似，大人故命晚生密带君来此替身，大人在内办事。公自明日起，扮作大人坐舟出迎，至七月初一与公回去。此事只二官亲与晚生知晓，余皆不知。"王辑想如此情节，所慕之袁喜亦同在一处，莫说一个月，即一年亦好。答曰："大人钧令有敢不遵?"遂同坐饮，至更深引入内室安睡。

次日早起，茶酒肴馔皆上等，只王姓一人供进。是夜即扮作姚总督，同官亲列席舟中席上，袁喜作渔婆，自内衙推车出，无人识得，道姚总督夜夜出迎。不但外人辨不出，即袁喜亦不知。内外布得机密，亦不准袁喜出外。那夜袁喜入内书房，胡子一人坐在椅上，便问："大人今夜安歇，怎的都无一人伺候?"袁喜以王胡认作姚胡。王胡不出声，把手招之。袁喜趋入，王胡将火吹灭，搂抱上床成就其事。

至天明，二人齐下，开窗门，袁喜看真，乃是王胡。讶甚，问曰："汝不是下湖伯？怎敢冒作大人?"辑笑曰："不来冒诈，汝胡蝇③怎肯送上门?"喜曰：

---

① 看故事：看花灯巡游，与前文"看迎"同义。

② 批评：点评，评比。

③ 胡蝇：苍蝇。

"汝有敢冒钦命总督，拉去见大人，看汝之头还保得么?"辑曰："我是有人请来作替身，已替了三夜。汝作渔婆，怎认不得？汝是无人请，自来订定待我作总督时，成就于衙内。今已应了前言，同去见姚大人，看谁没脸?"

袁喜闻说便知缘故，笑曰："因求汝一条须，不得不奉承汝将来亦会作总督，谁知是谶。不作真只作假，恨我目瞎，同舟三夜不觉，硬犬看作故狮[①]。羊羔肉既落犬嘴，说不得了，只是一条须，换我千金体不值。"王辑曰："汝要那条须何用?"袁喜只得将前情说出，王辑方知起因，愁眉曰："惟不知大人在内作何事，要我作替身，吉凶如何，务要访知。"袁喜即入内密探。那王姓家人见袁喜在内出入，并无外出，亦放心不防他，所有茶汤酒食，尽交付与捧送。袁喜亦日日受用，夜即伴睡。

那姚总督只头夜出迎一夜，有了替身，次日黎明即悄悄带施琅坐小轿，假作女眷，只带心腹家人数个，由南而去。兼程入泉州，抬至蓝提督内衙。皆不动声色，赶办公文，外封皆写："带兵速赶铜山洋面开拆。"共有百余角[②]，遣千里马，日夜限行八百里，分投上下府各总兵镇协标营衙门。以七船为一队，施琅自统一队居中调度，以八十余船为后援。开驾至洋面。飓风大起，将士无不失色。施琅大呼曰："奉皇上命，藉朝廷威灵，履险如夷!"须臾雷发，立转南风，各将士始放胆扬帆。

是时，刘国轩在于澎湖山顶观看，飓风大起，官军船将覆，东南方忽起一声霹雳，飓风即止，率兵登舟迎战。官军船至，战良久，总兵朱天贵战死。幸兵船甚奋，火箭火炮乱发，台兵大败，落水者几千，余皆投降。国轩知势不可为，驾船逃去。施琅破了澎湖，率诸将安营驻扎，不须再征台湾，只为攻心法，全台必归顺。降将赏以袍服、靴帽，降兵四五千人，优给饷米。伤者七百余人，以药医治，令其还台。于是诸降将皆曰："所谓生死骨肉也。"归述其恩，全台之人皆思归顺。

定靖王术桂，自以明室龙种，义不可辱，具衣冠北面再拜自缢。妻王氏，妾秀姑、梅姑、荷姐共五人，环缢于侧。台湾士人为之流涕曰："嗟呼！王孙与北地王争烈矣!"于是刘国轩、冯锡范等与克塽决计投诚，赍延平王金印一、招讨大将军金印一，并土地府库册印，于军门乞降。施琅统舟师至鹿耳门，克塽率国轩等迎入剃头[③]，鸡犬不惊，市肆如故。施琅宰牲祭于国姓之祠曰：

---

① 硬犬看作故狮：这句俗语字面意思未解，从上下文看，指看错了。

② 百余角：一百多个（信差）。

③ 剃头：理成清朝规定的统一发式，表示臣服。

“自同安侯入台地，始有民居。今琅承天于威命，赖将帅之力，不辞灭国之诛，以忠于朝廷也。琅起行伍，于王有鱼水之欢。中间微嫌，酿成大戾，遂为仇敌。情犹臣主。芦中穷士，又所不为。公义私恩，如是而已。”

祭毕泪下。君子闻之叹曰：“父仇弟仇一也，施公贤于伍员矣。”施琅遂请经界台湾，礼待克塽及诸将，送归京府，授克塽汉军公爵。锡范亦封伯爵，国轩天津总兵，诸降将皆授副将。将台湾设一府三县，府分南、北两路，设兵防守。台湾之人是以大定。至康熙三十九年，上以国姓明室遗臣，非乱臣贼子，赐芝龙骸骨归葬南安，此皆后事。郑国姓不须再言，那姚启圣总督在厦门闻报台已归顺，赶回奏报七日平台。

正是：此日施姚平台地，何殊狄帅下昆仑。后事如何，下文接说。

第三五〇回　胡王辑归谈机密事　美袁喜辞退督衙差

却说姚总督赶回奏报七日平台。七月初一进南门，人皆讶曰：“姚总督昨夜还在陆地行舟，今日又有一姚总督自厦门回来，奇怪之极。”中间机密之处，无人知之。

总督既回，王辑亦即回家。合家大喜，问关在内之情节，又问饭食何如，答皆珍馐美味。匹匹在旁曰：“何如①？说前日许多班礼，将来必会被关。银讨不回来，只得食足，有错么？”又问：“既有肉食，必有人伴睡。”王辑笑曰：“汝怎知？”答曰：“肉字不是二个人重？”王辑以是胡言。其子文光曰：“此是测字先生所言，叫他来述之。”问：“测何字？”答：“以腐字与先生测，他断人存府内，有肉食，还有人作伴。”辑曰：“测甚奥妙，先生有行过②，叫他来叙叙。”

隔有数日，袁喜亦至，邀入书房食午饭。匹匹在店前，见绍丑未经过，招之曰：“汝果测得真，所失之人回来，果然府内有肉食，有人伴睡，请汝进去叙叙。”绍丑未跟随进内，匹匹指其人曰：“测字先生即是此位。”王辑立起曰：“先生神机妙测，可敬可敬。莫嫌淡酒，略饮几杯领教。”遂一同饮了数杯。绍丑未问袁喜曰：“此位好面善，似曾会过。”匹匹曰：“作陆地行舟掌舵之渔婆，在府内伴睡就是他。”王辑欲打之，匹匹跑走。绍丑未曰：“原来督房内茶房袁兄，失敬！”袁喜答：“岂敢！”辑曰：“因先生测一腐字，被戆奴来嘲。”

袁喜曰：“腐字前日怎断？”绍丑未将前所测之情节说了一遍。喜曰：“果测得妙。”王辑又问曰：“此字谁写与先生测？”答曰：“彼时贵介③持豆腐进来，令公子触机即写来测。”王辑曰：“怪道是④，触机才能如此应验。今亦来触机，以豆字与先生测，必亦灵验。”绍丑未问：“测何事？”答曰：“试测看此小价⑤

---

① 何如：怎么样（我说的对吗）。

② 有行过：如再经过这里。

③ 贵介：敬称对方的家仆。

④ 怪道是：难怪。

⑤ 小价：对人谦称自己的仆人。

因甚此戆[1]。”绍丑未曰：“豆字测不是戆，是忠直无诈伪。豆字乃一只一横，言语作事只一无二，这不是忠直无诈么？”又问：“‘一只一’是直，[2] 怎测为忠？”又答：“都劈頭脰为主[3]，怎不是忠？”王辑曰：“妙！豆乃脰字劈去一半，果测得好！此戆奴本存意与去，今测是忠直，自当留之。”

席中再添酒肴，一面说及姚总督只坐舟出迎一夜，次日便偷得去，或言去台湾，或言去厦门，不知实情。绍丑未曰：“一在总督前，一住署内，犹不知情么？”袁喜答：“大人作事甚机密，弟自出来不曾进内，故不知也。”绍丑未曰：“两位不知，弟尽知之。”遂将姚总督与施琅悄悄去台招兵，只七日平台之事说了。

王、袁听了问曰：“先生怎知如此周详？”答曰：“凡事瞒不得我游街看命，有甚机密皆知之。”又问：“施琅有此忠义，至台不效子胥鞭尸报恨，不知他有几子？”答曰：“子有七个，皆有父之风。尾子[4]五官皆缺，亦在浙江作知县。”又问：“五官缺怎作得官？”答曰：“貌丑才异，只作知县，犹屈之。施琅在下路[5]作提督时，拿一个奸细，不即杀，慢慢来磨灭[6]：先割去目、鼻、嘴、耳，又砍其脚手。其奸细舌尚在，骂曰：‘我死为鬼，必投胎汝家报之！’又割其舌，不死，复活三昼夜。内宅二夫人闻而怜之，令家人绝其喉，免得日夜哀呼。一日，施公独坐内室，见一残疾之人入，令人追获，杳矣。忽报二夫人生七阿哥，将军入内看，如所磨灭之奸细形状，知其投胎，令淹死勿留。二夫人只生此子，隐存别室，令乳母抚养至七岁，施将军尚不知。

“是时，朝廷密遣御史来盘查水师船只、军器，先无信息，到泉始知。将军大惊，别项短缺尚可弥缝，此战船短二三百号，造不及，买也不及，忧得饭难入口。内庭诸眷不知因甚忧，恐有抄家灭族之灾，又不敢问。二夫人所生之子，号‘十不全’，名施滔，令家人问将军忧何事。将军便问家人：‘谁人叫汝来问？’答是七阿哥。将军说：‘孽胎已淹死，哪有还在？’大怒，令拿出立即打死。二夫人哀哭，施滔说不须惊，儿有舌在不至死，即随家人出来。将军见其形容与投胎之鬼无异，令外班打死。滔从容说：‘父且息怒，不肖问所忧何事，求说明。父叫子亡，焉敢有不亡？’将军问：‘汝有甚能，与我分忧？’答能。

---

① 此戆：这么傻。

② “一只一”是直：拆解“豆”为“一只一”，可以解释为“直”。

③ 都劈頭脰为主：“頭”“脰”两字劈去一半都是“豆”。脰：脖子。

④ 尾子：最小的儿子。

⑤ 下路：闽南一带。

⑥ 磨灭：折磨。

“将军因见其说话有理，怒稍息，即将钦差明日要到查战船，现在船缺难补，必定获咎情由说了。滔闻了曰：‘此乃小事，何足为忧？我们令人将通港之商船借来，改换尾梳，插旗写明字号，排设军器，将借之船泊于港外，官船泊于港内。钦差北人，不惯风浪，令将点验，连登数舟便摇摆，即头眩目昏，安能登遍？必远望验其号数而已，此策怎不速行？’将军拍案曰：‘看不出丑貌妙计，可免一死。’即令中军就此赶办行为。果钦差至，验看无言。自此爱惜胜过诸子。未冠便登科，作浙江数任知县，判案如神，人号为‘小包文拯’，现在书坊有卖《施小包判案》之书。”

又问：“曾闻全家被国姓尽杀时，琅与一侄同逃，不知还在么？”答曰：“此侄乃将军弟施显之子，名潮，时方三岁，怀走至兴化，遇茅楼一老妇，见其侄将死，留代抚养，将军遂去投诚。未几奉命征岛，至兴化寻侄无踪。又历数年，老妇送至泉州，欲留重酬其恩，老妇忽不见。因问侄：‘数年在何处？’侄曰：‘在于深山大岩内，蒙老妇爱同亲生，因念伯父，方带送回来。’将军乃知是仙救抚，免绝弟嗣，即将其侄隐不出头。至十六岁，被部查看施琅投诚履历，尚有一侄，即令进京看验补官。将军不敢隐，送部引见，即授天津总兵。莅任未久，恐其年幼失仪获罪，有负弟托，遂代奏‘潮有暗疾，恐误军机，恳乞归家调治’。朝廷准其带职归林。

“潮还乡，寻访寂处隐居，访有兴化菜溪山，是真山真水堪隐。宋初时，溪中有菜叶流下，乡下以此山无人迹，有菜必有人，结行排队上山查看，果见一老人在山自耕自种，不说姓名，只言遁世隐士，以尽天年，求勿再至，以乱隐心，乡人遂不再往。又过十数年，结排又上去，老者已化于石室，皮肤坚硬如铁，不知死去几时。报官转达朝廷，不知姓氏，只封为菜溪公。因名此山为菜溪山，果有天然奇胜。潮即招人承领造桥工程，人皆以施家工程不可领，不合意财命俱亡。惟一徐姓游乡看命，见榜即领银承造桥梁，又委办亭楼，奇岩怪洞诸胜，费银数万两。完竣后，徐姓发些财，而施潮隐居，身穿大红披缦，头戴大红笠，坐八乘大轿，随带歌妓舞女排道上山。在山耍乐，十数日便回。不常在山，只往往来来，汝看此受用不受用么？”

王辑笑曰：“昔支遁买邱山避山，今施潮带妓女隐居。”袁喜曰：“名为隐居，实为仿隋炀帝下扬州之事。”又谓绍丑未曰：“先生精卦命，又广见多闻，不开店，来走街？”答曰：“缺本。”辑曰：“此本才用几多？弟有现成店，澳门桥下，亦是开命馆，才搬去。今与先生开店，租半年后再交，再提钱五千去排设，可好么？”绍丑未曰：“盛情感甚，哪有不好之理？”谈至将暮始别去。次日遂去澳门桥，将店面整顿，择吉开张，不去走街矣。

过有月余，督辕有人来言：“监生王辑补贡生，上京候选知州。”一家大喜，惟匹匹曰：“无功怎敢受禄?”家中人皆曰：“作替身迎陆地行舟，还不算功么?”匹匹曰：“无费一毫心力，惟日夜行乐，怎受得官？好事太过不祥，官且莫作，店再开，还是安乐。”一家皆以胡言，惟王辑点头称是，曰：“夫人不言，言必有中。”再去绍丑未问卜作官好或不作官好。卦中批云：“马背不如牛背稳①。”王辑即递书称疾告辞，乃又开一间绸缎店塔巷中，交与二子掌管。令袁喜辞去内茶房，在旧店帮忙生理。那袁喜茶房缺乃是租来②，除动用外，亦无余积。兹退还缺主来站店。谁知那新开之绸缎店生理③竟不如旧店之旺。

正是：亦非全以招牌美，大半还因货物佳。后事如何，下文分说。

① 马背不如牛背稳：清制只有做官的人才能骑马。这句话隐喻做官有风险。

② 租来：旧时官府衙门里的仆役职位可以出租给他人。

③ 生理：生意。

第三五一回　感春情姻眷思得宝　知大义慧婢谏美郎

却说王辑新的绸缎店生意如常。那旧店忽然生意大旺，人挤满店。原来因袁喜在店，人俱认识作陆地行舟妆扮渔婆之人，名扬通省，多以买碎绸缎为名，来看袁喜。又有油头粉面之婆娘来睹，不买别件，只买式裤鞋面之绫缎，所以日日人挤满。那王辑家妻已死，惟二媳妇、一女婢及笄，闻外之情形如是，亦侦袁喜有进内，同来偷看。值王辑生辰，亲戚送戏庆贺，放帖请男客，并请女眷。本日男客食酒看戏，至暮散去。次日请女客鸠份①，亦来演戏食酒。把头门关闭，不与外人入看。

女客中惟姨妈、亲家妗、亲家姑最洒脱，甚于男子。戏子送单，点《借茶裁衣》《花鼓下山》《偷诗失约》等出。诸女眷不与点此粗花。姨妈曰："汝们假至诚不敢看，请进，戏资我三人出。"诸女无奈，听之。而戏演至搂花调情，三女斗掷番钱②赏之，如掷瓦石。原来此姨妈、亲家妗、亲家姑皆二个新妇③外家④之亲，年只二十四五，貌美家富。

至暮，戏演《凤仪亭》，会王辑、袁喜进内照顾，三女拉请坐席，二人怎肯坐位⑤？三女笑曰："亲家、亲家叔不坐，把奴人置何地位？"二人只得坐看。三女斟三大杯酒来劝饮，至戏歇亦止。诸女客散回，惟姨妈等三人未去，同二媳日夜盘桓不休。原来此五个女子皆通书史，非是讲文章即是谈诗赋。每日早晨，四女皆艳妆，惟姨妈不甚妆点，带三分本色，乃吟诗嘲四女，云：

一枝红艳露凝香，云雨巫山枉断肠。
借问汉宫谁得似？可怜飞燕倚新妆。

亲家姑答吟曰：

---

① 鸠份：凑集份子钱。
② 斗掷番钱：竞相投掷银元。
③ 新妇：儿媳。
④ 外家：娘家。
⑤ 坐位：落座。

虢国夫人承主恩，平明骑马入宫门。

却嫌脂粉污颜色，淡扫蛾眉朝至尊。

于是五女无夜不以诗句相嘲。那夜同饮至二更，大姆请二婶[1]曰：“《秦王逐客论》记得么?”婶答曰：“不全记得。”姨妈曰：“我记得全，我读汝听。”遂吟曰：

宋朝貌美世间稀，南子犹存谁肯依?

恶客既来逐不去，献些宝贝自回归。

姆、婶共笑曰：“有什么宝贝可分?”姨妈曰：“那渔婆喜还不是宝贝？汝姆婶独占花魁，亦该分我们些。”笑答曰：“原来汝三人偷食台家疑媳妇[2]，来诬我二个。我二个甚是清白，但他亦是人，说作宝贝?”姨妈曰：“汝两个还不知此人是活宝?”姆婶答：“真不知，可说出哪宗是实，我不与闻。”姨妈曰：“此宝乃陆地行舟之渔婆喜，无人不以仙童下降。便有人在妙香庵九使神前降乩，问渔婆喜果是神仙下凡不是。那乩写云：

陆地行舟渔婆喜，仙郎下降不须疑。

能与睡十夜，花容永不谢。

能与嘴对嘴，生子大富贵。

能与凤鸾颠，脱凡作神仙。

能与摸一摸，可免见阎罗。

因此十句，人便爱慕。访闻仙郎在此站店，我三人以祝寿为名，实欲分宝。原来汝姆婶尚不知情，真无目也。”姆、婶听之，亦引动心猿意马，同笑曰：“原来活宝现在我家，致之亦容易，须如此如此方妥。”至次夜，房中设酒席，令小丫头去店请袁喜曰：“绸缎未收进箱，请袁一官去收，恐被鼠咬。”王辑令即同去收拾。

袁喜入内，大姆在房门口等，见即拉入。袁喜入房，见诸女笑盈盈出迎，讶甚。笑曰：“今夜设席请谁?”姨妈脸厚，即答曰：“久仰仙郎非凡，众备淡酒特攀叙叙，以消渴慕。”袁喜因见皆本店主亲眷，未便违其意，只言多谢，同坐谈饮。中间正欲言及私情，忽有人敲门。问是谁，答曰：“女婢送佳果来奉仙郎。”便开门，乃本宅婢女，名白鸦，甚美丽，捧一盘大桃献与袁喜面前，笑曰：“念女婢微意，莫嫌菲薄。”诸女笑曰：“汝怎知有仙郎下降，捧桃来献?”白鸦笑曰：“昨夜闻念那十句之诗。”众笑曰：“原来被汝偷听，亦来顶份。”

---

① 大姆：称丈夫的大哥的配偶。福州话妯娌间互称“姆”或“婶”。

② 偷食台家疑媳妇：比喻自身不正，反污人清白。台家：婆婆。

姨妈曰：“诗能作一首与汝预，不能作请出。”白鸦曰：“请出题目。”姨妈即指席上箸为题，白鸦即取纸、笔写云：“汉家四百年天下，尽在留侯一借间。”姨妈看了，不与写凑，便抢笔去。白鸦曰：“未完。”乃拿来再凑二句云：“一对潇湘纹点泪，闻雷遗失定三分。”

姨妈又抢来即扯碎曰：“不好，快请出。”白鸦曰：“可说怎的不好处，说明白去。”姨妈曰：“先吟乃张良借高祖之箸，尽四百年之天下。后吟乃刘玄德饮酒，闻雷失箸，三分天下，皆合题意，何尝不好？只是此诗在贡院里夺元，便好合适，今夕乃言风花雪月之事，有情趣的，如何声及别事？”白鸦曰：“要言风花雪月，亦容易。”又写云：“竹家娘子小身材，摄着腰儿脚便开。欲试个中滋味好，除非伸出舌头来。”

众女同喝采曰：“此才合适，可夺得元。今一总六名，请仙郎出题改诗，六名中哪一个取元，先会阳台，照次序要乐。”袁喜至此始知其意，入于迷魂阵，心不由己，凭之调度。遂写二句对联：

春从天上至，恩向日边来。

“圈去天、日二字，改换二字补上。”六女便停声静思，须臾就总录上纸，送与袁喜取元。袁喜即取“床”、“枕”二字为元，众吟曰：

春从床上至，恩向枕边来。

皆称妙绝，取元不差。原来又被白鸦得元。姨妈曰：“先贺新郎、新娘酒，再送后房佳期。”正饮间，外面喊叫“火烧厝”①，小丫头擂门叫快走。袁喜即跑出，诸女出看，火焰卷入墙内，各赶入房中收拾物件入箱，欲由后门走出。幸火经扑救落地②，只烧邻家小屋一堵③。五女惊定，聚在一房，笑曰：“白鸦肉至嘴边了，被火惊化，究竟是丫头无福。”大姆曰：“明夜总在。”

那袁喜跑出去，火已落地，托故又跑入。在房门口听五女谈说丫头福薄，便思此丫头才貌皆全，率性去其房成就美事。遂往白鸦卧房，推门而入。白鸦吓一跳，看见袁喜，便立起身来。袁喜便搂抱，摸其体，手不得入，原来裤带匝三四条。笑问之，白鸦曰：“实慕君也，苟合不能。奴有诗一首，可看之”：

羡郎迥出尘，立身必为先。

若然没德行，不值半文钱。

袁喜看，知其意关雎乐而不淫，暗赞之，问：“此诗几时作的？”答曰：“乃

---

① 火烧厝：火烧房子了。

② （火）落地：火灾被扑灭。

③ 一堵：一间。

预作的，望郎谅情。奴本及笄处女，以名节为重，郎乃顶天立地之大丈夫，德行为先，若今夜行苟且之事，奴即死不为。那数个虽系残花败柳，亦勿破其名节。”袁喜听此烈烈数言，顿觉惭愧无地。暗想：我为男子，反不如彼之贞烈可敬。顷刻淫心欲火化为乌有，即赧颜谢曰：“听金石之言，敢不钦佩？外店有事，且赶去，另日再见。”举步退出。

正是：若不一言规损德，怎教五女不为娼。后事如何，下文分说。

第三五二回　爱少年诸女讲酒令　贪媒钱一贼动凶心

却说白鸦便不再去与那五女同娱，因想不去，又恐五女见疑，须去使之不疑。次夜早备酒席，捧入大姆房中。众女笑道："前科被汝夺元，有无簪花？今夜又进来，要想连捷么？"白鸦曰："醉翁之意不在酒，在乎山水之间。"于是又叫小丫头去叫袁喜。须臾回说："叫酒且先食，店事一空就来。"

六女一面饮，一面嫔[①]。姨妈曰："闷酒难吞，可讲令解闷。"众女遂举姨妈做令官。姨妈曰："各说爱少年之故事。我先讲后羿妻嫦娥，先老而丑，羿将逐之。遇一少年与之贴肉交肤，顷刻老丑变为少美，羿喜而不逐。那嫦娥便爱少年，欲与同奔。因后羿制有不死药欲进尧帝。少年被后羿逐去后，嫦娥将药吞入腹内，奔入月宫。后羿难追，忿恨而死。嫦娥入月宫，不能复生，惟爱少年，此心不死。至今语'月里嫦娥爱少年'。"姨妈令讲完，交与亲家姑接讲道："唐牛僧儒，少年时丰姿秀美。一夜，步月至一洞府，在于山水之间，有青衣女子出迎入洞。见六个宫妆美女出迎语曰：'仰慕郎君少年才高，今夜得瞻芝宇，不胜幸甚！'牛僧儒见六女皆美，暗思必是天台，遂问名号。六女各吟诗一首，说道：'郎君听了便知。'一女先吟云：

　　月寝花宫得奉君，至今犹愧管夫人。
　　汉家旧日笙歌处，烟草几经秋复春。

又一女吟云：

　　雪里穷庐不见春，汉家虽旧泪痕新。
　　如今最恨毛延寿，爱把丹青错画人。

又一女吟云：

　　金钗坠地别君王，红泪流珠漏御床。
　　云雨马嵬分散后，骊宫无复舞霓裳。

又一女吟云：

---

① 嫔：（女子）风骚放荡。本字"姣"。

春风秋月几度归，江山犹是邺宫非。

东方旧作莲花地，空想曾披金缕衣。

又一女吟云：

此日人非昔日人，笛声空怨赵王伦。

红残翠碎花楼下，金谷千年不见春。

六女吟毕，牛僧儒亦吟答曰：

香风送到大罗天，月地云阶拜洞仙。

共道人间惆怅事，不知今夕是何年。

时鸡已鸣，青衣女送出洞外而回。牛僧儒将各妃记录猜详：首吟乃戚夫人，其次乃王嫱、杨妃、潘贵妃、绿珠，皆上代之名妃美人。名不朽，而香魂仍聚，乃书于卷册记之。此乃前代后妃之香魂爱少年也。”

亲家姑令讲完了，亲家妗接讲道：“一豪家建一座禅寺于山上，报竣。诸物皆备，惟僧众未入，令一少年看守。一夜月明，少年在外廊安睡，至半夜有一妇人来，至床前求欢。少年以深山中安有此妇，必是爱少年之女魂，不纳，叱之始去。此鬼亦是爱少年也。”

亲家妗讲完，白鸦讲：“谢灵运少年时，游至沐鸡溪，有二美女在于溪边浣纱，见其色皆秀，吟诗嘲之云：

我是谢康乐，一箭贯双雕。

试问浣纱娘，箭从何处落？

二女不答，灵运又吟云：

浣纱是谁女？香汗湿如雨。

对人默无言，何事甘辛苦？

二女亦吟道：

我即潭中鲫，暂出溪头食。

食罢自归潭，去踪何处觅？

吟罢跳入水中，化作二大鲫鱼，入水而杳。康乐始知二女非人。”

白鸦令讲完了，大姆亦讲道：“苏东坡夜歇于旅店，忽闻有人在于窗外吟哦。东坡侧耳而听，吟云：

音音音，汝负心，真负心抛撇我到而今。

曾记得当初相近相亲？

低低唱，浅浅斟，谁知丢我古墙阴。

西风冷，白露深，断桥流水，何处知音？

凄凄切切，冷冷清清，叫奴怎能禁？

东坡知为鬼，拔剑赶出，见一人入地而没。明日令人锄开，乃一古琴，是琴精亦爱少年也。”

二婶接讲道：“曹能始少年登第，坐船夜泊清湾，立于船头望月。有一小船傍其船，中一少年美女，容华绝世，笑而问道：‘郎君玩月何如?’能始答以胜过游赤壁，亦问娘子何处少女？女即吟诗答曰：

盘陀江上是奴家，郎若闲时来吃茶。

黄土筑墙茅复瓦，庭前一树紫薇花。

曹能始闻此四句妙绝，要再问时忽然不见，异之。次日开船登岸，望见短墙之内有一树盛开紫薇，问于乡人是何地场，乡人答以地名盘陀江。能始又问：‘此何人家?’答：‘本乡神女庙。’能始入，见座上神女与昨夜所见小舟之女郎形容无异，始知是此神女来顾盼。”亲家姑接口道：“此乃卖风流之野神女。”众共笑。令已讲完，再食酒，席散。

于是袁喜夜夜同众女饮酒。要与亲近，袁喜皆不允。外面媒人亦时常来说，总不允就。那日，王辑谓袁喜曰：“媒人所说皆是名门闺秀，岂无一个合意，何辞之坚？都不思不孝有三，无后为大。若至三十岁，恐又是一番景况，汝可自思。”袁喜答道：“只是耳闻，都未目见。”王辑笑道：“内面白鸦，汝已自见，若不嫌，不要分文财礼，扛去[①]就是。”袁喜道：“真说假说?”王辑道：“我与汝哪有说假话?”袁喜闻了大喜道：“若然，即去择日。”王辑道：“快去。”袁喜遂去择日，作了招上门行为[②]。吉期已至，便完花烛。姨妈、亲家妗、亲家姑同二个姆婶仍同来食出房酒[③]，相议闹房[④]，同在房中饮酒。姨妈口中先吟二句，请新人续凑，乃吟诗云：“春心若肯牢关住，裤带何须加又加?”白鸦即续道：“裙带不加心不死，安能完璧转回家?”姨妈等听了白鸦念此二句，自觉无趣，惭愧，自行退出。三女次日便即回去。

过了数日，王辑正在店中安顿绸缎，忽一人突入，举刀即要砍下。匹匹赶至拦住喊道：“相公快走。”王辑惊得走不动，只躲于柜后。其人睁目大骂曰：“我先杀下胡仔，再杀企弟[⑤]喜。”手指匹匹曰：“汝拦我先杀汝。”匹匹亦骂曰：“恶贼无故行凶。”说声未毕，那人将刀砍下。匹匹躲之不及，头砍裂开倒地。乡邻闻声赶至，将那行凶之人拘住。王辑走出，众问是何仇怨。那人答曰：“我

---

① 扛去：（花轿）抬去。

② 作了招上门行为：以招赘形式操办婚事。招上门：招婿入赘。

③ 出房酒：婚礼次日的宴客酒席，主要招待女宾。

④ 闹房：闹洞房。

⑤ 企弟：即契弟，称男同性恋中柔弱的一方。

与袁喜为媒，亲事将成，被这下胡仔把丫头配他，害我媒人钱赚不过手，故来杀之消恨。”众人曰：“媒钱才有几多？杀人不偿命么?”王家遂同地保将那凶手送官请验，按律定罪不表。

原来无数人来与袁喜说亲，皆辞之。有一放债之寡妇，年有三十余岁，因慕袁喜，访来勾引不来，只得将十五岁之女子托媒人去说与之为妻，思婿可亲近，便遂其欲，约定成就谢媒银三十两。此人曾为总督府里水夫，与袁喜相识，遂去说之。袁喜辞之，因再三硬说不去，只得半允半不允，骗之出门。他以为必能成就，便去回话，多索谢礼，那寡妇又许之。今闻又娶王家丫头，此气泄在王辑身上，故此[1]不要性命来杀王辑，谁知匹匹赶来代死。

正是：怨气冲天银未得，杀人偿命律难宽。后事如何，下文分说。

---

① 故此：因此。

第三五三回　王夫人题诗留墨迹　缪隐仙感情选乘龙

此回乃说福州永福之古迹。盖永福县之地，乃唐代宗之时，割福州、泉州、建州三府之地，添设一县，名永泰。至宋，因避哲宗陵寝，改名永福。后有潘公来为邑宰，有仁政，至任满，士民俎饯留连累日。其夫人王氏，先已解舟泊于五里太原滩，俟久不至。王夫人月夜登岸，题一首诗于石壁上，云：

何事潘郎恋别筵，欢情不断妾心悬。

太原滩下相思处，猿叫青山月满船。

末题“太原王氏书”。

此诗至后迹已消灭，独“太原”二字入石不灭，至今尚存。其字方五六寸许，邑人因以滩为太原。后人因虑岁久诗亡，又大书前诗刻石为记，及今千有余载，惟“太原”二字墨迹如新。此乃一妇人望夫之切，精神入石，千古不变，乃情所钟也。但世间事皆言能尽，惟独“情”字言之不了。于是，有人过此滩下，无不仰望其迹，赞夫妇之深情，念女子之敬夫不断。只此一“情”字，感及其类。

兹先言极大之蛇，象犹能吞入腹，那蛇比象岂不更大耶？凡百物口中舌皆一，惟蛇口中双舌存于口内，乃阳中包阴，以阴阳会合，故能神变也。地支“巳”属蛇，“巳”加一点即为“巴”字。史记尧时有蛇，为民害，乃使羿断于洞庭。洞庭称巴陵者，乃所杀死巴蛇之骨为陵也。汉光武时，福州侯官地方有巴蛇吞人，隐于大山深谷，暮即出，于一二百步外能以气吸吞入腹。其在谷口，人离谷口尚远行过，被他吞吸。大极，人亦无敢除之，惟告诫于午后不可往其处。

适有一人，因酒醉，忘其所以，薄暮经过其处，却被蛇吸入口中。未吞下，又吐出，蛇便退去。幸所吸之人未死，遍身头面只受毒，如癞皮老鼠[1]卧地上。有人望见，与其亲属抬回。问其缘故，他云：“因酒醉不觉行至此地，忽起一

① 癞皮老鼠：皮烂毛掉的老鼠。

阵冷风，将身送入一窦内。只进门限[①]，忽被窦内水沫冲出限外，人即昏迷。许久，酒亦醒，开目不见路，实卧在水沫中，浑身忽然起泡瘌皮，四肢不能动。并不知披风吹送何窦此厉害[②]!”众人闻此说，便知被巴蛇吸入口内，以牙齿为门限，未吞入腹，即和涎沫吐出。人未死，浑身受毒瘌皮。有命回来，实大造化。众人又拟此人必是久生疥疮，诸药不愈，遍涂硫磺。因磺气冲脾，故和涎吐出不食，蛇自行退避。众共答：“不错。”往探，蛇果缩隐，至月余方出。

时侯官[③]一都尉，属游江统辖。都尉闻知，拨兵持械来剿。众兵未抵其穴，先被黑气冲脑中，轻者能退，重者即刻跌倒，俱不能向前，无奈之何。随出榜文：有人能除此蛇者，赏银千两。人皆以官带甲兵动刀枪不能除，犹受其毒，谁人反能除之？

适有红毛番船[④]患风漂泊至港，该番仔[⑤]闻知巴蛇吞人布毒难除之情形，便来揭文。要先交赏银，不能除赔以双倍，以船为质，除死[⑥]之蛇要全抬下船作口粮。都尉皆许之，彼此皆立字为据。番仔踏看了地场处所。过有数日上午，番仔抬出一人形，浑身脱赤，惟穿一短裤，腹大如匏，抬至蛇所常盘之处，坐于石上。众番仔安顿停妥，在于后山巅远看。附近人众，亦上山瞧看。薄暮时，巴蛇出来，见有人在路旁，即张口呼气吸之，其人即被吞入腹内。一刻之间，蛇腹中炮响如雷，只见蛇之腰腹断作两截。众番仔飞跑下山，众人亦跟看。那蛇只剩头尾，中截被炮打碎。众番人将头尾又砍数十截，陆续扛抬船中，船即开驾而去。众人将唤通事查问，蛇腹中炮从何来。讵通事亦下船去，追问不及。

至后，遂访知始末：非真人，乃纸筒，外铺贴牛肉，外以去毛之牛皮鞔罩[⑦]，如生人无异。腹中存炮药线，以火刀石暗张机轨，炮吸入肚内，机轨自动炮发。此等巧作，惟红毛番人能施。此乃不但得银一千两，那蛇被得去，皮剥作铠甲，刀枪不能入；头枕骨含有定风珠；肉为脯，能治痨、蛊、膈、癞、疮，皆至宝，惟他能识，能得之。

彼时白马大王庙中，有鳝鱼头为香炉，却被盗去。看牛孩童看见，报知

---

① 门限：门槛。

② 此厉害：这么厉害。

③ 侯官：古县名，今闽侯县。

④ 红毛番船：荷兰人的船。

⑤ 番仔：洋人。

⑥ 除死：杀死清除。

⑦ 鞔罩：蒙罩。

乡间，至乡人会众去追，番船已开出外洋，无奈其何。原来番人特驾船来中国取宝，捏以[1]被风吹至。惟去除民害而不恨之。于是以此山为巴山，乃大蛇，即蛇山。湖广洞庭有巴陵，福州侯官有巴山。后来二字合为一字，乃“岊”（音“节”）字。今怀安芋原驿江边是昔蛇所盘之大石，名巴石，今不知其处。

再说蛇之情。那永福方广岩西北，有一大山，洞中有白牝蛇，不知修炼几多年，能变为人。常隐不现，从未为祟，只日夜与山都木客[2]吟风步月，酿酒烹茶，自名为“缪隐仙”。知书识礼，并无色欲之心，见人即隐，故无人知。因与山都木客闲谈，问何处古迹为最，山都木客曰：“远处不知，近处惟太原滩石壁上，王氏题望夫诗，精神入石，墨迹千年不灭，为古迹之最。”隐仙又问曰：“怎的妻望夫诗，精神便入石不灭？”又答曰：“因闻常说，世间惟夫妻感情至重，生同衾死同穴。”隐仙问：“所题之诗怎说？”木客将诗念了，于是隐仙感其情，遂起择夫之心。

山都乃山魈，木客乃木精，能拽人物[3]，久与隐仙盘恒，遂听之遣使。隐仙于是欲访才郎，先令山魈去盗金银，惟盗富的，不盗穷的。隐仙各处寻访，至方广岩[4]侧，有老翁在门前排卖茶果。隐仙入内食茶，闲谈闻知，翁乃缪姓名延，家无别人，只一老妻白氏。隐仙见二老皆循良老实，可依泊，谓曰：“奴家亦姓缪，与伯伯同宗。父母早逝，一兄外出，孤身无依。有薄本，欲与伯伯同伙开店何如？”缪延曰：“小老只做小生意度日，并无大本，怎能与小娘子同伙开店？”隐仙曰：“本钱不要伯伯出分毫，都是奴家独出。至大市主人皆刻薄，无伯、姆[5]之老诚，故特来相投，切莫推辞。”缪延曰：“小娘子既有意抬举，不敢再辞，惟不知开何店？”隐仙曰：“开茶坊兼酒库，将左右邻屋并租来凑。”即取二锭银，交与先行租屋修店，二老喜甚。不数日，便开张一间茶坊酒库，隐仙当炉管茶，缪延在店行走，便有游人来店食酒、饮茶。

盖隐仙要自择婿，故出头露面为茶酒博士。其处乃名胜，遂有外方之人来游赏。一则店中排设齐整，二乃当炉之女甚美，皆以缪延之侄女，无日不有游人进店饮茶、食酒。不但该店生意兴旺，而方广岩之僧徒香钱亦多数倍。不觉店开半年，隐仙留心暗选，并无一中意之人。有才又无貌，有貌又无德。或有

---

① 捏以：谎称。

② 山都木客：传说中的山中的精灵，似人非人。

③ 拽人物：暗中窃取他人财物。

④ 方广岩：名胜地，在永泰县。

⑤ 姆：伯母。

轻浮子弟要与为聘，二老皆辞已受过人家聘定。或有恶少籍强、夜饮不去者，后山便突出群蛇抢咬，乃走[1]出。过后又来作吵，蛇又来咬之，屡次如是。人以为店家所使，便不敢欺之，隐仙遂得安心慢慢选婿矣。

正是：慕情欲选乘龙婿，设法先驱屠狗徒。后事如何，下文接说。

① 走：逃。

第三五四回　侦三人夜话别优劣　羡一生多情订婚姻

却说蛇精缪隐仙，在方广岩侧当炉卖酒，选半年皆不称意。那日有三人同入店，一乃福清叶向高堂侄叶青选，一乃泉州李廷机之族侄李绍芳，一乃兴化林润之族侄林朝忠，俱系监生，年皆十八九岁，来游方广岩。未登山，先入店食茶，天忽下雨不止。人皆跑回，惟他走不及，时已过午，即在店饮酒。再仍下不止，乃与店家相商，交银代办酒菜为夜膳，不须床铺，坐谈一夜，天明便上山去。缪延许之，备下现成的肴馔，天已晚，即排上桌。三人羡其快，同坐而谈。

隐仙先看此三个皆青年，俱堪中选，不知内行如何，遂隐于帘内而听。那三个皆不言土语，皆说官音正字。饮酒中间，李绍芳笑曰："不存意[①]未游方广岩先到天台。"林朝忠答曰："非天台，乃蓝桥。"叶青选喝曰："胡说！汝二个都是蔡经，要受王方平之鞭也！"

盖麻姑乃方平之妹，兄妹同修道天台山，俱成仙。许日兄妹同降蔡经家内，麻姑手指甲尖长于鸟爪。蔡经心中想：背后若痒时，得此爪来抓痒，快哉。讵蔡经心中想，未言出，方平便知，以鞭挞蔡经，骂曰："麻姑乃神人，有敢如此胡思妄想也！"所以青选将此故典责之。

林、李同曰："酒家在内宅，有谁听见？说玩笑怕什么？"青选曰："蔡经何曾有说出，仙人便知其轻薄也。"朝忠曰："既知是他下降，我二人所说有谁听见？且说玩笑怕什么？"青选曰："蔡经心内想，他便知，不可轻薄也。"朝忠曰："若仙人嫌我轻薄，裴航让汝去作。只是无处寻玉杵，亦是空想。"青选笑答曰："若侥幸仙人不弃，慢说玉杵，即天上月，亦要舍命抢献之。"绍芳曰："假至诚偷掏佛[②]，有敢骂别人。"

朝忠欲再言，适缪延捧热酒至，皆不言。即问青选曰："何不娶妻？"青选

---

① 不存意：没想到。

② 假至诚偷掏佛：俗语，字面意思是伪装虔诚拜佛，实则要偷佛像。偷掏：偷。

答曰："要有容易娶得，惟其贤者始娶之。"绍芳曰："我说都莫须有，君不正臣奔外国，父不正子走他乡，妻不正弃之别娶。"青选改容喝曰："此皆不忠、不孝、不仁、不义之人所为，我辈有敢言及？殊不知一朝为君终身为臣，一日为父终身为子，若一系丝罗，即终身为妻，有敢二三其德也?"朝忠曰："君臣、父子弃之不得，惟夫妻中有情之重薄，重者亲之，薄者疏之。"绍芳亦言曰："目下弃妻宠妾者有之，毒杀亲夫者亦有之。"青选曰："汝二个好的都不言，把此灭绝伦常来说。何不闻此处之太原滩石壁题忆之诗，情感入石，墨迹千年不灭，奇之至也。"

绍芳曰："世间薄情甚多，现在就有一个在眼前。"青选曰："眼前只君与林兄，不是汝便是他。"绍芳曰："君还不知此人薄情之甚耶?"朝忠曰："汝不薄情？只外宿，致妻孤灯独守。"绍芳曰："我无证据？汝有把柄在我肚中。"青选问："何把柄？可说来知。"绍芳欲说，朝忠把手掩其口。绍芳曰："似汝薄情，真天下独汝也。"青选笑曰："恨我不能遇有情，若能遇，总粉骨碎身，亦报之无怨。"

不觉谈至天已明了，檐溜①尚滴。林、李二人见有床铺现成，同倒下便睡。青选揭门帘，叫主人收盘碗。帘一掀起，谁知隐仙犹在未去，亦不走避，惟立着与青选对相②。青选一见其颜色，便心动意迷，帘不舍放下。隐仙便带笑曰："君可是叶青选相公么?"青选答："正是。"隐仙又曰："奴是酒家女，名缪隐仙。昨夜因在此帘内，闻君金石之言，令人倾身仰慕。停会有一物与家伯送出，惟祈笑纳。"言讫即转身入内。青选即放帘步出，魂便摇荡，因闻有物见赠，不睡待之。须臾缪延出来，问："哪位是青选叶相公?"青选即近前答："是在下。"缪延在内厅曰："小侄女有一字③送与相公，乞赠来音，小老回头来取。"青选接看，乃诗一首，金戒指一粒。诗云：

昨夜闻君金石言，令人仰慕至忘飧。
连环奉赠同心者，情报情来恩报恩。

后写：方广岩酒家女缪隐仙敬奉。

青选喜甚，现有纸墨，亦写四句，荷包内取出玉戒指，并诗包好，付缪延交进。隐仙开看，曰：

两情既谐可联婚，天赐良缘鸳对鸯。

---

① 檐溜：屋檐上导雨水的槽。
② 对相：相对端详。
③ 一字：一张字条。

碧玉无瑕堪报聘，且归再至拜高门。

后写：福清监生叶青选投奉。

隐仙喜甚，又取玉戒存了，赶办早膳，与三人食了，同登山去游玩。一匝即下山，仍归店内。时将暮，又食晚膳，是夜三人皆安宿于店内。缪延背问青选："何时再来？"青选答："十日内。"三人在店住了二日，酒肴皆丰盛，共包银一两送与缪延。缪延不收，再三说之方收。三人告辞出店，至大路，林、李要拖带青选同去兴化玩要。青选不去，订以来春同去京中赴北场科举，遂分途而去，青选自归福清矣。

正是：千人难得一人意，三个同行二个骄。青选来否，下文接说。

第三五五回 青选就赘不惊变异 隐仙育子始说实情

却说蛇精隐仙看三个之中，二个言不顾行，必人面兽心；惟叶青选言皆正论，品行亦端，遂定聘终身。俟三人去后，便关闭店门，交银与缪延去办理招赘物件。家中俱铺设，燃灯结彩候之。俟至八日，不见动静，缪延不安，谓曰："已查问过叶生，系叶相国堂侄。虽无父母，亦有伯叔，回去可知必不与来作酒家婿，空排设恐人知取笑。"隐仙曰："别个之言犹未定，惟此生言如泰山。等不得十日，便飞跑而来矣。"

原来青选回家，收拾停当，亦不与伯叔说知，亦恐阻之，只言去游学，顺便至京都科举。果然只九日便到方广岩。择有日单，佳期只在三日后。又带聘金五十两。见内外排设华丽，想今日气象比前日大不相同。时乃十月小春，谓缪延曰："十月新开岭上梅，后山必有梅花，采数枝来插厅堂花瓶。"缪延进说去采梅花，隐仙曰："今不须采，可出去说，果筐有了杏花何必梅？"缪延出说，青选曰："筐中只杏，当之不得，必寻梅来方好。"缪延又进说，须臾出谓曰："小侄女说，有杏不须梅，惟有幸难遇，寻媒何难？"青选遂思好伶俐之女，知我必来寻媒，先将杏抵塞，遂答曰："必有幸不须媒亦可。"

于是，吉期至，遂拜堂合欢。是夜洞房花烛，海誓山盟刻不相离。过九月，商议莫开店，寻择内山幽静处，带二老同去隐居。缪延以店正兴旺，舍不得。隐仙曰："生意旺者乃侄女作招牌，今不再作，鬼亦不上门。伯与姆有男靠男，无男靠女，侄女婿亦是半子，还敢不奉养至百年？何须再劳碌也。"缪延与妻白氏喜甚。青选问曰："只隐居不作生理①，衣食从何而来？"隐仙曰："妾父母早逝，无兄弟，遗有数百金，在外乡生息，可敷衣食用度。"青选信之。店先把与别人接开。

隐仙自去寻择。在于旧洞旁宽敞处，令山都木客筑墙监柱，鬼斧神工，未月余，三进大墙屋，家伙②一切俱备，一家便搬入居住。青选以许大之华屋，有许③快完竣，便知妻非凡人，只疑而不敢言。隐仙以山都木客装束如人，令

---

① 生理：生意。

② 家伙：家具。

③ 许：那么。

现形为奴仆。前后空地培植奇花异草，一月遣去拽银[1]一次，青选以为是外乡取息回来的。内有二老炒煮料理，外宅有山都木客走动。二夫妇不在花前月下饮酒，即是在芸窗绣阁中作赋吟诗。

那日值端阳佳节，白氏酒中下有雄黄，隐仙误饮数杯，便抱头进睡。青选以为酒醉，任之去睡。讵又放黄烟。青选在房内，只听床帐内有翻跋之声，揭起帐一看，隐仙现出原形，一大白蛇在床上翻滚。青选此时始知是蛇精，被磺酒、黄烟攻出原形，顾不得命，抱着痛哭曰："贤妻，愚夫害汝出相[2]，命必难保，要汝同死，有敢独活？"蛇只垂头不动。至夜亦抱同睡，天明仍旧复还人形，喜甚。隐仙苏回，问曰："昨日妾身忽病，形容有无改易？"青选曰："玉体并无变异，只翻滚不定，今都好了，谢天谢地。"原来隐仙不过饮雄黄酒，心中难过，酒气一退便好。欲试夫之心情真假，变出原形，看其如何。如果情深不嫌异类，至死不改无二。自此妻益敬夫，夫倍爱妻，无半点疑异。

不觉偕偶年余，隐仙怀孕生下一男，青选爱如掌上之珠。那一夜夫妻对酌，谈论古人。隐仙问曰："自古至今，有异类转人身，能行仁义者耶？"青选答："怎无？伏羲乃蛇身，神农乃牛首，皆仁圣之帝王。先贤有言曰：'古人体是兽，心有大圣德；今人貌是人，兽心安可测？"隐仙又问曰："此二个皆男，有无化女的？"青选曰："化女亦有，西王母乃虎之精。更有与人配偶生育者，禹王后涂山氏乃狐之精，诸葛武侯夫人黄氏亦狐之精，柳毅妻乃龙之女，海瑞母乃獭之精，都不在异类，惟重在情义也。"

青选又曰："自古至今，任甚猾盗黠贼，久后必会破案。卿遣此等小类行为，将来还不入人之机械耶？"隐仙笑曰："会出破便不是山魈鬼了。"青选亦笑曰："原来山都即是山魈鬼，怪道人家门关紧，物皆被山魈鬼拽去，空寻无益。果然有是事，虽不能出破，但损人利己之事，总不可为。"隐仙曰："凭郎此说，怎能供得家起？"青选曰："何用别为，把铁来点金，便食用不尽。"隐仙笑曰："郎君能点铁成金耶？"答不能。又问曰："郎君不能，谁还能之？"青选曰："卿能为之，反问谁能？只此法不损于人，何不早行之？"隐仙曰："郎君怎知道妾会点铁成金？"青选曰："不独愚夫知，博学之人皆知。贤明判案中，有说一宗案情，蛇能识点铁成金之草，凡蛇都能识此草。卿乃仙人，岂不识耶？"隐仙又笑曰："请郎君将此古典说与妾知，妾亦说明其中分别。"青选遂述出一宗奇事。

正是：能知点铁成金草，方是真修得道蛇。说出何事，下文接续。

---

① 拽银：到他处摄取银钱来。

② 出相：暴露出原形。

第三五六回　铁点金青选说故事　宝化灰隐仙述新文

却说叶青选与缪隐仙说道："江右有一汪家，鸡姆①抱一窝蛋，安于边房。一日鸡蛋无去②一个，连三日窝中蛋少三个，疑是人偷去。主人名汪旺，是日在房门缝中瞧着何人来偷。只见一蛇，亦不甚大，鸡姆下窝去食饭，它即出来吞下一蛋而去。因蛇小蛋大，胲下③胀之如球不能落。见蛇慢慢旋出后门，向石榴树环绕，用力一勒，蛋即勒破，其胲下胀消而去。汪旺始知，遂思一计，以柴削作蛋形小些，将真蛋去黄白，只余蛋壳，将柴存壳内，将窝中真蛋收起，惟放此个。至次日蛇又出来，向窝下将假蛋吞去，其胀如故，又向石榴缠勒，不能破。蛇甚仓皇，旋出后山丛草中。汪旺随看，只见蛇在草中，择了一种嫩草，连口嚼吞数茎入腹，蛇忽然发泻。

"过了几日，出外生理④，将此草随带包袱内。出至汉口，夜歇旅店，见有一人卧病在床，肚大如水牛。问之，店主道：'此人歇店便病，以是风寒，不日便愈。谁知变为蛊胀⑤，内外无亲，不生不死，在店中半年之久，如今怎处?'汪旺道：'我带有药专治蛊胀，刻食刻好⑥。'店主喜道：'客官有甚妙药？快取出治他，阴功不少。'汪旺应允，即取出一根鲜草药，抓了一撮丢入鼎⑦中熬煎数滚，捧与病人食之。时有二更，人皆睡尽，汪旺与病人同床。各床未睡，听那病人不闻声息，以药有灵，亦自去睡。须臾忽闻滴水之声，异之，即取火来看，只见病人只余白骨，皆化为水流滴床下，知是食了此草所致。思若不快走，以庸医杀人罪咎难辞，即悄悄背了包袱遁去。

"次早店主见病人化水，不见下药之人。地保报官，官至验看，店主遂将

---

① 鸡姆：母鸡。
② 无去：丢失了。
③ 胲下：脖子下方。
④ 生理：做生意。
⑤ 蛊胀：臌胀，中医称肚胀不消的病症。
⑥ 刻食刻好：吃了马上好。
⑦ 鼎：铁锅。

情由诉说，官令取煎草药之鼎来看，上半是铁，下半化为黄金。官道：‘此人不知何处得此三性草，到此地来演试，致令化水，并非有意害人。’即当百姓面前说道：‘有草名三性，惟蛇识之。’百姓问何谓三性草？官道：‘因此草蛇食化胀，人食化水，点铁成金，一样草三样性，故有此名。此回若不放在铁器熬煎，永不能明。你们看此鼎上半截是铁，下半截水煎着的化金，现有水痕为界，此乃三性草无疑。’众人皆称其官博识贤明。官令收埋其骨，化金之鼎入官归库，仍行文访寻下药之人，来查看实。此乃本朝之公案，人多知之。那小蛇能识点金之草，卿乃仙人非凡，怎的不识之理？何不采来作为使用，甘为窝盗也？”

隐仙笑曰：“原来郎君看了此截古典，才晓得妾会点铁成金。妾一闻君说便知了，然此草人叫为三性草，妾叫为无情草，因无情才不敢取。”青选道：“怎的无情？”隐仙道：“郎君知其一不知其二，说破不值一文钱。人食之顷刻化水，蛇食之能化肚中痞塞，精神亦减去三分。点铁成金虽然能成，只一时是宝，千日之后渐渐化为灰。吕纯阳点石成金，五百年后复原，尚且不为，只三年便化为灰，反为之乎？故宁为盗，不可假金害人。郎君可思之，有是理否？郎君若不信，明日妾即去寻来，把铁点试成了金，即取秤秤之，准不待三年后，渐自消灭化灰而去。一日消灭一日，至三年无厘毫矣，方信妾言无虚。妾亦说一新文[①]与君听之。

“有一客商贩运水银，俱装封于箱内。有一箱磕破一角，路上即拔去[②]青草暂塞破孔内。至市头拔去青草，另以灰布封固。至栈行始开箱看，那塞草之水银，尽化为黄金，异之。格物之人说道：‘必是路上所塞之草乃三性草，不但点铁成金，点水银亦能成金。’客人取来熔销成锭，秤有千金，值银数万，喜之不胜。尚未使用，封锁柜内加封。谁知此客与人告案未结，至三年满，案结。将柜开看，银无半点，全是白灰，封锁无异，更以为奇。又请教格物者，说是此草一时虽可成金，久必化去。客遂郁闷而归。此乃无情草骗人空欢喜。

“此乃点水银化灰，今再说一截点铁亦化之新文。有一通判，俸满上京陛见。长途行至打尖站，家人押行李在后，通判系马于树间坐待之。见马嘶鸣不已，饥甚，家人尚未至，怜之，即拔随身之剑，自向山下连割数茎青草，丢与马食之。马未食数口，家人来至说道，此处青草甚多，何用去割，即将马拉之上山去看守吃草。又行至京馆寓，查点行李，剑拔出鞘一看，忽有一条金线环于剑腰，异之，取与同僚观看，问何讲究？众同僚以为吉兆：金带环腰。陛见

---

① 新文：传闻故事。

② 拔去：拔了。

后升为知府，以金线环腰之谶有应。将剑包以红绫，挂于祖先堂上，不许人动。未几随驾北征，失于沙场。一日家人拔剑来看，剑已断为两屯[①]。所断乃金线之处，化为一些金气，皆以不祥之兆使然。不知此剑三年前在路上行，打尖站割下此三性草所致。幸家人来得快些，马尚未食此草，故不至死。此乃铁仍化灰之实证也。”

青选听讫，说道：“名为无情草不错，这等真不可为。愚夫因想世间之人，皆有生计，故此才想此宗。既不可行，还要再想别门。卿知药性，可采药开了药店，又可济人，何如?”隐仙道：“开药店采药不难，只恐招引外人，必惹是非。”青选道：“尽退去山都木客，多拽银钱留带家中用度外，与小生带上京都求取功名。不过一年半载，必授外官，同卿赴任荣华。店交二老掌管，岂不妥当?”隐仙喜道：“妥极。今拽若干才足?”青选说上京谋干须用千两，帮贴家中用度须用百金。隐仙道：“贼只作一次，永不再作。率性拽了二千余金，宁可有余，不可不足。只是民家哪有许多金银?”青选说：“不惹官府，安有许多?”隐仙曰：“官银不可动。”青选说：“不惹便罢，惹便惹布司库。库中银积如山，煎炒[②]一二千，如牛背拔出一毛，只可陆续在于未归桶银堆中，只拽数锭，怎查得出？不待二三个月，便可聚腋成裘矣。”隐仙便令山都木客盗拽去。

正是：不因全藉山魈鬼，安敢擅偷官府银。拽得来否，下文接说。

---

① 两屯：两截。屯：本字“长”。

② 煎炒：无偿取得。

第三五七回　隐仙盗银采药开店　朝忠害命拐女宿奸

却说隐仙一面令山都木客去拽银，自去深山取出诸色药末炮制，制成诸品草药。教授谊伯缪延某药治某病，开药店交与掌管。未两月，精怪陆续拽来二千零，将熔销过，灭却字号，令勿再拽。青选笑曰："布司库银自古至今无人敢盗，惟我们煎炒得。"隐仙曰："郎君说无人敢盗，惟有我们；谁知早有人入库，先盗去若干，官竟不知。"青选曰："非山魈从何门而入？"隐仙曰："闻山都说，库内有一暗沟，通出到任桥下河中。那日因沟塞不通，召石匠开通。中有二人，头顶头仆着，各赤体。头朝出的口衔一锭银，俱死沟内，故水才不通。始知一个先由沟中钻出，谁知又有一个钻入沟内去，至半沟遇着，头顶头不能进退，皆塞死沟内。库官竟不知银被盗去若干。"青选曰："李士宝曾言曰：'巧欲乞时无处乞，路难行处有人行'，

果有是情。天不容奸盗，故尽此一回收煞也。"

隐仙银已便，令夫上京求名。讵青选情缠难舍，答曰："前日忘记北场业已过期，去之何为？待三年后再行。"隐仙曰："有大门面之相府，肯去谋为，怕没官作，何用待科场？"青选曰："去谋为迟早都可，值此严冬正敲冰煮茗、围炉饮酒时候，怎能舍得远离？过了新春再论。"隐仙笑曰："真可谓多情矣。"那店虽僻处，因药有效，近传远处，皆来买，渐渐兴旺矣。此且按下。

先说李绍芳、林朝忠二生与叶青选游方广岩时，订约来春齐上北京，赴北场科举。至新春，绍芳、朝忠同到福清寻讨[1]青选，叶家说已先去游学，顺路至北京赴试。李、林亦同行，至路上秦楼楚馆，处处玩游，青选不在，无人阻之。那两个乃色中饿鬼，将所带之盘费，花销干净，惟望青选在京，可挪些余光。一查问未曾到京，进场无名，二人愁闷不胜。原来那二人非林润、李廷机之嫡派子侄，不过同姓妄称，共以青选拖带入见叶相，举荐同沾余光。今进场无名，青选又不到，盘费又空，无处打算[2]。幸草字俱佳，一路卖字并游京都

---

① 寻讨：寻找。

② 打算：筹措（钱）。

风景。

西门外有吴乡宦，叫进家中，因见字与品貌可观，问其来历。二生以赴试未第，穷途落魄之情由告知。该乡宦即留在家，教子侄字法，并读书史。

其家有一妾，二人瞥见，顿起欲心。妾看二人，亦忘廉耻，彼此有心，遂成苟合，内外竟无人知。其妾喜甚，应许二人怀珠宝同逃远方。二人暗相妒忌，彼此有害命之心。那日同在后园看花，园西有鱼池深广，绍芳欲将朝忠推入池中淹死，妾并珠宝可独得，即立于池边曰："林兄快来看，浮起二尾大金鲤鱼。"谁知朝忠早已起不良之心，答曰："来了。"即跑至，出其不意，向背后尽力一推，将李推入池中。那绍芳本意欲害朝忠，反被先下手。朝忠看而沉不浮，悄悄回转书房上床去睡。家人来请用膳，东家问李兄何往，朝忠答不知。三日过无处寻觅，池中浮起尸来，共以失足落池淹死。有同侣见证，不过报官收埋而已。

于是朝忠独得。无何，妾牵头又私其东家之侄女，会议同逃。那日东家与子娶媳，人众杂沓，女与妾皆怀金宝，随朝忠逃走。由后门逃出郊外。朝忠择无人之处，将金宝收存包袱内，令女与妾换穿衣服，同至江边。侦无人时，又将妾推入江中淹死，带女由别路道头①买舟直渡而去。那乡宦家至二日始查女与妾无去②，连林先生亦无踪，共知拐逃。随闻江中浮一女尸，家人看形容改异，衣是女所穿的，以女、妾同落水，尸一个浮流出外，惟林朝忠不辞而去，疑之而不追究。

朝忠与女同至闽，恐兴化家中妻不容，不敢就归，且寄寓阳岐③。租陈姓的外屋，一间三堵，④ 左边有一门与邻屋相通。此邻人在于本屋前进，开张油烛店。家只一妻，妻弟在店使唤。朝忠初至时，其妻在壁孔看见朝忠，魂即勾去。原来此妇方二十二岁，貌不佳，惟肥白，行如盐埠船过样。其夫没鼻，面大麻。今见朝忠少年书生，恨不能亲近。

谁知朝忠少出街，碎买东西⑤请人去买。初至无人可请，惟左邻有门相通。那日要买东西，见有妇人在门口，即问可有小孩童，相烦代买东西。妇即近前笑容曰："相公要买什么？即管叫奴家去买。"朝忠便取钱等伊弟⑥来交。那妇人便伸手去接曰："弟在外店，不暇进来，要买东西说知，待奴家拿出去叫他去

① 道头：码头。

② 无去：不见了。

③ 阳岐：地名，在今连江县琯头镇。

④ 一间三堵：一个开间分割成前后三室。

⑤ 碎买东西：日常买东西。

⑥ 伊弟：她的弟弟。

买。”朝忠即说买某物，妇即接钱出去。有一会，妇即将物亲至林家交收。日日来亲近。

那朝忠曾经沧海难为水，除却巫山不是云。此等之妇，不在他眼内。那夜正炎暑，没鼻同小舅在店中睡。有二更时，妇看朝忠一人在外厅看书，即算计诱动他。浑身脱赤，惟穿一綀布[1]裙，敲门曰：“相公，烦汝开门，与奴点火。”朝忠听妇人要乞火，只得开门乞火[2]。妇即入，朝忠见其赤身，讶甚。妇即点火，笑问相公看何书？朝忠答曰：“看《春秋》。”又笑问曰：“奴家有一字，问相公识不识？”答曰：“是何字？”妇曰：“口旁加一肉字。”朝忠曰：“无字。”妇曰：“不识看什么《春秋》？”朝忠笑曰：“汝说何字？”妇笑曰：“‘戆[3]’字。”朝忠笑曰：“怎么是‘戆’字？”妇又笑曰：“肉在口旁不食，是戆不戆？”朝忠始悟，即立起将搂之。谁知妇已自就，拖朝忠于困椅[4]为颠倒阴阳。朝忠自此被伊所迷，夜夜在外厅与妇奸宿。又取银与其夫没鼻置货，其夫大喜，分明卖奸，夜夜不进房，妇得与朝忠畅其所为。

正是：妇肥连理奶抱子，男美寻常岸拢船。后事如何，下文接续。

---

① 綀布：夏布，苎麻织的薄布料。

② 乞火：福州话“乞”可以表示“求乞”和“给予”两义。

③ 戆：傻。

④ 困椅：躺椅。

第三五八回　遇仙妹吴女诉恨事　图新色林兽吊高岩

却说林朝忠在京拐女逃至闽，暂寓阳岐地方，又交通邻妇。因买足其夫，分明包窝奸宿，不觉二个月。那日朝忠在没鼻店中闲坐，有人说叶相国之侄叶青选，在方广岩下山后开药店大发财，娶妻极生得好[①]。朝忠始知因娶妻开店不上京。由阳岐去永福方广岩极近，次日即去寻访，便见青选，留饮叙旧。

朝忠责青选失约不进京，致误功名。青选说被此缪家招为婿，留不与去。言了回问绍芳有去京么？答曰因去迟，误却场期，盘费用尽不能回归。幸被吴乡宦共请去教子弟有年余，不意绍芳兄失足落池内淹死；因失侣回家，东家以侄女招赘，以为同室；今虽回乡尚未归家，现在寄寓阳岐等情，说了大略。青选闻之叹曰："绍芳兄乃灵窍之人，怎致失足落水？今闻之不胜悲悯。"朝忠曰："因酒醉所致。"青选又问曰："既带嫂何不还乡？必是恐打破醋瓮。嫂既在此，可请来与弟妇会会。"朝忠曰："今先请贤弟妇与愚兄拜见了，再叫内人来会叙何如？"青选曰："且慢，待贤嫂来一齐拜见。"朝忠曰："亦可，叫来彼此赛美。"青选曰："宦门之千金，总美于山乡之女，怎敢与之比赛？"朝忠曰："明日便见。"

朝忠隔了一夜，次日回去阳岐，将女招至。进厅不许下轿，要婶出来开轿门接姆[②]。青选遂令隐仙出来迎接。既出轿，朝忠说且慢进，姆婶站立一排来比赛。但吴女虽美，怎及隐仙艳冶惊人。朝忠笑曰："果然须退让三分。"隐仙邀女入内厅，设宴会叙。朝忠忽认得，问青选曰："此贤弟妇可是方广岩下当炉之女么？"青选答曰："不错。"朝忠曰："原来花魁被弟独得，故不上京。明明三人同在店见过，俟我二人去后，汝使马后炮独得去。不知便罢，今既知了不与我抽分[③]，我赖此不去。"青选笑曰："别事打得抽分，朋友之妻哪有抽分之理？要赖由汝。"

---

① 生得好：漂亮。

② 姆：妇女称夫兄的妻子。称夫弟之妻为婶。

③ 抽分：揩油分利。同"抽丰"。

谁知那朝忠一见着，便有图谋之心。女被隐仙留款在内，隐仙见女不乐，两眼悬泪必有隐恨难伸。忖非奸拐必是私奔，哪有宦门之千金，肯与远人为妾？是夜同在房内饮酒间，以言套之。女含泪欲言又止，隐仙曰：“贤姆姆有甚衷曲不乐，早须说出，奴能代为酌裁。若归到兴化，闻大姆极恶，那时有冤难诉。”女泪落答曰：“贤婶婶肯与奴酌裁，便将实情告诉。但奴乃宦门之女，岂不知廉耻？是被叔父之妾，花言巧语勾引所致。妾死何足惜，惟恨经千山万水奔此，死无葬身之地。

“皆因叔父引鬼上门，见二生卖字在街，招留在家教授子侄笔墨。一乃李生，一则奴之薄情林生。叔父妾与二生私通，妾许怀金宝同逃外方。二生俱起不良之心，欲谋得。那日李生哄林生至池边看鱼，意欲推他落池，反被林生先下手淹死，以诈言落水收埋，薄情遂独占。那日被奴撞着，恐破其事，叔妾将药水灌醉奴，勾引薄情来污。至醒方觉，欲奔告叔父，被二人跪求饶恕。奴泣不许，他说要说破，是挑屎自涂面。奴思既被污，惟死为清，不死鼓破[①]愈臭，只得忍而不告。叔妾又说薄情闽中一大世家，让奴作正房，她作偏室，奴何曾肯？她又告叔父欲将奴送入皇宫为婢，不早走，悔来迟矣。奴始惊[②]，共怀金宝同奔逃野外。他令奴换穿叔妾之衣，齐至江边待渡。薄情将叔妾推落江淹死，奴惊问故。他说带得一带不得二。又问因何换衣？他又说，明日尸浮起，家人来看，以奴同叔妾俱来投水死，现有侄女尸，即不追寻。奴看其致叔妾之命，便心灰意冷，追悔无及。

“他带奴由别道登舟，不知渡过多少水陆路程，方到闽省，仍寄寓在此家。奴问之，他说有结发恐不容，不可即归。奴问他依旧无家可归怎好？他又说先去说明，如不肯，将结发谋死，便安稳归家。奴惊问前已害死二命，今又欲再害一命，忍乎？况是结发无一点恩情耶？汝肯奴不肯，莫若与奴去死，保全汝结发可乎？他说：‘汝肯死莫若与我卖去，可保全性命，何如？’奴勉强答曰：‘好。’他说待有主来买再论。

“奴以说玩笑，谁知他果有此意。夜来不进房，常在外厅长椅上睡。未过二三夜，又勾搭一肥婆，如糖似蜜。前日在本寓中说：‘不是我薄情，奈结发妒恶，若同汝回去必吵闹不安，犹恐致汝性命。今换带别个回去兴化，将汝放一安稳所在为正妻，免卖与人为小妾。’奴问换哪个去，把奴放在何处？他说换隔壁油烛店之妻，汝就与他为正妻。奴又问：‘带奴回去便吵闹不容，带隔壁的去

---

① 鼓破：说出去。鼓：本字“搅”。

② 惊：害怕。

怎不吵闹？’他答：‘汝貌美必生妒忌不容，隔壁貌丑必不妒忌能容。又能屈意奉承，愿作贱婢与人使唤。汝乃千金，怎敢使汝落为下贱？故把汝换与人为正妻，岂不相安？’奴以死期已至，与争何为？

“他说了去与肥婆耍乐，二三日不归房。奴正要寻死，他忽回来，令奴去友家，与他友妻会会。刻不容缓将奴拖上轿，奴以必是抬去卖与人为妾，不死在此，必死在彼，只得忍泪任之抬去。谁知至此与婶婶相会，泣诉衷情，万幸之至。”女遂双膝跪下，泣曰：“贤婶婶有甚酌裁，惟求救倒悬之急。”

隐仙双手拉起曰：“快请起，不须愁。奴家自有锦囊相赠，便起死回生，转祸为福。姆姆且坐下说。”便拉起女坐下。女曰：“那是狗行狼心之辈，有敢称什么姆姆？”隐仙曰：“可称小姐。”女曰：“淫奔之女，敢称什么小姐？”隐仙曰：“小姐总是。”女曰：“万不敢当。”隐仙曰：“这等只称姊妹便了。”女曰：“姊[1]有甚锦囊快来救，迟则必嫁没鼻，再救不及矣。”隐仙问哪个没鼻？女曰：“姊姊不知，隔壁肥婆之夫那没鼻，与肥婆对换，不是嫁与没鼻也。”

隐仙问曰：“那肥婆生得何如？”答曰：“肥大如盐埠船，只白甚，极似肥猪头。”隐仙笑曰：“此等丑妇，那薄行怎肯与他好？”答曰：“那肥婆嫌其夫没鼻，因与薄行相通，见薄行之貌，便自就他。他原来嫌不成就，因会奉承，被迷如糖似蜜。”隐仙曰：“羊羔食美既厌，亦要食臭虾鲜[2]来换味。”又问：“没鼻知不知？”又答：“怎的不知？有银与之托店，便拍白[3]卖奸，只卖奸不肯带去，故将奴与对换，没鼻始喜。”隐仙又笑问曰：“没鼻怎敢大埠船来换小舢板？”女被说不觉好笑。

隐仙曰：“小姊可开怀放心，不至如是。那无行有新的即不要旧的，今又要觊觎一新的，小姊可知么？”女问是谁，隐仙曰：“还不知，无行要勾搭我。”女曰：“他有敢太岁头上动土？”隐仙曰：“前日带小姊进厅，那无行一见着奴家，两目就似鹰鹞一般，觑不能断，心中便图谋，现在赖着不去。”女曰：“原来又如是，姊姊何以处？”隐仙曰：“那无行藉三分貌，无谋不遂；谁不知虎婆奶手中，哪有仔与人抱[4]？今听小姊说情由，正要他来图谋，落我网内，可救得小姊还乡。今与小姊此一会，再会无期，再盘桓数日，仍送回阳岐。奴家有锦囊四句，此可念切记在心，照此行为，化祸为福。”随念四句：

拐逃二条命，案破顷刻间。

---

① 姊：以下二人对话中，互相称“姊”和“小姊”。

② 臭虾鲜：盐水煮过的新鲜虾皮，腥味重，是一种便宜的家常小菜。

③ 拍白：公然。

④ 虎婆奶手中，哪有仔与人抱：俗语，喻自身强悍，没有便宜让人占去。虎婆奶：临水宫中36婆官之一。参见本书第二十三回。

见官须直诉，有命返家山。

念完谓曰："此四句不可忘。"女曰："能救奴不再受污，便是万幸，有敢还望回乡？怎对得叔婶兄弟耶？"隐仙曰："有所不验，何敢妄为锦囊？到家时，自得叔婶怜悯，再不遭辱。再嫁不再嫁，听从小姊。"女曰："得有还乡，哪有再嫁之理？"

遂又留住三日，青选谓朝忠曰："今日可送汝嫂回去，汝要赖再来。"朝忠即带回去，一进寓中，即刻自己又到青选家中。青选仍又殷勤接待。原来隐仙将女所说之言，尽告与知。青选忿甚，隐仙曰："今以鬼治鬼，可除此奸恶。"青选问何策？隐仙说如此如此，必除之。

青选出谓朝忠曰："弟今去省城买药材，三四日才得回来，无人陪奉休怪。"朝忠曰："有事即管去，前说打抽分乃玩笑，朋友妻有敢如是？可放心去，不必惊恐。"青选曰："老婆别人子，[①] 即与朋友共，有何不可？"青选即告辞而去。朝忠心中暗喜，以为得计，其事可成。等不得一日，晚时即悄入内宅，见隐仙正倚门而立。一见朝忠进来，即问此位可是方广岩林伯伯么？朝忠答就是小生。隐仙笑曰："今幸得又会。"朝忠亦笑曰："小生自方广岩一见仙容，萦念在怀。幸蒙不弃，今日天赐良缘，可消渴想。"言讫即向前搂抱，隐仙笑拒之曰："此时尚早，今夜三更去奴家后门来，便可长夜遂愿。"言罢即转身，入内宅闭门。

朝忠听了，遂先认了后门路径，俟有半夜，略有月色，悄悄由后户。一推便开，至内宅，果见隐仙在房门口等候，便招入房。朝忠将动手，隐仙笑曰："今夜乃初会，不可仓猝。已备有酒肴，先来同饮三杯，再上阳台。"朝忠喜而笑曰："有酒更好。"隐仙即出去取酒。

忽有三四个大汉入房内，骂曰："汝这般无德行之禽兽，包有肥婆还不足意，犹来调奸良家妇女，不拿去送官还了得！"有一个曰："且慢送官，先将缚吊树上，再去拿教唆之淫妇，来同吊。"四个之大汉即将朝忠拖出后山，以索缚吊于山顶大树上，大汉便去。须臾又拥抬肥婆来，亦缚吊于右边树上。又有一老翁，执杖至骂曰："我乃山都土地，因汝色胆包天，前已谋命奸拐，又敢窝奸邻妇，今夜又调奸妇女，罪不容诛，故令力士来拿，先将其风流筋吊断，再治以官刑。"以杖指肥婆骂曰："汝乃有夫之妇，因嫌夫丑，淫奔与他奸宿亦罢，又引谋他人与己夫对换，伦常安在？今亦先吊断汝淫筋。"老翁骂了，各带大汉而去。

正是：先惩枭友图新色，后戒肥婆换旧夫。再看下文，如何分说。

---

① 老婆别人子：俗语，字面意思说老婆是别人家的女儿，跟自己没有血缘关系，不需心疼。通常是作为玩笑话。

第三五九回　女吊还淫冒樵作威　男惩颇省拾银起殃

却说一男一女吊在山巅树上，叫天无应，叫地无门，如一对鳌鱼灯。至天明，有讨柴人①三个山下经过。二个看山下有人，连声叫救。樵子抬头一看，见山顶树上，吊一男一女。那妇肥得异常，共以为奇。三人即行上山顶问之，肥婆答乃阳岐人油烛店没鼻之妻，昨夜睡在床中，被妖拽吊在此，乞求解救，自当后谢。朝忠亦说是阳岐人，亦被拽至此。三人问："汝都是阳岐人，可相识么?"答："不识。"

樵子一个爬上树，先将朝忠解下。那朝忠被吊，脚手麻木，半步难行，倒在草中。三人说，既解下，汝可自去。朝忠曰："救人救到底，被吊一夜通身麻木，怎能下得峭壁？再求背负下山，有瓜子金作谢。"三人听有重谢亦喜，共议一个背他。那妇女肥大，亦须二人方能放落。于是又放下肥婆。谁知朝忠倒在乱草中拾一锭银，暗存腰间。二个放了肥婆，那肥婆亦倒在石旁。二个同背朝忠下山。

那肥婆与那一个樵子，名咬咬，看中意，教他背地认作表兄来救命，我取银与汝帮店中做生理，暗作夫妻。咬咬大喜，便约下山讨轿来扛②。

朝忠先下山，取瓜子金分送，又讨轿扛回自己寓中。思在此要谋朋友妻，及在阳岐欲换妻回去，都被土地公得知。今须改过，隔离肥婆，数日后带吴女回兴化，能容不能容，再作区处。莫是土地公知我改悔前非，故掷银赐我。不表。

却说油烛店没鼻，天明不见其妻，正在惊异，闻妻回来，查问情由。肥婆泣说："昨夜睡梦中被妖拽去，吊在方广岩树上喊叫，无人来救。天明幸有表兄山下经过解救，雇轿扛回，若无表兄搭救，吊死无人得知。可留在家数日，以报救命之恩。"没鼻问此表兄家住何处，从未会过。咬咬曰："住永福，自幼在城做生意，今春方回。闻表妹店中十分兴旺，欲来帮伙，带有些须银来帮搭③

---

① 讨柴人：砍柴人。

② 讨轿来扛：雇轿子来抬。

③ 帮搭：在别人的生意中附搭股份。

店中，只学作烛手艺。”言讫取银交与没鼻，没鼻见银，非亲亦是亲，留在店料理。夜在内厅睡，便与肥婆私通。

再说那朝忠回去，不动声色，拒离肥婆，要收拾回去。因银用尽，惟珠宝未动，先将此银至前门烛店，令没鼻拿去钱店换碎银作盘费。没鼻拿往钱店，店主认看，便问：“此银是汝自己么?”答：“不是，是代隔壁林姓来换。”店主与没鼻说：“汝且待伙计取来夹剪夹碎。”暗遣人去报，许久突有塘兵[①]公差来到，令没鼻同去林家，唤朝忠问：“此锭银是汝的么?”朝忠答：“是，只有此锭。”公差遂入房搜出珠宝，与地保押解到官。

正是：不因银在山中拾，怎得祸从天上来。后事如何，下文接说。

---

① 塘兵：明清两代维持地方治安的塘汛驻军。

第三六〇回 案破朝忠凌迟还女 淫甚肥婆终被杀奸

却说林朝忠被公差押解，因为何事？原来司库因开暗沟开出二贼，一个口衔银，俱毙沟内，始知库银有人盗，不知盗去若干。打开东西二库来查，缺额将近三千锭。细查乃某年月日字号，查半年方得清楚，即开出所盗之字号、年月日，各县通行各处，传集各银铺，有人来换此字号者，即拿送官究治。朝忠拾此一锭，乃蛇精隐仙特存此有字号之银，令山都木客先拿他吊高山，又令再拽肥婆，亦吊一处。又化土地公，指破其端。被樵子放下时，又暗掷一银锭与拾，破其奸拐害命一案，以救吴女还乡。当时朝忠惊问何事？众曰："汝乃盗布司库银之贼。"朝忠曰："汝何知我盗库银？"众曰："有无现获真赃，要辩去府堂来辩。"遂押去福州府衙候讯。

太守闻报获有偷盗银之贼，即坐堂。先问朝忠年岁、籍贯，又问汝乃青年监生，不思进步，有敢擅盗库银，从实说来，免受刑法。朝忠曰："监生读书人，安敢偷库银？监生实是永福山下经过拾得，并不知库银。若知怎敢拿出兑换？此理极明，求察冤情。"太守曰："此乃虚捏，虽不能为盗，通盗是实。"答并无此情，又问："尔非豪富之家，此珠宝从何而来？"供曰："因上北京科举未第，在乡宦家教读三年辞归，蒙东家赠以侄女为室，珠宝乃是妆奁。"太守曰："又是捏词。汝非现任职官，不过监生，若以侄女妻汝，必留赘在家，就京求名，哪肯以女远离之理。所赠之女，现在何处？"又供寄寓阳岐。

太守即出签令差飞提女至。太守问女来历，女不忍诉出实情，亦告以叔父赠与。太守曰："你叔父非等闲之人，岂肯将胞侄女远离，其中必有缘故。非拐即逃，若不实供，即令动刑。"女思合锦囊之谶，何苦受刑，直说罢了。供曰："请莫动刑，从实说出。"太守曰："你实说，念汝少女无知。"女遂将前情与隐仙之始末说出，俱录口供。太守叹曰："世间哪有此等读书人，人面兽心，若非本府细察，必被漏网。"

即令朝忠上堂，问："你不为盗，那因奸害命、拐逃东家侄女，路上又害一命，可有么？"朝忠闻此魂飞魄散，答无。太守曰："现有人证在此。"取女口供

与看。朝忠曰："若早卖此贱人，怎至机关败露？今既说破，有何可辩？认罪不过一死而已。"太守曰："不意列于孔圣之门，敢如此胡为，玷辱斯文之甚，死有余辜。"令画口供花押收监，一面详学道革去监生，一面详文行顺天府，查吴乡宦之教读二生，一死一逃，并无去[1]妾、女二人。顺天府查与吴女所供无异，部复到闽，将朝忠凌迟处死，吴女递回原籍。

吴女之叔父忿甚，其妻乃解说，上不正以致下歪斜，方知自愧。又看咨文供由，女原不从，被妾用药酒诱害，又愿自死，并非淫奔之比，自知治家不严。要将侄女另嫁，女誓不再嫁，守至终身。不表。

再说阳岐没鼻家，那肥婆欺夫老实，先引朝忠宿奸，又与咬咬苟合。没鼻常撞见，忍怒在心，言将杀奸。那肥婆听见没鼻有略言此，便咆哮不逊，反骂其夫五官不全，不死何为，休管我包人不包人。适邻人名辣辣，十六岁来学烛艺，生得白净。肥婆又勾引他，便拒咬咬。咬咬不愿，侦肥婆与辣辣对酌时，持刀突来要杀辣辣，被肥婆拦住。辣辣走进厨房，咬咬欲追杀之，肥婆又拦住厨房口。咬咬不得入，怒曰："汝不与杀，即杀汝。"肥婆答："汝怎敢杀我？"咬咬曰："就杀汝，再杀伊。"便一刀砍下，肥婆倒下。咬咬又抢入厨房，讵那辣辣摸一把菜刀，在暗处见咬咬跑入，照头砍下，咬咬亦血喷人倒而死。

辣辣不动声色，至店中叫没鼻进看，二人俱死，大惊，问谁杀之？辣辣将所杀情由说知。没鼻曰："他杀汝被杀，你代他报仇，两人都杀没错，只是事怎处？"辣辣曰："有主意，将此二人在一处，我身上血衣脱与汝穿，即去报乡邻地保，以亲夫杀奸，取下二首级挑去报官，无罪还有赏。"没鼻被拨醒[2]，照此而行。次日挑头进县，即来验过，邻保口供皆同。没鼻当堂打二十板，赏金花红采回家，无人不称没鼻老实，能杀此二个强恶之奸夫淫妇，今龟壳脱去。原来没鼻真老实，乡人反爱之。又念做生意兴旺，前被妻弟在店中偷钱去赌博，因肥婆纵容，不敢斥逐，至偷至肥婆首饰衣服，肥婆自逐去。其弟去后，咬咬拍白[3]将银钱挥洒，幸得辣辣方除内害。二人合伙，同心协力，店大兴旺。没鼻后又再娶生育，分店与辣辣自开，后不再言。

那叶青选去省城，闻得朝忠因此案，究出害命奸拐，依律凌迟弃市之情由，即回家与妻说知。隐仙将所行之情由告知。青选曰："致之太狠，不忍。"隐仙答："我何曾有意惹他，是伊没德行来惹我，就以代天行讨除之。前所为那无行

---

① 无去：丢失了。
② 拨醒：得到点拨而醒悟。
③ 拍白：公开地。

事，以为无人得知，将来更无忌惮，其图奸害命无底止矣。”

正是：若使奸淫无报应，怎能老实有舒伸？后事如何，下文接说。

第三六一回　误功名溺情恋娇妻
疗疮病报恩拜谊母

却说青选以为除他太狠，隐仙曰："君念情友而怜之，君不思若昔不在此赘，必与李生同浮沉于池中矣。"青选曰："若与同行，功名有望，何至误了场期?"隐仙曰："人无有善不善，习其善则善，习其不善则恶。君虽正，怎当得两邪？常言道：'家猫莫傍野猫边，不臭猫屎也臭膻'，况君亦有断袖之情，有不染其习气也耶?"青选曰："他两个皆有，惟区区者独无，才奇。"隐仙曰："彼皆宋朝、子都、弥子瑕①，君无溺情，谁信之耶?"青选笑答曰："原来卿以此为溺情二字，说话半日，以小生溺情于卿，舍不得去京求名？岂不闻功名浮虚轻似艾，夫妻恩爱重如山？要取功名，至三十岁后去，何迟也?"

那时叶向高在朝中为大学士，见奏报林朝忠奸拐害命之案情。兴化林家乃世宦之族，出此不肖子孙，我叶家将来出此不肖等类否？未几告老还乡，至家闻胞侄在外颇有招摇，恐本族有蹈林朝忠之覆辙，查问其弟："青选已代之捐监，如何不上京科举?"其弟答："他被永福缪家招去为婿，现在开药材店，常有回来祭祖，不知何故不去京?"向高嘱其弟，遣人唤他回来。

其弟即遣人唤回青选。向高见着，即问如何不进京？青选答因患病过期。又问年多少？答二十四岁。又曰："二十四岁，正奋志之时，若留滞不行，光阴难再。"又答未至三十，尚得称为英雄。答曰："光阴似箭，三十就在眼前。"又答过了三十，不能豪亦能图富，就到五十亦可捐官。台山闻侄答此，不甚欢喜，知中间必有迷阻难舍之因。正色言曰："只恐三十不豪，四十不富，五十将钱买死路。"下欲再言，适有客来拜，出去。青选闻此失色，亦知其责不早进京，自误功名。心中怏怏，又回永福家中矣。

隐仙初生一子，名施郎。不觉六岁，品貌似父。至此又生一子，落盆乃人头蛇身，隐仙欲弃之。青选曰："头似父身似母，真乃汝我之血脉，那有弃之之理。姑留乳哺，名之曰夔郎。"家中不畜犬，只畜数尾红青五色蛇，亦各有名。

---

①　宋朝、子都、弥子瑕：此三人都是古代著名的男宠。

隐仙常使唤，闻呼即至。因生理[1]兴旺，有贼来偷，一人室被蛇咬得半死，自逃去，故此贼不敢再来觊觎。又共号青选为蛇大王，隐仙为蛇夫人，远近由此皆知隐仙是蛇精，药方才有此灵验。

此处原乃山野，并无人烟。自隐仙来建屋开店，渐有人开荒耕种，陆续起屋积成一大村矣。光阴似箭，青选年已三十三岁。时天下大乱，隐仙知乱世，亦不催其夫去求名。当时缪延同白氏，寿皆八十余，前后病亡。隐仙亦开丧设灵，祭葬尽礼。外店之事，施郎已长成能料理，经母传授医道外科，有人来请治病，莫不应手而愈。

近处一乡绅，生缠腰蛇[2]，诸名医已请尽无效，闻知施郎名字，即去请看。施郎回来，将症之情形告母，问是何名？用何药？隐仙曰："缠腰蛇多种，此乃双头蛇，幸两头未合有治，合即无治。可取路旁绿蜈蚣，捣烂涂于两边头上即愈。"又问何处有？隐仙曰："并非真蜈蚣，即螺痞草[3]，又名鱼鳞草。蜈蚣乃百足虫，此草乃百足草，以蜈蚣能治蛇故也。"施郎如所教制药，连涂抹三日，病人腰间即结痞[4]而愈，即送厚礼谢来。隐仙令人送还，人人皆称叶郎中重义不重财。

再说此乡绅名徐琛，为刑部给事，被魏忠贤以东林党陷害。其妻顾氏生疮，感施郎医好，又不受其谢礼，深慕其母子贤良。一子名凤仪，年十六岁，人品清秀，即令其拜隐仙为谊母。那凤仪在家读书，忽不见，四处寻无踪。亦来叶家问，答只来一次后无至。顾氏日夜愁苦，隐仙闻谊子无去[5]，料是被妖迷拽，我若不代他寻访，必无命回来。遂代之寻讨[6]。

正是：不因膝下终身拜，怎肯抛头四处寻。后事如何，下文分说。

---

① 生理：生意。

② 缠腰蛇：病名，即带状疱疹。

③ 螺痞草：草药名，或作"螺疕草"。

④ 结痞：结痂。痞：本字"疕"。

⑤ 无去：失踪。

⑥ 寻讨：寻找。

第三六二回　缪隐仙力战救谊子　张圣君调雷灭妖魔

却说缪隐仙往寻谊子，自永福寻至仙游皆无踪迹。又至闽清始访出，妖怪在留钱山洞内。那山系唐乾符年间，一夜天降大雨，山上有声铮铮，天明乡人看满山皆钱，故名。山后有洞名流潜洞，内有一蛇、一雉，均有千年，皆牡的，化为美女迷拽少年男子进洞耍乐。若不合意，即食入腹内。牡雉先与山羊交合，生一子，羊头鸟身，名羊头鹞，亦知邪法，只不能化人，亦同母作恶。

那日由永福经过，见徐凤仪拜母回来，即入书房拽至洞取乐。那凤仪情窦初开，被二妖所迷，亦不想家，日夜与二个美女取乐，不知是妖。今被隐仙寻着，值二妖去拽食物，时羊头鹞亦不在，即突入洞，将凤仪取出。方至半路，二妖回来查知，即令羊头鹞去抢回。羊头鹞飞快似风，到半途寻着，出其不意从容抢回。隐仙追之不及，即遣山都，唤人面蛇夔郎同山精木怪，同来打仗。隐仙同至流潜洞。二妖得知，将凤仪存于洞内，调拨魑魅魍魉，两妖前后防护。隐仙只得住于对山，结下营寨。

那人面蛇得母传授秘法，亦会土遁之术，遁入洞内，将凤仪拽出。那羊头鹞知人面蛇土遁拽去，亦不动声色，俟至夜，从空飞下，又将凤仪抢回。恐人面蛇又土遁来，即化一大旗杆，放凤仪于大旗杆斗[①]中，自己防护。那隐仙战过数阵不胜，人面蛇又放三味火来烧，羊头鹞亦放火攻营，两边之山都鬼怪皆逃去，隐仙势孤。正危急间，忽有一人，大眼黑面，散发仗剑来助战，神光烂灿。母子知非凡人，精神复整，与二妖酣战。那黑面至溪边呼曰："九龙何在?"那溪中涌出九头青龙来，四面拥护。黑面又口中念咒，布罡蹈斗。顷刻黑云飞空，雷声霹雳而下，震死二妖，现出原形，乃一青蛇一雉鸡，倒于溪畔。羊头鹞右翅被雷火烧伤，不能飞遁。人面蛇看见抢近，一刀砍下，羊头鹞躲之不及，被割下羊头。

与隐仙来到洞门前，旗杆已变竹杆，那凤仪还缚在竹杆树尾[②]，即解下，

---

① 旗杆斗：象征科考功名的旗杆上端有一个米斗造型，称旗杆斗。

② 树尾：梢头。

幸未死，人只昏迷。将羊头挂于竹杆上，背凤仪至溪边。那黑面退去，九龙五雷将去。隐仙再详问大仙名讳，乞示知，好来报答。黑面答曰：“吾乃张圣，永福人，在山修道。因见二妖迷拽良家子弟害人，故出来助除。灭邪扶正，理之当然，何报之有?”隐仙要再问，忽已不见。隐仙见溪边一神庙，上额写张圣君殿，知是此神，即入庙看中坐一神像，与助战面貌无异，即拜谢神恩，同夔郎背凤仪回永福县。

至徐家，顾氏闻子寻回，悲喜交集，见子不省人事，便哭。隐仙曰：“不须哭，符水一喷便醒。”遂将战夺神助除妖之情节告知，顾氏感激不胜。那凤仪如醉如痴，便问：“二位姊姊何处去?”隐仙问要她作甚？凤仪答要她同睡。顾氏拿饭与食，拿茶与饮，均不食。隐仙知被妖迷，魂未定，又受有毒，即取解毒丹冲茶与饮。凤仪又问：“姊姊何在?”人总不是清醒。隐仙谓顾氏曰：“魂仍不定。”顾氏又哭。隐仙曰：“姐姐勿哭，想有一策。他已定聘，赶紧往方家说，不须备妆奁，不须择日子，即今日招来拜堂合卺，可夺魂回。”

顾氏即遣人往方家说，方家已闻其情由，回复照此行为。隐仙对凤仪曰：“不须叫，明天姊姊即来。”至次日花轿进门，请新娘下轿，先揭盖与看，问是姊姊否？凤仪点点头。隐仙即使人扶起拜堂，入门掩门听之，只听内有笑声。至晚凤仪如梦初醒，方知羞愧，不敢见人。顾氏问故，隐仙曰：“他被妖迷，惟女色是亲。今有人气，魂始复原。再过三日必如故，可宽心。”徐家大小无不颂谊母再生之德，隐仙曰：“若无张圣君来助灭妖，连奴家亦难保。”顾氏遂命人查溪边张圣君来历，重修庙宇，以报再生之恩。

正是：重生虽藉缪谊母，再造还推张圣君。后事如何，下文分说。

第三六三回　访神迹修庙答圣君　闻国难投环报明主

却说顾氏遣人至闽清查张圣君来历。原来张圣君系永福人，生于南宋绍兴间，姓张名圣，生得面黑五露①，志切除妖。闻闽清有六娘传授闾山正法，前来寻访学习。至时查问，六娘在五代间在闽清传法，已隔多年，哪里还有？又访知闽清山中有仙人往来，遂投白云寺为头陀。又访着六娘故宅基址，在石窦中开出法器并宝剑、竹箸、雷令等物，于是常登山顶岩石上，排列法器，口念："六娘故迹草迷烟，妖孽邪魔又出然。拜请神仙亲下降，赐传张圣碧游篇。"无日不如是拜念。

一日上山砍柴，见山顶有二仙人下棋，即赶上去。而二仙已下至山坡，恐追不及，仆于地滚便下。而二仙又上在山顶，张圣又恐他去，复滚而上。但高滚下一滚便下，下滚上怎能？谁知亦滚得上。便追二仙，跪求传道。二仙见其诚，即赠一粒桃、一卷册，升天而去。张圣翻册看，一字不识。食其桃再看，遂识。即日夜修炼，遂能召天雷、遣天将、除妖灭怪之术。其溪中有九头青龙，遂降伏之。自此代人救病除妖。一日坐化于溪边大石上，乡人以肉身建庙奉之。原名张圣，加一"君"字，香烟大盛。

张圣君坐化之石，名仙人石，溪名演溪，石潭名九龙潭，现在闽清县十四都地方。遇仙之山，滚上滚下之草尽偃，锄去复生，仍偃如故，现在十八都名偃草山。白云寺在十七都地方，皆张圣君事实及遗迹也。

顾夫人即重修庙宇，挂袍竖额，酬谢鸿恩，张圣君之威名更著。顾夫人又感隐仙救子之功，拜为谊姐妹。过年余，其媳方氏生一男孙，与隐仙来往亲热。

一日，顾夫人在叶家闲谈间，忽家人报，三月十九日驾崩煤山。夫人哀痛曰："哀哉，我的圣主！早知奸佞弄权，必害于国，果然。"即换去头髻之簪花，穿素服要回去。隐仙留之不住，惟牵手哭曰："贤妹，多承汝盛情，家中诸事托

---

① 五露：相法术语，具体所指有各种说法。大致是眼球突出、鼻孔外翻、龅牙、招风耳之类的丑陋形貌。

代照顾，愚姐从此一别，再会无期。”言讫乘轿回家，闭户哭不绝声，是夜自缢而死。题有绝命词在房桌上，中有句云：“夫死不能殉圣主，妻存可代报明君。”

远近人闻之，皆曰：“男尽节不足为奇，女代夫殉难，真千古罕有！”隐仙闻报羡曰：“难得难得，不负我之结谊也。”遂去代之调度丧事，葬毕即回。

那时施郎年已二十二岁，婚尚未择定。邻近有一家姓陈名仲信，为教读先生。妻王氏双胎生二女，面貌一般[①]。姐名掌珠，妹名掌玉，俱十七岁，皆美。因家在药店边，两径遍栽花木，四季开放不断，仲信无日不去采摘。或问摘与谁戴，仲信答家中有二女爱戴花，故日日来摘；如迟无，嘴便凸不喜欢[②]。有一邻人李七笑曰：“先生二个娇女果好极，该摘花与戴。亲慢些作，[③] 媒待我来做，才得有好女婿。”青选适在店，闻李七语，招李七进店问曰：“陈先生有女么?”李七答：“他乃双胎二女，俱十六七岁，一样面目，极整齐[④]。我要与他作媒人，一个与施郎为室，包成，只是谢媒要厚厚[⑤]。”隐仙在门口答曰：“亦闻知二女端庄，今就烦叔叔为媒。说得成，聘金百两，妆奁不拘，谢媒一大锭元宝，可好么?”

李七大喜，便去陈家与仲信说：“山坪药店叶家，闻先生有二女将及笄，命我为媒，凭汝许哪一个与之为媳，聘金百两，妆奁不拘。施郎汝已看了，品格才学都出众，家财又富足，今日讲定，明日送聘金。先生快进去与先生母[⑥]商量，好回话。”仲信曰：“有此等子弟家财，有不中意之理？只是人皆知他母蛇精，二小女不肯嫁与他，奈何?”李七曰：“我教汝说，‘母虽是蛇，子现人[⑦]，生得又好，家财又富足，医道又行时[⑧]，此亲不作错过[⑨]。是他爱汝，自许聘金百两。肯作齐好，[⑩] 如不然诺，他暗中叫蛇来咬汝爷[⑪]。都是汝爱戴花，日日去摘，他才晓得家有二女’。先生只此说，孝道之女必不敢违背。”

仲信入与妻说，王氏亦喜，便同进房见女，先说欲许配一女与山坪花园叶

---

① 双胎生二女，面貌一般：生了一对双胞胎女儿，长得一摸一样。

② 如迟无，便嘴凸不喜欢：如果来迟了没摘到花，变不高兴嘟着嘴。

③ 亲慢些作：不要急着嫁出去。

④ 整齐：漂亮。

⑤ 厚厚：很厚重之意。

⑥ 先生母：称先生的配偶。

⑦ 现人：明明是人。

⑧ 行时：一时大受欢迎。

⑨ 此亲不作错过：这门亲事要不做，就错过了。

⑩ 肯作齐好：如果你肯做这门亲事，对大家都好。

⑪ 汝爷：你的父亲。

家为媳，哪个愿去？妹未答，姊先答曰："人都晓得他是蛇精，谁肯嫁与之?"仲信将李七所教之言说之。姊掌珠答曰："爷爷[1]怎想把奴家与蛇子？蛇最毒，若些须不如意，被蛇母吞入肚内。宁可爷爷乞[2]蛇咬，女儿怎肯嫁与蛇?"王氏曰："爷爷乞咬，汝过得意么?"答曰："各保终身性命，怎过不得意?"又问曰："这亲事不作可惜，要何等人家?"答曰："除蛇不作，余皆凭命无怨。"王氏曰："凭命亦可。"随问掌玉："汝必不忍爷爷乞蛇咬，愿嫁么?"掌玉答曰："亲事由双亲主意，有敢说情愿？把奴家嫁与蛇，怎忍爷爷乞蛇咬?"母与父闻之喜曰："汝既愿，叫媒人去回话收聘，不可临时改变不上轿。"又答曰："一言既出，驷马难追。"仲信答曰："二个有一个愿去就好，免我等被蛇咬。"出与李七说之，姊不肯妹肯。李七喜曰："一个肯就是。"遂去叶家回话，以次女掌玉许配。

青选择吉送礼，匝月即迎娶过门。施郎洞房花烛，夫妻十分恩爱。陈家掌珠自择嫁与邻墩[3]开钱店杨家之子为妻，家道亦丰，掌珠亦喜欢得其所。那时天下已归大清，有公爵来福州安民，并开捐现任品官。青选与妻相议，欲去捐官。隐仙笑曰："早年好去又不去，今年五十，还想作甚官？可不必去。"青选又曰："为人世上，当图取功名。梁灏八十尚不服老，今才四九怎说为老？今即在本省城捐纳本省官做。"隐仙曰："妾思太平无事则可，今虽太平，尚有余乱，以妾主见莫作官为是。"青选曰："不作久，只作二三年便退居林下，有何不可?"隐仙只得听之。青选遂带千金去图功名。

正是：栖迟不坠青云志，发奋能雄白首心。后事如何，下文分说。

---

① 爷爷：称父亲。

② 乞：被。

③ 邻墩：邻村。

第三六四回　缪隐仙烈节殉青选　何学效纯孝遇夔郎

却说是时天下干戈既定，惟西北余氛未净，福建平安如故。青选冒籍浙江，报捐千金，授知州之职衔，即留在省候补实授。值北库制造火药，上宪檄委候补叶知州督造。青选带兵役，日夜在城内屏山下北库监察工匠制药。因库门常开，不慎干火，是夜库内忽然发火，库墙震倒，墙石如炮子，四散打附近之人居，瓦碎壁崩，烧死兵役无数。青选适出公馆，步行夜巡才回，在山下经过，离库尚远，被火石飞击额角太阳①，昏倒在地。跟兵被击死一个，受伤半死三四个。

须臾上司皆到，查看管工官伤重，令赶抬回去调治。青选抬回永福家中，妻子抱哭。青选伤重，心尚精灵，谓曰："勿哭勿哭。一乃天数，二乃预谶，三乃自取，死有何怨?"施郎问三宗之故，青选曰："北库自建设百余年，未有失事，我去督造便失，可不是天数耶?早年二十四岁时，回福清见台山伯，他问此青年正英豪时候，何不上京求名?我应至三十岁若不能豪，四十岁亦能致富。他日倘四十不能富如何?我答以四十不能富，五十犹可捐纳。他便笑而骂曰，只恐三十不能豪，四十不能富，五十将钱买死路，今日果应其谶耶！我因汝母溺情太深，难以远离。年登四十，方知三十之非。今已五十还不知非，故致此失，可不是自取耶?既合于天数、预谶、自取，故今汝们勿哭也。"

隐仙奉汤药与食，青选曰："药医假病，若真病服之无益。"遂不肯服，隐仙亦哭。次子人面蛇夔郎在床前悲泣，青选谓曰："汝倒有奇能，莫学为父太溺于情，误却济世安人之术。汝外游善多作、恶莫作。汝父一生无大过，惟将非义之银去买官，故此丧生。汝两兄弟不可效尤图非义之财。"言讫气绝。隐仙哭死②半时方苏，儿媳扶至内房安息。施郎料理棺衾，许久入房，视母不在床上，仰视梁上吊死一大白蛇，知母吊死现出原形。急解下，气已绝了，哀痛不胜。

---

① 太阳：太阳穴。

② 哭死：哭晕过去。

不与外人进视，亦办一套六品冠服，与母穿戴入棺。开丧设祭，徐凤仪亦披麻服孝，同作孝男。至终七，合葬于山。

次子人面蛇以形异，恐惊人，常隐不见。在家又不能帮兄作事，遂往外游。土遁一刻千里至江南，闻张献忠被左良玉杀败，聚议要来福州。夔郎惊甚，即暗随之。献忠带数骑潜至仙霞关，在神庙中祷祝入福州利不利。正说抽签，夔郎早已存于神腹中，发语曰："欲奔福州非为福，远离仙霞便是仙。"献忠闻神语会意，以神显应，令快退仙霞关。恐左良玉追至，不抽签而去，攻打四川。此时若无人面蛇假神语，闽人亦无遗类矣。此事并无人知，因贼去后，庙中有人看见人面蛇由神座钻出，入地而没，始知此神语乃人面蛇也。

夔郎自退了贼兵，又去外游至浙江地方。远近人家皆历过，无一孝悌之人。惟一姓何名琳，妻郑氏，岁各六十余。一子名学效，二十余岁行外科医道。二老多病，常卧病不能操作。内外惟子一人，日间又须去行医，夜间伏伺二老，衣不解带。二老所食皆鱼肉不断，自食乃咸菜清汤。日间所入药资不敷供给二老，外面均是赊借，无日不来讨债，其子敬奉父母不怠。

讵何琳患蔽结[①]症，日夜喊腹胀不绝。学效刻不离床，日夜坐食不安。思无法，只得以口向父肛门内吮。吮至半时，一点粪无出，只吮出一二粒硬粪。日夜伏伺，时时吮之不歇。其母郑氏骂曰："救得父胀消，子之口要割去丢。"学效曰："古帝王与亲尝粪，口都不用割去。"母又曰："帝王谁敢嫌之？汝在外行医，被人得知口秽，谁请汝？"学效曰："门关紧怎至外人知？"那夔郎半月都在地下看之了然，曰："不意小小地方出此大孝子，吾有不救，还有谁来？"

即去采药，衔于口中，现出房内。三人见人面蛇身，惊得魂不附体。夔郎先说曰："不须怕，吾乃好人，非妖怪。因见汝子孝顺，前来与汝治病。"三人听此心便惊定。学效问何药能治？答曰："我口中之草，提去搓绵绵[②]塞于肛门口，粪即出。如此口吮，永不能出。"学效即将草来搓绵绵，如其言，捧茶与蛇食未完，其父粪疴出大半桶，其病若失。学效遂拜谢不已。夔郎曰："吾乃闽人，姓叶，父母所生，形异心善。闻汝孝道，带药治病，免汝口吮。今汝父已愈，可开药材店，以救汝贫。"

二老闻之喜欢。学效曰："只是无本怎处？"夔郎曰："有银存在汝后园，可取锄头，带汝去开来作本。"学效遂掏锄头，跟人面蛇同去后园，指其处开掘，果开出一瓮白银，约有二百余两，学效便抱回房。二老讶问，学效言其故，何

① 蔽结症：便秘。

② 提去搓绵绵：拿去搓得软软的。

琳曰：“必是数十年前，因倭寇来，家家将银埋存，乱后屋被兵火，不知其处。今被恩君指出，此财乃恩君的，何家敢分占？”夔郎曰：“吾自福州至此沿海，遍见埋银无数，倘非孝子之人，安有指与？吾若肯要，不在此地，何处无之？奉吾父之遗嘱，不取无义之财，故不觊觎分毫。今既有本了，可开店。”学效曰：“店中应备何药，还须指教。”夔郎曰：“外科药不用银置，来日吾带汝往山上采取。只须修理店屋二十余两，其余留奉双亲。”

学效于是修店，一面同人面蛇去各山寻草药。夔郎一一指示，共有药百余种，某药治某症，学效聪明亦记得。店开兼卖药，有人来请医治，应手而愈。由此，远近皆知此店有人面蛇传授海外奇方。未半年建大屋，置良田，二老衰而转壮，自此贫变富矣。近处一家，子病症乃犯狐狸。病家来请。学效曰：“此病须我师父来治。”过一夜，其家房内现一狐狸，身首两断，子病即愈，人便知人面蛇又代人除妖。远处亦有人来请，有妖即除之，暨不受人谢礼。或问有功何不敢受禄？夔郎曰：“亦遵父命‘好事多作恶事莫为’之遗嘱。”人又称羡不违父命之孝也。

正是：只因己孝怜人孝，以致非亲却是亲。后事如何，下文分说。

第三六五回　青蛙神设宴款乡亲　人面蛇月官破真穴

却说人面蛇叶夔郎在乍浦何家三年，以学效医药既精，无庸再教，遂去别游。未离三四里地，见一小青蛙在神庙前，便抢来食，至口中即无去。见那蛙又在目前，又跳去抢入口，又无去。一连三四次皆如是。忽然有数百小蛙，拥至对咬，人皆看见人面蛇与群蛙斗法，斗有许久，忽皆不见，人皆散去。忽又在对面相对斗。蛙愈多拥于蛇身，盖蛇本能治蛙，蛙虽多亦不怕，吞一蛙入口即无。斗至数时，忽又不见。至三四日只如是对斗。人皆知蛙是本乡青蛙神，蛇是何家药店师父，曾代各乡除妖救病。皆远看，不能近前护此恶彼。

陡然间，蛙忽变数十蜈蚣，钻咬蛇鼻。蛇亦化作数十个三脚蟾，吞食蜈蚣，彼此不分胜负。原来此蛙乃是永乐间刘鹤龄所化，经天师分配江南浙江各神庙守炉，为青蛙神。一个被蛇吞，即刻群蛙俱至。斗至五昼夜，一化千，千复为一，彼此难胜。青蛙神思此蛇好厉害，即问：“汝乃何处妖怪?”人面蛇答曰：“我乃福州福清人，叶台山宰相是我伯公。父名青选，本朝知州。母缪氏，六品安人。我乃二少，名夔郎，因遵父命收妖医病，并非邪魔。汝实何妖，亦须说明。”蛙笑曰：“原来是乡亲，若不问明几乎自相矛盾。我乃福州长乐之刘鹤龄，长、福隔县，哪有格斗之理？快请去庙殿叙会乡情。”人面蛇曰：“原来是蛙仙刘鹤龄，同乡前辈老先生，晚生多有得罪。”

二人遂齐变为白面书生，牵手同入庙内会叙。鹤龄曰：“近闻贤弟打倒流潜洞铜旗羊头鹞，令人仰慕英雄之至。”夔郎答曰：“此乃小事，何足为称？怎及老先生之叔夺侄位踆扈臣，代报一枝血刃①，名扬四海。”鹤龄又问因何至此，遂以张献忠欲入福州，赶及作神吓退情节告知。鹤龄曰：“此一行为保八郡之生灵，功莫大焉。”时诸乡人皆在潜看偷听，即出与乡老曰：“江浙两省之守炉神合一，在本乡会乡亲，乃千载奇逢。可赶办宴戏庆贺，以表吾境万年奇逢。”于是乡老即会同乡人，结彩燃灯，设宴演戏。鹤龄同夔郎亦不辞避，对席享受，

---

① 参见本书第二六八回。

二人言笑享受与人无异。传至外乡，以我境内之守炉神亦在内，哪有不庆贺之理。亦会众乡老而至，拈阄以某日某境某乡宴戏，照阄不乱。

至几日，刘、叶二人忽都不见，众虽知其去，戏亦不再歇。再过几日，江南各社人亦至，见神已去。盖各乡守炉之青蛙神，不见二十余日，兹又出现于江南。人知神已分归原位，各回自社设演，迎神安座，方各散去。以此人人皆知人面蛇与两省之青蛙神，在乍浦会乡亲，各乡各社演戏，而学效之店由是名更行时①。现今外科药店，有画人面蛇身之形作招牌者，自此始之。

叶夔郎自别刘鹤龄，又去外游。遇见一望气者，游遍天下寻择风水。只背一包袱，内包其父母之骨殖，有寻着天子穴地者，便葬之。夔郎不知何处是天子穴，且跟他看择何处。讵那望气之人，自陕西大山冈总龙一直寻起，由河南、湖广、江南、浙江抵闽。龙聚于福州府城内冶山结穴，乃天子之真地。将背带之父母骨磨碎为粉，俟至夜静，于结穴处，骨粉随洒随自钻入地内。至洒完无踪，望气者去。夔郎潜看了，笑曰："都出此不孝之子，将父母来粉骨碎骸，谋此天子穴，造物安肯由之？且看骨粉入地，是何形状？"夔郎遂不去别处。

果有大异。骨粉入地七日后，附近冶山之人家鸡犬不鸣，夜来火光由冶山烛天而起。更异者，家家之妇女小便不通。东家言奇，西家称异，遂闻于官。督抚、司、道、府、县同去踏看冶山，不知所以，只疑上天降灾于一方。遂建醮，设保民禳灾罗天大醮。诸妇女茶汤不敢沾口，小便仍不通，个个腹胀如鼓。有一二回于娘家，或投亲戚，小便方通。于是在冶山之妇女，皆走避别处。谁知再过数日，延及远近，通城之妇女皆然。不但民妇，即官之命妇亦然，通城已遍。诸上司忧愁，无计可施。

人面蛇思至此不破之，再延难破。此功要与孝悌之人方可。访有黄某乃布司粮科书吏，因亏空钱粮银，拿禁监中追补，处以死刑。有弟为帮贴写，以兄有妻子幼，若处死家中必难保，情愿去承认非兄亏空，乃弟偷盗，罪应弟死，与兄无干。布司不依。其弟无日不入监看视，啼泣，竟绝食三日。夔郎欲献与此人，以奖其悌。

那夜出现其家，弟亦不怕，犹曰："国家将亡，必有妖孽。我已自知，何用汝来现示也？"夔郎曰："我来不是妖孽，乃是祯祥。"其弟曰："有什么祯祥？"答："来献一大功与汝，可救得自家大祸，并救通城之灾。现在城内之妇女小便不通，鸡犬不鸣，乃是妖人谋葬天子穴所致。惟我知，能破之，汝只带我去见布司，自会教之破解。"并说："救汝兄弟免罪。因见汝孝悌，故以汝为引进之

① 名更行时：名声更显赫。

功，可救得兄难。”

其弟喜甚，遂先入布司内，说有人面蛇欲来献策，能解通城异灾。布司即令带见。夔郎入衙，布司见其形异，讶而问故。夔郎曰：“现今通城之妇女不通小便，鸡犬不鸣，冶山发光，乃是被妖人以冶山为天子穴，将其父母磨骨粉洒入穴内，收敛四方之地脉。今才洒入十余日，若不破之，迨至四十九日，入穴之骨变成人形，破之难矣。破之法：只带妇女数个，赤身露体，按于骨粉之处，轮打阴箠，二更打至五更，其骨自会钻出。泼以犬血则不能再入，其天子气地脉逐散，妇女之灾亦解。如不应验，可治小人之罪无怨。若能刻应[1]，只求免黄某之罪，并免追赃。”

布司依之，遂密令两县，将城内外婊子场之妓女，尽行拿至冶山伺候。

是夜布司带人面蛇同至冶山，令指明洒骨粉之处，将妓女浑身脱得赤条条，按至穴地，各打二十阴箠，照名轮打。二更打至五更，见有白骨片陆续由地钻出，大小如箸头不等，共有一大堆。夔郎曰：“才十余日变此成片，再延至四十九日，即成全人，便难出土矣。”时天将明，便闻鸡犬之声。是日出有暗查来报，妇女之小便皆通如故。布司大悦，问人面蛇之来历。夔郎答乃南海普陀护法之神，要再问即不见矣。布司以真是观音大士差来之神救灾，那冶山之穴遂破。后人有诗云：

福州王气在金鸡，谁识冶山穴更奇。

冶穴今为蛇子破，鸡金蛋掘始王时。

鸡公蛋即鸡角衕，在东门外金鸡山后。布司因此禀明督抚，即免黄某之罪并追补钱粮之款。

正是：人面蛇除天子穴，虎头牌免地牢囚。夔郎何往，下文接说。

---

① 刻应：立刻应验。

第三六六回　老长庆生怪嗜曲孽　贤福海纯孝遇神仙

却说夔郎既破了天子穴，福州安静如故。又去外游，又代何人消灾解难，不得而知。迨至康熙己卯三十六年二月间，至福州城内，又出现一次，将须发皆白。

是时福州城内河西街有一旗下人，名福海，母妻皆死，家中只老父名长庆，年八十余，贪酒无厌，日夜不歇。福海只马甲饷，不敷还酒债，然极孝顺，供奉其父不怠。谁知那长庆若一刻无酒便骂，再稍迟即拿棍杖打其子。福海只顺受，无一点怨恨，反陪笑承欢。夔郎看真[①]，即由地板下钻出。其父子见是白发人面蛇，大惊。福海取棍要打，夔郎曰："吾非妖怪，是好人，亦是父母所生，形异心是良善。因看汝孝顺可嘉，才出来与汝会。"福海闻此，棍便丢下。

长庆醉眼矇眬，在炕床持杯招呼曰："既是人，且请上饮酒会叙。"夔郎上炕床。长庆便问："汝平素食什么酒，白酒亦食么？"答曰："生熟之物皆食，酒要饮千杯不醉。不饮，三年一滴不入口。"长庆笑曰："如此便好。"即将酒递与口边，人面蛇领了一杯。长庆又斟，夔郎笑曰："此酒只敷老太爷自食，我不敢食。"即问老太爷一日饮多少？答曰："日夜无二三十提[②]不够意。"又问是自少年食起，或至中年才食？答曰："我自二十岁食起，一日夜都食二三十提。我官作过防御，有俸银来食方爽快。今食子的[③]，一天只一二十提，不过搭口[④]而已。早年一口一碗，今一小杯作二口，惟是搭搭口。"

夔郎退出，谓福海曰："老太爷肚中生有怪物，故酒不住口。"福海问生何怪？答曰："是酒鳖。有药与汝老太爷食，即吐出，酒不再食，何如？"福海曰："药必有毒，恐怪物不出，我老太爷命先休矣。怎晓是怪不是怪，有敢下药毒？但腹中纵有怪，又不伤人，不过多食些酒。有儿子在，酒债再负多倍，亦无要

---

① 看真：看清楚了。

② 提：酒店卖散酒以直柄大勺伸入酒坛舀酒，一勺约半斤，称"一提"。

③ 食子的：吃儿子的，即靠儿子奉养。

④ 搭口：润嘴，夸张形容食物量少。

紧。”夔郎因见其子不忍下药，即传语曰：“说亦有理，料此怪已多年了，不须下药，数日内亦会自吐出来见天了。”福海讶问故，曰：“若自吐出，我老太爷性命怕不怕？”答曰：“自吐出，何用怕？”

夔郎自此在福海家，出现有三四日，口含有药，暗投于酒瓶内，父子不知。长庆食了有药之味，半时辰吐出七个指头大，形如鳖，无头足，坚甚，掷之有声。长庆吐出此物，身绵气喘而睡。福海惊甚，不知所以，只得俟夔郎来。夔郎来，即问老太爷怎样。福海曰：“自吐出七个鳖形之物后，四肢无力。”并指地上的七粒与看。夔郎曰：“自吐出，何用怕，酒食即起。”福海即取大碗酒捧到面前。长庆闻了曰：“快捧开，往常闻酒味甚香。今吐出后，见酒后冲脑。”福海又问：“不食酒可食饭么？”长庆曰：“酒不食，饭更不食。”

福海问夔郎：“连饭都不食，怎处？”夔郎曰：“汝老太爷往常所食之酒，都是此七个鳖食，今吐出无鳖，酒再吞不下。”福海问曰：“此七个只大[1]，哪能食许多酒？又无头尾鼻嘴。”夔郎曰：“名为鳖，乃酒之精气所结。人食酒下腹，气被此七个收去，酒即化为水，由小便而出。起先只一米大，一年渐大一年。令尊公只八十余，算酒被他收去几万坛，故坚如铁。今既吐出，免汝再欠人酒债。”福海曰：“奉养父母，有敢言说？今人如病一般，四肢无力，饭不能食。”夔郎曰：“此物吐出，自应精神不能如旧，论寿至八十余，亦算登上寿。即不能起亦不妨，并免吾兄日夜供奉酒不能足。”此二语乃夔郎试福海之心事。那福海一闻此语，知其父危在旦夕，不禁大哭，泪如泉涌。

夔郎看了真情，想果孝道，八九十岁之父犹舍不得，宁愿朝夕奉养不休。遂慰曰：“且莫哭，还有作法。汝老太爷实寿有一百二十岁，还算有四十年命。若失去此怪，酒不食，只有一二年。若再活四十年，吾兄之酒债怎偿得起？”福海收泪曰：“宁愿抱尽子道。”夔郎又称其孝。答曰：“今与汝筹划设法，又要命长至一百二十岁，又要酒债不须欠，两不相亏何如？”福海曰：“即管救我老太爷，命至百二十岁，酒债无要紧。”夔郎曰：“亦须两全便好。今将七个还二个太爷肚内，留五个投入水中，浸至四十九日，水便成酒。太爷只二个，酒不能饮许多提，即将五个水成之酒，日日供奉。一面盘起[2]，一面掺水。再过四十九日，所掺之水又成好美酒，则源源接济太爷，犹可卖与外人一点。不用银去买，还有卖酒之银积蓄，买肴馔，还不须负债，可好么？”

福海闻说喜甚，曰：“果如是，汝之功劳我父子铭佩不忘。今就作，勿迟

---

① 只大：这么小。

② 盘起：分舀出来。

延。”夔郎曰：“今趁汝太爷睡去，摄二个放他口边，自会泅入。”福海如言，先摄一个递其父口边，如活的自泅入喉内，又摄一个，亦如是。长庆仍睡，须臾醒转，叫口干快取酒来食。福海知是二个投入即要食酒，人面蛇所言不谬。即取热酒，长庆又食，不如前之多，神色如故，喜甚。

夔郎令取大瓮贮满清水，将五个俱投入瓮内，口封紧，不许人动。夔郎仍来来往往，至四十九日揭起封，酒气喷出，其味胜过库中旧老酒。遂盘出别器，又贮满清水。福海与父同尝，其味甚浓，又多卖与人，其银多买肴馔。于是福海感夔郎大恩，留住不与去，以报其德。夔郎笑曰：“施恩岂望报，况我不食东西，又用不着银钱，有何可报？且来去无踪，怎留得住？”福海曰：“怎的受恩不图报，何以为人？莫若设一牌位，书写名号，朝夕焚香礼拜。”夔郎曰：“更不可，乍浦数处皆设有牌位，被我尽毁去。但我生相怪异，人不知以为我妖，故不许设。”福海曰：“我惟终身焚香，默祝而已。”夔郎道声：“我去。”便无踪矣。自此不再出现，谅成地仙。福海家渐裕，娶妻生子，官亦至防御，其父果至一百二十岁寿终。

正是：行为都是心头佛，生相[1]何惭人面蛇。后事如何，下文分说。

① 生相：面貌模样。

第三六七回　毒掌珠害妹谋娇婿　灵井神化鸟破奸谋

前文说缪隐仙次子人面蛇之事，再说长子施郎之枝节。却说那掌珠嫁杨家后，年年落败。非人命官符[①]，即贼扳[②]盗劫。因欠官项，屋又被封。又遭瘟疫，大小男女死亡殆尽，掌珠走回母家未死。因无家可归，父母无奈只得收留。先言要再嫁，因闻妹家富足，不胜妒忌，蓄意欲夺其夫婿，便不言嫁。

讵那妹闻姊在家，甚喜，常带金银归宁，以八两银赠姊，与之添补衣服首饰。姊妹遂同食同睡，时刻不离。那日姊妹同游后园，掌珠谓妹曰："吾姊妹生成[③]面貌相同，人皆错认，且试试看。妹身上衣服首饰并鞋脱与姊穿戴，同去与父母看认得不认得？"其妹然之，即脱下衣服首饰并鞋与姊对换穿戴。掌珠穿完，去墙边古井照水讫，亦叫妹来照。掌玉头正向井，即被掌珠推落井中，便沉水底。掌珠即入见母曰："女儿今回去，数日再来伴姊。"说了便去。

原来陈家离叶家不远，妇女归宁只行不须坐轿。母亦认不出，以为掌玉回去。施郎怎认得？以为其妻回来。掌珠此计亦奇，相貌相同，惟认衣裙，故换妹衣裙，面辞父母而去，以妹自行投井而死，人哪里辨得出？谁知天不容，井中有神，立刻救护。掌玉一被推落，将掌玉托上井边，只晕一会醒来，知被姊推落井中，惟不知怎得出井？

至神定走入，母问曰："掌珠汝何故如落汤鸡一般？"答曰："女儿是掌玉，不是掌珠。"母又问："既是掌玉，如何衣服均是掌珠的？"玉遂将换穿之情由述出，母骂曰："原来此贼有敢害妹之命，冒妹去夺妹夫为婿。先言宁可爷爷乞蛇咬，奴怎肯嫁蛇家。今又去谋夺，幸妹未死方知，如死去不能分辨。今且慢回去，等我与汝婿说知，将那贱茅[④]斥逐，再来接汝回去。"

掌玉犹曰："切不可怪姊，姊无姊夫，为穷所迫，无奈图谋诈冒，免受饥

---

① 人命官符：（牵扯进）人命官司。官符：恶煞的一种。

② 贼扳盗窃：被贼诬供牵扯进盗窃案。

③ 生成：天生。

④ 贱茅：贱女人。

寒。既去不宜逐，收留了便好，且与他长在饱暖无忧。女儿带有些金银来，银已赠与姊，尚有一小锭金，亦欲赠与姊。今既有食穿[①]了，不须再赠，可交与母，为女儿口粮。今爷爷在外教读，哥哥又在外料理，嫂料理家务，母亲无人服侍，女儿得长奉侍母亲暮年，亦乐也。”母曰：“妹肯将婿让姊，亦听之。”于是那边冒妹无人知觉，此边妹让姊出于情愿。

谁知井神不依，代之报不平，化成一个大八哥鸟飞来，栖于施郎房门口，叫曰：“施郎哥，施郎奴，施郎目瞷乞屎糊[②]。大姨认作姆[③]，姆在古井潘潘浮[④]。”

施郎常在外店，未曾看见。掌珠闻之大怒，逐去；又叫，一连叫三四日。那早鸟又立在门槛上又叫。掌珠梳头，将头梳由头脑掷下，把鸟立击死，恨之拿来烹食。适施郎来，问此是何肉？答以野鸡肉。施郎食都是肉，掌珠食皆骨，几乎被骨骾死。怒之，将骨连碗丢于槛门前[⑤]地下，忽化作一竹笋，由土中长出，不一刻长大，再二日成林。二条竹樹[⑥]枝繁叶茂，风摇有声，声中如人语云：“掌上珠，掌上珠，杀妹夺妹夫。裤头紫溜溜，胶带碌碌乌[⑦]。”

掌珠闻此声音，看裤头果是紫，胶带果是乌，急换裤与胶带。再看仍旧紫色乌色，连换七次皆如是，急得无法，将二竿竹樹砍倒，以竹作一长椅条[⑧]，来慢慢坐压消恨。别人坐即无声，掌珠坐即如人语一般，云：“吸都戛[⑨]，吸都戛，戛的大姨股穿榻[⑩]。胶痹球溜鸠[⑪]，屁放毛煞甲[⑫]。”

果然掌珠坐下，两胶即痹，屁放不歇。愈恨之，将竹椅砍碎，用火烧之。烧结一团炭，举棍砍碎。忽变八哥鸟，飞上檐前叫：“恶婆恶婆，谋夺昧晡[⑬]。任烧任杀，其奈我何!”

掌珠举竹竿打之，鸟遂飞去药店前，在施郎面前又叫如前。旁人不觉，惟

---

① 有食穿：有吃有穿。

② 目瞷乞屎糊：眼睛被屎糊。目瞷：眼睛。

③ 大姨认作姆：错认大姨子为自己的妻子。姆：妻。

④ 潘潘浮：浸水湿透。

⑤ 槛门前：窗前。

⑥ 竹樹：竹子，竹树。樹：“树”的福州方言用字。

⑦ 胶带碌碌乌：缠脚布黑黑的。胶带：缠脚的布带子。胶：足；本字“骹”。

⑧ 长椅条：长凳。

⑨ 吸都戛：形容竹凳坐压后发出的“吱吱呀呀”的声音。

⑩ 股穿榻：屁股坐塌。股穿：屁股；也作“股川”。

⑪ 脚痹球溜鸠：脚麻得蜷缩一团。“鸠”或作“勼”。

⑫ 屁放毛煞甲：放屁放得没完没了。毛煞甲：不停歇。

⑬ 昧晡：妹夫。

施郎听此讶甚。自思我妻与其姊面貌无二，莫是妻被人谋死，大姨来冒作妹，此鸟报信？今去问伊母[1]便知。遂到陈家见其岳母王氏问曰："第二令爱被何人推落古井死？大令爱冒作妹，别人不知，岳母当知之。特来问明，好与报仇。"王氏问："贤婿怎知？"答有人来报。又问曰："既有人来报，便知因由。"答曰："只说数句，没头没脑，便走去。"遂将鸟叫之数句说出。王氏将实情告之。施郎问妹在何处？答曰："在隔壁听小说[2]。"

施郎回家问掌珠曰："汝妹被汝推入古井，快回去换妹。"答曰："落井乃姊掌珠，自己投水死。"施郎曰："幸未死，有人救，现在母家。我才去看，告诉一遍，方知汝谋害。今不与计较，快回去。若不去，打闹出，脸面何存？"掌珠知事已破，仍不惧，从容曰："要逐来时便逐，今已同衾共枕，贴肉交肤，月余夫妻，怎有逐去之理？若闹出街看谁没脸！"施郎曰："我生平不二色，被汝来诈冒，破我德行。汝乃残花败柳，上门自来，即同烟花。还说什么夫妻，面皮厚不厚？"

讵掌珠只笑答，施郎无奈，心想可叫伊妹回转，与之对质，再来斥逐。遂骂曰："好诡计，将妹衣服统换来穿，把破衣与妹穿，叫她怎得出街？快将衣服脱下还她回转。"掌珠曰："无分毫财礼，白白嫁乞汝[3]，哪换不得头面[4]穿戴？皮箱里有衣服，再取与之。"施郎自去箱里捡出一套衣裙，看各箱并无胶带、中衣[5]。又去别箱搜出，见胶带乌碌碌，裤头紫溜溜，几件皆如是，即问掌珠。

正是：妹贤被害浑无恨，衣异郎君问因由。如何回答，下文接说。

---

① 伊母：她的母亲。

② 听小说：听艺人说书。

③ 嫁乞汝：嫁给你。

④ 头面：首饰。

⑤ 中衣：裤衩。即"裤头"。

第三六八回 贤妹妹宽量德报怨 恶姊姊毒计害自身

却说施郎自去箱里搜取衣裙，见胶带乌碌碌，裤头紫溜溜，连取几件皆如是，问其缘故。掌珠曰："是者颜色，[1] 问我怎知？"施郎又骂曰："此不是汝穿只肮脏[2]，便是故意涂染。"掌珠曰："无是事。"施郎曰："若无是事，缘何另存一堆？"一人一句，盘驳不休。那八哥鸟又立在槛上[3]开声证之，叫曰："大姨谋妹夫，胶带碌碌乌。皮厚上门就，裤头染火敷[4]。"

施郎问鸟曰："汝知此二件，因她没正经变色，不是她故意涂乌么？"鸟答曰："正是正是正正是。"施郎谓曰："明是被汝污浊，人穿变色，还敢强辩？鸟都不愿来证[5]。"掌珠将竹竿打鸟，鸟飞泊对面檐[6]。施郎取了衣服等件，自送去接掌玉回来。

掌珠被鸟叫事破，无奈向鸟恳曰："八哥神，八哥神，前因汝破我机关，故杀汝。又变作竹椅，出声叫我根底，才砍烧。我今自认无理，得罪，求恩饶恕，从今莫利口尖舌拿我短处。"言讫下拜。鸟在檐答："非我舌尖利，是汝心肠坏。不在此处巡，又把妹来害。"

掌珠曰："如今再敢害之，愿食汝屎。"鸟又叫曰："既愿吃我屎，仍害怕什么？今去不再来，好歹由汝作。"鸟叫讫即飞去不再来。掌珠以诅嘴[7]食鸟屎不要紧，谁知后来应鸟屎入口之谶。

不一会，掌玉回来，施郎随立于门外，拟以妹见姊，必指骂一场，逐之去。谁知掌玉一见其姊，便眉开眼笑，牵姊手并坐椅上，温声细语，此问彼答，说得亲热。施郎忿曰："被人谋夺夫婿，推入井中几死而不怀恨，还亲近细说什

---

① 是者颜色：就是这个颜色。

② 只肮脏：这么肮脏。

③ 槛上：窗台上。

④ 火敷：草木灰。敷：本字"灰"。

⑤ 不愿来证：不满，(所以) 来质证。不愿：不满，不乐意。

⑥ 泊对面檐：栖息在对面邻家的屋檐上。

⑦ 诅嘴：诅咒。

么？”掌玉曰：“是妾身不仔细，自跌落井，与姊何干？因姊孤身无依，愿将夫婿让之，何曾是谋夺？何苦冤屈奴姊。”掌珠曰：“贤妹夫以愚姊是冒，不念月余恩爱，立刻要逐出去，妹想有理乎？”

掌玉曰：“古语云，一夜夫妻百夜恩。既已成就，哪有去之理？妹存意不回来，长奉父母终身，此处让姊专房。今既回来姊仍居大，妹居次为同室，效娥皇、女英，谁敢言逐？”掌珠谓施郎曰：“可听妹说么？”施郎又气又好笑，世间有此不报怨反推德之妇女，遂不得不由之。由是姊住前房，妹住后房[①]，施郎一房睡五夜。姊频要专房，往往假作妹。施郎惟验其胶带乌即是姊，在妹房见脚带乌的，究之果是姊。心颇厌之，因其会奉承，情亦难却。

谁知姊要独占，又存害妹之心。一日姊妹二人在后门，观看一人进店买药。掌珠认得，即叫曰：“表兄久违，一向在何处？”其人答曰：“原来表妹，此是妹夫之家么？”答：“是，请来食茶。”其人遂入内厅，时掌玉亦在门口，见那人将入，便走躲别处。原来此个是陈仲信之外甥，名柳正花。自幼在陈家跟娘舅读书，掌珠与有通情，掌玉嫌之切齿，故见他来便走。闻掌珠嫁后，犹常去其夫家。其夫死约嫁之，因不知去向，以是枭心，遂谋夺妹之夫。

哪知山贼招去柳正花入伙，为贼之先生。是时无赖各据山岗为盗，不害近乡，故施郎居山乡安靖。因正花生得白净，不像山贼形状，常常来往，各处人皆不知是贼伙。今来买药，见掌珠喜甚，遂入后厅，会叙细语许久。

侦前后无人，掌珠附耳，问有何计策能除她妹。如可除去，汝常来甚便，妹夫日间从不进房。正花附耳答曰：“此何难，俟她出来游玩，使人夺去为妻妾，便不能回。”掌珠曰：“下月清明节，我同她去东山祭墓，汝叫人等至那日截抢何如？”答曰：“好极。”珠又曰：“她穿青紫衫淡绿裙，须看真[②]抢去，不可抢错。”正花曰：“汝姊妹面貌一样，若不认服色，定必误抢。”掌珠曰：“今日重逢，本当奉便饭，有小娼在留不得。她若除去，可以多留数日玩游。”正花遂去。掌珠亦不知入伙之山贼也。

正花回去与贼头说：“某日某处，有一美妇在山上扫墓，可抢来作压寨夫人。”贼头甚喜，即分拨贼众分往行事。再说那日清明节，施郎因纳掌珠为同室，未曾告庙，令姊妹同去上墓拜翁姑。路有七八里，只带二徒弟挑担，二姊妹坐轿，施郎后随。至了东山，二姊妹在山下落轿[③]，缓行上山。姊先仰望山

---

① 前房、后房：福州民宅的厅堂两侧为正屋，各以屏风分隔成前房和后房。

② 看真：看清楚。

③ 落轿：下轿。

上风景，妹缓行跟后。不觉天上有一大老鸦飞过，放一抛粪正对掌珠面上撇下，掌珠满面满嘴皆是，且流有些须入喉，肩背上衣皆有，臭不可当。施郎上前，其面上衣衫脱下来拭，污迹仍在。掌珠要再穿上，施郎阻之曰："汝乃初次拜墓，衣服不洁怎能拜见公婆？妹已拜过，可将汝妹身上之衣，脱与汝穿。此污的与妹穿，待拜后再来对换。"掌珠不肯，被施郎硬脱下，与妹换穿，许时只得从之。上山拜祭已毕，即同入墓佃家。

忽山后突有数十个强盗，各执刀斧将掌珠抢拥而去，后四五个举刀指曰："赶一个杀一个。"[①] 是时不过五六人，皆空手，怎敢与争？只得眼睁睁看之抢去。又恐再来抢妹，赶扶掌玉下山，令轿夫抬回去。施郎思是姊被抢亦罢，惟掌玉痛哭。施郎劝之曰："汝那不良姊害汝，汝以德报怨。我欲逐去，汝又留之。她一点不担情，犹独占床席。此等不义不良，不与贼抢去，留之作甚？现汝有怀孕，她不知情，将来总知之；不害母，亦害子。今得离此恶妇，亦汝与我之万幸，何哭之有？"掌玉泣曰："她不仁，我怎敢不义？姊妹如手足，失去难续，怎不悲痛？"施郎又曰："我只为汝重义，勉强收留。今被贼抢去，亦是无法。幸只夺她不夺汝，不知贼是何心意也？"

施郎但知前之害妹，还不知此回害之最毒，惟自作自受。别人必死，惟她不死犹乐也。掌玉日夜啼哭不休，远近之人皆知姊谋妹之因由，今被贼抢去，不喜犹哭之，无不称其贤。

且说掌珠被抢上山岗，贼头爱其美，设席作贺。但别女被抢必啼哭滚跋，惟她胆大不哭，惟大声喊救。至山岗忽见柳正花亦在内，始觉是他拔线[②]，便问曰："柳表兄怎不抢妹，把奴抢来？"柳正花亦十分认不得，曰："汝明明是妹冒作姊。"掌珠喊曰："奴自幼与汝亲近，别人认不出，汝怎认不出？"正花闻言上前牵手相[③]之，果是姊不是妹。讶问："既是汝，何穿此服色？"掌珠将鸦粪污衣脱换之情由说知。正花答曰："我照汝原说之服色，下手不错，谁知临时对换，是汝自错，今说迟了。"掌珠曰："今快送我回，且等再通信与汝。"正花曰："今抢来不得回去，大王亦不肯。且在此作大王之夫人，犹胜作百姓之妻，衣食丰足。"

那皮厚无耻之婆娘闻此说，自思既到此间，回去万难。况那旧相好在此作伴，倘有不测，亦有同心之人，遂肯顺从。欢欢喜喜，陪奉那贼头饮酒，至夜

① 赶一个杀一个：谁敢追赶就杀谁，来一个杀一个。

② 拔线：搞鬼害人。

③ 相：端详。

任其脱衣解带。山贼见其娇美，十分奉承，那婆娘亦自得意。这贼头亦自抢有三四个妇女，哪得防周密，未数时即与柳正花同睡。贼中见其貌美，好者多来调之，她并不推辞，来拢者无不从之。贼头虽知情，以非正妻亦任之。掌珠愈无忌惮，未半年遍体淫毒发疮，溃烂而死，诚是自作孽不可治。此十数回表徐家顾夫人之忠，缪隐仙之烈节，陈掌玉之义。

正是：世间易得金珠宝，天下难寻忠节贤。后事如何，下文分说。

第三六九回　建王府上官评和尚　斥褴褛匠首纳异人

前文说罢蛇精之烈节，今又再说耿王迁闽之因由。耿王名继茂，子赐名精忠。是时大清顺治皇帝受命治天下，吴三桂由西安调至云南，封为平西王。耿王同尚可喜由南安调至广东，封尚可喜为平南王，封耿继茂为靖南王，同驻扎于广州府城，各新建王府。尚王以有司建有府第便是。惟耿王好奢华，新建之府第皆不合意，令行改换。以头门石狮二个不佳，撤去另造。

因闻广东肇庆府高要县山中有白石，天下为最，红毛番仔[1]常来偷去作灯笼，胜于玻璃，可知石之通明、幼嫩[2]、洁白。即行令高要县杨雍，照尺寸打一对石狮速运来。杨知县即赶打了，由海船运送。不意半路船破，石狮沉于海底。耿王闻报大怒，欲罪之，从宽限期，令再赶作，若再失误不恕。于是杨雍又赶打二狮，亲身由陆路押送至广州，耿王见石狮，果然雕琢如玉，大悦；赦免前咎，又令供应府内铺廊之石。杨令一任知县俸银不敷赔垫。至任满因有惠政，朝廷行取进京引见，即升为道。怀恨耿王取石赔累，宦囊罄空，因[3]奏广州乃边界，驻扎两藩王，属官难以供奉，请将耿王移驻福州。朝廷准之，遂行敕迁于闽疆。

该王接敕，诸物未运，先将石狮交地方官沿途接运至福州。又飞檄至福州，令即择地建造王府。一面分檄各处地方官，选购黄楠、黄杨、乌梨、高杨等木，赶运至闽。福州大宪接檄，便择城内东南地场起造王府。时木料已便，匠亦召定，赶紧截木兴工。后闻王已起行，带有各匠首及管工官来闽，于是停工待之。不多日耿王到了福州，先驻公馆看新建王府地场。耿王问："先造正殿、寝殿、朝门，要若干工程？"众匠答以五千工。耿王曰："五千工不难。召通省之匠，便有五千余人，限一日内建设。"众匠首答："只一日安能完竣？"耿王道："工

---

① 红毛番仔：指欧洲人。

② 幼嫩：细嫩。

③ 因：因此。

依汝说，怎又不能？”众匠道：“绳墨有层次，斧斤有先后。十口方得一田，一画不能成井。人工虽多，法度转乱，一所只可数十人。”耿王遂准其从容建立。

有耿王标下之千总，名李年华，广东合浦人，素奉佛教。一至福州，便择自己公馆，在王府之旁供奉诸佛，早晚焚香礼拜。公馆虽小，佛堂排设十分整肃，所用跟人自己带去厂内督工管事，佛堂无人照应。欲招一人伺候香火，即所带之人皆不中意。引带之人问道：“何等之人方可？”年华曰：“不论老小，有近于佛教方可。”又问曰：“佛教中惟和尚，今去寻一和尚来好么？”年华曰：“是真正和尚，岂有不好么？”引带之人笑道：“和尚倒有，惟有假真不知。”说讫便去。

立刻有一和尚来，年只二十岁，僧服整洁，手执棕拂，人品清秀，并无人带来。语道：“老爷欲招人伺香火，贫僧愿投门下供役。”年华看了道：“尔非真正和尚，快去快去。”和尚笑曰：“贫僧何以不是真和尚？”年华曰：“此世和尚，不独尔非真，即普天下之千万亿之和尚皆假。”僧又问：“何以知其皆假？”年华曰：“和尚二字，有许容易之称？千里相逢为和，父母反拜为尚。有道行者，父母反拜之。和为次，尚为重，道行兼优者，方为和尚。”僧人又问：“现在各寺住持，不是和尚是什么？”年华道：“和是和，尚是尚。有外貌相近，于理谓之和样；有通文者，谓之和唱；有藉强者，谓之和健；有嗜酒色者、奸者，谓之和瘴。现今只有此四等，并无和尚也。”

僧又道：“君以今世和尚皆假，惟君一个独是佛门释子也。”年华又答：“慢道都无，只有鼓山寺道霈一个，却是真的，此外就是我。”僧人笑曰：“先说都无，亦有一个道霈也。灵山会上千万佛，只有如来一个是真的，我们都是假的。”言讫便去。时有同事听其对答之言，待那僧人去后，问道：“既要和尚伺香灯，和尚自来，何不留之？”年华答曰：“若是真的，来即当跪接，怎敢如是？因他盘问，故始分中间之真假。此个太年青，留之难保不招惹是非，故不留之。”

至次日，又有一个六七十岁，衣裤破而无补，背贴破棕，一脚穿木屐，一脚赤，发秃须乱，形容枯槁，走入佛堂问道：“闻此处有招人来伺香灯，特来相投。”年华正在焚香，喝道：“多少清洁之人都不收入，谁人要尔秽浊神佛，快去快去。”那人答道：“外虽污浊，内实清洁。人不可貌相，海水不可用斗量。”一面说，一面坐于佛堂椅上。年华便喝骂道：“何方乞食[1]，有敢无规矩，擅坐佛堂。”叫皂班拿棍来打逐之出境。

---

① 乞食：乞丐。

那人答道："且慢打，我亦出家人，名叫难磨。因闻君说此世无真和尚，只是和样、和唱、和健、和瘴四等。我今特来与君观看，或是真的，或是在四等之内？请说明，我等自去。"年华曰："昨日说四等，今日尔来，又加一等，凑共五等。"那人问道："我是哪一等？"年华曰："尔三分像人七分像鬼，谓之和杖。撞入人家顿住不去，趁早出去，若不去，皂班便来打逐。"

难磨答曰："把我比作和杖，我今说明来历。我是广东合浦人，自幼出家。因禅寺被火烧去，只得在外游习，常到君家化食。因见君之父老境衣食不周，受苦难堪，特来告知。君可极早还乡，救活暮年受苦之人，以遂乌哺之情。"年华问道："汝知我家住何处，有几口？"难磨答道："君家住在合浦城内北街，家十人，有父无母，一妻一子，可是么？"年华曰："我父在前作何生理？"难磨道："君父开过纱帽店。"年华又问："我父名何，年齿几多？"难磨应不知。年华怒曰："我家谷食不尽，时常又有寄银不断，我父怎至此景？明明是来骗诈，不拿去送有司办罪，还得了？"

家人拿帖将送，适木匠首金正色来说话，便问因由。年华说："他故[1]说是出家人，尔看信不信？有敢冒诈乡亲，到此局骗，说家父欠缺衣食，受苦难堪。我于上月前才寄回三百两银子，已接有家中回信，言说大小都各平安，家父安乐。我家之事，怎瞒得汝？如此光棍，不拿送定罪，还得了么？"金正色问道："尔叫何名，果是合浦人么？"答曰："我名难磨，乃广东之穷僧，特来相投求乞怜悯。他不肯收，反将我当光棍送官，奈何？"说了，便咳嗽鸠作一丸[2]不歇，形状如死。年华指曰："尔看如此形状，好看不好看？"僧曰："特做此难看之状，与尔看看，才晓得欢处不知愁处之苦也。"说此二句，年华并无半点动心。

金正色心动，含泪问年华道："老爷与小都头说情，不管他是真是假乡亲，可念亦是出家之人，看佛面免送官，与小都头带去打发，可肯么？"年华不依，再三求恳方许。正色即带出自己房中，正色犹未开言，难磨便问曰："尊驾可是合浦南河人金正色，在此起盖王府作匠头么？"答曰"是"。难磨曰："我亦到匠头家中。"正色问道："已到寒家，可知家父安否？"难磨曰："见遇令尊都各平安，惟尊大人春间生一背痈，十分狼狈。二个令郎出痘，亦甚危险，幸喜都医痊愈，现在平安如故。"正色闻之惊曰："怪道是[3]时常心动眼跳，拟家中必有事故，果然不差。子还可以，父已老年，怎堪受此险症？急向王爷告假省亲，

① 故：还。

② 鸠作一丸：蜷曲为一团。

③ 怪道是：难怪。

在此心亦难过。”一面说，一面泪落如雨。难磨曰：“现在已都痊愈，不须惊惧。”正色又问：“果晓得家父痊愈么?”难磨曰：“千里与人报事，哪有妄说之理?”正色遂向难磨称谢，盛情未报，铭佩不忘。

正是：来言家信须当信，不是乡亲亦是亲。后事如何，下文分说。

第三七〇回　献龙头难磨接短梁
敲鱼鼓年华念救苦

却说匠首金正色感难磨来报家中平安，喜之，便将其安顿于另堵[①]。谓曰：“汝别事不能，只烧火看视家私[②]，且在此暂住一时。”又取一套粗布衣裤与换。难磨不要，问之，答曰：“只烧火不会作别事，换食已足，有敢再要衣穿。”又问之曰：“此件不好看？何要此破渣[③]衣裤？”众亦哮之[④]不休。正色见其执意不换，曰：“不换凭在他[⑤]，汝们莫管。”难磨自此烧火煮饭，夜间另堵安宿。管工官李年华遇见，骂正色不与去。答曰：“此老若不留，难免填于沟壑，怎忍得？”年华亦任之。

正色每夜向天烧香，跪祷老父寿命绵长。那李年华在佛堂敲木鱼，念南无阿弥陀佛。那难磨夜夜在床上念“难磨罪自驮佛”。更静时，难磨所念之声，处处皆闻。难磨念此四句[⑥]，不知出自何经。李年华夜夜闻之分明，不胜疑异，又不便问。未几日，金正色接有家信，内说“父生背痈，子出痘，皆险症；今已痊愈，安乐如故，不须挂念”等语。正色得信，倍敬重难磨。人有笑侮之，便喝骂：“是我乡亲，不与人欺。”众遂不敢再侮。

不数日，上正殿中梁。日时已至，耿王穿朝服，听候拜梁。督抚司道各官，早到伺候，随班行礼。竖停妥，即升中梁上去，那中梁短尺余，头尾安不着。彼时工匠百余人，或在槅[⑦]上，或在梁顶，人众遮蔽，未被耿王看见。其管工官在梁下，因见梁短安不上，惊得魂不附体，悄悄退出。匠首金正色在梁顶，惊得半死，上下不得。

---

① 另堵：另外的房间。

② 家私：工具。

③ 破渣：破烂。

④ 哮：劝说。

⑤ 凭在他：由他。

⑥ 此四句：原文如此，“四”字似为衍文字。

⑦ 槅：房屋的立面木框架。

正在惊恐之际，忽见下面难磨抱有物，以手招之。正色即下来，问何事？难磨曰："梁短不须怕，将此龙头拿去，凑合两头尾，便不短矣。"正色接看，乃一对张口大龙头，可接得短梁，心中略定。同众匠一边吊一个，斅合[1]龙口中，头尾恰合不长不短，众共转惊为喜。正到午时，王遂拈香拜梁，诸属员后礼毕。王仰看中梁，两龙头口衔中梁，两头扛住，甚属机巧，即令发赏银一百两与木匠。

查上梁时，管工官不在，以临阵退缩之军法处之，令斩首示众。原来李年华因见梁短无法，只跪于佛堂念南无救苦救难阿弥陀经，求佛法化短为长救难。忽有人来拿，方知梁已变长，犹以佛佑变成。闻拿去斩首，又惊得半死。幸督抚各官向王求恕，遂将李年华捆打四十，革去官职，又发在辕门当差效力赎罪。

那金正色乃老木匠首，怎至中梁短尺余？原来造此大工程，起先原是本地官匠石有光承造，其工价有领过手[2]，有许多出息[3]。忽闻耿王带有广匠来，不用此地之匠，那时大料已截了，石有光忿甚，暗将其第一要之中梁截去尺余。至金正色接手，将所截之料皆量过，竟恍惚校不出中梁之短。当此一刻之间，莫讲赶不及，即早数日得知，亦造不及。幸正色孝感动天地，悯此难磨年老，良心发现，难磨故救之。若非正色孝心，此刻有龙头接凑？不但李年华同正色斩首，又累及各匠性命，果然佛法无边。

起先难磨试年华心事，年华面前有佛不知，要去西方寻讨。适被正色遇着，为救命之神，竟雕就一对玲珑之龙头，凑合中梁，不长不短。众匠惊异，至上梁完，难磨已不见了。众始知非人，乃活佛临凡来试。李年华不识，被正色识去救护。无人不谈，年华日夜空拜佛念经，佛在眼前不识，还念何佛，拜何佛耶？险些头首落地。金正色寻不见难磨，恨甚曰："未曾报答，怎处？"众共说："佛来无踪去无迹，怎寻得？"正色将所赏百两之银，照股匀分，自不肯多分。只得俟工程完竣，急告假回籍省亲。王府甚广，完竣尚有偏殿及大小花园未建，令在地[4]之原官匠接造。

讵石有光回长乐，失足落水淹死。可知暗毒之人，天亦不容。其匠头另换别人。至年余，大小王府、大小花园始各完竣。把东门外金鸡山土掘去一半来筑墙，王气愈灭。王府既竣，将广东运一对之石狮，排列门外。此石狮迨至乾隆年间，移至西门街万寿宫头门。今大王府前，只遗二石狮座尚在。

---

① 斅合：衔接结合。

② 工价有领过手：工程款已经领了。

③ 出息：利润。

④ 在地：本地。

再说李年华悔之不及，静坐细想：活佛作清秀之和尚来投，不睬他；又化作褴褛之老人，又不睬他，犹指他作光棍，要送官；却被匠头带去，始救短梁之灾。佛之千变万化，恨我凡眼不识。又思他必去远，急迫寻来恕前愆，收纳为徒，同去西天。惟恨现发在当差，不能离步，且待具禀叩恳告病还乡，才能脱身去寻，且俟数日上禀回去。原来李年华被耿王从宽革去千总，发在辕门牵马，故难远离。

正是：虽作执鞭随镫日，犹期悟道与参禅。后事如何，下文分说。

第三七一回　盘问为霖耿王返驾　指点年华活佛在家

却说是时福州鼓山涌泉寺僧众二百余人，首僧名道霈，号为霖，极有道行。凡有官至闽省者，皆去参谒，问休咎。为霖以偈语相赠皆验，故人人敬之。耿王闻之，思当今之世，往往大丛林托名修行，诈以有道行惑人。且暗去探之，或见不轨，即刻屠之。一日，忽于五更时，不动声色，自王府起马，望东而去。诸从者不知所之，惟视王举鞭指行。至鼓山将近寺，只隔二里路，谁知为霖带众僧在半岭拈香接驾。

耿王驾到，为霖高声报曰："辖下鼓山涌泉寺僧，率僧众叩接千岁爷驾。"耿王问："哪个是道霈?"为霖答道："山僧便是。"王令起行随马后。王问曰："既名道霈，道在哪里?"答曰："道在田中。"王喝曰："此道不是那稻。"为霖应声答曰："此田不是那田。"

盖王问道行之道，以为为霖错听为稻谷之稻，故喝之。为霖答田，乃心田之田，非稻田之田，倒是耿王听错喝之。

王至山门口，驻马而立。时炎夏蠓蝇方盛，王伸手掳几个蝇在掌中，问曰："可知放去、摄死[①]么?"为霖答曰："千岁爷掌生杀之权，欲其生则生，欲其死则死。"王曰："放他罢。"开掌放去。因驻马不动，又问曰："可知孤家是进是退?"答曰："进则凌云登汉，退则海阔天高。"王进了正门，见遍野青草，问何草，答曰："一统万年青。"

王见其对答如流，句句合于道行，变怒为喜。至大殿，遂鸣钟擂鼓，乐器喧腾。王遂进殿捻香礼佛毕，延至白云堂侍茶。为霖叩礼，遂赐旁坐。王即问寺中多少僧众，分派何执事，细细查问，为霖一一答应周详。王闻所派之执事，所立之寺规，条条皆合正道，心始无疑。

为霖请用素席，王笑曰："清早来得仓猝，未备带来。"即登席，令为霖旁坐而陪。饮间，王忽问曰："僧家有什么好食?"为霖答曰："惟饥好食。"王以

---

① 摄死：捏死。

"饥"作"鸡"，问曰："出家人都有杀生食鸡么？"答曰"乃饥饿之饥，非鸡鸭之鸡。"王笑曰："有理。孤今日空肚而来。此时正饥，食此素菜，胜过珍馐。"

食完游看诸佛刹梵宫。至为霖禅房，笑问："夜有人伴睡否？"答曰："有。"又笑问曰："有什么人？"又答："竹、汤二氏。"王又笑问："一之已甚，岂可再乎？"又答曰："夏以竹夫人作伴，冬以汤婆子同眠，亦只一无二。"王又问曰："二氏可在么？如在可带来见孤。"为霖即取二件与王看，王看了大笑曰："原来与汤婆子、竹夫人轮流而睡，怪道睡不到[1]日高三丈。果自在之至，王侯不及也。"又同游至香积厨。有一个穿破衣裤，一脚木屐，一脚赤，背贴棕块，褴褛之甚，在灶前架柴烧火。原来就是难磨，上了梁在此。王见指而问曰："大丛林寺中，都有此等人么？"答曰： "山僧上与王侯共坐，下与乞食[2]同眠，皆有人[3]。"

王点头称是曰："以和为尚，能如是方为和尚，不错。"王遂出山门，问从者皆食否？巡捕等答曰："都食了。"王谓为霖曰："今日大破费矣。"遂回去，为霖又率众送至半岭而回。王至此不敢轻道霈矣。彼时耿王在寺厨见难磨之际，从人有数个认得，是在王府出龙头急救短梁之活佛。

再言那李年华执鞭在外，亦跟入内观看。见是难磨，如天坠落，欲趋拜，因王在不敢。心中算定，且随王去，再来拜求。遂跟王回后，具禀不及，只向巡捕告假一天，连夜赶上鼓山。时已三更门已关，只得俟至天明。径入厨房寻不见，又去各处寻讨。僧众问曰："讨[4]何人？"答曰："昨日在厨房烧火，一脚木屐、背棕块之禅师在何处？"众答无此人。又问曰："昨日人人皆见，怎说无？"众答皆无看见。又去寻讨，各处皆无，只得求知客去见大和尚。

知客问了姓名，带入见为霖。年华先说了籍贯官职，便下拜。为霖延之坐，问何事，答寻讨一脚木屐、背棕块之禅师。为霖曰："敝寺中哪有此人？"年华曰："弟子昨日随王来厨房，亲眼看见。"为霖曰："既看见，可有去厨房讨么？"答曰："已寻遍不见，方来求师父指点与弟子拜见。且昨天王见之时，便问师父，大丛林中缘何亦有此等人？师父回答，上与王侯并坐，下与乞食同眠，弟子即是访这一位。"为霖曰："他乃化外之人，尊官寻之作甚？"答曰："此位实是活佛，曾救度弟子。弟子肉眼无珠，反斥逐之，过后方知，悔之无及。正要舍身寻访，请赦罪过，求带为徒。因昨随王至，遇见喜极。今日告假特来寻访，

---

① 怪道睡不到：难怪不睡到（日高三丈）。
② 乞食：乞丐。
③ 皆有人：什么人都有。
④ 讨：找。

乞求指示。”

为霖又问：“汝怎知是活佛？”年华将救梁之情节说知。为霖曰：“昨日王驾返后，他即去矣。”年华问他去何处，还求指示。为霖曰：“游僧如云，怎知方向？”年华即下跪曰：“求大师指示弟子去何处寻，弟子即去。若寻不着，弟子终身不返。”为霖曰：“是真佛他来寻汝，汝怎能寻他？汝不须别去，可回家，活佛早已到君家等君回去矣。”年华讶曰：“师父知活佛自到弟子家中么？”为霖曰：“灵山会上千万佛，尽在胸中一点心。君且起来说。”年华曰：“未蒙指示，怎敢即起？”为霖曰：“起来，有偈语赠君，可寻得着。”年华遂立起。为霖念曰：

诚心访佛不须嗟，活佛已先在汝家。
一脚木屐一脚赤，棕披肩上即袈裟。
陡然一见即会悟，相逢会见泪交加。
自家有佛不归奉，枉到西天拜释迦。

为霖念完谓曰：“可记得么？”年华曰：“记得。”又曰：“可录上纸。”年华即在桌上录出与看。为霖看了曰：“不错，今须赶回去会活佛。若有不合此偈，再来敝寺，贫僧有何面目见足下？”年华拜谢辞去，知客留饭。吃了饭，赶回公馆，具禀向中军厅告疾，准回籍调治。即收拾行李，搭乡亲船，不数日抵广东合浦县。

上岸只包袱自背，一直到自己家中。径入内宅，寂静无人，房门关锁。又入尾落[①]，墙内隔堵门[②]亦关锁。由窗隙中看见一人在内，年老发秃须白乱，身穿破衣极褴褛，一脚木屐一脚赤，破棕堆叠两肩，形状与难磨无异。暗想活佛果在家，为霖言之不谬。将叫之，回思且慢，看他在内何为？遂不动些声。只见那老翁脚踏舂臼，只踏数下便走碓臼旁，将腰仆下[③]，将碓槌夯驮肩上，立起口中念曰：“难磨罪自驮。”将肩头槌丢臼中，发作“佛”一声[④]，腰仆下又夯起碓槌，又念“难磨罪自驮”，又丢落碓槌，又发作“佛”一声，接连皆如是。

年华在外看此情状，始觉难磨在福州厂中时念“难磨罪自驮佛”六字，此只念五字，尾字佛字，以舂臼舂米声接凑恰合，疑异之至。思既是前之活佛，为什么在此舂米，作此辛苦之事？莫是来投我？我未归时妇女不知是佛，令其

① 尾落：多进民宅的最靠后一进。
② 隔堵门：屏风门。
③ 仆下：俯下。
④ 发作“佛”一声：福州话“佛”字发音略似“忽”。

春米，今快与请罪。遂连叫“大慈悲无量佛”，不答。又叫“南无阿弥陀佛”，又不答。又高叫“南无最慈陀佛”，内竟不答。扭锁推门而入。

正是：踏破铁鞋无觅处，得来全不费工夫。年华见难磨如何诉说，且听下回分解。

第三七二回　归见年老父受媳治　不孝肩头神证子愆

却说年华扭锁推门进内，近前一看，并非难磨活佛，乃自己之父，形如饿鬼，不胜悲痛。那老翁一见其子回，便抱着号哭，许久各收泪。年华问怎到此地步？其父哭曰："自吾儿去后，媳妇不贤，不与我外出。问其缘故，她说现在换朝代，凡有开纱帽店者，尽拿去砍头。遂将我关锁在此碓房内，日送二顿稀粥，衣破无换无补。他说汝一去无音信，银钱从何而来？且耐守数时。倘被人知，拿去砍头。我信之，不敢与她争。她每日取一斗米，要我舂白，如舂不白，二顿粥都不与我食。我无奈，只得日舂斗米。磨灭[1]已四年。时刻自叹'难磨罪自驮'，欲生不能，欲死不得。今日幸见吾儿，如梦里相逢。"

年华始知活佛言父在家磨灭，景况难堪，果然。又问曰："因甚一脚木屐一脚赤，肩贴破棕？"又答曰："一脚木屐踏地不冷痹，一脚赤踏舂。数十下腿便酸软，只得下去覆[2]着腰，将碓槌驮起丢下，以代脚踏。肩上如不以破棕垫肩，皮亦磨破。一斗米自天明弄起，至晚方白。又明日再舂，日日不断，辛苦谁诉？幸吾儿回来得早，方能相见。如再数日，见面难矣。"年华又问："夜在何处睡？"又指墙下一堆草，有人卧痕，曰："即在此草堆上。"又问有被盖否？答："哪里有，只此草堆而已。"：说到此处，伤心大哭。

年华亦哭骂曰："世间有此等不孝妇，把公公如此磨灭，罪不容诛。"又问曰："不肖一年都寄有二百余两银回家，家中更有祖遗田租，回信都是父亲出名，一家大小平安，才放心外游。怎想如此景况？"其父答曰："我何曾有接到你书信银两？必是被不贤媳妇瞒我收去，请人代写回信。我在内从何而知？"

正说间，有一孩子年七八岁进来，认不得父，讶问是谁？年华认得是子，答曰："是汝父回来，怎认不得？"其子喜曰："原来是爹爹回来。"年华问："汝嬷[3]在哪里？"其子答："在隔壁食酒，叫儿先回看看家中。"年华问曰："此舂

---

① 磨灭：折磨。

② 覆：弯腰。

③ 汝嬷：你母亲。

的米，可是自家食的么？”答是。又问曰：“一家才几人，一日会食一斗米？”答曰：“七八人怎食不完？”又问什么人？答曰：“自家三人，有三个阿舅都在家食饭，又来一二人客，来来往往。”又问那三个是什么？答曰：“三个名某某，叫阿嬷作姐，儿叫阿舅。”又问曰：“在此食饭有何事？至夜有去无去？”又答曰：“日间带鸦片来与阿嬷同食，至夜阿嬷打发儿先睡，不知有去无？”

年华曰：“我常斋戒入清净境，此妇不贤极矣。”又问：“房门锁匙可在汝身上么？”答在身上。年华遂取去开房门，进房内看：床上被叠三四床，枕头四五个，桌上鸦片盘、烟盒、孔明灯等件。打开箱笼，绸缎纱罗、女衣首饰无数，白银尚有四五大包。去厨房看，食余鸡鱼排满厨房内，白米饭犹剩半甑。笑曰：“任之胡为乱做，若剩此残羹余饭，进与公公食亦足矣，何必另煮清粥，分明要磨灭死我父，死后方无顾忌。”

又问子曰：“汝可晓得阿公被汝嬷关在碓房受饿寒磨灭么？”答曰：“孩儿曾问过，阿公何故关住，不与出来？阿嬷曰：‘外面拿作纱帽之人去砍头，若出去便无头，故把关住。’又问：‘家中食三顿饭鸡鱼肉，怎的阿公食两顿清粥？’阿嬷又答：‘阿公年老，食饭会哽，食荤味即泻，故不与食。’”年华骂曰：“此恶妇无良心极矣。”即遣子去叫她回来。遂取包袱内糕饼，先与父食。预寻短棍绳索现成。

讵子尚未去叫，其妻先自回来。一见夫面，惊得面青，年华一见骂曰：“汝这野淫妇，有敢将我父来作囚人，锢禁磨灭，先打消气再说。”执起棍打下。其妇自知理亏，不敢叫喊，浑身鸠住①任之打至足意了，将绳索把妇缚住，出去叫地保乡邻进内。先带入碓房，看父被其磨灭形状，又带房内看叠被列枕、桌上鸦片盘之情形，并将情节告诉一遍，即写呈词，要同押去送官。乡邻地保因有关伦常风化之案，不敢不从。

谁知妇之母家甚近，乃体面之乡绅，有人赶报与知。其父兄知送官必殃及，即遣人暗托地保诸乡邻，讲定贿赂，求年华莫送官。可念他生一子，不忍处之死地，逐回母家。年华不依。又有三个食鸦片者，与其妇往来，皆富豪子弟。恐一送到，必究及他奸情灭伦之重案，必至倾家荡产。亦贿嘱诸乡保婉求年华，说不送官，三家鸠②千金送来，以为将养其父，并其续弦之资。诸亲戚皆受其贿赂，即刻同来劝年华勿送。年华亦不听之。

此事被众压至第三日，那日众在外厅闲说，年华在房门口。忽有一人，不

---

① 鸠住：缩住，缩成一团。“鸠”或作“勼”。

② 鸠：凑集。

僧不道，不知从何而来，忽立在面前，谓年华曰："君以此不孝独推媳妇身上，半点与君无干过[①]么？吾今说明，子乃亲生之血脉，媳乃别姓之女。父母在，不远游，君以信任之，不以父为念。有银寄回，交与非亲生外姓之媳，并不知媳妇孝与不孝。回信去亦不看是否父之笔迹，不察明白。有信回复，即置之度外。难磨去说君之父衣食难周，受苦难堪。君并无一点思父，犹将以光棍罪之。难磨改作难堪之状，君又骂之。他答欢处不知愁处苦，别人闻之尚心动思亲，君无半点念父。君执意寻活佛，终身从之为徒，不顾老父之养。因君重佛不重父，故鼓山和尚以父作佛念偈。今汝回来只一心寻佛，并不问父，君乃大不孝之人。今将不孝全卸于妻身上，吾若不来证说明白，为人子者必将效尤。君可自思之。"

年华被此一证，口呆目睁，半晌无言。惟问君是何人，高姓大名？答曰："名户月豆，号页示申，住君宅上。"年华要再问，忽而不见。诸人都在厅上，共见那人语毕，越年华肩上而没。年华惊异之甚。

众各进来将名号猜详。户月乃肩字，豆页乃头字，示申乃神字，明明排着"肩头神"三字。原来人所为之事，别人不知，自己肩头神知之，前来证明。年华拍额曰："知罪知罪，不较了。"遂将妻解缚送回母家，亦不要那三家之贿。因悟为霖和尚偈语中，有"自家有佛不归奉，枉到西天拜释迦"之语，即将梵经佛像尽行烧毁。家中之佛堂，改为奉亲堂，朝夕奉父。其后闻妻在母家，无颜见人自缢而死。此乃年华只知一心奉佛，不思其父，故佛知其父在家受苦，化身指点，他不动心。惟金正色心能感，遂代救其短梁之灾。年华犹不会悟，为霖和尚又拨醒之，始知奉亲即是奉佛。

但今之和尚，始知四大皆空，哪知五伦为重。今之人竞事神佛，不以父母为事，犹将长班矮八、鸡头鸭嘴[②]之鬼，供奉在家，奉养双亲都不讲究。未能事人，焉能事鬼？圣人早言矣！俗语有"面前有佛不去拜，枉去西天拜罗汉"，此之谓也。

正是：野鬼竞来顶礼奉，天伦反作等闲看。后事如何，下文分说。

---

① 干过：关涉，关系。

② 长班矮八、鸡头鸭嘴：福州民俗信仰的鬼役，迎神游街以"塔骨"形式，成对成对在前开道。长班：也作"长柄"，与"矮八"成双出现。鸡头、鸭嘴，也称"鸡头鸭将"，一个鸡头人身，一个鸭头人身。

第三七三回　避嫌疑纵猎违孝道　为小叔送官劝丈夫

前文说了李年华被鼓山和尚为霖点悟，归家奉亲。今再说金正色回家之枝节。原来正色家有七旬老父，弟名正贵，二十多岁。妻步氏名金莲，二十五岁。二子尚幼。正色到家，父又患病在床，惟其妻步氏伏伺。父子一见面，各说别后情事①。

正色问弟正贵何去？乃父曰："汝弟不孝，常在外交朋友游山打猎。前次我生背痈，日夜扶起扶倒，煎药煮粥，都是汝媳妇一人不离。正贵惟一二日来看一次，亦不站久，看了便去。今又卧病十多日，可怜汝媳妇日忘飧，夜废寝，都在床前，时刻不离。竟未见正贵半面，又往何处？待他回来时，可与我从重教训。我老了，无奈其何，我只数日②奄奄而病，今日见吾儿，病遂自好去一半。汝可与贤孝之媳妇拜谢。我老多病，若无她殷勤伏伺，今日要父子相见万难矣。"正色遂与妻拜谢代为孝养之德，步氏答拜曰："为女子在家从父母，出嫁伺舅姑，理之当然，何谢之有？"其父自此病渐愈，正色大喜。

其弟正贵在外游猎。原来步氏之父为猎户，外孙随母至外祖家，讨一个猎犬回来玩耍，养至大，堪以出猎。正贵与三个好友，欲同去打猎玩耍，各件打猎器俱便，惟少猎犬。正贵向嫂借去，遂在近处游猎，早去暮回。有此犬便出外县，至广州府城。三友先行，正贵带犬随后。适一白鹤，从松间飞下，犬抢去③，将鹤左腿咬断，犬右眼亦被鹤啄瞎。

在处之乡人拥至，抱鹤捉犬，并拘住正贵。正贵惊问何故？众曰："此鹤是平南王府所养，常飞出外游。有人打伤者，以伤人之罪处之。今汝牵犬来咬，鹤现将死，将汝并犬拿送王府讯究，罪不累及乡邻地保。"正贵又问："何以见是王府所畜？"众指鹤顶现挂有牌，汝看便知。正贵看鹤顶果有一小牌，牌上写

---

① 情事：事情。

② 只数日：这几天。

③ 抢去：窜过去。

“平南王府仙鹤”六字。众不由分说，将犬、人并鹤拥送王府。讵值王千秋，内外演戏庆贺。门官不进禀，将正贵拘押班房。至三日后，门官才进报。即令送鹤犬进验，人在外听候。须臾发还，犬挂有牌，批四句云：“鹤虽挂牌，犬不识字。禽兽相争，与人何预？”

众看此季批语，还犬不究，人皆相语曰：“极有理，不意尚王之仁，比耿王差得天渊。”

盖耿王在广时，有一鸭被游猎之公子射死，欲拿送有司。公子愿赔鸭价，内监要之百金方休。公子问一鸭怎值百金？太监说：“此鸭会说话，汝若不信，先交赔银，拿一头出来问答与看。”那公子只得取百金与之。内监收了银，即拿出一鸭，手拍其额问曰：“汝叫何名？”鸭叫一声，内监笑曰：“何如？它答名鸭。”说了进去，那公子又气又好笑而去。

此回鹤被外郡人带犬咬去，众拟不得安静，谁知尚王仁德，与正贵贺喜，无事共散去，正贵始回。那三友已惊半死，恐究及，探王之批语，方敢寻访正贵。遇着，共誓不再游猎，以免惹是招非，各自回家。正贵至家，犬还嫂嫂。正色便骂曰：“我不在家，老父交与汝奉伺，然何去游猎不顾？”正贵答：“有嫂时刻在房伏伺，何用弟？”又骂曰：“亲生之子不奉伺，反叫外姓之嫂来奉伺，天伦倒置如此，任汝百口，亦难辩无不孝之罪。”将正贵缚住，要送官究治。诸乡邻亲友来劝不依。

适正色去请人写呈报官，正贵跪父面前泣曰：“不孝怎敢离亲？却有缘故，容不孝说明，死亦甘愿。因哥不在家，嫂氏青年①，时刻都在老父身边服伺。不孝未娶，以嫂叔不同言，怎便日夜同在一处，尅肩②相碰？亦曾辞嫂：‘嫂勿进前，交与小叔服侍’；嫂答：‘应各尽其道，现有媳妇，怎的不进前服侍之理？况夫不在，应当代夫奉养’，不肯退离。只得回避瓜田李下之嫌疑，惟一二日来问安，亦不敢在嫂旁久停。今哥既回，嫂必退离，不孝可日夜进前服侍。如再远离，与哥立地处死无怨。今求爹爹与哥说饶恕，勿送官为幸。”原来其父耳聋，哀诉之语只听三分。惟听其哀泣，遂曰：“且起来，待我与哥说莫送官罢。”

那步氏在后面听得了然，心想小叔原来有此大道理，我与之解说方好。俟正色回来，即跪于夫前曰：“叔叔之不孝，乃妾身误致其罪。该治妾身，不应治叔。奉伺父翁，子应先，媳应后。妾不与小叔进前，被妾夺奉。妾日夜不离，叔叔孤男，兄不在家，嫂叔不同言，哪有日夜亦在父旁，渗混一处？故不得不

① 青年：年轻。

② 尅：挤。

远离以避嫌疑。今官人已回，妾不用进前。可观兄弟事孝，一家团聚，承欢膝下，不可送叔叔到官。如要送，妾身亦去。报官认罪，是妾身所致。”

正色闻其妻剖说，其弟乃避嫌，与不孝有异，心中了然。扶起步氏曰：“原来有此大缘故，几乎枉屈吾弟。”亲自解缚放起，正贵即向兄及嫂、父叩谢。自此二兄弟时刻奉亲，不离左右。金家之贤孝扬于远近，皆称矣。

正是：神明正直敬而远，父母劬劳孝莫忘。后事如何，下文分说。

第三七四回　天怜终遂灯油化血　佛试克旺当赃夹金

前文说了自家有佛不归奉，枉到西天拜释迦。回文再说福州东门外车家，名克旺，作事多跌驳①之至。贫至如洗，即持斋奉佛念经。家中供设伽蓝三官诸佛，朝夕焚香礼拜。后渐渐如意，赎回祖业田园。欲招佣工耕种，遂有闽安镇人，名终遂，投来作长年佣工。因试他膂力出众，作事勤谨，克旺叫堂兄克茂来与伊议工资。克茂曰："有此膂力过人，在田耕作，一人胜三个之资。"

即问家有何人？终遂说："家中只有一堂侄，并无别亲。"克茂曰："家既无人，必长在此作事。一年除食穿外，给一牵牛价②为工资。作十年牛十牵，作二十年牛二十牵。"当面约之，于是终遂在车家，日夜料理田园无歇。但此田园，从前三四个料理不开，今与终遂只一个耕作，清清楚楚，收成比人更多。原来终遂老实忠厚至极，一心以此为事，并无半刻偷闲，故一个胜三四个也。在车家有数年，不支工资。或问怎不支？答曰："家中无人，有食有穿，还要银钱何用？待作至十余年，总支带回去作老本可也。"克旺自此年年进益，二十年间，财发数千。又开一小当店③，又大兴旺。

终遂在车家佣工，自四十二三岁至五十八九岁，共计十六年之工资分毫未支，日夜都在田中。因年将六十，筋力大不及前，做事不能④。思原约一年一牵牛，一牵牛至少亦值七八两，十六年十六牵，共有一百二三十两，亦足养老本钱，不致饿死。思之既定，即向东家以年老力衰不能再作告辞。克旺曰："还能作事，何曾老？再在此数年，真老不能作再去何迟？"终遂曰："今已老，有敢再在此误事？惟求东家放骨头还乡。"克旺问："今去何处？"答："去闽安祖家，将此十六年工资来作老本。"克旺曰："一定要回去，亦不敢强留。只得工资无几，怎作老本？"答曰："在二官看无几，在奴看作老本还有余。"

---

① 跌驳：不顺利。也说"跛摔"。

② 给一牵牛价：给予能买一条牛的工钱。

③ 当店：当铺。

④ 做事不能：做事力不从心。干活干不动了。

克旺遂去佛堂念经，终遂等三日，不交出工资，又催之。克旺取出半小篓茶油与之曰："工资都在此，拿去作老本。"终遂问曰："拿油来何事?"克旺曰："原约一年一斤油，十六年应十六斤，还汝工资清楚。"终遂讶问曰："原约一年一牵牛，十六年应十六牵牛。照牛之时价计算，折银若干交出牛价才是，怎么以牛作油也?"克旺曰："谁与汝约一年一牵牛?"终遂曰："当初经克茂大官人议约，汝二官人应许，一年一牵牛，怎讲无约?"克旺曰："当初是汝听错，一斤油作一牵牛，不信可叫我堂兄来对证。故意以油作牛来瞎混么?"克旺之妻子亦在房内骂曰："在我家十六年，足食足衣便够意了。此油与汝压手回去①，还不足意？犹妄想什么牛价？惟汝长工许值钱②?"

终遂被一家男女喝骂，有口难辩，遂不再言，垂头思之："十六年作马牛，食只粗饭，穿之破旧衣，有什么好食好穿？惟倚③一年有一牵牛价，积至十余年，有许多回去作养老本钱，方不辞辛苦拼命操作。谁知劳碌十六年，只十六斤油，不值两上银。议约之人又死去，无人作证，与争无益，反受言辱。只是此油怎带回去见兄弟侄？可拿去鼓山寺，舍点佛灯了，去投岩死，免得临老作饿莩。"默思一会，说谢一声出户而去。

讵鼓山为霖和尚，前夜即知情，与管事的说明："明日有大施主发心，可将佛前大玻璃灯洗净，待来贮油。再将东楼房打扫，与他住宿。"通寺僧众以是大施主，不是官宦，亦是富家，必有斋筵施僧，皆喜。俟至次日早晨不见。又俟至暮时，见一个头戴破毡帽，脚穿草鞋靸④，上身破短袄，下身破短裤，手提一油篓进寺来，献油点佛前灯。知客进禀，为霖令接油倾于琉光⑤内点上，将人邀去食斋筵。饮食完，带去东楼房安歇。着知客紧随陪奉，不可与之自去。知客奉命自去接待。诸僧疑异，俱集在大殿前背议："师父说今日有大施主来发心，哪有大施主？惟此一个不尴不尬，拿油来点灯，这般接待。"一僧曰："师父乃有道行的，必有大缘故，吾们怎知之?"

正在谈论，为霖自出大殿。时已二更，问今日施主献来油点未？众共指佛前所点之油即是。为霖仰看此油点比他油加倍光明，见有血珠于琉光底消落堕地，将地下之方石染如珠漆。为霖与众看曰："别个施主只花些银钱，供斋施众奉佛而已。惟此位施主，将十余年血汗，精变为油来点佛灯。佛怜之，油仍化

---

① 与汝压手回去：给你带回去。压手：主人谢客的礼物，意为不让客人空手而归。。

② 许值钱：那么值钱。

③ 倚：期盼。

④ 鞋靸：拖鞋。

⑤ 琉光：长明灯。

为血，还之归土。可见此施主，比别个不大异耶?”众僧始觉，共看果地下色如珠砂[①]，不胜之异。为霖随步至东楼房。

那终遂存意鼓山献了油，便去投岩。谁知被知客随住，不得下楼。知客再三问其姓名居住，总不回答，斋饭亦不食，只垂头丧气不语。为霖上楼来，知客谓曰：“此位施主，不言不语，饭亦不食，不知何故?”为霖谓曰：“血汗化油人不识，点灯胜作大功德。汝且退去，自有分晓。”遂拉终遂，带下楼入自己之方丈，令坐，谓曰：“有何郁闷因由，可说来知，自有解处。”

终遂亦早闻鼓山大和尚有道行的，闻他说血汗化油，料他必先知之，不敢隐瞒，前情一并说出。为霖曰：“君既无家可归，留君在此为护法头陀，银谷交与掌管可好么?”终遂闻之喜曰：“叨蒙师父收留，即落发皈依，亦大幸矣。”为霖曰：“十六年在车家，诚心如一，并无一毫苟且。不以大事付托之，还用谁?”即将终遂落发，法名绍济，银谷交与掌管。终遂就此入于空门，亦得其所矣。其本寺僧众竟不知绍济是车家佣工。

再说那车克旺，只用十六斤油，打发终遂出门，甚为得计。那日克旺在佛堂念经，其子在店中看当。有一老者拿一件夹布袍来当，要一两。其子看夹布袍已损，曰：“只可当八钱。”老者曰：“只求多当。”其子不当，曰：“拿别处去。”老者曰：“为有要事，八钱不足。周济贫穷，胜过食菜念经，多当二钱，即是阴功。”其子曰：“做生意讲什么阴功积德?生意不用作了。”老者曰：“作生意正要积阴功，才能长久。”

其父克旺闻有人赖当，即放鱼鼓槌，叫其子进问。其子将布袍带入谓父曰：“他要当一两银，赖住不去。”克旺将袍抖开看，铺于桌上，见有一处不平。以手摸之，内夹有小物，似小钿。即用刀割开缝痕，露出乃一小金钿，重有三四两。喜甚，将此钿存了[②]，自出谓曰：“念汝老人，即打一两与汝，要赶紧来赎。”令即打票与之，老者持而去。其妻曰：“此袍怎的夹有金钿在内?恐他久又来讨。”克旺曰：“他只当袍，非当此小金钿，不怕他。此物已落我手，无凭无据，不怕他来讨。”其妻曰：“此都是菩萨暗使我发财，今日故得此金钿。”克旺曰：“说得有理，快去念经。”又去敲木鱼念经矣。

正是：不思作事存天理，只说成家在佛经。后事如何，下文分说。

---

① 珠砂：朱砂。硫化汞的天然矿石，大红色，有金属光泽。

② 存了：藏起来。

第三七五回　佛降偈语女谏投水　救姊得妹兄弟联婚

却说车克旺得布袍内小金钿大喜，又去佛前念经阿弥陀佛有灵。正念间，佛龛内忽飞出一张字柬来，克旺看其字云：

“朝也念慈悲，暮也念慈悲，念得我来汝不知。以油作牛已何忍，隐受挟物又何欺？经空念，斋空持，灵台未正枉劳之。金钿还汝念年费，从今不必再陀弥。”

克旺读此字，妻与子皆拿看，惊异曰：“此不是菩萨化老人来当袍，夹金钿来试我家心正不正？又知以油作牛，打发长工之隐事。但菩萨最慈悲，二十年中实心实意敬奉，食菜[①]又清，经念又勤；元宝[②]香烛化去无数，斋筵素菜供排不断。有不喜欢家主发财，反掷字来骂之理？”其妻曰：“汝同子在前作过无数隐事，佛都喜欢，不见有什么字。独此回二件事，便掷字来骂，作菩萨度量有此小？必不是菩萨写的。是人妒忌，丢来吓我们。”其子曰：“若是人写掷来，以油作牛之事，已过许久，知之犹可。惟隐受夹物，有许快便知？壁不露风，[③]从何掷来？若是人必是自家人，骨里自生蛆，写来掷出。”克旺沉思许久，把头点点曰：“说有理。”于是克旺被妻子解说，非佛见怪，便不在意，仍是如故。

原来克旺家妻古氏，子名能助，媳隗氏，二女名大妹、小妹，二男孙尚幼，二婢女尚小。惟二女才貌双全，通文识理，日夜以书史为事，人皆称为“二苏”。大妹年二十岁，自幼与东山墩许家结亲。小妹十六岁，尚未受聘。许家数次遣媒来说，迎娶大妹过门，因克旺同妻要重财礼，奈许家乃清淡儒者，难措重礼，一年挨过[④]一年，无力来娶。

那二姊妹日见父兄刻薄成家，小妹犹不语，大妹常在父母面前劝说佛经少念，好事多作，父母兄皆忿之。先以油作牛，押勒终遂去后，谓兄能助曰：“人

---

① 食菜：吃素。

② 元宝：折叠成元宝形状焚化的纸钱。

③ 壁不露风：墙壁上没有缝隙。

④ 挨过：拖延过。

十六年作牛作马，使不尽心力，滴无数血，只换数斤油回去，看其去之情形，有不尽含蓄怨恨，无银怎敢回家乡？必去寻死路丧生，于心何忍也？”此回又隐夹袍之金钿，亦谓之曰：“不管是佛来试不是佛来试，应当将金钿还他。那老人亦因急需，恳求多当一二钱银。若将此物还他急用，岂不是吾之大阴功？何必日日念经？”其父兄厌之，走开不听。故佛龛之字，指是二女背写，假作佛来骂责。能助故曰“骨里自生蛆也”。哥嫂常在其父母面前，谗谮二女不作事，都在邻家吟诗作对，回来不言不语，如仇人一般，果然女大不应留。

那日大妹在隔壁与邻女看书，后门忘关，被白撞贼[1]进内，鸡鸭拿一笼，洗晒之衣裳收去几件。父母已气，再被兄嫂隗氏挑唆，即喊大妹回来，克旺骂曰：“事都不作只去玩要，致贼进来。似此养虎贻患，养鼠咬布袋。许家又娶不起，白养至二十岁，不去死，无饭再养。”骂罢即持箠将女照头打数下，其母亦骂了，持竹片挞几下。兄与嫂观看不劝，犹以指抓面向羞[2]之曰：“此大之女[3]被父母打骂，还有脸见人耶？”大妹忍泪含悲进房，饭亦不食，忖思皆因直谏，致父母忿嫌。父既有言令死，不死不孝。忍泣至天明，将去死。又思死无凭据，以为逃奔，虽死犹辱。遂带一双绣鞋，悄悄开后门至江边，将鞋丢于道头[4]，跳落水中。

谁知天初明，有船泊岸旁待水涨。大妹投落水浸不及头，船中人听响出看是人投江，淹未死，三人同下水抬救上船。见是及笄之女，救得快，水犹未满腹，身已浸湿。扶坐舱中，吐出水来，人始定。查问因由，大妹只流泪不答。船中人再三问之不言，遂说：“并非歹人，我们乃东山许家下麦[5]来粜之回船，一船都是亲堂兄弟，皆前宋父子兄弟状元之后裔，俱知礼仪守法度，不敢妄为。汝因何事，即管说出无妨。”

人只知宋朝梁灏、梁固父子状元，尚不知许世安、许将亦父子状元也。许世安，福州东门外人，宋宁宗嘉定间状元，官至侍郎。子许将，理宗嘉熙元年亦中状元，官至侍郎。次子许恒，中武状元。孙许应龙，官至枢密。父子祖孙兄弟俱名臣。许将字文英，弟恒字武英，相传现在水部门外状元境守土尊王便是。

大妹闻是东山许家，更不敢言。再三慰问，不得已，言是东门外车家，被

---

① 白撞贼：大白天四处游荡伺机行窃的贼。

② 以指抓面向羞：用手指头刮脸，羞辱对方。

③ 此大之女：这么大的女孩子。

④ 道头：码头。

⑤ 下麦：运麦子。下：运载。

兄嫂挑唆父母打骂，故来投水。盖大妹以子不言父过，不敢直说实情，只以哥嫂挑唆言之。三人闻了讶曰："可是开小当铺车家之大千金么？"大妹把头点点。三人喜曰："原来是我们之侄妇，神差鬼遣来此搭救。今可不用死，我三个即是登云之胞叔，常闻贤侄妇乃女才子，多早欲迎娶过门。因舍侄连丧双亲，又兼连年歉熟，车家要财礼，奈舍侄年少书生，难以措备，年挨一年。舍侄因闻亲家为富不仁，几度欲外出游学避之。又闻侄妇乃才女，不娶回没福，故一时未去。今恰好带回去，以遂才女配才郎，乃天赐作合，不须疑虑。"

大妹闻说是东山之亲叔，便不疑，听之撑去。东山诸亲皆喜，共以天之所为，遂择吉日拜堂合卺。前一日，大妹出一题目，与许登云作文章。登云亦出题目，与大妹作诗赋。彼此互看皆佳，信是元聘成就伉俪矣。

再说车家克旺，次早寻大妹不见，乃开后门出去。直寻至江边拾回绣鞋，以是投水死去，亦不疼痛，以死去便罢，遣人去许家报知。原媒人外出不在家，即寄信①与邻墩②，顺路去报女以投水死。谁知邻墩人忘记，次日亦出外生理③。过有一月，许家使人来乞亲④，克旺说大女已投水死了。来人惊问死有多少日？说某日去投水。又问怎不去许家报知？答曰已寄信邻墩某人去报了。又问："既有去报，许家怎的又叫我？必定是无去。"答曰："有报无报怎瞒得邻墩，叫许家即管去查是真是假。"来人曰："且回去与许家说了再论。"说讫遂去。

次日又来曰："昨日回去说，许家曰已知道了。女既受了人聘，屡次来说竟不还亲⑤。至二十岁留在家中，分明留在作何勾当。因女不从，将来拷打凌辱，难受逃遁。今原聘之家又遣人来娶，捏以投水死了事。有浮尸？有报官？便是真死。只以鞋丢江边，怎算得实据？许家使我来说，来日去各衙门控告，要讨回原聘妻方休。"克旺闻此语惊甚，遂留来人食饭，托之挽回勿告，送还原聘金。

来人遂回去。次日又来曰："与许家说，许家以人未死怎肯收回聘金，一定要告。是我再三劝之，他不依。适有他一亲戚亦在此，说他想有调停两家齐好之处。我问怎的调停？他说现许登云因屡次催讨迎娶，车家不肯还亲，前年已先纳妾了，不须再娶。惟其弟青云，十八岁，才学人品与兄一般，未聘。君肯

---

① 寄信：托人捎话。

② 邻墩：邻村。

③ 生理：做生意。

④ 乞亲：订婚后，男家请求迎娶过门。

⑤ 还亲：订婚后，女家将女子嫁过去。

将次女配与其弟，以兄之原聘金，兑与其弟为聘，定十数日内即要迎娶过门，则万事皆休。若不依从，要告于王府。”

克旺听了进与妻子商量。若控告，银破了还不得了。若把小妹白白与之，又不甘愿。其妻子亦无计可出。其嫂隗氏曰：“已闻许家二兄弟才貌都出众，把小妹白送亦不错。况二姊妹与我们不同心，食秦王饭骂秦王无道。除去姊了，妹留作甚？这几日不出房门，饭亦不食，只闷闷而坐，不知有什么心绪。不早送去，又学姊行为，凑坏我们家声。”克旺与妻子闻此说话，决意许之。出来对来人回说所听。来人曰：“既依从，即明日送礼书[①]连日单[②]，聘金抵去不须再备，只备彩杠[③]送来。临时翻悔不得，一言为定。”克旺曰：“一言既出，驷马难追，哪有反悔之理？”来人遂去。

来人乃许登云堂兄，口能舌辩。与诸亲议定计谋，自来要他言说姊妹作姆婶[④]，果遂其谋。皆因车家人人皆恶，无一个与好，外人稍有知闻，亦不与说，以是大妹投水死了。

于是许家以十日内，又娶小妹过门。那小妹起先在家，知姊已死，又无同心，难受嫂挑唆，欲寻自尽。忽闻许家姊夫之弟要娶过门，已知许家二兄弟才貌皆美，欢喜，遂不想去死。今一至许家，会着姊，方知姊未死，大喜不胜。许家无用分文财礼，得娶才女姊妹为姆婶，更喜之甚。车克旺将次女送至许家息讼，心甚怏怏，并不遣人去看视，亦不请婿回门，所以不知情。

正是：翁姑不听媳妇话，姊妹焉能姆婶行？后事如何，下文分说。

---

① 礼书：旧时的婚帖。

② 日单：男家给女家写有娶亲日期的帖子。

③ 彩杠：旧俗定婚时男家送给女家的彩礼担子。

④ 姊妹作姆婶：姐妹嫁给同一家的兄弟，成为妯娌。姆婶：妯娌。

第三七六回　贤妻劝夫银舍四百　恶妇看戏殃及一家

却说车克旺将次女白送与之，虽息讼，每日甚怏怏不乐。忽有一人来看终遂，车家人说已自告辞回闽安去了，那人方去。原来终遂有一侄儿名得贤，侄妇温氏，各有三十余岁，尚未有子。得贤曾作土匠，后与人合伙，收卖水蛙、鳝鱼诸淡水①，年间都顺路来看叔一回。此回来说已回闽安，至闽安查问无有到家，又来车家探问诸乡邻。

那乡邻与车家大不和睦，遂有人告之曰："汝叔初来时，议约一年一牵牛为工资，耕作至十六年，未支分文。因年老不能再作辞回。车家不良，以油作牛，只给十六斤油，硬押②出门。看其形色，无银何以还乡，含泪而去，未到家必定寻短见自尽。即管去告他生死不明，诸乡邻与汝作干证③。"原来克旺之媳隗氏悍恶，常与邻妇相骂曰："我家银粉都堆死汝这一起④，敢与我斗强？"故乡邻无人不恶之。再加得贤卖淡水之伙计兄弟，都在闽县衙门当差役。得贤被乡邻和上⑤，即到闽县拦舆，以生死不明告之。即出票拘至车克旺同子能助。

连讯三堂不招，讯以油作牛，唤至左右邻证之，犹不认。县官曰："时语云：偷食瞒不得牙齿，做贼瞒不得乡里⑥。不动刑，怎肯实说？"将父子同上夹棍，始招认以油作牛打发佣工出门情事。将父子收监，县主欲以欺凌致命之律详上。克旺父子惊惧，托人赶紧调处，赶人去外挽议销案。连贿通衙门一千余银，苦主四百两，乡邻二百两，共需银一千七百余两。银交清楚，方放父子出监回家。能助笑骂："众人扛陷⑦我，只害得我银，不能害得我命。"隗氏乃常

---

① 淡水：指淡水鱼虾、蛙等水产品。

② 押：迫。

③ 干证：证人。

④ 一起：一伙（人）。

⑤ 和上：怂恿。

⑥ 乡里：乡邻。

⑦ 扛陷：众人共同陷害。

高声骂曰："我银多，其奈我何？以此大案来扛证[1]，只破千金，牛背撮一毛去，有什么要紧？"众乡邻闻之忿甚，皆受有贿，忍而不答。

后得贤得银四百两回家，其妻温氏见大包银，讶问何来？得贤将事情说知，温氏曰："君以得此横财，便能致富？妾谓反能致祸。"得贤讶而问故。温氏曰："叔在人家十六年作牛马，不知受多少辛苦，只得十六斤油，值不上两，生死不知。君坐在家，从无养叔一年半载。今藉叔名色[2]，平白地得银四百两回来安享，别人肉补自己身上，不臭也烂。此乃无义之财，及早送还。留在家中，不招灾惹祸，亦自生病痛。宁可清饥，不可浊饱，君可熟思之。"

得贤闻妻此说甚为有理，答曰："我原无意去告，被车家诸乡邻和上，既调处便煞。此银本不敢要，因人说苦主不调处，官亦不能不详，故不得不受之。今亦还之不得，且留住。看何处寺院损坏，舍与重修，才得消灾免祸。现今各寺无正经和尚，惟鼓山为霖是有道行之真和尚，舍与之修寺，方不至落空。"温氏听凭之。

得贤即欲挑银至鼓山，忽然得风寒之病卧床。温氏曰："何如？无义之财气，亦不可沾染。造化未曾拆开[3]即病，如拿去买田产，必大病无救。宁可典当来用，此银不可苟动。"果然得贤只卧床三日即愈。因脚夹发出疮毒，不能行走，且待愈后去鼓山。此且慢言。

再说车家隗氏，那日归宁于府前街母家。境社内演戏，隗氏去庙内看戏。头上一条大金扁扒忽被人拔去。隗氏便喊叫，看戏之人众即将拔簪之人拦住。地保亦在庙内，闻声出查，见拔簪之人非别个，乃本府头役。笑谓隗氏曰："不须怕，乃高伯与汝玩笑。"头役看了金扁扒，问："此个谁家妇女？"地保答曰："本铺隗氏妹，出嫁东门外开小当车家，来看戏。"头役曰："好极，不来看戏，怎访出？快些同带去府里。"地保问故，曰："汝还不知？大强盗之窝主，既获着真赃，还不拿送么？"又有几个差役赶至，将隗氏拖住。隗氏喊叫："拔人簪，还要劫人。"众差役不容分说，拥拖至府里。

本府正在坐堂，闻报停审别案，接看了金扁扒，便问隗氏曰："此金扁扒从何而来？"隗氏答："父母陪嫁之首饰。"太守曰："汝父母哪有此首饰嫁女？好好实说，是哪人强盗劫来窝存于家？"隗氏答实是嫁妆。太守即令掌嘴，打至二十不招，又打背花四十，隗氏晕去不能答。太守令且收监，拿其夫来讯。府差一获着真赃，恐其家中之人闻讯逃去，一面押送隗氏，一面拨众协同地保，去

---

① 扛证：共同作证。

② 藉叔名色：以叔父的名义。

③ 拆开：指将银拿去零花。

车家将大小男女尽力拘押头门班房。店屋关锁，交地保看守。

车能助上堂，太守递扁扒与看，问从何处而来？实说免受刑法。能助知妻已受刑，不敢再捏[①]，便供："实是某日在后屿地方，遇一个讨草柴[②]之童子，手执此簪在地掷玩。见小人将此问是铜是金？小人接看，因颜色暗而不赤，亦不知是金，答是铜的。他说要卖，小人即与二十钱买回家。磨着方知是金，即与妻戴。"太守便问讨柴可认得么？答供不知其姓名，路中偶遇的，并不知其住处。太守曰："不知来历，便是捏供。"又曰："实是非捏。"太守曰："不动刑，怎肯招？"即丢签打四十，不供。又上夹棍，又不认，一说[③]实是用二十钱买来。太守问差役，他作何生理？答自家门前开小当。太守又问能助曰："若不是强盗所寄窝赃，必是强盗来当。"能助供亦不是。太守令差去取当簿来查。取至太守亲自检查，并无当金扁扒之号数。

太守又谓能助曰："大盗赃物在汝家获出，不认总难免。"能助曰："容小人慢慢去寻讨柴子[④]，究出正盗到案。"又问："今将汝一家收监，还有何人去寻？"答曰："寄字出去，托亲友代访。"太守即令将能助收监，委员去抄封家产，又着差役拿一家男女收监。又持问克旺，克旺供不知情。太守曰："不管汝知情不知情，且同拘禁，有获着正盗再论。"于是车家大小男女俱收禁，业产抄封，听候发落。远近之人闻知，无个不说皇天有眼。只知盗赃，并不知盗劫之案有此重大，乡邻虽喜，恐殃及之。遂共密访，知其始末因由，不至累及乡邻。共在本境社庙内作戏办席作贺。

正是：善良难至人人叹，横恶祸来个个欢。后事如何，下文分说。

---

① 捏：说谎。

② 讨草柴：割柴草。

③ 一说：一口咬定。

④ 讨柴子：砍柴的孩子。

第三七七回　乡邻说车家获罪故　恶少藉酒醉辱王妃

却说车家为富不仁，贪便宜以二十钱买一金扁扒，不知是贼赃，却被访拿，一家男女拘禁监牢，无人不说是皇天开眼。众乡邻恐累及，去细查访遂知其因，鸠资①在本境内演戏，并有请外乡亲戚友看戏饮酒。至席将撤、戏将完，诸亲友问："车家犯何案情，有此重大?"内有林姓者答曰："人常言，心好不用持斋，行恶事无益念经。此案全是天作，并非人为。惟鼓山和尚，有道行，事未至先知。因前月耿王府有一宠妃，欲去鼓山烧香求子。惟此妃生得十分娇媚，铁石心肠见之亦意惹情牵。

"那为霖和尚早已知此，三日前即与管银库之护法和尚说：'我明日去雪峰寺赴会说法，二日后有王府宠妃来此行香。寺中人众，不须拈香接送。预将寺内僧众，尽收关于后山空房院，不许一人出去窥探，恐惹是招非。只可留某某老僧，诚实的数个，伺候鸣钟擂鼓，亦不许越出山门。其捧茶、装烟、点香烛、排铺垫，他有跟来之人伺候。山门关紧，待来敲了方开，他一去便关。有再敲，不可再开。切嘱，切嘱。'为霖临去，又吩咐一遍，便坐竹轿去雪峰矣。

"果二日过，耿王妃至。随从只十余个老女婢，三四个太监而已。所有马对执事皂班俱歇于半山亭内伺候。王妃先至喝水岩观音大士前拈香，太监一面山门敲环叫开门。门开了，太监查问：'今日何为紧闭山门?'老僧答曰：'师父二日前带同本寺僧众去雪峰赴会说法，吩咐把门常闭，不许游人出入。'护法和尚遂出来迎接。

王妃至大殿行香毕，游看寺境。步出山门，欲向西看喝水岩风景，令轿同人众，在西畔等候，只带二婢缓步游山。谁知有二个豪少子弟，带酒肴在喝水岩西畔水云亭对酌得烂醉，来游寺。忽见王妃北妆，脚非金莲，故能缓步游山，独立于岩侧。因其娇媚杀人，便心摇意动，顾不得什么人家子女，同向前搂抱，一人对脸亲嘴。二婢见即喊叫快来拿强盗，方放手跑走。

① 鸠资：众人凑钱。

那二人亦因酒醉，天日不知，怎知是王妃，不觉见有侍女在于树旁。二人因路径熟识，跑走便快。二人欲进寺存躲①，因门打不开，要走②下山，回头由水云亭白云洞走脱。二婢女喊得人来，说二强盗之因，由此上山走去。太监即带皂班追拿，已不知去向，只得走回。见王妃盘坐山上，众婢扶起，查看首饰，惟失去一条金扁扒。遂扶上轿抬回，告诉王知。王查问僧众何不救护？太监说：‘和尚头二日前带众去雪峰寺赴会说法。寺中只四五个老僧，常把山门关闭。二强盗在于山门外，无礼劫夺，离寺尚远。’王曰：‘此与寺僧无干。’即召至按司太守，告知情由，令赶紧严拿追赃。

司府即饬兵役查访，有月余获着真赃。初以此簪被恶少拔去，原来不是他拔。王妃被抱亲嘴时，将簪误坠草缝中，婢女以为被拔去了，不再寻讨③。后被讨柴子割草现出，拾时色暗淡，以是铜，方与车能助二十文买去，与妻戴来看戏，排场④此簪。

原来耿王妃甚多，列东、西、南三宫。其首饰制皆一式，惟中间纹有东、西、南小旗字⑤为暗号。王府严饬时，颁有簪式暗号。因重至上两，民间虽有，不过数钱，并无两上⑥。府差因见其大，拔来看出中有小小暗号，与所颁之样式无异，故敢拿之。那二个恶少，竟访不出，车家永不能出监，乃天作孽犹可违，自作孽不可活，皆因刻薄所致。长工工资一牵牛作一斤油，反破去千七余两纹银。女既受聘，又勒索重礼不还⑦，以致大女投水，婿家欲告。后将次女白送，财礼分毫俱无。贪便宜以二十文钱买两上之金扁扒，惹出大祸，皆是自作之孽也。”

诸亲友听之，问曰：“君怎知得如此精细？似在场眼见一般。”又答曰：“事不查访便罢，既访必有精到，才是确实。”又问在何处查访如此精到？又答：“自然有处。”又问曰：“车家有二女，大的投水死，次的赔许家，二姐妹俱为才女，是实么？”答曰：“果是才女。”又问：“车家如许吝啬，怎肯请师教女？”答曰：“何曾有师，都是与邻女盘桓学习的。”又问：“哪个才女，有此学问？”又答：“君等还不知，福州东门外出才女之地场。板桥一曲，七家皆文学世家，妇

① 存躲：躲藏。
② 走：逃。
③ 寻讨：寻找。
④ 排场：炫耀。
⑤ 旗字：满文。
⑥ 两上：重一两以上的。
⑦ 不还：订婚后，女方不履行婚约。

女无不知诗赋书史，即婢女亦能知书。那二女若不在我林家与诸女盘桓学习，怎知文章？此亦是二女天生聪明，一习便知。”

又问曰：“此二女才貌双全，父母怎不爱之，迫之投水？”答曰：“一家皆不仁不义，惟此二女常谏父兄，故嫌之。但车家皆此二女福，二女在，便发财兴旺。二女去，家中便出鬼怪。”又问：“何鬼怪？”答曰：“车家一日炊饭，饭甑忽换一钵屎在鼎①。又有一夜孩子食番薯，番薯丢落，拾起递口中，乃变屎一橛。又一日酒酌半瓶，再酌忽变为尿。鼎中煮笋，变作破草鞋。佛前供斋豆干，变成牛肉巴。如此变异甚多，未几灾祸叠至。如二女尚在家，必不至拿去坐监也，天遣正人远离。”诸亲友皆曰：“果是二女之福不错。”众共曰：“今日听此新文，胜于看戏。”于是远近之人，皆知其冤曲，惟其不仁，亦无人怜之。

正是：不知福在二贤女，只道家成于佛经。后事如何，下文分说。

---

① 鼎：铁锅（中）。

第三七八回　舍横财修寺会叔侄　拾遗银缴官得功名

却说车家大小拘禁在监，家产抄封。当店赃物，委人监督，听之取赎。钱亦归于抄产内，听候发落。监中无一亲戚进视，惟许家二兄弟，带银钱进监使用料理，始不至十分受苦。车家此时方知大妹未死，姐妹为姆婶情节。父子婆媳，自愧无地。二姐妹将要去看父母，囚禁子不许妇女进监，只寄银钱与之使用。能助遂托二妹夫，在外寻访卖簪之讨柴子。二兄弟转托人寻访不表。

再说水部半洋墩紫林寺，乃鼓山之廨院。大寺拨有僧众住持。那日一僧上鼓山进方丈说，耿王王妃在喝水岩畔遭凌辱劫夺，强盗夺簪。耿王严行饬拿二强盗，尚未获到，惟访获窝主车克旺并眷属收监之大略，报与大和尚得知。众僧又在大殿外查问情由，此僧又述与知。众僧曰："金钗原来不是刻薄子拔去，乃自遗草缝，被讨柴子拾去，殃及当店车家。可怜平地起风波，有死无生。"中有一二众曰："此乃不仁不义之人，上天报应，不甚可怜。"却被绍济听得明白，遂进见大和尚。泣告旧东罹祸，一家有死无生之哀情，欲效马义代主鸣冤，前去行为。

为霖曰："他能刻薄待汝，汝又不是他家世奴，祸是他自取，管之则甚？"绍济曰："虽非世奴，惟念十六年在他家，并无刻薄。"为霖曰："但他自有二孝女鸣冤救父母，何用汝去？"绍济曰："他虽有二女，闻说一个投水死，一个并无往来，安能救之？"，答曰："自然有女鸣冤，此案无许快[①]便结。且俟将来无女出头，与汝再去未迟。"绍济闻此言，想师父自有先知，且看如何，再代他出头亦可，遂又告欲回闽安看视。为霖曰："汝家无人，现有谁在？"答有一堂侄。又谓曰："汝有贤侄妇料理，不须去看，如回去反惹是非。汝侄会自来，叫汝相见。"绍济只得退出方丈，自归库房。

过一日为霖吩咐知客："明日有人来交银修寺，不须饭食接待，亦不必带来见我。汝只说寺中处处都完整，不用修理。惟正南面欲起一座放生池亭，现有

---

① 无许快：没有那么快。

样式，可自行购料召匠兴造。此乃师父预先吩咐，若不然，即带回修理别寺。”知客领命。

再说得贤疮毒愈后，即挑银上山，见知客说明捐银四百修寺情由，欲见大和尚。知客将所吩咐之言答得贤。得贤思此和尚果大傲，见银不收，只得仍将银挑回，照述与妻得知。温氏曰：“不收银乃有经济之和尚。如别人必要招木土司来相议，君曾作过土木头人，行情还不光[1]？自行料理，十分便宜，有十二分便益[2]。家中现银切不可存分毫，带去买料。其余有多少，总寄存于寺，陆续来用。只一放生池，用四百不尽，再看别处有损坏者，将余银尽行修整至完了。家中自有用度，君在场为主，都只可换食[3]。”得贤曰：“家中拿什么来用?”答曰：“妾身一个人怕什么？女工一日都有数十文便足，何用此银?”

得贤听了妻言，次日又挑银去。知客与大和尚说知，即日买料兴工建造。为霖令绍济付与样式，出交与看。叔侄一见便认得，拉手同至僻静之处，同说实情。侄知叔出家得所之由，叔知侄舍银修寺之故。绍济不敢隐瞒师父，即告知为霖银之来历，起[4]完池亭，其余银要寄存寺中，以备别处再修等语。为霖许之，得贤遂购料兴工矣。

闽安之人闻知得车家和息银四百，今又在鼓山作大工程，陡然富起，便有人来借贷。温氏说无有，那人即忿说：“有银不借人生活，存在家中被贼偷去无怨。”一夜贼入偷，无银钱首饰，只偷数头鸡鸭而去。温氏天明方知，亦不言，只自补壁孔而已。原来得贤家住江边，无邻居。未数夜有水贼驾船来，明火撬门而进，温氏不惊不忙，谓之曰：“既来不必动手，列位即管开笼箱慢慢看，有银钱衣服尽行取去，奴家并不心痛。如搜无，请回步，与奴好关门去安歇。”众水贼闻此说，并不动手恐吓之，遍处寻搜并无存积银钱，将所有箱笼开看亦无好的衣服。贼想无分文半件衣服器具，自无法，退去。温氏自语曰：“大小贼都惹来了，今可安心而睡矣。”

得贤在鼓山督工将两月，池亭完竣，将余银再修理别处佛堂路径。前去办料，顺便回闽安家中，始知被大小贼搜寻二次，只失去三四头鸡鸭，笑对温氏曰：“贤妻真是能知未来之事。”

天晚，只隔一夜，[5] 次早又去鼓山。由岭上行甚近，行至半岭，不觉把手

---

① 光：通晓，明白。

② 便益：方便。

③ 换食：做工不拿报酬，只得免费伙食。

④ 起：修建。

⑤ 隔一夜：宿一晚上。

中烟筒掉落坑下，即下坑拾起烟筒。见草缝中有一蓝色包袱，顺手持起甚重，并拿上坑解看。内有二大包，一小包，皆有印封。解开小包看，乃五锭元宝。思："此岂不是官银，怎遗失此坑下？被别个拾去使用，独我不要。前四百都舍去，要此何用？可坐等人来寻。"遂将银压坐路旁，敲火石食烟等之。

此岭路甚僻，少人来往，虽有一二个走过，并非寻银。等至一时辰，想此地有虎出没，若遇着，命先休矣。先将此拿去报官，缴存在官衙内，随后有人来寻讨有着落稳当。想定即起身，带银赶进城内至闽县衙缴报。县主传讯，得贤即曰："承造鼓山放生池亭匠首终得贤，闽县闽安镇人。本日辰刻由鼓岭经过，因烟筒落坑下去拾，草中拾一包袱，内包有银并官印封。即在岭下等候有人来寻，等至午后并无人来。近时有虎常在伤人，不敢久等，送银前来缴报。"县主即将银连人转送本府。本府看银乃连江县印封，即办文交得贤亲送至连江县，查得何银，因甚失落坑下。得贤领了公文，又送至连江县衙门投递。

原来此银乃连江县遣税丁缴送税银至本府，因税丁贪近由古岭行，遇虎便跑回头。虎尾追，税丁拼命跑，把肩上包袱落于地下不敢去拾。又跑二里路，有人众在半途，虎便跳过山去。税丁泣告有银失落，求同去寻讨[①]。人众同他沿途寻觅不见，寻至暮，恐虎又来，众遂散去。税丁无法，只得回连江县投告虎逐失银情由。县主以不由北岭大路，如何由古岭小径行走，虎逐何凭何据？先责二十板，拘押土地堂追银。税丁家贫无法，只卖屋并妻子尚不敷二百。忽得贤至县投文，内衙拆看，方知税丁之银失于坑下，果有是事。即办回文，其原银又令税丁同得贤送本府发落。本府亦办文将税丁失银之情节，并得贤缴银之情由，叙于文内。尾称得贤清介可嘉，请上宪奖赏等由，报到督、抚、司、道及王府。

王同列宪看验得贤人才可观，先赏给他把总职衔，再行题奏请剳实授。得贤又归鼓山寺修理完竣，未几即补授闽安协把总，平地作七品官。后其妻温氏，年近五十，忽双胎[②]生男。皆因福田全在心地，不必食菜念经，自然灾消福至。时人有诗云："牡鸡报晓岂无良，善恶心田仔细详。彼听媳言家破败，此从妻语破天荒。"

后事如何，下文分说。

---

① 寻讨：寻找。

② 双胎：（生）双胞胎。

第三七九回　警顽心授读《诫子书》　吓痴胆暗诵《鬼方记》

再说车家一家大小，关于监中年余，惟许家二婿入视。虽不至冻饿，臭气受之难堪。子能助、媳隗氏前后俱死于监内。时人皆以能助隗氏谗其二妹，助恶翁姑，故报其尸由牢退①拔出，永作幽囚之鬼，可谓毫厘不爽也。那二姐妹闻哥嫂俱死监内，又忧延及父母。急迫，遂效缇萦救父，缚马裙同赴督抚司道府各衙门，击鼓递呈诉冤。因呈内之言十分惨切，督抚司道会详文，以得赃之人既死，将抄产五千余金缴进王府，请释二老二幼。耿王依议，即放出。

车克旺同古氏二幼孙无家可归，二婿接去东山奉养暮年。奈二婿家本清淡，年余不断供给监中食用，再赴各上司衙门诉冤使费，田园与屋典卖殆尽，方救得车家老幼出监。二女喜中又忧，夫家日食难度。那日家中帝君降乩，姐妹跪神前，只默祝将来能否回春。神乩即写出曰：

纯孝双孝女，皇天岂负汝。

来年两夫婿，连捷登科举。

二姐妹遂喜而谢神。车克旺亦跪乩前默祝，问遭际此大灾，是何所致？乩亦写云：

听谗凌二女，刻薄待长工。

灾至人财没，依旧一场空。

克旺愧赧悔之无及。后果许登云兄弟同入泮，连捷金榜。车二老得寿终，二孙长成，婚娶，皆二女及二婿之造就也。鼓山终绍济闻知，车家果有二女诉冤救父母侄出监，方信为霖之言不错分毫，大喜，即叩谢为霖。为霖叹曰："汝侄儿能听好言，荣身育子。汝旧东不听好言，而家破人亡。善恶之报，可谓不爽毫厘矣。"绍济稽首退出。鼓山寺自为霖整顿兴起至今犹旺。

更有雪峰者，乃福州二大丛林。旧名象骨峰，高达四十里，根蟠侯官、怀安、古田、闽清四县之界。寺内未冬便雪，盛夏无暑。唐乾符间，有僧义存自

---

① 牢退：监狱出尸的墙洞。

武陵传法还闽，居芙蓉山石室，徒众如云。因爱象骨峰，里人谢仿建庵以供义存居住。又有蓝文卿者，舍田七千余亩，房屋五百余间，及诸物皆备，遂为南方丛林第一。朝廷赐号真觉，遂大兴旺。至义存圆寂后便败，只有道谶云："石蛋爆尽，吾当复生。"至明宣德年间，石蛋已爆尽，寺宇复兴建矣。

义存在时，有木偶人，收成时不用人去讨租[①]，只使木人自辇。至佃家有租谷挑来，木人即随而回。义存自题水磨云："庵前永日无狼子，磨下经年绝雀儿。"至今犹然。雪峰兴至明末遂败，而鼓山兴矣，故常人言"兴鼓山败雪峰"是也。此且不表。

再说东山许家二兄弟，皆年少书生，如同处女，从未出户外游。哪敢逞身代岳家入监托人，外访卖簪之人，作诉冤呈，带妻赴各上司衙门鸣冤，通关节，安顿各经管书差，致二老二幼有命出监？谁知中间有一能人出来，前后都是此人邀带[②]斡旋。

原来许登云有一堂兄名紫云，廿余岁，乃监生。议事都精，惟文章欠通，诸事敢作敢为。前去车家谋说小妹来与大妹为姆婶，即是此人；又带二兄弟前后斡旋，方救出车家二老二幼，全是紫云之力也。紫云父名许正，乃贡生。所教学生皆发科甲，惟子紫云秀才亦不能进，捐监生。其父亡过。有叔乃廪生，名经，在城内开元寺教学生。共七八个，亦有远乡之人，皆自起伙食。那紫云不爱读书好玩游，叔管之不住，不便十分严责，只抄苏紫溪《诫子书》与读，一日早晨令他读一遍，紫云只好从命。其文曰：

> 子不见东家子业农，三时辛苦一时逸，全家鼓腹乐幽风。又不见西家子业商，去时区区一束装，江湖得意几回首，十万八万未可量。汝今行年十有九，农兮商兮汝何有？汝父遣汝读诗书，为择良师延益友。汝曹不知自勉旃，昼贪逸兮夜贪眠。欲为江湖客，床头昔日黄金啬。欲为田舍郎，耒耜无力难担当。落落碌碌天壤间，旁人把汝何等看？粮不粮兮莠不莠，饥则饥兮寒则寒。空云读书史，不如农家穰穰饱丰年。空云志豪杰，不如商家郁郁多财帛。要作农商头上人，须从月迈日斯征。多读多作从今始，一时一刻莫消除。勿谓无知己，年来天开文运时。勿谓年纪少，多少英雄在尔后。嗟嗟！有金兮在囊，有书兮在床，有田兮在一方。吾儿自酌量，无志早去作农商。

紫云虽顽，因读此文自知惭愧，不敢十分放荡，常在寺读书。闻人说此开

---

① 讨租：收田租。

② 邀带：引导。

元寺内，常有鬼怪出没，故许久人不敢在此坐书房，今年才有人来读书。原来许经平素怕鬼，往时有人谈鬼，便骂不与说。不知此处有鬼，方租来开馆教读。后始闻出鬼怪，便惊怕不该租此。奈租钱已交去半年，要搬别处舍不得租钱，惟至夜令学生自读，自己闭门去睡。疑心生暗鬼，在床上只听前后有鬼呻吟之声，无夜不惊出冷汗。原来不是真鬼，乃紫云俟至二更过，便至叔房后作鬼泣之声，作有数夜。想叫我读《诫子文》，令我自愧。我今亦来念《鬼方记》，亦令汝加惊。至夜静，将李考叔之《鬼方记》作惨切之声悲吟云：

先生不知何许人也。未详其鬼名鬼姓，世居鬼之鬼谷，遂称之曰鬼谷先生。自秦失政，先生鬼避山林久矣。鬼王闻其贤，屡遣鬼使赍冥镪束帛征之。先生曰："未能事人，焉能事鬼？"固辞不赴。鬼母曰："家贫亲老，不为禄仕，日月逝矣。汝做得官来我做鬼，于汝安乎？"先生潸然泣下，请往。其母送之及闾，戒之曰："宁为瘟鬼，毋为厉鬼；宁为酸鬼，毋为饿鬼；宁为糊涂鬼，毋为刻薄鬼。"先生唯唯就道。

鬼卒拥护至鬼门关，关吏飞鬼出迎。先生放下鬼脸，备询关中事。鬼话甚多，不能悉载。途次有吏房白日鬼、户房大头鬼、礼房无祀鬼、兵房替死鬼、刑房催命鬼、工房抠搜鬼，及三班急脚鬼，呈送须知鬼录。先生凭轼而观，怫然不悦。其时门役伶俐鬼、短命鬼、鬼头鬼脑，不知所措，曲尽鬼计，献鬼殷勤。先生之色稍解，方言："地方鬼未之有见，我非其鬼耶？"吏役等急进而捣鬼，先生曰："勿庸，后将图之。"命鬼卒复行鬼道，择鬼满日视事。

先生乘鬼车，从容而入，再拜稽首，即升鬼座。三遍鼓响，见神着鬼，两廊拥挤，喝神吓鬼。先生正襟危坐，俨然活鬼。吏胥序次而进，唱毕鬼名，满堂鬼叫。观音如堵，夸耀一时。先生人爵已得，天良遂泯，利欲可嗜，母命顿忘。

终宵鬼火不绝鬼筵呕哑者，鬼戏也。满目明星罗列不知西东者，鬼灯也。馨香滋味杂然前陈者，先生作酒鬼也。粉白黛绿争妍而取怜者，先生作色鬼也。亭前鬼八卦，鬼作乐也。筵上鬼馒首，鬼庆寿也。刑名钱谷，费尽鬼谋。批判申详，聊为鬼混。厘毫丝忽，鬼打算之必精。斩绞徒流，鬼主意又独出。致书修禀，惟恐鬼诈之不周。号件征收，犹疑鬼帐之或漏。饬题飞报，都是鬼胎；照得卷查，无非鬼吵。山居者献猢狲鬼，水利者纳螺蛳鬼。庄农刻苦，豆干鬼旦旦而输；妇织艰难，三尺鬼多多益善。

工之鬼门闩，鬼打墙，鬼头刀，凡绳头小利，挟一技之长，可以削剥者，纤毫不遗。即赤贫无赖之徒，亦必派之。鬼挑担，鬼推磨，无所不至。

由是吏役乘之，群起而行。其鬼声，遇事辄喝。鬼有钱，即弄鬼。咆哮城市，肆放无忌者，鬼私罗也。笺票飞扬，威福立至者，鬼画符也。人偷一，鬼偷七。上行下效，恶鬼塞途。地方震怒，秽声狼藉。沿街鬼见愁，比户鬼见怕。甚至卖儿鬻女，鬼哭神号。鬼王闻之赫然斯怒，命鬼头钟馗曰："鬼谷氏奸鬼公行，上干天谴，公忿所在，罪当冥诛，尔其殛之。"钟馗遂集五方恶鬼，执而诘责。先生俯首无辞，顷刻之间作刀头之鬼，并夷其党。至今往往鬼哭，是犹不知鬼悔也。呜呼！世之为鬼为蜮者，其鬼谷先生之苗裔也乎？

其叔在床，闻此鬼论更惊，被罩头汗流遍体，头不敢伸出。次早出骂："哪个读魁片论？"盖其惊鬼不说鬼，只说魁片。众问什么时候在何处读？答曰："二更静，在我房后。"众曰："学生们胆小，一转二更便各归房去睡，有敢读魁片论。"原来紫云等二更静，人都去睡后，一人悄悄去做鬼吟此论。众学生实在不知，一闻此说，各自惊怕。紫云亦曰："那时人已睡尽，必是这魁片出来自吟。"其叔闻此更惊，默默无言。从此一心都疑是鬼，半夜三更，有鼠啮物之声，亦疑是鬼。甚至风吹树动，或打窗槛有声，亦疑鬼来。惊至成病，便抬轿回家，服药调治去矣。

紫云见其叔去后，笑谓众人曰："何如，若非我之妙法，汝众人安得松动？"众人闻言不解，问故。紫云曰："读魁片论，我也。"众人闻说，无不大笑，皆骂紫云刻薄之至，做侄有敢弄叔。然先生平时过于严束，今既调离，大家趁此玩耍玩耍。自此无人管束，任其所为，或打牌或下棋，日夜不断。

正是：《诫子书》惩嬉戏侄，《鬼方记》吓腐儒师。后事如何，下文分说。

第三八〇回　大头鬼谄奉清贵官　长臂妖屈服端正士

却说学中诸人，因先生被鬼惊病回去，无人管束，日夜玩耍。一日，姓马的书友，去墙外厕所出恭，忽见一大头鬼蹲于面前呼叫。马生惊跌入粪坑，喊救连天。邻人闻喊共至救起，屎糊满身。邻人问之，答说大头鬼之情形。邻人笑曰："未食地头[①]水，先问地头鬼。此粪坑大头鬼，自来有的。人出恭只日间，暮即无人敢入。汝们才至不知，今试了才晓得。"紫云至，笑曰："原来粪坑出大头鬼，不知。今夜我去出恭，看头有多大?"至次夜更静时，紫云点灯笼去出恭。众问既不怕鬼，何用点灯？紫云答曰："无灯照，怎知头有多大?"众曰："又是去赌钱，有敢去惹鬼?"紫云答曰："若不信可跟来看。"众遂远远看之。

紫云遂入厕所，方登厕，果有一鬼突至，头大如磨盘，身短如柱珠[②]，蹲于面前。紫云笑曰："头真大极，可作灯笼架。"即将灯笼放于鬼头上，其鬼就定定[③]蹲着不动。至紫云恭出完，将灯持起，笑曰："小鬼果然好大头!"鬼仰头答曰："翰林果然好大胆。"紫云下厕一脚踢之曰："下茅坑食屎。"鬼又答曰："去彭泽扒银。"鬼言讫即不见。

那几个学友在厕外，远看了然，皆服胆果大。同归至书房，谓众曰："汝们都看了，可见我胆量何如？不惊，[④] 犹踢他下粪坑食粪。都学那没胆量龟，一见便惊跌落坑下，屎食饱上来。今与汝讨盘本[⑤]好么?"马生答曰："不惊只是汗淋。"紫云曰："我作翰林没人见，汝作洗马人皆见之。"盖马生嘲以"翰林"音同汗淋。马生姓马，回嘲以跌落粪坑，谓之洗马。又一个笑曰："洗马、翰林皆清贵之官，将来我们都要去打抽丰[⑥]。惟不知鬼答去彭泽扒银怎说?"紫云

---

① 地头：当地的。

② 柱珠：柱础。垫在木柱下的石头基座。

③ 定定：一动不动地。

④ 不惊：不害怕。

⑤ 与汝讨盘本：帮你捞回本。意思是为你报仇。

⑥ 打抽丰：凭着某种权势关系收受利益。

曰："汝们还不知骂人说谎皆曰'说鬼话'。可知鬼说的话皆无实据。我诸事都会，惟八股时艺学死不能像。文章不能，翰林从何而来？故踢骂之。"众笑曰："文章作不通，鬼都揶揄，难怪人不窃笑之。"

自此紫云夜夜都去墙外出恭，大头鬼不见何处去了。诸生在书房夜读，至二更便去睡。此时因先生不在，夜皆打骨牌马吊，都至三四更。

那夜将散去睡，一生开门出小解。瞥见大殿灯光摇动不歇，异之，进说。紫云同众至大殿内，仰首只见一大手臂，由正门顶门楣上露孔处伸入，巴掌抓着琉璃上绳索，扯来拔去，摇动不定。紫云笑曰："好大手臂。"众皆惊走回书房，惟紫云一人立着想："手臂此大①，人必高至殿脊背。"遂不动声色去睡。

至次夜，紫云预作一纸筒有碗大，缚于竹竿，将煤②烧现成。至半夜，殿上灯光又动不定，叫众生同去看。胆小的不敢去，惟二三个胆略大随去遥望。紫云看真真③，将纸筒点起火，举手竹竿向手脉④烧之，其手臂即鸠⑤出。紫云开门出，遂不见形迹。

次日各处查看，见头门执琵琶之金刚，右手脉间黑一块。细视之乃被火煤烧印的痕迹，还有沾纸煤灰，始知作怪即此金刚。仰首笑谓曰："魔老大，莫怪我造次伤汝，是汝不安本位，摆弄佛灯。我只道别处野鬼，还不知是汝，从今不可再如是。如再来摆弄，再烧莫怪。"至次夜以不敢再来，侦之又来扯摇灯光，紫云又欲烧之。正举竹竿，手即缩回。须臾又伸入来弄，又烧不着。至第三夜，连手都不见，惟见灯光摇摆不休，无奈其何。

紫云忿怒，欲挑粪来泼四金刚。乡人同和尚皆说不可，紫云曰："金刚乃佛家之奴，有敢在家主面前摆摇灯光。明是奴仆欺主，以王法应凌迟处死。今不毁像，只泼粪秽其体，不能再为妖祟，怎的不可？"众乡人同和尚被此正论，无以再言。众学友曰："且慢！不教而杀谓之虐。可请出乩来，即在四金刚面前降乩，因何故来弄佛灯？待说出缘故，再来理论。"众乡人答有理。诸生遂捧出乩盘并乩笔，排于执琵琶金刚面前，令不识字之孩童挟两銮⑥。烧符毕，紫云写一张问词，念而化之：

金刚原是佛家奴，敢在主前戏弄乎？

---

① 此大：这么大。

② 煤：指引火之火种。

③ 看真真：看准了。

④ 手脉：手腕。脉：中医按脉处。

⑤ 鸠：缩。本字"勼"。

⑥ 挟两銮：扶着乩笔。

问汝弟兄四戆汉，是何情理再来判。

乩笔不动，令推扯亦不动，如铁钉钉住不能起，众皆异之。紫云笑曰："自知理短，无言可辩，故不敢动。"诸生曰："莫是自己不便说出，去问别神便知。"紫云曰："何神可问？"诸生曰："伽蓝土地，乃此处之地主①，凡事怎瞒得他？"将乩盘移去土地面前，又念咒烧符。紫云又写问词念而烧之：

金刚原是佛家奴，敢在主前戏弄乎？

来问伽蓝并土地，须言明白莫糊涂。

乩笔便动，书曰：

妖蛇鬼怪复将出，发动神光使仍伏。

佛祖慈悲不广施，举煤早填狐貂腹。

众人看土地答此语，皆惊甚，以紫云必惊恐认罪。谁知紫云不惧，犹骂曰："投神投着判，问正问于邪。似此袒护，代之捏饰，谁听之？"又写一驳词念焚之：

佛法收妖岂费神，只须一指化微尘。

花狐貂可吞邪鬼，何至摇灯乱本真？

乩笔又书答曰：

菩萨慈悲物不伤，摇光邪怪自潜藏。

金刚奉命来供事，妄指为非粪自尝。

众人见土地答此语，又大惊。紫云又骂曰："粪我未尝，今先要泼汝。"又写一词：

翻漾佛光乱法华，断为悖逆本无差。

代之捏饰粪先泼，肚龍无胶一洞蛇②。

乩笔停半响不动，动亦不成字。良久，又书云：

三教传来各一师，一师自有一施为，

君来寄寓能多久？得罪东家亦算痴。

众看此答，皆笑曰："土地翁来与汝两边解和，今可和息，不必再问。"诸学友亦笑曰："果是痴客，得罪东家。"将乩盘收起。紫云即笑曰："只如是煞开？"众乡邻同笑曰："土地翁乃地主，出来解和，怎有不煞之理？"共笑而散。

众学友谓紫云曰："胆真大，有敢得罪把头门之大神，本处之地主。出入要仔细。"紫云答曰："莫须有，心正不怕邪。以正理责之，他怎的不屈服？"众

---

① 地主：土地神。

② 肚龍无胶一窝蛇：喻指双方本是一伙。肚龍：一种黄绿色的小蜥蜴。胶：脚，本字"骹"。

曰："佛还不正?"答曰："释迦佛生在西方天竺国，年代已隔三四千年，路隔一万八千里。即天竺现已无佛，南方哪里还有？分明皆有名无实，各寺院不过有野鬼投符。此间来弄灯，乃野鬼，非正金刚也。惟土地本处之地头神，能写答应。但为人端正，怕什么邪鬼？盖鬼正邪人怕，人正邪鬼怕。"又问曰："此等说，惟汝端正，鬼便怕汝。且看今夜之灯光还动否?"紫云曰："那野鬼还敢再来卖弄?"众至夜侦至四更，果无有。再侦四五夜，皆不动。众遂共信鬼怕正人，遂服紫云之胆量矣。

正是：天怜善者不怜恶，鬼怕端人不怕邪。后事如何，下文分说。

第三八一回　芝涧殿神像遭毁除　白露桥石板成精恒

却说许经被假鬼惊病，有匝月方愈。来书馆，闻寺中又有大头鬼、长臂精，更惊。即叫人来，先将书馆搬移别处，再来上学。一时租无[①]，惟开元寺前芝涧殿旁，有一所房舍多间，堪作书馆。遂租来，搬入即上学。先生未居数日，谁知芝涧乃五帝庙，值送香出海[②]之时，日夜大锣大鼓，音响不休。先生曰："又租不是地场。[③] 内是何神？混称五帝，妆神扮鬼，煽惑愚民。"先生又避回去，只剩众学友。原来所租之房舍，乃庙祝建来租人，各有门户相通。请相出海，[④] 尚有数日。紫云侦至四更，大殿无人，将五木身神像以草索绑缚住，各面颊朱书"遣犯"二字，又写一张大牌票，内写"本是蛙、鱼、鸟、蚌、猴，安敢混称为五帝？若还不押出丰都，煽惑愚民无底止"，贴于壁上。

次早，庙祝一见，报知乡人。众人皆恐得罪神明，疑是坐书房之人所为，遂将书桌及家私尽行丢出，驱逐不许再入。众生徒走报于先生得知。先生问："缚神题票是汝们所为么？"紫云答："诸学生亦都回家，无一人在书房，有人来报方知。去看椅桌已丢破，书籍散满街。若不告官，读书人不值半文钱。"先生曰："告容易，无人作抱告[⑤]。"紫云曰："抱告不是侄儿还有谁？"先生遂写一张禀"奉邪惑众，凌辱斯文"之呈。紫云拿去府、县、州衙门投递。两院即委员限三日内尽将城内外五帝焚毁，一面饬差拿凶人，研究枷责。于是各庵涧之五帝神尽皆焚毁。惟水涧开酒库王姓之总理早得信，先将五木像存起[⑥]。

那时值中秋，紫云在东门外支家饮酒。半夜回来，行至白露桥，至桥面见

① 一时租无：一时租不到。

② 送香出海：福州传统习俗中驱瘟魔的大型社会活动。象征性地将"五帝"搜捕来的疫鬼及"水菜"（食物）装在特制的纸船上，半夜时分放入江中任其漂流出海，或用火焚化。

③ 又租不是地场：又租得不是地方。又租错了地方。

④ 请相出海：抬出"五帝"神像巡游，象征捉拿瘟鬼送出海。

⑤ 抱告：投呈告状之人。

⑥ 存起：藏起来。

居中每磡石板无去[1]一块，自桥头接连至桥尾露孔见水，异之。因思：若是崩塌，不过只一磡数块，怎至桥尾照居中一行[2]俱塌，若由两边都行得过？理不可解，站住思有许久。见有十数个大汉，穿白衣从田塍行至。问紫云曰："怎的不去？立住看什么？"紫云曰："看此桥上石板何去？"大汉答曰："中秋夜景，人都去游玩取乐，他亦邀同伴去游游，有何不可？两边亦行得过，闲查他作甚？"

紫云看其形状异样，答言蹊跷，非怪即妖，即问曰："汝何处游玩而来？"又答："我们因美景，欲去寻讨[3]有趣之人，各处访匝，都是驴头马嘴之人，无可与言，才回来。看汝潇洒之丰韵，天还未亮，无人走过，可领教得一二，欲求演戏。"紫云曰："颇晓得些须，请汝几位演来看看。"大汉曰："我乃地主，怎敢占先？"紫云曰："我先演过小技，来抛砖引玉，莫笑，莫笑。"言讫，以手摄鼻作鸟鸣之声，逼肖。又作杜鹃、孔雀、老鸦各鸟声无不似真。各大汉侧耳而听，皆称绝妙。众曰："无意之间，遇此妙人。今我们亦来演小技，还敬贵客。明夜须早些来，把兄弟一起邀来，演大的戏法可也。"言罢，有一个大汉蹲于桥上，那一个便登于蹲地大汉肩上，又一个又登于第二个肩上，共有二十个，一起共登肩上，共立起，重迭有四五丈，高入云表，如一条石柱直立。忽一声响，一起倒于桥上，直铺中间露孔之处，把桥铺密如故，便寂而无声。紫云上桥巡看，笑曰："原来石板亦会成精变人作怪，难怪古寺旧厕不出野鬼也。"须臾天明，顺便至各乡墩，说知石板变人形情形。

谁知早有人夜行至白露桥，石板缺去不敢走过。次日来看，又如故，疑自己眼花。第二夜又至其处，石板又无去，遂认真[4]，次早又如故。远近闻知皆异之。今闻紫云来说，方知石板亦能成精脱离。若不早治，将来必害行人之性命。紫云教以犬血泼之。自泼犬血之后，则不能脱离原处，自此怪绝。

正是：年深凡物皆成怪，胆大遇妖总不惊。且看下文，如何分说。

---

① 无去：少了，丢失了。

② 照居中一行：（从桥头到桥尾）桥面中央的一行（石板）。

③ 寻讨：寻访。

④ 认真：认记清楚。

第三八二回　假死人卧棺试大胆　访妖迹登楼谈天文

却说许紫云一夜同卜姓之友在邻墩①姓丁之家饮酒至半夜。言谈之间，丁的②说："今日见后山有一薄棺，盖犹含缝无钉③，尸都看得见，谁家任仵作扛丢上山不埋便去？有人说，乃是邻墩住破庙之王六，乡间鸠钱与仵作收埋，那仵作不埋，丢下便去。明日去与他说，叫他来埋。"紫云曰："待汝叫得仵作来埋时，不被野兽拖去，亦被野犬拖掰④。务要今夜去盖好，以大石块压重，方不至兽拖犬咬。"丁的曰："这时候谁人敢去？无虎出来亦有鬼，自己命先惊毛去⑤。"卜的说："胆许小⑥，有敢与我来打赌输，我就去行为。"丁的曰："汝有敢去抱大石压盖停妥，仍来此饮酒，至天明同去看。果如是，我席办一桌⑦与汝食。如是原样，汝席办与我食。不许持灯，要摸黑去。"紫云曰："就无火怕什么？只口说无凭。"丁的曰："我今先交一块番银⑧为定。"卜的说："好。"即接银而去。

紫云曰："汝不跟去远看，怎知他有持灯否？有叫人作伴否？"丁的答："是。汝在此看守勿过位⑨。"丁的嘱讫而去。因伸手不见掌，便在外密叫二个相好之邻人，说明前情，约有酒请他，作伴同去。

放棺处有一里远，那卜的先行上山，摸至放棺所在，便开声叫曰："王六，我是卜某。特来与汝棺盖密，压石头，保全汝尸首，作鬼须保庇我。"话未完，棺中尸便开盖爬起，双手把卜的抱住，拖入棺内。因棺小不能入，同滚落在地。

---

① 邻墩：邻村。

② 丁的：姓丁的。

③ 盖犹含缝无钉：棺盖还没有钉上，露着缝。

④ 掰：掰，撕扯。

⑤ 命先惊毛去：先惊死。毛：无，没有。

⑥ 许小：那么小。许：远指代词，那么。

⑦ 席办一桌：办一桌酒席。

⑧ 番银：银元。

⑨ 过位：离开。

卜的喊救连天，丁的同二个邻人在后闻喊，以为被狼咬，赶紧跑回。叫多人明火执械，赶至棺旁。见一尸在地，二活人在棺旁对抱。卜的口喊至声哑，见多人明火至，便叫曰："好意来与盖密压石，尸爬起抱我不放！"众举火一照，认是紫云，讶而笑曰："原来是活人。"卜的擗开，喘息爬起，紫云亦放手齐起。

卜的见是紫云，骂曰："汝在丁家未来，如何先至？卧于棺内，作鬼惊我。幸我胆大，若别人被汝惊死。"紫云曰："胆大不该叫喊。"丁的亦惊问："老卜先去，汝如何反在他先，做鬼吓他？"紫云笑曰："我俟汝二人赌输后，汝去看老卜，我即由后门，由后路先去将尸抱出，卧于棺内。那老卜至，即胆寒。开声来助胆，说我替汝盖密压石，保全汝尸首，汝作鬼须保庇我。我在棺内抱老卜，老卜便喊救，我知老丁在后，闻喊必明火，叫多人齐来，故将他抱不放，俟汝各人来看，哪个胆大。"众闻此，方知其先去，作鬼吓老卜之情由，皆伸舌摇头说："此胆果大！有敢把死尸抱出，自己卧于棺内，都不怕尸之臭气沾染。自古只有汝一人，再寻无矣。今这尸叫谁人来抱入棺？"紫云曰："我抱出仍我抱还，明日挑灰来与之掩埋。"

紫云又将尸抱入棺内，上盖把大石压住。众曰："赌输一块银，作何分发？"紫云曰："老卜收不得，老丁亦收不得。明日可买三牲，来烧土地纸并祭此亡人，汝们都要来食酒。"众答："有理。"次日，紫云买灰雇人掩埋。丁的备三牲酒肴致祭，邀众同食。于是紫云之胆大，无处不知矣。

盖许家宋时，父子兄弟三状元，状元坊在城内，状元墓在城外。许家一族，住在东山甚旺，屋宇毗连，后渐零落，也有卖于外姓。中有一座坐山之大楼，屋出鬼怪，远近皆知，无人敢买。自家被鬼怪作吵难受，早已搬空，闲旷有数十年。有人问紫云曰："汝胆大，现在坐山之楼屋出鬼无人住，汝有敢去与他会会么？"原住之叔亦告之曰："此鬼怪甚奇异，并非鬼形状。如人家之老少男女，亦皆听见说话，如人谈事，上楼去看则没。若带多人上楼吵闹，则变出恶鬼来摄人，其鬼反多，故不敢惹他。"紫云曰："什么鬼？只如此，要收降之何难？"遂同诸伯叔上楼去看。

其楼在后，三进相连，中间倍高，望得四面八方。惟后楼跨山，见甚清洁，问："有时常来此打扫么？"众答："谁敢在此打扫？"紫云看明白了，至夜独一人上楼去撞。侦三夜无动静，以是妄言。侦至第四夜，至半梯便闻楼上有人行动之声。蹑足登楼，暗中仰首，只见楼中结彩燃灯，铺设华美，排一筵席。一老翁一老妇正坐，一少男一幼女坐于两旁，两个童儿行酒进肴。忖其情形不恶，可以礼服，即放步登楼，笑谓曰："贵寓有甚喜事？拜贺来迟，勿罪。"

席中人皆起立，老翁讶曰："今日乃小老贱辰家宴。君是何人？"紫云曰：

“缘何不认得？屋主监生许紫云也。不知老丈今日千秋华诞，日间未来拜祝，今日补拜亦可。”向之施礼，老翁回礼曰：“山野老昧，有敢劳贵客重礼？”又令二男女谢了礼。又曰：“原来屋主许相公，久仰名望，未曾拜谒。今夜光降，不胜荣幸。不及另设酒醴，祈勿弃嫌残席，就此略敬三杯。”紫云曰：“一到怎敢搅扰盛筵？”翁曰：“屋主乃一家[①]，说什么多谢。小老占住华屋，十年未酬毫末，感谢之至。”即呼童添杯箸，拖紫云正坐。老妇带少女将避，紫云曰：“既是一家人，何须退避？”翁曰，“可。诸老及少，不必避嫌，全坐听贵人高谈无妨。”

紫云以屋主不应正坐，彼此让有许久，紫云乃坐，二老二幼旁坐，童儿斟上酒。同饮了数杯，紫云见老翁鹤发童颜，有些仙骨。妇额有微须，有些怪异。男丑而不秀，有些憨状。二童猴嘴凸唇，是怪无疑。惟女绝色无双，随问姓名、籍贯。翁曰：“小老姓张，名遐龄。山妻杨氏，小儿名天喜，小女名月姑，世居山洞。因敝洞幽寂，借君楼屋为别业，以畅幽怀。”紫云问：“贵洞在何处？”答曰：“敝洞在后山，倒也宽敞，惟周围岩石遮蔽，无日光。看贵楼高峻，能观四方八面，故不告而擅据，乞恕愆尤。”

紫云曰：“敝楼有甚风景可观？”老翁答曰：“慢说无风景，那夜夜之星辰灿烂，尽是文章。惟不知名号，只看花花碌碌[②]。若有人点出，得识些须更好。”紫云曰：“要知周天星宿、方向、名讳，某虽不才，略知一二，指说便知。”老翁喜曰：“原来先生知周天之星辰，乞来请教，以遂平生之愿。”

紫云遂带老翁、老妇同男女等同至楼槛，指北向曰：“此乃紫微垣，为天帝之都城。此乃帝座居其所，而众星拱之。”又指东南方曰：“此乃太微垣，为天帝之宫。南曰天市，天帝之都市。北曰斗，乃为天之喉舌，柄指四时之方向。极北乃天枢纽，众星皆动，惟此星不动。河东三星乃牵牛，河西三星乃织女。时乃秋初。”又由西指东曰：“此乃角、亢、氐、房、心、尾、箕也，其下则斗、牛、女、虚、危、室、壁也，其西则奎、娄、胃、卯、毕、嘴、参，其下则井、鬼、柳、星、张、翼、轸也，乃二十八宿分野，各有所属。今初更看不明白，更有一半在地下未上，但贵姓正属天上星宿。”翁问：“何星？”答曰：“属北方张月鹿[③]之大分野，故兽中惟鹿寿最长，千岁色白，尊名遐龄不错。”

翁听其指说各星，又闻此说，更喜不胜。谓曰：“今夜得先生指教周天星宿，顿开愚人胸中茅塞。欲留先生在此为小老师傅，兼教小儿女读书。如肯屈

① 屋主乃一家：房主就是自家人。

② 花花碌碌：杂乱散漫。

③ 张月鹿：星宿名。

驾，束脩外还要纳屋租。”紫云暗思：此老虽是精怪，有此等尚礼义，好文理，亦堪亲近。即答曰：“若不嫌才疏学浅，敢不遵命。不知书斋设于贵洞府，或即在此楼?”翁曰：“夜间尚未醉饱，待再食醉饱，天明同至敝洞，与先生择选何处可设。”遂令童儿重整杯盘，同坐又食起矣。

正是：胆大逢妖皆不怯，才高到处尽相宜。且看下文，后事如何分说。

第三八三回　背正道天雷击鹿精　毁洞府紫云偕佳偶

却说许紫云在楼上同张翁洗盏更酌，须臾饮至天明。老翁带紫云至楼后，便是大山。由山峡缝七弯八曲塞入内。忽见亭台花木参差，回廊曲径，石桥青嶂，遍是榴花。风日晴和，气爽神清，似采药入天台，避秦之桃源洞。紫云讶曰："既有极佳所在，怎不好，还借敝楼为别业？"翁曰："观下如仙之洞，看上如井之蛙。"紫云曰："日月常临，天何小之有？只是厌旧喜新。如弟选择书斋，即设在此，何等雅致！外楼万不及此。"翁曰："先生爱此幽情，外楼仍留为玩景之别业，夜游可也。"紫云曰："怪道[1]君好夜游，可慢慢再指明天星。"翁喜甚。紫云曰："容弟回去告明家中再来么？"翁曰："应当回告，先带束脩二十两作安家，再带五十两，薄为房租。"紫云曰："屋租带回缴上叔伯可以，束脩不敢收。"遂告辞回家。

诸伯叔兄弟查问，紫云将所遇之情节告知，送还屋租曰："今知其来历善而不恶，可不必去吵之。"伯叔曰："有银来租，哪有去吵之理？"众又问："洞中是何景界？"紫云将洞中之景致细说一遍，一老年闻之，曰："可不是榴花洞耶？"紫云被一拨觉，答曰："真是榴花洞不差，原来就是我祖屋后。"众又曰："榴花乃仙洞，是仙非妖，可放心教读。"众笑曰："唐末之周启文入则得佳人。汝此回入必得美人。"紫云笑曰："未可定。"诸兄弟又问："可带我们去看看好么？"紫云答："他说切不可带别人同来，来即不能入。"其伯曰："无缘怎得入？不可造次。"

紫云重又上楼，早有二童等候。升入洞内，择榴花亭为书斋，开数单[2]与童儿买纸、笔、书卷等件。次日即上学，教一男一女，供膳尽丰美，寒暑衣服皆切备。谁知天喜极愚蠢，《三字经》一日教三行不能识。女月姑极聪明，未月余便读至上下论，紫云爱惜之。那夜在花亭对酌，问曰："贤东可记得前唐代宗

---

① 怪道：难怪。

② 数单：账目清单。

永泰年间蓝超么?”翁愕然答曰：“此等久远之事，先生怎知?”紫云笑曰：“不知有敢[①]称读书之人?”翁亦笑曰：“先生既晓得前古人入洞故事，可知此洞何名?”紫云曰：“贵洞名榴花，可是么?”翁曰：“果然秀才不出门，能知天下事。不错。彼时洞主翁乃弟之师。”

紫云又问曰：“樵子蓝超令师特赠以榴花。才女吴青娘至时，洞门就开，怎的无人?”翁答曰：“蓝超乃村老之辈，敝师应该款待。青娘乃闺女，故不近前，听之避贼，又连救同难之男。”紫云又问曰：“门是常开的么?”答曰：“彼时门常闭，周、吴二人乃无意遇开而入。若有人特来寻访之，万古亦寻不出。门只在路旁，彼时人迹罕至，地原荒僻，并无人居。后来，人居周匝，门遂不开。敝师升天后，将洞交与弟掌管。奈弟好动，遂于岩边开后路小径出入游玩。未几后路门口被贵家围墙建楼，仍无路可行，不得不借贵楼为洞外别业。险蔽杀怀中鹞。”

紫云问此句之故典，翁曰：“此句乃佳人才子说方知。”紫云又问：“听哪个佳人才子说的?”时翁已醉，便不隐，说：“实不相瞒，当时周、吴之美男女二人在此洞中，同起倒[②]十日夜。弟慕其美，瞒师隐形，在暗处侦之有无暧昧情事。因他盗有贼酒，常常对酌，谈论前代故事，弟在旁听，方知蔽杀怀中鹞之典故。”紫云笑而问曰：“侦至十日夜，可见有甚苟且私情么?”翁答曰：“果至诚，无一毫苟且。”紫云又笑问曰：“倘有苟且，彼时何以处之?”又笑答曰，“有风台起，便有梨拾。[③] 当即向之帮路抽丰[④]，若不从，告与师知，逐出落于贼手，二命皆休。”紫云又笑问曰：“二棵佳梨送上门，爱食即摘，何用等风台起便拾?”翁又笑答曰：“无缝怎敢钻? 一喊师知怎好?”

紫云闻此，方知翁邪而不正。因其醉出真言。又问之曰：“彼时贤东已有妻子童儿么?”答曰：“师在有敢如是? 因师升天后，方敢娶妻生子纳童。”紫云又问云：“学女月姑，是贵东亲生么?”答曰：“天喜乃亲生，月姑乃螟蛉的。”紫云又问曰：“是山洞是人家?”翁曰：“实不相瞒，乃人家，存意为天喜之妻，可以内助，开通其窍。谁知天喜尚幼，不知人道，此一时且作姐弟相称。待四五年过，为之配偶未迟。”紫云暗思：怪道有此端庄，必是人家偷拽来，不便再问其父母。又问曰：“令师只贤东一个，还有别个?”答曰：“惟弟一个。”又问曰：“引蓝樵子进洞，即是贤东么?”答曰：“是。”紫云方知翁乃鹿精。自此常谈说，

---

① 有敢：敢。

② 起倒：起居，起卧。

③ 有风台起，便有梨拾：俗语，喻有机可趁。风台：台风。

④ 帮路抽丰：凑进去揩油占便宜。

细查其来历。翁因酒醒，不十分说明。紫云又思：主人无经纪，用度从何而来？料是那二个黑白凸嘴之童，不是山魈，亦是狐狸，去人家盗拽而来。似此翁邪而不正，天岂容之。不早离，殃必累及。

那日书斋，惟紫云与学女，其天喜与其父母在庭前摘花。天未见有片云，忽起霹雳，月姑惊惧，急投紫云怀中。那霹雳连起三声迅雷，翁即现为鹿，妇变为羊，天喜变为麂，二仆变为黑猴、白兔，皆被雷击死。月姑已惊得半死，即刻雷声又起，电光如火，外边屋舍尽焚。紫云惊曰："不走同烧死。"月姑指后路无火可走。紫云即带月姑，退出后门到楼上，看不见火，只闻雷震山崩之声。遂带月姑下楼至家中。伯叔问之，紫云将洞中雷震死五个，现出原形告之。

诸伯叔曰："数千年之仙洞，怎至雷毁？"紫云又将精之因由说知。众曰："前乃仙翁正道，此乃鹿精，邪而不正，以致天不容之。"问女之来由，女泣说："乃罗源黄某之女，十四岁，在后园看花，被猴、兔迷拽进洞，不敢走出。欲配他子为妻，其子尚幼。前见先生，要将始末说知，因二老常在左右，不敢言出。今天从人愿，跟先生走出，得遂还乡，重逢父母，奴之万幸也。"众甚怜惜之，问曰："明日先生送汝回罗源，重会父母，什么报答先生？"女含泪曰："再造之德，无以为报。惟求双亲送来为婢，服侍先生，略报于万一。"众知其心意有在，即邀入内室，与姆婶①梳头拂尘。

至次日，同众人去楼后查看。讵料许大之洞，被四向之悬岩欹嶂坠塞满满，被雷震死五怪尸，一并堆埋在内，只余路口一谷，深广约丈余，天日不见，只遗一废洞矣。共议此楼归还原主。

紫云送女至罗源，照姓名问至黄家，其父母见人送女归大喜。问知情由，方知被妖拽去榴花洞，便感紫云不胜感德。原来罗源有山羊精能变妇人，以黑猴、白兔为妖奴，盗拽人家财物，处处皆知。此日紫云说及，又始知财物共拽榴花洞去用度。于是黄家即以女配与紫云为室，备办妆奁，送至东山，与紫云成佳偶矣。

正是：出去访妖得佳妇，回来代父作冰人。后事如何，下文分说。

---

① 姆婶：妯娌。

第三八四回　巧会意臭秽医奇病　应预谶彭泽作县官

却说东山许紫云潇洒，交朋结友，日日有友谈叙。那日友人问曰："君号为万宝全书，必九流三教无所不通?"紫云答曰："惟一流不通，敢称全书?"又问："何流不通?"答曰："乃举子流不通，文章不会作，故无意功名。"友又问曰："二流乃医，君亦能医么?"答曰："医怎不能，有甚奇处。如有奇症，待我去医才奇。"

友曰："现在耿王一王孙，才十七八岁，无别病，只昏昏迷迷，不言不语，如醉如痴，经无数医官调治，并无见效。将及两个月余，食渐减，将倒床。耿王忧甚，亲令堂官寻访儒医。君如能医，可知此系何症，下何药方能见效?"紫云曰："此乃痰迷心窍之症，必须化痰开窍。"友笑曰："哪个医生不作痰迷心窍治之，君说迟了。"紫云曰："此痰药攻不下，只可单方化之，必应手而愈。"友问："何单方?"紫云曰："见症下药方准。"友曰："王府内人，须当小心。因君素著奇异，明日同君去王府见堂官带入，君可酌量。如可医，则医之；如不可医，须托故告辞。"紫云曰："是。"

次日，友人同至王府见堂官说明，堂官即带至内宅。见王孙之形状似痰迷，察其动静，又非痰病，异甚。看了症，抬头见门额写"四香"二字，其房香气如云，金炉香烟绕舍，乃问："此'四香'二字谁人取的?"内侍答："乃王孙爷自取的。因床乃檀香，被乃香末与丝棉夹拌，褥内亦有香末，帐亦贮麝香，故名为'四香'。"紫云曰："孙爷夜卧此床么?"内侍答："是此床。"紫云恍然大悟，即曰："此症非内病，乃心窍被香气所蔽，故任甚药服之无效。今有一法须用臭秽之气，冲入其脾，香气退避，人自清醒。须禀明王爷，方敢行为。"内侍曰："用什么臭秽?待咱家进去禀明。"紫云曰："可将王孙抬去别所，安卧床板，下用粪桶贮屎，放于床下。将床板拨开一块，其臭气自冲上，人必清醒。"

内侍即进内禀王，说此情由。王许之，内侍出来说讫，即将王孙带去别房，如言行为。过一日一夜，人渐见清醒。紫云被留住王府，俟至三日，王孙心窍大开。照例发赏银一百两，紫云带回，分五十两与引荐之友，其友不肯受。诸

友问曰："怎不肯受？有福同享，有祸同当。惟服他果有奇能。若不清醒，即把医官拿去灌屎，有敢令王孙去嗅粪桶，还要拿引荐之人亦灌屎么？"众共大笑。众又曰："今且起出加二[1]与众友。"紫云问："何故？"众曰："汝二人拿去灌屎，我们众人亦须醉酒，与汝二人洗屎也。"紫云又笑曰："说得有理，应起加二，与众友作欢喜[2]食酒之需。"于是日夜欢饮不休。

是年乃乡试科举之岁，已届入闱之期。往回因诸伯叔迫其不得已进场，所作之文皆不通。紫云此番存意[3]避去相好之友家，过三场回家，假作进场了。谁知此番妻父并大小舅[4]挑盛礼作润笔，俱拥来送场，走不脱。至点名时，钻入人缝，诸人以为点名入场，俱退回。那知紫云走出，望南而去。

贡院走至仙塔街，因屎急寻不见厕所，转弯进巷，入崩墙内蹲地出恭。完后立着想去何处躲避，忽被巡逻之兵看见，问："何人敢擅入此？"紫云曰："此何地场？"兵曰："此乃王府小花园，还不知么？"紫云曰："我乃进场之秀才，因走错路误入，并非匪类。"巡兵看其穿戴，信是士子，答曰："慢道秀才，即举人暮时入此，亦要拿问。且送与巡捕官发落。"遂将紫云送至巡捕厅。谁知巡捕去别处饮酒，不在衙内。各人不敢擅放，只押住。待巡捕回时，天已将明。巡捕官又赶入内伺候各官上朝，至辰后方回。巡兵报知，巡捕即讯看印卷，乃真士子，入报耿王知之。王问："是真否？"巡捕答："是真。"问："什么时候？"答："昨夜三更。"骂曰："今日这时候来报，岂不误人三年一度？"查是许紫云，记得前医王孙之医生，即令巡捕持名帖，送许紫云入场补考。

许紫云前要躲避，今反被送入场内，只得乱写。头场谅必被刷，那知并无刷出，又入二场、三场，亦不知文章说什么，约略写满卷就是。至发榜，竟中十五名举人，自想自好笑，料是王之名帖通神。至簪花日，即具手本到王府叩谢。太监看乃许紫云之名，即入殿禀王。王喜曰："可带入见孤。"紫云入见，拜谢。王曰："孤若不送去补考，几误却功名。"遂赏彩旗，太监又带去见王孙。王孙喜甚，嘱明年会试来带书信上京。紫云拜谢而回。

盖紫云以王帖送入，监临以非王亲，亦大有来历，主、副考亦知。见其文不通，命帘官改过，亦耿王威权所致。故主、副考与监临房考恐若不中，得罪于王。若中文章又不合适，故上下作成之。未几紫云又去王府禀辞，去京会试，王孙交荐书带去，分投诸亲王并六部衙门。紫云领了进京，思有此大荐书，我

① 起出加二：提取出二成。加二：二成。

② 作欢喜：花钱让大家一起开心。

③ 存意：打定主意。

④ 妻父并大小舅：岳父和内兄、内弟。

再有稍好文章，包中状元。到京投递了各荐书。入闱又乱写，遂中二甲第八名进士。此科进士，特恩皆入翰林。吏部知紫云不通，分发江西九江府彭泽县。作一任知县，扒银数万，因闻耿王将谋反，赶紧告疾还乡。以前开元寺大头鬼所言“翰林好大胆，去彭泽扒银”之预谶，至此皆应矣。

正是：富贵虽从谶里得，功名还是胆中来。且看下文，如何分说。

第三八五回　命安排弟兄双失子 缘巧凑男女两遇奸

再说许紫云侥幸中两榜入翰林，全藉耿王之荐书名帖，又出为彭泽知县，银得十余万回来，同妻黄氏快乐。上下连生二子，长名汉汝，次名嘉仁，余皆女。汉汝至七岁过继与亲堂兄为嗣。其堂兄名祥云，亦住东山。因乡内火灾辄见，陆续各迁别处。祥云迁居横屿，紫云迁居城内怀德坊。登云、青云迁于山兜尾[①]。二兄弟胆小，不敢作知县，愿作教官。只作十余年，俱告疾归林。因闲住，被乡亲请去为子弟师。青云在侯官县前吴姓乡绅家教读。

再说紫云子嘉仁，自十三岁随在学堂读书，早、午皆回家食饭。是年十五岁。二月间，那日家中食午饭去斋[②]，至晚无回。连寻数日无踪，贴赏榜亦无信息。查其母房中，无去[③]金珠等物，嘉仁自己书箱存有数十包五色丝线，知是被人诱拐。紫云笑曰："因悯堂兄乏嗣，自愿长子与之承继，致自己绝嗣。不知天道无知，伯道无儿耶?"或曰："过继可讨回。"紫云曰："宁次房绝嗣，不可长房无子。既继与，哪有反悔讨回。财、子、寿命排定，安能求得。"于是紫云看破，乐善好施，济急扶危，不以银钱为重。祥云妻林氏又生一女。得汉汝为嗣，现年十六岁了，品貌超群，早聘有室未娶。其女出嫁在南台南禅山边支家。其汉汝甚聪明能文，祥云爱之，常带在身旁，不离左右。其女有翁姑、小姑，婿为杉木行牙侬[④]，家道颇丰。惟亲家支翁甚悭吝不堪，妻甚老实。婿妹名天仙，年十六岁，才貌双全。祥云常带汉汝去婿家，天仙得见其品貌，便爱慕之。汉汝看天仙，亦心爱之，彼此对觑不避。

时值季春，汉汝在横屿家中，闻父欲去南台看迎浦奶[⑤]，赶觅一粒骰子，将骰子心中镶入一粒红豆子（即相思豆）。写二句诗于纸，总包封固，存在身

---

① 于山兜尾：于山的山脚下。于山即九仙山。

② 去斋：上学，去学堂。

③ 无去：丢失了。

④ 牙侬：牙人，商务中介。

⑤ 迎浦奶：民俗迎神活动。浦奶：临水夫人陈靖姑的别称之一。

边，随其父又去支家。那天仙闻汉汝来到，无心作针黹，侦母不在，两亲家正在下棋，行到后厅门口。汉汝亦留心侦她，见她立于门口，即移步将身上纸包付与天仙。正接过手，闻父呼唤："汉汝去哪里？"汉汝即应："在此。"

天仙进房开看之，乃是骰镶相思豆子，纸上写二句诗云："玲珑骰子镶红豆，透骨相思君识无。"天仙看了，不尽意感神迷，即去搜寻二粒莲子、一粒银杏。莲子只用二心，并一粒杏，纸封亦写二句，包好掷于汉汝身旁。汉汝拾看，乃一对莲心、一粒杏，诗云："既合二心犹有幸，墙高难禁昆仑奴。"

汉汝看了暗思：古来昆仑奴盗出红绡女，汾阳府墙高如城垣，都能盗去；此小屋墙哪比王府不能出，盗之何难？只是我父守住，半步不离，怎处？即有昆仑奴盗出，依然风马牛不相及。只得将二物存于身上，俟棋下完，随去看浦奶，次日回家。

不觉春去夏来，闻婿家宰猪，祥云又带子去食猪肉。支翁本悭吝，以祥云不数日便来一次，犹带子同来，饭菜被食多少。此回宰猪，怎知又带子同来食肉。今偏不与食。恐子媳捧出，将肉以盐腌存于柜内，三顿只菜头[①]。祥云便不回去，待有肉食才去。次日下雨，支翁以有雨不能去，至晴必去。雨下二三日遂晴，祥云仍不去。支翁故意作一个草人，以菜头作身，菜叶作衣，放于对面神庙檐下。便叫祥云出门口，指之曰："亲家，汝看那檐下是不是人？"祥云看："怎的不是人？"支翁曰："若是人，前数日坐定，不去可矣。今既晴了多日，犹赖不去，可见其不是人。"祥云知其意，又望一会，答曰："真不是人，若是人，便有肉出现。连看四五日，总是菜头与青菜，并不见一块肉，不是人至极。想必是等菜头变肉，才肯去。"支翁曰："菜头到底是菜头，想变肉，万难万难！"祥云正欲答，忽下大雨，祥云笑曰："今菜头被雨一洗，必现出肉。"支翁亦笑曰："若再不去，被雨再洗，连菜头都烂尽，还想有肉？"

谁知又下七八日大雨，溪水冲涨上屋。支家有一楼，男女俱上楼，惟祥云不便在一处，仍在楼下桌上坐。因水越大，支翁同子雇船，先将箱笼同祥云运去上杭街亲戚家陈姓后山花亭内安顿。支翁上船同去。

船撑许远，有邻人康奴号作西北风，撑船赶来，叫曰："支二叔！东西运去何处安寄？家中还有别物，待我去运。"康奴船即赶至，人跳过船。支翁曰："运去寄上杭街陈家。箱笼都下来了，家中只有人及碎物。不要汝运，我回船去自运。"康奴以支翁在说话，把手中生烟筒接来自食。因说不与运，答曰："不用我运，我回去自运家中东西。"便跳回船撑去。支翁觉烟筒未拿回，急叫西北

---

①　菜头：萝卜。

风："把我烟筒怎的拿去？"康奴笑答曰："忘记送还。船已离远，今回去交与二婶。"船便撑去。

至支家门口，喊曰："支二嫂！大嫂！快走！水势来凶，顷刻上楼，支二叔叫我撑船来运，天仙妹同许家亲家舅先去上杭街陈家寄住。二叔同大哥赶回船来运二婶、大嫂并杂物。"林氏在楼上问曰："父子家中未曾说过汝运。"康奴答曰："是路过，临时叫我来运，亦恐家中未交代，二叔交一把烟筒为据。说若不先运二个去，二叔船小，运不得多人，水流甚急，多恐不测。"楼上婆媳闻此，便令康奴上楼，接着烟袋，遂信之。即令天仙、汉汝下船撑去。

须臾，支翁同子船回至家，闻说二子女被康奴运去，父子大惊，问："怎的与他运去？"婆媳说："先不与去，因有烟筒作凭据，话亦说得相同，故信之。"父子曰："烟筒是他借去食烟，原来局去作据，来局拐子女，今赶紧先去寻讨[①]。"父子船撑至康奴家，只见屋被水浸，空空无人。又去别处查问，无人得知。以为拐去是实，要去别处再讨，见此洪水浩渺，无奈之何。只得将婆媳运去陈家安顿，骂二妇："不等我回，被其局拐。"婆媳同泣曰："西北风常来家中相熟，话又对，又有烟筒作据，水又顷刻上楼，怎不与去？哪知是局拐？"二妇同大哭。

祥云先运在陈家，闻子被拐，便号眺大哭，随问："康奴是什么人，怎不关防？被其局去。"其婿曰："他名康奴，号为西北风。只单身，亦做媒人，逢人都熟，[②] 口甜心巧。闻说他在外作光棍，本乡无人不嫌他，任来自来自去不理。此回必是见汉汝生得清秀，举心来拐，带手将妹一齐局去他州外府去卖。今俟水退，指名告他。"祥云闻了，擅足哭曰："都是我变死[③]不堪，想食什么肉，不回去，犹害及亲家姑同拐去。今肉无食一块，子又没去一个。"头向墙乱撞，被婿拦住方止。内面林氏哭骂曰："都是老遭瘟端竭狡[④]，不是人[⑤]，肉不与亲家食，故致此祸。若肉早拿出，亲家早带子回去，何至光棍来拐。肉被水流去，女亦死去。"骂了又骂，头向壁上乱撞，媳抱住始止。支翁惟低头叹气愧恨。

至二日水退，祥云快快赶回，去县里递呈，官即访拿康奴。支家屋被水冲涨，四面破坏，碎物及木料被水流去空空。先修了屋，搬回婆媳，即进城告于闽县。闽县出票拿康奴不到，只得访捕而已。紫云闻知，叹曰："我兄怕我讨

① 寻讨：寻找。

② 逢人：所有人。

③ 变死：反常。

④ 端竭狡：太吝啬。

⑤ 不是人：骂人品行卑下。

回，故时刻带在身边。谁知命里若无了，就存于瓮内，亦会失去，怎能防得。”其友问曰：“君卦理极精，可卜兄弟之子失去，能回否？”紫云答曰：“吾已卜过，后来总在，目下若寻无用。”

祥云自此不再去婿家，只催呈添差访缉康奴。衙门使费亦去[1]许多。支家又请人去密访，并无风影[2]。一个贪口腹想食肉，一个太悭吝，肉不请亲家，致失去子女二人矣。

正是：过于吝啬方失女，太贪口腹致没儿。且看下回，如何分说。

---

① 去：耗费损失。

② 风影：踪迹。

第三八六回　许汉汝同舱消渴慕
支天仙联诗表至诚

再说，那康奴将支家一男一女局去何处出脱，访拿不着。原来康奴号西北风者，取其会钻天，人家门虽关至紧，诸物不能进，惟风由门缝吹入，故号之。

彼时城内京中来一参将，姓许名泰，乃功加世袭一等阿达番应，此次补授泉州参将。随带家眷至浙江，一子一媳上下日①暴病而死。因只一子死去无嗣，后代无以承袭世职。住北门公馆，命家人张姓，去寻买一男一女，补为儿子媳妇，以便接袭世职。要十五六岁，品貌出众，银贵不论，赶买来带去泉州上任。只可密为，不可风声。家人领命，暗令媒人去寻，不可邀来②公馆，自己上门去看，连看十余次，皆不中意。却被西北风知之，对他说："我去寻访，如有即来邀汝去看。"

适看见汉汝品貌无双，想他父乃田舍翁，哪肯卖子？且着其家人去看，如中意再用计去拐。即去公馆与家人说知，带去支家，预嘱之曰："此子乃父母偷卖，瞒着外人，只可偷看，不可明言。"嘱他讫，即带家人进内厅。二亲家下棋，汉汝立旁看。支翁问："西北风何事？"答曰："此位客要买大扛木③数十条，来问支大哥可有么？"支翁曰："不用问，前月才被宁波客尽贩去，一条亦无④，待有运至来看。"

原来西北风一进门，便指与家人看。适天仙因母去睡，亦在门口与汉汝对觑，见客来亦不即避退，仍泊⑤在门侧。二老看不见，家人看了然。西北风亦暗指于家人看之。看完，同家人坐椅上问："不知何时上府⑥会到？价若干？"言东讲西，无话三句讲⑦。支翁一面下棋，一面答应。西北风故意慢慢说完，

---

① 上下日：前后两日。

② 邀：带领。

③ 大扛木：大木料。

④ 一条亦无：一根也没有。

⑤ 泊：依附。

⑥ 上府：指闽江上游的建州、汀州等地。

⑦ 无话三句讲：没话找话说。

带人出门外，问："看饱未①？此一男一女可中意么？"家人曰："都好极，不知二个是兄妹不是？"西北风便扭捏②曰："并非兄妹，男是一下棋老头子之子，系前妻所生。女是自幼聘来为媳，未曾合房完亲。因又娶后妻，'有后母必有后父'，听妻言，欲逐去，密托我代寻有好主并卖去③。如中意讲定价银，骗二个去亲戚家玩要，不可说卖，方能成事。"

家人曰："是夫妻更好。别人买去怕拔盆④，我买去包顺意⑤。"问价若干，西北风答："一男一女要三百两，媒人钱这边出。如是先交定银，数日过，连人都带送去公馆交割。"家人还价银二百四十两，西北风一定三百两，不成花⑥。

家人自进城去，与本官回话。次日来讨康奴，说："价依汝三百两，今先交银十两，待人、契⑦去全交，媒人钱十两。只此数日，要赶去泉州到任。"西北风收了定银，共至茶店，回食了点心⑧，应承此三日外带去交割，家人遂回去。便连日大雨，西北风冒雨去公馆说："待天晴方骗得二人出来。"那日正在思计，忽然溪水冲涨上屋，局拐二人下船。心中算定，索性拐二个得银三百两，逃去外郡作生理⑨，怕什么？撑去半路，即雇一个大船，将二个带入中舱，前后门关紧。自取出银钱与船家去买酒肴果品各物。自己存躲于中舱后堵⑩，潜听二人说甚话。

原来汉汝思慕天仙，恨不得亲近，忽同下康奴船中，便暗喜。天仙亦看见同在一处亦喜，惟碍康奴在面前，未得谈叙。今又同在一堵，前后无人，两自含羞对面盘坐许久。康奴由后舱捧至一大盘酒肴，排于矮桌上。汉汝讶之，目觑天仙。天仙曰："康奴哥，怎敢多谢？"康奴答曰："我寻常多谢汝父兄看顾，无恩可报，这些须饭菜说什么？可慢慢食解闷。现在水淹过城，进不得城内，今夜同在舱中睡。明日看水稍退，才好进去，不然还要隔两夜⑪。"天仙骇问："水有许大⑫，我父母兄嫂同许亲家落在何处？"康奴曰："他船泊在横山，亦等

---

① 看饱未：看够了吗。

② 扭捏：编造。

③ 有好主并卖去：有好人家一起卖去。

④ 拔盆：挣扎反抗。

⑤ 包顺意：保管愿意。

⑥ 成花：成交。

⑦ 契：指卖身契。

⑧ 回食了点心：请吃点心，作为回礼。

⑨ 作生理：做生意。

⑩ 堵：隔间。

⑪ 隔两夜：（在船上）过两夜。

⑫ 许大：那么大。

水退进城，都平安，不必挂念。”天仙曰：“都平安就好。”又问：“此处什么地方?”又答曰：“土山。”天仙又问：“今夜进城不得，劳汝与船家借出笔墨纸砚解闷。”康奴遂取至，又将舱门关紧。二人以既排便酒肴，即对面盘坐食之。

时皆饥，食略饱了。天仙笑曰：“今天赐幸会，不必称亲家舅、亲家姑，只兄妹何如?”汉汝笑答曰：“兄妹始同心，好极!”天仙曰：“前次蒙兄赠红豆，今日得遂对谈，可了却相思之愿。”汉汝亦笑曰：“前承答之墙高难禁昆仑奴，此夜恰应从前之谶。”天仙答：“不错。”二人食了饭，天晚时，康奴收去盘碗，点上烛，又排糕点，并抱一瓶酒并炉炭以酒冷自烫。汉汝向天仙细语曰：“看此等奉承，中间必有缘故。莫是落其圈套，投入网内，怎处?”答曰：“妹亦疑之，既至此了，变鸟亦不能飞去。但妹得与兄亲近，把臂谈心，就落其网，不过一死。能与兄同死，乃不幸之幸也，何愁之有?”汉汝答曰：“今夜乐且乐，明日看何动静。若有不然，宁愿玉碎，怎肯瓦全? 作鬼能与妹追随，死犹胜于生也。”

那二人将忧愁二字，付于度外。又对坐饮酒，饮了几杯，天仙曰：“今夜可尽欢联句。”汉汝答：“好!”天仙曰：“请兄先起句，妹来接。”汉汝即先吟一句，天仙接一句，一人一句，共录上：

安知来盗有昆仑，只为情深天使同。
剖鲫麻姑诚可羡，当炉卓氏岂堪言。
未逢不尽千般语，既会并无半句论。
携手便消心结慕，免教倩女再离魂。

二人同看，再看过一遍。各斟酒彼此对敬一杯，谈叙一会，不觉夜已过半矣。

正是：遂意欢娱嫌夜短，相思寂寞恨更长。再看下文如何分说，便知其详。

第三八七回　结花烛许支得喜谶　听拐卖男女遂奇缘

却说许汉汝、支天仙被西北风局拐关于船内，吟诗饮酒不觉夜半。汉汝谓天仙曰："吾二人能学吴云程、铁麻姑，愿足矣。今生不能，必待来生，诗可吟一首为记。"即举纸写上四句，付与天仙接看：

汉汝对天仙，慕情不慕眠。

今生难遂愿，结得再生缘。

天仙看了曰："结再生缘，此诗可留为记，还要加酒定之。"各饮三杯。天仙曰："兄有诗，妹妹当和之。"亦写四句：

汉汝会天仙，情浓意不偏。

彼苍眼最慧，即世赐奇缘。

汉汝看了，讶问曰："妹怎知不在来世，即在此生。"天仙笑曰："有谶兆才知。"又问："何兆？"笑指烛台上烛，曰："佳兆现在此。"汉汝看那烛，结一个大烛花，笑曰："真真①烛花先来报喜。"遂题诗二句：

烛不流泪开牡丹，奇缘即在此生间。

天仙接吟曰：

天从人愿因诚意，顷刻忧愁变喜欢。

汉汝笑曰："一喜压千灾，快来再饮酒作贺。"各又饮四五杯，酒冷自烫，饮至五更天将明。

西北风在船后堵②不睡，在于门缝侦之，那二人所说之诗话，皆听之了然。人常言聪明莫如光棍。康奴初落船时，看二人之情形，有相慕之意，故将二人同住一堵。听之，遂情难舍为夫妻，便喜不怨，稳得三百余银。谁知听了一夜，并无苟且，暗暗称奇。又听吟花烛诗，喜有缝可说明，免临时闹动，遂开门进舱。二人同起称谢，西北风答："不诚敬，言什么谢？只助汝二位诗兴，我特意

---

① 真真：真的。

② 后堵：后舱。

进来与汝道喜。”二个问：“何喜?”康奴曰：“烛花已先报了，才知。”二个失色。康奴曰：“汝二位以即世奇缘是天所赐，还要我西北风撮合，方能成此百年恩爱。若至成就了，把什么来谢我撮合之人?”

二个闻此，问：“是说玩笑是真?”西北风笑答曰：“不是真，说玩? 汝二人还不知，为汝们二人，用多少心机。因知汝二个爱慕之情不能遂，我怜悯汝，趁大水将汝二个并盗出存于船内，与之遂愿。谁知汝至诚可嘉，不肯苟且，要待明婚正娶，方成伉俪。今生不能遂，必待来生，但汝二人都有原聘，此世永难遂愿，至来生亦属空想。既出来，若送回去，一归横屿，一归山边，相思两地。适有一个好机会，汝二人正合适，以应烛花报喜之兆。须三四日，便遂明婚正娶之佳偶，何如?”二个被点着六脉，皆目睁口呆，一会问曰：“有什么机会? 且说来，可行不可行?”

康奴即将参将欲买子媳，承嗣世袭之情由说明。又谓曰：“我乃有心造就汝，不是昆仑奴，亦是古押衙，可知情么?”盖做光棍都会说话，把二个七伶八俐之才子佳人肝胆[1]说破，愿愿听之邀卖[2]。二人又问：“莫是卖去为奴婢，骗为子媳?”答曰：“天明就带汝进城，去见许大老爷。问之，不是为子媳，由汝闹动，拿我定罪。”二人曰：“且请出，容我商量。”康奴遂退去。

汉汝与天仙曰：“分明是透拐[3]光棍，说为侠客古押衙。不意昨夜汝我之私情皆被识破，若不依，岂肯放回? 今事已至此，且由之带去见买主，看是为子媳否。若是为奴婢，走亦不脱，齐去自尽，得同死一堆[4]，亦不幸之幸也。”天仙曰：“以鬼就鬼，惟望烛花谶有准。化凶为吉，是未可定。”二个思定，即唤康奴入，问曰：“去见那官府，问我来历怎答?”康奴曰：“汝只说自幼聘来为媳，尚未合房，被后母不容并卖。只此等说就是。”

康奴以二个既顺从，胆更大了，由水部门环[5]至北门。那时诸处皆水，惟北门无水。以二小轿抬二人进城。康奴即写便卖身契，在地倩[6]一人作卖主，一个作在见[7]亲眷，同至公馆见家人。那家人见是原看二个无异，大喜，邀见本官。许参将见一男一女皆美，大悦，言答又伶俐，甚爱之。令见太太，太太

① 肝胆：内心隐秘。

② 愿愿听之邀卖：心甘情愿地任其带去卖掉。

③ 透拐：拐带。

④ 同死一堆：死在一处。

⑤ 环：绕行。

⑥ 倩：雇。

⑦ 在见：见证。

亦喜。随查问，果是买来为子媳，即出纱罗、金珠、首饰与穿戴，二人转忧为喜。康奴安稳得银三百两，潜逃而去。许参将即择吉日，与二个拜堂合卺，结百年伉俪。许汉汝改名金简，称为少爷，支天仙称为少奶。三日过，水退，即赶赴泉州上任，又一番景况。

正是：不遇营官买子媳，怎教美女会才郎。且看下文，如何分说。

第三八八回　感孝义留心救虫鸟　伤灾难捐银赈饥民

却说许紫云二月失子，许祥云六月失子。紫云之子嘉仁失去何方，尚未表出，此且按下。先说紫云因无子看破，乐善好施。是年上游水灾，冲倒房屋，淹死男女无数，死尸江中漂流不断。遂有人为首，到各乡绅富户家题银①。在怀安以下，洪山桥、西河、大桥沿江截之，雇人捞尸掩埋，捞起一尸，即以草席包卷，埋于山上。或四五个老男幼女绳缚相连，或一男一女，因水至屋顶，无路可走，自己缚连，以同死一埋，捞起来亦照样埋一堆。洪山桥侧，亦有人截拾木料、家私、什物，惟尸任之漂流。

紫云沿河巡看，见一大蚁窝堆于木板上，有亿万蝼蚁抱堆一团不散。拾木板之人欲推下水，紫云喝曰："不可！蚁聚抱必有缘故。"即令人将蚁窝并木板托上岸，紫云看了曰，"原来聚而不散者，乃臣卫君之忠也。"众曰："蝼蚁哪有君臣?"紫云曰："汝们还不知?蝼蚁有君臣之义，故称为蚁。此蚁窝在人家屋中，被水冲倒，木板能浮未淹死。群蚁以君遭难，故围护之不敢离君。既见之哪有不救之理?"紫云将此木板连蚁并举上高山，安顿于岩缝，众蚁遂散去，择穴奉君而栖矣。

须臾，江中又见屋料上连一燕窝，浮于水面。一燕在巢中，一燕泊于巢旁。拾料之人亦欲扫落水，紫云亦不与扫，曰："燕有翅，怎不飞去?中必有缘故。"令人去取上来，一燕飞离，一燕仍在巢中，连木料并拔上岸。紫云看了曰："卧巢不飞去，乃雄的因左翅受伤，方不能飞。雌燕因雄燕不能飞，故不忍飞，仍守在巢边。生则同生，死则同死，乃燕之节者，不可弃之。"自带回家中，安顿梁间。

又见江中一株大树，连根被水冲去入流。枝叶繁甚，半沉半浮。中有乌巢，一乌在巢内，二乌在巢外，鸣噪不已。紫云曰："此乌鸟也。"又令人将巢内乌连树拖上岸旁。紫云曰："此乃乌鸟，那二个乃鸟子，因母病在巢，遇难不能

---

① 题银：题名募捐银两。

飞，二子不敢离，在巢旁哀鸣，望人拯救。此鸟必反哺之情，必有卫难之孝。又连巢放于别树上，那二鸟子飞来哺母矣。江上死尸至四五日方流尽，其木料流至大桥下皆残碎，人皆拾去。尸既收尽，紫云方回与友人言及虫鸟之故，友亦赞叹不已。

随有人抱缘簿[①]，题捐建普度。紫云问："做什么普度?"答曰："此回上游水灾，人淹死数万。魂魄随尸至闽江，漂泊无依，共议于大桥上公建僧道七昼夜无遮大普度，以超万魂同升天界，以翰林为开题簿首。"又问："首题须若干?"答曰："无三百，亦须二百。"紫云曰："别事四五百都不推辞，惟此项普度二三毫亦不捐。何故活的不度，度死的？有何眼见登升天界？现今上游数县死了便罢，还有未死的，屋业皆空，日食何出？若不赶去赈济，又填于沟壑。分明不去做，要做渺茫的。任汝们去度死之魂，我自去救活之命。"众曰："自有官赈济，何用翰林公?"又曰："官先委员去查看，待报再详请题奏。得来无半年，亦数月，才有发银。乃待西江之水，来救涸辙之鱼，不及矣。"众又问："银带几多去赈?"答曰："先带六千去，不足再令人回拿凑。"众笑曰："此让太史公，才有此厚囊，别个不能。"紫云答曰："即无余，亦要勉力为之。"

众辞去。紫云即措备银六千两，共剪碎，每包三钱，共包二万包，选六个老诚[②]的亲友，银装数箱，由洪山桥登舟同去。便有人传说，福州许翰林捐万金来延、建赈济。匪类闻之，驾船来拦江截劫。

是夜，紫云等船至小箬，同亲友闲谈未睡，闻船后有人在水中喊曰："有强盗上船来打劫！不须惊怕，只把舱门紧闭，有人代汝退贼。"言未了，贼船飞至。有十数个持刀过船，喊声连天，乱砍舱门。不意虎扑来抓，不抓别处，只抓贼之头面，个个抓出鲜血淋漓。回头见是虎，皆惊逃走。船亦即驾走，虎亦落水而去。紫云等在内，不见虎，只闻声。惟船家躲在后尾堵[③]，看之了然。迨贼逃去，才进说虎来退贼，又惊又喜。若无虎救，人有命，银亦无。

船即赶走泊于塘汛门前。亲友去报塘汛官，请即发兵来鸣锣巡更防护，一塘送一塘。次日有一圆眼阔嘴大汉至船问："哪个许大胆翰林爷?"紫云答："是我。"大汉曰："昨夜无我先来报信，被众贼入舱，怎处?"紫云曰："昨夜原来即是台驾，承情至极。"即上前致谢，让与上座。又曰："君曾言有人来代退贼。未见人来，只有虎至抓退贼众，何也?"大汉答曰："是时贼众，我正要去杀。

---

① 缘薄：题名募捐举行佛道活动的本子。
② 老诚：有办事经验而且诚实可靠的。
③ 后尾堵：尾舱。

见有虎在船头抓他头面，不即出，听其逃去。惟此一伙强盗，何曾甘愿。必会跟去寓所劫掠，恐及君等性命有虞。”亲友曰：“我们正虑此，壮士可能代保么？”大汉曰：“不能保，便不来通信。”

紫云喜曰：“吾兄若肯保护，幸之至也。不知尊姓大名，贵寓何处？”客答曰：“住在小箬山内，名勉学善。在前亦横为，后知文理，改恶为善，改名勉学善。闻先生胆大义侠，捐金来赈救难民，中途恐遭不测，故来保护，以遂君之乐善。今既有塘兵护送，水程无虞。至登岸陆行时，我便在途中照顾，到公馆亦在前后巡逻。遇有不然，即大呼勉学善何在，我即至，万无一失。”紫云要长留同行，不与去。答曰：“长留不便，惟来来往往，出出没没，方妥。”又问：“若不同行，可带银去作盘费。”又答曰：“自有口粮，不须银用。”言讫而去。

紫云俟其去后，谓亲友曰：“看此人行径，必是精怪。”亲友问：“何以知是精怪？”答曰：“相格英猛，声音洪亮，必是虎精。”又问曰：“是虎有敢与亲近？”答曰：“他自说知文理，改过从善，怎不敢近？”亲友曰：“莫是与贼伙作奸细，至公馆里应外合？”紫云曰：“门缝看人扁，岂不知昨夜通信是他，上船退贼亦是他。若是常虎，贼走后，必破舱门来伤我们，可知其人即虎，虎即其人。”诸友闻了说：“不错。君所拟度诚为确实，既有虎精来卫，还怕什么！”

正是：广行善事虎来护，多见其人精必知。且看下回，如何分说。

第三八九回　勉学善保护拯济银
许紫云详查换尸事

再说许紫云船到延平。起早一望，遭灾之处数十里旷野平洋[1]，无半间人居住屋，树倒草偃，皆凝泥浆黄色。至时亦有人闻知省中许乡绅来赈济，陆续皆来，容如饿鬼。紫云问："无食几日？"或答有三四日、七八日不等。紫云问曰："人绝食七日必死，哪有过八日？"答云："饿至难受，掘草根树皮，略延残喘。"紫云叹息不已。一个分给一包。须臾，散去千余包。恐沿途给领必乱，必来重领，遂择于土地庙内，分给三日三夜，说明已领了不许重领。内有来重领者，紫云认得，挥手使去。

有一日来十余个人，贼头贼脑，不似饥民之状，领了又要领。紫云曰："人只一包，哪有重领？"其人答："我们大食[2]，三钱银，只够买米不敷酒菜。"紫云曰："此景还想酒食，有粥食便好。"答曰："汝不来赈便罢，既来赈，无酒使不得。都不看作普度都有酒施下界，哪有无酒之理？我每人有三包就够，如不发，我自去箱里取，多取数十包无怪。"十几人便摩拳擦掌，势欲抢夺。紫云见之，喝曰："汝来打劫么？"众答："要劫就劫。"紫云喝曰："勉学善何在？"忽见学善在旁，执一杖横扫，把十余个人尽扫跌倒，亦不打下，骂曰："汝这臭匪！个个头面被虎抓伤犹在，有敢跟来横恶！"

谁知有十数个后来接应，带有刀棍，众贼急起持刀，执棍拥杀学善。学善只一杖，十数个又跌倒。后又拥至，又被二杖，皆跌倒地，头面脚手出血。众知抵敌不住，皆半跪半爬出。学善亦不再打，只骂曰："咱不打死汝！今且饶汝去，银乃福州许翰林自捐来赈济万人之命，岂容汝抢劫！今且饶汝，若再来，即打死。"众贼见学善有万夫不当之勇，更胜李元霸，个个带伤而走。时有数百饥民，皆立在远处看学善打退诸贼，无不摇头吐舌称赞，果胜李存孝，同感其能保银包，不与贼抢去。贼去了，即拥至领银。学善立于桌前，大声曰："汝们

---

① 平洋：平地。

② 大食：食量大，吃得多。

先来者先给，后来者后给，不得拥挤争先。中间有重领者，我都认得，只照头一杖，与他受用。”其声响亮，山谷皆应。众饥民知其异人，不敢相争，静静领了即去。一连五日，银共给散千余。

紫云备有伙食、铺盖，即留住学善弹压。一日三餐无别味，只猪羊肉、黄白酒，学善大嘴啜酒，大手抓肉，食得爽快。笑谓紫云曰：“莫笑咱大食。”亲友答曰：“观音施焰口，若无监斋王不成事。[①] 此回赈济，若无汝，必作半途而废。大食有大用[②]，谁敢笑之？”于是由延平至建宁，有学善保护，共计给银一万八千余包。要着人赶来福州再取银，闻省中有官来施粥并赈济，便不再取，尽二万包完而已。

学善辞去，再留不住，问：“何时再会？”答曰：“偶然相遇，哪有定期？”又问：“何不去省城盘桓？”答：“不去。”欲以银持赠，答：“不要。”遂别而去。紫云谓亲友曰：“看此人情形，所拟山公有错么？”答曰：“不错。”又曰：“日间还可，夜间无不怀鬼胎。”紫云笑曰：“戆怕！汝都不看昨日许横恶之强盗，都不忍伤，可知其善处。”亲友答曰：“公不是张道陵，也是罗汉。”紫云曰：“什么张道陵罗汉，凡事以理推度都不错。”

紫云等遂回延平。因闻尤溪迴鸿堡遭水灾，出有换尸奇事，有无数人去看，紫云等亦随之去。至迴鸿堡，人皆知福州乐善好施之乡绅，便接待，备屋舍与之居住。紫云查问换尸之事，有一老成乡人告曰：“此地只数十家人居，地颇高。水势至，人皆登楼，水才三四尺深。村头有一家名张慈，七十余岁，因跌于水而死。村尾一家名李横，二十余岁，因酒醉亦跌落水而死。其水只一夜退，二尸未流出港，惟两尸各易其处。二家亲人欲备棺木收殓，二尸忽然还魂活起。张家子便去扶父回家，讵父不认子，推之曰：‘我不是汝父。’诸邻人曰：‘汝不是张慈是谁？’答曰：‘我是李横。此间就是我屋，不用汝扶。’其子骇甚，众曰：‘必是初还魂，心未定。’其李横之尸亦活，自说：‘我是张慈，家即在此，我自进去。’众问故，又答：‘我同李横魂同押至大衙门，忽闻内传言曰，名点已足，张慈、李横发回阳间。原差遂放二人自回。我到门前，见尸即投入复活。’

“众闻此说，共知魂回来投尸，彼此错换。众人以既投错，问其家人怎处？或认尸或认魂？众又曰：‘且看他两个自归可自定。’那张慈乃食斋念经，作裁衣匠，极老成[③]，家有妻、子、媳、孙。那李横为人横恶不堪，在牛场掌刀兼

---

① 观音施焰口……不成事：俗语，字面意思是观音菩萨主持普度，也需要监斋王来弹压众鬼，维持秩序。比喻要有人做善人，也要有人做恶人。监斋王：在普度施食时维持秩序的鬼王。

② 大食有大用：能吃也能干。

③ 老成：老实，诚实。

开宝场[1]。两个自归自家。张慈回家先换了衣服，至佛堂念经。众欲试之，叫他写字，便能写，其家子媳不得不认，惟妻不与同寝，于别房另宿。惟少变老之李横，次日即去牛场宰牛、宝场作宝；拿字问之，皆不识。其伙问曰：‘今转为老成，原之烈性必改。’他答曰：‘江山易改，脾性难移。’众曰：‘不改会自改，拳步必差。’李横便舞拳步，未几步，便气喘，坐地不起。众曰：‘何如？汝不肯改，自会改变。’李横不愿，要往张家讨其原体。众笑曰：‘看汝如何讨得回来？他必争得汝过。’李横于是无可如何。今老变少，少变老，列位要看，小老带汝去看。”

紫云曰：“不须看，说了更胜于看。但此两魂抽换，并非投错，乃天奖善罚恶，可添入《感应篇》。”乡人又问：“太史公有见过此奇事么？”紫云曰：“仆在彭泽为知县时，前任有一宗案件未结。彭山寺僧众外出，只留十七岁之僧徒。适有一行脚老僧投宿，至夜半，僧徒睡梦中恍惚有一人仆压[2]身上，喊不出声。至天明方醒，起来不见投宿之老僧。僧徒开门出街，邻人见之问：‘老师父何来？’僧徒笑答曰：‘本寺某沙弥，怎叫老师父？’邻人曰：‘汝现在老至如是，怎是某沙弥？’僧徒即进去照镜，少壮变老，怪甚。将昨夜老僧投宿之情形，告与邻人知之。邻人知睡梦中，被投宿老僧施邪术，换去身躯。俟僧首回来，赴各法司衙门控告妖僧换体。访缉年余不获，其僧徒未及年便死去。前任官因此宗案降革。那邪术损人利己。”

正是：老迈都能更少艾，森罗不用设轮回。且看下文，如何分说。

---

① 宝场：赌场。

② 仆压：覆压。

第三九〇回　出魂变坐马投作子　救命代完粮渡飞银

再说许紫云先说妖僧邪术换体讫，又说："又年余，本县典史洪某在外公干。骑马来至途中，马忽得癀症①，即刻倒毙。该处乃荒郊，无处雇轿，时又将暮，洪某进退两难。突有一少壮进前曰：'小人名忠义，闻老爷马倒，作马与老爷骑回。'洪欲问其故，那人闪入野庙内，马死复活。洪某入野庙探看，那人僵死在地，不知其故。马复活，便骑回衙。下马尚未进内，马又倒地，不知所以。"

"过有三日，有一老叟扭一少年来喊告。洪某见被扭之人，即前日路中来说作马之忠义，见其已死，如何复生？即问之，老叟曰：'小人即忠义，因见老爷前日马死半路，即出魂投入死马，与老爷骑回。小人之原躯寄于庙内，谁知被此人将自己之老躯，换去小人之壮躯。小人寻访始获，与之讨还，他定不肯，不得已擒来投告老爷，押令退还原躯。'洪某闻此，方知前日忠义之魂投死马，其身躯寄于野庙，被老叟出魂投入占去。少换老，怎肯甘愿？因感其变马之力，只得与问讯，谓少壮曰：'他少壮之身，换来老迈之体，你损人利己，是何情理？'少壮答曰：'因见其体已死，故敢投入，今已定了，哪肯再换？'"

"洪某见其倔强，令拿下拷打，打至数百，皮肉不见红肿，亦不见其有一点负痛，要用犬血泼之。老叟曰：'犬血他不怕，只将其锁住后庭柱上，不与食，至饿甚必服。'洪某即将他链放柱上，令忠义去食饭。忠义说：'小人要在此守住，若离去。他必走脱。'洪某令取酒肴排于庭边与食。那少壮饿至十余日，毫无饥色。洪某问忠义怎处？忠义说：'他托小人壮体，才经得饿。今无别法，饿他总死。'洪某曰：'此法治之虽妙，但我奉委要去查看地方，三四月方得回来。早应起行，因我妻将分娩，未得即行。'忠义曰：'奶奶将添阿哥，待小人点算，是男是女？'屈指点之，喜曰：'是正喜。今小人有好之身躯，免与此老贼结仇，听之自去。'"

"洪某问故，答曰：'小人投与老爷为子，可报得恩矣。'言讫，便倒地气

① 癀症：牛马的一种凶险急症，常发于夏秋高温季节。

绝。那链着之少壮，顷刻亦脱链而没。内面人报奶奶生下阿哥，洪某知是忠义投胎，喜甚，即收埋老尸。此事秘不敢言，无人得知，惟与弟至好方知之。但彭泽乃邪术换尸，今贵处乃天为之奖善罚恶也。”乡人闻之，皆曰：“此处换魂尚未奇，所说更奇。”

紫云遂由水路回福州。谁知紫云果大胆，无银做有银事，因一时豪兴，银皆别处挪来，今将银施尽，回来思无项还人，甚见忧闷。原来紫云彭泽知县一任乃美缺，所得皆欢喜银，有二十万回家，所以民皆欢喜。除置田产、屋宇外，银余不多，又周济不断也。此番大半是妻兄南街绒线行挪来，其余别处凑集。其妻兄要去湖广办货，无银送还，思变卖产业，此且慢表。

先说长乐被海寇扰乱，公费浩大。县主追粮甚繁，有积欠者，多寡不论，俱拿收监。完清后，方许放回，无纳者关死甚多。有一户名林桂珍，欠粮银三十两，无力完纳，收监半年。因病，急将幼女卖得三十银完粮。其子将银存在围肚内[①]去县中完粮。遇县中作戏，人众拥满。其子由人缝中塞过，至县中摸银不见，被剪绺[②]剪去。

其子啼泣回家，其母因女又卖，又毛[③]钱救夫，自缢却被乡人急救，未死。泣曰：“救得今日，救不得明日。”其子自思因不慎失银，无以救父犹致母命，即奔投河。至河边方欲跳下，适有人走过拖住，问：“何故投水？”其子泣述前因，曰：“伯伯救得今日，救不得明日。”其人姓黎名容定，平素爱惜钱财，一毫不舍，人号为‘厘银命’；以一厘银为命，又与名姓同音，故绰号之。那厘银命悯之，即送其子归家。其母亦说救得今日，救不得明日，其父在监，必连死三命。厘银命甚怜之，谓曰：“汝母子且放心。齐莫死，我出银与汝完粮。”言讫，将母子嘱托乡人看守，“我即掏[④]银来”。乡邻讶曰：“你是厘银命，怎舍得银三十两？”答曰：“银看何处用，以三十银救三命，怎不舍得？”言讫，便去牙家先取银三十两，明日挑谷来抵，将其银携交其子，同诸乡邻去县中完清，桂珍因得放回。

那厘银命一年之谷，只敷自食，因一时怜悯，去银三十两。自无后悔，惟妻怨曰：“有人救刘锡，无人救华岳三娘。”厘银命答曰：“福州郑家尚欠谷银四五十两，约此月清还。数日去讨，无全亦有半[⑤]，可接济过冬，何必怕饿？”过

① 存在围肚内：藏在肚兜里。

② 剪绺：小偷。

③ 毛：没有；本字“无”。

④ 掏：拿。

⑤ 无全亦有半：不全还（债款）也会先还一半。

数日，厘银命来省，因妻之母家在北门，带大麦、薯去搭渡船。

那长乐天上，忽然间飞白银三锭，如白鹭离而复合。有人看见惊叫，各处皆知，皆仰天而望。有人以弹弓打坠落地一锭，其人拾回递与妻看，其妻笑曰："你只得一锭，我门关紧银自飞来，排满桌上，无物可装，等汝回来收存。"其人进看，果见银堆桌上，并神台板架皆满，喜之不胜，将手中一锭，亦放桌上。正欢喜间，忽群银皆飞起，向空而去，并无一锭存留。夫妻看银飞去，气得欲死。原来因银被他弹去一锭，群银俱来讨回此锭。

那银仍在天上飞来飞去，连飞一昼夜。是日，海滨一舢板仔[①]下[②]一大菜脯缸[③]。将拢岸，天上之银都飞于缸内，顷刻将缸连舢板压沉。那运舢舨之人喜甚，赶趁别船去擒[④]，连人坠下，船亦磕破，惟缸不坏。又有人将船亦赶来，一手擒缸，一手抓银。银又抓不着，缸沉人亦落水，并流去无踪。有知机之人笑曰："都不想若大之缸，装许多之银，哪有不沉？银会飞自投，是有神护送去有福之人得了。你们个个妄想，空送性命。若得命回来，亦甚可喜。"

正是：无翅能飞乃至宝，泛波不坠岂凡银。且看下文分说。

---

① 舢舨仔：小舢板。

② 下：运载。

③ 菜脯缸：腌萝卜用的大缸。菜脯：用黄泥腌的萝卜。

④ 擒：拉，拔。

第三九一回　天颁银万两还赈济　缸擗沛三百报救危

再说长乐天上飞银于大缸上，顺潮流漾。是夜厘银命在渡船上，出来小解，见一缸银发光，泛流船旁，即蹲下伸右手擒缸，伸左手去掏银。讵缸沉水底，只拎破一缸沛①，气甚。要将沛丢落，想且带回与妻子看银缸浮水之奇，遂将此沛装于布袋。船至大桥上岸，挑二袋青薯②去北门岳家。

那夜，许紫云因寻买业之主不出③，妻兄不得出湖广，愁闷不胜，一人在后园独坐。忽见芭蕉树下有白光发亮，遂起步去看，只见一缸白银在于池中。持火来照，只见银皆十两锭，装一缸，缸边有歉④。心思此不是上天赐我，救燃眉之急耶？取粪箕自行搬进花亭内房，计共一万零三百两，缸底有字云：

渡海金万两，褒赈济万人。

补缸银三百，报救活三命。

见此二行字，果是蒙天赐赈济之项。惟不知何人救活三命，分与银三百。既有补缸字样，必俟有人来补，便是救活三命之人。次日将此缸移于店前，贴标云："有人能补此缸歉者，奉银三百两。"一面遣人挑银还妻兄。

那厘银命至妻母家，留住半月将行，其父母作一百块粿⑤压布袋⑥挑回。行至怀德坊，见人众围看一大缸，亦上前观看。开口"让路"，众见是长乐人腔口，笑曰："此缸破一角，能补者酬银三百两。汝长乐人既能蜞⑦酒坛，必能补缸。如果能补，抱三百银去。"厘银命闻说，挨进观看。只看缸歉一角⑧，手掌大，便记得在海中擒裂一沛⑨，尚在布袋，且取出试比一比。即对众人言曰：

---

① 缸沛：瓦缸的碎片。沛：碎屑，本字"杮"。

② 青薯：新鲜的番薯。

③ 寻买业之主不出：找不到房子的买家。

④ 歉：缺口。

⑤ 粿：米糕。

⑥ 压布袋：作为回礼的意思。

⑦ 蜞：锔，用打铆钉的方法修补破裂的陶瓷器。

⑧ 歉一角：缺了一角。

⑨ 沛：破片。本字"杮"。

“带有缸沛，试比看，如合适便能补。”即于袋中，取出缸沛，于破处，不大不小，并无痕迹。众人同声哄笑曰：“三百银长乐表[①]得去。”笑声大振。

紫云闻知，出看是长乐人肩挑布袋，带有缸沛，补缸恰合。心中暗暗称奇，即请厘银命入家中，问其住处姓名。答曰：“姓黎名容定，平日爱惜钱财不肯乱用，人又替弟取一绰号，为厘银命。”又将搭渡进城，在海中之情节说知。“未知表兄此缸是否从海中得来？”紫云笑曰：“原来表兄于海中见过此缸，不错。闻表兄能救过三命，可有么？”厘银命答曰：“表兄怎知？”紫云说曰：“闻人传说方知。”厘银命又将三十两救活三命之情节告之。紫云曰：“救此一命，胜济万人，银应多得。”厘银命闻之，心中不解，便问此缸之来历。紫云曰：“且慢慢来说，留住数日玩耍。”

即令人将其布袋扁担携入内厅。紫云见布袋甚重，即问：“袋中何物？”厘银命答：“乃岳母寄一百块粿，赐外孙食物。”紫云笑曰：“今日家中正无米，借来当饭，等回另作补还。”遂排好酒莱款待。厘银命见屋宇华丽，有进士匾额，问：“是何人？”答曰：“就是弟。”厘银命讶曰：“原来是进士老爷，失敬。前日上游水灾，福州府许翰林捐银往赈济，就是老爷？”答：“是。”

厘银命曰：“老爷舍万金救万人性命，名扬四海。弟只费三十两，算什么？”紫云曰：“一钱施舍不落空，三十两不为少。明季时，鼓山僧众捧缘簿于街上题捐铸钟。一客路过，手入围肚内取银，方记得银包未曾带出，摸又无钱，只有一文。即将此钱取与题缘之僧曰：‘本意助汝，因银包未曾带来，只此一钱当意[②]。’僧众嫌其太薄，将钱丢入河中而去。题足了，即铸钟，铸毕旁边凹入一孔，遂敲碎再铸，又凹一孔，反复铸至五六次，总凹一钱大。一僧便觉曰：‘此钟应缺一钱，任再铸，其凹总不能满。’众问故，答曰：‘某处路遇一行客，递一钱助缘，汝们嫌其太薄，将钱丢入水中。殊不知随缘乐助，一钱自有一钱之功德。众缘中弃去一钱，便缺一钱之额，故任铸难满。’众说有理，遂不复铸。现在鼓山寺大殿上，凹一钱之钟还在，此乃一钱施舍不落空之出处。吾表兄助此银三十两，不但人称羡，天亦感动报之。”

厘银命曰：“三十两天便报他。天下事无数，上天怎察得许多？”紫云曰：“天若不知，如何补缸使报银三百两？”答曰：“此乃老爷愿送，与天何干？”答曰：“此正天之所命，表兄还不知也。”厘银命遂问缘故，紫云曰：“是天叫补，现有凭据，取出来看便知耶。”取出两行字递与厘银命看，内写：“渡海金万两，褒赈济

---

① 长乐表：谑称长乐人。下文中厘银命与紫云互以“表兄”相称，可能是当时的长乐习俗。

② 当意：表示个心意。

万人。补缸银三百，报救活三命。”字虽认得，还不理会。紫云代为解明，并说银至之缘故。厘银命讶曰：“那夜见大缸白银在海中浮泛，原来是赐老爷，弟亦应得三百。使擗一缸沛作凭据来支，果天不负救济之人。若不是天遗补，怎敢受许多银！今乃蒙天所赐，多不敢要，少不肯让，快拿来与弟回报妻子，同谢天恩。”

紫云遂取出银二包，应四百两，曰：“内三百乃天之所分，一百乃赠表兄为路费之用。”厘银命曰：“三百之外多一毫不敢取。”紫云曰：“果至诚，二包取一包去。”厘银命曰：“只一包才二百两，还少一百两，亦不肯收。”紫云曰：“要三百两足，须再留一天。”次早食了早饭，取银三百两，装入布袋，又取出粿一百块。紫云说：“因昨日粿被家人食尽，今此粿乃漏夜赶造的还表兄。”厘银命曰：“怎的特做？蒙老爷厚待，恨无物还敬，些些相送还薄，何必照制赔还。”紫云曰：“弟送银，表兄分毫不受，弟安敢受表兄之物？”

厘银命挑了银粿道谢而去。因搭渡在暮时，顺便至黄山郑九家。谁知欠户甚穷，见财主至，便泣告时遭不遇，连年病破①，又兼去冬无收，现在日食难度，恳容今冬送还等语。厘银命见其四壁玲珑②。郑欠户即出外备酒饭留食，无好味，令妻杀鸡，被厘银命看见，放之。遂要去，却被其夫妻留住食饭，看其果贫，心思食他一饭，他何等艰难，可将此粿送之。便取出袋中粿，都放于桌上辞去。郑欠户夫妻感之不胜。讵粿被六岁孩子撮一块去食，无馅又无糖不好食，又咬两嘴丢于桌上。郑欠户说：“既无糖馅，且勿食。城内许田主，连年积欠租谷并不来讨，甚不过意，往年都作葆葆粿③送之。今年无钱无送，可将此粿明日挑入城送他。”其妻曰：“食去一块，怎好送人？”郑欠户曰：“我说九九乃长久之数。”

次日即挑往怀德坊许家，原来即许紫云之佃户。郑九到许家，将粿排于桌上。紫云见此粿，讶而问曰：“此粿是你自作的？”答：“是。”又问：“自作有此大块④？”答曰：“受恩未报，故作大粿奉敬。”问：“几多块？”答：“九十九块。”又问曰：“此粿我认得，是长乐客人。他袋内有银，汝可实说此粿何来？”郑九只得实说转送之情，被小儿食去一块。紫云问曰：“有何馅？”答曰：“无馅。”紫云即令人将粿收入，即包一两银出来押袋⑤，郑九喜谢而去。

紫云入内笑谓妻曰：“没财鬼⑥，送与九十九两银不要，与之一两便欢喜。”

---

① 病破：因病破财。

② 四壁玲珑：家徒四壁。

③ 葆葆粿：福州清明节节令食品，是一种甜馅粘糕，表皮呈青绿色。也作“菠菠粿”。

④ 此大块：这么大（的糕）

⑤ 押袋：即压袋，作为回赠礼品。

⑥ 没财鬼：没有财运的人。

原来紫云因另送一百两与厘银命不收，将银夹碎，做粿时以银为馅，每块一两，连夜作成，被丫头秋桂偷存一两，故此一块独无馅。郑九儿子食之，故不知，此乃穷人难得富家财。紫云进去已查知无馅一块银，乃秋桂存[1]去，亦不责之。因思郑佃户欠田租二百余担，不催讨已有惠待。此银乃天遣送还，如与之不合。只包一两，作还银之工钱。后闻人传说，长乐天上飞银，乃海洋大盗库存于岛上，飞出投入大缸内，流去不知何人所得。

正是：贼营财库风吹散，池畔银缸天送来。且看下文，如何分说。

---

① 存：藏匿。

第三九二回　煞风景哦文激虎怒　藏至宝说偈罩金钟

再说许紫云天赐一缸银，还清了挪借之款，欢乐如故。是年乃发榜之年，乡试发榜后，城内二个缙绅，四个新科举人，来邀紫云同游雪峰，带有伙食担及随从人等，一同至大湖山，游遍了雪峰寺。那日同登绝顶游览，席地排设酒肴。饮谈间，忽有大汉一手举酒瓮，一手持猪蹄，亦来山顶。众皆不识，紫云便认得是勉学善，即向前迎来曰："原来是老大，怎么至此？"学善曰："闻汝与亲友同游雪峰，我亦带有酒肴来帮游①。"紫云欲遣从人将猪蹄去烹，学善曰："猪蹄是熟的，酒是烧刀②，俱不用煮。"

紫云遂扯之排坐红毡上，以大盘盛猪蹄，大碗斟烧酒。诸乡绅举人见其馋头馋脑，问紫云："何人？"紫云曰："此位勉姓乃大豪杰，前番弟去上游赈济，若无此位勉老大弹压，不能成事。"众绅举见其大碗啜酒，两手擘肉，并无谦让，甚藐之，都不与言语，只相讲文章。学善酒肉食饱，笑谓曰："列公以吾粗鲁不能文，不在眼内，今就来联句，看能文否？"诸绅举曰："既能文，当领教，以即事为题不拘韵。许年兄先起句，勉兄次之，吾们照次接吟。"

许紫云即起一句曰："绝巘登临眼界空"，学善不思索，大声吟一句，山鸣谷应，云："唾壶击缺剑光虹"。诸绅举照次续完，录上纸八句之诗。共看惟勉学善之句极雄壮，众以此等鲁夫，必不能出此句，疑是紫云暗教之，仍不在眼上。又与众论新科文章。学善厉声曰："此等文章只可与老婆床上讲说，怎的在此讲论！还不煞风景么？"即谓紫云曰："任他去论文，我与汝论武，来演股肱。"那紫云亦素与文章无门，心喜答曰："诸生践戎马之场，有文亦有武，极妙。说拳步亦晓一二，还要老大来教。"

学善便摊③一架式，曰："此为'苏秦佩剑'。"令紫云照式演之，自己在

---

① 帮游：加入同游。

② 烧刀：烧酒。

③ 摊：施展武功架势。

旁指教。演毕，学善又变出一架式，曰：“此为‘美女梳妆’。”紫云照式演罢，学善曰：“不错。”众绅举皆藐恶之，皆起位去旁岩石上坐，仍说时艺不已。学善又飞一脚，曰：“此架式名为‘飞凤落洋’。”又令紫云学演，诸绅举谓随从曰：“且收起杯盘，我们先去，任他在此疯癫。”学善闻疯癫二字大怒，睁起圆眼曰：“我二人疯癫，看汝们作犬夹尾逃走。”即转一势，曰：“此名为‘猛虎现真’。”忽然间长啸一声，山谷震动，狂风翻树，现出一头如水牛大之猛虎。

时诸仆正在收杯盘，诸绅举欲下山，被虎抢去把杯盘俱抓碎。诸仆惊跌，诸绅举惊半死，或跌岩下，或跪求饶。惟紫云不慌不忙，向前言曰：“老大息怒。看我许紫云情面，暂退一步。”那虎立着不动，惟怒眼圆睁。紫云曰：“他只会作几句臭时艺，别事一些都不晓，怎比老大文武双全！今日来此，正要尽心请教，加倍欢喜。那知此一起[①]俗人，只把臭文章来说，致动尊怒，殊为不知泰山之高，沧海之深。他今已服了，请且收存大威回步，恕他下山去。弟与老大另日再会。”那虎听了两脚作拱手样，紫云亦还揖，问：“何日再会？”虎头摇摇，又问：“无定处？”虎头点点，即跳过山峡不见。

紫云始来扶诸绅举僮仆，各跌额破血流，盘碗无一完全，连担丢去二丈远。众惊定犹吐舌，紫云笑曰：“君等学伯夷，都不学柳下惠，方有此惊。”众共服紫云之胆。紫云曰：“此虎起先何尝不是斯斯文文？所联之句，君等皆不及，何可藐视之？以致滥泥中践出刺[②]来。可见好人被君等激出变虎。”众曰：“只道是鲁夫，谁知是虎精。君从何处与之交好？一见即认得。”紫云遂将赈济时，船到半江，虎出拒盗之情形，并在公馆，保护银包不与盗劫之事一一说明，众闻之皆嗟悔不已。

在寺又隔一夜，见奉光堂旁，有扣冰古佛牌位，问众僧：“何代之佛？”僧答：“是开山太古之佛祖。”众信之，紫云笑曰：“乃唐末五代初之人，何曾太古？因是辟支佛转世，去扣冰池沐浴，故名扣冰古佛。初出家时，曾来此寺，问道于义存禅师，后云游四方。凡丛林皆有牌位。”众问其事实，紫云曰：“佛本姓翁，号藻光，乃崇安吴屯里人，祖居陕西长安。父名承赞，字文尧，唐乾宁三年进士，官右拾遗。天祐初，奉诏来福州，封王审知为闽王。回京后，因奸佞当权，遂辞官卜居于崇安。有诗名，著述甚富。时册封闽王，在钓龙台读诏，还朝于新丰市。饯别欢饮乐甚，有留别闽王诗云：

---

① 此一起：这一帮。

② 滥泥中践出刺：俗语，喻欺人太甚以致酿出祸。滥泥：烂泥。

登临楼上共陈乐，新市堤边又举杯。

正是离怀伤别远，忽闻诏旨许重来。

此时暂与交亲好，今日还将简册回。

安得长房犹在世，缩教地近钓龙台。

“一夜梦老僧肩荷锡杖，至家投宿，问其住处，侍者曰：‘辟支佛也。’承赞醒觉，其夫人产一男，生时异香满堂。名藻光，聪明非常，十岁即要出家。父母因前梦，听之为僧。藻光持锡杖云游，闻雪峰禅师义存有道，特来参之。义存已知，欲探其悟性。藻光将入，方丈喝曰：‘进则死，退则亡。’藻光即应曰：‘横行几步有何妨？’义存知其灵慧，留之传法。年余将去，义存送至山门，谓曰：‘子异日必为王者师，有道则进，无道则隐。’藻光领命，又去游武夷桃源洞后结庵。一日忽觉悟曰：‘欲会千山明月，心在一轮光处，何劳破此芒鞋？’遂择于侯官十八都唐举山一峰，临江浒，结庵栖止。

“访有渔人捕无鳞鱼，皆买来放生。盖无鳞裸属，皆与人同类也。一日在江边，现有无数蛙、鳖、鳗、鳝拥舁[1]一钵盂至岸旁，藻光取来贮物。谁知是聚宝盆，贮五谷食之不尽，贮金银用之不尽。原来无鳞鱼献来报恩。遂于唐举山顶，建圆通阁，铸金钟，声闻百里，又名金钟阁。其盆所出金银，除铸后无再出。即将其来作香炉，香不用添，日夜焚之不尽，无人知是聚宝盆也。

“常与徒众说法，山上有二虎时来侍侧，甚驯，人皆不惧。藻光讵生于武宗会昌四年甲子二月初八，于金钟阁定慧五十余年，寿至九十。忽然心动，知将圆寂，思香炉之聚宝盆，留必贻灾，于阁上趺坐，作偈曰：

寂静守空门，何须聚宝盆。指坠深潭里，免遗灾祸根。

念完把盆一指，那盆即飞坠山下江里，那水漩一螺纹如井底，东西水皆泻入，不满盆中，又作偈曰：

盆坠气凌霄，万水尽来朝。宝难久沉没，金钟罩莫超。

念完又指钟曰：“赶去罩之。”阁上金钟亦自飞坠于江底，把盆罩住，漩纹遂平，又留偈曰：

延津剑化龙，唐举宝埋钟。宝钟何处现？仔细至十分。

藻光沉了金宝，未几闽王王延钧遣使来聘为国师，藻光辞不获已，惟暗带唐、葛、周三员护法神将至福州。闽王出迎，待以厚礼。诫曰：‘愿王以百姓为念，勿多杀人。’闽王不悦。求归闽山，不与远离，只送居鼓山寺，以不时召

① 舁：抬，举。

问。藻光至鼓山，一日即升坐与众僧说法，化于座上，遂封为扣冰古佛，御灾捍患。至宋时累封灵感法威慈济普照大师。其护法神将唐封显仁灵佑侯、葛封协仁孚佑侯、周封辅仁广佑侯，时人称唐、葛、周三将军是也。”

正是：护国救民一古佛，捍灾御寇三将军。后说何事，且看下回。

第三九三回　因色亡身尸存地下　将财献父说遗腹孤

回说许紫云早年有子名嘉仁，十五岁，学堂读书无去[①]，查访不出。原来怀德坊有一家姓樊名凤鸣，妻已亡过，遗三男一女。凤鸣为绒线行牙人[②]，长子站丝线店[③]，次子学打线艺。三子尚幼，在外妈[④]家抚养。惟一女名南翥，十六岁在家。因家道不足，将子分开，只女家中炊爨，自开卖丝线小店。不是大市头[⑤]，少人来买。

凤鸣常出去为牙人，惟女在店后门口，作丝线兼守店。紫云之子去学堂读书，由店前经过，看店后卖线女郎生得清美，便爱慕之，即向买丝线三文。南翥剪红线包与之，亦见嘉仁貌美，爱慕之。嘉仁自此过店，即托买线看女，南翥亦秋波顾恋。渐至言语答问，若遇父在店，则不入。一日俟其父不在店，嘉仁怀带珠宝，侦前后无人，即入店进房，南翥笑迎掩门。嘉仁先取珠宝与之，便搂抱上床。云雨之际，嘉仁软而不动，牙咬身冷。南翥大惊，不敢放下，以口接气，半晌方苏。南翥问其故，不知，遂悄悄侦无人走出。

自此时常入店，又带有金钿、银钿来赠，南翥皆收存，不与父知。每逢连理，男皆昏迷，接气即回。南翥以是常事。是晚其父不在，又上床并蒂，昏迷之际，其父忽回敲门，南翥放下，不及接气，以被复之。开门父入，谁知其父带有客来算数[⑥]，手持有鱼肉，令女去煮烹请客。女恐父入房，先把帐放下，赶煮好鱼肉，捧与父请客。俟其对客算数饮酒时，揭帐开被看嘉仁，接气不能回苏，鼻无气息，体冷如冰，惊得魂不附体。

幸闻父与客又出去，即先关了店门，将床下地坪[⑦]板开起，取棕荐[⑧]先铺，

---

① 无去：消失了。

② 牙人：经纪人。

③ 站丝线店：在丝线店站柜台。

④ 外妈：外婆。妈：音马。

⑤ 大市头：繁华的市场要冲。

⑥ 算数：算账。

⑦ 地坪：地板。

⑧ 棕荐：棕毛编的床垫。

将尸抱下，又将棉被遮蔽，望其再活。外再将地坪铺好，都作完，其父又敲门回来，问："食了饭?"答："食了。"时已二更后，凤鸣开铺而睡。南翥不胜伤心，流泪不敢开声。次早待父出去，开地坪掀看，浑身更冷，料难再活。悲痛一会，仍盖好，将所赠之金宝带在身上，乃当情郎。哪知得孕，腹渐膨胀。初父不知，至六七个月父便可疑，欲问不便。南翥便觉父生疑心，想既怀孕了，将来总知，俟其父有应机之时说之，怒即转喜。

那日站店之大弟回来，与父说话。其父问："有某客要赶回去，货价减二成发售，一千银只要八百。奈各辅户无现银，汝店东家可有现银一千，买此便宜货么?"其子答："儿之店东将倒，一百都无。"其父又曰："可惜此机会，若有处挪借，现赚得几百来造线，眼见发财起来。"其子笑曰："十两都无处借，还想千金?"言讫去店。

至夜收了店门，父同食饭。凤鸣随口念，"有银大赚银，无银看银让与别人赚。"南翥接口曰："千金不须别处去挪，现有与爷爷造货，好么?"问曰："汝那里来的?"又答曰："今变千金，大有缘故。如说出不动气，不叫去死，便敢说出。若发怒，便不敢说。"凤鸣闻此语，便觉女之腹大有因，即曰："汝且说去，再不生气。汝不看往常为父并无怒。"

南翥含泪曰："实不相瞒，某月某日有后生日日来店买线，那日侦女儿在后房，擅入，带有金宝，计值有千金，赠女儿。因见其人貌出众，年只十五岁，问其阀阅，乃怀安许姓，家有万金，父官翰林，约考试过再来遣媒说亲迎娶。于是往来几次，女儿怀孕已八九个月，既受了聘定金珠，来娶不来娶，女儿终身是许家之人。若生下是男，许家血脉，哪有再嫁之理?求爷爷恕女儿之罪。"言讫跪下，凤鸣即拖起曰："莫说有千金相赠，只富贵之门面，亦光我门风，哪有不喜之理?"

南翥遂献出大珠、金银十六锭。凤鸣识得珠宝约值千四五金，造货有余，便喜之甚，即说道："今已招婿上门了，免得被人来议亲。"次日带有金珠去造货矣。但南翥实言了，只不言了已死在地坪下。盖嘉仁自死后，南翥无夜不梦与之连理，心想以为会复活，过十数日，掀地坪板查看，面皮肉如故，想存地能还魂。

那凤鸣将此千余金造货，未过月份，便大得价。又造别帮，即刻转为大造户。南翥十月满足，生下一男，自取名天开。末二三年，凤鸣在南大街买大店，开绒线店，欲搬女同住店后。南翥不去，只守空屋，遂供给水菜，与之自炊。父以女孤身不便，用一老妪，洗浆炊饭作伴。南翥知不能还魂，不敢开地板看尸。不觉尸存地板下十三年。子天开十三岁，貌似其父，天生聪明，诗书过眼不再读，一笔成文，人皆称之为神童。凤鸣店中生意甚旺，次子、三子去泉州开店，不日起行。

南翥前皆梦嘉仁同衾，后五六年皆无梦，疑其尸已腐，魂魄已散，暗自悲伤。凤鸣常闻女婿是怀安人，亦托人去怀安查访，无姓许之乡绅，何也？南翥答：“当时或听不真，此人久不来，必是死去。”凤鸣又问：“何知其死？”答曰：“常梦其至，始知其必死去。”凤鸣叹息不已，南翥流泪忍哭。是夜又梦嘉仁至，问：“此五六年何不来？”嘉仁答曰：“因遇着地仙福清叶夔郎，以我骨格非凡，带去为徒。隔有五年，求夔郎师回来一视。幸喜天开长出无恙，将来必绍祖之簪缨，不必留在家，难以发达。可随舅去泉州，自有亲眷相逢。”言罢将去，南翥泣拉问曰：“子尚幼，君怎忍便远适？”嘉仁答四句曰：

教子随舅去泉州，自有凤冠戴上头。

我与夔郎为弟子，紧随不离地中游。

嘉仁念完不见，南翥遂哭而醒，思是地仙带去作徒弟，将来定成地仙，亦觉可喜。

正是：尸无改色却因色，魂得随仙便是仙。且看下文，如何分说。

第三九四回 带甥去泉州赛灯谜 令子与神童谊金兰

再说南翥因梦，遂与父说，带天开同去泉州。凤鸣问曰："外孙尚幼，舍得远离？"答曰："埋头苦读无益，亦须跋涉见广，方能壮其筋力，早拟欲往外达观。昨夜梦他父来说，叫儿随舅去泉州，嘱去必无虞。"于是凤鸣令二子斯恭、斯显，带外甥许天开同去。南翥又面嘱两弟："如遇有机会，即管与去做，勿怕。"其弟应许，即带去泉州城。开一间绒线店，招牌竖西岐樊凤鸣，自运绒线发行。盖凤鸣乃陕西祖，那店中生意兴旺。

却说许参将买汉汝、支天仙为儿、媳，带至泉州。到任年余，天仙生一子豹略，至年纪十三岁，貌似父，极聪明。汉汝改名金简，与妻天仙相量，欲信寄报知亲父母，使之安怀；又恐嗣父闻知不便，且看将来。时许参将奉调征讨，少得回泉。值元宵佳节，豹略常出看灯。有山东人在东街开杂货行，认许参将为乡亲，其行店与斯恭丝线店对面，豹略有出去玩耍，都在杂货行中。两边街有长乐、福清人开光饼店，亦有连江、罗源人合开老酒店，古田人开红曲米店，汀州人开烟店。

至夜各店或挂灯谜与人猜，或出对与人对。那夜长乐人与连江人对猜灯谜，长乐人贴一张："关老爷卖马，周仓不肯画号　(打物二)"。连江人便猜曰："弓（跟）箭（占)"，遂准着[①]，拆去看，槟榔食了。连江人亦出一谜云："请客莫请女宾客，请了五十即一百　(服物一)"。长乐人猜曰："腰带[②]。"连江人答："是。"

长乐人又贴："打草鞋[③]　(食物一)"。连江人猜是腊肉[④]。拆去此字，即贴自己灯笼上。长乐人问："汝何不写出来？"连江人曰："就汝之原猜腊肉之字，今与汝再猜一食物。"长乐人思，既腊了，今再重腊，"是芥辣[⑤]。"众笑：

---

① 准着：猜中。准：猜（谜语）。

② 腰带：此谜底谐音"邀带"，即携带（孩子）之意。

③ 打草鞋：双关隐喻男性自渎。

④ 腊肉："腊"谐音"揦"，是"捋"的意思。

⑤ 芥辣："芥"谐音表示"再"。

"是，极妙极妙！"连江人再要其写谜，长乐人未写。

正在脱灯笼换烛，有人来扯去伴夜食酒。连江人不与去，长乐人被扯得急，写不及，即曰："即此灯笼打地名。"言讫便去。连江人喊曰："准着了，快来掏槟榔与我食。"长乐人被喊回头，问："猜什么？"答曰："地名，磨心塔。"又问："怎为磨心塔？"答曰："不设心灯笼倒头榻①，岂不是磨心塔②？"长乐人一看，果真倒榻毛心，取槟榔与之，众皆称妙。

长乐人既去，连江人曰："长乐伙③已去，今来与福清对挂对准。"福清人曰："我不出谜，来出对。"连江人曰："就出对，句我先出。"即写贴于灯笼上："古田兄缚甑④，做福清糕⑤，炊长乐粿⑥"；福清人即对，亦写贴灯笼上："汀州拐⑦打刀，刣连江鸡⑧，教罗源猴⑨"。

连江人欲再写对句嘲福清哥，因见山东杂货行，挂出灯笼谜，众曰："他的灯谜便雅，不似你们俚俗。"遂同去看，只见灯上贴七字云："野老卖菱将担倒（打俗语一，奉笔十枝）"

此谜挂出，人众皆猜不着。丝线行许天开行过，一看便问曰："可是倾菱空笼⑩。"内答："是。"拆出谜标，送出十枝笔。众见是小孩子，能准此谜，皆异之，山东什货店人亦称赞。众曰："这边猜，准着了，今该出来赛。"樊氏兄弟本不写挂，因众围店前催迫，只得叫天开写上出："猢狲上栗树（物件一，奉墨二盒）"。人皆围看，俱猜不着。豹略来教山东人问："可是白笠壳么？"内应："是。"拆去送墨二匣。

山东人挂出对云："勖勔勷效劬劳勤劝勉君亲师一体竭力"，众看此对皆悚栗。许天开亦挂一对云："月照纱窗个个孔明诸葛亮"，山东人看了曰："此乃绝对，有谁能对？"天开在内答曰："能对绝对方奇才，有才者利器在手，都恐盘根错节，怕什么绝对？"山东人走回，亦挂一对云："圆口锡瓶，何用腰间插

---

① 榻：插（蜡烛）。本字"鐠"。

② 磨心塔：即福州马尾罗星塔，因建在江心石岛如磨心而得名。此谜底谐音"毛心榻"，"毛"本字"无"。

③ 长乐伙：对长乐人的谑称。长乐人自称说"我"，字音特殊，五委切。俗写为"伙"或"粿"。

④ 缚甑：制作蒸笼。

⑤ 福清糕：对福清人的谑称。"糕"谐音"哥"。

⑥ 长乐粿：对长乐人的谑称。

⑦ 汀州拐：谑称长汀人。

⑧ 刣连江鸡：刣宰连江鸡。"连江鸡"谑称连江人。

⑨ 罗源猴：谑称罗源人。"猴"是对山里人的蔑称。

⑩ 倾菱空笼：拟声词，若"叮叮当当"。

嘴”，此乃说天开答得厉害。天开看了，即写对之曰：“方头铜锁，不妨肚里生须”。此乃以他讥我不合插嘴，我以肚里自有深思①，怎插不得答之。

许天开知是参将之孙豹略所教，又出一对贴出云：“愧许宣罩蛇得选”，山东人对云：“藐樊哙屠狗登坛”。

山东人又写出：“一水一山一秀才，敢与山东斗赛哉”。（下注：水乃沧海，山乃泰山，秀才乃孔圣）许天开亦写驳之云：“圣人泰岱与沧海，都是陕西所分派。”（下注：文王我师也，孔圣之师出西岐。寇准《吟华山》诗云：“只有天在上，更无山与齐。举头红日近，回首白云低。”可知泰山不及华山之高。李白《将进酒》诗云：“黄河之水天上来，奔流到海不复回。”可知海水是陕西河源分派而来，可知山东之山水秀才，先陕西后山东也。盖陕西即西岐，樊家招牌有西岐二字，故以此来赛山东也。）

于是人众被天开十二三岁，有此博学多闻，山东人无以再答。时已半夜，豹略随家人携灯回衙内。翌日对父母说：“福州来一神童，昨夜与之对写挂灯谜，皆被神童押倒②。”即将前后之对句情由说过，金简、天仙听了，讶曰：“福州有神童，现在何处？”答曰：“乃东街乡亲杂货行对面绒线店之外甥，福州才来有数日。”金简曰：“我明日就去访他。”天仙曰：“可附带问福州山边支家。”

至次日，金简先至杂货店，说了一套，连步至绒线店，拜会斯恭兄弟。问令甥神童，斯恭唤至天开，金简一见其品貌似豹略。先问了姓名、年庚，住处。天开答：“姓许，名天开，十三岁，住省城怀德坊口。无父惟母，无兄弟。”又问：“与许翰林紫云可是同姓么？”答：“是同姓。”金简闻了非本族，即不问，只与盘问书史经典，天开对答如流。金简信是神童，便曰：“幸遇，愧无悬榻以待。”即脱手上玉镯，搭③天开手中，曰：“此物聊作贽敬。”天开揖谢。斯恭亦谢曰：“小子敢叨厚赐？”

金简答曰：“另日扫榻迎入敝署内，教导小儿，再慢慢来酬谢，此不过聊表微心。”斯恭曰：“令阿哥亦是神童，舍甥亦深仰慕，恨不得亲近。”金简曰：“慨不见憎，今就去叫他来会叙。”答曰：“若肯光降，幸之至也。”金简令跟人去邀④，斯恭笑问曰：“少爷贵籍山东，福州话如此纯熟？”答曰：“家父请一位西宾教小儿，乃福州人，盘桓日久，故会说。”

---

① 深思：福州话与“生须”谐音。

② 押倒：压倒。

③ 搭：放置。

④ 邀：引领。

少顷豹略来了，彼此同见礼。金简笑曰："两个面容、身势，有此相似，如亲手足，既又同姓，可谊为兄弟，好么?"天开答曰："民家怎与官家高攀?"金简曰："总要意气相投，何论官民。即在此结拜，好时时教益。"斯恭兄弟亦喜，即设香案。二人当天结拜，天开为兄，豹略为弟，又同拜了谊父、谊舅，遂排酒席。金简笑曰："怎的一来便扰?"斯恭曰："仓猝赶办，亵慢勿怪。"即一齐坐饮。

谈叙间，问曰："敝幕友托问，福州横屿许祥云，南禅山边支翁，此二家亲戚，近来何如?"斯恭曰："此二家弟皆不识，只记伙计说及许与支乃儿女亲家。那年许祥云闻支家宰猪，带子同去食肉，支翁存肉不与食，祥云因无肉不回。谁知一竭涩鬼[①]，一贪食鬼，相拒[②]七八日。大水忽至，二鬼之儿女被人拐去，寻访无踪。先告在县，访缉亦无。或言女卖杭州作烟花，男卖苏州做戏。或又言俱卖江西烧碗，至今十余年。现在两家父母都好。"金简又问曰："那怀德坊许翰林如何?"又答："近年开有当铺，只一子，早年亦失去，可是令友之亲么?"金简答："是。"席散，斯恭亦取出玉牌丝带赠与豹略，金简谢了，带子回去。次日天开随斯恭去参拜。天开进内与谊母及祖母拜见行礼，天仙见其人品清秀，亦喜之，留饮至晚，亦赠有金银回店。自此天开豹略往来不绝矣。

正是：只道神童谊手足，安知鸿雁结金兰。且看下回如何分说。

---

① 竭涩鬼：吝啬鬼。

② 相拒：相持。

第三九五回　投军伍拐子归正道　遇恶兽依鬼救生还

再说许参将已升为副将，常在海中征讨番贼。那日回泉州，其子金简带天开拜见谊祖父，述天开乃天生神童，曾与豹略谊为手足，教益豹略学问进益等语，说了一遍。参将闻了甚喜，又见其品貌韶秀，爱同亲孙，常留在衙内。其丝线店两个娘舅，因姐有言，遇好机会听其所之，故任之。此且按下。

回说光棍西北风，拐卖了许汉汝、支天仙，银得三百余两。走至漳州开店不如意，造货[1]又折本，不四五年将几百银弄得空空。依旧又作光棍，无所不为。别人作，无几时即出破，惟他能神出鬼没，竟不至破。十数年拐银多少，容易来容易去。无家眷，惟与几个后生为接应，认作子侄。只有一些好处，遇本乡有灾难，银钱不计，必尽力救济。因此疏财，人还称之为善人，不知其为光棍。更有拐人之子女多得有好处，不卖与为奴为娼，故少有怨恨，惟各家之父母哀痛难堪。只瞒别人，瞒不得自己身上之三尸神。

原来身上皆有三尸神，名彭琚、彭瑨、彭玠，居于内府三焦，察人之行为。每至庚申日，上天奏报人之善恶，故道家逢庚申日不敢睡，睡即三尸神出腑奏报，不睡则不能出。康奴所行之事，被三尸神上天奏报，功多过少。天帝即命阎罗王，勾康奴之生魂，拷究其过，多拐人之子女等情。阎王以拐人之子女，致人骨肉分离，先将康奴魂押投于市上排卖猪肉桌上，与他慢慢受苦，剔骨、割肉之现报活罪后，再押入地狱受死罪。那康奴在家睡梦中，被鬼卒将魂勾付猪肉桌。次日，即不能起床。那市上买猪的，有人来买，即割一刀。康奴床上叫苦，自早至暮。肉卖完，割止。康奴遍体皮肉自裂开，血流满床，日夜叫痛。至半月，一夜又梦至森罗殿，向阎王哀求，从今以后改过行善，其痛渐渐愈。起床自改名为康复生，投营入伍当兵。

适荷兰番众反叛，在海岛掠劫客商。提督万正色同许参将带兵征剿，康复生拨在征兵队。许参将认是旧日买儿媳之媒人，放为头目，留本船内，同驾船

---

[1] 造货：（商品）生产。

前进。那番皆无纪律，一鼓杀他大败而逃。水淹、火烧、刀伤、箭射死的不计其数。许泰挥船追杀之，尽灭。正思奏凯回船，却遇暴风把尾追之战船，各吹散一方。

许参将之船漂出外洋，四昼夜不能收泊。至风定，拢一岛屿，不知何处。参将令康复生带数十弁兵，上岸探何地方。其地并无人烟，旋入内山，只见一人，比开元寺金刚更大数倍。众目兵大惊，急跑回头，只数百步。被此大人只数步赶及，分开两手，如大高洋[1]，把数十人拦住，驱入山谷中。大人跨坐山上，伸手入谷，扯一个，扯去衣服，拿口中咬食如食鱼鲄[2]，并五腑尽嚼完。拔一条野长藤，抓出一个，将嘴巴横串透过，个个皆如是，将两头环结，挂于树上，如同鱼贯。此大人遂去，似是去呼其侣。

那康复生先被其驱入山谷内，傍有小洞，将身钻入。先将石块遮掩洞口，那大人一直看内已无人，不知其潜存于边洞内。侦巨人去后，赶出来爬上大树，解脱大藤条，放下同伙。众负痛各跑回船，只抢撮言之。许参将惊曰："此乃大人国也！快起锭[3]避之。他会凫水来拖船。"紧令水手将狼机大炮各装火药弹铅子待之，立刻起锭开船。约有二里零，那大人追至海边，其快如飞，将凫水来。船中放起狼机大炮[4]，打倒两巨人，其众始惊走。船便放心缓行。诸官兵皆感康复生自虎口夺救数十人性命。

既离了大人国，又收泊一岛。康复生又带数个雄壮之兵，各执刀斧上山探看，便遇番仔一群，只有猴大，见众兵皆跑走。兵开枪打死一半，跌仆在地。众兵拔藤条，将十数个缚作一束，以长枪、长藤扛抬回船中。许参将看了，曰："此乃小人国也。"时粮将尽，命将此宰煮而食。

船又开去，收泊一山。复生仍执枪刀上岸，见番仔浑身鳞甲，脚手如鸡，先只数个，须臾呼群涌至。众即放枪，中头面倒地，中其身皆不能透甲，铅子自坠落。那番见其侣打倒，亦怕皆跑走。众兵亦抬回船，将其割开，剥去鳞甲煮食，不烂如柴，遂倾于海中。时粮已尽，谅山中必有野兽。次日，结队去打猎为粮。该番已逃避无踪，遂打有鹿兔等类，落船[5]煮食，众遂饱。

一连三日打猎，那日分散各山头射打。康复生追一鹿过岭，山谷内突出一虎，复生不觉被虎抓驮背上，复生人已惊晕。虎将人驮入内山去，丢于谷中，

① 大高洋：高大的杉木。

② 鱼鲄：小鱼干。

③ 起锭：起锚。锭：船锚。也作"碇"。

④ 狼机大炮：即佛朗机炮，是一种早期的后填装滑膛加农炮。

⑤ 落船：下到船上。

移大石盖住便去，复生心犹稍定。须臾，有人在面上挪开大石，伸手来拖。复生见其赤体散发，形容苦恻，[1] 便问："是人是鬼?"答曰："实是鬼。因见汝遭难，特来救汝。"问："虎怎不食而去?"答曰："虎带恶兽来食，不快走顷刻命休。"又问曰："山路不识。"答曰："今可先爬大树顶，俟其来后自去。"复生出壑，爬于极高之树上，密叶掩蔽偷看，其鬼移石仍旧盖住壑面，鬼便不见。须臾虎驮一兽，其状如犬，跨坐虎背，来至壑边。虎蹲着，其兽跳坐于岩石，虎推开壑石，不见壑内之人，四顾无踪，便有惊惶之状。那兽坐石上许久，自走至壑边，只举前足，向虎头额拍数下，虎便倒地。兽自去。

复生在树上，看之了然，未知虎死否，犹不敢下。鬼又现出，招之始爬落。鬼曰："今难过，[2] 得命还乡。"复生遂拜谢救命之恩，谓曰："深蒙再生之德，敢问出处名号，还乡设位报答。"鬼曰："我中国福清人，名阿七，家有妻子，为山东船水手。五年前漂风至此山讨柴[3]，被虎抓献兽致命，魂魄无依。今日见君亦遭此厄，故来救援。不意虎被兽拍死，可消怨恨。惟不知君何处人，因何至此?"复生听了曰："原来是本乡亲。"即将奉令征剿荷兰，得胜奏凯，被风漂刮之情由告之。阿七喜曰："幸遇乡亲，得归故土，今即随君回去。"复生问曰："即是鬼，不怕人众惊疑乎?"答曰："不现形，只暗随。若有入店、过关、过渡，君只叫'阿七随我来'，我有应'来了'，君可知我在身旁，只如是引带家乡可也。"又问曰："食何物?"答曰："只餐风饮露而已。"复生曰："沿途只呼邀引，极为容易。可先带我出山，迟恐跟随不及矣。"于是复生即令阿七先行，引康复生出山矣。

正是：大块虎惊小块猱，他乡鬼救故乡人。且看下文如何分说。

---

① 形容苦恻：表情凄苦。

② 今难过：现在磨难已过。

③ 讨柴：打柴。

第三九六回　发心向善神护鬼远　漂舰报功兵擢官升

却说康复生随阿七鬼出山，一面行一面问曰："世间惟虎最恶，哪有更恶于虎之兽？只犬形状能制虎，如是到底是何兽？"阿七曰："此兽名獇，制虎豹，俗呼为硋犬。虎常屈意奉承，供养买好。少不如意，獇一怒，虎胆便惊破。此处番甲坚，肉砺不可食。惟获鹿兔等类，献与吮食其脑。遇有获人，他只食脑，虎食肉。如人被伤死，獇即不食死脑。虎故不伤只驮。我五年前亦被存壑中，虎驮獇来，先食活脑，后虎食肉。此番驮獇至，无人可献，虎已惊半死。獇以作弄，怒而拍之，虎便惊死。回去可令同伙，把虎拖回开剥，看其胆必破裂。"

复生至海边，鬼遂隐去。众待复生至，问其何迟，复生将被虎驮去遇救等情，说了一遍。许参将不胜骇异，即拨多人执械寻旧路，抬回死虎。开剥，胆果破。许参将曰："虎豹不止制于硋犬，还制于蝟蛇。书中有言，蝟蛇使虎，仲蛇令豹，皆以小制大之谓也。"船中有野兽当粮，又添虎肉，众遂不至枵腹。复生呼阿七鬼登舟，便开去。

又行数日，收泊一岛，又上山查探。该番有衣，知礼义，有通事[①]来查问，送粮米水菜进船。原来是儋耳国，地近广东，其人与中国相似。惟两耳开起如掌扇，厚如蚱皮[②]，可垂至脚。日时卷起，担于肩上，至夜放下，半边作席，半边作被而睡。诸官兵至此国，番王令人代修船给银。番兵引到广东地界而回。官兵遂陆行，沿途有地方官供给口粮。逢关过渡，复生叫阿七，阿七有应声。

至同安歇旅店。有一人号油漆杖，早年同作光棍，亦歇店。遇见复生，便说久违。油漆杖多备酒肴，饮叙旧情，中间彼此问近来景况。复生将十余年之情形略言之，油漆杖曰："能改邪归正当兵，好极。我已改前非，勉学为善，颇成家业。汝若肯行善，必亦成家立业。"复生问成家之由。答曰："前所赚之银，日夜忧恐出破。那日至乌石山道山观闲游，见壁上题有八句字云：

---

① 通事：通外国语的翻译。

② 蚱皮：海蜇皮。

勿损人利己，勿口是心非。

勿见财忘义，勿暗室相欺。

要平安守分，要广积阴功。

要轻财重义，要济急扶危。

“因读此八句，便惊心触目，思平生所为，皆背此四勿四要，若不赶早改过，祸至改之不及！又思四勿能勉力奉行，四要中安贫守分，犹能勉为，其广积阴功济急等怎能之？思三昼夜，虽作宰相犹不能，况我等？想平素颇知外科，莫若投于行医道山观之卢道人为徒，学成医道，便能积阴功，轻钱财，济急扶危矣。即投作道人徒弟，每日背药箱随之行医。当了三年，外科杂症皆精到。无何师死，自挂招牌行医。富者任其自送，贫者分文不取。十数年娶妻、生子，并积些财产。此回厦门提台阿哥[①]生背之症，差人来唤，遂去医治。将匝月痊愈，赏有番银[②]一百元。昨日辞回，不意遇着故友会叙。今吾兄归正从戎，若再遵奉四勿四要，将来富贵易于反掌。”复生闻了曰：“原来我兄成家立业，乃从四勿四要来。我今起遵奉此四句行为，但弟系在营伍，临阵杀人，汝一刀，我一枪，求功怎能遵奉？”答曰：“为国除乱安民，比那图财害命，迥异天壤。去年福建有一甲兵，随亲王进闽，杀人无数。一日身上穿盔甲，一手执刀，一手持枪，与本官告辞西归。至九仙山平远台，预架有柴塔，登坐其上。本官亲自赶至问故，甲兵塔上立起，高声念云：

身在戎行心出家，半披铁甲作袈裟。

长枪刺现菩提子，钢刀拨出白莲花。

念完柴塔中火自腾起，顷刻焚上塔顶，只见甲兵在浓烟中，端坐白莲升天而去。火尽，寻无余骨，可见借火西归成佛，此不是当兵之人耶？古之五百罗汉皆海洋大盗，一朝归正，同超天界为佛，此之谓苦海无边，回头是岸也。”复生闻了曰：“当兵亦能成佛，我今改尽前非，遵此四勿四要行为，不敢有怠。”二人谈饮至半夜，各自归寝。

天明油漆杖先去，康复生唤阿七出店，连叫无应，又至前后呼之皆无应，不敢即行。俟同帮尽去，独自呼叫不休，遂闻阿七鬼在远房，有答声：“在此。”复生赶前问：“怎不来同行？”鬼又跑远，答曰：“我今不敢近汝身旁，蒙带还，自能识路。等汝出店作谢，自己回去。”复生问曰：“沿途皆相随，今怎不敢近？”鬼曰：“因昨夜汝决意遵循四勿四要，小人变为君子，阴鬼怎敢近之？遍

---

① 阿哥：对权贵人家男孩的尊称。

② 番银：银元。

顶华光灿烂，百神来护。明见无异，暗自改形。承情带回至此，福州就在眼前，我今日得归故土。”又问曰：“我受再生之德未报。”答曰：“才用多少心力，何德可称?”又问曰：“何时再会?”答曰：“无会。”再问杳矣。

复生遂同许参将回归，将征荷兰追杀尽灭、后遇风暴船漂各异番情形细叙，详文通报，随送丁兵嘴疤痕并番虎皮等请验。万正色提台奏达朝廷，即升许参将为镇海总兵。康复生议叙授海坛[①]把总，其余各有赏给。复生即去福清访鬼阿七之妻，至其家，其妻泣曰：“丈夫阿七，五年前作山东船[②]水手，没于海岛无回。只有一子，与人撑船，日食难度。月前见丈夫进家，忽然不见，疑是魂魄由来”等情诉说一遍。复生即将在番岛遇虎被救，带之同回，途中分路等情说知。即取出银四十两，交阿七妻安家，带其子至海坛入伍食粮，慢慢照顾，以报阿七之德。盖阿七之鬼在番既能救人之命，有形有迹，回家怎不能救济自己之妻子贫穷？殊不知人死如灯灭，无踪而杳。其阿七之鬼被虎糟蹋死，其冤魂未散，救了复生，方得随带还乡。今现到家见过妻子，便心愿[③]魂散矣。

正是：死鬼若能为祸福，活人何至有孤贫。且看下文，如何分说。

---

① 海坛：平潭岛。

② 山东船：一种行驶于沿海的运输货船。

③ 心愿：心甘。

第三九七回　兄弟怀才联登翰苑
南翥存钿遗子归宗

却说许参将升为海坛总兵，康复生补把总，随奉部文，以许总兵征荷兰有功，行取子弟二人到京考试，补授文武京官。缘许总兵只一子金简，即汉汝，已世袭参将；又有四孙，三个幼少，惟长孙豹略。将谊子天开为侄孙，同豹略送去泉州丝线店，天开郎舅樊斯顺带几个老练家丁沿途照顾护送。先至省城，天开邀豹略拜见其母。南翥亦喜，接待隔一日①。

即长行至北京赴礼部试，文才学问皆佳。届北场科举，二人禀请入场，准以官生入闱。三场考毕，兄弟同榜，遂留在京会试，俱中二甲进士，皆选入翰林，随告假回闽省亲。斯顺仍同家丁等护送还乡，住于母家怀德坊口。乡邻皆知许天开随娘舅去泉州，与许总兵为谊孙，得此侥幸，无不称羡。

那日两翰林要通拜乡里②。许紫云在南门支家，见二兄弟往拜各乡里，只步行。看天开之容貌举止，与嘉仁无异。尚未拜到，自家赶回，令家人预备茶烟。入对妻说："待他来拜时，迎入厅堂会叙。汝可去围屏后偷看，可似嘉仁否?"

须臾二兄弟来拜，以宗晚生拜紫云。紫云亲自出迎，入内厅同行了礼，谈叙递茶，问："二位贵庚？何籍?"天开答："怀安迁闽。十六岁。"豹略答："山东籍。十五岁。"紫云因初会，不敢追究天开根源。紫云平素心肠最硬，惟此回一见天开，不觉会自伤心坠泪，坐许久牙紧难言，泪湿不干。二人亦自可疑，遂辞而去。紫云送出，回头入内问妻："似不似嘉仁?"谁知其妻在后，看天开似是真嘉仁回家；思失去已十六年，论岁已三十二了，怎的容颜如故？又思天下人，哪有相似至此？再看其举动、声音皆似，忍泪看去。至其去后，入房大哭。紫云说："且慢哭！即去细查他祖父来历便知。"

出街寻一相好之邻人，查新翰林许天开之父是何等人，其子如此少年便能

① 接待隔一日：招待住了一夜。

② 乡里：乡邻。

发迹。诸乡邻皆曰："只知其母乃丝线店樊凤鸣之女，名南翥，其父早死。凤鸣作承行[①]，多出外，诸子或作别店或学艺，都不在家。惟女在店中照顾卖线，益未见有纳聘出嫁，招婿上门，忽抱出子天开。凤鸣不知得何横财，南街开张大丝线店兼坐货[②]，一家都搬去大店，惟南翥尚居旧屋。其父又拨二子去泉州开店，带外甥同去。因天开貌美，许总兵认为谊孙，方得此番侥幸。只知天开之母底止，实不知其父何等人，家在何处。乡间人无不疑之，忖度必是家中无人，任其招引后生子弟入内奸宿，生出子来。其父无奈之何，听之抚养成人。"

又一乡人驳之，曰："那二使[③]既有生子，就该聘娶过门，否亦应时常往来，何致毫无形迹？"内有刻薄的应曰："一定是上马风死，或回家后伤寒死，故无再来。"众闻之皆笑，骂其刻薄。

紫云将此情形回述与妻听。黄氏道："事既有因，今当如何分辨？"紫云曰："来日具帖，单请天开来会叙。饮酒之间，便能详问其祖父根源。"黄氏答："是。"原来两个中，天开似父，被紫云观出；豹略半似其母，紫云认不出是其侄孙。

于是，紫云次日以乡宗教弟之帖，单请天开，即请候叙。天开接帖，入与母说许翰林紫云饮酒之事。南翥问曰："昨日往拜，许翰林有会面么？"答："亲出迎入内厅谈叙，他只问年庚、祖籍后便流泪不止。屏后又有妇人伸出头来看，内中有何缘故，殊不可解。故问母亲，去与不去随便。"南翥含泪曰："原来有此等情形，中间必有缘故。吾有一只番钿，与吾儿带在手中。他见此钿必脱去看，若问来历，只答先父所遗，他必将钿留住，不与吾儿回归。吾儿不须怕，他必自来问，才有分晓。"

天开讶问曰："钿既是我家遗物，并非盗来，怎致他人盘问？既知他会盘问，何必带去，与之生疑？"南翥又含泪答曰："此物娘存十六年，以吾儿未出头，不敢现出。今吾儿驷马高车，应当返本还原。"天开不能理会，又问此钿之缘故，南翥答："不须说，明日便知根由。"天开再三求说不肯，只得退出，心中不胜怀疑。次日早起，便穿衣带钿。至中午，紫云又遣家丁来催请，天开亦不坐轿，只自步行前往许紫云家中应席。

正是：祖先会面不是孙，何知父母问根源。且看下文，后事如何分说。

---

① 承行：经纪人。

② 坐货：囤货。

③ 二使：奸夫。

第三九八回　许紫云查询失子尸　樊凤鸣详述遗腹事

却说天开心中怀疑，不坐轿步行前去。紫云迎入内宅观看花木，至一池亭，周围皆竹，嫩笋遍地，景界清幽，称赞不已。紫云又遣堂侄名维成出陪，自陪一会入内，叫妻在亭后偷看。看后谓紫云曰："不但行动举止似嘉仁无二，还有一件大凭据。老爷不觉他左手腕所带一番钿，与嘉仁原带去的无异，可脱来看便知。"紫云曰："只看其面，故不觉其手中有钿，今出去脱看便知。"遂出去分发排席，登座饮酒。

紫云笑问曰："家先生令祖令尊是何名讳？作过何官？"答曰："先祖名芝筠，曾为翰林院庶吉士。先父名葭瀛，学生未出娘怀便去世。"又问曰："令尊君仙逝在何处？"又答："闻家母说，来外祖家暴病而卒，年只十五岁。"

紫云闻了，便知其子被天开之母招入，偕成佳偶，遗腹丧命已实，便不再问，惟劝酒食。有一会，紫云问曰："家先生手中番钿未知是否真的？可借一观。"天开即脱下递与，紫云看了曰："是真的。"天开便问："老先生格物，有何讲究？"紫云曰："此花鸟洋人，慢慢细看，似会转动，故知真是红毛国来的。"又问："此宝从何来？"答曰："家母所赐，说乃先父所遗。"紫云曰："可借与内人一看。"随谓维成曰："可陪奉家先生慢饮谈叙，今夜即留在此盘桓。我今进去，有许久才能出来。"

紫云言讫，带钿入看，交与妻："看是我家故物否？"黄氏接看，便哭曰："钿在子何往？怎不教人心肝裂碎耶？"紫云笑曰："何用伤心？子虽没去，还有孙在。"黄氏问："他实是我孙否？"答曰："怎不是？问他籍乃怀安，怀安即怀德坊也。祖父名许芝筠，曾为翰林，不是我是谁？其父名葭瀛，十五岁死在他外祖之家，可见是嘉仁被他母私招偕偶，暴死其家，遗腹生得此子。问来钿之来历，说是伊父所遗，此还不实。惟不知其父之尸，存于何处，不便再究。现有维成陪奉，我去他家，与其母讨嘉仁之尸可也。"黄氏曰："怎好便去？他若不认，怎处？"紫云曰："我自去见他母，自有分寸说，他亦不敢隐而不现。"说讫，即由后门出去，往天开家中。

再说南翥知许家必有人来讨问故夫之尸，待子出门，即遣人去叫父。凤鸣来，问何事？南翥大哭曰：“请爹爹来，非为别事。女儿前所言，十六年前与怀安许郎偕偶，生子天开。后许郎无来，不知生死，彼时因真情难于尽吐，尚有掩饰之言，今可从实告明。许郎非他，即本乡怀德坊翰林许紫云之子，名嘉仁。往来几次，赠有金银并金番钿。那日暴死，女儿惊怕，不知何故，无奈将尸存于地坪[1]下，随生遗腹子天开，年十六岁。尸存十六年，无人能知。若子不发迹，其尸永没地坪下，亦不敢出现。今幸子登科显耀，应当认祖归宗，迁尸营葬，方敢说出实情。今日已令外孙带钿去认其亲祖，他必来会，讨子之尸，女儿怎敢与言？故请爹爹来代女儿答话，勿致其恨忿才好。”

凤鸣听了还笑曰：“原来有此缘故，怪道[2]吾女不肯搬离。但嘉仁既是许大胆之子，天开便是他孙。其尸已十六年之久，不过化作白骨，有骨还他亦可。犹无许快[3]。他与我讨了尸，我还要与理论，无一二千银起尸认媳，许容易？”

父女正在对说，外报许翰林爷来拜太夫人。凤鸣即出迎曰：“许大胆此来何事？”紫云见是凤鸣，亦笑答曰：“胡蝇鼻[4]几时到来？”盖二人乃少时同学，往常紫云有买绸缎、绒线，皆凤鸣经手承行[5]，故彼此常有嘲玩说笑。胡蝇鼻乃作承行之混号。凤鸣即请入座。

紫云先问曰：“新翰林许天开是汝何亲？”凤鸣应：“是我外孙。”又问曰：“天开之母是汝亲女么？”又答曰：“不是亲生，还是市上买的？”又曰：“既是亲生，请出来有事问之。”又答：“我女今日有恙，有何事对我说，我进去转言。”紫云曰：“此事极大，转言不得。”凤鸣曰：“事有多大？”紫云曰：“有天大。”凤鸣笑曰：“我女十数年足不出户，外孙京都才回来，还有什么事比天大来吓诈？不快去，拿狗棍不便。”

紫云曰：“汝女谋财害命，有赃有证，怎说吓人？”问曰：“我女几时有谋财害命？”又答曰：“十六年前。”又笑曰：“就是有事，当时何不告发？至十六年，尸化事冷，物故人非，才来说话。”又答曰：“前未访出，今日才获真赃。先来查问，既谋死，尸抛何处？肯献出尸，从中犹可酌裁。如不献出，告到地方官，便难挽回矣。”凤鸣曰：“既有真赃实据，中间是何情节？可说来我听，亦不用对我女儿说，亦不须控告于官，我自有一番理论。不说明情节，没头没脑，叫

① 地坪：地板。
② 怪道：难怪。
③ 犹无许快：还没有那么快（把尸骸还他）。许：那么。
④ 胡蝇鼻：苍蝇鼻子；以苍蝇嗅觉灵敏比喻人消息灵通。
⑤ 承行：经纪人。

人何处去摸？”

紫云曰：“今就对汝说亦可。我自幼与汝同窗读书，家中之事汝都尽知。我只一子名嘉仁，十六年前，十五岁之时，手带番钿出街无回。只道被人拐卖他乡，四处查访，谁知查远不查近，即在本乡。因嘉仁有三分容貌，却被汝女南翥勾引入内室迷恋。我子年尚幼，不知走避，听之关弄。后见手中番钿，顿起杀心，谋宝害命。不意汝女遗腹有孕，生下一男即天开，直至十六年无识破。因天开来拜乡邻，我见其容貌、举止，酷肖我子嘉仁，始疑之。今日特请来饮酒，又见其手带番钿是子故物，查问此钿何来，答是故父遗的。又问他祖与父何名，他不忘本，说是我名，其父乃是我子之名字，字异音同。要再问他父葬何处，他答未出世，故再不问。事隔十六年，今日才水落石出。此番钿不是真赃耶？天开所言岂不是实据耶？现将天开留住我家，我先来查尸存何处再论。今说明了，可是吓诈么？”

凤鸣听了，从容答曰：“十六年前，有人撞入内室强奸我女，原来就是汝子。今日方知汝胆大，汝子胆更大。今我亦说情节与汝听。十六年前某月某日薄暮时，我女一人在店内后房成衣，有一后生突入，将女挟抱上床行强，他要喊叫，把银钿塞入口内，便叫不出声，遂被其污玷。适我在外回来，见店无人，以女在厨房烧火，由边门进灶前，那后生突由柜面爬出而逃，遗落一番钿在床上。始知女被人行强，追之不及。我女泣说被强情形，以无脸在世，即要去死。我说被人行强，走不能脱，并非窃玉偷香者流，何用去死？那番钿庶民家皆无，必是在近之乡绅子弟，有此番钿，便知行强之子弟，待我慢慢来访，以强奸闺女指名告之。那强奸人头便不能在肩上矣，与汝泄恨。

“以此劝之三日，方不寻死。谁知腹有遗胎，生下天开。女以有终身依靠，便不再嫁。此行强之奸人，我足足访至十六年，竟访不出番钿之主。今日汝自来出首，我正要控汝纵子为非，还敢来讨什么尸首？汝子无归，必是又强奸别家闺女，不是被其父兄堵杀，亦是被拿心慌，或坠于江，或落于井。若尸在我家存于何处，十六年不能破？今可念遗腹贵显之子，前情不究可也。若一定要讨汝子之尸，我即以纵子为非，强奸闺女，以钿为据，控告各衙门，看汝如何？”

紫云闻了曰：“此等说，倒拍[1]猪八戒一耙。不献出尸，天开想回万难。”答曰：“他乃清贵朝官，谁敢擅拘？”紫云又曰：“此事若破，则天开三代不清。去了官还有罪及汝外太公，亦念遗腹有贵孙，前情不究，只讨尸回安葬收煞。

---

① 拍：打。

若尸无着落，还是生死不明，不但我为父的心不安，即天开为子，有敢安心为官耶?”

凤鸣因闻此说，停吟一会，转一板曰：“我哪知汝子嘉仁。今乃儿女亲家，无麒麟元宝盘，怎去得?”紫云答曰：“麒麟元宝盘另日送去南街丝线店里。今日我与汝商量买灰。”凤鸣曰：“汝既有开灰炉，叫我去买灰也好，且去赊二担来漂布。”遂同起身，紫云带凤鸣齐到自屋，见天开席还未散。凤鸣笑谓曰：“汝娘叫我赶汝回去。我说汝已到清风亭，怎能赶回? 今汝回去不回去?”天开茫然，不知所谓。紫云笑曰：“汝以我与他已认了亲了，殊不知并未言及，还作贵客相待，汝此语叫他怎知?”凤鸣曰：“原来汝祖孙尚未相认，被汝拿风捉影透出①。只是汝一年旧红老②，还要多费数坛才好。”紫云笑曰：“田园大熟，何在鸟雀?”

凤鸣对天开曰：“汝有敢在此为上宾，坐大位? 还不知许大胆是汝祖父，内面大胆妈③，是汝祖母，今还不叩头谢罪?”此时天开始觉，昨日母言有因，至此尽知根源，即趋向紫云面前拜曰：“恕孩儿不知父母根源，冒渎祖父，罪该万死。”紫云扶起，泪曰：“今日认一贵孙，门风增光，见一死子，肝肠碎断。”凤鸣曰：“子虽死，幸换得贵孙，喜可消悲。”天开遂入拜祖母黄氏，黄氏此时在屏后窃听，已尽知相认之情，遂扶起天开，哭泣不休。

天开趋出时，日已暮，即重整杯盘，同食夜膳。凤鸣笑曰：“今可祖孙会饮，令天开执壶。”紫云笑曰：“绰绰新④翰林来执壶。”凤鸣答曰：“不如是，便不见是汝之亲孙矣。”于是紫云与凤鸣坐东西位，维成坐上横头，天开坐下横头。紫云又问：“嘉仁之尸实在何处?”凤鸣见紫云并无怨恨之色，始肯从实说明。众人一面食一面议，明日去收尸入棺，就本屋开丧。七满后，媳同孙搬转来⑤团聚，屋交还樊家。

凤鸣曰：“屋作权屋许久，樊家亦不收回，要汝买去。”紫云曰：“要我买就买，钱拨十千去作屋价。”答曰：“有许贱，只值十千文。”又问曰：“比汝看⑥，值几多?”答曰：“念友中加亲，算一千银就是便宜。”又问曰：“几堵屋⑦价值

---

① 透出：套出（实情）。
② 一年旧红老：一年陈的红米酒。
③ 大胆妈：称许紫云的妻子。妈：音同“马”。
④ 绰绰新：崭新的。也作“簇簇新”。
⑤ 转来：回来。
⑥ 比汝看：依你看。
⑦ 几堵：几间。

上千?”答曰：“无论屋之大小，一来是我祖居发家在此，二来存顿汝子尸首，汝孙登科入翰林，汝又大发财开当店，可见此吉地，乃真牛眠吉穴，怎样不值一千两银?”紫云笑曰：“好厉害！斗屋高抬时价，今就凭汝说。明日开看，若尸不改变，即交一千两作屋价。”

又问曰：“我子实在拿有多少金银去汝家?”答曰：“拿有珠串大小金银都是我得，惟番钿被汝媳妇存匿不知。若早知，亦将此财换银凑用。但我平素不取无义之财，因爱女被其破瓜，五色线又转赠无数，故拿来南街开店造货[1]。我明人不做暗事，照实与汝说。今生有贵孙，汝还有敢来讨回。不但汝不敢讨，我还要汝补送娶媳三财六礼。”紫云笑曰：“作承行的人，无刺起桶沛[2]。财礼要补送几多?”凤鸣亦笑答曰：“三千五千在汝[3]送，至少亦须成千。”紫云笑曰：“先与之珠串并金银是土沙粪草?”答曰：“此乃汝子上门拜见之贽礼，再多都不在财礼之内，我亦还敬有五色线，都不计算。”

紫云曰：“说起五色线，因嘉仁无回，查内房失去大珍珠一串，金银大小一十六锭，番钿还是戴在手上。嘉仁失去之后，在他书箱内，搜出百余色五色丝线，每包只五六条，竟忖度不出此线何来？今汝说是还敬，我今日细想起来，并不是汝还敬的，必是先以买线为由，渐至鱼水，非一朝一夕，无半年亦有数月。汝先前所说之情节皆虚捏也，听之不得。”凤鸣曰：“听不得就莫听。只论代汝养媳，教孙成名，亦值千金。”紫云笑曰：“再送一千两银与汝作酬劳，谅汝亦无物再刁难矣。”座上两个言来语去，天开惟斟酒静听，方知父母之情节。至半夜，始各去安寝矣。

正是：不听两祖说遗物，曾知双亲买线缘。后文如何，下回分说便晓。

---

① 造货：制作（货品）。

② 无刺起桶沛：俗语，字面意思是能从一根木刺中割出桶片，比喻极其精明，生财有道。“无”似为“毛”字误写。沛：木片；本字“柿”。

③ 在汝：任你，随你。

第三九九回　尸迁葬嘉仁成地仙　儿归宗拐子为上客

却说许天开同外祖在紫云家隔夜[1]，天光，欲先回见母。凤鸣曰："汝母都知道了，停一会同去家中，起汝父尸。"遂同食早饭。棺已漏夜作便，遣人送孝衣与南翥穿，把前厅门脱开至内房。须臾，天开披麻执杖，随祖父母同至。豹略在南街店内，亦穿素衣而来。南翥见公婆先参拜了，方才穿麻衣裙。凤鸣嘱曰："见尸且慢啼哭。"那工匠掘起地板，翻起棉絮，现出嘉仁尸首。众围看容貌不改，十指甲皆长一二尺，环绕身上，并无一些臭气，无不称异。将尸抬起，放于板上，解开指甲，脱下旧衣，浑身仍如生人，换穿朝衣补褂，众共说貌与天开双胎兄弟一样。

那时多人进看，有一白发老人带一白脸书生，在人众中同看。其老人问书生曰："今愿否?"书生曰："十六年来存暗处，今朝才得导见青天，愿矣。"老人曰："今可同游三界外，万古逍遥作地仙。"

紫云同妻坐在尸旁照顾，那书生趋向面前拜下。紫云问谁，答曰："不孝子嘉仁。"紫云同妻闻言看真，果然是嘉仁。正要拉问，却被老人向他肩上一拍，俱缩地而没。众人见其形与尸无二，正惊异间，忽然不见。众共说："魂来拜辞父母，惟不知老人何人?"南翥曰："常梦短命夫郎说，蒙地仙叶夔郎收去。今因出暗归宗，同师来拜辞父母去远游不返矣。"一家便放声大哭，即见其尸鼻孔中有血涌出滴地，须臾肉色变死白。凤鸣曰："赶紧入棺。"收殓毕，即设灵开丧，七满棺运横屿祖山安葬。

丧事已毕，天开同豹略先去任所。紫云欲接南翥去团聚，凤鸣笑曰："屋价未交，人怎说出门? 今由汝讲，尸容如生，即拨银一千，可无言么?"紫云曰："一言既出，驷马难追。人先去，银另日兑。"凤鸣曰："还要补送财礼一千。"紫云曰："也就送一千，只是汝拿去亦无所用。现接开东街一间当店，本钱一万。汝来合伙，一人出银五千，汝再兑三千，得息均分，如何?"凤鸣曰："此

---

[1] 隔夜：过夜。

还可以。”即嘱二子斯恭，把泉州店收回，去掌管当店。紫云遂将樊氏媳妇守节事实，呈请咨部建坊，后建于学院前。至雍正年间，被火焚毁。

一日，紫云至南街樊家。凤鸣曰：“今且宰一尾大猪二百斤，汝来无别味，只是肉。”紫云曰：“因闻汝宰猪才来。”须臾，排上白煮、黄焖[①]、烧片、小炒，无碗不是肉。谁知两亲家都是肉匠[②]，食来碗碗空空。紫云曰：“我想汝必将肉收起，捧菜头[③]来请我，谁知汝都排出请我。”凤鸣曰：“此是自家宰二百斤，食几日才完，汝一个能食几多？即叫汝一家人来食，亦不完。”

紫云曰：“汝还不知一事，只因几斤肉不舍得，失一女。那人亦因贪食，失去一子。因小失大，后悔无及。那人就是我亲堂兄，名祥云，我念其无子，将自己长子汉汝过继他为嗣，他只一女出嫁南禅山边支家为媳。那日祥云闻亲家宰猪，带子汉汝去食肉。谁知其亲家鄙吝不堪，竟把肉收起，只把菜与菜头[④]捧出，祥云无肉食不去。适下雨，故意作一草人，菜头为头面，身上以菜叶作衣，指与祥云看曰：‘此人不是人，前遇雨不去可以，今既晴还住不去，可知不是人。’祥云答曰：‘真不是人，若是人必有肉现出，可知不是人之至。’那支翁作此讥刺祥云，谁知倒被其刺。祥云见无肉仍不回去。雨又下不止，溪水忽骤至，冲淹上屋，家家讨船走[⑤]。支家先搬物件，讨运船撑去寄顿，再来运人。

“那支家有一女，十六岁，名天仙。那祥云之子亦十六岁了，都被光棍拐去，今已十六年，查访无踪。此陋恶对陋恶，因小失大，怨恨不了。我此回与子开丧，遣人叫他与嫂同来，他说我有认回贵孙。他子无归，没面见人，俱辞不来。但他子乃我所生，他哀痛，我岂不哀痛？前所说都是将他来比喻，并非无稽之谈也。”说讫，叹了一气。

凤鸣闻了笑曰：“我怕失子，故赶捧出肉与食。汝哥现在何处居住？家事如何？”答曰：“住横屿，食用有余，只是乞食相[⑥]不改。明日是他生日，我在家便去，不在家无人去。所办酒食，有七没八[⑦]，哪里会饱？那恶习亲家，无年不去。”凤鸣曰：“汝哥祥云我识得，山边支翁我亦识得，明日我与汝同去拜寿会会。”紫云曰：“汝去？来往十余里，食一腹风[⑧]回来，悔之不及。”凤鸣曰：

---

① 黄焖：一种烹饪方法，即加酱油、糖等焖煮，也称红烧。

② 肉匠：谑谓专爱吃肉的人。

③ 捧菜头：端来萝卜。菜头：萝卜。

④ 菜头：萝卜。

⑤ 讨船走：雇船逃离。

⑥ 乞食相：乞丐样子，比喻一副穷酸相。

⑦ 有七没八：指不像样。

⑧ 食一腹风：此处指吃不饱还惹得生气。

"谁食他的。不会自带去?"又问:"带什么?"答曰:"不带去便罢，带去便多多的。家中现成猪肉砍半爿[①]，鸡、鸭各带七八头，羊牵一头，鲍鱼、鱼翅、海参等干物，分装三四担，红老酒二坛，厨子、小工叫三四个跟去。诸油料杂物足备，工钱先理，明早打发先行，汝、我坐轿到伊家。此许多东西可玩得数日。汝我皆日暮西山，不作乐还等何时?"紫云曰:"何用许多东西?"答曰:"故意挑多多去，与那赖食肉并存肉[②]的看，惊破他胆。"又曰:"多谢汝，怎过意[③]。"答曰:"至亲间说甚多谢。"

至次早，扛酒挑肉等至横屿。祥云讶问曰:"何处挑来?"答曰:"南街丝线店樊家送来上寿，樊亲家同许太老后面亦至。"祥云将杠都掀起，看件数甚多，更见半片连头猪肉有百余斤，惊戆去[④]。须臾，二顶轿亦至。紫云见兄戆戆站住，知是因不知所以，便谓曰:"此礼都是南街樊家备送来，与兄上寿。厨子、杂物、人工一切皆备，工钱都理了。"凤鸣欲与拜寿，祥云走开曰:"待有子回归时来拜。"凤鸣曰:"拜了便有子回来。"原来南禅亲家、亲母[⑤]同女，头日已先至，惟婿是日料理杉木，与北客[⑥]出门，不得来。凤鸣自入厨房，叫赶煮数件来食早饭。须臾，炒出七八盘爽口的。

樊、支同许家二兄弟食方完，有一人穿蟒袍、补褂、纬笠、缎靴，骑马带一杠烧煮礼物，至门前下马，入内向祥云便拜。祥云惊曰:"面不相识，怎当官长送重礼来拜?"那官拜了祥云。因支翁先走避，又向凤鸣、紫云行礼，二人答礼。便问:"贵衔尊号?"答曰:"海坛把总康复生。"祥云闻了，曰:"更认不得。"他笑曰:"停会便识。"即相让坐，不敢坐大位。凤鸣曰:"先请升冠宽衣了再坐。"脱去冠服笠，只穿长衫。紫云又问:"何处与家兄相好?怎的竟认不得?"复生曰:"才隔十五年便不识，说出绰号便知。本系支太老之乡邻，号西北风便是，可认得么?"祥云同支翁闻说是西北风康奴，上前认真[⑦]，人变肥白，面犹旧。许、支二人便不再问，将巴领擒住[⑧]，头向身上撞，哭曰:"原来汝就是西北风，把我一男一女拐去十五年，遍寻无踪，至今日自投到，若无男女还我，死不干休。"

---

① 半爿：指白条猪的一半。

② 存肉：藏肉。福州话"存""藏"同音。

③ 怎过意：怎好意思。

④ 惊戆去：惊呆了。戆：呆傻。

⑤ 亲母：亲家母。

⑥ 北客：北方来的客商。

⑦ 认真：辨认真切。

⑧ 将巴领擒住：揪住领口。

内面许、支二家人闻是西北风，同赶出咬其肉。复生并不推拒，任之咬撞，惟笑不言。紫云、凤鸣进前曰："今且放开！人自来投到，必有缘故。等我问个明白，再来理论。"将其掰开，问曰："十五年前，许、支二男女是否汝拐去？"复生曰："果是西北风拐去卖，故任之咬撞，才不敢走避。"又问曰："既为此犯法之事，已走去十五年，改名作官，怎的反自送来，何故？"答曰："特送还原拐之男女回来，兼贺寿赎罪。"又问曰："既拐去卖，怎送的回来？"又答曰："轿已将至，俟其至方知。"

三人正问答间，乡邻报洋中[①]有五六顶大轿。须臾，轿至门前，人都下轿进来。先行穿蟒袍补褂者乃汉汝，次行凤冠霞帔者乃天仙，三行四行的，紫云、凤鸣皆认得是豹略、天开，五行乃三个孩童。那时男女俱在厅上，汉汝、天仙跪拜二父母，曰："恕不孝远离十五年之罪。"豹略率二弟亦跪拜，惟天开揖而旁立。二家父母见子女双双回来，又带许多男女，悲喜交集。乡人无数拥看，紫云令嫂且带子女进去，慢慢问诉。二家父母即带子女孙进去。天开不入，紫云问曰："汝同豹略怎的亦同来，是何瓜葛？"天开曰："孙儿奉谊祖父母之命，送谊父母来会亲父母。并豹略弟同三弟来认亲祖父母。"紫云问曰："官爵是什么？"答曰："世袭参将。"又问："豹略同三弟是汝谊父母亲生的？"答："是。"

紫云打掌向凤鸣曰："戆人有戆命，我子死去，只认得一孙回来，祥云便妒我。他忽然间子、媳、贵孙一窝都拖出，都无人妒他。"又谓天开曰："此乃汝伯公[②]、母婆[③]，未见[④]可进去参拜。同豹略出来，与他母子慢慢说。"紫云即嘱咐厨房排席。

汉汝、天仙在内已参拜了岳父母、公公婆婆，又同出来拜叔、翁各亲友。厅堂排二桌，拨汉汝、豹略、天开，三幼童在西席，东边第一位让复生坐，复生不敢坐，再三延之。复生曰："不究犯人之罪，便过分了，还敢上坐？"凤鸣曰："罪人转为恩人，若不坐，罪人痞[⑤]永不能脱。坐了才脱，日后好长长来往。"众说有理，复生遂坐一位[⑥]，凤鸣二位，支翁三位，紫云、祥云上下横头。汉汝令随从伺酒，紫云自来执壶。令另排二桌与随从的食。内面只一桌有

---

① 洋中：田间路上。

② 伯公：太伯父。

③ 母婆：太伯母。母：同"姆"。

④ 未见：没有拜见过。

⑤ 罪人痞：指原先的罪人身份。痞：伤口的结痂。本字"疕"。

⑥ 坐一位：坐在酒席上最尊贵的席位上。

余，坐不满。支翁说："怎的叫老先生执壶?"天开即过来执壶，紫云说："亦好。"同举杯矣。

正是：太史执壶已少有，仇人上坐更稀闻。请看下回尾卷团圆。

第四〇〇回　建吉屋许氏大团圆　现精气归结双峰梦

再说六人坐饮中间，凤鸣笑谓捧菜的[①]曰："肉不可存去[②]，只捧出菜头。"紫云答曰："若不见肉，汝不会赖住，有了肉食才去。"捧菜答曰："厨房内有一百上斤的肉，又有客送来烧煮的，怎存的许多？"祥云同支翁把手遮面。凤鸣曰："不存肉，安得今日有一窝拖来荣耀？"复生便问："二位是何贵亲？"祥云曰："此个是舍弟紫云，曾为翰林，开当店二间。执壶的是他亲孙。今日回来的汉汝是他亲子，过继来的。"又指凤鸣曰："此个乃执壶之外祖，姓樊名凤鸣，家事几千金，南街开大线店，又与舍弟伙开当店。"

复生听了，讶曰："尸存地板下十六年，形容如生，指甲环身，见父母鼻有血出，即许太老之少爷、樊太老之姑爷么？"祥云曰："此事怎知？"复生曰："此回海坛许太老不因闻人已死十六年、未见亲父母之面尸终不化之奇，怎能与少爷、少奶、孙爷荣归，承认亲父母耶？"紫云曰："隔数百里之事，许大人从何而知？"复生曰："因二位孙少爷回去说之，许大人闻已感动。又于衙门演戏，看出韩明、李昌国讲送还子之重义，退入背问少爷：'亲父家中还有兄弟么？'少爷含泪曰：'亲父母年已八旬，并无弟妹，伶仃孤苦。'许大人怜之曰：'我无子而有子，他有子反无子，人不存良心，岂能长久？我子已报上朝廷入册袭职，千牛拖之不出，传有四孙，长孙三代名已上报，更难移易。'遂谓少爷曰：'可带媳妇、诸孙同去福州拜认亲父母，以养暮年。我难免不内召，汝可于省城买屋，离海坛不远，以便往来。'即令复生带送谊孙爷伴行，赶今日寿诞到家。"

紫云问："此乃内衙之议论，公安得知周详？"又答曰："复生当兵从征荷兰，回来作把总，都在镇台辕门为中军，又蒙少爷不念旧恶，另眼看待，常唤入衙言谈往事。复生问：'有信寄福州问安，与亲父母知着落否？'少爷曰：'与少奶几次相议，寄信去福州问安，惟恐亲父母得信，要求讨回。那边父母系是

---

① 捧菜的：端菜的。

② 存去：藏起来。

拜认，恐他心冷，所以忍住。'”

紫云大笑曰：“我兄弟一闻子有着落，无不连夜赶去拖回。”支翁曰：“子谁不爱，谁肯干休？”祥云曰：“莫打叱，听再说。”复生又曰：“少爷不敢通信，惟暗查两家皆平安。那日许大人准其回来，即出来述，故知如此详细。”一面食，一面说。至食完，天色已暗。须臾坐食小碟。复生以罪人之痞既脱，饮至半夜，大笑曰：“西北风乃应杀之重犯，谁知今日占坐大乡绅之位，脱去罪人之痞，梦想不到！”凤鸣曰：“因何绰号作西北风？”复生曰：“平素会尖钻，如冬天之西北风，有缝即入，任关防不住。若不自行投首，终无人知。后觉悟，始行归正，西北风变为东南风，始能作此七品武弁。”

紫云又问：“当时怎样局拐？今前情既尽消，可说出大家听之。”复生曰：“当日之事实为两家之罪人，本不敢说；既蒙消释前愆，又垂下问，不得不实说。这许大人乃山东人，应世袭六代参将，今乃初袭补泉州参将，带了家眷来到任。至浙江地界，只一子，名金简，同媳先后病故，途中因金简名已报部，将来袭职无人。抵闽省，住在北门公馆，密令张大爷寻买一男一女，要品貌端庄的，已见过多少，并无一个中意。复生听知此事，便去尖钻。先访有了，即带去看。正寻访问，适遇祥云许大爷带公子来山边支家。因见其容貌出众，即赶去带了张大爷，假作买杉木之客来支家看，便大中意。又适遇支姑娘在旁，亦指与看，皆合意。遂对其捏说，系被后母挑唆，遂卖前妻之子，并未圆房之媳妇，原是夫妻。张大爷皆信，议定三百两身价，一男一女五日过，一面过人，一面交钱。至三日，正忧无计，忽大水淹至。遂设计撑船来吞卯[1]，局带[2]二人落船。恐二个不肯，闹破，日夜侦其行为。哪知二人早已有相慕之情，共住一船，如鱼得水。”

凤鸣曰：“既如鱼得水，必是鱼水和谐矣。”复生曰：“复生在后堵窃听，谁知二人并无苟且，只是饮酒对联诗句。”凤鸣曰：“干柴近烈火，岂不生烟？不信不信！二人所吟诗句，君可记得么？”复生曰：“记得。”遂将其前后所联诗句，一一念出。凤鸣曰：“慕而不乱，今信之矣。”

紫云曰：“后来如何顺从与卖？”复生曰：“他因诗中言欲明婚正娶，乃乘机进舱，与之实说卖与官为子媳。二人半拒半顺，即绕由北门坐轿，带去公馆见许大人。大人、夫人皆欢喜，三日内即与拜堂合卺，其愿遂矣。”祥云同支翁笑曰：“怪道[3]，只愿夫妻团圆，不管父母痛绝。”凤鸣又问曰：“身价君得去么？”

---

① 吞卯：闭嘴吞人，隐喻带走藏起来。

② 局带：通过欺骗带走。

③ 怪道：难怪。

又答曰："得二百余银，走到泉州开店，三年弄得空空，无路可行，仍作光棍。人皆不知，却被阴间阎君押魂去，押于猪肉桌受凌迟碎割之苦。只得哀求改过，放回不敢再作。即去投营当兵，从征荷兰得胜，遭风漂流外洋各海岛，遇虎鬼救，以及带鬼还乡。复遇故友改劝，遵奉四勿四要，要统改前非，勉行善事，鬼便远避。回泉后报功，蒙擢把总今职"等情，遂细告了一遍。

紫云听了笑曰："前为西北风，今改为东南风，不错。"凤鸣曰："先成就男女慕情，后两全父母恩养，皆我康总造就之也。天明须请至堂上，与二家男女来拜谢。"复生连曰："不敢！不敢！复生所为皆歹意，至能遂慕情，改换门间，乃天所使也。"紫云点头称是。凤鸣又曰："虽然天使，不见古语云：不因渔父引，哪得见波涛。"

复生又曰："渔父亦是天遣引带，复生免罪已出望外，怎敢居功？"凤鸣笑曰："孟之反不伐，[1] 果西北风转为东南风矣！"

饮至天明，凤鸣口中吟曰："汉汝对天仙，慕情不慕眠。今生不敢乱，愿结再生缘。"吟了问金简曰："此诗可是姻伯之佳作么？"金简曰："勿见笑！"凤鸣曰："慕而不乱，世间罕有。但姻伯此段姻缘，由男号女名、女号男名[2]所致，乃月老暗中撮合成此佳话，岂人所能为力之事。愚有俚句口占。"念云：

天仙汉汝名错取，女作男来男作女。

月老赤绳早缚定，欲叫拐卖为鸳侣。

紫云笑曰："原不会作诗，因开丝线店染丝[3]气，才会吟此四句，倒也贴切。我也口占四句，代我兄谢也。"云：

半爿猪肉庆生辰，致令忽然大喜临。

豹略酬为孙女婿，许樊再结一门亲。

紫云吟了曰："汝的长孙女，我已看了，极整齐，堪与我侄孙豹略为室。即我为媒可好么？"凤鸣曰："再结一门亲好极！"紫云又笑曰："汝作事都无折本[4]，一间破屋卖银二千，半爿猪肉换绰绰新翰林为孙婿。"随谓金简曰："可入与侄妇说，好不好？"金简曰："敢不遵命？"紫云曰："既都欢喜，即来日下定。"

紫云先行调度修整横屿祖屋，将怀德坊口南翥所住之旧屋买凑邻屋，起盖大墙屋为许总兵之家。凤鸣笑曰："十六年之丁厝[5]，有敢盖屋与侄儿住。"紫

---

① 孟子反不伐：典出《论语·雍也第六》，夸其如孟子反，不自夸居功。

② 男号女名、女号男名：男的取个女名，女的又取个男名。号：名，叫做。

③ 丝气：福州话"诗"、"丝"同音。

④ 无折本：不吃亏。

⑤ 丁厝：停尸之所。

云曰：“此地乃出财丁贵、回龙顾祖之穴。那龙由乌石山凌霄台起，一起一伏，由双峰梦赶至此结穴聚气。”凤鸣曰：“此地发财丁贵，不错。”于是兴工。

金简、豹略先去海坛回话。适许总兵奉召台湾，令赶速起造搬住。

那日掘地，于南翥旧房内开出一洞，飞出一怪。有周岁孩童大，浑身雪白似小孩，惟膊下有两肉翅直飞上乌石山。人众赶上山观看，紫云追喊曰：“不可伤害！如伤害以杀人之罪抵偿。”又与众言曰：“此乃乌石山全山之精气所结，听之归祖，任之去止，切不可惊他！”众共视见白孩儿于双峰梦顶行来行去，众共称异，遂任之来往。此孩儿现有一月，即不见。紫云曰：“还原归祖矣。”现在山兜尾科甲蝉联，皆是此穴道所致。

屋赶完竣，许总兵全家搬住矣。

横屿许氏自此兴发，逢岁终都有人来水部河口状元境，致祭宋时文武状元之祖。雍正年间，因炮纸飞入邻家，火燃上屋，被乡人斥骂，以后便不来祭矣。

正是：万年不异双峰梦，千载长歆两状元。

《闽都别记》卷终。

（原刊篇末附录）

附榕腔白话文

北　上

一冬倚中举裡京，论教起身，奴心仅苦，饮食诸凡卖惯。船车一路惊领，屈福州叫称反天，山东道风霜将当的起？身体着自家保削。多寄几封批信，免的奴日盲挂心。侬家求功名大代，吃亏踱挟，所为何来？相公堂切莫去湾，窑姐厝伓佟乱壮。在南台已经就桶。苏州街闹热，安保伓行！林林照顾老爷，明年务中转梨，叫太奶赏封加厚。

大挑一二等

分发去江苏，四轿玻璃双摆手。衣则穿乎湖绉，妾则买乎扬州。赫赫威风，太史公焉能及此。　　掣签转福建，二其门斗一跟班。肉则待乎祭丁，钱则收乎昼卯。循循儒者，本部院八汝是谁。

富豪子弟考试

功名本来由命运，恰毛乇也卖过关。选猫着拣上鲍文章，骑马总债顶尖手段。掏文过铺，学院场冬所是漫，就使贴壁包红。教覆考毛文，退者去回隻毛面。郑迟莫郑错，求荣反辱，礁落几十代祖宗。　　子弟伓刻卖读书，教临时剥求侥幸。拍铺总是请赵新维湝，报卷总是叫玉树孝春。内外夹攻，看卷路故加安顿。即使入匤挂正，伊花厅吊坐，教面考一下，敲胶钱去瀇仅流。落蒂党稍，空费五六场踱挟。

前　题

剃仏拥而入场，饼袋拉班，三日前已经打办。论点心则鲍鱼兰枣，论服饰则扇袋看包。卖困关心，定更初就催备饭，轿后灯而兼火把，故凑者家人鹤突，

一听头炮就先跑。平日间哪有读书，到此地威风体面。　赶头门而递卷，糊涂了事，三行半故写卖梨。接场者非无能干跟班，听题者也务关情亲戚。横冲直撞，一把轿扛教厅当，传伺候而进茶汤，故加者佬妈滥精，先抹姻脂而顶报。学将万后年僻进，可怜伊骗奶瞒爹。

做媒人

少爷阿昧做亲？务一主上好人家，门风相对。仏样共性情都好，灶兜共针线都沙。子女奴敢包。从嫁汤钟，论办总科许西。合意回都溪代，请老爷即便去查。　小姐伓存只大，务一主乡绅后裔，家当很充。伊公算是出名仏，郎罢也捐从九品。子弟奴亲晓，赌钱鸦片呆代拢总都毛。者亲算是顶尖，汝太奶故嫌世乇。

请回门

门楼厅点灯发炮，回门轿教义斗礼行。老爷赶食早转梨，故此隻挨半日。闹房那三更就散，都毛掏择新人。亲家太很见喜欢，寄信只爿汉谢。十吊嚽包花彩，奴伴房几只总剥值厚厚赏封。　公婆前督烛点香，公座椅卓二张上势。太奶嚽无容细二，坐礼受参。姑爷务惹对风寒，吩咐伓冬灌酒。厨司务快催上菜，厅中椅桌莽排。只回算是头行，着昧暗就回，讨衣食早早转厝。

亲母闹

真真昧见者人家，就毛从嫁汤钟，外面着铺好看。绉纱帐故呆屎汁，髫身箱大半铜皮。问伊碎行当一帮，者项都掏对去。我新妇很扛几只，昧见务将万妆奁，在许边箬样排场，俤一妆僻上我眼。　汎汎依奶其臭鼻，汉是小家门户，见钱一下就蹲。礼身半爿字毛收，闲架伓是钱赔贴？莽呆是乡绅后裔，毛办世乇惊仏，做者亲算是务时。故务敢闲之白屐，害小姐肝风气起，一顶轿僻逐上门。

接轿

本来顶上纸跟灯，接轿既梨。依奶，奴伶着转。亲母做仏细二，姑爷癖意仅呆，挨教渴迟，虾岭害奴听话。再的下帮早转，粪工共姐妹客调。陈厝，汝卓皮箱。各位欠陪。大大吵仅兼多谢。　古的是外家其厝，昧梨几日，姑夫将万礼催。大约惊饿当僻衰，大约苦熬明僻病。一晡卖离，当真呆用着仏？奴伶毛敢再留。千万拗九前着转，面前掏撄轿里。诸凡失礼，漫漫行，一厝请安。

正月妇女去食酒

一冬都想梨府上请安，针线堆山，毛闲粪手。今旦伓冬细二，因为奴无故花钱。压岁钱乞伊妹买灯，祭灶料乞伊哥拈手。那隻隻手上食臁，都只大只咸，难怪侬家仈卖佬？　　既的都是自家仈，亲戚时常礼念，去俤伓梨？那惊卖做主仈，总𠉤教诸凡失礼。伊俤溪共姨妈拜年，阿妹先叫连江备饭。那便便年兜粗菜，者糟鬆卤钵，食完拍牌仔客调。

答应债

外斗世俤仈讨数，厅当请坐！奴讨茶烟。本来想打算𠉤梨，外面都行清楚。对晓年边也紧。店头一隻毛扳，财主家何在些须？宽缓几时，务便自然送去。毛敢应承面后，害伊伯未免空行。　　只二年光景野差，生意艰难，奴都亲晓，既来了都毛压手，奴心很见不安。实在毛法将呢，挪乇当真爱欠？唐晡仈今晡转厝，共伊𠉤讲，那惊未必务钱，只回总是难为，莽乞奴讨喇情面。

做宝

抢钱虎落场做宝，请犬下口。羊着汝𠉤包礁，路定宝就开。压盾鸡即便开声，起筹马约明现票。尖尖老鼠嘴，许宝二故活成龙。　　犁屎猪夹，倬的输盪片党稍，牛尾自遮卖默，财完身安乐，哦几晡目红像兔，隔几日头冗像猴。约约死蛇拖，者戆剂故呆去犬。

吃洋烟

其始为客调起见，风寒病泻，食几筒倚𠉤开通，何曾卖晓是呆。灯马仔光光，有讲粘挪务味，伓是势乱抽莽索，相争妆剃火莽烧。当彼时亲友风闻，约略面前劝解，都讲我心肝野定，敢包卖教出匡。　　教已后渐染莽叟，解闷消愁，抽几分自去碎做，也苦将来𠉤砚。鸦片烟备备，骨节松动一行。伓出门那见心焦，屈厝里连晡卖困。教只快情形败露，乞仈背后画环。可怜箬样聪明，对晓的至今落局。

鸡猴盘答

尊形排香店，佬药梨抹，令公郎寿数该终。红工看见𠉤墙，草蟒时常梨衕。拜堂撄桌顶，伴房石抱，汝本相毕竟是糖。　　贵府住屏山，犬仔𠉤骑，汝祖父家风可溯。做戏虽然毛趣。律柱也见工夫，担水上门楼。乞食梨牵，汝原来

满头是屎。

光　斋

四月闹扛斋，白扇綀衫，学生仔逐成群打阵。今旦客调奉旨，举心喝闹渣洋。拜圣人点烛上香，行礼竟然拍花。分仈仔拣肥拣省，冤家几至动粗，先生出面调停，弹压何曾䲰脆。直头兵做反，厅中尅剥，昂昂前那见声音。　　一声叫上席，椅条盏箸。妮仔哥梨卓桌炎仈，大家出份务钱，都想占前擒本。欲爽口朱文青仔，醋姆酸也擂精光。好垫腹切面粉干，白水净都拖刺塔。师母灶前企鼎，只查伓付依捧。即此鬼抢稽，碗底见花，斸斸干无余渣粕。

送　生　日

且喜啰，太奶听讲千秋，特直送梨。毛嫌薄意，承筞层大烛一合，红帖袋面票十觔，自家仈正当着收。姑爷现在出门，今晡䲰梨预祝。的的着替奴收起，回头免的再行。　　汝看么，本来毛做生日，逐年花费，障样安心。乜厝汝䲰食水烟，梅香汝去掏花彩。女人客也梨几隻。小姐那毛代计，明旦莽转客调。远远路害汝礼行，寄信诸凡多谢。

洗　胶

快啰，惊汤䲰冻，昧洗起一下先啼。者胶甲伓剪障行，者胶䏶伓挑障做？自然务阻，直头莽舞渣梨，耳鬼樵无，气的去掏竹披，拍者样乞依加痛。　　暖吓！顶奴自家，轻一步伓通只重。胶纸夹毛使布鑢，胶后单毛使针挑，疼仈可怜，将样䲰当的戴！伶掏漆起，再的伓缠腰仔，乞伊仈莽笑长胶。

佬　婆　婆

只到都那将万吓，汝嫩声讲话，直头半句卖听，大牙栗六都毛。闲时想嚽想回，卖咬掏梨莽索。也爱共仈冇冇，一多坐就见腰酸。日盲倒定眠床，皮肉生疤，柯俤代留礼受罪。　　只隻到底俤仈呵？是林厝外甥。问了即时卖记，目�模糊狼狈；昧暗看仈看毛，就掏尽近也花。闲时倚起行行，一营风仅惊头痛。时刻那关房里，精神恍佛。剥客调着趁后生。

嫁　娶

轿陛撄廊顶，笠仔排大班四隻，大红车凉伞三层。乌富知礁，拍金鼓催妆，腹老吹玲珑卖际。郎奶覆轿边吩咐：“我命着学做仈。”依妹掩目角耳唔：奴姐

将其𠈌舍？铺毡条而扶上轿，接亲成群阵，使依直头逐惊迟。满厝闹喧昂，那听媒妈唱诗，出嘴登科及第。　　席散或闹房，佬伙带眼镜，先尅伙前；细仔登眠床，也占背后。翻天覆地，别伙其宝物，众人欢喜礁癫。伴房妈约略后生，高兴牵梨凑花。新郎官预先去屈，结群挨出拈胶，藉酒醉而闹反天。吓数昧讲明，毛许快关门去困。受怪新人落难，熬到鸡叫天光。

乞　丐

务目天堂，毛目地狱。是奴前世愆孽，报折青盲。财主官务好报，务好心布施石其钱，正叫做减口济生，就当烧冥衣钱纸。　　光礼布施，暗礼分明。念奴落难穷伙，都毛倚靠。财主妈务饭食务饭长，随时行方便。那八汝平安清吉，故胜过食菜烧香。

送三诞

一冬倚小姐添哥，乞奴趁一包花彩。老太诸凡拱喜，只二杠衣裳鸡面，伓像毛薄意莫嫌。兴挪也大对一留。月痢最𠈌受风，嘴马讨青，吩咐着多食几顿。

起动啰！前房请坐。顶看洗三诞何如？添养倒也平安。那一行大痛转头，叫婆奶已经出世。便罩汝伓冬就去。太奶谅来欢喜。过关满月，千万的着来客调。

大小鬟盘答

讲起梨从中苦楚，直头是目滓𠈌流。奴姑爷癖性仅呆，做灶兜午过毛床，捶胶腿天光毛困。哥使麻柴出卖，剥行剥迈，石啼嘛汝就遇殃。婊子犬姆娼莽驴骂，难听落耳。者话共俤伙讲起？那自家暗慢怨天，我奶我爹将其卖做鸦头！

汝不过那是吃亏，故毛受拗糟臭气。我小姐醋心最重，一看街汉依是野，一带花就骂是猴。姑爷酒醉转梨，莽讲莽呢。依许里忽然发作，竹披、鸡毛拂、浪游鞭，干汝硬招。直头是风仔都毛，现在比□贼故呆。何日何时，乞我出身好处？

八　股

此道从俤伙做起，且夫若曰，后人遂奉为祖师。无何而三炮升堂矣，无何而双旂拥后矣。儒者埋头书案，读破半生心血，只图空壳骗伙。就能够发达做官，一心都那袋者也之乎，出仕务世乇谟猷经济，此天下事所以日坏也。

仍原比海故深，明末国初，俤隻𠈌称的绝唱？世乇仅蝴蝶双起矣，世乇仅鸟仔

争飞矣，花样逐日变迁。狠务一世咿唔，卖骗功名过手。教许快迍邅落拓，拍粗总不改斯文，模样莽通，那中做记数先生，此八股路所以害仏也！

慨　世

国家败，由于毛榜下而西捐班，自军输起而名气莽野。肚袋尾务钱，在你拣何官何缺。走狗高陞太府，刑名忽尔海防，甚么东西？水晶顶花翎，一街僟当几粪斗。汝看通城文武，几其科甲出身。满朝朱紫贵，尽是有钱人。将其怀坏也！　　风俗衰，由于轻读书而重生意。自铁钱行而寒儒起饿。写红丹糊口，单柯者卖键卖担。束脩那几节都毛。柴米莽百般昂贵。店头好过，广东帮南北，七处都叫大商家。当真石腹文章，反说书呆厌气。万般皆上品，惟有读书低，何日回春也。

本　晡

噫，面车出，我共汝冇讲。本晡讨衣食，洞房花烛，真真一刻千金。我命我心肝，一冬想汝教伶，今晡快来相会。　　嗳，莫将万，奴平素惊翔。心体昧复原，跪拜招呼，卖经十分凉。郎汝伶莫只急，凡事孟行务步，后房恐怕务仏。

（附榕腔白话文终）

附榕腔白字诗（七律）

村塾即景

猪衙早起闹嘈嘈，樵教天光卖碗糕。连步汤丸街口叫，许行烧饼手中掏。
剃头隻过添磨镜，补鼎仅来叫削刀。一阵扰籡乡下嫂，几其相士凤阳婆。
拍铜司务轻轻仔，看命先生朴朴婆。可恨半晡驴角仔，拍门问粪务呵毛。

其二

呆形恶状万千般，乡下书斋尽不堪。犁耙水车完地靠，粟扒鸡笼满厅横。
廊边尿桶连籡桶，墙角猪栏屐鸭栏。嫩腻点心煨芋枣，新鲜供膳腌蛏干。
纸煤机具烧麻稿，火抱匎匎押草笺。样式行梨都小器，声音念出总翻青。
汉伊此刻埋书桌，大半将来看墓山。故务一妆真可恶，不时牛契孽先生。

乡下童生

乡下童生去逻街，蓝袍露出白衫溪。三钱丝线妆红帽，四对牛皮掌破鞋。
常来门口看牌匾，惯向坊间买小题。更有一般真好笑，仅乌仅驴仅西倪。

娘舅

藉奶威风大势头，看书剥领大红袍。二条门柱时常抱，一盏灯笼七处跑。
手网堂堂贮猪屎，裤胶大大塔牛头。自从变做乌驴后，看见枇杷目滓流。

当徛门

养家诅嘴讨仈嫌，私礼何妨即管添。莫进门惊开八字，剥床粮着积三年。
不分老幼皆称伯，无论亲疏总讲钱。伓肯都推奴伙计，倾头画号两相兼。

近视眼

天生两眼最浇漓，仔企身边问是谁。日照瓦楞疑弹子，月移花影恰柴枝。
因看秃笔毛穿鼻，为锁书箱夹了眉。更有一般真好笑，吹灯烧破嘴唇皮。

小家妇女

一身龌龊破之渣，仅爱仈前去利拉。只厝行完乘许厝，东家恰话教西家。
裤胶斗斗完街臂，鞋带堂堂满地拖。手摄烟筒瓠扇仔，毛油头发二蒲花。

其二

竹�遮门三柱厅，诸娘许裡恶成精。鸦渣钵瓮完厅仆，龌龊裙衫当路岭。
抱仔过街臕底斗，供仈讲话灒秦净。半坑宿粪参池水，十担商量九卖成。

其　　三

门前粉破竹筼遮，矮矮墙糖柱半斜。钵瓮毛全厅角叠，裙衫含滥路头乂。
呆声论骂别仈仔，创嘴自称郎罢爹。排着街中之霁霁，汉伊成百嗺当家。

其　　四

仈样何曾野整齐，衕篱拍起倚门排。涂来面孔三分粉，兑出胶单七寸鞋。
更势毛裙臕利露，使伊插代嘴西倪。每回相骂正正叫，诅汝渣洋闹满街。

其　　五

请伊食酒大拉渣，抬拔成群每隻乂。连扰二瓢奴仔勺，仅挑几箸自家抓。
捧梨都是盘盘奠，掏去居多碗碗礁。最厌点心排上桌，仅床仅困对头擸。

其　　六

仅呆仅恶仅鸦渣，闲管闲呢过百家。怀论小姑兼细婶，就投伯罕共台家。
那伊一隻成千恶，故骂别仈大五哈。嫁着唐哺毛干仔，乞伊扯擘更呢哪。

咏　光　饼

仅酥仅热搁油渣，就咬当街怀使赊。糟肉庙中梨诅嘴，豆干灵桌伴啼嘛。
县前三日毛仈买，鬎仔二其乞汝拖。受怪童生欠者债，虽然麦贵务庄家。

其　二

可恨当年戚继光，替奴腹老擂一穿。拍爿摄另梨殿鲎，浸水煎油去撒糖。
祈福二其凭位算，烧香一隻各家奔。有时仈裡还钱日，请汝扛夫去寄箱。

肾　囊

文文绉绉仅圆圆，算拍着杭大手擒。僆痒那惊长奶死，卖泅只乞曲蹄嫌。
橘皮比补非毛药，火卷平房只为钱。再的挂咸乞犬撞，剃刀千万莫磨墘。

咏　犬

癖气原来乐大便，批爬一挖粪坑墘。再的恩门乞主爱，毛搜当路讨仈嫌。
柳环剔塔清明节，草索轻牵六月天。道士那因食汝肉，教伶毛面见尊天。

咏　牛

丑年丑日丑时生，老鼠原来是长兄。看命先生拍汝角，掌鞋司务擂伊胼。
阎王开道排头阵，知府接春供后行。只为青盲怀八字，空遥读契面前听。

咏乌龟

千年不死好名声，叫的基瓜尽好听。卜卦先生摇汝壳，玄天上帝踏伊胼。
咸咸门限时常过，重重石碑都怀惊。癖性自来硬过铁，也曾大水淹金山。

（榕腔白字诗七律终）

附榕腔白字诗（七绝）

五　　帝

面分五色绿青黄，降毒凡间大老爷。我讲分明下邪鬼，谢天剥直猪头鹅。

高　　爷

丈二长衫尺八鞋，目睭獭獭嘴蟹蟹。堂堂白扇羁光饼，手执拿仈四角牌。

新　　人

知礁礁知知礁帮，红红花轿七处扛。扛来扛去扛卖尽，也该扛教我厅当。

出　　恭

五层梯仔上粪坑，粗纸烟筒带礼行。头发琴环痰屁沛，衣裳必不尿秦净。

村学书声

祭墓经过保福祠，先生许裡教新书。汉伊照字高声念，不可度思矧射思。

妒妇骂婢女

彩屏你去问秋英，柯俤姑爷跋石身？那是大官厝裡转，就毛火把也该灯。

其　　二

仅毛火把仅毛灯，以致姑爷跋石身。伓是大官厝裡转，彩屏你去问秋英。

恶妇骂夫

行裡房当惨碎唔，俤仈值汝做唐晡？对面伊伯晡晡转，汝去书斋不管奴。

嘲丑婢

东家领礼西家嫁，单单秋菊毛仈沙。难道秋菊伓是仈，难道秋菊毛爬霸。

（榕腔白字诗七绝终）

图书在版编目（CIP）数据

闽都别记：校注本：全3册/（清）里人何求纂；陈泽平校注.—福州：福建人民出版社，2016.11（2022.5重印）

ISBN 978-7-211-07243-9

Ⅰ.①闽… Ⅱ.①里…②陈… Ⅲ.①章回小说—中国—清代 Ⅳ.①I242.4

中国版本图书馆CIP数据核字（2015）第256249号

闽都别记（校注本）（上中下册）

MINDU BIEJI

作　　者：（清）里人何求　纂　陈泽平　校注

责任编辑：黄须友

出版发行：福建人民出版社　　**电　　话：**0591-87533169（发行部）

网　　址：http：//www.fjpph.com　　**电子邮箱：**fjpph7211@126.com

地　　址：福州市东水路76号　　**邮政编码：**350001

经　　销：福建新华发行（集团）有限责任公司

印　　刷：福州力人彩印有限公司

地　　址：福建省福州市晋安区新店镇健康村西庄580号9栋

开　　本：787毫米×1092毫米　1/16

印　　张：103.5

插　　页：6

字　　数：1815千字

版　　次：2016年11月第1版　　2022年5月第2次印刷

书　　号：ISBN 978-7-211-07243-9

定　　价：268.00元（全三册）

本书如有印装质量问题，影响阅读，请直接向承印厂调换

闽都别记

校注本

【中】

[清] 里人何求 纂
陈泽平 校注

海峡出版发行集团
THE STRAITS PUBLISHING & DISTRIBUTING GROUP
福建人民出版社

目　　录

第一三四回　陈夫人插簪变异怪　梅柳奶坚心结成形

却说余丰纵淫好色，却被硕娘以计就计遣离。自悔妄为，逃去洗心，后得衣锦返乡，皆硕娘所赐也。此且不言。

再说潘玉真在外巡游，与人解了无数灾难，救若干生命，行完便去，并不出现扬功。人皆以陈大奶香火显圣，都至临水宫答谢洪恩。陈大奶细查，并非己为，敢受人酬谢？饬人查之。六娘查乃潘玉真所为，并访其生前死后之事回复。临水奶悦甚，令带至谈叙，甚觉投合，谊为姐妹，授以正法。玉真本正气所化，再得闾山正法，便神通广大矣。

临水夫人忽然心胆震动，即时排卦推算，系乌龙江有怪为祟，令玉真同六娘前往收除。二人至福州乌龙江查之，乃白刀鱼长丈余，朝夕在江中兴波作浪，以骇行舟。彼时渡江甚于过海，即白刀鱼厉害。六娘化罗网调雷电，不能收伏，谓玉真曰："自出山以来，收降鬼怪如探囊取物，何一鱼仔费事难捉？惟它在于深波之中，无通水犀难以取胜，请大姐来收。"玉真曰："通水犀惟妹有处借。"六娘问："在何处？"玉真曰："在罗源，须迟几日。"六娘喜曰："有处借妙极！不用数日，愚姐在此防备其逃走，妹即去借，化一道通天跨海之桥，不过一时便至矣！"言讫拔头上金钗化为桥墩，腰间手帕化为桥梁，顷刻成一座飞桥，玉真登桥而杳。

却说硕娘以安内既清，欲同飞琼一处，即告诸舅曰："西楼所借奉母之鬼，要甥女去代其伏伺。"姜松一家不敢不允，即命硕娘上楼供奉。硕娘即拜认卜氏为谊母，朝夕谈心。那日飞琼正说潘氏许久不来，言犹未了，玉真突至，请了母安，问："此位是谁？"飞琼曰："母之谊女，姜家之甥女硕娘也。"玉真曰："外美，不知内如何？"飞琼曰："更美！"玉真曰："甚好。今速将宝簪借愚姐去干一宗事，回来慢慢说谈。"卜氏曰："干何事，如此匆忙？"玉真曰："赶去乌龙江收妖，且待回来说知。"飞琼即于瓦缝中取出犀角簪，玉真接去便杳。

玉真仍由飞桥至乌龙江，果不及一时辰。六娘收了化桥之簪，偕玉真身存通水犀，执剑跃入水。那鱼张牙舞爪奔来，人鱼相斗，玉真一剑斩其脊背，铿然有声，忽然变小，坠于江底。玉真追及江底捞起，乃一条银扁簪也，遂即

出水。

六娘讶白：“银扁簪何能变此鱼怪?”便同回临水宫，献出扁簪，说知情由。陈夫人取簪一看，讶曰：“此簪乃我当年十六岁时去闾山学法，至半路，被长坑、挨拔二鬼迷倒，幸金甲神驱去，俾免被迷。恨甚，拔此簪插土立誓，法学成后，必收除此二鬼！后除了二鬼，便忘记收此簪，谁知乘春雷变化为白刀鱼，为害生灵。此番若不是心自震动推算，其害无所底止矣!”玉真曰：“此怪在水中兴波作浪，只惊行旅，无害于人。”夫人曰：“虽如是，然震惊商旅，于心何忍？物既能成精，不可再留!”投三昧毁之。又问：“既在水底，何以收伏?”玉真告以借犀簪方能收之。又问：“簪在否?”玉真答：“未还。”随身取出。

夫人讶曰：“此簪我亦认得，我当年代闽王璘解袁广智围城之厄，陈金凤将此簪送我，闽王又向我借去看验，将假的还我，真的存匿。今落在谁家，却被吾妹借来收精?”玉真将飞琼有簪之来历述了一遍。夫人曰：“不错。”又问飞琼之事，玉真又将飞琼之实事说知。夫人曰：“此女亦奇，吾妹把她母安顿得所，遂其孝养暮年，可待其母百年之后，亦引带来为姐妹可也。此乃她致命之宝物，可送还，嘱勿露人眼！如再有奇女，亦引至为护法姐妹也。”

玉真回至罗源姜家楼上，将簪交还飞琼。先问硕娘实事，飞琼将硕娘之才德说了一遍。玉真曰：“难得，难得！将来同引至临水宫归正果也。”亦将自己到临水宫，与夫人谊为姐妹，并收鱼精之事说知。遂同在楼上盘桓数日，仍归于临水矣。

那乌龙江平静后，又有龟精为祟，后天师来收，自有表明。

今先说福州北关外地方，有二家半耕半读，一姓阮，女名梅萼；一姓马，女名柳枝。六七岁时，阮家有先生教读，二女同学堂读书，柳枝便不回去，与梅萼寝食不离，谊为生死姐妹，共联句一诗。

梅萼先起句云：“前生未悉两何为。”柳枝接曰：“今世相逢死不离。”梅萼又接云：“鱼水夫妻应不异。”柳枝又接云：“金兰姐妹更称奇。”梅萼续云：“心同坚玉焚难尽。”柳枝对云：“身共清水涅不缁。”梅萼又续云：“但得灵光双不昧。”柳枝结云：“千年万载永追随。”

二女之父兄见此诗，惊甚，以此二女贞烈，恐将来不得其死，魂仍相随也。二女至十八岁，不肯嫁人，欲结茅庵山上，同去修真养性，父兄亦无奈其何。讵二家父母相继而亡。王延政兴兵将至讨李恒义，近村人家皆走，阮、马二家一同挈眷而走。李恒义闻报各关外百姓挈眷逃走，即令将校，查如老弱者、妇女，任他逃走，若是青年雄壮之男子，拿回为兵。

北关外乃张显、李应带兵追拿，陆续解进，阮、马二女之兄长在少壮之内，

并与他拿去。因见二女甚美，李、张欲将她们拿回为妾，诸人听之自去。二将进城办完了公事，一人分一个。二女怎肯从之？任打犹骂不住口，各磨灭[①]三日。彼此皆曰："容姐妹相见一面再相从。"李、张遂许之。姐妹同在一处，一见面即抱紧大哭。二将在旁问曰："许汝见面了，可愿么？"二女同骂曰："癞蛤蟆想食天鹅肉，黄犬仔想食豆腐骨[②]！今惟一死，将我俩尸首同埋一处罢！"

张、李怒骂曰："汝两个不是结发夫妻，多不过异姓姐妹，把我俩看不上眼，比作犬仔、蛤蟆，汝要死一堆，我偏要汝各死一处！"拿下一人拖去后园烧死，一人抬去前山活埋。二女大骂曰："二犬仔如此狠恶，我姐妹生不能咬汝肉，死必断汝头！"二将令将阮氏拖去活烧、马氏抬去活埋。

梅萼被烧死，惟心一丸总不见化。家将因拨看有一物包住，再拨现出天然一个玉美人，高有四寸长，其色洁白，体态如活，送与二将。看之异甚，相谓曰："此是姐心结有美人，料妹心亦必结有，可将活埋死的那一个亦掘来烧，一定亦有。"令人将死的掘出来烧，果心亦不化，亦结一玉美人。再以水洗净，比良工巧匠更胜于琢，其体态形状如生，二将喜甚。

时李恒义正访寻奇珍异宝、玩物古董进献于南唐，不吝厚价。二将即将此一对玉美人献与李恒义，不敢实言，只说是山石结精的，因开山[③]得之，献为贡品。恒义大悦，以千金赏之，又加二将官爵。制木锦匣，将此玉美人并排匣内，实以丝棉塞固，写便表章，即令二将为使，赴南唐进献，并求保福州。

张、李赍至金陵，表章锦匣进殿恭献。唐主拆看了表文，即开锦匣。哪里是玉美人？乃二块污血排连匣内，蛆聚无数，异臭不堪。大怒曰："你俩敢将此污秽之物假作玉美人进来侮弄？"即查讯使者因何欺弄情由，张显、李应犹辩："实是眼见装贮玉美人，并非欺弄。"令自看匣中之污血，二将才惊讶无言。唐主怒甚，严刑究问，二将难受，始供二女之结心情由。南唐王曰："你二个恶深罪重，被二女唆弄不知，拿来弄孤。今代二女报仇，先斩汝二人，后再兴兵攻讨恒义。"遂斩张、李二使者，行檄文饬知李恒义纵使殃民，进污欺弄等罪。递至关，恒义接着，惊甚，唤至张、李之家人查询玉美人之出处。

家人不敢隐瞒，直说二女之情节。恒义始知二女惨死，骂曰："二贼残暴，更甚于王延翰，活烧活埋，又加开出重焚！恨不得亲杀之！"即抄没其家产，特建一庙，塑梅、柳二像供奉，封为北山二夫人。远近闻此奇事，不胜惊异！或

---

① 磨灭：折磨。

② 黄犬仔想食豆腐骨：福州俗语，骂人痴心妄想。

③ 开山：挖山。

以二女不能报仇，故变此物弄之，进献化为污血，借刀报之也。其实是二女之坚心，姐妹时刻不离，一旦拆开，虽死其心不改，姐结妹之形，妹结姐之形；于心同放在匣，又在一处，两心遂愿而化去了。

再说二女死魂亦相随同至阴间，阎君怜之，不收入狱，令自去投胎。二魂投于梅、柳树，与名相符，又有形迹。至家探望，屋宇已毁，兄去作兵，诸嫂侄儿不知去向。无家可归，隐于山中，至设庙塑像，即附之为神矣。

有神庙便有人来祈祷，亦施灵应，惟求子嗣无从抱送。遂有六个野婆神[①]来投门下，自称能至百花桥抱送人间子嗣。二夫人喜而纳之，以为抱送婆官[②]，香火亦盛，谢神许愿来往不绝，人皆称为北山梅、柳二夫人也。野婆神哪敢去百花桥抱送？都是侦人家子女或出痘疹，或惊风急症，将魂魄抢夺，存于山洞；俟有人至神庙求嗣，将洞内之孩魂送去投胎，以显灵异。二夫人并不知情由，以为是百花桥抱来也。所有是她们抱送的男女，不是残疾，便是夭折，无一个成人，故至今犹有人说“野婆奶抱的”之语也。前曾去潘家李家抱子女之魂，被潘玉真夺回，即此野婆之神也。

正是：有灵未继作正法，无术终须为野神。且看下文又说何事。

---

① 野婆神：福州人称接生婆为“婆奶”或“婆姐”。

② 婆官：福州人称保赤佑童的女神为“婆官”，为陈靖姑庙的附属神。

第一三五回 神女惩顽六位归道 玉真投案九天褒封

却说潘玉真未死之前，在山洞夺抱回被野婆神所拽之弟魂，并带诸童回来。更有五男童无家可归，遂寄欧氏处。后又带去姜家，令五童唱歌惊之，并捉猪姆鬼又寄交欧氏照管。那欧氏是福州欧冶山之神女，借欧为姓，隐现在欧冶山中（即今城隍山也）十数年。与乌石山石硖二女盘桓才回；管束那五童子，不许远去，把姜家带来猪姆鬼在岭后逐日骑弄玩游。

一日，有一邻人杨姓，由山上经过，突出一蛇咬伤脚肚[①]，人即晕倒。欧氏赶去打死蛇，自取口沫涂其伤处，随手肿消。邻人醒，查问何家？欧氏答："非人，乃此山之神女欧氏也。"言讫不见。杨姓感甚，下山回去，遍处称扬冶山之慈悲神女如普陀大士，貌更秀美。此一传，人皆想慕。

未几有一人在山边小解，立刻阳物肿涨，人即晕倒在地。人至围看，或以毒蛇，或以蜈蚣喷毒，欧氏在旁曰："皆不是。快去抱鸭来，迟则无效!"旁有好事者临近拿一鸭至。令先取鸭沫涂于肿处，又令将鸭放落地。鸭一落地，从草中跳出一大青蛙，前有两足，后只一足，望空跃逃而杳，鸭追不着。众骇曰："原来乃三胶蟾[②]!"又问："蟾乃神物，何怕鸭耶?"欧氏曰："蟾纵神物，总属蛙类，鸭专食蛙，怎不怕耶！今将鸭沫再涂，顷刻肿毒消尽，人苏矣。"再问，欧氏便不见矣。有几人望前山寻之。众曰："莫不是杨某所说之神女也，果然绝色。"内有感恩者，有慕色者，欧冶山添无数游人。

原来在早[③]冶山甚大，后来被人占据，今只一拳矣。当日一传有神女在山，有五个豪贵子弟带童携酒游玩冶山，在欧冶亭聚饮。内有放荡之商姓者曰："此山之神女美貌，可唤她出来会会，何如?"众答曰："汝又不是楚襄王，怎能唤神女出来?"商姓曰："我姓商即楚襄王再世，今作诗一首感之，即出来矣。"遂

---

① 脚肚：小腿后侧的肌肉。

② 三胶蟾：三足蟾。胶：足，本字"骹"。

③ 在早：早先。

写四句于白笺云：

香风引到巫山来，十二峰头无处猜。

为问当年云雨事，仙妃何不下阳台。

商姓写完，忽一阵大风，将此诗纸吹入林中不见。须臾又飘至，众共拾看，乃另一诗，共念曰：

诗人休得太疏顽，莫把闽山作楚山。

欧冶峰头光不昧，龙精犹射斗牛间。

众看了惊异，曰："神人言甚正，不可造次！"商姓曰："若我独来，已赴高唐之会矣！今再写一首看他怎答？"众曰："一之为甚，岂可再乎？"商不听又写曰：

人多不便赴高唐，哪是真心却楚王？

巫岫冶山既有异，朝云暮雨为谁忙？

写毕，自吟自得意。忽然一阵怪风刮至亭内，将杯盘一切扫覆满地，人皆跌倒，惟那商姓被旋风卷作如车轮。少然风定，众皆起立，惟他不动，看之原来被风吹鸠①作一团。众惊甚，皆指骂曰："胆只大②，有敢两次慢神调谑，责罚之不差！惟他家只有一子，我们应代恳求神女。"遂同到林中，揖拜而告曰："恳神女惩戒他一次，以为后人榜样，再不敢亵慢。姑念他独子，饶恕其罪，复回原体，均感神恩于无极矣。"众跪下祷一回，正欲再求，又起一阵大风，众伏不敢动。又将商姓吹卷，一刻便定。那商姓如梦初醒，行动如常矣。众皆感谢，令其自磕头认罪，共回去了。自此无人敢至此游玩。

且说野婆神依然夺抱人家子女，潘玉真既得正法，决意灭之。四处寻访，陆续除去五个，其一个跑走，尾追至北山，婆神投入庙内，玉真亦追入。梅柳二夫人出问，潘氏指骂曰："那野婆姐夺抱人间之子女，原来是汝二野神使之耶！"二夫人答曰："且息怒，有甚缘故，蒙说知即当伏罪。"潘氏曰："汝既受人间香火血食，不能赐人以福，反去绝人之嗣，敢令野婆姐去夺人间之子女，存于山洞？"二夫人讶曰："并未曾令他去夺人间子女，乃百花桥头抱送的。"潘氏曰："现有证据，汝六个野婆姐被我杀了五个，这一个回来，可叫他出来证之！"

二夫人叫侍从押出野婆姐，查问："所抱之子女实从何来？"那婆姐见有质证在面前，不敢隐瞒，实供果是人间夺来。二夫人惊甚，又问曰："汝原说是由

① 鸠：手脚蜷缩。或作"勼"。

② 只大：这么大。只：这么。

百花桥抱送，怎不去，只去人间抢夺?”那婆神又供曰：“实不相瞒，百花桥乃临水派邹夫人掌管抱送人间子嗣，关防甚紧，难以进抱，只得俟人间患病之孩童抱去抵塞。”二夫人骂曰：“这岂不是取人脑救命，得一人失一人耶？谁知汝在外胡行乱作，陷我得罪不轻!”随向潘氏曰：“先容小神告明再定罪。”即将自己之来历出处，至立庙被野婆瞒混等情诉了，又曰：“今告明，听从作何处置!”二夫人言讫，同跪伏于地。

潘氏闻了，曰：“原来亦有此番奇异，应得立庙。”双手扶起曰：“快请起，不必行此大礼，奴非别神。”将己之情节姓氏亦说知之。又曰：“罪在此婆神，但吾妹之失察，咎亦难辞。奴亦不敢擅拟，待带引去临水，听大姐裁夺可乎?”二夫人曰：“此等仁慈，大幸甚矣。”即令将婆姐先押去斩了，留潘氏盘桓，谊为姐妹。潘氏约另日再来带引去临水，今先去一处再来，遂辞二夫人。至冶山，欧氏迎接。

因见有新添山景，问故。欧氏说：“因救人出现，说是此山之神女，致惹浪子多事，来此点缀山景，作诗调谑，惩戒之，方有此清静。”潘氏曰：“吾姐诸话都不说，单说是神女？那神女朝行云，暮行雨，朝云暮雨，阳台之上，叫人怎不来求云雨？若不早避，将来难免有行人作吵。来日可同去临水宫皈依正法，好么?”欧氏甚喜，即问：“一向在何处?”潘氏将收鱼精并斩野婆奶说知，又曰：“那五童子何作?”欧氏曰：“常拘束，不容他远去，只在岭后骑猪姆玩耍。”潘氏曰：“将来亦并带去临水可也。”在于冶山盘桓数日，仍去别处矣。

再说许飞琼母卜氏在西楼，不觉十年，曾硕娘之婿尚未回来迎娶。那卜氏得病死于西楼之上，飞琼彼时因母死，遂现出哀号，硕娘如丧亲娘。姜家仍代成礼开丧，一家男女都来吊祭，始见许飞琼容貌胜于从前，并不疑他是鬼，不甚害怕。潘氏至，一同相见不避，亦共知其为鬼也。至七满，柩葬高山既毕，三女商议欲同归临水宫。许氏以硕娘乃凡体，焉能归得？潘氏曰：“曾妹妹之臭皮囊，犹不舍耶?”硕娘曰：“怎不舍，惟求师造就之矣!”

潘氏令许氏取带犀角簪，同去与姜家作谢言别，并说欲带硕娘同去缘由。姜家不肯，共曰：“去，恐他夫婿回来娶无人，怎处?”潘氏曰：“不与带便罢!”将硕娘照心胸一巴掌推到后房去，喝曰：“快去!”急把门倒拉掩闭，同飞琼走出头门，一家男女并送出头门外，二女便杳而不见矣。众回头进内推开后房门进看，硕娘僵死于地。众皆以被潘氏推跌死，因知是鬼，亦无法可追，只得收殓入棺埋葬矣。

二位姐妹才离姜家数步，硕娘追至谓曰：“二个姐姐好不枭心[①]，把小妹推

---

① 枭心：狠心绝情。

却自去归真，是何道理？”潘氏笑曰：“吾妹怎的追来？”硕娘曰：“姐将妹推跌房内晕倒，一时便醒，怎顾得舅氏肯不肯，即爬起由人缝钻出赶来。”潘氏曰：“吾妹来了，那臭皮囊安在？”硕娘便低头，浑身相一匝，亦笑曰：“原来离却臭皮囊，既离了，还顾他作甚！今得同去临水无碍矣。”硕娘既身轻如风，共至北山带梅、柳二夫人，又至欧冶山带欧氏并五童子，同至临水。只遗猪姆鬼不带，后来人常见之，故北势地名猪姆岭，旧迹犹存矣。

潘氏等至古田临水龙源庙见陈夫人，皆赞个个冰清玉洁，所有梅、柳夫人失察之咎免究，一同谊为姐妹，同代人间救急扶危，共十一姐妹。五童发与金银二舍人为五方童子，查报五方痘疹。潘氏屈指十二年，再至森罗殿，自行报到。

再说前之乌碌鬼哀求勾差，纵之不还阳间，只要作鬼快活，俟二十年再行到案。自去放荡，游至人家迷一美女，被六娘禁于瓮内，埋于十字街头。鬼在瓮内不见天日，甚属郁闷，悔恨无及，如度千年之久。忽闻有掘地之声，问：“掘作何为？”答曰：“闽王以建州兵将至筑堡防备之。”一面说，一面掘。忽响一声瓮破，鬼即钻出，方见天日，喜甚。正在伸腰拔骨①，将再往别处游玩，恰遇前原勾鬼卒寻至，曰：“汝好不受用，二十年无拘无束逍遥，今期到，快去到案！”鬼气甚，曰：“我饿死，汝说饱死，我郁闷杀，汝倒说逍遥杀！”勾鬼问故，乌碌鬼将迷恋人间闺女，被禁瓮内实情告之。勾鬼曰：“我作情放汝，是汝不行正路，自作自受，怨谁耶！”遂押乌碌鬼到案。

森罗殿禀到，先禀明未曾还阳，阎君问：“未曾返阳，在阴间作甚？”鬼卒将他自说之事告之，阎君怒曰：“不还阳世犹可，有敢迷人之闺女，罪不容诛也！先发刀山去受苦，再转阳世为牛，以彰报应！勾差故纵，亦发惩究。”

此案刚判完，即令押潘玉真上殿。潘玉真适到，那原勾差先发去当苦差，期届调回复役，执票出殿，便遇着，问：“怎不待勾自来？”潘氏将未曾还阳之事告之。原勾差惊曰：“未曾还阳，又作恶事，连累我耶！”潘氏曰：“无作恶事，不至累汝。”勾差曰：“无累便好。”随上殿。那原勾差亦先禀明：亦未曾返阳，自行报到。

阎君曰：“才一案未还阳、在阴间作极恶之事，今此案又未还阳，作有甚恶事，先禀明！”勾差曰：“已问他，他说无作恶事。”阎君曰：“潘氏，汝在阴间放荡十二年，所作甚事，可实供来，以应凭对簿。”潘氏将所作之事逐条诉说，阎君令判官查对阴阳簿，是否实事。判官遂查各善事，与口诉相符，皆有各处

① 伸腰拔骨：伸懒腰以舒展身体。

城隍土地详报在案。

阎君悦，曰："今日连判两不还阳之案，一薰一莸；恶者既诛，善者宜奖。"欲将潘氏发转极贵之轮回，潘氏曰："小犯妇曾有诗自志，有日在阎君殿前，讨一个永不超生自在鬼，免落轮回，求天子谅之！"阎君曰："汝平日好救出疹之孩童，今即申奏天庭，请封保疹夫人。先受官诰，送至人间血食保赤，俟天诏到日，再行差送。勾差免议。"

潘氏即领受官诰，谢恩而出。至临水宫告知诸姐妹，皆喜之不胜。陈夫人曰："先前之五姐妹，皆受过敕封，毋庸再请。今之六姐妹已封其一，尚有欧、曾、阮、许、马未受封，可奏天庭，亦请诰命，同沾恩光！"即将五姐妹贞烈节行叙一表函，陈夫人出衔名遣功曹赍达凌霄。不数日，天帝拟欧氏封冶山夫人，许飞琼封犀角夫人，以阮马封梅柳二夫人、曾氏封夫人。阎君亦差送至天诏，以潘氏为保疹夫人。各拜谢天恩供职矣。

潘夫人回至虞公庵，会诸伯母等告知为神因由，皆不胜欢喜，时玉清之子已长成矣。又至潘墩母家，那继母目已双瞽，残废褴褛不堪，二弟无所为，产业败尽。亦告以因由，继母羞愧无地，自己痛恨前非，二弟泣诉景况艰难。问："诸物既已卖尽，父之手泽犹在否？"答曰："惟书卖不值钱，尚在。"夫人尽取出看，好的亦已卖去，只余破的不全。检出一本，乃父手集小儿脉诀，书皮题云：

屋大终能卖，金多总化尘；
只存书一本，能救子孙贫。

夫人指曰："此不是父遗下至宝救吾弟之穷耶？造化！未尽卖还在。"检出小儿疹之丹方，教之药饮汤头，危、险、逆三症酌减调剂。曰："姐在暗里相助，成功，贫即转富矣！"

正是：古今保赤方称奶[1]，终始爱亲故作神。再说何事，请看下回分解。

---

① 奶：福州人呼母为奶，对保赤女神也尊称奶。

第一三六回　祁氏款老年叫化妇　丐婆说早岁淫荡经

却说痧妈潘氏夫人教导二弟痧科尽皆通晓，挂招牌行医，有人请去即应手而痊，不数时家业重整矣。又将继母双目调治复明，始去行宫矣。

再回说前文查确与祁珍珠，少年美貌，皆被恒家妇女看上被诱，后局银作盘钱去广东告状，得报父仇。珍珠之姐荷珠与查确为妻。祁氏因为父剖心辩冤，蒙刺史阻止，奈刀尖已入寸许，难医好，内心仍损一孔，时常作痛。生有二子：长名谦，次名让。得恒家抄产，十分充足，仍在白塔寺后居住，一小童一小婢使唤，一老妇煮饭。

那日有一乞食婆[①]来乞米，祁氏令煮饭郇氏取米与之。郇氏一见乞食婆便认得，彼此说苦情不休。祁氏出问："何亲?"郇氏答："是姐妹。"祁氏曰："既是至亲，可请进来饭食一顿，慢慢来说，在门口对说[②]不像样。"郇氏将那乞食婆邀[③]入内。时值午饭，饭菜已便，郇氏捧排[④]上桌，未有酒。祁氏曰："至亲会叙无酒，快去酒热一瓶来!"郇氏又取出酒，祁氏一同坐饮。

饮至中间，祁氏问曰："二位是何姐妹，见面如此伤心?"郇氏答曰："乃同室之姐妹，姓樊氏，因遭大难，人亡家破，姐妹各散一方。今见遇着，姐作乞食婆，妹作煮饭妈[⑤]，思起当时同在夫家，食不尽珍馐，穿不尽罗绮，因不爱惜过份[⑥]，故至此地步。"樊氏曰："那时节一伙如是，若能惜福，安致燕窝作糟汁、贡缎作柴烧!"祁氏曰："汝到底夫君何姓，作何官，如此奢华耶！可说来听听。"

郇氏不肯说。祁氏曰："汝我都是老人，又无外人，说之何妨?"樊氏曰："汝我到此地步，还存[⑦]什么！蒙相公娘不弃，酒饭赏我们，犹亲身来陪，不说是

---

① 乞食婆：乞丐婆。
② 对说：交谈。
③ 邀：带领。
④ 捧排：端碗菜等食物摆上桌。
⑤ 煮饭妈：负责煮饭菜的女仆。"妈"音"马"。
⑥ 过份：逾越福份，指奢侈浪费，胡作非为。
⑦ 存：隐藏。

不识抬举。而况不是汝我二人行为，亦是这一起小娼所作也，说出通气[①]，有何不可?”祁氏曰：“有理！说出才晓得二位是经过富贵之人，自然另眼看待。”时二妇皆有醉意，郁氏曰：“姐去说，奴说恐不清楚[②]。”樊氏曰：“既遇江州白司马，敢将幽怨诉琵琶!”祁氏笑曰：“原来亦晓得文墨，果是大家之子女不错!”

樊氏叹口气，曰：“奴姐妹二人虽落下流，颇知文墨，祈勿见笑！奴二人乃中亭街恒家同室小妾。夫主名恒盛，开一总行，鲜咸鱼货以及山珍海错皆归行内发卖。恒盛嫡妻早丧，无子，惟奴一人各生一男一女。男已娶，女亦已及笄，都结了姻，二婿外出未娶。因家夫年迈，一子呆戆，一子残疾，常在外掌管行务，少入内室。六人无聊，共看传奇小说。二女看西厢，惹动春心，得桃花之症[③]。

次日，值夫寿辰，召双珠班来家中演唱，连作三日。六人都在帘内观看。班中诸脚色皆平常，即小旦亦不甚美，惟一生名珍珠，人极齐整[④]，做戏又好，四姑娘称赞不住。尾日[⑤]作一出《张生会莺莺》，珍珠扮张生，作出那风流情趣，比书中更俏十倍，不独姑嫂看之神痴魂荡，奴姐妹亦觉意动心摇。至戏完归房，第二女症上加症[⑥]，二媳眠食无心。奴问：‘怎的系不住心猿意马?’共答：‘怎当的临去秋波那一转[⑦]，即使铁石人，亦意惹情牵。’第二女日重一日，医药无效。

“共相密议，令浣妇王妈夜去引诱珍珠，由后房入内，骗以员外在房说话。俟他来，奴即拖他到第二女房中，与他密语，有两个莺莺待汝。怕他走去，硬推他入房中，退出闭门。次日奴姐妹同去第二女房中，珍珠已无去[⑧]，第二女起床病愈。问之，始知被二媳天未大明便至敲门，诈言父兄欲来观病，快将珍珠交他引避，第二女将珍珠交与二媳带去，匿存[⑨]自己房中，作双龙抢珠矣。

“连存三夜，奴思他内无干粮，怎过三日？遂哄他开门。二媳怕送他回去，不肯开门。奴再三立誓，留与众乐，不要独乐，二媳始肯开门。入内查看所食何物？原来将供神之钢炉钢瓶爵将耳拗去，压灶底作灶，罗盆[⑩]作灶座，贡缎剪碎作柴烧，煮燕窝；后房有老酒红糟作汁与照料[⑪]，大花瓶之水来煮茶。始

---

① 通气：发泄郁闷之气。
② 清楚：达意明白。
③ 得桃花之症：即思春成疾。
④ 齐整：端正，俊俏。
⑤ 尾日：最后一天。
⑥ 症上加症：指“桃花之症”愈发加重。
⑦ 怎当的临去秋波那一转：引自《西厢记》第一本第一折唱词。
⑧ 无去：不见。
⑨ 存：藏。福州话“存”“藏”同音。
⑩ 罗盆：脸盆。
⑪ 照料：作料，调味品。

知三日皆以燕窝当饭，不知用去多少。二媳遂议六人照次轮上、下更，周而复始。不敢遣婢媪捧饭入来，共自出去同飧。惟供给珍珠一人，另置小锅等物，皆备在楼上。惟柴难入小灶，仍以绸锻为薪，肥甘不离口。奈一身难抵六人，而形容渐瘦矣，至两月枯焦如饿鬼。

“那日，行[1]中令一曲蹄婆[2]来取物，上楼撞着他，以为鬼，众共说是鬼来讨命。父子闻知亦恐，即作普渡。尾日又演戏谢神，奴六个又在看戏，台上珍珠又在作戏。共以[3]前日所引之人是假冒的。问王妈，王妈及本人皆认果是假的，求放去换真的来。王妈要银三百去换真的来此。即鸠[4]银三百，又赠二百去塞嘴，那三百银要真的自己来交。王妈果引真的来，说要先去赎身，明晚始来。共认明，即交银与他去。

次夜不来，又令王妈去催。王妈回说他恐日久色衰，欲先制壮阳药带来，方能耐久。只要一百两，明夜连药带来。又鸠银一百，王妈拿去，连人都无回来。至三四日，又令水火伕[5]去探，王妈同子讨船[6]逃去。又查双珠小旦赎身之后，不知搬去何处，始知珍珠局银逃走。奴姐妹以他既去亦罢，那四个猿货[7]一时气得半死，无日不叹气。”

祁氏笑问曰：“他既逃去，再寻别人亦有。”樊氏曰：“那四个妖精看上珍珠，别人不要！所谓‘惯看沧海难为水，除却巫山不是云’也。”祁氏笑曰：“后来如何?”

樊氏曰：“谁知过了半年，祸从天降。有人在广东控旧命案，广东王命国舅驸马来审，夫并二子斩首，家产尽行抄没，顷刻家破人亡。只余六个妇女，无处可投，借居尼庵，身边各带些须[8]金宝。二女之婿俱殁于外郡无回，伊与二媳共议，不再嫁人。惟奴姐妹四十难过，又嫁，四人拦阻不过。嫁时皆是好人家，衣食不缺。嫁后一遭人命，一遭火灾，俱颠沛流离。现在奴姐夫死，子不肖，出做煮饭妈。奴嫁后夫病，出做乞食婆。今日遇着，皆此景况，怎不伤人也？今逢相公娘下问，故敢直陈。不敢多求，惟求几升米带回与病鬼食，更感不尽矣!”

祁氏曰：“人生都有私事，说来可解闷。要米先带四五升，多亦携不动。可

---

① 行：商行。

② 曲蹄婆：渔妇。

③ 共以：（大家）都认为。

④ 鸠：凑集。

⑤ 水火夫：做挑水烧火等粗重杂活的佣工。

⑥ 讨船：雇船。

⑦ 猿货：詈语，骚女人。

⑧ 些须：一点儿。

探四姑嫂在何处，明日共请坐轿同来，另有厚赠。”樊氏曰：“四妖精犹在鳌峰坊尼庵，所带金宝，早已食完了，惟做女工，衣食难周。各只三十上下，如去嫁，怕无人要？谁知他们会齐①，一定要见珍珠面，心才死。闻说珍珠在广东作驸马，欲作乞食②去寻讨③。不管认不认，只要求他见一面就愿④。明日去叫，就有银打动，亦不来也。”

祁氏曰：“去时且慢说银，只说去广东的是假珍珠，真珍珠现在此处，请他四人来看，认是真是假。是真与之遂愿，如假的，赠他盘费去广东寻讨，岂不是好耶？”樊氏曰：“如此说，他们必来。但在白司马面前，琵琶弹了半日，还未知贵府姓氏。”祁氏笑曰：“奴家夫查姓，乃布衣人家。”

樊氏讶曰：“莫是去广东为父报仇之查氏么？”祁氏曰：“此查乃同姓别名，非同族也。”樊氏曰：“即是亦何妨？子胥鞭尸，赵孤杀屠，各自报仇。人欠恒氏之债要讨，恒氏杀人之命要偿，谁敢言怨耶！”祈氏曰：“婆婆知文墨，料是大家子女，怎见为恒氏之侧室耶？”樊氏同郇氏共叹曰：“说起奴姐妹二人为人作妾之情由，那恒家一门诛灭不为过也！索性与相公娘讲。姐妹俱是读书人家之闺女，颇有才貌。被恒家知之，欲娶为妾，父母皆不肯。讵那贼买盗扳赃，诬陷两家之父兄于死地，夺奴二人为小妾。既入其门，不得不从。那查氏所控，只知其致死三命，将父子三人抵偿，还不知他父子杀死十余命，若一命抵一命，连奴六个妇女拿去抵凑犹不够！

“奴初时到恒家，那老贼恒壮，谋夺妇女数个存在楼内，日夜荒淫，若不如意，或打死，或踢死。将尸斫碎，存于米篓中，假作抛粪草⑤，半夜抬去江心丢入，谁人得知？后说楼中有冤鬼，他怎不信？生二子一戆一残疾，犹学父行为。自家妻子有才貌不入房，宁愿在外谋占人妻女。人或有向上控告，外甥作刑名袒护不准，每多反遭其害。三父子皆如是作恶，天使查某去广东控告，以致家破人亡。不知奴妹怨不怨，奴实心不怨，犹喜天理昭彰，果报应之不爽也！”

郇氏亦曰：“如见着姓查的，要拜谢代我父兄报仇，有敢言怨？”祁氏讶曰：“原来恒盛罪恶滔天，难怪汝二位不怀赵孤之恨！明早务必请四位来寻认珍珠，一同厚报之也。”说至暮，祁氏量五升米装于袋与樊氏，樊氏甚喜，道谢而去。

正是：昔年不惜金如土，今日方知米似珠。且看下回如何接说。

---

① 会齐：共同约定。

② 作乞食：当乞丐。

③ 寻讨：寻找。

④ 愿：甘愿了。

⑤ 抛粪草：倾倒垃圾。

第一三七回　二夫妻不忘六女德　四妇人聊遂一扪缘

却说丐婆樊氏言存珍珠奸淫之事，并言恒家之罪恶，查确在隔窗听之了然。至樊氏去了，祁氏入，笑问："官人常念赠盘费之恩人无处访，谁知早早来了一个不识，今又来了一个，说之方知。今须消此大公案矣！"查确问："如何？"祁氏曰："一乃我们还清宿债；二乃与四女重念遂愿，以消其怨慕；三乃见善恶报应。"

查确曰："宿债自应还清，准与他遂愿，那四个缠了不放怎处？"祁氏曰："两事都莫定，如要银必不要人，如要人必不要银。今不同前之光景，大约重银不要人矣。"查确曰："如其心不死哩？　"祁氏曰："心不死无奈之何！官人曾收他定银，期约过来要共纳之为同室，方能安静。不然闹出街坊，被人得知，我家之声名便付东流也！"查确曰："如纳之必不可，伊乃仇家之媳女，大损己之德行。"祁氏曰："莫须有！那二老婆曾说不怨犹德之，况我纳无夫之寡女，何损德行！"查确曰："情亦不可负，行亦不可污也！他们来时，可定一两全之计化免之也。"祁氏曰："若能化之，自应更好。"

次早，樊氏果同四女坐轿俱至。祁氏出迎下轿，见四个年纪虽大，娇态犹存。四女见着郇氏，各忍泪含悲，问答一会，同入内厅坐下。祁氏先问姓名年岁，郇氏答曰："大媳苏氏，三十一岁。次媳柳氏，三十岁。长女雪娘，二十八岁。次女月娘，二十七岁。"祁氏又问曰："昨日闻四位欲去广东寻薄情之珍珠，有一珠在舍下，不知真假，特请认看真[1]，可免千里跋涉。又闻已隔数年，应恐花残月缺，何不弃置之，仍难舍追寻，是何缘故？祈先说知，便去请出来相见。"

苏氏曰："此乃丑事，怎便说明，惟口占俚语，请听之便知矣：透骨相思欲诉难，古诗二句暂偷盘[2]。春蚕到死丝方尽，蜡烛成灰泪始干。"

祁氏笑曰："曾闻都是大才女，果然不错！只此四句，包含不尽之思慕。今席已便，奴家亦借唐诗集句，俚和一首，即请入西厅饮几杯淡酒，再行请会。"

---

① 真：真切，清楚。

② 偷盘：抄袭。

念曰："且将五斗破愁城，一任流莺别树鸣。老去不知花有态，醒来惟觉酒多情。"四女闻念此诗，皆赞之。又曰："奴们岂不知老，其奈心不能灰。酒且慢饮，先问珍珠是贵府何亲？在此几时了？去广东的又是何人？祈即示知。"

祁氏曰："亦好，说明了，以免狐疑。实不相瞒，前食煮糟燕窝者乃奴之亲弟，实是珍珠，现在广东。后之赠银赎身者，实是假珍珠，乃奴家之夫君，现在家中。平素至诚不苟，前因急用，引至贵府假冒珍珠，不敢破行，只借三百两银是实。后又交出一百制药，乃王妈设词捏称拐去。家夫蒙见借之银十分得力，感念在心，早已备念送还，查访不知六位下落，无处可还。幸喜昨日两婆婆说明方知，今日故请来交还原借，又代赔王妈拐去之数，共成四百，与四位带回，更有利息，随后再慢慢来谢也。"

樊氏闻了惊曰："原来就是真珠郎之夫人！妹在此半年，亦不知也！"郇氏亦讶曰："见家主翁，惟疑之，不敢问。"四女俱喜曰："造化，快请出来会！"祁氏要先食再见，四女要先会再食。祁氏带笑曰："家夫查姓，请出认看是否前之珍珠，或恐是为父报仇之查某、害贵府灭门之人，又何以处？"四女共曰："若是彼自己为父报仇，以此报怨，奴复何言？"祁氏即入带查确同出来。四女立起同看之，面貌体态同前与做戏时略减一二。回望祁氏苍老，以男少女老，岂是夫妻？

祁氏因彼此相对许久，笑问曰："既认了，是珠是鱼目耶？"共答："倒是奴枭心薄行[1]之真珠，倒不是相公娘之结发夫君，还似母子也！"祁氏曰："难怪可疑，奴原大夫君八岁，加有心痛之疾，怎不老至如是？今既认着，可同去上席，慢慢谈叙，好么？"四女又曰："再慢些[2]，可借贵兰房同进去坐坐，说明了再论。"祁氏遂引带四女，并己夫妻共六人，至卧房坐定，闭了门。苏氏含泪曰："郎君，汝何等铁石心肠，不顾奴家四人性命！若嫌残花败柳，便不应收赎身之银；既收了银，不应负约走遁；何枭心薄行至此耶！"

查确笑答曰："愿娘子海涵，前之借银济急是实，赴约通情是假。今鬓已将斑，祈为原宥，今特请来告罪还银。"言讫于柜内取银四包，排于桌上，向四女揖谢之。四女皆起立回揖之曰："此银要还，可照股匀分，将二股送还二老婆，四股奴姑嫂分毫不要。"祁氏笑曰："四位不要银，必定要人？"四女共答曰："自然要人！"祁氏曰："要人极是！因昨日闻知四姑嫂守约不移，欲效孟姜女，故怜不胜。议定今日请来，如收银则罢，如不收银，即同留在此，与奴同房作姐妹，共伺官人，百年偕老。或另择吉日，或即今夜可也。"

---

① 枭心薄行：狠心薄情。

② 再慢些：再等一下。

苏氏笑答曰："奴四人早已看破人情冷暖世态炎凉，将心待明月，明月照沟壑。不必再作夫妻，如肯作，十八九岁时早已嫁人了，何至今日老大鬓毛斑耶！今前事皆休，惟此冤家一缘未遂，今惟求一亲肤滴体[1]，死亦瞑目无憾！"祁氏曰："夫郎之身原是各位赎来，即汝之人。慢道一扪，即抱压狎，谁敢不依？但来了半日，未食半点东西，可先去食了，待夜间任凭去了愿。"四女共曰："只此行为极易，即请相公娘在床前作月老公公，见奴们遂一扪之缘，起去作姐妹相称，何必待夜耶？"祁氏笑曰："好，奴作伴房妈[2]，花彩[3]厚些。"即先将查确拖上床去，又将四女一同共推上床，又笑曰："后进于礼乐君子也！"四女答曰："不言则吾从先进。"

祁氏将帐放下，四女阻不与放，祁氏退于床后。四女将查确推倒，自头上扪至脚，同坠泪曰："奴们恨结胸怀，如铁不消！可请扪之始信。"即同解衣露胸。查确扪之，果如结肿甚坚。四女各亲了一口，把手各扭[4]一下，共曰："薄情郎，亦有今日也！"同退下床，查确亦起同坐椅上。祁氏走出笑曰："何擎而不食耶？"四女曰："君子谋道不谋食。"遂同开门而出。

祁氏笑问二老婆曰："要银要人？"二老妇把手遮脸曰："奴二人嫁人又老了，有敢要相公娘之佳偶？相公娘之诗，奴改二字奉答：'老去不如花有态，贫来难觉银多情。'

银有多寡，给奴救穷，便万幸矣！"

祁氏笑曰："不要着急，且上席食了再论。"遂至西厅，另有人在内备办，共八人坐席同饮。饮至中间，祁氏见四女喜中带悲，酒不甚饮，便谓曰："天时尚早，可同来联诗一首，以志今日之幸，何如？"众人答："请两位主人先起，下照次序接之。"查确前只会白字诗[5]，后因其妻教之，亦知一二，遂先持笔写上起句，题乃即景："恩到深时怨不休"，祁氏接写一句云："天教今日送姻缪"，樊氏亦写云："多情了却无情恨"，郁氏接笔写云："早景既过晚景收"，苏氏曰："奴家亦献丑了"，写云："花睡未醒唐苑暮"，柳氏亦写云："箶调成拍汉宫秋"，云娘笑写云："明朝再卜重相会"，月娘曰："待我来结"，写云："七夕同登乞巧楼"。

彼此递来递去，互相称赞不休。

正是：口中难尽衷肠话，诗里能知肝胆寒。请看后文还有曲折。

---

① 亲肤滴体：亲近身体。滴：贴近。

② 伴房妈：婚礼上陪伴新娘的职业喜婆。

③ 花彩：赏赐的红包。

④ 扭：掐。

⑤ 白字诗：口语化的打油诗。

第一三八回　四女自尽查确礼葬　双亲无返祁氏心伤

却说各人联句完了，彼此递看。惟祁氏曰："此后何日不可聚乐？四贤姐何言于七夕？今才二月中，怎挨得许久再会？"月娘曰："日日乃寻常聚首也，至于七夕作长生殿之乐也。"郇氏曰："日已暮了，可同回去。"

适二子学堂回来，祁氏指之曰："此长子名谦，十一岁，次子名让，九岁；学堂才回。"随令拜见母亲。二子即趋拜了。四女甚喜，同牵其手，相了一匝[①]，皆曰："魁梧俊秀，他日必破天荒！不知哪个许与奴四人为后？"祁氏曰："子都一样，八母皆同，岂有这个那个之分别耶？"四女曰："长不敢占，次的可也。"又曰："天黑了，快叫轿来！"祁氏叫童儿叫六顶轿，又拿银二包并利一百两，随交与二老妇曰："二位可收。家人另叫人煮饭，二位闲时可来走走。"四女同曰："大姐，今夜妹子回去，明日叫夫郎去扪心消恨也！"遂道谢上轿。那二老妇亦道谢抱银回去矣。

是夜二夫妻归房，祁氏问曰："明早官人去不去？"查确答曰："不去。"又问："怎不去？"答曰："今日乃龙船试港，明日大扒，一去必落入圈套。"[②]祁氏曰："想四个诗中之语意，必学泪滴心灰之故事，官人放胆去探看便知。"查确停思一会，把头点点，二人遂安寝矣。至四更，二人俱梦四女又来，问今可不去否？共答："长在做祖宗婆[③]不去？"二人醒，同说知，异甚！

查确等不得天明便去，令尼姑带至四女房前，敲门无应，撬入看之，见四女排连悬于梁，皆惊甚。喊众至解下，放于床中。查确不觉泪下，扪四女之心胸，其结恨已消去。月娘怀中露出字来，取出乃一首诗，又见壁中贴有一合对联，念记在怀。令尼姑报与二老妇得知，自己遂回家中，说与祁氏知之。取出那诗，祁氏看曰："何如？不出妾身所料！"其诗曰：

---

① 相了一匝：端详了一番。相：端详。

② 今日乃龙船试港，明日大扒……：以端午节划龙舟做比喻。端午前龙舟下水练习叫"试港"，端午日正式比赛叫"大扒"。整句意思是今天只算是预演，明天才有大动作。

③ 祖宗婆：家中女性的祖宗亡灵。

十二年前不识羞，心中结恨未曾休。

真珠既遂一扪愿，同赴森罗认罪尤。

又见那对句，乃“人工十一心，竹寺一夕已”十字。乃详曰：“人工乃‘同’字，十一心乃‘志’字，竹寺乃‘等’字，一夕已乃‘死’字，合乃‘同志等死’四字。故昨日联句，妾身已疑之。她以七夕再会，那长生殿是‘他生未卜此生休’之诗句，乃悔前非，故此同死，犹不失其贤。昨已应许立后，今供奉其神主可也！”于是查确以同室妻之礼葬之。次子查让，名上神主，立之为嗣。那樊、郇二氏，得银回家，次日闻报，奔至同料理，丧葬毕，仍回去。后来樊氏被雷殛死，郇氏被火焚殁，盖因从前淫乱之根源是她主使引诱之报也。不表。

再说临水陈夫人所安顿乌石山宿猿洞之丹霞大圣，自归正法后，受过敕封，又在洞修炼，法术无边，显圣佑民。城市乡村皆有齐天府，俗呼为猴王庙。有人来祈祷，信者得显应，慢者[1]即降祸，故远近之人莫不敬畏，不敢轻慢。

再说查家自葬四女后，广东书信来报：驸马祁珍珠屡著战功，功加侯爵，已生二男二女，双亲一家无恙。得信之日，一家喜之不胜。过了年余，又得珍珠来信，报父祁宽诰封侯爵，于春间病卒；母高氏封太夫人，于夏间病逝；已择吉山场进葬，敕赐祭葬等情。祁氏闻父母亡过，不胜哀痛啼哭，本有心痛之病，再加此过于悲伤，呻吟床褥。二子无日不延医寻药，求神告佛，至年余不痊。有邻人在广贩货回来，至查家报知：广东南汉王驾崩，子刘扮接位，皇后亦死。祁驸马珍珠既尽半子之情，无意繁华，同刘氏公主游玩海岛，一去无回。新主令沿海寻无踪，皆疑原是仙童玉女下凡，同尽了子婿之道，仍归于蓬瀛仙岛矣。二子袭父封爵，二女与王孙结姻，皆入籍不归等情节。祁氏再闻其弟查访无踪，永无相见之日，一哀号，人便死去[2]半日，心痛不住，三日点水难吞，危在旦夕。父子三人求救无门，二子不离床前伺候，夜不解衣。

那日闻门外有一走乡能做行医道人经过，即请进入房诊视。有许久，道人曰：“此症乃早岁心伤金刃，时常作痛。又因悲哀过度，血枯污烂，药力岂能挽转，可早备后事矣！”道人言讫便去。查谦同弟跟出厅堂，扯住衣襟，恳曰：“真人先生既晓得家母心伤金刃之病源，必有妙药调治。千金不惜，求留步勿去。”道人答：“无治，无治！放手，放手！”二兄弟仍哀求留步，跪下不肯放手。道人因被扯住不能行，回头谓曰：“令堂之心已烂半边，虽仙丹亦难治，除

① 慢者：亵渎怠慢的。

② 死去：昏迷过去。

非取好人之心与换方可。”道人言了，将手拍开而去，那祁氏气断矣。

一家大小俱在啼哭，惟查谦不在。讵知查谦以道人气急之语以为真，思九仙山之圣王爷①灵应如响，今去庙内苦告，剖下己心，代为换母之心，母必复活。思定，取出厨刀，奔至庙内神前，哀求哭诉，即解衣向胸前直剖至肚腹，腹即裂开，人遂倒地。家中父弟哭了一回，不见长子在旁，出问。有人看见他持刀赴入圣王庙，不知何作。父弟疑之，赶至庙内，见其已死于神前，肚肠流出。共抱住大哭，查确曰：“痴儿，道人乃气急而妄言，汝以为真，空送了一命，何益也!”

正是：孝顺还生孝顺子，剖心亦养剖心儿。救得活否？下回说明。

① 圣王爷：即猴圣王，福州民间信仰的神祇之一，后世形象多与《西游记》中的猴王混，庙称“齐天府”。

第一三九回　查谦剖心换活慈母
拓天诚意交结丹霞

却说查谦剖腹，人都来看，骇甚，查问其故。查确遂将道人之言告知，众皆称羡母剖心救父，亦生此剖心之子，不知圣王爷能救之复活否？或曰："死者岂能复生？可买棺木就此收拾罢。"查确曰："先去料理母事，再来收拾长子。"父弟同哀哭一回，便取一领席[①]先遮了。

回至家中时，家中煮饭妈[②]因病回去，只有一童一使女，皆惊怕不敢在内，同在门楼看街，等其主人。父子奔回房内，视祁氏两眼大开，手脚会动，床前有一个心。随呼之能答应，又惊又喜，问："心还痛否？"答："稍好。"又问其还魂之故，答曰："自知已死，魂魄渺渺而去。忽有一红毛大猴追喊曰：'祁氏，汝有孝子，取心与汝换，快回去！'即被拖回，倏然苏醒，心便不痛。汝们父子去何处？奴喊无人答应。不知他说甚么孝子取心换补？"父子闻此，知大圣显圣，共答曰："乃孩儿取心换母也。"又问曰："他既救母，现在何处？"查确不敢说子死，妄对曰："在圣王庙内。汝所见红毛猴，即是他哀祷圣王爷去夺汝之魂回生也。"言讫，同子出厅。

适有戚属闻讣赶来，查确告知回魂，令入房作伴；又说知长子剖心已死，嘱他勿说与之得知。嘱毕，同次子带出床前之心，至庙中揭席拨看，查谦之心无矣！知是圣王爷取心换去。众乡邻闻之，不胜骇异，皆以孝能感动天地，圣王爷故救其母回生。论其子亦能得活，可惜无好之心再换之。一个曰："即将此心补入，亦望其能再活。"众又以其母之心已朽，即使补入能活，亦如母心痛如旧矣。

庙内之人汝一言，我一语，查确无主意。谁知其弟查让，早将其刀拾存袖内，衣襟解开，喊曰："怎没处寻好的心？子之心都补得母，弟之心岂补不得兄耶！"言讫，将刀向胸前就划。众突见之，抢不及，肠出人倒矣。可怜那查确哭得半死曰："二子救一母，以幼易老，何用之有！"众哀之曰："自古未有此视死

---

① 一领席：一张席子。

② 煮饭妈：负责煮饭菜的女佣。

如归也！”共议取弟之心补兄，以成其仁。有一人曰：“杀活救死，剖一个补一个，将世人剖尽，犹不能补得清楚。”众曰：“怎补不清？今将弟之心补兄，母之心还弟亦可。”又一个曰：“心与脏腑相连，须用刀剖开，方拿得出来。”众曰：“谁人敢下手？”

正说间，忽大圣座后，卷起一阵大风，扬尘飞土，众人急避，皆掩住两眼，有半时辰方息。众共开眼观看，见其兄肚腹已合如故，惟有一痕，人已回生，鼻尾已有气息。众乃曰：“乃圣王爷暗中施法，成人之美！”再看其弟之心无矣，知是补于其兄，共曰：“弟若有好心补之，亦能复活！”查确曰：“可活少，莫活老，即父之心来补子之心亦可。”众喝曰：“父剖心救子，天伦倒置！神亦不佑。既活一个，亦好，先将活的抬回去，死的不可与知，停会再来，将母之朽心来填补收殓矣。”

查确正雇人抬回，忽有一花鹰由远山飞至，口衔有物如猪心，入庙内。众又知是圣王爷来显圣，俱退出庙门外。少顷，见那花鹰口中又衔有物，由庙内飞出，至远山杳矣。众共知有异，入视，见其弟亦活，母心亦无矣！始知鹰所衔去之物，乃母之心也。众共惊喜圣王爷如此显应，都向神前磕头。查确喜之欲狂，磕头不休，曰：“后日再来答谢鸿恩！”

那兄弟二人神魂已定，腹中犹有刀痕，血污满身，见人众满庙，问曰：“爷爷[1]，母亲怎样？”查确将剖心换补，蒙圣王爷哀怜，俱救回生之情由告知。兄弟同众人又向神前叩谢，另日再来答谢。查确同邻人扶了二子回至家中。那祁氏还魂已久，查问戚属，俱推不知；自欲下床，戚属阻之。祁氏一定要出，戚属无奈，共出厅堂，而查确同二子众邻亦到。一家相见，抱住大哭，疑梦里重逢。人人皆感古今无此神恩，人人皆称孝顺子。查确大喜，备办酒席，同众人去圣王爷庙，再磕头叩谢，又回到家中，与众人谢劳欢饮。

自此人人扬传丹霞大圣变化无穷，显应如响，无人不知。因此扬传，始知补弟之心，乃旗山永福县有一缙绅病卒，匿金与爱妾之子，诸嫡子不愿，都起与其争夺，致动干戈，其父停尸不收，却被鹰来啄破腹，将心衔去。诸子还在相斗，谁肯顾及父尸？至鹰衔朽心来补入方知，才行殡殓入棺。那查让因得大缙绅之心、翰苑之才，便才学非常，再攻习几年，便为才子，及福州纳士归宋，遂发甲入翰林。查谦亦登第出仕。父母寿期颐。此且不表。

再说九仙山下有一人，姓骆名拓天，外貌极秀，内心至愚。其妻甘氏，貌至丑，内心极贤。年皆轻，未有男女[2]，只有小丫头。家产乃祖父遗下，享现

① 爷爷：称父亲。

② 男女：子女。

成之福。文学甚不通，经过名师，不能进益。朋友轮作诗文会，每轮何人当会，即供酒席。拓天会文须作至次日，犹不清楚。

那日遇会期，应轮拓天设席，朋友皆至。是期乃是诗赋同作，至继烛①才完。席设于书房，一同登席饮酒。因所作主赋，未曾分别出高下，皆曰："惜无处请一前辈先生来，与我们定高下。"拓天曰："前辈老先生汝们没处请，惟我有，去请便到！"众问："在何处？是何姓名？"拓天答曰："然在此极近，请来一见便认得。"众曰："既离不远，席尚未动，快去请来领教，不知肯来否？"拓天曰："别人请不来，我请即来！"

拓天出户去，须臾回来，喊曰："请一位老会伯②来了，汝们还不出来迎接耶？"众即同趋出迎看，哪里有人，惟见拓天手抱一尊雕塑之神像，放于横头桌③上，看真④原来到圣王庙把丹霞大圣之木身抱来。众大惊恐，骂曰："大混帐！道是甚会伯，有敢将大威灵之大圣王爷抱来亵渎，汝有命没处死⑤也！"便叩头曰："圣王爷欲责罚，须责罚骆拓天，与弟子们无干。"问拓天曰："今还不赶紧请回殿去，再放此处亵渎，汝之罪加重矣！"拓天答曰："都是汝们说无处请老会伯前辈来看取⑥诗赋，今我请得神通广大、博古通今之前辈老会伯来，汝们又惊怕，不许亲近，又呼我快去请回殿。"

随向木像曰："会伯圣王爷文经武纬，惟我拓天知之，他们都是俗人，哪里知道？莫怪今夜虚邀一遭，且送回去，待他们散去，再往请，或自来慢慢谈叙教益。"言讫，将木像抱送回殿。诸友皆胆战心惊，坐立不安，皆说拓天这贼胆，有敢抱虎同眠！不等拓天送去回来，各自散去。拓天喊叫再来食，众人自去，头亦不回。拓天自笑曰："汝一起没胆鬼⑦，我抱请圣王爷一来，屁都惊⑧出走去⑨。一桌酒席一箸未举，今排好收拾清净，再来请那会伯谈叙。"

拓天将桌拭洁净，杯盘排端正，忽有人排闼而进，举目视之，乃是大红毛猴，喜曰："汝真是我好朋友！正在收拾洁净，要再去请汝，谁知汝更爽快，不待往请自来。现酒莱已排好，先请同饮数杯再论。"即请丹霞上坐，自己旁坐，

---

① 继烛：一根蜡烛燃尽。

② 会伯：对一般男性长辈的尊称。

③ 横头桌：一种长条形案桌，一般约齐胸高，摆放在厅堂上，上面放置神像、花瓶等。

④ 看真：看真切。

⑤ 有命没处死：即找死之意。

⑥ 看取：阅看并评取名次。

⑦ 汝一起没胆鬼：你们这一帮胆小鬼。一起：一帮（人）。

⑧ 惊：吓。

⑨ 走去：逃走。

执壶斟酒。丹霞连饮数杯，曰："我阅人无数，不是之乎者也，即是俗子村夫，从来未有汝这襟怀洒落，迥出风尘，我故特来与汝交结为知己，何如？"拓天答曰："不晓什么知鹿知麂，惟是前辈会伯肯来教导我学问，便了不得矣！"丹霞曰："既不知什么知己，即为异姓手足好否？"拓天曰："亦不晓得什么守粥守饭[①]，今我叫汝老大，汝叫我老二就是。"丹霞曰："即如是。"自此老大、老二同饮到五更三点，丹霞便去，订次夜再来。至次夜又来，一连数夜。

拓天取出自己所做之会文与看，丹霞看了，讶曰："老二，汝有此等人才，缘何做出此等文字？未必是汝作的。"拓天答曰："是我作的，可取几等？"丹霞曰："论人才取得超等，论文字无等可取也。"拓天曰："自晓得学问不如人，只是学来学去，不能进益，汝是我老大，还不指点教导耶？"丹霞曰："学问由于心窍，教之不得。心多窍者闻一而知十，窍少者闻十而知一。如老二之心，一窍不通，闻百而不能知一，即使孔孟再世，亦不能教导矣。"

拓天曰："吾老大法术无边，能使通窍否？"丹霞曰："心是生成的，窍如不通，亦难设法。"拓天曰："可换得么？"丹霞曰："换不得。"拓天曰："前日那查谦母子之心都换得耶？"丹霞曰："他是孝子。"拓天曰："他是孝子，我是信友。为人子止于孝，与朋友交止于信，不是五伦之正理耶？"

丹霞笑曰："吾老二手无刺，口有刺，句句讥讽恰对，不换也要与汝换也。"拓天闻肯与换，喜甚。停思许久，又曰："不换，不换！"丹霞问故，答曰："将愚蠢之心换玲珑之心，损人利己也。人虽不知，天岂不知，将玲珑之心又变作愚蠢矣！"丹霞曰："善哉是言也，吾老二乃人尚畏天，我为神岂不畏之，总要两相合宜方可，宜缓不宜急，如寻有便，换亦无难也。"拓天曰："若无两便，则不可为。"丹霞答："自然。"自此夜夜谈心，至更深犹不倦。

甘氏夜夜伺候至三更。那夜问拓天："何客？"拓天答曰："此客甚奇，可偷窥之。"甘氏不肯去窥，拓天便扯由壁缝窥之，即惊跑入，曰："哪里是人，是狐狸猫[②]也。"原来丹霞长毛满面。甘氏曰："官人如何与此禽兽交结？"拓天喝："低声！"即答曰："此虽禽兽，人不及之。"甘氏问："何异？"拓天曰："此即丹霞大圣，本系猴身，岂能及之乎！"甘氏曰："他是大神大道，安肯与我凡人交结耶？"拓天曰："他说我洒落超群，故欢喜与我结谊为老大、老二。"甘氏喜曰："官人常恨无知己为友，蒙此神圣交结为兄弟，即渭水湘滨怎及之矣！"拓天曰："我起先怕娘子见之必惊，谁知尤喜，真贤德之至！"

---

① 守粥守饭：福州话"手足"与"守粥"同音。

② 狐狸猫：黄鼠狼，或指传说中的狐狸精。

拓天出来书房，将此语述与大圣知之，问渭水湘滨是何出处，大圣讶曰："妇女犹知此两古典来比喻，吾老二反不知，岂不愧杀耶！渭水乃周文王遇姜子牙，湘滨乃汉光武访严子陵，贤弟妇谬比我访汝更胜二故事也！有此等贤德妇人，慢言老二输之，即我老大亦愿拜下风矣，来日定要请一见。"拓天曰："丑极！他见汝不惊，汝见他必惊，先走去咯。"丹霞问故，拓天曰："丑极，不堪见人。"丹霞曰："未必更丑于我？"拓天曰："汝是本色面目，他的丑不可言状，面麻如苦瓜，眼眇似菽粒，嘴跷若鹤瓢，眉浓似黑尖，鼻扁无骨，唇青似菜色，自号作鬼倒退。惟贤德无比，故不觉其丑也。"

丹霞曰："有此贤德，可惜无貌，并访换之可也！"拓天曰："心犹未换，犹想换面，既能与人换体，何不先自换耶！"时拓天有些醉了。丹霞曰："怎不能自换！今就换与你看。"言讫将身一摇变一白面书生，衣冠整净，骨格不凡。拓天喜曰："先丑后美，如此可免人拟议矣！既能变，何不早变耶？"

丹霞曰："早变亦不能显吾弟之真心，若见而惊惧，便是叶公好龙，交结无益矣。既不辞去，因不惊惧，始能投合。从今变此往来，可混得凡眼，不至被人拟议也！"拓天曰："可再变苍老些更妥。"丹霞曰："苍老便不得与吾弟为昆仲。"拓天笑曰："变甚美，恐有不妥处。"丹霞便知其意，曰："今有一件与汝验看便知。"随即脱下衣，拓天看之如阉，讶而问故。丹霞将前在扬州妄为，被临水陈夫人收而阉之实情告知。

拓天曰："若此再变美些不妨。我起先不知，原来是十常侍漏网走出一个。"丹霞曰："汝说不知古典，如何晓得讲十常侍来比？"拓天曰："昨日听讲书[1]说《三国志》，偷来说。老大所说叶公好龙，是何古典？"丹霞曰："早年有一叶公，平素好龙，有图画者皆买来赏玩。后有天龙化为人，问叶公好龙乎？叶公答素性所好，其人乃变出真龙，叶公看而惊走，真龙笑曰：'原来是好画龙，非好真龙也！'乃化而去。那夜我初至，汝如惊怕，我亦去矣！安能如此交好耶？"拓天曰："叶公因家中酒存无多方跑走，我老二家酒存足，故不走也！"言罢共笑。丹霞自变为美少年之后，早来迟去，便不关防矣。

正是：丑貌看来惊浪子，美形可入俗人群。后文事情如何，再看下回分说。

---

① 听讲书：听说书，听艺人讲评话。

第一四〇回 友交朋谑诱送枷责 夫才妻貌祷换愚痴

再说丹霞大圣变出美少，便不回避。那日会期又至，骆拓天作会东，会友六七人复至，见丹霞俊秀，便问："何亲？"丹霞答："是谊兄弟。"众皆刻薄，问："酒色财学，四谊之中何谊？"拓天不能答。丹霞代答曰："酒量不五斗，色貌不惊人，财不务生业，学一字不认，四之中无一谊。"众答曰："酒、财、学未现出，惟那色，陈子高一见自愿退入冷宫，哪有不惊人也！莫是与骆兄即色谊也？"丹霞笑曰："与拓天乃气谊，非色谊也！"众曰："既气了，何又谊焉？"丹霞曰："乃意气相投之气，非生气之气。如列位不嫌弃，即与之色谊亦可。"众曰："若与骆兄真此谊，怎敢夺之也。"内有一人曰："与众乐乐，何必独乐耶？"时皆与丹霞戏谑，会文不作，遂议定会文明日再补作，今且吃酒。

便同登席来劝丹霞，各调谑无所不至。拓天恐丹霞发性现形不雅，喝曰："我这兄弟性子不好，若惹他动气得罪汝们，休怪弟言之不早也！"众未答，丹霞便答曰："蒙朋友爱惜，敢动气？不劳主人担忧。"丹霞竟不动气，任其调谑。七个已醉，不觉二鼓，撤席，捧出汤①，各洗了脸，便拖丹霞同去。丹霞任其七人路上拖扯，问："去何处？"众答："去城隍庙，有公置书房，去了再行饮酒。"

丹霞带至第一楼，时门尚未闭，将司阍之眼掩闭，迳入紫宸门口，遇逻卒拿获，七个脸皆涂墨，即捆缚解送殿使军衙。内殿使姓江名涛，乃国舅，令掌书记范琦以七个黑夜结伙，涂脸擅入紫宸门，欲盗禁内之物，以抢劫办，不分首从，皆拟斩决，详报李恒义。时例凡内府之事，由内殿使议决。范琦以并未承认供招，又无行劫之器械，又是酒醉，曾与江涛面争，遂改作因醉闯入紫宸门，拟以枷责。详入内庭，李恒义批出，依议发落。江涛接看批文怒甚，以范琦受贿，奈详已批下，难以复拟，只得遵批，将七人枷示紫宸门外。

随唤到范琦怒骂："胆敢弄弊，以斩作枷。"不容分辨，喝令衙役将范琦责

---

① 汤：热水。

打一百棍，不准归家调养，又不准辞退役缺，仍令办事。两腿流血，又加日夜案牍劳形。原来范琦乃绍兴人。原是大名士，因朝无真主，不仕，流落至闽侨居。娶铁氏为妻，日以垂帘卖卜，甚是自得。却被朝官闻聘为幕宾，皆拒不受聘。内殿使怒曰："既入吾境，便是子民，硬去拿来为各衙门都掌书记。"即差人将范琦押至，勒令承办。范琦无奈屈为之。正而不私，事有不公，便争而不避，常被斥辱，欲罢不能。此案因不肯致人死地，受大凌辱，毁伤父母之遗体[①]，只自怨己之学问太露。此且按下。

却说丹霞诱去七人，便抽身回来。拓天问曰："汝被七人亵慢，邀去何处?"丹霞笑曰："交与官枷责，问他刻薄之罪!"拓天曰："怎样交与官?"丹霞曰："他七人洗脸之时，喷烟入汤，令其自涂墨面。诱入紫宸门内，与逻卒拿去问罪，责打枷号数个月，把他风流根便罢矣。"拓天曰："这等还便宜他了!"此且不表。

再说李恒义欲檄文饬各县，薄赋恤民，命内殿使掌书记呈稿。范琦即刻缮就一稿送阅，文中言"惟仁达不仁不达"等语。恒义阅之大怒，拍案骂曰："狂吠至极！有敢骂孤李仁达不仁不达，如此悖逆!"即令将范琦绑出紫宸门斩首示众。众官僚闻之皆赶至，范琦已绑出，众探问："怎指名骂主公?"范琦曰："只知主公名恒义，并不知名仁达。"众曰："何不用两'者'字，'惟仁者达，不仁者不达'则不觉矣！待吾等去硬保。"众入内殿保奏。恒义因众愿保，饶之死罪，活罪难宽，令众拟议。内殿使江涛拟以效汉司马迁宫刑，遂将范琦割去阳物，放之归家。

范琦将家中所有书籍文稿尽行焚毁，笔砚等物丢去井中，紧闭柴门，免惹是非。遂思娇妻铁氏，年才十八，貌甚动人，我既作了太监，将他留在家中，难免将来不出丑事，体面何存？趁早送还娘家，任自改嫁，两得安妥。随与铁氏说明，铁氏不肯，情愿生死相随。范琦曰："汝舍不得我，我还舍得汝么？知汝正气，其奈人之眼睛不好，只怕无不图谋，谋之不遂，便生残害之心。我之残躯岂不与汝累耶？汝可自思是理否？汝可暂回娘家，去祷告观音老母，将美貌变换丑陋，我便再收回，百年偕老。如不能变丑，再去嫁人，吾之愿也!"铁氏无奈，范琦遂自送去娘家。

铁氏之父母正贫如洗，见婿送女听之改嫁，甚喜。任女肯与不肯，一面托谋说合。寻有沈百万之公子慕其美，欲要为妾，愿出礼金五百两。父母以女正室犹不肯去，况为偏房，便辞却之。沈公子以为嫌少，即加至一千两，遣人送

---

① 父母之遗体：父母给的身体。即"身体发肤，受之父母"之意。

至其家。父母见银如狂，言语不出，惟跑进跑出。女遂察知之，因静思："夫主说如变丑再收回，此乃明明叫奴家割破花容，可绝人之觊觎。观父母贫甚，受人千金之财礼便喜如狂。奴为正妻都不去，岂肯为人之妾？如去先割破花容，千金他收回，把父母立刻气死。如保全父母，喜而不气，顺从嫁去，奴之名节何存？且等过去沈家，将花容割破，捏以被鬼所割，他必惊怕致命送还，则父母之千金不至全空，奴家之名节依然还在，又全孝道，岂不两全！"

那铁氏在房自言自语出神。停了一会，便出对父母曰："财礼既送来了，怎便不收？今女儿愿嫁了，银可收进。先取些须来用，余留存慢散。恐不值许多[1]。"二老闻其女顺从，喜之不胜，答曰："他自送来，谁要许多！"二老将银搬存于地板下，皆称神明灵应，明日就去答谢。

原来二老见银许多，惟恐其女不从，漏夜至圣王庙祷告婿退还女儿之情节，因女不顺从改嫁，乞神灵应，女顺头顺意，肯嫁沈家为妾，即来答谢鸿恩等情。今日女自言肯嫁，共称神之显应也。那丹霞昨夜因闻二老祷告，次日至铁氏家探访，恰遇铁氏一人在房自言自语，知欲变丑，喜甚。正可以公济私，待铁氏至沈家，将他面壳脱来，与甘氏对换，则两家无不欢喜也！

沈家来娶铁氏，丹霞暗随到沈百万家。但娶妾不比娶妻闹热[2]，拜了尊长，即入内房。其亲属便拥看新人[3]，人人称羡，看了皆出。惟新郎沈公子在铁氏身边缠而不去，只遣伴媪先出。丹霞即对沈公子吹一口气，那新郎连打几个喷嚏，屎尿将流，赶出去屙屎。铁氏已知其意，小刀早存在袖内，待其动手时自行割死，幸被丹霞使术遣去。房内无人，忙取出小刀向脸上正要割，被丹霞夺去，人便晕倒。丹霞以左手向其脸上一抹，其面皮都掳在手而去。

那新郎屙了屎进房，见新娘倒地，惊而抹之一看，变成血脸如鬼，惊而大喊。男女皆奔至，见其状，惊问其故。铁氏已醒，慢答曰："忽然床后钻出一恶鬼，手执一刀，奴便惊倒在地，划割自去。"众惊疑不定。新郎曰："真的有鬼，起先有一阵冷风，把我吹的打喷嚏，屎尿都出，赶出去屙。若不走出，同在被割！"铁氏曰："那鬼割去了，说要割两个，今只割一个，今夜再来割凑。"

众闻鬼还再来，更共大惊，即令将新娘抬送回母家调治。新郎须去别处躲避，将房锁住，另日作醮退送。铁氏遂回。父母以在夫家割伤，不肯收回，沈家又把银钱送去，代为医治方收。铁氏去一层面皮不甚痛，把镜自照讶甚，思

---

① 许多：那么多。

② 闹热：热闹。

③ 新人：新娘。

自己只割一下，然何脱去一重，连刀都无去，莫是鬼神剥去花容，以全奴节孝耶？父母见其面，不胜哀痛，铁氏将实情告之，便知矣。

丹霞将铁氏之面壳同刀带回，已四更，至拓天房内。侦甘氏睡浓，收其丑脸，将其面壳换上，吹口仙气，无痕无踪。又将甘氏之面壳换与铁氏。那铁氏在娘家过了一夜，起床变了丑貌。人皆说以鬼割，变出此丑貌。沈家闻说不要，只要索回财礼。父母俱不肯，铁氏教送一半还他，取回婚书，以免后患。遂还他五百金赎回婚书，又报与范家得知。范琦查看，果系自割变丑，喜之不胜，遂接回，相爱如初矣。

却说甘氏次早出房门，丫头见而讶曰："汝是何人？大官娘哪里去了？"甘氏骂曰："目黄[1]了！主母都不识，叫作何人！"丫头曰："奴主母哪有此好面？"甘氏亦疑，取镜照之，大骇喊曰："我怎变此好容貌！"拓天在外书房，闻了大惊小怪。忙出，见亦骇曰："怎变此貌？"甘氏笑曰："真好古怪。"拓天思了，忽悟曰："知道了，不须说，乃我老大之妙法矣！"甘氏问故，拓天曰："他曾说与贤妻换个好容貌，此几日不至，为是此寻访来暗换之也。待他来问之便知。"甘氏大喜，连丫头亦喜甚。

是晚丹霞至，拓天问曰："这数日何事不来？"丹霞笑曰："与贤弟办事。"拓天曰："我说面貌必是老大为之，不错！但不知可两妥否？"丹霞遂将铁氏之情由说知。拓天曰："果妥极矣！可叫那丑变美的出来拜谢。"丹霞曰："他可不必，惟汝要拜谢我。"拓天曰："与我何干？"丹霞曰："汝无干，与谁有干耶？"拓天曰："要与汝便与汝。"丹霞思："心窍总不开，可与之再换。"丹霞仍去矣。

再说那范琦收回铁氏，恩爱如故，内外任之操作，在后花园栽花种竹，对月饮酒，不尽安乐。彼时乃乱世，文人墨客各远逃无踪，范琦一退，并无掌案之人，文武各议范琦熟手，仍令其承办，如其不顺，再拿来以刑勒之。便有人密报与范琦得知，范琦闻了，便昏迷去，半时辰才醒，哭谓铁氏曰："此番一往，再求免死不能。汝貌能变丑，我缘何心通不能变塞，难逃其祸？"

铁氏曰："相公何不效孙膑装癫[2]耶！"范琦曰："古装得，今装不得，心迹本是生成，若被刑，岂不见出耶？"铁氏曰："今夜且去当天祷告，将相公之慧心换作愚心，只望天地神祇有应，能免此祸，未可料也。"范琦曰："公差尚未到，待今夜赶紧去祷神祇，姑且试之，望有灵应亦好！"

那夜铁氏搭起三层桌，左手持一把香，右手拿三个碗，登于三层桌上，跪

---

① 目黄：眼花看不清。

② 癫：发疯。

伏哀告虚空过往神祇："因夫主范琦被当道忌才，无故屡受刑迫，今日愿拙而不慧，求神暗中设法援救，以免祸害丧生，即求赐今夜显应，迟恐公差来提，夫妇定同死。"哀告了一回，下来入房安寝矣。

却说那丹霞因拓天心窍不开，又去寻访，期遇与拓天换心。适过范家，听铁氏祷告天地，便知其情节，喜甚。候他夫妇安睡，使出法术，取出范琦之心至骆家，与拓天对换。时拓天亦熟睡，丹霞暗将范琦之心换与拓天，拓天之心换与范琦。施了神法停当，化作一个金甲神，托梦与铁氏曰："吾奉天帝之命，遂汝丈夫之愿，巧心换拙，尚有百日之病，百日后自然即痊，不用延医服药，完汝夫妻百年偕老，转祸为福也！"

铁氏惊醒，闻范琦有声，问之，范琦曰："我今日正要上京求才学，立时心痛怯去，叫裁缝匠来，把我心来油贴金，好带去。"铁氏又问："相公说什么？"范琦爬起喝曰："哪个是汝相公，再叫讨打！"铁氏曰："癫了，所梦金甲神之言不谬。"暗喜，随托邻人去请医生调治。医生来了不肯看脉，被打走去了。再请一个又不与看，数个拿住，都被打倒了。邻人又进来帮拿着脉，范琦大叫不休，满地去滚毡①。

适公差来提，见其形色改异，问故，邻人说昨夜怎得癫狂之症；公差遂去，回衙禀复。诸官僚皆以为诈，即拨人去锁拿抬来看验。遂即令延请医生来看，医生诊完说："此症乃痰迷心窍，不能即痊；若至痊愈，亦终身朦胧矣！"连传几个医生看验，说之皆同。诸文武禀复李恒义，令即送回，待其愈了再提，完了此公案矣。

再说拓天睡至天明方醒，便爬起坐床，有半时辰，将自己头打数下，下床将平日所作的诗文粘壁并架上各稿尽行阅看，大不称意，即付火烧去。

正是：茅塞未开称独是，灵心既换觉诸非。骆拓天到底如何进益，下文分说。

---

① 满地去滚毡：满地打滚。

第一四一回　拓天换心认接面丈　丹霞出丑反送身面

却说骆拓天将所有旧作各稿皆投于火烧化，甘氏讶问其故，拓天曰："昨夜睡觉，方知从前所作之文字皆非，不焚化敢拿去见人耶？"甘氏曰："官人既知前作皆非，再作的谅必佳！"拓天曰："能会悟自然必好。"甘氏曰："官人昨夜犹不悟，今睡过初起便知，是何缘故？"拓天曰："自亦不知。"甘氏笑曰："妾身知之，又是圣王伯昨夜把官人之心又换矣！"拓天曰："不错，心中故觉通明，一定是他将别人灵心来换，待他来一并与之拜谢恩德！"

言未已而丹霞又至，拓天即趋赶跪下，又磕几个头，丹霞笑曰："行此礼，何也？"拓天答曰："谢圣王与内人换貌之大德，又与愚人换心之大恩，难以言谢，惟多拜几拜，以表此心也！"丹霞亦笑曰："临时斯文来，换心拜谢可也，即换貌昨亦无干，又何拜谢也？"拓天曰："前之说话皆非，望乞恕罪！"丹霞曰："既相好，何敢加罪？"抬头见架上所有诗文字无去，问何故。答曰："皆放屁，尽焚矣。"丹霞见架边尚有一张，拆下共看，是古诗，乃"一去二三里，前村四五家"等句。拓天改换作：

人家树里住，前是四五村。
烟起花枝上，亭开阁闭门。

丹霞笑曰："此一首是吾弟得意之佳作，故舍不得，仍留此耶？"拓天把手掩住面曰："更臭的不堪！"丹霞曰："既晓得好呆，再作来看。"拓天曰："弟之心换得甚通，不似前之钝塞，既有命，怎敢不作来看耶？"遂持笔写曰：

林里千家酒，烟中几座台。
对亭花数里，才出几枝来。

丹霞看了一回，便见出口成文，可见心窍是生成的，比前实差天渊也。拓天曰："向蒙老大所换之心有几窍？从何而来？"丹霞曰："只有三窍。只见有祈祷舍巧求拙，二命将死，故悯而换之也！"拓天又问，丹霞把范琦之事情说知，拓天愁眉："人因巧获祸，我何舍拙而取巧，将来能保得不蹈范琦之祸乎？"丹霞曰："转瞬天下归一，斯文再不至于扫地矣。"拓天曰："能不至如此地步，彼

此互相寄顿，不露人眼不妨。只有弟妇之色包存不得，必露人眼，倘乞铁家得知，控告诱拐，怎处?”丹霞曰：“不妨，今夜即去托梦铁氏，叫他先与父母说明情由，自然无事。”

是夜丹霞化金甲神告铁氏曰：“前因汝割破花容，我怜汝貌美，不忍残毁，故把九仙山下骆生之妻甘氏面貌与汝对换。今因汝父母不知因由，故命汝对父母说明，可将甘氏认作接面女①。甘氏无父母，汝可谊为姐妹。切记！吾今去也。”铁氏惊醒，时范琦癫狂已好，人变痴呆，告之不理会。天明，铁氏自己回至母家，说明神语因由之事。其父名铁山，遂以甘氏为接面女儿，以拓天为接面女婿。甘氏、铁氏为接面姐妹，亲爱过于同胞。

丹霞谓拓天曰：“吾弟平日常恨无父母姐妹，今一接面皆有，可无恨矣。”拓天曰：“此都是吾兄再造之恩，无以为报，弟妇自作有一瓮美酒，今夜多饮数杯，以表微意。”丹霞曰：“今事皆妥，既有佳酒，可领赏之，看弟妇作酒如何。”共入内厅，甘氏早将酒肴排出，两人对坐而饮。丹霞先饮两杯，称羡甘氏之贤能不已，因酒香，大杯大啜，不觉见醉。

丹霞曰：“自从至此，与吾弟饮酒未曾讲酒令，今吾弟心窍开通，可行一令，何如?”拓天曰：“正欲请教。”丹霞曰：“诸令无甚奇，惟射覆有趣矣。”拓天曰：“为何名射覆?”丹霞曰：“取一物暗存于盆中，把盆覆住，与人来猜射。或占卦，或占谶，或扯诗句书句来解，射得看是何物。不论客主，猜射不着罚酒。今吾弟先去覆来，与兄射之便理会矣。”

拓天遂入内取一盆来，暗将一物覆住，捧出放于桌上。丹霞向书架抽一本书，顺手开看一页，乃武侯《出师表》，“并日而食”四字。丹霞射之曰：“并食乃饼字也，一定是饼。”将复盆开看，中果是面饼。拓天曰：“真真有趣!”将饼收过，空盆付于丹霞带去隔房装了物，仍捧出。拓天亦效之抽一本，乃是《论语》。拓天翻一页看一句，乃“夫人不言”句。拓天效射之曰：“夫人不言，夫无人乃拆开，上是土字，必是土也!”谓丹霞曰：“可是土否?”丹霞曰：“言必有中矣。”开看果是土。拓天便得意，欲丹霞再射之。丹霞曰：“且再饮酒，吾弟另起别令与兄来领教。”拓天曰：“言重。”即共饮数杯。

拓天遂念一令曰：“只要古人名、调名、四书一句，上下字要重相连。合适者酒随量饮，不合适者，罚酒三大杯。”念云：

白乐天，天下乐，乐天者也。

丹霞曰：“此令吾弟之三乐天字，贯串浑成，兄只是将就，勿哂。”亦念云：

---

① 接面女：续弦的妻子与前妻娘家之间构成的关系叫“接面”。

唐虞叔，虞美人，人恒敬之。

拓天曰：“敬人者，人恒敬之，极妙之令，怎说将就？”丹霞曰：“兄弟间亦来混褒？当自罚不合适。”自斟三大杯饮干。丹霞已醉十分，再饮此三大杯，醉甚，虽醉心犹定；而拓天酒从口中流出，倒椅上如猪。丹霞曰：“没中用东西，这般醉倒！”

时夜已半，内叫出小丫头照顾收拾，丹霞自去矣。初出门犹可慢行，而至中途酒气涌上，神散，现出原形，倒于路中。

再说邻村有一人，叫作船中鼠，平生赌中讨食①。是夜赌场回家，路上适遇丹霞倒于路中，以为大野猫，思：“回家总是无米煮饭，将此猫拖回家中，烧锅煮食。”因已饿至二日过度。又恐其爪，拨看不动，似有酒昧，疑甚。有微月倒映，不见头面，似猫非猫。因又想：“回家计无所出，拖回够食。”又料其何处偷食酒醉，亦不怕，将自己身上烂破皮马褂脱下，将丹霞拖抱起，便跑回家中叩门。

其家中惟妻一人，绰号为灶里猫，开门问：“抱何物？”船中鼠曰：“赌输了，路旁有一大野猫，偷食酒醉甚，被我抱回来。大瓮拿来，把甑篦②盖好，汝坐甑上，等我烧汤来烫毛煮食，胜过猪羊之肉。”灶里猫即拿大酒瓮，船中鼠将丹霞贮入其内，盖了甑篦。灶里猫坐上面，船中鼠去起火③烧汤。

原来灶里猫怀孕已九个月，坐于上面。那丹霞因爱酒佳，饮了过醉，任被拖抱。路上行走，总不清醒，却被孕妇坐于上面，秽浊之气冲下，顷刻把酒冲散方醒。方知被拿于内，被秽浊冲下不能遁去，穷甚，无计可施，大叫曰：“汝放我出，我有物谢汝！”灶里猫同船中鼠闻之大惊不止，急起来看，丹霞化作清风而去。

船中鼠忙向前来看，瓮内并无动静，内竟空矣。即曰：“莫是狐狸精？必是野猫精妖怪变的。”灶里猫骂曰：“毛好死④，家中无米全不顾，把妖怪带回。造化⑤老娘亦名作猫，家猫能制野猫，若是汝半路死⑥去坐，早被他吞食！鼠落猫口总是死，不能活。今去寻柴米来么？”船中鼠曰：“容我睡一刻，柴米自有

---

① 赌中讨食：靠赌谋生。讨食：谋生。“赌”与“堵（舱）”谐音双关，所以此人外号“船中鼠”。

② 甑篦：安于蒸桶下部用于隔水透气的箅。篦：通“箅”。

③ 起火：生火。

④ 毛好死：不得好死。毛：没有，本字“无”。

⑤ 造化：幸亏。

⑥ 半路死：妇人咒骂其丈夫的话。倒毙途中是一种恶死。

人送来。”灶里猫曰：“谁能送来？”船中鼠曰：“那妖怪曾言有物谢我，必定是钱。停会送来，怕无柴米耶？”灶里猫曰：“汝把犬脾[①]趁早捻[②]开。他关在瓮内难以脱身，是我压住上面，他急了妄说，骗脱身。鲤鱼脱了钩，还敢再来？汝还妄想！不去寻柴米，老娘将汤先来烫汝！”船中鼠曰：“莫动气，我去，我去。”由后门出。

天光[③]了，船中鼠开了门，有一物由门缝入，落于地下。拾起一看，乃一块紫色薄皮，巴掌大。拿入问：“何来？”灶里猫曰：“昨晚几个孩子在此玩耍，带来塞门，忘记带回。”船中鼠曰：“先前我回来都不见，是才来塞，开门便落在地。”灶里猫曰：“不错，那妖说有物来谢，就是此一块破皮，何用？”船中鼠曰：“我的破马褂年久不相干[④]，拿来补胸前。”言讫，就下手取放胸前，不大不小，即隐形不见。

灶里猫一转眼不见有人，骇曰：“汝在哪里？”对曰：“现在面前，为何不见？”那船中鼠将皮收起存于袖内。灶里猫见其在面前，讶曰：“为何先前不见人耶？汝说来。”船中鼠曰：“先前皮放于胸前，汝言不见，后我存于袖内，便看得见，今试看。”又将皮放于胸前，灶里猫又看不见，又将皮收起，又看见。船中鼠喜曰：“此是妖怪送赠之宝贝无疑矣！”又来试又如是，夫妻喜甚。

先去街上偷粿饼来止饥，再去偷别物，将皮缝上带子，船中鼠悬于项间，正对胸前，便不见形迹。遂去取糕饼，无人看见，任其取去。胆弄大了，又去取布匹。灶里猫曰：“有了食，不要穿太好，被人生疑。”船中鼠以为然，仍照旧褴褛不妨，夫妻遂食饮自如。

月余，灶里猫生一男，出世即被煞死[⑤]。船中鼠见灶里猫作月利[⑥]，自出去游玩，各处取财物。再说丹霞在瓮内化风逃出，以言无失信，即化一块隐身皮，塞于门口赠之。回至本洞内洗却秽气，在洞运气调养，至一月始出。

那拓天醉死[⑦]，惟心窝犹热，至二三日。诸医请尽，药服罔效。医生皆以酒气凝结，任汝甚药打亦不下，众医生共议无药可救而去。甘氏望丹霞不至，计无所出，惟令人备棺木一部。铁山来看见药方批语，谓曰：“酒好胜不好败，

---

① 犬脾：狗主意。脾：即福州话“脾花”，指想法。

② 捻：拿。或写作“拈”。

③ 天光：天亮。

④ 不相干：不堪。

⑤ 被煞死：触犯凶神而夭折。

⑥ 作月利：坐月子。或作“做月内”。

⑦ 醉死：酒醉而昏迷不醒。

怕软不怕硬，当与之求和。仍须酒灌之，以同类而化之，不攻而自解矣！”诸亲友皆曰：“因酒醉死，再加酒灌，岂不火上添油耶！”共说不可。惟甘氏曰：“爷爷[1]理参透，刘伶酒醉常事也！”遂将酒来灌。因灌不入，甘氏酒含口，对口慢慢哺入。哺了几口，那拓天胸结已消，牙关略动。再哺几口，眼开便能视人，回苏便问：“老大哪里去？”甘氏告以因由，拓天始知醉死已三日了。诸亲友皆赞接面之父母，胜过卢医扁鹊。

拓天调养至月余始痊，因望丹霞不至，还思念不休。适丹霞至，喜甚，问：“何由许久不来？”丹霞见拓天瘦极，问故，拓天答以醉死复生。又问：“许久不至，谅吾兄亦醉，因思吾兄本神人，就醉亦不至死。今日幸又重逢，何喜如之。”丹霞曰：“神人比凡人更狼狈。”即将醉倒路旁，被人挟去囚于瓮内，被秽气所冲，吾即开声，上面之妇人走开，方能脱身之缘由说知，又在洞中养神洗秽，故许久今日才来。拓天讶曰：“君子亦有穷乎？兄过火焰山，归洞养毛；弟过子母河，心结偪块。今日毛长块消，快拿造酒之人治罪，免害人！”

丹霞笑曰：“欠债怨财主，不孝怨父母。自己贪哺，啜不自度，还怨于造酒之人？如怨恨他人，当先拿杜康来治罪，与今造酒人何干？今人以佳酒厚款，岂反以为仇耶？”拓天曰：“此等说，不仇犹德之耶？”丹霞曰：“愚兄被囚于瓮，因言若放出有谢，后以隐身皮报之。前日愚兄自不能保守元神，以致露相，不怨自己，何敢怨人乎！”拓天曰：“吾兄道学君子，所言皆合于道，惟不知收宝之人何等样人物？”丹霞答曰：“乃赌博之徒。”拓天曰：“赌博定非端人，若得此宝能不胡为乱作！惹出是非灾祸，谁人之咎欤？祈吾兄察之。”

正是：石授端人能致富，宝施邪行必招灾。且看下文如何分解。

---

① 爷爷：称父亲。

第一四二回　宝赠非人化官能解　友交有义挈眷超凡

却说拓天闻丹霞以异宝赠与赌博之徒，便曰："被拿去还不胡行乱作耶？一出破[①]，人宝俱无矣。"丹霞曰："亦虑此。"即欲前去探听有无妄为。拓天曰："忙不在一朝，现备有旧酒，再痛饮一朝，明日去好么？"丹霞笑曰："再饮许多，要请吾入瓮矣！"拓天曰："今再醉勿去，只在此安歇，便不至再被大肚婆压住。"共笑。入内，丹霞之头巾被帘钩挂落，现出头上红毛，拓天代拾，吟曰："羞将短发还吹帽"，丹霞接戴，吟曰："笑倩旁人为整冠"。拓天又吟曰："一身只有须眉在"，丹霞曰："半口能消傀儡心"。二人吟毕，即大饮至天明，丹霞仍去。

却说船中鼠只盗食不盗穿，仍破帽皮马褂旧裤赤脚，在路中拈拈撮撮，随行随食，或宿古庙，或潜人家偷食，皆无人见。胆亦大了，要拣选食物，一路来至浙江温州地界，撞入乡宦人家，食宿甚厚。后见一个丫头名巧雀，美貌。饱暖生淫欲，即借此隐身皮无忌。是夜先存于[②]巧雀房中，俟巧雀安寝，遂上床压其身上，巧雀欲喊，他妄曰："我是与汝有缘，相会数时，带汝上天为仙女。"巧雀讶曰："汝从何处进来？"船中鼠妄对以"来无踪去无迹"。巧雀提火来照，果不见形，以真为神仙，遂从之。于是同床共寝，月余无人知。

一夜，船中鼠恐胸前之皮被巧雀搜着，先存于席下，因偷酒食过多，醉至天大明未醒。巧雀先醒，一看见床上卧一粗鲁狗汉，即刻会悟其非，心灰意冷。至船中鼠起来，巧雀假睡侦之，乃见其向席下取一皮，挂于胸前，即不见。暗想："非神，只借此皮能避人眼，今夜将此皮偷存密处，看他能隐否！便即拿住作强奸幼女送官办罪。我将此皮偷去作隐身，盗主人之财宝，逃去外府，访美少年为夫婿，同去外府居住安乐，岂不是好？"

思定，俟至夜间归房，侦船中鼠睡了，将席下之皮偷存密处，仍同睡下。至天明，船中鼠醒来，讨[③]皮无矣，大惊，问巧雀："有看见席下一块皮么？"

---

① 出破：揭露真相。

② 存于：藏在。

③ 讨：寻找。

巧雀答："未见。"船中鼠曰："必是汝偷去，快拿还我，我即带汝去做仙女。"巧雀漫应曰："我未拿皮，亦不作仙女。"时天已大明，外屋人众皆起，船中鼠急甚，曰："姐姐既不作仙女，将皮还我，任凭要什么东西，一出去便来谢你，可也?"巧雀慢慢答曰："东西亦不要!"自己亦下床。

船中鼠形不能隐，无地可钻。巧雀看真形，乃指曰："前我以汝为甚天神，原来只此鬼样，若我家之水火佚[1]亦强你十倍。可实供是何方光棍，假作天神来奸人家妇女，若不实说，拿你送官究治!"那船中鼠跪在地下磕头曰："姐姐可念夫妻情面。我实是天神，与汝有缘，玉皇大帝赏此隐身皮来与汝相会。今将皮还我，我即上天交还玉帝，无皮不得上天也。"巧雀怒骂曰："你这光棍可恶！白白强奸了，要赖我偷你什么皮!"巧雀将船中鼠扭住喊曰："快来拿贼!"家人等皆奔至，见船中鼠形状如贼，便将他来缚住，查问巧雀。巧雀答曰："不知此贼何方来，突然上床抱女婢压住，掩口喊不能出声，任其强奸。下床欲去，被奴婢擒住，求拿送官究治。"

众共知如此形状非奸即盗，但不知其从何而进，甚惊。其主人同众人将船中鼠缚了，拿到外面讯问。那船中鼠任其鞭打，不供实情。其主人无奈之何，将巧雀欲一并解送有司衙门。

忽有长班报："本州方大老爷因巡查地方至此。闻汝家获有强奸女子之恶徒，免解至都，大老爷就在此讯问断结，以免两相往返。快去迎接大老爷进来!"

原来其乡宦姓董名振，曾为学官，告病在家。闻报喜甚，免将巧雀解送数十里路扬丑，又与州官是旧好，怎不便宜？一面嘱备下马酒席，即整衣出迎。州侯带家人书吏、皂健共二十余人，鸣锣开道，威风肃静，排道厅堂设公案。方州侯正坐，董乡宦傍陪，先说别后之事，又查获奸情由。州侯令门封锁，即带凶犯上堂问讯，曰："何方人氏，有敢入室强奸?"那船中鼠仍答是天神，连问数次，天神二字总不离口。州侯曰："心吓混了，可带下，先将巧雀来讯。"

州侯问巧雀曰："他心混，讯不出实供，今惟汝是问，可实供来!"巧雀供是他强奸。州侯曰："却是通奸，非强奸。今不中汝意翻作强奸捉送，可是此情否?"巧雀答："并无此情，实是今早才来。"董乡宦起位曰："若是时常通奸，便有人得知。实是今早叫喊拿住，求公祖察情。"州侯笑曰："年兄，其中有不尽之情节，年兄且请坐，自能讯出实情。"令左右将巧雀上夹刑。董乡宦再三言是实情，州侯不依，亦不敢再言。巧雀上夹刑犹不承认。州侯曰："若是通奸，

---

[1] 水火佚：做粗杂活的雇工。

起先亦是被骗，究之既认了，并无大罪，本州与汝开恩，你何苦甘受此重刑?”巧雀闻此劝谕，即供出某月某日黑夜进房，称是天神，与小婢有缘结为夫妇，然后带上天作仙女，如是夜夜都在房。那夜有一块皮存于席下，被女婢看破，知此皮能隐形，先偷去。他不能隐，现出讨皮，女婢才知是假冒天神，心甚不愿被奸，故喊主人得知拿住是实。州侯又问：“此皮现在何处？可取出试验是真是假。”巧雀向袖中取出，共看乃一块掌大之毛皮。

州侯同董乡宦看了，谓曰：“这一块皮能隐人之全身，本州不信，年兄可信么?”董乡宦曰：“弟亦不信。”州侯曰：“今且来试便知。”即令左右带假天神来。皂班将船中鼠押跪阶下，州侯将皮挂于假天神胸前。巧雀忙阻曰：“不可与挂，挂即隐形，何处去拿?”州侯令皂班围住。董乡宦亦曰：“未必能隐形。”皂班便即围住，船中鼠一挂上毛皮，即不见矣。众皂班同哄一声，俱杳无踪去。

那董乡宦在旁坐，家中人皆在公座下一同观看，只见船中鼠皮一挂上，打一觔斗即不见，再看州侯人等二十余人亦杳矣。堂上惟一主一婢，皆惊得目睁口呆，面面相觑，不知所以。查前后门仍关着不动，内外搜寻无踪迹。又问巧雀：“先前此块皮汝如何偷来?”巧雀将实情说知，董乡宦曰：“那光棍虽是怪异，但方州侯乃旧相好，怎知来假冒，只讨此毛皮一块，与光棍同化而去？料是与光棍有大关节，特化来讨皮。若有此神通变化，何不暗里行为？真不能解。”但事属怪异，不便扬传，叫家中人勿言，那下马酒饭办了自食。又怕那妖怪复来，将巧雀卖于远处去了。此且慢表。

再说船中鼠挂上毛皮众皂班推之打觔斗走脱，人皆不见，一开门即钻出来，方才放心，大胆而行。一面想那大老爷任我称神装癫，并无究问，单夹他婢女，又讨出此皮还我逃走，便是我亲生之父母，亦无此为也。正得意间，忽有人在背后指曰：“好受用!”船中鼠回看，乃是在董家审案之官，即跪下叩谢。州侯曰：“我不是官，是被贮瓮内放出来，把此皮谢汝致富。谁知汝胡为乱作，若不来救，汝命必休矣！既救了，可把毛皮还我!”言讫伸手将船中鼠胸前之皮脱下，即化去了。

船中鼠不敢回言，任他取去，痴呆半晌因思：“其言贮瓮内，原来是野猫精，变化作州侯来救我，才有此袒护。是我不行正路，宝被讨回，有何怨尤?”沿途作乞丐，回至家中，谁知灶里猫因产后即食肉，中风死矣。有余银被其母弟兄侄来收拾，厝还原主。船中鼠无家可归，遂至各处流荡，拈撮惯了，又去拈撮，被人拿住打伤，不过几时亦死了。

原来丹霞去讨毛皮，先到船中鼠家中，探知得此宝取去各方流荡，遂访至温州遇着，讨回宝贝。又去拓天家中，拓天问：“访着否?”丹霞将船中鼠胡为

乱作，并己之变化取回宝贝述了一遍，拓天曰：“富贵淫欲，穷起盗心，势所必至。只是吾兄大才小用，访知便去取回，何用化官、化吏、化皂班等件，何等费心?”丹霞笑曰：“吾弟言甚有理，惟是不如此行为，董家将来必有大关系，故不得不如此大才小用。”

拓天问曰：“皮在何处?”丹霞在袖中取出，曰：“在这里。”拓天曰：“此乃损人利己之物，不毁之，取回何用?”丹霞曰：“赠吾弟耶。”拓天曰：“兄叫弟去取不义之财？弟乃自愿不要，快拿去付之丙丁①可也!”丹霞曰：“别人求之不可得，吾弟不要，吾自要罢!”便将皮吹一气，变一毫毛，吃入腹中矣。拓天曰：“返本还原，永无后患，好甚。今无所虑，再来饮酒。”

遂去把盏。拓天曰：“吾兄前与范琦换心，今与结交可乎?”丹霞曰：“极好！汝心即是范琦之心，琦心即是汝心，可唤来作三兄弟可也。”拓天曰：“奈他心犹混，尤难与言。”丹霞曰：“待他来，只用一杯酒压下，自然不混。”拓天即去请范琦来，丹霞亲斟酒一杯递与范琦，范琦饮干，神清气顺。三人相交，彼此遂为莫逆，自此往来无间。

过几日，探知沈家欲控告拐妾。原来都是那九个人浪子，被丹霞带入紫宸门，枷责限满释放，同议欲报其恨。先使人至骆家侦之，以丹霞是光棍，以甘氏是铁氏，向沈家挑唆，虽还婚书，尚有五百金为定，可即控之。拓天闻知惊甚，丹霞曰：“何须惊怕，避之可也，我亦厌尘嚣。”又有人挑唆，范琦装作癫痴，现在家中耍乐如故，闽王李恒义欲遣人捉拿验勘。未几日，沈家叩告状准，乃拨部兵围拿骆家男女，江涛遣役卒去捉范琦。谁知二处皆空厝②无人。原来是前一夜丹霞即带二家人等，远遁武陵别境避世去矣。

正是：不以美聪甘丑拙，安能俗体脱凡尘。且看下文如何分说。

---

① 付之丙丁：指用火烧掉。

② 空厝：空房。

第一四三回　铁麻姑为夫聘香女　林仁翰因婿诏倭王

却说雪峰寺和尚卓岩明摄孩童作兵，用后俱遣其徒仍送男女童还原处。谁知那徒留二男二女为徒弟。一男乃周艳冰之子，一乃福州十四门桥魏晃之子，名吉士。魏晃与妻林氏日夜思念，哀痛不胜，幸有铁麻姑在身旁孝顺服侍。魏晃于龙潭祈梦，神示以“弟在海角天涯，姐去寻之便回”之字。麻姑即欲去寻，晃曰：“海之角，天之涯，乃人极尽处，吾儿由何方而去？昔唐僧取经西天，十万八千里之路，计十四年才抵西方，犹未至极西。迨一至极西，吾儿先老矣，犹未必寻得着，切不可去。”麻姑因阻，止之。待夜间自去祈梦，神又示“迎香救夫，留烛救弟”八字，不知何方迎香留烛也，遂不敢去。

却说吴光在倭国，遣心腹家将驾船至闽凤岗投书。林仁翰同庆云拆看，大惊，将原书使苍头送去十四门桥，即请铁麻姑到来同议。麻姑看了信，报与谊父母得知，同魏晃言明，即与苍头至凤岗同议。仁翰照书即行束装同去倭国。麻姑恐谊父母无人侍奉，不忍离别。仁翰遣人去说，魏晃自至，谓曰：“祈梦神早已示谶，此去救夫兼寻弟。我两人尚健，毋庸挂心，赶去勿延！”

麻姑随同谊父母归家，结束行装，辞别两老。后至凤岗，同庆云仍改为男妆。仁翰收拾行李盘费，将屋交本族兄弟照看，船即开驶出洋。刚至五虎[①]外，又遇暴风，飘至三昼夜，停泊一岛，幸船无恙，惟不知是何所在。舵工水手上山探访何岛，并采樵薪。麻姑亦跟上山，因看峰岛美景，花木争妍，贪玩忘归。独自信步而行，入谷则嗅有浓香，蜂蝶作队似来引导。再行数步，出谷外，又是一番境界。只见桂花树千株，香风扑鼻，花中间有数间茅屋。又过独木小桥一条，见一佳人倚门托腮，立在门前。

佳人笑迎问曰：“郎君何来？进小屋奉茶。”麻姑因见其貌甚佳，屋宇又好，遂入。异香满屋。其女进内，香即少有；其女行出，香又射鼻。知香属于女，非花妖即花神，必非凡人。递过香茶，便问曰：“贵处何名？仙姑何姓？小生有

① 五虎：闽江口的五虎礁，出五虎礁即入海。

何缘份能至此仙境？祈即示知。”女答曰：“敝处丛桂岛，桂花开于四时。奴家姓子名香仙，世隐此岛。兄去外海行商，并无别丁。今日幸遇贵客降临，敢问贵籍何方？因甚到此？”

麻姑曰：“小生闽人，姓魏名海市，往日本国访亲，遇风船泊在此。因看玩佳景，得见仙姿，实乃三生有幸！但仙姑似此青春无伴，独居幽僻，不恐狂暴耶？”香仙答曰：“此岛四面环海，并无人居，又非常泊舟之处。有一二患风泊此，如有上山游玩，惟蜂蝶能识好歹之人，若是儒雅者到此，任其游玩；若粗俗恶行者到此，即拥叮之，其人先逃走。故此保护无恐也。”麻姑闻之，曰：“令兄几时一返？”香仙曰：“早三年，迟五年，来一视又去。”又问曰：“三年返而又去，留仙姑之年轻，鞋弓袜小、薪水不周、衣帛难继犹其次也，但摽梅无期，岂不老于空谷？”香仙答曰：“衣帛薪水有余，虽百年亦不愁。惟摽梅一事，家兄已付蜂媒蝶使，远引乘龙。今日贵人俯降，莫非媒使引进，以遂摽梅？惟希台察。”

麻姑闻此语，以妖怪无疑，正合迎香救夫之梦谶。欲救夫郎，尽在此妖身上，放胆就之曰：“既叨良媒引进，仙姑不弃，殊深厚幸！惟愧中间缺而不周，怎敢如命？”香仙曰：“兄长诸色早已切备，今取看便知。”即进内取香花、灯烛、彩衣等件，排列厅上，指而笑曰：“周而且足也！”麻姑曰：“所言者，乃小生自愧其缺，恐仙姑见罪不妙。”香仙曰：“此是奴家心甘意愿，郎君虽有大缺之处，谁敢侮之？”

言讫各穿吉衣，同拜了堂，即携手进房。谁知合枕之席早排在房中，香仙便牵麻姑上床，先效鸾凤和鸣，麻姑任其所为。一入罗帐，则秋水长天一色，香仙即起，忿不能言，自觉惭愧。麻姑笑曰：“已先说有缺，愧不敢从，是仙姑自愿，非隐瞒戏弄也！”香仙叹曰：“只道是财礼之缺！谁知是身上之缺，怎不气耶！”麻姑曰：“请慢气，既蒙雅爱，夫妻作不成，那姐妹还结得，今先结为姐妹，后自然寻一个美丈夫来陪仙姑，何如？”香仙闻此，回嗔曰：“若肯作姐妹留作伴，亦幸甚！”即重整杯盘共叙。麻姑自思：“我未回去，船定不开，今夜且留此，慢慢套出真言，岂不应神梦？”

麻姑一乃心雄胆壮，二乃恰合龙潭梦谶，三乃见其情形不恶，故无所畏惧。二人饮酒，其席中间，是何酒馔？原来酒乃桂露酿成，馔乃桂花制就香酱。香仙先问麻姑根底，麻姑答曰：“乃王初平之胞妹，因进酒与王母上寿，误期被贬下凡，许配福州武曲星吴云程为妻。因文曲星遇难，囚于倭国，姐今去救。待救了姐夫，回来与妹再会也！”香仙曰：“倭乃诸国最强，姐何能为，敢孤军直捣也？”麻姑曰：“愚姐之能处，言之不信，且兼有力，今试来看。”遂出户，将

一株大桂树连根拔起，又将一壁立百尺之悬岩一脚踢倒，香仙惊异，遂以为真，携手进内复叙。

麻姑曰："愚姐之真情自说了，贤妹之实事亦要说出，方是真姐妹。"香仙曰："姐乃上界仙姑，妹实非人类，说之恐取笑。"麻姑曰："不在此论，凡百物能变化为人者，夺天地之灵气，便是仙了。何论出身之低贱耶！"香仙曰："实不相瞒，妹乃鼠也，原籍闽之梅花村①，常集于商船内，年岁已深，效习人性。至薛仁贵征东，战船被风击破，此岛无人烟五谷，以桂丛为巢，桂实为粮，受日月之精华，自行修炼，至久遂变成人。自愧卑贱，恐姐笑，今是真姐妹，方敢实言。"

麻姑曰："吾妹正居成汤之裔，甲子之首。谁能及之，何谓卑贱？此处并无人烟，现在之彩衣器用以及屋宇等从何而来？"香仙曰："无敢瞒，盗窃乃妹本领，遇有泊舟，便觊觎之，屋亦自建置更新，祈勿笑。"麻姑笑曰："原来吾妹百艺皆通，不负为汤裔、甲子首也！不知在此数百年，有招妹夫否？"香仙曰："妹心情②要拣知音，此处人迹不到，有一二漂泊到此者，非猴头即马嘴。前数年前有一少年花姓至此，留为盘桓，情殊款洽，不周岁，不幸夭亡，瘗于丛桂之下，至今犹思念伤心。只此一人，并无再遇，忽见姐至，以为天赐良缘，谁知又是镜花水月。快寻个替身与妹，方放汝去，不然同留住，就死亦不放也！"

麻姑曰："此极易不难。妹只招一个，他自己病死，后有害过人命否？"香仙曰："妹之心情，遇有知音则现，不是知心则隐。体上天好生之德，即虫蚁亦怜惜之，由来未害一命。"麻姑曰："善哉！比凡人之心更好。叫姐寻别样无有，寻好男子最易。须拣作帝王的，抬举吾妹作正宫娘娘，朝朝饮宴，夜夜元宵，比在此处扯姐苟合更好万倍矣！"香仙曰："既姐妹亦来哂笑耶？"麻姑曰："非笑言，乃实情耳。妹有此仙姿，即西子王嫱不及也！隐此幽谷，人莫能知，何异玉韫珠沉？或遇有合意者留为配合。殊不知作客他乡，皆有父母妻子；留住，致其母倚门，害其妻独守。虫命既怜惜之，此何不怜惜之乎？况此无五谷养生，加之淫欲，定死矣！今愚姐为贤妹设一万全之计，向一极富贵人家作正宫皇后，享不尽荣华。妹熟思之，如肯改邪归正，明日即同出幽谷，迁于乔木；如不肯，姐亦不能强，任妹守此寂寞空山也！"

香仙闻此语，泪落曰："妹闻姐此言透妹之肝肺，恨遇之迟也！敢不听从？但不知他何处帝王？"麻姑曰："即愚姐所去之日本倭王，那倭王年不上三旬，

---

① 梅花村：在闽江口南侧突出部，今为长乐市属镇。

② 心情：心愿。

聪明英俊，为外海诸国之尊。姐之船中仙翁特谒之，将妹作龙女进上，眼见立刻宠幸昭阳宫。宠幸之后，不可忘媒也！”香仙曰：“若能如是，怎敢忘也！不知船中是何仙翁？”麻姑曰：“乃太平上古仙。随带一女，名庆云，亦是男装，同去取文武二曲星，回归中华。贤妹即认作东海龙王之公主，切勿露出破绽。”即教之应对言词举止行为，细教一遍，香仙默记在心。时天已明，麻姑与香仙暂别回船。

先说那水手，是日同上山查访并采薪。见有一大枯木头，长三丈有余，阔一丈四尺，其腹空去半边，倚于岩边。拖入水，作小船可载了数十人，喜甚。因船上杉板有漏，今将来伐作杉板。众人皆曰：“独麻姑无回。”众以被怪拿去，惟庆云曰：“不然，必有奇遇，今夜不回，明日必回。”众无奈，等之。

次早，麻姑下船，庆云问曰：“既到天台，何不留数日，船哪敢开去？”麻姑闻之，曰：“人道汝有口才腹智，果然即遇仙留之，那仙愿从游，回来报知，再去迎至。”众共惊异。

麻姑入于内舱，与仁翰、庆云说明详细，父女不胜欢异。麻姑即带水手人等，仍至岩谷，先将所存之物及诸香品俱运至船，带香仙出岩谷。未至船上，其香先至；既登船，花貌惊人，通船皆以为仙无疑。另洁一舱，惟麻姑作伴。

正好风，船便回头转舵，至日本国道头①。其家将先去通报，至夜吴光同林秀参密至船中面议。其麻姑早与庆云既定有计，说之，秀参称妙，正合国王所好。即回去，暗通阮相国，制便服色。在船装扮停妥了，阮靖即入朝奏明：有太古仙翁降临，泊海门三日了，如不去迎接祈福，与别国迎去。

原来那倭王好神仙，有云游道者便接至，无不敬重。今闻报有古仙降临，怎不迎来。仁翰等以拾来大枯木作船为仙槎，四人登于其上，只在海滨泛来泛去。倭王亲至恭迎登岸，只见仁翰头戴太极道冠，身穿八卦道袍，手执尘拂，脚踏双凫，八尺身材，五绺薄须，真一古仙形状。香仙头挽凤髻，身穿鸾衣，脚踏金莲，手捧如意，宛然龙女。麻姑庆云各梳髻，宽衣长袖，一抱葫芦，一背宝剑，恰如一对道童。即乘舆迎进殿下，倭王嗅有香味相随，又观其品格非凡，真以为古仙无疑矣。

遂奉仁翰于内殿，香仙旁立座右，麻姑、庆云分立两旁。倭王参谒了，立于阶墀鞠躬曰：“小邦何幸，得古仙降临，有所亵慢，望乞恕宥。”仁翰曰：“与王有缘，特来会晤，且坐下慢慢来说。”倭王遂旁坐，仁翰曰：“予乃鸿钧古仙，未有天地，先有予身，天地阴阳是予开创，世称太古之仙是也。”倭王再拜，恭

① 道头：码头。

问盘古分天地之事，仁翰答曰："天开于子，地辟于丑，人生于寅，自盘古以至天皇、地皇、人皇之世，天气上定，地气下凝，清者成男，浊者成女。阴阳既判，则生万物。万物既盛，则六道四生无穷矣！此乃开辟天地之根源也。"

那倭王何曾有心听此讲天说地，一心只想香仙。仁翰指曰："我主可认得此女否？"倭王答："不识。"仁翰曰："此女前身乃上古美男子之妻，名精卫，喜服黄精。王之前身乃东莱之美男子，名先谷。时帝女精卫年十五，在内苑看花，只见蝴蝶不采落地之花，因叹天生万物，遂有出尘之想。俄有西王母降临，指点出尘境界，帝女问：'在何方？'王母曰：'东海有五幽山，曰蓬莱岛。其中有池出泉如酒，人饮之返老为童。'帝女闻之喜，欲游东海。又问：'从何而往？'王母指曰：'东莱可至。'帝女遂至东莱，遇见王之前身名先谷，因见其美甚，拔钗赠之，订约带至皇宫为驸马。

"帝女又至于黑水洋，舟被怒涛翻覆，溺死东海，魂不散，化为怨鸟，仍名精卫。因恨东海，日衔南山之石填之，以泄其恨。王之前身在东莱，闻女溺死东海，亦怨而亡，精魂不散，化为渴虹，时欲吸干东海之水以报怨。起先填吸犹不觉，至后海水浅，龙王骇甚，求于阎王，先将渴虹托生此国为王，后将精卫托生东海龙宫为龙女。今因龙女及笄，予往带来与王遂偶，以了东莱之愿，以消填吸之恨也。惟此女前为古帝王之公主，今乃龙王之爱女，不可轻慢。予无以为赠，以龙女所执之如意赠王为镇国之宝，永佑绵长。"

倭王大喜，拜谢。仁翰又曰："还王原聘，何谢之有。再者，予有二徒因获过失，贬谪下凡间受苦，现在王之囹圄。今罪将满，王可献出，交予带回。"倭王问："何姓名？"麻姑旁答："一吴云程，一周新月。"倭王即令查明，调出牢内，人众皆知天仙下降。国王跪于地上，将云程、新月送进殿上。

二人见而惊异，不敢言说，只跪于阶前。仁翰谓曰："是你两人造化！我若不送龙女至，谁识汝是仙童，关死牢内！你两个罪尚未满，应再受半年。我既至此，代与王说情，带汝回去，还敢闹天宫搅海藏否？"二人会意，遂连声曰："师父开恩！徒弟自此改过，不敢再胡为矣。"仁翰向王曰："好厉害！一个到天曹要夺凌霄殿，一个到海藏要占灵虚宫，予知而贬之下凡受罪，带回恐不能改也。"那倭王即代为婉言曰："贵仙童说自此改过，求仙翁恕之。"仁翰曰："看王之情面，带汝回去罢！"二人拜谢了，又与倭王致谢，倭王即答礼，连称："不敢！"仁翰曰："今既说明了，龙女即与王带进择吉成礼，予即行矣。"倭王恳留不住，香仙随与仁翰、麻姑、庆云拜别，忍泪入内宫去了。

倭王一面运送财物于枯木槎，又亲送至海口，俟开出港方回。次日合卺，称为香龙娘娘，宠幸之极。国政文决于阮靖，武决于吴光。吴光诸子皆贵显，

林秀参亦加升官。内外既定，国王专宠龙女娘娘，寝食不离，殿曰“天香殿”，楼曰“贮香楼”，阁曰“存香阁”，房曰“迎香房”。

正是：且羡香宫装老鼠，慢夸金屋贮阿娇。欲知后事，下回分解。

第一四四回　烛阴国听棍说大话　不周山望仙亲回程

却说林仁翰等驾船出港，不敢言语。至大洋，两个夫妻才敢相认，各说苦情，不胜悲痛。即查点倭王所送礼物，多是奇珍异宝及笙管诸乐器，悉金玉所造。吴光、林秀参亦密送粮食绸缎，各物堆积满舱。新月叫船赶走[①]，恐倭王识破来追。麻姑笑曰："无香美人进献，还恐其识破。今有此活宝，不但不能识破，犹会抬举在国吾党之故旧，加官进禄。"新月曰："恐此女无涵养，将来必自言之。"麻姑曰："今事已济了，说知无妨。"遂将此女乃香鼠所变之实情说知。四人闻之，皆拍案称奇，服其胆量。仁翰曰："若倭王因之亡国，非吾等之罪过耶?"麻姑曰："再不至此。此女殊有心行，不比妲己、妹喜之流，敢保之。"于是五人心甚安乐，日在船中论文饮酒。

谁知天之风云不测，未二日，猝然起暴风，连日不定，船不能收住，任之漂泊，人众皆惊。至四五日，不知行了多少水路，无山无岸，人皆晕倒，通船皆啼号待死，翻覆不定。抵一大岛始泊定，共定神开眼，见昼惟云光，夜只星灿，不见日月，疑出于九天之外。该处早望有中国船漂风至此，皆赶来看。其衣冠大异，音语不对，一时问不出地名。随入市，见有地方官告示，知写"烛阴国"之字，回船问仁翰。众皆曰："怎漂至此? 怪的是不见日月?"

"此地乃是极北尽处，其国人亦知礼义，与中国无异。来日可去参见国王，并看不周山。"

众问无日月缘故，什么不周山，有甚胜迹。仁翰曰："《史记》所载女娲炼石补天之处，你们皆看过?"云程等皆曰："看过，只知女娲氏补天，不知天因何破了。祈说知，才晓得来历。"仁翰曰："说之甚长，你们听之可记着，方不负识古知今。"其舵工水手虽不知《史记》书册，只要现听古典，都立面前听讲。

仁翰曰："女娲娘娘乃伏羲大皇帝之妹，同兄护佑国政。伏羲帝崩，群臣共

---

① 赶走：赶紧跑。

推女娲为帝，国号女皇。伏羲有上相共工氏，名康回，封诸侯，镇守幽州，得河洛神数，深明天文，自谓水德王，不朝女皇，兴兵反叛，洪水横流，人民逃走。女娲氏闻报，招将亲征，与康回对敌。康回能念咒语，洪水骤至，女皇人马大败而回。与众臣共议，以祝融氏居南方，诸侯号为赤帝，有大神通，召与康回对敌必胜。女皇即召之，祝融带人马至。两阵对战，康回以祝融离南至北，火见水必灭。殊不知火能生土，土可克水。祝融氏早令众军烧芦草木灰备之。正对敌间，康回便放水至，祝融将芦灰掩之，水见土则止不行，皆结成土块，康回法破大败，中枪而逃。祝融逐之至于不周山，康回无处逃生，遂触不周山而死。祝融枭其首，奏凯回朝，天下遂平。

“随有不周山百姓至中国奏曰：‘自征康回之后，该处无昼乃夜，恐非人世。取火照看寻路，方得至此，乞为鉴察。’女皇即亲往查视。至其处，果天昏地暗，凄风冷雨。举火照之，西北方一派，天破裂无数。问于祝融，曰：‘因康回败奔，头触不周山而亡，山被触崩。山乃北极之天柱，柱既折，天遂缺。日月五星因天缺，只行南，不行北，故北海诸国长夜而无昼矣。’女皇然之，随命取五色石，加以八宝炼成，就天补之。后令巨鳌撑住，以代天柱。功成，众百姓又曰：‘今天补仍无日月，依然长夜，难耕作矣！’女娲遂命烛龙现光，以照幽隐。即烛龙遍身之甲生光如昼，驻于北方，身长千里，居大山中。不饮食，昂其首以照北海，其视为昼，其瞑为夜。今此处三十六国昼夜皆属烛龙之视瞑也，故国名烛阴国。”

众闻异甚，又问：“是上古之国，如何亦知礼义，与中华一样？”答曰：“上古之世，原隶中华，故字皆古篆，人亦略知我国礼义矣！”

众人俱要去访。随有地方官带有通事知音者来查。云程告以慕游蓬莱而回，因风送此，借玩不周山名胜。其地方官遂留人带游，又报国王。次日，仁翰亦道服，云程等仍为道童打扮，同至不周山登玩，船伙皆跟去。见那峰峦叠嶂，直入云表，审其上折下崩之古迹宛然。又观悬岩峭壁间有人题咏甚多，皆古篆字隶书，读之不识，惟有中间乃是中国之楷书，有诗云：

“但恨今生晚，故嫌山不周。补天人不见，落笔满山邱。”

仁翰看了，又见尾[①]中写：“中华闽山周拱、王月英同游此题”。指曰：“莫道公行早，更有早行人！原来先有人到此题咏。”新月惊曰：“周拱乃小婿之家叔祖[②]，早年同婶婆作仙去，原来游玩过此！看墨迹尚新，恨不能遇之！”诸船

① 尾：最后一行，结尾落款处。

② 家叔祖：叔公。

伙因寻烛龙不见，问于引带之人，各说在北海外大山中，难见。各皆举首看之。

却说那国王亦好佛仙，设有宾仙馆。闻有仙，不论远近，皆迎至求丹问道。因报有蓬莱仙道来游不周山，遣使迎至。

见仁翰等进殿，国王以宾礼敬之。因问名号，仁翰答：“本儒家，因慕道云游三岛，被风吹引见贵国名胜，幸之至也！”国王曰：“有此出尘品貌，非仙不信也！月前有男女二仙，品格相似贵徒，因游览不周山，接见之，留不住，许去而再至。曾留有玉佩一双为质，可识得此二仙否？”仁翰曰：“何姓名？”国王曰：“有名在玉佩。”将玉佩取出，仁翰接看，一刻周拱，一刻王月英，讶曰：“乃真仙也！亦是敝徒之叔公、婶婆也。正寻访，恨未遇。”

国王曰：“恰好！既属令亲，可在此等候；如去，又未遇也！”仁翰皆思归不住，惟麻姑默喜以合梦兆：遇香救夫已现了，更有留烛见弟，可见必是留此烛阴国，得见吉士弟矣。便答曰：“大王有意，留住可矣。”

仁翰遂允。国王喜，仍送至宾仙馆接待，又令修理船只，并给船伙口粮。仁翰先回船商议，在丛桂岛取有香品，假作蓬岛百和仙草膏，进于国王。国王以为真仙，愈加尊重，在宾仙馆奉为上宾。

那馆内先至有一老道，国王以为真仙，时常亲诣问诀求丹。仁翰访知进谒，那老道者见五人品格不凡，不敢骄慢，各分宾主而坐，旁立四徒。老道者先问仁翰名号去止，仁翰曰：“中国闽人，本儒，慕道云游海外，幸瞻仙范，乞示知宝号，何处洞府？”老道者照对国王所说而言之，曰：“予号一古上人，隐于华瀛间，闲游至此。与予遇，汝等甚有缘矣！”

仁翰曰：“大仙寿几筹耳？”老道者曰：“惟此忘矣。忆昔女娲之世，天倾西北，地陷东南，余尚童稚。因与童稚看伏羲画卦，见其蛇身人首，惊得痫症，几至不起，赖神农以草药治，予幸不死。蚩尤反，托予以五兵，因举一指击伤其额，血流面破而逃。苍氏子不识字，来求教，骂其愚不肖也。庆都十四月而生，尧帝延予作汤饼会，予赠以生肖钱。舜为父所虐，号泣于旻天，予再三劝勉，遂以孝闻。禹治水过予门，劳而饮之，辞不饮。后至安禄山扰乱，予隐于深山，至今始乘槎泛海至此逍遥，不知世上是何甲子。予亦不管之也！”

仁翰闻了欠身曰：“真一古之上人也，宝号不谬矣！失敬失敬！另日再来领教。”即辞出。

新月曰：“有如是乎？”仁翰笑曰：“只道惟我荒唐，此道者更荒唐于我。只可哄骗外国小番，敢在雷门打布鼓耶？”盖仁翰只道他惟说大话，还不知他曾在国王面前大言之外，犹称能炼不老仙丹，服之寿同天齐。此道者诱出珍珠、玛瑙、黄金、碧玉以及人参、肉桂等物，结炉在内炼制，要一百零八粒金丹。昼

夜制炼，时功将半，国王不时来视，仁翰犹不知也。

新月、云程、麻姑三人常登不周山，盼望二仙再至，来往不休。

却说周拱同月英，自救兄、嫂、侄出监后，遂游于海外，服霜餐露，寻山访胜二十余年。历无数番国，遇许多怪异。一日游至东南瀛外岛之扶极山，谒见扶极太母。太母悦甚，谓周拱乃玉京子降凡，王月英乃太白所钟，坚金配洁玉，甚属可嘉。惜未归正宗，终成散荡。遂赐瑶函，送投昆仑可录入籍。又赠双玉佩，各镌名字，为之护身。二人谨领仙函，拜谢太母，抵于瑶池，递函于王母。王母大喜，以月英为裔孙，以周拱为孙婿，收归仙籍。会四姬五女，赐乘二青鸾，游十洲三岛会识诸仙矣。

盖王母乃龟灵圣母，凡天上地下之仙女咸隶焉，居于昆仑。有仙女五名：华梅、媚兰、青娥、瑶妃、玉枝；有姬四：段安香、贾陵华、董双成、许飞琼是也。

正是：不蒙扶极琅函荐，怎入瑶池玉叶班。后卷未知再说何事，请看分解。

第一四五回　男女仙救童斩光棍　夫妻翁带幼漂渤泥

却说周拱、王月英承西王母收入仙籍，赐乘双鸾，游十洲三岛。至不周山题咏诗句，被烛阴国王攀留不放。因情甚殷，留双玉佩为质，待去了再来会晤。遂至东莱等岛，拜会诸仙，结识群道。

是日由一大山经过，见林间有二大鹞捕鸟，水际又有二大鹰捕鱼，所捕之鱼鸟皆不食，衔去投纳，又飞来捕。二人大疑，因令二鸾查复，并非真鸟，皆人著鸟衣所变。二人知为妖所使，令俱获至，并令去其鸟衣，遂现出赤条条二幼男、二幼女之原体，皆软于地，只有一息。忖度乃人间之子女，被妖怪摄来供使，不急救即死，遂运三昧真火炼度四幼童，复回元神。一面令青鸾去查访何妖。

原来是和神国卓岩明之二妖徒，各有所好，飞天夜叉好啖鸟，倒海罗刹好啖鱼。将所存匿四幼童内一男一女穿鸟毛，变为鹞鹰，令在林间捉鸟；又一男一女穿鸟衣，去水际捕鱼。日间令去捉鱼鸟，夜来配合雌雄巢宿，以期传种。那二妖闻知赶来比较，被三昧真火烧出原形，乃一鹞一鹰。将逃去，又被掌心弹打死，坠落山坑，始知四童被其魅变。卓岩明闻报二徒被何人打死，亦亲自赶至，与之斗法。邪不胜正，即被降伏，细诘来历情由，方知二妖徒匿四童之情节。

因卓岩明哀恳以不知情乞饶，二仙念属故乡之人，恕之。惟戒："不可再摄孩童为兵，再收妖为徒，如仍为之，再来取汝首级！"岩明禀遵归国。四童未苏，先取树叶化为衣服，各与遮体。元神聚体，如梦初醒，四望海天渺茫，皆号泣。见周拱、月英在旁，问故。二仙曰："汝还不知耶？被妖摄来变鸟供役，是我二人杀妖救汝。汝何方人氏？父母何名？说来待我送汝回去。"四童皆惊甚，俱拜谢，各说出姓名住址。一男即是水口失去，周启文之孙周新春，一乃十四门桥魏晃之子名吉士，一女乃梅花澳蔡珍之女名娇容，其一乃剑浦冷固之女冷杏。

周拱查问明白，讶曰："四个之中，谁知一个是我侄孙儿，幸之至矣！"月

英遂把新春搂住，曰："我孙儿，汝不识我是汝婶婆？"指周拱曰："这个是汝叔公周拱，回去说之便知。汝祖父在江淮，怎被妖摄在此？近日汝公婆[1]在何处？可说来知。"新春将在江淮始末，说至搬眷至水口歇店，被妖摄去大概情形诉说。周拱曰："在红尘中是非不免，幸喜哥嫂无恙也！"议将四童带往烛阴国，取回玉佩，送之回闽。将所背之佩剑化为双龙，二男乘雄，二女乘雌，自仍跨鸾而去。顷刻到不周山，同下双龙，仍化宝剑，又在山周围玩游。

却说仁翰、云程、新月三人日日登不周山望仙，望至月余无至。船既修竣，舵工人等催之不休，将不等，惟麻姑决意要等。那日只同云程二人上山去望，步至山腰，瞥见有人聚集，非本处眼色，飞跑上山。云程更捷，上山便认得新春，麻姑又认得吉士，惊喜，急问："失去何处？"吉士尚未答，云程见周拱便知是二个真仙。麻姑先问："二位莫非国王所说留玉佩之二仙乎？"周拱同月英答："然。"麻姑曰："候之久矣，恕失迎之罪。"云程亦向拜曰："晚生吴云程，此乃拙荆魏海市。尚有亲属俱寓宾仙馆，专候二仙回驾，即请同去相会。"周拱、月英带同四童迤逦下山，双鸾亦飞相随。

抵宾仙馆，新月拜见叔祖、婶婆，并会认了新春弟。仁翰带庆云亦会参拜了。随将历过功名艰险之事实各述之。周拱、月英皆羡其忠义勇侠无匹，将四童交与调护，令改换衣服。国中探子早已报闻，国王亲至拜谒，令请一古上人同来会叙。

那老道者见二仙青年，不以为意，傲慢自若。周拱一见便认得，想："这老贼原来走[2]在此，今日命当终矣！"国王当面称其长生不老。周拱问之，老道仍将前与仁翰之大言说了一遍。周拱曰："汝在唐初梁末，亦作过官来，怎说安禄山反时就隐居了？"老道不认。又问曰："当初闽王审知建造罗城，管工使周启文是我兄长。那库丞洪燧还不是汝耶？那日领银，汝留我兄弟二人在公馆吃一顿饭，局抽银一万，一家性命几被汝断送！我因访拿汝二十余年不着，谁知汝这光棍作得宽阔，竟走这里来，只道无人识汝放屁！狭路相逢，今会着我，还有何辩也？"

老道面色不改，从容笑曰："没来由指我作光棍，还是犬咬吕洞宾。我且问你，依你说访拿我二十余年，汝今年不上二十岁，在你奶[3]腹里就访我起耶？我看汝非光棍即奸拐！从来未有带标致之老婆去海外求仙访道，都是将人之妻

① 汝公婆：你的祖父祖母。

② 走：逃跑。

③ 你奶：你娘。

女奸拐来作招牌，好去局骗王侯财宝。我未曾访拿汝，汝还来访拿我！亦有何辩耶?”周拱怒甚，将杀之。月英曰：“不须争。他既寿同天地，一指能伤蚩尤之额，其神术可知。我们且慢与之比较，只须呼鸾来先与比势，请国王作证见，胜者真仙，输者光棍。”

即招至一鸾，谓曰：“去与老道比较!”鸾随向攫啄，老道不能御，无孔可钻，上下衣服皆被抓脱，遍体啄不容针，痛苦难堪，愿认。周拱闻其愿认，遣鸾退去。老道将局抽库银之情由招出。国王大怒，令抄其寓中之囊橐，皆金玉珠宝。拿出从人八个，四苍四少，一苍名阿兴。验其珍宝半是内庭取出与他配制不老仙丹，被之抽换存匿。验其四少徒伴，皆女假男装，随带恣淫。严鞫之，供乃吴人，姓柳名阴。中国拐骗既尽，去岁才来外岛，或假官，或假仙，随机应变。得过财宝无数，皆无心痛，随处花销。

又讯之曰：“炼丹敢将珍宝抽换假药，今日若不被二真仙认破，至丹成岂不送孤性命?”又供：“抽换之药服之不伤人，又不益人。”又讯：“四女何处拐来?”供：“在内地重价买来。”国王鞫讯明白，将并斩之。月英曰：“心黑者杀之，不黑者饶之。”王问：“谁黑谁不黑?”周拱曰：“这个老贼黑不用言了，还认这个阿兴，当初光棍[1]家兄一万银，他之心黑尤甚也！余皆不黑，可恕之。”王即命斩二人，剖看其心，柳阴之心果黑，阿兴之心黑如炭，肠肚尽黑。王问故，月英曰：“盖诡谋皆从阿兴出也。”王服其洞悉，余皆不杀，将三个充发绝岛当差，四女分配军卒为妻，所有寓所抄出金珠，是内庭发出者归库，余尽送船中，偿还前局造城一万之项。

王又求道术于二仙。周拱曰：“仙有仙骨，佛有佛缘，非骨非缘，妄求不得。中华古之帝王，好服仙丹死于非命者不少。王今勿求神仙之术，惟昭圣贤之道，君君臣臣父父子子，胜于求仙万万矣!”王称谢不已，因再留不住二仙，遂送还玉佩，并赠诸宝。皆不受，惟收回玉佩。二仙将行，新月同新春泣求二仙同归，周拱同月英曰：“我二人不能回去，可将此双佩寄与汝公婆，当我二人回去一般。再等二十年后，自会邀汝公婆来耍乐矣。”仁翰等亦恳同归再来，月英曰：“所寄此双珮，即替奴二人陪伴列位还乡，勿用亲去。再者此四童带到家，务必交各父母收回。曾各配过雌雄，缘皆前定，不可错紊。蔡娇容曾配周新春，冷杏配与魏吉士，告其父母，照旧配偶，迎送完毕，以遂奇缘也。”仁翰等遵命。二仙即辞别，各乘鸾飞升而去。

新月收存双佩，同仁翰等辞谢国王，各自上船。国王早遣送奇珍异宝、粮

---

① 光棍：诈骗。

食各物在船，即驶出烛阴国，望东南而行。时风和天霁，诸番历过火幽国、鬼国、大人国、奇肱国、一臂国、一目国、矛利国、无臂国、长毛国、后眼国、乌孙国、夜叉国、绝影国、轩辕国、狗国、女人国、丈身国、蓬莱国、黑齿国、日本国、琉球国。将至闽界，又起飓风，直漂十数昼夜。至风息，收泊一大山岛，谁知先吹去极北之烛阴，今吹回极南之渤泥也。船因碰破漏，进港修整。原来该渤泥在大海为大国，漂风之船，到彼皆照应供给。地方之有司官来查察，将仁翰等及诸舵工、水手及行李物件带至公馆安顿。

正是：非飓又漂落异国，乃天故使救佳人。且看下文如何分说。

第一四六回　听胡笳盗幽女会妹　停风浪品箫琴论文

却说仁翰等安顿在馆驿。该国有二馆驿，一在城内，一在海滨。以仁翰等乃中国官员，接待于城内大公馆，惟诸水手等安顿于外馆驿。此时虽遇风暴，惟船损坏，人皆无恙。其大公馆在王府后墙外，甚幽静，并无混杂。仁翰父女婿、云程夫妻并四童，寓有旬余，船经修竣，将次下船。每夜闻墙角有琴声，皆静听，风送弦音至耳，音殊切切，闻之无不坠泪。皆不知王府何人所弹，感人悲伤，惟庆云异之，曰："此不是'胡笳十八拍'耶？不意此地有人能弹此调。"遂按谱拍桌而歌之曰：

我生之初尚无事，我生之后汉祚衰。
天不仁兮降乱离，地不仁兮使我逢。
干戈起兮道路危，民流亡兮共哀悲。
烟尘蔽野风波盛，志气乖兮节义亏。
对殊俗兮非我宜，遭恶辱兮当告谁。
笳一会兮琴一拍，心忿怨兮无人知。

按：《胡笳十八拍》乃汉蔡邕之女蔡文姬所作也。文姬适卫仲道为妻，遭乱为胡骑所获，献于左贤王，十二年生有二子。曹操素善蔡邕，怜其无后，以千金赎归。文姬自伤失节，而不能忘其二子，遂作此调。庆云知其琴声，按拍曲终，庆云叹曰："弹此琴者非男子，亦是文姬者流，将哀怨寓于律吕之中。"

适有一水火夫，乃粤人，重贿托之转赂内监，令其密访。始知乃前国王之妾，中国人，才色艺俱绝。旧王死，新王欲烝之，不从，幽于重墙，弹琴者即此女也。仁翰等访知此情，皆不胜哀怜之。云程欲越墙入盗出，麻姑曰："前度还不怕耶？他如喜从则好，如不喜，喊叫怎处？须先探其心意何如，再行可也。"云程遂修一小缄，仍贿小番密送入内。小番属内之火夫，惟他得入，将小缄递与女，女拆看，只四句诗曰：

婵娟何事恨无穷，尽寓霓裳音律中；
吹入昆仑侠耳内，报知将入广寒宫。

女看了，惊问小番："何来？"小番密告："后墙馆驿寓有漂风之中国闽人托寄来，嘱回信带去。"女喜甚，写了回书封固，付与小番出来，递与仁翰等接看。亦诗句八句，诗曰：

身没番邦恨未央，无端幽禁倍凄凉；
数声雁过数行泪，一度琴鸣一断肠。
哪有黄金赎蔡女，终遗青冢葬王嫱；
昆仑肯援还宜速，只恐红绡命不长。

众观毕，皆感慕不已。船已修好，仁翰至有司告辞，将行李人众皆发下船，惟留云程、麻姑二人。俟至夜静，云程由后墙潜越重垣入内，见一女抚琴，便近之。女骇将避，云程曰："不须怕，昆仑奴特来救汝也！"女便不避。云程挟出重墙，麻姑接护之，改易服色，带同登舟，开船出洋。女惊疑殊甚，仁翰等向之安慰，随各通了名姓籍贯，并说明听琴得知有恨怨，悯而救出，送还故土，并无他意之情由。女始知来历，喜甚致谢，便将自己之实事告曰：

"奴家名蔡丽容，原籍福州郡城，世代金紫。父蔡珍曾为东京侍御，因阉宦当道，弃职归籍。至王氏篡杀，避于海隅之梅花[1]僻壤以为安。谁知海寇交通[2]外番剽掠，奴家被掠献于渤泥国王。无奈，效文姬忍耻五年，生有一子，常望孟德在世，有还乡之日。讵料王死子立，选纳为妾。不从，便幽于重墙；再不顺，置于死地。但死有何恨？惟罔极深恩未报，一子存亡莫测，幽恨难伸，寓于丝桐。幸遇知音，援出幽囚，再见天日，如能还乡再会父母兄妹，则衔结于生生世世矣。"

各人闻之，曰："此不是巧遇奇逢耶？"即问："令妹多少岁？"答曰："双亲俱老，家兄友兰娶嫂方氏，妹娇容尚未及笄。"庆云曰："一家俱无恙，惟令妹来接姐，现在船中，可认得么？"丽容不信。众共唤出娇容，丽容一见惊甚，抱而哭曰："妹子缘何在此？莫非作梦耶？"庆云将妖摄去因由，并联婚实事说知。丽容曰："奴姐妹皆蒙再造，此恩何日得报耶？"

麻姑曰："今皆戚属，何必言报？回家再论，兹先来谊姐妹。"众然之，共当天拜谊为五姐妹。麻姑居长，其余照岁排连。谈至天明，办席于内舱，外亦备一席，仁翰等同席，五男畅饮甚乐。仁翰曰："国王如查无蔡千金，他必知我汝同是闽人。生疑，恐拨船来追怎处？今快驶去！"云程曰："那番王宫深似海，一月查不能遍，待查出时我们之船已到福州了，怕什么。那国王到几时后始知

---

① 梅花：地名。在今长乐市海边。

② 交通：勾结。

丽容不见，内外俱查无踪，忖度不出他逃走，事亦寝矣。”

仁翰总担忧，令船早开，恰值好风，遂挂帆起程。又历过大食国、红夷国、鸟人国、金齿国、乌鬼国、穿身国、摄耳国、白雪国、毛人国、长人国、小人国、长臂国、吕宋国、歧舌国、不死国、交胫国、琉球国，将抵闽界，风息帆停不动。

云程谓仁翰曰：“前临近不敢作乐，今可乐得。”仁翰曰：“巧逢奇遇，家乡在迩，真可乐也。”云程遂令办酒肴，内外同饮作乐。众船工蹲着猜拳饮酒。船舱中两桌同饮。仁翰曰：“古来惟有张骞访遍海外，不意吾侪极北穷南复东，那唐三藏西游，何足为异也。待归日修纂东游记，同来参定，今先联诗一首，以为题引。”遂先起句，写上花笺，照次接续，至尾句仍蔡丽容结之：

不效唐三藏，（仁翰）　　来寻梁四公；（丽容）
寸心无反侧，（云程）　　一叶任西东。（麻姑）
北羡补天力，（新月）　　南称塞海功；（庆云）
九州并异国，（仁翰）　　收布掌心中。（丽容）

六人接续了，称赞甚好。仁翰曰：“四位小公子、小千金皆聪敏，亦来试吟。”四童皆称不能，新月曰：“不须求异，只如常说话写出便是。”新春即先写曰：

父母恩难量，（新春）　　神仙德不忘，（吉士）
归家无以报，（娇容）　　朝暮一炉香。（冷杏）

仁翰看了称羡：“皆神童也!”

庆云因前诗丽容句之梁四公不知出处，背问父，仁翰亦不知，随问于丽容。丽容笑曰：“老姻翁先生饱学，何不知也？请问外国有几个女人国？”仁翰曰：“惟东北一国皆女无男，惟此一女国，余不知也。”

丽容曰：“莫怪晚辈放肆，姻翁不知梁四公，故不知六女国。今略言勿笑。此四公，前六朝梁天监中有四公：一名蜀闯，一名䰠杰，一名䝋𪈷，一名仉䏿①，来谒梁武帝。帝见之甚悦，语及方域，四公曰：‘西北万里，有女国，以蛇为夫而穴处，无书契，信咒诅，直者无恙，曲者立死，人莫敢犯。’武帝闻其言大笑，以为妄言，不啻邹衍拾遗之谈耳。司徒王筠难之曰：‘《书》《传》所载与公说不同，何也？’公曰：‘北海之东有女国，天女下降为其君。西南枝楯之西有女国，其女悍而男弱，置男为妾媵，多者百人，少者匹夫。昆明东南绝域

① 此处四个人名都使用怪字，藕根斋版在怪字下用小字注直音：蜀音携，闯音探，䰠音驭，杰音洁，䝋音蜀，𪈷音端，仉音掌，䏿音起。

之外有女国，以猿为夫，生男类父入山，生女则穴居。南海东南有女国，举国惟以鬼为夫，致饮食以养之。勃律山之西有女国，方百里，山出台虺之外水，女子浴之则有孕。今略述之，传中尚有射覆各事未言也。’众听说海外尚有此女国，实未见过之书史矣！”仁翰等皆称蔡千金博学多见。

正是：许多骑马登龙客，不及缠胶[1]梳髻娘。且看下文分说。

① 缠胶：缠足，缠小脚。胶：脚；本字“骹”。

第一四七回　调风音引契灵虚子　偷鬼句对惬太平春

却说林仁翰听丽容说梁四公、六女国之书传，曰："今且慢归去，待访有六女国，再归未迟。"即口占诗四句，朗吟曰：

六女终须访，三山且慢还；

天风如有意，送入斗牛间。

云程笑曰："能遍访六女国，便了不得了，还想再泛至斗牛间去拾支机石耶?"众水手闻此，皆口里喃喃唧唧曰："如此大风漂南刮北犹不怕，还说此没彩头[①]话来。"盖仁翰纵酒狂吟，哪里有意，同说笑一回。酒歇，庆云要弄琴，赞丽容雅调无双；丽容赞庆云知音盖世。仁翰曰："既遇知音，何不一弹，空羡无益。"丽容曰："恨无丝竹。"庆云曰："丝竹倒有，正要求教!"随拿出琴箫，皆宝玉配制，异甚。丽容问："何来?"答："是倭国王所赠。"庆云先吹弹一截，丽容亦奏弄一回，众皆听之，共言庆云不及。

自此朝夕不歇，庆云尽得所长。谁知云程等日听夜闻，如同心授，都能吹弹，并仁翰四幼童皆能之矣。那日船泊在洋面，至三昼夜无风，船不能行。是夜月明如昼，舱里管弦相和。云程出舱看月，见一人跨坐水仙门旁潜听，异甚，谓曰："既是知音，可进内，何必在此受风露耶?"那人便欣然而入。

云程便向内曰："又迎一知音来了!"仁翰等愕然。那人进舱，年近二十上下，头戴紫金冠，身穿小袖镶锦蓝罗袍，腰系红丝条，脚踏皂靴，眉清目秀，齿白唇红，仿佛似哪吒。众见，共停乐起立，面面相觑失色。那人知其惊异，便向前施礼曰："不须怕!俺乃灵虚国王之次子宛延也。素爱音乐，奈海国幽僻，无处求教。兹因月明浪静，乘槎玩月，闻风送清音，疑是天上霓裳，寻至乃知出自贵舟中，窃听有干雅规，乞赐教益。"

仁翰等闻之，骇而喜曰："不知太子爷临降，有失迎迓，望乞涵宥。不嫌鄙陋肯来教益，幸甚!"即同坐相通问。仁翰各说了籍贯戚属，托将琴箫递与宛

---

① 彩头：预兆吉祥的话语。

延，请乞弹弄。宛延言不会，特来求教，请先演之，谨依谱调。众举丽容为师，丽容早同庆云进内舱，唤之不出。仁翰曰："男女应避，惟师生不避。昔卫夫人曾传王右军书法。"麻姑曰："他两个心歪怕斜，独奴心正不怕！今徒弟教徒弟亦可。"遂教宛延吹弹，随教随会。

麻姑尽教之，技已无了，宛延欲去。麻姑笑曰："十分未得一二，还有真师未见么！"宛延曰："师长嫌弃，不敢强之。"云程曰："不是嫌弃，疑太子假冒非真。"宛延曰："疑之不差！可快去，致疑不雅。"道声谢，便转身出舱。云程拖回曰："说笑勿恼。此间人目有珠，若是假的，早诘出原形了！且用了晚膳，那两师自会出来会叙。"随排酒席，麻姑仍在外陪饮。那宛延与仁翰新月讲文章甚对，与云程、麻姑讲武略亦精，意气相投，恨遇之晚。丽容同庆云见宛延气正意诚，实真非伪，自走出来相见，遂同拜为兄妹。开谱传授，惟伊最灵[1]，顷刻尽得其妙。

席散，欲辞去，众又挽留待风起开船再去，宛延遂在船盘桓。因见舱里有光，令开看，乃箱中掀起双玉佩之光也！玉佩各长五寸，大三寸，厚一寸，一镌周拱，一镌王月英。问："何来？"新月乃述其故。宛延曰："怪道是奇玉，又加二仙原神托付，能避水火灾难。有此华光，诚护身之宝也！"看了仍交收存。宛延游玩三昼夜，天风将起，船欲行。宛延欲邀同去灵虚玩游，仁翰等以归心似箭，不得观光，再三辞之，宛延始谢别，乘原槎而去。仁翰等扬帆，行一昼夜，忽起暴风，无山可依，听之漂流至一岛，风息收泊，不知所在。水手上岸探访，回报乃"扶余国"也。仁翰等以扶余国系虬髯公张氏世守之疆域，音语通中国，俗亦同华夏，闻是中国船到此，岂不尊敬之也！众喜，既暮，同安寝一夜。

次早云程一人上岸，蹲于沙坡如厕。看竹林外有三四孩童，画地为棋局，以土块作子弈之，打手掌输赢为戏。因事吵哄闹，云程拾土块掷之。诸孩皆骇，不知从何掷至，回首看之，共知屙屎之人所掷。因见其蹲着，露出前后下身，共指笑之。云程又拾土块乱掷之，那孩童只跑数步，仍回首以指划脸笑羞之。云程蹲着，屎未屙完，又拾土块连掷之。孩童又跑入竹林内，一个蹲着划地，三个开声同喊曰："莫动气，莫动气，抛头露脸触土地。"

云程忙立起，一面缚裤，一面赶去。孩童跑走，只见地中所划非棋局，乃"万花苑里太平春"七字。正在看念，蓦一泥丸浆照面掷至，七窍皆糊，忙把两眼擦开，大怒，遍寻四童无踪，只得上船洗脸。人皆未起，不敢说知，知必取笑。

原来该扶余之国王，乃前隋末唐初张仲坚虬髯公之十九世孙也。闻报有华夏闽中乡宦，在日本国运眷回籍，漂风至此。该国离中华甚远，闻有船至便喜，

① 灵：聪明。

即令使者来迎通船人等入殿庭款待，船仍交有司修整。云程喜曰：“未访蛾眉国，先探虬髯邦。既是前代奇人之后，去会会倒不妨。”仁翰蹙眉答曰：“慢言不妨，还恐开口不如闭口稳，入头方见出头难。”云程笑曰：“亲家爷好来头，都不闻五湖四海皆游遍，天下谁人不识君么？”

两人讲未完，那使赍一名帖，内写“乡眷弟张霹顿首拜”来请。仁翰等皆骑马乘舆至朝门，王亲身出迎，入内殿行大宾之礼。宴众舵工水手于五云轩，以朝臣陪之；宴仁翰等于四宝堂，王自亲陪；宴麻姑等于双凤阁，王夫人出陪。三处连宴三昼夜。讵王甚博学，讲诗说礼不倦。

堂中惟一联，书“四宝堂中华夏客”，无右联。云程因问：“四宝何宝，怎无对句？”王答曰：“琴、棋、书、画之四宝，待高明者来凑。今幸文昌下降，为之抛砖引玉，俾使蓬荜生光，以志千载之奇逢也！”仁翰曰：“惟是狗尾续貂，如不嫌俚鄙，各试对一句，祈勿笑之。”侍从捧上笔砚，仁翰即写对母[①]七字：“四宝堂中华夏客”。

云程思孩童所划之字恰对，写七字曰：“万花苑内太平春”。仁翰同新月亦写云：“一竿台上富春公”，“九州寰宇宪章邦”。

三人共写三句，递与王阅，皆称绝妙！再看了，讶问：“‘万花苑内太平春’，哪一位对的？”仁翰指云程曰：“此是吴舍亲所对。”王又问曰：“吴公子初到此，怎知敝内宅有此人耶？”云程答曰：“不知，乃借来称颂，勿见笑。”王喜曰：“不知能对出此句，岂非天从人愿，为之撮合？此奇缘也！”

仁翰讶而问故，王曰：“实不相瞒，孤有一妹，名太平春，才貌皆可，常居万花苑，待有知己配之。今年三十，尚属室女，并无人识。兹吴公子无意中巧合对就，诚天所赐也！”云程忙答曰：“大王勿出此言，晚生已有发妻铁麻姑，亦同来在此，断不敢重婚，祈察之。”王曰：“女子多一般，惟舍妹不但知文墨，并且武勇更属所长，志气不落人下。说之居为次房，亦可屈从。”云程怒曰：“他武既所长，吾岂所短！且请出比试，输者听之所为罢矣。”王曰：“有理，孤去商之。”即起身带对句入去。仁翰谓曰：“设使较输之，怎处？”云程曰：“自当关防，勿忧。”

那麻姑等同在内宴，闻侍者入报，云程作对巧合其谶，不肯承赘，王妹将出来比试武艺等情，即同辞出查问：“怎想出此对句，又惹风波？”云程曰：“何曾是自想的？前日船初到此，上岸出恭，见四个孩童在处划地弈棋，以土块扔之，遂跑走，往捉皆杳，见地上划此七字。今日因见对联无对，问之便命对凑，想此七字恰对，故写出。谁知乃小杂种拔线[②]，合其机谶，缠之不歇。明日拿

---

① 对母：上联，用以征求下联。

② 拔线：暗中搞鬼。

小杂种摄死[1]方休！”麻姑曰：“是汝先去惹他，他怎不拔线汝？看起来此孩子不是人呢！甥爷有说要与之比较武艺，见输赢定夺？他妹就要出来。讵林公主在内宫将奴混而称扬，亦报入之，闻出来会试。且看胜负，再作主意。”

言未毕，侍者出报王妹早出在宫墙外埕[2]等候矣。云程即抄束紧扎，随侍者入外埕，麻姑等跟入。只见那太平春身穿百蝶青呢袄，腰扎满花绿裙，脚穿薄底绣鞋，戴抹额挽髻，貂尾垂髻，蛾眉凤眼，杏脸桃腮，虽带三分媚态，还现一段英气。

太平春见男女皆至，开朱唇问曰：“哪位是吴公子？先请来演试。”云程答曰：“吴云程来了！”遂起一劈，太平春驻马还之三叠，吴云程脱作蝶穿花，太平春翻为扑灯娥，来来往往。太平春喊曰：“且住！吴公子可称李元霸复出，不须再较，请公子娘来比试，再行品列！”

云程遂退。麻姑进前笑曰：“奴家无品可列，惟求王姑让些。”太平春先以步步娇拨之，麻姑以滴滴金让之。太平春渐以鹊踏枝入，麻姑则以一剪梅，却把太平春剪作落梅花，翻跌于地。忙爬起，使一双魁[3]跳上墙头，双手拱之曰：“李元霸须让公子娘，吴公子乃宇文成都，奴家愿为裴元庆，请自便不敢强留，惟得罪勿怪！”

在太平春以为飞升之奇，以为独步[4]，谁知犹班门弄斧。在墙头言讫欲跳下墙内，被云程一脚跳上，扭作一堆。汝躲我闪，恰似风中杨柳，欲折不折，胜负不分。国王在下大喊曰：“奇技皆见了，各放开下来，另日再论，勿自相矛盾，遗笑中外也！”二人在墙头闻了，各放手飞落，一在墙内，一在墙外，众共视墙头完好如故，俱称奇不已。

王出，与仁翰等告罪曰：“顽妹无礼，祈为渊涵。但其容貌才技均见了，吴公子可留高攀之处，望一金诺，是为厚幸。尚执意弃嫌，亦不敢强。惟千载奇逢，觌面天壤，殊为可惜！”云程喊曰：“前言既定，并无再议！王须谅之。”王曰：“既然如是，怎敢再言？可暂寓馆驿，以台丞相代为陪奉，俟船修好，便送回闽可也。”遂将仁翰等一众送至公馆，交相国台弼接待。

正是：送还慢说无他意，虽离更防有诡谋！且看下文如何分说。

---

① 摄死：掐死。

② 埕：场地。

③ 双魁：武功招式，双脚腾空踢。

④ 独步：独有的武功。

第一四八回　换木腿云程开教馆　食人头麻姑服番娘

却说仁翰等被送入公馆，俟船修好送之下船。台弼相国陪奉。那台弼祖籍山东，以中国皆为乡亲，遂密告："不从顺难逃其暗箭！"仁翰惊甚，问故。台弼曰："此女不但文武双全，还能异术，王兄亦惧之三分，诸凡任之，不敢与拗。她名太平春，居于万花苑，即本国之人无不知之。她十岁时，一人自入后山抱一虎子回来，人共叫作伏虎娘。今日吴公子对出，方知她原来题挂此诗对联便对天祝愿：'有人能对出己之隐名者，不论贵贱皆嫁之。'自十四岁挂此联句起，今三十岁了，对之人无千无万，不能合其机窍。国王常嘲之曰：'再十年无人对，吾妹必为四宝之怨鬼矣！'她答曰：'不遂愿，天也，其奈天何！'值今日吴公子遇着来对此机窍，才貌又合适，岂肯放还？"

仁翰等闻此情节，皆曰："是理非谬，如不从，想回去万不能矣！"云程欲先逃出界，麻姑笑曰："昆仑又出一昆仑，汝能逃，他岂不能追耶？惺惺既惜惺惺，肯为人妻，其意亦不恶。乃兄一国之王，名亦不玷，甥爷且留此，遂其所愿。奴们或先回去，或仍留之，将来再图同归。好汉难受眼前亏，猛虎亦怕地头神，怎不从之乎？"云程闻此，发竖眼睁，取劈柴斧将板凳砍为两断，喊曰："我若重作他人婿，同此凳样！如有劝顺从者，不论何人，亦同此凳！"谓麻姑曰："好歹有我一人当之，无暗算即罢，有暗算只害我一人，汝们船即管回去！"

麻姑笑曰："不是汝们同亲家爷作主，何至此耶？"新月答曰："此番跋涉，全是愚侄带累，倒不干表叔之事。"台弼见其甚怒，遂转语曰："吴公子且请息怒，此乃弼之妄拟，吉人自有天相，谁敢犯之？容另日再行请淫言之罪也。"言毕便告辞而出，仁翰等将信将疑。

次日，云程去海边赶催修船，即要回去。吉士、新春跟至前出恭之所，云程见孩童仍在于竹林内坐地闲谈，怒甚，飞跑去捉拿，以报拔线之恨。四童跑走不及，皆被拦抱着，便按倒。谁知按空，自扑于地，视双手空按四张纸钱在地，四童杳矣。爬起拗着自己腿轮骨，觉痛。吉士、新春赶至，看无人，只纸钱，大惊，方知是鬼。随去催了修船，回去公馆。讵云程左腿渐渐麻木，不知

痛痒，站立不住，卧床矣。众共查问，新春、吉士以同去催船，追捉四童皆钱纸，按空跌伤等情说了。麻姑曰：“祸福无门，惟人自召。早知孩童非人，去招惹他，一之为甚，其可再乎?”仁翰等亦讲其惹事，即延医服药。

麻姑备香纸，令吉士、新春带去捉童之处祷之，焚化纸钱。忽起一风，旋转将纸灰滚开，地中现出大字乃：

断椅男异，换腿女奇；台家早说，再祷何为?

麻姑看此字，细详那女施暗术换去，与此童鬼明系无干，不胜骇异。记此十六字回来说之，云程在床喊曰：“听他放屁！腿闪伤，说甚被淫妇换去，当日在高盖山，浑身被谁换去耶？船明日修竣，即管下船，能好不能好，听诸天命而已，勿听一阵鬼打混的话!”麻姑笑曰：“莫是想十四门桥龙潭半爿鱼犹在，可取治？今奴家无闲工[1]，就有闲工去取，神亦不准。”庆云笑答曰：“今烦不着大娘了。”仁翰曰：“一世拗癖[2]，故有许多事情。快请台相来议。”

须臾请至台相，告之暗箭发作于腿情事。台弼曰：“忖之必不肯去，换腿无甚紧要，只是羁留矣。”云程在床又喊：“谁与留耶？便日就下船去矣!”台弼曰：“肯弃一只腿，谁敢阻止?”麻姑曰：“勿听他说。今特请相爷来求教，那上渡沙坡竹林内可有孩鬼否?”台弼曰：“问之作甚?”麻姑遂将云程见孩童之对句，并捉他纸钱之事，并后去祈祷，又现出十六字等事情细告之。

台弼讶曰：“怪道[3]，无此缘故，吴公子安能对此机密之谶也？惟此鬼不俗，百余年前有中国船患风至此打碎，尸首泊海涯；大尸烧化，四童尸掩埋竹林内，魂遂出现。或白日划沙题诗，或月夜吟诗答歌，或承露作酒，或画地为棋局对弈，皆不为祟。人皆见之不惧，呼为神童四阿哥。便有作乩与之吟诗答对，博史谈经，隐隐现现，有请必到。敝国原少得华夏文理，因来此四神童，前后盘桓，渐至中华之气象。即今内宫王妹太平春，常奉神乩，时与笔墨盘桓，得其教益。或问其籍贯姓名，皆隐而不言，只自称为莫愁鬼。此宗事以吴公子初到，不知其雅趣，杀他风景，故来拔线，疑甚不错。惟腿实乃内宫换去，与之无干。但拔线之意亦不恶，其奈吴公子以有糟糠，惟义是尚却之。大凡文人无有不尚节义，所以其字有称‘断椅男异’。既有此称，将来必有旋转乾坤之期！今惟静候勿动，听诸造化也。”仁翰等皆然其说。

又问：“人之腿怎能换得?”台弼曰：“不过邪术，名曰想心法。欲换甚物，

---

① 闲工：闲工夫。

② 拗癖：脾气倔强。

③ 怪道：难怪。

惟心一想，便换之也！如要换人之腿，放于面前，眼对心想，以此木即换作某人之腿，某之腿即变为此木。加之咒语法水，遂心转物随。看某人之腿无异，惟中间血脉调离，似木不能动作。至怨消恨解，又将物来默思调换，其人即能行走如常矣！外番有此术，即内地茅山法亦同此类也。”仁翰等因知换腿之出处，心略定，便不思归。遂与商议择于护国大佛寺内空宇开文武馆，招国中之子弟来教授。文馆名曰“明义”，仁翰主之。武馆名曰“彰贤”，麻姑主之。以生徒之束脩为长久口粮动费，不收受王之供给。

彼时举国皆知，文师乃中华文衡之翰林学士，武师乃本国王妹才评为李元霸复出。来受业者皆豪贵之子弟。那馆开未旬余，桃李盈庭矣！王宫知之，欲延仁翰为国师，御妹排辇恭迎麻姑作内傅，皆坚辞之不入。王因屡迎不至，有事求问无不裨益。一日将暮，忽报王妹在外山打猎，今夜至彰馆来盘桓，肴馔自有随带，不必多备，麻姑即整候之。天既昏暮，太平春至，打扮如前，带数十军士。令将所猎之禽兽先掣回去，只留一坐骑，二小校伺候。麻姑接入内室，太平春便牵手，先行拜谊为姐妹。

席已设便，遂登席，饮至数巡，太平春曰：“已遣人说不须多肴，又何丰盛?”麻姑曰：“何为多？一二之兼味再少不得也。”太平春曰：“兼味随带有之。”即令小校出去，将马前一蒲包解开，令取一大盘，捧出一煮熟人头盛于盘中，麻姑笑问：“什么人?”太平春答：“是仇人。”麻姑曰：“姐之仇即妹之仇，可先啖其目。”举箸将其两眼睛皆抠出，浸醋入口嚼吞之。太平春拍案喊曰：“真吾妹也！前日之恨消矣。”

麻姑问：“何仇恨?”太平春曰：“乃癞蛤蟆想食天鹅肉也。敝国内山界外一大岛屿，名紫荆，地甚阔，山甚深，愚姐常至打猎。该国有一紫荆王孙，亦常出猎，相遇山野间，设有公馆，多有接待。以邻国交好，便不避嫌疑，常同饮。因念其有三分风雅，当作子侄辈，遂教以文武技，甚敏捷。讵那厮方寸想错，拟以属意私情。此番出猎又遇，接奉甚殷，饮谈间便露出轻薄挑弄之语，以正言责之不悛，又敢明写出二句诗云：‘阳春太且平，独何惠云程。’愚姐看此句，火从心发，索性诱而杀之，遂续二句云：‘若遂东风意，亦能属紫荆。’

“那厮因见续此二句，喜之不胜，问订何期。愚姐哄之带众回去，至夜勿与人知，独来，我在此候之。那厮信以为真，即带众回去。夜果独至，愚姐伏于溪畔，突出刺之，斩其首，尸推水流去海外，首持至公馆蒸烂，系于马鞍带来，试吾妹之胆略敢食否？谁知达观更甚于姐，不亚于唐之张红拂，非吾妹者谁也!”

麻姑本知红拂之出处，假作不知，答曰：“这厮风流，皆因此两眼觊觎吾姐

之美，先抠其目食之不错，皆不识与唐之张红拂是何故事，祈说知之。”太平春遂将红拂女之全传大略说了一遍。麻姑闻了，曰：“原来乃贤姐令始祖虬髯公之谊妹，愚妹今来此岂不过誉之甚耶？”太平春曰：“并无过誉。古红拂虽奇，尚不能武，今妹犹胜之十倍。”

麻姑笑曰：“既胜了李靖，不益反损，何耶？”太平春勃然变色曰：“古之谦受益，今之满怎不招损耶？”麻姑便不敢再问。时席间伺酒惟二小校，余不许一人进来，谈说至天明，只剩一颗人头。二双箸相对食，只余头骨矣。太平春辞去。仁翰等至次日见盘中食剩之头骨，惊甚，问麻姑，始知其问答之言，愈奇之。惟恨一时尚不能换回木腿之事，不得不为缓兵之计，同守老营而静待之也。

正是：不守老营羁异国，怎教动腿合原躯？后事如何，下文分解。

第一四九回 鹿韭至诚假女归祖 大妹破家渔妇重情

慢说吴云程脚腿被扶余国太平春换去，同林仁翰等十人留住海外不得就回。此且按下。先说闽王羲国亡身灭，殃及外戚，皆天定，故修石塔时早现出“王氏当亡”之谶也。那尚氏叫许飞琼、鹿韭逃走。许飞琼前文已表明，惟鹿韭未说，今再说之，并尚姬之根源也。

王璘之时，光州人姓尚名文光，为巡抚。因奉差至东都，在福州买回一女童为己女，后又在福州下渡陈家买一男童为己子。买时皆十余岁，男即鹿韭，女即十娘。至羲接位，男女已长成，将十娘进献入宫为侍妾，因貌美立为妃，得宠。封尚文光为汉州司马。文光莅任五年余即病亡，妻阮氏亦卒。遗子鹿韭扶柩归葬，无甚别亲，投伊姐姐。

无何庆云入宫为谊公主，鹿韭品貌与庆云一般，王羲戏将鹿韭亦作女妆，如一双生①，众皆认不出。自此鹿韭以雄作雌，不复改妆。那鹿韭外貌如庆云，内心甚端正志诚，故庆云与之追随不离，共食共寝，并无一点疑异。惟池莲知其男假女妆，拟其二人为南朝陈子高者流。谁知其二人志凛冰霜，心诚铁石。

那夜侦其二人上床，庆云半夜起来如厕，池莲冒作庆云钻入被窝，趁鹿韭熟睡，将拨龙行雨。鹿韭惊醒，以为庆云，惊甚，骂曰：“平素清正，如何忽变作禽兽！”点火揭被，逐之出去，不许亲近。近看乃池莲，大怒，掌他二掌②逐出，不许进来。池莲就来拉抱，鹿韭急了，自跑出来讨③庆云，见庆云在书房观书，问：“何故半夜起来？”庆云答：“乃伤风破腹④，起来如厕。舅如何亦起来，作甚？”鹿韭将无耻之池莲诈冒为禽兽之行直告知。庆云曰：“怪得是⑤那花娘忽问还睡否？答她未睡，即转身去作此勾当！务必告知母后。”

---

① 双生：孪生子。

② 掌他二掌：打他两个巴掌。

③ 讨：寻找。

④ 破腹：腹泻。

⑤ 怪得是：难怪。

次早共入告于尚氏，即唤池莲，“何无耻之甚，敢污人清白?”池莲诉曰：“乃效观音试罗卜[1]邪正，非是白蛇冒金凤夺情。”尚氏骂曰：“好油嘴！只闻他避汝，不闻汝避他，破人德行，罪不容诛！先挞一百枷死。”庆云同鹿韭再三求饶，遂将她斥出。

至庆云出嫁后，鹿韭因见王羲无道，屡屡劝谏被斥，不敢再言，遂隐于后苑别室，日夜检阅书史，不管外事。及尚氏唤至，授与金珠令其逃走，方知难至。欲带姐同走，转身进内，推门不开，由窗缝瞧入，见尚氏已悬梁自尽，含泪走出。思无处可投，只有祖家，即雇小轿，抬至下渡地方投入胞兄陈大妹家。

下轿进内，理还轿钱。内一少妇出问：“讨何人?”鹿韭答：“讨大妹。”盖鹿韭早名为小妹，其兄名大妹。那少妇即托邻人去叫，须臾叫至。大妹至亦不认识，问：“小娘子何来?”鹿韭便答曰：“就是八年前嫁与尚家之小妹，今改了相貌，难怪不识得。”大妹闻此便会意：乃卖去尚家之弟，男扮女妆回来，必有缘故。便转板[2]曰：“原来就是小妹，隔别多年，长成异样，一时认不出，快进内面。”大妹引鹿韭入内。

时邻人拥看，至入内面，人便散去。大妹同入内房，便问：“因何改妆?”鹿韭曰：“弟之改妆缘故且慢说，先问兄之近况何如？此位便是嫂嫂否？何时娶的?”大妹叹气曰：“瞒不得弟，为兄自少不肖，把公祖[3]之家财破尽，犹将弟卖去。幸吾弟不怨恨，今日回来犹欢欢喜喜，为兄自觉惭愧。那一位就是汝嫂嫂，原是渔妇卓三妈之养女，名赛亚仙，算台江第一等人样[4]，现二十八岁。为兄在他船上八年，所有家产都是她妈妈[5]赚去，因她情重，自接了为兄，并不再接别人，故难却之。

“卓三妈初容兄，至财空即变脸，令接别客，汝嫂任拷打不从。为兄因不自安，始将吾弟卖去，将身价之银与之买平静[6]。至月余，银又消去，又如是打，令接别客。为兄又将屋亦卖去，自知不能久留，脱身走离。因无家可归，被饥寒所迫，无奈投入丐伙，唱莲花[7]度日。那卓三妈侦兄一离船，将船撑走。谁知汝嫂自为兄一去，水米不肯沾牙，时刻寻死。卓三妈亦恐，骗汝嫂去寻兄回

---

① 观音试罗卜：典出《目连救母》。观音知罗卜欲往西天拜佛救母，变化为民间凡女，试探情魔，而罗卜不为所动。

② 转板：交谈过程中突然改变想法，顺势转一个弯。

③ 公祖：祖宗。

④ 人样：容貌。

⑤ 妈妈：鸨母。旧时船户多兼营娼业。

⑥ 买平静：花钱让对方不吵扰。

⑦ 唱莲花：唱着莲花调上门乞讨。莲花：乞讨者所唱的一种莲花调，或称莲花落、莲花啃。

来，汝嫂始肯饮食。卓三妈乃开泊洪山桥，慢慢诱之接客。

“时为兄与丐伙亦至西郊各乡村讨食，倏然疮发遍身，又得黄肿之症，倒于洪山桥下野庙内，黄水常流，满身臭秽难堪，人不敢近。幸有一二丐伙见怜，日间分些稀粥进饲，略延残喘。那日邻墩[1]演戏，卓三妈因汝嫂在船闷闷不乐，叫邻船四五个女伴带去看戏。那时为兄将死，地保同乡邻前来查问来历，共骂丐伙：‘哪里拖来歹仔[2]？’诸丐伙答以兄乃下渡临水陈夫人之侄，名大妹，一场家财在台江赛亚仙船内花得精光，被妈妈逐出，流落与奴作伙。忽疮生满身，病倒这里。如能起，仍即回去，不敢害乡间；如死把草席抬去掩埋就是。

“汝嫂进庙前看戏，都听清楚，知是为兄，突入将为兄偎抱，便号泣。众女伴寻着，皆掩鼻不敢近前，共催汝嫂回去。汝嫂不回，众怒，叫卓三妈来打，汝嫂任打，抱为兄不放。众乡怜见此情形，即阻住卓三妈，问明缘故。汝嫂自解羊皮袄遮盖为兄，立起与众说：‘此人有数千家财在船中花得干净，母不一点怜悯，把他逐出，才至此地步。未见犹要寻之，既见着生死与共。算身价不过只用百余金，自十四岁赚钱起，今日何止四五千银，犹不足意？自今日起，母若见怜，即分些银钱与女儿为药来医大妹。若不怜，分毫不要，女儿空身出来，同他求化，医愈良人，同去谋生。如或身死，亦共之同亡，定不回去再接别人。’众闻之无不感叹汝嫂有情，古今船下[3]无双！

“那卓三妈不容，举手又打。众怒，哄骂：‘无情无义之老娼！’各欲挥拳打之，幸被乡老阻止，共赞汝嫂多情多义，硬要卓三妈与汝嫂从良，共鸠[4]题捐帮助医药之资。各人闻是临水陈夫人之侄孙，无不喜题，一两至一钱，共集有数百金。又请临水香火，汝嫂日夜伺候，幸病症愈矣，疮痂尽脱。为兄死里得生，实汝嫂之再造，并各乡人之义务[5]。

“后搬回祖家[6]至下渡，剩有银赎回故居。本乡中早闻此事，外乡都有义举，而本乡独不能耶？遂公举在隔壁本族姑婆临水夫人庙内为主管。才承当三个月，逐日醮事不断，照应不来，雇有两人在内料理。所有香钱醮礼，当家尚有余剩，将来期满能赎回旧屋产。乃为兄之不肖，破费家产，落为乞丐，死里被汝嫂救回生，告知吾弟，感汝嫂之情义难忘也！”

正是：渔妇当时不进庙，皇亲今日已无家。且看下文如何分说。

---

① 邻墩：邻村。

② 歹仔：痞子。

③ 船下：船户，此处指娼家。

④ 鸠：凑集。

⑤ 义务：义举，仁义行为。

⑥ 祖家：故乡老家。

第一五〇回　大妹苦留渔妇复业　鹿韭求抽灵签遁游

却说陈大妹既说了自己破浪[1]情节，便问鹿韭曰："兄既说明了，弟亦须说与兄得知，如何男假女装?"鹿韭听了讶曰："得此有情有义之嫂嫂，便家财再破尽，弟与兄再卖亦值也!"遂将被卖去与知州为子，后与皇后为弟，帝戏为之改装，今因难作，改装不及，逃出归宗等情由实说一遍。大妹亦喜。鹿韭将怀内金珠二包统交与兄，谓曰："此二包计值三千金，哥可收去赎回故产，重整家业。请嫂嫂出来拜见。"大妹将二包收接进内，交与妻收存。

讵赛亚仙在内煮点心，正捧出至房口，见兄弟二人在内细讲，不便冲之，任讲完，收了金珠，仍捧出来排于桌上，将回身，鹿韭便迎之曰："适闻哥所说难得贤嫂嫂舍命救夫，今日才得团聚，奴来拜谢恩义!"欲拜下，赛亚仙急拦止曰："罪重，奴属烟花下贱，敢受姑娘重礼? 前蒙令兄不弃，溺情错爱，落此地步，皆是奴所害，彼时不得不舍命救之。今既成家，奴仍别去，与令兄另聘，敢以曲蹄婆[2]占作人家之正室耶! 今幸姑娘回来，能代令兄料理，奴家就此告别去别处栖身，以解前愆。"言讫向二人拜辞而出。

二人拖入曰："并无得罪之处，何忽翻心[3]?"赛亚仙曰："不是翻心，起先害之，必须救之，今既完了宜即去；若再恋不去，世事如月盈而复缺，至又缺时，去之难矣!"鹿韭曰："早不去迟不去，适奴家今日回来而去，莫又投妈妈再去接客么?"赛亚仙曰："既离火坑，岂又投入? 既去便寻深山幽谷，远离红尘，修真悟道，以解前愆也。"兄弟二人泪下。

鹿韭叹曰："善哉! 不意红尘中有此知机忘俗者，愿拜下风矣! 今容奴一言，听不听由嫂，再代哥哥料理三四年，再娶有嫂，添有子女，事皆完美，任去而不留可也。今半途而废，欲效李亚仙功成而退避之，一定留之不住，亦待

---

① 破浪：败家浪荡。也作"破荡"。

② 曲蹄婆：疍家妇女。旧时疍家被视为贱民。

③ 翻心：变心。

奴将贤嫂之前后实事开列，呈诉新君。效前君郑元和之李亚仙故事，不为汧国夫人呢，为台江夫人，那时走何处耶？”

赛亚仙曰：“奴怎比得汧国，敢受荣封？如再从容数时，亦无妨，只恐延至根生，欲罢不能矣！既两情难却，再留看将来罢。”大妹喜甚。鹿韭笑曰：“害奴苦坏[1]，小姑一回来，把兄嫂惊走，不是罗侯，亦是桃花女。”大妹笑曰：“都不是，乃黄土扶尾——假仔[2]矣！”赛亚仙问故，大妹笑曰：“汝道他是汝小姑，还不知他是小叔。因在内宫改装来玩耍，倏逢内变，更改不及走回[3]矣。”赛亚仙曰：“怪的是，[4] 兄弟面貌相似，兄妹必无如是也。”鹿韭欲改男装，大妹曰：“今国乱兵起，凡有壮丁都拿去当差，为兄乃庙祝能免，吾弟不可复男，且避一时之乱。”鹿韭仍女装，乡邻皆以为大妹之妹，不知是男也。

大妹自此夫妻和顺，兄弟友爱。鹿韭在内室看书。至李仁达僭立，拔福州、建州，防南唐兵至，不来征讨，福州稍定。时鹿韭在家将近一年，干戈稍静，欲往外游，思谊公主林庆云意气投合，欲去探之。先遣人去凤岗查访，人皆以新月被番王招为驸马不回，庆云早已同人去日本国寻夫周新月。鹿韭无从查访，欲复男装自去游玩，怀疑不决，夜至大奶庙默祝。抽一签，乃三百六十五签。回来取签谱对之，乃：

假去假来亲益亲，假中逢假便成真。

若逢花月休须避，总把镇盘心[5]莫倾。

鹿韭看此签意思，姑婆叫我勿须改装，分明教作假女去，必亲上加亲。若遇一人亦是假的，假便成真，此去逢有花月勿避，只拿定心，万无一失。鹿韭解既决，趁是夜月色，不告而去。其兄半夜查无弟，问妻不知，遍寻无踪，大惊。连寻三日，并无消息。大妹同妻思：“乃假女非真，虽无鹑鹊之私奔，恐有凯风之觊覦[6]。”向大奶神前求问一签，乃一百二十签，云：“明月芦花散五湖，无中似有有中无。雁群失序休伤别，能自成双返故途。”

大妹求此签暗喜曰：“姑婆签中以小妹不须寻讨，将来必自带有佳偶回来矣。”赛亚仙问其或招回是男是女？大妹曰：“戆婆，不招女招男作甚耶？”赛亚

---

① 苦坏：愁坏。

② 黄土扶尾——假仔：歇后语，用黄土做小鸡鸡，装作男孩。此处指假货。

③ 走回：逃回。

④ 怪的是：难怪。

⑤ 镇盘心：原指杆秤上的准星。比喻良知准则。

⑥ 凯风：南风，谐音“男风”，指同性恋。语出《诗经·邶风》“凯风自南”。

仙曰："奴家解说必招是男，不招女。"大妹问："怎的解详?"亚仙曰："明月照芦花乃一色[1]，即男之配男也，男配男即兄弟也。今失去一弟，将来又带一兄回来矣。"大妹闻此解笑曰："不意汝能详解，怪得[2]天下不乱也。"以亚仙拟必被人拾[3]去为谊弟，将来必带一谊兄[4]回来。大妹思此不必与争也。

鹿韭潜出，思别处都无佳趣，惟城内繁华可玩游。至天明，望北行至江边，有船搭渡，身边带有碎银，遂渡过江。人有问之，则以母家回来答之，遂缓步而行，食点心随处游玩。至夜明月当空，踏月游玩夜景，将至南门外，有人巡查拦问之。

正是：真男宵遁犹惊阻，假女夜奔有不拦？后事如何，下回分说。

---

① 一色：福州话"一色"有"同样"的意思。

② 怪得：难怪。

③ 拾：收留。

④ 谊弟、谊兄：此处指同性恋伴侣关系。

第一五一回　冒帝女鹿韭陷宦宅　演梨园一枝获真形

却说鹿韭踏月夜游至南关外茶亭地方，遇三个巡更之人，查问曰："何方女子，如此青年[①]黑夜独行耶?"鹿韭答曰："深闺无聊，夜出玩月，何劳动问?"那人曰："男便不问，女恐被人欺凌，怎不问耶?"鹿韭答曰："奴家为人端正，不怕欺凌。"那人曰："既不怕欺凌，我家在此衕里，却无内眷，同去叙叙谈谈好么?"鹿韭答曰："要去便去，怎不敢也?"

那两个后生的[②]巡更喜甚，将邀[③]之去，那一个有年纪的便扯两个背语曰："汝二人以天送来，贪便宜，犹不知是过癞[④]的。"那两个被说拨醒，便曰："对汝玩笑，快去快去!"鹿韭曰："汝们不敢收，别人收去莫气。"说了便行。那三四个远远随之，适遇巡夜之司官，喝问之，鹿韭答以夜游。那巡夜官喜不明言，只说后生妇女夜行不便，带至公馆，明日送回家去，随带去公馆。

那三个巡更远随在后喊曰："莫贪便宜！癞发出悔是迟。"连喊三四遍方去。巡夜官闻此，亦疑为过癞，便不敢近，思天明送去城内上司衙门发落。鹿韭问："怎不收留?"巡夜官曰："汝乃绝色美貌，我官卑职小不敢收，明日送去兵部万老爷为次夫人，可好么?"鹿韭答曰："随便。"次早天明送至兵部衙门，报昨夜南关外巡查，获一少年女子，形迹可疑，送至勘问发落。

原来那兵部姓万名绥，年过六旬，妻殁，惟一子一女。子名三石，年方二十二岁，丑而戆。女名一枝，年十七岁，美而黠。万兵部令将女犯带入内堂问讯，遂将鹿韭送入，令跪而不跪，只旁立。兵部见其非寻常女子，便问："谁家闺秀夜行被获?"韭答："奴家乃前王之谊女、公主林庆云，随父同驸马讨了篡贼，退隐凤岗。兹因夫婿海外远游，孤寂无聊，寄寓南台尼庵。因去亲家中连

---

① 青年：年轻。

② 后生的：年轻的。

③ 邀：牵引。

④ 过癞：旧时认为麻风患者是中了鬼邪，通过性关系传染给他人，自己病情可以减轻。癞：麻风病。

夜回寓，遇贵官巡夜，获送前来。”万兵部讶曰：“原来是恩千金公主，有敢作犯人？快请进内与老夫合家来拜前之恩德！”鹿韭答曰：“怎敢如此。”

鹿韭进内宅，万兵部唤子女同来拜谢。鹿韭曰：“家夫在朝无德可称，今日怎当此重礼？”万兵部曰：“驸马之德，老夫念之不忘，公主可记得么？”鹿韭答忘记。万兵部曰：“说起便记得。老夫拙妻早丧，只有一男一女，男戆甚，女又极顽。妹以兄蠢无知，常讲古典教之，谁知竟唱起戏文，教之演唱，因无母无法[①]，任之。

“那日侦老夫不在，将戆兄妆扮作皇帝出厅，却被李雄御史突入，将衣冠剥去奏报朝庭，以老夫纵子谋篡，现获赃据。主君大怒，不容致辩，即将一家绑去朝门斩首。正欲开刀，驸马赶至，入宫保本。令驸马复讯，再行正法。蒙驸马究问，系兄妹在家戏顽，冠乃麦秆作成，黄袍乃黄纸做的，即复奏呈验衣冠器械，皆是紫纸所作，主君方知全属虚情，释放老夫一家性命。将李雄问反坐，亦被驸马说情饶命，只革职归籍。老夫只是员外郎，后被驸马荐升为兵部。因此感佩大恩大德，无以为报，惟奉禄位于内庭，朝夕礼拜而已。幸公主降临，乃天赐与老夫稍报于万一矣！”

鹿韭便答曰：“辩冤伸屈，乃代天行道之正务，岂敢言德？切不可设位礼拜，令人折福。”又问：“令公子现今可通窍么？”兵部曰：“此子从前不识五谷，不知六亲；至那时绑出斩首，便知惊惧，回来吐数块痰，觉有些清醒，始知六亲五谷，颇识人情物理，犹能记忆。惟戆形状还在，不敢与在人前，曾与郗平章之女结姻，因戆未与娶来也。女亦曾配邵枢密之子，名一枝，过于太顽，惟恨幼时失母，失于教训，以致于此。今好极！驸马未归，祈屈尊留在敝署代为教管，如不悛改，即行戒责，代老夫教诲之也。”

鹿韭曰：“既蒙不弃，即与奴为谊父，方敢留此。”万兵部口虽答不敢当，心中甚喜，遂作至亲看待。即设筵席，同子女陪奉罢，令女作师追随矣。

自此鹿韭留在万府，与一枝寝食皆同，婢仆服伺。起先一枝如学女，敬奉先生，不敢一点放诞。至数日渐至无忌，或搭肩摄腿，或以粗鲁之话拨之。鹿韭屡喝斥之不悛，恐被撩出马脚，夜间防备甚紧。再数日更狼狈，鹿韭喝曰：“再如是，令尊付托必箠楚矣！”一枝曰：‘莫箠楚！想是公主之驸马不在身边，心焦，今夜来演戏解闷，便不心焦矣。”是夜因父不在，令诸丫头备行头[②]，在前房伺候。

至夜膳了，邀鹿韭至房，谓曰：“做别出[③]与公主解不得闷，今作《张生会

---

① 因无母无法：由于他们没有母亲，我也没办法管教。

② 行头：戏服。

③ 别出：别场戏。出：戏的场次。也称“戏出”。

莺莺》可也。今公主作张生，戆仔作莺莺，奴作红娘，公主先妆扮上台。”随取生巾蓝衫与鹿韭穿戴。鹿韭将衣巾夺丢于地，骂曰：“怎不好打!”一枝曰：“《拷打红娘》待下出[①]来作，待奴家先装别脚[②]，做与公主看作样[③]好么?”即将三石妆扮作罗卜往西天救母[④]上台，一枝掌鼓板，众丫环掌锣铙，自唱“抛离乡土”起，有介有调[⑤]，有高山流水，至“死到阴司也寻见母”止，全出唱完落台[⑥]，并无一句失板失介[⑦]。一枝谓曰：“公主休见笑，儒林无节[⑧]也。”

鹿韭讶甚，问诸丫环：“何处传授?”诸丫环答：“乃小姐看曲本，自行教演，并无别人传授也。”鹿韭异甚。一枝曰：“公主看一出，还不十分理会，待奴再演与看。”遂自扮作《尼子思凡》妆束。头带小檐巾，身穿万字衫，执拂，诸丫环掌锣鼓，上台踏介[⑨]而唱。鹿韭任其去做，唱至与丈夫云雨，作出思春形状，鹿韭羞之曰：“未出嫁之闺女，敢演此戏?汝做不知羞耻，我看羞无地矣!”遂将一枝身上行头剥下，把三石及诸丫环逐出，拉一枝进房去睡。

一枝骂曰：“实是杀风景，俗人演戏都有这忌讳，把人兴根打断!今即在此，不用锣鼓更有趣，且作一出《赏花》。公主为小姐，奴作梅香，此处无人，便不畏羞[⑩]了。”一枝遂踏介，唱至“蝼蚁也知春色好，贪花难怪少年郎”，那鹿韭又羞之。一枝曰：“此出不好，就再一出。”又作《杨妃醉酒》，把鹿韭按住唱曰：“汝若遂我心来合我意，来朝上本奏丹墀，管教汝官上加官”，被鹿韭一推跌倒，爬起曰：“此出作不好耶!今再作一出《观音戏罗卜》。”鹿韭笑曰：“由汝戏，总不动。”一枝曰：“心不动便不作，来作《姑伴嫂眠》[⑪] 可好么?”鹿韭曰：“亦不动。”一枝曰：“再扪之即动矣。”

鹿韭躲不及，被一枝蹲着，手入裤胶[⑫]里，抓出马脚，笑曰：“假姑伴嫂眠，今变出真来。今得了宝贝，快说出实情来定夺!”鹿韭惊得魂不附体，无可

---

① 下出：下一场。

② 别脚：别的角色。

③ 作样：做样子，做示范。

④ 罗卜往西天救母：杂剧《目连救母》中的一场，剧情大意是罗卜要救母，观音指点他至西天见佛。佛赐罗卜法名目连，赐宝让他去地狱救母。

⑤ 有介有调：又演又唱。介：舞台表演动作，本字“解”。调：曲牌唱腔。

⑥ 落台：下舞台。

⑦ 失板失介：不合戏剧的曲牌腔调和表演程式。板：鼓板。

⑧ 儒林无节：演戏顾不上礼仪。“儒林”指福州的“儒林戏”，原先为搢绅人家的自娱自乐。

⑨ 踏介：按戏曲程式表演。

⑩ 畏羞：怕羞。

⑪ 姑伴嫂眠：《乔太守乱点鸳鸯谱》中的一场戏。

⑫ 裤胶：裤脚，裤管。胶：脚；本字“骹”。

掩饰，遂说乃前王尚妃之弟，名鹿韭，前王以貌似谊公主，遂改为女妆，作两庆云；宫内兵变逃出下渡，借名来游玩等情，求勿出破。

一枝曰：“先前有父命托之，奴怕汝。今有真赃获着，汝怕奴。念是娘娘之国舅，添条私路，不然只一公路矣！”鹿韭曰：“是何两路？”一枝曰：“行公路，明早去堂上实告，即以男假女妆假冒来办。若行私路，即作《姑伴嫂眠》全出，外仍公主不露，内如胶漆绸缪。公私两途，请汝自择。”鹿韭甘愿出破[①]，不作“姑伴嫂眠”。一枝曰：“不做，要作罪人了，郎莫嫌奴貌丑陋么？”鹿韭答曰：“诚是质胜素蓝，色如美玉。”一枝曰：“既不嫌奴貌丑，何一夜月空明，芭蕉心不展耶？莫非嫌奴文才不及么？”鹿韭答曰：“继班昭，续回文。”一枝曰：“才貌既都不嫌，何身隔万里。将身待明月，明月照沟壑？”

鹿韭曰：“奴岂不惜玉怜香，又无结发，有何妨碍？所虑千金之体，已有受聘之夫，在即迎娶到门。今夜如遂一刻之欢娱，娶去何面目见父母亲夫？那千金之命岂不休耶？因此忍一时之欢。暗室不欺，神目如电，见色不淫，后灾可免，祈奴妹三思之。奴之改妆作女，实乃前王之戏作两庆云，内外皆知。因改惯了，亦因之避差役，勿以无行视之。自幼至今，并无污一妇女，祈谅察之也。”

一枝闻此说，叹口气曰：“落花有意随流水，流水无情恋落花。”鹿韭亦答曰：“夜尽水寒鱼不饵，收纶且下访仙槎。”一枝曰：“此时且耐意马心猿，待将来分开结发，再整凤鸾。”鹿韭笑曰：“结发怎分得开？”一枝曰：“奴兄怎不知耶？那邵晋乃徽州人，少年从军至闽，立功受爵。原聘之结发在本籍，不去迎娶，在洪塘地方，买人家一婢女为妾。后本籍结发之兄送妹来讨[②]，因貌无甚美，被洪塘婢谗谮，乃诈冒非真诉之。邵晋即将拷打，作光棍收监定罪，兄妹俱死于监内。洪塘婢遂占作正室，连生三子一女。女与郗平章之子结姻。我之冤愆[③]，乃煞尾之狗种也。”鹿韭闻之讶曰：“既晓得为狼心狗行之辈，怎与之结姻耶？”一枝曰：“结姻时未知，后才闻知，悔之无及，故望子如父亦不要结发也。”鹿韭曰：“他父结发丑，汝又不丑。”一枝曰：“要丑何难，至他来迎娶时，脸把草一咬，便亦送回头了。”鹿韭曰：“那时知汝是自残毁，那徽州人性发，先打半死，还要送回头？今有触景一对与妹对之，能分开结发否。”即写出十字对母[④]云：

---

① 出破：被告发。

② 讨：寻找（上门）。

③ 冤愆：冤孽，指未婚夫。

④ 对母：上联，用以征求下联。

徽州炮，发火时浑身粉碎。

一枝看了曰："此怎难对？"随写对曰：

洪塘篦[1]，到头来结发分开。

鹿韭看而赞曰："对极妙绝！只是他父有婢，乃子无之。"一枝曰："安知他有纳妾否？"鹿韭曰："即纳妾，未必洪塘也。"一枝曰："分结发之篦不只洪塘耶，长乐各处之稀篦至内宫，结发无不解离之也。"盖一枝明指陈金凤、春燕并尚妃，皆致离结发。鹿韭知其所言，答曰："妹真作怪也，今结发尚未分开，何以心灰矣？"

自此一枝看出马脚，更无忌惮，尽作风流之戏。将一个丫头，名可怜，年已及笄，弄出桃花之症[2]，常赤身遇人便抱。恐被万兵部得知，关锁于密室，任之吵打。一枝愁而又气，鹿韭笑曰："不要气，妹将次亦到此地步也。"一枝曰："我镇盘心[3]把得定，再不至此地步，只是奴兄见死不救，何耶？"鹿韭曰："他的病与我何干？别病自能救之，此病欲救不得。"一枝曰："救之何难？"鹿韭曰："我一个怎救许多人？"一枝曰："现只一个，哪里许多？"鹿韭曰："汝教徒弟十数人，现此一个得奇症将不传染耶？若变十几个，我即是药渣。"

一枝笑问："变什么药渣？"鹿韭曰："汝不知药渣之出处，待我说与汝知之。有一国王年老，后宫妃媵皆病不起，命医官来视，遍诊其脉，皆思春之病。王问何药医治，答以须壮男作药即愈。王遂选十数男子入诸宫，顷刻皆愈。至王入宫，诸宫妃等皆出谢赐药之恩，那十数个男子形容衰瘦如鬼。王问何人，宫妃答以药渣。今我救之，将来亦作药渣矣！"一枝笑曰："此药渣亦作得。"不容再推，将鹿韭硬推入癫婢房内。鹿韭急了，喊曰："不要硬要人作药，有现成药在此，且放开来取。"一枝遂放手。

正是：滑稽自有滑稽对，洒脱更流洒脱奇。且看下文如何解说。

---

① 洪塘篦：福州洪塘乡所产篦梳遐尔闻名。

② 桃花之症：即"花痴"，表现为性欲高涨的精神病。

③ 镇盘心：原指杆秤上的准星。比喻良知准则。

第一五二回　一枝诱兄知夫妇道　鹿韭妆神伸埋没冤

却说一枝要推鹿韭入房，闻说有现成之药，即放手放之。鹿韭乃扯一枝于静处，细语曰："我之马脚惟汝知之，如再露出与癫婆，必瞒不得诸婢。诸婢知，必生是非来，难洗难清，必至玉石俱焚。今惟一人送入房内，药病相当，皆有裨益。"一枝问："哪个?"鹿韭曰："即妹之兄。"一枝打之曰："他戆七戆八，懵不知天，一沾身惊走无门。"鹿韭曰："正因他戆才合适。今叫戆子来，只说进去与可怜作戏，其介听凭可怜牵带[①]。一教上台，那时桃花癫亦好矣，戆子亦好。两下都好。可怜即留与戆子为妾，此一举可不是两得?"

一枝闻此，沉吟半晌曰："好利口！好推诿得宜。"即悄悄唤三石谓曰："今日唱一出新戏，叫汝来学。"三石问："什么新戏？好学不好学?"一枝曰："学之极快。此戏名《人面桃花》，把汝扮作生，可怜作旦。"三石讶曰："可怜癫了，哪会作旦?"一枝曰："她何曾是癫？是我先教她《桃花触病》，妆演病形病状[②]的形状。今汝来作题门，连相会还魂，便凑成全本。"三石曰："题门之曲怎唱?"一枝曰："此出无曲，亦无锣鼓，只持笔向门上题写'去年今日此门中，人面桃花相映红。人面不知何处去，桃花依旧笑东风。'题了四句，便推入房，与可怜佳期就是了。"三石曰："那佳期怎样?"一枝曰："只汝伶俐生可怜旦，无锣鼓亦是好看。那佳期叫公主教汝。"

鹿韭曰："哪有作师父作半截的，别人要凑教?"过来附三石耳边细说："如此如此便是佳期。门要关紧些，不可与偷食师父偷盘稿[③]。"三石以为戏弄他，仰面看天而笑，鹿韭曰："此出戏最有趣，亲弟才教，别人不教。"那三石遂依从。一枝即开了锁，三石题门推入，作人面桃花相会全本。

原来万家许多丫环，乃是李恒义将前后王之宫女婢妾各赐诸臣，故有许多

---

① 其介听凭可怜牵带：角色表演由可怜去引导。

② 病形病状：精神病人的样子。

③ 偷盘稿：抄袭。

婢女。万兵部多在公堂理事，少入内室。是日公余无事入内，因无人，直进内室，适遇三石戏作完，可怜病也好了，开门同走出来。兵部愕甚，问三石曰：“在里面何为？”三石答曰：“妹子叫来与可怜作戏。”可怜亦曰：“是小姐先关奴在此，公子今日才进来作戏。”万兵部大怒，令取大箠，令叫一枝出来。

丫环即忙与一枝说知，一枝惊[1]得半死。鹿韭笑曰：“有酒胆无饭胆[2]，我代汝去，管叫化忧为喜。”鹿韭随丫环至密室，兵部让坐。鹿韭先问曰：“父亲叫一枝妹子何事？她现抱小恙，令奴出来问之。”万兵部曰：“这小贼猫怕打不敢来，老夫把戆儿交与她教导，既不教之正事，教之作戏来玩弄。今日又教他来此房内与丫头可怜作甚勾当，被老夫撞着，要叫来责打。”

鹿韭笑曰：“原来是这缘故，今以奴说，这个事须当奖赏之。”兵部讶而问曰：“怎说？”鹿韭曰：“昔日司马炎能篡并三国，不能教导一子，致令食糜，为后世所讥，请大人察夺之。”万兵部曰：“以公主此说，咎在老夫耶？”鹿韭笑曰：“位尊大司马，作三军主宰，一子犹不知男女居室之大伦，自不能致化其家，安能化俗于国？幸有黠女，明人面桃花之故事，教化其兄。渐渐诱之以演成真，化戆为乖，始知人之大伦，至将来可免鹁龟之讥诮。此可赏可罚，祈再酌之。”

兵部笑曰：“公主善言，甚于董狐也！果能化知人伦，移罚作赏，岂不听从。”随问三石曰：“癫婆[3]妹教汝何戏？”答：“崔护题门。”又问可怜曰：“今将汝配与公子作妾，可好么？”可怜脸红，把头点点。万兵部曰：“叫那癫婆出来，即今日为戆兄纳妾，引带去拜祖先成礼。”鹿韭曰：“那癫妹以唱戏发觉，不敢出见大人。”万兵部曰：“老夫年迈，不久退隐，正好快乐天年。今先拨一百两去添置行头，烦公主代作掌班。”鹿韭曰：“命奴作掌班容易，只是难为行头包主。”同笑而散。

鹿韭入见一枝，以问答言辞告之，又曰：“可担情[4]么？”一枝曰：“春来雨水寻常事，莫把天恩作己恩。”鹿韭答曰：“早晓不贪怜脆薄，任教嫩股吸茅根。”一枝曰：“不劳，不劳。”遂同去引三石、可怜行纳妾之礼，随领银置办行头矣。自此戏乃公然而作，把那风流尽行停止，万兵部常入观看，惟妆演红黑面老旦生上台。鹿韭看至豪兴，亦凑脚[5]入班上台。

---

① 惊：吓。

② 有酒胆无饭胆：俗语，会玩而不能做正事。福州俗语说“大食有大用”，意思是饭量大的人有力气、能干活。

③ 癫婆：疯女人。

④ 担情：领情。

⑤ 凑脚：凑进去参加演戏。

那夜鹿韭作关公，一枝为关平，三石为乌面周仓，正作至唱董卓不仁不义，突有看守后花园之小卒，名纪禄，由后苑跑来喊曰：“鬼来！鬼来！”盖内闺唱戏无人敢入，惟十数个丫环。问：“鬼在何处？”纪禄曰：“在园内，披头散发，小人被逐数次，皆走入后宅门。今夜又随来逐，无奈逃走至此，求公子、千金救命。”

鹿韭在台上谓一枝曰：我们去看是何鬼？”一枝答：“好，去查是真鬼假鬼。”鹿韭即令纪禄去外厢躲避，又问众丫环：“有胆大跟去拿鬼？”那丫头皆摇头散去，惟鹿韭带一枝并戆子，仍妆扮，趁朦胧月色，直至后花园。四面围墙，中有池亭黑暗，亭边果有一鬼，以真是伏魔大帝[1]，便匍匐于地告曰：“冤鬼求大帝代为伸冤！”

鹿韭见真是鬼，倍展精神，问曰：“汝是何方野鬼？被何人所害？在我跟前诉明详细，代伸冤恨。”鬼诉曰：“冤鬼名谷元，古田人，贩曲[2]来福州卖，因闻有兵讨福州，鸡犬不留，赶收回曲本银五十两，绑于腰间，于某月某日逃走回乡。至北门，有数十个军人赶至，说是生面歹人，不容分辩，直拿关在空房，腰银解去。至夜有七八个同来，将冤鬼用索勒死，埋在墙外，因此冤鬼魂不散，各处飘游，难觅伸冤。因那日在后园，认得园内一人乃当时分银之人，虽无下手勒死，绳索是他取来，遂入园索命，屡被走脱。今幸驾临，乞为明察报应。”

鹿韭又问：“汝尸曾否朽烂？有妻子否？”鬼答：“未朽烂，有妻子。”鹿韭曰：“知道了，待察之，自有报应。且退去，不可再现形多事！”鬼叩头唯唯而去。

鹿韭同二人入内宅，寂无一人，三人脱衣洗脸，一枝谓鹿韭曰：“人言鬼精灵，今看之犹不精灵。”鹿韭曰：“凡事心正意诚，假胜于真，只要代他伸冤，何论真与假。他投告我们，报应甚速，与真的何异？”三石突问：“此出做半截，如何到后园做凑[3]？那扮鬼的丫环如何不进来洗脸？”鹿韭同一枝大笑不止，共曰：“至今汝不知是真鬼，犹以人妆扮耶？”三石始大惊曰：“原来是真鬼！若早知即惊跑走，哪能作许多时，今想毛发都竖，快去睡罢。”鹿韭笑曰：“快去寻可怜，莫乞鬼拖去。”三石遂去。

二人将鬼所许之口供照录出，至天明伺万兵部回来，将昨夜鬼之情形并录之口供，呈阅说知。万兵部听了，又看口供，惊异，服二人之胆量，疑是家人

① 伏魔大帝：即关公的封号。

② 曲：粬。酿酒菌母。

③ 作凑：继续做完。

等谋财害命，即唤至纪禄问曰："因甚被鬼逐拿？"纪禄说："不知。"万兵部曰："汝不知我已知之，某月某日，汝同伙数人，在后园勒死一人，尸埋墙外。"纪禄一闻此语，吓得哑口无言，面如土色。兵部曰："昨夜冤鬼诉说，汝谋他五十两银，下手勒死，可实说出，免再堂讯！"

纪禄谅不能隐，遂直供曰："某日有各衙之步兵张甲等八名，拿一生面人来后园，借关空房内。众说是建州来的奸细，身上搜有数两银，不必送官，即将他勒死掩埋，银同分用，何处查考？与小人银二两，叫取索与他们自动手。是小人一时糊涂，收银与索，并无相帮。"万兵部笑曰："好借房收银与索，看汝造化罢！"又令二女填上纪禄口供，出详报于朝堂。李恒义批刑部拘拿究办。

司官拿至张甲等八名，即去开掘。先开出草荐[①]卷一尸首，打开验看，非男子乃少妇，形容未改，心前肚尾各有一伤，口中含有物，取出验看，乃人之耳朵，被硬咬断于口内。将尸另遮掩放一旁，待另察。又行开掘，又起出一尸，是男尸，索犹在项上。时值严冬，尸皆未变，令地保以两棺装贮，即通报刑部。

那刑部官姓包名汜，即提张甲等质讯。张甲遂供出时常带伙在外撮歪[②]。遇有孤客，以拿奸细为名，僻处则勒死分银各等情。供兵部后园墙外只有一次，余皆别处等由。又向别处掘出数尸，即将张甲等八人，不分首从，皆拟凌迟处死。纪禄系被诱，从宽拟充军。万兵部自能觉察破案，免议，再行奖赏。除后开数尸不知姓名，无从查考外，惟知谷元乃古田人，有妻子。即在各犯家属追出原赃银五十两，令他妻子来领，运棺回籍归葬。刑部先将此案完结详报，李恒义批即依拟再行察办。

又开出一女尸，口含耳朵受伤致命之案，经究张甲等皆供实不知情。遂密遣差役暗访，有人缺耳者便拿来究问。后访拿到二个和尚，委刑部司官讯之。先问一僧，称被剃头匠失手割落，欲与理论，经乡保公处，令匠罚银八两，为之补肤，拾回耳角息事。又问那一个僧，同前问之供称无异。即唤至剃头匠同诸乡保问，皆同所供，随即放之。

随有一少年和尚名小弥，擒一剃头匠名阿同，小弥曰："好好把人耳朵割下，欲较令赔偿，被乡邻说调处：去人一个耳，罚他十担米，令照例折银八两，交银了事。讵他分毫不肯。"司官问阿同曰："汝既不小心把人之耳朵割下，还不认罚，何也？"阿同曰："如割别人的耳愿罚，惟割和尚耳无要紧，几时又生出矣。"又问："几时生？"答曰："等秋之甲子日下雨，耳自生出也。"又问曰：

---

① 草荐：稻草编的保暖床垫。

② 撮歪：敲诈勒索，为非作歹。

“汝看何书知之?”答曰：“曾看见《漳州通书》内载：‘秋甲子雨禾头生耳’。禾头岂不是和尚头？生耳岂不是重生耳耶?”司官笑曰：“原来有此出处。若遇‘春甲子雨，赤地千里’，还要将地来油漆耶？今将汝锁在头门柱上，等至秋甲子雨，那和尚能生出耳了，便放汝。如不能生，将汝之耳亦割下。”阿同曰：“今才交春，直锁至秋，项必自断。”司官命拖出去锁，阿同大惊喊曰：“愿罚。”司官曰：“愿罚即不锁。”看审之人皆背地相言，大衙门审此等小事，盘问不休，谁知中间有大曲节矣。

正是：不因那没头公案，怎审出咬耳重情。且看下文如何接说。

第一五三回　诘剃头匠购线访凶　获没耳僧鞫供定案

却说剃头匠恐被锁住，以待秋甲子雨和尚能生耳，即喊："愿罚。"司官曰："既愿罚，便不锁。"问："罚多少银?"答曰："照例罚八两。"又问："此例从何而起?有割去几人，便有此例?"阿同答曰："例自柳麻三而起，至今有月余。割耳皆是和尚，共计有五六个矣。"司官问："怎的别人都不致割，单单和尚剃头就割，是何缘故?"阿同答曰："和尚须发皆剃净，故至失手。"司官笑曰："并无是理。你作剃头匠，有多少身家，能当此罚?"答曰："自己不小心，虽穷甚，亦要去别处挪借来赔。往常果无，今年有之。街上童谣歌曰：'去年腊月雷，今年出古怪，和尚没耳朵，剃头大破财。'"

司官曰："'山东孔雀胆，福建童谣歌'，不错!"又问曰："你愿罚，要放你去挪借，怎知人肯与不肯?谁来听候?"笑曰："不须听候，一去便有。"司官曰："上山擒虎易，开口告人难。有哪个财主与你相好，一开口便借汝，我不信也!若真有，可说出住处、姓名，遣人与汝同去，好否?"答曰："此财主乃暗作的，不敢与人知，若有人跟去，一厘都不借。"

司官曰："不说财主姓名，必是假话要脱身。"命役带去锁住，众役即拖出去。阿同急了，喊曰："愿讲财主名姓、住处!"司官曰："汝恐说出他不肯借，带去边房，只写一纸条足矣。"差役引到边房，令其自写，阿同遂写一纸条递上。司官看乃"乾元寺和尚"五字，便有三分会意了，问曰："汝有借他几次?所借何用?财主有多少年纪?行息多少?何时还本?"阿同曰："只借过二次，惟失误割耳之和尚才肯借。不立约，不言息银，只约一年自行送还。要实说被割之名字，实是和尚。那财主并无见面，皆是家中人等出入传说交银矣。"司官笑曰："此财主作得异样!今日事破必不肯借。汝同沙弥且讨保①回去，罚银另日再议。"

司官分发了，随进大堂禀见回话。刑部即出堂签拘至剃头匠柳麻三，带入

---

① 讨保：找保人。讨：寻找。

后堂问讯。包刑部亲问曰："汝是柳麻三么？有人告汝施邪术，擅割和尚之耳，凭实招来，免受刑法！"柳麻三惊曰："小人果有失手，误割人耳，皆已照例罚银补肤，谁又来告耶？"又问曰："汝割有几个？"答曰："只割三个，某寺和尚某某，并无别个。"又曰："乾元寺之和尚一个，不算耶？"麻三愕曰："那乾元寺和尚叫小人代认，其实不是小人割的。"又问曰："汝且说其名字，与所告之名相对否。"麻三答曰："他名能悟。"又问曰："可是该寺之首僧否？"答："是。"

包刑部曰："是便不错，惟他势力最大。因人叩阍，告他买嘱[①]剃头匠，故割诸僧之耳朵，并不出头。独告汝施法术，割耳制药，起手先割他耳，后又割某寺某僧，皆有证据，由朝廷发于本部究问。今问汝，汝又说是代认。既不是汝割，实是何人？缘何叫汝代认之处，可据实说出，本部堂自有分别。倘不实供，汝之罪便当不起！"

柳麻三自思：事到此，不得不实说，恐至动刑，遂直说曰："小人常在他寺中剃头，出入不断。那日与他剃头，见其左耳用大膏药贴住。问他，他说生疮。因洗头，温水注湿[②]，其膏药掉落，始知耳缺去大半片。又问之，他又说，因夜睡被鼠咬去，醒了方觉。小人又问，不知痛耶？被咬许多？他说，必是甜口鼠，才不觉痛，故此[③]说无人肯信，方用膏药遮掩。恐将来有人盘问，托小人代认作剃头失手，不觉割落。小人以常在其寺作生活，思此亦无要紧，亦允之。他又说因此不好出见人，托小人再与别个和尚剃头，能作失误将耳亦割落，即与小人银二十两，割人几个照算，方不至独异，好出见人。小人因贪有银，作误先割有几个。因作过几次不像，遂与相好的阿同通知一二个同伙，割一个照例赔补肤八两，还有十二两对分。小人又恐割太多，吩咐不要再割。那知阿同又割一个。那知他出尔反尔，来告小人，求大人察情！"

包刑部又问曰："你看他耳上痕，是刀割、鼠咬形状，还是人咬裂形状？"麻三曰："似是扯裂，不似刀割鼠咬。"包刑部曰："汝与他相好，可叫他来对证，汝就无干了。"麻三曰："他怎叫得动，驾大如天！"又问曰："汝带路，拨兵围拿，可么？"麻三曰："他地窖内路通各处，拿不来，只可侦而获之！"又问："依汝怎侦之？"

答曰："他有一企家妈[④]，即在寺后屏山，极偏僻。有时亦叫小人去说话，

---

① 买嘱：买通。

② 注湿：水渗入湿透。

③ 故此：所以。

④ 企家妈：即契家妈，指姘头。

故此知之。那企家妈名小文姬，有二十多岁，生得极美，文才又好，丈夫名吴宗仕，无能。他的母叫作陈妈，早年亦与能悟有私，为东衙巷观音堂之斋妈[1]。今不在观音堂，亦回家去。近时，能悟因破相不敢去别处，惟去近便，常与小文姬饮酒作诗。宗仕常忿怒，无奈其何。他母逢和尚来，即把儿子推出，不许入门。如叫人去与宗仕买线[2]，侦能悟到他家，即来通风，一撮便至矣。"刑部曰："此可以。"将麻三留在班房，拨能干之差役依计而行。

却说乾元寺和尚能悟，许夜[3]至吴家。陈斋妈早备酒席排在房中，把宗仕推出，柴门关紧，三人在灯前饮酒耍乐。文姬因见其无耳，笑曰："驴又不似驴，马又不似马。一缺一秃，其实难看！"能悟曰："怎说难看？龙无耳将飞上天，还不知耶？"文姬曰："好看！今作诗赞之。"即取笔写曰：

倚马卢师正胜欤，惟奇耳削两峰舒。

一峰已被风流秃，再秃一峰正秃驴！

能悟念了笑曰："汝说秃驴，今作一首答汝，才知不是秃驴。"却于诗后亦写四句，递与文姬，亦念曰：

驴欲成龙耳自无，驴龙变化在须臾。

来朝一举腾霄汉，敢笑岩明不丈夫！

文姬念了笑曰："好大口气！只恐耳未无头先落。"能悟曰："要赢卓岩明三分，再不至落头矣。"陈斋妈笑曰："我作皇太后！"能悟曰："皇后就不作耶？"三人欲偎抱上床。谁知宗仕早被干役买线现成，是夜被母推出，即飞跑去通报。干役即带数十人，至前后门周布。先一人从篱笆钻入，先开后户，由壁缝偷瞧。见三人饮酒作诗，并不动手；俟他脱衣上床，招四人踏门抢入，先将能悟打倒，如拿龟缚犬绑了。

能悟问："何事拿我？"干役曰："接去袭卓岩明之位。"干役将能悟交与外获之人押去，再拿二妇。二妇问何事，又答以请去作东西宫娘娘，共带去。又防寺内僧众来抢，侦之，静悄悄，便放心解去。

入刑部衙内，将踏门未获犯之时先撮桌上之诗，即行缴入通报。包刑部闻获到的犯人现有反诗，大喜。一面拨人去乾元寺把守前后门，不许僧众逃去；一面天明坐堂，问干役反诗缘故。干役将侦看所说并所作之诗因由，禀明详细。令先带和尚上来，包刑部问："汝是能悟么？"答："是。"又问曰："且慢问别

---

① 斋妈：尼庵里做杂活的妇人。

② 买线：用钱买通，为之通风报信。

③ 许夜：那天晚上。

事，先问汝耳朵何裂半片?”能悟答曰：“那夜因酒醉，被鼠咬去。”又问曰：“如是鼠咬一口，便能痛觉而醒，咬去许多，何止数十口，犹不知痛，何也?”答曰：“因醉甚，是甜口鼠，故不知痛觉矣。”包刑部曰：“汝所饮乃中山之酒?醉至不知痛痒耶?只闻春秋时成公七年，有甜口鼠食郊牛一角，牛不知痛，从来未闻有吃秃驴之耳亦不知痛耶，再不实说，令夹棍来!”

能悟又妄说：“因剃失误，其匠人仍在，可为证据。”刑部曰：“汝以为无证据耶?此不是鼠咬，亦不是刀割，乃是人咬的扯裂之形。可实说来，是何人所咬，免得动刑!”又令去取那耳皮半片来。那耳本是软骨，虽久，洗净亦如新的，不过干些。取到，令役取与之缺耳对合，与右耳不大不小，其裂痕恰合。再令取镜与之自照，能悟照了失色，犹说是别人之耳。刑部曰：“此耳实是女尸口中衔得，今有物相对，犹不供招!”即令责打。

能悟推之难脱，不得不招，遂供：“因前闻后街麋自诚之妻伏氏，貌盖通城[①]。与东牙巷观音堂之斋妈陈氏商议：麋自诚外出，家无别丁，去引她来观音堂求签。陈妈遂带同来往，说观音最灵，求签者无不应，又以念经等事诱之。那伏氏亦常奉观音经，那日因回娘家，顺便到观音堂烧香，要就回。陈妈将她轿辞去，她在烧香不知，后轿已去始知。陈妈骗他，玩游半日，至暮即送回去。又知之不饮酒，以药放在茶内。

“我彼时先躲在后房，俟其昏迷，即抱上床。将行事，谁知药力轻，刻即醒回，耳被咬住不放，许时痛急无法，拳打其心窝，脚踢其肚尾[②]，耳已被扯裂咬断。伏氏已死了，幸天黑无人，与陈妈对手[③]，将尸埋于后园，用土堆。彼时耳大半片被含于口内，牙关紧闭，抠不能出。因恐有人得知，赶紧偷埋于墙边。又暗嘱剃头匠，认是他误割，与之银钱。又托其把别个和尚，亦作误割，则被人看见无所疑议。

“后打听其夫回来，闻邻居说妻往母家去，寻讨无踪，与妻家控告。后闻墙边起出女尸，仍不在意，以是没头公案，无人得知。今不知怎能察出，罪亦难辞，惟将家财助饷赎罪，可能恕得否?”

刑部曰：“汝何止此死罪?汝所作之反诗，岂不是罪上加罪!”能悟曰：“此诗不过一时戏言，何以为真?如加罪，加助一倍可矣!”刑部笑曰：“我知汝多金，才敢此横行。谁知天不容奸盗，使伏氏口含汝耳。当时若取出亦无迹可寻。

---

① 貌盖通城：全城最美。盖：压过。通：全部。

② 肚尾：小腹或下阴部位。

③ 对手：一起动手。

又天遣汝自行买嘱剃头匠割别个和尚，引出败露。今即直招，可免动刑!”令带去收监候议。又令带斋妈陈氏问供。陈氏知能悟已招，谅难推脱，亦直供不讳，亦发去收监。即录供词并反诗情事，汇作一册。

正是：二名逆犯先拘禁，一个窝奸再酌为。后事如何，下回分解。

第一五四回　戮二恶伸含耳郁根　嘉双孝遂结发终身

却说包刑部已讯出能悟和尚并陈斋妈之实情，收禁外监。令带上小文姬问曰："汝既有才貌两全，何独无廉耻耶？"小文姬曰："人岂无廉耻？奈婆勒压。今见天日，虽死亦愿矣！"刑部曰："见汝诗以讥刺秃驴，可知人从心不从。但人既从，罪亦应死；以此诗虽免，亦应充军。今再试汝才情，当堂再作一首，以自身为题，七言四句，即以身字为韵，看汝诗意酌办可也。"文姬便叩头谢了，曰："犯妇口念，求大人写之。"即口念曰："青丝常绾不梳匀，却被姑嫜勒染尘。金凤银鹅非所愿，但求结发到终身。"

包刑部凭其口念写完，骇曰："即七步成章亦无此速！既欲终身，只前首诗并此诗，便能遂汝愿矣。惟一时不得放归，可暂寄外监，俟案完结，还汝结发到终身矣。"即退堂。

此案乃兵部察出谋财害命之案，开尸发觉，刑部不敢自专，将口供送与兵部斟酌同详。兵部看了供，随唤至鹿韭同商。鹿韭看能悟之供与诗，笑曰："这秃驴有师必有徒！"万兵部问其师那个。鹿韭曰："乃前王之替僧大觉和尚，人称佛爷。数年前将奴抢去，若无义侠抱不平打死大觉，命亦早休矣！"兵部闻说，笑曰："公主彼时若无他师父抢夺出，想此时仍在船中作曲蹄婆，焉能作公主耶？"鹿韭亦笑曰："此等说，还求大人超生勿杀，以报其恩？"一枝笑曰："若留不杀，尊台难免不被抢去出相[①]！"

万兵部不知出相之隐语，遂喝曰："公主怎不打之，又容之无忌？"鹿韭曰："一之为甚，岂可再乎？"盖被大觉抢夺，乃真庆云之事。鹿韭在宫闻庆云所说，尽知之。今假冒再说出，可见是真庆云。鹿韭又看至能悟供词说助饷赎罪等语，笑曰："秃驴犹作梦！未搜出反诗犹可，今反情既露，即将谋奸致命不议外，以叛逆来办，所有产业尽行抄没，岂留与之买命？"

又看陈斋妈口供，亦笑曰："如此野妇，竟想作皇后，杀之犹便宜！"又看

---

① 出相：暴露真相。此处隐讽露出真相。

小文姬口供二诗，叹曰："人皆无善无不善，习于善则善，习于恶则恶。不意红尘中有这等女子，应听之结发终身矣!"看完问曰："此案以大人之见何拟?"兵部曰："三犯都凭公主拟断，还问怎办耶?"鹿韭曰："此乃奴看而言，哪里是实。"兵部曰："井井条理，无妄奖也。公主之刑名，胜前之患疯癫范琦数倍，惜乎非男!"

一枝答曰："何难？爷爷若要她是男，待女儿符水一喷，如临水喷蝴蝶，顷刻现出原形。"鹿韭恐嘲太现，把目睨之。兵部骂女放荡[1]，即遣人将原供送还刑部，请照供察办。其人去后，谓鹿韭曰："此案若不因公主作假关公审鬼，开尸发觉，而伏氏万不能伸冤矣!"又曰："白袍将[2]之功，与别人夺去，自隐于马房无人知。"一枝又答曰："此白袍将不在马房，躲于三层库中。那夜被女儿一手摸着，撮出来。"兵部取戒尺便打，鹿韭急拦，一枝笑跑出。

兵部曰："公主休怪！老夫失于教训，休怪!"鹿韭曰："奴常有滑稽，怎敢轻之。"兵部曰："不怪便好。"一枝又至，指曰："爷爷[3]以之躲于库内何事，乃天恩冒为己恩。"鹿韭曰："不敢冒作己恩。此乃冤魂不散，不诉于此，必诉于彼。那伏氏乃贞烈之气，虽死犹生，故口中所含之耳，至开出口能即开，人故知口中有物。若不露出，仍牙关紧闭，人安知耶？此乃其贞烈所感。大人说功归奴身，岂不冒功耶?"兵部曰："听那小子荒唐作甚?"

随有人来请朝堂议事。万兵部出去。鹿韭同一枝归房，骂曰："汝真大胆！三番两次在汝爷面前不涵养，若被知破，我无头，汝还清白耶?"一枝漫应曰："我天真烂熳，自能清白。"鹿韭屡戒她不改，恐被出破，决意欲去。一枝见实有去意，始惊[4]，即向赔罪改过。鹿韭始不忍去，不表。

先说包刑部同万兵部将供详捧进内殿，李恒义见了大怒，令兵部拨兵去乾元寺抄逆。兵部抄出金银近有百万，寺僧八十余众，地窖内妇女十数个。将所抄金银充饷，着诸臣拟罪：能悟作大逆不法凌迟处死，陈斋妈斩首立决，所存妇女着家属领回，诸僧众还俗为兵。小文姬被婆压勒，并非本意，姑念二诗，可恕还结发终身。查伏氏夫主糜自诚，其兄伏振，因相控告，一控被妻兄伏振诱卖，一告卖妻反来图赖，地方官不能办理，禁锢已久，今伏氏发现，俱令开释，领尸归葬。其地方官不能察访，参革。柳麻三、阿同等受贿钱，残人五官，追赃充军。乾元寺另招僧众住持。拟议妥，会详恒义批依，遂绑能悟凌迟，斋妈斩决。

---

① 放荡：放肆。

② 白袍将：此处引明剧《白袍记》中薛仁贵屡建战功，却被张士贵冒功陷害的典故。

③ 爷爷：称父亲。

④ 惊：害怕。

却说吴宗仕闻母拿去必杀，跑至干役家吵闹，被役送有司责打。枷住，被走脱。恐人认得，效豫让漆脸秃发，存①刀来寻干役，不遇。闻法场斩决，跑至母前跪下，泣曰："不孝害母，今来代杀！"刽子手喝打之。讵吴宗仕把刀向项割之，血喷人倒。

至法场斩决毕，始知乃吴宗仕。有外人指骂曰："许等②之母，不与早死，还代之！今自讨死，谁怜之！"内一人答曰："天下无不是父母。母虽不节，子亦当尽道也！"数个又骂曰："君不正，臣投外国；父不正，子奔他乡。不奔开，犹跟着世袭做乌龟！此等臭龟不拖向茅坑去，还留此耶！"彼此相盘③，将至斗口。刑部闻报，令监内放出文姬，去认是否他夫。

文姬闻夫死，奔至抱哭曰："以愿结发终身，谁知半路相抛，今相从地下！"言讫，头向石上一撞，血出，倒于尸旁。其后至看的人曰："汝们眼睁睁看他撞死不拦之?!"那数个亦骂曰："他乃老鼠哭猫！当日在家包和尚，都不认老公，今装此样式④，虽死亦是臭的！"那一个忍不住，答曰："汝们只知其一，不知其二。前乃被婆所勒，无奈失节，并非本意。"

众人闻说，始有怜悯之心。因见气未断，即有二三老妇代之敷药，解帕包头，亦代之温汤与食，拭血。文姬渐醒，知是人救，谓众曰："敢劳诸长者拯救！念奴家应死之人，活得今日，活不得明日！"言讫，仍抚夫尸而哭。众恐冒风，阻之勿哭，遂见其夫眼亦微开，便喊曰："亦活了不须哭！"文姬遂止住哭看之，果活。原来宗仕乃右手执刀割项，半边食管未断，惟血涌人失⑤，过后复活。又有人寻药来敷，众议须雇轿抬回去，不可在此冒风。

文姬曰："且慢，婆婆之尸首未收拾。"众曰："有大丛林和尚施棺，已将二尸收贮去北山矣。汝二人待好了去埋葬。"轿至，欲抬去。适事闻内殿，李恒义怜之，发银一百两，命地方官送夫妇回家，交与亲眷收领调治。有司领银至，查问吴家有何亲眷，文姬答曰："内外皆无。"有司又问曰："此间有人知他家中之来历否?"众共指一个曰："惟他晓得他家之根源，表其好处，故众才共怜之。"

有司相⑥其人，果儒雅老成，问其姓氏，答："姓杨名隐，乃吴宗仕之乡里⑦，故知其有好处也。"有司曰："好极！远亲不若近邻，今同我送二人回家

---

① 存：暗藏。

② 许等：那样的。

③ 相盘：一来一往地辩驳。

④ 装此样式：装这个样子。

⑤ 失：昏迷。

⑥ 相：端详。

⑦ 乡里：乡邻。

安顿。他银交汝代为料理医药，至二人愈，即行报知，另行赏恤。”杨隐意不肯，被众再三言帮助之恩义，不得不依，遂同送至屏山下，将他夫妇安顿停当。有司官将银交杨隐，杨隐转交与小文姬，雇老妇人伺候调养。

至月余，夫妇医治皆愈。杨隐即报于有司官，转报内殿。恒义称其犁牛之子骍且角[①]，又赏给夫妇银二百两。夫妇亲领谢恩，赴各衙门叩谢。将至兵部衙门，一枝闻之，谓鹿韭曰：“人言小文姬才貌俱全，将至此叩谢，我同汝改作男装，站爷爷身旁看之，好么?”鹿韭喜诺。

随报他夫妇来叩谢。万兵部问曰：“汝小文姬未出姓名，其实是谁家之女?”小文姬彼时只一人入见叩头，一枝、鹿韭站在万兵部身边，答曰：“小妇人父名陈恭，乃前王羲朝内为军器厂使。因承造一批兵械，验不合适，以为扣克工料，将父拿去斩首。幸蒙翰林院林仁翰进殿保本，前王以谊公主之父说情，令赔银一千两另再补造。即将产业变卖，只有五百金。林翰林暗帮银二百，仍少三百，无处借挪。小妇人情愿卖身与人为妾，将身价凑足救父。即有吴姓肯出三百金买去为媳，先过一百两，成亲三日后，再过二百，遂至吴家，与吴宗仕洞房成亲。

“次夜唤和尚入房，小妇人惊而喊叫。其母陈妈进言曰：‘我乃小人家，那有许多金来娶媳? 因此和尚贪汝才貌，出银二百同娶来为妻。’小妇人以别事可使同为，惟夫妇有别，岂有同为之理? 便死不从。其母曰：‘不从无妨，明日送汝回去! 先过一百金，还不还凭汝，更有二百金不凑，看汝父有命无命!’小妇因思父命悬于一线，待此银解救，再卖亦不得了，无奈忍辱从之。次日始凑二百共足一千，遂得赎父生回矣。此乃小妇人失节之根源也。”

万兵部又问曰：“今汝父现在何处?”小文姬答曰：“彼时产业俱变卖，监中出来，无家可归，带母、弟同回小箬[②]祖家归农。父母两年前才逝，兄弟不知去向。”又问：“汝怎自负小文姬?”答曰：“哪敢自负! 原名陈肖古，小文姬乃和尚所号也。”万兵部命一枝取银一百与之曰：“始知皆是官裔世谊，兹薄赠一百金，聊表谊情也!”小文姬即拜谢而出，与宗仕又往别衙门叩谢，皆有赠银。小衙门以大衙门有赠银，亦有二三十、四五十不等赠之。共计千余，统交杨隐代买田产。小文姬自此改复原名陈肖古，屋后起一楼，在内潜隐不出，脚不履地。今北门之肖古楼，是其遗迹也。

正是：惩淫已灭乾元寺，因孝犹遗肖古楼。再说何事，请看下回。

---

① 犁牛之子骍且角：语出《论语・雍也》，意思是父母不贤而子女仍然正直。

② 小箬：地名，在今闽侯县洋里乡。

第一五五回　假婿拜门被谤留赘　借神飞檄拒色妆痴

却说万兵部察出此案，朝廷奖赏。以后如有事情，即与鹿韭相商，皆有裨益，十分爱重之。惟其子三石，自幼与郗平章之女名杜若结姻。郗家知其戆，被诬之事尽知之，悔甚。后闻知绑去将杀，因惊惧变作灵窍矣，郗家始喜。后闻不曾变，仍如是，郗家即遣人去看，皆一枝将兄匿之不与见面，故将其女延至二十二岁，并不催娶。万家亦不敢言娶。

兹万兵部以子既知人伦之道，遣老妪去求亲。郗平章谓曰："儿既戆，娶媳何为?"妪答曰："才貌赛于子建、潘安，谁言戆也?"郗平章曰："有如是？可将你公子送来会叙了，再行迎娶，我小姐亦无言矣。"妪回述。万兵部怒骂曰："谁吩咐你这般言？你今将公子变个才貌双全送去！如不能，你先抬棺木来见我。"

妪惊甚，入内求一枝代说情。一枝曰："你敢说犹胜古人子建，叫你去变不错，求我何能为？惟有一个能之，你赶快去求他。"妪问那人，一枝曰："快去拉丹霞大圣来，求他将公子之才貌抽换，如骆拓天、甘氏一般。"妪跪泣曰："那大神大道，怎得寻将遇？便寻着被一喝，头便缩进肚矣!"一枝曰："不敢寻大圣，去寻拓天求托他亦可。"妪又答曰："他倒早作仙去了，没处寻矣。"妪再恳求，一枝嘴扭而笑曰："没处求，公猪亦可。"盖音同公主，妪忖是公主，便跪恳鹿韭救之。鹿韭笑曰："嫁祸于曹！你且去，待我想之。"妪遂放心而去。

鹿韭谓一枝曰："那夜无故演什么姑伴嫂眠，今正正[1]妹代兄婚，又来拉东拉西，何也?"一枝曰："我岂不思去代之，其奈无你之脸皮厚。且此去不过会叙即回来，并非成就完婚。如就她家完婚，肉落犬嘴由你[2]。"鹿韭笑曰："犬肉始不食，羊肉怎不吞之？其实独我能代替得，其脚要解便解，要包便包，两无疑异。汝如一去，脚使出相[3]矣。"即同见万兵部，说其代替去面看之情事。万兵部曰："公主如肯去，万无一失。只恐进门拜堂，又换一个，岂不出破[4]

---

① 正正：真正的。

② 肉落犬嘴由你：喻落人圈套，自作自受。由你：随你，不管你。

③ 出相：暴露真相。

④ 出破：暴露。

耶?”鹿韭曰:“既敢担承,回来便预布置,便能使其甘愿谐老矣。”万兵部曰:“能如是,乃公主之赐矣!”听凭去调度行之,仍遣老妪去回话。

郗家即以帖请姑爷,先行拜门。鹿韭便改男装,拨从者送至郗府。郗家大小见之,内才未知,外才果过潘安,皆喜甚。至暮将送回,有人暗谤曰:“非真婿,或是兄弟代之。”或曰:“婿无兄弟,只有妹。耳有穿痕,面余粉迹,非其妹即现在其府中前王之谊公主林庆云也。”郗平章闻之,吩咐:“不须关动,今即留在此完亲,真的必不回,如假的必不敢留矣。”即将鹿韭安顿于书房,以子陪伴之。即择吉日,在于次月初一,遣人去万家报知,完亲三日送回。

万兵部闻骇甚,问女怎处。一枝答曰:“别个去难保不破,惟他足智多谋,定能依计完璧而归,爷爷且请宽心放怀。”万兵部闻此等说,总不放怀,惟一枝信其不苟也。果鹿韭并无半点惊恐,只是耳有穿痕。有人笑问之,鹿韭答以同妹作戏所为。

那郗平章亦只有一男一女,男名球,娶媳邵氏,惟体弱多病。令之陪伴,惟日出来走走,即进去床上安卧,不能久陪。夜总不出来,只有两个侍女往来陪伴,一名桃笑,美而黠,识字;一名梅屏,亦美,惟字不识。二个常在书房伺候,惟桃笑皆在鹿韭身旁,讲古谈今,甚相对;而梅屏不与说话。梅屏妒之,向杜若挑而谤之。杜若妒甚,令唤至桃笑问曰:“人说那一个是女假男装,你日夜都在他身旁,可知是真是假?”桃笑曰:“是真男,非假。”杜若问:“汝怎知?”答曰:“奴婢常与他同睡,还怎不知也?”杜若便打之,桃笑笑而跑走。盖此丫环桃笑,乃杜若之母房内之侍女,知被梅屏暗谤,以诡就诡,添其妒心也。

杜若自此夜夜遣梅屏至书房侦之,而桃笑皆知而不言。那夜杜若自至门边偷瞧,被桃笑突出扯住曰:“要看即请进看,在此偷瞧则甚?”便细语曰:“不说是小姐,说是婢女,同进去好么?”杜若喜曰:“此可。”同入。桃笑先行,谓鹿韭曰:“姑爷,这一个女婢是小姐最爱惜的,名唤初蝶,才学与小姐相似。今婢在此求教学问,她亦来请教。”鹿韭看其妆束,知是正货①,便起身曰:“求姐姐来教!”杜若曰:“因闻姑爷才高北斗,学富五车,女婢不揣冒昧,特来观光学步,惟求勿笑为幸!”鹿韭曰:“言重!言重!”桃笑曰:“未作文章,先说套语,快出题来作!”杜若曰:“有一对先求教!”桃笑即取出花笺递奉与之。遂写曰:“赭石写已巳,赤脚相同,何以单挑。”

桃笑看而笑曰:“初蝶妹,你还不知也!今姑爷有了单挑赤脚,将来便不要原配那缠脚矣。”杜若伸手打之曰:“莫多嘴,与姑爷来对!”鹿韭见出此对,暗

① 正货:正宗货色,此处指是小姐本人。

笑其妒至如是，遂亦写曰：“雪花排戊戌，冰心无异，惟存一点。”

桃笑看了笑曰：“冰心对赤脚，安能挑弄之也？与奴婢狗尾来续貂；祈勿见笑！”亦写一对曰：“兰膏书甲申，香头皆隐，不合独出。”

鹿韭看了拍案曰：“家风不亚于郑康成！”杜若却被一洗清一讥刺，自觉惭愧无趣，便扯梅屏退走。鹿韭知自愧，问桃笑曰：“姐姐特叫她来卖弄耶？”桃笑遂将杜若来偷窥之情告之。鹿韭笑曰：“你何敢与之嘲谑，婢不畏主，何也？”桃笑答曰：“一是自少与之同读过书，玩笑惯了；次是家夫人爱如女，比众异，故不畏也。”鹿韭曰：“惟恐其诬谤，怎处？”桃笑曰：“根深不怕风摇动，树正何愁月影斜！圣人云‘磨而不磷，涅而不缁’，何妨也？”鹿韭闻此语，异之，思：“惟我能此耳，不意婢仆辈能似我耶，惜乎不能与之常近。”

那日又谈《论语》，因问曰：“人皆说姑爷至戆，又极丑，怎有此出类拔萃？”鹿韭曰：“我何尝不戆而丑！在前，六亲难辨，一字不识。后在丹霞大圣处虔奉香火，遵循戒期。未及三年，夜梦一红毛猴来，将心与脸剖脱换去，又嘱曰：‘奉我斋戒，永无祸害；稍有忽怠，原形仍在。’自此貌改异，心变灵谨，奉斋戒至今，不敢稍忽。”

桃笑闻之，讶甚曰：“大圣王爷，处处皆著灵应，故无处不奉其香火也！此相府后楼亦奉有丹霞大圣神像，时常显现，并无敢怠慢，惟不知斋戒是何日期？”鹿韭曰：“奉之极易，惟虔诚难。一月只初一至初三，余无之。”桃笑曰：“不奉便罢，既奉必要虔诚也。”时已二鼓，桃笑出，鹿韭闭门而睡。桃笑出来，见杜若闪避而去。盖相府人众虽多，内室正人①只四五个，故杜若夜夜来窥探新婿无所忌也。

吉日一至，乃是月朔，新人同新郎出厅拜堂及祖先与岳父母，归入洞房。是日新郎不食荤酒，惟食素饭。人皆以食三日花斋②，无以为意。惟入洞房，夜深犹不睡，盘坐于椅，闭目合掌，为僧入定之样。杜若先不敢问，至鸡鸣，忍不住，便推之曰：“天将明还不睡，作什么形③？”鹿韭答曰：“斋戒期睡不得。”杜若又问曰：“奉什么斋戒？”又答曰：“千金诸子百家皆通晓，惟斋戒不知耶？卑人之斋戒，惟此月初一至初三止过，三日就开荤矣。祈千金包涵！既拜堂合卺了，便是夫妻，那鸾凤和鸣，待初四回家去，和谐何迟也！”时问答讲奉，言东说西，鹿韭巴不得讲到天明，杜若已倦，一转眼天已明。

---

① 正人：指属于主人这一层的。

② 花斋：斋戒修行的一种方式，每月在规定的日子吃素。

③ 作什么形：装什么模样。

至次夜，鹿韭并仍如是。杜若因前夜未睡，并不问他，亦不陪坐，登床睡一觉至天明。又至第三夜，杜若便不与再如是，将茶喷之骂曰："与桃笑夜夜如蜜，都不斋戒！许夜那贱货明言'有了赤脚，便不要结发缠脚'，言不虚也！已容你二夜，今再容你，便无周泽之严！婚娶乃人伦之大事，亦借得一夜也。"

鹿韭曰："望千金再容恕一夜，完全美满，庶无后悔！"杜若曰："我不悔！"将鹿韭挨抱上床，鹿韭急曰："不必如此！且去睡，且放手！"杜若便放手，同脱衣灭灯上床。鹿韭即刻打一筋斗跌下床来，便在地滚跌，口喊圣王爷饶恕不休。杜若吓得口呆目睁，下床扶之不起，拉之不动。点灯照，鹿韭脸黑而黄，口流鲜血。至稍定，问故，鹿韭曰："谁知圣王爷早在此，侦待上床时，便打一棒，连打几棒，求饶方去。此乃明知故错，怎敢怨也！"杜若闻说，半信半疑。忽见地下一张黄纸字，拾看，内写曰："上门挑婿可恕，灭灯破戒堪创。姑念明日撇爷娘，免却金箍一棒。"

杜若因见此字，才惊惧不胜，暗悔不及，便开门叫侍女来帮扶上床。而梅屏在隔房，三夜之动静皆知之。既同扶上床，问所见那圣王爷何样，鹿韭开眼乱说曰："未见什么圣王爷。"又问曰："拿棒打你那个，怎说未见耶？"又答曰："打我的毛长长的，不是猫便是犬，何曾是圣王爷？圣王爷是我子，他有敢来打我？"杜若曰："心乱了，快取热茶来压！"梅屏赶取茶至，扶喂之，才几口，口血喷出。梅屏吓甚，报知郗平章夫妇，随至问故。杜若惟告以奉戒不周，圣王爷出现，打跌床下，貌变吐血。郗平章即同子去后楼丹霞大圣帐前拈香祈求饶恕。因揭开神帐，点烛插香，见炉前一张黄纸字，同子念曰：

上门挑婿可恕，灭灯破戒堪创。
姑念明日撇爷娘，免却金箍一棒。
男既奉我斋戒，奈何女色难忘。
只因花艳惹蜂狂，且转旧时模样。

郗平章见此一调，不胜惊异，带至后楼，唤桃笑、梅屏二丫环查问之。二婢不敢隐瞒，桃笑先将鹿韭所说奉斋戒更才貌之事实，又将杜若偷窥之事，并告知。梅屏亦将斋戒守过二夜，尾夜[1]偏勒[2]破戒，被圣王爷显圣打落床下缘由实告。

其父母自相谓曰："皆自家女儿所致，有何怨尤？今须送他夫妻回去，再去后楼忏悔可矣。"即问："你那'上门挑婿，灭灯破戒'可有么？"杜若答无。因

---

① 尾夜：最后一夜。
② 勒：逼迫。

以黄纸字与看，方惊问："此何来?"其父曰："因去后楼代之祈祷，圣王爷帐内来的。"杜若始愧无言。其父又问曰："原约成亲三日后送回，今已过了三日，又罹此祸，刻不容缓，吾女或从或留?"杜若泣曰："愿留奉父母。"父曰："我双亲怎舍的？其奈圣王爷已言明，须同婿回去，以免再致成怒，恐不便也!"言讫，父母遂打发妆奁先送过门，再整花轿、从嫁、执事人等，先往万家报知，再行迎送回归。

鹿韭仍作迷蒙，卧于床上。人众皆在外装束，房中只杜若一人，先为之洗面拭血，脸仍黄黑，探其下体，恨甚，大嘴在腿边咬了一口，肉裂血渍。婢媪随入，代之整理衣冠，扶出大厅，呼之不应，竟然如醉如痴，先扶上轿。杜若拜别父母，哭登花轿，仆婢护拥而去。

正是：若不变花残月缺，怎能保玉洁冰清！且看下文如何分解。

第一五六回　怒媳悍万老弃显爵　忿婿痴郗女打亲夫

却说那鹿韭被猴王显圣，打落床下，郗家惊恐，以为真有是事，以为破其斋戒得此病症，赶送他回去。原来是鹿韭借神保全之策也：先与婢女说明斋戒与得换才貌之根由；料定三夜必难过关，在于书房暗将脂料夹好；那黄纸字，乃第三日写作现成，一暗放于后楼神帐内，一存于怀。至急迫时，佯顺灭灯上床，便翻落地，一面喊叫，一面丢字擦脸。口中之血乃胭脂含口，渍涎作血口内，其余待茶至，又喷出，脸洗不去，乃是皂矾、丹黄等件，即戏法中佳人变鬼之药料也。汤水洗皆不去，惟以灰水一洗即净矣。

那郗家报与万家得知，送女并婿回来。又说缘故，皆知。一枝暗称奇能，即将三石存于己房，布置停当；而男女轿皆至，入于高堂，诸婢拥杜若入房。一枝共出，一开轿门便喊曰："我哥哥怎变此丑回来呢？是去郗家被人抽换耶？不须下轿，快抬回去！"郗家送来诸仆媪等曰："并非抽换，却是被丹霞王爷显现，惊变痴呆。"并把种种情由告说一遍。一枝曰："哪里有此怪事呢？你们所说皆是同谋一伙。齐去问你小姐，看她怎说！"

遂同至新房。一枝问曰："嫂嫂，奴哥原来极好品貌去汝府上，今日如何变出此丑样回来？却被何人谋换？祈说知，即去叩阍控告之！"那郗家诸仆亦说曰："奴婢们已告知乃圣王爷显现惊变，姑娘不信，要小姐亲说才信。"杜若此刻不得不说，遂答曰："令兄果因撞着家中供奉圣王，惊吓变异，并非人谋也。"一枝曰："今嫂嫂既说非人谋，将来勿悔怨也！"杜若又答曰："乃天所为，怎敢悔怨也！"一枝又曰："嫂嫂肯愿，奴还有何说？"遂出厅挽扶鹿韭下轿。一面令众人去请医，一面延道士去圣王庙建醮，皆是虚张声势。

把鹿韭邀入己房，仍出去将借神改相、回来抽换真货告知其父，万兵部始得放心，只在外接待宾客。一枝乃回书房，鹿韭遂将至郗家前后之事细告一遍，一枝曰："早已忖，诸凡犹可，惟那一口之苦，难为你，快把戆子抵偿！"亦将三石右腿照样咬了一口，与为记号。总张声势仍延医建醮，瞒人耳目。

三石早有穿耳，又教之应答行为。至夜，兰房人寂，妹送兄入房，扶之上

床先睡。杜若遂同衾枕，而效鸾凤矣。至天明同起来，杜若将三石细看之，笑曰：“原来如是耶，既成了夫妇，便罢！”三石观其形容，再听其语意，尿便吓流矣。仍行庙见礼，参见祖先尊长。礼毕，因见鹿韭，疑而想之。一枝暗笑不言。

那杜若无几时，即将三石关于后房押住，不许出户，如猫之治鼠。即谓后房为学堂，惟教一夫婿。早晚录写文字，说书。鸡鸣即起，读至三更。如不及之处，轻则跪，重则必打，有打不许开声，如严师也！遇讲书说文，一枝与鹿韭潜听，诚过于时师讲究。三石畏之如虎。所有从嫁婢女等皆不要，只留一小丫环，名碧梧，以三餐捧茶饭应遣唤，余不许擅入。如有入者，即斥逐之。即一枝、鹿韭，头入犹可，即再入之，以又引去唱戏，即斥之。

那一日万兵部生辰，高堂演戏，学堂放假。杜若在外看戏，因前后不见三石，悄悄入访之。彼时三石潜入可怜房内，泣诉苦情，却被杜若访之撞入。即将二人拖至书斋来，捆缚吊于梁上，手执藤条，轮流打之，不许出声。竟挞至一昼夜，皆肉绽血流，仍打不住手。一枝、鹿韭闻婢说，无不忿恨悍妒之极。

鹿韭不便出面，惟一枝因门闭不开，便踏门[①]而入，谓之曰：“可怜乃父命纳之为妾，便入房与之说话，有何大罪？痛打如此，天理何存？”杜若便竖眉横眼，跳起骂曰：“万家奸淫邪盗，皆因尔所致！尔父不能教子，我来教之！不知羞避，还敢来见我！我今不先杀此犬姆[②]，怎整万家之门风？”便取一木棍打之。一枝见其凶恶，不得不走避之。杜若又逐出，骂之不休。骂完又闭门，持刀把可怜肉割下一块，又将三石亦割一块，彼此对换补贴，任其哀啼。骂曰：“免得你两个爱恋不舍，今还不遂其愿耶！”

杜若故喊与外闻知。众皆忿怒，告知万兵部。兵部大怒，便亲身入视，见二人赤身吊于梁上，肉破血流，气得骂不出声。杜若早持长柄刀，骂曰：“你这老贼纵子谋反大逆，我代朝廷杀此老贼！”一面骂，一面举刀砍下。一枝同人众赶入，将万兵部拥护退走。一个家人走不及，被刀尾砍伤臂膀，血流透衣。万兵部将令众人缚链之。杜若持刀立门口曰：“谁敢链我？如敢，先劈死几个，再杀老贼！若能拿缚同去见国主，我将代天行讨之情由告之，那时看谁死谁活耶！”万家男女因闻此悍泼，便止之。

万兵部气晕去数时，醒而叹曰：“不贤妻，不孝子，无法可治，诚有以也！”便遣人告其父母。郗平章同妻随至。讵杜若预知其至，持刀早候于门，竟不认

---

① 踏门：踹门。

② 犬姆：母狗。

父母，如前咆哮悍泼，拒不与人。郗平章入，以为不敢杀，谁知钢刀即砍下，若无苍头推快一步，头已砍半爿了。父母以灭天伦与较，反是万家劝解：家丑不可外传，忍息之。郗平章自愧，不敢留，与妻怏怏回去。杜若见父母与翁无奈其何，胆愈大，将三石、可怜慢慢打厌了，放他下来，二人磕头。杜若将可怜仍放出户外，将三石关住课读。可怜遍体鳞伤，一枝、鹿韭看了，皆恨杜若。万兵部见之，气怒填胸，一触，血即吐几碗，便卧床不起，一枝同鹿韭朝夕服侍。

一枝泣谓鹿韭曰："你素足智多谋，对此缘何一筹不展耶？"鹿韭答曰："此等事在别家，治之如吹灰，惟在自家，投鼠忌器。常言治国易治家难也！便是诸葛孔明再世亦难治，如荆州刘琦求计，惟教走避而已。"万兵部闻此，拍案喊曰："即孔明授策也！明早赶上表告病，同去远避可也。"遂同办老病告休表章，次早递进朝堂。恒义饬查，果患病，批准解任调治。

万兵部将一家人等搬在东山别业，静养调治。惟丢下三石、杜若、碧梧三人，任之所为。旧房属东牙巷之官署，应新官居住。杜若囊橐皆盈，亦自搬迁往东衙墙屋内居住，仍将三石拘禁内屋，不许出外。出入买办，惟碧梧一人。搬至，人尚不知，因碧梧出街买东西，与店户稍有争口，回去说之，杜若便自去撒泼。连作几次，人始知乃郗平章之女，万兵部之媳，因悍恶治夫，拆搬另住。共畏其悍异常，不敢与较。

时万三石戆气吓退，心才出窍，学问大进。杜若曰："有此苦读，才学颇有人样。只是埋头窗下，尚未达观。可交结一二朋友，在外入社，再开心志，我之功成矣。"三石因有命，遂出与邻人交结五六个社友，与之轮流供办席作课。所作之课文，皆送与杜若阅看批取等等。名公诸友皆服其女博士之风，惟憎其恶。如去友家作会，限时而归，过时非打即跪，三石皆不敢与拗。常哀求去看父病，杜若不许，只托一友去代问安。万家方知三石虽受苛虐而文才大进，因此父子、兄妹略通消息。

那日诸会友来邀去赏菊作诗隔夜①。三石问杜若许否，杜若许之，遂同众而去。谁知不是赏菊作诗，乃被诸友哄骗去西街酒楼上观妓饮酒。三石惊恐不安，欲走，被诸友匡住骂曰："是老婆娘不是生身娘，出来何从而知。且同欢住一夜，有现成的菊诗，明早送去与看，有谁去告之耶？"三石被匡不能出，即同饮酒。早聘一妓女在坐，请喝侑酒。围饮之间，姓张的帮腔，姓李的拿板，这个搂搂，那个扯去抱抱作玩，惟三石低头不动。众皆笑之曰："早知如此怕老

---

① 隔夜：过夜。

婆，不应叫他来担惊受怕！”

那酒店开彻夜，时初二鼓，有人敲店门，上楼饮酒。众友皆注目视之，乃一美少年，衣巾整洁。酒家带一壶、二盘菜引上对楼，那少年坐下，无言独酌。众友共看，以是王孙公子，可邀来谈谈何如？众称好。张姓拖三石请之。三石走至面前，便身抖牙硬，跪下磕头，连声叫：“该死！饶命！”那少年仍坐不动。众惊愕，不知所以，同向前看之。惟一个识得，便抱头先跑下楼，众亦跟走。于楼下问故。那个骂曰：“你们害人不浅，我说不要叫他来，你们偏偏要叫之。此番回去，休想见他面！”众始知是其恶妇杜若，皆惊惧其泼，理了数目[①]，挟妓而散。

酒家知是出名之悍妇，假男妆来寻夫，皆恐其翻打，防之。内外无声。三石仍跪在地，磕头不已。杜若见人皆退去，喝：“且回去讲！”即理还酒钱，起身下楼出店。酒家背后唾之，赶闭店门。三石跟回，即叫碧梧拿索缚于梁上，骂曰：“我所虐者，望你成人。谁知难以造就，仍落于浪子队中，使我前功尽废！”即拿藤条浑身打之，血流遍体，犹不住手。三石痛至晕去，体无完肤，奄奄一息，始放下。天尚未明，杜若还指骂曰：“这时候老娘亦疲倦，天亦将明，且去睡，明日再打！”言讫自入房去睡。

那三石饮了酒，惟半醉，浑身被打，体无完肤，被风吹入，连头面通身皆肿，人渐醒回。至天明，肿胀犹甚。过几日，肿溃，头面皆出浓血。至数日，渐渐收干结疤。再过几时，浑身上下竟脱去一层如壳，把戆皮之相貌脱去。再养几天，换出好人品来。杜若笑曰：“何必去寻丹霞大圣，老娘即是圣王也！今内才外貌，可见人矣！”

自此更禁之日夜攻书不歇，其出外作会文无想了。那日杜若又责三石文不如意，又责打之。打数十箠，令跪下，待自去食饭后再来打。正在食饭间，忽闻门外人声杂沓，即令碧梧出去查之。

正是：只道人来声什沓，谁知佛到说根源。未识何声，下文接说。

---

① 理了数目：付了账。

第一五七回 法济说冤家缘化妒 杜若归逐鹿坞教拳

却说杜若责打三石，使其跪着，俟饭食完再磨灭[1]之。忽闻门外人众杂沓之声，令碧梧出去查看。碧梧看了，入说：“乃是一个褴褛之头陀，在门外说因果，不要银钱，只换酒食。人众围听，先说一截，人以说得好听，不与去，只要他再说，故闹。”杜若曰：“好听，我亦去听之。”碧梧曰：“人围得紧，我们怎挤得开？”杜若曰：“何用挤，只带一椅去，站高就听见矣。”即令碧梧先拿出椅去，自向三石曰：“汝不要动，待老娘出去听说因果，再来慢慢拷导汝！”

即出。门外人众无数，挤之不开，即将碧梧椅硬塞于人缝中安放，爬上立着。众欲喝骂，见是她，各闭口收声。杜若登椅上，于人群中回头嘱碧梧：“小心看门！”有一二不识，与众曰：“年少妇人，有此放荡，何不向之敛钱？”众不敢答，皆以手摇摇。

那头陀一瓮酒放于地上，把酒斟一大碗，一面饮，一面说曰：“前所说乃已过之因果，今再讲是现在眼前之冤家。出在大唐昭宗皇帝天祐年间，王审知为福州闽王，建造泉州洛阳桥，动费不敷。承造官宋忠诚心捐题，感动南海观音，化为美女，驾船江心，与人洒银，以助造桥之资，却被吕洞宾袖银欲来掷破之。

“观音慧眼早知，托意与王小二掷中隐避，至洞宾来时，观音已杳不见。洞宾知其隐处，将银粉洒去，观音拂回洞宾头上，洞宾拂之落去，惟一茎青发被银粉粘住，再拂不落，变为白发。即撮下其发，只白半截，撮作两半，掷于水中。其白的入水变作白蛇，去临水洞成精害人。观音弹指化身之女，遂去降伏。其黑半截，风吹入凝泥中，化母塘鱼，即俗呼为潭虱姆也。

“此鱼好动不好静，常穴于堤岸石缝中，二三十年大如鲨鱼，堤岸多被其滚崩。古言‘潭虱搅砻精’，砻乃堤岸之基石也。潭虱鱼力大，钓网俱难拿，屡屡修堤岸被它搅坏。祈祷海神，遂有土地化作老人告之：‘须去临水宫祷告。’地方官去临水未回，即有一鸟如鹅，身有五彩，由空飞至，入水里将潭虱鱼拖出

[1] 磨灭：折磨。

水面。那鱼与鸟对扭不开，倏有一盔甲金舍人，持弹弓跨马而至，发一弹，那鱼被弹中，垂头丧气，被鸟拖去，打弹之舍人亦杳然不见矣。

“汝们知此鸟是何鸟？乃名鸂鶒[①]，是百花桥之凤童，亦是与潭虱鱼同时变的。当时洛阳洒抛，人皆掷不中，却被卖菜之王小二掷中。王小二喜甚，赶紧与乡邻借衣鞋，来领美人回去作新娘。谁知美人乃躲避吕洞宾，化一阵大风而杳，人皆见坠于波心。王小二忿怒，亦投水而死。观音怜之，令其魂送与古田刘家投胎，与弹指化身之女配偶，以完洒抛之缘。小二之尸漂流，身体化作海豚，衣帽化海菜、海苔等类。鞋两个，一个投水时脱落岸上，被人拾毁；一个化为鸂鶒，如王乔之履化凫也。在溪边栖隐二十余年，遇痘哥游猎发弹打落，化出原形，一个花鞋，痘哥带回临水。化身女[②]知是夫婿前身之遗物，不忍毁之，仍令变为鸂鶒，转化为童男，名凤童，拨在百花桥看管花卉。兹地方官祷告，先拨凤童来捕，又令痘哥来接应。此说一截，乃表之出处。

“汝们还不知是什么鸟，其形似鸳鸯，有雌雄，能食短狐。那短狐即《诗经》为鬼为蜮之蜮也，形似鳖，三足，头有长角，弯横于口前如弯弓，口中之气为矢伤人。惟鸂鶒单食之。彼时，凤童拿潭虱鱼，拖来临水宫。化身女查明来历，念仙之遗物，并无伤生，亦令其转变为女，名虬女，命看管百花桥之花卉，与凤童分管。自此男女时有见面，男见女有爱慕之心，女见男有怨恨之意。至七夕，临水赐酒果，同虬女在桥上饮酒。虬女醉，凤童偷狎之；虬女醒觉，将凤童抛于桥下。凤童爬起又捉之，虬女忿怒，将凤童拖入水中，己变为鱼，凤童亦复为女，相咬不休，俱死于水，魂仍盘扭不散。

“临水[③]察知，令婆官[④]分送二显宦家投胎，出世为公子、千金，女黠男戆。女家与男家结为婚姻，因男愚女智，至二十余岁犹不肯嫁，欲验看男之形状。男家乃换抽假婿回归。潭虱姆本不自重，搅得父母翁夫离散，虐其夫。今好回头了，若仍如前，恐坠于地狱不得翻身，还不猛省耶！”

头陀说至此，便立起啜酒，四向喷人，人众避开；又啜一大口，仰首照杜若劈面喷去，随念偈曰：“啐！搅家精搅家精，说破根原打汝醒。若再不改变，刀锅盐酱已现成，烹来把酒斟！”说罢便放下酒碗，擦擦手走去。众欲再问其出世于何家，跟他去问，讵其行快如风，转眼不见矣。

杜若被喷一面酒犹在滴，仍立在椅上如痴人。众拟其必与此头陀撒泼，皆

① 鸂鶒：亦作“鸂鷘”。水鸟名，俗称紫鸳鸯。

② 化身女：指陈靖姑化身。

③ 临水：指女神陈靖姑，号“临水夫人”。

④ 婆官：临水宫中的女官。

远散去。谁知其竟面色不改，下椅顺顺回家。碧梧拿椅跟入。杜若至书斋，那三石犹跪着，即坐定沉思。碧梧因见面上酒犹流滴，取手巾与拭。杜若摇头，把三石扶起，解衣抚其伤痕，即大哭曰："我诚何心，把亲夫此等磨灭，罪不容诛，死有余辜矣！"双膝亦跪下曰："从今改却前非，谨修妇道，以补前愆，望夫垂恕！"那三石与碧梧不知所以，三石只得将杜若扶起。

杜若即令碧梧去雇轿来，抬回母家。随谓三石曰："妾身有何颜见人？今要先回家去，求恳父母送去高堂请罪。官人可将门户关锁，可先回去，告明不孝妇知罪悔过之情由。如公公肯容恕，仍搬回一同奉伺甘旨！"嘱罢轿至，杜若带碧梧而去。三石即锁了门，亦去见父妹矣。

先说万兵部告病归田，还隐在东山地方，原名逐鹿坞。筑一大园林，朝夕看一枝同鹿韭唱戏为乐，将戆儿悍妇置于度外。至三石托一学友李姓代来问安，时常往来通信。那日头陀说因果，其李姓亦在听说。以所说之冤家缘，众人皆以为弹词小说之数，何足为实。至酒喷杜若之面，流滴满身，杜若不怒，念偈语亦不怒，顺顺[1]回去。诸邻皆以头陀非凡僧，特为冤家来化解。李姓默记在心，去逐鹿坞述与万兵部知之。一枝、鹿韭闻此不胜骇异，方知是潭虱姆搅家精之出处，因问："可知此头陀来历否？"李姓答："人皆疑是早年圣泉寺之头陀法济也。"万兵部曰："必是他，才有此妙法济世度人矣！"即令一枝将所述之事录出。

鹿韭令将假婿撮去勿录，自造洛阳桥起，至喷酒说偈止，照李友所述录出，成帙目曰《法济指点冤家实录》。万兵部方看，俄有苍头称有本宅公子到。三石趋跪面前，称说："忤逆不孝！"万兵部见其容貌可疑，急令立起，问一枝、鹿韭："何人？"二人答："不识。"三石泣曰："是不孝子三石，怎的都不认得耶？"三人闻说，皆异甚。万兵部拉手问曰："闻汝才进，未闻汝貌改，今日那恶妇怎肯放汝回来？面貌怎能改变？可说来知！"三石曰："今日不知那恶妇因何变好知悔，回他母家去求父亲来请罪，叫不孝先回报知。相貌因饮酒半醉，被拿去打，遍身肉皆打裂伤风，连头面皆虚肿溃烂，至结疤脱去一层如壳，故面貌亦改。"等情说知。

一枝解其衣，看遍体伤痕如鳞，惟皮肉皆幼嫩。鹿韭笑曰："三石弟不陷潭虱洞，怎得内才外貌？此之谓：不是一番寒彻骨，怎得梅花喷鼻香。"

万兵部叹曰："也罢了，受其拷打磨炼，报前怨而不死，更换出好品貌回来，诚不幸之幸也！"鹿韭点头。三石讶曰："无什么宿怨！"鹿韭曰："那喷面

---

① 顺顺：驯服地。

之缘故知之乎？”三石答：“不知。”万兵部曰：“他在内房，哪里得知，可将《实录》与看便知矣！”三石遂看实录，骇甚，问：“此从何来？”万兵部乃将活佛来说破点化之情由说知。三石泣曰：“此妖孽皆不孝生前所积，今来搅乱天伦，罪皆在不孝矣！”

父子正对说①，忽报郗平章送女请罪。令一枝将此录收起，勿被潭虱姆看见，遂带子出迎。杜若已自反缚在轿，随从只一碧梧，下轿至高堂，跪伏于地。郗平章随入，拉万兵部两手曰：“不肖女无知获罪，今日哀求，弟亲送来，请老姻翁大人从重处置。弟失于教训，并祈处之！”言讫，亦跪下。万兵部亦跪答之曰：“不痴不聋，不作阿家翁，此之谓也。老姻翁切不可如是，弟何以堪之耶？”即令三石将杜若反绑解开，带入内室，留郗平章款待之。

见三石品貌变好，万家皆说乃求丹霞圣王爷复之，平章信以为真，竟不知潭虱姆打变。自此一家和顺，杜若恪守妇道，晨昏定省公公，上下和睦。三石文不加点。

杜若原是潭虱姆，好动不好静，闷极，因问一枝：“怎的不演戏？”一枝答曰：“恐人怒骂。”杜若亦笑曰：“莫提起前言，今奴也来做脚色上台，可纳否？”鹿韭曰：“贤弟妇若肯上台凑脚，极妙！不知爱作生，爱作旦？”杜若曰：“都好，闻所作之戏并无武职，皆是文的，今姑娘教奴曲，奴教姑娘武打，何如？”一枝曰：“闻奴嫂能文不能武，乞演来看！”杜若忍不住即脱去外衣，扎袖扎裙，先打一花拳。鹿韭取一木棍递与，又舞一回，软如杨妃醉酒，硬如智远杀精，二人看得神呆，低声相谓曰：“有奇恶亦有奇能！”

至演完，二人并赞曰：“文武并优，红线再出。但不知何处学来，如此纯熟？”杜若曰：“如君之曲本无人传授，惟师于书。奴家日看少林秘诀，夜在后园自演。今试演觉筋骨有些松动，幸勿见笑！”鹿韭曰：“将投门下，何敢笑耶？”一枝遂先教之曲调，碧梧亦作武生，三石上台不施粉黛，曲调演唱。杜若便来教演武打，各器械亦演纯熟，便配锣鼓上台。万兵部看至豪兴，亦来台面帮腔矣。

前在尚书府演唱，无人敢入。今在山乡，远近人闻之，皆赶至敲门打户，不开则抛砖掷石吵闹，遂不敢演唱矣。

正是：台中有戏有人看，脚下无钱无处行。且看下文如何分说。

---

① 对说：对话，谈话。

第一五八回　邵晋淫暴屈良作仆　倪俊逃窜假女卖文

却说前文逐鹿坞万家演唱，被乡众吵闹而歇，不表。再说福州有一枢密院，姓邵名晋，三男乃兵部之婿，女乃郗平章之媳。与两家结姻后，出镇温麻为守帅。暴虐贪淫，常夺民间子女，倾覆民家财产，犹蓄意谋篡福州。时因挑送儒生赴都选授职员，有一秀才名倪俊，年十九，貌如陈子高。邵晋点名，见而喜之，不送赴都考试，留作亲随家人。倪俊忿怒，当人众不避，骂而走回。邵晋大怒，密令有司官，作积欠粮课，抄没其家，该有司即去拿抄。

那倪俊父母早亡，只有一妹名碧梧，十三岁。家极贫，无业堪抄，惟将兄妹拿去，勘问负欠粮课情由。倪俊曰："家无田土，欠从何来？"有司曰："并非田土，乃汝祖父时未完清科派助饷各户口之丁粮银二百零，兹奉上饬查，归册追清，以充军饷。今既无产可抄，将兄妹发卖完清罢！"不容分辩，详文以兄妹无人买去、先挪公项代为完纳，一面将兄妹押进军衙内为婢仆。

邵晋遂将倪俊为已书童，在内庭供使，碧梧与女莺为婢。兄妹有口难辩，有冤难诉，只得忍受之矣。邵晋嫁女至郗家，即将碧梧作从婢，陪嫁至郗平章府中；后又转陪从嫁杜若，至万兵部家。前文所说在逐鹿坞作武生唱戏，即倪俊之妹也。

彼时倪俊妹既从嫁去，将自侦空逃走。熟思："去太便宜他，莫若带一个作伴。"看诸女中无一可同群，惟一年少三子邵卿，即万家之婿，十七岁，貌亦美好，天生聪明，性与父兄稍异。缘属于主仆，不便诱之。因邵晋有爱妾丁香，美而淫，常挑倪俊。那日又遇，倪俊以手招之，遂与曰："我且慢，三公子在书房，密遣我叫汝去相会，他恐汝不从无趣。今汝去，可将他搂抱，拔金簪插其头上，他便无疑而成就矣。"盖知丁香久慕邵卿，故拔线①弄之。

丁香以为实，潜至书房，值邵卿背脸坐着看书。丁香拔金簪，由背后将簪

---

① 拔线：搞鬼害人。

插其头上，即用手搂抱。邵卿回头一看是丁香，挣走不脱，喊曰：“被人看见怎处？”丁香答以：“无人。”倪俊入曰：“大老爷进来了，快走！”丁香放手走去。倪俊曰：“这是汝读书人所为耶？可知子奸父妾，是何律条？”一面说，一面将邵卿头上金簪拔下。

邵卿惊得魂飞，便答曰：“我何曾有胡为，是她自来抱我，叫我怎避？汝不亲见耶？”倪俊曰：“必是早有通情，今日遇我才走开。惟此事有关伦常风化，将来发觉，连我匿报之罪难逃！且将此簪拿去回明，才无关我事。”邵卿将倪俊衣襟拉住，曰：“汝已知我父之性，此去一告，纵有百口，难辩其冤，顷刻两命俱休矣，我受万古臭名。求汝念读书人抬高手放了，自当铭佩也！”

倪俊曰：“汝爷[1]都不念我读书人，我怎独念汝耶？”邵卿闻此，即跪下曰：“望汝灭却子奸父妾之臭名，便生生作犬马亦愿报汝也！”倪俊扶之起曰：“莫怪，只恨汝父，与汝何干？只是主跪仆不当也！”邵卿曰：“我父太暴虐，人人皆恨，不独汝也！吾意欲走避之，只是罔极之恩未报，故不忍远离也。”倪俊曰：“吾亦知他祸不远，欲先脱身，只愁无作伴之人，故未去矣。”邵卿曰：“好极！吾与汝结为兄弟，何如？”倪俊喜甚，共对天立誓为兄弟，若有异心者，天地不容。

自此二人寝食不离，常在窗前论文谈字。倪俊文章比邵卿略高，邵卿之书法比当世之钟、王。邵晋遣家丁至福州东山，通知万兵部家，送财礼定期迎娶，与邵卿完亲。人回以万女患病未痊，痊后再行定期等语。倪俊因与那家人相好，细语其病真假。那家人背告曰：“万女乐甚，何曾有病？因闻邵家声名狼藉，誓不嫁之。”

倪俊入与邵卿曰：“有五大可虑之祸，目下可到了，只恐疾雷不及掩耳！兄早欲避之，因不忍吾弟之玉石俱焚，致尚未行也！”邵卿问其故，倪俊曰：“前日为吾弟去福州迎娶之人，回说万家之女患病未愈。为兄细查之，其女非病，乃以汝父声名狼藉，刀斧将及，不久必亡，故不嫁汝，可虑一也；令尊公蓄异志，兵寡粮微，何异无驹渡河，可虑二也；令兄助纣为虐，吾弟不敢谏之，谏，命必休，可虑三也；尊父兄常夺人之子女，倾人家产，早有进都上控之人，可虑四也；此处乃吴越南唐之总道[2]，二国将有会兵数万之众，而下福州，必践为平地，可虑五也。此五者只在顷刻之间，还不赶紧走离？若不决意，后悔迟矣！君不正，臣奔外国；父不正，子走他方。吾弟逃走邵氏一脉，亦幸甚矣！”

---

① 汝爷：你的父亲。

② 总道：交通干道。

邵卿泪曰："亦知走为上策，惟恩未报，莫若去拼命泣谏之，死而后已，何如?"倪俊曰："既知虞之不可谏，便可谏，亦无及矣。不孝有三，无后为大。死何益，惟走为是也。"邵卿曰："走便走，但汝我手无缚鸡之力，柔若闺女，莫若就作闺女去寻亲，何如?"倪俊曰："从汝。便女装作姐妹。福州乃法地，为卖字之女儒，谁敢来侮慢也。"二人商议既定，汇便[1]女行头盘费，侦空而逃。

那时邵晋常同诸将领至霍童山耍乐，连议叛逆事情，去必数日。倪俊至暮时带同邵卿逃出，写一张字贴于桌上云："不能谏止，萧墙祸起；亲恩未报，去投水死。"

二人同改了女装，外套小军探子衣帽走[2]向码头，买舟渡江。抵于福州，脱去外衣，假作姐妹，惟脚大莲船[3]也。择于东关外租栈房，置笔墨纸砚，书写大字。姐名林半霜，善草书隶书；妹名林半朵，善楷书篆字；各写几张，皆落款。人皆观其好书法，远近皆赶至买去。每张非一两即八钱，只开四五个月，便卷席闭户矣。自此，有乡绅家来请作女师，以欲去江南寻亲辞之；或有请去会叙数日，亦不往。

忽一日至一女，甚美，通文理，又善书法，以负笈特来拜访。问其住止，原来乃郗平章之义女桃笑也。因平章极称其字，闻其高傲，大乡绅亦请不到，遂许桃笑来访效之。二兄弟一见，情意就惬，遂留住讲究法帖，日来夜去，谈及始知倪俊之妹碧梧未换名，转陪嫁在万兵部家。又知邵卿之姐嫁与郗平章之子，琴瑟不调，数日前归于温麻。因又问："万家男女品行，以及待下人如何?"桃笑答曰："主翁仁慈，小主至诚。二姑一嫂拜谊，共三女有三癖，待诸婢女如姐妹。现在唱戏为乐。"又问："三女才何如?"又答曰："皆属才女，惟癖不同。有口占四句，详之便知矣。"遂写曰：

杜若前莸后始薰，一枝嫩芷似癫疯，
输他鹿韭西来意，虽伪能令色相空。

倪俊同邵卿看了，谓曰："皆比以花草，不知何详也。"桃笑曰："花草乃三女之真名，三品行皆包涵在内。今且慢说明，另日带二位去会叙便了然矣。"倪俊因知妹在彼，正欲去看，随问："何时去?"桃笑曰："那三个久慕二师，如欲识韩荆州，俟他上台时去，他便倒屣来迎矣。"倪俊赞曰："妙极，我二人恨遇

① 汇便：整理好。汇：整理，也写作"类"。
② 走：逃。
③ 脚大莲船：两只脚长得比采莲船还大。

汝晚矣！将来要长聚也，从今勿拘尊卑，即如姐妹可矣。”忽一夜，桃笑夜至，带双刀。惊问其故，桃笑曰：“顷闻有人嫉妒，令强盗来此，并掠人财，特赶来护卫也。”倪俊二人惊甚：“既有信不快走去，待他来持，三个弱质，不敷他一口吞之！”桃笑曰：“学生不在此，吞之无定[1]；有学生在，二位且去安寝，半夜起来抬贼尸！”

二人闻此，怀着鬼胎哪敢去睡，惟桃笑谈笑自若。至夜半，突有五个强盗明火执杖，踏门而入。桃笑待其入，双刀早持在手，飞跃而起；五杖架来，不意杖折去二条，二贼退后，三贼亦抵不住，各有所伤，弃杖逃去。桃笑不追，叫二人出来。那二人惊躲于床下，闻叫爬出。见贼之遗杖有血迹，共讶曰：“不意吾妹能文又能武，犹胜古之木兰也！实是何处仙姑，有此本事？”

桃笑曰：“言重！实不相瞒，因家小姐杜若，无师只看少林秘诀，自行学会。每演，学生躲于墙头偷看，得其一二，并未全也。”二人又问曰：“那郗千金比吾妹更强耶？”桃笑曰：“他现嫁在万家，传授众女作戏武打，后日去看便知真假矣。”倪俊曰：“今快去寻安稳之处，带我二个去。安知那强盗再来，便不止五个。”桃笑曰：“学生在此，怕他什么？”二人曰：“知吾妹武艺高强，虽不惧，总要退一步天高地阔。古言‘千金之子，不立于危墙之下’。吾等虽无千金身价，惟以意投气合，万金亦难买也。”桃笑曰：“明早即先去相府安身，自有一处安稳。”

时天已明了。家内无别物，只随身笔砚等物，所有家私皆屋主的。写一张辞屋字[2]贴壁上，将门倒锁。桃笑带至一花亭内，其中甚幽静，四面围墙坚固，二人知是相府别业[3]。进内观看，见水菜百物俱备，问故。桃笑曰：“拟二位今日必降，故先早备矣。”二人致谢不尽，连写数幅各字体，递与桃笑分送亲故。因二人脚不出户，郗平章亲自来见，悦甚。因闻二人说欲去江南觅亲，笑谓桃笑曰：“汝随二位终身为徒可矣！”二人答：“不敢承受！”自此三人常在花亭中盘桓不离矣。

正是：奴作雁行色慕色，婢为窗友才爱才。且看下文如何分说。

---

① 无定：说不定，有可能。

② 辞屋字：退租房屋的文书。

③ 别业：家居之外的房产。

第一五九回　郗平章首诛不轨贼　女儒林宴乐少字师

却说二假女在郗平章别业花亭中与桃笑朝夕赋诗讲帖，却被桃笑识破机关，知其伪同鹿韭。原来前鹿韭在万家时，早早被诸人及桃笑识其乃尚妃之弟。因鹿韭有柳下惠之风，无个不背地称羡之，故齐暗订戒勿破之也。今又识破其伪，爱其才，不说破之。那二假女亦怜惜桃笑心意，忘自己形骸，与寝食不离，便露出马脚，亦不在意也。

却说邵卿之姐邵莺，过门琴瑟不调归家回去之缘故：因邵莺欺夫郗球儒弱，屡屡罚辱，日夜不安。欲与较，咆哮愈甚，骂曰："汝姐到万家杀夫翁、打亲夫皆常事，我效之不得耶？我父不日为天子，莫说你一人，合家性命，都在我手中！"此语骂几次，众人皆以妄言，不以为意，惟桃笑觉之。因在逐鹿坞之时亦闻邵晋将谋反，少子恐族诛，先投水而死，犹实实虚虚；今又闻其女说，必是实事，暗告家主。那郗平章知后惊甚，令人去对邵莺说："温麻遣人请归宁，翁姑不许归。"邵莺听之，以不与去偏要去，即自带一婢，不告而去。

郗平章入殿密告与李恒义，恒义遂带兵详察关口访获，至中途有温麻绅耆拦舆，同控邵晋父子夺人子女、倾人财产、现在霍山谋为不法等事。恒义带兵去围拿。彼时邵晋常在霍山，同大、次二子及诸将聚议。后报少子留字遗鞋投水而死、倪俊不知去向，令人去查。与将议定，先占据温麻，投诚于吴越，借兵攻取福州。将次行事，因诸将见其暴淫，父子相似，面是心非之辈，共暗议待时而变。忽闻都兵来拿，众将拿其父子，缚献恒义。即将邵晋父子及家属九族尽诛，选大臣戍守，掣兵回都。

再说逐鹿坞万家，先时邵晋叫人来通知要迎娶一枝，以患病却之。未几女婿死于水，今又闻族诛，方家大小皆服一枝有先见之明。其父遂令再选择乘龙。一枝有心鹿韭，已中己意。鹿韭曰："作姐妹追随已久，忽变为夫妻不雅，何异先奸后娶者乎？江水挑来洗难清，宁作无疑假女，不作犯疑夫妻也。"鹿韭答了便走开。一枝答曰："今不要，献与别人，勿悔！"

一枝因绝了邵家，喜甚，日日作戏为乐。却说倪俊、邵卿二人在郗平章家

花亭内，极是清静，因桃笑匆忙，一来即去，查问供进水菜之老苍头，始知邵晋灭族、郗家归宁之媳亦统死等情。邵卿闻此事，失[1]半时方醒，哀痛不绝。倪俊慰之曰："为兄早知其灭门，可怜吾弟恐玉石不分，故弄其妾挟吾弟脱身耳，此乃不幸之大幸也！今为兄之含恨亦消，可各分手，以图正事。勿过悲伤，留邵家一线香烟还在也。"邵卿惟坠泪不答。

俄而桃笑至，亦告以邵晋情事，邵卿忍悲而听，不敢答应。倪俊答曰："天作孽犹可为，自作孽不可活，此之谓也！"桃笑又曰："万家现在日日作戏，只用小吹清唱，不敢用大锣鼓，恐乡人得知要看，奴家与二位齐去会叙，好么？"二人应允，遂携手而至，到后园看三个演武打。一枝见之，即住手，共请入内厅。倪俊请先见了万兵部。兵部亦闻其才，亦出见，分宾主各叙起居。倪俊以去江南访亲，得瞻大人。万兵部以攀留，令三姑娘陪奉，自退出去。那三女引至西厅列坐。

一枝曰："久仰大名，恨不一见，今日辱临敝舍，皆幸甚！"倪俊曰："言重！初到贵地，人面生疏。久闻千金才高八斗，学富五车，本要请教，奈无人带进，恕罪！"一枝即请登席，桃笑亦陪之，六人一席。碧梧认的面貌如兄状，不言。倪俊亦认得妹，亦不言。饮叙间，皆意气投合。二人欲辞去，一枝拦曰："千载奇逢，哪有就去之理？"即命继烛夜饮。二人被留，以天色晚了，亦从之再登席。

此时一枝酒已半醉，手舞足踏，放荡顽谑。鹿韭笑曰："沐猴戴冠矣！"一枝以"牛屄出古语"答之。再饮十余杯醉了，把邵卿抱之，曰："我见你之时，即心爱之！"鹿韭骂曰："你们至死不变！莫若乞他[2]作老婆好么？"一枝又抱曰："亲亲的卿，我心即卿之心也！"鹿韭笑曰："你却作二小姐之妻妾耶？"一枝曰："二小姐能变作男，欲送之为妻，何用你忿妒也？"

倪俊此时方知桃笑之诗，见一枝嫩芷如痴癫之状。杜若笑曰："千金结发犹在，何不叫来一会？"一枝曰："我对头早已去灵虚殿，被海龙王招为驸马矣！"倪俊又答曰："如海龙王未招去，来寻结发，还在呢？"杜若曰："问她要不要耶？"一枝曰："愿嫁与犬子，不嫁与反叛之贼子！"鹿韭答曰："莫嫁与犬，嫁与龟。"一枝曰："龟亦愿嫁，只是那贼子，虽未死，怎敢出头，如人见着，哪个不食他肉、咬他心耶？"倪俊曰："闻他才貌比千金更好，若讨[3]出来，可见

---

① 失：昏迷。

② 乞他：给他。

③ 讨：找。

怜之?”一枝怒曰:“任其潘安再世,奴亦不肯为乱臣贼子之室家也!”

鹿韭曰:“莫闲言,来说令饮酒!”一枝曰:“请二小姐作令官,出令来作,遵奉!”倪俊曰:“此令乃作眼前的,别人不能说出。万千金自出令来,与吾等学步!”一枝曰:“此等说勿怪有占了。其令不论时人、古人,串作西江月调,即奴与二小姐二个名。”说令念曰:

一枝空艳无主,半朵轻盈可人。

朵枝能变配阴阳,千载奇逢天定。

鹿韭问曰:“谁愿变阳?”一枝曰:“自然愿二小姐变阳也!”桃笑曰:“人有善愿,天必从之。”众共斟酒作贺。又请倪俊接令。倪俊曰:“奴以君子成人之美,说个弄假成真,遂万千金之愿也!”继念曰:

东吴计诱刘备,甘露寺内招亲。

周瑜弄假反成真,千载奇逢天定。

众笑曰:“大小姐变作大伯,故用此典也!”倪俊答曰:“得作大姑便了,不得再变作大伯。”桃笑曰:“妹即作男既变,姐岂不变耶?”倪俊又答曰:“无此异事也。”众又斟酒,一齐酒饮了,又请邵卿再念,邵卿即念曰:

南海观音大士,原是男子化身。

有缘始得见真形,千载奇逢天定。

杜若笑曰:“二小姐莫是男假女妆,有缘始见真形,以谐鱼水?而大小姐亦男,明日必遂为窦建、梁山二古人矣!”倪俊曰:“言重。”应轮鹿韭行令,亦曰:

杨素招贤纳士,李靖对策风尘。

美人红拂夜奔寻,千载奇逢天定。

杜若接念曰:

翠苹内宫题叶,于佑外苑拾吟。

谁知红叶是冰人,千载奇逢天定。

桃笑接念曰:

薛嵩节度相衙,记室红线青衿。

立功魏博报知音,千载奇逢天定。

杜若笑曰:“小婢女要效青衣线,投节薛嵩之府内为记室,展奇能以报知己,将来大小姐要收纳也。”倪俊曰:“桃笑姐姐有红线之能,文能武通,惜世上无薛英杰可投。若奴家反为他三人执鞭,何敢收纳之。”时夜已半,欲再起令,杜若以夫三石小恙,不得久陪,将辞入。一枝言:“有可怜在内,可不必入。”令再陪之。杜若曰:“可怜粗心大睡,伺候不周,明早来奉陪。”言讫,带

同桃笑入内室去矣。一枝笑曰："拷打磨灭亦够了，今何用许[1]亲爱，半夜便离不得！"倪俊问故，一枝将杜若前之情由说知，二人又知桃笑之诗不错。

时一枝大醉，各人俱去睡，一枝挟抱邵卿入自己房中。倪俊赶至，门已关了，任叩不开。鹿韭笑曰："丹霞早请在内造化，听他去遂愿，明日再论。今我们且去睡联床夜话矣！"

正是：随我联床慰寂寞，让他闭户遂绸缪。欲知如何，且看下文分说。

① 许：那么。

第一六〇回　男不苟说实情让赘　女无忌纳旧婿为新

却说倪俊将行敲门，鹿韭扯不能进，闻内说话，即相细语曰："且慢去，听两个说甚话。"遂同立住潜听。闻一枝曰："快脱衣去睡！"邵卿曰："且放手脱衣，你且先上床去。"忽见邵卿开门走出，一枝衣服半脱追出，被倪俊拦而笑曰："穷寇勿追。"邵卿已入灯房内，门关紧，连衣倒床上睡了。原来北间房乃鹿韭之卧房，早以备为二客之寝处，而鹿韭便暂挪与一枝同寝。今邵卿走入，正得其所哉。

盖前鹿韭在城内人皆不知其假，今退居于此，因一家皆知鹿韭是男假女，虽未言破，鹿韭自避嫌疑，故各房分寝矣。倪俊笑谓一枝曰："请千金去安寝，明日叫舍妹变为男子，以遂千金白头之愿！"一枝闻此言，自觉羞惭，一笑跑出睡了。西厅惟有鹿韭、倪俊，两人相谓曰："如今把那个我见犹怜之人弄至桃花癫①，怎处？"倪俊曰："今他们都睡了，可来背商，务要献个崔护救之。不然人命②打在奴姐妹二人身上，犹连累你作干证③么。"鹿韭笑曰："何须商议，崔护有现成二个在此，死不救，其奈之何？"

倪俊笑曰："你说有两个，实在有三个，哪一个必能救之也？"鹿韭笑曰："还有一个在哪里耶？"倪俊曰："山东宰相山西将，彼丈夫也我丈夫。"鹿韭曰："何彼此皆丈夫耶？"倪俊曰："有诗为证。"遂念曰：

杜若先莸后始薰，一枝嫩芷似狂风；
输他鹿韭西来意，虽伪能怜色相空。

鹿韭讶问："此诗从何而来？"倪俊曰："未出茅庐，先知三分天下。"鹿韭曰："此诗必是那个青衣红线所撰，既识破，果是丈夫也，惟过于奖誉。但自思亦自信有些西来之意，若色相不空，怎令那癫婆④至今犹无主耶？今夜亦有一

---

① 桃花癫：花痴。
② 人命：人命官司。
③ 干证：证人。
④ 颠婆：疯女人，指一枝。

鲁男子至此，便不独异矣。令弟之元神既现于诗，不须再辨，惟兄之情节祈说知，再来道议。”倪俊曰：“但贵元神乃现于诗始知之，而仆之隐处何由知之，祈先说明，仆亦说知。”鹿韭曰：“兄之伪处，乃疑而度之。”又问：“何疑之处？”又答曰：“有樊素之口而无小蛮之腰，有虢国之眉而无潘安之步；又酒令中‘甘露寺招亲’、‘大士非女’，因此数宗，疑果不差也。”

倪俊曰：“天下智谋之士所见略同，亦疑此几宗不妥。仆本姓倪名俊，弟名卿，温麻人，世儒。父官翰苑，椿萱早丧，惟一妹外无别亲。去岁投考文章，讵邵晋见仆有三分外才，便埋没内才，留作家童。因不顺从，诬为祖父有欠粮饷，抄产外并将妹同发为贱役。舍妹即为从嫁。勒仆为书童，无奈忍辱年余。兹因该逆常在霍童山谋议不法，被仆侦空带弟同逃。恐被认拿，遂改女妆卖字，至郡潜匿。今幸仇家既灭，将复本色，被桃笑引带登龙门，谁知邂逅即同故旧。既承不弃，故敢实情相告。那四句之诗果是桃笑所授，因闻此处人物，她竟不明言之，口占此四句诗，说将来自见。今日而知其言之不谬也。仆之供状已清，祈赐知音来历为幸。”

鹿韭答曰：“原来贵昆仲遭此厄运！今云开重见天日，花谢再逢好春矣。”鹿韭亦将己之根原因由，中间一枝属意而不乱，代赘相府而不苟，一家知假而不疑，终身待谶而不移等事说了一遍。倪俊闻之，不胜服其果柳下惠再世。鹿韭曰：“既供无隐说明了，今此段奇缘，还要人来引带。即今日成全之，可也。”二人同坐至天明，鹿韭入见杜若、桃笑，以套出二人之实情告之。杜若曰：“亦疑甚。既知是，快与之行为。”先同去与一枝说知。

讵一枝睡至酒醒，方知觉愧，不敢出来；又闻三人来说实男非女，羞愧更深，不敢言答，惟听其三人嘲说。三人连势[①]去与家主翁说，查明他卖字二姐妹来历，乃宦门二兄弟，因遭邵晋谋害，妆为女逃生缘故，又将弟选一枝为佳偶之情由告之。万兵部喜甚，令即行为。杜若等随即回复一枝。

倪俊踌躇，想其邵卿以父母一家遭刑，何心承赘。倪俊以天定之不可违。自此二兄弟改装为男，在于书房。倪俊密托桃笑，碧梧乃己之胞妹，可慢说，且俟成亲之后，再行相认可也。桃笑始知郗家从嫁来之婢女碧梧，系倪俊胞妹，喜之，遂去背嘱之。

一枝待至夜静，潜至鹿韭房内，谓鹿韭曰：“奴以二人为女，因一时酒醉，将为戏弄。若知是男，有敢如是耶？你们早晨来说，我以是来哂弄，谁知是真，把我嫁与。但我原属意与你，因你以我有了原聘，未便造次。今我之原聘已殁，

① 连势：紧接着。

天从人愿，不属你还属与谁？今夜特来问你：决意不要我，把我另嫁，或是潭虱姆所为，你不敢阻止；若是你决意不要，便死心嫁与他人；如非本意而不敢自言出者，我尚未见父母点头，便弃新就旧。快请三思，免贻后怨也！”

鹿韭叹曰：“岂不知易寻无价宝，难得有心人！怎不喜为之，只因恪守一谶，辜负盛情矣！”一枝问：“恪守何谶？”鹿韭便念曰：

假去假来亲益亲，假中遇假便成亲。

若逢花月休规避，总把镇盘心[①]莫倾。

一枝又问：“此谶何来？”鹿韭遂将遵守临水大奶灵谶诗中所指规模，风花雪月皆不避忌，惟把定莫偏，以待假中遇假之因由诉说了一遍，曰：“现在实情说出，可不疑耶？”一枝闻此，亦叹口气曰：“谁知你守株待兔，致令我缘木求鱼。今夜不说，何从而知也？”二人遂不语，对坐许久，一枝忽立起，念曰：

听你守株等合意，老娘有货不须愁；

心中系着千条线，欲着牙根咬断休。

念完便扑鹿韭肩头，狠力咬一口跑出去。鹿韭痛喊曰：“我之肉被你姑嫂二个狠咬的！”一枝开门走，适遇着杜若。原来杜若同桃笑去寻一枝说玩，去她房中见无，料是在鹿韭房内，侦之果在。闻二人在内谈说，站门口潜听，二人对答皆听了然，方知其不动春色者有所待。

一枝冲出，遇着杜若，被杜若扯住骂曰：“你画眉爱跳别人笼，由你去跳，缘何叫我作潭虱姆？”一枝曰：“是你自认，话未听真。因近时你与哥哥半刻都离不得，背地皆称赞‘夹得好’[②]，就斥作‘潭虱姆’。先前问此事，或他人为之，或与‘夹得好’同为之？是你听错作‘潭虱姆’。你极沉静，哪里有吵家，何必心虚耶！”

杜若曰：“不是此便罢。”将手放开，又指鹿韭骂曰：“你爱卖姆作大舅[③]，由你去做，缘何说姑嫂二人咬你肉？”鹿韭笑曰：“话不听真错怪人！前因家中有二个乌犬，前番那个犬姆[④]将我大腿咬一口，疤痕现在，与汝看便信矣。”鹿韭即将裤胶[⑤]卷起，露出大腿上咬之疤痕。三人同笑。鹿韭又曰：“今日这个犬姆又把我肩上亦咬一口，血迹尚在。”亦解衣与看，果见咬痕还在，肉绽血出，

---

① 镇盘心：原指杆秤上的准星。比喻良知准则。

② 夹得好：相处得好。夹：本字“佮”。

③ 卖姆做大舅：俗语，字面意思是把自己老婆卖给他人，还厚颜充作娘家兄弟。姆：老婆。

④ 犬姆：母狗。

⑤ 裤胶：裤腿。胶：本字“骹”。

又同笑之。

鹿韭又曰：“此二头犬无道极，才说我肉应汝二个乌犬姆咬的。其卖姆作大舅，赭石写已巳，既挑了赤脚，那缠脚不卖去，还留打醋瓮耶？”杜若曰：“今不食醋，赤脚已带来在此，任你再挑。”言讫，即将桃笑推去就之。桃笑走开，答曰：“女婢无爹娘作别，再破戒难免金箍一棒，命即休矣！”鹿韭曰：“我亦不敢纳，如纳之，又转旧时模样，命更休矣！”杜若曰：“那时狐狸假虎，癞哈蟆冒蟾，都知道了，屁由你去放。今不收赤脚，老娘亦有货不须愁。”杜若答了，即将桃笑拖去。一枝亦随喊曰：“亦有货不须愁贫，缘何灭灯破戒耶？”三女遂各归自房，鹿韭亦闭门而睡。

次日，万兵部议赘新婿，择定吉期，请诸亲友，邵卿遂同一枝拜堂合巹。是夜洞房花烛，一家俱在房中，万兵部谓鹿韭曰：“那癫婆常与汝追随不离，今有了新婿，必不似从前矣！”鹿韭笑答：“且待来日便知。今夜先吵闹，不亦乐乎！”万兵部曰：“那癫婆无理，惯戏弄别人，今夜也要与别人盘本①。”杜若喊曰：“通众听着：家主翁有令，今夜金吾不禁，任听你们闹房至彻夜，违令者斩！”一枝答曰：“虎还怯犬？停会个个夹尾走呢！”杜若曰：“定无夹尾，只有摇尾见怜矣！”万兵部曰：“我今出去，让你后生去闹或夹尾，明早来听批评。”杜若曰：“吾公公果年高有德，保佑寿过彭祖！”万兵部笑曰：“若有如是，命就长些亦好！”呵呵大笑而去。

正是：若得儿孙常聚乐，可同彭祖享延年。欲知后事如何，且听下回分解。

---

① 盘本：翻本，此处指报复。

第一六一回　诸女闹房辞甚嘲谑　新娘回令诗更粗俚

却说万兵部为女赘婿，佳期夜让后生[1]去闹房，自己退出。其媳杜若喜曰：“愿公公寿过彭祖!”万兵部遂去。新娘一枝答曰：“南极只少汝短命子[2]奉承!汝们要闹房，有什么本领，只管作出，再无人怯之!”时房中共有倪俊、三石、鹿韭、杜若、桃笑及新娘、新郎。三石以病未大痊不能久坐，亦辞而出去睡，只余六人。内有说搬锣鼓唱曲，有说取行头做戏，有说赌博的。桃笑曰：“唱曲聒耳，做戏房窄，赌场不妙，惟是饮酒讲令合适。”众共答甚妙。

杜若令制一席，排于房中。倪俊将脱身走出，杜若拦住曰：“还有这一夜聚饮得，明日便不可。”鹿韭曰：“今夜若无新娘、新郎及梁山，还闹什么房?有敢逃者，尿食一碗与他去，偷逃者拿来灌粪。”遂不敢说情，推倪俊上座，鹿韭、邵卿左位，杜若、一枝右位。桃笑下位执壶，遂同饮数巡，众举倪俊起令官。杜若曰：“今夜之令不比往时，梁山不可做令官。”一枝曰：“梁山做不得，就让汝田三做。”杜若曰：“要让我做，不另撰别令，即将头夜初会聚饮时，各说暗存歇后之隐语，串合今夜即景。合适者只饮一杯，不合适者再讲。若有不遵，取藤鞭来打再讲，食了方罢。我先说：

云外飞来半朵，忽教惹动一枝；
春心无主乱支离，恳托蜂媒蝶使。

说完，倪俊笑曰：“不遵此令官者，刑法难受，快遵之。”亦念曰：

昨日惭无窦建，今宵快作梁山；
茑萝忽尔附高枝，天定良缘弗敬。

邵卿笑曰：“兄既遵了，弟怎敢违?”亦念曰：

前面作要离而，今仍为勇埋头；
朋边月脚半收存，明系阴阳铸就。

---

① 后生：年轻人。
② 短命子：詈语，骂人短命。

念完饮酒一杯。鹿韭曰：“我无隐语，即将前日抱入房内，口占一令来搪塞罢!”亦念曰：

两两菱花磨擦，广在对户通津；

幸教蟾兔莫生嗔，磨出天然铟柄。

鹿韭亦合适，饮了酒。一枝讲不合适，不肯再讲，其奈被杜若硬勒之，始言曰：

以力假仁者霸，必有大国之前；

祷求乞赐遂奇缘，叩沐天恩安便。

一枝讲了曰：“此难道不合适，还再勒人耶?”杜若曰：“我亦只要汝讲出此皮厚[1]隐语，不怕汝不讲，今罢了，饮酒。”惟桃笑未讲，曰：“列位可讲，惟奴无有，以即景言之，可乎?”杜若曰：“惟汝可也。”遂念曰：

士为知己者用，女为悦己者容；

英雄自古识英雄，月老岂辜情重。

桃笑念了问：“可合适么?”杜若曰：“倒合适，其中大有属意!”鹿韭曰：“既知属意，月老问汝，怎么岂辜之耶?”杜若曰：“将来不负之矣!”桃笑脸红，连酒亦不饮。杜若收了令，鹿韭曰：“好厉害之令官，把前日皮厚之隐语尽行拷出，明日录呈大堂勘拟也!”一枝答曰：“怕什么酒后狂言、群犬乱吠，今或再吠，或夹尾，快些莫挨[2]!”杜若曰：“看汝摇尾，今去见周公再来。”言讫，便上床和衣而睡矣。其邵卿已仆于椅背上磕睡了。鹿韭曰：“仆的仆，睡的睡，我们来下棋罢。”同桃笑取至棋具，与倪俊在边桌对弈，桃笑在旁观局。

一枝独坐独斟独酌，随骂之曰：“要饮酒再来饮，不饮便去，此又不是山野万人坑!”鹿韭曰：“今不饮酒，要行兵，请你来观察。”一枝骂曰：“我早知道了，无天明汝们会齐不散[3]，率性我来作令官，起一令助之到天明，免得装死装活，连我亦无意趣。”随将棋盘洗却[4]，打醒邵卿，拖起杜若。杜若问：“拖我何事?”一枝曰：“再饮酒讲令，以五官为令，眼、目一人讲一令来饮酒。”于是各人复坐一席。杜若先讲目睛为令，曰：

我目光如电，秋毫尽察遍；

任什么妖魔，原形即刻现。

一枝即答曰：

汝目虽如电，我枪利过剑；

① 皮厚：不知羞。

② 莫挨：不要拖延。

③ 无天明汝们会齐不散：不到天亮你们都不肯散。

④ 将棋盘洗却：把棋局搅乱。

劖[①]瞎变土螺[②]，父母不相见。

念完证曰："我枪戳汝目，我胜汝输，罚酒三杯。"杜若答曰："哪里有此理，要人饮酒?"一枝闻杜若不饮，自把酒欲灌之。桃笑恐二人相争，即曰："女婢代饮可好么?"一枝答曰："亦罢。"桃笑饮干，接令曰：

鼻乃元首尊，是为百骸祖；

堂堂审辨官，耸耸中央土。

一枝又接答曰：

蛇枪尖又利，单会劖人鼻；

不劖不通伦[③]，一戳便喝嚏[④]。

鹿韭笑曰："投之以木桃，报之以琼瑶。风飑小，回南大，[⑤] 自嚏不了。"众闻言大笑。一枝曰："且慢笑，谁再讲?"鹿韭亦念口令曰：

嘴张似海鲲，把汝一口吞；

即刻化作粪，无处去招魂。

一枝曰："汝嘴果厉害，实无奈何，算我输!"自罚酒三杯。次轮至倪俊，亦念曰：

禹帝独三漏，陈搏气息透；

江干水洗污，岸上牵牛走。

一枝笑曰："亦可。酒令严过军令!"自罚三杯。倪俊笑而不言。桃笑未讲，一枝要他念令，亦再念曰：

赳赳五官宗，亭亭保寿峰；

虽无八彩异，亦有卧蚕浓。

一枝闻此眉令，笑曰："倒也高，此惟锁蹙不雅，还要我劖开之。"杜若曰："令官不通，他令何曾有讲愁锁耶? 应罚酒三杯!"即斟满满酒三杯，要一枝饮干。一枝推却，要鹿韭代干。鹿韭正欲回答，忽闻万兵部在外喊曰："岂有此理? 闹房都是闹至天明日出耶?"众闻言，即开门出看，果天已大亮，日头将出，共掩嘴而笑。万兵部进房而视，见杯盘狼藉，犹有酒斟满数杯未饮者。

正是：男子亦无如是鲁，裙钗竟有这般俚! 且看下文如何接说。

---

① 劖：捅。

② 土螺：泥螺。泥螺壳薄，吃时直接用箸尖戳入。

③ 通伦：通珑，透光通气。

④ 喝嚏：打喷嚏。

⑤ 风飑小，回南大：俗语，意思是回应强烈。风飑：台风。回南：台风过境的后期，风向转为东南，俗称回南。有雷雨大风。

第一六二回　因酒令桃笑得佳婿　佩妻言倪卿作箴规

却说诸女闹房，至天明犹不散，因闻外喊，方开门而出。万兵部入房，见桌上杯盘狼藉，笑问曰："你这一起不是样子！我昨夜犹教之，新人房正该闹，哪有闹到天明还在饮酒，有甚酒量，竟饮不醉耶?"杜若曰："饮至半夜歇了，是新娘自来作令官，要各人出令饮酒，众人才至不散。因门关，犹似天未明也!"

万兵部曰："此乃癫婆自闹，自怪不得你们，但不知她出何令难你们?"杜若等未答，鹿韭将所说之酒令隐语尽行说出。万兵部听了，问曰："士为知己者用，女为悦己者容，意属与谁耶?"杜若又将前日桃笑所说之"薛嵩节度相衙，记室红线青衿，立功魏博报知音，千载奇逢天定!"之诗述之。万兵部笑曰："英雄自古认英雄！属意与姻伯，大有眼力！恐月老辜其情重，我代为之。明日即去见祁姻翁说合，无不遂也。"桃笑低头面赤。倪俊欠躬答曰："只恐晚生福薄难受之!"鹿韭笑曰："不管自己福薄与厚，只是这个大媒人之谢礼薄不得也!"众闻共笑，遂同出用早膳矣。

天光，男遂原聘之缘，女遂爱慕之愿，成伉俪矣。次早报可怜双胎生男，杜若、一枝趋报万兵部，众人共拜贺双喜临门。万兵部喜甚，谓曰："还有一喜，今日去为，凑成三喜!"众人问："还有何喜?"万兵部曰："曾许英雄识英雄，为月下老说合，岂不是为一喜也?"倪俊即答曰："大人有此盛意，还有不喜之理？其奈晚生有一同辈，在府中为贱役，舍弟既蒙垂青，晚生不敢再叨隆遇也!"万兵部骇甚，问："有甚贱役在此耶!"倪俊曰："那婢女碧梧，即晚生同舍弟之胞妹也。"

万兵部骇问曰："令舍妹为甚在此耶?"倪俊将邵晋陷害情由告知万兵部，万兵部曰："岂有此理？把嫡亲之小姑匿为贱婢，于心何忍？碧梧是令妹，亲家姑，又凑巧极！原在温麻从嫁至郗家，却被那逆妇磨灭不堪，幸桃花怜惜之，向郗姻翁说，便从嫁至此。所有逆妇之使女凌虐死之将尽，惟令妹无恙，乃桃笑再造之力也！今长非常，郗姻翁来时看见，皆称羡不已。今逆妇已殁，即将

送与郗姻舅球为续弦，亲上加亲，又多一喜，共为四喜，今日去并言之矣。”倪俊、邵卿即同拜谢。

鹿韭曰：“谢了，快去拮据[1]二付[2]谢媒礼。”邵卿曰：“等你们贺礼来凑包之，便有之，无须去拮据。”万兵部即着舆随从至平章官署，说明详细。郗平章喜诺，即以桃笑为女，以倪俊为婿。万兵部以碧梧为谊女，以姻舅为姻婿。彼此又加两道姻亲。桃笑遂回郗家，遂各聘纳彩，择于同日婚娶。万兵部将后园厅房与倪俊住居。吉日至，彼此花轿迎送过门。碧梧做新娘至郗家，如何闹房不知，惟桃笑嫁与倪俊被一枝等闹至三昼夜方散。倪俊无意中得桃笑为妻，喜出望外。桃笑得倪俊为夫，遂愿平生矣。伉俪鱼水，日夜唱随不离。

那日在闺房闲言，桃笑谓曰：“官人原无弟，此弟从何而来耶？”倪俊骇问：“何以知之？”桃笑曰：“因那日官人说有妹在内为女婢，万家即令兄妹相会。妹子出见，只认官人是兄。那一个是仇家子，不怨恨而离之，犹带来为亲手足，何也？他不敢言破，只密对妾言之。妾亦不敢说，今彼此都为眷属，方敢问也。”倪俊曰：“此子为人不似其父，岂非怜而使之走。”遂将前情说之，桃笑曰：“果是天怜佑之！若无官人带来，冒做亲弟，便不能漏网。今又得原聘，是天数，亦乃官人再造之德也！惟中间有不合之处，是伊大造化矣，勿再言！”倪俊曰：“何不合？祈明言之！”桃笑曰：“妾直言之，官人勿罪！”倪俊曰：“卿有金石之言，惟恐佩之不忘，怎敢言罪？”

桃笑曰：“自古父母之仇不共戴天，兄弟之仇不同日月。身被污，妹被辱，不能反离之，复与仇人之子为兄弟！今已错过亦不必提起，只惟君子不念旧恶可矣！”倪俊被说破，自思一会曰：“果是不合！今惟念其犁牛之子骍且角，非贤妻今日说破，真一生不觉矣！”自此有事齐相议，果得内助之贤。

万兵部得邵卿为婿，甚喜。郗平章得倪俊为谊婿亦喜甚。适因李恒义选子弟人员补缺，遂将万三石、倪俊兄弟举荐入殿。恒义以三石袭父职，倪俊、邵卿皆授郎官，同在朝堂理事。而一枝、杜若、桃笑同劝鹿韭可现出本色荣耀，鹿韭答曰：“曾为国舅、公主亦如是，还想什么荣耀？惟伏到终身，愿矣！”杜若曰：“你爱伏？将来嘴边长出毛来，不飞而自飞矣！”一枝笑曰：“尊口乃不毛之地，不至不至！”同笑而散。闲常仍以唱歌诗酒聚乐谈笑。鹿韭曾探下渡哥嫂无恙，故放心而待临水夫人之谶矣。

正是：让你雄飞为国器，还吾雌伏待神机。欲知下文，再看分晓。

---

① 拮据：筹集。

② 二付：二份。

第一六三回　同面目申樾领库物　试贞淫庆云说春情

慢说鹿韭以男假女在逐鹿坞待谶奇逢，先说林仁翰同女庆云去航海救婿。彼时仓卒束装就渡，将所有契券、细软、金珠等物装数十箱，寄在虞公庵家。其凤冈屋中惟粗重家私杂物，封锁至年余，父、女、婿无回。或传说新月被番王招去作驸马，并留父女同享荣华不回；又传说已回，船至洋中覆没。

那凤冈里林仁翰之族众，以家产不交付本家族人看管寄在外姓之人，已怀恨了；兹又闻无回，被其执掌，愈恨。通族聚议去取来归存祠堂内，他父、女、婿如回，即还之；如无回，而为蒸尝①之用，亦理正言顺。共至虞家取物。虞家以仁翰无男只女，所有产业皆属周氏，与林姓何干？两执一议，至于控至郡守衙门。经郡守坐判：林族岂可擅取？虞家亦不得久存，令缴出入官存库，俟林、周有一还乡，交他领回，而免彼此竞争，可也。虞家即将原寄箱笼取至，照数点交，收贮官库。林族共见归缴讫，无言各散。

盖彼时之官府正要鹬蚌相持，渔人始获重利，俟一年半载即饱充入官囊，若有回来，亦不肯全付。谁知未月余，周新月回来。先至虞公庵，同虞家兄弟数个同抵凤冈见族众，众共问："因何独回？"新月答曰："未与番王招赘，船遭暴风，历诸风险，今春才至山东内地，讵云程表叔因抱不平，打死一王孙公子，走脱无踪。官司将通船人尽收监，候拿着凶犯方放。小侄假作水手，求放回籍取银用度，始得脱身，赶回变屋去救牢狱之危。先顺抵虞公庵，闻虞家伯叔说，所有寄锁之物缴存官库。今烦一二位伯叔齐去官里领出，就典当虞家三千银，以救燃眉之急。"

林氏族众闻说，又属周新月本人回来，敢有异议？遂接待一夜，次早议三个年长的同至郡守衙门报领。连候三日，只发一半，其余说存在内库有重物压住，一时难起，俟将来重物搬尽，再来领凑各语，明系对分之也。虞家兄弟亦无奈其何，将欲先收回去，惟林家不愿，忿喊曰："别人领半可也，状元驸马之

---

①　蒸尝：祭祀祖宗。

物自己来领，哪有领半之理?”役人闻了说：“哪个是甚么状元驸马?”林家指曰：“这一个乃前朝不纳奔女、不受募金、钦赐状元招为驸马周新月便是。”衙役即报入。

盖该郡守名周维岳，为王羲朝臣，因酒量好，常令陪宴为学士。一日，陪宴于西华宫，羲谓维岳曰：“卿何饮之多也?”维岳答曰：“酒别有肠，不在人之大小。”羲欣然，即命武士捽维岳下殿，剖看其酒肠甚形能盛酒。武士即将维岳缚起，无人敢言。惟新月赶至，止之曰：“若杀维岳，还有何人能陪陛下欢宴?即酒肠与食肠何异?有甚雅观?”王羲笑而舍之。此一截乃补上文之未言也。

今维岳为郡守，以侵吞为常事，一闻是救剖腹之大恩人所寄，急令开门，亲自出迎请罪，一面令将所寄之物，尽发交还，一面办席款待。新月不辞，留饮谈至暮方出。时林家伯叔已先回去，虞家兄弟见新月出来，惊疑始定。同搬箱笼，回到虞公庵查点，一毫不失。次日，新月又同虞家兄弟去凤冈与林族告辞，带银三千两，赶去山东救困矣。

看官，前文说林仁翰等至扶余国，云程被国王之妹将腿换去，逗留他处，设文武馆，并无说新月一个回家。今忽然说新月回来领物，合之前文，未免看不了然，今须先补说明白。却原来此新月就是虞公庵虞家之子弟，天生面目一样，人不能别出真假，故遣来作冒领回，果遂其计矣。自古孔子似阳虎，潘葛妻似苏娘娘。所谓：“未出假驸马，先出假公主；先出赵子龙，等对唐伯虎。”即此之谓也。

再说此子弟有一大缘故：虞公庵小溪，只生一虞胄。虞胄生三子，长所南，次所钧，三所化。所化生六子，第五名之安，第六名之康，俱短折不寿。之安有遗腹孙。之康即痧妈[①]潘玉真夫人之夫，有承继男。所钧生七子。所南连生七胎皆女，以第五胎来作男。临盆时佯以忌生人，不唤扶产[②]，自生自拾[③]。不哺他乳，不抱别手，惟母室自鞠自抚，至十余岁犹不出户外。攻读书史，惟在内室，随母教授。

母乃名门之女，亦取名之蕃，字申樾。至十七八岁，家中叔伯兄弟诸姐妹等，无一知其以雌作雄，即同胞之姐妹，亦不能知。皆由其父母关防甚密，恐夺分其家财故也。其文才输新月，其容貌与周新月无异。父母因其貌相似，故又名申樾，以音相近，欲效相如与马卿也。

---

① 痧妈：专司保佑麻疹患儿的女神。

② 扶产：请接生婆助产。

③ 自生自拾：自家人接生。福州话说接生谓“拾团”。

彼时林仁翰父、女、婿三人被王羲削为庶民，投寓虞公庵。那虞家屋宇甚大，一连数十间，周围皆墙。惟诸子弟俱集于东书房攻读历史，后园花亭书房安顿林仁翰翁婿三人。庆云在内宅。宅后一池楼幽寂，乃申樾一人读书、夜寝之所，申樾以女作男，除父母外，无一人再知。惟被庆云一见，便知其伪，暗羡容貌果似夫新月，因怜惜之。遂作洒脱，时撞至池楼。

那池楼中间供奉临水夫人，龛前瓶花香烛整洁，左边存书，右边申樾寝处，甚幽雅。寻讨[①]不见申樾，疑之，由窗棂窥出。见申樾在花台前与新月耳语，因有人冲到[②]，二人走开。申樾由池旁入楼下房，托板[③]越上楼来。庆云早知，退避转步来，见着不问，只说："闻此幽静，故来伴读，好么？"申樾答："肯来教训，幸之至也！"庆云自留不去，仍以姐弟称呼，日夜谈经讲史不离。

那申樾之母乃庆云之姑，闻二人讲论文，亦不敢说破，惟令子以师事之。家中诸男女不知，皆言不便。答以："卫夫人教王右军书法，至今谁敢言之也？"那日楼中对酌，言诗讲令，要二字相似。申樾先言曰：

乌形浑似鸟，蔗竹无以殊，外皆有彀节，莫知心实虚。

庆云闻了，问曰："何只知外节，不知内心耶？"申樾答曰：画虎画皮难画骨，知人知面不知心。"庆云笑曰："弟不知姐心，姐怎知弟体？今言此两字可了然矣。"即念曰："斋齐仿佛形，绣女作书生，外体无所异，内胯自分明。"

庆云念完，含笑曰："可是吾弟之尊体么？莫怪姐来说破。"申樾失色一会，问曰："姐从何而知耶？"庆云曰："莫道君行早，更有早行人。此乃愚姐做余的，才轮弟来做。到此一见便知，不敢言出。可是恐家财落于他人，以雌作雄耶？"申樾答曰："姐果厉害。不知彼时奴姐假时，与我状元姐夫一处卧起，被识破否？"庆云笑曰："并不知。"申樾不信，即坚诘会合情节。庆云将当时之情节始末共说与知。申樾听了极口称赞。自此二人各无禁忌，早晚交谈。

那夜申樾笑问："夫妇有甚情趣？"庆云曰："极有情趣，一上台即吟诗作对。那夜上台，姐夫先说'体上加体天覆地'，姐对以'肉内存肉阴包阳'，伊方下台。"申樾听了，又问，庆云又说了半截，下半不说。申樾连催再讲，庆云不讲。申樾便拖之曰："不讲齐去同睡好么？"即将庆云拖抱上床，压于身上。庆云笑曰："春心若不牢关锁，早抱琵琶上客床了。"遂同他睡至天明起床。庆云背写四句，假作外人掷至，拾与同看，内写云："公主真潇洒，连招两驸马。

---

① 寻讨：寻找。

② 冲到：碰到。

③ 托板：从下方托起活动楼板（攀上阁楼）。

争风杀上楼，辱没千金价。”

同看了，庆云曰：“既有人诽谤，致吾弟红糟鼻食酒——虚当其名[1]。盘桓许久了，且暂别，将来再会罢!”申樾忙问曰：“今都不来耶?”庆云曰：“有事仍来。”言之，遂下楼而去。原来庆云乃是才来，新月已见数次；有来时，申樾即出见，人人皆羡天生一对璧人无异。讵彼此两人早有彼此暗慕之心，皆恨未得一谈心也！此回寄寓园中，皆觉暗喜。那申樾侦新月一人在花园看花，遂撬楼板下去，欲邀上楼谈心。新月问：“有捷径否?”申樾指曰：“由楼下登房，捷而又僻，何人得知。”正相耳语将行，忽仁翰来唤新月同去东书房看文字，遂各走开矣。

正是：花因恋蝶蝶方恋，色不迷人人自迷。且看下文如何分解。

---

① 红糟鼻食酒——虚当其名：俗语，“红糟鼻”又称“酒糟鼻子”，俗以为是喝酒太多所致。

第一六四回　慕情正遂老妪打破　淫心忽起大奶喷消

却说申樾邀新月上楼不遂，自此日日侦无人即下楼来邀新月。那日有人来请仁翰去隔墩①写大字②，即悄悄钻下来园亭。新月喜迎入室坐下，谓曰："前日未遂登龙，甚恨！今日复降，诚天所赐，可略谈心。人皆言愚兄貌似吾弟，未对面比较，不敢深信。又闻吾弟才富学饱，未曾亲近。今幸寂静，遂吾愿矣！"申樾答曰："弟才貌猥陋，敢与状元驸马之天姿比较耶？"新月即取出镜，并肩照之，果似。新月喜曰："貌既相同，当抛砖引玉，领教大才。"即题诗一首，递与申樾，内句云：

名似貌同弟即兄，庄周蝴蝶辨难明。
镜花水月既无异，惟恨未通一点情。

申樾念了，亦即和之云：

惟恨未通一点情，兄如怜弟弟怜兄。
能禁狮子无声处，今夜池楼伴月明。

新月见诗喜曰："幸叨盛情，就此先结同心，以免今夜疑异！"申樾便将新月拦腰抱进，正上床，忽有老妪大喊而来曰："驸马公快醒！外面大反③山东，出去调度，再来安卧！"将门乱打。新月大怒，即开门而出，问曰："何处反？叫我如何调度？"老妪答曰："斋中先生不在，学生大反了，请出去弹压。"新月又问曰："如何说山东反？"又应曰："孔夫子不是山东人耶？牌位教被打翻去，岂不是反倒山东。"新月又气又好笑，便喝曰："此等小事作起惊天动地！可先去，我就来。"老妪曰："斋政严于国政，怎说小事？"口说不住，移步将行入房。新月无法阻之，即答："我就与你同去。"那老妪即跟新月出去。

申樾在床上，一闻老妪欲进房来，即钻入床下，躲至外面无声，许久，始

---

① 邻墩：邻村。

② 写大字：写牌匾之类。

③ 大反：大造反。反：农民不堪压迫而暴动。

敢钻出。见诗仍在桌上，恐有人来，存怀内，回至自己池楼。入房卧倒，痛恨老妪，霎时淫心正炽似不可遏。间适有家奴瘌子，捧饭上楼，开帐唤之食饭。申樾如狂如癫，即爬起拖抱。那瘌子以是睡人癫起①，尿都惊出，大叫而走，赶跑下楼去了。

申樾一时烦躁，见临水夫人龛前一杯冷茶，即拿起饮干再卧。即朦胧梦见新月复至，就于大奶龛前行事，被大奶一口法水照头照面喷来，大惊而醒，冷汗淋漓，即刻心灰意冷。坐起床头，沉思许久，拍额大骂曰："好端端变为狗彘！倘不是老妪来打破，一时失节。男身犹可，其实女体，如至成胎，自死也罢，带累父母奚堪。即未怀胎，怎瞒得伊妻，何脸见人？幸被冲破，又遇瘌仔，倘失身于奴仆，死有余愧。此分明大奶暗中使人来冲，保我一生之名节，真天大之造化！"自思一回，自把手向两颊自打，至两颊红肿方止，乃坐着如痴如醉。

盖申樾年纪已长，暗慕新月，春心已萌，又被庆云拨以佳人才子之情、夫妇之事，如火上添油，几乎失身。幸被大奶法水喷醒，暗中保护。原来乃庆云一见申樾，便知其假，细想偌大之女，即使一时能守，难保半途不出露丑，况有此才貌，安能操守？必至一时失身，殊为可惜。故探其心，故意说巫山云雨拨动之，观其能否动心。如可摇动，即与其父母暗设机关保其名节，不至露丑。

遂作洒脱，撞至池楼，便知其与新月有意。又撞见与新月附耳言语，并不言出。因探其心已动，必私奔与前日耳语之人，即密告老妪，教其如此："我今先去探其何处，再来叫你去打破，全二人之名节，阴功不浅，戒勿外扬！"嘱毕，自至池楼前后访之。果见申樾钻下楼去，至后园亭了，即令老妪赶紧去打破。自乃至池楼房后衕②，伺申樾回来。见拉瘌仔，不然则罢，如若将就，即出阻之。又见其饮了冷茶，去睡一刻，又起来自语自悔，自打嘴颊。

看了诸形色尽了，方悄悄蹑足下楼，故作才来样式，入房即问曰："闻瘌仔说，吾弟卧床不食饭，特来看视，然何红肿两颊？"时申樾心已悔恨，一点不隐，将园亭与新月和诗，被情所牵，订约夜来此欢会，今已悔之无及，略说之。庆云问："作何诗？"申樾将诗与看。庆云看了诗，笑曰："彼此皆有意，愚姐即与弟暗为同室姐妹，明乃表姐弟，今夜即为媒成花烛，亲上加亲，何须悔恨？"申樾睐眼骂曰："此乃你撩拨，害人死无葬身之地！今说此语，莫是故作圈套来骗人耶？"庆云亦骂曰："汝不动心能操守，何至如此？不为便罢，因甚致死无

---

① 癫起：发疯了。

② 房后衕：房间后侧与围墙之间的间隙通道。

葬身之地?”

申樾叹口气，含泪曰：“一念之差，几乎与狗彘何异。今知悔了，说明何妨?”又将在园亭被诱不拒，遇老妪来打破；又拉瘌子，幸不就；饮冷茶入梦，被大奶法水喷醒，悔恨自责等情，并不存隐，一并告知。庆云听了曰：“此怪不得奴弟，惟怪那衣冠中禽兽！不须气恨，今夜来，须如此如此破之。”

正是：彼虽色胆如天大，我有机关似海深。且看下文庆云说甚。

第一六五回　妻代判案夫自手责　兄带书写弟陷危机

却说庆云问申樾："今夜在楼，待新月来赴约，可如此破之，好么？"申樾曰："葵心自不正，敢恨日牵斜？即照此行为，亦要他当面辞断，使同心灭耶。"遂留庆云同食夜膳待之。再说新月被老妪追至东书房，夜膳后，至二鼓方出，不回书房，悄悄钻入池旁楼下。看衖内有灯光，遂上楼。时申樾同庆云在楼房门口，闻楼下有脚步声，庆云闪入，申樾出迎，新月喜甚。

申樾转入房，将门闭合。新月讶而问曰："怎么关门？"内答曰："话先说妥了相会。"新月问："何话？"内应曰："恐有始无终，奈何？"外答曰："如恐无终，对天立誓，可好么？"内应曰："天管闲事？只向门神誓之亦可！"新月随誓曰："今夜周新月与虞申樾结情日，倘有变更者，久坐牢狱之灾！"

外跪未起，庆云开门，脚未跨出，新月即抱住曰："今夜幸得相逢，死而无怨矣！"庆云垂头笑曰："正恐状元轻生，转来[①]解救也！"新月仰首见是庆云，愧甚，立起来，笑问："公主缘何在此？"庆云曰："特来与拒色却金、钦赐状元贺纳宠之喜！"新月笑曰："惭愧！惭愧！实不相瞒，男色方敢，女色敢如是耶？"庆云笑曰："宝皇宫同起同倒之男色，怎不敢耶？"又答曰："彼时情同手足，怎敢？"庆云曰："此时貌同名似，又属瓜葛，便不同手足耶？"新月无以答，跪下曰："知罪了！求公主处治！"庆云曰："妾身乃女流有敢处治状元耶？如真知悔过，向大奶神前恳断犹可。"

新月即趋陈大奶神前连磕头曰："周新月一时胡为朦胧，求大奶处治。"庆云曰："人而无恒，不可以作巫医。[②] 自执箕帚而来，未敢造次，今借大奶之中军官，且来勒问。"移椅傍神桌前，讯之曰："所作之诗，见色起意，殊不知所慕之人实是女身，倘不是打破，事成怎处？"新月供曰："彼时不知是女，若知之，还敢过中加过，罪中加罪？惟大奶法镜高悬，鉴察之也！"庆云曰："君非

---

① 转来：回来。

② 人而无恒，不可以作巫医：语出《论语·子路》，意思是人要有恒德。

郑人，有此买椟还珠，舍正路而弗由也？从今而后，还敢不敢如是？”新月供曰：“一之为甚，岂可再乎。如不改过，仍坠地狱之报！”庆云曰：“既知改过，可唤原告来问结案。”向房内唤之。

此时申樾哪肯出来，似有人在背后推之，身不由己，自行走出。至神前，又似有人押跪，与新月并跪一处。庆云问曰：“被告已承认一时朦胧胡为，从今改过，大奶恕而免究，你可甘心愿和息么？”申樾磕头曰：“犯人亦一时朦胧，有敢独怪他人？蒙恩不究，敢不甘愿改过也？”庆云曰：“既齐知过愿改，准于和息，各退去分守可也。”庆云曰：“起！”二人立起。庆云向新月告替天行道之罪；新月向申樾请不端之罪；申樾亦向新月谢自奔之罪愆尤。新月此时方知申樾女假男妆。

庆云冷笑说：“状元虽好，眼中无珠。此番若非大奶暗中显赫，其一必至丧节亡身。今事已化灰，且同在此大奶神前坐下，听愚姐说明缘故。妹以为姐煽此盆火，不知是姐一场之好意也。”新月答曰：“有理。”拖申樾至神前同坐下。庆云遂说：“因恐申樾把不住心猿，故来探拨，代为筹策周全。姐一见，就知与男子耳语，心已早动，再拨愈炽，故托故脱离，遣老妪打破。”又将侦拉奴仆，饮冷茶压火，及听自语自悔责等情，从头至尾尽行说出。又笑曰：“二位莫怪直言！在大奶神前，那敢存头露尾①。今引正途，可知好意？”

此时二人方知其因，羞愧无地。新月复跪于神前曰：“蒙大奶饶恕未责，弟子自应请责，以戒将来！”双手自向两颊自打，至红肿方止，又磕头起来。时已渐明，新月仍向捷径回去。自此二人洗心立志，一毫不苟。至仁翰去吴讨逆时，池楼惟申樾一人，无人敢入，申樾亦不出外。

此番因新月所寄家财被林族争控归官，始挺身作冒，果遂计领回。后仍在池楼下不出。那日看《论语》中：“岂若匹夫匹妇之为。谅自经于沟渎，而莫之知也。”遂思：“我即如是。守一己之小信，而没终身之远图。既此回去诉冒，无人看破，父母未老，何不再去一游，亦可结识士人，方不负平生之所学也。”又思：“无花木兰之勇力，倘遇强人奈何？可求大奶一灵签，看许不许。如许则行，不许则止。”即向神前祷告一遍，抽出一签，对谱看乃：

假去假来亲益亲，假中遇假便成真。

若逢花月休规避，总把镇盘心②莫倾。

此条签即陈鹿韭所抽，已去外游。今又与虞申樾抽得，明系大奶暗中撮合。

---

① 存头露尾：藏头露尾，指遮遮掩掩不实说。存：藏。

② 镇盘心：原指杆秤上的准星。比喻良心准则。

申樾看签喜，许了以游必遇，又假的是真，奇逢不必避，只把方寸把定，万无一失矣。惟俟有机会而去。适遇轮当官差，令申樾去当之。

原来彼时民间科派杂差甚繁，家中有壮丁者派去当兵，半老者派去挑负。因虞家半属斯文儒弱，只派去各衙门抄写文字。一日轮派一处。虞家应轮出三人，往时乃诸兄弟去当，申樾并未去当。此次因兄弟多有事故，令申樾去当一次，下次不须再去。申樾只得随二堂兄至城内矣。

是时官衙甚少，凡有办事，皆借于庵、堂、寺、观，各部分定处所。虞家三兄弟派于清海尼庵，在于石塔寺东边，数十个经承缮写。该庵甚大，头门内两廊房舍，为刑部抄写之公所。申樾随二兄抄写，至暮回去；应写三日，次日又至。诸写手写完，即有进佛殿、后院游玩。虞家三兄弟，至每日完了，亦邀同进院。只见佛殿上，金身宝相、法座幢幡，极是肃静。院落花草迷离，松竹掩映。忽有一尼子出至云堂侍茶。三兄弟同入堂内，茶毕，因见两壁间皆张挂名公字画，兄弟彼此看玩不已。

欲出，一回头间，忽不见申樾。问于尼子，答以："见其先出去了。"一兄寻讨，一兄先出查看。其云堂只有一间，并无隔堵①，又无明窗暗楼。呼之无应，觅之无迹，至内外寻匝并无。二人大惊，一先回查问，一留下寻讨。因查未回，其父、叔、诸兄弟连夜赶至，分头查访，又同入尼庵搜寻，并无迹踪。适国主来行香，人又众，寻无，即出来即写榜文各处贴。寻旬余，诸兄弟访至下渡，顺便入临水宫求签，抽一签曰：

明月芦花照五湖，无中似有有中无。
雁群失阵休为别，能自成双返故庐。

盖此签与陈鹿韭之兄抽的相似。诸兄弟将此签语带回，与各伯叔猜详。所南、所钧皆以此签恰合兄弟求问，不须寻讨，将来必成双自回矣，遂不再寻，同回虞公庵家中。可怜其母想念痛哭，伯父、叔父悔之无及。且慢表。

先说申樾同二兄一处，即刻不见无踪。原来那佛堂一向空，三面土墙，上无楼阁，地下皆铺方砖，其机械乃在柱中。其柱大甚，内空心，只半爿如蛏壳仆②于外面。上下有转轮机轨，人向之一碰，即车转③。人被车兜拽过墙外别室，柱又车回如故，神鬼不知也。此乃诸淫尼所设。有行货子弟④，于人众中潜入之亦不觉。俟有俊俏之人，诱至柱旁，轻推遂入。此回虞家二兄弟同申樾

---

① 隔堵：分隔房间的屏风墙。

② 仆：覆盖。

③ 车转：轮转。车：旋转。

④ 行货子弟：不良子弟，品行不良的年轻人。

游至，被尼看中意，令尼子捧茶伺之。等两个心向壁看字画，惟申樾在柱边，轻轻一推便过界，他两个看字画不觉。

申樾被车过，即见三四个小尼将机轨拴塞，再推便不动矣。共笑谓曰："天赐奇缘，郎君始能至此风花雪月之异境！"申樾被推入大惊，因闻其言有"风花雪月"四字，暗思临水夫人之签中，有"若逢花月休规避"，正合神机，遂放心不拒。问曰："把小生推到此处，二兄长在外，必来寻讨。"诸尼共答曰："二位令兄不知在此，必往外寻，万古亦寻不着，即管放心在此要乐，厌了再回去可也。"申樾犹未答，那持茶之尼亦至，笑与众曰："此状元郎是我推选的，头杯酒要我先饮。"众亦笑曰："只让你半杯，余半杯大家同来嗒嗒[①]。"申樾暗笑："黄犬想食豆腐骨[②]！"

诸尼又邀至一阁，内有牌写"花月别境"四字，其中博古玩物，槛外花坞鱼池、竹木围绕，别有一番景界。共有六七个尼姑，陪叙茶毕，即问姓氏住处，申樾自思："不可说真名字。"随口答曰："某山西林氏。"即引进之尼道："外面说是东山虞姓。"申樾即答："他二个一时漫应也。"

即刻排有酒席，即同坐共饮谈笑，至天晚更深方撤[③]。引进之尼便拖申樾下来，入自己卧房；众亦争夺，拖来拖去，申樾暗笑不言。正在对拉，忽闻斋妈[④]大呼曰："快都出来，国主来此查庵点名，带去回宫念经。外面纷纷乱，汝们还在此要乐不知耶？"众以为作弄，皆迟迟不动。少顷又来催唤，始带申樾下来。又引至一暗楼，把楼门倒锁，诸尼便出去。

正是：顾我镇盘心把定，任他设陷计殊深。未识如何，下文说明。

---

① 嗒嗒：尝一点儿解馋。

② 黄犬想食豆腐骨：俗语，义同"癞蛤蟆想吃天鹅肉"。

③ 撤：结束。

④ 斋妈：尼庵里做杂活的妇人。

第一六六回　救假男采莲同脱网　冒驸马新月教书生

却说虞申樾被众尼存匿在清海庵，不知是女；争挽间，忽报国主来行香点名，即将申樾带去另存别楼中把楼门倒锁，同去佛堂听点。原来闽王宫忽然出鬼，日则抛砖掷瓦，夜至弄犬惊鸡。李恒义入宫始知，即命驾来清海庵行香，请金身佛相，带众尼入宫，照花册点人。不论老少及未落发者，一总点入宫念经制鬼，只留斋妈看庵。

庵内共三个斋妈，内两个偷存[1]物件回去家中，只有一个无家可归，在庵看守。申樾被关在楼，无门可出，思："众尼如不回来，岂不饿死此处耶?"正愁思间，忽听开锁声。有一个少女，极美貌，钻上楼来，便问："施主何处人氏？至此几日了，因何关锁在此?"申樾见来意不恶，便将住址、姓名、被骗关锁此楼，据实告之。少女曰："大造化，才关一夜，遇着奴得生，不然想有命回去耶?"

申樾骇而问故，少女曰："施主不知，此乃陷人坑。有男子被诱入者，初来皆喜，日夜要乐。至数月厌了，关此楼内，活活饿死；又去诱新的，厌时又如是。奴眼见此楼断送无数性命。"申樾又问曰："饿死尸首何出脱[2]耶?"少女曰："怕不出脱？后门便是山。只说斋妈病死，把草席包卷去掩埋就了事矣。"申樾又问："小姑姑因何亦在此?"小女曰："人是此间人，心不是此样心。今先问施主，有能带奴出去否？如不能，请施主自出去，不必查问。"申樾曰："要带同走怎不能？总要先说实情。小生实是女身，与她相同，故不惧其致命。"

小女曰："如是女身，死更快矣。她若放出去，岂不怕说破其机关，如何饶汝？今幸未被识破，快带奴同走。奴并非此庵之人。奴乃人家好闺女，名采莲。祖父姓严，世代儒官；父名春山，为乡间子弟师。奴随兄读书至十三岁，颇晓文艺。因父得沾重病，卧床不起，母亦病倒。兄又无经纪，贫病难当。一家将

---

① 偷存：偷藏。

② 出脱：加以处置，使自己摆脱。

至饿死，不得已托乡邻引进，卖与此庵为尼子，得身价银五十两而济燃眉之急。父母幸得此银，医药病痊。

“奴先只道为尼胜于为婢妾，至此庵，始知为尼子犹不如婢妾之洁净也。年少未破瓜犹可，一至十六七岁，即要招客，落发破身，犹迎张接李，害多少良家之子弟。及至人老花谢，即为贱货，此乃为尼之大略也。奴系当家背地买来，不去报官上册，故昨点花名册中无名，得以脱漏。

“奴今年已十五岁了，师父居为奇货，有人出二百金与奴落发者。数日前有一泉州商人来看中意，先交三十金为定，约下月初来合欢。今已月末，难期在即，思无门逃走，惟思一死。昨夜通庵[1]俱去，师父嘱奴勿出外游。奴正思逃走，看此楼门下锁，料必又有人关此来饿死，故开进看，果施主在此。若是男子，碍有不便，却喜亦女，天遣来带携奴脱此难!”

申樾闻说骇异曰：“原来是孝女，落此地步。为尼姑有如此胡为，如不实说，安得而知。果天之所遣。今同走[2]出投官宦人家，再看将来。”采莲曰：“何官肯相留，不致其鱼肉耶?”申樾曰：“吾妹亦假作男装，假作甥舅，不拘甚官府衙投入，自然藉一大势面言之[3]，无不尊敬也。”

采莲曰：“言起官府二字，记得有一官物在此，可取来看。”采莲言讫，即去取至，乃一纸包。申樾开看，内写：“大闽王札付镇台江都指挥使唐建策受此”札文，原来是一大官员之札付，内有闽王之印。讶问：“此从何来?”采莲曰：“数日前有一官员至此行香，遗失庵内，被斋妈拾去。不识字，将焚去。奴见乃官之诰身，官无此何以为凭。姑收存之。不知此官府在何处，即同送还之并相投，岂不更属稳当耶?”申樾曰：“极凑巧！此官之来历，即在南门外台江，有不感激而不厚待我们耶？今去投的所在有了，还一宗：双头蛇[4]既见，如不除之，留作遗患！可将此云堂机轨，放火烧毁，何如?”采莲曰：“奴亦思此。快趁内外无人，只有一老斋妈，现在前殿，见火起哪肯不走耶？我们放了火，由后门出去，她知此火何起?”申樾曰：“惟你无男之衣服，奈何?”采莲答：“皆有。”即刻穿换停当，又怀带珍宝并官诰，食了点心，拿引火之物，放于机轨之柱边，点起火燃及，二人悄悄由后门逃去矣。

那云堂火燃上屋，烈焰冲天，外边斋妈方知，跑至街方喊叫。火鹞[5]即拥

---

① 通庵：全庵。通：全部。

② 走：逃。

③ 藉一大势面言之：假托为某大人物来说话。

④ 双头蛇：民俗认为见到双头蛇不吉利，必须将其打死。

⑤ 火鹞：乘火打劫的匪徒。

入，明言救火，暗行抢夺，庵中物件尽被抢尽。至官军来救，前后被火封住，听之自熄。后入之火鹞烧死二个在内。诸尼在宫经念未完，闻报庵被火烧尽，人烧死二个，以是采莲、申樾，痛恨不敢言出。诸尼因无家可归，李恒义匀派于城厢内外各庵安顿。自此除去清海庵陷人之地，不再建矣。

却说申樾将尼子改作男妆，认甥舅，同逃出南门，问至台江唐指挥衙门，令看衙人报："周新月驸马来拜会。"那唐建策乃前朝司狱官，因改朝历有战功，升作指挥使，统领内外战船，甚属威严。闻报周驸马至，即整肃衣冠，开中门出迎，接入后堂。问："此一位何亲？"申樾答曰："舍甥严采莲，随同游学。因闻年兄驻镇海疆，特来贺喜，并候升安。"

建策答："不敢当！自逢恩公拯救，望报无由。今幸降临，得稍报于万一也！"即令家丁唤合家男女，同来拜谢。申樾曰："弟有何德？敢当此重礼！"建策曰："当日弟为司狱时，越走打死大觉和尚并打死二行者之重犯，彼时，弟已绑至法场，同狱卒一并斩首，幸逢贵公主再造之德，一言得救数命。彼时若无公主安至今日？"申樾答以："言重！"须臾建策之妻，并三子、二媳同出来，建策领同罗拜于地，采莲旁立，申樾答拜还礼。

拜毕，惟三子奉陪同坐下。申樾曰："行此重礼，折福！折福！弟今日来贺喜，并送一物归赵。"建策问："何物？"申樾令采莲怀中取官诰，送于建策接看。建策即喜曰："此物怎被恩公得去赐还也？！"申樾曰："此物失落清海庵，经斋妈拾去，不知何字，将焚之。适舍甥在旁见之，诱取来与弟看，方知是年兄之官诰，故特亲送来也。"

建策曰："前蒙公主重德，又蒙甥爷重惠！前日因叙功，蒙李国主简授斯职，领此官诰，顺便至清海庵拈香，回署始记得，不知落于何处，四处寻无。无凭怎作得官？倘不遇得被焚去，将来邀验无凭怎处？今又蒙赐还，恩惠深于海矣！"申樾答曰："皆吉人天相，弟不过顺便带来，何敢当此过谦？"建策又问曰："恩公去倭，何时返驾？"申樾曰："弟回乡已有月余，因休僻无以旷怀，故同舍甥来寻馆糊口。"建策曰："言重，过谦。恩公如肯下降，即屈留敝署设帐，训诲三个小儿，喜出望外，只恐大才小用。小儿名攀龙、攀凤、攀桂，难以造就，并且束脯供膳淡薄，须祈海涵！"

申樾视三子皆清秀，攀桂更出色，即答曰："只恐才学浅陋，不足当西宾之任。"建策答："言重！"谈有许久，家中排席接风。席罢，安顿于后墙一座花亭，小门通街，甚清雅，作书房款待之。采莲背问曰："有敢冒作状元驸马周新月？将来有事不对，被人识破，或真的来查究，何以处之？"申樾曰："我与周新月至相爱之表亲，我之面貌似他无异，他之事无有不知。他已去外番，无数

年难回来。即回来，闻是我借他名色教读，怎不作情[①]。即被识破，亦无大事，而且还有送还官诰之重情。”采莲闻此，始安心不惧。

至三日，建策送三子上学。申樾定一月逢三、五之日课期作会文，余皆读书、写字、说书。攀龙、攀凤皆娶，有事管理。惟攀桂日在读书，年纪与采莲相同，与采莲并桌，甚爱。申樾因见二人共桌，甚相爱，遂刻刻提防之。那日清明节，采莲因见犬带柳环，随写一对付与攀桂，乃：“攀桂项套杨柳”；攀桂笑，亦写一对对之，采莲看乃：“采莲命带桃花”。

采莲看了，顺口骂：“攀桂拔牢洞”[②]，攀桂答曰：“采莲打股川[③]”。申樾听见喝曰：“二个过来！”攀桂惊甚，同采莲齐立先生桌前，申樾骂：“你二人书不读，说甚打股川拔牢洞？”攀桂说是采莲出对。申樾又骂曰：“以后敢再说此不正之语，先打汝二十板！”二人归位，仍读书矣。

又一日，申樾目尾见[④]攀桂写了数字，带笑递与采莲。采莲接看，面即失色变红。适午饭排便[⑤]，申樾令二人先出去食，攀桂即将字存入桌屉。申樾俟他走了，向屉取看。内写“昨窥后门坎，被蛤[⑥]惊破胆”二句。看完仍存原处还之，入食饭不言。至夜，申樾入房，问采莲曰：“你与攀桂有私么？”采莲曰无。又问曰：“若无私，怎知你是女身？非与他有私，从何而知也？”

正是：童儿不作此歪句，尼子安能配宦门？且看下文如何分说。

---

① 作情：做个顺水人情。

② 拔牢洞：诅咒语。旧时犯人病死于狱中，尸体不能从大门抬出，而从牢墙洞拖出。拔：拉。

③ 股川：屁股。

④ 目尾见：瞥见。

⑤ 排便：摆放停当。

⑥ 蛤：蛤蜊，此处隐喻女阴。

第一六七回　严采莲假男聘佳婿　铁连环作戆图美男

却说采莲讶问先生："何知与攀桂有私?"申樾说："其字二句，方知之。"采莲闻了，隐瞒不得，曰："昨因早饭后头痛，至房内略倒片时，不觉睡去，谁知被攀桂偷来，要以墨涂体，揭开衣见是女体，自行惊走。学生随醒，摸中衣，却离带，惊甚，疑是他进。今日见他见面即笑，问之不答，随写此二句代答，方知是他偷探。羞愧无地，不敢告知先生。"申樾曰："吾早知防之。前以男遇男便亲爱，如是今知是女，岂不锦上添花?若隔绝之必至离魂，从之难免毁庙。不得不撮合，以成其美。只是佳期有时，还要自重!"是夜筹之。

次日叫攀桂至，背地谓之曰："我因汝与采莲甚相得，可以实告之。她乃是清海庵之尼子，原是名门之女，因父母多病卖身。今有志保身还俗，方带之假为男子从游。闻前日与你玩笑识破，今既知之是女，汝若不弃嫌尼子，我即借名为媒妁，与汝父说知，配为汝妻，待时完姻;倘嫌之不要，便不须说。既识破，此处便站不得，即带去别处另择配偶。"

攀桂闻此脸红，头不敢抬起。申樾又言曰："今所言乃是明婚正娶，喜不喜即管言之，何用怕羞。如遂私至苟合，被觉，乃羞之至也。"攀桂强颜答曰："先生美意怎敢有嫌?惟曾为尼子，切不可与父亲得知。"申樾曰："若喜，正要吩咐汝，汝反来吩咐我耶?只是与汝父说了，书桌要隔远些，可自避瓜田李下也。"言毕出来，叫采莲背书。

适建策至学堂看读书，连声称赞采莲读书，才貌俱佳。申樾曰："此舍甥双胎，一男一女，兄即他。其妹品貌与他无二，名碧莲，年十五岁了，亦常在弟家。意欲附托高门，配与三公子攀桂为百年伉俪，不知尊意若何?如是允诺，即弟为媒，可乎?"

建策曰："恩公如不弃嫌，喜出望外，还有不允诺耶?今亦不须抽签问卜择日，即与甥爷同胞双胎，兄即妹，妹即兄，两人一体。恩公又是先生舅公，又是主婚冰人，不用婚书，只彼此各定一物，即今日着甥婿与舅公磕头，学友大舅行礼就是了，好么?"申樾答："简便妥当!"建策即令高堂悬灯结彩，取一支玉

钿，申樾取采莲一串珠牌，互相为定，遂行了定婚礼，饮了喜酒，两姓便定矣。

自此攀桂之书桌撤开房内，离远，不敢亲近。建策见而笑曰：“前未结婚还并桌，今结了姻反离远，何也?”申樾笑曰：“前系同学友，今乃未过门之亲。大舅妹夫不好意思，自行避敛①!”建策笑曰：“亲愈疏，疏愈亲，此之谓也!”正在谈笑，忽报铁连环、金刚钻海寇贼船进港打劫。唐建策即督带官兵，驾船去防堵剿捕。讵那贼进港，便将沿江近岸之居民尽行劫掠，官兵趋至，已杳然无踪矣。建策追至闽安镇外而回，奉复李恒义：贼被杀败逃去。遂回本衙内，又出来学堂。

申樾问：“贼势如何?”建策曰：“他一闻官兵至，便走遁去了。”谈论之间，忽有一人挑粪桶由后花亭门进来，问有尿舀否②。有一书童走出喝曰：“无，无！快出去!”那人见有尿桶放在墙边，指之曰：“此不是尿耶!”书童看只有小半桶，漫应曰：“要即一百文舀汝③!”那人放下桶担，答曰：“太少，不值一百，只出五十文。”书童曰：“六十舀汝。”那人即拿起尿桶去舀。学堂上众人共笑，以些须尿不值几个钱，他怎出六十文？那舀尿舀完来凑担，书童曰：“有一夜壶，要三十文。”那人曰：“拿来看!”申樾见其人身势高大，笑问曰：“汝是何处人，此尿买去何用?”那人答曰：“呧④福清人，舀去泼田。”又问曰：“别人亦舀去泼田，不出此价，惟汝肯出此价舀去，何也?”又答曰：“呧都在海里讨钓⑤，福州城未来过。今一半来讨料⑥，一半来学乖⑦，遇有尿便舀，钱倒不论。”

建策将进去，闻他说在海里，便问曰：“汝是福清，都在海中往来，可识铁连环么?”舀尿的曰：“认得。他在海上为强盗，亦只平常，汝问他何故?”建策曰：“与之对敌时，听见说他本事，水里能困⑧三日，岸上能敌百人；福清江阴人，本姓铁名英，字连环。他原是饱学秀才，因此世重贿赂不重文才，屡举不第，忿气落海⑨，效黄巢欲横行天下。因疏财重义，人皆附之，未及一二年间，人投数万，船只数千，横行海内。现刻⑩出镇外之长乐、福清、兴化、连江、

---

① 避敛：回避。

② 有尿舀否：市郊农民入城向人家收集粪肥，并付给一些小钱，人称舀粪。专门收集人尿的称舀尿。

③ 舀汝：让你舀去。

④ 呧：我。拟福清腔，音同“瓦”。

⑤ 讨钓：指捕鱼。讨：找。

⑥ 讨料：收集粪肥。料：肥料。

⑦ 学乖：学聪明，指增广见识。

⑧ 困：睡。通“睏”。

⑨ 落海：下海。

⑩ 现刻：现在。

罗源、温麻至宁波等处，无铁连环旗号，不得往来通连。伙中还有一人姓金名型，号金刚钻，亦是文武全才之豪杰，协同辅佐，如虎生翼。故闽浙会同剿捕官兵失陷无数，无法可施。”

申樾闻之，问舀尿曰：“这等厉害，汝怎说平常？”舀尿曰：“将几个贼茅说得如此排场体面。官兵全是虚应故事。肯与呃商量，去买好线索，不用三日过，把铁连环、金刚钻自拿自解送来。”申樾笑曰：“汝能干此大事？”建策曰：“舅公听他作甚？贼都不识，还想拿他！”那人曰：“呃前几日在海里，听他与众谋议某日悄悄进港打劫，果于某日到来。呃如来此，教汝们拿住，就着了[①]。”建策曰：“汝今再去打听，他几时再来，先来报知，自有重赏与汝也！”那人曰：“此甚容易，他行动怎瞒得呃？”

一面说一面看书桌，问曰：“汝们在此，一人坐一张桌，又不开店作生意，怎么数簿[②]这样多？”建策笑曰：“真是海驴[③]，读书都不晓得，只知数簿。”他又问曰：“读书何用？”又答曰：“读书人作官。难道汝学堂门未入过，一字犹不识耶？”那人曰：“正为一字不识，才来学乖。呃今日亦来读书可否？”建策曰：“怎不可？只是从新发蒙，束脩要多些。”又问：“什么呼作束脩？”答曰：“送先生的礼貌[④]也。”那人曰：“明日就来读，要带多少银钱礼物来也？”建策答曰：“拜门礼十两先送来，束脩十两，其余礼貌汝自己出，纸、笔、书本、伙食自备带。”那人应曰：“快事！今先讲定，明日来，推辞不得也！”申樾笑曰：“人已半老，还想读书！与汝说笑话，快去别处舀尿！”

建策曰：“看银分上，收他来帮学[⑤]不妨，明日即管带银来，我与先生讲情，收汝作学生！”那人曰：“收呃作学生不错，不收可惜！”申樾笑曰：“是大老爷讲情才收汝，非贪汝二十两银也！”那人曰：“银子算甚东西，只是晓得海贼之信息也！”建策曰：“汝在这里读书，哪知海中之事？”那人曰：“呃船中有一戆奴才，叫他在此往来，自会知之。”建策曰：“今且回去，明日穿鞋袜衣帽，早些来上学！”那人挑起粪，又放下曰：“不放心，明日带银来，如不收，再回去不好讲话。尚有碎银，先放在此做定[⑥]，才放心。”即向身上取出一小锭银，递与申樾。申樾笑而未接，建策即代接曰：“今收汝定了，可安心了？”

---

① 就着了：就对了，就成了。

② 数簿：账本。

③ 海驴：讽没见识的海边人。

④ 礼貌：礼物，指教书的薪水。

⑤ 帮学：（在他人私塾里）附读。

⑥ 做定：当订金。

那人正要挑起粪桶，又有一大汉进来，见曰："呃以汝被人招去作女婿，四处寻无。见此有书馆始进来，一看果在此处。一天只有此三四管[1]尿，不去再舀凑，在此学什么乖？"那人即答曰："呃寻学乖的所在寻着了，明日来此读书。汝船且慢开去，此数日要挑东西至此，来来往往。"建策即问："是汝何人？"舀尿的答曰："家中奴才，名阿狗。"建策曰："汝说叫他来往，即是伊么？"那人答："正是。"

建策即问曰："汝可晓得铁连环今在何处？"阿狗曰："在五虎外。闻他欲上北去，不知去未去，再打听便知。"建策曰："好极！今汝主人在此读书，汝时常与我打听。有甚信息来说知，自然不难为汝也！"阿狗曰："去打听就晓得。"那人谓阿狗曰："戆奴才，呃先行，汝挑粪桶就来！"言讫，便去了。阿狗挑起粪桶，向内笑曰："伊声声叫呃作戆奴才，不知伊多少乖处。比呃看[2]更戆十倍，只是有银钱使用。"建策问曰："他在福清哪里住？姓什么？有多少家财？"阿狗曰："伊在网山地方，该处无人读书，都是讨海种田。他是王姓，有百万家财，父兄皆在海中行钓船。因此番贼船多，海中不好行，改业种田。他要来都城见识，伊爷取出二百银，与伊来学乖兼讨料[3]，叫呃来照看他。前日到此，昨日带四百钱出来，只舀两半桶回船，自称多少[4]能干。今日不知带多少银钱出来，亦只舀此数管尿。若果在此读书，二百银犹够花费。若都去舀尿学乖，不用数日，被人骗干净去了！"

申樾曰："汝何不教导之？"阿狗曰："他说银钱怕没有？完了，回去拿来就是！"建策曰："何时来，顺便探海上消息。"阿狗答："好。"说完，挑粪桶而去。申樾等共笑之。建策曰："今听那奴才说其来历，怎不收之？添补先生余囊，又探海中消息，可谓一举两得也。"申樾笑曰："只是添一大汉，学堂中不好看些。"建策笑答曰："有文昌必有魁星，有关公必有周仓。妍者愈妍，丑者愈丑，分外好看！"申樾亦笑曰："观音无监斋[5]，施不得食；吕纯阳无柳树精，度不得人。"

正是：未看丑态安知美！不履高山怎显平？且看下文如何分解。

---

① 管：竹筒，此处指竹筒做的舀粪勺。

② 比呃看：照我看来。

③ 讨料：收集人粪尿。料：肥料。

④ 多少：多么。

⑤ 监斋：民间传说在"普度"活动时监督鬼类领取醮祭食品的鬼王。

第一六八回　明受贿纳戆徒帮学　暗代笔饵美生顺情

却说阿狗至次日挑至椅桌、小锅灶各物，建策令排于壁边，小锅灶放于后房，有现成眠床。阿狗又去，须臾又挑两口袋并铺盖，后随舀尿的，身穿长衫、布鞋、袜帽，落落拓拓，摇摆行来。于布袋取出银各十两二包，为先生拜见束脩；又取出一包十两，为斋主茶仪①；问："学友几个？"答："四个。"又取四包，各二两，为学友果茶；又一口袋茶叶，又一口袋白米与先生；一口袋白面送斋主。建策笑曰："都分尽，自食什么？"阿狗答："再去挑，就来。"随教之拜圣人②、先生、斋主、学友，那人合掌如和尚礼拜，看的人笑至出声。

阿狗指点行礼毕，又出。时攀龙、攀凤同在，问姓名排行，他不知。又问曰："汝家中叫你作什么？"伊答曰："人都叫呱王三戆。"众笑曰："王就是姓，三就是排行。"他喜曰："今学了乖，原来王三戆名姓排行都在内！"建策曰："今读书了，叫先生另起一名。"申樾曰："把戆字不要，即名王山罢。还有汝称的呱要改。"答曰："名改王山可也。那呱是呱祖宗流传下来，再改去，不是学乖，乃是卖祖宗了，惟呱断断不可改。"建策笑曰："且仍之。"问："有书带来否？"王山答："不知。有银一二两在此，烦先生代买书。"申樾曰："有现成《孝经》先读。"即将《孝经》教授之。

王山看了曰："此书不好，快换好的来读。"建策笑问曰："汝怎知此书不好？"王山曰："字小不好。钱不在多，可买来大大字一本。"建策笑曰："要大大字的亦有。"申樾取《三字经》授之。教了一遍三行十八字，又写朱字，与他照样为式模写。王山所写皆抹得糊涂，不成一字，众皆笑之。一连三日，《三字经》不识三字。

那一日，阿狗又挑一担东西，皆山珍海味以及酒果米柴等物，自入后房烹

---

① 茶仪：茶水费，小额礼金。

② 拜圣人：拜孔子灵位，旧时人学的仪式。

调办完，即排于学堂桌上。建策同攀龙、攀凤早已入去，惟请一位先生，二位学友食了。王山在后房，同阿狗自食，再叫不出来。外面三人只食一半，食不去[1]。王山叫家童各人尽捧去食，又包一两银，与他各人买酒，书童等喜欢。阿狗安顿停妥，便回船去。或三四日来一次，送食物来，或四五日来看视。王山在学堂，由之读不读，多弄食物点心，学堂内人皆分食。初建策不食，后亦食之。馆东与先生各人无不喜欢，只是一件可厌：俟有客至，便来问字不绝。客当面一看便好笑，闻是初发蒙，莫不捧腹。

那日建策正对客说话，王山知，故意又来问先生不识之字。客见之，笑不能已，建策亦笑曰："汝聪哥莫在此打洒客之话头[2]。桌可挪入边房去读，如不识，去问攀桂，不许再出！"王山即将桌自搬入与攀桂对觑[3]，又去对房烹食矣。时常与攀桂对食。攀桂之品貌学堂内夺魁，其为文最迟钝。逢有课期，往往不完卷，作出犹不能成文理。建策捐有金、银、铜三等钱，头等赏金钱，二等赏银钱，三等赏铜钱，四等无赏，五等责五板。攀桂从来未赏三样钱，且常受打。每逢攀桂课期，饭不能吞，学难进益，几度思要丧生。

那日逢课，二兄及采莲皆缴卷，惟他任催不能完卷。王山初遇作课，不知，仍捧点心与他同食。做完者喜而食之，惟攀桂不能完卷，不食。因出去小解，进来见桌上文章已写有稿，前后看无人，疑甚。只王山在旁烹茶，因问曰："有何人至此写字？"答："未见。"攀桂因催得急，即照稿盘[4]过。此次得赏铜钱免责，心中自可疑[5]何人代他做的？心不解。

建策那日来斋，见攀桂此次有赏，曰："此子稍有进益。"适王山在旁，问："今日作甚都不读书画符？"申樾曰："课期作文章。"又问曰："什么叫做文章？"答曰："吟诗作赋。"又问："何不教呃做？呃看读书厌死人，惟看今日作文章，大有意思！要日日看之，学学乖更好，明日再作何如？"建策笑曰："汝这个学生，不能读书，能知文章？今便一月多，作与汝学学乖。"即与申樾议作五日一期，众皆不惧，惟攀桂惊得欲死。那日逢期，题乃"盆鲤放生，右调西江月"。题一出，众出默坐，而攀桂魂无矣！惟题纸排于桌上，人伏着思之，至午后，思不出。平日歪诗反能作，今正经作文章，半句都无。

盖当时诗、词、歌、赋都叫作文章，至宋王安石始创时艺[6]也。攀桂思来

---

① 食不去：吃不完。

② 打洒客之话头：打断客人的话。洒：通"煞"。

③ 对觑：面对面。

④ 盘：抄写。

⑤ 可疑：怀疑。

⑥ 时艺：八股文。

想去，作不出。忽听王山叫食茶点心，气甚，骂曰：“都是追魂鬼来追命！”王山不答走出。攀桂骂了低头看题纸有字，愕然念曰：

神物岂能久困？终须放汝归宗。

慢愁前路渺难通，尺五之天最近。

攀桂念了，正正合题，又疑又喜。惟写一半未全，见王山又携点心来，问曰：“汝见有何人来桌前写此字？”王山答：“未见有人进来。”攀桂思：莫是朱衣[①]暗里代作半截，被王山叫食点心惊去，今再伏着等他，必来凑也。思了又伏在桌假睡。伏有许久，闻笔声，偷露半眼窥之，乃王山按桌上写凑，执笔如龙蛇飞舞。惊甚，仍不动，待他写完去了，始起看之，句字俱佳！筹思：原来是大名士，假作不识字之蠢夫来做朱衣，救我性命，不知是何缘故。今莫管伊，且抄来抵塞，后再侦之，遂将全章抄录送出。申樾同建策同看，念曰：

盆鲤放生

神物岂能久困，终须放汝归宗。

慢愁前路渺难通，尺五之天最近。

丙穴桃花滚滚，禹门春色融融，

他时若得化成龙，润物之功最重。

师、父二人看之，同曰：“不存意[②]攀桂近日学问大进益！”攀龙等皆至看之，果已作之不如。申樾问三人曰：“此处还有白袍将挟带之弊否？”遂看攀龙等皆不及他，于是赏金钱。王山立在旁，亦笑出声。建策问曰：“今日又作文章，汝学有乖否？”王山答曰：“有。原来文章是字叠的，字是墨涂的。”申樾笑曰：“果聪明，一看就晓得本源！”众皆笑之。攀桂自此不敢藐视王山。

过数日，阿狗又挑一担鲜咸鱼淡鲞[③]来，王山即分送先生、斋主。建策问：“可打听海岛有什么信息？”阿狗曰：“那铁连环王八蛋已上北去了，本海港十分平静。”建策曰：“平静便好！”王山亦问曰：“那金刚钻臭婊子何在？”阿狗曰：“他总在，王八蛋还去远不成耶？”阿狗煮食了仍去。

那日又是课期，出咏苔律诗，得毡字为韵。而攀桂有白袍将，并不思索，亦如前，纸题放在桌上，伏着假睡，仍偷窥之。王山又捧食物来，拿起笔写上四句。攀桂喜甚，只伏着。谁知他写完连题纸都拿进后房，攀桂惊半死，起位

① 朱衣：明代陈耀文《天中记》卷三十八引《侯鲭录》：“欧阳修知贡举日，每遇考试卷，坐后常觉一朱衣人时复点头，然后其文入格。……因语其事于同列，为之三叹。尝有句云：‘唯愿朱衣一点头。’”

② 不存意：没想到。

③ 淡鲞：不咸的鱼干。

跟进，陪笑曰："大哥再写，拿进来则甚?"王山笑曰："今日晓得是呃写的?"攀桂曰："知大哥代弟作体面。"王山笑曰："今汝再去作!"攀桂失色，拖衣恳曰："今不代，半途而废，狐狸尾必现矣！求全情面，自当后报!"王山曰："现不报待后报？勿拖，勿拖。"攀桂急了，答曰："要就报，即去取。"王山笑问曰："取什么?"攀桂答以黄金、白玉之类，王山曰："金玉不要，要汝身上。"攀桂答曰："身上更易。"王山曰："既易，可取砚、墨、笔进来写。"攀桂即取进。王山写完，笑曰："汝谢了我，即拿去。"攀桂说："要哪一件?"王山耳语曰："要后庭花。"攀桂始悟其局，退出，不胜烦恼，欲自作，又无。忽闻外面父对先生曰："前课那'盆鲤放生'不敢信！且再看今之诗，有无作弊。如与前不符，可知其代笔，还要究弊从何来!"攀桂闻之，心更慌。忽王山在房口一手招之，一手递诗，喜甚。忙取一看，乃四句云："何事入天潢，因探月窟香。宁为儒土恳，不学吴刚强。"

看完思："原来设此局来谋我。"细思："且许之，保一时之体面。如不许，除己能自作，始可绝之。"筹思无法，即许以时。王山即将咏苔诗递与攀桂接着了，正安心，俟三个先缴，自己俟至迟迟呈缴，方不生疑。

正是：万乘难攀月窟桂，一诗能得玉壶冰。后事如何，下文说知。

第一六九回　怀才暗授说俚酒令　割情忍别吐实根由

却说攀桂密抄王山代作之苔诗，随后呈出。申樾请出建策同来取看，看至攀桂所作云：

阶前一片毡，欲滴翠堪怜。
屐齿休教印，帘栊可许延。
蜗书苏蕙锦，花点薛涛笺。
幽处宜栖隐，权门岂有缘。

二人共看，皆说学有进益，遂赏以金钱，余三卷皆平等。那二兄愧甚总不及，皆不疑有人代之作也。适攀龙、攀凤夜夜在内奋读，攀桂因之亦搬铺盖出学堂，外房夜读。每读至夜半，王山密授以秘略，讲究要诀，或出题令之操练，或自作与之作式。

那王山即欲脱身而去，奈攀桂情牵，不留自留。攀桂查问其真，王山只说惟戆是假，其余皆实，攀桂信之。因上下皆买足，外面或有作戏，书童邀去看玩，至回来仍作戆说笑。建策问书童，始知是作某出戏，即将戏文说教言之。王山忽问书童："汝老爷背一物在台上作戏，如何就在这里也?"建策愕问。书童笑答曰："以背琵琶之鸨儿也。"盖建策是个胡须①，闻言笑而喝曰："狗子好大胆!"要打之。申樾笑而说曰："他并不是刻薄，是不知戏之出处，以有胡须故说之也。"建策亦笑曰："伊若知戏文，不成来此处学乖。"又将此出戏是假胡，非真的，说与知之。

正说戏文，阿狗挑一担东西来。问："何物?"答曰："不值钱。"打开看，乃鲍鱼、刺参、鱼翅、虾干，共计有百斤。王山令阿狗挑入内衙，建策笑曰："不必费许多东西，只把海上贼情打听的确更好。"阿狗曰："且喜了。打听得铁连环死在宁波，大众皆散去，今海中太平矣!"建策忙问："可是实么?"阿狗答："怎不实?"建策曰："果是实，今夜办酒请汝②!"王山问曰："汝来，取多

---

① 胡须：络腮胡子的人。
② 办酒请汝：宴请你。

少银与呒凑学乖?”阿狗曰：“无有，无有。汝爹娘叫汝回去再来，银一厘不肯与。”王山问曰：“何事许急[1]，叫呒回去?”阿狗曰：“汝自思可回去不可回去?”建策曰：“汝主在此处月余，银用若干，未学一些乖就回去，怎好说话?”王山曰：“乖已学有了，明日一定回去，免得戆奴才不愿[2]，挑唆杀了人。”

建策曰：“汝学乖了，且说学有什么乖?”王山曰：“怎无乖？字亦识十余个，帽边生翅是官，牛头无角是马；胡子叫后生作先生，后生叫胡子作鸨儿；大大妈，小小姐；小少爷，大大爷；小阿哥、大大哥。学了只乖[3]，回家说之，呒罢奶[4]怎不喜欢!”建策答曰：“又把我来嘲!”王山曰：“这都是老爷教的，不知什么嘲不嘲。”申樾亦笑曰：“连弟都被嘲也!”建策曰：“无知不怪！只是在此多日，说去，真舍不得，今夜可与之作饯。”即令书童去吩咐备办酒席，今夜在学堂饯行。建策又诘问：“铁连环因甚而死?”阿狗曰：“那忘八蛋铁连环活活被虱蛀死!”建策笑曰：虱怎蛀得死人?”阿狗曰：“那忘八蛋有一件护身袄乃蟠桃花、月桂子制练为棉铺之，能避刀兵，日夜穿定，虱生无数不捉。人叫脱离，他反以拔线[5]暗算，将说的人杀了，无人再敢说。那夜虱忽大如斗，迷不知醒，活活蛀死那忘八蛋。”共笑以是讲笑话。

王山问曰：“汝既知铁连环被虱蛀死，那臭娼子金刚钻怎样死耶?”阿狗曰：“怎不晓？他因言了不听，走离。一闻那忘八蛋被虱蛀死，亦不独生，立地亦气死矣。”众共笑之。是晚，席便排在学堂，先生、东家、学生共七人。另设一席在边房，书童陪阿狗。二桌各饮至半夜，讲令再酌。书童不能讲令，只与阿狗猜拳，连猜几拳，书童早已醉倒矣。阿狗自酌，听外席讲令。

外面建策出一令：要说人之身体，皆相同无异，惟古人亦有生的好[6]、生的不好。讲的是，酒饮一杯；不是，饮了再讲。令官遂先讲曰：“虞舜帝重瞳，生的好；西楚霸王项羽亦重瞳，生的不好。”

申樾亦说曰：“陶侃母发延宾剪，生的好；任衍妃发妒秃之，生的不好。”

攀龙亦念曰：“王衍口中雌黄，生的好；李林甫口中有蜜，生的不好。”

攀凤亦说曰：“曹令女鼻引刀自割，生的好；狱囚鼻，来俊臣以醋注之，生的不好。”

---

① 许急：那么急。

② 不愿：不满。

③ 只乖：这么聪明。

④ 罢奶：爹妈。罢：福州话“郎罢”（父亲）的略称。奶：福州话称母亲。

⑤ 拔线：暗中搞鬼。

⑥ 生的好：长得俊俏。

攀桂亦说曰：“关云长因须而封爵，生的好；曹孟德因须而割弃，生的不好。”

采莲亦说曰：“西子捧心，生的好；东施效颦，生的不好。”

令皆合适，各饮酒一杯，惟王山自酌，皆不理会。众催之讲，王山把手摇曰：“呃不懂，要学乖。”申樾曰：“学就懂。”王山又问：“讲甚话，哪样学之？”申樾曰：“只讲出古人身体，有生的好，有生的不好。”王山曰：“讲身体，那屁股并阴阳物，算不算身体？”建策曰：“亦是身体中所有的。”王山答曰：“又学了乖，原来此物亦是身体。其中生的好、生的不好之古人，我怎知之？”建策曰：“不要讲古人亦可。”

王山曰：“今呃先问，人之身体各处皆知，惟嘴皮[1]上，鼻孔下那一条凹处，叫做什么？”申樾曰：“是人中。”王山又问曰：“人中，可不是人之居中么？”建策答曰：“是，不错。”王山曰：“既是人之居中，该生在乳下脐上，方称为人中，因何生在头面下截？又不中于头，不中于身，怎叫做人中？”建策笑曰：“今夜我乖子被戆子考倒了！”随问申樾曰：“先生可知人中之讲究么？”申樾答：“亦不知。”建策答曰：“连先生亦考倒了，定是无讲究漫名之。”王山问曰：“既无讲究，怎一身之经络，惟此为命门，人之寿夭穷达皆系于此？”建策不能答。申樾答曰：“智者千虑，必有一失；愚者千虑，必有一得。我同东君实不知，汝必知之，可说来与我们知。”

王山曰：“呃今菱角鬼出尖[2]。凡人之身体上部，眉、目、鼻、耳皆双为偶，属坤之象；下部嘴及屁股阴阳窍乃单为奇，属乾之象。乾三连配坤六断，其人中居于三偶之下，三奇之上，贯通天地，交会阴阳，三百六十骨节之气脉皆关系于此，故名曰人中，此乃人中之大略也。”建策同申樾闻此大笑：“今始知人中之讲究，当反拜之也。”建策又笑曰：“此六部九窍，都可生得好或亦有不好耶？”王山曰：“惟三偶一奇生得好，下存裤里之奇，生得不好。”又问：“怎不好？”王山曰：“当将下身之二窍排列于嘴旁方好。”建策曰：“嘴下无余地，安于何处？”王山曰：“安于两肩上还不妥耶？凸的好挂搭碎物，凹的好插碎件，可好耶？”满席闻之皆笑至喷酒。王山又曰：“安于上面甚便当[3]，惟尼姑庵点家口，九十实只三十，和尚寺分馒头，一百便有二百也。”众又笑倒。

时酒瓶乃王山持在手，一面说，一面斟酒劝众，个个皆醉。建策醉甚，对

---

① 嘴皮：嘴唇。

② 菱角鬼出尖：俗语，谓冒尖出风头。菱角鬼是一种状似菱角的菩提子。

③ 便当：方便、合适。

王山曰："天要亮了，且同去睡，明早再来饮酒畅谈。"又吩咐阿狗且慢去："我有东西送他做酬劳也。"言讫，带二子并书童进去。攀桂同王山入右边房，申樾同采莲入左边房，各闭门而睡。其残席有内厨子来收拾，只阿狗一壶一馔在学堂自酌不卧。

攀桂在内房问王山曰："兄今日实去耶?"王山答曰："自然，至不得已要别矣。"攀桂含泪曰："兄一去，弟之狐狸尾又现矣，怎处?"王山曰："再不至如是，照此操练，何人可及也?"攀桂曰："蒙兄尽心陶铸，颇占人上，惟期长聚，何忍一时分别耶!"言讫下泪。王山亦垂泪曰："弟难舍兄，兄安忍舍此而去耶?弟且莫愁，听兄实告。吾弟知兄何等人也?"攀桂曰："兄自说乃福清王姓，弟早已知之。"

王山曰："从前所言皆非也，本不敢说，今观弟真心，将实事说与弟知之。兄实姓铁名英，即海上大哥铁连环也。那奴才阿狗，即海上金刚钻也。因闻此学堂三师徒乃盖世之美貌，即古之弥子瑕、陈子高不及之也！愚兄平生有断袖之癖，因偶说能夺之来，金刚钻同诸头目皆笑曰：'回回想孟姜女[①]！如在别处，劫夺之犹可；在此光天化日之下，怎容小鬼跳梁耶?'

"愚兄因闻此语，甚怒，骂之曰：'怎不能？如不能夺，亦能暗谋！'众更笑孤身深入，何异飞蛾投火。愚兄怒骂曰：'谁敢来与我赌输赢！'金刚钻挺身说敢赌。即打掌约定去暗谋，以一个月为限，只谋一个便可。如不能，大哥让与之，终身为副，听之调度。如被拿去，愿乎！他又说：'无人随看，安知有入无入?'金刚钻自愿假作奴才阿狗，来往挑送东西，才有分晓。三美之中，还要与他先选取那个暗指而图之。若能，即愿终身为奴仆；如过期一月，或惊走事破，大哥让与伊当。人众明约。

"众头目遂议：三十六个一齐改装作江湖经纪，分布此处，前后埋伏，如有风吹草动，即杀人走去，遂将船退出五虎门外泊于静处静候，交与七十二副首管领。愚兄即假作舀尿至此，金刚钻随至，已看过弟等三人，与愚兄约：已见过三人皆美，惟二人虽美，全属女相。惟弟美又兼有英气，将来必忠孝于国家，要图即此，余不算也。愚兄遂从中装作戆形，幸吾弟不弃，密令金刚钻看知，使之服输。金刚钻要脱离，愚兄不忍别离。金刚钻报诸头目将船泊于五虎门外，以愚兄不回，各要生变。若再不回，他亦别处去矣，故今不得不离。"

攀桂闻之，讶曰："原来海皇帝即是吾兄，既结兄弟，岂有异心?"铁连环曰："此海盗愚兄不得已为之，将来终归正。此大人情无人敢邀，惟献酬于知

---

① 回回想孟姜女：俗语，义同"癞蛤蟆想吃天鹅肉"。回回：称西北塞外族裔。

已。俟至官兵无奈何于岛峤之时，弟遂呈身认往招安。至岛不须道何名姓，只于船头上插一小旗，写‘月窟飘香’四字为暗号，自有来带弟至兄所，即卸甲投诚归正，以显贤弟之大功也。”二人正言及此，闻门外轻扣门声。铁连环知是金刚钻，自开门问：“何事？”金刚钻曰：“汝二人在内诉说肝肠，天已大明了，还不行？须臾他们出来缠住，如何？”铁连环即走出，转身入房，谓攀桂曰：“今去矣！”攀桂送出。铁连环曰：“不可送，遇人太现形！”便将门倒擒[①]，同金刚钻飘然而去。

攀桂复上床而睡。至申樾来学堂，采莲亦起来，寻二人已去了。谓申樾曰：“先生可知此人是呆戆否？”申樾曰：“在前看是戆，至那夜讲笑话‘人中’，何曾是呆。是滑稽之士也！”正对答间，建策突出喊曰：“福清哥[②]，再来讲凑[③]！”申樾笑曰：“人已去了。”建策问：“何时去？”申樾曰：“不知何时去，至弟出来便不见矣。”建策曰：“先生知不知耶？原来此人是假戆！可惜已去，不能诘出缘故，气杀人也！”言讫入其房，查看铺盖各物俱在，所有之物又无一失。

时攀桂已起读书，建策问：“昨夜王山睡未睡，何时去，汝知之乎？”攀桂答：“昨夜皆闭门醉睡，何时去亦不知也。”申樾曰：“莫是铁连环使来偷听消息？”建策曰：“亦无定。若再来，要穷究之！”申樾仍在学堂教读，建策进内衙去了。

正是：来不狐疑因赂重，去同兔脱为言多。后事如何，再看下文分说。

---

① 倒擒：从门外将门拉上关闭。

② 福清哥：福州人对福清人的谑称。

③ 再来讲凑：再来接着讲。

第一七〇回　采莲评假戇寇图色　大妹现海贼赃被囚

却说海寇铁连环假作呆戇入唐建策指挥衙内，谋其少子去了。唐建策因贪其小微利不觉，至于酒席上说出人中之出处，方知其假。惟采莲旁观，留心于未说之前，知其诡诈，并不说破，看之谋成，才问申樾知否。突建策出，止而不言。及夜膳后入房闭门，申樾又问，采莲曰："乃学生不当言之事，因在先生面前，不得不言。平日留心看其举动，便知其假，可以了然。"

申樾又问："看其何举动?"采莲曰："凡人蠢戇，看钱最爱，惟豪杰举动一挥千金。他将银来学乖，如何不学别事，只日日烹茶、煮点心分与通众[1]？那依依[2]食之不歇，比人更奉承。戇不识字，如何见地遗有字纸便拾，看是文稿，即拾放于桌上，是废字便拾入字纸篮，都不塞错？其假可知。那日依依看他来先生桌头取诗韵，中间书无数，都不取错？自他进门时，买卖陆续进来不绝，昨有挑书籍来卖，皆买不错，其假更可知矣。今日遁去，因昨夜'人中'露相，恐人知觉，故赶早逃去。"

申樾闻了讶问："他假此何故？是何等样人耶?"采莲曰："自他进门来，以奴看之，截截可疑。先生猜度是何等人耶?"申樾悟曰："此人莫是铁连环，那阿狗即金刚钻，同来谋攀桂之色，事成遂脱身而去？乃父职掌捕盗而失察不知，逐日犹茫然来赞成[3]之。倘被外人知，他官箴体面何存？连我皆无站身之地！早得知，汝何不早说？至去了才言之耶?"

采莲曰："学生亦思及此，但财能通神，乃父被摄住，又贪其能探海中消息。学生如言明，投鼠忌器。他既敢来，无有不防备，其埋伏无不周到。自他进门来，那江湖之买卖进来不绝，可知其党羽已在左右。一说破，必下手捉拿，反成战斗，那时学生同先生置身何地耶？此不过成人之美，故忍而不言也。"申

---

① 通众：所有人。

② 依依：代指攀桂。

③ 赞成：称许并助成事。

樾以手加额曰："不想小小年纪，倒有此经济明哲，犹胜古之奇男子也。但此事汝我得知，切不可外扬，如一外扬，竹竿打水鱼头痛[①]，先羞惭无地矣！"

二人遂不再言及。遇建策有言及，申樾答以戆子亦有说巧话，必是偷盘稿[②]来。今无一物失落，去了便罢。洗开不言。此后攀桂之文章，虽无十分夺人，比以前大有进益。申樾愈信采莲所疑之不谬也。

那铁连环一脱身同诸首领落海。发令：船皆退出吴越洋面剽掠，此处俟唐指挥召往别处再来。各船便齐开出浙江境界，福州内外河海平静矣。建策犹信金、铁二贼死去了。

且说前铁连环在学堂未脱身时，三十六个头目假作江湖买卖在于学堂前后，以防识破，皆见过攀桂，无不称为盖天下之美男。亦有假卖古董玉器，故得入窥探；亦有散去各处玩游；亦有至下渡陈大奶庙中抽签。那时陈大妹之妻赛亚仙，原是渔妇，不避人惯了，家中关之不住，亦往庙中照顾香火。

贼目中一个乃是乌龙江边人林来财，只一妹，无父母，无非不为。其妹即赛亚仙，卖作渔妇；自己流落在铁连环伙中为盗，因有膂力，做一位头目。正抽签，突见赛亚仙，认是所卖之妹，便向前认之，不敢说为盗，只说在洋船[③]为水手，因船进港装货，来此抽签。赛亚仙亦只说船中出嫁至此，即引见至家中与陈大妹相见。妹夫见大舅，各欢喜不胜，十分盛款。所有同伙皆陆续延至接待，俱有礼物相送。船内无物，都是去买来，惟林来财有只浮花[④]金钿送妹。至铁连环回去，林来财遂别了，同伙随之去矣。

陈大妹夫妻不知是大盗，赛亚仙遂将金花钿戴在手腕，在庙中走动，隐隐现现作体面。此物乃数月前，有一兴化商船万顺，在浙江贩运布匹，船至福州洋被贼尽劫去，只留粮食人众，空船放归。万顺空船至台江，往各衙门控告，皆批示候缉追赃。伺至半年，无获一贼，欲先回去，至大奶庙中求签决断。讵赛亚仙爱排场，将金钿露出，故意与人看见。因日日在神前照顾香火，万顺见了，只说要金钿借看，称赞巧工，一见认是已被贼劫去之物，即出喊街坊邻右说访着窝家，现获真赃。

邻人皆至，闻说其被劫情由，诘曰："有何凭据？"万顺指金钿花内凿有

---

① 竹竿打水鱼头痛：俗语，意思是众人的议论让当事人吃不消。闽东沿海渔民用"敲罟"捕捉石首鱼，用竹板有规律地击水，声波通过水的传导致使鱼的耳石产生共振，失去平衡，浮出水面。

② 偷盘稿：抄袭剽窃。

③ 洋船：海船。

④ 浮花：此处指金钿表面凸出的花纹。

“万顺”小小篆字。众注目视之，果有暗记，同问陈大妹：“此从何来?”大妹说：“数日前妻兄林来财至此，遇妹所赠。”众又问：“林来财作何生理?因甚到此?”大妹又答：“据说在洋船做水手。此番船进港，至此抽签，才遇着，留住数日，赠了此金钿，便下船去矣。”众共疑以劫来赠之，不然作水手哪有此金器?众皆无言而退避。

万顺将大妹擒扭至南台都指挥衙前喊：“现获真赃窝主!”唐建策令带同入讯。万顺诉说被劫情由，呈上赃钿。陈大妹即供不知是贼赃，乃妻兄林来财所赠。建策即押带至家，抄起余赃，令失主来认，并无别赃，惟钿是实。建策即将受赃之陈大妹拘禁衙门，限五日内追寻真贼，不出，即将窝主先行解送朝廷正法外，另拿正盗；失主在外候领赃钿。万顺退出，陈大妹收监矣。

看讯之人即报与赛亚仙得知，亚仙翻天跋地大哭。即有诸邻友来视，皆骂林来财大混帐，自做强盗，还来残害妹与妹夫。内一陶姓的答曰：“他何曾是有心来残害。原以好意疼妹相赠，是妹不能存隐，自弄出事，怎怪得他也。今贼拿不出，贼赃又是实，窝主送上朝堂，不斩则绞矣。”赛亚仙头向墙乱撞曰：“是奴这娼妇害夫惨死，奴敢留命耶?”头血撞滚出[①]，众忙拉之曰：“且慢死。同来商议，能否救之，未可料得。”姓陶的曰：“白死亦无益，何不向自己老姑婆神前抽求一签，有救否?”亚仙便跪于大奶座前哭诉一遍，随抽一签，内云：

打虎终须亲兄弟，庆来先有一场惊。
云迷认踏林间路，日出东山万径清。

众看了此签，姓陶的曰：“这签要亲兄弟出来也。第二句好极，喜将至，必有一场虚惊。三句云踏路挽回，便能救之。四句又好，暂困数日待日出东山皆清楚矣。签意皆吉而无凶。但不知大妹有亲兄弟否?”亚仙答：“有一亲弟，不知流落何处，难寻得出也!”陶姓又曰：“寻不出亲兄弟，须去踏路[②]，亦可救之。”

正是：踏破铁鞋无觅处，议寻路线有来因。如何踏路，请看下回分晓。

---

① 滚出：（血）大量涌出。

② 踏路：探访，侦查。

第一七一回　鹿韭为兄踏入情路
申樾合谶遂颠倒缘

却说陈大妹有弟难寻，陶姓曰："不知流落何处难寻，此处皆大妹相好之朋友也，齐来出力计议，莫学'有钱有酒多兄弟，急难何曾见一人。'"内有一李姓曰："人现在唐指挥衙内，何用踏路径说人情？有银递进去，人便出来矣。"姓陶的骂曰："门缝看人扁，别衙门则可，那唐建策的银谁敢捧进？而况此乃有对头之劫案，想贿扑灭，失主上控，怎了？"李姓曰："既不敢受贿，怎敢受情耶？"

姓陶又曰："务要寻个大势面①，不怕上控，怎不受也？"李姓又曰："大势面路线倒有一个，如求他去说，无有不妥，只是不知退隐何处。"众问是谁，李姓曰："此唐海捕乃前朝之狱官，因重犯越狱走脱，前王将狱官禁卒一并斩首，经谊公主林庆云一言救之，连禁卒皆免，始有命至今日为镇帅。若知林庆云之下落，同去说情，哀求放之，如吹毛之力也。"陶姓曰："能托此大势，真天字一号！"

又有郭姓者曰："他的下落惟我知之。"众问："既知，快说出！"郭姓者曰："数月前去鼓山付田租，由东山经过，与一苍头相识，乃是万兵部之看门。谈说间，伊说内作女戏。我要伊带看，伊悄悄邀我由墙角树缝中窥入。适台上作《训子》，他指说是红面②乃前王之谊公主林庆云，来此万家要玩作戏，并无人知。我看至半台回来。今既晓得他与海捕有大情面，我便带汝前去东山，托看门之人引进哀恳，有何难哉！"众闻此说，又将签来细看，皆喜曰："踏此路径，恰恰正合'东山万径清'之签！今日不及，明日黎明来带弟妇同去，求之必济矣。"于是约定，众皆散去。

至次早，七个邻友皆至，带亚仙往东山逐鹿坞万家，同见看门之苍头，说知来意，托伊引进见林公主求情救命。该苍头本不应乱传，念是乡邻，不得不代之传达。遂入内见鹿韭，言下渡临水陈大奶庙中之管事人陈大妹，因被盗攀害③，拿在唐指挥衙门内，将作正盗解究。通乡带大妹之妻赛亚仙来求公主，

① 大势面：面子大的人。

② 红面：戏剧脸谱的一种，如关公角色。

③ 被盗攀害：被强盗罪牵连。

代去说情超生。人众俱在头门外哀恳，辞之不去，奴婢只得进来禀明。

鹿韭闻此，暗吓甚，答曰："汝今去说，伊妻同诸人不必进来，自在外面等候。有年纪的叫一个进来问之，自有分晓。"苍头出说，众推陶姓进去，见鹿韭便跪下称："公主见怜救命！"鹿韭命快立起说，陶姓即立起，鹿韭曰："可据实说来，我代之婉转；如虚词捏饰，去说之不对，弄巧反成拙也。"陶姓曰："代人解冤，怎敢虚捏？"遂将前情照苍头所传之言先说了，又将林来财赠钿，不知是盗劫来的，亚仙戴在手上，被失主万顺认获真赃，擒送唐指挥衙门，限五日无寻出真贼，以陈大妹为窝主，解送正法等情，细告一遍。鹿韭又精细问至确实，谓曰："知道了，可同伊妻回去，我即明日去说情。"言讫入内。

陶姓出来，与众说了，皆喜，同回下渡听信。鹿韭将此情告一枝、杜若知之，一枝曰："从未会过，突去说情，恐难成事。莫若待其解至朝堂，向郗家言之，多少简便。"鹿韭曰："应承[①]人了，犹待西江之水来救涸辙之鱼耶？"时万兵部经李恒义延入内庭为国师，不在家中。

次日，鹿韭如虢国之淡妆，带二侍女，乘轿径至台江唐指挥衙门内，报入"前王公主林庆云来拜见。"建策闻报，即整肃衣冠出迎。入内室，行了礼。建策曰："恩公主今日怎肯光降敝署？"鹿韭答曰："闻将军威振海疆，寇盗敛迹，特来贺喜请安！"建策笑曰："怎敢当此过誉。莫非驸马留此，久而未归，特来寻讨耶？"言讫便呵呵而笑。

鹿韭闻之暗惊，即就之曰："他只说外游，并不知其何往，原来在贵府搅扰，不当甚矣！现在何处耶？"建策曰："屈留在书房设绛教馆令甥并三犬子，便请去会。"即引出后墙。家人先行去通报："林公主来了。"申樾同采莲一惊，犹未出，而建策之妻媳请入拜会矣。

采莲先出私看，背问申樾怎处，申樾笑曰："亦是假的，以假就假！"采莲曰："被学生一看，便知其假，犹假中之假也。"申樾问："何以知？"采莲曰："脚大，闻真货脚亦大，倒不疑，惟结喉[②]神色皆属男相，必以男假女无疑矣！"申樾讶曰："此莫应于假中遇假之谶。"采莲曰："神谶既合，断不可忽，待学生撩拨之，现出真形，以完谶兆也！"鹿韭在内拜会了，即出。一见申樾，亦早知以女假男，亦思遇合其谶。入看申樾卧房，见床铺整洁，笑吟曰："庄生晓梦迷蝴蝶，望帝春心托杜鹃。"

那时二从婢在外玩耍，惟三人坐谈。采莲因闻此二句，知其有意，便问曰：

---

① 应承：答应，许诺。

② 结喉：喉结。

“舅舅常吟有二句，问皆不说，今来领教舅母，出于何诗?”即念曰：“假去假来亲益亲，假中遇假便成真。“

鹿韭闻此二句，讶甚，思：“原来亦得此谶语，今乃女假男无疑矣。”随答之曰：“非诗，乃陈大奶之签，共四句，更有二句：若逢花月休规避，总把镇盘心[1]莫倾。问汝舅舅可凑合么?”申樾笑曰：“公主亦知此签，必有缘故。今无外人，请道其详。”

鹿韭笑曰：“不须别说，只齐认其假便知矣。”采莲亦笑曰：“舅母之假早已识破，何须说出!”鹿韭问：“何以知之?”采莲指其结喉。鹿韭笑曰：“此不甚现，却被吾甥看出，但令舅现甚，怎瞒人耶?”申樾笑问，鹿韭笑指其胸前乳包渐现，申樾脸红不答。采莲欲再说，适建策运酒菜入来曰：“粗酒菜为驸马公主今夜重整佳期，下官不得奉陪，以令甥代陪可也。”言讫退出。将酒设于房内，二侍女内面另席。三人遂登席，采莲执壶。

鹿韭将己之姓名、来历及遵大奶谶中所指之情节，又将今日来说情之事，并言一遍。申樾亦将己之门第、姓名、大奶抽签出游之情节，亦说清楚。彼此皆感神之撮合，暗喜得偶，同曰：“今既遇会矣，可回得乡井。”采莲曰：“只遇会，不成真。”申樾曰：“回去而后行。”鹿韭答：“正理。”采莲曰：“奴愚见：遵神谶，即筵席便是佳期宴，合枕席，待来拜堂，成了真鸾凤，再回去告诸父母兄嫂，以天撮合之因由，万无一失。若回去，知父兄之心意若何？难保不别生枝节，悔之无及，祈二位再思之。”申樾曰：“无媒妁岂可苟合，断使不得!”采莲曰：“怎的无媒妁？奴一首诗，即媒妁也!”遂写出四句，诗云：

假中遇假便成真，遇不成真天必嗔。
慢道无媒为苟合，采莲就是老冰人。

鹿韭看此诗，把头点点。申樾看了笑曰：“好一个十五六岁未笄之老冰人!”鹿韭闻“未笄”二字，亦笑曰：“一见便疑之，不错也。今既劳之为老媒，将来亦代之为媒还报之。”申樾曰：“已先代之为媒了。”鹿韭问：“何人?”申樾曰：“即是来拜师母、东家之少子攀桂也。”鹿韭笑曰：“果作佳[2]，不错。”时已日暮，席散之后，攀桂不出。内外既寂，采莲排设香烛于厅前，邀二人来拜堂。申樾犹畏羞，被采莲拖出，共拜。拜讫，并推入房，将门倒扣；采莲早闭房门，于攀桂空床而睡矣。鹿韭携申樾上床，以遂天缘，以完神谶。一个乃守株待兔，一个乃怀璧入秦。

正是：此会不奇假遇假，其间惟异诚逢诚。后文如何，须看下回分解。

---

① 镇盘心：原指杆秤上的准星。比喻良心准则。

② 作佳：漂亮。

第一七二回　遂奇缘虞陈同归寓　相嘲谑桂莲发隐情

却说陈鹿韭、虞申樾昨夜被采莲牵合，遂奇缘以完天机神谶。次日，女眷请鹿韭入内宅接待，建策至学堂，申樾遂言及公主昨因表兄陈大妹说情之因由。建策遂将陈大妹作“不知海寇以金钿酬神来谢愿，并非受赃窝主”，交乡保领回；原赃金钿令失主承领，另行严缉正盗。分发停妥，入报。鹿韭喜而称谢。仍留一日，出学堂。三人议定，次早同入辞回，另送甥女来还亲[1]。建策再三留之不住，即问归于何处，鹿韭曰：“现无家可归，且至下渡表亲处暂寓，接甥女来还亲。”建策喜曰：“妙极！下渡乃咫尺之地，往来甚便，束贽仪另日备送！”随办饯行备轿，三人拜别而去。

下渡陈家陈大妹才放回一日，忽三顶轿、二个丫环至厅堂下轿，乃二男一女，问之不答，径入内宅。大妹令亚仙出看，认得一个乃小叔作小姑，那二男不识。鹿韭曰：“大嫂，大哥回来么？”亚仙答曰：“姑娘去何处，今日才回来？汝哥遇一场横祸，性命将休，昨日始回，在里面。”鹿韭因见屋宇大于昔日，问故。亚仙曰：“才拆造过。此二客可请内厅！”鹿韭引进内厅，见前后三进，皆五柱三间，喜可栖止，先安顿四人于内，自随嫂入后房见兄。

大妹见是弟，喜曰：“妹走何方？为兄无日不思！”鹿韭答曰：“小妹自有时候回来。”亚仙说：“带有男女客在外。”大妹即问：“何人？”鹿韭答：“乃一弟妇、一外甥女。”大妹讶曰：“因甚男装？”鹿韭将抽签出游之情节述知：假中遇假，遂偶带回。兄嫂闻之皆喜。大妹曰：“弟不知兄遭横祸之事耶？”鹿韭曰：“何不知？是小妹说情救哥回来，故今日弟亦回也！”亚仙讶曰：“此事乃林庆云公主所救，那是姑娘？”鹿韭笑曰：“公主就是奴。”将前情及冒林庆云说知。

亚仙曰：“怪道[2]正疑与公主面不相识，一去求便此等快也！”大妹遂将前

---

① 还亲：（新娘）过门。

② 怪道：难怪。

抽签有云："能自成双返故庐"一条，又"打虎终须亲兄弟"一条共说知："我姑婆之签灵应如此，香火怎不隆盛也！"鹿韭闻知甚感大奶之灵。又问近景如何，随谓曰："从今庙中可雇人料理，不须嫂嫂出来。"遂安顿停妥，先遣人去福清，叫采莲父母来送女完亲，先将采莲钉耳缠足。备办酒席，请诸乡友谢救难之德，惟陶姓七人另礼酬之。诸乡人始知公主即大妹之胞妹也。

不一日，都指挥闻报已接至甥女，择日迎娶。建策即排道去拜，并亲送束贽礼至下渡陈家。申樾出迎留宴，采莲已复女装，带出先见公公。建策见了，果与采莲相似，称羡双胎似极。又问："采莲何在？"申樾答以去接妹，沾小恙在家。建策信之。同看历书，择五日内迎娶过门，建策辞回，次日先送彩礼。

采莲之父、母、兄亦至，见之悲喜交集，始知申樾义气，皆感佩不已。至吉期，攀桂行亲迎礼，接采莲至唐府合卺成婚。鹿韭同申樾俟攀桂来拜门时，令见严春山亲岳父母、兄，暗瞩看顾之。采莲之事已妥，即议一回虞公庵，一回逐鹿坞。

申樾乘轿，将建策所送束贽敬，计值三四百金，带回虞公庵。虞家见之如天掉下，父母伯叔拥问："一向在何处，今日才回？"申樾告以被尼姑存匿，幸遇尼徒，带走唐指挥衙内教读，被万兵部以谊女陈氏勒赘，长留宅内教读子弟。曾寄有书三次，与双亲放心，谁知书皆无到。今因再三言之，始肯放回，媳妇待三日过，自行送至。合家闻之喜甚，皆称大奶灵签。父母闻而不解，收了礼物，开发[1]人伕回去。至人静时，遂将颠倒姻缘密告之，虞所南夫妇又喜又异，真千古罕有之事也。

再说鹿韭带二侍女乘轿至东山逐鹿坞万家。一枝问曰："去许久，事可妥否？"鹿韭曰："事已妥了，假中遇假，已成了亲，今来告别。"杜若曰："鬼话！听之则甚！"鹿韭曰："若不信，可问随去二婢便知。"姑嫂遂问，婢女共答曰："真假不知，只遇一个什么驸马，便与之同卧起居，至今日才离也。"二女讶曰："是真了，且说来。"鹿韭将实情告之，杜若吓甚曰："此奇逢真千古罕有也！"一枝曰："什么奇异？既有此鳖怪，便有虾精！明日可带来一同耍乐，后苑屋宇甚宽，任凭住居，可好么？"

至三日，鹿韭仍带二侍女坐轿至虞公庵，作新妇奉拜祖先、翁姑尊长。虞家无不羡为天生一对佳偶，所南夫妻暗喜。鹿韭在虞家月余，万家遣人来请同去教读。虞家以外家延去，喜而从之，即同至万家。时桃笑归宁郗家才回，同会见申樾，皆相得，即择后屋与桃笑毗连居住。申樾初至，与一枝、杜若皆玩

---

① 开发：打赏发送。

乐不厌矣。

却说建策娶采莲为媳，不知其诈，以读书采莲之妹，喜之不胜。惟攀桂知其借名，琴瑟甚调。时李恒义因南唐兵将至，忧甚，欲起复万兵部，因屡召不起，遂延内殿为师。唐建策以江海安定升为羽林兵指挥使，管督都兵，其海捕使以别员署之。建策将家眷迁于城内，长次子攀龙、攀凤帮父料理国事。

惟少子攀桂在家同采莲耍乐，常以诗文为戏。那日玩笑之间，攀桂写“纤蒲”二字与采莲对，采莲随写“废壤”二字对之。攀桂又添三字于上，乃“塘土焦”，采莲脸遽失色，亦于“废壤”上添“汪源隔”三字，攀桂失色，问之曰：“汝怎知我为此‘汪源隔废壤’耶?”采莲亦曰：“君怎晓奴做‘塘土焦纤蒲’?”攀桂曰：“汝是先生亲口说的。”采莲亦曰：“汝是奴亲眼见的!”攀桂忿甚，一掌便打曰：“此事怎到汝看见?”采莲脸闪开，打不着，亦还一掌曰：“奴先生几时与汝说?”二人扭住不开。小丫环便跑出喊曰：“三公子与公子娘作诗打架，扭不放，快来劝!”曾氏闻喊进看，将二人拖开。

建策闻之亦至，问曰：“吟诗作赋乃属儒雅，怎至扭打？做有什么诗？拿来看!”黄菊丫环去采莲房中桌上，将所写之字拿出来，递与建策。建策接看，乃二句五字：“塘土焦纤蒲，汪源隔废壤”。

建策看了，曰：“此不是诗，乃是字对，不知谁先出与对?”黄菊指头句是公子出，二句乃公子娘对，建策曰：“二句乃字对，无甚不好之处，因甚至于同室操戈？叫他二个同来指说，待我批判。”谁知二人写完此二句，只顾对扭，不顾桌上字，却被取看，皆惊甚。因唤问，采莲只得同攀桂向前告曰：“小妇略识文墨，怎敢失于妇道？奈三官人无故出此五字，塘土乃糊涂也，焦乃烂也，纤蒲乃妖精也，骂媳妇作糊涂烂妖精，故此扭打，求公婆鉴察!”

建策笑曰：“原告有了口供，被告可诉来。”攀桂闻采莲如是说，亦进前告曰：“讵伊所对之五字，汪源乃混帐也，隔乃断也，废壤乃无用也，把孩儿作混帐断无用，故忿争也。”曾氏笑曰：“汝骂她为妖精，她骂不得汝混帐?”建策亦笑曰：“我道什么坏话，却原来这等挑字眼，今来批断，汝二人若和好如初，便罢；若不肯和，仍使字眼，即将攀桂发在军前效力，严氏媳妇发回娘家，令参商永不相见也。”攀桂同采莲即忙跪下，告曰：“俱愿和好如初，不敢再使字眼扭打!”建策笑曰：“既自愿和息，原被告放回，父母官退堂矣!”众共笑之。

建策同曾氏退出去，二人入房，屏却侍从，把门关住。攀桂曰：“所出之五字，依娘子说，只是‘糊涂烂妖精’无甚不堪处，何须只气[1]?”采莲答曰：

① 只气：这么生气。只：这么。

“官人以妾身真不知，以做如是猜耶？因在公婆面前，不便直说，故翻作此等解。若正解说之，岂不自相矛盾耶？”攀桂曰：“正解何说，汝且说来。”采莲曰：“怎不知，塘土可是‘泥’么，焦可是‘枯’么？纤可是‘小’么？蒲可是‘昌’么？五字合说，可是，‘尼姑小娼’么？有错无错？”攀桂曰：“果是才女，不错、不错！”采莲笑曰：“果不错耶，但官人既以尼姑小娼出对，妾身将混帐无用回对，亦无甚重，何必许等动气。”

攀桂曰：“好个不重！把人的心肺冲裂，一时气不过，故不得不举手打来。因娘子在爷娘跟前不敢实说，故亦作此等解。如照实言之，娘子杀头，还要问三年徒罪么！”采莲笑曰：“既猜了，亦试说来是不是！”攀桂曰：“汪源乃‘海’也，隔乃‘截’也，废乃‘弃’也，壤乃‘地’也。合成可是‘海贼契弟[①]’么？叫人怎的不气耶？”采莲笑曰：“得罪，得罪，姓铁名英，别字连环。”攀桂脸红，随曰：“此惭愧之事既被娘子尽知，何必再辩！只是何以知之？”

采莲曰：“不须害怕！亦不须羞愧！此事惟妾身同先生知之，鬼神不觉也。所知亦是拟度，并非眼见。”攀桂曰：“此事怎拟得出，祈即说知。”采莲遂将前与申樾问答可疑之处，亦照答了一遍。攀桂讶曰：“娘子可谓女中诸葛、周瑜，年轻识度，所拟度果不错。古语云：‘明知不是伴，事急且相随。’今将情节明告娘子得知，俾免常怀讳诈也。”即实告前因代作课文，坠其局中，欲罢不能；又藉其教益，久难舍去，临去之时，始说出真情，待之招安等由。

采莲闻了讶甚，曰：“官人慢道此人假戆之奇，还有比他更奇！”攀桂问之，采莲亦将自己为尼子起，先生申樾亦是以女作男，同逃设馆读书，又遇以男假女之鹿韭，合于谶内为媒撮合颠倒之夫妻，尽行说出。攀桂骇曰：“那姓铁的说先生同娘子皆女相非男，果不谬。女假周驸马已奇了，谁知有男假林公主来对，更奇之甚也！怎的都无人识破耶？”采莲说：“品貌皆与真的相似，又皆属亲故，因此，人辨不出。”

攀桂曰：“人遇假有此奇逢，惟卑人遇假，愧怍之甚也！”采莲曰：“何以为愧，妾身曾与背地品题过来，将公公比作海虎，把此人比作海人，而海虎专食海人。谁知海人胆大如天，敢潜入虎穴抱虎而眠。既得虎子，不抱去而走遁，以待他日风云会上际遇，认其前缘，以同归真人圣矣！曾吟有截句记之，今日闻说曾许官人前去招安投诚，果有风云际会之机遇，以展官人之大功勋也！”遂录出其诗，送与攀桂，攀桂看曰：

　　骨中无带三分仙，怎入深山抱虎眠；

---

① 契弟：福州话以契兄契弟隐喻男同性恋关系。

得了虎儿还却去，风云会上认前缘。

攀桂看了，曰：“所说无错。人皆以公济私，吾以私济公，待时而行。吾亦有诗可以剖之。”亦持笔写云：

不是青莲李谪仙，怎教抱月伴蛟眠；

却将空色酬怜色，莫把前缘作孽缘！

采莲看此和诗，又曰：

“色即是空空是色，卿须怜我我怜卿！二句诚是之谓也，前诗妄甚!”攀桂曰：“此甚贴切，何以言妄?”自此相爱如初。

一日报铁连环带数百贼船又来闽界进于内港剽掠各乡，着海捕去捕剿，官兵船械尽被勾获。报至朝堂，李恒义又遣唐建策带兵驾船去剿讨。建策受命，即刻率带官兵船只，由台江飞赴而去。

正是：邻国兵戈犹未起，本洋寇盗早相侵。几时凯旋，下文接说。

第一七三回　唐指挥征海寇被获　铁连环赠美女歌诗

却说海寇铁连环念情退出浙江洋面截劫，因闻唐建策升去别职，率众又至闽界沿海劫掠。至闽安镇内港劫掠各乡，将及台江，署海捕官兵船只都被获尽。大指挥唐建策受命率战船，旗竖大将军唐衔名号。铁连环知是建策为帅，稍让之，令众船渐退。建策击鼓追之，众贼船缓缓退去，紧追则紧退，缓追则缓退。建策恐有埋伏，令鸣金收止勿追，贼船亦停止不行。建策令安泊造饭。

至酉时，海雾迷漫，伸手不见掌。建策惊甚，密令将船依泊排连，首尾相顾，以防偷营劫寨。众兵船围绕始定，忽飞一火箭，射中船蓬发焰，众船皆惊无措，军心大乱。建策之船开走，海雾更浓，不知方向，以罗盘望北而走。随有一小舟在前引导，皆以官之哨船①。至岛畔抛碇②依泊时，海雾渐退，月色渐明，而船内人夫自哄："罗盘倒放，行北走南。南皆贼窝，快将船开回！"正在拔碇间，忽一巨船拢至，人拥跳过船，本船之官兵措手不及，皆被拿缚，如笼内鸡鸭，押过大船拢岸。

原来早有二奸细在船中帮舵，先发火箭，以惊众军。走散时，将罗盘反覆，以小船诱入穴，待其碇定，用大船拿获。彼时落水者落水，在船者都被拿上，先将唐建策软绑，押落于舢舨，解至大岛。铁连环、金刚钻定计后，即先回贼船寨，收拾威仪，干戈排满，旌旗招展，灯火辉煌如同白日。报主军解到，铁英头戴金龙冠，身穿红龙袍，金型头戴铁花冠，身穿黑花蟒，正遍坐于帐内。喽罗押建策入帐前，令跪。建策立而不跪，骂曰："要杀便杀，跪必不能！"众喽罗将击之，铁英曰："不跪亦罢，只是何官何名？"建策曰："羽林大将军，怎肯跪汝草寇？"

铁英曰："原来是先生，可认得我两个么？"建策仰首看之，便认得正坐是王山，旁坐乃阿狗，又惊又喜曰："认得，原来是讲'人中'之学生，怪道才有此博学！惟恐前日不知，失敬之罪！"铁英笑曰："既认得，有不知情之理？"即

① 哨船：派出侦察的船。

② 碇：船锚。

令排班，各执事人等退出闭门。铁英亲自解绑，牵手邀入内宅，陈设甚华丽，又令取一套衣，与建策更换了，一同坐下。铁英曰："以先生升迁内职，才敢犯界。今日不知又是先生督师，多有得罪！"建策曰："既蒙不杀，恩莫大焉！"铁英问曰："别后合府暨周先生可安好么？"建策答："皆叨福。"一面答，一面思："谁知两个皆大货①作奸细，造化②并未曾怠慢他，今日方不至丧命。"

随有喽罗进报："同船拿缚三十余人，在外听候发落！"铁英曰："孤只认得一故人唐先生，余皆不识，尽砍了罢！"建策忙立起求曰："再开高厚之恩，一同救之，如杀众，独留某，怎好回去？要杀便同杀也！"铁英问："甚人？"建策答："皆家将、亲丁、书童。"铁英曰："书童曾与阿狗同食过，诸家将亲丁时常都有见过，快教办酒压惊。"众喽罗出去解散③接待矣。

内之酒席桌排便，请建策正坐，二人旁陪。饮谈间，建策问："贵头目中，有一名林来财否？"二人问："何以知之？"建策曰："他几乎害他胞妹同其妹夫家破人亡！"二人问曰："何事害之？"建策遂将金钿赠妹，被失主认出，将其妹夫陈大妹并赃拿送作窝主处治，幸属教书先生之妻表兄，因念亲情，从中说情开放等由，说了一遍。铁英骂曰："这奴才有此胡涂，敢将赃取去赠妹。若无先生念情，岂得生耶！快去叫来与先生道谢！"令随侍之人去唤。

席既撤，须臾林来财至。金型问曰："汝有金花钿赠与福州陈大妹么？"林来财答："有。"金型曰："有，快去救之！"铁英骂曰："等汝去救，头已落地矣！"林来财问何故，建策将前情告之。来财曰："原念兄妹情，谁知那花娘假排场④，才弄出事来。造化遇先生救脱，感恩不浅矣！"随即下拜。铁英曰："下次还敢这等胡涂么？"来财答："不敢。"金型曰："保全一家财命，只此空拜便算耶？"来财曰："无甚物为谢，怎处？"金型曰："汝有活宝，献之可也！"来财曰："如不嫌弃，就去带来奉送也。"言讫便出去。

建策曰："什么活宝？概不敢领受，惟求早赐生还，便了不得之恩惠矣。"

铁英曰："今天既明，再赐此一日盘桓，明日送回去，犹未迟也。"建策随问："同船家丁人等皆蒙不杀之恩，今在何处？"金型曰："俱在原船无恙。"建策曰："要唤几个进来说话，可否？"铁连环即令同带至。须臾，喽罗将船内三十余人尽带入内宅。建策蹙眉曰："今日不遇此二位大王念旧情，我与汝们皆无头下海矣，快同来磕头谢恩。"

---

① 大货：大家伙，指海贼头。

② 造化：幸亏。

③ 解散：解索松绑。

④ 假排场：假作富裕。

书童、家丁等见坐上一个是学乖之王山，一个是戆奴才，方知海皇帝即此二个，不胜惊异，一同磕头谢恩。金型将书童掩起，笑曰："汝们实小气，因我二人去汝斋打扰多时不愿①，今来多人来盘本②也。留汝们许多日，食快快③方与汝回去。"众共答："不敢。"建策曰："二大王与我们说玩笑，今即去船中收拾家伙，明早同回也！"众答晓得，齐退出。

却说那林来财去带什么活宝，原来是掠来美女。此美女乃前王建州王继昌来守闽时，随带一妃，名秦云，声色俱佳；至继昌被恒义篡，秦云为江涛所得。李恒义因前以双玉美人进贡金陵，化为污血，唐主李璟怒，将伐之。恒义恐甚，另觅活美人补进之。访遍无有如秦云之美，遂以千金向江涛让来，先进与唐，再至扬州买还之，即以江涛为使者赍送。

行至浙江交界，夜宿旅邸，同秦云弹唱，谁知早被海寇探知。林来财带喽罗偷入内港登岸，明火劫掠，将所贡之珍宝并美人尽掠去。江涛无奈之何，不敢投报地方，自行掩消④回来，并无人知中途被盗。只入内宫，以实情告知李恒义。恒义怒，将斩之，因属妻弟，江氏同众妃妾再三哀求，放之，令勿外扬，罚其赔缴，事寝而不言矣。再令其密觅有美人再进。

那林来财掠秦云下船，因其肯愿相从，存匿船内，只把珍宝献与大哥。未几，被铁英得知其匿劫妇女，将以违令之法斩之。幸来财与秦云早捏谎词，改名情浓，申诉伊系豪家歌奴，因遭正妻悍妒，架虐难受，投水而死，幸附木漂流，气未断捞获上船救活；问其因由，愿相从而不回去，正欲报知，先被察觉等情。铁英信之，即令寄顿妥处，待赠故人。不时亦唤去弹唱，唱毕，仍令送回。虽乌合草寇，令亦严肃。

兹林来财至海边茅寮老妇处，带来送交大岛，来财仍归船去了。建策看乃二八娇娃，讶问："带此何事？"那铁英笑曰："所说活宝即此也！"将林来财所假造之言说了，曰："因并非劫夺而来，又因其不愿回去，故留此以赠故人。念海外荒陬，无以为敬，可带回略伴寂寥也！"建策曰："弟生平不好声色，不敢领受。"金型曰："此活宝之弹唱，更胜于子夜，不必谦让，带回去么！"建策曰："二位曾至敝舍盘桓许久，有见弟言及声色否？此美人可留贵寨消遣，或别赠故人，弟断不敢受！"铁英再三言之不受，便喝喽罗将秦云推出斩首。喽罗下手擒拿，秦云忙跪于地，哀求乞命，号泣甚惨。

---

① 不愿：不甘愿。

② 盘本：讨回本钱。

③ 食快快：吃得彻底满足。

④ 掩消：掩盖。

建策惊问曰："弟不敢受，因甚杀之？"金型曰："先生犹不知此之军令耶？内外不许携带妻小，亦严禁劫掠妇女。如违令，即斩之。此女因怜其被虐，投水既活，不忍再置之死地，故留此以赠先生。今又不受，不得再留，怎不杀却耶？"建策曰："不知贵军令如是，既知之，再不领受，又出一石季伦之客，劝酒不领杀二妓。今愿收，勿杀可也。"铁英曰："石崇酒令如是，勿怪学生之军令如此是也！"令放回秦云，谓之曰："今幸喜有收主，免受一刀。即在此伺候弹唱，共随下船。"又谓建策曰："此女敏甚，有新诗即能弹唱入调，曾经试过数次，其妙无穷。奈军法为重，自不敢留之！可取出琵琶先弹与先生所之，另做新调与他入谱。"

随令取出琵琶，秦云便弹一短调。金型问曰："可知其诗句么？"建策答："不知。"金型曰："这是他以前所配之旧调，乃只四句：

二八娇娃妙绝伦，春浓帐里易消魂；

虽然不是亲夫妇，一夜夫妻百夜恩。

金型念完，令再弹。建策定神听之，果字字分明，称妙不已。因另串新诗与弹，建策即持笔，遍相[①]秦云姿容皆美，惟唇青无色，因问其故。金型代答曰："先生不觉耶？先前未承收纳，推去砍头，一面惊如土色，至今面色略回，惟唇青犹未退，先生可将脂来点可也。"建策笑曰："今就谱一《点绛唇》可也！"便写上桂花笺曰：

态甚堪怜，柳腰杏脸颦莫展，略点唇鲜，赛过捧心艳。

秦云看了，默记在怀，随入调弹并唱之，甚合音律，共拍案叫绝。铁英曰："今就此饯送先生。"三人照前坐席，叫秦云亦坐于末座。弹唱一会，铁英要联句，请建策起句。建策乃念云：

骏雄怎作驽骀驯，（唐）　　因恐洛阳不遇春。（铁）

蝶探仙能入阆苑，（金）　　蜃楼海市接天津。（唐）

前依玉树垂青眼，（铁）　　今报琼瑶点绛唇。（金）

何幸得逢幸又幸，（唐）　　非亲却有亲中亲。（铁）

三人联此八句，皆有属意。建策至此，始觉聪明人作朦胧事。前之装呆乃来图色。自投罗网不觉获之，犹与之附和，坠其术中。今听此诗，自觉汗颜无地矣。自在默思，那金、铁二人击节和诗，各斟劝三杯。铁英曰："再各作四句付之弹唱，为阳关三叠可么？即送先生下船回军。"

正是：不有学堂移桌人，怎教贼寨笑颜开。且看下回分解。

---

① 相：端详。

第一七四回　歌招安不纳独回军
杀妓女知因欲自刎

却说铁英曰："就此饯别，再新作四句弹入新调。"金型答："好!"即持笔写出四句，秦云照字配调而唱曰：

绿鬓红裙当贶珍，旌旗回带十分春；

有时醉懒梳妆后，代画眉儿点绛唇。

秦云唱罢各献酒三杯，各有醉意。建策醉中亦写四句撩拨之，秦云按调再唱曰：

荣华不返故乡窝，衣锦夜行孰见过；

今日若教叨驻马，来朝同唱郁轮袍。

铁英闻此四句，怒甚，不待献酒，即自写四句，令再歌之，秦云又唱曰：

酒逢知己千杯少，话不投机半句多；

回去任丢得胜令，再来教做扑灯蛾。

歌罢，铁英骂曰："不识抬举的东西，有了命便放肆，不念亲中亲，即杀之!"令喽罗将伊衣巾剥下，赶逐出去。建策脱去衣巾，装醉甚，从容曰："狂歌负德，自知罪不容诛。今美女不敢要，只求将所弹之琵琶赏赐带回，以图后报矣。"金型问："要此琵琶作甚?"建策曰："赐了，再做一歌与唱。再不中听，杀亦愿矣。"铁英曰："先做来看，再与之唱。"建策随写出：

前歌都付浪淘沙，惟有后庭不可呀，

再去洛阳探玉树，好教胡子背琵琶。

铁英看了，拍案大笑曰："妙极!'胡子背琵琶'，此乃学生前去贵处放肆，将先生比做演戏背琵琶之胡子、鸨儿，今自认错，一齐煞开，把前言化灰。快穿上衣服来陪话，再谱入词弹唱可也。"建策遂穿上衣服，饮了酒，时夜将半，遂送建策并秦云下船，早有送至粮食水菜，却值水涨，船便开矣。

天明，遇战船皆停泊未去，查询之，共曰前夜朦雾中，有三四号船中火箭，只烧去船面篷竹些须，余无毁坏；落水之人，次早皆回，并无一失；随有船送牛酒来犒赏，吩咐众船勿开，唐元帅留在大岛饮宴便回，等缘由。建策暗喜其

义，即令奏凯回军。

抵闽内港，建策先往内殿，以“贼不敢战皆退走，兵船紧迫，忽起大雾迷罩，不能再追。至夜始安营，忽飞火箭，船篷毁折，中军船撞入贼寨中，兵船尽散不能救，因寡不敌众，只得诈降。次夜侦其不备，杀却贼众，将船开走，收齐各船，查点无失一械一人，全军归营”等情由报闻。李恒义以既因雾致败，乃属天意，能保全勿失凯旋，亦属可嘉，且暂停军，令兵士各归营伍，再行召遣可也。

建策归于本衙，其秦云暗遣家丁等邀[①]入内衙。建策回家，并不言遇铁连环死里得生缘由，只说秦云是贼寨中自奔投水带回，收留为婢，所有实情惟书童及家丁背地言之。一家男女，始知学乖之戆汉即是海皇帝，采莲、攀桂甚感其情。

盖所带回之妓女秦云，建策因铁连环硬要之[②]，否则杀死，不得不收之，实不知江涛之妾被劫之由。生平不好声色，既带回无处安置，只拨于内室住止[③]，亦少入与欢乐。夫人曾氏甚贤，尤爱其秀美灵慧。惟采莲见了，谓攀桂曰：“此女之双眼必非善类，君宜远避。将来家庭之横祸必由此女致之也。”攀桂犹笑之曰：“翁之妾，媳妒之作甚?”谁知采莲之言不错，那秦云果生性淫恶，一至见攀桂，便欲觊觎。因攀桂被采莲关防甚严，不得亲近。始惹书童。

那书童始犹惊惶，因[④]引数次惟一就。那夜却被硬关房内，秦云谓曰：“呆子，不须怕，我的根源甚大，说与汝知何妨！不说破便罢，齐含忍[⑤]而过。若说破，管叫唐氏一门砍头无留种。我带汝去，比此更好么。”书童再三诘问其根源，秦云将己之来历根源，并“被贼劫去、以劫作自投[⑥]赠建策，暨建策儿子与贼通情，有联诗为证据”等情细告一遍。书童喜曰：“却原来有此大来历，怕他作甚？如有不然，我便跑去江殿使衙门出首，弄他一家翻覆。我便好与汝同去江家，汝为娘娘，我为归郎，好不快活也！”秦云答曰：“不错。”自此二人便大胆如天矣，朝夕多与哂嘴戏谑，一家皆知。惟建策常在朝堂，少有回衙。有三四个小丫头无知，同在戏耍。

那日二人相谑至生气，书童嘲之曰：“谁有你之声价，原是王孙之妃子，降

① 邀：引导。

② 硬要之：硬要他收下。

③ 住止：居住。

④ 因：因此。

⑤ 含忍：隐忍不发。

⑥ 以劫作自投：（海盗）把劫掠说成是她自愿来投靠的。

作权贵之爱妾，又升作和番之王昭君娘娘；至半路，又降作海贼婆，今又为官家小妾。人只三浮三沉，惟汝十浮十沉也。”秦云答曰：“人有沉亦有浮，那[①]为奴有沉亦无浮矣。”书童曰：“要浮何难，将汝献与唐王，便是个进宝状元矣。”秦云笑曰：“把我献出，不带汝去亦无用。”书童亦笑曰：“若誓同生死，不带亦跟去也。”

二人以几个丫头小而无知，任意乱谈。谁知有一个黄菊，才八九岁，最黠，听此说皆记得，述与采莲知。采莲谓攀桂曰：“祸至矣！看此女之举动，非等闲之俗妓。果中间有大来历曲折，敢收纳之？今待公公回来，先问其知否根源，快些出脱，若不与说，祸在目前矣。”攀桂蹙眉曰：“这话怎好说，不自献出祸来？”采莲曰：“公公回来，官人带妾身去见，自有一番大斟酌议论也。”二人商定待建策回来议之，又要离祸，又要不哄动。

哪知建策回来，前后适无人，行步入内室。过秦云门口。闻房内有笑语声。潜听之，乃秦云同书童调戏狎亵之语，大怒，踏门入。二人见是主人，惊滚于床下。建策拔剑，书童走快，脱身而去，只将秦云头一剑斫下，再追书童，已逃出外；只转身将门倒掩，放剑。至曾氏房内，三子并至请安，采莲亦至，端肃问了安。诸子见父怒容，不敢问，只旁立。

建策见采莲，即大怒亦变和平，问曰：“三贤媳亦来此耶？”采莲曰：“因在婆婆房内，跟来请安。公公在朝数日未回，不知南唐肯与和好否？”建策曰：“南唐王因前进玉美人化为污血，反触其怒，屡欲来讨。数日前亦觅得一活美人进去，不知收否。又闻其兵将南下，此数日皆等此，不暇回来。”采莲曰：“此回送之活美人，公公可知在何处聘来？”建策曰：“闻得乃王继昌之妃，声色俱佳，不知何名。至继昌殁，此妃子被李国主之妻弟江涛得去。此番因遍访无有，李国主以千金让之，即差江涛为使，并珍宝进献金陵。”

采莲曰：“公公可曾闻江殿使送至半途被海寇劫去之信么？”建策曰：“江殿使回来得快，人皆疑之。但他是内臣，谁得盘问之？虚实皆不知也。”采莲曰：“媳妇大胆问公公，此番带来之姨娘，可知其出处么？”建策叹口大气曰：“家中可实说。那花娘乃林公主表兄之大舅林来财得来的，献谢我们放他妹夫之恩义，我何曾肯收纳？因铁连环、金刚钻说是浙江豪家小妾，名情浓，因被虐投水捞来，并非打劫来的。因水寨不许存留妇女，若不收纳，立地斩决。我因怜悯一命，无奈勉强带回，明知是妖孽也。”说了又叹一口气。

采莲曰：“这等说来即江殿使所进献之活美人，半途被劫是实，公公带回之

---

① 那：只有。

姨娘即是劫去之美人，半点无差。”建策惊问：“何以知之?”采莲曰：“公公如不动气，从容商议，媳妇便敢说之。如一闻即动气，便不敢说。”建策曰：“不动气，即管说来。”采莲遂将秦云勾搭书童，朝夕无忌，当戏谑之时，被小丫头黄菊听知所说之言语，详细告了一遍。“请公公三思之，此姨娘是活美人否?”

建策闻了，跳起骂曰：“早知此情节，何不早言，今才言之!”采莲曰：“此话即是今早说，媳妇候公公回来告知，并无半刻迟延，即今说亦不迟。或献或离，请即酌裁。”建策顿足曰：“还不迟？那女已被我杀死了。男被走脱，此去必去江涛处出首，今如何是好?”一家男女闻听杀却，皆来观看，推开房门，见秦云身首异处，血流满地，皆吓得魂不附体，面面相觑。建策亦至，视之计无所出，自语曰：“那狗子[①]去报，必来查究，如何是好？惟一死而已!”拔剑便向咽喉去刎，三子即赶拖抱，一家号哭。

正是：家难治处真难治，国亦易来果易齐。欲看后事如何，再看下文解说。

① 狗子：好色的歹徒。

第一七五回　媳献计书童首家主　朝争论铁英辱江涛

却说建策那时计无所出，拔剑自刎，被三个儿子抱住，夺去剑。一家男女惊得号哭，惟采莲从容进曰："不须怕，杀却灭迹更妙。"建策曰："江涛若搜怎处？那贼子去出首，前后之事情必诉与知，吾贤钗怎解的此大祸耶？"

采莲曰："勿急，都有解，先将尸首砍碎，装于酒坛内，假作老酒，再备具真的一坛凑对。即抬寄下渡陈家，吩咐勿动，待三日遣家丁来运送至福清媳妇母家。船到洋中，故说一坛臭，即丢落海。江涛带人来搜，以书童强奸婢女，遇拿走脱，诬谤家主。搜无赃证，任他去诉前后交贼情事，以逆奴血口咬主，谁作证据？媳妇母舅同舅母现在逐鹿坞，亲自去求他，悄进内殿，托国师暗中弥缝[①]，并至郗平章各堂官处求托挽回，怕对不过一江涛也！公公思之，可解得开么？妥不妥耶？"

建策以手加额曰："妙哉！贤媳，快照此赶办勿迟！"其房门紧闭，自家男女一时不怕，同下手砍尸装坛，洗血灭迹，须臾清楚。又将坛口以土和火灰封固，配一坛真酒。移至宅门外，令家丁先抬去下渡陈家，寄顿内室，又嘱此二日便有人来带送福清严家。尸首发出门，建策心略安些，即拣一诡黠之丫头名葵花，教伊作强奸之赃证。吩咐诸婢：有提讯时，只如此如此供答。内外皆安布以待之矣。

却说那书童同秦云在床上，忽见其主人突入，二人惊坠床下。伊走得快，不知秦云被主人杀死，直跑紫宸门内殿使公馆投首。讵江涛在内殿未出，看门人闻是报机密事，即留之等候。半夜江涛方出，闻报即带入内询之。书童先将海贼铁连环假戆，投在建策书斋学业，谋其子攀桂过手，后至建策带兵被留寨中宴乐，送美人回来，只一总根底，出首诉上。并将那美人即是秦云，现存匿在内署第九间房内，日夜念江国舅爷，暗遣小人来报之情由，捏说一遍。

江涛闻之忿甚，将书童留住。次早五鼓入内宫转告李恒义。恒义令："勿

① 弥缝：斡旋，弥补掩盖。

扬，可慢慢再访之，透出[1]秦云再酌，一时恐迫出变来。”讵江涛明奉暗违，侦建策入内殿，即留住，着人看守。一面自带健丁至建策署内搜匝不见，以私存别所，令眷属献出。攀龙兄弟即投诉书童昨日强奸幼婢走脱情事，江涛即将三兄弟并幼婢葵花带去讯究。采莲侦其去了，即悄悄坐轿抵逐鹿坞，见申樾，泣告因由。

讵鹿韭经万兵部改男装作随丁在内殿为白袍军。申樾即写信遣家丁送去，杜若、一枝、桃笑，亦各修信遣送郗府及三石、倪家二兄弟，代为辩白剖诬。江涛将建策削去兵权，交三法司勘问。各衙门因皆有受托，讯数堂，口供无异，俱以逆奴因奸诬主定拟覆奏。恒义依拟。惟江涛不依，要究出秦云着落，不许开释父子四人。众大臣与争，无赃证怎办的人罪？江涛曰：“此办不得，那纵子为海兔[2]亦可办得！”众笑曰：“更无所据，一面之词也。”

谁知殿上争论此宗事情，便有奸细报至海岛。铁英唤来林来财骂曰：“你有三不可赦之大罪，知之乎？”来财答：“不知。”铁英曰：“将劫赃私赠与妹，害人受屈，一罪也。以劫来贡女假作自投瞒人，二罪也。唐攀桂何等清白子弟，因汝出破，被江涛呼作海兔，三罪也。汝可自拟，此三大罪，作何拟议？”来财曰：“自知罪不可逭，惟求二位大哥开恩，将功赎罪也。”金型曰：“甚功能赎此三大罪？”来财曰：“金钿之案已妥，秦云之案亦已拟结。惟唐家父子未放，海兔之嘲恨未报。容小头目带本部之喽罗船只，去拿江涛来，亦令其作海兔泄恨塞口。此江涛拿来，唐家父子不放而自放矣。”铁英曰：“曾闻江涛那个小子乃恒义之玉兔，倘能拿来，即与汝报恨塞嘴，那攀桂便无人敢叫矣。今即依汝行为，我在此为接应可也。”

来财遂率带船只悄悄进港，改装诈伏各港妥当。令一诡黠之喽罗易服往江涛家密报：“众官皆卫护，唐家将秦云夫人潜存于鸭姆洲船内，别人不敢去拿，惟国舅亲自去获便来。要快去，迟恐漏风[3]，船开远。”江涛大喜，即刻督带数十壮丁跟随报信人，赶至台江边。报信的人唤至一小船，说：“只可带四五人下船去获，始无疑。如人多，必致发觉走遁。”江涛即带八人下船，余同在江边接应。

小船便撑至鸭姆洲大海船旁，报信的人先过船，便把手招江涛：“快来擒获。”江涛令八人去拿，八人过船。报信的人指说：“存[4]内舱。”八个人共抢入

① 透出：诱骗出来。

② 海兔：海盗的娈童。

③ 漏风：走漏风声。

④ 存：藏。

内船。报信人仍跳下小船，将江涛船撑开。一声炮响，众船围至，喊杀连天。江涛方知中计，惊如伏鼠，任其绑缚，带去贼船。那八人被骗入于商船，众商人以贼来抢，俱执械出拒打。岸上数十人远望见遍江皆贼船，不敢去救援，各走散。

林来财只要一江涛，船便开去，道出大洋，泊于僻静之处，问江涛："爱生爱死？"江涛即答以："人俱要生！独拿我何用？"来财曰："我这里都是粗人，无一儒雅，特诱来有用。如肯与我为谊弟[1]，举荐汝作军师，同享富贵。如不愿，一刀请汝落海。"江涛此刻要命，曰："愿从。"来财即将绑解开，带进舱内奸淫。

开至大岛，带见参拜了铁、金二大哥。江涛见二人威严，只得下跪，金型笑曰："李恒义有眼力，果选此玉兔儿。"铁英问："江涛即是汝么？"答曰："是。"又问曰："汝怎知唐攀桂是海兔？"江涛垂头不敢答。又问曰："那秦云贼婢原不是汝的，乃夺了王继昌。恒义以千金与汝买，仍是恒义的。恒义尚肯了事，汝听一面之词，要置唐家父子于死地，是何理耶？我今为唐家报仇，拿汝来碎尸，以消众官僚相争之恨也。"

江涛跪下哀求："大王教训今改过，不敢再索秦云。放回去，即开放唐家父子。"铁英笑曰："汝既被我拿，唐家父子还怕不放之？今不即杀汝便了不得矣，还想回去耶！"随问来财："有塞过口否？"来财答曰："塞过了。"铁英笑问江涛曰："汝前呼别人为海兔，今自己自思可是海兔么？"江涛面红头垂不敢认。金型曰："今不敢说别人耶？"铁英曰："今即长留在此扫地捧茶，供应使唤，不许半刻脱离偷闲。如躲避，拿来却杀不饶汝。林来财功可抵罪，归船供事，再去探唐家父子。若不放，再去拿李恒义来，一同扫地烹茶。"江涛更换青衣小帽，为童仆驱使。

正是：不叫别人为海兔，免教自己作笼鸡。且看下文分解。

---

① 谊弟：男同性恋之柔弱一方。也称"契弟"。

第一七六回　唐攀桂得榜招安　铁连环感旧归降

却说江涛被诱，朝中见报大喜，李恒义暗忿。三法司奏请放唐家四人父子，复还原职，将书童斩决，此案结清。采莲遣亲丁家人送银物，乃孝敬父母，并带寄顿陈家二坛酒，雇船而去。来至半江，故说此酒臭不送人，丢于海底。留一坛有暗号真酒并银物，至福清送与严家，其尸迹已消失，此且不表。

且说李恒义以海寇常来剽掠内港，由他自来自去，不敢再拨官兵堵御，又闻将近于城，又闻南唐王兵再下来，怎处？自思无计，与文武相议，颁出榜文："有能招安得铁连环、金刚钻投诚者，主殿让之，自退为臣。"榜文既出，众官散归。

建策同曾氏唤采莲来说话，采莲到，问了安，坐于曾氏之傍。建策说出榜招安之事，采莲曰："如能招安投诚，臣子敢坐他之朝位耶？无不过升迁官爵也。但他非真主，与之立功无益也。"建策曰："贤钗未细思之。以吾思有三益：一是安社稷之功勋，不至埋没也；二息沿海之狼烟，便商船以安闾阎也；三铁连环乃盖世之英俊，致之保国，犹且能保家也。"采莲叹曰："到底龙头属老成，媳妇思未及此也。既有三益，'今天下之英雄，惟使君与操耳'，公公能致之也。"

建策摇手曰："勿提'使君与操'，此番若不佯惧雷失箸[①]，哪有命回来耶？"采莲问故，建策曰："因其联句诗中之意，故作一诗拨之，伊回一诗，又言'若非亲中亲，必杀之'，因假醉自认作乌龟背琵琶，他方笑了事。"将诗句念了，曾氏笑曰："带那花娘回来，便自必作乌龟矣。"共以为笑。采莲曰："公公欲效曹操，让位与其子坐耶？"建策曰："此朝位亦罢了，比王璘之时，十只有二三。因听诗中情意，以小子去说了必遂。"曾氏曰："只恐人心难测。若被留住，攀桂年又轻，不比苏子卿之老练，必从之矣。窝盗之罪未了，降盗之罪又来。祈老爷三思而后行。"建策答曰："不入虎穴，焉得虎子！铁英义侠中人，前待吾如是，哪有待他不好耶？即管行，不须再思。"

---

① 惧雷失箸：《三国志·蜀书·先主传》"是时曹公从容谓先主曰：'今天下英雄，唯使君与操耳。本初之徒，不足数也。'先主方食，失匕箸。"

采莲曰："官人如去，诚稳如泰山。海大哥古来甚多，无有此文武双全之义侠，一到即大增官人之学问，能屈能伸，能吞能吐。至临去时，曾与官人实言之，此大盗乃不得已而为也，将来须归正路，此天大之情无人敢邀，惟留献于知己。俟官兵到无奈何之时，叫官人逞身认往招安。至岛不须通报，惟有船头插一小旗，写上暗号，自有人来接引。一到，他即卸甲投诚，以逞官人之大功。他既有此功，又遇此机会，岂可失而不为耶！今可叫官人来，公公面谕之，速行可也。"曾氏闻说此原因，便不再阻。建策闻此，喜曰："其中情节，惟吾媳尽知，今日不说，真是不知。今贤媳去代说了来回话，明日早朝同去见了主公也。"采莲遵谕，回房中与攀桂议论清楚，回了话。

次早，父子进殿见李恒义，说愿往招安铁连环等投诚，以尽臣子之职，不敢承让国位等语。恒义大悦，即赐官职冠带仪制。攀桂皆不受，只儒服，带自己二老家人，由台江而去。船并无妆饰，只插一小旗写"月窟飘香"四字。出镇，有船查问，回答乃大岛之亲眷也。再出外海，有船来引，直抵大岛，又有喽罗来迎上岸。入寨见铁连环、金刚钻，行了礼坐下。

金刚钻问曰："三弟此番受惊么?"攀桂答："二兄怎知?"铁连环曰："自然得知。"随唤递茶。二人问曰："可认得此人么?"攀桂与之对看了，皆认的，讶曰："岂不是朝中江国舅爷耶！怎在此捧茶耶?"铁连环叹曰："他叫人作海兔，因此拿他来作海兔子。"江涛便跪下哀求曰："望唐三公子恕其前非，饶了一命。"攀桂因拖不起，将亦跪下，铁连环喝曰："他乃贱奴才之下辈，与作甚?"又喝曰："快去吩咐，厨中有便的上中席，赶排二桌来接风。如迟，先打断此狗腿。"江涛便爬起，进去。攀桂正问江涛拿至几时？席已排便，一桌在堂上，一桌在边廊。铁连环曰："话长，明日再说。今肚已饥了，先来同食。"

堂上三人坐饮，二家人在边廊对酌，以江涛在旁斟酒。攀桂欲叫江涛同饮，铁连环不许。攀桂曰："曾与家父同朝，不便。"铁连环曰："他欲置汝父子四人于死地犹不算，还捏为做海兔辱之，都不知之耶?"便叫江涛曰："海兔上下席斟热酒，如斟不周密，把你腿又打烂也。"二家人识是国舅，敢与之斟酒？因铁连环硬押之，不得已，任斟之。堂上酒饮几巡，金型曰："闷饮无趣，起个令来饮。"铁连环曰："莫讲酒令只作诗，看三弟之学问有进益否？问那海兔能诗否？如能，念其斯文，赏之坐位同饮。"攀桂便问之，对曰："不能。"铁英笑曰："此狗尾只好在李恒义处，有敢登龙门也？我三人来作，一个出韵，一个出题，试三弟之学问也。"

铁连环以席上有橄榄，即以为题。金型以严字为韵，各执笔正欲写，有喽罗进，跪下报曰："此人已拿了，或杀或禁?"对曰："杀之。"喽罗退去，金型

曰：“且慢杀之。此人念有因故，亲身而来，说了请留情罢。”铁连环曰：“若饶之一个，再来说便杀不得，那时来愈多矣。今即杀却，看谁敢来耶！”又叫喽罗曰：“快去杀之，头且留住，不须即送来验。”喽罗遂去。攀桂愕问：“何事杀之？”铁英曰：“此个实是旧同窗，曾应许之来招安，奈为兄一时骑着虎背上，怎下来？他突然而至说降，不得不即杀也。如不杀放去，凡亲友闻知，无不想侥幸，皆至图功，再来杀之不得矣。今杀一戒百，以绝游说之徒也。”攀桂闻此失色，即边廊二家人闻此亦大惊，一个晕去，一个手颤，酒杯坠落。

攀桂思既来了，生死定抓在他手中，乃大胆谓之曰：“二兄不知耶，弟亦是来作说客。”铁连环曰：“好极，已有榜样。且做了诗饮了酒，趁尾[1]杀。”攀桂强笑曰：“酒亦要饮，荆州亦要取。杀最不怕。”金刚钻曰：“诗且做了再说。”各写出：

铁英云：

天孙罢织缣，抛落金狻尖。种地为佳果，心坚味正严。

金型云：

不趋桃李艳，偏历云雾严。气味堪交友，涩中自有甜。

攀桂云：

入齿任森严，严香自有甜。且能荐上供，不待落红盐。

金型、铁英同看攀桂之诗，铁英以手加额曰：“十日不见，当刮目而待之。吾弟只此二十字，犹胜百万之兵矣，不战而自捷，不说而自降。快斟酒来奉请弟三杯，再议降顺也。”攀桂饮干了酒，笑曰：“吾兄何前踞而后恭耶？”铁英曰：“前以吾弟乃时常之游说，怎不拒之耶？今见作此诗，有擎天之手，吞海之才，敢不恭降也？只是降非真主。李恒义尚难自保，弹丸之地，归之无益。”攀桂将其父前之所说有三益处言之，铁连环闻了问金刚钻，金曰：“既有益于三弟，生死从之罢。”铁连环曰：“既有益，三个同日同时死愿矣。”即令众头目进来谕话，三人仍饮酒谈笑。

金刚钻不知攀桂“落红盐”之出处，问之。连环曰：“我们所降顺者，即因此‘红盐’二字也。等我说其出处。南方有橄榄树大几百围，高十余丈，无梯可及。有一诀：惟在树根头凿一壑如碗大，入炭加之青盐，烧至盐解红了，以土掩之，至夜而树之青子不摘而自去，此之谓‘纷纷青子落红盐’也。三弟故将此来比喻。今若不知机，自行脱落，犹待以火焚落耶？”金刚钻说：“果比喻不差，不知吾弟在家，怎知今日必出此题，觅此字眼来张罗耶？”铁英曰：“气

① 趁尾：跟在后面。

尽曹刘，出自天然，岂能预知耶!”攀桂答曰：“自家人亦来过誉耶!”那二个家人先惊无命回去，酒饮不下，闻此二十字说降了，便放心矣。

堂上饮至晚，铁英先安顿攀桂同家人到船等候，俟他二日作交册投诚。即喝江涛曰：“拨尔去伏伺三公子并二位将爷，如贪懒，察出即砍尔狗头。”言讫即同进见各头目，曰：“愿降者同去，不愿者散去。”诸头目与喽罗皆喜悦从顺，收拾粮草，作文册花名表文停妥，烧去茅寨，放炮开船。遂将江涛绑出，正将开刀斩首，攀桂突至，向连环求恳恕饶，再三恳求。连环叹曰：“汝反代他讨情，他害你，还不恨耶!”金刚钻曰：“三弟既有此厚德，饶恕之罢了。”连环曰：“便宜了此狗种，解了绑交与三公子带回可矣。”时船有二百余号，人有五万余，连络直到台江。

攀桂先带铁连环、金刚钻入城，至明威殿见李恒义。恒义喜甚，以连环为指挥使，金刚钻为副指挥，以下林来财等皆为领军之官，众喽罗安顿都城守御。恒义有妹名肃姑，以配连环为妻。欲将国让与大指挥，唐建策固辞不敢，加封平章。攀桂为翰林侍讲。但彼时闽地已归建州王延政，福州乃恒义僭据，只有弹丸之地，此军官皆虚设也。江涛得命，回入内宫，称赞攀桂一首诗招降几万人马之奇，此后内殿政事不敢干预矣。

林来财受了官，回至下渡见妹及妹夫陈大妹，将所赠之私囊献与妹夫压惊。是日设酒席接风，谈饮间，闻大妹言及有胞弟在内殿为国师之主政，欲升大官，易如反掌。来财亦说内宫亦有相与之国戚。大妹问何人，来财将局获江涛为谊兄弟，又将劫匿秦云为妻后赠谢与唐建策等事说知，问姐夫：“可知那秦云美女安在?”大妹曰：“因与书童通奸，被唐公撞见杀了。”来财闻了便哭。因尿急进内小解，许久不见出。大妹去看之，见来财倒扑在地，大喊，亚仙亦至，同扶起，只有一息，问：“何故?”来财亦能答曰：“进来小解，忽见秦云美人。问他因何到此，他答被唐家杀死，尸存于酒坛内，抬寄在此。那时魂不得出，至半途丢落海，坛破始得出，回来带我同去，扯住即要行，是我必要汝二人来，说知同去，今说了，我去也。”

来财即刻眼合气断矣。陈大妹始觉前寄之酒坛弊病，自亦不敢言。即赴本司衙门报来财病故，即转报内殿扣名。江涛闻报暗喜。陈家曾代他设灵开丧，以尽亲义。盖起先来财未至时，常见女鬼出现，自此无矣。

亚仙初从良时，欲效李亚仙去之。因生有二子，便不言去。时常至逐鹿坞与诸女盘桓，甚是亲热。并不知文墨，亦学习武艺，与杜若等日夜操练，成一旅之娘子军矣，竟无人能知。

正是：已知笔墨称才女，反要持拳学侠男。且听下回分说。

第一七七回　铁麻姑记实情念义还腿　太平春同假借了愿祝天

前文说东山逐鹿坞之事。今再回说林仁翰、吴云程等男女共十人，漂至扶余国。该国王之妹太平春欲配吴云程，云程不允，脚被施法术以木换去，卧倒床不起，遂听相国台弼所言，逗留不归，开设文武馆，教授生徒糊口，以待挽回还腿。那麻姑与太平春谊姐妹，同食人头，十分亲热。麻姑已撩之，求益勿损，必待其来时再求之。谁知太平春带士卒航海而去，不知所之，即伊兄国王亦不知矣，只得耐以待之。

仁翰文馆竟像杏坛泗水，麻姑武馆不亚九龙大鹏，文武所奉束脩，动费外犹余。其庆云、丽容存匿内室与四童男女再究经史，以避招摇，而新月亦躲而不现，其音乐暨行戒止。以云程既中暗箭，恐致身命。麻姑为武教师，恐人暗算，遂将二仙所寄双玉佩与之，各怀其一，可护身体。云程因众嘱劝，亦无奈其何，不得不含忍听之。讵王妹太平春下海走半年无回，仁翰等愁闷不堪。那日，忽报王妹出游外岛，今日回来，上岸先至彰贤馆，吩咐谊妹勿备酒席，有随带来的。麻姑以又是带熟人头候之。

须臾，太平春至，仍只带二小校、一马，余皆先令回去。麻姑出迎，牵之入内室，问曰："贤姐姐游遍十州三岛，必带有王母之蟠桃回来分尝，方吩咐不须备肴。"太平春答曰："果有蟠桃肉食了，惟留核带回来。"即令小番去鞍马后解来。小校遂取一蒲包，麻姑以为人头，至打开，乃核桃也，随盛盘上，一半送进，留一半对食。太平春取一粒入口咬破，采肉啖之。麻姑不咬，只用两指摄破，较易破。太平春失色，笑曰："口快不如手便，牙力不如指力者。桃核味甚美，其壳坚过于铁，任锤不能破，须入火煅之方裂。以口咬破，举国惟愚姐一人，谁知吾妹更奇，惟以指摄破，愚姐所不能及，亦可赶跑回去矣。"

麻姑笑曰："姐姐休得过谦，以手指摄破便以为罕，那以头触破不周山者，何人耶?"太平春答曰："吾妹既有如是手，即有如是头。"共笑之。所送一半入室内之核桃，云程虽卧床，余猛仍在，亦将核桃取来，咬摄并不能破，又加之槌击，果坚过铁，入火煅至焦了始烁，愿服输之。内眷之人背拟以二仙下降。

谈饮间，麻姑因问："此番出游何处？"太平春曰："思天地既生我有此模样，岂可辜负无夫！因此转去游访，何国可以教化，寻之为基址。便历过许多国，悉不异于禽兽。惟有一国，人皆循良，不为强悍，以女为王，男为官，男伏女现，系阴盛阳衰，此国可取之，且回来待秋后行为。"

麻姑曰："姐姐肯去，取一外国，如探囊取物，但身后传位，系与男与女？"太平春曰："看后来谁贤与之，即今吴公子不弃，取来与他坐，谁敢夺之耶？"麻姑曰："他福薄，怎敢望此！惟求早些饶恕，另择有福者，同掌万代之鸿业。如用得着他，定愿执鞭随镫，以效犬马赎罪，放归故国，诚万幸矣！愚妹亦愿助半臂之力，代赎愆尤，不知下顾否？"

太平春曰："言已在先，长让妹，愚居次，愿矣。吴公子执意不肯，吾妹何不说劝之耶？"麻姑曰："何曾不劝！奈他因劝致怒，砍椅为誓，台相国亦亲见之。"太平春曰："断椅曾闻之，殊不知愚姐有何不好之处，致人憎弃也。"言讫叹气泪下。麻姑答曰："哪敢憎弃？奈戆子执义如山，怀情似海，因为愚妹之情深重，故宁死不二也。姐姐以吴郎与妹是已偕之真实夫妻耶，还不知犹是假借有名无实之夫妻。"太平春闻之，亦讶曰："情义既深重，怎说是假，快将何情何义从头说明，以解疑抱。"麻姑曰："说起话长，先食饱再说。"

遂添酒肴，同食饱了。麻姑将己之祖父姓名官职，两代被奸佞陷害倾家，抱戴天之仇莫报，卖与洪家作婢，遇吴郎代为雪恨，暗喜，欲报之。至吴郎患病，逞身伏伺。主母私通童仆，将谋毒主人陷甥，已代主杀死奸夫，救吴郎逃走。自认作妻，免人疑议，避于十四门桥。求神赐鲫，才好鹤膝风危症矣。

"吴郎以既许为妻，欲求就伉俪，始言明假借为夫妻，免人猜疑招祸，并非实事。吴郎得病，只得暂住，不能分别。谊父母遣人来请回门。吴郎话听错，至夜行强不遂，次早说明自愧，同请回门。至魏家以遭坎坷，重整合欢。吴郎以假为真，许时[①]又将报答代雪祖、父仇恨实告知，并约以外为夫妻，内实姐弟，不可妄想以虚作实。吴郎因此心始死，誓不再娶，奴家亦誓不重嫁，同愿假至终身。

"后代谊父出戍为兵，与吴郎助林仁翰伐讨篡逆。中间有妖猫冒诈，被打出原形。问状元会遇林公主前后因由，另日再行细说。此番因吴郎同周状元去江南寻亲不遇，被吴光将军带至日本国，倭王欲招周状元为驸马，因不从，将吴郎并禁监牢。吴将军遣人赶信来报，同林仁翰、林公主飞赶救援，聘香仙往倭国换回吴郎。周状元又至烛阴国，遇二仙亲救回四童。又漂至渤泥国，盗出蔡

---

① 许时：那时。

千金至此。

“吴郎因遇见画地对句，不知是谶，借来对四宝之联，以致逗留在此。愚妹与吴郎借名为夫妇，并非实在也。今将前后始末告知，姐姐幸勿见哂。”

太平春停耳听了，拍案喊曰：“天下间哪有此重情义之男女耶？愚姐怎敢不成其美！只是断椅之愿与对天之誓怎处？”麻姑曰：“姐姐从中有甚等难为之处，亦据实说出，同来斟酌为要，有益无损，方可也。”

太平春曰：“贤妹已说了假借之因由，愚姐亦说出待谶之根源，俾免夺人之夫婿怨恨。愚姐年十三岁，本处老佛寺有老僧名仁禅师，神术道行颇高，父母将愚姐送入寺中为徒。至十五岁将回那日，老僧在禅座，愚姐听说法完，倦甚，伏其座侧睡之。梦至无边境界，惊醒，神气犹恍惚，老僧问：‘有梦否？’愚姐因告梦去游玩，口渴甚，越上天台吸天河之水，顿觉清爽，随下至海边搭大船泛海，有人皆奇形怪状。复回登山玩胜，猎食走兽飞禽，不觉似落于网内，人即迷去，生死由之。忽至一少年男子，将姐窃负逃出，存于兰室，调养一夜始苏。查问救命何人？少年答曰：‘若识何许人，万花苑内太平春。’“欲再问之，俄不见。

“那时自出兰室，只见布地皆绮罗，连天皆楼阁，登上听之，皆有笙箫鼓乐之音。楼上复有楼，将再登上，忽闻雷震楼动，不为意，片刻大震，楼阁欲倾，心方恐，由旧路回来，即醒矣。

“老僧闻此，笑曰：‘我因见汝顶上钻出一条金翠色小蛇，长惟三寸，落地出庐。我远察之，蛇上净水台饮了水，复下池边盘旋于梧叶上，浮于水面。又上岸，盘旋于池边树木中，抢吃诸虫，忽坠于草际，不能走动。突来一白鹤，将小蛇拖于土窟中，衔草饲之。白鹤自飞去，小蛇苏能走动，又上葵花树上，走上又走下，乐而忘返。我恐元神久而不归，即以指向树头弹之，初弹若不知，再重弹之，蛇遂回头旋下，复入汝顶门不见，盖此蛇乃汝之元神出现也。梦天台，乃净水台也。饮天河水，乃盂中水也。海边，乃放生池畔也。大舟，乃梧叶也。奇怪之人，乃鱼虾也。历过山景，乃池畔之树木也。猎食禽兽，乃蚊蚁也。少年男子，白鹤也。兰室，土窟也。问答，此谶兆也。绮罗布地，乃花片落红。重楼叠叠，乃葵花朵朵。笙箫之音，乃叶底虫鸣也。雷震，乃我之弹树，汝之元气归体。此一场梦无甚异，惟兆汝将来若遇万花苑中太平春，得终身配偶矣。’

“愚姐骇异师言，寻思，师乃有道行的，有言总不谬。至回来与父母说知，暗自改名太平春，所居为万花苑。太平春之谶句，不论贵贱，有合此谶者，终身配之为偶。至今十五年，并无人对，兹被吴公子对着，虽说是神童四阿哥画

地所授，亦天使之也。怎敢违师说梦之谶兆、对天之誓愿耶?”

麻姑曰：“原来姐姐有此缘故，故神童才有砍椅男异、换腿女奇之语也。但姐姐祝天待谶不可违。而吴郎之守义终身焉可负？须要两不违负方好。倒有一策可能保全，只是有名无实，不知姐姐肯俯从否?”太平春曰：“若谓了两不违负，任甚有名无实，亦好之矣。”麻姑曰：“肯为妙甚，与吴郎只拜堂合卺，不洞房花烛，应夫妻之名，完毕梦谶祝愿，放吴郎回去，便如愚妹借名到终身无实，可行以解结。不然矛盾自不相让，奇与异难俱保矣。”

太平春闻此，停思一会，谓曰：“假借到终身，吾妹做得，愚姐做不得耶?宁可静守生寡，不可结恩成怨，即照此行为罢。”麻姑笑曰：“怎是长生守寡，将来为女国王，后宫之妃妾若干，还不闹热耶?”太平春变色答曰：“果中国人刻薄！前吾妹所言借名，至今愚姐不敢略嘲半句。今愚姐言静守生寡，吾妹便嘲。但海内番国甚多，风俗各异。惟此扶余，乃始祖虬髯公开基建国，诗书礼乐皆中华运带而来，治国齐家皆遵孔孟，与各番大不相同。将来倘取得女国，必贵贱，分男女，为后代之典型。岂效中国之武则天颠倒无耻耶!”

麻姑即起身认大胆玩笑失言，乞恕。太平春曰：“既认玩笑失言可以。再此处风俗婚娶，不知什么拜堂合卺，惟双牵手，对抱腰，便成夫妇。今已议妥，吾妹即进去与贵公子说知，愚姐亦回去言明，送还胶腿[①]，再请去牵手抱腰，以应谶愿而罢。”麻姑便入与仁翰等说知，须臾又出，谓曰：“进去照此述之，皆感佩不胜。惟吴公子脸皮怕羞无地，即在此与姐姐牵手抱腰。说进王府，更怕羞为难，便死不为，奈何?”

太平春脸红，乃曰：“他男子汉都顾耻怕羞，而闺女反不怕羞耶？其奈遵循天谶，不得已忍耻而为，既应许而不违负，言难收回。便不牵手抱腰，只彼自行对天称认某与某已成了赐谶夫妇，谢恩了愿亦可矣。”麻姑喜曰：“似此简便，两不含羞，妥之至极。请姐就此对天说了，进去令吴公子亦照样祝也，便成美矣。”太平春出户外，对天舞拜了，祝曰：“女弟子太平春蒙天赐谶，撮合于中国吴公子云程对就，已经配偶为夫妻，谢了恩愿。”太平春说完复入，麻姑已进去，叫吴云程亦说。许久方出来，笑曰：“那戆子亦祝了。”太平春问：“怎祝?”麻姑曰：“他脚不能行，背去阶前，放伏于地，便祝曰：吴云程蒙天合谶须与扶余国王妹张太平春配偶为夫妻，谢天恩了良愿等语。”太平春喜甚，以为实有是祝。

谁知中国人果枭极，无如外番性直，云程不但牵手抱腰而不肯为，即在内

---

① 胶腿：腿。胶：本字“骹”

自行向天祝念此数句，亦何曾有为此？麻姑不得不代之妄言了事也。太平春以既和好，密令小校回去取胶腿来换木腿，特又添酒肴议论取女国机宜，待秋后进发，取了女国，方放回去，明日先同去山野游猎。麻姑皆应许，那小校抱一长布包至云程卧房前。开布包，现出一只脚腿①。小校抱于铺上，放于云程败腿排连，将被盖之，向被面摩擦片时，小校仍将木腿布包抽出。小校犹未出，而云程爬起下床走出矣。

仁翰等令云程出去称谢，讵云程目睁而走。仁翰只得率新月同庆云等出来道谢，言云程一时不好意思相见，容另日再行拜谢。太平春答以“自家人，何须拘礼”，遂与仁翰等叙谈，甚喜悦。欲请同至王府盘桓，仁翰等辞以另日。太平春在护国寺彰贤馆，与麻姑谈叙一日一夜，次早方回。

云程脚换回如故，即欲下船开离了。麻姑以应许过秋后帮取女国方去。云程以今待秋不耐再候，众梢工水手亦不从。麻姑曰：“可同亲家等先回，奴不敢失信。”庆云笑说：“欲想作番皇帝么？我们可先回，由他在此为王为后，管之作甚！今叔公先下船，奴们后亦到也。”云程亦笑曰：“要去同去，独留他怎做得？”仁翰曰：“不须先争，人而无信，亦不能行之。谁敢不待同去？”云程不能再催，众水手无奈，亦听从之。过一日，有人来请麻姑至王府同去打猎。麻姑便妆束跨马，随军校而去。

正是：若无奇特屠龙技，焉结超群伏虎娘。欲知后文，请看下回解说。

---

① 脚腿：即腿。上文写作“胶腿”。

第一七八回　设机阱难报烹头恨　换衣衫暗遂祝天缘

却说王妹太平春请麻姑至王府同去打猎，麻姑头整螺黛，髻贴翡翠，浅蓝衫，淡红裙，白绫袜，绣花靴，累丝钿，鲛绡帕，珊瑚鞭，银鬃马，抵王府后宫，被太平春留住玩耍，尚未出猎，而仁翰等亦有人来请玩游。

明义馆有三个学生，乃本王府大冢宰买之子弟，家住百余里外山南地方，有花园胜景。买亲驾车来接仁翰等出游玩，辞之不得，即同云程、新月、庆云、丽容及吉士、新春、冷杏、娇容各乘车而去。至山南，庆云等入内宅，有女眷接待。仁翰等至大花园兰室，买亲在陪奉，访问中华国政，十分诚敬。

至次日，报说王姑娘出猎，由花园山后经过。买忙出迎接。那太平春直去不入。仁翰等共登望海楼，远望见先行数十个军校各驾鹰牵犬，麻姑与太平春并马而行，照前妆束。那太平春戴金凤冠、双貂垂髻，穿红龙袍，腰束五采鸳鸯带，八幅海涛裙，脚踏粉底皂靴，跨黑马。旁观之人皆语，那一人戴凤冠女将，雄风抖抖；着淡妆之女帅，英气勃勃。楼上仁翰谓曰："云衣虹袖，让子建之雄。羽扇纶巾，还武侯之雅。"

原来太平春留麻姑一昼夜玩耍后，带军校出来，先在近处山中游猎，因无甚鸟兽，欲出外界紫荆山围打。是夜歇住界口大村落内，行粮皆随带，同食了夜膳，一室同榻而寝。次早起来对镜言："貌有相似，可称姐妹。"共相称赞妆束。太平春曰："妆束既各称意，貌又相似，今日可将衣服来调换更穿，同出去打猎，看众军校能辨得出否，若辨不出，勿明之；即辨得出，可发一笑。"二人遂议定。彼此换带衣冠，皆合适，靴换鞋袜亦相对，穿换既妥，各添一双宝剑，同出账房。麻姑监督人众同去紫荆山，众唯唯听命，无一个得知。马亦换骑。一路军校，皆拥护麻姑，而太平春随从亦行。麻姑暗思："只重衣冠不重人，良有以也。"遂同出外界。

再说南界外乃属邻国紫荆山之地界，国小人弱，任外人打猎。前之王孙无回，查知被太平春杀烹，无奈其何，惟张设机阱，待其再来猎兽时罗获以泄恨。该处产有一毒草，名押不芦，烧出烟，人嗅之，立迷倒。打听太平春又至，采

押不芦置于山野公馆内焚烧，将烟闭房中，至来时必在此煮食，门一开，烟即涌出，嗅之无不坠落网内。兵卒伏近路密林中俟之。

太平春同麻姑率众至此，时已中午，军校要作饭，皆旷野，无村落，只有一间傍山大公馆，无人，门闭之不开。太平春与麻姑共笑小校无用，共进前，以脚踏之即开矣。内有烟冲出，太平春同向前之军校即刻中毒，跌扑于门口。幸麻姑怀有仙佩，毒气不能入窍，而恶味亦难受，将扶起太平春，忽见山后密林中，有伏兵突出，抵之不住，急上马，拔剑迎接，知中其计，恐更有埋伏，落荒而走。紫荆王只认带金凤冠龙袍是太平春走去，太平春穿麻姑之服，以为非是，先同数十小卒将迷倒男女捆绑，抬往关内，俟获得太平春回来一齐开发[①]报仇。吩咐讫，即率众赶去。

太平春数十个军校，只有十数个挑带行粮跟随要先入公馆煮食，同被迷倒，还有二三十个管理鹰犬器械账房等皆住于外埕[②]，因见门开有烟冲出，人即倒地，又见壮兵突出，惊得逃走，不知伏兵多少，顺路到买花园报信。买闻说，惊曰："不好了，中他押不芦之计。"问："失去何人?"军校曰："入公馆共十四个，惟本姑娘一个骑马走脱，其余谊姑娘大教师同小校皆迷倒地下。后山伏兵来拿，小的们在于外埕，离远，未受毒气，方能逃回。望见对山紫荆王带番兵，追赶一个带金冠穿红袍的人，谅是王姑娘，恐走不脱被其追获去矣。"仁翰、新月等听了，惊甚，云程即欲去夺之。买曰："且慢！待议定，勿再中他押不芦之计。"

仁翰问故，买曰："此乃毒草，是他处出产。中其毒者，不见火不致命，惟本国之杀马哈草专解此毒，须先寻此草塞鼻。至夜同走[③]回之人引路悄悄带去，探访拿在何处，如盗得回来，不可见火，以杀马哈煎汤灌之，自得复苏。如盗不来，莫入其穴，俟其回来，再拨兵讨之。此乃自作孽。既杀其孙，必知其怀恨，还敢去其地打猎，自坠其网，死有何怨？惟不合带累谊姑娘同罹此难。"言讫，即令走回之人各以杀马哈塞鼻，密授如此如此计策行为。到黄昏时，便带云程并众悄悄至紫荆山潜伏于山窝，拨二人诡黠胆大的至公馆探听，知其拿禁于内房。

遂入公馆，看守之小卒七八人喝问奸细，诡黠者答："大王命我来查，连叫汝等即赶去西山界口结绊马索伏路。那正货被追，将至西山。赶紧去，恐迟去

---

① 开发：处置。

② 外埕：房外场地。

③ 走：逃。

被逃。此处叫我代汝看守一刻，汝去须带大棉索，以备绑人。”那八个小卒信以为真，即赶紧拿绊马索，吩咐代看，急跑而去。奸细看其去远，分一人至山窝，带云程众人打开房门，不敢用火照。云程暗中认定女人自背，其余各先解去索，令小校齐背走出，其物件一总不要。云程背起太平春，如飞先到买花园，仁翰等视了服色，以为是麻姑无错，心才放下，令背入兰室床上，仁翰等退出。买在外吩咐：“不可见火，身上衣服皆有毒气，先脱下，再把杀马哈灌饲之，慢慢自能回生。”

云程一人在内，遂将其衣服鞋袜脱下，交与新月接出。新月看其素淡服饰，笑曰：“纶巾羽扇亦陷于迷魂阵耶!”同暗笑。新月忽记起，忙至门口喊曰：“表叔，还有玉佩么?”云程曰：“无矣。”新月撞足曰：“怪道玉佩不知失去何处，以致受此邪毒!”仁翰曰：“且慢，急待他唤醒来问，或寄在王府未带耶。”即将杀马哈汤捧房口，云程接入灌之，喉不能吞，出问仁翰，教以口饲。云程试饲之，遂抱住饲之，云程此时事做若干，而背人之军校方到，已四更了。众军校怎及云程如飞霆掣电，一人背一人，连歇十余歇方至。其灌以杀马哈汤，皆渐回苏。买见都盗回，方放心细问。那两人诈奸细的，将前情告知。买又拨人去王府报闻，自同仁翰等谈论。

不觉五更，那迷倒之小校都苏，各散而去。云程犹在兰室与太平春同枕，不知，以为是麻姑。太平春此刻亦回苏，知觉人事，因摸赤体被人抱住，便大惊喊曰：“什么人有此大胆，敢此妄为?”云程答以“是亲夫吴云程，救汝回来”。太平春以云程果是合谶祝天谢愿之亲夫，暗喜不问。盖麻姑在番国盘桓已久，在地[1]之土音腔口，皆能言说，又是暗里仿佛相似，同睡至天明。云程问曰：“姐姐可都苏定么?那谊姐太平春不知落在何处，能走脱否?”太平春曰：“妾是太平春，衣服乃与妹换穿。妾被烟迷倒，妹不知有走无走[2]也。”

那时云程一闻不是麻姑，惊得汗流遍体，赶紧开门跑出。而仁翰、新月共在中庭候探，见云程出来，便问：“苏否?”云程蹙眉答曰：“倒活了，只是弄错了，衣服是铁麻姑的，惟身体是太平春。她被人追迫，不去救她，把别人救来，竟一夜饲药，天明问之方知，气杀人耶!”仁翰同新月讶曰：“原来是太平春，与她何无异。惟不知两个因何把衣服对换，可有问她么?”云程曰：“谁去问之，快赶去救自家人!”言讫便行。仁翰忙拖住曰：“怎就去?她衣服都在外面，不送与穿，怎起得来?”云程曰：“昨夜不知，才拢她，今知了，谁还去拢之耶?”

① 在地：当地。

② 有走无走：是否逃出。

仁翰曰："汝不拢她，谁敢拢之？"云程曰："不管，不管！"拨开仁翰跑去。

适买出问，新月将所救回之人即是太平春、云程欲去再救之情由告知，买曰："须人引带，恐人生路异。"即令那二个诡黠之军校再带去随机应变，请救穿红袍之人，随后再起本国军兵接应。云程暗存利器，随二人去了。仁翰、新月不便与买说云程不送衣服与穿之情节。正在默闷间，庆云、丽容同至花园。盖二女在买家，离花园有里许，天明闻知，赶来看视。仁翰以事情说知，同带衣服进房与穿。那太平春以云程去必入，谁知不进来，又不能起床，急甚，遂偎坐床上，揭起帐，见房内竖一匾，有"兰室"二字，觉此会遇正合十五年前之梦谶，天之所为也。

忽见庆云、丽容进来，手抱衣服，随问："吴郎何去？"二人答："又去寻救令谊妹矣。奴家二人贺喜来迟，勿怪！"太平春闻此脸红，低头含羞曰："诚天所遣，非人力也。"即接过衣服，于帐内穿了，下来梳洗。庆云问："既知与之有隙，何又去落其机械[①]？"太平春答曰："只顾于游猎故忘却。奴今蒙天预遣吴郎来救，还不知谊妹性命如何，岂肯与他干休耶！"买前来请安。太平春刻不停留，要赶回整兵去讨[②]麻姑。买即备舆马人等，太平春出兰室，又见一牌额竖于座，写"万花苑"三字，其景况与前梦无异，遂登舆带众回去了。庆云与仁翰等仍在打听麻姑信息。

却说麻姑头带金冠，身穿红龙袍，紫荆王以为太平春，紧追之不放。麻姑以寡不敌众，策马逃走，不识路迳，追至重岩密树双叉路[③]所在，急跳下马，将金冠红袍靴袜皆脱下，将冠袍挂于树枝上，靴袜掷于双叉路之旁，躲于岩侧丛林谷中。那紫荆王番众只望红袍追之，至近前，只见冠袍挂在树上，马在路旁食草，靴袜在路边，以是由此路而逃，不回头往岩谷搜寻，催众分往两路追寻。至晚，点起火把，分头搜缉。那麻姑躲至人声寂静，走出探之，见前路尚有人来，仍不敢出。

至夜，云程同二军探息，知紫荆王尚明火搜寻，知麻姑已脱身，喜甚。又恐其搜出，遂生一计，访至岩侧，谓二军曰："汝去诱那番王来此，我刺杀之，则无人追捕，自出来矣。"二军曰："惟汝一个，有此本事耶？"云程曰："我自能飞遁，无须挂虑，汝赶紧去诱之。"二军遂去。那岩侧即是麻姑，躲在谷中，见有人，仍伏不出，听见云程说话，始知是云程寻到，即钻出来。云程惊一跳，

---

① 机械：机关陷阱。

② 讨：找。

③ 双叉路：双岔道口，其实加上来路，就是三岔口。

以是伏兵，提刀砍下，麻姑以剑驾住曰："莫惊，是奴家在此。闻是甥爷声音，故出来。"云程收刀，喜曰："踏破铁鞋无觅处，得来全不费工夫，快去快去。"便捉住麻姑同即回去。

麻姑笑曰："话未问明，就拉去?"云程曰："特来寻汝，还问什么?"麻姑曰："那王妹中毒，可知性命如何?"云程曰："汝莫管她。"麻姑曰："甥爷且在此等刺杀，奴赶去救谊姐。"云程曰："先前躲不敢出，今怎去惹他?"麻姑曰："先前只孤身无助，今有甥爷来帮胆，怎敢不去!"云程见其决意要去，笑曰："谊姐多早[①]救回了。因是只认衣服，又遇天黑，伺候至一夜。天明闻知不是姐姐，方知弄错。"麻姑笑曰："此乃天之不负有心人也。"

二个在于密林中，突见紫荆王率众追赶麻姑无踪，只取冠带马匹，由旧路回头。至岩侧经过，密林中云程突出，刺杀落马，并杀数个番卒，余各惊走。麻姑亦出赶来，顷刻走空。忽闻山背后金鼓齐鸣，尘土飞空，二人不胜惊讶。那作奸细之二卒，见紫荆王回头，多人拥护，恐云程一人怎刺之，躲于草丛中；见云程刺杀，番卒散去，方敢出来。见麻姑亦在，喜甚。云程即令二人去探何处军马，报乃本国王姑娘领兵杀来，寻讨教师谊姑娘，二人心方定。

云程遂割下紫荆王首领，同见太平春，说知情由。太平春遇见麻姑，不胜大喜，遇见云程，两目含羞。原来太平春回至半路，遇本国遣将军兵至，即督带杀来。此时麻姑无恙，喜甚。即杀至该国，国王之家属已闻风走尽，惟番民拈香拥挤，跪于路旁，哀求免杀愿降。太平春欲灭之，麻姑再三阻止："体上天好德，番王已斩，与民无干。"遂止。请扶余国王定政安民，紫荆统归于扶余国，放番酋守土。以二番军校作奸细有功，为副酋长佐之。奏凯班师，国王寻访云程同车而归，而云程早先回矣，惟麻姑同太平春一车齐归。

正是：同谶夫妻水见火，谈心姐妹漆绸缪。且看下文如何分解。

---

① 多早：早就。

第一七九回　帮取国仁翰得返棹　宁救命云程不惬心

却说扶余国并得紫荆疆土，共为一国，班师而回。麻姑同太平春齐去王府，仁翰等在买家，国王顺至，一同迎带而去。惟云程避而不去，遍寻无踪。国王已知前乃心思之妹夫，因救难同寝一夜，虚而变实，兼有救命并国之惠，亲上加德，甚重之，奈云程避而不见。仁翰、麻姑等九人被留款待数日，辞回护国寺，寻访云程。谁知云程走在本海船内，外人怎寻得着，闻皆回旧寓，独自回来。

麻姑见而笑曰："心正不避人，避人心不正。既正，避之作甚?"云程曰："汝们喜她，独我不喜她，怎不避?"麻姑曰："汝不喜，天偏要汝喜，可能违拗得过耶！今拗不过，犹夸口耶！起先她以汝不从为夫妻，故用木腿调换，以汝必肯，谁知汝不肯。奴用尽心机把她弄伏，谊为姐妹，以后往来加等奉承，但此女颇知礼义，后奴将汝之情义并来历前手之事说明，她便听之，汝之脚腿才能讨回。奴因汝用尽心机，欲全汝之情事，故与言之，欲大家一同回去。不想天公乃不依，暗使与奴换衣服，毒烟迷倒，致君去救，以鹿为马，脱衣偎抱一夜，至次日天明方知。虽说无火，辨不出人之面貌，而番人之音话亦难辨之耶?总由天之所使，成人之美，非人力所为，何须远避？假使前有心愿不能从顺亲近，谁敢说长短？今已逆天，不是心愿，天使谁说君之清白。口占曰：

男女同衾同卧起，无人敢说未沾肤。

任君挑尽长江水，难洗心头一点污。

今污已难洗，不留亦要留之，且待将来能与之同回，作奴家长久之姐妹亦好。不然即长在此，为一国之男王，亦甚体面，胜于东荡西流如无主之魂、丧家之狗万万矣。甥爷趁早自想。"

云程被麻姑说了，面红不答，跑入厨房，取一把原断椅之铁柴斧出来，自向手臂上欲斩，仁翰等拦之不及，皆大惊。只见麻姑略起一脚，将斧踢起半天①，伸手接过，笑曰："痴大汉话说着脉，便涵养不住，急起猴性。自古闭眼

---

① 半天：半空。

尚不能捕雀，掩耳曾盗得铃耶？若要人不知，除非已莫为。既为了，又怕人说？况乃天所使，何怕之有，一受气不自伤手足耶？此事亲家、状元、公主、蔡千金不敢劝，只奴家劝得。世间最难却者，情也；君若却之，亦无奈君何矣。”

云程咬牙答曰：“甚人情？错遇这冤愆，气不能消，反来提起，长言短语不休，怎不火上添油，取斧撇①之。但我非土木不知情义，奈含忍不得，明知丁公不可斩，无可奈何，亦曾含泪杀之也。那夜因不知，错为了。今既晓的而不避之耶？如不避仍亲近，岂不是出乎尔而反乎尔，见色忘义，何异衣冠禽兽、名教罪人耶！请列公代为斟酌。”

庆云同丽容评曰：“句句皆真道理。赘留在此，不须言矣。惟说之肯同回去故乡，便两妥也。”云程大喊曰：“不要。快把此等话收起，从今谁再提起，杀之无怨也。”麻姑笑曰：“人怕汝无老婆，将命试之乎？”自此太平春有来，铁麻姑亦有去，各人皆讳言之。

不觉光阴似箭，夏往秋来。太平春欲取女国，求计策于仁翰。仁翰曰：“该国之女王悍且恶，不可以力取，只可以计取。施一妙策，取之不难也。”太平春即拜仁翰为师，求施妙计调度。仁翰并不存拙，随答曰：“无其妙计，惟以贵处所出押不芦，采来制为香条，为蒙汗香。至夜越墙入内府，将他迷倒，任吾所为矣。只是预先要如此如此张布，始不动干戈，国人自愿将国位献而归顺。”

太平春闻施此计策，喜甚，即称仁翰为太师傅。恐云程不肯又避，仁翰去背地说曰：“前所戒言已告清楚，国王言取了女国，便送大家汝我一同归去。现在筹设计策，王妹恐兵少将寡，不敢举动，是弟满口应许，自有奇人出来帮助，一鼓成功。他因有奇人肯帮之，方喜而行。惟不知表叔有成人之美否？他们不敢问，小弟斗胆问，只望一诺千金也。”云程答曰：“不存意亲家爷亦能代人作说客，如说别事必不成，惟说此举大事，愿自帮之，叫他即刻施行，自然极力相助。至得了女国，放我们早回，就当作谢劳矣。”

仁翰又问曰：“既肯相助，大事成矣。但此事非一日可了也，各要日夜同舟相议，倘仍远避不见面，何异风马牛耶！”云程曰：“肯死心不要我为老公，怎至避之？”仁翰喜邀入，俱在一处，同议机密。先使人制蒙汗香，又拨人制杀马哈，再挑选壮军六十，各随带护卫，另派战船五只，配番兵五百，各在外岛接应。仁翰留庆云、丽容，带四童在王府等候，得了女国，即送回去。

仁翰同云程、新月、麻姑、太平春，带六十名壮卒下船，驶至女国外岛，将倭国所置之神仙服色同来妆束。仁翰妆作天尊样式，太平春、麻姑皆作男妆，

---

① 撇：通“劈”。

同云程，新月作四道童，一背葫芦，一执宝剑，一捧如意，一执金牌。妆束停妥，自大船落于柯木槎①，至道头②登岸。太平春能放掌心雷之奇术，将右手放拳，行有百余步，向空张开，则起一声霹雳惊人。人甚异之，再看其品貌服色，无不疑是神仙下降。或问之，太平春曰："是太乙救苦天尊，特来救难。"

所有行过此地场之人皆拈香跪迎，若问休咎。仁翰便令太平春传谕曰："天尊由此云端经过，闻此处神号鬼哭，知五日内此处有灾难。自明日起，各家门户前排一香案，设一纸牌，写'除旧王换新王'六大字，朝夕焚香点烛供奉。此五日内，如有遇外之横事，各宜避之，脚不可出户，不但灾难可免，而且百福临门，切记勿忘。"有问者，以如此宣谕之，家家户户遵循。从城厢游了一匝，由别路而回。女王闻知，遣人迎请入宫虔奉，再访无踪。

仁翰既布了煽惑之策，潜回外岛船中，并无人知，称掌心雷奇异。新月笑曰："王姑娘既有此法术，何须另施别策，以想心法可换国王之脚，再以掌心雷，可打众佐之脑，取其国如拾艾矣。"太平春答曰："此乃少时在哆罗师处学些小术，何足称奇。想心法者，在我地界方能施换得；掌心雷能响，不能伤人。今皆属自家人，怎能不说实话也。"新月曰："怎的能施此不能彼耶?"仁翰曰："山头鹧鸪地头蛇。"云程答曰："什么山头鹧鸪地头蛇，明是裤上蚤虫洞里犬。"太平春睨而笑之。麻姑曰："又恰对妙绝，足下又要不管事矣。"众为哄然而笑。

俟至第三日，调六十名壮士齐集府前；听号炮，五船之番兵假作商船，陆续进港，听掌心雷，攻打入城。仁翰、新月在船接应。所制押不芦与杀马哈分给各兵士存带，杀马哈塞鼻。惟云程、麻姑有宝不带。太平春亦带去，同麻姑、云程三人各抄衣扎袖，怀带利刀香条火种，埋伏在城内。至夜潜至王府朝门外，太平春先越墙，待开门同人。有一时辰，尚未开门，云程骇曰："莫似我落倭之机械?"欲进去探之，麻姑曰："既知前车可鉴，必须谨慎。"

云程亦飞越上墙头，不敢即入，有朦胧月色，遍审视一匝，徐徐下地；看各处已点插香条，烟气冲人，寻不见太平春，只见看更巡逻之人，已迷倒道侧；遂至朝门里，有长夜灯，照看太平春被两个黑汉两手对合抱住。云程大怒，举刀向大汉肩砍下，坚不能入，大汉仍抱不动，看真原来不是人，乃铁铸成一对门神，分立朝门。两旁地中设有机轨，知者勿碍其机，任行出入不动，不知者踏其暗轨而铁人合抱，任汝英雄，被四铁手抱箍，再不能脱。那太平春过墙，遍插了香条，点起即寻门欲开，放二人入来，至门边踏其机，被门神合抱住，

① 柯木槎：木筏。

② 道头：码头。

不能脱身，又被毒气浓冲，纵有杀马哈可制，精神先损去三分，再被箍住如死一般。此二铁人，云程推之动也不动，劈又不开，以太平春被箍死了，摸头脸尚热，鼻有气出。

太平春见有人摸，眼睁见是云程，连声叫吴郎，快些救命。云程无计，先开了门，与麻姑说知。麻姑赶入，不劈，只拗一刻，将两铁人之手拗作数截，始将太平春拖出，扶坐凳上。麻姑笑曰："姐姐可吃亏[1]？且同回去歇息再来。"太平春答曰："笑话！铁麻姑都能破城门，伏虎娘犹不能脱身？被箍住一时难过，既蒙救出，何用惊恐，哪有作此半途而废之事？"麻姑曰："既不怕辛苦，再行可也。看此二门还有一道高墙，姐姐勿入，与[2]吴郎先入。"太平春答曰："道愚姐如此惊怕无用，且看再无用不会[3]？"言讫便行至二门墙下，打起双魁踢[4]，飞上墙头。麻姑推云程跟去，云程起一单魁踢飞上去。太平春因见云程亦飞至，不服输，先跳落去。云程跨在墙头看下去，只闻响一声，人便不见。云程骇而视之，原来此墙内一派非实地，乃深池用竹铺满水面，如同草坡无异。太平春抢先不看清，跳落就沉入水底。云程不就下救之，试看其水中何如，等有许久无起，不能水可知矣。遂脱衣袍，连香掷于对面岸上，随坠落水底，摸起太平春浮行至岸，将身仆[5]放石上，吐出所吞之水，人渐复原。

云程笑问曰："冒失鬼只欺负我，今可是裤里蚤虫洞里犬么！可查随带之物有失否？"太平春蹙双眉答曰："今怎的还辩不是耶？一连三度机械非郎急救，万命皆休，不但再造之恩而又再也！提起前事，愧甚矣。刀仍在腰间，惟香湿矣。"云程曰："此还有，不妨。"随拾起布包。太平春只将湿衣脱下扭干复穿上。云程亦穿了衣，自去开门。麻姑遂入，愕问："如何衣裙皆湿？"太平春答："落水。"告知其故，麻姑方知，应曰："若非吴郎亦知水性、姐姐女王犹未作，先去作水仙王矣。"

遂同看视一匝，见内墙皆短矮易入。二人飞过，麻姑亦跟入内室，看楼上灯明如昼，犹在夜宴，共闻娇细之声，忖必女王宴乐。蒙汗香之烟由楼下隙缝薰上，顷刻无声。三人同上楼视之，人皆醉迷，服色皆相似，辨别不出。云程穿入内房，将二个未迷倒的，将杀马哈塞鼻，拖出问之。先不说，以刀吓之，始指一乃国主，四妃妾二侍婢。"自是侍婢，此楼名快活窝，国王夜夜同此妾在

---

① 吃亏：感觉难受。

② 与：让，给。

③ 再无用不会：（看我）还会那么没用不会。

④ 双魁踢：双腿腾空。魁踢：武功招式，踢脚过头，如庙中的魁星造像。

⑤ 仆：俯卧。

此饮宴、耍乐。汝们从何处来此，只求饶我二个性命。”太平春曰：“我们是天上下来，杀此昏淫无道，除旧更新，听我遣使便不杀汝。此间连汝共几人？内有几个女人？”侍婢曰：“惟国王是女，余皆男也。”

太平春遍视之，国王有四十左右，四妃妾约略十八九、二十，侍婢四五十左右，便指骂曰：“淫妇活只此而止矣。”又问：“王有子女亲属多少？宫内有多少人？从实说来。”侍婢答曰：“王只一女为太子，亲族有三十余，妃妾侍婢有百余。”太平春即欲召六十壮军入来尽诛之，麻姑止曰：“且慢，先去迷倒了，再召入。”令二婢引带，“是女杀之勿留，是男勿杀，待至苏时，尽逐去之，悍恶既除，懦弱无能矣。”

太平春听了，先杀国王，将头挂于殿庭前。三人进看内室，并点香案插遍。天已大明，召入壮军，令二侍婢带路，踏开国王亲族及太子各房，彼时烟皆侵入，一床迷倒三四人，惟一女，余俱男，只将女拖下杀了，男留与自苏。太平春连放起掌心雷，五百之番船早已进港，闻掌心雷号令，共登岸鼓噪，杀至王府，沿途喊曰：“除旧更新，天主下降，只讨国王，与民无干。”即扎营于王府门前，刀枪密布。番民安堵①如故。盖前一日早得仙指说，此五日内有难，脚勿出户，故家家闭户，以身家为重，不敢出来。

番兵番民闻天主已降，皆喜除去无道，同拈香跪伏于王府门前，听布新政。众番官等因民降顺，亦结队入宫，请新王受命。太平春即谕众军民人等，各安生业，俟三日外同来听授新政，官民遂退。太平春遣使迎至仁翰、新月商议，朝位应是男坐，更改旧之颠倒。仁翰、新月皆以云程合坐，共劝之。云程曰：“我早知此顶帽必是要戴我头上，今果如是，不得不戴，至各属岛定了，再让位同回去罢。”新月笑曰：“此等说不知何日？”麻姑亦笑曰：“怎不待，如状元等不得，且同亲家先回，独留奴在此等候同回亦可也。”

仁翰默而不言。惟太平春暗喜，即令人安顿内宫。所有迷倒之人，是女尽杀，是男见火不活，未见火者，给以杀马哈汤灌之复醒。内宫一定，俟回去扶余，另拨宫女侍阁官来补供职。现召入六十名壮军为卫，五百之士卒分卫于外，将国名改为扶颠国。调度三日既妥，去寻云程登位，无矣。原来自那日口许留坐位时便出，令卫外之军士带下船，先撑出外岛等候仁翰等同回。太平春即遣使去追回。麻姑笑曰：“可惜去追，即使千军万马亦追之不回。他怎肯坐此位，前所应许，状元信以为真，奴家早知其意，是诡话弄之，列公还不知耶？”

太平春因麻姑再三阻之，遂不敢追。位犹让麻姑，麻姑坚辞。太平春遂自

① 安堵：生活安定。

登位，百官朝拜。当殿面谕曰："朕除旧更新，治国同中华，贵男贱女，自今为始，一女只许配一男，如原配死了，再配可也。若元配在而又配者，皆斩首无赦。此条例先颁遵行，毋得违忽。"众臣唯唯而退，该国淫风渐息。

扶余国遣送庆云等财宝粮食，装原船满载而至。仁翰即刻告辞，太平春不敢再留，与麻姑难分难舍，抱哭一夜。以云程倔强，万难挽回，惟求天再赐后会，即办饯行厚赠，送至海滨下船，忍恨而归。

仁翰等驾原船，开出岛外寻讨[1]云程等候之船，惟不见云程，查问船中水手等，该船艄曰："数日前，有一少年男子驾独木船经过，遇着带灵虚去玩耍，吩咐只在此等候，有亲属九人坐船来寻，等在灵虚回时，即同返故国矣。"仁翰等闻此，知是宛延带去本国玩要，叹曰："水流破布[2]，流一处又挂一处。只得将船抛泊候之。"那船说明白了，便开回扶颠去了。

正是：得走离时难就走，不停留处又教停。且看下文分说。

① 寻讨：寻找。

② 水流破布：熟语，比喻行进途中不时地停留，停停走走。

第一八〇回　重拜谊回船遗碇　三漂泊群入断魂

却说云程不为扶颠国王，先逃奔在岛外，等候同归；至仁翰等船去寻时，又被宛延邀去灵虚国玩要矣。仁翰等将船泊候之，五日内无回。麻姑已知番语，仁翰等皆颇悉，问来往之大小船筏，并无一知什么灵虚国岛在何处，皆不胜懊恼。

因见一老渔翁，腰系一小篓，立于岛畔水际中，长日不动，遇有鱼在脚边自跳起，便低头将鱼拾入篓中；有鸟将鱼由头顶飞过，失坠于身旁，亦低头拾之。或鱼在水中自跳离脚远些，鸟衔坠不在身旁，亦不肯挪半步去捉，纵至日暮脚边无鱼，再不移步，携空篓归去。仁翰等看三四日如是，共以为怪，问随船艄工："可知是甚渔翁?"艄公答："是戆渔。"仁翰曰："既戆且愚，非不能渔，是不计利，非贤者不能若此翁，可以问津焉。"船艄即欲唤来问之，仁翰说："不可，姜太公不曲钩而钓，文王贤之，都以礼及之，此翁怎敢慢之耶!"遂同新月着衣冠，揖而问之。

渔者答曰："灵虚乃彼之别号，惟小渔知之，客官问之作甚?"仁翰曰："数日前有一舍亲先驾船来此等候同归，闻去灵虚国玩要，小弟们已候五日无回。问此间来往人船，皆不识，故特求示指。"渔翁曰："莫是宛延二太子邀带吴公子么?"新月即答曰："是他，无错。"渔翁曰："既是无错，候小渔上去说知。"随登岸，见了礼，共问姓氏，仁翰约略说了。

渔翁自说："姓信名天，海林人，与宛延二太子相交。数日前曾在灵虚会过吴公子，盘桓一日。吴公子亦说宝眷在后，即要回船。二太子说要待二位女乐师、二位翰林状元、四位少爷小姐同到了，才肯放回；无一位来，长留不放。今妙甚，可将船去灵虚，待小渔引进，盘桓了数时，与吴公子同归贵国，岂不甚便之至?"仁翰曰："不知乃二太子之贵友，多有得罪，请同至敝船相商。"渔翁从之，遂同邀至船上，男女皆相见，述其前言。庆云、丽容皆言："不可去。如去又被留住，恐又招惹是非。"惟麻姑以不去必不肯放回夫婿，等候无益，列公不去可也，自己必须去一遭追之同回，好否即回。

问天翁曰："惟奴家一个去，可算得否？有船否？"天翁答曰："惟一位去便幸，回来自有轻筏可渡。"言讫，即去岸边解一竹排，至船旁，麻姑便即跳下排面。仁翰等骇曰："惟表婶婆一人怎去？况竹排小海阔，难保无虞，快上来再商。"信天翁笑曰："排虽小，惟安定胜过大舟，小渔时常往来，均保无虞。"麻姑亦笑曰："心平过的海①，独去有何妨？"庆云与吉士再三唤之不回，同于船旁渭曰："既去，须要小心，去即赶追同回，奴们在此度日如年。"麻姑翘首答曰："极迟三日，怎敢再延！"天翁曰："请放心，小渔自会代催之。"新春等又要再言，而竹排如箭射去大洋，隔远去矣。

麻姑胆果大，在狂涛涌浪间，无半点惊慌。将有一时辰，抵一大岛泊住，天翁解下腰间空篓，系住竹排，带麻姑登岸。只见岩谷深幽，树木青翠。花香鸟语，水秀山明，别有天地。行至四五里，至一城门，额篆"通宥门"三大字，有司守官吏问曰："信爷引带何人？"天翁答曰："乃二太子师傅。"入关便望见楼阁连云，奇花异草，无所不有。麻姑问："何处？"天翁答曰："即灵虚之后殿也。"又问："外番有此大之宫阙耶？"信天翁笑曰："灵虚乃东海之至尊，怎不大耶。"

行有里许，抵入宫门口，令人进报。须臾宛延出，见天翁带至麻姑，喜曰："惟贤妹至，更有八位，何不同来？"麻姑答曰："他们胆小，不敢近枫宸，惟小妹胆大，敢来扣青锁。"宛延曰："言重。"天翁以衣服未整，不入，欲回去。宛延令勿回，即在此换整，岂不甚便，即遂邀入。

内宫千门万户，重楼花阁，尽属华丽，犹胜秦之阿房宫，各国万不及一。麻姑见了云程谓曰："通船怪君乐而忘返，使妾来冒入天府追之，今快同回，免众人望眼成穿也。"宛延曰："笑话，三位尊师，只降其一，既至不留款待一年半载？哪有来而即去之理！"麻姑曰："更笑话，有敢当什么尊师，其实半刻不能留也。"

天翁更衣亦至，闻二人一要留，一要去，从中说曰："那船中各位，以离家日久，度日如年，故不敢同来之，恐不放。今既来此，无就去，亦不可久留，只可留二天盘桓，则不迟不速。"宛延、麻姑以天翁所说诚当，不敢再言。即引同云程见王爷，又进见王夫人。因宛延称其贤能，又亲睹其品貌，皆悦，即以麻姑为谊公主，云程为谊驸马，同会宫中诸太子、王孙、王妃、公主等。

盖该王有三子数孙。长子名离工，次子名宛延，三子名幼寥，孙名升表。衣冠皆古制，品貌皆冠玉，言语皆华音，诚万万之拔萃。麻姑在内，云程在外，

---

① 心平过的海：俗语，内心镇定的人不怕风浪颠簸。

宴会二日，皆天翁在外陪，以船在等候，不敢再留，遂告辞。众皆不忍别，王夫人密赠有珍宝。以宛延、天翁共送出后宫，亦由通宥门至海涯，仍驾竹排，四人同渡，不觉抵原船之处。遍寻仁翰等之船无矣，查问在地之人，皆说昨夜新扶颠国有人来，入水偷断其碇绳，船中人皆睡不觉，任之漂流去矣。信天翁下海捞之，遂捞起碇头一截之断索，果被人暗算流没。

云程、麻姑惊甚无措，宛延笑曰："何人断君之旧路，可知么？"二人答："不知。"宛延曰："怎不知？吾弟曾言招赘不从之情事。此还不是他探知汝二人离船，暗遣人来偷断碇索[1]，任船漂去，并断碇之千斤勒肚[2]，令汝二人不得回去，复去投入？"天翁答："不差，不差！此计甚妙，使之不留而自留。"

盖当时云程与宛延说招赘之事情，天翁亦同听得知。云程怒曰："怕他？怎的回不得耶？"麻姑笑曰："大丈夫四海为家，他既有心，请回头去作国王罢。"云程睁眼喝曰："汝自去作韦氏及武则天之尊，我再不去沾其臭气。"麻姑曰："犹不知耶？国改作扶颠，已更贵男贱女，女禁配二男，违此立斩。风移俗易，不似旧时，哪有臭气？"

宛延便问："怎的临时更改？"麻姑始将太平春一登位，即先颁出此条律例等情说知。宛延、天翁皆称难得，亦同劝之，云程仍怒曰："好马不吃回头草，好蜂不探落地花，即流落终身，亦不去投之。"宛延曰："谁叫汝代之，因甚薄天子而不为耶？"麻姑笑问曰："兄亦知前代之故事耶？"天翁答曰："中国书籍，衣冠中之人，无有不知也。"宛延又曰："既不回头，要信老兄一同登舟相送，寻着原船更好，如不着，亦要送至中华也。"云程喜而放心。宛延先遣渔者飞渡去灵虚，报相送之情由，随借渔船，四人暂以栖止。

未数时，灵虚又遣三太子幼寥驾船来，同去寻讨原船。舟中装有行粮，杂物皆备。五人遂同坐，顺流而追寻。

原来太平春藕断丝难断，羊死目不克[3]，暗遣人打听仁翰各人去留情形。先报云程早被林虑国王子邀去玩耍，以灵虚言快为林虑；又报麻姑亦去。太平春因以二人既离，船犹在等他同回，即遣善水之番鬼赶去，夜入水中，偷将原船之碇索截断，并断其尾舵千斤肚勒，使船漂去无踪。二人回来无船，势必又来。断之，而夫妻姐妹可长聚矣。至碇断船去，以为得计。又探报云程、麻姑在灵虚回来，无船可渡，却被灵虚一老二少，驾舟带去追寻原船。太平春查灵

---

① 碇索：锚缆。

② 勒肚：勒肚索，自艄部经船底牵住舵板根部的缆绳，防止舵被拽出。

③ 羊死目不克：俗语，意为不甘心。克：闭（眼）。

虚系是何国，竟查不出，遂恨悔无及。以仁翰等曾代筹计，出力得国，既招不返夫婿妹，何害之断碇失舵漂荡无踪，吉凶难保。负义之咎难辞，欲救无策，惟延请番僧，自书血表，念经建醮，祈保仁翰等化凶为吉。此且不表。

再说原船，仁翰同水手睡至天明，出舱见船漂流于波心，四望渺然，惊甚。把碇线[①]只半截，尾舵坠于水中，无从搬驶[②]。众疑以太平春用计，留二人暗算，又思有大功于彼，肯为此负义耶？或以信天翁拔线[③]，又度其捕鱼廉甚，不成出此诡计。无奈，听之漂流，靠有山岛泊住，再来修理。

至午后始傍一小岛，幸备有副碇，抛泊。不知甚番界，出访，皆深山大岩，行数里不见人烟，只见悲风飒飒，阴气凄凄，不敢再进。回船言之，众骇甚。将近黄昏，树林丛中有青磷明灭，散乱如星，俄有数十鬼魅越上船，抢去船面食物，立刻间有数百纷纷跳上船。众惊甚，船要开走，却不能动，俱惊，欲躲入堵底[④]。

庆云曰："兵来将挡，水来土掩。大家都立尾板[⑤]去，奴自有制度。"庆云遂散发执剑，向空八面画写符字，继喷一口法水，只见无数之鬼皆至海边，即倒退；忽然群魅东跑西走，似无路可出。仁翰等看见惊异，见庆云画完，即张琴同丽容在于尾枰[⑥]操鼓。又见那鬼叫如猪羊声音，呼号惨状难堪，皆聚一群，进退不能。新月问怎区处，庆云曰："鱼鸟既入网内，生杀之两可，且过了一夜，明日再定。"众皆称异。

仁翰以此地为鬼国阴司，丽容曰："在渤泥，曾闻南海东南有女国，以鬼为夫，女住居寰区之内为君长，鬼居沿海之际而戎守，他邦不得觊觎，外人不敢擅入。即梁四公所言六女国之一也。"仁翰等皆以为然。

谁知那夜，该国中闻金鼓翻天，杀声震地，如千军万马杀来。探子报知国王，王恐，再拨兵师，率众兵赴敌，至其处，只闻有声，不见什么。天明登山望之，惟见海滨紫雾笼罩，一方中间杀声震腾，近之又无，调诸戍兵之鬼，并无一至。通国惊惶。庆云至天明，仍登船尾鼓琴，诸鬼滚跌哀号如故，新月问："若不解释，将来怎处?"庆云曰："书载，人困十四日则死，鬼困七日则化。"新月曰："有此欺人之妖魔，不尽灭，更待何时。"仁翰说："不可，恕字终身不

① 把碇线：锚缆。
② 搬驶：操舵驾驶。
③ 拔线：暗中搞鬼。
④ 堵底：舱底。
⑤ 尾板：船后部舱板上。
⑥ 尾枰：船尾部舱面。

可忘，况我们哪有心绪留待之。”丽容曰：“既服降，饶之。”庆云仍如前，拔剑向空画几下，喷口水，只见群鬼拥出，向西方而去。再画再喷，鬼皆散尽。

庆云进舱，丽容曰：“贤妹有此奇术，不亚张道陵。”庆云曰：“何奇，此乃诸葛武侯入门遁甲也。”仁翰问：“何处学来?”庆云曰：“昔在闽王宫中拾出一小卷，乃武侯之道术，闲看皆记得，从未试过。今有急间来试演，果应如神。不过向空画八卦，次画八门，再布一白二黑三绿四碧五黄六戊七赤八白九紫之宫，将船存于五黄之内，将鬼罗于六戊之内，加以天星，配之以地煞，分之以阴阳而已。”丽容笑曰：“贤妹多才多智，愚姐无一事能及。”通船皆称奇能。

时国王同官佐在高观望，只见那紫雾散了，诸鬼奔散，杀声遂寂，现出一只巨舰，异之。遣使至船，带仁翰、新月共见国王。果举国无男，女坐王位，音语不同，文字不对，惟指以手。王调外戍鬼查诘，始知有奇术，鬼被制困死绝，以为神人，不敢轻慢。迎于馆驿厚待，即赠饷修船，尊敬殊甚，惟恐不悦，复施前术。

仁翰等知其畏敬，放心游荡。其按日则人为生理，夜则鬼行；为内宫殿屋，人之寝室；郊外渔樵耕猎，鬼之供役。仁翰等游玩中外，人鬼见之，皆战慄走避。至船修完开去，要寻原泊之处，不识海程路迳，有山岛便泊。

访问进一港，有讨鱼者[①]泛竹排，排边有四五人蹲在，以两手入海里捕鱼，其人身不满五尺，手长丈余，捕有鱼或捉入篓，或入口即食，手长似虾摄物入嘴一样。仁翰曰：“长臂国也，与长脚国相连，皆属中华东南也。”诸长臂渔者从未见中华人船，将排撑至，皆伸手搭船舷，人即鸠[②]之船旁观看。仁翰令勿喝阻任看任去。少顷以活鱼饷赠，人只立竹排上，惟手捉鱼举掷船上，盈堆而跳，顷刻满船，计有数百斤。仁翰率同伙与之揖谢，即将鱼剖腌为馔，船便开去。

又抵一岛，仍有无数竹排，人皆坐排旁，两脚入水中摄鱼。亦拥至观看，只坐于竹排，脚有丈余，摄鱼掷船上，仁翰亦揖谢之。开船又行，两日不见有山头。又行一日，始抵一山，泊住探看，只见花如簇锦，满布山头。新月带诸水手上去探访，百花娇艳，皆异于中国，其香如兰麝，随风飘来。同进，见内有一座彩桥跨涧，百花环绕，树木排连。另有大树，高欲参天，枝上有花，大于碗盆。再注视之，则见其花中有婴儿跨坐，别枝上亦有，异甚。

水手内有名阿邦善升高，遂爬上树，见其花瓣如莲，中心结成人形，四肢五官俱全，惟动不能移；再视真[③]，原来屁股生连枝上[④]，能惊啼，不能走动。

---

① 讨鱼者：捕鱼的人。

② 鸠：身体蜷缩的样子。本字“勼”。

③ 视真：看得真切。

④ 生连枝上：长在枝上，连接在枝上。

阿邦大异之，折下一丫，连带一朵鲜花一个婴孩。新月一看，不胜奇异，拾了一小石，即向岩石上题写四句，并落名款记之。持回船，仁翰等皆称稀罕。到船，花与孩犹活，一瞥见，婴孩体软眼闭，花朵瓣合蒂垂。仁翰曰："此不是死去?"丽容与庆云曰："此莫非该处番人之活宝，今将折死，被他知之，岂肯干休！快开船去。"

诸水手忙开驶，值有风，快若飞鸟。须臾有数舟尾追，因追不及，回去。恐他又来追赶，不敢稍停。不知行有多少水路，时太阳已西，忽见东山头又并出两日，灼耀而明。众惊异，何以连出三太阳。又望见东山头太阳山下有一大洞，海水奔流入洞急如飞箭，船舵下转，将流入。通船[1]正惊惶间，突有一船自后面赶至，霎时群声呐喊，锣鼓连天，旌旗砲石飞腾。通船以为盗来，船不敢渐止。而双太阳并山洞皆不见，急流遂缓，那锣鼓喊声亦寂，仁翰等惊得魂不附体。

正是：忽然锣鼓喊声起，怎不魂飞魄散惊。欲知船再漂泊何处，哪里锣鼓喊声，且看下回如何分解。

① 通船：全船的人。

第一八一回　免巨鱼吞天女赐谶　因群猿会丽容报恩

却说仁翰之船漂流将溜入海洞，舵搬不转间，忽闻锣鼓喧腾，人众喊叫，霎时海洞并日不见，锣鼓人声俱寂，通船大惊。忽闻船后有人喊叫，众皆闻其叫“客官，船且收进港暂泊”之语。盖仁翰在扶余国久矣，颇知番语，闻有人叫留，俱走出看。

彼船已近，有人跳过船来，谓曰：“我们若赶迟，汝们连船与人皆吞于鱼腹矣。”仁翰等惊问，那番人曰：“不知耶？适浮起双日与山乃是大鱼仰首，双目如日，口张似洞，船若流入被吞，至七日化作粪矣。吾国主天人也，早知今日有中国船至此，命我们驾驶前来，喊汝等回船。那鱼闻锣鼓喧震，退去。今可同进港，另日再护过境。”仁翰等闻此方知，皆感激称谢不已，随问何国，那人曰：“天女国。”又问：“何谓天女？”答曰：“因风俗刁顽，世人难治，天降以神女为王，明察秋毫，知善恶，民畏之。故风土如中国，礼义同中华，百年而一更，皆是天女。”

众闻大喜，舟随进港。仁翰、新月至次早整衣入朝，欲见王谢恩并求问同伴失散能寻合否。至朝，门官转述入内，即传宣曰：“王知来意，不须见，赠一缄封，拆看便知。”仁翰捧接看，见皆番字，只识一二，闻该番使译之，方知清楚，字曰：

山迢迢，水迢迢，血泉岩下好吹箫；
男飘飘，女飘飘，姻缘会合在明朝。

仁翰、新月同详，以去寻血泉所在吹箫，明日必会合。男女喜甚，即向宫门口拜谢，回船随驶出港，国王仍遣使护送出境，问过路径，扬帆直去矣。

却说宛延、幼寥、天翁相送麻姑、云程，五人同驾一船，自掌船舵，逐流寻讨原船，在洋漂访，数日无踪。因见一小岛，花开遍，奇花异草，即拢泊同上去探。五人行至林内，仰首见一树上开如莲花，枝头结活婴孩。宛延即觉，拦曰：“此间有暗机毒箭，不可玩，快回头去。”五人即同回步，问：“何地场，什么毒箭？”宛延曰：“此乃女树国，举国皆男无女。有树名女树，人不能生子，

皆树所生，故国名之。设机关者，关防外人采撷其子。”

话未说完，林内有四五人，皆白秀，不类他番，赶至喊曰：“你这一起莫不是来偷折我树子的？”宛延语音皆通，答曰：“汝暗箭厉害，谁人敢来偷摘？”那人曰：“怎的无人偷？前被偷摘去一花一子。”宛延曰：“有摘去而不中汝暗箭者，我不信。”那人曰：“适那日暗箭忘布，故被摘去，如不信，现有字在岩上，去看便信矣。”宛延曰：“字，汝可识否？”那人曰：“或说是中国字，我们都不识得。”宛延曰：“中国字我认得，可把机轨撤去，让我看。”三个在船，宛延、云程随那人入林中，见百花簇绕，婴儿满树，树边岩石上果有字，是石粉划的，乃：

百花桥甚异，树上生孩童。惟有吾临水，谁知此亦同。

宛延、云程同看了新月所写四句，喜曰：“原来船亦漂至此，有了着落，可喜寻得着矣。”那番人问：“何字？”宛延不知下二句，云程即与说知。

宛延遂与番人曰：“此人乃中国人，说他乡中临水地方，亦有百花桥，生孩童之树比此更奇。”番人曰：“还有比我更奇耶？不信，不信！”宛延曰：“他之树有人来讨者，便指抱送与之，不似汝，一枝不与人摘去。”番人曰：“他国可有男女生育否？”宛延曰：“怎的无有！”番人曰：“有生育便分送，何以为奇！惟我国中无女，以树为妻，儿子都从树上开花结实，流传后代，其孩屁股生于枝上，至了二十月满足，蒂自离，方得抱回家中饲饭，抚养穿衣成人。若月数未足或摘撷，即刻连母树皆损伤，前日被偷去，连母树并枯了。”

宛延曰：“他生于树上，无衣无食，岂不冻饥耶！”番人曰：“树叶即衣，可蔽体，树即粮，何至冻饥？”宛延又问：“树寿有几多？”番人答：“母树可历一百余年方枯，枯时根底又发孙枝。汝之百花桥之树有甚奇处，可说来。”

时宛延欲再说，被云程催迫要去追赶原船，那有心绪与说，宛延实告曰：“今我要开船，不暇再谈。另日再来盘桓，莫怪！”说了，与云程跑回旧路，下船与三人说知，并述女树之根由，皆喜而异之。船即开去寻访。

再说仁翰等离了天女国，由西北依山而渡，从辰至申，皆望见翠潮白练。忽见一山泉，其色红紫，仁翰喜曰：“血泉至矣，可收泊之。”船即抛泊，过一夜。次早，翁婿同上探访，只见遍山桃花万树，色映流泉皆赤，层峦叠叠渺无人迹。遂择于红泉之下海边石岸平坦处同吹箫笙。四童守船，庆云、丽容各执箫登岸，对坐石上，仁翰、新月各执笙旁坐，各吹笙箫。初至之时，俱无鸟兽，管弦一动，渐有鸟雀飞落林间，猿兔出没谷里。

谁知有猿猴在丛林里，早窥见庆云、丽容，即呼群引类潜集谷岩觊觎，二女皆不知也。而仁翰、新月均属庆云至亲，三人联坐，而丽容稍离远些。音律

正合之际，群猿抢出，先将丽容抬抱而去，后抢庆云，幸被其婿与父尽力夺走，跳下山入船，赶撑离岸。群猴拥抬丽容而去，新月率令诸水手船艄手执长械上山赶夺。那猴拥上山岭，其快如飞，已杳矣。寻赶既无，惟拾回桐管回船。庆云惊定曰："这不是天女拔线[1]耶?"仁翰迟疑曰："天女若拔线，必不救我们于鱼腹，必无是理。"新月曰："赶回头去问天女，是何缘故。"仁翰曰："猿与缘同音，莫是因猿而会合，故使猿为引导么？先惊后喜，亦未可定。通船切不可去，只在此待之，必有应验之处。"新月同庆云愁肠百结，那娇容哭不聊生。

再说宛延五人，驾舟离了女树国，在海中寻访原船。是日顺风吹至弦管之音，停棹而听，宛延曰："此不是我们船中吹弄之音律耶?"云程、麻姑曰："不错。其船在此不远，快迎声寻之。"赶即撑船沿海边寻了一匝，其声愈现，忽然寂止。云程急杀，即将船拢岸，同宛延、幼寥三人望山寻访。云程、宛延犹在山麓，而幼寥走上峰岭，突遇群猴背妇女上来，那女口中喊救不绝。幼寥知其不善，折一木棍，即伏于岩后，侦其将近无备，突出一棍，照脚一横扫过去，众猴皆跌，丽容落地。幼寥赶将丽容夺背便跑。

那拥负丽容之猴只有七八个，更有十数个尾随在后，见女被人抢去，都抢向前。幼寥谅难敌众，将丽容放胯下，举木捧四面保护。猴不敢进前，共拾石块抛掷如雨。危急之间，宛延、云程上山，看见惊曰："不好了，三弟被野猴围困，快赶去!"各折木条为棒，赶至喝曰："好大胆小毛猴，敢围困三太子，把汝个个打死了便罢。"那猿猴怎当两个英猛，被打死大半，其余逃命奔走。宛延、云程追赶不放。幼寥将丽容扶起，背负下山，放在船上，并不语，取一棒仍望山上寻追。那信天翁怪而问之，不答，疑甚。

丽容被猴抢，已惊半死，今被背下船，扑着[2]如死。麻姑出看便认得，骇曰："汝不是蔡家姐姐，在哪里被三太子背来?"丽容闻人叫，心定开眼，见是麻姑，转惊为喜，坐起将被猴抢去，不知何人代为夺至此情由说知，麻姑骇曰："有此等事，今姐姐在此安息，愚妹上山去助杀此妖猴。"即带剑跑上山去了。

却说那猴被打死二三十个，带伤跑走一二十个。云程、宛延二人后面追赶，越过数层山岭，远有村落。被赶之猴先入村内，俄有无数之猴皆如人形，各执棒杖拥出。二人一点不怕，迎上前，棒起如风，当者皆跌倒。猴愈多，围绕成千，被二人伤有数百，犹围不退。而幼寥亦寻至，在外冲入，打死无数。麻姑又至，挥双剑，只见猴头如瓜滚落，猴方惊走四散。

---

① 拔线：搞鬼害人。

② 扑着：俯卧着。

四人遂入村，见舍如鱼鳞，低而小，打进去十空八九，中间有一二，皆耄妇幼女，猴亦老而小者，皆战栗下跪乞命。宛延问乡国，耄妇答以番语。麻姑不知，问："说何话?"宛延答曰："原来亦是女国也，此女国以猴作夫，猿悍女弱，强壮皆逃走，老幼不能逃去，告饶命也。"云程将尽除。恰信天翁寻至，问知其情由，阻止不可杀害生灵。麻姑惊问："老丈再来，船中只有蔡千金一个耶!"天翁曰："小渔平生作事无不稳当也。"因问蔡千金，说："原船只在左边桃花山下，小渔访着，撑去寻之，已会各人。蔡千金交伊，方敢来此。所恨来迟，被汝们杀害许多生命，今罢了，再杀切不可。云程等始知被猴抢乃蔡千金，已寻着，原船皆无恙，喜甚。

宛延谓幼寥曰："三弟所救者，道是何人？乃愚兄之乐师也。乃此侥幸实神差鬼使，恕之莫杀。可选幼少一女一猿，带回船去玩耍。"云程遂选一猿，麻姑拣一幼女，只有五六岁孩子，用带系项牵之。寻旧径下山，至血泉所在，天翁指曰："蔡千金说在此吹箫，被群猴抢去。"宛延等始知风送消息之处。至原船见了，悲喜交集。麻姑笑问曰："好个有良心贵公子，只顾夫妇团圆，不管他人死绝。侦奴二人离船，便漏夜开走，害人无处投奔。幸逢三太子等盛情，方能赶着。"庆云亦笑曰："是要回头作皇后，怕人拖住。假意去寻丈夫，半截碇送通船几至为水鬼，才有良心?"

仁翰喝曰："都不必捣鬼，那断群遂偶暗计之人早已知了。此等说笑，人听之，皆信以为真，必至生气。"二女遂笑而止。蔡丽容待众答稍定，便整衣而去拜谢幼寥抢回之恩，幼寥还礼答拜。彼此对视，便入怀爱慕，四目相对不绝，人皆不觉。惟麻姑瞥见会意，随问丽容曰："姐姐因何到岩上吹箫，招惹横祸?"丽容答曰："失群孤雁，哪有心要乐？只因天女授以'山迢迢，水迢迢，血泉岩下好吹箫。男飘飘，女飘飘，姻缘会合在明朝'之谶，故寻桃花红泉下吹箫。"麻姑谓诸人曰："原来有此定数，此天女之谶，重在'姻缘会合'四字。'姻缘'乃阿姐天定良缘，'会合'乃妹离而复合也。先有此谶，可将蔡姐姐配与三阿哥，报其遇救之恩，遂缘合兆，列公以为何如?"仁翰、天翁等皆答："恰好。"

天翁认作男家月老，麻姑认作女家执柯，回去告两家父母得知，亲来迎娶。今先齐交定记，幼寥取出随身夜光坠，丽容脱下腕上碧玉环为定记。二人共暗喜不胜矣。幼寥通番语，诘问所获之女猿，女答番语。众不知，问幼寥："他说什么?"幼寥笑曰："问他有父母否，他答知母不知父。今日杀去许多猿，诸女有悲伤否，他答今日杀去强恶，皆甚喜。又问他屋舍衣食是谁所为，他答皆人为之，猿惟采果而已。"众皆闻了，曰："杀之不错。"其女所衣之服乃草根织成，甚粗，即与他改造时衣，与猿并系以铁链，锁于船旁。

安顿既定，船便开去，望西北而去。此时众人皆喜，而仁翰吩咐办酒，大家作乐。酒便，即将前日番人所送之鱼为馔。外面一席是男同饮，内舱一席皆女，两席一齐坐饮。而云程遂查前日船被漂去之事，仁翰将那夜不知被他碇断去，到次日方知，任之漂流三日，泊至一岛抛碇，欲探之，遇无数野鬼到船，众大惊，幸庆云用武侯之法驱之，至次日，有女国遣使来查明，亦送水菜到船中，女王亦即修船清楚而开，又见过长脚国番人，以诸鱼相送，又见过两日并出，众惊之，后遇天女，使人说明是鱼并授此诗谶，又遇汝之事情一一说明。云程同宛延、幼寥、天翁听之，各皆称异，又饮至暮，一同安寝去睡。

正是：离中得合笙为线，难遇成婚猴作媒。且看下文如何分说。

第一八二回　会绝影知龙宫在陆 感扶颠见牛斗到家

却说宛延、幼寥、天翁驾舟送云程、麻姑，遇丽容原船，皆感幼寥救，免被猿猴淫污，许他为偶。后开船又历过番岛，所遇见之番船并岸上番人无不退走。那日拢泊一港，遥望近岸海边，有无数人与蛇在一处讨鱼[①]。人只撑一竹排浮于水面，惟蛇在于水中出入衔鱼，排上之人接放篓内。那蛇皆大四五围，长一丈余，异于常蛇。至船进港人皆抱篓弃排，领群蛇尽走上岸杳矣。

仁翰骇异，问是何番？宛延曰："亦女国也。"仁翰遂觉曰："那讨鱼坐排之人皆女非男，莫非即蔡千金所说梁四公传中，以蛇为夫之女国耶?"丽容在内舱亦看见，答曰："有是书，果有是事。"宛延赞曰："原来吾贤弟妇早言，果博学多闻，惟不知番人见我们船至皆走无门，何也?"仁翰曰："令昆仲乃大国之储君，见岂不避之耶?"宛延曰："非也，愚兄弟人皆不识，有敢狐假虎威耶？实是先生吉人天佑，自有百神护之。今去中华不远，暗有神明保护，弟们不须再送，就此告别。回去复命，并说知舍弟婚姻情由，待来春去梅花所亲迎蔡千金时再会。"宛延言讫，同天翁、幼寥过小船作别，三人自撑船而去，仁翰等亦催船开行。

又行二三日，要往别处取水，复泊山岛边，四个少壮船艄上山寻取泉水。行至平坦之处，有一深潭，方围数丈，四向石栏似玉，花木围绕，那水清澄澈底。四船艄同倚石栏视之，见有数女在水里，仰面对觑而笑。众水手不胜惊骇，各拾石块将掷下；女同伸手摇摇，退而不见。四水手即同回船告众得知，共不知何番何怪，水不敢取，急开船去别岛。

又到附近一岛，艄工又去，遂取有水回船。须臾，有十数个老叟至岸上查问："可是中国闽船么?"水手答："是。"老叟曰："烦传语说勒律山梁老人特来迎接船中贵客，可登岸至馆驿接风。"众水手进船说知。仁翰等出至船头，见其面貌音语皆似中国人，躬曰："敝船因上岸取水，就要开船。承情，不敢造扰。"

---

① 讨鱼：捕鱼。

诸叟又曰：“来请并无别故，一为天赐良缘，二为属乡亲。敝馆就在此道头，请上一叙，不敢久留，幸勿见弃。”仁翰因闻乡亲二字，便不再辞，登岸同至馆驿，分宾主坐下。

茶递毕，因问来由。仁翰将姓氏略说了，诸叟亦说：“此岛名勒律国，号绝影，惟李、张二姓，主君即张氏，籍隶东齐。国虽小，遵循礼义。因昨夜海边诸老皆梦一船进港，旗标功德闽艘，有金甲神护卫。今早说出相同，齐来探望。果有贵船来此，梦皆不虚。惟不知贵乡亲公，是何功德有此浩大，致百神沿海护送也?”仁翰答曰：“无有功德。”诸叟齐曰：“不必谦言。”仁翰曰：“实是无有，亦不知何故，一路似有神明暗护，诸处人见皆走避。惟今早船至西畔，众水手见潭里女影出见，不知是何妖怪，才来贵处取水惊动。”

叟讶曰：“原来亦至西边邻岛见过潭中人影，可知不是功德发现，贵水手既见过人影得平静无事耶?”仁翰等问故，叟曰：“公不知彼之迷魂阵，凡男子见其影，魂魄即被迷去。贵伙见而不迷，有无功德，不说自明矣。”仁翰问曰：“何为迷魂阵?”叟曰：“即女国也。海内女国有六，惟此最为厉害，举国无男皆女。江内之水，女浴之，即有孕，所生之女丑而类蛇。扶极太母辟一井，各致影勾中国之男魂，交而有孕，生女皆美。自此不浴于江，只照井。

“其井在城内，女俯照之，影能致现于外潭之妆点景致；诱客现照影，能致形于井。女见影，即将其魂袖回家中，至夜交而得孕。潭外之人便昏迷不醒，只在船中，候七日内魂放还便活。七日外元神散，则难活。或有男子误入城内者，肉被群女劈分作香包者。外潭久无人至，无从勾魂。更有一井，能致于远，有海边之男子，尽昼寝睡而不醒者，魂皆被其所勾。故该国无别岛，即有亦无人敢居。惟敝国人皆无影，不惧，才敢与之为邻。”

仁翰等又问曰：“扶极太母系是何人，辟此井贻害远客?贵国之人怎的无影?”那叟曰：“扶极太母，乃女娲氏同时之人也。当时天忽倾欹，娲皇截鳌足以撑四极，东北西之极已撑之，惟南极倾甚，撑之不起，娲皇力尽，突出一女，极力帮扶，遂撑住之。娲皇异而喜之，以该女在南极，称之扶极太母，东皇西王母亦敬重之。那太母乃致影辟地之人，诸女皆属云孙，为之辟井，致其人品美好。

“敝国二姓之人皆是无影，盖二姓之始祖皆三齐田横之壮士。汉高有天下，田横死，壮士五百皆自杀。始祖既自杀，因母老妻少无依，虽死其魂皆不散，凝结如生，挈其母妻浮海遁至此荒岛，耕种奉母养妻。上苍怜其孝，皆能生育男女，彼此联姻，渐成旺族，自为一国。因受胎传后无影，故名无影国，亦名为绝影也。”

仁翰曰："上天不负忠孝，故有此兴发。惟太母大大不是了。地维赖以立，天柱赖以尊，有此容纵后代之损人利己耶?"叟曰："原以借魂传世，一借即还；留而不还者，乃彼之私弄。何公无私，何水无鱼，从古皆然。"云程曰："虽然如此，其失察之咎自亦难辞，惟未曾机陷敝船之人，若然，杀进他城中，试之能劈分作香包不能耶!"叟曰："真天子百神扶助，大将军八面威风，见走不及，有敢如是耶?"

正言谈论，报扶极太女至，众叟出迎。入内，乃一老妇，朱颜白发，随从十数少女，皆太古妆束。太女使人，便问："哪个是功德闽艘头人?"叟指林仁翰曰："这位林先生，这二位吴、周先生。"同让位坐了。太女曰："太母以公等功德无量，遗送礼物至绝影。闻说船开泊在此，人在于公馆，特又来，幸遇矣。"仁翰曰："某自忖并无寸功寸德，怎的叨蒙太母赏赐，不敢混受。"太女曰："公尚未知耶?"仁翰答："实不知，惟祈指示，方敢领受。"太女曰："不知，须说之。此乃新扶颠国吴张氏建罗天大醮，造血表以忏自悔以达天庭，保佑公等人散而早合，再变而无虞。天帝察公等皆忠孝廉节之士，特赐无量功德，檄饬各岛与川祇，保护接应。天女国免葬鱼腹，桃花山不致猿污，皆天之使救，俱有报至扶极。至井现形不敢勾摄，可知其来由也。不知与扶颠国有甚关节，肯施此大醮耶?"

仁翰等此时方知其详，不敢实言，只说："因在他国中日，甚相得，承情施建也。"即唤麻姑等拜领夜珠、黄金、白玉二匣，望南拜谢天帝并太母及太女毕。太女逐个问过姓名戚属，称慕不已。又问曰："共是中国闽人，可识得周拱、王月英么?"新月答即某之家叔祖、婶婆也。"太女曰："好极，令叔祖婶婆曾至扶极山，参谒过太母。太母一见甚称慕，夫属玉洁，妻是金坚，赠赐一双刻名玉佩，并瑶函达荐阆苑，收录为仙后矣。"新月答曰："此番曾在烛阴国会家叔祖婶婆，亦言感谢太母之殊恩。弟子们又沐重恩，诚天高地厚也。"诸叟留太女饮宴，太女不享，便辞去矣。

仁翰等亦即辞别下船，诸叟席已便，并留饮再谈。内外二席，女席以老妪伺酒，男席以二老叟陪奉。饮谈中间，云程言及曾至灵虚国拜谊及宛延、幼寥、信天翁远送等语。二叟同讶曰："原来曾至龙宫为龙王谊驸马谊公主过，诚古今罕有!"仁翰愕问曰："舍亲所谊，乃灵虚国国王，并不是海藏之龙王，乡亲翁怎说为龙宫?"二叟曰："那灵虚即东海龙王所居之宫殿也，拜谊之岳父母，即龙王、夫人也。"

仁翰又问曰："自古相传，龙宫海藏，皆是水底，常人不能抵，未闻在山岸，有路可通。"叟笑曰："如乡亲翁此等说龙宫在水底，那通宫苑之人物日日

都在水中泡浸，皆为鱼鳖之类也。殊不知龙属于半水陆，其宫殿甚广大，东西南三面皆向水无陆，专治水族，惟望北之一面皆陆无水，达天曹而通人间。宫殿之形与人间宫殿无异，无物不有，出入皆由后宫门，径抵通霄门外，有行宫乃进表接诏之所，惟此门非内宫之人引带，不能入。相传龙宫在于海底者，皆虚言也。”

云程、麻姑闻所说龙宫之情形，半点无差。云程便问曰：“以乡亲翁说灵虚国即海龙王，那宛延、幼寥即亲生龙子么?”叟曰：“龙子内有一个非亲生的，乃中国之越人。父袁广齐，老年随眷航海赴任，遭风覆没，此子附木漂流，宛延捞入宫。龙王见其骨格不凡，纳其为三子。”

云程又问曰：“更有宛延交契之信天翁，是人是龙?”叟曰：“龙子之名皆讳去虫旁，信天翁以别号为名，非龙非人，乃鸟也。”仁翰愕曰：“鸟有敢与龙父子为友耶?”叟曰：“并非异鸟，乃处处常有之鸟也。”仁翰又曰：“此鸟似白鹭，惟毛白异。此鸟有何德何功，能至龙宫耶?”二老叟曰：“天下百鸟，惟此鸟最清白之甚，从不捕鱼，只立于水际，竟日不移，守待之，或别鸟衔鱼空中飞过，坠落身旁，鱼在水里自跳至足边，始俯首啄食，若终无坠无跳，纵饿甚再不他求，故号为信天翁。该鸟有此廉行，历年既深，再以炼修真性脱化凡体，便转为人矣。既转为人，遍处游玩，不时到此岛，小老们遂与他盘桓，通古今常事，谈说龙宫之情形，常言及之。”

仁翰等闻了，皆言可惜不能得见。麻姑在内低声曰：“怎的不能见，此中有一个，至来春日夜长长见之。”庆云曰：“他见，奴不能见。”麻姑曰：“何难?肯作从婢，亦长见矣。”庆云笑曰：“丫环作不惯。”丽容曰：“此处甚地场，亦来妄言耶?”庆云曰：“番儿怎晓得我们说话?”少顷席散，众叟送仁翰回船。那绝影国王早已闻报，欲请至王府款待，不去，遂送珍宝粮食在船中。

泊过一夜，次早开船。仁翰等闻诸叟说至二人至龙宫契龙子鸟精又与龙子结姻，太平春已经名姓不改，心不改二，知悔醮事等情，众男皆系太平春诚达天护船行无恙，皆怜其空名有夫，终身无伴。船又行了数日，极风顺，还在外海番界，犹未至中华洋面，又抛碇暂泊。仁翰因归心如箭，叹口气曰：“家在梦中何日到，身悬天外几时安?”舵工在旁答曰：“不过几日就到故乡，都因汝老爷们不愿到家，要慢慢游玩，故天从人愿来环游也。”仁翰曰：“我们在船度日如年，几时说不愿到家?”舵工曰：“那‘六女终须访，三山且慢游’，是何人说的?”

仁翰觉而骇之。云程曰：“却因蔡千金说六女，无意之间随口念出，谁知果应如是。”舵工曰：“更有那‘天风如有意，直送斗牛间’，未至斗牛，想到家还

早些，前句既应，后句应应不成?”仁翰始觉，亦骇曰：“彼时酒后狂歌，不谨之愆尤也。那斗牛惟张博望仙槎到此，凡船被飐①能化作纤尘矣。宁可被鱼吞，不堪被风飐②作尘，今怎处?”

通船皆不知何日能到故乡，甚属忧愁。舵工又曰：“忧苦无益，莫若未应今谶，当去南海中两礁石，一名斗，一名金牛。今将船正南直驶至斗牛间，抛一碇，鸣金献纸应了‘再送斗牛间’之句，再驶回头，可顺抵故乡，好么?”仁翰等听之所为，而两个船艄，皆欲凭天断，不可以顺作逆。诸舵工不依，望正南而去。

刚有一时，陡然风暴又起，漂流三昼夜，收泊不住。至风定始泊，见海岸岩石上有“斗牛”二字，异之，忙叫仁翰等出看；仁翰等至船头看，尚有字，皆苔藓侵蚀不明，惟“斗牛”二字最显，疑甚，谓众人曰：“风又送至斗牛间了，不知是天上，是人间，吉凶莫测，快上岸访之。”舵工遂将船碇住，共登岸访视。

正是：想见斗牛漂海峤，宛如汉使治仙槎。且看下文如何分说。

---

① 被飐：遭遇台风。

② 风飐：台风。

第一八三回　吴云程计捉海寇首　铁麻姑醉醢晓烟尸

却说林仁翰同新月等上岸，至岩下审视石壁上，辨出乃“大石潜蛟蜃，梅江宿斗牛”十字。仁翰惊喜曰：“梅江大石不是闽之长乐耶!”遂听人之音语，果是福州长乐之梅花港，急回言知，众喜欲狂。诸水手骂舵工曰：“造化[1]船舵不转，如能转舵，又去南海，又要一年半载。”舵工曰：“休怪我们，怪那作诗人，是他作的。”新月曰：“都怪不得，皆是天数，并非人为耳。”丽容喜曰：“既来梅花港，寒舍就在海滨，请全光降歇息。”那时人人喜悦，离船上岸。

仁翰、云程等携带吉士等一同下舢舨，上岸进村。见人居大半烧毁，只有东零西落数间，不似旧时乡井。至蔡家门首，草掩柴门，苔封石径，又不似昔日门第。丽容不胜惊疑，将户频敲，久而始答，出来开门者，即侍御蔡珍也。见乃女带数人至，不胜悲痛，俱进堂上序坐。丽容说声少待，带妹跟父入内房见母王氏，四人抱着痛哭。父母问：“被抢掠何方？焉得回来？外人是何人?”丽容将自己被贼劫去献渤泥国王为妾、妹子被妖摄去作兵、均遇外面之人夺回始末，约略说知。

随问：“兄嫂何在?”二老涕泣曰：“自吾女被掠去后，妹子又没几时亡过，后遭海寇上岸明火劫掠，随众走避。贼退回来，兄嫂又不知去向，只遗我二人，不胜悲痛。幸屋宇贼未烧及，尚有窝存之处，得延残喘，日夜思念子女，枯肠几断。梦想不到汝二人得回来，不知汝兄嫂生死耶！外厅是何人，说知出去好与致谢。”丽容照众人来历姓名言了，蔡珍问：“林仁翰可是计讨朱文进、连重遇之林翰林乎?”答:“是。”蔡珍即整衣出来，二姐妹随母亦出，一同拜谢恩德。

分坐，齐通门第。珍遂识新月之祖父，亦知自南唐运眷回籍，至水口闻乱又回头至浙江，为吴越词林。云程、新月等闻知，始知亲眷下落，又问：“现今闽王是谁?”珍曰：“李恒义不是真主，现在南唐兵围福州，人民四散逃生。今年兄切不可回去。”仁翰大恐，即与云程等相议，“借蔡年兄屋住止，候都城解

---

① 造化：幸亏。

围再回，好否?”云程等答：“不错。”

随令将船堵①内包囊箱笼各件陆续抬进，放于屋内，顷刻重叠满屋，皆是日本、烛阴、扶余等国及太母所增之黄金、白璧、奇珍异宝也。船中搬抬既尽，又牵至一猿一女，系在庙柱。那号海船并艄手，乃吴光将军在江南带至日本，仁翰等在洋漂泊，多受数年惊恐，惟幸不失一人。仁翰等极称其掌船之功，厚报之所得之财宝。照股来均分，每人得几百银，甚丰厚。众皆欣喜致谢，同辞去，驾船仍回去日本国矣。

蔡珍因见箱中皆是金珠宝玉，谓曰：“此处海寇甚多，不时放火抢劫，连人都要。此搬箱笼，人皆知之，寇必闻风跟来。祈寄搬别处，方保无虞。”云程曰：“笑话，弟之东西，哪个敢来觊觎?”珍又言之，麻姑亦答：“不怕。”随将箱笼转搬入内房安放。珍即办酒席，内外两席，分坐饮谈，言及丽容曾与幼寥结姻，新春亦与娇容匹配，将情由细说，蔡珍夫妇喜，甚爱惜新春。席散，择洁净两厢房，男女分寝。

至半夜忽闻海边众声杂沓，蔡珍登楼偷望，乃前次盗船又至，明火登岸，将至门前。蔡珍大惊，赶下报知。云程同麻姑不慌不忙，各执一把齐眉棒，把头二门大开。云程躲在二门后，麻姑闪在头门后。那贼目带三四十个小卒，各执刀枪，举炬而至，亦欲放火，因见门大开，拥进。那贼目在后，被麻姑一棒打晕倒地。那小卒同拥进二门内，云程在暗处飞出，先进者一人一棒，打倒几个。那小卒犹不见有人，余不敢进，退出，被麻姑连打十余个，同晕在地，余者逃出。

麻姑认得贼目，即拿来绑住。云程点起灯火，将倒地小卒亦绑之，随将贼目吊于梁上，即叫各人齐出来看。蔡珍夫妻向前，问贼曰：“前次我家男女是汝们抢去么?”众皆不认。云程曰：“问他那肯认。”随取一藤条，将贼目衣服剥下，鞫曰：“汝是何方贼盗，前次将此蔡家一男一女劫往何方?据实说出，饶汝狗命。如不说，慢慢来打死。”那贼目被拿难受，即招：“抢夺这家之人，都与我不相干。今只得从实说，只先求放下，话长慢慢将根源说起。”

云程遂将伊放下，令快说。贼目曰：“我名赖天得，乃长乐军正使祝长安部下军长也。祝长安，吴人，有船行洋贸易。那年，至渤泥国进港，船碰礁凿破，货没人存，向国王借二千置货回，得利。又装货，带子晓烟同至渤泥入澳，船又打破，货又尽没。又向王借本，因不借，将子晓烟送进为质。又借五千银，装货来中国发了。复至渤泥，王知获息无几，不待开言，又发银五千与之，置

① 船堵：船舱。

货往返数回，得息数倍，遂加息还本，与王赎子。王不收银，亦不还子。

“谁知晓烟甚美，番王恋之不舍，以为卖断无赎。长安哀求：‘俯念独子，不还即绝嗣。’王因难之曰：‘不论男女，有貌与汝子相似者来换。’长安无法，遍访无有。适令爱千金常在楼上弄笛，被人图画形容送祝长安，先将画图与王观看，中意相换。因官家千金难买，长安纠伙前来抢夺千金，亲送渤泥，番王喜纳之为妃，还其子晓烟。王因以美换美，不索原借。晓烟犹带出无数珍宝，父子不复为商，至福州捐金助饷买官。闽李恒义以长安为军政使分防长乐，巡缉边海。

“长安好男色，晓烟好女色，闻有女与男美者则夺之。国无真主，便收纳无赖死士，明为捕盗，暗为强盗，抢劫货财子女，人民无处伸冤。后又闻此处一男一媳皆绝色，亲带盗，便放火乡邻，侦之走出抢去，关在内室，却被伊妻知之，私开后门放走，追之不及。因伊妻悍甚，不敢与说，惟访有回家再抢，现在犹时常有人打听。昨日因报有洋船满载珍宝由外番归，货物皆寄此处，长安即派我带四十名军卒乘夜行劫，谁知被汝们拿住，今实说了。所有罪愆皆祝长安父子，不干我事，望汝们谅情。”

云程曰：“虽与汝无干，其从恶罪亦难饶。今惟有能骗得祝长安父子来此，将功赎罪，始饶汝去。”赖天得曰：“若不杀我，今就放我去骗他来，由汝去杀，为民除害。”云程曰：“放汝去，汝一去不来，怎信得？汝可拨手下去骗来，我就放汝去。”赖天得自思一会点头曰：“可先放我小卒两个来，先叫他回去骗来。”

麻姑即拣二个伤轻的解了绑，天得谓曰：“汝二人连夜赶回，与长安那贼说，我在此掠出无数金银宝贝，又搜着被夫人放走之蔡友兰并方氏，已下在船。若并载回，恐夫人得知又放走费气①。特叫汝来，密请老爷并少爷二位，莫带多人，悄悄赶来定夺。汝二人亦跟来。若骗得二贼来，我同伙就有活命了。如骗不来，皆做无头之鬼，三四十个性命在汝手上！念平日我厚待汝各人如手足，活齐活，死齐死，莫自先走②去不管我们，做鬼亦不放汝们。”二小卒曰：“怎敢没良心！就死也要骗他来。”二小卒尽去，天将明了，将绳尽解，与之酒饭，死的将尸丢于海内。

麻姑、云程至贼船待之至。二卒同说长安、晓烟驾小舟来船旁，跳上大船，云程、麻姑同突出捉住，二小卒亦来帮手拿。父子惊曰：“何事拿我？”二卒曰：

---

① 费气：麻烦，不好办。

② 走：逃。

"赖天得叫我拿汝二人去看宝贝。"即拥父子至蔡家，见赖天得即喊："缘何把我拿缚？"天得骂曰："汝父子二人罪大如天，千刀万剐难偿人之万一也。"共动手将二人吊于东西两廊。蔡珍同妻女出来，王氏骂曰："强盗！前夺吾女丽容，害人罪不容诛！后又夺我儿媳，污人名节；今又来抢掠客物，若无吴公子同魏千金之英勇，又遭汝害。前夺吾女去渤泥换回汝子，谁知吾女亦能回来。今汝把我一双儿、媳夺去何处？描画吾女之形容者何人？快说出，免受挞楚。"

晓烟大骂天得悖逆卖主。蔡珍曰："休怪他，昨夜被我们捉住，有死无生，才说出前情，令他骗汝二人来，便饶他。他乃不得已要保性命，汝当初曾将吾女拿去换汝子，今拿汝来换他们，亦何不可！"祝长安对晓烟叹曰："罢了。先前作恶，目下报应来了，悔之无及。"晓烟叹曰："我今改过，有万金买命，好么？"云程曰："万金何足为奇，杀一人代万人除害，乃值无价之宝也。"

麻姑即执鞭来打，要长安说友兰夫妻下落并画丽容形容者何人。长安曰："我夺他儿媳，即被我妻、媳放去，不知去向。如知去向，我亦不至被汝骗来。那偷画你女形容的乃你的亲戚陈奕章，现在我军卫掌书记。"麻姑仍令天得去骗奕章同来。云程曰："情实案定，可正典刑。"令数卒解了祝长安并晓烟，押出海边，先将祝长安头首斫下，丢于海，又把尸亦丢下。

那晓烟生得白嫩，麻姑曰："此嫩肉好，破碎与犬吃。"执把刀任晓烟叫喊向咽喉一扎，血如泉涌，尸倒后，将头割下，分为两段，又为四片丢海边。海边忽钻出大小群鱼，争衔争吃，波浪如滚汤，各人看得有趣。麻姑又把尸分下四股，碎斫碎割，丢于水中，那大小鱼跳波遂浪，争抢相争，不知其数。麻姑又零碎丢下，那鱼越多，海水如沸。麻姑将丢尽，惟余一脚掌，忽有二犬奔至衔去，相争相夺，拖入山后而去。各人看了眼花。

报陈奕章至。麻姑等同进蔡宅，那奕章见蔡珍，喊："表叔！"蔡珍令小卒绑之。奕章喊曰："何事绑我？"蔡珍曰："祸根原来就是汝，当年毛延寿与王昭君非亲，描他真容投番，犹为万古罪人。我与汝乃至戚，敢描表妹之真容献与外番，今日有何颜见我耶？"奕章先犹不认，因赖天得代质之，便认曰："即有此情，亦不坏也。表叔一家该与侄儿致谢才是，焉何反怪？"蔡珍曰："前不知犹可，今知之，恨不生咬你肉，何谢之有？"奕章曰："王昭君和番，无毛延寿，怎的留名到今？丽容表妹若无陈奕章，怎至作番王后？"

那丽容在屏后闻此忿怒，走出指骂曰："禽兽！知汝抬举，特回来酬谢！"奕章见之，还说梦话，便叫曰："皇后表妹，原来衣锦还乡，该来谢谢表兄。"丽容见麻姑腰间有刀即向前拔出，骂曰："被汝害，丧节失身。今无物，只此为谢罢了。"将奕章双目抠下，奕章满地滚叫，又割下头首，尸亦抬丢了海中。仇

恨已报，放回赖天得同诸小卒，仁翰等赠以百金。天得等不回长乐，同驾船往南唐投诚，不表。

当时都城刀兵无定，更因国无真主，至祝长安父子横掠作贼，残害人民，俱无奈其何。忽扬传海外来有群侠，先诱长安父子同杀了，恐又来灭余党。祝长安之手下俱大惊，即刻逃散四处。盖祝长安同晓烟，数年间抢夺民间男女无算。自夺蔡友兰、方氏到军卫，即被该妻、媳放去。其父子夺别人子女要乐，其妻、媳亦存匿人家子弟通奸。至父子被杀死，亦恐又来剿除余党，亦跟其家人逃走他乡外里去矣。

彼时海边除去长安父子，人皆安乐，惟都城刀兵不息。蔡珍见二女又能相会，皆感仁翰、云程等情，是夜即办二桌酒席，大小男女坐谈而饮。蔡珍又查仁翰前往番王国中之事情，而仁翰即将前往各国之事及到各女国观看各国中之景致前后之言尽说明白，而蔡珍同妻听了此言，皆称羡吉人自有百神护保也。是夜饮至五鼓而寝。至次日，吉士要麻姑带回家中而去。

正是：路遥只得依兄嫂，途近何须倚姐夫。且看下文分说。

第一八四回　麻姑遇友兰回夫妇　应貂诿书生上阳台

却说吉士要麻姑携回，雇一老渔翁小舟，将吉士妆作渔子，自扮作渔妇，假作捕鱼，慢慢撑至十四门桥。麻姑带吉士到家，入见父母，两老见之如同天降，不胜悲喜。便问："弟既寻归，夫婿亦归否?"答："亦归，在梅江。"两老甚喜，曰："此皆吾女之奇能夺回也。"吉士泣曰："儿去姐随去，爷娘何人服伺?家中人俱无，何也?"魏晃曰："吾儿不知耶！汝没、姐去之后，刀兵犹甚，科派不绝，家中人已早奔逃。我二人幸年老力衰无用，犹在家等汝，不然亦逃矣。"林氏曰："长途回来，饥饿了，先捧饭来食，慢慢再讲。"

林氏进内，顷刻捧出菜饭，如有人在内代煮便的。麻姑疑曰："只两口，哪里还有人在内代为炊煮耶?"林氏曰："这两个人不是自家人，乃邻家寄住。去年，邻翁王三老至长乐探亲，船回在海边，见一对少年夫妇逃难，不识路径，问知乃被人抢夺逃出。王三老怜之，带回家中存躲月余。王三老亡故，因无子，只有王三姆留伴至今。昨日王三姆因回去娘家，二后生在家，恐漏风声，遂寄存在此。这数日皆烦他代为炊煮，才有此便也。"麻姑曰："现在我家，既是一家人了，快请同出来会会。"

林氏随入，带出一男一女，貌虽美，带有愁状。相见行了礼，设坐同食。那少男不敢与麻姑共食，林氏曰："老身此女子，百无禁忌，请坐无妨。"遂坐下把酒，慢慢闲谈。麻姑先问二人逃难情由，那男子流泪曰："蔡姓名友兰，拙荆方氏，家父单名珍，曾为东京侍御，家慈王氏。父早辞职归隐梅江。去岁被长乐军正使祝长安并子晓烟，将友兰同妻室一并抢去，关守于内室。思惟一死，幸得其妻、媳得知，开后门放走，嘱不可回家，赶去别处躲避。走出至海边，幸遇三老，救存船内，带在家中为亲儿。要寄信梅江通知父母，讵三老亡过无人寄信。父母之存亡不知，惟朝夕肠断。莫如姐姐与令弟能得重逢再会双亲，使人更添愁苦也。"言讫，二人泪如雨下。

麻姑闻说立起，两手向桌上一拍，因力大，不意将板桌拍塌，盘碗跌翻，酒菜倒于满地。众骇然，麻姑便顾不得，大喊曰："世间有此奇遇！恰好凑巧，

二位兄嫂不必悲哀，汝一家老少都在！令尊堂无恙，令姐妹是奴家在海外带回。那晓烟之父子，亦是奴家拿来凌迟碎剐。令尊堂都欢喜，惟不知汝二人下落。今在此遇合，我替汝欢喜，不觉连桌都喜塌了。”二老听了没头没脑，曰：“率性再说明，添酒来作欢喜。”麻姑曰：“话长，先食。”五人复整酒菜，麻姑将自家中起程下海至回来拿杀祝长安并晓烟父子止，二年半在海中之情形说知。

时夜过半，魏晃亦拍案称奇，曰：“又出一部《西游记》耶。”友兰、方氏始知一家散而复聚之情，喜向麻姑称谢不尽，遂求带去相会。麻姑曰：“带去不难，怎敢丢却王三姆耶！”林氏曰：“有人引带他。先回去相会，免得日夜担惊，另日再来谢他，等他回来，我与他说知，无有不喜从也。”留三日后，麻姑、友兰夫妇亦扮作渔家子，驾原船抵梅江会双亲姐妹。一家聚会，个个喜欢，与仁翰等见礼致谢。

那新月与新春、冷杏，因看蔡家散而复聚，咸思念亲人，朝夕下泪。云程心动，曰：“岂不思及，奈道路不通，怎敢带汝们回去！莫若我即明日先回剑浦，至杭州各家探望，再来说知，另议去留，好么？”各人答：“可好。”即打办结束。蔡珍寄①一百白金酬谢王三姆。云程于次早同麻姑仍驾船，由僻路直至十四门桥，魏家两老见了大喜，随奉海外珠宝又蔡家所寄一百金。魏氏两老并收了，因感神梦，致备礼仪酬谢鸿恩。

次日，云程收拾便行。麻姑交还玉佩，嘱曰：“君今此去，勿学前番到处羁留，惹出无限风波，今无人去救。”云程答曰：“愚姐之言敢有不听。但前不得已而违之，有烦跋涉，今再不敢如是。惟梅江儒弱，望姐时常照拂之为幸。”魏晃两老同吉士嘱：“沿途小心，早去早回。”云程由后山永福县小道而去，此且按下。

回说延平剑浦冷家，自云程教大鹏之后，人莫敢欺，通乡安静。惟冷巩病亡，妻亦随过，无子，只遗一女名应貂，年已十七，早许建州孟仲书之子仲昱为妻，尚未迎娶。冷固妻李氏，长子登，次子丰；一女即名杏，小应貂四岁，姐妹皆美而慧。杏被妖摄去无回。

家中又存②一异姓之子，乃闽王璘朝宠幸归守明之子。李仁达犯死罪，归守明立救之。至守明难至，仁达窃其七岁子南徵，逃至剑浦，交冷巩兄弟抚养，仁达自投建州。盖守明母阙氏，乃冷固之表姑娘，南徵乃表侄也。常存在内与诸兄弟读书，脚迹不出门，今亦十六岁，美貌佳于父，文学皆通，惟不知风情

---

① 寄：托带。

② 存：藏。

之事，老实无比。一家皆爱之，应貂尤爱之，早思暮想，成一相思之病不起，医药无效。

那日恰逢进葬冷巩夫妻之棺柩，一家大小皆送上山，惟孝女病不能往，留在守屋。将暮，一家皆去，南徵后行，应貂勉强爬起闭户，幸遇南徵，故谓曰："弟良心何在，不怜愚姐之将死？"南徵答以："岂不见怜，无如之何矣！"应貂曰："若有怜极易，只求今夜偷进愚姐房内一行，其病自愈。"南徵曰："弟能愈姐之病，无不喜也。"应貂曰："汝心若肯，今日即管上山，俟至夜悄悄偷回，姐在后门听候。"南徵把头点而去。

那应貂进房思："这书呆是个志诚君子，今夜必定亦来，若不肯苟合，枉费心机奈何！"默思一会，写数字于桌上以诱之。夜静，早到后院候，直等至半夜，方闻剥啄之声，轻问："是谁？"南徵答应，门即开入。问曰："有人知否？"答："无也。"便闭门携手进房，南徵曰："要弟进房，怎样方能愈姐之贵恙？弟还要上山送葬。"应貂思："有人老实至如是耶。"曰："姐且爱弟，未知弟有爱姐否？弟有心爱姐，教弟行房，不然言无益矣。"南徵曰："表姐弟乃至戚，哪有不爱之理。"

应貂曰："不是寻常之亲爱，乃夫妻之亲爱也。"南徵曰："夫妻怎样亲爱？"应貂面赤，不敢说。一会曰："实不相瞒，昨夜梦奴父亲来，奴叫救命，父亲念出诗句，奴记之，现写在桌，取看便知。"南徵闻言，在灯前讨①，桌上有字，写曰："应貂病重久沉迷，无药堪医最惨凄。起死回生惟有一，归郎暂借作夫妻。"

南徵看了，讶曰："姐姐所言亲爱，即如夫妻么？"答："是。"南徵曰："真是不知表姐弟与夫妻之亲爱何异处？"应貂自思："书呆之至！"即答："夫妻有同床睡矣。"南徵答曰："原来只同睡，就是夫妻。今可同睡，姐姐病可愈，快快去睡一刻，要上山去亦做得，不可睡之忘了。"应貂思："这书呆再不与言，一睡便爬起。"便曰："弟如见怜，脱衣上床，听奴调度，引成了夫妻，自有好处。"应貂一面说，一面流下珠泪，南徵看此悲切不忍，便曰："既言愿听姐所为，即刀割弟肉不辞。"应貂始放心，代解衣，搂抱上床，引入紫兰之苑，初定云雨之峰，病体化作风流，遂得了愿。

正是：无限风光颓玉阁，多情云雨锁阳台。且看下文分说。

---

① 讨：寻找。

第一八五回　应貂匿郎接指立誓　南徵投闽对鬼说情

却说应貂与南徵云雨正浓，南徵忽得上马风之病，应貂推之不动，呼之不应，惊甚。慢慢抱放床上，持灯来照，见牙关紧闭，四肢皆冷，扪鼻孔无气，惊得魂魄皆散，痛于肝肠。忙取一团艾茸，放南徵屁股椿[①]，连炙三壮[②]，慢慢又代他穿上衣服；又至内房偷取人参，熬汤灌之，不入，以口饲之。天明有气出、体软，人仍昏迷。恐有人回，弃之不舍，留之又难，无奈取一大旧笼将南徵装贮推存床下，又偷人参煎而饲之。

那进葬事完，男女俱回，查问南徵回否，应貂答曰："未回。"冷固即令各工人去各亲眷寻讨无踪，以夜暗落水淹死，一家大小皆怜惜之。哪知在应貂房中贮于破笼存于床下，至夜抱上床饲参。盖冷固因常贩药材，一家皆知药性。直到第二夜，南徵始醒，开眼犹在床，便问曰："姐姐病愈否？快去送葬。"应貂曰："郎在此已二天了，还送什么葬。"南徵惊曰："什么一睡便二昼夜？"应貂将得上马风之病已死去救回情事说知，南徵始惊曰："今姐病既好，弟死又回生，皆属万幸，与弟出去否？"应貂哪肯放，语之曰："姐病未大好，再烦郎作全功，自然叫弟亦出。"随煎人参汤捧与南徵食了，仍上床重会巫山。

那南徵被引入风流之路，方知情趣，自此引行不暇，喜笑曰："不因渔父引，怎得见波澜。不因姐姐教导，终身不知夫妇之乐，诚开导之师也。"应貂亦笑曰："徒弟聪明，一教便会，只恐他日师传得之，去教新徒，便忘却已之旧师傅。"南徵曰："死不敢忘。"应貂泪曰："愚姐与郎便终身无二矣。岂忘廉节，知窃玉偷香不是美事，却因郎貌动人，系不住心猿意马，罹此重病，不得已挪甲就乙，以遂心情[③]。今即是郎之妻子，哪敢再嫁孟门，惟今郎在此留之不可、去之不得，倘被外闻，二命皆休，请即筹之。"

---

① 屁股椿：尻骨。

② 壮：艾壮，即针灸用的艾绒团。

③ 心情：心愿。

南徵曰："弟先不知夫妻有殊，犹不知惧；今知恐甚，计无所出，姐姐何以处？"应貂曰："奴家知了，先存三计。一家皆以郎跌水淹死，不疑存在这里，今且再留数月，侦空送郎由后门夜走。李仁达将军乃郎之故旧，他现为福州国王，去投之，可说奴家是郎之原聘，被叔另配别门，求他遣使来迎，有一国之主遣使来要一民女，谁敢违之耶？一计。不然，郎出去只在隔邻饭店住数日仍回来，骗叔说那夜失足落水遇落水商船捞救，因淹将死，留在船调治，今好了，搭便船送回。那时到家盗怀珍宝，至夜带奴同逃他乡外郡，改姓换名，假作走避刀兵之夫妇，择僻处安身，二计。再不然，郎即管不必回家，奴家必坚守无异，将来孟家不来娶则万幸，如来娶不能免，惟一死以明其志也。拟此三条，请郎思之，欲行哪一条耶？"

南徵思了曰："前二条皆可，后一条不可，今照头一条行之。"应貂曰："奴家亦知后之不可。因思郎娇花嫩柳，入于深宫内苑，安能不惹雨意云情？但容貌乃祸之根，却之则灾至，顺之则身羁，不得不早筹此一策也。"南徵曰："弟知之矣，姐姐筹此一策，以虑弟弃旧恋新之患。但弟蒙姐姐教导，知恩念情，姐姐不信，今与姐立誓才信矣。"

见有剪刀在桌，南徵取来即将自己左手第四指剪断半节，递与应貂曰："此为誓男子不重婚，如去内宫有别意者，头同指断，此指赠姐为记也。"应貉即将剪刀接过，亦将自己左手第四指剪下半节，递与南徵曰："奴家断指为誓不再嫁，如嫁孟家亦然，今此指亦与郎。"安接在南徵断指之间，将南徵之断指接在自己断指上，桌屉内有金枪药，各敷上，血热便连住，用破网条包缠，二人情溺，俱不知痛。大将明，南徵复携上床绸缪。

应貂因数日装病，脚不能出房，惟三餐倍取饮食。直存至第九日，闻梅香说："二爷道大姑娘之病希奇，此数日食过好人①，不要人伴，明是患大食鬼，快请道士神兵设醮拨阴兵进房捉拿，不可与大姑娘知之。"应貂闻了大惊，至夜泣谓南徵曰："惟今夕半夜之会，明日叔遣道士进来搜捉邪鬼，再留不得了，半夜与郎去福州罢。"

即解看接指，上下皮肤皆生连，惟有一线接痕，仍用药敷好；并取碎银并金枪药一小包囊并包一处，付与南徵，曰："奴与郎譬如一双璧，至今夜分离，不知将来还能完全否？"南徵亦泣曰："姐姐自保玉体，今此去就死，存亡总教完璧归赵也。"应貂听就死二字，忙将手掩住南徵之口；又携手上床并蒂，枕边复嘱不尽之恩情。时将五鼓，人皆睡尽，二人悄悄至南貂书房，取出箱来，取衣

---

① 食过好人：食量超过没病的人。

巾鞋袜，携带换了，背上包囊，再相抱痛哭，送出后门而别，应貂回房。次日果有道士来铺坛设醮入应貂房中驱鬼，应貂随愈，合家皆以道家法术果灵也，不表。

却说南徵出了后门，天已大明，至江边恰有船雇搭之，顺流到了福州进谒。李恒义即仁达，今为闽王，改名恒义，见而悦之曰："不觉长成有此品格，尤胜于父。自来好极，即在内殿供职。"南徵将应貂所教之言说了，恒义闻是求遣使赴迎发妻之情由。闽王问："冷家之女作佳[1]否？"答："中等。"恒义曰："呆子！只是中等，何用与争？任之改配。此后宫女娇娥若干，任子选配，不更强么！"南徵曰："惟念结发糟糠，不忍弃之。"恒义曰："未过门，算什么糟糠耶？"南徵曰："曾与盟誓，不重婚嫁。"南徵所答话皆应貂早教之言，惟此一句是自己肚中说出。恒义闻说，怒曰："未过门先与盟誓，乃偷期月下花前，瞒父母自结婚姻，不察而明矣。想冷固亦是明理之人，肯将侄女重婚再配？现今汝归家无人约束，孤家岂肯由汝偷期苟合而成就，从今不许汝再言去，留在此学习办事。"随令内侍带进内苑安顿。

南徵被恒义抢白一场，便垂头丧胆跟随宦者带至内苑，因问习什么，宦者答"汝用武不用文，只学打仗"。南徵便惊得不胜言矣。那时宫中出鬼，白日现形。恒义妻江氏，并有三妾，名榴、莲、桂，日夜皆被鬼作吵；迁于别宫，亦然。遣僧道禳禳派兵守卫，无奈其何。此鬼一来，便有十数个隐现，只有上半截，皆是宫妆。先行之鬼唱歌，后随之鬼接和，其歌乃言：

自从燕子入妆楼，无复西湖唱乐游。
怅惘一龙归去后，长春宫锁暮烟愁。

人人皆闻，不知何鬼，惟恒义知是陈金凤。江氏问："怎知他？"恒义曰："当时王璘宠陈金凤，西湖看龙舟唱《乐游》。李可殷制九龙帐进长春宫，只绣八龙，以璘为一龙也。守明归郎夜宿帐内，外面讥唱云：'谁知九龙帐，只贮一龟郎。'后春燕进宫，王璘不复至长春宫。此诗言李春燕入宫，陈金凤便失宠幸。宴乐事散，而归郎同去，只遗长春宫空锁暮烟矣。此不是陈金凤者谁耶？"

江氏骂曰："原来就是此淫妇，死了还不知羞，还敢在此卖弄作态。"江氏言未完，瓦片砖头如雨掷来，恒义走快未伤，江氏同众妃头脸皆伤。顷刻瓦砖掷叠满地，犹不止，恒义惊曰："陈皇后娘娘请息怒，可看孤情面，勿与他们见过[2]，叫他与娘娘陪不是。"便令江氏望空磕头认罪，渐止。

自此日夜不安，思欲迁徙于外。适南徵至，恒义见了。江氏问："何亲？"

---

① 作佳：漂亮。

② 见过：责怪，计较。

恒义曰："归守明之子。他又与孤彼此都受有恩惠，正要去寻他，不意他自来，留住不与回去。"江氏曰："来得凑巧，鬼与之瓜葛，可说得人情。"恒义觉曰："不错，不错。"即遣人唤至南徵。恒义曰："近时宫中出鬼，作祟不安；但此鬼非别，乃令尊之谊姐陈金凤娘娘，亦即汝之谊姑娘也。现设有三牲五鼎，以汝为主祭，不须别祝，只祝'皇后陈娘娘，儿是归守明之子归南徵，现国主系儿之恩谊伯，曾受存孤出关之恩，特来求个情面，从今率众远离，再勿糟蹋于他，均感姑娘大德。祝此数句，她必去矣。"

南徵即进内捻香拜跪，依语祝告毕，化了纸锭[①]退出。自祭之后，果各处安静，合宫大喜，皆称胜过张天师，留住不与去了。恒义又欲授之官爵，他不要，配以娇娥，皆辞；又派妃嫔服侍，又却之；自择后苑幽僻一厢房住宿，选一宫人年过五旬作伴自炊不预外事。恒义因其性拗，听之而已。

谁知南徵有眼力，选此老宫人名阿姑，女中最黠，黠又不诈；因南徵美而愚，甚怜之，朝夕殷勤，服侍尽心。南徵因其诚，将应貂之情事尽告之，阿姑曰："此三条乃何人设的？"南徵曰："乃有心人预筹之，由汝想之妙不妙？"阿姑曰："俱不妙，行不得。"南徵曰："怎的不妙？只恨主公不听矣。"

阿姑曰："说个破绽处，才不恨主公耳。幸喜不准去迎娶！如去迎，便旨至，言胞叔之不通理、将侄女重婚别人、今为原婚来娶的情由。伊叔亦有口，岂肯抱不白之冤，必告诉使者惟与孟家定聘，并无再聘归家，现有媒妁婚书为据，将此情由回覆，即何言答之？那时进退两难，有心人命必休矣。第二条同逃走，奴郎之弱质，行且不稳，焉能再掖带一女？形迹更属可疑，必被人捉弄，性命难保。第三条可以行，归亦可，不归亦可，有若无，实若虚，不可再会，以待将来。如不归，只此静候探听。实不娶了，再回去图之，惟此条可行。"

南徵曰："依汝这说不叫我弃之耶？我宁死不为。"阿姑曰："归亦可也。"南徵曰："又叫我有若无、实若虚，我不是土木。顾不得性命，与之同逃，就死一堆[②]亦甘心愿意。"阿姑见南徵情坚难破，慰曰："奴郎如此情重，不忍旁观，待来带老婢同归，与郎旋转乾坤，使有情人成了眷属，好么？"南徵喜曰："若肯与我同归，乃天所赐，惟恐孟家来娶去了。"阿姑曰："不须怕，建州似福州一般防备南唐、吴越之征讨不暇，朝廷安敢为其子来外郡迎亲？主公留郎在此退鬼，怎肯即放？且宽心放怀，期至，自会教郎行矣。"南徵心安，自此敬阿姑如母，呼为姑娘。阿姑竟不敢怠慢，仍奉之如主人。

正是：娇娘筹画已为异，黠妇评论更出奇。且看下文分说。

---

① 纸锭：折成元宝形状的冥钱。

② 死一堆：死在一起。

第一八六回　贤乡老助迁九使柩　娇宫妃难夺小郎情

却说南徵归小郎既入宫内，只要老宫人作伴。因恐引惹是非，故与宫闱隔远，择于极后幽僻之处。谁知早被诸宫妃尽见，要与近配，使女娃贿托阿姐挽定。那阿姐以不耐烦，常羞斥之。那夜宫中作佛事，后宫门口因月甚明，南徵步出宫门外。谁知面前便是冶山，只见岩树青苍，柳条摇袅。登半山，一排连有数十垂柳，柳荫中有一小茅屋，屋内有三个人小酌。灯光与月色交辉。

南徵早被屋中人看见，皆出户迎曰："踏月游山，原韵人逸士，若不嫌陋，邀入一叙可乎?"南徵正要问津，便入内。一见便愕然曰："此位莫非九爷之乃弟，貌何相似极也?"

坐下，因问底止[①]，南徵曰："剑浦归姓，为访故旧，寓于内苑。系来步月，出游见此山景，上来看玩。幸接芝兰，不知贵处是何名胜，乞为指示。"

内有一人称九爷者，略有二十七八岁，闻了即问曰："既延津归姓，识得归守明么?"南徵答曰："是先严，尊台何以识之?"那人曰："予序九，柳姓人皆呼为九爷，早年与令先君同朝，共与相好，恰似同胞。汝可将后事说与予知。"南徵重施礼曰："原来乃盟叔，侄儿不知，望乞恕罪。当年李放荼毒屠宫，一家尽杀，侄儿蒙仁达李国主窃逃回剑浦交存冷家抚养，始存归氏一脉。前日来谒闽王，拟即回归，谁知留之不放，遇便今亦要潜逃归矣。"

柳九爷曰："仁达能留归氏一侄儿，知恩报恩，倒也罢了。惟吾侄儿亟早图归，不可在此久恋。此乃冶山，为都城名胜之最。"指二人曰："一林一郑，乃邂逅之友也。"林郑皆曰："既是九爷世侄，不可空会，须来洗盏更酌，一畅奇遇也。"随添杯箸，南徵执杯同饮了数杯。

郑姓曰："可选一令来侑酒。"柳九曰："即请郑兄来先讲，我们遵奉。"取出骰盆，郑曰："此令要六粒骰，先掷个合巧，再讲古人之喜相逢。"郑先掷四个六、二个三，乃合巧六，念令曰：四六两三合巧全，淳子梦幻入南柯，梦里

---

① 底止：在何处居住。

喜相逢。

林接骰掷出合巧三，念令曰：四三么二合巧全，考叔纯孝及郑公，黄泉喜相逢。

柳九接骰掷出合巧五，念令曰：劈破莲子合巧全，子胥梦会伍奢公，生死喜相逢。

南徵接骰掷个合巧四，亦念曰：四四二一合巧全，座上分梨遇孔融，长幼喜相逢。

四人同说合适，饮了酒。柳九曰："此令皆有俗气，再吟诗一首，郑兄起句，后我结句，何如？"共笑遵令，郑先吟首句曰：

不逐流萤点翠苔，（郑）　　且浇杯酒洗尘埃，（林）

明朝再到寻芳迹，（归）　　烟柳依依土一堆。（柳）

吟罢，柳九不胜悲伤。郑林曰："九爷平素洒脱风流，何作儿女之态耶？"柳九曰："非也，情出于哀寄于诗，虽铁石人亦自生伤感矣。"郑林亦为唏嘘叹息。时遇村鸡三唱，郑林同辞去。南徵亦辞回，至后门口，门已闭。因思及不知何人，忘记问明，再思其诗酒令，正属疑异。天渐明了，再回头去问柳九爷，仍寻旧路至旧处，惟见柳树依然，虫声啾唧，而茅舍柳九皆无也，不胜惊异。

天大明了，遍山寻访，杳无踪迹，亦无一人。遥望山麓下有人烟村舍，下山探问，遇一老叟，便施礼问曰："敢问尊丈，山中有一位号柳九爷，可识得么？"老叟答曰："小官人问他作甚？"南徵曰："小生昨夜游山，遇着邀同小酌谈叙，五更辞去；回头去寻，连屋都不见了。"叟曰："所遇之柳九爷是何形状？"南徵曰："年岁略二十余，白面书生。"叟曰："这不是被鬼邀去饮酒耶？"

南徵惊问，叟曰："小官人不知耶，此乃冶山。有个柳九爷，不是人是鬼。此鬼乃风流鬼，不时去人家迷妇女，外人皆见之，有称九使爷。起先不知是甚鬼怪，或疑是狐狸[①]。因前在人家迷一妇女，被其夫率众进捉跑走，追至此山，钻入第九株柳树下土堆里而没。查其土堆，却是前朝之内殿使归守明之坟。因前弑杀诸内臣，尸皆贮顿此山，后有亲属者陆续运回。惟他尸无人来认，仍暴露。夜有野猫群至，乡人恐其食尸，即将伊收拾掩树下。谁知迷人妇女即是他，指柳为姓，后被迷者无奈其何，就供奉之。小官人何处人？昨夜因何至此被其邀请？"时乡之老少皆知，都来见闻。

---

① 狐狸：狐狸精。

南徵讶曰："既是鬼，昨夜那屋宇，家私、食物何由而来耶？"叟曰："鬼神千变万化，遇者皆如是也。"有黠者在旁曰："昨夜尊台所食之酒肴看都是雅物，谁知皆以腐鼠、死蛙、树叶、沟水之类变来相请，食在肚内，不死亦病，快回去觅药调解，迟则难治。"南徵闻此大惊，因思了一会，答曰："此鬼遇别人则以此等请他未可定，惟小生再不成害之也。"黠者曰："尊驾只是后生，九爷留款与之有亲故耶？"南徵曰："闻此位老丈所说，乃小生之亲父无疑矣。"黠者说："是九使爷，便认作父，若再说是九节狸，便认作母耶？"叟曰："混说，别有乱认，谁肯乱认父母么？小官人不要理他，既是令先君大人，烦将来历根由说知，小老叫人来起迁，与小官人运回故土，免落此作无主之孤魂。"

南徵将己之籍贯姓名，因当时难至，蒙国主仁达救脱之根由，同昨夜讲酒令吟诗之情景细说一遍。南徵一面说，一面流泪如雨，说完掩面不胜哀哭。众闻了方知，叟曰："原来当今国主之世谊，不知，多有得罪。果是令先君不错，昨夜特显现与知，务要即行起迁妥处，以便回归故土也。"南徵欲进去商了再出行为，众欲速除祟，恐进去不即出来，便遮留不放。

叟曰："莫非进告国主么？"南徵曰："不告国主，惟与伴侣商量。"叟曰："己之父母，何必与人商量，即告之国主，亦无亲父骸不许起迁之理。今动费暨小老们代为开发，小官人只在此做个孝男便是了。"南徵曰："小生之父母，敢使尊丈出动费乎？"众曰："不须介意，只要令先君九使爷保护敝乡平安清吉，就好了。"即取日历，恰值本日即是天中不守冢之日，老叟便分发人等去唤土工，并办理应用一切事宜。

南徵只得听从，即欲先上山看冢。那老叟与同食了午膳，齐上山。数至第九株柳树下，有一土堆，南徵即跪下哀号。叟问曰："昨夜会在何处？"南徵哭曰："明朝再去寻遗迹，烟柳依依土一堆，即此是也。"又向土堆哭曰："爷爷①昨夜之酒，乃'子胥会伍奢公，生死喜相逢'，不孝子仇不能报，死怎敢相见于地下耶！"叟见南徵过哀，因慰曰："小官人不必过哀，令先君之仇家已灭族，王昶同李春燕已缢死梧桐岭，无从再报，怎至不敢相见耶？"南徵被劝，稍停哀哭。

诸乡人带土工上来。南徵穿孝服先祭了山神，众工起手开掘，起出棺柩，有写姓名仍在。即抬赴西关外，已租便一间权屋②，内设灵位祭品。南徵扶梓

---

① 爷爷：称父亲。

② 权屋：暂放灵柩的房子。

至，安灵哭奠；众乡人另祭，南徵答礼。是夜皆在柩前，设席饮酒。天明同回叟家，仍办下山酒席，众又坐领。席事完，南徵与叟、众乡人拜谢，回进内苑不表。叟谓众曰："吾今日花耗无几，连行三宗事，一送无主孤魂归宗，二保通乡妇女安静，三为名山剔除枯骸浊气。"众亦接口称善。

那九使自此起迁，尚有一灵游于城厢中外，妇女犹犯之，至今亦迷人。不知道是[1]蟒天神王之九子，实非也。

南徵回至后苑寓所，阿姏骇问："小郎何往？老婢遍寻不见。"南徵遂将那夜月色甚佳，至冶山遇九爷讲令吟诗，其相貌甚属可疑，借问于老丈知是亲父，遂被乡人留住之情由说知。阿姏讶甚，曰："谊姐在内乐歌，谊弟在外潇洒，真一对风流之鬼也。"南徵曰："父柩已寻着了，务要再行寻母柩，同运回，始得安心。"阿姏曰："闻当时连赤数族于市，尸首无敢认收，任仵作[2]抬去乱埋，今母无从查问矣。惟令先君乡人有敢贮存，幸喜寻着，待郎回时运带回乡归土。明日还要备礼，再去冶山下与诸乡老致谢，即回来，不可又被他再留住也。"时南徵有退鬼之功，恒义赏赐有许多财宝，阿姏随将一对白玉、一百个银瓢子以纸封现成，与南徵去送赴谢。

却说那闽王李恒义一妻三妾，均媚而淫。南徵内宫祭鬼时已被四妃看见，要招之偷欢，遣心腹之人侦南徵出来诱之。那日南徵又从后门出去，心腹之人即在于宫门口等候，骗守门离开，等南徵回来即请曰："国主现各处寻访，在内房立候，有话吩咐，快进去。"南徵以恒义召唤，即穿便[3]衣服由边屋引入后衕，转秘阃上层楼。正疑异间，而江氏同榴、莲、桂三妃谓曰："小归郎退鬼有功，奉命设宴酬劳，着奴姐妹们陪奉。"

南徵信以为真。顷刻排便筵宴，五人同登。酒至半酣，屏退供事，江氏便挑曰："阿姏与小归郎前世是何缘份，结得这样才郎不离？"南徵曰："非也，因小子无知，她是老成人，亲近之，可受教益。"桂妃答曰："小归郎门缝看人看扁了，那老东西能教益，我们不能教益耶？今日起朝朝要会，夜夜元宵，比他只教在外受清冷好万倍也。"

南徵犹呆而不知何谓元宵，问曰："一年只有一度元宵，怎得夜夜都是元宵？"莲妃笑曰："今郎不要去，长留在此，夜夜来伴耍乐耳。"南徵始觉，答曰："小子即要回去，不看夜夜元宵。"言讫便走出，榴妃便拖住曰："小归郎，

---

① 不知道是：不知这个来历的人说是。

② 仵作：官府所雇用的专门验伤验尸的人。

③ 穿便：穿好。

我等慕汝已久，今日定难走脱。”南徵此时方知落圈套，惊甚，便喊曰：“念小子已有妻房，不敢故行此事[①]，快放手让小子回去，被人知之不便。”江氏曰：“不要理他，假志诚，抱进房去，看他为不为耶?”

正是：岸去就船船不就，花来觅蝶蝶仍飞。四头疯癫犬姆[②]能成事否，且看下文分说。

① 故行此事：再做这样的事。故：再，还。

② 疯癫犬姆：疯狂的母狗，指放肆大胆的坏女人。

第一八七回　俏宫妃空设迷魂阵　美书生决断风流根

却说南徵被江氏、莲、榴、桂三妃骗入房内，急了啼号叫喊。好个莲妃，将手掩蔽其口，同扶上床，不管乱踢乱舞，三妃拿住。江氏忿曰："这个短命仔，因有了阿姐才看不上我们，既不识抬举要他作甚？可叫乳母去烧开水，把这短命仔拿来下锅白煮[①]，来切片同食消恨。"榴妃曰："先把阿姐拿来齐煮。"江氏曰："那个老猪姆肉，再煮不烂，谁去食她？"榴妃曰："不食，拿来喂犬亦好。"

南徵哭曰："小子情愿与汝们煮食，与阿姐无干，不可难为她。"榴妃曰："她是汝军师，怎说无干？"随叫乳母滑氏，要拿阿姐来杀。滑氏曰："夫人请息怒，从容一步，此小郎交老身劝解必然从顺；如不从，再拿阿姐同杀烹无怨。"江氏曰："依汝说，限汝明日一天罢。"言讫，即带三妃出去，只有滑氏同南徵在内。滑氏以为吓他，劝之必从，谁知说了一夜并一天，无半点回心。

滑氏曰："不意小年纪倒有坚贞。"又谓曰："小郎何固执而不通，不思光阴易逝，青春难再，有花不折，不早行乐，徒生于人世。现小郎如鸟在笼，喜则放之，怒则杀之，汝身若不从，必连累阿姐，不思及此？"南徵曰："阿婆言亦不差，小子亦说，叔父伯父之妻妾犹母也，可奸之乎？万恶淫为首，小子一些之善犹未行为，肯行此首恶乎？天岂容耶！他疑阿姐与小子有私，欲以杀烹试小子；小子心如铁石，志凛冰霜，不怕此一群狗彘妄为。任她如何，小子至死不变。"

滑氏闻此，心胆俱寒，遂密言曰："这场总难开交，任小郎心如铁石，她们总要妄想，倒不如能割断不与妄想，她们亦心愿矣。"此乃滑氏闻其铁言，无可奈何，以此带玩笑答之。南徵不答，滑氏又曰："今老身再以实情告知：小郎以为郎不肯，此四娇莫奈郎何，设使点动娘子军硬要拖郎上巫山，那时郎身不由己，不上自上，将如之何？今小郎如不从，一定至此地步，郎熟思之。"南徵惟

---

① 白煮：不下调料，只加水煮熟的烹调方法。

闻此言，亦惊甚，沉思半晌，问曰："就从她，寡不敌众。"滑氏曰："如肯从，老身自有一番缓兵之计教汝。"南徵又思有了主意，答曰："今愿从之，惟祈指教。"滑氏曰："郎今既从，自当教以保身之法。先与订约，作签来抽，一人轮值一夜，此乃保身之要策，他日幸勿忘授策之人耶。"南徵点头从之。滑氏喜甚，即出去报。

江氏同三妃喜，掌灯带酒宴至楼，见南徵笑曰："今肯与我们同心了。"南徵曰："从是从了，惟求从容。"江氏曰："前以不从，故至动手脚；今既依从了，怎敢如是乎！"仍排宴会叙，尊敬如嘉宾。江氏叙谈言及何故不即从，南徵将接指之事情略言之，即伸出接指与看；皆称情重。桂妃曰："莫须有，郎之十指还有九，明日我们各人再来各接一指，情比他更重十倍。"

谈至半夜，席撤。四女皆议先后，又不能定。南徵曰："不必论，作竹签来抽，一人来值一夜，不必相争，好么？"共以为然，桂妃即去寻一截竹片连刀，南徵削为四片，取笔来写一二三四，又各签名写一诗云：

何事负娘恩，只因指上痕。

不忘生死誓，割断是非根。

莲妃看了，谓曰："此二句不忘接指之誓，后二句言从前乃阿姏拦阻，乃是非之根苗。今小郎被乳母说破，乃晓阿姏之是非。从今与之割断无交矣，可是此意否？"南徵笑而不答。桂妃曰："令夕何夕，有心绪讲书语，快来抽签，看此夕何人夺来。"江氏将签插入空酒壶，四人正要去抽，南徵曰："且慢，公急莫如私急，且出去小解，再进来看抽，今先抽不算。"四女遂止。南徵去撒尿，许久不回，可疑；忽闻哎吓一声，四女携灯拥至，见南徵蹲着，胯下鲜血淋漓，揭起衣来看，是非之根无矣。盖南徵听滑氏云招惹皆因此，能割断即能开交，暗偷刀于怀，假为小解，自行割下。

四女见割去此东西，皆大惊，即扶进门，卧于床上。江氏又恨又惜，谓曰："小郎不从便罢，何忍至此？"诸妃无不悯恻。江氏谓曰："前日欲罢不罢，今要罢不能，如闻之主公，汝我总难想活。"南徵答曰："夫人不须惊怕，此乃小生自割，必不出破[①]，只求放小生回去，自有药调治。平服后，另日还要再进来玩耍。"众闻此语，惊稍定。江氏曰："郎若不怨恨奴，侬岂不怀德？如肯再来，更要比前加倍亲热。今即送郎回去敷药。"叫桂妃掌灯，同扶出房门，拣僻静无人来往处，送他归所寓房外。

四妃悄悄回至内宫，榴妃曰："羊肉又没食，染了一身羶。"莲妃曰："小郎

---

① 出破：告发。

应许不出破，那老奸巨猾乃是他军师，安肯白白歇了。教他去告发，一告主公，死一堆[①]。”桂妃曰：“既晓得会去告，不应放他回去。”江氏曰：“我何曾想不到，留在这里更不好。且放他回去，再至后门放火，一起将他二人烧死，就不怕了。此事只可与乳母商为之，即去叫他来相议。”便出去叫侍从传唤。

须臾，滑氏至，江氏见即骂曰：“未有汝混账老人[②]，托汝一宗事便弄出混账来。小郎何曾依从，汝混来说肯依，我们信以为真。并无半点强勒，好端端将自己的东西割下，把我吓得几死。护送伊回去，只恐明日阿姐教他进殿去告，连汝都有份。今叫汝来无别事，罚汝去放火，把他二人一起烧死，以绝后患。此汝想可好么[③]？”滑氏闻此大惊曰：“他果应许了，临时忽更变，将情节说来。”莲妃即将情节细说，随取签与看。滑氏看了签诗，便骂曰：“汝们眼都瞎了，他诗中明讲，如何不知？那一句‘是非根’即是明说，是汝自己误事。他既不怨恨，自割就罢了，怎么还要烧死他耶？”

江氏曰：“小归郎是阿姐小老公。今没猴弄了[④]，哪肯干休？不先下手，顷刻汝我性命都难保全。”滑氏曰：“不可冤屈人。那两个果同母子，并无半点胡为。”众女共问曰：“怎知？”滑氏即说：“前之劝从之厉害话，先吓他；后说的话，年虽小，犹胜老儒。我那时胆寒，始说是非根能割断自然开交。讵知他果是真心实学，自古至今谁能与比！如再害之，天理何存？”江氏同三妃听了，自觉惭愧，共曰：“他既说此，何不早说，放他去；到这时候来说？”滑氏曰：“他若不从，便来说之；他既喜从，何用来说？虽说得有理，谁肯听乎？”

江氏曰：“如今依汝怎主意[⑤]？”滑氏曰：“事到此，不必着忙，慢走有步[⑥]。候天明，老身去探听作何动静，自有一番制度[⑦]，保汝等无事。”江氏曰：“此番能保无事，同返邪归正，立誓再不外交[⑧]。如不改变者，死于刀剑之下。”江氏自誓了，令三妃亦誓，三女亦照誓完。那滑氏曰：“汝们既归正，我亦发誓：从今如再与人作牵头说合，四体不能周全！”

四女皆知非，发誓归正。天已将明，滑氏遂去探听矣。

正是：无此书生舍割势，怎能淫妇猛回头。欲知后事，且看下文分说。

---

① 死一堆：死在一起。

② 未有汝混账老人：从来没有像你这么混账的老人。

③ 此汝想可好么：这样做你觉得好不好。

④ 今没猴弄了：现在搞不成什么勾当了。弄猴：指不正当性行为。

⑤ 怎主意：怎么决定，怎么做。

⑥ 慢走有步：俗语，想清楚了再做，一步一步来。

⑦ 制度：应对措施。

⑧ 外交：与人通奸。

第一八八回　设药酒强污玉洁体　讲字令偷割风流根

却说小归郎那日怀礼物至冶山下，与各人致谢，至夜无回。阿姐惊甚，次早至后宫门查司阍者，曰："不知。"即赶至冶山下，问众乡人，皆曰："昨日有送礼物到乡老家，只收一双方玉，将银瓢子分送诸乡人。再留之食饭，不肯，即要回去。乡老犹遣二子侄送至宫门，眼见入去，怎的无回？不必外寻，应在内面。"阿姐闻此疑甚，少顷南徵回，迎入内房。因见其步履蹒跚，眉峰愁压，骇极问之。南徵答曰："入于迷魂阵，不与迷去。姐且先请出，待小生干了私事，再进来告知始末。"

阿姐即退外面，南徵取出金枪药敷抹停妥，叫阿姐进房，遂将情节据实告之。阿姐咬牙骂曰："早知一伙猪犬，同起谋心，就落其圈套。等老妇施手段，要杀他头来赔。"南徵曰："只恐心不由己，迷坠情坑而负断指之旧盟。不得已而割去，怀原璧以归赵。幸与接指之人已恩爱九夜，即终身生死之夫妻也。"阿姐曰："别的可恕，她致人之嗣根绝，岂容易饶她？"南徵曰："小生亦知此事不容恕，奈曾许她不出破。今若出破，以小生言而无信。姐代为涵养。"阿姐叹曰："世间哪有此贞洁之奇男子，便宜那四淫妇。"自此数日，南徵养息在房。

却说滑氏托同帮[①]与阿姐素常见好之游妈老妪密探回报。是日午后，游妈入阿姐门，代其洒扫检点，问曰："这几日如何不见小归郎？"阿姐曰："莫讲起，被几个冶山边之婊子匡套去江西贩鱼种，弄没了本钱，昨夜才回。"游妈曰："既折了本钱，而今怎处？"阿姐曰："婊子断送他本钱。他断送婊子性命。"游曰："怎样断送他性命？"阿姐曰："有何难处，只进内殿一告，管叫婊子个个头割下。"游妈曰："几时去告？"阿姐曰："今日不告，明日必告。"游妈欲进房再问南徵，早被阿姐以病卧不许进吵。游妈侦至夜无动静，方出密报滑氏。滑氏遂入宫说知。

次早游妈挟一包袱敲门，阿姐开门，问："何物？"游妈曰："乃宫内江夫人

---

① 同帮：同伙。

同三贵人寄来，代偿小郎所折之本钱，勿嫌弃，且收去。如何再入去①，还有另赠。”阿姐同南徵开看，皆金珠宝玉，另有人参一包。南徵曰：“小生之本钱自愿不要，与夫人何干？乃烦送进！”游妈不答，将包袱丢下便去。南徵令阿姐送入，阿姐曰：“此非别意，昨日她先遣人来探消息，今日以此来钳口。今既恕之，收他还嫌少。”南徵因闻此，任其收存。南徵至伤口平复，时常入宫与四女盘桓，果愈亲爱，所谈皆正经道义，并无半点妄语，又赠物件无算。阿姐将人参煎熬汤如茶供进，南徵之面色无少异。

谁知前门拒虎，后门进狼。那内殿使被铁连环等拿去凌辱之江涛，实是江氏表弟，黄姓，冒认作亲弟，与三妃皆通。前因病回去永福，兹病好回宫来。江氏同桂妃立过誓，不续旧好；惟榴、莲二妃与之复私，常怀报异辱之恨，待时以为②。初至闻有男子出入后宫，疑而恶之；见其丰采，变恶为爱，起意图之。是日昏暮，江涛遣人来请。南徵问之，阿姐曰：“他乃内殿使权宠幸，能辞却为上，却之不得，亦须早回。”南徵再三辞之，不依，只得随来人到其寓所，江涛以药酒醉之，任其所欲。南徵醉梦中急出冷汗，酒气一退，等不得天明，床上爬起，忍恨而归。

阿姐至门口，见其神色迥异，谓曰：“老婢嘱早回来，缘何又在隔夜③，莫又落其圈套否？”南徵把头点点，阿姐知了，叹曰：“悔来迟矣。若早回，再不至落局。”南徵曰：“谁知他酒中有药，便醉倒四肢难持，由他排布，及酒退始知。今且伺其再来，一刀将狗子④刺死，方消我恨。”

阿姐曰：“小郎还不知耶，那厮绰号为‘蜘蛛网’，花片一被挂，则难脱。哪里是江夫人之亲弟，实是表弟，宫中无一个油头⑤不被他挂搭，比当今之国主更受用十倍。”南徵曰：“原来狗子有此放肆，国主都不知耶？”阿姐曰：“闻南唐将至，各处兵将下福州，日夜在外殿与诸将调度守御不暇，怎顾得内宫。被他弄翻了都不知矣。若刺死常人都要抵偿，杀死他，焉能无事？”南徵曰：“将命去抵之，亦愿矣。”阿姐曰：“人若不要命，何事不可为。要想个方法，又能泄恨又要无事才好。倒有一计在此，不知小郎有再与他过夜么？只须假意听从，如此行为，可报大恨。”南徵听了喜曰：“此比杀他更强，大略如此，自去随机应变，见景行事可矣。”

---

① 如何再入去：如果何时再入内宫。

② 待时以为：等待时机采取行动。

③ 在隔夜：在那里过夜。

④ 狗子：好色的歹徒。

⑤ 油头：指女人。

俟至黄昏，那江涛又遣人来请。南徵密存匕首，至寓所，酒席已排便。江涛笑盈盈出迎，牵手坐位对酌，细语曰："昨夜莽撞，勿怪!"南徵答曰："何不早说，令人惊恐。"江涛曰："特请来压惊，酒要多饮。"南徵因见两个伺酒之童儿皆有丰韵，答曰："昨夜因过饮，今日见酒即怕。再叫一二个来过杯，则可；那二个伺酒小总管想亦是兄之心上人，何不叫来过杯?"江涛闻说"亦是心上人"五字，便得意甚，遂唤二童，一名燕伴，一名莺俦，四人同饮数杯。

江涛谓曰："这两个聪明会讲古典，叫他讲个酒令来侑酒。"燕伴推让不过，只得讲一新令，曰："上句要两个古人名，下句要什么留不成，承接上句。合适食一杯；不能讲，罚十杯，无代饮。"先讲曰："哀帝爱董贤，断袖偷起，只怕睡留不成。"燕伴讲完，饮干一杯。

莺俦亦接吟曰："萧何救樊哙，接闯辕门，只怕力留不成。"讲完亦合适，亦饮了一杯。

南徵思："那个既嘲之，我还不嘲之乎?"亦念曰："土地留观音，杀猪宰羊，只怕晕留不成。"南徵念完，正要饮酒，却被燕伴拦住曰："观音佛多早[①]被土地公晕留成了，怎说风流[②]不成？快来罚酒!"

轮至江涛，江涛想半日不出一句，只得愿罚十杯。饮讫，燕伴收令。莺俦再起令，莺俦曰："将字来拆，灭头尾，要现成俗语凑合成，不能讲者亦照前罚。"先念曰："漫羡金兰，兰草枯，见火烂，只怕贪食嚼不烂。"讲完饮了一杯。

燕伴亦思就讲曰："独步伶仃，仃人去，见成丁，一根铁打得几条钉。"燕伴讲完，亦饮了酒。

南徵亦接令曰："蛙鸣拮括[③]，括手去，添水活，咸鱼放生不知死活。"

南徵令亦讲完，轮至江涛。江涛思不就，至半时亦念："交好为朋，朋留半，劈心用，当今皇帝不如我受用。"

讲完，二童曰："果妙极，只是比皇帝更好，来贺三杯。又得正宫美貌娘娘，再贺三杯。"南徵曰："汝去贺，我来罚。朋友都是交好，哪有去一半，留一半，所留之半还要拿来劈心，谁肯与汝交好，应罚不应罚?"江涛无答辩，自愿罚，又连罚六杯。莺俦收令，推南徵起令。

南徵曰："我的令只要一个字，砍头割尾划肚都成字，叫做百足虫死而不

---

① 多早：老早。

② 风流：福州话"风流"与"晕留"音相近。

③ 拮括：拟蛙鸣声。

僵。能讲饮一杯，不能罚十杯。我是'章'字：去上留下尚早，去下留上报音，上下皆去虽曰，划肚方见苦辛。"

燕伴接令曰："我乃'冥'字：去上留下幽具，去下留上便宜，上下皆去尚且，划肚就穴无疑。"

莺俦亦接令曰："我是'查'字：去上留下明旦，去下留上杳然，上下皆去有日，划肚即本自然。"

江涛亦念曰："我乃'季'字：去上留下是子，去下留上禾字，上下都去有木，划肚将子儿扯直，便是才。"

南徵曰："字是造就，哪得会改得？讲不合适，罚五杯。"江涛曰："莺俦之脚都扯得上，我的了子[①]便扯不直耶？"燕伴带笑曰："待老爷了子试扯着直么？"彼时江涛已醉十分，说酒话曰："古人造就字不通，人的了子都直的，字偏造弯，没说[②]极矣。"燕伴接口曰："何见都直？"江涛曰："人人都直，惟一个不直，去扯扯断下，疑是女假男。"二童问："是谁？"江涛笑指南徵。

二童固不信，要看，江涛将南徵夹住，令二童剥下裤来看，一齐大笑，问："如何如此？"南徵曰："汝老爷要我女妆收入家中为妾，恐入阃不便，特将割去耳！"江涛闻此曰："肯改妆与我为妾，那了子就认我割之何妨。"南徵曰："怎不肯，只怕汝交结之人多，日后厌弃之，奈何？"江涛曰："若怕我日后厌弃，对天立誓如何？"南徵曰："嘴咒不灵，只要写一张字与我为据则好。"江涛曰："汝要如何写？"南徵曰："照我口中念出写。"念曰："有美男子归南徵，将他了子割去，改扮女妆为妾，永久不弃之，为据。又写年月日，立字江涛；在见是张燕伴、李莺俦。"

江涛依念写完，笑曰："从来娶小老婆皆人立字与我，哪里有反为之？"南徵曰："人是有银钱的，汝是白打抽丰[③]。不愿亦就罢，肯改妆与人为妾，没处去？"一面说，一面抽身走出。江涛忙扯住曰："说玩笑莫生气，慢说一张字我不肯，要我头亦肯！"即写上花押，叫二童亦写了。燕伴曰："长留不与回去，倘国王召之，老婆[④]必说在这里怎处？"江涛曰："自有隐身法，明日即着人去报小归郎去玩耍，跌于安泰桥下淹死，尸首流出大江，无处查寻，就了事矣。"南徵将字收存于身。二童收拾杯盘出去，江涛邀南徵入内房。江涛因醉甚，上床大醉，不知人事。

---

① 了子：即瞭子，指阳物。

② 没说：没道理。

③ 白打抽丰：无本获利，白占便宜。

④ 老婆：老太婆。

时已五鼓，南徵见其睡浓，下床持灯，先将门户开至外边；桌上有现存笔砚，在粉壁上写二十字。将丝带解下，把江涛脚手捆缚相连。取出怀内匕首，将他揭起裤裆，现出那东西。南徵咬牙恨甚，用力割下，其匕首锋利无比，如削豆腐。将刀丢于床下，往外就跑。

正是：明朝慢把去为妾，今夜先将汝作阉。且看下文分说。

第一八九回　南徽浣肠死含污体根　吴妪送柩回会接指娘

却说江涛正睡熟间，被南徽割下，酒气痛消，梦里喊救震天。那燕伴、莺俦二童在边间同寝，正在乘兴自相戏谑，忽闻内房喊声，二童惊讶，同唤起众家丁。人众皆起，进问，共入房，见江涛脚手绑住，在床上翻滚，血染满身；共持灯来照，方知阳物割无矣。江涛犹在梦中，喊问曰："我那娇娇哪里去了？把我缚住将了子割去。"二童即将其脚手解开，床下寻割下东西与匕首皆在，共曰："老爷还念娇娇，这就是娇娇暗算，快去拿来剥皮。"共抬头见壁上有字，念曰：

前日汝割我，今夜我割汝。

先来讨回盘[1]，再去论道理。

二童大声念了，谓江涛曰："老爷前不应割他少年之嗣根，才不愿[2]。今被暗算讨盘本，不可去拿他；若去拿他，必告发，上他的当。"江涛怒曰："汝们亲眼看我前日割他？"二童曰："不曾亲眼见，现有字据，连小人两个都掩在内作干证[3]。若不是割他，怎肯立字画花押？老爷又亲口说过，要头都愿割下。他今不要太阳之魁首，只取三寸之欲根，便如此忿怒，如要太阳更怒也！"江涛被二童说破，忍痛大叫曰："聪明一世，朦胧一时，却被小杂种用美人计结算了！现有字据在他手内，且缓一步，将来总要收拾这小杂种！今汝们不可外扬，有一个外扬，活活打死。"令埋了那东西，天明至内殿告病回家调治。家人不敢外说，竟无人得知。

那南徽一溜烟跑回自己寓所，阿姆见面即问济否，南徽即将情节细说一遍。阿姆喜曰："不存意[4]小郎有此机变，更胜砍他之头；绝他命门，怕他不坏命耶？"南徽恐有人来围拿，阿姆曰："永不怕，他字现在我，他自己掩消[5]不暇，有敢来

---

① 讨回盘：报复。也说"讨盘本"。

② 才不愿：（他因此）才不甘愿。

③ 干证：证人。

④ 不存意：没想到。

⑤ 掩消：掩盖。

鼓破[①]？小郎即管放心去睡，来日打听信息。他一定会装病告假回家，待好了再来。若来时，须防暗箭耳。”南徵曰：“莫须有，我们到延平，怕他什么！”

至次日探听江涛果告病回去了，阿姑笑曰：“老婢所料何如？小郎之恨可消矣。”南徵曰：“外恨消而内污未除，还有被狗子所污处划去才净。”阿姑喝曰：“不癫耶！那处所划得耶？”南徵曰：“怎划不得！自寻住处耳。”阿姑又气又好笑，曰：“女子被污，就怕失节，男子船过水没痕[②]，有甚相干？做出惊天动地之廉洁。”南徵怒曰：“女人是人，男人不是人？我说男子要清洁，女子还不相干[③]。是吾地还吾造作[④]，不用汝管。”说讫，饭亦不食，便去床上睡了。阿姑无奈其何，忙将刀尽收存之。南徵因寻无刀，亦无奈何。次日要烧汤[⑤]洗洗，阿姑曰：“汤洗可也。”南徵自此日日在房洗汤。

许日盆水尽赤，阿姑惊甚，连洗都不许他，与他相议运柩回籍。南徵曰：“待洗净方敢见折指之人。”阿姑问：“何时洗净？”南徵曰：“将次矣。”自此饮食渐减，日瘦一日，脏内外溃烂，血流不止，翻成绣球大痔，卧床不起。报知闽主，遣医调治。江氏同诸妃亦遣滑氏相视，各有馈赠，皆以自生恶疮，皆不知其因由也。

一日重一日，阿姑泣曰：“休恨老婢服伺不善，乃小郎自己剜肉作疮，倘有不测，怎处？”南徵曰：“我宁清而死，不污而生，有何恨焉！我死后托汝三事：一，吾父之柩寄在西郊，同吾棺木一并运回乡土。二，所有内宫赠赐带回，烦为斟酌，留若干私送与冷女应貂外，尽交冷固表叔，以为公私两济。三，汝即吾母，应貂即媳也，幸勿远离，可将在此磨折之苦情与知，以表一点之痴。她如肯留守，则可，如不能守，听嫁孟门亦可矣。话说难尽，取纸笔来，可写一首诗，以寄怅恨耳。”

阿姑随取纸笔，南徵强扑[⑥]床旁，写了八句，题了名，笔丢下，气绝矣。阿姑哀哭，胜如丧亲子。报闻内殿，恒义不胜怜惜，令从厚殡殓。前已知守明之棺柩寄于西郊，新旧两柩，令阿姑运回延津，仍遣使护送，阿姑扶两柩下船去了。

回说那江涛被阉，告病回家调治，不比南徵易于平复。南徵洁无毒；江涛体秽而浊，至烂难收，痛苦异常，将次百日方愈。至愈，消假入宫，而知南徵

① 鼓破：闹得外人皆知。鼓：本字“搅”。
② 船过水没痕：俗语，意为事情过去后就恢复如初。
③ 不相干：不堪。
④ 还吾造作：还是由我做主要怎么做。
⑤ 汤：热水。
⑥ 扑：俯卧。

棺已运月余矣，江涛犹恨。

宫中自南徵死后，诸鬼又来作吵，白日迷人，至暮尤甚，男女都糟蹋。李恒义又查南徵致死之因由，立行拿究，内外查遍，竟访不出。惟江氏、滑氏同三妃、江涛、二童，日夜各怀鬼胎。江涛自阉之后，不敢入内。其江氏与桂妃，早与决绝，惟榴、莲二妃犹常挂念。那日，江涛忽见狰狞三恶鬼突至面前，大惊，即拔剑乱斫之，鬼遂被杀倒地。定睛视之，杀死非男，乃榴、莲二妃，一乃与江涛有旧之宫娥也。三女皆死非命。

江涛大惊甚，跑出宫门，恰恰宫门之横楣塌下，将江涛之头额压破，脑浆迸出。彼时江涛入宫有二童随后，只跟至宫门口，瞥见江涛与鬼对杀，急喊报。诸卫兵赶入，而江涛已压死于门下，三女皆杀死。恒义闻报，访知其情，即令收贮。那江氏同桂妃知榴、莲二妃淫心不改，应予发誓，于是愈加谨惕，后同恒义安守到老。以此宫殿封锁，尽迁出明殿外紫宸门内住止[①]（紫宸门即今鼓楼）。后宫搬空后，不时内面自行发火，陆续烧焚将尽。恒义卜之，乃陈旧更新之象也。正是：篡杀显同天厌弃，奸淫叠见鬼剿除。

却说吴阿姆扶运归家父子二柩至了延津，船泊道头。阿姆登岸到冷家见冷固同李氏，告以小归郎因跌水遇官船捞救，顺带至闽见国主，留在内庭，寻着乃父之棺柩，将运回，忽患疮身故，奴护送二柩并遗书还乡等缘由。冷家大小皆哀怜痛惜，即将二柩抬寄权屋，另择日安葬。所有资财，阿姆预先匀装一篓，为己之行李，余外之箱笼皆以小归郎所遗，尽交冷固收入。开看，均是金珠绸缎，计值千余金。冷固夫妇随询知南徵都是阿姆照顾，情同母子，遂厚款之。阿姆因不见应貂，访知得病在内阃，挽小梅香带入候视。

讵知应貂心系南徵，杳无音信，那肚里渐鼓至于上腰，怎敢见人，遂以病不出。适闻婢媪说："小归郎死了，有人运棺回来。"应貂一闻此信，柔肠暗断，血泪交流，假病遂为真病矣。忽闻梅香引阿姆至床前，曰："大姑娘，老身是小归郎至相得之身边人，情如母子，今送柩还乡。至贵府，因闻贵体欠安，特来问候。"应貂闻此语，露出头面，含泪答曰："有劳婆婆，念奴家贱恙不能起床，多有得罪。"随令小梅香与椅，床前与坐。

吃了茶罢，应貂曰："家表弟得何病症，忽然辞世，有甚言语吩咐么?"阿姆因有人在旁，答曰："遗嘱甚多，一时说不尽，俟慢慢来说。今看大姑娘之兰房，十分宽舒清洁，如不弃，容老身在此帮[②]一床铺，与大姑娘作伴伺病，夜

① 住止：居住。

② 帮：（在旁边）附搭。

来慢慢说小归郎之遗嘱，肯允诺否？”应貂见阿姏之形色语意，有不尽之含蓄，便答曰：“阿姆不嫌病浊，肯为作伴，幸之甚矣。”即令小梅香去告李氏。阿姏亦随出言之，李氏听从，将囊箧搬入开铺。至夜晚膳，阿姏进房，至更深人寂，箧内先取出一纸遗诗，递与应貂曰：“大姑娘先看遗诗，便知小归郎别后之情况。”应貂不敢下床，伸手接过，阿姏持灯照念曰：

贤妻金石语无差，果为容颜起祸芽。

生死勉完前赵璧，是非恨杀后庭花。

冶山痛见归阴父，剑水悲抛接指妻。

哭抱森罗殿上柱，再生乞作鸠盘茶①。

应貂念完，含泪骇曰：“说家表弟是病死，遗诗并无言病，全不解意。”阿姏曰：“余不解，信之那‘接指’二字亦不解耶？”应貂答：“不知之。”阿姏曰：“大姑娘不须怕，那接指之恩情小郎早已告知。因小郎不忘‘接指’二字，弄出不尽风波，所有郁恨皆在八句诗内，大姑娘拿去慢慢揣摩便知。”应貂闻此，忍不住悲泣曰：“阿姆既尽知，奴家还敢隐瞒耶！其实与归郎接指分别之后，朝夕望有重合之期。孰意无命回来，令人肠断！但诗意奥深，奴家愚蠢，焉能尽解？乞祈明示说知！”言讫，掩面不胜悲泣。

阿姏曰：“寿夭定数，大姑娘不必过于悲哀，待老身细说。”遂将南徵至闽见恒义起，怎样不肯遣使来迎，致留不放，怎样被人设局，自割致病之根由，临终遗嘱等事，从头至尾说了一遍。应貂闻之，加倍惨伤，将诗复看，尽解其意。

阿姏于箧内取出白璧一双、黄金十锭，珠宝等共一小箱，交与应貂曰：“这都是后宫所赠，嘱密交与大姑娘收存。其闽主所恤赠，皆白金绸缎等物，嘱尽交二官人收去。更内宫赠人参一斤，小郎食去两余②了，说前蒙大姑娘以人参汤喂饲，救回生命，今以此偿报之。此数件并无人知。”

那时应貂已爬起坐床上，泪流如雨，曰：“奴家在人世不久，要这东西何用？阿姆仍收回。”阿姏曰：“大姑娘何出此言？”应貂曰：“若论奴家，事事皆不可活，焉能久在人世耶！”阿姏问：“那不可活之处说与老身得知，是真不可活么？”

正是：一当应死自难免，十不可活孰敢留。且看下文分说。

---

① 鸠盘茶：梵语借词，鬼名，据说无首无腿，貌极丑。

② 两余：一两多。

第一九〇回　阿姐带献南徵遗宝　李氏说保应貂腹孤

却说阿姐献出南徵遗宝，应貂泣以不久人世，要此何用。阿姐即问："何如?"应貂曰："说起层层当死。见人慕色私婚，顿忘父母原聘；诱归郎于房中，得上马风之症，已死去救回；不顾父母遗体①，断指毁伤；教郎投闽遣使，诬叔于不仁；现已怀孕，若被人知，何颜见人耶。似此死犹有余辜，敢想要此东西，忍耻偷生乎?"

阿姐曰："大姑娘说此，皆不错；以老身说，大姑娘定不可死，且听老身说之：长房无嗣，有女犹不为绝；归氏之宗祧托于腹内；如捐躯，连丧二命，长房嗣绝，归氏亦绝。翁主之柩归土，何人主祭耶?老身既来，再返无家可归，所遗珍宝与他人受用。留命守节，抚养遗孤，犹难于一死。请大姑娘熟思可死不可死?"

应貂曰："阿姆所言亦皆有理，敢不遵听?其奈叔与婶之关怎过?"曰："老身自有三寸不烂之舌，说之必过耳。"应貂曰："婶可说，叔难说，更有孟家奈何?"阿姐曰："大姑娘放心，婶依叔必顺，何忧孟家耶?"应貂曰："假使阿姆抛去，久必令人厌。孟家再来娶，无人作主，又难免一死矣。"阿姐曰："因小郎忠厚老实，我遂舍身尽力卫护。谁知不听劝解，以致大数难逃，愧作无功。特来保全乃妻，以赎前愆，敢至半途而废?况老身并无亲属，无可归止。今生在归家，死亦在归家，再无他往，不须忧虑。"应貂泣曰："若如是，即奴嫡婆婆也。"

二人谈到知心，不觉天明，所有物件仍交阿姐收存，背地妆点局套周密。至第三日黑早，阿姐作张皇之状去见李氏，曰："老身若不与大姑娘同绣房，今日无大姑娘矣。"李氏惊问之，阿姐曰："昨夜五更，闻房中有响动，因叫大姑娘不应，赶来点火照看，大惊，大姑娘悬挂在床前！赶紧解下，幸才吊，气尚未绝，渐渐回醒。问因甚短计，先犹不说，问至再三，始说：'曾与小归郎私

① 父母遗体：父母给的身体发肤。

婚，今归郎死，亦寻自尽。’老身说：‘既婚之人，既死便罢，还有孟家明婚之公子，现在安用死也？’大姑娘说：‘誓不再嫁。’问：‘今谁迫汝再嫁，赶紧寻死？’大姑娘说：‘原不就死，因有四个月怀孕，若被叔婶得知，再死迟矣。’又说：‘已决不在人世，今救得今夜，亦救不得明夜。’

“老身劝之且慢些死，明早与二爷娘偷商量。如有道议处，可不必死；如无道议，再死未迟。大姑娘依允。今老身特来偷与二爷娘相量：一来，念大爷无男，只有此女，犹能伏祀长房香烟。二来念着归家无后，若产下男，可延后代。三来念着身怀有孕，一死连丧二命。祈二爷娘俯念此三宗，保全大姑娘不死，则阴功非浅。不但大爷同大爷娘并归家父子在九泉佩德，即老身亦感激仁慈矣。”阿姆言罢，泪湿衣衿。

李氏闻了，惊曰：“奴家正在可疑，近时应貂腹中异样。思家中最严肃，并无外人，腹大从何而来？不意就是这禽兽。看他极老实，亦干此薄行事，故才短命。今阿姆所说之三宗皆大关系，奴家怎不肯保全？奈他叔一生最怕家丑，一闻此情，连天火炮性起，一家皆不得安生，焉能保之也？”阿姆曰：“二爷娘若肯见怜，自有回天之策。教娘去说之，二爷必会回怒作喜，同来保护耳。”李氏曰：“奴今从命了，有甚妙策？快来教导。”阿姆曰：“如此如此，不但天可旋，地亦可转。”李氏慧甚，一教便会。阿姆退去。

待冷固回房，李氏先言别事，随言及梦曰：“妾身几日前，梦表伯同南徵回来向官人哀求，说既蒙抚孤，今还求保后胤，官人极力担承之。次日其父子之棺木运到，大为奇事。”冷固曰：“南徵未娶而死，后裔从何而保耶？”李氏问：“何为胤？”冷固答：“子嗣为胤。”李曰：“莫是怀孕之孕么[①]？”冷固曰：“无妻哪有怀孕？”李氏曰：“有妻怀孕，何用求官人保之？必定是南徵曾与谁家闺女私情，有了怀孕，怕女父母知不容留，求官人保之，延归氏之裔耳。”

冷固曰：“敢莫奉即此，惟不知何处，叫我哪里去摸[②]耶？”李氏曰：“托梦必近，便在此访之，即有。设使访着，如女之父母以家丑忿恨，或迫之以死，或坠之胎，官人能保之否？”冷固曰：“只恐访而无有；访有，定要尽心出力，劝解保之。人各有天性，谁肯伤生损胎绝人子嗣？”李曰：“譬如那女已有主怎处？”冷固曰：“如有了对头[③]，赶紧抬来存匿[④]，另买一女去顶替，不过多把银钱赔之，何事不可为也？”李氏曰：“不干我事，何用我们多破银钱耶？”冷固色

① 莫是怀孕之孕么：福州话“孕”与“胤”同音。

② 摸：摸索寻找。

③ 对头：未婚夫。

④ 存匿：藏匿。

稍变，曰：“娘子说甚！钱财如粪土，仁义值千金。人之子嗣即己之子嗣，况且乃至亲，安可计及钱耶！”李氏曰：“无此事，官人谅总难寻，故慷慨说之。至有时，又不如此说。”冷固曰：“大丈夫一言既出，驷马难追，哪有退悔①之理？”

李氏曰：“难得官人有此义侠，乃归氏之福也。不须别访，南徵之孕多早②在我们家里，请官人保全之。”冷固曰：“我家几个女婢皆幼稚，只应貂年长，莫即是她？快说来！”李氏问十分实了，放胆说之，遂将阿姐求救之因由并解三宗关系，据实说了一遍。冷固一面闻，一面发竖，怒气将发。李氏审其形色，冷笑曰：“官人方才说那话，今幸在自己家中，又不用求人，又不花费厘毫，缘何不喜欢犹作此等难色？”冷固叹口气曰：“莫信直中直，须防人不仁。好一个顶天立地之男子，被油头粉面之妇人局得有口难言，有气难发。此乃养虎食主人，养女败门风。一个拿来斩腰，一个拿来戮尸方好！奈话已出口，收不得回头。便宜这小贱人，不计较，由她罢。”

李氏笑曰：“休怪妾身大胆来局官人，因恐官人严而不恕，不得不如此说。今既施仁恕，还思个计策能拒绝孟家，将她安顿何处，保全归氏之宗祧，方妥也。”那时节冷固怒气已消，答曰：“孟家倘来娶，以冷杏代作，她被妖摄去，人人皆知，便拒绝他。山后尚有遗归家祖屋一所，与她进住。所有运棺带回之财帛一起交还与他为费用。”李氏喜甚，至应貂房中回话。阿姐问：“怎样？”李氏笑曰：“造化极！你叔亦肯保全了。山后一所是归家祖屋，与她去住。阿姆带回之财帛一起都交还她。倘孟家来娶以冷杏被妖摄去无回，诸事都停妥，不用死了。”阿姐问：“怎说就依从？”李氏先笑一场，即将所局套之情节述之。阿姐极称李氏贤德。

李氏因应貂蒙头卧床，谓曰：“今汝叔已许汝作归家祖宗婆了，快起来商议，何时搬去祖屋居住？既有四个月遗孤，可与小归郎治得丧排灵。”应貂仍蒙头不答，阿姐曰：“大姑娘何颜见婶！”李氏曰：“事已到此，还怕作甚！只怕吾妹守不能周：半途而废，那时节才怕羞耶。”阿姐硬将应貂床上拉起，应貂不得已，勉强含泪下床，跪下曰：“蒙叔婶天高地厚之恩，恕儿乃应死之人，还敢何议，惟二位之命是听。恐女儿半途不周之处，早已接指为誓，婶娘察视之。”

李氏随扶起，见左手第四指一痕，问故。阿姐将断指立誓之因由说知，又曰：“二爷娘还不知，又有一宗之异事。”又将南徵所为之事又述一遍。李氏闻了，大为骇异曰：“世间哪有此男子贞洁如此耶！既有遗腹，我们须当怜悯，不

① 退悔：反悔。

② 多早：老早。

保护之，非人也。应貂既作冷杏，即吾女也。即拜认阿姆为婆婆，以为终身倚靠。赶紧搬进祖厝，招魂设奠，追荐功果，择地安葬。若生男更好，是女招婿上门，亦承得嗣。吾儿与阿姆意下何如?”阿姆曰：“二爷娘主意不错，只是大姑娘与老身为媳妇，恐消受不起，折福耶!”应貂即向阿姆下拜，改称婆婆。

议既定，李氏回进，自将阿姆所云男贞女节之奇异，转述与丈夫知之。冷固曰：“世间哪有此等男女，毁身不辱耶？不敢深信!”李氏曰：“虽未目见，有临终寄恨遗诗。”冷固令去取看，李氏即向应貂借看。应貂犹推无有，阿姆说：“看亦无妨。”方取出与李氏拿去。适冷固食酒，自斟自酌，接诗念至尾，拍案大叫曰：“果不谬也。南徵即男贞，[①] 其名早已预兆矣。”看完，即交李氏付还。

自此冷固实心保护，随择吉日，将阿姆、应貂搬进祖屋。应貂披麻带孝，阿姆亦缟素，招魂设灵，朝夕哭奠，延僧建七昼夜功果；一面置买田产。至丧事毕，将进葬，忽南唐兵攻取延平，民皆躲避，只得停止，此且慢表。

却说建州王延政称帝时，以殷为国号，以杨思恭为兵部尚书同平章事，国小民贫，军旅不息。杨思恭以善聚敛得幸，增田亩山泽之税，至于鱼盐蔬果，无不重征，国人谓之“杨剥皮”。晋开运元年七月，南唐兵取延平，延政称臣于吴越，而求救兵。八月，南唐又取建州，闽王延政出降，汀、漳等州相继皆降。南唐王以王延政为羽林大将军，徙至金陵；斩杨思恭以谢建人；以王崇文为永安节度使。那时林仁翰在梅花坞，闻南唐兵既得了延、建，将至福州，怎敢回来？惟铁麻姑往来十四门桥，吴云程由剑浦去杭州矣。

正是：若不越过坚壁垒，空教号作小昆仑。且看下文分说。

---

① 南徵即男贞：福州话“徵”与“贞”同音。

第一九一回　见姑疾云程献玉佩
哀女嫁蔡珍歌洞庭

却说吴云程先至剑浦。时南唐既取延平，卸甲安民，地方安静。顺入冷家，冷固出迎，因数年未见，各诉别后遭际苦情。言及冷杏前被妖摄去，已带在梅江，曾与魏吉士结褵之情由，一家不胜悲喜。云程既欲行，却被前教之大鹏军诸徒硬留住。

适冷应貂遗腹十月已足，产下一男，名遗玉，至三日汤饼会抱出，众皆羡品貌清秀似父。应貂即抱进房内，呱呱之声不息。李氏同阿姐入视，谁知应貂将遗玉脸上排七粒艾丸，一齐点火炙之，待二氏至时，七艾火已尽。遗玉脸上现出七粒艾痕，排如北斗七星。二氏大骇，诸亲皆说非之。应貂泣曰："彼祖与父皆因品貌戕生，俱不得其死。今彼貌又如是，前车可鉴，彼父亲再生乞作鸠盘茶[①]，教他今生即作，庶几可保善终。"众闻此言，赞之不已。

云程在座，问知乃父因由，亦为骇异，代为小名改作别祖，即取一粒夜光珠赠与钉帽。云程再留不住，谓冷固曰："如福州兵解，令千金自去梅江带回；魏家之婚，待弟来送迎。"嘱了遂行。应貂满月后，抱别祖登山，送二柩归土矣。此且按下。

先说杭州周家艳冰为内殿学士，奉命至开封东都进表，数月无归。青娘老夫人因失一侄二孙，已朝夕思念生悲，又子奉差不返，肝火迫上，两瞳目昏不见物。启文老尚书亦因此情暗触[②]在心，致得偏枯之症[③]，卧床不起。赛仙生有一男，名新禧，甫周岁；同瑶琴殷勤奉伺翁姑，日夜不懈。那日皆在房中进汤药，忽报云程回来，真如天上掉下！

云程进房，见一病一瞽，惊讶，近前磕头。吴夫人将云程抱住大哭曰："吾以汝已死，何从回也？"云程亦泣曰："姑爷、姑娘[④]因甚遭此景况，姐夫在何

---

① 鸠盘茶：梵语借词，鬼名，据说无首无腿，极为丑陋。

② 暗触：心中抑郁。

③ 偏枯之症：半身不遂。

④ 姑爷、姑娘：称呼姑父姑母。

处？”老夫人曰：“只为自悲命蹇，失去长孙，又没次孙。吾侄一去无踪，汝姐夫亦奉差不返，吴家尽没。我将就木，亦何颜见汝公婆，因此日夜悲苦。汝姑丈得偏枯之病，难于离床。吾双目不明，皆作废人了。今幸吾侄回来，何喜如之！”

云程曰：“此皆侄儿之不肖归迟，以致二位大人郁恨成疾。今且宽恕不肖，报知姑娘：人失去都寻着了，说出必转悲来为喜，兹先奉上寄回之宝贝。”即于怀中取出二玉佩，分递启文、青娘曰：“此乃周拱二叔、月英二婶寄回此二佩与姑爷、姑娘，说再等二十年后，来邀同入仙籍。”

周启文闻了喜甚，惟一手能动，接过玉佩，看刻有周拱二字，背有影，定视之，恰如周拱形模；把玩间，觉精神清爽，其病若失，床上能翻身爬起。吴青娘亦接了玉佩，两手来摸，忽两眼自开，见佩内王月英三字，又见有人影逼肖月英，便叫曰：“婶婶，汝亦回来看我！”瑶琴同赛仙二位夫人不胜欢异，问：“此是何宝，能愈瞽疾之速也？”云程曰：“此扶极太母赠与叔婶二仙，二仙将原神托寄其间，代他回来看姑丈与姑娘，谁知特来愈病也。奴若无此宝贝，安能有命回来耶？”

共问因由。云程将离家至闽说起，直说到梅江止，中间所会过亲故姓名、联姻根由、历过海外诸番，大略说了一遍。一家闻之不胜欣喜，所失去俱在。启文曰：“奇哉！昔张博望[①]尚未历此多处也。”又问曰：“那新月之妻，可是三入闽王宫之林庆云乎？其父可是计讨朱、连二篡逆之林仁翰乎？”云程答：“是。”启文曰：“不忝[②]耶！”青娘亦问曰：“中秋日抱不平打死抢夺人家子女之替身僧，就是吾侄么？”云程答：“是。”青娘曰：“打死秃驴，不错。”瑶琴亦问曰：“那高盖山救吾弟之性命，曾与结姻铁麻姑，后改名魏海市，散朱、连子弟兵，可是当初我家难至，暗遣通信、抱走吾弟并救姐夫之王指挥亲女孙么？”云程答：“言不错。”瑶琴曰：“即是他，其亲事切不可忘。”

赛仙亦问曰：“那暮夜却金辞色、钦赐状元、随招为驸马之艾绍武，就是我家失去之新月侄儿么？”云程曰：“此数事此处从何而知？”青娘曰：“皆有边报，怎的不知。前林秀参来说，吾侄杀渠家及毁王墓已残忍了，又杀众尼，更残忍极甚，今可戒之。今与王指挥之女孙联姻，欣幸甚矣。待为姑回去，即与你作主迎娶。”二老疾痛既愈，又得此喜信，随买三牲五鼎报祭吴、周之祖先。

云程欲请搬眷回乡，启文曰：“愚思久矣。今孙曹已在乡土，归心愈切。惟

① 张博望：即汉代出使西域的张骞。

② 不忝：不愧。

故国未归，实在尚未得宁，人皆避去，我何独回？况你姐夫朝命未回，不告难行，俟狼烟息朝命归，总得回故土。”云程曰：“如此未得就归，那二位表侄同二位侄妇寄顿梅江，诚恐有不测，喜变为悲，俯容不肖先去保护。其姑爹、姑娘迟早再回，以为两妥么？”

启文将允，青娘便喝曰：“谁容你再回！那两禽兽皆有室家，便不顾父母、公婆，还忧他作甚！今生死由他，有你来，便万幸了，待搬眷一同回去；若要先去，断断不能！”云程不敢再言，等艳冰回来再与商议。身边带有数粒大珠献姑娘，只在左右不敢离矣。此且不表。

今再说寄寓梅江蔡家之仁翰等，因干戈四起，俱不敢还故里。惟麻姑扮作渔妇，撑小舟来往。那女国拿来一猿一女养至甚驯，亦通华语，皆穿衣服鞋袜，服役遣使，捷逾于人。麻姑带来带去，便能潜附渡船，自去自回，迅速至极，皆爱惜之。即将猿名狷狷，女名猵姐，日令操作，夜仍同寝，亦得其所。

至于过岁仲春，兵未解，地方不走。麻姑潜带冷杏至十四门桥魏家，两老甚喜，遂留住。惟仁翰、新月、新春、庆云在梅江，俟云程回头再议。忽报灵虚冰人信天翁至，蔡珍父子出迎；入说：“上巳日乃吉期，三太子坐彩船来，赍雁币来亲迎。”见着仁翰，查问谊驸马公主何在，新月答：“一去觅姑娘，一归宁母家。”

仁翰因其提起，便问曰：“曾闻说灵虚即是龙宫，有是事乎？”天翁曰：“有是事。小渔在当时即欲言知，三太子戒且慢说，待后来说知。如即言，恐生疑惧，故来即言。今先生何从而知耶？”仁翰曰：“别后至绝影国中取水，会诸乡老，故说知之。”天翁曰：“惟此国知，外皆不知也。”蔡珍曰：“龙宫海藏，与人世隔绝，骨肉难重会矣。”天翁曰：“谊驸马公主倒与人间无异，自有归宁之期，不须挂虑。”留款三日，天翁谈至投合，自言非人不讳。再留不住，仍驾小舟而去。

吉期在迩，遣狷狷请至麻姑代办妆奁。悬灯结彩，鼓乐，堂上设宴，闽俗为试妆酒。无别亲，惟自家男女，皆亲热不避，席共设一处。酒至半酣，蔡珍中情哀伤，仿洞庭繁乐而歌曰：

家门颠沛兮惨盗之灾，掠弱女兮边海之隈。
日夕哀痛兮肠频九回，夜夜涕泣兮泪滴心灰。
感高谊兮生救回，难久留兮当配哉。
喜已尽兮悲又来。

蔡珍歌罢，丽容亦歌曰：

身没外番兮俗异风殊，惨遭凌迫兮十死无苏。

寄恨胡笳兮肠断心枯，幸遇知音兮救还故都。

会双亲兮乐何如，报昆仑兮未些须。

又别离兮泪沾濡。

丽容歌罢，友兰亦歌曰：

恨杀妖孽兮何独之仇，劫姐掠妹兮并我妻俦。

蒙诸义侠兮海外搜求，携带归来兮再造之秋。

灭盗魁兮雪怨尤，今骨肉兮散复收。

使衔结兮报弗周。

友兰歌罢，起各奉觞。林仁翰亦歌曰：

瀛海飘篷兮流落殊番，闻奏胡笳兮悉子之冤。

因倩昆仑兮盗出重垣，天教团聚兮同返故园。

人遂愿兮女嫁男婚，冰清玉洁兮托龙门。

忝葭末兮进金罇。

仁翰歌罢，新月亦歌曰：

渤泥异国兮浩渺遐荒，有美人兮禁锢凄凉。

香消粉退兮怨托宫商，闻之感慨兮盗出汪洋。

遂盘桓兮琴瑟笙簧，同历险兮返故乡。

各分途兮泪两行。

新月歌罢，庆云亦歌曰：

海阔天空兮一苇任飘，风抵异国兮盗出红绡。

攀龙附凤兮弄笛吹箫，寻弟觅妹兮括海穷霄。

横灾至兮陷猿妖，感救拔兮报琼瑶。

效于飞兮琴瑟调。

庆云歌罢，铁麻姑亦拍案歌曰：

不遭逆涛兮安到渤泥，不是知音兮安识美人。

惬意绸缪兮雅情新，夫婿惟假兮姐妹皆真。

羡龙攀兮出风尘，愧瓠系兮不得伸。

重会晤兮有何因？

铁麻姑歌罢，王氏、方氏正在思索，将和之。庆云笑曰：“世间诸事都能假借，惟夫妻有别，独假不得。今闻表婶娘歌夫婿惟假，何也？”丽容亦曰：“更有那老大闺女，语瓠系而不伸，亦云何也？”

麻姑乃一时情出于哀，不觉歌出，却被二女识破，难以掩饰，便答曰：“列位不知，奴家真是未出嫁之闺女耶。”丽容曰：“既未嫁，吴公子是何人耶？”麻

姑曰："即所歌非真也。"庆云曰："独此无假的只有私，便掬尽梅江之水亦难洗清矣。"王氏曰："此乃魏小姐说笑话，听之作甚!"丽容曰："大约说笑话，若是果假的，不成历险聘香仙之假男童矣。必是借词来调愚姐应该赴地府殉番王，不合往海藏配龙子。重婚改嫁有污名节，愚姐不去了，免被人嘲笑。"

麻姑闻此言，即答曰："姐姐错怪人。冰人还是愚姐为的，有敢反嘲之理!姐之夫婿乃以怨报德，妹之夫婿恩怨分明，二人事同情异，并无半点捣鬼。"庆云曰："不是捣鬼，必有情节。其实婶婆与叔公在何处相会，借来作名色？有甚恩怨之处，祈说明，以解疑抱；亦免蔡姐姐以是说嘲他，临时打退堂鼓也。"麻姑曰："是奴家歌中招惹出来，今须说，才洗得清。若提起奴的恩怨，话长！中间吴公子曾与姻翁状元公主会遇之事，已尽知之，可毋庸说。其余从头说出，莫厌繁否？"

丽容曰："中间只有三位知之，愚姐还未知，须要说出。若存[1]头露尾，不如无说还好。"庆云曰："事无不可对人言，即管说之，再不敢说怪繁。"在席仁翰同新月等亦答："通席皆属一家之人，尽说无妨。"麻姑先向三人告了罪，然后说出。

正是：洞庭歌罢杯重举，恩怨谈来话更长。请看下文分说。

---

① 存：藏。

第一九二回　说往事麻姑不藏拙　将行嫁丽容仍诙谐

却说铁麻姑与仁翰、新月、庆云告了罪，即言曰："奴家本姓王，幼时黑甚，故号为铁麻姑。祖父王仁达，乃闽王璘驾前之都指挥使，以擒王延禀之功，为当道忌；后与南唐战败，诬以谋叛被害。先父单名淳，曾为军卫，膂力过人，逾墙得免。奴家三岁失母，常在舅家，舅氏教文练武。至新王袭位，父易名姓，南台开杉木行，代客发货。奴时十四，帮理行务。适闽王建白龙林洋寺三清道院，渠耿为钦工，使起木料价皆短发，向领，激则行威吓。客账难延，尽将产变抵仍不敷，无奈将奴卖与高盖山洪承训家为婢，身价缴还客账。先父因此气郁，未几亡过。

"奴家日夜痛恨祖、父不共戴天之仇未报，夙夜兴悲，无所为计。适公子乃家主洪承训之甥，有万夫不当之勇、升高飞越之能，亦与前王有仇，遁迹江淮；因省祖坟，到闽探螺江故旧林秀参。讵知林氏被渠耿勒当建寺院之总匠，被害人亡家破，犹系囹圄。吴公子入监访知，遂逾墙杀渠耿一家十六口，又杀白云庵仇家女尼十二众，又毁高盖山王璘之坟墓。诸恨既雪，又入监盗出林秀参同往江南。

"至于浙界，因忘探舅氏，复回头来福州。经过剑浦，代乡村除虎灭寇。遇着状元，七岁时被人拐卖该处艾家为螟蛉，适水灾，却被吴公子偷带上木排。因打鸦落水，状元抱木排漂流。时公主自小时男妆，同姻舅在双髻峰攻书，水骤至，父子被水冲散。公主遇着状元，遂结金兰，被守元天师救带宝皇宫掌书记。吴公子落水，上岛寻不着状元，救起林姻翁，遂在唐举山代各乡除寇。

"至水退，吴公子始回高盖山舅家。洪承训乃公子之族舅，留住得病三个月方愈，中秋进城看塔。那状元同公主同在宝皇宫，王昶来宫出对，得见带进内庭，乘机放火，二人被兵冲散。状元遇林姻翁谊为父子。公主投在台江为渔家子，被替僧看见，夺去为随伴。公主喊救，半途遇着吴公子，打死替僧。

"公主被王羲留住，那王羲乃公主在宝皇宫放出、王昶所囚之皇叔，此时业已袭位。于是说出真情，换作女妆，作淑惠公主。吴公子被禁于狱，越出回高

盖山。中秋夜已三更，公子言词不隐，将本日报不平并杀死尼姑并渠家、毁王墓尽行说出。那时奴家在后房潜听，不胜欣慰，祖、父之仇，吴公子代报之，暗感于心，舍身护卫，不避嫌疑自此始也。

“那吴公子因用力过度，风入筋血，卧床不起。主母齐氏与狡仆私通，以砒霜包粽，欲毒死主人；奴侦知易去，又恐其再毒，写假信与主人，调离去岭内收租。那狡仆遇喜与主母设计，要奴家为媳妇，以遇喜为子，家财付与执掌。奴家用缓兵之计，说以吴公子病未愈，现在日夜伏伺汤药，俟病愈后行事。谁知吴公子中秋夜所言之事，遇喜已听明白，许时[1]因奴如此推托，与主母同谋，将奴拨去内山砍柴，即将吴公子拿送进城去领赏。

“奴家时刻防之，只在对山近处，侦遇喜背出吴公子，奴家便知其故，追赶至岭上搭救吴公子。遇喜被奴处死，背吴公子江边搭船，人众之中不便言实，乃假称良人得病，背去与医生调治，假借夫妻之名自此始也。

“闻舟中谈论，旗山龙潭内有神鲫可治得此症，即背往龙潭边，结茅屋求神，幸神怜赐鲫鱼，果应手而痊。吴公子因闻奴家逢人即称为良人，又同床起倒[2]，秽浊不避，以为是他妻子无疑矣。吴公子既愈，奴要与之言别，吴公子骇问，遂告以假借避人之谈论是非，并非实情[3]也。吴公子不信，再求赐梦判断，恰恰皆梦未可。公子因恨于心，又病。奴怜之，许再伴几时，那[4]吴公子愈后各分枕席。

“那夜有人登床，奴以为盗，拿之不住，至吴公子处求援不见，始知即吴公子也。魏家起先要奴家为谊女，闻吴公子病愈，即接奴与吴公子回门。谊父母以婿迍邅[5]，以婚娶日时不利，重新择吉再拜堂合卺。同在洞房，吴公子又以假为真，奴家实告以报答代雪深仇之故，公子之心始死也，愿回去江南。奴嘱虽假不再嫁，速回另择佳偶，公子答誓不再娶。次日遂行。

“即闻主母因不知遇喜已死，犹以为领去赏银逃走，另去讨亲[6]，气出病，自戕身死；主人以奴为虎咬去，公子抬往别处调治，并无人得知。公子至剑浦，被冷家留住御寇。有妖精变作奴形容，被公子得知，打出原形。奴后代父效木兰戍守，公子因收妖复至，令乘机灭王氏，以报夙怨。状元因却色辞金，钦赐

① 许时：那时。

② 起倒：起卧。

③ 并非实情：并不是真正的男女之情。

④ 那：但是。

⑤ 迍邅：多灾多难。

⑥ 讨亲：娶妻。

状元，招为驸马，与公主巧合奇逢。又林姻翁因谏无道昏君，同退回隐。至朱、连篡逆，林姻翁设计讨逆，奴家方与吴公子同谋。后计遂，林姻翁父女退隐林泉矣。公子带状元去江南寻亲，奴家乃归十四门桥。

“公子同状元寻亲不遇，却被吴将军带投倭国，致罹横祸。奴家同林姻翁、公主入海聘香仙，换出二囚，盗红绡，游六女、扶余换腿而羁留。公子好杀而频戒，翻出无数波澜，历尽许多凶险，蒙天再造，遂得重逢还乡。奴家与公子自始至今皆假非真。不因情结于衷，歌中现出，谁能知之？实为恩怨分明，不妨夫妻假借。毫不存拙直言之，莫怪奴敢将三位困厄之事，当面而言。所谓箭在弦上不得不发也，祈各渊涵。”

仁翰曰：“所言之事，皆忠孝廉节，那有怪之理！原来是王指挥之令千金。令祖父曾拜谒过。诚不负忠良之后，天真烂熳，无一些脂粉之气，古奇罕有之奇女子。普天之下义侠丈夫，闻之无不拜下风也。”

丽容曰：“贤妹自已所为之事不隐尽说出，惟公主在宝皇宫起居寝食与状元不离情事，何从而知耶？”麻姑曰：“当初聚会吴山议讨逆计，与公主夜雨连床，公主自言之，还不信耶？”丽容即问庆云：“有说否？”庆云曰：“已说过‘事无不可对人言’，果有是事。”又问：“魏家姐亦有说前情么？”答：“会隐瞒，并未闻之。”丽容笑曰：“乃天生一对也，一个真中假，一个假中真。真中假者，是鸳鸯翻作鸿雁行；假中真者，鹡鸰化为鸾凤侣。惟不知鹡鸰一会过即为鸾凤耶，或分而后合始变耶？要知魏家妹，勿隐亦说出知之，同来品题。”

庆云未即答。麻姑曰：“公主怎便说出迟变早变。惟有奴家丫头气还在，都说出来。”蔡珍便曰：“王千金与林公主不但忠孝廉节全，而且仁义礼智信无有不备矣。公主之三入闽王宫，忠也；恭谨奉伺姻翁大人，孝也；不奔朱门而投渔舟，廉也；拒杀宝皇宫洁身，节也；放出囚皇叔，仁也；又有判张音、梁韵之案，义也；精知音律，攀龙附凤，礼也；放火毁北宫逃出，智也；拆散不远夫，望重逢之期，信也。此乃公主之忠孝廉节仁义礼智信者也。至于王千金之匿粽救主，忠也；为父卖身，孝也；不贪家财不为嗣媳，廉也；既假非真，终身不易，节也；历诸番国，频救公子，戒好杀，仁也；舍身救难，义也；先当教练，使军士敬畏，礼也；聘番女，智也；守魏家并不他适，信也。此乃王千金之忠孝廉节仁义礼智信也。”

麻姑同庆云皆言：“不敢当此过誉。”蔡珍又曰：“两位皆相匹，惟王千金犹嫌不全。不孝有三，无后为大。吴、王两族只千金两人，不以宗嗣为重，只以节义是尚，可谓孝乎？勿怪直言冲撞，宜早反假为真全美矣。”麻姑从容答曰：“只恐节义不尚，何忧保嬴无子耶？”蔡珍闻此答，无以为说。丽容代言曰：“爷

爷听他说真方卖假药作甚？全是甘露寺之故事，何用我们作杞人之忧耶！”众始哄然一笑而散。

席散，男女各归房舍。丽容无一些像出阁之新娘样式，如故耍乐诙谐。共议以狷狷、猵狚为男女从，可知海道，来往通问。至吉期日，灵虚迎亲之彩仗早在梅江道头①，信天翁带幼寥到蔡家，行拜门礼，随送纳彩贽币。新婿拜见了岳父、如峦兄并同谊妹。仁翰等设宴款待，拥送双舆登舟，从嫁妆奁早送舟内，各洒泪分别，船遂开去矣。麻姑乃回十四门桥陪伴两老，尽拜谊之心。彼时乃晋开运二年，正值福州与南唐战斗之际，兵马盈城，干戈塞路，客商游旅惊心远避。

正是：常言宁作太平犬，古语不为离乱人。且看下文如何分说。

① 道头：码头。

第一九三回　独我异偷桃进金陵　李恒义唱戏辱使者

却说建州王延政称帝，因李恒义弑王继昌又杀卓岩明、占据福州，遂以建州改曰“闽国”，年号天德。以兵部尚书杨思恭同平章事。国小民贫，思恭以善聚敛得幸，增田亩山泽之税，至于鱼盐菜果无不加倍征收，国人号为“杨剥皮”。南唐主李璟遣将兵收延平，王延政出降，汀、泉、漳三州皆降。延政至金陵，李璟封为羽林大将军，杀杨思恭以谢建人，以王崇文为永安节度使。崇文治以宽简，建人遂安，时晋开运二年冬十月也。

南唐既克建州等处，国势愈强。昔周末列国以齐恒晋文为五霸，今五代之列国惟南唐独强，各国皆朝贡之。若与抗拒，必来征伐。李璟以腊月生辰，各国皆备贡物，进贡上寿。闽王李恒义闻报，与文武相议曰：“前进玉美人化血反激其怒，后进活美人半途被劫。有名无实，今各国皆进寿贡，惟我不进，不愈怒，兴兵来讨耶？”诸文武答曰：“此番进献，务要寻一奇异之物，各国皆无者进之，才出色。即前之玉美人、活美人乃他处扬州所产，亦不以为奇。”恒义然之，即遣干人往外面寻访，价不在多寡，只要异于众者便好。

干人各处访遍，并无一物。适遇江湖作戏的，招牌写“独我异，无能有”六个大字。干人向问：“可能变出天下无之物否？”答曰：“不能变天下无之物，怎敢称独我异？”干人随将他带至朝房，与堂官说：“此人能致奇异之物。”堂官即令带入，亲问之，独我异应答如前。堂官入宫奏之，恒义出至殿外，令诸大臣及堂官带至独我异，先试看能变何异。堂官即令带进。

独我异年纪约有五十多岁，跟一子，名天鼠，才七八岁，生得肥白精灵，随后一人挑两个大竹笼同入。恒义问曰：“闻汝能致天下无之物，孤今不要汝龙肝、松垆，亦不要须臾酒、顷刻花，只要汝取鲜杨梅、菜瓜[1]二件，先看看再论。”时方严冬，以天下皆无来难之矣。独我异称能致，即于笼中取出大被罩，铺张在地，须臾手伸入被内，捧出一大盘鲜杨梅，有百余粒，又一盘乃菜瓜，

---

① 菜瓜：黄瓜。

有二三十条。众皆说假，独我异即将菜瓜撅断数节，自取食了一节，杨梅亦先取食数粒，随送上与众同尝，果真非假。

恒义亦尝过，谓众曰：“既能致此二物，可知天下之物皆能之，此时假令其致大绛桃进献上寿，岂不独异乎？”众官答：“不及时令而有，然是凡果；若有天上大蟠桃贡之，始称为奇。”恒义随问：“可能上天取之么？”独我异答曰：“只可暗偷，不可明取。”众又问：“如能偷下，是成熟否？”独我异指其子曰：“有无成熟，须问小人儿子，他常在天上穿游，知之。”众笑曰：“怪道是名天鼠，天上物必要天鼠去偷。”众共问：“蟠桃树在何处，此时有否？”

天鼠答曰：“树在蟠桃天，其高千丈，桃大如斗，现在成熟。”众曰：“既熟更妙，可去偷数粒下来，自有重赏。”天鼠答曰：“难偷，难偷！不去，不去！”把手摇而走。众问故，天鼠回头答曰：“去偷不怕别的，一怕天狗，二怕天妖，遇着，不够一口。”独我异拉住曰：“我儿不要怕，即管放心。一乃奉当今皇帝敕令，二藉列位大人洪福，自有百神扶助。若去偷大的，带摘小的先掷下来，皇爷必不难为汝。”天鼠哭曰：“我不去，汝自去！”独我异曰：“我怎的不敢去？只是年老脚硬，上天不灵便。惟汝便捷，不过一时辰便能成功。今勿哭！待我取云梯，送汝上天。”

恒义等同慰之曰：“汝父说不怕，偷得大桃一粒下来，赏汝百金。有粒有算[①]，还有另赏。”独我异与子拭泪扎衣，开笼取出一大捆小绳，头望空一抛，其绳如放风筝直指上天，竟将数十丈之绳，尽放至尾扯住，令天鼠上天。天鼠带泪勉强接绳，尾脚[②]一鸠[③]如蜘蛛缘绳直上，杳而不见。恒义等伫望，暗各称奇。下面早设大布幔承接坠落。即有数黑子自霄汉飘下，渐渐变大。连接落下三粒带叶大桃，半红半青，叶如蕉，桃如斗，异香喷人；又落二十余粒小桃。同望许久，不见人下来。独我异形甚惊恐，曰：“怎么人还不下来，莫遇着妖么？”正怅望间，忽坠落下两片身尸，乃被刀自头至脚斫劈两半，肠肚缠绊血糊。

独我异接抱其尸，大哭曰：“是我老变死[④]之罪，汝不去，我硬勒汝去，果无命回来。此是被天狗拿住，劈作半片丢下。若遇天妖，连尸俱无。我儿为国犹可，我临老失子，终身倚靠何人？”独我异撞足捶胸，哭泣甚惨。恒义等甚悯恻，共慰之曰：“不必过哀。汝子为国亡身，亦是难得，自当厚恤，有银怕没儿

---

① 有粒有算：摘到一粒即算一粒的钱。

② 尾脚：脚下。

③ 鸠：收缩。

④ 老变死：老该死的。此处为自责语。

子送老耶?”恒义即赏白金六百两，众大臣共出六百，统共一千二百两，令将银收去。

独我异收银入笼，欲再收尸，忽天上落下活天鼠。众讶问，“既被杀死，怎么又有一个活的下来?”天鼠连声说：“造化，造化！奉天子命，果有百神扶助不错。小子直上蟠桃天，幸折下三粒大仙桃，又别树摘二十余粒小桃，又欲摘别树仙花，忽钻出一妖精，拴啖小子。小子惊走，那妖尾追。适遇关公追至，见妖将害人，举刀砍下，将妖劈作两片，尸即坠下。随问小子何来，答以奉皇爷钦命取桃之情由，关公曰：‘大薇星有命可也。’关公遂自去。小子仍缘云梯下来，见有妖尸坠此，其先后摘下大小仙桃亦应收么?”

众闻此说称异，同细看两爿尸，果非人样。独我异转悲为喜，掀开笼取银送还恒义，众皆曰：“既赏了不必还，将妖尸焚毁。”独我异曰：“此乃天妖，见火气随烟飞腾，仍归天汉，惟埋土方灭其迹。”恒义即令以破席包卷埋于冶山。又问：“此桃至京陵能否变色?”天鼠曰：“此果三千年开花，三千年结子，三千年成熟。今折下俟三千年颜色始变，至金陵不过十数日，何愁色变耶?”于是大的留进金陵，小的来分尝天味，余交内监收进。众尝皆称甘脆异常，各留核入袖。

恒义要留父子同使者送桃到金陵，独我异不肯从命，加赏银四百两，先交二百，待进了贡再交二百，方肯留住。即将天鼠扮作仙童，恐唐主查问蟠桃出处，可对其说明情由。又添数色贡品，办贺寿本章遣承差巴楷赍进，另修书一封，同到金陵时，将书并贡物先送与旧交阁门使张弓阅看，托为带进朝堂，不至如前进玉美人之误事。

独我异同子跟随贡物起程，不日到了金陵，开箱看诸贡品，其桃如故，仍封，送至阁门使衙前。独我异父子在外听候，唤入承差，巴楷送书并贡物先入。张弓拆看了来书，即开看贡品诸物无异，惟三粒大桃变为纸做的。张弓看了，讶曰：“书中说仙桃，如何纸糊的来作真的?”巴楷细视，果变为纸，骇甚，自走出唤独我异父子进看，那父子二人已无踪，始知桃复原形，父子逃去。

张弓问故，巴楷将桃之情节告之，张弓笑曰：“此乃走江湖的戏法，乃避眼之邪术，哪有真的？汝主公亦是江湖中人，怎么不知，被伊骗弄，信以为真?此回若不先送我看，进入又弄出不好看之事，幸未进入，惟花费些银亦罢。余物亦不须进，即带回去对汝主公说，下次不必再进，咱之主公以闽中道途险远，不敢征讨，众臣请兵不听。现诸邻国皆送有寿贡，一总不收。咱有回书与汝主公看，便知而放心。你去勿停，即带余物赶紧回去罢。”承差遂回。

那作把戏父子在闽中赚银一千四百两，早已兑换黄金随身。至了地头，俟他进与阁门使看，即作法变出原形，拔腿飞逃。亦算他有良心，如有送与南唐王

看，变出假的，又加上进玉美人之罪，犹累递进之阁门使受罪。承差回至福州缴回信，并告明详细，恒义同众臣怒而又幸甚。恒义将回书与众同看，亦笑曰：“聪明人作朦胧事①。”众又疑曰：“既是假的，先食之小桃岂是假物？”恒义尚存数粒，令取出看，非桃乃山东梨也。又取留核，亦皆梨心也。又去冶山掘妖尸，看乃草辫的，以猪血涂红假作妖尸。众同笑曰：“如此避眼之异法，亦算大本领，被骗亦值，同学了乖。”又知南唐不敢觊觎闽中之情由，恒义自此心安不惧。

满朝文武之才学，不及逐鹿坞诸女之见识。一枝等闻知闽王遣人偷桃进贡南唐，皆笑曰：“众文武大臣并不能谏阻，天上哪有什么蟠桃！汉之东方朔何曾有偷桃，因汉武帝宴西王母于长生殿，王母带有桃进献，武帝食之，留核存于袖中。王母问：‘留之何为？’武帝答以欲留为种。王母笑曰：‘此乃天上蟠桃，三千年开花，三千年结子，三千年成熟，人间怎能种得耶？’武帝信之，即弃其核。王母言此时，武帝旁立一人乃东方朔，开口冷笑。王母愕问何人，武帝答：‘乃东方朔。’王母骇曰：‘东方朔即是他？此核经被他偷过三次，访拿无迹，原来躲在此耶！’武帝闻之骇甚，始知东方朔非凡人。盖王母说九千年一熟，乃夸其异，无人识破，忽见东方朔在旁冷笑，恐其盘驳，不待其开口，忙将他高举。经其三偷，计已二万七千年之久，非仙而何？把他高举，谅必喜而不言，东方朔果不言矣。因此一传至今，皆以东方朔真有偷过仙桃。满朝诸臣被其骗弄，岂不可笑！”此乃众人讥笑朝臣不表。

且说李恒义得了张弓之信，遂不惧。有枢密使陈觉见南唐主，请自往说之，能令恒义来朝，李璟不许。因大臣宋齐邱等同保荐陈觉有口才可遣，李璟以陈觉为宣谕使，择日起程。李恒义得此信息，预唱一出戏文，待陈觉至时演唱与观，令其自走。陈觉抵福州，即延入殿，饮宴观剧，恒义同诸文武陪之。

大净上台，扮花面执拂道人，口唱白云：“金铃一响动如龙，万恶闻声自顺从。海角天涯遂意得，南方何在一鸣钟。小道名觉尘，乃金铃（金铃比金陵也）大仙之门徒也。吾师父无别法术，惟藉一金铃，摇动之，上调风雷，下令万宝来奔。闻南方有一鸣钟（鸣钟比闽中也），晨昏不撞自鸣，乃诸宝中之至最。师父思取之，恐道途险远，不敢动作。是小道向请自认去说该主守之达人长老，能令将鸣钟献归投，师父应许，不免去走一遭。”曲唱一牌②下台。

末扮作老僧，手执拂，二生旦扮二行者，同上台念③曰：“金铃恃横藐乾

① 朦胧事：糊涂事。

② 唱一牌：唱了一段。牌：曲牌。

③ 念：念白。

坤，敢想鸣钟一口吞。任汝苏张重再出，教来有路去无门。老衲乃鸣钟主守长老达人是也。江南有金铃道人藉其异术横强，探何方有宝，将手中金铃一摇，宝自归投，惟此之鸣钟不敢擅摇而取。讵有一徒弟名觉尘，敢在他师面前夸口，能来说此鸣钟归投自献。探事来报今日到此。堪笑这厮，殊不知吾鸣钟厉害之处。神仙罩之换作凡人，凡人罩之变为畜类。这厮亦是凡人，待他来时罩之，令变为犬头。挂金铃名牌，放回与那道人知之，始不敢觊觎吾鸣钟矣。二徒同出山门等候，这厮到时进报。”

行者答应出候。长老曲唱毕，觉尘上台。见行者进报，长老令带入，觉尘入见，稽首旁立。长老不为礼，问曰：“汝不在助金铃之虐，来此何事耶？”觉尘答曰：“家师欲发动金铃去讨鸣钟，乃小道以不教而杀谓之虐，先来报知。南方之宝有七经，金铃取献其下，惟此区区一鸣钟，有何能为，敢与抗拒？今小道一为天讨，二为生灵，三为长老，冒渎而来，惟望见机而行。自古顺天者昌，逆天者亡。早将鸣钟归献，俾免逆天心，自罹灾祸，祈熟思之。”

长老笑曰：“你以我区区鸣钟无能为耶？还不知将来犹能吞并金铃矣！今先请君入钟一玩，方知其妙处也。”长老把拂一刷，台前自放一纸钟，觉尘自投入钟内。即潜下去，换一妆犬的入之。长老曲唱一牌，令二行者翻起，装犬的跳出，摇尾一匝。长老指笑曰：“畜生，畜生！先前口能舌辩，今何不再说耶？”即令二行者取出一金铃，一木牌，牌上写“金铃说客觉尘”等字与金铃同挂于犬项。长老又指之曰：“汝今好回去江南报知，还敢觊觎藐视吾鸣钟不敢？”二行者驱犬下去。长老掸拂唱曰：“小小鸣钟不可欺，滥土有刺①不能知。且留狗命放归去，换一容颜见主师。”唱罢下台。

再看下截②，陈觉起位欲辞谢去，锣鼓便止。盖陈觉一至未开言，即被拖登席看戏，看唱此戏，明知辱己，心如火烧，即欲辞去。见内外排列武士，刀枪如林，又不敢即行，含忍看至半出，不能再忍，告辞而出。恒义亦不送，惟诸陪臣送出朝门，上马而去矣。

正是：辱至难堪怎不走，欺之太甚岂能休。此去如何，下回接说。

---

① 滥土有刺：俗语，泥浆也可能藏着刺，喻不能欺人太甚。滥土：烂泥。

② 下截：下一场（戏）。

第一九四回　都兵没阵七军攻郭　女军冲锋二童解围

再说陈觉被恒义唱戏讥辱，如坐针毡。含忍[1]看了半截，便辞出朝堂上马而去。见无数军士披甲执戈，城厢皆遍，自觉胆寒。不下大公馆住止，直出洪山桥下船，至于建州。思此番请去说之无功，犹被凌辱，敢有脸面至金陵？请兵讨之，主公必不许；莫若就在此擅动其兵，以报此恨。遂矫诏遣诸指挥使：冯延鲁将汀州兵、钱锦将建州兵、陈晏将抚州兵、郑淦将信州兵，各五千，讨恒义。恒义预备甲兵，增筑外城以待之。

时陈觉矫诏发四路兵至，恒义即以唐建策、万三石、铁英、金型将兵各抵一路，会兵于北门外吉头地方，两军对阵大战。（吉头今名战坂，出芋之处[2]即当时战场也。）唐兵败北，死将及半。那唐主李璟闻报陈觉至福州耻其无功、矫诏擅发汀、建、抚、信四路兵，大怒，以陈觉专命，欲调回诛之。众臣皆言兵既出可不中止，当发兵助之。李璟又遣王崇文、魏岑将二路，会兵攻之。陈觉复整兵再会于吉头地方。两有胜败，遂止而相拒。恒义退回守城，命都监使唐攀桂解送猪羊牛酒犒赏众军。

时建策为大元帅，攀龙、攀凤为左右先锋，正在分赏，忽报南唐又遣两路兵至，由下渡会攻，已抵城矣。建策大惊，即令回兵。铁英、金型驱先锋先驰，建策押后，谁知陈觉等早得密信，知泉州兵将至，预布伏。都兵[3]一回，伏兵四起追杀。都兵前后难顾，皆四散奔逃，后之大元帅建策陷于阵中殁矣。攀龙、攀凤二先锋闻后队失陷，回马来救，被唐兵前后夹攻皆杀死。攀桂闻前军父兄皆殁，拔剑飞马回头，亦被刺落马下。

铁英回看后军无至，始知中计，赶杀回头，与唐兵大战，杀死无数。一面战，一面讨[4]攀桂。见路旁一尸，即下马认看，果攀桂胸坎中枪而死，即扶起，

---

① 含忍：勉强忍气吞声。

② 出芋之处：“战坂”出产的芋头久负盛名。至今地名犹存，已纳入市区范围。

③ 都兵：本地驻军，指闽国的军队。

④ 讨：寻找。

双手抱面对着大哭，不防腰间被唐兵一枪刺倒气绝，双手犹紧抱不放。金型亦杀入阵寻讨，见二尸相抱，认是连环、攀桂，下马要裹载归，又被一冷箭射中咽喉，亦倒毙。惟万三石，身伤数十次，得以走脱，奔回入城。唐兵潮涌而至，将城围住，日夕攻打。时乃晋开运三年十二月，南唐七路兵围困福州。恒义拨兵几千，将十数员，回来兵不上百余人，将无一个，只剩伤不死之鸟精也。

唐家闻报四父子俱殁于阵，一家号哭。惟采莲不哭，曰："瓦罐不离井上破，将军难免阵中亡，哭之作甚!"言讫入房投环而死。曾氏夫人同长次二媳亦自缢而亡。李肃姑闻其夫铁英战殁于阵，亦自投于井以殉之。恒义闻之，喜曰："国虽小，倒有许多忠烈男妇，即将孤拿去碎尸亦愿。"

唐兵攻城甚急，外城攻破。恒义退守内城，又将攻破。恒义因闻其攻城破日入屠，鸡犬不留，欲自缚出降。诸臣阻之，宁死不降唐，可求救于吴越。恒义又谓众百姓曰："今兵绝粮尽，孤城怎保？莫待攻破入屠，孤自缚与你们献出，以免百姓屠戮，可好么?"众民皆号泣，答曰："愿同死守，并无异志。"恒义叹曰："孤虽失德，尚得民心！既愿同死守，孤尚有一妾二童，当烹以饷也。"盖恒义有三妾，经江涛作鬼杀死二个，今只有桂妃一个。二童者乃江涛之燕伴、莺俦也。至江涛死，恒义将二童收入内庭供伺。恒义对百姓说此话，桂妃不闻，惟燕伴、莺俦跟随在后闻了此语，思："必学张巡、许远困于睢阳城杀妾烹童之故事，不早走犹待之杀烹耶?"遂相约同爬水关闸逃出。被唐兵拿住，送与主将矣。唐兵既克外城，又日夜攻打内城不休，喊曰："金陵七路兵，攻破闽中城。人不屠杀尽，万古不回营。"

此乃陈觉欲报观剧之恨，教军士喊念，犹写贴于遍处。城内并无一兵，惟百姓死守，将官又无一个，只一班老弱儒臣，共待死而已。正危急间，忽东郊外突出一枝女兵。为首一女将，髻黑如云帕，身穿黑软铠，腰扎黑绣裙，脚穿黑靴，手持两把黑短斧，冲入围城唐兵队中，如虎奔羊群；舞动双斧，恰似车轮，并不见人，只是一团黑影。又一个通身皆穿红的，手执两把剑。又一个穿青，同穿白、穿黄、穿绿四个率女兵，俱披坚执锐，个个勇烈，人人雄猛，威不可当。唐兵不意遇此，皆冰消瓦解，被杀死无数，四散避开。

众女兵直抵内城叫门，恒义即令万三石登城探之，认得是自家兵，即开城放入，带见恒义。恒义同众臣见皆奇异，问："何处女兵?"三石指曰："穿黑的臣妻郗杜若；穿红的乃倪俊妻郗桃笑；穿黄的乃倪卿妻万一枝；穿青的乃郗球妻倪碧梧；穿白的乃陈鹿韭妻虞申樾；穿绿的乃鹿韭兄嫂林亚仙；余皆乡邻招募之妇女。"又指曰："杜若乃郗平章之女；一枝乃臣之妹；碧梧乃倪俊之妹；皆有瓜葛也。"恒义喜曰："原来都是自家亲眷。闻前王璘被广智围困，有临水

女兵来解，不意孤今日又有诸千金夫人来救倒悬之难，不亚于临水神兵，诚盖世之功也。其功另行厚叙，可先去见诸亲属再论。”诸女退出。

看官以诸女来保危城耶？非也。因各有父母兄弟皆在城内，闻唐兵攻入，鸡犬不留。今外城已破，内城危在旦夕，玉石俱焚。杜若因父母夫弟，一枝因父兄，余皆因夫郎，招募各乡平胶[①]少壮妇女，教之武艺阵势。一枝因杜若乃虬女后身，为之队首。共在万家商议，遂结队杀入保护。因城中百姓心解，故不敢先逃，待城破时作为，于是同在城帮守矣。

彼时南唐兵有成万围住内城，杜若等不过数百人，怎被杀入围中进城？如一杯水怎救一车薪之火耶？原来中间有缘故，救城内无数生灵。天遣当时燕伴、莺俦两个美童偷走出城，被唐兵拿送，燕伴送魏岑帐内，莺俦送留从效帐内，皆喜留之为随丁。因主帅王宗文闻之，恐是奸细，讨来察讯。起先二童在魏留处供说，乃城内良家子弟，闻城破欲尽杀之，故潜出逃生。至崇文讯问，亦是供之。因驳诘研鞫欲加刑吓，二童始实供出，乃内殿之侍童，闻主公欲效睢阳城故事，烹而饷士卒，惊而逃出之实情。崇文笑曰：“烹凤饲鸦，魏、留二将被你瞒过，本帅岂被你瞒！今且留此，待再问发落。”魏、留二将因不能诘出实情，无敢与争。

崇文在内阃查问二童内殿事情，燕伴、莺俦皆约略言之。说及陈觉来说之事，遂实告曰：“主君知陈将军将至，预演一出戏文，名《金铃说取鸣钟》。以金铃来说之人名觉尘，即陈觉也。守鸣钟之人名达人，即仁达也。演出觉尘说取鸣钟，被达人凌辱，又罩在钟中变为犬，挂牌金铃放回，此为一出。下出乃觉尘变犬，回见金铃主将，口仍能言，告之被达人所辱情事。主将怒，即去与达人斗法，亦被罩于钟内，乃言取鸣钟并非本意，皆觉尘夸言取之，今求放回去，仍将觉尘送来磨折。达人掀钟放主将回去，此乃第二出。至陈将军来，不待开言，即延入饮宴观剧，演此戏文辱之。陈将军因内外排列武士，怒不敢发，戏只看觉尘变犬放回一出，便起位辞去，不落公馆，直回建州，带兵来报变犬之恨。”

二童将此戏文情节细说知之。王崇文闻了此因由，拍案怒骂曰：“原来陈觉这匹夫，敢在主君面前夸口不动一兵，惟一言能令李恒义解甲入朝。谁知被其这般凌辱，无处出气，瞒着朝廷，矫诏擅遣本帅前来血战以代公报私恨。今日不闻二童说，徒与匹夫出力也。”即将此情由密报与冯延鲁、魏岑、留从效等知之。众将始不尽心攻打，围自解散。至逐鹿坞之女兵至，众军皆无斗志，故任

① 平胶：大脚，不缠足的。胶：脚，本字“骹”。

其入城内。众军皆失手被伤。燕伴、莺俦不知是东山万兵部家，疑是临水陈大奶带诸姐妹神女来救援之也，报入损伤军士名数。

王崇文同诸将在内间，问二童："此何处之女兵，如此奇猛?"二童即答以临水之神兵。崇文因查问临水出处，二童告曰："临水乃古田，离此不远。有神女名陈靖姑者，在闾山学法回来，收千年猴精、虎婆并石夹二女，除蜘蛛精、铁头和尚、白蛇精、挨拔鬼，求雨白龙江，斩长坑鬼，各事难以尽述。后唐清泰年间，王继图听茅山道士袁广智，兴兵来夺王璘朝位。都兵却被杀尽，围城数旬，城中绝食，百姓自乱，王璘愿让位。他要先献王璘之头，再入登位。王璘亦愿自尽献首，被陈金凤、归守明刻刻防护，待破城再行自决。困至绝粮，那临水夫人带一枝兵，数不及百，冲入。整兵出战，顷刻将十数万之兵，杀得片甲无回。拿住王继图并袁广智凌迟。陈夫人解了围，又带众女兵归隐临水。

"前陈夫人只有陈、林、李、邹、高五义姐妹，至得道后又得潘、欧、曾、许、阮、马六姐妹，共为十一姐妹，并收神女仙妃，隐于临水洞，无时不与国家救困扶危，消灾解难。此城内一半是十一姐妹之亲属，遇有灾难，呼之即至。现今福州城厢内外及各市镇，无处不建立临水夫人之庙宇，无家不供奉临水陈大奶之神像。此女兵必是该亲属等，同恐城破屠及，呼喊而来救解。"

诸将闻此情由皆惊疑，内有数十个军士乃延平人，俟燕伴说完，在旁接口曰："说起此临水，神通广大，有呼必应，并无虚言。当时救解此城，王继图已走在乌龙江外潜躲，夫人夜半遣红毛猴去拿进城，无一人得知。"王崇文同众将等再闻此胆寒，围遂渐散。王崇文欲掣回军，李璟又遣王建封将兵来助，遂不敢掣回，惟按兵不动。陈觉屡与争，魏岑、留从效以夺美童忿怒于心；王建封以按兵不攻疑之；冯延鲁等以专命先遣恨之；诸将无协心矣。

那燕伴、莺俦因王崇文嬖之，任之出入。自探所至之女兵并非临水，系是逐鹿坞万家之女媳纠众探亲。二童思："倘被唐将得知，必罹妄捏之罪，无处再遁。"即密修一信，信内先言惧烹逃出，被获幸不杀，留在主帅王崇文帐内供役。因其问内事，告以陈觉公报私仇，矫诏遣将情由，众将闻此俱怒不肯用心，故不攻城。后万家女兵至，又捏造以临水之神兵来救解，必如前王继图围困之情形，又将前杀袁广智片甲无回之情形说知，众将又闻此心益懈，围自解。今东路无阻，可通粮草。此信至城内，可即扬言临水神兵已至，围自解则罢，不然效王继图之前辙也。各城楼须设陈大奶之神像，以张声势。现在各将自相猜忌，不久必自散解。先此密禀，余另报闻等情由，封固潜至东关，由门缝塞入，令守卒送与恒义。

恒义同众官拆看大喜，始知城危而不破，围而自解之情由，皆燕伴、莺俦

从中暗施机策，使兵将离心。即依信中行办。果东门无阻，得运些粮草。遣善走之人为千里马递表赶赴杭州，乞师求救。南唐兵将又闻传说，代王璘救解王继图围城之临水又至，现在神女兵整旅候战。又望见各城楼内有红衣女出入，似人非人，各疑忌不敢攻打，自懈。城内遂得安静，待吴越之兵来救也。

杜若、一枝、申樾等以浙兵至，不知胜负如何，悄悄将万、郗家眷属、唐家尚有子女并各侍女囊橐财帛各物，陆续潜运至逐鹿坞。鹿韭亦随出回去。惟郗家父子、倪家兄弟同三石在朝堂，不敢擅离。那申樾因鹿韭改男装在内为白袍将，自充作女兵，入视万绥，犹以夫假妻借名受赏，仍不知实妻非夫也。

正是：父母且安逐鹿坞，夫兄慢离跃龙台。且看下文如何分解。

第一九五回　铁连环嘱造两人棺　陈大妹遵营三友墓

回说那日都兵全军覆没，唐兵到城下围困。下渡陈大妹探知唐家父子俱战殁沙场，尸骸必定暴露，衣服必被人剥去，赶即带银钱，邀请邻友二人，由西河洪山桥，环[①]至战坂吉头地方。先寻着建策、攀龙、攀凤，皆中枪而亡，尸首、盔甲均无损缺，请人看守。又去寻，行有里许路，见有二尸相抱，倒于田畔，异而认看，一乃铁连环，一乃唐攀桂，旁又有一尸，认得是金刚钻。四父子、二侠友皆寻着，不胜哀痛其为国亡身。衣服皆在。欲将其相抱之二尸掰开，谁知铁英之手围抱攀桂膀背，如铁箍，四五人掰不能开。

即有人来看，问："二尸是何来故？"大妹答："乃同窗之友。"众曰："至死犹不能离，若不拆开，怎入得棺？可将热酒来烫软，方掰得开。"大妹正欲去购备，有一老者同二人由后山赶至，喊曰："手且慢掰！此三人昨夜有话寄老汉来说，说了便知。"看之人众讶曰："此三个已死，何从寄语？"老者曰："我们又不是后生，刻薄来说鬼话。"

大妹说："寄何语？"老者曰："老汉姓孙，即在此山后住。两日前，同二个本家弟侄去北岭干事，昨夜同回，由北路口横穿过，遇此三人手牵手在月下吟哦玩乐。见老汉同弟侄至，便来施礼，问：'三位尊伯何往？'因见其皆似有体面人，便答以名姓，去北岭干事回来，寒舍即在此山后。他答：'贵府即近在此，妙极！有数句话可求寄托否？'老汉问：'贵姓？何来？何话寄托与何人？'那一个大汉曰：'某姓铁，皆城内人。昨因这个唐姓盟弟受伤卧地，知了，赶来抱持之起，不防腰胁下被中一枪同倒此。金姓之兄弟闻知赶来，将同扶回，亦被冷箭中喉，亦倒一处，受伤皆重。须臾平复，三人仍能行乐吟咏。今幸遇三位尊伯，烦明日午后再同至此，必有故人来看视，祈代言，三人有寄语云：'见亡怎不下雕鞍，得抱殉从死亦欢。寄语慢营三友墓，且来先造两人棺。'只寄此四句，他便理会，则感佩之至矣。'

---

① 环：绕行。

“弟侄辈闻此，讶问曰：‘你三人在此，何不俟来问之，安用寄语?’那姓金的答曰：‘汝们还不知近日此处之遭劫耶?’老汉曰：‘闻江南兵来此战斗，故连夜赶回。汝三人莫是由此经过，被打仗之飞枪、飞箭所伤，不能回去么?’那姓金答：‘是。今就做原样与看，明日来好识认。’姓金即倒于地，姓铁、姓唐抱着亦倒下。

“老汉同弟侄以他作玩笑，低头看之，三人浑身皆血，再觑真，却是死尸，共惊不胜。回家问之，始知本处兵卒被唐兵杀死无数，近邻皆走避才回来，那三个是鬼寄信无疑。今早老汉又同弟侄来此查看三尸，照原倒无异。因看其穿带皆将官非小卒，不敢忘其寄信，遣孙辈来探望其衣服不要与人剥去，若有亲人来认，即回报知，老汉即赶来说知。”

内看之人有两个曰：“前日被杀倒马匹、刀、枪，被唐兵拾去。至稍静人便来剥衣服，先看此三尸衣甲值钱，将动手，被三尸以血喷之，惊走。”陈大妹闻之，骇甚。另造一大棺，买便四部，标明官衔、姓名，入棺，各抬寄于权屋，办祭礼香纸祭奠，同食了，祭而回。大妹将收六尸并二尸之相抱不开，拒人剥衣，显魂出现，托乡老寄语之情由，细叙一信，寄与弟鹿韭知之。鹿韭遂与诸女同看，申樾泣曰：“前闻招安之日，言归正之人，能同日同时同死亦愿之誓，今应了。”诸女等虽不相识，因闻其情重，莫不为之酸辛也。

李恒义遣使跑递求救表章，至于杭州投入。吴越王钱恒佐召群臣商议，皆曰：“福州道途险远，不可救。”惟内部监使昭明以为当救，群臣与昭明争之。恒佐曰：“唇亡齿寒。吾为天下元帅，曾不能救邻国，安用之?”遣统军使张筠将兵救福州，命昭明专掌粮草。昭明悦，掌应援粮运事，而以军谋委元德督兵救闽。唐将王崇文等闻浙兵将至福州，亦不惧，只恐城内神女兵夹攻。向燕伴、莺俦：“有路[①]能阻女兵勿出否?”燕伴教写一疏，当空焚之，恳神女勿出。王崇文依言，写疏焚了。燕伴又通信与恒义知也。

吴越兵至，与南唐兵连战数阵，不能胜，不敢再战，只扎住，使人回杭州请益兵。吴越又遣余安将水军自海道来助援救之。兵至白虾浦（即郡东南一派之浦），岸皆泥淖，须布竹箦[②]乃可行。浙兵将布竹箦登岸，唐兵聚以射之，浙兵箦不能施布，不得登岸。前军持之既久，无可设法。

唐将冯延鲁谓王崇文曰：“彼此相持不战，徒老我兵。不若听彼兵布箦登岸，我师冲出尽杀之，则城不攻而自降矣。”裨将孟坚曰：“浙兵前后至此已久，

---

① 有路：有办法。

② 竹箦：一种晒谷用的粗竹席。

不能进退，求一战而死不可得。若听登岸，其锋不可当，安能尽杀之乎?”王崇文等不听，纵之登岸。吴越兵既得施赞上岸，大呼不能退后，奋不顾身，唐兵抵之不住，大败而逃。王崇文、陈觉、魏岑、留从效、冯延鲁等烧营而走，死者万余人，丢弃器械不计其数。李恒义带三石集旧士卒伏于隘口，堵获唐败将王崇文、冯延鲁、陈觉、王建封等，其余陈淦、郑晏、孟坚等皆殁于阵。

时唐兵败走，燕伴、莺俦二童复投入城，恒义因其通信之功，收之。燕、莺两人即求放崇文等，恒义亦以崇文等围内城自懈，不助陈觉之私恨，放去，只将陈觉囚禁。遂迎余安入城，将所部授之。余安随将诸将功绩并恒义之故将士烈节同报捷表章往杭州矣。恒义随将唐家之节烈，同铁英之妻各棺柩抬运至北关外，与下渡陈大妹所收之棺柩安顿排列一处，各设灵位，斩陈觉之首，同三牲排供，率诸文武大小官员致祭。

次日，逐鹿坞办祭品同申樾及桃笑、碧梧、鹿韭、亚仙等致祭，其中惟申樾与之盘桓既久，一旦变为柴橛[1]，怎不见景生情，哭得眼枯肠断？鹿韭等莫不陪泪淋漓也。随将男女各棺柩合葬高山，而铁、唐、金大小二柩，另葬一穴，谓之三友墓矣。吴越钱恒佐即颁诏以余安为福州刺史，万三石为州将协守之。李恒义为杭州水陆大将军。

福州之旧文武官弁着余安选授题补，除老臣郗平章等归林下外，其郗球、倪俊、邵卿皆选补各郡州官佐。燕伴、莺俦，恒义保举之为巡检补用。唐建策一门烈节，诸孙曹皆以锦衣卫世职，以奖其忠孝功勋。福州自此平静矣。南唐只因陈觉说降无功，矫诏征讨报恨，始致兵殁万余，粮草、器械去二万余。李璟大怒，陈觉已被恒义杀而无归，将保举之宋齐邱等议参降罚。王崇文等降贼废为庶人不用矣。

正是：兵围城下须当助，将败江南岂可饶。且看下文如何分说。

---

① 柴橛：木段。此处指棺材。

第一九六回　代表忠悃尚虞哭奠　潜身看戏周林伤情

却说铁麻姑在梅江送蔡丽容出嫁后，回十四门桥，数月不见云程回来，不胜疑闷。又去梅江问信，亦不知情由。干戈既息，道途平静，随仁翰等同议归故里。新月带新春去杭州寻亲，并查探云程。所有海外带回之财宝仍寄存勿动，俟云程来分发。蔡家作饯，仁翰带新月、新春、庆云、麻姑五人下船返乡。此时水陆安顺，雇一个摇橹，乘水涨，天明至鼓山下湾泊①。

该船户乃阮洋墩人，因说闲言，随口言曰："今日此近墩②有好看之女戏，不得去看，气杀死人。"仁翰即问："什么女戏?"船户曰："那女戏乃是官家千金小姐作的新戏。"仁翰又问："作什么新戏?"船户曰："乃《林庆云公主三入闽王宫哭奠谊父母》，此戏岂不是新的? 自做自，③ 才奇也。"仁翰又问："何以叫做'自做自'，可说明?"

船户曰："客官在梅江，不知福州有大势面人家④耶。前兵部尚书万绥家中，原有一班女戏，皆自家之千金小姐并公子娘作脚色，自作自看。随后有前王之谊公主林庆云，同状元驸马周新月亦在凑脚色，日夜演唱要乐。后万尚书告老，一同搬至此东山逐鹿坞别业花园内居住，亦时常演唱，不与外之生人进看，惟讨有⑤熟人则可看。近有新编一出《林庆云公主三入闽王宫哭奠谊父母》，其主祭官林仁翰及陪祭官乃万家姑娘小姐妆扮凑脚色。惟孝女林庆云、哀婿新月，皆本人自扮上台。哭的都是真目滓⑥，诉的都是实情。此出戏新不新?"

庆云讶而问曰："船家，此戏汝有无看过⑦? 知驸马公主是本人否?"船户曰："那驸马公主在万家二年了，人人皆知是真的。"仁翰问曰："汝说不与生面

---

① 湾泊：在河湾处停靠。
② 近墩：邻近的村庄。
③ 自做自：自己演自己。
④ 有大势面人家：显赫的名门。
⑤ 讨有：找了。
⑥ 目滓：眼泪。
⑦ 有无看过：看过没有。

人看，汝只空想要看么？”船户曰：“奴[1]有熟人，现在与万家近邻，托他带进，自然能看。”麻姑问曰：“离此多远？我们托汝带路，再托汝熟人带看可么？”船户答曰：“离此不远，客官请便，奴无闲工邀带[2]。”新月曰：“船家只管齐去玩耍，只要汝带路引进熟人，所有饮食点心钱皆是我们出，如船泊一日，即照日算船价，不难为汝，可好么？”船户闻有钱有食又有戏看，喜甚，应允。仁翰等先交钱与船户买点心，回来同食了。船令船婆看守，船户引路带五人上岸而去。

原来逐鹿坞万三石、郗球、倪俊、倪卿皆补授外郡州县，惟诸女以干戈既息，日日耍乐。鹿韭不仕，令作戏玩耍。因密探[3]真之周新月、林庆云消息，或说被番王留去，或说船回将至梅花遇风，船覆尽没，有人行船见[4]。鹿韭、申樾闻之，暗中怜惜，遂演出此出新戏，以表二人之忠悃也。是日，又演唱此新戏，只许近邻并熟人进看，如有生面人欲看，总须要邻人带进方许。若无一人识得，无人引带，不许进来。那船户与乡邻熟识，带仁翰等托乡邻邀进[5]花园边。仁翰等俱立于花木丛旁等看，见其中先有数十人，或坐或立等候。

须臾，上台做《妲己偷营》。船户在五人身边，指台上某脚色仍某千金，某脚色乃某老爷之奶奶，逐个指言之。因看其武打杀仗，皆用真刀枪棍，内有卷铁舒钩之猛。麻姑问曰：“都是官门女子，怎能有此股肱耶？”船户答曰：“女客官不知耶？此番南唐七路兵围打福州，外城被破，内城危在旦夕，无此一旅之奇女兵去解，此时福州城无人种矣！”仁翰等闻之，更骇甚奇之。

《妲己偷营》已做完，便设白罩裙案，排三位神牌：一写“大闽皇帝王羲之神位”，一写“大闽皇后李氏之神位”，一写“大闽贤妃尚氏之神位”，旁皆写“孝女庆云奉祀”；纸作朱、连二首级，排设香烛祭品等件。诸女扮作陪祭官，一枝扮主祭林仁翰，申樾扮哀婿周新月，鹿韭扮谊孝女林庆云，皆衣白冠，惟孝女林庆云披麻执杖。丫环扮二傧相，先后照次上台。仁翰等忽见那扮驸马、公主之生旦的面貌与真的无异，皆愕甚，面面相觑一匝。

庆云向新月耳语曰：“那作生的可是虞公庵庄周梦蝴蝶么？”新月把头点点。新月亦向庆云耳语曰：“那作旦的可是闽王宫之蝴蝶化庄周么？”庆云头亦点点。仁翰忖度必是尚、虞，低声与麻姑言之，遂静听各报口号、衔名、致祭因由，同唱一牌毕；孝女伏帘内，哀婿伏帘外，傧相唱礼。主祭同陪祭官拜奠，又唱

---

① 奴：谦称自己。

② 无闲工邀带：没有闲工夫带你去。闲工：闲工夫。邀带：引领。

③ 密探：偷偷打听。

④ 行船见：船经过看见。

⑤ 邀进：带进去。

一牌，孝女帘内接唱，出至案前哭拜。中间不尽哀痛之情，真泪湿麻衣。观者不独庆云肠断、新月心悲、仁翰情伤、三人不敢抬头，而台下数十人皆掩面拭泪。人众肃静含泪，看完了此出。

下台完了，人众始相谓曰："必要自作自，才有这情形神色。"船户谓仁翰曰："有听众人说[①]？可见那驸马、公主是本人不错矣。"麻姑答曰："不是真，台下看之人不成[②]帮之啼哭。"船户又问曰："个个都有眼泪，惟独汝女客官无点泪，何也？"麻姑曰："他们都姓绵，心肠软。吾姓铁，心肠硬，故不哭也。"船户不答而笑。

戏歇，人众陆续出去。仁翰令船户回船食饭再来，我们自买点心。船户遂先回去。麻姑谓庆云曰："此演唱可同前所排设情形么？"庆云曰："亦如是。"麻姑曰："那正宫李红通朱、连行刺，不恨杀，还设牌位致祭？"庆云曰："非此论，一日呼母，终身为子，有不并祭之理？此是万绥之家，曾有前情在他处，可同进去看两个果是尚与虞么。"

五人遂同进内厅，谓曰："我们乃苏州才至，亦会作《林庆云三入闽王宫哭奠》，借此行头上台演唱，看有贵儒林样[③]没有！"诸女皆在内食午饭，看台之家人进去说知，一枝曰："我们以为此出戏独异，谁知早有人作过。不可与作，我出去打发他去！"

一枝同丫环先出来，看五人排坐椅上，见一个似申樾，一个似鹿韭，貌皆无异，惟衣不同。一枝便回头喊曰："不好了！丹霞闹扬州县堂，今闹到这里来，怎处？"众愕问故。一枝曰："此处变两对驸马、两公主，不知谁真谁假，快自去理辨！若辨不清，同送去官堂勘鞫！"

鹿韭、申樾闻之皆愕。鹿韭即行出去看，认是庆云、新月。彼此一见面，无别问，即抱紧号啕大哭。盖二个因扮演借情哭奠，下台余哀未尽，两下会着故宫拆散之故人，怎不见鞍思马，肠断心裂。申樾出亦认得，见鹿韭哭得悲切，亦泪下如雨。

正是：回忆旧宫拆散事，怎教此日不伤心。且看下文如何分说。

---

① 有听众人说：听到众人说的吗。

② 不成：不会，不至于。

③ 儒林样：即儒林班的样子。儒林班是闽剧戏班的一种，据说源于明末文人雅士自娱性质的演艺活动，演唱风格和剧目有自己的特点。

第一九七回　演旧事鹿韭逢故人　显神力麻姑举缸水

却说申樾出，见是新月、庆云同鹿韭抱紧大哭，自亦泪如雨下，拉之曰："幸得重逢，勿过悲伤，同请进来叙叙。"新月、庆云回头见是申樾，遂俱止哭，一同坐下。庆云曰："在台上一看，便疑是蝴蝶庄周，不敢便认，今果是。但舅舅与此乃先朝故旧，妆演作甥女，代表出①旧时哀事可也。惟表弟不在池楼馆中，依本画葫芦，来此冒作表姐演剧，莫陈大奶之甘露水浇心，死复活否?"申樾答曰："滑稽至死不变。"遂低声将遵陈大奶之因由说了，又将早已冒名领回家财并告知。鹿韭亦告以前情。新月、庆云亦说别后之情事。彼此俱说明白，庆云方知冒己待谶之奇缘，鹿韭始知代除石塔姓名得免之灾。

申樾、鹿韭见仁翰，请了安后，问及麻姑、新春。万绥在内闻异，唤女进问。一枝、杜若同答："不知何怪。"万绥自出看，果一对形容无异。见一个是旧僚友，喜拉入内厅谈叙，方知前后之真假皆是亲爱之戚友。

一枝同诸女在旁听明白，便喊曰："快拿狗棍来，将假冒的赶出去!"万绥笑曰："无真不识假，无假不识真，不可放诞②，快办酒席来，与真假一同作贺奇逢幸遇也。"即排两席，男东女西。问知新春乃驸马弟，麻姑乃表姊，同请上席。麻姑笑曰："奇逢幸遇，与奴家无干。"庆云曰："不须硬要汝作干证③。"遂一同共笑坐。

饮叙中间，万绥问："今日故旧重逢，不喜而悲，何也?"庆云含泪曰："当日同在皇宫谊母娘娘身边，朝夕不离，情深义重；一旦祸至分离，今日见舅无母，见甥无姐，彼此怎不肝肠裂碎耶!"众闻说，皆感叹悲伤。

仁翰曰："国舅自己之名色④用犹不尽，何须借小女隔年之通书⑤来看耶?"

---

① 表出：说出，指以戏道出。

② 放诞：放肆。

③ 作干证：作见证人。

④ 名色：名声，名气。

⑤ 隔年之通书：隔年的旧黄历。喻庆云是前朝的谊公主。

鹿韭答曰："我姻公计讨二篡逆，谊公主三入闽王宫，事入左史，名扬千古。鹿韭并无寸长，乃籍附骥末，不得不借令千金名色，在此骗二年饮食也。"庆云曰："今外甥如丧家之犬，出去换不得一饼，乃尚书公大量，能容之二年也。"万绥忙答曰："言皆重，不意此假处二年，帮助仆无数朝政大务、家庭政事，诚天所赐。慢言真的驸马、公主，在前受过重恩，铭佩不了，即今之借名的亦沾无数恩泽，更不忘也。"

申樾曰："皆无可称。今狐狸尾既现，再隐瞒不得，实说出，免二位大人疑而不解也。"遂将遵陈大奶之谶签，假中遇假之因由说了一遍。万绥始知以男作女、以女作男之异，大笑曰："天下事分明是假，世间人何必认真。纵假，未有二个假中又假之奇也！"随问一枝等曰："你们已早知了？"一枝曰："如知，不成叫拿狗棍打之矣。"仁翰曰："二位假已遇了，可复得本色么？"麻姑曰："二位知奴家同林公主地步广阔，男女皆可行也！"众共大笑，盖嘲脚皆大也。

仁翰随指麻姑，向万绥曰："可认得此位否？"万绥答："未曾会遇。"仁翰曰："开闽都指挥王仁达大将军之女孙铁麻姑。曾助弟讨朱、连二篡逆，先入宫，功列第一也。"万绥讶曰："讨逆时，散数万之都兵即此位么？"仁翰曰："不错。"万绥起位曰："原来王千金乃忠良之后，讨逆之功不亚于晋侯！有眼不识泰山，失敬失敬！"麻姑答："敢蒙大人过誉？"一枝、杜若等先以麻姑乃等闲之女，不放在眼里，兹一闻此，个个无不倾心奉伺。麻姑亦知诸女皆出类，相投惬。

席既撤，时天已暮。仁翰复询鹿韭曰："国舅怎的唱此戏，将弟亦拉扯上排场？"鹿韭答："因闻贵舟覆没，暗怜不胜，故唱此出，一代表[1]先生、公主忠孝之悃，二乃寄发奋抑之悲，祈勿怪也！"仁翰笑曰："此出不是哭奠，竟是招魂，把二年飘荡之魂都招来也。"众共大笑。

因船价已代理[2]了，行李俱起至[3]，遂留隔一夜[4]。

次日欲辞去，万绥扯住仁翰，申樾扯住新月、庆云，一枝扯麻姑不住，倒拖至天井下[5]。仁翰笑曰："这数个都可扯得，惟此位魏教练难扯。如扯得入内，一同留住，扯之不得入，同去何如？"一枝即应："极好！"随呼杜若、桃笑等十数人来扯，麻姑答曰："奴家一人站在此，任叫多人来扯，如推得动，亦自

---

① 代表：代为表彰。

② 船价已代理：租船的费用已代付。

③ 起至：从船上搬来。

④ 留隔一夜：挽留住一夜。

⑤ 天井下：厅堂前的阶下露天处。

留住。”杜若答：“有理。”即同上前用力扯之，似树生根，似石压地，分毫不动。众力已用尽，无奈其何。

一枝曰：“再三恳留指点一二，定不肯，扯不能入，莫怪动粗！”麻姑笑曰：“任甚动粗即管动，再不敢怪。”一枝曰：“不怪便好。”即带众女进内，一人点一火把，出来拥烧，以为麻姑即走开。谁知麻姑站身边有一大璃皮缸，麻姑躬腰将一口满水之璃皮缸①举起，待众女持火把近前，倾水泼下火把已熄了。众女从头至脚皆泼的如鸭落水，面面相觑，愿拜服了。麻姑见不再动，放下缸，笑曰：“齐莫怪动粗，快进去换了衣服再来。”杜若曰：“幸得见异人，衣湿何妨，恨遇之迟矣！今不敢多留，恳只留一日一夜，肯么？”那万绥、申樾、鹿韭等同在阶前，看麻姑捧许大之璃皮缸如持茶杯一般，皆吐舌称羡。仁翰即喊曰：“既如此有意，再留一日罢。”

麻姑双手牵一枝、杜若入内厅，始去更衣，须臾皆出。便问曰：“招有姑爷何人？”仁翰曰：“说出皆认得，开闽吴枢密之孙、翰林之子云程。”万绥讶曰：“莫是能飞墙走壁打死替僧之吴公子么？”仁翰答曰：“不错。”众女闻此，暗称一对异人。一枝将麻姑请入内房，排便酒席，一同坐饮。申樾、鹿韭在外陪仁翰登席，叙谈至一日一夜不倦。

鹿韭内外都陪，入内见众惟谈别话，未言武艺，便问一枝曰：“你既拼命留王千金，还不求教股肱正论，闲谈余话？”杜若同桃笑曰：“奴们乃始发蒙读上大人之学生仔，敢向杏坛与孔子问字？得王姑娘多一时盘桓，得沾气概，便三生有幸，有敢言及武艺耶？”鹿韭笑曰：“虎今日亦遇豹也！”麻姑曰：“无此话，都是千金谦言。若无出类武勇，怎破得南唐七路围城之雄兵耶！”鹿韭曰：“那时未遇豹，才能侥幸矣。”

谈至一日夜，不敢再留。讨便肩舆挑夫，众人皆出送别，五人别去。此遇会真假判然，遂传至虞公庵，诸叔婶兄弟亦始知以女作男，以婿作媳，机密之甚矣。谁知虞所南老蚌生珠，其妻五旬余忽生一男，乃申樾回归后始生也，皆谓之锦上添花。

却说仁翰坐轿带行李回到凤冈旧居。麻姑住数日，待新月、新春去杭州寻亲兼探云程消息出门了，便回至十四门桥。未几日，而剑浦冷固来寻女问至魏家。恰好麻姑已带冷杏在家中，父女重逢，不胜悲喜。魏氏男女亦出拜见。冷固见魏晃老成风雅，林氏举止端庄，吉士神采飘逸，麻姑纠纠佳人，皆异而羡之。再细看麻姑，果然同于妖猫所变。言及云程顺至伊家，其心略放。留款三

---

① 璃皮缸：表面上釉的大缸，放在庭前蓄雨水。

日，订云程回来再议迎娶。

冷固将女带回剑浦，见着母、姐、弟，悲喜交集。李氏说知为留应貂抚孤守节，将失去之妹作姐，今妹回来虽喜，只恐孟家来娶怎处。一家皆曰："至今不来娶，必是那人娶了。"冷杏曰："为姐节孝，谁敢违之，听天可也！"冷固因冷杏说此，喜甚，于家堂酬谢香愿。谁知狭路相逢，孟家遣人来娶应貂矣。

正是：狭路相逢难以避，冤家注定岂能逃。且看下文如何分说。

第一九八回　怀节义二女争夫婿　肆谑浪三友闹新门

却说冷固正喜冷杏回来，谁知狭路相逢，似有人去报知孟家，即有人来娶冷杏了。先说孟家亦剑浦籍，孟炳为建州司空，少子仲昱自幼与应貂结姻。后搬眷上任，至男女长成欲娶，因彼此兵兴，遂止。兹孟炳随王延政降南唐，同徙金陵，仍列朝班。那少子仲昱不肖，屡次犯邪淫，告发，将置于死地，幸家中人恳之，始免。即修书遣老奴孟禄送仲昱去剑浦就赘，交冷固严加拘束。书内言此子不肖甚，就赘后，祈代陶铸；如不悛，处之死地等语。备办财礼夫马，即令就道。

谁知仲昱盗家中金银，遣王金、朱玉二娈友，先怀至途中等候，带同去耍乐。四人由江西到延平，隔剑浦有二十余里之溪湄地方，遂住下不进。探知冷女失去才回家中酬神谢愿，仲昱甚喜。其书信原交孟禄收存亲投，却被仲昱私自拆看，始知言殊不佳，遂写假信一封抽换。亦知乃父有面嘱之言，令孟禄勿言，即遣其去投书报信。

至剑浦，径入冷家内庭，果见谢愿建道场酬神。惟冷登、冷丰兄弟二人在坛伺香，认不得。孟禄曰："闻姑娘回来，特来贺喜，请二爷出来便知。"

即报入。冷固自出，认得是孟尚书家人，便惊甚，问曰："你何来？老爷在何处？"孟禄只答曰："主人随王迁金陵，官还在。一家大小平安，奉命送少公子来，公子歇在溪湄，遣老奴来通报。"冷固曰："我姑娘已失去了，你可知么？"孟禄曰："先不知，昨至溪湄始闻知幸得回来无恙，乃两家之福矣！"冷固见其已知，不便再言。孟禄将假书投递。冷固拆看，内言："先娶，寓所成亲，满月后搬回金陵"等字。

冷固安顿了孟禄，带书进内说知，一家大小皆大惊。季氏哭曰："望他，不回来；望得回来，喜犹未过，顷刻又要拆散。作别家的媳妇还好，惟独他家难做。"时应貂、阿姐在侧，问故，李氏曰："早闻他人口极多，孟炳有九子，仲昱系第八，各皆四五妻妾。仲昱未娶，其妻妾已有五六个了，眼见心肝过去，怎好？如在建州犹近，今在金陵，比妖摄更属无望回之日！"盖李氏因冷杏代

嫁，故有此哭也。

因大哭不止，冷杏曰："母亲何必如此，是女儿之命应该如此，到他门再作主意。但世间事更变无常，虑不得许多，啼[1]亦无益，当此番妖摄去无回一样。"应貂曰："冤有头，债有主。原聘是侄女，将原聘送还原主，祸福应当去受，怎敢以羊代牛，天理何存？"李氏曰："将汝嫁去，汝之名节奚堪？小归郎之阴灵怎愿？原是以妹作姐，无回来便罢，既回来代去孟家，乃自小父母受聘。魏家乃难中仙人指配，宁失信魏家，勿忘断指，汝怎去得？"冷固亦主张冷杏去。

应貂一定要自去，冷杏定要代之，你盘我问[2]，二个姐妹竟相争。应貂骂曰："汝既有对头[3]，还要强占人之原聘，不羞愧耶？"冷杏亦骂曰："招了夫，生了子，等不得坟干，又去出嫁，亦不羞愧耶？"李氏惊讶甚，曰："汝两个脸真厚，从来儿女婚嫁皆由大人主意，哪有自己争去嫁人？怪不得天下不乱！"谓阿姏曰："阿母怎不骂你媳妇，还在看他相争。与外人得知，岂不作笑话？"阿姏曰："老身亦不敢说。论道理应该姐去，叫妹去替，其实无理。妹如无对头犹可，既有，妹不可去，二爷娘可押[4]二姑娘进去！"李氏曰："阿姏缘何亦变卦，总有道理，名节何存了？"阿姏曰："宁可姐夫死而再嫁，不可妹夫存而重婚，正关乎名节。"李氏曰："设使应貂临时嫁去，那别祖同阿母何依？"阿姏曰："别祖有乳母抚养，总会长大成人，接归家后代宗枝。老身作老从嫁跟随过门，仍相依不离。"

先前一家疑应貂改志，这一会连阿姏心都异了。李氏无奈其何，与冷固议曰："他婆媳二人意改，怎处？"冷固曰："他去，其理岂非，惟惜为山九仞，功亏一篑，他意已决，由他去罢。妹留与魏家更妥矣。"出去留孟禄食了早饭，令取日期帖[5]来，好备办。

孟禄回至溪湄回话，择吉日乃七月七夕，尚有半月之交。仲昱在溪湄另租一屋陈设华丽，以为拜堂合卺之所；装备财礼等物，仍令孟禄押至剑浦。仲昱以王金、朱玉为随从，赴冷家拜门纳币，礼毕而回。冷家只赶制细软、首饰、妆奁，其余粗重家私之物，途远不办。应貂早将别祖付托乳母领回家中抚养，将归家租屋封锁，回至冷家候作新娘，其阿姏仍随不离。

---

① 啼：哭泣。

② 你盘我应：你一句我一句地。

③ 对头：指未婚夫。

④ 押：强制。

⑤ 日期帖：男方送交女方家庭的礼帖，写明婚期日程。

至拜镜日[1]，堂上铺设，冷固夫妇带应貂出厅行拜镜礼，以阿姏兼作伴媪[2]扶之出。刚在行礼，冷杏亦出，将应貂推开，自来行拜。一家愕甚，拉之不开。冷固同李氏喝曰："今不要汝，还不进去？"冷杏曰："叫阿姐不可去，勿负断指之情！儿代替之心已决，就死亦要去！"父母见其女志坚不可移，便谓应貂曰："妹既愿代，吾儿不须去罢。"应貂曰："叫阿妹不可去，勿负仙之媒妁！侄女心意已决，便腰斩亦留不住！"把冷固夫妇气得肚胀胸塞，叫阿姏来劝。阿姏推冷杏，又被应貂抢白。二弟劝亦不听。无奈，议拈阄来据，谁拈着谁去，又不依，弄得一家乱纷纷，大无措置。

至是夜五鼓，仲昱亲送花轿进门，二女不待父母引带，各穿便冠服，争趋入轿并坐，仍拉不下。轿夫抬起重甚，闹曰："抬轿抬到老，未抬有一轿两新人。"

仲昱闻之异甚，进问，无人能答。惟阿姏答曰："因公子豪族世裔，姐妹争嫁，如之奈何？"仲昱早闻姐妹皆美，喜甚，曰："不须争，齐抬去同拜堂，效娥皇、女英更妙。"即催轿夫快抬，轿夫又闹曰："新郎不要空欢喜，压死轿夫谁抵偿？"仲昱喝曰："好彩头！[3] 自有加倍轿钱，不难为你。"

那轿夫因有倍价，即刻起肩，接亲之人来帮扶，似飞一般径抬而去。阿姏从嫁兼伴媪亦登轿随之。冷固夫妻拦之不住，眼睁睁看并抬去，只是撞足[4]发怒。登、丰两个兄弟送至半途，赶不上花轿，亦大怒回来，此且慢表。

且说花轿到了溪湄，迎进高厅。姐妹下轿，并肩与仲昱拜堂，同入洞房。揭起盖头罗，果美也，仲昱喜出望外，金、玉二友欢跃尤甚。宾客乡邻至日暮席散，拥看新娘，人人称羡，或夸英皇再世，或羡二乔复生。有一滑稽者曰："都不是，乃罗计临凡。"众骂曰："把一对蝉娟来比那二恶星宿？"滑稽者曰："汝们不识货，怎见得罗计星丑恶耶？那罗计乃天首星与地尾星，此二女极美，嫦娥见羞，太阴见避。今夜二星下降在此，知羞避者无伤，不知羞避者必死。我保全身命趁早出去，汝们勿去，都在这里等死！"滑稽者说讫遂去。众亦哄然而散，惟有厨手、茶夫、小二数人在内。王金、朱玉代仲昱陪客送客。

客既散尽，二人亦闲，遂进房谓仲昱曰："人求一不能，君无意得两，此喜不贺，等待何时？"仲昱曰："要贺何难？有酒席现成，一人一桌，或一人二桌，

---

① 拜镜日：新娘上轿的前一日。新娘梳妆完毕，行拜镜礼，拜辞祖宗神灵，然后等待上轿。

② 伴媪：在婚礼上陪伴伺候新娘的妇人。

③ 好彩头：这是反语，责骂轿夫出言不吉。

④ 撞足：顿足。福州话"撞"与"顿"同音。

凭汝二位畅饮，何如？”朱玉曰：“汝道我们是祭灵，一人食二桌？”仲昱笑曰：“依汝二人要怎样食才爽快？”朱玉曰：“要来吃个贺新娘，把酒食设在房中，请二新娘正面坐，我们旁陪，劝新娘至醉杨妃才休。”王金曰：“新娘哪里肯饮？惟贺新郎犹可。请新娘正坐，汝我旁陪贺新郎沉醉东风，方许上天台。”朱玉答：“是。”于是席设房中，将仲昱请来坐正面。欲拖二姐妹来并排同坐，那二女哪里肯坐。伴媪阿姆已被二友推出门外难入。

朱玉执壶斟了一巡，新娘的酒亦系仲昱代饮。王金又斟一遍，仲昱又饮讫，二人亦陪饮二三巡。王金曰：“这不好，同在此空饮，有何趣？讲个酒令何如？”仲昱曰：“我的令厉害！”王金曰：“有什么绝令，即管请来！”仲昱曰：“非别令，只要一词两意，便是合适。”念曰：

“山寨三豪杰，灯下两飞蛾，同伙火而王亡。”

朱玉曰：“我道是什么厉害令，原来也只如此。将伊三个夫妻比作三豪杰，把我二人比作二飞蛾，同火而亡，汝去受用，教我们去死耶？”王金曰：“要受用齐受用，要亡一齐亡，才甘愿，六一，汝且快饮，我来还汝一个令，能得意，同死也值！”六一者，仲昱别号也。王金亦念曰：

“笼中两画眉，市上一挑米，同架价而跳粜。”

仲昱笑曰：“‘共枕同乐美娇娘，双琴同操落梅调’。亦甚和畅，今都合适了，快饮干收拾安歇。”朱玉曰：“太早了！才四鼓，还有一鼓长更，今再饮酒，不用着急！”那三个已醉，同调谑，无所不至，共动手起脚。

那二姐妹被困在内调谑，几欲发性。阿姆在门口瞭望，频将手来摇，示以勿怕，才不动。已羞惭无地，今被动手拖扯，又欲发恶，只见阿姆以手连挥，二女硬推开，躲于床后。王金醉眼蒙胧，又要拖出再饮。仲昱此时亦已大醉，见二人十分无礼，忙拦住。朱玉亦醉甚，将仲昱拖开，仲昱不防被他拖跌下，桌上酒壶连头倒下，酒倾满头满面，大怒爬起，把朱玉亦扭住。王金亦醉，来劝亦跌倒，桌上碗碟一起掀落地下，三人扭作一堆，对擒满地滚碾[①]。厨子、茶夫并小工的进劝不解，出外叫孟禄去劝。孟禄曰：“不须劝，他三个时常食酒，时常打扭，自打自歇，连打连好[②]。有人来劝更难歇，回头反把劝的人拿去出气。”众人闻之，方知有此酒癖，便不敢去劝，只在门房口看三个如何开手。那三人如蟛蟹一样，抱着只在地下滚翻。正滚得有趣，忽闻有妇人在内大声喊叫。

正是：三顽徒酗酒无厌，一老妇高叫有因。何事喊叫，且看下文叙明。

---

① 对擒满地滚碾：互相揪住满地翻滚。

② 连打连好：刚刚打过架，一会儿就和好。连：马上。福州话说“连步”。

第一九九回　施毒计洞房付祝融　游天表他乡逢故国

却说孟仲昱同王、朱二娈友在席中调谑，擒扭不歇，在地翻滚，忽阿姑在内喊曰："里面火烧上屋，快来救！"三人以是说谎，不放。因人都跑进，始放手爬起，赶进内面，火果上屋，呼汲水扑救。忽前门火又发起，比后门更大，焰即冲天蔽于门口，只走出孟禄同厨子、茶夫、小工九人，皆焦头烂额，其余皆难出。顷刻烧尽，延及邻居，地方官来救火时，已烧去数十间了。

此处之房屋不比别处，后半截跨江，人力难施，看自烧自塌入江，共计烧百余间。官军查点起火之主，只走出九人。惟一个新郎、一个伴媪、两个新娘、二个陪新郎同来朋友，共烧死六人。官诘问孟禄等，皆称小人等见火将封门，叫孟公子快走，讵公子同二友要进房带新娘等同走，必是三人进房被火封门走不出，六人俱烧死在内，小人等九人迟一步亦同烧死一堆①矣。有司官查验孟禄等皆有火烧重伤，果系冒火夺出，以火主既自烧死，免议；孟禄递解回籍。

孟禄至金陵，见孟炳，将仲昱怀带娈友，假书信迎娶，寓所完亲，纵酒失火，烧死自家六命等语由说知。孟炳骂曰："似此悖逆死已迟矣，有何哀惜，惟怜冷家二女一媪烧死，犹害及乡邻。他虽死犹有余辜，家中不许设灵啼哭！"因仲昱行径不端，家中大小无甚亲爱，惟母氏悲伤矣。此且不表。

却说剑浦冷固夫妻，眼看二女争上轿，拖之不下，阻之不住，竟被同抬而去，二人气得如死的一般，皆骂世间哪有不顾廉耻的小贱茅②，玷辱家门之甚。登、丰兄弟亦同詈骂也。见应貂房中壁间有诗句，叫父母同来看，冷固遂念曰：

"人娶原配妻，何劳妹代之。妹有妹之偶，嬿婉自有期。曾寄语，休狐疑，区区方寸肯差移？只求代抚归家子，谁是谁非见自知。"尾又写"应貂题记"。

李氏曰："原来应貂因妹有原配，不忍与之代嫁，自去抵当去死，并非改节，实乃爱妹之心，看来到他门必一死而明志矣。此等说还是这小贱人无耻！"

---

① 烧死一堆：烧死在一处。

② 贱茅：贱女人。

话未歇，登、丰兄弟又来曰：“二姐房中亦题有诗句。”又同进看，念曰：

“既顶姐名，须代姐嫁。妹虽有夫，未嫁可罢。姐育有甥，怎抛得下？虽曰无耻，且慢唾骂。真乎哉，假乎哉，请看明夜一场大笑话！”

冷固念了念，尾亦有冷杏题记。讶曰：“今日在这里唾骂她，她昨夜已先晓得了。原来她又有一番大道理，因要全姐之名节，代去抵当，现已大笑话了，哪有这等什么大笑话？”李氏曰：“笑话不笑话，两个肉包已落犬嘴里，他日吴公子来与魏家说亲，有何颜容相见耶？”冷固曰：“起先亦怕，今有此二诗为证，便不怕矣。是他自己争去，并非我们勒迫他，见此诗不辩自明。”言讫共叹息，散去安寝。

至次早，外面便纷纷扬传：那夜溪湄火烧房屋甚大，因人家娶亲，姐妹并嫁之，娶一得二；新郎因欢喜甚，陪酒闹房饮酒大醉，火从头门烧进去，无路走；新娘同新郎、伴媪、朋友六人共烧死。冷固闻此信，自赴至溪湄，看赤地一空，查问烧死六命，骸骨皆付于江流。又访知设席于房中，与友调谑至醉，三人同扭，人皆拥看失防，前后发火。救得后，难救于前。惟走出孟禄等九个人，余皆烧死，孟禄等已拿到官问讯等情。

冷固听了含恨回来，与李氏说知。李氏哭曰：“一个说看大笑话，一个说看是非自见，如此同烧死倒干净。惟那老婆子自作孽，跟去凑烧死，实可怜矣。”

以二女未曾与孟仲昱成亲，魂魄不相随，仍招应貂并阿姒魂回归家，冷杏魂回冷家，各设灵位，归别祖披麻执杖作孤哀子，即建功果。远近闻知其情者惜而怜之，不知其因者讪而鄙之。此且不表。

先说周拱、王月英二仙在烛阴国破了假洪燧，将四童并双玉佩寄①周新月等带回；夫妻仍乘鸾周游，经历名山洞府，会晤无数仙真，竟至六合之外，九州之表。至一处，只见榕荫连云，云峰耸汉，宛然闽之三山。惊异，共下鸾，登看乌石山之凌霄台诸胜宛在，惟人迹稀少。入于双峰寺内，迎廊有现成笔墨，周拱于山门外粉壁上题四句云：

远别闽都梦里还，天边又过故三山。

相悬一万八千里，何术能移到此间。

题完，月英接笔亦写曰：

离了红尘与世殊，闽山常在望中吁。

他乡别有无诸国，风景依稀认故都。

尾又写“故国人周拱、王月英同至此题记”。写毕进内访之，见二门内壁间

① 寄：托付。

亦有题句，周拱念曰：

地回天殊异百蛮，此中犹是旧家山。

三峰鼎峙无诸国，二绝高标闽海寰。

造化皆从心里配，遨游常似梦中还。

何人学得秦皇法，鞭逐移行到此间？

后写“故闽处士周朴题”。再看后写：

殊域又逢故土，禅关仍旁双峰。

白云无异旧时踪，封锁山门不动。

古木奇形宛在，竹梅犹伴孤松。

有笔难描翠万重，怪底不疑是梦。

尾写“故双峰僧懒安题和”。

周拱念完，月英笑曰：“莫道君来早，更有早行人。此题诗人可认得么?”周拱曰：“乃先伯同其方外友，皆未见，曾闻兄长常言之。既殁多年，有新诗迹在此，必然还在，进去访和尚便知耳。”

二仙正欲进访，谁知在山门外题诗时早有小沙弥进报，周处士太仆同懒安和尚出来迎入内室，询其由来。周拱曾见过太仆真容，便认得那和尚拟是懒安无疑，即趋拜曰：“伯父大师皆不识耶？不肖乃泉州司马大枫之子，单名拱。幼失双亲，在淮南蹇遭兵灾，流落福州，蒙启文兄长收留。后娶此媳妇王月英，有仙骨，带同不肖至昆仑谒王母，叨王母收录为裔人籍，赐乘鸾遨游天下，会认诸仙。见此处山川无异故国，因看诗句，始知伯父大人同禅师大人高隐在此，不肖与侄妇问安来迟，望乞恕罪。”

周处士喜曰：“原来汝们乃大枫三弟之子，不言怎知？贤侄同侄妇同登仙籍，乃吾宗之大幸，但不知后来皇家兴衰、巢贼何在、愚伯之后嗣如何耶?”周拱将启文前事，及在烛阴国闻云程、新月所说之后事并说知，周太朴笑曰：“唐祚不久，反贼必诛，不问亦早知矣。惟喜子孙数遭颠沛，险而不危，今又能急流勇退，吾有何憾!”懒安和尚曰：“周老先生今日伯侄相逢，又知儿孙皆已荣贵，便不是处士，乃太封公矣！可喜可贺！今二仙既至，勿去，此即故乡，可以久远团聚矣。”

周拱曰：“敢不如命，惟须往昆仑覆命了，再至奉侍。敢问二位何时隐此处？山川何与故国无异？祈即示知。”和尚曰：“二仙乃上洞之天仙清贵，贫僧同老先生实下界之阴鬼丑陋。说此因由，自觉愧赧。当年黄巢再陷福州，贫僧惊而远避，惟老先生不避，迎讽之，不免杀身，现出白膏，惊走贼军。精魂仍结，追黄巢，欲为厉鬼杀贼。贫僧远避至虎邱，备干粮潜于丛笔岩谷中，喜属

稳当，讵知天数难逃，却被野火烧包谷迫死。魂魄南归，遇老先生尾追贼队，问知来因，即告以厉鬼非吾所为，皆因天数，巢贼自有出而戮之。既脱凡体，中华多事之秋，可遨游海外寻胜栖隐。

"遂同飘荡，遍历九州，各无一胜。因吞食日精月华，遂还本真，复回故态，止于六极之表。惟此处山川略似吾闽，堪隐。老先生犹嫌无万山环绕，一水横流。贫僧言不难，且留一夜遣五丁去闽驱之便至矣，到天明，果然山更水改，俨然闽之三山，惟小不旷。老先生以真有五丁驱之，贫僧言非也：心动神随，人心即似天心，造化制作皆从心幻。贫僧仍居双峰，老先生因题佳句，贫僧和以俚言。人民稀少，皆番，类无伦，常招之教之，渐能俗转风移，遂名三山别境。常有飞仙过访，惟同籍者皆题咏有诗。"

随引看壁上，中间一章，乃旧国人王霸所题《望于山有感》，云：

砖埋于山前，成金五百年。
五百年已过，金属哪一人?
只见青山不见金，惟余暮霭锁空林。
白龟皂荚皆何在，怅望徘徊感慨深。

王月英看此诗，甚惊，遂对诗肃拜了八拜，周拱亦拜之。和尚问故，月英不讳，将己之感化根源尽说与知，大朴同懒安皆称赞不胜。遂留二日辞去，约再至此，且按下不表。

却说辽之契丹主大举兵入大梁五代晋之帝都，封晋主为背义侯。晋之藩镇上表称臣。吴越王钱恒佐升艳冰为内阁大学士，以中书舍人杜景副之，进表至开封。契丹召对称意，留艳冰为从驾，艳冰以亲老恳辞，不准，惟放杜景回国。因东方盗贼大起，契丹谓左右曰："我不知中国难制如此。"复召晋百官谕曰："天时向着，吾难久留。"以肃驸马为节度使，契丹主回辽，晋文武诸司从者数千人，尽载府库之宝以行。周学士艳冰告养不准，并挟以去。

正是：久矣思南归未得，忽然挟北恨难堪。此去如何，下文分解。

第二〇〇回　艳冰逃官投庄遇怪　义畜报主唱歌救人

却说周学士艳冰奉吴越王命进表东都，被辽主挟之北去，辽主至杀孤林[1]卒（今在真定府栾城北）。国人剖其尸，实盐数斗，载之北去，晋人谓之帝羓。时晋各官从驾，逃匿甚多，艳冰亦随之同逃。至中途，适遇发戍之官军至，以为追逃亡者，皆星散鼠匿。艳冰奔躲于山石谷丛中，至暮出探，寂然矣。遂乘夜寻路望南斗而行，走了一夜，忘其饥渴，天明仍行，遂至迷失路径，寻不出大道，皆在深山大岩里攀越，穷迫已甚。

行至傍晚，方望见人居，心始稍定。遇樵访之，乃离杀孤林八十余里之莲花山庄也。因山峰如莲瓣，故名之。数十间之屋宇皆坐于莲花座下，宛如南海落珈山之普陀岩也。艳冰饥惫难堪，再行不动了，只得入庄。庄人引谒一老叟，艳冰揖之曰："见怜穷途，借投一夜，自佩厚德，望乞一诺。"

叟迎入内厅。见其门庭清肃，气宇轩昂，壁间字画苍古，阶畔耒耜纵横，竹绕短墙，花繁曲砌，稼穑盈眸，知是半耕半读人家。叟问所由，艳冰曰："闽籍，仕吴，周姓，从旌至北，缘亲老告准归养，忙不择路，失途越山至此，蒙长者不弃收纳，铭感不忘。"叟曰："辞职归养，诚孝子也，失敬休怪。老朽复姓公孙，字谨和。敝庄名乐忍，乃山乡殊僻，只有二十余户，乃同姓本族。今日贵人猝降，供奉不周，惟冀渊涵。"随唤出诸子及孙，参见毕，备晚膳殷勤陪奉。

艳冰愁闷在怀，虽饿甚，仍哽咽悲塞也，进些微酒饭便止。谨和曰："贵人惫甚，请早安歇，明日再来谈论。"随引艳冰至外廊房寝宿。艳冰因父母衰老、关山难越、囊橐无几，三愁在怀，虽甚惫，睡亦不得安，未睡更余便寤。是夜，月明如昼，魄映窗棂，因开户徘徊庭畔，闻山猿啼声甚哀，倍生凄凉，因触景，随口吟出杜甫《猿》诗八句，曰：

　　袅袅啼虚壁，萧萧挂冷枝；

---

[1] 杀孤林：地名，在今河北栾城。

艰难人不免，隐见尔如知。

惯习无从众，全生或用奇。

前林胜每及，父子莫相离。

刚吟毕，而墙阴丛竹间有人亦吟曰：

孤雁不饮啄，飞鸣声念群；

谁怜一片影，相失万重云。

望尽似犹见，哀多如更闻。

野鸦无意绪，鸣噪自纷纷。

又闻一人接吟曰：

汉北豺狼满，巴西道路难；

血埋诸将甲，骨断使臣鞍。

牢落新烧栈，苍茫旧筑坛。

深怀喻写意，恸哭望王官。

又闻一人接吟曰：

乱离知又甚，消息苦难真；

受炼无今日，临危忆故人。

纷纷乘白马，滚滚着黄巾。

隋氏留宫室，烧焚何太频？

艳冰在庭除侧耳连听三人吟诗三首，默思：“予偶吟杜甫《猿》诗一首，讵有人和杜之《孤雁》《王命》《遣忧》三首，皆助予之叹息。能吟和此诗，人必非俗，可往访之。”遂下阶至墙阴，有三人倚立竹林间，见艳冰至皆趋揖之曰：“适闻贵人朗吟，令人感慨，放肆吟和，唐突之罪惟望恕之。”艳冰答：“言重。”影里见一衣白，一着皂，一披褐，皆发须半苍。随即通问，艳冰曰：“周姓闽籍仕吴，随旌抵燕，因亲老归养，迷途投宿贵庄，旦晓即行矣。”三人皆赞曰：“思亲归省，孝行可敬!”亦通姓名，衣白名白望，衣皂名马长尔，衣褐名郭琳，皆属公孙之庄客。

白望曰：“今夜幸遇词宗光降，得聆教益。但此处浊秽，奚堪贵人驻足，奈何?”马长尔曰：“同步对面山坡，坐月一叙可也。”遂开墙门，邀同艳冰度小石桥，至山麓分坐岩上。白望曰：“郭、马二兄常恨山僻无人知己，今夜既遇高人，将近作呈献品题。”郭琳曰：“吾侪亦敢言诗耶？惭甚惭甚！但钟子期既遇，务须求教，有俚诗一首呈正。”吟曰：

乱鲁负虚名，游齐感宁生。

侯惊丞相喘，用识葛卢鸣。

黍稷滋农圃，轩东乏道情。

近来筋力退，一志在归耕。

艳冰赞之不胜。长尔曰：“郭兄高吟，老马诗病复发，亦有歪诗一首奉呈。”其诗曰：

长安城东洛阳道，车轮不息尘浩浩。

争前贪利竞着鞭，相逢尽是尘中老。

日晚长川不计程，离群独步不能鸣。

赖有青青河畔草，春来尤得慰羁情。

艳冰又甚赞之，谓曰：“列位如此高才，何不图步青云，而为人之门客乎？”长尔曰：“形猥质陋，怎敢他望？”言讫卧地，哪里有人？竟变一马、一牛、一犬，一齐跳跑。驰至岸畔，将前爪腾跃，向岸上画写，如写字状，画了数行，又同围绕驰骤。艳冰看之，竟画成字，上写：“文明光降，诗兴勃勃。慕效东阳，共常坐月。”

艳冰看毕，惊甚，忙潜入屋内。时谨和尤在房未睡，艳冰突入，告之所见所闻，谨和亦惊甚，随共唤起各子侄，同出房外廊探看。那三畜闻有人声，共走出竹丛，一齐跑跳，由内门穿出，同奔至对面山坡。艳冰同众人追及，共听其作人语云：“吟罢同唱离莲花，唱到离离莲花落。”众看大惊。那马、牛、犬三畜又盘旋驰骤数匝，同跃上高岗排连蹲踞，张口作人语，又歌曰：“离莲花，离莲花，离离的莲花，离离的莲花，莲花莲花落。”

只此五句，三畜接连歌之不歇，山高夜静，远近皆闻。莲花山下乐忍庄中之老幼男女皆携带去看，惟一老村学究皇甫尚因病未去，令学生们抄录崖上所划之字句来看。随抄写至，皇甫尚看了，以学生不通，抄写出错别字来，哩莲花之哩字尽抄作离字。学生辩无错，人人都照此抄去。皇甫以内无一个有学问，必须自己去看方明，顾不得病，令诸徒扶去看。

那山麓之人众听三畜唱莲花落，到诸意[①]随帮腔[②]，有板有调[③]，如高山流水，竟演成一部《闹天街》戏文。正唱得有趣时，忽听得一声如天崩地塌，人皆震蹶。回望之，同惊嘘曰：“不好了，莲花山全埨[④]崩下，房屋没矣！”一齐奔至山下，只见那三瓣峰连岩带土崩半截，将二十余间人居尽数沉不见寸木片瓦。各自查点人数，都去对面山看三畜唱莲花落，有孩童亦偎抱而去，并无一

---

① 诸意：惬意。

② 帮腔：随声附和。

③ 有板有调：合于歌调旋律。

④ 全埨：整座（山）。

个在家，连那病先生亦扶出庄，刚过小石桥，幸人无损折，惟六畜代之一劫数也。

公孙谨和又惊又喜，至对山陪奉艳冰。那马、牛、犬唱至山崩便闭口无声，众看之，俱僵死于岩，皆感惜不已。天既明，艳冰将去，通众遮留不放。先议以三畜乃泄漏天机，必遭冥遣，建设罗天大醮为忏禳，以报其德。就山择穴葬，如人之礼，各备棺槨筑大坟茔，石牌标“精义郭琳、马长尔、白望三先生之墓”。葬之日，公孙通族男女皆登山致祭。

族中有别业[1]者前往住止[2]，无别业者即于山傍盖搭寮厂[3]栖身。艳冰早安屯于溪西仓屋里了，至看建七昼夜罗天大醮毕，又将行。谨和谓曰：“恩星降临，为寒族解脱活埋大劫，此恩此德，粉骨碎身难报！惟有攀留数时，略伸诚意，稍酬于万一也。今涓埃来报，岂肯遽放耶?”艳冰以思亲心切，再三恳放。

谨和又曰：“知公至孝，但忙不在一朝。恩公程途未谙，大道旌旗金鼓不断，小径虎豹狼甚多，斯文无伴，越四千余里之关山，能保无虞耶？再祈暂屈数时，俟塞北之大兵过尽，山南之屋宇落成，与众酬谢诚敬，以表微忱了，然后薄赠盘费，聘蹇遣从，出谷登途，指日可到贵乡，惟俯察之也。”艳冰曰：“言皆重，敢不禀遵？惟那夜晚生若无三贵畜神变引出，亦同殉于土中矣！诚乃山灵之默佑，贵族之洪福！晚生犹藉邀免，今反归功，令人惭愧。”谨和曰：“虽属神明之造，究其根源，无恩公之光降，安能至三畜变异，遨游献诗画字兴歌，使一庄男女去看，免遭此劫？老朽知恩不谬，恩公休得谦让。”艳冰遂被留住矣。

那皇甫尚家只隔数里，山崩时，儿孙赶来扶回去了，所病被山震惊愈。谨和曰：“老弟那夜还抱病，怎知山崩跑出耶?”尚曰：“无学才留此残喘，义畜分明叫我们离莲花，以避其落，竟解不出，只说是效郑元和之哩莲花，犹骂学生们欠通，哩抄作离字。他们辩不错，因与赌输赢，才扶病去看。刚刚离莲花，而莲花落矣。免于活埋，实无学之至也。”艳冰曰：“此乃老先生大有学问处。若无学者，不知哩莲花之来由，以同音便是，怎至扶病离莲花之厄？说无学者，反而言也。”

谨和曰：“都不是有学无学，皆是恩公三阳春伸出脚来，勾吾老弟亦离莲花也。”艳冰连声答：“无是事，无是事！”谨和又曰：“老弟既知离莲花之至异，

---

① 别业：别处房产。

② 住止：居住。

③ 寮厂：住人的简易棚子。

还晓得慕效东阳之情景么?”尚曰：“怎的不知？此处即渭南东阳驿之古佛寺院。吾老兄乃院主智高，周艳冰客官巧成自虚，可恰合情景么?”谨和曰：“恩公作成进士不差，惟愚兄不是智高，老弟是敬去文先生耳。”尚曰：“那敬去文、朱中正、卢倚马都有效认去了，独院主高公无人，非兄而谁？请问恩公有错无错?”同呵呵而笑。艳冰闻此相嘲，方悟三畜所吟之诗实是《东阳》[1] 抄习来的，愧自不觉。无敢言答，惟随之而笑。

那公孙之族人又情愿为奴隶，轮值来服伺，艳冰坚辞不去。挪开崩土，搬移屋料，所有金银器皿服物仍在，惟瓦罐竹木压毁、六畜无生矣。谨和因开深旧基，在本屋地中开出一窖存金，计有巨万。谨和不独得，先起一股[2]为艳冰车马路费，一股为畜坟春秋祭，余匀贴通庄重建土木之需。原诸屋宇窝存于山阴，今悬崖崩削，建于山阳。银便工速[3]，不日成之，一连二十八间，坐山临涧，较华丽于前。会齐同日入宅归家，遂轮流接待艳冰，以二老追随艳冰。

那日在园亭共赏新荷小饮，因谨和温慈和煦，艳冰曰：“老丈之涵养容恕，古今无双。”谨和曰：“欲为之而未能，敢当此过誉耶?”艳冰曰：“并非妄誉。曾闻贵庄数次获盗皆不究，优厚赠之，古之圯桥胯下不及也。”皇甫尚便答曰：“此不过吾老兄弟之小忍，更有前之百忍，说出才异。”艳冰随请说知，谨和曰：“此早岁之丑事，说出令人齿冷。”尚以佳而不丑，迫令说之。

正是：无理藉强才是丑，非呆能忍便为佳。欲知百忍，且看下回分说。

---

① 《东阳》：指唐代传奇小说《东阳夜怪录》，写主人公成自虚夜宿佛寺，听到后来的客人卢倚马、朱中正、敬去文等吟咏，后来才知道这些人物分别是驴、牛、狗、鸡、猫、刺猬等精怪化人形而聚会。

② 起一股：分出一份。

③ 银便工速：资金没问题，工程就进展迅速。便：现成的，准备好的。

第又二〇〇回[①] 公孙叟甚奇百忍耐 皇甫老更异一回思

皇甫老更异，一回思却说艳冰欲谨和说出当年之百忍。谨和以早岁丑事，说恐见笑，皇甫尚以佳不丑，迫令说之。谨和只得言之曰："老朽先住在山下官道旁，与贱内年各不惑，未生男女，贫无生业，惟卖豆腐度日。一日，风雪霏霏，户掩柴扉，路断人迹。薄暮见一老叟，敝衣跣足，张破伞冒雪而过；怜而呼入，以壶酒与御寒。叟感之，知老朽贫未生子，于怀中取出一张字赠之，曰：'此乃太和图，上有一百忍字，请勉而行之。若行一忍，环去一字[②]，至完满，财、子、寿随之矣。'言讫留不住，仍冒雪而去，不言姓氏。衣虽褴褛，气色不俗，形迹甚异。因不敢疏忽，遂将百忍图贴内厅壁上。

"数日霜雪始霁，拮据本钱开店。清早豆腐正捧出架，适遇两狗相咬，豆腐架却被撞倒，豆腐尽覆于地，一狗之足被架伤，跛而散。须臾，跛狗之主来较，曰，掷伤他狗，将毙，索偿寻殴。老朽不敢与较，即将身上衣服脱偿之，以温语褒[③]去。随进内厅，将忍字环去一个。次日又贷本开市，有一孩童，父与二文钱来买豆腐，孩童匿去一文买饼吃了，只一文买豆腐。老朽打一文豆腐与之端回去，其父兄赶来，以欺骗小童，二文钱只与一文钱货，将豆腐一起翻倒。老朽只是认错，赔尽不是，送还二文钱方歇。赶收店门进去，又圜去一忍字。

"那时无处再借本开店，因闲，将一口缺锅放仆[④]在地，正去取刀刮[⑤]；适有邻人推门进来乞火，眼不看见，大脚将锅踏破，脚被锅割出血。说是害他，回去叫母、妻来店内，家私杂物尽打碎。老朽同贱内吓得无处躲，只得认罪，愿奉药资代为医治，即将床上棉被，贱内身上棉袄抱出去当钱与之，约医未愈再来取凑，再三求之方去。忙闭了门，进去环一忍字。随同贱内收拾破碎家私，

---

① 藕根斋本第 200 回序号重叠。

② 环去一字：圈掉一个"忍"字。在一个"忍"上打圈，表示去除。环：打圈。

③ 褒：劝慰。

④ 仆：倒覆。

⑤ 取刀刮：取刀刮锅底。

遂三日闭门不出矣。

“讵通乡闻此一宗事，大为不平，皆骂老朽何怯之甚。老朽不认怯，惟认自己不是。通乡人见冷灶断烟，家伙[①]罄空，各家公鸠[②]二十金代为整理家私[③]货物，重开店市。自此生意渐渐如意。积有二十金，将送还通乡鸠赠置物作本之项。有邻乡宁残之子，名罕儿，进店内曰，昨日由此经过，遗失银子二十两，被老朽拾去，肯还我便罢，不还死赖之。老朽未答，众乡邻皆知其诈，共至指骂曰：‘是汝自己不堪，还敢来图赖谁耶？’罕儿答：‘怎的不堪？’乡邻曰：‘汝之妹子自小卖王家作丫头，今已长成。汝父母存积二十两银子，昨日交汝去赎妹回来，汝将银子拿去赌场，只一夜输得干干净净。有人报你父母知道，现在寻拿你回去，要活活打死，还敢来此胡说赖人？不快去，你父此刻[④]来拿了！’

“罕儿被说破，仍赖不去，老朽见其神色异样，拦阻乡邻莫言，谓罕儿曰：‘果有拾得你银，今送还便了。’即取出欲还通乡之二十金，交与罕儿，叫他回去料理。罕儿因有银，便拿了回去。诸乡邻无不忿甚，以老朽何怯如是，未拾他银子，反拿银赔他，将去抢回。老朽再三求罢方止。那罕儿将银拿回，对其父曰不是赌去，是失落街上，被老朽拾去，因向闹动，才讨得回来。他父母正欲再问，只见罕儿脚跳几下，仆死在地。

“原来罕儿把赎妹的银尽输去，闻父母要立地打死，吓了去山中采食了毒草，去赌博场图赖。至则场闭无人，因无处投奔，撞入老朽店中。将银送他出门，死在自己家中。他父母以老朽不愿还银，将他儿子毒死，把尸首抬来打人命[⑤]。老朽闻知，同贱内躲避邻家，由他去打。众乡邻不忍，将去理较，老朽阻之曰：‘其人初至，凶气正盛，阻之愈触其怒。须任之，打至手软凶退，方可与说。’人又笑老朽之懦。

“须臾果自打自歇，方有邻人进来谓曰：‘不查明白，乱打人命？汝儿子将银拿在某处赌博场，被某人某人赢去，吓了自食毒草，要去赌博场图赖；因赌博场人走户闭，无处可躲，撞进此店中吓诈。因老朽畏事不辨真假，取银代赔，银拿回去，毒发死在自己家中。冤有头，债有主，不察实情，敢移尸到好意赔银之家来打人命？说别不信，只看汝儿子拿回之银是汝赎女之原银不是？一看自明矣。’他父闻邻人之言有证有据，又取看，果非原银，方知人命打错，银便

① 家伙：家产。俗字也作“家赒”。

② 公鸠：共同凑集。

③ 家私：家具，工具。

④ 此刻：马上。

⑤ 打人命：旧俗，遇有人横死，亲属纠集乡人前往仇人家打砸报复。

掷还，欲将儿尸抬去赌伙家中去打。老朽知之，赶至承认银实是我拾得，原银别用去了，以碎银抵还。汝们既抬尸到此打人命，我有何怨？要打再打，要赖是我毒死汝儿，只得承认，应得何罪，我愿当受，切不可抬去负累别人。

“宁残闻老朽此等说，停思了一会，答曰：‘汝都有此宽洪大量，我岂无一点回心转意？原是我的儿失教不堪，死犹恨迟，怎么还来赖人？今一总不计较，都歇了，将他仍抬回去，自己来收拾。’宁残说了将抬去，老朽又阻之曰：‘不计较肯歇便，幸甚矣，惟不可再抬回，就此代备棺衾收殓埋葬，俾免往返周章。’宁残怒曰：‘此等不肖儿，还有什么棺衾来装？拖去山上，与鸦啄狼扯，才消其恨！’其母泣曰：‘虽然不堪，可念独子，听其收埋罢。’宁残愈忿，将妻推开，把罕儿尸首拖起，自行背负走出，众拦不住，经去叱羊山丢于山岩上面，回来果不再较矣。

“老朽因怜独子而殁，女又难赎，即将掷还之二十金向王家代赎其女。王家闻说，义不收价，将女同身契亲送还之。宁残欲待有银再赎，无银不收纳，仍将女送还王家。似此有银无人受，有女无人收，实无奈何。那赌伙感老朽代他承当人命重情，至事歇，各吐出[①]赌赢罕儿之原银，如数与老朽为赔偿打毁屋宇家私之资。老朽怎敢受？令拿去宁家，以原赎女之银还彼赎女，庶几彼此无让，骨肉重逢。诸赌伙恐见触怒，老朽随带同往说明其情。宁残将银收回，前至王家赎女。王家收银，女始带去。

“老朽以前银既出，怎好收回？因与乡人相议，将此银拿去叱羊山，为收埋罕儿暴露之骨。遂同数个人备棺雇工人上至山顶，见罕儿之尸首，群羊围绕舔舐，以为被扯碎不全。至近，羊皆走去，见尸手能转动，眼能开闭，异甚，呼之能答，问：‘焉能复生？’罕儿曰：‘先皆不知，至眼微开，见群羊在浑身舐嗅，觉爽甚，由之，日夜如是不去，渐见精灵，[②] 惟软不能起。’原来所食乃水莽草，非断肠草，惟毒死，肠未断。羊专治毒草，因悯其死，同护卫收毒接气，三日复活，今已五日矣。老朽喜之不胜，奔报伊母妹同乡邻，皆喜甚。惟宁残犹怒，持刀往杀之。老朽吓甚，再三劝之不听，只得哀恳，犹不听。众乡邻哄斥其残忍，将反杀之，始止。

“随抬回，交老朽代为调养教导，至能改变，还他父母。谁知罕儿复活后，在老朽家中不须教诲顿自改变，并不出户，日夜埋头苦读，尚无半载，改名宁化龙，赴乡试，遂首荐得解元。王家妻之以女，老朽始将交他父母。那时宁残

---

① 吐出：返还（侵吞的财物）。

② 渐见精灵：逐渐有了精神。

之恨虽消，仍不收回，以老朽即与为子。老朽虽无子，岂夺人之嗣？决不纳，宁家始收回。因感羊再生之德，老朽前既出之二十金，王家亦出赎女之二十金，在叱羊山建一仙羊祠，以报其德。

“这一场老朽自不知其忍，皆诸乡邻公评代环。起初罕儿入诈，即取银赔之，可环去一忍也。非我之干过[1]，人来打人命，不与人去理较阻止，又环去一忍也。既说明，人知打错，欲去打别家，犹将留住承认当罪，又可环去一忍也。人欲将尸抬回自去收拾，又留住欲代收埋，又可环去一忍也。不恨家中被打狼籍，犹出银代人赎女，又可环去一忍也。不受人代赔打毁家私之银，转与人为赎女之资，又可环去一忍也。人既弃尸数日，不避腐臭去代收埋，始知复活，又可环去一忍也。人忿杀复活之不肖子，代膝行恳之方免，又可环去一忍也。收留人之不肖子教诲能改变，得隽成名，又可环去一忍也。人愿将既留之子不收回，与之，宁己无子，不夺人之嗣，又可环去一忍也。惟此场事，被公评连环去十个忍字。

“老朽不敢自信，以后遇事便忍。惟人皆知之，自戒不来生事，亦无甚可忍也。是年冬，贱内生育，随有富翁将此全座之莲花山相赠。老朽招同本族来开荒报垦，盖屋毗连。自此十年之内连生六男二女，垦成业，渐丰裕。二十年始环去九十九忍，惟余一忍，延至三年不能环周，殊为慊根。

“时男既婚，女既嫁，值六十四岁之贱辰，儿孙备家宴同坐至半夜，突有一人排闼而入，乃赤胡白眼，皂袴黑衣，左手持人首，右手执钢刀，血染浑身，立于阶畔。一家人吓退，老朽迎问：‘何来？’那人曰：‘不便说名。此乃本州刺史之首级，因残酷甚，吾父被其架虐，死于非命，犹将族诛。昨夜被吾潜入衙内刺杀，逃去无处存躲，闻公乐忍，特来相投，惟求借存[2]数日便去。’老朽遂纳之，安顿于后厢，备茶汤酒饭款之。谓贱内曰：‘常恨缺一不能周太和之数，今天送此人来，而功成道满矣！’

“贱内蹙眉曰：‘前九十九忍都忍得，惟此一忍殊为不可。存匿戕官之重犯，但恐百忍功成，而一家命休矣！’老朽曰：‘岂不知留之不得？但百无一拒，惟此拒之，把前功尽废。但得遂其素愿，便族诛之亦何憾也！’诸子、婿、女、媳、孙曹皆来苦谏，均斥之，恐偷去首告，将前后门封锁，锁匙随带身中，进厢房陪那刺客矣。至天明而官兵已至，破门拥入，搜获该首级，同刺客并一家十八口尽行拿至都城，立即斩决，一齐上绑。因见妻儿含泪相望，老朽随高声

---

① 干过：涉及责任或引起纠纷的关系。

② 存：藏匿。

念曰：‘幸能全百忍，何恨死九泉！’

剑子手开刀，见妻儿们头先落地，及至自身，惟觉刀过如冰，头落如雷，闻大响一声，蓦地惊醒，冷汗淋漓，却原来是一场大梦矣。因惊诧，贱内呼问，老朽将所梦告之，贱内异甚曰：‘三年不飞，飞必冲天；三年不鸣，鸣必惊人！君常恨未得全功，今得此一梦，大结尾可完全美满矣。’老朽曰：‘梦何足为凭？’贱内曰：‘人生行乐莫非皆梦，此乃天君以梦试之真伪而定案，一真满盘皆真，一伪满盘皆伪，怎以无凭乎？’老朽以言有理，遂将太和图环周。环既周，有敢置之不问耶？嗣后遇事仍愈忍之，将原环周而复始，再来重环。今老朽同贱内年皆九旬，怎能再环的满，遗与子孙续之可也，今又重复二十余环矣。敝庄曰乐忍、贱名曰谨和者，皆因此也，祈勿哂为无火之痴愚可也。”

艳冰闻之异甚，拍案曰：“老丈之百忍逾于张公艺，公艺惟致和家庭，老丈犹救济于外人，救多少之性命，济无数之危急。漫言太和图重环难周，以晚生度之，重而又重，至数百重亦能周之矣！似此虽无辟三才之寿，亦有献雉羹之龄耳。”谨和曰：“不敢当此过誉。”皇甫尚笑曰：“吾老兄有许长[①]之寿，无故人来追陪亦不妙。”谨和曰：“有老弟在，还有何人呢？”尚曰：“我命怎延得许久。”

谨和曰：“汝寿逾我多甚矣。”即谓艳冰曰：“恩公闻老朽之百忍，便谬誉之，犹不知皇甫老弟之一忍胜过老朽万万矣！若论他之寿，不止辟三才，应与阴阳浩劫同耳。如不信，亦令说出，才知其奇。”皇甫尚曰：“勿听他捣鬼，老拙不能忍，如能忍，那夜学生们抄歌来，便不成辨字眼打赌亲自扶病去看。惟独早年遭际颠沛时，蓦一回思忍住。余无之不可说出，如说，实自惭愧。”谨和曰：“惭愧，再无夫妻磨豆腐之甚！”

尚说曰：“老拙世居山后，自幼背驼屈而不伸，人号为鳖鱼灯。少蒙父母荫下无忧，长失怙恃，衣食是虑。因思虽然残疾，别事不能为，犹能记账走动，遂雇人工，牧养马匹为生活。计数年，马大蕃息，家颇丰裕。乡中有一贵公子韩栓者，权势甚高大，看有骏者便拉去，不致与较。白手抽丰[②]了犹不足意，随驱牡来引牝，不数时牝牡为之一空。托人讨之不还，将银赎之又不还。无奈老拙亲自去说，不还犹可，辄触其威，将老拙拿送锦衣卫，以私畜战马将谋不轨置诸牢狱，家产抄封。因无确据，作疑狱禁锢七年，幸遇赦始出。先是妻子同时系狱，讯无实迹，释放宁家，家产亦还。谁知妻子并家产被韩栓谋夺，妻女志不事仇，皆死非命。

---

① 许长：那么长。许：那么。

② 白手抽丰：白占便宜。

“至老拙出狱，无家可归。乡邻皆代痛恨，议讨必复触其怒，议告实无奈其何。老拙思：既家破人亡，留一残废于世上何用？不如侦韩栓出，刺杀之，以雪深仇，死亦愿矣。随依古庙栖止，幸有故人提携薪米温饱。觅一利刀存于腰间，日不见出，侦于夜。那夜访知韩栓独去邻庄饮酒，半夜方回。老拙遂伏路旁草缝间伺之，思那贼归必醉，醉而脚软，结绳绊跌，割其首丢泡粪窖，方泄此恨。伺至三更犹未回，因细思：自己前身做甚愆过，今生报我体屈不伸？前生负韩家甚冤债，今生始受此等偿报？前世不是谋占韩栓之家财，便是谋夺韩栓之妻女，今生才还报之甚也。何不今生勉力为善，以期来生？如再杀韩栓，又结一层夙怨，来生又报之不了，生生世世皆如是也。

“因此一回思，把怨恨二字顷刻化于九霄云外矣。刀便弃草丛中，转身回去。恐碰遇韩栓，赶跑几步，不觉对面碰着牌坊柱，仰跌在地，人遽昏迷，半时方醒。至神定站起，觉身倍高，手向背扪，脊直不曲矣！不胜骇异，不用埋头走路，仍归古庙。次日人过不识，故人来亦认不出，因认得声音面貌，骇问何屈而能伸？答以妙药医之，皆信以为实。当日养马蓄息时，亲戚填门，至被诬坐牢，无见一人，出牢后又统不见，何也？前避者以真谋叛，恐累及之；今躲者为缺衣食必苦累之。今闻屈而伸以为异，才有一二来看视。纵穷甚，亦不启齿告贷求借。惟有几个旧好时常往来，或叫到他家食现成饭，或代出银作小生意，老拙统辞之。因古庙后有隙地，将开种蔬菜糊一口可矣。

“俄有人来，乞医背驼之药方，答并无此方，人遂去。次早，有李顺者亦旧好，以百金来买方；因推无，直加至盈千。老拙曰：‘何处驼子有此等富，以千金求药方？汝回去对他说，驼背无药可治，不可被人哄骗，空花千金可惜。’李顺曰：‘既无治，你背从何而直耶？’老拙曰：‘怎比得我，我能用三分回思医直了，别人何能用得此药耶？’

“李顺生气曰：‘你在监牢放出来，饭没得食，衣没得穿，都买得起来医。他有万万家财，慢说三分肥蛳[①]买不起，如要百斤香螺，顷刻都有呢！’老拙笑曰：‘汝说哪肥蛳耶？如是那肥蛳，果然容易。惟独这回思，其实艰难，敢量[②]他买不起！’李顺又气曰：‘汝怎知道他买不起？世间至贵之药惟有人参，他现今人参下手捧几捧，丢在锅里煮汤，舀一猪腰桶[③]，人倒桶里[④]去泡，泡冷了，倾撒阴沟里，一天总泡一次。三分之肥蛳再没有手捧之人参值钱，汝敢量

① 肥蛳：“蛳”指螺蛳。李顺将“回思”错听为“肥蛳”。福州话 f 和 h 不分。

② 量：谅，估计。

③ 猪腰桶：一种形似猪腰子的洗澡盆。

④ 人倒桶里：人躺在浴桶里。

他耶？’

“老拙闻此亦骇异，再三诘问：‘实是何人托你来求？’他总不说其人，只管究问回思何处买？老拙被缠厌，辞又不出，骂亦不去，其实无奈何，竟缠一天至晚还不去。念是旧相好，亦有照顾，只得对他实说，才得开支[①]。谓曰：‘善欲人知，不是真善。此事本不与人言，今被你缠的无法，不得已与汝言之，切不可外扬。’遂将那夜存刀欲行刺韩栓，等之未至，因一回思，丢刀跑回碰柱跌直的缘由，从实说之。李顺方知其情，慢答曰：‘只道是河里之肥蛳，原来是心中之回思，永古[②]猜不着，果然有银无处买。’言讫遂去。去时犹嘱勿外言。

“过两日有人带一乘肩舆来说，几个旧相好在某乡绅家商议事情，来请老拙。遂登舆，抬入大屋内进下舆，堂上铺设甚华丽，有二人延老拙登堂正坐，因未敢坐，遂被协[③]按坐上[④]不能动。内出一驼子，在前阶前跪拜磕头，连声曰：‘罪该万死！’老拙因被协住，爬不起，惟问曰：‘何事故？可起来说，不必行此重礼。’那驼子仍磕头不休，又连说韩栓罪该万死。

“因闻韩栓二字，仔细睨之：头脸是韩栓，身子不是，看其标贴门第衔头又是。随问曰：‘你可是韩公子么？’他答：‘是韩栓。’此时知是那贼，由他去磕，暗思：‘这贼果然厉害，所有一群之马、妻女家产尽谋夺去，犹不足意，又将我这鳌鱼灯之身躯亦夺换去，恶之至矣！’即曰：‘我道是谁，原来是韩公子。慢些拜，听我说了再拜。前与汝讨马，便触汝怒，拿我到官，置之死地，坐长监七年不能死。今抬我来，汝是贵人，我是贱人，贵人拜贱人，欲将我活活拜死么？实实前世与你何冤，结得许深[⑤]？’他答：‘前次已害之甚，怎敢再害？因公那夜回思不杀栓，弃刀跑回，背驼跌直，将驼移在栓背。公不杀，天为之代报。知过无以识改，今迎公来为父，与栓夫妻晨昏孝敬，以补前愆于万一也。’言了，唤出妻妾子女罗列阶前而拜。

“老拙愕甚，曰：‘汝既知过便好，且放我起来，问明缘故再论。不明不白，空拜无益。’他随令二人放手。老拙问之曰：‘我背乃跌直，汝背因何而驼？我之回思，汝又焉得知耶？’栓曰：‘因那夜去某处饮酒，三更回至路上，因醉脚步踏空，跌落坑下，将背跌驼。挣扎爬起，蹒跚回家，百般调治总不能伸。因闻公之背乃妙药医直，密托公之相好去以千金求方。公被缠，实说无可治，乃那夜一回思不杀韩栓，丢刀而回，驼遽跌直。那时直遽跌驼，算其时刻，乃与

---

① 开支：打发去。

② 永古：永远。

③ 协：强行扶持。通“挟”。

④ 坐上：座位上。

⑤ 许深：那么深。

公前后步同时而跌。草中果寻有刀，一家吓杀。

“天之报应无得挽回。遂与妻子相商，惟效公之回思，接公来服伺奉养，稍赎前愆。’老拙闻此，腹中笑甚。原来李顺代他来求方，因思：‘怨恨已化，今要我为父，正没处投傍，倒也做得过，要约明才可。’随谓：‘不弃嫌欲与为谊父，只得从命，务要始终无二，不可厌而逐也。’他答：‘一拜终身为父，若有怠慢，天雷劈之！’老拙遂留。

“自此衣食半载不怠，果真无伪，遂谓之曰：‘汝既知其过，不在我之一人，还有多人，只奉承我一人何所用？以后可不必如此，可去查检上手[1]所占夺之物业者，皆倍还之；有陷害人之颠沛者，皆提掣之。众怨一消，千祥云集，屈便自伸矣。’那贼竟依而行，果那背渐渐不医而直，未及匝月，竟复原体。谁知那贼捐有官职，将出缺，而背跌驼不能上任，故急之甚。今屈能伸，仍做得官，喜之不胜，随投供补授山西县佐，将赴任。

“老拙谓曰：‘汝既改过疾愈，可得为民之父母。我与汝前以怨来结恩，恐将来恩来赔怨。今事既全美，依然与我还古庙可也！”那贼曰：‘有再归庙之理？初迎爹到此时，便将爹爹旧居整顿，百物具备现成了，若嫌此啰嗦，便请过安居。已代聘继母，待择吉迎娶。儿照前奉伺，不敢少异。’

“那时节老拙巴不得出来，一进旧居，大异于前，华丽逾于他家。随娶元氏为继室，从此旧业复整矣。那贼遂赴山西上任，闻有善政，半年间历任为判曹。因请诰封于亲父母，亦貤封于老拙。继室元氏连胎产四男一女，今孙又曾元矣。长子因送他家眷到任，遂被留任，我为加捐，亦为县佐。老拙晚年厌家中杂沓，来公孙兄家中避嚣，教一二学生解闷。前日山崩，家中惊甚，儿孙曹赶来看视，叫老拙回去，至家无数日，仍跍不住[2]，依旧又至。

“虚度岁月已至耄耋，只少公孙兄一岁，筋力尚未甚衰，虽不及公孙兄之矍铄，而着屐游山，犹不倦也。老拙惟此一回思之忍，并无别忍，怎学得公孙兄，环至百忍也。”谨和曰：“千羊之皮，不如一狐之腋。千人诺诺，不如一士谔谔。千总不及一也。”艳冰闻了，亦拍案称异曰：“原来是太封公，多有失敬！”尚曰：“不敢，恩公犹不知公孙兄所代教成名之宁化龙，曾出任为别驾，亦请过貤封之赠公孙兄呢。”艳冰又称失敬。

正在称誉间，有数个公孙之族人突入曰：“有官军来各庄搜拿逃官。庄中有逃官投入，自行拿解者免罪，藏匿搜出者一同斩首。”艳冰一闻此言，魂不附体矣。

正是：正喜颜开闻善事，忽惊魂散捉逃官。如何设法，下回说明。

---

① 上手：以前。

② 跍不住：呆不住。跍：本义蹲，此处为引申义。

第二〇一回　救学士要招东床婿　遇少年诱结后庭花

却说周艳冰在莲花山乐忍庄听二老说早年忍耐回甘之奇异。正在忘机间，忽闻官军进庄搜捉逃官，惊得面如土色。谨和对族人曰："我通庄只二十余户，他来搜，并无存匿什么逃官，惟这位恩公是告准归养，怕他作甚？"艳冰思度："若不早说，却被搜获累及东家，何忍？"便对二老曰："其实晚生是逃官，快将晚生绑献，免累及贵庄。"谨和乃从容曰："岂有此理，恩公都救得通庄之人，通庄都不救恩公一个耶？"随回首向诸族人曰："快议一计，存[①]救恩公。"或以假作妇人，或以薙头装作和尚，或以之存于壁衣，或以之匿于地板下，众议不定。

又有人跑来催曰："快设法，官军即刻来到。"皇甫尚曰："不要慌，恩公快脱鞋袜衫巾，穿带箬笠蓑衣，把一铁锄，去路口田中，充在人中耰草。他搜远不搜近，包管安然无事。"或曰："脸白手脚软，不像。"尚曰："易之至也，到田中泥浆沾粘，便像矣。"众然之，遂将艳冰改扮，拖至田间，杂于众农中耰草。果官军蜂至，一面围搜庄屋，一面穷索山溪，惟田农不问，余皆盘诘，搜远不搜近。等去别庄，才叫艳冰回庄，大喜相贺。艳冰曰："蒙列公再造之德，佩之不朽。今日可避，恐他还来，来日可与晚生回乡，免害通庄常怀鬼胎不安矣。"谨和讶曰："恩公恐将来有人去出首耶？敝子侄辈有受恩公大恩，岂肯行此狗行之事！祈请放心。且留年余，至事冷捕弛，自然送恩公安稳回去。今谁肯放出去投火耶？"众皆劝留了半月。

艳冰因思念："双亲在杭，何等倚闾，我在此羁留，怕死不归，可谓孝乎？明辞不放，莫若逃去，路上再作机变。"思定，侦无人，潜步出庄，觅径而去。至饭时，谨和寻之不见，遣子侄四处追讨。艳冰被其追着，任拖抬不回。二老亦赶至，谓曰："恩公身无毫厘，何往？"艳冰答："苦辞不放，无奈私奔，怎顾得有无厘毫？惟感激不尽，望二太封公鉴谅。"谨和仍要留住，皇甫尚曰："恩

---

① 存：藏。

公归心既决，再强留亦难久，须要拨人护送，如关津隘口，仔细为要也。”谨和遂选庄中二壮丁，将早备之行囊挑至，嘱沿途小心护送，过幽燕抵河南内界，方可回来。因不再回庄，就处备酒作饯。艳冰称谢，各挥泪而别。

艳冰骑牲口，二庄丁轮挑行李，路上无虞，略略放心。至邯郸关口，因囊中黄白沉重，盘诘言语可疑，将三人拘送指挥军衙勘问。艳冰被刑吓，隐瞒不过，究出逃官，申详节度使，以二丁乃在途雇来挑夫，释放。彼时前后报获在杀狐林逃官周艳冰等共三十六员，批详并下，皆下悖逆，俱绑出法场处决。可怜艳冰命在须臾。

绑至法场，方五鼓，一齐开刀。忽起一阵大旋风，独将艳冰刮去不见。该刽子手吓甚，至风定，见一个仆在前面地下，以是艳冰，揪视，乃已死数日之死尸，貌不同。事急了，将头割下，急推入众尸之内，血染糊障，遂无分别。监斩官点尸数不差便是，怎知其假？斩决毕，令备棺收贮存埋山下，各插牌写官衔、姓名、籍贯、罪由。那两个护送之壮丁早已释放，已看明白通报，乐忍庄之男女，无不流涕。公孙谨和皇甫尚曰：“明作飞蛾投火，奈之何。既收埋，且慢去看，俟冷了再去起，还来另葬。今先将魂魄招来安顿，免被飘荡无依泊。”共答：“是理。”遂于庄后山另建一屋，供木牌，写明姓名，延僧招魂，安灵设奠矣。

再说艳冰绑在法场时，将开刀，突起一阵大风，将身子刮起，似有人挟住腾云而去。须臾，落下寂然，定睛审视，却落在人家园亭内。只见桥亭委曲，楼阁翚飞，与宫苑一般。有一老苍头在旁，随问曰：“此何所在？不肯杀我，掣来何事？”苍头曰：“有人不怕被斩，救汝离法场。”又问：“何事相救？”苍头曰：“停会便知。”俄有二青环捧衣巾来，令苍头解开艳冰绑，穿带衣巾，带进内庭。有一半苍老者降阶迎之上堂，分宾主而坐。老者问曰：“老昧住在幽僻，赴救稍迟，乞为见谅。请问贵乡何处？尊姓大名？为何事屈遭此刑？祈为说知。”

艳冰闻是他相救，又见他举止不俗，遂实言曰：“贱名艳冰，周姓，籍闽之福州，忝列吴越内阁学士。因奉命进表，至东郊被辽王带回北徙。缘双亲在堂，乌哺念切，至真定界逃回。因途迷，被莲花山庄公孙氏留住，惠赠盘费，至关口致被盘获，共逃官三十六人，辽主作悖逆斩决。如不得超救，身首早分异处，敢请贵阀，以图衔环。”

那半苍的曰：“原来乃南朝学士公为孝罹罪，可敬！老昧姓高名旮，山荆品氏。弱息名关，年方二八，才貌俱全，欲择佳婿，以托终身，来遂雀屏之选。因访得今早押赴法场中正法之犯官，有一位甚属超群，堪作乘龙，遂遣家丁潜入法场劫夺而来。祈勿嫌弃，一言鼎诺可矣。”艳冰曰：“再造之恩，敢不铭佩？

奈双亲在堂，已娶二妻在室，不敢忘背，望乞恕饶。”旮曰：“老昧意已决，望勿谦让。既至此，不从亦不能去。”回顾苍头曰：“且带学士公外书房安歇，汝慢慢劝解依从了回话。”

苍头引至书房，随劝曰：“学士爷，我家赘为女婿，真属不忝。论小姐，有闭月羞花之貌、赋梅吟雪之才，家富足，无物不有。顺之，享不尽荣华；逆之，则难免凌辱。何不思绑在法场今救来招亲之德，快些依从，与奴婢好回话耳。”艳冰思之：“又一金华之真家，想其能劫法场，必非善类。顺之，背自己甘苦糟糠之恩；逆之，负他人起死回生之德，两俱不可，惟一死而已。”谓苍头曰：“虽然汝主人厚情，其奈家中之情实属难断，宁愿再绑法场斩首，不敢顺从招亲，祈早定夺。”

苍头将此言传进，又出曰：“家主说，既不忘旧，成亲后听从回去好么？”艳冰曰：“一日亦不为，亦不领饮食。”老苍进复又出曰：“且饮酒，从不从再商量。”艳冰任劝，一连五日点滴不沾牙，实待毙。

虽绝食五日，犹不甚痿，常在前后园闲步，看见花台有一青年倚坐太湖石上，头戴花茳生巾，身穿绣蝶月白绫衫，下穿五彩鞋，神采丰姿，恰似新荷出水，蹙眉犹如西子捧心。艳冰见而不问，即回步至书房阶前。艳冰不答，只把手摇摇，便拂手而入。少年因其不答，随口长吟曰：“独鹤不知何事舞，饥鸟似欲向人啼。”

苍头适至，曰：“饥对谁言？酒饭排着，是你不食，饿死怨谁人耶？”少年叱曰：“我宁效伯夷避而死，不学吕布从而生，你晓得什么？何用你多话耶!”苍头被喝退。艳冰闻此异甚，因问：“何事亦欲饿死？”少年曰：“一言难尽。我前问汝，汝不理我，今又来问作甚？”艳冰答曰：“先前不知是同难，只说是高家遣来作说客矣。”

少年遂同入坐于床上，曰：“小弟江南人，缪姓，随父贸易幽燕。回舟系泊邯郸，因贪玩山景，独游误入此园亭内，却被主翁见之，遂留不放，要与他为子。小弟以‘父母在，并无兄弟，自己宗支为重’辞之。主翁又示以巨产，亦不从之。将加箠楚，遂不食他饭，死而后已。肠已枯六日，死期将至，生不能还乡井，死魂归故里以奉亲也。”言讫便唏歔了一会，又曰：“今小弟以肝胆[1]相告，君因何故，亦祈说知。”

艳冰笑曰：“莫道君行早，还有早行人。彼此之遭际，不会而合也。”艳冰亦将留赘之情由告之，少年曰：“今死无憾矣！得同心人从游地下，犹强于生。

① 肝胆：内心隐秘。

可结为兄弟，生，卧起同之；死，魂魄同归故里寻奉双亲，何如?”艳冰应诺。因见少年颜色不瘁，谓曰：“吾弟已不食六日，颜色何无异，果不食他米谷乎?”少年曰：“六日内已绝谷，惟啜些清泉。”艳冰讶曰：“水岂不是他屋内之物耶?”少年曰：“此泉乃上天所沛之甘泉，由远岫穿流至桥下。弟日惟啜以润肠胃，今去取来，与吾兄清解。”遂去桥下取一瓢水来，递与艳冰。艳冰却之，少年笑曰：“兄痴之至耳！苏子卿都嚼得雪，吾侪怎饮不得泉？今既遇同志，且将清胃，迟死数日有何不可?”艳冰听说有理，随接过瓢，啜了两口，令再啜两口，艳冰饮了数口水，顿觉精神清爽。

少年问曰：“苏子卿在异域十九年，诸物不食，惟嚼雪吞毡，后娶番妇生子，有是事乎?”艳冰答曰：“世间惟色是尤物，易移人心，昔贤难免。”

二人自此相依，谈而不倦；忽见苍头又出，见二人调合，谓曰：“汝两个合在一处，可相自勉，为大舅妹夫，共享荣华。”少年骂曰：“放狗屁！谁肯为大舅妹夫。我先未遇此位，死犹未实，今得了同志，死无恨矣。”苍头曰：“你两个好人品，舍得死填沟壑耶?”少年曰：“玉碎香消，乃我二人所愿，有何惜?惟有一件事托汝。我若死了，将我二人用绳缚扎相连一堆掩埋，我到阴司自会保佑汝。”苍头曰：“此有何难?”少年曰：“从今后不许汝再至，三天后来收我二尸。”苍头答：“晓得。”果进去不出。

那少年忽发颤，艳冰以食水所致，少年曰：“无干，乃有是病，有人偎抱即愈，烦吾兄偎抱片时。”艳冰即代偎抱，因亲玉体，惹动怜香惜玉。少年被抱一会，便曰：“好了，放开。口甚渴，再取来饮。”艳冰阻以勿饮，少年曰：“食水凝死，强于饿死。”又去取一瓢水至，谓曰：“弟渴甚，在桥下先食三瓢，带一瓢来与吾兄食，一同凝死恰好。”艳冰遂接过一饮而干，饮干愈觉快，自饮一瓢水，竟忘饥饿。

至夜同寝，少年又发颤，又向艳冰偎抱。那时艳冰欲火难禁，系不住心猿意马，扭开金锁，出露冰肌，琼液先呈于宝脏之门，玉津自向于黄龙之府。表里得相通，辄教眇帅投诚；阴阳纵反背，能诱老僧入定。计就谋成，而全人七宝献下；云收雨霁，其孝子之一朵初开。少年谓曰：“今兄之郁抑可消一半么?”艳冰蹙之曰：“被弟所迷，走错路径，悔之无及！旧恨仍在，新恨又来，安得言消耶?”

少年曰：“弟一生之清白被兄污之，犹不悔，兄何悔之？既为生死友，复结血脉朋，亲爱殊极，金可断，事有不可为，宁缄口无辩，束手而待毙也？来日弟以三寸不烂之舌说之，管叫高氏以不敢要兄为婿要弟为子，默送你我出门。弟遂与兄同归乡里，重会父母妻儿，似此有悔耶?”艳冰曰：“既入其门，任说终难得脱，吾弟休得妄想矣。”少年曰：“明日试说之，能遂便好；不能遂，兄生弟亦

生，兄死弟亦死，敢有异心改志耶?”艳冰曰：“惟此乃吾兄之所愿也，恐吾弟有是口而无是心耳。”少年曰：“恐弟口是心非，可歃血誓盟证之，可乎?”

遂出外面，取一把利刀、两个酒杯入曰：“今来各刺出手臂血，互饮之。”少年先割出右臂血，艳冰亦割出右臂血，各流至一小杯。少年血与艳冰饮，艳冰血与少年啜，各留一半，阴干各存为证，各发誓毕，天已晚，少年又提灯取水来，艳冰饮而讶曰：“何热耶?”少年曰：“此处之泉甚异，日凉夜热，竟不解耳。”艳冰曰：“莫非天怜我二人耶?”少年曰：“天既怜念，不可白饮，须向取些肴馔来。”艳冰曰：“不可与他要肴，此岂不是摇尾乞怜乎?”少年便不再言。

至次日，二人携手看园亭思遁，只见四围之岩壁燕飞不出。柳碧花香，鸟喧人寂，亭台无数，小桥涧水长流，二人游览不尽。艳冰实不知何官之第宅，问之，少年曰：“非官宦，乃避世之人家耳。”艳冰曰：“此莫是弟之故居耶?”少年曰：“兄何以知之?”艳冰曰：“取杯水如自家，穿花径如熟径，知温泉可疗饥，识高隐之非权臣，不是故居何得而知耶?”少年曰：“弟因先到几天，又看庭内对联，有写云：‘地僻堪栖隐，泉清可乐饥。’兄看见否?”艳冰下阶看了，疑之，思：“既是栖隐乐饥之人家，怎敢劫法场?”少年知其疑，谓曰：“吾兄实多心，好事都在此，还疑作甚，至明天转忧为喜矣。”艳冰闻此又疑甚。回至书房，少年以日之泉冷不取，至夜取温的来同饮，两情愈浓。

次日苍头突入，少年问：“何事?”答曰：“前吩咐三日后，来收你二人尸骨。”少年曰：“我们两个已商议且慢死，要与主人讲道理，汝去请出来。”苍头遂入，须臾复出，曰：“主人说不用讲理，二位肯与高攀便好，若十分嫌弃亦不强留，切不可轻生。请缪公子一位进去。”艳冰曰：“要放便放，还说甚话?”少年曰：“怕他说甚话，要进即进去亦可。吾兄在此暂等片时，弟进去即出来，今日即起身同回去。”艳冰曰：“进去须小心，不可落他圈套，务即出来。”少年答：“无虞，自有分寸。”言讫即随苍头进去。

自早晨进去，至午犹不出来。艳冰等得焦燥之间，一青环走出，谓曰：“主人说事已停妥了，叫学士爷静坐无疑，少停自有分晓。”艳冰问：“缪公子进去说话，因何到这时候还不出来? 在里面作甚么?”他答曰：“公子被主母小姐留住，在里面饮酒说话，犹未即出来，还有许久哩。”又问曰：“公子在里面怎么称呼?”青环曰：“呼主母为母亲，呼小姐为妹子，呼主人为父亲，学士爷还不知耶?”青环言讫即进去。艳冰攆足骂曰：“有此忘情背义狗子，竟是吕布投董卓，不即杀之，其恨怎消!”艳冰等得焦燥，又闻此言，火上添油，即取刺血之利刀，随青环进内杀之。

正是：全然为母设谋局，怎不教人动杀机。究竟如何，下文分说。

第二〇二回 艳冰解孝狐一家劫 芳州说全人七宝因

再说艳冰持刀抢进后庭，那少年同二老一少女围坐一桌谈饮，见艳冰持刀凶猛，各跑走入内室。时天将雨，一声霹雳从桌下起，把桌椅杯盘震得粉碎。艳冰不顾，遂入内室寻讨，并无一人。仍出后庭，被那少年由背后伸手夺去刀，艳冰回首将追之，其主人翁出，止曰："学士公且息怒，请坐下，容老昧说了缘由，才有分晓。"艳冰曰："怎不分晓？我不从你为婿，他不从你为子，齐饮血立誓同生同死。谁知那禽兽誓犹在耳，便生心从顺，与汝为子。我独填沟壑，我岂肯干休！"

高旮曰："此难怪学士不动气，但此中有一段含蓄之情由，说明便转怒为喜矣。那少年实是老昧之亲子，名芳州，孝行可嘉。因母氏身伤金刃，无药可救，惟学士身上之宝能起死回生，遂于法场将学士公劫夺前来。恐不肯赐宝，议将小女关关妻之。讵学士公以有前夫人，守义不从，自愿饿死。叫儿假作同难，得与学士公亲近，获宝递进救母。至今早，看母已回生，因数日未食，母妹留食。欲出，忽嗅有磺气，算今日有一劫，应起雷，不知从何处起。方共商议走避不决。恐学士公致疑，特遣小丫环出来安慰。孰意学士公发怒持刀，进杀老昧。正商议避劫，见公凶恶持刀抢至，知来意不善，即先走避，恰好雷即从桌下而起。设使那时学士公不进来，则一家无遗矣。今既说明，叫小儿先出来与学士公先讨饶了行诈之罪，再行拜谢救全家性命之德。"

艳冰闻说，愕甚，思："我进杀之时，果雷从地下起，免四人之雷劫，我有何宝可取耶？"即问："宝从何来？"高旮曰："待问小儿便知。"芳州随出，笑曰："不意斯文人亦会行凶。今既告明了，特来请罪，并谢恩德。"艳冰曰："既然如此，何不实说？"芳州曰："实说不得，无奈何而为此，另日来说。今宴排便，且请进把盏。"艳冰曰："你自食，我原是不食。"

高旮笑曰："学士公何尝不食此处之东西耶？"艳冰曰："何曾有食？"芳州曰："别物未曾食，惟人参食有几斤了。"艳冰曰："谁食你人参？"芳州曰："那日凉夜温之泉水，岂不是人参汤耶？若无此入肚，早多软倒了，今日怎能持刀

来杀人耶?”艳冰知人参汤假作桥下水来诱食，精神才如旧。皆不恶，遂与同进登席。

同饮中，艳冰言及思念乡土，求早放归，免两老倚闾徒望。高旮曰：“且在此暂住数日，自然遣小儿护送还乡。”又谓芳州曰：“你送学士公到越，与贵人亲近，盘桓学些礼义回来可也。”艳冰闻此，喜甚，即以高旮、品氏为谊父母。高旮谦不敢受，亲请出品氏，遂拜契。关关谊妹请来相见，席散辞出。

芳州亦出，艳冰满腹狐疑，诘问：“身有何宝与取?”芳州曰：“身内之宝。”艳冰曰：“身内只心肝五脏，能取之乎?”芳州曰：“只取外之泪、涕、气、津、涎、汗、血七宝，可知否?”艳冰曰：“原来此七件能济世救人乎？若能，虽摩顶放踵犹为之。何不明取，何必设此诡诈耶?”芳州笑曰：“七之中，六可明取，那津亦可明言取之乎?”艳冰低头一想，果难明取。又问：“此七件人人都有，独择于吾身何也?”芳州曰：“吾兄端人也。”艳冰曰：“十室之邑，必有忠信。天下端人若干，岂独惟我一人？况且法场岂易劫夺乎？观吾弟一家皆纯良，并无一人强猛，安能于军马中夺来？中间必别有乾坤，所言皆虚，祈勿再隐，说出实话，以解兄之狐疑。”

芳州闻“狐疑”心动，答曰：“实告兄，我非凡人，乃狐也。但狐之种类甚多，品行亦各殊，如世之智、愚、贤、不肖也。双亲皆千余岁，弟与妹将千岁。世守岭洞，指高为姓，世行阴功，从无害物。屋厝皆购料，遣六丁六甲建置；所有食物器用，皆发银钱遣家人凭价买来；行事遵循古圣贤；婢仆选收山猿野兔；不比那一种戴骷髅迷人采补者流。昨设诈盗兄之七宝者何也？乃因弟出游归迟，老母倚门而望，适劫至，中一远猎之利箭，射透心胸，父妹无措。弟归，即赶上阆苑求还魂草，遇鹤童叱骂妖狐，将捉弟，弟即拜恳诉说：‘在洞修真并无一点为非，因老母被流矢射死，求仙人赐药救母。’鹤童怒骂，以大限如是，无药可救。

“弟再三恳求，鹤童又怒，将呼仙犬来咬。弟因母死心急，不能救回，将撞死于岩石。鹤童拦而阻住，言：‘念你孝心，此处无药，教汝去寻别宝。’弟问之，他言：‘八宝丹能还魂，一乃骊龙颔下珠，七乃人之泪、涕、气、津、涎、汗、血和珠屑抹涂伤处，自能起死回生。’弟闻之，即欲赶回。鹤童又曰：‘七宝非三世全体之人，用之不得。’弟又问之，鹤童曰：‘若不对汝说明，岂不误事？凡人之生，一世为禽兽，二世为人，中间有过失，再为禽兽，一连三世无罪过，则为全人。你等皆凡眼，安得看见原身！我借与一重睫毛，贴在眼眶间，则看得出矣。或人首兽身者有之，或遍身生毛羽者亦有之。须拣一身皆人，无一些少异方用得，此最难寻。惟恐你母尸身变坏，再借你一茎翎羽，含你母口

中，虽日久不至变坏。’

“弟即领回。嘱咐关关妹子去皇都宝库内，盗骊珠为屑，弟遂贴睫毛遍处寻讨。见山下之人果如所言，访至月余，阅人无数，无一全体。那黑早[①]正在苦恼间，蓦然遥空一道金光凌汉，讶而访之，乃云阳市斩决逃官，金光即在吾兄身上，审之乃全人也。喜然，着遣六丁六甲把兄挟住，起一丈风送来此处。因恐殃及监斩官、刽子手，遣五丁预觅一倒路死尸掣入人丛中易之。回家商议，关关情愿舍身救母，配与吾兄为偶，以便取宝。讵兄守义不变，无所为计。只得弟逞身，幸与兄相近亲爱始得，惟血未获，再歃血誓盟，合成全美。暗付关关调制，抹母伤处，果渐回苏。

“昨因商议如何实告，谁知关关备有喜筵，一入便不与就出，忽嗅有磺气，算有雷劫，又商议去避。突然吾兄持刀赶入，雷即从桌下起，一家先已惊走，惟物震碎。此劫过，又俱得五百年之安乐，诚感兄再造之恩德！今将实情相告知，勿以非类憎弃之也。”艳冰闻此曰：“此是吾弟一家之清福，漫说世人，即天仙亦不及也；令人不胜企慕，有敢鄙弃之乎！惟吾弟之本真、兄之金光，未亲目击，不敢取信。”芳州曰：“要信不难。只是弟之丑本不欲兄见之，奈无取信，不得不献丑，勿嫌弃是幸。”艳冰曰：“情义既重，拜谊了，即魑魅魍魉也不敢稍生异心。况此慎百行、振三纲、重五伦之狐仙，敢有不亲爱之理耶？”

芳州喜悦，入内宅取出鹤羽，贴于艳冰眉睫间。一看芳州，果是一个金紫小狐狸；一对镜自视，己之面貌无异，惟头顶金光烂熳，方信言之不谬。放镜曰：“是何缘故？南北间隔五六千里，能遇交契，始知有此奇异，乃不幸之幸也。”芳州曰：“今可信乎？”艳冰曰：“今信了。”

收还鹤羽，芳州曰：“登仙在迩，抬举弟做个酒友，同升上界可乎？”艳冰蹙曰：“今连破三戒，将来金光消退，再世仍作犬马，焉敢望登仙耶？”芳州问故，艳冰曰：“与弟暧昧，破一戒也；从来未发性行凶，昨因不知，竟至持刀入杀，破戒二也；‘父母在，不远游’，今不能归奉，犯不孝之罪，破戒三也。犯此三戒，妄想登仙。”芳州笑曰：“兄以为犯戒，弟以为阴骘。古云：‘救人一命，胜造七级浮屠。’与人暧昧，救活人母，阴骘一也；武王一怒而安天下之民，今兄一怒而解高家之厄，阴骘二也；尽忠不能尽孝，既因孝儿至丧生，阴骘三也。有此三阴骘，愚弟之为仙友可翘首而待之也。”

艳冰曰：“登仙且慢想，兄最挂念双亲，若得回奉，犹胜登仙十倍矣。”芳州曰：“奉双亲不难，一振羽闽越只在瞬息之间矣。”艳冰曰：“既有此容易，快

---

① 黑早：拂晓。

带愚兄回去!”芳州曰:“待料理家事毕便行。”问:“待几日?”答:“月余。”艳冰泣曰:“兄度日如年,怎俟得许久!”芳州曰:“为人子者,思念父母情所不免。兄不必悲伤,待弟先遣家丁去探兄弟消息,以安兄怀,何如?”艳冰曰:“如探得父母无恙,家中安静亦好。惟往返多少时日?”芳州曰:“写便地方、姓氏,只几日便有信息与兄知之。”艳冰随写乡阀衔名交与芳州。芳州既出,遣人去矣。自此两人愈属亲爱。

至五日,芳州入报曰:“恭喜!家丁探回,尊堂无恙,合家安吉,可安心多留几时,亦无妨矣。”艳冰呵呵而笑曰:“说此荒唐话,又来局弄人耶!”

芳州曰:“代人探要事敢戏弄?待弟细言,兄始信。家丁回报:杭州署中,自兄去进表,令尊得偏骷[1]之病,令堂双目失明。忽有令表弟吴云程者,又属兄之娈弟,去闽数年回来,献有宝贝。一家皆喜,令尊病自愈,令堂眼自明。前回籍半途被妖摄去之令郎名新春,又早年失去之令侄名新月,皆被令表弟吴云程寻着。令尊又得两孙生还,喜不胜言,回去福州团聚矣。兄之家庭事虽曾与弟言,那令表、令侄同令郎先去无回,何曾有与弟明言,怎能捏得真名缘由出来?此是否妄言作弄,请熟思之。”艳冰闻了,喜而拍掌曰:“双亲恙愈,吴家后裔还在,周氏子孙失去复回,此乃天大之幸也。是实信不错!今可放心,再留二三月亦不妨矣。”

正是:不转尘寰人四世,怎交洞里狐千年。且看下文分说。

---

① 偏骷:即偏枯,偏瘫。

第二〇三回　救同类女辨族善恶　饮调和酒试狐贞淫

再说周艳冰知得父母无恙，又得表弟、子、侄生回，放心要乐。因思芳州之相已见，尚有内宅之老未知有何形状，欲鹤翎再视。芳州曰：“弟已献丑，一之为甚，岂可再乎？兄若要辨其异，外观之可也。”遂取鹤翎同艳冰出岭洞至高冈，将羽贴于眉睫，遍览山下往来之人，并无一个全体，还有一二全畜类也，历过数次皆然。

忽有两头猎犬在山下逐四个狐狸上来，芳州骇曰：“不好！不好！猎犬来了！弟快走避，兄只在此等。”言讫不见。那二头猎犬各追一狐，至山追着便咬。又追二狐，一狐跑快，跑至艳冰身旁，潜入脚下。艳冰怜之，乘势蹲着，把衣衿罩住。其一跑得慢，被犬亦追着咬死。两犬又来寻讨，艳冰喝去，猎人随至，抬了三死狐，问：“有一狐何往?”艳冰答以走过山岭。猎人即带犬由后山过岭去了。艳冰掀起衣衿，狐已吓死于胯下，叹曰：“有心救汝，谁知又不能活，奈何?”思将瘗之，而芳州至，曰：“吓杀，吓杀!”

艳冰曰：“山野凡狐惊犬，吾弟乃成道之狐仙，亦怕耶?”芳州曰：“物在制不在小，犬如虎豹之蛇蝎也。道行纵深，亦受所制，故畏之。”艳冰将出死狐曰：“四个惟留一个，讵又吓死，有劳无功矣。”芳州接过看，乃一小狐，惊曰：“亦非凡，已成人了。幸未受伤，带回绵煨能复活。”艳冰曰：“何以知之已成人?”芳州曰：“千岁之鹤黄，千岁之鹿白，千岁之狐紫，千岁之龟延上荷叶，千岁之蛇断而复续。此狐色虽未纯，道已成矣。”艳冰脱衣包裹，同回洞内，煨于床上，将帐放下，进着内宅食饭。又出游至暮归，揭帐视之，乃一绝色女子盘坐床中，两泪盈眸。

芳州问其来历、姓名，女子泣曰：“奴家籍贯恒山，名云和。因朝廷大猎剿捕，洞谷安身不得，随父、母、姐东徙至此，惨遭横祸，父、母、姐死于非命。奴家若无贵人救护，亦葬于犬腹矣。今一家人俱死，独留奴一弱质无依，何用?等与恩人言谢，去寻自尽矣。”言讫，掩面而哭。艳冰慰之曰：“小娘子勿过于悲伤，此乃上天注定之劫数。幸喜此处乃小娘子之同宗，正可相依，何至失所，

不幸中之幸也。”二人遂将其带进内宅，与父、母、妹说明来历，皆怜之。因其美，欲与艳冰为妾，留在内梳洗更衣，送出书房。

艳冰再三却之，要留与芳州为室。品氏与昚皆曰：“是汝所救，以供洒扫。”艳冰遂暂收留之，安于别室，凡诸食用令苍头另送，以待几日再议。从此芳州数夜不出，以避二人和谐，密侦之，果无亲近，仍出来盘桓。

那夜二人酒后闲谈，各溯家世，芳州羡艳冰曰：“兄之祖周文王至德而有天下，历祚最久，华裔延之至今犹簪缨不绝。愧弟无有祖德。”艳冰答曰：“弟之祖德逾周氏之二代，不知耶？吾弟乃涂山氏之后。涂山氏佐禹王治水成功，以奠山川，至诸葛武侯之黄夫人亦涂山氏之裔。武侯居隆中时，客至命夫人具面[①]，顷刻面至。武侯怪其速，潜窥之，见数木人斫麦运磨。拜求其术，变其制为木牛流马，其功岂不知欤？”芳州喜曰：“弟之祖德宗功，今夜非兄示知，实不知矣。惟商之妲己岂非涂山氏之狐，何独忘君国耶？”

艳冰曰：“狐皆尚媚好淫，中有德不德之别，德则卫国，不德则刭助君。妲己剖比干心，剖朝涉足，剖孕妇，皆淫媚之甚，致亡君国也。”芳州闻此，怒答曰：“狐皆尚媚好淫，致亡君国。请问桀之妹喜，唐之武曌，并飞燕、太真等，暨兄之祖太婆褒姒，皆人也，何其淫媚皆甚于狐，亦至于亡国败家耶？兄以狐之皆然，有玷于兄耶！即请割席分坐可也。”

艳冰因芳州勃然变色抢白之，亦尚气曰：“吾弟勿撇洗清！自古至今，至无不淫媚之狐！兄便失言，可包涵得些须，何遽咆哮不逊！不过薄社依墙，狐假虎威，惟将兄咬去已也，还有何为？”芳州又听此，忿甚，正思欲再较，必致断情，教之致身无地，便忍住气不再答，出户入内宅避去。艳冰知忿怒，闭户自睡。

自此芳州三日脚迹不踏出，艳冰形影不进内。二老疑之，随查知二人因玩笑争口，至于隔脸[②]。二老令关关与之处和。是夜设席于内室书房，请艳冰，不入，再三说是二老命小姐作六和汤，小姐等候久矣。闻此始入。关关不施脂粉，惟带一朵紫兰花，浑身穿淡，仿佛南海白衣大士，含笑出迎之。艳冰此处始通语言，见了礼。亦唤至芳州，斟两杯酒，笑曰：“汝两个‘狗面易生毛[③]’。有甚大事，临时间[④]作起形状[⑤]？父母命我办席与汝二人处和，先来饮二杯调和

---

① 具面：准备面食（待客）。

② 隔脸：生气翻脸而互不理睬。

③ 狗面易生毛：俗语，喻人因琐屑之事而翻脸’

④ 临时间：忽然。

⑤ 作起形状：指摆出生气的样子。

酒，齐开眉了，再来坐位同饮。”

随将酒一杯递艳冰口里，一杯递芳州口里，各饮干了；便拉艳冰首坐，芳州次坐，自己主坐执壶。一连饮了六七杯，二人并不开口，关关笑曰：“果然咬得厉害！此和解犹不能开，怎处？莫如说个口令来解散。今小妹说个令，只要一个字来拆开，凑成字成句。讲不合适罚酒十杯，如合适饮一杯。小妹先讲，是‘狱’字：狱中两犬争言，把言徙开逐犬。倚口能吠看家，旁田去守畎亩。”（按：狱字乃二犬，今将中间言字不要只二犬，一倚口成吠，一旁田成畎字。）

艳冰闻关关说此令嘲之，默思：“哪有这等闺女，从来未会叙过，初会面便有如此脱俗，其不沉静可知矣。”即曰：“妹子好骂，如愚兄回令，会恼不会恼？”关关曰：“逢场作戏，岂有恼之理？”艳冰曰：“如不会恼，令已便。愚兄讲是‘姦’字：二女上下妍，再凑一女为姦。妹夫有子便好，与鬼相交媿然。”（按：姦字三女来分配，一女配与未乃妹字，一女配与子乃好字，一女配与鬼乃媿字。）

关关闻艳冰此令，并不动声色，便曰：“认错了。何曾是小妹，明是大哥家中亲妹同二个嫂子，因哥不回才分配。”拍掌相笑一回，即催芳州快说。芳州曰：“我是‘想’字：想原一体合心，相隔[1]因是恩深。木枯祈少有省，无目遇人休亲。”（按：想字来开拆，去相留心加因字乃恩。又将相字来拆去木，留目加少乃省字，去目留木加人乃休字。）

关关闻此笑曰：“此都是不和令，皆讥来刺去之刻薄令。今须将抛去不算，再讲起。”各饮了酒，取出一把小刀放于桌上，曰：“今再讲要两个字相似，凑串成句。”即念出二句曰：

“朱与未，争何物，因朱右臂多一肉。”关关讲完，将自己袖抛起，右臂旁割下一块，分作两块，用箸摄一块递与艳冰，一块递与芳州，各令吞食。又续念曰：“今来割下齐分吞，同心共体始和睦。”（按：朱与未只多一撇，撇今割去相同矣，下仿此。）

关关酒饮干一杯，曰：“今应轮大哥讲来。”艳冰思：“彼有法术，肉割下无血又不痛，我如何能比。”推芳州先讲。芳州接令讲云：“戊与戍，争何物，因戍腿旁多一肉。”先讲两句，亦将右边脚腿割下一块肉，分作二，递与二人，亦同吞食。随续念曰：“今来割下齐分吞，同心共体始和睦。”亦饮了一杯酒，催艳冰讲令。

艳冰思：“他二人皆有法术，我焉能此。”遂思二字，念曰：“兄与兑，争何

---

[1] 相隔：相互产生隔阂。

物？为兄双眉长过目。”关关将刀递与，艳冰摇手不受，将自己两眉各拔下一茎，递与二人分吞之。亦续念曰：“今来拔下齐分吞，同心共体始和睦。”艳冰饮了酒，曰：“可合适么？”关关笑曰：“人割肉投兄，兄拔一毛报之，可自扪心过意耶？”艳冰曰：“因素爱才以此报，他人犹不拔与之呢。”

盖艳冰故作此悭吝之语与笑，兄妹闻此果喷酒大笑，曰：“好一个一毛不拔之学士公！”关关曰：“礼义由贤者出，物轻情重，算合适了，请大哥出令。”艳冰曰：“讲令费心思，只有猜拳，公道又热闹，又有酒食，今来与妹子先猜。”关关不辞，兴拳喊叫，互相角胜，各饮十杯。又与芳州对猜，芳州连饮二十余杯，立刻酒涌上，吐而大醉，坐而不住，倒于长几上睡矣。

时夜已深，诸使女皆进睡尽，关关还与艳冰猜拳不歇，皆不服输。艳冰默思：“芳州口健，狐不好淫媚，今乃妹似此脱俗放荡，逾于楚馆秦楼。春话我犹讲不出，她竟无忌惮；半夜无人，还敢与我对酌，可知其好淫矣。今来撩之，看他如何？若上路，好塞她哥的口。”关关见艳冰凝神有所思，谓曰：“大哥，拳何不快出，想什么心绪？”艳冰曰：“愚兄错误，去[①]一大机会，悔之无及，因此迟疑暗怒也。”关关曰：“所悔甚事，可对小妹说么？”艳冰曰：“正要与妹子说明告罪。前日父母有意要招愚兄为婿，愚兄拼死辞却。今见妹子有此聪敏丰韵，追悔不了，惟冀贤妹恕愚兄有眼不识泰山之罪。今生已误，期于来生矣。”

关关答曰：“哥既知悔，妹亦不怪。如有缘份，金刃劈之不开。哥若长留不去，其相会岂无期耶？”艳冰曰：“既为兄妹，哪有佳期？”关关曰：“哥若肯把父母妻室不念，长在此处，明为兄妹，暗作夫妻，有何不可？”艳冰喜曰：“妹子若有此心，愚兄还顾得什么父母妻室！便长在此不回去矣。惟祈订于何时为期？”关关曰：“即明夜三更，小妹自出哥之寓所，可灭火相候，断不负约。今夜已阑，大哥且请归寓安寝，以期来夜。”

艳冰摇手指几上芳州，令勿得知闻。关关唤芳州不醒，任之。艳冰出来，关关进自房去。艳冰回外书房，思今夜非是我正人，关关无不过手，便与芳州得知，关关亦不至被他压制。明夜兄必避，妹必来，恰好落我局套矣。睡至天明起来，一日不见芳州面，因问苍头，他答：“公子因饮酒冒风，病在主母房内服药。”艳冰思：“果不出我所料，果避之矣。”即至隔房见云和，曰：“今与汝相量[②]一事，我因家中已有双室，不敢再纳。今将汝配与里面那青年俊俏之公

---

① 去：失去。

② 相量：商量。

子为正室，乃天生一对佳偶。关关小姐是汝小姑，因昨夜与我私约，今夜三更与我会期，我焉肯为污名丧德之事！今夜烦汝假作我，灭灯于书房门口候接她，带上床。他必知不是我，要去。汝将她抱住不许去，她必如此问汝，汝如此如此答应。汝即管放胆为之，我在隔房潜听接应。有事都是我承当。”云和依从。至夜云和在书房等候，艳冰入隔房潜听。

正是：不作襄王送晓梦，空教神女赴阳台。关关来否，下回便知。

第二〇四回　人狐赴约此替彼代　兄妹讲令拔眼扯脚

再说是夜云和等候至三更，关关果至。黑暗中与云和牵手入内，闭门登床并睡。云和将关关抱住不动，关关因不见其动静，伸手摸其下体，将爬起，却被云和抱住不脱。关关问："你是何人？"答曰："奴是云和。"关关曰："是约与你官人相会，然何官人不来你来？"云和曰："奴官人寄语，谊妹即是亲妹，不可胡为。"关关曰："既晓即同亲妹，不应与订约。"云和曰："试狐之贞淫。"关关曰："他不淫，怎夜夜与你同睡？"云和曰："并无是事。曾说将奴留与小姐之兄为正房，从未沾身。今夜特遣来伴姑。"关关曰："黠人更有黠中黠。今话说了，可放手我出去。"云和曰："要留小姐同睡至天明。"关关笑曰："你以为是小姐么？"云和问："你不是小姐耶？"伸手摸之，始惊而放手，又问："汝何人，敢来诈冒？"关关曰："汝都诈冒得，我怎诈冒不得！齐莫怪。"言讫，即开户而出。

正开门，艳冰提灯赶出，一手扯住，一看乃是芳州。手放下，曰："原来是汝兄代妹嫁，快说来，免作诈冒治。"芳州曰："我正要问你，如何以妾来诱奸，快说来！免拿作卖奸治。"艳冰曰："此女原是留与你作佳偶，今既配了，还不喜耶？"芳州曰："是汝的云和，我不敢动弹弓弦。"艳冰曰："只是抱在怀中，谁管有无弹动。"芳州曰："不可捏诬！今小娘子无意绪，且出去说。"艳冰即持灯引出云和归房后，进房问芳州曰："汝病在母房，怎知妹与我有约？便先冒来，妹子不与你结恨耶？"

芳州曰："你看错人。那关关肯为此苟且之事？她生来天真烂漫，无半点避嫌疑，惟方寸不避。昨夜因你挑她，说妹子有此心，还顾什么父母前妻，便长在此不去之语，订约今夜。她嘱我假作她来赴约，试汝之孝义。幸喜汝亦是假的，倩[1]一替身，不然，不及我狐类矣。今可知狐皆淫媚么？"艳冰曰："还未必。如昨夜乘火抱之，干柴岂不生烟耶？"芳州曰："汝又造化，若昨夜动手，

---

① 倩：雇请。

她即出恶鬼惊汝半死，日后有何脸面见之。”

艳冰闻此，心自战栗，从容曰：“今汝我性情都试出了，可对得天日无愧。惟云和，愚兄言既出，无再纳之理，今配与弟作正室。不日弟与兄同游，得有妻室在家代供菽水，其才貌亦相匹。天明兄进去对双亲说，无不喜欢。”芳州曰：“余皆莫须有，惟说代奉养，不得不从。”

时天未明，二人同进厨房，自弄酒肴，至后园石桌上映星对酌。芳州曰：“今才两心惬合，弟得澈底之情言之。揣兄之意，以弟乃狐类，得变人形，皆采人津液炼成，其饮食用度皆偷而有，皆非也。俟天明，带兄去看库存之黄白，皆千年积流至今。凡物皆赴市平易而来，不盗人之锱铢。双亲无过，兄妹犹童男处女。妹之盗珠为亲故，亦陆绩怀橘[1]，堪称孝也。弟之媚兄，因母难赴资鬻妻，不为愧也。法场劫兄，不害执刑，掣已死之尸充数；御存之珠盗出，不累司守，先抹消其记无考，皆不损人利己也。

“关关妹子放荡不羁，怎不致兄疑其易诱风情！谁知她心质皆空，与人戏谑甚于男子。有法术，设使有人狎之，忽变为赤发獠牙之鬼状，惊走无门。她原终身不嫁，前因救母，不得已欲招兄，兄不受，移之与弟，她脱身甚喜，岂肯私约耶？惟她炼有神术，前之劫法场，六丁六甲是她召遣，探兄之宝眷亦是她所遣，家中巨细之事皆她管督。实不是弟之同胞，乃五百年前，如云和遇劫，一家皆没，独得免，至此相投。双亲原以为媳，她愿为女，果胜于亲生。日属弟之妹，夜属弟之师，常同寝授之心法。虽得秘诀，仍不及其万一也。

“双亲命弟送兄返乡，何不即行？因今岁幸逃劫运，当与双亲庆贺双寿。父之生辰即此几日外，母之生辰迟于一月，祝寿毕，便陪送起程。以云和配弟为妇，以代供奉双亲，弟不敢违，今彻底说明，可无纤芥之疑乎？”

艳冰听完，谢曰：“聆弟肝胆之言，顿开茅塞。从今以后愿拜下风，不敢放肆矣。”话说完，天已明了，各梳漱。芳州入关关闺房，将夜来彼此皆不苟相试之情由告知，关关讶而服之。艳冰至内见二老，先问安，那将云和应配与芳州为室，晨昏侍奉孝养，以正人伦之道。二老应允。便入关关房内，芳州亦在，见关关即拜曰：“愚兄前夜酒后无状，特来请罪。”关关答拜曰：“小妹昨夜失约，正要负荆到大哥处请罪，何反先来？”芳州笑曰：“两个之罪，一半斤，一八两。秤钩打钉，拿来扯直[2]便是了。前妹办是调和酒，今日我来办个扯直酒，如何？”

---

① 陆绩怀橘：陆绩，三国时吴县人。陆绩怀橘是二十四孝故事之一。

② 扯直：语义双关，指“扯平”。

关关曰："亦好！前夜因大哥没心绪，酒皆未饮。今再较输赢，可也。"艳冰曰："有一喜事见报，再来办。"关关问："何喜？"艳冰将所议云和应配芳州，告过双亲允悦，令即择吉合卺等情说了一遍。关关曰："才貌既相当，父母又允悦，怎不喜？只是难为大哥以妾换马骑①。"言讫，掩口而笑。

芳州谓艳冰曰："你看这女孩儿放荡②，自己哥哥也来此等嘲之，怎教人不疑？"随入厨中嘱办酒肴，令仆从打扫花亭，设席停妥，遂邀艳冰看库存。只见金银如土块，谷食似泥沙，不尽之山珍海错，无数之绸缎纱罗。艳冰问："其实何来？"芳州曰："修真先炼金，有山自有土，有土自有金，金既成，无物不备矣。"艳冰又问："诸物皆金所易？从来未见有人买卖进来。"芳州曰："一年惟孟冬一度，妹子开数，分发家丁人等赴燕市一总购来，置于馆栈，遣六丁陆续运回。"艳冰羡曰："弟有此等清福，宰相家、神仙府不及。"又问："金终久能变改否？"答曰："土金炼就与真不异，至久不变。"

十犹未看一二，丫环至，请曰："小姐在花亭候久。"芳州曰："且去饮酒，另日再看。"共入花亭登席，关关洒脱如故，艳冰亦带不羁。芳州曰："前日乃妹子办调和酒讲令，今是弟办扯直酒。讲扯直令，把你两个来扯直。此令将一个字拿来，扯直又是一个字，都要将自己身体作样子，讲合适饮三杯，不合适再讲再食。今我为令官，先讲与汝们看。乃是'四'字：目横分明是个四，将四扯直目才似。"言讫，随手向自己两个眼尾各扯一下，双目横忽变直，排于脸上。

关关顾而笑曰："好脸！你怎敢见人？"芳州连饮三杯。艳冰先让关关接讲。关关不辞，即接曰："我乃是一个'于'字：于脚跷似金莲弯，将脚扯直便是干。"令讲完，将两金莲跷于桌上，向两脚尖各扯一下，顷刻直如春笋。芳州笑曰："好一对蛇矛枪，看你怎踏地！"关关酒亦饮了。

至艳冰，笑曰："原来一个扯直眼睛，一个扯直脚弯，只在身体中寻来扯直，有何难处！莫怪兄夸口，一直要连扯三四直，亦何足为异？"二人皆不答。艳冰曰："愚兄言个'内'字：内字双手长过膝，将手扯直大宽阔。"念完二句，将双手伸直，两脚张开，站着像大字模样。芳州笑曰："这直应夸口。"

关关曰："要让夸口！我走不得路，你见不得人，惟大哥大模大样，多少排场！酒已斟，请收令。"艳冰将伸手接酒杯，讵手放不下，脚收不回，硬如铁铸，脸急得通红。关关笑曰："哥好样式舍不得，将留着排设。二哥先收令，小

① 以妾换马：此处用三国时曹彰"爱妾换马"的典故。
② 放荡：放肆。

妹放脚。”芳州随饮干一杯曰：“令已周匝，各复原体。”一言之，芳州即刻目复横，关关脚放下如旧，惟艳冰大字原形不动。芳州向曰：“大哥怎不放下？”谁知艳冰此时连头都难动，无奈答曰：“收不回，怎处？”芳州即向搬之果然动些不能。关关笑曰：“大哥上了绞架？”艳冰知关关暗使怪，无奈，陪笑曰：“比绞死更吃亏①，求妹子饶恕。”芳州曰：“还夸口么？”连答：“不敢，不敢！”

芳州曰：“既服了，妹子饶他罢。”关关曰：“与妹何干？妹又未扪大哥身上一下。此乃大哥说大话，自己身上三尸神②见过罚之。二哥要讲人情，可对三尸神去讲。”芳州答：“我言轻，即劳妹子代求之。”关关曰：“那三尸神亦好酒，不须妹讲，只与他一杯酒食，便饶了。”关关随斟一杯与芳州，转递与艳冰口中。艳冰酒入喉，脚即刻软下，坐落椅上，骨头皆散，敢怒不敢言。关关曰：“大哥，从今不可说大话，再犯三尸神，无人讲情矣。今妹作令官，先出令。”艳冰想：“令讲他不过，作诗可压倒他。”

正是：作诗当赞我文士，割肉难陪此黠狐。作出何诗，下回分说。

① 吃亏：难受。

② 三尸神：道教认为人体有上、中、下三个丹田，各有一神驻跸其内，统称三尸。

第二〇五回　不服输谊兄妹醉死　即复活狐男妇完亲

却说艳冰想讲令讲他不过，莫若作诗考之，即谓曰："以妹之名为题吟四句，不许现出。"饮一杯念曰："一自丸封愈壮哉，坚如金斗拱三台。八哥巧言言难过，惟待将军夜渡开。"吟完，应轮芳州。

芳州饮了酒，亦吟曰："紫气来自胜，秦中百二强。子胥方举鼎，回首鬓如霜。"艳冰称佳，酒饮三杯。芳州饮了，应轮关关。关关曰："小妹不会作诗，只将大哥前诗拿来改数字，将就搪塞，可使得么？"艳冰答："更妙。"关关念曰："坚实过金斗，八哥敢作声？将军难夜渡，铜闸不容情。"

艳冰曰："妹妹明明会作诗，假说不会。铁甲将军都被闸死，不知闸断多少人头在外，果厉害。"关关不答，默想一令现成，先饮了酒，曰："要将人之姓氏讲四句，酒同前。"念曰："周家内艳外光棍，偷怀吉子下合缝。被人抠去脏门口，下截空虚不中用。"

艳冰暗想：女孩果敏捷甚，别人对你不过。今亦将其姓来还敬。亦念曰："高氏身才正不倾，两脚张开两手平。偷人偷去跨下口，塞进一丁撑作亭。"

关关曰："贼敢行窃，要哥在此何用？"艳冰曰："妹子怪人无理。都晓得兄落平洋，被贼无贿不中用，安能与妹看东西耶！"芳州曰："你两个人实在舌尖口利，自家之兄妹亦来明说，待我答出四句塞你两口，看还再放肠风①不放？"即念曰："吕家两口连无通，与并一回不敢吞。胡说齐衔柴橄榄，才能昌静两肠风。"

艳冰笑曰："吾弟骂得有理！盖决囚时口多混骂，以木横巩于口，遂骂不出声，名为衔橄榄。"关关曰："你衔我不衔。"艳冰曰："是弟串现成为昌字，上下齐衔。"芳州曰："今且莫管，令已轮遍。日既继烛，夜又将旦，可歇么？"艳冰曰："恁你。"关关曰："酒未分胜负，令未见输赢，如何歇得？"艳冰曰："再讲令，再饮酒，谁服输方歇。未服输直至甲子满还不歇。"关关曰："酒要多备，

---

① 放肠风：放屁的文雅说法。

不要伺候，不见输赢不休，只数字来饮可也。”艳冰曰：“就来数上大人，数着乙字食一杯，千字食千杯，余字莫食。先问妹子敢与不敢。”关关曰：“怎不敢？即管起来，输再说。”

艳冰曰：“敢来便好。先说出上大人句读，此乃孔子上其父书也。‘上大人’为一句，下一句乃孔子名也。‘乙巳化三千七十士尔’为一句，通言一身所化士如此。‘小生八九子佳’为一句，盖八九乃七十二也，言三千中七十二人更佳。‘作仁可知礼也’为一句，作犹为，仁礼相为用，七十子善为仁，其于礼可知也，如此读。今我们一人来轮念一字，作阄来拈，谁先起？”芳州作阄，乃艳冰先起，念至千字，芳州只饮十杯。当去轮至关关千字，二只大碗，一碗五十杯，饮干。又念起，轮至艳冰千字，亦饮二十大碗。二人饮至气喘眼直。

芳州见不是形色[①]，即曰：“夜已深了，食一半亦可，明日再食耶。”艳冰与关关俱不服输，两个对饮不止，芳州竟拦不住。艳冰坐不住，便扑于椅[②]；关关亦即倒地不动，唤之不知人事。急持烛照，现出原形，一玉脸小狐，气息已断；再视艳冰亦无气矣。正是：心试无多诸不忌，酒逢知己死何妨。

芳州惊得无措，直跑进内报知父母。二老大惊，同出花亭看视问：“何色酒[③]？食有多少？”芳州答：“汾酒，各饮石余。”高旮骇曰：“汾乃酒之最，饮又多，不是醉死，乃烧死，顷刻火从五内攻矣。”品氏问：“有救否？”旮曰：“心、肝、脾、肺、肾之火易制，惟欲火烈速难制，故齐女窃玉而毁袄庙也。不知他两个有无私情，无则有救，有则无望。惟尔芳州知之。”芳州将前夜之事无苟实言，故今夜食扯直无愧酒，畅而无度，才到此地步等由说知。

高旮闻而喜曰：“不但有救，还不忝吾岭之家风也。既无欲火并发，何忧不活！”令芳州进内，取出万年冰向二人心窝上抹渍。时二人口鼻内已有微烟出来，各抹渍，烟遂息。高旮曰：“火虽制退，其魂犹未归舍，不可挪移别所。”即令就此以被盖之，人且退出，闭户任之自醒回生。芳州问：“何时得回？”旮曰：“七时复回。”二老遂掩门出，嘱芳州在门口俟之，有声方可入视。芳州在花亭外倦甚，卧于石几上睡去。

那亭内二人魂渐合，关关仍复人身又醒，爬起讶甚，开门看日已斜西，内外皆寂，惟芳州在亭边睡未醒，即唤醒芳州。艳冰亦即起来，又与关关对嘲。芳州答曰：“这还至死不变耶！无我们跑得快，早已到孟婆庄乞饭食，还会在此

① 不是形色：庆幸不像样了。

② 扑于椅：伏在椅上。

③ 何色酒：何种酒。

讲七道八?”二人随问如何醉样，芳州遂将已醉死，报与二老得知，究问有无私情欲火，如何答救之情由说了一遍。艳冰同关关听了惊曰：“获罪于双亲，奚堪？快同进去请罪再说。”二人遂进内宅见二老请罪，幸二老慈甚，无责备，惟戒下次不可过饮。三人退出，皆至关关内闼，仍以五斗解醒，又饮至夜。

自此同餐共寝，亲爱忘机，尽脱于形迹之外，并无半点嫌疑。艳冰指点关关诗词歌赋之奥诀，关关授艳冰飞腾升遁之秘法。一日闻箠楚之声，艳冰问于芳州，答：“妹子拷打诸婢仆。”又问：“何故掠甚凄楚?”又答曰：“今日不过违慢偷安，各掠数十而已。前日一婢一仆通奸，被她知觉，立刻毙于箠下。”又问：“婢仆共有多少?”答曰：“共有三十余，无她约束，多早反了。”艳冰始知关关之严肃。至夜，忽见一猿一兔铁索系于内闼床前，问之，芳州曰：“妹子所为，无人敢插，[①] 问之作甚!”艳冰亦不再问矣。

芳州与云和合卺择在高旮之寿日。吉期至，车马填门，供事均山人木客[②]；贺宾皆鹿友鹤仙。上寿酒献于华堂，佳期宴列于绣阁。芳州诚意接迎，艳冰衣冠陪奉。是夜，芳州洞房花烛，惟关关、艳冰同榻。芳州至第四夜即走出[③]，再三驱之不入。未几，品氏之寿辰又至，仍铺设鼓乐，宾客称觞上贺。

事毕，将议登程。艳冰因见房中之猿兔犹系不放，诘问其故。关关指骂曰：“这两个在外谤曰：‘二老不管事，女孩包学士，今年作生日，明年抱孙子。’故将他系在此，与他侦之。若有此情，我头与他斫。若无，我要斫他头。待汝去了，来杀他。”艳冰再三讨情恕之，亦被呵叱不准。拉出二老说放，二老问：“犯何罪?”关关将谤语述知，旮笑曰：“难怪他们不疑，连我二老人都疑。不因汝两个醉死无肾欲之火，不然虽淘尽黄河之水，洗亦不清。这两个系既月余，泾谓已分，内外已知，饶恕二命可也。”关关曰：“爷娘之命敢不遵奉！就放须待大哥去了，再行发落。”

品氏笑曰：“过于精细。汝大哥去了就来，又要系守之耶?”旮亦笑曰：“只得令丫环取原衣与两个穿着。”猿、兔一转眼间复两个中年女婢，蓬头赤脚，匍匐于地。关关曰：“汝侦许久，可有是事么?”二婢叩首曰：“实无是事，是贱婢错疑胡言，杀之无怨，只求开恩。”关关曰：“幸老主人说情，死罪可恕，活罪难饶。今剥去衣服，挞一百，逐出不收。”苍头人等剥下两衣，仍变一猿一兔。将挞之，二老又说情免打，关关即令释放，遂由后山跑去。

---

① 无人敢插：没人敢管。插：插手过问。

② 山人木客：传说中出没于南方山区的野人，也称“山都木客”。

③ 走出：逃出来。

艳冰背问芳州："如此类何以亦变为人?"芳州曰："此妹子之奇术。制有亚密混衣，不论野禽野兽，与之一穿，即化为人。"艳冰异甚。二老将回房，谓关关曰："今家事皆办妥，可拨芳州陪送大哥回籍奉伺双亲矣。"关关答领命。兄妹送二老回房，即相议回闽之事。

正是：外殊洒脱内殊肃，身在岭嵘心在闽。几时起行，下文方悉。

第二〇六回　谒昆仑赐号金玉光　寻艳冰云程赴沙漠

再说三人相议赴闽，须先送鹤羽至阆苑了再行。艳冰问："此去阆苑有多少程途？"芳州答："五万余里。"艳冰讶曰："一来一往，愚兄之身化为尘土矣。"关关曰："凡人化土莫到，吾们往来，不过三时。"艳冰曰："既此等速，何不早送还他？"关关曰："人间略长，仙家略短，再迟一年亦不妨也。"艳冰曰："可带愚兄同去否？"关关曰："小妹教授腾云驾雾者，即欲带去谒仙，免兄再转一轮回。"艳冰曰："免再轮回犹其次，惟归心如箭，往来又耽搁数日耳。"关关曰："不须耽搁。同二哥到了瑶池，望南一驭，贵乡即在眼前。"

艳冰大喜，即择明日出行。云和同小姑备办饯行筵，二老亦出，登席同饮。二老谓芳州曰："好陪伴大哥归闽奉伺双亲，俟至椿萱仙游后再返。我有妹媳作伴，无庸系念。"又谓艳冰曰："屈学士将近半载，儿女辈过于脱俗，多有得罪，既至通于胆肝，谅不见罪。此处弟妹盘桓之日长，归奉桑榆之日短；不待锅饭熟，而又至耳。勿以心离身异，以不齿弃之耶！"艳冰起立答："罪重。"两老又对关关曰："汝大哥之相，得意忘于形骸之外，惟暂别，不久又会，不须难舍。闻近时蒙大哥教汝文学，能寻章摘句，今何不作诗一首，与之送别耶？"令丫环取至纸笔，关关即按桌信笔写出八句，二老取而念曰：

千里飞来一雁俦，聚何欢乐别何愁；
心无忐忑言无忌，酒不输赢死不休。
恨我独悲姜被[①]冷，羡兄长伴仲坚[②]游；
阳关曲罢情难已，从此燕山月望收。

高旮笑曰："平素之好谑滥酒竟现于诗，本色总不能忘也。我哪里知诗，可送与汝先生斧削。"遂将诗转递于艳冰。艳冰称佳。芳州将和之，因云和一双秋波以注芳州不断。艳冰会其意，将芳州手中诗撮过[③]。旮曰："天已黑了，不要

---

① 姜被：典出《后汉书·姜肱传》，（姜）肱与二弟仲海、季江，俱以孝行著闻。其友爱天至，常共卧起。

② 仲坚：张仲坚，即唐传奇小说中的人物"虬髯客"。

③ 撮过：一把抢过来。

作诗。今夜进房与媳妇叙别。关关在此与大哥饮酒。我二人不陪，进去睡。”言讫，遂带芳州、云和进内，各自归房。

厅堂，只有艳冰、关关二人对酌谈说，侍从皆令去睡，留一丫环伺酒。二人半醉，各言平生所历之苦情。艳冰先将瑶琴历过苦难而复生之情景，与真家勒婚，赛仙离婚之异，逐细说之，关关闻了，仰天笑而羡曰：“奇人必有奇偶，乃月老之作成也。独小妹与月老结何仇，断送此极耶？”艳冰闻此，愕曰：“此是吾妹自甘，何反怪月老乎？”

关关拭泪曰：“大哥哪里知道小妹之恨事，言之肠碎！今夜不隐，与兄尽言之。此处实非小妹之首邱也。故窟属楚岣嵝洞，同兄嫂伺奉双亲。邻邱有白蛇些些者，亦修炼为人，与之结为姐妹，自少在岣嵝如同胞不离。缘王母西降，共瞻之，睹许飞琼之美，同些些各簪紫兰花摹仿之。小妹效之三年即似，些些效之六年不及一二，妒而遁去，断于往来。

“双亲为妹择婿数十年，访无合意。适一凤生，吴人，因赴试游于岣嵝，飘然不群；父兄留款，审知未娶，遂将妹许之。互收聘，定约试罢就赘。至撤闱，候之无至，以为薄幸爽约。后访知凤生试罢，未归即来。失路至些些门前问途，说出妹家姓名及承赘情事，都被些些诈冒为小妹，将凤生留住，成亲匝月。父亲闻知怒甚，前往查问，些些答聘之在先。因质于凤生，又无聘物，那时凤生始知其假冒，欲跟父回。些些夺入，蛇族拥护，父兄因寡不敌众，退回集众赴讨。讵凤生怒其诈，不与欢好，些些怒剜啖凤生之心，将尸抛出洞外，把门牢闭。父兄率众攻之不破，寻凤生尸首而归，小妹以结发礼葬之。

“父兄怒甚，又赶攻洞。谁知些些预遣狼群埋伏，自率蛇族突出夹攻，父走不及，惨葬狼腹；兄与弟败回，无敢再往。小妹以父因已而殁，岂忘不共戴天之仇！奔赴黎山哀求老母授法，老母悯而收之。诚意学法，三年尽得其术。归调神将，杀狼剿蛇，亦剖些些、诸狼之心祭父及凤生，祭毕亦啖其心。

“仇恨既报，终生属凤生妻，不再择配。后因同兄嫂奉伺慈母，知有雷劫，小妹潜入节度衙借符印制禳。刚怀入门，而迅雷起于内室，母与兄嫂劫数难逃，均被震死。小妹独怀符印得免，悲痛无地，惟剩一人，形影相吊。因独居难堪，下山寻讨女伴盘桓，人皆不知非类也。常簪紫兰花，女伴问故，小妹答以素慕许飞琼妆束，众呼为赛飞琼。远近来求聘者日如穿梭。有豪族贝生者，求之再四不遂，使亲妹为妹，来邀小妹到家，结为姐妹，致其兄贝生亦谊为兄妹。因彼之兄妹皆属俊雅，遂与之结契。

“小妹自己洒脱，以既谊，即是至亲，频留不回。三人时常饮酒要乐。一夜饮至醉，讵贝生来偷营劫寨，一贴身，那风流根被小妹撅断，负痛逃走。因痛

难忍，告之父母。一家忿怒，持刀率众围住岣嵝，却被小妹遣五方力士杀败，一半逃回，人不敢近。乃知小妹非人，告于楚王，动官军来剿，小妹不得不走。惟访知岭洞清介，来投二老。欣纳将为之媳。以曾属凤生不二，遂为之女。蒙爱过亲生，家务随管督。因受恩深重，母遭危难，情愿嫁兄求宝以报之。讵知兄不欲，遂妹之素志。

“常思何等艰难，选得一凤郎，不能成就，反丧其生，又致父亡，皆己之罪。既属无缘，便终身不再嫁，把色欲化于九霄。借麦蘖为知己，风月为良朋，同芳州朝夕玩乐。芳州本愚，惟至诚无二，虽是认谊，胜过同胞。授之诸术，开其心窍，日夜追随不离。今忽带之同去，岂不是燕山之月色，从此而收耶？”言讫珠泪两流。

艳冰闻此始末愈加敬重，又问曰：“前天双亲说锅饭未熟，何也？”关关曰：“此乃难难易易之语也。卢生一梦①，历过数十年，苦极甘来，喜极悲来，何其难也。醒来饭犹未熟，何其易也。今吾兄回，椿萱并茂，兰桂联芳，琴瑟调和，友朋倾盖，转瞬复至，何其易也。恨小妹雁群失序，独守空山，度日如年，何其难也。犹幸有双亲在堂，朝夕承欢于膝下。嫂子贤淑，亦可慰斯寂寥。惟望吾兄勿以非类摒弃，尽了子道，同芳州再至，是小妹所厚望也。”

艳冰泪曰：“愚兄并非土木，敢忘恩义？还劳吾妹伺奉父母，教嫂如教兄，终有重会之日矣。”二人谈说，不觉金鸡三唱，东方已白。芳州开房门走去。关关问曰：“你与老婆娘私语说完否，这早出来？”芳州曰：“我两人无甚私语，直睡到天明。汝两个有甚私语，直说到天明犹不歇？快收拾起身。”艳冰即改扮作道妆，芳州亦扮了，怀存鹤发，惟带些人参，同艳冰进内拜辞二老。关关同云和送出外面，洒泪而别。

二人出了洞，便驾云望西而去，三时辰抵昆仑阆苑，谒见黄鹤仙童，缴还双毛，叩谢仙恩。仙童看见艳冰，讶曰：“在何处能访得四世之全人？”芳州遂将艳冰之乡贯、姓名、官衔并为亲私逃获罪缘由述之，鹤童曰：“皆因孝之感遇也。”又问曰：“周族中有一仙人名周拱者，可识得么？”艳冰答曰：“乃弟子之叔父同婶娘王月英，云游海外多年，大仙何由知之？”鹤童曰：“他乃王母之裔孙婿，常往来朝觐，与我交好。汝两人均非凡，又有孝行，又属仙亲，引见王母，自有好处。”

二人喜甚，跟鹤童进瑶台。适东王公在座讲道，二人拜伏玉阶，王母问：“何人？”鹤将二人之实事传达，指艳冰属王月英仙姑之夫侄。王母喜甚，谓东

① 卢生一梦：即“黄粱一梦”，典出唐传奇《枕中记》。

王公曰：“周艳冰已历四世人身，再世应登仙籍，念其廉孝可嘉，免其再转，堪入仙籍。芳州乃狐中出类，廉孝亦可嘉，堪登仙界。祈王公鉴察。”东王公亦欢悦曰：“既廉且孝，堪以入籍。”令二人旁立受号，艳冰因顶有金光，赐号金光子，芳州因品如冠玉，赐号玉光子，登入仙箓。二人赐号入箓毕，王母命赐交梨、大枣、玉液琼浆，二人领受叩谢，退出瑶台，又谢了鹤童，仍驾云望东南而去，此且按下。

再讲艳冰之眷属寓在杭州。杜景回来，始知被辽留住，家中老少皆以生返无期。云程欲去寻之，一家皆喜，惟青娘吴老夫人不许，曰：“周氏无子尚有孙，吴氏只遗一线之脉耳，再去亦恐不返，放心不下。”遂止。启文告辞吴越王回籍，自杭起程，至衢州，适遇新月、新春自梅江来寻亲公婆。母婶相会，悲喜交集，即说知云程梅江之丽容已嫁，亲各归乡土各事，便雇轿同回闽中矣。前岭洞遣探之消息，在于此时也。

行有数日，云程因一家团聚还乡，惟姐夫艳冰无回，暗与启文商议，瞒姑娘去黄龙府寻带回来。启文允之，将玉佩交与护身，又赠盘费，云程遂回头向北而去。至暮眷属歇店，不见云程，吴老夫人查究，启文难隐，遂说知去黄龙府。吴夫人怒骂曰：“汝们一定要绝吴家之香火，于心何忍？”启文曰：“乃他自己决意，谁敢遣之？但他膂力过人，有仙佩护身，可保无虞，祈勿虑忧？”青娘以既往无奉，暗触在怀。

至福州，旧屋兵灾，租住屋暂居。故茔仍在，故旧无踪。新月往凤冈、十四门桥报知，仁翰、庆云，麻姑随至。庆云先参拜太公、太婆并二位婶婆。仁翰拜会姻太翁，麻姑亦拜见了吴老夫人。夫人问之，庆云答曰：“乃云程表叔公之原聘王氏，号铁麻姑，曾数次救过表叔公性命，惟结缡尚未伉俪，专待太公、太婆回来作主婚，已俟数年。今得主婚来，而新郎又去，世间喜神之迟滞者，惟此二人极矣。”吴夫人曰：“这奴才到杭州时亦说之，有此等侄妇，还有不喜？犹不知他此一去有命回来否，害吾贤侄妇空待何时？”言讫掩面而泣。

麻姑问于庆云，始知云程已去沙漠寻讨姐夫，因思：“一人深入北军，难保无虞。”谓曰：“老夫人之令侄既去塞北寻讨学士，恐单身难济其事，奴家赶去相助，助学士同归，何如？”青娘曰：“贤哉，似此青年[①]，敢孤身去千里之沙漠，岂不是笑话？”瑶琴同赛仙亦云：“不可去。”庆云曰：“太婆、婶婆还未闻此表婶婆之足智多谋，若无她聘进香仙，其表叔公并状元皆锢倭狱，焉得同返故国？今要去，方保无虞。”瑶琴曰：“果如是，那高盖山之义侠、闽卫都之猛

① 青年：年轻。

略及吾贤侄妇三入闽王宫讨逆，传皆不虚也。”吴青娘曰：“原来皆女中豪杰，老身不知，多有得罪。诚天下绝吴氏之后，才得此贤妇救。今如再保舍侄回来，不但老身感激，即先父母及弟等在九泉皆感激矣。”

麻姑只留一夜，次日便回十四门桥告知谊父母。二老因寻夫婿，不敢阻留。麻姑曾闻新月顺至剑浦，探知冷杏姐妹尚义烧死之情节，告知二老，闻之哀恸不已。吉士犹切誓不再娶。麻姑不多带盘费，扮作花鼓婆[①]，包头裹足，背鼓扎袖，拜别父母弟。随至郡城。周家诸男女见此打扮，殊为骇异，其神来似今之梨园，妆出花鼓婆小旦无二，惟有一股英气，勃勃可畏。吴青娘亦将玉佩赠与护身，留饯只饮三爵，赠贶不受，遂飘然而去。

麻姑去后，因各羡其奇异，庆云将麻姑在梅江蔡家自述会遇云程之始末根由，照前说了一遍，又将入海聘香仙，威振海外，拜谊龙宫，收降异类，尽行说出。吴青娘等闻之，莫不惊异，曰：“世间哪有此等奇女子，即天下须眉之男子亦当愧杀。”

启文在隔帷仿佛闻之不周，即问林仁翰，闻讫拍案惊奇，自此爱屋及乌，遂迎接魏家二老同吉士会亲厚款。蔡家父子亦来拜会数日。即修砌吴、周两祖坟，吴宫人之墓改作吴义仆之墓，重修祠宇。乌石山之居室叠遭兵火，基址被人占没，先购美化门外（即今水部门也）一座别业居住。启文与仁翰意气相投，朝夕不离，不是游山玩水，便是饮酒吟诗。

正是：干戈既静回乡国，诗酒何妨乐暮年。且看下回如何分说。

---

① 花鼓婆：打花鼓唱曲乞讨的妇女。

第二〇七回　猜字谜仁翰得美妇　游路通启文识宝光

再说仁翰少回凤冈，常在琼河周家与启文诗酒耍乐。女与婿屡劝纳妾，仁翰不听；周家男女亦常劝以嗣续为重，始允，还要合其心意方可。远近访遍，无一合意。适有一少妇，容貌端庄，在船中扶一瞽妇上岸，于琼河边寻租房屋，于周家附近一小屋居住。

乡邻查问来历，那少妇答："妾尤溪谈氏，配夫邱姓，过门未周岁而亡。姑老家贫，内外无次丁。兄弟逼迫别嫁，姑老无依，不忍撇却，愿同甘苦，女工度日，待姑百年后，再嫁何迟？十七岁代养起，今二十七岁，已十年矣。此十年，兄弟无言，外人亦不敢谈论。有见怜者，或明赠以食物，或暗赠以金银，概掷还，并无受锱铢。讵知临近有一富豪，遣媒来说，欲娶妾身为次房，妾辞以姑老无依却之。他就以姑并去养老，妾又以姑在誓不嫁决绝之。他因再三婉言不遂，背义欲行强夺。妾闻之，故临夜扶姑搭船走，来此栖身。"问："何以度日？"谈氏曰："一时路径不熟，无有女工。惟酒用本无几，自酿数瓮卖之，将就过日。"诸乡邻闻此皆怜之。

其房屋只三堵[1]，内堵安床铺、锅、灶等物，外堵作店。谈氏自来收拾家伙，裱褙书写招牌，自去买米曲来酿酒。人皆称其敏捷，不数日店便开矣。店极窄，酒只数瓮，惟招牌只写一"冢"字，有面盆[2]大，人皆不识那字，下又有小字四句云："壶近斟闻无响，桌平倾倒不流。君子尝了好交游，甜之如蜜情久。"

人因见当炉之女既美，招牌又此奇新，一传闻，远近之人赶来争买，只酿数十公瓮，即刻卖尽。来迟者怨不早来，既沽者亦悔买早：原来皆似水，吃无酒味，齐欲还之，皆念寡妇堪怜，委曲当茶罢了。谈氏将所卖之钱，又去买米曲再酿。依旧有人来沽，只是三四文钱，都是借此来买酒，来看酒家妇人。

---

① 堵：间。

② 面盆：洗脸盆。

周家闻知有美妇在邻右开酒店，亦闻知因养姑不嫁之来历。仁翰同启文进店买尝，并坐店前板凳，见店内当炉涤器乃一卓文君，并无司马相如，又看内有一个六七十岁瞽妇。招牌有写“家”字，不识。谈氏随斟两碗热酒排于柜上，二人啜之，果是水，惟色是酒，皆相笑不言。

有两个乡人在外看，便问：“二公，酒尝好否?”二老将头摇。乡人又曰：“关老爷卖豆腐，人强货弱。”又一个曰：“谈娘子来卖淡水倒合适，只不应说真方卖假药，分明是卖水，招牌写这般佳美来骗人。”林仁翰问曰：“怎见佳美不是讲水?”那人曰：“招牌上小字，上两句乃称酒之米力厚浓，斟于杯中无声缡粘，倾于桌上不流。下两句说，君子尝了好交游，甜之如蜜，来买之情能长久，其美可知，何曾有说水?”

仁翰曰：“此解说亦有理，但是他三般两意，若与汝们得知，有谁人来买?又要说明水，又要与汝看不出才妙。头句乃古句，‘远观山有色，近听水无声’，可是水么?那第二句亦引‘人平不语、水平不流’之古语，亦是水么?第三句亦引‘君子之交淡如水’之古诗。第四句乃是古语，‘情意久，水饮亦甜’之典。句句都是说水，何曾有说酒?”众闻皆大笑曰：“酒娘子果正经不骗人。此四句解甚明。公更是那‘安豖’作一字，已猜着了?”

二公再猜对不出。仁翰曰：“他们猜怎么说?”那人曰：“他猜是‘安心养猪’四字。”仁翰又问：“怎开解?”那人曰：“豖岂不是猪?安坐豖上。以谈娘子在尤溪因闻恶人将抢之，走来这里酿酒卖，有现成糟，安心养猪，同婆无担惊受怕过日，人都言有理，不差么?”二人笑曰：“汝们有此聪明，那怕会短命[①]呢!”二人言讫，理还酒钱回家。

仁翰述与女儿知之，庆云知父合意，曰：“她既能文，作诗与和，可访其心意。只是须先将那字猜出，方有题目作线[②]。”因此一家皆把“家”字来猜，被青娘猜出，曰：“此不过脱骨[③]梅中青之“月丨”字故事，即一嫁字。他因婆婆在不嫁，将女寄存‘家’内，岂不是也?存躲至婆婆无后[④]，其女又出嫁，女出家为嫁，即此字义也。”

众皆称然，又问：“梅中青‘月丨’字怎说?”

青娘曰：楚国之五溪蛮，作书来报郡侯，惟才子梅中青能译辨之，以番文

---

① 有此聪明，那怕会短命：这么聪明，只怕会短命。民间认为，太过聪明的人，寿命多不长。此语讽人自作聪明。那怕：只怕。

② 作线：做牵引的线索。

③ 脱骨：脱胎于。模仿……的形式。

④ 婆婆无后：婆婆去世以后。

复饬之，蛮服而退，郡侯遂重梅中青，为内府上宾。后被谮逐去，未几，番书又至，寻中青无踪。讵知他在市中开酒店，常书一“月丨”字，异之，始访出。郡侯喜，以礼复迎入府，译文退蛮。郡侯问：“字何说？”中青答：“即‘用’字。”又问：“既‘用’字，‘丨（音滚）’何在外？”又答：“用，丨则留中。不用，丨则在外。今又调进内译书，乃用也。’郡侯笑而谢之。此虽非正史，寓意亦妙。今那酒家妇仿佛脱此意而卖。

仁翰称妇之奇。启文曰：“果才德兼优，聘来作亲母①不错。既猜着，先写送一对去作线，后以诗书唱和，便遂矣。”众举庆云，遂书一对大红纸联：“退蛮才子月边丨，卖酒佳人豕上安”，姓名落“凤冈林退岩题”。

遣老头送赠。谈氏喜，贴于店内。过数日，庆云修一函，遣老媪送去。谈氏拆开，乃是诗四句云：“女经既嫁莫归家，嫁了归家家破渣；戴笠骑猪猪不骤，藏头露脚脚难遮。”尾写“林庆云拜呈”。

谈氏看了问：“庆云何人？”媪答：“是曾来此尝酒、送赠红联、翰林院林仁翰之女，乃前王之谊公主，钦赐状元之妻。庆云伊父②妻早过，无男，令老身选择有女德之女为继夫人。并令送此诗来，求斧改。”谈氏不语，亦写一函，交媪带回。众共拆看，函曰：“归家之女岂无良，天顶高来地阔长；马背怎如猪背隐，安居豕上奉姑嫜。”尾亦写有“谈若水拜复”。

众人共看了，皆称其敏捷。取白金一百两，并一书函，仍令老媪送交。谈氏又拆看，函曰：“安居豕上亦宜然，何又招摇不自怜？特赠百金供菽水，且图欢乐待姑年。”尾又有“林庆云再拜呈”。

谈氏看了一会，又写一函，并原银交老媪带回。林、周两人又拆看，乃：“当炉卖酒养婆婆，一任招摇奈尔何。肯受人怜图自在，至今金积似山多。”尾又写“谈若水再拜”。

两人看了皆称之，又修函并银再送。谈氏开看，又是林庆云之诗：“清介奉姑愿自甘，谁人敢作等闲看？并非聘定家中女，却是赠怜豕上安。千里有缘终不散，两情无愧可承欢。堪来加酿兰陵酒，莫把热心再浸寒。”谈氏将银包拆开，取出零碎银略有一钱，原银仍包封，标写：“谨领一钱，余璧谢”，并复一函，交媪带回。周、林开看，亦八句云：“千里关山越自艰，朱门怎敢仰头看？金多难买归家女，情重能令娉豕安。斗室布衣堪寄迹，淡茶粗饭可承欢。水壶不贮兰陵美，取一钱来压意寒。”

① 亲母：亲家母。

② 庆云伊父：庆云的父亲。

共看完，周启文曰：“重情不重金，一钱为定。她既允诺，不可再去撩拨，候他婆婆百年后，才可娶之。”有一小孙在旁答曰：“百年后，林亲家不要脱壳①去作新郎耶?”众大笑。庆云佯欲打之，跑走。不数日，谈氏将招牌收存，店亦闭不开。探之，其姑已病在床。过数日，知其病沉重，庆云同老妇前去看病，见内外跑走皆谈氏一人，衣不解带，床前伺候。庆云回，拨老诚家人，在外代其料理。那姑老病②数日而殁，谈氏哀痛不胜。其丧事费用，一切皆是庆云代其料理。谈氏将姑灵柩，俟至七满，运回尤溪合葬。那谈氏扶柩归去，不觉匝月，众共疑她不来，庆云信其必来。

果二日后，有船户来报，谈氏在西河船中，叫人去接。新月即往，雇轿接回凤冈，与仁翰偕伉俪矣。因询：“何故许久才来?”谈氏曰：“被那豪家又来夺娶，说已受翰林院林仁翰聘定，他不肯，遂骗其再延半月后方从，他亦不依。幸剑浦大鹏军旧门徒，闻凤冈林仁翰之继室被人夺娶，连夜集数十人，执械送奴下船至西河，故此延迟也。”仁翰甚敬重之。数月复与启文游玩。

那夜载酒，夜泛琼河，船泊路通桥③畔。水光月色，二人在船望景，忽有一团火飞入船中，发光滚去。仁翰骇曰：“此不是鬼火耶?”启文曰：“非鬼火，乃宝光也。不知宝在何处，如再来，可将剑掷之，必知宝之所在。”其光又至，仓卒无剑，启文取刀掷之。光绕刀出，坠于桥墩，嵌于岑缝，始知宝在桥墩内，然不知何宝。适有一渔翁泛船由桥下过，闻其异，谓曰：“此桥墩，相传早年此处皆属海涯，无路可通，至刘宋始建桥。因怒涛猛烈，定基屡被冲崩，难以成功。晋安郡侯祷于江神，忽浮一大蚌壳，中有字云：‘卿卿卿，铁磨心，不能定，余化金。’即于基座下添一直透④磐石，遂成功。未几，磐石塌。至陈宝应据闽重造，以黄金铸一长扁担，妆黑假铁⑤，衬于锁盘桥下，故至今无异。近时有外夷看知，欲拆取另造，乡人不肯，斥之。今你们莫是来盗的?须分我一股，方不出破。”启文曰：“快走，快走!人以是我们盗宝。”即令船家拔刀返棹，渔翁笑曰：“说玩笑，莫怕，明早还要去食喜酒。”两人回首将问之，人船皆不见矣。

正是：只为不传金扁担，特来无迹老渔翁。且看下回如何分说。

按：琼河在高惠里水部门外。新港之迅潮，大桥未涨，而琼河已涨矣。

---

① 脱壳：脱一层皮。

② 老病：旧时医学知识贫乏，民间将导致老人死亡的疾病都笼统称为老病。

③ 路通桥：古桥名，今仍存地名。

④ 直透：贯穿的。

⑤ 妆黑假铁：涂成黑色，装作是铁的。

舟揖如云，多胜迹。

象桥又名满州桥，在高惠里。

蛤埕浦在象桥南，有庵，嘉靖建，有雀化灵机之古迹。

马育亭在蛤埕西，闽王牧马处。

路通桥在河尾，刘宋时建。古谶云：南台沙合，河口路通，先出状元，后出相公。

城内双抛桥与发萮桥纵横，石刻“合潮流水”，河涉。初，郡城凿渠通潮，二派：东南自水部入，经虎节河西；西南自西水关入观音桥，至浦尾而东，俱会于双抛桥。西水又自观音而南，经仓前至澳门桥，与东湖合，又自津门楼与西湖合。二潮吞吐缭绕，若带会城，一奇也。今三十六曲废，潮亦不接。

红桥边。女名张红桥，配林鸿；北游不归，女作鸿字韵诗百首寄之，详在后本。拂如氏作《红桥芳迹》，诗云：

红桥芳迹盖闽中，人没名存想素风。

隔岸晓烟杨柳月，依稀犹在盼归鸿。

《柳桥》，在象桥东南：

家家垂柳扫尘埃，拟是先生归去来。

春色也知幽处好，既枯杨柳亦花开。

《蛤埕》：

此地当年属海滨，却因雀化变为垠。

千年不改灵机在，将欲成楼气绕频。

《马育亭》：

榕荫育马盛如云，牝牡骊黄亦莫分。

漫看天机看蹄迹，但能跨灶便超群。

（按：马蹄前圆后凹，名为跨灶。灶者，后蹄越于前蹄印迹，惟骏马有然。）

《海潮寺》：

庄严梵刹对琼河，空寂禅心印碧波。

潮信来时明月上，不教航筏暗中过。

《路通桥》：

昔年河口路无通，今日通来便不穷。

直透蓬瀛三岛外，寻常紫气满桥东。

《下郑洋冬景》：

浅浦潆洄村舍遐，疏林半掩夕阳斜。

漫言地暖霜威少，柏叶仍如二月花。

《曲水通津》：

潮来三十六迴湾，弯至琼河入水关。

南屿西流相遇合，双抛桥下会游环。

（二潮会合此桥下，必结大螺纹流湾。）

《观音阁》：

慈云宝阁不尘埋，倚槛遥看景物佳。

两座塔分千佛寺，一行碧布九榕街。

（九榕街系水部门外一直街也，有九株古榕樝[①]，故名。）

---

① 樝："树"字的福州方言用字。

第一〇八回　艳冰归闽腾空疑魄　云程抵燕敌鬼称神

却说两人回头不见渔翁，异甚。船回象桥登岸，家即在河墘[1]，讵那团赤光又至身旁。启文无刀剑，将自己押髻之金钗拔掷之，其光绕钗入内室，骇以宝贝自送到家。正叫家中人齐出来寻讨[2]，忽报长孙媳庆云公主即时生下一子，不及临盆，产于床上，金钗在儿手中。仁翰以土地公来点化投胎，皆喜不胜，合家皆向启文称贺得了四代曾孙。因金扁担投胎之祥，至三旦，命名熥金。燃灯结彩，十分热闹。

适艳冰同芳州访问至琼河，芳州暂候门首，艳冰先入门。家中人见一道士撞入，艳冰直至内庭，见父母便拜曰："不肖离家归迟，望乞恕罪。"青娘见是儿子，喜曰："吾儿今日又回，喜中加喜，乃祖宗之福德。"艳冰问："家中何喜？"启文曰："即汝侄新月、汝子新春皆回；孙媳添一男，即今三旦汤饼会；又得吾儿回来，此不是双喜并临耶？吾儿即北徙，怎得南归？可会了子侄亲人，再慢说知。"艳冰复向二老拜贺大喜，入会瑶琴、赛仙。一家大小都来拜过，惟庆云在房未出。

又会了仁翰。艳冰将奉命进表，被辽王留带北去，告养不准，至真定逃回，被获将斩，遇侠士劫救，恐双亲挂怀，托人访知所失六子侄俱同归返故土，心始相安；存躲至今，闻事已弛，才敢回来等约略言之。吴青娘闻了，即问："汝表弟在哪里？缘何不回来？"艳冰答："未见。"青娘讶曰："他特地去寻汝，怎说未见？再有遇着他花鼓婆么？"答："皆未见。"青娘闻皆未见，便涕泣曰："吴氏一脉，为汝一人绝矣。快去寻来还我！汝回来，他无回来，我岂肯干休！"艳冰茫然不知其因，惊甚，跪伏于地。

启文谓曰："吾儿且起来，待我说明。汝母日夜悲伤吴氏香烟将断，至于两目瞽瞎，喜云程回来，遂双目复明。因汝北徙，云程欲去寻讨，汝母不许再去，

---

① 河墘：河岸边。

② 寻讨：寻找。

回至中途，瞒汝母一人，回头北去寻汝。后有云程原聘之结发妻铁麻姑闻之，亦去寻访。因汝说俱未见，汝母方惊怕啼哭。”又谓青娘曰：“老夫人，勿得惊怕。云程令侄不比别人，寻不着也必遇令侄妇，早晚必同回，请宽心勿虑。”

青娘曰：“相公，怎叫妾身不恨？此即饿人莫对饱人言[1]。汝们看周家今日父子孙曾四代团聚，何等快乐！吴家前后两空，何等凄凉！惟余一脉，又为周氏而去，杳然无回，凶多吉少，怎不见鞍思马，睹物伤心耶！”言讫，仍掩面哭，一家无不悲伤。瑶琴泪如雨下，不敢开声。艳冰伏地泣曰：“请老母息怒，云程表弟，为不肖而去，恐有不测，今去访寻回来，交还老母，以赎愆尤。”言毕起身告辞，往外便行。启文阻曰：“万里之关津，才得生还，哪有复去之理！”青娘拭泪曰：“非为娘心狠，只为情出于哀，哀切于外公婆宗祧而言也。现回来不必去，听之天命罢。”

艳冰泣曰：“老母莫虑，待不肖去寻来，便可宽心。”启文欲喝阻之，但见艳冰行不由户，腾空而起即逝。一家惊异，以是死了，魂魄回来，皆号哭。启文怨不应见面即骂，青娘亦自追悔，望其再回，皆烦恼不止。此且按下。

再说艳冰出见芳州，将母悲恨之情由告知，商议欲去沙漠寻讨云程，仍飞腾而去。盖艳冰到家，不敢遽言遇狐登仙，欲俟人静言之也。此且不表。

却说吴云程直抵东都大梁，探访朝臣皆北徙无回，遂访着舅氏洪承谟之寓所，见舅母涂氏，表弟松、熔皆幼。因说及异土无亲，官囊如洗，进退维艰，其景况十分凄凉。云程怜之曰：“甥去黄龙府寻讨姐夫并带舅回，所带盘费尽送与舅母安家。”遂解包囊，将黄金碎银一统付与涂氏，不留分毫。舅母曰：“甥长途何资也？”云程曰：“愚甥一人在江湖会饿死不成？此乃姑爷赠的，带在身反为累、难走路。”涂氏喜而收之，留住五日。问及故土，云程述自与周家之遭际，高盖山只约略言之，不言其丑事，即告辞。涂氏母子感激不尽。

云程作歌郎[2]，手执钱鞭[3]而去，到了燕之真定，日将西坠，在市上打钱鞭唱小歌。有一老者问曰：“相貌堂堂，体格魁梧，何以落在江湖作歌郎？”云程答以缺盘钱。老者又问曰：“要到何处去？如少盘钱，可到小老舍下，有薄赠，免作歌郎，好么？”云程曰：“些微不敷长途之费，不敢多谢。”旁人问曰：“要若干才是多谢？”云程曰：“有黄金千两，白璧一双，才称多谢。”旁人齐拍手大笑曰：“蛮花子[4]说话。不识抬举之东西，快去叫街[5]。一个铜钱，二个铜钱，

① 饿人莫对饱人言：俗语，意为境遇不同，不能理解。

② 歌郎：流浪卖唱的男子。

③ 钱鞭：一种表演的道具，析竹串铜钱制成，类似今天的钱鼓。

④ 蛮花子：南方来的叫花子。蛮：南蛮，旧时对南方人的贬称。

⑤ 叫街：沿街卖唱乞讨。

便多谢了。”

一人一嘴[1]骂之不休，老者喝之方止。思：“此人有此口气，必有大奇能，且聘到家，得用之处亦未可定。”便曰：“如肯与小老去，自有黄金千两、白璧一双相赠。”云程曰：“有就在此相赠，何必到汝家！耽搁我途程，要之何用耶！”老者又问：“实要往何处，如此忙急？”云程答：“要去黄龙府。”旁人笑曰：“黄龙府只少汝一个蛮子唱莲花落，快赶去，有官与你作！”老者又喝止之，便曰：“内地之人去黄龙府，要回不得，汝因何前往？小老舍下离此不远，且到歇歇脚，再行何迟？”

遂跟老者行有里许，至一村落，鸡犬相闻。引至村内，屋宇宽敞，廊舍相连。延坐厅上，童儿递茶，相问乡贯姓氏。云程答以姓氏、籍贯，往黄龙府寻亲。老者亦自说柴姓，名坚，世代务农。言毕捧出酒饭，叫少子出陪执壶，三人坐饮。云程问：“有几子？”柴坚戚然曰：“长子早逝，次子将没，只有此子又弱瘦，恐其不寿，将来必归于无嗣。因此看破，存积何用！凡遇江湖落魄者，皆薄赠之，广结来生矣。”

云程问：“令郎因甚将没？”坚答：“患鬼。”问：“何不捉之？”答：“诸法皆施，无如之何。”又问：“何鬼怪？实说自有法治之。”柴坚泪曰：“第二小儿才二十岁，此鬼不知在何方带回，别人皆不见，惟患者自见，乃女鬼。请僧道皆不灵；拨人陪伴之。日无异，夜间即有冷风，不拘何人，悉被冷风吹送去，醒来非病即痛。后皆怕，无人作伴。始犹可，今日就羸惫，惟存一息，不过三四日之人，还有何望！”云程闻之，曰：“原来此女鬼恶极！老丈勿忧，晚生今夜去代捉之，以保令郎。”坚曰：“捉之用何法器？”云程曰：“不用何法器，只用一壶酒，一碟姜。夜到汝子房中，过一夜，自会驱之。”柴坚将信将疑，曰：“能驱之别处，亦好。”

那夜即备酒与姜，引云程入房。云程入其房，见其子奄奄一息将死。令燃火烛如炬，将酒、姜排于床前，云程对烛自酌，人皆擒门[2]走出。云程一乃意气自雄，二乃藉有仙佩，三藉酒助胆。至二更既静，内外人俱寂，忽然房中起一阵冷风，又如冷气，竖人毛发。云程衔酒喷之，风气退而又来，又喷之，忽一女子立在面前，曰：“公乃过客，勿预他人之事，快请出！”云程知是鬼，不答。那女因其不睬，又言曰：“若不听，莫怪犯公。”云程自酌不理，

那女怒，将头一摇，变出披头散发，吐舌开口，嘘冷气吹来，火烛忽暗。

---

① 一人一嘴：你一言，我一语。

② 擒门：把门拉掩上。擒：拉。

云程将口中酒照鬼头喷下，那鬼被喷缩矮，又喷冷气，侵人生寒。云程吸一大口酒，又喷下，那鬼直缩数寸，又喷又缩，作声如喊救。云程喷之不绝，那鬼直缩至地，似入地下，喊声不现①。谁知柴坚令庄客在房外探信，听有鬼声叫越隐，似在地下，敲门入问："有鬼否?"云程因其来问，随口答曰："鬼已捉住，关在地狱尾层②。"众共笑："何足为凭?"云程曰："不见形，可静听之。"众停耳共听，果闻地中有喊叫声音，就地再听，其声甚现，众服其言不谬。

众问："关于地下，复能出否?"云程曰："酒太少，如不要他出，再添酒兵，多多益善。"柴坚应："已备有。"令人将厨房预备之酒席捧出，排设房中，众共陪云程，号为"白脸钟馗爷"。柴坚问曰："钟馗爷一去，鬼又钻出，奈何?救人到底，屈留几时，候小儿回生再去。"云程曰："鬼既收伏，安能再出！可取笔砚，再题数字压之，万古不能再出矣。"众取笔，云程即在于房中白壁写曰：

大胆小小妖魔，敢魅人子将死；
杀之污吾宝刀，捉之秽吾十指；
略发口中一气，喷坠黑地狱里；
任汝日夜叫号，万古不能超起；
若问收鬼何人，闽都云程吴氏。

题毕，谓曰："此字勿毁，以为镇地铭记。"

过夜，次日欲行，众哀留，情难却，遂暂止四五日。眼见其子渐复精灵，皮肤转色，愈留不放。此事一扬传，远近皆知，拥挤来看。柴坚将子移别所，将房搬空，任人进看。皆仰念壁上字，俯听地下声。有患鬼者来请，云程哪里肯去，皆躲内室不出。突有一人来说："不是请去治鬼，有一位闽人周学士老爷，在我庄中住歇，乃白钟馗之乡亲，特命来请去相会。明日即要起行，如迟便会不着矣。"此言传进，云程愕甚，即唤来人入内，问其面貌，果是艳冰，大喜，即随前去。柴坚遣一庄客跟着同行。

正是：本是无心呵野鬼，原因有意访亲人。相逢与否，下文说明。

---

① 现：明显可闻。

② 尾层：最底层。

第二〇九回　吴云程追怪遇升表　铁麻姑歇店救女娘

却说吴云程随那人到了莲花乐忍庄。那莲花山只离柴家庄五里余，庄中人俱出迎之。云程先问："敝乡亲在何处？"众答："在这里。"引至庄后祠内，指曰："此位人可认得？"云程一看，正面神龛中供一木主，书曰："闽故学士周讳艳冰之神主。"云程惊曰："此人不死了？"众人中有刻薄者答曰："死未死不知，只闻一刀两断。"又问："因犯何罪斩首？"众人又答曰："从驾脱逃，拿获正法。"云程忍不住哀哭，便骂曰："汝这里人好没理！人已死了，骗我到此作甚？"

公孙谨和杖黎而至，便问曰："学士公与白面钟馗爷有亲，既死不能复生，且慢哭，请至外舍奉茶，有话说。"云程见老者品格不俗，即同到外舍，分宾主坐定。谨和问曰："爷与学士公是何亲眷？"云程曰："乃姑舅之家表兄，又属胞姐丈，特地来寻，孰知命故，不知因甚而死，贵庄因何供他神主，骗晚生来会？乞即说知。"谨和曰："原来是学士公舅爷，多有得罪。"遂先说庄名、姓氏，后将艳冰从驾至杀孤林逃回，失途投此，保全众厄；说及思亲，留之不住，遣人送回；至邯郸关口被盘获正法，尸首官收，查拿亲属，不敢起迁，惟庄中供奉神主，岁时致祭，以报恩德，大略说了一遍。

云程拭泪曰："是他不听长者之言，自去寻死，还有何怨！"谨和曰："今日不言死，骗舅爷来者，乃寒族之子侄无道，瞒老拙为之。实在因寒乡近日遭妖作害，闻舅爷在柴家庄收鬼如神，议请来收；又闻远近请俱不去，遂不敢去请。昨因看壁上抄来诗句，始知与学士公同籍，子侄辈因借名请之必至。如早知是至戚，何用诈言。老拙此时才知，望乞恕罪。"

云程曰："先姐夫蒙贵族盛情，感之不胜，敢有言罪之理？但不知贵乡何妖为害，祈说知。"谨和曰："敝乡近出一怪，仿佛似猴，盗食物、器皿，聚集人众侦着，围在垓心，获之即杳，数处皆然，不知是何鬼怪。"云程曰："可知去来之所？"谨和曰："皆由屋后大山。"云程欲就去访，看酒席排便，遂登席饮了酒，同去踏勘。莲花山后均万丈峭壁，耸入云霄，并无立脚之处。众共指："怪

皆在此出没。”云程认一方向，嘱：“再至，悄悄来报，自有方法收之。”谨和迎至家中，吩咐但逐去，勿伤其命。

隔一夜，天将晓，忽报那怪由后山至邻屋内盗物。云程执一木棍飞至，那怪由檐越屋后峭壁如飞逃走。云程追此怪，峭壁如履平地，转瞬入半山，人皆不见。众人望之皆惊异，以非钟馗，是神仙也。云程逐上山巅，又追数岭，入岩洞。洞内甚宽敞，再追之，忽有一少年出来，惊问：“何人追来?”云程将棍打来，那少年大喊曰：“休动手！汝不是福州吴谊姑丈么?”云程闻叫收棍，认得，问曰：“汝可是灵虚升表么?”答然。又问升表在此何故？走进那妖见否？升表曰：“在洞内，且请坐息怒，待唤他出来，亦认得。”

云程至洞内坐下，升表喊曰：“快出来！是我盟亲。”那怪闻喊走出，云程视之，乃狷狷也。怒曰：“原来是汝在此为害！”又问升表曰：“汝因甚同他在此为非作害?”升表泪曰：“缘小侄祖父千秋，小侄进献寿酒，误打破玉瓶，父怒，以忤逆将小侄拘禁，俟寿期过，将置于法。相母见怜，恐法难逃，私遣狷狷将小侄窃负逃至洞府，屈指将四个月矣。姑丈因甚亦来此处?”云程亦将寻讨姐丈不着，代人收鬼驱怪之因由说知。

说犹未了，狷狷在旁曰：“请少爷同吴公子进去食饭。”云程谓曰：“狷狷亦会说中华语耶?”升表曰：“早已会说了，惟猴腔不离口。”升表又引云程进一洞室，器皿、肴酒一切皆备，惟桌椅皆石块。云程问：“此东西何来?”狷狷笑曰：“不为此东西，今日吴公子怎得与少爷相遇?”云程听之不解，因问之，升表泪曰：“小侄之性命与狷狷相连，所有食用皆狷狷去盗窃而来，或归迟，恐落人机械，小侄命即随之。”云程闻此便知所窃乃供膳，云程心甚怜之。

共坐食，狷狷进酒，随问狷狷曰：“三太子迎娶蔡千金，我已闻知，后来汝有无至梅江通问?”狷狷曰：“蔡千金时常遣送物至梅江孝敬，又命探听娇容小姐何时出阁，要回送妹耳。”二人食了酒饭，云程将回，升表泣留为伴，狷狷亦恳留。云程曰：“忽忧虑，再耐几时，待我去黄龙府寻母舅回时，再至，带送吾侄归灵虚，与令祖说情恕罪，包你无事。只是盗窃人之食物，不遭机械，必遇暗毒，须要用钱去买来，方保无虑。”升表曰：“欲买，哪里有钱？就有银钱，看狷狷此样，去市镇买东西，一扬传，祸不更速耶?”云程曰：“令狷狷跟去，自有作为。”

云程即带狷狷下至半山，留于山岩内，嘱：“听有呼即出来。”自己步梯子至半山。庄中人犹等候，拥问：“何物?”云程曰：“紧追至尾层山绝处，遇一少年，认乃是东海龙君之王孙，泣说因在龙宫失仪获罪，同仆金毛猴狷狷逃匿在此，难即回去。因无口粮，遣仆盗取，倘落于机械，命亦随之，言甚悲切。弟

因戒之不许再盗人物件，弟囊中尚有余金，烦贵庄念盟情，保全主仆无虞。俟弟去黄龙府寻舅回来时，带送至东海，与龙君说情，乃归本位，祈诸兄弟谅情。”盖云程已闻信天翁所说，方知灵虚即东海之龙宫也。

谨和同众皆曰：“原来不是妖怪，是龙孙来逃难敝庄；济困扶危，人皆乐为，况舅爷之谊亲，又属龙孙，请到敝庄敬奉，谁敢轻慢！如嫌尘浊不来，应供进水莱，敢收舅爷之银耶！”云程曰：“似此叨情，愈称感激。呼狷狷来会过，免彼此惊畏。”云程出庄，望山后以手招，狷狷如飞鸟下山，带进庄，众见骇异，云程令与众施礼致谢。谨和与众公议，五日转供一次，按期将水米送至岩下，由狷狷来取。正相议间，柴家庄柴坚忽至，闻知其事，己亦要供水菜。头次即柴坚家办起，极丰盛，狷狷搬运回洞。云程亦进洞内与升表说知，嘱宽怀静候。留饭一夜，次早仍回乐忍庄。柴坚之子病已愈；两庄共鸠[①]盘费；遂告辞起行，直去黄龙府寻舅氏矣，不表。

却说铁麻姑扮打花鼓婆，望北朝行夜宿，如有人拉唱，便曰：“同伙在前途，去寻回头来唱。”如有刻薄子拉住调谑，起一脚跌倒二三个，抽身走去。

正是：遍走天涯心不惧，游行海角我无忧。且听下回分说。

---

① 鸠：凑集。

第二一〇回 托屋梁自称鬼王姐 落圈套亦为海贼头

却说麻姑行暮歇旅店，旋有妇女十数个亦投店内，又有十数个壮健男子亦投进店。主人辞："店窄，女客已满，未便男客，请投别处。"那一伙男子不肯去，竟拥进内，与众妇女一处。店主来扯他出去，被打，诸妇女惊甚，欲去喊地方官。众健男拦住曰："此处无地方官投，任喊出血，无人来救；无别事，今夜分陪我诸兄弟来睡，首饰脱我作盘费，人自回去，无甚大事。"一面说，一面动手乱抱妇女调戏，可怜诸妇女啼喊无援。

麻姑早已在后房门缝看出，大怒，抢出大骂："狗男子横行！如不滚出，待老娘打汝满地爬！"起先十数个不知厉害，一人迎前来抱，被麻姑起一脚踢倒在地；又两人抢近来，亦被一脚踢去，跌有数尺远；众共怒来打，都被手打脚踢满地爬滚。麻姑喝骂："不去，立刻叫汝个个皆死！"众共爬起曰："愿去，愿去。"一个一个蹒跚走去，十一个皆在店门外，多有血出脚手破伤，皆不敢再进来，各耳语一匝散去。

诸妇女脱身，皆泣谢麻姑不尽。麻姑问曰："你这一伙去何处？如何无男人引带，在此住宿？今夜若无奴家，难免被强暴欺凌。"内中一妇人答曰："皆这一起小娼妇好事！奴们都是西村，十三个皆属姑嫂姐妹，因闻柴家庄有白面钟馗捉活鬼，关于地下，啼叫不绝，无数男女去看，才被诸小姑硬扯来。去柴家庄只十余里，因起身得迟，赶路不及，就在此歇。谁知遇此强盗横行，若无大姐救援，皆无脸回家。"麻姑笑曰："果然好事，亦要吓汝们一次。"问："下次敢来么？"

唤至店主骂曰："出路[1]靠主人，怎被此狗男子横行耶？"店主哀告曰："此处本是荒野小站头，那一伙之人，必是路上遇着女客官跟来。他进店即拦之，奈其人众，被他打几掌，实无奈之何，怎怪的小店？"麻姑曰："果怪不得汝。今只问你，柴家庄有甚么白脸钟馗爷？有什么鬼？关在何处？可实说明。"

店主曰："离此十五里路，有一柴家庄，一庄五百余家，皆是一姓，合庄之

---

① 出路：出门在外。

人俱皆忠厚。柴长者名坚，年近六十岁，生三子。长子早死；三子少；惟有次子年二十岁，极聪明伶俐。前日不知往去何处玩游回家，得成一病，十分沉重，计无所出，乃一野鬼迷他。他父求神告佛，延道请僧，不能医愈，自思惟有一死。他父时常济困扶危，如有江湖之人到他庄中及求赠盘费，无不相赠。

“前日柴老者往市镇玩游，遇有一个闽人，在市镇求乞，见其品貌超群，人才出众，查问名姓籍贯，请到家中，款待酒饭。因说起家事，次子将死，他查明病底，自称能收除此鬼。柴长者十分欢喜，留住一夜。至夜，此人进其子房中，到了天明，一家进看，见此鬼在地中喊叫不绝。其子病能脱体，柴老一家尽感其恩。自此远近主人，连日来往不绝，看此奇事，人皆称为白脸钟馗爷也。”

麻姑曰：“可知此人姓名?”店主人曰：“姓名不知，他有题了诗句，有说他名姓隐在内。”麻姑曰：“此诗可记否?”店主曰：“敝店亦有此诗避鬼，要看可取来看也。”原来此诗有人抄来卖新文，号作白钟馗镇鬼诗。店主有买[①]一张，令取与麻姑观看。麻姑接看，尾有写[②]吴云程名字。又问：“那收鬼之人还在否?”店主说：“闻其庄人留住未去。”麻姑喜甚，对诸女曰：“有此奇异之事，怪不得汝们去看，离此不远，奴家明早伴汝们齐去看，好么?”众女又大喜，共曰：“若得大姐作伴，乃是万幸，有汝保护，哪有不好?”诸女恐怕强盗又来，共不睡，鸠钱与店主买酒肴，同敬麻姑。

共谈说至天明，理还房钱。出店门有十余里，到了柴家庄，那房早已搬空，任人来看。其门、壁皆拥挤剥落，如四脚凉亭。麻姑带众妇女至，人拥满不能入，大喊曰：“看过退出，与我们妇女进看。”那看的人不动，麻姑用两手一分，人拥出；又东撞西撞，人皆退出，遂引诸女进看。仰见壁间是云程笔迹无异，听地下鬼声隐隐。那人众被挤退出，不愿[③]，相谓曰：“哪里来这花鼓婆，好厉害！两手似铁打，被靠上身，痛不可忍。我大家还不如妇女，被他挤出?何不伙齐拥进，还怕他不成?”或曰：“不可，男不与女斗，让他去看。”诸男子如是，皆不进去，只有十四个妇女在内。

正看得意处，忽呀吒一声，屋塌下，麻姑向上伸手将横梁托住，大喊：“诸女快钻出去!”那十三个竟魂皆无，尽钻出，麻姑始将托之梁抛下，瓦片、木料震地粉碎，人便跳出，形色不改，笑曰：“老娘都被人暗算耶!”即拖十三女至边处，拂去灰尘。众人看见麻姑有此力气，皆吐吞[④]惊服。原来那屋塌下，内

① 有买：买了。
② 有写：写有，写着。
③ 不愿：不甘愿。
④ 吐吞：吐舌吞唾液，形容吃惊状。

之妇女无伤，在外之人已掷伤四五个。

麻姑正欲进问，那柴坚闻知其异，至前迎至厅堂。麻姑即问曰："老丈，烦报与白脸鬼王，说他姐铁麻姑亦来此，烦出相见。"柴老讶曰："怪道是[1]白钟馗之令姐，才有此膂力托梁。今不遇了。令弟前日才起身去黄龙府寻他令舅。"麻姑曰："他特来寻姐夫，非寻母舅。"柴坚曰："原是寻姐夫，只因姐夫死了，便去寻令舅洪老爷同回。"麻姑惊问："他姐夫怎的死去？"柴坚将艳冰死的因由，又将云程捉鬼、逐猖猖情节说知。

麻姑忿恨来迟，他既去黄龙府，亦要去寻之，便谓曰："舍弟既去，奴家亦去寻讨。十三个女人烦遣人送回西流庄，勿被强人欺凌是托。"言讫即告辞要行，柴坚赶出扯住，曰："既是恩公亲姐姐，数千里至此，哪有不住歇就去之理也？"同十三妇女一同扯进内庭，内庭办席接待。令庄客将塌下屋料搬去，只有空地，由人来看。西流庄闻信，有亲眷来接十三妇女回去。麻姑留三日，因公孙谨和十分盛意来迎，遂至乐忍庄，参拜周学士祠宇牌位，又知升表同猖猖隐匿后山。公孙族之女眷皆至款留，强勉被留住一日。

次早起行，至日暮投旅店。忽有一差官进店询问："前日闽人吴姓，号白钟馗，在此投宿否？"店主取数薄[2]查无。又问："共有几间客店？"又答："七间。"那差官欲去别店挨查，随有一客进店投宿，说是由黄龙府来的。差官便问："路上有遇白钟馗否？"那客答："可是在真定捉鬼入地之闽人吴氏么？"差官曰："不错！在哪里遇着？"那客曰："未遇着。在路上只闻得，数人赶来请他去治鬼降妖。路口无遇，今早由水路直入黄龙府。人皆散回，在路上说了方知。"差官又问："可知他搭何船？"那客曰："闻是搭大摇橹，有快船可赶着。"差官令店主去道头[3]代雇船赶，那客曰："不须别雇，我亦由水路来，江边现有一快船，亦赶文书报去黄龙府，尚未开出，附搭恰好。但不知官长因何事追赶？"差官亦答以要赶回收怪，说了即去了。

麻姑在房已听明白，便向店主曰："奴家亦是去黄龙府的，有便船附搭更快。"那客接口曰："这位小娘子亦是去黄龙府的，恐路径不熟，店主可带他附搭。"麻姑即跟店主至道头，说好船价下船，其差官已在船内。船便开出大洋[4]，驶一日夜，麻姑心疑，问："何地方？"船艄答："天津外洋。"愈疑，即向差官查问："不知贵差官是何处差来？要请白钟馗收何妖怪？祈乞说明。"差官

---

① 怪道是：难怪。

② 数簿：账本。

③ 道头：码头，渡口。

④ 大洋：海。

先问："小娘子，何处人？去黄龙府有何贵干？请先说明。"

麻姑曰："奴家亦是闽人，与白钟馗乃是亲姐弟，故特地寻他。又闻他去黄龙府寻亲，故赶去寻讨也。"差官讶曰："原来是鬼王姐，不知，多有得罪。小官乃是燕山将军府中。因府中近日有一妖怪为害，不能驱除，故访各处能人去收除。前日有人传说，有一白面钟馗爷，在柴家庄收鬼捉关地下，十分奇异，故此敝府闻知亦来寻请。一路访问至柴家庄，不想钟馗爷已去黄龙府了，故特地附搭便船赶去请他。不存[1]先遇鬼王姐在此，如不能请得钟馗爷到，即请鬼王姐到府中收妖亦可，不知意下可否？"麻姑曰："奴乃是女家，不能收什么妖怪，待到了黄龙府，再来商议可也。"

那差官喜甚，即唤船主来，预备酒饭相请。须臾，船主将酒饭捧至，差官便请麻姑上坐，自己陪饮。麻姑一面食一面观看。饮毕，日将西沉，遥望见艨艟战舰布列如云，旌旗招展，戈戟森严。忽连珠炮响，金鼓齐鸣，知所在不好，故问曰："此即黄龙府？"差官笑曰："不去黄龙府，特走白虎岛。"麻姑知落其局，心仍不惧，是生成[2]胆略过人。至于船旁，其战船甚宽大，排列戈戟。内放下大梯，差官引导麻姑登上大船，仍皆入舱中。众人均已拜伏，数将领分列船旁，恭接麻姑。麻姑曰："汝是海上英雄豪杰么？局我江湖妇女来此作大哥？"答曰："果不错，众兄弟闻女豪杰有万夫不当之勇，一臂能托梁，特迎来为大哥，幸勿见弃。"麻姑笑曰："列位可知错认？"众又答："不差，且请进，慢慢告知。"遂引至官舱傍。

众又曰："此处乃东洋之白虎岛，聚存几千兄弟，战船有几百号，粮草充足。外有大小岛，派拨八头目分驻，属白虎大岛管束，数十年来无异。自去岁八岛争强，各自霸据，不遵白虎号令，犹将侵夺大岛；困难与敌，要访英雄复霸。现在英雄却归北路，派十一个头目兄弟往迎，夜投真定旅店，因不端，被女豪杰打败受伤，不愿，密议尾跟，路上暗算。次日，跟至柴家庄看鬼，女豪杰将人众尽逐出外，带诸女在内独看，众兄弟以为得计，众人同把屋抬倒，将屋塌下，压死妇女泄恨。谁知女英雄之本领非常，只用一手托梁，诸女并无一伤，屋外犹伤八个。十一个兄弟始服无地，就请来为主。恐不肯来，众皆暗中商议，调遣兄弟们驾船，假差官诱来，方遂降临，乞恕诡计之罪。叫十一个打服之兄弟来参见，便识得。"

那十一个盗伙至谒拜，麻姑笑曰："原来就是汝几个！混荐我为能，恐误汝

---

① 不存：没想到。

② 生成：天生的，本来如此的。

们大事。”众曰：“既迎来，祈勿谦让，今日甚吉，即请登大哥之位。”须臾献上凤冠、龙袍、靴带，冠上插两手雉尾。麻姑即穿戴，竟然一员女大王，众拥之上座，参拜。麻姑问：“哪一个是旧大哥？何名姓？可进前谕话。”有一个带金铠头，身穿青蟒袍，向前鞠躬，口称：“海中魁。”麻姑曰：“我乃女流，怎知军旅之事！既有盛情，暂从之。务须遵令：一不许杀人放火，二不许夺奸妇女，三不许恫劫客商。如违者斩！更有新令再颁。”海中魁唯唯，遂献上船号、人数粮草册簿，麻姑看了，乃交与旧大哥掌管。遂设宴，一同作贺毕，仍拨归各队。麻姑独寓一舱，不要女从伺奉，禀事不妨混入；虽无威严，人自畏威，皆不敢近。

次日，海中魁议讨八岛之策，麻姑曰：“不须讨，三日内必自归顺。”海中魁遵退。至三日，那八岛之头目闻白虎岛新来一女青年大哥，众请讨，她不敢发令，可知她无能。遂会齐同去与之比较，如胜，仍归顺；不能胜，将她抢来作公众妻妾，海中魁等无脸，不降亦自散去。众议定，驾船而至。海中魁向前问明白，八岛对曰：“齐不动手，不持械，不埋伏，不暗害，只八岛与女大哥比较输赢。”麻姑准之，令先去择地听候。

八头目先驶至孤岛坪，上岸等候。麻姑只带海中魁等数人驾船，亦登岸会诸头目，面约曰：“我只一个在此，任汝八个齐来。如输，即管抬去作公众之妻妾；如赢，即不归顺，亦无妨。”麻姑即脱卸冠服，扎袖。二个先起手，被踢倒。三个又来，一个在后来，被麻姑用倒起腿踢半死倒地，二个又倒。二个又来，打翻一个；那一个用双魁[①]，两脚被麻姑接着，头朝地拖起，劈为两瓣。那倒在地的，喊叫：“饶命，投降。”七个跪地恳求。麻姑曰：“既降罢了，饶他，将八岛之船只都收到这里来，来受制度便放手。”那七个便俱跪拜，起，各归本岛。次日，各献上簿册，仍旧交海中魁立验讫，以海中魁为总管，改名海中义。各船立海中义旗号，船尾另竖一大旗，大书二十四句曰：

代天行道，惟我是扬。不劫孤客，不劫穷商，不劫内港，不劫外洋，不劫市镇，不劫乡村，不劫民食，不劫军粮，不劫行李，不劫杠箱。不劫名士，不劫女娘，不劫老幼，不劫善良，不劫聋瞽，不劫朝阳，不劫入伙，不劫僧长。如遇招安，速即归降。倘违此令，枭首帆樯。

麻姑出此令，明绝盗劫之路，以期自散矣。

麻姑号令既定，谕众曰：“我惟往往来来，不能长留在此，明日就要去黄龙府寻亲，汝们务须遵令。倘我去后违之，以军法从事。”谕令八岛首从在此犒

---

① 双魁：武功招式，即双腿腾空踢。

赏，三日后各归本位办事。众唯唯奉令。海中义分发犒赏讫。麻姑立于船头，望水天一色，忽东南嵎风起，浪翻滔天，对面云阴远布，异之。

正是：不意岛中为娥寇，无心海上会风云。且看下文如何分说。

第二一一回　化海盗射箭助龙阵　赘相府说女作鸯俦

却说麻姑见海上浪涌云兴，异而问故，海中义说："是龙斗。"又问曰："或常有，或近日才有?"海中义答："近日始有，自斗自止。"又问曰："可分别真孽否?"答曰："不知，惟见一簇青云与一簇乌云相斗，乌的常胜。"麻姑曰："已别了，青乃真龙也，乌属孽龙也。我既代天行道，可助真剿孽。令船停集此，速会众兄弟配执弓弩，候其斗上半空，船齐进，听大船号炮，弓弩向乌云处齐发，擂鼓呐喊，助青之威也。"

海中义遵令，传齐各船人等，执弓弩听令。麻姑手执弓箭，立于船头，将船驶稍近，弓弩可及得。刻见东嵎怒涛涌浪，群龙领云斗出波心，一丛青云，一丛乌云，半隐半现。那乌云之龙甚雄猛，从青者皆不及之。麻姑催船又进，一声号炮，万弩一齐向乌云处乱射，金鼓齐鸣，呐喊震天，立见乌云之群龙皆坠落波心，青龙追之。立时水变黄色，乌云消散，青霭腾空，波恬浪静。麻姑令鼓吹作贺。

正喧腾间，东望一少年，戴紫金冠，穿甲胄，泛枯木槎飞来，从者皆雄纠威武，近船旁喊曰："龙王三龙子，特来拜会船上大王爷!"麻姑闻报出迎，少年登船，彼此皆识得，牵手入官舱欢会，原来乃幼寥三太子也。幼寥欢甚，曰："贤妹怎么又为海皇帝耶?"麻姑笑曰："原来与孽龙争斗就是三哥，若不是愚妹在此作海皇帝，安得助阵?不知何处孽龙在此作乱，说与妹知。"幼廖曰："乃东极之孽龙侵界，父王命三兄弟讨之，屡战败。幸遇乱箭射中，孽龙群逃，共追而戮之。不知箭从何发，查乃贵岛兵豪杰，兄弟们不胜感谢，命愚兄先来拜谢，不意乃贤妹也。贤妹因甚缘故在此作女大王，祈说来。"

麻姑遂将来寻云程，被寇局至为首，遇龙斗，应助真剿孽之情节告知。又问曰："三真战一孽，何虎牢关之不速破耶?"幼廖曰："此龙非常，乃扶桑东日月常浴之咸池内孽蛟也。藉罗计之横逆，吸阴阳元气化龙，欲抢四海。今日非贤妹一神箭贯目，安能胜而戮之也!今贤妹之功慢论，只论一乃龙宫之亲契，二此非久恋之乡，可同至灵虚见父母相会，盘桓几时，再去黄龙府寻妹夫未迟

也。”麻姑曰：“且慢！俟去黄龙府后再去，今先寄请父王、母后同诸兄弟嫂姐妹安好。不知升表侄有上阵否？”幼廖曰：“上阵惟大、二兄弟，升表因献寿不慎打破玉瓶，惧收禁，同狷狷逃去无踪。”麻姑知其事，故问之，便曰：“失手损酒瓶，无甚大事，何用逃走？”

幼廖欲邀麻姑至龙宫，反被麻姑留住饮宴。又报二太子到，麻姑出迎，乃宛延也。行礼分坐，宛延曰：“闻知妹登王位，特来请安贺喜。”麻姑曰：“羞杀，羞杀，休得取笑！”宛延曰：“因从者回报，始知助战乃贤妹。三弟来请不至，反被留住。大哥回报，并请送薄礼来，与贤妹分赏诸将军，以酬勤劳。贤妹同去龙宫会叙好么？”麻姑曰：“二哥既至此，且同三哥在此会叙一夜，妹明日便起行去黄龙府，待回时再去请安。”宛延亦被留住，三人共饮。

麻姑曰：“当时诸兄不实言龙宫，骗为灵虚岛，四海之尊反为外番。如前想不过绝影国，到今日方得知之，何须瞒人。”宛延曰：“有敢[1]歪骗？因古今相传龙宫乃在海底，人皆奇怪在于水中，故不敢实言，恐惊怕不敢交契矣。”麻姑答曰：“别人惊怕，妹实不怕。时若实言，先跟去见访。”三人饮谈至天明。又报大太子亦到，麻姑出迎入，乃离宫也。曰：“已将贤妹助箭事情报知，父王悦甚，命送薄礼与众豪杰酬劳，闻妹欲先去黄龙府寻妹夫，送借龙宫避身宝一对护身。”

麻姑收存，将金银珠玉交海中义分赏与众。海中义叩领讫。再欲整筵宴，离宫不少留，即要同回复命矣。麻姑亦起行，即唤海中义同诸头领等谓曰：“我早言不能长在此。今即去，将总政交还旧大哥管理，务要循我新令，谨守忠义二字。如藉我不在，阳奉阴违，龙宫之耳目昭彰，必不恕也。”海中义等恳留不住，即备金银珠宝一包袱，遣人背送。麻姑却之，只取数锭黄金随身，改扮作男妆云游道者，与三兄弟相别。海中义早拨快舟伺候。三兄弟仍乘槎而东去。众船鸣金放炮，跪送麻姑去。

其贼众纷纷会议：“遵新令不劫，还候何物？在此空守，粮草何出？若违之，龙宫耳目甚近，不敷他一龙尾横扫。”或议：“有龙王所赐金银等物，计值百万，将来均分，各散改业。”海中义曰：“不可！你们一时散去，若财宝花尽，依旧作贼。今可去黄龙府投诚，将此珍宝助饷，弃邪归正，不忘忠义也。”兵皆允，即造一册，写便降表，用能干头目投递黄龙府。辽王大悦，遣使招安。海中义等入朝，各受官爵，众皆荣耀为兵，此皆麻姑再造也，不表。

再说麻姑乘快船至海边上崖，即是北朝疆界，到黄龙府尚远。带有箫管沿

---

① 有敢：岂敢。

途吹，作游食道人。访有乡亲，遂投一林姓豆腐店，先托查南朝侍从官洪承谟所在，再访吴云程。即查出洪承谟为户曹，因仓库不谨失火系狱，能赔补只革职，不能补锢至死。宦囊如洗，无一亲故，入监待死而已。又查云程无至。麻姑悯甚，冒作甥入狱视舅。当时云程在襁褓，便带匿江淮，此时承谟怎认？闻有亲甥来，见面即号泣，麻姑亦伤之。承谟问："何以到此？"麻姑曰："因来寻讨姐夫，顺至访舅，谁知遭此困极！今舅且宽心，甥既至，将舅谋为出狱不难。今带银有十两至此，且收存用度。待外甥出去斡旋，不日便出狱矣。"承谟甚喜，麻姑辞出。

先说辽王朝中耶律丞相有一女雪心兰，才貌双全，不但善于文墨，犹长于弦管。因寻文武全才之佳婿不遇，今已二十四岁。设有二张铁胎弓，头号重八钧，二号重七钧。若弓能开满，又作一首诗，中式便赘之。自十八岁选招，至今六年，所考过者俱不合适。开弓乃丞相当堂观看，诗乃心兰随时出题，选入批取。那日又考，大开府门。铁麻姑欲救承谟出狱无路，日在外探访云程，见人兵都进去看考，亦进于人丛中观看。那耶律丞相坐中堂，有一青年报名，先看了人品，令其开弓。那青年将头号弓开满，又取二号弓亦开，阶下看的人同声喝采。丞相羡甚，令人入内请诗题。须臾请出诗题，乃"跨灶"二字，下注七言诗句，得门字韵。那青年接题，便在桌上题写四句，送与丞相看，乃：

灶中有釜是根原，釜上明排父字尊。

子压父头为跨灶，荣宗耀祖入金门。

那丞相吟赏了，大称意，见文、武、人三才俱美，喜上眉梢，遂延之坐，递茶。令人送诗与女观看，并言三才俱佳，可合乘龙。讵心兰将诗批"不合题"三字发出。丞相先接看，怪之，以女混批取，自带入问之。心兰笑曰："爷爷亦不知耶？时人都批跨灶作子压父头解说，五伦岂不颠倒？应该如此如此说之，才合正文。他既不知，不可与晓也。"丞相闻女说破，始知果不合题，批之不错，遂出将诗批发。

那少年看批不合题，忿甚，喊曰："此诗怎批不合题？请说来知。"丞相笑曰："子跨父上，五伦安在？请自思之。念武才极佳，即将此题慢思出正义，再作可也。"那青年又喊曰："子压父为跨灶，何书不此等解说，再作还有何义？"那青年将诗献与阶下人众看，问曰："是题错不错，请共言之。"有斯文的皆言："逢书[①]都是如此解，怎的批不合题？"青年因众亦是此说，喊闹不休。

麻姑亦在内观看，忍不住挺身出曰："尊驾不必如此，明是作不合题，犹咆

① 逢书：所有的书。

哮不逊，以此间无人识耶?”那青年变色曰：“你见识得，何不上来亦作一首，看此何义!”麻姑答：“要作便作。”人众拥麻姑上阶。麻姑见桌上有纸笔，即写上四句，大声念了，递上与耶律丞相看，乃是：

马外属乾内属坤，蹄行印有灶凹痕。

骅骝何异能千里，后灶跨过前灶门。

丞相看了此诗，再看麻姑人品，便拍手笑曰：“妙哉！此位会台[1]来代办，批评不错。若不代办，闹至三日不能明矣。”那青年不服，曰：“跨灶作出马蹄，便不合题。”

丞相笑曰：“这灶不是人家之灶，乃马底之印痕也。鼠前属阴后属阳，前足四爪，后足五爪。马底前属阳后属阴，故曰蹄皆前圆后凹，践于地印模如灶之形。常马行步，前蹄踏起，后蹄接踏前蹄之灶模，不能过分毫，故行不远。惟千里马后步接踏前步，跨过灶模数寸，始疾。羡人后代胜前代之跨灶者，即如此也。若以人家之厨灶，厨灶乃五祀之首，岂可跨之！说如子去跨父，其理不顺，非实言厨灶之灶也。”阶下人众闻此解说，皆说有理，果前诗不合题，不错。那青年便不敢再闹，惟对麻姑曰：“诗已作合适了，弓能再开满便好。”

麻姑笑曰：“因郁没相府千金之奇才，无人与辩，不得不以俚言代为剖明，并非争夺门楣也。要开弓亦不难，待诗批出来再论。”其诗，家人早已送入，雪心兰批一“是”字发出。丞相谓麻姑曰：“文既合适，二张弓能开一张便合适矣。”麻姑答曰：“开弓容易，只是不敢为相府之婿。犹恐一开弓，那位无立身之地。”那青年答曰：“亦能开头号的，相府女婿便让汝，我便去，谁与汝相争耶!”

麻姑笑曰：“能开满亦不须喜，开不满亦无须笑，自去之矣。”那青年即取头号弓递之，麻姑即接过，扯一扯，笑曰：“果硬。那一张再拿来。”那青年又把二号付与，曰：“能开哪一张?”谁知麻姑将二张弓重住，一手开弦，走下阶行了一回，方放下，曰：“合适不合适?”看的人共摇头曰：“好大力！计算二张弓四百八十斤，开满犹能行出，面不改色，即李元霸、王彦章亦无此勇力。”那青年已惊走去了。

麻姑开罢弓，向丞相揖曰：“休罪放肆，今学生告辞回去。”丞相讶曰：“文武既试合适，怎不该为老夫之门楣耶?”即令人拦扯住。麻姑谓曰：“学生以实言相告，学生乃南人，因母舅罹罪，特来看视，未得赦免出狱。到此见狂生混闹不认错，不得不代为辩明。奉命开弓，亦是迫上不得不开，并非有意赛夺，

---

[1] 会台：对不很熟悉的男子的尊称。

望大人鉴察。”丞相答曰：“择婿总要合意，何论南北！令舅何人？罹何罪？要放出不难。此处乃择婿之公场，既来考合适了，人众皆知，岂容不遂！”言讫，起位扯麻姑手，同入后堂，看的人遂散去。

麻姑入内，自思：“且从顺，再来随机应变。”丞相又查问姓氏、来历，即答：“江南人，名魏海市，流落江湖，年二十八岁。因舅氏洪承谟锢系于牢，前来看视，实非有意来攀附也。”丞相曰：“令舅待完亲后查放。今日适上吉，即行完成花烛。”盖丞相恐其走脱不遂，故赶紧成就之也。立刻令家人等铺设，扶出心兰小姐与麻姑拜堂，同入洞房合卺。

麻姑见心兰端淑，堪为姐妹。心兰看麻姑品貌，堪依倚终身。至夜静，麻姑谓心兰曰：“卑人自顾南人鄙贱，不堪为相府门楣。因令尊大人执意不准，即行合卺，诚有负千金终身，恨不得卑人也。”心兰答曰：“言重。今日设使如招是北人，任他文经武纬、公子王孙，才负妾之终身。幸招是南人，漫道有此才学出众，即奴仆下流，亦终身愿而无怨矣。”

麻姑讶而问之，心兰下泪曰：“既属匹配，理应告知。妾籍隶江南，白氏。父仕晋，官拜太守。世乱父殁，母被乱兵掠，献相府收纳为妾。因不从，百般凌辱，那时怀妾方五月，无奈，恳分娩后从之。至产落地将满月，母思难保，投环而完节。丞相怒，将妾亦欲活埋之。适夫人与母同日生女，其女暴亡，夫人将妾匿为己女，无别人觉，惟乳母经手抽换知之。乳母因怜妾母尽节，小心抚养。至妾稍长，知人事，将前情密告妾知，又告妾母临产后，曾言恨生女不生男，不能效赵人之报怨也。妾闻此抱恨终天，与乳母再四思维，难效赵人，惟图离仇南旋而已。

“未几，乳母无病暴卒，实乃夫人以妾既长，恐乳母泄漏机关，杀之灭口也。自此无可与谋，忍恨含悲。至十八岁，丞相谓为选婿，妾不愿婚于北地，必要文武双全方赘之，故意出此双关之诗题，好推托。谁知北地亦有人考，武已合适，惟诗题不合，又亦好推却。今天幸亦出南人赛夺，成就此婚，实三生有幸，可离仇南回也。”说罢泪如雨下。麻姑闻此情节，从容问曰：“请慢悲伤，今即去尽杀之，带千金逃返江南，如何?”此乃麻姑探其心情。心兰答曰：“不可。母乃乱军掠献，为节自尽，与赵人之深仇有异。曾与乳母密议过，仇可报不可结，惟祈谅之。”麻姑点头曰：“怨是用希，[①] 恕之可也。据千金说之心意，欲弃荣华回归故国，此亦甚易。只是卑人亦有一心意说明，若千金肯依从，数日过便带同潜归故国。若不肯从，卑人更不爱荣华，天明逃去。今千金自择。”

① 怨是用希：意思是不念旧恶，怨也就减少了。语出《论语·公冶长》。

心兰答曰："妾乃死余之人，无不听从。"

麻姑曰："肯从好极！卑人可实言之。前所言不堪为相府之婿，有负千金者，卑人实非男子，亦女身，假扮男妆，来寻未同衾枕之原配吴云程，至此未遇；顺便观看考试，却被相爷留赘，欲明言，必生枝节，不得不混从一夜，明早即遁去。幸今夜千金讲出实情，欲归故国，若不嫌弃，与奴家作同室姐妹。吴郎少年英杰，名传当世；因来探舅，查尚未到。待数日，设计带同前往寻讨归闽，共偕百年伉俪。今日算代吴郎拜堂合卺，不知千金允否?"心兰听而讶曰："原来亦女，有此奇才，古今罕有。漫道吴郎年少豪杰，即年老之常人，姐既从得，妹有从之不得耶？此乃天赐遂愿，敢不允诺？今即照姐所言而行。"麻姑大喜。此后外为夫妇，内为姐妹，待有机会即同去矣。

正是：奇人到处无虚度，怨女逢之有所依。且听下文分说。

第二一二回　铁麻姑设计拐相女　吴云程窥客变畜生

却说麻姑在相府明作夫妻，暗筹计策同逃。丞相同夫人不知其情，以夫妻和顺，不胜喜悦；三日后，欲带新婚朝见辽王，请封官爵。麻姑辞以："昨被风吹，手臂半边作痛，恐见皇上，令扯弓不能，反为不美，可俟风愈见之未迟。"丞相遂止。先托司官释放洪承谟归籍。承谟免赔出狱。麻姑代其备行李、牲口，雇一人伴随，送出和龙城外，谓曰："舅先回东都等候，愚甥到时，搬眷回归故土。"承谟感之不胜，问："何不即日回归？"麻姑捏以旧案未销，俟结了便行。承谟先去矣。

麻姑既出脱[1]了云程之舅，常一人在外闲游。见有一个南游仙[2]开卜卦店，麻姑遂入，认识作乡亲，极亲热，有出来[3]，都在店中盘桓。

忽一日麻姑同心兰齐病，倒床不起，口中叫鬼不绝。丞相夫人来视问病，二人共答："见有一女鬼，散发吐舌，项挂一索[4]，日夜在床前说，先带汝二人去了，再来报冤讨命。"丞相夫人大惊，延医诊脉，皆说无病，惟患阴邪，即令家人去卦店卜卦。

那南游仙之店即在相府前。家人告以乡贯、姓氏，南游仙捻阄掷钱定卦。批云："二病身有大命危险，干碍二十年前家中自缢之女鬼，在枉死城放出，回来作祟。若不急行忏改，不但二病身难保，犹恐殃及家长；可先告许二病人稍愈，即建七七四十九日大功课超度之可也。"南游仙批讫，家人送还卦钱，将卦纸送与丞相同夫人观看。皆知二十年前，乱军掠献之妇不从为妾吊死，今来讨冤，皆胆战心惊，即同至房内床前告许，建设功课超度。未半日，二病人果不喊叫，次日都起床如常，一家皆以南游仙是活神仙，卦之灵应。

丞相即令家人再去问南游仙，须在何处建醮，如何作为。南游仙教之：须

---

① 出脱：摆脱开。

② 南游仙：南方来的游方道人。

③ 有出来：每次出来。

④ 索：绳子，此处指上吊绳。

往南山地方地藏寺，延僧拜念四十九日经忏，炼度吊鬼升天，只宜二病人本身长在捻香拜佛，余外家人男女人等不可进前；如有进前，殃必移及其身，切记，切记！家人问了详细，述与丞相，依教而行。交银命家人备办，传齐和尚，在于南关外二十里之地藏寺开坛，将银交与和尚代办，不敢进前。至发奏起，惟麻姑、心兰二人到坛拈香拜佛四十九日，一任和尚念亦可，不念亦可。

至满日，和尚送斗灯[1]到相府，丞相查问："姑爷、小姐何不回来？"众和尚答曰："昨夜送吊鬼升天，姑爷与小姐立时不见，以为先行回府，并未问之。"丞相叫家人查问无踪，连寻三日，连影俱无。又去南游仙卜卦，南游仙又批云："小姐属吊鬼之亲生女，至吊鬼上天，遂带亲女并婿同超上界为仙，下界不须寻矣。"丞相看此批语，讶甚，问夫人："怎说吾女是吊鬼之亲生女，是何缘故？"夫人哭而不言，再三诘问，始说出以女死换来顶替之情由。丞相叹曰："空代人育女，果是她之亲生女，被带去，还有何说！哭之作甚？只是失去一员虎将，可惜矣。"又令去问卜师："既被带去，还有回来否？"家人回来说："先生言，卦游魂变归魂，将来仍回看视，至养育之双亲年迈，一同度去登仙。"丞相同夫人闻此神喜矣。盖因那卜卦，前应如响，今再卜无不信之矣。

看官想，果有是事否？原来皆属荒唐，都是麻姑作为圈套、带心兰脱身之计。暗先贿足乡亲卜卦先生，先来卜病，嘱须如此如此，再来卜须如此如此，如再来问须如此如此答之。因在此卜卦惟此一间，余无有。一至地藏寺，又贿和尚，以病未大愈，不能在此伺候，在外借人家静养，至拜完不须来叫，自己回矣。倘有人来看问，可说同在禅房内调息，不许见人。再至送斗灯回去，若有问，只如此如此答之。麻姑嘱毕，带同心兰而逃矣。自古财能通神，何况相府姑爷同千金，谁敢不遵。又因醮主不在，任他如何减省，焉有不喜。至四十九日，即追赶也不及。

那二人带有金银，到僻处，麻姑换穿心兰之衣，心兰换穿麻姑衣。脚共一样，[2] 鞋亦换穿。买一柴箫与心兰，又一琵琶麻姑自背，扮作走江湖吹弹之夫妻。将龙宫所带龙宝分挂胸前，遂隐形不见。日在路中，思云程不至，又为他人事逗留，恐不遇，写一小纸牌挂于背上。有人问不答，将牌与看，上写：

夫妻弦管走江湖，隘口关津不用呼。

夫属蓬莱金菽子，妻生闽越铁麻姑。

以此招摇，俟云程闻知来寻也。行路、住宿人皆拥看。亦有人将二人形容

---

① 斗灯：祈安"拜斗"所用的灯笼，送给香主为辟邪之物。

② 脚共一样：脚一样长。

物色图画成轴，并题原诗为传奇，市上货卖矣。二人在路上隐隐现现，访撞[1]云程。寻思云程若遇着伊舅[2]，回头必先去乐忍村，才回大梁舅之寓所。今途中不遇，两处寻之必在。谁知承谟才离黄龙府四日，暮投李阿杜饭店，是夜行李被贼劫。店主无力赔，只得叫随去伴随卖驴将就。乡保令店家赔偿，那李阿杜实无力，洪承谟亦不索如数，便在其家坐待，不留亦留矣。此且不表。

再说吴云程在乐忍庄言去黄龙府，只望北而行有三日，天暮不及赶大站，望山兜间有人烟起，向投之。只见树木荫翳，山径丛杂，一座寓所，傍山临洞，岸上现有“鬼谷”二大字。客店内惟有三个妇人。云程踌躇不入，因见已有数客在内，亦有牲口，亦投歇之。与客互相动问，一姓王，一姓蔺，皆儒生赴燕都选举，暂歇此，等候同人。四个乃经纪家至燕，至此赶站不及，歇此。闲谈一刻，俱各归房安寝。

云程睡至半夜惊觉，嗅有数阵腥气，心疑之，忙起床，潜步出访。外虽窄，内甚宽，均是重楼邃阁。内房射出灯光，遂潜步于楼阁上窥之。见房中有一大健男，虬须豹头，貌极凶恶，盘坐榻上，有三妇女皆赤身露体，头罩帽一如猪头状，一罩如羊头状，一罩如驴头状，各分执一殿磨磨面，须臾皆磨完，即将面粉各搜匀[3]，制数十饼。仍分三炉烤熟，各贮一盘，另放一处。三妇始将头上罩之物脱下，各穿上衣服。

那健男说：“客饼已制了，可接制自食的饼。”三妇应诺，即于缸中量出现成面粉，不分开一同下水匀拌，又制了九十个大饼，烤熟停妥，贮于大盘，取炉中煮烂的肉饼、一壶酒，排于健男面前。四人团坐炕床上共食。三妇食无多，那健男大嚼，顷刻将那肉饼食得干净，拭须撩手说：“大小、二小、三小，快收拾来睡。”三妇共答曰：“白虎大官人，请先安歇，奴们收拾了就来。”三妇即收了盘碗，同上床灭灯而睡。

云程潜伏楼上，看了明白，把头摇摇，果好食量。始知大健男名白虎，三妇名大小、二小、三小，惟不知作甚勾当。妆此奇怪形象，制饼与客食，必有缘故。明早不可食他，侦伊是何动静，再作主意。便蹑足下楼，进客房将包袱缚于腰间，潜伏于楼阁内侦之。至天明，三妇各捧茶汤，房客查无了一客，只六客，俱洗漱了，即捧上六盘饼，每盘五块；共食了，唤再捧茶来，久而无至，客共喊噪，各持碗自去后院舀水便了。未一会，六客在地翻滚，自扯衣服，忽

---

① 访撞：寻访并期待遇上。

② 伊舅：他的舅舅。

③ 搜匀：加水揉匀称。

二变驴，二变猪，二变羊。白虎执棍出来，皆驱入后圈。三妇遂入房，搜出六个包袱，并牵王、蔺之牲口。

云程在楼阁上惊得魂魄皆无，思："昨夜若不嗅出腥气，此时亦变畜牲矣。"将下去尽杀之，又思："且慢，就杀太便宜他。再看他还作什么，杀之未迟。"仍伏楼上不动。只见三妇共出开店作事，那白虎在后院捉猪羊宰杀。惟一人自宰，无一人帮手，云程称其致有本领。三妇将猪羊肉下锅，煮熟捞起，排架卖外客；余的存于房内，并酒饼排于炕上，四人来食早膳。

云程即潜入房楼静听，即闻二小曰："白虎大官人，今日共得八个牲口、六个包袱，算大发财了。"白虎答曰："还不算大发财。昨夜共歇七客，那一个魁梧的好变驴，亦值千金，包袱小而重，皆宝贝，独独被他走了。这六个只抵他一个脚毛么[①]！"三小答曰："虽不足意，得两个滚肥的大耳，与白虎大官人供口福也。"白虎笑曰："惟喜此两肥东西。"一面食，一面讲，饼已食尽，叫三小再去取来凑。三小即起身去取，大小喊："不可错拿！那客饼与大官人食，亦要变耶。"三小答："不至错，客饼都有竹叶托的为记，怎能错拿。"白虎笑曰："乖乖，若舍得将我来变牲口，亦不怨。"共笑一回。白虎将一豚肘，并三四十个饼食得干干净净，倒在床上大鼾而睡。三妇收拾了碗碟，仍出店作事招客。

云程伏于楼上，听得明明白白，越想越怕：若非仙机拨醒[②]，被贼多得矣；汝不要太受用，只到今日思一方法，等夜来行为。便由后山潜出店去矣。

正是：只因爱报不平事，故使遍看变惨形。且听下文分说。

---

① 一个脚毛：一根腿毛。

② 拨醒：得到点拨而醒悟。

第二一三回　云程换饼白虎变畜　麻姑现图承谟认亲

却说吴云程潜出店，去别处买食充饥，不敢食饼，至暮时仍投入店。三妇认得，便问曰："此位客官不是昨夜投宿的，至天明不见，到哪里，这时才来耶?"云程曰："有东西放在前站客店中未曾带来，昨晚才记得，不及对汝说，赶紧去取。往来多走一站，路滑甚，明日不能走，要在此歇一天。"三妇甚喜，报与白虎知。

讵有两个先行之客在房，二牲口在槽。云程入问，一姓秦，一姓胡，赴燕挑选，有友约在此鬼谷店等候。问店家，云："未至，不知歇在何处?"云程又问曰："贵友何往？此处不是大所在，何约在此耶?"秦曰："王、蔺二友读书人爱静，故订约在此。尊台前途有遇否?"云程叹口气曰："有遇，早已变化矣。"秦惊问故，云程便转语曰："儒生选举，即如鱼龙化，有何为异?"秦、胡二人知有缘故，再三诘问。

云程侦三妇不在身边，将昨夜潜窥之事情，并客各变畜情由告知。秦、胡惊甚，叫同走去①，云程曰："不须走，今夜看弟代其报仇雪恨。"秦、胡问："怎能雪恨?"云程诫："勿声言！弟自有制度②。"惟嘱："二位兄台闻后院有响动，即管大声喊叫后院有贼，计在此矣。"云程嘱讫出来，另宿至夜静，仍伏内房楼窥之。

是夜，惟大小一人罩驴头帽，赤体磨麦制饼，那二小同三小同制自食之饼。客饼制有十数个，惟有竹叶托底，若无竹叶，与常饼无异。是夜少制，制完有三更，仍捧肉酒并排于炕上。四人正食，忽闻客喊："后院有贼，主人快起!"又闻牲口之乱杂。白虎持杖赶出后院，三妇执炬随之，遍照无人，惟牲口皆走出墙外。白虎曰："汝三姐妹先收住牲口进圈，我去追贼。"

原来乃是云程在楼上，看他将食，便溜下至后院，打开墙门，尽将牲口赶

---

① 走去：逃离。
② 制度：对付的办法。

出散野，便伏于暗处。四人闻喊声，都赶出去，房内无人。云程即潜入，将自食之饼换畜变之饼，将竹叶对换过，仍放原处，仍归客房睡矣。三妇赶牲口赶得气喘汗流，白虎亦赶无人，回来点牲口无失，同三妇归房。白虎赶得肚饥，回来拿起饼就食，才食三四个，要茶食，亦要水食，须臾跌地，三妇扶之不起。须臾衣服扯尽，就地滚琏，变一匹大白驴。三妇大惊，抱着号哭。

云程闻声，知落局了，便行入内指而骂曰："强盗，亦有今日耶！"取绳先将三妇捆缚，将白驴拴系了，出叫秦、胡进看，又指曰："叫此贼亦变，报君之二友也。"秦、胡问故，遂告抽饼对换之计，秦、胡甚羡其智。云程带秦、胡至后院，将各圈打开，喊曰："哪个是王、蔺二先生？窗友来了，快出相会！"二驴在群中突出，至秦、胡面前流泪悲鸣。秦、胡问："哪个是老王？哪个是老蔺？"皆能点头鸣叫。秦、胡哭之曰："昨夜若不是此位兄台识破，亦变同类矣。"

云程与其搜出各包袱，秦、胡认得王、蔺之包袱不错，其余不识。云程又去邻墩隔乡[1]招呼乡老，告以陷客之邪术等事，诸乡老无不惊骇。将其所有财物并店屋点交看管，令拨壮丁协同押解三妇、群畜到官投报。取出白虎所食余抽换之饼，交秦、胡收存，带去大官衙门告献，共有十三匹驴、九头猪、十三只羊，对之喊曰："这一起中间或是客变的，可出来同去官，与汝们伸冤雪恨。"众皆摇头摆尾拥出，惟五匹真的，仍嘴嚼草不顾，共知是客骑，分与秦、胡二客并壮丁坐骑。

云程分拨毕，自扯去大白驴，执鞭将跨上，谓秦、胡二人曰："可押带去报官，我另途去。"秦、胡骇曰："乃兄台所为之事，自不去鸣官，怎么带变驴走开，叫弟们前去告，没头没绪，无赃无证耶！"云程曰："我昨晚在房中已密告汝等，并半夜诈盗捕饼之事，不是头绪耶？带去所换之饼不是赃证耶？即管去先报，地方官不能判，必至大官，方能公判。我随亦至探听，如讯判不明，致二君受亏，我即行击鼓投首，如判得便罢。"云程言讫，上驴加鞭去了，二人哪里拦得住，只是叫喊。诸乡人骂曰："后生人[2]混账极！若不去见官，亦该将被告留交带去质讯。今无了被告亦不妨，二位客官即管去衙门照实诉之，倘有不明，小老们会齐赶去签呈相帮。"

秦、胡遂同去十余里，至有分守司官投告，因问不成供，转送锦衣卫，又无实情，不能判，解送卢龙节度使。先问二生，秦、胡遂将云程所说之情事诉

---

① 邻墩隔乡：附近的乡村。墩：村子。

② 后生人：（这个）年轻人。

之，又缴上毒饼。节度使曰："前唐板桥三娘子之故智也。司官不知故事，安能鞫之?"令带进众畜问曰："哪个是王、蔺变的?可上前来，点头三下，口吼三声。"驴群中跃出二驴至台前。又问："台下牲口果都是白虎饼变的，亦齐点头三下，吼三声。"众畜皆能听人言语。节度使曰："体虽变，心仍未变，情实无疑矣。"令皆退出。随后调进三妇严鞫，皆不认，反诉秦、胡杀夫劫产。任如何夹打，并无痛楚状。异甚，唤秦、胡一同上堂，谓曰："严刑不招，委系冤枉。汝二人杀他丈夫，劫去产业是实，可依律治罪。这三妇能为夫受刑伸冤，均属贤妇，可赏香饼，当堂食之释放。"于公案前取出六饼，一妇分与二个，令即食之。二妇喜甚，接饼即食，又令与水。忽二妇变为驴，惟一未变。查之，乃大小饼未食故也。盖大小最黠，因疑不敢食也。怀中搜出饼，押令食之，大小怕变，愿招。节度使令其据实招之，免变。大小供曰："犯妇三人皆山后之良家女子，五年前被白虎用术迷拐来为妾。寻此鬼谷无邻居之处，架屋开店，以生麦和药拌草料与牲口食，草化麦不化，将驴、猪、羊三粪分别淘洗，晒干，无异原麦。惟独半夜令犯妇同赤体，罩各畜帽分磨之来制饼。次日，客食何畜麦之饼，即变为何牲口，皆收入圈。驴卖与人骑，猪、羊充入口腹。白虎一顿食猪、羊肉十斤，饼三四十块，酒一坛。一日皆宰二牲口，五年陷客无数，并未出破。谁知那日被客看破，抽换毒饼，自变为驴，还有何怨?惟犯妇等乃被其挟制，无奈从之，求谅情开恩。"节度使又问曰："汝知白虎何处得此邪术?同伙有几个?汝有何术，受刑不痛耶?"大小又供曰："并不知在何处传而来，从来未见有亲友往来，惟教犯妇护身咒语，受刑不痛，余皆不知。"又问："人既变畜，还有法术复转为人否?"又答："既变了，未见复为人。"节度使问明白了，录了口供，即判曰："昔板桥三娘子同鬼谷店之白虎，时异事同。昔生骑三娘子而游，今士跨白虎而去，全案既结，免饬追究，同作千古奇闻。王、蔺二生既变，不能复人，交该眷属领回伺变。从恶之二驴分给王、蔺两家鞭策，以报其怨。白虎之家产，亦尽给二家。大小枭首示众。各牲口皆人所变，口不能言，不知何方人氏，无从查送归籍，殊堪怜悯，可送至大禅林收入放生，月给草料，如人抚恤，听之自然。如有杀伤者，照杀人论。秦、胡二生均收录选举，免议。"即将大小押赴市曹斩首示众，诸牲口皆挂养老金牌，送去大禅林。王、蔺二家之眷属各至，领回二驴及鬼谷店之产回籍，俱结案清楚，不表。

却说云程出店，怕见官耽搁，故骑白虎去。既去又恐秦、胡儒弱，讯作反坐，无人辩冤，仍至燕都寓密探，直待判结停妥，始放心而去。谁知那白虎所变之驴东跑西往，鞭策日只行三四十里。云程虽猛，其奈之何。遇有少妇，即叫而逐之，少妇几惊死。云程大怒，将其阳物割去二卵，始驯服。行至数十里，

摸怀中仙珮无去，始知治那白虎时，带松失落，寻讨无踪。

至于歇店，见店壁贴画一双男女吹笛弹琵琶，旁有诗，念了讶问店家。店家答曰："数日前，一对少年夫妻在此经过，仙又非仙，俗又不俗，问之不答，惟以此牌上数字示人。人皆异之，画其形象，作新文货卖。"云程又问："由何方去？可赶得着否？"店家又答："由南去。彼时有他的乡亲住歇后山，闻之即往追寻，便无踪迹。今追亦不着。"云程亦讶曰："此处亦有什么闽人？"店家曰："客官原来亦是闽人，好极。贵乡亲随驾在黄龙府为属官，因犯罪坐牢，幸遇赦回籍，歇于隔壁李阿杜店中。是夜被盗，将盘费一起偷去，次日连牲口亦卖去。阿杜无力赔补，将贵乡亲接入家中，有钱方得起身。奈李阿杜糊口犹难，哪有钱来赔补？客官既是同郡，一念乡亲留滞异土，二念阿杜难就拮据，可带同回去，其功德不浅也。"云程曰："带回不难，可知他姓名么？"店家曰："他说乃福州高盖山洪承谟。"

云程闻而喜曰："原来就是我的娘舅，特来寻他。快带我去相见！"店家亦喜，忙报知阿杜。阿杜即带云程至家认舅。承谟以云程不是，谓："我只一甥吴白鹤，在黄龙府已认过，并无两甥，不敢再认。"云程说："曾去大梁城见舅母、表弟，馈金安家过来。那黄龙府所遇，是假冒的。"承谟闻此谓曰："大梁城赠金，黄龙救难，皆有功劳，都算嫡亲，共认罢。"云程忿怒，即欲去黄龙府寻来辨个真假。承谟阻曰："去寻不遇，回至大梁便见得。今欲辨真假，不难。曾闻吾甥童稚时，家中难至，被义仆抱走，伊姐在臂膀上咬一口，试来看有无疤痕，便知真假。"云程曰："真吾舅也，亦记得。"遂把臂现出，果一疤痕。

承谟曰："真吾甥也，无疑。惟不知前者何人，非至亲安肯如此出力？"云程问："怎出力？"承谟不知是麻姑在相府之所为，疑是由上下衙门贿通。将自己罹罪之因由，他来救援之情节说知，云程亦喜不胜，疑是义侠也。即唤至店主，谓曰："我舅说汝会作人①，看待②得好，所失之赃一毛不要汝赔，明日我带他同回。"阿杜大喜称谢。

那夜先食夜膳，云程问阿杜曰："汝邻居有一画图，一对男女是何出处？"阿杜曰："起先传他是铁麻姑，好人家子女遇仙，故画其形状，人争买之。后人传乃人家丫头，已配有夫，在山园种麻，遇卖金豆之美男子，跟他逃走至此，扮束标题，分明卖奸，故以后无人买矣。"云程问："有何据？"阿杜曰："有人题诗评之。"云程又问："何诗？"阿杜取一画，与前同，惟多添一诗云：

---

① 会作人：懂人情世故，善解人意。

② 看待：看顾。

夫妻年少正绸缪，应守家园到白头。

何事远游撩众眼，分明奸拐卖风流。

云程看了，将信将疑，忍怒谓阿杜曰：“此张画卖我肯么?”阿杜曰：“不要小人赔偿，只要一张画，哪有不肯之理。若要小人头首，亦肯取下。”云程曰：“念汝穷甚，哪敢白取!”解开包袱收存，取出锭银十两，递与阿杜。阿杜不敢收，云程要他收，方敢收，同妻子拜谢甥舅。次日云程购一驴与承谟乘，自仍跨白虎，望南而旋。

正是：不因卖画夫妻假，安得相逢甥舅亲。且听下回分解。

第二一四回　吴云程接图怨妻子 铁麻姑撰诗戏夫郎

却说吴云程与承谟同行，逢有歇店，皆取出画图，查问有此二人通过否？或言未见，或言早过。问至真定界，有南人来报在前站，被人拦住吹弹。云程顾不得承谟，驰驴赶去。

麻姑、心兰在途被人拦住，略吹弹一刻即行，被云程追着。麻姑回头，见后面有人来赶，即扯心兰入山谷里躲避之。云程赶至，见麻姑拖男子入山谷，即下驴喊曰："汝两个要钻入土里，亦要拖汝出来！"麻姑见是云程，喜曰："是吴郎来寻，不须躲避，快出相见。"即叫曰："甥爷，奴家在此。"

云程转身见二人在于山坡，与画图无异，那无名火由心中燃起，至麻姑面前，举拳便扫。麻姑不觉吓一跳，谓曰："岂不癫了？话不说，作此形状？"云程又把手来，被麻姑架开；又拿一大岩石照面掷下，被麻姑接着丢于坑下；无法，便转身去拿心兰。麻姑早已防备，拦住不能近身。麻姑一面问："实为何事？说明再论。"云程遂住步，指骂曰："人作婊子偷汉，皆窝存密避人眼，独汝厚脸，挂招牌卖奸，不但败坏一家之门风，通闽越之声名皆被汝败坏，还不羞死？"又骂心兰曰："汝这小杂种，看不出小小年纪，敢将有夫之女拐来卖奸作生理[①]。我代人报无数之仇恨，哪有自己之仇不能报耶？不杀汝，誓不为人。"

麻姑笑曰："原来为此，请息怒。同去岩石上坐，待奴家慢慢说出缘故。如不中听，再来较论未迟。"云程又骂曰："事已尽知，何待汝说？从今恩断情绝，还听臭话来！"一面骂，一面跑下山去。麻姑忿甚，亦骂曰："哪里却有此强横！话有不容人说之理，待说过，再恩断情绝犹迟么？"但见云程跨上白驴一溜烟望北而不见矣。

麻姑曰："怪道[②]，得此千里驹，才有此骄恣。"心兰惊甚，曰："而今怎

---

① 作生理：做生意。

② 怪道：难怪。

处？”麻姑曰：“莫须有，怕他作甚！”心兰曰：“此去不回矣。”麻姑曰：“必是又在何处为他人事，此时才来。闻我们之行为，以假为真，忿怒赶来截杀。今招架不过，加忿回头，又去寻舅。此去吾亦南旋，必先至莲花山，安顿龙孙。今我们既得寻着，勿再招摇，毁却悬牌，先往寻他同回。”二人遂雇坐骡车，直抵真定莲花山总道①上，寻讨有内眷之大客店，清净客房住歇。麻姑遂至柴家庄看视，又至乐忍庄探升表，两处扳留②不住，仍回客店。公孙谨和同柴坚馈送礼物概不收。

却说云程前见画图诗句并传闻，将信将疑，犹不在意。至目击，确信传说不差分毫，欲杀不能，抱恨驰回。途遇承谟骑牲口亦赶至，问：“见否？”那时云程忿不能言，只把头摇摇。承谟以未遇，便不再问。适遇有店之处，因疲倦便歇。云程气得胸肚发胀，竟病倒旅店，三日不能行。承谟忧甚，因再三诘问，遂将见着麻姑，与画图无异，其为娼卖奸，因气而成病。承谟曰：“同乡千万人，非亲故，气之何为耶？”云程曰：“乃原配之妻。”

承谟闻之，亦代他忿恨。思一会，曰：“并无是理，若是拐带卖奸，岂有自标出籍贯、姓名之理？都不怕同乡遇着出破③耶？其中必有缘故。吾甥既遇着麻姑，他怎说？”云程曰：“那时候一见，恨不得生吞入肚，哪里有心去问他！臭骂一顿，便与他决绝回来矣。”承谟曰：“世间之呆子无吾甥呆之至也。凡事疑思问，既遇着，何不问其因由，看他如何对答，始知其详。岂有见面不问一语，即与之决绝，恐其中另有事情，空气成病，非呆而何？”云程卧于床，闻此突爬起，曰：“果呆甚！他要说，是我不听跑回来。今即赶去寻他，问明才愿。”那时云程气自消，病亦愈。

次日便行，与承谟又寻不遇，抵于柴家庄。柴坚父子喜迎入，安顿叙谈，方知麻姑前日亦至此，在路上救女打强盗，看鬼托梁之事。今又至，现歇在大路上饭店。承谟闻了，讶甚，谓云程曰：“原来有大本领，才敢标名远游。吾甥即去细问，切不可动气。此处非山野，人众，若至打闹，体面何存？”

谁知云程同承谟并行进柴家庄，早已被麻姑看见，疑承谟如何未去，被其寻着。至次早云程至店，麻姑迎出问曰：“前日既说恩情断绝，还来何事？”云程曰：“前遇未曾听说因由，今特来问分明方罢。”麻姑曰：“说亦无妨，只恐污甥爷清耳，又来动气。”云程曰：“勿闲言，快说来！”麻姑曰：“甥爷若不动气，

---

① 总道：通衢大道。

② 扳留：挽留。

③ 出破：揭露。

奴家便实告，不敢相瞒。令姑丈搬回福州，有人来说甥爷病死了，令姑为之安灵位。奴家前往挂孝守灵，令姑一痛吴家无后，二念奴家青年孀寡，欲赘一俊少与奴复甥爷姓，接代吴氏宗支。适舅属荐一书记，名金菽子，自齐来参谒，令姑便看合意，将奴家配与为妻，奉祀吴家祖先。

“因令姐丈周学士去黄龙府，无信，令姑丈命奴夫妻二人来寻访一程。至真定查知周学士因逃官正法。在柴家庄始知甥爷未死，去黄龙府寻舅，奴即赶去告明缘故。幸路上遇着，欲诉明，甥爷怒不听而去，奴只得南旋。今幸诉明。全是令姑所主，奴乃屈从，欲怪，怪令姑，怪不得奴家。马头之水难收，[1] 祈勿怀恨！可念高盖山、望北台岭、龙潭、倭国四处之恩情，夫妻虽无，其姐弟犹在，祈熟思之。”

云程闻之，叹口大气曰：“既嫁去便罢，不该路上如此行为。”麻姑曰：“什么？”云程随于怀中取出画图递与之，曰：“请看此便知。”麻姑接过展看，笑曰：“我未死，先有儿孙来画真容供奉耶！所题不差，惟奸拐是假，卖风流是真。因无盘费，不得不卖。人之题赠甚多，奴家都记得，可添写上。”麻姑取笔写上：

天南地北至燕都，谁人不识铁麻姑。
无缘空费金千两，合意惟须酒一壶。

云程看麻姑写上四句，忍住一口气，不与再写，将画夺过，掩存于怀，曰：“臭！臭！臭！既认了便罢，今添上愈臭。可叫那合意的姐丈来会会？”麻姑指曰：“他身体薄弱，风霜未贯，至此病卧床已五天了。不因病，今日安能与甥爷又遇着耶？”云程曰：“甚病？”一面说，一面看左侧一张床铺，蚊帐罩住。又问：“何病？明日能行否？”麻姑说：“不过风寒，受些起倒症，要待数日大愈，方动身。”云程便起身曰：“既病便罢，日后总会得。”说讫行出。麻姑曰：“怎就去？可留食了饭再去。”云程曰：“谁食汝臭东西！”麻姑仍送至店门口，归房。

原来心兰已存于隔壁，那帐内是空的，云程一去，麻姑笑之不休。心兰已听得明白，骇问曰：“姐姐千里所为何来？既见着，何不实告？反捏此荒唐来弄之，不自相矛盾耶？”麻姑笑曰：“那呆子前会作形状[2]，不听说明便去，姐晓得必来寻问。今索性以假作真，叫他去气，才与之实说。妹放心，不至自相矛

---

① 马头之水难收：俗语，意同“覆水难收”。语出传统戏剧《朱买臣休妻》故事：朱买臣妻子另嫁他人，后又想重归于好，被朱拒绝，叫她端一盆水从马头泼下，从马尾收回，若能即复婚。

② 作形状：摆出发怒的样子，指云程发怒打人的行为。

盾也。”心兰笑曰：“自家人亦来作弄，与他舅说，怎处?”麻姑曰：“正要他说，将来才知我之洒脱。”心兰曰：“姐姐果天真烂漫，脱离于形骸之外，非奇男不如也。”慢表。

却说云程因舅嘱不要动气，闹出来不成体面，故不敢发性①，忍恨而归柴家庄，将问答之言语细述与承谟听。承谟曰：“原来有此缘故，亦难怪之。”云程又述其自认卖风流，并将添题之诗与看。承谟亦说：“世间哪有此厚脸婆娘，既嫁去，回时还认什么姐弟，断却便可矣。”云程亦以为然，思：“要回籍，前曾许带升表去龙宫说情，原以无仙槎还籍，有仙宝稳渡可返；今宝既然失去，无从而至，又不忍置之而自去。且将他带回福州家中相依，胜落魄于荒山也。”

想定，随上莲花山上说之，带升表、狷狷至乐忍庄、柴家庄致谢。两家亦备酒席，又另装一小担行李与狷狷挑之。云程跨白驴，承谟与升表骑蹇驴登途。狷狷初来犹猴形猴脑②，人见之以为精怪，后往来熟了，又被庄人装束即人，亦不过丑些，便不知异类也。行了一日，至暮投店。云程谓：“舅同盟侄且安歇，有故旧在此隔庄上，探视即回。”承谟等信以为真，谁知其藏刀自去杀人。

正是：昨日因含千丈气，今宵去杀两人头。且听下文分说。

① 发性：发脾气。

② 猴形猴脑：面目举止像猴子。

第二一五回　供杀奸凶手因举代　暗受惠狱官妻不循

却说云程身存利刀，漏夜走回莲花山大路，计八十里一站，与云程行只半夜便至。越墙入麻姑前所歇店内，寻讨麻姑住宿所在。见房门关紧，撬门进房，至麻姑床前揭帐，残灯下映看，仿佛两人并枕，一带网巾，一带油髻，皆睡熟。将并杀之，忽思前情，只杀带网巾的一个，将刀丢床下，仍越墙出，在店门外，侦麻姑可能脱身否。

那时天已明了，一会闻里面杂沓哄动，或说先把凶手女娘捆缚，再去开门唤地保乡邻。云程以麻姑被拿。店门已开了，假作外人进看，不是麻姑，讶甚。顷刻，乡保人众皆至查问，内一人是长随模样，说："是十五太保、赵千岁的儿子。因闻店中歇有一双吹弹俊俏之夫妇，昨晚有四个家人来，欲夺回为妾媵，比至，其吹弹之夫妇已于早晨去了。以店家代之存匿，入室搜之。见店家之媳凌氏有三分姿色，邀出客房陪饮奸宿至五更，凌氏喊叫，四家人进查：十五太保喉断，刀在床下，凌氏浑身是血。疑以店家同媳杀之，要拿一家去问罪，还恐带累乡邻。"

云程问曰："什么太保，此等横行？店家怎肯把媳妇与之奸宿？"那店伙曰："汝还不知耶？他之父赵延寿乃卢龙节度使，辽王许之作中国皇帝。有十五个儿子，俱称作太保，皆横恶胡行。此少子尤甚，访人有妻女三分色者，便入其家硬要；或拒之，即将一家男女尽拿去，男入地牢关死，女充作贱役。无处伸冤，故此皆忍辱，不敢阻挠，听之自去。店主怎肯把媳与之，亦至无奈其何，惟怨于心而已。"云程又问曰："怎见的是凌氏亲手杀的？"店伙曰："凌氏说并非她杀的，她还在睡梦中，被血喷醒，惊喊跑出。但房惟她一人，又有凶器，纵不是她，到官推是哪个？不得不认耶！"

云程："果不是她杀的，不可冤屈她。"众曰："汝知哪个杀的？"云程曰："实是我杀的。"众曰："莫乱言！杀人亦将来玩说①。"云程曰："怕什么！我如

---

① 杀人亦将来玩说：岂能拿杀人来说着玩。将来：拿来。

怕，亦不敢认。”众骇曰：“汝与他何仇？由何处入？”云程曰：“其实我与他无仇。前日房内住的江湖之男女，我与他有隙。我半夜越墙入，只杀其夫，谁知他二人已去，不意杀错那狗子。今听汝们说其无道，却亦不错，与万人除害亦不肯累别人，故自出头承认抵当。汝们不用怕，我是铁汉子，再不悔。待天明去投首，都不累汝们。”乡邻皆异甚，共称义侠，不敢拘束，听之行为。

云程即写一封书，托送至前站报承谟等知之。内言在某处代人除害，不必惊虑，可等候数日，便无事同回等语。天明同众至本州投首。真定刺史，姓结名浩缘，十分仁慈，一面委验其尸，一面坐堂勘问。原告店主使媳妇图杀，云程承认代除淫恶，乡邻证据，店家忍辱无法。前后讯了三堂，一词无异，欲定案，想有碍其父，突有数百张冤状迭至，皆控赵子抢夺妻女、陷害夫男等词。刺史遂决然，只将云程拟斩，余皆释放。录供并诸冤状详缴节度衙门，请示定夺。

云程一进监，众狱囚绕看之，或曰奇男子，或曰好胆量，或曰恨可消，或曰死也愿。盖监犯中半是赵府十五太保拿送来收监，内亦有不助其恶者，皆勒迫不从，锢禁不放。云程未进监中，先闻其事，个个欢天喜地，以对头既没，皆得活命。突有一个将云程扭坐椅上，便纳头拜了。云程问：“何故？”不答，直拜数十拜，方开言曰：“我段廉，素食长斋，不幸家中妻子被那狗子①不时来强奸，无奈其何，只得忍耻从之。那日从外入，不知狗子在房，回家撞着，狗子以不合冲撞，将廉送监。妻子忿恨吊死，家破人亡，惨不胜言，日夜哀思，此仇生不能报，死作厉鬼报之！谁知出这位义侠，深仇代报，就死瞑目矣。此仇今得报，汝众人亦摇摆得出去。”

众曰：“那狗子天仓满②了，但吴义侠代大家报仇除害，进来坐牢。大家得生，惟他一人去死，试问大家于心何忍？大家齐来商量作个死阄来拈，谁拈着，即顶吴义侠之名坐罪。”众皆应愿。段廉曰：“拈什么阄？我愿认替。”众不依，要拈阄，段廉要独认，相争不定。又有一谋杀之重犯名吴上，叫曰：“不必争论，汝们人等是活命，无罪的出去，我亦曾受过狗子磨难来，可替得。”众问曰：“汝自应斩，怎还替得？”狱官闻了争替原因，异之，遂入告刺史。刺史义之，适一小窃犯病死，报作谋杀重犯吴上病毙，通详销案，即以吴上顶替吴云程名字，候批斩决，云程密行释放。

---

① 狗子：好色之徒，通常指好色妄为的纨绔子弟。

② 天仓满：该死。民俗认为每个人在“天仓”中都有一定的口粮定额，吃完了就到了死的时候。

狱官即便挪移办理停妥，将放云程同赵十五太保所送锢禁之众犯出狱。云程不去，狱官问故，云程曰："批详未下，节度若提亲讯，那顶名的焉能答应？如一破绽被识，有司之责成匪轻。可候批结了再去未迟。"狱官敬之，令诸人犯先去，诸人犯亦不去，皆曰："待吴义侠出了才去。"

自此狱官遇有闲时，即与吴云程饮叙。那夜话正投机，而酒空矣，狱官笑曰："酒甚多，惜乎夜静门封，不得去取，奈何？"云程问："在何处？"曰："只在后隔墙下官署内，九十坛皆在于庭内，明日抬一坛来，免得空想流涎也。"云程随告出小解，须臾拿一大坛酒入，狱官问："何物？"曰："酒。"狱官不信，打开看，果酒，讶问："何来？"云程曰："即老爷衙内的，说无人去，某去代取之。"狱官吓甚，曰："千仞之狱墙焉能越耶？"云程曰："便是万仞如何？老爷府中还有什么肴馔说之，某再去取之，分赏大家食。"狱官曰："明日要请客，厨房有宰现成的猪、羊、鹅、鸭，如能再去，即管取来，分与大家同食好么？"云程应诺，便出户。狱官尾于后偵之，只见云程如同飞鸟腾过墙去，将猪、羊等物，陆续挟飞出，又入拿两大坛酒，皆排列阶除。

狱官看了，吓得目瞪口呆。云程见此神色，笑曰："老爷舍不得此多物耶？"狱官连声曰："言重！言重！诚抛砖引玉，不为此微重，怎显得壮士之奇能？令人胆破心惊。"云程笑曰："挟泰山超北海，始为奇能，过土墙取食物，有何难哉？"狱官笑曰："吾何幸得遇此昆仑耶！快叫他们同来，拿去切煮，大家来食。"云程将通监人众唤至，众骇问："此物何来？"狱官曰："天上掉下来，今赏汝众人同食，赶紧拿去切煮，大家来食，尽醉尽饱。"众人即动手，切的切，煮的煮，排于房内，云程只与狱官对酌；众人在于外面大嚼，至天明方撤①。

狱官带云程到隔墙自己衙内，家人便言："昨夜厨房失盗。"问："贼迹在何处？"答："无贼迹，门户如故。"狱官笑曰："既无贼迹，可不是家里人自偷？"有妇人答骂曰："家里人要偷汝食物，何用耶？即偷，亦要金银绸缎衣服，哪有偷死猪、羊、鹅、鸭耶？"狱官曰："门关紧，不自偷，谁偷耶？"妇人又骂曰："汝恶事作得多，冤鬼来摄去。"狱官应曰："不必骂，再去买来请客，亦不迟也。"即拨人去买赶办矣。云程问："请何客？"狱官曰："前日乃下官贱辰，今日请叙谢。"云程曰："不知，失礼矣。"又问："骂冤鬼摄去是何人？"狱官曰："此不便言，另日来慢慢讲。今日且去陪客。"云程恐有识破，只在内舍独酌。至堂上席散，狱官仍带云程至监。

夜又对饮，谈叙间，因无人，云程问曰："清早内答骂者，莫是令堂么？"

---

① 撤：通"煞"，结束。

狱官曰："若是家母，还敢说甚？乃老婆娘呢。"云程曰："奶奶有此不逊耶！"狱官叹口气曰："说之皆不信，别人本不敢言，惟与兄相投甚，又属乡亲，可从实说知。弟本兴化人，姓韩名旭，贩茶叶至北冀，遇响马劫上山。货被劫尽，人绑于杀人台，留明日杀烹。以十死无生，喊曰：'惜我有才年少，死于草寇之手！'那贼首名莫秦，讵有一妹名扭娘，闻弟喊，向伊兄说情无杀，留作贼军师。莫秦因恨弟叫他作草寇，不恕。扭娘曰：'不是草寇，亦是蟊贼，眼不识人，将来皆死无葬身之地。'莫秦怒，被扭娘走脱。时莫秦醉甚，追跌，说：'今日走脱，明日走不脱。'

"扭娘想无生计，密盗珍宝，半夜入房，刺杀其兄，假男妆至杀人台，将弟解放。同走至卢龙，租屋居住。遂结夫妇，将珍宝变价纳职衔，补授此司狱。初时十分亲爱，未半载，新充一长随，名王恩。扭娘认作表弟，便留入内，以亲属协佐，亦喜。谁知王恩一入，扭娘心变，与弟竟若仇人；因念旧情，忍之不较。惟王恩之无理难堪，稍与较，便恶似虎狼。弟含忍之家丑不可外扬，寻思无计，惟有弃职逃去，削发可也。"言讫，泪如雨下。

云程又问曰："是不是亲表弟？"韩旭曰："真假无从而知，只是他两个见面即喜欢，见弟即变睁眼竖眉，故少回去，由他日夜去亲热。"云程理会了，又问曰："那表弟生什么样？可认认看好么？"韩旭曰："才二十多岁，生得白净，那凶恶无比，要见何难？恐有冲撞，勿怪。"

次日，带云程至家。适王恩自外入，云程问："此位可是舅爷么？"韩旭答："是敝峦弟。"云程熟视之。王恩便回头答曰："舅爷有假的不成？汝是何人？问作甚？"韩旭曰："是我好朋友，闻汝好武艺，要来领教。"王恩曰："武艺有的，只怕汝学不去。"云程笑曰："不敢想学全，学得一二步防身便好了，另日备束脩来求教，收纳否？"

王恩向韩旭骂曰："我又没有挂招牌作教师，汝何邀人来闲讲？还不快带出去，被里面知道，汝还不得安闲。"韩旭曰："她又不是我母亲，怎么说不得安闲耶？"王恩曰："汝实在没良心。她虽不是汝母亲，其功劳比母亲更大十倍，怎管汝不得？"韩旭曰："她有功劳管我，汝有何功劳，亦来管我？"王恩眉横眼睁，答曰："我没功劳，偏要管汝，任汝叫何人来保镖，打得赢，便不管汝；若输，总要管汝，任汝去那衙门告我，奈何？"举拳便打。

云程此时忍怒曰："请息怒，至亲间打不像样。今日不该来冒犯汝，饶恕此次，下次再不敢了。"将韩旭拖出，转入监内。韩旭忿曰："何如？昨夜所说有虚否？"云程笑曰："羡公有人管才成器，若某无人管，故不长进，犹不喜何忿为？"韩忿气甚，曰："怎么，吾兄亦来嘲笑？"云程笑曰："有酒食之，便不嘲

笑矣。”那韩旭痛恨，口不绝声。

云程又问曰：“实是奶奶何人？祈勿隐瞒，言之不妨。”韩旭曰：“真不知也。惟忖度这厮如此横恶，必是山寨之贼伙，与那贼人有旧好。自伊兄死，余党皆无能为。未几官军往剿，死的死，逃的逃，那厮走脱。访知贱人在此，投入冒亲。贼心不改，欲迫死亲夫，与他长久欢乐。似此拟度可是么？”云程曰：“大略是如此。”

韩旭曰：“既如此，快去代杀之。”云程曰：“且慢，再商量，勿得轻而杀人。”韩旭曰：“如此惊恐，便称不得义侠矣。”云程曰：“义侠不敢称，只是欲报不平。”韩旭便问其所行为，云程将从前所作过报不平之事，及此番至大梁赠馈母舅，途中为歌郎觅亲，柴家庄锁鬼，至鬼谷店变驴等事，慢慢述了一遍。自五更直说至辰时后未歇。正言得意，忽有一纸摺卷掷桌上，四望无人，展开观看，内题四句，墨犹未干。云程不胜骇异，即念云：

义侠慢些夸，何颜敢到家。

有金赠舅母，无珮还姑爹。

云程念讫失色，查问，并无人入。韩旭问：“什么珮？”云程曰：“临行时，姑爹借一珮，随身至途中失去，真无颜回见呢！”韩旭欲穷究通监是何人写的，云程止之曰：“不可！某失珮，并无人知，乃某言过夸，三尸神[①]见责也。”韩旭遂不究，自行出去理公事，至夜又来对酌。忽报卢龙已依拟议详下本州，将至调犯斩决，云程密谓曰：“如来调犯，须迟延一会，待某押犯执刑，切嘱。”言罢便抽身而去。

正是：莫行无因闲戏耍，分明又有甚机关。请看下回分解。

---

① 三尸神：道家认为居于人体内的神，每于庚申日向天帝呈奏人的过恶。

第二一六回　捉强霸设法惊悍妇　化怪哉保官脱火灾

却说卢龙节度使赵延寿，统辖石敬塘所割之燕云十六州，为辽之中国主，故诸子横恶，上下皆不敢言，忍之。忽报少子被人杀死，延寿怒，将提凶手同佐证人等至都，亲自讯究，遂接真定州之勘详供由并诸冤状，始知子之不端，遂不提究，即批如详决结。一面遣人密行察访，诸子尚有不端否。寻亲信之人，谕其密访回报。其人实报皆属不端，现在抢夺，红颜充满绣阁，白骨铺满土牢，怨气冲天，流言载道。少太保尤甚，妇女畏威，被害者皆不敢控告。那日于饭店污其媳妇凌氏，不敢声言，遇前在柴家庄镇鬼缩地、后至鬼谷店设计使店主自变为驴的吴云程经过，闻之不忍，代杀奸除害，自行投首情由。

延寿闻此大惊，即飞赦檄，以访得吴云程数次代除民害，义侠可嘉，免其抵命，速送至都验看。又访得诸太保行皆不端，另行拿究外，所有抢夺之妇女，坑害之良民，立即查放。死者恤其家，拆其绣阁、土牢等，行令真定州，即施行毋迟。

盖鬼谷店变驴之案乃延寿讯断，故有赦檄也。此飞檄未到，其批详先到，时云程闻此批详，嘱狱官数语，便去发牌。入监吊犯[1]，云程将犯早绑现成，自己作刽子手，押赴市曹斩首。本州刺史监斩讫回衙，其燕都免死之飞檄始到，而吴云程已斩了。结刺史以前接奉批檄，办文专差回复。韩旭背问云程曰："恨不得耽搁一时，免吴上一死。"

云程曰："吴上何曾有死，好不活跳跳[2]在这里。"韩旭不信，云程遂出带吴上入见。韩旭曰："所斩何人?"云程笑曰："拿一个来顶替，可有人知么?"韩旭惊问："谁人?"云程曰："怎肯拿好人来替杀，所替者乃公恨极之人才妙。"又问："实是何人?"云程曰："先将好人放走去了，再来慢慢说。"遂向韩旭取银，赠吴上作盘费，改名姓逃去。云程方告之曰："所斩者，乃公家中帮恶之假

---

① 吊犯：调取犯人。

② 活跳跳：活奔乱跳地。

舅爷，将他拿来顶替吴上矣。”

韩旭愈骇而疑曰：“若是那贼子，不错！不错！不知怎能拿来？他口亦不喊耶？”云程曰：“早思一方法。一闻都中批下，某即越墙入，夜静无人，惟有奶奶与那贼在西楼对酌。某潜至楼下侦之，闻奶奶说：‘哪个有如汝我乐，西楼无夜不元宵。’又闻王恩那贼答曰：‘心绪未宁空宴乐，除非杀却恨方消。’某便作呻吟之声，奶奶听了，惊曰：‘楼下有鬼叫。’那贼曰：‘别人怕鬼，惟我不怕。’便骂曰：‘何方野鬼？不速远离，即来拿汝。’某作鬼声答曰：‘西楼事发了，我来拿汝。’那贼闻，怒，醉中赶下楼来，奶奶拉之不住。某一面作鬼叫，一面退墙角。那贼果胆大，赶至墙角，双手来擒，被某将他咽喉摄住，定于墙，不能走动；带有麻药，塞其喉内，便叫不出声，遂将其缚住。将吴上掣于别所。至提牌来吊，某便作刽子手，将那贼押赴市曹斩首。一代除帮恶，二救有义之人，一举两得，作得机密干净。”

韩旭闻之，不胜惊异，拜谢曰：“蒙代除去大仇，恩莫大焉。斩草必除根，求并除之。”云程曰：“再除何难，但某念旧情，公何忘前恩？今虎无爪牙，焉能再展恶？可回去看她何说，即将鬼来吓她，谅必肯服。如仍怙恶不悛，再议。”韩旭依言。时天既明，韩旭谓监内众人曰：“今案结事妥，那人我还要留住数日，汝们不必再等，可先出去，好么？”众人应诺，即向云程致谢，陆陆续续出去。

韩旭回家，见扭娘神色变异，四向张望，问不答，诘之，丫环代答：“舅爷昨夜在家，立时不见。”韩旭曰：“不用寻，早到森罗殿上。”扭娘吓问曰：“汝怎晓得？”旭曰：“监中一囚犯，死去三日，今早还魂，说：‘森罗殿放回，遇一人披枷带锁带到，自说是王恩，在阳世作恶，被冤鬼控告，勾摄来勘，又要来拿其姐。’我以乱言不信，特回来看，果被勾去了。今汝可小心小心，莫妄言作呆①，恐鬼今夜亦来矣。”扭娘闻此，脸如土色，泣曰：“他已拿去，我必不免，求老爷救救。”旭曰：“汝与他愆孽并重，他拿去，汝才不免，叫我何处去救？汝近来有他不识我，今夜快跟他去。”

韩旭言罢，即回身走出，扭娘扯住衣襟，泣曰：“妾身知罪，从今改变，不敢如是，求老爷恕却前非。”因韩旭不回头，便跪于地哀告。旭见十分诚实，回首曰：“如果能改变，救之不难。明日延高僧来念经拜佛，我立名硬保汝改过，多化冥财，自能灾消罪解，冤鬼不来勾摄。如知过不改，作亦无益。”扭娘连声曰：“改了，改了。”韩旭便回身拉之，曰：“从今不可再上西楼，只在原房安

① 作呆：作恶。

息。我今出去，明日自有人去请作佛事。”扭娘拉住曰：“从今不可再出去，长在此陪伴妾身。”旭曰：“有公事怎能长伴?”扭娘曰：“日间可以，夜里要回来。”旭把头点点出去。

云程问：“何如?”旭笑曰：“服了，服了。”将问答之情述之。云程曰：“不怕人，只怕鬼，古以神通设教，即为此也。公今可建坛念经，以安其心。这数夜要陪伴她，以续旧好，将来定无异言。如再复故态，不用别法，只须说西楼事发，她必畏服矣。”云程言讫大笑，又曰：“公缩头到今，今可伸头出矣。”旭曰：“兄不来，不但头缩，犹恐不在肩上，诚再造之功也。”次日延僧忏悔，夜同衾枕，与扭娘恩爱如初矣，不表。

再说浩缘结刺史，又知吴上顶名代云程斩首，又接得赦檄，立即专差回复，言赦之不及。该刺史犹不知其详，访于韩旭。知云程之奇能，面述其异，刺史甚悦，密令带吴云程进见。结刺史厚礼待之，欲带同去赵节度家放人毁狱。时云程归心似箭，哪肯再去?因该刺史贤而慈，不忍违之，打扮穿着，假作亲随，同往赵家。

那节度使家属即在真定界，有子十五个，九个在军衙辅佐，六个在家中掌业。时五个在家，犹不知事发，刺史到，将檄与看，诸太保方惊，已掩不及，只得退避，听之拆毁。刺史进查看其绣阁中各匿有十数个红颜，皆诘出姓名，即令其家属领回；又查土牢内活的有三十余个，半死活的数十个，白骨无数，即将活的放出去，余皆令其家属者领回，白骨令人挑去掩埋。

将土牢拆毁，那地中忽钻出一物。身似蛤蟆，头面如人，仰天跃跳，高有丈余，落而复跳；立时又钻出数十个皆然，打死复生，斫断复跳，不知何物。问在地之人[①]，亦属不识。刺史谓云程曰：“怪哉！是何物耶?”云程曰：“即名怪哉，爷何不知耶?”刺史问：“何谓怪哉?”云程曰：“此怨气所结，人死，气怨不散，化为此物矣。”刺史曰：“怨气所结不错，何名怪哉?”云程曰：“仰面跃，必然叹一声怪哉，故名耳。”刺史曰：“扑之不死，杀之不僵，怨结于何时始能解耶?”云程曰：“怨气凝结，金刃水火，皆无奈其何，惟见酒即化。”刺史取酒试之，先提一个，酒浸即消化，又令取酒同注地，少顷皆化。刺史异，问故，云程曰：“岂不闻一醉解千愁?”

刺史呵呵而笑，称赞格物之至。云程曰：“某安敢格物！此怪汉时曾出过，汉武帝巡狩至咸阳，见此物皆不识，惟东方朔知为怪哉，亦以酒灌消。帝以朔滑稽无据，取舆图查看。其地属秦始皇缧绁之故址，果系当时坑陷无辜，怨气

---

① 在地之人：当地人。

所结，方信朔之言不谬。某有何学问，敢称为格物?”刺史曰：“似此广见多闻，便奇之甚，是又出一东方朔矣。”

赵氏五子退避，不敢抗拒，听之拆毁。家人在旁探息，将所答对之语尽报知。五子怒，计设暗算之。事毕将回，家人执帖请留饮宴，有话托达。结刺史不敢辞却，只带云程一人随行。入内院花亭，只一个太保随出陪侍，随从亦只一个。饮叙中间，一说奉千岁之命不敢不遵，一说全仗大人遮饰等语。忽一家人自外入，曰：“九太保请十四太保出来说话，再来陪客。”那太保即告暂欠陪，侍从跟出，内惟结刺史、吴云程二人。俟久不至，正疑问，俄四方向之楼台、屋宇烟火冲天，顷刻将延入花亭。那结刺史已惊得半死，云程纵有飞天之能，怎当得四方之火？环绕不能越出。

正急间，忽见东南角火自灭去一向，似有人扑灭之，分开一路，喜甚。即将刺史背出，冒烟夺路而走。至官道，那舆马侍从亦寻至。遂扶刺史坐于舆内，排道回归，自于舆口保护之。行有数十里，刺史魂始定，知诸太保设计暗害，以云程之奇能救出，感之不胜。至公馆更衣，密谓云程曰：“感子之德，无以酬报。只有一女名汝楫，已及笄，才貌颇全，诸官僚来求皆未许，今配子为妻，正合门楣。回去即择日花烛可也。”云程见说了不少停，正欲开口辞却，讵结刺史便出公馆，登舆回去。云程欲回头去杀赵子，以报焚火之恨，回思：“杀而逃，为害地方匪浅，岂是大丈夫所为?”至歧路思而又思，遂不杀之，望南而去。

再说结刺史到了官衙，入于内庭，将被火围烧，感云程夺救，许招为婿之情由，说与妻邵氏夫人、女汝楫千金知之，皆惊而喜。即令家人出唤，无人。查尚未回，以跟随不及，遣人往迎。遍觅无踪，结刺史疑之。适韩旭进谒，遂将云程救出火坑之事告知。韩旭曰：“彼非常人也，受恩必报，既以恩报恩，便安心去矣，再寻不着。”结刺史遂不再寻。惟邵夫人密遣家人在外寻访。结刺史胆已惊破，回复了委办事妥外，随写表遣使，往卢龙告老归籍。

讵节度使亦访闻放火陷害事，不准辞退，犹行赏赐。即提五子将尽杀之，诸将讨饶，皆发各军前作先锋，与南朝较胜赎罪，未几皆殁于沙场矣。赵节度因赦云程不及，悯之，命遣西藏僧至真定念经超度幽魂，以奖义侠。地方官奉命选择高山建塔，将尸火化，贮于塔内，标写“闽义侠吴云程之万年塔”。诸僧围绕拜念经文，十分热闹，中有知顶名代替者，不敢明言，惟背地笑之。

正是：漫羡贤侯除恶子，且看假骨受真经。再看下文如何分说。

第二一七回　赶白虎云程归故道　归碧玉麻姑说实情

却说洪承谟同升表、狷狷在前站客店等候，云程一昼夜无回。正在疑望间，有人送至书信，拆看始知又代人报不平，内云："勿怕，勿去，须等候，不数日即回来；令狷狷等代看其白虎，勿纵放"等语。共议无奈，留候之，不与店家说知，只说等伴侣，俟之数日。

谁知那云程所骑之白虎甚大食①，腹饥，翻拆槽圈，日夜不宁。店家另系于外埕树下，交狷狷看守。

忽来一道姑，髻罩小檐巾，后双带飘，拖裙，执拂，背负包囊，却是卖药道姑。入市，人拥看，问："卖何药?"答："卖是如意丹。"又问："何为如意丹?"答："人心要怎的便怎的，故名如意。"有一人曰："我意要黄金千两，美女如玉，能致之否?"又一人曰："我要腰缠十万贯，骑鹤上扬州，能致之否?"又一人曰："我要游天上至地下，亦能之乎?"道姑答："任汝如何，都能，只是药价高低不同。"众问："价若干?"答曰："金一千两至三千两止。"众笑曰："人有千金，还怕不如意，肯买此药?除非价轻，又能如意，方有人买；如此重价，谁买得起?"那道姑曰："亦有价最轻的，一服只须百钱。与家中牲口食，要他善走路，不用草料。但要牲口见面，才交药。"众答曰："这个妙！乃千家货，人人要之所欲，又容易。教汝先去卖一服，食试之，大家都要买。"道姑问："何处?"众指曰："即在前面一转弯，饭店门口大树下，客寄饲一大白驴，日食担草斗稻，因不饱撞拆槽圈，才系于外。客若有此药，再贵些，亦要买去。"

道姑即寻去，一见白虎驴，讶曰："噫，原来就是汝。我为汝担烦恼，千山万水都寻到。早拟自变来还报，割去卵，才得改邪归正道。今日可随我转故丘，免磨折。"言罢，将拂向白虎驴头上一拂，那驴就地一滚，复变为人。道姑包囊中拿出衣服与穿身上，随道姑跑而去。狷狷追寻无踪，不知去向。

---

① 甚大食：食量甚大。

承谟不知白虎驴之来历，各吓得口呆目睁。欲俟云程回来说之，直俟至匝月无信。忽闻云程已决于市，三人忧苦不胜，进退维艰，数日不决。而云程却一夜突回入房，三人犹疑为鬼。云程密说未死情事，方喜安心。便哄店家以伴侣至，明日起行。是夜闭门会叙，说起去杀麻姑，错杀赵太保等事。升表问："铁麻姑是龙宫谊公主，盟叔之结发，可杀之耶？"云程曰："自有可杀之处方杀之，与汝不便言，言便玷辱。此处杀不着，将来必杀之。"升表不敢再问。

那狷狷在旁曰："看他之行径，无一毛玷辱。论他的本领，非轻易可得而杀之。"云程笑曰："是汝主母之媒婆，就来护卫。今看汝主母份上，回去饶之，不杀好么？"狷狷曰："无人担情。"云程曰："既无人担情，就汝照管白驴分上，可好么？"承谟曰："莫说起白驴，说起亦惊人呢！"云程问故，承谟即将被卖药道姑拂变为人走去之情节逐细说知。云程讶曰："太便宜他这强盗！存意慢慢来磨折，再行割去阳物，以代被害之家雪恨。惜我不在，如在，将妖妇拿来，究其根源。今被其走脱，可惜之甚。"

升表曰："那道姑所说之话意，分明是其同侣，知变驴，来寻回改邪归正，情亦可原。惟不知此驴之来由。"承谟亦曰："此驴何处得来，可说来知。"云程曰："被贱人触怒，哪有心绪细说，故各皆不知。"遂将白虎之情由说了一遍。承谟讶曰："前唐之板桥三娘子还在耶？"升表不知三娘子之事，承谟述之，共谓大同小异。时天即明，云程另购牲口，同狷狷等上路长行。

再说麻姑哄了云程，带心兰悄悄至西流庄相投。该村之老幼男女无不欢迎接待。引看林景，入于祠庙，见神龛帐前悬一玉珮，讶问："从何而来？"庙人曰："此乃三人同伙至都生理，遇牧羊子在道上拾得此物，以石块来换饼，将二饼换之，带来与人看。或曰白玉，或曰碧玉，三人遂相争，至闹打。诸父老出谕：'皆不与取，献宗祠排设。'始愿[①]。"麻姑遂往见诸父老，言是己之物成双，因失于路，无寻讨处，今愿以重价赎回。诸父老曰："前以保全十三女之大德，正无以报，兹以此送还，敢说赎耶？"麻姑暗喜，思："这呆子所干何事，将此宝失落。幸喜遇着，若他人拾去怎处？"遂与诸父老致谢。借一静室，以心兰假作弟安顿了，托诸父老代为照应，自一人乃去真定矣。

到时，云程已在监内了。探其因由，潜入监，见云程无锁铐之苦，众囚争论顶名代替，遂任之。自此往来，人皆不知也。那日见云程与狱官谈说，自负其侠，即写出四句掷于席上讥刺之，云程认为三尸神见责。又见云程越墙捉人杀奸之事。至于赵府放囚毁牢被暗算，放火焚烧难出，又代其开出一路，与彼

① 愿：甘愿。

负刺史走出。及云程入城分途，方返西流庄，带心兰乘驴车，仍随之。先后同歇站，不共店。

云程等四人到东都大梁，先入承谟之寓所。承谟与妻子重会，不胜悲喜。云程带升表见舅母涂氏，即议论搬眷扶榇[①]归籍。升表欲云程先送他回龙宫，云程谓之曰："只我一人去与龙君说情，恐不能遂。可同至福州，托梅江蔡家公婆修书，即由梅花航海去，加之姻亲情面，再无不遂也。"升表信而从之。

忽见麻姑携心兰亦至，云程忿甚，便转身入内。升表同狷狷见之，喜而迎曰："姑娘来何迟？令人挂念。"承谟看不转睛。麻姑曰："舅，路上平安么？因甚这时候才到此？"承谟认不出，问曰："汝是何人？"麻姑笑曰："在黄龙府假作外甥，救舅出监，赠盘费回来，即是奴家，可认得么？"承谟讶曰："那个外甥是男不是女，怎不认得？"麻姑曰："奴原是女，因设谋救舅，改作男妆。那画图上铁麻姑即是奴家。"承谟又讶曰："莫不是云程外甥之原配结发么？"麻姑答："不错。"承谟喜曰："不管是不是他的结发，现是我之救命恩人，正要寻问相救之因由。"

麻姑曰："同行人甚倦，借有静室先安顿，再来谈叙。"承谟即指与外书房。麻姑将心兰行李安顿房内，把门反扃，同座厅堂会叙。先谓升表曰："去黄龙府便知闻，奴侄同狷狷高隐莲花山。因匆忙未得即去看视。昨夜欲去看视，甥爷已带同南旋，故来相寻。今日重会，不胜欣幸矣。"升表泣告获罪逃匿不能回去之原由，一面言，泪如雨下。狷狷旁立亦感泣。麻姑曰："不须悲伤，已会过三太子，代奴侄讨过情分，已经应允，如送回，可以免究，可请放心。"升表问："在何处遇着？"麻姑遂将助灭孽龙之缘由说他知，升表同狷狷喜之不胜。

正在言间，那云程一见麻姑带心兰至，转入内室见涂氏，言麻姑带男子沿途卖风流，不认前夫无耻之甚；现又带男子跟来在外，须出斥逐，不可容留。涂氏闻之怒甚，即赶出厅堂前，问："哪个是铁麻姑？"麻姑即趋前答曰："是奴家。"涂氏便骂曰："闻汝乃吾甥结发妻，夫在又去嫁人，便不节；犹带男子远奔卖风流，无耻极矣！今还不远离，又跟前夫至此处，此是何缘故？"

麻姑曰："夫人且息怒！勿听一面之词，容奴说明缘故，自有分晓。"涂氏曰："容汝说了再论。"麻姑曰："因甥爷去福州，瞒姑娘来寻表兄周学士。去后，姑娘方知，恐孤身不虞，命奴家赶来护之。赶至真定，闻周学士已殁，甥爷又去黄龙府访舅，奴家亦赶去黄龙府访遍。甥爷未至，惟访知舅老爷犯罪在监牢锢禁，惨苦难堪。奴家在彼待六月余，又无至。思无至无妨，只是舅老爷

① 榇：《说文》：棺也。

在于缧绁，举目无亲，度日如年，待甥爷来救不及矣。即夤缘入于相府。耶律丞相有一女名雪心兰，举止端庄，与谊为姊妹，藉之婉转，遂得救出舅老爷无事归籍。因相女思闽，愿随依倚，带来作同室姊妹，共寻甥爷。又恐路上与甥爷不遇，将相女改扮作男，奴家假作妻子，使远近扬传与甥爷闻知，必来寻讨。

“谁知甥爷东羁西绊，在柴庄代人捉鬼，住鬼谷店使店主变驴，耽搁不进。而舅老爷已放回，在途中旅店失盗。甥爷得此画图，以假作真，见着不许说明，即行拳打，力尽跑去，唤不回头。那日又来，思若实言，未必即信，不如以假哄之，到舅家讲明未迟。歇于旅店，甥爷漏夜来潜杀奴们，幸奴们早离，错杀节度使之少子。甥爷不忍累于店主，自行投首，入狱当罪。奴家闻知，将相府之女寄住，潜之狱内救护。幸杀死乃横恶之人，与万民除害雪恨。众囚争代顶名。刺史义之，择一重囚顶替甥爷。日夜与狱官要乐。奴家俟至甥爷出狱带舅爷回府，奴亦带相女随来。今日来到府中，要见夫人说明此情，以解甥爷之怒，求夫人察之。”

众共闻之，皆异甚。涂氏始知其故，问承谟曰：“老爷犯罪关监，是她谋救出否？”承谟曰：“黄龙府无假外甥谋救，尸首早拔牢孔出[①]矣。中途店无真外甥邀带[②]，妻儿远在梦中重逢。两个都有大功劳，不可负也。”涂氏谓云程曰：“贤甥，话听真了，从今可无怨矣。”云程曰：“舅母，不要听她捏饰。荒唐！分明带的是男子，亦何曾有见她进监看视！皆是掩耳盗铃之事，听她作甚！”

麻姑曰：“是男是女，现在此房内，叫他进出验看便知。以奴家未曾进监，那‘义侠慢些夸’纸卷是何人写掷于桌？甥爷可有越墙拿酒菜与众同食，假鬼捉狱官妻之奸夫代吴上正法么？如奴家未进监，这密事焉得而知耶？”云程闻此，无言可答。麻姑又曰：“不但只进监，又跟随至赵府照看拆放囚牢。那放火之暗算，不是奴家扑灭一条路径，甥爷怎背刺史走出？早已变做两堆白骨了。”云程又闻此言，口呆目睁，更无可答。涂氏讶曰：“原来还有此灭火救命之大功劳，犹怨之乎？可带出同来之人，是男是女，真假明白矣。”

麻姑开书房门，邀出心兰，乃娉婷之闺女也，原来麻姑预命其在房复回女妆矣。众共见，乃真是女人。涂氏喜曰：“此真端庄！相府之千金无疑。今已剖明，贤甥可放心，待回去完成花烛。”云程把手乱摇，曰：“不要，不要。一个都消受不起，还敢要两个？快些带出去，在这里不便。”涂氏笑曰：“假至诚。我先要作干女儿，回去再说。”却令麻姑带入内室，放椅，令同坐。

---

① 拔牢孔出：旧时囚犯死于狱中，尸体由监狱后墙洞中拉出掩埋。

② 邀带：导引。

麻姑曰："奴在夫人面前，安有坐位？夫人不识耶？奴乃高盖山承训主人之丫头铁麻姑，夫人亦是主母，奴婢见主母哪敢坐？"涂氏始觉，曰："原来汝就是大姆家中之婢女，长成异样。不知承训大伯近景如何？"麻姑叹气曰："莫提起！提起，夫人必气。"遂将齐氏私通遇喜，乃背走云程之事，从头至尾诉说一遍。涂氏曰："家门有此不幸，将此淫妇拿来碎割，罪犹轻么！若无我妹，二命齐休矣。今乃洪、吴两家之恩人，漫道无坐位，老身还要拜谢呢！"麻姑接言："罪重。"两女便留在内。承谟即办席与云程、麻姑处和。麻姑曰："何曾有怨恨，不须调和。"狷狷在旁曰："不曾怨恨，只曾起杀心。"云程曰："小猴又来护汝主母之媒人婆。"麻姑笑曰："昨若不即行，今日之喜酒少两人矣。"

席共三桌，二桌已食完，惟麻姑与云程食至二鼓未歇。云程问麻姑曰："姐姐在何处学得隐身法？前后并无看见，怎知吾之玉珮失落，并祈说知。"麻姑曰："奴家未学隐身法，只有隐身宝。甥爷之玉珮乃人盗去。"云程讶曰："佩何人盗？快说！即去将他拿来杀之。"麻姑曰："即是奴家盗来聘金菽水，还不知耶？"云程脸红，曰："事都辩明了，还来说鬼话？姐姐犹怀恨，仍来作弄。前因不知真假冲撞，自知罪不容诛，今晚在姐姐前请罪，任从处治。"言讫，跪于地。

麻姑笑曰："不癫耶，被人看见怎处？"拉起曰："若怀恨，不成跟随不离，所说皆笑话，并非作弄。聘金菽水，即是内面相女雪心兰，现存在她身，就去取出来看是否。"即进去取出心兰所佩之玉珮，又拿出已身上之珮，统排桌上。上有月英、周拱名，云程看了，确是原物，骇而喜曰："此宝分明是打虎时所失，姐姐怎得之？愿拜下风。今可回见得姑爷、姑娘矣。"麻姑曰："不但见得姑爷、姑娘，还可直投海藏，不须带升表再去梅江求书说情。"云程曰："又来取笑。其实此宝在何处讨回，祈说知，免得迷闷在心。"麻姑遂将途中救西流庄诸妇女，看鬼托梁，被诱为盗首，助灭孽龙，借隐身宝至相府，随途救护一切细说一遍。那时云程始知彻底根由，皆称羡不已，接曰："惟那相女雪心兰，我不要她为妾，快打发去别处。"麻姑曰："汝不要她为妾，我要她为妹，回家去自有分发。"直至三鼓，始各回房安寝矣。

次日，共议由水程搬眷，运柩回籍，顺送升表回宫。承谟赴当事投报，乃黄龙府废员，奉命回籍。即日扶柩登舟，由内港至山东搭海船出洋去矣。

正是：一行血泪扶双榇，万里归心渡一船。何日至闽，下回说知。

第二一八回　搬舅眷带龙孙归海　看群乌救难女出巢

却说吴云程、铁麻姑同来搬舅家眷，并送外祖父母双榇回闽，顺送升表、狷狷回龙宫。由海船出海洋，带有小舟。因狷狷识得龙宫水程，云程、麻姑藉怀仙宝，带同升表、狷狷盘①过小舟，自行扬帆飞渡而去。不数时，遇通霄岛巡逻之卒查诘。麻姑即令其通报三位太子，说："白虎岛助战之女贼头至。"小卒即去报知。须臾，幼寥来迎接。云程、麻姑令升表俟有唤即去，先带狷狷至内殿，告以特来为龙孙说情缘由。龙君因助战之功，悦而免究。麻姑令狷狷邀回升表归宫，并缴还双龙宝，重会诸眷、丽容等。

云程与三太子盘桓不倦，麻姑独被丽容留住，日夜谈心。因舅氏等候，只留五日。内外各赠一锦囊，丽容另寄一包与父母，密赠一物与麻姑，令其慎藏勿与人知，嘱妹出阁时再会。三兄弟欲亲送至船，固辞，方遣内使驾槎护送二人登船方回。麻姑将包囊放于舱内，扬帆飞驶。

至长乐广野处，深山大岩，杳无人迹，洪水急流。众共见山上一大树，树上一大巢，乌鸟成群逐队，来往不绝，口中皆有物衔住，来往于巢内。云程骇异，即令住船，邀同麻姑上岸登山。行近看，树立结一巢，如小屋一间大。云程曰："内必有异，待我上树看之，姊姊在此树下等候。"言讫，即攀枝踏干而上。至顶看了明白，内有二人，即大声喝曰："汝是人是怪？"

那巢中一人忽叫曰："汝莫非云程姑爷么？"云程即答："是。"那人即出巢来。云程认得，原来是十四门桥冷杏，惊讶曰："闻汝被火烧死，如何在这里？那一个是谁？"冷杏答："是家姊应貂。"云程看内无别物，四旁皆毛羽织成如毡，以避风雨，即将二姊妹挟下树来，曰："不意汝姊妹作巢父避世。"麻姑亦讶曰："原来汝姊妹亦在此处，真机密之甚。今日若不遇着，以是真烧死了，莫不是又遇怪摄在此处耶？"云程曰："可到船慢慢来讲。"一人扶一个下船。

冷杏仰首向群乌咭咭呱呱说几句鸟语。那群鸟已停声一会，闻冷杏之语，

---

① 盘：换乘（车船）。

复鸣噪不休。二人下船，那鸟群呼类亦至，噪其声不住，有千余头绕船聒耳。冷杏再向它咭咭呱呱说了几句，那鸟悲鸣，俱已飞退，只余二只立于桅杆不去。众共称奇，麻姑曰："妹亦知鸟音耶!"

即同坐于船。麻姑先问："人言汝姊妹贪图富贵，并嫁孟门，是夜一同烧死，可有是事否?"冷杏答曰："有之。非奴们忘旧趋新无耻争嫁，应貂姊幼受孟家聘，因不来娶，随配归郎。孟家来迎，奴代之。彼时父母以奴摄去，终无归日，将奴抵塞，以全姊之节。谁知奴家回来，孟家即来迎亲，皆知奴已回来，难再隐赖。奴以父母命，当代姊嫁。俟至孟门，惟存一死。谁知应貂以己事不肯累妹，决意自行，亦存一死，故此奴以父命，姊以己事，各执一理相争，双亲难断，并行之，各存利刃，同死方休。

"姑嬷跟随姊妹过门，大有机关。趁彼时人都在房门，观看房中戏谑扭打，他潜入后房放火。待人都去救火时，将奴姊妹们拖出门前。却有一人适至，交与带下船去。姑嬷回头又于前门放火，即下船，令开走。

"原来姑嬷长乐人，有侄名吴阿达，善使船，姑嬷先与订约，将姊妹之箱囊中细软之物随运下船，订于夜间来接应下船。驶至福州，共议惟长乐僻处，可寄寓阿达家，待探孟氏子有无烧死，再作主意。船中只有三人，一即船主阿达，更有阿皂、阿鼠，乃帮伙计①。至于长乐，讵阿达妻死，单身带奴三人进住安顿，囊橐托邻居照应。

"阿达仍驶船去上下游下货②，并探信有无烧死人口，约月余便回，等到两月无回。姑嬷善于裁剪，人多来请。适伊不在，突有阿达之船伙阿皂、阿鼠来说，孟氏子已烧死，顺至剑浦报知父亲。父亲自来带奴姊妹回去，因在船得病，不能上岸，阿达叫他来带。奴要等姑嬷回来，他说姑嬷先上船去了，亦叫来带路。奴们信以为真，托邻近婆婆照应，便随他下船，不见父与姑嬷，问之，他答在别船。奴姊妹固知其诈，即要走，谁知那狗子③将船开离，至半江方实说：那夜放火，人共说新郎、新娘同姑嬷同烧死，并无对头④，汝姊妹两人乞我为妻。

"妹们大骂之，阿鼠要用强，姊身上带有小刀，刺其手臂，被其踢死，要将尸体丢于海中。奴那时哄之，要将姊尸埋于山中再议。那狗子说，如奴不从，亦丢于海中。奴以姊尸收埋了方从，那狗子即抬尸上山，奴亦跟随。讵那山皆

① 帮伙计：帮工。
② 下货：运载货物。
③ 狗子：指好色之歹徒。
④ 对头：对证。

石，无处堪埋，放于山凹里，取草遮蔽。那贼取草时，奴要自刎；因思，奴姊妹死在此处，并无人知，惟见岩树间有乌鸟十余只见证，随口念曰：‘前死犹为值，今死无人识。惟有数慈鸟，与奴作见质。’

“那数个乌鸟见奴哭告，即展翅飞鸣，呼群引类，顷刻数万头，天皆蔽黑。奴家奇之，未即刎。二狗子取草至，见之惊恐，扯奴家上船。那鸟即向二狗子啄抓。难堪，自抱头同上船，群鸟逐之抓啄。二狗赶[1]开船，不顾而逃。群鸟回集树岩，扒开遮草，姊忽还魂起坐，问故，奴家告以乌鸟之故，均同拜谢再造之恩。众鸟皆点首，共起翅飞入内山。知其意，欲引带随入，奴姊妹即随之入于内山。四望皆海，惟一树参天于大岩石间。鸟皆集，停声不鸣。视中，原来是一大巢，架于树之中，俯视临水，上有树叶遮蔽。奴姊妹攀上，恰好住得两人。那鸟又衔干木树枝，未一时成一座大巢，甚密，又脱毛羽遮蔽，又衔树果充饥。奴前在和神国曾为鸟，来能升高，诚是安乐窝也。同姊居之久，所食之果甚清甜，不知何故，后闻鸟说乃黄精[2]也。

“自此与鸟盘桓，遂通鸟语，时常教之纲常，更驯良。奴姊妹相议将遣乌鸟去十四门桥通信来接，谁知今恰好遇着姑爷、姑娘至此，如见天日！惟可怜姆嬷用尽机谋，还有命在吴航头[3]未之知也。”言讫，姊妹两人皆悲泣不止。一船男女听了，皆曰：“二女之洁身堪赞，乌鸟之义侠更奇。”

麻姑亦将自己往北之情节，约略谈与二女知之。又与承谟、心兰说知，一乃弟妇，一乃姻姨，并言前被妖摄去之大略。众共异之，齐劝不须悲伤，将船先驶吴航头，查访姆嬷下落再议。时已天黑，次早开行。因二女年余未见火气，只食黄精，不敢即进荤美，先吞些稀粥，再整云鬟头髻，更换衣服。

正是：若使坚贞恒不改，纵然鸟兽亦同群。后事如何，下回分说。

---

① 赶：赶紧。

② 黄精：百合类植物，其根茎可入药，有补气血之功效。

③ 吴航头：地名，今长乐市吴航镇。

第二一九回　县堂屈良乌鸟证盗　难女还乡云程报凶

却说冷杏同应貂那夜在船中，被心兰、麻姑二人修整梳洗，改换妆饰，次早出舱，人皆不识。二鸟在于桅顶，飞至姊妹面前跳舞。冷杏咭咭呱呱，似与之说话，二鸟也鸣噪相答。众人皆感其义，多供美食。船便开桅。恰好顺风，未半日抵于吴航，收泊道头①矣。

吴航头在长乐县西隅，今名太平港。吴王夫差常在此作战船，故称吴航。明永乐十一年，太监郑和通西洋，造舟于此。其东有十洋，古谶“十洋城市状元来”。那时，郑和造船、贸易如云。未几，马铎、李骐大魁天下。《通志》作王三保太监下西洋，动费钱粮数十万，军民累死者以万计。或云，郑和旧名三保，非有两人也。

船既收泊，云程、承谟将登岸访姆嬷下落。适有老妇人手持麻线立在道头叫卖，应貂在船头看见，指曰：“那个卖线的是姆嬷侄阿达之邻居，去叫来，问之信息。”即令水手唤她上船来。老妇一见二女，曰：“汝不是阿达家中住之二姊妹么?”应貂答：“是。特请婆婆来问，奴的姆嬷还在何处?”老妇曰：“莫说起，姆嬷为汝两个，命将休矣。”

应貂、冷杏问故，老妇曰：“那日姆嬷被人请去裁剪嫁衣，至暮晚才回，见门关锁查问，老身答以自汝去后，有阿达之船伙来说，姑娘之父亲来带二女回去，因得病在船，不能上岸，叫他来带去船相见。姆嬷知是拐去，一面哭，一面赶去道头查问。有人见二男带二女子下船，即开去。姆嬷说：‘二个来拐我女子，还会来，即擒去见官。’老身问：‘既拐去，怎肯再来?’姆嬷说：‘贼心不满，一定还会来。’

“第三天，果然二个又来。他说：‘二个姑娘已会着父了，极称姆嬷大功劳。船已开出大港外等候，特叫我迎接姆嬷并箱囊下船，同回去。’姆嬷曰：‘伊父病不能来亦可。我侄儿怎亦不来见我，也病不成?’那两个停许久答曰：‘病，

① 道头：码头。

病。’姑嬷曰：‘病也可以，汝两个且等，我去叫人来挑箱囊，一同齐去。’姑嬷乃去投地方官带人来拿拐子到县堂，告他拐去二女。他更恶，反告姑嬷存心拐逃二女。一人一词，县官以皆无证据，不讯，待寻出二女再讯。一同收禁，不准讨保出来，直关至今。把银钱交老身料理供给，不至吃亏。一半姑嬷有口才，人人皆喜欢无拘束，即是以汝两个必皆死去，日夜难堪。那拐子连船都卖去使用，至今半食半饿[①]。幸喜汝两个回来，有证据，快救姑嬷出来。”

众闻此，皆怜甚。老妇曰：“汝二姐妹被拐何处？今日怎得回来？”应貂欲细说；麻姑止之曰：“有得回来就好。说起话长，另日再来慢慢说。有银子三两，汝拿去买东西，先送进监与姑嬷吃，并报二姐妹未死，叫她勿忧。今有人替她出头，过两天便出来矣。”老妇接了银便去。

众共议作呈词，承谟即写一张呈词，交二姐妹去递。上写“某月日被恶棍拐子阿鼠、阿皂诱至船，调奸不遂，殴杀二命，弃尸孤岛；幸得群鸟救醒，衔果作食，延喘年余，得遇乡舟经过，附搭回；讵寡母被二棍捏诬，系狱将毙，今急鸣诉，释母究棍”等语。次早，麻姑带二姐妹至长乐县衙门，呈递收进，送些碎银上达。候至下午，县令排衙坐堂，吊[②]出阿皂，阿鼠、姑嬷，并带进二女。

先问姑嬷曰：“汝所告有女被拐，即此二女否？”姑嬷答曰：“是。”又问阿皂、阿鼠曰：“汝告放火拐逃，即此二女否？”阿皂、阿鼠亦答：“正是。”又问曰：“她现来告汝将她拐去，船上调奸不遂，一同打死，被乌鸟救活，方得回来，汝有何辩？”阿皂、阿鼠曰：“他三人同谋放火烧死孟家人口，并拐财物，惟小人们知之。她恐出破，便将二女存匿他处，来诬告小人打死二女。既经打死，怎得会活？又捏乌鸟救活，都是无证无据之事。她之放火拐逃，现有孟家之老奴孟禄为证见，吊他来便明矣。”县令即变色骂曰：“汝两个同老婆放火同谋是实，还敢嫁祸与人？从实招来，免得动刑。”二女同答：“并无此情。”县令又问许久，二女仍质阿皂、阿鼠二人，不肯招供。

县令命取夹子，正要用刑，俄而，万鸟遮天蔽日而来，飞拥公堂上，抓啄阿皂、阿鼠二人，并抓伤县令头面。县令被爪啄伤，缩伏于公堂桌下。差役共抱头鼠窜。其阿皂、阿鼠二人被抓啄伤，满头满面皆流血，衣亦被抓碎，叫喊不绝。看审诸百姓喊曰：“乌鸟来报不平，其冤枉可知矣。诸鸟且退一会，容老爷再审过；若有冤枉，再报不平可也。”鸟因诸百姓共哄，立刻飞散分栖于树

---

① 半食半饿：半饥不饱。

② 吊：提解（犯人）。

上、屋梁各处，鸣噪如雷。县令始从桌下钻出，众差役复集堂上，皆知其冤，遂不夹二女，令夹二拐子。

那阿凫、阿鼠痛不可忍，知鸟来作硬干证[①]，不得不招。众百姓因鸟万头齐噪，听供不明白，喊曰："且停声，同听二拐子口供。"群鸟便寂然。阿凫、阿鼠当堂承认：果有诱拐二女至船，图奸不遂，踢死一女，携尸赴山掩埋，群鸟拥至抓啄，弃女下船开走，又去诱拐箱囊，却被获送等供，放夹。冷杏又上堂告曰："那阿达定是被二贼谋死，故大胆来作拐子，求再穷究。"县令又鞫之，二贼想不招，又恐夹棍厉害，即又供招：因与商谋二女，阿达不依，将伊打死，尸丢落海，占得船只、财物。又添上口供，令画花押。二犯收禁，候拟详复。姑嫝同二女当堂释放。

县令退堂。群鸟复鸣噪一匝，便排阵回故岛去了。诸百姓仰望，同声喝采。姑嫝同回船，诸男女接见，皆称赞重义贤能不已。麻姑查问："义鸟何以得知赶至？如迟一步，必酿出天大之事来。"盖云程在于人众中看审，若有偏，即欲抢出杀人，却被麻姑扯住。至将夹二女，麻姑亦忍不住，将放云程出来，适群鸟赶至辨冤，喜甚，便扯住不放，免一场风波矣。

那群鸟尽去，惟桅杆二鸟仍在，令冷杏问之。冷杏明白了，即述伊二个亦随去看审，至县官初骂放火与老妇同谋之语，伊即赶回岛报知。群鸟赶至，恰遇将动刑，飞拥上堂剖了奇冤，各放心回去，仍嘱他两个有事再行飞报。众闻此，咸称义禽之德。姑嫝问："二女何得回来？"二女将鸟救之情由说知，姑嫝亦将被其反捏拘禁之情由述之。同至旧寓，痛阿达之死于非命。其银钱交邻媪使费有数[②]，与十金并屋与走妇酬劳。俟至县令之拟议详文批下，二贼斩决讫，同开舟开至梅江。

云程、麻姑上岸，到蔡珍家，将龙宫所寄一包之珠宝并信交付。蔡友兰即亲到船中接诸男子到家，留款二日，便登舟回至台江，遣人去城边报信。周新春、魏吉士前往迎接，喜甚。吉士雇肩舆脚夫将女眷与箱囊扛抬至琼河周家，承谟等步行随至。新月趋迎进室，男女会亲叙旧，皆欢喜。

吴青娘看见云程，悲喜曰："以汝死去，怎得回来？前汝姐夫独自回来，被我斥骂，又去寻踪，有遇否？"云程骇曰："姐夫已殁，焉能回家？"吴青娘问："为何事而死？"云程将艳冰逃回，被获斩首之事说了一遍。一家号哭，议设灵位。青娘哭罢，曰："儿汝魂魄回来，为娘一见便骂，怎知吾儿命早休矣。"

---

① 硬干证：无可辩驳的证人。

② 数：账目。

云程、麻姑各送还仙珮。诸女会叙一日。承谟、涂氏欲带麻姑同至高盖山陪伴心兰，麻姑不去，惟寄百金与旧主人承训，半还身价，半酬恩德。承谟运双榇，同带妻子、心兰回高盖山去了。吉士接麻姑，同姑嬷、冷杏、应貂回至十四门桥。魏家二老大喜，即寄密信报知冷家。周家得知云程之凶信，即设灵位开丧，皆以艳冰死实矣。其艳冰同芳州直至黄龙府寻讨云程，至真定地界，始见新塔上名字，查问方知云程为报不平杀死赵十五太保，拿去正法。

正是：忽闻已死标名姓，怎敢再回见母亲。究竟如何，下回分说。

第二二〇回　麻姑辨两云程机巧　周魏遂同巢女宿缘

再说艳冰至真定，始见塔上姓名，查知情由，不胜悲虑；遂与芳州商议，怎敢回见母亲。芳州曰："终须回去，惟以实告，是他惹事丧生，并非汝我叫他去。"艳冰曰："怎敢实告，若闻吴氏嗣绝，一哀触气接不着，怎处？"芳州曰："要寻一个作吴表兄替身亦可，只恨未曾会过，不知是何面目？如早有见过，弟此刻即变出吴云程，回慰母怀。今须作法回家，再来想个办法变化。"艳冰曰："如有替身，回得。"二人便不敢迟延，赶回至闽，不过数日。

是夜潜于幽谷。芳州问："云程之相貌体态如何？"艳冰即将其四体五官细细说知。芳州曰："说总不能周，今兄来运想心法，弟来运改体法，顷刻就有吴云程出来。"芳州即和衣仰卧，艳冰亦和衣仰己身上，教之闭目默想云程其面貌、身势、行动、音语，尽运于芳州体中。芳州自闭目将艳冰所想之形容尽运收入己体。至天明出看，宛一吴云程矣！

艳冰喜甚，又将旧事并尊卑称呼细说知。遂直至家门，见挂孝，大惊，以是双亲大故。趋入厅堂看丧帏灵牌，乃己之名号。新春一见，便急喊进内，喊曰："爷爷灵魂又回来了！"两夫人闻喊跑出，将艳冰衣襟揪住，哭曰："老爷灵魂今又回来，不与再去，再去带妾身们同去方休。"艳冰曰："下官何曾死，无端设起灵堂。前次回而即去，因母命去寻云程表弟；今寻着，回来不去，快请公婆出来相会。"芳州即趋拜曰："不肖弟云程请二姐金安。姐夫实未死，今寻带愚弟回来，快请姑丈、姑母出来拜见。"

二夫人正在疑异间，一家之人拥出，艳冰带芳州趋二老拜曰："抛离慈膝归迟，致大人挂怀，乞恕不孝之罪。"合家闻艳冰未死回来了，喜甚。丫头便喊曰："又一个表爷来了！"云程见艳冰，便问曰："姐夫，汝既死，三番两次回来吓人作甚？"艳冰见云程，便大惊曰："我是人，汝才是鬼，亦回来何故？"

云程不暇答应，骂芳州曰："汝是何方光棍，敢来诈冒作我？今不用比较别宝，只来对武艺，若赢我，让汝作。"芳州亦骂曰："分明汝先假冒，反道我假冒，快来比武艺，便知真假。"云程先抢出擒芳州肩膀，芳州亦揪住云程腰背，

箍住云程，用不得拳脚，两人抱紧，一齐跌倒在地，滚琏[1]如地球一般，其势甚凶，无人敢向前劝解。惟青娘同启文喝住曰："你两个且放开！与我来认谁真谁假。"喝之再四，始放手爬起立住。二老辨不出，叫一家齐来认，亦辨不出，皆言难辨。

启文笑曰："前汝姑娘要半个侄儿见面不能，今日连钻出二个来，奇之甚也。不知吾儿何处寻此带回，其实是真是假，可实说知。"艳冰见真的已回，不敢再瞒，便曰："恕不肖之罪，实假非真，乃冀北人，姓高，名芳州。前不肖因逃脱被获，在法场将斩，蒙他盗救存匿家中，至事寝，亲送回来。因老母责备，不肖不敢带进，仍同不肖同去黄龙府寻讨[2]表弟。在真定闻表弟为报不平，杀死人命，已抵罪斩决，恐老母闻之，一哀触气接不回。那芳州面貌酷似表弟，议指鹿为马，将来假冒，以慰母怀。谁知表弟已早回家，母心已慰，此乃不肖寻访不实，以生为死蒙混双亲，罪大如天，任双亲处治。"

启文曰："吾儿恐母闻侄死，气而丧命，将寻一替身以慰母怀，此乃孝道，并非欺瞒。今既有真，不用再假，可自分别，彼此勿得自相矛盾也。"老夫人曰："不必分别真假，吴氏门祚正衰簿，今两个既无异，皆老身之亲侄，有两兄弟便不怕断绝了。"两云程闻此，各自退出。艳冰令除去丧堂。

此事报至十四门桥，麻姑惊异，即赶至。见吴青娘同瑶琴、赛仙、庆云，谓："吴夫人得两个侄儿，少夫人得两个弟郎，公主得两个表叔公，特来贺喜食喜酒。"庆云答曰："自己都无喜耶?"麻姑曰："亦有得两个老公，喜之愈甚矣。"众齐拍手大笑。麻姑即要见之，青娘唤出二人，麻姑见而笑曰："孙行者今天也会遇着六耳猕猴么？奴家有带钵盂来与汝分别。"两云程同答曰："祈姐姐快来分别谁真谁假。"麻姑笑曰："孙大圣之英雄何在?"一云程答曰："被六耳猕猴夹抱酥麻，有勇难施耳。"

麻姑知是妖怪，亦不畏惧，笑曰："割鸡焉能用牛刀！不必劳钵盂，惟问答故事，答得来便真，答不来便假。"时一家男女都在观看。麻姑将两个分开，东西对立定了，曰："不问别的，只问四故事，答是者请进，非者请出。那玉笛美梅花何人？真容描献番国何人？恨寄胡笳十八何人？昆仑盗出高墙何人?"

立西之云程曰："让汝先答，我思了再答。"立东的笑曰："此乃眼前之故事。那笛美梅花吕纯阳，描容献番国王昭君，恨寄胡笳蔡文姬，昆仑盗出红绡女，可有错么?"麻姑曰："列位齐听有错否?"众未答，艳冰即答曰："所答皆

---

① 滚琏：滚动。

② 寻讨：寻找。

合于史记，并无错处。”立西之云程笑曰：“述不错？姐姐所问比佛祖之钵盂更厉害，不用罩而原形自现。所问之四故事都在丽容一女身上，混指作梨园演剧，其真假不辨自明矣。”麻姑曰：“果实无错，不须再问。”遂将立西之云程牵入，众哄然。

立东之云程形色不改，艳冰不解，问曰：“答是反非，何也？”新月曰：“所问之四故事惟落过海[1]才知，外无一知也。”艳冰方理会，向立东之云程曰：“既不知落海之故事，其假可知，先前连愚兄都辨不出，今分别弟是芳州，可退一步。”芳州答曰：“怎不自退，原恐他亦假非真，来辨辨何妨也？”艳冰曰：“怎的无伤？他身体被汝夹酥麻去了[2]，今怎处？”芳州曰：“怕什么？来日便愈矣。”二老同出来谓曰：“既辨明了，今来与老身为第二儿子，以长倚依好么？”芳州即趋拜二老膝下。即带入内庭，照次序参揖，一家皆喜。因问二人未死之情节，二人说明，始知转祸为福，家庭办席庆贺。

那梅江蔡珍因云程已回，即将前海外所寄之箱笼一起运至琼河周家，交云程分发。云程将烛阴国之光棍抄出珠宝送交启文，以偿当年造城被局之项。更有日本国、扶余国馈赠之珍宝先起两股送蔡、冷两家妆奁之资，余作四股匀分。启文将光棍之项来修整北山杨大人庙宇，又重建西门外王霸仙人之祠，添任放、董奉、徐登像为四仙祠，又修整乌石山之刚显庙，添周拱、王月英配于懒安同父太朴之旁。尚有余银，造修桥梁道路矣。那芳州变作云程面貌，家中人仍不能辨。艳冰密令复回自己容貌。芳州曰：“如即还原形不疑是妖怪乎？不可骤复，候两三年渐渐复之，方不致误。”

青娘欲先为次子择配，芳州答曰：“已娶。”遂止。欲与云程完偶，请至高盖山舅氏十四门桥岳家相议。魏晃愕曰：“小女与小婿早完花烛了，后至弟家又代重整合卺，今何复作起耶？”启文笑说：“姻翁还不知耶？”即将其假借有名无实之情由说知，笑曰：“不意那两个有如此守礼。早要主婚，无一个，今突出两个来。或是姑娘主婚，或让娘舅出帖，请自议之。”

承谟曰：“算娘舅与外甥出帖毕姻亦可，但现在弟与女家主婚，不便再主其男家，让与姑娘去主婚出帖罢。”魏晃讶曰：“女家有弟在，何劳姻舅公代为主婚？”承谟曰：“令爱谁敢占之主婚，弟有一干女儿，并配与令祖为次房，与令爱同吉日迎送过门合卺，姻翁尚不知耶？”周启文亦讶曰：“此事慢道魏姻翁不知，连弟尚不知情，舅公快说来。”承谟遂将麻姑在大梁所言聘带相女为同室姊

---

① 落过海：下过海。

② 夹酥麻去：夹得酥麻了。“去”为助词。

妹，现留在高盖山作干女儿，待同完花烛等由说知。

说犹未毕，云程入来，问言何事？承谟曰：“议迎娶十四门桥魏小姐，并送相女雪心兰与吾甥同完毕百年花烛也。”云程骇曰：“那雪心兰，愚已在舅前辞却，今既与舅家为女，即甥之表妹，可另择婿相配。愚甥之命薄，只许配一魏家姐姐，几乎无福承受，有敢得双？祈勿再言，此论无益也。”承谟曰：“此事不是我主意，乃魏姻翁之令爱前与汝舅母订约，我都不知。只闻魏小姐说要嫁两个齐来，独娶一个不上轿之语。今对汝说，要不要由汝，我不敢说也。”云程曰：“舅既不知，不要管她，且先来与周、魏两家亲事完毕了，再来理论。”遂议先完佳偶。

时冷固同妻子早来，在十四门桥看视，尚未回。择了吉日，冷杏与吉士完亲。应貂不回剑浦，带归别祖同姑嬷即居魏家屋内，姐妹仍不相离。那随来二鸟向二女鸣噪数声，飞回故岛，二女挽留它不住，感激不胜。

正是：反哺报亲孝已甚，结巢救女义尤奇。且看下文如何分说。

第二二一回　吴云程遂真妻偕同室　铁麻姑纳结氏遁龙宫

却说魏家喜事，诸亲友聚会。周新月报名，艾绍武与冷氏男女相会，冷固自觉惭赧。魏、冷两家亲事已完，周、蔡吉期又至。蔡家先接原媒麻姑至梅江，其丽容早已归宁。盖升表回宫后，狷狷亦时常往来，知娇容出阁之信，同婿回门，送了娇容。麻姑被丽容留住盘桓。友兰带幼豥至福州，各家拜会，留款月余方散。吴青娘催魏家议择吉期，魏家转催洪家。麻姑将心兰接到十四门桥，与约要嫁同嫁，要逃同逃，誓不独嫁。云程一定不要，魏家二老无奈其何，遣人至，迎接吴老夫人同高盖山涂氏，并带去云程，齐到十四门桥，与麻姑自去理论。

是日皆至，麻姑要并嫁，云程要独娶，彼此自行争论，几至交手，众共劝不遂。魏氏二女曰："莫相争，汝两个最信者此处神梦，今夜可共祈一梦，依梦来详判，何如?"众言有理。麻姑曰："奴家无疑处，不用求梦，只须他自去祈之，同来详解。"云程答："亦可。"

那时因龙潭人来祈梦不断，建有神庙。云程前去祈梦，一夜睡不合眼，哪里有梦，因想："我已有主意却之，还有甚梦？何不捏一恶梦骗之?"自已思至天明，撰出梦来。至家，众问："何梦?"云程曰："梦甚古怪，梦与魏姐姐在野外各放一风筝，线至顶天皆欢喜。突被心兰小姐将二手中线夺去，二风筝落地，被线缠绕一堆，再解不开，又拿去抛掷作球来踢，愈解不开，此梦大非佳兆。"涂氏问："怎见得非佳兆?"云程曰："愚甥与魏姐姐正在平步入云，欢乐之际，突然被心兰姐扯落缠绕，不是不祥兆耶？怎敢娶之?"

众共难答。惟麻姑笑曰："好一个会详梦之才子！好梦详作歹梦。此乃梦神示谶奴家同甥爷二人漂泊在九霄云外，幸遇心兰妹子拉回故土，将丝罗结住，球结不分。球属团圆之象，又叫君子好逑之章，何详作不佳耶?"云程曰："还有不详，只因风筝再放不得，恨甚，将心兰小姐立地打死，恨犹未消，将尸上衣服剥去，拿在舂臼中，举槌臼为肉酱，生无数蛆虫爬延各处，大惊而醒。此还佳兆也?"众亦难辨。麻姑笑曰："比前更佳！俗云：'穿衣见父，脱衣见夫，

有始有终。’生蛆无数乃生生不绝之吉兆，佳极无疑。”众皆喜曰：“果详解得分明，再无疑义。”吴青娘曰：“梦兆既佳，吾侄不得再推；如再推，听凭魏小姐同心兰逃遁，无人阻留矣。”

原来心兰立在屏后偷听，顾不得羞耻，托冷杏代问曰：“因甚弃之此极？或门第玷辱？或容貌丑陋？或气质不洁？说明，即去自尽，免耽姐姐之佳期。”云程闻此，恻然答曰：“亦烦寄语，俯念吴云程有一片私衷，方不敢重娶佳人。因早年若无魏姐姐舍身救护，安有性命至今？期百年之永好，恐一旦之闲言。此虽魏姐姐自主，断不至河东狮吼。惟时日甚长，难保无不周之处，便前情化作飞灰。今既魏姐姐之意已决，千金之心不二，不得不顺从，说明了不得后言，是所厚幸。”内外闻此，方知云程却辞之故，羡之不已。

云程已允，涂氏带心兰回去备妆奁。魏家重新办嫁妆。云程随姑娘去作新郎。九仙山之屋早已收拾得齐整，吉期一至，双舆进门，拜堂合卺，亲属贺喜，鼓乐开筵。是夜，洞房鸾凤和鸣，山盟海誓，恩爱不可胜言。

过两月，忽报有北冀之狱官韩旭罢职回籍，顺途来拜会吴公子。趋迎入内宅，同施了礼，坐定。云程曰：“因何解组？”韩旭答曰：“因脱走重犯，黜革。”云程笑曰：“西楼之恶复发否？”韩旭答曰：“自兄一制，柔顺至今，育有一子，现带同回。”云程闻同回，欲迎扭娘进内，同歇数日再行。韩旭曰：“且慢！已歇了店，来日自当齐来拜谢。”云程遂止。

韩旭曰：“弟之室家乃蒙兄之再造，难以言报。不知兄之尊夫人所带之男子，亦有回来否？”云程笑曰：“原来那颠婆①所带亦是女人，寻弟恐沿途不遇，假作夫妻招摇，使弟闻知相寻，聚会于舅寓所，方知其故，几乎冤屈杀之矣！”旭又曰：“尊夫人带此女来寻，其中必有缘故？”云程曰：“拙荆聘来作同室姐妹，弟哪肯收纳，因诸尊长勒押，前月方完毕花烛。”韩旭曰：“事甚凑巧，弟今又送一位夫人来与兄凑足也。”云程讶而问故，韩旭曰：“在真定时，刺史结公曾以千金许配兄否？”云程曰：“在路上有说过，弟不受，即分途而归，并无证据，今言此何也？”韩旭曰：“有许过，便是实据。现带至旅店，请接来作第三房夫人也。”云程勃然变色曰：“公不言此，挽留数日可也。今言此，快请自便！”言讫，即拂袖入内。

韩旭笑曰：“莫动气，请出商量，如不收，仍回去，亦无妨也。”内诸亲眷闻之，疑异。启文同承谟、艳冰出厅告罪，问故，一一言明，方知乃云程之姑丈、母舅、姐夫，俱系嫡亲尊长，各施礼毕。韩旭亦先告知姓氏、住处、官衔

① 癫婆：疯女人。

后，说："曾与吴公子盘桓已久，知其癖性，何怪之有？惟话未说清楚，便怒气入内。今实言，祈为裁酌。

"当时吴公子在真定时，曾于火坑中救出结刺史结公，因感之，即于途中以千金汝楫许配为妻，吴公子不受，分途而归福州。结公不知已去，犹寻之无踪，遂止。结公后患疮疾，辞官职迁寓外郡。结公有一男为护军使，殁于沙场，随身惟一妻一女，常以后嗣为念，议欲赘婿托倚暮年。讵汝楫小姐以既许吴公子，便终身属之，定不再嫁。结公疮烂，宦囊羞涩，供给维艰。有一富少年者因有所图，进献药物，得入卧内，拜为谊父母，供给极丰。自此常在床前洗疮伏侍，不知秽浊，胜过亲生。两老感之，遂以小姐许赘，为长久倚靠。

"汝楫以已许配却之，二老以口说无凭，人又远隔，今赘此婿乃宦门公子，才貌双全，人又小心殷勤，再寻亦罕，吾女若不从命，算是不孝。汝楫小姐被责不敢言，即择吉合卺。二老欢喜，以为从顺。谁知外从内仍不依，郁恨在怀，奄奄似病非病。与富少年交拜，惟一拜，身便扑地，扶起气绝。富少年怒之，尸停至三日，将腐始收。那富少年不至矣。可怜结公夫妇日夜哀痛不已。过了七日，忽见汝楫小姐入来慰劝二老，结公夫妇始犹惊怕，至久才不畏。问其故，小姐说魂到森罗殿哀告，以双亲年老无依，恳乞放回阳世奉伺双亲，蒙阎君怜念，准其归养。自此操作如常，惟不饮食，半隐半现，二老稍喜慰。却被富少年得知，以诈死却婿，率人入抢。小姐不隐，听之一抱，即不见，始知为鬼方休。时远近皆知。

"鬼女伺亲将近一年，其兄忽然回归，原来未死，逃遁北汉，著有功勋，升官偷回视亲。时结公疮已愈。知其妹魂奉伺双亲，欲同搬去三晋，小姐说：'阴阳路隔，前因无兄不得已来代，此刻有兄奉伺，可无用妹魂。'其兄问：'归何处？'小姐说：'邪富少年固恨妹，将棺暴露不埋，魂仍无依，可先制一木主，上写闽中处士吴云程之亡妻结汝楫神主，亦将棺木埋葬，魂便依于木主。现有狱官韩某回闽，托其带至福州交原许之夫婿，收入家庙，则便有依矣。'伊兄照此行为，魂果不现。兹带来在于旅店，先来说明根由，或收，或不收，祈为定夺。如收，即近入祖先堂，作第三房夫人神主供奉可也。如不收，弟亦带去兴化，送入无嗣坛安置，不硬强也。"

启文等闻此，皆讶曰："自古至今，哪有此生节死孝之奇女也！谁敢不收入家庙奉享？"即令云程出来与韩旭谢劳。内宅女眷闻之，莫不称奇。云程亦悯之，出见韩旭曰："若带是活的来，半刻不留，带是木主，留食便饭。"即令家丁先排酒饭，邀入内厅。韩旭笑曰："吴公子要死的，不要活的。"

内面麻姑已知此情节，恐云程不收，自出来调度。令新春、吉士押鼓乐执

事，舆轿去迎接结汝楫之神主，并接韩旭之妻子到家。云程抱木主[1]拜天地祖先，即排供致祭。一家长辈欲同拜木主，麻姑以尊不拜卑。启文曰：“今为纲常而拜，不在尊卑论也。”遂俱拜毕。云程仍请木主上吴氏祖龛。众皆拟必出现惊人，后竟无影响。

韩旭同妻子被留款五日，便告辞，云程赠之百金为赆仪。韩旭笑曰：“怎收得！不是赖债耶？”云程亦笑曰：“此先偿过墙运酒肉与众食之债，还有自食月余之债未偿。”韩旭曰：“俟后来领也。”两人大笑。别去，回兴化矣，不表。

云程与麻姑成亲，时已三月。百余日过，而麻姑那日忽无，遍处皆寻，并无踪迹。只见壁上贴有字，众共揭下看之，四句云：

漫恨变真迟，早变早分离。

天缘今百日，缘满返咸池。

眷属同看了，又念尾句，写“铁麻姑即桃花女临别和泪题”等字，方知其咸池桃花女下降，与云程只有百日夫妻之缘份。因假，不敢为真，若为真，只有百日之缘，仍归于咸池本位也。诸亲属殊难割别，而魏家倍切悲哀。云程与心兰朝夕思念，哭得目红泪枯，仍望其再至。谁知麻姑并非归咸池，而是入海。

原来当日送升表回宫时，三夫人密赠有玉哨子，无人得知。欲去，至海边僻处，吹鸣玉哨子，即有独木船到来迎接，至通宵门登岸，船自退去，欲回亦如是也。今与云程遂了百日之愿，题诗假作归咸池，使之无望，遁入龙宫重会谊父母。龙君王夫人及后宫诸男女无不喜悦。闲与丽容谈叙，丽容问：“与吴郎曾否以假变真？”麻姑将已成亲了，完了百日夫妻之缘，假归于咸池，潜游于此，并无一知。丽容讶曰：“既肯翻假为真，因甚才满百日又遁耶？”

麻姑曰：“知我者谓我心忧，不知我者谓我何求。愚妹与吴郎同病相怜，两姓宗枝皆无所托。只因小妹自幼用力过度，月信已断，焉能生育，必误大事。在黄龙府时，幸遇雪心兰小姐，体格端方，有宜男之福，带回与吴郎作同室，不至无出。但妹与吴郎恩情至重，非寻常者可比，心兰虽甚美貌，终怀顾忌，安敢任意绸缪？只得遂百日之恩爱，以了其愿。题诗伪归咸池，以绝其望，使其与心兰小妹得谐鱼水之欢。待之生育全美再行回去，其恩情仍在，请姐想愚妹之行为有错无错？”

正是：且作竹松寻旧友，方期兰桂簇新枝。且看下回如何分说。

---

[1] 木主：灵牌。

第二二二回　鸟报信石峡救虎奶
禽友人拿宝不居财

再说蔡丽容闻麻姑所说远避之由，笑曰："贤姐诚仁、义、礼、智、信之全也！漫言愚妹不及，即自古至今再寻也无对矣。"诸后宫人等闻此皆羡。自此丽容待之胜于嫡亲，日夜玩乐，音律、弹琴、弄笛无一刻断矣，此且搁下慢言。

回说十四门桥冷杏与魏吉士完毕了花烛，以遂海外变鸟巢之奇缘。不觉冷杏怀孕满足，生下一肉球，须臾，爆开钻出一鸟。冷杏以己之血脉所结，不忍弃之，姑留伺养至毛干，乃如鸲鹆形状。养至八年，大于鸽，诸话能讲，诸字皆识。因母氏连生三四个男女，便不爱惜之，犹常骂："玷辱父母之禽，何不死去？免人嘲笑人生此异类也。"那鸟知父母不容，遂自飞至旗山林中住止，日往各处讨食矣。

回说前文旗山下邻墩[1]张、李二姓。李的被虎奶江氏变作猛虎，拿来糟蹋，遇陈大奶来收，有命放回后，又以蛇变婴儿哄弄之。李愈忿，誓必除之泄恨，便入车山学法，以便与较。学法成，寻访虎婆要报宿仇。适遇虎婆游玩旗山下，遂变一大花豹往扑之，虎婆现出猛虎抵之，虎怎敌豹过？又变数千虎子[2]拥攻之，豹亦变豹子数千收虎食了。虎婆计穷，大败逃走，豹追之，将被迫着，林中鸲鹆看见。那鸟素知虎婆与石峡夫人相好，赶即飞去报信，喊曰："石峡二夫人，虎婆横祸临；旗山遇着豹，不救命即倾。"

石峡闻知，即寻到旗山，见一豹赶虎将及，二姐妹不向前拦阻，只推下一块大岩石将豹压倒。豹即复为人，惟头在外挣之不脱。虎将扑抵之，二姐妹出拦曰："且慢！问明来历，杀之未迟。"虎婆复为人形，问："何人报知，得来救援？"二姐妹答："乃鸲鹆八哥去报。"即问那石压之人来由，初犹不说，因压难受，遂直供当时被诱怀恨，特去学车山法，前来报恨等情。二姐妹笑曰："原来为此。"虎奶亦说："当初是他爱风流，犹报怨耶。"二姐妹曰："闾、茅、车三

---

① 墩：村子。

② 虎子：小老虎。

洞法，孰邪孰正？今汝愿服愿杀？”

李的再三求恳愿服。二姐妹将放之，虎婆恐复来寻，二姐妹曰：“他筋骨已伤，不能再施大法，既服降，饶之去矣。”即将大岩石扶起。李勉强爬起致谢，不能站立，遂作犬爬下山去。回家只说跌伤，医至愈后成一残疾之人，果大法不能，只作小术迷拽妇女，被出破，送官正法矣。

二姐妹放去李姓，寻着此鸟，向之称谢。那鸟曰：“见难岂有不救？何谢之有？”石峡招之同至内山洞内，指说：“其山一岩洞中所流出如珠，乃是石脑，凡人不识。汝可每日来啄食，连食数年，必能脱换毛壳成人，以报今日之德也。”鸟连声称谢，二姐妹遂别去。鸟自此每日来啄食。那石脑乃山中精华，亦无多，夜只流出十数粒珠大，若不采食，至午后亦自干没。鸟食至数月，心更灵慧，常各处飞游人家，择一极贫之人家栖止。

此人家姓曾，兄名拿宝，二十余岁，日在河浦讨鱼卖钱度日；弟名楚宝，才十六岁，不能作粗，惟好读书。因家极贫，不能从学，只在家自读。天生聪明，书一看过，便能通彻[①]。那鸟因见楚宝品格端方，特与相依。楚宝见鸟朝去夜栖止于梁间，已数日了，那夜楚宝便仰头问曰：“八哥八哥，何不说话？飞入人家，不怕人打？”

鸟闻了，即答曰：“楚宝楚宝，特来相讨[②]。莫嫌异类，盘桓至老。”

楚宝闻鸟能回答，骇异，又曰：“屋陋人丑，怎敢攀友？”鸟接声答曰：“君子居之，何陋之有？”

楚宝喜极，以为鸡窗[③]得友，遂夜夜与之对答。言词皆属儒雅，讲诗书无不通晓，喜得益友，恨遇之迟。拿宝虽不知文理，见禽鸟有此口才，常人不及，亦喜。常备食物与食，那鸟一点不沾，兄弟问之，鸟曰：“二兄弟之口尚糊不周，还敢分食耶？”兄弟皆曰：“弟食几何，能致分口份？此不过于谦耶？”鸟曰：“虽无多，兄弟之德未报，怎敢沾兄之禄？明早听弟所指去何处讨鱼[④]必多，今先报些，后再来报。”楚宝曰：“未曾有一点扶危之能，何以言报？”鸟曰：“感知心之德，怎敢不报之理？”次日，拿宝正欲去讨鱼，鸟立于檐前言，曰：“拿宝拿宝，脱去破袄。鱼聚浦尾[⑤]，带篓去讨。”

---

① 通沏：通晓掌握。

② 讨：寻找。

③ 鸡窗：指书斋。典出《幽明录》：“晋兖州刺史沛国宋处宗，尝买得一长鸣鸡，爱养甚至，恒笼著窗间，鸡遂作人语……处宗因此言巧大进。”

④ 讨鱼：捕鱼。

⑤ 浦尾：小河湾的尽处。

拿宝依其言，带篓去浦尾，下水摸捉。果鱼皆集，拿贮一篓满满，去卖钱六七百文。至暮到家，楚宝问："今日何如?"拿宝答曰："时来运来，鱼得一大篓。"哪知鸟已泊①在檐际，接口曰："且慢时来运来，只恐拿宝不居财。"言讫不入室，飞去。楚宝曰："分明是鸟教说，什么时来运来，致其不喜欢飞去。"拿宝曰："怎知他已在檐上，就说错此话，亦无甚要紧。"

往时不过卖数十钱，尚不敷柴、米；此日钱甚充足，便思想去赌博，再赢凑多。拿宝食了夜膳，带了钱入赌场，至天明尽输去，又脱身上破补之袄、衣服，一起输得精光，赤条条跑回，来床上偎铺②。家中无剩一钱，只昨夜余得清饭③度得一日。至晚鸟亦不来，次日，拿宝又偎铺。楚宝一日不食，饿至晚，那鸟又来。见冷灶无烟，兄偎铺，弟皱眉。问故，楚宝述："拿宝输无衣，不得去讨鱼，已饿二日。"那鸟说："拿宝不居财④，教好反成呆⑤。今去问土地，明夜我再来。"

兄弟不知问甚土地。又过一日，那鸟飞来，听楚宝正叹气，即在外念曰："楚哥不必嗐⑥，去问土地来。庙椅有宝贝，取回便发财。"

鸟说了又飞去。拿宝闻了，谓楚宝曰："他来报土地庙内椅有宝贝，叫你去取。我无衣不得去，你可快去取回，迟恐被人得去。"楚宝即去，土地庙内黑暗里两边椅上，手摸无一物，只摸至一个呆钱痞⑦，遂回家。拿宝问："取何宝贝?"楚宝叹气曰："时衰鬼弄人，先前外面叫的必是鬼。想那鸟痞成作弄，椅桌都摸尽，一条草亦没，⑧ 有什么宝？只摸一个呆钱痞，必是日间小孩玩耍不要的呆钱，顺手拾来亦无用矣!"拿宝闻说，亦不再问，惟叹气嗐嗐。至天明，叫弟去赌场与头家哀告，兄弟已饿三日，所当之衣服先借穿去，讨鱼毕即送还去，哀恳彼必肯。

楚宝无法，即去场内求告。至时头家⑨不在，赌胶⑩尽散，只有三个小孩掷三仆⑪。楚宝不敢就回。等头家未回，无聊，将庙中拾来呆钱痞放在路上小儿

① 泊：栖息。
② 偎铺：躺在床上盖着被子取暖。
③ 清饭：冷饭，隔顿的剩饭。
④ 居财：留住钱财。
⑤ 呆：坏。
⑥ 不必嗐：不必叹气。嗐：拟叹气声。
⑦ 呆钱痞：毁损或掺杂造假的铜钱，难以使用。
⑧ 一条草也没：一根草都没摸到，形容什么都没有。
⑨ 头家：赌场的主人，庄家。
⑩ 赌胶：赌客，即与庄家相对的参赌者。胶：脚；本字"骹"。
⑪ 掷三仆：猜铜钱正反面比输赢的赌博游戏。"仆"也作"覆"。

掷钱帮撇仔[①]；即掷出二字一仆[②]，遂赢一个凑成二个；又帮，又赢；统赢八个。那小孩只二十余文，输尽散去。闻头家去外乡明日始回，只得回归与兄说呆钱痞帮撇仔，赢八文，可买米半升来止饥。拿宝曰："只得止饥，冷又难过，先拿二个去买炭，六个买米。"

楚宝出街去买，数店皆无，惟一店有而不卖零碎，要买原篓[③]，枕头大五斤重只卖八文。楚宝思："各处皆无，此店不肯拆卖，不管他，当此八文钱无赢的，[④] 先尽买来御寒，再主意[⑤]。"遂持一篓，付与八文钱，回家说明无拆卖之故。拿宝以尽钱买去了，亦无法，只令去看头家回来否。如伊不借，可先借十余文来，买米止饥。

楚宝拔出炭，先起火与兄偎铺。火正吹着，那鸟飞来。拿宝问曰："昨夜是你来作弄朋友，是何道理?"鸟曰："取回宝贝犹不足意，反来怪我!"拿宝曰："取有宝贝，不过二兄弟饿得半死。"那鸟说："无宝贝，此篓炭从何来?"拿宝曰："此是我弟舍一个呆钱痞去帮撇仔赢的，来与我止寒，想你有什么来帮助耶?"

正是：只为钱财原不聚，怎疑鸟友叫无灵。欲知后事如何，且看下回分说。

---

① 帮撇仔：跟着某一赌家下赌注。帮：依附。撇仔：小舢板，经常拖带在大船边上。

② 二字一仆：铜钱抛起落下，二个正面，一个反面。"字"指铜钱正面。"仆"也作"覆"。

③ 原篓：原装的一整篓。

④ 当此八文钱无赢的：当做没赢过这八文钱。

⑤ 再主意：再做主张。

第二二三回　致财赠友疲韧抱怒
刺鸟变女楚宝得妻

再说那鸟闻拿宝说无宝贝，即答曰："无万金亦有千金，还不是宝贝耶？"拿宝笑曰："人有说大话，不意鸟亦会说大话。"楚宝见兄盘驳不休，恐致相骂，接言曰："吾弟将来必有厚帮，大哥不须太急。"那鸟曰："等将来，乃待西江水来救涸辙之鱼，何益？昨夜叫兄去取那椅上呆钱痞，就是宝贝，惟此呆钱痞可引千金。今已引之起头，须再去引，便足千金。若不信，将此炭篓倒之便见。"

楚宝即将炭篓倒出炭来，腹中坠落一锭白银略五两重。拿宝看见，顾不得赤身，爬下床拾着，果银。喜甚，问："怎的炭篓内有银？"鸟曰："拿宝不居财，不可摸，快去睡！此是楚宝的财，快拿去换钱，买柴米来煮食止饥，再赎衣服穿了，慢慢来说。"楚宝即拿去换钱，买了柴米，取赎兄之衣服，食了饭。问此银来历，鸟曰："财宝未归家，且慢说。二兄弟同去，将那店楼上二百篓炭尽数买回来了，才稳当。"

楚宝即同兄去炭店说要揭[①]炭去卖，与商价钱。每篓八文，总买七文半，要现钱，不赊。楚宝乃照算，尽将炭篓排出。门关紧，将篓都倒下，每篓皆有银五两，共得银九百九十五两，将及盈千。每篓乃旧原样装上，恐店家知觉来追取也。二兄弟喜之欲狂，问鸟："何故将银装于炭篓？"鸟始说："此炭店许姓，有兄在建州开行户。彼时盗贼蜂起劫掠，其兄有千金，不敢明寄，分存二百炭篓中，家书恐人偷拆看，亦不敢写明，只写：'此炭到家不可就卖，待我回来分发。'

"家中人便不敢就卖，安放于楼上，等本人归来自去分发。讵知本人遇南唐兵征建州，铺户人家皆遭杀戮，许家之兄亦遭其数[②]。家中未得确信，犹以存亡莫定，炭不敢卖。至今有十余年无回信，以死为实，令店伙发卖。先拆一篓来看，炭

---

① 揭：盘购，批发。

② 数：劫数，灾难。

亦平常，每篓定价八文。但二百篓中皆存银，此一篓独无何也？因当日在建州分装时，被伙计落腰一锭，惟此一篓独无银。撮[①]此篓来看才不知，故尽数卖去。”

拿宝又问曰：“吾弟何以知之？”鸟曰：“彼时建州鼙鼓震天撼地，禽鸟皆惊远避，有一群八哥至都城，弟常与盘桓。中有一个最灵的与弟谈，说及天理报应，他说在建州许某庭前树上，眼见许某用药骰子[②]赌博，赢江西客千金，江西客回至半路投水身亡。许某将所赢千金存炭篓内，寄回福州南屿[③]家中，自己遇刀兵伤亡，那偷存落腰一锭之伙计亦被杀死。

“那千金用计骗的，寄到家自不能享用，必定留等有福之人得之。即与他同去许家探视，炭仍在楼中。无何，八哥辞回故土，弟时常至许家探视炭篓如何，思拿宝头尖不聚财，楚宝福大可引得来。亲去他店中衔一钱痞来作青蚨[④]母，但人皆瞒得，惟地头神不可瞒，即将呆钱痞衔去告明本乡土地：以无义之财，求赐与有福之人。若许，此呆钱痞被其拾去，能引如数，先买一篓为母；若不许，呆钱痞废而无用。祷告毕，叫兄来取。次早遂引如数买回，此乃蒙土地公引之，弟随来作引矣。”

二兄弟闻了，拜谢恩惠不已。鸟曰：“虽是弟为，还是兄之造化，神之恩赐，可先去答谢土地公为要。”拿宝自愧不聚财，福是弟的，千金都付与弟掌管，自愿听之调遣。楚宝先办礼仪香楮，酬谢了土地公。筹议生活，惟鸟言是听，为经纪无不遂意。拿宝娶了妻，楚宝自要选中意，先修整门间屋宇。人皆以是八哥鸟指点开的银矿[⑤]，并不知炭中得财也。

再讲南屿街有小家开小木匠店，姓林，名其顺。店中司务[⑥]并徒弟共五六人，生理[⑦]极旺。惟店主火烧胶后跟还不走[⑧]，故人皆称之为“疲疲韧”。出入钱财，皆妻执掌，自己要一个私用不得，柴米皆自买。遇买米，鼎中米汁煮滚了[⑨]，还不回来。其妻叫徒弟去赶[⑩]，始回说不是遇人说话，便是去出恭。客至

---

① 撮：抽取。

② 药骰子：诈赌的赌具。在骰子中装了水银，用于控制点数。

③ 南屿：地名，闽侯县属镇。

④ 青蚨：即钱。据晋干宝《搜神记》：青蚨为虫名，形如蝉，生子于草叶上。若取其子，母即飞来。如用青蚨血涂在钱上，用其购物，所付钱都能飞回。

⑤ 银矿：指埋藏在地下的银子。“矿”或作“圹”。

⑥ 司务：师傅。

⑦ 生理：生意。

⑧ 火烧胶后跟还不走：俗语，火烧到了脚后跟还不逃，形容慢性子的人。

⑨ 鼎中米汁煮滚了：锅里准备煮饭的水烧开了。鼎：铁锅。滚：沸腾。

⑩ 赶：催促。

烹茶，去买茶叶，一去，至客去犹未回来；谁知他去看戏，至半场才回。其妻又大骂，他答曰："是你不明白，汤已烧滚，何不先叫客进来洗汤[1]？待我回来再食何迟？"言讫，即自盘汤[2]放盆，进房叫客来洗，其妻持棍打之方止。客在外闻他欲叫进去洗汤，已惊走去了。

又一日，与寺中和尚讨钱[3]。他入寺见和尚昼寝，不敢叫醒，遂倒于长椅上亦睡去；等和尚醒来，见他亦睡，以为来此歇息，不敢叫他；及他醒来，和尚已去别处作佛事，寻和尚不在，便回。其妻问："如何去一天？"他说出睡等之情由，其妻骂至捶胸，气甚曰："似此昏天黑地，不早死去，将来会趁得食[4]？不倒巷亦倒路[5]，没人收拾。"疲疲韧被骂，恰遇那八哥鸟泊[6]于檐前，向呼曰："八哥，闻汝能识人好呆[7]，可知我林九爷将来可趁得食否？"那鸟答曰："疲疲韧乞姆嫌[8]，趁得食也欠黄病五米钱。"疲疲韧闻答此，便骂曰："野啄虫，怎知我欠黄病五米钱？"即取一竹竿打之，鸟已飞去了。其妻闻鸟言此，遽出问曰："我日日都拿现钱与你去籴米，缘何欠黄病五米钱耶？"他答曰："正是并无欠他，啄虫乱说才打之。"其妻曰："无欠就罢，若有欠他，剥你一层皮下来。"

盖黄病五又老又黄肿病[9]，其钱无人敢欠。或欠之，不打碎椅桌便脱衣裳。故其妻闻有欠他，即大惊，由后门潜至黄病五店中查问，果有欠二次。一次系屎急去粪池出恭，手中钱并布袋被人摄去不知；又有人来出恭，见其睡去，叫人来看，同大笑。声哄始醒，才知钱并袋被人摄去。至米店，只得向之告赊一斗。又一次路遇赌友作局，钱都输去，又告米店赊一斗。黄病五何曾肯赊？因妻恶，无奈向之求恳，愿出重利照日加算，始肯，共结欠有五千余。

其妻查明回来，先骂一顿，拖他入房，持木棍打之无数，又将其手臂上肉咬一块下来。疲疲韧因此痛恨那鸟，誓必杀之泄恨。即借鸟枪、弹弓，又将本店之雕刀、凿、斧各装上长柄。众问："既有鸟枪及弹弓，再何用此三物？"他答："怎无用？若被我弄着，先把雕刀去划之；划之不着，便把凿去凿之；凿不着，把斧去斫之；斫不着，把弹弓去打着；再打不着，以铳放之。自小至大总

---

① 洗汤：洗澡。

② 盘汤：从锅里把热水舀出来。

③ 讨钱：讨债。

④ 趁得食：赚得饭吃。趁：赚。

⑤ 不倒巷亦倒路：必（作为乞丐）倒毙于路边巷角。

⑥ 泊：栖歇。

⑦ 好呆：好坏。

⑧ 乞姆嫌：被老婆嫌弃。姆：老婆。

⑨ 黄肿病：即钩虫病。患者面黄肌瘦，浑身浮肿。也作"黄病"。

有一中。”众皆笑其戆。

更有一邻，绰号“犁屎猪”，无人敢欠黄病五之钱，惟他敢欠。黄病五脱他门扇，他至夜挑粪去涂他店门；黄病五来打碎其椅桌，他侦其不在，挑粪泼其米楻①、米箩；黄病五又来咬他臂肉流血，他即将自己臂肉割下连刀插其店壁上，黄病五亦无法奈他何，人皆号为“犁屎猪”。闻鸟说疲疲韧欠黄病五米钱，想亦是笑他，亦要杀鸟。闻疲疲韧已备有鸟铳等件时，去寻他，看见雕刀、凿、斧长柄，即笑曰：“要此作甚？只鸟铳就够了。你疲疲韧去打时已不及了。必须我去，一铳即结果他，拿回来作酒配②消恨。”正对讲，其妻闻知，出来喊曰：“不许你们去打它！它不说，我安知你有欠黄病五米钱，再迟时日，利上加利，卖姆仔③犹不够了。你今即去与他说，欠米及年算了一本一利还他，他肯，即回来拿钱。”

疲疲韧答曰：“他若不肯，如何？”其妻曰：“他若不肯，便死在他家，不必回来。”疲疲韧只得去说。犁屎猪随之出户，路上背④教之：“去说，必不依。无别法，可将头去撞他，他必打你，你即倒地喊叫，我去叫你恶婆来对之，自有归结。”疲疲韧至店中向黄病五哀恳，黄病五分文不肯，犹喝骂欲脱衣裳。疲疲韧即撞，黄病五执拐杖便打，疲疲韧便倒地喊叫。屋内有犬抢出来咬了一口，疲疲韧加倍叫喊。人便围看，犁屎猪在外喊曰：“岂有此理！人上门被打将死，犹将犬帮咬，都无救援耶！”即跑去通报。其妻听了，同店中司务等赶来，将疲疲韧解开衣来看，遍体杖痕，臂间犬咬一块，血注肉破。

人嫌黄病五甚多，皆同声令抬去报官验伤。诸司务将疲疲韧抬至城内，其妻到有司衙门喊冤请验。有司验了，果遍体皆伤，即拘拿黄病五并家中犬及干证犁屎猪讯问因由，遂断所欠之钱不必还，即与原告为医药之资。被告不合凶殴，又令犬咬，本应拘治，念老而黄肿病，准其取保回，惟犬代主交原差拘住，原告伤愈再行发落可也。各放回，惟黄病五之犬不得归家矣。

盖疲疲韧之伤痕、臂之破块⑤，乃其妻打咬的，投控作被他打犬咬始赢。黄病五惟打数下，犬只咬外面衣裳，外人不知，惟妻知之。黄病五有口难分，被告输了，痛恨不用差礼⑥，至结案犬犹不得归家。至今尚有俗语讲“黄病五

---

① 米楻：方形的屯米器具。

② 作酒配：做下酒菜。

③ 姆仔：老婆孩子。

④ 背：偷偷。

⑤ 破块：皮肤上的创口。

⑥ 差礼：赂贿差役的钱。

犬不得归家”，皆是讲此截故事也。

疲疲韧告状归家，仍在外寻讨八哥鸟泄恨。人人皆妒曾家因此鸟致富，代他探访在何处，来叫他去打。却说那鸟自食石脑，羽毛丰满，大过天鹅。在曾家与楚宝食寝不离，因谈说自己乃雌。那夜谈笑，楚宝问：“未见弟生蛋，莫是无雄来配？待明日去聘个来。”那鸟即喝曰：“脱颏①！弟身虽禽，内心属人。但今生不遂为兄妻妾，必待来生转世为之，岂再遗此异种耶！”楚宝曰：“古人与不同类之狐狸为夫妇，皆属圣贤。今即学之，有何不可？”那鸟曰：“再看将来。弟此数日似要脱壳，浑身生痒，毛羽脱落，要出去洗澡。”楚宝阻之曰：“家中现有汤水，何用外出？恐被人之机械。”鸟曰：“家中洗了不爽快，即在此邻近洗了即回，何惧之有？”言讫，即飞出。却被人看见，即报与疲疲韧。

因前后寻不见铳弹，讵早已被妻收去，又不敢讨，又拿一把长柄雕刀跑去。犁屎猪闻知，亦赶来问：“何不用铳弹？”疲疲韧答以被妻收去。犁屎猪恐鸟飞去，把雕刀拿来，跑至溪边。那鸟正在洗澡，将刀刺去，鸟即飞去，连手②望上一摆，划破肚皮。那鸟带血飞至曾家。众共见有血滴，谅不能活，各散去。

鸟飞回，楚宝见鸟受伤，惊甚，曰：“如何被人暗算？”那鸟曰：“认得是犁屎猪。幸飞得快，只划肚皮，不甚痛。快抱弟上床，去睡一刻便好。”楚宝即抱上卧床放下，转身下帐。一开帐一看，问：“伤痛好否？”见一女孩八九岁大，那毛羽如一重衣裳在旁。拿宝亦至，共以为异，把被遮复。同问变态，鸟女答：“八年蒙石峡奶指示，食石脑后必脱毛羽为人。今果应其言，乃石峡奶之再造也。”

楚宝喜甚，送入内室，穿衣梳洗调养。嫂氏又代其针耳裹脚。夜长日大，将近一月，宛然一娉婷之及笄淑女。楚宝大喜，即去十四门桥魏家报知。吉士同冷杏来视，不敢认鸟女，说：“毛脱，持来与看方信。”见楚宝时常与盘桓，人品极不俗，即招之为婿。女先接回，择日送来合卺。两家皆以天注奇缘，不敢外扬，外人亦不知，即犁屎猪亦以刺死。谁知与其划皮得脱人形，皆生成③也。吉期至，魏家送来完亲拜堂。无不称天生一对，佳人才子相当，其父母乃人变鸟，其女乃鸟变人。

正是：无那八哥能择婿，果然拿宝不居财。且看下文如何分说。

---

① 脱颏：下巴脱臼；骂人胡说用语。

② 连手：接着顺手。

③ 生成：天注定。

第二二四回　水獭报恩拖赠剑印　拿宝辞赏受官旗金

再说曾家得奇鸟致富，又变为美女，以遂佳偶，喜不胜言。是时，版图归宋，招贤选士。无何，楚宝应童生考试入泮，州师荐为贡士，进京取中三甲进士，掣签河南知县。还乡搬眷赴任，将家财交与拿宝掌管，自带魏氏鸟女抵任治民矣。

其拿宝妻暨氏，生有二子，接掌家财。遵循弟所行，经纪正有头绪，忽犯火灾，烧去罄空，犹延及邻居。诸邻呈控，经官令火主赔偿。拿宝将田产变卖赔偿，尚不敷，并将火烧之屋地凑赔。依旧赤贫，无家可归。其妻家颇裕有，大小舅[1]接去住止[2]。拿宝自以坐食不便，向之挪借本钱，开油烛店。开至年余，又遭邻家命案扳扯，打官司破了精光。又拮据本钱，非被盗窃，即被火烧，因想："果然拿宝不居财。"

遂看破，不再图生活。知妻有私积，存在大小舅家生息，妻子自不至缺乏；自己依旧依本画葫芦，去捕鱼度日。妻子哪肯与他去，再三挽留不依。买小舟并鱼网、防贼之械，将船撑出洪山桥，沿江讨鱼[3]，夜则沽酒独酌。只是无忧自得，不可积有余钱；若有余积，即腹痛头眩，至将余积用完便好。因此，一日讨鱼敷一日使费即罢，不要多讨，果然无病。又不肯与人讨船帮[4]，皆泊于僻静之处。日间食了便睡，夜间有月，即坐船头，把酒配鱼，自唱自酌，诚快乐也。

那夜独酌既醉，船泊在山峡，赏玩山色。寻常有老獭出水望月，那夜亦出，蹲于溪边岩石，仰头望月。不意有一山犬大于老獭，从山峡抢出，獭尾被咬住，倒拖上山。獭离水失势，被拖倒力尽。拿宝在船头看见，不禁怒甚，取出防贼之铁叉一把，上岸追及[5]之，中犬腰，犬即倒，獭得脱身入水。拿宝将此死犬

---

① 大小舅：妻子的娘家兄弟。

② 住止：居住。

③ 讨鱼：捕鱼。

④ 讨船帮：找同类的船结伙群聚。

⑤ 及：刺。

拖丢入水，回身自言曰："并非我拿宝讨鱼只卫[①]讨鱼人。他乃水里讨食[②]，你乃山里讨食，他上来望月，你便害他性命，叫我怎的不报不平耶?"说讫，自入舱而睡。

次日又去讨鱼，夜来又泊原处，对月酌酒。将半夜，獭在水中连衔大鱼，丢放船头岸上。拿宝喊曰："自讨还食不了，谁要你拖来？君子施恩不望报，快拖去!"拿宝将鱼丢入江中，次夜又至，皆然。拿宝许夜船开去闽清溪口，有数夜，其獭又寻至，只蹲岸上。拿宝认是前獭，便谓之曰："前夜因报不平，我命里不居财，何用汝报答？空身来看看由汝[③]，如再拖什么鱼鳖，我无别的，送汝一叉。你可知我言么?"獭把头连点数下，便入水去。

拿宝便在此处讨鱼，次早至溪边卖鱼换酒，闻店家说："有新任本郡太守，许姓，奉旨巡察外州县。前日船至水口被岩石撞破，所有行李尽行落水，雇人入水摸捞，诸物皆获，惟一木匣，阔七寸，长三尺三寸，金锁锁住，外面黄绫包裹，红丝带捆扎，内是金印一颗，上方宝剑一把，遍寻皆无。命官无此二件，行之不得。现出赏格，有人捞得此匣者，赏之千金。该太守驻在水口等候未去，并无一人捞着。有几个贪重赏，入水被水浸死。"拿宝听了曰："此处水深流急，白白断送性命，谁可怜他?"说完，携酒菜回船，煮食便睡。

至夜又对月独酌，又见獭拖一物上沙。拿宝以为又是鱼，立起至船旁，下手持起欲丢入水，看不是鱼，乃丝带捆黄绫，水已湿透。忆及店家所说之情事，略较，长短相符。讶曰："此不是许太守所失之印剑匣？却被獭拖来与我，去献功受赏，以报救命之德。若别个，即欢喜不胜，惟我不喜。莫若送还许太守，赏金不要，岂不两好?"遂取棕衣[④]包裹，放于内堵[⑤]。

至天明，将船撑至水口道头[⑥]，抱至公馆，解开棕衣投报："捞获黄绫包匣，特来通报。"许太守甚喜，令连人带入。先接其匣，原包无异，惟水湿未干。问："何姓名？在何处捞获?"遂答："姓曾名拿宝。昨夜在闽清口举网打鱼，打在网内。看黄绫包，不敢开看内存何物，原包送来察验。"太守令家人解开锁封，剑印如故。太守大喜，即令赏予千金，拿宝辞曰："小人并不是贪图重赏特意寻捞，不过顺网，无甚功劳，分毫不敢受赏。"言讫，即便退出。太守令

---

① 卫：袒护。

② 讨食：谋生。

③ 由汝：随你。

④ 棕衣：棕毛编成的雨衣。

⑤ 内堵：内舱。

⑥ 道头：码头。

人拦住曰："虽不费力，顺便而得，亦是汝之期运，岂有不受赏之理?"拿宝答曰："大老爷赏千金，哪个不喜？惟独小人不爱，故推辞不敢领受。"

太守笑问曰："想你家金银如山，千金故不上你眼，才不受耶?"拿宝又答曰："随日讨鱼糊口，并无毫厘过夜。"太守又笑问曰："既随日趁食①，银钱何不爱耶?"又答曰："实不相瞒，小人命里不居财，如存蓄大财，则遭大破②，小财则遭小破，平素皆如此。故看破，才落烟波作渔者，随讨随食，方得无灾无破。今若无功受赏，回去连命皆休，故不敢领受。"太守笑曰："原来有此原故，见银才嫌。汝既嫌，可叫汝妻子、兄弟，当面赏交与他，便不算是汝发财。灾破不能及之，可好么?"拿宝又答曰："无妻子、兄弟、别亲，求开恩饶恕罢!"

太守笑曰："不要，反求开恩饶恕，千古罕有。"太守即叫家人进去，取出一面令旗，一锭黄金，递与之曰："汝今不要空手回去，可将二件带去压手③罢。"拿宝不接，喊曰："拿宝千金都不要，还肯要此二件，不被人看破耶?"言讫，转身跑去。太守喝曰："此二件何曾是乞你！不过交寄你船中，待我巡游回衙时，亲身送去缴还，便罢了事。"拿宝住脚曰："寄不敢辞，只是船中篷破，倘被贼偷去，赔不起。"太守曰："不要你赔，只要你去福州衙门见我，说了便罢，如不去说，便当不起。"

拿宝不得已将旗、金接了，辞出下船，撑回闽清口矣。思："此锭黄金约有二十两，值三四百银。若被贼偷去，将妻子去卖亦赔不起，莫若交存家中，再来放心讨鱼耍乐。"思定了，船便开回登岸，取旗、金到家。亲属同妻查问，拿宝将獭报恩不受赏，硬寄此二件之情由告知。众人问："怎不受赏?"拿宝将命该不居财，不敢受之缘故说之，众人皆笑其憨之至。拿宝将旗、金交妻子安稳收存，方放心下船要去。暨氏笑曰："许久回来，饭岂不食一顿，安得就去?"

拿宝食了午饭即走④下船，寻无篙桨。原来却被大、小舅搬存别处，不与再去。拿宝即回来索取。众骂："既不图银钱，在家中还怕没碗饭食，何必在溪河受风霜劳碌?"他答曰："家中有饭无酒，有酒无鱼。即有酒鱼，亦食不爽快。"众曰："虽不爽快，且将就几日，等太守回时，缴还旗、金，任汝再去。今如即去，太守回来无处寻讨，罪及亲属，怎好?"拿宝因众人咻之，遂不即去。原来，拿宝之丈人乃太守衙门之书吏。在家不觉住有月余。

---

① 趁食：谋生。趁：赚取。

② 破：破财。

③ 压手：赠送来客的礼物。

④ 走：溜。

许太守巡游毕，由南而回。大、小舅催缴旗、金。挨至次日，拿宝欲便衣缴还，众人曰："前乃渔家本色，在公馆见之不怪。今日在衙门，不更衣冠去见上官，谓之藐视。既不受重赏，反穿破烂与之轻贱耶?"小舅抱出一套衣服与穿换，拿宝不得已，遂戴巾，穿靴、长短褂，左手执金，右手执旗。众笑曰："此装来却像前朝之十三太保。"其妻亦笑曰："只恐曲蹄穿靴[①]，脱落水里。"

拿宝至第一门（原紫宸门）投报："渔子曾拿宝来交还旗、金。"门官进报。传令带入大堂前听候。须臾，击鼓开门，太守四行八班，执刑刽子手皆进，排班甚属威严。拿宝现在堂边见此样式，惊得股栗，比在公馆大不相同。排班已定，堂官带拿宝上堂，即跪下说："拿宝缴还旗、金。"太守曰："不须还。前据汝所说，命里该不居财，今即将此锭金与你长持于左手，财便居住。旗与你长执，传宣号令，即放汝作执令太保。初作不知规矩，命堂官拨人跟随教之可也。"太守面谕了，不容推辞，堂官带去供事。那时拿宝已惊得魂不附体，怎敢如前辞却？只得一手执金，一手执旗，立于堂前。堂官即择老成数个跟随身旁。

堂上传宣执令太保，出押解回外州县之贪官进讯。拿宝即执旗出召，押带入数个犯官，问讯数句，仍令押出听候。又宣出召，押解外州县之污吏进讯，拿宝又执旗出召，押入数十个赃吏，问讯几句，即令押出听候。遂请出上方剑，令拿宝举出辕门，监斩诸犯官赃吏。刽子手跟剑而出，立刻将诸犯斩首辕门。拿宝缴剑回复，堂官跪禀。堂事毕，站班各官员、班役退出，拿宝摇旗封门，太守退堂，拿宝始得歇息边房。盖拿宝先前见此威仪便股栗，所有执令出入宣召，乃跟随之人搀扶，代之宣传[②]，方不失仪也。

至事毕，魂犹未定，即有各役都来磕头贺喜，以及堂官、门官、承差、中军前来贺喜，拿宝皆不知礼节，皆问跟的人曰："他们来此拜拜，何为?"跟人答："都是与太保爷贺喜。"又问："什么喜?"答："做了太保官。"又问："太保官大否?"跟人答曰："天子之太保，其大无比。各州令之执令太保虽小，亦有六品官，总大过堂官、门官等。"拿宝曰："我要不作可否?"跟人曰："要硬辞亦可，只怕大老爷不喜欢，照今日押出辕门之榜样。如不怕，即管去辞。"

拿宝惊讶曰："杀头哪个不怕？只是不知官话，不知行走，怎好?"跟人曰："自然小的们会教，不用二三个月，自会熟悉矣。"自此，拿宝不敢再想辞却，衣食皆有内外供给。有坐堂考验，即执旗、金宣召，一呼百诺。无坐堂，还有

---

① 曲蹄穿靴：俗语，意思是从未做过的事情，做不好。"曲蹄"指水上居民，即疍民，长年赤足。

② 宣传：宣示传达。

外州县来禀见，皆由他进报，皆有礼金。大官大锭，小官小锭，拿宝不收。无事时，房中饮酒，皆有随丁服侍，捧菜斟酒。不时内衙唤入陪宴，初犹欲罢不能，后竟荣耀，庇荫及丈人、大小舅发财致富。

正是：不因看破归鱼艇，怎得荣华庇岳家。且看下文如何分说。

第二二五回　开王墓罚油添不满　闭城门散气聚方盈

却说拿宝乃渔子，平白地蒙太守提拔，做执令太保六品之官。自己荣耀，犹庇及外家。原来那太守山东人，姓许名悠，黄甲进士。出身为知县，因佐宋开国有功，升授福州知州，赐上方宝剑，莅任福建。唐五代时，闽王审知为节度使，宋未置节度，惟知州最尊，统辖七闽文武，称为太守。因出巡考察官吏，至水口，船磕岩石破，剑印匣沉水。出赏格捞获者赏银一百，十日加至一千金，竟无踪迹。欲回署具报，出巡之奏本已发；欲奏报剑印落水失去，咎亦难逭，欲去无剑印，怎能考察得官？进退两难，急得无孔入地。是时若捞得，报以万金亦喜。

谁知那匣一落水，半浮半沉，流至小箬，被水洄漩，落于深潭，含于潭缝。若无义獭搜寻拖出，万古不能得出。许太守住在公馆等捞，至九日无耗，忧至寝食俱废。那夜五鼓，复在桌上假寐，梦见一军官，左手执金，右手执旗，入报印匣已经捞获，天明来献。太守喜问："何人所得？"那军官执旗、金之拳向之曰："名即此，官太保。"许太守要再问，被一声亮炮震醒。至天明，报有渔子来献黄绫匣。令入见，其品貌与梦中无异，惟衣服褴褛。开匣验看，剑印俱在，问名，答："拿宝。"与梦中一手执金，岂不是拿宝耶！始信梦兆灵应。那时却似死里还生，重拿宝如重生父母，诱以寄旗、金，待回提拔为太保之官，以报灵梦也。

太守时常唤拿宝至内衙，赏赐酒席，问及始知有妻子、胞弟，现任河南县尊，更加信重。其妻父已为书吏，又将大、小舅引荐为科房。又有一小舅，年初十六七，名暨都郎，人品极好，多在其姐夫身边。因拿宝多在内衙，忙时命都郎执旗、金代替职务，打扮恰似小罗通，许太守亦爱惜之。所有门包①、规例馈送以及打关节，俱是他在外领受。随得随运回，交与其姐，开一间大油行。拿宝少回家，尽不知道。

---

① 门包：旧时要进衙门见官，要给守门人送红包，请为通报。

将至三年，拿宝回去，查察始知。既得之，无奈，只笑曰："今又存积许多，又因何故破耶？"其妻笑曰："此财是吾弟都郎赚的，与君无干，再不至破。"拿宝曰："都郎所赚名色是谁的，怎与我无干？只望能免破，便万幸矣。"拿宝回衙，即辞去都郎，贴示门前，不许再送规礼，违者拿究。凡事要自己经手。许太守闻知，暗羡之，又爱惜婿都郎，又不便说唤回。

该太守莅任三年已满，所居之衙署，即前王氏逾制之宫殿。至入宋时，诸宫殿俱废，只存明威殿，即今紫薇堂，及后苑之三清殿。其三清殿之长明灯，油皆添满，至半夜油干火熄，数夜如是。遂有人侦之，至夜静，有二个大白老鼠来盗盘，去而复来。又皆以白鼠乃存宝出现，报知执令太保。拿宝亦侦见之。

又拨人潜伏户外，连接至山野，看何来何往。遂侦知由冶山下官街后小阜丛草中出入。拿宝查其土阜，或言古墓，或言前闽王之墓存窖，或谓墓不合在城内，穴有白鼠出现，是宝存窖无疑。许太守闻报，亲自出看曰："非窖非墓，有妖出盗油，必又出黄巢之故事。且开看，是妖除之，是墓重封，是宝与民共之。"即召数个土匠，令从土阜之南开入。拿宝督率，太守坐看。

须臾开有丈余，现出南向之石门。开去沙土，道路阶级，撬开石门，内乃石室，光而不暗。不许人进，惟拿宝引太守入看，乃古墓圹。中间二部棺柩悬着，排设惟石几、瓦炉瓶而已。墓牌立于圹内，字是古篆，写"开闽王陵"，旁书乃战国时年号，并无异处。惟案前一大璃皮缸[①]半埋土中，缸内一枝之长明灯照耀圹内辉煌，甚奇。太守思："周围无通气，灯焉能长明不灭？"再看后墙，乃天然岩壁，其间有二缝隙乃鼠孔，曲而不直，不知透在何处，为之通气。拿宝见火长明不灭，异而问之，太守指曰："一半藉此两孔可通气，一半是真穴道，暗中自有呼吸之脉窍也。"又看缸中，其油已将至缸底，只有四五寸，再点数日干矣。又看缸边，有两个白石琢成老鼠，皆空心，口有油迹。方知缸中油将干，此二鼠由后壁孔出去盗油，来接照。又看旁一砖有字，乃写："许悠许悠，开我坟墓，罚你添油。"

太守看了骇异。拿宝又见旁一砖，亦有写字，拾起来看，乃写："拿宝拿宝，功夺獭姆。罚你添油，财免别破。"

太守看了曰："缸中油罚我添，还要罚汝帮添也。"拿宝笑曰："此一缸不过贮得二大担，就三四担何妨！小太保前日回转家中去看，茶油略有千余担，添三四担，如牛身拔一毛，哪用老爷再添！"太守让曰："我让汝独添，我来修墓亦可。惟不知此缸中原油，在何年代点起，能点到今不竭？"又寻有石壁上，刻

---

① 璃皮缸：上了釉的水缸。

有记载战国时周显王之年代葬，汉高帝八年开，赵宋开宝元年再开，包勍记等字。太守看了惊甚。拿宝曰："包勍不知何人，能预知千余年后再开墓之年代，今看此令人胆寒。"拿宝携带砖谶，即随太守出圹，令将圹门遮闭，不许闲人等入去；太守回衙。

拿宝去寻外之鼠孔，寻遍油迹，寻去径由冶山直透至屏山，三四里草地间，都有油痕；再寻上山，忽有忽无，油迹不知由屏山哪一岩缝通入墓孔，直透屏山。果是真穴，凡人焉能寻之？分明二石鼠作线①，至油干出来盗油，引惹人开圹添油也。若都待鼠去盗油来照，何异待吸西江之水而救涸辙之鲋？拿宝寻思不出，即令人去自己油行挑油三担，带入墓内，将浮码②捧过别油钵，将油倒下缸。二担不满，再添入一担，仍不满，共笑："不意缸不甚大，添三担油不满。"又令赶去再挑七担，凑十担还怕不满耶？

至油再挑来，那缸里油又浅至缸底。或疑漏，取火照之，并无漏痕。将七担又尽倾入，又不满，只半缸。挑油之人曰："此不古怪耶？"拿宝曰："再添亦会满，别物就艰难，油乃我家现成的，陆续挑来添入，自然会满，何须大惊小怪？"须臾，连挑不绝，添至五百余担，只半缸。若迟一刻，浅至缸底。许太守闻说，笑曰："应该我添，汝要先添！"遂令买办，在别油行即管挑来，再令人在圹外给筹，添一担入，给筹一条。太守自来看添，直添至五六日，仍不满。油已添去五千余担，油行皆买尽，又差人去外州县买来凑添。

那拿宝起先回家问自己行中："有余油多少？"其妻答曰："现有五百余担。时刻有人来要买，妾恐老爷还要挑去凑，故不卖，现有皆移于后院处。人再来，说已卖去。现一斤卖至三钱，犹无处买。"拿宝笑曰："果贤慧。今若有人来挑，即与他尽挑去，不可留一担。"言讫又至圹前。许太守添至无油接凑，拿宝又来接添。至二日，仍不满，只半缸。许太守欲罢不能，再令人赶去外州县买来凑添。各处皆知，传至乌石山周家得知，亦共以为怪。各处之油皆买空空，民间炒菜、涂头无处买油。

林庆云公主学得吴青娘卜易，甚属精通，试代卜一卦，看因何油添不满，遂卜一火地晋动，变火水未济游魂之卦。爻象排全，批断出："归魂不出疆，游魂游千里。火在地，游魂荡，再变火上炎，水下润，未济。水者，油也。油入缸，便散润千里，添至万担亦不能聚满也。"庆云将此卦与青娘看，是否此判。青娘看了，甚以为然曰："可知施何法，能令聚而不散？"庆云曰："据孙媳看，

---

① 作线：通风报信。

② 浮码：油灯里托住灯芯的油面漂浮物。

游魂既俱游散，惟将周城之七门紧闭，俾气不能再散；魂气既聚，应添得满也。此可合理否？”青娘甚以为是，曰：“既卜有卦，须去报与本太守得知，闭城添之，省多少费用？民家亦再不至没油炒菜、涂头。”众共议推新月，新月恐卦不灵戏弄官长之罪，无人敢当也。

时林仁翰在周家，答曰：“卜卦献策，便不灵亦无甚歹意，再不至被怪。只有一宗，务要晓得此王墓之原根底止，有问及能答述之，卦虽不验，亦喜欢。如问不能答，卦虽灵，亦自惭愧。”仁翰名列乡宦，众遂举仁翰去。仁翰曰：“多咀惹事，既命，便走一遭罢。”仁翰即儒服杖履，随带卦纸，乘轿至郡衙前，报：“乡官林某拜见。”帖至太保厅，拿宝认得是弟媳家瓜葛，即入通报，并称其在前忠悃。许太守衣冠，开门迎至内厅。

彼此先谈叙仰慕失候之套文，后言及添油不满之奇异。仁翰遂说：“经小女代占一卦，能令添满，特来献策。”太守曰：“令千金何名？能通卜易？”仁翰答：“乃故闽王谊公主。”太守讶曰：“莫非是三入闽王宫之淑惠公主？”仁翰答是，问：“老公祖大人怎知耶？”太守曰：“老先生大人及令千金名扬四海，天下莫不周知也。”遂接卦判，喜曰：“诚天机妙策！现在添油只半缸，夜间便满至八分，天明又浅。可见城闭则盈，城开则损，气之聚散明矣。今即依卦而行！”仁翰曰：“小女乃依卦而断之，倘有不然，勿怪。”又答曰：“怎敢有怪？”遂留款待仁翰。

先出令百姓：有事出城者，赶紧出而入，自明日起，七门皆闭三日，不许爬越。至次早，太守同仁翰至圹看视，油站住八分，无浅，再添至半夜便满，将流出缸外，犹恐又会渐浅，守至一日一夜，分毫不减，平满如故。于是遂修整浮码灯芯，点放缸内，上下打扫洁净，排设祭品，撰就奠文。许太守整肃衣冠，致祭毕。第三日午后，令诸工匠合门封圹，即行堆土，筑至小阜原迹。太守欲竖外碑栏杆，仁翰阻之：“不可更添，变其旧制不祥。”太守听之，遂止，仍邀仁翰入内衙谈叙。

正是：若非淑惠代占卦，太守焉能下得台。再有何事，下文说知。

第二二六回　述昔无彊徙闽建国　说古王妹生犬解围

再说王墓添油至七千余担不能满，许太守不肯半途而废，思想难以下台。宦囊已罄空，忧至痴迷。忽然林仁翰来指点闭城，一添即满；把仁翰作吕纯阳降临，待为上宾，称前辈老先生大人，日日奉陪不离。遇有公事，即命太保代陪，三人饮食皆同一席。那日早膳，太守问拿宝油共添多少，拿宝曰："共添去七千零五担，内一千零三担，是小太保家挑来的，不上数。大老爷添去六千零二担。今年又损缺，共用银五万八千七百两零，每担应银五两。先买照五两，买至多，一日贵于一日，至每日去外州县运来，每担需二十两零不等。"

许太守问："你太保去[①]银多少？"拿宝答："小太保不过去四千余银，值得什么？"太守答曰："你前说不过添上三四担便满，让你去添，谁知添至七千余担，犹不能满，若无老先生来指教妙法，再将海水来添亦不能满。我动费五万余金，虽然宦囊如洗，还有服、物典当来凑，幸未动库银，可勉办得来。惟你去此四千余金，怎处？"拿宝曰："小太保已说，命里不居财，才分毫不敢苟取。至此办事三年，何曾有敢沾染锱铢？谁知家中遣小舅都郎来，背地在外冒名，运回授受，计有四千余金，尽行造油，待好价发卖，小太保前日回家方知。既到家置货，无奈其何，惟仰天祝：但求破而免灾。果然天从人愿，在此帮添花去，灾消难免，乃大幸也。大老爷还说怎处？"

太守笑曰："君子知命，极好，难得。"仁翰笑问拿宝曰："亲家伯怎知命不居财？"盖拿宝之弟楚宝是吴云程谊小舅、魏吉士之女婿，吴云程是仁翰女婿之表叔也。拿宝答曰："亲家大人还不知拿宝不居财，已注于千年之前矣？"仁翰又问其故，拿宝答曰："千年之古墓开出预谶，罚添油免破，可知命早安排矣。"仁翰曰："果有此谶么？"太守笑答："果有。"仁翰又笑问："既有谶令敝姻翁添油，能满否由他，何必太公祖大人接添耶？"太守笑答曰："老先生犹不知，古谶原以学生擅开他坟墓，令罚添油。另又一谶，乃贵亲帮添。太保以为油甚容

[①] 去：损失。

易，占去先添，添至五百余担，学生始知添不能满，不与再添。若全令他添，只怕半途而废耳。”

仁翰曰：“原来有此遗谶，但不知怎说？”太守即令人取出二砖。仁翰先看一砖，骇异，笑曰：“太公祖大人福耀照临敝邑，乃一千年之前定，至此日降临，不特恩光遍及闾阎，而且致令窀穸重辉，阳春有脚，惠及枯骨者也。”太守说：“言重。”仁翰又看小砖，亦异甚，问曰：“后二句已说知，第二句功夺獭姆怎说？”太守答：“亦不知。”拿宝笑曰：“果是夺人之功，不敢说。只因前有功与他，他将此还报矣。”太守曰：“此乃德报德，何以为夺，怎不敢说？”

拿宝乃将救獭之情由，并獭拖鱼不要，走避，獭又至寻，拖来剑印匣赠报，领赏呈献，捏作自己撒网顺得，不受赏等情，说了一遍。太守始知前之剑印匣，乃义獭寻赠报恩之因由，不胜感叹。仁翰曰：“此乃补蛇衔珠，捕雀衔环，皆以报答，何以为夺？谶只用此夺字不妥。”拿宝曰：“作自己打捞的，授官、拔擢、赚银，把獭之功化为乌有，故谶以夺罚添油，用此夺字。”

仁翰笑曰：“包丞相之谶笔更严于春秋，此夺字果有讲究。亲家伯因此一字之贬，罚添油，费银去半万，才无怨恨！”共呵呵而笑，太守问曰：“此墓实是何代帝王？这包丞相有何道德，能遗此谶？惟老先生大人博古通今，必知其原，祈为指示，开通茅塞。”

仁翰曰：“此乃敝地开疆建国之闽越王墓，少得人知。恰弟少年时，曾看外纪，只知墓在城内，寻之不着，不知即在贵衙府之后。今因开现，再看圹中碑记，始知不错。只是看过记不周全，恐说有错，勿得取笑。

“敝地乃百粤文身番蛮之地。蛮亦有种，其头面身体皆以针刺成五色花纹，或鸟兽草木，分别各种。战国时，夏禹之后裔、越王勾践之七世孙名无彊，与楚战不利，国被楚夺，徙族入闽，遂为君长。诸番蛮不顺者征之，杀男留女，二姓落水①。渐开其国都于冶山，营建宫殿，称为闽越王。朝中文武，苑内妃娥，皆江浙随来。

“无彊有一妹，名娴仪，年已及笄，在内楼刺绣。宫中有一犬，常蹲楼上，仰头与王妹对视。娴仪自顾花柳，并未看及，数日如是。惟两侍女因见犬视甚无礼，逐之下楼。去之又来。将门紧闭，犬仍守候，门一开即钻入。侍女执杖打之，讵犬回抢，将一女咬死楼上。犬仍不去。外人闻知犬咬侍女，将犬缚而杀之。因犬皮毛华丽，剥下晒于外苑，忽然一阵狂风，皮刮于空中，飞入内楼，

---

① 二姓落水：福州的疍民为郭、倪二姓。传为是古闽越国的大姓，汉武帝征服闽越国后，流落江海，以舟为家。

将娴仪浑身包住，劈不能脱，许久自化为灰，飞散而没，娴仪惊魂始定。

“楼内无人，只一老妪、一侍女。老妪知是前对视之犬皮，骇曰：‘怪道[1]那孽畜痴心妄想！被外面打死，心犹不灰，作鬼头风，将皮得抱沾姑娘身上，才愿自化成灰去矣。’即连步下楼，探外苑之人知否。外苑并不知情，以是皮被风卷去无踪。老妪回至楼上，戒勿外扬。其娴仪不过惊怯一时，自此不觉腹中有孕，只四个月，便产下一雄犬。老媪欲将其掩弃，娴仪不忍，令潜抱出。值外有犬姆[2]方育子，抱与帮乳[3]，犬姆亦肯抚之。及犬长大，异于凡犬。

“无何，王欲将妹嫁于大臣之子弟，日期将近。娴仪即对老媪泣说：‘凡有血气者，情理皆一。我自顾容貌有何美处，犬亦情钟，致命犹不灰心；及沾身，即自化灰，遂致感怀胎孕。彼乃畜类，有心属我，至于捐躯成灰。我乃人身，既受其胎育子，还有再嫁之理？兹奉母兄之命出嫁，敢有别说？惟一死而已。今无别托，我所生之犬子，取名猕钟，小心看视，至长大与之传流后代，不绝其嗣。我虽死，亦感你之惠也。亦不可再与第二个知之，切嘱！’老媪惟劝慰之，是夜竟自缢死房中。母兄以是患鬼，收埋而已。

“那猕钟长大，毛色形状异于凡犬，多人谋取。老媪死不肯与之，寝食不离，教之言语，不异于人。通宫男女皆爱之，呼之为猕舍人，媪为猕母。因王要之，不敢拒，只得送至内苑，恳求随犬终身，王亦许之，仍名猕钟。王亦甚爱，或有人背地以犬姆引诱，要他交合传种，他竟不顾。王一夜独饮，至更阑出外苑步月，惟他随之。仿佛见林中有人影，他即跑去，只见树叶摇动，少顷跑回，浑身带血。王惊疑喊至人众，查看，林中一人被咬断咽喉，短衣执刀。原来是番人来行刺，越墙而入，若无猕钟，王命休矣。自此皆呼猕舍人，内外不敢轻慢之也。

“无何，漳州蛮反，无彊带舍人率兵亲征。漳蛮败走广东，投南粤蛮借兵，南粤蛮亲督蛮兵万余至漳。闽越王与战，寡不敌众，被困垓心，外无救兵，内无粮草，危在旦夕。查舍人已不见矣。困至十日，粮草已绝，束手待毙。忽见猕舍人口衔一人头由外跑至，王惊问之，他说：‘王兵败被困，臣思寡不敌众，无计可施，入于蛮营。蛮兵头欲杀烹食，臣说是天帝命我见你王，有敢[4]杀我？众始骇，将臣引见蛮王，说犬会言语。王亦讶问臣怎说，臣答：我乃上界娄金星，天帝以大王有天子分，令我来佐助。蛮王乃喜，留在内闱，即问臣：现在

---

① 怪道：难怪，表示恍然大悟。

② 犬姆：母狗。

③ 帮乳：凑进去吃奶。

④ 有敢：胆敢。

闽王被围住，一鼓杀人，可灭否？臣答以：不可，中间有埋伏，只可困；其日久粮尽，自来投降。蛮王以为妙策。臣又背地与说：天帝有密诏，敕赐大王为中国大皇帝，不可与人得知。今夜可将内外人众屏退，寂静焚香，待至三更，上天有使者捧诏至，大王须接受，明日闽王自投，直抵中华，不过数月为大皇帝矣。如今夜有一人得知，天诏下降，福反为祸矣。蛮王至夜果令人众尽行退避，金鼓不鸣。因蛮王嗜酒，见酒不醉不休，即诱以饮酒待诏。臣劝之大醉，故得咬其首级带回。今番王已死，余众自散矣。’

“闽王大喜，将头持看，犹有酒气冲人。将首级标写‘南蛮王头首’，挂于大树枝上枭示。那夜，蛮兵遵令，皆出安息，至天明入帐，见王无头，军心大乱。传说头首挂在闽王营盘树上，皆以有奇人割取去。蛮兵皆惊，各自奔逃。闽王率兵追杀，得来粮草器械无数，蛮兵皆跪投降。闽王凯奏回军，漳、泉便安静。惟南粤蛮王之头挂在树枝上，因感受树木之精气，雨露之滋润，生连于枝间，变为椰子，其树变为椰树。故今椰中有酒气味也，即昔日南粤蛮王之醉头所化，其酒气尚在也。其树高十余丈，子结如人头，种遂传至广南诸处，今漳州犹有此种。”

正是：现今椰树酕醄实，是昔蛮王烂醉头。欲知后事，且看下文分说。

第二二七回　犬头猴驸马遗墓谶　化鲤何九仙赠天书

再接前文，林仁翰说："闽越王得胜回朝，首封猴钟为大将军。因说：'恨卿不能变人，如能变人，孤有一女，招卿为婿，方可酬答前功。'猴钟答说：'王如有恩，亦能变人。'王讶问故，猴钟说：'前日旋功之时，在驿站遇一道人，见臣即问爱变人否，臣不敢言，只摇尾仰视，道人便会意，又说，汝欲变人，可去于山[1]顶寻我，代为作法不难。那道人嘱了便去，今蒙王施恩，容臣去寻。'

"王闻言，即令去寻。钟至山巅，果寻着道人，向之摇尾点头，道人便会意，随他下山见王。王问他：'曾许此犬变人否？'道人应有。又问用何法，道人说：'只用朝门外金钟，脱抬于内殿，罩至四十九日，开起即成人矣。'王曰：'罩至许久，不饿死，亦被杀。'道人笑曰：'不死才转得轮回，王休虑，自有法术。若先惊怕，安得变人？'王从之，心总担忧。

"那道人即令人抬钟将犬罩住，自在外面，踽步念咒作法，喷了法水，嘱未至四十九日切不可开。吩咐讫，回去于山。罩至四十八日，王恐其饿死，开看再罩，先备食物与食。令人开起，只见一团如云雾，见天即散开，见出一犬头人身。王以是变不得全，即令人请道士至。道士一至，说：'未满日数先开，故变不全。今破了不能再变。'王甚退悔[2]，无法，即以娥孀公主配之。公主一胎生下三子皆男。公主在宫中分娩，时才三日，即令送进阅看，恐亦犬首人身。长以螺壳盛之，次以木盘盛之，三以竹篮盛之，猴驸马亲送进宫。王同夫人见皆属人体，喜甚，即以各盛之物为姓，分作螺、盘、篮三姓，长成各配以民女为妻，再生子女，不得婚配于外姓。那公主只生此三子，不再育矣。"

仁翰说至此，家中请用午膳。太守笑曰："听老先生之言有趣，叫食什么

---

① 于山：福州城内的小山，在南门附近。

② 退悔：后悔。

饭，可即排在此，一面食，一面讲凑①，好么？”仁翰答：“甚好！”遂排上，三人坐饮。拿宝笑问曰：“一姓分作三姓，以有服之亲堂兄妹为夫妻，总是本家之派系，与礼可乎？”仁翰答曰：“此乃无彊王体狲驸马欲子子孙孙世守山乡之志，故分三姓，以避同姓成婚之礼，今三姓自行婚配，庶几后世无穷，无难娶之旷男，当无异姓之骄婿，可致三族之社祀亿万年不断也。”

太守曰：“虑后之谋至当，今不知还旺否？”仁翰曰：“现在北岭内里螺、盘、篮三姓旺甚，恰似武陵之桃花源也。那狲驸马一罩于金钟内，炼成一笔成文，不独择吉地与子孙，尤能择吉穴与闽王安葬。至无彊王薨，择屏山上下两处吉穴，言葬上穴，世代王侯不断。下穴王侯亦有，天子无。后王之子孙，竟葬于下穴。先不知其处，今始知即添油之地也。那狲驸马庐墓三年，在于圹内作谶语，留遗后代。”

太守讶曰：“前日开之谶语，莫即狲驸马之所遗也？”仁翰答曰：“非也。狲驸马之谶，乃战国时无彊传至十二世孙，名无诸。现今添了油，丞相包劼又遗新谶，至今与太公祖大人接添也。狲驸马之原谶，已经包丞相开现。今所现乃包丞相所遗之谶也。”太守又曰：“狲驸马之谶怎现？包丞相怎样重遗？今再说知。”

仁翰曰：“无彊传至无诸，计一百六十余年。值秦二世，楚汉争，无诸王率兵从诸侯入关助剪楚。汉高帝五年，封无诸为闽越王，钓龙台乃接诏之所也。那时包劼为丞相，何为太守，俗同华夏。何只一夫人，连生九子，品格皆属不凡，目皆双瞽，紧闭不开。只有长兄微露一二行，行时皆照序，拉扯衣矜而行，如老鼠尾咬尾泅过溪一般。遇父太守在堂宴客，兄弟必扯为长蛇阵出席前环旋而入。太守怒，欲杀之，皆家人哀劝始免。常集在后园一屋中，不论寒暑，设一火盆，九兄弟日夜围坐盆旁向火，寝食不离。一日，太守只请包劼丞相宴叙，饮酒间，九兄弟仍鱼贯而出，在席前旋绕数匝。包相讶问：‘何人？’太守蹙眉答曰：‘家门不幸，连生九子皆瞽，俟有客来，便出来献丑，任甚关拦不住。早欲尽除之，奈家中男女哀恳，始饶之。谁知仍是不怕，又出来献丑，气乎不气！’

“九兄弟仍环绕未进。包相视遍品貌，出问曰：‘九位贤契都是同胞否？’九兄弟便向前排立，同拜揖了，答：‘是，皆亲手足。’又问：‘九位中有肯离否？’答：‘生死共之’。又问：‘既不舍，其志何图？’答：‘并无别图，惟求婉言放出，归隐山谷，小子之素志也。’包相答：‘容易。’随与太守说：‘放之归隐山

① 讲凑：继续讲，补充说。

谷。’太守答：‘以在家出丑犹可，若外游，九个瞎子有甚本领，势必叫化，怎处？’包相曰：‘月给水菜，则不怕其求乞；交与弟分发，自不至出丑，兄请放心。’

“叩其爱隐何山，长兄答：‘即临近之于山。’包相先邀回府中，款待数日，亲同共至于山。其长兄颇有目，择鳌顶峰傍塔作茅庵，砌作烹煮炉灶，又另砌一大鼎灶。包相问：‘此何用？’他答制炼丹丸，期九瞽得见天日。包相听之调度，随拨一家丁与之使唤。水菜十日一给，用菜不用荤。那九兄弟日令家丁采取诸草，连根入鼎制炼。草采尽，又采诸树枝，药炼至三年，于山上之草木采尽，烧炼化为小九粒丹丸服食。三年之内，包相所送之物无一不受，惟九套新衣服不穿。

“九个分食了丹，令家丁引带下于山，入相府见包相，说：‘丹已成功，特来告辞外游。’又令家丁引带与父母拜别。那太守一见其身上衣服更加褴褛，忿甚，密令十数个家丁，随他到江边，俱推入水淹死。家丁尾随至台江，九兄弟鱼贯而行，同跳入江中洗濯，身皆入水，头现出水面，瞽目皆开，而长兄额上多开一眼。家丁喜甚，招呼之上岸。九兄弟忽变九个鲤鱼，飞腾上天，向南而去。

“家丁回报太守，包相骇甚，赶上于山看其炼丹之物件，皆化为石矣。炼丹井泉如故，包相又遣探事人，由南台访九鲤落何处。探事查访，人皆见九头鲤鱼飞到兴化地方一大湖中，即仙游之九鲤湖也。在湖中游数日，仍变为九道士，至福清石竹山游玩。探事人访至石竹山，遇九道士寄《河洛大衍先天数》，探事人回来呈缴，包相得此仙箓秘诀，遂能推算未来之事。

“是时，无诸王始建筑一都城，名冶城，在冶山下，狭而不广。无疆之墓尚在城外。包相以《先天数》推算，再至五百年后，驺氏之国祚已绝，必增州城，无疆之墓必毁。包相遂奏：‘须除墓面之牌桌、栏杆及翁仲等件，留一阜，可使造城不毁，即将来造宫殿亦不致灭之也。’无诸王依之，即令除去墓面各物，又命开起圹，明看内棺如何。即开入，其缸内灯油将尽，现出驸马所造之谶四句。包相取来看之，乃写：‘包劼包劼，九仙赠礼，保墓不毁，保灯不煞。’旁书‘驸马钟记’。

无诸王自行添油，又命包相重遗新谶。不知当时添多少油，至今千余年不息。那二白鼠是包相续置的，圹内重饬一新，圹外只堆一小阜而已。包相至无诸王薨后，至福州公干，于宏路地方，九道士前来迎入石竹山，不返矣。那包相拨服侍之家丁早已先度去了。无数时，而何太守一家男女并鸡犬白日升天，皆成仙眷。”

正是：云中鸡犬何过，墓内谶文包劼遗。下文再说何事，请再看便明。

第二二八回　仁翰述无诸国祚谶　拿宝追苗顺盗红枪

再说林仁翰言及无疆墓，至晋朝严高刺史增筑子城，围在城内如故。又至五代王氏，建诸宫苑殿又如故，至今入宋再开。“驺氏无子孙，油谁添？遗谶与公祖大人添之。这一添，至七千余担，照油之斤两、年月计算，其灯光又延得二千余年。“太守问曰：“再过二千年，更令何人再添，今快去再开。求老先生大人再立新谶，流传后代与之接添，使万代不竭，方妥也。”仁翰笑曰：“迨[①]弟并非圣贤，安能立谶？”太守曰：“后人无添，油必竭矣。”

仁翰答曰：“故墓有真正穴道，气聚至三十年便好极矣。此墓再延至后代，如气尚聚，自有天造地设出来，令人添油；如气既散，圹堙物朽，留谶何用？公祖大人思度，可有是理否？”太守答曰：“是理。三千年海变桑田，桑田变海，岂有不变更之理？若更立谶，如老先生之博古通今，圹谶更立亦不难也。”仁翰答曰：“言重。弟眼前之事尚不知一二，安敢立谶遗于后世？古之立墓谶，惟子贡为最。若驸马藉道人换骨，略知后事。包丞相乃九仙赠天书方能推算，总不及孔门大圣大贤之道学渊源也。”太守急问：“子贡立何墓谶？”

仁翰曰：“孔子墓无子贡遗谶，早被秦始皇毁之。始皇东巡至曲阜，将毁孔子墓，开圹门入看，棺之外有几，有床，有衣架。衣挂架上，有鞋列于床下。始皇坐床上，先将架上衣由下衾倒持，搭自肩间，比穿[②]之曰：‘人说孔子高，衣与孤亦穿得，亦不甚高。’又将鞋比穿之，曰：‘脚亦无甚长。’见床前几上，有一碗羹，尚有热气起，便讶之。又见几上有字，念云：‘后世一男子，自称秦始皇，开我墓，坐我床，比我履，倒穿我衣裳，行到沙邱而亡。’

“始皇看此谶，冷汗惊出，急走出，即令封圹，遂去；未几巡至沙邱而薨。葬孔子时，诸门人皆庐墓三年，惟子贡六年，多此三年作此谶也。闻近时曲阜修理圣庙，于古墙中开出六块璧来，众以只是六块，随又开出谶云：‘璧有七，王吉怀其

---

① 迨：只是可惜。

② 比穿：穿起来比较尺寸长短。

一。’遂于匠人王吉怀中搜出一块来。原来王吉先开一块，以无人知，偷怀之。若无指名之谶，谁能知其盗去耶？此亦子贡之遗谶。如此等类者尚多，难以尽述。”

太守称：“老先生博学极，不知无诸传至几代而亡？城廓更造几次？”

仁翰答曰：“无诸因何氏九兄弟在于山修炼时化鲤鱼登仙，遂将于山改名九仙山。每年若逢重九时，集群臣宴会此山。有大石樽尚在。此时闽王为驺姓，无诸传驺郢为闽越王。

“驺郢有第三子名寅，年少英勇，精于骑射，百发百中，常骑白马，军中号为‘白马三郎’，邻国皆惧。是时诸变皆定，百姓安堵[1]。惟鼓岭下之大鳝鱼、长乐之恶豹，食畜伤人，大为民害。白马三郎匹马先至长乐除豹。上山寻访，恶豹正在山巅，负嵎食人，被三郎二箭射中腰肋，仍立不倒。连射了二箭，皆中喉肚，又不动。近前视之，原来活豹被射变为岩石矣，其害遂除。现在长乐十七都地方，有‘豹变石’，即当日射豹之古迹也。三郎既除了恶豹，回来再除恶鳝。那鳝长有三丈，大有数围，在鼓山北深潭中，时常出现食人。人虽远离，亦能抢至，咬入潭中食之，似风似箭，极快，人皆奔走不及。三郎挟弓矢至，那鳝正在潭面，即发一矢，正中鳝喉。巨鳝跳起空中，把尾将三郎连马卷入潭中，顷刻人、马、鳝俱休矣。因为民除害，民皆感念，立庙祀之，取鳝鱼之头为香炉。后此炉被红毛[2]盗去。

“闽越王强甚，治兵击南粤，汉武帝发兵讨之。闽越王驺郢被弟余善杀之以降汉。汉封繇君丑为王，其余善自立为王。汉亦封余善为东越王，与繇并处。余善因在台江钓龙起，心有异志，不从汉，刻帝玺自立为帝。汉遣将发兵讨之，繇王杀余善以降汉。汉封繇王为东城侯，徙民江淮间，遂墟其地，闽越驺氏亡矣。无诸墓在南门外，余善墓在北岭下，余无可考矣。

“闽地虚至汉昭帝始元二年，闽越之遗民自立冶县，属浙江会稽南郡都尉管辖。光武二年，改冶县为侯官都尉，仍隶属会稽所辖。献帝建安八年，王朗来奔，侯官长商升助王朗起兵，攻孙策；永宁长贤齐领南郡都尉事，进兵讨平之，遂立都尉。吴永安三年改为郡，领县九，侯官为首也。晋太康三年，改侯官为晋安郡，以严高为刺史，领县八，晋安其首也。维时闽疆土偏安中原僻地，从晋安严高入关多衣冠之族，惟王、郑、林、陈、胡、邱、詹、何八姓其著也。

“以冶城狭甚，欲广其基。太守图画越王南山之势，以咨郭璞，以南至到任桥，北至屏山下，朱笔圈之，令照图建城并作记回复。严太守照造城垣，名为

---

① 安堵：（居民）安定。

② 红毛：旧称荷兰人，后泛指西洋人。荷兰人进入东南亚是16世纪以后的事情。

子城，其无彊墓始在城内矣。严太守又开西湖，以注西北之山水，而灌滋北、西之田。城初造于汉高帝五年，无诸建砌于紫徽堂东北，名冶城。至晋太康三年，太守严高改造于屏山之南，名子城。至唐天复元年，闽王审知于子城外砌罗城，今惟存通津门。至五代梁开平元年，审知又筑大罗城，名夹城。至大宋开宝二年，太守钱昱改筑，大过夹城，南至洗马桥，名月城。自汉无诸至今入宋，城径造五次矣。以上五城皆以砖砌，惟城关乃石造。至明洪武二年①，驸马都尉王恭拆改，全用石砌造，名福州城。并前共造六次矣。其罗城砖旁皆作钱纹，今尚有。此皆闽都建置城池之大略。中间如有错谬忘记之处，原谅勿哂！"

太守即答曰："老先生诚博学大儒！闻此说，顿开茅塞，哪有见哂？"仁翰于早膳后说至午膳，在席中且说且饮，直说至半夜方歇。拿宝听了笑曰："大老爷听了说'开通茅塞'，小太保听了，真个七窍开通，愚笨变作伶俐，今方知父母之邦大根源，可称得福州人矣。油再帮添，财再破尽亦值。"太守笑曰："此之谓与君一席话，胜读十年书也。"

席散，各归房安睡。许太守入房内，见门开，又见一长匣倒在门外，认是后楼上装贮长枪之匣，被人盗去，匣丢在此，急令拿宝查追，不可多人哄动。拿宝正脱衣欲去睡，闻说上房失盗，令去追拿，便顾不得穿长衣，即短衫赤脚入内查看。门直开至内厨房，由后墙门出街，即往外跑追之。那赤脚跑快如风，追有里许，便见有人在前面正跑。追着，其人因迫极，枪套肩上，跪伏于地，连叫："太保饶命。"拿宝低头，认得非外盗，乃本衙内内随跟丁苗顺，便将枪取过，笑曰："原来是汝！既求饶，可回去，随我与大老爷讲情饶汝罢。"

苗顺爬起，跟拿宝由后门，带见许太守。太守见是苗顺为盗，怪甚，道："是外人有敢入此盗窃？"先问拿宝："如何追着？"拿宝曰："由小径奔大路，直赶至南街，便追着。还不知是他，因枪套肩上，跪伏在地哀求乞命，闻其声始认得，遂带回来。念他既知罪跪恳，求老爷恩赐之。"许太守笑谓苗顺曰："汝枪挎肩上，向太保乞命耶？"苗顺曰："一来小人作贼心虚，却被追着，魂先吓散，竟忘偷来，挎来肩上。二来小人是太保引荐，见之自觉愧赧，敢不跪伏认罪乞命耶？"太守笑曰："此乃初犯，并非惯作。"又问曰："此间无数东西不偷，独偷此枪，何也？汝可实说来，便饶汝矣！"

苗顺供曰："小人江南人，志切求官，投帅府效力，经已年余，不能出身②。因求托堂官，婉言提拔。堂官回说，闽福州大老爷有一枝红毛枪③，价值

① 明洪武二年：此处出现明显年代舛误。

② 出身：升职作官。

③ 红毛枪：洋枪。

连城，能致献之，即授标官。小人至闽求太保引荐，先访存枪所在，知此枪匣存在楼上，侦至偷之。因今夜衙内人皆听说闽都故事，小人亦在内栖身，潜上内楼掏[①]枪，开后厨房门而逃，却被太保追着，惟求大老爷开恩饶恕。”太守曰：“不偷别物，只偷此枪，此话谅是实情。但汝有此品貌，不拘在何处，何怕没官做，何必为狗盗去求？今念初头偷枪，二念志切求官，并无他故，三念太保引荐，即将此枪赏汝。有坐堂时持列堂下，前后护卫，出府时执枪骑马先驰。若我满任无官，由汝带去江南进献，不追汝何如?”苗顺即磕头致谢，曰：“有此高厚之恩，粉身碎骨难报。即使无官做，亦不敢生异心，如敢再昧，五雷震死。”许太守曰：“由汝良心。”遂交枪与苗顺，令其供事矣。

正是：若不偷枪求太保，焉得跨马作材官。下文如何分说，再看便知。

① 掏：拿。

第二二九回　苗将军血战退辽兵　暨记室遇盗得良友

回说林仁翰被太守留款不放，听说了闽都建置城池之根源，又留二日，亲送仁翰到到家，并拜会前尚书周启文学士、周艳冰驸马、周新月、淑惠公主林庆云，执礼谦恭，并致添油之雅惠，称谢不已。启文留待太守至晚始回，自此两相交厚。

忽一日宋帝降诏至闽，以福州太守莅任三年，民安物阜，其廉可知，升授河东观察正使，即日赴任。可怜许悠做了三年福州太守，前后所有余囊尽倾于古墓圹内，赴任盘费毫无所措，幸周、林二家馈赠二百两，及各属文武官员皆有赠送，方可起程。惟苗顺跟随，拿宝辞以福薄，不肯追随。太守再三劝谕之曰："汝去有两便，其一汝弟在彼为官，顺去看看，不忘手足之情。其二我子幼少，并无别亲，惟汝当为至亲，沿途可以照看家眷，我怎舍得也！"拿宝听太守说话有理，不得已应许。

家中妻小舅暨都郎，许太守甚爱之，却被拿宝斥逐，不许复入，不胜暗恨。今闻太守升为河东观察，谋欲随去，只恐拿宝不肯，遂谋于姐，向拿宝善言："你此番随太守到河东，一身无侣，何不带吾弟都郎随去作伴？"拿宝曰："带他同去倒好！只是贪财弄坏我们名目。"暨氏曰："前番是借君名色混受财帛，便玷君身。此同带至河东，荐入内衙为掌书记，若贪财帛，是自己名目，与君无干矣。而君命中不宜居财，自己不赚，如何叫别人亦莫赚？"拿宝答，"名色虽是他，引荐总属于我，如何与我无干？"暨氏再三言之不听。因丈人、丈母又言，难以再却，只得背地唤至都郎，问曰："汝要去河东不难，若能改过自新，便带汝去。若仍如前，休怪我之无情。"都郎答曰："从此改过，厘毫俱不敢沾。如违，任从姐夫处治。"拿宝曰："前贪财帛能查得出，今入内衙怎查？我别无取信，惟对天发誓，才肯信也。"都郎曰："要誓就誓，怕什么！"便双脚跪下，仰头言曰："天地神明在上，弟子暨都郎随姐夫往河东许观察理事，如有贪财帛拿回来者，被海贼拿去。"都郎誓毕，爬起曰："今姐夫可信否？"拿宝曰："也

罢了，既誓就是，邀[1]汝去见。”

都郎遂跟拿宝带见太守，言都郎愿随上任，堪为记室。许太守喜之，即留在内照料家眷、财帛。备办二日，伕马已便，一同随护家眷行李起程。一路晓行夜宿，免不得饥渴风霜，来到河东莅任，仍以拿宝为执令太保，苗顺为执戟郎官，都郎为记室。

时值契丹辽主将兵于雁门关，宋帝命许悠领兵抵敌，与辽大战数阵，兵败，只余数骑，城池将陷。苗顺领兵出战，身带重伤而逃。辽兵拥至，苗顺紧护许悠，竭力冒军锋抬架，保护许悠透出重围，匹马逃生而去。苗顺断后，辽兵围住大叫：“宋军已杀死无数，降者极多，汝今孤力难支，何不早来降，免作无头之鬼。”苗顺大声叱曰：“吾乃是天朝大将，岂肯作辽邦犬豕乎？”言讫，挺枪奋力死战，不能得脱。

辽帅耶律休哥在高处，望见有一将，军中厮杀，勇不可当，暗羡不已，传令军士勿发箭，令生致之。苗顺往来冲突，不能得脱。正在危急之际，只见辽兵纷纷落后，原来许悠领生力军杀入重围，救出苗顺。宋军复整，奋力厮杀一阵，耶律休哥大败，引败卒残兵逃去。许悠率兵追赶二十余里，收军。具表达上朝廷，宋帝升许悠节度使，苗顺为镇北将军。又奉谕旨查察军中有勤劳者，另册叙功，无勤劳者仍旧。节度许悠将曾拿宝叙入功册，表奏为太保骑都尉。拿宝闻之，再三向阻。许悠问故，拿宝答曰：“平生福簿，恐消受不起。”许悠不听，具表进京。

未几，太保骑都尉之官诰颁到。适拿宝在衙内同都郎饮酒作乐，忽家人将官诰送入，拿宝令都郎揭开来念，内谕旨道：“查执令太保曾拿宝，守御军垒，小心谨慎，堪以升授太保骑都尉。”正读至此，拿宝酒初入口，闻此不觉大笑，酒噎于喉，气不能通，刹时梗死。都郎忙放下官诰，向前抱住，遂僵于都郎身上。许悠闻知赶至，气已绝了，一家皆痛哭之。

许悠想起前言，追悔无及，欲以美衣殡殓，都郎阻曰：“先姐夫一世福簿，不宜厚殓，只用布帛。”许悠不听，因都郎再三说之，其绸缎才换布帛。又以原旗、金将放入棺，都郎又阻曰：“旗可放，惟金不可。他既一生命簿，死后焉能执此金，断不可放入。”许悠曰：“此不过尽吾一点之心，有何不可？”都郎再三说之不听，只得背地将纸贴金，糊一假元宝抽换，人皆不知。棺即封贮，遂设灵位，延僧礼谶，逢七祭奠。时苗顺分戍别州，闻讣奔至，如丧考妣，代之挂孝。奈汛地责任甚重，不敢再留，拜辞回镇。许节度欲将拿宝之官职与都郎承

① 邀：带领。

袭，都郎以无亲人扶柩回籍，待自己运棺回去再承袭。

原来楚宝在河东为县宰，历过二任，因彼时河南北与辽战斗不休，其县宰运粮不便，办差无日安闲。楚宝囊橐既充，告疾请休，已搬家眷回闽，及拿宝至河东时方知也。

却说许节度商议运棺回籍，因闻陆路响马甚多，由水路稳当。随查福州有青果船[①]，货已归行[②]，空船回去，现已招客附搭，遂雇搭之。许悠拨家人阿橙送都郎回闽，仍随都郎回来袭职。经查拿宝之箱囊所有，只数件破旧衣服，银钱分文具无，皆笑其清廉之极。孰知都郎随任年余，实抓银五千有零，实由许悠造就之。及期，苗顺差官送赠盘费五百两。许悠赠一千两，至闽交与拿宝妻子收入；又寄银二百，遂还周、林两家前借盘费之项；另备路费银两。将赠拿宝之银装作两箱。都郎之大箱、大笼共十五个，一同随棺柩起运。由路到大江道头，登船开驶。

那船中先搭一客，姓席名中虚，系福建兴化人，年才二十六岁，生得俊雅飘逸。一见都郎亦清秀，暗羡其貌比子都，欲与交契。奈其常在内舱。那日出来拂拭官柩，将入，中虚忙把手牵住，笑而问曰："兄台何不出来叙叙，日在内面，岂不闷杀?"都郎答："不敢高攀。"中虚犹牵之不放，被都郎硬扯脱。入舱，取一金锣盆[③]在船面洗手。中虚近前，将金锣盆持起，丢于海中，都郎大喊曰："君知此盆价值若干，敢丢于海中耶?"中虚笑曰："不过是金价三五百两为则，小弟虽不充裕，亦能赔得起。只笑台驾年轻，初次出门，不识时务。金银岂可掏[④]出来刺人眼目。弟虽说赔得起，自用还是柴盆洗脸，岂不见耶?"都郎闻此，拱手曰："多承指教，岂敢望赔?"言毕，即入内舱，不敢再出。

船行十余里，至洋面，歇在山岛，水手造饭。忽听得一声喊，贼船拥至，拢近船旁，各执刀斧过来，喊曰："不劫船家别客，只劫运柩之金银。哪个是押运的都郎，快快出来！与汝说话!"时都郎在内舱，闻贼至，惊[⑤]得半死，却被船中水手背指与贼知，遂入内舱揪出都郎，共曰："汝是许节度衙内之掌书记暨都郎么?"都郎答："是。"众贼曰："快将人送赠棺中人之金银献出再讲!"都郎答无。众贼举刀吓之，都郎只得认有。入舱内移出二箱，与贼开看，俱金银。问："共若干?"答曰："一千五百两。"众贼要劈棺，都郎问何故，众贼曰："闻

---

① 青果船：贩运新鲜水果的船只。

② 归行：进入商行（仓库）。

③ 锣盆：洗脸盆。

④ 掏：拿。

⑤ 惊：吓。

得棺内死人，手执一锭金，重二十余两，要取之。”都郎曰：“一锭金并未入棺，求勿劈。”众贼曰：“吾闻许节度有一锭金收入棺中，汝怎说没有？莫非汝落了此金，不曾入棺，好好说来，免汝一死！”都郎哭而答曰：“实有此事。我因见一锭黄金二十余两，若放入棺中，甚是可惜，以金纸做假的放入棺内，将金换出，此是实话。”众贼曰：“金既换去，可取来。”都郎无奈，只得入舱中取出，递与众贼。众贼看了，曰：“真是好金！”拿与众看，又道：“若是假的，再来劈棺！”遂相率下船而去。

通船人面面相觑。中虚曰：“众贼如何得知真实也？”令水手快开船远离，恐其又来。正开船间，众贼又赶到，喊曰：“且慢！还有暨书记家私家银未献出。”说讫，过船拖出都郎，令献出自己私囊。都郎惊甚，只得入舱，移出一箱，内约有五百余两献之，贼曰：“可还有么？”都郎答曰：“私家只此，无有再献，求大王谅情。”众贼曰：“十分未献一分，谁被汝骗耶？”都郎再三说无，众贼曰：“汝不自献，我来动手去搜，必累及别人。汝自献出，免我下手动刑。”都郎哭说：“实无了。”众贼欲以铁箍来箍，内有三四个说：“拿来作龙阳君，如不献出，再用铁箍。”众贼道：“妙！”将都郎剥得赤条条，欲于轮头轮奸之。

那船内舵工水手吓得躲入内舱。阿橙惊倒在边舱，惟席中虚胆大闪在船旁。见都郎拿去剥衣行奸，正在咬牙痛恨。忽船舱里，滚出一阵狂风，抢出一人，左手执金，右手执旗，立于船头，把旗一舞，只见众海贼俱翻落水。那执旗人走于贼船，其船自流回头去了。中虚见贼俱落海，走出，见都郎赤身在于桅旁，已惊死去①。不胜怜之，抱入内舱，代他穿了衣裤，又去取茶灌之。即叫舵工水手赶紧开船，恐贼又来。被贼赚出之箱尚在船面，亦代他移入。心上亦知那执旗的是鬼魂出现来救，俟他醒来，一问便知。

正是：若是亡魂不显应，却叫郎体受磨污。且听下文分解。

---

① 惊死去：吓晕了。

第二三〇回　席中虚究问海贼供　暨都郎闲谈既往事

却说席中虚见都郎昏迷，取茶灌之，众水手方敢出来开船。又听得连声喊贼，中虚又惊，赶出来看，却是水中有贼，由船尾欲爬上船。众水手以竹篙戳之，那贼喊曰："有投生，哪有投死？容我爬上通气[1]来说。"席中虚曰："只一个无能，且容他上来，把绳来捆住，问了来历再议。"

那贼即爬上，任被绳绑，喘气不定。中虚问曰："汝一伙强盗，是初做，还是久做？怎知棺中有金？怎知运柩之人有许多银？实说来放汝。如不实说，连绳都推落海！"那贼歇了一歇，说："我们原来不是贼，都是讨海捕鱼之人。因有乡邻一名李猴，在河东帅府中充当水夫，数日前来讨[2]我们商议，说府中有某太保被酒梗死，手执一锭黄金落棺。许元帅并苗将军赠太保眷属银若干。运送之亲人，乃掌书记暨都郎，有私积银若干。其棺由海运，不日由此经过，不须搜劫别客，只劫此，大足意了。

"今日运棺船由前山经过，我们遂会十八个，各带器械下船。另带一小舟，令李猴先驶至浮山岛等候，恐有人认得，不敢出来，只在小舟听候。我们一十八个驾船追来，因得有千五银、一锭金便喜，忘记押送之人私积，船便回至山后。李猴说：'何不再劫？'众说：'已足意可罢。'李猴便骂：'小庙鬼[3]！'又说：'某书记即管拿来，如不献，摆弄之，自会献出来，分之才有许多。'我们被其催赶，将先劫之二箱银、一锭金搬在小舟内，又驾船来劫凑。谁知贪心不厌，却被执旗之神明出现，打落海。十八个都泅上山，至山后与李猴说：'那执旗、金者即是某太保，出现来救护，不可再去！'言犹未了，忽见原船流至，那某太保出现，执旗、金立于船头上。我们十八个即惊，都跳落水中。惟李猴不能泅水，躲在舱底。

---

① 通气：喘口气，休息。

② 讨：找。

③ 小庙鬼：福州俗语"小庙鬼没见过大猪头"，指人没见识，容易满足。

"我先跳落，泅至沙坡，回首看那小舟，被某太保旗一挥，即刻船沉水底。那十七个都将泅至山，又被旗一挥，反流至海中沉没。忽起一阵风，连我也刮入海中，幸我水仗[①]独好，奈力绵不足，泅不得拢山，被水淌至此船旁，幸爬上通气。"席中虚听了，又问曰："汝亲眼看那十七个同李猴都淹死了，先劫之金银都沉没水中，此是真否？"那贼曰："惟我水仗好，都致半死，他们还不受死了？小舟既复，李猴还不死？金银还不沉底耶？"

中虚曰："他心毒，银已劫去，还来要强奸良家子弟，故某太保不忍，出现致于死地，谁可怜他？"那贼曰："就是人心不足，想作此更无天理之事，故被水淹死，尸被鱼食。"中虚问曰："汝岂无份耶？"那贼曰："我已五十余，家中现有妻子，怎作强盗？此番因有船，被他们硬拖入伙。若不去，他会齐要杀我，臂已砍伤，痕现还在。他们要轮奸，我故不敢动手，避去船尾。故有天眼，十七个都死了，惟我有命，惟船漂没去矣。"

中虚同水手验看，其手臂果有刀痕，裂开寸余，皆信以为实。中虚曰："据汝说，情亦可原。今天已黑，放汝上山。"那贼曰："此山环海无路，求带至对面山脚，便有路去。"众水手即赶开[②]至对山放去。船再行到有人烟稠密之处，泊住过夜。中虚取火入边舱看阿橙，谁知他惊出病来，呕吐不堪，取茶饭亦不能食。又入内舱，见都郎昏迷始醒，爬起泪曰："兄台，小弟梦想不到，此贼再回来凌辱，谁人将弟解移于此？"中虚曰："令姐夫灵魂出来救护，众贼皆淹死于海底。吾兄犹幸未被所污，虽失若干银，亦不幸中之大幸也。"

都郎闻而讶曰："小弟彼时魂魄皆无，已死去人事不知。兄台未曾会著先姐夫，怎知他来救护，众贼皆淹死耶？"中虚曰："此乃有扯线之人，与贼众通知，故贼知之真实。"遂将那贼所说之前后因由述了一遍。都郎曰："原来是那李猴狗子扯线，淹死还算便宜！"又曰："先姐夫他既能显应，何不早来出现，待伊再回头始出现耶？"中虚曰："万恶淫为首，起先那贼只劫银去，不想作此勾当，再回头来，便有此心意。怒及鬼神，故不饶他。如此作恶，银既无，命又无矣。起先亦是吾兄台应破此若干银[③]，后以是不应死，故令姐夫显应来阻之也。"都郎闻此，方悟前发誓，以为如说笑话，姑说之，谁知此日报应，毫发不错。想至此，不禁毛发皆竖，幸得亡魂显护，不然身辱财空怎处？

自此遂与中虚寝食不离，日夜谈心，亦将其从前拿宝不许其乱抓之情由，

---

① 水仗：水性。

② 赶开：赶紧开船。

③ 应破此若干银：该损失这些银钱。破：破财。

并对天发誓之语，皆与中虚说知。中虚笑曰：“今吾弟财能看破否?”都郎答曰：“今岂有不看破之理耶？莫说及看破财，言及前事，皆心灰矣。回家即削发为僧，远遁山林，以避烦恼。”

中虚曰：“心若肯灰，何必一定为僧！惟弟貌如子都，今之和尚，哪个想修身修行？一入禅林，便引作浮荡子弟，唱《后庭花》矣。至家后，为兄邀弟去同隐，自有羲皇而入之世界，长安长乐可好么?”都郎曰：“若肯携带，幸之至矣，怎说不好耶?”中虚曰：“好极，好极。至家时，即效尚子平、禽子夏之向迹也。但弟貌如处女，闻许节度宠弟如青衣红线，江水洗之难清也。”都郎曰：“人人都疑，难怪兄之不疑。许节度乃好色不好淫，常将弟比作莲花，只可远观，不可亵玩也。”

中虚曰：“毕竟作大员有心德，关睢乐而不淫，有以也。弟不知为兄之来历，今须说明。为兄名席珍，中虚乃别号。十八岁便在湖海为商贾，十九岁入泮，二十一岁中二甲进士，即授部官。因丁母忧回籍。服未满，父服又接，今将服满进都。因思为官荣必有辱，势所不免。为商得与失难以逆料，有福必有祸，理之自然。名利原属火坑。现在家中诸伯叔兄弟，皆通商贾两途。愚兄因父母所迫，无意黄榜，悔之无及，故此周游天下，一心欲讨有合意之人同隐。今幸遇吾弟，平生之愿遂矣，抛却名锁利关。”

都郎闻之，讶曰：“原来是雁塔题名之大缙绅，小弟不知，多有得罪。此番从何而来?”中虚曰：“有舍侄在河东开绸缎店，因游玩天下名胜，顺往看他。寄有黄白千余，适搭与弟同船，实乃三生有幸。惟笑那伙强盗，既到不搜。如入舱来搜，愚兄之黄白逾弟数倍，若被劫去，虽不致穷，归见兄嫂，亦自愧怍。再看此番，心倍灰矣。”都郎曰：“兄既有此，何不带一二纲纪，途中供伺作伴耶?”中虚曰：“兄之癖与人大不相同，平生喜独行，不喜邀伴侣，别人皆不合意。先前带一二伴当，因路上惹是招非，反遭其累，故后只独行，均属如常。”都郎曰：“既喜独恶众，何又欲带小弟同隐?”中虚曰：“爱松不高千尺，恶竹须去万竿。喜独之间，原因爱恶之别也。”都郎曰：“原来如此，承兄不弃，小弟从命奉陪。”二人自此无日无夜不促膝谈心，不知船行何日可得到家。

正是：只为同舟成知己，皆由被难结相知。且看下文如何分说。

第二三一回　学云游二士乐泛舟
救瘟疫万民欣感戴

却说席中虚与都郎二人在船中谈心，不知船至何所。谁知遇风不顺，行有半年，才抵福州内港。船既至白龙江，都郎先上岸至家，见门被官封锁，惊讶，不知何故，即向近邻访问。

原来父母于六年前病故，信寄无到。长兄在衙门充当书吏，去春因得赃，盗供及，案破斩决，家产没官，家破人亡。还有兄、三嫂及男女侄人等无家可归，借居庙宇，赤贫如洗。曾家姐及诸外甥，六年前因叔楚宝辞官回闽，即迎接嫂与侄回南屿祖家矣。现在时常遣外甥来周济困乏等情。

探明，即遣人去报知运棺等情事。都郎回船，与中虚说知别后家中遭际之惨情，中虚叹曰："人为财死，皆因知进而不知退，知满而不知覆故也。"都郎将五千余银两留一千与曾家姐，尚有四千余，并金银、器皿、衣服，尽交兄，自不留一物。中虚自取带之金锣盆以赔前丢入海之原物，统交其兄。都郎亦不拦阻，只言："怎的如是?"中虚曰："前既言赔，岂可言而无信也?"

且说楚宝得信，与其嫂并侄等披麻穿素，沿途哭来接棺。都郎俟其哭止，将拿宝听念官诰、一笑被酒梗死，所赠之银，尽被海盗劫去，执手之金，若不私抽在外，早被棺木劈开等因说了一遍，楚宝泣而叹曰："福薄至于如是，生不居财，死亦不免。"都郎将所留之一千银交与姐，中虚亦取出自已囊银五百赠之。楚宝问知是进士出身，拉手言谈不已，订另日再请至家谈叙，说毕分别。都郎又将寄还周、林两家之二百银并信送去。周、林将此原银转送曾家为祭仪矣。恰遇海南便船，遂修一书，趁阿橙搭船北回之便，托其带给许节度。

事已开发[1]，回与哥嫂言曰："将此银置买田产，省俭，可保数代衣食；若贪心，再当衙门[2]，一代难保。弟今同席进士去游玩天下名胜。"诸哥嫂欲留娶了亲去，都郎曰："有侄，不须再娶。"说罢回船。夫既讨便[3]，即于是日，二

① 开发：处置。

② 当衙门：在衙门当差。

③ 夫既讨便：脚夫已经找好了。便：停当。

人由路向南而去。暨家不当衙门，迁于乡村居，为田舍翁矣。其令子弟自己耕种，安分守己而已。

那阿橙回至河东帅府，说知强盗抢劫，又将欲行轮奸，太保显魂击贼落海等事，许节席曰："清白之子弟，几乎被强盗所污。太保生前义侠，凛凛可敬，死后犹能除精除瘟，并保护其亲，英灵不泯，可谓壮哉!"遂查李猴是何人保人充当水火夫[1]，要将保人斩首，幸保人已死。惟令将现在之水火夫尽行斥逐不要，另招城厢妥当之人充当。阿橙退出，闻许节度所说太保曾除精救瘟，并不知何处所为，不敢问知，随至外面查询，始知根由。

原来本州离城三十余里山溪间，有一禅林。寺后乃大溪潭，潭心突起一岩，形如莲花座。每年四月开，有准提佛母[2]降临于莲花座上，远近之男女都赶至进香，盛于泰安州、普陀岩、武当山等。人皆不敢近前，只拥在潭旁拜望。只见那佛母十指如棕榈分展，两眼如日月并明，遍体金光，满座紫雾。贫者惟进香，富者奉珠宝。和尚早备便一个三四岁之男童为香幡佛子，斋戒沐浴，佛降时，渡筏送至潭心岩上立于座右，余外并无一人再近佛旁。其佛只降一日一夜，前半夜降临，至次日半夜，便度带佛子而去，年年皆如是。许节度因莅任未久，不知其事。拿宝在于内衙，亦不知情。

那日运回拿宝棺柩，正由寺前经过。恰值佛母降临之日，人众正在拥挤望拜，和尚正在收纳财金。只见一个执旗、金之军官浮行水面，至莲花座上，将佛母拿按岩下，拔青水草将其捆缚住，军官便不见了。众人惊疑，有胆大的近看，所缚却是一个毛蟹，身如斗笠，脚大如铁钳，目凸似铜铃，壳厚如铁甲。人众惊慌，面面相觑，始知毛蟹成精，出来变佛骗人，作成和尚得财，至抓童男入潭去食。今年之童男有命根，造化得免。此时那跪拜的各自慌忙爬起走去，那奉财宝的亦各自收拾回去。寺内和尚见如此情景，亦各惊讶不止。众人又拟议说："此毛蟹精无千年，亦有数百载，成精变佛，亦有神通，如何这般容易伏降，听之缚住，现出原形？惟此数条草，怎不能挣脱也?"内有一个明理的答曰："粗芦缚鳌，青草缚蟹，一物治一物也。精虽有法，邪不胜正，自然原形现出。惟不知执旗、金的是何处神圣，特来收除妖蟹，恩泽不浅。若不来破，害童男之命，花轻信之财，无所底止矣。"

内有一二个接说曰："君既如此说，何亦轻信，亦花钱耶?"那人答曰："惟我不信，亦无花一钱。年年来看，早笑大众不拜自己家中之活佛，来拜这忽有

---

[1] 水火夫：做挑水烧火的粗重杂活的佣工。

[2] 准提佛母：佛教的菩萨名，通常称准提菩萨，农历三月十六日是其诞日。

忽无之佛。”一个人又问曰：“君既早知，何不说破？”他又答曰：“我年年都有说，奈他们不信，反以我为亵慢佛祖，其奈他何！”

又一个说：“那执旗、金之神圣，汝众俱不能知，惟我知之。”众共说：“既知，快说出来，好去请官殄除妖怪，答谢神灵。”那一个曰：“我时常挑柴至帅府，见一执旗、金之堂官，乃是曾太保。闻其极清廉好义，已于前日亡故，今日见其行动[①]于水面，酷似其生时形象，必是其魂魄出现，来除妖蟹无疑矣。”众共答：“不错，不错！那太保在帅府已死，今日运柩回籍，由此寺前经过，见有妖怪，故来收之。”众共说：“既知好极。此事寺中和尚妄得人财，害童男之命，亦有大罪，不可被他走了一个，只须地保去报官，官便来查，不关汝我之事。”

众遂遣地保去帅府投报。许节度令地方官带军士将蟹精同通寺[②]和尚拿解来验究。诸军将大蟹加上铁链扛抬，并僧人一同解进。许节度坐在大堂上，见蟹精形状丑恶，嘴犹吐沫，笑曰：“惟汝有许多脚，冒作准提佛母倒象，亦是天仓满[③]，遇我太保，只用数条草便收伏。惟汝在潭中，自有鱼虾作食，缘何敢惑众食人？今日被捉，是自取矣。”

问众僧曰：“此妖蟹如何行为？有几多年了？童男是何处而来？每年得多少人财？寺中有多少僧众？”僧供曰：“此事亦不知何代而起，小僧乃是接流师父[④]，共为之十数年矣。其童男是贫穷之儿子，他自愿卖为佛徒。惟一年进香，虽有二三百银，亦只敷一年用度。通寺僧众共五十个，自古及今，皆以真佛降临，不知是此妖蟹所变。今日被太保显圣收伏，始知此事，实与僧人无干，望大老爷谅情。”许节度骂曰：“一起秃驴，借妖怪名色，不知骗了多少银钱。蟹精虽能变化，何能说话要童男，又要招人进香？都是汝秃驴助纣为虐，将妖怪装出十分灵现，蛊惑愚民花费，纳于私囊。本院体上天好生之德，只将为首的问罪，余皆发放还俗。将寺拆毁，以为民田，寺产抄充兵饷，将妖蟹发出辕门烧毁。”先将众僧收禁，又将前后事修成一本，飞奏朝廷。宋帝览奏，依拟施行，加封拿宝为旗金太保。许节度接到批旨，即照结案。

彼时乃争战之秋，常有瘟疫流行，十家九病，无法可施。内有一陈姓者，病在床中，被瘟鬼勾到大船上，见船上之人已重叠满船，难以再填。其鬼取出

---

① 行动：行走往来。

② 通寺：全寺。

③ 天仓满：命该绝。迷信者认为每个人一生该吃多少粮食都有定数，谓之“天仓”，天仓满就该死。

④ 接流师父：从师傅手上承接过来的。

一条长竹，将竹串入陈姓之口，直透屁眼，把竹扎作一圈，吊在船尾。其鬼又去勾人，那陈姓脚手悬空叫喊，又串一李姓，掷于船面未挂。那李姓两目犹能观看，见船上只有四五个鬼卒看守。忽然有一个军官，头戴绕包，身穿龙袍，脚踏皂靴，左手执金，右手把旗，来至船旁岸上，将左手之金递与鬼卒。那鬼卒看见是金，来抢，那官军将金抛于岸上，数个鬼卒一同上岸拾金。那金在地下会跳，愈跳愈远，数个鬼卒齐去追赶那金。只见那军官跳上船，拔起碇[①]，将船开到彼岸，把堵板[②]开起，将旗一挥，各堵中重叠之人随风涌出，如蚊上岸。惟有堵底之人不能转动，军官把旗入堵引之，方能上岸，一涌而散。又至船尾解放竹串之人等。那李姓的亦得放上岸，回头见那军官，独驾船出洋而去。那拾金之鬼卒尚未回来。

原来被勾许多人，乃是城厢内外并远近各乡病笃之人，病在床上，魂魄被鬼勾去船中。因船未开，病人气尚未绝，被旗金太保放回，个个立刻发出大汗，死里得生，如梦初醒。皆知被鬼勾在瘟船，蒙执旗金之军官放走了，不一二日痊愈。惟压倒在船底的，不能即愈。那几个竹篾串的病得异样，陈姓的不能侧身，日夜只仰天，脚手弯曲，身如元宝锭，人昏迷不省人事，口与肛门水滴不休。那李姓的犹能侧身，及痊愈出街，与人谈船中许多情状。内有数人在船中已会过，好时犹认得。一船有千余人，共说是一位军官救放回阳。再闻李姓说其救之始末情由，方知是旗金曾太保，无不感戴再生之德。此是阿橙查问，众人皆说如此，方知节度所说除精救瘟之言也。因此河东无不雕塑旗金太保之像供奉。

后灵柩运来福州，因火灾，有人见有执旗、金之神立于墙头，把旗一挥，火辄息灭，数次皆然。又有人染患时疫，魂被勾至半途，却被执旗、金之神拦夺回头，病人口中自说出，病即愈，数家如是。人都知是拿宝显圣救拯灾难，人无不感激之甚。人众正在商议报德，有人由河东回来，说拿宝收妖救瘟，加封旗金太保，各社皆塑像奉祀情由。诸乡老再闻此情，立即捐钱，妆塑神像，一同奉祀于各里社神庙中。现在各境[③]之大王庙内，左旁立之执旗、金者，即曾拿宝也。

正是：万民感戴再生德，二事犹存闽志中。再说何事，且看下回。

---

① 碇：锚。

② 堵板：舱板。堵：船舱。

③ 境：里社，以民俗信仰的神庙为中心的村落或社区。

第二三二回 郑性之画马祀灶神 猪急使讨肉结仇怨

前回说曾拿宝显圣，民人塑像，奉祀庙中，立于大王左边。那右旁立青衣手执甘蔗杖者，乃猪急使，后拿宝二百余年之人。乃是南宋时，安泰桥上右边第一巷，早名“急避巷”，今改吉庇巷，俗呼桔皮巷。巷口有一猪姓之屠者，因性急，名急使。身高力大，宰猪不论大小，皆是自宰，不用人帮手。若去乡间买猪，一二十头，亦只一人自逐①。惟执蔗杖，猪见他不敢把尾翘，便驯驯跟随而行。

一日，在北岭里买二只猪，各有百余斤。正逐至岭上，晡时雨②将至，猪行又慢，催赶之，二猪倒③于岭头不行④。急使心急，恐有大雨，即将二猪后胶对缚连接，举搭在肩⑤，急跑下岭。刚至饭店放猪落地，倾盆雨下，人见之无不称其异人。猪有病不用药，只将背脊摄摄，腹肚捋捋，无不立愈。猪若走失，亦不须寻讨⑥，只在门口吼之。去再远，听其吼，自跑回来。若被关去，闻声亦自能钻出、跳出。银能赚不能聚。人若待之好，银钱被其挪用不算；待之不好，一毫不过。在巷口开一肉桌店⑦，无别人，惟妻郭氏帮理。

本巷有一秀才，姓郑名性之，惟有妻陈氏。因命运坎坷，贫至如洗，大屋卖却，只留一间，隔为二堵⑧。每日出街，乡人皆指笑说：“秀才能换半斤鲄⑨，还摇摇摆摆作甚么，现成乌龟何不做？”因性之至鱼货店赊半斤鲄仔，

---

① 逐：赶（猪）。

② 晡时雨：雷阵雨。

③ 倒：卧下。

④ 不行：不走了。

⑤ 将二猪……举搭在肩：把两只猪的后蹄绑在一起，搭在肩上（扛着走）。胶：脚，本字“骹”。

⑥ 寻讨：寻找。

⑦ 肉桌店：卖肉的铺子。

⑧ 隔为二堵：分隔成两间。

⑨ 鲄：小鱼干；也说“鲄团”。本字“蕘”，或作“鳑”。

持出店被店主夺回，不赊故也。性之虽贫，青云之志不坠；被人凌辱，皆怀恨在心。衣服只一套，夫妻二人轮穿。夫在家，与妻穿作事，夫偎铺①；若出门，妻偎铺。

时值新春，乡中有高家持帖请春酒②。性之只有外面一领旧衣衫，内之套衣皆妻之女服，穿于里面，去高家登席。厅上排列八桌，性之同邻人一席。谁知皆是刻薄子弟，知性之内穿女衣，待席将散，将一金杯存③别处，便闹谁人偷怀，来搜同席之人。故把别人先搜，七个皆解衣搜遍。搜至性之，性之衣服不肯解，自认有偷，已挈回家中，待回去取还。众曰："未离位焉能出脱？人都搜过，有独不搜之理？搜无便罢④。"七个同上前，硬将性之衣带解开，再解套衣，现出女衣并绿布裤，众皆拍掌大笑。性之怒曰："有甚好笑！不过一时贫而无衣，穿自妻之服。"言讫，拂袖而归，与妻说知。陈氏曰："不过妻之衣，又不是偷的，管他笑，只恐笑卢杞将来重整清风堂，把所笑之人都拿来泄恨。"盖其卖去之屋有一所名清风堂，言有日得志，赎回旧屋，重整此堂，为报恨之所也。

因此，诸乡邻皆知性之一套衣二人穿。又闻其妻有姿色，欲看之，无门可入。

时炎夏，有四个邻家刻薄子弟，探性之出门去后，故意将三只白鸽塞入屋内，便打门喊曰："郑秀才，有白鸽飞入汝屋里，烦开门与我进拿。"那陈氏赤身在后堵⑤，不敢出，只答云："家夫出门去，可自进来拿。"四个即拨开门，故意喊："白鸽飞入一只在内房，烦代拿。"陈氏答："并无白鸽入来，可去外面寻讨⑥。"四人说："明看飞入，怎说无有？自进去拿，莫怪！"四个一同推门拥进。原来房门乃破席，上面用纸褙的，一推便开。那陈氏赤体连内衣都无，没处存躲⑦，只将破棉包遮。刻薄子故作寻讨样式，便指曰："此一只白鸽被秀才娘包床里，快放出来还我！如不放，要下手来搜！"

陈氏知是刻薄子弟，便带笑曰："要搜不妨，惟不知此四位是何处来？如邻近之乡里乃自家人，无关紧要，自下床与看。如是远处，怎肯下床？"四个答曰："都是近邻，怎认不得？"又问："果是近邻，可说出名姓，便下来。"四个

---

① 偎铺：躺在床上盖着被子取暖。

② 请春酒：福州习俗，正月初亲朋好友互相宴请。

③ 存：藏。

④ 搜无便罢：搜过没有发现赃物，就算了。

⑤ 后堵：里屋。

⑥ 寻讨：寻找。

⑦ 存躲：躲藏。

要看其赤体下床，即将真名姓说出。陈氏又带笑曰：“果是近邻。”即掀起破棉，跳落床下，站住曰：“祢正平①有言：‘父母之清白’②，怎不敢见人？’即请慢看！”随取一破蒲扇煽风，那四个看了一会，自言曰：“今日寻看玉琵琶，死亦愿矣。”陈氏又曰：“好看，即后来清风堂须认。”四个便笑而走出，白鸽犹掷在房。陈氏把此事存忍，不敢与夫说知，惟将四个之名字记于簿内。

至腊月念四③日送灶君上天之日，性之去告贷，空手回来。既暮，由猪急使店前经过，见有猪肉排挂着，急使不在，惟妻郭氏在店，遂进店称回④一块，说重斤半⑤应钱若干。性之接肉，便走出店。郭氏曰：“无钱怎将肉拿去？”性之答曰：“钱待三十晚并前欠一起还。”答了持肉回家。须臾急使回店，查问：“卖去若干？”郭氏答，郑秀才赊去斤半，又某某赊去若干，现卖若干。急使骂曰：“某某来，可赊的，惟那破赖秀才，肉情愿丢与犬食，亦不赊他！新旧共欠数十两，催讨一钱不还犹可，还骂我‘文人食汝屠宰卤夫之肉，不还钱亦平常’。他说此话听得几句！怎的又把肉赊他？”急使愤甚，将去殴妻，有二三个邻人，近前劝曰：“我们同在店前，看见汝嫂何曾肯赊。他一面答三十晚总算，一面走回去，汝嫂乃女流，怎便赶去夺回？莫冤屈汝嫂。”

急使闻此，便去郑性之家，唤出性之，问：“有在我店中称肉否？”性之答：“有。”又问：“称多少斤？”答曰：“斤半。”又曰：“记簿内数三斤，汝说斤半，还有斤半无人会⑥，肉快拿出来，看看便知。”性之不拿出，答：“已落鼎⑦去煮了，就记三斤何妨！”陈氏在内曰：“多还多，少还少，哪有以少作多，真真⑧将来不要还钱耶？肉已煮熟，可进捧出与看，便明白矣。”性之进内捧出，放桌上，指之曰：“只块⑨看了便知是否斤半。”急使将熟肉拈起曰：“斤半不错，只是肉钱谁收？”性之曰：“曾对汝嫂说了，三十晚并前数一起算还。”

急使瞪眼曰：“汝这主有肉再赊⑩？情愿拿回与犬食，还会摇尾。”一面说，一面将肉拈⑪回。至店，放于砧板上切碎，丢撒街上，众犬皆抢食。人众笑曰：

---

① 祢正平：三国时期的名士祢衡，字正平。

② 父母之清白：意思是“父母给的清白之身”，语出《三国演义》第二十三回。

③ 念四：二十四。

④ 称回：买回（肉）。

⑤ 斤半：一斤半。

⑥ 无人会：没人认账。

⑦ 落鼎：下锅。鼎：铁锅。

⑧ 真真：真的，当真。

⑨ 只块：这块（肉）。

⑩ 汝这主有肉再赊：肉哪能再赊给你这号人。

⑪ 拈：拿。

“果乞犬食，还会摇尾。赊与他，多添无数气怒。”那性之肉被夺回，犹不在意。惟妻陈氏眼泪长流，曰：“岂有此理！肉已煮熟，犹作局夺回，犹说情愿与犬食。今夜祭灶一物俱无。将来清风堂上，一定拿他先开榜，方消此恨。”性之曰：“无物凑，只一物亦不成礼。我自有送灶君上天之物，来年回驾，必锡祯祥矣。”性之随取纸笔，自画一匹马，马鞍旁插一只鞭，连手[1]题诗四句。曰：

一匹乌骓一只鞭，送君骑去上青天。

玉皇若问人间事，为道文章不值钱。

题完点香烛向灶前焚化，夫妻同拜，拜完上床去睡矣。

至来岁皇都大比，性之遂去长乐祖家，告赠盘费。族中因赴京会试，不得不取祠堂银[2]相赠。彼时乃南宋宁宗嘉定年间，帝都在浙江杭州，近甚，所赠之银，盘费并家用不乏。新春至临安，场期入闱，性之遂中进士，殿试第一名状元，即入翰林，旋为江西抚使，接妻上任。未几即寄银与族人赎回旧屋，整理清风堂矣。性之未数年，即入为宰辅加宝章阁侍制，衣锦还乡，夫人同归故里，见清风堂重整，大喜。性之亦忘记旧恨，因夫人取出当年曾欺辱他们的邻人各姓名记簿，性之看都记得。惟四浪子闯入看陈氏赤体，不知因何，问之始知。

次日即去拜本州抚使，回来由巷口经过。猪急使正在店中切肉，见性之坐亮轿而过，以手中刀指与妻曰：“前之郑秀才能到此地位耶？”却被性之看见，即令左右将猪急使拿带拘押清风堂。随即向本州借数十名差役、皂班，密令去拿簿内有名之乡人，须臾俱拿至。性之坐于清风堂，夫人坐在帘内观看。

先押猪急使上堂，喝跪，性之问：“可认得我么?”急使答：“认得。”又问：“可知罪么?”急使即答曰：“前欠未还，肉不再赊，讨回原肉，亦无甚罪。”性之喝曰：“谁究汝当日肉不再赊，只究汝眼前青天白日持刀睥睨大臣一罪。”说讫，不容再说，即喝令拖下责打。众皂班举起大茅竹，将急使按下，立地打死，令将其尸拖出大门外。

又令拿七个狂徒上堂，性之问：“可认得我么?”七个答：“认得”。又问：“知罪么?”又答曰：“想无别事，惟那年同席饮酒，因东家失去金杯，各人都搜过，亦来代搜，此有甚罪?”性之喝曰：“谁究汝当年鄙笑之事，只究汝七狂徒现在诽谤大臣之罪。”亦不容再说，即同拖下用大茅竹一齐打死，亦俱拖出。

又令押带四浪子，问曰：“前那个个都自知罪，惟汝四个不自知罪。”四个

① 连手：紧接着。

② 祠堂银：宗族公产的银钱，一般用于祭祀或救济族人，奖掖子弟读书。

答曰："从无得罪相爷，实不知情，求饶说明，亦打死无怨。"性之曰："未得罪我，有得罪一人，可请出来与汝见便知。"令请出夫人。俄而夫人出帘，并坐堂上，性之叫四个抬头，问曰："可认得此夫人否？"四个看了，俱答认不得。性之笑曰："前赤体，今穿衣，又加凤冠，难怪不识也。"夫人亦笑问曰："不说别事，只说'寻看玉琵琶，死亦愿矣'。我叫汝后来在清风堂可认识得好记么？"四个因指说此情，无以再辩，只得磕头，连声说知罪求饶。

性之曰："既知罪，惟此结党入室，迫玩良家妇体，罪重如山，不须再加别罪。"令将四个亦打死。共十二个，皆由各眷属自行收敛。因气势耀赫，无一家敢出头与较。夫人在清风堂，看打杀了十二命，又谓夫曰："恨不杀便罢，既报了，不可使其漏网。"因此性之出入，遇见前被其辱过之邻人，即拿至清风堂打死，有怨者已被杀尽。谁知性之不管有否，见着邻人即拿打杀。通巷[①]中个个不自安，派人于巷头尾探望。性之轿来，便飞报，人皆急避，才无人再与拿去打杀，故该巷名为急避巷也。

清风堂上所打杀之人，尸虽挈去，其迹仍在，至天阴晦时，一个个卧尸之影排现地上，任其洗濯不去。

惟猪急使现形，手执甘蔗杖，在于内室穿撞，人皆惊怕病倒，百般驱除不去。无奈，塑其像供奉之，又不去。那日性之在清风堂会客，夫人在内房梳头，见猪急使来捉。夫人散发喊救跑出，急使追至清风堂上，众人拦住。只见阶前之诸卧尸影爬起来拥擒，夫人翻跌在地，七孔流血而死。客大惊辞去，性之抱哭，将夫人尸抬于床上，令将猪急使之土像丢于粪斛，又令以粪泼卧影。诸家人恐结怨愈深，暗将猪急使之像寄于土地庙内，以黄泥水假粪泼诸尸影。

性之自揣悟，滥杀乡人，皆夫人催成，故殃及之。因不自安，不敢治丧葬，把清风堂封锁，即起程进朝奉君矣。迨老迈致藉，建耆德魁辅坊，以清风堂改为本境社神庙。诸乡人遂将猪急使之像抬奉庙内左旁，与旗金太保对立，即今之耆德魁辅境也。凡人家猪有病及遗失者，皆向之祈祷，无不灵应。现在别处之庙中亦有之，隔曾太保二百余年之后事也。

正是：既说左边拿宝将，再言右畔管猪神。且看下文如何分说。

---

① 通巷：整条巷子。

第二三三回　中虚隐居役木客　都郎负貌降曹仙

前文说罢旗金太保同猪急使。回文再说席中虚带同暨都郎至兴化涵江地方。中虚家中之兄侄皆掌大行户，屋宇甚华丽，进士金字牌板立于门额。中虚、都郎入内宅，殷勤接待。众兄郎欲与中虚定亲，中虚推却：“待我游五湖回来再论，要自行选择，不可先聘定。”诸兄问：“来年开服，届期如未回，部文行来，无人怎处？”中虚答：“如来催，告之以游学，会自行赴都。”中虚在家中只留数日，存带金银，仍带都郎去寻访归隐之处。日遍处游访，夜投宿旅馆。经访有数处，颇有景者不幽僻，颇幽僻者又无好景致。

寻至月余。至一处，隔溪之外一座大山，峰峦极秀，惟无路可登。出至外村访问，村人曰：“那山隔住大溪，无人行迹。”又问：“怎的人都不去那山讨柴？”村人答曰：“此处近便之山林柴还讨①之不完，谁还去那无路可行荒险之处讨耶？”盖彼时地广人稀之故也。中虚同都郎闻此更好，出二三里外向村市买一柴排②并竹篙，谎言以买回游池钓鱼玩耍。系长绳，放落溪，由岸慢慢拖至那山下溪畔，二人便跳落③排，撑至大山脚下登岸，将排拖上草坡。

二人上草坡，只见奇花盈岸，芳草掩洞，后列屏风，前横白石案，左右峰峦围绕，天然一片瓦石室，有门，有窗，有隔堵④。生就四面之石块，如椅，如桌，如床铺。石室之内外绝尘，有泉峰，堪耕种。二人见此石室天然，不胜奇异，以天之所设，待二人来避世也。遂采茅草作扫帚，把内外拂扫洁净，就在其间坐憩。随带有包囊，先取食了干粮。日已西坠，打枯枝烧代烛，取出随带纸笔，题写四句云：

兴安进士席中虚，同友暨生来隐居。

檄饬本坊司土地，山都木客⑤尽驱除。

---

① 讨（柴）：打柴。

② 柴排：此处指木筏。

③ 跳落：跳下。

④ 隔堵：分隔房间的屏风墙。

⑤ 山都木客：传说中的山中野人。也作“山魈木客”。

写完，即向石室外焚化。只见一阵清风将此纸灰卷去。将到初更时候，有六七个似猴非猴，似鬼非鬼，齐跪于石室门外，齐声喊曰："求老爷们饶恕。"连声不歇。都郎有些害怕，中虚出门口问曰："尔这一伙何妖何怪？来求我何事？可实说出，能饶之处便饶恕之。"众曰："并非妖怪，尽是本山之山魈木客，住此多年，从无作恶。因今日汝二位老爷到此隐居，有檄文饬土地驱逐山魈木客，土地遵命，即将小木客等驱逐界外。因再三求恳土地饶恕，土地说：'我不得主意，须去石室求二位老爷，若肯饶恕，便不逐。'故此才来求恳。"

中虚曰："山魈木客，凡深山大潭皆有，木客会吟诗，人皆羡之。只是我二人同厌烦好寂，才择此隐居。若留汝们，必至啰嗦，扰乱隐居，故檄饬土地逐之。但山林无数，汝可体谅，迁于别山，有何不可？"木客又恳曰："一山头一鹧鸪，一丘壑一土都。徙去别山，别山之众木客岂肯容乎？惟二位老爷勿逐，小木客们自会隐形，不敢近前啰嗦。如有遣使时，只向室前槐树头叩三下，小木客们自能出现，进前听用，再不敢退拗躲赖。如有不遵，再行驱逐无怨矣。"中虚曰："此还可。惟汝们所食什么？"众木客曰："日食醴泉，夜承甘露而已。"又问："只食泉露，安能有力操作也？"又答曰："力乃生成，怎的不能？"中虚曰："既如是，且留罢！"众山魈又曰："蒙饶恕，还求再写一字与土地，土地方信。"中虚曰："我自然另写谕字，汝且退去。"众木客便去。中虚又写四句，换前二字，云：

兴安进士席中虚，同友暨生来隐居。
再檄本坊司土地，山都木客莫驱除。

仍向室外焚化。

时天气方暑，二人在石床睡到天明，同下山，驾排到彼岸，将排存草丛而去。置办家私器具，雇人挑到路口，设法先辞去排夫。该处并无人踪，二人将物件存于草丛中，又去买办食物，诸谷菜种等件，又如前存于溪边草中。自撑竹排上山，令众木客陆续搬运上山，安放停妥。石室有门无户，今设法作一门扇安之，才得关闭。百物俱备，便拆毁竹排，以永不再渡。

二人遂择地开荒，一人拿一把锄头，就地而掘。众木客物已办完，尚未退避，见二人掘地，同笑曰："此等身势，掘到十年，种犹不能落地。"都郎问曰："此处无耕种，汝们怎知耕种之事？"众答曰："本处虽无，亦常去山头望看别处人为之。待小木客代替汝罢。"众木客便向前接过锄头，掘的掘，扒的扒，灌水的灌水，下种的下种。不过三四日，开出三四亩之田矣。

那中虚同都郎二人未掘掌大[①]之山土，便手中起几个大泡，手臂疼痛。见

① 掌：巴掌。

那木客作种如龙，惊喜问之曰："汝们不食五谷，代我出力耕种，怎过得意?"木客曰："开井并非食水客，养蚕不是著绸人。木客们免于驱逐出境，便不胜感恩了，代劳些事，难报万一也。"二人讶曰："汝们怎知说此语?"木客曰："老爷已知木客会吟诗，怎不知文理耶?"又问曰："文理从何处学来?"又答曰："彼此木客伙自流传也。"又问曰："诗可吟一首来?"众木客遂拔长腔①，各吟一首，中虚侧耳听了，却原来都是俚鄙山歌。又问曰："可识字否?"共答："不识。"二人同笑曰："不识字会吟诗，皆聪明至极。"

又问曰："汝们有雌雄否?"又答："皆同体无分男女。"又问："身自何来?"又答曰："实不相瞒，乃山林阴气所化。"又问："曾闻福州昔年有长坑鬼、挨拔鬼，二鬼亦山之阴气所化，他如何有许多作恶，汝们有此等循良?"又答："那二个乃浊山川之厉气所化，故作恶多端。小木客乃山川清气所化，故得循良。只在本山不敢出外胡为。老爷以为此处之石室，内外景致是天生成的，还不知是小木客用无数心力挪移作为，以作玩乐之所，土地见便骂：'小妖想住黄金屋，必造与有福之人来受用。'果土地言之不错，特作与二位来居也。"又问曰："何时作起?"共答："不知作几时，只记起手②时，对面之梧树才有指大，作完时，那树大至百余围，论年无一千，亦有八百矣!"

中虚曰："倒为难汝费力。汝们不食东西，怎处?"共答："别物不食，只好饮酒。素常采山蕨野梨来酿，总不及米谷。今种有之，可将术米酿与二位食，余的分与小木客尝尝点，可好么?"二人答："妙极！米谷是汝们出力做的，怎的不由汝酿酒？待成熟即管去酿，同去解闷。"木客共喜甚，又去垦园、下菜种，俱已办妥，隐去。二人初见木客形容，亦惊惧，至应答已熟，犹喜得来帮助，得力之至。

那日，二人因同览镜，互相称羡品貌，中虚言曰："愚兄记得在帝都，见过一个，与吾弟仿佛相似。京城无不称羡，不但盖天下之奇美，犹盖亘古之宋玉、潘安也。因此，至船见吾弟似之。"都郎问："何许人?"中虚答曰："乃当今皇帝之国舅，正宫皇后之胞弟、大将军曹彬之子，名曹清。诸进士赴琼林宴日，出来观宴，众见皆称异人。"都郎笑曰："既有了曹国舅，弟便不为最矣。尚能见之，愿为执鞭。"中虚曰："要见何难？对镜就在眼前矣。"都郎笑曰："此话大约都是荒唐，听之不得，趁早去洗耳。"中虚曰："要洗去下流③洗，不可在

---

① 拔长腔：拉长拖腔。

② 起手：开始。

③ 下流：下游。

上流，停会要牵牛来食水。”都郎笑：“偏去顶上流洗!”一面言，一面由后山而去矣。

须臾，中虚在石室门中望之，见都郎在山顶悬岩上立，大惊甚，忙把手招呼之曰：“贤弟，怎么到那极险之地，若跌下来，要一块骨都无，快下来!”因连声喊叫，谁知都郎乃说玩笑，何曾有到山顶，只在岩旁看花。闻喊至石室前，问：“兄喊谁?”中虚回头，见都郎即在身旁，讶甚。仰望山尖上又一都郎，讶问曰：“贤弟怎么了，只一人，变出两个?”都郎亦抬头望之，果见山顶上一个人与自己照镜中之容貌一样，亦讶甚，自亦不知其故。那山顶之人行下山来，渐近。中虚细视，面貌、身材与都郎相似，惟服色不同。再近视真[1]，便喊曰：“说人人就到，请神神就来，此位不是才说之曹国舅爷?”

至了对面[2]，果是！二人迎曰：“国舅爷一人怎能到此荒山?”那人答曰：“君是何人？怎知吾是国舅?”中虚喜曰：“既是不错，且请进敝石室坐憩，慢慢说之。”遂迎入石室，请之正坐。都郎递了茶问其何来，国舅曰：“因厌繁华，遍游云水。遇见此山之景象清幽，赏玩不舍。不知前在何处会过，记得耶?”中虚曰：“学生即此兴化籍，名席珍，号中虚，忝中某科二甲第三名进士，因宴琼林之日，得仰芳姿，常慕在怀。今日幸降，实慰鄙怀。”国舅曰：“说起便记得，看某科赴宴之进士无一个可观，惟二甲第三名姓席的人才出众，原来就是君。今日重逢，大有缘分。不知是位系君何人？貌甚不俗，必非等闲之辈。”中虚答曰：“乃同心避世之友，闽人，名暨都郎。因学生常言，其貌似国舅尊容，羡慕不已。今日重瞻芳姿，喜不胜言，可写俚句，以表渴慕之忱。”即取出纸笔题上云：

当年何处睹仙仪，忆在琼林赴宴时。
惆怅不能重聚会，今朝如梦接芳姿。

中虚写完，都郎接笔过手，亦和四句云：

因闻国舅美丰仪，一日思瞻十二时。
何幸得从天上降，令人无地拜仙姿。

曹国舅见二人所题之诗，皆有自负以美遇美之意，亦题云：

世人漫羡美丰仪，能羡丰仪到几时?
此日龙钟霜鬓老，当年都是宋潘安。

中虚同都郎见曹国舅和此四句，脸皆失色。中虚问：“因甚云游到此，请道

---

① 视真：看清楚。

② 至了对面：到了跟前（面对面）。

其详。”曹国舅又题云：

厌依凤阁与龙楼，乞赐金牌到处游。

因渡黄河逢吕祖，金丹赠与出尘浮。

中虚同都郎见题此诗曰：“原来国舅却已登仙了，今日降临，大有缘分。吕仙师既度曹国舅，祈并度二弟子出尘，以遂平生之所慕也。”二人即拜伏于地，国舅即拉起笑曰：“二君得此美景，蓬瀛无异，虽仙不如，何必求度？”二人又恳曰：“虽然一时为仙，其奈臭皮囊未经仙度，转眼龙钟，轮回不免。求大仙趁此未衰度之，荷锄担笈，以供采药也。”曹国舅笑而答曰：“度之不难，惟汝二人色爱犹不能了，待色爱已了，再度可也。”二人欲再跪求，讵曹国舅走出室外。二人向前将拉之，忽杳而不见矣。正是：人若有缘终至度，仙如无意不须求。且看下回分说。①

盖曹国舅即八仙中持花篮之美少年也，乃宋丞相曹彬子、皇后弟，少而美慧。皇上及皇后重之，一旦求出家云游，上以金牌赐之。抵黄河为篙工索渡值，急出金牌相抵，纯阳见而奇之，遂度得道。今人都把持拍板之篮采和为国舅，岂不错谬之甚也！那篮采和不知何许人，常破衣蓝衫、黑腰带，跣一足，靴一足。冬则卧于雪中，醉则持三尺一板，行歌云：

踏歌篮采和，世界能几何，红颜一春树，流光一掷梭。古人混混去不返，今人纷纷来更多，朝骑鸾凤到碧落，暮见桑田生白波。此景明晖在空际，金银宫阙高嵯峨。

后来濠梁酒楼饮醉，有云鹤声，笙箫声，忽举子云中，掷下靴、衫、腰带、拍扳，冉冉而去，此乃篮采和是也。有诗记之，以表其错：

蟠桃会上八神仙，老幼妍媸男女全。

都把采和作国舅，不将表出错千年。

① 《闽都别记》在传抄中不断有所增益，本回以下部分显然是后补的。

第二三四回　中虚持诚坐怀奔女　曹仙纵酒醉打二朋

却说席中虚、暨都郎二人在石室攀留曹国舅不住，不肯即度。转眼花残月缺，无处再寻。既去，无可奈何，仍自行乐，吟风弄月。不觉田稻已成熟，木客为之割舂。听之酿酒，酒酿既成，匀一半赏与木客，携去同乐。田中又种别谷，众木客又隐去。自此二人日夜乐饮。

那夜因好月色，二人遂移石椅桌于石室外大埕①中，煮酒对酌赏月。正在饮酒间，忽有二八娇娃由山后踏月而至，二人愕问："小娘子何来?"女答曰："山后渔家，因家中无人寂闷，出玩山月。风送酒香寻至，不知肯分赐一杯，以解渴肠否?"二人视之，乃绝色佳人。都郎问曰："此乃孤岛，四无路径人居，哪里有渔家?"女答曰："君只知前不知后，不知后山岩缝中有人居。只奴家一家，惟父女二人，常夜出捕鱼。君若不信，明日带去看便知。"中虚笑曰："不须看，既不弃嫌，肯来相伴，幸之至矣。"即令都郎去取酒、杯、箸。都郎附耳细语："必是鬼怪，可拒不可纳之。"中虚把头摇曰："言有声，行有影，可知非鬼。若是怪，木客说此处并无别怪。把人疑作鬼怪，不冤屈之耶?"女曰："既疑，奴家便出。"中虚留住，令坐椅上，又令都郎取杯、箸，都郎曰："不须取，弟今去睡，其杯、箸与小娘子。"中虚笑曰："何须走避！同在会会有何不可?"都郎笑曰："弟宁作鲁男子，那柳下惠让吾兄去做。"言罢，入室闭门而睡。

中虚并女对坐而酌，女之酒量甚豪，竟不辞去。至半夜，女浑身发颤，谓曰："衣单露寒，求郎君偎抱一会，可乎?"中虚答曰："既抱就至天明何妨?"遂偎抱之，女便不颤而睡去。不觉东方发白，中虚呼女醒，令回去。将行，中虚问："今夜还来否?"女答："还来。"仍由后山而去。都郎开门出问，中虚告以发颤偎抱。二人即去后山高岗上望之，见山下岩缝中有屋角出，有炊烟起，方信女言不谬。都郎笑曰："莫道君行早，更有早行人。以此山惟吾二人来隐，谁知早有渔家居之。"将暮，中虚谓曰："今夜愚兄来做鲁男子，那柳下惠与吾

---

① 埕：房前屋后铺了硬地面的空地，在乡村通常作为晒谷场地。

弟去作看，亦是千载奇事。”都郎答曰：“鲁男子易作，柳下惠难为。若只怀抱，亦不至乱。只恐他动手撩拨，那时即会变作惠下柳。愚弟宁做易不做难，索性与吾兄做。”

那夜仍月色如昼，二人先在外埕对酌候之。须臾，女子又至，都郎隐入室，闭门而睡。中虚将女拖至身旁坐下，便酌与饮。女并不言谢，持杯便啜。有七八杯了，谓曰：“与郎君幸会两夜，缘何只饮酒，不说话，何故？”中虚答曰：“萍水相逢，有何可说？只可饮酒，说话便生枝节。小娘子来亦不辞，去亦不留，一任似鹤如云，有何不可？”女笑曰：“郎君似鹤如云，可笑那位郎君如龟似鳖。”饮至半夜，月被云遮，雨将降下，女骇曰：“坐在露天，雨欲来怎处？快同入室内躲避。”中虚去敲门叫喊：“雨来，快开门！乞[①]小娘子进去。”都郎在内答曰：“床窄睡不得三人，而况从来未闻鲁男子门既闭而复开，柳下惠因雨至而走避耶？未天明门总不开！”中虚笑曰：“不开即罢，汉家自有制度。”

时微雨既来。中虚即将自己之衣解开，将女抱住，将衣连头至脚罩密紧紧。那时雨下不绝，自头脸流至衣襟下，中虚如木雕土塑不动，女在怀中安睡。至天渐明，雨止，衣被风吹亦干，掀开衣襟呼女回去。女伸头出，中虚对面一看，不是女乃是男子。再看真[②]，原来是曹国舅，忙放下地。国舅笑问曰：“好个避世黄甲进士，有敢抱良家之闺女过夜！今早若不是予来替换，还不蔽杀怀中鹞耶？”中虚笑曰：“鲁男子被人占去做，无奈来学做柳下惠，造化学之还像。若学不似，未蔽杀怀中鹞，先颓却九仞之山。今观音大士既戏试了鹞罗卜[③]，可度得罗卜同上西天否？”

都郎闻声，已开门出视，始知女乃曹国舅所变，来试二人邪正。即问曰：“国舅爷，弟子二夜皆闭门不敢沾身，效作鲁男子，亦可并度得否？”国舅问：“人都敢怀抱，君怎不敢沾身？”都郎答曰：“只恐奔女是妖狐，抱至中间，被其挟制奈何？故宁可谨慎而避，不敢睡抱而就。未闻有人评论鲁男子闭门不纳之非也。”国舅笑曰：“无人评论，惟有人笑如龟似鳖。”都郎亦笑曰：“为人学得乌龟法，得缩头来且缩头。”国舅称善曰：“因见二人恃色慕色，必溺于色，故吾来试之。原来乃虚慕无实事，还可度得。可将避世之因由说知，好同作知心盘桓之友也。”中虚依前国舅之韵和云：

宴罢琼林出凤楼，路逢信友许同游。

---

① 乞：给，让。

② 看真：看清楚。

③ 罗卜：即目连罗汉。此处用南戏《目连救母》中观音化身美女考验目连的故事为典故。

宁为野鹤栖霞老，不惹炉香满袖浮。

都郎亦接和云：

夜读鸡鸣月浸楼，嫦娥曾许广寒游。

只因忘却贪财誓，看破同来世外浮。

国舅看了二诗问曰："怎的贪财之誓？不解，祈说明。"都郎曰："言之令人生愧。"中虚笑曰："弟子眼见，代言之。"遂将都郎去河东抓银，其拿宝姐夫不肯带，即当天发誓，后运柩半路被贼拿住，几乎被污，因此看破，愿同生死相随情由，细说一遍。国舅笑曰："设当时不遇盗，未必肯看破繁华，今诚幸遇奇逢，实是三生有幸，从今结为兄弟相称，可也。"中虚曰："言重！一乃当今国舅，二乃师尊，有敢作同行兄弟？"国舅曰："既出家了，论甚？年又轻，称师尊不似。曾闻贵处有临水夫人，前后收门徒亦因年轻，皆同以姐妹行相称。彼都如是，今如何作不得？"都郎曰："敝地临水夫人陈大奶果年轻，诸门徒皆称为大姐，今师父既谦，只得称为大兄，便越份极矣！"国舅称可。

随遍看室中，无物不备，笑曰："此何曾是隐居避世之气象！却似田舍翁之村落，田园又垦许多，何为？此并非吾两弟能力，此必有代作之人。如此行为，何不带两弟妇来传裔，将来又一武陵源也。"中虚答曰："先未遇大兄，以尽天年之乐，死而后已。今既遇大兄，方为无用。田园乃此山之木客操作，代为劳苦。收成之谷，听之造酒同尝，现食之酒，即是他们所造。"国舅笑曰："原来二位已有三分仙骨，山都木客都来为奴役，登仙不难也。别物造无用，惟酒乃仙家所饮，即管多造可也。"中虚同都郎再去看，后山之渔家无矣。

自此三人日同饮酒，夜同寝宿，无日不饮酒。那日，木客所造之酒乃是生烧，酒火大，中虚饮，热发出牙齿浮肿之症。都郎火逼入下焦，生痔疮之症。国舅去山上寻些青草，与两人半食半敷，略愈。二人遂不敢再饮，惟国舅一人独酌，令二人在旁伺候。

那夜月明如昼，将酒肴排于外埕，曹国舅盘坐地上，令二人旁坐伺候，独饮至半夜，叫二人来猜拳，二人答："戒饮酒，不饮怎猜拳？"国舅曰："我输我自饮，汝二人输我代饮。"三人便呼叫相猜。曹国舅连饮不住，还叫猜拳不停。中虚曰："天将明，请大兄去安歇，明早再来饮。"曹国舅遂骂曰："杀风景狗奴才！拳正猜得有趣，便来叫睡，要睡自去睡，与都郎来猜。"都郎告曰："容小弟告罪，身中有病，不能久陪。大兄既醉了请同去安歇何如？"国舅睁眼骂曰："汝两个都是狗奴才！酒舍不得与我饮，未醉叫做醉，此之田地又不是汝之祖业，该与汝种稻造酒？逐汝去，若不去，放把火烧汝，看汝二人去不去！"那二人立在旁，任其骂歇，笑曰："大兄今夜饮多，实醉了，快扶进去睡。"二人正

扶间，被曹国舅一巴掌打去，连起一脚踢去，各中二个患痛之处。那两个一个抱嘴，一个抱屁股俱走入石室内，哼声不止。

正是：人有片时变喜怒，天常一刻转阴晴。且看下文如何分说。

第二三五回　曹仙病肿度诚实子　中虚尸化封菜溪公

却说席中虚被一掌打中牙痛之处，都郎被一脚踢中生疮之股间，二人走室内，呻吟有许久，忽嗅有硫磺之气，时天初明，见气味由外冲入。二人至门口看，不见国舅，只见埕中一团火，进前看，乃国舅卧倒在地，火从口中喷出，延烧身上衣服起焰。二人大惊，顾不得手烧，同下手剥下衣服、头巾，再代脱去鞋袜。只见其遍体已被火烧焦紫，头发眉毛皆烧，两目紧闭，呼之不应。惟鼻尾有风[①]，即共抬入床上。口中犹有火出，赶取泉水灌之。少顷能哼，目始开张。二人问："心中如何？"答曰："难过。"又问："要汤水否？"答曰："多多益善。"即取一大盆水，伺之至夜，进稀粥。过二日，浑身被火烧溃烂肿胀，日夜只都郎一人不离伏伺之。

中虚初亦同伏伺之，至火疮肿胀，貌体更异，见之便呕，便交都郎去伺候，自另铺独睡。国舅过二日浑身微破，流出脓血来，臭不可近，日夜呻吟，不得安卧。都郎代之拭脓，扶之下床小解，日夜不辞劳苦，不嫌臭秽。再过二日，身上脓血已流尽结疤，臭气尽退，那品貌与前不同。头已瘌，眉光眼斜[②]，鼻歪嘴缺，难看。席中虚因无臭气，方敢近前，问曰："大兄既得道了，何至遭此灾厄耶？"国舅笑曰："不在得道与未得道，人仙皆同一理。凡事不可满，满极必覆，物极必反，皆为造物所忌。为兄忝为国舅，贵极；帝赐金牌，遇库支银，富极；青年[③]得道，幸极；貌被人品题为第一，美极；此四极者，怎不反之？今既反仙为俗，变美为丑，回见六亲必不认，寻讨[④]仙侣必不收，惟望二位贤弟勿念酒后无德，求容依傍，同乐天年，幸甚。"

中虚笑曰："那夜大兄说要逐弟二人，今未逐弟，先来逐兄矣。"国舅曰："酒后狂言，切莫记怀！但酒乃仙家常饮的，任甚醉，从无惹出灾来，怎的那夜

---

① 鼻尾有风：鼻孔下有气息。

② 头已瘌，眉光眼斜：头秃了，没有眉毛，眼也斜了。

③ 青年：年轻。

④ 寻讨：找寻。

饮至此地步耶?”都郎答曰：“敝地福州一丹霞大圣，法术无边，因在骆家饮酒，回至路上醉倒，原形出现，被赌钱鬼拿贮于瓮，几乎被杀，逃出躲于洞，不敢出头。”曹国舅笑曰：“千年之猴精，因酒都至此地步，为兄才十八九岁，难怪不遭此厄耶?”

时国舅疮已愈，中虚亦不亲近，就背骂都郎：“舍不得，若疮过己身①，无人来伏伺尔也!”都郎不听，日夜不离。那夜同睡至天明，国舅唤醒都郎，谓曰：“今始知吾弟之真心。今吾兄告别，无以为报，有一粒不老丹赠与吾弟，以保容颜不老。”言讫，口中吐出一丹，递与都郎，都郎喜而吞之。国舅遂起床，取一张纸题诗于上。那都郎亦下床看诗，视国舅忽容貌复旧：身上仍穿原来之衣，大惊而喜，扯住衣襟曰：“既复原态，怎的又去?”国舅曰：“既试知了情性，且去，待四十年后，再来度尔出尘。”又问：“如何不即度? 何以待至许久?”答曰：“尘缘未满，不便即度，中虚弟亦将同度之。”言讫，便开门走出。都郎拉之不住，尾追出户，杳矣。

都郎回房唤醒中虚，那中虚因另宿，睡梦中被叫醒，问何故，都郎答以大兄去矣。中虚醒来，睡眼未开曰：“这样状②不与去，留作甚么?”都郎曰：“兄以他真变相耶? 原来是仙家变形来试我们，弟亦以为真。今早始变为故态，赠丹与弟，留诗与兄看。因拉问，才说四十年后再来度汝我二人出尘，一行出门外便杳矣。有诗在此，起来看。”中虚急开眼爬起，接过诗念曰：

闭户坐怀世可钦，青春绝欲最难寻。
略将改却三分貌，顷刻翻为两样心。
爱美姿郎伏伺愿，弃肮脏鬼厌嫌忱。
情中不悯色中悯，意里无淫眼里淫。

中虚先闻所说，再看此诗，失色，痴呆半时，以手自打骂曰：“都是一生不长进，爱清洁而嫌肮脏所害，始致为山九仞，功亏一篑，被仙所讥。今亦罢!弟作仙，兄还何恨?”都郎曰：“他曾说四十年后来同度兄，怎不亦为仙乎?”中虚曰：“既被看破，度弟是实，度兄是虚。”中虚因此一悔恨，颜渐衰老。自此，二人重事皆与木客代为。二人除饮酒外，惟看花以消日月，不觉见桃红三十余度。讵中虚之头发成霜，惟都郎之少年如故。中虚每笑曰：“二人同来避世，一为神仙，一为枯骨，命也何如?”都郎曰：“兄如若来度弟，弟岂有不度兄之理耶?”都郎拔一株芥菜，向流泉洗净煮食。不觉落一叶，随流泉下山去，从溪中

---

① 过己身：传染到自己身上。

② 样状：样子。

流出外溪，七弯八曲，竟流至有人居村浦中。

村间人见此菜叶系是内山流出，查内山隔大溪，人迹不到，哪里有此芥菜叶流来。有菜叶必有人栽种，可上山去查看。恐有怪兽，遂会①十二人，结两竹排，由溪而登，却被木客望见，即报知二人。中虚以都郎青年，恐患疑，令退避勿见。惟中虚出来候之。须臾十二个上山，见有田有园，石室中有家伙②。见一人鬓发皓白，便向查明来历。中虚答曰："念吾乃避世隐迹之人，在此自耕，见桃红三十余度，不敢说出姓名、来历。不过借此避隐，以尽天年，死而后已，非敢长占贵地为业。烦列位回去与诸乡贤说，俯念隐迹之人与世隔绝，惟祈勿再令人上来以乱隐心为幸。"众共答曰："原来在此三十余年，若芥菜叶不流出，还不知道，回去与诸乡老说知，勿与人再来作吵③。"

十二村人回至村述之，众乡老闻之，皆倾慕曰："不是巢父许由，亦是名贤显宦，既说尽其天年，死而后已。据你们见，鬓发皆白，必有六七十岁人。再尽一二十年，便全其志。从今后不许乡邻之人再去，如有再去，查出公斥。"果后来并无人再去探之。却说内山，中虚见诸村人去后，都郎出问："怎得而知上来查问?"中虚曰："有芥菜叶流出方知。"都郎笑曰："是弟昨洗菜叶，不觉流出一叶，始惹人来。"中虚曰："愚兄常念，'桃花莫遣随流水，怕有渔郎来问津'。花都不兴飞下，菜还敢与流去？才惹事④。"都郎曰："怕什么，此又不是避秦，与知亦无妨。"中虚曰："论情理，其人必不再来矣。"二人仍以饮酒消遣。

不觉又见桃红二十次，都郎愈少，中虚愈老。国舅忽至，颜容如前。中虚一见，便趋拜伏在地，哀告泣认前非。国舅笑拉起曰："已知吾弟悔却前非，特来并度，何必如是?"中虚泣答曰："奈老迈之极，只余枯骨，度去亦跟不上，要度何为?"国舅曰："自为吾弟脱换凡体，转一少年的度去。此老的镇此山，为万世隐士之形模⑤，比仙又高一等也。"中虚闻此，转悲为喜。国舅又问曰："闻此七个木客皆循规蹈矩，服役不怠，可唤出来亦度之，以奖其诚。"

都郎遂叩树，七木客即出现。见国舅有华光，知是神光，同跪伏于地。国舅曰："吾两弟五十余年在此隐居，凡事都是汝们代之操作，难得义侠相助。今度吾弟出尘，念汝七个老守空山无益，欲并度汝们为人身，作地仙逍遥，可好

---

① 会：聚集。
② 家伙：家具等财产。
③ 作吵：吵扰。
④ 才惹事：因此才惹出事端。
⑤ 形模：榜样。

么？”众木客皆喜甚，叩头称谢。国舅袖中取出一桃，劈开七块，各与食一块，顷刻化为人形，各拜谢而去。国舅转身邀二人至室内，分坐于席，取一杯茶，啜至尾[①]，含一口，照中虚劈面喷去。中虚已化于石上，一青年之中虚出来。都郎指其尸问曰：“此是何人？”中虚答：“不知。”都郎笑曰：“自己不识自己？”中虚始悟乃尸解，魂还结当年故态，同登仙境，喜极称谢。都郎已服了金丹，早已脱凡体。国舅携二人之手，便腾空而去，离凡尘矣。此山遂寂无人，连山都木客皆无，惟留席中虚一尸在于石室石上。

又过十余年，那前次之村人只存八个，余皆已故。八个商议，昔之内山隐士现刻[②]又隔十余年，不知还在否，可再探之。又会十二人，仍结竹排，复上探之。见田园荒芜，石室苔封，惟一死尸俯坐于石磴上，鹤发童颜如生，皮肉已干坚如铁。内有认得即是前所见之隐士，不知死有几年。众遂回村说知，各乡邻之人众闻知，皆渡排结队去看，无不称异。地方官闻报来验，以不知姓名之隐士，转报上官，奏于朝廷。

此山原无名，因菜叶流出，方知有此隐士，朝廷遂赐山名“菜溪山”，而以隐士为“菜溪公”。自此山上遂有人开垦耕种，菜溪山之香烟不断。至康熙年间，靖海将军靖海侯之胞侄施公，寻访林泉，择此菜溪山为逍遥处，始造有桥。山中瀑布，无数胜景，另建菜溪公庙宇，将菜溪公肉身捏泥妆饰。现在菜溪山为闽南之一大名胜矣。

正是：靖海侯加靖海秩，菜溪公镇菜溪山。欲知下回接何事，请看便知。

---

① 至尾：到最后。

② 现刻：现在。

第二三六回　万一枝知错回故土　三老妇临水封亡魂

前文说罢古迹，回文结瀏鹈公潭虱姆为花公花婆之旧案。时福州古田临水宫陈大奶同十二姐妹驻于龙源庙，仍分各行宫，护国佑民。惟南宫邹夫人，专管三十六宫婆官，抱送人间子嗣。前王王磷正宫陈金凤遭蛇鬼，被陈大奶救回，遂舍身拜投门下为婢，至王昶篡灭，同归守明并杀死内宫，一点精魂来投临水。陈大奶以国母尊列上位，金凤不敢就，自退出于三十六宫妃之上位。

迨至王昶败，带后宫李春燕出奔北关外梧桐岭，金凤领阴兵前去阻截，不使再逃，被王羲之兵追至，并缢死于岭下。陈金凤将李春燕生魂捉回临水，求陈大奶代为申报冤恨。陈大奶以李春燕自灭亲族，罪亦难逃，令转为青竹小蛇报折①，金凤恨始消矣。

那潭虱姆化蛇女转世为郗杜若，配与万三石（即公转世），以了前生之冤家缘。三石入宋，官至太守，因丁父忧回籍，不再仕矣。妹一枝随夫倪卿（官至山东州牧），任内亦甚相爱，因倪卿酒醉出真言，与一枝戏谑中间，言七伶八俐能被人局骗。一枝曰："谁敢局我？"倪卿曰："无人敢局！只是以邵卿作倪卿，喜欢嫁与之，并无半点可疑。今既生子，说明，以塞才能自夸之嘴。"一枝愕然曰："汝即是邵晋之贼子邵卿？既嫁错了便罢，只是如何未投水死？那倪俊不是真兄，实是何人？作何图脱之处，可说明方信。"倪卿遂将倪俊因父要之作随丁，后逃走，承其带同逃生，方得免难等情由说知。"今汝如不信，去看五代之祖先神主内皆存邵氏五代宗亲真正名字。将来告老归家，仍为邵氏。可见有才能何至被人局骗！"

一枝便骂："作甚官！纵荣耀，亦臭名。"倪卿曰："怕臭便走开，早年舍不得，今日不希罕。"一枝怒曰："似此忠孝廉节皆无之人，不知则罢；既知还不去，在此染臭气？"倪卿曰："要回去便请回，三子留还我。"一枝曰："背逆之种，不还汝谁要？"倪卿先以玩笑对答之，不意其认真要去，便陪笑挽留之。一

---

① 报折：因果报应。

枝自出，令家人速备人伕，立要回闽。倪卿至于屈膝，亦不肯留。三子皆娶室，同至号泣，挽留不住。无奈，遣家人护送。一枝上轿出衙，三子欲跟回籍，至中途，被母喝逐回头。两个家人送之，照站至了福州东山逐鹿坞，即将二家人辞出，不容少留。要回书亦不与之，家人亦无法，回去矣。

此时逐鹿坞比前大不相同，无一个不挈眷去外县外郡为官，所有旧日之女戏脚色俱出嫁。倪俊挈带桃笑去河南为县令，杳无音信，亡存不知。惟鹿韭不仕，同申樾长在代为看管屋舍。至三石同杜若告老归林，才稍热闹。今一枝又回，仍日夜聚乐矣。四人依旧诙谐无忌。惟三石兄妹中不便见其胡嘲乱说，便骂“老不羞”，笑而走开。

那日，一枝初回，说起当年招赘邵卿情事，咬牙切齿，恨由鹿韭、杜若、桃笑拔线[①]所致，鹿韭曰：“一是姻缘，二是汝看合意，三是他命造化，怎怪得他人?”杜若曰：“要怪由他，说不得清。我今先起四句与你们同来接答，自有分晓。”杜若即吟曰：

当年无那慕新鲜，今日悔来甚惘然。
既错焉能翻得脱，回头不值半文钱。

一枝听了，接念曰：

如何不值半文钱，虽老心犹似少年。
旧日风流情宛在，月移花影再来癫。

鹿韭亦接念曰：

谁人犹与再来癫，咬断藕丝难复连。
四十年前旧乐处，花残月折月霾烟。

申樾又接口念曰：

花今残谢月霾烟，怀抱琵琶过别船。
他日若逢白司马，樽前重与诉哀怜。

杜若又接口念曰：

不须今诉甚哀怜，尚有苏公二亩田。
惟旧梨园犹可整，旦生改作老林泉。

鹿韭又接念曰：

学生改作老林泉，惟有学师老不妍。
无篦能令分结发，云鬟重挽尚婵娟。

一枝接口又念曰：

---

① 拔线：暗中搞鬼。

当年岂不赛婵娟，绿鬓离乡皓首旋。

万里独归寻故侣，夜来忍置另衾眠。

申樾又接曰：

夜来就并一衾眠，年少便然老更癫。

睡到锅中饭热后，三人随上百花天。

一枝因申樾吟此，喜曰："少去老来，与故侣日仍同乐，夜仍同衾，还有何憾？"各吟之诗句，三石在旁听，皆代录上纸。同看了，三石曰："天有杏花、菊花，无百花。"鹿韭曰："怎无有！肯带我们同去，便有矣。"三石便觉，即亦题四句诗云：

三人欲玩百花天，庶免魔神一六鞭。

若有栽培心上地，自然开放火中莲。

自此，一枝夜皆与申樾、鹿韭同寝矣。过了半年，接看邸抄①，内报山东莱阳县知州倪卿，因暴虐，被州民交结海寇，半夜越墙入内署杀死并二妾三子三媳四孙，尽掠财物而逃，现在访获无踪。鹿韭、申樾看此报惊甚，惟一枝笑曰："不义而贵且富，安能久长！我若不知机，此报中多杀死一妻矣。"三石云："他虽不义，念结发情，可与之设灵服孝。"一枝睁眼曰："既与之决绝了，还有甚孝服！"杜若曰："虽决绝，不痛夫即痛子也。"一枝曰："此儿子犹有何相干！那狗种借龙腹而生，并杀却，多少干净！"鹿韭曰："我看不是龙腹传狗种，还是龟肚生蛇儿也。"申樾曰："龙生狗种，又生蛇儿，不为奇。更有一龙生九子，各别九种：一曰赑屃（贝碑），二曰鸱吻（殿脊），三曰蒲牢（钟纽），四曰狴犴（狱门），五曰饕餮（鼎盖），六曰蚣蝮（桥柱），七曰睚眦（刀环），八曰金猊（香炉），九曰椒圖（门环）。此才异也。"

一枝不但不服孝不悲哀，而欢乐更甚于常也。时杜若父族郗家，甲第连绵，唐建策之后裔，簪缨不断。鹿韭因兄之孙曾烦甚，自乏后裔，皆复尚氏，以嗣尚文光之宗支。一枝以申樾一子为嗣，与邵氏断绝，自改为向氏立族，家事各付儿孙管。五老之伙食，各有子孙轮流供奉，皆无忧虑。至各七十余岁，无日不持杯，无夜不歌唱，一处耍乐。

那日夜膳，直饮到半夜。一枝将同鹿韭、申樾归房安寝，被三石掩留。一枝见其情形有难舍之意，便问曰："哥哥今夜有甚缘故，拉住妹子不与睡耶？"先问不答，问之再三，杜若始答曰："实不相瞒，今夜要与你们离别，明日不得相见矣。"一枝愕问曰："要别何往？"杜若曰："同汝哥去临水掌教也。"鹿韭

① 邸抄：明清时的官报，每日抄发，读者主要是官员或乡绅。

曰："知道了，汝两个头发皆白，作得花公花婆，可带我三人同帮汝锄田浇菜，免汝两者独受苦劳也。"

杜若曰："汝们怎知我二人是去作花公花婆耶?"鹿韭曰："因为风流所致，我不知还有谁知?肯带同去则罢，若去而不带，将汝不堪之处——《冤家缘》刻出板来，印卖与人，声名狼藉，流传千古矣。"杜若曰："汝既知，可说出来，如说得真[1]，便带汝们同去好么?"三石阻曰："他们早知了，可带之同去，不可与他说出。"杜若曰："他岂能知?"鹿韭曰："要我说便说来听。"一枝曰："全传说甚长，待我把偈语说，便知矣。"一枝遂便做喷酒之样，偈曰："啐！搅家精搅家精，说破根源打梦醒。若不回头，刀锅切酱已现成，烹来把酒斟。"

杜若闻此偈语，心颤胆惊，把手摇曰："莫说，莫说。果真，果真。"遂问三石曰："他们何从而知?"三石曰："若要人不知，除非己莫为。既为了，怎瞒得人?不但得知，犹编一本《冤家缘全传》。若传出去，诚千古之罪人也。"杜若骇曰："快将全传拿来烧毁，带汝三人同去。"一枝曰："既同去，不烧毁，留之何用耶?"

一枝将此本带山东任内，又带回来，进去内房，将此本取出。杜若接过略开看，便心惊胆寒，不敢再看，向火烧化。谓曰："怪道是[2]才想同上百花天。今你们都曾洗浴否?"鹿韭曰："下午见你二人洗澡，我三人亦各洗了。"杜若曰："妥极！同来坐位[3]，酒再饮数杯齐去。"时已五更，伏伺之子孙皆去睡尽，惟一小童在厅角瞌睡，即唤醒来换热酒。饮了一巡，一枝问曰："择于今日去呵?"三石曰："哥与嫂时常睡梦都到临水去，本当不必就去，因近时百花桥混杂，邹夫人令定于今日即行矣。"鹿韭又问曰："自去，焉能拖带他人?"杜若曰："怎不能?听我叫'行'，你们眼闭着，只管跟我去，荐在一处，依然聚乐，谁肯远离耶?"申樾喜曰："五人始终结在一处不离，幸之至也。天明要去，可即行，若被儿孙得知拖住，便去不成矣。"

杜若曰："儿孙自有儿孙福，莫把儿孙作远忧。这杯酒吃干去。"

五人遂同饮干，放下酒杯，杜若喝一声："走!"五人并僵于椅上矣。那小僮见五老立刻俱死，惊得大喊，各家儿孙赶出接气，皆不能回，气已断了。查问何故，小童将闻其话述之，始知同尸解去临水护法矣。即殡殓入棺，在一厅停柩，万、尚、向之三姓子孙，在一堂服孝，甚属热闹。早有遗嘱，七满择葬

① 说得真：说得符合事实。

② 怪道是：难怪。

③ 坐位：酒席上就坐。

于东山一穴：左三石、杜若，右鹿韭、申樾、一枝。丧葬既毕，后代子孙世好无异矣。此不再言。

却说那五老眼一闭，魂即离舍，同飘至古田临水龙源庙，见十一位夫人。三石、杜若先禀报，随说引荐三亲之姓名，又说陈鹿韭乃大奶之侄孙。许飞琼夫人便认得陈鹿韭乃旧主母之弟，不尽念旧伤心。玉真潘夫人，便认得申樾乃夫之侄女，便感动思夫之心，皆保荐之。陈大奶以俱老成可嘉，令各境社行宫守炉功曹查明功略，皆无过犯。那杜若先悍恶，乃报前生之冤家缘，后知悛改，可同万三石归于百花桥送子，掌管花树。万一枝属三石之妹，外滑稽，内不乱，可为百花桥送花婆婆神。陈鹿韭、虞申樾乃本族之后裔，又属许、潘二妹之亲故，尚有遵守签谶之诚，可在龙源庙，协同龙源庙护法救世。鹿韭、申樾即禀曰："五人在世刻不相离，求姑婆乃放在一处，以遂其愿。"大奶笑曰："似陈皇后辞尊居卑，既不忍离，男可为注毓司，女可为保胎娘，五老同在百花桥，辅佐邹夫人管理人间禋祀也。"五老拜谢，到百花桥供职矣。

李春燕折变之青竹蛇，口至毒，在百花桥咬伤花童，邹夫人怒甚，令送与六娘为法器，磨灭①之。六娘将其为鞭以打鬼怪（今师公所用之麻蛇也）。

是时刀兵之役，伤亡之鬼，无所归者，化为瘟疫，递年人马不安。陈夫人令诸姐妹，查有对阵伤亡之官兵、十恶横死之男女等魂，招来简放血食。林九娘等至都城内外，俱招至临水宫，编册点验。陈大奶同姐妹斟酌，拟录闽都对阵伤亡之将帅唐建策、攀龙、攀凤、攀桂、铁英、金型等为临水护法驱斩鬼怪灭邪神将，南唐对阵伤亡将帅陈觉、钱锦、陈晏、郑淦、孟坚等为小儿关煞诸神将。两处兵魂皆归临水为神兵。

唐门诸烈妇曾氏同三媳妇严采莲等及李肃姑，皆为人间卫房保赤夫人。船中鼠、灶里猫二魂经丹霞先送至临水，以船中鼠为埋儿煞，灶里猫为产妇。以秦云为霞娘，邵莺为天吊婆，榴妃、莲妃、瑞娃为迷魂三姐妹，江涛为招魂三郎。十恶横死之鬼魂尚多，皆拟放之鬼衔名录，叙函牒奏达天庭，随奉天帝批准，拟放护国佑民而血食矣。

再回说铁麻姑在龙宫，同蔡丽容教授宫中诸男女管弦音乐，一住不觉九年。交谈中与说扶颠国太平春，因遵梦兆属身于云程，矢志不移之事，龙宫夫人及诸男女无不称羡。因探闻其国大治，化及外番，麻姑思去看视，告于龙宫夫人。允之，即发舟护送，径抵扶颠国矣。

正是：既会龙宫知己侣，再探外国有心人。再看下回如何分说。

---

① 磨灭：折磨惩罚。

第二三七回　麻姑访姐治国有法　云程遗子承母为王

却说铁麻姑龙宫一住九年，甚属亲爱。因思去探望太平春，龙君遣使买舟，护至扶颠国内登岸入城。见其开店贸易，皆男非女。楷书之告示，遍处张贴，头行写：扶颠国王吴示。中间所言，都是整化风俗，饬正纲常等语。路不拾遗，行人让道，诚变为海外之邹鲁。

俄闻人言看杀犯人，人人便拥挤街道等候。只见一间茶店内，有三个老者在座，吃茶闲谈，知该处之土音，亦入之。诸老便让坐奉茶，问："女客官不知何处人氏？"麻姑答曰："扶余来探亲，因闻杀犯，亦来看看。不知所决之犯人何案？共有几个？"老者曰："一乃忌辰宴乐，二乃妻娶同宗，三乃路拾遗物，四乃少男子卖风，共四案。"麻姑又问曰："此等案犯，何至于杀头耶？"三老人答曰："所有之大案都杀尽了，今无敢再犯。惟此等余风未尽，再杀之，牢狱内可生青草矣。"

麻姑又问曰："新王外如此严肃，只恐内宫不知是耶？"诸老愕问："怎说？"麻姑曰："青春无夫，终恐暗中不明耳。"诸老曰："永无此等不正！新王已有夫，吴姓，闻说只和谐一夜，便去中国。谁知便有孕，至十月生下一男，今已十二岁，生得异样，看有十五六岁之大汉。伶俐敏捷，能飞上万仞高墙。又善射，百发百中。此国外有三十六岛，春间，有一岛带众渔猎至此，王子去斥之不退，忿怒，抓一个劈作两片，他惊始回。过数日，会三岛二千余众驾战船杀上岸，小王子只带二三十个，杀死他数百，始退，自此不敢再犯。其余各岛共以该王治国如汤武，勇壮如李元霸，遂会齐三十六岛伏降，遵循制度，各请文士去教读诗书，学写楷字。所有国中真名士送尽，竟将我们三人才学读写的，亦送去作先生，甚属敬重。我们在外安知内宫之事？想其奇异，小王子日夜都在母边，不察可知矣。"

麻姑曰："疑错之。"言讫，理了茶钱，三老要留其看斩犯，答以无暇，辞出店外。走到王府，通名报入。太平春闻报，开门迎入，牵手进内宫，喜如天降。麻姑一见，不讲别话，先问："今日斩何案犯？"太平春曰："忌辰宴乐，妻

娶同宗，路拾遗物，少男卖风。”麻姑曰：“已闻了，不错。求姐快先发令，赦此四犯再说，迟恐不及矣。”太平春曰：“今日妹来，当赦之。”即令内使发令飞往赦却四犯免死。麻姑以既赦了，又问曰：“此等罪有甚大处，俱发斩决，何也？”太平春曰：“怎的不斩？一乃我之太公、太婆、公公同难忌辰之旦，家中宴戏耍乐，岂不是无君耶？二乃娶同姓之女为妻，岂不是无父？三乃拾行人失路之遗物，岂不是无廉耶？后生子弟喜南风，岂不是无耻耶？无君、父、廉、耻之人，不杀却还留与人效尤！因妹至，不得不赦之。”

麻姑曰：“此等人杀之亦可，只恐尽法无民矣。”太平春曰：“宁可无民，不可无法！且慢论，吾妹缘何一人到此？吴郎何不同来？”麻姑遂将别后至家又奔驰遂缘，百日外退避龙宫等情，细说一遍。太平春亦把别后忏悔生子，治制国法等情，亦回说知。随唤子至，令拜见嫡母。麻姑见其品貌似云程无二，才十二岁，果有十五六岁之长大，问曰：“何名？”太平春曰：“曾闻妹说，他祖乃闽中乡贤之首冠，将他名‘冠闽’何如？”麻姑曰：“贴切极矣。”又问曰：“结亲否？”又答：“初出世，他娘舅即把表姐定之，今年十七岁了，只有他肩膊高。”麻姑曰：“武艺强于父，犹过于母。”太平春曰：“何以知之？”麻姑曰：“姐不知妹之事，妹已得知姐之事矣。”太平春问故，麻姑将前在绝影国，闻老者所说，今日至此茶店，又访知之情由告知，太平春曰：“果不错。”随谓冠闽曰：“这个嫡母大娘文武俱全，才情胜我十倍。时常都对汝说，今在此，可跟随遵循教训，今快去令人接待龙宫护送之人。此数人乃汝外祖父龙王之人，不可轻慢。”冠闽唯唯而去。

麻姑曰：“姐以妹为嫡，岂不错耶？”太平春曰：“怎么错？”麻姑曰：“十二年前，妹随姐在紫荆山打猎中计，姐被迷倒，吴郎以姐作妹，背负至兰室，同寝一夜，人皆以为疑，今至见子极似其父，始信为实；愚妹回去后，才完亲，岂不是错？”

太平春曰：“彼时愚姐迷却，被吴郎背负，脱衣伺药，皆不知情，直至天明，忽然醒觉被人偎抱，惊问之，因答是‘亲夫主吴某救回，同寝伺药’，愚姐因闻此语，始放心不动。随又闻吴郎言曰：‘草寮负德曹戕吕，兰室酬恩祝会梁。’念了又念，初闻不解其意，因闻数遍，方知吴郎全以姐认作妹。所言负德，闻妹说在茅寮伺候，病既愈时，因听错话，半夜行强不遂，至次早说明，方知负德，自认比作曹操听错话误杀吕伯奢一家之故事。酬恩者，乃在紫荆山窃负救回兰室服伺，复醒酬谢，效祝英台会梁山伯，勿再如茅寮拒之。愚姐暗忖必是，又思既祝了天愿，姐即妹，妹即姐，两体一身，何分彼此？即代妹以遂茅寮之缘何妨？便不言拒，以遂其意。至天明，因又问，始答：‘是太平春，

非麻姑妹。’吴郎闻不是贤妹，惊悔走出不入矣。此时若不以姐作妹，吴郎怎肯沾身！身虽是姐，名仍属妹，正嫡各分，有敢占耶?”麻姑曰：“姐妹呼惯，焉能改口?”太平春曰：“称呼不妨，惟冠闽称妹大娘，称姐阿奶，永不能移矣。”

麻姑遂留住宫中，以孔孟论语教授冠闽，戒勿效父与母之嗜杀，须遵孟子不嗜杀之言。冠闽听佩。越二年，十四岁，年虽未长，而经济有余，辅佐母王，治国有善政。再二年，已十六岁，迎娶扶余国舅氏之女、德容兼全之表姐为妻。太平春将朝位与冠闽执掌，自同麻姑退养于万花园芝兰室，寝食不离。冠闽晨昏定省。麻姑以扶颠国风俗冠南海之首，将冠闽改名冠南矣。

麻姑在扶颠国不觉四年，要回龙宫，太平春不放。忽报，东海龙王，命使者信天翁来迎公主回宫议事。入见麻姑，说：“龙君欲建音乐府，特命来请公主回宫，与蔡夫人议定音乐。”太平春以龙君之命，不敢再留麻姑，饯酒送行，问曰：“此去回乡否?”麻姑曰：“已十三年了，定有生子，要回去一望。”太平春曰：“应该回望，待儿孙成人后，带吴郎来此逍遥晚岁。倘不肯来，可说鬓毛皆白，还避什么?”冠南曰：“大娘回家，可带同阿爹来享晚岁，免不肖弃疆土去寻之也。”麻姑笑曰：“吾儿放心，现成王后有不来作之理?”言讫，与太平春作别，同信天翁驾船回龙宫矣。

原来龙宫诸夫人皆晓畅音律，龙君喜悦，命作承平大渊之乐，即遣信天翁来接麻姑，同丽容定谱制造诸乐。虽其金石丝竹匏土革木皆备，惟缺竹，前偷取蟹谷之竹为管，今无此。查惟有日本之倭国山中凤音竹堪为，余别处无已，龙君要遣使去取。

正是：漫夸海存宝皆有，惟此凤音竹独无。且看如何，下文分说。

第二三八回　倭国再招鼠精归窟　吴林回籍麻姑还家

却说龙君命丽容同麻姑定乐，制诸乐器，惟缺竹，要遣使去倭国寻取。麻姑因想香仙在倭，不知有无宠幸，吴、林两家近时是何景况，正要去望，自认去取。龙君乃借与龙宝护身，扮道装乘舟而去。

抵于倭国，先往林秀参家中，见皆喜极。始知香仙宠幸八年，因倭王卒，原正宫娘娘妒其夺宠，将香仙幽于冷宫，慢慢来磨灭泄恨。只关一夜，至次日寻之没矣，内外皆搜无有。现是王子接位，朝政反变。阮相国早已病终，吴光告老，诸子罢官，欲同林家返乡，以未有王命，不敢擅行等情。又问凤音竹之所在，秀参曰："此竹即产在王府后山，常有凤凰集之，关防甚严，无敢擅取。"又问："香仙逃去，后宫有出甚怪异否?"秀参曰："当年无甚异怪，至近时不知何怪，在内作吵。现出榜文，能收除者重赏。"麻姑问："怎样作吵?"秀参曰："器皿、箱笼尽啮，玲珑衣服、书牒皆剪成丝絮，伺之不见，闻又有声，不知何怪?"麻姑暗思："此必是香仙，才此行为，从中施作，岂不公私两济耶!"

既见林家，又至吴家会叙，皆喜，如同天降。又细询王宫出怪之情形，是鼠无疑矣。次早，独往朝门揭榜，即引见王，称女道能收此怪。令带入内，见处处之器皿无一完全，人人之衣裳补而又破。至出没之所在，对王曰："不用设坛，退却人众，一人密念真咒，怪自来降。"王依之。

麻姑挂隐身宝，独坐半夜。俄一巨鼠出于地穴，将入别室。麻姑唤曰："香仙贤妹，且慢去，愚姊铁麻姑在此，快来相会!"那鼠便不见，转瞬有一女至，问："姊何来?"麻姑睹之，果香仙也，牵手并坐，谓曰："妹有何仇?可说来知，代与报复。"香仙潸然泪下，曰："前蒙姊引荐，为此王后，安乐八年。不幸王死。正宫因王在，无如之何；王殁，即将妹幽于土牢磨折。妹知势倒难敌，穿洞而逃，无处依泊。至岛南，遇一少年，中华人，名崔惠，因随叔作贾至此。叔死，货物被其花尽，不得回归，时为乞儿，露宿岩侧。见其衣虽褴褛，骨格非俗，遂将身依托，要长久依附。崔惠以贫无立锥之地辞却，妹即许能致富，方然。

“即盗邻近人家之财宝、衣服，置屋产，成起人家。崔惠身穿衣巾，被人认识，会诸失主来搜原赃，奴逃去，惟将崔惠拿送有司，照实承认，计赃逾千，究问怎窃出，崔惠供乃妻所窃。详报国王，将崔惠禁于铁牢，候捕着其妻到案，一同治罪。夫在錮禁待毙，妻安敢远遁？因铁牢无法救出，只在此吵他纷乱，期将来赦囚消灾。今幸遇姊，快救崔惠出牢，与妹同回故岛，则恩莫大焉！”言讫，不胜悲泣。

麻姑笑曰：“原来为此缘故！鼠雀可与同穴，救之不难，只恐丛桂中多添一家，妹亦多此悲伤，何苦耶？”香仙曰：“此崔惠乃妹万中选一，比前遇之花郎不同，有三分仙骨，曾教之吐纳之术，即能会晤，将来必起于尘外。”麻姑曰：“既如是，明日便讨出来。今设一计，贤妹可仍隐旧处，再勿糟蹋，待姊带人众持香幡入，妹即暗随幡出，至船与崔惠同回故岛，可好么？”香仙曰：“好极，烦贤姊作成，明日即行，勿迟！”麻姑答曰：“自然晓得。”

天明，麻姑令香仙退隐，唤回内侍之人至，引见倭王曰：“昨夜看明非妖，乃异国羁旅之魂，未得回归故土，集于内苑为厉。”倭王问：“今将如何设法？”麻姑曰：“请王行三宗事，即安靖如常。”王问：“哪三事？”麻姑曰：“一、将狱内之囚犯尽行赦免，听其回籍。二、有异国之家眷，不论士、农、工、商，听自回归故土。三、截风音之竹十六竿，系幡入宫，引度幽魂，配船送还各故乡。先将三宗事告许之，等待安靖三日，即颁诏而行，后宫中必安靖矣。”王依奏，再去告许，果三夜安靖。

倭王喜，颁诏，有司遵命奉行。麻姑在外安置周密，秀参亦即回乡，同吴光搬眷下船停妥。麻姑率带十六条幡入宫招呼，暗引香仙至海滨，另配一船，幡竿分插船旁，又领受了金帛赏赐，国人鸣金放炮相送，船即开去。而崔惠早在船中，与香仙相见，悲喜交集，在外岛泊住。少顷，秀参、吴光之眷船亦至，聚集一处。麻姑不说是鼠精，只说当时聘来，换云程、新月之香龙娘，因遭旧正宫妒害遁出，投依崔惠，因监坐囚牢，一并救出，同送回故岛，约略告与林、吴两家眷属得知。林、吴感其前功，不敢轻慢。惟异香退而色美如故，仍谓是龙女。

那林、吴两家，共有子媳孙曾数十人，资财富足。秀参因阮相国子死乏嗣，留一孙承继袭职为后裔。吴光子侄犹在，惟谊子小康回死了，亦带其子孙同回。船聚一处，麻姑先令水手升上桅顶遥望，有丛桂处报知。船齐开，至一日，便望见一岛如金，香仙便认是故丘，喜甚，挽麻姑同上岸，探之旧穴。麻姑将幡焚毁，把竹截成材料，遣另船运载。又嘱吴光、林秀参到家乡，寄说：“麻姑至龙宫缴信便回。”将倭王所赐之财宝带赠香仙，同他登山。吴、林又赠以谷食、

杂物，船便先开去了。香仙将物件寄顿岩壑，带同麻姑、崔惠至旧穴。丛桂如故，入视，屋宇依然。麻姑喜曰："归还有家，祈仍守正修真勿怠。"

遂作别，香仙携手送至海涯，各泪纷纷。麻姑乘船而去，香仙返故窟，同崔惠搬运所赠之物，以作粮食，留粮以为自行耕种，不盗别人。仍采桂制糕酿酒。二人甚属相爱、安乐，深感麻姑之德。到后来同崔惠修真共成正果，不表。

麻姑取竹回至龙宫，同丽容仿古制造管弦，按部奏承平大渊之乐。盖承平乃轩辕黄帝所作，大渊乃少昊金天氏所作也。龙君甚悦，以丽容为清乐夫人，麻姑为和乐夫人，宛延为乐都使，幼寥为乐正使，诸王孙妃娥皆有定级。大乐既定，麻姑思归，丽容不敢阻留，惟订待儿孙成立，带夫婿同至。遂辞龙君，乘船而回。

却说林、吴二家，船到故土，未得宇屋，同寄寓于周家之宅，与诸眷属重逢，方知麻姑在龙宫将回信息。云程同心兰各亲属转悲为喜。时青娘同启文寿过耋耄，堂列五代。吴光同孟夫人寿亦逾耄，孙男犹抱孙儿。秀参寿亦过五旬，兰桂盈阶，常忧吴枢密之家门祚衰薄，几乎断绝，谁知自麻姑一去十三年，云程与心兰连生七子皆男，转衰为旺矣。麻姑许一日[①]到家，云程与心兰忽见如天降下，共扯住曰："姐姐何忍抛弃？不管人哭至海枯石烂？"麻姑答曰："不过一游便回，何用哭伤？"云程曰："远逃海外十几年才回，还说去一游便回！"麻姑曰："古人有言：'万里不为远，三年不算迟，总在乾坤内，何须叹别离。'"

云程即唤齐七子同来参拜嫡母大娘。麻姑见子甚多，大喜，笑曰："起先誓不再娶半个，今钻出四个来！"云程云："只二个是实，一个虚的，哪有四个？"麻姑曰："无四个？现子之中，哪个为长？妻之中哪个为长？"云程曰："诸子中，吴开枝为长。妻之中，惟姐姐为嫡。何无分别？"麻姑笑曰："嫡妻乃一国女王，长子乃一国之主，可有么？"云程曰："所说莫非那番女么？都知道早已走避，何曾有受纳，怎当得数？"麻姑曰："不受纳，何与之生子？"云程讶曰："几时生子？"麻姑曰："未与生子，怎钻出子来？现今十六岁，名吴冠南，看有二十余岁之昂，人才品貌，行动举止竟与君一模印出，惟武艺胜过十倍，母之王位才与之坐掌。早已设吴枢密七宗庙，寄语请君去作太上皇。若不去，必自弃疆土来寻也。"

云程闻此，迟疑一会，笑曰："实不相瞒，曾记那时弄错，以别人认作自家之人，同来一夜，谁知有子。实是天造，移甲作乙，既传了子，岂有不认之理？自然是其为长。论嫡原是姐姐结发，不在于先后偕偶也。"诸亲眷闻知，皆来看

---

① 许一日：那一天。

视麻姑，请安。吴青娘闻吴氏有子在海外为国王，并立有吴枢密之七宗庙，忌辰日斋戒严肃，喜出望外，令瑶琴备五鼎，至九仙山祖先堂燔祭。十四门桥魏家二老闻之，飞赶来视。

时诸亲俱至，诘问："因何题假诗，逃去十几年耶?"麻姑又将前事与丽容所言之衷情，细说一遍。因自言是石女，月信不行，不能生育，恐误吴氏宗枝，故百日之外题诗假作归于咸池，以绝吴郎之望，得与心兰无所思念，长谐鱼水之欢。待至生育全美后回来，何迟之有？众眷属始知伪避之故，无不服其贤德，互相称赞不已。

正是：若非此女多贤德，安得遗儿作国王。欲知后事如何，请看下文分说。

第二三九回　酒头陀谈榴洞隐事　周二老游仙境迎归

却说麻姑被亲属诘问，遂将心事说知，众皆称为贤德之至。麻姑遂建父族之家庙，以次子改姓王，为王淙之孙、王仁达之曾孙，伺奉香火。又设雪心兰父母之神位供奉，以第三子改白姓，过继承嗣矣。十四门桥二老少子多孙，冷杏连生九子，喜出望外。无病，一旦忽然并卒。云程、麻姑为哀女哀婿，比别人倍加悲哀，难以尽述。吴光回台江未几，同妻孟氏前后寿终。林秀参仍归于螺江重整旧业。不表。

再说芳州同艳冰晨昏奉亲，先无人疑，惟瑶琴、赛仙二夫人疑之。芳州亦恐被此二妇女识破。那夜与艳冰闲谈，问："二嫂有异论否？"艳冰笑曰："吾弟之本真多早被其识破。"芳州问之，艳冰曰："有一日，欲遣童儿去梅江说话，吾弟阻之今日有暴风，可明日去。是日果江中起暴风，舟覆无数。又一夜，与吾弟随老父出街看灯坪，风清月朗，吾弟说大雨将至，快些回去。刚到家而大雨至，淋杀游人无算。次日言之，皆称吾弟能点算风雨。惟汝二嫂曰，不是点算，乃非人类。因问是什么，他说'巢居知风，穴居知雨，不是狐狸，亦是鼹鼠。'"

芳州闻之骇然，思欲回去。艳冰曰："此亦不关紧要，怕之作甚？"芳州遂止。初到时与云程无异，后渐复原，家中无不疑之，惟二老爱而不疑。至周家不觉十有三年，庆云生五男二女，将次子承继艾敬郎为孙。赛仙只生二子，长的立与周拱为嗣，次承与御史为后。新禧、熻金皆婚娶生子。娇容亦生男女六七人。时钱氏纳土归宋，闽中文运肇振，除云程新月不求外，余皆入黉宫。林仁翰寿至九十三而终，谈氏连育三子，入泮矣。

适花朝令旦，青娘吴老夫人之寿辰，五代之儿孙及六亲之眷属毕集华堂，称觞祝寿，不亚于郭汾阳。有数十个花子要食，花子头取食余残之酒面排于边廊与食。续后又来一个，比那十个更褴褛。花子头令出廊上凑食。那人笑曰："我都学那饿死鬼，食那残余之碗底耶？"花子头问："你要食何等？"答曰："堂上第一桌第一位。"花子头惟笑而未骂，触起十数个花子骂曰："癞蛤蟆想食天

鹅肉，快滚出去，连这里都不与汝食。”那一个花子亦骂曰：“你这一伙臭王八！狗咬吕洞宾，好歹人都不识，快爬出去罢！”众花子怒甚，共向前欲揪之。先上前的被他一脚踢倒，众共围住，乱拳攻打，花子头拉劝不开。里面闻知，云程出来问了缘由，将花子擘开。谁知那个早已脱身，撞入后庭。内厅正宴会，二老见一人赤脚、蓬头，褴褛异甚，撞至席前，将喝之。那人上阶见启文，便喊曰：“周老爷，隔别多年，可认得么？莫怪拜寿来迟。”

启文站起，定睛看认不出，答曰：“认得了。”那个又曰：“‘一喊遂缘易，万金指借难’，可记得么？”启文闻此，便觉，忙向前迎曰：“记得，记得，原来是法济老师，一向在何处？令人想杀！”遂延至西厅，奉之上坐，己旁坐。云程在外，将花子逐散去，入来见那一个花子已在花厅，奉之上坐，问皆不知何人。只见启文吩咐排设酒席，自执壶陪饮。又令请吴青娘出来拜谢老师。

吴青娘不知何人，令丫环扶，指曰：“此位老婆，恩老师可认得么？”法济曰：“榴花洞之红颜，转眼雪堆满头。”启文曰：“今日弟子夫妇二人，拜谢三德。”法济急拦不住，拜罢，同坐，问：“有何德？”启文曰：“一乃一喊为媒撮合。”法济曰：“人道我作恶事。”启文曰：“二乃插青保罗城。”又答曰：“人道我乃怀恨糟蹋。”启文曰：“三乃指借万金财主。”又答曰：“人道我乃无稽之言。”

启文说完，又令诸儿孙同来参见，照序行礼毕，排列两旁，启文说知，同是昭穆。法济遍见了，曰：“皆清气①，惟有两个糊里糊涂。”启文讶问：“哪两人？”法济指芳州曰：“这个狐狸。”指艳冰曰：“这个狐徒。”以艳冰乃关关所教升腾飞遁之法术，为狐狸之徒弟，故曰狐徒。先前，芳州、艳冰二人，看法济之模样，不过悦父之意，哪里在眼里。一被指原形，俱胆寒心颤，站立不住。一家大小，皆以法济视两旁都是清清白白周家之亲血脉，惟芳州及艳冰糊里糊涂带回冒作云程，今又与周家为子，以故意嘲之，安知一个实是狐狸精怪，一个实是狐狸之徒弟也！

法济见两人失色，又曰：“虽狐狸狐徒，还有一段光明，犹可造就也。”二人因闻此语，心略定，愈敬畏。吴青娘见其褴褛之甚，令丫环进取一套新衣服出来，与换穿。法济急阻曰：“不必不必！莫取，莫取。”吴青娘曰：“好衣来换破衣，怎不好耶？”法济又答曰：“不喜欢穿好的，如爱穿，怕没有？要这里来换？”吴青娘劝之再三，定不换，随口作偈曰：“佛家好色相，不在无衣冠。如来穿破衣，亦作等闲看。”

---

① 清气：清爽。

法济闻念此，亦接口曰："只要内坚贞，何妨外破褴。色相不全空，怎称铁罗汉！"青娘听了，又念曰："坚果莫如铁，见酒魂便销。魂销坚变软，扎作小线条。"法济又答曰："若无此线条，怎救劈脑郎？归家恐不遂，反说骗爷娘。"

吴青娘被答此四句，羞惭无地，即抽身钻入厅后不出矣。启文亦惭赧，便欠身曰："女弟子胆大无忌惮，望恩师海涵恕之！"法济笑曰："咱平素最爱人无忌惮，不必介意，但他素好滑稽，怎的走去？此乃七十余年之机密事，今被人知究竟，亦为恩深情重。今都老了，还怕甚羞？再出来对答有趣。"吴青娘不敢再出，启文叫亦不出。法济酒食完要去，启文留之。法济曰："咱因回家，顺便进来看看，留不得矣。"又问："恩师曾说无住址，今何有家？"又答曰："不回去，便无住址。既回去，便有家矣。"又问："后有再会否？"答："无。"一面说，飘然而去。

男女都在谈论，云程忿甚，问曰："这臭花子到底有甚来历，姑爷作如天如帝看待他？"启文遂将当年法济在于圣泉寺，喊走人众，免贼围戮，暗使人巧遇奇逢；后在公馆知鳝鱼精将出，插树枝保罗城；知库银已被局换，题诗指点大财主。昔闽王令访无迹，塑形像供奉，西城人人都叫作醉头陀。今日才晓得是铁罗汉，由人凌辱不妨，有酒食便欢喜等事，细说与众知之。众男女等闻此，惟艳冰、芳州信是活佛铁罗汉，无敢言，余皆未深信。

云程笑曰："未必有此法术。"庆云曰："莫看轻，果有法术。别人不知，惟奴知之。"众问："何知？"庆云将在吴屿度张音、梁韵为和合之地仙，亦知二人前世之因由，又说二苍头所说，在公馆时曾救酒醉落井之性命，在吴山救刘家数十人免遭梁压之厄，细述一遍。云程曰："所说之事，都是幸不幸。倘遇他被酒醉倒，自顾不暇，还能救他人？不敢深信。"吴青娘曰："汝还不信？我同汝姑爷五七十年前在榴花洞，天不知地不觉之私情，他都能晓，今日盘偈被他点破，魂魄惊散，走之不及。汝敢谤之耶？"

麻姑笑曰："原来姑婆与姑公在榴花洞先成了亲耶？"青娘骂曰："尖嘴轻薄子，好大胆，姑婆也敢来嘲！"麻姑曰："未成亲，那私情从何而来耶？"青娘笑曰："我晓得，说出此一句，一定有人生疑。我今将至百岁，还隐而不言作甚？索性说出与大家齐听。"启文闻欲说当年之事，自觉羞惭，笑而走[①]出。青娘曰："此话对儿孙说，怕什么？何用走耶？我当年十七岁，同父母兄弟避在东山圣泉寺，被此铁罗汉喊'贼自后山来了'，惊走路中，被人众冲散，天开榴花洞与我存躲。至夜出探贼，谁知贼营即驻洞前，见汝姑公被贼缚在洞口树上，等

① 走：逃。

贼头回来，劈脑冲酒食，年方十八岁，怜之，偷把解下，叫快走。

“因贼营扎布四面，无路可走，只得带至洞内，另放于桥亭，我自入房安宿。至次日通姓名，方知是至诚子弟。自此以榴实为粮，拜为谊兄妹，十昼夜无一妄言。贼营中有酒，偷进来，日夜以煮酒吟诗。探贼兵已去，汝姑爷送我回家。因思若与父母说是我救汝姑爷进洞，同聚十昼夜，以女招男无暧昧，江水挑来洗亦难清。没奈何，要反说。遂议：回去说，我被贼卒拿缚树上，等贼头回来，献与为妾，被汝姑爷解救进洞，拜为兄妹，以男救女，可免致疑。此私情果密之至，今被铁罗汉说破矣。所言私情者即此，并无别私也。”

麻姑笑曰：“无别私，只有一弊，姑婆以铁罗汉去了，无人再识破耶？还有铁麻姑在此，犹能破之！”青娘曰：“汝且说出何弊？”麻姑曰：“女救男者，除却男家富女家贫，可以要之为婿，光耀门楣。若女家富男家贫，父母犹以不合救，既救了便罢，再无将女反报之也。男救女者，除却男家富女家贫，不图报亦罢。如男家贫女家富，父母再无招之为婿，以报其恩也。当时姑婆之父即奴之大公，乃黄甲进士，家道丰足，算顶大之乡绅。姑公之太公乃布衣，家中清淡，一介苦儒者。若回说女救男，怕不了事！因十昼夜恩深情重，怎得分开？不得不瞒天过海，以遂其私，此乃十面埋伏妙策，永无人破。谁知今日却被二铁锤破了。”

青娘骂曰：“汝看此花鼓婆，胆大极，敢将嫡亲之姑婆这般评论，拿来割舌头！”庆云去揪，麻姑跑走进内，转步又至，笑曰：“姑婆莫动气，与侄儿媳妇来赔不是，舌头留食了晚饭来割未迟。今再问是否回家反说，就拜堂成亲耶？”青娘曰：“汝今不要捣鬼，听我再说。回家后双亲即议亲事，对汝姑公说，姑公以三不可对之。又对我说，我以既为手足，怎敢改移拒之。时汝姑公之父，贼退无回，皆以被害。忽然同友虞少溪到我家攀亲事。少溪认媒人，择吉合卺矣。汝们诙谐，无我少时之甚。因汝姑公在洞里，说一句无盐可飧之话，成亲后，弄他七日食斋。父母访知，始信十昼夜在洞里果无苟且。今汝们信不信耶？如不信，那同寮养病，亦无人信耶？”

麻姑笑曰：“那龙潭同茅寮无人信，只是那同船一堵[①]寝食，去江南令乳母去书房换睡枕，宝皇宫同起倒[②]作道童，有人信就好！”瑶琴、赛仙、庆云同揪打，骂曰：“我们未曾说，汝来惹我！”麻姑笑而走开。天既黑，夜膳毕归房。次日二老登堂，诸男女等毕集，启文曰：“梦汝叔婶遣一仙使，带双鸾来接我二

① 堵：船舱。

② 起倒：起居。

人去游仙界。今同汝母沐浴更衣，怀带双佩，乘鸾随使而去。儿孙曾可欢喜，不用悲伤。”艳冰同诸男女哭泣，皆阻勿去。二老曰：“此乐彼乐，将来吾儿同去寻，可也。”言讫，目闭矣。外之人众，俱见二老并乘青鸾升空向东南而没。诸子孙呼唤不回，牵衣摸怀中双佩杳矣，共知带去。随殡殓入棺，开丧设灵。诸男女皆服孝，七满[①]葬于藤山之东。芳州随众亦庐墓[②]尽义。

那日麻姑在周家与诸女眷闲谈，向瑶琴、赛仙曰：“大姑有问过姑夫，那芳州是人不是人?”瑶琴曰：“早问之，并不实言。至公婆仙去之后，不问，自言是狐，入了仙籍，来日要同去寻讨[③]双亲叔婶之所在。因欲去，才实言之。”麻姑笑曰：“奴家拟之不差。”又曰：“大姑肯放姑夫去?”赛仙曰：“为亲前往，谁敢阻之?”麻姑曰：“恐姑夫学周拱叔公，有伴一去不返，大姑要离魂逐之也。”赛仙未答，庆云代答曰：“今若逐，须带柴刀、枪担[④]绳索去，才夺得回来。”麻姑曰：“共婶婆亲热，早晓得了，与表叔公来拿去垫腰。”瑶琴惊曰：“从来未见孙媳与婶婆这等玩笑，自己都不怕羞!”娇容曰：“婆婆不知，那两个同媳妇之姐，时常如玩说相嘲，盘嘴不了[⑤]。”麻姑曰：“不此讲讲，岂不闷煞!”同笑而散。

艳冰庐墓毕，因父母有遗嘱，即将家事交与新月，同芳州去寻，望西而去。

正是：不去西天求佛祖，只寻南海觅仙踪。且看下回分解。

---

① 七满：丧事结束。

② 庐墓：服丧期间在墓旁搭盖小屋居住，守护坟墓。

③ 寻讨：寻找。

④ 枪担：尖头的扁担。

⑤ 盘嘴不了：没完没了地斗嘴。

第二四〇回　万国图赠寻亲归舍　双峰梦觉度眷登仙

先说冷应貂迁居十四门桥，奉姑嬷如亲姑，抚养别祖十八岁。出世时因似其祖之貌，脸上灸七块疤痕，谁知九岁出蛇皮痘，死了复生，变了大麻子。梅江蔡珍以女妻之，亦子少孙多。应貂未及四十岁，三十九而没。殡殓将毕，而姑嬷悲哭甚哀，说："吾妹慢行，老身就来。"至应貂殡殓完妥，而姑嬷痰涌气塞矣。别祖以祖母礼殡殓治丧，远近无不称奇。七满同运回剑浦合葬矣。魏、归两家之儿孙大兴发。剑浦冷固之二子亦生孙繁盛。冷巩此房早立有嗣。虞公庵之子孙甲第蝉联，已仕者在于朝堂，未仕者为吴、周之子弟教读。庆云之弟凤凰冈绍父之儒风，吴山陈进宝代张、梁二姓接宗，旺甚而分族，后俱不表。

再说芳州同艳冰去寻双亲，先抵昆仑，访问周、王二仙所在。讵黄鹤童随王母云游去了，无从访问。即自寻访，置一簿册，有历过之地便图记之。二人寻遍万山岛屿，无踪，回至冀北岭洞。二老安康，关关与云和照常，喜甚。问了安，二老知尽了子道，又说奉遗嘱寻访之缘由，曰："皆孝所为。且歇息再去。"二人退出，关关办席接风会叙。关关问："寻亲曾历过几处?"艳冰答曰："六合乾坤历已遍，双亲叔婶杳无踪。"

关关曰："既历遍六合，怎寻之不遇，或未遍耶?"艳冰曰："现有记簿可据。"即取出图册与看。关关看了，笑曰："只历中枢，未经八表，真仙哪寻得着?"艳冰曰："何谓八表?"关关曰："惟妹知之，八表之外还有三际。大凡神仙所居皆近天际，安在中枢之尘里耶?今二兄长既出尘而身历，愚妹未出户而心游，各皆记有图册，取出来对。"即起身取出来看一卷小轴。

芳州展看，额题"极天际地，九天万国之全图"，将自身之图来对，万不及一。艳冰曰："此图乃有现成之稿本描摩，未必吾妹有历过。"关关曰："莫管他有历过无历过，今先来对，凭二兄盘驳。风土人物如妹说得不对者，便是描模来。"艳冰择僻处之番国问之，果皆说得周全，犹胜历过，服其神异，曰："昔目连求佛祖，得十殿见母。今周某求贤妹指点，得何方会亲，感戴妹之德矣。"关关曰："言重！如访，须向东南尽处，寻之必遇。"艳冰曰："寻了双亲、叔

婶，再寻外祖父母舅，可能并遇之乎？”关关曰：“令外祖之生魂早在枉死城中，转托轮回去了，哪里还寻得着？”

三人问答，至日暮，芳州入与云和谈叙。艳冰同关关对酌，直到天明，同芳州告辞再去。关关将图交与艳冰曰：“至了东南处，可开看，按图寻之必遇。有卜占四句诗谶粘此轴背，至了自知。”艳冰接过念之，只见五言四句云：

东南极际边，另有一重天。

异土逢乡土，奇缘作梦缘。

念完，将轴卷起，同芳州向东南腾空而去。到了东南极天际地将尽之处，不知所抵，开图看有一山，注“三山别境”，思“三山”乃福州别号，“异土逢乡土“之谶莫即此也？遂同芳州按图而寻。望见那处榕绿如云，荔丹似火，南屏五虎，北崎三峰，俨然闽都也。即上山，至双峰禅林山门外，有周拱、王月英之诗，无疑。撞入内院，见双亲倚栏观玩荷花，同芳州趋拜曰：“不肖等寻讨，幸见慈颜。”启文、青娘见而喜曰：“汝兄弟二人怎能寻得到此，孝莫大焉。”艳冰问：“叔婶何在？”启文曰：“汝祖父同懒安和尚早隐在此，汝叔婶亦引我在此聚乐，果极乐世界也。叔在内与和尚弈棋，祖父看婶烧香丹。可带汝去参见。”遂带至后庭见太朴。

各参拜毕，太朴问：“是谁？”启文曰：“乃孙男艳冰，谊孙男芳州，特来寻讨祖父、叔婶等。”太朴讶曰：“即是吾侄同侄妇所说，瑶池收录号金光、玉光之二子乎？”周拱答：“是。”太朴喜执二子之手，曰：“美哉，美哉！一个四世人体，官列宰辅；一个出类拔萃，孝义双全。更闻后代个个贤淑，吾复何憾？今二孙儿来，可同和尚回去一望孙子，好否？”懒安亦喜，即先令二孙儿先回去伺候。

艳冰、芳州领命，先驱回家中报知，同诸男女赶紧整肃衣冠，候接太公。内外排设停妥，而云间乘鸾鹤下降。艳冰率诸男女出户跪接，各下来，迎进厅堂。和尚同太朴正坐，启文、周拱、青娘、月英分旁而坐。艳冰率新月等暨诸男女孙参拜讫，立于左边。瑶琴暨诸媳等参拜讫，立于右旁。艳冰逐一指报，某孙某名，某媳某氏，以及曾孙元孙等皆禀明。又指某孙与二叔婶承继为嗣。太朴正喜得眉舒，而九仙山之云程得知，带二妻与子亦至，趋拜阶下。启文、青娘告乃吴枢密之后裔。太朴喜曰：“今日回来，喜看吾门之孙曾绕膝，又喜吾亲翁之兰桂联芳，吾乃方外之人，无以为贽，惟赞你众福寿绵长而已。”懒安曰：“贫僧亦无所赠，惟祝周、吴两裔年年此日，岁岁今朝可也。”启文等皆称谢金言。

懒安左右看遍，指青娘曰：“此位夫人乃天开榴洞之奇缘。”又指月英曰：

“此位仙姑乃地关金英之奇缘。这二位已会过了。”又指瑶琴曰：“此位夫人莫非买尸还魂之奇缘耶？”又指赛仙曰：“此位夫人莫非离魂遂偶之奇缘乎？”又指庆云曰：“此位夫人莫非红心结契之奇缘乎？”又指娇容曰：“此位夫人莫非海外同巢之奇缘乎？”又指麻姑曰：“此位夫人莫非因假作真之奇缘乎？”艳冰一一答是。懒安羡曰：“难得周氏之奇缘三世，并能延及吴家，可敬可贺！”

太朴曰：“寒家三世奇缘，弟犹不知，和尚从何而知耶？”懒安曰：“此乃八十年前，老先生在双峰敝刹昼寝得一梦，醒来说知，经贫僧详解，乃老先生身后之事，怎不知耶？”太朴曰：“今一点都记不得，和尚既记得，可说与大家齐听。”懒安曰：“八十年前暮春时，老先生带世兄游玩双峰敝刹，就于此殿假寐，被贫僧打醒，大叫奇梦。贫僧问何梦，老先生乃说梦游一岩，花木皆秀，石壁皆有凿周氏后屿字样，乐而忘返。有恶少十数人，来折花枝，老先生不肯与折，恶少怒，将老先生缚住要杀，将兰桂折尽，贮于三布袋，再折别花。不意三女子骑羊从岩后抢去三袋之兰桂，而众恶少忿怒，尽将花木打折无遗，来杀老先生。老先生问之，恶少说：‘汝不牢骚方免。’老先生亦怒，曰：‘牢骚，乃己之真性，怎改？’恶少遂杀老先生而逃。老先生魂犹追之无迹，只见五龙争于海上，众龙踞于域中，惊醒，要贫僧详解。贫僧云，乃老先生后事，兰桂即子孙也。三袋即三世也。骑羊即系三世夫人之奇缘也。必有出贤淑之女，保全老先生之兰桂不与人毒害。虎斗龙争，乃唐运将衰之兆。老先生牢骚被杀，诚抱不平之气概，亦应当避影存形。老先生听此便笑。双峰一梦，三世可知，仙法不如佛法，昔邯郸只梦一世也。但当初老先生不信，今可信乎？”

太朴叹气曰：“因不信是梦，致漂泊于天外，幸三世儿孙之贤媳，保全后裔。”一堂男女等闻此，始知三世之姻缘，已定于八十年前双峰一梦之中矣，暗暗称奇。和尚、太朴语毕，王月英问青娘曰：“此位令侄妇麻姑，前在不周山同令侄已会过，羡其阴骘纹满脸，铁筋盘束于浑身，奇男子不能及之也！”青娘答曰：“无此贤钗，吴枢密之根苗断久矣。”月英曰：“不止延令侄一脉，其阴骘尤多，已超乎凡俗。”又指云程曰：“此令侄初会时，有牢骚之气贯顶，必然救弱除奸，亦是盖世英雄。惟过于残忍。今日见之，幸阴骘纹渐现，将来亦可超于尘外。”又视庆云、娇容、新月、新春及心兰，曰：“均非俗骨，皆出于风尘之外。”

懒安闻月英所品题，皆点头不断。亦指云程、麻姑谓曰：“仙姑还知此二位之先天么？”月英曰：“惟闻云程姻表乃鹤投胎，其麻姑贤妇尚不知也。”懒安曰：“此女系天上织女支机石之精气坠于该母，感而成胎也。”月英曰：“怪道是才有此铁石筋骨也。”艳冰将令排家宴，太朴曰：“回看后代儿孙，个个贤孝，

喜得心饱脾醉，焉能再饮?”艳冰等共曰：“既不要食，求勿去，可长留在此，与孙曾等慢慢孝敬。”太朴曰：“既离红尘，留之不得。今好去，即起身。”艳冰将父母衣衫扯住，泣留。启文同青娘含泪曰：“吾二人要跟奉太公，怎敢独留?”周拱曰：“都留不得。吾侄二人既悉了所在，往来便可矣。”艳冰不敢再留，一同恭送堂前，同乘鸾鹤而去。诸孙曾拭泪。

瑶琴问艳冰曰：“在何处寻亲遇着?”艳冰将先至昆仑不遇鹤童，后至岭洞，关关妹子赠图，按图再寻方遇，再细说一遍。赛仙曰：“什么图有此奇异？并亡过之祖父，共寻得回来，不敢深信。”芳州曰：“嫂若不信，将此图挂起来看便信。”遂将图挂起，指曰：“至此三山别境，方寻遇。”诸男女拥挤观看。

那时麻姑同心兰带子先回九仙山去，云程未回，闻按图寻亲心动，顿思起父母公婆，即谓艳冰曰：“将此图暂借与弟，亦去寻公、婆、父、母回来。”艳冰曰：“此图借不得，要送还岭。”云程曰：“可慢些送还，且借我寻亲回来，再送还未迟。”艳冰曰：“就借得亦无益，已查弟之亲在枉死城已托生去了，没处寻矣。”云程怒曰：“彼丈夫，我丈夫，你便有处寻，我的亲便无处寻！吴某十数年来，无日不思，忍耐不住，莫管他有处寻没处寻，总要借去走一遭，寻无，再不回头见你!”言讫，自上堂将画图脱下，一面卷，一面望外便走出。艳冰不敢追，芳州尾于背后，伸手把图撮过来，跑进交与艳冰，曰：“迟了，快去。”二人由后门而走。

云程忿甚，赶入指骂曰：“你这一起[1]欺我太甚，今先杀你一家，再杀两个禽兽!”便持一把长柄偃月钢刀在手，连声叫杀，赶上厅堂。大小男女跑躲不及，同声叫喊，皆惊跳空跌下，惊醒，原都是一场大梦。时鸡鸣初唱，齐下床出问，皆是同梦。各取笔自行记出，写于纸上。自艳冰、芳州先回报起，至云程提刀喊杀，惊醒止，俱写明白。至天明交看皆同。少顷云程遣子送梦记对之亦同，惊异殊甚。

月余，艳冰独回，瑶琴问：“遇双亲否?”艳冰答：“双亲并公祖、叔、婶及和尚同回，一家皆参见了，怎的还问耶?”一家始知所梦非虚，遂将各梦记与看，半点无差。赛仙曰：“既寻过，不明会而梦逢，何也?”艳冰曰：“曾问过，和尚以吾门三世奇缘犹梦中之未觉，故使之觉悟也。”瑶琴、赛仙遂有出尘之想。未几，艳冰带二妻游双峰，梦登岩俱不见。铁麻姑带云程游白龙江，去而不返矣。

正是：情重度妻游阆苑，恩深挈婿到龙宫。欲知后文，且看下回分解。

---

① 这一起：这一帮人。

第二四一回　云程随妻归扶颠国　麻姑格物取化鸡虫

前文结双峰梦全篇。现在乌石山中，有双峰合拱，上勒“双峰梦”三字。

兹再说麻姑带夫云程至东海，又有许多之波澜曲折。原来九仙山男女俱已成立[1]了，婚嫁既毕，向来之愿遂矣。一日，麻姑便悄悄带云程，由台江地方买舟渡至外洋，口中吹动哨子，辄有小舟来接，抵通宵岛，进灵虚宫，会谊父母及诸男女，皆喜，以是长住聚乐。谁知信天翁早受扶颠国王所托，即赶去报知。太平春恐云程不来，遂同子冠南即刻驾船随信天翁至灵虚岛迎接。那时，冠南得见父亲，太平春得见亲夫，喜甚，泪滴衣衿。太平春又带了拜见其谊外祖父母及诸亲属人等，莫不大喜，称羡不已，咸谓冠南形容面貌与其父无异。

冠南因说接父回去坐位，云程笑曰：“如接我去游玩犹可，若接我坐什么王位，我仍不去也。”龙君同夫人曰：“贤甥位坐既经许久，不必更接，且请父母聚乐数年，再行商议可也。”云程犹不去。太平春再三说，不接位与同回扶颠国，尊云程为太上皇，尊麻姑为太夫人。太平春与云程重整佳期，冠南承欢膝下，孝不胜言。聚乐数年，谁知老蚌生珠，姐妹各生一男。原来麻姑五十岁月信始至，故临老才生出子。太平春亦过半世再生子，真奇异也。

国既大治，中外安宁，惟常遭水旱，赈济不断，库存颇虚。一日，有外郡之番牧呈报一案，乃父告子不孝，录供云：

番民名各洛，六十岁，妻已早死。一子名唤瓦云，每日供膳不饱，致肚饥绞痛等情由。随拿至瓦云讯。据称，因父肚中生怪，二十余年来不食别物，单食鸡，昼夜不住口，每次六七头方足。早年家中颇有余产，至意供奉。至后渐渐家贫如洗，子女卖尽，鸡供不能如前充足，不免减少些须。父亦知今不同古，其奈肚中生怪不知情，每至停鸡未食，便在肚中作吵搅撞。父因痛苦难堪，始来具控，伏乞察情等。当经复讯，严刑鞫供皆一词，实无捏饰。查得瓦云，因父肚生怪，食鸡不厌，钱财无惜，犹卖子女，奉养不怠。惟减少无前满足，致

---

① 成立：成家立业。

父具呈，与不顾父母之养不孝者有别。事关人伦风化，不敢擅断。理合录供，呈请指示遵行情由。

冠南看了，随送父母看而请诲。云程看曰："有此等饕餮，不杀却，留之何用?"太平春曰："再无此等饕餮之理，全是怪食去，杀之何忍?须令名医，用一剂服下狼虎药，将妖攻化方好。"麻姑看了，笑曰："此人肚中，不知者为怪，知者为宝，且先拘来验看，将此怪取出，乃稀世之宝也。"冠南在旁曰："母后怎知是宝耶?"麻姑曰："我常与汝表嫂庆云说，有怪物奇书所载。人食面不饱者，肚中有消麦虫；食鸡不厌者，肚中有化鸡蠹。若取得来，消麦虫可致海藏之异宝；化鸡蠹能灭山中之怪妖。生蠹之人，羸瘦而癞，目光赤，别物一概不入口，惟鸡不能住口。欲取之法，将此人来饿一日，缚手足。将鸡入火烧熟，有香气，只放于面前与嗅，即钻出喉来。形如肚猪，背有金线，放入水瓮，便钻伏不动如死；投于滚汤、炎火复活；入冷水则蛰；千年无异。若使用时，欲破某山之妖怪，只取其山土一撮，入锅炼红，蠹亦即入，便将土翻跃，某山洞即自崩陷；欲除某江之妖孽，只取其江之水一筒，入锅煎熬，蠹即投入，便亦游泳翻跃，某江自渐枯竭。是以为宝，此乃林公主所说，并非眼见也。即林公主亦是据书偶尔谈及，并非目见。今且将此老提来验看，果瘦癞目赤，不食别物，便将他来试，引取可矣。"冠南曰："如蠹取出，其人命必休矣!"麻姑曰："怪一离，疾便愈，不再食鸡，有益无损，怎么反致其命耶?"太平春曰："妙极！快行提验。"

冠南檄行，飞提原被告来验讯。不数日，外郡守遣使送至。冠南坐内殿，先调入各洛验看，果瘦而癞，目赤面放光。讯问，供与前同。又调其子瓦云问讯，供亦同前。随向解送之使者曰："据说各洛只食鸡，不食别物，此来路上食什么?"使者曰："路上买饼与食，皆不入口。惟要鸡食，时刻翻跋[①]不歇。恐至丧生干咎，只得沿途买鸡，令其子火烧与食。日夜不停，才能护送到殿。惟此一会未入口，他肚中又跳，眉头又蹙矣。"冠南谓各洛曰："汝自己肚中生怪，一日要鸡六七头。汝子有多少身家，能供汝许多鸡食！前来具控，要供汝无底止之肚腹。今幸孤之太夫人能治此怪，能遣疾愈体安，乃汝之大造化也。其子且带出外廊听候。原告带入医治，待疾愈，一同回籍。"即遣各洛入内宫，请母作为。

麻姑视了形状，与书中所载无异。令人将其背绑于廊柱，任其肚跳、口喊。取鸡烧炙喷香，俟其饿至半日，排在面前与嗅。那各洛闻鸡香气，肚子愈跳，

① 翻跋：折腾。

人被翻滚如死。忽喉中吐出一物，形如肚猪，背有金线，跳在鸡上。只见其摆摇数下，那烧鸡连骨皆化。麻姑又备一碌瓮[①]，贮冷水，下沉细沙，将此怪投入，果然一见冷水便钻入沙中不动。是时，各洛吐出，肚皮不痛，只垂头丧气。遂解绳，放其坐于椅上。试取烧鸡与食，入口便吐。令取稀粥与食，便进不吐。即留于外房，唤伊子来服伺，先粥后饭，渐食至鱼肉。数日其症已愈，人已转色。父子皆感恩不胜，欲辞回去，冠南又令其痊愈后回去。麻姑引出此蠹，便去演试。后苑有小阜，烧起红锅，取土一撮入锅中，把蠹投入，一见热便将锅中之土翻弄，即见小阜自崩。赶摄起蠹，阜便不崩。又将井水煎试，蠹投入游跃，井中水亦致翻滚变浅，真是无价之宝，谨慎存之。

太平春喜甚，又问："所说消麦虫何所为？"麻姑曰："有人食面至数十斤不饱，其腹中有消麦虫，人亦黄瘦，将其饿至饥甚，以炒熟之面引出，状如蝎，人亦不再食面。虫贮于筒内，带至海边，熬一锅滚油，将虫入油中翻滚。须臾，海中夜叉捧献一盘小珠，不受，叱之去。又来献中大珠一盘，又叱之。遂捧一粒碗大之珠来献，始接受之。油中虫捞起，又存筒内如故。把碗大之珠抛落海中，海水裂开成路，遂入海藏，选取奇珍异宝而回。此消麦虫与化鸡蠹又另一番行为，若再能逢遇更好。"太平春羡曰："贤妹多闻广识，诚奇人也，姐焉能及万分之一！"麻姑答曰："愚妹乃闻所闻而来，何足为奇也。"云程曰："此番得见所见，才为奇异。"共言而笑。

时各洛父子留在别室，将养两个月，变肥白，竟换去一个人[②]。遂令父子进宫，冠南谓其子曰："所有家业汝父费尽，今带汝父回去，何以度日耶？"瓦云答云："蒙恩治愈怪疾，不再食鸡，回去作丐亦可奉养，大幸之极。"冠南即令取出白银一百两与之曰："此银赏汝，一半与你赎回子女，一半与你作经纪本钱养父，以奖其孝。"父子遂领银叩谢而出，归籍。此乃抛砖引玉，以公济私，一百两银换无价之宝，又邀买名声。人皆不知有宝被取，只说扶颠国王代民医愈怪疾，又留调养两月，又赏银一百两，与其子赎卖之子女，并作经纪本钱养父，仁德如同古之尧舜。又传说国王乃铜身铁骨，王之父并二母皆有移山倒海、降龙伏虎之本领，再此一扬誉，海内诸番皆朝贡矣。

正是：仁慈有道鸟朝凤，暴虐无良獭逐鱼。欲知后文，下回分解。

---

① 碌瓮：陶瓮。

② 竟换去一个人：竟然像换了一个人。

第二四二回　羽番贡鸡教取宝玉　佛发化鲤开辟台湾

却说扶颠国扬誉于海内，诸番国莫不尊仰，或慕仁慈，或惧征伐。遂会三十六邦国，各遣使赍表奉贡品，请领印敕，遵奉制度，年贡万物，如一岛悖逆，诸岛会讨之。写表共至扶颠朝进，冠南令赐宴款待诸使者，遂铸金印，刻古篆某国王之印，又造某国王之敕令；用东海扶颠都王之印，又制三十六敕印。既便，令各番使正殿承领，照国衔各颁给。各番使又求请各自身衣领间赐印国都玉玺一颗，回去荣耀。冠南令人入宫去取自己都王之金印并朱印色。待许久方取出，冠南见金印变为白印，疑异不言，遂将各番使各盖毕，即令各归本国，番使谢恩而去。

朝事既了，冠南入宫查问："金印如何变白?"麻姑笑曰："诸番原是请用玉玺，若请出去非玉，与所颁小邦之印同色，被他回国去说之，印无分别，便不为尊。故为娘赶将粉料妆饰，以金为玉，且瞒一时之眼，与之回说，始别尊卑。过后再行寻取玉来制玺，方称都王之宝。"冠南闻之，答曰："孩儿未能思及至此，幸将妆饰，仿佛一时。恐有再来请用，被其看破不雅，务要觅玉另制，再迟不得！惟玉至罕，现来各国所有贡来之宝皆有，独无玉器，可见罕之至也。"太平春曰："可遣人去探，有出玉之地去取。"云程曰："且访有玉山，待我去取。"

冠南即遣人去访，有至半年，探不出玉山之所在。适有生翅之番羽民国，遣番使贡一大鸡，从空飞来朝贡。引入内殿。冠南见其人体小而薄，毛臂夹两翅。其贡物一鸡四翼，浑身皆红，问："食何物?"番使答曰："不食别物，单食火炭。若见火烧厝宇①及烧山，即放去啄食，便不延烧。"又问："何处捉来?"答曰："在于台湾，数十里北向，有一座火焰山，其中山石蹴之皆出火，并无草木。地属纯阳，无昼夜。人不能落地行走，惟我国人能飞，不须踏地，由金、银、玉山三处而过，亦达数千里，结队飞腾，往火焰山捉来贡献。"

---

① 厝宇：房子。

冠南闻有金、银、玉山，喜而问曰："既到金、银、玉山，必带有金、银、玉回归耶?"答曰："金、银、玉俱生连于山中，非斧打不能取。斧头乃铁器重物，随身不得，带有金、银、玉，飞高必坠，故难也。"冠南曰："果有是理。"又问："其台湾在于何方？你今既取之不得，可带我同去取，可好么?"羽番答曰："带去何难？须回去告知本国王，再来方可。"冠南令办宴款待，留住三日，厚加赏赐。遣使送之归国，告知引带取玉情由。该国王不敢不允，惟令其引带至台湾岛畔便回。

羽民国番使又到，回复。冠南欲遣能干之番酋长去取，云程欲逞身独往。麻姑笑曰："此外番不比内地，要霸留，无处寻访。要去，与奴同去方妥。"云程曰："同去亦可。"太平春曰："你二人顺便回中国去不再来。要去三人同去，缺一总行不得。"云程笑曰："二人同心，其利断金。三人同行，必得美玉。"冠南不能阻止，太平春自行选拨船只、随从。

查问羽番怎只带至台湾，不再带入内山之缘故，羽番答："本国王说，台湾地冷多怪，人恐不测。"又问："你国人常至游玩，怎又不怕?"答曰："惟飞至山巅便去，亦不敢落地。"冠南闻此，便不敢与去。云程曰："我三人若不敢去，哪个还敢去！怎取得玉回来?"冠南没奈何，拨船一只，配番兵百余人，多备器械、粮食。择吉日，云程夫妇带化鸡蠹上船，羽番早在船内指示方向，便开驾而去。

此且按下，先说台湾之根源。盖台湾近于小琉球，原只一浮洲，浮于大海中心。唐初有凤凰飞立其间鸣叫，凤鸣一声，洲即浮长里许，连鸣数千声，地浮长数千里，成一大山岛。凤凰不栖无宝之地，前山便有金银玉，广阔三千余里。惟西北沿海一派地颇平坦，可居人耕种。其东南向大半皆山，阴峭。生长之土番，知母不知父，行走如飞，食鸟兽，穿鸟兽之皮，与禽兽无异。此乃台湾之初。

再说前文，洛阳桥洒抛时，观音化为美女，吕洞宾掷之碎银粉被观音拂回，飞粘洞宾鬓发，洞宾拂去之，粉粘于观音之发。洞宾之发被银粉粘，变白一茎，自拔下半截黑的，撷丢污泥中，化作潭虱姆。半截白的丢于江中，化作白蛇。其观音之发即变赤，拔去寸余，亦将此发撷入水，即化为金鲤鱼，不似白蛇害人、潭虱姆搅砻[①]，惟潜伏于深潭，在内修真养性。炼到百余年，遂能变人。至九鲤湖拜九真人为门徒，真人亦纳之。常从游石竺山中传授，志蓄济世安人。欲去外游，九真人劝其勿染红尘，该鲤答曰："不能为人便罢，既能作人，要与

---

① 搅砻：搅扰，捣乱。

人间立名节，振纲常。若图安逸，长隐不出，岂不辜负造就之大德也。”九真人闻其刚烈，不再劝，赐号六六开济。将去，嘱之曰：

遇鸟须伏，逢龙再出；七百年后，重会石竺。

六六开济听受此四句，拜别而去。盖鲤与龙相等，龙属阳，阳数九中鳞，九九八十一。鲤属阴，阴数六中鳞，六六三十六个。故鲤常能化龙，况此鲤乃观音佛发所化，又属九真人之徒，更神变无穷矣，遂游于海内。大小诸国、属人者皆治矣。惟台湾荒而未治，可以教化之，驻于台湾之阳，不称王，只号六六开济长。教诸土番，开荒耕种，煮食五谷，以及男女婚嫁伦常，渐渐化知人道。

惟台湾之内地土野番，难以教化。三五成群，居无定所，或栖于树，或伏于谷；拔高履险，疾若飞鸟，招之不来，捉之便走。与土番不睦，常出来杀取外土番，为神祈祷。打猎鸟兽，若得，便将此鸟兽供奉，朝夕礼拜不歇。若猎无物，便将头首作球，抛踢至肉腐首碎，投于粪秽之中。六六带众入征讨正凶，立杀之。随获带出数十个，任为教之、责之、杀之，总不能遵循，无奈其何，只听之自然矣。

正是：虽仙难化番开窍，非佛能教石点头。且看下文分解。

第二四三回　鲤仙笼凤除鲲蛇怪　鸟精屠台遁开济名

却说开济以内番难遵行教化，且放去，待将来慢慢化之。惟常带众入内山游巡，宣谕赏赐，朝夕使自化顽为纯。内山皆游遍，尽悉情形。惟玉不取，金银取运入库，以为建置养民之需。其地不时震动，比内地不同，如船在风波中颠簸，地陷数里，人死无算。开济知凤鸟所辟浮虚之地，难保不海变桑田，桑田变海。前凤来栖，海变台湾；今凤去，台湾变海，理之必然。即择于南山遍栽梧桐绿竹，日夜吹箫引之，遂引一对凤凰来栖。开济喜甚，其地遂平静数年。

谁知凤被内山野番望见，谓之鸡，连发数弹子，打至双凤高飞，向北而去，弹子坠落。台湾南面有凤山、凤弹两处地名，即当年之奇迹也。开济闻知凤被打走，望已飞去，一时空手无物堪以逐回，就取民家大小二鸡笼罩，望空飞去追罩。二凤飞至台北山头尽处被罩住，罩化为二大山峰，凤永不能出，今台湾北路大鸡笼、小鸡笼二山是也。其地不再陷，惟震动，屋宇亦被震倒。至今大小之人家备有茅楼草屋，遇地动，人皆躲其间，草屋虽倒亦不至压死人，乃上古之遗风也。

大鸡笼之凤时鸣，声闻于福州之鼓山绝顶，人不知是凤，皆以台湾之鸡鸣。原来台湾大鸡笼山与福州之鼓山对峙，台湾之群山，皆系鼓山分支而去。宋朱夫子登鼓山绝顶“天风海涛亭”，闻大鸡笼凤鸣，曰：“龙已渡海，五百年后，海外有千万人集之。”应台湾归了本朝，大澎湖之隆盛也。

开济留住凤凰保地，不复为之海虞，犹患海中鱼、蛇二怪，常覆舟吞人。那鱼怪乃七个大鲲，侦船已入，即摄顶船覆，分食人身，其大如山。开济制铁菱角大挠钩，以铁链相连铁钩，化作七个水手，铁链化带发笠①。自行撑船，驾至海中引之。七巨鲲拥至，不待他摄顶，将七“水手”推于水里，七鲲各吞

---

① 化作七个水手，铁链化带发笠：（开济）将七个铁钩化作水手，将铁链化作发丝，上戴斗笠。

一个，入腹复为铁菱角，各钩住肠肚，系之铁链为发丝复为大铁链，早被开济牵住，将船驾回。七鲲鱼内脏被钩住，不能摆动作怪，定定[①]听之拖回。

原来海滨周围数十里水极浅，底皆铁版沙[②]。舟至，不是碰破，便钩住。七大鱼自深水拖至浅水，浮现如山，又拖至安平镇北，浅水之铁版沙被鱼拖深七八尺。七个拖至拢岸，每个伏旁。安平镇预设有弓弩手，即令发射。七巨鲲被乱箭射死，化为七山岛相连如七星，曲拱于海门，名为七鲲。水中之铁版沙拖深为大条港路，可通舟楫。只是平波一望，舟人辨不出深浅，依旧堪虞。开济随割一对鹿耳，丢于水深港路之旁，化为浮洲，形如鹿耳，与舟人认讨[③]门户，即今鹿耳地名也。

七鲲既伏，还有蛇怪，乃花尾蛇也。其蛇长丈余，浑身与常蛇无异，惟蛇尾开放五色花朵，共有数百，聚集在鹿耳门前一小岛屿沟中，遇有舟至，尾为花排布屿上，红紫烂漫，引人泊舟来看玩。人入花丛中，被毒气冲，久不能得出；后之人又来寻，亦不能出；再后人亦不出；一路之人尽没于花丛中。碇绳[④]便断，船即飘没，害人不少。开济早已访知，采矿和作磺，乃台北之所出，和以干柴，恐逃走台阳存匿。沿海岸上布插乳树。乳树乃极毒之树，惟枝与叶四季皆春，中心有浆如乳，其皮至薄，轻碍之，乳浆即出，沾于身即烂死。插了此树遗示番众，各驾船至浮屿周围。水际布插尖利竹尖，皆排周密。开济遂化造天桥，运上磺柴，填于沟中，点起火，洒于花丛中。磺火大发，遍屿皆满，蛇怪奔入沟中，而沟中之火亦燃，焚死无数。有数十头望水际而奔，皆被竹尖划破肠肚而死。只余十数头逃上岸，夹死于树。惟有一二头顺流奔于澎湖沟中。开济在高处观看，惟知走脱一二头于澎湖沟中，再不能害人。其澎湖沟即在海中。

原来厦门、台湾水高，澎湖水低。厦门去澎湖乃顺流，只五更水。澎湖去台湾乃逆流，须七更水。台湾去澎湖亦顺，只五更水。澎湖去厦门亦逆，须七更水。台湾彼此往来，皆十二更水程，每更陆行六十里。由台湾之水鸣流至澎湖会合回旋大螺纹为澎湖沟，故大海亦有沟也。花尾蛇即躲此沟内，仍常浮现，再无害人。船至此沟者，待至夜方过，如日时过，恐遇见怕人，至今亦然。

开济又除了蛇怪，水陆皆安静[⑤]，商贾自远来，遂成海外一邦。以左为台阳，右为台北，皆设有首领，以内山为台阴，尚未化及。至三十六年，人民安乐，所

① 定定：乖乖地。
② 铁版沙：海底形成板结的砂岩。
③ 认讨：辨认寻找。
④ 碇绳：锚缆。
⑤ 安静：平安无事。

取之金银皆建置民间屋舍、农器等物，以补民资。自居之屋不过几间茅舍，并无妻子，随从多人，自奉极淡薄，不设朝官，惟设首领，料理民事，如羲皇上人。

忽然台北出一妖精，名甲马，生得嘴尖目圆，能变化草木为兵，乃是和神国卓岩明之妖徒鹰精倒海罗刹，前同飞天夜叉在和神国存匿四童在岛内，被周拱、王月英以掌心弹打死于山麓，被野番拾去烹食。此鹰坠在内山丛草中，未死复活，不回和神国，自飞去择巢栖止。至二十余年，因见各番王受用，顿起妖心，欲夺一国为王，访遍东南诸番国，皆兵马强悍，夺之不易，惟台湾君懦民弱，易于夺。遂到台北一山，幻兵设寨，掠客劫舍。恐周、王二仙得知，改名甲马。

开济闻知，自领兵至，将寡难以抵敌。思及九仙师临行赐号六六开济，已经开济三十六年，应当退让，即欲走避。奈诸首领不忍相离，刻即选民为兵，捐兵助饷，各自披坚执锐，拥奉君长，前去征剿。开济因军心壮协，只得领兵而行。将至贼营，望见，始知甲马乃鸟之精，兵马乃草木化成。又思“遇鸟须伏”之期至矣，只将兵马驻扎。出战场，军中排布八门遁甲之阵局，以防偷劫营寨。

甲马见兵至不战，亦不敢动，恐其设谋，惟令游兵诱战看势，开济总按兵不动。众首领谓曰：“自古兵来将抵，水来土掩。兵既至，不出战，何怯之？长他人志气，灭自己威风。”开济曰：“他之兵乃草木变幻，即胜他何足为奇？待甲马自出来讨战，引之正身来入局，杀之可也。”众首领曰：“今不须主君亲到，只诸首领督兵杀之。兵马一散甲马必自出马，引之入局亦好。”开济不与去，而众首领心雄要战，即自督兵出战。

初战时，彼兵无几，立刻埋伏俱起。他杀我真人，我杀他不过是草菅、树叶。开济自出救援。甲马看一将头戴金鳌冠，身披黄甲，手执偃月刀，知是主将，自亦主战。戴黑鹰冠，穿黑甲，手执铁钩，与开济对战。到数十合，开济被甲马钩枪钩住，平地化作鲤鱼，腾空而逃，甲马亦现出原形鹰鸟追获，一齐坠山岩顶上。鱼鸟对扭不开，鱼毕竟难抵鸟过，几至丧生，兵丁亦被杀散。

往常开济甚爱惜兵卒，军民人众亦知其主乃鲤鱼精。一个名为哆啰的兵丁追寻开济，见岩顶有鸟抓鱼，知是其主被拿，执一长枪爬上岩顶，举起枪刺去。若凡鸟便刺入腹，因其成精，皮厚如铁，刺之不入，只刺下肚尾毛一撮。那鸟亦负痛，爪放，鱼得脱身飞遁。哆啰亦跌于岩下深坑，僵而不动。鸟以是跌死，欲下坑食脑报恨，又恐鱼遁远难追，屙粪于岩上为记认①。待追开济回来，啄食其尸，遂飞去追赶开济矣。谁知哆啰跌于坑里，气未绝，只失去②一会，复

① 记认：辨识的记号。

② 失去：昏迷过去。

活爬起，无甚伤损。又爬上坑，看主君走脱否。慢慢上岩探视，杳无踪迹，岩上惟有数茎毛羽，知是枪刺的。又有一堆鸟粪，必是临去屙的，因思："不能拿来杀之，羽毛、粪带回，如虎忿猫，慢慢来磨灭[1]泄恨亦好。"哆啰遂将甲马之毛、粪拾了，下岩而去。

那开济幸被残兵救得，脱身飞遁，被甲马又追至。走到倭国地界，甲马将追及，适遇日本国王带妃子打围。妃子胸前挂一水晶八卦太极项牌，开济急甚，变发丝小金鲤钻入水晶牌腹中。甲马追及将获之，忽不见，四处寻讨。番卒见有大鸟飞至，遂发弹打之，甲马不敢下坠，只高飞绕寻无迹亦去。开济入牌内，却被八卦包罗，欲出不能。至猎罢，妃子回宫，脱卸项牌，见牌腹有一活小金鲤鱼，摇头摆尾。外无缝隙，不知从何而入，纵能入，不憋死犹活，异之。倭王以为天降活宝，以征祥瑞，立妃子为正宫，此牌交与掌管，为流传正宫之宝。六六开济自此长隐不出矣。

那甲马既寻不见开济，又被众弹攻打，恨甚，仍回至台湾与开济相持之岩上，不见自屙之粪，又不见坑中之尸，愈忿怒不胜。欲尽杀其地无遗类，再去夺别国，即在此岩下栖止。复设营寨幻兵，日间带去各处杀戮，夜来收兵回山。自北屠戮至南，走快的可保性命无虞，走迟的，不分男女老幼，皆尽屠戮，死于非命。

正是：鲤本是精仁似海，鹰岂非怪罪滔天。且看下文分说。

---

① 磨灭：折磨。

第二四四回　云程杀番取玉被盗　麻姑煮蠹蛙精说仇

再先说扶颠国吴云程、太平春、铁麻姑带众驾二舟，去台湾取玉，羽番为之引导，天风助顺至于台湾。羽番带三人上山顶，遥指有红光者是火焰山，有白光者是玉山，那金银山犹在外层，尚望不见。羽番指知了方向，即同下船欲回去。三人因羽王有命不许再入内地玉山等处，未便强留，即赠以干粮，羽番再三叩谢，展翅高飞而去。

三人即调度，将一百二十名番兵，留四十名守船，其余各配器械、帐房及干粮各项物件，起岸率兵入于内山。日里随处埋锅造饭，至夜择地撑架帐房而宿，拨兵轮流巡更。谁知望近行远，行至二日，始至玉山。其诸生番已看见，探听知乃外国人来取玉的，遂聚数百个，各带刀箭，由山后拥来杀劫。该番人虽无谋，然走最捷，箭最准，人未至，箭先发。三人见遍山生番如蚁，箭来似雨花，是前来杀劫，令众兵看守物件，勿许妄动。惟三人各执盾牌、利刀飞迎上山。

太平春先发掌心弹，如雷震耳。云程走如飞鸟，太平春亦跟而上，麻姑在尾。那众生番听雷声如炮，早已震得心寒，再见三人不畏箭，飞腾赶上，皆惊得手软，箭皆不发，转身各自寻路走脱。该番走甚疾，而云程更疾如飞，即刻追及，举刀乱劈，杀却无数。太平春亦杀倒若干。麻姑在外，见刀伤半死活者，拿来照脚股劈作两爿，挂于树上。十份杀去七份，剩下三份皆奔散无踪。云程欲追之，麻姑同太平春大喊：“穷寇勿追！我们且干正事。”三人遂回，令众兵去拾刀、弓、箭，其刀短而刚利，弓箭皆不中用。既杀走了生番，放心打算取玉。共上玉山，只见群玉皆连如山石，下插深潭，上接云霄，皆不甚洁白，只拣有三大块，花玷稍少，三人自行錾琢。

玉至坚，又用不得大力，慢琢至天晚，又下山造饭寝宿。至天明，又同去再錾琢，取下一块，放于岩侧，又同上去錾琢，又取下一块。看那先取的放岩侧无矣，遍寻不见，又无一个别人。

三人甚疑，共商将此块后取之玉，再放于岩侧，潜伺之。原来岩缝里钻出

一大白蛙，将玉抱紧，坠于潭中，始知前取之玉亦是他盗去。三人大怒，云程要入潭中杀蛙，太平春阻之曰："不可！此蛙非妖必怪，单盗我们所取之玉，其中必有缘故，若入潭去，正落其局。"麻姑笑曰："这里有宝不携来试之演看，何必去浸水费事？"即下船，取沙锅于岩畔，砌石为灶，汲取潭中之水于锅内，采枯枝，架火来烧热滚，取匣中化鸡蠹，投入锅中。初见如死，一入滚汤便活，如龙在锅内，翻来滚去不停。未一会，那潭中之水亦渐自翻滚起来。须臾，忽有赤体孩童抱出原盗之玉放于水际，曰："家主翁送还原玉，求勿再熬。"麻姑问曰："汝家主翁何人？可叫他出来说知，不出来，立刻叫汝一起煮烂。"那孩童听说，便入水去。又少顷，钻出一个白衣老叟，至岸旁跪拜，哀求曰："天王爷！退火莫熬，容小类告禀。"

麻姑要他说了退火，太平春因见无数大小蛙被汤烫难受，皆跳泊岸旁，悯之，即曰："火且暂退！容之说明，可恕便罢，如不可恕，再起火煎之未迟。"麻姑遂捞起蠹熄火，潭中水遂定。麻姑等三人坐于岩石之上，谓曰："今火已熄，汝可实说，何故偷我之玉耶？"

老叟曰："小类非别，即此潭中千年之蛙，因此玉山乃镇海之宝山，恐外人来攻取，伤于气脉。神祇命小类司防之，遇有人来取，即拨山岚云雾迷罩，出入无径，或致跌伤损。今日三位来取，因见赶杀生番，知非凡俗之人，谅拨雾无益，惟将玉偷盗归潭，乃系遵奉神之法令，并非自作主意，擅敢如此，求乞详察。"云程曰："此乃小蠢虫强辩掩饰，不要听他，可再起火煎除之。"老叟又哀告曰："并非虚捏。不盗别物，单盗本地之物，若要此物，即在眼前如山，盗来何用耶？"

云程闻说此，曰："此说得有理。"麻姑同太平春亦曰："似是实情。"又问曰："闻此处还有金银山，必定亦不许人取？"又答曰："二山亦小族之类司守，皆不与人取。"又问曰："我所取之玉汝又送还我，神又当罪汝矣？"答曰："只求赐知来处、名号，实告神知，罪或可免。"

三人遂将国号、姓氏，特来取玉制玺之实情说知。老叟闻了，讶曰："原来是扶颠国之太王、太后，不知，罪该万死！若早说知，怎敢窃取！只是今日所取之玉玷多不佳，潭底有三块甚美，取来换之。"三人问曰："潭底之玉何来？"又答曰："百余年前，有红毛①来取，拨雾迷他，讵其目甚是厉害，仍能看见通山只有三块好的，被其取下放于岩畔，又走别处去选，遂将其移坠潭底。他因再去寻无再佳的，回来扛抬不见，遍寻无有，无奈而去。从此不见其再来，留

① 红毛：指红毛番，旧称欧洲人。

存至今。”

三人命取出来看。老叟即令小蛙去取。须臾，众蛙扛抱三块玉出来，方圆盈尺，纯白无玷，与前取之玉比较之，迥异天壤，三人喜不胜言。太平春问曰：“换之，神不怪耶?”答曰：“不怪。”太平春曰：“不怪则可。”遂彼此对换，令军卒扛落于船讫。云程叫曰：“蛙老大，多谢汝盛情！无物可以还敬，把金银相送，汝又用不着，昔日与谁有冤仇，说出，我们即代汝报仇雪恨，以答换玉之情。”麻姑笑曰：“前呼小蠢虫，欲再加火煎之，今称蛙老大，欲代之报仇雪恨，前后矛盾，何也?”云程答曰：“先以怨报怨，今以德报德，怎说矛盾?”

老叟曰：“小类有什么恩怨？漫说无，即有，小虫有敢劳大王耶？只是本处之贤君长现有天大之深仇，无人与报，万民抱恨，没处可伸，请代报之，何如?”云程曰：“不妨即管说出，本地君长有甚深仇？我三人若不能代报，誓不回国。”

老叟遂将鲤精开济在台阳虚心教化，三十六年中间怎样笼凤除怪，怎样移风易俗，怎样台阳可化，怎样台阴难牧，怎样教民耕稼，怎样创人住屋，怎样导人婚嫁，怎样给民天禄，怎样自奉淡薄，怎样致民丰足，并无妃侍文武，只设酋长头目。忽来一个鸟精，草木皆化兵卒。主君出战被钩，化鲤飞升走脱。那精亦现原形，主君迟步被获。残兵不忍行刺，幸助主君走脱。鸟精回头又来，再化兵马杀戮。人若走快有命，走迟只剩骸骨。可怜怨气冲天，惟闻一路皆哭。所愿天降英雄，代伸万民冤屈。前后始末根由，细告一遍。

三人听了，骇异，问之曰：“汝在此深潭，怎能得知?”又答曰：“小类岂能知之？前日有十数个走躲之人坐在潭边歇息，彼此诉前君之仁慈，鸟精之残忍，说了哭，哭了说，早晨说至日暮始去，小类隐在水边潜听，故知之。”又问曰：“可有听说那一起人①现在存躲何处?”又答曰：“闻说俱在大山后谷里，由此出去，不远，便遇得着矣。”

麻姑笑谓曰：“吾大王惹事，一言既出，驷马难追。寸土属王，既得其实，总要询其实情，设法代其除精保民，方不负此叟异类之忠义也。”太平春答：“是。”云程曰：“有理有理。快去！快去!”三人辞退了老叟，遂收拾下山，结束行装，带兵卒等离了玉山，望大山寻路而去。

正是：鸟怪恶如生翼虎，蛙精义似有心人。欲知此去如何，且看下回分说。

---

① 一起人：一帮人。

第二四五回　番踢毛粪球麻姑煮怪　山焦甲马烂哆啰权君

却说云程、麻姑、太平春听了蛙精所说情由，即带兵出去大山，令兵粮随后慢进，三人先行。至于谷口，有番众聚集山坡踢球。近前看之，有数十人轮踢一个棕扎圆球，一面踢，一面口念曰：

甲马鸟精，罪重孽深。取汝毛粪，当汝本身。

内外一体，血脉相承。一踢二踢，消散原神。

三踢四踢，破胆裂心。五踢六踢，气绝命倾。

七踢八踢，魂杳魄沉。九踢十踢，灭精救人。

这个踢念完，轮换那个接去踢念。踢球之人如风飞舞，其球踢上坠下似珠跃腾。三人看正高兴，讵那个将球踢偏，坠落麻姑鼻下。麻姑不动手脚，只口一吹，把球吹射不知去向。番众咆哮，欲来攻殴索偿。因见三人品貌不凡，不是本地之人，不敢造次，先查问来历再言。麻姑说："我们扶颠国人，船由后山经过，上来游探风景。球落我面边，不吹去，鼻打平，有何不是之处，如此咆哮不逊？"众曰："如球在，无有不是，球今无去①，怎的不要赔偿？"

太平春曰："奇珍异宝赔之不起，只此线球，漫道一个，即一万，赔亦甚易，何必着急？只此拳大，不过值几文钱，今赔汝便了。"众喊曰："汝外国人不知我球缘故，千金还赔不了，怎说几文钱便了？"云程怒曰："一个线球赔千金还说不了！明欺我外方人好吓诈，如打赢便由汝讲价。"挥拳欲打之，麻姑阻曰："不必打。且听他说缘故，再议。"

众番曰："说起缘故，此球关万人性命，球在人俱在，球亡人俱亡，即万金亦偿不得也。"麻姑曰："原来关人性命缘故，可细说知。若寻不出原球，亦代保全性命。如虚捏吓诈，连几文钱都不赔。"众答："有理。"便举会说话的上前，将缘故细说一遍，中间情节与蛙精所说皆同。方知球中乃哆啰在岩上取回甲马之毛、粪，缠扎作球，与众念咒抛踢，欲致精命，以保万人之故。

---

① 无去：不见了。

三人听明，同羡曰："可谓忠义之至。"问："哪个是球主？哪个是脱取精毛、粪之哆啰？"众答曰："带人去各山寻球未回。"麻姑曰："球必被精拽去，不须寻，可叫回来问话。"一会哆啰来见，麻姑问曰："汝是哆啰么？"答："是。"又问："球寻到否？"答："寻无踪。"又问："鸟之毛、粪，汝取作球踢，是何意？"答："恨极！不能将恶鸟身躯拿来生啖之，只将其血脉相关之毛、粪作球，咒嘴来踢，[1] 怕他不死！"又问："踢多久了？"答："将几月了。"又问："既踢几月，闻他死否？"答曰："一月不死，二月亦死，总踢他到死方休。"

麻姑大笑曰："踢毛、粪能致其死，世间无恶人。若有应七日便见，已过几月空费身力来踢，还说甚无价之宝！即几文钱亦不值了，寻之作甚？我教汝写立甲马之牌，大家来轮拜，必灭。"哆啰同众答曰："痛恨之极，谁肯拜之？"麻姑曰："汝们不愿拜，我念哆啰舍身救主，心切除仇，今夜上山去代拜之。甲马未灭，永不回国。汝们且退去。"

云程问曰："他们尚不肯拜，我们还拜之！既问明白了，代之剿灭，有何难哉？"麻姑曰："自古杀人百万，自损三千。动不如静，今夜只奴一人去拜，至明日探信，犹在未灭，再起兵剿之未迟。"太平春笑问："贤妹去拜，是真是假？"麻姑曰："代天行讨，不真还有假耶？"三人正谈间，有人跑来报曰："不好！甲马带兵由后山杀至。"番众大惊，三人喝曰："不怕！非贼军，是我带来之兵，快去引来保护汝们。"众犹未信，惟哆啰上前请问来历。太平春曰："我们三人实是扶颠国王之亲父母，带兵驾船来此玉山，攻玉为玺。闻汝国有甲马妖孽，逐君屠民，岂有不代除而去之理？"哆啰闻此甚喜，遂率众同来拜谢请罪，遂引进八十名兵卒，在平坡驾撑帐房安顿。

时既暮，麻姑欲去山顶去拜，云程再三阻之不住，忿甚曰："我去杀他来炒糟[2]！"即持刀欲去外山刺杀甲马。麻姑任之，太平春阻之曰："天已黑了，夜不行军，且待天明同去。"遂拖入帐房，押住不与去。麻姑在外，令军卒带数件杂物，同上对面山顶，令军卒归帐，惟自一人行为一夜。次早，二人帐内犹未起，而麻姑早已下山，杂物亦携回。

因闻声，二人始出，太平春问曰："贤妹怎不再拜，而回来耶？"云程喝曰："他学唐元宗，聪明人作朦胧事，还有口问之！"麻姑笑答曰："请大王息怒，并非学唐元宗，乃学圯桥胯下忍之，为用大矣哉。"云程曰："有何见功？"麻姑

---

① 咒嘴来踢：一边诅咒一边踢。

② 炒糟：用酒糟炒菜。这是福州家常小菜的一种惯常做法。此处比喻轻而易举。

曰："不知有无见功，惟这时候甲马不变，内腑亦变矣。"云程曰："无稽之谈。总要我去走一遭，捉住塞汝嘴[①]。"又持械将去，太平春又阻曰："忙不在一朝，先令人去探听如何，再捉之未迟。"云程遂不即行。太平春出帐，谓番众曰："我太夫人昨夜在山顶施秘法，甲马难活，有谁敢去探听？"

哆啰认去，还有胆量者八人，飞奔前去探查。内山至外山计路有二十余里，在地之人[②]只半日即回。哆啰入帐报曰："山焦甲马烂。"云程问其怎说，哆啰云："去外山查探并无甲马踪迹，尸骸遍野，血水成渠。曾闻甲马寨扎于前，与本国主变鱼鸟相持山岩之下，随去探之，惟余空寨，无一兵卒。只见岩顶上土皆焦黑不见甲马人身，只盔甲、衣服、器械各置一方。再寻有一大鸟，烧得稀烂，气犹腾起，倒在寨内，料是甲马原形，被火烧烂。思之若是火烧山[③]烧死，其营寨、家私、衣甲不烧，只是山焦甲马烂。竟然不解，只回报山焦甲马烂，此之谓也。"麻姑曰："伊受不得我拜，五脏神不安，自攻出火烧烂，山神亦发光火烧其妖气，皆非凡火，故不烧寨、屋、家私[④]也。那甲马之尸还留在山么？"哆啰曰："已令小卒带来，随后将至。"

须臾，数番抬甲马熟尸，并衣甲、器械亦至。三人看其尸，果已烂熟。麻姑以手持称之约六十余斤，即交哆啰斫头号令，令肉与犬食，众番抬去分发，衣甲、器械亦交哆啰收存。三人遂入帐，麻姑笑谓云程曰："何如？一拜定胜负，妙不妙？"云程摇头曰："无是事，其精即在眼前，拜之犹不能死，尚隔数十里，拜之会死？此乃遇火烧山烧死，只可骗番仔[⑤]，中国人谁信之耶？"麻姑笑，又谓太平春曰："贤姐不是中国人，必信之。"太平春曰："亦不信，今忖度，莫非即各洛宝所为？若是此宝，惟他不是在于水土之中，不知何以能致之，拟度不出。说是拜死，并火烧山烧死，皆无是事。"

麻姑曰："实不相瞒，那球被妹一吹，至对山落于草际品字岩缝中，自吹自知，他人无一个得知。因闻是甲马之毛、粪包扎在内，便不教之去寻。至暮诈为去拜甲马之牌位，只令小军携带锅、灶、蠹、瓮作煮食夜饭，辞去自至岩缝取出原球解开，将那毛、粪、蠹一并投入锅中，架火煮之。只拟毛致皮焦、粪致肠烂，内外夹攻。谁知城内失火，殃及池鱼，原来粪取在山，难免沾有土粉，并及山焦，惟焦不至崩颓。其报'山焦甲马烂'，不错也，是此缘故。吾大王可

---

① 塞汝嘴：塞住你的嘴。意为让你无话可说。
② 在地之人：本地人。
③ 火烧山：山林大火。
④ 家私：家具器物。
⑤ 番仔：外邦人。

不怪么?”

云程笑曰：“造化不是。若是去拜他，今夜待睡熟，将脚骨斫下与犬啮。”麻姑笑曰：“如能除一救千，虽摩顶放踵亦肯为之，何况一屈膝耶?”云程曰：“汝为，我不为。”麻姑笑曰：“若不为，从前怎么打死替僧，屈膝伪闽，甘受棰辱?”云程笑而走。太平春曰：“亘古只有小孩童吹动檐前瓦，谁知还有吾妹吹渺台湾球。果然机关甚妙，万古拟度不出矣。”哆啰等入帐回话，分发鸟尸停妥。

麻姑等曰：“恶已灭除，汝们可同回去，各归本业，我们亦回本土。”哆啰等曰：“三位一到，便除去凶恶甲马，拯救万民。德大如天，无以图报，留住台阳为君。”云程等三人哪里肯去，哆啰再三请之不去，即飞跑内山各处，将逃去之男女，尽行传唤至，如蜂似蚁，欲抬拥三人为国王。云程喊曰：“我们已有邦国，不过代除妖孽，岂肯忘却故土？欲立新主，惟哆啰肯冒险救君走脱，咒踢毛粪，其精忠可嘉，可扶去扶国安民，恰合情理。要我们去，实是空想。”大众同答曰：“既然如此，不敢攀留为主，只求请出代为主裁调度，再回宝国。若不去，哆啰亦不肯为主，必又生变，众仍无家可归也。”

三人因众说有理，不得不去代之安顿，以全其美。太平春谓众曰：“念汝如此诚意，不忍再却。只是出去行为了，即与我回去，不可又说留住。”众答：“不敢再留。”又曰：“我们之船拨往何处等候?”众共议撑驾至鹿耳门听候。三人遂带兵卒先行，众备有竹兜[①]抬三人，各番众前呼后拥，至台湾开济之原处。

三人见屋舍卑陋，叹羡不已，即令哆啰登位坐了，再行安民。哆啰走避不敢，被云程照肩膀拿住，如猫摄鼠，离地尺余，按坐于椅上，喊众番齐来朝拜。大众皆北面拜。舞毕，云程手犹不放，哆啰被按住转动不能，连声曰：“求放手，不敢走。”麻姑笑曰：“人夺之不能遂，众举之不肯受?”哆啰答曰：“岂不知抬举。自顾才疏学浅，恐误民之重托。既如是，不敢再走。”云程手始放，哆啰出位，向三人拜谢曰：“今遵命无别说，只求权为，旧主若有回来，即退还朝座，不敢实受。”三人共答：“亦可。就赠一名号，为‘权济长’何如?”哆啰又向拜谢，遂迎三人入内室供奉，外所带之兵卒扎营护卫。只是内外空虚散乱，哆啰从新拣选首领酋长，放缺供职，分发安民，倒亦有经济，内外番民皆服顺之。

正是：若不舍身刺鸟肚，安能服众作番王。欲知后事，且看下回分说。

---

① 竹兜：竹篼，一种轻便的无篷小轿。

第二四六回　犬咬犬麻姑明施火　恩报恩哆啰暗酬金

再说哆啰为台湾权济长，候其旧主出来退回朝位，只草草安民，便安靖服顺。因众民被甲马搅得胆破，走得快便得命，走得慢即被杀去，民无所依，逃散各山谷。今甲马烂死，皆喜无虞，故哆啰登位皆易服顺。

谁知番民易治，犬灾难治。那台湾之犬，其大过于麋鹿，恶如虎狼。居民畜之守夜，如有贼入室，立地咬死方放。皆取有名，日间外人不敢突入室内，必待其家主呼其名，便摇尾不拒。其俗无家不畜。是时甲马只杀人，遗尸遍野，犬皆无主无食，饿极遂食死尸。或六七头围咬一尸，各拖一块在于山缝咬食，或围咬一尸碎食。所杀之尸，不分男女，皆无人收埋，葬于犬腹。至今台湾妇女骂人“狗拖去”之语，即此之谓也。

犬以死尸为粮食惯了，甲马灭后，寻无死尸，便呼群结阵至大路口，竟拖活人去食，比虎狼尤甚。行人结队持械过路，犹斗之不过，十有八九葬于犬腹。犬饿，寻无人食，结阵[1]突入人家抢拖男女，比虎狼恶。台湾地无虎，犬即虎也。各路酋长带众扑杀，竟能对阵抵扑，又似知与人对敌难胜，呼群结队总归于内外交界之山下溪旁，共集有数千，靠大山临深溪，人更难至剿杀。哆啰闻报，欲自率众去剿。

时云程等三人在内室待船渡回，等十数日，出问：“因何未至?”哆啰曰：“内海环出[2]外海，好天[3]亦须十数日。今正要禀明太王、太后，带众往内山公干，三五日才得回来，船如到日，祈留待某回来送驾。”三人问：“去何事?”哆啰叹曰：“国家将亡，必有妖孽。前被禽妖弄得天翻地覆，今又出兽孽，吵得路塞人逃。”遂将恶犬食人，带众去剿之情由说知。云程笑曰：“不过只是犬，怎动起兵马？割鸡焉用牛刀？只须我一人去都拿来。”哆啰曰：“此处犬不比内地，

---

① 结阵：结群。

② 环出：辗转驶出。

③ 好天：天气好。

又结队，最难获。”云程曰：“厉害莫如虎，都杀过了，岂怕犬？”

麻姑笑曰：“既晓得割鸡焉用牛刀，吾太王不是牛刀，还是锥子？要灭他亦甚易。天上飞都坐得[①]而除之，岂地下走还坐不得而灭之耶？”哆啰曰：“鸟精只有一个，那恶犬有数千，集在一堆，人无敢近之。”麻姑曰：“要除之极易。可惜此物在本地无有，再思别策除之。”哆啰问：“何物？”麻姑曰：“虎皮。”哆啰曰：“若是虎皮，亦有。”麻姑曰：“此地无虎，怎的有皮？”哆啰曰：“前主君遇有内地商船来此，货物尽买，分与众民。有五张虎皮皆用不着，收存内库，前日开看还在。”

麻姑喜曰：“可取来看中用否？”哆啰遂去取出。麻姑展看，皆属大虎，周身皆无欠缺，大喜，令选五个能泅水之人。哆啰即择五名番卒，麻姑令将此皮各罩身上，用针线缝密，只露两目。嘱：“汝五人各穿此皮，假作[②]真虎，跑去外山群犬聚集之处。犬一见必惊逃走，汝即泅到溪，随带布袋，将犬屎各拾一袋回来，必有重赏。”五卒共曰：“犬如不走而抢咬奈何？”太平春曰：“人见都怕，犬有不怕之理？”五个曰：“此处无虎，怎的便怕？”太平春曰：“凡内地之犬，何曾有见着虎，若遇虎皮，即夹尾而走，如鼠之畏猫，各有所制，一见着自然惊怕。”五卒遂领皮而去。

哆啰问：“要此秽物何用？”麻姑笑曰：“鸟无天星管辖，拜之即可致命。犬有天狗星专管，今来搭台告之。那天狗星耳聋，以犬屎烧烟与嗅，始知此孽食人，即降令自攻灭矣。”哆啰信以为真。麻姑问曰：“此孽原都是家畜，因无主才食死尸为孽。现在人家有否？”哆啰曰：“现在还有，亦是同眷属一并带去躲避。鸟精灭，又带回来，未曾食过死人。即此间亦有数头，亦是随主带之往来，未尝出户也。”麻姑曰：“既有好歹，若不作记认，将来若奔窜出来，难分泾渭。可将所有之家犬两耳割去作记。如遇有耳的，便是孽犬，即行杀之，方除得此类净尽，不致漏网也。”哆啰曰：“有理。”即拨人分路传谕：家中有犬，不论大小，俱要割去双耳，不得有违。民皆遵令，犬皆无耳矣。台湾之犬割耳自此而起，至今亦然。

那五卒各穿虎皮，至大山下溪边。群犬望见五虎至，皆惊而走。五卒见犬果惊走，即泅水浮行到溪，寻讨[③]犬屎。谁知屎皆散别处，聚集之地俱无。遂放胆去寻，越过数层山岭，只得数块。望见隔山之麋、鹿、狼、兔等类，尽皆

---

① 坐得：可以坐着。意为轻而易举，等闲。

② 假作：装着是。

③ 寻讨：寻找。

纷纷奔窜。其胆愈大，放心遍处寻讨，各拾数十块。意欲向北回去，讵知野兽见之，无不惊走。内山之生番见之转喜，以为大猫，即追赶来打。

五卒回头，见后山有无数生番，各执器械追来，便不敢向北，仍由原路跑回。幸此五个捷甚，被追不着。生番不肯歇，分散紧追。五个急甚，将虎皮皆脱下，丢落山下，人便躲于山凹里。生番望见，以为猫被追急，跌落山下，近皮乱棍打之。有数百番人，打数千下不动，始停而拨看，乃皮。他竟不知人穿虎皮，皆以大猫骨肉被打化去，只余皮壳，可见生番之呆戆。遂将其皮分割而去。原来台湾无虎有猫。其猫大如鹿，毛斑如艾叶，谓之艾叶猫；小者如麂。该番不知虎皮，亦以为猫皮。今北路有地名打猫，因此名之。

那五卒脱身躲至昏夜，生番已去，始寻路回来。入见权济长，带进内室，共告几乎被生番所获，以皮弃去之情由。麻姑曰："能施金蝉脱壳之计，倒也中用，虎皮失去无妨。"五卒又献出五布包犬屎，共有百余块。麻姑令其退出候赏。惟三人令后院搭一台，人皆屏退，在于台上炒犬屎，与化鸡蠹慢慢煅炼。随令人至山巅，遥望群犬聚集之处有无动静。

讵知那犬被虎皮惊散，至夜入各村，拖人及猪羊鸡鸭而食，日仍聚集。是日台上焙犬屎。群犬之中有三四头忽发狂起颠，暴躁跳跃，便咬住无发狂之犬，无发狂的被咬，还口亦咬之，遂至眼黄乱咬，自斗自咬，彼此对咬，遍山翻滚，至溪边皆落于溪中，水被壅不流。只有十余头过溪走脱，其余几千之犬皆自相咬，死得干净。那溪今与内番交界，大山溪下之咬狗溪是也。顷刻数千恶犬皆殁，全是麻姑在台上运筹火攻之策。前制鸟乃取毛、粪，用武火攻之，便内外糜烂，顷刻致命。今制犬亦取其粪，用文火焙之，不致丧生，使其暴躁发狂，自相咬死。即同使鼠逐鼠之方法也。

犬死之外，又有别兽被带累。那五个假虎之番卒所拾之粪，误拾麋、鹿、猴、獐之粪，不能分别，一总煅炼，以致别兽被煅炼死满山。更有一牡鹿遗屎，亦被拾去炒焙，牡鹿发狂，鹿子被咬死推入溪中，流出大港，即今之鹿仔港也。其牡鹿又去寻咬别鹿而死。那十数头过溪之犬走入内山，被番民遇见有耳之犬，众共攻击之，亦死。看的人看至群犬自相攻击，皆死尽了，回来报知。麻姑犹恐复活，架起大火，烧焦方歇。哆啰带众去咬狗溪查看，犬死填塞满溪，令众番民拖去分宰食之，以消其恨，又在各山拾无数别兽回来，麻姑方知错拾别兽之粪，故殃及之。哆啰问故，麻姑谓之曰："天狗星怒以助恶列阵，故并诛之。"

三人又代除了孽犬。那海船刚到鹿耳门内，三人即要回国。哆啰再留不得，备办粮食等物。诸番民皆赶至，沿途跪送。三人遂带兵登舟，岸上鸣锣放炮。大船开出鹿耳门，船行半日，因见所载货物甚沉重，便问守船："何故如此沉

重?”守船之兵长答曰：“此乃台地之权济长，遣人上去金银山，取下金银运来，把压之沙石搬丢落海，将金银装贮满载。嘱且慢说与太王、太后得知。”

三人遂开船板一看，黄白贮满舱堵[1]。又问曰：“闻说二宝山有神把守，不与人取，怎取得?”守船兵又答曰：“亦闻说神不许外人混取，惟本国王取得。前开济长去告取为民创置田产、器具，遂取之。此回权济长遣人去祷告，取为赠报除精保民大恩德之三位回国，下次不敢再取，如有诈冒取者，上山即跌死。因此祷告，方取之。”又问曰：“取下，都无生番来劫夺耶?”答曰：“亦闻诸生番皆知取赠太王、太后，报除精之德。精若不除，殃必及于内山。又因初到取玉时，生番被杀，皆惊破胆，不但不行截劫，犹呼群同来帮之扛抬至船，若无他来相帮至船，还要耽搁数日，才得出港。”太平春曰：“不意取一得三，皆由吾妹奇人所致也。”麻姑曰：“彼奇，此独不奇耶?”

正是：灭除群恶何为恶，男女三奇始出奇。后事如何，下回分解。

---

① 船堵：船舱。

第二四七回　吴云程同妻出尘世　罗汉奴设诈惑番民

却说云程等带兵驾船，自台湾回国，恰好顺风，抵于本国洋面。谁知冠南出洋来迎，三人见而讶问："怎知来接?"冠南答曰："孩儿不放心，遣人送重礼去聘羽民国王，借拨三羽民，接连去探听，皆有回报，尽知三亲在台湾代之除精等事。计算今日必回，前来迎接。"三人听了，称羡其孝，并说知代除害得金银等事，冠南喜甚。云程问曰："既有羽番去探听，都未见着，何也?"冠南说："只在高山顶瞭望，不敢落平地。上看下，下不觉，爹娘故不知也。"太平春曰："他那形象，怎敢飞下。"

对谈间，船进港。上岸起上金银，大块的约有百余斤，小的亦有十余斤，运回国熔过成锭，计有万万斤，存于库内。时库存将虚，幸得此补，扶颠国之富遂盖于东南各国。三块美玉自留一块，其二块，一送与扶余，一送与灵虚，均为国玺。三夫妻遂退隐别业，而诗酒为乐。至两子成立，能辅位朝纲，数孙亦长成，麻姑带同云程、太平春归于灵虚，长久耍乐而忘返矣。后不再言。

回说台湾权济长哆啰，恩威并济，且有才能，番众感服，商旅相连，可谓守成之主。那金、银、玉三山，自取赠扶颠后并无人取，难以再取。去取者不跌死亦跌损伤，无人敢再觊觎。讵出有一人，不知内地何许人，名全八，盖时语骂人王八是也。或以五代时，有一姓王第八者，平生不端，非为妄作，将来比之为王八。今之全八亦如之。以其假银冒官、放火抢夺、诱拐卖奸、拦途截劫、谋妻占子、诬良，恶事都作全了，故号为全八。在内地官府访案头名，竟拿不到。因闻台湾有三宝山可取，遂隐入船作水手。而至其地时，神已禁止不能取之。但为光棍，到处无有不熟，逢人无有不喜，遂入罗汉门为庙祝。

罗汉门内有一佛殿，内奉十八罗汉，系开济长所建。现在破毁不堪，无人栖止。全八改名为罗汉奴，抱缘簿四处题修，遂重整规模，十分华丽。随有惯冒君长名色、内山盗取金银之数十个无赖土番，今难冒取，无处投奔，遂投入为侣。将十八罗汉中之一尊长眉祖师，背地来张机轫，如活的一般。如人来求

签问圣[①]，欲问何事，签筒庙祝交与献神前，神遂将签一条抓出，照签诗行为，无不灵应，庙遂十分兴旺矣。

所有帮侣[②]，识字者为罗汉手，留在庙中理事；其余皆为罗汉脚，在于外面跑走。原来罗汉脚分散各处，或偷抱人之子女，或盗窃人之物件，或牵人牛羊猪等，匿于山野僻处。又引失主来庙抽签，照签诗去某处寻讨即着，要他谢香金若干。失主寻着物件，即不敢短少谢金。或要问："何人所偷？"罗汉奴说："菩萨隐恶扬善，既讨着[③]便造化。不可再问，问则致神怒，不祥。"因此人皆不知，即俗语云"自作猫自叫"之诡弊也。不知其所失之物，皆罗汉脚经手偷存[④]，回来说知，存匿之所在预写上签，置于筒中，待本失主来问，抽此签。那长眉祖师手指是磁石制镶的，臂有转轮，筒中签头以铁夹嵌。铁遇磁石，即浮起粘住抽出，以此骗番仔，皆不知也。

该处之婚姻不由父母，皆是子女自行择配。各至十六七岁，男女皆各出游选，遇有中意者，即邀至山野僻处苟合，才与父母说，再议财礼过门。其苟合者不在一次即两相合意，婚娶过门，至三四次不等。男女各皆不耻，父母亦不为怪。此番与广西之獠民又是不同。彼处獠民每年桃红时设球场，有及丁之子女，俱到场中。男吹笳，女踢球，父母在高岗坐着。或男抱女、女抱男，或三四个夺抱一个，总要快捷。先得手者，各抱过溪至山洞，女球交与男，男带解与女。回去齐议财礼，牛、马、猪、羊都要成双，与此大同小异。惟一次即定，再无二次也。

至开济为君遂禁止，改为彼此捧槟榔，既食了槟榔，便不许更易。自禁后，仍阳奉阴违。今哆啰为权济长，知其违禁，遣人密访，违者即拿来长枷不放。前之三四次后不合意者都翻变，今只食一口槟榔，还不翻变？至翻变，无不控告，无不勒就，至勒就无不怨恨，遂停婚嫁。婚嫁一停，罗汉脚便来引诱矣，至婚嫁之家，诱诸男女同去罗汉神前，听凭祖师撮合良配，谁敢反悔？

古语云："不怕人，单怕神。"番氏说听神配偶，无不喜之。令作几帮[⑤]，照次第而去神前听判，即议齐开出名字。罗汉脚探知中间有男女之富豪、美貌者，先去富家说，要聚那家女，送银若干与罗汉奴，对祖师说情，包得之。那富家遂要拣其中意者，银即如数送谢。罗汉脚便去中意之女家说要那家之男，

① 问圣：求神谕。圣：福州话音"线"。

② 帮侣：团伙成员。

③ 讨着：找到。

④ 偷存：偷盗、藏匿。

⑤ 坐几帮：分成几批。

亦送谢银多少，包他必配合中意，不然必至错配。那女家亦拣合意，许他若干谢银，都先说定了。那穷丑之家不去。

回庙与罗汉奴说知，先将其男女配合，写上签现成，那来之男女，照次序跪于座下，令其父母抱签筒献祖师手下。祖师伸手拔一签出筒，乃美配富。抽完另换签筒，别个男女再抽，照次序抽签毕，匹配至尾，余两个不必抽，坐底匹配，皆美配富，丑配贫。至次日三日皆如是作弊。来看之人亦言，佛天所判，至公无私，金刀斫之不开，谁敢异言？

民间自此而起，男女结姻无论远近，皆是带男带女前来抽签匹配。游手亡命之徒来充罗汉脚者愈多。哆啰不知其弊，只道是抽签配合，无有改易争讼，亦听之。讵一听之，遂至莠之乱苗，佞之乱义，郑声乱乐，乡愿乱德。民间词讼不赴控官，皆来抽签问判，是罗汉殿变为知县堂矣。

正是：家将破处奴欺主，势欲残时私夺公。下文如何，再看分说。

第二四八回　恶棍乱伦计除教民
贤君被困牛能解围

却说罗汉脚四处探访，有人争夺婚姻、田土等事，勾引至罗汉殿定判。有钱者赢，无钱者输，赢者自然得意，输者亦不敢怨恨。可见番俗怕神。

后来有一家，兄弟五人，四个有妻，尾弟[1]未娶。适第四病故，遗妻少美，第五的未娶，欲纳为妻，而大兄以尊长要收之为妾，以此相争，操戈于室，遂控至公庭。哆啰断其乱伦，大小俱不准收纳，各加刑责戒之，其兄弟俯首无怨。讵罗汉脚来说其兄，曰："与我银一百，带汝去问祖师，那少妇包判与汝为妾。"其长兄喜而许之。又去说其尾弟曰："与我银百两，带汝去问祖师，包判汝有妻。"尾弟亦喜许之。二兄弟已说定了，又去说其第二与第三之兄弟，曰："汝各与我五十两银，与汝各兄弟齐去问长眉祖师，包判有新的妇女与汝二兄弟为妻。"两兄弟亦同喜许之。

至银交到，四个罗汉脚去带四兄弟到庙。罗汉奴先写一张疏，其中云：某家兄弟五人，皆有妻室，尾弟未娶。今第四者死，遗寡妇无依。或属于长，或念尾弟未娶配为五房。官不敢断，惟求神判施行等由。罗汉奴令兄弟一排跪于神前，将疏念了一遍，即放于神龛之内，放下神龛前帐遮蔽，令四个伏地勿动，候神拟判。其神龛中先设有笔墨，将墨磨浓笔抹饱现成，外面看者无数，皆立等寂然。忽听龛内有动声，少顷，又听有放笔声，罗汉奴便令四个起来，揭起神帐取看，疏尾批有数行判语，墨犹未干，同念曰：

"弟虽未娶亲，还当让长兄。兄亦不可二，原妻退次弟。次弟又莫重，其妇配三房。三妻让与五，五弟亦有妇。彼此挪移明夜起，个个换新无不喜。今以更妻无更子，男儿跟父女随母。"

罗汉奴同四兄弟看完此判语，闲看之人，多半罗汉脚在外充入，先开声喝彩："佛爷果然公道！使各兄弟皆有老婆，两兄弟各有更新换旧，怎不喜欢！"那看的人亦同声笑和。那兄弟果皆欢喜，一同回去行为。此番仔哪管人伦大坏，

---

① 尾弟：最小的弟弟。

其罪孽皆起于罗汉脚。其神龛后靠壁设有暗门，罗汉奴将疏放于龛内，即放帐；后面罗汉手即开暗门写毕，做动笔放笔之声，暗门即关。无痕无迹，人看不出，共信活佛。

一时扬传之批语，哆啰先亦半信半疑。因民称其直而无曲，遂疑上古神教之事，亦可听其行。此次闻其判语，系以弟妇兄嫂对换为妻，大为骇异，思："虽无王法，亦有佛法，哪有如此败坏人伦之佛？既不知人之伦常，便非真活佛。非邪术，必诡弊，若不穷究，空坐权济长之虚位。"又思："他党羽甚大，拿必生变，即乱伦之兄弟亦拿不得，必设计捉之。"细思往常年节佛诞之日皆去拈香拜佛，此回无事，先遣一美女，授以密计，随带至罗汉殿，铺设旗幡、宝盖、香花、灯烛等候，自来行香。

那美女到庙收拾，罗汉奴查问，系权济长之宠妾。观其貌美好，趁夜出来勾诱，被引诱入室绸缪。随询："君长有何事来行香，如此虔诚？"女告之曰："主君原不受此位为君长，却被扶颠国太王硬劝而为，权坐以待旧主。今旧主无回，自揣又多疾病，意欲让位与君，自己退隐外岛优游矣。"又问曰："此位不让别人，单让与我何也？"又答曰："以君佐佛判断民情，人皆敬服之。"故二人即于枕上发誓，坐位立为正妻。

至次日，哆啰至庙，各处拈了香。将带来之疏，屏退从人，自送龛内，放下神帐。待坐许久，便自揭开神龛帐，取出疏来看，内即批一"可"字，即收入怀。其疏内乃写欲将位让与罗汉奴，问神可否之处等语。人皆不知问甚事，批甚字。罗汉奴等俱在外伺候接送。哆啰行香投疏既毕，排道回去。至次日，遣人来唤罗汉奴去议机密之事，令其勿带多人。

罗汉奴以是叫去让位，只带八人径至内庭。哆啰出见，即言让位事情。罗汉奴先辞，而后受之。哆啰传唤掌书记来，先交盘仓库，明早即行辞位。罗汉奴令随来之人回去，赶带得用之罗汉手十二个来。打发去后，哆啰即邀罗汉奴进后宫饮宴，惟与之独饮，并无陪食。饮到中间，突出数人将其缚住，罗汉奴惊问："何故？"众曰："主君恐你不肯坐位走去，故缚之。"遂押于内室。那去叫之十二个罗汉手亦至，令带入内，亦围缚之。其先来之八个亦拿住，禁于监狱。

哆啰即坐堂，先唤一名罗汉手问讯："设何诡诈惑人情弊？"先不肯说，至动严刑难受，始供出各诡诈实情。随带至十一个先讯，亦不认。将那一个之口供与看，遂一同供认不讳。俱令押于一旁。令提出罗汉奴问曰："可知罪否？"罗汉奴至此方知落局，即答曰："代佛行道，有什么罪？"哆啰笑曰："且看一物，便知罪孽。"即令取各口供与看。

罗汉奴接看各口供，乃是罗汉手招出：神之手指是磁石镶的，竹签之头用铁包的，神龛后有暗门可通。撮合婚姻，各受赃银若干。批判四兄弟，赃银若干。设此诡诈十六年，得赃有数十万余。动费外，尚存若干在库。罗汉脚投收共有千余，分去各处引诱。设有一局，赃银分与一股。本人从不出门，内存诱拐妇女，日夜耍乐。此次，因日前去庙中伺候，系宫中之婢被诱，问知是让位私情。先犹不信，及看龛中投疏，方信是实，作神批一“可”字。便不防备，放心前来，接坐王位等供。

罗汉奴看供，冷汗遍体，叹气曰：“都因贪心不厌！内地设过无数机械，无奈我何，今日入于番人陷阱！他们既都招认了，我还有何说？所供之情弊皆我一人主谋。应何罪，由汝处治，不过一死而已。”哆啰曰：“知汝有神出鬼没之机，故作此局，汝必入之。今既承认，免得动刑。只是迟恐生变，即令将罗汉手并乱伦之兄弟一同上绑，押出市曹斩首示众。”自又率带二百卫兵，去查抄毁庙。至则银物俱空。

原来罗汉脚散漫各处，早已闻知此信息，先将庙内各物金银，伙齐搬移，集于大山，再图不轨。兹闻哆啰杀了罗汉奴脚手，并只带二百兵来抄罗汉庙，会其伙执械，将哆啰并兵卒围困于罗汉庙，齐举械攻打。罗汉脚有千余，哆啰兵只二百，寡不敌众，待死而已。正在危急之际，忽然罗汉脚自乱，奔走四散，原来乃数百之大水牛。

因在地[①]水牛极多，日放野地吃草，晚则自归村落。那散去四野，识得国王受困，无人牵拽，皆自奔至，逢人便触，更甚于田单之火牛。或触透腰腹，或触出肠肚，死去大半。有奔走的，牛亦追之，跑不过牛，不触死亦跌死。再加哆啰兵从内杀出，二百兵夹攻，围遂解，牛亦散去。哆啰得此牛来解围得命。看罗汉脚尸横满地，亦有被牛触半生半死，其余不过走去数十人。料其无能回朝，连势[②]去大搜山谷中物件、金银并被拐之妇女，令其亲属领回。金宝等件运回归库。所余罗汉脚已走无踪。台湾遂得平定矣。

若无牛来解围，哆啰必全军覆没。原来哆啰一为权济长，诸事未行，先念台湾之牛最苦，不独耕田，还日夜拉车，并无停歇，遂先出布告，禁止私宰，有宰一牛者，如杀人之罪处之。故牛遍山野，此番齐来报恩，救出重围。

正是：不伤虱命血酬德，禁宰牛牲角报恩。欲知后事，下回说明。

---

① 在地：当地。

② 连势：紧接着。

第二四九回　图南献迁闽迁广谶　思肖立不孝不忠碑

盖此别记，初起自前唐，至宋初止，历过五代十五帝，传位皆不长久。故言周启文、吴青娘、铁麻姑、吴云程至宋还在。邵康节先生有诗云：

朱李石刘郭，梁唐晋汉周，
都来十五帝，播乱五十秋。

此诗合于河洛、九宫八封、十五、五十、大衍之数。康节先生以此数约言，实五代、八姓、十三主，共历五十三年。是时，篡夺朝位，干戈不定，民不聊生，人皆叹说："何时得见真命天子，以安天下之民?"适陈抟骑驴走过，答曰："真命天子现在街上挑卖，怎说无也?"

陈抟，莫知其所始。相传有渔人，举网得一物甚大，形如肉球。携之回家入锅煮，欲食之。锅中水初煮热，俄而雷电绕屋大震。渔人大惊，捞取肉球，忽开裂，出一婴孩，渔人抚养为子。此陈姓乃从渔人之姓，单名抟，又名图南。隐于太华山，善睡，一睡不知多少日始起。有人登其室，见其门被尘封掩，鼻无气息，以为死去日久，谁知其气息是由耳出，名为龟息。

时干戈四起，人多逃徙。赵弘殷肩挑二子，由街市而过，一乃匡胤，一乃匡义。陈抟见而知之，曰"一担两天子"，因此故言挑卖也。后来，陈桥兵变，陈抟骑驴下山沽酒，闻说赵检点为帝坐位，遂拍手大笑，不觉落地。人问其故，答曰："天下从此定矣，因喜极，不觉跌也。"宋太祖既有天下，召陈抟至，问天下始终之事，陈抟答以"一汴，二杭，三闽，四广"。再问其故，曰："非臣之所知也。"便不再言，至后果应之。

盖太祖初定鼎时，建都在河南汴梁，是一汴也。至徽、钦二帝被金北徙，高宗南渡，建都在浙江杭州，是二杭也。又至元兵过江，恭帝北去，陈宜中、陆秀夫、张世杰并奉益王至福州即位，为端宗。改福州为福安府，大都督府为垂拱殿，便厅为延政殿。陈宜中为左相兼枢密使，都督诸路军马。陈文龙为参知政事。张世杰为枢密副使。陆秀夫为签书、加枢密院事。文天祥自温州至，为右相兼枢密院使，督诸路军马，因与陈宜中议事不合，令出督师南剑州，经

略江西等处，此三闽也。

无何，元兵下南，以陈文龙为兴化知军，陈宜中、陆秀夫、张世杰奉帝及卫王、杨太妃航海，驻跸于濂浦。平山点兵，是时，军士有十数万，人民尚二十余万，淮兵亦有万余之数。削平其山驻扎，故名平山。陈宜中手书“平山福地”四大字，刻于石上。帝驻跸濂浦，元兵水陆分路追至，张世杰急负帝登舟，犹幸天降大雾，海暝不辨东西南北，因被帝舟纵出大海。元兵又至兴化，兴化军通判曹澄孙开城出降。知军陈文龙被元兵执住，欲其投降。文龙指其腹曰：“此中皆节义文章，岂可相逼耶?”卒不屈，元将乃械送杭州，断食死。诗曰：

自古忠臣不怕死，须知怕死不忠臣。
至今庙貌台江畔，赢得千秋俎豆馨。

帝舟至泉州港，招抚使蒲寿庚来请驻跸，张世杰以为不可。寿庚总管诸船，或劝世杰留住寿庚不与去，令拨舟助饷，世杰不听，放之使归。以战船不足，令寿庚出办。寿庚不出，遂掠其舟，并劫其财货。寿庚大怒，领兵掩杀宗室士大夫与淮兵在泉州者。陈宜中奉帝奔潮，寿庚遂与泉州知州开城降。陈文龙之侄陈瓒，起家丁及义民五百人接应张世杰讨寿庚，不克，复回讨兴化，元兵战败。陈瓒督义民守城。未几，元将唆都领兵万余至兴化。陈瓒因寡不敌众，闭城拒守。唆都临城降谕：若归顺，不杀一人；若抗拒，鸡犬不留。陈瓒同义兵死守孤城，却被云梯、炮石攻破。元兵拥入，陈瓒与巷战，力尽被获，犹骂不绝口。唆都杀之，遂屠通城之民，血流有声。元兵攻闽，惟兴化最惨。

陈宜中、张世杰奉帝在潮州。元兵追至，水中又起大风，帝溺舟破，几乎莫救。既救，得惊痫之症，甚危。众议欲去依泊占城，陈宜中请先往占城说之。帝许之，宜中遂行。宜中度事不可为，去而不返。陆秀夫俟陈宜中去久无回，知其远避，又奉帝至洲。驾崩，年十一岁。立帝之弟卫王，年才八岁。有黄龙现于海中，改元祥兴，以洲为翔龙县，以陆秀夫为左丞相兼枢密使。

时杨太后垂帘，与诸臣语，犹自称奴，众皆玩怠，独陆秀夫俨然正笏恭立。张世杰以洲不可居，迁帝于新会之厓山，以广州为翔龙府。时官府兵民尚有十余万，加文天祥少保信国公、张世杰越国公。天祥是时督兵在江西，乞入朝，不准，乃加封之。后天祥与元兵鏖战，力不能支，兵败被执。元将张宏范义之，释其缚，以客礼待之。再三劝不归降，送至燕京。元主亦将释之。

张世杰与元将战屡败，元兵涌至，众皆投降，世杰夺舟出港。时帝在大舟，因有众小舟环绕，度不能脱。陆秀夫先驱妻子入海淹死，谓帝曰：“国事至此，陛下当为国死，德佑皇帝辱已甚，陛下不可再辱。”言讫，负帝同入水溺死。诸臣从死者甚众。过七日，尸浮于海上者十余万人，遂得帝尸及诏书国宝。杨太

后闻帝死，亦赴海死。世杰欲别立赵氏兴复，舟遇大飓风，自度天意难以挽回，亦坠水死。宋遂亡矣。此乃四广是也。盖陈抟早定其谶，但建迁四都之山河，大而渐小，至尖末而已，所谓牛角山河。是时，有题诗于吴山子胥祠云：

和战无成数戒严，中原民苦望熙恬。

迁杭不已迁闽广，牛角山河日入尖。

明郑唐亦有诗云：

驴背无心共笑还，壶中有药卧空山。

三闽四广英雄恨，都付先生一梦间。

宋既亡，节难之士不尽言之。只言一人，姓郑名思肖，字忆翁，号所南，福州连江县人。祖父名成，卒于江南枝江县主簿任内。父名震，字叔起，号菊山，乃道学君子，为宁安、和靖二书院教授，卒于吴。母楼氏。思肖乃太学生，应博学宏词科。元兵南下，曾上太皇幼主疏，因辞切忤当路，权臣不报其名。至宋亡，改名思肖，即言思赵也，忆翁、所南皆寓言也。素不娶妻，只孑然一身，常念念不忘君王于诗文中，遇岁时伏腊，则野哭南向拜之，人莫知其故。或闻北人声语，即掩耳走避。凡坐卧皆南面。匾额号其室曰“本穴世界”，盖以本字下之十字置于穴字中，则“大宋”二字也。画墨兰极精。至宋亡，画兰花不画土地，根无所凭，人问其故，则曰：“土被人夺去，汝还不知耶?”所画之兰花并不与人，虽迫以权势不可得也。

天目山有僧名本，乃中峰禅寺之僧舍首，闻思肖名，欲见之，不能遇。一日偶会于孝子梅发家中，一见，各默然不语。坐有许久，僧本曰：“所南何不说话?”思肖答曰：“两眼对两眼，无话可说。”许久，将别去，僧本又曰：“博学君子。”思肖即答曰：“正法和尚。”时赵子昂才名甚著于当世，原与思肖至好，思肖恶其宗室而受元聘，与交绝。子昂数次往候之，终不得见，叹息而去。后思肖自卖所居之屋，其钱尽行周济人急，所有田产亦舍与诸寺刹，惟留数亩，为自己衣食之资。谓其田佃曰：“我死后，所有田亩与汝掌之。”

于是行无定所，名山禅室，无不遍阅。及病将终时，嘱其友唐东屿曰：“思肖死，烦为书一碑，当云大宋不忠不孝郑思肖。”言讫而卒，年七十有八。其意言不能为国，且无后嗣也。自赞其像曰：“不忠可诛，不孝可斩。不悬此头洪洪荒荒之表，以为不忠不孝之样。”常著《大无空十空经》一卷，寓意为《大宋经》。造语奇，莫能晓，自题其后曰：“孤臣思肖，呕血三斗，方能书此，后当有眼识之。”又著《有释氏施食心法》一卷，《太极祭炼》一卷，《谬余集》一卷，《文集》一卷，《自叙一百二十图诗》一卷，与《菊山诗集》并传于世。至明崇祯十一年冬，苏州城中承天寺以久旱浚井，得一函。其外曰《大宋铁函》，

内中有书一卷，名曰《心史》，称大宋孤臣郑思肖百拜封。其存书之日乃德祐元年，抚使张国维刻之以传。此章系《福州府志》参《苏州府志》所纪，系实事。

正是：宜中空勒平山石，思肖难忘本穴心。下文如何，再行分说。

第二五〇回　龙潭壑五怪称五帝　吴家庄二妖图二男

盖南闽[1]天下之胜。南通潮广，北跨温台，东通吴越，东南尽海，地险山强，沃野千里。其南有五重屏案，九道金带水。横山为初案，安民崎次之，天宁山为三案，高盖山为四案，五虎山为五案。南门板桥为一金带水，洗马桥为二金带水，六柱桥为三金带水，沙合桥为四金带水，大桥为五金带水，江南桥为六金带水，乌龙江为七金带水，并城内到任桥、安泰桥共九道金带水。

越山（即屏山也）、九仙山、乌石山鼎峙于城中。方山、旗山、鼓山、莲花山环绕于城外。原自安民崎外至天宁山皆大江，迨后潮水冲涌，渐渐填为实地。城南之中洲原是浮礁，北之中亭原是浮洲，南北土沙渐至长合，将至安民崎。遂应于“南台沙合，河口路通”之古谶，始有沙合之四桥、中洲之地场。

中洲一区，上渡奔流，下渡冲涨，再拥合。因涧底河桥造不易，只上下两渡船，以济行旅。去上路[2]者上渡登岸，去下路者下渡登岸。上下渡之地名仍在。五代入宋，始造浮桥。浮桥者以船横在江中水面，两旁以大铁链牵系于南北之两道头。浮桥之船拢岸，中间开一门以通舟楫，舟过后用板铺上，仍与人行。北宋元祐间，郡守王祖道置鸭姆洲田一十一顷七十二亩为修浮桥之费。至元朝，入于白塔寺交头陀掌管修桥。

台江前皆宁静，自宋入元，遂有五怪作祟。五怪者，乃水猴、水鸟、蛤蚌、鲈鱼、水蛙。此五怪聚在望北台下龙潭壑里为巢穴。此龙潭壑内外海之潮涨至此，亦转旋入壑中，车入螺纹，[3] 故人言“龙潭壑无底”。彼时有一竞渡之龙船至此，人船皆旋入壑底去。至今相传，常闻壑底有锣鼓之声。五怪因在此壑中，上受天一之漩炼，下承地六之造化，[4] 至千年便能变人，出没为害，或迷泄人之津液，或分食死尸之肢体。惟蛙近于人性，不敢害人伤命，常戒四怪勿再妄

---

① 南闽：此处指福州。

② 上路、下路：分别指通往上游、下游各处的路。

③ 车入螺纹：卷入漩涡。车：旋转。

④ 天一、地六：语出《易经》“天一生水，地六成之”，意为水星与日月相会。

为，鱼、鸟、蛀犹可戒止。惟猴阳奉阴违，仍防之不住。

四怪之中，惟蛙稍能约束四怪。原来蛙即蟾蜍，能朝北斗，至千年，其额遂生一角。额下有丹书，便知人性，故能管束诸怪，戒他不许伤生害命，岂无别物可食，遂同变为五通神，脸分五色，惟中多一眼，衣亦穿五色，皆戴金冠，时常出游于江面，或现于岸旁。人遇见亦不惊，皆以为五方之五帝下降，行灾布病。不论有病无病，无不备大礼仪当天[1]祭禳。遂于江滨建五帝庙，其香火甚旺，祭祀不断。

谁知此五怪以坐享庙中受人祭祀，又去各乡游荡，作威作福玩耍。一日，由水上岸，欲去下渡惑人。遇一金面孩童驰马而至，发一冷弹，正中黑面背上，黑面被打出原形，化蚌入水。蓝面者心中甚忿，执械向前，又被一弹打中，亦现出原形水猴，入水而逃。鱼、鸟、蛙见是不好惹的，不敢向前，皆由水而遁，那孩童亦不追赶。却原来那孩童是塔亭[2]祖殿临水夫人之金舍人，因挟弹巡游，见五怪欲作祟惑人，故发弹打走。是夜，示梦于乡老众人，遂建舍人庙于江边镇守。那五怪虽能变化，怎敌得临水的无边法力，只一弹就打出原形。自此不敢再去下渡也。

先说闽清有一人，姓吴名心发，挈眷来省，住南台下杭街，挑卖粗纸[3]。一子名瑞，学习木匠之艺。吴瑞至艺满，回家开木匠店。先只与人建屋，后来能造舟楫，生意兴隆。凡官衙之官船皆领来造，遂为官匠之首。江面之浮桥损坏，俱是他修理。吴瑞之妻柳氏，同胎生下两子，长名世瑚，次名世琏。柳氏有妹嫁于西河沈家，亦同月生下一胎两女，长女名金，次女名玉。遂以二家之子女结成婚姻，幼时俱生得清秀。

沈家二女七八岁出痘疹，变坏面貌。其姐斜眼，其妹凹鼻，面俱大麻。因见其二家子女已长，吴瑞即择日同娶其姐妹过门。许夜二顶花轿扛至台江道头下船，去西河接亲。船至中流，挑灯、打伞、扛轿之人在船中闲谈。一个曰：“今夜去接亲，笙箫鼓乐。明日即驳回[4]，寂寂寞寞。”那人讶问曰：“新人既抬回，哪有驳回之理?”其人答曰：“别人新人无驳，惟此一双姐妹，生得奇形怪状。若是新郎也生得丑陋也罢，谁知吴家二兄弟如花似玉，人才皆称为一对潘安。此亲事不是早几年都娶来了，因二兄弟闻他丑貌，因此未娶过门，父母无奈之何。此回被人哄骗丑忽变美，始来娶之。明早轿抬到家，二兄弟一见仍是

---

① 当天：在露天处。

② 塔亭：福州地名，在今仓山区。

③ 粗纸：草纸，厕纸。

④ 驳回：遣退回去。

丑陋得狼狈，岂有不驳回去!”

众问曰：“汝怎知之?”其人曰：“我是西河人，常在沈家出入，怎的不知?我先前在吴家，闻他二兄弟说，明日看了新人，才肯洗澡、拜堂。”众曰：“看货还钱[①]，真是不错。”又一个抬轿的笑曰：“这不是看货还钱，是猪刣白讲价[②]。”诸抬轿又问曰：“二家是两姨表，必定眼见。如此美郎，怎肯与丑女结姻?”那一个欲答，被那老成的阻曰：“作扛轿即扛轿[③]，何必闲管许多事，故[④]来闲说?”遂不敢言。原来吴家接亲人等俱在别船，皆不得闻，任其评论；却被那猴怪，泊[⑤]在船旁，听得了然。遂想二个少年美貌如此，我难遇一个，若不乘机去迷弄取乐，更待何时?遂与蚌商议，二人各分一个，岂不是好?至次日黎明，船渡新人至半江，猴、蚌二怪将沈家二姐妹拽至大山洞丛草中间存[⑥]着，二怪遂变作二美女，分坐二轿内，人皆不知。由船登岸，抬至吴家，童子请二女下轿进房，[⑦] 二兄弟要先揭盖[⑧]。谁知二兄弟已背问接亲主人，言乃是丑极，父母无法可施，不许其先揭盖，二兄弟只得走开。家人寻不见新郎，其母柳氏曰：“人娶媳妇传流后裔。独我娶媳，后裔未传，先不见了二子。”连声叹息。

时新人同在一处，闻众人叹息，便同答曰：“奴二姐妹貌丑已换，就与表兄先揭看何妨?”众亲戚闻得新人此等之言，叫伴房先揭起盖来同大家看看，果是一对嫦娥下降，众皆欢喜。惟柳氏异而问曰：“我去年冬间曾到汝家中，见汝二人哪是这样?怎么到我家中变成这等美貌?”二女答曰：“奴二人原是丑陋，今日上船仍是如此。至渡半江，在轿内梦中间有神圣空中言曰：‘上帝念汝二人忠厚，这般丑陋难配才郎，特与汝二人丑变为美，方可到吴家成就百年伉俪。’当时奴二人梦中惊醒，不知真假，自摸面上，果无一点麻凹，方信是被神明改换。”柳氏同诸亲闻说，喜极，即令人遍处寻回新郎，叫他二兄弟进房来看。二人来至房门口，斜眼一观，见生得十分标致，有《临江仙》之词为证：

宝髻插飞珠凤，冰肌薄衬罗裳，风来暗度麝兰香，杨柳肢腰步稳。海棠颜

---

① 看货还钱：验货后再付钱。

② 猪刣白讲价：俗语，比喻先造成事实后再说条件，使人不得不接受。刣白：（猪）宰杀后褪毛去内脏。

③ 作扛轿即扛轿：当轿夫的就只管抬轿子。

④ 故：还。

⑤ 泊：攀附。

⑥ 存：藏。

⑦ 童子请二女下轿进房：福州风俗，由家中男童揭开花轿轿帘，请新娘下轿，并引导至新房。

⑧ 揭盖：揭开新娘的盖头帕。

貌娇妆，微露弓鞋尖小。轻携衫袖飘扬，天然丰韵胜王嫱。秋波频盼处，文士也心狂。

当下二兄弟看了，不胜欢喜，果然绝色盖世。正欲穿衣拜堂，吴瑞阻曰："且慢！俟明日来拜未迟。"诸亲问何故，吴瑞曰："人之面貌父母生成，岂能更改，中间必有缘故。查了明白，再来拜堂未迟。"诸亲笑曰："先前二新郎不肯拜堂，汝老人家又要他拜堂；今他欢喜拜堂，汝老人家又不许他拜堂。"更有一个嘲曰："还有那二新人，先前未见过新郎犹可，今已见过新郎面貌如花，恨不得即刻上床和谐了愿，又被老公公打吵去[①]。明日拜堂，今日一长夜怎过？新娘若不恨杀，就我也代他恨杀。"吴瑞曰："不必多言，总要待我查了清楚，方可拜堂，不然恐有妖怪混冒。"

正是：大凡作事疑须问，莫至胡行悔却迟。欲知吴瑞如何查得清楚，到底有无拜堂，要看详细，下文一一分说。

---

① 打吵去：搅扰了。

第二五一回　变二配打叱二美　破四假寻回四亲

却说吴瑞以新娶之媳丑能变美殊属可疑，不许子成亲。先去西河沈家查问，实是丑的上轿，并无抽换情弊；再问及接亲之人，共说路中船上并无诈冒，吴瑞疑惑。再至江边五帝庙，将情由祷告一番，或是逢神换貌，或是路上被妖怪诈冒，乞赐一灵签判断。抽二十一签，谱中云："奇奇怪怪不必惊，举头三尺有神明。善人自有善人报，作恶上天岂顺从。"

吴瑞将此签谱带回与诸人详解，众亲共说："不是妖怪诈冒，是蒙神更换。"吴瑞曰："必定妖怪冒变，非是神明更换。"众问："怎解？"吴瑞曰："奇怪之妖孽不必惊怕，自有神明相救，善恶自有善恶之报，此等作恶妖孽，天岂容之？三尺者三日也。五帝庙明说不可成亲，待三日后有神来救。"诸亲笑曰："如此详解，不是反面说耶？签中明说奇怪之事莫惊，自有神明鉴察。君家平素行善，天始遣来神明，以换丑脸。行恶之人，上天岂肯换之也？何必此等详解，反以好事作恶事，岂不负天恩耶？"

吴瑞因诸亲详得有理，正许二子拜堂，忽报万寿寺之头陀王法助来道喜。亲戚中有一个与之相好，笑而问曰："和尚汝是特来吃喜酒？喜酒吃不成。"法助问故，吴瑞将此情说与法助知之，法助闻了亦疑。诸亲曰："此位法师与众不同，是妖非妖，进去一看便知。"法助道："是。"即同吴瑞进房，见二女并立，不意法助口含有法水，照二女面上喷来，二女不动。法助亦无奈其何，只得退出，谓曰："观其形色，又似妖怪。不怕法水，又不是妖怪。"言讫，又看签谱，曰："既言三日有神明，上天不顺容，今且慢成亲，待三日过，若无变异，再谐花烛，万无一失。"吴瑞称有理，依之，且看三日过再来花烛。

原来王法助有些秘法，那二妖被法水一喷，不现原形，何也？盖二妖欲图二男之美，当其喷水之时，即将出相①来迷和尚，又想出破即不能遂意，故硬含忍，使人不疑，以图长久玩乐。岂知又被和尚攒说，又迟三日，怀恨在心，

① 出相：露出真相。

只得装柔作顺。

过了三日，吴瑞见无变异，令子沐浴出来拜堂。二新人出厅，等候二兄弟出来。却又作怪，二兄弟出见，共见其面貌忽变作似前日二女之面孔，目斜鼻凹，面上大麻如苦瓜。众共骇然，忙问："汝二人是谁？"二人答曰："吾乃世瑚、世琏，众位怎么不识？"众人问曰："他兄弟乃白面书生，如何变出此脸面？今且慢拜堂，查明白再来。"二人同曰："无甚缘故，不须骇异。我二人在房洗澡，忽有金甲神人出现曰：'汝二人乃是短命之相，成亲三日后必死。今与汝换去短命之相，可与美貌妻子同谐到老。'言毕，将手向我面上一搓，神又曰：'今既换长命之相，叫众不用惊异。'说罢，神便不见。此貌皆是神换，如何不与我拜堂？"

众未答。那两新人喊曰："汝两人前嫌我而走开，今我亦不要汝，快送我回去母家。"二女说讫，便走入房不出。二男在厅笑曰："汝既嫌我貌丑，要变回美不难，今亦不讨[1]金甲神变回原貌。"言讫，亦自走入书房，亦不出来。吴家亲属等不知所以，面面相觑。

看官，可知二兄弟改面之由么？盖猴、蚌二怪既来诈冒新娘，要迷二兄弟，三怪何曾有知会之。因吴瑞来祷告情由，问签，三怪始知。亦忿其胡行，遂访出沈家二女被迷存于大山洞里。幸喜吴家生疑，未遂其成亲。蛙精即令鱼、鸟二怪变二兄弟去吵散。正值两兄弟出来拜堂之时，将二兄弟迷拽他处，鱼、鸟二怪即变出来打叱[2]，以保兄弟不致被迷。

那吴家众口议论，各无主意，忽闻王法助从万寿寺又来，吴瑞迎入，告以二子又变丑貌之异。法助讶曰："正应签谱之语，二女果是妖来诈冒。上天不肯顺情，遣别妖亦变二新郎前来打叱。现在四个俱是妖怪。公之真子、媳，还不知被摄在何方，须赶紧拨人追寻，久则四命休矣。一面去寻儿媳，一面去福州府衙门报告，妖怪变人害命，刻不容缓。"

吴瑞被头陀拨醒[3]，立即拨诸亲戚分路寻讨，独自奔去府衙控告。吴瑞乃官匠，府县衙熟悉。那太守姓吴名铣，浙江人，闻吴瑞诉说儿媳变貌之情由，骇异，即派健役多人，前往吴家，锁带变相之二男二女讯究。吴太守问吴瑞："可曾问其家事？可说得同否？"吴瑞曰："亦曾问他，他只说心混貌换，一时说不能周全。"太守令先说吴沈两家，有几个伯、叔、兄、弟、姐、妹及姑舅等

① 讨：找。

② 打叱：捣乱，搅扰。

③ 拨醒：得到点拨而醒悟。

亲，说明后，即令差役押到坐堂。先问变丑之二男。

那四怪藉有变化，上堂只当嬉戏，便以假作真，并不畏缩。太守问："吴家有几个兄弟等亲以及母家之亲属？何名何姓？年岁多少？照次序说来。"二男对以心混，皆记不出。太守笑曰："心未换，何能混？且押一边。"再令带上二女问之，二女亦供面貌是神换，又问其六亲九眷之姓名岁数，二女亦答心混忘记。太守又问曰："那两个说心混，犹掩饰得来。汝两个丑已换了四天，即心混未定，别人忘记犹可，亲生之父母及自己乳名、生辰岂皆不知？况心皆混，好歹不知，何又知二男之面貌改变，不肯拜堂？从中之诈冒可知矣。可据实说来！何处妖怪诈冒情由，将沈家二女拽在何处，一一招来，免得动刑！"

二女答："是真非诈，任甚刑法，供不改移。"太守见二女说话从容，并无一点畏怯之形，实妖无疑，即谓曰："本府无别刑法，只请出孽镜一照，便知明白。"令取木栊[①]，将二女分关于栊内锁住，取神火四面攻而烧之。神火乃白胶和炭加琉璜所制。原来二怪不惧刑惧火。猴属金，蚌属水，火乃其所惧，见火攻至，即变出走去。将迁怒于太守，因见蛙精在于太守背后护卫，不敢害他，即逃出。堂上诸人亦见有大蛙，跳在太守公座下不见。

神火正烈处，不见了二女，太守知是走脱，令再带二男复讯。差役又报曰："关二男于边房，又有看守，忽然不见。"太守笑曰："美的既走，那丑的岂不走之理？既辨出是妖，亦无奈其何。"惟令赶紧寻其子、媳。

须臾，吴瑞报说："四人俱已寻着。"太守问："在何处？"吴瑞曰："数个亲戚寻至天皇山下，遇一老叟查问数人来此何事，亲戚答曰：'下杭街吴姓，三日前迎娶二新娘，轿至半途被妖拽去，今早家中二子又被妖拽去。前后共拽去四人，不知落在何处，特来寻讨。'那老叟说：'前日曾见二女倒在山后洞里，唤问不知何事，不知是谁家之女。老汉故在此等候有人至此说知，叫他亲人来讨。'诸亲戚向之称谢。行到几步，那老者不见，共疑是土地公来指点。同至山后寻着，二子二女同在一处，皆如死的一般。抬回家，饮了姜汤略苏。小匠先来报知。"

太守闻了，喜曰："感动土地神指点，幸甚。我有避邪丹与汝带回，煎汤灌之。先将二男二女隔离，勿与相见。待复原全愈了，先带二子来署，本府先问其被妖迷拽之情节，再带二女来，叫汝们转忧为喜。"吴瑞叩谢而出。

正是：人有良心天必佑，官怀正气怪难逃。下文如何，再看分说。

---

① 木栊：囚笼。

第二五二回　太守判合得螟蛉子　猴怪报恨毁拆浮桥

再说寻回二男二女，非是土地公指点，乃蛙精令鱼、鸟怪变成男身去打叱了，便拽出二兄弟、安顿于二女之处。又往官堂，恐猴、蚌二怪残害官命，又随至府堂保官，所以太守得以安静。至四怪俱遁去了，又化作土地，来指点其寻位处，此皆蛙精好处。然他亦不能十分约束猴、蚌二怪所为，惟打听其外面有胡为之处，则尽力解散之，以化其事。待回巢穴之时，亦十分责备。二怪虽不能全从，亦不敢阳违之也。此且不表。

再说吴家既寻回子媳，医药调治，至三日精神始得平定。太守着原差来带二子，查问当时被妖如何摄去情形。世瑚、世琏共说："沐浴起来穿衣，忽起一阵冷风，人遂迷去，不知人事。"太守曰："这都是汝兄弟两个轻德重色所致，若不忘原配结发，妖怪怎敢来冒，几乎丧命？今既试了，须要改却前非，反轻为重，莫再嫌丑。即今日在此堂上我之面前拜堂，回去汝自己家中洞房花烛，以遂百年伉俪之缘。如再好色不好德，妖怪还来不来犹未可知，而本府先将汝兄弟二人作违五伦弃结发之律办，发往边界充军为奴。二女与他家中父母领回，另行择配，亦不致误其终身。惟汝兄弟一生邪正成败之分，即在此刻，心内如何决断，可即对本府言明，以便办理，勿得再行犹豫。"

世瑚、世琏兄弟闻太守此语，即共答曰："谨遵台训，愿娶丑妇为妻，不敢再嫌。只恐前之妖怪再来变冒，怎处?"太守曰："本府自有制度。汝兄弟二人在此拜堂，回家去合欢。至三日后昆仲同妯娌齐搬来衙内厢房居住，补放汝二人为堂上签押行堂，任甚妖怪，不敢再来。"二兄弟喜而叩谢退出。太守又令二女进衙，一见果丑极，不再问，只令其候拜堂。大堂上铺设花烛，与二对夫妻拜堂。礼毕，令同回家，是夜共谐鸾凤。过了三日，即同搬于衙内居住，二兄弟遂为堂上大爷矣。民间沸沸扬扬，说吴太守为官清廉能干，办理此案，一举三得。汝道哪三得，听我说来：一得能鞫出四怪，令其远遁，威名大振；二得劝导两兄弟不弃丑妇，知重人伦，功德不浅；三得二兄弟美貌青年，收作跟随，办理事务，有得心应手之乐。

再说二兄弟进署，出入内衙，不但吴太守爱之，而诸夫人尤爱之。原来太守之子才死，并无别个男女，意欲螟蛉其一。即试其文学皆饱，惟不知品行如何，密令两个丫环美貌的，去与其妻说："乃夫人遣来为内侍。"二妻喜纳之。

至暮，二兄弟堂事毕，回来见二丫环，讶问之，其妻曰："乃夫人赏赐为妾。"二兄弟便抱头惊喊曰："妖怪又来矣。"遂共跑入内室，见太守连声曰："妖又来了。"太守以为真是，令人查看。始知以二丫环为妖怪，笑谓二兄弟曰："非妖，乃夫人选拨二婢女去与汝妻作伴，一人去收纳一个，以免寂寥。"世瑚、世琏答曰："不敢要。因前次被妖惊破胆，遇有油头粉面，魂魄便惊飞去。求大老爷快令人带回内去，小的才敢回去。不然，永不敢归房。"

太守笑曰："见油头粉面便惊，汝家妻子亦是油头粉面，怎都不怕？"答曰："前未被妖诈冒时，以光、白、嫩、美为美，麻、壑、斜、凹为丑。因尝着这个辣汤，始知丑者乃其本色，美者乃是妖精。今看自己妻子之实色，再看别女无个不似妖形。先以原聘为丑，今以为美也。"太守笑曰："原来有此缘故！莫若此两个收回，换两个与汝原聘妻子面貌相似送汝作伴，何如？"答曰："妻可一，不可二，求开恩勿强。"太守笑曰："被蛇咬，见草索[①]亦怕。既如是，不强汝。"遂令人带丫环入内。太守心中迟疑，犹恐二兄弟假至诚偷掏佛[②]，又密遣别个美丫环私奔就之，二兄弟又进内投告。

试过数次，果系诚实。即遣人去吴家，与吴瑞夫妇说，要一子为螟蛉。吴瑞夫妻以同姓，喜诺之，将次子世琏送与太守为嗣，太守喜。世琏改名吴振泰，留世瑚在内陪伴读书。太守既一举三得，又能使吴瑞一忧变为三喜。汝道哪三喜，亦曾说出。听道：一喜二子不弃丑妇，保家和乐；二喜次子螟蛉与五马诸侯为子，可望攀龙附凤，连登金榜；三喜长子在衙伴读，将来亦得成就功名。遂感激五帝抽签有灵应，因此建造五帝庙答谢之。

旧庙窄小，在于江边，常遭大水漂没。今另择在天宁山旁观音堂左侧，帮扇[③]建一新庙。那日竖扇[④]上梁，至夜人工皆散。次日来看，帮扇各木料拆卸江边，将五福大帝之中梁架于观音堂脊顶。吴瑞讶，查何人所拆，有江边渔人曰："昨夜三更，见凸嘴穿白的同一穿黑的来拆。看其面貌非人乃神，才不敢问。"众乡邻曰："既是神明，特与之建庙像，何拆之？"有一人曰："全间皆拆去，惟中梁不拆架于观音堂，想必是神明不要帮扇边间，要正堂为大殿，故将五福大

① 草索：草绳。

② 假至诚偷掏佛：俗语，谓表面至诚，实则心怀鬼胎。偷掏：偷。

③ 帮扇：建筑用语，指附在已有建筑的墙体外侧搭盖附属建筑。

④ 竖扇：建筑用语，指立起屋架。

帝之梁，架于脊顶，与汝知也。”众共答：“不错。”

吴瑞即与众商议，将观音金身暂寄天宁寺大殿之上，把观音堂拆去为五帝庙。完竣后再去东边山下井旁另起[1]观音堂，以悦五帝之心意。所谓“拆观音堂起五帝庙”之俗语，即由此起也。

据渔人所说黑白二神拆屋搬梁，原来是猴、蚌二怪。惟不是要占观音堂为庙，实因二怪去迷吴家二美男，却被吴瑞来抽签祷告，才被蛙精得知，始去打叱，不遂其意。今见吴瑞来建庙，二怪忿怒，同来拆毁。因未毁清楚[2]，第二夜要去再拆，被蛙精闻知，赶来喝住，便不再拆。讵那乡人欺善怕恶，竟拆观音堂，起五帝庙矣。

那猴、蚌二怪，欲瞒蛙怪再去吴家作吵[3]，讵二兄弟被吴太守留在衙内不出，难以再图，只怀恨和尚王法助与大守吴铣至极。因太守官星甚现，不能报恨，惟王头陀可糟蹋之。原来横江之浮桥是法助经管，遇有损坏，即刻修理。那恶猴在水中撞破浮桥之船底下一孔，水便入船，船便沉。那猴怪之头比铁更坚，只在水里磕船，使其修理桥头之船方竣，而桥尾之船又破。弄得王法助措手不及，花费工料无数。不但只害王法助，并及匠首吴瑞日夜不得安静。人皆知有怪在水底作怪，不知何怪，无奈，只向五帝庙祷告除妖。谁知即是五帝所为，岂不是投神投着鬼耶？犹幸当中一位着黄袍，还能劝善制压。惟这猴精一个难以约束，东躲西避，出没无常。

那时，元帝传第二帝成宗。大德七年，高兴为福建行省平章，闻报浮桥屡修屡坏，失溺行人无数，高平章怒甚，前去踏看，欲责总匠首工料草率，以致屡修屡坏。王法助上前禀曰：“亦因屡修屡坏，亦恐修补不善，赶造数十只坚固新船来换。只隔一夜，次日新船之底复破一孔，并非修理不善，不知何怪，乞求验看定夺。”高平章验看新船，果是工料坚固，凡破、坏之船底，非裂非朽，破孔却似被铁所击塌一般，果不是修理不善之病，笑说：“似此人力难挽，阻绝行人，怎处？”

王法助禀曰：“小头陀因浮桥难整，已备有数十渡船，愿雇请水手，不取分文，以济往来，不致阻滞行人。”高平章问曰：“此等动费，出于何项？”法助答曰：“此小头陀同匠首吴瑞自己措资办理，不敢开销别项，权济一时之急。惟恳恩俯准小头陀舍命前去募缘，建造石桥，以济行人，可以一劳永逸，保无后患。

① 起：建造。

② 清楚：完成，完毕。

③ 作吵：捣乱，搅扰。

惟求俯允，不特小头陀之幸，亦万古利涉之幸也。”

高平章曰：“募缘造桥，诚久远之功，焉有不允之理！惟这江底深面阔，上涌下涨，恐造不易，法助曰：“有心打石，石必成穿。若肯专心致志，不怕烦难而为，终可期其成功也。”高平章听法助之言，亦有此志任劳，喜而点首，先命设缘簿开题，又命吴太守管工督造。于是法助抱缘簿，四处募题。那本处官宦乡绅，看是题捐建造要冲之桥，无不欢喜题捐，共题有数万金。即雇匠数百人打造石条①，兴工砌基。

奈江阔底深十余丈，浅处亦数丈，海潮未至已深，涨水若至，其深更不可测，基础难完，比洛阳桥更见为难。只得先将石条砌铺船上，沉坠为座。花费工料不少，已经沉过数船作底，不见垫起分毫，以坠量之仍深。法助与吴瑞大忧，不解其故。传齐当事各匠首商议，或说莫是上流无阻，以致随砌随崩。遂从其言，复作囊沙阻止，复运石叠砌，如法坠沉，总垫不起。法助与吴瑞二人日夜忧苦，用尽方法，如是又作年余，银已费去数万，难叠半基。共知为怪糟蹋，莫奈其何。

原来猴怪忿怒吴太守，闻知是他管工督造，竟去水底将那石底船石搬散，又被海水涨涌，恰似精卫衔石填海一般。太守又令善泅者数十人，潜入水底打桩拦石，不致被水滚散。那落水之人，被猴、蚌二怪压溺，有至死者，有半死者，皆浮起，便无人敢再下水。于是停工，另议章程再做。

正是：不为二人娶丑女，怎教五怪闹台江。欲知此桥停工几时，过后如何能做，下文自有分说。

---

① 石条：原书作“石礄”。

第二五三回　张天师收怪错灭蛟　柳七娘嫁婿随赴任

却说建造南台大桥，三年垫不起基座，糟蹋承管官七颠八倒。明知是妖怪在水里为难，惟不知是何精怪，无奈之何。只得暂停，商议除去妖孽再造，遂议请张天师来收除之。高平章遣人去江西请张天师，告之妖在水底暗毁桥基情由，天师即在江边设坛，施法布网。须臾便罗起一怪上岸，共看之，乃一条孽蛟，大四围，长三丈，身中半鳞半毛，形状丑异。人皆以此妖怪在水底翻滚扰惊，遂将其斫断数截，有血无肉，全体浑是黑棕，惟腹有肠，众人始知乃海船之大棕索①所变。天师令举火焚毁。以妖怪既除，天师遂回江西。

无人不说灭了害造桥之妖怪，谁知乃“黄犬食肉，白犬当罪”。盖天师未至时，江边之人皆说去江西龙虎山请张天师来收妖，此数日内可到等语，欲看所收何怪。因此传说被五怪闻知，即刻同逃入内山，躲避法网。其罹劫之蛟，乃五代末时，李恒义为闽主，南唐七路兵攻打福州，恒义借吴越兵来救，在南台江中水战，南唐大败，战船碇索②皆被斫断，官兵阵亡无数，遗一条斫断大碇索沉于水底，三百余年变为孽蛟。常现于江干，无害人船。人只道天龙遭贬，不敢陷害，常以食物投而享之，都不知此回羊代牛死，正恶犹在。惟不敢就回来，仍躲避不出。至两月余回来，大桥之基础，皆叠砌离水矣。

五怪因天师一至，便收除去此蛟，心亦畏惧，一时不敢再行造次，且听之竣时再吵。前说蛙怪有人性，常阻其作恶，既能劝戒之；造此大桥甚是好事，如何被猴残害，砌造不成，不来阻拦？原来龙潭壑乃五怪成精之美穴，上流与下流之水到此，必绕一螺纹入穴。五怪得上下溪海之精气日夜漩炼，故能变化成精。今被造石桥堵截疾流，遂废螺纹之精气，便散而不聚。蛙亦知精气有碍，不得不听之毁桥也。讵此时怪亦不吵，桥亦停工不作。原来王法助在本省上下府，缘皆募尽，银皆运回费空，无处再题。无银接济，工程不得不停。

---

① 索：绳缆。

② 碇索：锚缆。

高平章饬查："妖既除，基既成，因何停止？"吴太守以本省缘募尽，无银接济停之。高平章具奏朝廷，言大桥已造三年，工程浩大，本省募金不敷动费，请颁诏命付王法助再去邻省募题，接济成功等情由。元帝准请，即给照与王法助赴题，于是工程又起。至将竣，忽被溪流冲涨崩陷，只存基址。至水退，重行造作。迨造十有八九，又被怪拆。所题邻省之银又不敷用。平章密唤法助至，将京诏书内"邻"字改为"各"字，令再去各省题凑。邻省者：浙江、广东、江西三省。各省者，天下统题也。法助又去各外省募题，陆续运回。造了崩，崩了造，一半是怪，一半是水。彼时各省之妖孽频见，或本地水涨三四尺，人死无数，或山移川涌，陷去人居不少。

朝廷因此奇灾，迎请两番僧入宫念经，为天下禳灾。番僧者，即喇嘛僧也，称为帝师，以辇迎入。将至时，命朝臣一品以下俱去郊外捧酒跪接。众大臣皆俯伏路旁，举觞进奉，僧不为动。惟国子监祭酒索木鲁翀不跪，只立着捧酒觞进，曰："帝师乃释迦之徒，为天下僧人之师也，余乃孔子之徒，为天下儒者之师也，教殊道异，请各不为礼可也。"番僧笑而起座，伸手接酒，尽干之。诸大臣见之愧然。

帝亲出宫，迎入宫为活佛供奉，设坛祭禳。帝有皇子八岁，拜番僧为父。未几，皇子病死。帝问曰："国师以佛能保护人寿，以此看来，佛亦无灵矣。"番僧对曰："皇子乃烛，佛乃灯笼，卫护不致风吹灭。皇子不寿，乃烛短油尽自灭，怎怪得外护之灯笼无功也？"帝以为然，仍敬奉不怠，并在皇宫修斋念佛，以消天下灾异。

大桥屡被水灾崩陷，不敢具奏朝廷也，竟造至十八九年不能成功。法助去各外省题缘，往返皆数千里，远水难救近火。把承造郡守吴铣留住，不得升迁，将宦囊掣垫罄空，连匠头吴瑞亦把产业卖垫殆尽。此两家赔垫无人知之，惟幸两家得好子，都现做大官，终不至穷。

吴瑞之次子吴世琏已与吴太守为子，改名吴振泰，以官生入监；世瑚考铨国子监；同进京会试。至揭晓，吴世瑚中状元，吴振泰中榜眼。帝因见二榜皆俊雅，面问三代籍贯，状元世瑚答曰："福建福州府闽清县人，祖父吴正发，肩挑生理，父吴瑞造船木匠。"榜眼吴振泰对曰："浙江杭州府仁和县人，祖父吴谦监察御史，父铣福州府知府。"帝因状元家世卑微，不及榜眼世裔显官，欲将状元换与榜眼，笑问旁立太监李邦定："祖代入圣门读书史，子孙中魁首可矣。若祖代拿扁担执斧头，子孙安能鳌头独占？"太监答曰："金银积如山，不如一扁担。金银千万镒，不如一管笔。以笔传笔，犹未出奇，以扁担、斧头传笔，方为破天荒之奇异也。"帝即笑问世瑚曰："父为木匠，子怎能破天荒耶？"世瑚

从容连口答应四句云：

臣父曾学鲁班机，预先造便一云梯。

腰间常插吴刚斧，要取蟾宫第一枝。

帝闻此对语，说曰："果有状元之才。"遂与榜眼同入翰林，还不知笔传笔之榜眼，亦是执斧头之种也。无何，世瑚出为监察御史。此时吴瑞为太封公，换门闾。奈桥未奏报完竣，木匠痞[1]犹不能脱也。此且慢言。

再说福州之道士以闽清为最，因五代时六娘在闽清住址[2]，传授下来，得临水夫人陈大奶之遗法，称为闽清师。闽清县内，有柳姓名达圣，妻吴氏，姊吴妹浣，世传为师公[3]。一女名七娘，貌似芙蓉，身如杨柳，自幼随父学习行罡步斗、摄诀念咒，上刀梯，过火埕，吹角舞剑，如风舞龙飞，父兄自知不及。有人家来请驱邪退病，父兄去作法行为不能愈者，必要七娘再去施法，病人即刻离床，人号为小六娘。但七娘所去做之家皆危急重病，非急症不去。至年已二十余，自幼受过人家聘礼，父母长留之不得。因婿乃武生，上京赴试未第，连宿三科未回，故七娘至二十余岁犹在家为女师公。

其婿乃闽县永南人，姓李名飞龙，与七娘同庚，双亲早丧，幼年入泮。十七岁上京无中，遂寄寓乡亲家，常与帮理作生意，誓不中不还乡。至二十余岁，始中进士，榜列一等，即发广东省，以卫官补用。遂回永南乡井，并迎娶七娘过门，同去广东候补。柳家怎敢阻留，只得送过门还亲。李飞龙既娶了七娘为妻，不日起行赴广，皆不坐轿，只购二匹驴；亦不多带行李，只装二包囊，各搭驴背上。夫妇各乘一驴长行而去。

正是：挽鹿从夫已羡淑，骑驴随婿更称贤。究竟如何，下文分说。

---

① 木匠痞：指原来的木匠身份。痞：本字"疕"，指疮伤的结痂。

② 住址：居住。

③ 师公：巫师。

第二五四回　贤御史巧剖蛇影冤　奸老妇述说谋杀事

再说李飞龙、柳七娘二夫妻，各乘驴自闽起程，长途晓行夜宿，照站[1]至广东省城。先租下公馆，往各上司衙门禀到，随辕候补。七娘自闽至广，不坐轿，只跨驴，历数千里，长途风霜，花容如故。路上人见之，无个不称做出塞之昭君。

广州有一土豪名满谦，势高力强，交结甚广，无非不作。那日在西门外遇见七娘容貌动人，魂便飘荡，随驴看其进城入公馆方回。于是先来拜会李飞龙，随送礼物，洗尘接风。未数日，又请飞龙去家中饮食，飞龙亦办酒席还敬，自此交结甚厚。因飞龙为人慷慨好客，便招引同城官僚及王孙公子，往来宴会不断。七娘皆相见不避，或呼之为年嫂，或呼之为太太，皆与之问答无异，惟常与夫婿曰："这数个与之交契皆可，独满谦面善心恶，不可与之亲热，须防平地风波。"飞龙笑曰："不存意[2]我太太亦会观气色，亦早知此人心行不端，奈他殷勤来敬奉，不便却之。"

过有数日，满谦引翰林之子，姓任名顺，来盘桓，随送有礼物。飞龙设席在于内楼共饮。至席将撤[3]，飞龙斟一杯酒劝任顺饮干，因不即饮，飞龙捧杯就其口边。任顺站起将饮，瞥见杯内有一条小蛇在酒里摆动。正在心疑，却被飞龙灌入口内吞下，任顺只疑不敢言，遂同下楼辞回。任顺与满谦在路上说："劝尾杯之酒中有一小蛇，不敢就饮，却被飞龙硬灌吞下，疑不敢言。"满谦曰："我亦见蛇在杯内摆动，正欲言之，已被灌落肚，不便再言。今汝说了，才定之。"任顺闻满谦之言，便觉惊疑，便问："酒中哪来的蛇？"满谦曰："必定要害吾弟之性命，以毒蛇暗投酒中灌入，快回去请医调治，迟则无救。"

任顺惊恐，再闻此言凄惊，回家卧床不起，竟然惊成病症，医药无效。家

---

① 照站：一个驿站一个驿站地（旅行）。

② 不存意：没想到。

③ 撤：结束。

人去问李家："因甚要害公子？"飞龙答："无。"任家遂控告府堂，以满谦为硬干证①。广州府太守提讯，飞龙说："并无此情。"奈满谦硬证之，冤竟难洗。飞龙乃候补指挥之进士，且收禁，看任顺病能好否，再行定罪。可怜其妻七娘曾赴各上司衙门递呈，被满谦暗中掣肘，皆不准。适新任监察御史到广州，七娘拦舆递冤呈。御史收呈，准候提讯。

察院一下车，诸事未办，先行吊说此案，即提至被告、干证及原告家人。先问："李家与任家有无仇衅？"俱答："无。"始细问彼时三人在楼上饮酒情形，三人座位，持杯劝饮之情节。察院即命驾，带同被告、干证人等去公馆踏看。登楼查问任顺座位，令取出原杯，酒亦斟满。察院作任顺坐在位上，令飞龙照前捧杯来劝，照昔日之形势，飞龙举杯向前劝。察院又曰："彼时任顺或坐或立？"满谦答："有立起。"察院亦立起，酒杯递至唇边，忽见杯中一小蛇影摆动，即接杯细看非蛇，乃头后天窗中物影在杯里。回头看却原来楼后壁有天窗，窗外有柳树一株，柳枝垂于窗旁，被风吹动，映入酒杯，如蛇一般，持杯立看便见，坐下便不见。

察院笑而指曰："杜将军饮酒误吞蛇之故事。"令干证亦就坐任顺之位，立着捧杯，问："杯中有蛇么？"满谦见柳影摆动，不敢答。察院又曰："当日汝所见，可是此影么？"满谦答曰："此影仿佛如蛇一般，当日莫亦是此影，错认作蛇？"察院笑指曰："此条柳枝，若有叶而长，亦不似蛇，恰无叶短曲，比弓弦更像之至。任顺不是真病，乃自疑心，被汝再言，虚变为实，惊疑成病。今既察明，并非设毒谋害，可招本人来看，疑自解，病自愈。"时任顺之家人亦在楼上观看，以柳影误作活蛇，回去说知，任顺病果即愈。察院既剖其冤，原案仍发本府办结。任顺幸得其父向府尊说情，满谦上下衙门有人照顾，案结以疑非诬无事，惟释飞龙一人而已。

此场祸明是满谦以疑就疑，欲害死飞龙以图谋七娘，却被察院剖洗其冤。遂作两头蛇，去李飞龙家说都是任顺以虚作实欲控，再三劝解不听，既被扯在内，当官不得不如是，特来谢罪等诡诈言词。飞龙尽知此祸全是他唆出，誓与他绝交，便躲而不见。惟七娘出答不敢见而已。满谦又送礼物与之压惊，皆不收。

满谦知是与他绝交，又施别计害之。早时与一白莲教党交好，名余能，江西逃匿在满家，改名伍福，凡有事明谋不遂，便令伍福施邪术暗害之。那日飞龙上衙门回来，骑马将至家，却被使一邪法，起一大旋风，将飞龙旋跌马下，

---

① 硬干证：无可辩驳的证人。

人便僵死在地。七娘闻报，飞来将夫抬回到家，立刻动法器、鼓角、步罡念咒，喊叫三魂归舍。喊至七昼夜，魂不还阳。七娘便号哭曰："奴夫不是跌死，被人暗害施牛旋风旋死马下，魂被旋散，任招难聚至三魂七魄。"

乡邻问七娘："所喊何故?"七娘曰："人体皆有三魂七魄，魄爱人死，魂爱人生。人病至危笃，魂先出舍，魄终不离，及死犹守尸不去。故人病在床，外面作事，皆魂脱离外游知之，惟七魄守住不移，追人死至七日方去其一。盖甲日死，七日至庚，庚金克甲木，谓之七煞。几十天干，轮至七位，甲见庚，乙见辛，丙见壬等类，皆属回头克之七煞。人死至七日，受回头克，去尸中之一魄，谓之首七。子孙哀痛，致祭一次。二七去二魄，又哀痛致祭二次。至四十九日，尸中七魄克化俱尽，谓之终七，子孙方卒哭。凡病人七日为一症者，受其回头克制死生之界限也。此乃人三魂七魄之大略。奴家在故园时，常与跌死之人追招三魂，顷刻归舍，如不即归，一二日亦必招回。今奴夫追至七日半魂不返，又去一魄，可知不是跌死；被人暗害，魂散无踪。"

众乡邻闻此，皆代之[1]悲伤。七娘将夫尸殡殓入棺，设灵开丧，同城诸官僚、旧交、王孙、公子皆来吊纸排祭。其满谦吊号簿挂头名，伍福簿中亦有名字，七娘心中早已疑是满谦暗算。过了五七，有一老妇至。七娘问："何来?"老妇曰："奉大爷满谦来问候，因念与李老爷生前交好，怜太太孤身无靠，恐丧事有缺用度之处，满大爷之银钱不论要用若干，即便去取。"七娘知其意，就之曰[2]："丧事虽欠缺，怎敢多谢满伯伯[3]?"老妇曰："丧既开，必要周全，待老身去对满大爷说知，他即当送银来凑用。"

老妇言讫欲去，七娘拦住曰："且慢！一蒙满伯伯之盛情好意，二蒙婆婆大驾降临，三话未说明，尚欲细谈别事，以留便饭，哪有就去之理?"遂将老妇留住。时丧事厨下有人料理，即令排便酒馔，七娘执壶与之对饮。谈说中间，老妇复问："还有什么用度？说知，老身去取即有。"七娘曰："丧事将毕，棺柩葬在此处，或运回籍，奴家尚未斟酌。今惟有大功果无力设建，致亡人不得超升，日夜悲愁不已。"老妇曰："欲建大功果亦不难，请问太太，似此孤身，将来作何行止耶?"七娘答曰："再看机会好否？有可投托便去。如无可投之处，遇有乡亲便船，附搭还乡。"老妇笑曰："别人无好处依傍，惟我太太要依傍都有。待七满，老身引进一极富贵之所在，与我太太终身受用不尽，何如?"七娘曰：

---

① 代之：为她。

② 就之曰：迁就她的意思说。

③ 怎敢多谢满伯伯：怎好让满伯伯为我花钱。

“能如是，感恩不浅矣。”

言讫饮完，老妇辞回。次日又至，带有五十两银，递与曰：“先为功果开坛之需，用完再送来凑。”七娘知是满谦欲谋己为妾，暗算夫命无疑矣，但不知施何术有此狠毒。可把他问真实，方可报仇。七娘又留老妇在房对酌，将老妇杯中暗下符水与食，真言便出。一上桌即劝饮酒，老妇食了数杯，七娘即问曰：“昨日婆婆所说事，与奴家引进一好所在，是何人家，可说与奴家知之。果好，七满便去依傍，以免一人孤身难过。”老妇曰：“好所在惟送银之满家，再寻无矣！”七娘曰：“若是满家果好，不知他肯收否？”老妇曰：“他还求之不得，何虑他不肯收。昨日老身回去，将太太所言之心意与满大爷说了，他甚欢喜。因正房大娘已过，再行择娶无一相当，太太总不回籍，就此寻择依傍，即配与满大爷为继正房。老身说此言，甚喜诺，便不遣媒再议别家。今太太既亦爱去，老身回去一说，七满就来迎娶作正房矣。”

七娘曰：“闻他有妾七八人，怎得还无正妻？”此时老妇已被符水所迷昧窍，真言便吐出，对曰：“他之妾是七个，无一个是明婚正娶的。虽都生得好，并无一人有汝太太这般无双容貌。故大爷在西门外一见，便千谋百计，总要谋来作正房。”七娘又问：“那七个为何都不是明婚正娶的，莫不是谋夺来的么？”又答曰：“怎的不是谋夺来！今太太肯嫁与他为正妻，便是他家的人，说出无妨。”即将某个在某处某家谋夺，某个在某处谋夺，某个夫先谋死后夺其妻，某个不从顺，立地打死掩埋后园之事尽说出。

七娘曰：“官府俱在，此等行为怎能安静耶？”老妇又答曰：“他一藉有亲人在京为都御史，二藉家中存匿一白莲教余能，改名伍福，代为设法行为，人多不知。”七娘又问曰：“今他要我，有施过法否？”老妇此时愈迷，并不隐讳，答曰：“怎无施法！先硬干证毒杀任公子，欲置汝夫于死地；后被察院断出不成，始令伍福施牛旋风旋死汝夫，才遣我来说。汝肯嫁与他便好，如抗不嫁，将汝暗拽到家，令伍福施法，肯从便了，不从亦打死，无处伸冤。”所有真情尽皆说出。

七娘已套出实言，便答曰：“不知抬举，打死莫可怜，但婆婆是他家何人？知如是机密之事。”老妇又答曰：“我是他身边的用之人，凡有机密事，都是与我商议。那白莲教伍福把我号作女诸葛。来日到他家，便要教导汝举动，才管得住那七个姐妹。”七娘笑曰：“奴一到伊家，婆婆就当作亲婆婆，有敢轻慢！”

二人问答至晚，老妇酒已饮得大醉，扶她上床去睡。至次日天明方去，中午又来，说既彼此都欢喜，满大爷要自来说定，还要太太亲手捧茶与食，才是实。七娘曰：“满大爷人皆见过数十次，何用再看？昨日之银就算是为定，前番

有来时，奴曾亲手捧茶与食过，何用再捧？今既无再议，只等七满后打轿来接就是，明日就要设坛作功果，烦回去拨几个人来相帮料理坛务。功果作完，七亦满矣。”老妇曰：“口说无凭，不敢回去说。”七娘遂取银番[1]二块递与老妇，曰：“欲再留饭，只因昨日伤酒，吞之不下，此薄意送与婆婆，先为谢媒之敬，便是实据。”老妇笑接之曰：“先收谢媒钱，算得实据，可回得话矣。”欢喜称谢而去。

正是：只虑事为无实据，不知酒醉出真言。如何报仇，下文分说。

① 银番：银元。

第二五五回　上刀梯表请雷伏恶　收枸杞精当官会亲

却说满家老妇得谢媒之凭据，便喜而去。次日便拨人工来搬椅桌，排设醮坛。人闻之，以必延僧请道，七昼夜大功果。发奏尚无人来看，次日人山人海都来拥看。只见厅堂只挂三轴神像，两旁二小轴神将。阶前一厅前桌，排列香炉、烛斗①，并无别设。惟外埕②栽二大高洋③，缚三十六层刀梯为异。坛中并无请一僧一道，只有七娘一个，脚穿素鞋，身穿素衣，腰系素裙，头缚素冠，左手执龙角，指挂小鼓，右手执铃剑，兼执鼓槌，一人自打鼓自吹角自舞剑自念咒，惟所唱念系用福州闽清口腔。

来看之人见如此光景，共笑而散，皆说等上刀梯再来看。惟一水手未去。或有人曰："仿佛如轻云蔽月，飘飘如流水逐花。"满谦亦至。七娘放鼓角，捧茶杯奉之曰："伯伯请茶，昨日多谢盛情。"满谦喜甚，接茶便坐看不去。七娘仍吹打舞唱。老妇已先来在内。满谦暗羡不亚于白衣大士，两眼直觑不断。老妇近前对满谦道："茶已捧食了，又说了多谢，事已妥矣。要相④待来日去相，今在此被众议论取笑，恐生枝节。"满谦含笑点头，遂与七娘说谢茶便出。七娘亦送数步，满谦遂得意洋洋而去。

盖老妇前日酒醉说出真言，过后亦悔，心甚不安，恐七娘变卦。今见七娘捧茶称谢，遂放心。醮坛中只七娘一人念咒请疏，啼哭设祭，一连七昼夜不怠。来看之人并帮者，皆有午供斋筵与食，自己只食茶饼。至尾夜⑤宰全猪羊大礼祭祀，以遗腹子白帖⑥统请来吊祭之官僚朋友及谢乡邻。次日辰刻登席，午时上刀梯奏疏。该处之人见有上刀梯之异，无不赶来观看，那满谦同伍福亦到。

---

① 烛斗：烛台。

② 外埕：屋外场地。

③ 栽二大高洋：立着两根高大的杉木。

④ 相：看，端详。

⑤ 尾夜：最后一夜。

⑥ 以遗腹子白帖：以遗腹子的名义发请帖。丧葬请帖是白色的。

坛前之地场广阔，排十余席，客至俱登席。七娘披麻衣麻裙。至席散，诸客不去，皆等看上刀梯。其刀梯早架住埕中，层层腰刀雪白锋利，刀口皆向上。候至午时，乃暮春天气。七娘头发解散，腰束麻裙，手执奏表，赤脚至埕中，先高声念读血表①中四句曰："可怜冤苦不分明，坠马缘何致丧生？中有何人暗害处，刀头一奏便知情。"

七娘念完，赤脚步上刀梯，从容蹴上，至三十六尾层②立住，即哀哀宣读血表。表中所言，大约乃号天拿究满谦、余能，藉强横施邪术，谋人妻、害人命，掩白骨，蔽青天，除二恶，救万民，中间先言害自己，后害他人，有证有据，皆惨切之词，共有千余言，一面读，一面泣，末四句曰："害命谋妻最可哀，天威咫尺岂容哉？恶人两个今拘到，泣请上苍发迅雷！"

七娘立在尾层刀口上泣读此表，将有半时，方将血表焚化。七娘又咬出指血，同血表灰弹去。其烬化为血云，冲入云霄。那时太阳当空，顷刻天昏地黑，昏暗如夜。迅雷掣电如天崩地塌，风沙扑面，霹雳震耳。立看之人，个个心胆皆寒，欲走不能。皆因七娘刀头告天、血表上达，天为震怒，中间无亏心者，亦恂栗之；至有亏心者，肝胆皆裂，究必自告。

只见二人俯伏在地，只称谋妻杀夫皆我所为，自愿招认，望雷神息怒。二人声喊，众皆不知。所以七娘下刀梯，见有二人自行招认，问："何名？"一答满谦，一答余能。七娘曰："既愿自招，可写招状，迟则迅雷不及！"二个曰："愿写，宁受官刑，不可受雷法。"遂取纸笔，点火同写害李飞龙命、谋其妻，俱是满谦、余能行为，自愿写立招状为据，同画了花押。七娘将招状并二人交与乡保收押，自仍上刀梯，仰天喊曰："恶人皆愿自招，请上天早退雷威。"

俄而雷声远去，云雾消散，现出红日。众方惊定，举步而散。盖此乃七娘心诚意正，血表告天感动天雷。满、余二恶亏心，闻念四句之诗，肝胆已颤，刻见天怒雷震欲下击之势，不得不招认也。那老妇帮恶，闻表中所说，已惊得魂魄俱无，见雷电忽至，急奔逃而去，被乌云黑暗伸手不见掌，跌死于路上矣。

七娘同诸邻保先押送二恶有司衙门讯供，自赴察院衙门投递冤呈。官见前投其夫被满谦诬证、冤沉难伸之闽人柳七娘，又控满谦、余能谋害夫命，讶甚。即行提人犯来亲自讯究。那二恶不待官问，即自供认施邪法拟死李飞龙，欲娶其妻柳七娘，据实招出。察院又问："先前曾谋害过几人？"二犯又招出曾谋害过某人之妻，某人之女。又问："白莲教党现在何处？"又供："原集江西，因官

---

① 血表：以血为墨写的表文。

② 尾层：最顶一层。

访拿，各自逃散，皆不知至奔匿何处。”察院问明各实供，开验实迹，将满家家财抄封，录供咨部奏帝。遂批依拟立决，文到广东，凌迟处死了满谦、余能。将满谦抄家一二十万金，赏给一千与柳七娘，奖其召雷报冤之奇，其余归库。

于是，七娘之名无处不知，传誉百姓。如人家之患鬼病者，皆来求请，七娘概辞不去，打算回籍。因无回闽便船，适本察院衙门出精。那怪似黄犬，或白日突出惊人，或半夜魇人。察院思柳七娘既能召雷，必能收除妖怪，即遣人去请七娘。七娘因感察院先剖其吞蛇之冤，后判赏其千金，正思无以为报，闻唤即带法器入衙门，问明怪之出没情形。不设坛场，不动鼓角，只自临水装束，步斗踏罡，右手执宝剑，左手捧雷令，侦怪出来。

须臾怪至，七娘俟其不意，一剑劈下，背伤裂开，由后户奔逃。七娘追至后花园枸杞大树下，入土而没。七娘打数个封穴符诀，令人来开掘，遂开出一物，大如猫，淡黄色，形状似狗，背裂一剑痕。七娘笑曰：“怪即是汝！”查问：“此株枸杞树有多少年数？”衙中人曰：“相传乃西汉时南越王赵佗手栽，今有千余年矣。”

正说间，察院亦出来看，七娘曰：“且喜大人怪除宝现。”察院曰：“原来此树根结形，会成精怪，今日遇着女天师，劫数难逃！”又问七娘曰：“不过树根所结，何以为宝？”七娘曰：“松千年结茯苓，榕千年结奇楠，枸杞千年结狗形，人参千年结人形，皆是宝。惟茯苓、奇楠犹常有，独此枸杞成狗形、人参成人形罕有。人服之，却病延年。”察院曰：“果是至宝，本院怎敢独得！可切分众官吏，一同却病延年。”即令人来切，分送文武官员并本衙人等。察院分发了枸杞，邀七娘入内宅叙赏，以宾主让坐。七娘笑曰：“大人乃一品命官，小道女乃辖下故小官之妻，焉敢坐位之理？”

察院笑答曰：“内宅不比外堂，坐亦无妨。但本院与汝有亲，可认得么？”七娘讶曰：“大人贵籍何处？与女道有甚瓜葛？”察院曰：“不说不知，是福州闽清迁居南台，吴世瑚可是亲否？”七娘闻说讶曰：“原来是吴家姑娘表兄，在此为察院，怪道[①]两次判案，才有此护卫。”察院曰：“因前案呈中有籍贯姓名，便知是至亲，不敢即认，后结案亦不敢认，恐招谣。今因请托灭怪可会，人不得知。不意表妹有此博物奇能，召雷报仇灭妖如同反掌，惟怜妹夫死于非命！闻贤妹欲运柩回乡，可先行。愚表兄告假回籍之表章已上，不日必批准回头，亦即回乡，再来会叙。今薄意送银二百两，与贤妹带去为盘费之资。”

七娘曰：“此番承惠给抄金千两，还怕没路费？不敢再收。但所赠之银亦不

① 怪道：难怪。

敢独得，待回至永南，在闽安镇北江心，建造罗星塔[1]镇水势，以保全闽风水可也。”察院曰：“表妹诚郭璞重生、临水再世。银今日不便带去，明日遣人作酬谢灭怪之资送去，不至人疑矣。”七娘自早辰入衙，至晚方回寓所。

正是：千年古树出新怪，万里他乡遇故知。下文如何，再看分说。

① 罗星塔：位于福州马尾港罗星山。明万历年间，被海风推倒。天启年间重建。1964 年重修。

第二五六回　头陀借宝学棍征怪　七娘请奶降神收妖

却说柳七娘因收树怪，始知表兄为察院。会叙回来，次日察院送银二百，言是代除树妖之酬劳，七娘不得不收。适有便船，七娘遂扶柩由海道回闽矣。未几，吴世瑚察院告假省亲上表章，奉批准回闽，即治行装回乡矣。

再说福州造南台大桥，被怪作吵，至十九年不得成功。可怜王法助没歇，赶到各省募缘，运回接济难周；把吴铣太守羁住不得迁升；吴瑞子作高官，木匠痞难脱。欲再请天师，奈既请了，不敢再请。讵那五怪之中，猴、蚌二怪出没莫测，蚌怪常变为白面美女，在江边往来，不知者以是渔妇，前去亲迎，被背后两爿蚌壳合拢，照头拖入水。知者发箭射之，壳合射不能入。猴精常变为读书孩童，在河沟边，遇有人过沟，求之背负，不知者蹲下负之，即被按入水里，淹至半死才放浮起，拿来玩耍作乐。

有一醉汉胆大，知之，至沟边，孩童亦求负，醉汉不蹲，趁其不意，拦腰抱住，怪被夹抱，遂变为猴。人闻醉汉拿怪，皆拥看，见猴只有猫大，重有百斤。醉汉因手抱痹[1]，叫人来接抱，他去取刀来杀。那人一接手，便不是猴，乃一大铁钩。忽跳起，先将大汉头磕破流血。其铁钩如流星锤，环绕飞跳，围看之人皆被磕出鼻血、头血，奔逃。那铁钩跳于水中去了。

却说王法助被怪糟蹋，无奈其何，便去少林寺求学收妖拳棍，又借有法宝回来，以保桥工。告知太守、御史，共闻之喜甚，商议先行除妖，即拨弓弩手伏于江滨。法助装束如鲁智深形样，手执铁棍，身怀离水法宝，入江里剿妖。五怪现形如今庙中五帝装束，各执刀枪对敌。法助只一人，与之战斗，一藉身有普陀之法宝，二藉少林寺传授降妖之武艺，三藉当今天子之王命，怪虽厉害，邪不胜正，战有数十合，怪便退。法助紧追，五怪遂变出无数二指大之鱼、鳖、蛙、蟹等类扑抓法助。法助挥棍击之，愈击愈多，只得退出。次日又去讨战，五怪仍照前变化无千无万[2]，连战数十次，总无奈之何。

---

① 抱痹：抱得肌肉麻木。

② 无千无万：千千万万。

法助欲再去落迦山求借破变化之法宝，正与太守御史商议，忽报广东监察御史吴世瑚回籍省亲，特来拜谒，遂延进会。太守乃其造就成名之恩主，世琏乃同胞手足。至谈叙间，太守言及桥工难成之情由，世瑚曰："亦曾闻家严说，妖孽横行之至，竟作吵十九年，无奈其何；王法师学精武艺，亦难除灭。今来参拜兼来商议灭怪。现有舍表妹柳七娘广东回来，他有召雷灭恶、降妖收怪之奇能。可请来，必能除此怪。"太守问："怎知有此奇术？"世瑚遂将在广东除恶收怪之情由细告一遍。太守闻之甚喜，振泰即欲遣人去请。

世瑚曰："闻舍表妹回来，欲建造'罗星塔'，镇全闽水口。夫柩尚未埋葬，去请未必即来。等来日，瑚亲自去请方可。"太守曰："有理。"即令振泰明日同去请之，他欲造塔，待此处工竣拨匠去代之建造。振泰领命，时法助亦出，笑曰："二位现任御史大人，同去请一位女道士出，还有不来之理?"众皆笑之。二御史去永南李家，谁知早已归宁闽清母家，二御史只得又去闽清柳家。先至永南，人已讶之，再至闽清，人更惊疑，以本省钦差察院同广东察院，因甚到此柳道士家？盖不知柳圣达乃二察院之胞娘舅。

既至，便参拜舅与舅母，见及七娘，随说特来请表妹去收怪保桥等情。七娘以才育遗腹尚未周岁，放心不下，待周岁后方去。二御史再三恳求，共说迟恐朝廷限期，怪虽除，犹恐过期不便之处。七娘犹未决，因父圣达说："皆是至亲，况吾女在广曾蒙恩惠，哪有却而不去之理？小孙有汝母代抚，可放心前去，勿迟。"

于是七娘同至南台下杭街吴家，查明妖怪出没之情形，随登龙台，望台江造桥之所在，令王头陀预备鱼网、器械等物，并雇便渔船，密令悄悄行为，勿动声色，写便疏文。是夜三更，即在吴家设坛。七娘头戴法额冠，身穿法衣，腰束法裙，左手执角，右手执剑，竟同大奶临水夫人作法之金身无二；便吹动鼓角，口念真言，手摄符诀，遣值日符使捧赍疏文，急急如律令，飞投临水宫，恭请大奶速降，收妖保桥，并请诸神兵同来剿怪。

七娘当天[①]焚化了疏文，便端坐坛中，闭目宁神，静候降圣。俟将匝时，忽然眼开言曰："还遗席迹在江中，四百年来似转蓬。今为七娘赍疏请，前来收怪保桥工。"先言了四句，便曰："护法头陀王法助何在?"法助上前曰："法助在此。"又曰："取法网五道，网叉一把来验看。"法助遂送上网、叉。七娘立起，向网叉探剑书符一会，谓法助曰："此网交与渔人，分五船排布江中下流收怪。"法助领网，转交与渔人分布矣。

---

① 当天：对着天。

七娘又曰："唐、铁、金五将听令！唐攀龙、攀凤二将军带兵在台江上流防御，莫与五怪越遁。金、铁二将军协同旗金太保，带兵在下流守护，金、木、水、火、土五法网收捞五怪，勿被一个漏网。唐攀桂将军听令，带兵分扎南北两岸，勿被五怪走遁。"王头陀听令，法助答："在此。"七娘取叉与之曰："此把赶妖叉，交汝与怪战，至怪变千万出来，举此叉赶逐，怪必尽投法网。"法助接叉遵令。七娘又曰："张、柳二沙王听令，偵五怪出战时，汝二个去破毁龙潭鳌怪之洞巢。"

七娘调度既周，天才亮，坐轿至苍霞洲江边，并无一人得知。即令法助入水讨战，五怪仍来与战，仍变无数鱼、鳖等类。法助举叉探扫，鱼、鳖等皆惊逃，三面皆有神兵防堵，皆驱入网内，并无一个走脱。法助将网口收拢，俱拖上船至江边。七娘令皆抬上。那法网内列有字号：木字号网内皆鲈、莲、草、鲫等等杂鱼；火字号网内水鹰、水鸭等鸟；土字号网内乃蛙、蛇、鳖、鳝杂类；金字号网内乃水猴、水獭杂兽；水字号网内乃蛤、蚌、螺等壳石[1]。网内皆有几千百头，只有两指大，各类认之不识，数之不尽。七娘笑曰："汝能千变万化，我能万归于一。"向一网喷一口法水，霎时，五网内只余一尾鲈鱼、一头水鹰、一个水蛙、一粒蛤蚌、一只水猴。七娘取条绳，化作网妖绳，各将五怪缚住，放在一排。

时吴太守同匠首吴瑞、二御史俱至，七娘令设座位，同法助列坐看讯。七娘笑骂曰："原来此小虫儿，亦敢称帝称仙，作威作福？今日也投我网，但汝乃五方之正气，称帝犹可恕，有敢残害桥工，残伤人命么？"七娘骂了，又对太守等曰："列位，可知此五水怪，属五方之正气否？"众答："不知。"

七娘曰："五方，东南西北中也。五气者，金木水火土也。凡有血气之生灵，皆属于五方之五气。东方属甲乙木，谓之左青龙。鳞虫三百六十种，以龙为长；此孽鱼乃鳞之类中，木之正气也。南方属丙丁火，谓之前朱雀，朱雀即凤凰。羽虫三百六十种，以凤凰为长；此孽鸟乃羽虫之类中，火之正气也。西方属庚辛金，谓之右白虎，白虎乃麒麟之别号。毛虫三百六十种，以麒麟为长；此孽猴乃毛虫之类中，金之正气也。北方属壬癸水，谓之后玄武，玄武即龟也。介虫三百六十种，以龟为长；此孽蚌乃介虫之类中，水之正气也。中央属戊己土，谓之人裸虫（无毛羽鳞壳，浑身只皮包肉，谓之裸）。三百六十种，以人为长。卜卦以螣蛇代之，螣蛇似龙，能兴云雾，而游其中。此孽蛙乃裸虫之类中，土之正气也。此乃十天干所属之虫类。十二地支有生肖，十天干亦有生肖。甲

① 壳石：贝类。

肖龙，龙身中有翅，九九八十一，鳞纯阳也。乙肖鲤，鲤鱼六六三十六，鳞纯阴也，故阴极阳生，常化龙也。丙肖凤，凤生于丹山，五爪纯阳也。丁肖鹤，鹤鸣声闻八九里，千年色变黄，四爪阴也。戊肖人，戊为五行之首，人为万物之灵，五指阳也。己肖蟾，即蛙属，寿三千岁者，头有角，额下有丹书人字，四爪阴也。庚肖麒麟，麒麟鹿身、牛尾、马蹄、五彩，腹下黄，高一丈二尺，圆蹄一角，阳也。辛肖鹿，鹿保津，寿千岁，色白，两蹄阴也。壬肖龟，龟上覆像天，下平像地，能保气由耳出，千年体轻如纸，五爪阳也。癸肖蜃，即大蚌也，雉入海所化，吐气像楼台，两瓣阴也。此乃十天干之生肖。

“凡人间祭祀，必以四方所属之牲礼。中央不祀，何也？盖鸡属南方羽类，鱼属东方鳞类，猪属西方毛类，壳属北方介类，惟中央之裸类不祀，以时果代之。裸类，凡无鳞之鳝鱼、水蛙、鳖、鳗等，皆与人同类，故不敢俎豆也。此五个孽虫既有法术能变化，若行正道，还怕不登为正神？心行不端，害人毁物，为造物之所忌，才有今日入网遭劫也！”太守等点首。

又谓蛙曰：“那四个毛羽鳞介为非作歹，惟汝乃裸属，与人同类，缘何亦不行正道，残害人命，拆毁桥基，罪加一等？”蛙闻了，答曰：“我时常何曾不劝善行正道，勿害人命，其奈这四个阳奉阴违，关防不住，所为不知，则无奈其何。如得知之，则无不赶去解散，亦曾救活无数性命。惟拆桥，乃破我穴道，不得不听之所为也。”又问曰：“汝曾救过甚人？据实说来，自有分晓，若妄语，仍罪不恕。”蛙曰：“所救之人甚多，皆因猴暗抽浮桥透板①，致人失足落水。我日夜巡防，有落水者，即于水底捧送，浮出水面，与人捞救，至无殒命。此等救活多人，皆不识其名。惟十九年前，还有救过四命，颇识其姓名、住处。我说出，可以将前日之功赎今日之罪矣。”

正是：不说当年曾打叱，怎教今日免遭焚。欲知其所救四命系是何人，下文自有分说。

① 透板：跳板，架于两船或船与岸之间供人行走的长木板。

第二五七回　万寿桥竣罗星塔建　下郑神降大岭路开

却说柳七娘鞫问蛙精："曾救过何人?"蛙答："曾救落水多人，皆不识姓名。惟十九年前，下杭街吴家二子娶二媳，轿至半途，猴、蚌闻吴家二子少美，欲迷泄其精，将二媳密拽别处，猴、蚌遂变为二美女坐于轿内，与抬至吴家，将与二子拜堂成亲。彼时得知赶去，将二子拽去，安顿别处，令鱼、鹰变为二子丑貌打叱[1]，保全二子，不致被其迷拽。到官讯究时，自去府堂，保官无虞，后又变为土地公，指点吴家寻讨二子二媳回去，免死荒山。今闻吴家二子现做大官，可查问，便知是妄言否?"

七娘闻说连救四命，犹未准信，而二御史闻之失色。吴太守同吴瑞共笑曰："原来十九年前诈冒新娘新郎就是此物妖孽，今日不说，万古不知。此等说，倒难为汝打叱救命。"法助曰："果难为汝，不错!"太守笑谓蚌曰："十九年前，汝两个所慕一对美男，即是此二位御史大人。今还爱慕之否? 如爱慕，今夜送与汝伴睡，可好么?"法助亦笑曰："今二位胡须如刺，不成要[2]了。"同呵呵大笑。世瑚、振泰亦对笑曰："人恨，我二人不恨。若不因此怪，怎至作此官员!"众又笑。

因七娘不知，太守将前事说了一遍。七娘曰："实有是事，此蛙犹存有人心。还不知汝等在何处聚炼成精? 历多少年代?"蛙曰："俱在龙潭壑修炼，历有千年。此回因造此桥有破[3]风水，故听之毁桥。果然穴破，今日方遭此劫。"七娘曰："莫说汝这小妖应遭劫数，凡上界正仙，五百年亦当遭一劫。惟念汝稍有人心，不忍并灭，留镇此五桥墩，长为血食可也。"法助曰："此五个妖孽，既属金、木、水、火、土之五牲，就将来宰烹，以祭祀神将神兵。祭余分大家尝尝，以消十九年被残害桥工之恨。"

---

① 打叱：干扰，捣乱。

② 不成要：不值得要。

③ 有破：破坏了。

七娘曰："公等以此五个之肉可充人之口腹么？还不知皆杀之无血，割之无肉，都不是本来面目，原根形迹[①]。乃借胎成精，才有此怪。"法助又问："还不是真原形，实是什么东西？"七娘指鱼曰："此一个乃木橹尾所变。"指蚌曰："此一个乃水果盒所变。"指鹰曰："此一个乃火炭熷[②]所变。"指猴曰："此一个乃铁秤钩所变。"指蛙曰："此一个乃土狮子所变。"那五怪一闻七娘再指说其原形，顷刻鱼、鸟、猴、蚌、蛙化为木、炭、铁、盒、土狮。众皆惊异。近看铁钩，边有"汉高祖二年铸"字样；又看土狮腹下，刻有"汉文帝戊辰年制"字样。

又看玳瑁西瓜二蒂[③]、地藕数十粒、带叶荔枝颜色如鲜不改。众讶问曰："水果如何千年仍在耶？"七娘曰："入壑便受生气成精，怎的不在？"七娘看了又曰："皆是西汉初之物，至今果有千年，入壑底以五气聚会，相生感化，能成精怪。惟土最尊，为太极。金、木、水、火皆土所生，俱不久存，有无仍化。金遭火炼尽化为灰，水久浸亦毁，木遭火便焚，朽化无踪，火水更易涸灭。凡物莫不忌水火，惟土，火愈焚愈坚，水越浸越洁，水火不能消化之。故蛙属土，方能制服其四。土生金，金又生水，此五怪各有生生不绝，无穷之象也。"吴太守曰："阎罗王不尊于一殿、十殿，何尊于第五殿者？即取天干戊己在第五位，以戊己土为尊，故第五殿为阎罗天子也。"

七娘讯问明确，令将土狮填镇于五门石墩中心，以保桥梁，以受血食。遂发三昧真火，把木、铁、炭、果盒四怪焚烧，皆烧出血珠，跳落满地，烟腾如雾，天都蔽昏。那一股腥气，数里皆闻。四件中三件易化为灰，惟铁仍在，七娘令交与石匠，为石錾[④]销磨之可也。众皆称善，惟法助叹息曰："十九年中为此妖孽天下走遍，几乎无功又获罪也。"七娘接口言曰："济川题柱岂寻常，好事多先见不祥。十九年劳休怨恨，后来千载姓名扬。"

法助闻了，曰："免罪便罢，有敢称功！"七娘向众曰："妖孽已除，可兴安稳工，吾当告别矣。"对众言了，口中又念出四句云："无端五怪闹南台，又到故乡走一回。堪羡三桥风景好，路通沙合状元来。"

七娘吟罢此四句，便扑桌上睡去矣。众先闻说告别，同立起，见其睡去，皆骇异。吴太守讶曰："看起来，今日收灭妖孽，分明是临水夫人降圣，投在姑娘身上，代除恶孽也。"吴瑞问："怎知？"太守曰："头二句言，因怪闹南台，

---

① 原根形迹：本来的、最初的样子。

② 火炭熷：表面烧焦内部未炭化的木头。

③ 玳瑁西瓜二蒂：两个花皮西瓜。

④ 石錾：凿石头用的钢钎。

神圣又到故乡。临水夫人世家下渡，此处岂不是夫人之故乡耶？三四句以新造之大桥，并中州桥、沙合桥，一连三桥之美景，借‘南台沙合、河口路通，先出状元，后出相公’之古谶，以此造桥后，福州府属县内，必连出状元。因闻此方知是临水夫人亲降。先前不知，皆以姑娘来施法收妖。如知是临水降临，有敢与之同坐言谈？亵慢之罪，还了得么？”

吴瑞亦骇然曰：“说了才觉。起先，内侄女在舍下发奏施法，亦睡去许久，至醒时曾念曰：‘还遗席迹在江边，四百年过似转蓬。今为七娘赍疏请，前来收怪保桥工。’此四句中，祷雨时乃五代年间，历宋至元，有四百余年，快似转蓬。今因七娘去请，特来收妖保桥。正是临水大奶亲自降临在侄女身上降妖，诚万幸之至。”太守曰：“讲辨五类之五行，指出原来，便非凡人。原来起先还有此诗，是亲身临水大奶降矣。且俟姑娘醒来，问何说。”

七娘睡有半时方醒，抬头曰：“莫怪！莫怪！因送陈大奶回去，有失奉陪。”太守讶问曰：“陈夫人去了，未曾敬奉祭祀，怎处？”七娘曰：“诸神兵神将早已回去，大奶怎留得住？”太守曰：“姑娘送大奶回宫，有话吩咐么？”七娘曰：“无别说，只吩咐与列位大人说，桥一面兴工，一面报竣。奏章出门，朝廷有钦差来验，看时桥早已竣矣。”王法助问曰：“先前陈大奶降临，姑娘在何处奉陪？”七娘曰：“时刻紧随身旁。”法助曰：“都在大奶身旁，未闻说话。”七娘曰：“彼时，大奶正高谈阔论五怪之根源，怎敢插言杂之！”

众闻此说，暗思果是神圣投身。吴瑞曰：“吾贤侄女能请至陈大奶，又有分身之奇，果法力无边。”七娘答曰：“姑丈，此乃代天行道，有敢称奇。因想五怪藉五行相生，谅难就获，只得具恳切之疏文，恳请大奶来除。蒙即降临，并非小侄女之能，还藉列位大人之福德也。”太守等答：“岂敢！还是姑娘之能。”

世瑚曰：“贤表妹之神机莫测，前在广东除恶报仇，告天召雷，收枸杞精，今灭怪保桥，请降临水，即张天师之能安能如是耶？”七娘答曰：“过誉！过誉！”太守笑曰：“先前不知神圣降临，我们在座言笑无忌，神圣有怪么？”七娘曰：“列位都是极品命官，行济川之功德，在座所言皆正论，大奶哪有怪之理？”太守笑曰：“不怪就好。”振泰曰：“如怪，临去必不称赞王禅师名传千古矣。”法助答：“不敢。”

遂相议明日即兴工大造。果不两三月间，大桥酾水二十九道，上翼以石栏，长一百七十丈有奇，南北构亭二，刻“万寿桥”三字于石栏。学士马祖常为记：造自元大德七年冬起，历至成宗、武宗、仁宗、英宗四皇帝，共十九年。

万寿桥南接江南桥，俗呼中州桥。至明嘉靖年间，商人建盐仓百余间在于江南山上，遂呼为仓前桥。因江南山为会城，朱雀凿破，于文运不利，吴振泰、

吴世瑚二御史同去临水修庙答谢毕，遂捐金召石匠，去建罗星塔。柳七娘辞却，即自行建造一石塔，屹立江心，镇会城水口，称罗星塔，俗呼磨心塔，以在水中央如磨之心也。

振泰御史回京，仍入翰林，知府吴铣告老归籍，吴世瑚仍去广东，吴瑞辞去匠首，王法助仍在万寿寺矣。

盖土能生长万物，亦能收领万物。凡至毒至秽之物，见土即消化无踪。此回灭怪，若与土狮并焚，其妖气必被土消化，却因未焚土，只焚金、木、水、火属四怪，妖气四散。致是时之人，感冒其毒，无人不生疮痍，至于溃烂，医药莫治。适水部下郑洋溪水流一木像，乘枯木在洪沟中往来数日不去，忽木像自登于石上。是夜，里中父老皆梦一绯衣神曰："吾素习岐黄济人，今当庙食此处。"次日，各父老言所梦皆同，遂立庙祀之。凡生疮痍者，求祷无不立愈。现今下郑乡灵沟庙之医官大王是也。

原来未造大桥时，人皆由下渡登岸，即舍人庙道是也。迨有桥，人仍由江边旋至舍人庙，而达十锦祠大路。观音井有山横截，无路可达。嘉靖间，有陈察院之子放荡，常出游奸人家妇女。那日骑马过大桥，由舍人庙前经过，被金舍人发一弹射坠马下，立即命休。随从之人见弹由庙里发出，进查无人，知是神发。陈察院是夜梦子，亦说被金舍人射死。察院识风水，亲至踏看，原来藤山龙脉结聚在此，神才有此威灵。查此舍人曾射拒五怪保乡，现在乡人敬奉香烟不断，系属临水正神，不敢毁庙。只得将路径另开别处，行人不由此经过，以避其威。即将观音井之山艮开凿成路，谓之大岭，以达下游通衢，江边之路径遂废。原来此山艮乃诸山之总脉，却被凿破，众山之黄泥水流数十昼夜不止。舍人庙香烟少减矣。

正是：当年弹自庙中发，今日人皆岭上行。下文如何，再看分说。

第二五八回　明将兴师六军攻五虎　拿公行仁一字救万民

却说柳七娘自收灭五怪后，便不再行六娘之道。有人来求请驱邪救病，皆推以风疾[①]、身难转动。遗腹有一子，因心切建罗星塔，遂名李罗星。至成立，品格非凡，文学饱足，十九岁即入泮、拔贡，曾上京数科未第，此且按下不表。

先说江南有天子气现出，无人能识，惟刘伯温识之。伯温名基，浙江处州青田县人。官至儒学副提学，因元政紊乱，挂冠而去。后因方国珍起兵据台州，伯温献剿国珍策，呈进朝廷。元主不用其策，将伯温发于绍兴。伯温在绍兴，常邀朋友游玩。那日诸友在西湖饮酒赋诗，忽见有异云起自西北方。诸友皆以是庆云[②]，共说："且慢饮酒，先来分韵赋诗。"众皆起坐去作诗，惟伯温不起，自斟酒独饮不歇。众笑曰："不是渴虹，亦是饥鳖。今日出此祥瑞之云，不同来作诗，犹抱酒杯不放。"伯温喝曰："汝们瞎闹，是什么庆云！"众笑问："不是庆云，是何云？"伯温曰："正正[③]天子气。"众笑曰："可知天子气应在何地？几年始出？"伯温曰："十年后应在金陵，我当辅佐之。"众皆以狂言笑之。

彼时浙江犹全盛，在浙无人识伯温，惟西蜀赵天泽奇之，以为诸葛孔明之流。果十年后明太祖克江南，闻刘基之名，遣使召之，遂辅佐其设谋开国矣。明太祖名朱元璋，江南凤阳府临淮县太平乡人。父世珍，母陈氏，生四子，太祖乃第三子。太祖生，有赤光烛天。因少多病，父欲度之为僧。至十七岁，乡间大疫，父、母、兄及幼弟俱死。贫甚，不能备棺，即藁葬山洞。与次兄同抬四尸，至山麓索断，兄回去再取索。彻夜雷雨大作，太祖躲于村寺中，至天明，土叠起高垄，父、母、兄、弟遂葬于垄内矣。

未几，次兄又死，太祖遂入皇觉寺为僧。逾月，寺僧乏粮，乃游于江淮。

---

① 风疾：患风湿一类的疾病。

② 庆云：五色云。古人以为喜庆、吉祥之气。

③ 正正：真正的。

三年，仍回皇觉寺。时刘福通、赵均用等作乱，有凤阳定远县人郭子兴聚兵据濠州、定远，元将不敢进剿，惟掠良民邀赏。太祖忿怒，向伽蓝掷筊[1]，问去留皆非，问去倡义始是，遂投郭子兴。子兴奇其貌，留为亲兵，凡命之攻伐皆胜。子兴以义女马氏配与为妻。后子兴被赵均用所制，太祖有大志，不受其制，乃归乡里自募兵，遂得汤和、胡大海、李善长、常遇春、刘基等共图大事。以刘基运筹，徐达用兵，善长转饷，宋濂赞襄。龙蟠虎踞，即位金陵，称大明，号洪武。

因招谕福州平章陈友定不降，命汤和领兵由海道取福州。讵友定于各海滨隘口分设有兵守御，鸟飞不过。汤和战船惟聚集五虎门外，攻不能入。汤和甚忿，大张榜文，内有云："若入福州，不留一人。"遂惊动拿公显现来救。

拿公者，姓卜名福，邵武府拿口人。宋末时瘟疫流行，人死无数。公夜出，见本乡井旁有人立，要将物投于井内，公赶进前把手中之包抢去，问其投井内何故。其人因物被抢去，不得不实言，即说："吾乃奉瘟神之命，投毒丸各井中，布毒时症。"公问："已投去几井？"其人答："皆未投，欲先投此井，再去别处。"公又问曰："此包中共有多少丸？"答："有二百粒，一粒投一井。"公思："二百井人有数万，莫若我一人死，救此数万人性命。"正思间，后面有人行来，公回头喝曰："我二人乃奉瘟神之命来投毒井中，汝敢来打么？"其人亦回头视之，公趁其回头将一包毒丸尽掩入口吞下。其人见尽被吞去，无奈其何，见后面之人行到面前，只得转身而去。

来的人乃公之乡人，在溪边钓鱼回来，行至井边见公戆戆[2]坐于井栏上，问曰："那个是何人，见我走去？汝说奉什么瘟神？投什么毒井中毒丸？"答曰已吞在腹，犹能以前情告之。后面陆续来了三四个钓鱼人，亦至共立听说，皆以荒唐不信。讵公话初说完，忽然目曝舌吐，头裂数块，头面皆黑，僵死于井旁矣。渔人方信。时夜有月色，诸渔人皆惊走，其中一人往报，妻裘氏飞至，抱哭大啼。那裘氏被毒气冲窍，亦死于夫身旁。于是人无敢再近，所有临近人皆挈眷远徙。

远近各乡村闻其舍一命救数万人，无不感激其仁，欲去收敛二尸，奈其毒气传染，不敢近前，惟在于山头远望。至三四日生出虫来，便有鸟飞来啄食其虫，食了皆死于尸旁。山头之人望见更惊。忽然间山后走出一猴，毛白如雪，到井边将舌向尸舐许久，又在尸旁打滚斗[3]。只见那所食死虫之鸟皆活起，一

---

① 向伽蓝掷筊：向佛祈祷后卜卦。筊：卜卦用具，为一对小竹板，闽人称为"筊杯"。

② 戆戆：愣愣地。

③ 打滚斗：翻筋斗。

同飞去，皆见二尸转白，众皆以毒被白猴收去。谁知天遣白猴来收毒，依旧无人敢向前收尸。遂有隔江各乡聚议，以本乡之人停尸四五日无收，公忿，捐资财，备祭品、香纸，同道士、师公来设醮炼度，迎请二尸去为肉身，立庙供奉。

拿口本乡中闻信，亦会议说哪有本乡不留自奉，被外乡夺去之理？亦鸠银[①]建庙。谁知外乡已备便诸物，船已过江，其本乡才议起。闻外乡之人众已到井边搭厂、排设醮坛，道士念经，师公炼度二亡人；本乡共忿，聚众赶至厂所，谓："敝乡之人，何劳贵乡人众行为？"外乡人众答："停尸四五日无人收敛，故敝乡悯之，措资设醮，炼度清净，迎请去立庙供奉，以报舍一命救万人之恩德也。"本乡人众曰："此拿口本乡中现在建庙，妆奉二肉身，岂有本乡不留供奉，反被他乡迎奉也！"外乡人又答曰："卜公在本乡中并无内亲外戚，惟有胞甥在于敝乡，甥请舅去供奉，理还不顺耶？"本乡人又问："既有亲甥，舅死四日了，怎么脚迹不踏至？"外乡人又答："外甥早已外出生理[②]，并不在家，亦寄信[③]去报知，明后日必到。"本乡人曰："远水难救近火，远亲不如近邻。"外乡人又答曰："亲亲为大，先亲后疏。"

人众在醮坛盘驳不休。只见公之尸忽然爬起坐地，拱手言曰："多谢诸位盛情，某之臭皮囊见土如见金，勿留现世，早埋之幸甚。"言讫仍倒。人众见公尸能起坐说话，皆惊异，有明理的别乡人谓众曰："公因汝们争留，公之精灵不昧，恐汝们相争，故起说埋，以息争端。"两边皆说有理。若收埋应本乡故土，如是，外乡之人不敢再争，听从本乡收埋高山。各乡村皆建庙供奉，望公夫妇之像多著灵显，以公乃拿口人，故皆称拿公拿婆也。

至洪武初，汤和攻打五虎门不能入，大怒，俟破城，要杀尽人民泄忿。榜中言不留一人，惊动拿公夫妇，化为渔翁、渔妇，驾小舟抵五虎门外。军营报说："渔人卜福来献下福州之策。"汤和令带入，问："献何策？"公曰："某姓卜名福，邵武拿口人。因见将军以福州难下，大挂榜文，特来献策，下之不难。"汤和曰："何策可下福州，说来必有重赏！"公曰："渔人不敢受赏，只求改换榜文中一字，便沾恩德矣。"汤和问："换何字？"公曰："榜中有数百字，今且慢说何字，只写纸中包着，送与将军标封盖印，仍交渔人收存，待至下了福州，渔人送与将军当面拆看，内中何字换何字，只求改一字，并无二字也。"汤和笑曰："如果能不动干戈直抵福州，莫说只改榜中一字，即二字亦无妨。"即令封

① 鸠银：凑集资金。

② 生理：做生意。

③ 寄信：托人带口信。

字来标。渔人即于无人之处写毕包固，送与汤和朱笔标写，又盖了印信，交与公收存了。

即驾小舟，带众战船，悄悄由后路粗芦港直掣进福州，诸海口防兵果不知。众船由大桥登岸涌至，把省城围困，连天飞炮攻打。时省兵皆拨去各海口堵御，城内空虚。海口又无报至，忽兵临城下，破在顷刻，无个不惊。元朝之行省郎中柏帖穆尔引妻妾登楼，谕以大义，同死者七人，其女甫十岁，亦死难。元之参政海牙开城出降，迎明兵进城。平章陈友定不降被执。

时七城[①]紧闭，正欲尽杀人民，公忽现于阃内，献封拆看。汤和见而喜曰："今既成功，开看欲换何字？"汤氏拆开看，内乃"留"字换"杀"字。问"哪一个中换？"公答曰："榜文中不留一人，换不杀一人。"汤和讶曰："我之号令如换之，则令不行矣。"公答曰："将军之号令虽严，若无渔人引带，必至劳师。况一言既出，驷马难追，又有朱标印信，岂可在于可否之间耶？"汤和无以回答，遂曰："准换此字罢，你且去。"公曰："既准不杀一人，求元帅即出令，迟必妄杀。渔人待发令，始敢去。"汤和遂命中军传令，不许妄杀一人，如违者抵偿。汤和又问公曰："此等行为，汝实何人？"公大声答曰："实是拿公。"汤和欲再问之，忽不见。查拿公何人，始知其出处。汤和遂具报捷本章，叙拿公引带成功，并械送不降之陈友定进京。太祖阅表大悦，即封卜福为兵马大元帅，妻裘氏封一品正夫人，召汤和班师回京，以驸马都尉王恭守闽。

王恭至闽，又建造省城。在造城时，因城隍屡著灵显，王恭奏请封号，洪武二年，诰封为鉴察司民省主威灵公。相传城隍神乃汉之御史周苛，为项羽所烹。高祖思苛忠烈，令天下郡县立庙祀之。福州城池造至洪武四年始竣。前皆用砖，王恭修造，皆以石砌。其西门、北门、井楼门、水部门仍夹城之旧处；东门、汤门仍宋之外城，名为福建福州府城。周围十九里，城楼建有瓦屋，游城遇雨不用张伞。至国朝康熙年间，总督李公率泰巡视七城，以为不便，拆去瓦屋添砌垛坎。

正是：城池永似金汤固，海国长如邹鲁风。且看下回分说。

---

① 七城：福州城的七个城门。

第二五九回　明太祖微行闻妒事　李罗星落魄遇真龙

却说汤和下福州，械送元朝平章陈友定至京，不屈而死。那柳七娘在福州已白日坐化，人皆以归于临水。李罗星守孝在家，精于天文，常观天象，以此三十年内朝官当刑，榜首遭戮，便不思去会试。无何，明太祖颁诏，元之旧贡生俱着来京给凭，分发各省皆以知县补用。罗星本不去，因外官非朝官，遂拮据盘费上京矣。罗星观天象不差，后来不但只杀罗星，一朝官所有同打天下之功臣，除死者得免，未死者火烧。那榜首遭戮，至洪武三十年丁丑科，中进士者五十八人，以闽县陈为榜首状元。因榜上皆中南人，中原西北无有一个，太祖怒，以为胡蓝之党，主考等皆正法。本无意诛状元，因陈亦精天文，预言今科榜首有灾，太祖素忌人知天文，闻知遂并杀矣。

罗星至京，谁知去得迟，先去诸贡生俱已领凭去各省补用，惟罗星领不着，进退两难。有人来说，报到名字已上，不日必补发文凭，不可去，去必自误，遂不敢去。囊空无处可依，无奈投在茶馆之乡亲店中为茶博士过日候之，候至一年，并无补发。

时明太祖常微行出游，马后屡谏："恐有不测，奈何？"太祖答以："既受天命，还怕什么不测？"马后惟拨太监远远随护之。那日太祖游至南街市中，入茶坊内食茶。见一人背负一少妇放落店前，踏步歌舞，捧一柳篓与人掷钱，拥看人无数。那少妇才二十上下，色亦娇美。那背负之人有五十余岁，言不出声，却是哑巴。少妇在市舞唱，人皆喝采。至歌毕即呼哑巴来收钱篓。因连呼不至，怒甚，两脚仍在地踩踏不停。须臾，哑巴始至，少妇怒，喝问："何去呢？"举掌将打之，哑巴口不能言，惟以手指肚，以脚作跪状，看的人皆先理会，齐曰："却是肚痛去出恭，不是躲懒，打之不得。"少妇曰："今不打，待回去来打。"众亦说："打不得。"哑巴即收了钱，仍背少妇去别处歌唱矣。

店中人皆对问："那二人却是夫妇否？"有一少年之茶博士答曰："不是夫妻，怎与之背来背去？"客曰："可惜一朵花插于牛粪里。"那少年又答曰："花倒娇，只是无根，才落牛粪讨得食，不然早已饿死了。"客又问故，答曰："此

女名一枝梅，童稚时两脚生天蛇疮，两小腿皆烂断，惟有两大腿。至长成无人要，惟此哑巴背去为妻，衣食难度。谁知此女最灵窍，听邻人唱小歌便能唱，惟无脚难行，以木棍削作脚形，缚于两大腿，代脚可行，只是停不得，一停便跌倒，所以不住歇而踩踏也。日间令哑巴背负出街歌唱度日，一日亦得数百文。”众闻之，笑曰：“果一个能说不能行，一个能行不能说，恰是狼狈相依。既属夫妻，应和顺，哪有迟至便打之?”

又有一博士捧茶至，答曰：“此哑巴全靠老婆养活，受其挟制犹可，更有雄赳赳大将军，杀人无数，被老婆跨坐着，任之抓打，不敢挣扎哩。”众问：“哪个大将军受妻挟制如此?”茶博士将言，被掌柜喝阻曰：“事不作而闲谈，要讨火烧饼食[①]耶?”那博士回首答曰：“汝怕他，我不怕。”掌柜笑曰：“汝文士怎不出缺去作官，在朝堂与之较论，在此作茶博士?”众客笑曰：“博士亦是官。”掌柜曰：“五经博士还轮不到他，惟茶博士才有他份。”答曰：“我肯作五经博士何难？是他命好遇着真命天子，才有此期遇。我或亦遇此好期会，亦能做官也。”掌柜又曰：“此店中多少人，倘有公门中闻知，诽谤大臣之罪不小。汝要说由汝，勿带累店家便好。”又答曰：“无是事，[②] 谁敢言诽谤？新皇帝脱白[③]在此食茶，益好，与知之，我此刻便有纱帽戴。”众曰：“我们都是生意家，无一个是公门中人。惟是当今皇帝不可说，其余公侯说亦无妨。”

博士又答曰：“当今皇帝至仁至明，无可说之。如有可说亦说之，怕什么！讲被老婆所制者，乃常遇春也，还不是雄赳赳之虎将？因年将半百无子，其妻刘氏悍恶，不容纳妾，如一言及，即咆哮吵打不休。前夜因共饮酒甚欢，遇春以无后为大，温言解劝，容纳一妾，有子便离，不敢再近。刘氏不答，固言之。讵刘氏本悍恶，再加酒后，将遇春揪按在地，自身跨坐，举掌便打，又以指甲抓伊。遇春不敢挣扎，任之自打自歇，吞声忍气去睡。此乃闺阁密情，何由外闻？因有数个伺候小丫环，看此情景，惊而走出，对厨房厨下[④]言。水火夫闻之，便漏出。前日他府中家人在此食茶言之，才知。现在遇春告病尚未上朝，可不是‘万人敌’受制于娘子军也。”众客闻了笑曰：“常将军有万夫不当之勇，怎怯一夫人，不敢还手？是还手不得，重则致命，轻则加撒泼，不得不听之自打自歇，始得平静。自古国易治，家难齐。不贤妻、不孝子，无法可治也。”

众共评论了，理还茶钱散去。惟一个慢慢食茶，问那博士曰：“我看汝言

① 讨火烧饼食：俗语，意为自找挨揍。

② 无是事：不可能。

③ 脱白：指脱去官服而穿平民之衣。

④ 厨下：厨子。

谈，不似在地人[1]，亦不是长在此作茶博士，实是何处人流落至此?”那博士叹气曰：“说来惭愧无地，原福建福州府闽县人，元末贡生。遇新天子定鼎，蒙恩诏来京候选。所有旧贡生皆以知县补用，我来迟，补之不及。奈家贫路远，枵腹[2]难堪，无奈投此茶店度日，望有传补之日。今在此年余，杳无传唤，必是名被遗失，空为守株待兔。”言讫泪下。太祖叹曰：“我看汝不是下等之人，今日遇着我亦是有幸。如果是乡贡，可作一首诗来看。我与内官相好，即带汝去见伊，便补官。”答曰：“要作诗请出题。”太祖见桌脚下垫有一块小方木，便指曰：“即此小方木为题，不须排律，只七言四句，得平字。”罗星即取纸笔写上四句递与，太祖接过念曰：

方木原由斧削成，每从低处立功名。

他年若得台端用，定与人间治不平。

太祖念罢曰：“原是贡生，可说出姓名，随我去，立刻就补官。”罗星即说出名姓，要去更衣。太祖说：“不要，只便衣亦可。”太祖还了茶钱，即邀至后宫门口，令其立等，嘱：“有人来带汝入。”太祖入内。罗星在外等有许久，有一人出来，问：“哪个是福建贡生?”罗星答：“是我。”那人即带同入见。见殿上即是食茶之人，惊甚，即匍匐在地，口称：“不识龙颜，罪该万死。”太祖笑曰：“不识无罪，惟念汝诗中所云‘与人间治不平’之句，即今日补授科道言官，便治得人间太平矣。”令内监带去授职。罗星谢恩，即去服官供事矣。

时已暮，太祖召常遇春入内殿饮宴，因病未愈，赐乘舆入宫。常遇春闻召，不敢不来，亦不敢乘舆，步入内殿。太祖见着，将双手拉住对觑，抓疮宛然，大笑曰：“孤道卿内腑之症难治，原来乃患皮肤之症，极易治也，已排宴与卿起病。”即同坐对饮，便笑问曰：“皮肤之病从何而起?”遇春沉吟许久，不敢答。太祖又笑曰：“卿必不敢言。孤早已知卿之病源，却是河东狮子抓打所致，可是么?”遇春一被点破，怎敢再隐，即将前情泣告之，与罗星所言无异。太祖闻了笑曰：“卿所言之情节，与孤所闻半句不差，定是直言无隐。但此狮子不合绝卿之嗣，今卿且开怀畅饮，再不至乏嗣也。”

太祖言此，便言别事。饮至三更，太监忽捧一木匣进上，太祖令遇春开看。遇春开匣，见内贮一双人手，惊问：“何人之手?”太祖曰：“会打卿，今将两手斫来，看再言纳妾还会打否?”遇春知妻手，不敢别言。太监又带出二宫女。太祖曰：“此二女乃皇后所选，有宜男相，赐卿带回为妾。今河东狮子无手，不能

---

① 在地人：本地人。

② 枵腹：饿肚子。

再把挠也。”遇春谢恩，带二女而回。原来太祖闻遇春说出实情，背令内监去斫刘氏双手。时已近二更，内监校尉同到常府报圣旨到，刘氏接读。刘氏一出，即被诸校尉拿斫双手，装于木匣而去。刘氏犹活。后遇春出征蓟北得胜，还至柳河得病而卒。幸二妾皆生有子，以长袭为国公，不至乏嗣。

那李罗星为科道官，连上除奸剔弊奏章，太祖皆听从，果中外大治，历擢为御史中丞。罗星有二子，长名森，次名芳，皆由监生为部职官。因夜观天象，火星入帝垣。次早上朝，穿蓝不穿红。讵太祖那夜梦黄龙被蓝龙追逐，至临朝，见罗星独穿蓝，问故。罗星奏夜观天象，火星犯帝座，故不敢穿红。太祖怒：“你非钦天监，有敢言天文?”立斩之。至退朝进宫，见皇太孙被燕王追逐，太孙低头跑走，时太孙衣黄，燕王衣蓝，太祖始觉蓝龙逐黄龙之梦，将来叔必夺侄之位，遂知误斩李御史。高升二子为府道外官，以恤之。

正是：聪明反被聪明误，侥幸难逃侥幸灾。欲知将来，下回分说。

第二六〇回　无家弗成家太祖羡民
近唐不及宋铁冠遗谶

却说明太祖常脱白外游，马后拨太监尾随照护。又一日，太祖游到一小巷，见一少妇在篱笆内垂头伺猪，篱门未开。太祖立住看不移步，看有许久，把头连点数下，带笑而去。那少妇不觉。至太祖回宫，马后问尾随之太监曰：“今日主君游何处？”太监曰：“今日主上去东方胡同，见美少妇在篱内伺猪，站住相①之不厌，把头点数下，便回步归来。”马后又问：“那美少妇知不知有人相之？”太监又答曰：“奴婢不知他知不知，主上一回步，奴婢亦回头随归。”马后思：“必是主君爱之，才如此凝神。主君既爱，选之何难？”

马后命内监取二百两银，赶将此女买来为宫婢。须臾将少妇带至，马后看之果美。是夜，太祖同皇后夜宴，旁列诸宫女中一面生不识，怪问之，马后笑答曰：“此个乃主君外面合意的，臣妾聘来伴驾，怎认不得耶？”太祖讶问曰：“孤几时游玩有见过此女？”马后问曰：“今日主君有到东方胡同否？巷内立住看一少妇在门内伺猪否？”太祖答：“有。”马后曰：“既有，便是合意。”太祖又问：“怎知孤合意？”又笑答曰：“不合意，怎的站住相，头即点，舍不得移步？”太祖又问：“听谁说？”又答：“远随之内侍回来说之。”

太祖闻了大笑曰：“原是只如此便知是合意！”马后又问曰：“不合意，因甚点头？”太祖曰：“偶见此女在篱内伺猪，因思大家养猪犹可，如此小屋养猪，遂思古人造字，宀下从豕，豕者猪也，无豕不成家。不论家之大小，有家须当有豕，因此立思良久，点头乃暗羡字之有据，何曾是属意此女也？何把此女抢来？”马后答曰：“有银二百两向买，因家中人喜，才买来。如不喜，怎买之？”太祖曰：“有许多银买之则可，今银既与之，不可取回，再与银二十两压惊，即刻送回去，不可留隔夜。”马后自认错疑，遣人送还，此家侥幸得银。

那日太祖又到一茶店食茶，见有二人同坐一桌食茶，相问何来何往。一个说：“山西岱州人，名张深，去福州闾山学法。”一个说：“福州人，名李遂，去

---

① 相：端详。

恒山投师。”张深问曰：“君贵处自有闾山不投学法，何舍近而图远耶?”李遂亦曰：“君贵处自有恒山不投，何亦远投耶?”张深曰：“君贵处许真君天下闻名，怎不是敝处无真师堪投耶?”李遂曰：“敝处果有闾山法主不错，但贵恒山之铁冠道人，还不是真师耶?”张深曰：“敝处果有铁冠道人不错，怎么路隔六七千里亦知之耶?”李遂曰：“弟蓄意慕道，遍访真师。闻恒山铁冠道人法力无边，今特去投拜之为师。今日恰遇兄台，亦是来敝处投师，幸甚。可将本处之师各说出法力果否高强，可投不可投之处，各自斟酌而行，如何?”

张深曰：“甚好！弟先说。敝处恒山有一小茅庵，一道士者，不知何许人，头戴铁冠，人皆称为铁冠道人。不知其衣食用度从何而来。茅庵前有一池塘，径极危险，常有白云屯蔽，山下望之不见。若有人去问休咎，皆答不知。或再问，便避去，寻之杳矣，于是人亦不去。元顺帝末年，天出两日相荡，李树生黄瓜，童子忽然暴长成大汉。出此奇异，天下群雄竞起。顺帝因祭五台山，望见白云屯聚，问何所在，左右答，铁冠道人之隐处。帝亦微闻恒山有隐道，召不肯至，即顺驾访之，问国之休咎。道人先答不知，再三求问，只言七字云：‘文王演易雁当春。’帝问：‘何说[1]?’答：‘一时亦不知，请回去慢思。’元帝归，令群臣详解，共解以周文王囚于羑里，演易归国，得八百年天下，正合雁至春风日和畅，当殿还原之际，群臣皆贺得详瑞之谶。未几天下归与大明。原来易卦象，乃八八之数，元之江山只掌八十八年，逊位而去，即同雁来至春当归之时也。于是众皆知其预知未来之事，皆以重礼往求问。道人推不知，隐形不见。

“彼时小弟亦随众去参谒，见壁上有诗云：‘铁冠亦是一凡人，怎敢妄谈休咎因。惟帝难违勉强答，余皆不答莫生嗔。’自此，人不再去求问。”

李遂曰：“今去不是求问，乃拜投门下为弟子，必喜。”

张深曰：“更妄想，亦留诗云：‘似鹤如云一个身，朝南暮北任飞升。访师诚意非惟此，门启便逢吕洞宾。’他因不收徒，孑然一身，此诗结句门启乃闾字，洞宾名岩，分明指往闾山访之，必授正法。又闻本年闾山大开法门，故决意去投之。”李遂曰：“投恒山还有路可入。闾山先在陆地，却被柳、张二沙王捣沉水底。惟前唐末下渡陈靖姑夫人投入，学出正法，收妖灭怪，便无人再入。原碑载三十年门开一次，因被长坑鬼十字上划一撇，为三千年一开。唐末至今不上四百余年，如何能等到许久，人先没去[2]。此去还有数千里，空费跋涉，

① 何说：怎么解释。

② 没去：没了，死了。

不如与弟同去恒山，恳求铁冠道人好么？”张深曰：“闾山虽无形迹，总要诚心诚意，到彼门自然得开矣。”

二人盘问不歇，店中人皆侧耳而听。有一陕西人拍掌笑曰：“事闻传说皆虚谬，盘大西瓜碗大桃。待我说一新闻，与汝两个听。”众便问：“有甚新闻？快说齐听。”陕西人曰：“三年前，玉门关外中国与西国交界之站头，有中国江南人，与西国人同住歇宿店，彼此相问欲往何处。中国人说：‘要去西天访佛。’西国人说：‘要来中国访圣。’彼此又问何所闻而来访求。

“西国人曰：‘闻中华有孔圣人，寿同日月，教徒三千人，皆长生不老。有人再投门下者，皆如是。有老子骑牛，西王母骑鹤，又有汉钟离等八神仙，常过海度人。蓬莱岛生不死草、金茎花，人若戴头上，即长生不老。人皆万岁，惟彭祖命短，只八百岁。遍地皆金银、玉块，任人拾取，人皆富足无贫。因闻此奇异，故来访之。’

“中国人曰：‘因闻西天竺国释迦山如来尚在，常命文殊、普贤、观音、准提、罗汉、金刚诸佛遍处度人，更有八千亿万佛，恒河沙数无不是佛，其山上皆铺黄金。最好是阿弥陀佛，呼之即至，有求都遂。因闻有此好处，故去访之。’二人齐大笑曰：‘天下间都有此好世界，西国人不求中国，中国人不去西天，快各回头，空费盘缠无益。’因彼此言语不通，店家能通两边音，在旁传说。欲回头去问故，中国之人先曰：‘孔夫子乃圣人，寿亦只七十二。生徒虽有三千，好的不过七十二，中间或短命或得疾亦俱早逝。李老子只遗坟墓。西王母及诸八仙皆有名无实，何曾有见其形迹！蓬莱之不死草亦只传闻，何曾有见人采取？彭祖八百岁，乃上古之人。富者少，贫者多，何曾有满地皆金银？破砖、碎瓦、石头倒有！人穷至饥寒，填沟壑者无数。若西方人至，盘费无归，毫无所措，来凑饿死无疑矣。’

“西国之人亦说：‘所说释迦如来，乃上古之佛，亦早殁矣。后人惟供其像，奉其教，哪有许多佛！闻观音佛皆在中国，与仙度人。国人皆奉佛为僧，各亦有妻传后。当释迦为太子时，祇园有金布地，今无矣。只空地万里，人皆耕种，自食其力，亦富贵者少，贫贱者多。寿亦不满百岁，夭折者无算。中国人若至此，先耐不得饥寒，饿死犹次也。’

“店家闻二人所说，笑曰：‘处处梅花一样开，贵、贱、寿、夭普天之下皆同，哪有异处？果空走无益，回去是福。’于是二人次早各自回去矣。”

陕西人说完了，问众曰：“玉门关之新闻与今日此间之新闻可同否？”众答曰：“相同极矣。”陕西人曰：‘既同，那两个愿自回头，此两个还不想回头，何也？”张深、李遂同答曰：“亦回去！亦回去！”二人遂背包囊各回头而归。

说知此段之事，被太祖在座听见，大喜。原来太祖正在处处密访异人。前亦外游，闻有张三丰者，不知何许人，在武当山修炼，寒暑只穿一破衲，时人皆称为张邋遢。有人来问命途吉凶，终日不答一语；或与之谈论经典故，则言不绝口；常不饮不食，严冬卧于积雪中。有道士邱元清遇之拜投为徒。太祖因闻此即遣人召之。使至，时张三丰杳而不见，只将其徒邱元清带见。太祖因问之，闻言语大悦，拜元清为太常寺卿。

但太祖何以重异人之甚？原来太祖前与陈友谅战时，有一周颠，举措诡谲，人莫能识，惟刘伯温知之。将周颠覆于大瓮下，外环绕柴火烧之，至次日开看如故。太祖始异之，问："征陈友谅好否？"即答："好！好！"遂带从行至皖城，苦无风，周颠曰："即管行，有风将至矣。"再行有二十余里，果起大风，舟抵采石矶，因乘风纵火烧友谅水寨及舟数百，烧死将士无数。友谅冒火出，被流矢所中，贯睛而死。太祖遂得一统天下，寻周颠已不见矣。

太祖甚信异人，常脱白出访也。兹又闻恒山有铁冠道人，元顺帝之遗谶皆应无谬，亦要自访之。是日祭北岳恒山，至其处，由土人引导登山。土人便指白云屯聚之处是铁冠道人所在之庵。太祖望之，果见白云如幔不散，万叠青山倒罩，暗羡真好所在。太祖既祭了山神，回驾又问："其庵在何处？"土人又指山坳里有小茅庵现出便是。太祖讶问曰："先前指在白云里，非此处耶？"土人曰："先有白云封蔽而不现，今云退现出，前指即是此处也。"太祖又问："云或常有，或罕有？"答曰："此庵长年被云封，远近皆望之不见。惟此一时云忽散去，始望见之。"太祖心便异之，又问："今欲顺路去访看，路可平坦否？"土人又答曰："此处将至庵，有一大池塘，路极窄，余皆大路。"

太祖遂令上去。将至塘前，土人说："路径危险，舆马行不得。"太祖曰："曾闻前次元帝亦来过，舆马都行得。"土人又答曰："元帝至此，乃下銮舆步行上去。"太祖笑曰："他怕险，惟我不怕。"太祖乘马只带随驾数人，过大池塘，尚有许远羊肠小径，便见一人跪在道旁。太祖问："何人？"土人答："即铁冠道人也。"太祖令人扶起。至庵前，见异境清幽，门题有联云："门倩云封坚似铁，身惊尘染薄如绳。"太祖称之妙绝，遂下马入内，铁冠道人随入。

太祖笑谓曰："不亚于许由巢父，能令白云封锁山门，此时白云何去耶？"道人答曰："无心之云，小道安能使之？是他自来陪伴幽寂，此时闻圣驾降临，自行退避。"太祖曰："无心避有心。"见其屋宇虽小甚幽雅，土木虽损无点尘，遂赐道人旁坐，谓曰："孤有心来，闻卿道行清高，言无轻发。他事休问，惟效宋太祖访陈图南，问国之年运几何？直言无讳。"

道人先答不知，以温语再问之，始曰："大明之国年，传至万子万孙，天地

同休。”太祖曰：“此乃褒媚，非实语，可说实，不罪卿。”道人又答曰：“圣驾愿问，不实说有敢褒媚，获罪匪轻！若不信口说，小道昨夜灯前画一轴图，与陛下带回，展看了封存内库，后来自有万子万孙，天地同休之应据矣。”即取图呈上。太祖随收袖中，令随从发赐金帛，道人固辞不受。太祖问故，答曰：“小道衣云飧霞，用不着金帛。若受而行，难免小人脾睨。”

太祖不再劝，起驾而回。道人尾随送之，将至大塘，赶上马前鞠躬曰：“千言总在一言中，近塘不及送。”太祖曰：“既近塘便罢，不必再送。”道人遂回头而去。太祖是夜驻跸行宫，取图开看，阔只盈尺，长三尺余。中画三堵，上截画一帝王坐朝，旁侍从朝官执冠散发；中截画十八个孩儿，各骑马背旗；下截画一小山，山间有亭、有榭、有树木、有碑文，一人白面，须五绺，穿蓝袍，一足穿朱履，一足是跣足，撒发卧地。碑文乃：

煤火大明三九秋，山河天地共悠悠。

归驾近塘不及送，去看万子万孙周。

太祖看上中下三截，猜不出是何谶兆。惟看碑文，默详以三九秋，乃明运兴于元至正二十七年，三九之数也。二句天地同休，结句万子万孙，该道人已先言过。三句乃道人自言，近于池塘，路险窄不及再送。太祖自思：“传国惟有周八百余年久极，哪有万子万孙，天地同休之理？但异人从无易晓之文，既遗谶，且留待后代之应验也。”驾回至南京。时刘伯温已卒，太祖将此图封卷，标写“铁冠图”三字，匣存于内宫空房，锁闭封固，令代代加封勿开。过半年后，太祖欲再问别事，遣人去看铁冠道人还在否。据人探回报，去看惟一空庵，查问土人，皆说自圣驾回銮后，该处再无往日之云，山下人疑之，探看道人不知何往也。太祖以道人特遗了画谶便去，其谶必真无伪。于是太祖愈信铁冠道人真仙也。

正是：难召武当张邋遢，易寻恒岳铁神仙。且看下文再说何事。

第二六一回 风漂麻喇国以人疑鬼 巧盗中国种藏妇谋儿

却说明太祖以淮右布衣得有天下，礼儒臣，询治道，恤穷困，购遗书，此开国规模绝类汉高。一日入太学听讲《孟子》书，先听曰：“攘邻人之鸡，齐人有一妻一妾。”笑驳之曰：“邻人哪得许多鸡，乞丐何曾有两妻?”

又听讲：“君之视臣如手足，则臣视君如腹心。君之视臣如草芥，则臣视君如寇仇。”太祖大不然之。又听至“舜发于畎亩之中，傅说举于版筑之间，胶鬲举于鱼盐之中，管夷吾举于士，孙叔敖举于海，百里奚举于市，故天将降大任于斯人也，必先苦其心志，劳其筋骨，饿其体肤，空乏其身，行拂乱其所为，所以动心忍性，增益其所不能”等句，皆均贴太祖身上，不然之心方解。

太祖在位三十一年，传位惠帝，年号建文。继位四年，及燕王棣反，兵陷京师。建文披缁削发，云游三十九年，六十四岁（正统五年）方归，迎入宫内以寿终。有幼子名文奎，方一岁，被永乐废为庶人，长禁于内，至天顺元年五十六岁才放出，见牛犬六畜等皆不识。遣居凤阳，听其婚娶，未几而卒。燕王袭位为太宗，年号永乐。今接下再言，乃永乐年间之事也。

再说福建漳州府商人，载货去日本国中售卖，一日船至洋中，忽遇暴风突起，船由西漂流，至十昼夜被击碎，通船之数十人皆溺于水，死活不知。惟余五人，抱木逐浪漂流，不知有几多里数，忽共至一海岸，遇救得生。一乃船主出海，姓郝名元，其余四人：一乃掌数船伙姓阮，一乃掌货船伙姓芮，一乃管碇[①]船伙姓朴，一乃二付出海姓樊。

其地乃麻喇国[②]，从来与中国无往来，乃系极西之处。其国中亦有地方官，报该番王：有中华大国洋船击碎，五人漂流至此。那番王闻报，从来未见中国之人，即令带来验看。地方官将郝元等五人引至，番王一见郝元等，喊叫是鬼，连番官朝从亦皆大骇，共以为鬼，吓得散走。番王即令赶逐出境，勿得容留。

---

① 碇：船锚。

② 麻喇国：即马六甲，在马来半岛、苏门答腊一带。

五人被逐出，无处奔依。正在叫天无应，入地无门，共思：不知远隔家乡几千万里，进退无路，无可设法，又举眼皆面目可怕之人，到处驱逐，欲共寻死路。

总是五人还有后福，适有一个番官，名哈拉沙，早年在别岛曾见过中国船，亦是被风漂至，聚饮过来，尽知中国人皆有经济奇才。闻知此事，忙带入家中接待，言语不通，惟以手作势比之，颇知一二。番官去见番王，谁知番王惊怕，病卧在床，原来此番王最丑，青面獠牙，发如朱砂，凸嘴仰鼻，形状如鬼怪、夜叉；通国之男女皆然。惟他以丑作美，以美作丑，故见郝元等共以丑极为鬼，惊病。哈拉沙入见曰："中华人俱此等貌，不是鬼，亦是人，既被风漂至遭难，应留恤之，怎便驱逐不容？若被外邦闻之，必笑我国少见，故臣留家中看待之。他既亦不能归，可留在朝堂中辅政，必有大益于国也。"番王问曰："不是鬼，怎生得许丑？"哈拉沙曰："他中国人面皆如是，我们说他丑，他还说我们是鬼，他不怕我们，我们犹怕之耶？"番王被说开，病愈，谓曰："此等貌虽不是鬼，亦怕人。可留在外教汝办事，不必带来见我。"

哈拉沙遂将五人留住，日夜陪奉。盘桓至两三月，郝元颇能通晓，与哈拉沙对答如流，那四个只知一二。郝元问知该国之朝政，谓曰："外邦只如此制度称善，若比中国万不及一也。"哈拉沙问："中国何以为善？"答曰："中国无别善，惟仁义纲常而已。贵邦虽有仁义，而纲常不振。治国以德为本，以财为末。君之治国，外本内末，怎不致民施夺？"又问："何谓德本财末？"郝元将《大学》《中庸》再讲二章与听。哈拉沙听了，大喜曰："恨遇君迟矣。今幸遇之，亦不为迟。明早即去见王，请公为国师。"

次早，哈拉沙朝王，将郝元所言治国安邦之大道，又将所讲《大学》《中庸》转述一遍，王听了亦称善。哈拉沙曰："王既称善，可延入为国师，眼见我国大治矣。"王蹙眉曰："不必延入，只在外面，叫他教汝，汝再来教我施行。我被他吓得胆惊破，今见总畏。"哈拉沙便不敢再言，惟回家学，传授于王。王如教，政事日新。

过半载，哈拉沙寿日，家中演戏，郝元等五人在座饮酒。那戏无曲介①，只跳舞。郝元看了笑曰："所作何故事？"众答："并无故典，惟跳舞闹热②便好。"郝元笑曰："无故事，何以为戏？"众问："中国有甚故事可演？"郝元曰："我今就演一出与汝们看看，再说出故事便知。"即走入戏房，将脸涂黑，手执钓竿上台，作《尉迟恭独钓》，有曲有介。作完又至席间，问众曰："可有此样

① 曲介：唱词和角色表演。

② 闹热：热闹。

戏否？”众问其典故，郝元将唐朝之事说了一遍。众皆称赞中国戏都有出处，其别事不须问可知矣。众又指与哈拉沙曰：“此贵客不但戏作好，把脸都换好了。”郝元欲去洗脸，哈拉沙拦不与洗。郝元问故，哈拉沙曰：“众人才说丑变好，洗去，丑态又现。”郝元遂不洗。

过数日，王府内唱戏酬神，哈拉沙邀郝元入戏班，做一出《张飞奔走樊城》。王看了讶问：“此出怎作得异样？”哈拉沙对曰：“此出乃中国之戏，非本地之土戏。”王问曰：“此间人怎知作中国之戏？”又答曰：“非本地人作，乃前遭风患难之中国人，入班演唱与王看。”又问曰：“前见乃白面鬼，怎样变此好貌？”又答曰：“他食我地之水土，便转我们之面貌也。”王曰：“既丑能变美，可叫来相见。”哈拉沙便带至。王见面变黑，亦喜，延入内殿为国师，所有政事，皆听之行为。

遂荐阮、芮、朴、樊同难四人共掌政事。王问：“丑亦变美否？”郝元答：“一同变美了。”四人以乌烟涂脸带见，王各与官职，国遂大治，内外和衷，众民欢悦。随选五女，配与五人为妻。五人初见，亦甚惊，不啻鸠盘荼，哪敢与之同寝？久而见惯，亦不为异，又因其殷勤奉承，喜而纳之为妾。

无何五女各身怀有孕。郝元之妻名巴楞，巴楞者，中国语乃嫦娥也。怀孕已三月，忽然患病，王令带至内宫医治。未数日，报巴楞已死。郝元闻其死，心亦悯恻。原来该番人死，无棺椁衣衾，赤体埋去，不与亲人见之，即抬去火葬。火葬者把火来将尸骸烧至骨都化了，谓之快转世。因郝元问：“巴楞入棺否？”旁人始言出国中之俗例。郝元曰：“下次不可如是。”即日颁发檄文，行于内外，凡军民人等有死者，须衣衾棺椁埋葬高山，如有穷无力者，报官给与银两，有违此令，重以罪治。自此通国皆遵奉矣。

未数月，内宫又送一少女出来与郝元续弦。过有半年，王夫人生产王子，满朝文武官员皆至作贺，大排酒宴。外岛之番王闻之，亦送礼物来贺，甚属闹热。

那所生之王子，面貌与中国人无异。王见其子不类父母，异之，出问郝元。郝元贺曰：“王今行中国之政，万物皆风化同中华。先化龙种，次及官种，后及民种，顷刻小邦变为大国，乃上天所赐，将来并诸外岛，合为一统山河之兆。”王闻此亦喜，又颁宴与诸官。盖此说乃郝元附会答之，那番种岂能变中国之形耶？中间有弊，莫道外人不知，连番王亦不知也。

原来此番王年已五十，未有子女，姬妾极多，皆不生育，乃王之不能生也。因王之正夫人，闻配与国师之妾巴楞已有三个月怀孕，债之有病，即令带入内宫医治。一带入，即将巴楞存匿别处，诈报病死，以别女拨出配与郝元。正夫

人即称腹已有孕，王喜而不疑。至巴楞分娩一男，即抱入床，作分娩样式[①]。至王入视，呱呱在床，又见是男，不胜欢喜，怎知以无作有。惟白面不黑疑之，却被郝元解说，疑心释然。

郝元等五人在麻喇国为番王辅佐，不觉十六年，内外教化皆行。军民知大义，识五伦，干戈宁息，万民乐业。王子已十六岁，名哈卜满，面貌甚似郝元。郝元默写出四书五经，记得多少，皆以中国正音文字教之，以及阮、芮、朴、樊诸子，日夜攻书。以阮女配王子哈卜满为妻。盖五个先以乌烟涂面，王故不惧。及王子出世亦白，王以己子已看惯，亦不思恐，于是五人渐渐不妆涂乌烟，俱现出本来面目，王亦不疑。

正是：何不再惊白面鬼？只因自有粉孩儿。欲知后事，须看下回。

① 作分娩样式：装作分娩的样子。

第二六二回　麻喇国王位传华种　葱岭鸡转世随白姬

却说麻喇国夫人将郝元有孕之妾巴楞存匿，诈称病死，谋夺其所有之子为己子，并无人知。惟一老婢名波啰，中间与之经手周旋知之。至哈卜满长成，夫人怕巴楞不愿，以至于闹破，令波啰背地杀之。波罗不忍，即捏对曰："巴楞得哑巴症，已不能言，只要与之衣食完足，其心必愿。"夫人曰："口虽不能言，手总会指。"答曰："他都在老婢一处，不怕他会走泄，不可杀他。"夫人曰："汝不杀他，今夜我自去杀之。"答曰："不可，不可！国师常言，无辜杀人之命，人虽不知，天必知之，能遣五雷来劈死，报应甚速。况巴楞有代夫人生子接掌邦国之大功，不然，至王千秋后无子，朝位让与别人，把夫人放何地耶？"夫人一被说破，心亦不忍，只令小心关防。

那日，王子之妻阮氏房内一猫不见，令众婢查寻。一老婢寻至密室，适波啰不在，因敲门不开，由壁缝视入，认是巴楞，异甚，遂往别处寻着猫。那个老婢背与阮氏说："巴楞未死。"阮氏问："巴楞何人？"老婢说："曾配与国师为夫人，有了怀孕，因病唤入调治，未数日报说死了，现在国师之夫人是后又选的。"阮氏曰："既死去许多年，怎么还在，莫是鬼么？"答曰："看许久，会走动，会咳嗽，怎的是鬼？"阮氏曰："既不是鬼，再去看看，问他因甚犹在之来由。"那老婢又至密室，讵波啰已在，把门拦住，说内中无人，不与人。回报阮氏令人唤至波罗来问。波啰先说无有，因老婢质之，始说："不是巴楞，乃是别妇。"

阮氏见其支吾，疑之，曰："不管是不是国师前夫人，可带来见我，便知。"即令老婢去带来。波罗大惊，哭曰："此人是王夫人交与老婢看守，如带来，老婢头不在肩上矣。"阮氏曰："不带来亦可，汝将实情说出便罢。"答曰："实说出，走泄亦无命。"阮氏曰："说出怎无命？此间惟有汝、我、他三人，他是我心腹，无妨。"波啰遂将谋孕，诈死存匿，教之假作哑巴，至今始有性命之情节告知。阮氏听了，始知是亲婆婆。遂曰："难得汝用计保全，今先赏汝，务要保全到底，将来还有重报。"言讫，即与银一锭，令退去，波啰遂转笑回去。阮氏

亦不敢外扬，暗与王子说知。哈卜满亦始知还有亲生母，半点不敢露，孝奉王夫人如故。

无何，该国王病死，王子接位坐朝。尊王夫人为太王夫人，阮氏为王夫人，郝国师为相父，国乃大治。而太王夫人忽得重病，哈卜满与阮氏不离左右服伺汤药。至稍愈，夫人梦数十和尚，肩上环葱来化斋，醒来谓子媳曰："必是葱岭之佛爷来讨斋筵，汝可当天告许，待我病痊，汝二人去葱岭寺中施斋念经。"哈卜满即同阮氏当天祷告：母愈时，即亲赴酬谢。

不数日，太王夫人病愈离床，哈卜满同夫人阮氏备礼仪，随众驾舟去葱岭酬谢。其时阮氏怀孕九个月，同登舟而去。二日到葱岭，排王者之仪仗，登山径入佛寺，拜念七昼夜经忏，广施斋筵。王与夫人日夜在坛拜佛，祈母延寿。至尾日，夫人阮氏因礼拜动力，于外舍九个月生下一女，迨佛事毕，一同回归本国。此且不表。

先说葱岭寺僧内有一和尚，名独眉和尚。有道行，能知过去、未来之事，别人眉皆两，惟他独一，故号之也。那日出山门，因见大树上白鹇鸟在巢中悲鸣甚哀，令行者上树探看。行者探之，说："巢中惟一卵，并无别故。"独眉讶曰："禽蛋皆双，哪有单的，必是人盗去。且默算看是何人来盗，去讨回补还他，免其悲伤。"即屈指细算，便知所盗之人姓名，亦知其来取之缘故，取去治血痢之症，因救命，不得已为之，并非无故破巢毁卵之胡为。惟鸟之悲鸣不忍，默思曰："鹇蛋与鸡蛋相似。"即令行者去人家买一鸡蛋，待巢鸟不在时补还巢中。行者因一时寻无鸡蛋，向人家已在窝中鸡姆[①]抱过数日[②]之蛋让买一个来，放于巢中。

那鸟见有蛋在，便不悲鸣。抱至十数日出壳，鸟不知，亦饲之。至长大，两个皆雄，一个乃白鹇毛，一个是鸡羽，鸟姆[③]亦不憎弃之。那个雄鸡大过白鹇，与凡鸡不同，乃是白鸡精之魂来投胎。即是前传临水陈大奶之画像，在福州陈太守衙内斩除的。原是前任太守在于西番买来小鸡，养至二十余年成精，被大奶显圣除灭。魂坠孽狱，百余年始出，飘荡西土，投入白鹇巢中出世，仍为白雄鸡。虽在鸟巢至大，总不同类。日间不随飞去，另去别处讨食，惟飞入寺中寻啄余粒，至夜归巢。至年余，夜亦不归鸟巢，在于寺内。

独眉已知乃精魂投胎出世，亦不介意，惟嘱众徒豢养之也。养至二三十年，

① 鸡姆：母鸡。

② 抱过数日：孵过数天。抱：孵（蛋）。

③ 鸟姆：母鸟。

又欲成精，夜去外游不归。那日，独眉骂之曰："因念汝是我买来，与巢鸟为螟蛉，免其悲号。今汝又欲行前生之故智，竟夜游不归，愆不由我作耶?"言讫，含一口法水，照头喷之，那鸡被法水所喷，头低尾垂，不似前之超昂。自此只在前后山树间飞游，至夜仍归寺内，并不他往矣。

再说此葱岭下有一女，名阿罕得儿，年二十岁。父母早殁，遭兄嫂凌辱，逐日要她上山砍柴、挑水、捕鱼，若无足数回来，便箠楚之，并无怨言。在地之番女极丑，惟此女容貌与中国无二，更生得端庄。有番人来求匹者，任多少财礼以及兄嫂压勒，宁死不嫁。兄嫂问其故，答曰："要娶我者，必如我之面貌方嫁。"其兄笑曰："在地如拣汝之面貌，一世皆无[①]。今去别处寻访比汝更好的来配。谁知别处，更生得丑恶不堪。"

原来此番有二种，内番颇知礼义，外番五伦皆无，人更丑陋不堪。其兄遂去外番招之曰："我妹阿罕得儿，容貌端庄，汝们谁要之为妻者，快送财礼来！他若不肯嫁，我挈汝们抢去。"那诸野番闻之皆喜，伙同十个齐出财礼，并带多人送至。时阿罕得儿在山上斫柴，兄嫂收了财礼，带众上山，将阿罕得儿拥抬而去，任之喊叫，有谁来援！

惟空山一带，白鸡在树上，见一美女被众野番扛抬叫喊，不忿飞赶出，将众番之眼睛尽啄瞎了。乱打不开，共丢女于地，各抱头鼠窜走散。鸡即引女至寺内。独眉见女，讶而问故。白鸡时已能言，说："此女在山斫柴，被人众抢抬，叫救无援。因见不忿，将众强之眼啄瞎，始放手。带来见师父，可问其情由便知。"独眉问女："因何被抢?"阿罕得儿遂将被兄嫂百般凌辱，惟不愿嫁与丑人，兄嫂因此暗率众野番来抢去为众妻，喊叫无援，幸此鸡啄救等情泣告一遍。独眉听了，合掌曰："善哉！此间却有此狠心兄嫂也。不意鸡亦救难扶危，不负我山门之道德。"即令鸡带女去后楼躲避，待我来开发众强梁。女即拜谢，随鸡入内躲避。

却说野番有十余个，惟扛抬女的被鸡啄瞎，其兄帮抬亦被啄瞎。那未啄的，见女被鸡带入僧寺内，众皆知寺内大和尚有大法力，不敢去强讨。惟入寺内查问，如何纵鸡啄人眼睛，逃走已受财礼之女因由。独眉和尚问曰："凡人家娶妻，理应喜迎，两相情愿。况只是一娶一，哪有十娶一，无五伦辨别。可叫媒人来说。"众共答："是她家之兄主使，伙同几个，皆愿买愿卖，何用媒人？肯还我们便罢，不然放火烧寺。"独眉冷笑曰："真是野猫番行为，凭汝如何，我总不还！"

① 一世皆无：一辈子都找不着。

野番正欲举火，忽飞白鸡。众见鸡如虎抢至，各举拳击打。谁知白鸡如铁铸成，全不怕打，力大如虎，又啄伤几个。那几个跑走下山，便有十数个内番至，查问因由，都骂曰："女兄无道，野番无良，还不伏罪，犹敢讨女？只许汝求还财礼，不然把汝一起[1]野人化作灰尘。"众野番共答："眼睛被啄瞎，怎处？"内番说："汝们伏罪，求此大和尚，都能医好。"那未啄的就去扶带已啄瞎的众野番同至寺内伏地，共说："不敢要女，只求讨还财礼，并求医好瞎眼。"

独眉即唤女之兄嫂至，问其："肯还财礼否？"其兄嫂亦伏地，答："愿还，惟求医好眼睛。"独眉曰："可先去退还财礼，再来医治。"其兄嫂即带野番有眼的回去家中，将原聘的财礼尽行交还清楚，与众又至寺中。独眉即将法水洗诸瞎眼，皆愈如故，惟其兄未与洗。分发野番皆退去后，独眉问其兄嫂曰："今交还汝妹回去，还敢仍前磨灭[2]迫嫁否？"其兄嫂共答："从今不敢再如是。"独眉曰："惟口说，不知其内心。"其兄与嫂同发誓曰："如再将妹如前，必遭蛇吞虎咬而死。"盖番人不怕犯法，只怕咒也。独眉见其誓咒，即把法水与洗，立刻眼瞎亦愈，令带妹回去。

讵阿罕得儿不愿回去，愿在此为徒弟，又问曰："汝兄嫂怎肯？"其兄嫂答："亦肯。"独眉又恐其兄后悔，又令其誓咒，其兄嫂亦肯誓咒，遂令其兄回去，妹留在此修行。其兄嫂自去了。独眉问白鸡曰："通寺皆男，惟阿罕得儿独女，恐被其欺凌，汝可能再保之否？"鸡亦答："能保之。"遂令同在一处，勿离可也。

时，女与鸡安顿在西楼，逢有课期，同众僧在法堂听授说法。食淡衣素，到二十年。那日，忽逢麻喇国王同夫人阮氏，披锦绣，排仪从，前呼后拥，到寺拜佛念经。阿罕得儿因慕其富贵，不觉心动思凡，神魂摇拽。是夜，适王氏腹痛生育，其神魂即投入出世为王女矣。人皆以病死，惟独眉和尚知之。俟麻喇王回去，将其尸焚化，唤至白鸡问曰："当初曾言有始有终，保阿罕得儿之贞洁。今她慕富贵，投胎为麻喇王之女而去，难免染红尘忘九戒也。把汝二十年保护之功尽废，汝可能还去保全之耶？"白鸡答："愿去再保之。"和尚喜曰："既愿再保，就令去罢。"即将棕拂向白鸡头刷，白鸡即刻眼闭而化。

正是：不遣白鸡再转世，怎教碧玉永无瑕。欲知后事，须看下回分说。

---

① 一起：一伙。

② 磨灭：折磨。